(Edition publiée par M. Barelle)

(C.)

5/97

ŒUVRES COMPLÈTES

DE

MONTESQUIEU.

IMPRIMERIE ET FONDERIE D'ÉVERAT.
Rue du Cadran, Nº 16.

MONTESQUIEU.

ŒUVRES COMPLÈTES

DE

MONTESQUIEU,

AVEC DES NOTES

DE DUPIN, CREVIER, VOLTAIRE, MABLY,
SERVAN, LA HARPE, ETC., ETC.

De
l'Esprit
des Lois.

A PARIS,

CHEZ LEFEVRE, LIBRAIRE-ÉDITEUR,

RUE DE L'ÉPERON, N° 6.

M DCCC XXXV.

AVERTISSEMENT DE L'ÉDITEUR.

Les idées d'ordre, de justice et de civilisation, se réveillent au nom de Montesquieu, nom invoqué depuis près d'un siècle dans toutes les discussions qui intéressent les rois, les peuples et l'humanité. Pour louer dignement ce génie sublime, il faudroit le suivre à travers les âges et les nations, démêler avec lui la vérité du mensonge, séparer la raison des préjugés ; et, embrassant d'un regard l'étendue de ce globe où s'agitent tant de passions, saisir les rapports qui lient les hommes entre eux, qui les attachent à la terre, ou les unissent à la Divinité. Nous apercevons tout ce qu'une pareille tâche a de noble et de difficile, mais en même temps nous sentons combien elle seroit au-dessus de nos forces ; d'ailleurs, elle a été remplie par plusieurs écrivains distingués [1], et qui n'ont rien laissé à faire à ceux qui viendront après eux. Aussi nous bornerons-nous à donner quelques détails sur cette nouvelle édition des *OEuvres complètes* de Montesquieu.

Les *Lettres persanes*, qui commencèrent sa réputation littéraire, furent publiées en 1721 [2]. On a prétendu que Montesquieu avoit été aidé dans cette composition ingénieuse et hardie par M. Barbot, président au parlement de Bordeaux, et par M. Bel, conseiller au même parlement : s'il falloit en croire quelques écrivains modernes, le premier lui auroit fourni les réflexions morales, et le second, les pensées badines [3] : il suffit d'énoncer une pareille opinion pour en faire sentir l'absurdité. Les *Lettres persanes* furent réimprimées sans aucune modification jusqu'en 1754 ; époque à laquelle, sentant approcher sa fin, l'auteur en donna une dernière édition, dont le texte fut revu avec soin, et dans laquelle plusieurs lettres furent ajoutées.

Cet ouvrage, léger en apparence, annonçoit un homme profondément versé dans la science du gouvernement, et capable de saisir et d'animer, pour ainsi dire, les ressorts de la plus vaste machine politique : les *Considérations sur les causes de la grandeur des Romains et de leur décadence* achevèrent de faire connoître Montesquieu. Imprimées pour la première fois en 1754 [4], elles subirent plusieurs changemens importants que nous avons indiqués en reproduisant au bas des pages le texte primitif. L'auteur en publia une nouvelle édition en 1755, l'année même où il mourut : c'est celle que nous avons suivie.

Montesquieu mit le sceau à sa gloire en donnant l'*Esprit des Lois*. Cependant il n'étoit pas réservé à la France de voir ce chef-d'œuvre éclore dans son sein : c'est à Genève [1] qu'il fut d'abord publié. L'éloignement de l'auteur et la précipitation des imprimeurs nuisirent à l'exécution typographique de son livre. Il s'y glissa plusieurs incorrections dont les ennemis de Montesquieu ne manquèrent pas de profiter ; mais la plupart de ces taches furent effacées dans une nouvelle édition [2] à laquelle il donna des soins particuliers. Une de ses lettres nous apprend qu'il se rendit à Genève au commencement de l'année 1749, pendant qu'on réimprimoit l'*Esprit des Lois*. Cette lettre, adressée à M. d'Argenson, alors directeur de la librairie, est ainsi conçue :

A Genève, le 17 février 1749.

MONSEIGNEUR,

J'ai reçu la lettre que vous m'avez fait l'honneur de m'écrire le 31 du mois dernier, par laquelle vous m'ordonnez de vous envoyer les cartons du traité de l'*Esprit des Lois*. Si je n'y ai pas répondu plus tôt, c'est que j'ai trouvé quelques difficultés pour exécuter cet ordre. On a d'abord exigé de moi que je m'engageasse positivement qu'il ne seroit fait de ces cartons aucun usage qui pourroit préjudicier à l'auteur ou à l'imprimeur. J'ai eu cette facilité, dans la persuasion que vous voudrez bien, monseigneur, ne pas me désavouer. Ensuite on a prétendu que ces cartons étoient dans les maculatures, qu'on en avoit brûlé beaucoup, et qu'il seroit difficile d'en ramasser l'assortiment. Enfin, on m'a fourni ceux que vous trouverez ci-joints. Il y en a un ou deux qui sont maltraités, mais on m'a assuré qu'il n'existe point d'autres feuilles de ceux-là. Je ne crois pas, monseigneur, que vous trouviez que ces cartons répondent à l'idée qu'on a pu vous donner ; à deux ou trois changements près, qui sont de quelque considéra-

[1] D'Alembert, Maupertuis, M. Villemain, etc.

[2] A Cologne, chez Pierre Marteau. L'abbé Duval, alors secrétaire de Montesquieu, se rendit dans cette ville pour surveiller l'impression des *Lettres persanes* ; et, à dater de cette époque, il n'est pas d'année où elles n'aient reparu sous plusieurs formats.

[3] Le président Barbot, qui passoit son temps à Paris, a travaillé au *Dictionnaire néologique* avec l'abbé Desfontaines ; M. Bel étoit secrétaire perpétuel de l'académie de Bordeaux : il a donné sa maison à cette académie pour tenir ses séances, et lui a laissé sa bibliothèque.

[4] Et non en 1755, comme le dit Maupertuis.

[1] Chez Barillot et fils, en deux volumes in-4°. Cette première édition ne porte ni date, ni nom d'auteur ; mais la correspondance familière de Montesquieu nous apprend qu'elle fut commencée en 1747, terminée en 1748, et que Jacob Vernet, ministre du culte protestant, fut chargé d'en revoir les épreuves.

[2] Elle parut en 1749, à Genève, chez Barillot et fils, sans nom d'auteur.

A

tion, les autres ne sont que des corrections purement grammaticales. Je suis bien flatté, monseigneur, d'avoir pu réussir dans une chose qui vous est agréable; et je ne désirerai jamais rien avec plus d'empressement que les occasions de vous marquer le respect infini avec lequel j'ai l'honneur d'être,

Monseigneur,

Votre très-humble et très-obéissant serviteur,

DE MONTESQUIEU.

L'édition de 1749, une des meilleures qui aient été faites de l'*Esprit des Lois*, servit de type à toutes celles publiées du vivant de Montesquieu, et elles furent nombreuses; car, vers le milieu de 1750, on en comptoit déjà vingt-deux en Europe[1]. Traduit et réimprimé dans toutes les langues, ce livre admirable reparut en 1758. L'auteur étoit mort depuis trois ans, et avoit laissé plusieurs corrections et additions manuscrites qui furent recueillies dans cette nouvelle édition; nous la reproduisons ici, après toutefois l'avoir collationnée sur les textes primitifs[2].

On conçoit aisément que le succès prodigieux de l'*Esprit des Lois* ait soulevé contre Montesquieu cette foule d'hommes à vues étroites, qui s'irritent toutes les fois qu'une ame généreuse combat les préjugés, défend les droits de l'humanité, et proclame l'influence de la vertu sur le bonheur des peuples. Presque en même temps que ce chef-d'œuvre, on vit paroître une nuée de brochures dictées par la jalousie et la haine, et où la calomnie ne fut pas épargnée. Le premier qui donna le signal, se cachant sous le voile de l'anonyme, osa accuser Montesquieu d'athéisme et de spinosisme, lui qui dans l'*Esprit des Lois* n'avoit pas perdu une seule occasion de rendre hommage à la sublimité de la religion chrétienne. Il eut la foiblesse de se montrer sensible à cette injure, et, suivant l'expression énergique de Voltaire, « les trois doigts qui avoient écrit l'*Esprit des Lois* s'abaissèrent jusqu'à écraser par la force de la raison, et à coups d'épigrammes, la guêpe convulsionnaire qui bourdonnoit à ses oreilles quatre fois par mois. »

Plusieurs autres écrits anonymes furent dirigés dans le même temps contre Montesquieu. Cependant il ne faut pas confondre avec ses obscurs détracteurs un écrit remarquable sous plus d'un rapport, quoiqu'il ne soit pas toujours exempt de mauvaise foi et de partialité. Il s'agit ici de l'ouvrage du fermier-général Dupin. On croit que deux jésuites, les PP. Plesse et Berthier[3], ont travaillé à son livre, qui offre, dans quelques unes de ses parties, une érudition peu commune. Comme il est devenu d'une extrême rareté; comme, d'ailleurs, tous ceux qui en ont parlé l'ont fait d'une manière inexacte ou incomplète, nous consignerons dans cet avertissement les détails que nous avons recueillis sur ce sujet.

[1] Voyez les *Lettres familières*, n° 43.

[2] Cette collation nous a mis à même de faire plusieurs corrections importantes.

[3] J.-J. Rousseau, dans ses *Confessions*, ne nomme que le P. Berthier. Il le trouva un jour chez M. Dupin, travaillant avec lui *de toute sa force* à la réfutation de Montesquieu. Voyez le livre VII des *Confessions*; et remarquez que ce fait ne peut pas appartenir aux années 1743-1744, sous lesquelles il a été classé, puisque l'*Esprit des Lois* ne fut publié qu'en 1748.

M. Dupin étoit homme de mérite, mais incapable de saisir l'esprit du livre de Montesquieu; et sa critique fut désapprouvée par ses amis, qui l'engagèrent à ne la point publier. Il la fit imprimer chez lui, à ses frais, et en donna les premiers exemplaires à ceux mêmes qui lui conseilloient de la supprimer[1]. Mais à peine l'édition étoit-elle achevée qu'il l'anéantit; toutefois il se repentit bientôt d'avoir pris ce parti violent. Plusieurs sarcasmes, lancés contre les traitants dans les *Lettres persanes* et l'*Esprit des Lois*, l'avoient blessé trop profondément pour qu'il n'essayât pas au moins de les repousser. Il remit son ouvrage sous presse, après en avoir fait disparoître quelques plaisanteries de mauvais goût, et quelques observations présentées avec un ton de supériorité ou de légèreté peu convenable. Il donna plus de développement aux parties qui en étoient susceptibles, et joignit à cette seconde édition[2] une préface beaucoup plus sage, plus mesurée que la première, et que l'on attribue à madame Dupin; ou plutôt à J.-J. Rousseau, son secrétaire.

Un homme qui a consacré aux lettres une partie de son temps et de sa fortune, a porté sur cet ouvrage un jugement qui nous a paru mériter d'être conservé. Le voici : « J'ai parlé bien mal des *Réflexions* de M. Dupin; mais quand j'en ai parlé ainsi, je ne les avois ni lues ni parcourues : tel est l'effet d'un préjugé qui m'avoit été transmis il y a trente ans, et contre lequel je ne m'étois point mis en garde. Cependant, m'étant avisé de lire ce livre, que je ne regardois que comme une pièce rare et ridicule, je me suis convaincu de deux vérités : la première, qu'il s'en faut beaucoup qu'il soit mauvais en totalité; et l'autre, que l'auteur a donné une grande preuve de sagesse en le supprimant. Mais pourquoi a-t-il déféré aux avis de ses amis qui le lui conseilloient? c'est qu'il a senti que l'enthousiasme qui portoit à faire trouver l'*Esprit des Lois* divin étoit trop vif, et qu'un homme qui le combattroit avec autant de force que M. Dupin, se feroit jeter la pierre par toute l'Europe. Effectivement, il critiquoit l'ouvrage de Montesquieu avec trop d'amertume et trop peu de ménagement; mais au fond la plupart des critiques sont très justes et bien raisonnées, clairement et purement écrites. Il a raison dans tout ce qu'il reproche au président sur la nature des gouvernements, sur l'influence des climats, sur les mœurs et par conséquent sur les loix, enfin sur la constitution de l'Angleterre. Mais quand il parle de finance et de commerce, il paroît trop se souvenir qu'il est fermier-général. Au total, il y a d'excellentes choses dans cette critique; et puisque j'en possède un exemplaire presque unique[3], je le conserverai précieusement. »

On a dit que M. Dupin avoit retiré la seconde édition de son livre à la sollicitation de madame de Pompadour, qui s'intéressoit à l'auteur de l'*Esprit des Lois*. La correspondance familière de Montesquieu prouve au contraire

[1] Elle parut d'abord en deux volumes in-8°, sous le titre suivant : *Réflexions sur quelques parties d'un livre intitulé:* De l'Esprit des Lois, à Paris, chez Benjamin Serpentin, 1749.

[2] Elle a pour titre : *Observations sur un livre intitulé:* De l'Esprit des Lois, *divisées en trois parties*, et se compose de trois volumes in-8°; mais elle ne porte ni date, ni nom d'auteur, ni nom d'imprimeur. On croit qu'elle parut en 1753.

[3] Cet exemplaire *presque unique* a été long-temps entre nos mains, et nous en avons extrait tout ce qui nous a paru digne d'être offert au public.

qu'il ne vît rien dans cet écrit qui méritât une réponse, et qu'il se crut assez vengé par l'indignation qu'en témoignoit le public. Pour nous, qui avons lu attentivement l'ouvrage de M. Dupin, nous pensons qu'il faut chercher ailleurs la cause de sa suppression; et que le gouvernement, justement alarmé de la maladresse avec laquelle certaines questions délicates y étoient traitées, dut engager l'auteur à le supprimer une seconde fois. En terminant ce que nous avions à dire d'un ouvrage sur lequel on n'avoit jusqu'ici que des renseignemens fort incertains, nous ferons remarquer que Voltaire, ainsi qu'il l'avoue lui-même, y a puisé ses principales objections.

En 1764, Crevier publia un volume sur l'*Esprit des Lois*, contenant plusieurs observations et quelques rectifications dont nous avons profité. On lui sauroit plus de gré de son travail, s'il s'étoit toujours renfermé dans les bornes que doit s'imposer un critique judicieux, et s'il n'avoit jamais oublié cette sage circonspection que recommande Quintilien à ceux qui recherchent le périlleux honneur de juger les grands écrivains[1]. Mais il s'est trop appesanti sur quelques légères inadvertances qui devoient nécessairement échapper à Montesquieu dans un ouvrage de si longue haleine, et où il a cité souvent de mémoire. Crevier a osé même le taxer d'ignorance, et l'accuser d'avoir voulu tendre des pièges à ses lecteurs et leur *jeter de la poudre aux yeux*. Un langage aussi inconvenant n'a pas besoin de commentaire. Nous nous contenterons de dire qu'il ne devoit pas reprocher à Montesquieu d'avoir renvoyé ses lecteurs à la Vie de Denys, sous prétexte que cette Vie n'existoit pas, puisqu'elle se trouve réunie à celle de Dion, comme Plutarque a eu soin de le faire remarquer.

Voltaire, qui s'est mis au rang des commentateurs de Montesquieu, se borne pour l'ordinaire à reproduire quelques unes des réflexions faites avant lui, et auxquelles il sait donner une nouvelle vie par le tour original de sa pensée et par les agrémens de son style. Ses observations ont été publiées en 1778, sous le titre de *Commentaire*. En général, il y fait preuve d'impartialité; mais les saillies de son imagination l'emportent quelquefois au-delà des bornes de la vérité[2]: et s'il a dit que Montesquieu, après avoir retrouvé les titres du genre humain, les lui avoit rendus, il a dit aussi que l'*Esprit des Lois* n'étoit qu'un *Recueil d'épigrammes*, et alors l'auteur n'étoit plus pour lui que l'ingénieux Montesquieu. Du reste il s'abandonne fréquemment à des dissertations étrangères à son sujet, et où l'esprit brille trop souvent aux dépens du jugement. De semblables digressions auroient surchargé le texte: il étoit donc inutile de les recueillir; d'ailleurs on peut les voir dans toutes les éditions de Voltaire.

Enfin La Harpe nous a laissé plusieurs remarques pleines de justesse et de goût, d'autant plus précieuses qu'elles sont le résultat d'une longue méditation et d'une connois-

sance approfondie des ouvrages de Montesquieu. On sait que cet habile critique, ayant entrepris de commenter l'*Esprit des Lois* et de combattre quelques uns de ses principes, brûla son travail dès qu'il fut en état de l'apprécier. Nous ne pouvons résister au desir de transcrire ici un aveu aussi honorable pour celui qui le fait que pour celui qui en est l'objet: « Dans un temps, dit La Harpe, où je ne doutois de rien, non plus que bien d'autres, j'avois essayé de réfuter quelques-uns des principes de l'*Esprit des Lois*; et cette réfutation remplit cinq ou six séances du *Lycée* avec un tel succès, que je fus sollicité de toutes parts de l'imprimer sur-le-champ. J'aurois dû dire alors, comme cet ancien philosophe[1] applaudi par la multitude : Aurois-je par hasard laissé échapper quelques sottises? Heureusement je ne publiai pas les miennes, quoique je ne m'en défuisse pas. Lorsque je les relus en 1794, je jetai sur-le-champ le manuscrit au feu, sans en conserver une phrase, et je rendis graces à Dieu. » Un aussi bel exemple auroit dû trouver des imitateurs; mais au milieu de la stérilité qui afflige la littérature françoise nos grands écrivains sont condamnés à voir long-temps encore leur texte embarrassé, quelquefois même étouffé sous l'amas des idées vraies ou fausses et souvent incohérentes et ridicules[2] que la lecture de leurs chefs-d'œuvre aura fait éclore.

Nous glisserons légèrement sur une foule d'écrits en prose et en vers[3] dans lesquels l'auteur de l'*Esprit des Lois* fut attaqué avec la dernière indécence, et dont le temps seul devoit faire justice : car Montesquieu méprisoit trop ses ennemis pour repousser leurs injures. Et d'ailleurs qu'eût-il répondu à un abbé Bonnaire qui se croyoit bien méchant, parce qu'il avoit dit, à propos du livre XIV de l'*Esprit des Lois*, que le climat étoit un enfant gâté, mais que son père lui arrachoit le nez en voulant le moucher trop fort? » Que dire à un abbé Laporte, qui, après avoir torturé son génie pour en tirer quelques niaiseries, s'imaginoit couvrir de ridicule Montesquieu en comparant une femme des pays chauds à « une laitue que le » trop de chaleur empêche de pommer et fait monter en » graine? »

Cependant nous ne terminerons point cet avertissement, déja trop long peut-être, sans dire quelques mots d'un écrit moderne intitulé : *Commentaire sur l'Esprit des Lois*, et qu'on a cru pouvoir rattacher à quelques éditions récentes. Ce prétendu commentaire n'est proprement qu'un nouveau système fondé sur d'autres idées, sur d'autres principes que ceux adoptés par Montesquieu[4]. L'auteur prend soin lui-même de nous avertir qu'il a refait les principales classifications de l'*Esprit des Lois* « pour tâcher

[1] *Modeste tamen et circumspecto judicio de tantis viris pronuntiandum est, ne (quod plerisque accidit) damnent quæ non intelligunt. Ac si necesse est in alterutram errare partem, omnia eorum legentibus placere, quam multa displicere maluerim.* (Lib. X, cap. I.)

[2] On doit avouer que Voltaire combat Montesquieu comme il l'avoit lu, très étourdiment. Ces objets de méditation étoient trop étrangers à l'excessive vivacité de son esprit. Saisir fortement par l'imagination les objets qu'elle ne doit montrer que d'un côté, c'est ce qui est du poète; les embrasser sous toutes les faces, c'est ce qui est du philosophe; et Voltaire étoit trop exclusivement l'un pour être l'autre. (LA H.)

[1] Phocion.

[2] Parce qu'il a plu à Saint-Foix de se demander si Montesquieu ne s'étoit pas persuadé que nos ancêtres eussent les mains faites comme des pattes de crocodile, devoit-on s'attendre à retrouver cette sottise dans une édition récente?

[3] Un de ces poëmes improvisés commence ainsi :

Vous connoissez l'*Esprit des Lois*:
Que pensez-vous de cet ouvrage?
Ce n'est qu'un confus assemblage
De républiques et de rois.

Voilà pourtant ce qu'on appeloit alors l'*analyse poétique* de l'*Esprit des Lois* !

[4] On peut appliquer à M. D. de T. ce que Montesquieu disoit de Voltaire : « Il refait mon livre, puis il approuve ou critique ce qu'il a fait. »

» d'éclaircir davantage les idées de Montesquieu, et parce
» qu'il seroit trop long et trop pénible de discuter ses trois
» espèces de gouvernement en partant des bases qu'il a
» posées, et qui n'offrent rien d'assez solide ni d'assez pré-
» cis. » Il ajoute qu'il « sera plus facile d'en apprécier la
» valeur en adoptant une nouvelle division des gouverne-
» ments en *nationaux* et *spéciaux.* » Enfin, il est forcé
d'avouer quelque part qu'*il ne s'éloigne des idées de Mon-
tesquieu que pour mieux les réfuter.* On ne sera donc pas
étonné de ne voir au bas des pages aucun fragment d'un
ouvrage qui n'a d'autre point de contact avec l'*Esprit des
Lois* que l'ordre des matières, et qui n'auroit jamais dû
trouver place à la suite de Montesquieu.

En résumé, notre édition présente: 1° plus de correc-
tion dans le texte qu'aucune des précédentes ; 2° un com-
mentaire *variorum* tiré de Dupin, Crevier, Voltaire,
Mably, Servan, La Harpe, etc. ; 3° une notice sur la vie
de Montesquieu par M. C. A. Walckenaër ; 4° une table
générale et analytique des matières.

PARELLE.

NOTICE

LA VIE DE MONTESQUIEU,

PAR M. C. A. WALCKENAER.

CHARLES DE SECONDAT, baron de La Brède et DE MONTESQUIEU, naquit près de Bordeaux, le 18 janvier 1689, dans le château de La Brède[1], où il passa son enfance, et composa des ouvrages qui lui ont acquis une gloire qui ne périra jamais. La terre de Montesquieu étoit depuis long-temps dans sa famille : elle avoit été achetée, en 1561, par son trisaïeul, Jean de Secondat, sieur de Roques, maître d'hôtel de Henri II, roi de Navarre. Cette terre fut érigée en baronie par Henri III, roi de Navarre (depuis roi de France, sous le nom de Henri IV), en faveur de Jacob de Secondat, fils de Jean, « pour » reconnoître, disoit le roi, les bons, fidèles et si- » gnalés services qui nous ont été faits par lui et les » siens. » Jean Gaston de Secondat, second fils de Jacob, ayant épousé la fille du premier président du parlement de Bordeaux, acquit, dans cette compagnie, une charge de président à mortier. Il eut plusieurs enfants, dont un entra dans le service, s'y distingua, et le quitta de bonne heure : ce fut le père de Charles de Secondat, auteur de l'*Esprit des lois.*

Ces détails de généalogie et de famille, qu'on s'épargne ordinairement quand on écrit la vie des grands hommes, ne pouvoient être passés sous silence dans celle de Montesquieu, dont les ouvrages et la conduite ont fait voir souvent qu'il n'étoit pas indifferent aux prérogatives de sa naissance, et aux privilèges attachés à ses possessions seigneuriales. Les plus grands génies, les hommes que la nature a distingués des autres par les plus fortes empreintes d'originalité, subissent cependant l'influence des circonstances qui ont précédé leur naissance, et accompagné leur première éducation.

Dès son enfance, Montesquieu annonça une vivacité d'esprit qui auroit pu faire présager ce qu'il devoit être un jour. Son père mit tous ses soins à cultiver les heureuses dispositions d'un fils, objet de son espérance et de sa tendresse. Il le destina à la magistrature; et, dès sa plus tendre jeunesse, Montesquieu employa l'activité de son esprit à étudier l'immense recueil des différents codes, à saisir les motifs, et à démêler les rapports compliqués de tant de lois obscures ou contradictoires. Son goût pour l'étude étoit insatiable; et s'il fut la source de sa gloire, il fut aussi celle de son bonheur. Il a avoué qu'il n'avoit jamais eu de chagrin qu'une heure de lecture n'eût dissipé. Il se délassoit, avec les livres d'histoire et de voyages, de ses travaux les plus arides sur la jurisprudence; mais surtout, il savouroit avec délices les productions des siècles classiques de la Grèce et de Rome : « Cette antiquité m'enchante, dit-il; et je » suis toujours prêt à dire avec Pline : *C'est à Athènes que vous allez; respectez les dieux.* »

Ce fut en quelque sorte la reconnoissance qu'il avoit pour les anciens, qui le porta, dès l'âge de vingt ans, à entreprendre son premier ouvrage : il l'avoit composé en forme de lettres, et il cherchoit à prouver que l'idolâtrie de la plupart des païens ne sembloit pas mériter une damnation éternelle. Montesquieu ne fit point paroître cet écrit. Déjà le jugement dominoit en lui le talent, et lui apprenoit ce qu'il produisoit alors n'étoit pas digne de se placer à côté de ce qu'il pourroit produire un jour.

Il fut reçu conseiller au parlement de Bordeaux, le 24 février 1714. Un oncle paternel, président à mortier dans ce parlement, ayant perdu un fils unique, et voulant conserver dans son corps l'esprit de dignité qu'il avoit tâché d'y répandre, laissa ses biens et sa charge à Montesquieu, qui fut nommé président à mortier, le 13 juillet 1716. Quelques années après, en 1722, il fut chargé de présenter des remontrances que le parlement de Bordeaux crut devoir faire relativement à un impôt sur les vins : il

[1] Cette seigneurie de La Brède avoit été acquise depuis peu par la maison de Secondat, et étoit encore, en juin 1682, une des propriétés de la maison de L'isle. Voyez *Variétés bordelaises*, Tom. IV, pag. 243.

exposa avec force la misère du peuple, et obtint la justice qu'il demandoit; mais cette concession fut de courte durée, et l'impôt supprimé reparut sous une autre forme.

Il n'étoit pas moins zélé pour la gloire de ses compatriotes que pour leurs intérêts. Une société d'hommes, unis par leur goût pour la musique et les ouvrages de pur agrément, fonda une académie à Bordeaux, en 1716. Montesquieu, qu'elle admit dans son sein, entreprit de faire, de cette coterie de beaux-esprits, une société savante. Le duc de La Force, protecteur de cette académie, le seconda dans ses vues. On jugea, dit d'Alembert, qu'une expérience bien faite seroit préférable à un discours foible ou à un mauvais poème, et Bordeaux eut une académie des sciences. Montesquieu paya son tribut, comme membre de cette nouvelle compagnie, en y lisant quelques écrits sur l'histoire naturelle. Il avoit un goût particulier pour ce genre d'étude; mais sa constitution physique lui refusoit les moyens d'observation qui en sont la base. Non-seulement sa vue étoit courte, mais il l'avoit foible; et cette infirmité augmenta tellement en lui avec les années, que vers la fin de sa vie il devint presque aveugle. Remarquons aussi qu'à l'époque où Montesquieu s'appliqua à l'histoire naturelle, les principes fondamentaux de cette science n'étoient pas encore posés. Il y fit peu de progrès, et peut-être eût-il mieux valu qu'il n'eût pas tenté de la connoître; car il en a fait une fois, dans son immortel ouvrage, une application fausse et presque puérile. Cependant son génie lui faisoit pressentir les rapports de cette science avec la richesse des nations, les révolutions des empires, les besoins et les jouissances de l'homme en société. Il auroit voulu remplir une lacune dans les connoissances humaines, dont il apprécioit toute l'étendue. C'est ce que prouve le projet d'une *Histoire physique de la terre ancienne et moderne*, qu'il fit imprimer en 1719, et qu'il répandit par la voie des journaux, en invitant tous les savants de l'Europe à lui communiquer leurs mémoires et leurs observations sur ce sujet.

Mais bientôt il sentit que, si l'esprit de l'homme ne connoît ni obstacles, ni limites, sa vie est bornée à un petit nombres d'années, et qu'il est contraint de se renfermer dans le cercle que le temps trace autour de lui. Montesquieu, abandonnant ses recherches en histoire naturelle, s'adonna donc exclusivement aux sciences morales et historiques, vers lesquelles l'entraînoient la pente de son génie, ses premières études, et ses fonctions comme magistrat. Il lut successivement, à son académie de Bordeaux, une dissertation sur la *Politique des Romains dans la religion*, prélude de l'ouvrage qu'il devoit publier un jour sur le peuple le plus étonnant de l'histoire; un *Éloge du duc de La Force*, et une *Vie du ma-*

réchal de Berwick : ce dernier morceau rappelle la manière de Tacite; mais nous dirons, à la fin de cet article, tout ce qui lui manque pour pouvoir être comparé à un chef-d'œuvre du même genre de ce grand historien.

Ces divers essais de Montesquieu, historiques, moraux ou scientifiques, n'annonçoient nullement l'ouvrage par lequel, à l'âge de trente-deux ans, il signala son entrée dans la carrière littéraire, les *Lettres persanes*; elles parurent en 1721. Il est bien certain que le cadre ou l'idée première de ce livre est empruntée du *Siamois des Amusements sérieux et comiques* de Dufresny; mais, dans les ouvrages d'esprit, l'idée première est peu de chose en comparaison de l'exécution. Pour expliquer le prodigieux succès qu'eurent les *Lettres persanes*, et l'influence qu'elles exercèrent, il ne suffit pas de remarquer qu'on y trouvoit, sous une forme plus appropriée à tous les lecteurs, les divers genres de talent que l'auteur a développés dans des ouvrages plus utiles et plus sérieux; il faut encore se rappeler à quelle époque ce livre parut. Des guerres désastreuses, des persécutions cruelles, des hivers rigoureux, la famine et la misère des peuples, qui est la suite de tous ces fléaux, avoient attristé la fin du règne de Louis XIV. Durant les brillantes années de ce règne, le peuple françois, soumis et reconnoissant envers un roi qui l'avoit élevé au premier rang parmi les nations, enivré de ses succès et de sa gloire, étoit resté comme en contemplation devant sa propre grandeur. Lorsqu'ensuite les malheurs publics eurent excité les mécontentements, l'habitude de l'obéissance et la crainte qu'inspiroit un monarque dont l'âge ni les revers ne faisoient point fléchir la volonté, maintinrent tout, autour de lui, dans un respectueux silence; mais quand il fut descendu dans la tombe, la nation sembla se dédommager de la contrainte qu'on avoit exercée sur elle, et ne fut que trop puissamment secondée par le régent qui avoit pris les rênes du gouvernement : le libertinage succéda à la dévotion, l'effronterie à l'hypocrisie, la familiarité au respect, l'audace à la soumission. La liberté de tout dire et de tout écrire avec impunité, portoit à examiner ou à combattre tout ce qui avoit été consenti sans opposition ou approuvé avec enthousiasme. C'est au milieu de cette effervescence des esprits que parut le livre des *Lettres persanes*; il avoit, par sa forme, tout l'attrait d'un roman : on y trouvoit des détails voluptueux et des sarcasmes irréligieux, qui flattoient le goût du siècle pour les plaisirs, et son penchant à l'incrédulité; on y lisoit des jugements pleins de hauteur et de dédain sur Louis XIV et sur son règne, qu'on cherchoit dès-lors à déprécier : mais on ne pouvoit méconnoître dans ce livre un ardent amour pour le bonheur de l'humanité; un zèle courageux pour le triomphe de la rai-

son et de la vertu ; des aperçus lumineux sur le commerce, les droits publics, les lois criminelles, et sur les plus chers intérêts des nations ; un coup-d'œil pénétrant sur les vices des sociétés et sur ceux des gouvernements : il annonçoit enfin un penseur profond, qui surprenoit d'autant plus, que loin de se complaire dans sa force, il ne sembloit occupé qu'à la déguiser sans cesse, en se couvrant du masque de la frivolité. Ce qui surtout, dans ce livre, se trouvoit à la portée de tout le monde, et enlevoit tous les suffrages, c'étoit cette satire si animée, si fine, si gaie, si spirituelle, de nos mœurs et de nos travers; c'étoit ce style toujours vif, brillant, plein d'heureuses réticences, de contrastes inattendus, et dont la piquante ironie s'élevoit quelquefois jusqu'à la plus énergique éloquence. Le voile de l'anonyme, dont l'auteur de cette production sut pendant quelque temps se couvrir, contribua encore à irriter la curiosité publique. Quand on sut que c'étoit l'un des présidents d'une des principales cours souveraines du royaume, l'opposition qui existoit entre cet écrit et la profession grave de l'écrivain, dans ce siècle avide de scandale, contribua encore à son succès : il fut prodigieux; et Montesquieu lui-même se vanta malignement qu'à cette époque les libraires alloient tirer par la manche tous ceux qu'ils rencontroient, en leur disant : « Monsieur, faites-nous » des Lettres persanes ; » comme si rien n'avoit été plus facile que de faire des Lettres persanes !

Il est curieux, et peut-être utile, de remarquer que l'auteur de ces lettres a cependant manqué du talent épistolaire proprement dit ; il ne faut pas croire qu'il le dédaignât : dans sa correspondance avec le président Hénault, il témoigne au contraire le regret de ne pas le posséder. Le recueil des lettres de Montesquieu, que l'abbé de Guasco publia en 1767, n'en offre aucune qui soit remarquable : presque toutes sont fort courtes ; la plupart ne sont que des imples billets. Elles n'intéressent que parce qu'on y trouve quelques détails qui nous font davantage connoître l'homme illustre qui les a écrites. On peut donner plusieurs raisons de cette singularité : d'abord, la forte préoccupation sous l'influence de laquelle Montesquieu étoit presque toujours pour la composition de ses ouvrages ; son extrême vivacité, qui ne lui permettoit pas de s'étendre dans une lettre au-delà de ce qui étoit nécessaire ; la foiblesse de sa vue, qui le condamnoit à écrire peu de mots à la fois, ou à se servir d'une main étrangère ; enfin, son peu de facilité dans la rédaction, que démontre l'aspect de ses manuscrits chargés de ratures : toutes ces causes réunies le rendoient peu propre à un genre qui exige surtout de la facilité, de l'abandon et de la souplesse, le talent d'improviser ses pensées, et l'habitude de s'abandonner aux inspirations du moment.

Quatre ans après avoir publié les *Lettres persanes*, Montesquieu fit, en 1725, imprimer séparément le *Temple de Gnide* [2], bagatelle ingénieuse, mais froide et sans intérêt, où l'esprit est prodigué, la grace étudiée, et que M^{me} du Deffant avoit surnommée l'*Apocalypse de la galanterie*. Au reste, nous voyons, par une lettre écrite à Moncrif, en 1738, que Montesquieu, long-temps après la publication du *Temple de Gnide*, ne vouloit point consentir à avouer cette légère production, qu'il composa pour l'amusement de la société de M^{lle} de Clermont. Il dit, dans cette lettre, que le libraire-éditeur le désobligeroit beaucoup s'il alloit mettre quelque chose dans son avertissement, qui, directement ou indirectement, pût faire penser qu'il en fût l'auteur. « Je suis, ajoutoit-il, à l'égard des ou-» vrages qu'on m'attribue, comme M^{me} Fontaine-» Martel étoit pour les ridicules ; on me les donne, » mais je ne les prends pas. » Cependant, même dans ce médiocre ouvrage, on remarque quelques traits qui décèlent Montesquieu ; et, à ce sujet, Laharpe le compare à un aigle qui voltige dans des bocages, et resserre avec peine un vol fait pour les hauteurs des montagnes et l'immensité des cieux.

Cette même année, Montesquieu, à l'ouverture du parlement de Bordeaux, prononça un discours sur les devoirs des magistrats, des avocats, des procureurs et de tous ceux qui suivent la carrière du barreau. Ce discours, qui a été trop peu remarqué, est écrit d'un style abondant, plein d'onction, et s'éloigne de la manière ordinaire de Montesquieu; il est de ce genre d'éloquence qui s'adresse encore plus à l'ame qu'à la raison. Cependant celui qui retraçoit si bien les devoirs du magistrat, et en sembloit si pénétré, se retira presque aussitôt, et peut-être par cette raison même, de la magistrature. Montesquieu vendit sa charge en 1726. Le desir d'acquérir sa liberté et de se livrer entièrement à la philosophie et aux lettres, fut sans doute un de ses motifs ; mais la principale cause de cette détermination fut qu'il se trouvoit, et qu'il étoit inférieur à ce qu'il devoit être dans son emploi. Cette continuelle présence d'esprit, ce jugement prompt et facile, cette patience attentive qui suit dans tous les détails les détours de l'intérêt privé ; cette facilité d'élocution qui fait ressortir aux yeux des autres la vérité et la justice, qu'on n'a qu'un instant pour discerner, qu'un instant pour faire triompher; toutes ces qualités, indispensables dans un juge, manquoient entièrement à Montesquieu. Pour s'en convaincre, il suffit de ses propres aveux : il nous dit que tout son mérite, dans son métier de président, se réduisoit à

[2] La première édition du *Temple de Gnide* est in-12, de 82 pages, chez Simart, libraire ; l'approbation est datée du 29 janvier 1725 : la petite pièce de *Céphise et l'Amour* se trouve à la suite.

avoir le cœur droit, et à entendre assez bien les questions en elles-mêmes ; mais qu'il n'avoit jamais rien compris à la procédure, quoiqu'il s'y fût appliqué. Son accent gascon, dont il paroit avoir dédaigné de se corriger, sa voix claire et même un peu criarde, auroient nui aux meilleurs discours, s'il avoit pu en prononcer sans préparation, mais il ne le pouvoit pas. « Ma machine, dit-il, est tellement composée, » que j'ai besoin de me recueillir dans toutes les ma- » tières un peu abstraites. Sans cela mes idées se » confondent ; et si je sens que je suis écouté, il me » semble que toute la question s'évanouit devant moi. » Plusieurs tracés se réveillent à-la-fois; et il résulte » de là qu'aucune trace n'est réveillée. La timidité, » dit-il encore, a été le fléau de toute ma vie ; elle » sembloit obscurcir jusqu'à mes organes, lier ma » langue, mettre un nuage sur mes pensées, déran- » ger mes expressions. » Avec de telles défectuosités, on peut aspirer, du fond de sa retraite, à remuer le monde en composant des livres ; mais il faut renoncer à ces fonctions publiques qui exigent qu'on exerce, par la parole, une influence journalière sur les hommes.

Montesquieu, libre désormais de s'adonner tout entier à la philosophie et aux lettres, se présenta comme candidat pour la place vacante à l'Académie françoise, par la mort de M. de Sacy ; mais le cardinal de Fleury écrivit à l'Académie, que le roi avoit déclaré qu'il ne donneroit point son approbation à la nomination de l'auteur d'un ouvrage dans lequel se trouvoient des sarcasmes impies. « Alors, dit Vol- » taire, Montesquieu prit un tour fort adroit pour » mettre le ministre dans ses intérêts : il fit faire, en » peu de jours, une nouvelle édition de son livre, » dans lequel on retrancha ou on adoucit tout ce qui » pouvoit être condamné par un cardinal ou par un » ministre. M. de Montesquieu porta lui-même l'ou- » vrage au cardinal, qui ne le lisoit guère, et qui en lut » une partie : cet air de confiance, soutenu par l'em- » pressement de quelques personnes en crédit, ra- » mena le cardinal, et Montesquieu entra à l'Acadé- » mie. » Cette anecdote, insérée dans un ouvrage sérieux, le *Siècle de Louis XIV*, et attestée par le plus célèbre des contemporains de Montesquieu, à une époque où la plupart des amis de cet homme illustre vivoient encore, et qu'aucun d'eux n'a con- tredite, a été rejetée par les biographes modernes, comme tout-à-fait invraisemblable. Ils assurent, au contraire, que Montesquieu n'usa point d'un détour, selon eux, peu digne de lui ; qu'il ne voulut rien dés- avouer dans ses *Lettres persanes*, et qu'il fut rede- vable de son admission aux instances du maréchal d'Estrées, son ami. Ceci n'est point exact. Montes- quieu tenoit au moins autant à la considération due à sa naissance, à son rang dans le monde, qu'à sa re- nommée littéraire; il fut à-la-fois consterné et offensé

du refus du roi et de son ministre, et surtout des mo- tifs de ce refus qui étoit une sorte de réprobation de l'autorité royale, relativement à lui et sa famille. « Il » déclara au gouvernement, dit d'Alembert, qu'a- » près l'espèce d'outrage qu'on alloit lui faire, il iroit » chercher chez les étrangers, qui lui tendoient les » bras, la sûreté, le repos, et peut-être les récom- » penses qu'il auroit dû espérer dans son pays. » Mais en ressentant d'une manière noble et ferme l'affront dont il étoit menacé, Montesquieu n'en reconnois- soit pas moins ses torts ; et il est certain qu'il dés- avoua, d'une manière quelconque, les lettres de son ouvrage qui fournissoient un motif légitime pour l'écarter d'une compagnie dont, par son institu- tion, le roi étoit protecteur. Montesquieu ne fit rien en cela, quoi qu'on en ait dit, qui fût indigne de la franchise de son caractère. Jamais il ne s'étoit formellement déclaré l'auteur des *Lettres persanes*. Quand il fut pressé de les désavouer, il put, en se refusant à cette démarche, désavouer cependant celles de ces lettres qui n'étoient plus conformes à ce qu'il auroit pensé et écrit, lorsqu'on l'interpella sur ce sujet. La preuve que tel étoit son sentiment, se trouve dans les ouvrages qu'il a publiés depuis, qui con- tiennent des éloges sincères de la religion chrétienne, et dans les démarches qu'il fit auprès des libraires qui réimprimoient ses *Lettres persanes*, pour qu'ils en fissent disparoître ce qu'il appeloit ses *Juvenilia*. D'Alembert, dans l'éloge de Montesquieu, qu'il a mis en tête d'un des volumes de l'Encyclopédie, dit for- mellement que, dans la première édition des *Lettres persanes*, l'imprimeur étranger en avoit inséré qui n'étoient pas de l'auteur ; cependant d'Alembert n'i- gnoroit pas que ce fait étoit inexact, et que cette première édition étoit bien réellement conforme au manuscrit autographe. Si donc d'Alembert impri- moit cela, même après la mort de Montesquieu, c'est que, dans l'intérêt de la mémoire de cet homme il- lustre, dans celui de sa famille, dans celui de l'Aca- démie qui l'avoit reçu, dans l'intérêt même du parti philosophique, dont d'Alembert étoit un des organes, et qui avoit quelque ménagement à garder, on trou- voit nécessaire de considérer celles des Lettres per- sanes qui avoient été désavouées par Montesquieu, comme n'ayant pas même été écrites par lui. Le rap- prochement de ces diverses circonstances démontre qu'il y a au moins un fonds de vérité dans ce qu'a dit Voltaire, auteur mieux instruit sur l'histoire de son temps qu'on ne le pense communément, et que, sur sa réputation de légèreté, on se croit, à tort, auto- risé à contredire légèrement.

Montesquieu prononça, le 24 janvier 1728, son discours de réception à l'Académie françoise. A cette époque, l'éloge du cardinal de Richelieu étoit, dans ces sortes de discours, une obligation à laquelle on ne pouvoit se soustraire. Montesquieu a rempli cette

obligation par une seule phrase qui n'a que huit lignes; et ces huit lignes sont l'éloge le plus complet que l'on ait fait de ce grand ministre, et le seul qu'on ait retenu.

Montesquieu se mit ensuite à voyager, et visita presque tous les pays de l'Europe. Sa réputation le fit partout accueillir avec empressement. Il alla d'abord à Vienne, où il vit souvent le prince Eugène; de là, il passa en Hongrie et ensuite en Italie; il connut, à Venise, l'Écossais Law, qui, du sein des grandeurs, de la célébrité et des richesses, étoit tombé dans l'obscurité, l'oubli et la pauvreté, et qui cependant s'occupoit toujours à combiner son fameux système : il y entretint aussi le comte de Bonneval, qui n'avoit encore parcouru qu'une partie du cercle de ses aventures romanesques. De Venise, Montesquieu se rendit à Rome, où il contracta des liaisons avec le cardinal Corsini, depuis pape sous le nom de Clément XII, et avec le cardinal de Polignac, auteur de l'*Anti-Lucrèce*. On prétend que Montesquieu, avant de partir de Rome, alla faire ses adieux au pape Benoît XIV, et que celui-ci lui fit alors cadeau de bulles de dispense; mais que, lorsqu'on présenta à Montesquieu la note des frais d'expédition de ces bulles, il refusa d'en payer le montant, disant qu'il aimoit mieux s'en rapporter à la parole du saint père. De Rome, Montesquieu se rendit à Gênes; et, comme il ne trouva pas dans cette ville l'accueil et les plaisirs qu'il avoit partout rencontrés, il exhala son humeur dans des stances cyniques, qu'il n'avoit pas destinées à l'impression. Quoiqu'il eût le travers, ainsi que plusieurs prosateurs du dernier siècle, de faire peu de cas de la poésie, il a cependant composé en vers quelques bagatelles ingénieuses, où l'on remarque de l'esprit et de la délicatesse; une des meilleures est le portrait de M^me la duchesse de Mirepoix, qu'il fit à Lunéville, pour amuser le roi de Pologne. Montesquieu paroît même avoir versifié avec assez de facilité. On rapporte que se promenant un jour dans le jardin de Boileau, à Auteuil, dont le médecin Gendron, son ami, étoit devenu propriétaire, il improvisa ces deux vers :

Apollon, dans ces lieux, prêt à nous secourir,
Quitte l'art de rimer pour celui de guérir.

De l'Italie, Montesquieu alla en Suisse; il parcourut les pays arrosés par le Rhin, et s'arrêta quelque temps en Hollande. A La Haye, il retrouva milord Chesterfield, avec lequel il s'étoit lié, à Venise, d'une amitié toute particulière. Celui-ci lui proposa une place dans son yacht, pour passer en Angleterre; il accepta, et s'embarqua le 31 octobre 1729. Montesquieu résida deux ans en Angleterre, et fut recherché avec empressement par tout ce qu'il y avoit de plus distingué dans ce pays. La société royale de Londres l'admit au nombre de ses membres, la reine d'Angleterre l'honora d'une bienveillance particulière : il lui adressa un jour une louange aussi fine que délicate, et faite pour flatter son amour-propre, et comme femme, et comme reine. Voici comment il a lui-même raconté cette anecdote. « Je dînais » chez le duc de Richmond ; le gentilhomme ordi- » naire de La Boine, qui étoit un fat, quoique en- » voyé de France en Angleterre, soutint que l'An- » gleterre n'étoit pas plus grande que la Guienne : » je tançai mon envoyé. Le soir la reine me dit : Je » sais que vous nous avez défendus contre votre mon- » sieur de La Boine. — Madame, je n'ai pu m'ima- » giner qu'un pays où vous régnez ne fût pas un » grand pays. »

Montesquieu étoit trop distrait en société pour y briller beaucoup; il avoit rarement de ces reparties heureuses du genre de celle que nous venons de rapporter : on en raconte cependant encore une autre fort gaie, quoique impolie, que lui arracha un moment d'impatience qu'il eut contre quelqu'un qui s'efforçoit de lui persuader une chose difficile à croire. « Si ce n'est pas vrai, lui disoit avec force cet impor- » tun, je vous donne ma tête. — Je l'accepte, répon- » dit aussitôt Montesquieu; les petits présents entre- » tiennent l'amitié. » Montesquieu étoit, dans le commerce habituel, d'une gaieté douce et d'une vivacité toujours égale, simple et sans prétentions. « J'aime, disoit-il, les maisons où je puis me tirer » d'affaire avec mon esprit de tous les jours. » Cependant il lui échappoit quelquefois des saillies de réflexion qui décéloient la profondeur de son esprit; et quand il étoit animé, il racontoit avec brièveté, mais avec feu et même avec grace. Ses voyages lui avoient appris à se ployer à tous les goûts, à s'accommoder de tous les caractères. « Quand je suis » en France, dit-il, je fais amitié à tout le monde; » en Angleterre, je n'en fais à personne; en Italie, » je fais des compliments à tout le monde; en Alle- » magne, je bois avec tout le monde. »

De retour dans sa patrie, Montesquieu se retira dans son château de La Brède. Il avoit, soit avant, soit pendant ses voyages, fait imprimer, en Hollande, un opuscule intitulé : *Réflexions sur la Monarchie universelle en Europe*, dont il nous a été remis un exemplaire : cet opuscule a été inconnu jusqu'ici à tous ceux qui ont eu occasion de parler de Montesquieu ou de ses ouvrages. Lui-même, néanmoins, en fait mention dans un passage de *l'Esprit des lois* [3]. Il paroît, d'après une note de

[3] Dans une note du liv. XXI, chap. XXII, tom. II, pag. 274, édition de Lequien, on lit ce qui suit : « Ceci a paru, il y a plus » de vingt ans, dans un petit ouvrage manuscrit de l'auteur, » qui a été presque fondu dans celui-ci. » Cette note est singulière, et sembleroit faire croire que Montesquieu avoit fait tirer quelques exemplaires de cet opuscule pour donner à des amis. *L'Esprit des Lois* parut en 1748; et si ces mots, *il y a plus de*

sa main, qui se trouve en tête du seul exemplaire de cet opuscule que nous ayons vu, que Montesquieu craignit que quelques passages de cette brochure ne fussent mal interprétés, qu'il la corrigea dans le dessein de la faire imprimer ainsi, et qu'ensuite il ne jugea pas à propos de la livrer au public. Cet écrit tendoit à prouver que, dans l'état des nations modernes de l'Europe, il étoit impossible, même au plus habile et au plus ambitieux des souverains, de fonder une monarchie universelle.

Dans le même temps que Montesquieu recherchoit les obstacles qui s'opposoient, dans l'Europe moderne, à ce qu'un peuple pût établir sa domination sur tous les autres, il examinoit, par la liaison nécessaire de ces mêmes idées, quelles étoient les causes de la prospérité et de la chute du peuple célèbre qui soumit à son orgueilleuse domination tous les états du monde civilisé et qui fit de la Méditerranée un lac de son vaste empire. Après deux ans de séjour dans sa retraite de La Brède, Montesquieu publia, en 1734, ses *Considérations sur les causes de la grandeur et de la décadence des Romains*, ouvrage remarquable, qui n'est pas le plus étonnant, mais qui est le plus parfait de tous ceux qui sont sortis de sa plume, et dans lequel son génie eut à lutter contre plusieurs hommes supérieurs, chez les anciens et chez les modernes, qui avoient traité le même sujet, principalement Polybe, Machiavel, Saint-Évremond et Bossuet. Mais Polybe, savant géographe, habile guerrier, négociateur adroit, penseur profond, est un historien prolixe et un écrivain médiocre. Machiavel avoit choisi quelques faits de l'histoire romaine, plutôt comme motifs que comme sujet principal de ses réflexions sur la politique. Saint-Évremond, plein d'aperçus ingénieux, mais léger d'instruction, ne connoissant que médiocrement les faits, n'a pu les juger et les analyser que d'une manière incomplète. Bossuet, qui ne devoit considérer l'histoire des Romains que comme une portion de

celle du monde, en a saisi les principaux traits. Montesquieu est le seul qui ait embrassé ce grand sujet dans tous ses détails, le seul qui ait comparé tous les faits avec une laborieuse sagacité. Il n'en oublie aucun qui puisse donner matière à une pensée, et offrir un résultat; et cependant il a su tout re serrer dans un seul volume d'une grosseur médiocre. La *Dialogue de Sylla et d'Eucrate*, qui se trouve à la suite de cet ouvrage, et en fait en quelque sorte partie, est un des morceaux où Montesquieu a déployé le plus d'éloquence. Cette éloquence, dit un de ses panégyristes, renouvelle, pour ainsi dire, dans les ames, la terreur qu'éprouvèrent les Romains devant leur impitoyable dictateur. Un autre morceau du même genre, plus court encore, mais non moins remarquable, est celui de *Lysimaque* : Montesquieu, dans cet écrit, a peint, d'une manière sublime, cette philosophie des stoïciens, qui élevoit l'homme au-dessus des foiblesses de sa nature, et qui lui faisoit braver avec joie, et même avec orgueil, les cruautés des tyrans et les injustices du sort. Ce morceau fut envoyé, en 1751, au roi Stanislas, qui avoit écrit à Montesquieu une lettre flatteuse, au sujet de sa nomination à l'académie de Nancy.

Les *Considérations sur la grandeur et la décadence des Romains* ne faisoient connoître qu'un seul peuple; et Montesquieu s'étoit, depuis long-temps, attaché à les étudier tous, à découvrir les causes des révolutions qui avoient successivement changé la face du monde, et à rechercher l'explication des lois et des coutumes qui avoient contribué à la prospérité des nations, ou causé leur décadence. Le succès du traité sur le peuple romain, qui n'étoit, en quelque sorte, qu'une portion détachée du vaste plan qu'il avoit conçu, ne fit qu'accroître son ardeur pour l'exécution d'une si haute entreprise. Il y travailla encore quatorze ans. Tantôt il lui sembloit qu'il avançoit à pas de géant, tantôt qu'il reculoit, à cause de l'immensité de la carrière qui lui restoit à parcourir : « Enfin, dit-il, dans le cours de vingt années, je vis mon ouvrage commencer, croître, s'avancer et finir. » Avant de livrer à l'impression cette production, qu'il intitula *De l'Esprit des Lois*, Montesquieu crut devoir consulter un de ses amis intimes, dont il estimoit le talent et les lumières, et il lui envoya son manuscrit. Cet ami étoit Helvétius : celui-ci, après en avoir pris lecture, fut prodigieusement alarmé des dangers que couroit la réputation de Montesquieu, s'il mettoit au jour une production aussi défectueuse. Il n'osa pas d'abord lui écrire; mais il le pria de vouloir lui permettre de communiquer le manuscrit qu'il lui avoit envoyé, à un ami commun : c'étoit Saurin, auteur de *Spartacus*. Saurin porta, sur l'*Esprit des Lois*, le même jugement qu'Helvétius. Suivant eux, en

faisant paroître ce livre, le célèbre auteur des *Lettres persanes*, dépouillé désormais de son titre de sage et de législateur, ne devoit plus paroître aux yeux du public éclairé qu'un homme de robe, un gentilhomme et un bel-esprit : « Voilà, écrivoit » Helvétius, ce qui m'afflige pour lui et pour l'hu- » manité qu'il auroit pu mieux servir. » Il fut convenu, entre les deux amis, qu'Helvétius écriroit à Montesquieu, pour lui rendre compte de ce qu'ils avoient éprouvé à la lecture de son manuscrit, pour l'engager à le revoir et à ne pas le publier dans l'état informe où il se trouvoit. Saurin craignit que Montesquieu ne fût offensé; mais Helvétius s'empressa de rassurer Saurin en ces termes : « Soyez tranquille, nos avis ne l'ont point » blessé : il aime, dans ses amis, la franchise qu'il » met avec eux. Il souffre volontiers les discus- » sions; il répond par des saillies, et change rare- » ment d'opinions; je n'ai pas cru, en lui exposant » les nôtres, qu'elles modifieroient les siennes; » mais, quoi qu'il en coûte, il faut être sincère » avec ses amis. Quand le jour de la vérité luit et » détrompe l'amour-propre, il ne faut pas qu'ils » puissent nous reprocher d'avoir été moins sévères » que le public. » En effet, les conseils des deux amis de Montesquieu eurent sur lui si peu d'influence, qu'il envoya son manuscrit à l'impression sans y rien changer; il y mit cette épigraphe : *Prolem sine matre creatam* (Postérité sans mère)[4], indiquant ainsi, avec raison, que son ouvrage n'avoit point de modèle; et il se félicita, dans sa préface, de n'avoir pas totalement manqué de génie.

Le succès ne trompa point la confiance qu'il avoit en lui-même : ce succès fut tel, qu'ayant appris que son livre venoit d'être défendu en Autriche, il put écrire les mots suivants, sans exagérer la vérité, au marquis de Stainville, ministre de l'empereur d'Allemagne, à Paris [5] : « Peut-être votre Excellence pensera-t-elle qu'un ouvrage dont on a fait, dans un an et demi, vingt-deux éditions, qui est traduit dans presque toutes les langues, et qui, d'ailleurs, contient des choses utiles, ne mérite pas d'être proscrit par le gouvernement. » Cette lettre est da-

tée du 27 mai 1750; et en effet, l'*Esprit des lois* n'avoit paru que vers le milieu de l'année 1748. S'il fut beaucoup lu, beaucoup admiré, beaucoup loué, cet ouvrage, comme tous ceux qui font une grande sensation, fut aussi beaucoup critiqué. M^me du Deffant dit que ce n'étoit pas l'esprit des lois, mais de l'esprit sur les lois. Ce mot fit fortune : il avoit justement le degré de vérité dont on se contente dans une épigramme. Ceux qui avoient approfondi les questions obscures de notre ancien droit public, s'aperçurent que, quoique l'auteur de l'*Esprit des lois* eût réfuté quelques paradoxes de l'abbé Dubos, il étoit tombé lui-même dans des erreurs graves. Ils virent que, n'ayant pas creusé à une assez grande profondeur, pour éclairer suffisamment les bases du gouvernement féodal, il avoit conçu, pour ce genre de gouvernement, des préjugés trop favorables. On trouva que, pour établir certains principes, il tiroit ses exemples de voyageurs suspects ou d'auteurs discrédités; qu'il concluoit trop souvent du particulier au général; qu'il y avoit du néologisme et de l'obscurité dans ses définitions, et un emploi trop détourné des mots communs de la langue, dans l'énonciation des principes fondamentaux de sa théorie. On lui reprocha encore d'avoir attribué à l'influence du climat et aux causes physiques, des effets dus à des causes purement morales; d'avoir morcelé un même sujet en petits chapitres, qui ont souvent des titres insignifiants ou indéterminés; d'en avoir rapproché d'autres qui sont trop peu liés avec ceux qui les précèdent et ceux qui les suivent; d'avoir souvent manqué d'ordre, et fait un tout irrégulier, avec les plus belles parties, de sorte que ce livre, si vaste par son plan et la multitude des sujets qu'il embrasse, paroît être, en quelque sorte, un amas d'admirables fragments, qui attendent que l'auteur y mette la dernière main et en fasse un ouvrage régulier. On lui reprochoit, enfin, quelques idées confuses, certains tours de phrases forcés, un style quelquefois tendu et souvent recherché. Toutes ces critiques étoient fondées; et la preuve de ce n'étoit pas l'envie seule qui les suscitoit, c'est qu'on n'en avoit pas fait de semblables du livre des *Considérations sur la grandeur et la décadence des Romains*. Cependant la renommée de Montesquieu s'accrut beaucoup par la publication de l'*Esprit des Lois*; et l'on peut dire avec vérité, que, seul, cet ouvrage eût suffi à sa gloire, et que, seul, il a donné la mesure de la force et de la grandeur de son génie. C'est que le mérite d'un ouvrage consiste surtout dans les beautés qui s'y trouvent, dans les qualités qui le distinguent de tous les autres, et non pas seulement dans l'absence des fautes qu'on a su éviter, ou des défauts dont on a su se garantir. C'est qu'il est des sujets tellement vastes, que la plus forte tête, aidée de la plus longue vie, peut à peine

4 On a prétendu que cette épigraphe, tirée d'un vers d'Ovide, étoit énigmatique. Si c'est une énigme, le mot ne nous en paroit pas difficile à trouver, et le sens que nous lui donnons nous semble évident. Dans un ouvrage intitulé : *Nouveaux Mélanges de Madame Necker*, on a prétendu encore que Montesquieu en donnoit lui-même cette explication : « Un livre sur les lois doit » être fait dans un pays de liberté; la liberté en est la mère, je » l'ai fait sans mère. » Ce petit conte est invraisemblable.

5 La lettre est datée de Paris, et une note nous apprend que l'original étoit à Ratisbonne, dans la bibliothèque du prince de la Tour-Taxis. Ce marquis de Stainville étoit ministre de l'empereur, mais seulement en sa qualité de grand-duc de Toscane : l'ambassadeur de l'empereur, à Paris, étoit alors le comte de Kaunitz.

en concevoir l'ensemble, même imparfaitement : l'*Esprit des Lois* étoit de ce genre. L'auteur s'étoit proposé d'examiner dans ce livre l'histoire de tous les temps et de tous les lieux, et de considérer les habitants de la terre et les sociétés qu'ils ont formées, dans tous les rapports qu'ils peuvent avoir entre eux. On s'étonne beaucoup moins des moments de foiblesse qui trahissent quelquefois ses efforts dans une si rude entreprise, que de la vigueur prodigieuse avec laquelle il en poursuit l'exécution. On admire la fermeté qu'il met à tracer les immenses contours de ce grand labyrinthe, et la sagacité qu'il déploie pour en démêler les détours multipliés, et en découvrir les réduits les plus cachés. Notre siècle, et peut-être le siècle précédent, n'ont point produit d'ouvrage où il y ait plus de vues profondes et de pensées neuves, où l'on trouve un plus grand nombre de faits convertis en principes lumineux, où autant de vérités utiles, établies par le raisonnement, soient éclaircies par une érudition mieux choisie, plus abondante et plus variée : dont le style, enfin, soit plus précis, plus nerveux, et étincèle davantage de ces saillies d'esprit et de génie, qui entrainent, persuadent, et se gravent à jamais dans la mémoire; enfin, ce qui est au-dessus de tous ces éloges, aucun ouvrage ne décèle dans son auteur un cœur plus plein de cette bienveillance générale qui s'attendrit sur les maux de l'humanité; une ame plus droite, plus élevée, plus animée du desir de se mettre au-dessus des préjugés et de l'intérêt du moment; une vue plus nette, plus étendue, pour démêler les causes des révolutions qui ont agité le monde, pour discerner les caractères particuliers des hommes qui ont apparu sur cette vaste scène, pour scruter enfin les motifs si divers, les circonstances si multipliées de tant d'institutions, de lois et de coutumes, que les siècles ont fait naître, et que les siècles ont fait disparoître. Avare du temps et de l'espace, Montesquieu ne songe qu'à construire la série de ses idées, sans s'occuper des objections : de là le grand nombre de critiques superficielles et spécieuses qu'on a faites de son ouvrage. Montesquieu a souvent, dans l'expression, la clarté, la simplicité majestueuse et le ton d'autorité des lois dont il est l'interprète. Il ne se passionne pas; il ne semble pas même chercher à persuader son lecteur : il prononce et juge. Il a, dans son éloquence, ce ton ferme et imposant qui donne à la raison un ascendant irrésistible. Quand il châtie la folie humaine, c'est par une ironie fine et détournée, ou par le sarcasme amer d'une indignation qui se contient : c'est alors surtout que, toujours attentif à réprimer la multiplicité des paroles qu'entraîneroit l'exubérance de ses pensées et de ses sentiments, on s'aperçoit qu'il voit au-delà de ce qu'il exprime; et c'est, dit un habile critique, un exercice utile pour le lecteur,

que de chercher, dans la phrase de Montesquieu, toute sa pensée. Auteur vraiment admirable, qui a connu l'art d'être utile, non-seulement par les vérités qu'il expose, mais encore par celles qu'il fait entrevoir, non-seulement par les réflexions qu'il nous présente, mais encore par celles qu'il nous suscite, et qui sait, enfin, faire participer les esprits ordinaires à l'énergie et à l'étendue de son génie.

Montesquieu avoit résolu de ne répondre à aucune des critiques qui seroient faites de l'*Esprit des Lois*; mais il ne put se résoudre à passer sous silence les attaques d'un auteur anonyme, qui, dans un journal intitulé *Nouvelles ecclésiastiques*, l'avoit déchiré avec fureur, et le peignoit comme un athée. Il avoit, dans les *Lettres persanes*, traité la religion chrétienne avec beaucoup de légèreté; mais ensuite, mûri par l'âge, par l'étude et la réflexion, il en avoit fait, dans l'*Esprit des Lois*, un éloge sincère : il la recommande en termes expressifs, non-seulement comme le plus parfait des systèmes religieux, mais comme le plus puissant soutien de tout système social. Il lui importoit donc de repousser les insinuations calomnieuses du gazetier ecclésiastique. Il vouloit, en même temps, réfuter d'avance les théologiens de la Sorbonne, qui, peu contents de quelques passages de l'*Esprit des Lois*, alloient procéder à une censure de cet ouvrage. C'est dans ce double but qu'il écrivit sa *Défense*, modèle de discussion solide et de plaisanterie légère. Il se félicitoit beaucoup de la modération maligne qu'il avoit mise dans cet écrit. « Ce qui me plait, dans ma » défense, disoit-il, ce n'est pas de voir les vénéra- » bles théologiens mis à terre, c'est de les y voir » couler tout doucement. » Quelques personnes, qui s'assembloient chez le fermier-général Dupin, entreprirent une critique détaillée de l'*Esprit des Lois*, et composèrent trois gros volumes in-8º d'observations, qu'on dit avoir été imprimés en 1757 et en 1758, mais qui le furent probablement quelques années plus tôt. M^{me} Dupin, qui eut long-temps J. J. Rousseau pour secrétaire, sans se douter qu'il fût bon à autre chose qu'au métier de copiste, composa, dit-on, la préface de ces observations. Les pères Blesse et Berthier coopérèrent à sa rédaction; et Dupin, sous le nom duquel on devoit publier l'ouvrage, fournit les faits relatifs aux finances et à l'administration. Montesquieu, que cette espèce de cabale contre son ouvrage et contre lui affligeoit, employa, dit-on, le crédit de M^{me} de Pompadour, pour engager Dupin à supprimer son livre. Celui-ci le fit avec un tel soin, qu'il est échappé au plus une trentaine d'exemplaires à la destruction; ce qui a procuré à ce livre un motif d'estime qu'il n'auroit probablement jamais acquis, s'il avoit été publié, savoir la rareté. Du reste, Montesquieu garda le silence sur une foule de brochures pleines d'ineptes

critiques ou d'injures grossières, qui parurent contre l'*Esprit des Lois*. Il disoit que le public le vengeoit assez des uns par le mépris, et des autres par l'indignation.

L'apparition d'un livre du genre et du mérite de l'*Esprit des Lois* est un événement dans l'histoire politique et littéraire, dont on doit retracer les effets. A l'époque où il fut publié, les progrès de l'industrie et l'accroissement de la population en Europe, le développement rapide du commerce des Européens et des colonies européennes dans les deux mondes, avoient amené, dans la plupart des états de cette partie du globe, des changements successifs, et bouleversé presque entièrement les rapports qui existoient autrefois entre les divers ordres de citoyens. La puissance n'étoit plus le résultat immédiat des richesses et de l'influence, et ne pouvoit plus s'appuyer que sur les institutions ; l'obéissance avoit cessé d'être la conséquence nécessaire de la dépendance, et devoit être exigée au nom des lois. Ces institutions et ces lois, qui n'étoient que l'expression d'un ordre de choses que le temps avoit ou altéré ou aboli, ne se trouvant plus en harmonie avec les mœurs, les habitudes et les intérêts de la société, gênoient également les gouvernements dont elles constituoient les seuls moyens de pouvoir, et les peuples dont elles étoient les seules garanties contre les troubles et les désordres. Tous les esprits sentoient la nécessité de modifier la constitution des états ; et l'on conçoit avec quelle avidité dut être lu, à une telle époque, un livre qui présentoit le résumé de l'expérience des siècles sur la science de la législation et du gouvernement. Mais l'effet de ce livre fut différent dans les différents pays, selon la situation où ils se trouvoient. C'est en Angleterre que l'ouvrage de Montesquieu eut et obtient encore la plus forte influence ; et c'est en France que cette influence fut et est encore la plus foible. Peut-être les Anglois doivent-ils en partie à Montesquieu, et à l'impulsion qu'il a donnée aux sciences politiques, d'avoir su faire habilement manœuvrer le vaisseau de l'état, entre les deux grands écueils de leur constitution, une oligarchie tyrannique, et une démocratie turbulente. Aussi l'*Esprit des Lois* fut, en Angleterre, dès qu'il parut, l'objet d'une admiration qui ne trouva point de contradicteur, et qui n'a cessé de s'accroître. Si cet ouvrage n'a pas produit un effet aussi heureux et aussi puissant en France, ce n'est pas seulement parce que les esprits n'étoient point aussi éclairés sur ces matières ; c'est aussi, il faut le dire, la faute de l'ouvrage et celle de l'auteur. Montesquieu n'avoit cherché qu'à éclaircir les âges obscurs de la monarchie françoise ; et même le succès de ses efforts, à cet égard, est resté douteux, et a été justement contesté. Il s'est arrêté à l'époque où il auroit pu s'appuyer sur des faits certains, et commencer à présenter des résultats positifs, et des remèdes applicables aux maux qui tourmentoient alors l'état social en France, et dont il n'avoit pas pressenti tout le danger. Les nobles, à la cause desquels l'auteur de l'*Esprit des Lois* se montroit favorable, puisoient dans son livre ce qui devoit exalter leurs prétentions, mais non pas ce qui devoit les aider à conserver leurs droits réels, et à se procurer une existence solide. Le gouvernement de France y auroit en vain cherché des indications précises pour acquérir une vigueur nouvelle, en abandonnant ces formes du pouvoir que le temps emportoit, et en saisissant les moyens de puissance que le temps avoit créés. Une autre cause, qui ne semble due qu'au hasard de la nature, qui cependant a une liaison secrète avec les événements, a contribué au peu d'influence qu'a obtenu en France le livre de l'*Esprit des Lois*. Peu après la publication de ce livre, et dans un assez court intervalle de temps, deux écrivains se sont rencontrés, tous deux doués d'une imagination vive, d'une rare éloquence, de ce talent pour la dialectique, qui donne la faculté d'enchaîner toutes les conséquences d'un principe et toutes les parties d'un système ; mais aussi tous deux également dénués de la connoissance pratique des affaires, et de ce discernement particulier qui nous fait apprécier ce que réclament les hommes et les choses, selon les différents temps et les diverses circonstances. L'un, ayant vécu à une époque où un gouvernement débile affectoit, par intervalles, une attitude despotique, et irritoit sans cesse sans jamais comprimer, a prétendu fonder la théorie sociale sur le dogme de la souveraineté du peuple, qui ne peut conduire qu'à l'anarchie ; l'autre, long-temps témoin de la férocité et de l'ineptie populaires, s'est précipité dans l'extrême opposé, et a cru asseoir les bases de la société sur la doctrine du pouvoir paternel et sur l'état de la famille : il a, sans le vouloir, enfanté une théorie du despotisme aussi fausse dans son principe, et presque aussi funeste dans ses conséquences, que celle qu'il cherchoit à renverser. C'est entre ces deux systèmes que se sont partagés en France les écrivains politiques ; et les deux écoles qu'ils ont formées sont devenues fécondes en stériles abstractions, et en déclamations d'autant plus dangereuses qu'elles flattent les deux plus forts penchants de l'homme, l'amour du pouvoir et l'amour de l'indépendance. Lorsque les nuages amoncelés par ces vaines et ambitieuses théories seront dissipés, les diverses branches des sciences politiques, fondées sur les faits et l'expérience, paroîtront moins faciles, moins accessibles à tous les esprits ; mais alors, aussi, on appréciera en France, tout le mérite de l'*Esprit des Lois*; et, du seul développement de quelques-uns des chapitres si courts de cet immortel ouvrage, on verra sortir des traités substantiels sur diverses par-

ties de la législation et du gouvernement des états.

Si le livre de Montesquieu ne fut pas aussi utile à sa patrie qu'il l'avoit espéré, la gloire que l'auteur en recueillit de son vivant surpassa celle que peuvent ambitionner les gens de lettres. Il fut considéré, dans toute l'Europe, comme le législateur des nations; mais il ne fut point ébloui de sa haute réputation : il continua de vivre en sage, et de jouir de lui-même et de ses amis. Il partageoit son temps entre le château de La Brède et Paris, c'est-à-dire entre l'étude et le monde : dans sa terre, aimant à s'occuper de jardinage et d'améliorations agricoles ; très-jaloux de ses droits seigneuriaux, et par conséquent voisin incommode, mais adoré de ses paysans dont il recherchoit l'entretien, parce que, disoit-il, ils ne sont pas assez savants pour raisonner de travers : dans la capitale, convive aimable, trop simple et trop négligé peut-être dans ses habillements, comme dans ses manières et dans sa conversation.

Il étoit toujours disposé à rendre justice aux talents, et à les protéger au besoin. Il reçut un jour de Henri Sully, excellent artiste anglois, et l'un de ceux qui ont le plus contribué à perfectionner l'horlogerie en France, la lettre suivante : « J'ai envie de me » pendre; mais je crois cependant que je ne me pen- » drois pas si j'avois cent écus. » Montesquieu lui répondit : « Je vous envoie cent écus, mon cher Sully, » ne vous pendez pas et venez me voir. » Montesquieu étoit directeur de l'Académie françoise, lorsque Piron se présenta pour y être admis : quand on sut à la cour que ce poète étoit sur le point d'être élu, Montesquieu fut mandé à Versailles, et le roi lui déclara qu'il ne vouloit pas que Piron fût nommé. Montesquieu fit des démarches auprès de Mme de Pompadour et obtint, en dédommagement, pour l'auteur de la *Métromanie* une pension de mille francs. La munificence de Montesquieu ne s'exerçoit pas seulement sur les hommes à talents, mais encore sur ceux qui n'avoient d'autres titres à ses yeux que le malheur : au reste, il cachoit, avec un soin extrême, le bien qu'il faisoit, par la crainte qu'on ne lui prêtât des motifs différents de celui qui le faisoit agir ; sentiment trop commun chez les ames délicates, et cependant funeste à la société, puisque la vertu dérobe ainsi à elle-même, par pudeur, un de ses plus grands bienfaits, l'ascendant de son exemple. Un hasard heureux a fait découvrir un des traits les plus touchants de la bienfaisance de Montesquieu. Il alloit souvent à Marseille, visiter sa sœur, Mme d'Héricourt. Se promenant un jour sur le port pour prendre le frais, il est invité, par un jeune matelot de bonne mine, à choisir de préférence son bateau pour aller faire un tour en mer. Dès qu'il fut entré dans le bateau, Montesquieu crut s'apercevoir, à la manière dont ce jeune homme ramoit, qu'il n'exerçoit pas ce métier depuis long-temps ; il

le questionne, et il apprend qu'il est joaillier de profession ; qu'il se fait batelier les fêtes et les dimanches pour gagner quelque argent et seconder les efforts de sa mère et de ses sœurs ; que tous quatre travaillent et économisent pour amasser deux mille écus, et racheter leur père, esclave à Tetouan. Montesquieu, touché du récit de ce jeune homme et de l'état de cette famille intéressante, s'informe du nom du père, du nom du maître auquel il appartient. Il se fait conduire à terre, donne à son batelier sa bourse, qui contenoit seize louis d'or et quelques écus, et s'échappe. Six semaines après, le père revient dans sa maison. Il juge bientôt à l'étonnement des siens, qu'il ne leur doit pas sa liberté, comme il l'avoit cru d'abord ; et il leur apprend que, nonseulement on l'a racheté, mais qu'encore, après avoir pourvu aux frais de son habillement et de son passage, on lui a remis une somme de cinquante louis. Le jeune homme alors soupçonne un nouveau bienfait de l'inconnu, et se met en devoir de le chercher. Après deux ans d'inutiles démarches, il le rencontre par hasard dans la rue, se précipite à ses genoux, le conjure, les larmes aux yeux, de venir partager la joie d'une famille au bonheur de laquelle il ne manque que de pouvoir jouir de la présence de son bienfaiteur, et de lui exprimer toute sa reconnoissance. Montesquieu reste impassible, il ne veut convenir de rien, et s'éloigne à la faveur de la foule qui l'entouroit. Cette belle action seroit toujours restée ignorée, si les gens d'affaires de Montesquieu n'eussent trouvé, après sa mort, une note écrite de sa main, indiquant qu'une somme de 7,500 fr. avoit été envoyée par lui à M. Main, banquier anglois, à Cadix ; ils demandèrent à ce dernier des éclaircissements : M. Main répondit qu'il avoit employé cette somme pour délivrer un Marseillois, nommé Robert, esclave à Tetouan, conformément aux ordres de M. le président de Montesquieu. La famille de Robert a raconté le reste ; et ce récit a fourni à la scène le sujet de plusieurs compositions dramatiques [6]. Ce trait seul, qui en suppose d'autres de même nature, suffit pour absoudre Montesquieu de l'accusation d'avarice qu'on lui a injustement intentée.

Il avoit épousé, le 3 avril 1715, Mlle Jeanne de Lartigues, fille de Pierre de Lartigues, lieutenant-colonel au régiment de Maulevrier, et il avoit eu de ce mariage un fils et deux filles. Comme père de famille, il regardoit, avec raison, l'économie comme un devoir ; et il tint à honneur de laisser, à

[6] L'une, intitulée *Le Bien fait anonyme*, a pour auteur Jean Pilhes, de Tarascon en Foix, 1784, in-8° ; une autre est de Mercier, et a pour titre : *Montesquieu à Marseille*. J'ai vu, pendant la révolution, représenter cette pièce sous le titre de *S. Estieu à Marseille*. Enfin, une troisième est intitulée : *Robert Sciarts*. (Note de M. Beuchot.)

ses enfants, la fortune qu'il avoit reçue de ses parents, sans l'augmenter ni la diminuer. Il aimoit la gloire, mais il dédaignoit les futiles jouissances de la vanité. Il refusa, pendant long-temps, par modestie, aux plus habiles artistes, la faveur de faire son portrait. Mais Dassier, fameux graveur, attaché à la Monnoie de Londres, qui avoit déjà fait les médailles de plusieurs grands hommes du siècle, vint exprès à Paris pour exécuter celle de Montesquieu, qui, d'abord, ne voulut point y consentir. Dassier lui ayant donné à entendre qu'un pareil refus pourroit être attribué à l'orgueil, Montesquieu se mit à la disposition de l'artiste. Cette médaille de Dassier est le type primitif de tous les portraits de Montesquieu qu'on a gravés. L'abbé de Guasco, cependant, en possédoit un autre, peint par un artiste qui passoit par Bordeaux, en revenant d'Espagne [7].

L'envie, dont le génie, la gloire et le succès n'affranchissent pas toujours l'ame, n'approcha jamais de celle de Montesquieu ; il se plaisoit, au contraire, à la poursuivre et à la punir dans ceux qui en étoient atteints. « Je loue toujours, disoit-il, devant un envieux ceux qui le font pâlir. » Quoiqu'il tînt, par quelques-unes de ses opinions, à la secte philosophique, de même que Buffon, Duclos et presque tous les bons esprits, il s'écartoit des philosophes, et n'aimoit pas le prosélytisme de l'impiété, ni les excès de l'esprit de cabale. Ce ne fut cependant pas là l'unique motif de son éloignement pour Voltaire. On voit, dans plusieurs de ses pensées détachées, que, peu sensible au charme des vers, il croyoit la réputation de cet homme célèbre en partie usurpée, et qu'il ne lui rendoit pas justice. Voltaire, de son côté, n'épargnoit à Montesquieu ni les réflexions malignes, ni les critiques piquantes. Ce qu'il y a de remarquable, c'est que ces deux grands hommes s'accusoient mutuellement d'avoir trop d'esprit, et d'en faire souvent abus dans leurs ouvrages : et tous deux avoient raison. Mais Voltaire avoit un sentiment exquis en littérature, qui triomphoit en lui de ses plus fortes antipathies. Plusieurs fois, dominé par sa conscience, il a rendu justice à l'auteur de l'*Esprit des Lois* ; et c'est lui qui disoit : « Le genre » humain avoit perdu ses titres ; M. de Montesquieu » les a retrouvés, et les lui a rendus. » Éloge magnifique, qui rachète et efface bien des épigrammes. Au reste c'étoit seulement dans la conversation, ou dans l'intimité d'un commerce familier, que Montesquieu laissoit échapper le secret de ses pensées

[7] Il est probable que ce portrait est celui-là même qui a été gravé, à Florence, par Carlo Fauci, en 1767, et qui est dédié à l'abbé Antonio Nicolini. Ce portrait vu de face, et où Montesquieu est figuré en perruque, et ayant l'*Esprit des Lois* devant lui, a été inconnu à tous les biographes de cet homme illustre ; nous l'avons vu dans la riche collection de portraits de M. Debure, libraire.

sur Voltaire et sur les hommes de lettres de son temps. Jamais il n'écrivit contre aucun d'eux ; la dignité et la sagesse de sa conduite étoient l'effet de la modération de ses passions, aussi bien qu'un des résultats de la réflexion. « Ma machine, dit-il, est » si heureusement construite, que je suis frappé de » tous les objets assez vivement pour qu'ils puis» sent me donner du plaisir, pas assez pour qu'ils » puissent me donner de la peine. J'ai été, dans ma » jeunesse, dit-il encore, assez heureux pour m'at» tacher à des femmes que j'ai cru qui m'aimoient ; » et dès que j'ai cessé de le croire, je me suis déta» ché soudain. » Ailleurs, il s'étonne d'avoir encore pu éprouver de l'amour à trente-cinq ans.

Avec des sens si tempérés, tant de calme dans le caractère, tant de vertus, de génie et de lumières, un rang honorable, une belle fortune, une réputation éclatante et incontestée, et sans aucune peine domestique, Montesquieu dut être heureux : aussi le fut-il. « Je n'ai, dit-il, presque jamais eu de cha» grin, encore moins d'ennui. Je m'éveille le matin » avec une joie secrète de voir la lumière ; je vois » la lumière avec une espèce de ravissement, et tout » le reste du jour je suis content : je passe la nuit » sans m'éveiller ; et le soir, quand je suis au lit, » une espèce d'engourdissement m'empêcher de faire » des réflexions. » Ainsi que nous l'avons remarqué, ce bonheur dont Montesquieu a joui, il le dut en partie à son goût pour le travail, qui sembla s'accroître en lui après qu'il eut publié l'*Esprit des Lois*. Son secrétaire ne pouvant seul suffire à soulager ses yeux affoiblis, il se faisoit lire par une de ses filles ; c'étoit celle qu'il maria depuis à M. de Secondat, d'Agen, d'une autre branche de sa maison, afin que ses biens restassent dans sa famille, en cas que son fils, qui étoit marié depuis plusieurs années, continuât à n'avoir point d'enfants. Mlle de Montesquieu avoit, comme son père, un esprit vif et enjoué ; et elle égayoit les savantes, mais ennuyeuses lectures qu'elle étoit obligée de faire, par des mots plaisants sur les hommes et sur les choses.

Montesquieu, sollicité par d'Alembert et par le chevalier de Jaucourt, consentit, après avoir terminé l'*Esprit des Lois*, à travailler à l'Encyclopédie ; et c'est pour ce vaste monument littéraire qu'il composa l'*Essai sur le Goût*. Ce petit ouvrage, laissé imparfait, et qui ne fut imprimé qu'après sa mort, prouve que sa tête méditative étoit aussi propre à découvrir les principes des beaux-arts et de la littérature, que ceux des lois et des gouvernements ; mais s'il avoit vécu, il auroit fait disparoître l'obscurité de plusieurs passages de ce petit écrit, les répétitions et les phrases incorrectes ou embarrassées qui le déparent. Nous avons publié, dans les *Archives littéraires* (II, 301), quatre chapitres inédits de cet essai, d'après un manuscrit autographe. On

a, depuis, inséré ces chapitres dans toutes les éditions qu'on a faites de Montesquieu, mais non dans la place qu'ils auroient dû y occuper.

Ce fut aussi long-temps après la mort de Montesquieu, et en 1783, que son fils publia un roman de son illustre père, intitulé : *Arsace et Isménie*. On ne sait trop à quelle époque Montesquieu a composé cet ouvrage. Grimm présume que, dans l'origine, il étoit destiné à augmenter le nombre des épisodes des *Lettres persanes*, mais que l'auteur le trouva trop long : il est plus probable qu'il écrivit ce roman vers les derniers temps de sa vie ; car il en parle dans une lettre en date du 15 décembre 1754, comme d'une production récente, et qu'il hésite à livrer à l'impression. Il s'étoit proposé, dans cette fiction, de peindre le triomphe de l'amour conjugal en Orient, et le despotisme légitimé par la vertu qui se consacre au bonheur du genre humain ; mais quoiqu'on reconnoisse encore souvent, dans cette production, sa plume ingénieuse et énergique, il n'a pas su déguiser l'invraisemblance de son récit, ni y répandre l'intérêt dont il étoit susceptible. Nous en indiquerons bientôt la raison.

Il paroit qu'après la publication de l'esprit des lois, les forces physiques de Montesquieu diminuèrent rapidement, et ne répondoient plus à son ardeur pour le travail : « J'avois, dit-il dans son Jour- » nal, conçu le dessein de donner plus d'étendue » et de profondeur à quelques endroits de mon *Es-* » *prit des Lois*; j'en suis devenu incapable. Mes lec- » tures m'ont affoibli les yeux ; et il me semble que » ce qu'il me reste encore de lumière, n'est que » l'aurore du jour où ils se fermeront pour jamais. » Et, en effet, il mourut peu de temps après, le 10 février 1755, à l'âge de soixante et six ans, c'est-à-dire, seulement sept ans après la publication de son grand ouvrage. Il fut attaqué, avec violence, par une fièvre inflammatoire, qui l'emporta au bout de treize jours. Il étoit alors à Paris. Les soins les plus tendres lui furent prodigués par la duchesse d'Aiguillon, son ancienne amie, le duc de Nivernois, le chevalier de Jaucourt, M. et M^me Dupré de Saint-Maur. La douceur de son caractère se soutint jusqu'au dernier soupir ; il ne lui échappa, dit-on, ni une plainte, ni la moindre impatience. Il connut, dès les premiers instants, qu'il étoit en danger ; et pour interroger les médecins sur son état, il leur disoit : « Comment va l'espérance à la crainte ? » Les Jésuites cherchèrent à le gagner dans ces derniers moments ; et ils lui envoyèrent le P. Routh et le P. Castel, qui furent accusés d'avoir mis, dans l'exercice de leur ministère, une obsession blâmable. Montesquieu leur disoit : « J'ai toujours res- » pecté la religion (cela étoit vrai dans ses ouvrages » qu'il a avoués) ; la morale de l'Évangile est le plus » beau présent que Dieu ait pu faire aux hommes. »

On n'en put tirer aucun autre aveu. Comme les Jésuites le pressoient de leur remettre les corrections qu'il avoit faites aux *Lettres persanes*, afin d'en effacer les passages irréligieux, il s'y refusa ; puis il remit ce manuscrit à M^me la duchesse d'Aiguillon et à M^me Dupré de Saint-Maur, en leur disant : « Je veux tout sacrifier à la religion, mais rien aux » Jésuites ; consultez avec mes amis, et décidez si » ceci doit paroître. » Il reçut cependant le viatique des mains du curé ; celui-ci lui ayant dit : « Mon- » sieur, vous comprenez combien Dieu est grand. ! » — Oui, reprit-il, et combien les hommes son » petits ! »

Montesquieu a laissé un grand nombre de manuscrits. On nous a parlé de la *Relation de ses voyages*, que nous n'avons point vue : si elle existe, elle doit être dans un état très imparfait ; car nous savons, par une lettre qu'il a écrite le 15 décembre 1754, c'est-à-dire moins de deux mois avant sa mort, qu'alors cette relation n'étoit pas encore rédigée, et qu'il hésitoit même sur la forme qu'il devoit lui donner. Nous ignorons si les *Notes sur l'Angleterre*, qu'on a insérées dans quelques-unes des dernières éditions de ses OEuvres, sont extraites des matériaux qui avoient été préparés pour cette relation. Il y a quelques années que la principale portion des manuscrits de Montesquieu fut apportée à Paris, du consentement des héritiers de ce grand homme ; nous eûmes alors occasion de les examiner pendant quelques heures seulement ; ils consistoient : 1° en un petit roman intitulé le *Métempsycosiste*, composé de six cahiers fort minces, copiés au net, et qui ne sont pas de la main de Montesquieu ; si nous jugions de tout l'ouvrage par le premier cahier, le seul que nous ayons lu, il seroit peu digne de l'auteur des *Lettres persanes*; — 2° en plusieurs écrits de la main même de Montesquieu, intitulés : *Morceaux qui n'ont pu entrer dans l'Esprit des Lois, et qui peuvent former des dissertations particulières*. Nous en avons remarqué un *sur la Puissance paternelle*, un autre sur *les Obligations sur parole*, un troisième *sur les Successions*, dans lequel Montesquieu propose d'établir l'égalité des partages, de conserver dans la classe noble seulement les droits d'aînesse, et de transmettre, dans cette classe, tout l'héritage à l'aîné à l'exclusion des autres enfants ; — 3° en 3 gros vol. in-4°, reliés, de 600 à 700 pages chacun : ce sont des extraits que Montesquieu faisoit de ses lectures, et à la suite desquels il écrivoit ses réflexions. En les parcourant, nous fûmes étonnés de voir que les pensées les plus remarquables et les plus profondes lui étoient presque toujours suggérées par des ouvrages frivoles ; et il en lisoit beaucoup de ce genre. Dans le grand nombre de réflexions que nous avons lues, nous avons retenu celle-ci : « Un flatteur est

» un esclave qui n'est bon pour aucun maître. » Il y a, dans ces trois volumes, quelques morceaux d'une assez grande étendue. Nous avons surtout lu avec admiration une sorte d'introduction à l'histoire de Louis XI, qui égale ce que Montesquieu a écrit de mieux. Il commence, dans ce morceau, par tracer le tableau de la situation politique de l'Europe lorsque Louis XI monta sur le trône. Il fait voir ensuite combien elle étoit favorable à ce roi, et que ce qu'on attribue à son habileté ne fut que le résultat nécessaire des circonstances où il se trouvoit ; il indique ensuite tout ce qu'il auroit pu faire de grand, et qu'il ne fit pas ; puis il ajoute : « Il ne » vit, dans le commencement de son règne, que le » commencement de sa vengeance. » il décrit les horribles cruautés qui accompagnèrent les dernières années de ce tyran, et termine son récit par cette réflexion : « Il lui sembloit que, pour qu'il vécût, » il falloit qu'il fît violence à tous les gens de bien.» Il établit un parallèle entre Louis XI et Richelieu, qui est tout à l'avantage de ce dernier, et finit ainsi le portrait qu'il a tracé de ce grand ministre : « Il » fit jouer à son monarque le second rang dans la » monarchie, et le premier dans l'Europe ; il avilit » le roi, mais il illustra le règne. »

Ce que nous venons de dire ajoutera peut-être encore de nouveaux regrets à ceux qu'on a déja manifestés relativement à cette histoire de Louis XI écrite, dit-on, en entier par Montesquieu, et dont son secrétaire brûla, par mégarde, la copie au net, tandis que lui-même jeta au feu le brouillon, croyant que cette copie existoit encore. Mais ceux qui ont le plus de droit de se dire bien instruits de ce qui concerne Montesquieu, nous ont assuré que cette anecdote étoit apocryphe. Le soin qu'a eu Montesquieu de conserver tous ses brouillons, et les matériaux mêmes de ses OEuvres, le peu de vraisemblance que le secrétaire d'un auteur livre au feu la copie au net d'un ouvrage non encore imprimé, ajoutent à la probabilité de ce qu'on nous a dit ; mais nous ne devons pas omettre de rapporter les faits qui tendent à prouver le contraire. En 1747, l'académie des inscriptions avoit proposé, pour sujet du concours, de tracer l'état des lettres sous le règne de Louis XI. L'abbé de Guasco vouloit concourir ; et Montesquieu lui écrivoit alors : « Si les mémoires sur lesquels je » travaillai l'histoire de Louis XI n'avoient point » été brûlés, j'aurois pu vous fournir quelque chose » sur ce sujet. » C'est alors une note explicative de ce passage, que l'abbé de Guasco rapporte l'anecdote de la destruction du manuscrit de l'histoire de Louis XI ; mais cette anecdote avoit déja été racontée par d'autres et surtout par Fréron, que l'abbé de Guasco contredit, soutenant que ce fait n'est point arrivé pendant la dernière maladie de Montesquieu, mais en 1739, ou en 1740, et ajoutant qu'il conta

cet accident à un de ses amis, à l'occasion de l'histoire de Louis XI, par Duclos, qui venoit de paroître. Au milieu de ces récits contradictoires, s'il nous étoit permis de former une conjecture, nous dirions qu'il est probable que Montesquieu conçut l'idée de composer l'histoire de Louis XI, mais qu'il y renonça ; qu'alors il condamna aux flammes ce qu'il avoit écrit sur ce sujet ; et que peut-être une portion de ce travail, qu'il vouloit réserver, fut jetée au feu par mégarde, ce qui a donné lieu à la diversité des récits qu'on a faits à cette occasion. Nous pensons que Montesquieu n'a pas achevé cette histoire, non plus que celle de Théodoric, roi des Ostrogoths, qu'il avoit, dit-on, commencée. Nous ajouterons encore que, suivant nous, on doit se féliciter qu'il ait abandonné ces entreprises pour s'attacher exclusivement à l'Esprit des Lois ; et nous fondons cette assertion, non-seulement sur l'excellence et l'utilité de cet ouvrage, mais encore sur des motifs qui s'éloignent beaucoup de l'opinion commune, et que nous oserons cependant exposer. Montesquieu, si admirable quand il présente les résultats de l'histoire ; Montesquieu, dont les écrits doivent être le manuel de tous ceux qui voudront écrire l'histoire, n'avoit pas, suivant nous, le genre de talent propre à former un historien du premier ordre. Boileau louoit un jour le livre des Caractères de La Bruyère, et insistoit sur le mérite de son style ; mais il remarquoit judicieusement que l'auteur, par la forme même de son ouvrage, s'étoit affranchi d'une des plus grandes difficultés de l'art d'écrire, les transitions. Cette partie de l'art est surtout nécessaire à l'historien qui, dans des récits d'événements compliqués et divers, doit conserver l'utilité d'intérêt, nuancer habilement tous les détails ; et faire ressortir, sans les isoler, les groupes principaux des vastes tableaux qu'il nous présente. L'Esprit des Lois, les Considérations sur les causes de la grandeur et de la décadence des Romains, sont composés de chapitres fort courts, qui souvent forment chacun un tout à part, et qui ne sont liés entre eux que par la similitude des sujets, relativement au but principal des ouvrages dont ils font partie. Les Lettres persanes ont aussi très peu d'étendue ; les plus longues n'ont que trois à quatre pages, et elles traitent toutes de sujets divers et qui n'ont entre eux que peu ou point de connexité. L'Histoire d'Aphéridon et d'Astarté, et le sublime apologue des Troglodites, qui s'y trouvent, n'excèdent pas dix pages, et sont, pour les faits, d'une extrême simplicité. Ainsi, Montesquieu, dans tous les ouvrages auxquels il a dû sa réputation, s'est, comme La Bruyère, affranchi de la nécessité des transitions. Quand il a entrepris de faire un récit d'une certaine longueur, on s'est aperçu aussitôt de ce qui lui a manqué à cet égard : pour s'en convaincre, il suffit de lire la Vie du maréchal de Berwick

le roman *Arsace et Isménie*, et même *Le Temple de Gnide*. Les diverses parties de ces opuscules ne sont pas bien disposées entre elles, et ne se succèdent pas naturellement. Les pensées les plus ingénieuses et les réflexions les plus profondes nuisent à l'intérêt du récit, faute d'être préparées par des phrases intermédiaires, nécessaires à l'enchaînement des idées, ou faute d'être placées convenablement. Le style est heurté, contraint, sans variété, et tout l'opposé de cette souplesse, de cette liaison, de cette harmonie, indispensables à l'historien, qui doit soutenir, sans la fatiguer, l'attention des lecteurs pendant une longue narration.

Montesquieu a dit de Tacite, qu'il abrégeoit tout parce qu'il voyoit tout. Ce bel éloge a été, avec raison, appliqué à Montesquieu lui-même; et l'on a souvent comparé entre eux ces deux grands hommes. Des génies de cet ordre ont un caractère particulier d'originalité, qui rend fausses toutes les similitudes qu'on veut établir. S'il falloit déterminer les degrés de prééminence qui distinguent Tacite et Montesquieu, nous dirions que l'auteur françois surpasse l'auteur latin par la variété et l'étendue de ses connoissances, par la grandeur de ses conceptions et l'abondance de ses pensées, mais qu'il lui cède sous le rapport du talent et de l'éloquence; qu'enfin il est plus grand comme philosophe, mais moins grand comme écrivain. Tacite maintient toujours la dignité de ses expressions à la hauteur de son sujet : il n'altère point, par d'ingénieuses antithèses, la gravité de son style; et les graces du bel esprit n'énervent pas sa phrase énergique, et ne refroidissent jamais la chaleur de ses récits. Si nous voulions chercher dans les anciens des exemples pour donner une idée de la manière de Montesquieu comme écrivain, nous dirions encore qu'elle se compose de plusieurs des belles qualités de Tacite, et de quelques uns des brillants défauts de Sénèque.

FIN DE LA NOTICE.

LETTRES PERSANES.

QUELQUES RÉFLEXIONS

SUR

LES LETTRES PERSANES[1].

Rien n'a plu davantage dans les *Lettres Persanes* que d'y trouver, sans y penser, une espèce de roman. On en voit le commencement, le progrès, la fin : les divers personnages sont placés dans une chaîne qui les lie. A mesure qu'ils font un plus long séjour en Europe, les mœurs de cette partie du monde prennent dans leur tête un air moins merveilleux et moins bizarre; et ils sont plus ou moins frappés de ce bizarre et de ce merveilleux, suivant la différence de leurs caractères. D'un autre côté, le désordre croît dans le sérail d'Asie à proportion de la longueur de l'absence d'Usbek, c'est-à-dire à mesure que la fureur augmente, et que l'amour diminue.

D'ailleurs ces sortes de romans réussissent ordinairement, parce que l'on rend compte soi-même de sa situation actuelle; ce qui fait plus sentir les passions que tous les récits qu'on en pourroit faire. Et c'est une des causes du succès de quelques ouvrages charmants qui ont paru depuis les *Lettres Persanes*.

Enfin, dans les romans ordinaires, les digressions ne peuvent être permises que lorsqu'elles forment elles-mêmes un nouveau roman. On n'y sauroit mêler de raisonnements, parce que, aucuns des personnages n'y ayant été assemblés pour raisonner, cela choqueroit le dessein et la nature de l'ouvrage. Mais, dans la forme de lettres, où les acteurs ne sont pas choisis, et où les sujets qu'on traite ne sont dépendants d'aucun dessein ou d'aucun plan déja formé, l'auteur s'est donné l'avantage de pouvoir joindre de la philosophie, de la politique et de la morale à un roman, et de lier le tout par une chaîne secrète et en quelque façon inconnue.

Les *Lettres Persanes* eurent d'abord un débit si prodigieux, que les libraires mirent tout en usage pour en avoir des suites. Ils alloient tirer par la manche tous ceux qu'ils rencontroient : « Monsieur, disoient-ils, faites-moi des *Lettres Persanes*. »

Mais ce que je viens de dire suffit pour faire voir qu'elles ne sont susceptibles d'aucune suite, encore moins d'aucun mélange avec les lettres écrites d'une autre main, quelque ingénieuses qu'elles puissent être.

[1] Les *Lettres Persanes* furent données au public en 1721; mais ces réflexions ne parurent qu'en 1734. Montesquieu les plaça au-devant d'un supplément contenant onze lettres nouvelles, et quelques changements que nous avons eu soin d'indiquer dans le cours de notre édition. (P.)

Il y a quelques traits que bien des gens ont trouvés bien hardis; mais ils sont priés de faire attention à la nature de cet ouvrage. Les Persans qui doivent y jouer un si grand rôle se trouvoient tout-à-coup transplantés en Europe, c'est-à-dire dans un autre univers. Il y avoit un temps où il falloit nécessairement les représenter pleins d'ignorance et de préjugés : on n'étoit attentif qu'à faire voir la génération et le progrès de leurs idées. Leurs premières pensées devoient être singulières : il sembloit qu'on n'avoit rien à faire qu'à leur donner l'espèce de singularité qui peut compatir avec de l'esprit; on n'avoit à peindre que le sentiment qu'ils avoient eu à chaque chose qui leur avoit paru extraordinaire. Bien loin qu'on pensât à intéresser quelque principe de notre religion, on ne se soupçonnoit pas même d'imprudence. Ces traits se trouvent toujours liés avec le sentiment de surprise et d'étonnement, et point avec l'idée d'examen, et encore moins avec celle de critique. En parlant de notre religion, ces Persans ne doivent pas paroître plus instruits que lorsqu'ils parloient de nos coutumes et de nos usages; et, s'ils trouvent quelquefois nos dogmes singuliers, cette singularité est toujours marquée au coin de la parfaite ignorance des liaisons qu'il y a entre ces dogmes et nos autres vérités.

On fait cette justification par amour pour ces grandes vérités, indépendamment du respect pour le genre humain, que l'on n'a certainement pas voulu frapper par l'endroit le plus tendre. On prie donc le lecteur de ne pas cesser un moment de regarder les traits dont je parle comme des effets de la surprise de gens qui devoient en avoir, ou comme des paradoxes faits par des hommes qui n'étoient pas même en état d'en faire. Il est prié de faire attention que tout l'agrément consistoit dans le contraste éternel entre les choses réelles et la manière singulière, naïve ou bizarre, dont elles étoient aperçues. Certainement la nature et le dessein des *Lettres Persanes* sont si à découvert, qu'elles ne tromperont jamais que ceux qui voudront se tromper eux-mêmes.

INTRODUCTION.

Je ne fais point ici d'épître dédicatoire, et je ne demande point de protection pour ce livre : on le lira, s'il est bon; et, s'il est mauvais, je ne me soucie pas qu'on le lise[1].

[1] Ce livre, toujours piquant, par la variété des tons, pour le lecteur qui cherche l'amusement, attache souvent, par l'importance des objets, le lecteur qui veut s'instruire. Déja l'auteur s'essaie aux matières de politique et de législation, et plusieurs de ces lettres sont de petits traités sur la population, le commerce, les lois criminelles, le droit public : on voit qu'il jette en avant des idées qu'il doit développer ailleurs, et qui sont comme les pierres d'attente d'un édifice. La familiarité épistolaire met

J'ai détaché ces premières lettres pour essayer le goût du public : j'en ai un grand nombre d'autres dans mon portefeuille, que je pourrai lui donner dans la suite.

Mais c'est à condition que je ne serai pas connu : car, si l'on vient à savoir mon nom, dès ce moment je me tais. Je connois une femme qui marche assez bien, mais qui boite dès qu'on la regarde. C'est assez des défauts de l'ouvrage, sans que je présente encore à la critique ceux de ma personne. Si l'on savoit qui je suis, on diroit : Son livre jure avec son caractère; il devroit employer son temps à quelque chose de mieux, cela n'est pas digne d'un homme grave. Les critiques ne manquent jamais ces sortes de réflexions, parce qu'on les peut faire sans essayer beaucoup son esprit.

Les Persans qui écrivent ici étoient logés avec moi; nous passions notre vie ensemble. Comme ils me regardoient comme un homme d'un autre monde, ils ne me cachoient rien. En effet, des gens transplantés de si loin ne pouvoient plus avoir de secrets. Ils me communiquoient la plupart de leurs lettres; je les copiai. J'en surpris même quelques unes, dont ils se seroient bien gardés de me faire confidence, tant elles étoient mortifiantes pour la vanité et la jalousie persane.

Je ne fais donc que l'office de traducteur : toute ma peine a été de mettre l'ouvrage à nos mœurs. J'ai soulagé le lecteur du langage asiatique autant que je l'ai pu, et l'ai sauvé d'une infinité d'expressions sublimes qui l'auroient ennuyé jusque dans les nues.

Mais ce n'est pas tout ce que j'ai fait pour lui. J'ai retranché les longs compliments, dont les Orientaux ne sont pas moins prodigues que nous; et j'ai passé un nombre infini de ces minuties qui ont tant de peine à soutenir le grand jour, et qui doivent toujours mourir entre deux amis.

Si la plupart de ceux qui nous ont donné des recueils de lettres avoient fait de même, ils auroient vu leur ouvrage s'évanouir.

Il y a une chose qui m'a souvent étonné; c'est de voir ces Persans quelquefois aussi instruits que moi-même des mœurs et des manières de la nation, jusqu'à en connoître les plus fines circonstances, et à remarquer des choses qui, je suis sûr, ont échappé à bien des Allemands qui ont voyagé en France. J'attribue cela au long séjour qu'ils y ont fait : sans compter qu'il est plus facile à un Asiatique de s'instruire des mœurs des François dans un an, qu'il ne l'est à un François de s'instruire des mœurs des Asiatiques dans quatre; parce que les uns se livrent autant que les autres se communiquent peu.

L'usage a permis à tout traducteur, et même au plus barbare commentateur, d'orner la tête de sa version ou de sa glose du panégyrique de l'original, et d'en relever l'utilité, le mérite et l'excellence. Je ne l'ai point fait : on en

naturellement en jeu son talent pour la plaisanterie, qu'il manioit aussi bien que le raisonnement. L'ironie est dans ses mains une arme qu'il fait servir à tout, même contre l'inquisition; et alors elle est assez amère pour tenir lieu d'indignation. Il peint à grands traits les mœurs serviles des états despotiques, et cette jalousie particulière aux harems d'Orient, toujours humiliante et forcenée, soit dans le maître, qui veut être aimé comme on veut être obéi; soit dans les femmes esclaves, qui se disputent un homme, et non pas un amant. Il sait intéresser et toucher dans l'histoire des *Troglodytes*, et cet intérêt n'est pas celui d'aventures romanesques : c'est un plus rare, plus élevé, et plus difficile à produire, celui qui naît de la peinture des vertus sociales mises en action, et nous en fait sentir le charme et le besoin. (L. H.)

devinera facilement les raisons. Une des meilleures est que ce seroit une chose très-ennuyeuse, placée dans un lieu déjà très ennuyeux de lui-même, je veux dire une préface.

LETTRE I.

USBEK A SON AMI RUSTAN.

A Ispahan.

Nous n'avons séjourné qu'un jour à Com. Lorsque nous eûmes fait nos dévotions sur le tombeau de la vierge [1] qui a mis au monde douze prophètes, nous nous remîmes en chemin; et hier vingt-cinquième jour de notre départ d'Ispahan, nous arrivâmes à Tauris.

Rica et moi sommes peut-être les premiers parmi les Persans que l'envie de savoir ait fait sortir de leur pays, et qui aient renoncé aux douceurs d'une vie tranquille pour aller chercher laborieusement la sagesse.

Nous sommes nés dans un royaume florissant; mais nous n'avons pas cru que ses bornes fussent celles de nos connoissances, et que la lumière orientale dût seule nous éclairer.

Mande-moi ce que l'on dit de notre voyage; ne me flatte point : je ne compte pas sur un grand nombre d'approbateurs. Adresse ta lettre à Erzeron, où je séjournerai quelque temps. Adieu, mon cher Rustan. Sois assuré qu'en quelque lieu du monde où je sois, tu as un ami fidèle.

De Tauris, le 15 de la lune de Saphar [2], 1711.

LETTRE II.

USBEK AU PREMIER EUNUQUE NOIR.

A son sérail d'Ispahan.

Tu es le gardien fidèle des plus belles femmes de Perse; je t'ai confié ce que j'avois dans le

[1] Fatime, fille de Mahomet.

[2] Les Persans comptent le temps par années lunaires, qu'ils divisent en douze lunes ou mois, savoir : — 1° Maharram, mois sacré, pendant lequel ils s'abstiennent de toute hostilité pour vaquer aux travaux de l'agriculture et aux soins du bétail; — 2° Saphar, mois de guerre; — 3° Rebiab premier, et 4° Rebiab second, mois où la campagne reverdit; — 5° Gemmadi premier, et 6° Gemmadi second, mois de la gelée; — 7° Regeb, mois de jeûne; — 8° Chahban, mois de la dispersion : c'est à cette époque que les Arabes se séparent pour aller chercher les pâturages; — 9° Rhamazan, mois bénit : c'est un temps de jeûne et de continence pour tous les mahométans; — 10° Chalval, mois de l'accouplement des chameaux; — 11° Zilcadé, second mois sacré; — 12° enfin Zilhagé, mois du départ pour le pèlerinage.

Ils divisent encore l'année en quatre saisons, dans l'ordre suivant : L'été, le premier printemps, l'hiver, et le second printemps. (P.)

monde de plus cher : tu tiens en tes mains les clefs de ces portes fatales qui ne s'ouvrent que pour moi. Tandis que tu veilles sur ce dépôt précieux de mon cœur, il se repose et jouit d'une sécurité entière. Tu fais la garde dans le silence de la nuit comme dans le tumulte du jour. Tes soins infatigables soutiennent la vertu lorsqu'elle chancelle. Si les femmes que tu gardes vouloient sortir de leur devoir, tu leur en ferois perdre l'espérance. Tu es le fléau du vice et la colonne de la fidélité.

Tu leur commandes et leur obéis. Tu exécutes aveuglément toutes leurs volontés, et leur fais exécuter de même les lois du sérail; tu trouves de la gloire à leur rendre les services les plus vils; tu te soumets avec respect et avec crainte à leurs ordres légitimes; tu les sers comme l'esclave de leurs esclaves. Mais, par un retour d'empire, tu commandes en maître comme moi-même, quand tu crains le relâchement des lois de la pudeur et de la modestie.

Souviens-toi toujours du néant d'où je t'ai fait sortir, lorsque tu étois le dernier de mes esclaves, pour te mettre en cette place et te confier les délices de mon cœur : tiens-toi dans un profond abaissement auprès de celles qui partagent mon amour; mais fais-leur en même temps sentir leur extrême dépendance. Procure-leur tous les plaisirs qui peuvent être innocents; trompe leurs inquiétudes; amuse-les par la musique, les danses, les boissons délicieuses; persuade-leur de s'assembler souvent. Si elles veulent aller à la campagne, tu peux les y mener : mais fais faire main-basse sur tous les hommes qui se présenteront devant elles. Exhorte-les à la propreté, qui est l'image de la netteté de l'ame : parle-leur quelquefois de moi. Je voudrois les revoir dans ce lieu charmant qu'elles embellissent. Adieu.

De Tauris, le 18 de la lune de Saphar, 1711.

LETTRE III.

ZACHI A USBEK.

A Tauris.

Nous avons ordonné au chef des eunuques de nous mener à la campagne; il te dira qu'aucun accident ne nous est arrivé. Quand il fallut traverser la rivière et quitter nos litières, nous nous mîmes, selon la coutume, dans des boîtes : deux esclaves nous portèrent sur leurs épaules, et nous échappâmes à tous les regards.

Comment aurois-je pu vivre, cher Usbek, dans ton sérail d'Ispahan; dans ces lieux qui, me rappelant sans cesse mes plaisirs passés, irritoient tous les jours mes desirs avec une nouvelle violence? J'errois d'appartements en appartements, te cherchant toujours, et ne te trouvant jamais, mais rencontrant partout un cruel souvenir de ma félicité passée. Tantôt je me voyois en ce lieu où, pour la première fois de ma vie, je te reçus dans mes bras; tantôt dans celui où tu décidas cette fameuse querelle entre tes femmes. Chacune de nous se prétendoit supérieure aux autres en beauté. nous nous présentâmes devant toi, après avoir épuisé tout ce que l'imagination peut fournir de parures et d'ornements : tu vis avec plaisir les miracles de notre art; tu admiras jusqu'où nous avoit emportées l'ardeur de te plaire. Mais tu fis bientôt céder ces charmes empruntés à des graces plus naturelles; tu détruisis tout notre ouvrage : il fallut nous dépouiller de ces ornements qui t'étoient devenus incommodes; il fallut paroître à ta vue dans la simplicité de la nature. Je comptai pour rien la pudeur; je ne pensai qu'à ma gloire. Heureux Usbek! que de charmes furent étalés à tes yeux! Nous te vîmes long-temps errer d'enchantements en enchantements : ton ame incertaine demeura long-temps sans se fixer; chaque grace nouvelle te demandoit un tribut; nous fûmes en un moment toutes couvertes de tes baisers; tu portas tes curieux regards dans les lieux les plus secrets; tu nous fis passer en un instant dans mille situations différentes; toujours de nouveaux commandements, et une obéissance toujours nouvelle. Je te l'avoue, Usbek, une passion encore plus vive que l'ambition me fit souhaiter de te plaire. Je me vis insensiblement devenir la maîtresse de ton cœur; tu me pris, tu me quittas; tu revins à moi, et je sus te retenir : le triomphe fut tout pour moi, et le désespoir pour mes rivales. Il nous sembla que nous fussions seuls dans le monde : tout ce qui nous entouroit ne fut plus digne de nous occuper. Plût au ciel que mes rivales eussent eu le courage de rester témoins de toutes les marques d'amour que je reçus de toi! Si elles avoient bien vu mes transports, elles auroient senti la différence qu'il y a de mon amour au leur; elles auroient vu que, si elles pouvoient disputer avec moi de charmes, elles ne pouvoient pas disputer de sensibilité... Mais où suis-je? Où m'emmène ce vain récit? C'est un malheur de n'être point aimée; mais c'est un affront de ne l'être plus. Tu nous quittes, Usbek, pour aller errer dans des climats barbares. Quoi! tu comptes pour rien l'avantage d'être aimé! Hélas! tu ne sais pas même

ce que tu perds! Je pousse des soupirs qui ne sont
point entendus! mes larmes coulent, et tu n'en
jouis pas! il semble que l'amour respire dans le
sérail, et ton insensibilité t'en éloigne sans cesse!
Ah! mon cher Usbek, si tu savois être heureux!

Du sérail de Fatmé, le 21 de la lune de Maharram, 1711.

LETTRE IV.

ZÉPHIS A USBEK.

A Erzeron.

Enfin ce monstre noir a résolu de me désespé-
rer. Il veut à toute force m'ôter mon esclave Zé-
lide, Zélide qui me sert avec tant d'affection, et
dont les adroites mains portent partout les orne-
ments et les graces. Il ne lui suffit pas que cette
séparation soit douloureuse, il veut encore qu'elle
soit déshonorante. Le traître veut regarder comme
criminels les motifs de ma confiance; et parce
qu'il s'ennuie derrière la porte, où je le renvoie
toujours, il ose supposer qu'il a entendu ou vu
des choses que je ne sais pas même imaginer[1]. Je
suis bien malheureuse! Ma retraite ni ma vertu ne
sauroient me mettre à l'abri de ses soupçons extra-
vagants : un vil esclave vient m'attaquer jusque
dans ton cœur, et il faut que je m'y défende! Non,
j'ai trop de respect pour moi-même pour descen-
dre jusqu'à des justifications : je ne veux d'autre
garant de ma conduite que toi-même, que ton
amour, que le mien, et, s'il faut te le dire, cher
Usbek, que mes larmes.

Du sérail de Fatmé, le 29 de la lune de Maharram, 1711.

LETTRE V.

RUSTAN A USBEK.

A Erzeron.

Tu es le sujet de toutes les conversations d'Is-
pahan; on ne parle que de ton départ. Les unes
l'attribuent à une légèreté d'esprit, les autres à
quelque chagrin : tes amis seuls te défendent, et
ils ne persuadent personne. On ne peut compren-
dre que tu puisses quitter tes femmes, tes pa-
rents, tes amis, ta patrie, pour aller dans des cli-
mats inconnus aux Persans. La mère de Rica est
inconsolable; elle te demande son fils, que tu lui as,

[1] Ces plaintes laissent entrevoir que Zéphis tâche de se dé-
dommager avec Zélide des plaisirs dont elle est privée par
l'absence d'Usbek : c'est ainsi que les vices de l'organisation so-
ciale corrompent toujours les individus. (P.)

dit-elle, enlevé. Pour moi, mon cher Usbeck, je
me sens naturellement porté à approuver tout ce
que tu fais : mais je ne saurois te pardonner ton
absence; et quelques raisons que tu m'en puisses
donner, mon cœur ne les goûtera jamais. Adieu.
Aime-moi toujours.

D'Ispahan, le 28 de la lune de Rebiab 1, 1711.

LETTRE VI.

USBEK A SON AMI NESSIR.

A Ispahan.

A une journée d'Érivan nous quittâmes la Perse
pour entrer dans les terres de l'obéissance des
Turcs. Douze jours après nous arrivâmes à Erze-
ron[1], où nous séjournerons trois ou quatre mois.

Il faut que je te l'avoue, Nessir; j'ai senti une
douleur secrète quand j'ai perdu la Perse de vue,
et que je me suis trouvé au milieu des perfides Os-
manlins. A mesure que j'entrois dans les pays de
ces profanes, il me sembloit que je devenois pro-
fane moi-même.

Ma patrie, ma famille, mes amis, se sont pré-
sentés à mon esprit; ma tendresse s'est réveillée;
une certaine inquiétude a achevé de me troubler,
et m'a fait connoître que, pour mon repos, j'avois
trop entrepris.

Mais ce qui afflige le plus mon cœur, ce sont
mes femmes. Je ne puis penser à elles que je ne
sois dévoré de chagrin.

Ce n'est pas, Nessir, que je les aime : je me
trouve à cet égard dans une insensibilité qui ne
me laisse point de desirs. Dans le nombreux sé-
rail où j'ai vécu, j'ai prévenu l'amour, et l'ai
détruit par lui-même : mais, de ma froideur même,
il sort une jalousie secrète qui me dévore. Je vois
une troupe de femmes laissées presque à elles-
mêmes; je n'ai que des ames lâches qui m'en
répondent. J'aurois peine à être en sûreté si mes
esclaves étoient fidèles : que seroit-ce s'ils ne le
sont pas? Quelles tristes nouvelles peuvent m'en
venir dans les pays éloignés que je vais parcourir!
C'est un mal où mes amis ne peuvent porter de
remède : c'est un lieu dont ils doivent ignorer les
tristes secrets; et qu'y pourroient-ils faire? N'ai-
merois-je pas mille fois mieux une obscure impu-
nité qu'une correction éclatante? Je dépose en
ton cœur tous mes chagrins, mon cher Nessir :
c'est la seule consolation qui me reste dans l'état
où je suis.

D'Erzeron, le 10 de la lune de Rebiab 2, 1711.

LETTRE VII.

FATMÉ A USBEK.

A Erzeron.

Il y a deux mois que tu es parti, mon cher Usbek ; et, dans l'abattement où je suis, je ne puis pas me le persuader encore. Je cours tout le sérail comme si tu y étois ; je ne suis point désabusée. Que veux-tu que devienne une femme qui t'aime, qui étoit accoutumée à te tenir dans ses bras, qui n'étoit occupée que du soin de te donner des preuves de sa tendresse, libre par l'avantage de sa naissance, esclave par la violence de son amour ?

Quand je t'épousai, mes yeux n'avoient point encore vu le visage d'un homme : tu es le seul encore dont la vue m'ait été permise [1] ; car je ne compte point au rang des hommes ces eunuques affreux dont la moindre imperfection est de n'être point hommes. Quand je compare la beauté de ton visage avec la difformité du leur, je ne puis m'empêcher de m'estimer heureuse. Mon imagination ne me fournit point d'idée plus ravissante que les charmes enchanteurs de ta personne. Je te le jure, Usbek, quand il me seroit permis de sortir de ce lieu où je suis enfermée par la nécessité de ma condition ; quand je pourrois me dérober à la garde qui m'environne ; quand il me seroit permis de choisir parmi tous les hommes qui vivent dans cette capitale des nations ; Usbek, je te le jure, je ne choisirois que toi. Il ne peut y avoir que toi dans le monde qui mérites d'être aimé.

Ne pense pas que ton absence m'ait fait négliger une beauté qui t'est chère. Quoique je ne doive être vue de personne, et que les ornements dont je me pare soient inutiles à ton bonheur, je cherche cependant à m'entretenir dans l'habitude de plaire : je ne me couche point que je ne me sois parfumée des essences les plus délicieuses. Je me rappelle ce temps heureux où tu venois dans mes bras ; un songe flatteur qui me séduit me montre ce cher objet de mon amour ; mon imagination se perd dans ses desirs, comme elle se flatte dans ses espérances. Je pense quelquefois que, dégoûté d'un pénible voyage, tu vas revenir à nous ; la nuit se passe dans des songes qui n'appartiennent ni à la veille ni au sommeil : je te cherche à mes côtés, et il me semble que tu me fuis ; enfin le feu qui me dévore dissipe lui-

même ces enchantements et rappelle mes esprits. Je me trouve pour lors si animée... Tu ne le croirois pas, Usbek ; il est impossible de vivre dans cet état : le feu coule dans mes veines. Que ne puis-je t'exprimer ce que je sens si bien ? et comment sens-je si bien ce que je ne puis t'exprimer ? Dans ces moments, Usbek, je donnerois l'empire du monde pour un seul de tes baisers. Qu'une femme est malheureuse d'avoir des desirs si violents, lorsqu'elle est privée de celui qui peut seul les satisfaire ; que, livrée à elle-même, n'ayant rien qui puisse la distraire, il faut qu'elle vive dans l'habitude des soupirs et dans la fureur d'une passion irritée ; que, bien loin d'être heureuse, elle n'a pas même l'avantage de servir à la félicité d'un autre : ornement inutile d'un sérail, gardée pour l'honneur, et non pas pour le bonheur de son époux !

Vous êtes bien cruels, vous autres hommes ! Vous êtes charmés que nous ayons des desirs que nous ne puissions pas satisfaire ; vous nous traitez comme si nous étions insensibles, et vous seriez bien fâchés que nous le fussions ; vous croyez que nos desirs, si long-temps mortifiés, seront irrités à votre vue. Il y a de la peine à se faire aimer ; il est plus court d'obtenir de notre tempérament ce que vous n'osez espérer de votre mérite.

Adieu, mon cher Usbek, adieu. Compte que je ne vis que pour t'adorer : mon ame est toute pleine de toi ; et ton absence, bien loin de te faire oublier, animeroit mon amour s'il pouvoit devenir plus violent.

Du sérail d'Ispahan, le 12 de la lune de Rebiab 1, 1711.

LETTRE VIII.

USBEK A SON AMI RUSTAN.

A Ispahan.

Ta lettre m'a été rendue à Erzeron où je suis. Je m'étois bien douté que mon départ feroit du bruit ; je ne m'en suis point mis en peine. Que veux-tu que je suive, la prudence de mes ennemis, ou la mienne ?

Je parus à la cour dès ma plus tendre jeunesse ; je puis le dire, mon cœur ne s'y corrompit point : je formai même un grand dessein, j'osai y être vertueux. Dès que je connus le vice, je m'en éloignai ; mais je m'en approchai ensuite pour le démasquer. Je portai la vérité jusqu'au pied du trône ; j'y parlai un langage jusqu'alors inconnu ;

[1] Les femmes persanes sont beaucoup plus étroitement gardées que les femmes turques et les femmes indiennes.

je déconcertai la flatterie, et j'étonnai en même temps les adorateurs et l'idole.

Mais quand je vis que ma sincérité m'avoit fait des ennemis; que je m'étois attiré la jalousie des ministres sans avoir la faveur du prince; que, dans une cour corrompue, je ne me soutenois plus que par une foible vertu, je résolus de la quitter. Je feignis un grand attachement pour les sciences; et, à force de feindre, il me vint réellement. Je ne me mêlai plus d'aucunes affaires; et je me retirai dans une maison de campagne. Mais ce parti même avoit ses inconvénients : je restois toujours exposé à la malice de mes ennemis, et je m'étois presque ôté les moyens de m'en garantir. Quelques avis secrets me firent penser à moi sérieusement : je résolus de m'exiler de ma patrie, et ma retraite même de la cour m'en fournit un prétexte plausible. J'allai au roi; je lui marquai l'envie que j'avois de m'instruire dans les sciences de l'Occident; je lui insinuai qu'il pourroit tirer de l'utilité de mes voyages : je trouvai grace devant ses yeux; je partis, et je dérobai une victime à mes ennemis.

Voilà, Rustan, le véritable motif de mon voyage. Laisse parler Ispahan; ne me défends que devant ceux qui m'aiment. Laisse à mes ennemis leurs interprétations malignes : je suis trop heureux que ce soit le seul mal qu'ils me puissent faire.

On parle de moi à présent : peut-être ne serai-je que trop oublié, et que mes amis... Non, Rustan, je ne veux point me livrer à cette triste pensée : je leur serai toujours cher; je compte sur leur fidélité comme sur la tienne.

D'Erzeron, le 20 de la lune de Gemmadi 2, 1711.

* * *

LETTRE IX.

LE PREMIER EUNUQUE A IBBI.

A Erzerou.

Tu suis ton ancien maître dans ses voyages; tu parcours les provinces et les royaumes; les chagrins ne sauroient faire d'impression sur toi : chaque instant te montre des choses nouvelles; tout ce que tu vois te récrée et te fait passer le temps sans le sentir.

Il n'en est pas de même de moi qui, enfermé dans une affreuse prison, suis toujours environné des mêmes objets, et dévoré des mêmes chagrins. Je gémis accablé sous le poids des soins et des inquiétudes de cinquante années; et, dans le cours d'une longue vie, je ne puis pas dire avoir eu un jour serein et un moment tranquille.

Lorsque mon premier maître eut formé le cruel projet de me confier ses femmes, et m'eut obligé, par des séductions soutenues de mille menaces, de me séparer pour jamais de moi-même, las de servir dans les emplois les plus pénibles, je comptai sacrifier mes passions à mon repos et à ma fortune. Malheureux que j'étois! mon esprit préoccupé me faisoit voir le dédommagement et non pas la perte : j'espérois que je serois délivré des atteintes de l'amour par l'impuissance de le satisfaire. Hélas! on éteignit en moi l'effet des passions sans en éteindre la cause; et, bien loin d'en être soulagé, je me trouvai environné d'objets qui les irritoient sans cesse. J'entrai dans le sérail, où tout m'inspiroit le regret de ce que j'avois perdu : je me sentois animé à chaque instant; mille graces naturelles sembloient ne se découvrir à ma vue que pour me désoler; pour comble de malheurs, j'avois toujours devant les yeux un homme heureux. Dans ce temps de trouble, je n'ai jamais conduit une femme dans le lit de mon maître, je ne l'ai jamais déshabillée, que je ne sois rentré chez moi la rage dans le cœur, et un affreux désespoir dans l'ame.

Voilà comme j'ai passé ma misérable jeunesse. Je n'avois de confident que moi-même. Chargé d'ennuis et de chagrins, il me les falloit dévorer : et ces mêmes femmes que j'étois tenté de regarder avec des yeux si tendres, je ne les envisageois qu'avec des regards sévères : j'étois perdu si elles m'avoient pénétré; quel avantage n'en auroient-elles pas pris!

Je me souviens qu'un jour que je mettois une femme dans le bain, je me sentis si transporté que je perdis entièrement la raison, et que j'osai porter ma main dans un lieu redoutable. Je crus à la première réflexion que ce jour étoit le dernier de mes jours. Je fus pourtant assez heureux pour échapper à mille morts; mais la beauté que j'avois faite confidente de ma foiblesse me vendit bien cher son silence; je perdis entièrement mon autorité sur elle, et elle m'a obligé depuis à des condescendances qui m'ont exposé mille fois à perdre la vie.

Enfin les feux de la jeunesse ont passé; je suis vieux, et je me trouve, à cet égard, dans un état tranquille; je regarde les femmes avec indifférence, et je leur rends bien tous leurs mépris, et tous les tourments qu'elles m'ont fait souffrir. Je me souviens toujours que j'étois né pour les commander; et il me semble que je redeviens homme dans les occasions où je leur commande encore. Je les hais depuis que je les envisage de sens froid,

et que ma raison me laisse voir toutes leurs foi blesses. Quoique je les garde pour un autre, le plaisir de me faire obéir me donne une joie secrète ; quand je les prive de tout, il me semble que c'est pour moi, et il m'en revient toujours une satisfaction indirecte : je me trouve dans le sérail comme dans un petit empire ; et mon ambition, la seule passion qui me reste, se satisfait un peu. Je vois avec plaisir que tout roule sur moi, et qu'à tous les instants je suis nécessaire ; je me charge volontiers de la haine de toutes ces femmes, qui m'affermit dans le poste où je suis. Aussi n'ont-elles pas affaire à un ingrat : elles me trouvent au-devant de tous leurs plaisirs les plus innocents ; je me présente toujours à elles comme une barrière inébranlable ; elles forment des projets, et je les arrête soudain ; je m'arme de refus ; je me hérisse de scrupules ; je n'ai jamais dans la bouche que les mots de devoir, de vertu, de pudeur, de modestie. Je les désespère, en leur parlant sans cesse de la foiblesse de leur sexe, et de l'autorité du maître ; je me plains ensuite d'être obligé à tant de sévérité ; et je semble vouloir leur faire entendre que je n'ai d'autre motif que leur propre intérêt, et un grand attachement pour elles.

Ce n'est pas qu'à mon tour je n'aie un nombre infini de désagréments, et que tous les jours ces femmes vindicatives ne cherchent à renchérir sur ceux que je leur donne. Elles ont des revers terribles. Il y a entre nous comme un flux et reflux d'empire et de soumission : elles font toujours tomber sur moi les emplois les plus humiliants ; elles affectent un mépris qui n'a point d'exemple ; et, sans égard pour ma vieillesse, elles me font lever, la nuit, dix fois pour la moindre bagatelle ; je suis accablé sans cesse d'ordres, de commandements, d'emplois, de caprices ; il semble qu'elles se relaient pour m'exercer, et que leurs fantaisies se succèdent. Souvent elles se plaisent à me faire redoubler de soins ; elles me font faire de fausses confidences : tantôt on vient me dire qu'il a paru un jeune homme autour de ces murs, une autre fois qu'on a entendu du bruit, ou bien qu'on doit rendre une lettre : tout ceci me trouble ; et elles rient de ce trouble ; elles sont charmées de me voir ainsi me tourmenter moi-même. Une autre fois elles m'attachent derrière leur porte, et m'y enchaînent nuit et jour. Elles savent bien feindre des maladies, des défaillances, des frayeurs : elles ne manquent point de prétexte pour me mener au point où elles veulent. Il faut, dans ces occasions, une obéissance aveugle et une complaisance sans bornes : un refus

dans la bouche d'un homme comme moi seroit une chose inouïe ; et si je balançois à leur obéir, elles seroient en droit de me châtier. J'aimerois autant perdre la vie, mon cher Ibbi, que de descendre à cette humiliation.

Ce n'est pas tout : je ne suis jamais sûr d'être un instant dans la faveur de mon maître, j'ai autant d'ennemies dans son cœur, qui ne songent qu'à me perdre : elles ont des quarts d'heure où je ne suis point écouté, des quarts d'heure où l'on ne refuse rien, des quarts d'heure où j'ai toujours tort. Je mène dans le lit de mon maître des femmes irritées : crois-tu que l'on y travaille pour moi, et que mon parti soit le plus fort ? J'ai tout à craindre de leurs larmes, de leurs soupirs, de leurs embrassements, et de leurs plaisirs même : elles sont dans le lieu de leurs triomphes ; leurs charmes me deviennent terribles : les services présents effacent dans un moment tous mes services passés ; et rien ne peut me répondre d'un maître qui n'est plus à lui-même.

Combien de fois m'est-il arrivé de me coucher dans la faveur, et de me lever dans la disgrace ! Le jour que je fus fouetté si indignement autour du sérail, qu'avois-je fait ? Je laisse une femme dans les bras de mon maître : dès qu'elle le vit enflammé, elle versa un torrent de larmes ; elle se plaignit, et ménagea si bien ses plaintes, qu'elles augmentoient à mesure de l'amour qu'elle faisoit naître. Comment aurois-je pu me soutenir dans un moment si critique ? Je fus perdu lorsque je m'y attendois le moins ; je fus la victime d'une négociation amoureuse, et d'un traité que les soupirs avoient fait. Voilà, cher Ibbi, l'état cruel dans lequel j'ai toujours vécu.

Que tu es heureux ! tes soins se bornent uniquement à la personne d'Usbek. Il t'est facile de lui plaire et de te maintenir dans sa faveur jusques au dernier de tes jours.

Du sérail d'Ispahan, le dernier de la lune de Saphar, 1711.

───

LETTRE X.

MIRZA A SON AMI USBEK.

A Erzeron.

Tu étois le seul qui pût me dédommager de l'absence de Rica ; et il n'y avoit que Rica qui pût me consoler de la tienne. Tu nous manques, Usbek : tu étois l'âme de notre société. Qu'il faut de violence pour rompre les engagements que le cœur et l'esprit ont formés !

Nous disputons ici beaucoup ; nos disputes rou-

lent ordinairement sur la morale. Hier on mit en question si les hommes étoient heureux par les plaisirs et les satisfactions des sens ou par la pratique de la vertu. Je t'ai souvent ouï dire que les hommes étoient nés pour être vertueux, et que la justice est une qualité qui leur est aussi propre que l'existence. Explique-moi, je te prie, ce que tu veux dire.

J'ai parlé à des mollaks [1], qui me désespèrent avec leurs passages de l'Alcoran : car je ne leur parle pas comme vrai croyant, mais comme homme, comme citoyen, comme père de famille. Adieu.

D'Ispahan, le dernier de la lune de Saphar, 1711.

LETTRE XI.

USBEK A MIRZA.

A Ispahan.

Tu renonces à ta raison pour essayer la mienne ; tu descends jusqu'à me consulter ; tu me crois capable de t'instruire. Mon cher Mirza, il y a une chose qui me flatte encore plus que la bonne opinion que tu as conçue de moi : c'est ton amitié qui me la procure.

Pour remplir ce que tu me prescris, je n'ai pas cru devoir employer des raisonnements fort abstraits. Il y a de certaines vérités qu'il ne suffit pas de persuader, mais qu'il faut encore faire sentir : telles sont les vérités de morale. Peut-être que ce morceau d'histoire te touchera plus qu'une philosphie subtile [2].

Il y avoit en Arabie un petit peuple, appelé Troglodyte [3], qui descendoit de ces anciens Troglodytes qui, si nous en croyons les historiens, ressembloient plus à des bêtes qu'à des hommes. Ceux-ci n'étoient point si contrefaits ; ils n'étoient point velus comme des ours, ils ne siffloient point,

ils avoient deux yeux ; mais ils étoient si méchants et si féroces, qu'il n'y avoit parmi eux aucun principe d'équité ni de justice.

Ils avoient un roi d'une origine étrangère, qui, voulant corriger la méchanceté de leur naturel, les traitoit sévèrement ; mais ils conjurèrent contre lui, le tuèrent, et exterminèrent toute la famille royale.

Le coup étant fait, ils s'assemblèrent pour choisir un gouvernement ; et, après bien des dissensions, ils créèrent des magistrats. Mais à peine les eurent-ils élus, qu'ils leur devinrent insupportables ; et ils les massacrèrent encore.

Ce peuple, libre de ce nouveau joug, ne consulta plus que son naturel sauvage. Tous les particuliers convinrent qu'ils n'obéiroient plus à personne ; que chacun veilleroit uniquement à ses intérêts, sans ceux des autres.

Cette résolution unanime flattoit extrêmement tous les particuliers. Ils disoient : Qu'ai-je affaire d'aller me tuer à travailler pour des gens dont je ne me soucie point ? Je penserai uniquement à moi. Je vivrai heureux ; que m'importe que les autres le soient ? Je me procurerai tous mes besoins ; et, pourvu que je les aie, je ne me soucie point que tous les autres Troglodytes soient misérables.

On étoit dans le mois où l'on ensemence les terres ; chacun dit : Je ne labourerai mon champ que pour qu'il me fournisse le blé qu'il me faut pour me nourrir ; une plus grande quantité me seroit inutile : je ne prendrai point de la peine pour rien.

Les terres de ce petit royaume n'étoient pas de même nature : il y en avoit d'arides et de montagneuses ; et d'autres qui, dans un terrain bas, étoient arrosées de plusieurs ruisseaux. Cette année la sécheresse fut très-grande, de manière que les terres qui étoient dans les lieux élevés manquèrent absolument, tandis que celles qui purent être arrosées furent très-fertiles : ainsi les peuples des montagnes périrent presque tous de faim par la dureté des autres, qui leur refusèrent de partager la récolte.

L'année d'ensuite fut très-pluvieuse : les lieux élevés se trouvèrent d'une fertilité extraordinaire,

[1] Prêtres mahométans, dont la principale fonction est d'interpréter les passages équivoques ou obscurs de l'Alcoran. (P.)

[2] Platon s'occupoit tantôt à rêver l'Atlantide, tantôt à préparer les institutions de son impraticable République : Tacite, pour se consoler de la peinture trop fidèle de Rome, embellissoit l'histoire d'une peuplade sauvage, et faisoit sortir la sagesse et la vertu de ces forêts qui cachoient encore la liberté ; des illusions plus instructives et plus vraisemblables ont inspiré à Montesquieu l'épisode des Troglodytes, de ce peuple si malheureux quand il est insociable, qui passe du crime à la ruine, se renouvelle par les bonnes mœurs, et, trop tôt fatigué de ne devoir sa félicité qu'à lui-même, va chercher dans l'autorité d'un maître un joug moins pesant que la vertu. Ces trois périodes, admirablement choisies, présentent tout le tableau de l'histoire du monde ; mais, ce qui honore la sagesse de Montesquieu, ils renferment le plus bel éloge de la vie sociale. (M. VILLEMAIN, Éloge de Montesquieu.)

[3] Les anciens ne sont pas d'accord sur le lieu qu'occupoient

les Troglodytes. Plutarque, dans la vie de Marc-Antoine, dit qu'il y a eu en Afrique divers peuples de ce nom. Suivant Pomponius Mela (lib. I), ils habitoient l'Éthiopie, vivoient dans des cavernes, se nourrissoient de serpents et de viandes à demi-crues, ne possédoient rien, et siffloient plutôt qu'ils ne parloient : *Populi Ethiopiæ, cavernas incolentes ; semicrudis vescuntur carnibus, et nullorum opum domini, strident magis quam loquuntur.* (P.)

et les terres basses furent submergées. La moitié du peuple cria une seconde fois famine ; mais ces misérables trouvèrent des gens aussi durs qu'ils l'avoient été eux-mêmes.

Un des principaux habitants avoit une femme fort belle ; son voisin en devint amoureux, et l'enleva : il s'émut une grande querelle ; et, après bien des injures et des coups, ils convinrent de s'en remettre à la décision d'un Troglodyte qui, pendant que la république subsistoit, avoit eu quelque crédit. Ils allèrent à lui, et voulurent lui dire leurs raisons. Que m'importe, dit cet homme, que cette femme soit à vous, ou à vous ? J'ai mon champ à labourer ; je n'irai peut-être pas employer mon temps à terminer vos différends et à travailler à vos affaires, tandis que je négligerai les miennes. Je vous prie de me laisser en repos, et de ne m'importuner plus de vos querelles. Là-dessus il les quitta, et s'en alla travailler ses terres. Le ravisseur, qui étoit le plus fort, jura qu'il mourroit plutôt que de rendre cette femme ; et l'autre, pénétré de l'injustice de son voisin et de la dureté du juge, s'en retournoit désespéré, lorsqu'il trouva dans son chemin une femme jeune et belle, qui revenoit de la fontaine : il n'avoit plus de femme, celle-là lui plut ; et elle lui plut bien davantage lorsqu'il apprit que c'étoit la femme de celui qu'il avoit voulu prendre pour juge, et qui avoit été si peu sensible à son malheur. Il l'enleva, et l'emmena dans sa maison.

Il y avoit un homme qui possédoit un champ assez fertile, qu'il cultivoit avec grand soin : deux de ses voisins s'unirent ensemble, le chassèrent de sa maison, occupèrent son champ ; ils firent entre eux une union pour se défendre contre tous ceux qui voudroient l'usurper ; et effectivement ils se soutinrent par-là pendant plusieurs mois. Mais un des deux, ennuyé de partager ce qu'il pouvoit avoir tout seul, tua l'autre, et devint seul maître du champ. Son empire ne fut pas long : deux autres Troglodytes vinrent l'attaquer ; il se trouva trop foible pour se défendre, et il fut massacré.

Un Troglodyte presque tout nu vit de la laine qui étoit à vendre : il en demanda le prix ; le marchand dit en lui-même : Naturellement je ne devrois espérer de ma laine qu'autant d'argent qu'il en faut pour acheter deux mesures de blé ; mais je la vais vendre quatre fois davantage, afin d'avoir huit mesures. Il fallut en passer par-là, et payer le prix demandé. Je suis bien aise, dit le marchand ; j'aurai du blé à présent. Que dites-vous ? reprit l'étranger : vous avez besoin de blé ?

J'en ai à vendre : il n'y a que le prix qui vous étonnera peut-être ; car vous saurez que le blé est extrêmement cher, et que la famine règne presque partout : mais rendez-moi mon argent, et je vous donnerai une mesure de blé ; car je ne veux pas m'en défaire autrement, dussiez-vous crever de faim.

Cependant une maladie cruelle ravageoit la contrée. Un médecin habile y arriva du pays voisin, et donna ses remèdes si à propos, qu'il guérit tous ceux qui se mirent dans ses mains. Quand la maladie eut cessé, il alla chez tous ceux qu'il avoit traités demander son salaire ; mais il ne trouva que des refus : il retourna dans son pays, et il y arriva accablé des fatigues d'un si long voyage. Mais bientôt après il apprit que la même maladie se faisoit sentir de nouveau, et affligeoit plus que jamais cette terre ingrate. Ils allèrent à lui cette fois, et n'attendirent pas qu'il vînt chez eux. Allez, leur dit-il, hommes injustes, vous avez dans l'ame un poison plus mortel que celui dont vous voulez guérir ; vous ne méritez pas d'occuper une place sur la terre, parce que vous n'avez point d'humanité, et que les règles de l'équité vous sont inconnues : je croirois offenser les dieux, qui vous punissent, si je m'opposois à la justice de leur colère.

A Erzeron, le 3 de la lune de Gemmadi 2, 1711.

LETTRE XII.

USBEK AU MÊME.

A Ispahan.

Tu as vu, mon cher Mirza, comment les Troglodytes périrent par leur méchanceté même, et furent les victimes de leurs propres injustices. De tant de familles, il n'en resta que deux qui échappèrent aux malheurs de la nation. Il y avoit dans ce pays deux hommes bien singuliers : ils avoient de l'humanité ; ils connoissoient la justice ; ils aimoient la vertu ; autant liés par la droiture de leur cœur que par la corruption de celui des autres, ils voyoient la désolation générale, et ne la ressentoient que par la pitié : c'étoit le motif d'une union nouvelle. Ils travailloient avec une sollicitude commune pour l'intérêt commun ; ils n'avoient de différends que ceux qu'une douce et tendre amitié faisoit naître ; et, dans l'endroit du pays le plus écarté, séparés de leurs compatriotes indignes de leur présence, ils menoient une vie heureuse et tranquille : la terre sembloit produire d'elle-même, cultivée par ces vertueuses mains.

Ils aimoient leurs femmes, et ils en étoient tendrement chéris. Toute leur attention étoit d'élever leurs enfants à la vertu. Ils leur représentoient sans cesse les malheurs de leurs compatriotes, et leur mettoient devant les yeux cet exemple si touchant; ils leur faisoient surtout sentir que l'intérêt des particuliers se trouve toujours dans l'intérêt commun; que vouloir s'en séparer, c'est vouloir se perdre; que la vertu n'est point une chose qui doive nous coûter; qu'il ne faut point la regarder comme un exercice pénible; et que la justice pour autrui est une charité pour nous.

Ils eurent bientôt la consolation des pères vertueux, qui est d'avoir des enfants qui leur ressemblent. Le jeune peuple qui s'éleva sous leurs yeux s'accrut par d'heureux mariages : le nombre augmenta, l'union fut toujours la même; et la vertu, bien loin de s'affoiblir dans la multitude, fut fortifiée au contraire par un plus grand nombre d'exemples.

Qui pourroit représenter ici le bonheur de ces Troglodytes? Un peuple si juste devoit être chéri des dieux. Dès qu'il ouvrit les yeux pour les connoître, il apprit à les craindre; et la religion vint adoucir dans les mœurs ce que la nature y avoit laissé de trop rude.

Ils instituèrent des fêtes en l'honneur des dieux. Les jeunes filles, ornées de fleurs, et les jeunes garçons, les célébroient par leurs danses et par les accords d'une musique champêtre; on faisoit ensuite des festins, où la joie ne régnoit pas moins que la frugalité. C'étoit dans ces assemblées que parloit la nature naïve; c'est là qu'on apprenoit à donner le cœur et à le recevoir; c'est là que la pudeur virginale faisoit en rougissant un aveu surpris, mais bientôt confirmé par le consentement des pères; et c'est là que les tendres mères se plaisoient à prévoir de loin une union douce et fidèle.

On alloit au temple pour demander les faveurs des dieux : ce n'étoit pas les richesses et une onéreuse abondance; de pareils souhaits étoient indignes des heureux Troglodytes; ils ne savoient les desirer que pour leurs compatriotes. Ils n'étoient au pied des autels que pour demander la santé de leurs pères, l'union de leurs frères, la tendresse de leurs femmes, l'amour et l'obéissance de leurs enfants. Les filles y venoient apporter le tendre sacrifice de leur cœur, et ne leur demandoient d'autre grace que celle de pouvoir rendre un Troglodyte heureux.

Le soir, lorsque les troupeaux quittoient les prairies, et que les bœufs fatigués avoient ramené la charrue, ils s'assembloient; et, dans un repas frugal, ils chantoient les injustices des premiers Troglodytes, et leurs malheurs; la vertu renaissante avec un nouveau peuple, et sa félicité : ils chantoient ensuite les grandeurs des dieux, leurs faveurs toujours présentes aux hommes qui les implorent, et leur colère inévitable à ceux qui ne les craignent pas; ils décrivoient ensuite les délices de la vie champêtre, et le bonheur d'une condition toujours parée de l'innocence. Bientôt ils s'abandonnoient à un sommeil que les soins et les chagrins n'interrompoient jamais.

La nature ne fournissoit pas moins à leurs desirs qu'à leurs besoins. Dans ce pays heureux la cupidité étoit étrangère : ils se faisoient des présents, où celui qui donnoit croyoit toujours avoir l'avantage. Le peuple troglodyte se regardoit comme une seule famille : les troupeaux étoient presque toujours confondus; la seule peine qu'on s'épargnoit ordinairement, c'étoit de les partager.

D'ERZERON, le 6 de la lune de Gemmadi 2, 1711.

LETTRE XIII.

USBEK AU MÊME.

Je ne saurois assez te parler de la vertu des Troglodytes. Un d'eux disoit un jour : Mon père doit demain labourer son champ; je me lèverai deux heures avant lui; et, quand il ira à son champ, il le trouvera tout labouré.

Un autre disoit en lui-même : Il me semble que ma sœur a du goût pour un jeune Troglodyte de nos parents; il faut que je parle à mon père, et que je le détermine à faire ce mariage.

On vint dire à un autre que des voleurs avoient enlevé son troupeau : J'en suis bien fâché, dit-il; car il y avoit une génisse toute blanche que je voulois offrir aux dieux.

On entendoit dire à un autre : Il faut que j'aille au temple remercier les dieux; car mon frère, que mon père aime tant, et que je chéris si fort, a recouvré la santé;

Ou bien : Il y a un champ qui touche celui de mon père, et ceux qui le cultivent sont tous les jours exposés aux ardeurs du soleil; il faut que j'aille y planter deux arbres, afin que ces pauvres gens puissent aller quelquefois se reposer sous leur ombre.

Un jour que plusieurs Troglodytes étoient assemblés, un vieillard parla d'un jeune homme qu'il soupçonnoit d'avoir commis une mauvaise

action, et lui en fit des reproches. Nous ne croyons pas qu'il ait commis ce crime, dirent les jeunes Troglodytes; mais, s'il l'a fait, puisse-t-il mourir le dernier de sa famille!

On vint dire à un Troglodyte que des étrangers avoient pillé sa maison, et avoient tout emporté. S'ils n'étoient pas injustes, répondit-il, je souhaiterois que les dieux leur en donnassent un plus long usage qu'à moi.

Tant de prospérités ne furent pas regardées sans envie : les peuples voisins s'assemblèrent; et, sous un vain prétexte, ils résolurent d'enlever leurs troupeaux. Dès que cette résolution fut connue, les Troglodytes envoyèrent au-devant d'eux des ambassadeurs, qui leur parlèrent ainsi :

Que vous ont fait les Troglodytes? Ont-ils enlevé vos femmes, dérobé vos bestiaux, ravagé vos campagnes? Non : nous sommes justes, et nous craignons les dieux. Que voulez-vous donc de nous? Voulez-vous de la laine pour vous faire des habits? Voulez-vous du lait de nos troupeaux, ou des fruits de nos terres? Posez bas les armes; venez au milieu de nous, et nous vous donnerons de tout cela. Mais nous jurons, par ce qu'il y a de plus sacré, que, si vous entrez dans nos terres comme ennemis, nous vous regarderons comme un peuple injuste, et que nous vous traiterons comme des bêtes farouches.

Ces paroles furent renvoyées avec mépris; ces peuples sauvages entrèrent armés dans la terre des Troglodytes, qu'ils ne croyoient défendus que par leur innocence.

Mais ils étoient bien disposés à la défense. Ils avoient mis leurs femmes et leurs enfants au milieu d'eux. Ils furent étonnés de l'injustice de leurs ennemis, et non pas de leur nombre. Une ardeur nouvelle s'étoit emparée de leur cœur : l'un vouloit mourir pour son père, un autre pour sa femme et ses enfants, celui-ci pour ses frères, celui-là pour ses amis, tous pour le peuple troglodyte; la place de celui qui expiroit étoit d'abord prise par un autre, qui, outre la cause commune, avoit encore une mort particulière à venger.

Tel fut le combat de l'injustice et de la vertu. Ces peuples lâches, qui ne cherchoient que le butin, n'eurent pas honte de fuir; et ils cédèrent à la vertu des Troglodytes, même sans en être touchés.

D'Erzeron, le 9 de la lune de Gemmadi 2, 1711.

LETTRE XIV.

USBEK AU MÊME.

Comme le peuple grossissoit tous les jours, les Troglodytes crurent qu'il étoit à propos de se choisir un roi : ils convinrent qu'il falloit déférer la couronne à celui qui étoit le plus juste; et ils jetèrent tous les yeux sur un vieillard vénérable par son âge et par une longue vertu. Il n'avoit pas voulu se trouver à cette assemblée; il s'étoit retiré dans sa maison, le cœur serré de tristesse.

Lorsqu'on lui envoya des députés pour lui apprendre le choix qu'on avoit fait de lui : A Dieu ne plaise, dit-il, que je fasse ce tort aux Troglodytes, que l'on puisse croire qu'il n'y a personne parmi eux de plus juste que moi! Vous me déférez la couronne; et, si vous le voulez absolument, il faudra bien que je la prenne; mais comptez que je mourrai de douleur d'avoir vu en naissant les Troglodytes libres, et de les voir aujourd'hui assujettis. A ces mots il se mit à répandre un torrent de larmes. Malheureux jour! disoit-il; et pourquoi ai-je tant vécu? Puis il s'écria d'une voix sévère : Je vois bien ce que c'est, ô Troglodytes! votre vertu commence à vous peser. Dans l'état où vous êtes, n'ayant point de chef, il faut que vous soyez vertueux malgré vous; sans cela vous ne sauriez subsister, et vous tomberiez dans le malheur de vos premiers pères. Mais ce joug vous paroît trop dur : vous aimez mieux être soumis à un prince, et obéir à ses lois moins rigides que vos mœurs. Vous savez que pour lors vous pourrez contenter votre ambition, acquérir des richesses et languir dans une lâche volupté; et que, pourvu que vous évitiez de tomber dans les grands crimes, vous n'aurez pas besoin de la vertu. Il s'arrêta un moment, et ses larmes coulèrent plus que jamais. Et que prétendez-vous que je fasse? Comment se peut-il que je commande quelque chose à un Troglodyte? Voulez-vous qu'il fasse une action vertueuse, parce que je la lui commande, lui qui la feroit tout de même sans moi, et par le seul penchant de la nature? O Troglodytes! je suis à la fin de mes jours, mon sang est glacé dans mes veines, je vais bientôt revoir vos sacrés aïeux : pourquoi voulez-vous que je les afflige, et que je sois obligé de leur dire que je vous ai laissés sous un autre joug que celui de la vertu.

D'Erzeron, le 10 de la lune de Gemmadi 2, 1711.

LETTRE XV.

LE PREMIER EUNUQUE A JARON, EUNUQUE NOIR.

A Erzeron.

Je prie le ciel qu'il te ramène dans ces lieux, et te dérobe à tous les dangers.

Quoique je n'aie guère jamais connu cet engagement qu'on appelle amitié, et que je me sois enveloppé tout entier dans moi-même, tu m'as cependant fait sentir que j'avois encore un cœur; et, pendant que j'étois de bronze pour tous ces esclaves qui vivoient sous mes lois, je voyois croître ton enfance avec plaisir.

Le temps vint où mon maître jeta sur toi les yeux. Il s'en falloit bien que la nature eût encore parlé lorsque le fer te sépara de la nature. Je ne te dirai point si je te plaignis, ou si je sentis du plaisir à te voir élevé jusqu'à moi. J'apaisai tes pleurs et tes cris. Je crus te voir prendre une seconde naissance, et sortir d'une servitude où tu devois toujours obéir, pour entrer dans une servitude où tu devois commander. Je pris soin de ton éducation. La sévérité, toujours inséparable des instructions, te fit long-temps ignorer que tu m'étois cher. Tu me l'étois pourtant; et je te dirai que je t'aimois comme un père aime son fils, si ces noms de père et de fils pouvoient convenir à notre destinée.

Tu vas parcourir les pays habités par les chrétiens, qui n'ont jamais cru. Il est impossible que tu n'y contractes bien des souillures. Comment le prophète pourroit-il te regarder au milieu de tant de millions de ses ennemis? Je voudrois que mon maître fît à son retour le pélerinage de la Mecque : vous vous purifieriez tous dans la terre des anges.

Du sérail d'Ispahan, le 10 de la lune de Gemmadi 2, 1711.

LETTRE XVI.

USBEK AU MOLLAK MÉHÉMÉT ALI,

GARDIEN DES TROIS TOMBEAUX [1].

A Com.

Pourquoi vis-tu dans les tombeaux, divin Mollak? Tu es bien plus fait pour le séjour des étoiles. Tu te caches sans doute de peur d'obscurcir le soleil : tu n'as point de taches comme cet as-

[1] La ville de Com renferme les tombeaux des rois de Perse. Parmi ces tombeaux, ceux de Fatime et de deux autres personnages de sa famille sont l'objet d'une vénération particulière. (P.)

tre; mais, comme lui, tu te couvres de nuages.

Ta science est un abyme plus profond que l'océan; ton esprit est plus perçant que Zufagar, cette épée d'Hali, qui avoit deux pointes; tu sais ce qui se passe dans les neuf chœurs des puissances célestes; tu lis l'Alcoran sur la poitrine de notre divin prophète; et, lorsque tu trouves quelque passage obscur, un ange, par son ordre, déploie ses ailes rapides, et descend du trône pour t'en révéler le secret.

Je pourrois par ton moyen avoir avec les séraphins une intime correspondance : car enfin, treizième iman, n'es-tu pas le centre où le ciel et la terre aboutissent, et le point de communication entre l'abyme et l'empirée?

Je suis au milieu d'un peuple profane : permets que je me purifie avec toi; souffre que je tourne mon visage vers les lieux sacrés que tu habites; distingue-moi des méchants, comme on distingue, au lever de l'aurore, le filet blanc d'avec le filet noir; aide-moi de tes conseils; prends soin de mon ame; enivre-la de l'esprit des prophètes; nourris-la de la science du Paradis, et permets que je mette ses plaies à tes pieds. Adresse tes lettres sacrées à Erzeron, où je resterai quelques mois.

D'Erzeron, le 11 de la lune de Gemmadi 2, 1711.

LETTRE XVII.

USBEK AU MÊME.

Je ne puis, divin Mollak, calmer mon impatience : je ne saurois attendre ta sublime réponse. J'ai des doutes, il faut les fixer : je sens que ma raison s'égare; ramène-la dans le droit chemin; viens m'éclairer, source de lumière; foudroie avec ta plume divine les difficultés que je vais te proposer; fais-moi pitié de moi-même, et rougir de la question que je vais te faire.

D'où vient que notre législateur nous prive de la chair de pourceau [1], et de toutes les viandes qu'il appelle immondes? D'où vient qu'il nous défend de toucher un corps mort, et que, pour purifier notre ame, il nous ordonne de nous laver

[1] On trouve la raison politique de cette défense dans la vie de Mahomet par M. de Boulainvilliers; la voici : « Le cochon doit être très rare en Arabie, où il n'y a presque point de bois, et presque rien de propre à la nourriture de ces animaux: d'ailleurs la salure des eaux et des aliments rend le peuple très susceptible des maladies de la peau. » (Voyez l'*Esprit des Lois*, liv. XXIV, ch. xxv.) (P.)

sans cesse le corps? Il me semble que les choses ne sont en elles-mêmes ni pures ni impures : je ne puis concevoir aucune qualité inhérente au sujet qui puisse les rendre telles. La boue ne nous paroît sale que parce qu'elle blesse notre vue, ou quelque autre de nos sens; mais, en elle-même, elle ne l'est pas plus que l'or et les diamants. L'idée de souillure, contractée par l'attouchement d'un cadavre, ne nous est venue que d'une certaine répugnance naturelle que nous en avons. Si les corps de ceux qui ne se lavent point ne blessoient ni l'odorat ni la vue, comment auroit-on pu s'imaginer qu'ils fussent impurs?

Les sens, divin Mollak, doivent donc être les seuls juges de la pureté ou de l'impureté des choses. Mais, comme les objets n'affectent point les hommes de la même manière; que ce qui donne une sensation agréable aux uns, en produit une dégoûtante chez les autres, il suit que le témoignage des sens ne peut servir ici de règle, à moins qu'on ne dise que chacun peut à sa fantaisie décider ce point, et distinguer, pour ce qui le concerne, les choses pures d'avec celles qui ne le sont pas.

Mais cela même, sacré Mollak, ne renverseroit-il pas les distinctions établies par notre divin prophète, et les points fondamentaux de la loi qui a été écrite de la main des anges?

D'Erzeron, le 20 de la lune de Gemmadi 2, 1711.

LETTRE XVIII.

MÉHÉMET ALI, SERVITEUR DES PROPHÈTES, A USBEK.

A Erzeron.

Vous nous faites toujours des questions qu'on a faites mille fois à notre saint prophète. Que ne lisez-vous les traditions des docteurs? que n'allez-vous à cette source pure de toute intelligence? vous trouveriez tous vos doutes résolus.

Malheureux! qui toujours embarrassés des choses de la terre, n'avez jamais regardé d'un œil fixe celles du ciel, et qui révérez la condition des mollaks sans oser ni l'embrasser ni la suivre?

Profanes! qui n'entrez jamais dans les secrets de l'Éternel, vos lumières ressemblent aux ténèbres de l'abyme, et les raisonnements de votre esprit sont comme la poussière que vos pieds font élever lorsque le soleil est dans son midi, dans le mois ardent de Chahban.

Aussi le zénith de votre esprit ne va pas au nadir de celui du moindre des immaums [1]. Votre vaine philosophie est cet éclair qui annonce l'orage et l'obscurité : vous êtes au milieu de la tempête, et vous errez au gré des vents.

Il est bien facile de répondre à votre difficulté : il ne faut pour cela que vous raconter ce qui arriva un jour à notre saint prophète, lorsque tenté par les chrétiens, éprouvé par les juifs, il confondit également les uns et les autres.

Le juif Abdias Ibesalon [2] lui demanda pourquoi Dieu avoit défendu de manger de la chair de pourceau. Ce n'est pas sans raison, reprit le prophète : c'est un animal immonde; et je vais vous en convaincre. Il fit sur sa main, avec de la boue, la figure d'un homme; il le jeta à terre, et lui cria : Levez-vous. Sur-le-champ un homme se leva, et dit : Je suis Japhet, fils de Noé. Avois-tu les cheveux aussi blancs quand tu es mort? lui dit le saint prophète. Non, répondit-il : mais, quand tu m'as réveillé, j'ai cru que le jour du jugement étoit venu; et j'ai eu une si grande frayeur, que mes cheveux ont blanchi tout-à-coup.

Or çà, raconte-moi, lui dit l'envoyé de Dieu, toute l'histoire de l'arche de Noé. Japhet obéit, et détailla exactement tout ce qui s'étoit passé les premiers mois; après quoi il parla ainsi :

Nous mîmes les ordures de tous les animaux dans un côté de l'arche; ce qui la fit si fort pencher, que nous en eûmes une peur mortelle, surtout nos femmes, qui se lamentoient de la belle manière. Notre père Noé ayant été au conseil de Dieu, il lui commanda de prendre l'éléphant, et de lui faire tourner la tête vers le côté qui penchoit. Ce grand animal fit tant d'ordures, qu'il en naquit un cochon. Croyez-vous, Usbek, que depuis ce temps-là nous nous en soyons abstenus, et que nous l'ayons regardé comme un animal immonde?

Mais, comme le cochon remuoit tous les jours ces ordures, il s'éleva une telle puanteur dans l'arche, qu'il ne put lui-même s'empêcher d'éternuer; et il sortit de son nez un rat, qui alloit rongeant tout ce qui se trouvoit devant lui : ce qui devint si insupportable à Noé, qu'il crut qu'il étoit à propos de consulter Dieu encore. Il lui ordonna de donner au lion un grand coup sur le front, qui éternua aussi, et fit sortir de son nez un chat.

[1] Ce mot est plus en usage chez les Turcs que chez les Persans. — *Immoum* ou *Iman* signifie *vicaire de Dieu, chef des peuples*. Réservé d'abord aux douze premiers successeurs de Mahomet, ce titre se donne aujourd'hui aux chefs des mosquées et aux gardiens des tombeaux et autres lieux sacrés. (P.)

[2] Tradition mahométane.

Croyez-vous que ces animaux soient encore immondes? Que vous en semble?

Quand donc vous n'apercevez pas la raison de l'impureté de certaines choses, c'est que vous en ignorez beaucoup d'autres, et que vous n'avez pas la connoissance de ce qui s'est passé entre Dieu, les anges et les hommes. Vous ne savez pas l'histoire de l'éternité; vous n'avez point lu les livres qui sont écrits au ciel; ce qui vous en a été révélé n'est qu'une petite partie de la bibliothèque divine; et ceux qui, comme nous, en approchent de plus près, tandis qu'ils sont en cette vie, sont encore dans l'obscurité et les ténèbres. Adieu. Mahomet soit dans votre cœur.

<div style="text-align:center">A Com, le dernier de la lune de Chahban, 1711.</div>

LETTRE XIX.

USBEK A SON AMI RUSTAN.

A Ispahan.

Nous n'avons séjourné que huit jours à Tocat : après trente-cinq jours de marche nous sommes arrivés à Smyrne.

De Tocat à Smyrne on ne trouve pas une seule ville qui mérite qu'on la nomme. J'ai vu avec étonnement la foiblesse de l'empire des Osmanlins. Ce corps malade ne se soutient pas par un régime doux et tempéré, mais par des remèdes violents, qui l'épuisent et le minent sans cesse.

Les bachas, qui n'obtiennent leurs emplois qu'à force d'argent, entrent ruinés dans les provinces, et les ravagent comme des pays de conquête. Une milice insolente n'est soumise qu'à ses caprices. Les places sont démantelées, les villes désertes, les campagnes désolées, la culture des terres et le commerce entièrement abandonnés.

L'impunité règne dans ce gouvernement sévère : les chrétiens qui cultivent les terres, les juifs qui lèvent les tributs, sont exposés à mille violences.

La propriété des terres est incertaine, et par conséquent l'ardeur de les faire valoir ralentie : il n'y a ni titre, ni possession, qui vaillent contre le caprice de ceux qui gouvernent.

Ces barbares ont tellement abandonné les arts, qu'ils ont négligé jusques à l'art militaire. Pendant que les nations d'Europe se raffinent tous les jours, ils restent dans leur ancienne ignorance, et ils ne s'avisent de prendre leurs nouvelles inventions qu'après qu'elles s'en sont servies mille fois contre eux.

Ils n'ont nulle expérience sur la mer, nulle habileté dans la manœuvre. On dit qu'une poignée de chrétiens sortis d'un rocher [1] font suer tous les Ottomans, et fatiguent leur empire.

Incapables de faire le commerce, ils souffrent presque avec peine que les Européens, toujours laborieux et entreprenants, viennent le faire : ils croient faire grace à ces étrangers de permettre qu'ils les enrichissent.

Dans toute cette vaste étendue de pays que j'ai traversée, je n'ai trouvé que Smyrne qu'on puisse regarder comme une ville riche et puissante. Ce sont les Européens qui la rendent telle, et il ne tient pas aux Turcs qu'elle ne ressemble à toutes les autres.

Voilà, cher Rustan, une juste idée de cet empire, qui, avant deux siècles, sera le théâtre des triomphes de quelque conquérant.

<div style="text-align:center">A Smyrne, le 2 de la lune de Rhamazan, 1711.</div>

LETTRE XX.

USBEK A ZACHI, SA FEMME.

Au sérail d'Ispahan.

Vous m'avez offensé, Zachi; et je sens dans mon cœur des mouvements que vous devriez craindre si mon éloignement ne vous laissoit le temps de changer de conduite et d'apaiser la violente jalousie dont je suis tourmenté.

J'apprends qu'on vous a trouvée seule avec Nadir, eunuque blanc, qui paiera de sa tête son infidélité et sa perfidie. Comment vous êtes-vous oubliée jusqu'à ne pas sentir qu'il ne vous est pas permis de recevoir dans votre chambre un eunuque blanc, tandis que vous en avez de noirs destinés à vous servir? Vous avez beau me dire que des eunuques ne sont pas des hommes, et que votre vertu vous met au-dessus des pensées que pourroit faire naître en vous une ressemblance imparfaite, cela ne suffit ni pour vous ni pour moi : pour vous, parce que vous faites une chose que les lois du sérail vous défendent; pour moi, en ce que vous m'ôtez l'honneur, en vous exposant à des regards; que dis-je, à des regards? peut-être aux entreprises d'un perfide qui vous aura souillée par ses crimes, et plus encore par ses regrets et le désespoir de son impuissance.

Vous me direz peut-être que vous m'avez été toujours fidèle. Eh! pouviez-vous ne l'être pas? Comment auriez-vous trompé la vigilance des eunuques noirs, qui sont si surpris de la vie que vous menez? Comment auriez-vous pu briser ces

[1] Ce sont apparemment les chevaliers de Malte.

verrous et ces portes qui vous tiennent enfermée? Vous vous vantez d'une vertu qui n'est pas libre; et peut-être que vos desirs impurs vous ont ôté mille fois le mérite et le prix de cette fidélité que vous vantez tant.

Je veux que vous n'ayez point fait tout ce que j'ai lieu de soupçonner; que ce perfide n'ait point porté sur vous ses mains sacriléges; que vous ayez refusé de prodiguer à sa vue les délices de son maître; que, couverte de vos habits, vous ayez laissé cette foible barrière entre lui et vous; que, frappé lui-même d'un saint respect, il ait baissé les yeux; que, manquant à sa hardiesse, il ait tremblé sur les châtiments qu'il se prépare : quand tout cela seroit vrai, il ne l'est pas moins que vous avez fait une chose qui est contre votre devoir. Et, si vous l'avez violé gratuitement sans remplir vos inclinations déréglées, qu'eussiez-vous fait pour les satisfaire? Que feriez-vous encore si vous pouviez sortir de ce lieu sacré, qui est pour vous une dure prison, comme il est pour vos compagnes un asile favorable contre les atteintes du vice, un temple sacré où votre sexe perd sa foiblesse, et se trouve invincible, malgré tous les désavantages de la nature? Que feriez-vous si, laissée à vous-même, vous n'aviez pour vous défendre que votre amour pour moi, qui est si grièvement offensé, et votre devoir, que vous avez si indignement trahi? Que les mœurs du pays où vous vivez sont saintes, qui vous arrachent à l'attentat des plus vils esclaves! Vous devez me rendre grace de la gêne où je vous fais vivre, puisque ce n'est que par-là que vous méritez encore de vivre.

Vous ne pouvez souffrir le chef des eunuques, parce qu'il a toujours les yeux sur votre conduite, et qu'il vous donne ses sages conseils. Sa laideur, dites-vous, est si grande que vous ne pouvez le voir sans peine : comme si, dans ces sortes de postes, on mettoit de plus beaux objets. Ce qui vous afflige est de n'avoir pas à sa place l'eunuque blanc qui vous déshonore.

Mais que vous a fait votre première esclave? Elle vous a dit que les familiarités que vous preniez avec la jeune Zélide étoient contre la bienséance : voilà la raison de votre haine [1].

Je devrois être, Zachi, un juge sévère; je ne suis qu'un époux qui cherche à vous trouver innocente. L'amour que j'ai pour Roxane, ma nouvelle épouse, m'a laissé toute la tendresse que je dois

avoir pour vous, qui n'êtes pas moins belle. Je partage mon amour entre vous deux; et Roxane n'a d'autre avantage que celui que la vertu peut ajouter à la beauté.

A Smyrne, le 12 de la lune de Zilcadé, 1711.

LETTRE XXI.

USBEK AU PREMIER EUNUQUE BLANC.

Vous devez trembler à l'ouverture de cette lettre, ou plutôt vous le deviez lorsque vous souffrîtes la perfidie de Nadir. Vous qui, dans une vieillesse froide et languissante, ne pouvez sans crime lever les yeux sur les redoutables objets de mon amour; vous à qui il n'est jamais permis de mettre un pied sacrilége sur la porte du lieu terrible qui les dérobe à tous les regards, vous souffrez que ceux dont la conduite vous est confiée aient fait ce que vous n'auriez pas la témérité de faire, et vous n'apercevez pas la foudre toute prête à tomber sur eux et sur vous?

Et qui êtes-vous, que de vils instruments que je puis briser à ma fantaisie; qui n'existez qu'autant que vous savez obéir; qui n'êtes dans le monde que pour vivre sous mes lois, ou pour mourir dès que je l'ordonne; qui ne respirez qu'autant que mon bonheur, mon amour, ma jalousie même, ont besoin de votre bassesse; et enfin qui ne pouvez avoir d'autre partage que la soumission, d'autre ame que mes volontés, d'autre espérance que ma félicité?

Je sais que quelques-unes de mes femmes souffrent impatiemment les lois austères du devoir; que la présence continuelle d'un eunuque noir les ennuie; qu'elles sont fatiguées de ces objets affreux, qui leur sont donnés pour les ramener à leur époux; je le sais : mais vous qui vous prêtez à ce désordre, vous serez puni d'une manière à faire trembler tous ceux qui abusent de ma confiance.

Je jure par tous les prophètes du ciel, et par Hali, le plus grand de tous, que, si vous vous écartez de votre devoir, je regarderai votre vie comme celle des insectes que je trouve sous mes pieds.

A Smyrne, le 12 de la lune de Zilcadé, 1711.

[1] Il nous semble que ces reproches devroient s'adresser à Zéphis, et non à Zachi. (Voyez ci-devant la lettre IV.) (P.)

LETTRE XXII.

JARON AU PREMIER EUNUQUE.

A mesure qu'Usbek s'éloigne du sérail, il tourne sa tête vers ses femmes sacrées; il soupire, il verse des larmes; sa douleur s'aigrit, ses soupçons se fortifient. Il veut augmenter le nombre de leurs gardiens. Il va me renvoyer, avec tous les noirs qui l'accompagnent. Il ne craint plus pour lui; il craint pour ce qui lui est mille fois plus cher que lui-même.

Je vais donc virre sous tes lois, et partager tes soins. Grand Dieu! qu'il faut de choses pour rendre un seul homme heureux!

La nature sembloit avoir mis les femmes dans la dépendance, et les en avoir retirées: le désordre naissoit entre les deux sexes, parce que leurs droits étoient réciproques. Nous sommes entrés dans le plan d'une nouvelle harmonie: nous avons mis entre les femmes et nous la haine; et, entre les hommes et les femmes, l'amour.

Mon front va devenir sévère. Je laisserai tomber des regards sombres. La joie fuira de mes lèvres. Le dehors sera tranquille, et l'esprit inquiet. Je n'attendrai point les rides de la vieillesse pour en montrer les chagrins.

J'aurois eu du plaisir à suivre mon maître dans l'Occident; mais ma volonté est son bien. Il veut que je garde ses femmes; je les garderai avec fidélité. Je sais comment je dois me conduire avec ce sexe qui, quand on ne lui permet pas d'être vain, commence à devenir superbe, et qu'il est moins aisé d'humilier que d'anéantir. Je tombe sous tes regards.

De Smyrne, le 12 de la lune de Zilcadé, 1711.

LETTRE XXIII.

USBEK A SON AMI IBBEN.

Nous sommes arrivés à Livourne dans quarante jours de navigation. C'est une ville nouvelle; elle est un témoignage du génie des ducs de Toscane, qui ont fait d'un village marécageux la ville d'Italie la plus florissante.

Les femmes y jouissent d'une grande liberté: elles peuvent voir les hommes à travers certaines fenêtres qu'on nomme jalousies; elles peuvent sortir tous les jours avec quelques vieilles qui les accompagnent: elles n'ont qu'un voile [1]. Leurs beaux-frères, leurs oncles, leurs neveux peuvent

[1] Les Persanes en ont quatre.

les voir sans que le mari s'en formalise presque jamais.

C'est un grand spectacle pour un mahométan de voir pour la première fois une ville chrétienne. Je ne parle pas des choses qui frappent d'abord tous les yeux, comme la différence des édifices, des habits, des principales coutumes: il y a, jusque dans les moindres bagatelles, quelque chose de singulier que je sens, et que je ne sais pas dire.

Nous partirons demain pour Marseille: notre séjour n'y sera pas long. Le dessein de Rica et le mien est de nous rendre incessamment à Paris, qui est le siége de l'empire de l'Europe. Les voyageurs cherchent toujours les grandes villes, qui sont une espèce de patrie commune à tous les étrangers. Adieu. Sois persuadé que je t'aimerai toujours.

A Livourne, le 12 de la lune de Saphar, 1712.

LETTRE XXIV.

RICA A IBBEN.

A Smyrne.

Nous sommes à Paris depuis un mois, et nous avons toujours été dans un mouvement continuel. Il faut bien des affaires avant qu'on soit logé, qu'on ait trouvé les gens à qui on est adressé, et qu'on se soit pourvu des choses nécessaires, qui manquent toutes à la fois.

Paris est aussi grand qu'Ispahan: les maisons y sont si hautes qu'on jureroit qu'elles ne sont habitées que par des astrologues. Tu juges bien qu'une ville bâtie en l'air, qui a six ou sept maisons les unes sur les autres, est extrêmement peuplée; et que, quand tout le monde est descendu dans la rue, il s'y fait un bel embarras.

Tu ne le croirois pas peut-être, depuis un mois que je suis ici, je n'y ai encore vu marcher personne. Il n'y a point de gens au monde qui tirent mieux parti de leur machine que les François; ils courent; ils volent: les voitures lentes d'Asie, le pas réglé de nos chameaux, les feroient tomber en syncope. Pour moi, qui ne suis point fait à ce train, et qui vais souvent à pied sans changer d'allure, j'enrage quelquefois comme un chrétien: car encore passe qu'on m'éclabousse depuis les pieds jusqu'à la tête; mais je ne puis pardonner les coups de coude que je reçois régulièrement et périodiquement. Un homme qui vient après moi et qui me passe me fait faire un demi-tour; et un autre qui me croise de l'autre

côté me remet soudain où le premier m'avoit pris; et je n'ai pas fait cent pas, que je suis plus brisé que si j'avois fait dix lieues.

Ne crois pas que je puisse, quant à présent, te parler à fond des mœurs et des coutumes européennes : je n'en ai moi-même qu'une légère idée, et je n'ai eu à peine que le temps de m'étonner.

Le roi de France¹ est le plus puissant prince de l'Europe. Il n'a point de mines d'or comme le roi d'Espagne son voisin; mais il a plus de richesses que lui, parce qu'il les tire de la vanité de ses sujets, plus inépuisable que les mines. On lui a vu entreprendre ou soutenir de grandes guerres, n'ayant d'autres fonds que des titres d'honneur à vendre; et, par un prodige de l'orgueil humain, ses troupes se trouvoient payées, ses places munies, et ses flottes équipées.

D'ailleurs ce roi est un grand magicien : il exerce son empire sur l'esprit même de ses sujets; il les fait penser comme il veut. S'il n'a qu'un million d'écus dans son trésor, et qu'il en ait besoin de deux, il n'a qu'à leur persuader qu'un écu en vaut deux, et ils le croient. S'il a une guerre difficile à soutenir, et qu'il n'ait point d'argent, il n'a qu'à leur mettre dans la tête qu'un morceau de papier est de l'argent, et ils en sont aussitôt convaincus. Il va même jusqu'à leur faire croire qu'il les guérit de toutes sortes de maux en les touchant, tant est grande la force et la puissance qu'il a sur les esprits.

Ce que je dis de ce prince ne doit pas t'étonner : il y a un autre magicien plus fort que lui, qui n'est pas moins maître de son esprit qu'il l'est lui-même de celui des autres. Ce magicien s'appelle le pape : tantôt il lui fait croire que trois ne sont qu'un; que le pain qu'on mange n'est pas du pain, ou que le vin qu'on boit n'est pas du vin, et mille autres choses de cette espèce².

Et pour le tenir toujours en haleine et ne point lui laisser perdre l'habitude de croire, il lui donne de temps en temps pour l'exercer de certains articles de croyance. Il y a deux ans qu'il lui envoya un grand écrit qu'il appela *constitution*³, et voulut obliger, sous de grandes peines, ce prince et ses sujets de croire tout ce qui y étoit contenu.

Il réussit à l'égard du prince, qui se soumit aussitôt, et donna l'exemple à ses sujets; mais quelques uns d'entre eux se révoltèrent, et dirent qu'ils ne vouloient rien croire de tout ce qui étoit dans cet écrit. Ce sont les femmes qui ont été les motrices de toute cette révolte qui divise toute la cour, tout le royaume et toutes les familles. Cette constitution leur défend de lire un livre que tous les chrétiens disent avoir été apporté du ciel : c'est proprement leur alcoran. Les femmes, indignées de l'outrage fait à leur sexe, soulèvent tout contre la constitution : elles ont mis les hommes de leur parti, qui, dans cette occasion, ne veulent point avoir de privilège. Il faut pourtant avouer que ce mousti ne raisonne pas mal; et, par le grand Hali! il faut qu'il ait été instruit des principes de notre sainte loi : car, puisque les femmes sont d'une création inférieure à la nôtre, et que nos prophètes nous disent qu'elles n'entreront point dans le paradis, pourquoi faut-il qu'elles se mêlent de lire un livre qui n'est fait que pour apprendre le chemin du paradis ?

J'ai ouï raconter du roi des choses qui tiennent du prodige, et je ne doute pas que tu ne balances à les croire.

On dit que, pendant qu'il faisoit la guerre à ses voisins, qui s'étoient tous ligués contre lui, il avoit dans son royaume un nombre innombrable d'ennemis invisibles qui l'entouroient; on ajoute qu'il les a cherchés pendant plus de trente ans, et que malgré les soins infatigables de certains dervis qui ont sa confiance, il n'en a pu trouver un seul. Ils vivent avec lui : ils sont à sa cour, dans sa capitale, dans ses troupes, dans ses tribunaux; et cependant on dit qu'il aura le chagrin de mourir sans les avoir trouvés. On diroit qu'ils existent en général, et qu'ils ne sont plus rien en particulier : c'est un corps; mais point de membres. Sans doute que le ciel veut punir ce prince de n'avoir pas été assez modéré envers les ennemis qu'il a vaincus, puisqu'il lui en donne d'invisibles, et dont le génie et le destin sont au-dessus du sien.

Je continuerai à t'écrire, et je t'apprendrai des choses bien éloignées du caractère et du génie persan. C'est bien la même terre qui nous porte tous deux; mais les hommes du pays où je vis, et ceux du pays où tu es, sont des hommes bien différents.

De Paris, le 4 de la lune de Rebiab 2, 1712.

¹ Louis XIV étoit alors sur le trône. (P.)
² Il faut qu'un Turc voie, parle et pense en Turc : c'est à quoi bien des gens ne font point attention en lisant les *Lettres Persanes*. (MONT., *Lettre à l'abbé de Guasco, du 4 octobre* 1752.)
³ La bulle *Unigenitus*, par laquelle Clément XI condamne les *Réflexions morales* du père Quesnel sur le texte du nouveau Testament. (P.)

LETTRE XXV.

USBEK A IBBEN.

A Smyrne.

J'ai reçu une lettre de ton neveu Rhédi : il me mande qu'il quitte Smyrne, dans le dessein de voir l'Italie ; que l'unique but de son voyage est de s'instruire, et de se rendre par-là plus digne de toi. Je te félicite d'avoir un neveu qui sera quelque jour la consolation de ta vieillesse.

Rica t'écrit une longue lettre ; il m'a dit qu'il te parloit beaucoup de ce pays-ci. La vivacité de son esprit fait qu'il saisit tout avec promptitude ; pour moi, qui pense plus lentement, je ne suis pas en état de te rien dire.

Tu es le sujet de nos conversations les plus tendres : nous ne pouvons assez parler du bon accueil que tu nous as fait à Smyrne, et des services que ton amitié nous rend tous les jours. Puisses-tu, généreux Ibben, trouver partout des amis aussi reconnoissants et aussi fidèles que nous !

Puissé-je te revoir bientôt, et retrouver avec toi ces jours heureux qui coulent si doucement entre deux amis ! Adieu.

A Paris, le 4 de la lune de Rebiab 2, 1712.

LETTRE XXVI.

USBEK A ROXANE.

Au sérail d'Ispahan.

Que vous êtes heureuse, Roxane, d'être dans le doux pays de Perse, et non pas dans ces climats empoisonnés où l'on ne connoît ni la pudeur ni la vertu ! Que vous êtes heureuse ! Vous vivez dans mon sérail comme dans le séjour de l'innocence, inaccessible aux attentats de tous les humains ; vous vous trouvez avec joie dans une heureuse impuissance de faillir ; jamais homme ne vous a souillée de ses regards lascifs ; votre beaupère même, dans la liberté des festins, n'a jamais vu votre belle bouche : vous n'avez jamais manqué de vous attacher un bandeau sacré pour la couvrir. Heureuse Roxane ! quand vous avez été à la campagne, vous avez toujours eu des eunuques qui ont marché devant vous pour donner la mort à tous les téméraires qui n'ont pas fui votre vue. Moi-même, à qui le ciel vous a donnée pour faire mon bonheur, quelle peine n'ai-je pas eue pour me rendre maître de ce trésor, que vous défendiez avec tant de constance ! Quel chagrin pour moi, dans les premiers jours de notre mariage,

de ne pas vous voir ! Et quelle impatience quand je vous eus vue ! Vous ne la satisfaisiez pourtant pas ; vous l'irritiez au contraire par les refus obstinés d'une pudeur alarmée : vous me confondiez avec tous ces hommes à qui vous vous cachez sans cesse. Vous souvient-il de ce jour où je vous perdis parmi vos esclaves, qui me trahirent, et vous dérobèrent à mes recherches ? Vous souvient-il de cet autre où, voyant vos larmes impuissantes, vous employâtes l'autorité de votre mère pour arrêter les fureurs de mon amour ? Vous souvient-il, lorsque toutes les ressources vous manquèrent, de celles que vous trouvâtes dans votre courage ? Vous mîtes le poignard à la main, et menaçâtes d'immoler un époux qui vous aimoit, s'il continuoit à exiger de vous ce que vous chérissiez plus que votre époux même. Deux mois se passèrent dans ce combat de l'amour et de la vertu. Vous poussâtes trop loin vos chastes scrupules : vous ne vous rendîtes pas même après avoir été vaincue ; vous défendîtes jusqu'à la dernière extrémité une virginité mourante : vous me regardâtes comme un ennemi qui vous avoit fait un outrage ; non pas comme un époux qui vous avoit aimée ; vous fûtes plus de trois mois que vous n'osiez me regarder sans rougir : votre air confus sembloit me reprocher l'avantage que j'avois pris. Je n'avois pas même une possession tranquille ; vous me dérobiez tout ce que vous pouviez de ces charmes et de ces graces ; et j'étois enivré des plus grandes faveurs sans avoir obtenu les moindres.

Si vous aviez été élevée dans ce pays-ci, vous n'auriez pas été si troublée. Les femmes y ont perdu toute retenue : elles se présentent devant les hommes à visage découvert, comme si elles vouloient demander leur défaite ; elles les cherchent de leurs regards ; elles les voient dans les mosquées, les promenades, chez elles même ; l'usage de se faire servir par des eunuques leur est inconnu. Au lieu de cette noble simplicité et de cette aimable pudeur qui règne parmi vous, on voit une impudence brutale à laquelle il est impossible de s'accoutumer.

Oui, Roxane, si vous étiez ici, vous vous sentiriez outragée dans l'affreuse ignominie où votre sexe est descendu ; vous fuiriez ces abominables lieux, et vous soupireriez pour cette douce retraite, où vous trouvez l'innocence, où vous êtes sûre de vous-même, où nul péril ne vous fait trembler, où enfin vous pouvez m'aimer sans craindre de perdre jamais l'amour que vous me devez.

Quand vous relevez l'éclat de votre teint par les plus belles couleurs ; quand vous vous parfumez tout le corps des essences les plus précieuses; quand vous vous parez de vos plus beaux habits; quand vous cherchez à vous distinguer de vos compagnes par les graces de la danse et par la douceur de votre chant; que vous combattez gracieusement avec elles de charmes, de douceur et d'enjouement, je ne puis pas m'imaginer que vous ayez d'autre objet que celui de me plaire ; et quand je vous vois rougir modestement, que vos regards cherchent les miens, que vous vous insinuez dans mon cœur par des paroles douces et flatteuses, je ne saurois, Roxane, douter de votre amour.

Mais que puis-je penser des femmes d'Europe? L'art de composer leur teint, les ornements dont elles se parent, les soins qu'elles prennent de leur personne, le desir continuel de plaire qui les occupe, sont autant de taches faites à leur vertu et d'outrages à leurs époux.

Ce n'est pas, Roxane, que je pense qu'elles poussent l'attentat aussi loin qu'une pareille conduite devroit le faire croire, et qu'elles portent la débauche à cet excès horrible, qui fait frémir, de violer absolument la foi conjugale. Il y a bien peu de femmes assez abandonnées pour porter le crime si loin : elles portent toutes dans leur cœur un certain caractère de vertu qui y est gravé, que la naissance donne, et que l'éducation affoiblit, mais ne détruit pas. Elles peuvent bien se relâcher des devoirs extérieurs que la pudeur exige; mais, quand il s'agit de faire les derniers pas, la nature se révolte. Aussi, quand nous vous enfermons si étroitement, que nous vous faisons garder par tant d'esclaves, que nous gênons si fort vos desirs lorsqu'ils volent trop loin, ce n'est pas que nous craignions la dernière infidélité, mais c'est que nous savons que la pureté ne sauroit être trop grande, et que la moindre tache peut la corrompre.

Je vous plains, Roxane. Votre chasteté, si longtemps éprouvée, méritoit un époux qui ne vous eût jamais quittée, et qui pût lui-même réprimer les desirs que votre seule vertu sait soumettre.

De Paris, le 7 de la lune de Regeb, 1712.

LETTRE XXVII.

USBEK A NESSIR.

A Ispahan.

Nous sommes à présent à Paris, cette superbe rivale de la ville du soleil [1].

Lorsque je partis de Smyrne, je chargeai mon ami Ibben de te faire tenir une boîte où il y avoit quelques présents pour toi : tu recevras cette lettre par la même voie. Quoique éloigné de lui de cinq ou six cents lieues, je lui donne de mes nouvelles, et je reçois des siennes aussi facilement que s'il étoit à Ispahan, et moi à Com. J'envoie mes lettres à Marseille, d'où il part continuellement des vaisseaux pour Smyrne; de là il envoie celles qui sont pour la Perse par les caravanes d'Arméniens qui partent tous les jours pour Ispahan.

Rica jouit d'une santé parfaite : la force de sa constitution, sa jeunesse et sa gaieté naturelle, le mettent au-dessus de toutes les épreuves.

Mais, pour moi, je ne me porte pas bien : mon corps et mon esprit sont abattus; je me livre à des réflexions qui deviennent tous les jours plus tristes; ma santé, qui s'affoiblit, me tourne vers ma patrie, et me rend ce pays-ci plus étranger.

Mais, cher Nessir, je te conjure, fais en sorte que mes femmes ignorent l'état où je suis. Si elles m'aiment, je veux épargner leurs larmes; et, si elles ne m'aiment pas, je ne veux point augmenter leur hardiesse.

Si mes eunuques me croyoient en danger, s'ils pouvoient espérer l'impunité d'une lâche complaisance, ils cesseroient bientôt d'être sourds à la voix flatteuse de ce sexe qui se fait entendre aux rochers, et remue les choses inanimées.

Adieu, Nessir. J'ai du plaisir à te donner des marques de ma confiance.

De Paris, le 5 de la lune de Chahban, 1712.

* * *

LETTRE XXVIII.

RICA A ***.

Je vis hier une chose assez singulière, quoiqu'elle se passe tous les jours à Paris.

Tout le peuple s'assemble sur la fin de l'après-dînée, et va jouer une espèce de scène que j'ai entendu appeler comédie. Le grand mouvement est sur une estrade qu'on nomme le théâtre. Aux deux côtés on voit dans de petits réduits qu'on

[1] Ispahan.

nomme loges, des hommes et des femmes qui jouent ensemble des scènes muettes, à peu près comme celles qui sont en usage en notre Perse.

Tantôt c'est une amante affligée qui exprime sa langueur; tantôt une autre, avec des yeux vifs et un air passionné, dévore des yeux son amant, qui la regarde de même : toutes les passions sont peintes sur les visages, et exprimées avec une éloquence qui n'en est que plus vive, pour être muette. Là les actrices ne paroissent qu'à demi-corps, et ont ordinairement un manchon, par modestie, pour cacher leurs bras. Il y a en bas une troupe de gens debout qui se moquent de ceux qui sont en haut sur le théâtre, et ces derniers rient à leur tour de ceux qui sont en bas.

Mais ceux qui prennent le plus de peine sont quelques gens qu'on prend pour cet effet dans un âge peu avancé pour soutenir à la fatigue. Ils sont obligés d'être partout; ils passent par des endroits qu'eux seuls connoissent, montent avec une adresse surprenante d'étage en étage; ils sont en haut, en bas, dans toutes les loges; ils plongent pour ainsi dire; on les perd, ils reparoissent; souvent ils quittent le lieu de la scène, et vont jouer dans un autre. On en voit même qui, par un prodige qu'on n'auroit osé espérer de leurs béquilles, marchent, et vont comme les autres. Enfin on se rend à des salles ¹ où l'on joue une comédie particulière : on commence par des révérences; on continue par des embrassades. On dit que la connoissance la plus légère met un homme en droit d'en étouffer un autre : il semble que le lieu inspire de la tendresse. En effet, on dit que les princesses qui y règnent ne sont point cruelles; et, si on excepte deux ou trois heures par jour, où elles sont assez sauvages, on peut dire que le reste du temps elles sont traitables, et que c'est une ivresse qui les quitte aisément.

Tout ce que je te dis ici se passe à peu près de même dans un autre endroit qu'on nomme l'Opéra : toute la différence est que l'on parle à l'un, et chante à l'autre. Un de mes amis me mena l'autre jour dans la loge où se déshabilloit une des principales actrices. Nous fîmes si bien connoissance, que le lendemain je reçus d'elle cette lettre :

» MONSIEUR,

« Je suis la plus malheureuse fille du monde; » j'ai toujours été la plus vertueuse actrice de » l'Opéra. Il y a sept ou huit mois que j'étois dans

¹ Le foyer. (P.)

» la loge où vous me vîtes hier; comme je m'ha- » billois en prêtresse de Diane, un jeune abbé » vint m'y trouver; et, sans respect pour mon » habit blanc, mon voile et mon bandeau, il me » ravit mon innocence. J'ai beau lui exagérer le » sacrifice que je lui ai fait, il se met à rire, et me » soutient qu'il m'a trouvée très-profane. Cepen- » dant je suis si grossie que je n'ose plus me pré- » senter sur le théâtre : car je suis, sur le chapitre » de l'honneur, d'une délicatesse inconcevable : » et je soutiens toujours qu'à une fille bien née il » est plus facile de faire perdre la vertu que la » modestie. Avec cette délicatesse, vous jugez » bien que ce jeune abbé n'eût jamais réussi, s'il » ne m'avoit promis de se marier avec moi : un » motif si légitime me fit passer sur les petites » formalités ordinaires, et commencer par où » j'aurois dû finir. Mais, puisque son infidélité » m'a déshonorée, je ne veux plus vivre à l'Opéra, » où, entre vous et moi, l'on ne me donne guère » de quoi vivre : car, à présent que j'avance en » âge, et que je perds du côté des charmes, ma » pension, qui est toujours la même, semble di- » minuer tous les jours. J'ai appris par un homme » de votre suite que l'on faisoit un cas infini, dans » votre pays, d'une bonne danseuse, et que, si » j'étois à Ispahan, ma fortune seroit aussitôt faite. » Si vous vouliez m'accorder votre protection, et » m'emmener avec vous dans ce pays-là, vous » auriez l'avantage de faire du bien à une fille » qui, par sa vertu et sa conduite, ne se rendroit » pas indigne de vos bontés. Je suis... »

De Paris, le 2 de la lune de Chalval, 1712.

LETTRE XXIX.

RICA A IBBEN.

A Smyrne.

Le pape est le chef des chrétiens. C'est une vieille idole qu'on encense par habitude. Il étoit autrefois redoutable aux princes mêmes, car il les déposoit aussi facilement que nos magnifiques sultans déposent les rois d'Irimette et de Géorgie. Mais on ne les craint plus. Il se dit successeur d'un des premiers chrétiens, qu'on appelle saint Pierre ¹ : et c'est certainement une riche succession, car il a des trésors immenses et un grand pays sous sa domination.

¹ Ce langage n'a rien d'étonnant dans la bouche d'un Persan que le contraste de nos mœurs, de nos coutumes, de nos lois avec les lois, les coutumes et les mœurs de son pays, jette à

Les évêques sont des gens de loi qui lui sont subordonnés, et ont sous son autorité deux fonctions bien différentes. Quand ils sont assemblés, ils font, comme lui, des articles de foi ; quand ils sont en particulier, ils n'ont guère d'autre fonction que de dispenser d'accomplir la loi. Car tu sauras que la religion chrétienne est chargée d'une infinité de pratiques très-difficiles ; et, comme on a jugé qu'il est moins aisé de remplir ses devoirs que d'avoir des évêques qui en dispensent, on a pris ce dernier parti pour l'utilité publique : de sorte que, si on ne veut pas faire le rahmazan, si on ne veut pas s'assujettir aux formalités des mariages, si on veut rompre ses vœux, si on veut se marier contre les défenses de la loi, quelquefois même si on veut revenir contre son serment, on va à l'évêque ou au pape, qui donne aussitôt la dispense.

Les évêques ne font pas des articles de foi de leur propre mouvement. Il y a un nombre infini de docteurs, la plupart dervis, qui soulèvent entre eux mille questions nouvelles sur la religion : on les laisse disputer long-temps, et la guerre dure jusqu'à ce qu'une décision vienne la terminer.

Aussi puis-je t'assurer qu'il n'y a jamais eu de royaume où il y ait eu tant de guerres civiles que dans celui de Christ.

Ceux qui mettent au jour quelque proposition nouvelle sont d'abord appelés hérétiques. Chaque hérésie a son nom, qui est pour ceux qui y sont engagés, comme le mot de ralliement. Mais n'est hérétique qui ne veut : il n'y a qu'à partager le différent par la moitié, et donner une distinction à ceux qui accusent d'hérésie ; et, quelle que soit la distinction, intelligible ou non, elle rend un homme blanc comme de la neige, et il peut se faire appeler orthodoxe.

Ce que je te dis est bon pour la France et l'Allemagne : car j'ai ouï dire qu'en Espagne et en Portugal il y a de certains dervis qui n'entendent point raillerie, et qui font brûler un homme comme de la paille. Quand on tombe entre les mains de ces gens-là, heureux celui qui a toujours prié Dieu avec de petits grains de bois à la main, qui a porté sur lui deux morceaux de drap atta-

chés à deux rubans, et qui a été quelquefois dans une province qu'on appelle la Galice ! sans cela un pauvre diable est bien embarrassé. Quand il jureroit comme un païen qu'il est orthodoxe, on pourroit bien ne pas demeurer d'accord des qualités, et le brûler comme hérétique : il auroit beau donner sa distinction ; point de distinction ; il seroit en cendres avant que l'on eût seulement pensé à l'écouter.

Les autres juges présument qu'un accusé est innocent ; ceux-ci le présument toujours coupable. Dans le doute, ils tiennent pour règle de se déterminer du côté de la rigueur : apparemment parce qu'ils croient les hommes mauvais ; mais, d'un autre côté, ils en ont si bonne opinion, qu'ils ne les jugent jamais capables de mentir ; car ils reçoivent le témoignage des ennemis capitaux, des femmes de mauvaise vie, de ceux qui exercent une profession infame. Ils font dans leur sentence un petit compliment à ceux qui sont revêtus d'une chemise de soufre, et leur disent qu'ils sont bien fâchés de les voir si mal habillés, qu'ils sont doux, et qu'ils abhorrent le sang, et sont au désespoir de les avoir condamnés ; mais, pour se consoler, ils confisquent tous les biens de ces malheureux à leur profit.

Heureuse la terre qui est habitée par les enfants des prophètes ! Ces tristes spectacles y sont inconnus [1]. La sainte religion que les anges y ont apportée se défend par sa vérité même ; elle n'a point besoin de ces moyens violents pour se maintenir.

A Paris, le 4 de la lune de Chalval, 1712.

〜〜〜〜〜

LETTRE XXX.

RICA AU MÊME.

A Smyrne.

Les habitants de Paris sont d'une curiosité qui va jusqu'à l'extravagance. Lorsque j'arrivai, je fus regardé comme si j'avois été envoyé du ciel : vieillards, hommes, femmes, enfants, tous vouloient me voir. Si je sortois, tout le monde se mettoit aux fenêtres ; si j'étois aux Tuileries, je voyois aussitôt un cercle se former autour de moi ; les femmes mêmes faisoient un arc-en-ciel nuancé de mille couleurs, qui m'entouroit. Si j'étois aux spectacles, je voyois aussitôt cent lorgnettes dressées contre ma figure : enfin jamais homme n'a

chaque pas dans la surprise et l'étonnement. « En parlant de notre religion, il ne doit pas paroître plus instruit ; et, s'il trouve quelquefois nos dogmes singuliers, cette singularité est toujours marquée au coin de la plus parfaite ignorance des liaisons qu'il y a entre ces dogmes et nos autres vérités. » C'est l'auteur lui-même qui prend la peine de se justifier ici. (Voyez les *Réflexions*, en forme d'avertissement, qui précèdent les *Lettres Persanes*.) (P.)

[1] Les Persans sont les plus tolérants de tous les mahométans.

lant été vu que moi. Je souriois quelquefois d'entendre des gens qui n'étoient presque jamais sortis de leur chambre, qui disoient entre eux : Il faut avouer qu'il a l'air bien persan. Chose admirable! je trouvois de mes portraits partout; je me voyois multiplié dans toutes les boutiques, sur toutes les cheminées, tant on craignoit de ne m'avoir pas assez vu.

Tant d'honneurs ne laissent pas d'être à charge : je ne me croyois pas un homme si curieux et si rare; et, quoique j'aie très-bonne opinion de moi, je ne me serois jamais imaginé que je dusse troubler le repos d'une grande ville où je n'étois point connu. Cela me fit résoudre à quitter l'habit persan, et à en endosser un à l'européenne, pour voir s'il resteroit encore dans ma physionomie quelque chose d'admirable. Cet essai me fit connoître ce que je valois réellement. Libre de tous les ornements étrangers, je me vis apprécié au plus juste. J'eus sujet de me plaindre de mon tailleur, qui m'avoit fait perdre en un instant l'attention et l'estime publique; car j'entrai tout-à-coup dans un néant affreux. Je demeurois quelquefois une heure dans une compagnie sans qu'on m'eût regardé, et qu'on m'eût mis en occasion d'ouvrir la bouche; mais, si quelqu'un par hasard apprenoit à la compagnie que j'étois Persan, j'entendois aussitôt autour de moi un bourdonnement : Ah! ah! monsieur est Persan! C'est une chose bien extraordinaire! Comment peut-on être Persan?

A Paris, le 6 de la lune de Chalval, 1712.

LETTRE XXXI.

RHÉDI A USBEK.

A Paris.

Je suis à présent à Venise, mon cher Usbek. On peut avoir vu toutes les villes du monde, et être surpris en arrivant à Venise : on sera toujours étonné de voir une ville, des tours, et des mosquées, sortir de dessous l'eau, et de trouver un peuple innombrable dans un endroit où il ne devroit y avoir que des poissons.

Mais cette ville profane manque du trésor le plus précieux qui soit au monde, c'est-à-dire d'eau vive : il est impossible d'y accomplir une seule ablution légale. Elle est en abomination à notre saint prophète, et il ne la regarde jamais du haut du ciel qu'avec colère.

Sans cela, mon cher Usbek, je serois charmé de vivre dans une ville où mon esprit se forme

tous les jours. Je m'instruis des secrets du commerce, des intérêts des princes, de la forme de leur gouvernement; je ne néglige pas même les superstitions européennes; je m'applique à la médecine, à la physique, à l'astronomie; j'étudie les arts; enfin je sors des nuages qui couvroient mes yeux dans le pays de ma naissance.

A Venise, le 16 de la lune de Chalval, 1712.

LETTRE XXXII.

RICA A ***.

J'allai l'autre jour voir une maison [1] où l'on entretient environ trois cents personnes assez pauvrement. J'eus bientôt fait, car l'église ni les bâtiments ne méritent pas d'être regardés. Ceux qui sont dans cette maison étoient assez gais; plusieurs d'entre eux jouoient aux cartes, ou à d'autres jeux que je ne connois point. Comme je sortois, un de ces hommes sortoit aussi, et, m'ayant entendu demander le chemin du Marais, qui est le quartier le plus éloigné de Paris : J'y vais, me dit-il, et je vous y conduirai; suivez-moi! Il me mena à merveille, me tira de tous les embarras, et me sauva adroitement des carrosses et des voitures. Nous étions prêts d'arriver, quand la curiosité me prit. Mon bon ami, lui dis-je, ne pourrois-je point savoir qui vous êtes? Je suis aveugle, monsieur, me répondit-il. Comment! lui dis-je, vous êtes aveugle [2]! Et que ne priiez-vous cet honnête homme qui jouoit aux cartes avec vous de nous conduire? Il est aveugle aussi, me répondit-il : il y a quatre cents ans que nous sommes trois cents aveugles dans cette maison où vous m'avez trouvé. Mais il faut que je vous quitte; voilà la rue que vous demandiez; je vais me mettre dans la foule; j'entre dans cette église, où, je vous jure, j'embarrasserai plus les gens qu'ils ne m'embarrasseront.

A Paris, le 17 de la lune de Chalval, 1712.

LETTRE XXXIII.

USBEK A RHÉDI.

A Venise.

Le vin est si cher à Paris, par les impôts que l'on y met, qu'il semble qu'on ait entrepris d'y

[1] L'hospice des Quinze-Vingts. (P.)
[2] Chardin raconte des choses non moins surprenantes des princes persans, qu'une atroce politique prive de la vue. (*Voyage en Perse*, tom. II, pag. 89 et suivantes. Amsterdam, 1735, in-4°.) (P.)

faire exécuter les préceptes du divin Alcoran, qui défend d'en boire.

Lorsque je pense aux funestes effets de cette liqueur, je ne puis m'empêcher de la regarder comme le présent le plus redoutable que la nature ait fait aux hommes. Si quelque chose a flétri la vie et la réputation de nos monarques, c'a été leur intempérance ; c'est la source la plus empoisonnée de leurs injustices et de leurs cruautés.

Je le dirai, à la honte des hommes : la loi interdit à nos princes l'usage du vin, et ils en boivent avec un excès qui les dégrade de l'humanité même ; cet usage au contraire est permis aux princes chrétiens, et on ne remarque pas qu'il leur fasse faire aucune faute. L'esprit humain est la contradiction même. Dans une débauche licencieuse, on se révolte avec fureur contre les préceptes ; et la loi faite pour nous rendre plus justes ne sert souvent qu'à nous rendre plus coupables.

Mais quand je désapprouve l'usage de cette liqueur qui fait perdre la raison, je ne condamne pas de même ces boissons qui l'égaient. C'est la sagesse des Orientaux de chercher des remèdes contre la tristesse avec autant de soin que contre les maladies les plus dangereuses. Lorsqu'il arrive quelque malheur à un Européen, il n'a d'autre ressource que la lecture d'un philosophe qu'on appelle Sénèque ; mais les Asiatiques, plus sensés qu'eux et meilleurs physiciens en cela, prennent des breuvages capables de rendre l'homme gai, et de charmer le souvenir de ses peines.

Il n'y a rien de si affligeant que les consolations tirées de la nécessité du mal ; de l'inutilité des remèdes, de la fatalité du destin, de l'ordre de la Providence, et du malheur de la condition humaine. C'est se moquer de vouloir adoucir un mal par la considération que l'on est né misérable ; il vaut bien mieux enlever l'esprit hors de ses réflexions, et traiter l'homme comme sensible, au lieu de le traiter comme raisonnable.

L'ame, unie avec le corps, en est sans cesse tyrannisée. Si le mouvement du sang est trop lent, si les esprits ne sont pas assez épurés, s'ils ne sont pas en quantité suffisante, nous tombons dans l'accablement et dans la tristesse ; mais, si nous prenons des breuvages qui puissent changer cette disposition de notre corps, notre ame redevient capable de recevoir des impressions qui l'égaient, et elle sent un plaisir secret de voir sa machine reprendre, pour ainsi dire, son mouvement et sa vie.

A Paris, le 25 de la lune de Zilcadé, 1713.

LETTRE XXXIV.

USBEK A IBBEN.

A Smyrne.

Les femmes de Perse sont plus belles que celles de France ; mais celles de France sont plus jolies. Il est difficile de ne point aimer les premières, et de ne se point plaire avec les secondes : les unes sont plus tendres et plus modestes, les autres sont plus gaies et plus enjouées.

Ce qui rend le sang si beau en Perse, c'est la vie réglée que les femmes y mènent : elles ne jouent ni ne veillent, elles ne boivent point de vin, et ne s'exposent presque jamais à l'air. Il faut avouer que le sérail est plutôt fait pour la santé que pour les plaisirs : c'est une vie unie, qui ne pique point ; tout s'y ressent de la subordination et du devoir ; les plaisirs mêmes y sont graves, et les joies sévères, et on ne les goûte presque jamais que comme des marques d'autorité et de dépendance.

Les hommes mêmes n'ont pas en Perse la même gaieté que les François : on ne leur voit point cette liberté d'esprit et cet air content que je trouve ici dans tous les états et dans toutes les conditions.

C'est bien pis en Turquie, où l'on pourroit trouver des familles où, de père en fils, personne n'a ri depuis la fondation de la monarchie.

Cette gravité des Asiatiques vient du peu de commerce qu'il y a entre eux : ils ne se voient que lorsqu'ils y sont forcés par la cérémonie. L'amitié, ce doux engagement du cœur, qui fait ici la douceur de la vie, leur est presque inconnue ; ils se retirent dans leurs maisons, où ils trouvent toujours une compagnie qui les attend ; de manière que chaque famille est, pour ainsi dire, isolée des autres.

Un jour que je m'entretenois là-dessus avec un homme de ce pays-ci, il me dit : Ce qui me choque le plus de vos mœurs, c'est que vous êtes obligés de vivre avec des esclaves dont le cœur et l'esprit se sentent toujours de la bassesse de leur condition. Ces gens lâches affoiblissent en vous les sentiments de la vertu que l'on tient de la nature, et ils les ruinent depuis l'enfance qu'ils vous obsèdent.

Car enfin, défaites-vous des préjugés : que peut-on attendre de l'éducation qu'on reçoit d'un misérable qui fait consister son honneur à garder les femmes d'un autre, et s'enorgueillit du plus vil emploi qui soit parmi les humains ; qui est méprisable par sa fidélité même, qui est la seule de se

vertus, parce qu'il y est porté par envie, par ja-
lousie et par désespoir; qui, brûlant de se venger
des deux sexes dont il est le rebut, consent à être
tyrannisé par le plus fort, pourvu qu'il puisse dé-
soler le plus foible; qui, tirant de son imperfec-
tion, de sa laideur et de sa difformité tout l'éclat
de sa condition, n'est estimé que parce qu'il est
indigne de l'être; qui enfin, rivé pour jamais à
la porte où il est attaché, plus dur que les gonds
et les verrous qui la tiennent, se vante de cin-
quante ans de vie dans ce poste indigne, où,
chargé de la jalousie de son maître, il a exercé
toute sa bassesse?

A Paris, le 14 de la lune de Zilhagé, 1713.

LETTRE XXXV.

USBEK A GEMCHID, SON COUSIN,
Dervis du brillant monastère de Tauris.

Que penses-tu des chrétiens, sublime dervis?
Crois-tu qu'au jour du jugement ils seront comme
les infidèles Turcs, qui serviront d'ânes aux juifs,
et seront menés par eux au grand trot en enfer?
Je sais bien qu'ils n'iront point dans le séjour des
prophètes, et que le grand Hali n'est point venu
pour eux. Mais, parce qu'ils n'ont pas été assez
heureux pour trouver des mosquées dans leur
pays, crois-tu qu'ils soient condamnés à des châ-
timents éternels, et que Dieu les punisse pour n'a-
voir pas pratiqué une religion qu'il ne leur a pas
fait connoître? Je puis te le dire : j'ai souvent
examiné ces chrétiens; je les ai interrogés pour
voir s'ils avoient quelque idée du grand Hali, qui
étoit le plus beau de tous les hommes; j'ai trouvé
qu'ils n'en avoient jamais ouï parler.

Ils ne ressemblent point à ces infidèles que nos
saints prophètes faisoient passer au fil de l'épée,
parce qu'ils refusoient de croire aux miracles du
ciel; ils sont plutôt comme malheureux qui
vivoient dans les ténèbres de l'idolâtrie avant que
la divine lumière vînt éclairer le visage de notre
grand prophète.

D'ailleurs, si on examine de près leur religion,
on y trouvera comme une semence de nos dogmes.
J'ai souvent admiré les secrets de la Providence,
qui semble les avoir voulu préparer par-là à la
conversion générale. J'ai ouï parler d'un livre de
leurs docteurs, intitulé la *Polygamie triomphante*,
dans lequel il est prouvé que la polygamie est or-
donnée aux chrétiens. Leur baptême est l'image
de nos ablutions légales; et les chrétiens n'errent
que dans l'efficacité qu'ils donnent à cette pre-

mière ablution, qu'ils croient devoir suffire pour
toutes les autres. Leurs prêtres et leurs moines
prient comme nous sept fois le jour. Ils espèrent
de jouir d'un paradis où ils goûteront mille déli-
ces par le moyen de la résurrection des corps. Ils
ont, comme nous, des jeûnes marqués, des mor-
tifications avec lesquelles ils espèrent fléchir la
miséricorde divine. Ils rendent un culte aux bons
anges, et se méfient des mauvais. Ils ont une sainte
crédulité pour les miracles que Dieu opère par le
ministère de ses serviteurs. Ils reconnoissent,
comme nous, l'insuffisance de leurs mérites, et le
besoin qu'ils ont d'un intercesseur auprès de Dieu.
Je vois partout le mahométisme, quoique je n'y
trouve point Mahomet. On a beau faire, la vérité
s'échappe et perce toujours les ténèbres qui l'en-
vironnent. Il viendra un jour où l'Éternel ne verra
sur la terre que de vrais croyants. Le temps, qui
consume tout, détruira les erreurs mêmes. Tous
les hommes seront étonnés de se voir sous le même
étendard : tout, jusques à la loi, sera consommé;
les divins exemplaires seront enlevés de la terre,
et portés dans les célestes archives.

A Paris, le 20 de la lune de Zilhagé, 1713.

LETTRE XXXVI.

USBEK A RHÉDI.
A Venise.

Le café est très en usage à Paris : il y a un grand
nombre de maisons publiques où on le distribue.
Dans quelques unes de ces maisons, on dit des
nouvelles; dans d'autres, on joue aux échecs. Il
y en a une ¹ où l'on apprête le café de telle ma-
nière qu'il donne de l'esprit à ceux qui en pren-
nent : au moins, de tous ceux qui en sortent, il
n'y a personne qui ne croie qu'il en a quatre fois
plus que lorsqu'il y est entré.

Mais ce qui me choque de ces beaux esprits,
c'est qu'ils ne se rendent pas utiles à leur patrie,
et qu'ils amusent leurs talents à des choses pué-
riles. Par exemple, lorsque j'arrivai à Paris, je les
trouvai échauffés sur une dispute la plus mince
qui se puisse imaginer : il s'agissoit de la réputa-
tion d'un vieux poëte grec dont, depuis deux mille
ans, on ignore la patrie, aussi bien que le temps
de sa mort. Les deux partis avouoient que c'étoit
un poëte excellent : il n'étoit question que du plus
ou du moins de mérite qu'il falloit lui attribuer.
Chacun en vouloit donner le taux; mais, parmi

¹ Le café Procope.

ces distributeurs de réputation, les uns faisoient meilleur poids que les autres : voilà la querelle. Elle étoit bien vive, car on se disoit cordialement de part et d'autre des injures si grossières, on faisoit des plaisanteries si amères, que je n'admirois pas moins la manière de disputer que le sujet de la dispute. Si quelqu'un, disois-je en moi-même, étoit assez étourdi pour aller devant l'un de ces défenseurs du poëte grec attaquer la réputation de quelque honnête citoyen, il ne seroit pas mal relevé; et je crois que ce zèle si délicat sur la réputation des morts s'embraseroit bien pour défendre celle des vivants! Mais, quoi qu'il en soit, ajoutois-je, Dieu me garde de m'attirer jamais l'inimitié des censeurs de ce poëte, que le séjour de deux mille ans dans le tombeau n'a pu garantir d'une haine si implacable! Ils frappent à présent des coups en l'air : mais que seroit-ce si leur fureur étoit animée par la présence d'un ennemi?

Ceux dont je te viens de parler disputent en langue vulgaire; et il faut les distinguer d'une autre sorte de disputeurs qui se servent d'une langue barbare qui semble ajouter quelque chose à la fureur et à l'opiniâtreté des combattants. Il y a des quartiers où l'on voit comme une mêlée noire et épaisse de ces sortes de gens; ils se nourrissent de distinctions; ils vivent de raisonnements obscurs et de fausses conséquences. Ce métier, où l'on devroit mourir de faim, ne laisse pas de rendre. On a vu une nation entière chassée de son pays, traverser les mers pour s'établir en France, n'emportant avec elle, pour parer aux nécessités de la vie, qu'un redoutable talent pour la dispute. Adieu.

A Paris, le dernier de la lune de Zilhagé, 1713.

cc-oc-o-co

LETTRE XXXVII.

USBEK A IBBEN.

A Smyrne.

Le roi de France est vieux [1]. Nous n'avons point d'exemple dans nos histoires d'un monarque qui ait si long-temps régné. On dit qu'il possède à un très-haut degré le talent de se faire obéir : il gouverne avec le même génie sa famille, sa cour, son état. On lui a souvent entendu dire que, de tous les gouvernements du monde, celui des Turcs, ou celui de notre auguste sultan, lui plairoit le mieux : tant il fait de cas de la politique orientale.

J'ai étudié son caractère, et j'y ai trouvé des contradictions qu'il m'est impossible de résoudre : par exemple, il a un ministre qui n'a que dix-huit ans [1], et une maîtresse qui en a quatre-vingts [2]; il aime sa religion, et il ne peut souffrir ceux qui disent qu'il la faut observer à la rigueur; quoiqu'il fuie le tumulte des villes, et qu'il se communique peu, il n'est occupé depuis le matin jusqu'au soir qu'à faire parler de lui; il aime les trophées et les victoires, mais il craint autant de voir un bon général à la tête de ses troupes qu'il auroit sujet de le craindre à la tête d'une armée ennemie [3]. Il n'est, je crois, jamais arrivé qu'à lui d'être en même temps comblé de plus de richesses qu'un prince n'en sauroit espérer, et accablé d'une pauvreté qu'un particulier ne pourroit soutenir.

Il aime à gratifier ceux qui le servent; mais il paie aussi libéralement les assiduités, ou plutôt l'oisiveté de ses courtisans, que les campagnes laborieuses de ses capitaines; souvent il préfère un homme qui le déshabille, ou qui lui donne la serviette lorsqu'il se met à table, à un autre qui lui prend des villes ou lui gagne des batailles : il ne croit pas que la grandeur souveraine doive être gênée dans la distribution des graces; et, sans examiner si celui qu'il comble de biens est homme de mérite, il croit que son choix va le rendre tel; aussi lui a-t-on vu donner une petite pension à un homme qui avoit fui deux lieues, et un beau gouvernement à un autre qui en avoit fui quatre.

Il est magnifique, surtout dans ses bâtiments : il y a plus de statues dans les jardins de son palais [4] que de citoyens dans une grande ville. Sa garde est aussi forte que celle du prince devant qui tous les trônes se renversent; ses armées sont aussi nombreuses, ses ressources aussi grandes, et ses finances aussi inépuisables.

A Paris, le 7 de la lune de Maharram, 1713.

[1] On croit que Montesquieu a voulu désigner ici Louis-François Le Tellier, marquis de Barbezieux, troisième fils de Louvois. Il mourut en 1701, à l'âge de trente-trois ans. (P.)
[2] Madame de Maintenon. (P.)
[3] O a reproché à l'auteur, et non sans sujet, d'avoir cédé à la mode du moment dans le jugement qu'il porte de Louis XIV, qu'alors il étoit de bon air de décrier, comme il l'avoit été auparavant de le flatter. Ce qu'il en dit n'est nullement d'un philosophe, mais d'un satirique; car il ne montre guère que les fautes et les foiblesses. S'il eût écrit l'histoire, sans doute il auroit montré l'homme tout entier, et l'homme étoit grand. (L. M.)
[4] A Versailles. (P.)

[1] Louis XIV, né en 1638, étoit alors dans sa 75e année. (P.)

LETTRE XXXVIII.

RICA A IBBEN.

A Smyrne.

C'est une grande question parmi les hommes de savoir s'il est plus avantageux d'ôter aux femmes la liberté que de la leur laisser. Il me semble qu'il y a bien des raisons pour et contre. Si les Européens disent qu'il n'y a pas de générosité à rendre malheureuses les personnes que l'on aime, nos Asiatiques répondent qu'il y a de la bassesse aux hommes de renoncer à l'empire que la nature leur a donné sur les femmes. Si on leur dit que le grand nombre des femmes enfermées est embarrassant, ils répondent que dix femmes qui obéissent embarrassent moins qu'une qui n'obéit pas. Que s'ils objectent à leur tour que les Européens ne sauroient être heureux avec des femmes qui ne leur sont pas fidèles, on leur répond que cette fidélité qu'ils vantent tant n'empêche point le dégoût qui suit toujours les passions satisfaites; que nos femmes sont trop à nous; qu'une possession si tranquille ne nous laisse rien à desirer ni à craindre; qu'un peu de coquetterie est un sel qui pique et prévient la corruption. Peut-être qu'un homme plus sage que moi seroit embarrassé de décider : car, si les Asiatiques font fort bien de chercher des moyens propres à calmer leurs inquiétudes, les Européens font fort bien aussi de n'en point avoir.

Après tout, disent-ils, quand nous serions malheureux en qualité de maris, nous trouverions toujours moyen de nous dédommager en qualité d'amants. Pour qu'un homme pût se plaindre avec raison de l'infidélité de sa femme, il faudroit qu'il n'y eût que trois personnes dans le monde; ils seront toujours à but quand il y en aura quatre.

C'est une autre question de savoir si la loi naturelle soumet les femmes aux hommes. Non, me disoit l'autre jour un philosophe très-galant : la nature n'a jamais dicté une telle loi. L'empire que nous avons sur elles est une véritable tyrannie; elles ne nous l'ont laissé prendre que parce qu'elles ont plus de douceur que nous, et par conséquent plus d'humanité et de raison. Ces avantages, qui devoient sans doute leur donner la supériorité si nous avions été raisonnables, la leur ont fait perdre, parce que nous ne le sommes point.

Or, s'il est vrai que nous n'avons sur les femmes qu'un pouvoir tyrannique, il ne l'est pas moins qu'elles ont sur nous un empire naturel, celui de la beauté, à qui rien ne résiste. Le nôtre n'est pas de tous les pays; mais celui de la beauté est universel. Pourquoi aurions-nous donc un privilége? Est-ce parce que nous sommes les plus forts? Mais c'est une véritable injustice. Nous employons toutes sortes de moyens pour leur abattre le courage. Les forces seroient égales si l'éducation l'étoit aussi. Éprouvons-les dans les talents que l'éducation n'a point affoiblis, et nous verrons si nous sommes si forts.

Il faut l'avouer, quoique cela choque nos mœurs : chez les peuples les plus polis les femmes ont toujours eu de l'autorité sur leurs maris; elle fut établie par une loi chez les Égyptiens en l'honneur d'Isis, et chez les Babyloniens en l'honneur de Sémiramis. On disoit des Romains qu'ils commandoient à toutes les nations, mais qu'ils obéissoient à leurs femmes. Je ne parle point des Sauromates, qui étoient véritablement dans la servitude de ce sexe; ils étoient trop barbares pour que leur exemple puisse être cité.

Tu verras, mon cher Ibben, que j'ai pris le goût de ce pays-ci, où l'on aime à soutenir des opinions extraordinaires et à réduire tout en paradoxe. Le prophète a décidé la question, et a réglé les droits de l'un et de l'autre sexe. Les femmes, dit-il, doivent honorer leurs maris : leurs maris les doivent honorer; mais ils ont l'avantage d'un degré sur elles.

A Paris, le 26 de la lune de Gemmadi 2, 1713.

LETTRE XXXIX.

HAGI[1] IBBI AU JUIF BEN JOSUÉ,

PROSÉLYTE MAHOMÉTAN.

A Smyrne.

Il me semble, Ben Josué, qu'il y a toujours des signes éclatants qui préparent à la naissance des hommes extraordinaires; comme si la nature souffroit une espèce de crise, et que la puissance céleste ne produisît qu'avec effort.

Il n'y a rien de si merveilleux que la naissance de Mahomet. Dieu, qui par les décrets de sa providence avoit résolu dès le commencement d'envoyer aux hommes ce grand prophète pour enchaîner Satan, créa une lumière deux mille ans avant Adam, qui, passant d'élu en élu, d'ancêtre en ancêtre de Mahomet, parvint enfin jusques à lui comme un témoignage authentique qu'il étoit descendu des patriarches.

[1] Hagi est un homme qui a fait le pèlerinage de la Mecque.

Ce fut aussi à cause de ce même prophète que Dieu ne voulut pas qu'aucun enfant fût conçu que la nature de la femme ne cessât d'être immonde, et que le membre viril ne fût livré à la circoncision.

Il vint au monde circoncis, et la joie parut sur son visage dès sa naissance ; la terre trembla trois fois, comme si elle eût enfanté elle-même ; toutes les idoles se prosternèrent ; les trônes des rois furent renversés ; Lucifer fut jeté au fond de la mer ; et ce ne fut qu'après avoir nagé pendant quarante jours qu'il sortit de l'abîme, et s'enfuit sur le mont Cabès, d'où, avec une voix terrible, il appela les anges.

Cette nuit, Dieu posa un terme entre l'homme et la femme, qu'aucun d'eux ne put passer. L'art des magiciens et nécromants se trouva sans vertu. On entendit une voix du ciel qui disoit ces paroles : J'ai envoyé au monde mon ami fidèle.

Selon le témoignage d'Isben Aben, historien arabe, les générations des oiseaux, des nuées, des vents, et tous les escadrons des anges, se réunirent pour élever cet enfant, et se disputèrent cet avantage. Les oiseaux disoient dans leurs gazouillements qu'il étoit plus commode qu'ils l'élevassent, parce qu'ils pouvoient plus facilement rassembler plusieurs fruits de divers lieux. Les vents murmuroient, et disoient : C'est plutôt à nous, parce que nous pouvons lui apporter de tous les endroits les odeurs les plus agréables. Non, non, disoient les nuées, non ; c'est à nos soins qu'il sera confié, parce que nous lui ferons part à tous les instants de la fraîcheur des eaux. Là-dessus les anges indignés s'écrioient : Que nous restera-t-il donc à faire ? Mais une voix du ciel fut entendue, qui termina toutes les disputes : Il ne sera point ôté d'entre les mains des mortels, parce que heureuses les mamelles qui l'allaiteront, et les mains qui le toucheront, et la maison qu'il habitera, et le lit où il reposera !

Après tant de témoignages si éclatants, mon cher Josué, il faut avoir un cœur de fer pour ne pas croire sa sainte loi. Que pouvoit faire davantage le ciel pour autoriser sa mission divine, à moins que de renverser la nature et de faire périr les hommes même qu'il vouloit convaincre ?

A Paris, le 20 de la lune de Rhégeb, 1713.

LETTRE XL.

USBEK A IBBEN.

A Smyrne.

Dès qu'un grand est mort, on s'assemble dans une mosquée, et l'on fait son oraison funèbre, qui est un discours à sa louange, avec lequel on seroit bien embarrassé de décider au juste du mérite du défunt.

Je voudrois bannir les pompes funèbres. Il faut pleurer les hommes à leur naissance, et non pas à leur mort. A quoi servent les cérémonies et tout l'attirail lugubre qu'on fait paroître à un mourant dans ses derniers moments, les larmes même de sa famille, et la douleur de ses amis, qu'à lui exagérer la perte qu'il va faire ?

Nous sommes si aveugles que nous ne savons quand nous devons nous affliger ou nous réjouir : nous n'avons presque jamais que de fausses tristesses ou de fausses joies.

Quand je vois le Mogol, qui toutes les années va sottement se mettre dans une balance et se faire peser comme un bœuf ; quand je vois les peuples se réjouir de ce que ce prince est devenu plus matériel, c'est-à-dire moins capable de les gouverner, j'ai pitié, Ibben, de l'extravagance humaine.

De Paris, le 20 de la lune de Rhégeb, 1713.

LETTRE XLI.

LE PREMIER EUNUQUE NOIR A USBEK.

Ismaël, un de tes eunuques noirs, vient de mourir, magnifique seigneur ; et je ne puis m'empêcher de le remplacer. Comme les eunuques sont extrêmement rares à présent, j'avois pensé de me servir d'un esclave noir que tu as à la campagne ; mais je n'ai pu jusqu'ici le porter à souffrir qu'on le consacrât à cet emploi. Comme je vois qu'au bout du compte c'est son avantage, je voulus l'autre jour user à son égard d'un peu de rigueur ; et, de concert avec l'intendant de tes jardins, j'ordonnai que malgré lui on le mît en état de te rendre les services qui flattent le plus ton cœur, et de vivre comme moi dans ces redoutables lieux qu'il n'ose pas même regarder ; mais il se mit à hurler comme si on avoit voulu l'écorcher, et fit tant qu'il échappa de nos mains, et évita le fatal couteau. Je viens d'apprendre qu'il veut t'écrire pour te demander grace, soutenant que je n'ai conçu ce dessein que par un désir insa-

tiable de vengeance sur certaines railleries piquantes qu'il dit avoir faites de moi. Cependant je te jure par les cent mille prophètes que je n'ai agi que pour le bien de ton service, la seule chose qui me soit chère, et hors laquelle je ne regarde rien. Je me prosterne à tes pieds.

<div style="text-align:right">Du sérail de Fatmé, le 7 de la lune de Maharram, 1745.</div>

LETTRE XLII.

PHARAN A USBEK, SON SOUVERAIN SEIGNEUR.

Si tu étois ici, magnifique seigneur, je paroîtrois à ta vue tout couvert de papier blanc; et il n'y en auroit pas assez encore pour écrire toutes les insultes que ton premier eunuque noir, le plus méchant de tous les hommes, m'a faites depuis ton départ.

Sous prétexte de quelques railleries qu'il prétend que j'ai faites sur le malheur de sa condition, il exerce sur ma tête une vengeance inépuisable; il a animé contre moi le cruel intendant de tes jardins, qui depuis ton départ m'oblige à des travaux insurmontables, dans lesquels j'ai pensé mille fois laisser la vie sans perdre un moment l'ardeur de te servir. Combien de fois ai-je dit en moi-même: J'ai un maître rempli de douceur, et je suis le plus malheureux esclave qui soit sur la terre!

Je te l'avoue, magnifique seigneur, je ne me croyois pas destiné à de plus grandes misères: mais ce traître d'eunuque a voulu mettre le comble à sa méchanceté. Il y a quelques jours que, de son autorité privée, il me destina à la garde de tes femmes sacrées, c'est-à-dire à une exécution qui seroit pour moi mille fois plus cruelle que la mort. Ceux qui en naissant ont eu le malheur de recevoir de leurs cruels parents un traitement pareil, se consolent peut-être sur ce qu'ils n'ont jamais connu d'autre état que le leur; mais qu'on me fasse descendre de l'humanité et qu'on m'en prive, je mourrois de douleur si je ne mourois pas de cette barbarie.

J'embrasse tes pieds, sublime seigneur, dans une humilité profonde. Fais en sorte que je sente les effets de cette vertu si respectée, et qu'il ne soit pas dit que par ton ordre il y ait sur la terre un malheureux de plus.

<div style="text-align:right">Des jardins de Fatmé, le 7 de la lune de Maharram, 1745.</div>

LETTRE XLIII.

USBEK A PHARAN.

Aux jardins de Fatmé.

Recevez la joie dans votre cœur, et reconnoissez ces sacrés caractères; faites-les baiser au grand eunuque et à l'intendant de mes jardins. Je leur défends de mettre la main sur vous jusqu'à mon retour; dites-leur d'acheter l'eunuque qui manque. Acquittez-vous de votre devoir comme si vous m'aviez toujours devant les yeux; car sachez que plus mes bontés sont grandes, plus vous serez puni si vous en abusez.

<div style="text-align:right">De Paris, le 25 de la lune de Rhégeb, 1745.</div>

LETTRE XLIV.

USBEK A RHÉDI.

A Venise.

Il y a en France trois sortes d'états: l'église, l'épée et la robe. Chacun a un mépris souverain pour les deux autres; tel, par exemple, que l'on devroit mépriser parce qu'il est un sot, ne l'est souvent que parce qu'il est homme de robe.

Il n'y a pas jusqu'aux plus vils artisans qui ne disputent sur l'excellence de l'art qu'ils ont choisi; chacun s'élève au-dessus de celui qui est d'une profession différente, à proportion de l'idée qu'il s'est faite de la supériorité de la sienne.

Les hommes ressemblent tous, plus ou moins, à cette femme de la province d'Érivan, qui, ayant reçu quelque grace d'un de nos monarques, lui souhaita mille fois, dans les bénédictions qu'elle lui donna, que le ciel le fît gouverneur d'Érivan.

J'ai lu, dans une relation, qu'un vaisseau françois ayant relâché à la côte de Guinée, quelques hommes de l'équipage voulurent aller à terre acheter quelques moutons. On les mena au roi, qui rendoit la justice à ses sujets sous un arbre. Il étoit sur son trône, c'est-à-dire sur un morceau de bois, aussi fier que s'il eût été assis sur celui du grand Mogol; il avoit trois ou quatre gardes avec des piques de bois; un parasol en forme de dais le couvroit de l'ardeur du soleil; tous ses ornements et ceux de la reine sa femme consistoient en leur peau noire et quelques bagues. Ce prince, plus vain encore que misérable, demanda à ces étrangers si l'on parloit beaucoup de lui en France. Il croyoit que son nom devoit être porté d'un pôle à l'autre; et, à la différence de ce conquérant de qui on a dit qu'il avoit fait taire toute la

terre, il croyoit, lui, qu'il devoit faire parler tout l'univers.

Quand le kan de Tartarie a dîné, un héraut crie que tous les princes de la terre peuvent aller dîner, si bon leur semble; et ce barbare, qui ne mange que du lait, qui n'a pas de maison, qui ne vit que de brigandage, regarde tous les rois du monde comme ses esclaves, et les insulte régulièrement deux fois par jour.

De Paris, le 28 de la lune de Rhégeb, 1713.

LETTRE XLV.

RICA A USBEK.

A ***.

Hier matin, comme j'étois au lit, j'entendis frapper rudement à ma porte, qui fut soudain ouverte ou enfoncée par un homme avec qui j'avois lié quelque société, et qui me parut tout hors de lui-même.

Son habillement étoit beaucoup plus que modeste; sa perruque de travers n'avoit pas même été peignée; il n'avoit pas eu le temps de faire recoudre son pourpoint noir, et il avoit renoncé pour ce jour-là aux sages précautions avec lesquelles il avoit coutume de déguiser le délabrement de son équipage.

Levez-vous, me dit-il; j'ai besoin de vous tout aujourd'hui; j'ai mille emplettes à faire, et je serai bien aise que ce soit avec vous: il faut premièrement que nous allions à la rue Saint-Honoré parler à un notaire qui est chargé de vendre une terre de cinq cent mille livres; je veux qu'il m'en donne la préférence. En venant ici, je me suis arrêté un moment au faubourg Saint-Germain, où j'ai loué un hôtel deux mille écus, et j'espère passer le contrat aujourd'hui.

Dès que je fus habillé, ou peu s'en falloit, mon homme me fit précipitamment descendre: Commençons par aller acheter un carrosse, et établissons d'abord l'équipage. En effet, nous achetâmes non-seulement un carrosse, mais encore pour cent mille francs de marchandises en moins d'une heure; tout cela se fit promptement, parce que mon homme ne marchanda rien, et ne compta jamais: aussi ne déplaça-t-il pas. Je rêvois sur tout ceci; et, quand j'examinois cet homme, je trouvois en lui une complication singulière de richesses et de pauvreté: de manière que je ne savois que croire. Mais enfin je rompis le silence, et, le tirant à quartier, je lui dis: Monsieur, qui est-

ce qui paiera tout cela? Moi, me dit-il; venez dans ma chambre; je vous montrerai des trésors immenses et des richesses enviées des plus grands monarques; mais elles ne le seront pas de vous, qui les partagerez toujours avec moi. Je le suis. Nous grimpons à son cinquième étage, et par une échelle nous nous guindons à un sixième qui étoit un cabinet ouvert aux quatre vents, dans lequel il n'y avoit que deux ou trois douzaines de bassins de terre remplis de diverses liqueurs. Je me suis levé de grand matin, me dit-il, et j'ai fait d'abord ce que je fais depuis vingt-cinq ans, qui est d'aller visiter mon œuvre: j'ai vu que le grand jour étoit venu qui devoit me rendre plus riche qu'homme qui soit sur la terre. Voyez-vous cette liqueur vermeille? e le a à présent toutes les qualités que les philosophes demandent pour faire la transmutation des métaux. J'en ai tiré ces grains que vous voyez, qui sont de vrai or par leur couleur, quoique un peu imparfait par leur pesanteur. Ce secret, que Nicolas Flamel trouva, mais que Raimond Lulle et un million d'autres cherchèrent toujours, est venu jusques à moi, et je me trouve aujourd'hui un heureux adepte. Fasse le ciel qι je ne me serve de tant de trésors qu'il m'a communiqués, que pour sa gloire!

Je sortis et je descendis, ou plutôt je me précipitai par cet escalier, transporté de colère, et laissai cet homme si riche dans son hôpital. Adieu, mon cher Usbek. J'irai te voir demain, et, si tu veux, nous reviendrons ensemble à Paris.

A Paris, le dernier de la lune de Rhégeb, 1713.

LETTRE XLVI.

USBEK A RHÉDI.

A Venise.

Je vois ici des gens qui disputent sans fin sur la religion; mais il me semble qu'ils combattent en même temps à qui l'observera le moins.

Non seulement ils ne sont pas meilleurs chrétiens, mais même meilleurs citoyens; et c'est ce qui me touche: car, dans quelque religion qu'on vive, l'observation des lois, l'amour pour les hommes, la piété envers les parents, sont toujours les premiers actes de religion.

En effet, le premier objet d'un homme religieux ne doit-il pas être de plaire à la divinité qui a établi la religion qu'il professe? Mais le moyen le plus sûr pour y parvenir est sans doute d'observer les règles de la société et les devoirs de

l'humanité. Car, en quelque religion qu'on vive, dès qu'on en suppose une, il faut bien que l'on suppose aussi que Dieu aime les hommes, puisqu'il établit une religion pour les rendre heureux ; que, s'il aime les hommes, on est sûr de lui plaire en les aimant aussi, c'est-à-dire en exerçant envers eux tous les devoirs de la charité et de l'humanité, et en ne violant point les lois sous lesquelles ils vivent.

On est bien plus sûr par-là de plaire à Dieu qu'en observant telle ou telle cérémonie : car les cérémonies n'ont point un degré de bonté par elles-mêmes ; elles ne sont bonnes qu'avec égard et dans la supposition que Dieu les a commandées ; mais c'est la matière d'une grande discussion : on peut facilement s'y tromper, car il faut choisir celles d'une religion entre celles de deux mille.

Un homme faisoit tous les jours à Dieu cette prière : Seigneur, je n'entends rien dans les disputes que l'on fait sans cesse à votre sujet ; je voudrois vous servir selon votre volonté ; mais chaque homme que je consulte veut que je vous serve à la sienne. Lorsque je veux vous faire ma prière, je ne sais en quelle langue je dois vous parler. Je ne sais pas non plus en quelle posture je dois me mettre : l'un dit que je dois vous prier debout ; l'autre veut que je sois assis ; l'autre exige que mon corps porte sur mes genoux. Ce n'est pas tout : il y en a qui prétendent que je dois me laver tous les matins avec de l'eau froide ; d'autres soutiennent que vous me regarderez avec horreur si je ne me fais pas couper un petit morceau de chair. Il m'arriva l'autre jour de manger un lapin dans un caravansérail : trois hommes qui étoient auprès de là me firent trembler ; ils me soutinrent tous trois que je vous avois grièvement offensé : l'un [1], parce que cet animal étoit immonde ; l'autre [2], parce qu'il étoit étouffé ; l'autre enfin [3], parce qu'il n'étoit pas poisson. Un brachmane qui passoit par là, et que je pris pour juge, me dit : Ils ont tort, car apparemment vous n'avez pas tué vous-même cet animal. Si fait, lui dis-je. Ah ! vous avez commis une action abominable, et que Dieu ne vous pardonnera jamais, me dit-il d'une voix sévère : que savez-vous si l'ame de votre père n'étoit pas passée dans cette bête ? Toutes ces choses, Seigneur, me jettent dans un embarras inconcevable : je ne puis remuer la tête que je ne sois menacé de vous offenser ; cependant je voudrois vous plaire, et employer à cela la vie que je tiens de vous. Je ne sais si je me trompe ; mais je crois que le meilleur moyen pour y parvenir est de vivre en bon citoyen dans la société où vous m'avez fait naître, et en bon père dans la famille que vous m'avez donnée.

A Paris, le 8 de la lune de Chahban, 1713.

LETTRE XLVII.

ZACHI A USBEK.

A Paris.

J'ai une grande nouvelle à t'apprendre : je me suis réconciliée avec Zéphis ; le sérail, partagé entre nous, s'est réuni. Il ne manque que toi dans ces lieux, où la paix règne : viens, mon cher Usbek, viens y faire triompher l'amour.

Je donnai à Zéphis un grand festin, où ta mère, tes femmes, et tes principales concubines, furent invitées ; tes tantes et plusieurs de tes cousines s'y trouvèrent aussi ; elles étoient venues à cheval, couvertes du sombre nuage de leurs voiles et de leurs habits.

Le lendemain nous partîmes pour la campagne, où nous espérions être plus libres ; nous montâmes sur nos chameaux, et nous nous mîmes quatre dans chaque loge. Comme la partie avoit été faite brusquement, nous n'eûmes pas le temps d'envoyer à la ronde annoncer le courouc [1] ; mais le premier eunuque, toujours industrieux, prit une autre précaution : car il joignit à la toile qui nous empêchoit d'être vues un rideau si épais, que nous ne pouvions absolument voir personne.

Quand nous fûmes arrivées à cette rivière qu'il faut traverser, chacune de nous se mit, selon la coutume, dans une boîte, et se fit porter dans le bateau ; car on nous dit que la rivière étoit pleine de monde. Un curieux, qui s'approcha trop près du lieu où nous étions enfermées, reçut un coup mortel qui lui ôta pour jamais la lumière du jour ; un autre, qu'on trouva se baignant tout nu sur le rivage, eut le même sort ; et tes fidèles eunuques sacrifièrent à ton honneur et au nôtre ces deux infortunés.

Mais écoute le reste de nos aventures. Quand

[1] Un Juif. [2] Un Turc. [3] Un Arménien.

[1] En Perse, lorsque les femmes de qualité sortent de leurs logis, ce qui n'arrive guère que de nuit, elles sont précédées et suivies de plusieurs cavaliers qui crient *courouc ! courouc !* c'est-à-dire *que tout le monde se retire, et que personne n'approche.* Des eunuques à cheval, armés de longs bâtons, marchent autour d'elles, et frappent ceux qui n'ont pas tenu compte de l'avertissement ; ce qu'ils font avec plus ou moins de fureur, suivant la qualité de la personne qu'ils accompagnent. Pour les femmes du roi, le *courouc* se publie d'avance, et il y va de la vie de tout homme qui se trouve sur leur chemin ou à une distance qui lui permet de les apercevoir. (P.)

nous fûmes au milieu du fleuve, un vent si impétueux s'éleva et un nuage si affreux couvrit les airs, que nos matelots commencèrent à désespérer. Effrayées de ce péril, nous nous évanouîmes presque toutes. Je me souviens que j'entendis la voix et la dispute de nos eunuques, dont les uns disoient qu'il falloit nous avertir du péril et nous tirer de notre prison; mais leur chef soutint toujours qu'il mourroit plutôt que de souffrir que son maître fût ainsi déshonoré, et qu'il enfonceroit un poignard dans le sein de celui qui feroit des propositions si hardies. Une de mes esclaves, toute hors d'elle, courut vers moi déshabillée, pour me secourir; mais un eunuque noir la prit brutalement, et la fit rentrer dans l'endroit d'où elle étoit sortie. Pour lors je m'évanouis, et ne revins à moi que lorsque le péril fut passé.

Que les voyages sont embarrassants pour les femmes! Les hommes ne sont exposés qu'aux dangers qui menacent leur vie; et nous sommes à tous les instants dans la crainte de perdre notre vie ou notre vertu. Adieu, mon cher Usbek. Je t'adorerai toujours.

Du sérail de Fatmé, le 2 de la lune de Rhamazan, 1713.

LETTRE XLVIII.

USBEK A RHÉDI.

A Venise.

Ceux qui aiment à s'instruire ne sont jamais oisifs. Quoique je ne sois chargé d'aucune affaire importante, je suis cependant dans une occupation continuelle. Je passe ma vie à examiner; j'écris le soir ce que j'ai remarqué, ce que j'ai vu, ce que j'ai entendu dans la journée: tout m'intéresse, tout m'étonne; je suis comme un enfant dont les organes encore tendres sont vivement frappés par les moindres objets.

Tu ne le croirois pas peut-être: nous sommes reçus agréablement dans toutes les compagnies et dans toutes les sociétés. Je crois devoir beaucoup à l'esprit vif et à la gaieté naturelle de Rica, qui fait qu'il recherche tout le monde, et qu'il en est également recherché. Notre air étranger n'offense plus personne; nous jouissons même de la surprise où l'on est de nous trouver quelque politesse: car les François n'imaginent pas que notre climat produise des hommes. Cependant, il faut l'avouer, ils valent la peine qu'on les détrompe.

J'ai passé quelques jours dans une maison de campagne auprès de Paris, chez un homme de considération qui est ravi d'avoir de la compagnie chez lui. Il a une femme fort aimable, et qui joint à une grande modestie une gaieté que la vie retirée ôte toujours à nos dames de Perse.

Étranger que j'étois, je n'avois rien de mieux à faire que d'étudier, selon ma coutume, sur cette foule de gens qui y abordoient sans cesse, dont les caractères me présentoient toujours quelque chose de nouveau. Je remarquai d'abord un homme dont la simplicité me plut; je m'attachai à lui, il s'attacha à moi: de sorte que nous nous trouvions toujours l'un auprès de l'autre.

Un jour que, dans un grand cercle, nous nous entretenions en particulier, laissant les conversations générales à elles-mêmes: Vous trouverez peut-être en moi, lui dis-je, plus de curiosité que de politesse; mais je vous supplie d'agréer que je vous fasse quelques questions: car je m'ennuie de n'être au fait de rien, et de vivre avec des gens que je ne saurois démêler. Mon esprit travaille depuis deux jours; il n'y a pas un seul de ces hommes qui ne m'ait donné la torture plus de deux cents fois; et cependant je ne les devinerois de mille ans: ils me sont plus invisibles que les femmes de notre grand monarque. Vous n'avez qu'à dire, me répondit-il, et je vous instruirai de tout ce que vous souhaiterez; d'autant mieux que je vous crois homme discret, et que vous n'abuserez pas de ma confiance.

Qui est cet homme, lui dis-je, qui nous a tant parlé des repas qu'il a donnés aux grands, qui est si familier avec vos ducs, et qui parle si souvent à vos ministres, qu'on me dit être d'un accès si difficile? Il faut bien que ce soit un homme de qualité; mais il a la physionomie si basse, qu'il ne fait guère honneur aux gens de qualité; et d'ailleurs je ne lui trouve point d'éducation. Je suis étranger; mais il me semble qu'il y a en général une certaine politesse commune à toutes les nations; je ne lui trouve point de celle-là: est-ce que vos gens de qualité sont plus mal élevés que les autres? Cet homme, me répondit-il en riant, est un fermier; il est autant au-dessus des autres par ses richesses qu'il est au-dessous de tout le monde par sa naissance; il auroit la meilleure table de Paris, s'il pouvoit se résoudre à ne manger jamais chez lui. Il est bien impertinent, comme vous voyez; mais il excelle par son cuisinier: aussi n'en est-il pas ingrat; car vous avez entendu qu'il l'a loué tout aujourd'hui.

Et ce gros homme vêtu de noir, lui dis-je, que cette dame a fait placer auprès d'elle, comment a-t-il un habit si lugubre avec un air si gai et un

teint si fleuri ? Il sourit gracieusement dès qu'on lui parle ; sa parure est plus modeste, mais plus arrangée que celle de vos femmes. C'est, me répondit-il, un prédicateur, et, qui pis est, un directeur. Tel que vous le voyez, il en sait plus que les maris ; il connoît le foible des femmes : elles savent aussi qu'il a le sien. Comment? dis-je, il parle toujours de quelque chose qu'il appelle la grace ? Non pas toujours, me repondit-il : à l'oreille d'une jolie femme il parle encore plus volontiers de sa chute ; il foudroie en public, mais il est doux comme un agneau en particulier. Il me semble, dis-je pour lors, qu'on le distingue beaucoup, et qu'on a de grands égards pour lui. Comment! si on le distingue ! C'est un homme nécessaire ; il fait la douceur de la vie retirée : petits conseils, soins officieux, visites marquées ; il dissipe un mal de tête mieux qu'homme du monde : c'est un homme excellent.

Mais, si je ne vous importune pas, dites-moi qui est celui qui est vis-à-vis de nous, qui est si mal habillé, qui fait quelquefois des grimaces, et a un langage différent des autres ; qui n'a pas d'esprit pour parler, mais parle pour avoir de l'esprit ? C'est, me répondit-il, un poëte, et le grotesque du genre humain. Ces gens-là disent qu'ils sont nés ce qu'ils sont ; cela est vrai, et aussi ce qu'ils seront toute leur vie, c'est-à-dire presque toujours les plus ridicules de tous les hommes : aussi ne les épargne-t-on point ; on verse sur eux le mépris à pleines mains. La famine a fait entrer celui-ci dans cette maison ; et il y est bien reçu du maître et de la maîtresse, dont la bonté et la politesse ne se démentent à l'égard de personne ; il fit leur épithalame lorsqu'ils se marièrent : c'est ce qu'il a fait de mieux en sa vie ; car il s'est trouvé que le mariage a été aussi heureux qu'il l'a prédit.

Vous ne le croiriez pas peut-être, ajoute-t-il, entêté comme vous êtes des préjugés de l'Orient : il y a parmi nous des mariages heureux, et des femmes dont la vertu est un gardien sévère. Les gens dont nous parlons goûtent entre eux une paix qui ne peut être troublée ; ils sont aimés et estimés de tout le monde ; il n'y a qu'une chose, c'est que leur bonté naturelle leur fait recevoir chez eux toute sorte de monde : ce qui fait qu'ils ont quelquefois mauvaise compagnie. Ce n'est pas que je les désapprouve ; il faut vivre avec les gens tels qu'ils sont : les gens qu'on dit être de bonne compagnie ne sont souvent que ceux dont le vice est plus raffiné ; et peut-être qu'il en est comme des poisons, dont les plus subtils sont aussi les plus dangereux.

Et ce vieux homme, lui dis-je tout bas, qui a l'air si chagrin ? Je l'ai pris d'abord pour un étranger ; car, outre qu'il est habillé autrement que les autres, il censure tout ce qui se fait en France, et n'approuve pas votre gouvernement. C'est un vieux guerrier, me dit-il, qui se rend mémorable à tous ses auditeurs par la longueur de ses exploits. Il ne peut souffrir que la France ait gagné des batailles où il ne se soit pas trouvé, ou qu'on vante un siège où il n'ait pas monté à la tranchée ; il se croit si nécessaire à notre histoire, qu'il s'imagine qu'elle finit où il a fini, il regarde quelques blessures qu'il a reçues comme la dissolution de la monarchie ; et à la différence de ces philosophes qui disent qu'on ne jouit que du présent, et que le passé n'est rien, il ne jouit au contraire que du passé, et n'existe que dans les campagnes qu'il a faites ; il respire dans les temps qui se sont écoulés, comme les héros doivent vivre dans ceux qui passeront après eux. Mais pourquoi, dis-je, a-t-il quitté le service ? Il ne l'a point quitté, me répondit-il ; mais le service l'a quitté ; on l'a employé dans une petite place où il racontera le reste de ses jours : mais il n'ira jamais plus loin : le chemin des honneurs lui est fermé. Et pourquoi cela ? lui dis-je. Nous avons une maxime en France, me répondit-il ; c'est de n'élever jamais les officiers dont la patience a langui dans les emplois subalternes : nous les regardons comme des gens dont l'esprit s'est comme rétréci dans les détails, et qui, par une habitude de petites choses, sont devenus incapables des plus grandes. Nous croyons qu'un homme qui n'a pas les qualités d'un général à trente ans ne les aura jamais ; que celui qui n'a pas ce coup d'œil qui montre tout d'un coup un terrain de plusieurs lieues dans toutes ses situations différentes, cette présence d'esprit qui fait que dans une victoire on se sert de tous ses avantages, et dans un échec de toutes ses ressources, n'acquerra jamais ces talents : c'est pour cela que nous avons des emplois brillants pour ces hommes grands et sublimes que le ciel a partagés non-seulement d'un cœur, mais aussi d'un génie héroïque, et des emplois subalternes pour ceux dont les talents le sont aussi. De ce nombre sont ces gens qui ont vieilli dans une guerre obscure : ils ne réussissent tout au plus qu'à faire ce qu'ils ont fait toute leur vie ; et il ne faut point commencer à les charger dans le temps qu'ils s'affoiblissent.

Un moment après, la curiosité me reprit, et je lui dis : Je m'engage à ne vous plus faire de questions si vous voulez encore souffrir celle-ci. Qui est ce grand jeune homme qui a des cheveux, peu

d'esprit et tant d'impertinence? D'où vient qu'il parle plus haut que les autres, et se sait si bon gré d'être au monde? C'est un homme à bonnes fortunes, me répondit-il. A ces mots des gens entrèrent, d'autres sortirent, on se leva, quelqu'un vint parler à mon gentilhomme, et je restai aussi peu instruit qu'auparavant. Mais un moment après, je ne sais par quel hasard ce jeune homme se trouva auprès de moi; et, m'adressant la parole : Il fait beau; voudriez-vous, monsieur, faire un tour dans le parterre? Je lui répondis le plus civilement qu'il me fut possible, et nous sortîmes ensemble. Je suis venu à la campagne, me dit-il, pour faire plaisir à la maîtresse de la maison, avec laquelle je ne suis pas mal. Il y a bien certaine femme dans le monde qui pestera un peu, mais qu'y faire? Je vois les plus jolies femmes de Paris; mais je ne me fixe pas à une, et je leur en donne bien à garder : car, entre vous et moi, je ne vaux pas grand'chose. — Apparemment, monsieur, lui dis-je, que vous avez quelque charge ou quelque emploi qui vous empêche d'être plus assidu auprès d'elles. — Non, monsieur : je n'ai d'autre emploi que de faire enrager un mari, ou désespérer un père; j'aime à alarmer une femme qui croit me tenir, et la mettre à deux doigts de ma perte. Nous sommes quelques jeunes gens qui partageons ainsi tout Paris, et l'intéressons à nos moindres démarches. — A ce que je comprends, lui dis-je, vous faites plus de bruit que le guerrier le plus valeureux, et vous êtes plus considéré qu'un grave magistrat. Si vous étiez en Perse, vous ne jouiriez pas de tous ces avantages : vous deviendriez plus propre à garder nos dames qu'à leur plaire. Le feu me monta au visage; et je crois que pour peu que j'eusse parlé, je n'aurois pu m'empêcher de le brusquer.

Que dis-tu d'un pays où l'on tolère de pareilles gens, et où l'on laisse vivre un homme qui fait un tel métier? où l'infidélité, la trahison, le rapt, la perfidie et l'injustice conduisent à la considération? où l'on estime un homme parce qu'il ôte une fille à son père, une femme à son mari, et trouble les sociétés les plus douces et les plus saintes? Heureux les enfants d'Hali qui défendent leurs familles de l'opprobre et de la séduction! La lumière du jour n'est pas plus pure que le feu qui brûle dans le cœur de nos femmes; nos filles ne pensent qu'en tremblant au jour qui doit les priver de cette vertu qui les rend semblables aux anges et aux puissances incorporelles. Terre natale et chérie, sur qui le soleil jette ses premiers regards, tu n'es point souillée par les crimes horribles qui obligent

cet astre à se cacher dès qu'il paroît dans le noir Occident!

A Paris, le 5 de la lune de Rahmazan, 1713.

LETTRE XLIX.

RICA A USBEK.

A ***

Étant l'autre jour dans ma chambre, je vis entrer un dervis extraordinairement habillé. Sa barbe descendoit jusqu'à sa ceinture de corde; il avoit les pieds nus; son habit etoit gris, grossier, et en quelques endroits pointu. Le tout me parut si bizarre, que ma première idée fut d'envoyer chercher un peintre pour en faire une fantaisie.

Il me fit d'abord un grand compliment dans lequel il m'apprit qu'il étoit homme de mérite, et de plus capucin. On m'a dit, ajouta-t-il, monsieur, que vous retournez bientôt à la cour de Perse, où vous tenez un rang distingué. Je viens vous demander protection, et vous prier de nous obtenir du roi une petite habitation auprès de Casbin pour deux ou trois religieux. Mon père, lui dis-je, vous voulez donc aller en Perse? Moi, monsieur! me dit-il; je m'en donnerai bien de garde. Je suis ici provincial, et je ne troquerois pas ma condition contre celle de tous les capucins du monde. Et que diable me demandez-vous donc? C'est, me répondit-il, que si nous avions cet hospice, nos pères d'Italie y enverroient deux ou trois de leurs religieux. Vous les connoissez apparemment ces religieux? Non, monsieur, je ne les connois pas. Eh morbleu! que vous importe donc qu'ils aillent en Perse? C'est un beau projet de faire respirer l'air de Casbin à deux capucins! cela sera très utile et à l'Europe et à l'Asie! il est fort nécessaire d'intéresser là-dedans des monarques! voilà ce qui s'appelle de belles colonies! Allez; vous et vos semblables n'êtes point faits pour être transplantés, et vous ferez bien de continuer à ramper dans les endroits où vous vous êtes engendrés.

A Paris, le 15 de la lune de Rahmazan, 1713.

LETTRE L.

RICA A ***.

J'ai vu des gens chez qui la vertu étoit si naturelle, qu'elle ne se faisoit pas même sentir; ils s'attachoient à leur devoir sans s'y plier, et s'y portoient comme par instinct; bien loin de rele-

ver par leurs discours, leurs rares qualités, il sembloit qu'elles n'avoient pas percé jusqu'à eux. Voilà les gens que j'aime ; non pas ces gens vertueux qui semblent être étonnés de l'être, et qui regardent une bonne action comme un prodige dont le récit doit surprendre.

Si la modestie est une vertu nécessaire à ceux à qui le ciel a donné de grands talents, que peut-on dire de ces insectes qui osent faire paroître un orgueil qui déshonoreroit les plus grands hommes ?

Je vois de tous côtés des gens qui parlent sans cesse d'eux-mêmes ; leurs conversations sont un miroir qui présente toujours leur impertinente figure ; ils vous parleront des moindres choses qui leur sont arrivées, et ils veulent que l'intérêt qu'ils y prennent les grossisse à vos yeux ; ils ont tout fait, tout vu, tout dit, tout pensé : ils sont un modèle universel, un sujet de comparaisons inépuisable, une source d'exemples qui ne tarit jamais. Oh ! que la louange est fade lorsqu'elle réfléchit vers le lieu d'où elle part !

Il y a quelques jours qu'un homme de ce caractère nous accabla pendant deux heures de lui, de son mérite et de ses talents ; mais, comme il n'y a point de mouvement perpétuel dans le monde, il cessa de parler. La conversation nous revint donc, et nous la prîmes.

Un homme qui paroissoit assez chagrin commença par se plaindre de l'ennui répandu dans les conversations. Quoi ! toujours des sots qui se peignent eux-mêmes, et qui ramènent tout à eux ? Vous avez raison, reprit brusquement notre discoureur ; il n'y a qu'à faire comme moi : je ne me loue jamais ; j'ai du bien, de la naissance, je fais de la dépense, mes amis disent que j'ai quelque esprit ; mais je ne parle jamais de tout cela : si j'ai quelques bonnes qualités, celle dont je fais le plus de cas, c'est ma modestie.

J'admirois cet impertinent ; et, pendant qu'il parloit tout haut, je disois tout bas : Heureux celui qui a assez de vanité pour ne dire jamais de bien de lui, qui craint ceux qui l'écoutent, et ne compromet point son mérite avec l'orgueil des autres !

A Paris, le 20 de la lune de Rahmazan, 1713.

LETTRE LI.

NARGUM, ENVOYÉ DE PERSE EN MOSCOVIE, A USBEK.

A Paris.

On m'a écrit d'Ispahan que tu avois quitté la Perse, et que tu étois actuellement à Paris. Pourquoi faut-il que j'apprenne de tes nouvelles par d'autres que par toi ?

Les ordres du roi des rois me retiennent depuis cinq ans dans ce pays-ci, où j'ai terminé plusieurs négociations importantes.

Tu sais que le czar est le seul des princes chrétiens dont les intérêts soient mêlés avec ceux de la Perse, parce qu'il est ennemi des Turcs comme nous.

Son empire est plus grand que le nôtre : car on compte deux mille lieues depuis Moscou jusqu'à la dernière place de ses états du côté de la Chine.

Il est le maître absolu de la vie et des biens de ses sujets, qui sont tous esclaves, à la réserve de quatre familles. Le lieutenant des prophètes, le roi des rois, qui a le ciel pour marchepied, ne fait pas un exercice plus redoutable de sa puissance.

A voir le climat affreux de la Moscovie, on ne croiroit jamais que ce fût une peine d'en être exilé : cependant, dès qu'un grand est disgracié, on le relègue en Sibérie.

Comme la loi de notre prophète nous défend de boire du vin, celle du prince le défend aux Moscovites.

Ils ont une manière de recevoir leurs hôtes qui n'est point du tout persane. Dès qu'un étranger entre dans une maison, le mari lui présente sa femme, l'étranger la baise, et cela passe pour une politesse faite au mari.

Quoique les pères, au contrat de mariage de leurs filles, stipulent ordinairement que le mari ne les fouettera pas, cependant on ne sauroit croire combien les femmes moscovites aiment à être battues : elles ne peuvent comprendre qu'elles possèdent le cœur de leur mari s'il ne les bat comme il faut. Une conduite opposée de sa part est une marque d'indifférence impardonnable. Voici une lettre qu'une d'elles écrivit dernièrement à sa mère :

MA CHÈRE MÈRE,

« Je suis la plus malheureuse femme du monde ; il n'y a rien que je n'aie fait pour me faire

» aimer de mon mari, et je n'ai jamais pu y
» réussir. Hier, j'avois mille affaires dans la mai-
» son ; je sortis, et je demeurai tout le jour de-
» hors : je crus, à mon retour, qu'il me battroit
» bien fort ; mais il ne me dit pas un seul mot.
» Ma sœur est bien autrement traitée : son mari
» la roue de coups tous les jours ; elle ne peut
» pas regarder un homme, qu'il ne l'assomme
» soudain : ils s'aiment beaucoup aussi, et ils vi-
» vent de la meilleure intelligence du monde.

» C'est ce qui la rend si fière ; mais je ne lui
» donnerai pas long-temps sujet de me mépriser.
» J'ai résolu de me faire aimer de mon mari à
» quelque prix que ce soit : je le ferai si bien en-
» rager, qu'il faudra bien qu'il me donne des
» marques d'amitié. Il ne sera pas dit que je ne
» serai pas battue, et que je vivrai dans la mai-
» son sans que l'on pense à moi. La moindre
» chiquenaude qu'il me donnera, je crierai de
» toute ma force, afin qu'on s'imagine qu'il y va
» tout de bon ; et je crois que si quelque voisin
» venoit au secours, je l'étranglerois. Je vous
» supplie, ma chère mère, de vouloir bien re-
» présenter à mon mari qu'il me traite d'une ma-
» nière indigne. Mon père, qui est un si honnête
» homme, n'agissoit pas de même ; et il me sou-
» vient, lorsque j'étois petite fille, qu'il me sem-
» bloit quelquefois qu'il vous aimoit trop. Je vous
» embrasse, ma chère mère. »

Les Moscovites ne peuvent point sortir de l'em-
pire, quand ce seroit pour voyager. Ainsi, sépa-
rés des autres nations par les lois du pays, ils ont
conservé leurs anciennes coutumes avec d'autant
plus d'attachement qu'ils ne croyoient pas qu'il
fût possible qu'on en pût avoir d'autres.

Mais le prince qui règne à présent a voulu tout
changer ; il a eu de grands démêlés avec eux au
sujet de leur barbe [1] : le clergé et les moines
n'ont pas moins combattu en faveur de leur igno-
rance.

Il s'attache à faire fleurir les arts, et ne néglige
rien pour porter dans l'Europe et l'Asie la gloire
de sa nation, oubliée jusqu'ici, et presque uni-
quement connue d'elle-même.

Inquiet et sans cesse agité, il erre dans ses vas-
tes états, laissant partout des marques de sa sé-
vérité naturelle.

Il les quitte comme s'ils ne pouvoient le con-
tenir, et va chercher dans l'Europe d'autres pro-
vinces et de nouveaux royaumes.

[1] Voyez l'*Esprit des Lois*, liv. XIX, chap. XIV. (P.)

Je t'embrasse, mon cher Usbek. Donne-moi de
tes nouvelles, je te conjure.

De Moscou, le 2 de la lune de Chalval, 1713.

∝ ∾∾∾∾∾

LETTRE LII.

RICA A USBEK.

A ***.

J'étois l'autre jour dans une société où je me
divertis assez bien. Il y avoit là des femmes de
tous les âges : une de quatre-vingts ans, une de
soixante, une de quarante, laquelle avoit une
nièce qui pouvoit en avoir vingt ou vingt-deux.
Un certain instinct me fit approcher de cette der-
nière, et elle me dit à l'oreille : Que dites-vous de
ma tante, qui à son âge veut avoir des amants,
et fait encore la jolie ? Elle a tort, lui dis-je : c'est
un dessein qui ne convient qu'à vous. Un moment
après, je me trouvai auprès de sa tante, qui me
dit : Que dites-vous de cette femme qui a pour le
moins soixante ans, qui a passé aujourd'hui plus
d'une heure à sa toilette ? C'est du temps perdu,
lui dis-je ; et il faut avoir vos charmes pour de-
voir y songer. J'allai à cette malheureuse femme
de soixante ans, et la plaignois dans mon ame,
lorsqu'elle me dit à l'oreille : Y a-t-il rien de si ri-
dicule ? voyez cette femme qui a quatre-vingts
ans, et qui met des rubans couleur de feu ; elle
veut faire la jeune, et elle y réussit : car cela ap-
proche de l'enfance. Ah ! bon Dieu, dis-je en moi-
même, ne sentirons-nous jamais que le ridicule
des autres ? C'est peut-être un bonheur, disois-je
ensuite, que nous trouvions de la consolation
dans les foiblesses d'autrui. Cependant j'étois en
train de me divertir, et je dis : Nous avons assez
monté ; descendons à présent, et commençons
par la vieille qui est au sommet. Madame, vous
vous ressemblez si fort, cette dame à qui je viens
de parler et vous, qu'il semble que vous soyez
deux sœurs ; et je ne crois pas que vous soyez
plus âgées l'une que l'autre. Eh ! vraiment, mon-
sieur, me dit-elle, lorsque l'une mourra, l'autre
devra avoir grand'peur : je ne crois pas qu'il y
ait d'elle à moi deux jours de différence. Quand
je tins cette femme décrépite, j'allai à celle de
soixante ans : Il faut, madame, que vous décidiez
un pari que j'ai fait ; j'ai gagé que cette dame et
vous, lui montrant la femme de quarante ans,
étiez de même âge. Ma foi, dit-elle, je ne crois
pas qu'il y ait six mois de différence. Bon, m'y
voilà ; continuons. Je descendis encore, et j'allai

3.

à la femme de quarante ans : Madame, faites-moi la grace de me dire si c'est pour rire que vous appelez cette demoiselle, qui est à l'autre table, votre nièce. Vous êtes aussi jeune qu'elle ; elle a même quelque chose dans le visage de passé que vous n'avez certainement pas ; et ces couleurs vives qui paroissent sur votre teint... Attendez, me dit-elle : je suis sa tante ; mais sa mère avoit pour le moins vingt-cinq ans plus que moi ; nous n'étions pas de même lit ; j'ai ouï dire à feu ma sœur que sa fille et moi naquîmes la même année. Je le disois bien, madame ; et je n'avois pas tort d'être étonné.

Mon cher Usbek, les femmes qui se sentent finir d'avance par la perte de leurs agréments voudroient reculer vers la jeunesse. Eh ! comment ne chercheroient-elles pas à tromper les autres ? Elles font tous leurs efforts pour se tromper elles-mêmes, et se dérober à la plus affligeante de toutes les idées.

A Paris, le 3 de la lune de Chalval, 1713.

<hr>

LETTRE LIII.

ZÉLIS A USBEK.

A Paris.

Jamais passion n'a été plus forte et plus vive que celle de Cosrou, eunuque blanc, pour mon esclave Zélide ; il la demande en mariage avec tant de fureur, que je ne puis la lui refuser. Et pourquoi ferois-je de la résistance lorsque sa mère n'en fait pas, et que Zélide elle-même paroît satisfaite de l'idée de ce mariage imposteur et de l'ombre vaine qu'on lui présente ?

Que veut-elle faire de cet infortuné, qui n'aura d'un mari que la jalousie ; qui ne sortira de sa froideur que pour entrer dans un désespoir inutile ; qui se rappellera toujours la mémoire de ce qu'il a été, pour la faire souvenir de ce qu'il n'est plus ; qui, toujours prêt à se donner, et ne se donnant jamais, se trompera, la trompera sans cesse, et lui fera essuyer à chaque instant tous les malheurs de sa condition ?

Et quoi ! être toujours dans les images et dans les fantômes ! ne vivre que pour imaginer ! se trouver toujours auprès des plaisirs, et jamais dans les plaisirs ! languissante dans les bras d'un malheureux, au lieu de répondre à ses soupirs, ne répondre qu'à ses regrets !

Quel mépris ne doit-on pas avoir pour un homme de cette espèce, fait uniquement pour garder, et jamais pour posséder ! Je cherche l'amour, et je ne le vois pas.

Je te parle librement, parce que tu aimes ma naïveté, et que tu préfères mon air libre et ma sensibilité pour les plaisirs à la pudeur feinte de mes compagnes.

Je t'ai ouï dire mille fois que les eunuques goûtent avec les femmes une sorte de volupté qui nous est inconnue ; que la nature se dédommage de ses pertes ; qu'elle a des ressources qui réparent le désavantage de leur condition ; qu'on peut bien cesser d'être homme, mais non pas d'être sensible ; et que, dans cet état, on est comme dans un troisième sens, où l'on ne fait pour ainsi dire que changer de plaisirs.

Si cela étoit, je trouverois Zélide moins à plaindre. C'est quelque chose de vivre avec des gens moins malheureux.

Donne-moi tes ordres là-dessus, et fais-moi savoir si tu veux que le mariage s'accomplisse dans le sérail. Adieu.

Du sérail d'Ispahan, le 5 de la lune de Chalval, 1713.

<hr>

LETTRE LIV.

RICA A USBEK.

A ***.

J'étois ce matin dans ma chambre, laquelle, comme tu sais, n'est séparée des autres que par une cloison fort mince, et percée en plusieurs endroits ; de manière qu'on entend tout ce qui se dit dans la chambre voisine. Un homme, qui se promenoit à grands pas, disoit à un autre : Je ne sais ce que c'est, mais tout se tourne contre moi ; il y a plus de trois jours que je n'ai rien dit qui m'ait fait honneur ; et je me suis trouvé confondu pêle-mêle dans toutes les conversations sans qu'on ait fait la moindre attention à moi, et qu'on m'ait deux fois adressé la parole. J'avois préparé quelques saillies pour relever mon discours ; jamais on n'a voulu souffrir que je les fisse venir. J'avois un conte fort joli à faire ; mais, à mesure que j'ai voulu l'approcher, on l'a esquivé comme si on l'avoit fait exprès. J'ai quelques bons mots qui depuis quatre jours vieillissent dans ma tête sans que j'en aie pu faire le moindre usage. Si cela continue, je crois qu'à la fin je serai un sot ; il semble que ce soit mon étoile, et que je ne puisse m'en dispenser. Hier j'avois espéré de briller avec trois ou quatre vieilles femmes qui certainement ne m'imposent point, et je devois dire les

plus jolies choses du monde : je fus plus d'un quart d'heure à diriger ma conversation ; mais elles ne tinrent jamais un propos suivi, et elles coupèrent, comme des parques fatales, le fil de tous mes discours. Veux-tu que je te dise ? la réputation de bel-esprit coûte bien à soutenir. Je ne sais comment tu as fait pour y parvenir. Il me vient dans l'idée une chose, reprit l'autre : travaillons de concert à nous donner de l'esprit ; associons-nous pour cela. Nous nous dirons chacun tous les jours de quoi nous devons parler ; et nous nous secourrons si bien que, si quelqu'un vient nous interrompre au milieu de nos idées, nous l'attirerons nous-mêmes ; et, s'il ne veut pas venir de bon gré, nous lui ferons violence. Nous conviendrons des endroits où il faudra approuver, de ceux où il faudra sourire, des autres où il faudra rire tout-à-fait et à gorge déployée. Tu verras que nous donnerons le ton à toutes les conversations, et qu'on admirera la vivacité de notre esprit et le bonheur de nos reparties. Nous nous protégerons par des signes de tête mutuels. Tu brilleras aujourd'hui, demain tu seras mon second. J'entrerai avec toi dans une maison, et je m'écrierai en te montrant : Il faut que je vous dise une réponse bien plaisante que monsieur vient de faire à un homme que nous avons trouvé dans la rue. Et je me tournerai vers toi : Il ne s'y attendoit pas ; il a été bien étonné. Je réciterai quelques uns de mes vers, et tu diras : J'y étois quand il les fit ; c'étoit dans un souper, et il ne rêva pas un moment. Souvent même nous nous raillerons toi et moi ; et l'on dira : Voyez comme ils s'attaquent, comme ils se défendent ; ils ne s'épargnent pas ; voyons comme il sortira de là ; à merveille ! quelle présence d'esprit ! voilà une véritable bataille. Mais on ne dira pas que nous nous étions escarmouchés la veille. Il faudra acheter de certains livres, qui sont des recueils de bons mots, composés à l'usage de ceux qui n'ont pas d'esprit, et qui en veulent contrefaire ; tout dépend d'avoir des modèles. Je veux qu'avant six mois nous soyons en état de tenir une conversation d'une heure toute remplie de bons mots. Mais il faudra avoir une attention ; c'est de soutenir leur fortune : ce n'est pas tout que de dire un bon mot, il faut le répandre et le semer partout ; sans cela, autant de perdu ; et je t'avoue qu'il n'y a rien de si désolant que de voir une jolie chose qu'on a dite mourir dans l'oreille d'un sot qui l'entend. Il est vrai que souvent il y a une compensation, et que nous disons aussi bien des sottises qui passent *incognito* ; et c'est la seule chose qui peut

nous consoler dans cette occasion. Voilà, mon cher, le parti qu'il nous faut prendre. Fais ce que je te dirai, et je te promets avant six mois une place à l'Académie : c'est pour te dire que le travail ne sera pas long ; car pour lors tu pourras renoncer à ton art ; tu seras homme d'esprit, malgré que tu en aies. On remarque en France que, dès qu'un homme entre dans une compagnie, il prend d'abord ce qu'on appelle l'esprit du corps : tu en seras de même ; et je ne crains pour toi que l'embarras des applaudissements.

De Paris, le 6 de la lune de Zilcadé, 1714.

LETTRE LV.

RICA A IBBEN.

A Smyrne.

Chez les peuples d'Europe, le premier quart d'heure du mariage aplanit toutes les difficultés ; les dernières faveurs sont toujours de même date que la bénédiction nuptiale : les femmes n'y font point comme les Persanes, qui disputent le terrain quelquefois des mois entiers ; il n'y a rien de si plénier : si elles ne perdent rien, c'est qu'elles n'ont rien à perdre. Mais on sait toujours, chose honteuse ! le moment de leur défaite ; et, sans consulter les astres, on peut prédire au juste l'heure de la naissance de leurs enfants.

Les François ne parlent presque jamais de leurs femmes : c'est qu'ils ont peur d'en parler devant des gens qui les connoissent mieux qu'eux [1].

Il y a parmi eux des hommes très-malheureux que personne ne console : ce sont les maris jaloux ; il y en a que tout le monde hait : ce sont les maris jaloux ; il y en a que tous les hommes méprisent : ce sont encore les maris jaloux.

Aussi n'y a-t-il point de pays où ils soient en si petit nombre que chez les François. Leur tranquillité n'est pas fondée sur la confiance qu'ils ont en leurs femmes ; c'est au contraire sur la mauvaise opinion qu'ils en ont. Toutes les sages précautions des Asiatiques, les voiles qui les couvrent, les prisons où elles sont détenues, la vigilance des eunuques, leur paroissent des moyens plus propres à exercer l'industrie de ce sexe qu'à la lasser. Ici les maris prennent leur parti de bonne grace,

[1] Cette discrétion a des motifs plus raisonnables, et un but moins injurieux au sexe qui en est l'objet. Du reste, elle a, en quelque sorte, reçu l'approbation d'un de nos plus ingénieux moralistes. « On sait assez, dit La Rochefoucauld, qu'il ne faut guère parler de sa femme ; mais on ne sait pas assez qu'on devroit encore moins parler de soi. » (*Maxime* CCCLXIV.) (P.)

et regardent les infidélités comme des coups d'une étoile inévitable. Un mari qui voudroit seûl posséder sa femme seroit regardé comme un perturbateur de la joie publique, et comme un insensé qui voudroit jouir de la lumière du soleil à l'exclusion des autres hommes.

Ici un mari qui aime sa femme est un homme qui n'a pas assez de mérite pour se faire aimer d'une autre; qui abuse de la nécessité de la loi pour suppléer aux agréments qui lui manquent; qui se sert de tous ses avantages au préjudice d'une société entière; qui s'approprie ce qui ne lui avoit été donné qu'en engagement, et qui agit autant qu'il est en lui pour renverser une convention tacite qui fait le bonheur de l'un et de l'autre sexe. Ce titre de mari d'une jolie femme, qui se cache en Asie avec tant de soin, se porte ici sans inquiétude. On se sent en état de faire diversion partout. Un prince se console de la perte d'une place par la prise d'une autre : dans le temps que le Turc nous prenoit Bagdad, n'enlevions-nous pas au Mogol la forteresse de Candahar?

Un homme qui en général souffre les infidélités de sa femme n'est point désapprouvé; au contraire, on le loue de sa prudence : il n'y a que les cas particuliers qui déshonorent.

Ce n'est pas qu'il n'y ait des dames vertueuses, et on peut dire qu'elles sont distinguées; mon conducteur me les faisoit toujours remarquer : mais elles étoient toutes si laides, qu'il faut être un saint pour ne pas haïr la vertu.

Après ce que je t'ai dit des mœurs de ce pays-ci, tu l'imagines facilement que les François ne s'y piquent guère de constance. Ils croient qu'il est aussi ridicule de jurer à une femme qu'on l'aimera toujours que de soutenir qu'on se portera toujours bien, ou qu'on sera toujours heureux. Quand ils promettent à une femme qu'ils l'aimeront toujours, ils supposent qu'elle, de son côté, leur promet d'être toujours aimable; et, si elle manque à sa parole, ils ne se croient plus engagés à la leur.

A Paris, le 7 de la lune de Zilcadé, 1714.

* * *

LETTRE LVI.

USBEK A IBBEN.

A Smyrne.

Le jeu est très en usage en Europe : c'est un état que d'être joueur; ce seul titre tient lieu de naissance, de bien, de probité; il met tout

homme qui le porte au rang des honnêtes gens, sans examen, quoiqu'il n'y ait personne qui ne sache qu'en jugeant ainsi il s'est trompé très souvent; mais on est convenu d'être incorrigible.

Les femmes y sont surtout très-abandonnées. Il est vrai qu'elles ne s'y livrent guère dans leur jeunesse que pour favoriser une passion plus chère; mais, à mesure qu'elles vieillissent, leur passion pour le jeu semble rajeunir, et cette passion remplit tout le vide des autres.

Elles veulent ruiner leurs maris; et, pour y parvenir, elles ont des moyens pour tous les âges, depuis la plus tendre jeunesse jusqu'à la vieillesse la plus décrépite : les habits et les équipages commencent le dérangement, la coquetterie l'augmente, le jeu l'achève.

J'ai vu souvent neuf ou dix femmes, ou plutôt neuf ou dix siècles, rangées autour d'une table; je les ai vues dans leurs espérances, dans leurs craintes, dans leurs joies, surtout dans leurs fureurs : tu aurois dit qu'elles n'auroient jamais le temps de s'apaiser, et que la vie alloit les quitter avant leur désespoir; tu aurois été en doute si ceux qu'elles payoient étoient leurs créanciers ou leurs légataires.

Il semble que notre saint prophète ait eu principalement en vue de nous priver de tout ce qui peut troubler notre raison : il nous a interdit l'usage du vin, qui la tient ensevelie; il nous a, par un précepte exprès, défendu les jeux de hasard; et, quand il lui a été impossible d'ôter la cause des passions, il les a amorties. L'amour parmi nous ne porte ni trouble ni fureur; c'est une passion languissante qui laisse notre ame dans le calme : la pluralité des femmes nous sauve de leur empire; elle tempère la violence de nos desirs.

A Paris, le 18 de la lune de Zilhagé, 1714.

* * *

LETTRE LVII.

USBEK A RHÉDI.

A Venise.

Les libertins entretiennent ici un nombre infini de filles de joie, et les dévots un nombre innombrable de dervis. Ces dervis font trois vœux, d'obéissance, de pauvreté et de chasteté. On dit que le premier est le mieux observé de tous; quant au second, je te réponds qu'il ne l'est point : je te laisse à juger du troisième.

Mais, quelque riches que soient ces dervis, ils ne quittent jamais la qualité de pauvres; notre

glorieux sultan renonceroit plutôt à ses magnifiques et sublimes titres : ils ont raison, car ce titre de pauvres les empêche de l'être.

Les médecins, et quelques unes de ces dervis qu'on appelle confesseurs, sont toujours ici ou trop estimés ou trop méprisés ; cependant on dit que les héritiers s'accommodent mieux des médecins que des confesseurs.

Je fus l'autre jour dans un couvent de ces dervis. Un d'entre eux, vénérable par ses cheveux blancs, m'accueillit fort honnêtement ; et après m'avoir fait voir toute la maison, il me mena dans le jardin où nous nous mîmes à discourir. Mon père, lui dis-je, quel emploi avez-vous dans la communauté ? Monsieur, me répondit-il avec un air très content de ma question, je suis casuiste. Casuiste ! repris-je : depuis que je suis en France, je n'ai pas ouï parler de cette charge. Eh quoi ! vous ne savez pas ce que c'est qu'un casuiste ? Eh bien ! écoutez, je vais vous en donner une idée qui ne vous laissera rien à desirer. Il y a deux sortes de péchés : de mortels, qui excluent absolument du paradis ; de véniels, qui offensent Dieu à la vérité, mais ne l'irritent pas au point de nous priver de la béatitude. Or, tout notre art consiste à bien distinguer ces deux sortes de péchés ; car, à la réserve de quelques libertins, tous les chrétiens veulent gagner le paradis ; mais il n'y a guère personne qui ne le veuille gagner à meilleur marché qu'il est possible. Quand on connoît bien les péchés mortels, on tâche de ne pas commettre de ceux-là, et l'on fait son affaire. Il y a des hommes qui n'aspirent pas à une si grande perfection ; et, comme ils n'ont point d'ambition, ils ne se soucient pas des premières places : aussi ils entrent en paradis le plus juste qu'ils peuvent ; pourvu qu'ils y soient, cela leur suffit : leur but est de n'en faire ni plus ni moins. Ce sont des gens qui ravissent le ciel plutôt qu'ils ne l'obtiennent, et qui disent à Dieu : Seigneur, j'ai accompli les conditions à la rigueur ; vous ne pouvez vous empêcher de tenir vos promesses ; comme je n'en ai pas fait plus que vous n'en avez demandé, je vous dispense de m'en accorder plus que vous n'en avez promis.

Nous sommes donc des gens nécessaires, monsieur. Ce n'est pas tout pourtant ; vous allez bien voir autre chose. L'action ne fait pas le crime, c'est la connoissance de celui qui la commet : celui qui fait un mal, tandis qu'il peut croire que ce n'en est pas un, est en sûreté de conscience ; et, comme il y a un nombre infini d'actions équivoques, un casuiste peut leur donner un degré de bonté qu'elles

n'ont point, en les qualifiant telles ; et, pourvu qu'il puisse persuader qu'elles n'ont pas de venin, il le leur ôte tout entier.

Je vous dis ici le secret d'un métier où j'ai vieilli ; je vous en fais voir les raffinements : il y a un tour à donner à tout, même aux choses qui en paroissent le moins susceptibles. Mon père, lui dis-je, cela est fort bon ; mais comment vous accommodez-vous avec le ciel ? Si le grand-sophi avoit à sa cour un homme qui fît à son égard ce que vous faites contre votre Dieu, qui mît de la différence entre ses ordres, et qui apprît à ses sujets dans quel cas ils doivent les exécuter, et dans quel autre ils peuvent les violer, il le feroit empaler sur l'heure. Je saluai mon dervis, et le quittai sans attendre sa réponse.

A Paris, le 23 de la lune de Maharram, 1714.

————

LETTRE LVIII.

RICA A RHÉDI.

A Venise.

A Paris, mon cher Rhédi, il y a bien des métiers. Là, un homme obligeant vient, pour un peu d'argent, vous offrir le secret de faire de l'or.

Un autre vous promet de vous faire coucher avec les esprits aériens, pourvu que vous soyez seulement trente ans sans voir de femmes.

Vous trouverez ensuite des devins si habiles, qu'ils vous diront toute votre vie, pourvu qu'ils aient seulement eu un quart d'heure de conversation avec vos domestiques.

Des femmes adroites font de la virginité une fleur qui périt et renaît tous les jours, et se cueille la centième fois plus douloureusement que la première.

Il y en a d'autres qui, réparant par la force de leur art toutes les injures du temps, savent rétablir sur un visage une beauté qui chancelle, et même rappeler une femme du sommet de la vieillesse pour la faire redescendre jusqu'à la jeunesse la plus tendre.

Tous ces gens-là vivent ou cherchent à vivre dans une ville qui est la mère de l'invention.

Les revenus des citoyens ne s'y afferment point : ils ne consistent qu'en esprit et en industrie ; chacun a la sienne, qu'il fait valoir de son mieux.

Qui voudroit nombrer tous les gens de loi qui poursuivent le revenu de quelque mosquée, auroit aussi tôt compté les sables de la mer et les esclaves de notre monarque.

Un nombre infini de maîtres de langues, d'arts

et de sciences, enseignent ce qu'ils ne savent pas; et ce talent est bien considérable, car il ne faut pas beaucoup d'esprit pour montrer ce qu'on sait; mais il en faut infiniment pour enseigner ce qu'on ignore.

On ne peut mourir ici que subitement : la mort ne sauroit autrement exercer son empire; car il y a dans tous les coins des gens qui ont des remèdes infaillibles contre toutes les maladies imaginables.

Toutes les boutiques sont tendues de filets invisibles où se vont prendre tous les acheteurs. L'on en sort pourtant quelquefois à bon marché : une jeune marchande cajole un homme une heure entière pour lui faire acheter un paquet de cure-dents.

Il n'y a personne qui ne sorte de cette ville plus précautionné qu'il n'y est entré : à force de faire part de son bien aux autres, on apprend à le conserver; seul avantage des étrangers dans cette ville enchanteresse.

A Paris, le 10 de la lune de Saphar, 1714.

LETTRE LIX.

RICA A USBEK.

A ***.

J'étois l'autre jour dans une maison où il y avoit un cercle de gens de toute espèce; je trouvai la conversation occupée par deux vieilles femmes qui avoient en vain travaillé tout le matin à se rajeunir. Il faut avouer, disoit une d'entre elles, que les hommes d'aujourd'hui sont bien différents de ceux que nous voyions dans notre jeunesse : ils étoient polis, gracieux, complaisants; mais à présent je les trouve d'une brutalité insupportable. Tout est changé, dit pour lors un homme qui paroissoit accablé de goutte; le temps n'est plus comme il étoit : il y a quarante ans tout le monde se portoit bien, on marchoit, on étoit gai, on ne demandoit qu'à rire et à danser; à présent tout le monde est d'une tristesse insupportable. Un moment après, la conversation tourna du côté de la politique. Morbleu! dit un vieux seigneur, l'état n'est plus gouverné : trouvez-moi à présent un ministre comme M. Colbert. Je le connoissois beaucoup, ce M. Colbert; il étoit de mes amis; il me faisoit toujours payer de mes pensions avant qui que ce fût : le bel ordre qu'il y avoit dans les finances! tout le monde étoit à son aise; mais aujourd'hui je suis ruiné. Monsieur, dit pour lors un ecclé-

siastique, vous parlez là du temps le plus miraculeux de notre invincible monarque; y a-t-il rien de si grand que ce qu'il faisoit alors pour détruire l'hérésie? Et comptez-vous pour rien l'abolition des duels? dit d'un air content un autre homme qui n'avoit point encore parlé. La remarque est judicieuse, me dit quelqu'un à l'oreille, cet homme est charmé de l'édit, et il l'observe si bien, qu'il y a six mois qu'il reçut cent coups de bâton pour ne le pas violer.

Il me semble, Usbek, que nous ne jugeons jamais des choses que par un retour secret que nous faisons sur nous-mêmes. Je ne suis pas surpris que les nègres peignent le diable d'une blancheur éblouissante, et leurs dieux noirs comme du charbon; que la Vénus de certains peuples ait des mamelles qui lui pendent jusques aux cuisses; et qu'enfin tous les idolâtres aient représenté leurs dieux avec une figure humaine, et leur aient fait part de toutes leurs inclinations. On a dit fort bien que si les triangles faisoient un dieu, ils lui donneroient trois côtés.

Mon cher Usbek, quand je vois des hommes qui rampent sur un atome, c'est-à-dire la terre, qui n'est qu'un point de l'univers, se proposer directement pour modèles de la Providence, je ne sais comment accorder tant d'extravagance avec tant de petitesse.

A Paris, le 14 de la lune de Saphar, 1714.

LETTRE LX.

USBEK A IBBEN.

A Smyrne.

Tu me demandes s'il y a des juifs en France : sache que partout où il y a de l'argent il y a des juifs. Tu me demandes ce qu'ils y font : précisément ce qu'ils font en Perse; rien ne ressemble plus à un juif d'Asie qu'un juif européen.

Ils font paroître chez les chrétiens, comme parmi nous, une obstination invincible pour leur religion, qui va jusqu'à la folie.

La religion juive est un vieux tronc qui a produit deux branches qui ont couvert toute la terre : je veux dire le mahométisme et le christianisme; ou plutôt c'est une mère qui a engendré deux filles qui l'ont accablée de mille plaies; car, en fait de religion, les plus proches sont les plus grandes ennemies. Mais, quelque mauvais traitements qu'elle en ait reçus, elle ne laisse pas de se glorifier de les avoir mises au monde; elle se sert de

l'une et de l'autre pour embrasser le monde entier, tandis que d'un autre côté sa vieillesse vénérable embrasse tous les temps.

Les juifs se regardent donc comme la source de toute sainteté et l'origine de toute religion ; ils nous regardent au contraire comme des hérétiques qui ont changé la loi, ou plutôt comme des juifs rebelles.

Si le changement s'étoit fait insensiblement, ils croient qu'ils auroient été facilement séduits ; mais, comme il s'est fait tout-à-coup et d'une manière violente, comme ils peuvent marquer le jour et l'heure de l'une et de l'autre naissance, ils se scandalisent de trouver en nous des âges, et se tiennent fermes à une religion que le monde même n'a pas précédée.

Ils n'ont jamais eu dans l'Europe un calme pareil à celui dont ils jouissent. On commence à se défaire parmi les chrétiens de cet esprit d'intolérance qui les animoit : on s'est mal trouvé en Espagne de les avoir chassés, et en France d'avoir fatigué des chrétiens dont la croyance différoit un peu de celle du prince. On s'est aperçu que le zèle pour les progrès de la religion est différent de l'attachement qu'on doit avoir pour elle, et que, pour l'aimer et l'observer, il n'est pas nécessaire de haïr et de persécuter ceux qui ne l'observent pas.

Il seroit à souhaiter que nos musulmans pensassent aussi sensément sur cet article que les chrétiens ; que l'on pût une bonne fois faire la paix entre Hali et Abubeker, et laisser à Dieu le soin de décider des mérites de ces saints prophètes. Je voudrois qu'on les honorât par des actes de vénération et de respect, et non pas par de vaines préférences ; et qu'on cherchât à mériter leur faveur, quelque place que Dieu leur ait marquée, soit à sa droite, ou bien sous le marche-pied de son trône.

A Paris, le 18 de la lune de Saphar, 1714.

LETTRE LXI.

USBEK A RHÉDI.

A Venise.

J'entrai l'autre jour dans une église fameuse qu'on appelle Notre-Dame ; pendant que j'admirois ce superbe édifice, j'eus occasion de m'entretenir avec un ecclésiastique que la curiosité y avoit attiré comme moi. La conversation tomba sur la tranquillité de sa profession. La plupart des gens, me dit-il, envient le bonheur de notre état ; et ils

ont raison : cependant il a ses désagréments ; nous ne sommes point si séparés du monde, que nous n'y soyons appelés en mille occasions ; là, nous avons un rôle très-difficile à soutenir.

Les gens du monde sont étonnants ; ils ne peuvent souffrir notre approbation ni nos censures : si nous les voulons corriger, ils nous trouvent ridicules ; si nous les approuvons, ils nous regardent comme des gens au-dessous de notre caractère. Il n'y a rien de si humiliant que de penser qu'on a scandalisé les impies mêmes. Nous sommes donc obligés de tenir une conduite équivoque, et d'imposer aux libertins, non pas par un caractère décidé, mais par l'incertitude où nous les mettons de la manière dont nous recevons leurs discours. Il faut avoir beaucoup d'esprit pour cela ; cet état de neutralité est difficile : les gens du monde, qui hasardent tout, qui se livrent à toutes leurs saillies, qui, selon le succès, les poussent ou les abandonnent, réussissent bien mieux.

Ce n'est pas tout : cet état si heureux et si tranquille, que l'on vante tant, nous ne le conservons pas dans le monde. Dès que nous y paroissons, on nous fait disputer ; on nous fait entreprendre, par exemple, de prouver l'utilité de la prière à un homme qui ne croit pas en Dieu, la nécessité du jeûne à un autre qui a nié toute sa vie l'immortalité de l'ame : l'entreprise est laborieuse, et les rieurs ne sont pas pour nous. Il y a plus : une certaine envie d'attirer les autres dans nos opinions nous tourmente sans cesse, et est pour ainsi dire attachée à notre profession. Cela est aussi ridicule que si on voyoit les Européens travailler, en faveur de la nature humaine, à blanchir le visage des Africains. Nous troublons l'état ; nous nous tourmentons nous-mêmes pour faire recevoir des points de religion qui ne sont point fondamentaux ; et nous ressemblons à ce conquérant de la Chine, qui poussa ses sujets à une révolte générale pour les avoir voulu obliger à se rogner les cheveux ou les ongles.

Le zèle même que nous avons pour faire remplir à ceux dont nous sommes chargés les devoirs de notre sainte religion est souvent dangereux, et il ne sauroit être accompagné de trop de prudence. Un empereur nommé Théodose fit passer au fil de l'épée tous les habitants d'une ville, même les femmes et les petits enfants : s'étant ensuite présenté pour entrer dans une église, un évêque nommé Ambroise lui fit fermer les portes comme à un meurtrier et un sacrilège ; et en cela il fit une action héroïque. Cet empereur, ayant ensuite fait la pénitence qu'un tel crime exigeoit, ayant

été admis dans l'eglise, alla se placer parmi les prêtres. Le même évêque l'en fit sortir; et en cela il commit l'action d'un fanatique et d'un fou : tant il est vrai que l'on doit se défier de son zèle. Qu'importoit à la religion ou à l'état que ce prince eût ou n'eût pas une place parmi les prêtres?

De Paris, le 1^{er} de la lune de Rebiab 1, 1714.

LETTRE LXII.

ZÉLIS A USBEK.

A Paris.

Ta fille ayant atteint sa septième année, j'ai cru qu'il étoit temps de la faire passer dans les appartements intérieurs du sérail, et de ne point attendre qu'elle ait dix ans pour la confier aux eunuques noirs. On ne sauroit de trop bonne heure priver une jeune personne des libertés de l'enfance, et lui donner une éducation sainte dans les sacrés murs où la pudeur habite.

Car je ne puis être de l'avis de ces mères qui ne renferment leurs filles que lorsqu'elles sont sur le point de leur donner un époux ; qui, les condamnant au sérail plutôt qu'elles ne les y consacrent, leur font embrasser violemment une manière de vie qu'elles auroient dû leur inspirer. Faut-il tout attendre de la force et de la raison, et rien de la douceur de l'habitude ?

C'est en vain que l'on nous parle de la subordination où la nature nous a mises ; ce n'est pas assez de nous la faire sentir, il faut nous la faire pratiquer, afin qu'elle nous soutienne dans ce temps critique où les passions commencent à naître et à nous encourager à l'indépendance.

Si nous n'étions attachées à vous que par le devoir, nous pourrions quelquefois l'oublier ; si nous n'y étions entraînées que par le penchant, peut-être un penchant plus fort pourroit l'affoiblir. Mais, quand les lois nous donnent à un homme, elles nous dérobent à tous les autres, et nous mettent aussi loin d'eux que si nous en étions à cent mille lieues.

La nature, industrieuse en faveur des hommes, ne s'est pas bornée à leur donner des désirs ; elle a voulu que nous en eussions nous-mêmes, et que nous fussions des instruments animés de leur félicité ; elle nous a mises dans le feu des passions, pour les faire vivre tranquilles : s'ils sortent de leur insensibilité, elle nous a destinées à les y faire rentrer sans que nous puissions jamais goûter cet heureux état où nous les mettons.

Cependant, Usbek, ne t'imagine pas que ta situation soit plus heureuse que la mienne ; j'ai goûté ici mille plaisirs que tu ne connois pas. Mon imagination a travaillé sans cesse à m'en faire connoître le prix ; j'ai vécu, et tu n'as fait que languir.

Dans la prison même où tu me retiens, je suis plus libre que toi. Tu ne saurois redoubler tes attentions pour me faire garder, que je ne jouisse de tes inquiétudes ; et tes soupçons, ta jalousie, tes chagrins, sont autant de marques de ta dépendance.

Continue, cher Usbek ; fais veiller sur moi nuit et jour ; ne te fie pas même aux précautions ordinaires ; augmente mon bonheur en assurant le tien, et sache que je ne redoute rien que ton indifférence.

Du sérail d'Ispahan, le 2 de la lune de Rebiab 1, 1714.

LETTRE LXIII.

RICA A USBEK.

A ***

Je crois que tu veux passer ta vie à la campagne. Je ne te perdois au commencement que pour deux ou trois jours ; et en voilà quinze que je ne t'ai vu ! Il est vrai que tu es dans une maison charmante ; que tu y trouves une société qui te convient ; que tu y raisonnes tout à ton aise : il n'en faut pas davantage pour te faire oublier tout l'univers.

Pour moi, je mène à peu près la même vie que tu m'as vu mener ; je me répands dans le monde, et je cherche à le connoître : mon esprit perd insensiblement tout ce qui lui reste d'asiatique, et se plie sans effort aux mœurs européennes. Je ne suis plus si étonné de voir dans une maison cinq ou six femmes avec cinq ou six hommes, et trouve que cela n'est pas mal imaginé.

Je le puis dire, je ne connois les femmes que depuis que je suis ici ; j'en ai plus appris dans un mois que je n'aurois fait en trente ans dans un sérail.

Chez nous les caractères sont tous uniformes, parce qu'ils sont forcés ; on ne voit point les gens tels qu'ils sont ; mais tels qu'on les oblige d'être : dans cette servitude du cœur et de l'esprit on n'entend parler que la crainte, qui n'a qu'un langage, et non pas la nature, qui s'exprime si différemment, et qui paroit sous tant de formes.

La dissimulation, cet art parmi nous si pratiqué

et si nécessaire, est ici inconnue ; tout parle, tout se voit, tout s'entend ; le cœur se montre comme le visage : dans les mœurs, dans la vertu, dans le vice même, on aperçoit toujours quelque chose de naïf.

Il faut pour plaire aux femmes un certain talent différent de celui qui leur plaît encore davantage : il consiste dans une espèce de badinage dans l'esprit, qui les amuse en ce qu'il semble leur promettre à chaque instant ce qu'on ne peut tenir que dans de trop longs intervalles.

Ce badinage, naturellement fait pour les toilettes, semble être venu à former le caractère général de la nation ; on badine au conseil, on badine à la tête d'une armée ; on badine avec un ambassadeur. Les professions ne paroissent ridicules qu'à proportion du sérieux qu'on y met : un médecin ne le seroit plus si ses habits étoient moins lugubres, et s'il tuoit ses malades en badinant.

A Paris, le 10 de la lune de Rebiab 1, 1714.

LETTRE LXIV.

LE CHEF DES EUNUQUES NOIRS A USBEK.

A Paris.

Je suis dans un embarras que je ne saurois t'exprimer, magnifique seigneur ; le sérail est dans un désordre et une confusion épouvantable ; la guerre règne entre tes femmes ; tes eunuques sont partagés ; on n'entend que plaintes, que murmures, que reproches ; mes remontrances sont méprisées ; tout semble permis dans ce temps de licence ; je n'ai plus qu'un vain titre dans le sérail.

Il n'y a aucune de tes femmes qui ne se juge au-dessus des autres par sa naissance, par sa beauté, par ses richesses, par son esprit, par ton amour, et qui ne fasse valoir quelques uns de ces titres-là pour avoir toutes les préférences : je perds à chaque instant cette longue patience avec laquelle néanmoins j'ai eu le malheur de les mécontenter toutes ; ma prudence, ma complaisance même, vertu si rare et si étrangère dans le poste que j'occupe, ont été inutiles.

Veux-tu que je te découvre, magnifique seigneur, la cause de tous ces désordres ? Elle est toute dans ton cœur et dans les tendres égards que tu as pour elles. Si tu ne me retenois pas la main ; si au lieu de la voie des remontrances tu me laissois celle des châtiments ; si sans te laisser attendrir à leurs plaintes et à leurs larmes tu les en-

voyois pleurer devant moi, qui ne m'attendris jamais, je les façonnerois bientôt au joug qu'elles doivent porter, et je lasserois leur humeur impérieuse et indépendante.

Enlevé dès l'âge de quinze ans du fond de l'Afrique, ma patrie, je fus d'abord vendu à un maître qui avoit plus de vingt femmes ou concubines. Ayant jugé à mon air grave et taciturne que j'étois propre au sérail, il ordonna que l'on achevât de me rendre tel, et me fit faire une opération pénible dans les commencements, mais qui me fut heureuse dans la suite, parce qu'elle m'approcha de l'oreille et de la confiance de mes maîtres. J'entrai dans ce sérail, qui fut pour moi un nouveau monde. Le premier eunuque, l'homme le plus sévère que j'aie vu de ma vie, y gouvernoit avec un empire absolu. On n'y entendoit parler ni de divisions, ni de querelles ; un silence profond régnoit partout ; toutes ces femmes étoient couchées à la même heure d'un bout de l'année à l'autre, et levées à la même heure ; elles entroient dans le bain tour-à-tour, elles en sortoient au moindre signe que nous leur en faisions : le reste du temps elles étoient presque toujours enfermées dans leurs chambres. Il avoit une règle, qui étoit de les faire tenir dans une grande propreté, et il avoit pour cela des attentions inexprimables : le moindre refus d'obéir étoit puni sans miséricorde. Je suis, disoit-il, esclave ; mais je le suis d'un homme qui est votre maître et le mien, et j'use du pouvoir qu'il m'a donné sur vous : c'est lui qui vous châtie, et non pas moi, qui ne fais que prêter ma main. Ces femmes n'entroient jamais dans la chambre de mon maître qu'elles n'y fussent appelées ; elles recevoient cette grace avec joie, et s'en voyoient privées sans se plaindre. Enfin moi, qui étois le dernier des noirs dans ce sérail tranquille, j'étois mille fois plus respecté que je ne le suis dans le tien, où je les commande tous.

Dès que ce grand eunuque eut connu mon génie, il tourna les yeux de mon côté ; il parla de moi à mon maître, comme d'un homme capable de travailler selon ses vues, et lui succéder dans le poste qu'il remplissoit ; il ne fut point étonné de ma grande jeunesse ; il crut que mon attention me tiendroit lieu d'expérience. Que te dirai-je ? je fis tant de progrès dans sa confiance, qu'il ne faisoit plus difficulté de me confier les clefs des lieux terribles qu'il gardoit depuis si long-temps. C'est sous ce grand maître que j'appris l'art difficile de commander, et que je me formai aux maximes d'un gouvernement inflexible : j'étudiai sous lui le cœur des femmes ; il m'apprit à profiter de

leurs foiblesses et à ne point m'étonner de leurs hauteurs. Souvent il se plaisoit de me les faire exercer même, et de me les faire conduire jusqu'au dernier retranchement de l'obéissance; il les faisoit ensuite revenir insensiblement, et vouloit que je parusse pour quelque temps plier moi-même. Mais il falloit le voir dans ces moments où il les trouvoit tout près du désespoir, entre les prières et les reproches! il soutenoit leurs larmes sans s'émouvoir. Voilà, disoit-il d'un air content, comment il faut gouverner les femmes: leur nombre ne m'embarrasse pas; je conduirois de même toutes celles de notre grand monarque. Comment un homme peut-il espérer de captiver leur cœur, si ses fidèles eunuques n'ont commencé par soumettre leur esprit.

Il avoit non seulement de la fermeté, mais aussi de la pénétration. Il lisoit leurs pensées et leurs dissimulations: leurs gestes étudiés, leur visage feint, ne lui déroboient rien. Il savoit toutes leurs actions les plus cachées et leurs paroles les plus secrètes. Il se servoit des unes pour connoître les autres, et il se plaisoit à récompenser la moindre confidence. Comme elles n'abordoient leur mari que lorsqu'elles étoient averties, l'eunuque y appeloit qui il vouloit, et tournoit les yeux de son maître sur celles qu'il avoit en vue; et cette distinction étoit la récompense de quelque secret révélé. Il avoit persuadé à son maître qu'il étoit du bon ordre qu'il lui laissât ce choix, afin de lui donner une autorité plus grande. Voilà comme on gouvernoit, magnifique seigneur, dans un sérail qui étoit, je crois, le mieux réglé qu'il y eût en Perse.

Laisse-moi les mains libres; permets que je me fasse obéir; huit jours remettront l'ordre dans le sein de la confusion: c'est ce que ta gloire demande et que ta sûreté exige.

De ton sérail d'Ispahan, le 9 de la lune de Rebiab 1, 1714.

LETTRE LXV.

USBEK A SES FEMMES.

Au sérail d'Ispahan.

J'apprends que le sérail est dans le désordre, et qu'il est rempli de querelles et de divisions intestines. Que vous recommandai-je en partant, que la paix et la bonne intelligence? Vous me le promîtes. étoit-ce pour me tromper?

C'est vous qui seriez trompées si je voulois suivre les conseils que me donne le grand eunuque, si je voulois employer mon autorité pour vous faire vivre comme mes exhortations le demandoient de vous.

Je ne sais me servir de ces moyens violents que lorsque j'ai tenté tous les autres. Faites donc en votre considération ce que vous n'avez pas voulu faire à la mienne.

Le premier eunuque a grand sujet de se plaindre; il dit que vous n'avez aucun égard pour lui. Comment pouvez-vous accorder cette conduite avec la modestie de votre état? N'est-ce pas à lui que pendant mon absence votre vertu est confiée? C'est un trésor sacré dont il est le dépositaire. Mais ces mépris que vous lui témoignez font voir que ceux qui sont chargés de vous faire vivre dans les lois de l'honneur vous sont à charge.

Changez donc de conduite, je vous prie, et faites en sorte que je puisse une autre fois rejeter les propositions que l'on me fait contre votre liberté et votre repos.

Car je voudrois vous faire oublier que je suis votre maître, pour me souvenir seulement que je suis votre époux.

De Paris, le 5 de la lune de Chahban, 1714.

LETTRE LXVI.

RICA A ***.

On s'attache ici beaucoup aux sciences; mais je ne sais si on est fort savant. Celui qui doute de tout comme philosophe, n'ose rien nier comme théologien: cet homme contradictoire est toujours content de lui, pourvu qu'on convienne des qualités.

La fureur de la plupart des François, c'est d'avoir de l'esprit; et la fureur de ceux qui veulent avoir de l'esprit, c'est de faire des livres.

Cependant il n'y a rien de si mal imaginé: la nature sembloit avoir sagement pourvu à ce que les sottises des hommes fussent passagères, et les livres les immortalisent. Un sot devroit être content d'avoir ennuyé tous ceux qui ont vécu avec lui; il veut encore tourmenter les races futures; il veut que sa sottise triomphe de l'oubli dont il auroit pu jouir comme du tombeau; il veut que la postérité soit informée qu'il a vécu, et qu'elle sache à jamais qu'il a été un sot.

De tous les auteurs il n'y en a point que je méprise plus que les compilateurs qui vont de tous côtés chercher des lambeaux des ouvrages des autres, qu'ils plaquent dans les leurs comme des pièces de gazon dans un parterre: ils ne sont point

au-dessus de ces ouvriers d'imprimerie qui rangent des caractères, qui, combinés ensemble, font un livre où ils n'ont fourni que la main. Je voudrois qu'on respectât les livres originaux; et il me semble que c'est une espèce de profanation de tirer les pièces qui les composent du sanctuaire où elles sont, pour les exposer à un mépris qu'elles ne méritent point.

Quand un homme n'a rien à dire de nouveau, que ne se tait-il? Qu'a-t-on affaire de ces doubles emplois? Mais je veux donner un nouvel ordre. Vous êtes un habile homme : c'est-à-dire que vous venez dans ma bibliothèque et vous mettez en bas les livres qui sont en haut, et en haut ceux qui sont en bas; et vous avez fait un chef-d'œuvre !

Je t'écris sur ce sujet, ***, parce que je suis outré d'un livre que je viens de quitter, qui est si gros qu'il sembloit contenir la science universelle ; mais il m'a rompu la tête sans m'avoir rien appris. Adieu.

A Paris, le 8 de la lune de Chahban, 1714.

~~~~~~~~

## LETTRE LXVII.

### IBBEN A USBEK.

#### A Paris.

Trois vaisseaux sont arrivés ici sans m'avoir apporté aucune de tes nouvelles! Es-tu malade? ou te plais-tu à m'inquiéter?

Si tu ne m'aimes pas dans un pays où tu n'es lié à rien, que sera-ce au milieu de la Perse, et dans le sein de ta famille? Mais peut-être que je me trompe; tu es assez aimable pour trouver partout des amis; le cœur est citoyen de tous les pays : comment une ame bien faite peut-elle s'empêcher de former des engagements? Je te l'avoue, je respecte les anciennes amitiés; mais je ne suis pas fâché d'en faire partout de nouvelles.

En quelque pays que j'aie été, j'y ai vécu comme si j'avois dû y passer ma vie : j'ai eu le même empressement pour les gens vertueux, la même compassion ou plutôt la même tendresse pour les malheureux, la même estime pour ceux que la prospérité n'a point aveuglés. C'est mon caractère, Usbek; partout où je trouverai des hommes, je me choisirai des amis.

Il y a ici un guèbre qui, après toi, a, je crois, la première place dans mon cœur : c'est l'ame de la probité même. Des raisons particulières l'ont obligé de se retirer dans cette ville, où il vit tranquille du produit d'un trafic honnête avec une femme qu'il aime. Sa vie est toute marquée d'actions généreuses ; et, quoiqu'il cherche la vie obscure, il y a plus d'héroïsme dans son cœur que dans celui des plus grands monarques.

Je lui ai parlé mille fois de toi ; je lui montre toutes tes lettres ; je remarque que cela lui fait plaisir, et je vois déja que tu as un ami qui t'est inconnu.

Tu trouveras ici ses principales aventures : quelque répugnance qu'il eût à les écrire, il n'a pu les refuser à mon amitié, et je les confie à la tienne.

~~~~~~~~

HISTOIRE

D'APHÉRIDON ET D'ASTARTÉ.

Je suis né parmi les guèbres, d'une religion qui est peut-être la plus ancienne qui soit au monde. Je fus si malheureux que l'amour me vint avant la raison. J'avois à peine six ans, que je ne pouvois vivre qu'avec ma sœur; mes yeux s'attachoient toujours sur elle; et lorsqu'elle me quittoit un moment, elle les retrouvoit baignés de larmes : chaque jour n'augmentoit pas plus mon âge que mon amour. Mon père, étonné d'une si forte sympathie, auroit bien souhaité de nous marier ensemble, selon l'ancien usage des guèbres introduit par Cambyse; mais la crainte des mahométans, sous le joug desquels nous vivons, empêche ceux de notre nation de penser à ces alliances saintes que notre religion ordonne plutôt qu'elle ne permet, et qui sont des images si naïves de l'union déja formée par la nature.

Mon père, voyant donc qu'il auroit été dangereux de suivre mon inclination et la sienne, résolut d'éteindre une flamme qu'il croyoit naissante, mais qui étoit déja à son dernier période : il prétexta un voyage, et m'emmena avec lui, laissant ma sœur entre les mains d'une de ses parentes ; car ma mère étoit morte depuis deux ans. Je ne vous dirai point quel fut le désespoir de cette séparation : j'embrassai ma sœur toute baignée de larmes ; mais je n'en versai point, car la douleur m'avoit rendu comme insensible. Nous arrivâmes à Téflis; et mon père, ayant confié mon éducation à un de nos parents, m'y laissa et s'en retourna chez lui.

Quelque temps après, j'appris qu'il avoit, par le crédit d'un de ses amis, fait entrer ma sœur dans le beiram du roi, où elle étoit au service d'une sultane. Si l'on m'avoit appris sa mort, je n'en aurois pas été plus frappé; car, outre que je n'es-

pérois plus de la revoir, son entrée dans le beiram l'avoit rendue mahométane ; et elle ne pouvoit plus, suivant le préjugé de cette religion , me regarder qu'avec horreur. Cependant, ne pouvant plus vivre à Téflis, las de moi-même et de la vie, je retournai à Ispahan. Mes premières paroles furent amères à mon père ; je lui reprochai d'avoir mis sa fille en un lieu où l'on ne peut entrer qu'en changeant de religion. Vous avez attiré sur votre famille , lui dis-je , la colère de Dieu et du soleil qui vous éclaire ; vous avez plus fait que si vous aviez souillé les éléments, puisque vous avez souillé l'ame de votre fille, qui n'est pas moins pure : j'en mourrai de douleur et d'amour ; mais puisse ma mort être la seule peine que Dieu vous fasse sentir! A ces mots, je sortis ; et pendant deux ans je passai ma vie à aller regarder les murailles du beiram, et considérer le lieu où ma sœur pouvoit être , m'exposant tous les jours mille fois à être égorgé par les eunuques qui font la ronde autour de ces redoutables lieux.

Enfin mon père mourut ; et la sultane que ma sœur servoit, la voyant tous les jours croître en beauté , en devint jalouse, et la maria avec un eunuque qui la souhaitoit avec passion. Par ce moyen, ma sœur sortit du sérail, et prit avec son eunuque une maison à Ispahan.

Je fus plus de trois mois sans pouvoir lui parler ; l'eunuque, le plus jaloux de tous les hommes, me remettant toujours , sous divers prétextes. Enfin j'entrai dans son beiram, et il me lui fit parler au travers d'une jalousie. Des yeux de lynx ne l'auroient pas pu découvrir, tant elle étoit enveloppée d'habits et de voiles ; et je ne la pus reconnoître qu'au son de sa voix. Quelle fut mon émotion quand je me vis si près et si éloigné d'elle ! Je me contraignis, car j'étois examiné. Quant à elle, il me parut qu'elle versa quelques larmes. Son mari voulut me faire quelques mauvaises excuses ; mais je le traitai comme le dernier des esclaves. Il fut bien embarrassé quand il vit que je parlai à ma sœur une langue qui lui étoit inconnue : c'étoit l'ancien persan , qui est notre langue sacrée. Quoi ! ma sœur, lui dis-je , est-il vrai que vous avez quitté la religion de vos pères ? Je sais qu'entrant au beiram vous avez dû faire profession du mahométisme ; mais , ditesmoi , votre cœur a-t-il pu consentir, comme votre bouche, à quitter une religion qui me permet de vous aimer ? Et pour qui la quittez-vous , cette religion qui doit nous être si chère ? pour un misérable encore flétri des fers qu'il a portés , qui , s'il étoit homme , seroit le dernier de tous. Mon

frère , dit-elle , cet homme dont vous parlez est mon mari ; il faut que je l'honore , tout indigne qu'il vous paroit ; et je serois aussi la dernière des femmes si... Ah ! ma sœur, lui dis-je , vous êtes guèbre ; il n'est ni votre époux, ni ne peut l'être : si vous êtes fidèle comme vos pères, vous ne devez le regarder que comme un monstre. Hélas ! dit-elle , que cette religion se montre à moi de loin ! à peine en savois-je les préceptes, qu'il les fallut oublier. Vous voyez que cette langue que je vous parle ne m'est plus familière, et que j'ai toutes les peines du monde à m'exprimer ; mais comptez que le souvenir de notre enfance me charme toujours ; que, depuis ce temps-là, je n'ai eu que de fausses joies ; qu'il ne s'est pas passé de jour que je n'aie pensé à vous ; que vous avez eu plus de part que vous ne croyez à mon mariage, et que je n'y ai été déterminée que par l'espérance de vous revoir. Mais que ce jour qui m'a tant coûté va me coûter encore ! Je vous vois tout hors de vous-même ; mon mari frémit de rage et de jalousie : je ne vous verrai plus ; je vous parle sans doute pour la dernière fois de ma vie : si cela étoit, mon frère , elle ne seroit pas longue. A ces mots elle s'attendrit ; et , se voyant hors d'état de tenir la conversation , elle me quitta le plus désolé de tous les hommes.

Trois ou quatre jours après je demandai à voir ma sœur : le barbare eunuque auroit bien voulu m'en empêcher ; mais , outre que ces sortes de maris n'ont pas sur leurs femmes la même autorité que les autres, il aimoit si éperdument ma sœur, qu'il ne savoit rien lui refuser. Je la vis encore dans le même lieu et dans le même équipage, accompagnée de deux esclaves ; ce qui me fit avoir recours à notre langue particulière. Ma sœur, lui dis-je , d'où vient que je ne puis vous voir sans me trouver dans une situation affreuse ? Les murailles qui vous tiennent enfermée , ces verrous et ces grilles , ces misérables gardiens qui vous observent, me mettent en fureur. Comment avez-vous perdu la douce liberté dont jouissoient vos ancêtres ? Votre mère, qui étoit si chaste , ne donnoit à son mari, pour garant de sa vertu, que sa vertu même : ils vivoient heureux l'un et l'autre dans une confiance mutuelle ; et la simplicité de leurs mœurs étoit pour eux une richesse plus précieuse mille fois que le faux éclat dont vous semblez jouir dans cette maison somptueuse. En perdant votre religion , vous avez perdu votre liberté, votre bonheur, et cette précieuse égalité qui fait l'honneur de votre sexe. Mais ce qu'il y a de pis encore , c'est que vous êtes, non pas la

femme, car vous ne pouvez pas l'être, mais l'esclave d'un esclave qui a été dégradé de l'humanité. Ah! mon frère, dit-elle, respectez mon époux, respectez la religion que j'ai embrassée : selon cette religion, je n'ai pu vous entendre ni vous parler sans crime. Quoi! ma sœur, lui dis-je, tout transporté, vous la croyez donc véritable cette religion? Ah! dit-elle, qu'il me seroit avantageux qu'elle ne le fût pas! Je fais pour elle un trop grand sacrifice pour que je puisse ne la pas croire; et si mes doutes... A ces mots elle se tut. Oui, vos doutes, ma sœur, sont bien fondés, quels qu'ils soient. Qu'attendez-vous d'une religion qui vous rend malheureuse dans ce monde-ci, et ne vous laisse point d'espérance pour l'autre? Songez que la nôtre est la plus ancienne qui soit au monde; qu'elle a toujours fleuri dans la Perse, et n'a pas d'autre origine que cet empire, dont les commencements ne sont point connus; que ce n'est que le hasard qui y a introduit le mahométisme; que cette secte y a été établie, non par la voie de la persuasion, mais de la conquête. Si nos princes naturels n'avoient pas été foibles, vous verriez régner encore le culte de ces anciens mages. Transportez-vous dans ces siècles reculés : tout vous parlera du magisme, et rien de la secte mahométane, qui, plusieurs milliers d'années après, n'étoit pas même dans son enfance. Mais, dit-elle, quand ma religion seroit plus moderne que la vôtre, elle est au moins plus pure, puisqu'elle n'adore que Dieu; au lieu que vous adorez encore le soleil, les étoiles, le feu, et même les éléments. Je vois, ma sœur, que vous avez appris parmi les musulmans à calomnier notre sainte religion. Nous n'adorons ni les astres ni les éléments, et nos pères ne les ont jamais adorés; jamais ils ne leur ont élevé des temples; jamais ils ne leur ont offert des sacrifices. Ils leur ont seulement rendu un culte religieux, mais inférieur, comme à des ouvrages et des manifestations de la divinité. Mais, ma sœur, au nom de Dieu qui nous éclaire, recevez ce livre sacré que je vous porte : c'est le livre de notre législateur Zoroastre; lisez-le sans prévention; recevez dans votre cœur les rayons de lumière qui vous éclaireront en le lisant; souvenez-vous de vos pères, qui ont si long-temps honoré le soleil dans la ville sainte de Balk; et enfin souvenez-vous de moi, qui n'espère de repos, de fortune, de vie, que de votre changement. Je la quittai tout transporté, et la laissai seule décider la plus grande affaire que je pusse avoir de ma vie.

J'y retournai deux jours après. Je ne lui parlai

point; j'attendis dans le silence l'arrêt de ma vie ou de ma mort. Vous êtes aimé, mon frère, me dit-elle, et par une guèbre. J'ai long-temps combattu; mais, dieux! que l'amour lève de difficultés! que je suis soulagée! Je ne crains plus de vous trop aimer; je puis ne mettre point de bornes à mon amour; l'excès même en est légitime. Ah! que ceci convient bien à l'état de mon cœur! Mais vous, qui avez su rompre les chaînes que mon esprit s'étoit forgées, quand romprez-vous celles qui me lient les mains? Dès ce moment je me donne à vous : faites voir, par la promptitude avec laquelle vous m'accepterez, combien ce présent vous est cher. Mon frère, la première fois que je pourrai vous embrasser, je crois que je mourrai dans vos bras. Je n'exprimerois jamais bien la joie que je sentis à ces douces paroles : je me crus et je me vis en effet, en un instant, le plus heureux de tous les hommes; je vis presque accomplir tous les desirs que j'avois formés en vingt-cinq ans de vie, et évanouir tous les chagrins qui me l'avoient rendue si laborieuse. Mais, quand je me fus un peu accoutumé à ces douces idées, je trouvai que je n'étois pas si près de mon bonheur que je m'étois figuré tout-à-coup, quoique j'eusse surmonté le plus grand de tous les obstacles. Il falloit surprendre la vigilance de ses gardiens; je n'osois confier le secret de ma vie; il falloit que nous fissions tout elle et moi : si je manquois mon coup, je courois risque d'être empalé; mais je ne voyois pas de peine plus cruelle que de la manquer. Nous convînmes qu'elle m'enverroit demander une horloge que son père lui avoit laissée, et que j'y mettrois dedans une lime pour scier les jalousies d'une fenêtre qui donnoit dans la rue, et une corde nouée pour descendre; que je ne la verrois plus dorénavant, mais que j'irois toutes les nuits sous cette fenêtre attendre qu'elle pût exécuter son dessein. Je passai quinze nuits entières sans voir personne, parce qu'elle n'avoit pas trouvé le temps favorable. Enfin, la seizième, j'entendis une scie qui travailloit; de temps en temps l'ouvrage étoit interrompu; et dans ces intervalles ma frayeur étoit inexprimable. Enfin, après une heure de travail, je la vis qui attachoit la corde; elle se laissa aller, et glissa dans mes bras. Je ne connus plus le danger, et je restai long-temps sans bouger de là; je la conduisis hors de la ville, où j'avois un cheval tout prêt; je la mis en croupe derrière moi, et m'éloignai, avec toute la promptitude imaginable, d'un lieu qui pouvoit nous être si funeste. Nous arrivâmes avant le jour chez un guèbre,

dans un lieu désert où il étoit retiré, vivant frugalement du travail de ses mains ; nous ne jugeâmes pas à propos de rester chez lui ; et, par son conseil, nous entrâmes dans une épaisse forêt, et nous nous mîmes dans le creux d'un vieux chêne, jusqu'à ce que le bruit de notre évasion se fût dissipé. Nous vivions tous deux dans ce séjour écarté, sans témoins, nous répétant sans cesse que nous nous aimerions toujours, attendant l'occasion que quelque prêtre guèbre pût faire la cérémonie du mariage prescrite par nos livres sacrés. Ma sœur, lui dis-je, que cette union est sainte ! la nature nous avoit unis, notre sainte loi va nous unir encore. Enfin un prêtre vint calmer notre impatience amoureuse. Il fit dans la maison du paysan toutes les cérémonies du mariage ; il nous bénit, et nous souhaita mille fois toute la vigueur de Gustaspe et la sainteté de l'Hohoraspe. Bientôt après nous quittâmes la Perse, où nous n'étions pas en sûreté, et nous nous retirâmes en Géorgie. Nous y vécûmes un an, tous les jours plus charmés l'un de l'autre. Mais comme mon argent alloit finir, et que je craignois la misère pour ma sœur, non pas pour moi, je la quittai pour aller chercher quelque secours chez nos parents. Jamais adieu ne fut plus tendre. Mais mon voyage me fut non seulement inutile, mais funeste : car, ayant trouvé d'un côté tous nos biens confisqués, de l'autre mes parents presque dans l'impuissance de me secourir, je ne rapportai d'argent précisément que ce qu'il falloit pour mon retour. Mais quel fut mon désespoir ! je ne trouvai plus ma sœur. Quelques jours avant mon arrivée, des Tartares avoient fait une incursion dans la ville où elle étoit ; et, comme ils la trouvèrent belle, ils la prirent, et la vendirent à des juifs qui alloient en Turquie, et ne laissèrent qu'une petite fille dont elle étoit accouchée quelques mois auparavant. Je suivis ces juifs, et les joignis à trois lieues de là : mes prières, mes larmes, furent vaines ; ils me demandèrent toujours trente tomans, et ne se relâchèrent jamais d'un seul. Après m'être adressé à tout le monde, avoir imploré la protection des prêtres turcs et chrétiens, je m'adressai à un marchand arménien ; je lui vendis ma fille, et me vendis aussi pour trente-cinq tomans. J'allai aux juifs ; je leur donnai trente tomans, et portai les cinq autres à ma sœur, que je n'avois pas encore vue. Vous êtes libre, lui dis-je, ma sœur, et je puis vous embrasser : voilà cinq tomans que je vous porte ; j'ai du regret qu'on ne m'ait pas acheté davantage. Quoi ! dit-elle, vous vous êtes vendu ? Oui, lui dis-je. Ah !

malheureux ! qu'avez-vous fait ? N'étois-je pas assez infortunée, sans que vous travaillassiez à me le rendre davantage ? Votre liberté me consoloit, et votre esclavage va me mettre au tombeau. Ah ! mon frère, que votre amour est cruel ! Et ma fille ? je ne la vois point. Je l'ai vendue aussi, lui dis-je. Nous fondîmes tous deux en larmes, et n'eûmes pas la force de nous rien dire. Enfin j'allai trouver mon maître, et ma sœur y arriva presque aussitôt que moi ; elle se jeta à ses genoux. Je vous demande, dit-elle, la servitude comme les autres vous demandent la liberté ; prenez-moi : vous me vendrez plus cher que mon mari. Ce fut alors qu'il se fit un combat qui arracha les larmes des yeux de mon maître. Malheureux ! dit-elle, as-tu pensé que je pusse accepter ma liberté aux dépens de la tienne ? Seigneur, vous voyez deux infortunés qui mourront si vous nous séparez. Je me donne à vous, payez-moi ; peut-être que cet argent et mes services pourront quelque jour obtenir de vous ce que je n'ose vous demander. Il est de votre intérêt de ne nous point séparer ; comptez que je dispose de sa vie. L'Arménien étoit un homme doux, qui fut touché de nos malheurs. Servez-moi l'un et l'autre avec fidélité et avec zèle, et je vous promets que dans un an je vous donnerai votre liberté. Je vois que vous ne méritez, ni l'un ni l'autre, les malheurs de votre condition. Si, lorsque vous serez libres, vous êtes aussi heureux que vous le méritez ; si la fortune vous rit, je suis certain que vous me satisferez de la perte que je souffrirai. Nous embrassâmes tous deux ses genoux, et le suivîmes dans son voyage. Nous nous soulagions l'un et l'autre dans les travaux de la servitude, et j'étois charmé lorsque j'avois pu faire l'ouvrage qui étoit tombé à ma sœur.

La fin de l'année arriva : notre maître tint sa parole, et nous délivra. Nous retournâmes à Téflis : là je trouvai un ancien ami de mon père, qui exerçoit avec succès la médecine dans cette ville ; il me prêta quelque argent avec lequel je fis quelque négoce. Quelques affaires m'appelèrent ensuite à Smyrne, où je m'établis. J'y vis depuis six ans, et j'y jouis de la plus aimable et de la plus douce société du monde : l'union règne dans ma famille, et je ne changerois pas ma condition pour celle de tous les rois du monde. J'ai été assez heureux pour retrouver le marchand arménien à qui je dois tout, et je lui ai rendu des services signalés.

A Smyrne, le 27 de la lune de Gemmadi 2, 1714.

LETTRE LXVIII.

RICA A USBEK.

A ***.

J'allai l'autre jour dîner chez un homme de robe qui m'en avoit prié plusieurs fois. Après avoir parlé de bien des choses, je lui dis : Monsieur, il me paroît que votre métier est bien pénible. Pas tant que vous vous imaginez, répondit-il : de la manière dont nous le faisons, ce n'est qu'un amusement. Mais comment! n'avez-vous pas toujours la tête remplie des affaires d'autrui? n'êtes-vous pas toujours occupé de choses qui ne sont point intéressantes? Vous avez raison; ces choses ne sont point intéressantes, car nous nous y intéressons si peu que rien; et cela même fait que le métier n'est pas si fatigant que vous dites. Quand je vis qu'il prenoit la chose d'une manière si dégagée, je continuai, et lui dis : Monsieur, je n'ai point vu votre cabinet. Je le crois, car je n'en ai point. Quand je pris cette charge, j'eus besoin d'argent pour payer mes provisions; je vendis ma bibliothèque; et le libraire qui la prit, d'un nombre prodigieux de volumes, ne me laissa que mon livre de raison. Ce n'est pas que je les regrette : nous autres juges ne nous enflons point d'une vaine science. Qu'avons-nous à faire de tous ces volumes de lois? Presque tous les cas sont hypothétiques et sortent de la règle générale. Mais ne seroit-ce pas, monsieur, lui dis-je, parce que vous les en faites sortir? Car enfin pourquoi chez tous les peuples du monde y auroit-il des lois si elles n'avoient pas leur application, et comment peut-on les appliquer si on ne les sait pas? Si vous connoissiez le Palais, reprit le magistrat, vous ne parleriez pas comme vous faites : nous avons des livres vivants, qui sont les avocats; ils travaillent pour nous, et se chargent de nous instruire. Et ne se chargent-ils pas aussi quelquefois de vous tromper? lui repartis-je. Vous ne feriez donc pas mal de vous garantir de leurs embûches. Ils ont des armes avec lesquelles ils attaquent votre équité : il seroit bon que vous en eussiez aussi pour la défendre, et que vous n'allassiez pas vous mettre dans la mêlée, habillés à la légère, parmi des gens cuirassés jusqu'aux dents.

De Paris, le 15 de la lune de Chahban, 1714.

LETTRE LXIX.

USBEK A RHÉDI.

A Venise.

Tu ne te serois jamais imaginé que je fusse devenu plus métaphysicien que je ne l'étois : cela est pourtant; et tu en seras convaincu quand tu auras essuyé ce débordement de ma philosophie.

Les philosophes les plus sensés qui ont réfléchi sur la nature de Dieu ont dit qu'il étoit un être souverainement parfait; mais ils ont extrêmement abusé de cette idée. Ils ont fait une énumération de toutes les perfections différentes que l'homme est capable d'avoir et d'imaginer, et en ont chargé l'idée de la divinité, sans songer que souvent ces attributs s'entr'empêchent, et qu'ils ne peuvent subsister dans un même sujet sans se détruire.

Les poètes d'Occident disent qu'un peintre [1] ayant voulu faire le portrait de la déesse de la beauté, assembla les plus belles Grecques, et prit de chacune ce qu'elle avoit de plus gracieux, dont il fit un tout pour ressembler à la plus belle de toutes les déesses. Si un homme en avoit conclu qu'elle étoit blonde et brune, qu'elle avoit les yeux noirs et bleus, qu'elle étoit douce et fière, il auroit passé pour ridicule.

Souvent Dieu manque d'une perfection qui pourroit lui donner une grande imperfection; mais il n'est jamais limité que par lui-même : il est lui-même sa nécessité. Ainsi, quoique Dieu soit tout-puissant, il ne peut pas violer ses promesses, ni tromper les hommes. Souvent même l'impuissance n'est pas dans lui, mais dans les choses relatives; et c'est la raison pourquoi il ne peut pas changer les essences.

Ainsi il n'y a point sujet de s'étonner que quelques uns de nos docteurs aient osé nier la prescience infinie de Dieu, sur ce fondement, qu'elle est incompatible avec sa justice.

Quelque hardie que soit cette idée, la métaphysique s'y prête merveilleusement. Selon ses principes, il n'est pas possible que Dieu prévoie les choses qui dépendent de la détermination des causes libres, parce que ce qui n'est point arrivé n'est point, et par conséquent ne peut être connu; car le rien, qui n'a point de propriétés, ne peut être aperçu : Dieu ne peut point lire dans une volonté qui n'est point, et voir dans l'ame une chose qui n'existe point en elle; car, jusqu'à ce qu'elle se soit déterminée, cette action qui la détermine n'est point en elle.

[1] Zeuxis. Il vivoit 400 ans environ avant Jésus-Christ. (P.)

4

L'ame est l'ouvrière de sa détermination ; mais il y a des occasions où elle est tellement indéterminée qu'elle ne sait pas même de quel côté se déterminer. Souvent même elle ne le fait que pour faire usage de sa liberté ; de manière que Dieu ne peut voir cette détermination par avance ni dans l'action de l'ame, ni dans l'action que les objets ont sur elle.

Comment Dieu pourroit-il prévoir les choses qui dépendent de la détermination des causes libres ? Il ne pourroit les voir que de deux manières : par conjecture, ce qui est contradictoire avec la prescience infinie ; ou bien il les verroit comme des effets nécessaires qui suivroient infailliblement d'une cause qui les produiroit de même, ce qui est encore plus contradictoire ; car l'ame seroit libre par la supposition ; et, dans le fait, elle ne le seroit pas plus qu'une boule de billard n'est libre de se remuer lorsqu'elle est poussée par une autre.

Ne crois pas pourtant que je veuille borner la science de Dieu. Comme il fait agir les créatures à sa fantaisie, il connoît tout ce qu'il veut connoître. Mais, quoiqu'il puisse voir tout, il ne se sert pas toujours de cette faculté ; il laisse ordinairement à la créature la faculté d'agir ou de ne pas agir, pour lui laisser celle de mériter ou de démériter : c'est pour lors qu'il renonce au droit qu'il a d'agir sur elle, et de la déterminer. Mais quand il veut savoir quelque chose, il le sait toujours, parce qu'il n'a qu'à vouloir qu'elle arrive comme il la voit, et déterminer les créatures conformément à sa volonté. C'est ainsi qu'il tire ce qui doit arriver du nombre des choses purement possibles, en fixant par ses décrets les déterminations futures des esprits, et les privant de la puissance qu'il leur a donnée d'agir ou de ne pas agir.

Si l'on peut se servir d'une comparaison dans une chose qui est au-dessus des comparaisons, un monarque ignore ce que son ambassadeur fera dans une affaire importante : s'il le veut savoir, il n'a qu'à lui ordonner de se comporter d'une telle manière, et il pourra assurer que la chose arrivera comme il la projette.

L'Alcoran et les livres des juifs s'élèvent sans cesse contre le dogme de la prescience absolue : Dieu y paroît partout ignorer la détermination future des esprits ; et il semble que ce soit la première vérité que Moïse ait enseignée aux hommes.

Dieu met Adam dans le paradis terrestre, à condition qu'il ne mangera pas d'un certain fruit : précepte absurde dans un être qui connoîtroit les déterminations futures des ames ; car enfin un tel être peut-il mettre des conditions à ses graces sans les rendre dérisoires ? C'est comme si un homme qui auroit su la prise de Bagdad avoit dit à un autre : Je vous donne mille écus[1] si Bagdad n'est pas pris. Ne feroit-il pas là une bien mauvaise plaisanterie[2] ?

Mon cher Rhédi, pourquoi tant de philosophie ? Dieu est si haut que nous n'apercevons pas même ses nuages. Nous ne le connoissons bien que dans ses préceptes. Il est immense, spirituel, infini. Que sa grandeur nous ramène à notre foiblesse. S'humilier toujours, c'est l'adorer toujours.

De Paris, le dernier de la lune de Chahban, 1714.

<center>◦◦◦◦◦◦◦◦</center>

LETTRE LXX.

ZÉLIS A USBEK.

A Paris.

Soliman, que tu aimes, est désespéré d'un affront qu'il vient de recevoir. Un jeune étourdi, nommé Suphis, recherchoit depuis trois mois sa fille en mariage : il paroissoit content de la figure de la fille sur le rapport et la peinture que lui en avoient faits les femmes qui l'avoient vue dans son enfance ; on étoit convenu de la dot, et tout s'étoit passé sans aucun incident. Hier, après les premières cérémonies, la fille sortit à cheval, accompagnée de son eunuque, et couverte, selon la coutume, depuis la tête jusqu'aux pieds. Mais, dès qu'elle fut arrivée devant la maison de son mari prétendu, il lui fit fermer la porte, et il jura qu'il ne la recevroit jamais si on n'augmentoit la dot. Les parents accoururent, de côté et d'autre, pour accommoder l'affaire ; et, après bien de la résistance, ils firent convenir Soliman de faire un petit présent à son gendre. Enfin, les cérémonies du mariage accomplies, on conduisit la fille dans le lit avec assez de violence ; mais une heure après cet étourdi se leva furieux, lui coupa le visage en plusieurs endroits, soutenant qu'elle n'étoit pas vierge, et la renvoya à son père. On ne peut pas être plus frappé qu'il l'est de cette injure. Il y a des personnes qui soutiennent que cette fille est innocente. Les pères sont bien malheureux d'être exposés à de tels affronts ! Si pareil traitement

[1] Tous les éditeurs modernes mettent ici *cent tomans*. Nous soupçonnons bien le motif de cette correction ; mais nous avons préféré conserver le texte de Montesquieu. (P.)

[2] Dans les premières éditions, cette lettre se termine ici. Les réflexions qui suivent ne se trouvent que dans le supplément de 1754. (P.)

arrivoit à ma fille, je crois que j'en mourrois de douleur. Adieu.

Du sérail de Fatmé, le 9 de la lune de Gemmadi 1, 1714.

LETTRE LXXI.

USBEK A ZÉLIS.

Je plains Soliman, d'autant plus que le mal est sans remède, et que son gendre n'a fait que se servir de la liberté de la loi. Je trouve cette loi bien dure d'exposer ainsi l'honneur d'une famille aux caprices d'un fou. On a beau dire que l'on a des indices certains pour connoître la vérité; c'est une vieille erreur dont on est aujourd'hui revenu parmi nous; et nos médecins donnent des raisons invincibles de l'incertitude de ces preuves. Il n'y a pas jusqu'aux chrétiens qui ne les regardent comme chimériques, quoiqu'elles soient claire-ment établies par leurs livres sacrés, et que leur ancien législateur en ait fait dépendre l'innocence ou la condamnation de toutes les filles.

J'apprends avec plaisir le soin que tu te donnes de l'éducation de la tienne. Dieu veuille que son mari la trouve aussi belle et aussi pure que Fa-tima; qu'elle ait dix eunuques pour la garder; qu'elle soit l'honneur et l'ornement du sérail où elle est destinée; qu'elle n'ait sur sa tête que des lambris dorés, et ne marche que sur des tapis su-perbes! Et, pour comble de souhaits, puissent mes yeux la voir dans toute sa gloire!

A Paris, le 5 de lune de Chalval, 1714.

LETTRE LXXII.

RICA A USBEK.

A ***.

Je me trouvai l'autre jour dans une compagnie où je vis un homme bien content de lui. Dans un quart d'heure, il décida trois questions de morale, quatre problèmes historiques, et cinq points de physique. Je n'ai jamais vu un décisionnaire si universel; son esprit ne fut jamais suspendu par le moindre doute. On laissa les sciences; on parla des nouvelles du temps: il décida sur les nou-velles du temps. Je voulus l'attraper, et je dis en moi-même: Il faut que je me mette dans mon fort; je vais me réfugier dans mon pays. Je lui parlai de la Perse; mais à peine lui eus-je dit quatre mots, qu'il me donna deux démentis, fondés sur l'autorité de MM. Tavernier et Chardin. Ah! bon Dieu! dis-je en moi-même, quel homme est-ce

là? Il connoîtra tout à l'heure les rues d'Ispahan mieux que moi! Mon parti fut bientôt pris: je me tus, je le laissai parler, et il décide encore.

A Paris, le 8 de la lune de Zilcadé, 1713.

LETTRE LXXIII.

RICA A ***.

J'ai ouï parler d'une espèce de tribunal qu'on appelle l'Académie françoise. Il n'y en a point de moins respecté dans le monde; car on dit qu'aus-sitôt qu'il a décidé, le peuple casse ses arrêts, et lui impose des lois qu'il est obligé de suivre.

Il y a quelque temps que, pour fixer son auto-rité, il donna un code de ses jugements[1]. Cet en-fant de tant de pères étoit presque vieux quand il naquit; et, quoiqu'il fût légitime, un bâtard[2], qui avoit déja paru, l'avoit presque étouffé dans sa naissance.

Ceux qui le composent n'ont d'autre fonction que de jaser sans cesse; l'éloge va se placer comme de lui-même dans leur babil éternel; et sitôt qu'ils sont initiés dans ses mystères, la fureur du pané-gyrique vient les saisir, et ne les quitte plus.

Ce corps a quarante têtes, toutes remplies de figures, de métaphores et d'antithèses; tant de bouches ne parlent presque que par exclamation; ses oreilles veulent toujours être frappées par la cadence et l'harmonie. Pour les yeux, il n'en est pas question: il semble qu'il soit fait pour parler, et non pas pour voir. Il n'est point ferme sur ses pieds; car le temps, qui est son fléau, l'ébranle à tous les instants, et détruit tout ce qu'il a fait. On a dit autrefois que ses mains étoient avides; je ne t'en dirai rien, et je laisse décider cela à ceux qui le savent mieux que moi[3].

Voilà des bizarreries, ***, que l'on ne voit point dans notre Perse. Nous n'avons point l'esprit porté à ces établissements singuliers et bizarres; nous cherchons toujours la nature dans nos coutumes simples et nos manières naïves.

De Paris, le 27 de la lune de Zilhagé, 1715.

[1] Son dictionnaire. (P.)
[2] Le dictionnaire de Furetière. L'auteur fut chassé de l'Aca-démie. (P.)
[3] S'il est aisé de donner à un homme de mérite un bon ridi-cule sans que cela tire à conséquence, à plus forte raison à une compagnie littéraire, où les titres et les prétentions sont pêle-mêle, sans que personne se croie solidaire pour la compagnie, ou la compagnie pour personne. Ce tribut, qu'il falloit payer à la gaieté françoise, ne compromettoit pas plus l'Académie que Montesquieu, et n'embarrassa ni l'un ni l'autre quand l'auteur des *Lettres Persanes* vint prendre la place qui lui étoit due. (L.. 11.) — Il fut reçu à l'Académie françoise le 24 janvier 1728.

4.

LETTRE LXXIV.

RICA A USBEK.

A ***.

Il y a quelques jours qu'un homme de ma connoissance me dit : Je vous ai promis de vous produire dans les bonnes maisons de Paris ; je vous mène à présent chez un grand seigneur qui est un des hommes du royaume qui représentent le mieux.

Que cela veut-il dire, monsieur ? est-ce qu'il est plus poli, plus affable qu'un autre ? Ce n'est pas cela, me dit-il. Ah ! j'entends : il fait sentir à tous les instants la supériorité qu'il a sur tous ceux qui l'approchent ; si cela est, je n'ai que faire d'y aller ; je prends déja condamnation, et je la lui passe tout entière.

Il fallut pourtant marcher ; et je vis un petit homme si fier, il prit une prise de tabac avec tant de hauteur, il se moucha si impitoyablement, il cracha avec tant de flegme, il caressa ses chiens d'une manière si offensante pour les hommes, que je ne pouvois me lasser de l'admirer : Ah ! bon Dieu ! dis-je en moi-même, si, lorsque j'étois à la cour de Perse, je représentois ainsi, je représentois un grand sot ! Il auroit fallu, Usbek, que nous eussions eu un bien mauvais naturel pour aller faire cent petites insultes à des gens qui venoient tous les jours chez nous nous témoigner leur bienveillance. Ils savoient bien que nous étions au-dessus d'eux ; et, s'ils l'avoient ignoré, nos bienfaits le leur auroient appris chaque jour. N'ayant rien à faire pour nous faire respecter, nous faisions tout pour nous rendre aimables ; nous nous communiquions aux plus petits : au milieu des grandeurs, qui endurcissent toujours, ils nous trouvoient sensibles ; ils ne voyoient que notre cœur au-dessus d'eux ; nous descendions jusqu'à leurs besoins. Mais lorsqu'il falloit soutenir la majesté du prince dans les cérémonies publiques, lorsqu'il falloit faire respecter la nation aux étrangers, lorsque enfin, dans les occasions périlleuses, il falloit animer les soldats, nous remontions cent fois plus haut que nous n'étions descendus ; nous ramenions la fierté sur notre visage, et l'on trouvoit quelquefois que nous représentions assez bien.

De Paris, le 15 de la lune de Saphar, 1715.

———

LETTRE LXXV.

USBEK A RHÉDI.

A Venise.

Il faut que je te l'avoue, je n'ai point remarqué chez les chrétiens cette persuasion vive de leur religion qui se trouve parmi les musulmans. Il y a bien loin chez eux de la profession à la croyance, de la croyance à la conviction, de la conviction à la pratique. La religion est moins un sujet de sanctification qu'un sujet de disputes qui appartient à tout le monde. Les gens de cour, les gens de guerre, les femmes même, s'élèvent contre les ecclésiastiques, et leur demandent de leur prouver ce qu'ils sont résolus de ne pas croire. Ce n'est pas qu'ils se soient déterminés par raison, et qu'ils aient pris la peine d'examiner la vérité ou la fausseté de cette religion qu'ils rejettent : ce sont des rebelles qui ont senti le joug, et l'ont secoué avant de l'avoir connu. Aussi ne sont-ils pas plus fermes dans leur incrédulité que dans leur foi ; ils vivent dans un flux et reflux qui les porte sans cesse de l'un à l'autre. Un d'eux me disoit un jour : Je crois l'immortalité de l'ame par semestre ; mes opinions dépendent absolument de la constitution de mon corps ; selon que j'ai plus ou moins d'esprits animaux, que mon estomac digère bien ou mal, que l'air que je respire est subtil ou grossier, que les viandes dont je me nourris sont légères ou solides, je suis spinosiste, socinien, catholique, impie, ou dévot. Quand le médecin est auprès de mon lit, le confesseur me trouve à son avantage. Je sais bien empêcher la religion de m'affliger quand je me porte bien ; mais je lui permets de me consoler quand je suis malade : lorsque je n'ai plus rien à espérer d'un côté, la religion se présente et me gagne par ses promesses ; je veux bien m'y livrer, et mourir du côté de l'espérance.

Il y a long-temps que les princes chrétiens affranchirent tous les esclaves de leurs états, parce, disoient-ils, que le christianisme rend tous les hommes égaux. Il est vrai que cet acte de religion leur étoit très utile : ils abaissoient par-là les seigneurs, de la puissance desquels ils retiroient le bas peuple. Ils ont ensuite fait des conquêtes dans des pays où ils ont vu qu'il leur étoit avantageux d'avoir des esclaves ; ils ont permis d'en acheter et d'en vendre, oubliant ce principe de religion qui les touchoit tant. Que veux-tu que je te dise ? vérité dans un temps, erreur dans un autre. Que ne faisons-nous comme les chrétiens ? Nous sommes bien simples de refuser des établissements et

des conquêtes faciles dans des climats heureux [1], parce que l'eau n'y est pas assez pure pour nous laver selon les principes du saint Alcoran !

Je rends graces au Dieu tout-puissant, qui a envoyé Hali son grand prophète, de ce que je professe une religion qui se fait préférer à tous les interêts humains, et qui est pure comme le ciel, dont elle est descendue.

De Paris, le 13 de la lune de Saphar, 1715.

LETTRE LXXVI.

USBEK A SON AMI IBBEN.

A Smyrne.

Les lois sont furieuses en Europe contre ceux qui se tuent eux-mêmes. On les fait mourir, pour ainsi dire, une seconde fois; ils sont traînés indignement par les rues; on les note d'infamie; on confisque leurs biens.

Il me paroît, Ibben, que ces lois sont bien injustes. Quand je suis accablé de douleur, de misère, de mépris, pourquoi veut-on m'empêcher de mettre fin à mes peines, et me priver cruellement d'un remède qui est en mes mains?

Pourquoi veut-on que je travaille pour une société dont je consens de n'être plus; que je tienne malgré moi une convention qui s'est faite sans moi? La société est fondée sur un avantage mutuel; mais lorsqu'elle me devient onéreuse, qui m'empêche d'y renoncer? La vie m'a été donnée comme une faveur; je puis donc la rendre lorsqu'elle ne l'est plus : la cause cesse, l'effet doit donc cesser aussi.

Le prince veut-il que je sois son sujet quand je ne retire point les avantages de la sujétion? Mes concitoyens peuvent-ils demander ce partage inique de leur utilité et de mon désespoir? Dieu, différent de tous les bienfaiteurs, veut-il me condamner à recevoir des graces qui m'accablent?

Je suis obligé de suivre les lois quand je vis sous les lois; mais, quand je n'y vis plus, peuvent-elles me lier encore?

Mais, dira-t-on, vous troublez l'ordre de la Providence. Dieu a uni votre ame avec votre corps, et vous l'en séparez : vous vous opposez donc à ses desseins, et vous lui résistez.

Que veut dire cela? troublé-je l'ordre de la Providence lorsque je change les modifications

de la matière, et que je rends carrée une boule que les premières lois du mouvement, c'est-à-dire les lois de la création et de la conservation, avoient faite ronde? Non, sans doute : je ne fais qu'user du droit qui m'a été donné; et, en ce sens, je puis troubler à ma fantaisie toute la nature sans que l'on puisse dire que je m'oppose à la Providence.

Lorsque mon ame sera séparée de mon corps, y aura-t-il moins d'ordre et moins d'arrangement dans l'univers? Croyez-vous que cette nouvelle combinaison soit moins parfaite et moins dépendante des lois générales, que le monde y ait perdu quelque chose, et que les ouvrages de Dieu soient moins grands, ou plutôt moins immenses?

Croyez-vous que mon corps, devenu un épi de blé, un ver, un gazon, soit changé en un ouvrage de la nature moins digne d'elle, et que mon ame, dégagée de tout ce qu'elle avoit de terrestre, soit devenue moins sublime?

Toutes ces idées, mon cher Ibben, n'ont d'autre source que notre orgueil. Nous ne sentons point notre petitesse; et, malgré qu'on en ait, nous voulons être comptés dans l'univers, y figurer, et y être un objet important. Nous nous imaginons que l'anéantissement d'un être aussi parfait que nous dégraderoit toute la nature; et nous ne concevons pas qu'un homme de plus ou de moins dans le monde, que dis-je? tous les hommes ensemble, cent millions de terres comme la nôtre, ne sont qu'un atome subtil et délié que Dieu n'aperçoit qu'à cause de l'immensité de ses connoissances.

A Paris, le 15 de la lune de Saphar, 1715.

LETTRE LXXVII.

IBBEN A USBEK.

A Paris.

Mon cher Usbek, il me semble que, pour un vrai musulman, les malheurs sont moins des châtiments que des menaces. Ce sont des jours bien précieux que ceux qui nous portent à expier les offenses. C'est le temps des prospérités qu'il faudroit abréger. Que servent toutes ces impatiences, qu'à faire voir que nous voudrions être heureux, indépendamment de celui qui donne les félicités, parce qu'il est la félicité même?

Si un être est composé de deux êtres, et que la nécessité de conserver l'union marque plus la soumission aux ordres du Créateur, on en a pu faire

[1] Les mahométans ne se soucient point de prendre Venise, parce qu'ils n'y trouveroient point d'eau pour leurs purifications. — Voyez ci-devant la lettre XXXI.

une loi religieuse ; si cette nécessité de conserver l'union est un meilleur garant des actions des hommes, on en a pu faire une loi civile.

De Smyrne, le dernier jour de la lune de Saphar, 1715.

⚬⚬⚬⚬⚬⚬⚬

LETTRE LXXVIII.

RICA A USBEK.

A ***.

Je t'envoie la copie d'une lettre qu'un François qui est en Espagne a écrite ici ; je crois que tu seras bien aise de la voir.

Je parcours depuis six mois l'Espagne et le Portugal, et je vis parmi des peuples qui, méprisant tous les autres, font aux seuls François l'honneur de les haïr.

La gravité est le caractère brillant des deux nations : elle se manifeste principalement de deux manières, par les lunettes et par la moustache. Les lunettes font voir démonstrativement que celui qui les porte est un homme consommé dans les sciences et enseveli dans de profondes lectures, à un tel point que sa vue s'en est affoiblie ; et tout nez qui en est orné ou chargé peut passer, sans contredit, pour le nez d'un savant.

Pour la moustache, elle est respectable par elle-même, et indépendamment des conséquences ; quoique pourtant on ne laisse pas d'en tirer souvent de grandes utilités pour le service du prince et l'honneur de la nation, comme le fit bien voir un fameux général portugais dans les Indes[1] ; car, se trouvant avoir besoin d'argent, il se coupa une de ses moustaches, et envoya demander aux habitans de Goa vingt mille pistoles sur ce gage ; elles lui furent prêtées d'abord, et dans la suite il retira sa moustache avec honneur.

On conçoit aisément que des peuples graves et flegmatiques comme ceux-là peuvent avoir de la vanité ; aussi en ont-ils. Ils la fondent ordinairement sur deux choses bien considérables. Ceux qui vivent dans le continent de l'Espagne et du Portugal se sentent le cœur extrêmement élevé, lorsqu'ils sont ce qu'ils appellent de vieux chrétiens, c'est-à-dire qu'ils ne sont pas originaires de ceux à qui l'inquisition a persuadé dans ces derniers siècles d'embrasser la religion chrétienne. Ceux qui sont dans les Indes ne sont pas moins flattés lorsqu'ils considèrent qu'ils ont le sublime mérite d'être, comme ils disent, hommes de chair blan-

[1] Jean de Castro.

che. Il n'y a jamais eu dans le sérail du grand-seigneur de sultane si orgueilleuse de sa beauté que le plus vieux et le plus vilain mâtin ne l'est de la blancheur olivâtre de son teint, lorsqu'il est dans une ville du Mexique, assis sur sa porte, les bras croisés. Un homme de cette conséquence, une créature si parfaite ne travailleroit pas pour tous les trésors du monde, et ne se résoudroit jamais, par une vile et mécanique industrie, de compromettre l'honneur et la dignité de sa peau.

Car il faut savoir que lorsqu'un homme a un certain mérite en Espagne, comme, par exemple, quand il peut ajouter aux qualités dont je viens de parler celle d'être le propriétaire d'une grande épée, ou d'avoir appris de son père l'art de faire jurer une discordante guitare, il ne travaille plus : son honneur s'intéresse au repos de ses membres. Celui qui reste assis dix heures par jour obtient précisément la moitié plus de considération qu'un autre qui n'en reste que cinq, parce que c'est sur les chaises que la noblesse s'acquiert.

Mais quoique ces invincibles ennemis du travail fassent parade d'une tranquillité philosophique, ils ne l'ont pourtant pas dans le cœur ; car ils sont toujours amoureux. Ils sont les premiers hommes du monde pour mourir de langueur sous la fenêtre de leurs maîtresses ; et tout Espagnol qui n'est pas enrhumé ne sauroit passer pour galant.

Ils sont premièrement dévots, et secondement jaloux. Ils se garderont bien d'exposer leurs femmes aux entreprises d'un soldat criblé de coups, ou d'un magistrat décrépit ; mais ils les enfermeront avec un novice fervent qui baisse les yeux, ou un robuste franciscain qui les élève.

Ils connoissent mieux que les autres le foible des femmes ; ils ne veulent pas qu'on leur voie le talon, et qu'on les surprenne par le bout des pieds : ils savent que l'imagination va toujours, que rien ne l'amuse en chemin ; elle arrive, et là on étoit quelquefois averti d'avance.

On dit partout que les rigueurs de l'amour sont cruelles ; elles le sont encore plus pour les Espagnols. Les femmes les guérissent de leurs peines ; mais elles ne font que leur en faire changer, et il leur reste souvent un long et fâcheux souvenir d'une passion éteinte.

Ils ont de petites politesses qui en France paroîtroient mal placées : par exemple, un capitaine ne bat jamais son soldat sans lui en demander permission ; et l'inquisition ne fait jamais brûler un juif sans lui faire ses excuses.

Les Espagnols qu'on ne brûle pas paroissent si attachés à l'inquisition, qu'il y auroit de la mau-

vaise humeur de la leur ôter. Je voudrois seulement qu'on en établit une autre, non pas contre les hérétiques, mais contre les hérésiarques qui attribuent à de petites pratiques monacales la même efficacité qu'aux sept sacrements, qui adorent tout ce qu'ils vénèrent, et qui sont si dévots qu'ils sont à peine chrétiens.

Vous pourrez trouver de l'esprit et du bon sens chez les Espagnols; mais n'en cherchez point dans leurs livres. Voyez une de leurs bibliothèques, les romans d'un côté, et les scolastiques de l'autre : vous diriez que les parties en ont été faites, et le tout rassemblé par quelque ennemi secret de la raison humaine.

Le seul de leurs livres qui soit bon est celui qui a fait voir le ridicule de tous les autres [1].

Ils ont fait des découvertes immenses dans le Nouveau-Monde, et ils ne connoissent pas encore leur propre continent : il y a sur leurs rivières tel port qui n'a pas encore été découvert, et dans leurs montagnes des nations qui leur sont inconnues [2].

Ils disent que le soleil se lève et se couche dans leur pays : mais il faut dire aussi qu'en faisant sa course il ne rencontre que des campagnes ruinées et des contrées désertes.

Je ne serois pas fâché, Usbek, de voir une lettre écrite à Madrid par un Espagnol qui voyageroit en France; je crois qu'il vengeroit bien sa nation. Quel vaste champ pour un homme flegmatique et pensif ! Je m'imagine qu'il commenceroit ainsi la description de Páris :

Il y a ici une maison où l'on met les fous : on croiroit d'abord qu'elle est la plus grande de la ville ; non : le remède est bien petit pour le mal. Sans doute que les François, extrêmement décriés chez leurs voisins, enferment quelques fous dans une maison, pour persuader que ceux qui sont dehors ne le sont pas.

Je laisse là mon Espagnol. Adieu, mon cher Usbek.

De Paris, le 17 de la lune de Saphar, 1715.

[1] Le *Don Quichotte*. Voyez le chapitre VI de la première partie, où le curé et le barbier, après avoir passé en revue la bibliothèque du chevalier de la Manche, font justice des livres qu'elle renferme. (P.)
[2] Les Batuécas.

LETTRE LXXIX.

USBEK A RHÉDI.

A Venise.

La plupart des législateurs ont été des hommes bornés que le hasard a mis à la tête des autres, et qui n'ont presque consulté que leurs préjugés et leurs fantaisies.

Il semble qu'ils aient méconnu la grandeur et la dignité même de leur ouvrage : ils se sont amusés à faire des institutions puériles, avec lesquelles ils se sont à la vérité conformés aux petits esprits, mais décrédités auprès des gens de bon sens.

Ils se sont jetés dans des détails inutiles ; ils ont donné dans les cas particuliers : ce qui marque un génie étroit qui ne voit les choses que par parties, et n'embrasse rien d'une vue générale.

Quelques uns ont affecté de se servir d'une autre langue que la vulgaire; chose absurde pour un faiseur de lois : comment peut-on les observer, si elles ne sont pas connues?

Ils ont souvent aboli sans nécessité celles qu'ils ont trouvées établies, c'est-à-dire qu'ils ont jeté les peuples dans les désordres inséparables des changements.

Il est vrai que, par une bizarrerie qui vient plutôt de la nature que de l'esprit des hommes, il est quelquefois nécessaire de changer certaines lois. Mais le cas est rare ; et, lorsqu'il arrive, il n'y faut toucher que d'une main tremblante : on y doit observer tant de solennité, et apporter tant de précautions, que le peuple en conclue naturellement que les lois sont bien saintes, puisqu'il faut tant de formalités pour les abroger.

Souvent ils les ont faites trop subtiles, et ont suivi des idées logiciennes plutôt que l'équité naturelle. Dans la suite elles ont été trouvées trop dures ; et, par un esprit d'équité, on a cru devoir s'en écarter ; mais ce remède étoit un nouveau mal. Quelles que soient les lois, il faut toujours les suivre, et les regarder comme la conscience publique, à laquelle celle des particuliers doit se conformer toujours.

Il faut pourtant avouer que quelques uns d'entre eux ont eu une attention qui marque beaucoup de sagesse; c'est qu'ils ont donné aux pères une grande autorité sur leurs enfants : rien ne soulage plus les magistrats, rien ne dégarnit plus les tribunaux, rien enfin ne répand plus de tranquillité dans un état, où les mœurs font toujours de meilleurs citoyens que les lois.

C'est de toutes les puissances celle dont on abuse

le moins ; c'est la plus sacrée de toutes les magistratures ; c'est la seule qui ne dépend pas des conventions, et qui les a même précédées.

On remarque que, dans les pays où l'on met dans les mains paternelles plus de récompenses et de punitions, les familles sont mieux réglées : les pères sont l'image du Créateur de l'univers, qui, quoiqu'il puisse conduire les hommes par son amour, ne laisse pas de se les attacher encore par les motifs de l'espérance et de la crainte.

Je ne finirai pas cette lettre sans te faire remarquer la bizarrerie de l'esprit des François. On dit qu'ils ont retenu des lois romaines un nombre infini de choses inutiles, et même pis ; et ils n'ont pas pris d'elles la puissance paternelle, qu'elles ont établie comme la première autorité légitime.

A Paris, le 18 de la lune de Saphar, 1715.

LETTRE LXXX.

LE GRAND EUNUQUE A USBEK.

A Paris.

Hier des Arméniens menèrent au sérail une jeune esclave de Circassie, qu'ils vouloient vendre. Je la fis entrer dans les appartements secrets, je la déshabillai, je l'examinai avec les regards d'un juge ; et plus je l'examinai, plus je lui trouvai de graces. Une pudeur virginale sembloit vouloir les dérober à ma vue ; je vis tout ce qu'il lui en coûtoit pour obéir : elle rougissoit de se voir nue, même devant moi, qui, exempt des passions qui peuvent alarmer la pudeur, suis inanimé sous l'empire de ce sexe, et qui, ministre de la modestie dans les actions les plus libres, ne porte que de chastes regards, et ne puis inspirer que l'innocence.

Dès que je l'eus jugée digne de toi, je baissai les yeux, je lui jetai un manteau d'écarlate, je lui mis au doigt un anneau d'or, je me prosternai à ses pieds, je l'adorai comme la reine de ton cœur. Je payai les Arméniens ; je la dérobai à tous les yeux. Heureux Usbek ! tu possèdes plus de beautés que n'en enferment tous les palais d'Orient. Quel plaisir pour toi de trouver à ton retour tout ce que la Perse a de plus ravissant, et de voir dans ton sérail renaître les graces à mesure que le temps et la possession travaillent à les détruire !

Du sérail de Fatmé, le 1ᵉʳ de la lune de Rebiab I, 1715.

LETTRE LXXXI.

USBEK A RHÉDI.

A Venise.

Depuis que je suis en Europe, mon cher Rhédi, j'ai vu bien des gouvernements. Ce n'est pas comme en Asie, où les règles de la politique se trouvent partout les mêmes.

J'ai souvent pensé en moi-même pour savoir quel de tous les gouvernements étoit le plus conforme à la raison. Il m'a semblé que le plus parfait est celui qui va à son but à moins de frais, et qu'ainsi celui qui conduit les hommes de la manière qui convient le plus à leur penchant et à leur inclination est le plus parfait.

Si, dans un gouvernement doux, le peuple est aussi soumis que dans un gouvernement sévère, le premier est préférable, puisqu'il est plus conforme à la raison, et que la sévérité est un motif étranger.

Compte, mon cher Rhédi, que dans un état les peines plus ou moins cruelles ne font pas que l'on obéisse plus aux lois. Dans les pays où les châtiments sont modérés, on les craint comme dans ceux où ils sont tyranniques et affreux.

Soit que le gouvernement soit doux, soit qu'il soit cruel, on punit toujours par degrés, on inflige un châtiment plus ou moins grand à un crime plus ou moins grand. L'imagination se plie d'elle-même aux mœurs du pays où l'on vit : huit jours de prison, ou une legère amende, frappent autant l'esprit d'un Européen nourri dans un pays de douceur que la perte d'un bras intimide un Asiatique. Ils attachent un certain degré de crainte à un certain degré de peine, et chacun la partage à sa façon : le désespoir de l'infamie vient désoler un François qu'on vient de condamner à une peine qui n'ôteroit pas un quart d'heure de sommeil à un Turc.

D'ailleurs, je ne vois pas que la police, la justice et l'équité soient mieux observées en Turquie, en Perse, chez le Mogol, que dans les républiques de Hollande, de Venise, et dans l'Angleterre même ; je ne vois pas qu'on y commette moins de crimes, et que les hommes, intimidés par la grandeur des châtiments, y soient plus soumis aux lois.

Je remarque au contraire une source d'injustice et de vexations au milieu de ces mêmes états.

Je trouve même le prince, qui est la loi même, moins maître que partout ailleurs.

Je vois que, dans ces moments rigoureux, il y a toujours des mouvements tumultueux, où personne n'est le chef, et que, quand une fois l'au-

torité violente est méprisée, il n'en reste plus assez à personne pour la faire revenir;

Que le désespoir même de l'impunité confirme le désordre, et le rend plus grand;

Que, dans ces états, il ne se forme point de petite révolte, et qu'il n'y a jamais d'intervalle entre le murmure et la sédition;

Qu'il ne faut point que les grands événements y soient préparés par de grandes causes; au contraire, le moindre accident produit une grande révolution, souvent aussi imprévue de ceux qui la font que de ceux qui la souffrent.

Lorsque Osman, empereur des Turcs, fut déposé, aucun de ceux qui commirent cet attentat ne songeoit à le commettre; ils demandoient seulement en suppliants qu'on leur fît justice sur quelque grief : une voix, qu'on n'a jamais connue, sortit de la foule par hasard; le nom de Mustapha fut prononcé, et soudain Mustapha fut empereur.

De Paris, le 2 de la lune de Rebiab I, 1715.

LETTRE LXXXII.

NARGUM, ENVOYÉ DE PERSE EN MOSCOVIE, A USBEK.

A Paris.

De toutes les nations du monde, mon cher Usbek, il n'y en a pas qui ait surpassé celle des Tartares ni en gloire ni dans la grandeur des conquêtes. Ce peuple est le vrai dominateur de l'univers; tous les autres semblent être faits pour le servir : il est également le fondateur et le destructeur des empires; dans tous les temps il a donné sur la terre des marques de sa puissance; dans tous les âges il a été le fléau des nations.

Les Tartares ont conquis deux fois la Chine, et ils la tiennent encore sous leur obéissance.

Ils dominent sur les vastes pays qui forment l'empire du Mogol.

Maîtres de la Perse, ils sont assis sur le trône de Cyrus et de Gustape. Ils ont soumis la Moscovie. Sous le nom de Turcs, ils ont fait des conquêtes immenses dans l'Europe, l'Asie et l'Afrique; et ils dominent sur ces trois parties de l'univers.

Et, pour parler de temps plus reculés, c'est d'eux que sont sortis presque tous les peuples qui ont renversé l'empire romain.

Qu'est-ce que les conquêtes d'Alexandre en comparaison de celles de Gengiskan?

Il n'a manqué à cette victorieuse nation que des historiens pour célébrer la mémoire de ses merveilles.

Que d'actions immortelles ont été ensevelies dans l'oubli! que d'empires par eux fondés, dont nous ignorons l'origine! Cette belliqueuse nation, uniquement occupée de sa gloire présente, sûre de vaincre dans tous les temps, ne songeoit point à se signaler dans l'avenir par la mémoire de ses conquêtes passées.

De Moscou, le 4 de la lune de Rebiab I, 1715.

LETTRE LXXXIII.

RICA A IBBEN.

A Smyrne.

Quoique les François parlent beaucoup, il y a cependant parmi eux une espèce de dervis taciturnes qu'on appelle chartreux. On dit qu'ils se coupent la langue en entrant dans le couvent; et on souhaiteroit fort que tous les autres dervis se retranchassent de même tout ce que leur profession leur rend inutile.

A propos de gens taciturnes, il y en a de bien plus singuliers que ceux-là, et qui ont un talent bien extraordinaire : ce sont ceux qui savent parler sans rien dire, et qui amusent une conversation pendant deux heures de temps sans qu'il soit possible de les déceler, d'être leur plagiaire, ni de retenir un mot de ce qu'ils ont dit.

Ces sortes de gens sont adorés des femmes : mais ils ne le sont pourtant pas tant que d'autres qui ont reçu de la nature l'aimable talent de sourire à propos, c'est-à-dire à chaque instant, et qui portent la grace d'une joyeuse approbation sur tout ce qu'elles disent.

Mais ils sont au comble de l'esprit lorsqu'ils savent entendre finesse à tout, et trouver mille petits traits ingénieux dans les choses les plus communes.

J'en connois d'autres qui se sont bien trouvés d'introduire dans les conversations les choses inanimées, et d'y faire parler leur habit brodé, leur perruque blonde, leur tabatière, leur canne, et leurs gants. Il est bon de commencer de la rue à se faire écouter par le bruit du carrosse, et du marteau qui frappe rudement la porte : cet avant-propos prévient pour le reste du discours; et quand l'exorde est beau, il rend supportables toutes les sottises qui viennent ensuite, mais qui par bonheur arrivent trop tard.

Je te promets que ces petits talents, dont on ne fait aucun cas chez nous, servent bien ici ceux qui sont assez heureux pour les avoir, et qu'un homme de bon sens ne brille guère devant ces sortes de gens.

De Paris, le 6 de la lune de Rebiab 2, 1715.

LETTRE LXXXIV.

USBEK A RHÉDI.

A Venise.

S'il y a un Dieu, mon cher Rhédi, il faut nécessairement qu'il soit juste : car, s'il ne l'étoit pas, il seroit le plus mauvais et le plus imparfait de tous les êtres.

La justice est un rapport de convenance qui se trouve réellement entre deux choses ; ce rapport est toujours le même, quelque être qui le considère, soit que ce soit Dieu, soit que ce soit un ange, ou enfin que ce soit un homme.

Il est vrai que les hommes ne voient pas toujours ces rapports ; souvent même lorsqu'ils les voient, ils s'en éloignent, et leur intérêt est toujours ce qu'ils voient le mieux. La justice élève sa voix ; mais elle a peine à se faire entendre dans le tumulte des passions.

Les hommes peuvent faire des injustices, parce qu'ils ont intérêt de les commettre, et qu'ils aiment mieux se satisfaire que les autres. C'est toujours par un retour sur eux-mêmes qu'ils agissent : nul n'est mauvais gratuitement ; il faut qu'il y ait une raison qui détermine, et cette raison est toujours une raison d'intérêt.

Mais il n'est pas possible que Dieu fasse jamais rien d'injuste : dès qu'on suppose qu'il voit la justice, il faut nécessairement qu'il la suive ; car, comme il n'a besoin de rien, et qu'il se suffit à lui-même, il seroit le plus méchant de tous les êtres, puisqu'il le seroit sans intérêt.

Ainsi, quand il n'y auroit pas de Dieu, nous devrions toujours aimer la justice ; c'est-à-dire faire nos efforts pour ressembler à cet être dont nous avons une si belle idée, et qui, s'il existoit, seroit nécessairement juste. Libres que nous serions du joug de la religion, nous ne devrions pas l'être de celui de l'équité.

Voilà, Rhédi, ce qui m'a fait penser que la justice est éternelle, et ne dépend point des conventions humaines ; et, quand elle en dépendroit, ce seroit une vérité terrible qu'il faudroit se dérober à soi-même.

Nous sommes entourés d'hommes plus forts que nous ; ils peuvent nous nuire de mille manières différentes ; les trois quarts du temps ils peuvent le faire impunément. Quel repos pour nous de savoir qu'il y a dans le cœur de tous ces hommes un principe intérieur qui combat en notre faveur, et nous met à couvert de leurs entreprises !

Sans cela nous devrions être dans une frayeur continuelle ; nous passerions devant les hommes comme devant les lions ; et nous ne serions jamais assurés un moment de notre vie, de notre bien, ni de notre honneur.

Toutes ces pensées m'animent contre ces docteurs qui représentent Dieu comme un être qui fait un exercice tyrannique de sa puissance ; qui le font agir d'une manière dont nous ne voudrions pas agir nous-mêmes, de peur de l'offenser ; qui le chargent de toutes les imperfections qu'il punit en nous ; et, dans leurs opinions contradictoires, le représentent tantôt comme un être mauvais, tantôt comme un être qui hait le mal et le punit.

Quand un homme s'examine, quelle satisfaction pour lui de trouver qu'il a le cœur juste ! Ce plaisir, tout sévère qu'il est, doit le ravir : il voit son être autant au-dessus de ceux qui ne l'ont pas qu'il se voit au-dessus des tigres et des ours. Oui, Rhédi, si j'étois sûr de suivre toujours inviolablement cette équité que j'ai devant les yeux, je me croirois le premier des hommes.

De Paris, le 1er de la lune de Gemmadi 1, 1715.

LETTRE LXXXV.

RICA A ***.

Je fus hier aux Invalides : j'aimerois autant avoir fait cet établissement, si j'étois prince, que d'avoir gagné trois batailles. On y trouve partout la main d'un grand monarque. Je crois que c'est le lieu le plus respectable de la terre.

Quel spectacle que de voir dans un même lieu rassemblées toutes ces victimes de la patrie, qui ne respirent que pour la défendre, et qui, se sentant le même cœur et non pas la même force, ne se plaignent que de l'impuissance où elles sont de se sacrifier encore pour elle !

Quoi de plus admirable que de voir ces guerriers débiles, dans cette retraite, observer une discipline aussi exacte que s'ils y étoient contraints par la présence d'un ennemi, chercher leur dernière satisfaction dans cette image de la guerre et partager leur cœur et leur esprit entre les devoirs de la religion et ceux de l'art militaire !

Je voudrois que les noms de ceux qui meurent pour la patrie fussent écrits et conservés dans les temples, dans des registres qui fussent comme la source de la gloire et de la noblesse.

A Paris, le 15 de la lune de Gemmadi 1, 1715.

⁂

LETTRE LXXXVI.

USBEK A MIRZA.

A Ispahan.

Tu sais, Mirza, que quelques ministres de Cha-Soliman avoient formé le dessein d'obliger tous les Arméniens de Perse de quitter le royaume, ou de se faire mahométans, dans la pensée que notre empire seroit toujours pollué tandis qu'il garderoit dans son sein ces infidèles.

C'étoit fait de la grandeur persane si dans cette occasion l'aveugle dévotion avoit été écoutée.

On ne sait comme la chose manqua. Ni ceux qui firent la proposition, ni ceux qui la rejetèrent, n'en connurent les conséquences : le hasard fit l'office de la raison et de la politique, et sauva l'empire d'un péril plus grand que celui qu'il auroit pu courir de la perte de trois batailles et de la prise de deux villes.

En proscrivant les Arméniens, on pensa détruire en un seul jour tous les négociants et presque tous les artisans du royaume. Je suis sûr que le grand Cha-Abas auroit mieux aimé se faire couper les deux bras que de signer un ordre pareil, et qu'en envoyant au Mogol et aux autres rois des Indes ses sujets les plus industrieux, il auroit cru leur donner la moitié de ses états.

Les persécutions que nos mahométans zélés ont faites aux guèbres les ont obligés de passer en foule dans les Indes, et ont privé la Perse de cette laborieuse nation, si appliquée au labourage, qui seule, par son travail, étoit en état de vaincre la stérilité de nos terres.

Il ne restoit à la dévotion qu'un second coup à faire : c'étoit de ruiner l'industrie ; moyennant quoi l'empire tomboit de lui-même, et avec lui, par une suite nécessaire, cette même religion qu'on vouloit rendre si florissante.

S'il faut raisonner sans prévention, je ne sais, Mirza, s'il n'est pas bon que dans un état il y ait plusieurs religions.

On remarque que ceux qui vivent dans des religions tolérées se rendent ordinairement plus utiles à leur patrie que ceux qui vivent dans la religion dominante, parce que éloignés des honneurs, ne pouvant se distinguer que par leur opulence et leurs richesses, ils sont portés à en acquérir par leur travail, et à embrasser les emplois de la société les plus pénibles.

D'ailleurs, comme toutes les religions contiennent des préceptes utiles à la société, il est bon qu'elles soient observées avec zèle. Or, qu'y a-t-il de plus capable d'animer ce zèle que leur multiplicité ?

Ce sont des rivales qui ne se pardonnent rien. La jalousie descend jusqu'aux particuliers : chacun se tient sur ses gardes, et craint de faire des choses qui déshonoreroient son parti, et l'exposeroient aux mépris et aux censures impardonnables du parti contraire.

Aussi a-t-on toujours remarqué qu'une secte nouvelle, introduite dans un état, étoit le moyen le plus sûr pour corriger tous les abus de l'ancienne.

On a beau dire qu'il n'est pas de l'intérêt du prince de souffrir plusieurs religions dans son état : quand toutes les sectes du monde viendroient s'y rassembler, cela ne lui porteroit aucun préjudice, parce qu'il n'y en a aucune qui ne prescrive l'obéissance et ne prêche la soumission.

J'avoue que les histoires sont remplies des guerres de religion ; mais qu'on y prenne bien garde, ce n'est point la multiplicité des religions qui a produit ces guerres, c'est l'esprit d'intolérance qui animoit celle qui se croyoit la dominante.

C'est cet esprit de prosélytisme que les Juifs ont pris des Égyptiens, et qui d'eux est passé comme une maladie épidémique et populaire aux mahométans et aux chrétiens.

C'est enfin cet esprit de vertige dont les progrès ne peuvent être regardés que comme une éclipse entière de la raison humaine.

Car enfin, quand il n'y auroit pas de l'inhumanité à affliger la conscience des autres, quand il n'en résulteroit aucun des mauvais effets qui en germent à milliers, il faudroit être fou pour s'en aviser. Celui qui veut me faire changer de religion ne le fait sans doute que parce qu'il ne changeroit pas la sienne quand on voudroit l'y forcer : il trouve donc étrange que je ne fasse pas une chose qu'il ne feroit pas lui-même peut-être pour l'empire du monde.

A Paris, le 26 de la lune de Gemmadi 1, 1715.

LETTRE LXXXVII.

RICA A ***

Il semble ici que les familles se gouvernent toutes seules. Le mari n'a qu'une ombre d'autorité sur sa femme, le père sur ses enfants, le maître sur ses esclaves. La justice se mêle de tous leurs différents; et sois sûr qu'elle est toujours contre le mari jaloux, le père chagrin, le maître incommode.

J'allai l'autre jour dans le lieu où se rend la justice. Avant que d'y arriver, il faut passer sous les armes d'un nombre infini de jeunes marchandes qui vous appellent d'une voix trompeuse[1]. Ce spectacle d'abord est assez riant; mais il devient lugubre lorsqu'on entre dans les grandes salles, où l'on ne voit que des gens dont l'habit est encore plus grave que la figure. Enfin on entre dans le lieu sacré où se révèlent tous les secrets des familles, et où les actions les plus cachées sont mises au grand jour.

Là, une fille modeste vient avouer les tourments d'une virginité trop long-temps gardée, ses combats, et sa douloureuse résistance : elle est si peu fière de sa victoire, qu'elle menace toujours d'une défaite prochaine; et, pour que son père n'ignore plus ses besoins, elle les expose à tout le peuple.

Une femme effrontée vient ensuite exposer les outrages qu'elle a faits à son époux, comme une raison d'en être séparée.

Avec une modestie pareille, une autre vient dire qu'elle est lasse de porter le titre de femme sans en jouir : elle vient révéler les mystères cachés dans la nuit du mariage; elle veut qu'on la livre aux regards des experts les plus habiles, et qu'une sentence la rétablisse dans tous les droits de la virginité. Il y en a même qui osent défier leurs maris, et leur demander en public un combat[2] que les témoins rendent si difficile : épreuve aussi flétrissante pour la femme qui la soutient que pour le mari qui y succombe.

Un nombre infini de filles ravies ou séduites font les hommes beaucoup plus mauvais qu'ils ne sont. L'amour fait retentir ce tribunal; on n'y entend parler que de pères irrités, de filles abusées, d'amants infidèles et de maris chagrins.

[1] Les galeries du palais de Justice étoient alors fréquentées, comme le sont aujourd'hui celles du Palais-Royal, par les étrangers et les curieux, qui y trouvoient tout ce qu'ils cherchoient, et souvent ce qu'ils ne cherchoient pas. Elles avoient déjà fourni à l'aîné des Corneille le sujet d'une comédie qui offre des détails pleins d'intérêt. (P.)

[2] Ce honteux usage, connu sous le nom de *congrès*, et déjà flétri par Boileau dans sa huitième satire, avoit été aboli vers la fin du dix-septième siècle. (P.)

Par la loi qui y est observée, tout enfant né pendant le mariage est censé être au mari : il a beau avoir de bonnes raisons pour ne pas le croire, la loi le croit pour lui, et le soulage de l'examen et des scrupules.

Dans ce tribunal, on prend les voix à la majeure; mais on a reconnu par expérience qu'il vaudroit mieux les recueillir à la mineure : et cela est bien naturel, car il y a très-peu d'esprits justes, et tout le monde convient qu'il y en a une infinité de faux.

A Paris, le 1er de la lune de Gemmadi 2, 1715.

LETTRE LXXXVIII.

RICA A ***.

On dit que l'homme est un animal sociable. Sur ce pied-là, il me paroît que le François est plus homme qu'un autre, c'est l'homme par excellence; car il semble être fait uniquement pour la société.

Mais j'ai remarqué parmi eux des gens qui non seulement sont sociables, mais sont eux-mêmes la société universelle. Ils se multiplient dans tous les coins, et peuplent en un instant les quatre quartiers d'une ville : cent hommes de cette espèce abondent plus que deux mille citoyens; ils pourroient réparer aux yeux des étrangers les ravages de la peste ou de la famine. On demande dans les écoles si un corps peut être en un instant en plusieurs lieux : ils sont une preuve de ce que les philosophes mettent en question.

Ils sont toujours empressés, parce qu'ils ont l'affaire importante de demander à tous ceux qu'ils voient où ils vont et d'où ils viennent.

On ne leur ôteroit jamais de la tête qu'il est de la bienséance de visiter chaque jour le public en détail, sans compter les visites qu'ils font en gros dans les lieux où l'on s'assemble; mais, comme la voie en est trop abrégée, elles sont comptées pour rien dans les règles de leur cérémonial.

Ils fatiguent plus les portes des maisons à coups de marteau que les vents et les tempêtes. Si l'on alloit examiner la liste de tous les portiers, on y trouveroit chaque jour leur nom estropié de mille manières en caractères suisses. Ils passent leur vie à la suite d'un enterrement, dans des compliments de condoléance, ou dans des sollicitations de mariage. Le roi ne fait point de gratification à quelqu'un de ses sujets qu'il ne leur en coûte une voiture pour lui en aller témoigner leur joie. Enfin, ils reviennent chez eux, bien fatigués, se re-

poser pour pouvoir reprendre le lendemain leurs pénibles fonctions.

Un d'eux mourut l'autre jour de lassitude, et on mit cette épitaphe sur son tombeau : C'est ici que repose celui qui ne s'est jamais reposé. Il s'est promené à cinq cent trente enterrements. Il s'est réjoui de la naissance de deux mille six cent quatre-vingts enfants. Les pensions dont il a félicité ses amis, toujours en des termes différents, montent à deux millions six cent mille livres; le chemin qu'il a fait sur le pavé, à neuf mille six cents stades; celui qu'il a fait dans la campagne, à trente-six. Sa conversation étoit amusante; il avoit un fonds tout fait de trois cent soixante-cinq contes; il possédoit d'ailleurs, depuis son jeune âge, cent dix-huit apophthegmes tirés des anciens, qu'il employoit dans les occasions brillantes. Il est mort enfin à la soixantième année de son âge. Je me tais, voyageur; car comment pourrois-je achever de te dire ce qu'il a fait et ce qu'il a vu ?

De Paris, le 3 de la lune de Gemmadi 2, 1715.

LETTRE LXXXIX.

USBEK A RHÉDI.

A Venise.

A Paris règne la liberté et l'égalité. La naissance, la vertu, le mérite même de la guerre, quelque brillant qu'il soit, ne sauve pas un homme de la foule dans laquelle il est confondu. La jalousie des rangs y est inconnue. On dit que le premier de Paris est celui qui a les meilleurs chevaux à son carrosse.

Un grand seigneur est un homme qui voit le roi, qui parle aux ministres, qui a des ancêtres, des dettes et des pensions. S'il peut avec cela cacher son oisiveté par un air empressé, ou par un feint attachement pour les plaisirs, il croit être le plus heureux de tous les hommes.

En Perse, il n'y a de grands que ceux à qui le monarque donne quelque part au gouvernement. Ici, il y a des gens qui sont grands par leur naissance; mais ils sont sans crédit. Les rois font comme ces ouvriers habiles qui, pour exécuter leurs ouvrages, se servent toujours des machines les plus simples.

La faveur est la grande divinité des François. Le ministre est le grand-prêtre, qui lui offre bien des victimes. Ceux qui l'entourent ne sont point habillés de blanc : tantôt sacrificateurs, et tantôt sacrifiés, ils se dévouent eux-mêmes à leur idole avec tout le peuple.

A Paris, le 9 de la lune de Gemmadi 2, 1715.

LETTRE XC.

USBEK A IBBEN.

A Smyrne.

Le desir de la gloire n'est point différent de cet instinct que toutes les créatures ont pour leur conservation. Il semble que nous augmentons notre être lorsque nous pouvons le porter dans la mémoire des autres : c'est une nouvelle vie que nous acquérons, et qui nous devient aussi précieuse que celle que nous avons reçue du Ciel.

Mais comme tous les hommes ne sont pas également attachés à la vie, ils ne sont pas aussi également sensibles à la gloire. Cette noble passion est bien toujours gravée dans leur cœur; mais l'imagination et l'éducation la modifient de mille manières.

Cette différence, qui se trouve d'homme à homme, se fait encore plus sentir de peuple à peuple.

On peut poser pour maxime que dans chaque état le desir de la gloire croît avec la liberté des sujets, et diminue avec elle : la gloire n'est jamais compagne de la servitude.

Un homme de bon sens me disoit l'autre jour : On est en France, à bien des égards, plus libre qu'en Perse; aussi y aime-t-on plus la gloire. Cette heureuse fantaisie fait faire à un François, avec plaisir et avec goût, ce que votre sultan n'obtient de ses sujets qu'en leur mettant sans cesse devant les yeux les supplices et les récompenses.

Aussi, parmi nous, le prince est-il jaloux de l'honneur du dernier de ses sujets. Il y a pour le maintenir des tribunaux respectables : c'est le trésor sacré de la nation, et le seul dont le souverain n'est pas le maître, parce qu'il ne peut l'être sans choquer ses intérêts. Ainsi, si un sujet se trouve blessé dans son honneur par son prince, soit par quelque préférence, soit par la moindre marque de mépris, il quitte sur-le-champ sa cour, son emploi, son service, et se retire chez lui.

La différence qu'il y a des troupes françoises aux vôtres, c'est que les unes, composées d'esclaves naturellement lâches, ne surmontent la crainte de la mort que par celle du châtiment, ce qui produit dans l'ame un nouveau genre de terreur qui la rend comme stupide; au lieu que les autres

se présentent aux coups avec délice, et bannissent la crainte par une satisfaction qui lui est supérieure.

Mais le sanctuaire de l'honneur, de la réputation et de la vertu, semble être établi dans les républiques, et dans les pays où l'on peut prononcer le mot de patrie. A Rome, à Athènes, à Lacédémone, l'honneur payoit seul les services les plus signalés. Une couronne de chêne ou de laurier, une statue, un éloge, étoit une récompense immense pour une bataille gagnée ou une ville prise.

Là, un homme qui avoit fait une belle action se trouvoit suffisamment récompensé par cette action même. Il ne pouvoit voir un de ses compatriotes qu'il ne ressentît le plaisir d'être son bienfaiteur; il comptoit le nombre de ses services par celui de ses concitoyens. Tout homme est capable de faire du bien à un homme; mais c'est ressembler aux dieux que de contribuer au bonheur d'une société entière.

Mais cette noble émulation ne doit-elle point être entièrement éteinte dans le cœur de vos Persans, chez qui les emplois et les dignités ne sont que des attributs de fantaisie du souverain? La réputation et la vertu y sont regardés comme imaginaires, si elles ne sont accompagnées de la faveur du prince, avec laquelle elles naissent et meurent de même. Un homme qui a pour lui l'estime publique n'est jamais sûr de ne pas être déshonoré demain. Le voilà aujourd'hui général d'armée; peut-être que le prince le va faire son cuisinier, et qu'il n'aura plus à espérer d'autre éloge que celui d'avoir fait un bon ragoût.

De Paris, le 15 de la lune de Gemmadi 2, 1715.

✦✦✦✦✦✦

LETTRE XCI.

USBEK AU MÊME.

A Smyrne.

De cette passion générale que la nation françoise a pour la gloire, il s'est formé dans l'esprit des particuliers un certain je ne sais quoi qu'on appelle point d'honneur : c'est proprement le caractère de chaque profession; mais il est plus marqué chez les gens de guerre, et c'est le point d'honneur par excellence. Il me seroit bien difficile de te faire sentir ce que c'est; car nous n'en avons point précisément d'idée.

Autrefois les François, surtout les nobles, ne suivoient guère d'autres lois que celles de ce point d'honneur : elles régloient toute la conduite de leur vie; et elles étoient si sévères qu'on ne pouvoit, sans une peine plus cruelle que la mort, je ne dis pas les enfreindre, mais en éluder la plus petite disposition.

Quand il s'agissoit de régler les différends, elles ne prescrivoient guère qu'une manière de décision, qui étoit le duel, qui tranchoit toutes les difficultés; mais, ce qu'il y avoit de mal, c'est que souvent le jugement se rendoit entre d'autres parties que celles qui y étoient intéressées [1].

Pour peu qu'un homme fût connu d'un autre, il falloit qu'il entrât dans la dispute, et qu'il payât de sa personne, comme s'il avoit été lui-même en colère. Il se sentoit toujours honoré d'un tel choix et d'une préférence si flatteuse; et tel qui n'auroit pas voulu donner quatre pistoles à un homme pour le sauver de la potence, lui et toute sa famille, ne faisoit aucune difficulté d'aller risquer pour lui mille fois sa vie.

Cette manière de décider étoit assez mal imaginée; car, de ce qu'un homme étoit plus adroit ou plus fort qu'un autre, il ne s'ensuivoit pas qu'il eût de meilleures raisons.

Aussi les rois l'ont-ils défendue sous des peines très sévères; mais c'est en vain; l'honneur, qui veut toujours régner, se révolte, et il ne reconnoît point de lois.

Ainsi les François sont dans un état bien violent; car les mêmes lois de l'honneur obligent un honnête homme de se venger quand il a été offensé; mais, d'un autre côté, la justice le punit des plus cruelles peines lorsqu'il se venge. Si l'on suit les lois de l'honneur, on périt sur un échafaud; si l'on suit celles de la justice, on est banni pour jamais de la société des hommes : il n'y a donc que cette cruelle alternative, ou de mourir ou d'être indigne de vivre.

De Paris, le 18 de la lune de Gemmadi 2, 1715.

✦✦✦✦✦✦

LETTRE XCII.

USBEK A RUSTAN.

A Ispahan.

Il paroît ici un personnage travesti en ambassadeur de Perse, qui se joue insolemment des deux plus grands rois du monde. Il apporte au monarque des François des présents que le nôtre ne sauroit donner à un roi d'Irimette ou de Géorgie; et,

[1] On se faisoit ordinairement représenter par des champions mercenaires. (P.)

par sa lâche avarice, il a flétri la majesté des deux empires.

Il s'est rendu ridicule devant un peuple qui prétend être le plus poli de l'Europe ; et il a fait dire en Occident que le roi des rois ne domine que sur des barbares.

Il a reçu des honneurs qu'il sembloit avoir voulu se faire refuser lui-même ; et, comme si la cour de France avoit eu plus à cœur la grandeur persane que lui, elle l'a fait paroître avec dignité devant un peuple dont il est le mépris.

Ne dis point ceci à Ispahan : épargne la tête d'un malheureux. Je ne veux pas que nos ministres le punissent de leur propre imprudence et de l'indigne choix qu'ils ont fait.

De Paris, le dernier de la lune de Gemmadi 2, 1713.

LETTRE XCIII.

USBEK A RHÉDI.

A Venise.

Le monarque qui a si long-temps régné n'est plus [1]. Il a bien fait parler des gens pendant sa vie ; tout le monde s'est tu à sa mort. Ferme et courageux dans ce dernier moment, il a paru ne céder qu'au destin. Ainsi mourut le grand Cha-Abas, après avoir rempli toute la terre de son nom.

Ne crois pas que ce grand événement n'ait fait faire ici que des réflexions morales. Chacun a pensé à ses affaires, et à prendre ses avantages dans ce changement. Le roi, arrière-petit-fils du monarque défunt, n'ayant que cinq ans, un prince son oncle [2] a été déclaré régent du royaume.

Le feu roi avoit fait un testament qui bornoit l'autorité du régent. Ce prince habile a été au parlement ; et, y exposant tous les droits de sa naissance, il a fait casser la disposition du monarque, qui, voulant se survivre à lui-même, sembloit avoir prétendu régner encore après sa mort.

Les parlements ressemblent à ces ruines que l'on foule aux pieds, mais qui rappellent toujours l'idée de quelque temple fameux par l'ancienne religion des peuples. Ils ne se mêlent guère plus que de rendre la justice ; et leur autorité est toujours languissante, à moins que quelque conjecture imprévue ne vienne lui rendre la force et la vie. Ces grands corps ont suivi le destin des choses

[1] Il mourut le 1er septembre 1715.
[2] Philippe d'Orléans, petit-fils de Louis XIII. Il mourut le 2 décembre 1723, âgé de cinquante ans. (P.)

humaines : ils ont cédé au temps, qui détruit tout ; à la corruption des mœurs, qui a tout affoibli ; à l'autorité suprême, qui a tout abattu.

Mais le régent, qui a voulu se rendre agréable au peuple, a paru d'abord respecter cette image de la liberté publique ; et, comme s'il avoit pensé à relever de terre le temple et l'idole, il a voulu qu'on les regardât comme l'appui de la monarchie et le fondement de toute autorité légitime.

A Paris, le 4 de la lune de Rhégeb, 1715.

LETTRE XCIV.

USBEK A SON FRÈRE,

Santon au monastère de Casbin.

Je m'humilie devant toi, sacré santon, et je me prosterne ; je regarde les vestiges de tes pieds comme la prunelle de mes yeux. Ta sainteté est si grande, qu'il semble que tu aies le cœur de notre saint prophète ; tes austérités étonnent le Ciel même ; les anges t'ont regardé du sommet de la gloire, et ont dit : Comment est-il encore sur la terre, puisque son esprit est avec nous, et vole autour du trône qui est soutenu par les nuées ?

Et comment ne t'honorerois-je pas, moi qui ai appris de nos docteurs que les dervis, même infidèles, ont toujours un caractère de sainteté qui les rend respectables aux vrais croyants ; et que Dieu s'est choisi dans tous les coins de la terre des ames plus pures que les autres, qu'il a séparées du monde impie, afin que leurs mortifications et leurs prières ferventes suspendissent sa colère, prête à tomber sur tant de peuples rebelles ?

Les chrétiens disent des merveilles de leurs premiers santons, qui se réfugièrent à milliers dans les déserts affreux de la Thébaïde, et eurent pour chefs Paul, Antoine, et Pacôme. Si ce qu'ils en disent est vrai, leurs vies sont aussi pleines de prodiges que celles de nos plus sacrés immaums. Ils passoient quelquefois dix ans entiers sans voir un seul homme ; mais ils habitoient la nuit et le jour avec des démons : ils étoient sans cesse tourmentés par ces esprits malins ; ils les trouvoient au lit, ils les trouvoient à table ; jamais d'asile contre eux. Si tout ceci est vrai, santon vénérable, il faudroit avouer que personne n'auroit jamais vécu en plus mauvaise compagnie.

Les chrétiens sensés regardent toutes ces histoires comme une allégorie bien naturelle, qui nous peut servir à nous faire sentir le malheur de la condition humaine. En vain cherchons-nous dans le désert un état tranquille, les tentations

nous suivent toujours ; nos passions, figurées par les démons, ne nous quittent point encore ; ces monstres du cœur, ces illusions de l'esprit, ces vains fantômes de l'erreur et du mensonge, se montrent toujours à nous pour nous séduire, et nous attaquent jusque dans les jeûnes et les cilices, c'est-à-dire jusque dans notre force même.

Pour moi, santon vénérable, je sais que l'envoyé de Dieu a enchaîné Satan, et l'a précipité dans les abymes : il a purifié la terre, autrefois pleine de son empire, et l'a rendue digne du séjour des anges et des prophètes.

A Paris, le 9 de la lune de Chahban, 1713.

LETTRE XCV.

USBEK À RHÉDI.

A Venise.

Je n'ai jamais ouï parler du droit public qu'on n'ait commencé par rechercher soigneusement quelle est l'origine des sociétés ; ce qui me paroît ridicule. Si les hommes n'en formoient point, s'ils se quittoient et se fuyoient les uns les autres, il faudroit en demander la raison, et chercher pourquoi ils se tiennent séparés ; mais ils naissent tous liés les uns aux autres ; un fils est né auprès de son père, et il s'y tient : voilà la société et la cause de la société.

Le droit public est plus connu en Europe qu'en Asie ; cependant on peut dire que les passions des princes, la patience des peuples, la flatterie des écrivains, en ont corrompu tous les principes.

Ce droit, tel qu'il est aujourd'hui, est une science qui apprend aux princes jusqu'à quel point ils peuvent violer la justice sans choquer leurs intérêts. Quel dessein, Rhédi, de vouloir, pour endurcir leur conscience, mettre l'iniquité en système, d'en donner des règles, d'en former des principes, et d'en tirer des conséquences !

La puissance illimitée de nos sublimes sultans, qui n'a d'autre règle qu'elle-même, ne produit pas plus de monstres que cet art indigne qui veut faire plier la justice, tout inflexible qu'elle est.

On diroit, Rhédi, qu'il y a deux justices toutes différentes : l'une qui règle les affaires des particuliers, qui règne dans le droit civil ; l'autre qui règle les différends qui surviennent de peuple à peuple, qui tyrannise dans le droit public ; comme si le droit public n'étoit pas lui-même un droit civil, non pas à la vérité d'un pays particulier, mais du monde.

Je t'expliquerai dans une autre lettre mes pensées là-dessus.

De Paris, le 1er de la lune de Zilhagé, 1716.

LETTRE XCVI.

USBEK AU MÊME.

Les magistrats doivent rendre la justice de citoyen à citoyen : chaque peuple la doit rendre lui-même de lui à un autre peuple. Dans cette seconde distribution de justice, on ne peut employer d'autres maximes que dans la première.

De peuple à peuple, il est rarement besoin de tiers pour juger, parce que les sujets de disputes sont presque toujours clairs et faciles à terminer. Les intérêts de deux nations sont ordinairement si séparés, qu'il ne faut qu'aimer la justice pour la trouver : on ne peut guère se prévenir dans sa propre cause.

Il n'en est pas de même des différends qui arrivent entre particuliers. Comme ils vivent en société, leurs intérêts sont si mêlés et si confondus, il y en a de tant de sortes différentes, qu'il est nécessaire qu'un tiers débrouille ce que la cupidité des parties cherche à obscurcir.

Il n'y a que deux sortes de guerres justes : les unes qui se font pour repousser un ennemi qui attaque, les autres pour secourir un allié qui est attaqué.

Il n'y auroit point de justice de faire la guerre pour des querelles particulières du prince, à moins que le cas ne fût si grave qu'il méritât la mort du prince, ou du peuple qui l'a commis. Ainsi un prince ne peut faire la guerre parce qu'on lui aura refusé un honneur qui lui est dû ; ou parce qu'on aura eu quelque procédé peu convenable à l'égard de ses ambassadeurs, et autres choses pareilles ; non plus qu'un particulier ne peut tuer celui qui lui refuse le pas. La raison en est que, comme la déclaration de guerre doit être un acte de justice, dans laquelle il faut toujours que la peine soit proportionnée à la faute, il faut voir si celui à qui on déclare la guerre mérite la mort : car, faire la guerre à quelqu'un, c'est vouloir le punir de mort.

Dans le droit public, l'acte de justice le plus sévère, c'est la guerre ; puisqu'elle peut avoir l'effet de détruire, son but est la destruction de la société.

Les représailles sont du second degré : c'est une loi que les tribunaux n'ont pu s'empêcher d'observer, de mesurer la peine par le crime.

Un troisième acte de justice est de priver un prince des avantages qu'il peut tirer de nous, proportionnant toujours la peine à l'offense.

Le quatrième acte de justice, qui doit être le plus fréquent, est la renonciation à l'alliance du peuple dont on a à se plaindre. Cette peine répond à celle du bannissement établie par les tribunaux, qui retranche les coupables de la société. Ainsi, un prince à l'alliance duquel nous renonçons est retranché par-là de notre société, et n'est plus un de nos membres.

On ne peut pas faire de plus grand affront à un prince que de renoncer à son alliance, ni lui faire de plus grand honneur que de la contracter. Il n'y a rien parmi les hommes qui leur soit plus glorieux et même plus utile que d'en voir d'autres toujours attentifs à leur conservation.

Mais pour que l'alliance nous lie, il faut qu'elle soit juste : ainsi une alliance faite entre deux nations pour en opprimer une troisième n'est pas légitime, et on peut la violer sans crime.

Il n'est pas même de l'honneur et de la dignité du prince de s'allier avec un tyran. On dit qu'un monarque d'Égypte fit avertir le roi de Samos de sa cruauté et de sa tyrannie, et le somma de s'en corriger : comme il ne le fit pas, il lui envoya dire qu'il renonçoit à son amitié et à son alliance.

[1] La conquête ne donne point un droit par elle-même. Lorsque le peuple subsiste, elle est un gage de la paix et de la réparation du tort ; et, si le peuple est détruit ou dispersé, elle est le monument d'une tyrannie.

Les traités de paix sont si sacrés parmi les hommes, qu'il semble qu'ils soient la voix de la nature qui réclame ses droits. Ils sont tous légitimes lorsque les conditions en sont telles que les deux peuples peuvent se conserver ; sans quoi, celle des deux sociétés qui doit périr, privée de sa défense naturelle par la paix, la peut chercher dans la guerre.

Car la nature, qui a établi les différents degrés de force et de foiblesse parmi les hommes, a encore souvent égalé la foiblesse à la force par le désespoir.

A Paris, le 4 de la lune de Zilhagé, 1716.

LETTRE XCVII.

LE PREMIER EUNUQUE A USBEK.

A Paris.

Il est arrivé ici beaucoup de femmes jaunes [1] du royaume de Visapour : j'en ai acheté une pour ton frère le gouverneur de Mazenderan, qui m'envoya, il y a un mois, son commandement sublime et cent tomans.

Je me connois en femmes, d'autant mieux qu'elles ne me surprennent pas, et qu'en moi les yeux ne sont point troublés par les mouvements du cœur.

Je n'ai jamais vu de beauté si régulière et si parfaite : ses yeux brillants portent la vie sur son visage, et relèvent l'éclat d'une couleur qui pourroit effacer tous les charmes de la Circassie.

Le premier eunuque d'un négociant d'Ispahan la marchandoit avec moi ; mais elle se déroboit dédaigneusement à ses regards, et sembloit chercher les miens, comme si elle avoit voulu me dire qu'un vil marchand n'étoit pas digne d'elle, et qu'elle étoit destinée à un plus illustre époux.

Je te l'avoue, je sens dans moi-même une joie secrète quand je pense aux charmes de cette belle personne : il me semble que je la vois entrer dans le sérail de ton frère ; je me plais à prévoir l'étonnement de toutes ses femmes, la douleur impérieuse des unes, l'affliction muette mais douloureuse des autres, la consolation maligne de celles qui n'espèrent plus rien, et l'ambition irritée de celles qui espèrent encore.

Je vais d'un bout du royaume à l'autre faire changer tout un sérail de face. Que de passions je vais émouvoir ! que de craintes et de peines je prépare !

Cependant, dans le trouble du dedans, le dehors ne sera pas moins tranquille ; les grandes révolutions seront cachées dans le fond du cœur ;

[1] VAR. « Le droit de conquête n'est point un droit. Une société ne peut être fondée que sur la volonté des associés ; si elle est détruite par la conquête, le peuple redevient libre ; il n'y a plus de nouvelle société ; et si le vainqueur en veut former, c'est une tyrannie.

» A l'égard des traités de paix, ils ne sont jamais légitimes lorsqu'ils ordonnent une cession ou dédommagement plus considérable que le dommage causé : autrement c'est une pure violence, contre laquelle on peut toujours revenir ; à moins que, pour ravoir ce qu'on a perdu, on ne soit obligé de se servir de moyens si violents qu'il en arrive un mal plus grand que le bien que l'on en doit retirer.

» Voilà, cher Rhédi, ce que j'appelle le droit public ; voilà le droit des gens, ou plutôt celui de la raison. »

Cette leçon fut changée par l'auteur dans la dernière édition des *Lettres Persanes* (1754) ; mais jusqu'ici sa correction n'a pas encore été faite exactement : le dernier alinéa, quoique supprimé, a été reproduit par les éditeurs modernes. (P.)

[1] On dit que le roi de Maroc a dans son sérail des femmes blanches, des femmes noires, des femmes jaunes. Le malheureux ! à peine a-t-il besoin d'une couleur. (*Esprit des Lois*, liv. XVI, ch. VI.)

5

les chagrins seront dévorés, et les joies contenues ; l'obéissance ne sera pas moins exacte, et les règles moins inflexibles ; la douceur, toujours contrainte de paroître, sortira du fond même du désespoir.

Nous remarquons que plus nous avons de femmes sous nos yeux, moins elles nous donnent d'embarras. Une plus grande nécessité de plaire, moins de facilité de s'unir, plus d'exemples de soumission, tout cela leur forme des chaînes. Les unes sont sans cesse attentives sur les démarches des autres : il semble que, de concert avec nous, elles travaillent à se rendre plus dépendantes ; elles font presque la moitié de notre office, et nous ouvrent les yeux quand nous les fermons. Que dis-je ? elles irritent sans cesse le maître contre leurs rivales ; et elles ne voient pas combien elles se trouvent près de celles qu'on punit.

Mais tout cela, magnifique seigneur, tout cela n'est rien sans la présence du maître. Que pouvons-nous faire avec ce vain fantôme d'une autorité qui ne se communique jamais tout entière ? Nous ne représentons que foiblement la moitié de toi-même ; nous ne pouvons que leur montrer une odieuse sévérité. Toi, tu tempères la crainte par les espérances : plus absolu quand tu caresses, que tu ne l'es quand tu menaces.

Reviens donc, magnifique seigneur, reviens dans ces lieux porter partout les marques de ton empire. Viens adoucir des passions désespérées ; viens ôter tout prétexte de faillir ; viens apaiser l'amour qui murmure, et rendre le devoir même aimable ; viens enfin soulager tes fidèles eunuques d'un fardeau qui s'appesantit chaque jour.

Du sérail d'Ispahan, le 8 de la lune de Zilhagé, 1716.

LETTRE XCVIII.

USBEK A HASSEIN, DERVIS DE LA MONTAGNE DE JARON.

O toi, sage dervis, dont l'esprit curieux brille de tant de connoissances, écoute ce que je vais te dire.

Il y a ici des philosophes qui, à la vérité, n'ont point atteint jusqu'au faîte de la sagesse orientale ; ils n'ont point été ravis jusqu'au trône lumineux ; ils n'ont ni entendu les paroles ineffables dont les concerts des anges retentissent, ni senti les formidables accès d'une fureur divine ; mais, laissés à eux-mêmes, privés de saintes merveilles, ils suivent dans le silence les traces de la raison humaine.

Tu ne saurois croire jusqu'où ce guide les a conduits. Ils ont débrouillé le chaos, et ont expliqué, par une mécanique simple, l'ordre de l'architecture divine. L'auteur de la nature a donné du mouvement à la matière : il n'en a pas fallu davantage pour produire cette prodigieuse variété d'effets que nous voyons dans l'univers.

Que les législateurs ordinaires nous proposent des lois pour régler les sociétés des hommes, des lois aussi sujettes au changement que l'esprit de ceux qui les proposent et des peuples qui les observent ; ceux-ci ne nous parlent que des lois générales, immuables, éternelles, qui s'observent sans aucune exception, avec un ordre, une régularité et une promptitude infinie, dans l'immensité des espaces.

Et que crois-tu, homme divin, que soient ces lois ? Tu t'imagines peut-être qu'entrant dans le conseil de l'Éternel, tu vas être étonné par la sublimité des mystères ; tu renonces par avance à comprendre ; tu ne te proposes que d'admirer.

Mais tu changeras bientôt de pensée : elles n'éblouissent point par un faux respect ; leur simplicité les a fait long-temps méconnoître, et ce n'est qu'après bien des réflexions qu'on en a vu toute la fécondité et toute l'étendue.

La première est que tout corps tend à décrire une ligne droite, à moins qu'il ne rencontre quelque obstacle qui l'en détourne ; et la seconde, qui n'en est qu'une suite, c'est que tout corps qui tourne autour d'un centre tend à s'en éloigner, parce que, plus il en est loin, plus la ligne qu'il décrit approche de la ligne droite.

Voilà, sublime dervis, la clef de la nature ; voilà des principes féconds dont on tire des conséquences à perte de vue, comme je te le ferai voir dans une lettre particulière.

La connoissance de cinq ou six vérités a rendu leur philosophie pleine de miracles, et leur a fait faire plus de prodiges et de merveilles que tout ce qu'on nous raconte de nos saints prophètes.

Car enfin je suis persuadé qu'il n'y a aucun de nos docteurs qui n'eût été embarrassé, si on lui eût dit de peser dans une balance tout l'air qui est autour de la terre, ou de mesurer toute l'eau qui tombe chaque année sur sa surface ; et qui n'eût pensé plus de quatre fois avant de dire combien de lieues le son fait dans une heure ; quel temps un rayon de lumière emploie à venir du soleil à nous ; combien de toises il y a d'ici à Saturne ; quelle est la courbe selon laquelle un vaisseau doit être taillé pour être le meilleur voilier qu'il soit possible.

Peut-être que si quelque homme divin avoit orné les ouvrages de ces philosophes de paroles hautes et sublimes, s'il y avoit mêlé des figures hardies et des allégories mystérieuses, il auroit fait un bel ouvrage qui n'auroit cédé qu'au saint Alcoran.

Cependant, s'il te faut dire ce que je pense, je ne m'accommode guère du style figuré. Il y a dans notre Alcoran un grand nombre de choses puériles qui me paroissent toujours telles, quoiqu'elles soient relevées par la force et la vie de l'expression. Il semble d'abord que les livres inspirés ne sont que les idées divines rendues en langage humain; au contraire, dans nos livres saints, on trouve le langage de Dieu et les idées des hommes : comme si, par un admirable caprice, Dieu y avoit dicté les paroles, et que l'homme eût fourni les pensées.

Tu diras peut-être que je parle trop librement de ce qu'il y a de plus saint parmi nous; tu croiras que c'est le fruit de l'indépendance où l'on vit dans ce pays. Non; graces au ciel, l'esprit n'a pas corrompu le cœur; et, tandis que je vivrai, Hali sera mon prophète.

De Paris, le 15 de la lune de Chahban, 1716.

❁❁❁❁❁

LETTRE XCIX.

USBEK A IBBEN.

A Smyrne.

Il n'y a point de pays au monde où la fortune soit si inconstante que dans celui-ci. Il arrive tous les dix ans des révolutions qui précipitent le riche dans la misère, et enlèvent le pauvre avec des ailes rapides au comble des richesses. Celui-ci est étonné de sa pauvreté, celui-là l'est de son abondance. Le nouveau riche admire la sagesse de la Providence; le pauvre, l'aveugle fatalité du destin.

Ceux qui lèvent les tributs nagent au milieu des trésors : parmi eux il y a peu de Tantales. Ils commencent pourtant ce métier par la dernière misère. Ils sont méprisés comme de la boue pendant qu'ils sont pauvres; quand ils sont riches, on les estime assez : aussi ne négligent-ils rien pour acquérir de l'estime.

Ils sont à présent dans une situation bien terrible. On vient d'établir une chambre qu'on appelle de justice, parce qu'elle va leur ravir tout leur bien. Ils ne peuvent ni détourner ni cacher leurs effets; car on les oblige de les déclarer au juste, sous peine de la vie : ainsi on les fait passer par un défilé bien étroit, je veux dire entre la vie et leur argent. Pour comble d'infortune, il y a un ministre connu par son esprit, qui les honore de ses plaisanteries, et badine sur toutes les délibérations du conseil. On ne trouve pas tous les jours des ministres disposés à faire rire le peuple; et l'on doit savoir bon gré à celui-ci de l'avoir entrepris.

Le corps des laquais est plus respectable en France qu'ailleurs : c'est un séminaire de grands seigneurs; il remplit le vide des autres états. Ceux qui le composent prennent la place des grands malheureux, des magistrats ruinés, des gentilshommes tués dans les fureurs de la guerre; et, quand ils ne peuvent pas suppléer par eux-mêmes, ils relèvent toutes les grandes maisons par le moyen de leurs filles, qui sont comme une espèce de fumier qui engraisse les terres montagneuses et arides.

Je trouve, Ibben, la Providence admirable dans la manière dont elle a distribué les richesses. Si elle ne les avoit accordées qu'aux gens de bien, on ne les auroit pas assez distinguées de la vertu, et on n'en auroit plus senti tout le néant. Mais, quand on examine qui sont les gens qui en sont les plus chargés, à force de mépriser les riches, on vient enfin à mépriser les richesses.

A Paris, le 26 de la lune de Maharram, 1717.

✦✦✦✦✦✦✦

LETTRE C.

RICA A RHÉDI.

A Venise.

Je trouve les caprices de la mode, chez les François, étonnants. Ils ont oublié comment ils étoient habillés cet été; ils ignorent encore plus comment ils le seront cet hiver; mais surtout on ne sauroit croire combien il en coûte à un mari pour mettre sa femme à la mode.

Que me serviroit de te faire une description exacte de leur habillement et de leurs parures? une mode nouvelle viendroit détruire tout mon ouvrage, comme celui de leurs ouvriers; et avant que tu eusses reçu ma lettre, tout seroit changé.

Une femme qui quitte Paris pour aller passer six mois à la campagne en revient aussi antique que si elle s'y étoit oubliée trente ans. Le fils méconnoît le portrait de sa mère, tant l'habit avec lequel elle est peinte lui paroît étranger; il s'imagine que c'est quelque Américaine qui y est représentée, ou que le peintre a voulu exprimer quelqu'une de ses fantaisies.

5.

Quelquefois les coiffures montent insensible-
ment, et une révolution les fait descendre tout-
à-coup. Il a été un temps que leur hauteur im-
mense mettoit le visage d'une femme au milieu
d'elle-même ; dans un autre, c'étoient les pieds
qui occupoient cette place ; les talons faisoient un
piédestal qui les tenoit en l'air. Qui pourroit le
croire ? les architectes ont été souvent obligés de
hausser, de baisser, et d'élargir leurs portes, se-
lon que les parures des femmes exigeoient d'eux
ce changement ; et les règles de leur art ont été
asservies à ces fantaisies. On voit quelquefois sur
un visage une quantité prodigieuse de mouches,
et elles disparoissent toutes le lendemain. Autre-
fois les femmes avoient de la taille et des dents ;
aujourd'hui il n'en est pas question. Dans cette
changeante nation, quoi qu'en dise le critique,
les filles se trouvent autrement faites que leurs
mères.

Il en est des manières et de la façon de vivre
comme des modes : les François changent de
mœurs selon l'âge de leur roi. Le monarque pour-
roit même parvenir à rendre la nation grave, s'il
l'avoit entrepris. Le prince imprime le caractère
de son esprit à la cour, la cour à la ville, la ville
aux provinces. L'ame du souverain est un moule
qui donne la forme à toutes les autres.

<div align="right">A Paris, le 8 de la lune de Saphar, 1717.</div>

<div align="center">❖❖❖❖ ❖❖❖❖</div>

LETTRE CI.

RICA AU MÊME.

Je te parlois l'autre jour de l'inconstance pro-
digieuse des François sur leurs modes. Cependant
il est inconcevable à quel point ils en sont entêtés :
c'est la règle avec laquelle ils jugent de tout ce qui
se fait chez les autres nations ; ils y rappellent
tout ; ce qui est étranger leur paroît toujours ridi-
cule. Je t'avoue que je ne saurois guère ajuster
cette fureur pour leurs costumes avec l'incon-
stance avec laquelle ils en changent tous les jours.

Quand je te dis qu'ils méprisent tout ce qui est
étranger, je ne te parle que des bagatelles ; car, sur
les choses importantes, ils semblent s'être méfiés
d'eux-mêmes jusqu'à se dégrader. Ils avouent de
bon cœur que les autres peuples sont plus sages,
pourvu qu'on convienne qu'ils sont mieux vêtus ;
ils veulent bien s'assujettir aux lois d'une nation
rivale, pourvu que les perruquiers françois dé-
cident en législateurs sur la forme des perruques
étrangères. Rien ne leur paroît si beau que de voir

le goût de leurs cuisiniers régner du septentrion
au midi, et les ordonnances de leurs coiffeuses
portées dans toutes les toilettes de l'Europe.

Avec ces nobles avantages, que leur importe
que le bon sens leur vienne d'ailleurs, et qu'ils
aient pris de leurs voisins tout ce qui concerne le
gouvernement politique et civil ?

Qui peut penser qu'un royaume, le plus ancien
et le plus puissant de l'Europe, soit gouverné,
depuis plus de dix siècles, par des lois qui ne sont
pas faites pour lui ? Si les François avoient été
conquis, ceci ne seroit pas difficile à comprendre ;
mais ils sont les conquérants.

Ils ont abandonné les lois anciennes, faites par
leurs premiers rois dans les assemblées générales
de la nation ; et, ce qu'il y a de singulier, c'est
que les lois romaines, qu'ils ont prises à la place,
étoient en partie faites et en partie rédigées par
des empereurs contemporains de leurs législa-
teurs.

Et afin que l'acquisition fût entière, et que tout
le bon sens leur vînt d'ailleurs, ils ont adopté
toutes les constitutions des papes, et en ont fait
une nouvelle partie de leur droit : nouveau genre
de servitude.

Il est vrai que, dans les derniers temps, on a
rédigé par écrit quelques statuts des villes et des
provinces ; mais ils sont presque tous pris du droit
romain.

Cette abondance de lois adoptées, et, pour
ainsi dire, naturalisées, est si grande qu'elle ac-
cable également la justice et les juges. Mais ces
volumes de lois ne sont rien en comparaison de
cette armée effroyable de glossateurs, de com-
mentateurs, de compilateurs, gens aussi foibles
par le peu de justesse de leur esprit qu'ils sont
forts par leur nombre prodigieux.

Ce n'est pas tout : ces lois étrangères ont intro-
duit des formalités qui sont la honte de la raison
humaine. Il seroit assez difficile de décider si la
forme s'est rendue plus pernicieuse, lorsqu'elle
est entrée dans la jurisprudence, ou lorsqu'elle
s'est logée dans la médecine ; si elle a fait plus de
ravages sous la robe d'un jurisconsulte que sous
le large chapeau d'un médecin ; et si dans l'une
elle a plus ruiné de gens qu'elle n'en a tué dans
l'autre.

<div align="right">De Paris, le 12 de la lune de Saphar, 1717.</div>

<div align="center">———</div>

LETTRE CII.

USBEK A ***.

On parle toujours ici de la constitution. J'entrai l'autre jour dans une maison où je vis d'abord un gros homme avec un teint vermeil, qui disoit d'une voix forte : J'ai donné mon mandement; je n'irai point répondre à tout ce que vous dites ; mais lisez-le ce mandement, et vous verrez que j'y ai résolu tous vos doutes. Il m'a fallu bien suer pour le faire, dit-il en portant la main sur le front : j'ai eu besoin de toute ma doctrine; et il m'a fallu lire bien des auteurs latins. Je le crois, dit un homme qui se trouva là, car c'est un bel ouvrage; et je défie ce jésuite qui vient si souvent vous voir d'en faire un meilleur. Eh bien, lisez-le donc, reprit-il, et vous serez plus instruit sur ces matières dans un quart d'heure que si je vous en avois parlé deux heures. Voilà comme il évitoit d'entrer en conversation et de commettre sa suffisance. Mais, comme il se vit pressé, il fut obligé de sortir de ses retranchements; et il commença à dire théologiquement force sottises, soutenu d'un dervis qui les lui rendoit très-respectueusement. Quand deux hommes qui étoient là lui nioient quelque principe, il disoit d'abord : Cela est certain, nous l'avons jugé ainsi; et nous sommes des juges infaillibles. Et comment, lui dis-je pour lors, êtes-vous des juges infaillibles? Ne voyez-vous pas, reprit-il, que le Saint-Esprit nous éclaire? Cela est heureux, lui répondis-je, car, de la manière dont vous avez parlé tout aujourd'hui, je reconnois que vous avez grand besoin d'être éclairé.

A Paris, le 18 de la lune de Rebiab 1, 1717.

LETTRE CIII.

USBEK A IBBEN.

A Smyrne.

Les plus puissants états de l'Europe sont ceux de l'empereur, des rois de France, d'Espagne, et d'Angleterre. L'Italie et une grande partie de l'Allemagne sont partagées en un nombre infini de petits états, dont les princes sont, à proprement parler, les martyrs de la souveraineté. Nos glorieux sultans ont plus de femmes que la plupart de ces princes n'ont de sujets. Ceux d'Italie, qui ne sont pas si unis, sont plus à plaindre; leurs états sont ouverts comme des caravanserails, où ils sont obligés de loger les premiers qui viennent : il faut donc qu'ils s'attachent aux grands princes,

et leur fassent part de leur frayeur plutôt que de leur amitié.

La plupart des gouvernements d'Europe sont monarchiques, ou plutôt sont ainsi appelés; car je ne sais pas s'il y en a jamais eu véritablement de tels; au moins est-il impossible qu'ils aient subsisté long-temps dans leur pureté. C'est un état violent qui dégénère toujours en despotisme ou en république. La puissance ne peut jamais être également partagée entre le peuple et le prince; l'équilibre est trop difficile à garder : il faut que le pouvoir diminue d'un côté pendant qu'il augmente de l'autre; mais l'avantage est ordinairement du côté du prince, qui est à la tête des armées.

Aussi le pouvoir des rois d'Europe est-il bien grand, et on peut dire qu'ils l'ont tel qu'ils le veulent; mais ils ne l'exercent point avec tant d'étendue que nos sultans; premièrement, parce qu'ils ne veulent point choquer les mœurs et la religion des peuples; secondement, parce qu'il n'est pas de leur intérêt de le porter si loin.

Rien ne rapproche plus les princes de la condition de leurs sujets que cet immense pouvoir qu'ils exercent sur eux; rien ne les soumet plus aux revers et aux caprices de la fortune.

L'usage où ils sont de faire mourir tous ceux qui leur déplaisent, au moindre signe qu'ils font, renverse la proportion qui doit être entre les fautes et les peines, qui est comme l'âme des états et l'harmonie des empires; et cette proportion, scrupuleusement gardée par les princes chrétiens, leur donne un avantage infini sur nos sultans.

Un Persan qui, par imprudence ou par malheur, s'est attiré la disgrace du prince, est sûr de mourir : la moindre faute ou le moindre caprice le met dans cette nécessité. Mais, s'il avoit attenté à la vie de son souverain, s'il avoit voulu livrer ses places aux ennemis, il en seroit quitte aussi pour perdre la vie : il ne court donc pas plus de risque dans ce dernier cas que dans le premier.

Aussi, dans la moindre disgrace, voyant la mort certaine, et ne voyant rien de pis, il se porte naturellement à troubler l'état, et à conspirer contre le souverain, seule ressource qui lui reste.

Il n'en est pas de même des grands d'Europe, à qui la disgrace n'ôte rien que la bienveillance et la faveur. Ils se retirent de la cour, et ne songent qu'à jouir d'une vie tranquille et des avantages de leur naissance. Comme on ne les fait guère périr que pour le crime de lèse-majesté, ils craignent d'y tomber, par la considération de ce qu'ils ont à perdre, et du peu qu'ils ont à gagner; ce qui

fait qu'on voit peu de révoltes, et peu de princes morts d'une mort violente.

Si, dans cette autorité illimitée qu'ont nos princes, ils n'apportoient pas tant de précautions pour mettre leur vie en sûreté, ils ne vivroient pas un jour; et s'ils n'avoient à leur solde un nombre innombrable de troupes pour tyranniser le reste de leurs sujets, leur empire ne subsisteroit pas un mois.

Il n'y a que quatre ou cinq siècles qu'un roi de France [1] prit des gardes, contre l'usage de ces temps-là, pour se garantir des assassins qu'un petit prince d'Asie [2] avoit envoyés pour le faire périr; jusque-là les rois avoient vécu tranquilles au milieu de leurs sujets, comme des pères au milieu de leurs enfants.

Bien loin que les rois de France puissent de leur propre mouvement ôter la vie à un de leurs sujets, comme nos sultans, ils portent au contraire toujours avec eux la grace de tous les criminels : il suffit qu'un homme ait été assez heureux pour voir l'auguste visage de son prince, pour qu'il cesse d'être indigne de vivre. Ces monarques sont comme le soleil, qui porte partout la chaleur et la vie.

A Paris, le 8 de la lune de Rebiab 2, 1717.

LETTRE CIV.

USBEK AU MÊME.

Pour suivre l'idée de ma dernière lettre, voici à peu près ce que me disoit l'autre jour un Européen assez sensé :

Le plus mauvais parti que les princes d'Asie aient pu prendre, c'est de se cacher comme ils font. Ils veulent se rendre plus respectables; mais ils font respecter la royauté, et non pas le roi; et attachent l'esprit des sujets à un certain trône, et non pas à une certaine personne.

Cette puissance invisible qui gouverne est toujours la même pour le peuple. Quoique dix rois, qu'il ne connoît que de nom, se soient égorgés l'un après l'autre, il ne sent aucune différence : c'est comme s'il avoit été gouverné successivement par des esprits.

Si le détestable parricide [3] de notre grand roi Henri IV avoit porté ce coup sur un roi des Indes, maître du sceau royal et d'un trésor immense qui auroit semblé amassé pour lui, il auroit pris tranquillement les rênes de l'empire sans qu'un seul homme eût pensé à réclamer son roi, sa famille et ses enfants.

On s'étonne de ce qu'il n'y a presque jamais de changement dans le gouvernement des princes d'Orient; et d'où vient cela, si ce n'est de ce qu'il est tyrannique et affreux?

Les changements ne peuvent être faits que par le prince ou par le peuple; mais là, les princes n'ont garde d'en faire, parce que dans un si haut degré de puissance ils ont tout ce qu'ils peuvent avoir : s'ils changeoient quelque chose, ce ne pourroit être qu'à leur préjudice.

Quant aux sujets, si quelqu'un d'eux forme quelque résolution, il ne sauroit l'exécuter sur l'état; il faudroit qu'il contre-balançât tout à coup une puissance redoutable et toujours unique; le temps lui manque comme les moyens; mais il n'a qu'à aller à la source de ce pouvoir; et il ne lui faut qu'un bras et qu'un instant.

Le meurtrier monte sur le trône pendant que le monarque en descend, tombe, et va expirer à ses pieds.

Un mécontent en Europe songe à entretenir quelque intelligence secrète, à se jeter chez les ennemis, à se saisir de quelque place, à exciter quelques vains murmures parmi les sujets. Un mécontent en Asie va droit au prince, étonne, frappe, renverse : il en efface jusqu'à l'idée; dans un instant, l'esclave et le maître; dans un instant, usurpateur et légitime.

Malheureux le roi qui n'a qu'une tête ! il semble ne réunir sur elle toute sa puissance que pour indiquer au premier ambitieux l'endroit où il la trouvera tout entière.

A Paris, le 17 de la lune de Rebiab 2, 1717.

LETTRE CV.

USBEK AU MÊME.

Tous les peuples d'Europe ne sont pas également soumis à leurs princes : par exemple, l'humeur impatiente des Anglois ne laisse guère à leur roi le temps d'appesantir son autorité. La soumission et l'obéissance sont les vertus dont ils se piquent le moins. Ils disent là-dessus des choses bien extraordinaires. Selon eux, il n'y a qu'un lien qui puisse attacher les hommes, qui est celui de la gratitude : un mari, une femme, un père et un fils, ne sont liés entre eux que par l'amour qu'ils se portent, ou par les bienfaits qu'ils se procurent; et ces motifs divers de reconnoissance

[1] Philippe-Auguste. (P.)
[2] Le Vieux de la Montagne. (P.)
[3] Ravaillac. Il commit son forfait le 14 mai 1610. (P.)

sont l'origine de tous les royaumes et de toutes les sociétés.

Mais si un prince, bien loin de faire vivre ses sujets heureux, veut les accabler et les détruire, le fondement de l'obéissance cesse ; rien ne les lie, rien ne les attache à lui ; et ils rentrent dans leur liberté naturelle. Ils soutiennent que tout pouvoir sans bornes ne sauroit être légitime, parce qu'il n'a jamais pu avoir d'origine légitime. Car nous ne pouvons pas, disent-ils, donner à un autre plus de pouvoir sur nous que nous n'en avons nous-mêmes : or, nous n'avons pas sur nous-mêmes un pouvoir sans bornes ; par exemple, nous ne pouvons pas nous ôter la vie : personne n'a donc, concluent-ils, sur la terre un tel pouvoir.

Le crime de lèse-majesté n'est autre chose, selon eux, que le crime que le plus foible commet contre le plus fort en lui désobéissant, de quelque manière qu'il lui désobéisse. Aussi le peuple d'Angleterre, qui se trouva le plus fort contre un de leurs rois, déclara-t-il que c'étoit un crime de lèse-majesté à un prince de faire la guerre à ses sujets. Ils ont donc grande raison quand ils disent que le précepte de leur Alcoran, qui ordonne de se soumettre aux puissances, n'est pas bien difficile à suivre, puisqu'il leur est impossible de ne le pas observer ; d'autant que ce n'est pas au plus vertueux qu'on les oblige de se soumettre, mais à celui qui est le plus fort.

Les Anglois disent qu'un de leurs rois qui avoit vaincu et pris prisonnier un prince qui s'étoit révolté et lui disputoit la couronne, ayant voulu lui reprocher son infidélité et sa perfidie : Il n'y a qu'un moment, dit le prince infortuné, qu'il vient d'être décidé lequel de nous deux est le traître.

Un usurpateur déclare rebelles tous ceux qui n'ont point opprimé la patrie comme lui ; et, croyant qu'il n'y a pas de loi là où il ne voit point de juges, il fait révérer comme des arrêts du ciel les caprices du hasard et de la fortune.

A Paris, le 20 de la lune de Rebiab 2, 1717.

* * * * * *

LETTRE CVI.

RHÉDI A USBEK.

A Paris.

Tu m'as beaucoup parlé dans une de tes lettres des sciences et des arts cultivés en Occident. Tu me vas regarder comme un barbare ; mais je ne sais si l'utilité que l'on en retire dédommage les hommes du mauvais usage que l'on en fait tous les jours.

J'ai ouï dire que la seule invention des bombes avoit ôté la liberté à tous les peuples d'Europe. Les princes ne pouvant plus confier la garde des places aux bourgeois, qui, à la première bombe, se seroient rendus, ont eu un prétexte pour entretenir de gros corps de troupes réglées avec lesquelles ils ont dans la suite opprimé leurs sujets.

Tu sais que depuis l'invention de la poudre il n'y a plus de places imprenables, c'est-à-dire, Usbek, qu'il n'y a plus d'asile sur la terre contre l'injustice et la violence.

Je tremble toujours qu'on ne parvienne à la fin à découvrir quelque secret qui fournisse une voie plus abrégée pour faire périr les hommes, détruire les peuples et les nations entières.

Tu as lu les historiens ; fais-y bien attention : presque toutes les monarchies n'ont été fondées que sur l'ignorance des arts, et n'ont été détruites que parce qu'on les a trop cultivés. L'ancien empire de Perse peut nous en fournir un exemple domestique.

Il n'y a pas long-temps que je suis en Europe ; mais j'ai ouï parler à des gens sensés des ravages de la chimie. Il semble que ce soit un quatrième fléau qui ruine les hommes et les détruit en détail, mais continuellement, tandis que la guerre, la peste, la famine, les détruisent en gros, mais par intervalles.

Que nous a servi l'invention de la boussole et la découverte de tant de peuples, qu'à nous communiquer leurs maladies plutôt que leurs richesses ? L'or et l'argent avoient été établis par une convention générale pour être le prix de toutes les marchandises et un gage de leur valeur, par la raison que ces métaux étoient rares et inutiles à tout autre usage : que nous importoit-il donc qu'ils devinssent plus communs, et que, pour marquer la valeur d'une denrée, nous eussions deux ou trois signes au lieu d'un ? Cela n'en étoit que plus incommode.

Mais, d'un autre côté, cette invention a été bien pernicieuse aux pays qui ont été découverts. Les nations entières ont été détruites ; et les hommes qui ont échappé à la mort ont été réduits à une servitude si rude que le récit en a fait frémir les musulmans.

Heureuse l'ignorance des enfants de Mahomet ! Aimable simplicité si chérie de notre saint prophète, vous me rappelez toujours la naïveté des anciens temps, et la tranquillité qui régnoit dans le cœur de nos premiers pères.

A Paris, le 2 de la lune de Rhamazan, 1717.

LETTRE CVII.

USBEK A RHÉDI.

A Venise.

Ou tu ne penses pas ce que tu dis, ou bien tu fais mieux que tu ne penses. Tu as quitté ta patrie pour t'instruire, et tu méprises toute instruction : tu viens pour te former dans un pays où l'on cultive les beaux-arts, et tu les regardes comme pernicieux. Te le dirai-je, Rhédi? Je suis plus d'accord avec toi que tu ne l'es avec toi-même.

As-tu bien réfléchi à l'état barbare et malheureux où nous entraîneroit la perte des arts? Il n'est pas nécessaire de se l'imaginer, on peut le voir. Il y a encore des peuples sur la terre chez lesquels un singe passablement instruit pourroit vivre avec honneur; il s'y trouveroit à peu près à la portée des autres habitants, on ne lui trouveroit point l'esprit singulier ni le caractère bizarre; il passeroit tout comme un autre, et seroit distingué même par sa gentillesse.

Tu dis que les fondateurs des empires ont presque tous ignoré les arts. Je ne te nie pas que des peuples barbares n'aient pu, comme des torrents impétueux, se répandre sur la terre, et couvrir de leurs armées féroces les royaumes les mieux policés. Mais prends-y garde, ils ont appris les arts, ou les ont fait exercer aux peuples vaincus; sans cela leur puissance auroit passé comme le bruit du tonnerre et des tempêtes.

Tu crains, dis-tu, que l'on n'invente quelque manière de destruction plus cruelle que celle qui est en usage. Non : si une fatale invention venoit à se découvrir, elle seroit bientôt prohibée par le droit des gens; et le consentement unanime des nations enseveliroit cette découverte. Il n'est point de l'intérêt des princes de faire des conquêtes par de pareilles voies : ils doivent chercher des sujets, et non pas des terres.

Tu te plains de l'invention de la poudre et des bombes; tu trouves étrange qu'il n'y ait plus de place imprenable : c'est-à-dire que tu trouves étrange que les guerres soient aujourd'hui terminées plus tôt qu'elles ne l'étoient autrefois.

Tu dois avoir remarqué, en lisant les histoires, que, depuis l'invention de la poudre, les batailles sont beaucoup moins sanglantes qu'elles ne l'étoient, parce qu'il n'y a presque plus de mêlée.

Et, quand il se seroit trouvé quelque cas particulier où un art auroit été préjudiciable, doit-on pour cela le rejeter? Penses-tu, Rhédi, que la re-

ligion que notre saint prophète a apportée du ciel soit pernicieuse, parce qu'elle servira quelque jour à confondre les perfides chrétiens?

Tu crois que les arts amollissent les peuples, et par-là sont cause de la chute des empires. Tu parles de la ruine de celui des anciens Perses, qui fut l'effet de leur mollesse; mais il s'en faut bien que cet exemple décide, puisque les Grecs, qui les subjuguèrent, cultivoient les arts avec infiniment plus de soin qu'eux.

Quand on dit que les arts rendent les hommes efféminés, on ne parle pas du moins des gens qui s'y appliquent, puisqu'ils ne sont jamais dans l'oisiveté, qui, de tous les vices, est celui qui amollit le plus le courage.

Il n'est donc question que de ceux qui en jouissent. Mais, comme dans un pays policé ceux qui jouissent des commodités d'un art sont obligés d'en cultiver un autre, à moins que de se voir réduits à une pauvreté honteuse, il s'ensuit que l'oisiveté et la mollesse sont incompatibles avec les arts.

Paris est peut-être la ville du monde la plus sensuelle, et où l'on raffine le plus sur les plaisirs; mais c'est peut-être celle où l'on mène une vie plus dure. Pour qu'un homme vive délicieusement, il faut que cent autres travaillent sans relâche. Une femme s'est mis dans la tête qu'elle devoit paroître à une assemblée avec une certaine parure; il faut que dès ce moment cinquante artisans ne dorment plus, et n'aient plus le loisir de boire et de manger; elle commande, et elle est obéie plus promptement que ne seroit notre monarque, parce que l'intérêt est le plus grand monarque de la terre.

Cette ardeur pour le travail, cette passion de s'enrichir, passe de condition en condition, depuis les artisans jusqu'aux grands. Personne n'aime à être plus pauvre que celui qu'il vient de voir immédiatement au-dessous de lui. Vous voyez à Paris un homme qui a de quoi vivre jusqu'au jour du jugement, qui travaille sans cesse, et court risque d'accourcir ses jours pour amasser, dit-il, de quoi vivre.

Le même esprit gagne la nation; on n'y voit que travail et qu'industrie. Où est donc ce peuple efféminé dont tu parles tant?

Je suppose, Rhédi, qu'on ne souffrît dans un royaume que les arts absolument nécessaires à la culture des terres, qui sont pourtant en grand nombre, et qu'on en bannît tous ceux qui ne servent qu'à la volupté ou à la fantaisie, je le soutiens, cet état seroit le plus misérable qu'il y eût au monde.

Quand les habitants auroient assez de courage pour se passer de tant de choses qu'ils doivent à leurs besoins, le peuple dépériroit tous les jours; et l'état deviendroit si foible, qu'il n'y auroit si petite puissance qui ne fût en état de le conquérir.

Je pourrois entrer ici dans un long détail, et te faire voir que les revenus des particuliers cesseroient presque absolument, et par conséquent ceux du prince. Il n'y auroit presque plus de relation de facultés entre les citoyens; cette circulation de richesses, et cette progression de revenus qui vient de la dépendance où sont les arts les uns des autres, cesseroient absolument; chacun ne tireroit de revenu que de sa terre, et n'en tireroit précisément que ce qu'il lui faut pour ne pas mourir de faim. Mais, comme ce n'est pas la centième partie du revenu d'un royaume, il faudroit que le nombre des habitants diminuât à proportion, et qu'il n'en restât que la centième partie.

Fais bien attention jusqu'où vont les revenus de l'industrie. Un fonds ne produit annuellement à son maître que la vingtième partie de sa valeur; mais, avec une pistole de couleur, un peintre fera un tableau qui lui en vaudra cinquante. On en peut dire de même des orfèvres, des ouvriers en laine, en soie, et de toutes sortes d'artisans.

De tout ceci il faut conclure, Rhédi, que, pour qu'un prince soit puissant, il faut que ses sujets vivent dans les délices; il faut qu'il travaille à leur procurer toutes sortes de superfluités avec autant d'attention que les nécessités de la vie.

A Paris, le 14 de la lune de Chalval, 1717.

LETTRE CVIII.

RICA A IBBEN.

A Smyrne.

J'ai vu le jeune monarque. Sa vie est bien précieuse à ses sujets; elle ne l'est pas moins à toute l'Europe par les grands troubles que sa mort pourroit produire. Mais les rois sont comme les dieux; et, pendant qu'ils vivent, on doit les croire immortels. Sa physionomie est majestueuse, mais charmante: une belle éducation semble concourir avec un heureux naturel, et promet déjà un grand prince.

On dit que l'on ne peut jamais connoître le caractère des rois d'Occident jusqu'à ce qu'ils aient passé par les deux grandes épreuves de leur maîtresse et de leur confesseur. On verra bientôt l'un et l'autre travailler à se saisir de l'esprit de celui-ci; et il se livrera pour cela de grands combats. Car, sous un jeune prince, ces deux puissances sont toujours rivales; mais elles se concilient et se réunissent sous un vieux. Sous un jeune prince, le dervis a un rôle bien difficile à soutenir: la force du roi fait sa foiblesse; mais l'autre triomphe également de sa foiblesse et de sa force.

Lorsque j'arrivai en France, je trouvai le feu roi absolument gouverné par les femmes; et cependant, dans l'âge où il étoit, je crois que c'étoit le monarque de la terre qui en avoit le moins de besoin. J'entendis un jour une femme qui disoit: Il faut que l'on fasse quelque chose pour ce jeune colonel; sa valeur m'est connue; j'en parlerai au ministre. Une autre disoit: Il est surprenant que ce jeune abbé ait été oublié; il faut qu'il soit évêque; il est homme de naissance, et je pourrois répondre de ses mœurs. Il ne faut pas pourtant que tu t'imagines que celles qui tenoient ces discours fussent des favorites du prince; elles ne lui avoient peut-être pas parlé deux fois en leur vie: chose pourtant très-facile à faire chez les princes européens. Mais c'est qu'il n'y a personne qui ait quelque emploi à la cour, dans Paris, ou dans les provinces, qui n'ait une femme par les mains de laquelle passent toutes les graces et quelquefois les injustices qu'il peut faire. Ces femmes ont toutes des relations les unes avec les autres, et forment une espèce de république dont les membres toujours actifs se secourent et se servent mutuellement: c'est comme un nouvel état dans l'état; et celui qui est à la cour, à Paris, dans les provinces, qui voit agir des ministres, des magistrats, des prélats, s'il ne connoît les femmes qui les gouvernent, est comme un homme qui voit bien une machine qui joue, mais qui n'en connoît point les ressorts.

Crois-tu, Ibben, qu'une femme s'avise d'être la maîtresse d'un ministre pour coucher avec lui? Quelle idée! c'est pour lui présenter cinq ou six placets tous les matins; et la bonté de leur naturel paroît dans l'empressement qu'elles ont de faire du bien à une infinité de gens malheureux qui leur procurent cent mille livres de rente.

On se plaint en Perse de ce que le royaume est gouverné par deux ou trois femmes: c'est bien pis en France, où les femmes en général gouvernent, et prennent non seulement en gros, mais même se partagent en détail toute l'autorité.

A Paris, le dernier de la lune de Chalval, 1717.

LETTRE CIX.

USBEK A ***.

Il y a une espèce de livres que nous ne con-
noissons point en Perse, et qui me paroissent ici
fort à la mode : ce sont les journaux. La paresse
se sent flattée en les lisant ; on est ravi de pouvoir
parcourir trente volumes en un quart d'heure.

Dans la plupart des livres, l'auteur n'a pas fait
les compliments ordinaires, que les lecteurs sont
aux abois : il les fait entrer à demi-morts dans
une matière noyée au milieu d'une mer de paroles.
Celui-ci veut s'immortaliser par un in-douze ; ce-
lui-là, par un in-quarto ; un autre, qui a de plus
belles inclinations, vise à l'in-folio ; il faut donc
qu'il étende son sujet à proportion ; ce qu'il fait
sans pitié, comptant pour rien la peine du pauvre
lecteur, qui se tue à réduire ce que l'auteur a pris
tant de peine à amplifier.

Je ne sais, ***, quel mérite il y a à faire de pa-
reils ouvrages : j'en ferois bien autant si je vou-
lois ruiner ma santé et un libraire.

Le grand tort qu'ont les journalistes, c'est qu'ils
ne parlent que des livres nouveaux : comme si la
vérité étoit jamais nouvelle ! Il me semble que,
jusqu'à ce qu'un homme ait lu tous les livres
anciens, il n'a aucune raison de leur préférer les
nouveaux.

Mais lorsqu'ils s'imposent la loi de ne parler
que des ouvrages encore tout chauds de la forge,
ils s'en imposent une autre, qui est d'être très-
ennuyeux. Ils n'ont garde de critiquer les livres
dont ils font les extraits, quelque raison qu'ils en
aient ; et, en effet, quel est l'homme assez hardi
pour vouloir se faire dix ou douze ennemis tous
les mois ?

La plupart des auteurs ressemblent aux poëtes
qui souffriront une volée de coups de bâton sans
se plaindre, mais qui, peu jaloux de leurs épaules,
le sont si fort de leurs ouvrages, qu'ils ne sau-
roient soutenir la moindre critique. Il faut donc
bien se donner de garde de les attaquer par un
endroit si sensible ; et les journalistes le savent
bien. Ils font donc tout le contraire ; ils commen-
cent par louer la matière qui est traitée : pre-
mière fadeur ; de là ils passent aux louanges de
l'auteur : louanges forcées, car ils ont affaire à
des gens qui sont encore en haleine, tout prêts à
se faire faire raison, et à foudroyer à coups de
plume un téméraire journaliste.

A Paris, le 5 de la lune de Zilcadé, 1718.

LETTRE CX.

RICA A ***.

L'université de Paris est la fille aînée des rois
de France, et très-aînée ; car elle a plus de neuf
cents ans [1] : aussi rêve-t-elle quelquefois.

On m'a compté qu'elle eut, il y a quelque
temps, un grand démêlé avec quelques docteurs
à l'occasion de la lettre Q [2], qu'elle vouloit que
l'on prononçât comme un K. La dispute s'échauffa
si fort que quelques uns furent dépouillés de leurs
biens : il fallut que le parlement terminât le diffé-
rent ; et il accorda permission, par un arrêt solen-
nel, à tous les sujets du roi de France de pronon-
cer cette lettre à leur fantaisie. Il faisoit beau voir
les deux corps de l'Europe les plus respectables
occupés à décider du sort d'une lettre de l'al-
phabet !

Il semble, mon cher ***, que les têtes des plus
grands hommes s'étrécissent lorsqu'elles sont as-
semblées, et que là où il y a plus de sages, il y ait
aussi moins de sagesse. Les grands corps s'attachent
toujours si fort aux minuties, aux formalités, aux
vains usages, que l'essentiel ne va jamais qu'a-
près. J'ai ouï dire qu'un roi d'Arragon [3] ayant
assemblé les états d'Arragon et de Catalogne, les
premières séances s'employèrent à décider en
quelle langue les délibérations seroient conçues :
la dispute étoit vive, et les états se seroient rom-
pus mille fois, si l'on n'avoit imaginé un expé-
dient, qui étoit que la demande seroit faite en
langage catalan, et la réponse en arragonois.

A Paris, le 25 de la lune de Zilhagé, 1718.

LETTRE CXI.

RICA A ***.

Le rôle d'une jolie femme est beaucoup plus
grave que l'on ne pense. Il n'y a rien de plus sé-
rieux que ce qui se passe le matin à sa toilette,
au milieu de ses domestiques : un général d'armée
n'emploie pas plus d'attention à placer sa droite
ou son corps de réserve, qu'elle en met à poser
une mouche qui peut manquer, mais dont elle es-
père ou prévoit le succès.

Quelle gêne d'esprit, quelle attention, pour
concilier sans cesse les intérêts de deux rivaux,
pour paroître neutre à tous les deux, pendant

[1] Elle fut fondée par Charlemagne, dans son propre palais. (P.)
[2] Il veut parler de la querelle de Ramus.
[3] C'étoit en 1610. — Philippe IV. (P.)

qu'elle est livrée à l'un et à l'autre, et se rendre médiatrice sur tous les sujets de plainte qu'elle leur donne !

Quelle occupation pour faire venir parties de plaisirs sur parties, les faire succéder et renaître sans cesse, et prévenir tous les accidents qui pourroient les rompre !

Avec tout cela, la plus grande peine n'est pas de se divertir, c'est de le paroître. Ennuyez-les tant que vous voudrez, elles vous le pardonneront, pourvu que l'on puisse croire qu'elles se sont bien réjouies.

Je fus, il y a quelques jours, d'un souper que des femmes firent à la campagne. Dans le chemin, elles disoient sans cesse : Au moins il faudra bien rire et bien nous divertir.

Nous nous trouvâmes assez mal assortis, et par conséquent assez sérieux. Il faut avouer, dit une de ces femmes, que nous nous divertissons bien : il n'y a pas aujourd'hui dans Paris une partie si gaie que la nôtre. Comme l'ennui me gagnoit, une femme me secoua, et me dit : Eh bien ! ne sommes-nous pas de bonne humeur ? Oui, lui répondis-je en bâillant : je crois que je crèverai à force de rire. Cependant la tristesse triomphoit toujours des réflexions ; et, quant à moi, je me sentis conduit de bâillement en bâillement dans un sommeil léthargique qui finit tous mes plaisirs.

A Paris, le 11 de la lune de Maharram, 1718.

LETTRE CXII.

USBEK A ***.

Le règne du feu roi a été si long, que la fin en avoit fait oublier le commencement. C'est aujourd'hui la mode de ne s'occuper que des événements arrivés dans sa minorité ; et on ne lit plus que les mémoires de ces temps-là.

Voici le discours qu'un des généraux de la ville de Paris prononça dans un conseil de guerre ; et j'avoue que je n'y comprends pas grand'chose.

« Messieurs, quoique nos troupes aient été re-
» poussées avec perte, je crois qu'il nous sera
» facile de réparer cet échec. J'ai six couplets de
» chanson tout prêts à mettre au jour, qui, je
» m'assure, remettront toutes choses dans l'équi-
» libre. J'ai fait choix de quelques voix très-nettes,
» qui, sortant de la cavité de certaines poitrines
» très-fortes, émouvront merveilleusement le peu-
» ple. Ils sont sur un air qui a fait jusqu'à présent
» un effet tout particulier.

» Si cela ne suffit pas, nous ferons paroître une
» estampe qui fera voir Mazarin pendu.

» Par bonheur pour nous, il ne parle pas bien
» françois ; et il l'écorche tellement, qu'il n'est
» pas possible que ses affaires ne déclinent. Nous
» ne manquons pas de faire bien remarquer au
» peuple le ton ridicule dont il prononce. Nous
» relevâmes, il y a quelques jours, une faute de
» grammaire si grossière, qu'on en fit des farces
» par tous les carrefours.

» J'espère qu'avant qu'il soit huit jours le peuple
» fera du nom de Mazarin un mot générique pour
» exprimer toutes les bêtes de somme, et celles
» qui servent à tirer.

» Depuis notre défaite, notre musique l'a si fu-
» rieusement vexé sur le péché originel, que,
» pour ne pas voir ses partisans réduits à la moitié,
» il a été obligé de renvoyer tous ses pages.

» Ranimez-vous donc, reprenez courage ; et
» soyez sûrs que nous lui ferons repasser les monts
» à coups de sifflets. »

A Paris, le 4 de la lune de Chahban, 1718.

LETTRE CXIII.

RHÉDI A USBEK.

A Paris.

Pendant le séjour que je fais en Europe, je lis les historiens anciens et modernes ; je compare tous les temps ; j'ai du plaisir à les voir passer, pour ainsi dire, devant moi ; et j'arrête surtout mon esprit à ces grands changements qui ont rendu les âges si différents des âges, et la terre si peu semblable à elle-même.

Tu n'as peut-être pas fait attention à une chose qui cause tous les jours ma surprise. Comment le monde est-il si peu peuplé, en comparaison de ce qu'il étoit autrefois ? Comment la nature a-t-elle pu perdre cette prodigieuse fécondité des premiers temps ? seroit-elle deja dans sa vieillesse, et tomberoit-elle de langueur ?

J'ai resté plus d'un an en Italie, où je n'ai vu que le débris de cette ancienne Italie si fameuse autrefois. Quoique tout le monde habite les villes, elles sont entièrement désertes et dépeuplées : il semble qu'elles ne subsistent encore que pour marquer le lieu où étoient ces cités puissantes dont l'histoire a tant parlé.

Il y a des gens qui prétendent que la seule ville de Rome contenoit autrefois plus de peuple qu'un grand royaume de l'Europe n'en a aujourd'hui. Il y a eu tel citoyen romain qui avoit dix, et même

vingt mille esclaves, sans compter ceux qui travailloient dans les maisons de compagne ; et, comme on y comptoit quatre ou cinq cent mille citoyens, on ne peut fixer le nombre de ses habitants sans que l'imagination ne se révolte.

Il y avoit autrefois dans la Sicile de puissants royaumes et des peuples nombreux qui en ont disparu depuis : cette île n'a plus rien de considérable que ses volcans.

La Grèce est si déserte, qu'elle ne contient pas la centième partie de ses anciens habitants.

L'Espagne, autrefois si remplie, ne fait voir aujourd'hui que des campagnes inhabitées ; et la France n'est rien en comparaison de cette ancienne Gaule dont parle César.

Les pays du Nord sont fort dégarnis ; et il s'en faut bien que les peuples y soient, comme autrefois, obligés de se partager, et d'envoyer dehors, comme des essaims, des colonies et des nations entières chercher de nouvelles demeures.

La Pologne et la Turquie en Europe n'ont presque plus de peuples.

On ne sauroit trouver dans l'Amérique la deux-centième partie des hommes qui y formoient de si grands empires.

L'Asie n'est guère en meilleur état. Cette Asie mineure qui contenoit tant de puissantes monarchies, et un nombre si prodigieux de grandes villes, n'en a plus que deux ou trois. Quant à la grande Asie, celle qui est soumise au Turc n'est pas plus pleine ; et pour celle qui est sous la domination de nos rois, si on la compare à l'état florissant où elle étoit autrefois, on verra qu'elle n'a qu'une très-petite partie des habitants qui y étoient sans nombre du temps des Xerxès et des Darius.

Quant aux petits états qui sont autour de ces grands empires, ils sont réellement déserts : tels sont les royaumes d'Irimette, de Circassie, et de Guriel. Ces princes, avec de vastes états, comptent à peine cinquante mille sujets.

L'Égypte n'a pas moins manqué que les autres pays.

Enfin je parcours la terre, et je n'y trouve que délabrement : je crois la voir sortir des ravages de la peste et de la famine.

L'Afrique a toujours été si inconnue, qu'on ne peut en parler si précisément que des autres parties du monde ; mais, à ne faire attention qu'aux côtes de la Méditerranée connues de tout temps, on voit qu'elle a extrêmement déchu de ce qu'elle étoit province romaine. Aujourd'hui ses princes sont si foibles, que ce sont les plus petites puissances du monde.

Après un calcul aussi exact qu'il peut l'être dans ces sortes de choses, j'ai trouvé qu'il y a à peine sur la terre la dixième partie des hommes qui y étoient du temps de César. Ce qu'il y a d'étonnant, c'est qu'elle se dépeuple tous les jours ; et si cela continue, dans dix siècles elle ne sera qu'un désert.

Voilà, mon cher Usbek, la plus terrible catastrophe qui soit jamais arrivée dans le monde. Mais à peine s'en est-on aperçu, parce qu'elle est arrivée insensiblement et dans le cours d'un grand nombre de siècles ; ce qui marque un vice intérieur, un venin secret et caché, une maladie de langueur, qui afflige la nature humaine.

A Venise, le 10 de la lune de Rhégeb, 1718.

LETTRE CXIV.

USBEK A RHÉDI.

A Venise.

Le monde, mon cher Rhédi, n'est point incorruptible ; les cieux mêmes ne le sont pas : les astronomes sont des témoins oculaires de tous les changements, qui sont les effets bien naturels du mouvement universel de la matière.

La terre est soumise, comme les autres planètes, aux mêmes lois des mouvements ; elle souffre au-dedans d'elle un combat perpétuel de ses principes : la mer et le continent semblent être dans une guerre éternelle ; chaque instant produit de nouvelles combinaisons.

Les hommes, dans une demeure si sujette aux changements, sont dans un état aussi incertain : cent mille causes peuvent agir, dont la plus petite peut les détruire, et à plus forte raison augmenter ou diminuer leur nombre.

Je ne te parlerai pas de ces catastrophes particulières, si communes chez les historiens, qui ont détruit des villes et des royaumes entiers : il y en a de générales, qui ont mis bien des fois le genre humain à deux doigts de sa perte.

Les histoires sont pleines de ces pestes universelles qui ont tour à tour désolé l'univers. Elles parlent d'une, entre autres, qui fut si violente, qu'elle brûla jusqu'à la racine des plantes, et se fit sentir dans tout le monde connu, jusqu'à l'empire du Catay : un degré de plus de corruption auroit, peut-être en un seul jour, détruit toute la nature humaine.

Il n'y a pas deux siècles que la plus honteuse de toutes les maladies se fit sentir en Europe, en Asie

et en Afrique; elle fit dans très-peu de temps des effets prodigieux : c'étoit fait des hommes si elle avoit continué ses progrès avec la même furie. Accablés de maux dès leur naissance, incapables de soutenir le poids des charges de la société, ils auroient péri misérablement.

Qu'auroit-ce été si le venin eût été un peu plus exalté? et il le seroit devenu sans doute, si l'on n'avoit été assez heureux pour trouver un remède aussi puissant que celui qu'on a découvert. Peut-être que cette maladie, attaquant les parties de la génération, auroit attaqué la génération même.

Mais pourquoi parler de là destruction qui auroit pu arriver au genre humain? n'est-elle pas arrivée en effet, et le déluge ne le réduisit-il pas à une seule famille?

Ceux qui connoissent la nature, et qui ont de Dieu une idée raisonnable, peuvent-ils comprendre que la matière et les choses créées, n'aient que six mille ans? que Dieu ait différé pendant toute l'éternité ses ouvrages, et n'ait usé que d'hier de sa puissance créatrice? Seroit-ce parce qu'il ne l'auroit pu, ou parce qu'il ne l'auroit pas voulu. Mais, s'il ne l'a pas pu dans un temps, il ne l'a pas pu dans l'autre. C'est donc parce qu'il ne l'a pas voulu. Mais, comme il n'y a point de succession dans Dieu, si l'on admet qu'il ait voulu quelque chose une fois, il l'a voulu toujours, et dès le commencement.

Il ne faut donc pas compter les années du monde; le nombre des grains de sable de la mer ne leur est pas plus comparable qu'un instant.

Cependant tous les historiens nous parlent d'un premier père; ils nous font voir la nature humaine naissante. N'est-il pas naturel de penser qu'Adam fut sauvé d'un malheur commun, comme Noé le fut du déluge, et que ces grands événements ont été fréquents sur la terre depuis la création du monde?

Mais toutes les destructions ne sont pas violentes. Nous voyons plusieurs parties de la terre se lasser de fournir à la subsistance des hommes : que savons-nous si la terre entière n'a pas des causes générales, lentes, et imperceptibles, de lassitude [1]?

J'ai été bien aise de te donner ces idées générales avant de répondre plus particulièrement à ta lettre sur la diminution des peuples, arrivée depuis dix-sept à dix-huit siècles. Je te ferai voir dans une lettre suivante qu'indépendamment des

[1] Cet alinéa fut ajouté dans la dernière édition.

causes physiques il y en a de morales qui ont produit cet effet.

A Paris, le 8 de la lune de Chahban, 1718.

LETTRE CXV.

USBEK AU MÊME.

Tu cherches la raison pourquoi la terre est moins peuplée qu'elle ne l'étoit autrefois; et, si tu y fais bien attention, tu verras que la grande différence vient de celle qui est arrivée dans les mœurs.

Depuis que la religion chrétienne et la mahométane ont partagé le monde romain, les choses sont bien changées; il s'en faut bien que ces deux religions soient aussi favorables à la propagation de l'espèce que celle de ces maîtres de l'univers.

Dans cette dernière, la polygamie étoit défendue; et en cela elle avoit un très-grand avantage sur la religion mahométane; le divorce y étoit permis; ce qui lui en donnoit un autre non moins considérable sur la chrétienne.

Je ne trouve rien de si contradictoire que cette pluralité des femmes permise par le saint Alcoran, et l'ordre de les satisfaire ordonné dans le même livre. Voyez vos femmes, dit le prophète, parce que vous leur êtes nécessaires comme leurs vêtements, et qu'elles vous sont nécessaires comme vos vêtements. Voilà un précepte qui rend la vie d'un véritable musulman bien laborieuse. Celui qui a les quatre femmes établies par la loi, et seulement autant de concubines et d'esclaves, ne doit-il pas être accablé de tant de vêtements?

Vos femmes sont vos labourages, dit encore le prophète; approchez-vous donc de vos labourages : faites du bien pour vos ames, et vous le trouverez un jour.

Je regarde un bon musulman comme un athlète destiné à combattre sans relâche, mais qui, bientôt foible et accablé de ses premières fatigues, languit dans le champ même de la victoire, et se trouve, pour ainsi dire, enseveli sous ses propres triomphes.

La nature agit toujours avec lenteur et pour ainsi dire avec épargne : ses opérations ne sont jamais violentes. Jusque dans ses productions elle veut de la tempérance; elle ne va jamais qu'avec règle et mesure : si on la précipite, elle tombe bientôt dans la langueur; elle emploie toute la force qui lui reste à se conserver, perdant absolument sa vertu productrice et sa puissance générative.

C'est dans cet état de défaillance que nous met toujours ce grand nombre de femmes, plus propres à nous épuiser qu'à nous satisfaire. Il est très ordinaire parmi nous de voir un homme dans un sérail prodigieux avec un très petit nombre d'enfants ; ces enfants même sont la plupart du temps foibles et malsains, et se sentent de la langueur de leur père.

Ce n'est pas tout : ces femmes, obligées à une continence forcée, ont besoin d'avoir des gens pour les garder, qui ne peuvent être que des eunuques ; la religion, la jalousie, et la raison même, ne permettent pas d'en laisser approcher d'autres : ces gardiens doivent être en grand nombre, soit afin de maintenir la tranquillité au-dedans parmi les guerres que ces femmes se font sans cesse, soit enfin pour empêcher les entreprises du dehors. Ainsi un homme qui a dix femmes ou concubines n'a pas trop d'autant d'eunuques pour les garder. Mais quelle perte pour la société que ce grand nombre d'hommes morts dès leur naissance ! quelle dépopulation ne doit-il pas s'ensuivre !

Les filles esclaves qui sont dans le sérail pour servir avec les eunuques ce grand nombre de femmes, y vieillissent presque toujours dans une affligeante virginité : elles ne peuvent pas se marier pendant qu'elles y restent ; et leurs maîtresses, une fois accoutumées à elles, ne s'en défont presque jamais.

Voilà comment un seul homme occupe lui seul tant de sujets de l'un et l'autre sexe à ses plaisirs, les fait mourir pour l'état, et les rend inutiles à la propagation de l'espèce.

Constantinople et Ispahan sont les capitales des deux plus grands empires du monde : c'est là que tout doit aboutir, et que les peuples, attirés de mille manières, se rendent de toutes parts. Cependant elles périssent d'elles-mêmes, et elles seroient bientôt détruites, si les souverains n'y faisoient venir, presque à chaque siècle, des nations entières pour les repeupler. J'épuiserai ce sujet dans une autre lettre.

A Paris, le 13 de la lune de Chahban, 1718.

⚹⚹⚹⚹⚹⚹

LETTRE CXVI.

USBEK AU MÊME.

Les Romains n'avoient pas moins d'esclaves que nous : ils en avoient même plus ; mais ils en faisoient un meilleur usage.

Bien loin d'empêcher par des voies forcées la multiplication de ces esclaves, ils la favorisoient au contraire de tout leur pouvoir ; ils les associoient le plus qu'ils pouvoient par des espèces de mariages. Par ce moyen, ils remplissoient leurs maisons de domestiques de tous les sexes, de tous les âges ; et l'état, d'un peuple innombrable.

Ces enfants, qui faisoient à la longue la richesse d'un maître, naissoient sans nombre autour de lui : il étoit seul chargé de leur nourriture et de leur éducation. Les pères, libres de ce fardeau, suivoient uniquement le penchant de la nature, et multiplioient sans craindre une trop nombreuse famille.

Je t'ai dit que parmi nous tous les esclaves sont occupés à garder nos femmes, et à rien de plus ; qu'ils sont, à l'égard de l'état, dans une perpétuelle léthargie : de manière qu'il faut restreindre à quelques hommes libres, à quelques chefs de famille, la culture des arts et des terres, lesquels même s'y donnent le moins qu'ils peuvent.

Il n'en étoit pas de même chez les Romains. La république se servoit avec un avantage infini de ce peuple d'esclaves. Chacun d'eux avoit son pécule, qu'il possédoit aux conditions que son maître lui imposoit ; avec ce pécule il travailloit, et se tournoit du côté où le portoit son industrie. Celui-ci faisoit la banque ; celui-là se donnoit au commerce de la mer ; l'un vendoit des marchandises en détail ; l'autre s'appliquoit à quelque art mécanique, ou bien affermoit et faisoit valoir des terres : mais il n'y en avoit aucun qui ne s'attachât de tout son pouvoir à faire profiter ce pécule, qui lui procuroit en même temps l'aisance dans la servitude présente, et l'espérance d'une liberté future : cela faisoit un peuple laborieux, animoit les arts et l'industrie.

Ces esclaves, devenus riches par leurs soins et leur travail, se faisoient affranchir, et devenoient citoyens. La république se réparoit sans cesse, et recevoit dans son sein de nouvelles familles, à mesure que les anciennes se détruisoient.

J'aurai peut-être, dans mes lettres suivantes, occasion de te prouver que plus il y a d'hommes dans un état, plus le commerce y fleurit ; je prouverai aussi facilement que plus le commerce y fleurit, plus le nombre des hommes y augmente : ces deux choses s'entr'aident, et se favorisent nécessairement.

Si cela est, combien ce nombre prodigieux d'esclaves, toujours laborieux, devoit-il s'accroître et s'augmenter ? L'industrie et l'abondance les fai-

soient naître ; et eux, de leur côté, faisoient naître l'abondance et l'industrie.

A Paris, le 16 de la lune de Chahban, 1718.

LETTRE CXVII.

USBEK AU MÊME.

Nous avons jusqu'ici parlé des pays mahométans, et cherché la raison pourquoi ils étoient moins peuplés que ceux qui étoient soumis à la domination des Romains : examinons à présent ce qui a produit cet effet chez les chrétiens.

Le divorce étoit permis dans la religion païenne, et il fut défendu aux chrétiens. Ce changement, qui parut d'abord de si petite conséquence, eut insensiblement des suites terribles, et telles qu'on peut à peine les croire.

On ôta non seulement toute la douceur du mariage, mais aussi l'on donna atteinte à sa fin : en voulant resserrer ses nœuds, on les relâcha ; et au lieu d'unir les cœurs, comme on le prétendoit, on les sépara pour jamais.

Dans une action si libre, et où le cœur doit avoir tant de part, on mit la gêne, la nécessité, et la fatalité du destin même. On compta pour rien les dégoûts, les caprices et l'insociabilité des humeurs ; on voulut fixer le cœur, c'est-à-dire ce qu'il y a de plus variable et de plus inconstant dans la nature : on attacha sans retour et sans espérance des gens accablés l'un de l'autre, et presque toujours mal assortis ; et l'on fit comme ces tyrans qui faisoient lier des hommes vivants à des corps morts.

Rien ne contribuoit plus à l'attachement mutuel que la faculté du divorce : un mari et une femme étoient portés à soutenir patiemment les peines domestiques, sachant qu'ils étoient maîtres de les faire finir ; et ils gardoient souvent ce pouvoir en main toute leur vie sans en user, par cette seule considération qu'ils étoient libres de le faire.

Il n'en est pas de même des chrétiens que leurs peines présentes désespèrent pour l'avenir. Ils ne voient dans les désagréments du mariage que leur durée, et, pour ainsi dire, leur éternité : de là viennent les dégoûts, les discordes, les mépris ; et c'est autant de perdu pour la postérité. A peine a-t-on trois ans de mariage, qu'on en néglige l'essentiel : on passe ensemble trente ans de froideur : il se forme des séparations intestines aussi fortes et peut-être plus pernicieuses que si elles étoient publiques : chacun vit et reste de son côté, et tout cela au préjudice des races futures. Bientôt un

homme, dégoûté d'une femme éternelle, se livrera aux filles de joie [1] : commerce honteux et si contraire à la société, lequel, sans remplir l'objet du mariage, n'en représente tout au plus que les plaisirs.

Si de deux personnes ainsi liées il y en a une qui n'est pas propre au dessein de la nature et à la propagation de l'espèce, soit par son tempérament, soit par son âge, elle ensevelit l'autre avec elle, et la rend aussi inutile qu'elle l'est elle-même.

Il ne faut donc pas s'étonner si l'on voit chez les chrétiens tant de mariages fournir un si petit nombre de citoyens. Le divorce est aboli ; les mariages mal assortis ne se raccommodent plus ; les femmes ne passent plus, comme chez les Romains, successivement dans les mains de plusieurs maris, qui en tiroient, dans le chemin, le meilleur parti qu'il étoit possible.

J'ose le dire : si dans une république comme Lacédémone, où les citoyens étoient sans cesse gênés par des lois singulières et subtiles, et dans laquelle il n'y avoit qu'une famille, qui étoit la république, il avoit été établi que les maris changeassent de femmes tous les ans, il en seroit né un peuple innombrable.

Il est assez difficile de faire bien comprendre la raison qui a porté les chrétiens à abolir le divorce. Le mariage, chez toutes les nations du monde, est un contrat susceptible de toutes les conventions, et on n'en a dû bannir que celles qui auroient pu en affoiblir l'objet ; mais les chrétiens ne le regardent pas dans ce point de vue : aussi ont-ils bien de la peine à dire ce que c'est. Ils ne le font pas consister dans le plaisir des sens ; au contraire, comme je te l'ai déjà dit, il semble qu'ils veulent l'en bannir autant qu'ils peuvent ; mais c'est une image, une figure, et quelque chose de mystérieux, que je ne comprends point.

A Paris, le 19 de la lune de Chahban, 1718.

LETTRE CXVIII.

USBEK AU MÊME.

La prohibition du divorce n'est pas la seule cause de la dépopulation des pays chrétiens : le grand nombre d'eunuques qu'ils ont parmi eux n'en est pas une moins considérable.

[1] Un Persan ne pouvoit pas parler autrement : les hommes jugent de tout relativement à leur âge, à leur humeur, et à leurs passions. (P.)

Je parle des prêtres et des dervis de l'un et de l'autre sexe, qui se vouent à une continence éternelle : c'est chez les chrétiens la vertu par excellence ; en quoi je ne les comprends pas, ne sachant ce que c'est qu'une vertu dont il ne résulte rien.

Je trouve que leurs docteurs se contredisent manifestement quand ils disent que le mariage est saint, et que le célibat, qui lui est opposé, l'est encore davantage, sans compter qu'en fait de préceptes et de dogmes fondamentaux le bien est toujours le mieux.

Le nombre de ces gens faisant profession de célibat est prodigieux. Les pères y condamnoient autrefois les enfants dès le berceau ; aujourd'hui ils s'y vouent eux-mêmes dès l'âge de quatorze ans : ce qui revient à peu près à la même chose.

Ce métier de continence a anéanti plus d'hommes que les pestes et les guerres les plus sanglantes n'ont jamais fait. On voit dans chaque maison religieuse une famille éternelle où il ne naît personne, et qui s'entretient aux dépens de toutes les autres. Ces maisons sont toujours ouvertes comme autant de gouffres où s'ensevelissent les races futures.

Cette politique est bien différente de celle des Romains, qui établissoient des lois pénales contre ceux qui se refusoient aux lois du mariage, et vouloient jouir d'une liberté si contraire à l'utilité publique.

Je ne te parle ici que des pays catholiques. Dans la religion protestante, tout le monde est en droit de faire des enfants : elle ne souffre ni prêtres ni dervis ; et si, dans l'établissement de cette religion qui ramenoit tout aux premiers temps, ses fondateurs n'avoient été accusés sans cesse d'intempérance, il ne faut pas douter qu'après avoir rendu la pratique du mariage universelle, ils n'en eussent encore adouci le joug, et achevé d'ôter toute la barrière qui sépare, en ce point, le Nazaréen et Mahomet.

Mais, quoi qu'il en soit, il est certain que la religion donne aux protestants un avantage infini sur les catholiques.

J'ose le dire : dans l'état présent où est l'Europe, il n'est pas possible que la religion catholique y subsiste cinq cents ans.

Avant l'abaissement de la puissance d'Espagne, les catholiques étoient beaucoup plus forts que les protestants. Ces derniers sont peu à peu parvenus à un équilibre, et aujourd'hui la balance commence à l'emporter de leur côté. Cette supériorité augmentera tous les jours : les protestants deviendront plus riches et plus puissants, et les catholiques plus foibles.

Les pays protestants doivent être, et sont réellement plus peuplés que les catholiques : d'où il suit, premièrement, que les tributs y sont plus considérables, parce qu'ils augmentent à proportion de ceux qui les paient ; secondement, que les terres y sont mieux cultivées ; enfin, que le commerce y fleurit davantage, parce qu'il y a plus de gens qui ont une fortune à faire, et qu'avec plus de besoins on y a plus de ressources pour les remplir. Quand il n'y a que le nombre de gens suffisants pour la culture des terres, il faut que le commerce périsse ; et, lorsqu'il n'y a que celui qui est nécessaire pour entretenir le commerce, il faut que la culture des terres manque, c'est-à-dire il faut que tous les deux tombent en même temps, parce que l'on ne s'attache jamais à l'un que ce ne soit aux dépens de l'autre.

Quant aux pays catholiques, non seulement la culture des terres y est abandonnée, mais même l'industrie y est pernicieuse ; elle ne consiste qu'à apprendre cinq ou six mots d'une langue morte. Dès qu'un homme a cette provision par-devers lui, il ne doit plus s'embarrasser de sa fortune : il trouve dans le cloître une vie tranquille, qui dans le monde lui auroit coûté des sueurs et des peines.

Ce n'est pas tout, les dervis ont en leurs mains presque toutes les richesses de l'état, c'est une société de gens avares qui prennent toujours, et ne rendent jamais ; ils accumulent sans cesse des revenus pour acquérir des capitaux. Tant de richesses tombent, pour ainsi dire, en paralysie ; plus de circulation, plus de commerce, plus d'arts, plus de manufactures.

Il n'y a point de prince protestant qui ne lève sur ses peuples beaucoup plus d'impôts que le pape n'en lève sur ses sujets ; cependant ces derniers sont misérables, pendant que les autres vivent dans l'opulence. Le commerce ranime tout chez les uns, et le monachisme porte la mort partout chez les autres.

A Paris, le 26 de la lune de Chahban, 1718.

LETTRE CXIX.

USBEK AU MÊME.

Nous n'avons plus rien à dire de l'Asie et de l'Europe ; passons à l'Afrique. On ne peut guère parler que de ses côtes, parce qu'on n'en connoît pas l'intérieur.

Celles de Barbarie, où la religion mahométane

est établie, ne sont plus si peuplées qu'elles étoient du temps des Romains, par les raisons que nous avons déja dites. Quant aux côtes de la Guinée, elles doivent être furieusement dégarnies depuis deux cents ans que les petits rois, ou chefs des villages, vendent leurs sujets aux princes d'Europe, pour les porter dans leurs colonies en Amérique.

Ce qu'il y a de singulier, c'est que cette Amérique, qui reçoit tous les ans tant de nouveaux habitants, est elle-même déserte, et ne profite point des pertes continuelles de l'Afrique. Ces esclaves, qu'on transporte dans un autre climat, y périssent à milliers; et les travaux des mines où l'on occupe sans cesse et les naturels du pays et les étrangers, les exhalaisons malignes qui en sortent, le vif-argent dont il faut faire un continuel usage, les détruisent sans ressource.

Il n'y a rien de si extravagant que de faire périr un nombre innombrable d'hommes pour tirer du fond de la terre l'or et l'argent, ces métaux d'eux-mêmes absolument inutiles, et qui ne sont des richesses que parce qu'on les a choisis pour en être les signes.

A Paris, le dernier de la lune de Chahban, 1718.

LETTRE CXX.

USBEK AU MÊME.

La fécondité d'un peuple dépend quelquefois des plus petites circonstances du monde; de manière qu'il ne faut souvent qu'un nouveau tour dans son imagination pour le rendre beaucoup plus nombreux qu'il n'étoit.

Les Juifs, toujours exterminés et toujours renaissants, ont réparé leurs pertes et leurs destructions continuelles par cette seule espérance, qu'ont parmi eux toutes les familles, d'y voir naître un roi puissant qui sera le maître de la terre.

Les anciens rois de Perse n'avoient tant de milliers de sujets qu'à cause de ce dogme de la religion des mages, que les actes les plus agréables à Dieu que les hommes puissent faire, c'étoit de faire un enfant, labourer un champ, et planter un arbre.

Si la Chine a dans son sein un peuple si prodigieux, cela ne vient que d'une certaine manière de penser; car, comme les enfants regardent leurs pères comme des dieux, qu'ils les respectent comme tels dès cette vie, qu'ils les honorent après leur mort par des sacrifices dans lesquels ils croient

que leurs ames, anéanties dans le Tyen, reprennent une nouvelle vie, chacun est porté à augmenter une famille si soumise dans cette vie et si nécessaire dans l'autre.

D'un autre côté, les pays des mahométans deviennent tous les jours déserts, à cause d'une opinion qui, toute sainte qu'elle est, ne laisse pas d'avoir des effets très pernicieux lorsqu'elle est enracinée dans les esprits. Nous nous regardons comme des voyageurs qui ne doivent penser qu'à une autre patrie; les travaux utiles et durables, les soins pour assurer la fortune de nos enfants, les projets qui tendent au-delà d'une vie courte et passagère, nous paroissent quelque chose d'extravagant. Tranquilles pour le présent, sans inquiétude pour l'avenir, nous ne prenons la peine ni de réparer les édifices publics, ni de défricher les terres incultes, ni de cultiver celles qui sont en état de recevoir nos soins: nous vivons dans une insensibilité générale, et nous laissons tout faire à la Providence.

C'est un esprit de vanité qui a établi chez les Européens l'injuste droit d'aînesse, si défavorable à la propagation, en ce qu'il porte l'attention d'un père sur un seul de ses enfants, et détourne ses yeux de tous les autres; en ce qu'il l'oblige, pour rendre solide la fortune d'un seul, de s'opposer à l'établissement de plusieurs; enfin en ce qu'il détruit l'égalité des citoyens, qui en fait toute l'opulence.

A Paris, le 4 de la lune de Rhamazan, 1718.

LETTRE CXXI.

USBEK AU MÊME.

Les pays habités par les sauvages sont ordinairement peu peuplés, par l'éloignement qu'ils ont presque tous pour le travail et la culture de la terre. Cette malheureuse aversion est si forte que, lorsqu'ils font quelque imprécation contre quelqu'un de leurs ennemis, ils ne lui souhaitent autre chose que d'être réduit à labourer un champ, croyant qu'il n'y a que la chasse et la pêche qui soient un exercice noble et digne d'eux.

Mais, comme il y a souvent des années où la chasse et la pêche rendent très-peu, ils sont désolés par des famines fréquentes; sans compter qu'il n'y a pas de pays si abondant en gibier et en poisson qui puisse donner la subsistance à un grand peuple, parce que les animaux fuient toujours les endroits trop habités.

D'ailleurs, les bourgades de sauvages, au nom-

bre de deux ou trois cents habitants, isolées les unes des autres, ayant des intérêts aussi séparés que ceux des deux empires, ne peuvent pas se soutenir, parce qu'elles n'ont pas la ressource des grands états, dont toutes les parties se répondent et se secourent mutuellement.

Il y a chez les sauvages une autre coutume qui n'est pas moins pernicieuse que la première : c'est la cruelle habitude où sont les femmes de se faire avorter, afin que leur grossesse ne les rende pas désagréables à leurs maris.

Il y a ici des lois terribles contre ce désordre ; elles vont jusqu'à la fureur. Toute fille qui n'a point été déclarer sa grossesse au magistrat est punie de mort si son fruit périt : la pudeur et la honte, les accidents mêmes, ne l'excusent jamais.

A Paris, le 9 de la lune de Rhamazan, 1718.

eeeeeeee

LETTRE CXXII.

USBEK AU MÊME.

L'effet ordinaire des colonies est d'affoiblir les pays d'où on les tire, sans peupler ceux où on les envoie.

Il faut que les hommes restent où ils sont : il y a des maladies qui viennent de ce qu'on change un bon air contre un mauvais ; d'autres qui viennent précisément de ce qu'on en change. 'L'air se charge, comme les plantes, des particules de la terre de chaque pays. Il agit tellement sur nous, que notre tempérament en est fixé. Lorsque nous sommes transportés dans un autre pays, nous devenons malades. Les liquides étant accoutumés à une certaine consistance, les solides à une certaine disposition, tous les deux, à un certain degré de mouvement, n'en peuvent plus souffrir d'autres, et ils résistent à un nouveau pli.

Quand un pays est désert, c'est un préjugé de quelque vice particulier de la nature du climat : ainsi, quand on ôte les hommes d'un ciel heureux pour les envoyer dans un tel pays, on fait précisément le contraire de ce qu'on se propose.

Les Romains savoient cela par expérience ; ils reléguoient tous les criminels en Sardaigne, et ils y faisoient passer des Juifs. Il fallut se consoler de leur perte : chose que le mépris qu'ils avoient pour ces misérables rendoit très facile.

Le grand Cha-Abas, voulant ôter aux Turcs le moyen d'entretenir de grosses armées sur les frontières, transporta presque tous les Arméniens hors de leur pays, et en envoya plus de vingt mille familles dans la province de Guilan, qui périrent presque toutes en très peu de temps.

Tous les transports de peuples faits à Constantinople n'ont jamais réussi.

Ce nombre prodigieux de nègres dont nous avons parlé n'a point rempli l'Amérique.

Depuis la destruction des Juifs sous Adrien, la Palestine est sans habitants.

Il faut donc avouer que les grandes destructions sont presque irréparables, parce qu'un peuple qui manque à un certain point reste dans le même état ; et si par hasard il se rétablit, il faut des siècles pour cela.

Que si dans un état de défaillance la moindre des circonstances dont nous avons parlé vient à concourir, non seulement il ne se répare pas, mais il dépérit tous les jours, et tend à son anéantissement.

L'expulsion des Maures d'Espagne se fait encore sentir comme le premier jour : bien loin que ce vide se remplisse, il devient tous les jours plus grand.

Depuis la dévastation de l'Amérique, les Espagnols, qui ont pris la place de ses anciens habitants, n'ont pu la repeupler ; au contraire, par une fatalité que je ferois mieux de nommer une justice divine, les destructeurs se détruisent eux-mêmes, et se consument tous les jours.

Les princes ne doivent donc point songer à peupler de grands pays par des colonies. Je ne dis pas qu'elles ne réussissent quelquefois ; il y a des climats si heureux, que l'espèce s'y multiplie toujours : témoin ces îles ' qui ont été peuplées par des malades que quelques vaisseaux y avoient abandonnés, et qui y recouvroient aussitôt la santé.

Mais quand ces colonies réussiroient, au lieu d'augmenter la puissance, elles ne feroient que la partager, à moins qu'elles n'eussent très peu d'étendue, comme sont celles que l'on envoie pour occuper quelque place pour le commerce.

Les Carthaginois avoient, comme les Espagnols, découvert l'Amérique, ou au moins de grandes îles dans lesquelles ils faisoient un commerce prodigieux ; mais quand ils virent le nombre de leurs habitants diminuer, cette sage république défendit à ses sujets ce commerce et cette navigation.

J'ose le dire, au lieu de faire passer les Espa-

' Cet alinéa se trouve pour la première fois dans le supplément de 1754. (P.)

' L'auteur parle peut-être de l'île de Bourbon.

gnols dans les Indes, il faudroit faire repasser les Indiens et tous les métifs en Espagne ; il faudroit rendre à cette monarchie tous ses peuples dispersés ; et, si la moitié seulement de ces grandes colonies se conservoit, l'Espagne deviendroit la puissance de l'Europe la plus redoutable.

On peut comparer les empires à un arbre dont les branches trop étendues ôtent tout le suc du tronc, et ne servent qu'à faire de l'ombrage.

Rien ne devroit corriger les princes de la fureur des conquêtes lointaines que l'exemple des Portugais et des Espagnols.

Ces deux nations ayant conquis, avec une rapidité inconcevable, des royaumes immenses, plus étonnées de leurs victoires que les peuples vaincus de leur défaite, songèrent aux moyens de les conserver, et prirent chacune pour cela une voie différente.

Les Espagnols, désespérant de retenir les nations vaincues dans la fidélité, prirent le parti de les exterminer, et d'y envoyer d'Espagne des peuples fidèles : jamais dessein horrible ne fut plus ponctuellement exécuté. On vit un peuple aussi nombreux que tous ceux de l'Europe ensemble, disparoître de la terre à l'arrivée de ces barbares, qui semblèrent, en découvrant les Indes, avoir voulu en même temps découvrir aux hommes quel étoit le dernier période de la cruauté.

Par cette barbarie ils conservèrent ce pays sous leur domination. Juge par-là combien les conquêtes sont funestes, puisque les effets en sont tels : car enfin ce remède affreux étoit unique. Comment auroient-ils pu retenir tant de millions d'hommes dans l'obéissance ? Comment soutenir une guerre civile de si loin ? Que seroient-ils devenus, s'ils avoient donné le temps à ces peuples de revenir de l'admiration où ils étoient de l'arrivée de ces nouveaux dieux, et de la crainte de leurs foudres ?

Quant aux Portugais, ils prirent une voie tout opposée ; ils n'employèrent pas les cruautés : aussi furent-ils bientôt chassés de tous les pays qu'ils avoient découverts. Les Hollandois favorisèrent la rébellion de ces peuples, et en profitèrent.

Quel prince envieroit le sort de ces conquérants ? Qui voudroit de ces conquêtes à ces conditions ? Les uns en furent aussitôt chassés ; les autres en firent des déserts, et rendirent de même leur propre pays.

C'est le destin des héros de se ruiner à conquérir des pays qu'ils perdent soudain, ou à soumettre des nations qu'ils sont obligés eux-mêmes de détruire : comme cet insensé qui se consumoit à acheter des statues qu'il jetoit dans la mer, et des glaces qu'il brisoit aussitôt.

A Paris, le 18 de la lune de Rhamazan, 1718.

LETTRE CXXIII.
USBEK AU MÊME.

La douceur du gouvernement contribue merveilleusement à la propagation de l'espèce. Toutes les républiques en sont une preuve constante ; et, plus que toutes, la Suisse et la Hollande, qui sont les deux plus mauvais pays de l'Europe, si l'on considère la nature du terrain, et qui cependant sont les plus peuplés.

Rien n'attire plus les étrangers que la liberté, et l'opulence qui la suit toujours : l'une se fait rechercher par elle-même, et les besoins attirent dans les pays où l'on trouve l'autre.

L'espèce se multiplie dans un pays où l'abondance fournit aux enfants, sans rien diminuer de la subsistance des pères.

L'égalité même des citoyens, qui produit ordinairement l'égalité dans les fortunes, porte l'abondance et la vie dans toutes les parties du corps politique, et la répand partout.

Il n'en est pas de même des pays soumis au pouvoir arbitraire : le prince, les courtisans, et quelques particuliers, possèdent toutes les richesses, pendant que tous les autres gémissent dans une pauvreté extrême.

Si un homme est mal à son aise, et qu'il sente qu'il fera des enfants plus pauvres que lui, il ne se mariera pas ; ou s'il se marie, il craindra d'avoir un trop grand nombre d'enfants, qui pourroient achever de déranger sa fortune, et qui descendroient de la condition de leur père.

J'avoue que le rustique ou paysan, étant une fois marié, peuplera indifféremment, soit qu'il soit riche, soit qu'il soit pauvre ; cette considération ne le touche pas : il a toujours un héritage sûr à laisser à ses enfants, qui est son hoyau ; et rien ne l'empêche de suivre aveuglément l'instinct de la nature.

Mais à quoi sert dans un état ce nombre d'enfants qui languissent dans la misère ? Ils périssent presque tous à mesure qu'ils naissent ; ils ne prospèrent jamais : foibles et débiles, ils meurent en détail de mille manières, tandis qu'ils sont emportés en gros par les fréquentes maladies populaires que la misère et la mauvaise nourriture produisent toujours ; ceux qui en échappent atteignent l'âge viril sans en avoir la force, et languissent tout le reste de leur vie.

6.

Les hommes sont comme les plantes, qui ne croissent jamais heureusement si elles ne sont bien cultivées; chez les peuples misérables, l'espèce perd, et même quelquefois dégénère.

La France peut fournir un grand exemple de tout ceci. Dans les guerres passées, la crainte où étoient tous les enfants de famille qu'on ne les enrôlât dans la milice, les obligeoit de se marier, et cela dans un âge trop tendre, et dans le sein de la pauvreté. De tant de mariages il naissoit bien des enfants que l'on cherche encore en France, et que la misère, la famine et les maladies en ont fait disparoître.

Que si dans un ciel aussi heureux, dans un royaume aussi policé que la France, on fait de pareilles remarques, que sera-ce dans les autres états?

<div align="right">A Paris, le 25 de la lune de Rhamazan, 1718.</div>

LETTRE CXXIV.
USBEK AU MOLLAK MÉHÉMET ALI,
GARDIEN DES TROIS TOMBEAUX.

A Com.

Que nous servent les jeûnes des immaums, et les cilices des mollaks? La main de Dieu s'est deux fois appesantie sur les enfants de la loi. Le soleil s'obscurcit, et semble n'éclairer plus que leurs défaites : leurs armées s'assemblent, et elles sont dissipées comme la poussière.

L'empire des Osmanlins est ébranlé par les deux plus grands échecs qu'il ait jamais reçus. Un moufti chrétien ne le soutient qu'avec peine : le grand vizir d'Allemagne¹ est le fléau de Dieu, envoyé pour châtier les sectateurs d'Omar; il porte partout la colère du Ciel, irrité contre leur rébellion et leur perfidie.

Esprit sacré des immaums, tu pleures nuit et jour sur les enfants du prophète que le détestable Omar a dévoyés; tes entrailles s'émeuvent à la vue de leurs malheurs; tu desires leur conversion, et non pas leur perte; tu voudrois les voir réunis sous l'étendard d'Hali par les larmes des saints, et non pas dispersés dans les montagnes et dans les déserts par la terreur des infidèles.

<div align="right">A Paris, le 1er de la lune de Chalval, 1718.</div>

¹ Le prince Eugène, qui battit les Turcs à Peterwaradin. (P.)

LETTRE CXXV.

USBEK A RHÉDI.

A Venise.

Quel peut être le motif de ces libéralités immenses que les princes versent sur leurs courtisans? Veulent-ils se les attacher? ils leur sont déja acquis autant qu'ils peuvent l'être. Et d'ailleurs, s'ils acquièrent quelques-uns de leurs sujets en les achetant, il faut bien, par la même raison, qu'ils en perdent une infinité d'autres en les appauvrissant.

Quand je pense à la situation des princes, toujours entourés d'hommes avides et insatiables, je ne puis que les plaindre; et je les plains encore davantage lorsqu'ils n'ont pas la force de résister à des demandes toujours onéreuses à ceux qui ne demandent rien.

Je n'entends jamais parler de leurs libéralités, des graces et des pensions qu'ils accordent, que je ne me livre à mille réflexions : une foule d'idées se présente à mon esprit : il me semble que j'entends publier cette ordonnance :

« Le courage infatigable de quelques-uns de
» nos sujets à nous demander des pensions ayant
» exercé sans relâche notre magnificence royale,
» nous avons enfin cédé à la multitude des re-
» quêtes qu'ils nous ont présentées, lesquelles ont
» fait jusqu'ici la plus grande sollicitude du trône.
» Ils nous ont représenté qu'ils n'ont point man-
» qué, depuis notre avénement à la couronne,
» de se trouver à notre lever; que nous les avons
» toujours vus sur notre passage, immobiles
» comme des bornes, et qu'ils se sont extrême-
» ment élevés pour regarder, sur les épaules les
» plus hautes, notre sérénité. Nous avons même
» reçu plusieurs requêtes de la part de quelques
» personnes du beau sexe, qui nous ont supplié
» de faire attention qu'il étoit notoire qu'elles sont
» d'un entretien très difficile; quelques-unes même
» très surannées nous ont prié, branlant la tête,
» de faire attention qu'elles ont fait l'ornement de
» la cour des rois nos prédécesseurs; et que, si
» les généraux de leurs armées ont rendu l'état
» redoutable par leurs faits militaires, elles n'ont
» point rendu la cour moins célèbre par leurs
» intrigues. Ainsi, désirant traiter les suppliants
» avec bonté, et leur accorder toutes leurs prières,
» nous avons ordonné ce qui suit :
» Que tout laboureur ayant cinq enfants retran-
» chera journellement la cinquième partie du pain
» qu'il leur donne. Enjoignons aux pères de famille

» de faire la diminution sur chacun d'eux aussi
» juste que faire se pourra.

» Défendons expressément à tous ceux qui s'ap-
» pliquent à la culture de leurs héritages, ou qui
» les ont donnés à titre de ferme, d'y faire aucune
» réparation, de quelque espèce qu'elle soit.

» Ordonnons que toutes personnes qui s'exer-
» cent à des travaux vils et mécaniques, lesquelles
» n'ont jamais été au lever de notre majesté,
» n'achètent désormais d'habits, à eux, à leurs
» femmes et à leurs enfants, que de quatre ans en
» quatre ans; leur interdisons en outre très étroi-
» tement ces petites réjouissances qu'ils avoient
» coutume de faire, dans leurs familles, les prin-
» cipales fêtes de l'année.

» Et, d'autant que nous demeurons averti que
» la plupart des bourgeois de nos bonnes villes
» sont entièrement occupés à pourvoir à l'établis-
» sement de leurs filles, lesquelles ne se sont ren-
» dues recommandables dans notre état que par
» une triste et ennuyeuse modestie, nous ordon-
» nons qu'ils attendront à les marier jusqu'à ce
» qu'ayant atteint l'âge limité par les ordonnances,
» elles viennent à les y contraindre. Défendons à
» nos magistrats de pourvoir à l'éducation de
» leurs enfants. »

A Paris, le 1ᵉʳ de la lune de Chalval, 1718.

LETTRE CXXVI.

RICA A ***.

On est bien embarrassé dans toutes les reli-
gions, quand il s'agit de donner une idée des
plaisirs qui sont destinés à ceux qui ont bien vécu.
On épouvante facilement les méchants par une
longue suite de peines, dont on les menace;
mais, pour les gens vertueux, on ne sait que leur
promettre. Il semble que la nature des plaisirs soit
d'être d'une courte durée : l'imagination a peine
à en représenter d'autres.

J'ai vu des descriptions du paradis capable d'y
faire renoncer tous les gens de bon sens : les uns
font jouer sans cesse de la flûte ces ombres heu-
reuses; d'autres les condamnent au supplice de se
promener éternellement; d'autres enfin, qui les
font rêver là-haut aux maîtresses d'ici-bas, n'ont
pas cru que cent millions d'années fussent un
terme assez long pour leur ôter le goût de ces
inquiétudes amoureuses.

Je me souviens à ce propos d'une histoire que
j'ai ouï raconter à un homme qui avoit été dans

le pays du Mogol; elle fait voir que les prêtres
indiens ne sont pas moins stériles que les autres
dans les idées qu'ils ont des plaisirs du paradis.

Une femme qui venoit de perdre son mari vint
en cérémonie chez le gouverneur de la ville, lui
demander la permission de se brûler; mais, comme
dans les pays soumis aux mahométans on abolit
tant qu'on peut cette cruelle coutume, il la refusa
absolument.

Lorsqu'elle vit ses prières impuissantes, elle se
jeta dans un furieux emportement. Voyez, disoit-
elle, comme on est gêné! Il ne sera seulement
pas permis à une pauvre femme de se brûler
quand elle en a envie! A-t-on jamais vu rien de
pareil? Ma mère; ma tante, mes sœurs, se sont
bien brûlées. Et, quand je vais demander permis-
sion à ce maudit gouverneur, il se fâche, et se
met à crier comme un enragé.

Il se trouva là, par hasard, un jeune bonze.
Homme infidèle, lui dit le gouverneur, est-ce
toi qui a mis cette fureur dans l'esprit de cette
femme? Non, dit-il, je ne lui ai jamais parlé;
mais, si elle m'en croit, elle consommera son
sacrifice; elle fera une action agréable au dieu
Brama : aussi en sera-t-elle bien récompensée;
car elle retrouvera dans l'autre monde son mari,
et elle recommencera avec lui un second ma-
riage. Que dites-vous? dit la femme surprise. Je
retrouverai mon mari? Ah! je ne me brûle pas.
Il étoit jaloux, chagrin, et d'ailleurs si vieux,
que, si le dieu Brama n'a point fait sur lui quel-
que réforme, sûrement il n'a pas besoin de moi.
Me brûler pour lui!.... pas seulement le bout du
doigt pour le retirer du fond des enfers. Deux
vieux bonzes qui me séduisoient, et qui savoient
de quelle manière je vivois avec lui, n'avoient
garde de me tout dire; mais, si le dieu Brama
n'a que ce présent à me faire, je renonce à cette
béatitude. Monsieur le gouverneur, je me fais
mahométane. Et pour vous, dit-elle en regardant
le bonze, vous pouvez, si vous voulez, aller dire
à mon mari que je me porte fort bien.

A Paris, le 2 de la lune de Chalval, 1718.

LETTRE CXXVII.

RICA A USBEK.

A ***.

Je t'attends ici demain : cependant je t'envoie
tes lettres d'Ispahan. Les miennes portent que
l'ambassadeur du Grand-Mogol a reçu ordre de

sortir du royaume. On ajoute qu'on a fait arrêter le prince, oncle du roi, qui est chargé de son éducation; qu'on l'a fait conduire dans un château, où il est très étroitement gardé, et qu'on l'a privé de tous ses honneurs. Je suis touché du sort de ce prince, et je le plains.

Je te l'avoue, Usbek, je n'ai jamais vu couler les larmes de personne sans en être attendri : je sens de l'humanité pour les malheureux, comme s'il n'y avoit qu'eux qui fussent hommes; et les grands même, pour lesquels je trouve dans mon cœur de la dureté quand ils sont élevés, je les aime sitôt qu'ils tombent.

En effet, qu'ont-ils affaire, dans la prospérité, d'une inutile tendresse? elle approche trop de l'égalité. Ils aiment bien mieux du respect, qui ne demande point de retour. Mais, sitôt qu'ils sont déchus de leur grandeur, il n'y a que nos plaintes qui puissent leur en rappeler l'idée.

Je trouve quelque chose de bien naïf, et même de bien grand, dans les paroles d'un prince qui, près de tomber entre les mains de ses ennemis, voyant ses courtisans autour de lui qui pleuroient : Je sens, leur dit-il, à vos larmes que je suis encore votre roi.

<div align="right">A Paris, le 3 de la lune de Chalval, 1718.</div>

LETTRE CXXVIII.

RICA A IBBEN

A Smyrne.

Tu as ouï parler mille fois du fameux roi de Suède [1]. Il assiégeoit une place dans un royaume qu'on nomme la Norwège : comme il visitoit la tranchée, seul avec un ingénieur, il a reçu un coup dans la tête, dont il est mort. On a fait sur-le-champ arrêter son premier ministre [2] : les états se sont assemblés, et l'ont condamné à perdre la tête.

Il étoit accusé d'un grand crime : c'étoit d'avoir calomnié la nation, et de lui avoir fait perdre la confiance de son roi, forfait qui, selon moi, mérite mille morts.

Car enfin, si c'est une mauvaise action de noircir dans l'esprit du prince le dernier de ses sujets, qu'est-ce lorsque l'on noircit la nation entière,

[1] Charles XII. Il fut tué au siége de Fredericshall, le 12 décembre 1718, à l'âge de trente-six ans. « Il n'étoit point Alexandre, mais il auroit été le meilleur soldat d'Alexandre. » (Voyez l'*Esprit des Lois*, liv. X, ch. XII.) (P.)
[2] Le baron de Gortz. (P.)

et qu'on lui ôte la bienveillance de celui que la Providence a établi pour faire son bonheur?

Je voudrois que les hommes parlassent aux rois comme les anges parlent à notre saint prophète.

Tu sais que, dans les banquets sacrés où le seigneur des seigneurs descend du plus sublime trône du monde pour se communiquer à ses esclaves, je me suis fait une loi sévère de captiver une langue indocile; on ne m'a jamais vu abandonner une seule parole qui pût être amère au dernier de ses sujets. Quand il m'a fallu cesser d'être sobre, je n'ai point cessé d'être honnête homme; et, dans cette épreuve de notre fidélité, j'ai risqué ma vie, et jamais ma vertu.

Je ne sais comment il arrive qu'il n'y a presque jamais de prince si méchant, que son ministre ne le soit encore davantage; s'il fait quelque action mauvaise, elle a presque toujours été suggérée; de manière que l'ambition des princes n'est jamais si dangereuse que la bassesse d'ame de ses conseillers. Mais comprends-tu qu'un homme qui n'est que d'hier dans le ministère, qui peut-être n'y sera pas demain, puisse devenir dans un moment l'ennemi de lui-même, de sa famille, de sa patrie, et du peuple qui naîtra à jamais de celui qu'il va faire opprimer?

Un prince a des passions : le ministre les remue; c'est de ce côté-là qu'il dirige son ministère; il n'a point d'autre but, ni n'en veut connoître. Les courtisans le séduisent par leurs louanges; et lui le flatte plus dangereusement par ses conseils, par les desseins qu'il lui inspire, et par les maximes qu'il lui propose.

<div align="right">A Paris, le 25 de la lune de Saphar, 1719.</div>

LETTRE CXXIX.

RICA A USBEK.

A ***.

Je passois l'autre jour sur le Pont-Neuf avec un de mes amis : il rencontra un homme de sa connoissance, qu'il me dit être un géomètre; et il n'y avoit rien qui n'y parût, car il étoit dans une rêverie profonde; il fallut que mon ami le tirât long-temps par la manche, et le secouât pour le faire descendre jusqu'à lui, tant il étoit occupé d'une courbe qui le tourmentoit peut-être depuis plus de huit jours. Ils se firent tous deux beaucoup d'honnêtetés, et s'apprirent réciproquement quelques nouvelles littéraires. Ces discours les

menèrent jusque sur la porte d'un café où j'entrai avec eux.

Je remarquai que notre géomètre y fut reçu de tout le monde avec empressement, et que les garçons du café en faisoient beaucoup plus de cas que de deux mousquetaires qui étoient dans un coin. Pour lui, il parut qu'il se trouvoit dans un lieu agréable; car il dérida un peu son visage, et se mit à rire comme s'il n'avoit pas eu la moindre teinture de géométrie.

Cependant son esprit régulier toisoit tout ce qui se disoit dans la conversation. Il ressembloit à celui qui, dans un jardin, coupoit avec son épée la tête des fleurs qui s'élevoient au-dessus des autres [1]. Martyr de sa justesse, il étoit offensé d'une saillie, comme une vue délicate est offensée par une lumière trop vive. Rien pour lui n'étoit indifférent, pourvu qu'il fût vrai. Aussi sa conversation étoit-elle singulière. Il étoit arrivé ce jour-là de la campagne avec un homme qui avoit vu un château superbe et des jardins magnifiques; et il n'avoit vu, lui, qu'un bâtiment de soixante pieds de long sur trente-cinq de large, et un bosquet barlong de dix arpents : il auroit fort souhaité que les règles de la perspective eussent été tellement observées, que les allées des avenues eussent paru partout de même largeur; et il auroit donné pour cela une méthode infaillible. Il parut fort satisfait d'un cadran qu'il y avoit démêlé, d'une structure fort singulière; et il s'échauffa fort contre un savant qui étoit auprès de moi, qui malheureusement lui demanda si ce cadran marquoit les heures babyloniennes. Un nouvelliste parla du bombardement du château de Fontarabie; et il nous donna soudain les propriétés de la ligne que les bombes avoient décrite en l'air; et, charmé de savoir cela, il voulut en ignorer entièrement le succès. Un homme se plaignoit d'avoir été ruiné l'hiver d'auparavant par une inondation. Ce que vous me dites là m'est fort agréable, dit alors le géomètre : je vois que je ne me suis pas trompé dans l'observation que j'ai faite, et qu'il est au moins tombé sur la terre deux pouces d'eau plus que l'année passée.

Un moment après il sortit, et nous le suivîmes. Comme il alloit assez vite, et qu'il négligeoit de regarder devant lui, il fut rencontré directement par un autre homme : ils se choquèrent rudement; et de ce coup ils rejaillirent chacun de leur côté, en raison réciproque de leur vitesse et de leurs masses. Quand ils furent un peu revenus de leur étourdissement, cet homme, portant la main sur le front, dit au géomètre : Je suis bien aise que vous m'ayez heurté, car j'ai une grande nouvelle à vous apprendre : je viens de donner mon Horace au public. Comment! dit le géomètre : il y a deux mille ans qu'il y est. Vous ne m'entendez pas, reprit l'autre : c'est une traduction de cet ancien auteur que je viens de mettre au jour; il y a vingt ans que je m'occupe à faire des traductions.

Quoi! monsieur, dit le géomètre, il y a vingt ans que vous ne pensez pas! Vous parlez pour les autres, et ils pensent pour vous. Monsieur, dit le savant, croyez-vous que je n'aie pas rendu un grand service au public de lui rendre la lecture des bons auteurs familière? Je ne dis pas tout-à-fait cela : j'estime autant qu'un autre les sublimes génies que vous travestissez; mais vous ne leur ressemblerez point; car, si vous traduisez toujours, on ne vous traduira jamais.

Les traductions sont comme ces monnoies de cuivre qui ont bien la même valeur qu'une pièce d'or, et même sont d'un plus grand usage pour le peuple; mais elles sont toujours foibles et d'un mauvais aloi.

Vous voulez, dites-vous, faire renaître parmi nous ces illustres morts : et j'avoue que vous leur donnez bien un corps; mais vous ne leur rendez pas la vie : il y manque toujours un esprit pour les animer.

Que ne vous appliquez-vous plutôt à la recherche de tant de belles vérités qu'un calcul facile nous fait découvrir tous les jours? Après ce petit conseil, ils se séparèrent, je crois, très-mécontents l'un de l'autre.

A Paris, le dernier de la lune de Rebiab 2, 1719.

Oᴏᴅᴄᴏᴏᴏᴏ

LETTRE CXXX.

RICA A ***.

Je te parlerai dans cette lettre d'une certaine nation qu'on appelle les nouvellistes, qui s'assemblent dans un jardin magnifique, où leur oisiveté est toujours occupée. Ils sont très inutiles à l'état, et leurs discours de cinquante ans n'ont pas un effet différent de celui qu'auroit pu produire un silence aussi long : cependant ils se croient

[1] Hérodote et Diogène Laërce racontent que Périandre envoya consulter Thrasybule de Milet sur la manière la plus sûre de gouverner ses états. Celui-ci, pour toute réponse, mena l'ambassadeur dans un champ, et, prenant son épée, se mit à couper les épis qui s'élevoient au-dessus des autres. Périandre suivit ce conseil sanguinaire, et fit périr tous les hommes qui exerçoient quelque influence à Corinthe. (P.)

considérables, parce qu'ils s'entretiennent de projets magnifiques, et traitent de grands intérêts.

La base de leurs conversations est une curiosité frivole et ridicule : il n'y a point de cabinet si mystérieux qu'ils ne prétendent pénétrer ; ils ne sauroient consentir à ignorer quelque chose ; ils savent combien notre auguste sultan a de femmes, combien il fait d'enfants toutes les années ; et, quoiqu'ils ne fassent aucune dépense en espions, ils sont instruits des mesures qu'il prend pour humilier l'empereur des Turcs et celui des Mogols.

A peine ont-ils épuisé le présent, qu'ils se précipitent dans l'avenir ; et, marchant au-devant de la Providence, ils la préviennent sur toutes les démarches des hommes. Ils conduisent un général par la main ; et, après l'avoir loué de mille sottises qu'il n'a pas faites, ils lui en préparent mille autres qu'il ne fera pas.

Ils font voler les armées comme les grues, et tomber les murailles comme des cartons ; ils ont des ponts sur toutes les rivières, des routes secrètes dans toutes les montagnes, des magasins immenses dans les sables brûlants : il ne leur manque que le bon sens.

Il y a un homme, avec qui je loge, qui reçut cette lettre d'un nouvelliste ; comme elle m'a paru singulière, je la gardai ; la voici :

« MONSIEUR,

» Je me trompe rarement dans mes conjectures sur les affaires du temps. Le 1er janvier 1711, » je prédis que l'empereur Joseph mourroit dans » le cours de l'année : il est vrai que, comme il » se portoit fort bien, je crus que je me ferois » moquer de moi si je m'expliquois d'une manière bien claire ; ce qui fit que je me servis de » termes un peu énigmatiques ; mais les gens qui » savent raisonner m'entendirent bien. Le 17 avril » de la même année il mourut de la petite-vérole.

» Dès que la guerre fut déclarée entre l'empereur et les Turcs, j'allai chercher nos messieurs » dans tous les coins des Tuileries ; je les assemblai près du bassin, et leur prédis qu'on feroit » le siége de Belgrade, et qu'il seroit pris. J'ai été » assez heureux pour que ma prédiction ait été » accomplie. Il est vrai que, vers le milieu du » siége, je pariai cent pistoles qu'il seroit pris le » 18 août[1] ; il ne fut pris que le lendemain : » peut-on perdre à si beau jeu ?

» Lorsque je vis que la flotte d'Espagne débarquoit en Sardaigne, je jugeai qu'elle en feroit la

conquête : je le dis, et cela se trouva vrai. Enflé » de ce succès, j'ajoutai que cette flotte victorieuse » iroit débarquer à Final pour faire la conquête » du Milanès. Comme je trouvai de la résistance » à faire recevoir cette idée, je voulus la soutenir » glorieusement : je pariai cinquante pistoles, et » je les perdis encore ; car ce diable d'Albéroni, » malgré la foi des traités, envoya sa flotte en » Sicile, et trompa tout à la fois deux grands politiques, le duc de Savoie et moi.

» Tout cela, monsieur, me déroute si fort, que » j'ai résolu de prédire toujours et de ne parier » jamais. Autrefois nous ne connoissions point aux » Tuileries l'usage des paris, et feu M. le comte » de L. ne les souffroit guère ; mais, depuis » qu'une troupe de petits-maîtres s'est mêlée parmi » nous, nous ne savons plus où nous en sommes. » A peine ouvrons-nous la bouche pour dire une » nouvelle, qu'un de ces jeunes gens propose de » parier contre.

» L'autre jour, comme j'ouvrois mon manuscrit, et accommodois mes lunettes sur mon nez, » un de ces fanfarons, saisissant justement l'intervalle du premier mot au second, me dit : Je » parie cent pistoles que non. Je fis semblant de » n'avoir pas fait d'attention à cette extravagance ; » et, reprenant la parole d'une voix plus forte, » je dis : M. le maréchal de *** ayant appris... » Cela est faux, me dit-il ; vous avez toujours des » nouvelles extravagantes ; il n'y a pas le sens » commun à tout cela. Je vous prie, monsieur, de » me faire le plaisir de me prêter trente pistoles ; » car je vous avoue que ces paris m'ont fort dérangé. Je vous envoie la copie de deux lettres » que j'ai écrites au ministre. Je suis, etc. »

LETTRES D'UN NOUVELLISTE AU MINISTRE.

« MONSEIGNEUR,

» Je suis le sujet le plus zélé que le roi ait jamais eu. C'est moi qui obligeai un de mes amis » d'exécuter le projet que j'avois formé d'un livre » pour démontrer que Louis-le-Grand étoit le plus » grand de tous les princes qui ont mérité le nom » de Grand. Je travaille depuis long-temps à un » autre ouvrage qui fera encore plus d'honneur à » notre nation, si votre grandeur veut m'accorder un privilége : mon dessein est de prouver » que, depuis le commencement de la monarchie, » les François n'ont jamais été battus, et que ce » que les historiens ont dit jusqu'ici de nos désavantages sont de véritables impostures. Je suis » obligé de les redresser en bien des occasions ;

[1] 1717.

» et j'ose me flatter que je brille surtout dans la
» critique. Je suis, monseigneur, etc. »

« MONSEIGNEUR,

» Depuis la perte que nous avons faite de M. le
» comte de L., nous vous supplions d'avoir la
» bonté de nous permettre d'élire un président.
» Le désordre se met dans nos conférences, et les
» affaires d'état n'y sont pas traitées avec la même
» discussion que par le passé; nos jeunes gens vi-
» vent absolument sans égard pour les anciens, et
» entre eux sans discipline : c'est le véritable con-
» seil de Roboam, où les jeunes imposent aux
» vieillards. Nous avons beau leur représenter que
» nous étions paisibles possesseurs des Tuileries
» vingt ans avant qu'ils ne fussent au monde; je
» crois qu'ils nous en chasseront à la fin, et qu'o-
» bligés de quitter ces lieux, où nous avons tant
» de fois évoqué les ombres de nos héros françois,
» il faudra que nous allions tenir nos conférences
» au Jardin du Roi ou dans quelque lieu plus
» écarté. Je suis... »

A Paris, le 7 de la lune de Gemmadi 2, 1719.

LETTRE CXXXI.

RHÉDI A RICA.

A Paris.

Une des choses qui a le plus exercé ma curiosité
en arrivant en Europe, c'est l'histoire et l'origine
des républiques. Tu sais que la plupart des Asia-
tiques n'ont pas seulement d'idée de cette sorte
de gouvernement, et que l'imagination ne les a
pas servis jusqu'à leur faire comprendre qu'il
puisse y en avoir sur la terre d'autre que le des-
potique.

Les premiers gouvernements du monde furent
monarchiques : ce ne fut que par hasard et par
la succession des siècles que les républiques se
formèrent.

La Grèce ayant été abymée par un déluge, de
nouveaux habitants vinrent la peupler : elle tira
presque toutes ses colonies d'Égypte et des con-
trées de l'Asie les plus voisines; et, comme ces
pays étoient gouvernés par des rois, les peuples
qui en sortirent furent gouvernés de même. Mais
la tyrannie de ces princes devenant trop pesante,
on secoua le joug; et du débris de tant de royau-
mes s'élevèrent ces républiques qui firent si fort
fleurir la Grèce, seule polie au milieu des bar-
bares.

L'amour de la liberté, la haine des rois, con-
serva long-temps la Grèce dans l'indépendance,
et étendit au loin le gouvernement républicain.
Les villes grecques trouvèrent des alliés dans l'Asie
mineure : elles y envoyèrent des colonies aussi
libres qu'elles, qui leur servirent de remparts
contre les entreprises des rois de Perse. Ce n'est
pas tout : la Grèce peupla l'Italie; l'Italie, l'Espa-
gne, et peut-être les Gaules. On sait que cette
grande Hespérie, si fameuse chez les anciens,
étoit au commencement la Grèce, que ses voisins
regardoient comme un séjour de félicité; les
Grecs, qui ne trouvoient point chez eux ce pays
heureux, l'allèrent chercher en Italie; ceux d'Ita-
lie, en Espagne; ceux d'Espagne, dans la Bétique
ou le Portugal : de manière que toutes ces régions
portèrent ce nom chez les anciens. Ces colonies
grecques apportèrent avec elles un esprit de li-
berté qu'elles avoient pris dans ce doux pays.
Ainsi, on ne voit guère, dans ces temps reculés,
de monarchies dans l'Italie, l'Espagne, les Gaules.
On verra bientôt que les peuples du nord et d'Al-
lemagne n'étoient pas moins libres; et, si l'on
trouve des vestiges de quelque royauté parmi
eux, c'est qu'on a pris pour des rois les chefs des
armées ou des républiques.

Tout ceci se passoit en Europe; car, pour l'Asie
et l'Afrique, elles ont toujours été accablées sous
le despotisme, si vous en exceptez quelques villes
de l'Asie mineure dont nous avons parlé, et la ré-
publique de Carthage en Afrique.

Le monde fut partagé entre deux puissantes
républiques : celle de Rome et celle de Carthage.
Il n'y a rien de si connu que les commencements
de la république romaine, et rien qui le soit si
peu que l'origine de celle de Carthage. On ignore
absolument la suite des princes africains depuis
Didon, et comment ils perdirent leur puissance.
C'eût été un grand bonheur pour le monde que
l'agrandissement prodigieux de la république ro-
maine, s'il n'y avoit pas eu cette différence in-
juste entre les citoyens romains et les peuples
vaincus; si l'on avoit donné aux gouverneurs des
provinces une autorité moins grande; si les lois
si saintes pour empêcher leur tyrannie avoient
été observées; et s'ils ne s'étoient pas servis pour
les faire taire des mêmes trésors que leur injus-
tice avoit amassés.

Il semble que la liberté soit faite pour le génie
des peuples d'Europe, et la servitude pour celui
des peuples d'Asie. C'est en vain que les Romains
offrirent aux Cappadociens ce précieux trésor;
cette nation lâche le refusa, et elle courut à la

servitude avec le même empressement que les autres peuples couroient à la liberté.

César opprima la république romaine, et la soumit à un pouvoir arbitraire.

L'Europe gémit long-temps sous un gouvernement militaire et violent, et la douceur romaine fut changée en une cruelle oppression.

Cependant une infinité de nations inconnues sortirent du nord, se répandirent comme des torrents dans les provinces romaines ; et, trouvant autant de facilité à faire des conquêtes qu'à exercer leurs pirateries, les démembrèrent, et en firent des royaumes. Ces peuples étoient libres ; et ils bornoient si fort l'autorité de leurs rois, qu'ils n'étoient proprement que des chefs ou des généraux. Ainsi ces royaumes, quoique fondés par la force, ne sentirent point le joug du vainqueur. Lorsque les peuples d'Asie, comme les Turcs et les Tartares, firent des conquêtes, soumis à la volonté d'un seul, ils ne songèrent qu'à lui donner de nouveaux sujets, et à établir par les armes son autorité violente ; mais les peuples du nord, libres dans leur pays, s'emparant des provinces romaines, ne donnèrent point à leurs chefs une grande autorité. Quelques uns même de ces peuples, comme les Vandales en Afrique, les Goths en Espagne, déposoient leurs rois dès qu'ils n'en étoient pas satisfaits ; et, chez les autres, l'autorité du prince étoit bornée de mille manières différentes : un grand nombre de seigneurs les partageoient avec lui ; les guerres n'étoient entreprises que de leur consentement ; les dépouilles étoient partagées entre le chef et les soldats ; aucun impôt en faveur du prince ; les lois étoient faites dans les assemblées de la nation. Voilà le principe fondamental de tous ces états, qui se formèrent des débris de l'empire romain.

A Venise, le 20 de la lune de Rhégeb, 1719.

ce ce ce ce

LETTRE CXXXII.

RICA A ***

Je fus il y a cinq ou six mois dans un café ; j'y remarquai un gentilhomme assez bien mis qui se faisoit écouter : il parloit du plaisir qu'il y avoit de vivre à Paris ; il déploroit sa situation d'être obligé de vivre dans la province. J'ai, dit-il, quinze mille livres de rentes en fonds de terre, et je me croirois plus heureux si j'avois le quart de ce bien-là en argent et en effets portables partout. J'ai beau presser mes fermiers, et les acca-

bler de frais de justice, je ne fais que les rendre plus insolvables : je n'ai jamais pu voir cent pistoles à la fois. Si je devois dix mille francs, on me feroit saisir toutes mes terres, et je serois à l'hôpital.

Je sortis sans avoir fait grande attention à tout ce discours ; mais, me trouvant hier dans ce quartier, j'entrai dans la même maison, et j'y vis un homme grave, d'un visage pâle et allongé, qui, au milieu de cinq ou six discoureurs, paroissoit morne et pensif, jusques à ce que, prenant brusquement la parole : Oui, messieurs, dit-il en haussant la voix, je suis ruiné ; je n'ai plus de quoi vivre ; car j'ai actuellement chez moi deux cent mille livres en billets de banque, et cent mille écus d'argent : je me trouve dans une situation affreuse ; je me suis cru riche ; et me voilà à l'hôpital ; au moins si j'avois seulement une petite terre où je pusse me retirer, je serois sûr d'avoir de quoi vivre ; mais je n'ai pas grand comme ce chapeau en fonds de terre.

Je tournai par hasard la tête d'un autre côté, et je vis un autre homme qui faisoit des grimaces de possédé. A qui se fier désormais ? s'écrioit-il. Il y a un traître que je croyois si fort de mes amis que je lui avois prêté mon argent, et il me l'a rendu ! quelle perfidie horrible ! Il a beau faire, dans mon esprit il sera toujours déshonoré.

Tout près de là étoit un homme très-mal vêtu, qui, élevant les yeux au ciel, disoit : Dieu bénisse les projets de nos ministres ! puissé-je voir les actions à deux mille, et tous les laquais de Paris plus riches que leurs maîtres ! J'eus la curiosité de demander son nom. C'est un homme extrêmement pauvre, me dit-on ; aussi a-t-il un pauvre métier : il est généalogiste, et il espère que son art rendra, si les fortunes continuent ; et que tous ces nouveaux riches auront besoin de lui pour réformer leur nom, décrasser leurs ancêtres, et orner leurs carrosses ; il s'imagine qu'il va faire autant de gens de qualité qu'il voudra, et il tressaillit de joie de voir multiplier ses pratiques.

Enfin, je vis entrer un vieillard pâle et sec, que je reconnus pour nouvelliste avant qu'il se fût assis ; il n'étoit pas du nombre de ceux qui ont une assurance victorieuse contre tous les revers, et présagent toujours les victoires et les trophées : c'étoit au contraire un de ces trembleurs qui n'ont que des nouvelles tristes. Les affaires vont bien mal du côté d'Espagne, dit-il ; nous n'avons point de cavalerie sur la frontière, et il est à craindre que le prince Pio, qui en a un gros corps, ne-

fasse contribuer tout le Languedoc. Il y avoit vis-à-vis de moi un philosophe assez mal en ordre qui prenoit le nouvelliste en pitié, et haussoit les épaules à mesure que l'autre haussoit la voix. Je m'approchai de lui, et il me dit à l'oreille : Vous voyez que ce fat nous entretient, il y a une heure, de sa frayeur pour le Languedoc ; et moi, j'aperçus hier au soir une tache dans le soleil, qui, si elle augmentoit, pourroit faire tomber toute la nature en engourdissement ; et je n'ai pas dit un seul mot.

<div style="text-align:right">A Paris, le 17 de la lune de Rhamazan, 1719.</div>

LETTRE CXXXIII.

RICA A *".

J'allai l'autre jour voir une grande bibliothèque dans un couvent de dervis, qui en sont comme les dépositaires, mais qui sont obligés d'y laisser entrer tout le monde à certaines heures.

En entrant je vis un homme grave qui se promenoit au milieu d'un nombre innombrable de volumes qui l'entouroient. J'allai à lui, et le priai de me dire quels étoient quelques uns de ces livres que je voyois mieux reliés que les autres. Monsieur, me dit-il, j'habite ici une terre étrangère : je n'y connois personne. Bien des gens me font de pareilles questions ; mais vous voyez bien que je n'irai pas lire tous ces livres pour les satisfaire ; mais j'ai mon bibliothécaire qui vous donnera satisfaction, car il s'occupe nuit et jour à déchiffrer tout ce que vous voyez là ; c'est un homme qui n'est bon à rien, et qui nous est très à charge, parce qu'il ne travaille point pour le couvent. Mais j'entends l'heure du réfectoire qui sonne. Ceux qui comme moi sont à la tête d'une communauté doivent être les premiers à tous les exercices. En disant cela, le moine me poussa dehors, ferma la porte, et, comme s'il eût volé, disparut à mes yeux.

<div style="text-align:right">De Paris, le 21 de la lune de Rhamazan, 1719.</div>

LETTRE CXXXIV.

RICA AU MÊME.

Je retournai le lendemain à cette bibliothèque, où je trouvai tout un autre homme que celui que j'avois vu la première fois. Son air étoit simple, sa physionomie spirituelle, et son abord très affable. Dès que je lui eus fait connoître ma curiosité, il se mit en devoir de la satisfaire, et même, en qualité d'étranger, de m'instruire.

Mon père, lui dis-je, quels sont ces gros volumes qui tiennent tout ce côté de bibliothèque ? Ce sont, me dit-il, les interprètes de l'Écriture. Il y en a un grand nombre ! lui repartis-je : il faut que l'Écriture fût bien obscure autrefois, et bien claire à présent. Reste-t-il encore quelques doutes ? Peut-il y avoir des points contestés ? S'il y en a, bon Dieu ! s'il y en a ! me répondit-il : il y en a presque autant que de lignes. Oui ! lui dis-je ; et qu'ont donc fait tous ces auteurs ? Ces auteurs, me repartit-il, n'ont point cherché dans l'Écriture ce qu'il faut croire, mais ce qu'ils croient eux-mêmes ; ils ne l'ont point regardée comme un livre où étoient contenus les dogmes qu'ils devoient recevoir, mais comme un ouvrage qui pourroit donner de l'autorité à leurs propres idées : c'est pour cela qu'ils en ont corrompu tous les sens, et ont donné la torture à tous les passages. C'est un pays où les hommes de toutes les sectes font des descentes, et vont comme au pillage ; c'est un champ de bataille où les nations ennemies qui se rencontrent livrent bien des combats, où l'on s'attaque, où l'on s'escarmouche de bien des manières.

Tout près de là vous voyez les livres ascétiques ou de dévotion ; ensuite les livres de morale, bien plus utiles ; ceux de théologie, doublement inintelligibles et par la matière qui y est traitée et par la manière de la traiter ; les ouvrages des mystiques, c'est-à-dire des dévots qui ont le cœur tendre. Ah ! mon père, lui dis-je ; un moment, n'allez pas si vite : parlez-moi de ces mystiques. Monsieur, dit-il, la dévotion échauffe un cœur disposé à la tendresse, et lui fait envoyer des esprits au cerveau qui l'échauffent de même, d'où naissent les extases et les ravissements. Cet état est le délire de la dévotion ; souvent il se perfectionne, ou plutôt dégénère en quiétisme : vous savez qu'un quiétiste n'est autre chose qu'un homme fou, dévot, et libertin.

Voyez les casuistes, qui mettent au jour les secrets de la nuit, qui forment dans leur imagination tous les monstres que le démon d'amour peut produire, les rassemblent, les comparent, et en font l'objet éternel de leurs pensées : heureux si leur cœur ne se met pas de la partie, et ne devient pas lui-même complice de tant d'égarements si naïvement décrits et si nûment peints !

Vous voyez, monsieur, que je pense librement, et que je vous dis tout ce que je pense. Je suis naturellement naïf, et plus encore avec vous, qui

êtes un étranger, qui voulez savoir les choses, et les savoir telles qu'elles sont. Si je voulois, je ne vous parlerois de tout ceci qu'avec admiration ; je vous dirois sans cesse : Cela est divin ! cela est respectable ! il y a du merveilleux ! Et il en arriveroit de deux choses l'une, ou que je vous tromperois, ou que je me déshonorerois dans votre esprit.

Nous en restâmes là ; une affaire qui survint au dervis rompit notre conversation jusqu'au lendemain.

De Paris, le 23 de la lune de Rhamazan, 1719.

LETTRE CXXXV.

RICA AU MÊME.

Je revins à l'heure marquée, et mon homme me mena précisément dans l'endroit où nous nous étions quittés. Voici, me dit-il, les grammairiens, les glossateurs, et les commentateurs. Mon père, lui dis-je, tous ces gens-là ne peuvent-ils pas se dispenser d'avoir du bon sens ? Oui, dit-il, ils le peuvent ; et même il n'y paroit pas ; leurs ouvrages n'en sont pas plus mauvais : ce qui est très commode pour eux. Cela est vrai, lui dis-je ; et je connois bien des philosophes qui feroient bien de s'appliquer à ces sortes de sciences-là.

Voilà, poursuivit-il, les orateurs, qui ont le talent de persuader indépendamment des raisons ; et les géomètres, qui obligent un homme malgré lui d'être persuadé, et le convainquent avec tyrannie.

Voici les livres de métaphysique, qui traitent de si grands intérêts, et dans lesquels l'infini se rencontre partout ; les livres de physique, qui ne trouvent pas plus de merveilleux dans l'économie du vaste univers que dans la machine la plus simple de nos artisans ; les livres de médecine, ces monuments de la fragilité de la nature et de la puissance de l'art, qui font trembler quand ils traitent des maladies même les plus légères, tant ils nous rendent la mort présente, mais qui nous mettent dans une sécurité entière quand ils parlent de la vertu des remèdes, comme si nous étions devenus immortels.

Tout près de là sont les livres d'anatomie, qui contiennent bien moins la description des parties du corps humain que les noms barbares qu'on leur a donnés : chose qui ne guérit ni le malade de son mal, ni le médecin de son ignorance.

Voici la chimie, qui habite tantôt l'hôpital et tantôt les petites maisons, comme des demeures qui lui sont également propres.

Voici les livres des sciences, ou plutôt d'ignorance occulte ; tels sont ceux qui contiennent quelque espèce de diablerie : exécrables selon la plupart des gens, pitoyables selon moi. Tels sont encore les livres d'astrologie judiciaire. Que dites-vous, mon père ? Les livres d'astrologie judiciaire! repartis-je avec feu ; et ce sont ceux dont nous faisons le plus de cas en Perse : ils règlent toutes les actions de notre vie, et nous déterminent dans toutes nos entreprises ; les astrologues sont proprement nos directeurs ; ils font plus, ils entrent dans le gouvernement de l'état. Si cela est, me dit-il, vous vivez sous un joug bien plus dur que celui de la raison : voilà ce qui s'appelle le plus étrange de tous les empires ; je plains bien une famille, et encore plus une nation qui se laisse si fort dominer par les planètes. Nous nous servons, lui repartis-je, de l'astrologie, comme vous vous servez de l'algèbre. Chaque nation a sa science selon laquelle elle règle sa politique. Tous les astrologues ensemble n'ont jamais fait tant de sottises en notre Perse qu'un seul de vos algébristes en a fait ici. Croyez-vous que le concours fortuit des astres ne soit pas une règle aussi sûre que les beaux raisonnements de votre faiseur de système [1] ? Si l'on comptoit les voix là-dessus en France et en Perse, ce seroit un beau sujet de triomphe pour l'astrologie ; vous verriez les mathématiciens bien humiliés : quel accablant corollaire en pourroit-on tirer contre eux !

Notre dispute fut interrompue, et il fallut nous quitter.

De Paris, le 26 de la lune de Rhamazan, 1719,

LETTRE CXXXVI.

RICA AU MÊME.

Dans l'entrevue suivante, mon savant me mena dans un cabinet particulier. Voici les livres d'histoire moderne, me dit-il. Voyez premièrement les historiens de l'Église et des papes, livres que je lis pour m'édifier, et qui font souvent en moi un effet tout contraire.

Là, ce sont ceux qui ont écrit de la décadence du formidable empire romain, qui s'étoit formé du débris de tant de monarchies, et sur la chute duquel il s'en forma aussi tant de nouvelles. Un

[1] Law. (P.)

nombre infini de peuples barbares, aussi inconnus que les pays qu'ils habitoient, parurent tout-à-coup, l'inondèrent, le ravagèrent, le dépecèrent, et fondèrent tous les royaumes que vous voyez à présent en Europe. Ces peuples n'étoient point proprement barbares, puisqu'ils étoient libres, mais ils le sont devenus depuis que, soumis pour la plupart à une puissance absolue, ils ont perdu cette douce liberté si conforme à la raison, à l'humanité, et à la nature.

Vous voyez ici les historiens de l'Allemagne, laquelle n'est qu'une ombre du premier empire, mais qui est, je crois, la seule puissance qui soit sur la terre que la division n'a point affoiblie; la seule, je crois encore, qui se fortifie à mesure de ses pertes, et qui, lente à profiter des succès, devient indomptable par ses défaites.

Voici les historiens de France, où l'on voit d'abord la puissance des rois se former, mourir deux fois, renaître de même, languir ensuite pendant plusieurs siècles; mais, prenant insensiblement des forces, accrue de toutes parts, monter à son dernier période : semblable à ces fleuves qui dans leur course perdent leurs eaux, ou se cachent sous terre; puis, reparoissant de nouveau, grossis par les rivières qui s'y jettent, entraînent avec rapidité tout ce qui s'oppose à leur passage.

Là, vous voyez la nation espagnole sortir de quelques montagnes; les princes mahométans subjugués aussi insensiblement qu'ils avoient rapidement conquis; tant de royaumes réunis dans une vaste monarchie, qui devint presque la seule, jusqu'à ce qu'accablée de sa fausse opulence elle perdit sa force et sa réputation même, et ne conserva que l'orgueil de sa première puissance.

Ce sont ici les historiens d'Angleterre, où l'on voit la liberté sortir sans cesse des feux de la discorde et de la sédition; le prince toujours chancelant sur un trône inébranlable; une nation impatiente, sage dans sa fureur même, et qui, maîtresse de la mer (chose inouïe jusqu'alors), mêle le commerce avec l'empire.

Tout près de là, sont les historiens de cette autre reine de la mer, la république de Hollande, si respectée en Europe et si formidable en Asie, où ses négociants voient tant de rois prosternés devant eux.

Les historiens d'Italie vous représentent une nation autrefois maîtresse du monde, aujourd'hui esclave de toutes les autres; ses princes divisés et foibles, et sans autre attribut de souveraineté qu'une vaine politique.

Voilà les historiens des républiques, de la Suisse, qui est l'image de la liberté; de Venise, qui n'a de ressources qu'en son économie; et de Gènes, qui n'est superbe que par ses bâtiments.

Voici ceux du Nord, et entre autres de la Pologne, qui use si mal de sa liberté et du droit qu'elle a d'élire ses rois, qu'il semble qu'elle veuille consoler par-là les peuples ses voisins, qui ont perdu l'un et l'autre.

Là-dessus, nous nous séparâmes jusqu'au lendemain.

De Paris, le 2 de la lune de Chalval, 1719.

LETTRE CXXXVII.

RICA AU MÊME.

Le lendemain il me mena dans un autre cabinet. Ce sont ici les poëtes, me dit-il, c'est-à-dire ces auteurs dont le métier est de mettre des entraves au bon sens, et d'accabler la raison sous les agréments, comme on ensevelissoit autrefois les femmes sous leurs parures et leurs ornements [1]. Vous les connoissez; ils ne sont pas rares chez les Orientaux, où le soleil, plus ardent, semble échauffer les imaginations mêmes.

Voilà les poëmes épiques. Eh! qu'est-ce que les poëmes épiques? En vérité, me dit-il, je n'en sais rien; les connoisseurs disent qu'on n'en a jamais fait que deux, et que les autres qu'on donne sous ce nom ne le sont point : c'est aussi ce que je ne sais pas. Ils disent de plus qu'il est impossible d'en faire de nouveaux; et cela est encore plus surprenant.

Voici les poëtes dramatiques, qui, selon moi, sont les poëtes par excellence, et les maîtres des passions. Il y en a de deux sortes : les comiques, qui nous remuent si doucement; et les tragiques, qui nous troublent et nous agitent avec tant de violence.

Voici les lyriques, que je méprise autant que je

[1] Pascal, dans ses *Pensées*, parle de la poésie à peu près comme Montesquieu, et n'y voit que des mots vides de sens, comme *fatal laurier*, *bel astre*, etc., qu'on appelle des beautés poétiques. Voltaire en conclut seulement que Pascal parloit de ce qu'il ne connoissoit pas; et c'est, je crois, la seule fois qu'il ait eu raison contre Pascal. Il fut bien plus en colère contre Montesquieu, qui pourtant avoit excepté nommément les poëtes dramatiques du mépris qu'il témoignoit pour tous les autres. Cela ne suffisoit pas, comme de raison, pour apaiser l'auteur de *la Henriade*; et, quand on lui reprochoit les traits qu'il lançoit contre Montesquieu, il se contentoit de répondre : « Il est coupable de lèse-poésie; » et l'on avouera que c'étoit un crime que Voltaire ne pouvoit guère pardonner. (L. H.)

fais cas des autres, et qui font de leur art une harmonieuse extravagance.

On voit ensuite les auteurs des idylles et des églogues, qui plaisent même aux gens de cour par l'idée qu'ils leur donnent d'une certaine tranquillité qu'ils n'ont pas, et qu'ils leur montrent dans la condition des bergers.

De tous les auteurs que nous avons vus, voici les plus dangereux : ce sont ceux qui aiguisent les épigrammes, qui sont de petites flèches déliées qui font une plaie profonde et inaccessible aux remèdes.

Vous voyez ici des romans[1], qui sont des espèces de poëtes, et qui outrent également le langage de l'esprit et celui du cœur ; qui passent leur vie à chercher la nature, et la manquent toujours ; et qui font des héros, qui y sont aussi étrangers que les dragons ailés et les hippocentaures.

J'ai vu, lui dis-je, quelques-uns de vos romans ; et, si vous voyiez les nôtres, vous en seriez encore plus choqué. Ils sont aussi peu naturels, et d'ailleurs extrêmement gênés par nos mœurs : il faut dix années de passion avant qu'un amant ait pu voir seulement le visage de sa maîtresse. Cependant les auteurs sont forcés de faire passer les lecteurs dans ces ennuyeux préliminaires. Or, il est impossible que les incidents soient variés : on a recours à un artifice pire que le mal même qu'on veut guérir ; c'est aux prodiges. Je suis sûr que vous ne trouverez pas bon qu'une magicienne fasse sortir une armée de dessous terre, qu'un héros, lui seul, en détruise une de cent mille hommes. Cependant voilà nos romans : ces aventures froides et souvent répétées nous font languir, et ces prodiges extravagants nous révoltent.

De Paris, le 6 de la lune de Chalval, 1719.

･ᦞᦞᦞᦞᦞᦞᦞ

LETTRE CXXXVIII.

RICA A IBBEN.

A Smyrne.

Les ministres se succèdent et se détruisent ici comme les saisons ; depuis trois ans j'ai vu changer quatre fois de système sur les finances. On lève aujourd'hui, en Perse et en Turquie, les subsides de la même manières que les fondateurs

[1] Telle est la véritable leçon. Les éditions de 1721 (la première), 1730, 1744, et 1754 (la dernière), sont uniformes sur ce point. Montesquieu paroît avoir pris ici *romans* dans le sens de *romanciers*.

de ces monarchies les levoient : il s'en faut bien qu'il en soit ici de même. Il est vrai que nous n'y mettons pas tant d'esprit que les Occidentaux. Nous croyons qu'il n'y a pas plus de différence entre l'administration des revenus du prince et de ceux d'un particulier qu'il y en a entre compter cent mille tomans ou en compter cent ; mais il y a ici bien plus de finesse et de mystère. Il faut que de grands génies travaillent nuit et jour ; qu'ils enfantent sans cesse, et avec douleur, de nouveaux projets ; qu'ils écoutent les avis d'une infinité de gens qui travaillent pour eux sans en être priés ; qu'ils se retirent et vivent dans le fond d'un cabinet impénétrable aux grands et sacré aux petits ; qu'ils aient toujours la tête remplie de secrets importants, de desseins miraculeux, de systèmes nouveaux ; et qu'absorbés dans les méditations ils soient privés non seulement de l'usage de la parole, mais même quelquefois de la politesse.

Dès que le feu roi eut fermé les yeux, on pensa à établir une nouvelle administration. On sentoit qu'on étoit mal ; mais on ne savoit comment faire pour être mieux. On s'étoit mal trouvé de l'autorité sans bornes des ministres précédents : on la voulut partager. On créa, pour cet effet, six ou sept conseils ; et ce ministère est peut-être celui de tous qui a gouverné la France avec plus de sens ; la durée en fut courte, aussi bien que celle du bien qu'il produisit.

La France, à la mort du feu roi, étoit un corps accablé de mille maux : N***[1] prit le fer à la main, retrancha les chairs inutiles, et appliqua quelques remèdes topiques ; mais il restoit toujours un vice intérieur à guérir. Un étranger[2] est venu qui a entrepris cette cure. Après bien des remèdes violents, il a cru lui avoir rendu son embonpoint, et il l'a seulement rendue bouffie.

Tous ceux qui étoient riches, il y a six mois, sont à présent dans la pauvreté, et ceux qui n'avoient pas de pain regorgent de richesses. Jamais ces deux extrémités ne se sont touchées de si près. L'étranger a tourné l'état comme un fripier tourne un habit : il fait paroître dessus ce qui étoit dessous ; et ce qui étoit dessus, il le met à l'envers. Quelles fortunes inespérées, incroyables même à ceux qui les ont faites ! Dieu ne tire pas plus rapidement les hommes du néant. Que de valets servis par leurs camarades, et peut-être demain par leurs maîtres !

Tout ceci produit souvent des choses bizarres.

[1] Le duc de Noailles. (P.)　　[2] Law étoit Écossois. (P.)

Les laquais qui avoient fait fortune sous le règne passé vantent aujourd'hui leur naissance : ils rendent à ceux qui viennent de quitter leur livrée dans une certaine rue, tout le mépris qu'on avoit pour eux il y a six mois ; ils crient de toute leur force : « La noblesse est ruinée ! Quel désordre dans l'état ! quelle confusion dans les rangs ! On ne voit que des inconnus faire fortune ! » Je te promets que ceux-ci prendront bien leur revanche sur ceux qui viendront après eux, et que, dans trente ans, ces gens de qualité feront bien du bruit.

A Paris, le 1er de la lune de Zilcadé, 1720.

LETTRE CXXXIX.

RICA AU MÊME.

Voici un grand exemple de la tendresse conjugale, non seulement dans une femme, mais dans une reine. La reine de Suède [1], voulant à toute force associer le prince son époux à la couronne, pour aplanir toutes les difficultés, a envoyé aux états une déclaration par laquelle elle se désiste de la régence, en cas qu'il soit élu.

Il y a soixante et quelques années qu'une autre reine, nommée Christine, abdiqua la couronne pour se donner toute entière à la philosophie. Je ne sais lequel de ces deux exemples nous devons admirer davantage.

Quoique j'approuve assez que chacun se tienne ferme dans le poste où la nature l'a mis, et que je ne puisse louer la foiblesse de ceux qui, se trouvant au-dessous de leur état, le quittent comme par une espèce de désertion, je suis cependant frappé de la grandeur d'ame de ces deux princesses, et de voir l'esprit de l'une et le cœur de l'autre supérieurs à leur fortune. Christine a songé à connoître dans le temps que les autres ne songent qu'à jouir ; et l'autre ne veut jouir que pour mettre tout son bonheur entre les mains de son auguste époux.

De Paris, le 27 de la lune de Maharram, 1720.

LETTRE CXL.

RICA A USBEK.

A ***.

Le parlement de Paris vient d'être relégué dans une petite ville qu'on appelle Pontoise [2]. Le con-

[1] Ulrique-Éléonore, sœur de Charles XII. (P.)
[2] La cause de son exil fut la résistance qu'il opposa aux mesures désastreuses de Law. (P.)

seil lui a envoyé enregistrer ou approuver une déclaration qui le déshonore ; et il l'a enregistrée d'une manière qui déshonore le conseil.

On menace d'un pareil traitement quelques parlements du royaume.

Ces compagnies sont toujours odieuses ; elles n'approchent des rois que pour leur dire de tristes vérités ; et pendant qu'une foule de courtisans leur représentent sans cesse un peuple heureux sous leur gouvernement, elles viennent démentir la flatterie et apporter aux pieds du trône les gémissements et les larmes dont elles sont dépositaires.

C'est un pesant fardeau, mon cher Usbek, que celui de la vérité, lorsqu'il faut la porter jusqu'aux princes ! Ils doivent bien penser que ceux qui le font y sont contraints, et qu'ils ne se résoudroient jamais à faire des démarches si tristes et si affligeantes pour ceux qui les font, s'ils n'y étoient forcés par leur devoir, leur respect, et même leur amour.

De Paris, le 21 de la lune de Gemmadi 1, 1720.

LETTRE CXLI.

RICA AU MÊME.

A ***.

J'irai te voir sur la fin de la semaine. Que les jours couleront agréablement avec toi !

Je fus présenté, il y a quelques jours, à une dame de la cour, qui avoit quelque envie de voir ma figure étrangère. Je la trouvai belle, digne des regards de notre monarque, et d'un rang auguste dans où son cœur repose.

Elle me fit mille questions sur les mœurs des Persans, et sur la manière de vivre des Persanes. Il me parut que la vie du sérail n'étoit pas de son goût, et qu'elle trouvoit de la répugnance à voir un homme partagé entre dix ou douze femmes. Elle ne put voir sans envie le bonheur de l'un, et sans pitié la condition des autres. Comme elle aime la lecture, surtout celle des poëtes et des romans, elle souhaita que je lui parlasse des nôtres. Ce que je lui en dis redoubla sa curiosité : elle me pria de lui faire traduire un fragment de quelques-uns de ceux que j'ai apportés. Je le fis ; et je lui envoyai, quelques jours après, un conte persan. Peut-être seras-tu bien aise de le voir travesti.

Du temps de Cheik-Ali-Kan, il y avoit en Perse une femme nommée Zuléma : elle savoit par cœur

tout le saint Alcoran ; il n'y avoit point de dervis qui entendît mieux qu'elle les traditions des saints prophètes ; les docteurs arabes n'avoient rien dit de si mystérieux qu'elle n'en comprît tous les sens ; et elle joignoit à tant de connoissances un certain caractère d'esprit enjoué, qui laissoit à peine deviner si elle vouloit amuser ceux à qui elle parloit, ou les instruire.

Un jour qu'elle étoit avec ses compagnes dans une des salles du sérail, une d'elles lui demanda ce qu'elle pensoit de l'autre vie, et si elle ajoutoit foi à cette ancienne tradition de nos docteurs, que le paradis n'est fait que pour les hommes.

C'est le sentiment commun, leur dit-elle : il n'y a rien que l'on n'ait fait pour dégrader notre sexe. Il y a même une nation répandue par toute la Perse, qu'on appelle la nation juive, qui soutient, par l'autorité de ses livres sacrés, que nous n'avons point d'ame.

Ces opinions injurieuses n'ont d'autre origine que l'orgueil des hommes, qui veulent porter leur supériorité au-delà même de leur vie ; et ne pensent pas que, dans le grand jour, toutes les créatures paroitront devant Dieu comme le néant, sans qu'il y ait entre elles de prérogatives que celles que la vertu y aura mises.

Dieu ne se bornera point dans ses récompenses ; et comme les hommes, qui auront bien vécu et bien usé de l'empire qu'ils ont ici-bas sur nous, seront dans un paradis plein de beautés célestes et ravissantes, et telles que, si un mortel les avoit vues, il se donneroit aussitôt la mort, dans l'impatience d'en jouir, aussi les femmes vertueuses iront dans un lieu de délices, où elles seront enivrées d'un torrent de voluptés, avec des hommes divins qui leur seront soumis : chacune d'elles aura un sérail dans lequel ils seront enfermés, et des eunuques, encore plus fidèles que les nôtres, pour les garder.

J'ai lu, ajouta-t-elle, dans un livre arabe, qu'un homme, nommé Ibrahim, étoit d'une jalousie insupportable. Il avoit douze femmes extrêmement belles, qu'il traitoit d'une manière très dure ; il ne se fioit plus à ses eunuques ni aux murs de son sérail ; les tenoit presque toujours sous la clef, enfermées dans leur chambre, sans qu'elles pussent se voir ni se parler ; car il étoit même jaloux d'une amitié innocente : toutes ses actions prenoient la teinture de sa brutalité naturelle ; jamais une douce parole ne sortit de sa bouche, et jamais il ne fit un moindre signe qui n'ajoutât quelque chose à la rigueur de leur esclavage.

Un jour qu'il les avoit toutes assemblées dans une salle de son sérail, une d'entre elles, plus hardie que les autres, lui reprocha son mauvais naturel. Quand on cherche si fort les moyens de se faire craindre, lui dit-elle, on trouve toujours auparavant ceux de se faire haïr. Nous sommes si malheureuses, que nous ne pouvons nous empêcher de desirer un changement : d'autres, à ma place, souhaiteroient votre mort ; je ne souhaite que la mienne ; et ne pouvant espérer d'être séparée de vous que par-là, il me sera encore bien doux d'en être séparée. Ce discours, qui auroit dû le toucher, le fit entrer dans une furieuse colère ; il tira son poignard, et le lui plongea dans le sein. Mes chères compagnes, dit-elle d'une voix mourante, si le Ciel a pitié de ma vertu, vous serez vengées. A ces mots, elle quitta cette vie infortunée pour aller dans le séjour des délices, où les femmes qui ont bien vécu jouissent d'un bonheur qui se renouvelle toujours.

D'abord elle vit une prairie riante dont la verdure étoit relevée par les peintures des fleurs les plus vives : un ruisseau dont les eaux étoient plus pures que le cristal, y faisoit un nombre infini de détours. Elle entra ensuite dans des bocages charmants, dont le silence n'étoit interrompu que par le doux chant des oiseaux. De magnifiques jardins se présentèrent ensuite ; la nature les avoit ornés avec sa simplicité et toute sa magnificence. Elle trouva enfin un palais superbe préparé pour elle, et rempli d'hommes célestes destinés à ses plaisirs.

Deux d'entre eux se présentèrent aussitôt pour la déshabiller ; d'autres la mirent dans le bain, et la parfumèrent des plus délicieuses essences ; on lui donna ensuite des habits infiniment plus riches que les siens ; après quoi on la mena dans une grande salle, où elle trouva un feu fait avec des bois odoriférants, et une table couverte des mets les plus exquis. Tout sembloit concourir au ravissement de ses sens : elle entendoit d'un côté une musique d'autant plus divine qu'elle étoit plus tendre ; de l'autre, elle ne voyoit que des danses de ces hommes divins, uniquement occupés à lui plaire. Cependant tant de plaisirs ne devoient servir qu'à la conduire insensiblement à des plaisirs plus grands. On la mena dans sa chambre ; et, après l'avoir encore une fois déshabillée, on la porta dans un lit superbe, où deux hommes d'une beauté charmante la reçurent dans leurs bras. C'est pour lors qu'elle fut enivrée, et que ses ravissements passèrent même ses desirs. Je suis toute hors de moi, leur disoit-elle : je croirois mourir si je n'étois sûre de mon immor-

talité. C'en est trop, laissez-moi; je succombe sous la violence des plaisirs. Oui, vous rendez un peu le calme à mes sens; je commence à respirer, et à revenir à moi-même. D'où vient que l'on a ôté les flambeaux? Que ne puis-je à présent considérer votre beauté divine? Que ne puis-je voir.... Mais pourquoi voir? Vous me faites rentrer dans mes premiers transports. O dieux! que ces ténèbres sont aimables! Quoi! je serai immortelle et immortelle avec vous! je serai..... Non, je vous demande grace, car je vois bien que vous êtes gens à n'en demander jamais.

Après plusieurs commandements réitérés, elle fut obéie : mais elle ne le fut que lorsqu'elle voulut l'être bien sérieusement. Elle se reposa languissamment, et s'endormit dans leurs bras. Deux moments de sommeil réparèrent sa lassitude : elle reçut deux baisers qui l'enflammèrent soudain, et lui firent ouvrir les yeux. Je suis inquiète, dit-elle; je crains que vous ne m'aimiez plus. C'étoit sans doute dans lequel elle ne vouloit pas rester long-temps : aussi eut-elle avec eux tous les éclaircissements qu'elle pouvoit desirer. Je suis désabusée, s'écria-t-elle; pardon! pardon! je suis sûre de vous. Vous ne me dites rien; mais vous prouvez mieux que tout ce que vous me pourriez dire : oui, oui, je vous le confesse, on n'a jamais tant aimé. Mais quoi! vous vous disputez tous deux l'honneur de me persuader! Ah! si vous vous disputez, si vous joignez l'ambition au plaisir de ma défaite, je suis perdue; vous serez tous deux vainqueurs, il n'y aura que moi de vaincue; mais je vous vendrai bien cher la victoire.

Tout ceci ne fut interrompu que par le jour. Ses fidèles et aimables domestiques entrèrent dans sa chambre, et firent lever ces deux jeunes hommes, que deux vieillards ramenèrent dans les lieux où ils étoient gardés pour ses plaisirs. Elle se leva ensuite, et parut d'abord à cette cour idolâtre dans les charmes d'un déshabillé simple, et ensuite couverte des plus somptueux ornements. Cette nuit l'avoit embellie; elle avoit donné de la vie à son teint, et de l'expression à ses graces. Ce ne fut pendant tout le jour que danses, que concerts, que festins, que jeux, que promenades; et l'on remarquoit qu'Anaïs se déroboit de temps en temps, et voloit vers ses deux jeunes héros. Après quelques précieux instants d'entrevue, elle revenoit vers la troupe qu'elle avoit quittée, toujours avec un visage plus serein. Enfin, sur le soir, on la perdit tout-à-fait : elle alla s'enfermer dans le sérail, où elle vouloit, disoit-elle, faire

connoissance avec ces captifs immortels qui devoient à jamais vivre avec elle. Elle visita donc les appartements de ces lieux les plus reculés et les plus charmants, où elle compta cinquante esclaves d'une beauté miraculeuse; elle erra toute la nuit de chambre en chambre, recevant partout des hommages toujours différents et toujours les mêmes.

Voilà comment l'immortelle Anaïs passoit sa vie, tantôt dans des plaisirs éclatants, tantôt dans des plaisirs solitaires; admirée d'une troupe brillante, ou bien aimée d'un amant éperdu : souvent elle quittoit un palais enchanté pour aller dans une grotte champêtre; les fleurs sembloient naître sous ses pas, et les jeux se présentoient en foule au devant d'elle.

Il y avoit plus de huit jours qu'elle étoit dans cette demeure heureuse, que, toujours hors d'elle-même, elle n'avoit pas fait une seule réflexion; elle avoit joui de son bonheur sans le connoître, et sans avoir eu un de ces moments tranquilles où l'ame se rend, pour ainsi dire, compte à elle-même, et s'écoute dans le silence des passions.

Les bienheureux ont des plaisirs si vifs, qu'ils peuvent rarement jouir de cette liberté d'esprit : c'est pour cela qu'attachés invinciblement aux objets présents, ils perdent entièrement la mémoire des choses passées, et n'ont plus aucun souci de ce qu'ils ont connu ou aimé dans l'autre vie.

Mais Anaïs, dont l'esprit étoit vraiment philosophe, avoit passé presque toute sa vie à méditer; elle avoit poussé ses réflexions beaucoup plus loin qu'on n'auroit dû l'attendre d'une femme laissée à elle-même. La retraite austère que son mari lui avoit fait garder ne lui avoit laissé que cet avantage. C'est cette force d'esprit qui lui avoit fait mépriser la crainte dont ses compagnes étoient frappées, et la mort, qui devoit être la fin de ses peines et le commencement de sa félicité.

Ainsi elle sortit peu à peu de l'ivresse des plaisirs, et s'enferma seule dans un appartement de son palais. Elle se laissa aller à des réflexions bien douces sur sa condition passée et sur sa félicité présente; elle ne put s'empêcher de s'attendrir sur le malheur de ses compagnes : on est sensible à des tourments que l'on a partagés. Anaïs ne se tint pas dans les simples bornes de la compassion : plus tendre envers ces infortunées, elle se sentit portée à les secourir.

Elle donna ordre à un de ces jeunes hommes qui étoient auprès d'elle de prendre la figure de

7

son mari, d'aller dans son sérail, de s'en rendre maître, de l'en chasser, et d'y rester à sa place jusqu'à ce qu'elle le rappelât.

L'exécution fut prompte : il fendit les airs, arriva à la porte du sérail d'Ibrahim, qui n'y étoit pas. Il frappe, tout lui est ouvert; les eunuques tombent à ses pieds. Il vole vers les appartements où les femmes d'Ibrahim étoient enfermées. Il avoit, en passant, pris les clefs dans la poche de ce jaloux, à qui il s'étoit rendu invisible. Il entre, et les surprend d'abord avec son air doux et affable; et, bientôt après, il les surprend davantage par ses empressements et par la rapidité de ses entreprises. Toutes eurent leur part de l'étonnement; et elles l'auroient pris pour un songe, s'il y eût eu moins de réalité.

Pendant que ces nouvelles scènes se jouent dans le sérail, Ibrahim heurte, se nomme, tempête, et crie. Après avoir essuyé bien des difficultés, il entre, et jette les eunuques dans un désordre extrême. Il marche à grands pas; mais il recule en arrière, et tombe comme des nues quand il voit le faux Ibrahim, sa véritable image, dans toutes les libertés d'un maître. Il crie au secours : il veut que les eunuques lui aident à tuer cet imposteur; mais il n'est pas obéi. Il n'a plus qu'une foible ressource, c'est de s'en rapporter au jugement de ses femmes. Dans une heure le faux Ibrahim avoit séduit tous ses juges. Il est chassé et traîné indignement hors du sérail; et il auroit reçu la mort mille fois, si son rival n'avoit ordonné qu'on lui sauvât la vie. Enfin le nouvel Ibrahim, resté maître du champ de bataille, se montra de plus en plus digne d'un tel choix, et se signala par des miracles jusqu'alors inconnus. Vous ne ressemblez pas à Ibrahim, disoient ces femmes. Dites, dites plutôt que cet imposteur ne me ressemble pas, disoit le triomphant Ibrahim : comment faut-il faire pour être votre époux, si ce que je fais ne suffit pas?

Ah! nous n'avons garde de douter, dirent les femmes. Si vous n'êtes pas Ibrahim, il nous suffit que vous ayez si bien mérité de l'être : vous êtes plus Ibrahim en un jour qu'il ne l'a été dans le cours de dix années. Vous me promettez donc, reprit-il, que vous vous déclarerez en ma faveur, contre cet imposteur? N'en doutez pas, dirent-elles d'une commune voix; nous vous jurons une fidélité éternelle; nous n'avons été que trop long-temps abusées : le traître ne soupçonnoit point notre vertu, il ne soupçonnoit que sa foiblesse; nous voyons bien que les hommes ne sont point faits comme lui; c'est à vous sans doute qu'ils

ressemblent. Si vous saviez combien vous nous le faites haïr! Ah! je vous donnerai souvent de nouveaux sujets de haine, reprit le faux Ibrahim : vous ne connoissez point encore tout le tort qu'il vous a fait. Nous jugeons de son injustice par la grandeur de votre vengeance, reprirent-elles. Oui, vous avez raison, dit l'homme divin; j'ai mesuré l'expiation au crime : je suis bien aise que vous soyez contentes de ma manière de punir. Mais, dirent ces femmes, si cet imposteur revient, que ferons-nous? Il lui seroit, je crois, difficile de vous tromper, répondit-il : dans la place que j'occupe auprès de vous, on ne se soutient guère par la ruse; et d'ailleurs je l'enverrai si loin, que vous n'entendrez plus parler de lui. Pour lors je prendrai sur moi le soin de votre bonheur. Je ne serai point jaloux; je saurai m'assurer de vous sans vous gêner; j'ai assez bonne opinion de mon mérite pour croire que vous me serez fidèles : si vous n'étiez pas vertueuses avec moi, avec qui le seriez-vous? Cette conversation dura long-temps entre lui et ces femmes, qui, plus frappées de la différence des deux Ibrahims que de leur ressemblance, ne songeoient pas même à se faire éclaircir de tant de merveilles. Enfin le mari désespéré revint encore les trouver : il trouva toute sa maison dans la joie; et les femmes plus incrédules que jamais. La place n'étoit pas tenable pour un jaloux : il sortit furieux; et un instant après le faux Ibrahim le suivit, le prit, le transporta dans les airs, et le laissa à quatre cents lieues de là.

O dieux! dans quelle désolation se trouvèrent ces femmes dans l'absence de leur cher Ibrahim! Déja leurs eunuques avoient repris leur sévérité naturelle; toute la maison étoit en larmes; elles s'imaginoient quelquefois que tout ce qui leur étoit arrivé n'étoit qu'un songe; elles se regardoient toutes les unes les autres, et se rappeloient les moindres circonstances de ces étranges aventures. Enfin Ibrahim revint, toujours plus aimable : il leur parut que son voyage n'avoit pas été pénible. Le nouveau maître prit une conduite si opposée à celle de l'autre, qu'elle surprit tous les voisins. Il congédia tous les eunuques, rendit sa maison accessible à tout le monde; il ne voulut pas même souffrir que ses femmes se voilassent. C'étoit une chose singulière de les voir dans les festins, parmi des hommes, aussi libres qu'eux. Ibrahim crut avec raison que les coutumes du pays n'étoient pas faites pour des citoyens comme lui. Cependant il ne se refusoit aucune dépense; il dissipa avec une immense profusion les biens du jaloux, qui, de

retour trois ans après des pays lointains où il avoit été transporté, ne trouva plus que ses femmes et trente-six enfants.

De Paris, le 26 de la lune de Gemmadi 1, 1720.

LETTRE CXLII.

RICA A USBEK.

A ***.

Voici une lettre que je reçus hier d'un savant; elle te paroîtra singulière :

« MONSIEUR,

» Il y a six mois que j'ai recueilli la succession » d'un oncle très-riche, qui m'a laissé cinq ou six » cent mille livres, et une maison superbement » meublée. Il y a plaisir d'avoir du bien lorsqu'on » en sait faire un bon usage. Je n'ai point d'ambi-» tion ni de goût pour les plaisirs; je suis presque » toujours enfermé dans un cabinet, où je mène » la vie d'un savant. C'est dans ce lieu que l'on » trouve un curieux amateur de la vénérable an-» tiquité.

» Lorsque mon oncle eut fermé les yeux, j'au-» rois fort souhaité de le faire enterrer avec les » cérémonies observées par les anciens Grecs et » Romains; mais je n'avois pour lors ni lacryma-» toires, ni urnes, ni lampes antiques.

» Mais depuis je me suis bien pourvu de ces » précieuses raretés. Il y a quelques jours que je » vendis ma vaisselle d'argent pour acheter une » lampe de terre qui avoit servi à un philosophe » stoïcien. Je me suis défait de toutes les glaces » dont mon oncle avoit couvert presque tous les » murs de ses appartements, pour avoir un petit » miroir un peu fêlé, qui fut autrefois à l'usage » de Virgile : je suis charmé d'y voir ma figure » représentée, au lieu de celle du cygne de Man-» toue. Ce n'est pas tout : j'ai acheté cent louis » d'or cinq ou six pièces de monnoie de cuivre qui » avoit cours il y a deux mille ans. Je ne sache pas » avoir à présent dans ma maison un seul meuble » qui n'ait été fait avant la décadence de l'empire. » J'ai un petit cabinet de manuscrits fort précieux » et fort chers : quoique je me tue la vue à les » lire, j'aime beaucoup mieux m'en servir que » des exemplaires imprimés, qui ne sont pas si » corrects, et que tout le monde a entre les mains. » Quoique je ne sorte presque jamais, je ne laisse » pas d'avoir une passion démesurée de connoître » tous les anciens chemins qui étoient du temps

» des Romains. Il y en a un qui est près de chez » moi, qu'un proconsul des Gaules fit faire il y a » environ douze cents ans : lorsque je vais à ma » maison de campagne, je ne manque jamais d'y » passer, quoiqu'il soit très-incommode, et qu'il » m'allonge de plus d'une lieue; mais ce qui me » fait enrager, c'est qu'on y a mis des poteaux de » bois de distance en distance pour marquer l'é-» loignement des villes voisines. Je suis désespéré » de voir ces misérables indices, au lieu des co-» lonnes milliaires qui y étoient autrefois : je ne » doute pas que je ne les fasse rétablir par mes » héritiers, et que je ne les engage à cette dé-» pense par mon testament. Si vous avez, mon-» sieur, quelque manuscrit persan, vous me ferez » plaisir de m'en accommoder; je vous le paierai » tout ce que vous voudrez, et je vous donnerai, » par-dessus le marché, quelques ouvrages de ma » façon, par lesquels vous verrez que je ne suis » point un membre inutile de la république des » lettres. Vous y remarquerez, entre autres, une » dissertation où je prouve que la couronne dont » on se servoit autrefois dans les triomphes étoit » de chêne, et non pas de laurier; vous en admi-» rerez une autre où je prouve, par de doctes con-» jectures tirées des plus graves auteurs grecs, » que Cambyse fut blessé à la jambe gauche, et » non pas à la droite; une autre, où je prouve » qu'un petit front étoit une beauté très recher-» chée par les Romains. Je vous enverrai encore » un volume in-quarto, en forme d'explication » d'un vers du sixième livre de l'Énéide de Vir-» gile. Vous ne recevrez tout ceci que dans quel-» ques jours; et, quant à présent, je me contente » de vous envoyer ce fragment d'un ancien mytho-» logiste grec, qui n'avoit point paru jusques ici, » et que j'ai découvert dans la poussière d'une bi-» bliothèque. Je vous quitte pour une affaire im-» portante que j'ai sur les bras : il s'agit de resti-» tuer un beau passage de Pline le naturaliste, » que les copistes du cinquième siècle ont étran-» gement défiguré. Je suis, etc. »

FRAGMENTS D'UN ANCIEN MYTHOLOGISTE.

« Dans une île près des Orcades, il naquit un » enfant qui avoit pour père Éole, dieu des vents, » et pour mère une nymphe de Calédonie. On dit » de lui qu'il apprit tout seul à compter avec ses » doigts, et que, dès l'âge de quatre ans, il distin-» guoit si parfaitement les métaux, que sa mère » ayant voulu lui donner une bague de laiton au » lieu d'une d'or, il reconnut la tromperie, et la » jeta par terre.

7.

» Dès qu'il fut grand, son père lui apprit le se-
» cret d'enfermer les vents dans une outre, qu'il
» vendoit ensuite à tous les voyageurs; mais,
» comme la marchandise n'étoit pas fort prisée
» dans son pays, il le quitta, et se mit à courir
» le monde en compagnie de l'aveugle dieu du
» hasard.

» Il apprit dans ses voyages que, dans la Béti-
» que, l'or reluisoit de toutes parts : cela fit qu'il
» y précipita ses pas. Il y fut fort mal reçu de
» Saturne, qui régnoit pour lors; mais ce dieu
» ayant quitté la terre, il s'avisa d'aller dans tous
» les carrefours, où il crioit sans cesse d'une voix
» rauque : Peuples de Bétique, vous croyez être
» riches parce que vous avez de l'or et de l'argent :
» votre erreur me fait pitié. Croyez-moi, quittez
» le pays des vils métaux; venez dans l'empire de
» l'imagination, et je vous promets des richesses
» qui vous étonneront vous-mêmes. Aussitôt il
» ouvrit une grande partie des outres qu'il avoit
» apportées, et il distribua de sa marchandise à
» qui en voulut.

» Le lendemain il revint dans les mêmes carre-
» fours, et il s'écria : Peuples de Bétique, voulez-
» vous être riches? Imaginez-vous que je le suis
» beaucoup, et que vous l'êtes beaucoup aussi;
» mettez-vous tous les matins dans l'esprit que
» votre fortune a doublé pendant la nuit; levez-
» vous ensuite; et, si vous avez des créanciers,
» allez les payer de ce que vous aurez imaginé, et
» dites-leur d'imaginer à leur tour.

» Il reparut quelques jours après, et il parla
» ainsi : Peuples de Bétique, je vois bien que vo-
» tre imagination n'est pas si vive que les pre-
» miers jours; laissez-vous conduire à la mienne;
» je mettrai tous les matins devant vos yeux un
» écriteau qui sera pour vous la source des riches-
» ses : vous n'y verrez que quatre paroles; mais
» elles seront bien significatives, car elles règle-
» ront la dot de vos femmes, la légitime de vos
» enfants, le nombre de vos domestiques. Et
» quant à vous, dit-il à ceux de la troupe qui
» étoient le plus près de lui; quant à vous, mes
» chers enfants (je puis vous appeler de ce nom,
» car vous avez reçu de moi une seconde nais-
» sance), mon écriteau décidera de la magnifi-
» cence de vos équipages, de la somptuosité de
» vos festins, du nombre et de la pension de vos
» maitresses.

» A quelques jours de là il arriva dans le carre-
» four, tout essoufflé; et, transporté de colère, il
» s'écria : Peuples de Bétique, je vous avois con-
» seillé d'imaginer, et je vois que vous ne le faites

» pas : eh bien! à présent je vous l'ordonne. Là-
» dessus, il les quitta brusquement; mais la ré-
» flexion le rappela sur ses pas. J'apprends que
» quelques uns de vous sont assez détestables pour
» conserver leur or et leur argent. Encore passe
» pour l'argent; mais pour de l'or.... pour de l'or...
» Ah! cela me met dans une indignation!... Je
» jure par mes outres sacrées que, s'ils ne vien-
» nent me l'apporter, je les punirai sévèrement.
» Puis il ajouta d'un air tout-à-fait persuasif :
» Croyez-vous que ce soit pour garder ces misé-
» rables métaux que je vous les demande? Une
» marque de ma candeur, c'est que, lorsque vous
» me les apportâtes il y a quelques jours, je vous
» en rendis sur-le-champ la moitié.

» Le lendemain, on l'aperçut de loin, et on le
» vit s'insinuer avec une voix douce et flatteuse :
» Peuples de Bétique, j'apprends que vous avez
» une partie de vos trésors dans les pays étran-
» gers; je vous prie, faites-les-moi venir; vous
» me ferez plaisir, et je vous en aurai une recon-
» noissance éternelle.

» Le fils d'Éole parloit à des gens qui n'avoient
» pas grande envie de rire; ils ne purent pourtant
» s'en empêcher : ce qui fit qu'il s'en retourna
» bien confus. Mais, reprenant courage, il ha-
» sarda encore une petite prière. Je sais que vous
» avez des pierres précieuses; au nom de Jupiter,
» défaites-vous-en : rien ne vous appauvrit comme
» ces sortes de choses; défaites-vous-en, vous dis-
» je. Si vous ne le pouvez pas par vous-mêmes,
» je vous donnerai des hommes d'affaires excel-
» lents. Que de richesses vont couler chez vous
» si vous faites ce que je vous conseille! Oui, je
» vous promets tout ce qu'il y a de plus pur dans
» mes outres.

» Enfin il monta sur un tréteau, et, prenant une
» voix plus assurée, il dit : Peuples de Bétique,
» j'ai comparé l'heureux état dans lequel vous êtes
» avec celui où je me trouvai lorsque j'arrivai ici :
» je vous vois le plus riche peuple de la terre;
» mais, pour achever votre fortune, souffrez que
» je vous ôte la moitié de vos biens. A ces mots,
» d'une aile légère, le fils d'Éole disparut, et laissa
» ses auditeurs dans une consternation inexpri-
» mable; ce qui fit qu'il revint le lendemain, et
» parla ainsi : Je m'aperçus hier que mon discours
» vous déplut extrêmement; eh bien! prenez que
» je ne vous aie rien dit. Il est vrai, la moitié, c'est
» trop. Il n'y a qu'à prendre d'autres expédients
» pour arriver au but que je me suis proposé. As-
» semblons nos richesses dans un même endroit;
» nous le pouvons facilement, car elles ne tiennen

» pas un gros volume. Aussitôt il en disparut les
» trois quarts. »

A Paris, le 9 de la lune de Chahban, 1720.

LETTRE CXLIII.

RICA A NATHANAEL LÉVI, MÉDECIN JUIF.

A Livourne.

Tu me demandes ce que je pense de la vertu
des amulettes et de la puissance des talismans.
Pourquoi t'adresses-tu à moi ? Tu es juif, et je suis
mahométan : c'est-à-dire que nous sommes tous
deux bien crédules.

Je porte toujours sur moi plus de deux mille
passages du saint Alcoran; j'attache à mes bras un
petit paquet où sont écrits les noms de plus de
deux cents dervis : ceux d'Hali, de Fatmé, et de
tous les purs, sont cachés en plus de vingt endroits
de mes habits.

Cependant je ne désapprouve point ceux qui
rejettent cette vertu que l'on attribue à de cer-
taines paroles. Il nous est bien plus difficile de
répondre à leurs raisonnements qu'à eux de répon-
dre à nos expériences.

Je porte tous ces chiffons sacrés par une longue
habitude, pour me conformer à une pratique uni-
verselle; je crois que, s'ils n'ont pas plus de vertu
que les bagues et les autres ornements dont on se
pare, ils n'en ont pas moins. Mais toi, tu mets
toute ta confiance sur quelques lettres mystérieu-
ses; et sans cette sauvegarde, tu serois dans un
effroi continuel.

Les hommes sont bien malheureux ! ils flottent
sans cesse entre de fausses espérances et des crain-
tes ridicules; et, au lieu de s'appuyer sur la rai-
son, ils se font des monstres qui les intimident,
ou des fantômes qui les séduisent.

Quel effet veux-tu que produise l'arrangement
de certaines lettres? quel effet veux-tu que leur
dérangement puisse troubler? quelle relation ont-
elles avec les vents pour apaiser les tempêtes,
avec la poudre à canon pour en vaincre l'effort,
avec ce que les médecins appellent l'humeur pec-
cante et la cause morbifique des maladies pour les
guérir ?

Ce qu'il y a d'extraordinaire, c'est que ceux qui
fatiguent leur raison pour lui faire rapporter de
certains événements à des vertus occultes n'ont
pas un moindre effort à faire pour s'empêcher
d'en voir la véritable cause.

Tu me diras que de certains prestiges ont fait

gagner une bataille; et moi je te dirai qu'il faut
que tu t'aveugles, pour ne pas trouver dans la
situation du terrain, dans le nombre ou dans le
courage des soldats, dans l'expérience des capi-
taines, des causes suffisantes pour produire cet
effet dont tu veux ignorer la cause.

Je te passe pour un moment qu'il y ait des pres-
tiges : passe-moi à mon tour, pour un moment,
qu'il n'y en ait point; car cela n'est pas impossi-
ble. Cette concession que tu me fais n'empêche
pas que deux armées ne puissent se battre : veux-
tu que, dans ce cas-là, aucune des deux ne puisse
remporter la victoire?

Crois-tu que leur sort restera incertain jusqu'à
ce qu'une puissance invisible vienne le détermi-
ner? que tous les coups seront perdus, toute la
prudence vaine, et tout le courage inutile?

Penses-tu que la mort, dans ces occasions ren-
due présente de mille manières, ne puisse pas
produire dans les esprits ces terreurs paniques que
tu as tant de peine à expliquer? Veux-tu que,
dans une armée de cent mille hommes, il ne
puisse pas y avoir un seul homme timide? Crois-
tu que le découragement de celui-ci ne puisse pas
produire le découragement d'un autre? que le
second, qui quitte un troisième, ne lui fasse pas
bientôt abandonner un quatrième? Il n'en faut
pas davantage pour que le désespoir de vaincre
saisisse soudain toute une armée, et la saisisse
d'autant plus facilement qu'elle se trouve plus
nombreuse.

Tout le monde sait et tout le monde sent que
les hommes, comme toutes les créatures qui ten-
dent à conserver leur être, aiment passionnément
la vie : on sait cela en général, et on cherche
pourquoi, dans une certaine occasion particulière,
ils ont craint de la perdre.

Quoique les livres sacrés de toutes les nations
soient remplis de ces terreurs paniques ou surna-
turelles, je n'imagine rien de si frivole, parce que,
pour s'assurer qu'un effet qui peut être produit
par cent mille causes naturelles est surnaturel, il
faut avoir auparavant examiné si aucune de ces
causes n'a agi; ce qui est impossible.

Je ne t'en dirai pas davantage, Nathanael; il
me semble que la matière ne mérite pas d'être si
sérieusement traitée.

De Paris, le 20 de la lune de Chahban, 1720.

P. S. Comme je finissois, j'ai entendu crier
dans la rue une lettre d'un médecin de province
à un médecin de Paris (car ici toutes les bagatelles
s'impriment, se publient, et s'achètent). J'ai cru

que je ferois bien de té l'envoyer, parce qu'elle a du rapport à notre sujet. Il y a bien des choses que je n'entends pas ; mais toi, qui es médecin, tu dois entendre le langage de tes confrères.

LETTRE D'UN MÉDECIN DE PROVINCE
A UN MÉDECIN DE PARIS.

« Il y avoit dans notre ville un malade qui ne
» dormoit point depuis trente-cinq jours. Son
» médecin lui ordonna l'opium : mais il ne pou-
» voit se résoudre à le prendre ; et il avoit la coupe
» à la main, qu'il étoit plus indéterminé que ja-
» mais. Enfin il dit à son médecin : Monsieur, je
» vous demande quartier seulement jusqu'à de-
» main ; je connois un homme qui n'exerce pas la
» médecine, mais qui a chez lui un nombre in-
» nombrable de remèdes contre l'insomnie : souf-
» frez que je l'envoie querir ; et, si je ne dors pas
» cette nuit, je vous promets que je reviendrai à
» vous. Le médecin congédié, le malade fit fermer
» les rideaux, et dit à un petit laquais : Tiens,
» va-t'en chez M. Anis, et dis-lui qu'il vienne me
» parler. M. Anis arrive. Mon cher monsieur Anis,
» je me meurs ; je ne puis dormir : n'auriez-vous
» point, dans votre boutique, la C. du G., ou
» bien quelque livre de dévotion composé par un
» R. P. J., que vous n'ayez pas pu vendre, car
» souvent les remèdes les plus gardés sont les
» meilleurs ? Monsieur, dit le libraire, j'ai chez
» moi la Cour sainte du P. Caussin, en six volu-
» mes, à votre service ; je vais vous l'envoyer : je
» souhaite que vous en trouviez bien. Si vous
» voulez les œuvres du R. P. Rodriguès, jésuite
» espagnol, ne vous en faites faute. Mais, croyez-
» moi, tenons-nous-en au P. Caussin : j'espère,
» avec l'aide de Dieu, qu'une période du P. Caus-
» sin vous fera autant d'effet qu'un feuillet tout
» entier de la C. du G. Là-dessus M. Anis sortit,
» et courut chercher le remède à sa boutique. La
» Cour sainte arrive ; on en secoue la poudre ; le
» fils du malade, jeune écolier, commence à la
» lire. Il en sentit le premier l'effet ; à la seconde
» page il ne prononçoit plus que d'une voix mal
» articulée, et déja toute la compagnie se sentoit
» affoiblie : un instant après tout ronfla, excepté
» le malade, qui, après avoir été long-temps
» éprouvé, s'assoupit à la fin.
» Le médecin arrive de grand matin. Eh bien !
» a-t-on pris mon opium ? On ne lui répond rien :
» la femme, la fille, le petit garçon, tous trans-
» portés de joie, lui montrent le P. Caussin. Il de-
» mande ce que c'est ; on lui dit : Vive le P. Caus-

» sin ! il faut l'envoyer relier. Qui l'eût dit ? qui
» l'eût cru ? c'est un miracle ! Tenez, monsieur,
» voyez donc le P. Caussin : c'est ce volume-là qui
» a fait dormir mon père. Et là-dessus on lui ex-
» pliqua la chose comme elle s'étoit passée. »

Le médecin étoit un homme subtil, rempli des mystères de la cabale, et de la puissance des pa-roles et des esprits : cela le frappa ; et, après plu-sieurs réflexions, il résolut de changer absolument sa pratique. Voilà un fait bien singulier, disoit-il. Je tiens une expérience ; il faut la pousser plus loin. Eh ! pourquoi un esprit ne pourroit-il pas transmettre à son ouvrage les mêmes qualités qu'il a lui-même ? ne le voyons-nous pas tous les jours ? Au moins cela vaut-il bien la peine de l'es-sayer. Je suis las des apothicaires ; leurs sirops, leurs juleps, et toutes les drogues galéniques, ruinent les malades et leur santé. Changeons de méthode ; éprouvons la vertu des esprits. Sur cette idée, il dressa une nouvelle pharmacie, comme vous allez voir par la description que je vous vais faire des principaux remèdes qu'il mit en pratique.

Tisane purgative.

Prenez trois feuilles de la logique d'Aristote en grec ; deux feuilles d'un traité de théologie sco-lastique le plus aigu, comme, par exemple, du subtil Scot ; quatre de Paracelse ; une d'Avicenne ; six d'Averroès ; trois de Porphyre ; autant de Plo-tin ; autant de Jamblique. Faites infuser le tout pendant vingt-quatre heures, et prenez-en quatre prises par jour.

Purgatif plus violent.

Prenez dix A. du C. concernant la B. et la C. des J.[1] ; faites-les distiller au bain-marie : mortifiez une goutte de l'humeur âcre et piquante qui en viendra, dans un verre d'eau commune : avalez le tout avec confiance.

Vomitif.

Prenez six harangues ; une douzaine d'oraisons funèbres indifféremment, prenant garde pourtant de ne point se servir de celle de M. de N.[2] ; un recueil de nouveaux opéra ; cinquante romans ; trente mémoires nouveaux. Mettez le tout dans un matras ; laissez-le en digestion pendant deux jours ; puis faites-le distiller au feu de sable. Et si tout cela ne suffit pas,

[1] Dix *Arrêts du Conseil* concernant la *Bulle* et la *Consti-tution des Jésuites*. (P.)

[2] Fléchier, évêque de Nîmes. (P.)

Autre plus puissant.

Prenez une feuille de papier marbré qui ait servi à couvrir un recueil des pièces des J. F. [1]; faites-la infuser l'espace de trois minutes; faites chauffer une cuillerée de cette infusion, et avalez.

Remède très simple pour guérir de l'asthme.

Lisez tous les ouvrages du R. P. Maimbourg, ci-devant jésuite, prenant garde de ne vous arrêter qu'à la fin de chaque période; et vous sentirez la faculté de respirer vous revenir peu à peu, sans qu'il soit besoin de réitérer le remède.

Pour préserver de la gale, gratelle, teigne, farcin des chevaux.

Prenez trois catégories d'Aristote, deux degrés métaphysiques, une distinction, six vers de Chapelain, une phrase tirée des lettres de M. l'abbé de Saint-Cyran : écrivez le tout sur un morceau de papier que vous plierez, attacherez à un ruban, et porterez au cou.

Miraculum chimicum, de violenta fermentatione, cum fumo, igne et flamma.

Misce Quesnellianam infusionem, cum infusione Lallemaniana; fiat fermentatio cum magna vi, impetu et tonitru, acidis pugnantibus, et invicem penetrantibus alcalinos sales : fiet evaporatio ardentium spirituum. Pone liquorem fermentatum in alembico : nihil inde extrahes, et nihil invenies, nisi caput mortuum.

Lenitivum.

Recipe Molinæ anodyni chartas duas; Escobaris relaxativi paginas sex; Vasquii emollientis folium unum : infunde in aquæ communis libras iij, ad consumptionem dimidiæ partis colentur et exprimantur; et, in expressione, dissolve Baunii detersivi et Tamburini abluentis folia iij.

Fiat clyster.

In chlorosim, quam vulgus pallidos colores, aut febrim amatoriam, appellat.

Recipe Aretini figuras iv; R. Thomæ Sanchii de matrimonio folia ij. Infundantur in aquæ communis libras quinque.

Fiat ptisana aperiens.

Voilà les drogues que notre médecin mit en pratique avec un succès imaginable. Il ne vouloit pas, disoit-il, pour ne pas ruiner ses malades,

employer des remèdes rares, et qui ne se trouvent presque point; comme, par exemple, une épître dédicatoire qui n'ait fait bâiller personne; une préface trop courte; un mandement fait par un évêque; et l'ouvrage d'un janséniste méprisé par un janséniste, ou bien admiré par un jésuite. Il disoit que ces sortes de remèdes ne sont propres qu'à entretenir la charlatanerie, contre laquelle il avoit une antipathie insurmontable.

LETTRE CXLIV.

RICA A USBEK.

Je trouvai, il y a quelques jours, dans une maison de campagne où j'étois allé, deux savants qui ont ici une grande célébrité. Leur caractère me parut admirable. La conversation du premier, bien appréciée, se réduisoit à ceci : Ce que j'ai dit est vrai, parce que je l'ai dit. La conversation du second portoit sur autre chose : Ce que je n'ai pas dit n'est pas vrai, parce que je ne l'ai pas dit.

J'aimois assez le premier : car qu'un homme soit opiniâtre, cela ne me fait absolument rien; mais qu'il soit impertinent, cela me fait beaucoup. Le premier défend ses opinions; c'est son bien : le second attaque les opinions des autres; et c'est le bien de tout le monde.

O mon cher Usbek! que la vanité sert mal ceux qui en ont une dose plus forte que celle qui est nécessaire pour la conservation de la nature! Ces gens-là veulent être admirés à force de déplaire. Ils cherchent à être supérieurs; et ils ne sont pas seulement égaux.

Hommes modestes, venez, que je vous embrasse : vous faites la douceur et le charme de la vie. Vous croyez que vous n'avez rien; et moi je vous dis que vous avez tout. Vous pensez que vous n'humiliez personne; et vous humiliez tout le monde. Et quand je vous compare dans mon idée avec ces hommes absolus que je vois partout, je les précipite de leur tribunal, et je les mets à vos pieds.

De Paris, le 22 de la lune de Chahban, 1720.

LETTRE CXLV.

USBEK A ***.

Un homme d'esprit est ordinairement difficile dans les sociétés. Il choisit peu de personnes; il s'ennuie avec tout ce grand nombre de gens qu'il

[1] Jésuites françois. (P.)

lui plaît appeler mauvaise compagnie ; il est impossible qu'il ne fasse un peu sentir son dégoût : autant d'ennemis.

Sûr de plaire quand il voudra, il néglige très souvent de le faire.

Il est porté à la critique, parce qu'il voit plus de choses qu'un autre, et les sent mieux.

Il ruine presque toujours sa fortune, parce que son esprit lui fournit pour cela un plus grand nombre de moyens.

Il échoue dans ses entreprises, parce qu'il hasarde beaucoup. Sa vue, qui se porte toujours loin, lui fait voir des objets qui sont à de trop grandes distances. Sans compter que, dans la naissance d'un projet, il est moins frappé des difficultés qui viennent de la chose, que des remèdes qui sont de lui, et qu'il tire de son propre fonds.

Il néglige les menus détails, dont dépend cependant la réussite de presque toutes les grandes affaires.

L'homme médiocre, au contraire, cherche à tirer parti de tout : il sent bien qu'il n'a rien à perdre en négligences.

L'approbation universelle est plus ordinairement pour l'homme médiocre. On est charmé de donner à celui-ci ; on est enchanté d'ôter à celui-là. Pendant que l'envie fond sur l'un, et qu'on ne lui pardonne rien, on supplée tout en faveur de l'autre : la vanité se déclare pour lui.

Mais si un homme d'esprit a tant de désavantages, que dirons-nous de la dure condition des savants ?

Je n'y pense jamais que je ne me rappelle une lettre d'un d'eux à un de ses amis. La voici :

« MONSIEUR ,

» Je suis un homme qui m'occupe toutes les
» nuits à regarder, avec des lunettes de trente
» pieds, ces grands corps qui roulent sur nos
» têtes ; et quand je veux me délasser, je prends
» mes petits microscopes, et j'observe un ciron
» ou une mite.

» Je ne suis point riche, et je n'ai qu'une seule
» chambre ; je n'ose même y faire du feu, parce
» que j'y tiens mon thermomètre, et que la cha-
» leur étrangère le feroit hausser. L'hiver der-
» nier je pensai mourir de froid ; et quoique mon
» thermomètre, qui étoit au plus bas degré, m'a-
» vertît que mes mains alloient se geler, je ne me
» dérangeai point ; et j'ai la consolation d'être in-
» struit exactement des changements de temps les
» plus insensibles de toute l'année passée.

» Je me communique fort peu ; et de tous les

» gens que je vois je n'en connois aucun. Mais il
» y a un homme à Stockholm, un autre à Leip-
» sick, un autre à Londres, que je n'ai jamais
» vus, et que je ne verrai sans doute jamais, avec
» lesquels j'entretiens une correspondance si
» exacte, que je ne laisse pas passer un courrier
» sans leur écrire.

» Mais quoique je ne connoisse personne dans
» mon quartier, je suis dans une si mauvaise ré-
» putation, que je serai à la fin obligé de le quitter.
» Il y a cinq ans que je fus rudement insulté par
» une de mes voisines, pour avoir fait la dissec-
» tion d'un chien qu'elle prétendoit lui apparte-
» nir. La femme d'un boucher, qui se trouva là,
» se mit de la partie ; et pendant que celle-là
» m'accabloit d'injures, celle-ci m'assommoit à
» coups de pierres, conjointement avec le doc-
» teur *** qui étoit avec moi, et qui reçut un coup
» terrible sur l'os frontal et occipital, dont le siége
» de sa raison fut très ébranlé.

» Depuis ce temps-là, dès qu'il s'écarte quelque
» chien au bout de la rue, il est aussitôt décidé
» qu'il a passé par mes mains. Une bonne bour-
» geoise qui en avoit perdu un petit, qu'elle ai-
» moit, disoit-elle, plus que ses enfants, vint
» l'autre jour s'évanouir dans ma chambre ; et,
» ne le trouvant pas, elle me cita devant le ma-
» gistrat. Je crois que je ne serai jamais délivré
» de la malice importune de ces femmes qui, avec
» leurs voix glapissantes, m'étourdissent sans
» cesse de l'oraison funèbre de tous les automates
» qui sont morts depuis dix ans.

» Je suis, etc. »

Tous les savants étoient autrefois accusés de magie. Je n'en suis point étonné. Chacun disoit en lui-même : J'ai porté les talents naturels aussi loin qu'ils peuvent aller ; cependant un certain savant a des avantages sur moi : il faut bien qu'il y ait là quelque diablerie.

A présent que ces sortes d'accusations sont tombées dans le décri, on a pris un autre tour ; et un savant ne sauroit guère éviter le reproche d'irréligion ou d'hérésie. Il a beau être absous par le peuple : la plaie est faite ; elle ne se fermera jamais bien. C'est toujours pour lui un endroit malade. Un adversaire viendra, trente ans après, lui dire modestement : A Dieu ne plaise que je dise que ce dont on vous accuse soit vrai ; mais vous avez été obligé de vous défendre. C'est ainsi qu'on tourne contre lui sa justification même.

S'il écrit quelque histoire, et qu'il ait de la noblesse dans l'esprit, et quelque droiture dans le

cœur, on lui suscite mille persécutions. On ira contre lui soulever le magistrat sur un fait qui s'est passé il y a mille ans; et on voudra que sa plume soit captive, si elle n'est pas vénale.

Plus heureux cependant que ces hommes lâches qui abandonnent leur foi pour une médiocre pension; qui, à prendre toutes leurs impostures en détail, ne les vendent pas seulement une obole; qui renversent la constitution de l'empire, diminuent les droits d'une puissance, augmentent ceux d'une autre, donnent aux princes, ôtent aux peuples, font revivre des droits surannés, flattent les passions qui sont en crédit de leur temps, et les vices qui sont sur le trône; imposant à la postérité d'autant plus indignement, qu'elle a moins de moyens de détruire leur témoignage.

Mais ce n'est point assez, pour un auteur, d'avoir essuyé toutes ces insules; ce n'est point assez pour lui d'avoir été dans une inquiétude continuelle sur le succès de son ouvrage: il voit le jour enfin, cet ouvrage qui lui a tant coûté, et lui attire des querelles de toutes parts. Et comment les éviter? Il avoit un sentiment; il l'a soutenu par ses écrits: il ne savoit pas qu'un homme à deux cents lieues de lui avoit dit tout le contraire. Voilà cependant la guerre qui se déclare.

Encore s'il pouvoit espérer d'obtenir quelque considération! Non: il n'est tout au plus estimé que de ceux qui se sont appliqués au même genre de science que lui. Un philosophe a un mépris souverain pour un homme qui a la tête chargée de faits; et il est à son tour regardé comme un visionnaire par celui qui a une bonne mémoire.

Quant à ceux qui font profession d'une orgueilleuse ignorance, ils voudroient que tout le genre humain fût enseveli dans l'oubli où ils seront eux-mêmes.

Un homme à qui il manque un talent se dédommage en le méprisant: il ôte cet obstacle qu'il rencontroit entre le mérite et lui, et par-là se trouve au niveau de celui dont il redoute les travaux.

Enfin, il faut joindre à une réputation équivoque la privation des plaisirs et la perte de la santé.

De Paris, le 20 de la lune de Chahban, 1720.

LETTRE CXLVI.

USBEK A RHÉDI.

A Venise.

Il y a long-temps que l'on a dit que la bonne foi étoit l'ame d'un grand ministre.

Un particulier peut jouir de l'obscurité où il se trouve; il ne se décrédite que devant quelques gens: il se tient couvert devant les autres; mais un ministre qui manque à la probité a autant de témoins, autant de juges, qu'il y a de gens qu'il gouverne.

Oserai-je le dire? le plus grand mal que fait un ministre sans probité n'est pas de desservir son prince et de ruiner son peuple; il y en a un autre, à mon avis, mille fois plus dangereux: c'est le mauvais exemple qu'il donne.

Tu sais que j'ai long-temps voyagé dans les Indes. J'y ai vu une nation, naturellement généreuse, pervertie en un instant, depuis le dernier des sujets jusqu'aux plus grands, par le mauvais exemple d'un ministre; j'y ai vu tout un peuple, chez qui la générosité, la probité, la candeur et la bonne foi ont passé de tout temps pour les qualités naturelles, devenir tout à coup le dernier des peuples; le mal se communiquer, et n'épargner pas même les membres les plus sains; les hommes les plus vertueux faire des choses indignes, et violer, dans toutes les occasions de leur vie, les premiers principes de la justice, sur ce vain prétexte qu'on la leur avoit violée.

Ils appeloient des lois odieuses en garantie des actions les plus lâches, et nommoient nécessité l'injustice et la perfidie.

J'ai vu la foi des contrats bannie, les plus saintes conventions anéanties, toutes les lois des familles renversées. J'ai vu des débiteurs avares, fiers d'une insolente pauvreté, instruments indignes de la fureur des lois et de la rigueur des temps, feindre un paiement au lieu de le faire, et porter le couteau dans le sein de leurs bienfaiteurs.

J'en ai vu d'autres, plus indignes encore, acheter presque pour rien, ou plutôt ramasser de terre des feuilles de chêne pour les mettre à la place de la substance des veuves et des orphelins.

J'ai vu naître soudain, dans tous les cœurs, une soif insatiable des richesses. J'ai vu se former, en un moment, une détestable conjuration de s'enrichir, non par un honnête travail et une généreuse industrie, mais par la ruine du prince, de l'état et des concitoyens.

J'ai vu un honnête citoyen, dans ces temps malheureux, ne se coucher qu'en disant: J'ai ruiné une famille aujourd'hui; j'en ruinerai une autre demain.

Je vais, disoit un autre; avec un homme noir qui porte une écritoire à la main et un fer pointu à l'oreille, assassiner tous ceux à qui j'ai de l'obligation.

Un autre disoit : Je vois que j'accommode mes affaires : il est vrai que, lorsque j'allai, il y a trois jours, faire un certain paiement, je laissai toute une famille en larmes, que je dissipai la dot de deux honnêtes filles, que j'ôtai l'éducation à un petit garçon : le père en mourra de douleur, la mère périt de tristesse ; mais je n'ai fait que ce qui est permis par la loi.

Quel plus grand crime que celui que commet un ministre, lorsqu'il corrompt les mœurs de toute une nation, dégrade les ames les plus généreuses, ternit l'éclat des dignités, obscurcit la vertu même, et confond la plus haute naissance dans le mépris universel !

Que dira la postérité lorsqu'il lui faudra rougir de la honte de ses pères ? Que dira le peuple naissant lorsqu'il comparera le fer de ses aïeux avec l'or de ceux à qui il doit immédiatement le jour ? Je ne doute pas que les nobles ne retranchent de leurs quartiers un indigne degré de noblesse qui les déshonore, et ne laissent la génération présente dans l'affreux néant où elle s'est mise.

De Paris, le 11 de la lune de Rhamazan, 1720.

LETTRE CXLVII.

LE GRAND EUNUQUE A USBEK.

A Paris.

Les choses sont venues à un état qui ne se peut plus soutenir : tes femmes se sont imaginé que ton départ leur laissoit une impunité entière ; il se passe ici des choses horribles : je tremble moi-même au cruel récit que je vais te faire.

Zélis, allant il y a quelques jours à la mosquée, laissa tomber son voile, et parut presque à visage découvert devant tout le peuple.

J'ai trouvé Zachi couchée avec une de ses esclaves, chose si défendue par les lois du sérail.

J'ai surpris, par le plus grand hasard du monde, une lettre que je t'envoie : je n'ai jamais pu découvrir à qui elle étoit adressée.

Hier au soir, un jeune garçon fut trouvé dans le jardin du sérail, et il se sauva par-dessus les murailles.

Ajoute à cela ce qui n'est pas parvenu à ma connoissance : car sûrement tu es trahi. J'attends tes ordres ; et, jusqu'à l'heureux moment que je les recevrai, je vais être dans une situation mortelle. Mais, si tu ne mets toutes ces femmes à ma discrétion, je ne te réponds d'aucune d'elles ; et

j'aurai tous les jours des nouvelles aussi tristes à te mander.

Du sérail d'Ispahan, le 1er de la lune de Rhégeb, 1717.

LETTRE CXLVIII.

USBEK AU PREMIER EUNUQUE.

Au sérail d'Ispahan.

Recevez, par cette lettre, un pouvoir sans bornes sur tout le sérail ; commandez avec autant d'autorité que moi-même ; que la crainte et la terreur marchent avec vous ; courez d'appartements en appartements porter les punitions et les châtiments ; que tout vive dans la consternation ; que tout fonde en larmes devant vous ; interrogez tout le sérail ; commencez par les esclaves ; n'épargnez pas mon amour ; que tout subisse votre tribunal redoutable ; mettez au jour les secrets les plus cachés ; purifiez ce lieu infame, et faites-y rentrer la vertu bannie. Car, dès ce moment, je mets sur votre tête les moindres fautes qui se commettront. Je soupçonne Zélis d'être celle à qui la lettre que vous avez surprise s'adressoit, examinez cela avec des yeux de lynx.

De ***, le 11 de la lune de Zilhagé, 1718.

LETTRE CXLIX.

NARSIT A USBEK.

A Paris.

Le grand eunuque vient de mourir, magnifique seigneur ; comme je suis le plus vieux de tes esclaves, j'ai pris sa place, jusqu'à ce que tu aies fait connoître sur qui tu veux jeter les yeux.

Deux jours après sa mort on m'apporta une de tes lettres qui lui étoit adressée : je me suis bien gardé de l'ouvrir ; je l'ai enveloppée avec respect, et l'ai serrée jusqu'à ce que tu m'aies fait connoître tes sacrées volontés.

Hier, un esclave vint, au milieu de la nuit, me dire qu'il avoit trouvé un jeune homme dans le sérail : je me levai, j'examinai la chose, et je trouvai que c'étoit une vision.

Je te baise les pieds, sublime seigneur ; et je te prie de compter sur mon zèle, mon expérience, et ma vieillesse.

Du sérail d'Ispahan, le 5 de la lune de Gemmadi 1, 1718.

LETTRE CL.

USBEK A NARSIT.

Au sérail d'Ispahan.

Malheureux que vous êtes ! vous avez dans vos mains des lettres qui contiennent des ordres prompts et violents ; le moindre retardement peut me désespérer ; et vous demeurez tranquille sous un vain prétexte !

Il se passe des choses horribles ; j'ai peut-être la moitié de mes esclaves qui méritent la mort. Je vous envoie la lettre que le premier eunuque m'écrivit là-dessus avant de mourir. Si vous aviez ouvert le paquet qui lui est adressé, vous y auriez trouvé des ordres sanglants. Lisez-les donc ces ordres ; et vous périrez, si vous ne les exécutez pas.

De ***, le 25 de la lune de Chalval, 1718.

LETTRE CLI.

SOLIM A USBEK.

A Paris.

Si je gardois plus long-temps le silence, je serois aussi coupable que tous ces criminels que tu as dans le sérail.

J'étois le confident du grand eunuque, le plus fidèle de tes esclaves. Lorsqu'il se vit près de sa fin, il me fit appeler, et me dit ces paroles : Je me meurs ; mais le seul chagrin que j'ai en quittant la vie, c'est que mes derniers regards aient trouvé les femmes de mon maître criminelles. Le ciel puisse le garantir de tous les malheurs que je prévois ! Puisse, après ma mort, mon ombre menaçante venir avertir ces perfides de leur devoir, et les intimider encore ! Voilà les clefs de ces redoutables lieux ; va les porter au plus vieux des noirs. Mais, si après ma mort il manque de vigilance, songe à en avertir ton maître. En achevant ces mots il expira dans mes bras.

Je sais ce qu'il t'écrivit, quelque temps avant sa mort, sur la conduite de tes femmes. Il y a dans le sérail une lettre qui auroit porté la terreur avec elle, si elle avoit été ouverte. Celle que tu as écrite depuis a été surprise à trois lieues d'ici. Je ne sais ce que c'est : tout se tourne malheureusement.

Cependant tes femmes ne gardent plus aucune retenue : depuis la mort du grand eunuque, il semble que tout leur soit permis ; la seule Roxane est restée dans le devoir, et conserve de la mo-

destie. On voit les mœurs se corrompre tous les jours. On ne trouve plus sur le visage de tes femmes cette vertu mâle et sévère qui y régnoit autrefois : une joie nouvelle, répandue dans ces lieux, est un témoignage infaillible, selon moi, de quelque satisfaction nouvelle. Dans les plus petites choses, je remarque des libertés jusqu'alors inconnues. Il règne, même parmi tes esclaves, une certaine indolence pour leur devoir et pour l'observation des règles, qui me surprend ; ils n'ont plus ce zèle ardent pour ton service, qui sembloit animer le sérail.

Tes femmes ont été huit jours à la campagne, à une de tes maisons les plus abandonnées. On dit que l'esclave qui en a soin a été gagné, et qu'un jour avant qu'elles arrivassent il avoit fait cacher deux hommes dans un réduit de pierre qui est dans la muraille de la principale chambre, d'où ils sortoient le soir lorsque nous étions retirés. Le vieux eunuque qui est à présent à notre tête est un imbécile à qui l'on fait croire tout ce qu'on veut.

Je suis agité d'une colère vengeresse contre tant de perfidies ; et si le ciel vouloit, pour le bien de ton service, que tu me jugeasses capable de gouverner, je te promets que, si tes femmes n'étoient pas vertueuses, au moins elles seroient fidèles.

Du sérail d'Ispahan, le 6 de la lune de Rebiab 1, 1719.

LETTRE CLII.

NARSIT A USBEK.

A Paris.

Roxane et Zélis ont souhaité d'aller à la campagne ; je n'ai pas cru devoir le leur refuser. Heureux Usbek ! tu as des femmes fidèles et des esclaves vigilants : je commande en des lieux où la vertu semble s'être choisi un asile. Compte qu'il ne s'y passera rien que tes yeux ne puissent soutenir.

Il est arrivé un malheur qui me met en grande peine. Quelques marchands arméniens, nouvellement arrivés à Ispahan, avoient apporté une de tes lettres pour moi ; j'ai envoyé un esclave pour la chercher : il a été volé à son retour, de manière que la lettre est perdue. Écris-moi donc promptement ; car je m'imagine que, dans ce changement, tu dois avoir des choses de conséquence à me mander.

Du sérail de Fatmé, le 6 de la lune de Rebiab 1, 1719.

LETTRE CLIII.

USBEK A SOLIM.

Au sérail d'Ispahan.

Je te mets le fer à la main. Je te confie ce que j'ai à présent dans le monde de plus cher, qui est ma vengeance. Entre dans ce nouvel emploi ; mais n'y porte ni cœur ni pitié. J'écris à mes femmes de t'obéir aveuglément : dans la confusion de tant de crimes, elles tomberont devant tes regards. Il faut que je te doive mon bonheur et mon repos. Rends-moi mon sérail comme je l'ai laissé. Mais commence par l'expier : extermine les coupables, et fais trembler ceux qui se proposoient de le devenir. Que ne peux-tu pas espérer de ton maître pour des services si signalés ? Il ne tiendra qu'à toi de te mettre au-dessus de ta condition même, et de toutes les récompenses que tu as jamais désirées.

A Paris, le 4 de la lune de Chahban, 1719.

LETTRE CLIV.

USBEK A SES FEMMES.

Au sérail d'Ispahan.

Puisse cette lettre être comme la foudre qui tombe au milieu des éclairs et des tempêtes ! Solim est votre premier eunuque, non pas pour vous garder, mais pour vous punir. Que tout le sérail s'abaisse devant lui. Il doit juger vos actions passées ; et, pour l'avenir, il vous fera vivre sous un joug si rigoureux, que vous regretterez votre liberté, si vous ne regrettez pas votre vertu.

A Paris, le 4 de la lune de Chahban, 1719.

LETTRE CLV.

USBEK A NESSIR.

A Ispahan.

Heureux celui qui, connoissant tout le prix d'une vie douce et tranquille, repose son cœur au milieu de sa famille, et ne connoît d'autre terre que celle qui lui a donné le jour !

Je vis dans un climat barbare, présent à tout ce qui m'importune, absent de tout ce qui m'intéresse. Une tristesse sombre me saisit ; je tombe dans un accablement affreux : il me semble que je m'anéantis ; et je ne me retrouve moi-même que lorsqu'une sombre jalousie vient s'allumer, et enfanter dans mon ame la crainte, les soupçons, la haine et les regrets.

Tu me connois, Nessir ; tu as toujours vu dans mon cœur comme dans le tien. Je te ferois pitié, si tu savois mon état déplorable. J'attends quelquefois six mois entiers des nouvelles du sérail ; je compte tous les instants qui s'écoulent : mon impatience me les allonge toujours ; et, lorsque celui qui a été tant attendu est près d'arriver, il se fait dans mon cœur une révolution soudaine ; ma main tremble d'ouvrir une lettre fatale ; cette inquiétude qui me désespéroit, je la trouve l'état le plus heureux où je puisse être, et je crains d'en sortir par un coup plus cruel pour moi que mille morts.

Mais, quelque raison que j'aie eue de sortir de ma patrie, quoique je doive ma vie à ma retraite, je ne puis plus, Nessir, rester dans cet affreux exil. Eh ! ne mourrois-je pas tout de même en proie à mes chagrins ? J'ai pressé mille fois Rica de quitter cette terre étrangère ; mais il s'oppose à toutes mes résolutions : il m'attache ici par mille prétextes : il semble qu'il ait oublié sa patrie ; ou plutôt il semble qu'il m'ait oublié moi-même, tant il est insensible à mes déplaisirs.

Malheureux que je suis ! je souhaite de revoir ma patrie, peut-être pour devenir plus malheureux encore ! Eh ! qu'y ferai-je ? Je vais rapporter ma tête à mes ennemis. Ce n'est pas tout : j'entrerai dans le sérail ; il faut que j'y demande compte du temps funeste de mon absence ; et si j'y trouve des coupables, que deviendrai-je ? Et si la seule idée m'accable de si loin, que sera-ce lorsque ma présence la rendra plus vive ? que sera-ce s'il faut que je voie, s'il faut que j'entende ce que je n'ose imaginer sans frémir ? que sera-ce enfin s'il faut que des châtiments que je prononcerai moi-même soient des marques éternelles de ma confusion et de mon désespoir ?

J'irai m'enfermer dans des murs plus terribles pour moi, que pour les femmes qui y sont gardées ; j'y porterai tous mes soupçons ; leurs empressements ne m'en déroberont rien ; dans mon lit, dans leurs bras, je ne jouirai que de mes inquiétudes, dans un temps si peu propre aux réflexions, ma jalousie trouvera à en faire. Rebut indigne de la nature humaine, esclaves vils dont le cœur a été fermé pour jamais à tous les sentiments de l'amour, vous ne gémiriez plus sur votre condition, si vous connoissiez le malheur de la mienne.

De Paris, le 4 de la lune de Chahban, 1719.

LETTRE CLVI.

ROXANE A USBEK.

A Paris.

L'horreur, la nuit et l'épouvante règnent dans le sérail; un deuil affreux l'environne; un tigre y exerce à chaque instant toute sa rage. Il a mis dans les supplices deux eunuques blancs qui n'ont avoué que leur innocence; il a vendu une partie de nos esclaves, et nous a obligées de changer entre nous celles qui nous restoient. Zachi et Zélis ont reçu dans leur chambre, dans l'obscurité de la nuit, un traitement indigne; le sacrilége n'a pas craint de porter sur elles ses viles mains. Il nous tient enfermées chacune dans notre appartement; et, quoique nous y soyons seules, il nous y fait vivre sous le voile. Il ne nous est plus permis de nous parler; ce seroit un crime de nous écrire : nous n'avons plus rien de libre que les pleurs.

Une troupe de nouveaux eunuques est entrée dans le sérail, où ils nous assiégent nuit et jour; notre sommeil est sans cesse interrompu par leurs méfiances feintes ou véritables. Ce qui me console, c'est que tout ceci ne durera pas long-temps, et que ces peines finiront avec ma vie. Elle ne sera pas longue, cruel Usbek! je ne te donnerai pas le temps de faire cesser tous ces outrages.

Du sérail d'Ispahan, le 2 de la lune de Maharram, 1720.

∞∞∞∞∞∞

LETTRE CLVII.

ZACHI A USBEK.

A Paris.

O ciel! un barbare m'a outragée jusque dans la manière de me punir! il m'a infligé ce châtiment qui commence par alarmer la pudeur; ce châtiment qui met dans l'humiliation extrême; ce châtiment qui ramène, pour ainsi dire, à l'enfance.

Mon ame, d'abord anéantie sous la honte, reprenoit le sentiment d'elle-même, et commençoit à s'indigner, lorsque mes cris firent retentir les voûtes de mes appartements. On m'entendit demander grace au plus vil de tous les humains, et tenter sa pitié à mesure qu'il étoit plus inexorable.

Depuis ce temps, son ame insolente et servile s'est élevée sur la mienne. Sa présence, ses regards, ses paroles, tous les malheurs viennent m'accabler. Quand je suis seule, j'ai du moins la consolation de verser des larmes; mais lorsqu'il

s'offre à ma vue, la fureur me saisit; je la trouve impuissante, et je tombe dans le désespoir.

Le tigre ose me dire que tu es l'auteur de toutes ces barbaries. Il vouloit m'ôter mon amour, et profaner jusques aux sentiments de mon cœur. Quand il me prononce le nom de celui que j'aime, je ne sais plus me plaindre : je ne puis plus que mourir.

J'ai soutenu ton absence, et j'ai conservé mon amour par la force de mon amour. Les nuits, les jours, les moments, tout a été pour toi. J'étois superbe de mon amour même; et le tien me faisoit respecter ici. Mais à présent.... Non, je ne puis plus soutenir l'humiliation où je suis descendue. Si je suis innocente, reviens pour m'aimer; reviens, si je suis coupable, pour que j'expire à tes pieds.

Du sérail d'Ispahan, le 2 de la lune de Maharram, 1720.

∞∞∞∞∞∞

LETTRE CLVIII.

ZÉLIS A USBEK.

A Paris.

A mille lieues de moi, vous me jugez coupable! à mille lieues de moi, vous me punissez!

Qu'un eunuque barbare porte sur moi ses viles mains, il agit par votre ordre : c'est le tyran qui m'outrage, et non pas celui qui exerce la tyrannie.

Vous pouvez, à votre fantaisie, redoubler vos mauvais traitements. Mon cœur est tranquille depuis qu'il ne peut plus vous aimer. Votre ame se dégrade, et vous devenez cruel. Soyez sûr que vous n'êtes point heureux. Adieu.

Du sérail d'Ispahan, le 2 de la lune de Maharram, 1720.

∞∞∞∞∞∞

LETTRE CLIX.

SOLIM A USBEK.

A Paris.

Je me plains, magnifique seigneur, et je te plains : jamais serviteur fidèle n'est descendu dans l'affreux désespoir où je suis. Voici tes malheurs et les miens; je ne t'en écris qu'en tremblant.

Je jure, par tous les prophètes du ciel, que depuis que tu m'as confié tes femmes, que j'ai veillé nuit et jour sur elles; que je n'ai jamais suspendu un moment le cours de mes inquiétudes. J'ai commencé mon ministère par les châtiments, et je les ai suspendus sans sortir de mon austérité naturelle.

Mais que dis-je? pourquoi te vanter ici une fidé-

lité qui t'a été inutile? Oublie tous mes services passés; regarde-moi comme un traître, et punis-moi de tous les crimes que je n'ai pu empêcher.

Roxane, la superbe Roxane... ô ciel! à qui se fier désormais? Tu soupçonnois Zachi, et tu avois pour Roxane une sécurité entière; mais sa vertu farouche étoit une cruelle imposture; c'étoit le voile de sa perfidie. Je l'ai surprise dans les bras d'un jeune homme, qui, dès qu'il s'est vu décou-vert, est venu sur moi; il m'a donné deux coups de poignard. Les eunuques, accourus au bruit, l'ont entouré : il s'est défendu long-temps, en a blessé plusieurs; il vouloit même rentrer dans la chambre pour mourir, disoit-il, aux yeux de Roxane. Mais enfin il a cédé au nombre, et il est tombé à nos pieds.

Je ne sais si j'attendrai, sublime seigneur, tes ordres sévères. Tu as mis ta vengeance en mes mains ; je ne dois pas la faire languir.

Du sérail d'Ispahan, le 8 de la lune de Rebiab 1, 1720.

LETTRE CLX.

SOLIM A USBEK.

A Paris.

J'ai pris mon parti; tes malheurs vont dispa-roître : je vais punir.

Je sens déja une joie secrète; mon ame et la tienne vont s'apaiser : nous allons exterminer le crime, et l'innocence va pâlir.

O vous qui semblez n'être faites que pour igno-rer tous vos sens et être indignées de vos desirs mêmes, éternelles victimes de la honte et de la pudeur, que ne puis-je vous faire entrer à grands flots dans ce sérail malheureux, pour vous voir étonnées de tout le sang que j'y vais répandre !

Du sérail d'Ispahan, le 8 de la lune de Rebiab, 1720.

LETTRE CLXI.

ROXANE A USBEK.

A Paris.

Oui, je t'ai trompé : j'ai séduit tes eunuques; je me suis jouée de ta jalousie, et j'ai su de ton affreux sérail faire un lieu de délices et de plaisirs.

Je vais mourir ; le poison va couler dans mes veines : car que ferois-je ici, puisque le seul homme qui me retenoit à la vie n'est plus ? Je meurs; mais mon ombre s'envole bien accompa-gnée : je viens d'envoyer devant moi ces gardiens sacriléges qui ont répandu le plus beau sang du monde.

Comment as-tu pensé que je fusse assez crédule pour m'imaginer que je ne fusse dans le monde que pour adorer tes caprices ; que, pendant que tu te permets tout, tu eusses le droit d'affliger tous mes desirs? Non : j'ai pu vivre dans la ser-vitude ; mais j'ai toujours été libre. J'ai réformé tes lois sur celles de la nature ; et mon esprit s'est toujours tenu dans l'indépendance.

Tu devrois me rendre graces encore du sacri-fice que je t'ai fait ; de ce que je me suis abaissée jusqu'à te paroître fidèle; de ce que j'ai lâchement gardé dans mon cœur ce que j'aurois dû faire pa-roître à toute la terre ; enfin de ce que j'ai profané la vertu en souffrant qu'on appelât de ce nom ma soumission à tes fantaisies.

Tu étois étonné de ne point trouver en moi les transports de l'amour : si tu m'avois bien connue, tu y aurois trouvé toute la violence de la haine.

Mais tu as eu long-temps l'avantage de croire qu'un cœur comme le mien t'étoit soumis. Nous étions tous deux heureux : tu me croyois trompée, et je te trompois.

Ce langage, sans doute, te paroît nouveau. Se-roit-il possible qu'après t'avoir accablé de douleurs je te forçasse encore d'admirer mon courage? Mais c'en est fait : le poison me consume ; ma force m'abandonne ; la plume me tombe des mains ; je sens affoiblir jusqu'à ma haine ; je me meurs [1].

Du sérail d'Ispahan, le 8 de la lune de Rebiab 1, 1720.

[1] Cet ouvrage, malgré sa forme épistolaire et quelques teintes romanesques, n'est au fond que le résultat des premières études de l'auteur, et une des esquisses du grand ouvrage de sa vie, de l'*Esprit des Lois*. Voltaire, dans un de ces accès d'humeur trop fréquents chez lui, a dit des *Lettres Persanes* : « Ce livre si frivole et si aisé à faire. » Il n'est pas si frivole, ce me semble; et l'on peut douter que beaucoup d'autres l'eussent fait *aisément*. Il y a bien quelques idées ou peu justes, ou hasardées, ou sus-ceptibles d'être contredites avec fondement; l'auteur y paroît fort tranchant : il étoit jeune. Dans la suite, il décida beaucoup moins, discuta beaucoup plus, et instruisit beaucoup mieux : il étoit mûr. D'ailleurs, il faut songer que, sous le nom d'Usbek ou de Rica, il risque souvent, pour s'égayer avec le lecteur, ce qu'il n'auroit peut-être pas risqué en son propre nom. Lui-même a soin de nous en avertir lorsqu'il fait dire à son philoso-phe persan *qu'il a pris le goût du pays où il est* (la France), *où l'on aime à soutenir des opinions extraordinaires et à réduire tout en paradoxes.* (L. H.)

FIN DES LETTRES PERSANES.

LE TEMPLE DE GNIDE.

. Non murmura vestra, columbæ,
Brachia non hederæ, non vincant oscula conchæ,
(Fragm. d'un épithal. de l'empereur Gallien.)

PRÉFACE DU TRADUCTEUR.

Un ambassadeur de France à la Porte ottomane, connu par son goût pour les lettres, ayant acheté plusieurs manuscrits grecs, il les porta en France. Quelques-uns de ces manuscrits m'étant tombés entre les mains, j'y ai trouvé l'ouvrage dont je donne ici la traduction.

Peu d'auteurs grecs sont venus jusqu'à nous, soit qu'ils aient péri dans la ruine des bibliothèques, ou par la négligence des familles qui les possédoient.

Nous recouvrons de temps en temps quelques pièces de ces trésors. On a trouvé des ouvrages jusque dans les tombeaux de leurs auteurs; et, ce qui est à-peu-près la même chose, on a trouvé celui-ci parmi les livres d'un évèque grec.

On ne sait ni le nom de l'auteur, ni le temps auquel il a vécu. Tout ce qu'on en peut dire, c'est qu'il n'est pas antérieur à Sapho, puisqu'il en parle dans son ouvrage.

Quant à ma traduction, elle est fidèle. J'ai cru que les beautés qui n'étoient point dans mon auteur n'étoient point des beautés; et j'ai souvent quitté l'expression la moins vive pour prendre celle qui rendoit mieux sa pensée.

J'ai été encouragé à cette traduction par le succès qu'a eu celle du Tasse. Celui qui l'a faite ne trouvera pas mauvais que je coure la même carrière que lui. Il s'y est distingué d'une manière à ne rien craindre de ceux mêmes à qui il a donné le plus d'émulation.

Ce petit roman est une espèce de tableau où l'on a peint avec choix les objets les plus agréables. Le public y a trouvé des idées riantes, une certaine magnificence dans les descriptions, et de la naïveté dans les sentiments.

Il y a trouvé un caractère original qui a fait demander aux critiques quel en étoit le modèle : ce qui devient un grand éloge, lorsque l'ouvrage n'est pas méprisable d'ailleurs.

Quelques savants n'y ont point reconnu ce qu'ils appellent l'art. Il n'est point, disent-ils, selon les règles. Mais, si l'ouvrage a plu, vous verrez que le cœur ne leur a pas dit toutes les règles.

¹ Le *Temple de Gnide* parut en 1725, quatre ans après les *Lettres Persanes*. Montesquieu, qui étoit alors président du parlement de Bordeaux, garda encore une fois l'anonyme : il craignoit peut-être de compromettre la dignité de son caractère en s'avouant le peintre de la volupté ². Quoi qu'il en soit, ce petit ouvrage obtint un très grand succès, et fut traduit dans toutes les langues. Léonard et Colardeau l'ont mis en vers françois.

² Voyez ci-après, dans ses *Lettres familières*, la dernière note du n° 9.

Un homme qui se mêle de traduire ne souffre point patiemment que l'on n'estime pas son auteur autant qu'il le fait ; et j'avoue que ces messieurs m'ont mis dans une furieuse colère : mais je les prie de laisser les jeunes gens juger d'un livre qui, en quelque langue qu'il ait été écrit, a certainement été fait pour eux. Je les prie de ne point les troubler dans leurs décisions. Il n'y a que des têtes bien frisées et bien poudrées qui connoissent tout le mérite du *Temple de Gnide*.

A l'égard du beau sexe, à qui je dois le peu de moments heureux que je puis compter dans ma vie, je souhaite de tout mon cœur que cet ouvrage puisse lui plaire. Je l'adore encore ; et, s'il n'est plus l'objet de mes occupations, il l'est de mes regrets.

Que si les gens graves desiroient de moi quelque ouvrage moins frivole, je suis en état de les satisfaire. Il y a trente ans que je travaille à un livre de douze pages, qui doit contenir tout ce que nous savons sur la métaphysique, la politique et la morale, et tout ce que de grands auteurs ont oublié dans les volumes qu'ils ont donnés sur ces sciences-là.

PREMIER CHANT.

Vénus préfère le séjour de Gnide à celui de Paphos et d'Amathonte. Elle ne descend point de l'Olympe sans venir parmi les Gnidiens. Elle a tellement accoutumé ce peuple heureux à sa vue, qu'il ne sent plus cette horreur sacrée qu'inspire la présence des dieux. Quelquefois elle se couvre d'un nuage, et on la reconnoît à l'odeur divine qui sort de ses cheveux parfumés d'ambroisie.

La ville est au milieu d'une contrée sur laquelle les dieux ont versé leurs bienfaits à pleines mains. On y jouit d'un printemps éternel ; la terre, heureusement fertile, prévient tous les souhaits ; les troupeaux y paissent sans nombre ; les vents semblent n'y régner que pour répandre partout l'esprit des fleurs ; les oiseaux y chantent sans cesse : vous diriez que les bois sont harmonieux ; les ruisseaux murmurent dans les plaines ; une chaleur douce fait tout éclore ; l'air ne s'y respire qu'avec la volupté.

Auprès de la ville est le palais de Vénus. Vul-

cain lui-même en a bâti les fondements; il travailla pour son infidèle quand il voulut lui faire oublier le cruel affront qu'il lui fit devant les dieux.

Il me seroit impossible de donner une idée des charmes de ce palais : il n'y a que les Graces qui puissent décrire les choses qu'elles ont faites. L'or, l'azur, les rubis, les diamants, y brillent de toutes parts.... Mais j'en peins les richesses, et non pas les beautés.

Les jardins en sont enchantés : Flore et Pomone en ont pris soin; leurs nymphes les cultivent. Les fruits y renaissent sous la main qui les cueille; les fleurs succèdent aux fruits. Quand Vénus s'y promène entourée de ses Gnidiennes, vous diriez que, dans leurs jeux folâtres, elles vont détruire ces jardins délicieux; mais, par une vertu secrète, tout se répare en un instant.

Vénus aime à voir les danses naïves des filles de Gnide. Ses nymphes se confondent avec elles. La déesse prend part à leurs jeux; elle se dépouille de sa majesté : assise au milieu d'elles, elle voit régner dans leurs cœurs la joie et l'innocence.

On découvre de loin une grande prairie, toute parée de l'émail des fleurs. Le berger vient les cueillir avec sa bergère; mais celle qu'elle a trouvée est toujours la plus belle, et il croit que Flore l'a faite exprès.

Le fleuve Céphée arrose cette prairie, et y fait mille détours. Il arrête les bergères fugitives; il faut qu'elles donnent le tendre baiser qu'elles avoient promis.

Lorsque les nymphes approchent de ses bords, il s'arrête; et ses flots, qui fuyoient, trouvent des flots qui ne fuient plus. Mais, lorsqu'une d'elles se baigne, il est plus amoureux encore : ses eaux tournent autour d'elle; quelquefois il se soulève pour l'embrasser mieux; il l'enlève, il fuit, il l'entraîne. Ses compagnes timides commencent à pleurer; mais il la soutient sur ses flots; et, charmé d'un fardeau si cher, il la promène sur sa plaine liquide; enfin, désespéré de la quitter, il la porte lentement sur le rivage, et console ses compagnes.

A côté de la prairie est un bois de myrtes, dont les routes font mille détours. Les amants y viennent se conter leurs peines : l'Amour, qui les amuse, les conduit par des routes toujours plus secrètes.

Non loin de là est un bois antique et sacré où le jour n'entre qu'à peine; des chênes, qui semblent immortels, portent au ciel une tête qui se dérobe aux yeux. On y sent une frayeur religieuse : vous diriez que c'étoit la demeure des dieux lors-

que les hommes n'étoient pas encore sortis de terre.

Quand on a trouvé la lumière du jour, on mon une petite colline sur laquelle est le temple de V nus : l'univers n'a rien de plus saint ni de plus sac que ce lieu.

Ce fut dans ce temple que Vénus vit pour première fois Adonis : le poison coula au cœur d la déesse. Quoi! dit-elle, j'aimerois un mortel hélas! je sens que je l'adore. Qu'on ne m'adress plus de vœux : il n'y a plus à Gnide d'autre die qu'Adonis.

Ce fut dans ce lieu qu'elle appela les Amours lorsque, piquée d'un défi téméraire, elle les con sulta. Elle étoit en doute si elle s'exposeroit nu aux regards du berger troyen. Elle cacha sa cein ture sous ses cheveux; ses nymphes la parfumè rent; elle monta sur son char traîné par de cygnes, et arriva dans la Phrygie. Le berger ba lançoit entre Junon et Pallas; il la vit, et ses re gards errèrent et moururent. La pomme d'o tomba aux pieds de la déesse, il voulut parler, e son désordre décida.

Ce fut dans ce temple que la jeune Psyché vin avec sa mère, lorsque l'Amour, qui voloit autou des lambris dorés, fut surpris lui-même par lui de ses regards. Il sentit tous les maux qu'il fai souffrir. C'est ainsi, dit-il, que je blesse! Je n puis soutenir mon arc ni mes flèches. Il tomba su le sein de Psyché. Ah! dit-il, je commence à sen tir que je suis le dieu des plaisirs.

Lorsqu'on entre dans ce temple, on sent dan le cœur un charme secret qu'il est impossible d'ex primer : l'ame est saisie de ces ravissements que les dieux ne sentent eux-mêmes que lorsqu'ils son dans la demeure céleste.

Tout ce que la nature a de riant est joint à tou ce que l'art a pu imaginer de plus noble et de plu digne des dieux.

Une main, sans doute immortelle, l'a partout orné de peintures qui semblent respirer. On y voit la naissance de Vénus, le ravissement des dieux qui la virent, son embarras de se voir toute nue, et cette pudeur qui est la première des graces.

On y voit les amours de Mars et de la déesse. Le peintre a représenté le dieu sur son char, fier et même terrible : la Renommée vole autour de lui; la Peur et la Mort marchent devant ses coursiers couverts d'écume; il entre dans la mêlée, et une poussière épaisse commence à le dérober. D'un autre côté, on le voit couché languissamment sur un lit de roses; il sourit à Vénus : vous

ne le reconnoissez qu'à quelques traits divins, qui restent encore. Les Plaisirs font des guirlandes dont ils lient les deux amants : leurs yeux semblent se confondre ; ils soupirent ; et, attentifs l'un à l'autre, ils ne regardent pas les Amours qui se jouent autour d'eux.

Il y a un appartement séparé où le peintre a représenté les noces de Vénus et de Vulcain : toute la cour céleste y est assemblée. Le dieu paroît moins sombre, mais aussi pensif qu'à l'ordinaire. La déesse regarde d'un air froid la joie commune ; elle lui donne négligemment une main qui semble se dérober ; elle retire de dessus lui des regards qui portent à peine, et se tourne du côté des Graces.

Dans un autre tableau on voit Junon qui fait la cérémonie du mariage. Vénus prend la coupe pour jurer à Vulcain une fidélité éternelle : les dieux sourient, et Vulcain l'écoute avec plaisir.

De l'autre côté on voit le dieu impatient qui entraîne sa divine épouse : elle fait tant de résistance, que l'on croiroit que c'est la fille de Cérès que Pluton va ravir, si l'œil qui voit Vénus pouvoit jamais se tromper.

Plus loin de là on le voit qui l'enlève pour l'emporter sur le lit nuptial. Les dieux suivent en foule. La déesse se débat, et veut échapper des bras qui la tiennent. Sa robe fuit ses genoux, la toile vole : mais Vulcain répare ce beau désordre, plus attentif à la cacher qu'ardent à la ravir.

Enfin on le voit qui vient de la poser sur le lit que l'hymen a préparé : il l'enferme dans les rideaux, et il croit l'y tenir pour jamais. La troupe importune se retire : il est charmé de la voir s'éloigner. Les déesses jouent entre elles : mais les dieux paroissent tristes ; et la tristesse de Mars a quelque chose d'aussi sombre que la noire jalousie.

Charmée de la magnificence de son temple, la déesse elle-même y a voulu établir son culte : elle en a réglé les cérémonies, institué les fêtes ; et elle y est en même temps la divinité et la prêtresse.

Le culte qu'on lui rend presque par toute la terre est plutôt une profanation qu'une religion. Elle a des temples où toutes les filles de la ville se prostituent en son honneur, et se font une dot des profits de leur dévotion. Elle en a où chaque femme mariée va une fois en sa vie se donner à celui qui la choisit, et jette dans le sanctuaire l'argent qu'elle a reçu. Il y en a d'autres où les courtisanes de tous les pays, plus honorées que les matrones, vont porter leurs offrandes. Il y en a enfin où les hommes se font eunuques, et s'habillent en femmes pour servir dans le sanctuaire, consacrant à la déesse et le sexe qu'ils n'ont plus et celui qu'ils ne peuvent pas avoir.

Mais elle a voulu que le peuple de Gnide eût un culte plus pur, et lui rendît des honneurs plus dignes d'elle. Là les sacrifices sont des soupirs, et les offrandes un cœur tendre. Chaque amant adresse ses vœux à sa maîtresse, et Vénus les reçoit pour elle.

Partout où se trouve la beauté, on l'adore comme Vénus même ; car la beauté est aussi divine qu'elle.

Les cœurs amoureux viennent dans le temple ; ils vont embrasser les autels de la fidélité et de la constance.

Ceux qui sont accablés des rigueurs d'une cruelle y viennent soupirer : ils sentent diminuer leurs tourments ; ils trouvent dans leur cœur la flatteuse espérance.

La déesse, qui a promis de faire le bonheur des vrais amants, le mesure toujours à leurs peines.

La jalousie est une passion qu'on peut avoir, mais qu'on doit taire. On adore en secret les caprices de sa maîtresse, comme on adore les décrets des dieux, qui deviennent plus justes lorsqu'on ose s'en plaindre.

On met au rang des faveurs divines le feu, les transports de l'amour, et la fureur même ; car moins on est maître de son cœur, plus il est à la déesse.

Ceux qui n'ont point donné leur cœur sont des profanes, qui ne peuvent pas entrer dans le temple : ils adressent de loin des vœux à la déesse, et lui demandent de les délivrer de cette liberté, qui n'est qu'une impuissance de former des desirs.

La déesse inspire aux filles de la modestie : cette qualité charmante donne un nouveau prix à tous les trésors qu'elle cache.

Mais jamais, dans ces lieux fortunés, elles n'ont rougi d'une passion sincère, d'un sentiment naïf, d'un aveu tendre.

Le cœur fixe toujours lui-même le moment auquel il doit se rendre ; mais c'est une profanation de se rendre sans aimer.

L'Amour est attentif à la félicité des Gnidiens : il choisit les traits dont il les blesse. Lorsqu'il voit une amante affligée, accablée des rigueurs d'un amant, il prend une flèche trempée dans les eaux du fleuve d'oubli. Quand il voit deux amants qui commencent à s'aimer, il tire sans cesse sur eux

de nouveaux traits. Quand il en voit dont l'amour s'affoiblit, il le fait soudain renaître ou mourir ; car il épargne toujours les derniers jours d'une passion languissante : on ne passe point par les dégoûts avant de cesser d'aimer ; mais de plus grandes douceurs font oublier les moindres.

L'Amour a ôté de son carquois les traits cruels dont il blessa Phèdre et Ariane, qui, mêlés d'amour et de haine, servent à montrer sa puissance, comme la foudre sert à faire connoître l'empire de Jupiter.

A mesure que le dieu donne le plaisir d'aimer, Vénus y joint le bonheur de plaire.

Les filles entrent chaque jour dans le sanctuaire pour faire leur prière à Vénus. Elles y expriment des sentiments naïfs comme le cœur qui les fait naître. Reine d'Amathonte, disoit une d'elles, ma flamme pour Thyrsis est éteinte ; je ne te demande pas de me rendre mon amour ; fais seulement qu'Ixiphile m'aime.

Une autre disoit tout bas : Puissante déesse, donne-moi la force de cacher quelque temps mon amour à mon berger, pour augmenter le prix de l'aveu que je veux lui en faire.

Déesse de Cythère, disoit une autre, je cherche la solitude ; les jeux de mes compagnes ne me plaisent plus. J'aime peut-être. Ah ! si j'aime quelqu'un, ce ne peut être que Daphnis.

Dans les jours de fêtes, les filles et les jeunes garçons viennent réciter des hymnes en l'honneur de Vénus : souvent ils chantent sa gloire, en chantant leurs amours.

Un jeune Gnidien, qui tenoit par la main sa maîtresse, chantoit ainsi : Amour, lorque tu vis Psyché, tu te blessas sans doute des mêmes traits dont tu viens de blesser mon cœur : ton bonheur n'étoit pas différent du mien ; car tu sentois mes feux, et moi j'ai senti tes plaisirs.

J'ai vu tout ce que je décris. J'ai été à Gnide ; j'y ai vu Thémire, et je l'ai aimée : je l'ai vue encore, et je l'ai aimée davantage. Je resterai toute ma vie à Gnide avec elle, et je serai le plus heureux des mortels.

Nous irons dans le temple, et jamais il n'y sera entré un amant si fidèle ; nous irons dans le palais de Vénus, et je croirai que c'est le palais de Thémire ; j'irai dans la prairie, et je cueillerai des fleurs que je mettrai sur son sein. Peut-être que je pourrai la conduire dans le bocage où tant de routes vont se confondre ; et quand elle sera égarée.... L'Amour, qui m'inspire, me défend de révéler ses mystères.

SECOND CHANT.

Il y a à Gnide un antre sacré que les nymphes habitent, où la déesse rend ses oracles. La terre ne mugit point sous les pieds ; les cheveux ne se dressent point sur la tête ; il n'y a point de prêtresses comme à Delphes, où Apollon agite la Pythie ; mais Vénus elle-même écoute les mortels, sans se jouer de leurs espérances ni de leurs craintes.

Une coquette de l'île de Crète étoit venue à Gnide ; elle marchoit entourée de tous les jeunes Gnidiens : elle sourioit à l'un, parloit à l'oreille à l'autre, soutenoit son bras sur un troisième, crioit à deux autres de la suivre. Elle étoit belle, et parée avec art ; le son de sa voix étoit imposteur comme ses yeux. O ciel ! que d'alarmes ne causat-elle point aux vraies amantes ! Elle se présenta à l'oracle, aussi fière que les déesses ; mais soudain nous entendîmes une voix qui sortoit du sanctuaire : Perfide, comment oses-tu porter tes artifices jusque dans les lieux où je règne avec la candeur ? Je vais te punir d'une manière cruelle : je t'ôterai tes charmes ; mais je te laisserai le cœur comme il est. Tu appelleras tous les hommes que tu verras ; ils te fuiront comme une ombre plaintive, et tu mourras accablée de refus et de mépris.

Une courtisane de Nocrétis vint ensuite toute brillante des dépouilles de ses amants. Va, dit la déesse, tu te trompes, si tu crois faire la gloire de mon empire : ta beauté fait voir qu'il y a des plaisirs, mais elle ne les donne pas. Ton cœur est comme le fer ; et, quand tu verrois mon fils même, tu ne saurois l'aimer. Va prodiguer tes faveurs aux hommes lâches qui les demandent et qui s'en dégoûtent ; va leur montrer des charmes que l'on voit soudain, et que l'on perd pour toujours. Tu n'es propre qu'à faire mépriser ma puissance.

Quelque temps après vint un homme riche qui levoit les tributs du roi de Lydie. Tu me demandes, dit la déesse, une chose que je ne saurois faire, quoique je sois la déesse de l'amour. Tu achètes des beautés pour les aimer ; mais tu ne les aimes pas, parce que tu les achètes. Tes trésors ne te seront point inutiles ; ils te serviront à te dégoûter de tout ce qu'il y a de plus charmant dans la nature.

Un jeune homme de Doride, nommé Aristée, se présenta ensuite. Il avoit vu à Gnide la charmante Camille ; il en étoit éperdument amoureux ; il sentoit tout l'excès de son amour, et il venoit

demander à Vénus qu'il pût l'aimer davantage.

Je connois ton cœur, lui dit la déesse ; tu sais aimer. J'ai trouvé Camille digne de toi : j'aurois pu la donner au plus grand roi du monde ; mais les rois la méritent moins que les bergers.

Je parus ensuite avec Thémire. La déesse me dit : Il n'y a point dans mon empire de mortel qui me soit plus soumis que toi. Mais que veux-tu que je fasse ? Je ne saurois te rendre plus amoureux, ni Thémire plus charmante. Ah ! lui dis-je, grande déesse, j'ai mille graces à vous demander : faites que Thémire ne pense qu'à moi ; qu'elle ne voie que moi ; qu'elle se réveille en songeant à moi ; qu'elle craigne de me perdre quand je suis présent ; qu'elle m'espère dans mon absence ; que, toujours charmée de me voir, elle regrette encore tous les moments qu'elle a passés sans moi.

TROISIÈME CHANT.

Il y a à Gnide des jeux sacrés qui se renouvellent tous les ans : les femmes y viennent de toutes parts disputer le prix de la beauté. Là, les bergères sont confondues avec les filles des rois ; car la beauté seule y porte les marques de l'empire. Vénus y préside elle-même. Elle décide sans balancer ; elle sait bien quelle est la mortelle heureuse qu'elle a le plus favorisée.

Hélène remporta ce prix plusieurs fois : elle triompha lorsque Thésée l'eut ravie ; elle triompha lorsqu'elle eut été enlevée par le fils de Priam ; elle triompha enfin lorsque les dieux l'eurent rendue à Ménélas après dix ans d'espérances. Ainsi ce prince, au jugement de Vénus même, se vit aussi heureux époux que Thésée et Páris avoient été heureux amants.

Il vint trente filles de Corinthe, dont les cheveux tomboient à grosses boucles sur les épaules. Il en vint dix de Salamine, qui n'avoient encore vu que treize fois le cours du soleil. Il en vint quinze de l'île de Lesbos ; et elles se disoient l'une à l'autre : Je me sens tout émue ; il n'y a rien de si charmant que vous ; si Vénus vous voit des mêmes yeux que moi, elle vous couronnera au milieu de toutes les beautés de l'univers.

Il vint cinquante femmes de Milet. Rien n'approchoit de la blancheur de leur teint et de la régularité de leurs traits ; tout faisoit voir ou promettoit un beau corps : et les dieux, qui les formèrent, n'auroient rien fait de plus digne d'eux, s'ils n'avoient plus cherché à leur donner des perfections que des graces.

Il vint cent femmes de l'île de Chypre. Nous avons, disoient-elles, passé notre jeunesse dans le temple de Vénus ; nous lui avons consacré notre virginité et notre pudeur même. Nous ne rougissons point de nos charmes : nos manières, quelquefois hardies et toujours libres, doivent nous donner de l'avantage sur une pudeur qui s'alarme sans cesse.

Je vis les filles de la superbe Lacédémone : leur robe étoit ouverte par les côtés, depuis la ceinture, de la manière la plus immodeste ; et cependant elles faisoient les prudes, et soutenoient qu'elles ne violoient la pudeur que par amour pour la patrie.

Mer fameuse par tant de naufrages, vous savez conserver des dépôts précieux. Vous vous calmâtes lorsque le navire Argo porta la toison d'or sur votre plaine liquide ; et, lorsque cinquante beautés sont parties de Colchos et se sont confiées à vous, vous vous êtes courbée sous elles.

Je vis aussi Oriane, semblable aux déesses : toutes les beautés de Lydie entouroient leur reine. Elle avoit envoyé devant elle cent jeunes filles qui avoient présenté à Vénus une offrande de deux cents talents. Candaule étoit venu lui-même, plus distingué par son amour que par la pourpre royale : il passoit les jours et les nuits à dévorer de ses regards les charmes d'Oriane ; ses yeux erroient sur son beau corps, et ses yeux ne se lassoient jamais. Hélas ! disoit-il, je suis heureux ; mais c'est une chose qui n'est sue que de Vénus et de moi : mon bonheur seroit plus grand s'il donnoit de l'envie. Belle reine, quittez ces vains ornements ; faites tomber cette toile importune ; montrez-vous à l'univers ; laissez le prix de la beauté, et demandez des autels.

Auprès de là étoient vingt Babyloniennes ; elles avoient des robes de pourpre brodées d'or : elles croyoient que leur luxe augmentoit leur prix. Il y en avoit qui portoient, pour preuve de leur beauté, les richesses qu'elle leur avoit fait acquérir.

Plus loin je vis cent femmes d'Égypte, qui avoient les yeux et les cheveux noirs. Leurs maris étoient auprès d'elles, et ils disoient : Les lois nous soumettent à vous en l'honneur d'Isis ; mais votre beauté a sur nous un empire plus fort que celui des lois : nous nous obéissons avec le même plaisir que l'on obéit aux dieux ; nous sommes les plus heureux esclaves de l'univers.

Le devoir vous répond de notre fidélité ; mais il n'y a que l'amour qui puisse nous promettre la vôtre.

Soyez moins sensibles à la gloire que vous ac-

querrez à Gnide qu'aux hommages que vous pouvez trouver dans votre maison auprès d'un mari tranquille, qui, pendant que vous vous occupez des affaires du dehors, doit attendre dans le sein de votre famille le cœur que vous lui rapportez.

Il vint des femmes de cette ville puissante qui envoie ses vaisseaux au bout de l'univers : les ornements fatiguoient leur tête superbe ; toutes les parties du monde sembloient avoir contribué à leur parure.

Dix beautés vinrent des lieux où commence le jour : elles étoient filles de l'Aurore, et, pour la voir, elles se levoient tous les jours avant elle. Elles se plaignoient du Soleil, qui faisoit disparoître leur mère ; elles se plaignoient de leur mère, qui ne se montroit à elles que comme au reste des mortels.

Je vis sous une tente une reine d'un peuple des Indes. Elle étoit entourée de ses filles, qui déja faisoient espérer les charmes de leur mère ; des eunuques la servoient, et leurs yeux regardoient la terre : car, depuis qu'ils avoient respiré l'air de Gnide, ils avoient senti redoubler leur affreuse mélancolie.

Les femmes de Cadis, qui sont aux extrémités de la terre, disputèrent aussi le prix. Il n'y a point de pays dans l'univers où une belle ne reçoive des hommages ; mais il n'y a que les plus grands hommages qui puissent apaiser l'ambition d'une belle.

Les filles de Gnide parurent ensuite : belles sans ornements, elles avoient des graces au lieu de perles et de rubis. On ne voyoit sur leur tête que les présents de Flore ; mais ils y étoient plus dignes des embrassements de Zéphire. Leur robe n'avoit d'autre mérite que celui de marquer une taille charmante, et d'avoir été filée de leurs propres mains.

Parmi toutes ces beautés on ne vit point la jeune Camille. Elle avoit dit : Je ne veux point disputer le prix de la beauté ; il me suffit que mon cher Aristée me trouve belle.

Diane rendoit ces jeux célèbres par sa présence. Elle n'y venoit point disputer le prix ; car les déesses ne se comparent point aux mortelles. Je la vis seule, elle étoit belle comme Vénus ; je la vis auprès de Vénus, elle n'étoit plus que Diane.

Il n'y eut jamais un si grand spectacle : les peuples étoient séparés des peuples ; les yeux erroient de pays en pays, depuis le couchant jusqu'à l'aurore : il sembloit que Gnide fût tout l'univers.

Les dieux ont partagé la beauté entre les nations, comme la nature l'a partagée entre les déesses. Là, on voyoit la beauté fière de Pallas ; ici, la grandeur et la majesté de Junon ; plus loin, la simplicité de Diane, la délicatesse de Thétis, le charme des Graces, et quelquefois le sourire de Vénus.

Il sembloit que chaque peuple eût une manière particulière d'exprimer sa pudeur, et que toutes ces femmes voulussent se jouer des yeux : les unes découvroient la gorge, et cachoient leurs épaules ; les autres montroient les épaules, et couvroient la gorge ; celles qui vous déroboient le pied vous payoient par d'autres charmes ; et là on rougissoit de ce qu'ici on appeloit bienséance.

Les dieux sont si charmés de Thémire, qu'ils ne la regardent jamais sans sourire de leur ouvrage. De toutes les déesses, il n'y a que Vénus qui la voie avec plaisir, et que les dieux ne raillent point d'un peu de jalousie.

Comme on remarque une rose au milieu des fleurs qui naissent dans l'herbe, on distingua Thémire de tant de belles. Elles n'eurent pas le temps d'être ses rivales ; elles furent vaincues avant de la craindre. Dès qu'elle parut, Vénus ne regarda qu'elle. Elle appela les Graces : Allez la couronner, leur dit-elle ; de toutes les beautés que je vois, c'est la seule qui vous ressemble.

<center>⋘⊙⊙⊙⊙⊙⋙</center>

QUATRIÈME CHANT.

Pendant que Thémire étoit occupée avec ses compagnes au culte de la déesse, j'entrai dans un bois solitaire ; j'y trouvai le tendre Aristée. Nous nous étions vus le jour que nous allâmes consulter l'oracle ; c'en fut assez pour nous engager à nous entretenir : car Vénus met dans le cœur, en la présence d'un habitant de Gnide, le charme secret que trouvent deux amis lorsque après une longue absence ils sentent dans leurs bras le doux objet de leurs inquiétudes.

Ravis l'un de l'autre, nous sentîmes que notre cœur se donnoit ; il sembloit que la tendre amitié étoit descendue du ciel pour se placer au milieu de nous. Nous nous racontâmes mille choses de notre vie. Voici à peu près ce que je lui dis :

Je suis né à Sybaris, où mon père Antiloque étoit prêtre de Vénus. On ne met point dans cette ville de différence entre les voluptés et les besoins ; on bannit tous les arts qui pourroient troubler un sommeil tranquille ; on donne des prix, aux dépens du public, à ceux qui peuvent découvrir

des voluptés nouvelles ; les citoyens ne se souviennent que des bouffons qui les ont divertis, et ont perdu la mémoire des magistrats qui les ont gouvernés.

On y abuse de la fertilité du terroir, qui y produit une abondance éternelle ; et les faveurs des dieux sur Sybaris ne servent qu'à encourager le luxe et la mollesse.

Les hommes sont si efféminés, leur parure est si semblable à celle des femmes, ils composent si bien leur teint, ils se frisent avec tant d'art, ils emploient tant de temps à se corriger à leur miroir, qu'il semble qu'il n'y ait qu'un sexe dans toute la ville.

Les femmes se livrent au lieu de se rendre ; chaque jour voit finir les desirs et les espérances de chaque jour : on ne sait ce que c'est que d'aimer et d'être aimé, on n'est occupé que de ce qu'on appelle si faussement jouir.

Les faveurs n'y ont que leur réalité propre ; et toutes ces circonstances qui les accompagnent si bien, tous ces riens qui sont d'un si grand prix, ces engagements qui paroissent toujours plus grands, ces petites choses qui valent tant, tout ce qui prépare un heureux moment, tant de conquêtes au lieu d'une, tant de jouissances avant la dernière, tout cela est inconnu à Sybaris.

Encore si elles avoient la moindre modestie, cette foible image de la vertu pourroit plaire : mais non ; les yeux sont accoutumés à tout voir, et les oreilles à tout entendre.

Bien loin que la multiplicité des plaisirs donne aux Sybarites plus de délicatesse, ils ne peuvent plus distinguer un sentiment d'avec un sentiment.

Ils passent leur vie dans une joie purement extérieure : ils quittent un plaisir qui leur déplaît pour un plaisir qui leur déplaira encore ; tout ce qu'ils imaginent est un nouveau sujet de dégoût.

Leur ame, incapable de sentir les plaisirs, semble n'avoir de délicatesse que pour les peines : un citoyen fut fatigué toute une nuit d'une rose qui s'étoit repliée dans son lit.

La mollesse a tellement affoibli leurs corps, qu'ils ne sauroient remuer les moindres fardeaux ; ils peuvent à peine se soutenir sur leurs pieds ; les voitures les plus douces les font évanouir ; lorsqu'ils sont dans les festins, l'estomac leur manque à tous les instants.

Ils passent leur vie sur des siéges renversés, sur lesquels ils sont obligés de se reposer tout le jour, sans être fatigués ; ils sont brisés quand ils vont languir ailleurs.

Incapables de porter le poids des armes, timi-

des devant leurs concitoyens, lâches devant les étrangers, ils sont des esclaves tout prêts pour le premier maître.

Dès que je sus penser, j'eus du dégoût pour la malheureuse Sybaris. J'aime la vertu, et j'ai toujours craint les dieux immortels. Non, disois-je, je ne respirerai pas plus long-temps cet air empoisonné : tous ces esclaves de la mollesse sont faits pour vivre dans leur patrie, et moi pour la quitter.

J'allai pour la dernière fois au temple ; et, m'approchant des autels où mon père avoit tant de fois sacrifié : Grande déesse, dis-je à haute voix, j'abandonne ton temple, et non pas ton culte ; en quelque lieu de la terre que je sois, je ferai fumer pour toi de l'encens ; mais il sera plus pur que celui qu'on t'offre à Sybaris.

Je partis, et j'arrivai en Crète. Cette île est toute pleine des monuments de la fureur de l'Amour. On y voit le taureau d'airain, ouvrage de Dédale, pour tromper ou pour satisfaire les égarements de Pasiphaé ; le labyrinthe, dont l'Amour seul sut éluder l'artifice ; le tombeau de Phèdre, qui étonna le soleil, comme avoit fait sa mère ; et le temple d'Ariane, qui, désolée dans les déserts, abandonnée par un ingrat, ne se repentoit pas encore de l'avoir suivi.

On y voit le palais d'Idoménée, dont le retour ne fut pas plus heureux que celui des autres capitaines grecs ; car ceux qui échappèrent aux dangers d'un élément colère trouvèrent leur maison plus funeste encore. Vénus irritée leur fit embrasser des épouses perfides, et ils moururent de la main qu'ils croyoient la plus chère.

Je quittai cette île, si odieuse à une déesse qui devoit faire quelque jour la félicité de ma vie.

Je me rembarquai, et la tempête me jeta à Lesbos. C'est encore une île peu chérie de Vénus : elle a ôté la pudeur du visage des femmes, la foiblesse de leur corps, et la timidité de leur ame. Grande Vénus, laisse brûler les femmes de Lesbos d'un feu légitime ; épargne à la nature humaine tant d'horreurs.

Mitylène est la capitale de Lesbos ; c'est la patrie de la tendre Sapho. Immortelle comme les Muses, cette fille infortunée brûle d'un feu qu'elle ne peut éteindre. Odieuse à elle-même, trouvant ses ennuis dans ses charmes, elle hait son sexe, et le cherche toujours. Comment, dit-elle, une flamme si vaine peut-elle être si cruelle ? Amour, tu es cent fois plus redoutable quand tu te joues que quand tu t'irrites.

Enfin je quittai Lesbos, et le sort me fit trouver

une île plus profane encore ; c'étoit celle de Lemnos. Vénus n'y a point de temple ; jamais les Lemniens ne lui adressèrent de vœux. Nous rejetons, disent-ils, un culte qui amollit les cœurs. La déesse les en a souvent punis ; mais sans expier leur crime, ils en portent la peine : toujours plus impies à mesure qu'ils sont plus affligés.

Je me remis en mer, cherchant toujours quelque terre chérie des dieux ; les vents me portèrent à Délos. Je restai quelques mois dans cette île sacrée : mais, soit que les dieux nous préviennent quelquefois sur ce qui nous arrive, soit que notre ame retienne de la divinité, dont elle est émanée, quelque foible connoissance de l'avenir, je sentis que mon destin, que mon bonheur même m'appeloient dans un autre pays.

Une nuit que j'étois dans cet état tranquille où l'ame plus à elle-même semble être délivrée de la chaîne qui la tient assujettie, il m'apparut, je ne sus pas d'abord si c'étoit une mortelle ou une déesse. Un charme secret étoit répandu sur toute sa personne : elle n'étoit point belle comme Vénus, mais elle étoit ravissante comme elle ; tous ses traits n'étoient point réguliers, mais ils enchantoient tous ensemble ; vous n'y trouviez point ce qu'on admire, mais ce qui pique ; ses cheveux tomboient négligemment sur ses épaules, mais cette négligence étoit heureuse ; sa taille étoit charmante ; elle avoit cet air que la nature donne seule, et dont elle cache le secret aux peintres mêmes. Elle vit mon étonnement, elle en sourit. Dieux ! quel souris ! Je suis, me dit-elle d'une voix qui pénétroit le cœur, la seconde des Graces ; Vénus, qui m'envoie, veut te rendre heureux ; mais il faut que tu ailles l'adorer dans son temple de Gnide. Elle fuit, mes bras la suivirent, mon songe s'envola avec elle ; et il ne me resta qu'un doux regret de ne la plus voir, mêlé du plaisir de l'avoir vue.

Je quittai donc l'île de Délos : j'arrivai à Gnide. Je puis dire que d'abord je respirai l'amour. Je sentis.... je ne puis pas bien exprimer ce que je sentis. Je n'aimois pas encore, mais je cherchois à aimer : mon cœur s'échauffoit comme dans la présence de quelque beauté divine. J'avançai, et je vis de loin de jeunes filles qui jouoient dans la prairie ; je fus d'abord entraîné vers elles. Insensé que je suis ! disois-je ; j'ai, sans aimer, tous les égaremens de l'amour ; mon cœur vole déja vers des objets inconnus, et ces objets lui donnent de l'inquiétude. J'approchai, je vis la charmante Thémire : sans doute que nous étions faits l'un pour l'autre. Je ne regardai qu'elle, et je crois que je

serois mort de douleur si elle n'avoit tourné sur moi quelques regards. Grande Vénus, m'écriai-je, puisque vous devez me rendre heureux, faites que ce soit avec cette bergère : je renonce à toutes les autres beautés ; elle seule peut remplir vos promesses et tous les vœux que je ferai jamais.

⁕⁕⁕⁕⁕⁕

CINQUIÈME CHANT.

Je parlois encore au jeune Aristée de mes tendres amours ; ils lui firent soupirer les siens, je soulageai son cœur, en le priant de me les raconter. Voici ce qu'il me dit : je n'oublierai rien ; car je suis inspiré par le même dieu qui le faisoit parler :

Dans tout ce récit vous ne trouverez rien que de très-simple : mes aventures ne sont que les sentimens d'un cœur tendre, que mes plaisirs, que mes peines ; et, comme mon amour pour Camille fait le bonheur, il fait aussi toute l'histoire de ma vie.

Camille est fille d'un des principaux habitans de Gnide ; elle est belle ; elle a une physionomie qui va se peindre dans tous les cœurs : les femmes qui font des souhaits demandent aux dieux les graces de Camille ; les hommes qui la voient voudraient la voir toujours, ou craignent de la voir encore.

Elle a une taille charmante, un air noble, mais modeste, des yeux vifs et tout prêts à être tendres, des traits faits exprès l'un pour l'autre, des charmes invisiblement assortis pour la tyrannie des cœurs.

Camille ne cherche point à se parer, mais elle est mieux parée que les autres femmes.

Elle a un esprit que la nature refuse presque toujours aux belles. Elle se prête également au sérieux et à l'enjouement. Si vous voulez, elle pensera sensément ; si vous voulez, elle badinera comme les Graces.

Plus on a d'esprit, plus on en trouve à Camille. Elle a quelque chose de si naïf, qu'il semble qu'elle ne parle pas le langage du cœur. Tout ce qu'elle dit, tout ce qu'elle fait, a les charmes de la simplicité : vous trouvez toujours une bergère naïve. Des graces si légères, si fines, si délicates, se font remarquer, mais se font encore mieux sentir.

Avec tout cela Camille m'aime : elle est ravie quand elle me voit, elle est fâchée quand je la quitte ; et comme si je pouvois vivre sans elle, elle me fait promettre de revenir. Je lui dis toujours que je l'aime, elle me croit ; je lui dis que je l'adore, elle le sait ; mais elle est ravie comme

si elle ne le savoit pas. Quand je lui dis qu'elle fait la félicité de ma vie, elle me dit que je fais le bonheur de la sienne. Enfin elle m'aime tant, qu'elle me feroit presque croire que je suis digne de son amour.

Il y avoit un mois que je voyois Camille sans oser lui dire que je l'aimois, et sans oser presque me le dire à moi-même : plus je la trouvois aimable, moins j'espérois d'être celui qui la rendroit sensible. Camille, tes charmes me touchoient ; mais ils me disoient que je ne te méritois pas.

Je cherchois partout à t'oublier ; je voulois effacer de mon cœur ton adorable image. Que je suis heureux ! je n'ai pu y réussir : cette image y est restée, et elle y vivra toujours.

Je dis à Camille : J'aimois le bruit du monde, et je cherche la solitude ; j'avois des vues d'ambition, et je ne desire plus que ta présence ; je voulois errer sous des climats reculés, et mon cœur n'est plus citoyen que des lieux où tu respires : tout ce qui n'est point toi s'est évanoui de devant mes yeux.

Quand Camille m'a parlé de sa tendresse, elle a encore quelque chose à me dire ; elle croit avoir oublié ce qu'elle m'a juré mille fois. Je suis charmé de l'entendre que je feins quelquefois de ne la pas croire, pour qu'elle touche encore mon cœur ; bientôt règne entre nous ce doux silence, qui est le plus doux langage des amants.

Quand j'ai été absent de Camille, je veux lui rendre compte de ce que j'ai pu voir ou entendre. De quoi m'entretiens-tu ? me dit-elle ; parle-moi de nos amours ; ou, si tu n'as rien pensé, si tu n'as rien à me dire, cruel, laisse-moi parler.

Quelquefois elle me dit en m'embrassant : Tu es triste. Il est vrai, lui dis-je ; mais la tristesse des amants est délicieuse ; je sens couler mes larmes, et je ne sais pourquoi, car tu m'aimes ; je n'ai point de sujet de me plaindre, et je me plains. Ne me retire point de la langueur où je suis ; laisse-moi soupirer en même temps mes peines et mes plaisirs.

Dans les transports de l'amour, mon ame est trop agitée ; elle est entraînée vers son bonheur sans en jouir : au lieu qu'à présent je goûte ma tristesse même. N'essuie point mes larmes : qu'importe que je pleure, puisque je suis heureux ?

Quelquefois Camille me dit : Aime-moi. Oui, je t'aime. Mais comment m'aimes-tu ? Hélas ! lui dis-je, je t'aime comme je t'aimois : car je ne puis comparer l'amour que j'ai pour toi qu'à celui que j'ai eu pour toi-même.

J'entends louer Camille par tous ceux qui la connoissent : ces louanges me touchent comme si elles m'étoient personnelles, et j'en suis plus flatté qu'elle-même.

Quand il y a quelqu'un avec nous, elle parle avec tant d'esprit que je suis enchanté de ses moindres paroles ; mais j'aimerois encore mieux qu'elle ne dît rien.

Quand elle fait des amitiés à quelqu'un, je voudrois être celui à qui elle fait des amitiés, quand, tout-à-coup, je fais réflexion que je ne serois point aimé d'elle.

Prends garde, Camille, aux impostures des amants. Ils te diront qu'ils t'aiment, et ils diront vrai ; ils te diront qu'ils t'aiment autant que moi : mais je jure par les dieux que je t'aime davantage.

Quand je l'aperçois de loin, mon esprit s'égare ; elle approche, et mon cœur s'agite ; j'arrive auprès d'elle, et il semble que mon ame veut me quitter, que cette ame est à Camille, et qu'elle va l'animer.

Quelquefois je veux lui dérober une faveur ; elle me la refuse, et dans un instant elle m'en accorde une autre. Ce n'est point un artifice : combattue par sa pudeur et son amour, elle voudroit me tout refuser, elle voudroit pouvoir me tout accorder.

Elle me dit : Ne vous suffit-il pas que je vous aime ? que pouvez-vous desirer après mon cœur ? Je desire, lui dis-je, que tu fasses pour moi une faute que l'amour fait faire, et que le grand amour justifie.

Camille, si je cesse un jour de t'aimer, puisse la parque se tromper, et prendre ce jour pour le dernier de mes jours ! puisse-t-elle effacer le reste d'une vie que je trouverois déplorable quand je me souviendrois des plaisirs que j'ai eus en aimant !

Aristée soupira, et se tut : et je vis bien qu'il ne cessa de parler de Camille que pour penser à elle.

SIXIÈME CHANT.

Pendant que nous parlions de nos amours, nous nous égarâmes ; et, après avoir erré long-temps, nous entrâmes dans une grande prairie ; nous fûmes conduits, par un chemin de fleurs, au pied d'un rocher affreux. Nous vîmes un antre obscur ; nous y entrâmes, croyant que c'étoit la demeure de quelque mortel. O dieux ! qui auroit pensé que ce lieu eût été si funeste ! A peine y eus-je mis le pied, que tout mon corps frémit, mes cheveux se dressèrent sur la tête. Une main invisible m'entraînoit dans ce fatal séjour : à mesure que mon

cœur s'agitoit, il cherchoit à s'agiter encore. Ami, m'écriai-je, entrons plus avant, dussions-nous voir augmenter nos peines! J'avance dans ce lieu, où jamais le soleil n'entra, et que les vents n'agitèrent jamais. J'y vis la Jalousie : son aspect étoit plus sombre que terrible; la Pâleur, la Tristesse, le Silence, l'entouroient, et les Ennuis voloient autour d'elle. Elle souffla sur nous, elle nous mit la main sur le cœur, elle nous frappa sur la tête; et nous ne vîmes, nous n'imaginâmes plus que des monstres. Entrez plus avant, nous dit-elle, malheureux mortels; allez trouver une déesse plus puissante que moi. Nous vîmes une affreuse divinité à la lueur des langues enflammées des serpents qui siffloient sur sa tête; c'étoit la Fureur. Elle détacha un de ses serpents, et le jeta sur moi; je voulus le prendre : déja, sans que je l'eusse senti, il s'étoit glissé dans mon cœur. Je restai un moment comme stupide; mais, dès que le poison se fut répandu dans mes veines, je crus être au milieu des enfers : mon ame fut embrasée, et, dans sa violence, tout mon corps la contenoit à peine; j'étois si agité qu'il me sembloit que je tournois sous le fouet des Furies. Nous nous abandonnâmes à nos transports; nous fîmes cent fois le tour de cet antre épouvantable; nous allions de la Jalousie à la Fureur, et de la Fureur à la Jalousie; nous criions, Thémire! nous criions, Camille! Si Thémire ou Camille étoient venues, nous les aurions déchirées de nos propres mains.

Enfin nous trouvâmes la lumière du jour; elle nous parut importune, et nous regrettâmes presque l'antre affreux que nous avions quitté. Nous tombâmes de lassitude; et ce repos même nous parut insupportable. Nos yeux nous refusèrent des larmes, et notre cœur ne put plus former de soupirs.

Je fus pourtant un moment tranquille : le sommeil commençoit à verser sur moi ses doux pavots. O dieux! ce sommeil même devint cruel. J'y voyois des images plus terribles pour moi que les pâles ombres; je me réveillois à chaque instant, sur une infidélité de Thémire; je la voyois... Non, je n'ose encore le dire; et ce que j'imaginois seulement pendant la veille, je le trouvois réel dans les horreurs de cet affreux sommeil.

Il faudra donc, dis-je en me levant, que je fuie également les ténèbres et la lumière! Thémire, la cruelle Thémire m'agite comme les Furies. Qui l'eût cru, que mon bonheur seroit de l'oublier pour jamais!

Un accès de fureur me reprit. Ami, m'écriai-je, lève-toi! Allons exterminer les troupeaux qui pais-

sent dans cette prairie; poursuivons ces bergers, dont les amours sont si paisibles. Mais non; je vois de loin un temple : c'est peut-être celui de l'Amour; allons le détruire, allons briser sa statue, et lui rendre nos fureurs redoutables. Nous courûmes; et il sembloit que l'ardeur de commettre un crime nous donnât des forces nouvelles; nous traversâmes les bois, les prés, les guérets; nous ne fûmes pas arrêtés un instant : une colline s'élevoit en vain, nous montâmes; nous entrâmes dans le temple : il étoit consacré à Bacchus. Que la puissance des dieux est grande! notre fureur fut aussitôt calmée. Nous nous regardâmes, et nous vîmes avec surprise le désordre où nous étions.

Grand dieu! m'écriai-je, je te rends moins graces d'avoir apaisé ma fureur que de m'avoir épargné un grand crime. Et, m'approchant de la prêtresse : Nous sommes aimés du dieu que vous servez; il vient de calmer les transports dont nous étions agités; à peine sommes-nous entrés dans ce lieu, que nous avons senti sa faveur présente. Nous voulons lui faire un sacrifice : daignez l'offrir pour nous, divine prêtresse. J'allai chercher une victime, et je l'apportai à ses pieds.

Pendant que la prêtresse se préparoit à donner le coup mortel, Aristée prononça ces paroles : Divin Bacchus, tu aimes à voir la joie sur le visage des hommes : nos plaisirs sont un culte pour toi; et tu ne veux être adoré que par les mortels les plus heureux.

Quelquefois tu égares doucement notre raison; mais, quand quelque divinité cruelle nous l'a ôtée, il n'y a que toi qui puisse nous la rendre.

La noire Jalousie tient l'Amour sous son esclavage; mais tu lui ôtes l'empire qu'elle prend sur nos cœurs, et tu la fais rentrer dans sa demeure affreuse.

Après que le sacrifice fut fait, tout le peuple s'assembla autour de nous; et je racontai à la prêtresse comment nous avions été tourmentés dans la demeure de la Jalousie. Et tout-à-coup nous entendîmes un grand bruit et un mélange confus de voix et d'instruments de musique. Nous sortîmes du temple; et nous vîmes arriver une troupe de bacchantes qui frappoient la terre de leurs thyrses, criant à haute voix : Évohé! Le vieux Silène suivoit, monté sur son âne; sa tête sembloit chercher la terre; et, sitôt qu'on abandonnoit son corps, il se balançoit comme par mesure. La troupe avoit le visage barbouillé de lie. Pan paroissoit ensuite avec sa flûte; et les Satyres entouroient leur roi. La joie régnoit avec le désordre : une folie aima-

ble mêloit ensemble les jeux, les railleries, les danses, les chansons. Enfin je vis Bacchus : il étoit sur son char traîné par des tigres, tel que le Gange le vit au bout de l'univers, portant partout la joie et la victoire.

A ses côtés étoit la belle Ariane. Princesse, vous vous plaigniez encore de l'infidélité de Thésée, lorsque le dieu prit votre couronne et la plaça dans le ciel. Il essuya vos larmes. Si vous n'aviez pas cessé de pleurer, vous auriez rendu un dieu plus malheureux que vous, qui n'étiez qu'une mortelle. Il vous dit : Aimez-moi ; Thésée fuit ; ne vous souvenez plus de son amour, oubliez jusqu'à sa perfidie. Je vous rends immortelle pour vous aimer toujours.

Je vis Bacchus descendre de son char ; je vis descendre Ariane : elle entra dans le temple. Aimable dieu, s'écria-t-elle, restons dans ces lieux, et soupirons-y nos amours ; faisons jouir ce doux climat d'une joie éternelle. C'est auprès de ces lieux que la reine des cœurs a posé son empire : que le dieu de la joie règne auprès d'elle, et augmente le bonheur de ces peuples déjà si fortunés.

Pour moi, grand dieu, je sens déjà que je t'aime davantage. Quoi ! tu pourrois quelque jour me paroître encore plus aimable ! Il n'y a que les immortels qui puissent aimer à l'excès, et aimer toujours davantage ; il n'y a qu'eux qui obtiennent plus qu'ils n'espèrent, et qui sont plus bornés quand ils desirent que quand ils jouissent.

Tu seras ici mes éternelles amours. Dans le ciel on n'est occupé que de sa gloire : ce n'est que sur la terre et dans les lieux champêtres que l'on sait aimer ; et pendant que cette troupe se livrera à une joie insensée, ma joie, mes soupirs et mes larmes mêmes te rediront sans cesse mes amours.

Le dieu sourit à Ariane ; il la mena dans le sanctuaire. La joie s'empara de nos cœurs : nous sentîmes une émotion divine. Saisis des égarements de Silène et des transports des bacchantes, nous prîmes un thyrse, et nous nous mêlâmes dans les danses et dans les concerts.

<center>⚬⚬⚬⚬⚬⚬⚬⚬⚬</center>

SEPTIÈME CHANT.

Nous quittâmes les lieux consacrés à Bacchus ; mais bientôt nous crûmes sentir que nos maux n'avoient été que suspendus. Il est vrai que nous n'avions point cette fureur qui nous avoit agités ; mais la sombre tristesse avoit saisi notre ame, et nous étions dévorés de soupçons et d'inquiétudes.

Il nous sembloit que les cruelles déesses ne nous avoient agités que pour nous faire pressentir des malheurs auxquels nous étions destinés.

Quelquefois nous regrettions le temple de Bacchus ; bientôt nous étions entraînés vers celui de Gnide : nous voulions voir Thémire et Camille, ces objets puissants de notre amour et de notre jalousie.

Mais nous n'avions aucune de ces douceurs que l'on a coutume de sentir lorsque, sur le point de revoir ce qu'on aime, l'ame est déjà ravie, et semble goûter d'avance tout le bonheur qu'elle se promet.

Peut-être, dit Aristée, que je trouverai le berger Lycas avec Camille : que sais-je s'il ne lui parle pas dans ce moment ? O dieux ! l'infidèle prend plaisir à l'entendre !

On disoit l'autre jour, repris-je, que Thyrsis, qui a tant aimé Thémire, devoit arriver à Gnide : il l'a aimée ; sans doute qu'il l'aime encore ; il faudra que je dispute un cœur que je croyois tout à moi.

L'autre jour Lycas chantoit ma Camille : que j'étois insensé ! j'étois ravi de l'entendre louer.

Je me souviens que Thyrsis porta à ma Thémire des fleurs nouvelles : malheureux que je suis ! elle les a mises sur son sein ! C'est un présent de Thyrsis, disoit-elle. Ah ! j'aurois dû les arracher, et les fouler à mes pieds.

Il n'y a pas long-temps que j'allois avec Camille faire à Vénus un sacrifice de deux tourterelles : elles m'échappèrent et s'envolèrent dans les airs.

J'avois écrit sur des arbres mon nom avec celui de Thémire ; j'avois écrit mes amours ; je les lisois et relisois sans cesse : un matin je les trouvai effacées.

Camille, ne désespère point un malheureux qui t'aime : l'amour qu'on irrite peut avoir tous les effets de la haine.

Le premier Gnidien qui regardera ma Thémire, je le poursuivrai jusque dans le temple ; et je le punirai, fût-il aux pieds de Vénus.

Cependant nous arrivâmes près de l'antre sacré où la déesse rend ses oracles. Le peuple étoit comme les flots de la mer agitée : ceux-ci venoient d'entendre, les autres alloient chercher leur réponse.

Nous entrâmes dans la foule : je perdis l'heureux Aristée ; déja il avoit embrassé sa Camille, et moi je cherchois encore ma Thémire.

Je la trouvai enfin. Je sentis ma jalousie redoubler à sa vue, je sentis renaître mes premières fureurs ; mais elle me regarda, et je devins tran-

quille. C'est ainsi que les dieux renvoient les Furies, lorsqu'elles sortent des enfers.

O dieux ! me dit-elle, que tu m'as coûté de larmes ! Trois fois le soleil a parcouru sa carrière ; je craignois de t'avoir perdu pour jamais : cette parole me fait trembler. J'ai été consulter l'oracle. Je n'ai point demandé si tu m'aimois ; hélas ! je ne voulois que savoir si tu vivois encore : Vénus vient de me répondre que tu m'aimes toujours.

Excuse, lui dis-je, un infortuné qui t'auroit haïe si son ame en étoit capable. Les dieux, dans les mains desquels je suis, peuvent me faire perdre la raison : ces dieux, Thémire, ne peuvent pas m'ôter mon amour.

La cruelle jalousie m'a agité comme dans le Tartare on tourmente les ombres criminelles : j'en tire cet avantage, que je sens mieux le bonheur qu'il y a d'être aimé de toi, après l'affreuse situation où m'a mis la crainte de te perdre.

Viens donc avec moi, viens dans ce bois solitaire : il faut qu'à force d'aimer j'expie les crimes que j'ai faits. C'est un grand crime, Thémire, de te croire infidèle.

Jamais les bois de l'Élysée, que les dieux ont faits exprès pour la tranquillité des ombres qu'ils chérissent ; jamais les forêts de Dodone, qui parlent aux humains de leur félicité future, ni les jardins des Hespérides, dont les arbres se courbent sous le poids de l'or qui compose leurs fruits, ne furent plus charmants que ce bocage enchanté par la présence de Thémire.

Je me souviens qu'un satyre, qui suivoit une nymphe qui fuyoit tout éplorée, nous vit, et s'arrêta. Heureux amants ! s'écria-t-il, vos yeux savent s'entendre et se répondre ; vos soupirs sont payés par des soupirs : mais moi, je passe ma vie sur les traces d'une bergère farouche, malheureux pendant que je la poursuis, plus malheureux encore lorsque je l'ai atteinte.

Une jeune nymphe, seule dans ce bois, nous aperçut et soupira. Non, dit-elle, ce n'est que pour augmenter mes tourments que le cruel amour me fait voir un amant si tendre.

Nous trouvâmes Apollon assis auprès d'une fontaine : il avoit suivi Diane, qu'un daim timide avoit menée dans ces bois. Je le reconnus à ses blonds cheveux, et à la troupe immortelle qui étoit autour de lui. Il accordoit sa lyre : elle attire les rochers ; les arbres la suivent, les lions restent immobiles. Mais nous entrâmes plus avant dans les forêts, appelés en vain par cette divine harmonie.

Où croyez-vous que je trouvai l'Amour ? Je le trouvai sur les lèvres de Thémire ; je le trouvai ensuite sur son sein ; il s'étoit sauvé à ses pieds, je l'y trouvai encore ; il se cacha sous ses genoux, je le suivis ; et je l'aurois toujours suivi, si Thémire, tout en pleurs, Thémire irritée ne m'eût arrêté. Il étoit à sa dernière retraite : elle est si charmante, qu'il ne sauroit la quitter. C'est ainsi qu'une tendre fauvette, que la crainte et l'amour retiennent sur ses petits, reste immobile sous la main avide qui s'approche, et ne peut consentir à les abandonner.

Malheureux que je suis ! Thémire écouta mes plaintes, et elle n'en fut point attendrie ; elle entendit mes prières, et elle devint plus sévère. Enfin je fus téméraire : elle s'indigna, je tremblai ; elle me parut fâchée, je pleurai ; elle me rebuta, je tombai, et je sentis que mes soupirs alloient être mes derniers soupirs, si Thémire n'avoit mis la main sur mon cœur, et n'y eût rappelé la vie.

Non, dit-elle, je ne suis pas si cruelle que toi ; car je n'ai jamais voulu te faire mourir, et tu veux m'entraîner dans la nuit du tombeau.

Ouvre ces yeux mourants, si tu ne veux que les miens se ferment pour jamais.

Elle m'embrassa : je reçus ma grace, hélas ! sans espérance de devenir coupable [1].

⸺⸱⸺⸱⸺

Comme la pièce suivante m'a paru être du même auteur, j'ai cru devoir la traduire et la mettre ici.

— —

Un jour que j'errois dans les bois d'Idalie avec la jeune Céphise, je trouvai l'Amour qui dormoit couché sur des fleurs, et couvert par quelques branches de myrte qui cédoient doucement aux haleines des zéphyrs. Les Jeux et les Ris, qui le suivent toujours, étoient allés folâtrer loin de lui : il étoit seul. J'avois l'Amour en mon pouvoir ; son arc et son carquois étoient à ses côtés ; et, si j'avois voulu, j'aurois volé les armes de l'Amour. Céphise prit l'arc du plus grand des dieux ; elle y mit un trait sans que je m'en aperçusse, et le lança contre moi. Je lui dis en souriant : Prends-en un second ; fais-moi une autre blessure ; celle-ci est trop douce. Elle voulut ajuster un autre trait ; il lui tomba sur le pied, et elle cria doucement :

[1] Cette bagatelle ingénieuse et délicate est d'autant plus froide qu'elle est plus travaillée, et qu'elle annonce la prétention d'être poëte en prose, sans avoir rien du feu de la poésie. L'esprit y est prodigué, la grace étudiée. L'auteur est hors de son genre, qui est la pensée ; et il y rentre sans cesse malgré lui, et au préjudice du sentiment. Sa force déplacée le trahit : c'est un aigle qui voltige dans des bocages ; on sent qu'il y est gêné, et qu'il resserre avec peine un vol fait pour les hauteurs des montagnes et l'immensité des cieux. (L. H.)

c'étoit le trait le plus pesant qui fût dans le carquois de l'Amour ! Elle le reprit, le fit voler; il me frappa, je me baissai. Ah ! Céphise, tu veux donc me faire mourir ? Elle s'approcha de l'Amour. Il dort profondément, dit-elle ; il s'est fatigué à lancer ses traits. Il faut cueillir des fleurs, pour lui lier les pieds et les mains. Ah ! je n'y puis consentir : car il nous a toujours favorisés. Je vais donc, dit-elle, prendre ses armes, et lui tirer une flèche de toute ma force. Mais il se réveillera, lui dis-je. Eh bien ! qu'il se réveille : que pourra-t-il faire que nous blesser davantage ? Non, non : laissons-le dormir ; nous resterons auprès de lui, et nous en serons plus enflammés.

Céphise prit alors des feuilles de myrte et de roses. Je veux, dit-elle, en couvrir l'Amour. Les Jeux et les Ris le chercheront, et ne pourront plus le trouver. Elle les jeta sur lui ; et elle rioit de voir le petit dieu presque enseveli. Mais à quoi m'amusé-je ? dit-elle ; il faut lui couper les ailes, afin qu'il n'y ait plus sur la terre d'hommes volages ; car ce dieu va de cœur en cœur, et porte partout l'inconstance. Elle prit ses ciseaux, s'assit ; et, tenant d'une main le bout des ailes dorées de l'Amour, je sentis mon cœur frappé de crainte. Arrête, Céphise ! Elle ne m'entendit pas. Elle coupa le sommet des ailes de l'Amour, laissa ses ciseaux, et s'enfuit.

Lorsqu'il se fut réveillé, il voulut voler ; et il sentit un poids qu'il ne connoissoit pas. Il vit sur les fleurs le bout de ses ailes ; il se mit à pleurer. Jupiter, qui l'aperçut du haut de l'Olympe, lui envoya un nuage qui le porta dans le palais de Gnide, et le posa sur le sein de Vénus. Ma mère, dit-il, je battois de mes ailes sur votre sein ; on me les a coupées : que vais-je devenir ? Mon fils, dit la belle Cypris, ne pleurez point ; restez sur mon sein ; ne bougez pas : la chaleur va les faire renaître. Ne voyez-vous pas qu'elles sont plus grandes ? Embrassez-moi : elles croissent ; vous les aurez bientôt comme vous les aviez ; j'en vois déja le sommet qui se dore : dans un moment.... C'est assez : volez, volez, mon fils. Oui, dit-il, je vais me hasarder. Il s'envola ; il se reposa auprès de Vénus, et revint d'abord sur son sein. Il reprit l'essor ; il alla se reposer un peu plus loin, et revint encore sur le sein de Vénus. Il l'embrassa, elle lui sourit ; il l'embrassa encore, et badina avec elle ; et enfin il s'éleva dans les airs, d'où il règne sur toute la nature.

L'Amour, pour se venger de Céphise, l'a rendue la plus volage de toutes les belles. Il la fait brûler chaque jour d'une nouvelle flamme. Elle m'a aimé; elle a aimé Daphnis, et elle aime aujourd'hui Cléon. Cruel Amour, c'est moi que vous punissez ! Je veux bien porter la peine de son crime ; mais n'auriez-vous point d'autres tourments à me faire souffrir ?

FIN DU TEMPLE DE GNIDE.

CONSIDÉRATIONS SUR LES CAUSES

DE LA

GRANDEUR DES ROMAINS

ET DE LEUR DÉCADENCE [1].

CHAPITRE PREMIER.

Commencements de Rome. — Ses guerres.

Il ne faut pas prendre de la ville de Rome, dans ses commencements, l'idée que nous donnent les villes que nous voyons aujourd'hui, à moins que ce ne soit de celles de la Crimée, faites pour renfermer le butin, les bestiaux, et les fruits de la campagne. Les noms anciens des principaux lieux de Rome ont tous du rapport à cet usage.

La ville n'avoit pas même de rues, si l'on n'appelle de ce nom la continuation des chemins qui y aboutissoient. Les maisons étoient placées sans ordre et très petites; car les hommes, toujours au travail ou dans la place publique, ne se tenoient guère dans les maisons.

Mais la grandeur de Rome parut bientôt dans ses édifices publics. Les ouvrages qui ont donné, et qui donnent encore aujourd'hui la plus haute idée de sa puissance, ont été faits sous les rois [2]. On commençoit déjà à bâtir la ville éternelle.

Romulus et ses successeurs furent presque toujours en guerre avec leurs voisins pour avoir des citoyens, des femmes, ou des terres; ils revenoient dans la ville avec les dépouilles des peuples vaincus; c'étoient des gerbes de blé et des troupeaux: cela y causoit une grande joie. Voilà l'origine des triomphes qui furent dans la suite la principale cause des grandeurs où cette ville parvint.

Rome accrut beaucoup ses forces par son union avec les Sabins, peuples durs et belliqueux comme les Lacédémoniens, dont ils étoient descendus. Romulus prit leur bouclier, qui étoit large, au lieu du petit bouclier argien dont il s'étoit servi jusqu'alors [1]. Et on doit remarquer que ce qui a le plus contribué à rendre les Romains les maîtres du monde, c'est qu'ayant combattu successivement contre tous les peuples, ils ont toujours renoncé à leurs usages sitôt qu'ils en ont trouvé de meilleurs.

On pensoit alors, dans les républiques d'Italie, que les traités qu'elles avoient faits avec un roi ne les obligeoient point envers son successeur: c'étoit pour elles une espèce de droit des gens [2]; ainsi, tout ce qui avoit été soumis par un roi de Rome se prétendoit libre sous un autre, et les guerres naissoient toujours des guerres.

Le règne de Numa, long et pacifique, étoit très-propre à laisser Rome dans sa médiocrité; et, si elle eût eu dans ce temps-là un territoire moins borné et une puissance plus grande, il y a apparence que sa fortune eût été fixée pour jamais.

Une des causes de sa prospérité c'est que ses rois furent tous de grands personnages. On ne trouve point ailleurs, dans les histoires, une suite non interrompue de tels hommes d'état et de tels capitaines.

Dans la naissance des sociétés, ce sont les chefs des républiques qui font l'institution; et c'est ensuite l'institution qui forme les chefs des républiques.

Tarquin prit la couronne sans être élu par le sénat ni par le peuple [3]. Le pouvoir devenoit héré-

[1] Cet ouvrage, généralement regardé comme le chef-d'œuvre de Montesquieu, parut en 1734. L'auteur étoit alors dans sa quarante-cinquième année.

[2] Voyez l'étonnement de Denys d'Halicarnasse sur les égouts faits par Tarquin. (*Ant. rom.*, liv. III.) — Ils subsistent encore.

[1] PLUTARQUE, *Vie de Romulus.*

[2] Cela paroit par toute l'histoire des rois de Rome.

[3] Le sénat nommoit un magistrat de l'interrègne qui élisoit le roi: cette élection devoit être confirmée par le peuple. Voyez Denys d'Halicarnasse, liv. II, III et IV.

ditaire : il le rendit absolu. Ces deux révolutions furent bientôt suivies d'une troisième.

Son fils Sextus, en violant Lucrèce, fit une chose qui a presque toujours fait chasser les tyrans des villes où ils ont commandé : car le peuple, à qui une action pareille fait si bien sentir sa servitude, prend d'abord une résolution extrême.

Un peuple peut aisément souffrir qu'on exige de lui de nouveaux tributs : il ne sait pas s'il ne retirera point quelque utilité de l'emploi qu'on fera de l'argent qu'on lui demande; mais, quand on lui a fait un affront, il ne sent que son malheur, et il y ajoute l'idée de tous les maux qui sont possibles.

Il est pourtant vrai que la mort de Lucrèce ne fut que l'occasion de la révolution qui arriva; car un peuple fier, entreprenant, hardi, et renfermé dans des murailles, doit nécessairement secouer le joug ou adoucir ses mœurs.

Il devoit arriver de deux choses l'une : ou que Rome changeroit son gouvernement, ou qu'elle resteroit une petite et pauvre monarchie.

L'histoire moderne nous fournit un exemple de ce qui arriva pour lors à Rome; et ceci est bien remarquable : car, comme les hommes ont eu dans tous les temps les mêmes passions, les occasions qui produisent les grands changements sont différentes, mais les causes sont toujours les mêmes.

Comme Henri VII, roi d'Angleterre, augmenta le pouvoir des communes pour avilir les grands, Servius Tullius, avant lui, avoit étendu les priviléges du peuple pour abaisser le sénat[1]. Mais le peuple, devenu d'abord plus hardi, renversa l'une et l'autre monarchie.

Le portrait de Tarquin n'a point été flatté; son nom n'a échappé à aucun des orateurs qui ont eu à parler contre la tyrannie; mais sa conduite avant son malheur, que l'on voit qu'il prévoyoit; sa douceur pour les peuples vaincus; sa libéralité envers les soldats; cet art qu'il eut d'intéresser tant de gens à sa conservation; ses ouvrages publics; son courage à la guerre; sa constance dans son malheur; une guerre de vingt ans, qu'il fit ou qu'il fit faire au peuple romain, sans royaumes et sans biens; ses continuelles ressources font bien voir que ce n'étoit pas un homme méprisable.

Les places que la postérité donne sont sujettes, comme les autres, aux caprices de la fortune. Malheur à la réputation de tout prince qui est opprimé par un parti qui devient le dominant, ou qui a tenté de détruire un préjugé qui lui survit!

Rome, ayant chassé les rois, établit des consuls annuels; c'est encore ce qui la porta à ce haut degré de puissance. Les princes ont dans leur vie des périodes d'ambition; après quoi, d'autres passions, et l'oisiveté même, succèdent; mais la république ayant des chefs qui changeoient tous les ans, et qui cherchoient à signaler leur magistrature pour en obtenir de nouvelles, il n'y avoit pas un moment de perdu pour l'ambition; ils engageoient le sénat à proposer au peuple la guerre, et lui montroient tous les jours de nouveaux ennemis.

Ce corps y étoit déjà assez porté de lui-même; car, étant fatigué sans cesse par les plaintes et les demandes du peuple, il cherchoit à le distraire de ses inquiétudes, et à l'occuper au dehors[1].

Or la guerre étoit presque toujours agréable au peuple, parce que, par la sage distribution du butin, on avoit trouvé le moyen de la lui rendre utile.

Rome étant une ville sans commerce, et presque sans arts, le pillage étoit le seul moyen que les particuliers eussent pour s'enrichir.

On avoit donc mis de la discipline dans la manière de piller, et on y observoit à peu près le même ordre qui se pratique aujourd'hui chez les petits Tartares.

Le butin étoit mis en commun[2], et on le distribuoit aux soldats : rien n'étoit perdu, parce que, avant de partir, chacun avoit juré qu'il ne détourneroit rien à son profit. Or les Romains étoient le peuple du monde le plus religieux sur le serment, qui fut toujours le nerf de leur discipline militaire.

Enfin, les citoyens qui restoient dans la ville jouissoient aussi des fruits de la victoire. On confisquoit une partie des terres du peuple vaincu, dont on faisoit deux parts : l'une se vendoit au profit du public; l'autre étoit distribuée aux pauvres citoyens, sous la charge d'une rente en faveur de la république.

Les consuls, ne pouvant obtenir l'honneur du triomphe que par une conquête ou une victoire, faisoient la guerre avec une impétuosité extrême : on alloit droit à l'ennemi, et la force décidoit d'abord.

[1] Voyez Zonare, et Denys d'Halicarnasse, liv. IV.

[1] D'ailleurs l'autorité du sénat étoit moins bornée dans les affaires du dehors que dans celles de la ville.
[2] Voyez Polybe, liv. X.

Rome étoit donc dans une guerre éternelle et toujours violente : or, une nation toujours en guerre, et par principe de gouvernement, devoit nécessairement périr, ou venir à bout de toutes les autres, qui, tantôt en guerre, tantôt en paix, n'étoient jamais si propres à attaquer, ni si préparées à se défendre.

Par-là les Romains acquirent une profonde connoissance de l'art militaire. Dans les guerres passagères, la plupart des exemples sont perdus ; la paix donne d'autres idées, et on oublie ses fautes, et ses vertus même.

Une autre suite du principe de la guerre continuelle fut que les Romains ne firent jamais la paix que vainqueurs : en effet, à quoi bon faire une paix honteuse avec un peuple pour en aller attaquer un autre ?

Dans cette idée, ils augmentoient toujours leurs prétentions à mesure de leurs défaites : par-là ils consternoient les vainqueurs, et s'imposoient à eux-mêmes une plus grande nécessité de vaincre.

Toujours exposés aux plus affreuses vengeances, la constance et la valeur leur devinrent nécessaires ; et ces vertus ne purent être distinguées chez eux de l'amour de soi-même, de sa famille, de sa patrie, et de tout ce qu'il y a de plus cher parmi les hommes.

Les peuples d'Italie n'avoient aucun usage des machines propres à faire les sièges [1] ; et, de plus, les soldats n'ayant point de paie, on ne pouvoit pas les retenir long-temps devant une place : ainsi peu de leurs guerres étoient décisives. On se battoit pour avoir le pillage du camp ennemi ou de ses terres ; après quoi le vainqueur et le vaincu se retiroient, chacun dans sa ville. C'est ce qui fit la résistance des peuples d'Italie, et en même temps l'opiniâtreté des Romains à les subjuguer ; c'est ce qui donna à ceux-ci des victoires qui ne les corrompirent point, et qui leur laissèrent toute leur pauvreté.

S'ils avoient rapidement conquis toutes les villes voisines, ils se seroient trouvés dans la décadence à l'arrivée de Pyrrhus, des Gaulois, et d'Annibal ; et, par la destinée de presque tous les états du monde, ils auroient passé trop vite de la pauvreté aux richesses, et des richesses à la corruption.

Mais Rome, faisant toujours des efforts, et trouvant toujours des obstacles, faisoit sentir sa puissance sans pouvoir l'étendre, et, dans une circonférence très-petite, elle s'exerçoit à des vertus qui devoient être si fatales à l'univers.

Tous les peuples d'Italie n'étoient pas également belliqueux : les Toscans étoient amollis par leurs richesses et par leur luxe ; les Tarentins, les Capouans, presque toutes les villes de la Campanie et de la grande Grèce, languissoient dans l'oisiveté et dans les plaisirs ; mais les Latins, les Herniques, les Sabins, les Èques, et les Volsques, aimoient passionnément la guerre ; ils étoient autour de Rome ; ils lui firent une résistance inconcevable, et furent ses maîtres en fait d'opiniâtreté.

Les villes latines étoient des colonies d'Albe, qui furent fondées par Latinus Sylvius [1]. Outre une origine commune avec les Romains, elles avoient encore des rites communs ; et Servius Tullius [2] les avoit engagées à faire bâtir un temple dans Rome pour être le centre de l'union des deux peuples. Ayant perdu une grande bataille auprès du lac Régille, elles furent soumises à une alliance et une société de guerres avec les Romains [3].

On vit manifestement, pendant le peu de temps que dura la tyrannie des décemvirs, à quel point l'agrandissement de Rome dépendoit de sa liberté. L'état sembla avoir perdu l'ame qui le faisoit mouvoir [4].

Il n'y eut plus dans la ville que deux sortes de gens : ceux qui souffroient la servitude, et ceux qui, pour leurs intérêts particuliers, cherchoient à la faire souffrir. Les sénateurs se retirèrent de Rome comme d'une ville étrangère ; et les peuples voisins ne trouvèrent de résistance nulle part.

Le sénat ayant eu le moyen de donner une paie aux soldats, le siége de Véies fut entrepris : il dura dix ans. On vit un nouvel art chez les Romains, et une autre manière de faire la guerre ; leurs succès furent plus éclatants ; ils profitèrent mieux de leurs victoires, ils firent de plus grandes conquêtes, ils envoyèrent plus de colonies ; enfin la prise de Véies fut une espèce de révolution.

Mais les travaux ne furent pas moindres. S'ils portèrent de plus rudes coups aux Toscans, aux Èques et aux Volsques, cela même fit que les Latins et les Herniques, leurs alliés, qui avoient les

[1] Denys d'Halicarnasse le dit formellement, liv. IX ; et cela paroît par l'histoire. Ils ne savoient point faire de galeries pour se mettre à couvert des assiégés : ils tâchoient de prendre les villes par escalade. Éphorus a écrit qu'Artémon, ingénieur, inventa les grosses machines pour battre les plus fortes murailles. Périclès s'en servit le premier au siége de Samos, dit Plutarque, *Vie de Périclès*.

[1] Comme on le voit dans le traité intitulé : *Origo gentis romanæ*, qu'on croit être d'Aurélius Victor.

[2] Denys d'Halicarnasse, liv. IV.

[3] Voyez dans Denys d'Halicarnasse, liv. VI. un des traités faits avec eux.

[4] Sous prétexte de donner au peuple des lois écrites, ils se saisirent du gouvernement. Voyez Denys d'Halicarnasse, liv. XI.

mêmes armes et la même discipline qu'eux, les abandonnèrent; que des ligues se formèrent chez les Toscans; et que les Samnites, les plus belliqueux de tous les peuples de l'Italie, leur firent la guerre avec fureur.

Depuis l'établissement de la paie, le sénat ne distribua plus aux soldats les terres des peuples vaincus; il imposa d'autres conditions : il les obligea, par exemple, de fournir à l'armée une solde pendant un certain temps, de lui donner du blé et des habits [1].

La prise de Rome par les Gaulois ne lui ôta rien de ses forces : l'armée, plus dissipée que vaincue, se retira presque entière à Véies; le peuple se sauva dans les villes voisines; et l'incendie de la ville ne fut que l'incendie de quelques cabanes de pasteurs.

⁕⁕⁕⁕⁕⁕

CHAPITRE II.

De l'art de la guerre chez les Romains.

Les Romains se destinant à la guerre, et la regardant comme le seul art, ils mirent tout leur esprit et toutes leurs pensées à le perfectionner. C'est sans doute un dieu, dit Végèce [2], qui leur inspira la légion.

Ils jugèrent qu'il falloit donner aux soldats de la légion des armes offensives et défensives plus fortes et plus pesantes que celles de quelque autre peuple que ce fût [3].

Mais, comme il y a des choses à faire dans la guerre dont un corps pesant n'est pas capable, ils voulurent que la légion contînt dans son sein une troupe légère qui pût en sortir pour engager le combat, et, si la nécessité l'exigeoit, s'y retirer; qu'elle eût encore de la cavalerie, des hommes de trait et des frondeurs, pour poursuivre les fuyards et achever la victoire; qu'elle fût défendue par toutes sortes de machines de guerre qu'elle traînoit avec elle; que chaque fois [4] elle se retranchât, et fût, comme dit Végèce, une espèce de place de guerre.

Pour qu'ils pussent avoir des armes plus pe-

sautes que celles des autres hommes, il falloit qu'ils se rendissent plus qu'hommes : c'est ce qu'ils firent par un travail continuel qui augmentoit leur force, et par des exercices qui leur donnoient de l'adresse, laquelle n'est autre chose qu'une juste dispensation des forces que l'on a.

Nous remarquons aujourd'hui que nos armées périssent beaucoup par le travail immodéré des soldats [1]; et cependant c'étoit par un travail immense que les Romains se conservoient. La raison en est, je crois, que leurs fatigues étoient continuelles; au lieu que nos soldats passent sans cesse d'un travail extrême à une extrême oisiveté : ce qui est la chose du monde la plus propre à les faire périr.

Il faut que je rapporte ici ce que les auteurs nous disent de l'éducation des soldats romains [2]. On les accoutumoit à aller le pas militaire, c'est-à-dire à faire en cinq heures vingt milles, et quelquefois vingt-quatre. Pendant ces marches, on leur faisoit porter des poids de soixante livres. On les entretenoit dans l'habitude de courir et de sauter tout armés; ils prenoient dans leurs exercices des épées, des javelots, des flèches, d'une pesanteur double des armes ordinaires; et ces exercices étoient continuels [3].

Ce n'étoit pas seulement dans le camp qu'étoit l'école militaire : il y avoit dans la ville un lieu où les citoyens alloient s'exercer (c'étoit le champ de Mars). Après le travail, ils se jetoient dans le Tibre, pour s'entretenir dans l'habitude de nager, et nettoyer la poussière et la sueur [4].

Nous n'avons plus une juste idée des exercices du corps : un homme qui s'y applique trop nous paroît méprisable, par la raison que la plupart de ces exercices n'ont plus d'autre objet que les agréments; au lieu que, chez les anciens, tout, jusqu'à la danse, faisoit partie de l'art militaire.

Il est même arrivé, parmi nous, qu'une adresse trop recherchée dans l'usage des armes dont nous nous servons à la guerre est devenue ridicule, parce que, depuis l'introduction de la coutume des combats singuliers, l'escrime a été regardée comme la science des querelleurs ou des poltrons.

Ceux qui critiquent Homère de ce qu'il relève

[1] Voyez les traités qui furent faits.

[2] Liv. II, chap. I.

[3] Voyez dans Polybe, et dans Josèphe, *de Bello judaico*, lib. III, quelles étoient les armes du soldat romain. Il y a peu de différence, dit ce dernier, entre les chevaux rangés et les soldats romains. « Ils portent, dit Cicéron, leur nourriture pour plus » de quinze jours, tout ce qui est à leur usage, tout ce qu'il faut » pour se fortifier; et, à l'égard de leurs armes, ils n'en sont » pas plus embarrassés que de leurs mains. » *Tuscul.*, liv. II.

[4] Liv. II, chap. xxv.

[1] Surtout par le fouillement des terres.

[2] Voyez Végèce, liv. I. Voyez dans Tite-Live, liv. XXVI, les exercices que Scipion l'Africain faisoit faire aux soldats après la prise de Carthage la neuve. Marius, malgré sa vieillesse, alloit tous les jours au champ de Mars. Pompée, à l'âge de cinquante-huit ans, alloit combattre tout armé avec les jeunes gens; il montoit à cheval, couroit à bride abattue, et lançoit ses javelots. (PLUTARQUE, *Vie de Marius et de Pompée*.)

[3] VÉGÈCE, liv. I. [4] VÉGÈCE, *ibid.*

ordinairement dans ses héros la force , l'adresse ou l'égalité du corps , devroient trouver Salluste bien ridicule, qui loue Pompée « de ce qu'il cou- » roit, sautoit, et portoit un fardeau aussi bien » qu'homme de son temps [1]. »

Toutes les fois que les Romains se crurent en danger, ou qu'ils voulurent réparer quelque perte, ce fut une pratique constante chez eux d'affermir la discipline militaire [2]. Ont-ils à faire la guerre aux Latins, peuples aussi aguerris qu'eux-mêmes, Manlius songe à augmenter la force du comman- dement, et fait mourir son fils, qui avoit vaincu sans son ordre. Sont-ils battus à Numance, Scipion Émilien les prive d'abord de tout ce qui les avoit amollis [3]. Les légions romaines ont-elles passé sous le joug en Numidie , Métellus répare cette honte dès qu'il leur a fait reprendre les institutions an- ciennes. Marius, pour battre les Cimbres et les Teutons, commence par détourner les fleuves ; et Sylla fait si bien travailler les soldats de son ar- mée effrayée de la guerre contre Mithridate, qu'ils lui demandent le combat comme la fin de leurs peines [4].

Publius Nasica, sans besoin , leur fit construire une armée navale. On craignoit plus l'oisiveté que les ennemis.

Aulu-Gelle [5] donne d'assez mauvaises raisons de la coutume des Romains de faire saigner les sol- dats qui avoient commis quelque faute : la vraie est que , la force étant la principale qualité du sol- dat, c'étoit le dégrader que de l'affoiblir.

Des hommes si endurcis étoient ordinairement sains. On ne remarque pas, dans les auteurs, que les armées romaines, qui faisoient la guerre en tant de climats, périssent beaucoup par les mala- dies ; au lieu qu'il arrive presque continuellement aujourd'hui que des armées, sans avoir combattu, se fondent pour ainsi dire dans une campagne.

Parmi nous, les désertions sont fréquentes, parce que les soldats sont la plus vile partie de chaque nation, et qu'il n'y en a aucune qui ait ou qui croie avoir un certain avantage sur les autres. Chez les Romains, elles étoient plus rares : des soldats tirés

du sein d'un peuple si fier , si orgueilleux, si sûr de commander aux autres, ne pouvoient guère penser à s'avilir jusqu'à cesser d'être Romains.

Comme leurs armées n'étoient pas nombreuses, il étoit aisé de pourvoir à leur subsistance ; le chef pouvoit mieux les connoître , et voyoit plus aisé- ment les fautes et les violations de la discipline.

La force de leurs exercices , les chemins admi- rables qu'ils avoient construits, les mettoient en état de faire des marches longues et rapides [1]. Leur présence inopinée glaçoit les esprits : ils se montroient surtout après un mauvais succès, dans le temps que leurs ennemis étoient dans cette né- gligence que donne la victoire.

Dans nos combats d'aujourd'hui un particulier n'a guère de confiance qu'en la multitude ; mais chaque Romain , plus robuste et plus aguerri que son ennemi, comptoit toujours sur lui-même : il avoit naturellement du courage, c'est-à-dire de cette vertu qui est le sentiment de ses propres forces.

Leurs troupes étant toujours les mieux discipli- nées, il étoit difficile que dans le combat le plus malheureux ils ne se ralliassent quelque part, ou que le désordre ne se mît quelque part chez les ennemis. Aussi les voit-on continuellement dans les histoires, quoique surmontés dans le commen- cement par le nombre ou par l'ardeur des enne- mis, arracher enfin la victoire de leurs mains.

Leur principale attention étoit d'examiner en quoi leur ennemi pouvoit avoir de la supériorité sur eux, et d'abord ils y mettoient ordre. Ils s'ac- coutumèrent à voir le sang et les blessures dans les spectacles des gladiateurs, qu'ils prirent des Étrusques [2].

Les épées tranchantes des Gaulois [3], les élé- phants de Pyrrhus , ne les surprirent qu'une fois. Ils suppléèrent à la foiblesse de leur cavalerie [4], d'abord en ôtant les brides des chevaux pour que l'impétuosité n'en pût être arrêtée, ensuite en y mêlant des vélites [5]. Quand ils eurent connu l'épée

[1] *Cum alacribus saltu, cum velocibus cursu, cum validis recte certabat.* Fragment de Salluste rapporté par Végèce, liv. I, chap. IX.

[2] La discipline militaire est la chose qui a paru la première dans leur état, et la dernière qui s'y est perdue : tant elle étoit attachée à la constitution de leur république. (BOSSUET, *Disc. sur l'Hist. univ.*, troisième partie, ch. VI.)

[3] Il vendit toutes les bêtes de somme de l'armée, et fit porter à chaque soldat du blé pour trente jours, et sept pieux. (*Somm. de Florus*, liv. LVII.)

[4] FRONTIN, *Stratagèmes*, liv. I, chap. XI.

[5] Liv. X, chap. VIII.

[1] Voyez surtout la défaite d'Asdrubal, et leur diligence con- tre Viriatus.

[2] Fragment de Nicolas de Damas, livre X, tiré d'Athénée, liv. IV. Avant que les soldats partissent pour l'armée, on leur donnoit un combat de gladiateurs. (JULES CAPITOLIN, *Vie de Maxime et de Balbin.*)

[3] Les Romains présentoient leurs javelots, qui recevoient les coups des épées gauloises, et les émoussoient.

[4] Elle fut encore meilleure que celle des petits peuples d'Italie. On la formoit des principaux citoyens, à qui le public entrete- noit un cheval. Quand elle mettoit pied à terre, il n'y avoit point d'infanterie plus redoutable, et très souvent elle déterminoit la victoire.

[5] C'étoient de jeunes hommes légèrement armés, et les plus agiles de la légion, qui au moindre signal sautoient sur la

espagnole, ils quittèrent la leur [1]. Ils éludèrent la science des pilotes par l'invention d'une machine que Polybe nous a décrite. Enfin, comme dit Josèphe [2], la guerre étoit pour eux une méditation, la paix un exercice.

Si quelque nation tint de la nature ou de son institution quelque avantage particulier, ils en firent d'abord usage : ils n'oublièrent rien pour avoir des chevaux numides, des archers crétois, des frondeurs baléares, des vaisseaux rhodiens.

Enfin jamais nation ne prépara la guerre avec tant de prudence, et ne la fit avec tant d'audace.

CHAPITRE III.

Comment les Romains purent s'agrandir.

Comme les peuples de l'Europe ont dans ces temps-ci à peu près les mêmes arts, les mêmes armes, la même discipline, et la même manière de faire la guerre, la prodigieuse fortune des Romains nous paroît inconcevable. D'ailleurs il y a aujourd'hui une telle disproportion dans la puissance, qu'il n'est pas possible qu'un petit état sorte par ses propres forces de l'abaissement où la Providence l'a mis.

Ceci demande qu'on y réfléchisse, sans quoi nous verrions des événements sans les comprendre; et, ne sentant pas bien la différence des situations, nous croirions, en lisant l'histoire ancienne, voir d'autres hommes que nous.

Une expérience continuelle a pu faire connoître en Europe qu'un prince qui a un million de sujets ne peut, sans se détruire lui-même, entretenir plus de dix mille hommes de troupes : il n'y a donc que les grandes nations qui aient des armées.

Il n'en étoit pas de même dans les anciennes républiques; car cette proportion des soldats au reste du peuple, qui est aujourd'hui comme d'un à cent, y pouvoit être aisément comme d'un à huit.

Les fondateurs des anciennes républiques avoient également partagé les terres : cela seul faisoit un peuple puissant, c'est-à-dire une société bien réglée; cela faisoit aussi une bonne armée, chacun ayant un égal intérêt, et très grand, à défendre sa patrie.

Quand les lois n'étoient plus rigidement obser-

vées, les choses revenoient au point où elles sont à présent parmi nous : l'avarice de quelques particuliers, et la prodigalité des autres, faisoient passer les fonds de terre dans peu de mains, et d'abord les arts s'introduisoient pour les besoins mutuels des riches et des pauvres. Cela faisoit qu'il n'y avoit presque plus de citoyens ni de soldats; car les fonds de terre, destinés auparavant à l'entretien de ces derniers, étoient employés à l'entretien de ces derniers, étoient employés à l'entretien des esclaves et des artisans, instruments du luxe des nouveaux possesseurs : sans quoi l'état, qui malgré son déréglement doit subsister, auroit péri. Avant la corruption, les revenus primitifs de l'état étoient partagés entre les soldats, c'est-à-dire les laboureurs : lorsque la république étoit corrompue, ils passoient d'abord à des hommes riches qui les rendoient aux esclaves et aux artisans, d'où on en retiroit, par le moyen des tributs, une partie pour l'entretien des soldats.

Or ces sortes de gens n'étoient guère propres à la guerre : ils étoient lâches, et déja corrompus par le luxe des villes, et souvent par leur art même; outre que, comme ils n'avoient point proprement de patrie, et qu'ils jouissoient de leur industrie partout, ils avoient peu à perdre ou à conserver.

Dans un dénombrement de Rome fait quelque temps après l'expulsion des rois [1], et dans celui que Démétrius de Phalère fit à Athènes [2], il se trouva à peu près le même nombre d'habitants : Rome en avoit quatre cent quarante mille, Athènes quatre cent trente et un mille. Mais ce dénombrement de Rome tombe dans un temps où elle étoit dans la force de son institution, et celui d'Athènes dans un temps où elle étoit entièrement corrompue. On trouva que le nombre des citoyens pubères faisoit à Rome le quart de ses habitants, et qu'il faisoit à Athènes un peu moins du vingtième : la puissance de Rome étoit donc à celle d'Athènes, dans ces divers temps, à peu près comme un quart est à un vingtième, c'est-à-dire qu'elle étoit cinq fois plus grande.

Les rois Agis et Cléomènes voyant qu'au lieu de neuf mille citoyens qui étoient à Sparte du temps de Lycurgue [3], il n'y en avoit plus que sept cents, dont à peine cent possédoient des terres [4], et que

cronpe des chevaux, ou combattoient à pied. (VALÈRE MAXIME, liv. II; TITE-LIVE, liv. XXVI.)

[1] Fragment de Polybe, rapporté par Suidas au mot μαχαίρα

[2] De Bello judaico, lib. III.

[1] C'est le dénombrement dont parle Denys d'Halicarnasse dans le livre IX, art. 25, et qui me paroît être le même que celui qu'il rapporte à la fin de son sixième livre, qui fut fait seize ans après l'expulsion des rois.

[2] CTÉSICLÈS, dans Athénée, liv. VI.

[3] C'étoient des citoyens de la ville appelés proprement Spartiates. Lycurgue fit pour eux neuf mille parts; il en donna trente mille aux autres habitants. Voyez Plutarque, Vie de Lycurgue.

[4] Voyez Plutarque, Vie d'Agis et de Cléomènes.

tout le reste n'étoit qu'une populace sans courage, ils entreprirent de rétablir des lois à cet égard [1] ; et Lacédémone reprit sa première puissance, et redevint formidable à tous les Grecs.

Ce fut le partage égal des terres qui rendit Rome capable de sortir d'abord de son abaissement, et cela se sentit bien quand elle fut corrompue.

Elle étoit une petite république, lorsque, les Latins ayant refusé le secours de troupes qu'ils étoient obligés de donner, on leva sur-le-champ dix légions dans la ville [2]. « A peine à présent, dit » Tite-Live, Rome, que le monde entier ne peut » contenir, en pourroit-elle faire autant si un » ennemi paroissoit tout-à-coup devant ses mu- » railles : marque certaine que nous ne nous som- » mes point agrandis, et que nous n'avons fait » qu'augmenter le luxe et les richesses qui nous » travaillent. »

» Dites-moi, disoit Tibérius Gracchus aux no- » bles [3], qui vaut mieux, un citoyen, ou un esclave » perpétuel ; un soldat, ou un homme inutile à la » guerre ? Voulez-vous, pour avoir quelques ar- » pents de terre plus que les autres citoyens, re- » noncer à l'espérance de la conquête du reste du » monde, ou vous mettre en danger de vous voir » enlever par les ennemis ces terres que vous nous » refusez ? »

⚬⚬⚬⚬⚬⚬⚬⚬

CHAPITRE IV.

Des Gaulois. — De Pyrrhus. — Parallèle de Carthage et de Rome. — Guerre d'Annibal.

Les Romains eurent bien des guerres avec les Gaulois. L'amour de la gloire, le mépris de la mort, l'obstination pour vaincre, étoient les mêmes dans les deux peuples, mais les armes étoient différentes. Le bouclier des Gaulois étoit petit, et leur épée mauvaise : aussi furent-ils traités à peu près comme, dans les derniers siècles, les Mexicains l'ont été par les Espagnols. Et ce qu'il y a de surprenant, c'est que ces peuples, que les Romains rencontrèrent dans presque tous les lieux et dans presque tous les temps, se laissèrent détruire les uns après les autres, sans jamais connoître, chercher ni prévenir la cause de leurs malheurs.

[1] Voyez Plutarque, *Vie d'Agis et de Cléomènes.*
[2] TITE-LIVE, première décade, liv. VII. Ce fut quelque temps après la prise de Rome, sous le consulat de L. Furius Camillus et de Ap. Claudius Crassus.
[3] APPIEN, *de la Guerre civile*, liv. I.

Pyrrhus vint faire la guerre aux Romains dans le temps qu'ils étoient en état de lui résister et de s'instruire par ses victoires : il leur apprit à se retrancher, à choisir et à disposer un camp, il les accoutuma aux éléphants, et les prépara pour de plus grandes guerres [1].

La grandeur de Pyrrhus ne consistoit que dans ses qualités personnelles [2]. Plutarque nous dit qu'il fut obligé de faire la guerre de Macédoine parce qu'il ne pouvoit entretenir huit mille hommes de pied et cinq cents chevaux qu'il avoit [3]. Ce prince, maître d'un petit état dont on n'a plus entendu parler après lui, étoit un aventurier qui faisoit des entreprises continuelles, parce qu'il ne pouvoit subsister qu'en entreprenant.

Tarente, son alliée, avoit bien dégénéré de l'institution des Lacédémoniens, ses ancêtres [4]. Il auroit pu faire de grandes choses avec les Samnites ; mais les Romains les avoient presque détruits.

Carthage, devenue riche plus tôt que Rome, avoit aussi été plus tôt corrompue : ainsi, pendant qu'à Rome les emplois publics ne s'obtenoient que par la vertu, et ne donnoient d'utilité que l'honneur et une préférence aux fatigues, tout ce que le public peut donner aux particuliers se vendoit à Carthage, et tout service rendu par les particuliers y étoit payé par le public.

La tyrannie d'un prince ne met pas un état plus près de sa ruine que l'indifférence pour le bien commun n'y met une république. L'avantage d'un état libre est que les revenus y sont mieux administrés ; mais lorsqu'ils le sont plus mal, l'avantage d'un état libre est qu'il n'y a point de favoris ; mais quand cela n'est pas, et qu'au lieu des amis et des parents du prince il faut faire la fortune des amis et des parents de tous ceux qui ont part au gouvernement, tout est perdu ; les lois y sont plus éludées plus dangereusement qu'elles ne sont violées par un prince qui, étant toujours le plus grand citoyen de l'état, a le plus d'intérêt à sa conservation.

[1] La guerre de Pyrrhus ouvrit l'esprit aux Romains : avec un ennemi qui avoit tant d'expérience, ils devinrent plus industrieux et plus éclairés qu'ils n'étoient auparavant. Ils trouvèrent le moyen de se garantir des éléphants, qui avoient mis le désordre dans les légions, au premier combat ; ils évitèrent les plaines, et cherchèrent des lieux avantageux contre une cavalerie qu'ils avoient méprisée mal à propos. Ils apprirent ensuite à former leur camp sur celui de Pyrrhus, après avoir admiré l'ordre et la distinction de ses troupes, tandis que chez eux tout étoit en confusion. (SAINT-ÉVREMOND, *Réflexions sur les divers génies du peuple romain dans les différents temps de la république*, ch. VI.)
[2] Voyez un fragment du livre I de Dion, dans l'*Extrait des vertus et des vices.*
[3] *Vie de Pyrrhus.* [4] JUSTIN, liv. XX.

9.

Des anciennes mœurs, un certain usage de la pauvreté, rendoient à Rome les fortunes à peu près égales; mais à Carthage des particuliers avoient les richesses des rois.

De deux factions qui régnoient à Carthage, l'une vouloit toujours la paix, et l'autre toujours la guerre; de façon qu'il étoit impossible d'y jouir de l'une ni d'y bien faire l'autre.

Pendant qu'à Rome la guerre réunissoit d'abord tous les intérêts, elle les séparoit encore plus à Carthage [1].

Dans les états gouvernés par un prince les divisions s'apaisent aisément, parce qu'il a dans ses mains une puissance coërcitive qui ramène les deux partis; mais dans une république elles sont plus durables, parce que le mal attaque ordinairement la puissance même qui pourroit le guérir.

A Rome, gouvernée par les lois, le peuple souffroit que le sénat eût la direction des affaires; à Carthage, gouvernée par des abus, le peuple vouloit tout faire par lui-même.

Carthage, qui faisoit la guerre avec son opulence contre la pauvreté romaine, avoit, par cela même, du désavantage : l'or et l'argent s'épuisent; mais la vertu, la constance, la force et la pauvreté ne s'épuisent jamais.

Les Romains étoient ambitieux par orgueil, et les Carthaginois par avarice; les uns vouloient commander, les autres vouloient acquérir; et ces derniers, calculant sans cesse la recette et la dépense, firent toujours la guerre sans l'aimer.

Des batailles perdues, la diminution du peuple, l'affoiblissement du commerce, l'épuisement du trésor public, le soulèvement des nations voisines, pouvoient faire accepter à Carthage les conditions de paix les plus dures; mais Rome ne se conduisoit point par le sentiment des biens et des maux; elle ne se déterminoit que par sa gloire; et comme elle n'imaginoit point qu'elle pût être si elle ne commandoit pas, il n'y avoit point d'espérance, ni de crainte, qui pût l'obliger à faire une paix qu'elle n'auroit point imposée.

Il n'y a rien de si puissant qu'une république où l'on observe les lois, non pas par crainte, non pas par raison, mais par passion, comme furent Rome et Lacédémone; car pour lors il se joint à la sagesse d'un bon gouvernement toute la force que pourroit avoir une faction.

Les Carthaginois se servoient de troupes étrangères, et les Romains employoient les leurs [1]. Comme ces derniers n'avoient jamais regardé le vaincus que comme des instruments pour de triomphes futurs, ils rendirent soldats tous le peuples qu'ils avoient soumis; et plus ils eurent d peine à les vaincre, plus ils les jugèrent propre à être incorporés dans leur république. Ainsi nou voyons les Samnites, qui ne furent subjugué qu'après vingt-quatre triomphes [2] devenir le auxiliaires des Romains; et, quelque temps avan la seconde guerre punique, ils tirèrent d'eux et d leurs alliés, c'est-à-dire d'un pays qui n'étoit guèr plus grand que les états du pape et de Naples, sept cent mille hommes de pied, et soixante e dix mille de cheval, pour opposer aux Gaulois [3].

Dans le fort de la seconde guerre punique Rome eut toujours sur pied de vingt-deux à vingt quatre légions; cependant il paroît par Tite-Liv que le cens n'étoit pour lors que d'environ cent trente-sept mille citoyens.

Carthage employoit plus de forces pour attaquer; Rome, pour se défendre; celle-ci, comme on vient de dire, arma un nombre d'hommes prodigieux contre les Gaulois et Annibal qui l'attaquoient, et elle n'envoya que deux légions contre les plus grands rois : ce qui rendit ses forces éternelles.

L'établissement de Carthage dans son pays étoit moins solide que celui de Rome dans le sien : cette dernière avoit trente colonies autour d'elle, qui en étoient comme les remparts [4]. Avant la bataille de Cannes, aucun allié ne l'avoit abandonnée : c'est que les Samnites et les autres peuples d'Italie étoient accoutumés à sa domination.

La plupart des villes d'Afrique étant peu fortifiées se rendoient d'abord à quiconque se présentoit pour les prendre; aussi tous ceux qui y débarquèrent, Agathocle, Régulus, Scipion, mirentils d'abord Carthage au désespoir.

On ne peut guère attribuer qu'à un mauvais

[1] La présence d'Annibal fit cesser parmi les Romains toutes les divisions; mais la présence de Scipion aigrit celles qui étoient déja parmi les Carthaginois : elle ôta au gouvernement tout ce qui lui restoit de force; les généraux, le sénat, les grands, devinrent plus suspects au peuple, et le peuple devint plus furieux. Voyez dans Appien toute cette guerre du premier Scipion.

[1] Carthage étant établie sur le commerce, et Rome fondée sur les armes, la première employoit des étrangers pour ses guerres, et ses citoyens pour son trafic; l'autre se faisoit des citoyens de tout le monde, et de ses citoyens des soldats. (SAINT-ÉVREMOND.)

[2] FLORUS, liv. I.

[3] Voyez Polybe. Le *Sommaire* de Florus dit qu'ils levèrent trois cent mille hommes dans la ville et chez les Latins.

[4] TITE-LIVE, liv. XXVII. — Ces colonies, établies de tous côtés dans l'empire, faisoient deux effets admirables : l'un de décharger la ville d'un grand nombre de citoyens, et la plupart pauvres; l'autre de garder les postes principaux, et d'accoutumer peu à peu les peuples étrangers aux mœurs romaines. (BOSSUET, *Disc. sur l'Hist. univ.*, troisième partie, ch. VI.)

gouvernement ce qui leur arriva dans toute la guerre que leur fit le premier Scipion : leur ville et leurs armées même étoient affamées, tandis que les Romains étoient dans l'abondance de toutes choses[1].

Chez les Carthaginois, les armées qui avoient été battues devenoient plus insolentes ; quelquefois elles mettoient en croix leurs généraux, et les punissoient de leur propre lâcheté. Chez les Romains, le consul décimoit les troupes qui avoient fui, et les ramenoit contre les ennemis.

Le gouvernement des Carthaginois étoit très-dur[2] : ils avoient si fort tourmenté les peuples d'Espagne, que, lorsque les Romains y arrivèrent, ils furent regardés comme des libérateurs ; et, si l'on fait attention aux sommes immenses qu'il leur en coûta pour soutenir une guerre où ils succombèrent, on verra bien que l'injustice est mauvaise ménagère, et qu'elle ne remplit pas même ses vues.

La fondation d'Alexandrie avoit beaucoup diminué le commerce de Carthage. Dans les premiers temps, la superstition bannissoit en quelque façon les étrangers de l'Égypte ; et, lorsque les Perses l'eurent conquise, ils n'avoient songé qu'à affoiblir leur nouveaux sujets ; mais, sous les rois grecs, l'Égypte fit presque tout le commerce du monde, et celui de Carthage commença à déchoir.

Les puissances établies par le commerce peuvent subsister long-temps dans leur médiocrité ; mais leur grandeur est de peu de durée. Elles s'élèvent peu à peu, et sans que personne s'en aperçoive ; car elles ne font aucun acte particulier qui fasse du bruit et signale leur puissance ; mais, lorsque la chose est venue au point qu'on ne peut plus s'empêcher de la voir, chacun cherche à priver cette nation d'un avantage qu'elle n'a pris, pour ainsi dire, que par surprise.

La cavalerie carthaginoise valoit mieux que la romaine, par deux raisons : l'une, que les chevaux numides et espagnols étoient meilleurs que ceux d'Italie ; et l'autre, que la cavalerie romaine étoit mal armée : car ce ne fut que dans les guerres que les Romains firent en Grèce qu'ils changèrent de manière, comme nous l'apprennent de Polybe[3].

Dans la première guerre punique, Régulus fut battu dès que les Carthaginois choisirent les plaines pour faire combattre leur cavalerie ; et dans la seconde, Annibal dut à ses Numides ses principales victoires[1].

Scipion ayant conquis l'Espagne, et fait alliance avec Massinisse, ôta aux Carthaginois cette supériorité. Ce fut la cavalerie numide qui gagna la bataille de Zama, et finit la guerre.

Les Carthaginois avoient plus d'expérience sur la mer, et connoissoient mieux la manœuvre que les Romains ; mais il me semble que cet avantage n'étoit pas pour lors si grand qu'il le seroit aujourd'hui.

Les anciens n'ayant pas la boussole ne pouvoient guère naviguer que sur les côtes ; aussi ils ne se servoient que de bâtiments à rames, petits et plats ; presque toutes les rades étoient pour eux des ports ; la science des pilotes étoit très-bornée, et leur manœuvre très-peu de chose : aussi Aristote disoit-il[2] qu'il étoit inutile d'avoir un corps de mariniers, et que les laboureurs suffisoient pour cela.

L'art étoit si imparfait, qu'on ne faisoit guère avec mille rames que ce qui se fait aujourd'hui avec cent[3].

Les grands vaisseaux étoient désavantageux, en ce qu'étant difficilement mus par la chiourme, ils ne pouvoient pas faire les évolutions nécessaires. Antoine en fit à Actium une funeste expérience[4] : ses navires ne pouvoient se remuer, pendant que ceux d'Auguste, plus légers, les attaquoient de toutes parts.

Les vaisseaux anciens étant à rames, les plus légers brisoient aisément celles des plus grands, qui pour lors n'étoient plus que des machines immobiles, comme sont aujourd'hui nos vaisseaux démâtés.

Depuis l'invention de la boussole, on a changé de manière ; on a abandonné les rames[5], on a fui les côtes, on a construit de gros vaisseaux ; la machine est devenue plus composée, et les pratiques se sont multipliées.

L'invention de la poudre a fait une chose qu'on n'auroit pas soupçonnée : c'est que la force des armées navales a plus que jamais consisté dans l'art ; car, pour résister à la violence du canon,

[1] Voyez Appien, *lib. Libyc.*
[2] Voyez ce que Polybe dit de leurs exactions, surtout dans le fragment du livre IX. *Extrait des vertus et des vices.*
[3] Liv. VI.

[1] Des corps entiers de Numides passèrent du côté des Romains, qui dès lors commencèrent à respirer.
[2] *Politique*, liv. VII, chap. vi.
[3] Voyez ce que dit Perrault sur les rames des anciens. *Essai de physique*, tit. 3, *Mécanique des animaux.*
[4] La même chose arriva à la bataille de Salamine. (PLUTARQUE, *Vie de Thémistocle.*) — L'histoire est pleine de faits pareils.
[5] En quoi on peut juger de l'imperfection de la marine des anciens, puisque nous avons abandonné une pratique dans laquelle nous avions tant de supériorité sur eux.

et ne pas essuyer un feu supérieur, il a fallu de gros navires. Mais à la grandeur de la machine on a dû proportionner la puissance de l'art.

Les petits vaisseaux d'autrefois s'accrochoient soudain, et les soldats combattoient des deux parts; on mettoit sur une flotte toute une armée de terre. Dans la bataille navale que Régulus et son collègue gagnèrent, on vit combattre cent trente mille Romains contre cent cinquante mille Carthaginois. Pour lors les soldats étoient pour beaucoup, et les gens de l'art pour peu; à présent les soldats sont pour rien, ou pour peu, et les gens de l'art pour beaucoup.

La victoire du consul Duillius fait bien sentir cette différence. Les Romains n'avoient aucune connoissance de la navigation; une galère carthaginoise échoua sur leurs côtes; ils se servirent de ce modèle pour en bâtir : en trois mois de temps leurs matelots furent dressés, leur flotte fut construite, équipée, elle mit à la mer, elle trouva l'armée navale des Carthaginois, et la battit.

A peine à présent toute une vie suffit-elle à un prince pour former une flotte capable de paroître devant une puissance qui a déjà l'empire de la mer : c'est peut-être la seule chose que l'argent seul ne peut pas faire. Et si de nos jours un grand prince réussit d'abord[1], l'expérience a fait voir à d'autres que c'est un exemple qui peut être plus admiré que suivi[2].

La seconde guerre punique est si fameuse que tout le monde la sait. Quand on examine bien cette foule d'obstacles qui se présentèrent devant Annibal, et que cet homme extraordinaire surmonta tous, on a le plus beau spectacle que nous ait fourni l'antiquité.

Rome fut un prodige de constance. Après les journées du Tésin, de Trébies, et de Trasimène; après celle de Cannes, plus funeste encore, abandonnée de presque tous les peuples d'Italie, elle ne demanda point la paix. C'est que le sénat ne se départoit jamais des maximes anciennes : il agissoit avec Annibal comme il avoit agi autrefois avec Pyrrhus, à qui il avoit refusé de faire aucun accommodement tandis qu'il seroit en Italie; et je trouve dans Denys d'Halicarnasse[3] que, lors de la négociation de Coriolan, le sénat déclara qu'il ne violeroit point ses coutumes anciennes; que le peuple romain ne pouvoit faire de paix tandis que les ennemis étoient sur ses terres; mais que, si les Volsques se retiroient, on accorderoit tout ce qui seroit juste.

[1] Louis XIV. [2] L'Espagne et la Moscovie.
[3] *Antiquités romaines*, liv. VIII.

Rome fut sauvée par la force de son institution. Après la bataille de Cannes, il ne fut pas permis aux femmes même de verser des larmes; le sénat refusa de racheter les prisonniers, et envoya les misérables restes de l'armée faire la guerre en Sicile, sans récompense, ni aucun honneur militaire, jusqu'à ce qu'Annibal fût chassé d'Italie[1].

D'un autre côté, le consul Térentius Varron avoit fui honteusement jusqu'à Venouse; cet homme, de la plus basse naissance, n'avoit été élevé au consulat que pour mortifier la noblesse. Mais le sénat ne voulut pas jouir de ce malheureux triomphe; il vit combien il étoit nécessaire qu'il s'attirât dans cette occasion la confiance du peuple : il alla au-devant de Varron, et le remercia de ce qu'il n'avoit pas désespéré de la république[2].

Ce n'est pas ordinairement la perte réelle que l'on fait dans une bataille (c'est-à-dire celle de quelques milliers d'hommes) qui est funeste à un état, mais la perte imaginaire et le découragement qui le prive des forces mêmes que la fortune lui avoit laissées.

Il y a des choses que tout le monde dit, parce qu'elles ont été dites une fois. On croit qu'Annibal fit une faute insigne de n'avoir point été assiéger Rome après la bataille de Cannes[3]. Il est vrai que d'abord la frayeur y fut extrême; mais il n'en est pas de la consternation d'un peuple belliqueux, qui se tourne presque toujours en courage, comme de celle d'une vile populace qui ne sent que sa foiblesse. Une preuve qu'Annibal n'auroit pas réussi, c'est que les Romains se trouvèrent encore en état d'envoyer partout du secours.

On dit encore qu'Annibal fit une grande faute de mener son armée à Capoue, où elle s'amollit; mais l'on ne considère point que l'on ne remonte pas à la vraie cause. Les soldats de cette armée, devenus riches après tant de victoires, n'auroient-ils pas trouvé partout Capoue? Alexandre, qui commandoit à ses propres sujets, prit dans une occasion pareille un expédient qu'Annibal, qui n'avoit que des troupes mercenaires, ne pouvoit

[1] Après la bataille de Cannes, où tout autre état eût succombé à sa mauvaise fortune, il n'y eut pas un mouvement de foiblesse parmi le peuple, pas une pensée qui n'allât au bien de la république. Tous les ordres, tous les rangs, toutes les conditions s'épuisèrent volontairement : l'honneur étoit à retenir le moins, la honte à garder le plus. (SAINT-ÉVREMOND.)
[2] Le sénat l'en remercia publiquement; et dès lors on résolut, selon les anciennes maximes, de n'écouter dans ce triste état aucune proposition de paix. L'ennemi fut étonné; le peuple reprit cœur, et crut avoir des ressources que le sénat connoissoit par sa prudence. (BOSSUET, *Disc. sur l'Hist. univ.* troisième partie, ch. VI.)
[3] Voyez Saint-Évremond, *Réflexions sur les divers génies du peuple romain*, etc., ch. VII.

pas prendre : il fit mettre le feu au bagage de ses soldats, et brûla toutes leurs richesses et les siennes. On nous dit que Koulikan, après la conquête des Indes, ne laissa à chaque soldat que cent roupies d'argent [1].

Ce furent les conquêtes mêmes d'Annibal qui commencèrent à changer la fortune de cette guerre. Il n'avoit pas été envoyé en Italie par les magistrats de Carthage ; il recevoit très-peu de secours, soit par la jalousie d'un parti, soit par la trop grande confiance de l'autre. Pendant qu'il resta avec son armée ensemble, il battit les Romains ; mais lorsqu'il fallut qu'il mit des garnisons dans les villes, qu'il défendît ses alliés, qu'il assiégeât les places, ou qu'il les empêchât d'être assiégées, ses forces se trouvèrent trop petites ; et il perdit en détail une partie de son armée. Les conquêtes sont aisées à faire, parce qu'on les fait avec toutes ses forces ; elles sont difficiles à conserver, parce qu'on ne les défend qu'avec une partie de ses forces.

CHAPITRE V.

De l'état de la Grèce, de la Macédoine, de la Syrie et de l'Égypte, après l'abaissement des Carthaginois.

Je m'imagine qu'Annibal disoit très-peu de bons mots, et qu'il en disoit encore moins en faveur de Fabius et de Marcellus contre lui-même. J'ai du regret de voir Tite-Live jeter ses fleurs sur ces énormes colosses de l'antiquité : je voudrois qu'il eût fait comme Homère, qui néglige de les parer, et qui sait si bien les faire mouvoir.

Encore faudroit-il que les discours qu'on fait tenir à Annibal fussent sensés. Que si, en apprenant la défaite de son frère, il avoua qu'il en prévoyoit la ruine de Carthage, je ne sache rien de plus propre à désespérer des peuples qui s'étoient donnés à lui, et à décourager une armée qui attendoit de si grandes récompenses après la guerre.

Comme les Carthaginois en Espagne, en Sicile, et en Sardaigne, n'opposoient aucune armée qui ne fût malheureuse, Annibal, dont les ennemis se fortifioient sans cesse, fut réduit à une guerre défensive. Cela donna aux Romains la pensée de porter la guerre en Afrique : Scipion y descendit. Les succès qu'il y eut obligèrent les Carthaginois à rappeler d'Italie Annibal, qui pleura de douleur

en cédant aux Romains cette terre où il les avoit tant de fois vaincus.

Tout ce que peut faire un grand homme d'état et un grand capitaine, Annibal le fit pour sauver sa patrie : n'ayant pu porter Scipion à la paix, il donna une bataille où la fortune sembla prendre plaisir à confondre son habileté, son expérience, et son bon sens.

Carthage reçut la paix, non pas d'un ennemi, mais d'un maître ; elle s'obligea de payer dix mille talents en cinquante années, à donner des otages, à livrer ses vaisseaux et ses éléphants, à ne faire la guerre à personne sans le consentement du peuple romain ; et, pour la tenir toujours humiliée, on augmenta la puissance de Massinisse, son ennemi éternel.

Après l'abaissement des Carthaginois, Rome n'eut presque plus que de petites guerres, et de grandes victoires ; au lieu qu'auparavant elle avoit eu de petites victoires, et de grandes guerres.

Il y avoit dans ces temps-là comme deux mondes séparés : dans l'un combattoient les Carthaginois et les Romains ; l'autre étoit agité par des querelles qui duroient depuis la mort d'Alexandre : on n'y pensoit point à ce qui se passoit en Occident ; car, quoique Philippe, roi de Macédoine, eût fait un traité avec Annibal, il n'eut presque point de suite ; et ce prince, qui n'accorda aux Carthaginois que de très-foibles secours, ne fit que témoigner aux Romains une mauvaise volonté inutile.

Lorsqu'on voit deux grands peuples se faire une guerre longue et opiniâtre, c'est souvent une mauvaise politique de penser qu'on peut demeurer spectateur tranquille ; car celui des deux peuples qui est le vainqueur entreprend d'abord de nouvelles guerres, et une nation de soldats va combattre contre des peuples qui ne sont que citoyens.

Ceci parut bien clairement dans ces temps-là ; car les Romains eurent à peine dompté les Carthaginois, qu'ils attaquèrent de nouveaux peuples, et parurent dans toute la terre pour tout envahir.

Il n'y avoit pour lors dans l'Orient que quatre puissances capables de résister aux Romains : la Grèce, et les royaumes de Macédoine, de Syrie, et d'Égypte. Il faut voir quelle étoit la situation de ces deux premières puissances ; parce que les Romains commencèrent par les soumettre.

[1] Histoire de sa vie; Paris, 1742, page 402.

[1] Il est surprenant, comme Josèphe le remarque dans le livre contre Appion, qu'Hérodote ni Thucydide n'aient jamais parlé des Romains, quoiqu'ils eussent fait de si grandes guerres.

Il y avoit dans la Grèce trois peuples considérables : les Étoliens, les Achaïens, et les Béotiens; c'étoient des associations de villes libres, qui avoient des assemblées générales et des magistrats communs. Les Étoliens étoient belliqueux, hardis, téméraires, avides du gain, toujours libres de leur parole et de leurs serments, enfin faisant la guerre sur la terre comme les pirates la font sur la mer. Les Achaïens étoient sans cesse fatigués par des voisins ou des défenseurs incommodes. Les Béotiens, les plus épais de tous les Grecs, prenoient le moins de part qu'ils pouvoient aux affaires générales : uniquement conduits par le sentiment présent du bien et du mal, ils n'avoient pas assez d'esprit pour qu'il fût facile aux orateurs de les agiter; et, ce qu'il y a d'extraordinaire, leur république se maintenoit dans l'anarchie même [1].

Lacédémone avoit conservé sa puissance, c'est-à-dire cet esprit belliqueux que lui donnoient les institutions de Lycurgue. Les Thessaliens étoient en quelque façon asservis par les Macédoniens. Les rois d'Illyrie avoient déja été extrêmement abattus par les Romains. Les Acarnaniens et les Athamanes étoient à tour à tour ravagés par les forces de la Macédoine et de l'Étolie. Les Athéniens, sans force par eux-mêmes, et sans alliés [2], n'étonnoient plus le monde que par leurs flatteries envers les rois; et l'on ne montoit plus sur la tribune où avoit parlé Démosthène que pour proposer les décrets les plus lâches et les plus scandaleux.

D'ailleurs la Grèce étoit redoutable par sa situation, sa force, la multitude de ses villes, le nombre de ses soldats, sa police, ses mœurs, ses lois; elle aimoit la guerre, elle en connoissoit l'art; et elle auroit été invincible si elle avoit été unie.

Elle avoit bien été étonnée par le premier Philippe, Alexandre, et Antipater, mais non pas subjuguée; et les rois de Macédoine, qui ne pouvoient se résoudre à abandonner leurs prétentions et leurs espérances, s'obstinoient à travailler à l'asservir.

La Macédoine étoit presque entourée de montagnes inaccessibles; les peuples en étoient très-propres à la guerre, courageux, obéissants, in-

dustrieux, infatigables; et il falloit bien qu'ils tinssent ces qualités-là du climat, puisque encore aujourd'hui les hommes de ces contrées sont les meilleurs soldats de l'empire des Turcs.

La Grèce se maintenoit par une espèce de balance : les Lacédémoniens étoient pour l'ordinaire alliés des Étoliens; et les Macédoniens l'étoient des Achaïens. Mais, par l'arrivée des Romains, tout équilibre fut rompu.

Comme les rois de Macédoine ne pouvoient pas entretenir un grand nombre de troupes [1], le moindre échec étoit de conséquence; d'ailleurs ils pouvoient difficilement s'agrandir parce que leurs desseins n'étant pas inconnus, on avoit toujours les yeux ouverts sur leurs démarches; et les succès qu'ils avoient dans les guerres entreprises pour leurs alliés étoient un mal que ces mêmes alliés cherchoient d'abord à réparer.

Mais les rois de Macédoine étoient ordinairement des princes habiles. Leur monarchie n'étoit pas du nombre de celles qui vont par une espèce d'allure donnée dans le commencement. Continuellement instruits par les périls et par les affaires, embarrassés dans tous les démêlés des Grecs, il leur falloit gagner les principaux des villes, éblouir les peuples, et diviser ou réunir les intérêts; enfin ils étoient obligés de payer de leur personne à chaque instant.

Philippe, qui dans le commencement de son règne s'étoit attiré l'amour et la confiance des Grecs par sa modération, changea tout-à-coup; il devint un cruel tyran dans un temps où il auroit dû être juste par politique et par ambition [2]. Il voyoit, quoique de loin, les Carthaginois et les Romains, dont les forces étoient immenses; il avoit fini la guerre à l'avantage de ses alliés, et s'étoit réconcilié avec les Étoliens. Il étoit naturel qu'il pensât à unir toute la Grèce avec lui pour empêcher les étrangers de s'y établir; mais il l'irrita au contraire par de petites usurpations; et, s'amusant à discuter de vains intérêts quand il s'agissoit de son existence, par trois ou quatre mauvaises actions il se rendit odieux et détestable à tous les Grecs.

Les Étoliens furent les plus irrités; et les Romains, saisissant l'occasion de leur ressentiment, ou plutôt de leur folie, firent alliance avec eux, entrèrent dans la Grèce, et l'armèrent contre Philippe.

[1] Les magistrats, pour plaire à la multitude, n'ouvroient plus les tribunaux : les mourants léguoient à leurs amis leurs biens pour être employés en festins. Voyez un fragment du vingtième livre de Polybe, dans l'*Extrait des vertus et des vices*.
[2] Ils n'avoient aucune alliance avec les autres peuples de la Grèce. (POLYBE, liv. VIII.)

[1] Voyez Plutarque, *Vie de Flaminius*.
[2] Voyez dans Polybe les injustices et les cruautés par lesquelles Philippe se décrédita.

Ce prince fut vaincu à la journée des Cynocéphales ; et cette victoire fut due en partie à la valeur des Étoliens. Il fut si fort consterné qu'il se réduisit à un traité qui étoit moins une paix qu'un abandon de ses propres forces : il fit sortir ses garnisons de toute la Grèce, livra ses vaisseaux, et s'obligea de payer mille talents en dix années.

Polybe, avec son bon sens ordinaire, compare l'ordonnance des Romains avec celle des Macédoniens, qui fut prise par tous les rois successeurs d'Alexandre. Il fait voir les avantages et les inconvénients de la phalange et de la légion ; il donne la préférence à l'ordonnance romaine ; et il y a apparence qu'il a raison, si l'on en juge par tous les événements de ces temps-là [1].

Ce qui avoit beaucoup contribué à mettre les Romains en péril dans la seconde guerre punique, c'est qu'Annibal arma d'abord ses soldats à la romaine ; mais les Grecs ne changèrent ni leurs armes, ni leur manière de combattre ; il ne leur vint point dans l'esprit de renoncer à des usages avec lesquels ils avoient fait de si grandes choses.

Le succès que les Romains eurent contre Phi-

lippe fut le plus grand de tous les pas qu'ils firent pour la conquête générale. Pour s'assurer de la Grèce, ils abaissèrent, par toutes sortes de voies, les Étoliens, qui les avoient aidés à vaincre ; de plus, ils ordonnèrent que chaque ville grecque qui avoit été à Philippe, ou à quelque autre prince, se gouverneroit dorénavant par ses propres lois.

On voit bien que ces petites républiques ne pouvoient être que dépendantes. Les Grecs se livrèrent à une joie stupide, et crurent être libres en effet, parce que les Romains les déclaroient tels.

Les Étoliens, qui s'étoient imaginé qu'ils domineroient dans la Grèce, voyant qu'ils n'avoient fait que se donner des maîtres, furent au désespoir ; et comme ils prenoient toujours des résolutions extrêmes, voulant corriger leurs folies par leurs folies, ils appelèrent dans la Grèce Antiochus, roi de Syrie, comme ils y avoient appelé les Romains.

Les rois de Syrie étoient les plus puissants des successeurs d'Alexandre ; car ils possédoient presque tous les états de Darius, à l'Égypte près ; mais il étoit arrivé des choses qui avoient fait que leur puissance s'étoit beaucoup affoiblie.

Séleucus, qui avoit fondé l'empire de Syrie, avoit, à la fin de sa vie, détruit le royaume de Lysimaque. Dans la confusion des choses, plusieurs provinces se soulevèrent : les royaumes de Pergame, de Cappadoce et de Bithynie, se formèrent. Mais ces petits états timides regardèrent toujours l'humiliation de leurs anciens maîtres comme une fortune pour eux.

Comme les rois de Syrie virent toujours avec une envie extrême la félicité du royaume d'Égypte, ils ne songèrent qu'à le conquérir ; ce qui fit que, négligeant l'Orient, ils y perdirent plusieurs provinces, et furent fort mal obéis dans les autres.

Enfin les rois de Syrie tenoient la haute et la basse Asie ; mais l'expérience a fait voir que dans ce cas, lorsque la capitale et les principales forces sont dans les provinces basses de l'Asie, on ne peut pas conserver les hautes ; et que, quand le siège de l'empire est dans les hautes, on s'affoiblit en voulant garder les basses. L'empire des Perses et celui de Syrie ne furent jamais si forts que celui des Parthes, qui n'avoit qu'une partie des provinces des deux premiers. Si Cyrus n'avoit pas conquis le royaume de Lydie, si Séleucus étoit resté à Babylone et avoit laissé les provinces maritimes aux successeurs d'Antigone, l'empire des Perses auroit été invincible pour les Grecs, et ce-

[1] Bossuet, dans son *Discours sur l'Histoire universelle*, expose ces avantages et ces inconvénients, et, après les avoir pesés, se range à l'avis de Polybe, qui du reste a été suivi par Tite-Live et par la plupart des écrivains qui se sont occupés de stratégie. Voici les expressions de l'évêque de Meaux : « Les Macédoniens, si jaloux de conserver l'ancien ordre de leur milice formée par Philippe et par Alexandre, croyoient leur phalange invincible, et ne pouvoient se persuader que l'esprit humain fût capable de trouver quelque chose de plus ferme. Cependant Polybe, et Tite-Live après lui, ont démontré qu'à considérer seulement la nature des armées romaines et de celles des Macédoniens, les dernières ne pouvoient manquer d'être battues à la longue, parce que la phalange macédonienne, qui n'étoit qu'un gros bataillon carré, fort épais de toutes parts, ne pouvoit se mouvoir que tout d'une pièce, au lieu que l'armée romaine, distinguée en petits corps, étoit plus prompte et plus disposée à toute sorte de mouvements.

» Les Romains ont donc trouvé, ou ils ont bientôt appris l'art de diviser les armées en plusieurs bataillons et escadrons, et de former des corps de réserve, dont le mouvement est si propre à pousser ou à soutenir ce qui s'ébranle de part et d'autre. Faites marcher contre des troupes ainsi disposées la phalange macédonienne : cette grosse et lourde machine sera terrible, à la vérité, à une armée sur laquelle elle tombera de tout son poids ; mais, comme parle Polybe, elle ne peut conserver long-temps sa propriété naturelle, c'est-à-dire sa solidité et sa consistance, parce qu'il lui faut des lieux propres et pour ainsi dire faits exprès, et qu'à faute de les trouver elle s'embarrasse elle-même, ou plutôt elle se rompt par son propre mouvement ; joint qu'étant une fois enfoncée elle ne sait plus se rallier, au lieu que l'armée romaine, divisée en ses petits corps, profite de tous les lieux et s'y accommode : ou l'unit et on la sépare comme on veut ; elle défile aisément et se rassemble sans peine ; elle est propre aux détachements, aux ralliements, à toute sorte de conversions et d'évolutions qu'elle fait ou tout entière ou en partie, selon qu'il est convenable ; enfin elle a plus de mouvements divers, et par conséquent plus d'action et plus de force que la phalange. Concluons donc avec Polybe qu'il falloit que la phalange lui cédât, et que la Macédoine fût vaincue » (Troisième partie, ch. VI.)

lui de Séleucus pour les Romains. Il y a de certaines bornes que la nature a données aux états pour mortifier l'ambition des hommes. Lorsque les Romains les passèrent, les Parthes les firent presque toujours périr [1]; quand les Parthes osèrent les passer, ils furent d'abord obligés de revenir; et, de nos jours, les Turcs qui ont avancé au-delà de ces limites, ont été contraints d'y rentrer.

Les rois de Syrie et d'Égypte avoient dans leurs pays deux sortes de sujets : les peuples conquérants et les peuples conquis. Ces premiers, encore pleins de l'idée de leur origine, étoient très-difficilement gouvernés; ils n'avoient point cet esprit d'indépendance qui nous porte à secouer le joug, mais cette impatience qui nous fait desirer de changer de maître.

Mais la foiblesse principale du royaume de Syrie venoit de celle de la cour où régnoient des successeurs de Darius, et non pas d'Alexandre. Le luxe, la vanité, et la mollesse, qui en aucun siècle n'a quitté les cours d'Asie, régnoient surtout dans celle-ci. Le mal passa aux peuples et aux soldats, et devint contagieux pour les Romains mêmes, puisque la guerre qu'ils firent contre Antiochus est la vraie époque de leur corruption.

Telle étoit la situation du royaume de Syrie, lorsque Antiochus, qui avoit fait de grandes choses, entreprit la guerre contre les Romains; mais il ne se conduisit pas même avec la sagesse que l'on emploie dans les affaires ordinaires. Annibal vouloit qu'on renouvelât la guerre en Italie, et qu'on gagnât Philippe, ou qu'on le rendît neutre. Antiochus ne fit rien de cela : il se montra dans la Grèce avec une petite partie de ses forces; et, comme s'il avoit voulu y voir la guerre et non pas la faire, il ne fut occupé que de ses plaisirs. Il fut battu, et s'enfuit en Asie, plus effrayé que vaincu.

Philippe, dans cette guerre, entraîné par les Romains comme par un torrent, les servit de tout son pouvoir, et devint l'instrument de leurs victoires. Le plaisir de se venger et de ravager l'Étolie, la promesse qu'on lui diminueroit le tribut, et qu'on lui laisseroit quelques villes, les jalousies qu'il eut d'Antiochus, enfin de petits motifs, le déterminèrent; et, n'osant concevoir la pensée de secouer le joug, il ne songea qu'à l'adoucir.

Antiochus jugea si mal des affaires qu'il s'imagina que les Romains le laisseroient tranquille en Asie. Mais ils l'y suivirent : il fut vaincu encore;

et, dans sa consternation, il consentit au traité le plus infame qu'un grand prince ait jamais fait.

Je ne sache rien de si magnanime que la résolution que prit un monarque qui a régné de nos jours [1], de s'ensevelir plutôt sous les débris du trône que d'accepter des propositions qu'un roi ne doit pas entendre : il avoit l'ame trop fière pour descendre plus bas que ses malheurs ne l'avoient mis; et il savoit bien que le courage peut raffermir une couronne, et que l'infamie ne le fait jamais.

C'est une chose commune de voir des princes qui savent donner une bataille. Il y en a bien peu qui sachent faire une guerre, qui soient également capables de se servir de la fortune et de l'attendre, et qui, avec cette disposition d'esprit qui donne de la méfiance avant que d'entreprendre, aient celle de ne craindre plus rien après avoir entrepris.

Après l'abaissement d'Antiochus, il ne restoit plus que de petites puissances, si l'on en excepte l'Égypte, qui, par sa situation, sa fécondité, son commerce, le nombre de ses habitants, ses forces de mer et de terre, auroit pu être formidable; mais la cruauté de ses rois, leur lâcheté, leur avarice, leur imbécilité, leurs affreuses voluptés, les rendirent si odieux à leurs sujets, qu'ils ne se soutinrent, la plupart du temps, que par la protection des Romains.

C'étoit en quelque façon une loi fondamentale de la couronne d'Égypte, que les sœurs succédoient avec les frères; et, afin de maintenir l'unité dans le gouvernement, on marioit le frère avec la sœur. Or il est difficile de rien imaginer de plus pernicieux dans la politique qu'un pareil ordre de succession : car tous les petits démêlés domestiques devenant des désordres dans l'état, celui des deux qui avoit le moindre chagrin soulevoit d'abord contre l'autre le peuple d'Alexandrie, populace immense toujours prête à se joindre au premier de ses rois qui vouloit l'agiter. De plus, les royaumes de Cyrène et de Chypre étant ordinairement entre les mains d'autres princes de cette maison, avec des droits réciproques sur le tout, il arrivoit qu'il y avoit presque toujours des princes régnants et des prétendants à la couronne; que ces rois étoient sur un trône chancelant; et que, mal établis au-dedans, ils étoient sans pouvoir au-dehors.

Les forces des rois d'Égypte, comme celle des autres rois d'Asie, consistoient dans leurs auxi-

[1] J'en dirai les raisons au chapitre xv. Elles sont tirées en partie de la disposition géographique des deux empires.

[1] Louis XIV.

liaires grecs. Outre l'esprit de liberté, d'honneur et de gloire, qui animoit les Grecs, ils s'occupoient sans cesse à toutes sortes d'exercices du corps; ils avoient dans leurs principales villes des jeux établis, où les vainqueurs obtenoient des couronnes aux yeux de toute la Grèce : ce qui donnoit une émulation générale. Or, dans un temps où l'on combattoit avec des armes dont le succès dépendoit de la force et de l'adresse de celui qui s'en servoit, on ne peut douter que des gens ainsi exercés n'eussent de grands avantages sur cette foule de barbares pris indifféremment, et menés sans choix à la guerre, comme les armées de Darius le firent bien voir.

Les Romains, pour priver les rois d'une telle milice, et leur ôter sans bruit leurs principales forces, firent deux choses : premièrement, ils établirent peu à peu, comme une maxime chez les villes grecques, qu'ils ne pourroient avoir aucune alliance, accorder du secours, ou faire la guerre à qui que ce fût, sans leur consentement; de plus, dans leurs traités avec les rois, ils leur défendirent de faire aucunes levées chez les alliés des Romains : ce qui les réduisit à leurs troupes nationales [1].

CHAPITRE VI.

De la conduite que les Romains tinrent pour soumettre tous les peuples.

Dans le cours de tant de prospérités, où l'on se néglige pour l'ordinaire, le sénat agissoit toujours avec la même profondeur; et, pendant que les armées consternoient tout, il tenoit à terre ceux qu'il trouvoit abattus.

Il s'érigea en tribunal qui jugea tous les peuples : à la fin de chaque guerre, il décidoit des peines et des récompenses que chacun avoit méritées. Il ôtoit une partie du domaine du peuple vaincu pour la donner aux alliés; en quoi il faisoit deux choses : il attachoit à Rome des rois dont elle avoit peu à craindre, et beaucoup à espérer; et il en affoiblissoit d'autres dont elle n'avoit rien à espérer, et tout à craindre.

On se servoit des alliés pour faire la guerre à un ennemi; mais, d'abord, on détruisit les destructeurs. Philippe fut vaincu par le moyen des Étoliens, qui furent anéantis d'abord après pour s'être joints à Antiochus. Antiochus fut vaincu par le secours des Rhodiens; mais, après qu'on leur

eut donné des récompenses éclatantes, on les humilia pour jamais, sous prétexte qu'ils avoient demandé qu'on fît la paix avec Persée.

Quand ils avoient plusieurs ennemis sur les bras, ils accordoient une trève au plus foible, qui se croyoit heureux de l'obtenir, comptant pour beaucoup d'avoir différé sa ruine.

Lorsque l'on étoit occupé à une grande guerre, le sénat dissimuloit toutes sortes d'injures, et attendoit, dans le silence, que le temps de la punition fût venu; que si quelque peuple lui envoyoit les coupables, il refusoit de les punir, aimant mieux tenir toute la nation pour criminelle, et se réserver une vengeance utile.

Comme ils faisoient à leurs ennemis des maux inconcevables, il ne se formoit guère de ligues contre eux; car celui qui étoit le plus éloigné du péril ne vouloit pas en approcher.

Par-là ils recevoient rarement la guerre, mais la faisoient toujours dans le temps, de la manière et avec ceux qu'il leur convenoit; et, de tant de peuples qu'ils attaquèrent, il y en a bien peu qui n'eussent souffert toutes sortes d'injures si l'on avoit voulu les laisser en paix.

Leur coutume étant de parler toujours en maîtres, les ambassadeurs qu'ils envoyoient chez les peuples qui n'avoient point encore senti leur puissance étoient sûrement maltraités : ce qui étoit un prétexte sûr pour faire une nouvelle guerre [1].

Comme ils ne faisoient jamais la paix de bonne foi, et que, dans le dessein d'envahir tout, leurs traités n'étoient proprement que des suspensions de guerre, ils y mettoient des conditions qui commençoient toujours la ruine de l'état qui les acceptoit. Ils faisoient sortir les garnisons des places fortes, ou bornoient le nombre des troupes de terre, ou se faisoient livrer les chevaux ou les éléphants; et si ce peuple étoit puissant sur la mer, ils l'obligeoient de brûler ses vaisseaux, et quelquefois d'aller habiter plus avant dans les terres.

Après avoir détruit les armées d'un prince, ils ruinoient ses finances par des taxes excessives, ou un tribut; sous prétexte de lui faire payer les frais de la guerre : nouveau genre de tyrannie, qui le forçoit d'opprimer ses sujets, et de perdre leur amour.

Lorsqu'ils accordoient la paix à quelque prince, ils prenoient quelqu'un de ses frères ou de ses enfants en otage : ce qui leur donnoit le moyen

[1] Ils avoient déja eu cette politique avec les Carthaginois, qu'ils obligèrent par le traité à ne plus se servir de troupes auxiliaires, comme on le voit dans un fragment de Dion.

[1] Un des exemples de cela, c'est leur guerre contre les Dalmates. Voyez Polybe.

de troubler son royaume à leur fantaisie. Quand ils avoient le plus proche héritier, ils intimidoient le possesseur ; s'ils n'avoient qu'un prince d'un degré éloigné, ils s'en servoient pour animer les révoltes des peuples.

Quand quelque prince ou quelque peuple s'étoit soustrait de l'obéissance de son souverain, ils lui accordoient d'abord le titre d'allié du peuple romain [1] ; et par-là ils le rendoient sacré et inviolable : de manière qu'il n'y avoit point de roi, quelque grand qu'il fût, qui pût un moment être sûr de ses sujets, ni même de sa famille.

Quoique le titre de leur allié fût une espèce de servitude, il étoit néanmoins très-recherché [2] ; car on étoit sûr que l'on ne recevoit d'injures que d'eux, et l'on avoit sujet d'espérer qu'elles seroient moindres. Ainsi il n'y avoit point de services que les peuples et les rois ne fussent prêts de rendre, ni de bassesses qu'ils ne fissent pour l'obtenir.

Ils avoient plusieurs sortes d'alliés. Les uns leur étoient unis par des privilèges, et une participation de leur grandeur, comme les Latins et les Herniques ; d'autres, par l'établissement même, comme leurs colonies ; quelques-uns par les bienfaits, comme furent Massinisse, Eumènès et Attalus, qui tenoient d'eux leur royaume ou leur agrandissement ; d'autres, par des traités libres ; et ceux-là devenoient sujets par un long usage de l'alliance, comme les rois d'Égypte, de Bythinie, de Cappadoce, et la plupart des villes grecques ; plusieurs enfin par des traités forcés, et par la loi de leur sujettion, comme Philippe et Antiochus : car ils n'accordoient point de paix à un ennemi, qui ne contînt une alliance ; c'est-à-dire qu'ils ne soumettoient point de peuple qui ne leur servît à en abaisser d'autres.

Lorsqu'ils laissoient la liberté à quelques villes, ils y faisoient d'abord naître deux factions [3] : l'une défendoit les lois et la liberté du pays ; l'autre soutenoit qu'il n'y avoit de lois que la volonté des Romains : et, comme cette dernière faction étoit toujours la plus puissante, on voit bien qu'une pareille liberté n'étoit qu'un nom.

Quelquefois ils se rendoient maîtres d'un pays sous prétexte de succession : ils entrèrent en Asie, en Bithynie, en Libye, par les testaments d'Attalus, de Nicomède [4] et d'Appion ; et l'Égypte fut enchaînée par celui du roi de Cyrène.

Pour tenir les grands princes toujours foibles, ils ne vouloient pas qu'ils reçussent dans leur alliance ceux à qui ils avoient accordé la leur [1] ; et comme ils ne la refusoient à aucun des voisins d'un prince puissant, cette condition, mise dans un traité de paix, ne lui laissoit plus d'alliés.

De plus, lorsqu'ils avoient vaincu quelque prince considérable, ils mettoient dans le traité qu'il ne pourroit faire la guerre avec ses différends avec les alliés des Romains (c'est-à-dire ordinairement avec tous ses voisins), mais qu'il les mettroit en arbitrage : ce qui lui ôtoit pour l'avenir la puissance militaire.

Et, pour se la réserver toute, ils en privoient leurs alliés mêmes ; dès que ceux-ci avoient le moindre démêlé, ils envoyoient des ambassadeurs qui les obligeoient de faire la paix. Il n'y a qu'à voir comme ils terminèrent les guerres d'Attalus et de Prusias.

Quand quelque prince avoit fait une conquête qui souvent l'avoit épuisé, un ambassadeur romain survenoit d'abord, qui la lui arrachoit des mains. Entre mille exemples, on peut se rappeler comment, avec une parole, ils chassèrent d'Égypte Antiochus.

Sachant combien les peuples d'Europe étoient propres à la guerre, ils établirent comme une loi qu'il ne seroit permis à aucun roi d'Asie d'entrer en Europe, et d'y assujettir quelque peuple que ce fût [2]. Le principal motif de la guerre qu'ils firent à Mithridate fut que, contre cette défense, il avoit soumis quelques barbares [3].

Lorsqu'ils voyoient que deux peuples étoient en guerre, quoiqu'ils n'eussent aucune alliance, ni rien à démêler avec l'un ni avec l'autre, ils ne laissoient pas de paroître sur la scène, et, comme nos chevaliers errants, ils prenoient le parti du plus foible. C'étoit, dit Denys d'Halicarnasse [4], une ancienne coutume des Romains d'accorder toujours leur secours à quiconque venoit l'implorer.

Ces coutumes des Romains n'étoient point quelques faits particuliers arrivés par hasard, c'étoient des principes toujours constants ; et cela se peut voir aisément : car les maximes dont ils firent usage contre les plus grandes puissances furent précisément celles qu'ils avoient employées dans les commencements contre les petites villes qui étoient autour d'eux.

[1] Voyez surtout leur traité avec les Juifs, au premier livre des Machabées, chap. VIII.
[2] Ariarathe fit un sacrifice aux dieux, dit Polybe, pour les remercier de ce qu'il avoit obtenu cette alliance.
[3] Voyez Polybe sur les villes de Grèce.
[4] Fils de Philopator.

[1] Ce fut le cas d'Antiochus.
[2] La défense faite à Antiochus, même avant la guerre, de passer en Europe, devint générale contre les autres rois.
[3] APPIEN, de Bello mithridatico.
[4] Fragment de Denys, tiré de l'Extrait des ambassades.

Ils se servirent d'Eumènès et de Massinisse pour subjuguer Philippe et Antiochus, comme ils s'étoient servis des Latins et des Herniques pour subjuguer les Volsques et les Toscans ; ils se firent livrer les flottes de Carthage et des rois d'Asie, comme ils s'étoient fait donner les barques d'Antium ; ils ôtèrent les liaisons politiques et civiles entre les quatre parties de la Macédoine, comme ils avoient autrefois rompu l'union des petites villes latines [1].

Mais surtout leur maxime constante fut de diviser. La république d'Achaïe étoit formée par une association de villes libres : le sénat déclara que chaque ville se gouverneroit dorénavant par ses propres lois, sans dépendre d'une autorité commune.

La république des Béotiens étoit pareillement une ligue de plusieurs villes ; mais comme, dans la guerre contre Persée, les unes suivirent le parti de ce prince, les autres celui des Romains, ceux-ci les reçurent en grace, moyennant la dissolution de l'alliance commune.

Si un grand prince [2] qui a régné de nos jours avoit suivi ces maximes, lorsqu'il vit un de ses voisins détrôné, il auroit employé de plus grandes forces pour le soutenir, et le borner dans l'île qui lui resta fidèle : en divisant la seule puissance qui pût s'opposer à ses desseins, il auroit tiré d'immenses avantages du malheur même de son allié [3].

Lorsqu'il y avoit quelques disputes dans un état, ils jugeoient d'abord l'affaire ; et par-là ils étoient sûrs de n'avoir contre eux que la partie qu'ils avoient condamnée. Si c'étoient des princes du même sang qui se disputoient la couronne, ils les déclaroient quelquefois tous deux rois [4] ; si l'un d'eux étoit en bas âge [5], ils décidoient en sa faveur, et ils en prenoient la tutèle, comme protecteurs de l'univers. Car ils avoient porté les choses au point que les peuples et les rois étoient leurs sujets, sans savoir précisément par quel titre ; étant établi que c'étoit assez d'avoir ouï parler d'eux pour devoir leur être soumis.

Ils ne faisoient jamais de guerres éloignées sans s'être procuré quelque allié auprès de l'ennemi qu'ils attaquoient, qui pût joindre ses troupes à l'armée qu'ils envoyoient ; et, comme elle n'étoit jamais considérable par le nombre, ils observoient toujours d'en tenir une autre dans la province la plus voisine de l'ennemi, et une troisième dans Rome, toujours prête à marcher [1]. Ainsi ils n'exposoient qu'une très-petite partie de leurs forces, pendant que leur ennemi mettoit au hasard toutes les siennes [2].

Quelquefois ils abusoient de la subtilité des termes de leur langue. Ils détruisirent Carthage, disant qu'ils avoient promis de conserver la cité, et non pas la ville. On sait comment les Étoliens, qui s'étoient abandonnés à leur foi, furent trompés : les Romains prétendirent que la signification de ces mots, *s'abandonner à la foi d'un ennemi*, emportoit la perte de toutes sortes de choses, des personnes, des terres, des villes, des temples, et des sépultures même.

Ils pouvoient même donner à un traité une interprétation arbitraire : ainsi, lorsqu'ils voulurent abaisser les Rhodiens, ils dirent qu'ils ne leur avoient pas donné autrefois la Lycie comme présent, mais comme amie et alliée.

Lorsqu'un de leurs généraux faisoit la paix pour sauver son armée prête à périr, le sénat, qui ne la ratifioit point, profitoit de cette paix, et continuoit la guerre. Ainsi, quand Jugurtha eut enfermé une armée romaine, et qu'il l'eut laissée aller sous la foi d'un traité, on se servit contre lui des troupes mêmes qu'il avoit sauvées ; et lorsque les Numantins eurent réduit vingt mille Romains, prêts à mourir de faim, à demander la paix, cette paix, qui avoit sauvé tant de citoyens, fut rompue à Rome, et l'on éluda la foi publique en envoyant le consul qui l'avoit signée [3].

Quelquefois ils traitoient de la paix avec un prince sous des conditions raisonnables ; et lorsqu'il les avoit exécutées, ils en ajoutoient de telles qu'il étoit forcé de recommencer la guerre. Ainsi, quand ils se furent fait livrer par Jugurtha ses éléphants, ses chevaux, ses trésors, ses transfuges, ils lui demandèrent de livrer sa personne ; chose qui, étant pour un prince le dernier des malheurs, ne peut jamais faire une condition de paix [4].

[1] Tite-Live, liv VII. [2] Louis XIV.
[3] Jacques II, roi d'Angleterre.
[4] Comme il arriva à Ariarathe et Holopherne, en Cappadoce. (Appian, *in Syriac.*)
[5] Pour pouvoir ruiner la Syrie en qualité de tuteurs, ils se déclarèrent pour le fils d'Antiochus, encore enfant, contre Démétrius, qui étoit chez eux en otage, et qui les conjuroit de lui rendre justice, disant que Rome étoit sa mère, et les sénateurs ses pères.

[1] C'étoit une pratique constante, comme on peut voir par l'histoire.
[2] Voyez comme ils se conduisirent dans la guerre de Macédoine.
[3] Ils en agirent de même avec les Samnites, les Lusitaniens et les peuples de Corse. Voyez, sur ces derniers, un fragment du livre I de Dion.
[4] Ils en agirent de même avec Viriate : après lui avoir fait

Enfin ils jugèrent les rois pour leurs fautes et leurs crimes particuliers. Ils écoutèrent les plaintes de tous ceux qui avoient quelques démêlés avec Philippe; ils envoyèrent des députés pour pourvoir à leur sûreté; et ils firent accuser Persée devant eux pour quelques meurtres et quelques querelles avec des citoyens des villes alliées.

Comme on jugeoit de la gloire d'un général par la quantité de l'or et de l'argent qu'on portoit à son triomphe, il ne laissoit rien à l'ennemi vaincu. Rome s'enrichissoit toujours, et chaque guerre la mettoit en état d'en entreprendre une autre.

Les peuples qui étoient amis ou alliés se ruinoient tous par les présents immenses qu'ils faisoient pour conserver la faveur, ou l'obtenir plus grande; et la moitié de l'argent qui fut envoyé pour ce sujet aux Romains auroit suffi pour les vaincre [1].

Maîtres de l'univers, ils s'en attribuèrent tous les trésors : ravisseurs moins injustes en qualité de conquérants qu'en qualité de législateurs. Ayant su que Ptolomée, roi de Chypre, avoit des richesses immenses, ils firent une loi, sur la proposition d'un tribun, par laquelle ils se donnèrent l'hérédité d'un homme vivant, et la confiscation d'un prince allié [2].

Bientôt la cupidité des particuliers acheva d'enlever ce qui avoit échappé à l'avarice publique. Les magistrats et les gouverneurs vendoient aux rois leurs injustices. Deux compétiteurs se ruinoient à l'envi pour acheter une protection toujours douteuse contre un rival qui n'étoit pas entièrement épuisé : car on n'avoit pas même cette justice des brigands, qui portent une certaine probité dans l'exercice du crime. Enfin les droits légitimes ou usurpés ne se soutenant que par de l'argent, les princes, pour en avoir, dépouilloient les temples, confisquoient les biens des plus riches citoyens : on faisoit mille crimes pour donner aux Romains tout l'argent du monde.

Mais rien ne servit mieux Rome que le respect qu'elle imprima à la terre. Elle mit d'abord les rois dans le silence, et les rendit comme stupides. Il ne s'agissoit pas du degré de leur puissance; mais leur personne propre étoit attaquée. Risquer une guerre, c'étoit s'exposer à la captivité, à la

mort, à l'infamie du triomphe. Ainsi des rois qui vivoient dans le faste et dans les délices n'osoient jeter des regards fixes sur le peuple romain; et, perdant le courage, ils attendoient, de leur patience et de leurs bassesses, quelque délai aux misères dont ils étoient menacés [1].

Remarquez, je vous prie, la conduite des Romains. Après la défaite d'Antiochus, ils étoient maîtres de l'Afrique, de l'Asie et de la Grèce, sans y avoir presque de villes en propre. Il sembloit qu'ils ne conquissent que pour donner; mais ils restoient si bien les maîtres que, lorsqu'ils faisoient la guerre à quelque prince, ils l'accabloient pour ainsi dire du poids de tout l'univers.

Il n'étoit pas temps encore de s'emparer des pays conquis. S'ils avoient gardé les villes prises à Philippe, ils auroient fait ouvrir les yeux aux Grecs; si, après la seconde guerre punique, ou celle contre Antiochus, ils avoient pris des terres en Afrique ou en Asie, ils n'auroient pu conserver des conquêtes si peu solidement établies [2].

Il falloit attendre que toutes les nations fussent accoutumées à obéir, comme libres et comme alliées, avant de leur commander comme sujettes, et qu'elles eussent été se perdre peu à peu dans la république romaine.

Voyez le traité qu'ils firent avec les Latins après la victoire du lac Régille [3] : il fut un des principaux fondements de leur puissance. On n'y trouve pas un seul mot qui puisse faire soupçonner l'empire.

C'étoit une manière lente de conquérir. On vainquoit un peuple, et on se contentoit de l'affoiblir; on lui imposoit des conditions qui le minoient insensiblement; s'il se relevoit, on l'abaissoit encore davantage; et il devenoit sujet sans qu'on pût donner une époque de sa sujettion.

Ainsi Rome n'étoit pas proprement une monarchie ou une république, mais la tête du corps formé par tous les peuples du monde [4].

[1] Ils cachoient autant qu'ils pouvoient leur puissance et leurs richesses aux Romains. Voyez là-dessus un fragment du livre I de Dion.

[2] Ils n'osèrent y exposer leurs colonies; ils aimèrent mieux mettre une jalousie éternelle entre les Carthaginois et Massinisse, et se servir du secours des uns et des autres pour soumettre la Macédoine et la Grèce.

[3] Denys d'Halicarnasse le rapporte, liv. VI, ch. xcv, édition d'Oxford.

[4] On est encore effrayé quand on considère que les nations qui font à présent des royaumes si redoutables, toutes les Gaules, toutes les Espagnes, la Grande-Bretagne presque tout entière, l'Illyrique jusqu'au Danube, la Germanie jusqu'à l'Elbe, l'Afrique jusqu'à ses déserts affreux et impénétrables, la Grèce, la Thrace, la Syrie, l'Égypte, tous les royaumes de l'Asie mineure, et ceux qui sont renfermés entre le Pont-Euxin et la mer Caspienne, et les autres que j'oublie peut-être, ou que je ne

rendre les transfuges, on lui demanda qu'il rendît les armes; à quoi ni lui ni les siens ne purent consentir. (Fragment de Dion.)

[1] Les présents que le sénat envoyoit aux rois n'étoient que des bagatelles, comme une chaise et un bâton d'ivoire, ou quelque robe de magistrature.

[2] FLORUS, liv. III, chap. IX.

Si les Espagnols, après la conquête du Mexique et du Pérou, avoient suivi ce plan, ils n'auroient pas été obligés de tout détruire pour tout conserver.

C'est la folie des conquérants de vouloir donner à tous les peuples leurs lois et leurs coutumes : cela n'est bon à rien ; car dans toute sorte de gouvernement on est capable d'obéir.

Mais Rome n'imposant aucunes lois générales, les peuples n'avoient point entre eux de liaisons dangereuses ; ils ne faisoient un corps que par une obéissance commune ; et, sans être compatriotes, ils étoient tous Romains.

On objectera peut-être que les empires fondés sur les lois des fiefs n'ont jamais été durables ni puissants. Mais il n'y a rien au monde de si contradictoire que le plan des Romains et celui des barbares ; et, pour n'en dire qu'un mot, le premier étoit l'ouvrage de la force, l'autre de la foiblesse ; dans l'un, la sujettion étoit extrême ; dans l'autre, l'indépendance. Dans les pays conquis par les nations germaniques, le pouvoir étoit dans la main des vassaux ; le droit seulement, dans la main du prince : c'étoit tout le contraire chez les Romains.

◄◄◄◄◄►►►►►

CHAPITRE VII.

Comment Mithridate put leur résister.

De tous les rois que les Romains attaquèrent, Mithridate seul se défendit avec courage, et les mit en péril.

La situation de ses états étoit admirable pour leur faire la guerre. Ils touchoient au pays inaccessible du Caucase, rempli de nations féroces dont on pouvoit se servir ; de là ils s'étendoient sur la mer du Pont : Mithridate la couvroit de ses vaisseaux, et alloit continuellement acheter de nouvelles armées de Scythes ; l'Asie étoit ouverte à ses invasions ; il étoit riche parce que ses villes sur le Pont-Euxin faisoient un commerce avantageux avec des nations moins industrieuses qu'elles.

Les proscriptions, dont la coutume commença dans ces temps-là, obligèrent plusieurs Romains de quitter leur patrie. Mithridate les reçut à bras ouverts ; il forma des légions, où il les fit entrer, qui furent ses meilleurs troupes [1].

D'un autre côté, Rome travaillée par ses dissensions civiles, occupée de maux plus pressants, négligea les affaires d'Asie, et laissa Mithridate suivre ses victoires, ou respirer après ses défaites.

Rien n'avoit plus perdu la plupart des rois que le desir manifeste qu'ils témoignoient de la paix ; ils avoient détourné par-là tous les autres peuples de partager avec eux un péril dont ils vouloient tant sortir eux-mêmes. Mais Mithridate fit d'abord sentir à toute la terre qu'il étoit ennemi des Romains, et qu'il le seroit toujours.

Enfin les villes de Grèce et d'Asie, voyant que le joug des Romains s'appesantissoit tous les jours sur elles, mirent leur confiance dans ce roi barbare, qui les appeloit à la liberté.

Cette disposition des choses produisit trois grandes guerres, qui forment un des beaux morceaux de l'histoire romaine ; parce qu'on n'y voit pas des princes déja vaincus par les délices et l'orgueil, comme Antiochus et Tigrane, ou par la crainte, comme Philippe, Persée et Jugurtha, mais un roi magnanime, qui, dans les adversités, tel qu'un lion qui regarde ses blessures, n'en étoit que plus indigné.

Elles sont singulières, parce que les révolutions y sont continuelles et toujours inopinées ; car, si Mithridate pouvoit aisément réparer ses armées, il arrivoit aussi que, dans les revers, où l'on a plus besoin d'obéissance et de discipline, ses troupes barbares l'abandonnoient ; s'il avoit l'art de solliciter les peuples, et de faire révolter les villes, il éprouvoit à son tour des perfidies de la part de ses capitaines, de ses enfants et de ses femmes ; enfin, s'il eut affaire à des généraux romains malhabiles, on envoya contre lui, en divers temps, Sylla, Lucullus et Pompée.

Ce prince, après avoir battu les généraux romains, et fait la conquête de l'Asie, de la Macédoine et de la Grèce, ayant été vaincu à son tour par Sylla, réduit, par un traité, à ses anciennes limites, fatigué par les généraux romains, devenu encore une fois leur vainqueur et le conquérant de l'Asie, chassé par Lucullus, suivi dans son propre pays, fut obligé de se retirer chez Tigrane ; et, le voyant perdu sans ressource après sa défaite, ne comptant plus que sur lui-même, il se réfugia dans ses propres états, et s'y rétablit.

Pompée succéda à Lucullus, et Mithridate en

venx pas rapporter, n'ont été durant plusieurs siècles que des provinces romaines. (BOSSUET, *Disc. sur l'Hist. univ.*, troisième partie, ch. VI.)

[1] Frontin, *Stratagèmes*, liv. II, dit qu'Archélaüs, lieutenant de Mithridate, combattant contre Sylla, mit au premier rang

ses chariots à faux ; au second, sa phalange ; au troisième, les auxiliaires armés à la romaine : « *Mixtis fugitivis Italiæ, quorum pervicaciæ multum fidebat.* » Mithridate fit même une alliance avec Sertorius. Voyez aussi Plutarque, *Vie de Lucullus.*

fut accablé : il fuit de ses états, et passant l'Araxe il marcha de péril en péril par le pays des Laziens ; et, ramassant dans son chemin ce qu'il trouva de barbares, il parut dans le Bosphore, devant son fils Maccharès, qui avoit fait sa paix avec les Romains [1].

Dans l'abîme où il étoit, il forma le dessein de porter la guerre en Italie, et d'aller à Rome avec les mêmes nations qui l'asservirent quelques siècles après, et par le même chemin qu'elles tinrent [2].

Trahi par Pharnace, un autre de ses fils, et par une armée effrayée de la grandeur de ses entreprises et des hasards qu'il alloit chercher, il mourut en roi.

Ce fut alors que Pompée, dans la rapidité de ses victoires, acheva le pompeux ouvrage de la grandeur de Rome. Il unit au corps de son empire des pays infinis : ce qui servit plus au spectacle de la magnificence romaine qu'à sa vraie puissance ; et, quoiqu'il parût par les écriteaux portés à son triomphe qu'il avoit augmenté le revenu du fisc de plus d'un tiers, le pouvoir n'augmenta pas, et la liberté publique n'en fut que plus exposée [3].

CHAPITRE VIII.

Des divisions qui furent toujours dans la ville.

Pendant que Rome conquéroit l'univers, il y avoit dans ses murailles une guerre cachée : c'étoient des feux comme ceux de ces volcans qui sortent sitôt que quelque matière vient en augmenter la fermentation.

Après l'expulsion des rois, le gouvernement étoit devenu aristocratique : les familles patriciennes obtenoient seules toutes les magistratures, toutes les dignités [4], et par conséquent tous les honneurs militaires et civils [5].

Les patriciens voulant empêcher le retour des rois cherchèrent à augmenter le mouvement qui étoit dans l'esprit du peuple ; mais ils firent plus qu'ils ne voulurent ; à force de lui donner de la haine pour les rois, ils lui donnèrent un desir

immodéré de la liberté. Comme l'autorité royale avoit passé tout entière entre les mains des consuls, le peuple sentit que cette liberté dont on vouloit lui donner tant d'amour, il ne l'avoit pas : il chercha donc à abaisser le consulat, à avoir des magistrats plébéiens, et à partager avec les nobles les magistratures curules. Les patriciens furent forcés de lui accorder tout ce qu'il demanda ; car, dans une ville où la pauvreté étoit la vertu publique, où les richesses, cette voie sourde pour acquérir la puissance, étoient méprisées, la naissance et les dignités ne pouvoient pas donner de grands avantages. La puissance devoit donc revenir au plus grand nombre, et l'aristocratie se changer peu à peu en un état populaire.

Ceux qui obéissent à un roi sont moins tourmentés d'envie et de jalousie que ceux qui vivent dans une aristocratie héréditaire. Le prince est si loin de ses sujets qu'il n'en est presque pas vu ; et il est si fort au-dessus d'eux qu'ils ne peuvent imaginer aucun rapport qui puisse les choquer ; mais les nobles qui gouvernent sont sous les yeux de tous, et ne sont pas si élevés que des comparaisons odieuses ne se fassent sans cesse : aussi a-t-on vu de tout temps, et le voit-on encore, le peuple détester les sénateurs. Les républiques, où la naissance ne donne aucune part au gouvernement, sont à cet égard les plus heureuses ; car le peuple peut moins envier une autorité qu'il donne à qui il veut, et qu'il reprend à sa fantaisie.

Le peuple, mécontent des patriciens, se retira sur le Mont-Sacré : on lui envoya des députés qui l'apaisèrent ; et comme chacun se promit secours l'un à l'autre en cas que les patriciens ne tinssent pas les paroles données [1], ce qui eût causé à tous les instants des séditions, et auroit troublé toutes les fonctions des magistrats, on jugea qu'il valoit mieux créer une magistrature qui pût empêcher les injustices faites à un plébéien [2]. Mais, par une maladie éternelle des hommes, les plébéiens, qui avoient obtenu des tribuns pour se défendre, s'en servirent pour attaquer ; ils enlevèrent peu à peu toutes les prérogatives des patriciens : cela produisit des contestations continuelles. Le peuple étoit soutenu, ou plutôt animé par ses tribuns, et les patriciens étoient défendus par le sénat, qui étoit presque tout composé de patriciens, qui étoit plus porté pour les maximes anciennes, et qui craignoit que la populace n'élevât à la tyrannie quelque tribun.

Le peuple employoit pour lui ses propres for-

[1] Mithridate l'avoit fait roi du Bosphore. Sur la nouvelle de l'arrivée de son père, il se donna la mort.
[2] Voyez Appian, *de Bello mithridatico.*
[3] Voyez Plutarque, dans la *Vie de Pompée*; et Zonaras, liv. II.
[4] Les patriciens avoient même en quelque façon un caractère sacré : il n'y avoit qu'eux qui pussent prendre les auspices. Voyez dans Tite-Live, liv. VI, la harangue d'Appius Claudius.
[5] Par exemple, il n'y avoit qu'eux qui pussent triompher, puisqu'il n'y avoit qu'eux qui pussent être consuls et commander les armées.

[1] Zonaras, l. II. [2] Origine des tribuns du peuple.

ces, et sa supériorité dans les suffrages, ses refus d'aller à la guerre, ses menaces de se retirer, la partialité de ses lois, enfin ses jugements contre ceux qui lui avoient fait trop de résistance. Le sénat se défendoit par sa sagesse, sa justice, et l'amour qu'il inspiroit pour la patrie; par ses bienfaits, et une sage dispensation des trésors de la république, par le respect que le peuple avoit pour la gloire des principales familles et la vertu des grands personnages [1]; par la religion même, les institutions anciennes, et la suppression des jours d'assemblée, sous prétexte que les auspices n'avoient pas été favorables; par les clients; par l'opposition d'un tribun à un autre; par la création d'un dictateur [2], les occupations d'une nouvelle guerre, ou les malheurs qui réunissoient tous les intérêts; enfin par une condescendance paternelle à accorder au peuple une partie de ses demandes pour lui faire abandonner les autres, et cette maxime constante de préférer la conservation de la république aux prérogatives de quelque ordre ou de quelque magistrature que ce fût.

Dans la suite des temps, lorsque les plébéiens eurent tellement abaissé les patriciens que cette distinction de familles devint vaine [3], et que les unes et les autres furent indifféremment élevées aux honneurs, il y eut de nouvelles disputes entre le bas peuple, agité par ses tribuns, et les principales familles patriciennes ou plébéiennes, qu'on appela les nobles, et qui avoient pour elles le sénat qui en étoit composé. Mais, comme les mœurs anciennes n'étoient plus, que des particuliers avoient des richesses immenses, et qu'il est impossible que les richesses ne donnent du pouvoir, les nobles résistèrent avec plus de force que les patriciens n'avoient fait : ce qui fut cause de la mort des Gracches et de plusieurs de ceux qui travaillèrent sur leur plan [4].

[1] Le peuple, qui aimoit la gloire, composé de gens qui avoient passé leur vie à la guerre, ne pouvoit refuser ses suffrages à un grand homme sous lequel il avoit combattu. Il obtenoit le droit d'élire des plébéiens, et il élisoit des patriciens. Il fut obligé de se lier les mains, en établissant qu'il y auroit toujours un consul plébéien : aussi les familles plébéiennes qui entrèrent dans les charges y furent-elles ensuite continuellement portées; et quand le peuple éleva aux honneurs quelque homme de néant comme Varron et Marius, ce fut une espèce de victoire qu'il remporta sur lui-même.

[2] Les patriciens, pour se défendre, avoient coutume de créer un dictateur : ce qui leur réussissoit admirablement bien; mais les plébéiens, ayant obtenu de pouvoir être élus consuls, purent aussi être élus dictateurs; ce qui déconcerta les patriciens. Voyez dans Tite-Live, liv. VIII, comment Publilius Philo les abaissa dans sa dictature : il fit trois lois qui leur furent très-préjudiciables.

[3] Les patriciens ne conservèrent que quelques sacerdoces, et le droit de créer un magistrat qu'on appeloit entre-roi.

[2] Comme Saturninus et Glaucias.

Il faut que je parle d'une magistrature qui contribua beaucoup à maintenir le gouvernement de Rome : ce fut celle des censeurs. Ils faisoient le dénombrement du peuple; et de plus, comme la force de la république consistoit dans la discipline, l'austérité des mœurs, et l'observation constante de certaines coutumes, ils corrigeoient les abus que la loi n'avoit pas prévus, ou que le magistrat ordinaire ne pouvoit pas punir [1]. Il y a de mauvais exemples qui sont pires que les crimes; et plus d'états ont péri parce qu'on a violé les mœurs que parce qu'on a violé les lois. A Rome, tout ce qui pouvoit introduire des nouveautés dangereuses, changer le cœur ou l'esprit du citoyen, et en empêcher, si j'ose me servir de ce terme, la perpétuité, les désordres domestiques ou publics, étoient réformés par les censeurs : ils pouvoient chasser du sénat qui ils vouloient, ôter à un chevalier le cheval qui lui étoit entretenu par le public, mettre un citoyen dans une autre tribu, et même parmi ceux qui payoient les charges de la ville sans avoir part à ses priviléges [2].

M. Livius nota le peuple même; et de trente-cinq tribus il en mit trente-quatre au rang de ceux qui n'avoient point de part aux priviléges de la ville [3]. « Car, disoit-il, après m'avoir condamné » vous m'avez fait consul et censeur : il faut donc » que vous ayez prévariqué une fois en m'infli- » geant une peine, ou deux fois, en me créant » consul, et ensuite censeur. »

M. Duronius, tribun du peuple, fut chassé du sénat par les censeurs, parce que pendant sa magistrature il avoit abrogé la loi qui bornoit les dépenses des festins [4].

C'étoit une institution bien sage. Ils ne pouvoient ôter à personne une magistrature, parce que cela auroit troublé l'exercice de la puissance publique [5]; mais ils faisoient déchoir de l'ordre et du rang, et ils privoient pour ainsi dire un citoyen de sa noblesse particulière.

Servius Tullius avoit fait la fameuse division par centuries que Tite-Live [6] et Denys d'Halicarnasse [7] nous ont si bien expliquée. Il avoit distribué cent quatre-vingt-treize centuries en six classes, et mis tout le bas peuple dans la dernière

[1] On peut voir comme ils dégradèrent ceux qui, après la bataille de Cannes, avoient été d'avis d'abandonner l'Italie; ceux qui s'étoient rendus à Annibal; ceux qui, par une mauvaise interprétation, lui avoient manqué de parole.

[2] Cela s'appeloit *Ærarium aliquem facere, aut in cæritum tabulas referre*. On étoit mis hors de sa centurie, et on n'avoit plus le droit de suffrage.

[3] TITE-LIVE, liv. XXIX. [4] VALÈRE-MAXIME, liv. II.

[5] La dignité de sénateur n'étoit pas une magistrature.

[6] Liv. I. [7] Liv. IV, art. 15 et suiv.

centurie, qui formoit seule la sixième classe. On voit que cette disposition excluoit le bas peuple du suffrage, non pas de droit, mais de fait. Dans la suite on régla qu'excepté dans quelques cas particuliers on suivroit dans les suffrages la division par tribus. Il y en avoit trente-cinq qui donnoient chacune leur voix, quatre de la ville, et trente-une de la campagne. Les principaux citoyens, tous laboureurs, entrèrent naturellement dans les tribus de la campagne ; et celles de la ville reçurent le bas peuple [1], qui, y étant enfermé, influoit très peu dans les affaires ; et cela étoit regardé comme le salut de la république. Et quand Fabius remit dans les quatre tribus de la ville le menu peuple qu'Appius Claudius avoit répandu dans toutes, il en acquit le surnom de très-grand [2]. Les censeurs jetoient les yeux tous les cinq ans sur la situation actuelle de la république, et distribuoient de manière le peuple dans ses diverses tribus, que les tribuns et les ambitieux ne pussent pas se rendre maîtres des suffrages, et que le peuple même ne pût pas abuser de son pouvoir [3].

Le gouvernement de Rome fut admirable en ce que depuis sa naissance sa constitution se trouva telle, soit par l'esprit du peuple, la force du sénat, ou l'autorité de certains magistrats, que tout abus du pouvoir y put toujours être corrigé.

Carthage périt, parce que, lorsqu'il fallut retrancher les abus, elle ne put souffrir la main de son Annibal même. Athènes tomba parce que ses erreurs lui parurent si douces qu'elle ne voulut pas en guérir. Et parmi nous les républiques d'I-

talie, qui se vantent de la perpétuité de leur gouvernement, ne doivent se vanter que de la perpétuité de leurs abus : aussi n'ont-elles pas plus de liberté que Rome n'en eut du temps des décemvirs [1].

Le gouvernement d'Angleterre est plus sage parce qu'il y a un corps qui l'examine continuellement, et qui s'examine continuellement lui-même ; et telles sont les erreurs qu'elles ne sont jamais longues, et que, par l'esprit d'attention qu'elles donnent à la nation, elles sont souvent utiles.

En un mot, un gouvernement libre, c'est-à-dire toujours agité, ne sauroit se maintenir s'il n'est par ses propres lois capable de correction.

⁕⁕⁕⁕⁕⁕⁕

CHAPITRE IX.

Deux causes de la perte de Rome.

Lorsque la domination de Rome étoit bornée dans l'Italie, la république pouvoit facilement subsister. Tout soldat étoit également citoyen ; chaque consul levoit une armée ; et d'autres citoyens alloient à la guerre sous celui qui succédoit. Le nombre de troupes n'étant pas excessif, on avoit attention à ne recevoir dans la milice que des gens qui eussent assez de bien pour avoir intérêt à la conservation de la ville [2]. Enfin le sénat voyoit de près la conduite des généraux, et leur ôtoit la pensée de rien faire contre leur devoir.

Mais lorsque les légions passèrent les Alpes et la mer, les gens de guerre, qu'on étoit obligé de laisser pendant plusieurs campagnes dans les pays que l'on soumettoit, perdirent peu à peu l'esprit de citoyens ; et les généraux, qui disposèrent des armées et des royaumes, sentirent leur force, et ne purent plus obéir.

Les soldats recommencèrent donc à ne reconnoître que leur général, à fonder sur lui toutes leurs

[1] Appelé *turba forensis*.

[2] Voyez Tite-Live, liv. IX.

[3] Les fonctions des censeurs ne se bornoient pas à cette appréciation et à cette distribution morale des individus qui composoient la république ; ils en faisoient encore le dénombrement : et « par-là, dit Bossuet, Rome savoit tout ce qu'elle avoit de citoyens capables de porter les armes, et ce qu'elle pouvoit espérer de la jeunesse qui s'élevoit tous les jours. Ainsi elle ménageoit ses forces contre un ennemi qui venoit des bords de l'Afrique, que le temps devoit détruire tout seul dans un pays étranger, où les secours étoient si tardifs, et à qui ses victoires même, qui lui coûtoient tant de sang, étoient fatales. C'est pourquoi, quelque perte qui fût arrivée, le sénat, toujours instruit de ce qui lui restoit de bons soldats, n'avoit qu'à temporiser, et ne se laissoit jamais abattre. Quand par la défaite de Cannes, et par les révoltes qui suivirent, il vit les forces de la république tellement diminuées qu'à peine eût-on pu se défendre si les ennemis eussent pressé, il se soutint par courage ; et, sans se troubler de ses pertes, il se mit à regarder les démarches du vainqueur. Aussitôt qu'on eut aperçu d'Annibal, au lieu de poursuivre sa victoire, ne songeoit durant quelque temps qu'à en jouir, le sénat se rassura, et vit bien qu'un ennemi capable de manquer à sa fortune, et de se laisser éblouir par ses grands succès, n'étoit pas né pour vaincre les Romains. Dès-lors Rome fit tous les jours de plus grandes entreprises ; et Annibal, tout habile, tout courageux, tout victorieux qu'il étoit, ne put tenir contre elle. » (*Disc. sur l'Hist. univ.*, troisième partie, ch. VI.)

[1] Ni même plus de puissance.

[2] Les affranchis et ceux qu'on appeloit *capite censi*, parce que, ayant très peu de bien, ils n'étoient taxés que pour leur tête, ne furent point d'abord enrôlés dans la milice de terre, excepté dans les cas pressants. Servius Tullius les avoit mis dans la sixième classe, et on ne prenoit des soldats que dans les cinq premières. Mais Marius, partant contre Jugurtha, enrôla indifféremment tout le monde. « *Milites scribere*, dit Salluste, *non more majorum, neque classibus, sed uti cujusque libido erat, capite censos plerosque.* » (*De Bello jugurth.*) Remarquez que, dans la division par tribus, ceux qui étoient dans les quatre tribus de la ville étoient à peu près les mêmes que ceux qui, dans la division par centuries, étoient dans la sixième classe.

espérances, et à voir de plus loin la ville. Ce ne furent plus les soldats de la république, mais de Sylla, de Marius, de Pompée, de César. Rome ne put plus savoir si celui qui étoit à la tête d'une armée dans une province étoit son général ou son ennemi.

Tandis que le peuple de Rome ne fut corrompu que par ses tribuns, à qui il ne pouvoit accorder que sa puissance même, le sénat put aisément se défendre, parce qu'il agissoit constamment; au lieu que la populace passoit sans cesse de l'extrémité de la fougue à l'extrémité de la foiblesse. Mais quand le peuple put donner à ses favoris une formidable autorité au dehors, toute la sagesse du sénat devint inutile, et la république fut perdue.

Ce qui fait que les états libres durent moins que les autres, c'est que les malheurs et les succès qui leur arrivent leur font presque toujours perdre la liberté; au lieu que les succès et les malheurs d'un état où le peuple est soumis confirment également sa servitude. Une république sage ne doit rien hasarder qui l'expose à la bonne ou à la mauvaise fortune : le seul bien auquel elle doit aspirer, c'est à la perpétuité de son état.

Si la grandeur de l'empire perdit la république, la grandeur de la ville ne la perdit pas moins.

Rome avoit soumis tout l'univers avec le secours des peuples d'Italie, auxquels elle avoit donné en différents temps divers priviléges [1]. La plupart de ces peuples ne s'étoient pas d'abord fort souciés du droit de bourgeoisie chez les Romains; et quelques uns aimèrent mieux garder leurs usages [2]. Mais lorsque ce droit fut celui de la souveraineté universelle, qu'on ne fut rien dans le monde si l'on n'étoit citoyen romain, et qu'avec ce titre on étoit tout, les peuples d'Italie résolurent de périr ou d'être Romains : ne pouvant en venir à bout par leurs brigues et par leurs prières, ils prirent la voie des armes; ils se révoltèrent dans tout ce côté qui regarde la mer Ionienne; les autres alliés alloient les suivre [3]. Rome, obligée de combattre contre ceux qui étoient pour ainsi dire les mains avec lesquelles elle enchaînoit l'univers, étoit perdue; elle alloit être réduite à ses murailles : elle accorda ce droit tant desiré aux alliés qui n'avoient pas encore cessé d'être fidèles [1]; et peu à peu elle l'accorda à tous.

Pour lors Rome ne fut plus cette ville dont le peuple n'avoit eu qu'un même esprit, un même amour pour la liberté, une même haine pour la tyrannie, où cette jalousie du pouvoir du sénat et des prérogatives des grands, toujours mêlée de respect, n'étoit qu'un amour de l'égalité. Les peuples d'Italie étant devenus ses citoyens, chaque ville y apporta son génie, ses intérêts particuliers, et sa dépendance de quelque grand protecteur [2]. La ville déchirée ne forma plus un tout ensemble; et comme on n'en étoit citoyen que par une espèce de fiction, qu'on n'avoit plus les mêmes magistrats, les mêmes murailles, les mêmes dieux, les mêmes temples, les mêmes sépultures, on ne vit plus Rome des mêmes yeux, on n'eut plus le même amour pour la patrie, et les sentiments romains ne furent plus.

Les ambitieux firent venir à Rome des villes et des nations entières pour troubler les suffrages, ou se les faire donner; les assemblées furent de véritables conjurations; on appela comices une troupe de quelques séditieux; l'autorité du peuple, ses lois, lui-même, devinrent des choses chimériques; et l'anarchie fut telle qu'on ne put plus savoir si le peuple avoit fait une ordonnance, ou s'il ne l'avoit point faite [3].

On n'entend parler, dans les auteurs, que des divisions qui perdirent Rome; mais on ne voit pas que ces divisions y étoient nécessaires, qu'elles y avoient toujours été, et qu'elles y devoient toujours être. Ce fut uniquement la grandeur de la république qui fit le mal, et qui changea en guerres civiles les tumultes populaires. Il falloit bien qu'il y eût à Rome des divisions : et ces guerriers si fiers, si audacieux, si terribles au dehors, ne pouvoient pas être bien modérés au dedans. Demander, dans un état libre, des gens hardis dans la guerre, et timides dans la paix, c'est vouloir des choses impossibles; et, pour règle générale, toutes les fois qu'on verra tout le monde tranquille dans un état qui se donne le nom de république, on peut être assuré que la liberté n'y est pas.

[1] Jus Latii, jus italicum.

[2] Les Èques disoient dans leurs assemblées : « Ceux qui ont pu choisir ont préféré leurs lois au droit de la cité romaine, qui a été une peine nécessaire pour ceux qui n'ont pu s'en défendre. (TITE-LIVE, liv. IX, chap. XLV.)

[3] Les Asculans, les Marses, les Vestins, les Marrucins, les Férentans, les Hirpins, les Pompéians, les Vénusiens, les Japyges, les Lucaniens, les Samnites, et autres. (APPIAN, de la Guerre civile, liv. I.)

[1] Les Toscans, les Ombriens, les Latins. Cela porta quelques peuples à se soumettre; et comme on les fit aussi citoyens, d'autres posèrent encore les armes; et enfin il ne resta que les Samnites, qui furent exterminés.

[2] Qu'on s'imagine cette tête monstrueuse des peuples d'Italie, qui, par le suffrage de chaque homme, conduisoit le reste du monde.

[3] Voyez les Lettres de Cicéron à Atticus, liv. IV, lett. XVIII

Ce qu'on appelle union, dans un corps politique, est une chose très équivoque; la vraie est une union d'harmonie, qui fait que toutes les parties, quelque opposées qu'elles nous paroissent, concourent au bien général de la société, comme des dissonances dans la musique concourent à l'accord total. Il peut y avoir de l'union dans un état où l'on ne croit voir que du trouble, c'est-à-dire une harmonie d'où résulte le bonheur, qui seul est la vraie paix. Il en est comme des parties de cet univers, éternellement liées par l'action des unes et la réaction des autres.

Mais, dans l'accord du despotisme asiatique, c'est-à-dire de tout gouvernement qui n'est pas modéré, il y a toujours une division réelle. Le laboureur, l'homme de guerre, le négociant, le magistrat, le noble, ne sont joints que parce que les uns oppriment les autres sans résistance; et si l'on y voit de l'union, ce ne sont pas des citoyens qui sont unis, mais des corps morts ensevelis les uns auprès des autres.

Il est vrai que les lois de Rome devinrent impuissantes pour gouverner la république; mais c'est une chose qu'on a vu toujours, que de bonnes lois, qui ont fait qu'une petite république devient grande, lui deviennent à charge lorsqu'elle s'est agrandie: parce qu'elles étoient telles que leur effet naturel étoit de faire un grand peuple, et non pas de le gouverner.

Il y a bien de la différence entre les lois bonnes et les lois convenables, celles qui font qu'un peuple se rend maître des autres et celles qui maintiennent sa puissance lorsqu'il l'a acquise.

Il y a à présent dans le monde une république que presque personne ne connoît [1], et qui, dans le secret et le silence, augmente ses forces chaque jour. Il est certain que, si elle parvient jamais à l'état de grandeur où sa sagesse la destine, elle changera nécessairement ses lois; et ce ne sera point l'ouvrage d'un législateur, mais celui de la corruption même.

Rome étoit faite pour s'agrandir, et ses lois étoient admirables pour cela. Aussi, dans quelque gouvernement qu'elle ait été, sous le pouvoir des rois, dans l'aristocratie, ou dans l'état populaire, elle n'a jamais cessé de faire des entreprises qui demandoient de la conduite, et y a réussi. Elle ne s'est pas trouvée plus sage que tous les autres états de la terre en un jour, mais continuellement; elle a soutenu une petite, une médiocre, une grande fortune, avec la même supériorité, et

[1] Le canton de Berne.

n'a point eu de prospérités dont elle n'ait profité, ni de malheur dont elle ne se soit servie.

Elle perdit sa liberté parce qu'elle acheva trop tôt son ouvrage [1].

CHAPITRE X.

De la corruption des Romains.

Je crois que la secte d'Épicure, qui s'introduisit à Rome sur la fin de la république, contribua beaucoup à gâter le cœur et l'esprit des Romains [2]. Les Grecs en avoient été infatués avant eux: aussi avoient-ils été plus tôt corrompus. Polybe nous dit que de son temps les serments ne pouvoient donner de la confiance pour un Grec, au lieu qu'un Romain en étoit pour ainsi dire enchaîné [3].

Il y a un fait, dans les lettres de Cicéron à Atticus [4], qui nous montre combien les Romains avoient changé à cet égard depuis le temps de Polybe.

« Memmius, dit-il, vient de communiquer au » sénat l'accord que son compétiteur et lui avoient » fait avec les consuls, par lequel ceux-ci s'étoient

[1] On pourroit ajouter aux causes de la ruine de Rome beaucoup d'incidents particuliers. Les rigueurs des créanciers sur leurs débiteurs ont excité de grandes et de fréquentes révoltes. La prodigieuse quantité de gladiateurs et d'esclaves dont Rome et l'Italie étoient surchargées a causé d'effroyables violences, et même des guerres sanglantes. Rome, épuisée par tant de guerres civiles et étrangères, se fit tant de nouveaux citoyens, ou par brigue, ou par raison, qu'à peine pouvoit-elle se reconnoître elle-même parmi tant d'étrangers qu'elle avoit naturalisés. Le sénat se remplissoit de barbares; le sang romain se mêloit; l'amour de la patrie, par lequel Rome s'étoit élevée au-dessus de tous les peuples du monde, n'étoit pas naturel à ces citoyens venus de dehors; et les autres se gâtoient par le mélange. Les partialités se multiplioient avec cette prodigieuse multiplicité de citoyens nouveaux; et les esprits turbulents y trouvoient de nouveaux moyens de brouiller et d'entreprendre. Cependant le nombre des pauvres s'augmentoit sans fin par le luxe, par les débauches, par la fainéantise qui s'introduisoit. Ceux qui se voyoient ruinés n'avoient de ressource que dans les séditions, et en tout cas se soucioient peu que tout périt avec eux: les grands ambitieux et les misérables qui n'ont rien à perdre aiment toujours le changement. Ces deux genres de citoyens prévaloient dans l'état romain, qui seul tient tout en balance dans les états populaires, étant le plus foible, il falloit que la république tombât. (BOSSUET, *Disc. sur l'Hist. univ.*, troisième partie, ch. VII.)

[2] Cynéas en ayant discouru à la table de Pyrrhus, Fabricius souhaita que les ennemis de Rome pussent tous prendre les principes d'une pareille secte. (PLUTARQUE, *Vie de Pyrrhus*.)

[3] « Si vous prêtez aux Grecs un talent, avec dix promesses, » dix cautions, autant de témoins, il est impossible qu'ils gar- » dent leur foi; mais, parmi les Romains, soit qu'on doive ren- » dre compte des deniers publics ou de ceux des particuliers, » on est fidèle, à cause du serment que l'on a fait. On a donc » sagement établi la crainte des enfers; et c'est sans raison qu'on » la combat aujourd'hui. » (POLYBE, liv. VI.)

[4] Livre IV, lettre XVIII.

» engagés de les favoriser dans la poursuite du
» consulat pour l'année suivante ; et eux, de leur
» côté, s'obligeoient de payer aux consuls quatre
» cent mille sesterces, s'ils ne leur fournissoient
» trois augures qui déclareroient qu'ils étoient
» présents lorsque le peuple avoit fait la loi *cu-*
» *riate* [1], quoiqu'il n'en eût point fait, et deux
» consulaires qui affirmeroient qu'ils avoient as-
» sisté à la signature du *sénatus-consulte* qui ré-
» gloit l'état de leurs provinces, quoi qu'il n'y en
» eût point eu. » Que de malhonnêtes gens dans
un seul contrat !

Outre que la religion est toujours le meilleur
garant que l'on puisse avoir des mœurs des hom-
mes, il y avoit ceci de particulier chez les Ro-
mains, qu'ils mêloient quelque sentiment religieux
à l'amour qu'ils avoient pour leur patrie. Cette
ville, fondée sous les meilleurs auspices ; ce Ro-
mulus, leur roi et leur dieu ; ce Capitole, éternel
comme la ville ; et la ville, éternelle comme son
fondateur, avoient fait autrefois sur l'esprit des
Romains une impression qu'il eût été à souhaiter
qu'ils eussent conservée.

La grandeur de l'état fit la grandeur des for-
tunes particulières. Mais comme l'opulence est
dans les mœurs, et non pas dans les richesses,
celles des Romains, qui ne laissoient pas d'avoir
des bornes, produisirent un luxe et des profusions
qui n'en avoient point [2]. Ceux qui avoient d'abord
été corrompus par leurs richesses le furent ensuite
par leur pauvreté. Avec des biens au-dessus d'une
condition privée, il fut difficile d'être un bon ci-
toyen ; avec les desirs et les regrets d'une grande
fortune ruinée, on fut prêt à tous les attentats ; et,
comme dit Salluste [3], on vit une génération de
gens qui ne pouvoient avoir de patrimoine, ni
souffrir que d'autres en eussent.

Cependant, quelle que fût la corruption de
Rome, tous les malheurs ne s'y étoient pas intro-
duits ; car la force de son institution avoit été
telle qu'elle avoit conservé une valeur héroïque,
et toute son application à la guerre, au milieu des
richesses, de la mollesse et de la volupté ; ce qui
n'est, je crois, arrivé à aucune nation du monde.

[1] La loi *curiate* donnoit la puissance militaire, et le *sénatus-
consulte* régloit les troupes, l'argent, les officiers, que devoit
avoir le gouverneur : or, les consuls, pour que tout cela fût
fait à leur fantaisie, vouloient fabriquer une fausse loi et un faux
sénatus-consulte.

[2] La maison que Cornélie avoit achetée soixante et quinze
mille drachmes, Lucullus l'acheta, peu de temps après, deux
millions cinq cent mille. (PLUTARQUE, *Vie de Marius*.)

[3] *Ut merito dicatur genitos esse, qui nec ipsi habere pos-
sent res familiares, nec alios pati.* (Fragment de l'*Histoire
de Salluste*, tiré du livre de la *Cité de Dieu*, liv. II, chap. XVIII.)

Les citoyens romains regardoient le commerce [1]
et les arts comme des occupations d'esclaves [2] : ils
ne les exerçoient point. S'il y eut quelques excep-
tions, ce ne fut que de la part de quelques affran-
chis qui continuoient leur première industrie ;
mais en général ils ne connoissoient que l'art de
la guerre, qui étoit la seule voie pour aller aux
magistratures et aux honneurs [3]. Ainsi les vertus
guerrières restèrent après qu'on eut perdu toutes
les autres.

<hr />

CHAPITRE XI.

De Sylla. — De Pompée et César.

Je supplie qu'on me permette de détourner les
yeux des horreurs des guerres de Marius et de
Sylla : on en trouvera dans Appian l'épouvantable
histoire. Outre la jalousie, l'ambition et la cruauté
des deux chefs, chaque Romain étoit furieux ; les
nouveaux citoyens et les anciens ne se regardoient
plus comme les membres d'une même république [4],
et l'on se faisoit une guerre qui, par un carac-
tère particulier, étoit en même temps civile et
étrangère.

Sylla fit des lois très-propres à ôter la cause
des désordres que l'on avoit vus : elles augmen-
toient l'autorité du sénat, tempéroient le pouvoir
du peuple, régloient celui des tribuns. La fantaisie
qui lui fit quitter la dictature sembla rendre la
vie à la république ; mais, dans la fureur de ses
succès, il avoit fait des choses qui mirent Rome
dans l'impossibilité de conserver sa liberté.

Il ruina, dans son expédition d'Asie, toute la
discipline militaire ; il accoutuma son armée aux
rapines [5], et lui donna des besoins qu'elle n'a-
voit jamais eus ; il corrompit une fois des soldats,
qui devoient dans la suite corrompre les capi-
taines.

Il entra dans Rome à main armée, et ensci-

[1] Romulus ne permit que deux sortes d'exercices aux gens
libres, l'agriculture et la guerre. Les marchands, les ouvriers,
ceux qui tenoient une maison à louage, les cabaretiers, n'é-
toient pas du nombre des citoyens. (DENYS D'HALICARNASSE,
liv. II ; *idem*, liv. IX.)

[2] Cicéron en donne les raisons dans ses *Offices*, liv. III.

[3] Il falloit avoir servi dix années, entre l'âge de seize ans et
celui de quarante-sept. Voyez Polybe, liv. VI.

[4] Comme Marius, pour se faire donner la commission de la
guerre contre Mithridate au préjudice de Sylla, avoit, par le se-
cours du tribun Sulpitius, répandu les huit nouvelles tribus des
peuples d'Italie dans les anciennes, ce qui rendoit les Italiens
maîtres des suffrages, ils étoient la plupart du parti de Marius,
pendant que le sénat et les anciens citoyens étoient du parti de
Sylla.

[5] Voyez, dans la *Conjuration de Catilina*, le portrait que
Salluste nous fait de cette armée.

gna aux généraux romains à violer l'asile de la liberté [1].

Il donna les terres des citoyens aux soldats [2], et il les rendit avides pour jamais [3] ; car, dès ce moment, il n'y eut plus un homme de guerre qui n'attendît une occasion qui pût mettre les biens de ses concitoyens entre ses mains.

Il inventa les proscriptions, et mit à prix la tête de ceux qui n'étoient pas de son parti. Dès lors il fut impossible de s'attacher davantage à la république ; car, parmi deux hommes ambitieux, et qui se disputoient la victoire, ceux qui étoient neutres, et pour le parti de la liberté, étoient sûrs d'être proscrits par celui des deux qui seroit vainqueur. Il étoit donc de la prudence de s'attacher à l'un des deux.

Il vint après lui, dit Cicéron [4], un homme qui, dans une cause impie et une victoire encore plus honteuse, ne confisqua pas seulement les biens des particuliers, mais enveloppa dans la même calamité des provinces entières.

Sylla, quittant la dictature, avoit semblé ne vouloir vivre que sous la protection de ses lois mêmes ; mais cette action, qui marqua tant de modération, étoit elle-même une suite de ses violences. Il avoit donné des établissements à quarante-sept légions dans divers endroits de l'Italie. Ces gens-là, dit Appian, regardant leur fortune comme attachée à sa vie, veilloient à sa sûreté, et étoient toujours prêts à le secourir ou à le venger [5].

La république devant nécessairement périr, il n'étoit plus question que de savoir comment et par qui elle devoit être abattue.

Deux hommes également ambitieux, excepté que l'un ne savoit pas aller à son but si directement que l'autre, effacèrent par leur crédit, par leurs exploits, par leurs vertus, tous les autres citoyens. Pompée parut le premier ; César le suivit de près.

Pompée, pour s'attirer la faveur, fit casser les lois de Sylla qui bornoient le pouvoir du peuple ; et quand il eut fait à son ambition un sacrifice des lois les plus salutaires de sa patrie, il obtint tout ce qu'il voulut, et la témérité du peuple fut sans bornes à son égard.

Les lois de Rome avoient sagement divisé la puissance publique en un grand nombre de magistratures qui se soutenoient, s'arrêtoient, et se tempéroient l'une l'autre ; et, comme elles n'avoient toutes qu'un pouvoir borné, chaque citoyen étoit bon pour y parvenir ; et le peuple, voyant passer devant lui plusieurs personnages l'un après l'autre, ne s'accoutumoit à aucun d'eux. Mais dans ces temps-ci le système de la république changea : les plus puissants se firent donner par le peuple des commissions extraordinaires, ce qui anéantit l'autorité du peuple et des magistrats, et mit toutes les grandes affaires dans les mains d'un seul ou de peu de gens [1].

Fallut-il faire la guerre à Sertorius, on en donna la commission à Pompée. Fallut-il la faire à Mithridate, tout le monde cria Pompée. Eut-on besoin de faire venir des blés à Rome, le peuple croit être perdu, si on n'en charge Pompée. Veut-on détruire les pirates, il n'y a que Pompée. Et lorsque César menace d'envahir, le sénat crie à son tour, et n'espère plus qu'en Pompée.

« Je crois bien, disoit Marcus [2] au peuple, que » Pompée, que les nobles attendent, aimera mieux » assurer votre liberté que leur domination ; mais » il y a eu un temps où chacun de vous avoit la » protection de plusieurs, et non pas tous la pro-» tection d'un seul, et où il étoit inouï qu'un mor-» tel pût donner ou ôter de pareilles choses. »

A Rome, faite pour s'agrandir, il avoit fallu réunir dans les mêmes personnes les honneurs et la puissance ; ce qui, dans des temps de trouble, pouvoit fixer l'admiration du peuple sur un seul citoyen.

Quand on accorde des honneurs, on sait précisément ce que l'on donne ; mais, quand on y joint le pouvoir, on ne peut dire à quel point il pourra être porté.

Des préférences excessives données à un citoyen dans une république ont toujours des effets nécessaires : elles font naître l'envie du peuple, ou elles augmentent sans mesure son amour.

Deux fois Pompée, retournant à Rome maître d'opprimer la république, eut la modération de congédier ses armées avant que d'y entrer, et d'y paroître en simple citoyen. Ces actions, qui le comblèrent de gloire, firent que dans la suite quel-

[1] *Fugatis Marii copiis, primus urbem Romam cum armis ingressus est.* (Fragment de Jean d'Antioche, dans l'*Extrait des vertus et des vices.*)

[2] On distribua bien au commencement une partie des terres des ennemis vaincus ; mais Sylla donnoit les terres des citoyens.

[3] Les confiscations, même en enrichissant des complices, n'en font que des mécontents et des ingrats. Les troubles et le désordre de l'état commencent à leur paroître insupportables dès qu'ils commencent à y posséder quelque chose ; et l'autorité qu'on ne leur accorde pas tout entière, ils la regardent comme usurpée par les autres. (*L'avocat-général* SERVAN.)

[4] *Offices,* liv. II, ch. VIII.

[5] On peut voir ce qui arriva après la mort de César.

[1] *Plebis opes imminutæ, paucorum potentia crevit.* (SALLUSTE, *de Conjuratione catil.*)

[2] Fragment de l'*Histoire de Salluste.*

que chose qu'il eût fait au préjudice des lois, le sénat se déclara toujours pour lui.

Pompée avoit une ambition plus lente et plus douce que celle de César. Celui-ci vouloit aller à la souveraine puissance, les armes à la main, comme Sylla. Cette façon d'opprimer ne plaisoit point à Pompée : il aspiroit à la dictature, mais par les suffrages du peuple; il ne pouvoit consentir à usurper la puissance; mais il auroit voulu qu'on la lui remît entre les mains.

Comme la faveur du peuple n'est jamais constante, il y eut des temps où Pompée vit diminuer son crédit[1]; et, ce qui le toucha bien sensiblement, des gens qu'il méprisoit augmentèrent le leur, et s'en servirent contre lui.

Cela lui fit faire trois choses également funestes : il corrompit le peuple à force d'argent, et mit dans les élections un prix aux suffrages de chaque citoyen.

De plus, il se servit de la plus vile populace pour troubler les magistrats dans leurs fonctions, espérant que les gens sages, lassés de vivre dans l'anarchie, le créeroient dictateur par désespoir.

Enfin il s'unit d'intérêts avec César et Crassus. Caton disoit que ce n'étoit pas leur inimitié qui avoit perdu la république, mais leur union. En effet, Rome étoit en ce malheureux état qu'elle étoit moins accablée par les guerres civiles que par la paix, qui, réunissant les vues et les intérêts des principaux, ne faisoit plus qu'une tyrannie.

Pompée ne prêta pas proprement son crédit à César, mais, sans le savoir, il le lui sacrifia. Bientôt César employa contre lui les forces qu'il lui avoit données, et ses artifices mêmes; il troubla la ville par ses émissaires, et se rendit maître des élections : consuls, préteurs, tribuns, furent achetés au prix qu'ils mirent eux-mêmes.

Le sénat, qui vit clairement les desseins de César, eut recours à Pompée; il le pria de prendre la défense de la république, si l'on pouvoit appeler de ce nom un gouvernement qui demandoit la protection d'un de ses citoyens.

Je crois que ce qui perdit surtout Pompée fut la honte qu'il eut de penser qu'en élevant César, comme il avoit fait, il eût manqué de prévoyance. Il s'accoutuma le plus tard qu'il put à cette idée; il ne se mettoit point en défense pour ne point avouer qu'il se fût mis en danger; il soutenoit au sénat que César n'oseroit faire la guerre; et parce qu'il l'avoit dit tant de fois, il le redisoit toujours.

[1] Voyez Plutarque.

Il semble qu'une chose avoit mis César en état de tout entreprendre : c'est que, par une malheureuse conformité de noms, on avoit joint à son gouvernement de la Gaule cisalpine celui de la Gaule d'au-delà les Alpes.

La politique n'avoit point permis qu'il y eût des armées auprès de Rome; mais elle n'avoit pas souffert non plus que l'Italie fût entièrement dégarnie de troupes : cela fit qu'on tint des forces considérables dans la Gaule cisalpine, c'est-à-dire dans le pays qui est depuis le Rubicon, petit fleuve de la Romagne, jusqu'aux Alpes. Mais, pour assurer la ville de Rome contre ces troupes, on fit le célèbre *sénatus-consulte* que l'on voit encore gravé sur le chemin de Rimini à Césène, par lequel on dévouoit aux dieux infernaux, et l'on déclaroit sacrilége et parricide, quiconque, avec une légion, avec une armée, ou avec une cohorte, passeroit le Rubicon.

A un gouvernement si important qui tenoit la ville en échec, on en joignit un autre plus considérable encore : c'étoit celui de la Gaule transalpine, qui comprenoit les pays du midi de la France, qui, ayant donné à César l'occasion de faire la guerre pendant plusieurs années à tous les peuples qu'il voulut, fit que ses soldats vieillirent avec lui, et qu'il ne les conquit pas moins que les barbares. Si César n'avoit point eu le gouvernement de la Gaule transalpine, il n'auroit point corrompu ses soldats, ni fait respecter son nom par tant de victoires. S'il n'avoit pas eu celui de la Gaule cisalpine, Pompée auroit pu l'arrêter au passage des Alpes; au lieu que, dès le commencement de la guerre, il fut obligé d'abandonner l'Italie : ce qui fit perdre à son parti la réputation, qui dans les guerres civiles est la puissance même.

La même frayeur qu'Annibal porta dans Rome après la bataille de Cannes, César l'y répandit lorsqu'il passa le Rubicon. Pompée, éperdu, ne vit, dans les premiers moments de la guerre, de parti à prendre que celui qui reste dans les affaires désespérées : il ne sut que céder et que fuir; il sortit de Rome, y laissa le trésor public; il ne put nulle part retarder le vainqueur; il abandonna une partie de ses troupes, toute l'Italie, et passa la mer.

On parle beaucoup de la fortune de César; mais cet homme extraordinaire avoit tant de grandes qualités, sans pas un défaut, quoiqu'il eût bien des vices, qu'il eût été bien difficile que, quelque armée qu'il eût commandée, il n'eût été vainqueur, et qu'en quelque république qu'il fût né, il ne l'eût gouvernée.

César, après avoir défait les lieutenants de Pompée en Espagne, alla en Grèce le chercher lui-même. Pompée, qui avoit la côte de la mer et des forces supérieures, étoit sur le point de voir l'armée de César détruite par la misère et la faim ; mais comme il avoit souverainement le foible de vouloir être approuvé, il ne pouvoit s'empêcher de prêter l'oreille aux vains discours de ses gens, qui le railloient ou l'accusoient sans cesse[1]. Il veut, disoit l'un, se perpétuer dans le commandement, et être, comme Agamemnon, le roi des rois. Je vous avertis, disoit un autre, que nous ne mangerons pas encore cette année des figues de Tusculum. Quelques succès particuliers qu'il eut achevèrent de tourner la tête à cette troupe sénatoriale. Ainsi, pour n'être pas blâmé, il fit une chose que la postérité blâmera toujours, de sacrifier tant d'avantages pour aller, avec des troupes nouvelles, combattre une armée qui avoit vaincu tant de fois.

Lorsque les restes de Pharsale se furent retirés en Afrique, Scipion, qui les commandoit, ne voulut jamais suivre l'avis de Caton, de traîner la guerre en longueur : enflé de quelques avantages, il risqua tout, et perdit tout ; et lorsque Brutus et Cassius rétablirent ce parti, la même précipitation perdit la république une troisième fois[2].

Vous remarquerez que dans ces guerres civiles, qui durèrent si long-temps, la puissance de Rome s'accrut sans cesse au dehors. Sous Marius, Sylla, Pompée, César, Antoine, Auguste, Rome, toujours plus terrible, acheva de détruire tous les rois qui restoient encore.

Il n'y a point d'état qui menace si fort les autres d'une conquête que celui qui est dans les horreurs de la guerre civile. Tout le monde, noble, bourgeois, artisan, laboureur, y devient soldat ; et lorsque par la paix les forces sont réunies, cet état a de grands avantages sur les autres qui n'ont guère que des citoyens. D'ailleurs, dans les guerres civiles, il se forme souvent de grands hommes, parce que dans la confusion ceux qui ont du mérite se font jour, chacun se place et se met à son rang ; au lieu que dans les autres temps on est placé, et on l'est souvent tout de travers. Et pour passer de l'exemple des Romains à d'autres plus récents, les François n'ont jamais été si redoutables au dehors qu'après les querelles des maisons de Bourgogne et d'Orléans, après les troubles de la ligue, après les guerres civiles de la minorité de Louis XIII, et de celle de Louis XIV. L'Angleterre n'a jamais été si respectée que sous Cromwell, après les guerres du long parlement. Les Allemands n'ont pris la supériorité sur les Turcs qu'après les guerres civiles d'Allemagne. Les Espagnols, sous Philippe V, d'abord après les guerres civiles pour la succession, ont montré en Sicile une force qui a étonné l'Europe ; et nous voyons aujourd'hui la Perse renaître des cendres de la guerre civile, et humilier les Turcs.

Enfin la république fut opprimée ; et il n'en faut pas accuser l'ambition de quelques particuliers, il en faut accuser l'homme, toujours plus avide du pouvoir à mesure qu'il en a davantage, et qui ne desire tout que parce qu'il possède beaucoup.

Si César et Pompée avoient pensé comme Caton, d'autres auroient pensé comme firent César et Pompée ; et la république, destinée à périr, auroit été entraînée au précipice par une autre main.

César pardonna à tout le monde ; mais il me semble que la modération que l'on montre après qu'on a tout usurpé ne mérite pas de grandes louanges.

Quoi que l'on ait dit de sa diligence après Pharsale, Cicéron l'accuse de lenteur avec raison. Il dit à Cassius qu'ils n'auroient jamais cru que le parti de Pompée se fût ainsi relevé en Espagne et en Afrique, et que, s'ils avoient pu prévoir que César se fût amusé à sa guerre d'Alexandrie, ils n'auroient pas fait leur paix, et qu'ils se seroient retirés avec Scipion et Caton en Afrique[1]. Ainsi un fol amour lui fit essuyer quatre guerres ; et, en ne prévenant pas les deux dernières, il remit en question ce qui avoit été décidé à Pharsale.

César gouverna d'abord sous des titres de magistrature, car les hommes ne sont guère touchés que des noms. Et comme les peuples d'Asie abhorroient ceux de consul et de proconsul, les peuples d'Europe détestoient celui de roi : de sorte que dans ces temps-là ces noms faisoient le bonheur ou le désespoir de la terre. César ne laissa pas de tenter de se faire mettre le diadème sur la tête ; mais voyant que le peuple cessoit ses acclamations, il le rejeta. Il fit encore d'autres tentatives[2] ; et je ne puis comprendre qu'il pût croire que les Romains, pour le souffrir tyran, aimassent pour cela la tyrannie, ou crussent avoir fait ce qu'ils avoient fait.

[1] Voyez Plutarque, *Vie de Pompée.*
[2] Cela est bien expliqué dans Appian, *de la Guerre civile,* liv. IV. L'armée d'Octave et d'Antoine auroit péri de faim si l'on n'avoit pas donné la bataille.

[1] *Épîtres familières,* liv. XV.
[2] Il cassa les tribuns du peuple.

Un jour que le sénat lui déféroit de certains honneurs, il négligea de se lever; et pour lors les plus graves de ce corps achevèrent de perdre patience.

On n'offense jamais plus les hommes que lorsqu'on choque leurs cérémonies et leurs usages. Cherchez à les opprimer, c'est quelquefois une preuve de l'estime que vous en faites; choquez leurs coutumes, c'est toujours une marque de mépris.

César, de tout temps ennemi du sénat, ne put cacher le mépris qu'il conçut pour ce corps, qui étoit devenu presque ridicule depuis qu'il n'avoit plus de puissance: par-là sa clémence même fut insultante. On regarda qu'il ne pardonnoit pas, mais qu'il dédaignoit de punir.

Il porta le mépris jusqu'à faire lui-même les sénatus-consultes; il les souscrivoit du nom des premiers sénateurs qui lui venoient dans l'esprit. « J'apprends quelquefois, dit Cicéron [1], qu'un » sénatus-consulte passé à mon avis a été porté en » Syrie et en Arménie, avant que j'aie su qu'il ait » été fait; et plusieurs princes m'ont écrit des let- » tres de remerciements sur ce que j'avois été » d'avis qu'on leur donnât le titre de rois, que non » seulement je ne savois pas être rois, mais même » qu'ils fussent au monde. »

On peut voir dans les lettres de quelques grands hommes de ce temps-là [2], qu'on a mises sous le nom de Cicéron, parce que la plupart sont de lui, l'abattement et le désespoir des premiers hommes de la république à cette révolution subite qui les priva de leurs honneurs, et de leurs occupations même; lorsque, le sénat étant sans fonction, ce crédit, qu'ils avoient eu par toute la terre, ils ne purent plus l'espérer que dans le cabinet d'un seul; et cela se voit bien mieux dans ces lettres que dans les discours des historiens. Elles sont le chef-d'œuvre de la naïveté des gens unis par une douleur commune, et d'un siècle où la fausse politesse n'avoit pas mis le mensonge partout; enfin on n'y voit point, comme dans la plupart de nos lettres modernes, des gens qui veulent se tromper, mais des amis malheureux qui cherchent à se tout dire.

Il étoit bien difficile que César pût défendre sa vie: la plupart des conjurés étoient de son parti, ou avoient été par lui comblés de bienfaits [3]; et la raison en est bien naturelle. Ils avoient trouvé de grands avantages dans sa victoire; mais, plus leur fortune devenoit meilleure, plus ils commençoient à avoir part au malheur commun [1]; car, à un homme qui n'a rien, il importe assez peu, à certains égards, en quel gouvernement il vive.

De plus, il y avoit un certain droit des gens, une opinion établie dans toutes les républiques de Grèce et d'Italie, qui faisoit regarder comme un homme vertueux l'assassin de celui qui avoit usurpé la souveraine puissance. À Rome surtout, depuis l'expulsion des rois, la loi étoit précise, les exemples reçus: la république armoit le bras de chaque citoyen, le faisoit magistrat pour le moment, et l'avouoit pour sa défense.

Brutus ose bien dire à ses amis que quand son père reviendroit sur la terre il le tueroit tout de même [2]; et, quoique, par la continuation de la tyrannie, cet esprit de liberté se perdît peu à peu, les conjurations, au commencement du règne d'Auguste, renaissoient toujours.

C'étoit un amour dominant pour la patrie qui, sortant des règles ordinaires des crimes et des vertus, n'écoutoit que lui seul, et ne voyoit ni citoyen, ni ami, ni bienfaiteur, ni père: la vertu sembloit s'oublier pour se surpasser elle-même; et l'action qu'on ne pouvoit d'abord approuver, parce qu'elle étoit atroce, elle la faisoit admirer comme divine.

En effet, le crime de César, qui vivoit dans un gouvernement libre, n'étoit-il pas hors d'état d'être puni autrement que par un assassinat? Et demander pourquoi on ne l'avoit pas poursuivi par la force ouverte ou pour les lois, n'étoit-ce pas demander raison de ses crimes?

<hr />

CHAPITRE XII.

De l'état de Rome après la mort de César.

Il étoit tellement impossible que la république pût se rétablir, qu'il arriva ce qu'on n'avoit jamais encore vu, qu'il n'y eut plus de tyran, et qu'il n'y eut pas de liberté; car les causes qui l'avoient détruite subsistoient toujours.

Les conjurés n'avoient formé de plan que pour la conjuration, et n'en avoient point fait pour la soutenir.

Après l'action faite, ils se retirèrent au Capi-

[1] *Lettres familières*, liv. IX.
[2] Voyez les *Lettres de Cicéron et de Servius Sulpitius*.
[3] Décimus Brutus, Caïus Casca, Trébonius, Tullius Cimber, Minutius Basilius, étoient amis de César. (APPIAN, *de Bello civili*, lib. II.

[1] Je ne parle pas des satellites d'un tyran, qui seroient perdus après lui, mais de ses compagnons, dans un gouvernement libre.
[2] *Lettres de Brutus*, dans le recueil de celles de Cicéron.

tole : le sénat ne s'assembla pas; et le lendemain, Lépidus, qui cherchoit le trouble, se saisit avec des gens armés de la place romaine.

Les soldats vétérans, qui craignoient qu'on ne répétât les dons immenses qu'ils avoient reçus, entrèrent dans Rome : cela fit que le sénat approuva tous les actes de César, et que, conciliant les extrêmes, il accorda une amnistie aux conjurés ; ce qui produisit une fausse paix.

César, avant sa mort, se préparant à son expédition contre les Parthes, avoit nommé des magistrats pour plusieurs années, afin qu'il eût des gens à lui qui maintinssent dans son absence la tranquillité de son gouvernement : ainsi, après sa mort, ceux de son parti se sentirent des ressources pour long-temps.

Comme le sénat avoit approuvé tous les actes de César sans restriction, et que l'exécution en fut donnée aux consuls, Antoine, qui l'étoit, se saisit du livre de raison de César, gagna son secrétaire, et y fit écrire tout ce qu'il voulut : de manière que le dictateur régnoit plus impérieusement que, pendant sa vie; car, ce qu'il n'auroit jamais fait, Antoine le faisoit; l'argent qu'il n'auroit jamais donné, Antoine le donnoit; et tout homme qui avoit de mauvaises intentions contre la république, trouvoit soudain une récompense dans les livres de César.

Par un nouveau malheur, César avoit amassé pour son expédition des sommes immenses, qu'il avoit mises dans le temple d'Ops : Antoine, avec son livre, en disposa à sa fantaisie.

Les conjurés avoient d'abord résolu de jeter le corps de César dans le Tibre [1] : ils n'y auroient trouvé nul obstacle ; car, dans ces moments d'étonnement qui suivent une action inopinée, il est facile de faire tout ce qu'on peut oser. Cela ne fut point exécuté; et voici ce qui en arriva :

Le sénat se crut obligé de permettre qu'on fît les obsèques de César ; et effectivement, dès qu'il ne l'avoit pas déclaré tyran, il ne pouvoit lui refuser la sépulture. Or, c'étoit une coutume des Romains, si vantée par Polybe, de porter dans les funérailles les images des ancêtres, et de faire ensuite l'oraison funèbre du défunt. Antoine, qui la fit, montra au peuple la robe ensanglantée de César, lui lut son testament, où il lui faisoit de grandes largesses, et l'agita au point qu'il mit le feu aux maisons des conjurés.

Nous avons un aveu de Cicéron, qui gouverna le sénat dans toute cette affaire [1], qu'il auroit mieux valu agir avec rigueur, et s'exposer à périr, et que même on n'auroit point péri; mais il se disculpe sur ce que, quand le sénat fut assemblé, il n'étoit plus temps. Et ceux qui savent le prix d'un moment, dans des affaires où le peuple a tant de part, n'en seront pas étonnés.

Voici un autre accident : pendant qu'on faisoit des jeux en l'honneur de César, une comète à longue chevelure parut pendant sept jours : le peuple crut que son ame avoit été reçue dans le ciel.

C'étoit bien une coutume des peuples de Grèce et d'Asie de bâtir des temples aux rois, et même aux proconsuls qui les avoient gouvernés [2] : on leur laissoit faire ces choses comme le témoignage le plus fort qu'ils pussent donner de leur servitude; les Romains mêmes pouvoient, dans des laraires, ou des temples particuliers, rendre des honneurs divins à leurs ancêtres; mais je ne vois pas que, depuis Romulus jusqu'à César, aucun Romain ait été mis au nombre des divinités publiques [3].

Le gouvernement de la Macédoine étoit échu à Antoine ; il voulut, au lieu de celui-là, avoir celui des Gaules : on voit bien par quel motif. Décimus Brutus, qui avoit la Gaule cisalpine, ayant refusé de la lui remettre, il voulut l'en chasser; cela produisit une guerre civile, dans laquelle le sénat déclara Antoine ennemi de la patrie.

Cicéron, pour perdre Antoine, son ennemi particulier, avoit pris le mauvais parti de travailler à l'élévation d'Octave ; et, au lieu de chercher à faire oublier au peuple César, il le lui avoit remis devant les yeux.

Octave se conduisit avec Cicéron en homme habile : il le flatta, le loua, le consulta; et employa tous ces artifices dont la vanité ne se défie jamais.

Ce qui gâte presque toutes les affaires, c'est qu'ordinairement ceux qui les entreprennent, outre la réussite principale, cherchent encore de certains petits succès particuliers qui flattent leur amour-propre, et les rendent contents d'eux.

Je crois que si Caton s'étoit réservé pour la république, il auroit donné aux choses tout un

[1] *Cela n'auroit pas été sans exemple : après que Tibérius Gracchus eut été tué, Lucrétius, édile, qui fut depuis appelé Vespillo, jeta son corps dans le Tibre. (AURELIUS VICTOR, *de Vir. illust.*)

[1] *Lettres à Atticus*, liv. XIV, lettr. x.
[2] Voyez là-dessus les *Lettres de Cicéron à Atticus*, liv. V, et la remarque de M. l'abbé de Mongault.
[3] Dion dit que les triumvirs, qui espéroient tous d'avoir quelque jour la place de César, firent tout ce qu'ils purent pour augmenter les honneurs qu'on lui rendoit, liv. XLVII.

autre tour. Cicéron, avec des parties admirables pour un second rôle, étoit incapable du premier : il avoit un beau génie, mais une ame souvent commune. L'accessoire, chez Cicéron, c'étoit la vertu; chez Caton, c'étoit la gloire[1]; Cicéron se voyoit toujours le premier; Caton s'oublioit toujours : celui-ci vouloit sauver la république pour elle-même; celui-là pour s'en vanter.

Je pourrois continuer le parallèle en disant que, quand Caton prévoyoit, Cicéron craignoit; que là où Caton espéroit, Cicéron se confioit; que le premier voyoit toujours les choses de sang-froid; l'autre au travers de cent petites passions.

Antoine fut défait à Modène : les deux consuls Hirtius et Pansa y périrent. Le sénat, qui se crut au-dessus de ses affaires, songea à abaisser Octave, qui de son côté cessa d'agir contre Antoine, mena son armée à Rome, et se fit déclarer consul.

Voilà comment Cicéron, qui se vantoit que sa robe avoit détruit les armées d'Antoine, donna à la république un ennemi plus dangereux, parce que son nom étoit plus cher, et ses droits, en apparence, plus légitimes[2].

Antoine, défait, s'étoit réfugié dans la Gaule transalpine, où il avoit été reçu par Lépidus. Ces deux hommes s'unirent avec Octave, et ils se donnèrent l'un à l'autre la vie de leur amis et de leurs ennemis[3]. Lépide resta à Rome : les deux autres allèrent chercher Brutus et Cassius, et ils les trouvèrent dans ces lieux où l'on combattit trois fois pour l'empire du monde.

Brutus et Cassius se tuèrent avec une précipitation qui n'est pas excusable; et l'on ne peut lire cet endroit de leur vie sans avoir pitié de la république, qui fut ainsi abandonnée. Caton s'étoit donné la mort à la fin de la tragédie; ceux-ci la commencèrent en quelque façon par leur mort.

On peut donner plusieurs causes de cette coutume si générale des Romains de se donner la mort : le progrès de la secte stoïque, qui y encourageoit; l'établissement des triomphes et de l'esclavage, qui firent penser à plusieurs grands hommes qu'il ne falloit pas survivre à une défaite; l'avantage que les accusés avoient de se donner la mort plutôt que de subir un jugement par lequel leur mémoire devoit être flétrie et leurs biens

confisqués[1]; une espèce de point d'honneur, peut-être plus raisonnable que celui qui nous porte aujourd'hui à égorger notre ami pour un geste ou pour une parole; enfin une grande commodité pour l'héroïsme, chacun faisant finir la pièce qu'il jouoit dans le monde, à l'endroit où il vouloit.

On pourroit ajouter, une grande facilité dans l'exécution : l'ame, tout occupée de l'action qu'elle va faire, du motif qui la détermine, du péril qu'elle va éviter, ne voit point proprement la mort, parce que la passion fait sentir, et jamais voir.

L'amour-propre, l'amour de notre conservation, se transforme en tant de manières, et agit par des principes si contraires, qu'il nous porte à sacrifier notre être pour l'amour de notre être; et tel est le cas que nous faisons de nous-mêmes, que nous consentons à cesser de vivre par un instinct naturel et obscur qui fait que nous nous aimons plus que notre vie même[2].

<hr/>

CHAPITRE XIII.

Auguste.

Sextus Pompée tenoit la Sicile et la Sardaigne; il étoit maître de la mer, et il avoit avec lui une infinité de fugitifs et de proscrits qui combattoient pour leurs dernières espérances. Octave lui fit deux guerres très laborieuses; et, après bien des mauvais succès, il le vainquit par l'habileté d'Agrippa.

Les conjurés avoient presque tous fini malheureusement leur vie; et il étoit bien naturel que des gens qui étoient à la tête d'un parti abattu tant de fois, dans des guerres où l'on ne se faisoit aucun quartier, eussent péri de mort violente. De là cependant on tira la conséquence d'une vengeance céleste qui punissoit les meurtriers de César, et proscrivoit leur cause.

<hr/>

[1] *Esse quam videri bonus malebat: itaque, quo minus gloriam petebat, eo magis illam assequebatur.* (SALLUST., de *Bello catil.*)

[2] Il étoit héritier de César, et son fils par adoption.

[3] Leur cruauté fut si insensée qu'ils ordonnèrent que chacun eût à se réjouir des proscriptions, sous peine de la vie. Voyez Dion.

[1] *Eorum qui de se statuebant humabantur corpora, manebant testamenta, pretium festinandi.* (TACITE, *Annales*, liv. VI.)

[2] Dans quelques éditions modernes, ce chapitre se termine par le paragraphe suivant : « Il est certain que les hommes sont devenus moins libres, moins courageux, moins portés aux grandes entreprises, qu'ils n'étoient lorsque, par cette puissance qu'on prenoit sur soi-même, on pouvoit à tous les instants échapper à toute autre puissance. »
Mais cette réflexion ne se trouvant dans aucune des éditions publiées du vivant de Montesquieu, nous avons cru devoir la rejeter au bas de la page. Le même motif nous a fait supprimer une note à la fin de ce chapitre, et une autre au commencement du chapitre suivant. (P.)

Octave gagna les soldats de Lépidus, et le dépouilla de la puissance du triumvirat; il lui envia même la consolation de mener une vie obscure, et le força de se trouver, comme homme privé, dans les assemblées du peuple.

On est bien aise de voir l'humiliation de ce Lépidus. C'étoit le plus méchant citoyen qui fût dans la république, toujours le premier à commencer les troubles, formant sans cesse des projets funestes, où il étoit obligé d'associer de plus habiles gens que lui. Un auteur moderne [1] s'est plu à en faire l'éloge, et cite Antoine, qui, dans une de ses lettres, lui donne la qualité d'honnête homme; mais un honnête homme pour Antoine ne devoit guère l'être pour les autres.

Je crois qu'Octave est le seul de tous les capitaines romains qui ait gagné l'affection des soldats en leur donnant sans cesse des marques d'une lâcheté naturelle. Dans ces temps-là, les soldats faisoient plus de cas de la libéralité de leur général que de son courage. Peut-être même que ce fut un bonheur pour lui de n'avoir point eu cette valeur qui peut donner l'empire, et que cela même l'y porta: on le craignit moins. Il n'est pas impossible que les choses qui le déshonorèrent le plus aient été celles qui le servirent le mieux. S'il avoit d'abord montré une grande ame, tout le monde se seroit méfié de lui; et, s'il eût eu de la hardiesse, il n'auroit pas donné à Antoine le temps de faire toutes les extravagances qui le perdirent.

Antoine, se préparant contre Octave, jura à ses soldats que deux mois après sa victoire il rétabliroit la république: ce qui fait bien voir que les soldats mêmes étoient jaloux de la liberté de leur patrie, quoiqu'ils la détruisissent sans cesse, n'y ayant rien de si aveugle qu'une armée.

La bataille d'Actium se donna; Cléopâtre fuit, et entraîna Antoine avec elle. Il est certain que dans la suite elle le trahit [2]. Peut-être que, par cet esprit de coquetterie inconcevable des femmes, elle avoit formé le dessein de mettre encore à ses pieds un troisième maître du monde.

Une femme à qui Antoine avoit sacrifié le monde entier le trahit; tant de capitaines et tant de rois, qu'il avoit agrandis ou faits, lui manquèrent; et, comme si la générosité avoit été liée à la servitude, une troupe de gladiateurs lui conserva une fidélité héroïque. Comblez un homme de bienfaits, la première idée que vous lui inspirez, c'est de chercher les moyens de les conserver: ce sont de nouveaux intérêts que vous lui donnez à défendre.

Ce qu'il y a de surprenant dans ces guerres, c'est qu'une bataille décidoit presque toujours l'affaire, et qu'une défaite ne se réparoit pas.

Les soldats romains n'avoient point proprement d'esprit de parti; ils ne combattoient point pour une certaine chose, mais pour une certaine personne; ils ne connoissoient que leur chef, qui les engageoit par des espérances immenses; mais le chef battu n'étant plus en état de remplir ses promesses, ils se tournoient d'un autre côté. Les provinces n'entroient point non plus sincèrement dans la querelle, car il leur importoit fort peu qui eût le dessus, du sénat ou du peuple. Ainsi, sitôt qu'un des chefs étoit battu, elles se donnoient à l'autre [1]; car il falloit que chaque ville songeât à se justifier devant le vainqueur, qui, ayant des promesses immenses à tenir aux soldats, devoit leur sacrifier les pays les plus coupables.

Nous avons eu en France deux sortes de guerres civiles: les unes avoient pour prétexte la religion; et elles ont duré, parce que le motif subsistoit après la victoire; les autres n'avoient pas proprement de motif, mais étoient excitées par la légèreté ou l'ambition de quelques grands, et elles étoient d'abord étouffées.

Auguste (c'est le nom que la flatterie donna à Octave) établit l'ordre, c'est-à-dire une servitude durable [2]; car dans un état libre où l'on vient d'usurper la souveraineté, on appelle règle tout ce qui peut fonder l'autorité sans borne d'un seul; et on nomme trouble, dissension, mauvais gouvernement, tout ce qui peut maintenir l'honnête liberté des sujets.

Tous les gens qui avoient eu des projets ambitieux avoient travaillé à mettre une espèce d'anarchie dans la république. Pompée, Crassus et César, y réussirent à merveille. Ils établirent une impunité de tous les crimes publics; tout ce qui pouvoit arrêter la corruption des mœurs, tout ce qui pouvoit faire une bonne police, ils l'abolirent; et comme les bons législateurs cherchent à rendre leurs concitoyens meilleurs, ceux-ci travailloient à les rendre pires: ils introduisirent donc la coutume de corrompre le peuple à prix d'argent; et

[1] L'abbé de Saint-Réal.
[2] Voyez Dion, liv. LI.

[1] Il n'y avoit point de garnisons dans les villes pour les contenir; et les Romains n'avoient en besoin d'assurer leur empire que par des armées ou des colonies.
[2] La plupart des ambitieux qui s'élèvent prennent de nouveaux titres pour autoriser un nouveau pouvoir. Mais Auguste voulut cacher une puissance nouvelle sous des noms connus et des dignités ordinaires: il se fit appeler *empereur*, pour conserver son autorité sur les légions; se fit créer *tribun*, pour disposer du peuple; et *prince du sénat*, pour le gouverner. (SAINT-ÉVREMOND.)

quand on étoit accusé de brigues, on corrompoit aussi les juges; ils firent troubler les élections par toutes sortes de violences; et, quand on étoit mis en justice, on intimidoit encore les juges [1]; l'autorité même du peuple étoit anéantie : témoin Gabinius, qui, après avoir rétabli, malgré le peuple, Ptolomée à main armée, vint froidement demander le triomphe [2].

Ces premiers hommes de la république cherchoient à dégoûter le peuple de son pouvoir, et à devenir nécessaires en rendant extrêmes les inconvénients du gouvernement républicain; mais lorsqu'Auguste fut une fois le maître, la politique le fit travailler à rétablir l'ordre pour faire sentir le bonheur du gouvernement d'un seul.

Lorsqu'Auguste avoit les armes à la main, il craignoit les révoltes des soldats, et non pas les conjurations des citoyens; c'est pour cela qu'il ménagea les premiers, et fut si cruel aux autres. Lorsqu'il fut en paix, il craignit les conjurations; et ayant toujours devant les yeux le destin de César, pour éviter son sort il songea à s'éloigner de sa conduite. Voilà la clef de toute la vie d'Auguste. Il porta dans le sénat une cuirasse sous sa robe; il refusa le nom de dictateur; et au lieu que César disoit insolemment que la république n'étoit rien, et que ses paroles étoient des lois, Auguste ne parla que de la dignité du sénat, et de son respect pour la république. Il songea donc à établir le gouvernement le plus capable de plaire qui fût possible sans choquer ses intérêts; et il en fit un aristocratique, par rapport au civil; et monarchique, par rapport au militaire; gouvernement ambigu, qui, n'étant pas soutenu par ses propres forces, ne pouvoit subsister que tandis qu'il plairoit au monarque, et étoit entièrement monarchique par conséquent.

On a mis en question si Auguste avoit eu véritablement le dessein de se démettre de l'empire. Mais qui ne voit que, s'il l'eût voulu, il étoit impossible qu'il n'y eût réussi? Ce qui fait voir que c'étoit un jeu, c'est qu'il demanda tous les dix ans qu'on le soulageât de ce poids, et qu'il le porta toujours. C'étoient de petites finesses pour se faire encore donner ce qu'il ne croyoit pas avoir assez acquis. Je me détermine par toute la vie d'Auguste; et, quoique les hommes soient fort bizarres, cependant il arrive très-rarement qu'ils renoncent dans un moment à ce à quoi ils ont ré-

fléchi pendant toute leur vie. Toutes les actions d'Auguste, tous ses réglements, tendoient visiblement à l'établissement de la monarchie. Sylla se défait de la dictature; mais dans toute la vie de Sylla, au milieu de ses violences, on voit un esprit républicain; tous ses réglements, quoique tyranniquement exécutés, tendent toujours à une certaine forme de république. Sylla, homme emporté, mène violemment les Romains à la liberté; Auguste, rusé tyran [1], les conduit doucement à la servitude. Pendant que sous Sylla la république reprenoit des forces, tout le monde crioit à la tyrannie; et, pendant que sous Auguste la tyrannie se fortifioit, on ne parloit que de liberté.

La coutume des triomphes, qui avoit tant contribué à la grandeur de Rome, se perdit sous Auguste, ou plutôt cet honneur devint un privilége de la souveraineté [2]. La plupart des choses qui arrivèrent sous les empereurs avoient leur origine dans la république [3], et il faut les rapprocher; celui-là seul avoit le droit de demander le triomphe, sous les auspices duquel la guerre s'étoit faite [4] : or, elle se faisoit toujours sous les auspices du chef, et par conséquent de l'empereur qui étoit le chef de toutes les armées.

Comme, du temps de la république, on eut pour principe de faire continuellement la guerre, sous les empereurs, la maxime fut d'entretenir la paix : les victoires ne furent regardées que comme des sujets d'inquiétude, avec des armées qui pouvoient mettre leurs services à trop haut prix.

Ceux qui eurent quelque commandement craignirent d'entreprendre de trop grandes choses : il fallut modérer sa gloire de façon qu'elle ne réveillât que l'attention, et non pas la jalousie du prince, et ne point paroître devant lui avec un éclat que ses yeux ne pouvoient souffrir.

Auguste fut fort retenu à accorder le droit de bourgeoisie romaine [5]; il fit des lois [6] pour empêcher qu'on n'affranchît trop d'esclaves [7]; il recom-

[1] Cela se voit bien dans les *Lettres de Cicéron à Atticus.*

[2] César fit la guerre aux Gaulois, et Crassus aux Parthes, sans qu'il y eût eu aucune délibération du sénat ni aucun décret du peuple. Voyez Dion.

[1] J'emploie ici ce mot dans le sens des Grecs et des Romains, qui donnoient ce nom à tous ceux qui avoient renversé la démocratie.

[2] On ne donna plus aux particuliers que les ornements triomphaux. (DION, *in Aug.*)

[3] Les Romains ayant changé de gouvernement, sans avoir été envahis, les mêmes coutumes restèrent après le changement du gouvernement, dont la forme même resta à-peu-près.

[4] Dion, *in Aug.,* liv. LIV, dit qu'Agrippa négligea par modestie de rendre compte au sénat de son expédition contre les peuples du Bosphore, et refusa même le triomphe; et que depuis lui personne ne s'en pareils ne triompha; mais c'étoit une grâce qu'Auguste vouloit faire à Agrippa, et qu'Antoine ne fit point à Ventidius la première fois qu'il vainquit les Parthes.

[5] SUÉTONE, *in Aug.*

[6] SUÉTONE, *ibid.* Voyez les *Institutes,* liv. I. ; DION, *in Aug.*

manda par son testament que l'on gardât ces deux maximes, et qu'on ne cherchât point à étendre l'empire par de nouvelles guerres.

Ces trois choses étoient très bien liées ensemble : dès qu'il n'y avoit plus de guerres, il ne falloit plus de bourgeoisie nouvelle, ni d'affranchissements.

Lorsque Rome avoit des guerres continuelles, il falloit qu'elle réparât continuellement ses habitants. Dans les commencements, on y mena une partie du peuple de la ville vaincue : dans la suite, plusieurs citoyens des villes voisines y vinrent pour avoir part au droit de suffrage ; et ils s'y établirent en si grand nombre que, sur les plaintes des alliés, on fut souvent obligé de les leur renvoyer ; enfin on y arriva en foule des provinces. Les lois favorisèrent les mariages, et même les rendirent nécessaires. Rome fit dans toutes ses guerres un nombre d'esclaves prodigieux ; et, lorsque ses citoyens furent comblés de richesses, ils en achetèrent de toutes parts, mais ils les affranchirent sans nombre, par générosité, par avarice, par foiblesse[1] : les uns vouloient récompenser des esclaves fidèles ; les autres vouloient recevoir en leur nom le blé que la république distribuoit aux pauvres citoyens ; d'autres enfin desiroient d'avoir à leur pompe funèbre beaucoup de gens qui la suivissent avec un chapeau de fleurs. Le peuple fut presque composé d'affranchis[2] : de façon que ces maîtres du monde, non seulement dans les commencements, mais dans tous les temps, furent la plupart d'origine servile.

Le nombre du petit peuple, presque tout composé d'affranchis, ou de fils d'affranchis, devenant incommode, on en fit des colonies, par le moyen desquelles on s'assura de la fidélité des provinces. C'étoit une circulation des hommes de tout l'univers. Rome les recevoit esclaves, et les renvoyoit Romains.

Sous prétexte de quelques tumultes arrivés dans les élections, Auguste mit dans la ville un gouverneur et une garnison ; il rendit les corps des légions éternels, les plaça sur les frontières, et établit des fonds particuliers pour les payer ; enfin il ordonna que les vétérans recevroient leur récompense en argent, et non pas en terres[3].

Il résultoit plusieurs mauvais effets de cette distribution des terres que l'on faisoit depuis Sylla. La propriété des biens des citoyens étoit rendue incertaine. Si on ne menoit pas dans un même lieu les soldats d'une cohorte, ils se dégoûtoient de leur établissement, laissoient les terres incultes, et devenoient de dangereux citoyens[1] : mais, si on les distribuoit par légions, les ambitieux pouvoient trouver contre la république des armées dans un moment.

Auguste fit des établissements fixes pour la marine. Comme avant lui les Romains n'avoient point eu des corps perpétuels de troupes de terre, ils n'en avoient point non plus de troupes de mer. Les flottes d'Auguste eurent pour objet principal la sûreté des convois, et la communication des diverses parties de l'empire ; car d'ailleurs les Romains étoient les maîtres de toute la Méditerranée : on ne naviguoit dans ces temps-là que dans cette mer, et ils n'avoient aucun ennemi à craindre.

Dion remarque très bien que depuis les empereurs il fut plus difficile d'écrire l'histoire : tout devint secret ; toutes les dépêches des provinces furent portées dans le cabinet des empereurs ; on ne sut plus que ce que la folie et la hardiesse des tyrans ne voulut point cacher, ou ce que les historiens conjecturèrent.

CHAPITRE XIV.

Tibère.

Comme on voit un fleuve miner lentement et sans bruit les digues qu'on lui oppose, et enfin les renverser dans un moment, et couvrir les campagnes qu'elles conservoient, ainsi la puissance souveraine sous Auguste agit insensiblement et renversa sous Tibère avec violence.

Il y avoit une *loi de majesté* contre ceux qui commettoient quelque attentat contre le peuple romain. Tibère se saisit de cette loi, et l'appliqua, non pas aux cas pour lesquels elle avoit été faite, mais à tout ce qui put servir sa haine ou ses défiances. Ce n'étoient pas seulement les actions qui tomboient dans le cas de cette loi, mais des paroles, des signes, et des pensées même ; car ce qui se dit dans ces épanchements de cœur que la conversation produit entre deux amis ne peut être regardé que comme des pensées. Il n'y eut donc

[1] DENYS D'HALICARNASSE, liv. IV.

[2] Voyez Tacite, *Annales*, liv. XIII, *late fusum in corpus*, etc.

[3] Il régla que les soldats prétoriens auroient cinq mille drachmes : deux après seize ans de service, et les autres trois mille drachmes après vingt ans de service. (DION, *in Aug.*)

[1] Voyez Tacite, *Annales*, liv. XIV, sur les soldats menés à Tarente et à Antium.

plus de liberté dans les festins, de confiance dans les parentés, de fidélité dans les esclaves; la dissimulation et la tristesse du prince se communiquant partout, l'amitié fut regardée comme un écueil; l'ingénuité, comme une imprudence; la vertu, comme une affectation qui pouvoit rappeler dans l'esprit des peuples le bonheur des temps précédents [1].

Il n'y a point de plus cruelle tyrannie que celle que l'on exerce à l'ombre des lois, et avec les couleurs de la justice, lorsqu'on va pour ainsi dire noyer des malheureux sur la planche même sur laquelle ils s'étoient sauvés.

Et, comme il n'est jamais arrivé qu'un tyran ait manqué d'instruments de sa tyrannie, Tibère trouva toujours des juges prêts à condamner autant de gens qu'il en put soupçonner. Du temps de la république, le sénat qui ne jugeoit point en corps les affaires des particuliers, connoissoit, par une délégation du peuple, des crimes qu'on imputoit aux alliés. Tibère lui renvoya de même le jugement de tout ce qu'il appeloit crime de *lèse-majesté* contre lui. Ce corps tomba dans un état de bassesse qui ne peut s'exprimer : les sénateurs alloient au-devant de la servitude; sous la faveur de Séjan, les plus illustres d'entre eux faisoient le métier de délateur.

Il me semble que je vois plusieurs causes de cet esprit de servitude qui régnoit pour lors dans le sénat. Après que César eut vaincu le parti de la république, les amis et les ennemis qu'il avoit dans le sénat concoururent également à ôter toutes les bornes que les lois avoient mises à sa puissance, et à lui déférer des honneurs excessifs. Les uns cherchoient à lui plaire, les autres, à le rendre odieux. Dion nous dit que quelques uns allèrent jusqu'à proposer qu'il lui fût permis de jouir de toutes les femmes qu'il lui plairoit. Cela fit qu'il ne se défia point du sénat, et qu'il y fut assassiné; mais cela fit aussi que dans les règnes suivants il n'y eut point de flatterie qui fût sans exemple, et qui pût révolter les esprits.

Avant que Rome fût gouvernée par un seul, les richesses des principaux Romains étoient immenses, quelles que fussent les voies qu'ils employoient pour les acquérir; elles furent presque toutes ôtées sous les empereurs : les sénateurs n'avoient plus ces grands clients qui les combloient de biens; on ne pouvoit guère rien prendre dans les provinces que pour César, surtout lorsque ses procurateurs, qui étoient à peu près comme sont aujourd'hui nos intendants, y furent établis. Cependant, quoique la source des richesses fût coupée, les dépenses subsistoient toujours; le train de vie étoit pris, et on ne pouvoit plus le soutenir que par la faveur de l'empereur.

Auguste avoit ôté au peuple la puissance de faire des lois, et celle de juger les crimes publics; mais il lui avoit laissé, ou du moins avoit paru lui laisser, celle d'élire les magistrats. Tibère, qui craignoit les assemblées d'un peuple si nombreux, lui ôta encore ce privilége, et le donna au sénat, c'est-à-dire à lui-même [1] : or, on ne sauroit croire combien cette décadence du pouvoir du peuple avilit l'ame des grands. Lorsque le peuple disposoit des dignités, les magistrats qui les briguoient faisoient bien des bassesses; mais elles étoient jointes à une certaine magnificence qui les cachoit, soit qu'ils donnassent des jeux ou de certains repas au peuple, soit qu'ils lui distribuassent de l'argent ou des grains : quoique le motif fût bas, le moyen avoit quelque chose de noble, parce qu'il convient toujours à un grand homme d'obtenir par des libéralités la faveur du peuple. Mais lorsque le peuple n'eut plus rien à donner, et que le prince, au nom du sénat, disposa de tous les emplois, on les demanda, et on les obtint par des voies indignes : la flatterie, l'infamie, les crimes, furent des arts nécessaires pour y parvenir.

Il ne paroit pourtant point que Tibère voulût

[1] Les *Réflexions sur les divers génies du peuple romain*, quoique bien inférieures à l'ouvrage de Montesquieu, ne sont cependant pas sans intérêt; déja on a pu les apprécier dans quelques citations. Nous ajouterons ici le tableau de la tyrannie de Tibère, persuadés que nos lecteurs nous sauront gré de ce rapprochement.

« Jusqu'ici, dit Saint-Évremond, vous avez vu des crimes inspirés par la jalousie d'une fausse politique : présentement c'est la cruauté ouverte et la tyrannie déclarée. On ne se contente pas de quitter les bonnes maximes, on abolit les meilleures lois, et on en fait une infinité de nouvelles qui regardent en apparence le salut de l'empereur, mais, dans la vérité, la perte des gens de bien qui restent à Rome. Tout est crime de *lèse-majesté*. On punissoit autrefois une véritable conspiration, on punit ici une parole innocente malicieusement expliquée. Les plaintes qu'on a laissées aux malheureux pour le soulagement de leurs misères; les larmes, ces expressions naturelles de nos douleurs; les soupirs qui nous échappent malgré nous; les simples regards deviennent funestes. La naïveté du discours exprime de méchants desseins; la discrétion du silence cache de mauvaises intentions. On observe la joie comme une espérance conçue de la mort du prince; la tristesse est remarquée comme un chagrin de sa prospérité, ou un ennui de sa vie. Au milieu de ces dangers, si le péril de l'oppression vous donne quelque mouvement de crainte, on prend votre appréhension pour le témoignage d'une conscience effrayée, qui, se trahissant elle-même, découvre ce que vous allez faire ou ce que vous avez fait. Si vous êtes en réputation d'avoir du courage ou de la fermeté, on vous craint comme un audacieux capable de tout entreprendre. Parler, se taire, se réjouir, s'affliger, avoir de la peur ou de l'assurance : tout est crime, tout mérite le dernier supplice. » (Ch. XVII.)

[1] TACITE, *Annales*, liv. I; DION, liv. LIV.

avilir le sénat : il ne se plaignoit de rien tant que du penchant qui entraînoit ce corps à la servitude ; toute sa vie est pleine de ses dégoûts là-dessus : mais il étoit comme la plupart des hommes , il vouloit des choses contradictoires ; sa politique générale n'étoit point d'accord avec ses passions particulières. Il auroit desiré un sénat libre , et capable de faire respecter son gouvernement ; mais il vouloit aussi un sénat qui satisfit à tous les moments ses craintes, ses jalousies, ses haines : enfin l'homme d'état cédoit continuellement à l'homme.

Nous avons dit que le peuple avoit autrefois obtenu des patriciens qu'il auroit des magistrats de son corps qui le défendroient contre les insultes et les injustices qu'on pourroit lui faire. Afin qu'ils fussent en état d'exercer ce pouvoir, on les déclara sacrés et inviolables ; et on ordonna que quiconque maltraiteroit un tribun , de fait ou par paroles , seroit sur-le-champ puni de mort. Or , les empereurs étant revêtus de la puissance des tribuns, ils en obtinrent les priviléges ; et c'est sur ce fondement qu'on fit mourir tant de gens ; que les délateurs purent faire leur métier tout à leur aise, et que l'accusation de lèse-majesté, ce crime, dit Pline , de ceux à qui on ne peut point imputer de crime, fut étendue à ce qu'on voulut.

Je crois pourtant que quelques uns de ces titres d'accusation n'étoient pas si ridicules qu'ils nous paroissent aujourd'hui ; et je ne puis penser que Tibère eût fait accuser un homme pour avoir vendu avec sa maison la statue de l'empereur; que Domitien eût fait condamner à mort une femme pour s'être déshabillée devant son image , et un citoyen parce qu'il avoit la description de toute la terre peinte sur les murailles de sa chambre, si ces actions n'avoient réveillé dans l'esprit des Romains que l'idée qu'elles nous donnent à présent. Je crois qu'une partie de cela est fondée sur ce que, Rome ayant changé de gouvernement, ce qui ne nous paroît pas de conséquence pouvoit l'être pour lors : j'en juge par ce que nous voyons aujourd'hui chez une nation qui ne peut pas être soupçonnée de tyrannie, où il est défendu de boire à la santé d'une certaine personne.

Je né puis rien passer qui serve à faire connoître le génie du peuple romain. Il s'étoit si fort accoutumé à obéir , et à faire toute sa félicité de la différence de ses maîtres , qu'après la mort de Germanicus il donna des marques de deuil, de regret et de désespoir, que l'on ne trouve plus parmi nous. Il faut voir les historiens décrire la

désolation publique [1], si grande, si longue, si peu modérée ; et cela n'étoit point joué : car le corps entier du peuple n'affecte, ne flatte, ni ne dissimule.

Le peuple romain , qui n'avoit plus de part au gouvernement, composé presque d'affranchis ou de gens sans industrie, qui vivoient aux dépens du trésor public, ne sentoit que son impuissance ; il s'affligeoit comme les enfants et les femmes, qui se désolent par le sentiment de leur foiblesse ; il étoit mal; il plaça ses craintes et ses espérances sur la personne de Germanicus ; et cet objet lui étant enlevé, il tomba dans le désespoir.

Il n'y a point de gens qui craignent si fort les malheurs que ceux que la misère de leur condition pourroit rassurer, et qui devroient dire avec Andromaque : *Plût à Dieu que je craignisse !* Il y a aujourd'hui à Naples cinquante mille hommes qui ne vivent que d'herbe , et n'ont pour tout bien que la moitié d'un habit de toile ; ces gens-là, les plus malheureux de la terre, tombent dans un abattement affreux à la moindre fumée du Vésuve : ils ont la sottise de craindre de devenir malheureux.

CHAPITRE XV.

Des empereurs depuis Caïus Caligula jusqu'à Antonin.

Caligula succéda à Tibère. On disoit de lui qu'il n'y avoit jamais eu un meilleur esclave ni un plus méchant maître ; ces deux choses sont assez liées : car la même disposition d'esprit qui fait qu'on a été vivement frappé de la puissance illimitée de celui qui commande, fait qu'on ne l'est pas moins lorsque l'on vient à commander soi-même.

Caligula rétablit les comices [2], que Tibère avoit ôtés, et abolit ce crime arbitraire de lèse-majesté qu'il avoit établi ; par où l'on peut juger que le commencement du règne des mauvais princes est souvent comme la fin de celui des bons : parce que, par un esprit de contradiction sur la conduite de ceux à qui ils succèdent, ils peuvent faire ce que les autres font par vertu ; et c'est à cet esprit de contradiction que nous devons bien de bons règlements, et bien de mauvais aussi.

Qu'y gagna-t-on ? Caligula ôta les accusations des crimes de lèse-majesté ; mais il faisoit mourir militairement tous ceux qui lui déplaisoient ; et ce n'étoit pas à quelques sénateurs qu'il en vouloit,

[1] Voyez Tacite.
[2] Il les ôta dans la suite.

il tenoit le glaive suspendu sur le sénat, qu'il menaçoit d'exterminer tout entier.

Cette épouvantable tyrannie des empereurs venoit de l'esprit général des Romains. Comme ils tombèrent tout-à-coup sous un gouvernement arbitraire, et qu'il n'y eut presque point d'intervalle chez eux entre commander et servir, ils ne furent point préparés à ce passage par des mœurs douces : l'humeur féroce resta ; les citoyens furent traités comme ils avoient traité eux-mêmes les ennemis vaincus, et furent gouvernés sur le même plan. Sylla, entrant dans Rome, ne fut pas un autre homme que Sylla entrant dans Athènes : il exerça le même droit des gens. Pour les états qui n'ont été soumis qu'insensiblement, lorsque les lois leur manquent, ils sont encore gouvernés par les mœurs.

La vue continuelle des combats des gladiateurs rendoit les Romains extrêmement féroces : on remarqua que Claude devint plus porté à répandre le sang, à force de voir ces sortes de spectacles. L'exemple de cet empereur, qui étoit d'un naturel doux et qui fit tant de cruautés, fait bien voir que l'éducation de son temps étoit différente de la nôtre.

Les Romains, accoutumés à se jouer de la nature humaine dans la personne de leurs enfants et de leurs esclaves [1], ne pouvoient guère connoître cette vertu que nous appelons humanité. D'où peut venir cette férocité que nous trouvons dans les habitants de nos colonies, que de cet usage continuel des châtiments sur une malheureuse partie du genre humain ? Lorsque l'on est cruel dans l'état civil, que peut-on attendre de la douceur et de la justice naturelle ?

On est fatigué de voir dans l'histoire des empereurs le nombre infini de gens qu'ils firent mourir pour confisquer leurs biens. Nous ne trouvons rien de semblable dans nos histoires modernes. Cela, comme nous venons de dire, doit être attribué à des mœurs plus douces et à une religion plus réprimante ; et de plus on n'a point à dépouiller les familles de ces sénateurs qui avoient ravagé le monde. Nous tirons cet avantage de la médiocrité de nos fortunes, qu'elles sont plus sûres : nous ne valons pas la peine qu'on nous ravisse nos biens [2].

Le peuple de Rome, ce que l'on appeloit *plebs*, ne haïssoit pas les plus mauvais empereurs. Depuis qu'il avoit perdu l'empire, et qu'il n'étoit plus occupé à la guerre, il étoit devenu le plus vil de tous les peuples ; il regardoit le commerce et les arts comme des choses propres aux seuls esclaves ; et les distributions de blé qu'il recevoit lui faisoient négliger les terres : on l'avoit accoutumé aux jeux et aux spectacles. Quand il n'eut plus de tribuns à écouter, ni de magistrats à élire, ces choses vaines lui devinrent nécessaires, et son oisiveté lui en augmenta le goût. Or, Caligula, Néron, Commode, Caracalla, étoient regrettés du peuple à cause de leur folie même ; car ils aimoient avec fureur ce que le peuple aimoit, et contribuoient de tout leur pouvoir et même de leur personne à ses plaisirs ; ils prodiguoient pour lui toutes les richesses de l'empire ; et, quand elles étoient épuisées, le peuple voyant sans peine dépouiller toutes les grandes familles, il jouissoit des fruits de la tyrannie ; et il en jouissoit purement, car il trouvoit sa sûreté dans sa bassesse. De tels princes haïssoient naturellement les gens de bien : ils savoient qu'ils n'en étoient pas approuvés [1] ; indignés de la contradiction ou du silence d'un citoyen austère, enivrés des applaudissements de la populace, ils parvenoient à s'imaginer que leur gouvernement faisoit la félicité publique, et qu'il n'y avoit que des gens malintentionnés qui pussent le censurer.

Caligula étoit un vrai sophiste dans sa cruauté : comme il descendoit également d'Antoine et d'Auguste, il disoit qu'il puniroit les consuls, s'ils célébroient le jour de réjouissance établi en mémoire de la victoire d'Actium, et qu'il les puniroit, s'ils ne le célébroient pas ; et Drusille, à qui il accorda des honneurs divins, étant morte, c'étoit un crime de la pleurer, parce qu'elle étoit déesse, et de ne la pas pleurer, parce qu'elle étoit sa sœur.

C'est ici qu'il faut se donner le spectacle des choses humaines. Qu'on voie dans l'histoire de Rome tant de guerres entreprises, tant de sang répandu, tant de peuples détruits, tant de grandes actions, tant de triomphes, tant de politique, de

[1] Voyez les lois romaines sur la puissance des pères et celle des maîtres.

[2] Le duc de Bragance avoit des biens immenses dans le Portugal : lorsqu'il se révolta, on félicita le roi d'Espagne de la riche confiscation qu'il alloit avoir.

[1] Les Grecs avoient des jeux où il étoit décent de combattre, comme il étoit glorieux d'y vaincre ; les Romains n'avoient guère que des spectacles, et celui des infames gladiateurs leur étoit particulier. Or, qu'un grand personnage descendît lui-même sur l'arène, ou montât sur le théâtre, la gravité romaine ne le souffroit pas. Comment un sénateur auroit-il pu s'y résoudre, lui à qui les lois défendoient de contracter aucune alliance avec des gens que les dégoûts ou les applaudissements même du peuple avoient flétris ? Il y parut pourtant des empereurs ; et cette folie, qui montroit en eux le plus grand dérèglement du cœur, un mépris de ce qui étoit beau, de ce qui étoit honnête, de ce qui étoit bon, est toujours marquée chez les historiens avec le caractère de la tyrannie.

sagesse ; de prudence , de constance , de courage, ce projet d'envahir tout, si bien formé, si bien soutenu , si bien fini, à quoi aboutit-il qu'à assouvir le bonheur de cinq ou six monstres ? Quoi ! ce sénat n'avoit fait évanouir tant de rois que pour tomber lui-même dans le plus bas esclavage de quelques uns de ses plus indignes citoyens , et s'exterminer par ses propres arrêts ! on n'élève donc sa puissance que pour la voir mieux renversée ! les hommes ne travaillent à augmenter leur pouvoir que pour le voir tomber contre eux-mêmes dans de plus heureuses mains !

Caligula ayant été tué, le sénat s'assembla pour établir une forme de gouvernement. Dans le temps qu'il délibéroit, quelques soldats entrèrent dans le palais pour piller ; ils trouvèrent, dans un lieu obscur , un homme tremblant de peur ; c'étoit Claude : ils le saluèrent empereur.

Claude acheva de perdre les anciens ordres, en donnant à ses officiers le droit de rendre la justice [1]. Les guerres de Marius et de Sylla ne se faisoient principalement que pour savoir qui auroit ce droit, des sénateurs ou des chevaliers [2] ; une fantaisie d'un imbécile l'ôta aux uns et aux autres : étrange succès d'une dispute qui avoit mis en combustion tout l'univers !

Il n'y a point d'autorité plus absolue que celle du prince qui succède à la république ; car il se trouve avoir toute la puissance du peuple, qui n'avoit pu se limiter lui-même. Aussi voyons-nous aujourd'hui les rois de Danemarck exercer le pouvoir le plus arbitraire qu'il y ait en Europe.

Le peuple ne fut pas moins avili que le sénat et les chevaliers. Nous avons vu que, jusqu'au temps des empereurs, il avoit été si belliqueux, que les armées qu'on levoit dans la ville se disciplinoient sur-le-champ, et alloient droit à l'ennemi. Dans les guerres civiles de Vitellius et de Vespasien , Rome, en proie à tous les ambitieux , et pleine de bourgeois timides , trembloit devant la première bande de soldats qui pouvoit s'en approcher.

La condition des empereurs n'étoit pas meilleure : comme ce n'étoit pas une seule armée qui eût le droit ou la hardiesse d'en élire un , c'étoit assez que quelqu'un fût élu par une armée pour devenir désagréable aux autres, qui lui nommoient d'abord un compétiteur.

Ainsi, comme la grandeur de la république fut fatale au gouvernement républicain , la grandeur de l'empire le fut à la vie des empereurs. S'ils n'avoient eu qu'un pays médiocre à défendre, ils n'auroient eu qu'une principale armée, qui, les ayant une fois élus, auroit respecté l'ouvrage de ses mains.

Les soldats avoient été attachés à la famille de César, qui étoit garante de tous les avantages que leur avoit procurés la révolution. Le temps vint que les grandes familles de Rome furent toutes exterminées par celle de César, et que celle de César, dans la personne de Néron, périt elle-même. La puissance civile, qu'on avoit sans cesse abattue , se trouva hors d'état de contre-balancer la militaire ; chaque armée voulut faire un empereur.

Comparons ici les temps. Lorsque Tibère commença à régner, quel parti ne tira-t-il pas du sénat [1] ? Il apprit que les armées d'Illyrie et de Germanie s'étoient soulevées ; il leur accorda quelques demandes, et il soutint que c'étoit au sénat à juger des autres [2] : il leur envoya des députés de ce corps. Ceux qui ont cessé de craindre le pouvoir peuvent encore respecter l'autorité. Quand on eut représenté aux soldats comment, dans une armée romaine, les enfants de l'empereur et les envoyés du sénat romain couroient risque de la vie [3], ils purent se repentir, et aller jusqu'à se punir eux-mêmes [4] ; mais, quand le sénat fut entièrement abattu, son exemple ne toucha personne. En vain Othon harangue-t-il ses soldats pour leur parler de la dignité du sénat [5] ; en vain Vitellius envoie-t-il les principaux sénateurs pour faire sa paix avec Vespasien [6] : on ne rend point dans un moment aux ordres de l'état le respect qui leur a été ôté si long-temps. Les armées ne regardèrent ces députés que comme les plus lâches esclaves d'un maître qu'elles avoient déja réprouvé.

C'étoit une ancienne coutume des Romains, que celui qui triomphoit distribuoit quelques deniers à chaque soldat : c'étoit peu de chose [7]. Dans les guerres civiles, on augmenta ces dons [8]. On

[1] Auguste avoit établi les procurateurs, mais ils n'avoient point de juridiction ; et quand on ne leur obéissoit pas, il falloit qu'ils recourussent à l'autorité du gouverneur de la province ou du préteur. Mais, sous Claude, ils eurent la juridiction ordinaire, comme lieutenants de la province ; ils jugèrent encore des affaires fiscales : ce qui mit les fortunes de tout le monde entre leurs mains.

[2] Voyez Tacite, *Annales*, liv. XII.

[1] TACITE, *Annales*, liv. I.

[2] *Cætera senatui servanda.* (TACITE, *Annales*, liv. I.)

[3] Voyez la harangue de Germanicus. (*Ibid.*)

[4] *Gaudebat cædibus miles, quasi semet absolveret.* (*Ibid.*) — On révoqua dans la suite les priviléges extorqués. (*Ibid.*) (M.)

[5] TACITE, *Histoire*, liv. I. [6] *Ibid.*, liv. III.

[7] Voyez dans Tite-Live les sommes distribuées dans divers triomphes. L'esprit des capitaines étoit de porter beaucoup d'argent dans le trésor public, et d'en donner peu au soldat.

[8] Paul-Émile, dans un temps où la grandeur des conquêtes

les faisoit autrefois de l'argent pris sur les enne-
mis : dans ces temps malheureux on donna celui
des citoyens ; et les soldats vouloient un partage là
où il n'y avoit pas de butin. Ces distributions
n'avoient lieu qu'après une guerre : Néron les fit
pendant la paix. Les soldats s'y accoutumèrent ;
et ils frémirent contre Galba, qui leur disoit avec
courage qu'il ne savoit pas les acheter, mais qu'il
savoit les choisir.

Galba, Othon[1], Vitellius, ne firent que passer.
Vespasien fut élu, comme eux, par les soldats ; il
ne songea, dans tout le cours de son règne, qu'à
rétablir l'empire, qui avoit été successivement
occupé par six tyrans également cruels, presque
tous furieux, souvent imbéciles, et, pour comble
de malheur, prodigues jusqu'à la folie.

Tite, qui lui succéda, fut les délices du peuple
romain. Domitien fit voir un nouveau monstre
plus cruel, ou du moins plus implacable que ceux
qui l'avoient précédé, parce qu'il étoit plus timide.

Ses affranchis les plus chers, et, à ce que quel-
ques uns ont dit, sa femme même, voyant qu'il
étoit aussi dangereux dans ses amitiés que dans ses
haines, et qu'il ne mettoit aucunes bornes à ses
méfiances ni à ses accusations, s'en défirent. Avant
de faire le coup, ils jetèrent les yeux sur un suc-
cesseur, et choisirent Nerva, vénérable vieillard.

Nerva adopta Trajan, prince le plus accompli
dont l'histoire ait jamais parlé. Ce fut un bonheur
d'être né sous son règne ; il n'y en eut point de si
heureux ni de si glorieux pour le peuple romain.
Grand homme d'état, grand capitaine, ayant un
cœur bon qui le portoit au bien, un esprit éclairé
qui lui montroit le meilleur, une ame noble,
grande, belle ; avec toutes les vertus, n'étant ex-
trême sur aucune ; enfin l'homme le plus propre
à honorer la nature humaine, et représenter la
divine.

Il exécuta le projet de César, et fit avec succès
la guerre aux Parthes. Tout autre auroit succombé
dans une entreprise où les dangers étoient tou-
jours présents et les ressources éloignées, où il
falloit absolument vaincre, et où il n'étoit pas sûr
de ne pas périr après avoir vaincu.

La difficulté consistoit dans la situation des
deux empires et dans la manière de faire la guerre
des deux peuples. Prenoit-on le chemin de l'Ar-
ménie, vers les sources du Tigre et de l'Euphrate :
on trouvoit un pays montueux et difficile, où l'on
ne pouvoit mener de convois ; de façon que l'ar-
mée étoit demi-ruinée avant d'arriver en Médie[1].
Entroit-on plus bas, vers le midi, par Nisibe : on
trouvoit un désert affreux qui séparoit les deux
empires. Vouloit-on passer plus bas encore, et
aller par la Mésopotamie : on traversoit un pays
en partie inculte, en partie submergé : et, le Ti-
gre et l'Euphrate allant du nord au midi, on ne
pouvoit pénétrer dans le pays sans quitter ces fleu-
ves, ni guère quitter ces fleuves sans périr.

Quant à la manière de faire la guerre des deux
nations, la force des Romains consistoit dans leur
infanterie, la plus forte, la plus ferme, et la mieux
disciplinée du monde.

Les Parthes n'avoient point d'infanterie, mais
une cavalerie admirable : ils combattoient de loin,
et hors de la portée des armes romaines ; le javelot
pouvoit rarement les atteindre ; leurs armes étoient
l'arc et des flèches redoutables ; ils assiégeoient
une armée plutôt qu'ils ne la combattoient : inuti-
lement poursuivis, parce que chez eux fuir c'étoit
combattre, ils faisoient retirer les peuples à me-
sure qu'on approchoit, et ne laissoient dans les
places que les garnisons ; et, lorsqu'on les avoit
prises, on étoit obligé de les détruire ; ils brûloient
avec art tout le pays autour de l'armée ennemie,
et lui ôtoient jusqu'à l'herbe même ; enfin ils fai-
soient à peu près la guerre comme on la fait en-
core aujourd'hui sur les mêmes frontières.

D'ailleurs les légions d'Illyrie et de Germanie
qu'on transportoit dans cette guerre n'y étoient
pas propres[2] : les soldats, accoutumés à manger
beaucoup dans leur pays, y périssoient presque
tous.

Ainsi, ce qu'aucune nation n'avoit pas encore
fait, d'éviter le joug des Romains, celle des Par-
thes le fit, non pas comme invincible, mais comme
inaccessible.

Adrien abandonna les conquêtes de Trajan[3],
et borna l'empire à l'Euphrate ; et il est admirable
qu'après tant de guerres, les Romains n'eussent
perdu que ce qu'ils avoient voulu quitter, comme
la mer, qui n'est moins étendue que lorsqu'elle se
retire d'elle-même.

La conduite d'Adrien causa beaucoup de mur-

avoit fait augmenter les libéralités, ne distribua que cent de-
niers à chaque soldat ; mais César en donna deux mille ; et son
exemple fut suivi par Antoine et Octave, par Brutus et Cassius.
Voyez Dion et Appian.

[1] *Suscepere duo manipulares imperium populi romani
transferendum, et transtulerunt.* (TACITE, *Histoire*, liv. 1.)

[1] Le pays ne fournissoit pas d'assez grands arbres pour faire
des machines pour assiéger les places. (PLUTARQUE, *Vie d'An-
toine.*)
[2] Voyez Hérodien, *Vie d'Alexandre.*
[3] Voyez Eutrope. La Dacie ne fut abandonnée que sous Auré-
lien.

11.

mures. On lisoit dans les livres sacrés des Romains que, lorsque Tarquin voulut bâtir le Capitole, il trouva que la place la plus convenable étoit occupée par les statues de beaucoup d'autres divinités : il s'enquit, par la science qu'il avoit dans les augures, si elles voudroient céder leur place à Jupiter : toutes y consentirent, à la réserve de Mars, de la Jeunesse, et du dieu Terme[1]. Là-dessus s'établirent trois opinions religieuses : que le peuple de Mars ne cèderoit à personne le lieu qu'il occupoit ; que la jeunesse romaine ne seroit point surmontée ; et qu'enfin le dieu Terme des Romains ne reculeroit jamais : ce qui arriva pourtant sous Adrien.

CHAPITRE XVI.

De l'état de l'empire depuis Antonin jusqu'à Probus.

Dans ces temps-là, la secte des stoïciens s'étendoit et s'accréditoit dans l'empire. Il sembloit que la nature humaine eût fait un effort pour produire d'elle-même cette secte admirable, qui étoit comme ces plantes que la terre fait naître dans des lieux que le ciel n'a jamais vus.

Les Romains lui durent leurs meilleurs empereurs. Rien n'est capable de faire oublier le premier Antonin, que Marc-Aurèle qu'il adopta. On sent en soi-même un plaisir secret lorsqu'on parle de cet empereur ; on ne peut lire sa vie sans une espèce d'attendrissement : tel est l'effet qu'elle produit, qu'on a meilleure opinion de soi-même, parce qu'on a meilleure opinion des hommes.

La sagesse de Nerva, la gloire de Trajan, la valeur d'Adrien, la vertu des deux Antonins, se firent respecter des soldats. Mais, lorsque de nouveaux monstres prirent leur place, l'abus du gouvernement militaire parut dans tout son excès ; et les soldats qui avoient vendu l'empire assassinèrent les empereurs pour en avoir un nouveau prix.

On dit qu'il y a un prince dans le monde qui travaille depuis quinze ans à abolir dans ses états le gouvernement civil pour y établir le gouvernement militaire. Je ne veux point faire des réflexions odieuses sur ce dessein : je dirai seulement que, par la nature des choses, deux cents gardes peuvent mettre la vie d'un prince en sûreté, et non pas quatre-vingt mille ; outre qu'il est plus dangereux d'opprimer un peuple armé qu'un autre qui ne l'est pas.

Commode succéda à Marc-Aurèle son père. C'étoit un monstre qui suivoit toutes ses passions, et toutes celles de ses ministres et de ses courtisans. Ceux qui en délivrèrent le monde mirent en sa place Pertinax, vénérable vieillard, que les soldats prétoriens massacrèrent d'abord.

Ils mirent l'empire à l'enchère, et Didius Julien l'emporta par ses promesses : cela souleva tout le monde ; car, quoique l'empire eût été souvent acheté, il n'avoit pas encore été marchandé. Pescennius Niger, Sévère, et Albin, furent salués empereurs ; et Julien, n'ayant pu payer les sommes immenses qu'il avoit promises, fut abandonné par ses soldats.

Sévère défit Niger et Albin : il avoit de grandes qualités ; mais la douceur, cette première vertu des princes, lui manquoit.

La puissance des empereurs pouvoit plus aisément paroître tyrannique que celle des princes de nos jours. Comme leur dignité étoit un assemblage de toutes les magistratures romaines ; que, dictateurs sous le nom d'empereurs, tribuns du peuple, proconsuls, censeurs, grands pontifes, et, quand ils le vouloient, consuls, ils exerçoient souvent la justice distributive, ils pouvoient aisément faire soupçonner que ceux qu'ils avoient condamnés, ils les avoient opprimés, le peuple jugeant ordinairement de l'abus de la puissance par la grandeur de la puissance ; au lieu que les rois d'Europe, législateurs, et non pas exécuteurs de la loi, princes, et non pas juges, se sont déchargés de cette partie de l'autorité qui peut être odieuse ; et, faisant eux-mêmes les graces, ont commis à des magistrats particuliers la distribution des peines.

Il n'y a guère eu d'empereurs plus jaloux de leur autorité que Tibère et Sévère : cependant ils se laissèrent gouverner, l'un par Séjan, l'autre par Plautien, d'une manière misérable.

La malheureuse coutume de proscrire, introduite par Sylla, continua sous les empereurs ; et il falloit même qu'un prince eût quelque vertu pour ne la pas suivre ; car, comme ses ministres et ses favoris jetoient d'abord les yeux sur tant de confiscations, ils ne lui parloient que de la nécessité de punir, et des périls de la clémence.

Les proscriptions de Sévère firent que plusieurs soldats de Niger[1] se retirèrent chez les Parthes[2] ;

[1] Saint Augustin, de la Cité de Dieu, liv. IV, chap. xxiii et xxix.

[1] Hérodien, Vie de Sévère.
[2] Le mal continua sous Alexandre. Artaxerxès, qui rétablit

ils leur apprirent ce qui manquoit à leur art militaire, à faire usage des armes romaines, et même à en fabriquer; ce qui fit que ces peuples, qui s'étoient ordinairement contentés de se défendre, furent dans la suite presque toujours agresseurs[1].

Il est remarquable que, dans cette suite de guerres civiles qui s'élevèrent continuellement, ceux qui avoient les légions d'Europe vainquirent presque toujours ceux qui avoient les légions d'Asie[2]; et l'on trouve dans l'histoire de Sévère qu'il ne put prendre la ville d'Atra en Arabie, parce que les légions d'Europe s'étant mutinées, il fut obligé de se servir de celles de Syrie.

On sentit cette différence depuis qu'on commença à faire des levées dans les provinces[3]; et elle fut telle entre les légions qu'elle étoit entre les peuples mêmes, qui, par la nature et par l'éducation, sont plus ou moins propres pour la guerre.

Ces levées, faites dans les provinces, produisirent un autre effet: les empereurs, pris ordinairement dans la milice, furent presque tous étrangers, et quelquefois barbares; Rome ne fut plus la maîtresse du monde; mais elle reçut des lois de tout l'univers.

Chaque empereur y porta quelque chose de son pays, ou pour les manières, ou pour les mœurs, ou pour la police, ou pour le culte; et Héliogabale alla jusqu'à vouloir détruire tous les objets de la vénération de Rome, et ôter tous les dieux de leurs temples pour y placer le sien.

Ceci, indépendamment des voies secrètes que Dieu choisit, et que lui seul connoît, servit beaucoup à l'établissement de la religion chrétienne; car il n'y avoit plus rien d'étranger dans l'empire, et l'on y étoit préparé à recevoir toutes les coutumes qu'un empereur voudroit introduire.

On sait que les Romains reçurent dans leur ville les dieux des autres pays. Ils les reçurent en conquérants: ils les faisoient porter dans les triomphes; mais lorsque les étrangers vinrent eux-mêmes les rétablir, on les réprima d'abord. On sait de plus que les Romains avoient coutume de donner aux divinités étrangères les noms de celles des leurs qui y avoient le plus de rapport; mais, lorsque les prêtres des autres pays voulurent faire adorer à Rome leurs divinités sous leurs propres noms, ils ne furent pas soufferts; et ce fut un des grands obstacles que trouva la religion chrétienne.

On pourroit appeler Caracalla, non pas un tyran, mais le destructeur des hommes. Caligula, Néron et Domitien bornoient leurs cruautés dans Rome; celui-ci alloit promener sa fureur dans tout l'univers.

Sévère avoit employé les exactions d'un long règne, et les proscriptions de ceux qui avoient suivi le parti de ses concurrents, à amasser des trésors immenses.

Caracalla, ayant commencé son règne par tuer de sa propre main Géta, son frère, employa ses richesses à faire souffrir son crime aux soldats, qui aimoient Géta, et disoient qu'ils avoient fait serment aux deux enfants de Sévère, et non pas à un seul.

Ces trésors amassés par des princes n'ont presque jamais que des effets funestes: ils corrompent le successeur, qui en est ébloui; et, s'ils ne gâtent pas son cœur, ils gâtent son esprit. Il forme d'abord de grandes entreprises avec une puissance qui est d'accident, qui ne peut pas durer, qui n'est pas naturelle, et qui est plutôt enflée qu'agrandie.

Caracalla augmenta la paie des soldats; Macrin écrivit au sénat que cette augmentation alloit à soixante et dix millions[1] de drachmes[2]. Il y a apparence que ce prince enfloit les choses; et, si l'on compare la dépense de la paie de nos soldats d'aujourd'hui avec le reste des dépenses publiques, et qu'on suive la même proportion pour les Romains, on verra que cette somme eût été énorme.

Il faut chercher quelle étoit la paie du soldat romain. Nous apprenons d'Oroze que Domitien augmenta d'un quart la paie établie[3]. Il paroît par le discours d'un soldat, dans Tacite[4], qu'à la mort d'Auguste elle étoit de dix onces de cuivre. On trouve dans Suétone[5] que César avoit doublé la

l'empire des Perses, se rendît formidable aux Romains, parce que leurs soldats, par caprice ou par libertinage, désertèrent en foule vers lui. (*Abrégé de Xiphilin*, du livre LXXX de Dion.)
[1] C'est-à-dire les Perses qui les suivirent.
[2] Sévère défit les légions asiatiques de Niger; Constantin, celle de Licinius. Vespasien, quoique proclamé par les armées de Syrie, ne fit la guerre à Vitellius qu'avec des légions de Mœsie, de Pannonie et de Dalmatie. Cicéron, étant dans son gouvernement, écrivoit au sénat qu'on ne pouvoit compter sur les levées faites en Asie. Constantin ne vainquit Maxence, dit Zosime, que par sa cavalerie. Sur cela voyez ci-dessous le septième alinéa du chapitre XXII.
[3] Auguste rendit les légions des corps fixes, et les plaça dans les provinces. Dans les premiers temps, on ne faisoit des levées qu'à Rome, ensuite chez les Latins, après dans l'Italie, enfin dans les provinces.

[1] Sept mille myriades. (DION, *in Macrin*.)
[2] La drachme attique étoit le denier romain, la huitième partie de l'once, et la soixante-quatrième partie de notre marc.
[3] Il l'augmenta en raison de soixante et quinze à cent.
[4] *Annales*, liv. I. [5] *Vie de César*.

paie de son temps. Pline[1] dit qu'à la seconde guerre punique on l'avoit diminuée d'un cinquième. Elle fut donc d'environ six onces de cuivre dans la première guerre punique[2], de cinq onces dans la seconde[3], de dix sous César, et de treize et un tiers sous Domitien[4]. Je ferai ici quelques réflexions.

La paie que la république donnoit aisément lorsqu'elle n'avoit qu'un petit état, que chaque année elle faisoit une guerre, et que chaque année elle recevoit des dépouilles, elle ne put la donner sans s'endetter dans la première guerre punique, qu'elle étendit ses bras hors de l'Italie, qu'elle eut à soutenir une guerre longue, et à entretenir de grandes armées.

Dans la seconde guerre punique, la paie fut réduite à cinq onces de cuivre; et cette diminution put se faire sans danger dans un temps où la plupart des citoyens rougirent d'accepter la solde même, et voulurent servir à leurs dépens.

Les trésors de Persée, et ceux de tant d'autres rois que l'on porta continuellement à Rome, y firent cesser les tributs[5]. Dans l'opulence publique et particulière, on eut la sagesse de ne point augmenter la paie de cinq onces de cuivre.

Quoique sur cette paie on fit une déduction pour le blé, les habits et les armes, elle fut suffisante, parce qu'on n'enrôloit que les citoyens qui avoient un patrimoine.

Marius ayant enrôlé des gens qui n'avoient rien, et son exemple ayant été suivi, César fut obligé d'augmenter la paie.

Cette augmentation ayant été continuée après la mort de César, on fut contraint, sous le consulat de Hirtius et de Pansa, de rétablir les tributs.

La foiblesse de Domitien lui ayant fait augmenter cette paie d'un quart, il fit une grande plaie à l'état, dont le malheur n'est pas que le luxe y règne, mais qu'il y règne dans des conditions qui, par la nature des choses, ne doivent avoir que le nécessaire physique. Enfin, Caracalla ayant fait une

nouvelle augmentation, l'empire fut mis dans cet état que, ne pouvant subsister sans les soldats, il ne pouvoit subsister avec eux.

Caracalla, pour diminuer l'horreur du meurtre de son frère, le mit au rang des dieux; et ce qu'il y a de singulier, c'est que cela lui fut exactement rendu par Macrin, qui, après l'avoir fait poignarder, voulant apaiser les soldats prétoriens, désespérés de la mort de ce prince qui leur avoit tant donné, lui fit bâtir un temple, et y établit des prêtres flamines en son honneur.

Cela fit que sa mémoire ne fut pas flétrie, et que le sénat n'osant pas le juger, il ne fut pas mis au rang des tyrans, comme Commode, qui ne le méritoit pas plus que lui[1].

De deux grands empereurs, Adrien et Sévère[2], l'un établit la discipline militaire, et l'autre la relâcha. Les effets répondirent très bien aux causes. Les règnes qui suivirent celui d'Adrien furent heureux et tranquilles; après Sévère, on vit régner toutes les horreurs.

Les profusions de Caracalla envers les soldats avoient été immenses; et il avoit très bien suivi le conseil que son père lui avoit donné en mourant, d'enrichir les gens de guerre, et de ne s'embarrasser pas des autres.

Mais cette politique n'étoit guère bonne que pour un règne; car le successeur, ne pouvant plus faire les mêmes dépenses, étoit d'abord massacré par l'armée: de façon qu'on voyoit toujours les empereurs sages mis à mort par les soldats, et les méchants, par des conspirations, ou des arrêts du sénat.

Quand un tyran qui se livroit aux gens de guerre avoit laissé les citoyens exposés à leurs violences et à leurs rapines, cela ne pouvoit non plus durer qu'un règne; car les soldats, à force de détruire, alloient jusqu'à s'ôter à eux-mêmes leur solde. Il falloit donc songer à rétablir la discipline militaire, entreprise qui coûtoit toujours la vie à celui qui osoit la tenter.

Quand Caracalla eut été tué par les embûches de Macrin, les soldats, désespérés d'avoir perdu un prince qui donnoit sans mesure, élurent Héliogabale[3]; et quand ce dernier, qui, n'étant occupé que de ses sales voluptés, les laissoit vivre à leur fantaisie, ne put plus être souffert, ils le massacrèrent. Ils tuèrent de même Alexandre, qui

[1] *Histoire naturelle*, liv. XXXIII, art 13. Au lieu de donner dix onces de cuivre pour vingt, on en donna seize.

[2] Un soldat, dans Plaute, *in Mostellaria*, dit qu'elle étoit de trois as : ce qui ne peut être entendu que des as de dix onces. Mais si la paie étoit exactement de six as dans la première guerre punique, elle ne diminua pas dans la seconde d'un cinquième, mais d'un sixième; et on négligea la fraction.

[3] Polybe, qui l'évalue en monnoie grecque, ne diffère que d'une fraction.

[4] Voyez Oroze et Suétone, *in Domit.* Ils disent la même chose sous différentes expressions. J'ai fait ces réductions en onces de cuivre, afin que pour m'entendre on n'eût pas besoin de la connoissance des monnoies romaines.

[5] CICÉRON, *des Offices*, liv. II.

[1] ÆLIUS LAMPRIDIUS, *in Vita Alex. Severi.*

[2] Voyez l'*Abrégé de Xiphilin*, *Vie d'Adrien*; et Hérodien, *Vie de Sévère.*

[3] Dans ce temps-là tout le monde se croyoit bon pour parvenir à l'empire. Voyez Dion, liv. LXXIX.

vouloit rétablir la discipline, et parloit de les punir [1].

Ainsi, un tyran qui ne s'assuroit point la vie, mais le pouvoir de faire des crimes, périssoit avec ce funeste avantage que celui qui voudroit faire mieux périroit après lui.

Après Alexandre, on élut Maximin, qui fut le premier empereur d'une origine barbare. Sa taille gigantesque et la force de son corps l'avoient fait connoître.

Il fut tué avec son fils par ses soldats. Les deux premiers Gordiens périrent en Afrique. Maxime, Balbin, et le troisième Gordien, furent massacrés. Philippe, qui avoit fait tuer le jeune Gordien, fut tué lui-même avec son fils; et Dèce, qui fut élu en sa place, périt à son tour par la trahison de Gallus [2].

Ce qu'on appeloit l'empire romain dans ce siècle-là étoit une espèce de république irrégulière, telle à peu près que l'aristocratie d'Alger, où la milice, qui a la puissance souveraine, fait et défait un magistrat qu'on appelle le dey; et peut-être est-ce une règle assez générale que le gouvernement militaire est à certains égards plutôt républicain que monarchique.

Et qu'on ne dise pas que les soldats ne prenoient de part au gouvernement que par leur désobéissance et leurs révoltes; les harangues que les empereurs leur faisoient ne furent-elles pas à la fin du genre de celles que les consuls et les tribuns avoient faites autrefois au peuple? Et, quoique les armées n'eussent pas un lieu particulier pour s'assembler, qu'elles ne se conduisissent point par de certaines formes, qu'elles ne fussent pas ordinairement de sang-froid, délibérant peu et agissant beaucoup, ne disposoient-elles pas en souveraines de la fortune publique? Et qu'étoit-ce qu'un empereur, que le ministre d'un gouvernement violent, élu pour l'utilité particulière des soldats?

Quand l'armée associa à l'empire Philippe [3], qui étoit préfet du prétoire du troisième Gordien, celui-ci demanda qu'on lui laissât le commandement entier, et il ne put l'obtenir; il harangua l'armée pour que la puissance fût égale entre eux,

et il ne l'obtint pas non plus; il supplia qu'on lui laissât le titre de César, et on le lui refusa; il demanda d'être préfet du prétoire, et on rejeta ses prières; enfin il parla pour sa vie. L'armée, dans ses divers jugements, exerçoit la magistrature suprême.

Les barbares, au commencement inconnus aux Romains, ensuite seulement incommodes, leur étoient devenus redoutables. Par l'événement du monde le plus extraordinaire, Rome avoit si bien anéanti tous les peuples que, lorsqu'elle fut vaincue elle-même, il sembla que la terre en eût enfanté de nouveaux pour la détruire.

Les princes des grands états ont ordinairement peu de pays voisins qui puissent être l'objet de leur ambition : s'il y en avoit eu de tels, ils auroient été enveloppés dans le cours de la conquête. Ils sont donc bornés par des mers, des montagnes et de vastes déserts, que leur pauvreté fait mépriser. Aussi les Romains laissèrent-ils les Germains dans leurs forêts, et les peuples du nord dans leurs glaces; et il conserva, ou même il s'y forma des nations qui enfin les asservirent eux-mêmes.

Sous le règne de Gallus, un grand nombre de nations, qui se rendirent ensuite plus célèbres, ravagèrent l'Europe; et les Perses, ayant envahi la Syrie, ne quittèrent leurs conquêtes que pour conserver leur butin.

Ces essaims de barbares qui sortirent autrefois du nord ne paroissent plus aujourd'hui. Les violences des Romains avoient fait retirer les peuples du midi au nord : tandis que la force qui les contenoit subsista, ils restèrent; quand elle fut affoiblie, ils se répandirent de toutes parts [1]. La même chose arriva quelques siècles après. Les conquêtes de Charlemagne et ses tyrannies avoient une seconde fois fait reculer les peuples du midi au nord : sitôt que cet empire fut affoibli, ils se portèrent une seconde fois du nord au midi. Et, si aujourd'hui un prince faisoit en Europe les mêmes ravages, les nations repoussées dans le nord, adossées aux limites de l'univers, y tiendroient ferme jusqu'au moment qu'elles inonderoient et conquerroient l'Europe une troisième fois.

L'affreux désordre qui étoit dans la succession à l'empire étant venu à son comble, on vit paroître sur la fin du règne de Valérien, et pendant celui de Gallien son fils, trente prétendants divers, qui, s'étant la plupart entre-détruits, ayant eu un règne très court, furent nommés tyrans.

[1] Voyez Lampridius.

[2] Casaubon remarque sur l'*Histoire augustale* que, dans les cent soixante années qu'elle contient, il y eut soixante et dix personnes qui eurent, justement ou injustement, le titre de César : « *Adeo erant in illo principatu, quem tamen omnes mirantur, comitia imperii semper incerta.* » Ce qui fait bien voir la différence de ce gouvernement à celui de France, où le royaume n'a eu en douze cents ans de temps que soixante-trois rois.

[3] Voyez Jules Capitolin.

[1] On voit à quoi se réduit la fameuse question, « Pourquoi le nord n'est plus si peuplé qu'autrefois? »

Valérien ayant été pris par les Perses, et Gallien son fils négligeant les affaires, les barbares pénétrèrent partout; l'empire se trouva dans cet état où il fut environ un siècle après en occident[1]; et il auroit dès-lors été détruit sans un concours heureux de circonstances qui le relevèrent.

Odenat, prince de Palmyre, allié des Romains, chassa les Perses, qui avoient envahi presque toute l'Asie. La ville de Rome fit une armée de ses citoyens, qui écarta les barbares qui venoient la piller. Une armée innombrable de Scythes, qui passoient la mer avec six mille vaisseaux, périt par les naufrages, la misère, la faim, et sa grandeur même. Et Gallien ayant été tué, Claude, Aurélien, Tacite et Probus, quatre grands hommes qui, par un grand bonheur, se succédèrent, rétablirent l'empire prêt à périr.

CHAPITRE XVII.

Changement dans l'état.

Pour prévenir les trahisons continuelles des soldats, les empereurs s'associèrent des personnes en qui ils avoient confiance; et Dioclétien, sous prétexte de la grandeur des affaires, régla qu'il y auroit toujours deux empereurs et deux Césars. Il jugea que les quatre principales armées étant occupées par ceux qui auroient part à l'empire, elles s'intimideroient les unes les autres; que les autres armées n'étant pas assez fortes pour entreprendre de faire leur chef empereur, elles perdroient peu à peu la coutume d'élire; et qu'enfin la dignité de César étant toujours subordonnée, la puissance, partagée entre quatre pour la sûreté du gouvernement, ne seroit pourtant dans toute son étendue qu'entre les mains de deux.

Mais ce qui contint encore plus les gens de guerre, c'est que les richesses des particuliers et la fortune publique ayant diminué, les empereurs ne purent plus leur faire des dons si considérables; de manière que la récompense ne fut plus proportionnée au danger de faire une nouvelle élection.

D'ailleurs les préfets du prétoire, qui, pour le pouvoir et pour les fonctions, étoient à peu près comme les grands visirs de ces temps-là, et faisoient à leur gré massacrer les empereurs pour se mettre en leur place, furent fort abaissés par Con-

stantin, qui ne leur laissa que les fonctions civiles, et en fit quatre au lieu de deux.

La vie des empereurs commença donc à être plus assurée; ils purent mourir dans leur lit, et cela sembla avoir un peu adouci leurs mœurs; ils ne versèrent plus le sang avec tant de férocité. Mais, comme il falloit que ce pouvoir immense débordât quelque part, on vit un autre genre de tyrannie, mais plus sourde: ce ne furent plus des massacres, mais des jugements iniques, des formes de justice qui sembloient n'éloigner la mort que pour flétrir la vie; la cour fut gouvernée et gouverna par plus d'artifices, par des arts plus exquis, avec un plus grand silence; enfin, au lieu de cette hardiesse à concevoir une mauvaise action, et de cette impétuosité à la commettre, on ne vit plus régner que les vices des ames foibles et des crimes réfléchis.

Il s'établit un nouveau genre de corruption. Les premiers empereurs aimoient les plaisirs: ceux-ci, la mollesse; ils se montrèrent moins aux gens de guerre; ils furent plus oisifs, plus livrés à leurs domestiques, plus attachés à leurs palais, et plus séparés de l'empire.

Le poison de la cour augmenta sa force à mesure qu'il fut plus séparé: on ne dit rien, on insinua tout; les grandes réputations furent toutes attaquées, et les ministres et les officiers de guerre furent mis sans cesse à la discrétion de cette sorte de gens qui ne peuvent servir l'état, ni souffrir qu'on le serve avec gloire[1].

Enfin, cette affabilité des premiers empereurs, qui seule pouvoit leur donner le moyen de connoître leurs affaires, fut entièrement bannie. Le prince ne sut plus rien que sur le rapport de quelques confidents, qui, toujours de concert, souvent même lorsqu'ils sembloient être d'opinion contraire, ne faisoient auprès de lui que l'office d'un seul.

Le séjour de plusieurs empereurs en Asie, et leur perpétuelle rivalité avec les rois de Perse, firent qu'ils voulurent être adorés comme eux; et Dioclétien, d'autres disent Galère, l'ordonna par un édit.

Ce faste et cette pompe asiatique s'établissant, les yeux s'y accoutumèrent d'abord; et, lorsque Julien voulut mettre de la simplicité et de la modestie dans ses manières, on appela oubli de la dignité ce qui n'étoit que la mémoire des anciennes mœurs.

Quoique depuis Marc-Aurèle il y eût eu plu-

[1] Cent cinquante ans après, sous Honorius, les barbares l'envahirent.

[1] Voyez ce que les auteurs nous disent de la cour de Constantin, de Valens, etc.

sieurs empereurs, il n'y avoit eu qu'un empire; et l'autorité de tous étant reconnue dans la province, c'étoit une puissance unique exercée par plusieurs.

Mais Galère et Constance Chlore n'ayant pu s'accorder, ils partagèrent réellement l'empire [1]; et par cet exemple, qui fut suivi, dans la suite, par Constantin, qui prit le plan de Galère et non pas celui de Dioclétien, il s'introduisit une coutume qui fût moins un changement qu'une révolution.

De plus, l'envie qu'eut Constantin de faire une ville nouvelle, la vanité de lui donner son nom, le déterminèrent à porter en Orient le siége de l'empire. Quoique l'enceinte de Rome ne fût pas à beaucoup près si grande qu'elle est à présent, les faubourgs en étoient prodigieusement étendus [2]: l'Italie, pleine de maisons de plaisance, n'étoit proprement que le jardin de Rome; les laboureurs étoient en Sicile, en Afrique, en Égypte [3]; et les jardiniers, en Italie: les terres n'étoient presque cultivées que par les esclaves des citoyens romains. Mais, lorsque le siége de l'empire fut établi en Orient, Rome presque entière y passa, les grands y menèrent leurs esclaves, c'est-à-dire presque tout le peuple; et l'Italie fut privée de ses habitants.

Pour que la nouvelle ville ne cédât en rien à l'ancienne, Constantin voulut qu'on y distribuât aussi du blé, et ordonna que celui d'Égypte seroit envoyé à Constantinople, et celui de l'Afrique à Rome: ce qui, me semble, n'étoit pas fort sensé.

Dans le temps de la république, le peuple romain, souverain de tous les autres, devoit naturellement avoir part aux tributs: cela fit que le sénat lui vendit d'abord du blé à bas prix, et ensuite le lui donna pour rien. Lorsque le gouvernement fut devenu monarchique, cela subsista contre les principes de la monarchie: on laissoit cet abus à cause des inconvénients qu'il y auroit eu à le changer. Mais Constantin, fondant une ville nouvelle, l'y établit sans aucune bonne raison.

Lorsqu'Auguste eut conquis l'Égypte, il apporta à Rome le trésor des Ptolémées: cela y fit à peu près la même révolution que la découverte des Indes a faite depuis en Europe, et que de certains systèmes ont faite de nos jours. Les fonds doublèrent de prix à Rome [1]; et, comme Rome continua d'attirer à elle les richesses d'Alexandrie, qui recevoit elle-même celles de l'Afrique et de l'Orient, l'or et l'argent devinrent très communs en Europe; ce qui mit les peuples en état de payer des impôts très considérables en espèces.

Mais lorsque l'empire eut été divisé, ces richesses allèrent à Constantinople. On sait d'ailleurs que les mines d'Angleterre n'étoient point encore ouvertes [2]; qu'il y en avoit très peu en Italie et dans les Gaules [3]; que, depuis les Carthaginois, les mines d'Espagne n'étoient guère plus travaillées, ou du moins n'étoient plus si riches [4]. L'Italie, qui n'avoit plus que les jardins abandonnés, ne pouvoit, par aucun moyen, attirer l'argent de l'Orient, pendant que l'Occident, pour avoir de ses marchandises, y envoyoit le sien. L'or et l'argent devinrent donc extrêmement rares en Europe; mais les empereurs y voulurent exiger les mêmes tributs: ce qui perdit tout.

Lorsque le gouvernement a une forme depuis long-temps établie, et que les choses se sont mises dans une certaine situation, il est presque toujours de la prudence de les y laisser, parce que les raisons, souvent compliquées et inconnues, qui font qu'un pareil état a subsisté, font qu'il se maintiendra encore; mais, quand on change le système total, on ne peut remédier qu'aux inconvénients qui se présentent dans la théorie, et on en laisse d'autres que la pratique seule peut faire découvrir.

Ainsi, quoique l'empire ne fût déja que trop grand, la division qu'on en fit le ruina, parce que toutes les parties de ce grand corps, depuis long-temps ensemble, s'étoient pour ainsi dire ajustées pour y rester et dépendre les unes des autres.

Constantin [5], après avoir affoibli la capitale, frappa un autre coup sur les frontières; il ôta les légions qui étoient sur le bord des grands fleuves, et les dispersa dans les provinces; ce qui produi-

[1] Voyez Oroze, liv. VII; et Aurélius Victor.

[2] « Exspatiantia tecta multas addidere urbes, » dit Pline, Histoire naturelle, liv. III.

[3] On portoit autrefois d'Italie, dit Tacite, du blé dans les provinces reculées, et elle n'est pas encore stérile; mais nous cultivons plutôt l'Afrique et l'Égypte, et nous aimons mieux exposer aux accidents la vie du peuple romain. (Annales, liv. XII.

[1] Suétone, in Augusto; Oroze, liv. VI. Rome avoit eu souvent de ces révolutions. J'ai dit que les trésors de Macédoine qu'on y apporta avoient fait cesser tous les tributs. (Cicéron, des Offices, liv. II.)

[2] Tacite, de Moribus Germanorum, le dit formellement. On sait d'ailleurs à-peu-près l'époque de l'ouverture de la plupart des mines d'Allemagne. Voyez Thomas Sesréibérus, sur l'origine des mines du Hartz. On croit celles de Saxe moins anciennes.

[3] Voyez Pline, liv. XXXVII, art. 77.

[4] Les Carthaginois, dit Diodore, surent très bien l'art d'en profiter, et les Romains, celui d'empêcher que les autres n'en profitassent.

[5] Dans ce qu'on dit de Constantin on ne choque point les auteurs ecclésiastiques, qui déclarent qu'ils n'entendent parler que des actions de ce prince qui ont du rapport à la piété, et non de celles qui en ont au gouvernement de l'état. (Eusèbe, Vie de Constantin, liv. I, chap. IX; Socrate, liv. I, chap. I.)

sit deux maux : l'un, que la barrière qui conte-
noit tant de nations fut ôtée ; et l'autre, que les
soldats [1] vécurent et s'amollirent dans le cirque et
dans les théâtres [2].

Lorsque Constantius envoya Julien dans les Gau-
les, il trouva que cinquante villes le long du Rhin [3]
avoient été prises par les barbares ; que les pro-
vinces avoient été saccagées ; qu'il n'y avoit plus
que l'ombre d'une armée romaine, que le seul
nom des ennemis faisoit fuir.

Ce prince, par sa sagesse, sa constance, son
économie, sa conduite, sa valeur, et une suite con-
tinuelle d'actions héroïques, rechassa les barba-
res [4] ; et la terreur de son nom les contint tant
qu'il vécut [5].

La brièveté des règnes, les divers partis politi-
ques, les différentes religions, les sectes particu-
lières de ces religions, ont fait que le caractère des
empereurs est venu à nous extrêmement défiguré.
Je n'en donnerai que deux exemples. Cet Alexan-
dre, si lâche dans Hérodien, paroît plein de cou-
rage dans Lampridius ; ce Gratien, tant loué par
les orthodoxes, Philostorgue le compare à Néron.

Valentinien sentit plus que personne la néces-
sité de l'ancien plan ; il employa toute sa vie à
fortifier les bords du Rhin, à y faire des levées, y
bâtir des châteaux, y placer des troupes, leur
donner le moyen d'y subsister. Mais il arriva dans
le monde un événement qui détermina Valens,
son frère, à ouvrir le Danube, et eut d'effroyables
suites.

Dans le pays qui est entre les Palus-Méotides,
les montagnes du Caucase et la mer Caspienne,
il y avoit plusieurs peuples qui étoient la plupart
de la nation des Huns ou de celle des Alains ; leurs
terres étoient extrêmement fertiles ; ils aimoient
la guerre et le brigandage ; ils étoient presque tou-
jours à cheval, ou sur leurs chariots, et erroient
dans le pays où ils étoient enfermés ; ils faisoient
bien quelques ravages sur les frontières de Perse
et d'Arménie ; mais on gardoit aisément les portes
Caspiennes, et ils pouvoient difficilement pénétrer
dans la Perse par ailleurs. Comme ils n'imaginoient

point qu'il fût possible de traverser les Palus-
Méotides [1], ils ne connoissoient pas les Romains ; et,
pendant que d'autres barbares ravageoient l'em-
pire, ils restoient dans les limites que leur igno-
rance leur avoit données.

Quelques uns [2] ont dit que le limon que le Ta-
naïs avoit apporté avoit formé une espèce de croûte
sur le Bosphore cimmérien, sur laquelle ils avoient
passé ; d'autres [3], que deux jeunes Scythes, pour-
suivant une biche qui traversa ce bras de mer, le
traversèrent aussi. Ils furent étonnés de voir un
nouveau monde ; et, retournant dans l'ancien, ils
apprirent à leurs compatriotes les nouvelles terres,
et, si j'ose me servir de ce terme, les Indes qu'ils
avoient découvertes [4].

D'abord des corps innombrables de Huns pas-
sèrent ; et, rencontrant les Goths les premiers, ils
les chassèrent devant eux. Il sembloit que ces na-
tions se précipitassent les unes sur les autres, et que
l'Asie, pour peser sur l'Europe, eût acquis un nou-
veau poids.

Les Goths effrayés se présentèrent sur les bords
du Danube, et, les mains jointes, demandèrent
une retraite. Les flatteurs de Valens saisirent cette
occasion, et la lui représentèrent comme une con-
quête heureuse d'un nouveau peuple qui venoit
défendre l'empire et l'enrichir [5].

Valens ordonna qu'ils passeroient sans armes ;
mais, pour de l'argent, ses officiers leur en lais-
sèrent tant qu'ils voulurent [6]. Il leur fit distribuer
des terres ; mais, à la différence des Huns, les Goths
n'en cultivoient point [7] ; on les priva même du blé
qu'on leur avoit promis : ils mouroient de faim,
et ils étoient au milieu d'un pays riche ; ils étoient

[1] ZOSIME, liv. VIII.
[2] Depuis l'établissement du christianisme, les combats des
gladiateurs devinrent rares. Constantin défendit d'en donner :
ils furent entièrement abolis sous Honorius, comme il paroît par
Théodoret et Othon de Frisingue. Les Romains ne retinrent de
leurs anciens spectacles que ce qui pouvoit affoiblir les coura-
ges, et servoit d'attrait à la volupté.
[3] AMMIEN MARCELLIN, liv. XVI, XVII, XVIII.
[4] AMMIEN MARCELLIN, ibid.
[5] Voyez le magnifique éloge qu'Ammien Marcellin fait de ce
prince, liv. XXV; voyez aussi les fragments de l'Histoire de
Jean d'Antioche.

[1] PROCOPE, Histoire mêlée. [2] ZOSIME, liv. IV.
[3] JORNANDÈS, de Rebus geticis; Histoire mêlée de Procope.
[4] Voyez Sozomène, liv. VI.
[5] AMM. MARCELLIN, liv. XXIX.
[6] De ceux qui avoient reçu ces ordres, celui-ci conçut un
amour infame ; celui-là fut épris de la beauté d'une femme bar-
bare ; les autres furent corrompus par des présents, des habits
de lin, et des couvertures bordées de franges : on n'eut d'autre
soin que de remplir sa maison d'esclaves, et ses fermes de bé-
tail. (Histoire de Dexipe.)
[7] Voyez l'Histoire gothique de Priscus, où cette différence
est bien établie.
On demandera peut-être comment des nations qui ne culti-
voient point les terres pouvoient devenir si puissantes, tandis
que celles de l'Amérique sont si petites. C'est que les peuples
pasteurs ont une subsistance bien plus assurée que les peuples
chasseurs.
Il paroît, par Ammien Marcellin, que les Huns dans leur
première demeure ne labouroient point les champs ; ils ne vi-
voient que de leurs troupeaux dans un pays abondant en pâtu-
rages, et arrosé par quantité de fleuves, comme font encore au-
jourd'hui les petits Tartares, qui habitent une partie du même
pays. Il y a apparence que ces peuples, depuis leur départ,
ayant habité des lieux moins propres à la nourriture des trou-
peaux, commencèrent à cultiver les terres.

armés, et on leur faisoit des injustices. Ils ravagèrent tout depuis le Danube jusqu'au Bosphore, exterminèrent Valens et son armée, et ne repassèrent le Danube que pour abandonner l'affreuse solitude qu'ils avoient faite [1].

CHAPITRE XVIII.

Nouvelles maximes prises par les Romains.

Quelquefois la lâcheté des empereurs, souvent la foiblesse de l'empire, firent que l'on chercha à apaiser par de l'argent les peuples qui menaçoient d'envahir [2]. Mais la paix ne peut pas s'acheter, parce que celui qui l'a vendue n'en est que plus en état de la faire acheter encore.

Il vaut mieux courir le risque de faire une guerre malheureuse que de donner de l'argent pour avoir la paix; car on respecte toujours un prince lorsqu'on sait qu'on ne le vaincra qu'après une longue résistance.

D'ailleurs ces sortes de gratifications se changeoient en tributs, et, libres au commencement, devenoient nécessaires : elles furent regardées comme des droits acquis; et lorsqu'un empereur les refusa à quelques peuples, ou voulut donner moins, ils devinrent de mortels ennemis. Entre mille exemples, l'armée que Julien mena contre les Perses fut poursuivie dans sa retraite par des Arabes à qui il avoit refusé le tribut accoutumé [3], et d'abord après, sous l'empire de Valentinien, les Allemands, à qui on avoit offert des présents moins considérables qu'à l'ordinaire, s'en indignèrent, et ces peuples du nord, déja gouvernés par le point d'honneur, se vengèrent de cette insulte prétendue par une cruelle guerre.

Toutes ces nations [4], qui entouroient l'empire en Europe et en Asie, absorbèrent peu à peu les richesses des Romains; et, comme ils s'étoient agrandis parce que l'or et l'argent de tous les rois étoit porté chez eux [5], ils s'affoiblirent parce que leur or et leur argent fut porté chez les autres.

Les fautes que font les hommes d'état ne sont pas toujours libres; souvent ce sont des suites nécessaires de la situation où l'on est; et les inconvénients ont fait naître les inconvénients.

La milice, comme on a déja vu, étoit devenue très à charge à l'état; les soldats avoient trois sortes d'avantages : la paie ordinaire, la récompense après le service, et les libéralités d'accident, qui devenoient très souvent des droits pour des gens qui avoient le peuple et le prince entre leurs mains.

L'impuissance où l'on se trouva de payer ces charges fit que l'on prit une milice moins chère. On fit des traités avec des nations barbares qui n'avoient ni le luxe des soldats romains, ni le même esprit, ni les mêmes prétentions.

Il y avoit une autre commodité à cela : comme les barbares tomboient tout-à-coup sur un pays, n'y ayant point chez eux de préparatifs après la résolution de partir, il étoit difficile de faire des levées à temps dans les provinces. On prenoit donc un autre corps de barbares, toujours prêt à recevoir de l'argent, à piller et à se battre. On étoit servi pour le moment; mais dans la suite on avoit autant de peine à réduire les auxiliaires que les ennemis.

Les premiers Romains [1] ne mettoient point dans leurs armées un plus grand nombre de troupes auxiliaires que de romaines; et, quoique leurs alliés fussent proprement des sujets, ils ne vouloient point avoir pour sujets des peuples plus belliqueux qu'eux-mêmes.

Mais dans les derniers temps, non seulement ils n'observèrent pas cette proportion des troupes auxiliaires, mais même ils remplirent de soldats barbares les corps de troupes nationales.

Ainsi, ils établissoient des usages tout contraires à ceux qui les avoient rendus maîtres de tout; et comme autrefois leur politique constante fut de se réserver l'art militaire, et d'en priver tous leurs voisins, ils le détruisoient pour lors chez eux, et l'établissoient chez les autres.

Voici, en un mot, l'histoire des Romains : ils vainquirent tous les peuples par leurs maximes; mais, lorsqu'ils y furent parvenus. leur république ne put subsister; il fallut changer de gouvernement, et des maximes contraires aux premières, employées dans ce gouvernement nouveau, firent tomber leur grandeur.

Ce n'est pas la fortune qui domine le monde : on peut le demander aux Romains, qui eurent une

[1] Voyez Zosime, liv. IV ; voyez aussi Dexipe, dans l'*Extrait des ambassades de Constantin Porphyrogénète.*

[2] On donna d'abord tout aux soldats; ensuite on donna tout aux ennemis.

[3] AMMIEN MARCELLIN, liv. XXV. [4] *Id.*, liv. XXVI.

[5] « Vous voulez des richesses, disoit un empereur à son armée » qui murmuroit : voilà le pays des Perses, allons-en chercher. » Croyez-moi, de tant de trésors que possédoit la république » romaine, il ne reste plus rien; et le mal vient de ceux qui » ont appris aux princes à acheter la paix des barbares. Nos » finances sont épuisées, nos villes détruites, nos provinces » ruinées. Un empereur qui ne connoît d'autres biens que ceux » de l'ame n'a pas honte d'avouer une pauvreté honnête. » (*Id.*, liv. XXIV.)

[1] C'est une observation de Végèce; et il paroît par Tite-Live que, si le nombre des auxiliaires excéda quelquefois, ce fut de bien peu.

suite continuelle de prospérités quand ils se gouvernèrent sur un certain plan, et une suite non interrompue de revers lorsqu'ils se conduisirent sur un autre. Il y a des causes générales, soit morales, soit physiques, qui agissent dans chaque monarchie, l'élèvent, la maintiennent, ou la précipitent; tous les accidents sont soumis à ces causes; et si le hasard d'une bataille, c'est-à-dire une cause particulière a ruiné un état, il y avoit une cause générale qui faisoit que cet état devoit périr par une seule bataille. En un mot, l'allure principale entraîne avec elle tous les accidents particuliers.

Nous voyons que depuis près de deux siècles les troupes de terre de Danemarck ont presque toujours été battues par celles de Suède. Il faut qu'indépendamment du courage des deux nations et du sort des armes, il y ait dans le gouvernement danois, militaire ou civil, un vice intérieur qui ait produit cet effet; et je ne le crois point difficile à découvrir.

Enfin, les Romains perdirent leur discipline militaire; ils abandonnèrent jusqu'à leurs propres armes. Végèce dit que les soldats les trouvant trop pesantes, ils obtinrent de l'empereur Gratien de quitter leur cuirasse et ensuite leur casque : de façon qu'exposés aux coups sans défense, ils ne songèrent plus qu'à fuir [1].

Il ajoute qu'ils avoient perdu la coutume de fortifier leur camp, et que, par cette négligence, leurs armées furent enlevées par la cavalerie des barbares.

La cavalerie fut peu nombreuse chez les premiers Romains : elle ne faisoit que la onzième partie de la légion, et très souvent moins ; et ce qu'il y a d'extraordinaire, ils en avoient beaucoup moins que nous, qui avons tant de siéges à faire, où la cavalerie est peu utile. Quand les Romains furent dans la décadence, ils n'eurent presque plus que de la cavalerie. Il me semble que, plus une nation se rend savante dans l'art militaire, plus elle agit par son infanterie; et que, moins elle le connoît, plus elle multiplie sa cavalerie : c'est que, sans la discipline, l'infanterie pesante ou légère n'est rien ; au lieu que la cavalerie va toujours, dans son désordre même [2]. L'action de celle-ci consiste plus dans son impétuosité et un certain choc; celle de l'autre, dans sa résistance

et une certaine immobilité : c'est plutôt une réaction qu'une action. Enfin, la force de la cavalerie est momentanée : l'infanterie agit plus longtemps; mais il faut de la discipline pour qu'elle puisse agir long-temps.

Les Romains parvinrent à commander à tous les peuples, non seulement par l'art de la guerre, mais aussi par leur prudence, leur sagesse, leur constance, leur amour pour la gloire et pour la patrie. Lorsque, sous les empereurs, toutes ces vertus s'évanouirent, l'art militaire leur resta, avec lequel, malgré la foiblesse et la tyrannie de leurs princes, ils conservèrent ce qu'ils avoient acquis; mais, lorsque la corruption se mit dans la milice même, ils devinrent la proie de tous les peuples.

Un empire fondé par les armes a besoin de se soutenir par les armes. Mais comme, lorsqu'un état est dans le trouble, on n'imagine pas comment il peut en sortir, de même, lorsqu'il est en paix et qu'on respecte sa puissance, il ne vient point dans l'esprit comment cela peut changer : il néglige donc la milice, dont il croit n'avoir rien à espérer et tout à craindre, et souvent même il cherche à l'affoiblir.

C'étoit une règle inviolable des premiers Romains, que quiconque avoit abandonné son poste, ou laissé ses armes dans le combat, étoit puni de mort. Julien et Valentinien avoient à cet égard rétabli les anciennes peines. Mais les barbares pris à la solde des Romains, accoutumés à faire la guerre comme la font aujourd'hui les Tartares, à fuir pour combattre encore, à chercher le pillage plus que l'honneur [1], étoient incapables d'une pareille discipline.

Telle étoit la discipline des premiers Romains, qu'on y avoit vu des généraux condamner à mourir leurs enfants pour avoir, sans leur ordre, gagné la victoire; mais, quand ils furent mêlés parmi les barbares, ils y contractèrent un esprit d'indépendance qui faisoit le caractère de ces nations; et, si l'on lit les guerres de Bélisaire contre les Goths, on verra un général presque toujours désobéi par ses officiers.

Sylla et Sertorius, dans la fureur des guerres civiles, aimoient mieux périr que de faire quelque chose dont Mithridate pût tirer avantage; mais, dans les temps qui suivirent, dès qu'un ministre

[1] *De Re militari*, lib. I, cap. xx.
[2] La cavalerie tartare, sans observer aucune de nos maximes militaires, a fait dans tous les temps de grandes choses. Voyez les relations, et surtout celle de la dernière conquête de la Chine.

[1] Ils ne vouloient pas s'assujettir aux travaux des soldats romains. Voyez Ammien Marcellin, liv. XVIII, qui dit, comme une chose extraordinaire, qu'ils s'y soumirent en une occasion, pour plaire à Julien, qui vouloit mettre des places en état de défense.

ou quelque grand crut qu'il importoit à son avarice, à sa vengeance, à son ambition, de faire entrer les barbares dans l'empire, il le leur donna d'abord à ravager[1].

Il n'y a point d'état où l'on ait plus besoin de tributs que dans ceux qui s'affoiblissent; de sorte que l'on est obligé d'augmenter les charges à mesure que l'on est moins en état de les porter: bientôt, dans les provinces romaines, les tributs devinrent intolérables.

Il faut lire, dans Salvien, les horribles exactions que l'on faisoit sur les peuples[2]. Les citoyens, poursuivis par les traitants, n'avoient d'autre ressource que de se réfugier chez les barbares, ou de donner leur liberté au premier qui la vouloit prendre.

Ceci servira à expliquer, dans notre histoire françoise, cette patience avec laquelle les Gaulois souffrirent la révolution qui devoit établir cette différence accablante entre une nation noble et une nation roturière. Les barbares, en rendant tant de citoyens esclaves de la glèbe, c'est-à-dire du champ auquel ils étoient attachés, n'introduisirent guère rien qui n'eût été plus cruellement exercé avant eux[3].

CHAPITRE XIX.

Grandeur d'Attila. — Cause de l'établissement des barbares. — Raisons pourquoi l'empire d'Occident fut le premier abattu.

Comme, dans le temps que l'empire s'affoiblissoit, la religion chrétienne s'établissoit, les chrétiens reprochoient aux païens cette décadence, et ceux-ci en demandoient compte à la religion chrétienne. Les chrétiens disoient que Dioclétien avoit perdu l'empire en s'associant trois collègues[4], parce que chaque empereur vouloit faire d'aussi grandes dépenses et entretenir d'aussi fortes armées que s'il avoit été seul; que par-là le nombre de ceux qui recevoient n'étant pas proportionné au nombre de ceux qui donnoient, les charges devinrent si grandes, que les terres furent abandonnées par les laboureurs, et se changèrent en forêts. Les païens, au contraire, ne cessoient de crier contre un culte nouveau, inouï jusqu'alors; et comme autrefois, dans Rome florissante, on attribuoit les débordements du Tibre et les autres effets de la nature à la colère des dieux, de même, dans Rome mourante, on imputoit les malheurs à un nouveau culte et au renversement des anciens autels.

Ce fut le préfet Symmaque qui, dans une lettre écrite aux empereurs au sujet de l'autel de la Victoire, fit le plus valoir contre la religion chrétienne des raisons populaires, et par conséquent très capables de séduire.

« Quelle chose peut mieux nous conduire à la » connoissance des dieux, disoit-il, que l'expé- » rience de nos prospérités passées? Nous devons » être fidèles à tant de siècles, et suivre nos pères, » qui ont suivi si heureusement les leurs. Pensez » que Rome vous parle, et vous dit: Grands prin- » ces, pères de la patrie, respectez mes années » pendant lesquelles j'ai toujours observé les céré- » monies de mes ancêtres: ce culte a soumis l'uni- » vers à mes lois; c'est par-là qu'Annibal a été » repoussé de mes murailles, et que les Gaulois » l'ont été du Capitole. C'est pour les dieux de la » patrie que nous demandons la paix; nous la de- » mandons pour les dieux indigètes. Nous n'entrons » point dans des disputes qui ne conviennent qu'à » des gens oisifs; et nous voulons offrir des prières » et non pas des combats[1]. »

Trois auteurs célèbres répondirent à Symmaque. Oroze composa son histoire pour prouver qu'il y avoit toujours eu dans le monde d'aussi grands malheurs que ceux dont se plaignoient les païens. Salvien fit son livre, où il soutint que c'étoient les dérèglements des chrétiens qui avoient attiré les ravages des barbares[2]; et saint Augustin fit voir que la cité du ciel étoit différente de cette cité de la terre[3], où les anciens Romains, pour quelques vertus humaines, avoient reçu des récompenses aussi vaines que ces vertus.

Nous avons dit que dans les premiers temps la politique des Romains fut de diviser toutes les puissances qui leur faisoient ombrage; dans la suite, ils n'y purent réussir. Il fallut souffrir qu'Attila soumit toutes les nations du nord: il s'étendit depuis le Danube jusqu'au Rhin, détruisit tous les forts et tous les ouvrages qu'on

[1] Cela n'étoit pas étonnant dans ce mélange avec des nations qui avoient été errantes, qui ne connoissoient point de patrie, et où souvent des corps entiers de troupes se joignoient à l'ennemi qui les avoit vaincus contre leur nation même. Voyez dans Procope ce que c'étoit que les Goths sous Vitigès.

[2] Voyez tout le livre V de Gubernatione Dei; voyez aussi, dans l'ambassade écrite par Priscus, le discours d'un Romain établi parmi les Huns, sur sa félicité dans ce pays-là.

[3] Voyez encore Salvien, liv. V; et les lois du Code et du Digeste là-dessus.

[4] LACTANCE, de la Mort des persécuteurs.

[1] Lettres de Symmaque, liv. X, lett. LIV.

[2] Du Gouvernement de Dieu. [3] De la Cité de Dieu.

avoit faits sur ces fleuves, et rendit les deux empires tributaires.

« Théodose, disoit-il insolemment, est fils d'un » père très noble, aussi bien que moi; mais, en » me payant le tribut, il est déchu de sa noblesse, » et est devenu mon esclave : il n'est pas juste » qu'il dresse des embûches à son maître, comme » un esclave méchant[1]. »

» Il ne convient pas à l'empereur, disoit-il dans » une autre occasion, d'être menteur. Il a promis » à un de mes sujets de lui donner en mariage la » fille de Saturnilus : s'il ne veut pas tenir sa pa- » role, je lui déclare la guerre; s'il ne peut pas, » et qu'il soit dans cet état qu'on ose lui déso- » béir, je marche à son secours. »

Il ne faut pas croire que ce fût par modération qu'Attila laissa subsister les Romains : il suivoit les mœurs de sa nation, qui le portoient à soumettre les peuples, et non pas à les conquérir. Ce prince, dans sa maison de bois où nous le représente Priscus[2], maître de toutes les nations barbares, et en quelque façon[3] de presque toutes celles qui étoient policées, étoit un des grands monarques dont l'histoire ait jamais parlé.

On voyoit à sa cour les ambassadeurs des Romains d'Orient et de ceux d'Occident, qui venoient recevoir ses lois, ou implorer sa clémence. Tantôt il demandoit qu'on lui rendît les Huns transfuges, ou les esclaves romains qui s'étoient évadés; tantôt il vouloit qu'on lui livrât quelque ministre de l'empereur. Il avoit mis sur l'empire d'Orient un tribut de deux mille cent livres d'or. Il recevoit les appointements de général des armées romaines. Il envoyoit à Constantinople ceux qu'il vouloit récompenser, afin qu'on les comblât de biens, faisant un trafic continuel de la frayeur des Romains.

Il étoit craint de ses sujets, et il ne paroît pas qu'il en fût haï[4]. Prodigieusement fier, et cependant rusé, ardent dans sa colère, mais sachant pardonner ou différer la punition suivant qu'il convenoit à ses intérêts, ne faisant jamais la guerre quand la paix pouvoit lui donner assez d'avantages, fidèlement servi des rois mêmes qui étoient sous sa dépendance, il avoit gardé pour lui seul

l'ancienne simplicité des mœurs des Huns. Du reste, on ne peut guère louer sur la bravoure le chef d'une nation où les enfants entroient en fureur au récit des beaux faits d'armes de leurs pères, et où les pères versoient des larmes parce qu'ils ne pouvoient pas imiter leurs enfants.

Après sa mort, toutes les nations barbares se redivisèrent; mais les Romains étoient si foibles qu'il n'y avoit pas de si petit peuple qui ne pût leur nuire.

Ce ne fut pas une certaine invasion qui perdit l'empire, ce furent toutes les invasions. Depuis celle qui fut si générale sous Gallus, il sembla rétabli, parce qu'il n'avoit point perdu de terrain; mais il alla, de degrés en degrés, de la décadence à sa chute, jusqu'à ce qu'il s'affaissa tout-à-coup sous Arcadius et Honorius.

En vain on avoit rechassé les barbares dans leur pays : ils y seroient tout de même rentrés pour mettre en sûreté leur butin; en vain on les extermina : les villes n'étoient pas moins saccagées, les villages brûlés, les familles tuées ou dispersées[1].

Lorsqu'une province avoit été ravagée, les barbares qui succédoient, n'y trouvant plus rien, devoient passer à une autre. On ne ravagea au commencement que la Thrace, la Mysie, la Pannonie; quand ces pays furent dévastés, on ruina la Macédoine, la Thessalie, la Grèce; de là il fallut aller aux Noriques. L'empire, c'est-à-dire le pays habité, se rétrécissoit toujours, et l'Italie devenoit frontière.

La raison pourquoi il ne se fit point, sous Gallus et Gallien, d'établissement de barbares, c'est qu'ils trouvoient encore de quoi piller.

Ainsi, lorsque les Normands, image des conquérants de l'empire, eurent pendant plusieurs siècles ravagé la France, ne trouvant plus rien à prendre, ils acceptèrent une province qui étoit entièrement déserte, et se la partagèrent[2].

La Scythie dans ces temps-là étant presque toute inculte[3], les peuples y étoient sujets à des

[1] *Histoire gothique*, et *Relation de l'ambassade écrite par Priscus*. C'étoit Théodose le jeune.

[2] *Histoire gothique* : « *Hæc sedes regis barbariem totam tenentis, hæc captis civitatibus habitacula præponebat.* » (JORNANDÈS, *de Rebus geticis*.)

[3] Il paroît, par la *Relation de Priscus*, qu'on pensoit à la cour d'Attila à soumettre encore les Perses.

[4] Il faut consulter, sur le caractère de ce prince et les mœurs de sa cour, Jornandès et Priscus.

[1] C'étoit une nation bien destructive que celle des Goths : ils avoient détruit tous les laboureurs dans la Thrace, et coupé les mains à tous ceux qui menoient les chariots. (*Histoire byzantine de Malchus*, dans l'*Extrait des ambassades*.)

[2] Voyez, dans les Chroniques recueillies par André du Chesne, l'état de cette province vers la fin du neuvième et le commencement du dixième siècle. (*Script. Norm. hist. veteres.*)

[3] Les Goths, comme nous l'avons dit, ne cultivoient point la terre.

Les Vandales les appeloient *Trulles*, du nom d'une petite mesure, parce que dans une famine ils leur vendirent fort cher une pareille mesure de blé. (OLYMPIODORE, dans la *Bibliothèque de Photius*, liv. XXX.)

famines fréquentes ; ils subsistoient en partie par un commerce avec les Romains, qui leur portoient des vivres des provinces voisines du Danube [1]. Les barbares donnoient en retour les choses qu'ils avoient pillées, les prisonniers qu'ils avoient faits, l'or et l'argent qu'ils recevoient pour la paix. Mais lorsqu'on ne put plus leur payer des tributs assez forts pour les faire subsister, ils furent forcés de s'établir [2].

L'empire d'Occident fut le premier abattu : en voici les raisons.

Les barbares, ayant passé le Danube, trouvoient à leur gauche le Bosphore, Constantinople, et toutes les forces de l'empire d'Orient, qui les arrêtoient : cela faisoit qu'ils se tournoient à main droite, du côté de l'Illyrie, et se poussoient vers l'Occident. Il se fit un reflux de nations et un transport de peuples de ce côté-là. Les passages de l'Asie étant mieux gardés, tout refouloit vers l'Europe ; au lieu que dans la première invasion, sous Gallus, les forces des barbares se partagèrent.

L'empire ayant été réellement divisé, les empereurs d'Orient, qui avoient des alliances avec les barbares, ne voulurent pas les rompre pour secourir ceux d'Occident. Cette division dans l'administration, dit Priscus [3], fut très préjudiciable aux affaires d'Occident. Ainsi, les Romains d'Orient [2] refusèrent à ceux d'Occident une armée navale, à cause de leur alliance avec les Vandales. Les Wisigoths, ayant fait alliance avec Arcadius, entrèrent en Occident, et Honorius fut obligé de s'enfuir à Ravenne [5]. Enfin, Zénon, pour se défaire de Théodoric, le persuada d'aller attaquer l'Italie, qu'Alaric avoit déjà ravagée.

Il y avoit une alliance très étroite entre Attila et Genséric, roi des Vandales [6]. Ce dernier craignoit les Goths [7] ; il avoit marié son fils avec la fille du roi des Goths, et lui ayant ensuite fait couper le nez, il l'avoit renvoyée : il s'unit donc avec Attila. Les deux empires, comme enchaînés par ces deux princes, n'osoient se se-

courir. La situation de celui d'Occident fut surtout déplorable : il n'avoit point de forces de mer ; elles étoient toutes en Orient [1], en Égypte, Chypre, Phénicie, Ionie, Grèce, seuls pays où il y eût alors quelque commerce. Les Vandales et d'autres peuples attaquoient partout les côtes d'Occident. Il vint une ambassade des Italiens à Constantinople, dit Priscus [2], pour faire savoir qu'il étoit impossible que les affaires se soutinssent sans une réconciliation avec les Vandales.

Ceux qui gouvernoient en Occident ne manquèrent pas de politique : ils jugèrent qu'il falloit sauver l'Italie, qui étoit en quelque façon la tête, et en quelque façon le cœur de l'empire. On fit passer les barbares aux extrémités, et on les y plaça. Le dessein étoit bien conçu, il fut bien exécuté. Ces nations ne demandoient que la subsistance : on leur donnoit les plaines ; on se réservoit les pays montagneux, les passages des rivières, les défilés, les places sur les grands fleuves ; on gardoit la souveraineté. Il y a apparence que ces peuples auroient été forcés de devenir Romains ; et la facilité avec laquelle ces destructeurs furent eux-mêmes détruits par les Francs, par les Grecs, par les Maures, justifie assez cette pensée. Tout ce système fut renversé par une révolution plus fatale que toutes les autres : l'armée d'Italie composée d'étrangers, exigea ce qu'on avoit accordé à des nations plus étrangères encore ; elle forma sous Odoacer une aristocratie qui se donna le tiers des terres de l'Italie ; et ce fut le coup mortel porté à cet empire.

Parmi tant de malheurs on cherche avec une curiosité triste le destin de la ville de Rome. Elle étoit pour ainsi dire sans défense ; elle pouvoit être aisément affamée ; l'étendue de ses murailles faisoit qu'il étoit très difficile de les garder. Comme elle étoit située dans une plaine, on pouvoit aisément la forcer ; il n'y avoit point de ressource dans le peuple, qui en étoit extrêmement diminué. Les empereurs furent obligés de se retirer à Ravenne, ville autrefois défendue par la mer, comme Venise l'est aujourd'hui.

Le peuple romain, presque toujours abandonné de ses souverains, commença à le devenir et à faire des traités pour sa conservation [3] : ce qui est le moyen le plus légitime d'acquérir la souverai-

[1] On voit, dans l'*Histoire de Priscus*, qu'il y avoit des marchés établis par les traités sur les bords du Danube.

[2] Quand les Goths envoyèrent prier Zénon de recevoir dans son alliance Theudéric, fils de Triarius, aux conditions qu'il avoit accordées à Theudéric, fils de Balamer, le sénat consulté répondit que les revenus de l'état n'étoient pas suffisants pour nourrir deux peuples goths, et qu'il falloit choisir l'amitié de l'un des deux. (*Histoire de Malchus*, dans l'*Extrait des ambassades*.)

[3] PRISCUS, liv. II. [4] *Ibid.*

[5] PROCOPE, *Guerre des Vandales*.

[6] PRISCUS, liv. II.

[7] Voyez Jornandès, *de Rebus geticis*, cap. XXXVI.

[1] Cela parut surtout dans la guerre de Constantin et de Licinius.

[2] PRISCUS, liv. II.

[3] Du temps d'Honorius, Alaric, qui assiégeoit Rome, obligea cette ville à prendre son alliance même contre l'empereur, qui ne put s'y opposer. (PROCOPE, *Guerre des Goths*, liv. I.) Voyez Zosime, liv. VI.

puissance. C'est ainsi que l'Armorique et la Bretagne commencèrent à vivre sous leurs propres lois [1].

Telle fut la fin de l'empire d'Occident. Rome s'étoit agrandie parce qu'elle n'avoit eu que des guerres successives, chaque nation, par un bonheur inconcevable, ne l'attaquant que quand l'autre avoit été ruinée. Rome fut détruite parce que toutes les nations l'attaquèrent à la fois et pénétrèrent partout.

CHAPITRE XX.

Des conquêtes de Justinien. — De son gouvernement.

Comme tous ces peuples entroient pêle-mêle dans l'empire, ils s'incommodoient réciproquement ; et toute la politique de ces temps-là fut de les armer les uns contre les autres : ce qui étoit aisé, à cause de leur férocité et de leur avarice. Ils s'entre-détruisirent pour la plupart avant d'avoir pu s'établir ; et cela fit que l'empire d'Orient subsista encore du temps.

D'ailleurs, le nord s'épuisa lui-même, et l'on n'en vit plus sortir ces armées innombrables qui parurent d'abord ; car, après les premières invasions des Goths et des Huns, surtout depuis la mort d'Attila, ceux-ci et les peuples qui les suivirent attaquèrent avec moins de forces.

Lorsque ces nations, qui s'étoient assemblées en corps d'armée, se furent dispersées en peuples, elles s'affoiblirent beaucoup ; répandues dans les divers lieux de leurs conquêtes, elles furent elles-mêmes exposées aux invasions.

Ce fut dans ces circonstances que Justinien entreprit de reconquérir l'Afrique et l'Italie, et fit ce que nos François exécutèrent aussi heureusement contre les Wisigoths, les Bourguignons, les Lombards et les Sarrasins.

Lorsque la religion chrétienne fut apportée aux barbares, la secte arienne étoit en quelque façon dominante dans l'empire. Valens leur envoya des prêtres ariens, qui furent leurs premiers apôtres. Or, dans l'intervalle qu'il y eut entre leur conversion et leur établissement, cette secte fut en quelque façon détruite chez les Romains : les barbares ariens ayant trouvé tout le pays orthodoxe, n'en purent jamais gagner l'affection ; et il fut facile aux empereurs de les troubler.

D'ailleurs, ces barbares, dont l'art et le génie n'étoient guère d'attaquer les villes et encore

[1] ZOSIME, liv. VI.

moins de les défendre, en laissèrent tomber les murailles en ruine. Procope nous apprend que Bélisaire trouva celles d'Italie en cet état. Celles d'Afrique avoient été démantelées par Genséric [1], comme celles d'Espagne le furent dans la suite par Vitisa [2], dans l'idée de s'assurer de ses habitants.

La plupart de ces peuples du nord, établis dans les pays du midi, en prirent d'abord la mollesse, et devinrent incapables des fatigues de la guerre [3]. Les Vandales languissoient dans la volupté ; une table délicate, des habits efféminés, des bains, la musique, la danse, les jardins, les théâtres, leur étoient devenus nécessaires.

Ils ne donnoient plus d'inquiétude aux Romains [4], dit Malchus [5], depuis qu'ils avoient cessé d'entretenir les armées qu'ils tenoit toujours prêtes, avec lesquelles il prévenoit ses ennemis, et étonnoit tout le monde par la facilité de ses entreprises.

La cavalerie des Romains étoit très exercée à tirer de l'arc ; mais celle des Goths et des Vandales ne se servoit que de l'épée et de la lance, et ne pouvoit combattre de loin [6] : c'est à cette différence que Bélisaire attribuoit une partie de ses succès.

Les Romains, surtout sous Justinien, tirèrent de grands services des Huns, peuples dont étoient sortis les Parthes, et qui combattoient comme eux. Depuis qu'ils eurent perdu leur puissance par la défaite d'Attila et les divisions que le grand nombre de ses enfants fit naître, ils servirent les Romains en qualité d'auxiliaires, et ils formèrent leur meilleure cavalerie.

Toutes ces nations barbares se distinguoient chacune par leur manière particulière de combattre et de s'armer [7]. Les Goths et les Vandales étoient redoutables l'épée à la main ; les Huns étoient des archers admirables ; les Suèves, de bons hommes d'infanterie ; les Alains étoient pesamment armés ; et les Hérules étoient une troupe légère. Les Romains prenoient dans toutes ces nations les divers corps de troupes qui convenoient à leurs desseins, et combattoient contre une seule avec les avantages de toutes les autres.

[1] PROCOPE, Guerre des Vandales, liv. I.
[2] MARIANA, Histoire d'Espagne, liv. VI, chap. XIX.
[3] PROCOPE, Guerre des Vandales, liv. II.
[4] Du temps d'Honoric.
[5] Histoire byzantine, dans l'Extrait des ambassades.
[6] Voyez Procope, Guerre des Vandales, liv. I ; et le même auteur, Guerre des Goths, liv. I. Les archers goths étoient à pied, ils étoient peu instruits.
[7] Un passage remarquable de Jornandès nous donne toutes ces différences : c'est à l'occasion de la bataille que les Gépides donnèrent aux enfants d'Attila.

Il est singulier que les nations les plus foibles aient été celles qui firent de plus grands établissements. On se tromperoit beaucoup, si l'on jugeoit de leurs forces par leurs conquêtes. Dans cette longue suite d'incursions, les peuples barbares, ou plutôt les essaims sortis d'eux, détruisoient ou étoient détruits : tout dépendoit des circonstances; et, pendant qu'une grande nation étoit combattue ou arrêtée, une troupe d'aventuriers qui trouvoient un pays ouvert y faisoient des ravages effroyables. Les Goths, que le désavantage de leurs armes fit fuir devant tant de nations, s'établirent en Italie, en Gaule et en Espagne; les Vandales, quittant l'Espagne par foiblesse, passèrent en Afrique, où ils fondèrent un grand empire.

Justinien ne put équiper contre les Vandales que cinquante vaisseaux; et, quand Bélisaire débarqua, il n'avoit que cinq mille soldats [1]. C'étoit une entreprise bien hardie; et Léon, qui avoit autrefois envoyé contre eux une flotte composée de tous les vaisseaux de l'Orient, sur laquelle il avoit cent mille hommes, n'avoit pas conquis l'Afrique, et avoit pensé perdre l'empire.

Ces grandes flottes, non plus que les grandes armées de terre, n'ont guère jamais réussi. Comme elles épuisent un état, si l'expédition est longue ou que quelque malheur leur arrive, elles ne peuvent être secourues ni réparées; si une partie se perd, ce qui reste n'est rien, parce que les vaisseaux de guerre, ceux de transport, la cavalerie, l'infanterie, les munitions, enfin les diverses parties, dépendent du tout ensemble. La lenteur de l'entreprise fait qu'on trouve toujours des ennemis préparés; outre qu'il est rare que l'expédition se fasse jamais dans une saison commode, on tombe dans le temps des orages : tant de choses n'étant presque jamais prêtes que quelques mois plus tard qu'on ne se l'étoit promis.

Bélisaire envahit l'Afrique; et, ce qui lui servit beaucoup, c'est qu'il tira de Sicile une grande quantité de provisions, en conséquence d'un traité fait avec Amalasonte, reine des Goths. Lorsqu'il fut envoyé pour attaquer l'Italie, voyant que les Goths tiroient leur subsistance de la Sicile, il commença par la conquérir; il affama ses ennemis, et se trouva dans l'abondance de toutes choses.

Bélisaire prit Carthage, Rome et Ravenne, et envoya les rois des Goths et les Vandales captifs à Constantinople, où l'on vit, après tant de temps, les anciens triomphes renouvelés [2].

On peut trouver dans les qualités de ce grand homme [1] les principales causes de ses succès. Avec un général qui avoit toutes les maximes des premiers Romains, il se forma une armée telle que les anciennes armées romaines.

Les grandes vertus se cachent ou se perdent ordinairement dans la servitude; mais le gouvernement tyrannique de Justinien ne put opprimer la grandeur de cette ame, ni la supériorité de ce génie.

L'eunuque Narsès fut encore donné à ce règne pour le rendre illustre. Élevé dans le palais, il avoit plus la confiance de l'empereur : car les princes regardent toujours leurs courtisans comme leurs plus fidèles sujets.

Mais la mauvaise conduite de Justinien, ses profusions, ses vexations, ses rapines, sa fureur de bâtir, de changer, de réformer, son inconstance dans ses desseins, un règne dur et foible, devenu plus incommode par une longue vieillesse, furent des malheurs réels mêlés à des succès inutiles, et une gloire vaine.

Ces conquêtes, qui avoient pour cause non la force de l'empire, mais de certaines circonstances particulières, perdirent tout : pendant qu'on y occupoit les armées, de nouveaux peuples passèrent le Danube, désolèrent l'Illyrie, la Macédoine et la Grèce; et les Perses, dans quatre invasions, firent à l'Orient des plaies incurables [2].

Plus ces conquêtes furent rapides, moins elles eurent un établissement solide : l'Italie et l'Afrique furent à peine conquises, qu'il fallut les reconquérir.

Justinien avoit pris sur le théâtre une femme qui s'y étoit long-temps prostituée [3] : elle le gouverna avec un empire qui n'a point d'exemple dans les histoires; et, mettant sans cesse dans les affaires les passions et les fantaisies de son sexe, elle corrompit les victoires et les succès les plus heureux.

En Orient, on a de tout temps multiplié l'usage des femmes pour leur ôter l'ascendant prodigieux qu'elles ont sur nous dans ces climats; mais à Constantinople la loi d'une seule femme donna à ce sexe l'empire : ce qui mit quelquefois de la foiblesse dans le gouvernement.

Le peuple de Constantinople étoit de tout temps divisé en deux factions, celle des *bleus* et celle des *verts* : elles tiroient leur origine de l'affection que

[1] Procope, *Guerre des Goths*, liv. II.
[2] Justinien ne lui accorda que le triomphe de l'Afrique.

[1] Voyez Suidas, à l'article *Bélisaire*.
[2] Les deux empires se ravagèrent d'autant plus qu'on n'espéroit pas conserver ce qu'on avoit conquis.
[3] L'impératrice Théodora.

l'on prend dans les théâtres pour de certains acteurs plutôt que pour d'autres. Dans les jeux du cirque, les chariots dont les cochers étoient habillés de vert disputoient le prix à ceux qui étoient habillés de bleu; et chacun y prenoit intérêt jusqu'à la fureur.

Ces deux factions, répandues dans toutes les villes de l'empire, étoient plus ou moins furieuses, à proportion de la grandeur des villes, c'est-à-dire de l'oisiveté d'une grande partie du peuple.

Mais les divisions, toujours nécessaires dans un gouvernement républicain pour le maintenir, ne pouvoient être que fatales à celui des empereurs, parce qu'elles ne produisoient que le changement du souverain, et non le rétablissement des lois et la cessation des abus.

Justinien, qui favorisa les *bleus*, et refusa toute justice aux *verts* [1], aigrit les deux factions, et par conséquent les fortifia.

Elles allèrent jusqu'à anéantir l'autorité des magistrats. Les *bleus* ne craignoient point les lois, parce que l'empereur les protégeoit contre elles; les *verts* cessèrent de les respecter, parce qu'elles ne pouvoient plus les défendre [2].

Tous les liens d'amitié, de parenté, de devoir, de reconnoissance, furent ôtés; les familles s'entre-détruisirent; tout scélérat qui voulut faire un crime fut de la faction des *bleus*; tout homme qui fut volé ou assassiné fut de celle des *verts*.

Un gouvernement si peu sensé étoit encore plus cruel : l'empereur, non content de faire à ses sujets une injustice générale en les accablant d'impôts excessifs, les désoloit par toutes sortes de tyrannies dans leurs affaires particulières. Je ne serois point naturellement porté à croire tout ce que Procope nous dit là-dessus dans son histoire secrète, parce que les éloges magnifiques qu'il a faits de ce prince dans ses autres ouvrages affoiblissent son témoignage dans celui-ci, où il nous le dépeint comme le plus stupide et le plus cruel des tyrans.

Mais j'avoue que deux choses font que je suis pour l'histoire secrète : la première, c'est qu'elle est mieux liée avec l'étonnante foiblesse où se trouva cet empire à la fin de ce règne et dans les suivants.

L'autre est un monument qui existe encore parmi nous : ce sont les lois de cet empereur, où l'on voit dans le cours de quelques années la jurisprudence varier davantage qu'elle n'a fait dans les trois cents dernières années de notre monarchie.

Ces variations sont la plupart sur des choses de si petite importance [1] qu'on ne voit aucune raison qui eût dû porter un législateur à les faire, à moins qu'on n'explique ceci par l'histoire secrète, et qu'on ne dise que ce prince vendoit également ses jugements et ses lois.

Mais ce qui fit le plus de tort à l'état politique du gouvernement fut le projet qu'il conçut de réduire tous les hommes à une même opinion sur les matières de religion, dans des circonstances qui rendoient son zèle entièrement indiscret.

Comme les anciens Romains fortifièrent leur empire en y laissant toute sorte de culte, dans la suite on le réduisit à rien, en coupant l'une après l'autre les sectes qui ne dominoient pas.

Ces sectes étoient des nations entières. Les unes, après qu'elles avoient été conquises par les Romains, avoient conservé leur ancienne religion : comme les samaritains et les juifs. Les autres s'étoient répandues dans un pays : comme les sectateurs de Montan dans la Phrygie; les manichéens, les sabatiens, les ariens, dans d'autres provinces; outre qu'une grande partie des gens de la campagne étoient encore idolâtres et entêtés d'une religion grossière comme eux-mêmes.

Justinien, qui détruisit ces sectes par l'épée ou par ses lois, et qui, les obligeant à se révolter, s'obligea à les exterminer, rendit incultes plusieurs provinces. Il crut avoir augmenté le nombre des fidèles : il n'avoit fait que diminuer celui des hommes.

Procope nous apprend que par la destruction des samaritains la Palestine devint déserte, et ce qui rend ce fait singulier, c'est qu'on affoiblit l'empire, par zèle pour la religion, du côté par où, quelques règnes après, les Arabes pénétrèrent pour la détruire.

Ce qu'il y avoit de désespérant, c'est que, pendant que l'empereur portoit si loin l'intolérance, il ne convenoit pas lui-même avec l'impératrice sur les points les plus essentiels : il suivoit le concile de Chalcédoine; et l'impératrice favorisoit ceux qui y étoient opposés, soit qu'ils fussent de bonne foi, dit Évagre, soit qu'ils le fissent à dessein [2].

[1] Cette maladie étoit ancienne. Suétone dit que Caligula, attaché à la faction des *verts*, haïssoit le peuple parce qu'il applaudissoit à l'autre.

[2] Pour prendre une idée de l'esprit de ces temps-là, il faut voir Théophanes, qui rapporte une longue conversation qu'il y eut au théâtre entre les *verts* et l'empereur.

[1] Voyez les *Novelles de Justinien*.

[2] Liv. IV, chap. x.

Lorsqu'on lit Procope sur les édifices de Justinien, et qu'on voit les places et les forts que ce prince fit élever partout, il vient toujours dans l'esprit une idée, mais bien fausse, d'un état florissant.

D'abord les Romains n'avoient point de places : ils mettoient toute leur confiance dans leurs armées, qu'ils plaçoient le long des fleuves, où ils élevoient des tours de distance en distance pour loger les soldats.

Mais lorsqu'on n'eut plus que de mauvaises armées, que souvent même on n'en eut point du tout, la frontière ne défendant plus l'intérieur, il fallut le fortifier ; et alors on eut plus de places et moins de forces, plus de retraites et moins de sûreté[1]. La campagne n'étant plus habitable qu'autour des places fortes, on en bâtit de toutes parts. Il en étoit comme de la France du temps des Normands[2], qui n'a jamais été si foible que lorsque tous ses villages étoient entourés de murs.

Ainsi toutes ces listes de noms des forts que Justinien fit bâtir, dont Procope couvre des pages entières, ne sont que des monuments de la foiblesse de l'empire.

⁕⁕⁕⁕⁕⁕

CHAPITRE XXI.

Désordres de l'empire d'Orient.

Dans ce temps-là, les Perses étoient dans une situation plus heureuse que les Romains : ils craignoient peu les peuples du nord[3], parce qu'une partie du mont Taurus, entre la mer Caspienne et le Pont-Euxin, les en séparoit, et qu'ils gardoient un passage fort étroit, fermé par une porte[4], qui étoit le seul endroit par où la cavalerie pouvoit passer : partout ailleurs ces barbares étoient obligés de descendre par des précipices, et de quitter leurs chevaux, qui faisoient toute leur force ; mais ils étoient encore arrêtés par l'Araxe, rivière profonde, qui coule de l'ouest à l'est, et dont on défendoit aisément les passages[5].

De plus, les Perses étoient tranquilles du côté de l'orient ; au midi, ils étoient bornés par la mer. Il leur étoit facile d'entretenir la division parmi les princes arabes, qui ne songeoient qu'à se piller les uns les autres. Ils n'avoient donc proprement d'ennemis que les Romains. « Nous savons, » disoit un ambassadeur de Hormisdas[1], « que les » Romains sont occupés à plusieurs guerres, et » ont à combattre contre presque toutes les na- » tions ; ils savent au contraire que nous n'avons » de guerre que contre eux. »

Autant que les Romains avoient négligé l'art militaire, autant les Perses l'avoient-ils cultivé. « Les Perses, disoit Bélisaire à ses soldats, ne » vous surpassent point en courage ; ils n'ont sur » vous que l'avantage de la discipline. »

Ils prirent dans les négociations la même supériorité que dans la guerre. Sous prétexte qu'ils tenoient une garnison aux portes Caspiennes, ils demandoient un tribut aux Romains, comme si chaque peuple n'avoit pas ses frontières à garder ; ils se faisoient payer pour la paix, pour les trèves, pour les suspensions d'armes, pour le temps qu'on employoit à négocier, pour celui qu'on avoit passé à faire la guerre.

Les Avares ayant traversé le Danube, les Romains, qui la plupart du temps n'avoient point de troupes à leur opposer, occupés contre les Perses lorsqu'il auroit fallu combattre les Avares, et contre les Avares quand il auroit fallu arrêter les Perses, furent encore forcés de se soumettre à un tribut ; et la majesté de l'empire fut flétrie chez toutes les nations.

Justin, Tibère et Maurice, travaillèrent avec soin à défendre l'empire. Ce dernier avoit des vertus ; mais elles étoient ternies par une avarice presque inconcevable dans un grand prince.

Le roi des Avares offrit à Maurice de lui rendre les prisonniers qu'il avoit faits, moyennant une demi-pièce d'argent par tête ; sur son refus, il les fit égorger. L'armée romaine, indignée, se révolta ; et les verts s'étant soulevés en même temps, un centenier, nommé Phocas, fut élevé à l'empire, et fit tuer Maurice et ses enfants.

L'histoire de l'empire grec, c'est ainsi que nous nommerons dorénavant l'empire romain, n'est plus qu'un tissu de révoltes, de séditions et de perfidies. Les sujets n'avoient pas seulement l'idée de la fidélité que l'on doit aux princes ; et la succession des empereurs fut si interrompue que le titre de *porphyrogénète*[2], c'est-à-dire né dans

[1] Auguste avoit établi neuf frontières ou marches : sous les empereurs suivants le nombre en augmenta. Les barbares se montroient là où ils n'avoient point encore paru. Et Dion, liv. LV, rapporte que de son temps, sous l'empire d'Alexandre, il y en avoit treize. On voit par la notice de l'empire, écrite depuis Arcadius et Honorius, que dans le seul empire d'Orient il y en avoit quinze. Le nombre en augmenta toujours. La Pamphylie, la Lycaonie, la Pisidie, devinrent des marches ; et tout l'empire fut couvert de fortifications. Aurélien avoit été obligé de fortifier Rome.
[2] Et des Anglois.
[3] Les Huns. [4] Les portes Caspiennes.
[5] Procope, *Guerre des Perses*, liv. 1.

[1] *Ambassades de Ménandre.*
[2] Ce mot, dérivé du grec, signifie *né dans la pourpre.* (P.)

l'appartement où accouchoient les impératrices, fut un titre distinctif que peu de princes des diverses familles impériales purent porter.

Toutes les voies furent bonnes pour parvenir à l'empire : on y alla par les soldats, par le clergé, par le sénat, par les paysans, par le peuple de Constantinople, par celui des autres villes.

La religion chrétienne étant devenue dominante dans l'empire, il s'éleva successivement plusieurs hérésies qu'il fallut condamner. Arius ayant nié la divinité du Verbe; les Macédoniens, celle du Saint-Esprit; Nestorius, l'unité de la personne de Jésus-Christ; Eutychès, ses deux natures; les monothélites, ses deux volontés, il fallut assembler des conciles contre eux; mais les décisions n'en ayant pas été d'abord universellement reçues, plusieurs empereurs séduits revinrent aux erreurs condamnées. Et, comme il n'y a jamais eu de nation qui ait porté une haine si violente aux hérétiques que les Grecs, qui se croyoient souillés lorsqu'ils parloient à un hérétique, ou habitoient avec lui, il arriva que plusieurs empereurs perdirent l'affection de leurs sujets; et les peuples s'accoutumèrent à penser que des princes si souvent rebelles à Dieu n'avoient pu être choisis par la providence pour les gouverner.

Une certaine opinion, prise de cette idée qu'il ne falloit pas répandre le sang des chrétiens, laquelle s'établit de plus en plus lorsque les mahométans eurent paru, fit que les crimes qui n'intéressoient pas directement la religion furent foiblement punis : on se contenta de crever les yeux, ou de couper le nez ou les cheveux, ou de mutiler de quelque manière ceux qui avoient excité quelque révolte, ou attenté à la personne du prince [1]; des actions pareilles purent se commettre sans danger, et même sans courage.

Un certain respect pour les ornements impériaux fit que l'on jeta d'abord les yeux sur ceux qui osèrent s'en revêtir. C'étoit un crime de porter ou d'avoir chez soi des étoffes de pourpre; mais dès qu'un homme s'en vêtissoit [2], il étoit d'abord suivi, parce que le respect étoit plus attaché à l'habit qu'à la personne.

L'ambition étoit encore irritée par l'étrange manie de ces temps-là, n'y ayant guère d'homme considérable qui n'eût par-devers lui quelque prédiction qui lui promettoit l'empire.

Comme les maladies de l'esprit ne se guérissent

guère [1], l'astrologie judiciaire et l'art de prédire par les objets vus dans l'eau d'un bassin avoient succédé, chez les chrétiens, aux divinations par les entrailles des victimes ou le vol des oiseaux, abolies avec le paganisme. Des promesses vaines furent le motif de la plupart des entreprises téméraires des particuliers, comme elles devinrent la sagesse du conseil des princes.

Les malheurs de l'empire croissant tous les jours, on fut naturellement porté à attribuer les mauvais succès dans la guerre, et les traités honteux dans la paix, à la mauvaise conduite de ceux qui gouvernoient.

Les révolutions mêmes firent les révolutions, et l'effet devint lui-même la cause. Comme les Grecs avoient vu passer successivement tant de diverses familles sur le trône, ils n'étoient attachés à aucune; et la fortune ayant pris des empereurs dans toutes les conditions, il n'y avoit pas de naissance assez basse ni de mérite si mince qui pût ôter l'espérance.

Plusieurs exemples reçus dans la nation en formèrent l'esprit général, et firent les mœurs, qui règnent aussi impérieusement que les lois.

Il semble que les grandes entreprises soient parmi nous plus difficiles à mener que chez les anciens. On ne peut guère les cacher, parce que la communication est telle aujourd'hui entre les nations que chaque prince a des ministres dans toutes les cours, et peut avoir des traîtres dans tous les cabinets.

L'invention des postes fait que les nouvelles volent et arrivent de toutes parts.

Comme les grandes entreprises ne peuvent se faire sans argent, et que depuis l'invention des lettres de change les négociants en sont les maîtres, leurs affaires sont très souvent liées avec les secrets de l'état; et ils ne négligent rien pour les pénétrer.

Des variations dans le change, sans une cause connue, font que bien des gens la cherchent, et la trouvent à la fin.

L'invention de l'imprimerie, qui a mis les livres dans les mains de tout le monde; celle de la gravure, qui a rendu les cartes géographiques si communes; enfin l'établissement des papiers politiques, font assez connoître à chacun les intérêts généraux pour pouvoir plus aisément être éclairci sur les faits secrets.

Les conspirations dans l'état sont devenues difficiles, parce que, depuis l'invention des postes,

[1] Zénon contribua beaucoup à établir ce relâchement. Voyez Malchus, *Histoire byzantine*, dans l'*Extrait des ambassades*.
[2] On dit aujourd'hui *vêtoit*.

[1] Voyez Nicétas, *Vie d'Andronic Comnène*.

tous les secrets particuliers sont dans le pouvoir du public.

Les princes peuvent agir avec promptitude, parce qu'ils ont les forces de l'état dans leurs mains : les conspirateurs sont obligés d'agir lentement, parce que tout leur manque; mais, à présent que tout s'éclaircit avec plus de facilité et de promptitude, pour peu que ceux-ci perdent de temps à s'arranger, ils sont découverts.

CHAPITRE XXII.

Foiblesse de l'empire d'Orient.

Phocas, dans la confusion des choses, étant mal affermi, Héraclius vint d'Afrique, et le fit mourir ; il trouva les provinces envahies et les légions détruites.

A peine avoit-il donné quelque remède à ces maux, que les Arabes sortirent de leur pays, pour étendre la religion et l'empire que Mahomet avoit fondés d'une même main.

Jamais on ne vit des progrès si rapides : ils conquirent d'abord la Syrie, la Palestine, l'Égypte, l'Afrique, et envahirent la Perse.

Dieu permit que sa religion cessât en tant de lieux d'être dominante, non pas qu'il l'eût abandonnée, mais parce que, qu'elle soit dans la gloire ou dans l'humiliation extérieure, elle est toujours également propre à produire son effet naturel, qui est de sanctifier.

La prospérité de la religion est différente de celle des empires. Un auteur célèbre disoit qu'il étoit bien aise d'être malade, parce que la maladie est le vrai état du chrétien. On pourroit dire de même que les humiliations de l'Église, sa dispersion, la destruction de ses temples, les souffrances de ses martyrs, sont le temps de sa gloire ; et que, lorsqu'aux yeux du monde elle paroît triompher, c'est le temps ordinaire de son abaissement.

Pour expliquer cet événement fameux de la conquête de tant de pays par les Arabes, il ne faut pas avoir recours au seul enthousiasme. Les Sarrasins étoient, depuis long-temps, distingués parmi les auxiliaires des Romains et des Perses ; les Osroéniens et eux étoient les meilleurs hommes de trait qu'il y eût au monde ; Alexandre-Sévère et Maximin en avoient engagé à leur service autant qu'ils avoient pu, et s'en étoient servis avec un grand succès contre les Germains, qu'ils désoloient de loin ; sous Valens, les Goths ne pouvoient

leur résister [1] ; enfin ils étoient dans ces temps-là la meilleure cavalerie du monde.

Nous avons dit que, chez les Romains, les légions d'Europe valoient mieux que celles d'Asie ; c'étoit tout le contraire pour la cavalerie : je parle de celle des Parthes, des Osroéniens et des Sarrasins ; et c'est ce qui arrêta les conquêtes des Romains, parce que, depuis Antiochus, un nouveau peuple tartare, dont la cavalerie étoit la meilleure du monde, s'empara de la haute Asie.

Cette cavalerie étoit pesante [2], et celle d'Europe étoit légère : c'est aujourd'hui tout le contraire. La Hollande et la Frise n'étoient point pour ainsi dire encore faites [3], et l'Allemagne étoit pleine de bois, de lacs et de marais, où la cavalerie servoit peu.

Depuis qu'on a donné un cours aux grands fleuves, ces marais se sont dissipés, et l'Allemagne a changé de face. Les ouvrages de Valentinien sur le Necker et ceux des Romains sur le Rhin [4] ont fait bien des changements [5] ; et, le commerce s'étant établi, des pays qui ne produisoient point de chevaux en ont donné, et on en a fait usage [6].

Constantin, fils d'Héraclius, ayant été empoisonné, et son fils Constant tué en Sicile, Constantin-le-Barbu, son fils aîné, lui succéda [7]. Les grands des provinces d'Orient s'étant assemblés, ils voulurent couronner ses deux autres frères, soutenant que, comme il faut croire en la Trinité, aussi étoit-il raisonnable d'avoir trois empereurs.

L'histoire grecque est pleine de traits pareils ; et le petit esprit étant parvenu à faire le caractère de la nation, il n'y eut plus de sagesse dans les entreprises, et l'on vit des troubles sans cause et des révolutions sans motifs.

Une bigoterie universelle abattit les courages et engourdit tout l'empire. Constantinople est, à proprement parler, le seul pays d'Orient où la religion chrétienne ait été dominante. Or, cette lâcheté, cette paresse, cette mollesse des nations d'Asie, se mêlèrent dans la dévotion même. Entre mille exemples, je ne veux que Philippicus, gé-

[1] ZOSIME, liv. IV.

[2] Voyez ce que dit Zosime, liv. I, sur la cavalerie d'Aurélien et celle de Palmyre; voyez aussi Ammien Marcellin, sur la cavalerie des Perses.

[3] C'étoient, pour la plupart, des terres submergées que l'art a rendues propres à être la demeure des hommes.

[4] Voyez Ammien Marcellin, liv. XXVII.

[5] Le climat n'y est plus aussi froid que le disoient les anciens.

[6] César dit que les chevaux des Germains étoient vilains et petits. (*Guerre des Gaules*, liv. IV, ch. II.) Et Tacite, *Des Mœurs des Germains*, dit : Germania pecorum fœcunda, sed pleraque improcera.

[7] ZONARAS, *Vie de Constantin-le-Barbu*.

néral de Maurice, qui, étant près de donner une bataille, se mit à pleurer, dans la considération du grand nombre de gens qui alloient être tués[1].

Ce sont bien d'autres larmes, celles de ces Arabes qui pleurèrent de douleur de ce que leur général avoit fait une trève qui les empêchoit de répandre le sang des chrétiens[2].

C'est que la différence est totale entre une armée fanatique et une armée bigote. On le vit dans nos temps modernes, dans une révolution fameuse, lorsque l'armée de Cromwell étoit comme celle des Arabes, et les armées d'Irlande et d'Écosse comme celle des Grecs.

Une superstition grossière, qui abaisse l'esprit autant que la religion l'élève, plaça toute la vertu et toute la confiance des hommes dans une ignorante stupidité pour les images; et l'on vit des généraux lever un siége[3] et perdre une ville[4] pour avoir une relique.

La religion chrétienne dégénéra sous l'empire grec, au point où elle étoit de nos jours chez les Moscovites, avant que le czar Pierre Ier eût fait renaître cette nation, et introduit plus de changements dans un état qu'il gouvernoit, que les conquérants n'en font dans ceux qu'ils usurpent.

On peut aisément croire que les Grecs tombèrent dans une espèce d'idolâtrie. On ne soupçonnera pas les Italiens ni les Allemands de ces temps-là d'avoir été peu attachés au culte extérieur; cependant, lorsque les historiens grecs parlent du mépris des premiers pour les reliques et les images, on diroit que ce sont nos controversistes qui s'échauffent contre Calvin. Quand les Allemands passèrent pour aller dans la Terre-Sainte, Nicétas dit que les Arméniens les reçurent comme amis parce qu'ils n'adoroient pas les images. Or si, dans la manière de penser des Grecs, les Italiens et les Allemands ne rendoient pas assez de culte aux images, quelle devoit être l'énormité du leur?

Il pensa bien y avoir en Orient à peu près la même révolution qui arriva, il y a environ deux siècles, en Occident, lorsqu'au renouvellement des lettres, comme on commença à sentir les abus et les déréglements où l'on étoit tombé, tout le monde cherchant un remède au mal, des gens hardis et trop peu dociles déchirèrent l'Église au lieu de la réformer.

Léon l'Isaurien, Constantin Copronyme, Léon, son fils, firent la guerre aux images; et après que le culte en eut été rétabli par l'impératrice Irène, Léon l'Arménien, Michel-le-Bègue et Théophile, les abolirent encore. Ces princes crurent n'en pouvoir modérer le culte qu'en le détruisant; ils firent la guerre aux moines qui incommodoient l'état[1]; et, prenant toujours les voies extrêmes, ils voulurent les exterminer par le glaive, au lieu de chercher à les régler.

Les moines[2], accusés d'idolâtrie par les partisans des nouvelles opinions, leur donnèrent le change en les accusant à leur tour de magie[3]; et, montrant au peuple les églises dénuées d'images et de tout ce qui avoit fait jusque-là l'objet de sa vénération, ils ne lui laissèrent point imaginer qu'elles pussent servir à d'autre usage qu'à sacrifier aux démons.

Ce qui rendoit la querelle sur les images si vive, et fit que dans la suite les gens sensés ne pouvoient pas proposer un culte modéré, c'est qu'elle étoit liée à des choses bien tendres: il étoit question de la puissance; et les moines l'ayant usurpée, ils ne pouvoient l'augmenter ou la soutenir qu'en ajoutant sans cesse au culte extérieur dont ils faisoient eux-mêmes partie. Voilà pourquoi les guerres contre les images furent toujours des guerres contre eux, et que quand ils eurent gagné ce point, leur pouvoir n'eut plus de bornes.

Il arriva pour lors ce que l'on vit, quelques siècles après, dans la querelle qu'eurent Barlaam et Acindyne contre les moines, et qui tourmenta cet empire jusqu'à sa destruction. On disputoit si la lumière qui apparut autour de Jésus-Christ sur le Thabor étoit créée ou incréée. Dans le fond, les moines ne se soucioient pas plus qu'elle fût l'un que l'autre; mais comme Barlaam les attaquoit directement eux-mêmes, il falloit nécessairement que cette lumière fût incréée.

La guerre que les empereurs iconoclastes déclarèrent aux moines fit que l'on reprit un peu les principes du gouvernement, que l'on employa en faveur du public les revenus publics, et qu'enfin on ôta au corps de l'état ses entraves.

[1] THÉOPHYLACTE, liv. II, chap. III, *Histoire de l'empereur Maurice.*
[2] *Histoire de la conquête de la Syrie, de la Perse et de l'Égypte par les Sarrasins*, par M. Ockley.
[3] ZONARAS, *Vie de Romain Lacapène.*
[4] NICÉTAS, *Vie de Jean Comnène.*

[1] Long-temps avant, Valens avoit fait une loi pour les obliger d'aller à la guerre, et fit tuer tous ceux qui n'obéirent pas. (JORNANDÈS, *de Regn. success.*; et la loi XXVI, cod. *de Decur.*)
[2] Tout ce qu'on verra ici sur les moines grecs ne porte point sur leur état; car on ne peut pas dire qu'une chose ne soit pas bonne, parce que dans de certains temps, ou dans quelques pays, on en a abusé.
[3] LÉON LE GRAMMAIRIEN, *Vie de Léon l'Arménien, Vie de Théophile.* Voyez Suidas, à l'article *Constantin*, fils de Léon.

Quand je pense à l'ignorance profonde dans laquelle le clergé grec plongea les laïques, je ne puis m'empêcher de le comparer à ces Scythes dont parle Hérodote[1], qui crevoient les yeux à leurs esclaves, afin que rien ne pût les distraire et les empêcher de battre leur lait.

L'impératrice Théodora rétablit les images, et les moines recommencèrent à abuser de la piété publique; ils parvinrent jusqu'à opprimer le clergé séculier même; ils occupèrent tous les grands siéges[2], et exclurent peu à peu tous les ecclésiastiques de l'épiscopat : c'est ce qui rendit ce clergé intolérable; et si l'on en fait le parallèle avec le clergé latin, si l'on compare la conduite des papes avec celle des patriarches de Constantinople, on verra des gens aussi sages que les autres étoient peu sensés.

Voici une étrange contradiction de l'esprit humain. Les ministres de la religion chez les premiers Romains, n'étant pas exclus des charges et de la société civile, s'embarrassèrent peu de ses affaires; lorsque la religion chrétienne fut établie, les ecclésiastiques, qui étoient plus séparés des affaires du monde, s'en mêlèrent avec modération; mais lorsque, dans la décadence de l'empire, les moines furent le seul clergé, ces gens, destinés par une profession plus particulière à fuir et à craindre les affaires, embrassèrent toutes les occasions qui purent leur y donner part; ils ne cessèrent de faire du bruit partout et d'agiter ce monde qu'ils avoient quitté.

Aucune affaire d'état, aucune paix, aucune guerre, aucune trève, aucune négociation, aucun mariage ne se traita que par le ministère des moines : les conseils du prince en furent remplis, et les assemblées de la nation presque toutes composées.

On ne sauroit croire quel mal il en résulta. Ils affoiblirent l'esprit des princes, et leur firent faire imprudemment même les choses bonnes. Pendant que Basile occupoit les soldats de son armée de mer à bâtir une église à saint Michel, il laissa piller la Sicile par les Sarrasins, et prendre Syracuse; et Léon, son successeur, qui employa sa flotte au même usage, leur laissa occuper Taoruménie et l'île de Lemnos[3].

Andronic Paléologue abandonna la marine, parce qu'on l'assura que Dieu étoit si content de son zèle pour la paix de l'Église que ses ennemis n'oseroient l'attaquer. Le même craignoit que Dieu ne lui demandât compte du temps qu'il employoit à gouverner son état, et qu'il déroboit aux affaires spirituelles[1].

Les Grecs, grands parleurs, grands disputeurs, naturellement sophistes, ne cessèrent d'embrouiller la religion par des controverses. Comme les moines avoient un grand crédit à la cour, toujours d'autant plus foible qu'elle étoit plus corrompue, il arrivoit que les moines et la cour se corrompoient réciproquement, et que le mal étoit dans tous les deux : d'où il suivoit que toute l'attention des empereurs étoit occupée quelquefois à calmer, souvent à irriter des disputes théologiques qu'on a toujours remarqué devenir frivoles à mesure qu'elles sont plus vives.

Michel Paléologue, dont le règne fut tant agité par des disputes sur la religion, voyant les affreux ravages des Turcs dans l'Asie, disoit en soupirant que le zèle téméraire de certaines personnes qui, en décriant sa conduite, avoient soulevé ses sujets contre lui, l'avoit obligé d'appliquer tous ses soins à sa propre conservation, et de négliger la ruine des provinces. « Je me suis contenté, disoit-il, de » pourvoir à ces parties éloignées par le ministère » des gouverneurs, qui m'en ont dissimulé les » besoins, soit qu'ils fussent gagnés par argent, » soit qu'ils appréhendassent d'être punis[2]. »

Les patriarches de Constantinople avoient un pouvoir immense. Comme dans les tumultes populaires les empereurs et les grands de l'état se retiroient dans les églises, que le patriarche étoit maître de les livrer ou non, et exerçoit ce droit à sa fantaisie, il se trouvoit toujours, quoique indirectement, arbitre de toutes les affaires publiques.

Lorsque le vieux Andronic[3] fit dire au patriarche qu'il se mêlât des affaires de l'Église, et le laissât gouverner celles de l'empire : « C'est, lui ré-» pondit le patriarche, comme si le corps disoit à » l'ame : Je ne prétends avoir rien de commun » avec vous, et je n'ai que faire de votre secours » pour exercer mes fonctions. »

De si monstrueuses prétentions étant insupportables aux princes, les patriarches furent très-souvent chassés de leurs sièges. Mais chez une nation superstitieuse, où l'on croyoit abominables toutes les fonctions ecclésiastiques qu'avoit pu faire un patriarche qu'on croyoit intrus, cela produisit des schismes continuels : chaque patriarche, l'au-

[1] Liv. IV. [2] Voyez Pachymère, liv. VIII.
[3] ZONARAS et NICÉPHORE, *Vie de Basile et de Léon.*

[1] PACHYMÈRE, liv. VII.
[2] PACHYMÈRE, liv. VI, chap. xxix. On a employé la traduction de M. le président Cousin.
[3] Paléologue. Voyez l'*Histoire des deux Andronic*, écrite par Cantacuzène, liv. 1, chap. 1.

cien, le nouveau, le plus nouveau, ayant chacun leurs sectateurs.

Ces sortes de querelles étoient bien plus tristes que celles qu'on pouvoit avoir sur le dogme, parce qu'elles étoient comme une hydre qu'une nouvelle déposition pouvoit toujours reproduire.

La fureur des disputes devint un état si naturel aux Grecs, que, lorsque Cantacuzène prit Constantinople, il trouva l'empereur Jean et l'impératrice Anne occupés à un concile contre quelques ennemis des moines [1]; et quand Mahomet II l'assiégea, il ne put suspendre les haines théologiques [2]; et on y étoit plus occupé du concile de Florence que de l'armée des Turcs [3].

Dans les disputes ordinaires, comme chacun sent qu'il peut se tromper, l'opiniâtreté et l'obstination ne sont pas extrêmes; mais dans celles que nous avons sur la religion, comme par la nature de la chose chacun croit être sûr que son opinion est vraie, nous nous indignons contre ceux qui, au lieu de changer eux-mêmes, s'obstinent à nous faire changer.

Ceux qui liront l'histoire de Pachymère connoîtront bien l'impuissance où étoient et où seront toujours les théologiens par eux-mêmes d'accommoder jamais leurs différends. On y voit un empereur [4] qui passe sa vie à les assembler, à les écouter, à les rapprocher; on voit de l'autre une hydre de disputes qui renaissent sans cesse; et l'on sent qu'avec la même méthode, la même patience, les mêmes espérances, la même envie de finir, la même simplicité pour leurs intrigues, le même respect pour leurs haines, ils ne se seroient jamais accommodés jusqu'à la fin du monde.

En voici un exemple bien remarquable. A la sollicitation de l'empereur, les partisans du patriarche Arsène firent une convention avec ceux qui suivoient le patriarche Joseph, qui portoit que les deux partis écriroient leurs prétentions chacun sur un papier; qu'on jetteroit les deux papiers dans un brasier; que, si l'un des deux demeuroit entier, le jugement de Dieu seroit suivi, et que, si tous les deux étoient consumés, ils renonceroient à leurs différends. Le feu dévora les deux papiers : les deux partis se réunirent, la paix dura un jour; mais le lendemain ils dirent

que leur changement auroit dû dépendre d'une persuasion intérieure et non pas du hasard, et la guerre recommença plus vive que jamais [1].

On doit donner une grande attention aux disputes des théologiens; mais il faut la cacher autant qu'il est possible : la peine qu'on paroît prendre à les calmer les accréditant toujours, en faisant voir que leur manière de penser est si importante, qu'elle décide du repos de l'état et de la sûreté du prince.

On ne peut pas plus finir leurs affaires en écoutant leurs subtilités, qu'on ne pourroit abolir les duels en établissant des écoles où l'on raffineroit sur le point d'honneur.

Les empereurs grecs eurent si peu de prudence que, quand les disputes furent endormies, ils eurent la rage de les réveiller. Anastase [2], Justinien [3], Héraclius [4], Manuel Comnène [5], proposèrent des points de foi à leur clergé et à leur peuple, qui auroient méconnu la vérité dans leur bouche quand même ils l'auroient trouvée. Ainsi, péchant toujours dans la forme, et ordinairement dans le fond, voulant faire voir leur pénétration, qu'ils auroient pu si bien montrer dans tant d'autres affaires qui leur étoient confiées, ils entreprirent des disputes vaines sur la nature de Dieu, qui, se cachant aux savants parce qu'ils sont orgueilleux, ne se montre pas mieux aux grands de la terre.

C'est une erreur de croire qu'il y ait dans le monde une autorité humaine, à tous les égards, despotique; il n'y en a jamais eu, et il n'y en aura jamais : le pouvoir le plus immense est toujours borné par quelque coin. Que le grand-seigneur mette un nouvel impôt à Constantinople, un cri général lui fait d'abord trouver des limites qu'il n'avoit pas connues. Un roi de Perse peut bien contraindre un fils de tuer son père, ou un père de tuer son fils [6]; mais obliger ses sujets de boire du vin, il ne le peut pas. Il y a dans chaque nation un esprit général sur lequel la puissance même est fondée : quand elle choque cet esprit, elle se choque elle-même, et elle s'arrête nécessairement.

La source la plus empoisonnée de tous les malheurs des Grecs, c'est qu'ils ne connurent jamais la nature ni les bornes de la puissance ecclésiastique et de la séculière : ce qui fit que l'on tomba

[1] CANTACUZÈNE, liv. III, ch. XCIX.
[2] DUCAS, *Histoire des derniers Paléologues.*
[3] On se demandoit si on avoit entendu la messe d'un prêtre qui eût consenti à l'union : on l'auroit fui comme le feu. On regardoit la grande église comme un temple profane. Le moine Gennadius lançoit des anathèmes sur tous ceux qui désiroient la paix. (DUCAS, *Histoire des derniers Paléologues.*)
[4] Andronic Paléologue.

[1] PACHYMÈRE, liv. I. [2] ÉVAGRE, liv. III.
[3] PROCOPE, *Hist. secrète.*
[4] ZONARAS, *Vie d'Héraclius.*
[5] NICÉTAS, *Vie de Manuel Comnène.*
[6] Voyez Chardin.

de part et d'autre dans des égarements continuels.

Cette grande distinction, qui est la base sur laquelle pose la tranquillité des peuples, est fondée non seulement sur la religion, mais encore sur la raison et la nature, qui veulent que des choses réellement séparées, et qui ne peuvent subsister que séparées, ne soient jamais confondues.

Quoique chez les anciens Romains le clergé ne fît pas un corps séparé, cette distinction y étoit aussi connue que parmi nous. Claudius avoit consacré à la liberté la maison de Cicéron, lequel, revenu de son exil, la redemanda : les pontifes décidèrent que, si elle avoit été consacrée sans un ordre exprès du peuple, on pouvoit la lui rendre sans blesser la religion. « Ils ont déclaré, » dit Cicéron[1], qu'ils n'avoient examiné que la » validité de la consécration, et non la loi faite » par le peuple, qu'ils avoient jugé le premier » chef comme pontifes, et qu'ils jugeroient le se- » cond comme sénateurs. »

<center>᚛᚛᚛᚛᚛</center>

CHAPITRE XXIII.

Raison de la durée de l'empire d'Orient.—Sa destruction.

Après ce que je viens de dire de l'empire grec, il est naturel de demander comment il a pu subsister si long-temps. Je crois pouvoir en donner les raisons.

Les Arabes l'ayant attaqué, et en ayant conquis quelques provinces, leurs chefs se disputèrent le califat; et le feu de leur premier zèle ne produisit plus que des discordes civiles.

Les mêmes Arabes ayant conquis la Perse, et s'y étant divisés ou affoiblis, les Grecs ne furent plus obligés de tenir sur l'Euphrate les principales forces de leur empire.

Un architecte, nommé Callinique, qui étoit venu de Syrie à Constantinople, ayant trouvé la composition d'un feu que l'on souffloit par un tuyau, et qui étoit tel, que l'eau et tout ce qui éteint les feux ordinaires ne faisoit qu'en augmenter la violence, les Grecs, qui en firent usage, furent en possession pendant plusieurs siècles de brûler toutes les flottes de leurs ennemis, surtout celles des Arabes, qui venoient d'Afrique ou de Syrie es attaquer jusqu'à Constantinople.

Ce feu fut mis au rang des secrets de l'état ; et

Constantin Porphyrogénète, dans son ouvrage dédié à Romain son fils, sur l'administration de l'empire, l'avertit que, lorsque les barbares lui demanderont du *feu grégeois*, il doit leur répondre qu'il ne lui est pas permis de leur en donner, parce qu'un ange qui l'apporta à l'empereur Constantin défendit de le communiquer aux autres nations, et que ceux qui avoient osé le faire avoient été dévorés par le feu du ciel dès qu'ils étoient entrés dans l'église.

Constantinople faisoit le plus grand et presque le seul commerce du monde dans un temps où les nations gothiques d'un côté, et les Arabes de l'autre, avoient ruiné le commerce et l'industrie partout ailleurs. Les manufactures de soie y avoient passé de Perse ; et depuis l'invasion des Arabes elles furent fort négligées dans la Perse même : d'ailleurs les Grecs étoient maîtres de la mer Cela mit dans l'état d'immenses richesses, et par conséquent de grandes ressources ; et, sitôt qu'il eut quelque relâche, on vit d'abord reparoître la prospérité publique.

En voici un grand exemple. Le vieux Andronic Comnène étoit le Néron des Grecs ; mais, comme parmi tous ses vices il avoit une fermeté admirable pour empêcher les injustices et les vexations des grands, on remarqua[1], pendant trois ans qu'il régna, plusieurs provinces se rétablirent.

Enfin, les barbares qui habitoient les bords du Danube s'étant établis, ils ne furent plus si redoutables, et servirent même de barrière contre d'autres barbares.

Ainsi, pendant que l'empire étoit affaissé sous un mauvais gouvernement, des causes particulières le soutenoient. C'est ainsi que nous voyons aujourd'hui quelques nations de l'Europe se maintenir, malgré leur foiblesse, par les trésors des Indes; les états temporels du pape, par le respect que l'on a pour le souverain ; et les corsaires de Barbarie, par l'empêchement qu'ils mettent au commerce des petites nations, ce qui les rend utiles aux grandes[2].

L'empire des Turcs est à présent à peu près dans le même degré de foiblesse où étoit autrefois celui des Grecs ; mais il subsistera long-temps : car, si quelque prince que ce fût mettoit cet empire en péril en poursuivant ses conquêtes, les trois puissances commerçantes de l'Europe connoissent trop leurs affaires pour n'en pas prendre la défense sur-le-champ[3].

[1] *Lettres à Atticus*, liv. IV, let. II.

[1] NICÉTAS, *Vie d'Andronic Comnène*, liv. II.
[2] Ils troublent la navigation des Italiens dans la Méditerranée.
[3] Ainsi, les projets contre le Turc, comme celui qui fut fait

C'est leur félicité que Dieu ait permis qu'il y ait dans le monde des nations propres à posséder inutilement un grand empire.

Dans le temps de Basile Porphyrogénète, la puissance des Arabes fut détruite en Perse; Mahomet, fils de Sambraël, qui y régnoit, appela du nord trois mille Turcs en qualité d'auxiliaires[1]. Sur quelque mécontentement, il envoya une armée contre eux; mais ils la mirent en fuite. Mahomet, indigné contre ses soldats, ordonna qu'ils passeroient devant lui vêtus en robes de femmes; mais ils se joignirent aux Turcs, qui d'abord allèrent ôter la garnison qui gardoit le pont de l'Araxe, et ouvrirent le passage à une multitude innombrable de leurs compatriotes.

Après avoir conquis la Perse, ils se répandirent d'Orient en Occident sur les terres de l'empire; et Romain Diogène ayant voulu les arrêter, ils le prirent prisonnier, et soumirent presque tout ce que les Grecs avoient en Asie jusqu'au Bosphore.

Quelque temps après, sous le règne d'Alexis Comnène, les Latins attaquèrent l'Orient. Il y avoit long-temps qu'un malheureux schisme avoit mis une haine implacable entre les nations des deux rites, et elle auroit éclaté plus tôt si les Italiens n'avoient plus pensé à réprimer les empereurs d'Allemagne, qu'ils craignoient, que les empereurs grecs, qu'ils ne faisoient que haïr.

On étoit dans ces circonstances, lorsque tout-à-coup il se répandit en Europe une opinion religieuse que les lieux où Jésus-Christ étoit né, ceux où il avoit souffert, étant profanés par les infidèles, le moyen d'effacer ses péchés étoit de prendre les armes pour les en chasser. L'Europe étoit pleine de gens qui aimoient la guerre, qui avoient beaucoup de crimes à expier, et qu'on leur proposoit d'expier en suivant leur passion dominante : tout le monde prit donc la croix et les armes.

Les croisés, étant arrivés en Orient, assiégèrent Nicée, et la prirent; ils la rendirent aux Grecs; et, dans la consternation des infidèles, Alexis et Jean Comnène rechassèrent les Turcs jusqu'à l'Euphrate.

Mais, quel que fût l'avantage que les Grecs pussent tirer des expéditions des croisés, il n'y avoit pas d'empereur qui ne frémît du péril de voir passer au milieu de ses états, et se succéder, des héros si fiers et de si grandes armées.

Ils cherchèrent donc à dégoûter l'Europe de ces entreprises; et les croisés trouvèrent partout des trahisons, de la perfidie, et tout ce qu'on peut attendre d'un ennemi timide.

Il faut avouer que les François, qui avoient commencé ces expéditions, n'avoient rien fait pour se faire souffrir. Au travers des invectives d'Andronic Comnène contre nous[1], on voit, dans le fond, que chez une nation étrangère nous ne nous contraignions point, et que nous avions pour lors les défauts qu'on nous reproche aujourd'hui.

Un comte françois alla se mettre sur le trône de l'empereur; le comte Baudouin le tira par le bras, et lui dit : « Vous devez savoir que, quand on est » dans un pays, il en faut suivre les usages. Vrai-» ment, voilà un beau paysan, répondit-il, de » s'asseoir ici, tandis que tant de capitaines sont » debout ! »

Les Allemands, qui passèrent ensuite, et qui étoient les meilleures gens du monde, firent une rude pénitence de nos étourderies, et trouvèrent partout des esprits que nous avions révoltés[2].

Enfin la haine fut portée au dernier comble; et quelques mauvais traitements faits à des marchands vénitiens, l'ambition, l'avarice, un faux zèle, déterminèrent les François et les Vénitiens à se croiser contre les Grecs.

Ils les trouvèrent aussi peu aguerris que dans ces derniers temps les Tartares trouvèrent les Chinois. Les François se moquoient de leurs habillements efféminés : ils se promenoient dans les rues de Constantinople, revêtus de leurs robes peintes; ils portoient à la main une écritoire et du papier, par dérision pour cette nation, qui avoit renoncé à la profession des armes[3]; et, après la guerre, ils refusèrent de recevoir dans leurs troupes quelque Grec que ce fût.

Ils prirent toute la partie d'Occident, et y élurent empereur le comte de Flandre, dont les états éloignés ne pouvoient donner aucune jalousie aux Italiens. Les Grecs se maintinrent dans l'Orient, séparés des Turcs par les montagnes, et des Latins par la mer.

Les Latins, qui n'avoient pas trouvé d'obstacles dans leurs conquêtes, en ayant trouvé une infinité dans leur établissement, les Grecs repassèrent d'Asie en Europe, reprirent Constantinople et presque tout l'Occident.

sous le pontificat de Léon, par lequel l'empereur devoit se rendre par la Bosnie à Constantinople; le roi de France, par l'Albanie et la Grèce; d'autres princes, s'embarquer dans leurs ports; ces projets, dis-je, n'étoient pas sérieux, où étoient faits par des gens qui ne voyoient pas l'intérêt de l'Europe.

[1] *Histoire écrite par Nicéphore-Bryenne César, Vies de Constantin Ducas et de Romain Diogène.*

[1] *Histoire d'Alexis, son père, liv. X et XI.*

[2] NICÉTAS, *Histoire de Manuel Comnène*, liv. I.

[3] NICÉTAS, *Histoire*, après la prise de Constantinople, ch. III.

Mais ce nouvel empire ne fut que le fantôme du premier, et n'en eut ni les ressources ni la puissance.

Il ne posséda guère en Asie que les provinces qui sont en-deçà du Méandre et du Sangare : la plupart de celles d'Europe furent divisées en de petites souverainetés.

De plus, pendant soixante ans que Constantinople resta entre les mains des Latins, les vaincus s'étant dispersés, et les conquérants occupés à la guerre, le commerce passa entièrement aux villes d'Italie, et Constantinople fut privée de ses richesses.

Le commerce même de l'intérieur se fit par les Latins. Les Grecs, nouvellement rétablis, et qui craignoient tout, voulurent se concilier les Génois, en leur accordant la liberté de trafiquer sans payer de droits[1] ; et les Vénitiens, qui n'acceptèrent point de paix, mais quelques trèves, et qu'on ne voulut pas irriter, n'en payèrent pas non plus.

Quoique avant la prise de Constantinople Manuel Comnène eût laissé tomber la marine, cependant, comme le commerce subsistoit encore, on pouvoit facilement la rétablir ; mais quand dans le nouvel empire on l'eut abandonnée, le mal fut sans remède, parce que l'impuissance augmenta toujours.

Cet état, qui dominoit sur plusieurs îles, qui étoit partagé par la mer, et qui en étoit environné en tant d'endroits, n'avoit point de vaisseaux pour y naviguer. Les provinces n'eurent plus de communication entre elles ; on obligea les peuples de se réfugier plus avant dans les terres, pour éviter les pirates ; et quand ils l'eurent fait, on leur ordonna de se retirer dans les forteresses, pour se sauver des Turcs[2].

Les Turcs faisoient pour lors aux Grecs une guerre singulière : ils alloient proprement à la chasse des hommes ; ils traversoient quelquefois deux cents lieues de pays pour faire leurs ravages. Comme ils étoient divisés sous plusieurs sultans, on ne pouvoit pas, par des présents, faire la paix avec tous, et il étoit inutile de la faire avec quelques uns[3]. Ils s'étoient faits mahométans ; et le zèle pour leur religion les engageoit merveilleusement à ravager les terres des chrétiens. D'ailleurs, comme c'étoient les peuples les plus laids de la terre, leurs femmes étoient affreuses comme

eux[1] ; et dès qu'ils eurent vu des Grecques, ils n'en purent plus souffrir d'autres[2]. Cela les porta à des enlèvements continuels. Enfin, ils avoient été de tout temps adonnés aux brigandages ; et c'étoient ces mêmes Huns qui avoient autrefois causé tant de maux à l'empire romain.

Les Turcs, inondant tout ce qui restoit à l'empire grec en Asie, les habitants qui purent leur échapper fuirent devant eux jusqu'au Bosphore ; et ceux qui trouvèrent des vaisseaux se réfugièrent dans la partie de l'empire qui étoit en Europe : ce qui augmenta considérablement le nombre de ses habitants. Mais il diminua bientôt. Il y eut des guerres civiles si furieuses que les deux factions appelèrent divers sultans turcs, sous cette condition[3], aussi extravagante que barbare, que tous les habitants qu'ils prendroient dans les pays du parti contraire seroient menés en esclavage, et chacun, dans la vue de ruiner ses ennemis, concourut à détruire la nation.

Bajazet ayant soumis tous les autres sultans, les Turcs auroient fait pour lors ce qu'ils firent depuis sous Mahomet II, s'ils n'avoient pas été eux-mêmes sur le point d'être exterminés par les Tartares.

Je n'ai pas le courage de parler des misères qui suivirent ; je dirai seulement que, sous les derniers empereurs, l'empire, réduit aux faubourgs de Constantinople, finit comme le Rhin, qui n'est plus qu'un ruisseau lorsqu'il se perd dans l'Océan[4].

[1] CANTACUZÈNE, liv. IV.

[2] PACHYMÈRE, liv. VII.

[3] CANTACUZÈNE, liv. III, ch. XCVI ; et PACHYMÈRE, liv. XI, ch. IX.

[1] Cela donna lieu à cette tradition du nord, rapportée par le Goth Jornandès, que Philimer, roi des Goths, entrant dans les terres gétiques, y ayant trouvé des femmes sorcières, il les chassa loin de son armée ; qu'elles errèrent dans les déserts, où des démons incubes s'accouplèrent avec elles, d'où vint la nation des Huns. « *Genus ferocissimum, quod fuit primum inter paludes, minutum, tetrum, atque exile, nec alia voce notum, nisi quæ humani sermonis imaginem assignabat.* »

[2] MICHEL DUCAS, *Histoire de Jean Manuel, Jean et Constantin*, chap. IX. Constantin Porphyrogénète, au commencement de son *Extrait des ambassades*, avertit que, quand les barbares viennent à Constantinople, les Romains doivent bien se garder de leur montrer la grandeur de leurs richesses ni la beauté de leurs femmes.

[3] Voyez l'*Histoire des empereurs Jean Paléologue et Jean Cantacuzène*, écrite par Cantacuzène.

[4] Comme on aperçoit dans les *Lettres Persanes* le germe de l'*Esprit des Lois*, on croit voir aussi dans les *Considérations sur la grandeur et la décadence des Romains* une partie détachée de cet ouvrage immense qui absorba la vie de Montesquieu. Il est probable qu'il se détermina à faire de ces *Considérations* un traité à part, parce tout que ce qui regarde les Romains, offrant par soi-même un grand sujet, d'un côté, l'auteur, qui se sentoit capable de le remplir, ne voulut rester ni au-dessous de sa matière, ni au-dessous de son talent ; et de l'autre, il craignoit que les Romains seuls ne tinssent trop de place dans l'*Esprit des Lois* et ne rompissent les proportions de l'ouvrage. C'est ce qui nous a valu cet excellent traité dont n'avions aucun modèle dans notre langue, et qui durera autant qu'elle : c'est un chef-d'œuvre de raison et de style, et qui laisse bien loin Machiavel, Gordon, Saint-Réal, Amelot de la Houssaie, et tous-

les autres écrivains politiques qui avoient traité les mêmes objets. Jamais on n'avoit encore rapproché dans un si petit espace une telle quantité de pensées profondes et de vues lumineuses. Le mérite de la concision dans les vérités morales, naturalisé dans notre langue par La Rochefoucauld et La Bruyère, doit le céder à celui de Montesquieu, à raison de la hauteur et de la difficulté du sujet. Ceux-là n'avoient fait que circonscrire dans une mesure prise et une expression remarquable des idées dont le fond est dans tout esprit capable de réflexion, parce que tout le monde en a besoin : celui-ci adapta la même précision à de grandes choses, hors de la portée et de l'usage de la plupart des hommes, et où il portoit en même temps une lumière nouvelle : il faisoit voir dans l'histoire d'un peuple qui a fixé l'attention de toute la terre ce que nul autre n'y avoit vu, et ce que lui seul sembloit capable d'y voir, par la manière dont il le montroit. Il sut démêler dans la politique et le gouvernement des Romains ce que nul de leurs historiens n'y avoit aperçu.

Celui d'eux tous qui eut le plus de rapport avec lui, et qu'il paroît même avoir pris pour modèle dans sa manière d'écrire, Tacite, qui fut, comme lui, grand penseur et grand peintre, nous a laissé un beau traité sur les mœurs des Germains; mais qu'il y a loin du portrait de peuplades à demi-sauvages, tracé avec un art et des couleurs qui font de l'éloge des barbares la satire de la civilisation corrompue, à ce vaste tableau de vingt siècles, depuis la fondation de Rome jusqu'à la prise de Constantinople, renfermé dans un cadre étroit, où, malgré sa petitesse, les objets ne perdent rien de leur grandeur, et n'en deviennent même que plus saillans et plus sensibles! Que peut-on comparer en ce genre à un petit nombre de pages où l'on a pour ainsi dire fondu et concentré tout l'esprit de vie qui soutenoit et animoit ce colosse de la puissance romaine, et en même temps tous les poisons rongeurs qui, après l'avoir long-temps consumé, le firent tomber en lambeaux sous les coups de tant de nations réunies contre lui? (LA HARPE.)

FIN DE LA DÉCADENCE DES ROMAINS.

DE L'ESPRIT DES LOIS.

PRÉFACE.

Si, dans le nombre infini de choses qui sont dans ce livre, il y en avoit quelqu'une qui, contre mon attente, pût offenser, il n'y en a pas du moins qui ait été mise avec mauvaise intention. Je n'ai point naturellement l'esprit désapprobateur. Platon remercioit le ciel de ce qu'il étoit né du temps de Socrate; et moi je lui rends graces de ce qu'il m'a fait naître dans le gouvernement où je vis, et de ce qu'il a voulu que j'obéisse à ceux qu'il m'a fait aimer.

Je demande une grace que je crains qu'on ne m'accorde pas : c'est de ne pas juger, par la lecture d'un moment, d'un travail de vingt années; d'approuver ou de condamner le livre entier, et non pas quelques phrases. Si l'on veut chercher le dessein de l'auteur, on ne le peut bien découvrir que dans le dessein de l'ouvrage.

J'ai d'abord examiné les hommes, et j'ai cru que, dans cette infinie diversité de lois et de mœurs, ils n'étoient pas uniquement conduits par leurs fantaisies.

J'ai posé les principes, et j'ai vu les cas particuliers s'y plier comme d'eux-mêmes, les histoires de toutes les nations n'en être que les suites, et chaque loi particulière liée avec une autre loi, ou dépendre d'une autre plus générale.

Quand j'ai été rappelé à l'antiquité, j'ai cherché à en prendre l'esprit pour ne pas regarder comme semblables des cas réellement différents, et ne pas manquer les différences de ceux qui paroissent semblables.

Je n'ai point tiré mes principes de mes préjugés, mais de la nature des choses.

Ici, bien des vérités ne se feront sentir qu'après qu'on aura vu la chaîne qui les lie à d'autres. Plus on réfléchira sur les détails, plus on sentira la certitude des principes. Ces détails même, je ne les ai pas tous donnés; car qui pourroit dire tout sans un mortel ennui ?

On ne trouvera point ici ces traits saillants qui semblent caractériser les ouvrages d'aujourd'hui. Pour peu qu'on voie les choses avec une certaine étendue, les saillies s'évanouissent; elles ne naissent d'ordinaire que parce que l'esprit se jette tout d'un côté, et abandonne tous les autres.

Je n'écris point pour censurer ce qui est établi dans quelque pays que ce soit. Chaque nation trouvera ici les raisons de ses maximes; et on en tirera naturellement cette conséquence, qu'il n'appartient de proposer des changements qu'à ceux qui sont assez heureusement nés pour pénétrer d'un coup de génie toute la constitution d'un état.

Il n'est pas indifférent que le peuple soit éclairé. Les préjugés des magistrats ont commencé par être les préjugés de la nation. Dans un temps d'ignorance, on n'a aucun doute, même lorsqu'on fait les plus grands maux; dans un temps de lumière, on tremble encore lorsqu'on fait les plus grands biens. On sent les abus anciens, on voit leur correction; mais on voit encore les abus de la correction même. On laisse le mal, si l'on craint le pire; on laisse le bien, si on est en doute du mieux. On ne regarde les parties que pour juger du tout ensemble; on examine toutes les causes pour voir tous les résultats.

Si je pouvois faire en sorte que tout le monde eût de nouvelles raisons pour aimer ses devoirs, son prince, sa patrie, ses lois; qu'on pût mieux sentir son bonheur dans chaque pays, dans chaque gouvernement, dans chaque poste où l'on se trouve, je me croirois le plus heureux des mortels.

Si je pouvois faire en sorte que ceux qui commandent augmentassent leurs connoissances sur ce qu'ils doivent prescrire, et que ceux qui obéissent trouvassent un nouveau plaisir à obéir, je me croirois le plus heureux des mortels.

Je me croirois le plus heureux des mortels, si je pouvois faire que les hommes pussent se guérir de leurs préjugés. J'appelle ici préjugés, non pas ce qui fait qu'on ignore de certaines choses, mais ce qui fait qu'on s'ignore soi-même.

C'est en cherchant à instruire les hommes que l'on peut pratiquer cette vertu générale qui comprend l'amour de tous. L'homme, cet être flexible, se pliant dans la société aux pensées et aux impressions des autres, est également capable de connoître sa propre nature lorsqu'on la lui montre, et d'en perdre jusqu'au sentiment lorsqu'on la lui dérobe.

J'ai bien des fois commencé et bien des fois abandonné cet ouvrage; j'ai mille fois envoyé aux vents les feuilles que j'avois écrites [1]; je sentois tous les jours les mains paternelles tomber [2]; je suivois mon objet sans former de dessein; je ne connoissois ni les règles ni les exceptions; je ne trouvois la vérité que pour la perdre : mais quand j'ai découvert mes principes, tout ce que je cherchois est venu à moi; et, dans le cours de vingt années, j'ai vu mon ouvrage commencer, croître, s'avancer, et finir.

Si cet ouvrage a du succès, je le devrai beaucoup à la majesté de mon sujet : cependant je ne crois pas avoir totalement manqué de génie. Quand j'ai vu ce que tant de grands hommes, en France, en Angleterre et en Allemagne, ont écrit avant moi, j'ai été dans l'admiration, mais je n'ai point perdu le courage. « Et moi aussi je suis peintre [3], » ai-je dit avec Le Corrége.

AVERTISSEMENT.

Pour l'intelligence des quatre premiers livres de cet ouvrage, il faut observer 1° que ce que j'appelle la *vertu* dans la république est l'amour de la patrie, c'est-à-dire l'amour de l'égalité. Ce n'est point une vertu morale ni une vertu chrétienne, c'est la vertu *politique*; et celle-ci est le ressort

[1] *Ludibria ventis.*
[2] *Bis patriæ cecidere manus.*
[3] *Ed io anche son pittore.*

qui fait mouvoir le gouvernement républicain, comme l'*honneur* est le ressort qui fait mouvoir la monarchie. J'ai donc appelé *vertu politique* l'amour de la patrie et de l'égalité. J'ai eu des idées nouvelles : il a bien fallu trouver de nouveaux mots, ou donner aux anciens de nouvelles acceptions. Ceux qui n'ont pas compris ceci m'ont fait dire des choses absurdes, et qui seroient révoltantes dans tous les pays du monde, parce que dans tous les pays du monde on veut de la morale.

2° Il faut faire attention qu'il y a une très-grande différence entre dire qu'une certaine qualité, modification de l'ame, ou vertu, n'est pas le ressort qui fait agir un gouvernement, et dire qu'elle n'est point dans ce gouvernement. Si je disois telle roue, tel pignon, ne sont point le ressort qui fait mouvoir cette montre, en concluroit-on qu'ils ne sont point dans la montre? Tant s'en faut que les vertus morales et chrétiennes soient exclues de la monarchie, que même la vertu politique ne l'est pas. En un mot, l'honneur est dans la république, quoique la vertu politique en soit le ressort ; la vertu politique est dans la monarchie, quoique l'honneur en soit le ressort.

Enfin, l'homme de bien dont il est question dans le livre III, chapitre v, n'est pas l'homme de bien chrétien, mais l'homme de bien politique, qui a la vertu politique dont j'ai parlé. C'est l'homme qui aime les lois de son pays, et qui agit par l'amour des lois de son pays. J'ai donné un nouveau jour à toutes ces choses dans cette édition-ci, en fixant encore plus les idées; et, dans la plupart des endroits où je me suis servi du mot *vertu*, j'ai mis *vertu politique*.

───

LIVRE PREMIER.

DES LOIS EN GÉNÉRAL.

───

CHAPITRE PREMIER.

Des lois, dans le rapport qu'elles ont avec les divers êtres.

Les lois, dans la signification la plus étendue, sont les rapports nécessaires qui dérivent de la nature des choses; et, dans ce sens, tous les êtres ont leurs lois : la divinité [1] a ses lois, le monde matériel a ses lois, les intelligences supérieures à l'homme ont leurs lois, les bêtes ont leurs lois, l'homme a ses lois.

Ceux qui ont dit qu'*une fatalité aveugle a produit tous les effets que nous voyons dans le monde*, ont dit une grande absurdité; car quelle plus grande absurdité qu'une fatalité aveugle qui auroit produit des êtres intelligents?

Il y a donc une raison primitive ; et les lois sont les rapports qui se trouvent entre elle et les différents êtres, et les rapports de ces divers êtres entre eux.

[1] « La loi, dit Plutarque, est la reine de tous mortels et immortels. » Au traité, *Qu'il est requis qu'un prince soit savant.*

Dieu a du rapport avec l'univers comme créateur et comme conservateur; les lois selon lesquelles il a créé sont celles selon lesquelles il conserve : il agit selon ces règles, parce qu'il les connoît; il les connoît parce qu'il les a faites; il les a faites, parce qu'elles ont du rapport avec sa sagesse et sa puissance.

Comme nous voyons que le monde, formé par le mouvement de la matière et privé d'intelligence, subsiste toujours, il faut que ses mouvements aient des lois invariables; et si l'on pouvoit imaginer un autre monde que celui-ci, il auroit des règles constantes, ou il seroit détruit.

Ainsi la création, qui paroît être un acte arbitraire, suppose des règles aussi invariables que la fatalité des athées. Il seroit absurde de dire que le créateur, sans ces règles, pourroit gouverner le monde, puisque le monde ne subsisteroit pas sans elles.

Ces règles sont un rapport constamment établi. Entre un corps mu et un autre corps mu, c'est suivant les rapports de la masse et de la vitesse que tous les mouvements sont reçus, augmentés, diminués, perdus : chaque diversité est *uniformité*, chaque changement est *constance*.

Les êtres particuliers intelligents peuvent avoir des lois qu'ils ont faites : mais ils en ont aussi qu'ils n'ont pas faites. Avant qu'il y eût des êtres intelligents, ils étoient possibles : ils avoient donc des rapports possibles, et par conséquent des lois possibles. Avant qu'il y eût des lois faites, il y avoit des rapports de justice possibles. Dire qu'il n'y a rien de juste ni d'injuste que ce qu'ordonnent ou défendent les lois positives, c'est dire qu'avant qu'on eût tracé de cercle tous les rayons n'étoient pas égaux.

Il faut donc avouer des rapports d'équité antérieurs à la loi positive qui les établit : comme, par exemple, que, supposé qu'il y eût des sociétés d'hommes, il seroit juste de se conformer à leurs lois; que, s'il y avoit des êtres intelligents qui eussent reçu quelque bienfait d'un autre être, ils devroient en avoir de la reconnoissance; que, si un être intelligent avoit créé un être intelligent, le créé devroit rester dans la dépendance qu'il a eue dès son origine; qu'un être intelligent qui a fait du mal à un être intelligent mérite de recevoir le même mal ; et ainsi du reste.

Mais il s'en faut bien que le monde intelligent soit aussi bien gouverné que le monde physique. Car, quoique celui-là ait aussi des lois qui, par leur nature, sont invariables, il ne les suit pas constamment comme le monde physique suit les

les siennes. La raison en est que les êtres particuliers intelligents sont bornés par leur nature, et par conséquent sujets à l'erreur ; et, d'un autre côté, il est de leur nature qu'ils agissent par eux-mêmes. Ils ne suivent donc pas constamment leurs lois primitives ; et celles mêmes qu'ils se donnent, ils ne les suivent pas toujours.

On ne sait si les bêtes sont gouvernées par les lois générales du mouvement, ou par une motion particulière. Quoi qu'il en soit, elles n'ont point avec Dieu de rapport plus intime que le reste du monde matériel ; et le sentiment ne leur sert que dans le rapport qu'elles ont entre elles, ou avec d'autres êtres particuliers, ou avec elles-mêmes.

Par l'attrait du plaisir, elles conservent leur être particulier, et par le même attrait elles conservent leur espèce. Elles ont des lois naturelles, parce qu'elles sont unies par le sentiment ; elles n'ont point de lois positives, parce qu'elles ne sont point unies par la connaissance. Elles ne suivent pourtant pas invariablement leurs lois naturelles : les plantes, en qui nous ne remarquons ni connaissance ni sentiment, les suivent mieux.

Les bêtes n'ont point les suprêmes avantages que nous avons ; elles en ont que nous n'avons pas. Elles n'ont point nos espérances, mais elles n'ont pas nos craintes ; elles subissent comme nous la mort, mais c'est sans la connaître : la plupart même se conservent mieux que nous, et ne font pas un aussi mauvais usage de leurs passions.

L'homme, comme être physique, est, ainsi que les autres corps, gouverné par des lois invariables ; comme être intelligent, il viole sans cesse les lois que Dieu a établies, et change celles qu'il établit lui-même. Il faut qu'il se conduise ; et cependant il est un être borné ; il est sujet à l'ignorance et à l'erreur, comme toutes les intelligences finies ; les faibles connaissances qu'il a, il les perd encore. Comme créature sensible, il devient sujet à mille passions. Un tel être pouvoit à tous les instants oublier son créateur : Dieu l'a rappelé à lui par les lois de la religion ; un tel être pouvoit à tous les instants s'oublier lui-même : les philosophes l'ont averti par les lois de la morale ; fait pour vivre dans la société, il y pouvoit oublier les autres : les législateurs l'ont rendu à ses devoirs par les lois politiques et civiles.

CHAPITRE II.

Des lois de la nature.

Avant toutes ces lois sont celles de la nature, ainsi nommées parce qu'elles dérivent uniquement de la constitution de notre être. Pour les connoître bien, il faut considérer un homme avant l'établissement des sociétés. Les lois de la nature seront celles qu'il recevroit dans un état pareil.

Cette loi qui, en imprimant dans nous-mêmes l'idée d'un créateur, nous porte vers lui, est la première des lois naturelles par son importance, et non pas dans l'ordre de ces lois. L'homme, dans l'état de nature, auroit plutôt la faculté de connoître qu'il n'auroit des connoissances. Il est clair que ses premières idées ne seroient point des idées spéculatives : il songeroit à la conservation de son être, avant de chercher l'origine de son être. Un homme pareil ne sentiroit d'abord que sa foiblesse ; sa timidité seroit extrême ; et si l'on avoit là-dessus besoin de l'expérience, l'on a trouvé dans les forêts des hommes sauvages [1] : tout les fait trembler, tout les fait fuir.

Dans cet état, chacun se sent inférieur ; à peine chacun se sent-il égal. On ne chercheroit donc point à s'attaquer, et la paix seroit la première loi naturelle.

Le desir que Hobbes donne d'abord aux hommes de se subjuguer les uns les autres n'est pas raisonnable. L'idée de l'empire et de la domination est si composée, et dépend de tant d'autres idées, que ce ne seroit pas celle qu'il auroit d'abord.

Hobbes [2] demande pourquoi, si les hommes ne sont pas naturellement en état de guerre, ils vont toujours armés ; et pourquoi ils ont des clefs pour fermer leurs maisons. Mais on ne sent pas que l'on attribue aux hommes, avant l'établissement des sociétés, ce qui ne peut leur arriver qu'après cet établissement, qui leur fait trouver des motifs pour s'attaquer et pour se défendre.

Au sentiment de sa foiblesse l'homme joindroit le sentiment de ses besoins : ainsi une autre loi naturelle seroit celle qui lui inspireroit de chercher à se nourrir.

J'ai dit que la crainte porteroit les hommes à se fuir ; mais les marques d'une crainte réciproque les engageroient bientôt à s'approcher : d'ailleurs

[1] Témoin le sauvage qui fut trouvé dans les forêts de *Hanover*, et que l'on vit en Angleterre sous le règne de Georges I^{er}.
[2] *In præfat. lib. de Cive.*

ils y seroient portés par le plaisir qu'un animal sent à l'approche d'un animal de son espèce. De plus, ce charme que les deux sexes s'inspirent par leur différence augmenteroit ce plaisir ; et la prière naturelle qu'ils se font toujours l'un à l'autre seroit une troisième loi.

Outre le sentiment que les hommes ont d'abord, ils parviennent encore à avoir des connoissances ; ainsi ils ont un second lien que les autres animaux n'ont pas. Ils ont donc un nouveau motif de s'unir ; et le desir de vivre en société est une quatrième loi naturelle.

CHAPITRE III.

De la nature des trois divers gouvernements.

Sitôt que les hommes sont en société ils perdent le sentiment de leur foiblesse ; l'égalité qui étoit entre eux cesse, et l'état de guerre commence [1].

Chaque société particulière vient à sentir sa force : ce qui produit un état de guerre de nation à nation. Les particuliers dans chaque société commencent à sentir leur force ; ils cherchent à tourner en leur faveur les principaux avantages de cette société : ce qui fait entre eux un état de guerre.

Ces deux sortes d'état de guerre font établir les lois parmi les hommes. Considérés comme habitants d'une si grande planète, qu'il est nécessaire qu'il y ait différents peuples, ils ont des lois dans le rapport que ces peuples ont entre eux : et c'est le DROIT DES GENS. Considérés comme vivant dans une société qui doit être maintenue, ils ont des lois dans le rapport qu'ont ceux qui gouvernent avec ceux qui sont gouvernés : et c'est le DROIT POLITIQUE. Ils en ont encore dans le rapport que tous les citoyens ont entre eux : et c'est le DROIT CIVIL.

Le droit des gens est naturellement fondé sur ce principe, que les diverses nations doivent se faire dans la paix le plus de bien, et dans la guerre le moins de mal qu'il est possible, sans nuire à leurs véritables intérêts.

L'objet de la guerre, c'est la victoire ; celui de la victoire, la conquête ; celui de la conquête, la

conservation. De ce principe et du précédent doivent dériver toutes les lois qui forment le droit des gens.

Toutes les nations ont un droit des gens ; et les Iroquois mêmes, qui mangent leurs prisonniers, en ont un. Ils envoient et reçoivent des ambassades ; ils connoissent des droits de la guerre et de la paix : le mal est que ce droit des gens n'est pas fondé sur les vrais principes.

Outre le droit des gens qui regarde toutes les sociétés, il y a un droit politique pour chacune. Une société ne sauroit subsister sans un gouvernement. « La réunion de toutes les forces particulières, dit très-bien GRAVINA, forme ce qu'on » appelle l'ÉTAT POLITIQUE. »

La force générale peut être placée entre les mains d'un seul, ou entre les mains de plusieurs. Quelques-uns ont pensé que, la nature ayant établi le pouvoir paternel, le gouvernement d'un seul étoit le plus conforme à la nature. Mais l'exemple du pouvoir paternel ne prouve rien. Car si le pouvoir du père a du rapport au gouvernement d'un seul, après la mort du père, le pouvoir des frères, ou après la mort des frères, celui des cousins-germains, ont du rapport au gouvernement de plusieurs. La puissance politique comprend nécessairement l'union de plusieurs familles.

Il vaut mieux dire que le gouvernement le plus conforme à la nature est celui dont la disposition particulière se rapporte mieux à la disposition du peuple pour lequel il est établi.

Les forces particulières ne peuvent se réunir sans que toutes les volontés se réunissent. « La » réunion de ces volontés, dit encore très bien » GRAVINA, est ce qu'on appelle l'ÉTAT CIVIL. »

La loi, en général, est la raison humaine, en tant qu'elle gouverne tous les peuples de la terre ; et les lois politiques et civiles de chaque nation ne doivent être que les cas particuliers où s'applique cette raison humaine.

Elles doivent être tellement propres au peuple pour lequel elles sont faites, que c'est un très grand hasard si celles d'une nation peuvent convenir à une autre.

Il faut qu'elles se rapportent à la nature et au principe du gouvernement qui est établi, ou qu'on veut établir, soit qu'elles le forment, comme font les lois politiques ; soit qu'elles le maintiennent, comme font les lois civiles.

Elles doivent être relatives au physique du pays, au climat glacé, brûlant ou tempéré ; à la qualité du terrain, à sa situation, à sa grandeur,

[1] Interprète et admirateur de l'instinct social, Montesquieu n'a pas craint d'avouer que l'état de guerre commence pour l'homme avec l'état de société. Mais de cette vérité désolante, dont Hobbes avoit abusé pour vanter le calme du despotisme, et Rousseau pour célébrer l'indépendance de la vie sauvage, le véritable philosophe fait naître la nécessité salutaire des lois, qui sont un armistice entre les états et un traité de paix perpétuel pour les citoyens. (M. VILLEMAIN, Éloge de Montesquieu.)

au genre de vie des peuples, laboureurs, chasseurs ou pasteurs : elles doivent se rapporter au degré de liberté que la constitution peut souffrir; à la religion des habitants, à leurs inclinations, à leurs richesses, à leur nombre, à leur commerce, à leurs mœurs, à leurs manières. Enfin, elles ont des rapports entre elles; elles en ont avec leur origine, avec l'objet du législateur, avec l'ordre des choses sur lesquelles elles sont établies. C'est dans toutes ces vues qu'il faut les considérer.

C'est ce que j'entreprends de faire dans cet ouvrage. J'examinerai tous ces rapports : ils forment tous ensemble ce que l'on appelle l'ESPRIT DES LOIS.

Je n'ai point séparé les lois *politiques* des *civiles* : car, comme je ne traite point des lois, mais de l'esprit des lois, et que cet esprit consiste dans les divers rapports que les lois peuvent avoir avec diverses choses, j'ai dû moins suivre l'ordre naturel des lois que celui de ces rapports et de ces choses.

J'examinerai d'abord les rapports que les lois ont avec la nature et avec le principe de chaque gouvernement; et comme ce principe a sur les lois une suprême influence, je m'attacherai à le bien connoître; et si je puis une fois l'établir, on en verra couler les lois comme de leur source. Je passerai ensuite aux autres rapports, qui semblent être plus particuliers.

LIVRE DEUXIÈME.

DES LOIS

QUI DÉRIVENT DIRECTEMENT DE LA NATURE DU GOUVERNEMENT.

CHAPITRE I.

De la nature des trois divers gouvernements.

Il y a trois espèces de gouvernements : le RÉPUBLICAIN, le MONARCHIQUE et le DESPOTIQUE. Pour en découvrir la nature, il suffit de l'idée qu'en ont les hommes les moins instruits. Je suppose trois définitions, ou plutôt trois faits : l'un, que « le gouvernement *républicain* est celui où » le peuple en corps, ou seulement une partie du » peuple, a la souveraine puissance; le *monar-* » *chique,* celui où un seul gouverne, mais par » des lois fixes et établies; au lieu que, dans le

» *despotique,* un seul, sans loi et sans règle, entraîne tout par sa volonté et par ses caprices [1]. »

Voilà ce que j'appelle la nature de chaque gouvernement. Il faut voir quelles sont les lois qui suivent directement de cette nature, et qui par conséquent sont les premières lois fondamentales.

CHAPITRE II [2].

Du gouvernement républicain, et des lois relatives à la démocratie.

Lorsque, dans la république, le peuple en corps a la souveraine puissance, c'est une démocratie. Lorsque la souveraine puissance est entre les mains d'une partie du peuple, cela s'appelle une aristocratie.

Le peuple, dans la démocratie, est à certains égards le monarque; à certains autres, il est le sujet.

Il ne peut être monarque que par ses suffrages, qui sont ses volontés. La volonté du souverain est le souverain lui-même. Les lois qui établissent le droit de suffrage sont donc fondamentales dans ce gouvernement. En effet, il est aussi important d'y régler comment, par qui, à qui, sur quoi, les suffrages doivent être donnés, qu'il l'est dans une monarchie de savoir quel est le monarque, et de quelle manière il doit gouverner.

Libanius [3] dit « qu'à Athènes un étranger qui » se mêloit dans l'assemblée du peuple étoit puni » de mort. » C'est qu'un tel homme usurpoit le droit de souveraineté [4].

Il est essentiel de fixer le nombre des citoyens qui doivent former les assemblées; sans cela on pourroit ignorer si le peuple a parlé, ou seulement une partie du peuple. A Lacédémone, il falloit dix mille citoyens. A Rome, née dans la petitesse pour aller à la grandeur; à Rome, faite pour éprouver toutes les vicissitudes de la fortune; à Rome, qui avoit tantôt presque tous ses citoyens hors de ses murailles, tantôt toute l'Italie et une partie de la terre dans ses murailles, on n'avoit point fixé ce nombre [5]; et ce fut une des grandes causes de sa ruine.

[1] Je ne vois de différence, entre le *monarque* et le *despote,* que plus ou moins de lumières et de bonne volonté dans celui qui gouverne. (H.)

[2] Voyez, sur ce chapitre, Aristote, dans sa *Politique,* liv. VI, ch. II. Il y expose les lois fondamentales de la constitution démocratique. (P.)

[3] *Déclamations* XVII et XVIII.

[4] Libanius donne lui-même la raison de cette loi. « C'étoit, dit-il, pour empêcher que les secrets de la république ne fussent divulgués. »

[5] Voyez les *Considérations sur les causes de la grandeur des Romains et de leur décadence,* chap. IX.

Le peuple qui a la souveraine puissance doit faire par lui-même tout ce qu'il peut bien faire; et ce qu'il ne peut pas bien faire, il faut qu'il le fasse par ses ministres.

Ses ministres ne sont point à lui s'il ne les nomme : c'est donc une maxime fondamentale de ce gouvernement, que le peuple nomme ses ministres, c'est-à-dire ses magistrats.

Il a besoin, comme les monarques, et même plus qu'eux, d'être conduit par un conseil ou sénat. Mais, pour qu'il y ait confiance, il faut qu'il en élise les membres : soit qu'il les choisisse lui-même, comme à Athènes; ou par quelque magistrat qu'il a établi pour les élire, comme cela se pratiquoit à Rome dans quelques occasions [1].

Le peuple est admirable pour choisir ceux à qui il doit confier quelque partie de son autorité. Il n'a à se déterminer que par des choses qu'il ne peut ignorer, et des faits qui tombent sous les sens. Il sait très-bien qu'un homme a été souvent à la guerre, qu'il y a eu tels ou tels succès : il est donc très-capable d'élire un général. Il sait qu'un juge est assidu, que beaucoup de gens se retirent de son tribunal contents de lui, qu'on ne l'a pas convaincu de corruption : en voilà assez pour qu'il élise un préteur. Il a été frappé de la magnificence ou des richesses d'un citoyen : cela suffit pour qu'il puisse choisir un édile. Toutes ces choses sont des faits dont il s'instruit mieux dans la place publique qu'un monarque dans son palais. Mais saura-t-il conduire une affaire, connoître les lieux, les occasions, les moments, en profiter? Non, il ne le saura pas.

Si l'on pouvoit douter de la capacité naturelle qu'a le peuple pour discerner le mérite, il n'y auroit qu'à jeter les yeux sur cette suite continuelle de choix étonnants que firent les Athéniens et les Romains : ce qu'on n'attribuera pas sans doute au hasard.

On sait qu'à Rome, quoique le peuple se fût donné le droit d'élever aux charges les plébéiens, il ne pouvoit se résoudre à les élire; et quoiqu'à Athènes on pût, par la loi d'Aristide, tirer les magistrats de toutes les classes, il n'arriva jamais, dit Xénophon [2], que le bas peuple demandât celles qui pouvoient intéresser son salut ou sa gloire.

Comme la plupart des citoyens, qui ont assez de suffisance pour élire, n'en ont pas assez pour être élus; de même le peuple, qui a assez de capacité pour se faire rendre compte de la gestion des autres, n'est pas propre à gérer par lui-même.

Il faut que les affaires aillent, et qu'elles aillent un certain mouvement qui ne soit ni trop lent ni trop vite. Mais le peuple a toujours trop d'action, ou trop peu. Quelquefois avec cent mille bras il renverse tout; quelquefois avec cent mille pieds il ne va que comme les insectes.

Dans l'état populaire on divise le peuple en de certaines classes. C'est dans la manière de faire cette division que les grands législateurs se sont signalés; et c'est de là qu'ont toujours dépendu la durée de la démocratie et sa prospérité.

Servius Tullius suivit, dans la composition de ses classes, l'esprit de l'aristocratie. Nous voyons, dans Tite-Live [1] et dans Denys d'Halicarnasse [2], comment il mit le droit de suffrage entre les mains des principaux citoyens. Il avoit divisé le peuple de Rome en cent quatre-vingt-treize centuries, qui formoient six classes. Et mettant les riches, mais en plus petit nombre, dans les premières centuries; les moins riches, mais en plus grand nombre, dans les suivantes, il jeta toute la foule des indigents dans la dernière : et chaque centurie n'ayant qu'une voix [3], c'étoient les moyens et les richesses qui donnoient le suffrage plutôt que les personnes.

Solon divisa le peuple d'Athènes en quatre classes. Conduit par l'esprit de la démocratie, il ne les fit pas pour fixer ceux qui devoient élire, mais ceux qui pouvoient être élus; et, laissant à chaque citoyen le droit d'élection, il voulut [4] que dans chacune de ces quatre classes on pût élire des juges; mais que ce ne fût que dans les trois premières, où étoient les citoyens aisés, qu'on pût prendre les magistrats [5].

Comme la division de ceux qui ont droit de suffrage est, dans la république, une loi fondamentale, la manière de le donner est une autre loi fondamentale.

Le suffrage par le sort est de la nature de la démocratie; le suffrage par choix est de celle de l'aristocratie [6].

[1] A Rome, les sénateurs étoient *toujours* choisis par un magistrat à qui le peuple en avoit donné le pouvoir. (CRÉVIER.)
[2] Pages 691 et 692, édition de Wechelius, de l'an 1596.

[1] Liv. I. [2] Liv. IV, art. 15 et suiv.
[3] Voyez, dans les *Considérations sur les causes de la grandeur des Romains et de leur décadence*, chap. IX, comment cet esprit de Servius Tullius se conserva dans la république.
[4] DENYS D'HALICARNASSE, *Éloge d'Isocrate*, p. 97, t. II, édition de Wechelius [*]. POLLUX, liv. VIII, ch. X, art. 150.
[5] Voyez la *Politique* d'Aristote, liv. II, ch. XII.
[6] *Videtur democratiæ esse proprium magistratus sortito*

[*] Nous avons cette édition sous les yeux, et nous y trouvons seulement qu'Isocrate, dans sa harangue, rappelle l'institution de Solon et de Clisthène par laquelle ils avoient éloigné du pouvoir les scélérats, et donné la magistrature aux gens de mérite. » (D.)

Le sort est une façon d'élire qui n'afflige personne ; il laisse à chaque citoyen une espérance raisonnable de servir sa patrie [1].

Mais, comme il est défectueux par lui-même, c'est à le régler et à le corriger que les grands législateurs se sont surpassés.

Solon établit à Athènes que l'on nommeroit par choix à tous les emplois militaires, et que les sénateurs et les juges seroient élus par le sort.

Il voulut que l'on donnât par choix les magistratures civiles qui exigeoient une grande dépense, et que les autres fussent données par le sort.

Mais, pour corriger le sort, il régla qu'on ne pourroit élire que dans le nombre de ceux qui se présenteroient ; que celui qui auroit été élu seroit examiné par des juges [2], et que chacun pourroit l'accuser d'en être indigne [3] : cela tenoit en même temps du sort et du choix. Quand on avoit fini le temps de sa magistrature, il falloit essuyer un autre jugement sur la manière dont on s'étoit comporté. Les gens sans capacité devoient avoir bien de la répugnance à donner leur nom pour être tirés au sort.

La loi qui fixe la manière de donner les billets de suffrage est encore une loi fondamentale dans la démocratie. C'est une grande question, si les suffrages doivent être publics ou secrets. Cicéron [4] écrit que les lois [5] qui les rendirent secrets dans les derniers temps de la république romaine furent une des grandes causes de sa chute. Comme ceci se pratique diversement dans différentes républiques, voici, je crois, ce qu'il en faut penser.

Sans doute que, lorsque le peuple donne ses suffrages, ils doivent être publics [6] ; et ceci doit être regardé comme une loi fondamentale de la démocratie. Il faut que le petit peuple soit éclairé par les principaux, et contenu par la gravité de certains personnages. Ainsi, dans la république romaine, en rendant les suffrages secrets, on détruisit tout ; il ne fut plus possible d'éclairer une populace qui se perdoit. Mais lorsque dans une aristocratie le corps des nobles donne les suffrages [1], ou dans une démocratie le sénat [2], comme il n'est là question que de prévenir les brigues, les suffrages ne sauroient être trop secrets.

La brigue est dangereuse dans un sénat ; elle est dangereuse dans un corps de nobles · elle ne l'est pas dans le peuple, dont la nature est d'agir par passion. Dans les états où il n'a point de part au gouvernement, il s'échauffera pour un acteur comme il auroit fait pour les affaires. Le malheur d'une république, c'est lorsqu'il n'y a plus de brigues ; et cela arrive lorsqu'on a corrompu le peuple à prix d'argent : il devient de sang-froid, il s'affectionne à l'argent ; mais il ne s'affectionne plus aux affaires : sans souci du gouvernement, et de ce qu'on y propose, il attend tranquillement son salaire.

C'est encore une loi fondamentale de la démocratie, que le peuple seul fasse des lois. Il y a pourtant mille occasions où il est nécessaire que le sénat puisse statuer ; il est même souvent à propos d'essayer une loi avant de l'établir. La constitution de Rome et celle d'Athènes étoient très-sages. Les arrêts du sénat [3] avoient force de loi pendant un an : ils ne devenoient perpétuels que par la volonté du peuple.

CHAPITRE III.

Des lois relatives à la nature de l'aristocratie.

Dans l'aristocratie, la souveraine puissance est entre les mains d'un certain nombre de personnes. Ce sont elles qui font les lois et qui les font exécuter ; et le reste du peuple n'est tout au plus à leur égard que comme dans une monarchie les sujets sont à l'égard du monarque.

On n'y doit point donner le suffrage par sort ; on n'en auroit que les inconvénients. En effet, dans un gouvernement qui a déja établi les distinctions les plus affligeantes, quand on seroit choisi par le sort on n'en seroit pas moins odieux : c'est le noble qu'on envie, et non pas le magistrat.

capi : electione vero creari, oligarchiæ convenire. (ARIST., Polit., liv. IV, ch. IX.)

[1] En employant le suffrage, on tomberoit dans l'inconvénient de mortifier ceux qui seroient exclus, et d'enorgueillir celui qui seroit préféré et qui sentiroit trop ses forces. C'est pour éviter ce danger qu'on a recours au sort ; et ce danger des suffrages est alors entièrement écarté par le hasard, qui n'humilie point ceux qu'il exclut et n'enfle point ceux qu'il préfère. (SERVAN.)

[2] Voyez l'oraison de Démosthène, de falsa Legat., et l'oraison contre Timarque.

[3] On tiroit même pour chaque place deux billets : l'un, qui donnoit la place ; l'autre, qui nommoit celui qui devoit succéder, en cas que le premier fût rejeté. — Ces deux billets suffisoient lorsque le peuple avoit à délibérer sur une loi qui lui étoit proposée ; mais lorsqu'il s'agissoit de l'élection des magistrats, on donnoit à chaque citoyen autant de billets qu'il y avoit de candidats. (CRÉV.)

[4] Liv. I et III des Lois.

[5] Elles s'appeloient lois tabulaires. On donnoit à chaque citoyen deux tables : la première, marquée d'un A, pour dire antiquo ; l'autre, d'un U et d'un R, uti rogas. — La première lettre signifioit : Je me tiens à ce qui s'est observé par le passé ; les deux autres : Soit fait comme on le demande. (P.)

[6] A Athènes, on levoit les mains.

[1] Comme à Venise.

[2] Les trente tyrans d'Athènes voulurent que les suffrages des aréopagites fussent publics, pour les diriger à leur fantaisie. (LYSIAS, Orat. contra Agorat., cap. VIII.)

[3] Voyez Denys d'Halicarnasse, liv. IV et IX.

13.

Lorsque les nobles sont en grand nombre, il faut un sénat qui règle les affaires que le corps des nobles ne sauroit décider, et qui prépare celles dont il décide. Dans ce cas, on peut dire que l'aristocratie est en quelque sorte dans le sénat, la démocratie dans le corps des nobles, et que le peuple n'est rien.

Ce sera une chose très-heureuse dans l'aristocratie, si, par quelque voie indirecte, on fait sortir le peuple de son anéantissement : ainsi, à Gênes, la banque de Saint-George, qui est administrée en grande partie par les principaux du peuple [1], donne à celui-ci une certaine influence dans le gouvernement, qui en fait toute la prospérité.

Les sénateurs ne doivent point avoir le droit de remplacer ceux qui manquent dans le sénat : rien ne seroit plus capable de perpétuer les abus. A Rome, qui fut dans les premiers temps une espèce d'aristocratie, le sénat ne se suppléoit pas lui-même : les sénateurs nouveaux étoient nommés [2] par les censeurs.

Une autorité exorbitante, donnée tout-à-coup à un citoyen dans une république, forme une monarchie, ou plus qu'une monarchie. Dans celle-ci les lois ont pourvu à la constitution, ou s'y sont accommodées : le principe du gouvernement arrête le monarque ; mais, dans une république où un citoyen se fait donner [3] un pouvoir exorbitant, l'abus de ce pouvoir est plus grand, parce que les lois, qui ne l'ont point prévu, n'ont rien fait pour l'arrêter.

L'exception à cette règle est lorsque la constitution de l'état est telle qu'il a besoin d'une magistrature qui ait un pouvoir exorbitant. Telle étoit Rome avec ses dictateurs ; telle est Venise avec ses inquisiteurs d'état : ce sont des magistratures terribles qui ramènent violemment l'état à la liberté. Mais d'où vient que ces magistratures se trouvent si différentes dans ces deux républiques? C'est que Rome défendoit les restes de son aristocratie contre le peuple ; au lieu que Venise se sert de ses inquisiteurs d'état pour maintenir son aristocratie contre les nobles. De là il suivoit qu'à Rome la dictature ne devoit durer que peu de temps, parce que le peuple agit par sa fougue, et non pas par ses desseins. Il falloit que cette magistrature s'exerçât avec éclat, parce qu'il s'agis-

soit d'intimider le peuple, et non pas de le punir que le dictateur ne fût créé que pour une seul affaire, et n'eût une autorité sans bornes qu'à rai son de cette affaire, parce qu'il étoit toujour créé pour un cas imprévu. A Venise, au contraire il faut une magistrature permanente : c'est là que les desseins peuvent être commencés, suivis, suspendus, repris ; que l'ambition d'un seul devien celle d'une famille, et l'ambition d'une famille celle de plusieurs. On a besoin d'une magistrature cachée, parce que les crimes qu'elle punit, toujours profonds, se forment dans le secret et dans le silence. Cette magistrature doit avoir une inquisition générale, parce qu'elle n'a pas à arrêter les maux que l'on connoît, mais à prévenir même ceux qu'on ne connoît pas. Enfin cette dernière est établie pour venger les crimes qu'elle soupçonne ; et la première employoit plus les menaces que les punitions pour les crimes, même avoués par leurs auteurs.

Dans toute magistrature il faut compenser la grandeur de la puissance par la brièveté de sa durée. Un an est le temps que la plupart des législateurs ont fixé : un temps plus long seroit dangereux, un plus court seroit contre la nature de la chose. Qui est-ce qui voudroit gouverner ainsi ses affaires domestiques? A Raguse [1], le chef de la république change tous les mois ; les autres officiers, toutes les semaines ; le gouverneur du château, tous les jours. Ceci ne peut avoir lieu que dans une petite république [2], environnée de puissances formidables qui corromproient aisément de petits magistrats.

La meilleure aristocratie est celle où la partie du peuple qui n'a point de part à la puissance est si petite et si pauvre que la partie dominante n'a aucun intérêt à l'opprimer. Ainsi, quand Antipater [3] établit à Athènes que ceux qui n'auroient pas deux mille drachmes seroient exclus du droit de suffrage, il forma la meilleure aristocratie qui fût possible ; parce que ce cens étoit si petit, qu'il n'excluoit que peu de gens, et personne qui eût quelque considération dans la cité.

Les familles aristocratiques doivent donc être peuple autant qu'il est possible. Plus une aristocratie approchera de la démocratie, plus elle sera parfaite ; et elle le deviendra moins à mesure qu'elle approchera de la monarchie.

La plus imparfaite de toutes est celle où la par-

[1] Voyez M. Addison, *Voyages d'Italie*, pag. 16.
[2] Ils le furent d'abord par les consuls.
[3] C'est ce qui renversa la république romaine. Voyez les *Considérations sur les causes de la grandeur des Romains et de leur décadence*.

[1] *Voyages de Tournefort.*
[2] A Lucques, les magistrats ne sont établis que pour deux mois.
[3] Diodore, liv. XVIII, pag. 601, édition de Rhodoman.

tie du peuple qui obéit est dans l'esclavage civil de celle qui commande, comme l'aristocratie de Pologne, où les paysans sont esclaves de la noblesse.

CHAPITRE IV.

Des lois dans leur rapport avec la nature du gouvernement monarchique.

Les pouvoirs intermédiaires, subordonnés et dépendants, constituent la nature du gouvernement monarchique, c'est-à-dire de celui où un seul gouverne par des lois fondamentales. J'ai dit les pouvoirs intermédiaires, subordonnés et dépendants : en effet, dans la monarchie, le prince est la source de tout pouvoir politique et civil. Ces lois fondamentales supposent nécessairement des canaux moyens par où coule la puissance : car, s'il n'y a dans l'état que la volonté momentanée et capricieuse d'un seul, rien ne peut être fixe, et par conséquent aucune loi fondamentale.

Le pouvoir intermédiaire subordonné le plus naturel est celui de la noblesse. Elle entre, en quelque façon, dans l'essence de la monarchie, dont la maxime fondamentale est : « Point de monarque, point de noblesse ; point de noblesse, point de monarque [1]. » Mais on a un despote.

[1] Cette maxime fait souvenir de l'infortuné Charles Iᵉʳ, qui disait : « Point d'évêque, point de monarque. » Notre grand Henri IV aurait pu dire à la faction des Seize : « Point de noblesse, point de monarque. » Mais qu'on ne dise ce que je dois entendre par despote et par monarque.

Les Grecs, et ensuite les Romains, entendaient par le mot grec despote un père de famille, un maître de maison : δεσπότης, herus, patronus ; δέσποινα, hera, patrona opposé à θεράπων ou θεράβος, famulus, servus. Il me semble qu'aucun Romain ne se servit du mot despote ou d'un dérivé de despote, pour signifier un roi. Despoticus ne fut jamais un mot latin. Les Grecs du moyen âge s'avisèrent, vers le commencement du quinzième siècle, d'appeler despotes des seigneurs très faibles, dépendants de la puissance des Turcs, despotes de Servie, de Valachie, qu'on ne regardait que comme des maîtres de maison. Aujourd'hui les empereurs de Turquie, de Maroc, de Perse, de l'Indoustan, de la Chine, sont appelés par nous despotes ; et nous attachons à ce titre l'idée d'un fou féroce qui n'écoute que son caprice, d'un barbare qui fait ranger devant lui ses courtisans prosternés, et qui pour se divertir ordonne à ses satellites d'étrangler à droite et d'empaler à gauche.

Le terme de monarque emportait originairement l'idée d'une puissance bien supérieure à celle du mot despote : il signifiait seul prince, seul dominant, seul puissant ; il semblait exclure toute puissance intermédiaire.

Ainsi, chez presque toutes les nations, les langues se sont dénaturées. Ainsi les mots de pape, d'évêque, de prêtre, de diacre, d'église, de jubilé, de Pâques, de fêtes, et une infinité d'autres, ne donnent plus les mêmes idées qu'ils donnaient autrefois : c'est à quoi l'on ne saurait faire trop d'attention dans toutes ses lectures.

Il ne peut y avoir aucune autre différence entre le despotisme et la monarchie que l'existence de certaines règles, de certaines bornes, de certains principes consacrés par le temps et l'opinion, et dont le monarque se fait une loi de ne pas s'écarter.

Il y a des gens qui avoient imaginé, dans quelques états en Europe, d'abolir toutes les justices des seigneurs. Ils ne voyoient pas qu'ils vouloient faire ce que le parlement d'Angleterre a fait. Abolissez dans une monarchie les prérogatives des seigneurs, du clergé, de la noblesse et des villes, vous aurez bientôt un état populaire, ou bien un état despotique.

Les tribunaux d'un grand état en Europe frappent sans cesse, depuis plusieurs siècles, sur la jurisdiction patrimoniale des seigneurs et sur l'ecclésiastique. Nous ne voulons pas censurer des magistrats si sages ; mais nous laissons à décider jusqu'à quel point la constitution en peut être changée.

Je ne suis point entêté des priviléges des ecclésiastiques ; mais je voudrois qu'on fixât bien une fois leur jurisdiction. Il n'est point question de savoir si on a eu raison de l'établir, mais si elle est établie, si elle fait une partie des lois du pays, et si elle y est partout relative ; si, entre deux pouvoirs que l'on reconnoît indépendants, les conditions ne doivent pas être réciproques ; et s'il n'est pas égal à un bon sujet de défendre la justice du prince, ou les limites qu'elle s'est de tout temps prescrites.

Autant que le pouvoir du clergé est dangereux dans une république, autant est-il convenable dans une monarchie [1], surtout dans celles qui vont au despotisme. Où en seroient l'Espagne et le Portugal depuis la perte de leurs lois, sans ce pouvoir qui arrête seul la puissance arbitraire ? Barrière toujours bonne lorsqu'il n'y en a point d'autre : car, comme le despotisme cause à la nature humaine des maux effroyables, le mal même qui est limite est un bien.

S'il n'est lié que par son serment, par la crainte d'aliéner les esprits de sa nation, le gouvernement est monarchique ; mais s'il existe un corps, une assemblée, du consentement desquels il ne puisse se passer, lorsqu'il veut déroger à ces lois premières ; si ce corps a le droit de s'opposer à l'exécution de ses lois nouvelles, lorsqu'elles sont contraires aux lois établies : dès-lors il n'y a plus de monarchie, mais une aristocratie. Le monarque, pour être juste, est censé devoir respecter les règles consacrées par l'opinion, tandis que le despote n'est obligé de respecter que les premiers principes du droit naturel, la religion, les mœurs. La différence est moins dans la forme de la constitution que dans l'opinion des peuples, qui ont une idée plus ou moins étendue de ce qui constitue les droits de l'homme et du citoyen. (VOLT.)

[1] Si le pouvoir du clergé n'excède pas les bornes qui lui sont prescrites, il n'est dangereux ni dans les républiques ni dans les monarchies. S'il les excède, il ne convient ni dans l'un ni dans l'autre gouvernement ; et il en est de même de tous les pouvoirs et de toutes les prérogatives dont peuvent jouir les autres corps ou ordres de l'état. Si le militaire, la noblesse, les villes l'emportent sur l'autorité souveraine, la constitution de l'état est renversée, quelle que soit la forme du gouvernement de cet état. (D.)

Comme la mer, qui semble vouloir couvrir toute la terre, est arrêtée par les herbes et les moindres graviers [1] qui se trouvent sur le rivage; ainsi les monarques, dont le pouvoir paroît sans bornes, s'arrêtent par les plus petits obstacles, et soumettent leur fierté naturelle à la plainte et à la prière.

Les Anglois, pour favoriser la liberté, ont ôté toutes les puissances intermédiaires qui formoient leur monarchie [2]. Ils ont bien raison de conserver cette liberté; s'ils venoient à la perdre, ils seroient un des peuples les plus esclaves de la terre.

M. Law, par une ignorance égale de la constitution républicaine et de la monarchique, fut un des plus grands promoteurs du despotisme que l'on eût encore vus en Europe. Outre les changemens qu'il fit, si brusques, si inusités, si inouïs, il vouloit ôter les rangs intermédiaires, et anéantir les corps politiques: il dissolvoit [3] la monarchie par ses chimériques remboursemens, et sembloit vouloir racheter la constitution même.

Il ne suffit pas qu'il y ait dans une monarchie des rangs intermédiaires; il faut encore un dépôt de lois. Ce dépôt ne peut être que dans les corps politiques, qui annoncent les lois lorsqu'elles sont faites, et les rappellent lorsqu'on les oublie. L'ignorance naturelle à la noblesse, son inattention, son mépris pour le gouvernement civil, exigent qu'il y ait un corps qui fasse sans cesse sortir les lois de la poussière où elles seroient ensevelies. Le conseil du prince n'est pas un dépôt convenable. Il est, par sa nature, le dépôt de la volonté momentanée du prince qui exécute, et non pas le dépôt des lois fondamentales. De plus, le conseil du monarque change sans cesse; il n'est point permanent; il ne sauroit être nombreux; il n'a point à un assez haut degré la confiance du peuple: il n'est donc pas en état de l'éclairer dans les temps difficiles, ni de le ramener à l'obéissance.

Dans les états despotiques, où il n'y a point de lois fondamentales, il n'y a pas non plus de dépôt de lois. De là vient que, dans ces pays, la religion a ordinairement tant de force: c'est qu'elle forme une espèce de dépôt et de permanence; et, si ce n'est pas la religion, ce sont les coutumes qu'on y vénère, au lieu des lois.

[1] Ce n'est ni de l'herbe ni du gravier qui cause le reflux de la mer: c'est la loi de la gravitation; et je ne sais d'ailleurs si la comparaison des larmes du peuple avec du gravier est bien juste. (VOLT.)

[2] Au contraire, les Anglais ont rendu plus légal le pouvoir des seigneurs spirituels et temporels, et ont augmenté celui des communes. (VOLT.)

[3] Ferdinand, roi d'Aragon, se fit grand-maître des ordres; et cela seul altéra la constitution.

CHAPITRE V.

Des lois relatives à la nature de l'état despotique.

Il résulte de la nature du pouvoir despotique que l'homme seul qui l'exerce le fasse de même exercer par un seul. Un homme à qui ses cinq sens disent sans cesse qu'il est tout, et que les autres ne sont rien, est naturellement paresseux, ignorant, voluptueux. Il abandonne donc les affaires. Mais, s'il les confioit à plusieurs, il y auroit des disputes entre eux; on feroit des brigues pour être le premier esclave; le prince seroit obligé de rentrer dans l'administration. Il est donc plus simple qu'il l'abandonne à un visir [1], qui aura d'abord la même puissance que lui. L'établissement d'un visir est, dans cet état, une loi fondamentale.

On dit qu'un pape, à son élection, pénétré de son incapacité, fit d'abord des difficultés infinies. Il accepta enfin, et livra à son neveu toutes les affaires. Il étoit dans l'admiration, et disoit: « Je n'aurois jamais cru que cela eût été si aisé. » Il en est de même des princes d'Orient. Lorsque, de cette prison où des eunuques leur ont affoibli le cœur et l'esprit, et souvent leur ont laissé ignorer leur état même, on les tire pour les placer sur le trône, ils sont d'abord étonnés: mais, quand ils ont fait un visir, et que, dans leur sérail, ils se sont livrés aux passions les plus brutales; lorsqu'au milieu d'une cour abattue ils ont suivi leurs caprices les plus stupides, ils n'auroient jamais cru que cela eût été si aisé.

Plus l'empire est étendu, plus le sérail s'agrandit; et plus, par conséquent, le prince est enivré de plaisirs. Ainsi, dans ces états, plus le prince a de peuples à gouverner, moins il pense au gouvernement; plus les affaires y sont grandes, et moins on y délibère sur les affaires.

[1] Les rois d'Orient ont toujours des visirs, dit M. Chardin.

LIVRE TROISIÈME.

DES PRINCIPES

DES TROIS GOUVERNEMENTS.

CHAPITRE I.

Différence de la nature du gouvernement et de son principe.

Après avoir examiné quelles sont les lois relatives à la nature de chaque gouvernement, il faut voir celles qui le sont à son principe.

Il y a cette différence [1] entre la nature du gouvernement et son principe, que sa nature est ce qui le fait être tel; et son principe, ce qui le fait agir. L'une est sa structure particulière, et l'autre les passions humaines qui le font mouvoir.

Or, les lois ne doivent pas être moins relatives au principe de chaque gouvernement qu'à sa nature. Il faut donc chercher quel est ce principe. C'est ce que je vais faire dans ce livre-ci.

CHAPITRE II.

Du principe des divers gouvernements.

J'ai dit que la nature du gouvernement républicain est que le peuple en corps, ou de certaines familles, y aient la souveraine puissance; celle du gouvernement monarchique, que le prince y ait la souveraine puissance, mais qu'il l'exerce selon des lois établies; celle du gouvernement despotique, qu'un seul y gouverne selon ses volontés et ses caprices. Il ne m'en faut pas davantage pour trouver leurs trois principes, ils en dérivent naturellement. Je commencerai par le gouvernement républicain, et je parlerai d'abord du démocratique.

CHAPITRE III.

Du principe de la démocratie.

Il ne faut pas beaucoup de probité pour qu'un gouvernement monarchique ou un gouvernement despotique se maintiennent ou se soutiennent. La force des lois dans l'un, le bras du prince toujours levé dans l'autre, règlent ou contiennent tout.

[1] Cette distinction est très importante, et j'en tirerai bien des conséquences : elle est la clef d'une infinité de lois.

Mais, dans un état populaire, il faut un ressort de plus, qui est la *vertu*.

Ce que je dis est confirmé par le corps entier de l'histoire, et est très conforme à la nature des choses[1]. Car il est clair que, dans une monarchie, où celui qui fait exécuter les lois se juge au-dessus des lois, on a besoin de moins de vertu que dans un gouvernement populaire, où celui qui fait exécuter les lois sent qu'il y est soumis lui-même, et qu'il en portera le poids.

Il est clair encore que le monarque qui, par mauvais conseil ou par négligence, cesse de faire exécuter les lois, peut aisément réparer le mal : il n'a qu'à changer de conseil, ou se corriger de cette négligence même. Mais lorsque dans un gouvernement populaire les lois ont cessé d'être exécutées, comme cela ne peut venir que de la corruption de la république, l'état est déjà perdu.

Ce fut un assez beau spectacle, dans le siècle passé, de voir les efforts impuissants des Anglois pour établir parmi eux la démocratie. Comme ceux qui avoient part aux affaires n'avoient point de vertu, que leur ambition étoit irritée par le succès de celui qui avoit le plus osé[2], que l'esprit d'une faction n'étoit réprimé que par l'esprit d'une autre, le gouvernement changeoit sans cesse : le

[1] On a toujours argumenté contre Montesquieu comme s'il eût dit qu'il n'y avoit que de la vertu dans les républiques et que de l'honneur dans les monarchies, ou qu'il n'y avoit d'honneur que dans celles-ci et de vertu que dans celles-là; mais il n'a dit ni l'un ni l'autre, et il est même fort étrange qu'on l'ait supposé, car c'étoit aussi le supposer capable d'une trop grande absurdité : mais la malveillance n'y regarde pas de si près. L'auteur s'est toujours renfermé et dans le mot et dans l'idée de *principe général de gouvernement*; et sans autre discussion je me contenterai d'indiquer à la réflexion ce même argument de l'expérience, qui me paroît décisif en sa faveur : ce qui sert à fonder les états sert aussi à les maintenir. Or il est de fait que la fondation des républiques a été partout une époque de *vertu*, et dans les temps passés, et dans le nôtre. Voyez les Romains au temps du premier Brutus, les Suisses au temps de Guillaume Tell, les Hollandois au temps des Nassau, enfin les Américains de Washington. C'est le moment où les hommes ont paru plus grands, et c'est ainsi qu'ils ont mérité d'être libres. C'est dans cette lutte glorieuse de la liberté naturelle et légale contre l'abus réel du pouvoir absolu qu'ont éclaté tous les prodiges de courage, de patience, de modération, de désintéressement, de fidélité, en un mot, tout ce que nous admirons le plus dans l'histoire, et ce qui rend un peuple respectable aux yeux de la postérité. Il n'y a point d'exception à cette remarque, fondée d'ailleurs sur la nature des choses comme sur la constante uniformité des faits. Tout gouvernement est un ordre, et nul ordre ne s'établit que sur la morale. Or le gouvernement républicain dépend principalement de l'esprit et du caractère du plus grand nombre, comme le gouvernement royal dépend éminemment du caractère d'un seul, du roi ou du ministre qui règne. Si le caractère général n'est pas bon, la chose publique sera donc mauvaise, comme le royaume ira mal si le prince est mauvais; avec cette différence que les vices du prince passent avec lui, et peuvent être compensés par un successeur meilleur que lui, au lieu que rien n'arrête la corruption d'une république. (LAH.)

[2] Cromwell.

peuple, étonné, cherchoit la démocratie, et ne la trouvoit nulle part. Enfin, après bien des mouvements, des chocs et des secousses, il fallut se reposer dans le gouvernement même qu'on avoit proscrit.

Quand Sylla voulut rendre à Rome la liberté, elle ne put plus la recevoir : elle n'avoit plus qu'un foible reste de vertu ; et, comme elle en eut toujours moins, au lieu de se réveiller après César, Tibère, Caïus, Claude, Néron, Domitien, elle fut toujours plus esclave ; tous les coups portèrent sur les tyrans, aucun sur la tyrannie.

Les politiques grecs qui vivoient dans le gouvernement populaire ne reconnoissoient d'autre force qui pût le soutenir que celle de la vertu. Ceux d'aujourd'hui ne nous parlent que de manufactures, de commerce, de finances, de richesses, et de luxe même.

Lorsque cette vertu cesse, l'ambition entre dans les cœurs qui peuvent la recevoir, et l'avarice entre dans tous. Les desirs changent d'objets : ce qu'on aimoit, on ne l'aime plus ; on étoit libre avec les lois, on veut être libre contre elles ; chaque citoyen est comme un esclave échappé de la maison de son maître ; ce qui étoit maxime, on l'appelle rigueur ; ce qui étoit règle, on l'appelle gêne ; ce qui étoit attention, on l'appelle crainte. C'est la frugalité qui y est l'avarice, et non pas le desir d'avoir. Autrefois le bien des particuliers faisoit le trésor public ; mais pour lors le trésor public devient le patrimoine des particuliers. La république est une dépouille ; et sa force n'est plus que le pouvoir de quelques citoyens et la licence de tous.

Athènes eut dans son sein les mêmes forces pendant qu'elle domina avec tant de gloire, et pendant qu'elle servit avec tant de honte. Elle avoit vingt mille citoyens[1] lorsqu'elle défendit les Grecs contre les Perses, qu'elle disputa l'empire à Lacédémone, et qu'elle attaqua la Sicile. Elle en avoit vingt mille lorsque Démétrius de Phalère les dénombra[2] comme dans un marché l'on compte les esclaves. Quand Philippe osa dominer dans la Grèce, quand il parut aux portes d'Athènes[3], elle n'avoit encore perdu que le temps. On peut voir, dans Démosthènes, quelle peine il fallut pour la réveiller : on y craignoit Philippe, non pas comme l'ennemi de la liberté, mais des plai-

sirs[1]. Cette ville, qui avoit résisté à tant de défaites, qu'on avoit vue renaître après ses destructions, fut vaincue à Chéronée, et le fut pour toujours. Qu'importe que Philippe renvoie tous les prisonniers ? il ne renvoie pas des hommes. Il étoit toujours aussi aisé de triompher des forces d'Athènes qu'il étoit difficile de triompher de sa vertu.

Comment Carthage auroit-elle pu se soutenir ? Lorsque Annibal, devenu préteur, voulut empêcher les magistrats de piller la république, n'allèrent-ils pas l'accuser devant les Romains ? Malheureux, qui vouloient être citoyens sans qu'il y eût de cité, et tenir leurs richesses de la main de leurs destructeurs ! Bientôt Rome leur demanda pour otages trois cents de leurs principaux citoyens ; elle se fit livrer les armes et les vaisseaux, et ensuite leur déclara la guerre. Par les choses que fit le désespoir dans Carthage désarmée[2], on peut juger de ce qu'elle auroit pu faire avec sa vertu lorsqu'elle avoit ses forces.

CHAPITRE IV.

Du principe de l'aristocratie.

Comme il faut de la vertu dans le gouvernement populaire, il en faut aussi dans l'aristocratique. Il est vrai qu'elle n'y est pas si absolument requise.

Le peuple, qui est à l'égard des nobles ce que les sujets sont à l'égard du monarque, est contenu par leurs lois. Il a donc moins besoin de vertu que le peuple de la démocratie. Mais comment les nobles seront-ils contenus ? Ceux qui doivent faire exécuter les lois contre leurs collègues sentiront d'abord qu'ils agissent contre eux-mêmes. Il faut donc de la vertu dans ce corps, par la nature de la constitution.

Le gouvernement aristocratique a par lui-même une certaine force que la démocratie n'a pas. Les nobles y forment un corps qui, par sa prérogative et pour son intérêt particulier, réprime le peuple : il suffit qu'il y ait des lois, pour qu'à cet égard elles soient exécutées.

Mais, autant qu'il est aisé à ce corps de réprimer les autres, autant est-il difficile qu'il se réprime lui-même[3]. Telle est la nature de cette

[1] PLUTARQUE, in Pericle ; PLATON, in Critia.
[2] Il s'y trouva vingt-un mille citoyens, dix mille étrangers, quatre cent mille esclaves. Voyez Athénée, liv. VI.
[3] Elle avoit vingt mille citoyens. Voyez Démosthènes, in Aristog.

[1] Ils avoient fait une loi pour punir de mort celui qui proposeroit de convertir aux usages de la guerre l'argent destiné pour les théâtres.
[2] Cette guerre dura trois ans.
[3] Les crimes publics y pourront être punis, parce que c'est

constitution, qu'il semble qu'elle mette les mêmes gens sous la puissance des lois, et qu'elle les en retire.

Or, un corps pareil ne peut se réprimer que de deux manières, ou par une grande vertu, qui fait que les nobles se trouvent en quelque façon égaux à leur peuple, ce qui peut former une grande république; ou par une vertu moindre, qui est une certaine modération qui rend les nobles au moins égaux à eux-mêmes, ce qui fait leur conservation.

La modération est donc l'ame de ces gouvernements. J'entends celle qui est fondée sur la vertu; non pas celle qui vient d'une lâcheté et d'une paresse de l'ame.

CHAPITRE V.

Que la vertu n'est point le principe du gouvernement monarchique.

Dans les monarchies, la politique fait faire les grandes choses avec le moins de vertu qu'elle peut; comme, dans les plus belles machines, l'art emploie aussi peu de mouvements, de forces et de roues qu'il est possible.

L'état subsiste indépendamment de l'amour pour la patrie, du désir de la vraie gloire, du renoncement à soi-même, du sacrifice de ses plus chers intérêts, et de toutes ces vertus héroïques que nous trouvons dans les anciens, et dont nous avons seulement entendu parler.

Les lois y tiennent la place de toutes ces vertus dont on n'a aucun besoin; l'état vous en dispense: une action qui se fait sans bruit y est en quelque façon sans conséquence.

Quoique tous les crimes soient publics par leur nature, on distingue pourtant les crimes véritablement publics d'avec les crimes privés, ainsi appelés parce qu'ils offensent plus un particulier que la société entière.

Or, dans les républiques, les crimes privés sont plus publics, c'est-à-dire choquent plus la constitution de l'état que les particuliers; et, dans les monarchies, les crimes publics sont plus privés, c'est-à-dire choquent plus les fortunes particulières que la constitution de l'état même.

Je supplie qu'on ne s'offense pas de ce que j'ai dit: je parle après toutes les histoires. Je sais très bien qu'il n'est pas rare qu'il y ait des princes

vertueux; mais je dis que dans une monarchie il est très difficile que le peuple le soit[1].

Qu'on lise ce que les historiens de tous les temps ont dit sur la cour des monarques; qu'on se rappelle les conversations des hommes de tous les pays sur le misérable caractère des courtisans: ce ne sont point des choses de spéculation, mais d'une triste expérience.

L'ambition dans l'oisiveté, la bassesse dans l'orgueil, le désir de s'enrichir sans travail, l'aversion pour la vérité, la flatterie, la trahison, la perfidie, l'abandon de tous ses engagements, le mépris des devoirs du citoyen, la crainte de la vertu du prince, l'espérance de ses foiblesses, et, plus que tout cela, le ridicule perpétuel jeté sur la vertu, forment, je crois, le caractère du plus grand nombre des courtisans, marqué dans tous les lieux et dans tous les temps. Or, il est très malaisé que la plupart des principaux d'un état soient malhonnêtes gens, et que les inférieurs soient gens de bien; que ceux-là soient trompeurs, et que ceux-ci consentent à n'être que dupes.

Que si dans le peuple il se trouve quelque malheureux honnête homme[2], le cardinal de Richelieu, dans son testament politique, insinue qu'un monarque doit se garder de s'en servir[3]. Tant il est vrai que la vertu n'est pas le ressort de ce gouvernement. Certainement elle n'en est point exclue; mais elle n'en est pas le ressort.

CHAPITRE VI.

Comment on supplée à la vertu dans le gouvernement monarchique.

Je me hâte et je marche à grands pas, afin qu'on ne croie pas que je fasse une satire du gouvernement monarchique. Non: s'il manque d'un ressort, il en a un autre. L'*honneur*, c'est-à-dire le préjugé de chaque personne et de chaque condition, prend la place de la vertu politique dont j'ai

[1] Je parle ici de la vertu publique, qui est la vertu morale, dans le sens qu'elle se dirige au bien général; fort peu des vertus morales particulières, et point du tout de cette vertu qui a du rapport aux vérités révélées. On verra bien ceci au liv. V, ch. II.

[2] Entendez ceci dans le sens de la note précédente.

[3] « Il ne faut pas, y est-il dit, se servir de gens de bas lieu : ils sont trop austères et trop difficiles. » — Voici les propres paroles du prétendu testament; c'est au chap. IV : « On peut dire hardiment que, de deux personnes dont le mérite est égal, celle qui est la plus aisée en ses affaires est préférable à l'autre, étant certain qu'il faut qu'un pauvre magistrat ait l'ame d'une trempe bien forte, si elle ne se laisse quelquefois amollir par la considération de ses propres intérêts. Aussi l'expérience nous apprend que les riches sont moins sujets à concession que les autres, et que la pauvreté contraint un pauvre officier à être fort soigneux du revenu de son sac. » (VOLT.)

l'affaire de tous; les crimes particuliers n'y seront pas punis, parce que l'affaire de tous est de ne les pas punir.

parlé, et la représente partout. Il y peut inspirer les plus belles actions ; il peut, joint à la force des lois, conduire au but du gouvernement, comme la vertu même.

Ainsi, dans les monarchies bien réglées, tout le monde sera à-peu-près bon citoyen, et on trouvera rarement quelqu'un qui soit homme de bien ; car, pour être homme de bien [1], il faut avoir intention de l'être, et aimer l'état moins pour soi que pour lui-même.

CHAPITRE VII.

Du principe de la monarchie.

Le gouvernement monarchique suppose, comme nous avons dit, des prééminences, des rangs, et même une noblesse d'origine. La nature de l'honneur est de demander des préférences et des distinctions [2] : il est donc, par la chose même, placé dans ce gouvernement.

L'ambition est pernicieuse dans une république [3] : elle a de bons effets dans la monarchie ; elle donne la vie à ce gouvernement ; et on y a cet avantage qu'elle n'y est pas dangereuse, parce qu'elle y peut être sans cesse réprimée.

Vous diriez qu'il en est comme du système de l'univers, où il y a une force qui éloigne sans cesse du centre tous les corps, et une force de pesanteur qui les y ramène. L'honneur fait mouvoir toutes les parties du corps politique ; il les lie par son action même, et il se trouve que chacun va au bien commun, croyant aller à ses intérêts particuliers.

Il est vrai que, philosophiquement parlant, c'est un honneur faux qui conduit toutes les parties de l'état ; mais cet honneur faux est aussi utile au public que le vrai le seroit aux particuliers qui pourroient l'avoir.

Et n'est-ce pas beaucoup d'obliger les hommes à faire toutes les actions difficiles et qui demandent de la force, sans autre récompense que le bruit de ces actions ?

[1] Ce mot *homme de bien* ne s'entend ici que dans un sens politique.

[2] Ces préférences, ces distinctions, ces honneurs, cet honneur, étaient dans la république romaine tout autant pour le moins que dans les débris de cette république, qui forment aujourd'hui tant de royaumes. La préture, le consulat, les haches, les faisceaux, le triomphe, valaient bien des rubans de toutes couleurs. (VOLT.)

[3] Elle l'est partout ; partout elle tend aux priviléges exclusifs. Dans la démocratie, elle tend directement à sa dissolution ; dans la monarchie, à sa corruption. (H.)

CHAPITRE VIII.

Que l'honneur n'est point le principe des états despotiques.

Ce n'est point l'honneur qui est le principe des états despotiques : les hommes y étant tous égaux, on n'y peut se préférer aux autres ; les hommes y étant tous esclaves, on n'y peut se préférer à rien.

De plus, comme l'honneur a ses lois et ses règles, et qu'il ne sauroit plier ; qu'il dépend bien de son propre caprice, et non pas de celui d'un autre, il ne peut se trouver que dans des états où la constitution est fixe, et qui ont des lois certaines.

Comment seroit-il souffert chez le despote ? Il fait gloire de mépriser la vie, et le despote n'a de force que parce qu'il peut l'ôter. Comment pourroit-il souffrir le despote ? Il a des règles suivies et des caprices soutenus ; le despote n'a aucune règle, et ses caprices détruisent tous les autres.

L'honneur, inconnu aux états despotiques, où même souvent on n'a pas de mot pour l'exprimer [1], règne dans les monarchies ; il y donne la vie à tout le corps politique, aux lois, et aux vertus mêmes.

CHAPITRE IX.

Du principe du gouvernement despotique.

Comme il faut de la *vertu* dans une république, et dans une monarchie de l'*honneur*, il faut de la *crainte* dans un gouvernement despotique [2] : pour la vertu, elle n'y est point nécessaire, et l'honneur y seroit dangereux.

[1] Voyez Perry, page 447.

[2] On a beaucoup combattu, et Voltaire plus que tout autre, le système général du livre qui établit, comme principe des trois gouvernements connus dans le monde, la vertu pour les républiques, l'honneur pour les monarchies, la crainte pour les états despotiques. On est généralement d'accord avec l'auteur sur le dernier : on a fort incidenté sur les deux autres. Je pense que Montesquieu eût prévenu beaucoup de difficultés, s'il fût entré dans son plan et dans son genre d'esprit de s'occuper beaucoup des objections ; mais il est évident qu'il ne songe qu'à construire la série de ses idées, et je conçois ses motifs. Son entreprise étoit si considérable, à raison de ce qu'il y voyoit ; la carrière qu'il mesuroit de l'œil étoit si étendue, et le terme lui en paroissoit si éloigné, qu'il pouvoit craindre que celui de sa vie ne l'arrêtât en deçà ; et en effet, il avoit à peine atteint le premier, qu'il touchoit à l'autre. Il ne survécut que peu d'années à la publication de l'*Esprit des Lois* [*]. S'il eût voulu controverser, ne fût-ce que sur les points principaux, son ouvrage n'avoit pas de mesure, et il étoit également de l'intérêt public et de la gloire de l'auteur de resserrer l'ouvrage et de l'achever. (LA H.)

[*] La première édition parut en 1748, et Montesquieu mourut en 1755.

Le pouvoir immense du prince y passe tout entier à ceux à qui il le confie. Des gens capables de s'estimer beaucoup eux-mêmes seroient en état d'y faire des révolutions. Il faut donc que la crainte y abatte tous les courages, et y éteigne jusqu'au moindre sentiment d'ambition.

Un gouvernement modéré peut, tant qu'il veut, et sans péril, relâcher ses ressorts : il se maintient par lui-même et par sa force même. Mais lorsque dans le gouvernement despotique le prince cesse un moment de lever le bras, quand il ne peut pas anéantir à l'instant ceux qui ont les premières places [1], tout est perdu : car le ressort du gouvernement, qui est la crainte, n'y étant plus, le peuple n'a plus de protecteur.

C'est apparemment dans ce sens que des cadis ont soutenu que le grand-seigneur n'étoit point obligé de tenir sa parole ou son serment, lorsqu'il bornoit par-là son autorité [2].

Il faut que le peuple soit jugé par les lois, et les grands par la fantaisie du prince; que la tête du dernier sujet soit en sûreté, et celle des bachas toujours exposée. On ne peut parler sans frémir de ces gouvernements monstrueux. Le sophi de Perse, détrôné de nos jours par Mirivéis, vit le gouvernement périr avant la conquête, parce qu'il n'avoit pas versé assez de sang [3].

L'histoire nous dit que les horribles cruautés de Domitien effrayèrent les gouverneurs au point que le peuple se rétablit un peu sous son règne [4]. C'est ainsi qu'un torrent qui ravage tout d'un côté laisse de l'autre des campagnes où l'œil voit de loin quelques prairies.

[1] Comme il arrive souvent dans l'aristocratie militaire.

[2] RICAULT. *de l'empire ottoman.* — L'auteur de l'*Esprit des Lois* donne cette prétendue décision des cadis comme une preuve du despotisme du sultan. Il me semble que ce serait au contraire une preuve qu'il est soumis aux lois, puisqu'il serait obligé de consulter des docteurs pour se mettre au-dessus des lois. Nous sommes voisins des Turcs; nous ne les connaissons pas. Le comte de Marsigli, qui a vécu si long-temps au milieu d'eux, dit qu'aucun auteur n'a donné une véritable connaissance ni de leur empire, ni de leurs lois. Nous n'avons eu même aucune traduction tolérable de l'Alcoran avant celle que nous a donnée l'Anglais Sale, en 1734. Presque tout ce qu'on a dit de leur religion et de leur jurisprudence est faux; et les conclusions que l'on en tire tous les jours contre eux sont trop peu fondées. On ne doit, dans l'examen des lois, citer que des lois reconnues. (VOLT.)

[3] Voyez l'histoire de cette révolution, par le P. Ducerceau.

[4] Son gouvernement étoit militaire; ce qui est une des espèces du gouvernement despotique.

CHAPITRE X.

Différence de l'obéissance dans les gouvernements modérés et dans les gouvernements despotiques.

Dans les états despotiques la nature du gouvernement demande une obéissance extrême ; et la volonté du prince, une fois connue, doit avoir aussi infailliblement son effet qu'une boule jetée contre une autre doit avoir le sien.

Il n'y a point de tempérament, de modification, d'accommodements, de termes, d'équivalents, de pourparlers, de remontrances, rien d'égal ou de meilleur à proposer. L'homme est une créature qui obéit à une créature qui veut.

On n'y peut pas plus représenter ses craintes sur un événement futur qu'excuser ses mauvais succès sur le caprice de la fortune. Le partage des hommes, comme des bêtes, y est l'instinct, l'obéissance, le châtiment.

Il ne sert de rien d'opposer les sentiments naturels, le respect pour un père, la tendresse pour ses enfants et ses femmes, les lois de l'honneur, l'état de sa santé : on a reçu l'ordre, et cela suffit.

En Perse, lorsque le roi a condamné quelqu'un, on ne peut plus lui en parler ni demander grace. S'il étoit ivre ou hors de sens, il faudroit que l'arrêt s'exécutât tout de même [1] : sans cela il se contrediroit, et la loi ne peut se contredire. Cette manière de penser y a été de tout temps : l'ordre que donna Assuérus d'exterminer les Juifs ne pouvant être révoqué [2], on prit le parti de leur donner la permission de se défendre [3].

Il y a pourtant une chose que l'on peut quelquefois opposer à la volonté du prince [4] : c'est la religion. On abandonnera son père, on le tuera même, si le prince l'ordonne ; mais on ne boira pas de vin, s'il le veut et s'il l'ordonne. Les lois de la religion sont d'un précepte supérieur, parce qu'elles sont données sur la tête du prince comme sur celle des sujets. Mais, quant au droit naturel,

[1] Voyez Chardin.

[2] Cet ordre fut cependant révoqué par un nouvel édit, rapporté fort au long dans le livre d'Esther, et dont voici la principale disposition : *Unde eas litteras, quas sub nomine nostro ille (Aman) direxerat, sciatis esse irritas.* (ch. XVI, ⅴ 7.)

[3] Il fut permis aux Juifs, non pas de se défendre, comme le dit l'auteur, mais d'exterminer leurs ennemis, comme il avoit été permis à leurs ennemis de les exterminer. Le jour de cette vengeance fut fixé au 13 du mois Adar, qui étoit le même jour auquel Aman avoit fixé son exécution. Celle des Juifs fut sanglante : ils mirent à mort un grand nombre de leurs ennemis avec les dix fils d'Aman; et ce fut en mémoire de cet événement qu'ils instituèrent la fête de *Purim.* (D.)

[4] Voyez Chardin [*].

[*] Description du gouvernement, ch. 11. (P.)

il n'en est pas de même : le prince est supposé n'être plus un homme.

Dans les états monarchiques et modérés la puissance est bornée par ce qui en est le ressort, je veux dire l'honneur, qui règne, comme un monarque, sur le prince et sur le peuple. On n'ira point lui alléguer les lois de la religion, un courtisan se croiroit ridicule : on lui alléguera sans cesse celles de l'honneur. De là résultent des modifications nécessaires dans l'obéissance ; l'honneur est naturellement sujet à des bizarreries, et l'obéissance les suivra toutes.

Quoique la manière d'obéir soit différente dans ces deux gouvernements, le pouvoir est pourtant le même. De quelque côté que le monarque se tourne, il emporte et précipite la balance, et est obéi. Toute la différence est que, dans la monarchie, le prince a des lumières, et que les ministres y sont infiniment plus habiles et plus rompus aux affaires que dans l'état despotique.

CHAPITRE XI.

Réflexion sur tout ceci.

Tels sont les principes des trois gouvernements : ce qui ne signifie pas que, dans une certaine république, on soit vertueux ; mais qu'on devroit l'être. Cela ne le prouve pas non plus que, dans une certaine monarchie, on ait de l'honneur, et que, dans un état despotique particulier, on ait de la crainte ; mais qu'il faudroit en avoir : sans quoi le gouvernement sera imparfait.

LIVRE QUATRIÈME.

LES LOIS DE L'ÉDUCATION

DOIVENT ÊTRE RELATIVES AUX PRINCIPES DU GOUVERNEMENT.

CHAPITRE I.

Des lois de l'éducation.

Les lois de l'éducation sont les premières que nous recevons. Et comme elles nous préparent à être citoyens, chaque famille particulière doit être gouvernée sur le plan de la grande famille qui les comprend toutes.

Si le peuple en général a un principe, les parties qui le composent, c'est-à-dire les familles, l'auront aussi. Les lois de l'éducation seront donc dif-

férentes dans chaque espèce de gouvernement : dans les monarchies, elles auront pour objet l'honneur ; dans les républiques, la vertu ; dans le despotisme, la crainte [1].

CHAPITRE II.

De l'éducation dans les monarchies.

Ce n'est point dans les maisons publiques où l'on instruit l'enfance que l'on reçoit dans les monarchies la principale éducation ; c'est lorsque l'on entre dans le monde que l'éducation, en quelque façon, commence. Là est l'école de ce que l'on appelle *honneur*, ce maître universel qui doit partout nous conduire.

C'est là que l'on voit et que l'on entend toujours dire trois choses : « Qu'il faut mettre dans » les vertus une certaine noblesse ; dans les mœurs, » une certaine franchise ; dans les manières, une » certaine politesse. »

Les vertus qu'on nous y montre sont toujours moins ce que l'on doit aux autres que ce que l'on se doit à soi-même : elles ne sont pas tant ce qui nous appelle vers nos concitoyens que ce qui nous en distingue.

On n'y juge pas les actions des hommes comme bonnes, mais comme belles ; comme justes, mais comme grandes ; comme raisonnables, mais comme extraordinaires.

Dès que l'honneur y peut trouver quelque chose de noble, il est ou le juge qui les rend légitimes, ou le sophiste qui les justifie.

Il permet la galanterie lorsqu'elle est unie à l'idée des sentiments du cœur, ou à l'idée de conquête ; et c'est la vraie raison pour laquelle les mœurs ne sont jamais si pures dans les monarchies que dans les gouvernements républicains.

Il permet la ruse lorsqu'elle est jointe à l'idée de la grandeur de l'esprit ou de la grandeur des affaires, comme dans la politique, dont les finesses ne l'offensent pas.

Il ne défend l'adulation que lorsqu'elle est séparée de l'idée d'une grande fortune, et n'est jointe qu'au sentiment de sa propre bassesse.

A l'égard des mœurs, j'ai dit que l'éducation des monarchies doit y mettre une certaine franchise. On y veut donc de la vérité dans les dis-

[1] J'ai vu des enfants de valets de chambre à qui on disait : Monsieur le marquis, songez à plaire au roi ; et j'ai ouï dire qu'à Venise les gouvernantes recommandent aux petits garçons de bien aimer la république, et que dans les sérails de Maroc et d'Alger on crie : Prends garde au grand eunuque noir ! (VOLT.)

cours. Mais est-ce par amour pour elle ? point du tout. On la veut, parce qu'un homme qui est accoutumé à la dire paroît être hardi et libre. En effet, un tel homme semble ne dépendre que des choses, et non pas de la manière dont un autre les reçoit.

C'est ce qui fait qu'autant qu'on y recommande cette espèce de franchise, autant on y méprise celle du peuple, qui n'a que la vérité et la simplicité pour objet.

Enfin, l'éducation dans les monarchies exige dans les manières une certaine politesse. Les hommes, nés pour vivre ensemble, sont nés aussi pour se plaire ; et celui qui n'observeroit pas les bienséances, choquant tous ceux avec qui il vivroit, se décréditeroit au point qu'il deviendroit incapable de faire aucun bien.

Mais ce n'est pas d'une source si pure que la politesse a coutume de tirer son origine. Elle naît de l'envie de se distinguer. C'est par orgueil que nous sommes polis : nous nous sentons flattés d'avoir des manières qui prouvent que nous ne sommes pas dans la bassesse, et que nous n'avons pas vécu avec cette sorte de gens que l'on a abandonnés dans tous les âges.

Dans les monarchies, la politesse est naturalisée à la cour. Un homme excessivement grand rend tous les autres petits. De là les égards que l'on doit à tout le monde ; de là naît la politesse, qui flatte autant ceux qui sont polis que ceux à l'égard de qui ils le sont, parce qu'elle fait comprendre qu'on est de la cour, ou qu'on est digne d'en être.

L'air de la cour consiste à quitter sa grandeur propre pour une grandeur empruntée. Celle-ci flatte plus un courtisan que la sienne même. Elle donne une certaine modestie superbe qui se répand au loin, mais dont l'orgueil diminue insensiblement, à proportion de la distance où l'on est de la source de cette grandeur.

On trouve à la cour une délicatesse de goût en toutes choses, qui vient d'un usage continuel des superfluités d'une grande fortune, de la variété et surtout de la lassitude des plaisirs, de la multiplicité, de la confusion même des fantaisies, qui, lorsqu'elles sont agréables, y sont toujours reçues.

C'est sur toutes ces choses que l'éducation se porte pour faire ce qu'on appelle l'honnête homme, qui a toutes les qualités et toutes les vertus que l'on demande dans ce gouvernement.

Là l'honneur, se mêlant partout, entre dans toutes les façons de penser et toutes les manières de sentir, et dirige même les principes.

Cet honneur bizarre fait que les vertus ne sont que ce qu'il veut, et comme il les veut ; il met de son chef des règles à tout ce qui nous est prescrit ; il étend ou il borne nos devoirs à sa fantaisie, soit qu'ils aient leur source dans la religion, dans la politique, ou dans la morale.

Il n'y a rien dans la monarchie que les lois, la religion et l'honneur prescrivent tant que l'obéissance aux volontés du prince ; mais cet honneur nous dicte que le prince ne doit jamais nous prescrire une action qui nous déshonore, parce qu'elle nous rendroit incapables de le servir.

Crillon refusa d'assassiner le duc de Guise ; mais il offrit à Henri III de se battre contre lui. Après la Saint-Barthélemi, Charles IX ayant écrit à tous les gouverneurs de faire massacrer les huguenots, le vicomte d'Orte, qui commandoit dans Baïonne, écrivit au roi[1] : « Sire, je n'ai trouvé » parmi les habitants et les gens de guerre que de » bons citoyens, de braves soldats, et pas un » bourreau : ainsi, eux et moi supplions votre » majesté d'employer nos bras et nos vies à choses » faisables. » Ce grand et généreux courage regardoit une lâcheté comme une chose impossible.

Il n'y a rien que l'honneur prescrive plus à la noblesse que de servir le prince à la guerre : en effet, c'est la profession distinguée, parce que ses hasards, ses succès et ses malheurs même, conduisent à la grandeur. Mais, en imposant cette loi, l'honneur veut en être l'arbitre ; et, s'il se trouve choqué, il exige ou permet qu'on se retire chez soi.

Il veut qu'on puisse indifféremment aspirer aux emplois, ou les refuser ; il tient cette liberté au-dessus de la fortune même.

L'honneur a donc ses règles suprêmes, et l'éducation est obligée de s'y conformer[2]. Les principales sont, qu'il nous est bien permis de faire cas de notre fortune ; mais qu'il nous est souverainement défendu d'en faire aucun de notre vie.

La seconde est que, lorsque nous avons été une fois placés dans un rang, nous ne devons rien faire ni souffrir qui fasse voir que nous nous tenons inférieurs à ce rang même.

La troisième, que les choses que l'honneur défend sont plus rigoureusement défendues lorsque les lois ne concourent point à les proscrire, et que celles qu'il exige sont plus fortement exigées lorsque les lois ne les demandent pas.

[1] Voyez l'*Histoire de d'Aubigné*.
[2] On dit ici ce qui est, et non pas ce qui doit être : l'honneur est un préjugé que la religion travaille tantôt à détruire, tantôt à régler.

CHAPITRE III.

De l'éducation dans le gouvernement despotique.

Comme l'éducation dans les monarchies ne travaille qu'à élever le cœur, elle ne cherche qu'à l'abaisser dans les états despotiques. Il faut qu'elle y soit servile. Ce sera un bien, même dans le commandement, de l'avoir eue telle, personne n'y étant tyran sans être en même temps esclave.

L'extrême obéissance suppose de l'ignorance dans celui qui obéit [1]; elle en suppose même dans celui qui commande : il n'a point à délibérer, à douter, ni à raisonner ; il n'a qu'à vouloir.

Dans les états despotiques, chaque maison est un empire séparé. L'éducation, qui consiste principalement à vivre avec les autres, y est donc très bornée : elle se réduit à mettre la crainte dans le cœur, et à donner à l'esprit la connoissance de quelques principes de religion fort simples. Le savoir y sera dangereux, l'émulation funeste ; et, pour les vertus, Aristote [2] ne peut croire qu'il y en ait quelqu'une de propre aux esclaves [3]; ce qui borneroit bien l'éducation dans ce gouvernement.

L'éducation y est donc en quelque façon nulle. Il faut ôter tout, afin de donner quelque chose, et commencer par faire un mauvais sujet, pour faire un bon esclave.

Eh ! pourquoi l'éducation s'attacheroit-elle à y former un bon citoyen qui prît part au malheur public ? S'il aimoit l'état, il seroit tenté de relâcher les ressorts du gouvernement : s'il ne réussissoit pas, il se perdroit ; s'il réussissoit, il courroit risque de se perdre, lui, le prince, et l'empire.

CHAPITRE IV.

Différence des effets de l'éducation chez les anciens et parmi nous.

La plupart des peuples anciens vivoient dans des gouvernements qui ont la vertu pour principe ; et, lorsqu'elle y étoit dans sa force, on y faisoit des choses que nous ne voyons plus aujourd'hui, et qui étonnent nos petites ames. Leur éducation avoit un autre avantage sur la nôtre : elle n'étoit jamais démentie. Épaminondas, la dernière année de sa vie, disoit, écoutoit, voyoit, faisoit les mêmes choses que dans l'âge où il avoit commencé d'être instruit.

Aujourd'hui, nous recevons trois éducations différentes ou contraires : celle de nos pères, celle de nos maîtres, celle du monde. Ce qu'on nous dit dans la dernière renverse toutes les idées des premières. Cela vient, en quelque partie, du contraste qu'il y a parmi nous entre les engagements de la religion et ceux du monde [1] : chose que les anciens ne connoissoient pas [2].

CHAPITRE V.

De l'éducation dans le gouvernement républicain.

C'est dans le gouvernement républicain que l'on a besoin de toute la puissance de l'éducation. La crainte des gouvernements despotiques naît d'elle-même parmi les menaces et les châtiments ; l'honneur des monarchies est favorisé par les passions, et les favorise à son tour ; mais la vertu politique est un renoncement à soi-même [3], qui est toujours une chose très pénible.

On peut définir cette vertu, l'amour des lois et de la patrie. Cet amour, demandant une préférence continuelle de l'intérêt public au sien propre, donne toutes les vertus particulières : elles ne sont que cette préférence.

Cet amour est singulièrement affecté aux démocraties. Dans elles seules, le gouvernement est

[1] L'extrême obéissance suppose de la soumission, et non de l'ignorance, dans celui qui obéit. Si l'obéissance supposoit l'ignorance, il s'ensuivroit que dans les monarchies, dont la soumission est le principe, les ordres du monarque seroient toujours mal compris et mal exécutés : ce qui conduiroit infailliblement l'état à sa ruine. (D.) — Cette réflexion est excellente en elle-même, et c'est pour cela que nous l'avons rapportée ; mais son application manque de justesse : tout le monde voit que, par les mots *extrême obéissance*, il faut entendre ici une *obéissance aveugle*.

[2] *Politiq.*, liv. 1.

[3] Comment cela se pourroit-il ? ils n'ont point de volonté. (H.)

[1] La religion chrétienne défend la vengeance, et prescrit l'humilité ; et c'est là peut-être le contraste dont l'auteur veut parler ; mais ces préceptes n'ont pas fait de l'Europe un monde de poltrons : et l'on remarque que les officiers les plus attachés aux devoirs de cette religion sont communément les plus exacts à remplir les devoirs de leur état, et les plus intrépides dans le danger. (D.)

[2] On ne leur enseignait, dès le berceau, que des fables, des allégories, des emblèmes, qui devenaient bientôt la règle et la passion de toute leur vie. Leur valeur ne pouvait mépriser le dieu Mars. L'emblème de Vénus, des Graces et des Amours ne pouvait choquer un jeune homme amoureux. S'il brillait au sénat, il ne pouvait mépriser Mercure, le dieu de l'éloquence. Il se voyait entouré de dieux qui protégeaient ses talents et ses désirs. (VOLT.)

[3] Cette vertu, que Montesquieu va définir, « l'amour de la patrie, » n'est point un renoncement à soi-même. Loin de porter l'homme à l'abnégation de ses intérêts, elle lui donne un désir extrême de voir l'état florissant et tranquille. Dans cette prospérité et cette tranquillité publique, le citoyen trouve à la fois sa tranquillité particulière, son indépendance, la possession et la jouissance paisible de ses biens, l'espérance de les augmenter par la liberté du commerce, et celle d'être élevé à de plus grandes dignités. (D.)

confié à chaque citoyen. Or le gouvernement est comme toutes les choses du monde : pour le conserver, il faut l'aimer.

On n'a jamais ouï dire que les rois n'aimassent pas la monarchie, et que les despotes haïssent le despotisme.

Tout dépend donc d'établir dans la république cet amour ; et c'est à l'inspirer que l'éducation doit être attentive. Mais, pour que les enfants puissent l'avoir, il y a un moyen sûr, c'est que les pères l'aient eux-mêmes.

On est ordinairement le maître de donner à ses enfants ses connoissances : on l'est encore plus de leur donner ses passions.

Si cela n'arrive pas, c'est que ce qui a été fait dans la maison paternelle est détruit par les impressions du dehors.

Ce n'est point le peuple naissant qui dégénère ; il ne se perd que lorsque les hommes faits sont déja corrompus.

CHAPITRE VI.

De quelques institutions des Grecs.

Les anciens Grecs, pénétrés de la nécessité que les peuples qui vivoient sous un gouvernement populaire fussent élevés à la vertu, firent, pour l'inspirer, des institutions singulières. Quand vous voyez dans la vie de Lycurgue les lois qu'il donna aux Lacédémoniens, vous croyez lire l'histoire des Sévarambes[1]. Les lois de Crète étoient l'original de celles de Lacédémone ; et celles de Platon en étoient la correction.

Je prie qu'on fasse un peu d'attention à l'étendue de génie qu'il fallut à ces législateurs pour voir qu'en choquant tous les usages reçus, en confondant toutes les vertus[2], ils montreroient à l'univers leur sagesse. Lycurgue, mêlant le larcin[3] avec l'esprit de justice, le plus dur es-

clavage avec l'extrême liberté, les sentiments les plus atroces avec la plus grande modération, donna de la stabilité à sa ville. Il sembla lui ôter toutes les ressources, les arts, le commerce, l'argent, les murailles : on y a de l'ambition, sans espérance d'être mieux ; on y a les sentiments naturels, et on n'y est ni enfant, ni mari, ni père : la pudeur même est ôtée à la chasteté. C'est par ces chemins que Sparte est menée à la grandeur et à la gloire ; mais avec une telle infaillibilité de ses institutions, qu'on n'obtenoit rien contre elle en gagnant des batailles, si on ne parvenoit à lui ôter sa police[1].

La Crète et la Laconie furent gouvernées par ces lois. Lacédémone céda la dernière aux Macédoniens, et la Crète[2] fut la dernière proie des Romains. Les Samnites eurent ces mêmes institutions, et elles furent pour ces Romains le sujet de vingt-quatre triomphes[3].

Cet extraordinaire que l'on voyoit dans les institutions de la Grèce, nous l'avons vu dans la lie et la corruption de nos temps modernes[4]. Un législateur honnête homme a formé un peuple où la probité paroît aussi naturelle que la bravoure chez les Spartiates. M. Penn est un véritable Lycurgue[5] ; et, quoique le premier ait eu la paix

[1] Ce peuple de sages n'a jamais existé que dans l'imagination de Vairasse d'Allais, qui en a tracé l'histoire fabuleuse. Voyez le tome V de ses *Voyages Imaginaires*. (P.)

[2] L'auteur paroît avoir voulu dire que les Lacédémoniens confondoient les vertus et les vices. (D.)

[3] Dans le dénombrement des crimes permis chez différentes nations, on ne manque pas de comprendre le larcin toléré à Lacédémone, et de faire remarquer chez les Scythes même le vol étoit puni comme un des plus grands crimes. Mais peut-on raisonnablement présumer que le plus sage des législateurs ait autorisé formellement un désordre aussi grossier ? Plutarque, qui rapporte cette coutume dans la vie de Lycurgue, dans les mœurs des Lacédémoniens, et en plusieurs autres endroits de ses ouvrages, n'y donne jamais le moindre signe d'improbation, et je ne me souviens pas qu'aucun des anciens en ait fait un crime aux Lacédémoniens ni à Lycurgue. D'où peut donc être venu le jugement peu favorable qu'en portent souvent les modernes, si ce n'est de ce qu'ils ne prennent pas la peine d'en

peser les circonstances et d'en pénétrer les motifs ? 1° Les jeunes gens ne faisoient ces larcins que dans un temps marqué, par ordre de leur commandant, et en vertu de la loi ; ils ne voloient jamais que des légumes et des vivres, comme suppléments au peu de nourriture qu'on leur donnoit exprès en très petite quantité. 2° Le législateur avoit pour but de rendre les possesseurs plus vigilants à serrer et à garder leur bien ; d'inspirer aux jeunes gens, tous destinés à la guerre, plus de hardiesse et plus d'adresse ; et surtout de leur apprendre à vivre de peu, à pourvoir eux-mêmes à leur subsistance, à supporter la fatigue, et à se maintenir long-temps, dans des approvisionnements, dans des terres où l'ennemi, accoutumé à l'abondance, mouroit de faim dès les premiers jours, et, faute de vivres, abandonnoit un pays où les Lacédémoniens trouvoient sans peine de quoi subsister. (ROLLIN, *Traité des Études*, t. III, troisième partie.) — J'oserai dire qu'il n'y a point de larcin dans une ville où l'on n'avoit nulle propriété, pas même celle de sa femme. Le larcin était le châtiment de ce qu'on appelle le personnel, l'égoïsme. On vouloit qu'un enfant pût dérober ce qu'un Spartiate s'appropriait ; mais il fallait que cet enfant fût adroit ; s'il prenait grossièrement, il était puni : c'est une éducation de Bohème. Au reste, nous n'avons point les réglements de police de Lacédémone ; nous n'en avons d'idée que par quelques lambeaux de Plutarque, qui vivait long-temps après Lycurgue. (VOLT.)

[1] Philopœmen contraignit les Lacédémoniens d'abandonner la manière de nourrir leurs enfants, sachant bien que, sans cela, ils auroient toujours une ame grande et le cœur haut. (PLUT., *Vie de Philopœmen*. Voyez TITE-LIVE, liv. XXXVIII.)

[2] Elle défendit pendant trois ans ses lois et sa liberté. (Voyez les liv. XCVIII, XCIX et C de Tite-Live, dans l'*Épitome* de Florus.) Elle fit plus de résistance que les plus grands rois.

[3] FLORUS, liv. I, chap. XVI.

[4] *In fece Romuli.* CICÉRON.

[5] Je ne sais rien de plus contraire à Lycurgue qu'un législateur et un peuple qui ont toute guerre en horreur. Je fais des vœux

pour objet, comme l'autre a eu la guerre, ils se ressemblent dans la voie singulière où ils ont mis leur peuple, dans l'ascendant qu'ils ont eu sur des hommes libres, dans les préjugés qu'ils ont vaincus, dans les passions qu'ils ont soumises.

Le Paraguay peut nous fournir un autre exemple. On a voulu en faire un crime à la *société,* qui regarde le plaisir de commander comme le seul bien de la vie; mais il sera toujours beau de gouverner les hommes en les rendant heureux [1].

Il est glorieux pour elle d'avoir été la première qui ait montré dans ces contrées l'idée de la religion jointe à celle de l'humanité. En réparant les dévastations des Espagnols, elle a commencé à guérir une des grandes plaies qu'ait encore reçues le genre humain.

Un sentiment exquis qu'a cette société pour tout ce qu'elle appelle *honneur,* son zèle pour une religion qui humilie bien plus ceux qui l'écoutent que ceux qui la prêchent, lui ont fait entreprendre de grandes choses; et elle y a réussi. Elle a retiré des bois des peuples dispersés; elle leur a donné une subsistance assurée; elle les a vêtus : et, quand elle n'auroit fait par-là qu'augmenter l'industrie parmi les hommes, elle auroit beaucoup fait.

Ceux qui voudront faire des institutions pareilles établiront la communauté de biens de la république de Platon, ce respect qu'il demandoit pour les dieux, cette séparation d'avec les étrangers pour la conservation des mœurs, et la cité faisant le commerce et non pas les citoyens : ils donneront nos arts sans notre luxe, et nos besoins sans nos desirs.

Ils proscriront l'argent, dont l'effet est de grossir la fortune des hommes au-delà des bornes que la nature y avoit mises, d'apprendre à conserver inutilement ce qu'on avoit amassé de même, de multiplier à l'infini les desirs, et de suppléer à la nature, qui nous avoit donné des moyens très bornés d'irriter nos passions, et de nous corrompre les uns les autres.

« Les Épidamuiens [2], sentant leurs mœurs se corrompre par leur communication avec les barbares, élurent un magistrat pour faire tous les marchés au nom de la cité et pour la cité [1]. » Pour lors, le commerce ne corrompt pas la constitution, et la constitution ne prive pas la société des avantages du commerce [2].

CHAPITRE VII.

En quel cas ces institutions singulières peuvent être bonnes.

Ces sortes d'institutions peuvent convenir dans les républiques, parce que la vertu politique en est le principe; mais, pour porter à l'honneur dans les monarchies, ou pour inspirer de la crainte dans les états despotiques, il ne faut pas tant de soins.

Elles ne peuvent d'ailleurs avoir lieu que dans un petit état [3], où l'on peut donner une éducation générale, et élever tout un peuple comme une famille.

Les lois de Minos, de Lycurgue et de Platon, supposent une attention singulière de tous les citoyens les uns sur les autres. On ne peut se promettre cela dans la confusion, dans les négligences, dans l'étendue des affaires d'un grand peuple.

Il faut, comme on l'a dit, bannir l'argent dans ces institutions. Mais, dans les grandes sociétés, le nombre, la variété, l'embarras, l'importance des affaires, la facilité des achats, la lenteur des échanges, demandent une mesure commune. Pour porter partout sa puissance, ou la défendre partout, il faut avoir ce à quoi les hommes ont attaché partout la puissance.

CHAPITRE VIII.

Explication d'un paradoxe des anciens, par rapport aux mœurs.

Polybe, le judicieux Polybe, nous dit [4] que la musique étoit nécessaire pour adoucir les mœurs

ardents pour que Londres ne force point les bons Pensylvaniens à devenir aussi méchants que nous et que les anciens Lacédémoniens, qui firent le malheur de la Grèce. (Volt.)

[1] Les Indiens du Paraguay ne dépendent point d'un seigneur particulier, ne paient qu'un cinquième des tributs, et ont des armes à feu pour se défendre. — Tous les tributs que les Indiens du Paraguay paient au roi d'Espagne ne consistent que dans une imposition annuelle, par forme de capitation, à raison de trois livres par chaque chef de famille. (D.)

[2] Plutarque, *Demande des choses grecques.* — Les Épidamuiens étaient les habitants de Dyrrachium, aujourd'hui Du-

razzo; des Scythes ou des Celtes étaient venus s'établir dans le voisinage. Mais est-il bien vrai qu'en nommant un commissaire entendu pour trafiquer au nom de la ville avec ces étrangers, les Épidamuiens aient eu le maintien des mœurs pour objet? Comment ces barbares auraient-ils corrompu des Grecs? Cette institution n'est-elle pas l'effet d'un esprit de monopole? Peut-être dira-t-on un jour que c'est pour conserver nos mœurs que nous avons établi la compagnie des Indes. (V.)

[1] C'est faire comme tous les peuples ignorants, appliquer le remède au mal, et non à la source du mal. (H.)

[2] Mais elle ôte l'émulation des commerçants, et fait périr le commerce. (Éditeur anonyme de 1764.)

[3] Comme étoient les villes de la Grèce.

[4] *Hist.*, lib. IV, cap. xx et xxi.

des Arcades[1], qui habitoient un pays où l'air est triste et froid ; que ceux de Cynète, qui négligèrent la musique, surpassèrent en cruauté tous les Grecs, et qu'il n'y a point de ville où l'on ait vu tant de crimes. Platon[2] ne craint point de dire que l'on ne peut faire de changement dans la musique, qui n'en soit un dans la constitution de l'état. Aristote, qui semble n'avoir fait sa *Politique* que pour opposer ses sentiments à ceux de Platon, est pourtant d'accord avec lui touchant la puissance de la musique sur les mœurs[3]. Théophraste, Plutarque[4], Strabon[5], tous les anciens ont pensé de même. Ce n'est point une opinion jetée sans réflexion ; c'est un des principes de leur politique[6]. C'est ainsi qu'ils donnoient des lois, c'est ainsi qu'ils vouloient qu'on gouvernât les cités.

Je crois que je pourrois expliquer ceci. Il faut se mettre dans l'esprit que, dans les villes grecques, surtout celles qui avoient pour principal objet la guerre, tous les travaux et toutes les professions qui pouvoient conduire à gagner de l'argent étoient regardés comme indignes d'un homme libre. « La plupart des arts, dit Xénophon[7], » rompent le corps de ceux qui les exercent ; ils » obligent de s'asseoir à l'ombre, ou près du feu : » on n'a de temps ni pour ses amis ni pour la ré- » publique. » Ce ne fut que dans la corruption de quelques démocraties que les artisans parvinrent à être citoyens. C'est ce qu'Aristote[1] nous apprend ; et il soutient qu'une bonne république ne leur donnera jamais le droit de cité[2].

L'agriculture étoit encore une profession servile, et ordinairement c'étoit quelque peuple vaincu qui l'exerçoit : les Ilotes, chez les Lacédémoniens ; les Périéciens[3], chez les Crétois ; les Pénestes[4], chez les Thessaliens ; d'autres[5] peuples esclaves, dans d'autres républiques.

Enfin tout bas commerce[6] étoit infame chez les Grecs. Il auroit fallu qu'un citoyen eût rendu des services à un esclave, à un locataire, à un étranger : cette idée choquoit l'esprit de la liberté grecque ; aussi Platon[7] veut-il, dans ses *Lois*, qu'on punisse un citoyen qui feroit le commerce.

On étoit donc fort embarrassé dans les républiques grecques. On ne vouloit pas que les citoyens travaillassent au commerce, à l'agriculture ni aux arts ; on ne vouloit pas non plus qu'ils fussent oisifs[8]. Ils trouvoient une occupation dans les exercices qui dépendoient de la gymnastique, et dans ceux qui avoient du rapport à la guerre[9]. L'institution ne leur en donnoit point d'autres. Il faut donc regarder les Grecs comme une société d'athlètes et de combattants. Or, ces exercices, si propres à faire des gens durs et sauvages[10], avoient besoin d'être tempérés par d'autres qui pussent

[1] L'auteur se fonde sur un passage de Polybe, mais sans le citer. Il semble assez prouvé que les Grecs entendirent d'abord par ce mot *musique* tous les beaux-arts. La preuve en est que plus d'une muse présidait à un art qui n'a aucun rapport avec la musique proprement dite : comme Clio à l'histoire, Uranie à la connaissance du ciel, Polymnie à la gesticulation. Elles étaient filles de *Mémoire*, pour marquer qu'en effet le don de la mémoire est le principe de tout, et que sans elle l'homme serait au-dessous des bêtes. Ces notions paraissent avoir été transmises aux Grecs par les Égyptiens. On le voit par le Mercure Trismégiste, traduit de l'égyptien en grec, seul livre qui nous reste de ces immenses bibliothèques de l'Égypte. Il y est parlé à tout moment de l'harmonie de la musique avec laquelle Dieu arrangea les sphères de l'univers. Toute espèce d'arrangement et d'ordre fut donc réputée musique en Grèce ; et à la fin ce mot ne fut plus consacré qu'à la théorie et à la pratique des sons de la voix et des instruments. Les lois, les actes publics, étaient annoncés au peuple en musique. On sait que la déclaration de guerre contre Philippe, père d'Alexandre, fut chantée dans la grande place d'Athènes. On sait que Philippe, après sa victoire de Chéronée, insulta aux vaincus en chantant le décret d'Athènes fait contre lui, et en battant la mesure. C'était donc d'abord cette musique, prise dans le sens le plus étendu, cette musique qui signifie la culture des beaux-arts, laquelle polit les mœurs des Grecs, et surtout celles des Arcades. *Soli cantare periti Arcades.* (VOLT.)

[1] *De Repub.*, lib. IV.　[3] Liv. VIII, ch. v.
[4] *Vie de Pélopidas.*　[5] Liv. I.
[6] Platon, liv. IV des *Lois*, dit que les préfectures de la musique et de la gymnastique sont les plus importants emplois de la cité ; et, dans sa *République*, liv. III, « Damon vous dira, » dit-il, quels sont les sons capables de faire naître la bassesse » de l'âme, l'insolence, et les vertus contraires. »
[7] Liv. V, *dits mémorables.* — Voyez les *Économiques* de Xénophon, ch. iv, § 2 et 3. Montesquieu les cite comme étant le cinquième livre des *Dits mémorables* de Socrate ; mais elles forment un ouvrage à part. (P.)

[1] *Politiq.*, liv. III, ch. iv.
[2] « Diophante, dit Aristote, *Politiq.*, ch. vii, établit autrefois » à Athènes que les artisans seroient esclaves du public. »
[3] Περίοικοι, c'est-à-dire hommes affectés à la maison. C'étoient nos gens de mainmorte ; attachés à la glèbe, exclus de la milice et des assemblées, et du reste jouissant de tous leurs autres droits civils.
[4] Ce mot vient de πένομαι, être dans l'indigence, dans la peine. Leur condition étoit la même que celle des Périéciens.
[5] Aussi Platon et Aristote veulent-ils que les esclaves cultivent les terres. *Lois*, liv. VII ; *Politiq.*, liv. VII, chap. x. Il est vrai que l'agriculture n'étoit pas partout exercée par des esclaves : au contraire, comme dit Aristote, les meilleures républiques étoient celles où les citoyens s'y attachoient. Mais cela n'arriva que par la corruption des anciens gouvernements, devenus démocratiques ; car, dans les premiers temps, les villes de Grèce vivoient dans l'aristocratie.
[6] *Cauponatio.* — Le droit romain sanctionnoit cet avilissement du commerce. La loi de Constantin confond les femmes qui ont tenu boutique de marchandises, avec les esclaves, les cabaretiers, les femmes de théâtre et les filles de mauvais lieu. (P.)
[7] Liv. XI.　[8] ARISTOTE, *Politiq.*, liv. X.
[9] *Ars corporum exercendorum, gymnastica : variis certaminibus terendorum, pædotribica.* (ARISTOTE, *Politiq.*, liv. VIII, ch. III.)
[10] Aristote dit que les enfants des Lacédémoniens, qui commençoient ces exercices dès l'âge le plus tendre, en contractoient trop de férocité. (*Politiq.*, liv. VIII, chap. IV.)

14

adoucir les mœurs. La musique, qui tient à l'esprit par les organes du corps, étoit très propre à cela. C'est un milieu entre les exercices du corps qui rendent les hommes durs, et les sciences de spéculation qui les rendent sauvages. On ne peut pas dire que la musique inspirât la vertu; cela seroit inconcevable : mais elle empêchoit l'effet de la férocité de l'institution, et faisoit que l'ame avoit dans l'éducation une part qu'elle n'y auroit point eue.

Je suppose qu'il y ait parmi nous une société de gens si passionnés pour la chasse qu'ils s'en occupassent uniquement; il est sûr qu'ils en contracteroient une certaine rudesse. Si ces mêmes gens venoient à prendre encore du goût pour la musique, on trouveroit bientôt de la différence dans leurs manières et dans leurs mœurs. Enfin les exercices des Grecs n'excitoient en eux qu'un genre de passions, la rudesse, la colère, la cruauté. La musique les excite toutes, et peut faire sentir à l'ame la douceur, la pitié, la tendresse, le doux plaisir. Nos auteurs de morale, qui, parmi nous, proscrivent si fort les théâtres, nous font assez sentir le pouvoir que la musique a sur nos ames.

Si à la société dont j'ai parlé on ne donnoit que des tambours et des airs de trompette, n'est-il pas vrai que l'on parviendroit moins à son but que si l'on donnoit une musique tendre? Les anciens avoient donc raison lorsque, dans certaines circonstances, ils préféroient pour les mœurs un mode à un autre.

Mais, dira-t-on, pourquoi choisir la musique par préférence? C'est que, de tous les plaisirs des sens, il n'y en a aucun qui corrompe moins l'ame. Nous rougissons de lire, dans Plutarque [1], que les Thébains, pour adoucir les mœurs de leurs jeunes gens, établirent par les lois un amour qui devroit être proscrit par toutes les nations du monde.

[1] *Vie de Pélopidas.*
Voltaire accuse ici l'auteur de l'*Esprit des Lois* d'avoir falsifié le texte de Plutarque. Crévier s'étoit contenté de dire que l'auteur grec ne s'expliquoit pas nettement sur le fait imputé aux Thébains. Mais quiconque lira avec quelque attention la vie de Pélopidas, ne pourra s'empêcher de penser là-dessus comme Montesquieu. (P.)

LIVRE CINQUIÈME.

LES LOIS QUE LE LÉGISLATEUR DONNE DOIVENT ÊTRE RELATIVES AU PRINCIPE DU GOUVERNEMENT.

CHAPITRE I.

Idée de ce livre.

Nous venons de voir que les lois de l'éducation doivent être relatives au principe de chaque gouvernement. Celles que le législateur donne à toute la société sont de même. Ce rapport des lois avec ce principe tend tous les ressorts du gouvernement, et ce principe en reçoit à son tour une nouvelle force. C'est ainsi que, dans les mouvements physiques, l'action est toujours suivie d'une réaction.

Nous allons examiner ce rapport dans chaque gouvernement; et nous commencerons par l'état républicain, qui a la vertu pour principe.

CHAPITRE II.

Ce que c'est que la vertu dans l'état politique.

La vertu, dans une république, est une chose très simple : c'est l'amour de la république, c'est un sentiment, et non une suite de connoissances; le dernier homme de l'état peut avoir ce sentiment, comme le premier. Quand le peuple a une fois de bonnes maximes, il s'y tient plus long-temps que ce que l'on appelle les honnêtes gens. Il est rare que la corruption commence par lui. Souvent il a tiré de la médiocrité de ses lumières un attachement plus fort pour ce qui est établi.

L'amour de la patrie conduit à la bonté des mœurs, et la bonté des mœurs mène à l'amour de la patrie. Moins nous pouvons satisfaire nos passions particulières, plus nous nous livrons aux générales. Pourquoi les moines aiment-ils tant leur ordre? c'est justement par l'endroit qui fait qu'il leur est insupportable. Leur règle les prive de toutes les choses sur lesquelles les passions ordinaires s'appuient : reste donc cette passion pour la règle même qui les afflige. Plus elle est austère, c'est-à-dire plus elle retranche de leurs penchants, plus elle donne de force à ceux qu'elle leur laisse.

CHAPITRE III.

Ce que c'est que l'amour de la république dans la démocratie.

L'amour de la république, dans une démocratie, est celui de la démocratie; l'amour de la démocratie est celui de l'égalité.

L'amour de la démocratie est encore l'amour de la frugalité. Chacun devant y avoir le même bonheur et les mêmes avantages, y doit goûter les mêmes plaisirs, et former les mêmes espérances; chose qu'on ne peut attendre que de la frugalité générale.

L'amour de l'égalité, dans une démocratie, borne l'ambition au seul desir, au seul bonheur de rendre à sa patrie de plus grands services que les autres citoyens. Ils ne peuvent pas lui rendre tous des services égaux; mais ils doivent tous également lui en rendre. En naissant, on contracte envers elle une dette immense, dont on ne peut jamais s'acquitter.

Ainsi les distinctions y naissent du principe de l'égalité, lors même qu'elle paroît ôtée par des services heureux, ou par des talents supérieurs.

L'amour de la frugalité borne le desir d'avoir à l'attention que demande le nécessaire pour sa famille, et même le superflu pour sa patrie. Les richesses donnent une puissance dont un citoyen ne peut pas user pour lui, car il ne seroit pas égal. Elles procurent des délices dont il ne doit pas jouir non plus, parce qu'elles choqueroient l'égalité tout de même.

Aussi les bonnes démocraties, en établissant la frugalité domestique, ont-elles ouvert la porte aux dépenses publiques, comme on fit à Athènes et à Rome. Pour lors, la magnificence et la profusion naissoient du fond de la frugalité même; et, comme la religion demande qu'on ait les mains pures pour faire des offrandes aux dieux, les lois vouloient des mœurs frugales, pour que l'on pût donner à sa patrie.

Le bon sens et le bonheur des particuliers consiste beaucoup dans la médiocrité de leurs talents et de leurs fortunes. Une république où les lois auront formé beaucoup de gens médiocres, composée de gens sages, se gouvernera sagement; composée de gens heureux, elle sera très heureuse.

CHAPITRE IV.

Comment on inspire l'amour de l'égalité et de la frugalité.

L'amour de l'égalité et celui de la frugalité sont extrêmement excités par l'égalité et la frugalité mêmes, quand on vit dans une société où les lois ont établi l'une et l'autre.

Dans les monarchies et les états despotiques, personne n'aspire à l'égalité; cela ne vient pas même dans l'idée; chacun y tend à la supériorité. Les gens des conditions les plus basses ne desirent d'en sortir que pour être les maîtres des autres.

Il en est de même de la frugalité: pour l'aimer, il faut en jouir. Ce ne seront point ceux qui sont corrompus par les délices qui aimeront la vie frugale; et, si cela avoit été naturel et ordinaire, Alcibiade n'auroit pas fait l'admiration de l'univers [1]. Ce ne seront pas non plus ceux qui envient ou qui admirent le luxe des autres qui aimeront la frugalité: des gens qui n'ont devant les yeux que des hommes riches, ou des hommes misérables comme eux, détestent leur misère sans aimer ou connoître ce qui fait le terme de la misère.

C'est donc une maxime très vraie que, pour que l'on aime l'égalité et la frugalité dans une république, il faut que les lois les y aient établies.

CHAPITRE V.

Comment les lois établissent l'égalité dans la démocratie.

Quelques législateurs anciens, comme Lycurgue et Romulus, partagèrent également les terres. Cela ne pouvoit avoir lieu que dans la fondation d'une république nouvelle, ou bien lorsque l'ancienne étoit si corrompue, et les esprits dans une telle disposition, que les pauvres se croyoient obligés de chercher, et les riches obligés de souffrir un pareil remède.

[1] Je ne prétends point faire des critiques grammaticales à un homme de génie; mais j'aurais souhaité qu'un écrivain si spirituel et si mâle se fût servi d'une autre expression que celle de *jouir de la frugalité*. J'aurais desiré bien davantage qu'il n'eût point dit que Alcibiade fut admiré de l'*univers* pour s'être conformé dans Lacédémone à la sobriété des Spartiates. Il ne faut point, à mon avis, prodiguer ainsi les applaudissements de l'univers. Alcibiade était un simple citoyen, riche, ambitieux, vain, débauché, insolent, d'un caractère versatile. Je ne vois rien d'admirable à faire quelque temps mauvaise chère avec les Lacédémoniens, lorsqu'il est condamné dans Athènes par un peuple plus vain, plus insolent et plus léger que lui, sottement superstitieux, jaloux, inconstant, passant chaque jour de la témérité à la consternation, digne enfin de l'opprobre dans lequel il croupit lâchement depuis tant de siècles sur les débris de la gloire de quelques grands hommes et de quelques artistes industrieux. Je vois dans Alcibiade un brave étourdi qui ne mérite certainement pas l'admiration de l'*univers*, pour avoir corrompu la femme d'Agis, son hôte et son protecteur; pour s'être fait chasser de Sparte; pour s'être réduit à mendier un nouvel asile chez un satrape de Perse, et pour y périr entre les bras d'une courtisane. Plutarque et Montesquieu ne m'en imposent point: j'admire trop Caton et Marc-Aurèle pour admirer Alcibiade. (VOLT.)

Si, lorsque le législateur fait un pareil partage, il ne donne pas des lois pour le maintenir, il ne fait qu'une constitution passagère : l'inégalité entrera par le côté que les lois n'auront pas défendu, et la république sera perdue.

Il faut donc que l'on règle, dans cet objet, les dots des femmes, les donations, les successions, les testaments, enfin toutes les manières de contracter. Car, s'il étoit permis de donner son bien à qui on voudroit, et comme on voudroit, chaque volonté particulière troubleroit la disposition de la loi fondamentale.

Solon, qui permettoit à Athènes de laisser son bien à qui on vouloit par testament, pourvu qu'on n'eût point d'enfants [1], contredisoit les lois anciennes, qui ordonnoient que les biens restassent dans la famille du testateur [2]. Il contredisoit les siennes propres; car, en supprimant les dettes, il avoit cherché l'égalité.

C'étoit une bonne loi pour la démocratie que celle qui défendoit d'avoir deux hérédités [3]. Elle prenoit son origine du partage égal des terres et des portions données à chaque citoyen. La loi n'avoit pas voulu qu'un seul homme eût plusieurs portions.

La loi qui ordonnoit que le plus proche parent épousât l'héritière naissoit d'une source pareille. Elle est donnée chez les Juifs après un pareil partage. Platon [4], qui fonde ses lois sur ce partage, la donne de même ; et c'étoit une loi athénienne.

Il y avoit à Athènes une loi dont je ne sache pas que personne ait connu l'esprit. Il étoit permis d'épouser sa sœur consanguine, et non pas sa sœur utérine [5]. Cet usage tiroit son origine des républiques, dont l'esprit étoit de ne pas mettre sur la même tête deux portions de fonds de terre, et par conséquent deux hérédités. Quand un homme épousoit sa sœur du côté du père, il ne pouvoit avoir qu'une hérédité, qui étoit celle de son père ; mais, quand il épousoit sa sœur utérine, il pouvoit arriver que le père de cette sœur, n'ayant pas d'enfants mâles, lui laissât sa succession, et que par conséquent son frère, qui l'avoit épousée, en eût deux.

Qu'on ne m'objecte pas ce que dit Philon [1], que, quoiqu'à Athènes on épousât sa sœur consanguine, et non pas sa sœur utérine, on pouvoit à Lacédémone épouser sa sœur utérine, et non pas sa sœur consanguine. Car je trouve dans Strabon [2] que, quand à Lacédémone une sœur épousoit son frère, elle avoit, pour sa dot, la moitié de la portion du frère. Il est clair que cette seconde loi étoit faite pour prévenir les mauvaises suites de la première. Pour empêcher que le bien de la famille de la sœur ne passât dans celle du frère, on donnoit en dot à la sœur la moitié du bien du frère.

Sénèque [3], parlant de Silanus, qui avoit épousé sa sœur [4], dit qu'à Athènes la permission étoit restreinte, et qu'elle étoit générale à Alexandrie. Dans le gouvernement d'un seul, il n'étoit guère question de maintenir le partage des biens.

[1] *De specialibus legibus quæ pertinent ad præcepta Decalogi.*

[2] Liv. X. — Strabon, en cet endroit, parle, d'après l'historien Éphore, des lois de Crète et non de celles de Lacédémone; et quoiqu'il reconnoisse avec cet historien que ces dernières sont en partie tirées de celles de Minos, il ne s'ensuit pas que Lycurgue eût adopté celles dont il s'agit maintenant. Je dis plus, c'est qu'il ne pouvoit pas, dans son système, décerner pour dot à la sœur la moitié des biens du frère, puisqu'il avoit défendu les dots. En supposant même que la loi citée par Strabon fût reçue à Lacédémone, je ne crois pas qu'on doive l'appliquer à Phil'on. Cet auteur dit qu'à Lacédémone il étoit permis d'épouser sa sœur utérine et non sa sœur consanguine. Montesquieu l'interprète ainsi : « Pour empêcher que le bien de la famille de la sœur ne passât dans celle du frère, on donnoit en dot à la sœur la moitié du bien du frère. »

Cette explication suppose deux choses : 1° qu'il falloit nécessairement constituer une dot à la fille, et cela est contraire aux lois de Lacédémone; 2° que cette sœur renonçoit à la succession de son père pour partager celle que son frère avoit reçue du sien. Je réponds que si la sœur étoit fille unique, elle devoit hériter du bien de son père, et ne pouvoit pas y renoncer; et si elle avoit un frère du même lit, c'étoit à lui d'hériter; et en la mariant avec son frère d'un autre lit, on ne risquoit pas d'accumuler deux héritages.

Si la loi rapportée par Philon étoit fondée sur le partage des biens, on ne seroit point embarrassé de l'expliquer en partie : par exemple, une mère qui avoit eu d'un premier mari une fille unique, et d'un second plusieurs enfants mâles, pouvoit sans doute marier cette fille avec l'un des puînés du second lit, parce que ce puîné n'avoit point de portion. Dans ce sens, un Spartiate pouvoit épouser sa sœur utérine. C'est là ce qu'a voulu dire Philon, je n'ai pas de peine à l'entendre ; mais quand il ajoute qu'on ne pouvoit épouser sa sœur consanguine, je ne l'entends plus, parce que je ne vois aucune raison tirée du partage des biens, qui dût prohiber ces sortes de mariages. (L'abbé BARTHÉLEMY.)

[3] *Athenis dimidium licet, Alexandriæ totum.* (SÉNÈQUE, *de Morte Claudii.*)

[4] C'est une chose non seulement contraire au droit naturel, mais inouïe dans les mœurs romaines, que le mariage du frère avec la sœur; et un fait aussi étrange valoit bien la peine d'être examiné. Montesquieu l'a puisé dans une pièce badine, une satire ingénieuse, où Sénèque cherche bien plus à plaire qu'à instruire : « Silanus, dit-il, avoit une sœur très belle et très coquette. Tout le monde l'appeloit Vénus ; son frère aima mieux l'appeler Junon. » Mais qui ne voit que pour autoriser cette expression il suffit d'un commerce incestueux, sans qu'il y ait de mariage? Dans la réalité, il n'y avoit ni l'un ni l'autre : « Silanus, dit Tacite, vivoit dans une grande amitié avec sa sœur,

[1] PLUTARQUE, *Vie de Solon.* — [2] *Ibid.*

[2] Philolaüs de Corinthe établit à Athènes [*] que le nombre des portions de terre et celui des hérédités seroit toujours le même. (ARISTOTE, *Politiq.*, liv. II, chap. XII.)

[3] *Republ.*, liv. VIII.

[4] CORNELIUS NEPOS, *in præf.* Cet usage étoit des premiers temps. Aussi Abraham dit-il de Sara : « Elle est ma sœur, fille de » mon père, et non de ma mère. » Les mêmes raisons avoient fait établir une même loi chez différents peuples.

[*] C'est à Thèbes et non à Athènes que Philolaüs donna des lois.

Pour maintenir ce partage des terres dans la démocratie, c'étoit une bonne loi que celle qui vouloit qu'un père qui avoit plusieurs enfants en choisît un pour succéder à sa portion [1], et donnât les autres en adoption à quelqu'un qui n'eût point d'enfants, afin que le nombre des citoyens pût toujours se maintenir égal à celui des partages.

Phaléas de Chalcédoine [2] avoit imaginé une façon de rendre égales les fortunes dans une république où elles ne l'étoient pas. Il vouloit que les riches donnassent des dots aux pauvres, et n'en reçussent pas; et que les pauvres reçussent de l'argent pour leurs filles, et n'en donnassent pas. Mais je ne sache point qu'aucune république se soit accommodée d'un règlement pareil. Il met les citoyens sous des conditions dont les différences sont si frappantes, qu'ils haïroient cette égalité même que l'on chercheroit à introduire. Il est bon quelquefois que les lois ne paroissent pas aller si directement au but qu'elles se proposent.

Quoique dans la démocratie l'égalité réelle soit l'ame de l'état, cependant elle est si difficile à établir, qu'une exactitude extrême à cet égard ne conviendroit pas toujours. Il suffit que l'on établisse un cens [3] qui réduise ou fixe les différences à un certain point; après quoi, c'est à des lois particulières à égaliser, pour ainsi dire, les inégalités, par les charges qu'elles imposent aux riches, et le soulagement qu'elles accordent aux pauvres. Il n'y a que les richesses médiocres qui puissent donner ou souffrir ces sortes de compensations; car, pour les fortunes immodérées, tout ce qu'on ne leur accorde pas de puissance et d'honneur, elles le regardent comme une injure.

Toute inégalité dans la démocratie doit être tirée de la nature de la démocratie et du principe même de l'égalité. Par exemple, on y peut craindre que des gens qui auroient besoin d'un travail continuel pour vivre ne fussent trop appauvris par une magistrature, ou qu'ils n'en négligeassent les fonctions; que des artisans ne s'enorgueillissent; que des affranchis trop nombreux ne devinssent plus puissants que les anciens citoyens. Dans ces cas, l'égalité entre les citoyens [4] peut être

ôtée dans la démocratie pour l'utilité de la démocratie. Mais ce n'est qu'une égalité apparente que l'on ôte : car un homme ruiné par une magistrature seroit dans une pire condition que les autres citoyens; et ce même homme, qui seroit obligé d'en négliger les fonctions, mettroit les autres citoyens dans une condition pire que la sienne; et ainsi du reste.

CHAPITRE VI.

Comment les lois doivent entretenir la frugalité dans la démocratie.

Il ne suffit pas, dans une bonne démocratie, que les portions de terre soient égales; il faut qu'elles soient petites, comme chez les Romains. » A Dieu ne plaise, disoit Curius à ses soldats [1], » qu'un citoyen estime peu de terre ce qui est suffisant pour nourrir un homme! »

Comme l'égalité des fortunes entretient la frugalité, la frugalité maintient l'égalité des fortunes. Ces choses, quoique différentes, sont telles qu'elles ne peuvent subsister l'une sans l'autre; chacune d'elles est la cause et l'effet : si l'une se retire de la démocratie, l'autre la suit toujours.

Il est vrai que, lorsque la démocratie est fondée sur le commerce, il peut fort bien arriver que des particuliers y aient de grandes richesses, et que les mœurs n'y soient pas corrompues. C'est que l'esprit de commerce entraîne avec soi celui de frugalité, d'économie, de modération, de travail, de sagesse, de tranquillité, d'ordre et de règle. Ainsi, tandis que cet esprit subsiste, les richesses qu'il produit n'ont aucun mauvais effet. Le mal arrive lorsque l'excès des richesses détruit cet esprit de commerce : on voit tout-à-coup naître les désordres de l'inégalité, qui ne s'étoient pas encore fait sentir.

Pour maintenir l'esprit de commerce, il faut que les principaux citoyens le fassent eux-mêmes; que cet esprit règne seul, et ne soit point croisé par un autre; que toutes les lois le favorisent; que ces mêmes lois, par leurs dispositions, divisant les fortunes à mesure que le commerce les grossit, mettent chaque citoyen pauvre dans une assez grande aisance pour pouvoir travailler comme les autres, et chaque citoyen riche dans une telle médiocrité qu'il ait besoin de son travail pour conserver ou pour acquérir.

sans crime néanmoins, quoique non sans quelque indiscrétion. » (CRÉV.)

[1] Platon fait une pareille loi, liv. XI des *Lois*.

[2] ARISTOTE, *Politique*, liv. II, chap. VII.

[3] Solon fit quatre classes : la première, de ceux qui avoient cinq cents mines de revenu, tant en grains qu'en fruits liquides; la seconde, de ceux qui en avoient trois cents, et pouvoient entretenir un cheval; la troisième, de ceux qui n'en avoient que deux cents; la quatrième, de tous ceux qui vivoient de leurs bras. (PLUTARQUE, *Vie de Solon*.)

[4] Solon exclut des charges tous ceux du quatrième cens.

[1] Ils demandoient une plus grande portion de la terre conquise. (PLUTARQUE, *OEuvres morales*, *Dicts notables des anciens rois et capitaines*.)

C'est une très bonne loi dans une république commerçante que celle qui donne à tous les enfants une portion égale dans la succession des pères [1]. Il se trouve par-là que, quelque fortune que le père ait faite, ses enfants, toujours moins riches que lui, sont portés à fuir le luxe, et à travailler comme lui. Je ne parle que des républiques commerçantes; car, pour celles qui ne le sont pas, le législateur a bien d'autres réglements à faire [2].

Il y avoit, dans la Grèce, deux sortes de républiques : les unes étoient militaires, comme Lacédémone; d'autres étoient commerçantes, comme Athènes. Dans les unes on vouloit que les citoyens fussent oisifs; dans les autres on cherchoit à donner de l'amour pour le travail. Solon fit un crime de l'oisiveté, et voulut que chaque citoyen rendît compte de la manière dont il gagnoit sa vie. En effet, dans une bonne démocratie, où l'on ne doit dépenser que pour le nécessaire, chacun doit l'avoir; car de qui le recevroit-on ?

CHAPITRE VII.

Autres moyens de favoriser le principe de la démocratie.

On ne peut pas établir un partage égal des terres dans toutes les démocraties. Il y a des circonstances où un tel arrangement seroit impraticable, dangereux, et choqueroit même la constitution. On n'est pas toujours obligé de prendre les voies extrêmes. Si l'on voit, dans une démocratie, que ce partage, qui doit maintenir les mœurs, n'y convienne pas, il faut avoir recours à d'autres moyens.

Si l'on établit un corps fixe qui soit par lui-même la règle des mœurs, un sénat où l'âge, la vertu, la gravité, les services donnent entrée; les sénateurs, exposés à la vue du peuple comme les simulacres des dieux, inspireront des sentiments qui seront portés dans le sein de toutes les familles.

Il faut surtout que ce sénat s'attache aux institutions anciennes, et fasse en sorte que le peuple et les magistrats ne s'en départent jamais.

Il y a beaucoup à gagner, en fait de mœurs, à garder les coutumes anciennes. Comme les peuples corrompus font rarement de grandes choses; qu'ils n'ont guère établi de sociétés, fondé de villes, donné de lois; et qu'au contraire ceux qui avoient des mœurs simples et austères ont fait la plupart des établissements; rappeler les hommes aux

maximes anciennes, c'est ordinairement les ramener à la vertu.

De plus, s'il y a eu quelque révolution, et que l'on ait donné à l'état une forme nouvelle, cela n'a guère pu se faire qu'avec des peines et des travaux infinis, et rarement avec l'oisiveté et des mœurs corrompues. Ceux mêmes qui ont fait la révolution ont voulu la faire goûter; et ils n'ont guère pu y réussir que par de bonnes lois. Les institutions anciennes sont donc ordinairement des corrections; et les nouvelles, des abus. Dans le cours d'un long gouvernement, on va au mal par une pente insensible, et on ne remonte au bien que par un effort.

On a douté si les membres du sénat dont nous parlons doivent être à vie, ou choisis pour un temps. Sans doute qu'ils doivent être choisis pour la vie, comme cela se pratiquoit à Rome [1], à Lacédémone [2], et à Athènes même. Car il ne faut pas confondre ce qu'on appeloit le sénat à Athènes, qui étoit un corps qui changeoit tous les trois mois, avec l'aréopage, dont les membres étoient établis pour la vie comme des modèles perpétuels.

Maxime générale : dans un sénat fait pour être la règle, et, pour ainsi dire, le dépôt des mœurs, les sénateurs doivent être élus pour la vie; dans un sénat fait pour préparer les affaires, les sénateurs peuvent changer.

L'esprit, dit Aristote, vieillit comme le corps. Cette réflexion n'est bonne qu'à l'égard d'un magistrat unique, et ne peut être appliquée à une assemblée de sénateurs.

Outre l'aréopage, il y avoit à Athènes des gardiens des mœurs, et des gardiens des lois [3]. A Lacédémone, tous les vieillards étoient censeurs. A Rome, deux magistrats particuliers avoient la censure. Comme le sénat veille sur le peuple, il faut que des censeurs aient les yeux sur le peuple et sur le sénat. Il faut qu'ils rétablissent dans la république tout ce qui a été corrompu; qu'ils notent la tiédeur, jugent les négligences, et corrigent les fautes, comme les lois punissent les crimes.

La loi romaine qui vouloit que l'accusation de l'adultère fût publique étoit admirable pour maintenir la pureté des mœurs : elle intimidoit les

[1] C'est une loi naturelle dans tous les gouvernements. (H.)
[2] On y doit borner beaucoup les dots des femmes.

[1] Les magistrats y étoient annuels, et les sénateurs pour la vie.
[2] « Lycurgue, dit Xénophon (de Republ. Laced.), voulut » qu'on élût les sénateurs parmi les vieillards, pour qu'ils ne se » négligeassent pas, même à la fin de la vie : et, en les établis- » sant juges du courage des jeunes gens, il a rendu la vieillesse » de ceux-là plus honorable que la force de ceux-ci. »
[3] L'aréopage lui-même étoit soumis à la censure.

femmes; elle intimidoit aussi ceux qui devoient veiller sur elles.

Rien ne maintient plus les mœurs qu'une extrême subordination des jeunes gens envers les vieillards. Les uns et les autres seront contenus, ceux-là par le respect qu'ils auront pour les vieillards, et ceux-ci par le respect qu'ils auront pour eux-mêmes.

Rien ne donne plus de force aux lois que la subordination extrême des citoyens aux magistrats. « La grande différence que Lycurgue a mise entre » Lacédémone et les autres cités, dit Xénophon [1], » consiste en ce qu'il a surtout fait que les ci- » toyens obéissent aux lois: ils courent lorsque le » magistrat les appelle. Mais à Athènes un homme » riche seroit au désespoir que l'on crût qu'il dé- » pendit du magistrat. »

L'autorité paternelle est encore très utile pour maintenir les mœurs. Nous avons déja dit que, dans une république, il n'y a pas une force si réprimante que dans les autres gouvernements. Il faut donc que les lois cherchent à y suppléer : elles le font par l'autorité paternelle.

A Rome, les pères avoient droit de vie et de mort sur leurs enfants [2]. A Lacédémone, chaque père avoit droit de corriger l'enfant d'un autre.

La puissance paternelle se perdit à Rome avec la république. Dans les monarchies, où l'on n'a que faire de mœurs si pures, on veut que chacun vive sous la puissance des magistrats.

Les lois de Rome, qui avoient accoutumé les jeunes gens à la dépendance, établirent une longue minorité. Peut-être avons-nous eu tort de prendre cet usage : dans une monarchie on n'a pas besoin de tant de contrainte.

Cette même subordination dans la république y pourroit demander que le père restât pendant sa vie le maître des biens de ses enfants, comme il fut réglé à Rome. Mais cela n'est pas de l'esprit de la monarchie.

CHAPITRE VIII.

Comment les lois doivent se rapporter au principe du gouvernement dans l'aristocratie.

Si dans l'aristocratie le peuple est vertueux, on y jouira à peu près du bonheur du gouvernement

populaire, et l'état deviendra puissant. Mais, comme il est rare que là où les fortunes des hommes sont si inégales il y ait beaucoup de vertu, il faut que les lois tendent à donner, autant qu'elles peuvent, un esprit de modération, et cherchent à rétablir cette égalité que la constitution de l'état ôte nécessairement.

L'esprit de modération est ce qu'on appelle la vertu dans l'aristocratie : il y tient la place de l'esprit d'égalité dans l'état populaire.

Si le faste et la splendeur qui environnent les rois font une partie de leur puissance, la modestie et la simplicité des manières font la force des nobles aristocratiques [1]. Quand ils n'affectent aucune distinction, quand ils se confondent avec le peuple, quand ils sont vêtus comme lui, quand ils lui font partager tous leurs plaisirs, il oublie sa foiblesse.

Chaque gouvernement a sa nature et son principe. Il ne faut donc pas que l'aristocratie prenne la nature et le principe de la monarchie; ce qui arriveroit, si les nobles avoient quelques prérogatives personnelles et particulières, distinctes de celles de leur corps. Les privilèges doivent être pour le sénat, et le simple respect pour les sénateurs.

Il y a deux sources principales de désordres dans les états aristocratiques : l'inégalité extrême entre ceux qui gouvernent et ceux qui sont gouvernés; et la même inégalité entre les différents membres du corps qui gouverne. De ces deux inégalités résultent des haines et des jalousies que les lois doivent prévenir ou arrêter.

La première inégalité se trouve principalement lorsque les privilèges des principaux ne sont honorables que parce qu'ils sont honteux au peuple. Telle fut à Rome la loi qui défendoit aux patriciens de s'unir par mariage aux plébéiens [2] : ce qui n'avoit d'autre effet que de rendre, d'un côté, les patriciens plus superbes, et, de l'autre, plus odieux. Il faut voir les avantages qu'en tirèrent les tribuns dans leurs harangues.

Cette inégalité se trouvera encore, si la condition des citoyens est différente par rapport aux subsides; ce qui arrive de quatre manières : lorsque les nobles se donnent le privilège de n'en point payer; lorsqu'ils font des fraudes pour s'en

[1] *République de Lacédémone.*
[2] On peut voir dans l'histoire romaine avec quel avantage pour la république on se servit de cette puissance. Je ne parlerai que du temps de la plus grande corruption. Aulus Fulvius s'étoit mis en chemin pour aller trouver Catilina ; son père le rappela, et le fit mourir. (SALLUSTE, *de Bello Catil.*) Plusieurs autres citoyens firent de même. (DION., liv. XXXVII.)

[1] De nos jours, les Vénitiens, qui, à bien des égards, se sont conduits très sagement, décidèrent, sur une dispute entre un noble vénitien et un gentilhomme de terre ferme pour une préséance dans une église, que, hors de Venise, un noble vénitien n'avoit point de prééminence sur un autre citoyen.
[2] Elle fut mise par les décemvirs dans les deux dernières tables. Voyez Denys d'Halicarnasse, liv. X.

exempter [1] ; lorsqu'ils les appellent à eux, sous prétexte de rétributions ou d'appointements pour les emplois qu'ils exercent ; enfin quand ils rendent le peuple tributaire, et se partagent les impôts qu'ils lèvent sur eux. Ce dernier cas est rare ; une aristocratie, en cas pareil, est le plus dur de tous les gouvernements.

Pendant que Rome inclina vers l'aristocratie, elle évita très bien ces inconvénients. Les magistrats ne tiroient jamais d'appointements de leur magistrature. Les principaux de la république furent taxés comme les autres ; ils le furent même plus, et quelquefois ils le furent seuls. Enfin, bien loin de se partager les revenus de l'état, tout ce qu'ils purent tirer du trésor public, tout ce que la fortune leur envoya de richesses, ils le distribuèrent au peuple pour se faire pardonner leurs honneurs [2].

C'est une maxime fondamentale, qu'autant que les distributions faites au peuple ont de pernicieux effets dans la démocratie, autant en ont-elles de bons dans le gouvernement aristocratique. Les premières font perdre l'esprit de citoyen, les autres y ramènent.

Si l'on ne distribue point les revenus au peuple, il faut lui faire voir qu'ils sont bien administrés : les lui montrer, c'est en quelque manière l'en faire jouir. Cette chaîne d'or que l'on tendoit à Venise, les richesses que l'on portoit à Rome dans les triomphes, les trésors que l'on gardoit dans le temple de Saturne, étoient véritablement les richesses du peuple.

Il est surtout essentiel, dans l'aristocratie, que les nobles ne lèvent pas les tributs. Le premier ordre de l'état ne s'en mêloit point à Rome : on en chargea le second ; et cela même eut dans la suite de grands inconvénients. Dans une aristocratie où les nobles lèveroient les tributs, tous les particuliers seroient à la discrétion des gens d'affaires : il n'y auroit point de tribunal supérieur qui les corrigeât. Ceux d'entre eux préposés pour ôter les abus aimeroient mieux jouir des abus. Les nobles seroient comme les princes des états despotiques, qui confisquent les biens de qui il leur plaît.

Bientôt les profits qu'on y feroit seroient regardés comme un patrimoine que l'avarice étendroit à sa fantaisie. On feroit tomber les fermes ; on réduiroit à rien les revenus publics. C'est par-là que quelques états, sans avoir reçu d'échec

qu'on puisse remarquer, tombent dans une foiblesse dont les voisins sont surpris, et qui étonne les citoyens mêmes.

Il faut que les lois leur défendent aussi le commerce : des marchands si accrédités feroient toutes sortes de monopoles. Le commerce est la profession des gens égaux ; et, parmi les états despotiques, les plus misérables sont ceux où le prince est marchand.

Les lois de Venise [1] défendent aux nobles le commerce, qui pourroit leur donner, même innocemment, des richesses exorbitantes.

Les lois doivent employer les moyens les plus efficaces pour que les nobles rendent justice au peuple. Si elles n'ont point établi un tribun, il faut qu'elles soient un tribun elles-mêmes.

Toute sorte d'asile contre l'exécution des lois perd l'aristocratie ; et la tyrannie en est tout près.

Elles doivent mortifier, dans tous les temps, l'orgueil de la domination. Il faut qu'il y ait, pour un temps ou pour toujours, un magistrat qui fasse trembler les nobles, comme les éphores à Lacédémone, et les inquisiteurs d'état à Venise, magistratures qui ne sont soumises à aucunes formalités. Ce gouvernement a besoin de ressorts bien violents. Une bouche de pierre [2] s'ouvre à tout délateur à Venise : vous diriez que c'est celle de la tyrannie.

Ces magistratures tyranniques, dans l'aristocratie, ont du rapport à la censure de la démocratie [3], qui, par sa nature, n'est pas moins indépendante. En effet, les censeurs ne doivent point être recherchés sur les choses qu'ils ont faites pendant leur censure ; il faut leur donner de la confiance, jamais du découragement. Les Romains étoient admirables : on pouvoit faire rendre à tous les magistrats [4] raison de leur conduite, excepté aux censeurs [5].

Deux choses sont pernicieuses dans l'aristocratie : la pauvreté extrême des nobles, et leurs richesses exorbitantes. Pour prévenir leur pauvreté,

[1] Comme dans quelques aristocraties de nos jours. Rien n'affoiblit tant l'état.

[2] Voyez, dans Strabon, liv. XIV, comment les Rhodiens se conduisirent à cet égard.

[1] AMELOT DE LA HOUSSAYE, *du Gouvernement de Venise*, partie III. La loi *Claudia* défendoit aux sénateurs d'avoir en mer aucun vaisseau qui tînt plus de quarante muids. (TITE-LIVE, liv. XXI.)

[2] Les délateurs y jettent leurs billets.

[3] Leur censure est secrète ; celle des Romains étoit publique. (II.)

[4] Voyez Tite-Live, liv. XLIX. Un censeur ne pouvoit pas même être troublé par un censeur : chacun faisoit sa note [*], sans prendre l'avis de son collègue ; et, quand on fit autrement, la censure fut, pour ainsi dire, renversée.

[5] A Athènes, les logistes, qui faisoient rendre compte à tous les magistrats, ne rendoient point compte eux-mêmes.

[*] Chacun faisoit sa note comme il l'entendoit ; mais, pour qu'elle eût son effet, il falloit qu'elle fût consentie par l'autre censeur. (CRÉV.)

il faut surtout les obliger de bonne heure à payer leurs dettes. Pour modérer leurs richesses, il faut des dispositions sages et insensibles; non pas des confiscations, des lois agraires, des abolitions de dettes, qui font des maux infinis.

Les lois doivent ôter le droit d'aînesse entre les nobles[1], afin que, par le partage continuel des successions, les fortunes se remettent toujours dans l'égalité.

Il ne faut point de substitutions, de retraits lignagers, de majorats, d'adoptions. Tous les moyens inventés pour perpétuer la grandeur des familles dans les états monarchiques ne sauroient être d'usage dans l'aristocratie[2].

Quand les lois ont égalisé les familles, il leur reste à maintenir l'union entre elles. Les différents des nobles doivent être promptement décidés: sans cela, les contestations entre les personnes deviennent contestations entre les familles. Des arbitres peuvent terminer les procès, ou les empêcher de naître.

Enfin il ne faut point que les lois favorisent les distinctions que la vanité met entre les familles, sous prétexte qu'elles sont plus nobles ou plus anciennes: cela doit être mis au rang des petitesses des particuliers.

On n'a qu'à jeter les yeux sur Lacédémone, on verra comment les éphores surent mortifier les foiblesses des rois[3], celles des grands et celles du peuple.

CHAPITRE IX.

Comment les lois sont relatives à leur principe dans la monarchie.

L'honneur étant le principe de ce gouvernement, les lois doivent s'y rapporter.

Il faut qu'elles y travaillent à soutenir cette noblesse, dont l'honneur est pour ainsi dire l'enfant et le père.

Il faut qu'elles la rendent héréditaire; non pas pour être le terme entre le pouvoir du prince et la foiblesse du peuple, mais le lien de tous les deux.

Les substitutions, qui conservent les biens dans les familles, seront très utiles dans ce gouvernement, quoiqu'elles ne conviennent pas dans les autres.

Le retrait lignager rendra aux familles nobles les terres que la prodigalité d'un parent aura aliénées.

Les terres nobles auront des priviléges, comme les personnes. On ne peut pas séparer la dignité du monarque de celle du royaume; on ne peut guère séparer non plus la dignité du noble de celle de son fief.

Toutes ces prérogatives seront particulières à la noblesse, et ne passeront point au peuple, si l'on ne veut choquer le principe du gouvernement, si l'on ne veut diminuer la force de la noblesse et celle du peuple.

Les substitutions gênent le commerce; le retrait lignager fait une infinité de procès nécessaires; et tous les fonds du royaume vendus sont au moins en quelque façon, sans maître pendant un an. Des prérogatives attachées à des fiefs donnent un pouvoir très à charge à ceux qui les souffrent. Ce sont des inconvéniens particuliers de la noblesse, qui disparoissent devant l'utilité générale qu'elle procure. Mais, quand on les communique au peuple, on choque inutilement tous les principes.

On peut, dans les monarchies, permettre de laisser la plus grande partie de ses biens à un seul de ses enfants: cette permission n'est même bonne que là.

Il faut que les lois favorisent tout le commerce[1] que la constitution de ce gouvernement peut donner, afin que les sujets puissent, sans périr, satisfaire aux besoins toujours renaissants du prince et de sa cour.

Il faut qu'elles mettent un certain ordre dans la manière de lever les tributs, afin qu'elle ne soit pas plus pesante que les charges mêmes.

La pesanteur des charges produit d'abord le travail; le travail, l'accablement; l'accablement l'esprit de paresse.

CHAPITRE X.

De la promptitude de l'exécution dans la monarchie.

Le gouvernement monarchique a un grand avantage sur le républicain: les affaires étant menées par un seul, il y a plus de promptitude dans l'exécution. Mais, comme cette promptitude

[1] Cela est ainsi établi à Venise. (AMELOT DE LA HOUSSAYE, p. 30 et 31.)
[2] Il semble que l'objet de quelques aristocraties soit moins de maintenir l'état que ce qu'elles appellent leur noblesse.
[3] Ce n'étoient pas des rois que les prétendus princes de Sparte; c'étoient des magistrats subordonnés, des généraux d'armée qui déposoient presque tout leur pouvoir en rentrant dans la ville. Les vrais souverains étoient les éphores, puisque la royauté elle-même fléchissoit sous eux. (LINGUET, Disc. prélim. de la Théorie des Lois civiles.)

[1] Elle ne le permet qu'au peuple. Voyez la loi troisième, au code de Comm. et Mercatoribus, qui est pleine de bon sens.

pourroit dégénérer en rapidité, les lois y mettront une certaine lenteur. Elles ne doivent pas seulement favoriser la nature de chaque constitution, mais encore remédier aux abus qui pourroient résulter de cette même nature.

Le cardinal de Richelieu[1] veut que l'on évite dans les monarchies les épines des compagnies, qui forment des difficultés sur tout. Quand cet homme n'auroit pas eu le despotisme dans le cœur, il l'auroit eu dans la tête.

Les corps qui ont le dépôt des lois n'obéissent jamais mieux que quand ils vont à pas tardifs, et qu'ils apportent dans les affaires du prince cette réflexion qu'on ne peut guère attendre du défaut de lumières de la cour sur les lois de l'état, ni de la précipitation de ses conseils[2].

Que seroit devenue la plus belle monarchie du monde, si les magistrats, par leurs lenteurs, par leurs plaintes, par leurs prières, n'avoient arrêté le cours des vertus mêmes de ses rois, lorsque ces monarques, ne consultant que leur grande ame, auroient voulu récompenser sans mesure des services rendus avec un courage et une fidélité aussi sans mesure?

CHAPITRE XI.

De l'excellence du gouvernement monarchique.

Le gouvernement monarchique a un grand avantage sur le despotique[3] Comme il est de sa nature qu'il y ait sous le prince plusieurs ordres qui tiennent à la constitution, l'état est plus fixe, la constitution plus inébranlable, la personne de ceux qui gouvernent plus assurée.

Cicéron[4] croit que l'établissement des tribuns de Rome fut le salut de la république. « En effet, » dit-il, la force du peuple qui n'a point de chef » est plus terrible. Un chef sent que l'affaire roule » sur lui, il y pense; mais le peuple, dans son im- » pétuosité, ne connoît point le péril où il se jette. » On peut appliquer cette réflexion à un état despotique, qui est un peuple sans tribuns; et à une monarchie où le peuple a en quelque façon des tribuns.

En effet, on voit partout que, dans les mouvements du gouvernement despotique, le peuple, mené par lui-même, porte toujours les choses aussi loin qu'elles peuvent aller; tous les désordres

qu'il commet sont extrêmes; au lieu que, dans les monarchies, les choses sont très rarement portées à l'excès. Les chefs craignent pour eux-mêmes; ils ont peur d'être abandonnés; les puissances intermédiaires dépendantes[1] ne veulent pas que le peuple prenne trop le dessus. Il est rare que les ordres de l'état soient entièrement corrompus. Le prince tient à ces ordres; et les séditieux, qui n'ont ni la volonté ni l'espérance de renverser l'état, ne peuvent ni ne veulent renverser le prince.

Dans ces circonstances, les gens qui ont de la sagesse et de l'autorité s'entremettent; on prend des tempéraments, on s'arrange, on se corrige, les lois reprennent leur vigueur et se font écouter.

Aussi toutes nos histoires sont-elles pleines de guerres civiles sans révolutions; celles des états despotiques sont pleines de révolutions sans guerres civiles.

Ceux qui ont écrit l'histoire des guerres civiles de quelques états, ceux mêmes qui les ont fomentées, prouvent assez combien l'autorité que les princes laissent à de certains ordres pour leur service leur doit être peu suspecte, puisque, dans l'égarement même, ils ne soupiroient qu'après les lois et leur devoir, et retardoient la fougue et l'impétuosité des factieux plus qu'ils ne pouvoient la servir[2].

Le cardinal de Richelieu, pensant peut-être qu'il avoit trop avili les ordres de l'état, a recours, pour le soutenir, aux vertus du prince et de ses ministres[3]; et il exige d'eux tant de choses, qu'en vérité il n'y a qu'un ange qui puisse avoir tant d'attention, tant de lumières, tant de fermeté, tant de connoissances; et on peut à peine se flatter que d'ici à la dissolution des monarchies, il puisse y avoir un prince et des ministres pareils.

Comme les peuples qui vivent sous une bonne police sont plus heureux que ceux qui, sans règle et sans chefs, errent dans les forêts; aussi les monarques qui vivent sous les lois fondamentales de leur état sont-ils plus heureux que les princes despotiques qui n'ont rien qui puisse régler le cœur de leurs peuples, ni le leur.

[1] Voyez ci-dessus la première note du liv. II, chap. IV.
[2] *Mémoires du cardinal de Retz*, et autres histoires.
[3] *Testament politique.*

[1] *Testament politique.*
[2] *Barbaris cunctatio servilis; statim exequi regium videtur.* (TACITE. *Annal.*, liv. V, § 52.)
[3] Il y a plus de lumières et plus de mœurs. (H.)
[4] Livre III des *Lois.*

CHAPITRE XII.

Continuation du même sujet [1].

Qu'on n'aille point chercher de la magnanimité dans les états despotiques [2]; le prince n'y donneroit point une grandeur qu'il n'a pas lui-même : chez lui il n'y a pas de gloire.

C'est dans les monarchies que l'on verra autour du prince les sujets recevoir ses rayons; c'est là que chacun, tenant, pour ainsi dire, un plus grand espace, peut exercer ces vertus qui donnent à l'ame, non pas de l'indépendance, mais de la grandeur.

CHAPITRE XIII.

Idée du despotisme.

Quand les sauvages de la Louisiane veulent avoir du fruit, ils coupent l'arbre au pied, et cueillent le fruit [3]. Voilà le gouvernement despotique [4].

CHAPITRE XIV.

Comment les lois sont relatives au principe du gouvernement despotique.

Le gouvernement despotique a pour principe la crainte : mais, à des peuples timides, ignorants, abattus, il ne faut pas beaucoup de lois.

Tout y doit rouler sur deux ou trois idées :

il n'en faut donc pas de nouvelles. Quand vous instruisez une bête, vous vous donnez bien de garde de lui faire changer de maître, de leçons, et d'allure; vous frappez son cerveau par deux ou trois mouvements, et pas davantage.

Lorsque le prince est enfermé, il ne peut sortir du séjour de la volupté sans désoler tous ceux qui l'y retiennent. Ils ne peuvent souffrir que sa personne et son pouvoir passent en d'autres mains [1]. Il fait donc rarement la guerre en personne, et il n'ose guère la faire par ses lieutenants.

Un prince pareil, accoutumé, dans son palais, à ne trouver aucune résistance, s'indigne de celle qu'on lui fait les armes à la main : il est donc ordinairement conduit par la colère ou par la vengeance. D'ailleurs, il ne peut avoir d'idée de la vraie gloire. Les guerres doivent donc s'y faire dans toute leur fureur naturelle, et le droit des gens y avoir moins d'étendue qu'ailleurs.

Un tel prince a tant de défauts qu'il faudroit craindre d'exposer au grand jour sa stupidité naturelle. Il est caché, et l'on ignore l'état où il se trouve. Par bonheur, les hommes sont tels dans ce pays, qu'ils n'ont besoin que d'un nom qui les gouverne.

Charles XII étant à Bender [2], trouvant quelque résistance dans le sénat de Suède, écrivit qu'il leur enverroit une de ses bottes pour commander. Cette botte auroit commandé comme un roi despotique.

Si le prince est prisonnier, il est censé être mort; et un autre monte sur le trône. Les traités que fait le prisonnier sont nuls; son successeur ne les ratifieroit pas. En effet, comme il est les lois, l'état, et le prince, et que, sitôt qu'il n'est plus le prince, il n'est rien, s'il n'étoit pas censé mort, l'état seroit détruit.

Une des choses qui détermina le plus les Turcs à faire leur paix séparée avec Pierre I[er], fut que les Moscovites dirent au visir qu'en Suède on avoit mis un autre roi sur le trône [3].

La conservation de l'état n'est que la conserva-

[1] On a blâmé avec raison une sorte d'affectation dont on ne voit pas le but, et peu convenable d'ailleurs dans un homme qui n'en devoit avoir d'aucune espèce; c'est celle de découper souvent son ouvrage en petits chapitres, dont on ne voit pas assez la distinction, ou qui, tenant par l'indication même du titre à un même objet, semblent ne devoir pas être séparés. Il y en a tels qui ne contiennent qu'une phrase ou deux; et plus la phrase est frappante, plus l'auteur a l'air de n'en avoir fait un chapitre que pour appeler l'admiration : or, plus on la mérite, moins il faut le commander. (LA H.)

[2] On ne peut, ce me semble, refuser la magnanimité à un homme guerrier, juste, généreux, clément, libéral. Je vois trois grands-visirs Kiuperli ou Kuprogli, qui ont eu ces qualités. Si celui qui prit Candie, assiégée pendant dix années, n'a pas encore la célébrité des héros du siége de Troie, il avait plus de vertu et sera plus estimé des vrais connaisseurs qu'un Diomède et qu'un Ulysse. Le grand-visir Ibrahim, qui, dans la dernière révolution, s'est sacrifié pour conserver l'empire à son maître Achmet III, et qui a attendu à genoux la mort pendant six heures, avait certes de la magnanimité. (VOLT.)

[3] Lettres édifiantes, recueil II, pag. 315.

[4] Ce chapitre est court; c'est un ancien proverbe espagnol. Le sage roi Alphonse VI disait : « Étague sans abattre. » Cela est plus court encore. C'est ce que Saavédra répète dans ses méditations politiques. C'est ce que don Ustariz, véritable homme d'état, ne cesse de recommander dans sa Théorie-Pratique du Commerce : « Le laboureur, quand il a besoin de bois, coupe une branche, et non pas le pied de l'arbre. » Mais ces maximes ne sont employées que pour donner plus de force aux sages représentations que fait Ustariz au roi son maître. VOLT.)

[1] Les femmes et les eunuques, qui ne connoissent autre chose que le sérail où ils sont renfermés, tenant pour un grand malheur de perdre le roi de vue seulement pour quelques heures, s'opposent, de toute leur puissance, à toutes sortes de projets de guerre qu'on pourroit former; et pénétrant par mille artifices dans le cœur du prince, ils en arrachent promptement les sentiments de gloire qu'ils y voient naître; et le ministre qui a le courage de lui en inspirer est bientôt immolé à la jalousie de ces ames foibles. (CHARDIN, Voyage de Perse, description du gouvernement, chap. IV.)(P.)

[2] Charles XII n'étoit point alors à Bender, comme le dit l'auteur, mais à Démotica, où l'on sait qu'il resta plus d'un an. (D.)

[3] Suite de Puffendorf, Histoire universelle, au traité de la Suède, chap. X.

tion du prince, ou plutôt du palais où il est enfermé. Tout ce qui ne menace pas directement ce palais ou la ville capitale, ne fait point d'impression sur des esprits ignorants, orgueilleux, et prévenus ; et, quant à l'enchaînement des événements, ils ne peuvent le suivre, le prévoir, y penser même. La politique, ses ressorts et ses lois, y doivent être très bornés, et le gouvernement politique y est aussi simple que le gouvernement civil [1].

Tout se réduit à concilier le gouvernement politique et civil avec le gouvernement domestique, les officiers de l'état avec ceux du sérail.

Un pareil état sera dans la meilleure situation lorsqu'il pourra se regarder comme seul dans le monde ; qu'il sera environné de déserts, et séparé de peuples qu'il appellera barbares [2]. Ne pouvant compter sur la milice, il sera bon qu'il détruise une partie de lui-même.

Comme le principe du gouvernement despotique est la crainte, le but en est la tranquillité : mais ce n'est point une paix, c'est le silence de ces villes que l'ennemi est près d'occuper.

La force n'étant pas dans l'état, mais dans l'armée qui l'a fondé, il faudroit, pour défendre l'état, conserver cette armée : mais elle est formidable au prince. Comment donc concilier la sûreté de l'état avec la sûreté de la personne ?

Voyez, je vous prie, avec quelle industrie le gouvernement moscovite cherche à sortir du despotisme [3], qui lui est plus pesant qu'aux peuples mêmes. On a cassé les grands corps de troupes, on a diminué les peines des crimes, on a établi des tribunaux, on a commencé à connoître les lois, on a instruit les peuples. Mais il y a des causes particulières, qui le ramèneront peut-être au malheur qu'il vouloit fuir.

Dans ces états, la religion a plus d'influence que dans aucun autre ; elle est une crainte ajoutée à la crainte. Dans les empires mahométans, c'est de la religion que les peuples tirent en partie le respect étonnant qu'ils ont pour leur prince [1].

C'est la religion qui corrige un peu la constitution turque [2]. Les sujets, qui ne sont pas attachés à la gloire et à la grandeur de l'état par honneur, le sont par la force et par le principe de la religion.

De tous les gouvernements despotiques, il n'y en a point qui s'accable plus lui-même que celui où le prince se déclare propriétaire de tous les fonds de terre, et l'héritier de tous ses sujets : il en résulte toujours l'abandon de la culture des terres ; et si d'ailleurs le prince est marchand, toute espèce d'industrie est ruinée.

Dans ces états, on ne répare, on n'améliore rien [3] ; on ne bâtit des maisons que pour la vie ; on ne fait point de fossés, on ne plante point d'arbres ; on tire tout de la terre, on ne lui rend rien ; tout est en friche, tout est désert.

Pensez-vous que des lois qui ôtent la propriété des fonds de terre et la succession des biens, diminueront l'avarice et la cupidité des grands ? Non : elles irriteront cette cupidité et cette avarice [4]. On sera porté à faire mille vexations, parce qu'on ne croira avoir en propre que l'or ou l'argent que l'on pourra voler ou cacher.

Pour que tout ne soit pas perdu, il est bon que l'avidité du prince soit modérée par quelque coutume. Ainsi, en Turquie, le prince se contente ordinairement de prendre trois pour cent sur les successions [5] des gens du peuple. Mais, comme le grand-seigneur donne la plupart des terres à sa milice, et en dispose à sa fantaisie ; comme il se saisit de toutes les successions des officiers de l'empire ; comme, lorsqu'un homme meurt sans

[1] Selon M. Chardin, il n'y a point de conseil d'état en Perse.

[2] La situation de la Perse est ce qui fait sa principale force : car, de tous côtés, ses frontières sont remparées, pour ainsi dire, ou de mers, ou de déserts, ou de hautes montagnes qui en rendent l'entrée fort difficile ; et, pour ce qui est de ses voisins, il n'y a que les Turcs que la Perse ait sujet de craindre. Les Indiens sont des ennemis qu'elle méprise, les ayant toujours battus. Les Tartares sont divisés en plusieurs principautés séparées, et ne font la guerre que par des courses, sans se mettre jamais en état de donner bataille. (CHARDIN, Loc. cit.) (P.)

[3] Est-ce en abolissant le patriarcat et la milice entière des Strélitz ; en étant le maître absolu des troupes, des finances, et de l'église, dont les desservants ne sont payés que du trésor impérial ; et enfin en faisant des lois qui rendent cette puissance aussi sacrée que forte ? (VOLT.)

[1] Les Persans tiennent communément leur roi pour le lieutenant de Mahomet, le successeur des imans, ou premiers successeurs légitimes de Mahomet, et le vicaire du douzième iman, durant son absence. Ils lui donnent tous ces titres, et de plus celui de calife ; par lequel ils entendent encore celui de successeur et lieutenant du prophète, à qui appartient de droit le gouvernement universel du monde, tant au spirituel qu'au temporel, durant l'absence de l'iman seulement. (CHARDIN, ibid., chap. I.) (P.)

[2] Il s'en faut de beaucoup que le grand-seigneur soit aussi absolu que l'est le roi de Perse.... L'autorité des souverains, en Perse et en Turquie, n'est pas également indépendante ; puisque, par exemple, l'empereur des Turcs ne fait mourir aucune personne considérable, sans consulter le muphti ou grand pontife de la religion ; et que celui des Persans, au contraire, bien loin de consulter personne, ne se donne pas seulement le loisir de penser, la plupart du temps, aux ordres de mort qu'il prononce. (CHARDIN, ibid., chap. II.) (P.)

[3] Voyez Ricaut, État de l'empire ottoman, p. 196.

[4] Celui qui est propriétaire avec sûreté est naturellement généreux, parce qu'il compte sur l'avenir. (H.)

[5] Voyez, sur les successions des Turcs, Lacédémone ancienne et moderne. Voyez aussi Ricaut, de l'Empire ottoman.

enfants mâles, le grand-seigneur a la propriété, et que les filles n'ont que l'usufruit, il arrive que la plupart des biens de l'état sont possédés d'une manière précaire.

Par la loi de Bantam [1], le roi prend la succession, même la femme, les enfants, et la maison. On est obligé, pour éluder la plus cruelle disposition de cette loi, de marier les enfants à huit, neuf ou dix ans, et quelquefois plus jeunes, afin qu'ils ne se trouvent pas faire une malheureuse partie de la succession du père.

Dans les états où il n'y a point de lois fondamentales, la succession à l'empire ne sauroit être fixe. La couronne y est élective par le prince, dans sa famille ou hors de sa famille. En vain seroit-il établi que l'aîné succéderoit ; le prince en pourroit toujours choisir un autre. Le successeur est déclaré par le prince lui-même, ou par ses ministres, ou par une guerre civile. Ainsi cet état a une raison de dissolution de plus qu'une monarchie.

Chaque prince de la famille royale ayant une égale capacité pour être élu, il arrive que celui qui monte sur le trône fait d'abord étrangler ses frères, comme en Turquie ; ou les fait aveugler, comme en Perse [2] ; ou les rend fous, comme chez le Mogol ; ou, si l'on ne prend point ces précautions, comme à Maroc, chaque vacance de trône est suivie d'une affreuse guerre civile.

Par les constitutions de Moscovie [3], le czar peut choisir qui il veut pour son successeur, soit dans sa famille soit hors de sa famille. Un tel établissement de succession cause mille révolutions, et rend le trône aussi chancelant que la succession est arbitraire. L'ordre de succession étant une des choses qu'il importe le plus au peuple de savoir, le meilleur est celui qui frappe le plus les yeux, comme la naissance et un certain ordre de naissance. Une telle disposition arrête les brigues, étouffe l'ambition ; on ne captive plus l'esprit d'un prince foible, et l'on ne fait point parler les mourants.

Lorsque la succession est établie par une loi fondamentale, un seul prince est le successeur, et ses frères n'ont aucun droit réel ou apparent de lui disputer la couronne. On ne peut présumer ni faire valoir une volonté particulière du père. Il n'est donc pas plus question d'arrêter ou de faire mourir le frère du roi, que quelque autre sujet que ce soit.

Mais dans les états despotiques, où les frères du prince sont également ses esclaves et ses rivaux, la prudence veut que l'on s'assure de leurs personnes, surtout dans les pays mahométans, où la religion regarde la victoire ou le succès comme un jugement de Dieu ; de sorte que personne n'y est souverain de droit, mais seulement de fait.

L'ambition est bien plus irritée dans des états où des princes du sang voient que, s'ils ne montent pas sur le trône, ils seront enfermés ou mis à mort, que parmi nous, où les princes du sang jouissent d'une condition qui, si elle n'est pas si satisfaisante pour l'ambition, l'est peut-être plus pour les désirs modérés.

Les princes des états despotiques ont toujours abusé du mariage. Ils prennent ordinairement plusieurs femmes, surtout dans la partie du monde où le despotisme est pour ainsi dire naturalisé, qui est l'Asie. Ils en ont tant d'enfants [1], qu'ils ne peuvent guère avoir d'affection pour eux, ni ceux-ci pour leurs frères.

La famille régnante ressemble à l'état : elle est trop foible, et son chef est trop fort ; elle paroît étendue, et elle se réduit à rien. Artaxerxès [2] fit mourir tous ses enfants pour avoir conjuré contre lui. Il n'est pas vraisemblable que cinquante enfants conspirent contre leur père ; et encore moins qu'ils conspirent parce qu'il n'a pas voulu céder sa concubine à son fils aîné. Il est plus simple de croire qu'il y a là quelque intrigue de ces sérails d'Orient, de ces lieux où l'artifice, la méchanceté, la ruse, règnent dans le silence, et se couvrent d'une épaisse nuit ; où un vieux prince, devenu tous les jours plus imbécile, est le premier prisonnier du palais.

Après tout ce que nous venons de dire, il sembleroit que la nature humaine se soulèveroit sans cesse contre le gouvernement despotique ; mais, malgré l'amour des hommes pour la liberté, malgré leur haine contre la violence, la plupart des peuples y sont soumis : cela est aisé à comprendre. Pour former un gouvernement modéré, il faut combiner les puissances, les régler, les tempérer, les faire agir ; donner, pour ainsi dire, un

[1] *Recueil des voyages qui ont servi à l'établissement de la compagnie des Indes*, tome I^{er}. La loi de Pégu est moins cruelle : si l'on a des enfants, le roi ne succède qu'aux deux tiers. (*Ibid.*, tome III, page 1.)

[2] On y arrache les yeux à tous ceux qui viennent du sang royal, soit par les femmes, soit par les hommes ; ou on les laisse mourir, quand ils naissent, en ne les allaitant pas. (CHARDIN, *Loc. cit.*, chap. I et III.) (P.)

[3] Voyez les différentes constitutions, surtout celle de 1722.

[1] Artaxerxès, selon Justin, avoit cent quinze fils, dont trois seulement étoient légitimes ; cinquante conspirèrent contre leur père, et furent mis à mort. (P.)

[2] Voyez Justin.

lest à l'une pour la mettre en état de résister à une autre : c'est un chef-d'œuvre de législation que le hasard fait rarement, et que rarement on laisse faire à la prudence. Un gouvernement despotique, au contraire, saute, pour ainsi dire, aux yeux; il est uniforme partout : comme il ne faut que des passions pour l'établir, tout le monde est bon pour cela.

CHAPITRE XV.

Continuation du même sujet.

Dans les climats chauds, où règne ordinairement le despotisme, les passions se font plus tôt sentir, et elles sont aussi plus tôt amorties [1]; l'esprit y est plus avancé; les périls de la dissipation des biens y sont moins grands; il y a moins de facilité de se distinguer, moins de commerce entre les jeunes gens renfermés dans la maison : on s'y marie de meilleure heure : on y peut donc être majeur plus tôt que dans nos climats d'Europe. En Turquie, la majorité commence à quinze ans [2].

La cession de biens n'y peut avoir lieu. Dans un gouvernement où personne n'a de fortune assurée, on prête plus à la personne qu'aux biens.

Elle entre naturellement dans les gouvernements modérés [3], et surtout dans les républiques, à cause de la plus grande confiance que l'on doit avoir dans la probité des citoyens, et de la douceur que doit inspirer une forme de gouvernement que chacun semble s'être donnée lui-même.

Si dans la république romaine les législateurs avoient établi la cession des biens [4], on ne seroit pas tombé dans tant de séditions et de discordes civiles, et on n'auroit point essuyé les dangers des maux, ni les périls des remèdes.

La pauvreté et l'incertitude des fortunes, dans les états despotiques, y naturalisent l'usure, chacun augmentant le prix de son argent à proportion du péril qu'il y a à le prêter. La misère vient donc de toutes parts dans ces pays malheureux; tout y est ôté, jusqu'à la ressource des emprunts.

Il arrive de là qu'un marchand n'y sauroit faire un grand commerce; il vit au jour la journée : s'il se chargeoit de beaucoup de marchandises, il perdroit plus par les intérêts qu'il donneroit pour les payer, qu'il ne gagneroit sur les marchandises. Aussi les lois sur le commerce n'y ont-elles guère de lieu; elles se réduisent à la simple police.

Le gouvernement ne sauroit être injuste sans avoir des mains qui exercent ses injustices : or il est impossible que ces mains ne s'emploient pour elles-mêmes. Le péculat est donc naturel dans les états despotiques.

Ce crime y étant le crime ordinaire, les confiscations y sont utiles. Par-là on console le peuple; l'argent qu'on en tire est un tribut considérable, que le prince lèveroit difficilement sur des sujets abymés : il n'y a même, dans ces pays, aucune famille qu'on veuille conserver.

Dans les états modérés, c'est tout autre chose. Les confiscations rendroient la propriété des biens incertaine; elles dépouilleroient des enfants innocents; elles détruiroient une famille, lorsqu'il ne s'agiroit que de punir un coupable. Dans les républiques, elles feroient le mal d'ôter l'égalité qui en fait l'ame, en privant un citoyen de son nécessaire physique [1].

Une loi romaine [2] veut qu'on ne confisque que dans le cas du crime de lèse-majesté au premier chef. Il seroit souvent très sage de suivre l'esprit de cette loi, et de borner les confiscations à de certains crimes [3]. Dans les pays où une coutume locale a disposé des propres, Bodin [4] dit très bien qu'il ne faudroit confisquer que les acquêts.

CHAPITRE XVI.

De la communication du pouvoir.

Dans le gouvernement despotique, le pouvoir passe tout entier dans les mains de celui à qui on le confie. Le visir est le despote lui-même, et chaque officier particulier est le visir. Dans le gouvernement monarchique, le pouvoir s'applique moins immédiatement; le monarque, en le donnant, le tempère [5]. Il fait une telle distribution de son autorité, qu'il n'en donne jamais une partie qu'il n'en retienne une plus grande.

[1] Voyez le livre des *Lois dans leur rapport avec la nature du climat.*
[2] LA GUILLETIÈRE, *Lacédémone ancienne et nouvelle*, p. 463.
[3] Il en est de même des atermoiements dans les banqueroutes de bonne foi.
[4] Elle ne fut établie que par la loi *Julia, de Cessione bonorum.* On évitoit la prison, et la cession ignominieuse des biens.

[1] Il me semble qu'on aimoit trop les confiscations dans la république d'Athènes.
[2] Authent., *Bona damnatorum.* Cod., *de Bon. proscript. seu damn.*
[3] Les admettre pour quelque crime que ce soit, c'est créer des tyrans pour enrichir des délateurs. (H.)
[4] Livre V, chapitre III.
[5] *Ut esse Phœbi dulcius lumen solet*
 Jamjam cadentis...

Ainsi, dans les états monarchiques, les gouverneurs particuliers des villes ne relèvent pas tellement du gouverneur de la province, qu'ils ne relèvent du prince encore davantage; et les officiers particuliers des corps militaires ne dépendent pas tellement du général, qu'ils ne dépendent du prince encore plus.

Dans la plupart des états monarchiques, on a sagement établi que ceux qui ont un commandement un peu étendu ne soient attachés à aucun corps de milice; de sorte que, n'ayant de commandement que par une volonté particulière du prince, pouvant être employés et ne l'être pas, ils sont en quelque façon dans le service, et en quelque façon dehors.

Ceci est incompatible avec le gouvernement despotique. Car, si ceux qui n'ont pas un emploi actuel avoient néanmoins des prérogatives et des titres, il y auroit dans l'état des hommes grands par eux-mêmes; ce qui choqueroit la nature de ce gouvernement.

Que si le gouverneur d'une ville étoit indépendant du bacha, il faudroit tous les jours des tempéraments pour les accommoder : chose absurde dans un gouvernement despotique. Et, de plus, le gouverneur particulier pouvant ne pas obéir, comment l'autre pourroit-il répondre de sa province sur sa tête?

Dans ce gouvernement, l'autorité ne peut être balancée; celle du moindre magistrat ne l'est pas plus que celle du despote. Dans les pays modérés, la loi est partout sage, elle est partout connue, et les plus petits magistrats peuvent la suivre. Mais dans le despotisme, où la loi n'est que la volonté du prince, quand le prince seroit sage, comment un magistrat pourroit-il suivre une volonté qu'il ne connoît pas? Il faut qu'il suive la sienne.

Il y a plus; c'est que la loi n'étant que ce que le prince veut, et le prince ne pouvant vouloir que ce qu'il connoît, il faut bien qu'il y ait une infinité de gens qui veuillent pour lui et comme lui.

Enfin, la loi étant la volonté momentanée du prince, il est nécessaire que ceux qui veulent pour lui veuillent subitement comme lui.

CHAPITRE XVII.

Des présens.

C'est un usage, dans les pays despotiques, que l'on n'aborde qui que ce soit au-dessus de soi sans lui faire un présent[1], pas même les rois. L'empereur du Mogol[2] ne reçoit point les requêtes de ses sujets qu'il n'en ait reçu quelque chose. Ces princes vont jusqu'à corrompre leurs propres graces.

Cela doit être ainsi dans un gouvernement où personne n'est citoyen; dans un gouvernement où l'on est plein de l'idée que le supérieur ne doit rien à l'inférieur; dans un gouvernement où les hommes ne se croient liés que par les châtiments que les uns exercent sur les autres; dans un gouvernement où il y a peu d'affaires, et où il est rare que l'on ait besoin de se présenter devant un grand, de lui faire des demandes, et encore moins des plaintes.

Dans une république, les présents sont une chose odieuse, parce que la vertu n'en a pas besoin. Dans une monarchie, l'honneur est un motif plus fort que les présents. Mais, dans l'état despotique, où il n'y a ni honneur ni vertu, on ne peut être déterminé à agir que par l'espérance des commodités de la vie.

C'est dans les idées de la république, que Platon[3] vouloit que ceux qui reçoivent des présents pour faire leur devoir fussent punis de mort. « Il » n'en faut prendre, disoit-il, ni pour les choses » bonnes, ni pour les mauvaises. »

C'étoit une mauvaise loi que cette loi romaine[4] qui permettoit aux magistrats de prendre de petits présents[5], pourvu qu'ils ne passassent pas cent écus dans toute l'année. Ceux à qui on ne donne rien ne desirent rien; ceux à qui on donne un peu

[1] « En Perse, dit Chardin, on ne demande rien, qu'un présent à la main. Les plus pauvres et les plus misérables ne paroissent devant les grands, et devant personne à qui ils demandent quelque grace, qu'en leur offrant quelque chose; et tout est reçu, même chez les premiers seigneurs du pays, du fruit, des poulets, un agneau. Chacun donne ce qui est le plus sous sa main et de sa profession; et ceux qui n'ont point de profession, donnent de l'argent. C'est un honneur que de recevoir ces sortes de présents. On les fait en public, et même on prend le temps qu'il y a le plus de compagnie. Cette coutume est universellement pratiquée dans tout l'Orient, et c'est peut-être une des plus anciennes du monde. » (*Description de la Perse*, ch. XI.) — Je crois que cette coutume étoit établie chez les Bégules-Lombards, Ostrogoths, Wisigoths, Bourguignons, Francs. Mais comment fesaient les pauvres qui demandaient justice? Les rois de Pologne ont continué jusqu'à nos jours à recevoir des présents. Joinville convient que saint Louis en recevoit quelquefois. Il lui dit un jour, avec sa naïveté ordinaire, au sortir d'une audience particulière que le roi avoit accordée à l'abbé de Cluny : « N'est-il pas vrai, sire, que les deux beaux chevaux » que ce moine vous a donnés, ont un peu prolongé la conver» sation? » (VOLT.)

[2] *Recueil des voyages qui ont servi à l'établissement de la compagnie des Indes*, tome 1, page 80.

[3] *Livre XII des Lois.*

[4] *Leg.* XI, § 2, *Dig. ad leg. Jul. repet.*

[5] *Manus ula.*

desirent bientôt un peu plus, et ensuite beaucoup. D'ailleurs, il est plus aisé de convaincre celui qui, ne devant rien prendre, prend quelque chose, que celui qui prend plus, lorsqu'il devroit prendre moins, et qui trouve toujours pour cela des prétextes, des excuses, des causes, et des raisons plausibles.

CHAPITRE XVIII.

Des récompenses que le souverain donne.

Dans les gouvernements despotiques, où, comme nous avons dit, on n'est déterminé à agir que par l'espérance des commodités de la vie, le prince qui récompense n'a que de l'argent à donner. Dans une monarchie, où l'honneur règne seul, le prince ne récompenseroit que par des distinctions, si les distinctions que l'honneur établit n'étoient jointes à un luxe qui donne nécessairement des besoins : le prince y récompense donc par des honneurs qui mènent à la fortune. Mais, dans une république, où la vertu règne, motif qui se suffit à lui-même et qui exclut tous les autres, l'état ne récompense que par des témoignages de cette vertu.

C'est une règle générale, que les grandes récompenses, dans une monarchie et dans une république, sont un signe de leur décadence, parce qu'elles prouvent que leurs principes sont corrompus; que, d'un côté, l'idée de l'honneur n'y a plus tant de force; que, de l'autre, la qualité de citoyen s'est affoiblie.

Les plus mauvais empereurs romains ont été ceux qui ont le plus donné, par exemple, Caligula, Claude, Néron, Othon, Vitellius, Commode, Héliogabale et Caracalla. Les meilleurs, comme Auguste, Vespasien, Antonin Pie, Marc Aurèle et Pertinax, ont été économes. Sous les bons empereurs, l'état reprenoit ses principes : le trésor de l'honneur suppléoit aux autres trésors.

CHAPITRE XIX.

Nouvelles conséquences des principes de trois gouvernements.

Je ne puis me résoudre à finir ce livre sans faire encore quelques applications de mes trois principes. PREMIÈRE QUESTION. Les lois doivent-elles forcer un citoyen à accepter les emplois publics? Je dis qu'elles le doivent dans le gouvernement républicain, et non pas dans le monarchique. Dans le premier, les magistratures sont des témoigna-

ges de vertu, des dépôts que la patrie confie à un citoyen, qui ne doit vivre, agir et penser que pour elle : il ne peut donc pas les refuser [1]. Dans le second, les magistratures sont des témoignages d'honneur : or, telle est la bizarrerie de l'honneur, qu'il se plaît à n'en accepter aucun que quand il veut, et de la manière qu'il veut.

Le feu roi de Sardaigne [2] punissoit ceux qui refusoient les dignités et les emplois de son état. Il suivoit, sans le savoir, des idées républicaines. Sa manière de gouverner, d'ailleurs, prouve assez que ce n'étoit pas là son intention.

SECONDE QUESTION. Est-ce une bonne maxime, qu'un citoyen puisse être obligé d'accepter, dans l'armée, une place inférieure à celle qu'il a occupée? On voyoit souvent, chez les Romains, le capitaine servir, l'année d'après, sous son lieutenant [3]. C'est que, dans les républiques, la vertu demande qu'on fasse à l'état un sacrifice continuel de soi-même et de ses répugnances. Mais, dans les monarchies, l'honneur, vrai ou faux, ne peut souffrir ce qu'il appelle se dégrader.

Dans les gouvernements despotiques, où l'on abuse également de l'honneur, des postes et des rangs, on fait indifféremment d'un prince un goujat, et d'un goujat un prince.

TROISIÈME QUESTION. Mettra-t-on sur une même tête les emplois civils et militaires? Il faut les unir dans la république, et les séparer dans la monarchie. Dans les républiques, il seroit bien dangereux de faire de la profession des armes un état particulier, distingué de celui qui a les fonctions civiles; et, dans les monarchies, il n'y auroit pas moins de péril à donner les deux fonctions à la même personne.

On ne prend les armes, dans la république, qu'en qualité de défenseur des lois et de la patrie : c'est parce que l'on est citoyen qu'on se fait, pour un temps, soldat. S'il y avoit deux états distingués, on feroit sentir à celui qui, sous les armes, se croit citoyen, qu'il n'est que soldat.

Dans les monarchies, les gens de guerre n'ont

[1] Platon, dans sa *République*, liv. VIII, met ces refus au nombre des marques de la corruption de la république. Dans ses *Lois*, liv. VI, il veut qu'on les punisse par une amende. A Venise, on les punit par l'exil.

[2] Victor Amédée.

[3] Quelques centurions ayant appelé au peuple, pour demander l'emploi qu'ils avoient eu : « Il est juste, mes compagnons, » dit un centurion, que vous regardiez comme honorables tous » les postes où vous défendrez la république. » (TITE-LIVE, liv. XLII.) — Ce qui se fit à Rome lors de la guerre de Persée, ce qui s'est fait à Gênes dans la dernière révolution, se seroit fait en pareil cas dans les monarchies. Nous pourrions en rapporter une multitude d'exemples pris chez nous-mêmes, non parmi de simples officiers, mais parmi les plus grands généraux. (D.)

pour objet que la gloire, ou du moins l'honneur ou la fortune. On doit bien se garder de donner les emplois civils à des hommes pareils : il faut, au contraire, qu'ils soient contenus par les magistrats civils, et que les mêmes gens n'aient pas en même temps la confiance du peuple, et la force pour en abuser [1].

Voyez, dans une nation où la république se cache sous la forme de la monarchie, combien l'on craint un état particulier de gens de guerre, et comment le guerrier reste toujours citoyen, ou même magistrat, afin que ces qualités soient un gage pour la patrie, et qu'on ne l'oublie jamais.

Cette division de magistratures en civiles et militaires, faite par les Romains après la perte de la république, ne fut pas une chose arbitraire ; elle fut une suite du changement de la constitution de Rome : elle étoit de la nature du gouvernement monarchique ; et ce qui ne fut que commencé sous Auguste [2], les empereurs suivants [3] furent obligés de l'achever, pour tempérer le gouvernement militaire.

Ainsi Procope, concurrent de Valens à l'empire, n'y entendoit rien, lorsque, donnant à Hormisdas, prince du sang royal de Perse, la dignité de proconsul [4], il rendit à cette magistrature le commandement des armées, qu'elle avoit autrefois ; à moins qu'il n'eût des raisons particulières. Un homme qui aspire à la souveraineté cherche moins ce qui est utile à l'état que ce qui l'est à sa cause.

QUATRIÈME QUESTION. Convient-il que les charges soient vénales ? Elles ne doivent pas l'être dans les états despotiques, où il faut que les sujets soient placés ou déplacés dans un instant par le prince.

Cette vénalité est bonne dans les états monarchiques, parce qu'elle fait faire, comme un métier de famille [5], ce qu'on ne voudroit pas entreprendre pour la vertu ; qu'elle destine chacun à son devoir, et rend les ordres de l'état plus permanents. Suidas [1] dit très bien qu'Anastase avoit fait de l'empire une espèce d'aristocratie, en vendant toutes les magistratures.

Platon [2] ne peut souffrir cette vénalité. « C'est, » dit-il, comme si, dans un navire, on faisoit » quelqu'un pilote ou matelot pour son argent. » Seroit-il possible que la règle fût mauvaise dans » quelque autre emploi que ce fût de la vie, et » bonne seulement pour conduire une républi- » que ? » Mais Platon parle d'une république fondée sur la vertu, et nous parlons d'une monarchie. Or, dans une monarchie où, quand les charges ne se vendroient pas par un règlement public, l'indigence et l'avidité des courtisans les vendroient tout de même, le hasard donnera de meilleurs sujets que le choix du prince. Enfin, la manière de s'avancer par les richesses inspire et entretient l'industrie [3] : chose dont cette espèce de gouvernement a grand besoin.

CINQUIÈME QUESTION. Dans quel gouvernement faut-il des censeurs ? Il en faut dans une république, où le principe du gouvernement est la vertu. Ce ne sont pas seulement les crimes qui détruisent la vertu, mais encore les négligences, les fautes, une certaine tiédeur dans l'amour de la patrie, des exemples dangereux, des semences de corruption ; ce qui ne choque point les lois, mais les élude ; ce qui ne les détruit pas, mais les affoiblit : tout cela doit être corrigé par les censeurs.

On est étonné de la punition de cet aréopagite qui avoit tué un moineau qui, poursuivi par un épervier, s'étoit réfugié dans son sein. On est surpris que l'aréopage ait fait mourir un enfant qui avoit crevé les yeux à son oiseau. Qu'on fasse attention qu'il ne s'agit point là d'une condamnation pour crime, mais d'un jugement de mœurs dans une république fondée sur les mœurs.

Dans les monarchies, il ne faut point de censeurs : elles sont fondées sur l'honneur ; et la nature de l'honneur est d'avoir pour censeur tout

[1] Ne imperium ad optimos nobilium transferretur, senatum militia vetuit Gallienus; etiam adire exercitum. (AURELIUS VICTOR, de Viris illustribus.) — En France, où chaque seigneur féodal avoit tout à la fois le pouvoir militaire et le pouvoir civil, l'autorité de nos rois fut presque nulle. La puissance du monarque ne reprit son état naturel lorsqu'elle fut venue à bout de diviser l'exercice de ces deux pouvoirs. (Édition de 1767.)

[2] Auguste ôta aux sénateurs, proconsuls et gouverneurs, le droit de porter les armes. (DION, liv. LIII.) — Auguste n'ôta ce droit qu'aux sénateurs devenus proconsuls; car les propréteurs, lieutenants de l'empereur, étoient gouverneurs des provinces dans lesquelles ils étoient envoyés, et y avoient le commandement des armées. (CRÉV.)

[3] Constantin. Voyez Zozime, liv. II.

[4] AMMIEN MARCELLIN, liv. XXVI. Et civilia more veterum et bella rectura.

[5] Est-ce par vertu que l'on accepte, en Angleterre, la charge de juge du banc du roi; qu'on sollicitait, à Rome, la place de

préteur? Quoi! on ne trouverait point de conseillers pour juger dans les parlements de France, si on leur donnait les charges gratuitement?

La fonction divine de rendre justice, de disposer de la fortune et de la vie des hommes, un métier de famille!

Plaignons Montesquieu d'avoir déshonoré son ouvrage par de tels paradoxes; mais pardonnons-lui. Son oncle avait acheté une charge de président en province, et il la lui laissa. On retrouve l'homme partout. Nul de nous n'est sans faiblesse. (VOLT.)

[1] Fragments tirés des Ambassades de Constantin Porphyrogénète.

[2] République, liv. VIII.

[3] Paresse de l'Espagne : on y donne tous les emplois.

l'univers. Tout homme qui y manque est soumis aux reproches de ceux mêmes qui n'en ont point.

Là, les censeurs seroient gâtés par ceux mêmes qu'ils devroient corriger. Ils ne seroient pas bons contre la corruption d'une monarchie ; mais la corruption d'une monarchie seroit trop forte contre eux.

On sent bien qu'il ne faut point de censeurs dans les gouvernements despotiques. L'exemple de la Chine semble déroger à cette règle ; mais nous verrons, dans la suite de cet ouvrage, les raisons singulières de cet établissement [1].

<center>⚓⚓⚓</center>

LIVRE SIXIEME.

CONSÉQUENCES

DES PRINCIPES DES DIVERS GOUVERNEMENTS,

PAR RAPPORT A LA SIMPLICITÉ DES LOIS CIVILES ET CRIMINELLES, LA FORME DES JUGEMENTS ET L'ÉTABLISSEMENT DES PEINES.

CHAPITRE I.

De la simplicité des lois civiles dans les divers gouvernements.

Le gouvernement monarchique ne comporte pas des lois aussi simples que le despotique. Il y faut des tribunaux. Ces tribunaux donnent des décisions. Elles doivent être conservées ; elles doivent être apprises, pour que l'on y juge aujourd'hui comme l'on y jugea hier, et que la propriété et la vie des citoyens y soient assurées et fixes comme la constitution même de l'état.

Dans une monarchie, l'administration d'une justice qui ne décide pas seulement de la vie et des biens, mais aussi de l'honneur, demande des recherches scrupuleuses. La délicatesse du juge augmente à mesure qu'il a un plus grand dépôt, et qu'il prononce sur de plus grands intérêts.

Il ne faut donc pas être étonné de trouver dans

les lois de ces états tant de règles, de restrictions, d'extensions, qui multiplient les cas particuliers, et semblent faire un art de la raison même.

La différence de rang, d'origine, de condition, qui est établie dans le gouvernement monarchique, entraîne souvent des distinctions dans la nature des biens ; et des lois relatives à la constitution de cet état peuvent augmenter le nombre de ces distinctions. Ainsi, parmi nous, les biens sont propres, acquêts ou conquêts ; dotaux, paraphernaux ; paternels et maternels ; meubles de plusieurs espèces ; libres, substitués ; du lignage, ou non ; nobles en franc-alleu, ou roturiers ; rentes foncières ou constituées à prix d'argent. Chaque sorte de biens est soumise à des règles particulières ; il faut les suivre pour en disposer : ce qui ôte encore de la simplicité.

Dans nos gouvernements, les fiefs sont devenus héréditaires. Il a fallu que la noblesse eût un certain bien, c'est-à-dire que le fief eût une certaine consistance, afin que le propriétaire du fief fût en état de servir le prince. Cela a dû produire des variétés : par exemple, il y a des pays où l'on n'a pu partager les fiefs entre les frères ; dans d'autres, les cadets ont pu avoir leur subsistance avec plus d'étendue.

Le monarque, qui connoît chacune de ses provinces, peut établir diverses lois, ou souffrir différentes coutumes. Mais le despote ne connoît rien, et ne peut avoir d'attention sur rien ; il lui faut une allure générale ; il gouverne par une volonté rigide qui est partout la même ; tout s'aplanit sous ses pieds.

A mesure que les jugements des tribunaux se multiplient dans les monarchies, la jurisprudence se charge de décisions qui quelquefois se contredisent, ou parce que les juges qui se succèdent pensent différemment, ou parce que les mêmes affaires sont tantôt bien, tantôt mal défendues, ou enfin par une infinité d'abus qui se glissent dans tout ce qui passe par la main des hommes. C'est un mal nécessaire que le législateur corrige de temps en temps, comme contraire même à l'esprit des gouvernements modérés. Car, quand on est obligé de recourir aux tribunaux, il faut que cela vienne de la nature de la constitution, et non pas des contradictions et de l'incertitude des lois.

Dans les gouvernements où il y a nécessairement des distinctions dans les personnes, il faut qu'il y ait des privilèges. Cela diminue encore la simplicité, et fait mille exceptions.

Un des privilèges le moins à charge à la société,

[1] La censure est très bonne, en général, pour maintenir dans un peuple les préjugés utiles à ceux qui gouvernent ; pour conserver dans un corps tous les préjugés qui naissent de l'esprit de corps : la censure fut établie à Rome par le sénat pour contrebalancer le pouvoir des tribuns. Elle était un instrument de tyrannie. On prit les mœurs pour prétexte ; on profita de la haine naturelle pour les riches. La crainte d'être dégradé par le censeur est d'autant plus terrible qu'on est plus sensible à l'honneur, aux distinctions, aux prérogatives. Des hommes guidés par la vertu riraient des jugements des censeurs, et emploieraient leur éloquence à faire abolir cet établissement ridicule. (VOLT.)

et surtout à celui qui le donne, c'est de plaider devant un tribunal plutôt que devant un autre. Voilà de nouvelles affaires ; c'est-à-dire celles où il s'agit de savoir devant quel tribunal il faut plaider.

Les peuples des états despotiques sont dans un cas bien différent. Je ne sais sur quoi, dans ces pays, le législateur pourroit statuer, ou le magistrat juger. Il suit de ce que les terres appartiennent au prince, qu'il n'y a presque point de lois civiles sur la propriété des terres. Il suit du droit que le souverain a de succéder, qu'il n'y en a pas non plus sur les successions. Le négoce exclusif qu'il fait dans quelques pays rend inutiles toutes sortes de lois sur le commerce. Les mariages que l'on y contracte avec des filles esclaves font qu'il n'y a guère de lois civiles sur les dots et sur les avantages des femmes. Il résulte encore de cette prodigieuse multitude d'esclaves qu'il n'y a presque point de gens qui aient une volonté propre, et qui par conséquent doivent répondre de leur conduite devant un juge. La plupart des actions morales, qui ne sont que les volontés du père, du mari, du maître, se règlent par eux, et non par les magistrats.

J'oubliois de dire que ce que nous appelons l'honneur étant à peine connu dans ces états, toutes les affaires qui regardent cet honneur, qui est un si grand chapitre parmi nous, n'y ont point de lieu. Le despotisme se suffit à lui-même : tout est vide autour de lui. Aussi lorsque les voyageurs nous décrivent les pays où il règne, rarement nous parlent-ils des lois civiles [1].

Toutes les occasions de dispute et de procès y sont donc ôtées. C'est ce qui fait en partie qu'on y maltraite si fort les plaideurs : l'injustice de leur demande paroît à découvert, n'étant pas cachée, palliée ou protégée par une infinité de lois [2].

CHAPITRE II.

De la simplicité des lois criminelles dans les divers gouvernements.

On entend dire sans cesse qu'il faudroit que la justice fût rendue partout comme en Turquie. Il

n'y aura donc que les plus ignorants de tous les peuples qui auront vu clair dans la chose du monde qu'il importe le plus aux hommes de savoir ?

Si vous examinez les formalités de la justice par rapport à la peine qu'a un citoyen à se faire rendre son bien, ou à obtenir satisfaction de quelque outrage, vous en trouverez sans doute trop. Si vous les regardez dans le rapport qu'elles ont avec la liberté et la sûreté des citoyens, vous en trouverez souvent trop peu ; et vous verrez que les peines, les dépenses, les longueurs, les dangers même de la justice, sont le prix que chaque citoyen donne pour sa liberté.

En Turquie, où l'on fait très peu d'attention à la fortune, à la vie, à l'honneur des sujets, on termine promptement, d'une façon ou d'une autre, toutes les disputes. La manière de les finir est indifférente, pourvu qu'on finisse. Le bacha, d'abord éclairci, fait distribuer, à sa fantaisie, des coups de bâton sur la plante des pieds des plaideurs, et les renvoie chez eux [1].

Et il seroit bien dangereux que l'on y eût les passions des plaideurs [2] : elles supposent un desir ardent de se faire rendre justice, une haine, une action dans l'esprit, une constance à poursuivre. Tout cela doit être évité dans un gouvernement où il ne faut avoir d'autre sentiment que la crainte, et où tout mène tout-à-coup, et sans qu'on le puisse prévoir, à des révolutions. Chacun doit connoître qu'il ne faut point que le magistrat en-

[1] Au Mazulipatan, on n'a pu découvrir qu'il y eût de loi écrite. Voyez le *Recueil des voyages qui ont servi à l'établissement de la compagnie des Indes*, tom. IV, partie première, pag. 391. Les Indiens ne se règlent, dans les jugements, que sur de certaines coutumes. Le Vedam et autres livres pareils ne contiennent point de lois civiles, mais des préceptes religieux, Voyez *Lettres édifiantes*, quatorzième recueil.

[2] Il falloit ajouter, *et de formes plus compliquées que les lois*. (H.)

[1] Il est faux que dans Constantinople un bacha se mêle de rendre la justice. C'est comme si on disait qu'un brigadier, un maréchal de camp fait l'office de lieutenant civil, lieutenant criminel. Les cadis sont les premiers juges ; ils sont subordonnés aux cadileskers, et les cadileskers au visir-azem, qui juge lui-même avec les visirs du banc. L'empereur est souvent présent à l'audience, caché derrière une jalousie ; et le visir-azem, dans les causes importantes, lui demande sa décision par un simple billet, sur lequel l'empereur décide en deux mots. Le procès s'instruit sans le moindre bruit, avec la plus grande promptitude. Point d'avocats, encore moins de procureurs et de papier timbré. Chacun plaide sa cause sans oser élever sa voix. Nul procès ne peut durer plus de dix-sept jours.

Quand les lois sont très simples, il n'y a guère de procès où l'une des deux parties ne soit évidemment un fripon, parce que les discussions roulent sur des faits, et non sur le droit. Voilà pourquoi on fait, dans l'Orient, un si grand usage des témoins dans les affaires civiles, et qu'on distribue quelquefois des coups de bâton aux plaideurs et aux témoins qui en ont imposé à la justice. (VOLT.)

[2] Le véritable danger du despotisme est à côté de sa force même ; les deux excès se touchent dans un même point : ce point est la milice. Que les janissaires, que la milice soit contente, et, malgré les passions des plaideurs, tout sera conservé ; qu'elle soit mécontente, et, sans les passions des plaideurs, tout sera détruit. Mais, dans les gouvernements modérés, les passions des plaideurs fomentent les haines particulières, divisent les familles, troublent la paix civile, affoiblissent le patriotisme, nuisent aux mœurs et aux richesses de l'état. (SERVAN.)

tende parler de lui, et qu'il ne tient sa sûreté que de son anéantissement.

Mais, dans les états modérés, où la tête du moindre citoyen est considérable, on ne lui ôte son honneur et ses biens qu'après un long examen ; on ne le prive de la vie que lorsque la patrie elle-même l'attaque ; et elle ne l'attaque qu'en lui laissant tous les moyens possibles de la défendre.

Aussi, lorsqu'un homme se rend plus absolu [1], songe-t-il d'abord à simplifier les lois. On commence dans cet état à être plus frappé des inconvénients particuliers que de la liberté des sujets, dont on ne se soucie point du tout.

On voit que dans les républiques il faut pour le moins autant de formalités que dans les monarchies. Dans l'un et dans l'autre gouvernement, elles augmentent en raison du cas que l'on y fait de l'honneur, de la fortune, de la vie, de la liberté des citoyens.

Les hommes sont tous égaux dans le gouvernement républicain ; ils sont égaux dans le gouvernement despotique : dans le premier, c'est parce qu'ils sont tout ; dans le second, c'est parce qu'ils ne sont rien.

CHAPITRE III.

Dans quels gouvernements et dans quels cas on doit juger selon un texte précis de la loi.

Plus le gouvernement approche de la république, plus la manière de juger devient fixe ; et c'étoit un vice de la république de Lacédémone que les éphores jugeassent arbitrairement, sans qu'il y eût des lois pour les diriger. A Rome, les premiers consuls jugèrent comme les éphores : on en sentit les inconvénients, et l'on fit des lois précises.

Dans les états despotiques, il n'y a point de lois : le juge est lui-même sa règle. Dans les états monarchiques, il y a une loi ; et là où elle est précise, le juge la suit ; là où elle ne l'est pas, il en cherche l'esprit. Dans le gouvernement républicain, il est de la nature de la constitution que les juges suivent la lettre de la loi [2]. Il n'y a point de

[1] César, Cromwell, et tant d'autres.

[2] Rien n'est plus dangereux que l'axiome commun « il faut consulter l'esprit de la loi. » Adopter cet axiome, c'est rompre toutes les digues et abandonner les lois au torrent des opinions. Chaque homme a sa manière de voir : l'esprit d'une loi seroit donc le résultat de la logique bonne ou mauvaise d'un juge, d'une digestion aisée ou pénible, de la foiblesse de l'accusé, de la violence des passions du magistrat, de ses relations avec l'offensé ; enfin, de toutes les petites causes qui changent les

citoyen contre qui on puisse interpréter une loi, quand il s'agit de ses biens, de son honneur ou de sa vie.

A Rome, les juges prononçoient seulement que l'accusé étoit coupable d'un certain crime ; et la peine se trouvoit dans la loi, comme on le voit dans diverses lois qui furent faites. En Angleterre, les jurés décident si le fait qui a été porté devant eux est prouvé ou non ; et, s'il est prouvé, le juge prononce la peine que la loi inflige pour ce fait : et, pour cela, il ne lui faut que des yeux.

CHAPITRE IV.

De la manière de former les jugements.

De là suivent les différentes manières de former les jugements. Dans les monarchies, les juges prennent la manière des arbitres : ils délibèrent ensemble, ils se communiquent leurs pensées, ils se concilient ; on modifie son avis pour le rendre conforme à celui d'un autre ; les avis les moins nombreux sont rappelés aux deux plus grands. Cela n'est point de la nature de la république [1]. A Rome, et dans les villes grecques, les juges ne se communiquoient point : chacun donnoit son avis d'une de ces trois manières, *j'absous, je condamne, il ne me paroît pas* [2] : c'est que le peuple jugeoit ou étoit censé juger. Mais le peuple n'est pas jurisconsulte ; toutes ces modifications et tempéraments des arbitres ne sont pas pour lui ; il faut lui présenter un seul objet, un fait, et un seul fait ; et qu'il n'ait qu'à voir s'il doit condamner, absoudre, ou remettre le jugement.

Les Romains, à l'exemple des Grecs, introduisirent des formules d'actions [3], et établirent la né-

apparences et dénaturent les objets dans l'esprit inconstant de l'homme ? Ainsi nous verrions l'esprit d'un citoyen changer de face en passant à un autre tribunal ; et la vie des malheureux seroit à la merci d'un faux raisonnement ou de la mauvaise humeur de son juge. Nous verrions les mêmes délits punis différemment en différents temps, parce qu'on auroit au lieu d'écouter la voix constante et invariable des lois, il se livreroit à l'instabilité trompeuse des interprétations arbitraires. (BECCARIA, chap. IV.)

[1] On doit moins rapporter cette manière de juger à la forme du gouvernement qu'à l'imperfection des lois, aux vices de l'instruction, et au choix des juges. Quand les lois sont obscures, confuses, contradictoires, ne faut-il pas que les juges se parlent pour savoir par quelle loi ils veulent juger ? Quand les lois de formalités sont très compliquées, ne faut-il pas que les juges se parlent pour déterminer si ces lois sont remplies ? (SERVAN.)

[2] *Non liquet.* — Suivant Crévier, cette formule signifie : « L'affaire n'est pas suffisamment éclaircie. » (P.)

[3] *Quas actiones ne populus, prout vellet, institueret, certas solemnesque esse voluerunt.* (*Leg.* II, § 6, *Dig.*, de *Orig. jur.*)

cessité de diriger chaque affaire par l'action qui lui étoit propre. Cela étoit nécessaire dans leur manière de juger : il falloit fixer l'état de la question, pour que le peuple l'eût toujours devant les yeux. Autrement, dans le cours d'une grande affaire, cet état de la question changeroit continuellement, et on ne le reconnoîtroit plus.

De là il suivoit que les juges, chez les Romains, n'accordoient que la demande précise, sans rien augmenter, diminuer, ni modifier. Mais les préteurs imaginèrent d'autres formules d'actions qu'on appela *de bonne foi* [1], où la manière de prononcer étoit plus dans la disposition du juge. Ceci étoit plus conforme à l'esprit de la monarchie. Aussi les jurisconsultes françois disent-ils : « En France [2], toutes les actions sont de bonne » foi. »

CHAPITRE V.

Dans quels gouvernements le souverain peut être juge.

Machiavel [3] attribue la perte de la liberté de Florence à ce que le peuple ne jugeoit pas en corps, comme à Rome, des crimes de lèse-majesté commis contre lui. Il y avoit pour cela huit juges établis : Mais, dit Machiavel, peu sont corrompus par peu. J'adopterois bien la maxime de ce grand homme ; mais comme dans ces cas l'intérêt politique force pour ainsi dire l'intérêt civil (car c'est toujours un inconvénient que le peuple juge lui-même ses offenses), il faut, pour y remédier, que les lois pourvoient, autant qu'il est en elles, à la sûreté des particuliers.

Dans cette idée, les législateurs de Rome firent deux choses : ils permirent aux accusés de s'exiler [4] avant le jugement [5] ; et ils voulurent que les biens des condamnés fussent consacrés pour que le peuple n'en eût pas la confiscation. On verra dans le livre XI les autres limitations que l'on mit à la puissance que le peuple avoit de juger.

Solon sut bien prévenir l'abus que le peuple pourroit faire de sa puissance dans le jugement des crimes : il voulut que l'aréopage revît l'affaire ; que, s'il croyoit l'accusé injustement ab-

sous [1], il l'accusât de nouveau devant le peuple ; que, s'il le croyoit injustement condamné [2], il arrêtât l'exécution, et lui fît rejuger l'affaire : loi admirable, qui soumettoit le peuple à la censure de la magistrature qu'il respectoit le plus, et à la sienne même !

Il sera bon de mettre quelque lenteur dans des affaires pareilles, surtout du moment que l'accusé sera prisonnier, afin que le peuple puisse se calmer et juger de sang-froid.

Dans les états despotiques, le prince peut juger lui-même. Il ne le peut dans les monarchies : la constitution seroit détruite ; les pouvoirs intermédiaires dépendants, anéantis ; on verroit cesser toutes les formalités des jugements ; la crainte s'emparoit de tous les esprits ; on verroit la pâleur sur tous les visages ; plus de confiance, plus d'honneur, plus d'amour, plus de sûreté, plus de monarchie.

Voici d'autres réflexions. Dans les états monarchiques, le prince est la partie qui poursuit les accusés, et les fait punir ou absoudre : s'il jugeoit lui-même, il seroit le juge et la partie.

Dans ces mêmes états, le prince a souvent les confiscations : s'il jugeoit les crimes, il seroit encore le juge et la partie [3].

De plus, il perdroit le plus bel attribut de sa souveraineté, qui est celui de faire grace [4] : il seroit insensé qu'il fît et défît ses jugements ; il ne voudroit pas être en contradiction avec lui-même. Outre que cela confondroit toutes les idées, on ne sauroit si un homme seroit absous, ou s'il recevroit sa grace.

Lorsque Louis XIII voulut être juge dans le procès du duc de La Valette [5], et qu'il appela pour cela dans son cabinet quelques officiers du parlement et quelques conseillers d'état, le roi les ayant forcés d'opiner sur le décret de prise de

[1] Dans lesquelles on mettoit ces mots : *Ex bona fide.*
On y condamne aux dépens celui-là même à qui on demande plus qu'il ne doit, s'il n'a offert et consigné ce qu'il doit.
[2] *Discours sur la première décade* de Tite-Live, liv. I, chap. VII.
[3] Cela est bien expliqué dans l'oraison de Cicéron *pro Cæcina*, à la fin.
[4] C'étoit une loi d'Athènes, comme il paroît par Démosthènes. Socrate refusa de s'en servir.

[1] Démosthènes, *sur la Couronne*, pag. 494, édition de Francfort, de l'an 1604.
[2] Voy. Philostrate, *Vies des Sophistes*, liv. I; *Vie d'Æschines.*
[3] Dans le cas d'un délit, il y a deux parties : le souverain, qui affirme que le contrat social est violé ; et l'accusé, qui nie cette violation. Il faut donc qu'il y ait entre eux un tiers qui décide la contestation. Ce tiers est le magistrat qui doit simplement prononcer s'il y a un délit, ou s'il n'y en a point... La sentence doit être dans la loi. (Beccaria, ch. IV.)
[4] Platon ne pense pas que les rois, qui sont, dit-il, prêtres, puissent assister au jugement où l'on condamne à la mort, à l'exil, à la prison.
[5] Voyez la relation du procès fait à M. le duc de La Valette. Elle est imprimée dans les mémoires de Montrésor, tome II, pag. 62. — Bernard de La Valette étoit fils du fameux duc d'Épernon, et avoit épousé une parente de Richelieu. Un motif de vengeance personnelle porta le cardinal à le rendre responsable de la levée du siége de Fontarabie. Il fut mis en jugement, condamné à mort, et n'évita le dernier supplice que par la fuite.

corps, le président de Bellièvre dit : « Qu'il voyoit » dans cette affaire une chose étrange, un prince » opiner au procès d'un de ses sujets ; que les rois » ne s'étoient réservé que les graces, et qu'ils ren- » voyoient les condamnations vers leurs officiers. » Et votre majesté voudroit bien voir sur la sel- » lette un homme devant elle, qui, par son juge- » ment, iroit dans une heure à la mort ! Que la » face du prince, qui porte les graces, ne peut » soutenir cela ; que sa vue seule levoit les inter- » dits des églises ; qu'on ne devoit sortir que con- » tent de devant le prince. » Lorsqu'on jugea le fond, le même président dit, dans son avis : « Cela » est un jugement sans exemple, voire contre tous » les exemples du passé jusqu'à huy, qu'un roi de » France ait condamné en qualité de juge, par » son avis, un gentilhomme à mort[1]. »

Les jugements rendus par le prince seroient une source intarissable d'injustices et d'abus ; les courtisans extorqueroient, par leur importunité, ses jugements. Quelques empereurs romains eu- rent la fureur de juger : nuls règnes n'étonnèrent plus l'univers par leurs injustices.

« Claude, dit Tacite[2], ayant attiré à lui le juge- » ment des affaires et les fonctions des magistrats, » donna occasion à toutes sortes de rapines. » Aussi Néron, parvenant à l'empire après Claude, voulant se concilier les esprits, déclara-t-il : « Qu'il se garderoit bien d'être le juge de toutes » les affaires, pour que les accusateurs et les ac- » cusés, dans les murs d'un palais, ne fussent pas » exposés à l'inique pouvoir de quelques affran- » chis[3]. »

« Sous le règne d'Arcadius, dit Zosime[4], la na- » tion des calomniateurs se répandit, entoura la » cour et l'infecta. Lorsqu'un homme étoit mort, » on supposoit qu'il n'avoit point laissé d'enfants[5] ; » on donnoit ses biens par un rescrit. Car, comme » le prince étoit étrangement stupide, et l'impé- » ratrice entreprenante à l'excès, elle servoit l'in- » satiable avarice de ses domestiques et de ses » confidentes ; de sorte que, pour les gens modé- » rés, il n'y avoit rien de plus desirable que la » mort. »

[1] Cela fut changé dans la suite. Voyez la relation, tom. II p. 256. — C'était originairement un droit de la pairie, qu'un pair accusé criminellement fût jugé par le roi, son principal pair. François II avait opiné dans le procès contre le prince de Condé, oncle d'Henri IV. Charles VII avait donné sa voix dans le procès du duc d'Alençon ; et le parlement même l'avait as- suré que c'était son devoir d'être à la tête des juges. Aujour- d'hui, la présence du roi au jugement d'un pair, pour le con- damner, paraîtrait un acte de tyrannie. (VOLT.)
[2] Annal., liv. XI.　[3] Ibid., liv. XIII.　[4] Hist., liv. V.
[5] Même désordre sous Théodose le jeune.

« Il y avoit autrefois, dit Procope[1], fort peu de » gens à la cour ; mais, sous Justinien, comme » les juges n'avoient plus la liberté de rendre jus- » tice, leurs tribunaux étoient déserts, tandis que » le palais du prince retentissoit des clameurs des » parties qui sollicitoient leurs affaires. » Tout le monde sait comment on y vendoit les jugements, et même les lois.

Les lois sont les yeux du prince, il voit par elles ce qu'il ne pourroit pas voir sans elles. Veut-il faire la fonction des tribunaux, il travaille non pas pour lui, mais pour ses séducteurs contre lui.

CHAPITRE VI.

Que, dans la monarchie, les ministres ne doivent pas juger.

C'est encore un grand inconvénient, dans la monarchie que les ministres du prince jugent eux- mêmes les affaires contentieuses[2]. Nous voyons encore aujourd'hui des états où il y a des juges sans nombre pour décider les affaires fiscales, et où les ministres, qui le croiroit ! veulent encore les juger. Les réflexions viennent en foule : je ne ferai que celle-ci.

Il y a, par la nature des choses, une espèce de contradiction entre le conseil du monarque et ses tribunaux. Le conseil des rois doit être composé de peu de personnes ; et les tribunaux de judica- ture en demandent beaucoup. La raison en est que, dans le premier, on doit prendre les affaires avec une certaine passion, et les suivre de même ; ce qu'on ne peut guère espérer que de quatre ou cinq hommes qui en font leur affaire. Il faut, au contraire, des tribunaux de judicature de sang- froid, et à qui toutes les affaires soient en quel- que façon indifférentes.

CHAPITRE VII.

Du magistrat unique.

Un tel magistrat ne peut avoir lieu que dans le gouvernement despotique. On voit dans l'histoire romaine à quel point un juge unique peut abuser de son pouvoir. Comment Appius, sur son tribu- nal, n'auroit-il pas méprisé les lois, puisqu'il viola même celle qu'il avoit faite[3] ? Tite-Live nous ap-

[1] Histoire secrète.
[2] Les ministres peuvent décider les affaires quand il y a em- barras, mais non les juger quand il y a contestation. (H.)
[3] Voyez la loi II, § 24, ff., de Orig. jur.

prend l'inique distinction du décemvir. Il avoit aposté un homme qui réclamoit devant lui Virginie comme son esclave : les parents de Virginie lui demandèrent qu'en vertu de sa loi on la leur remit jusqu'au jugement définitif. Il déclara que sa loi n'avoit été faite qu'en faveur du père, et que, Virginius étant absent, elle ne pouvoit avoir d'application [1].

CHAPITRE VIII.

Des accusations dans les divers gouvernements.

A Rome [2], il étoit permis à un citoyen d'en accuser un autre. Cela étoit établi selon l'esprit de la république, où chaque citoyen doit avoir pour le bien public un zèle sans bornes [3], où chaque citoyen est censé tenir tous les droits de la patrie dans ses mains. On suivit sous les empereurs les maximes de la république [4] ; et d'abord on vit paroître un genre d'hommes funestes, une troupe de délateurs. Quiconque avoit bien des vices et bien des talents, une ame bien basse et un esprit ambitieux, cherchoit un criminel, dont la condamnation pût plaire au prince : c'étoit la voie pour aller aux honneurs et à la fortune [5], chose que nous ne voyons point parmi nous.

Nous avons aujourd'hui une loi admirable ; c'est celle qui veut que le prince, établi pour faire exécuter les lois, prépose un officier dans chaque tribunal pour poursuivre en son nom tous les crimes ; de sorte que la fonction des délateurs est inconnue parmi nous, et, si ce vengeur public étoit soupçonné d'abuser de son ministère, on l'obligeroit de nommer son dénonciateur.

Dans les lois de Platon [6], ceux qui négligent d'avertir les magistrats, ou de leur donner du secours, doivent être punis. Cela ne conviendroit point aujourd'hui. La partie publique veille pour les citoyens ; elle agit, et ils sont tranquilles.

[1] *Quod pater puellæ abesset, locum injuriæ esse ratus.* (TITE-LIVE, décade 1, liv. III.

[2] Et dans bien d'autres cités.

[3] Si l'esprit de la république veut que chaque citoyen ait *pour le bien public un zèle sans bornes,* la nature du cœur humain, plus infaillible dans son action que l'esprit du gouvernement civil, exige que chaque homme ait un zèle de préférence et sans bornes pour l'intérêt de ses passions. Ainsi l'institution de la liberté des accusations, au lieu de favoriser le bien public, excite et favorise d'abord l'intérêt des passions particulières. (SERVAN.)

[4] Avec cette différence, que les délations étoient publiques dans le premier état, et secrètes dans le second. (H.)

[5] Voyez dans Tacite les récompenses accordées à ces délateurs.

[6] Livre IX.

CHAPITRE IX.

De la sévérité des peines dans les divers gouvernements.

La sévérité des peines convient mieux au gouvernement despotique, dont le principe est la terreur, qu'à la monarchie et à la république, qui ont pour ressort l'honneur et la vertu.

Dans les états modérés, l'amour de la patrie, la honte et la crainte du blâme, sont des motifs réprimants, qui peuvent arrêter bien des crimes. La plus grande peine d'une mauvaise action sera d'en être convaincu. Les lois civiles y corrigeront donc plus aisément, et n'auront pas besoin de tant de force.

Dans ces états, un bon législateur s'attachera moins à punir les crimes qu'à les prévenir ; il s'appliquera plus à donner des mœurs qu'à infliger des supplices.

C'est une remarque perpétuelle des auteurs chinois [1], que plus dans leur empire on voyoit augmenter les supplices, plus la révolution étoit prochaine. C'est qu'on augmentoit les supplices à mesure qu'on manquoit de mœurs.

Il seroit aisé de prouver que, dans tous ou presque tous les états d'Europe, les peines ont diminué ou augmenté à mesure qu'on s'est plus approché ou plus éloigné de la liberté.

Dans les pays despotiques, on est si malheureux que l'on y craint plus la mort qu'on ne regrette la vie : les supplices y doivent donc être plus rigoureux. Dans les états modérés, on craint plus de perdre la vie qu'on ne redoute la mort en elle-même : les supplices qui ôtent simplement la vie y sont donc suffisants.

Les hommes extrêmement heureux et les hommes extrêmement malheureux sont également portés à la dureté : témoin les moines et les conquérants. Il n'y a que la médiocrité et le mélange de la bonne et de la mauvaise fortune qui donnent de la douceur et de la pitié.

Ce que l'on voit dans les hommes en particulier se trouve dans les diverses nations. Chez les peuples sauvages, qui mènent une vie très dure, et chez les peuples des gouvernements despotiques, où il n'y a qu'un homme exorbitamment favorisé de la fortune, tandis que tout le reste en est outragé, on est également cruel. La douceur règne dans les gouvernements modérés.

Lorsque nous lisons dans les histoires les exemples de la justice atroce des sultans, nous sentons

[1] Je ferai voir dans la suite que la Chine, à cet égard, est dans le cas d'une république ou d'une monarchie.

avec une espèce de douleur les maux de la nature humaine.

Dans les gouvernements modérés, tout, pour un bon législateur, peut servir à former des peines. N'est-il pas bien extraordinaire qu'à Sparte une des principales fût de ne pouvoir prêter sa femme à un autre, ni recevoir celle d'un autre; de n'être jamais dans sa maison qu'avec des vierges? En un mot, tout ce que la loi appelle une peine est effectivement une peine.

CHAPITRE X.

Des anciennes lois françoises.

C'est bien dans les anciennes lois françoises que l'on trouve l'esprit de la monarchie. Dans les cas où il s'agit de peines pécuniaires, les non-nobles sont moins punis que les nobles[1]. C'est tout le contraire dans les crimes[2]; le noble perd l'honneur et réponse en cour, pendant que le vilain, qui n'a point d'honneur, est puni en son corps.

CHAPITRE XI.

Que, lorsqu'un peuple est vertueux, il faut peu de peines.

Le peuple romain avoit de la probité. Cette probité eut tant de force, que souvent le législateur n'eut besoin que de lui montrer le bien pour le lui faire suivre. Il sembloit qu'au lieu d'ordonnances il suffisoit de lui donner des conseils.

Les peines des lois royales et celles des lois des douze tables furent presque toutes ôtées dans la république, soit par une suite de la loi Valérienne[3], soit par une conséquence de la loi Porcie[4]. On ne remarqua pas que la république en fût plus mal réglée, et il n'en résulta aucune lésion de police.

Cette loi Valérienne, qui défendoit aux magistrats toute voie de fait contre un citoyen qui avoit

[1] Si, comme pour briser un arrêt, les non-nobles doivent une amende de quarante sous, et les nobles de soixante livres. (*Somme rurale*, liv. II, pag. 198, édit. goth. de l'an 1512; et BEAUMANOIR, chap. LXI, pag. 309.)

[2] Voyez le conseil de Pierre Desfontaines, chap. XIII, surtout l'article 22.

[3] Elle fut faite par Valerius Publicola, bientôt après l'expulsion des rois; elle fut renouvelée deux fois, toujours par des magistrats de la même famille, comme le dit Tite-Live, liv. X. — Il n'étoit pas question de lui donner plus de force, mais d'en perfectionner les dispositions. *Diligentius sanctam*, dit Tite-Live, *ibid*.

[4] *Lex Porcia pro tergo civium lata*. Elle fut faite en 454 de la fondation de Rome.

appelé au peuple, n'infligeoit à celui qui y contreviendroit que la peine d'être réputé méchant[1].

CHAPITRE XII.

De la puissance des peines.

L'expérience a fait remarquer que, dans les pays où les peines sont douces, l'esprit du citoyen en est frappé, comme il l'est ailleurs par les grandes.

Quelque inconvénient se fait-il sentir dans un état, un gouvernement violent veut soudain le corriger; et, au lieu de songer à faire exécuter les anciennes lois, on établit une peine cruelle qui arrête le mal sur-le-champ. Mais on use le ressort du gouvernement: l'imagination se fait à cette grande peine, comme elle s'étoit faite à la moindre; et, comme on diminue la crainte pour celle-ci, l'on est bientôt forcé d'établir l'autre dans tous les cas. Les vols sur les grands chemins étoient communs dans quelques états; on voulut les arrêter; on inventa le supplice de la roue[2], qui les suspendit pendant quelque temps. Depuis ce temps on a volé comme auparavant sur les grands chemins.

De nos jours la désertion fut très fréquente: on établit la peine de mort contre les déserteurs, et la désertion n'est pas diminuée. La raison en est bien naturelle: un soldat, accoutumé tous les jours à exposer sa vie, en méprise, ou se flatte d'en mépriser le danger. Il est tous les jours accoutumé à craindre la honte: il falloit donc laisser une peine[3] qui faisoit porter une flétrissure pendant la vie. On a prétendu augmenter la peine, et on l'a réellement diminuée.

Il ne faut point mener les hommes par les voies extrêmes; on doit être ménager des moyens que la nature nous donne pour les conduire. Qu'on examine la cause de tous les relâchements: on verra qu'elle vient de l'impunité des crimes, et non pas de la modération des peines.

Suivons la nature, qui a donné aux hommes la honte comme leur fléau; et que la plus grande partie de la peine soit l'infamie de la souffrir.

Que, s'il se trouve des pays où la honte ne soit pas une suite du supplice, cela vient de la tyran-

[1] *Nihil ultra quam improbe factum adjecit.* (TITE-LIVE.)

[2] Ce supplice n'est point moderne. Hannon, le plus illustre et le plus riche citoyen de Carthage, eut les yeux crevés, les bras, les cuisses et les jambes brisés, pour avoir conspiré contre sa patrie. On l'exposa, en cet état, sur un poteau, à la vue du peuple. Voyez Justin, liv. XXI, chap. III. (P.)

[3] On fendoit le nez, on coupoit les oreilles.

nie, qui a infligé les mêmes peines aux scélérats et aux gens de bien.

Et si vous en voyez d'autres où les hommes ne sont retenus que par des supplices cruels, comptez encore que cela vient en grande partie de la violence du gouvernement, qui a employé ces supplices pour des fautes légères.

Souvent un législateur qui veut corriger un mal ne songe qu'à cette correction, ses yeux sont ouverts sur cet objet, et fermés sur les inconvénients. Lorsque le mal est une fois corrigé, on ne voit plus que la dureté du législateur; mais il reste un vice dans l'état, que cette dureté a produit : les esprits sont corrompus, ils se sont accoutumés au despotisme.

Lysandre [1] ayant remporté la victoire sur les Athéniens, on jugea les prisonniers; on accusa les Athéniens d'avoir précipité tous les captifs de deux galères, et résolu en pleine assemblée de couper le poing aux prisonniers qu'ils feroient. Ils furent tous égorgés, excepté Adymante, qui s'étoit opposé à ce décret. Lysandre reprocha à Philoclès, avant de le faire mourir, qu'il avoit dépravé les esprits et fait des leçons de cruauté à toute la Grèce.

« Les Argiens, dit Plutarque [2], ayant fait mou- » rir quinze cents de leurs citoyens, les Athéniens » firent apporter les sacrifices d'expiation [4], afin » qu'il plût aux dieux de détourner du cœur des » Athéniens une si cruelle pensée. »

Il y a deux genres de corruption : l'un, lorsque le peuple n'observe point les lois; l'autre, lorsqu'il est corrompu par les lois : mal incurable, parce qu'il est dans le remède même.

CHAPITRE XIII.

Impuissance des lois japonoises.

Les peines outrées peuvent corrompre le despotisme même. Jetons les yeux sur le Japon.

On y punit de mort presque tous les crimes [4], parce que la désobéissance à un si grand empereur que celui du Japon est un crime énorme. Il n'est pas question de corriger le coupable, mais de venger le prince. Ces idées sont tirées de la servitude, et viennent surtout de ce que, l'empereur étant propriétaire de tous les biens, presque tous les crimes se font directement contre ses intérêts.

On punit de mort les mensonges qui se font devant les magistrats [1] : chose contraire à la défense naturelle.

Ce qui n'a point l'apparence d'un crime, est là sévèrement puni : par exemple, un homme qui hasarde de l'argent au jeu est puni de mort.

Il est vrai que le caractère étonnant de ce peuple opiniâtre, capricieux, déterminé, bizarre, et qui brave tous les périls et tous les malheurs, semble, à la première vue, absoudre ses législateurs de l'atrocité de leurs lois. Mais des gens qui naturellement méprisent la mort, et qui s'ouvrent le ventre pour la moindre fantaisie, sont-ils corrigés ou arrêtés par la vue continuelle des supplices? et ne s'y familiarisent-ils pas?

Les relations nous disent, au sujet de l'éducation des Japonois, qu'il faut traiter les enfants avec douceur, parce qu'ils s'obstinent contre les peines; que les esclaves ne doivent point être trop rudement traités, parce qu'ils se mettent d'abord en défense. Par l'esprit qui doit régner dans le gouvernement domestique, n'auroit-on pas pu juger de celui qu'on devoit porter dans le gouvernement politique et civil?

Un législateur sage auroit cherché à ramener les esprits par un juste tempérament des peines et des récompenses; par des maximes de philosophie, de morale et de religion, assorties à ces caractères; par la juste application des règles de l'honneur; par le supplice de la honte; par la jouissance d'un bonheur constant, et d'une douce tranquillité; et, s'il avoit craint que les esprits, accoutumés à n'être arrêtés que par une peine cruelle, ne pussent plus l'être par une plus douce, il auroit agi [2] d'une manière sourde et insensible : il auroit, dans les cas particuliers les plus graciables, modéré la peine du crime, jusqu'à ce qu'il eût pu parvenir à la modifier dans tous les cas.

Mais le despotisme ne connoît point ces ressorts; il ne mène pas par ces voies. Il peut abuser de lui; mais c'est tout ce qu'il peut faire. Au Japon, il a fait un effort : il est devenu plus cruel que lui-même.

Des ames partout effarouchées et rendues plus atroces n'ont pu être conduites que par une atrocité plus grande. Voilà l'origine, voilà l'esprit des

[1] XÉNOPHON, hist., liv. II.

[2] Œuvres morales, De ceux qui manient les affaires d'état.

[3] Montesquieu paroît suivre Amyot, qui se trompe ici. Plutarque dit que les Athéniens firent porter autour de l'assemblée les victimes d'expiation. On sait que cet usage avoit pour but de purifier l'assemblée. (CRÉV.)

[4] Voyez Kempfer.

[1] Recueil des voyages qui ont servi à l'établissement de la compagnie des Indes, tom. III, part. II, pag. 428.

[2] Remarquez bien ceci comme une maxime de pratique dans les cas où les esprits ont été gâtés par des peines trop rigoureuses.

lois du Japon. Mais elles ont eu plus de fureur que de force. Elles ont réussi à détruire le christianisme ; mais des efforts si inouïs sont une preuve de leur impuissance. Elles ont voulu établir une bonne police, et leur foiblesse a paru encore mieux.

Il faut lire la relation de l'entrevue de l'empereur et du deyro à Méaco [1]. Le nombre de ceux qui y furent étouffés, ou tués par des garnements, fut incroyable : on enleva les jeunes filles et les garçons ; on les retrouvoit tous les jours exposés dans des lieux publics, à des heures indues, tout nus, cousus dans des sacs de toile, afin qu'ils ne connussent pas les lieux par où ils avoient passé ; on vola tout ce qu'on voulut ; on fendit le ventre à des chevaux pour faire tomber ceux qui les montoient ; on renversa des voitures pour dépouiller les dames. Les Hollandois, à qui l'on dit qu'ils ne pouvoient passer la nuit sur des échafauds, sans être assassinés, en descendirent, etc.

Je passerai vite sur un autre trait. L'empereur, adonné à des plaisirs infames, ne se marioit point : il couroit risque de mourir sans successeur. Le deyro lui envoya deux filles très belles : il en épousa une par respect, mais il n'eut aucun commerce avec elle. Sa nourrice fit chercher les plus belles femmes de l'empire : tout étoit inutile. La fille d'un armurier étonna son goût [2] : il se détermina, il en eut un fils. Les dames de la cour, indignées de ce qu'il leur avoit préféré une personne d'une si basse naissance, étouffèrent l'enfant. Ce crime fut caché à l'empereur : il auroit versé un torrent de sang. L'atrocité des lois en empêche donc l'exécution. Lorsque la peine est sans mesure, on est souvent obligé de lui préférer l'impunité.

CHAPITRE XIV [3].

De l'esprit du sénat de Rome.

Sous le consulat d'Acilius Glabrio et de Pison, on fit la loi Acilia [4] pour arrêter les brigues. Dion dit que le sénat engagea les consuls à la proposer, parce que le tribun C. Cornelius avoit résolu de faire établir des peines terribles contre ce crime, à quoi le peuple étoit fort porté. Le sénat pensoit que des peines immodérées jetteroient bien la ter-

reur dans les esprits, mais qu'elles auroient cet effet, qu'on ne trouveroit plus personne pour accuser ni pour condamner ; au lieu qu'en proposant des peines modiques, on auroit des juges et des accusateurs.

CHAPITRE XV.

Des lois des Romains à l'égard des peines.

Je me trouve fort dans mes maximes lorsque j'ai pour moi les Romains, et je crois que les peines tiennent à la nature du gouvernement, lorsque je vois ce grand peuple changer à cet égard de lois civiles à mesure qu'il changeoit de lois politiques.

Les lois royales, faites pour un peuple composé de fugitifs, d'esclaves, et de brigands, furent très sévères. L'esprit de la république auroit demandé que les décemvirs n'eussent pas mis ces lois dans leurs douze tables ; mais des gens qui aspiroient à la tyrannie n'avoient garde de suivre l'esprit de la république.

Tite-Live [1] dit, sur le supplice de Metius Suffetius, dictateur d'Albe, qui fut condamné par Tullus Hostilius à être tiré par deux chariots, que ce fut le premier et le dernier supplice où l'on témoigna avoir perdu la mémoire de l'humanité. Il se trompe : la loi des douze tables est pleine de dispositions très cruelles [2].

Celle qui découvre le mieux le dessein des décemvirs est la peine capitale prononcée contre les auteurs des libelles et les poëtes. Cela n'est guère du génie de la république, où le peuple aime à voir les grands humiliés. Mais des gens qui vouloient renverser la liberté craignoient des écrits qui pouvoient rappeler l'esprit de la liberté [3].

Après l'expulsion des décemvirs, presque toutes les lois qui avoient fixé les peines furent ôtées. On ne les abrogea pas expressément ; mais la loi Porcia ayant défendu de mettre à mort un citoyen romain, elles n'eurent plus d'application.

Voilà le temps auquel on peut rappeler ce que Tite-Live [4] dit des Romains, que jamais peuple n'a plus aimé la modération des peines.

Que si l'on ajoute à la douceur des peines le droit qu'avoit un accusé de se retirer avant le jugement, on verra bien que les Romains avoient

[1] *Recueil des voyages qui ont servi à l'établissement de la compagnie des Indes,* tom. V, pag. 2.

[2] *Ibid.*

[3] Tout ce chapitre est traduit mot à mot de Dion. (P.)

[4] Les coupables étoient condamnés à une amende ; ils ne pouvoient plus être admis dans l'ordre des sénateurs, et nommés à aucune magistrature. (DION, liv. XXXVI.)

[1] Liv. I.

[2] On y trouve le supplice du feu, des peines presque toujours capitales, le vol puni de mort, etc.

[3] Sylla, animé du même esprit que les décemvirs, augmenta comme eux les peines contre les écrivains satiriques.

[4] Livre I.

suivi cet esprit que j'ai dit être naturel à la république.

Sylla, qui confondit la tyrannie, l'anarchie, et la liberté, fit les lois Cornéliennes. Il sembla ne faire des règlements que pour établir des crimes. Ainsi, qualifiant une infinité d'actions du nom de meurtre, il trouva partout des meurtriers; et, par une pratique qui ne fut que trop suivie, il tendit des pièges, sema des épines, ouvrit des abymes sur le chemin de tous les citoyens.

Presque toutes les lois de Sylla ne portoient que l'interdiction de l'eau et du feu. César y ajouta la confiscation des biens [1], parce que les riches gardant dans l'exil leur patrimoine, ils étoient plus hardis à commettre des crimes.

Les empereurs ayant établi un gouvernement militaire, ils sentirent bientôt qu'il n'étoit pas moins terrible contre eux que contre les sujets; ils cherchèrent à le tempérer : ils crurent avoir besoin des dignités, et du respect qu'on avoit pour elles.

On s'approcha un peu de la monarchie, et l'on divisa les peines en trois classes [2] : celles qui regardoient les premières personnes de l'état [3], et qui étoient assez douces; celles qu'on infligeoit aux personnes d'un rang inférieur [4] et qui étoient plus sévères; enfin celles qui ne concernoient que les conditions basses [5], et qui furent les plus rigoureuses.

Le féroce et insensé Maximin irrita, pour ainsi dire, le gouvernement militaire, qu'il auroit fallu adoucir. Le sénat apprenoit, dit Capitolin [6], que les uns avoient été mis en croix, les autres exposés aux bêtes, ou enfermés dans des peaux de bêtes récemment tuées, sans aucun égard pour les dignités. Il sembloit vouloir exercer la discipline militaire, sur le modèle de laquelle il prétendoit régler les affaires civiles.

On trouvera, dans les *Considérations sur la grandeur des Romains et leur décadence* [7], comment Constantin changea le despotisme militaire en un despotisme militaire et civil, et s'approcha de la monarchie. On y peut suivre les diverses révolutions de cet état, et voir comment on y passa de la rigueur à l'indolence, et de l'indolence à l'impunité.

CHAPITRE XVI.

De la juste proportion des peines avec le crime.

Il est essentiel que les peines aient de l'harmonie entre elles, parce qu'il est essentiel que l'on évite plutôt un grand crime qu'un moindre; ce qui attaque plus la société que ce qui la choque moins.

« Un imposteur [1], qui se disoit Constantin Ducas,
» suscita un grand soulèvement à Constantinople.
» Il fut pris, et condamné au fouet; mais, ayant
» accusé des personnes considérables, il fut con-
» damné, comme calomniateur, à être brûlé. »
Il est singulier qu'on eût ainsi proportionné les peines entre le crime de lèse-majesté et celui de calomnie.

Cela fait souvenir d'un mot de Charles II, roi d'Angleterre. Il vit, en passant, un homme au pilori. « Pourquoi l'a-t-on mis là? dit-il. — Sire,
» lui dit-on, c'est parce qu'il a fait des libelles
» contre vos ministres. — Le grand sot! dit le roi :
» que ne les écrivoit-il contre moi? on ne lui au-
» roit rien fait. »

« Soixante-dix personnes conspirèrent contre
» l'empereur Basile [1] : il les fit fustiger, on leur
» brûla les cheveux et le poil. Un cerf l'ayant pris
» avec son bois par la ceinture, quelqu'un de sa
» suite tira son épée, coupa sa ceinture, et le dé-
» livra : il lui fit trancher la tête, parce qu'il avoit,
» disoit-il, tiré l'épée contre lui. » Qui pourroit penser que, sous le même prince, on eût rendu ces deux jugements?

C'est un grand mal parmi nous de faire subir la même peine à celui qui vole sur un grand chemin; et à celui qui vole et assassine [4]. Il est visible que, pour la sûreté publique, il faudroit mettre quelque différence dans la peine.

A la Chine, les voleurs cruels sont coupés en morceaux [4], les autres, non : cette différence fait que l'on y vole, mais que l'on n'y assassine pas.

En Moscovie, où la peine des voleurs et celle des assassins sont les mêmes, on assassine [6] toujours. Les morts, dit-on, ne racontent rien.

Quand il n'y a point de différence dans la peine, il faut en mettre dans l'espérance de la grace. En

[1] *Pœnas facinorum auxit, cum locupletes eo facilius scelere se obligarent, quod integris patrimoniis, exsularent.* (SUÉTONE, *in Julio Cæsare.*)
[2] Voyez la loi 3, § *Legis, ad leg. Cornel., de Sicariis*; et un très grand nombre d'autres, au Digeste et au Code.
[3] *Sublimiores.* [4] *Medios.*
[5] *Infimos.* Leg. 3, § *Legis, ad leg. Cornel., de Sicariis.*
[6] JUL. CAP., *Maximini duo.* (M.) [7] Chap. XVII.

[1] *Histoire de Nicéphore, patriarche de Constantinople.*
[2] *Ibid.*
[3] On a cherché à justifier cette disposition de la loi, en disant que celui qui attaque sur un grand chemin pour voler est bien résolu de tuer si on lui résiste; et à l'appui de ce raisonnement on a invoqué la maxime du droit romain : *In maleficiis, voluntas spectatur, non exitus.* (P.)
[4] Le P. DUHALDE, tom. I, pag. 6.
[5] *État présent de la grande Russie*, par Perry.

Angleterre, on n'assassine point, parce que les voleurs peuvent espérer d'être transportés dans les colonies ; non pas les assassins.

C'est un grand ressort des gouvernements modérés que les lettres de grâce. Ce pouvoir que le prince a de pardonner, exécuté avec sagesse, peut avoir d'admirables effets. Le principe du gouvernement despotique, qui ne pardonne pas, et à qui on ne pardonne jamais, le prive de ces avantages [1].

CHAPITRE XVII.

De la torture ou question contre les criminels [2].

Parce que les hommes sont méchants, la loi est obligée de les supposer meilleurs qu'ils ne sont. Ainsi la déposition de deux témoins suffit dans la punition de tous les crimes. La loi les croit, comme s'ils parloient par la bouche de la vérité. L'on juge aussi que tout enfant conçu pendant le mariage est légitime : la loi a confiance en la mère, comme si elle étoit la pudicité même. Mais la question contre les criminels n'est pas dans un cas forcé comme ceux-ci. Nous voyons aujourd'hui une nation [3] très bien policée la rejeter sans inconvénients. Elle n'est donc pas nécessaire par sa nature [4].

Tant d'habiles gens et tant de beaux génies ont écrit contre cette pratique, que je n'ose parler après eux. J'allois dire qu'elle pourroit convenir dans les gouvernements despotiques, où tout ce qui inspire la crainte entre plus dans les ressorts du gouvernement ; j'allois dire que les esclaves, chez les Grecs et les Romains... Mais j'entends la voix de la nature qui crie contre moi.

[1] Une telle décision, et celles qui sont dans ce goût, rendent, à mon avis, l'*Esprit des Lois* bien précieux. Voilà ce que n'ont ni Grotius, ni Puffendorf, ni toutes les compilations sur le droit des gens. On sait bien que *despotisme* est employé pour *tyrannie*. Car enfin, un despote ne peut-il pas donner des lettres de grâce tout aussi bien qu'un monarque ? Où est la ligne qui sépare le gouvernement monarchique et le despotique ? La monarchie commençait à être un pouvoir très mitigé, très restreint en Angleterre, quand on força le malheureux Charles I[er] à ne point accorder la grâce de son favori, le comte Strafford. Henri IV, en France, roi à peine affermi, pouvait donner des lettres de grâce au maréchal de Biron ; et peut-être cet acte de clémence, qui a manqué à ce grand homme, eût adouci enfin l'esprit de la ligue, et arrêté la main de Ravaillac. Le faible Louis XIII devait faire grâce à de Thou et à Marillac. (VOLT.)

[2] Ce supplice a disparu de notre législation. (P.)

[3] La nation angloise.

[4] Les citoyens d'Athènes ne pouvoient être mis à la question (LYSIAS, *Orat. in Argorat.*), excepté dans le crime de lèse-majesté. On donnoit la question trente jours après la condamnation. (CURIUS FORTUNATUS, *Rhetor. schol. lib. II.*) Il n'y avoit pas de question préparatoire. Quant aux Romains, la loi 3 et 4

CHAPITRE XVIII.

Des peines pécuniaires et des peines corporelles.

Nos pères les Germains n'admettoient guère que des peines pécuniaires. Ces hommes guerriers et libres estimoient que leur sang ne devoit être versé que les armes à la main. Les Japonois [1], au contraire, rejettent ces sortes de peines, sous prétexte que les gens riches éluderoient la punition. Mais les gens riches ne craignent-ils pas de perdre leurs biens ? Les peines pécuniaires ne peuvent-elles pas se proportionner aux fortunes ? et enfin, ne peut-on pas joindre l'infamie à ces peines ?

Un bon législateur prend un juste milieu : il n'ordonne pas toujours des peines pécuniaires ; il n'inflige pas toujours des peines corporelles.

CHAPITRE XIX.

De la loi du talion.

Les états despotiques, qui aiment les lois simples, usent beaucoup de la loi du talion [2] ; les états modérés la reçoivent quelquefois : mais il y a cette différence, que les premiers la font exercer rigoureusement, et que les autres lui donnent presque toujours des tempéraments.

La loi des douze tables en admettoit deux : elle ne condamnoit au talion que lorsqu'on n'avoit pu apaiser celui qui se plaignoit [3]. On pouvoit, après la condamnation, payer les dommages et intérêts [4], et la peine corporelle se convertissoit en peine pécuniaire [5].

CHAPITRE XX.

De la punition des pères pour leurs enfants.

On punit à la Chine les pères pour les fautes de leurs enfants. C'étoit l'usage du Pérou [6]. Ceci est encore tiré des idées despotiques.

On a beau dire qu'on punit à la Chine les pères pour n'avoir pas fait usage de ce pouvoir paternel que la nature a établi, et que les lois mêmes y

ad leg. Juliam majest. fait voir que la naissance, la dignité, la profession de la milice, garantissoient de la question, si ce n'est dans le cas de crime de lèse-majesté. Voyez les sages restrictions que les lois des Wisigoths mettoient à cette pratique.

[1] Voyez Kempfer.

[2] Elle est établie dans l'Alcoran. Voyez le chapitre de LA VACHE.

[3] *Si membrum rupit, ni cum eo pacit, talio esto.* (AULU-GELLE, liv. XX, ch. I.)

[4] *Ibid.*

[5] Voyez aussi la *loi des Wisigoths*, liv. VI, tit. IV, § 3 et 5.

[6] Voyez Garcilasso, *Histoire des guerres civiles des Espagnols.*

ont augmenté ; cela suppose toujours qu'il n'y a point d'honneur chez les Chinois. Parmi nous, les pères dont les enfants sont condamnés au supplice, et les enfants [1] dont les pères ont subi le même sort, sont aussi punis par la honte qu'il le seroient à la Chine par la perte de la vie.

CHAPITRE XXI.

De la clémence du prince.

La clémence est la qualité distinctive des monarques. Dans la république, où l'on a pour principe la vertu, elle est moins nécessaire. Dans l'état despotique, où règne la crainte, elle est moins en usage, parce qu'il faut contenir les grands de l'état par des exemples de sévérité. Dans les monarchies, où l'on est gouverné par l'honneur, qui souvent exige ce que la loi défend, elle est plus nécessaire. La disgrâce y est un équivalent à la peine ; les formalités mêmes des jugements y sont des punitions. C'est là que la honte vient de tous côtés pour former des genres particuliers de peines.

Les grands y sont si fort punis par la disgrâce, par la perte souvent imaginaire de leur fortune, de leur crédit, de leurs habitudes, de leurs plaisirs, que la rigueur à leur égard est inutile : elle ne peut servir qu'à ôter aux sujets l'amour qu'ils ont pour la personne du prince, et le respect qu'ils doivent avoir pour les places.

Comme l'instabilité des grands est de la nature du gouvernement despotique, leur sûreté entre dans la nature de la monarchie.

Les monarques ont tant à gagner par la clémence, elle est suivie de tant d'amour, ils en tirent tant de gloire, que c'est presque toujours un bonheur pour eux d'avoir l'occasion de l'exercer ; et on le peut presque toujours dans nos contrées.

On leur disputera peut-être quelque branche de l'autorité, presque jamais l'autorité entière ; et si quelquefois ils combattent pour la couronne, ils ne combattent point pour la vie.

Mais, dira-t-on, quand faut-il punir ? quand faut-il pardonner ? C'est une chose qui se fait mieux sentir qu'elle ne peut se prescrire. Quand la clémence a des dangers, ces dangers sont très visibles. On la distingue aisément de cette foiblesse qui mène le prince au mépris et à l'impuissance même de punir.

L'empereur Maurice [2] prit la résolution de ne verser jamais le sang de ses sujets. Anastase [1] ne punissoit point les crimes. Isaac l'Ange jura que, de son règne, il ne feroit mourir personne. Les empereurs grecs avoient oublié que ce n'étoit pas en vain qu'ils portoient l'épée.

⚜

LIVRE SEPTIÈME.

CONSÉQUENCES

DES DIFFÉRENTS PRINCIPES DES TROIS GOUVERNEMENTS,

PAR RAPPORT AUX LOIS SOMPTUAIRES, AU LUXE ET A LA CONDITION DES FEMMES.

CHAPITRE I.

Du luxe [2].

Le luxe est toujours en proportion avec l'inégalité des fortunes. Si dans un état les richesses sont également partagées, il n'y aura point de luxe : car il n'est fondé que sur les commodités qu'on se donne par le travail des autres.

Pour que les richesses restent également partagées, il faut que la loi ne donne à chacun que le nécessaire physique. Si l'on a au-delà, les uns dépenseront, les autres acquerront, et l'inégalité s'établira.

Supposant le nécessaire physique égal à une somme donnée, le luxe de ceux qui n'auront que le nécessaire sera égal à zéro ; celui qui aura le double aura un luxe égal à un ; celui qui aura le double du bien de ce dernier aura un luxe égal à trois ; quand on aura encore le double, on aura un luxe égal à sept : de sorte que le bien du particulier qui suit, étant toujours supposé double de celui du précédent, le luxe croîtra du double plus une unité, dans cette progression 0, 1, 3, 7, 15, 31, 63, 127. Dans la république de Platon [3], le luxe auroit pu se calculer au juste. Il y avoit quatre sortes de cens établis. Le premier étoit précisément le terme où finissoit la pauvreté ; le second étoit double ; le

[1] Fragm. de Suidas, dans Constant. Porphyrog. — Lisez : *Suidas et fragments de Constantin Porphyrogénète*, où ce fait a été recueilli. (CRÉV.)
[2] Le luxe proprement dit n'est autre chose, dans une nation comme dans les particuliers, que la préférence donnée aux superfluités, aux plaisirs d'éclat, sur les besoins, sur les plaisirs simples et naturels. (H.)
[3] Le premier cens étoit le sort héréditaire en terre ; et Platon ne vouloit pas qu'on pût avoir en autres effets plus du triple du sort héréditaire. Voyez ses *Lois*, liv. V.

[1] Au lieu de les punir, disoit Platon, il faut les louer de ne pas ressembler à leur père. (Liv. IX des *Lois*.)
[2] ÉVAGRE, *Histoire*.

troisième, triple; le quatrième, quadruple du premier. Dans le premier cens, le luxe étoit égal à zéro; il étoit égal à un dans le second; à deux dans le troisième; à trois dans le quatrième; et il suivoit ainsi la proportion arithmétique.

En considérant le luxe des divers peuples les uns à l'égard des autres, il est dans chaque état en raison composée de l'inégalité des fortunes qui est entre les citoyens, et de l'inégalité des richesses des divers états. En Pologne, par exemple, les fortunes sont d'une inégalité extrême; mais la pauvreté du total empêche qu'il n'y ait autant de luxe que dans un état plus riche.

Le luxe est encore en proportion avec la grandeur des villes, et surtout de la capitale; en sorte qu'il est en raison composée des richesses de l'état, de l'inégalité des fortunes des particuliers, et du nombre d'hommes qu'on assemble dans de certains lieux.

Plus il y a d'hommes ensemble, plus ils sont vains, et sentent naître en eux l'envie de se signaler par de petites choses[1]. S'ils sont en si grand nombre que la plupart soient inconnus les uns aux autres, l'envie de se distinguer redouble, parce qu'il y a plus d'espérance de réussir. Le luxe donne cette espérance, chacun prend les marques de la condition qui précède la sienne. Mais, à force de vouloir se distinguer, tout devient égal, et on ne se distingue plus : comme tout le monde veut se faire regarder, on ne remarque personne.

Il résulte de tout cela une incommodité générale. Ceux qui excellent dans une profession mettent à leur art le prix qu'ils veulent; les plus petits talents suivent cet exemple; il n'y a plus d'harmonie entre les besoins et les moyens. Lorsque je suis forcé de plaider, il est nécessaire que je puisse payer un avocat; lorsque je suis malade, il faut que je puisse avoir un médecin.

Quelques gens ont pensé qu'en assemblant tant de peuple dans une capitale on diminuoit le commerce, parce que les hommes ne sont plus à une certaine distance les uns des autres. Je ne le crois pas : on a plus de desirs, plus de besoins, plus de fantaisies, quand on est ensemble.

[1] Dans une grande ville, dit l'auteur de la fable des *Abeilles*, tom. 1, pag. 133, on s'habille au-dessus de sa qualité pour être estimé plus qu'on n'est par la multitude. C'est un plaisir pour un esprit foible, presque aussi grand que celui de l'accomplissement de ses desirs.

CHAPITRE II.

Des lois somptuaires dans la démocratie.

Je viens de dire que dans les républiques, où les richesses sont également partagées, il ne peut y avoir de luxe; et, comme on a vu au livre cinquième[1] que cette égalité de distribution fait soit l'excellence d'une république, il suit que moins il y a de luxe dans une république, plus elle est parfaite. Il n'y en avoit point chez les premiers Romains, il n'y en avoit point chez les Lacédémoniens; et dans les républiques où l'égalité n'est pas tout-à-fait perdue, l'esprit de commerce, de travail et de vertu fait que chacun y peut et que chacun y veut vivre de son propre bien, et que par conséquent il y a peu de luxe.

Les lois du nouveau partage des champs, demandé avec tant d'instance dans quelques républiques, étoient salutaires par leur nature. Elles ne sont dangereuses que comme action subite. En ôtant tout-à-coup les richesses aux uns, et augmentant de même celles des autres, elles font dans chaque famille une révolution, et en doivent produire une générale dans l'état.

A mesure que le luxe s'établit dans une république, l'esprit se tourne vers l'intérêt particulier. A des gens à qui il ne faut rien que le nécessaire, il ne reste à desirer que la gloire de la patrie et la sienne propre. Mais une ame corrompue par le luxe a bien d'autres desirs : bientôt elle devient ennemie des lois qui la gênent. Le luxe que la garnison de Rhège commença à connoître fit qu'elle en égorgea les habitants[2].

Sitôt que les Romains furent corrompus, leurs desirs devinrent immenses. On en peut juger par le prix qu'ils mirent aux choses. Une cruche de vin de Falerne[3] se vendoit cent deniers romains; un baril de chair salée du Pont en coûtoit quatre cents; un bon cuisinier, quatre talents; les jeunes garçons n'avoient point de prix. Quand

[1] Chap. III et IV.

[2] Les habitants de la ville de Reggio, située à la pointe de l'Italie la plus voisine de la Sicile, voyant d'un côté Pyrrhus, qui se rendoit par mer à Tarente; de l'autre, les Carthaginois qui infestoient toutes les côtes de la mer Ionienne, et craignant d'être envahis par les Grecs ou les Carthaginois, eurent recours à la république romaine : celle-ci, quoique menacée par un grand nombre d'ennemis, ne crut pas devoir refuser du secours à une ville qui pouvoit lui être utile. On leva donc, par l'ordre du sénat, une légion dans la Campanie, pays barbare; et l'on en donna le commandement à Décius Jubellius, qui, voyant l'opulence de Reggio, résolut d'en égorger les habitants et de piller leurs richesses : ce qu'il exécuta à la fin d'un repas auquel il les avoit invités. (D.)

[3] Fragment du liv. XXXVI de Diodore, rapporté par Const. Porph., *Extrait des vertus et des vices.*

par une impétuosité[1] générale, tout le monde se portoit à la volupté, que devenoit la vertu?

CHAPITRE III.

Des lois somptuaires dans l'aristocratie.

L'aristocratie mal constituée a ce malheur que les nobles y ont les richesses, et que cependant ils ne doivent pas dépenser; le luxe, contraire à l'esprit de modération, en doit être banni. Il n'y a donc que des gens très pauvres qui ne peuvent pas recevoir, et des gens très riches qui ne peuvent pas dépenser.

A Venise, les lois forcent les nobles à la modestie. Ils se sont tellement accoutumés à l'épargne qu'il n'y a que les courtisanes qui puissent leur faire donner de l'argent. On se sert de cette voie pour entretenir l'industrie : les femmes les plus méprisables y dépensent sans danger, pendant que leurs tributaires y mènent la vie du monde la plus obscure.

Les bonnes républiques grecques avoient à cet égard des institutions admirables. Les riches employoient leur argent en fêtes, en chœurs de musique, en chariots, en chevaux pour la course, en magistratures onéreuses. Les richesses y étoient aussi à charge que la pauvreté.

CHAPITRE IV.

Des lois somptuaires dans les monarchies.

« Les Suions[2], nation germanique, rendent » honneur aux richesses, dit Tacite[3] : ce qui fait » qu'ils vivent sous le gouvernement d'un seul. » Cela signifie bien que le luxe est singulièrement propre aux monarchies, et qu'il n'y faut point de lois somptuaires.

Comme, par la constitution des monarchies, les richesses y sont inégalement partagées, il faut bien qu'il y ait du luxe. Si les riches n'y dépensent pas beaucoup, les pauvres mourront de faim. Il faut même que les riches y dépensent à proportion de l'inégalité des fortunes; et que, comme nous avons dit, le luxe y augmente dans cette proportion. Les richesses particulières n'ont augmenté que parce qu'elles ont ôté à une partie des citoyens le nécessaire physique : il faut donc qu'il leur soit rendu.

Ainsi, pour que l'état monarchique se soutienne, le luxe doit aller en croissant, du laboureur à l'artisan, au négociant, aux nobles, aux magistrats, aux grands seigneurs, aux traitants principaux, aux princes; sans quoi tout seroit perdu.

Dans le sénat de Rome, composé de graves magistrats, de jurisconsultes, et d'hommes pleins de l'idée des premiers temps, on proposa, sous Auguste, la correction des mœurs et du luxe des femmes. Il est curieux de voir dans Dion[1] avec quel art il éluda les demandes importunes de ces sénateurs. C'est qu'il fondoit une monarchie, et dissolvoit une république.

Sous Tibère, les édiles proposèrent, dans le sénat, le rétablissement des anciennes lois somptuaires[2]. Ce prince, qui avoit des lumières, s'y opposa. « L'état ne pourroit subsister, disoit-il, » dans la situation où sont les choses. Comment » Rome pourroit-elle vivre? comment pourroient » vivre les provinces? Nous avions de la frugalité » lorsque nous étions citoyens d'une seule ville : » aujourd'hui nous consommons les richesses de » tout l'univers; on fait travailler pour nous les » maîtres et les esclaves. » Il voyoit bien qu'il ne falloit plus de lois somptuaires.

Lorsque, sous le même empereur, on proposa au sénat de défendre aux gouverneurs de mener leurs femmes dans les provinces, à cause des dérèglements qu'elles y apportoient, cela fut rejeté. On dit « que les exemples de la dureté des an- » ciens avoient été changés en une façon de vivre » plus agréable[3]. » On sentit qu'il falloit d'autres mœurs.

Le luxe est donc nécessaire dans les états monarchiques, il l'est encore dans les états despotiques. Dans les premiers, c'est un usage que l'on fait de ce qu'on possède de liberté; dans les autres, c'est un abus qu'on fait des avantages de sa servitude : lorsqu'un esclave, choisi par son maître pour tyranniser ses autres esclaves, incertain

[1] *Cum maximus omnium impetus ad luxuriam esset*, ibid.

[2] Les Suions, selon Tacite, étaient des habitants d'une île de l'Océan au-delà de la Germanie[*]. *Suionum hinc civitates in ipso Oceano.* Guerriers valeureux et bien armés, ils ont encore des flottes. *Propter viros armaque classibus valent.* Les riches y sont considérés. *Est et opibus honos.* Ils n'ont qu'un chef. *Eisque unus imperitat.* Ces barbares, que Tacite ne connaissait point, qui, dans leur petit pays, n'avaient qu'un seul chef, et qui préféraient le possesseur de cinquante vaches à celui qui n'en avait que douze, ont-ils le moindre rapport avec nos monarchies et nos lois somptuaires? (VOLT.)

[3] *De moribus Germanorum.*

[*] Les Suions occupaient cette partie de l'Europe que nous connoissons aujourd'hui sous le nom de Suède.

[1] DION CASSIUS, liv. LIV.

[2] TACITE, *Annal.*, liv. III.

[3] *Multa duritiei veterum melius et lætius mutata.* (TACITE, *Ann.*, liv. III.)

pour le lendemain de la fortune de chaque jour, n'a d'autre félicité que celle d'assouvir l'orgueil, les desirs et les voluptés de chaque jour.

Tout ceci mène à une réflexion : les républiques finissent par le luxe; les monarchies, par la pauvreté[1].

CHAPITRE V.

Dans quels cas les lois somptuaires sont utiles dans une monarchie.

Ce fut dans l'esprit de la république, ou dans quelques cas particuliers, qu'au milieu du treizième siècle on fit en Aragon des lois somptuaires. Jacques I[er] ordonna que le roi, ni aucun de ses sujets, ne pourroient manger plus de deux sortes de viandes à chaque repas, et que chacune ne seroit préparée que d'une seule manière, à moins que ce ne fût du gibier qu'on eût tué soi-même[2].

On fait aussi de nos jours en Suède des lois somptuaires; mais elles ont un objet différent de celles d'Aragon.

Un état peut faire des lois somptuaires dans l'objet d'une frugalité absolue : c'est l'esprit des lois somptuaires des républiques; et la nature de la chose fait voir que ce fut l'objet de celles d'Aragon.

Les lois somptuaires peuvent avoir aussi pour objet une frugalité relative : lorsqu'un état, sentant que des marchandises étrangères d'un trop haut prix demanderoient une telle exportation des siennes, qu'il se priveroit plus de ses besoins par celles-ci qu'il n'en satisferoit par celles-là, en défend absolument l'entrée; et c'est l'esprit des lois que l'on a faites de nos jours en Suède[3]. Ce sont les seules lois somptuaires qui conviennent aux monarchies.

En général, plus un état est pauvre, plus il est ruiné par son luxe relatif; et plus par conséquent il lui faut des lois somptuaires relatives. Plus un état est riche, plus son luxe relatif l'enrichit; et il faut bien se garder d'y faire des lois somptuaires relatives. Nous expliquerons mieux ceci dans le livre sur le commerce[4]. Il n'est ici question que du luxe absolu.

[1] *Opulentia paritura mox egestatem.* (FLORUS, liv. III.)
[2] Constitution de Jacques I[er], de l'an 1234, art. 6, dans Marca Hisp., pag. 1459. — Outre le gibier qu'on auroit tué soi-même, la loi permettoit encore le gibier donné et le gibier acheté. (D.)
[3] On y a défendu les vins exquis, et autres marchandises précieuses.
[4] Voyez liv. XX.

CHAPITRE VI.

Du luxe à la Chine.

Des raisons particulières demandent des lois somptuaires dans quelques états. Le peuple, par la force du climat, peut devenir si nombreux, et d'un autre côté les moyens de le faire subsister peuvent être si incertains, qu'il est bon de l'appliquer tout entier à la culture des terres. Dans ces états le luxe est dangereux, et les lois somptuaires y doivent être rigoureuses. Ainsi, pour savoir s'il faut encourager le luxe ou le proscrire, on doit d'abord jeter les yeux sur le rapport qu'il y a entre le nombre du peuple et la facilité de le faire vivre. En Angleterre le sol produit beaucoup plus de grain qu'il ne faut pour nourrir ceux qui cultivent les terres et ceux qui procurent les vêtements : il peut donc y avoir des arts frivoles, et par conséquent du luxe. En France il croît assez de blé pour la nourriture des laboureurs et de ceux qui sont employés aux manufactures; de plus, le commerce avec les étrangers peut rendre pour des choses frivoles tant de choses nécessaires, qu'on n'y doit guère craindre le luxe.

A la Chine, au contraire, les femmes sont si fécondes, et l'espèce humaine s'y multiplie à un tel point, que les terres, quelque cultivées qu'elles soient, suffisent à peine pour la nourriture des habitants. Le luxe y est donc pernicieux, et l'esprit de travail et d'économie y est aussi requis que dans quelque république que ce soit[1]. Il faut qu'on s'attache aux arts nécessaires, et qu'on fuie ceux de la volupté.

Voilà l'esprit des belles ordonnances des empereurs chinois : « Nos anciens, dit un empereur » de la famille des Tang[2], tenoient pour maxime » que s'il y avoit un homme qui ne labourât point, » une femme qui ne s'occupât point à filer, quel- » qu'un souffroit le froid ou la faim dans l'em- » pire.... » Et, sur ce principe, il fit détruire une infinité de monastères de bonzes.

Le troisième empereur de la vingt-unième dynastie[3], à qui on apporta des pierres précieuses trouvées dans une mine, la fit fermer, ne voulant pas fatiguer son peuple à travailler pour une chose qui ne pouvoit ni le nourrir ni le vêtir.

« Notre luxe est si grand, dit Kiayventi[4], que

[1] Le luxe y a toujours été arrêté.
[2] Dans une ordonnance rapportée par le P. Duhalde, tom. II, pag. 497.
[3] *Histoire de la Chine*, vingt-unième dynastie, dans l'ouvrage du P. Duhalde, tom. I.
[4] Dans un discours rapporté par le P. Duhalde, t. II, p. 418.

» le peuple orne de broderies les souliers des jeu-
» nes garçons et des filles qu'il est obligé de ven-
» dre. » Tant d'hommes étant occupés à faire des
habits pour un seul, le moyen qu'il n'y ait bien
des gens qui manquent d'habits ? Il y a dix hom-
mes qui mangent le revenu des terres, contre un
laboureur : le moyen qu'il n'y ait bien des gens
qui manquent d'aliments ?

CHAPITRE VII.

Fatale conséquence du luxe à la Chine.

On voit, dans l'histoire de la Chine, qu'elle a
eu vingt-deux dynasties qui se sont succédé ; c'est-
à-dire qu'elle a éprouvé vingt-deux révolutions
générales, sans compter une infinité de particu-
lières. Les trois premières dynasties durèrent as-
sez long-temps, parce qu'elles furent sagement
gouvernées, et que l'empire étoit moins étendu
qu'il ne le fut depuis. Mais on peut dire, en géné-
ral, que toutes ces dynasties commencèrent assez
bien. La vertu, l'attention, la vigilance, sont né-
cessaires à la Chine : elles y étoient dans le com-
mencement des dynasties, et elles manquoient à
la fin. En effet, il étoit naturel que des empereurs
nourris dans les fatigues de la guerre, qui parve-
noient à faire descendre du trône une famille
noyée dans les délices, conservassent la vertu
qu'ils avoient éprouvée si utile, et craignissent
les voluptés qu'ils avoient vues si funestes. Mais,
après ces trois ou quatre premiers princes, la
corruption, le luxe, l'oisiveté, les délices, s'em-
parent des successeurs ; ils s'enferment dans le
palais ; leur esprit s'affoiblit, leur vie s'accourcit,
la famille décline ; les grands s'élèvent, les eunu-
ques s'accréditent, on ne met sur le trône que
des enfants ; le palais devient ennemi de l'empire ;
un peuple oisif, qui l'habite, ruine celui qui tra-
vaille ; l'empereur est tué ou détruit par un usur-
pateur, qui fonde une famille, dont le troisième
ou quatrième successeur va dans le même palais
se renfermer encore.

CHAPITRE VIII.

De la continence publique.

Il y a tant d'imperfections attachées à la perte
de la vertu dans les femmes, toute leur ame en
est si fort dégradée, ce point principal ôté en fait
tomber tant d'autres, que l'on peut regarder,
dans un état populaire, l'incontinence publique

comme le dernier des malheurs, et la certitude
d'un changement dans la constitution.

Aussi les bons législateurs y ont-ils exigé des
femmes une certaine gravité de mœurs. Ils ont
proscrit de leurs républiques non seulement le
vice, mais l'apparence même du vice. Ils ont
banni jusqu'à ce commerce de galanterie qui pro-
duit l'oisiveté, qui fait que les femmes corrom-
pent avant même d'être corrompues, qui donne
un prix à tous les riens, et rabaisse ce qui est im-
portant, et qui fait que l'on ne se conduit plus
que sur les maximes du ridicule, que les femmes
entendent si bien à établir.

CHAPITRE IX.

De la condition des femmes dans les divers gouverne ments.

Les femmes ont peu de retenue dans les mo-
narchies, parce que la distinction des rangs les
appelant à la cour, elles y vont prendre cet esprit
de liberté qui est à peu près le seul qu'on y to-
lère. Chacun se sert de leurs agréments et de
leurs passions pour avancer sa fortune ; et comme
leur foiblesse ne leur permet pas l'orgueil, mais
la vanité, le luxe y règne toujours avec elles.

Dans les états despotiques, les femmes n'intro-
duisent point le luxe ; mais elles sont elles-mêmes
un objet de luxe. Elles doivent être extrêmement
esclaves. Chacun suit l'esprit du gouvernement,
et porte chez soi ce qu'il voit établi ailleurs.
Comme les lois y sont sévères et exécutées sur-le-
champ, on a peur que la liberté des femmes n'y
fasse des affaires. Leurs brouilleries, leurs indis-
crétions, leurs répugnances, leurs penchants,
leurs jalousies, leurs piques, cet art qu'ont les
petites ames d'intéresser les grandes, n'y sau-
roient être sans conséquence.

De plus, comme dans ces états les princes se
jouent de la nature humaine, ils ont plusieurs
femmes ; et mille considérations les obligent de
les renfermer.

Dans les républiques, les femmes sont libres
par les lois, et captivées par les mœurs ; le luxe
en est banni, et avec lui la corruption et les vices.

Dans les villes grecques, où l'on ne vivoit pas
sous cette religion qui établit que, chez les hom-
mes mêmes, la pureté des mœurs est une partie
de la vertu ; dans les villes grecques, où un vice
aveugle régnoit d'une manière effrénée, où l'a-
mour n'avoit qu'une forme que l'on n'ose dire,
tandis que la seule amitié s'étoit retirée dans le

mariage [1], la vertu, la simplicité, la chasteté des femmes, y étoient telles qu'on n'a guère jamais vu de peuple qui ait eu à cet égard une meilleure police [2].

CHAPITRE X.

Du tribunal domestique chez les Romains.

Les Romains n'avoient pas, comme les Grecs, des magistrats particuliers qui eussent inspection sur la conduite des femmes. Les censeurs n'avoient l'œil sur elles que comme sur le reste de la république. L'institution du tribunal domestique [3] suppléa à la magistrature établie chez les Grecs [4].

Le mari assembloit les parents de la femme, et la jugeoit devant eux [5]. Ce tribunal maintenoit les mœurs dans la république. Mais ces mêmes mœurs maintenoient ce tribunal. Il devoit juger, non seulement de la violation des lois, mais aussi de la violation des mœurs. Or, pour juger de la violation des mœurs, il faut en avoir.

Les peines de ce tribunal devoient être arbitraires, et l'étoient en effet : car tout ce qui regarde les mœurs, tout ce qui regarde les règles de la modestie, ne peut guère être compris sous un code de lois. Il est aisé de régler par des lois ce qu'on doit aux autres ; il est difficile d'y comprendre tout ce qu'on se doit à soi-même.

Le tribunal domestique regardoit la conduite générale des femmes. Mais il y avoit un crime qui, outre l'animadversion de ce tribunal, étoit encore soumis à une accusation publique : c'étoit l'adultère ; soit que, dans une république, une si grande violation de mœurs intéressât le gouvernement ; soit que le dérèglement de la femme pût faire soupçonner celui du mari ; soit enfin que l'on craignît que les honnêtes gens mêmes n'ai-

massent mieux cacher ce crime que le punir, l'ignorer que le venger.

CHAPITRE XI.

Comment les institutions changèrent à Rome avec le gouvernement.

Comme le tribunal domestique supposoit des mœurs, l'accusation publique en supposoit aussi ; et cela fit que ces deux choses tombèrent avec les mœurs, et finirent avec la république [1].

L'établissement des questions perpétuelles, c'est-à-dire du partage de la jurisdiction entre les préteurs, et la coutume qui s'introduisit de plus en plus que ces préteurs jugeassent eux-mêmes [2] toutes les affaires, affoiblirent l'usage du tribunal domestique ; ce qui paroît par la surprise des historiens, qui regardent comme des faits singuliers et comme un renouvellement de la pratique ancienne, les jugements que Tibère fit rendre par ce tribunal.

L'établissement de la monarchie et le changement des mœurs firent encore cesser l'accusation publique. On pouvoit craindre qu'un malhonnête homme, piqué des mépris d'une femme, indigné de ses refus, outré de sa vertu même, ne formât le dessein de la perdre. La loi Julia ordonna qu'on ne pourroit accuser une femme d'adultère qu'après avoir accusé son mari de favoriser ses dérèglements : ce qui restreignit beaucoup cette accusation, et l'anéantit pour ainsi dire [3].

Sixte-Quint sembla vouloir renouveler l'accusation publique [4]. Mais il ne faut qu'un peu de réflexion pour voir que cette loi, dans une monarchie telle que la sienne, étoit encore plus déplacée que dans toute autre.

CHAPITRE XII.

De la tutelle des femmes chez les Romains.

Les institutions des Romains mettoient les femmes dans une perpétuelle tutelle, à moins qu'elles ne fussent sous l'autorité d'un mari [5]. Cette tutelle

[1] « Quant au vrai amour, dit Plutarque, les femmes n'y ont » aucune part. » (Œuvres morales, Traité de l'amour, pag. 600.) Il paroit comme son siècle. Voyez Xénophon, au dialogue intitulé Hiéron.

[2] A Athènes, il y avoit un magistrat particulier qui veilloit sur la conduite des femmes.

[3] Romulus institua ce tribunal, comme il paroit par Denys d'Halicarnasse, liv. II, pag. 96.

[4] Voyez, dans Tite-Live, liv. XXXIX, l'usage que l'on fit de ce tribunal, lors de la conjuration des bacchanales : on appela conjuration contre la république, des assemblées où l'on corrompoit les mœurs des femmes et des jeunes gens.

[5] Il paroît, par Denys d'Halicarnasse, liv. II, que, par l'institution de Romulus, le mari, dans les cas ordinaires, jugeoit seul devant les parents de la femme ; et que, dans les grands crimes, il la jugeoit avec cinq d'entre eux. Aussi Ulpien, au titre VI, § 9, 12 et 13, distingue-t-il, dans les jugements des mœurs, celles qu'il appelle graves, d'avec celles qui l'étoient moins : Mores graviores, mores leviores.

[1] Judicio de moribus (quod antea quidem in antiquis legibus positum erat, non autem frequentabatur) penitus abolito. (Leg. XI, § 2, cod. de repud.)

[2] Judicia extraordinaria.

[3] Constantin l'ôta entièrement. « C'est une chose indigne, di » soit-il, que des mariages tranquilles soient troublés par l'au » dace des étrangers. »

[4] Sixte-Quint ordonna qu'un mari qui n'iroit point se plaindre à lui des débauches de sa femme seroit puni de mort. Voyez Leti.

[5] Nisi convenissent in manum viri.

étoit donnée au plus proche des parents, par mâles ; et il paroît, par une expression vulgaire[1], qu'elles étoient très gênées. Cela étoit bon pour la république, et n'étoit point nécessaire dans la monarchie[2].

Il paroît, par les divers codes des lois des barbares, que les femmes chez les premiers Germains étoient aussi dans une perpétuelle tutelle[3]. Cet usage passa dans les monarchies qu'ils fondèrent ; mais il ne subsista pas.

CHAPITRE XIII.

Des peines établies par les empereurs contre les débauches des femmes.

La loi Julia établit une peine contre l'adultère. Mais, bien loin que cette loi et celles que l'on fit depuis là-dessus fussent une marque de la bonté des mœurs, elles furent au contraire une marque de leur dépravation.

Tout le système politique à l'égard des femmes changea dans la monarchie. Il ne fut plus question d'établir chez elles la pureté des mœurs, mais de punir leurs crimes. On ne faisoit de nouvelles lois, pour punir ces crimes, que parce qu'on ne punissoit plus les violations, qui n'étoient point ces crimes.

L'affreux débordement des mœurs obligeoit bien les empereurs de faire des lois pour arrêter, à un certain point, l'impudicité ; mais leur intention ne fut pas de corriger les mœurs en général. Des faits positifs, rapportés par les historiens, prouvent plus cela que toutes ces lois ne sauroient prouver le contraire. On peut voir dans Dion la conduite d'Auguste à cet égard, et comment il éluda, et dans sa préture, et dans sa censure, les demandes qui lui furent faites[4].

On trouve bien dans les historiens des jugements rigides rendus sous Auguste et sous Tibère contre l'impudicité de quelques dames romaines ; mais, en nous faisant connoître l'esprit de ces règnes, ils nous font connoître l'esprit de ces jugements.

Auguste et Tibère songèrent principalement à punir les débauches de leurs parentes. Ils ne punissoient point le déréglement des mœurs, mais un certain crime d'impiété ou de lèse-majesté[1] qu'ils avoient inventé, utile pour le respect, utile pour leur vengeance. De là vient que les auteurs romains s'élèvent si fort contre cette tyrannie.

La peine de la loi Julia étoit légère[2]. Les empereurs voulurent que, dans les jugements, on augmentât la peine de la loi qu'ils avoient faite. Cela fut le sujet des invectives des historiens. Ils n'examinoient pas si les femmes méritoient d'être punies, mais si l'on avoit violé la loi pour les punir.

Une des principales tyrannies de Tibère[3] fut l'abus qu'il fit des anciennes lois. Quand il voulut punir quelque dame romaine au-delà de la peine portée par la loi Julia, il rétablit contre elle le tribunal domestique[4].

Ces dispositions à l'égard des femmes ne regardoient que les familles des sénateurs, et non pas celles du peuple. On vouloit des prétextes aux accusations contre les grands, et les déportements des femmes en pouvoient fournir sans nombre.

Enfin ce que j'ai dit, que la bonté des mœurs n'est pas le principe du gouvernement d'un seul, ne se vérifia jamais mieux que sous ces premiers empereurs ; et si l'on en doutoit, on n'auroit qu'à lire Tacite, Suétone, Juvénal et Martial.

CHAPITRE XIV.

Lois somptuaires chez les Romains.

Nous avons parlé de l'incontinence publique, parce qu'elle est jointe avec le luxe, qu'elle en est toujours suivie, et qu'elle le suit toujours. Si vous laissez en liberté les mouvements du cœur,

[1] *Ne sis mihi patruus oro.*

[2] La loi Papienne ordonna sous Auguste que les femmes qui auroient eu trois enfants seroient hors de cette tutelle.

[3] Cette tutelle s'appeloit chez les Germains *mundeburdium*.

[4] Comme on lui eut amené un jeune homme qui avoit épousé une femme avec laquelle il avoit eu auparavant un mauvais commerce, il hésita long-temps, n'osant ni approuver, ni punir ces choses. Enfin, reprenant ses esprits : « Les séditions ont » été cause de grands maux, dit-il ; oublions-les. » (DION, liv. LIV.) Les sénateurs lui ayant demandé des réglements sur les mœurs des femmes, il éluda cette demande, en leur disant

« qu'ils corrigeassent leurs femmes, comme il corrigeoit la » sienne. » Sur quoi ils le prièrent de leur dire comment il en usoit avec sa femme : question, ce me semble, fort indiscrète.

[1] *Culpam inter viros ac feminas vulgatam gravi nomine læsarum religionum, ac violatæ majestatis appellando, clementiam majorum suasque ipse leges egrediebatur.* (TACITE, *Ann.*, liv. III.)

[2] Cette loi est rapportée au Digeste ; mais on n'y a pas mis la peine. On juge qu'elle n'étoit que de la relégation, puisque celle de l'inceste n'étoit que de la déportation. Leg. *Si quis viduam*, ff. *de quest.*

[3] *Proprium id Tiberio fuit, scelera nuper reperta priscis verbis obtegere.* (TACITE, *Annal.*, liv. IV.)

[4] *Adulterii graviorem pœnam deprecatus, ut, exemplo majorum, propinquis suis ultra ducentesimum lapidem removeretur, suasit. Adultero Manlio Italia atque Africa interdictum est.* (TACITE, *Annal.*, liv. II.)

comment pourrez-vous gêner les foiblesses de l'esprit ?

A Rome, outre les institutions générales, les censeurs firent faire, par les magistrats, plusieurs lois particulières pour maintenir les femmes dans la frugalité. Les lois Fannienne, Licinienne [1] et Oppienne eurent cet objet. Il faut voir, dans Tite-Live [2], comment le sénat fut agité, lorsqu'elles demandèrent la révocation de la loi Oppienne. Valère Maxime met l'époque du luxe chez les Romains à l'abrogation de cette loi.

CHAPITRE XV.

Des dots et des avantages nuptiaux dans les diverses constitutions.

Les dots doivent être considérables dans les monarchies, afin que les maris puissent soutenir leur rang et le luxe établi. Elles doivent être médiocres dans les républiques, où le luxe ne doit pas régner [3]. Elles doivent être à peu près nulles dans les états despotiques, où les femmes sont, en quelque façon, esclaves.

La communauté des biens, introduite par les lois françoises entre le mari et la femme, est très convenable dans le gouvernement monarchique, parce qu'elle intéresse les femmes aux affaires domestiques, et les rappelle, comme malgré elles, au soin de leur maison. Elle l'est moins dans la république, où les femmes ont plus de vertu. Elle seroit absurde dans les états despotiques, où presque toujours les femmes sont elles-mêmes une partie de la propriété du maître.

Comme les femmes, par leur état, sont assez portées au mariage, les gains que la loi leur donne sur les biens de leur mari sont inutiles. Mais ils seroient très pernicieux dans une république, parce que leurs richesses particulières produiroient le luxe. Dans les états despotiques, les gains de noces doivent être leur subsistance, et rien de plus.

[1] Les lois *Fannia* et *Licinia* ne regardoient point spécialement les femmes ; elles régloient et modéroient la dépense de la table. (CRÉV.)
[2] Décade IV, liv. IV.
[3] Marseille fut la plus sage des républiques de son temps : les dots ne pouvoient passer cent écus en argent, et cinq en habits, dit Strabon, liv. IV. — Strabon leur donne encore cinq écus en ornements d'or, pour servir à la parure de l'épousée. (D.)

CHAPITRE XVI.

Belle coutume des Samnites [1].

Les Samnites avoient une coutume qui, dans une petite république, et surtout dans la situation où étoit la leur, devoit produire d'admirables effets. On assembloit tous les jeunes gens, et on les jugeoit : celui qui étoit déclaré le meilleur de tous prenoit pour sa femme la fille qu'il vouloit ; celui qui avoit les suffrages après lui choisissoit encore ; et ainsi de suite [2]. Il étoit admirable de ne regarder entre les biens des garçons que les belles qualités, et les services rendus à la patrie. Celui qui étoit le plus riche de ces sortes de biens choisissoit une fille dans toute la nation. L'amour, la beauté, la chasteté, la vertu, la naissance, les richesses même, tout cela étoit, pour ainsi dire, la dot de la vertu [3]. Il seroit difficile d'imaginer une récompense plus noble, plus grande, moins à charge à un petit état, plus capable d'agir sur l'un et l'autre sexe.

Les Samnites descendoient des Lacédémoniens ; et Platon, dont les institutions ne sont que la perfection des lois de Lycurgue, donna à peu près une pareille loi [3].

CHAPITRE XVII.

De l'administration des femmes.

Il est contre la raison et contre la nature que les femmes soient maîtresses dans la maison, comme cela étoit établi chez les Égyptiens ; mais il ne l'est pas qu'elles gouvernent un empire. Dans le premier cas, l'état de foiblesse où elles sont ne leur permet pas la prééminence ; dans le second, leur foiblesse même leur donne plus de douceur et de modération : ce qui peut faire un bon gouvernement, plutôt que les vertus dures et féroces.

Dans les Indes, on se trouve très bien du gouvernement des femmes ; et il est établi que, si les mâles ne viennent pas d'une mère du même sang, les filles qui ont une mère du sang royal succèdent [4]. On leur donne un certain nombre de per-

[1] L'auteur a pris ici les Sunites, peuples de la Sarmatie, pour les Samnites, peuples de l'Italie. Stobée les appelle Σουνιται, Sunitæ. Ortelius et Procope parlent de ces peuples. La Martinière les nomme *Suniti*. (D.)
[2] Fragm. de Nicolas de Damas, tiré de Stobée, dans le recueil de Const. Porphyr.
[3] Il leur permet même de se voir plus fréquemment. — (PLATO, *de Republica*, lib. V.)
[4] *Lettres édifiantes*, quatorzième recueil.

sonnes pour les aider à porter le poids du gouvernement. Selon M. Smith[1], on se trouve aussi très bien du gouvernement des femmes en Afrique. Si l'on ajoute à cela l'exemple de la Moscovie et de l'Angleterre, on verra qu'elles réussissent également, et dans le gouvernement modéré, et dans le gouvernement despotique.

LIVRE HUITIÈME.
DE LA CORRUPTION
DES PRINCIPES DES TROIS GOUVERNEMENTS.

CHAPITRE I.
Idée générale de ce livre.

La corruption de chaque gouvernement commence presque toujours par celle des principes.

CHAPITRE II.
De la corruption du principe de la démocratie.

Le principe de la démocratie se corrompt, non seulement lorsqu'on perd l'esprit d'égalité, mais encore quand on prend l'esprit d'égalité extrême, et que chacun veut être égal à ceux qu'il choisit pour lui commander. Pour lors le peuple, ne pouvant souffrir le pouvoir même qu'il confie, veut tout faire par lui-même, délibérer pour le sénat, exécuter pour les magistrats, et dépouiller tous les juges.

Il ne peut plus y avoir de vertu dans la république. Le peuple veut faire les fonctions des magistrats : on ne les respecte donc plus. Les délibérations du sénat n'ont plus de poids : on n'a donc plus d'égards pour les sénateurs, et par conséquent pour les vieillards. Que si l'on n'a pas du respect pour les vieillards, on n'en aura pas non plus pour les pères : les maris ne méritent pas plus de déférence, ni les maîtres plus de soumission. Tout le monde parviendra à aimer ce libertinage : la gêne du commandement fatiguera, comme celle de l'obéissance. Les femmes, les enfants, les esclaves, n'auront plus de soumission pour personne. Il n'y aura plus de mœurs, plus d'amour de l'ordre, enfin plus de vertu.

[1] *Voyage de Guinée*, seconde partie, pag. 163 de la traduction, sur le royaume d'Angona, sur la côte d'Or.

On voit dans le Banquet de Xénophon une peinture bien naïve d'une république où le peuple a abusé de l'égalité. Chaque convive donne à son tour la raison pourquoi il est content de lui. « Je » suis content de moi, dit Charmidès, à cause de » ma pauvreté. Quand j'étois riche, j'étois obligé » de faire ma cour aux calomniateurs, sachant bien » que j'étois plus en état de recevoir du mal d'eux » que de leur en faire ; la république me deman- » doit toujours quelque nouvelle somme ; je ne » pouvois m'absenter. Depuis que je suis pauvre, » j'ai acquis de l'autorité ; personne ne me me- » nace, je menace les autres ; je puis m'en aller » ou rester. Déja les riches se lèvent de leurs pla- » ces, et me cèdent le pas. Je suis un roi, j'étois » esclave ; je payois un tribut à la république, » aujourd'hui elle me nourrit ; je ne crains plus » de perdre, j'espère d'acquérir. »

Le peuple tombe dans ce malheur lorsque ceux à qui il se confie, voulant cacher leur propre corruption, cherchent à le corrompre. Pour qu'il ne voie pas leur ambition, ils ne lui parlent que de sa grandeur ; pour qu'il n'aperçoive pas leur avarice, ils flattent sans cesse la sienne.

La corruption augmentera parmi les corrupteurs, et elle augmentera parmi ceux qui sont déja corrompus. Le peuple se distribuera tous les deniers publics ; et, comme il aura joint à sa paresse la gestion des affaires, il voudra joindre à sa pauvreté les amusements du luxe. Mais, avec sa paresse et son luxe, il n'y aura que le trésor public qui puisse être un objet pour lui.

Il ne faudra pas s'étonner si l'on voit les suffrages se donner pour de l'argent. On ne peut donner beaucoup au peuple sans retirer encore plus de lui ; mais, pour retirer de lui, il faut renverser l'état. Plus il paroîtra tirer d'avantage de sa liberté, plus il s'approchera du moment où il doit la perdre. Il se forme de petits tyrans qui ont tous les vices d'un seul. Bientôt ce qui reste de liberté devient insupportable : un seul tyran s'élève ; et le peuple perd tout, jusqu'aux avantages de sa corruption.

La démocratie a donc deux excès à éviter : l'esprit d'inégalité, qui la mène à l'aristocratie ou au gouvernement d'un seul ; et l'esprit d'égalité extrême, qui la conduit au despotisme d'un seul, comme le despotisme d'un seul finit par la conquête.

Il est vrai que ceux qui corrompirent les républiques grecques ne devinrent pas toujours tyrans. C'est qu'ils s'étoient plus attachés à l'éloquence qu'à l'art militaire ; outre qu'il y avoit dans le

cœur de tous les Grecs une haine implacable contre ceux qui renversoient le gouvernement républicain : ce qui fit que l'anarchie dégénéra en anéantissement, au lieu de se changer en tyrannie.

Mais Syracuse, qui se trouva placée au milieu d'un grand nombre de petites oligarchies changées en tyrannies [1]; Syracuse, qui avoit un sénat [2] dont il n'est presque jamais fait mention dans l'histoire, essuya des malheurs que la corruption ordinaire ne donne pas. Cette ville, toujours dans la licence [3] ou dans l'oppression, également travaillée par sa liberté et par sa servitude, recevant toujours l'une et l'autre comme une tempête, et, malgré sa puissance au-dehors, toujours déterminée à une révolution par la plus petite force étrangère, avoit dans son sein un peuple immense, qui n'eut jamais que cette cruelle alternative de se donner un tyran ou de l'être lui-même.

CHAPITRE III.

De l'esprit d'égalité extrême.

Autant que le ciel est éloigné de la terre, autant le véritable esprit d'égalité l'est-il de l'esprit d'égalité extrême. Le premier ne consiste point à faire en sorte que tout le monde commande ou que personne ne soit commandé, mais à obéir et à commander à ses égaux. Il ne cherche pas à n'avoir point de maîtres, mais à n'avoir que ses égaux pour maîtres.

Dans l'état de nature, les hommes naissent bien dans l'égalité; mais ils n'y sauroient rester. La société la leur fait perdre, et ils ne redeviennent égaux que par les lois.

Telle est la différence entre la démocratie réglée et celle qui ne l'est pas, que, dans la première, on n'est égal que comme citoyen, et que, dans l'autre, on est encore égal comme magistrat, comme sénateur, comme juge, comme père, comme mari, comme maître.

La place naturelle de la vertu est auprès de la liberté; mais elle ne se trouve pas plus auprès de la liberté extrême qu'auprès de la servitude.

[1] Voyez Plutarque, dans les *Vies de Timoléon et de Dion*.
[2] C'est celui des six cents dont parle Diodore.
[3] Ayant chassé les tyrans, ils firent citoyens des étrangers et des soldats mercenaires; ce qui causa des guerres civiles. (ARISTOTE, *Polit.*, liv. V, chap. III.) Le peuple ayant été cause de la victoire sur les Athéniens, la république fut changée. (*Ibid.*, chap. IV.) La passion de deux magistrats, dont l'un enleva à l'autre un jeune garçon, et celui-ci lui débaucha sa femme, fit changer la forme de cette république. (*Ibid.*, liv. V, chap. IV.)

CHAPITRE IV.

Cause particulière de la corruption du peuple.

Les grands succès, surtout ceux auxquels le peuple contribue beaucoup, lui donnent un tel orgueil qu'il n'est plus possible de le conduire. Jaloux des magistrats, il le devient de la magistrature; ennemi de ceux qui gouvernent, il l'est bientôt de la constitution. C'est ainsi que la victoire de Salamine sur les Perses corrompit la république d'Athènes [1]; c'est ainsi que la défaite des Athéniens perdit la république de Syracuse [2].

Celle de Marseille n'éprouva jamais ces grands passages de l'abaissement à la grandeur : aussi se gouverna-t-elle toujours avec sagesse; aussi conserva-t-elle ses principes.

CHAPITRE V.

De la corruption du principe de l'aristocratie.

L'aristocratie se corrompt lorsque le pouvoir des nobles devient arbitraire : il ne peut plus y avoir de vertu dans ceux qui gouvernent ni dans ceux qui sont gouvernés.

Quand les familles régnantes observent les lois, c'est une monarchie qui a plusieurs monarques, et qui est très bonne par sa nature ; presque tous ces monarques sont liés par les lois. Mais quand elles ne les observent pas, c'est un état despotique qui a plusieurs despotes.

Dans ce cas, la république ne subsiste qu'à l'égard des nobles, et entre eux seulement. Elle est dans le corps qui gouverne, et l'état despotique est dans le corps qui est gouverné : ce qui fait les deux corps du monde les plus désunis.

L'extrême corruption est lorsque les nobles deviennent héréditaires [3] : ils ne peuvent plus guère avoir de modération. S'ils sont en petit nombre, leur pouvoir est plus grand, mais leur sûreté diminue; s'ils sont en plus grand nombre, leur pouvoir est moindre, et leur sûreté plus grande : en sorte que le pouvoir va croissant, et la sûreté diminuant, jusqu'au despote, sur la tête duquel est l'excès du pouvoir et du danger.

Le grand nombre des nobles dans l'aristocratie héréditaire rendra donc le gouvernement moins violent ; mais, comme il y aura peu de vertu, on tombera dans un esprit de nonchalance, de pa-

[1] ARISTOTE, *Polit.*, liv. V, chap. IV.
[2] *Ibid.*
[3] L'aristocratie se change en oligarchie.

resse, d'abandon, qui fera que l'état n'aura plus de force ni de ressort [1].

Une aristocratie peut maintenir la force de son principe, si les lois sont telles qu'elles fassent plus sentir aux nobles les périls et les fatigues du commandement que ses délices, et si l'état est dans une telle situation qu'il ait quelque chose à redouter, et que la sûreté vienne du dedans, et l'incertitude du dehors.

Comme une certaine confiance fait la gloire et la sûreté d'une monarchie, il faut au contraire qu'une république redoute quelque chose [2]. La crainte des Perses maintint les lois chez les Grecs. Carthage et Rome s'intimidèrent l'une l'autre, et s'affermirent. Chose singulière! plus ces états ont de sûreté, plus, comme des eaux trop tranquilles, ils sont sujets à se corrompre.

CHAPITRE VI.

De la corruption du principe de la monarchie.

Comme les démocraties se perdent lorsque le peuple dépouille le sénat, les magistrats et les juges de leurs fonctions, les monarchies se corrompent lorsqu'on ôte peu à peu les prérogatives des corps ou les priviléges des villes. Dans le premier cas, on va au despotisme de tous; dans l'autre, au despotisme d'un seul.

« Ce qui perdit les dynasties de Tsin et de Soüi, » dit un auteur chinois, « c'est qu'au lieu de se » borner, comme les anciens, à une inspection » générale, seule digne du souverain, les princes » voulurent gouverner tout immédiatement par » eux-mêmes [3]. » L'auteur chinois nous donne ici la cause de la corruption de presque toutes les monarchies.

La monarchie se perd lorsqu'un prince croit qu'il montre plus sa puissance en changeant l'ordre des choses qu'en le suivant; lorsqu'il ôte les fonctions naturelles des uns pour les donner arbitrairement à d'autres; et lorsqu'il est plus amoureux de ses fantaisies que de ses volontés.

La monarchie se perd lorsque le prince, rapportant tout uniquement à lui, appelle l'état à sa capitale, la capitale à sa cour, et la cour à sa seule personne.

Enfin elle se perd lorsqu'un prince méconnoît son autorité, sa situation, l'amour de ses peuples, et lorsqu'il ne sent pas bien qu'un monarque doit se juger en sûreté, comme un despote doit se croire en péril.

CHAPITRE VII.

Continuation du même sujet.

Le principe de la monarchie se corrompt lorsque les premières dignités sont les marques de la première servitude; lorsqu'on ôte aux grands le respect des peuples, et qu'on les rend de vils instruments du pouvoir arbitraire.

Il se corrompt encore plus lorsque l'honneur a été mis en contradiction avec les honneurs, et que l'on peut être à la fois couvert d'infamie [1] et de dignités.

Il se corrompt lorsque le prince change sa justice en sévérité; lorsqu'il met, comme les empereurs romains, une tête de Méduse sur sa poitrine [2]; lorsqu'il prend cet air menaçant et terrible que Commode faisoit donner à ses statues [3].

Le principe de la monarchie se corrompt lorsque des ames singulièrement lâches tirent vanité de la grandeur que pourroit avoir leur servitude, et qu'elles croient que ce qui fait que l'on doit tout au prince fait que l'on ne doit rien à sa patrie.

Mais, s'il est vrai (ce que l'on a vu dans tous les temps) qu'à mesure que le pouvoir du monarque devient immense sa sûreté diminue, corrompre ce pouvoir jusqu'à le faire changer de nature, n'est-ce pas un crime de lèse-majesté contre lui?

CHAPITRE VIII.

Danger de la corruption du principe du gouvernement monarchique.

L'inconvénient n'est pas lorsque l'état passe d'un gouvernement modéré à un gouvernement

[1] Venise est une des républiques qui a le mieux corrigé, par ses lois, les inconvénients de l'aristocratie héréditaire.

[2] Justin attribue à la mort d'Épaminondas l'extinction de la vertu à Athènes. N'ayant plus d'émulation, ils dépensèrent leurs revenus en fêtes. *Frequentius cœnam quam castra visentes.* Pour lors les Macédoniens sortirent de l'obscurité. (Liv. VI.)

[3] Compilation d'ouvrages faits sous les Ming, rapportés par le P. Duhalde.

[1] Sous le règne de Tibère, on éleva des statues et l'on donna les ornements triomphaux aux délateurs: ce qui avilit tellement ces honneurs, que ceux qui les avoient mérités les dédaignèrent. (Fragm. de Dion, liv. LVIII, tiré de l'*Extrait des vertus et des vices* de Const. Porphyrog.) Voyez, dans Tacite, comment Néron, sur la découverte et la punition d'une prétendue conjuration, donna à Petronius Turpilianus, à Nerva, à Tigellinus, les ornements triomphaux. (*Ann.*, liv. XV.) Voyez aussi comment les généraux dédaignèrent de faire la guerre, parce qu'ils en méprisoient les honneurs. *Pervulgatis triumphi insignibus.* (TACITE, *Ann.*, liv. XIII.)

[2] Dans cet état, le prince savoit bien quel étoit le principe de son gouvernement.

[3] HÉRODIEN.

modéré, comme de la république à la monarchie, ou de la monarchie à la république ; mais quand il tombe et se précipite du gouvernement modéré au despotisme.

La plupart des peuples d'Europe sont encore gouvernés par les mœurs. Mais si, par un long abus du pouvoir ; si, par une grande conquête, le despotisme s'établissoit à un certain point, il n'y auroit pas de mœurs ni de climat qui tinssent ; et, dans cette belle partie du monde, la nature humaine souffriroit, au moins pour un temps, les insultes qu'on lui fait dans les trois autres.

CHAPITRE IX.

Combien la noblesse est portée à défendre le trône.

La noblesse angloise s'ensevelit avec Charles I[er] sous les débris du trône ; et, avant cela, lorsque Philippe II fit entendre aux oreilles des Franço's le mot de liberté, la couronne fut toujours soutenue par cette noblesse qui tient à l'honneur d'obéir à un roi, mais qui regarde comme la souveraine infamie de partager la puissance avec le peuple.

On a vu la maison d'Autriche travailler sans relâche à opprimer la noblesse hongroise. Elle ignoroit de quel prix elle lui seroit quelque jour. Elle cherchoit chez ces peuples de l'argent qui n'y étoit pas ; elle ne voyoit pas des hommes qui y étoient. Lorsque tant de princes partageoient entre eux ses états, toutes les pièces de sa monarchie, immobiles et sans action, tomboient, pour ainsi dire, les unes sur les autres ; il n'y avoit de vie que dans cette noblesse qui s'indigna, oublia tout pour combattre, et crut qu'il étoit de sa gloire de périr et de pardonner.

CHAPITRE X.

De la corruption du principe du gouvernement despotique.

Le principe du gouvernement despotique se corrompt sans cesse, parce qu'il est corrompu par sa nature. Les autres gouvernements périssent, parce que des accidents particuliers en violent le principe : celui-ci périt par son vice intérieur, lorsque quelques causes accidentelles n'empêchent point son principe de se corrompre. Il ne se maintient donc que quand des circonstances, tirées du climat, de la religion, de la situation ou du génie du peuple, le forcent à suivre quelque ordre, et à souffrir quelque règle. Ces

choses forcent sa nature sans la changer : sa férocité reste ; elle est pour quelque temps apprivoisée.

CHAPITRE XI.

Effets naturels de la bonté et de la corruption des principes.

Lorsque les principes du gouvernement sont une fois corrompus, les meilleures lois deviennent mauvaises et se tournent contre l'état ; lorsque les principes en sont sains, les mauvaises ont l'effet des bonnes : la force du principe entraîne tout.

Les Crétois, pour tenir les premiers magistrats dans la dépendance des lois, employoient un moyen bien singulier : c'étoit celui de l'insurrection. Une partie des citoyens se soulevoit [1], mettoit en fuite les magistrats, et les obligeoit de rentrer dans la condition privée. Cela étoit censé fait en conséquence de la loi. Une institution pareille, qui établissoit la sédition pour empêcher l'abus du pouvoir, sembloit devoir renverser quelque république que ce fût. Elle ne détruisit pas celle de Crète ; voici pourquoi [2] :

Lorsque les anciens vouloient parler d'un peuple qui avoit le plus grand amour pour la patrie, ils citoient les Crétois. La patrie, disoit Platon [3], nom si tendre aux Crétois ! Ils l'appeloient d'un nom qui exprime l'amour d'une mère pour ses enfants [4]. Or, l'amour de la patrie corrige tout.

Les lois de Pologne ont aussi leur insurrection. Mais les inconvénients qui en résultent font bien voir que le seul peuple de Crète étoit en état d'employer avec succès un pareil remède.

Les exercices de la gymnastique, établis chez les Grecs, ne dépendirent pas moins de la bonté du principe du gouvernement. « Ce furent les » Lacédémoniens et les Crétois, dit Platon [5], qui » ouvrirent ces académies fameuses qui leur firent » tenir dans le monde un rang si distingué. La » pudeur s'alarma d'abord ; mais elle céda à l'u- » tilité publique. » Du temps de Platon, ces in- titutions étoient admirables [6] ; elles se rappor-

[1] Aristote, Polit., liv. II, chap. x.
[2] On se réunissoit toujours d'abord contre les ennemis du dehors, ce qui s'appeloit syncrétisme. (Plutarque, Œuvres morales, pag. 88.)
[3] République, liv. IX.
[4] Plutarque, Œuvres morales, au traité, Si l'homme d'âge doit se mêler des affaires publiques.
[5] République, livre V. (M.)
[6] La gymnastique se divisoit en deux parties, la danse et la lutte. On voyoit, en Crète, les danses armées des Curètes ; à Lacédémone, celles de Castor et de Pollux ; à Athènes, les danses armées de Pallas, très propres pour ceux qui ne sont pas

toient à un grand objet, qui étoit l'art militaire. Mais lorsque les Grecs n'eurent plus de vertu, elles détruisirent l'art militaire même : on ne descendit plus sur l'arène pour se former, mais pour se corrompre [1].

Plutarque nous dit [2] que de son temps les Romains pensoient que ces jeux avoient été la principale cause de la servitude où étoient tombés les Grecs. C'étoit, au contraire, la servitude des Grecs qui avoit corrompu ces exercices. Du temps de Plutarque [3], les parcs où l'on combattoit à nu, et les jeux de la lutte, rendoient les jeunes gens lâches, les portoient à un amour infame, et n'en faisoient que des baladins ; mais du temps d'Épaminondas l'exercice de la lutte faisoit gagner aux Thébains la bataille de Leuctres [4].

Il y a peu de lois qui ne soient bonnes lorsque l'état n'a point perdu ses principes ; et, comme disoit Épicure en parlant des richesses : « Ce n'est » point la liqueur qui est corrompue, c'est le » vase. »

CHAPITRE XII.

Continuation du même sujet.

On prenoit à Rome les juges dans l'ordre des sénateurs. Les Gracques transportèrent cette prérogative aux chevaliers. Drusus la donna aux sénateurs et aux chevaliers ; Sylla, aux sénateurs seuls ; Cotta, aux sénateurs, aux chevaliers, et aux trésoriers de l'épargne. César exclut ces derniers. Antoine fit des décuries de sénateurs, de chevaliers et de centurions.

Quand une république est corrompue, on ne peut remédier à aucun des maux qui naissent qu'en ôtant la corruption, et en rappelant les principes ; toute autre correction est, ou inutile, ou un nouveau mal. Pendant que Rome conserva ses principes, les jugements purent être sans abus entre les mains des sénateurs ; mais quand elle fut corrompue, à quelque corps que ce fût qu'on transportât les jugements, aux sénateurs, aux

chevaliers, aux trésoriers de l'épargne, à deux de ces corps, à tous les trois ensemble, à quelque autre corps que ce fût, on étoit toujours mal. Les chevaliers n'avoient pas plus de vertu que les sénateurs, les trésoriers de l'épargne pas plus que les chevaliers, et ceux-ci aussi peu que les centurions.

Lorsque le peuple de Rome eut obtenu qu'il auroit part aux magistratures patriciennes, il étoit naturel de penser que ses flatteurs alloient être les arbitres du gouvernement. Non : l'on vit ce peuple qui rendoit, les magistratures communes aux plébéiens, élire toujours des patriciens. Parce qu'il étoit magnanime, il étoit libre, il dédaignoit le pouvoir. Mais lorsqu'il eut perdu ses principes, plus il eut de pouvoir, moins il eut de ménagements ; jusqu'à ce qu'enfin, devenu son propre tyran et son propre esclave, il perdit la force de la liberté, pour tomber dans la foiblesse de la licence.

CHAPITRE XIII.

Effet du serment chez un peuple vertueux.

Il n'y a point eu de peuple, dit Tite-Live [1], où la dissolution se soit plus tard introduite que chez les Romains, et où la modération et la pauvreté aient été plus long-temps honorées.

Le serment eut tant de force chez ce peuple que rien ne l'attacha plus aux lois. Il fit bien des fois pour l'observer ce qu'il n'auroit jamais fait pour la gloire ni pour la patrie.

Quintius Cincinnatus, consul, ayant voulu lever une armée dans la ville contre les Èques et les Volsques, les tribuns s'y opposèrent. « Hé » bien ! dit-il, que tous ceux qui ont fait serment » au consul de l'année précédente marchent sous » mes enseignes [2]. » En vain les tribuns s'écrièrent-ils qu'on n'étoit plus lié par ce serment ; que, quand on l'avoit fait, Quintius étoit un homme privé : le peuple fut plus religieux que ceux qui se mêloient de le conduire ; il n'écouta ni les distinctions ni les interprétations des tribuns.

Lorsque le même peuple voulut se retirer sur le Mont-Sacré, il se sentit retenir par le serment qu'il avoit fait aux consuls de les suivre à la guerre [3]. Il forma le dessein de les tuer : on lui

encore en âge d'aller à la guerre. La lutte est l'image de la guerre, dit Platon, des *Lois*, liv. VII. Il loue l'antiquité de n'avoir établi que deux danses, la pacifique et la pyrrhique. Voyez comment cette dernière danse s'appliquoit à l'art militaire. (PLATON, *ibid.*)

[1] *Aut lididinosæ*
Ledæas Lacedæmonis palæstras.
(MARTIAL, lib. IV, epig. 55.)

[2] *OEuvres morales*, au traité, *Des demandes des choses romaines.*

[3] PLUTARQUE, *ibid.*

[4] PLUTARQUE, *OEuvres morales*, *Propos de table*, liv. II.

[1] Liv. I.

[2] TITE-LIVE, liv. III. — Cincinnatus étoit substitué en la place du consul P. Valerius, qui avoit été tué au commencement de l'année ; et ce sont les soldats de Valerius qu'il rappelle au drapeau. Il en avoit le droit, puisque ces soldats étoient enrôlés pour toute la campagne. (CRÉV.)

[3] TITE-LIVE, liv. II.

fit entendre que le serment n'en subsisteroit pas moins. On peut juger de l'idée qu'il avoit de la violation du serment, par le crime qu'il vouloit commettre.

Après la bataille de Cannes, le peuple effrayé [1] voulut se retirer en Sicile; Scipion [2] lui fit jurer qu'il resteroit à Rome : la crainte de violer leur serment surmonta toute autre crainte. Rome étoit un vaisseau tenu par deux ancres dans la tempête : la religion et les mœurs.

CHAPITRE XIV.

Comment le plus petit changement dans la constitution entraîne la ruine des principes.

Aristote [3] nous parle de la république de Carthage comme d'une république très bien réglée. Polybe [4] nous dit qu'à la seconde guerre punique [5] il y avoit à Carthage cet inconvénient que le sénat avoit perdu presque toute son autorité. Tite-Live [6] nous apprend que, lorsque Annibal retourna à Carthage, il trouva que les magistrats et les principaux citoyens détournoient à leur profit les revenus publics, et abusoient de leur pouvoir. La vertu des magistrats tomba donc avec l'autorité du sénat; tout coula du même principe.

On connoît les prodiges de la censure chez les Romains. Il y eut un temps où elle devint pesante, mais on la soutint, parce qu'il y avoit plus de luxe que de corruption. Claudius l'affoiblit; et, par cet affoiblissement, la corruption devint encore plus grande que le luxe; et la censure [7] s'abolit, pour ainsi dire, d'elle-même. Troublée, demandée, reprise, quittée, elle fut entièrement interrompue jusqu'au temps où elle devint inutile, je veux dire les règnes d'Auguste et de Claude.

CHAPITRE XV.

Moyens très efficaces pour la conservation des trois principes.

Je ne pourrai me faire entendre que lorsqu'on aura lu les quatre chapitres suivants.

[1] Quelques jeunes officiers seulement, désespérant de la république, après la bataille de Cannes, résolurent de se retirer auprès de quelque roi étranger; mais Scipion les retint, en les forçant de jurer qu'ils n'abandonneroient pas la patrie. (CHÉV.)
[2] TITE-LIVE, liv. XXII, ch. LIII.
[3] De la Républ., liv. II, ch. XI. [4] Hist., liv. VI.
[5] Environ cent ans après. [6] Liv. XXXIII, ch. XLVI.
[7] Voyez Dion, liv. XXXVIII; la vie de Cicéron dans Plutarque; Cicéron à Atticus, liv. IV, lettres 10 et 15; Asconius, sur Cicéron, de Divinatione.

CHAPITRE XVI.

Propriétés distinctives de la république.

Il est de la nature d'une république qu'elle n'ait qu'un petit territoire : sans cela elle ne peut guère subsister. Dans une grande république, il y a de grandes fortunes, et par conséquent peu de modération dans les esprits : il y a de trop grands dépôts à mettre entre les mains d'un citoyen; les intérêts se particularisent; un homme sent d'abord qu'il peut être heureux, grand, glorieux, sans sa patrie; et bientôt, qu'il peut être seul grand sur les ruines de sa patrie.

Dans une grande république, le bien commun est sacrifié à mille considérations; il est subordonné à des exceptions; il dépend des accidents. Dans une petite, le bien public est mieux senti, mieux connu, plus près de chaque citoyen; les abus y sont moins étendus, et par conséquent moins protégés.

Ce qui fit subsister si long-temps Lacédémone, c'est qu'après toutes ses guerres elle resta toujours avec son territoire. Le seul but de Lacédémone étoit la liberté; le seul avantage de sa liberté, c'étoit la gloire.

Ce fut l'esprit des républiques grecques de se contenter de leurs terres comme de leurs lois. Athènes prit de l'ambition, et en donna à Lacédémone; mais ce fut plutôt pour commander à des peuples libres que pour gouverner des esclaves; plutôt pour être à la tête de l'union que pour la rompre. Tout fut perdu lorsqu'une monarchie s'éleva : gouvernement dont l'esprit est plus tourné vers l'agrandissement.

Sans des circonstances particulières [1], il est difficile que tout autre gouvernement que le républicain puisse subsister dans une seule ville. Un prince d'un si petit état chercheroit naturellement à opprimer, parce qu'il auroit une grande puissance, et peu de moyens pour en jouir ou pour la faire respecter : il fouleroit donc beaucoup ses peuples. D'un autre côté, un tel prince seroit aisément opprimé par une force étrangère, ou même par une force domestique : le peuple pourroit à tous les instants s'assembler, et se réunir contre lui. Or, quand un prince d'une ville est chassé de sa ville, le procès est fini : s'il a plusieurs villes, le procès n'est que commencé.

[1] Comme quand un petit souverain se maintient entre deux grands états par leur jalousie mutuelle; mais il n'existe que précairement.

CHAPITRE XVII.

Propriétés distinctives de la monarchie.

Un état monarchique doit être d'une grandeur médiocre. S'il étoit petit, il se formeroit en république ; s'il étoit fort étendu, les principaux de l'état, grands par eux-mêmes, n'étant point sous les yeux du prince, ayant leur cour hors de sa cour, assurés d'ailleurs contre les exécutions promptes par les lois et par les mœurs, pourroient cesser d'obéir ; ils ne craindroient pas une punition trop lente et trop éloignée.

Aussi Charlemagne eut-il à peine fondé son empire qu'il fallut le diviser : soit que les gouverneurs des provinces n'obéissent pas, soit que, pour les faire mieux obéir, il fût nécessaire de partager l'empire en plusieurs royaumes.

Après la mort d'Alexandre, son empire fut partagé. Comment ces grands de Grèce et de Macédoine, libres, ou du moins chefs des conquérants répandus dans cette vaste conquête, auroient-ils pu obéir ?

Après la mort d'Attila, son empire fut dissous : tant de rois, qui n'étoient plus contenus, ne pouvoient point reprendre des chaînes.

Le prompt établissement du pouvoir sans bornes est le remède qui, dans ces cas, peut prévenir la dissolution : nouveau malheur après celui de l'agrandissement.

Les fleuves courent se mêler dans la mer : les monarchies vont se perdre dans le despotisme.

CHAPITRE XVIII.

Que la monarchie d'Espagne étoit dans un cas particulier.

Qu'on ne cite point l'exemple de l'Espagne : elle prouve plutôt ce que je dis. Pour garder l'Amérique, elle fit ce que le despotisme même ne fait pas : elle en détruisit les habitants. Il fallut, pour conserver sa colonie, qu'elle la tînt dans la dépendance de sa subsistance même.

Elle essaya le despotisme dans les Pays-Bas ; et, sitôt qu'elle l'eut abandonné, ses embarras augmentèrent. D'un côté, les Wallons ne vouloient pas être gouvernés par les Espagnols ; et de l'autre, les soldats espagnols ne vouloient pas obéir aux officiers wallons [1].

Elle ne se maintint dans l'Italie qu'à force de l'enrichir et de se ruiner : car ceux qui auroient voulu se défaire du roi d'Espagne n'étoient pas, pour cela, d'humeur à renoncer à son argent.

[1] Voyez l'*Histoire des Provinces-Unies*, par M. Le Clerc.

CHAPITRE XIX.

Propriétés distinctives du gouvernement despotique.

Un grand empire suppose une autorité despotique dans celui qui gouverne. Il faut que la promptitude des résolutions supplée à la distance des lieux où elles sont envoyées ; que la crainte empêche la négligence du gouverneur ou du magistrat éloigné ; que la loi soit dans une seule tête ; et qu'elle change sans cesse, comme les accidents, qui se multiplient toujours dans l'état à proportion de sa grandeur.

CHAPITRE XX.

Conséquence des chapitres précédents.

Que si la propriété naturelle des petits états est d'être gouvernés en république, celle des médiocres d'être soumis à un monarque, celle des grands empires d'être dominés par un despote : il suit que, pour conserver les principes du gouvernement établi, il faut maintenir l'état dans la grandeur qu'il avoit déjà ; et que cet état changera d'esprit, à mesure qu'on rétrécira ou qu'on étendra ses limites.

CHAPITRE XXI.

De l'empire de la Chine.

Avant de finir ce livre, je répondrai à une objection qu'on peut faire sur tout ce que j'ai dit jusqu'ici.

Nos missionnaires nous parlent du vaste empire de la Chine comme d'un gouvernement admirable qui mêle ensemble, dans son principe, la crainte, l'honneur et la vertu. J'ai donc posé une distinction vaine lorsque j'ai établi les principes des trois gouvernements.

J'ignore ce que c'est que cet honneur dont on parle chez des peuples à qui on ne fait rien faire qu'à coups de bâton [1].

De plus, il s'en faut beaucoup que nos commerçants nous donnent l'idée de cette vertu dont nous parlent nos missionnaires : on peut les consulter sur les brigandages des mandarins [2]. Je prends encore à témoin le grand homme milord Anson.

D'ailleurs, les lettres du P. Parennin sur le procès que l'empereur fit faire à des princes du

[1] C'est le bâton qui gouverne la Chine, dit le P. Duhalde.
[2] Voyez entre autres la *Relation de Lange*.

sang néophytes [1], qui lui avoient déplu, nous font voir un plan de tyrannie constamment suivi, et des injures faites à la nature humaine avec règle, c'est-à-dire de sang-froid.

Nous avons encore les lettres de M. de Mairan et du même P. Parennin, sur le gouvernement de la Chine. Après des questions et des réponses très sensées, le merveilleux s'est évanoui.

Ne pourroit-il pas se faire que les missionnaires auroient été trompés par une apparence d'ordre; qu'ils auroient été frappés de cet exercice continuel de la volonté d'un seul, par lequel ils sont gouvernés eux-mêmes, et qu'ils aiment tant à trouver dans les cours des rois des Indes; parce que, n'y allant que pour y faire de grands changements, il leur est plus aisé de convaincre les princes qu'ils peuvent tout faire que de persuader aux peuples qu'ils peuvent tout souffrir [2]?

Enfin il y a souvent quelque chose de vrai dans les erreurs mêmes. Des circonstances particulières, et peut-être uniques, peuvent faire que le gouvernement de la Chine ne soit pas aussi corrompu qu'il devroit l'être. Des causes, tirées de la plupart du physique du climat, ont pu forcer les causes morales dans ce pays, et faire des espèces de prodiges.

Le climat de la Chine est tel qu'il favorise prodigieusement la propagation de l'espèce humaine [3].

Les femmes y sont d'une fécondité si grande que l'on ne voit rien de pareil sur la terre. La tyrannie la plus cruelle n'y arrête point le progrès de la propagation [1]. Le prince n'y peut pas dire, comme Pharaon : « Opprimons-les avec sagesse. » Il seroit plutôt réduit à former le souhait de Néron, que le genre humain n'eût qu'une tête. Malgré la tyrannie, la Chine, par la force du climat, se peuplera toujours, et triomphera de la tyrannie.

La Chine, comme tous les pays où croît le riz [2], est sujette à des famines fréquentes. Lorsque le peuple meurt de faim, il se disperse pour chercher de quoi vivre. Il se forme de toutes parts des bandes de trois, quatre ou cinq voleurs : la plupart sont d'abord exterminées; d'autres se grossissent, et sont exterminées encore. Mais, dans un si grand nombre de provinces, et si éloignées, il peut arriver que quelque troupe fasse fortune. Elle se maintient, se fortifie, se forme en corps d'armée, va droit à la capitale, et le chef monte sur le trône.

Telle est la nature de la chose, que le mauvais gouvernement y est d'abord puni. Le désordre y naît soudain, parce que ce peuple prodigieux y manque de subsistance. Ce qui fait que dans d'autres pays on revient si difficilement des abus, c'est qu'ils n'y ont pas des effets sensibles : le prince n'y est pas averti d'une manière prompte et éclatante, comme il l'est à la Chine.

Il ne sentira point, comme nos princes, que, s'il gouverne mal, il sera moins heureux dans l'autre vie, moins puissant et moins riche dans celle-ci : il saura que si son gouvernement n'est pas bon, il perdra l'empire et la vie.

Comme, malgré les expositions d'enfants, le peuple augmente toujours à la Chine [3], il faut un travail infatigable pour faire produire aux terres de quoi le nourrir : cela demande une grande attention de la part du gouvernement. Il est à tous les instants intéressé à ce que tout le monde puisse travailler sans crainte d'être frustré de ses peines. Ce doit moins être un gouvernement civil qu'un gouvernement domestique.

[1] De la famille de Sourniama, *Lettres édifiantes*, recueil XVIII. — Nous ne pouvons connaître la Chine que par les pièces authentiques fournies sur les lieux, rassemblées par Duhalde, et qui ne sont point contredites. Les écrits moraux de Confucius, publiés six cents ans avant notre ère, lorsque presque toute notre Europe vivoit de gland dans ses forêts; les ordonnances de tant d'empereurs, qui sont des exhortations à la vertu; des pièces de théâtre même qui l'enseignent, et dont les héros se dévouent à la mort pour sauver la vie à un orphelin; tant de chefs-d'œuvre de morale : tout cela n'a point été fait à coups de bâton. L'auteur s'imagine ou veut faire croire qu'il n'y a dans la Chine qu'un despote et cent cinquante millions d'esclaves qu'on gouverne comme des animaux de basse-cour. Il oublie ce grand nombre de tribunaux subordonnés les uns aux autres; il oublie que quand l'empereur Cam-hi voulut faire obtenir aux jésuites la permission d'enseigner le christianisme, il dressa lui-même leur requête à un tribunal.

Je crois bien qu'il y a dans un pays si singulier des préjugés ridicules, des jalousies de courtisans, des jalousies de corps, des jalousies de marchands, des jalousies d'auteurs, des cabales, des friponneries, des méchancetés de toute espèce comme ailleurs; mais nous ne pouvons en connaître les détails. Il est à croire que les lois des Chinois sont assez bonnes, puisqu'elles ont été toujours adoptées par leurs vainqueurs, et qu'elles ont duré si long-temps. Si Montesquieu veut nous persuader que les monarchies de l'Europe, établies par des Goths, des Gépides et des Alains, sont fondées sur l'honneur, pourquoi veut-il ôter l'honneur à la Chine? (VOLT.)

[2] Voyez, dans le P. Duhalde, comment les missionnaires se servirent de l'autorité de Cam-hi pour faire taire les mandarins, qui disoient toujours que, par les lois du pays, un culte étranger ne pouvoit être établi dans l'empire.

[3] Montesquieu donne ailleurs les raisons morales de la prodi-

gieuse population de la Chine. Voyez la lettre CXX des *Lettres Persanes*. (P.)

[1] Si le monarque de la Chine commande à un peuple nombreux, ne vaut-il pas mieux l'attribuer à la sagesse du gouvernement, à la bonté de ses lois, au travail, à l'industrie et à la frugalité des habitants, qui triomphent de l'ingratitude et de la stérilité de la terre, qu'à la force du climat, qui *peuplera toujours, et triomphera de la tyrannie?* (D.)

[2] Voyez, ci-dessous, liv. XXIII, chap. XIV.

[3] Voyez le *Mémoire d'un Tsongtou*, pour qu'on défriche. (*Lettres édifiantes*, vingt-unième recueil.)

Voilà ce qui a produit les réglements dont on parle tant. On a voulu faire régner les lois avec le despotisme ; mais ce qui est joint avec le despotisme n'a plus de force. En vain ce despotisme, pressé par ses malheurs, a-t-il voulu s'enchaîner : il s'arme de ses chaînes, et devient plus terrible encore.

La Chine est donc un état despotique dont le principe est la crainte. Peut-être que, dans les premières dynasties, l'empire n'étant pas si étendu, le gouvernement déclinoit un peu de cet esprit. Mais aujourd'hui cela n'est pas.

LIVRE NEUVIÈME.

DES LOIS,

DANS LE RAPPORT QU'ELLES ONT AVEC LA FORCE DÉFENSIVE.

CHAPITRE I.

Comment les républiques pourvoient à leur sûreté.

Si une république est petite, elle est détruite par une force étrangère ; si elle est grande, elle se détruit par un vice intérieur.

Ce double inconvénient infecte également les démocraties et les aristocraties, soit qu'elles soient bonnes, soit qu'elles soient mauvaises. Le mal est dans la chose même : il n'y a aucune forme qui puisse y remédier.

Ainsi il y a grande apparence que les hommes auroient été à la fin obligés de vivre toujours sous le gouvernement d'un seul, s'ils n'avoient imaginé une manière de constitution qui a tous les avantages intérieurs du gouvernement républicain et la force extérieure du monarchique. Je parle de la république fédérative.

Cette forme de gouvernement est une convention, par laquelle plusieurs corps politiques consentent à devenir citoyens d'un état plus grand qu'ils veulent former. C'est une société de sociétés qui en font une nouvelle qui peut s'agrandir par de nouveaux associés, jusqu'à ce que sa puissance suffise à la sûreté de ceux qui se sont unis.

Ce furent ces associations qui firent fleurir si long-temps le corps de la Grèce. Par elles les Romains attaquèrent l'univers, et par elles seules l'univers se défendit contre eux ; et, quand Rome fut parvenue au comble de sa grandeur, ce fut par des associations derrière le Danube et le Rhin,

associations que la frayeur avoit fait faire, que les barbares purent lui résister.

C'est par-là que la Hollande [1], l'Allemagne, les ligues suisses, sont regardées en Europe comme des républiques éternelles.

Les associations des villes étoient autrefois plus nécessaires qu'elles ne le sont aujourd'hui. Une cité sans puissance couroit de plus grands périls. La conquête lui faisoit perdre non seulement la puissance exécutrice et la législative, comme aujourd'hui, mais encore tout ce qu'il y a de propriété parmi les hommes [2].

Cette sorte de république, capable de résister à la force extérieure, peut se maintenir dans sa grandeur sans que l'intérieur se corrompe. La forme de cette société prévient tous les inconvénients.

Celui qui voudroit usurper ne pourroit guère être également accrédité dans tous les états confédérés. S'il se rendoit trop puissant dans l'un, il alarmeroit tous les autres ; s'il subjuguoit une partie, celle qui seroit libre encore pourroit lui résister avec des forces indépendantes de celles qu'il auroit usurpées, et l'accabler avant qu'il eût achevé de s'établir.

S'il arrive quelque sédition chez un des membres confédérés, les autres peuvent l'apaiser. Si quelques abus s'introduisent quelque part, ils sont corrigés par les parties saines. Cet état peut périr d'un côté sans périr de l'autre ; la confédération peut être dissoute, et les confédérés rester souverains.

Composé de petites républiques, il jouit de la bonté du gouvernement intérieur de chacune ; et, à l'égard du dehors, il a, par la force de l'association, tous les avantages des grandes monarchies.

CHAPITRE II.

Que la constitution fédérative doit être composée d'états de même nature, surtout d'états républicains.

Les Cananéens furent détruits, parce que c'étoient de petites monarchies qui ne s'étoient point confédérées, et qui ne se défendirent pas en com-

[1] Elle est formée par environ cinquante républiques, toutes différentes les unes des autres. (*État des Provinces-Unies*, par M. Janisson.) — Il y a cinquante-six villes dans les sept Provinces-Unies ; et comme chaque ville a droit de voter dans sa province pour former le suffrage aux états-généraux, Montesquieu aura pris chaque ville pour une république. (VOLT.)

[2] Liberté civile, biens, femmes, enfants, temples, et sépultures même.

mun. C'est que la nature des petites monarchies n'est pas la confédération.

La république fédérative d'Allemagne est composée de villes libres, et de petits états soumis à des princes. L'expérience fait voir qu'elle est plus imparfaite que celle de Hollande et de Suisse.

L'esprit de la monarchie est la guerre et l'agrandissement ; l'esprit de la république est la paix et la modération. Ces deux sortes de gouvernements ne peuvent que d'une manière forcée subsister dans une république fédérative.

Aussi voyons-nous dans l'histoire romaine que, lorsque les Véiens eurent choisi un roi, toutes les petites républiques de Toscane les abandonnèrent. Tout fut perdu en Grèce lorsque les rois de Macédoine obtinrent une place parmi les amphictyons.

La république fédérative d'Allemagne, composée de princes et de villes libres, subsiste, parce qu'elle a un chef qui est en quelque façon le magistrat de l'union, et en quelque façon le monarque.

CHAPITRE III.
Autres choses requises dans la république fédérative.

Dans la république de Hollande, une province ne peut faire une alliance sans le consentement des autres. Cette loi est très bonne, et même nécessaire dans la république fédérative. Elle manque dans la constitution germanique, où elle préviendroit les malheurs qui y peuvent arriver à tous les membres, par l'imprudence, l'ambition ou l'avarice d'un seul. Une république qui s'est unie par une confédération politique s'est donnée entière, et n'a plus rien à donner.

Il est difficile que les états qui s'associent soient de même grandeur, et aient une puissance égale. La république des Lyciens [1] étoit une association de vingt-trois villes : les grandes avoient trois voix dans le conseil commun ; les médiocres, deux ; les petites, une. La république de Hollande est composée de sept provinces, grandes ou petites, qui ont chacune une voix.

Les villes de Lycie [2] payoient les charges selon la proportion des suffrages. Les provinces de Hollande ne peuvent suivre cette proportion : il faut qu'elles suivent celle de leur puissance.

En Lycie [3], les juges et les magistrats des villes étoient élus par le conseil commun, et selon la proportion que nous avons dite. Dans la république de Hollande, ils ne sont point élus par le conseil commun, et chaque ville nomme ses magistrats. S'il falloit donner un modèle d'une belle république fédérative, je prendrois la république de Lycie.

CHAPITRE IV.
Comment les états despotiques pourvoient à leur sûreté.

Comme les républiques pourvoient à leur sûreté en s'unissant, les états despotiques le font en se séparant, et en se tenant, pour ainsi dire, seuls. Ils sacrifient une partie du pays, ravagent les frontières, et les rendent désertes : le corps de l'empire devient inaccessible.

Il est reçu en géométrie que, plus les corps ont d'étendue, plus leur circonférence est relativement petite. Cette pratique de dévaster les frontières est donc plus tolérable dans les grands états que dans les médiocres.

Cet état fait contre lui-même tout le mal que pourroit faire un cruel ennemi, mais un ennemi qu'on ne pourroit arrêter.

L'état despotique se conserve par une autre sorte de séparation, qui se fait en mettant les provinces éloignées entre les mains d'un prince qui en soit feudataire. Le Mogol, la Perse, les empereurs de la Chine, ont leurs feudataires ; et les Turcs se sont très bien trouvés d'avoir mis entre leurs ennemis et eux les Tartares, les Moldaves, les Valaques, et autrefois les Transilvains.

CHAPITRE V.
Comment la monarchie pourvoit à sa sûreté.

La monarchie ne se détruit pas elle-même comme l'état despotique ; mais un état d'une grandeur médiocre pourroit être d'abord envahi. Elle a donc des places fortes qui défendent ses frontières, et des armées pour défendre ses places fortes. Le plus petit terrain s'y dispute avec art, avec courage, avec opiniâtreté. Les états despotiques font entre eux des invasions : il n'y a que les monarchies qui fassent la guerre.

Les places fortes appartiennent aux monarchies ; les états despotiques craignent d'en avoir. Ils n'osent les confier à personne, car personne n'y aime l'état et le prince.

[1] STRABON, liv. XIV.
[2] Ibid. [3] Ibid.

CHAPITRE VI.

De la force défensive des états en général.

Pour qu'un état soit dans sa force, il faut que sa grandeur soit telle qu'il y ait un rapport de la vitesse avec laquelle on peut exécuter contre lui quelque entreprise, et la promptitude qu'il peut employer pour la rendre vaine. Comme celui qui attaque peut d'abord paroître partout, il faut que celui qui défend puisse se montrer partout aussi ; et, par conséquent, que l'étendue de l'état soit médiocre, afin qu'elle soit proportionnée au degré de vitesse que la nature a donné aux hommes pour se transporter d'un lieu à un autre.

La France et l'Espagne sont précisément de la grandeur requise. Les forces se communiquent si bien, qu'elles se portent d'abord là où l'on veut ; les armées s'y joignent, et passent rapidement d'une frontière à l'autre ; et l'on n'y craint aucune des choses qui ont besoin d'un certain temps pour être exécutées.

En France, par un bonheur admirable, la capitale se trouve plus près des différentes frontières, justement à proportion de leur foiblesse ; et le prince y voit mieux chaque partie de son pays, à mesure qu'elle est plus exposée.

Mais lorsqu'un vaste état, tel que la Perse, est attaqué, il faut plusieurs mois pour que les troupes dispersées puissent s'assembler ; et on ne force pas leur marche pendant tant de temps, comme on fait pendant quinze jours. Si l'armée qui est sur la frontière est battue, elle est sûrement dispersée, parce que ses retraites ne sont pas prochaines : l'armée victorieuse, qui ne trouve pas de résistance, s'avance à grandes journées, paroît devant la capitale, et en forme le siége, lorsqu'à peine les gouverneurs des provinces peuvent être avertis d'envoyer du secours. Ceux qui jugent la révolution prochaine la hâtent en n'obéissant pas. Car des gens, fidèles uniquement parce que la punition est proche, ne le sont plus dès qu'elle est éloignée : ils travaillent à leurs intérêts particuliers. L'empire se dissout, la capitale est prise, et le conquérant dispute les provinces avec les gouverneurs.

La vraie puissance d'un prince ne consiste pas tant dans la facilité qu'il y a à conquérir que dans la difficulté qu'il y a à l'attaquer, et, si j'ose parler ainsi, dans l'immutabilité de sa condition. Mais l'agrandissement des états leur fait montrer de nouveaux côtés par où on peut les prendre.

Ainsi, comme les monarques doivent avoir de la sagesse pour augmenter leur puissance, ils ne doivent pas avoir moins de prudence, afin de la borner. En faisant cesser les inconvénients de la petitesse, il faut qu'ils aient toujours l'œil sur les inconvénients de la grandeur.

CHAPITRE VII.

Réflexions.

Les ennemis d'un grand prince qui a si long-temps régné l'ont mille fois accusé, plutôt, je crois, sur leurs craintes que sur leurs raisons, d'avoir formé et conduit le projet de la monarchie universelle. S'il y avoit réussi, rien n'auroit été plus fatal à l'Europe, à ses anciens sujets, à lui, à sa famille. Le ciel, qui connoit les vrais avantages, l'a mieux servi par des défaites qu'il n'auroit fait par des victoires. Au lieu de le rendre le seul roi de l'Europe, il le favorisa plus en le rendant le plus puissant de tous.

Sa nation, qui, dans les pays étrangers, n'est jamais touchée que de ce qu'elle a quitté ; qui, en partant de chez elle, regarde la gloire comme le souverain bien, et, dans les pays éloignés, comme un obstacle à son retour ; qui indispose par ses bonnes qualités mêmes, parce qu'elle paroît y joindre du mépris ; qui peut supporter les blessures, les périls et les fatigues, et non pas la perte de ses plaisirs ; qui n'aime rien tant que sa gaieté, et se console de la perte d'une bataille à chanter le général, n'auroit jamais été jusqu'au bout d'une entreprise qui ne peut manquer dans un pays sans manquer dans tous les autres, ni manquer un moment sans manquer pour toujours.

CHAPITRE VIII.

Cas où la force défensive d'un état est inférieure à sa force offensive.

C'étoit le mot du sire de Coucy au roi Charles V, « que les Anglois ne sont jamais si foibles » ni si aisés à vaincre que chez eux. » C'est ce qu'on disoit des Romains ; c'est ce qu'éprouvèrent les Carthaginois ; c'est ce qui arrivera à toute puissance qui a envoyé au loin des armées pour réunir, par la force de la discipline et du pouvoir militaire, ceux qui sont divisés chez eux par des intérêts politiques ou civils. L'état se trouve foible, à cause du mal qui reste toujours, et il a été encore affoibli par le remède.

La maxime du sire de Coucy est une exception à la règle générale, qui veut qu'on n'entreprenne

point de guerres lointaines; et cette exception confirme bien la règle, puisqu'elle n'a lieu que contre ceux qui ont eux-mêmes violé la règle.

CHAPITRE IX.

De la force relative des états.

Toute grandeur, toute force, toute puissance, est relative. Il faut bien prendre garde qu'en cherchant à augmenter la grandeur réelle on ne diminue la grandeur relative.

Vers le milieu du règne de Louis XIV, la France fut au plus haut point de sa grandeur relative. L'Allemagne n'avoit point encore les grands monarques qu'elle a eus depuis. L'Italie étoit dans le même cas. L'Écosse et l'Angleterre ne formoient point un corps de monarchie. L'Aragon n'en formoit pas un avec la Castille; les parties séparées de l'Espagne en étoient affoiblies, et l'affoiblissoient. La Moscovie n'étoit pas plus connue en Europe que la Crimée.

CHAPITRE X.

De la foiblesse des états voisins.

Lorsqu'on a pour voisin un état qui est dans sa décadence, on doit bien se garder de hâter sa ruine, parce qu'on est à cet égard dans la situation la plus heureuse où l'on puisse être, n'y ayant rien de si commode pour un prince que d'être auprès d'un autre qui reçoit pour lui tous les coups et tous les outrages de la fortune. Et il est rare que, par la conquête d'un pareil état, on augmente autant en puissance réelle qu'on a perdu en puissance relative.

LIVRE DIXIEME.

DES LOIS,

DANS LE RAPPORT QU'ELLES ONT AVEC LA FORCE OFFENSIVE.

CHAPITRE I.

De la force offensive.

La force offensive est réglée par le droit des gens, qui est la loi politique des nations considérées dans le rapport qu'elles ont les unes avec les autres.

CHAPITRE II.

De la guerre.

La vie des états est comme celle des hommes. ceux-ci ont droit de tuer dans le cas de la défense naturelle; ceux-là ont droit de faire la guerre pour leur propre conservation.

Dans le cas de la défense naturelle, j'ai droit de tuer, parce que ma vie est à moi, comme la vie de celui qui m'attaque est à lui; de même un état fait la guerre, parce que sa conservation est juste comme toute autre conservation.

Entre les citoyens, le droit de la défense naturelle n'emporte point avec lui la nécessité de l'attaque. Au lieu d'attaquer, ils n'ont qu'à recourir aux tribunaux. Ils ne peuvent donc exercer le droit de cette défense que dans les cas momentanés où l'on seroit perdu si l'on attendoit le secours des lois. Mais, entre les sociétés, le droit de la défense naturelle entraîne quelquefois la nécessité d'attaquer, lorsqu'un peuple voit qu'une plus longue paix en mettroit un autre en état de le détruire, et que l'attaque est dans ce moment le seul moyen d'empêcher cette destruction.

Il suit de là que les petites sociétés ont plus souvent le droit de faire la guerre que les grandes, parce qu'elles sont plus souvent dans le cas de craindre d'être détruites.

Le droit de la guerre dérive donc de la nécessité et du juste rigide. Si ceux qui dirigent la conscience ou les conseils des princes ne se tiennent pas là, tout est perdu; et, lorsqu'on se fondera sur des principes arbitraires de gloire, de bienséance, d'utilité, des flots de sang inonderont la terre.

Que l'on ne parle pas surtout de la gloire du prince : sa gloire seroit son orgueil; c'est une passion, et non pas un droit légitime.

Il est vrai que la réputation de sa puissance pourroit augmenter les forces de son état; mais la réputation de sa justice les augmenteroit tout de même.

CHAPITRE III.

Du droit de conquête.

Du droit de la guerre dérive celui de conquête, qui en est la conséquence : il en doit donc suivre l'esprit.

Lorsqu'un peuple est conquis, le droit que le conquérant a sur lui suit quatre sortes de lois : la loi de la nature, qui fait que tout tend à la con-

servation des espèces ; la loi de la lumière naturelle, qui veut que nous fassions à autrui ce que nous voudrions qu'on nous fît ; la loi qui forme les sociétés politiques, qui sont telles que la nature n'en a point borné la durée ; enfin la loi tirée de la chose même. La conquête est une acquisition ; l'esprit d'acquisition porte avec lui l'esprit de conservation et d'usage, et non pas celui de destruction.

Un état qui en a conquis un autre le traite d'une des quatre manières suivantes : il continue à le gouverner selon ses lois, et ne prend pour lui que l'exercice du gouvernement politique et civil ; ou il lui donne un nouveau gouvernement politique et civil ; ou il détruit la société et la disperse dans d'autres ; ou enfin il extermine tous les citoyens.

La première manière est conforme au droit des gens que nous suivons aujourd'hui ; la quatrième est plus conforme au droit des gens des Romains[1] : sur quoi je laisse à juger à quel point nous sommes devenus meilleurs. Il faut rendre ici hommage à nos temps modernes, à la raison présente, à la religion d'aujourd'hui[2], à notre philosophie, à nos mœurs.

Les auteurs de notre droit public, fondés sur les histoires anciennes, étant sortis des cas rigides, sont tombés dans de grandes erreurs. Ils ont donné dans l'arbitraire ; ils ont supposé dans les conquérants un droit, je ne sais quel, de tuer :

[1] Quoique les Romains aient été quelquefois cruels, ils ont été plus souvent généreux. Je ne connais guère que deux peuples considérables qu'ils aient exterminés : les Véiens et les Carthaginois. Leur grande maxime était de s'incorporer les autres nations, au lieu de les détruire. Ils fondèrent partout des colonies, établirent partout toutes les lois ; ils civilisèrent les barbares, et, donnant enfin le titre de citoyens romains aux peuples subjugués, ils firent de l'univers comme un peuple de Romains. Voyez comment le sénat traita les sujets du grand roi Persée, vaincus et faits prisonniers par Paul-Émile : il leur rendit leurs terres et leur remit la moitié des impôts.

Il y eut sans doute, parmi les sénateurs qui gouvernèrent les provinces, des brigands qui les rançonnèrent ; mais si l'on vit des Verrès, on vit aussi des Cicéron ; et le sénat de Rome mérita long-temps ce que dit Virgile :

Tu regere imperio populos, Romane, memento.

Les Juifs même, les Juifs, malgré l'horreur et le mépris qu'on avait pour eux, jouirent dans Rome de très grands priviléges, et y eurent des synagogues secrètes avant et après la ruine de Jérusalem. (VOLT.)

[2] Je serois porté à croire que l'éloge que Montesquieu fait de la religion chrétienne est une des causes qui ont si souvent ramené Voltaire à l'attaque de l'*Esprit des Lois*, et qu'il étoit encore plus mécontent de tout le bien que l'auteur disoit du christianisme, que du mal qu'il n'avoit dit de la poésie qu'en passant. Voltaire étoit blessé là dans ses deux grandes passions d'amour et de haine. C'est pourtant lui qui a écrit, dans ses bons moments, ces belles paroles souvent citées : « Le genre humain avait perdu ses titres ; Montesquieu les a retrouvés, et les lui a rendus. » (LA H.)

ce qui leur a fait tirer des conséquences terribles comme le principe, et établir des maximes que les conquérants eux-mêmes, lorsqu'ils ont eu le moindre sens, n'ont jamais prises. Il est clair que lorsque la conquête est faite, le conquérant n'a plus le droit de tuer, puisqu'il n'est plus dans le cas de la défense naturelle et de sa propre conservation.

Ce qui les a fait penser, ainsi c'est qu'ils ont cru que le conquérant avoit droit de détruire la société ; d'où ils ont conclu qu'il avoit celui de détruire les hommes qui la composent : ce qui est une conséquence faussement tirée d'un faux principe. Car, de ce que la société seroit anéantie, il ne s'ensuivroit pas que les hommes qui la forment dussent aussi être anéantis. La société est l'union des hommes, et non pas les hommes ; le citoyen peut périr, et l'homme rester.

Du droit de tuer dans la conquête, les politiques ont tiré le droit de réduire en servitude ; mais la conséquence est aussi mal fondée que le principe.

On n'a droit de réduire en servitude que lorsqu'elle est nécessaire pour la conservation de la conquête. L'objet de la conquête est la conservation ; la servitude n'est jamais l'objet de la conquête, mais il peut arriver qu'elle soit un moyen nécessaire pour aller à la conservation.

Dans ce cas, il est contre la nature de la chose que cette servitude soit éternelle. Il faut que le peuple esclave puisse devenir sujet. L'esclavage dans la conquête est une chose d'accident. Lorsqu'après un certain espace de temps toutes les parties de l'état conquérant se sont liées avec celles de l'état conquis par des coutumes, des mariages, des lois, des associations, et une certaine conformité d'esprit, la servitude doit cesser : car les droits du conquérant ne sont fondés que sur ce que ces choses-là ne sont pas, et qu'il y a un éloignement entre les deux nations tel que l'une ne peut pas prendre confiance en l'autre.

Ainsi le conquérant qui réduit le peuple en servitude doit toujours se réserver des moyens (et ces moyens sont sans nombre) pour l'en faire sortir.

Je ne dis point ici des choses vagues. Nos pères[1], qui conquirent l'empire romain, en agirent

[1] Je crois qu'on peut me permettre ici une réflexion. Plus d'un écrivain qui se fait historien en compilant au hasard (je ne parle pas d'un homme comme Montesquieu), plus d'un prétendu historien, dis-je, après avoir appelé sa nation la première nation du monde, Paris la première ville du monde, le fauteuil à bras où s'assied son roi le premier trône du monde, ne fait point difficulté de dire : *Nous, nos aïeux, nos pères*, quand il parle des Francs qui vinrent des marais delà le Rhin et la

ainsi. Les lois qu'ils firent dans le feu, dans l'action, dans l'impétuosité, dans l'orgueil de la victoire, ils les adoucirent : leurs lois étoient dures, ils les rendirent impartiales. Les Bourguignons, les Goths et les Lombards vouloient toujours que les Romains fussent le peuple vaincu ; les lois d'Euric [1], de Gondebaud et de Rotharis firent du Barbare et du Romain des concitoyens [2].

Charlemagne, pour dompter les Saxons, leur ôta l'ingénuité et la propriété des biens. Louis-le-Débonnaire les affranchit [3] : il ne fit rien de mieux dans tout son règne. Le temps et la servitude avoient adouci leurs mœurs ; ils lui furent toujours fidèles.

CHAPITRE IV.

Quelques avantages du peuple conquis.

Au lieu de tirer du droit de conquête des conséquences si fatales, les politiques auroient mieux fait de parler des avantages que ce droit peut quelquefois apporter au peuple vaincu. Ils les auroient mieux sentis, si notre droit des gens étoit exactement suivi, et s'il étoit établi dans toute la terre.

Les états que l'on conquiert ne sont pas ordinairement dans la force de leur institution : la corruption s'y est introduite ; les lois y ont cessé d'être exécutées ; le gouvernement est devenu oppresseur. Qui peut douter qu'un état pareil ne gagnât et ne tirât quelques avantages de la conquête même, si elle n'étoit pas destructive ? Un gouvernement parvenu au point où il ne peut plus se réformer lui-même, que perdroit-il à être refondu ? Un conquérant qui entre chez un peuple où, par mille ruses et mille artifices, le riche s'est insensiblement pratiqué une infinité de moyens d'usurper ; où le malheureux qui gémit, voyant ce qu'il croyoit des abus devenir des lois, est dans l'oppression, et croit avoir tort de la sentir ; un conquérant, dis-je, peut dérouter tout, et la ty-

rannie sourde est la première chose qui souffre la violence.

On a vu, par exemple, des états, opprimés par les traitants, être soulagés par le conquérant qui n'avoit ni les engagements ni les besoins qu'avoit le prince légitime. Les abus se trouvoient corrigés sans même que le conquérant les corrigeât.

Quelquefois la frugalité de la nation conquérante l'a mise en état de laisser aux vaincus le nécessaire, qui leur étoit ôté sous le prince légitime.

Une conquête peut détruire les préjugés nuisibles, et mettre, si j'ose parler ainsi, une nation sous un meilleur génie.

Quel bien les Espagnols ne pouvoient-ils pas faire aux Mexicains ! Ils avoient à leur donner une religion douce : ils leur apportèrent une superstition furieuse. Ils auroient pu rendre libres les esclaves, et ils rendirent esclaves les hommes libres. Ils pouvoient les éclairer sur l'abus des sacrifices humains ; au lieu de cela, ils les exterminèrent. Je n'aurois jamais fini si je voulois raconter tous les biens qu'ils ne firent pas et tous les maux qu'ils firent.

C'est à un conquérant à réparer une partie des maux qu'il a faits. Je définis ainsi le droit de conquête : un droit nécessaire, légitime et malheureux, qui laisse toujours à payer une dette immense pour s'acquitter envers la nature humaine.

CHAPITRE V.

Gélon, roi de Syracuse.

Le plus beau traité de paix dont l'histoire ait parlé est, je crois, celui que Gélon fit avec les Carthaginois. Il voulut qu'ils abolissent la coutume d'immoler leurs enfants [1]. Chose admirable ! après avoir défait trois cent mille Carthaginois, il exigeoit une condition qui n'étoit utile qu'à eux ; ou plutôt il stipuloit pour le genre humain.

Les Bactriens faisoient manger leurs pères vieux à de grands chiens : Alexandre le leur défendit [2] ; et ce fut un triomphe qu'il remporta sur la superstition.

CHAPITRE VI.

D'une république qui conquiert.

Il est contre la nature de la chose que, dans une constitution fédérative, un état confédéré conquière sur l'autre, comme nous avons vu de

Meuse piller les Gaules, et s'en emparer. L'abbé Vély dit *nous* : hé ! mon ami, est-il bien sûr que tu descendes d'un Franc ? Pourquoi ne serais-tu pas d'une pauvre famille gauloise ? (VOLT.)

[1] Euric, ou plutôt Évaric, était un Goth que les vieilles chroniques peignent comme un monstre. Gondebaud fut un Bourguignon barbare, battu par un Franc barbare. Rotharis le Lombard, autre scélérat de ces temps-là, était un bon arien, qui, régnant en Italie, où l'on savait encore écrire, fit mettre par écrit quelques unes de ses volontés despotiques. Voilà d'étranges législateurs à citer ! (VOLT.)

[2] Voyez le Code des lois des Barbares, et le liv. XXVIII, ci-dessous.

[3] Voyez l'auteur incertain de la vie de Louis le Débonnaire, dans le recueil de Duchesne, tom. II, pag. 296.

[1] Voyez le recueil de M. de Barbeyrac, art. 112.

[2] STRABON, liv. XI.

nos jours chez les Suisses [1]. Dans les républiques fédératives mixtes, où l'association est entre de petites républiques et de petites monarchies, cela choque moins.

Il est encore contre la nature de la chose qu'une république démocratique conquière des villes qui ne sauroient entrer dans la sphère de sa démocratie. Il faut que le peuple conquis puisse jouir des priviléges de la souveraineté, comme les Romains l'établirent au commencement. On doit borner la conquête au nombre des citoyens que l'on fixera pour la démocratie.

Si une démocratie conquiert un peuple pour le gouverner comme sujet, elle exposera sa propre liberté, parce qu'elle confiera une trop grande puissance aux magistrats qu'elle enverra dans l'état conquis.

Dans quel danger n'eût pas été la république de Carthage, si Annibal avoit pris Rome! Que n'eût-il pas fait dans sa ville après la victoire, lui qui y causa tant de révolutions après sa défaite [2]!

Hannon n'auroit jamais pu persuader au sénat de ne point envoyer de secours à Annibal, s'il n'avoit fait parler que sa jalousie. Ce sénat, qu'Aristote nous dit avoir été si sage (chose que la prospérité de cette république nous prouve si bien), ne pouvoit être déterminé que par des raisons sensées. Il auroit fallu être trop stupide pour ne pas voir qu'une armée, à trois cents lieues de là, faisoit des pertes nécessaires qui devoient être réparées.

Le parti d'Hannon vouloit qu'on livrât Annibal [3] aux Romains. On ne pouvoit pour lors craindre les Romains; on craignoit donc Annibal.

On ne pouvoit croire, dit-on, les succès d'Annibal; mais comment en douter? Les Carthaginois, répandus par toute la terre, ignoroient-ils ce qui se passoit en Italie? C'est parce qu'ils ne l'ignoroient pas qu'on ne vouloit pas envoyer de secours à Annibal.

Hannon devient plus ferme après Trébie, après Trasimène, après Cannes: ce n'est point son incrédulité qui augmente, c'est sa crainte.

CHAPITRE VII.

Continuation du même sujet.

Il y a encore un inconvénient aux conquêtes faites par les démocraties. Leur gouvernement est

[1] Pour le Tockembourg.
[2] Il étoit à la tête d'une faction.
[3] Hannon vouloit livrer Annibal aux Romains, comme Caton vouloit qu'on livrât César aux Gaulois.

toujours odieux aux états assujettis. Il est monarchique par la fiction; mais, dans la vérité, il est plus dur que le monarchique, comme l'expérience de tous les temps et de tous les pays l'a fait voir.

Les peuples conquis y sont dans un état triste; ils ne jouissent ni des avantages de la république ni de ceux de la monarchie.

Ce que j'ai dit de l'état populaire se peut appliquer à l'aristocratie.

CHAPITRE VIII.

Continuation du même sujet.

Ainsi, quand une république tient quelque peuple sous sa dépendance, il faut qu'elle cherche à réparer les inconvénients qui naissent de la nature de la chose en lui donnant un bon droit politique et de bonnes lois civiles.

Une république d'Italie tenoit des insulaires sous son obéissance; mais son droit politique et civil à leur égard étoit vicieux. On se souvient de cet acte [1] d'amnistie qui porte qu'on ne les condamneroit plus à des peines afflictives sur la conscience informée du gouverneur. On a vu souvent des peuples demander des priviléges: ici le souverain accorde le droit de toutes les nations.

CHAPITRE IX.

D'une monarchie qui conquiert autour d'elle.

Si une monarchie peut agir long-temps avant que l'agrandissement l'ait affoiblie, elle deviendra redoutable, et sa force durera tout autant qu'elle sera pressée par les monarchies voisines.

Elle ne doit donc conquérir que pendant qu'elle reste dans les limites naturelles à son gouvernement. La prudence veut qu'elle s'arrête sitôt qu'elle passe ces limites.

Il faut dans cette sorte de conquête laisser les choses comme on les a trouvées; les mêmes tribunaux, les mêmes lois, les mêmes coutumes, les mêmes priviléges: rien ne doit être changé que l'armée et le nom du souverain.

Lorsque la monarchie a étendu ses limites par la conquête de quelques provinces voisines, il faut qu'elle les traite avec une grande douceur.

[1] Du 18 octobre 1738, imprimé à Gênes, chez Franchelli. *Vietiamo al nostro general-governatore in detta isola di condannare in avvenire solamente ex informata conscientia persona alcuna nazionale in pena afflittiva. Potrà ben si far arrestare ed incarcerare le persone che gli saranno sospette; salvo di renderne poi à noi sollecitamente.* (Articolo 6.)

Dans une monarchie qui a travaillé long-temps à conquérir, les provinces de son ancien domaine seront ordinairement très foulées. Elles ont à souffrir les nouveaux abus et les anciens; et souvent une vaste capitale, qui engloutit tout, les dépeuple. Or, si après avoir conquis autour de ce domaine on traitoit les peuples vaincus comme on fait ses anciens sujets, l'état seroit perdu : ce que les provinces conquises enverroient de tributs à la capitale ne leur reviendroit plus; les frontières seroient ruinées, et par conséquent plus foibles; les peuples en seroient mal affectionnés; la subsistance des armées qui doivent y rester et agir seroit plus précaire.

Tel est l'état nécessaire d'une monarchie conquérante : un luxe affreux dans la capitale, la misère dans les provinces qui s'en éloignent, l'abondance aux extrémités. Il en est comme de notre planète : le feu est au centre; la verdure à la surface; une terre aride, froide et stérile entre les deux.

CHAPITRE X.

D'une monarchie qui conquiert une autre monarchie.

Quelquefois une monarchie en conquiert une autre. Plus celle-ci sera petite, mieux on la contiendra par des forteresses; plus elle sera grande, mieux on la conservera par des colonies.

CHAPITRE XI.

Des mœurs du peuple vaincu.

Dans ces conquêtes, il ne suffit pas de laisser à la nation vaincue ses lois; il est peut-être plus nécessaire de lui laisser ses mœurs, parce qu'un peuple connoît, aime et défend toujours plus ses mœurs que ses lois.

Les François ont été chassés neuf fois de l'Italie, à cause, disent les historiens[1], de leur insolence à l'égard des femmes et des filles. C'est trop pour une nation d'avoir à souffrir la fierté du vainqueur, et encore son incontinence, et encore son indiscrétion, sans doute plus fâcheuse, parce qu'elle multiplie à l'infini les outrages.

CHAPITRE XII.

D'une loi de Cyrus.

Je ne regarde pas comme une bonne loi celle que fit Cyrus pour que les Lydiens ne pussent

[1] Parcourez l'*Histoire de l'Univers*, par M. Puffendorf.

exercer que des professions viles ou des professions infames. On va au plus pressé; on songe aux révoltes, et non pas aux invasions. Mais les invasions viendront bientôt; les deux peuples s'unissent, ils se corrompent tous les deux. J'aimerois mieux maintenir par les lois la rudesse du peuple vainqueur qu'entretenir par elles la mollesse du peuple vaincu.

Aristodème, tyran de Cumes[1], chercha à énerver le courage de la jeunesse. Il voulut que les garçons laissassent croître leurs cheveux, comme les filles; qu'ils les ornassent de fleurs, et portassent des robes de différentes couleurs jusqu'aux talons; que, lorsqu'ils alloient chez leurs maîtres de danse et de musique, les femmes leur portassent des parasols, des parfums et des éventails; que, dans le bain, elles leur donnassent des peignes et des miroirs. Cette éducation duroit jusqu'à l'âge de vingt ans. Cela ne peut convenir qu'à un petit tyran, qui expose sa souveraineté pour défendre sa vie.

CHAPITRE XIII.

Charles XII.

Ce prince, qui ne fit usage que de ses seules forces, détermina sa chute en formant des desseins qui ne pouvoient être exécutés que par une longue guerre : ce que son royaume ne pouvoit soutenir.

Ce n'étoit pas un état qui fût dans la décadence qu'il entreprit de renverser, mais un empire naissant. Les Moscovites se servirent de la guerre qu'il leur faisoit, comme d'une école. A chaque défaite, ils s'approchoient de la victoire; et, perdant au-dehors, ils apprenoient à se défendre au-dedans.

Charles se croyoit le maître du monde dans les déserts de la Pologne, où il erroit, et dans lesquels la Suède étoit comme répandue, pendant que son principal ennemi se fortifioit contre lui, le serroit, s'établissoit sur la mer Baltique, détruisoit ou prenoit la Livonie.

La Suède ressembloit à un fleuve dont on coupoit les eaux dans sa source, pendant qu'on les détournoit dans son cours.

Ce ne fut point Pultava qui perdit Charles : s'il n'avoit pas été détruit dans ce lieu, il l'auroit été dans un autre. Les accidents de la fortune se réparent aisément; mais comment parer à des événements qui naissent continuellement de la nature des choses?

[1] DENYS D'HALICARNASSE, liv. VII.

Mais la nature ni la fortune ne furent jamais si fortes contre lui que lui-même.

Il ne se régloit point sur la disposition actuelle des choses, mais sur un certain modèle qu'il avoit pris : encore le suivit-il très mal. Il n'étoit point Alexandre ; mais il auroit été le meilleur soldat d'Alexandre.

Le projet d'Alexandre ne réussit que parce qu'il étoit sensé[1]. Les mauvais succès des Perses dans les invasions qu'ils firent de la Grèce, les conquêtes d'Agésilas, et la retraite des dix mille, avoient fait connoître au juste la supériorité des Grecs dans leur manière de combattre, et dans le genre de leurs armes ; et l'on savoit bien que les Perses étoient trop grands pour se corriger.

Ils ne pouvoient plus affoiblir la Grèce par des divisions : elle étoit alors réunie sous un chef qui ne pouvoit avoir de meilleur moyen pour lui cacher sa servitude que de l'éblouir par la destruction de ses ennemis éternels, et par l'espérance de la conquête de l'Asie.

Un empire cultivé par la nation du monde la plus industrieuse, et qui travailloit les terres par principe de religion, fertile et abondant en toutes choses, donnoit à un ennemi toutes sortes de facilités pour y subsister.

On pouvoit juger par l'orgueil de ses rois, toujours vainement mortifiés par leurs défaites, qu'ils précipiteroient leur chute en donnant toujours des batailles, et que la flatterie ne permettroit jamais qu'ils pussent douter de leur grandeur.

Et non seulement le projet étoit sage, mais il fut sagement exécuté. Alexandre, dans la rapidité de ses actions, dans le feu de ses passions mêmes, avoit, si j'ose me servir de ce terme, une saillie de raison qui le conduisoit, et que ceux qui ont voulu faire un roman de son histoire, et qui

[1] Le préjugé s'est tellement obstiné à ne voir dans Alexandre qu'une ambition effrénée, conduite par une valeur téméraire, et suivie d'une fortune aveugle, qu'on est tout étonné, en réfléchissant sur les faits de son histoire, ou bien en écoutant les jugements de quelques auteurs modernes, de retrouver dans cet Alexandre le conquérant le plus sensé, le plus sage, le plus modéré, et le moins funeste à l'humanité.

Pour s'en convaincre, on n'a qu'à lire avec attention tout ce que l'auteur de *l'Esprit des Lois* a dit d'Alexandre. Voltaire est aussi l'un des historiens qui a le premier rétabli Alexandre dans ses droits à l'admiration de la postérité. Après lui, Robertson, dans son *Histoire d'Amérique*, a rendu la même justice à cet homme extraordinaire en tous points ; et ceci n'est pas un des moindres exemples de la fortune et de l'espèce de hasard qui préside à la distribution de cette renommée si recherchée, si mobile, et souvent si injuste. Si quelque chose pouvoit dégoûter les hommes de tant de travaux équivoques, ce seroit assurément l'exemple de Julien, à qui l'on conteste sa véritable vertu, et d'Alexandre, à qui l'on dispute sa véritable gloire. (SERVAN.)

avoient l'esprit plus gâté que lui, n'ont pu nous dérober. Parlons-en tout à notre aise.

CHAPITRE XIV.

Alexandre.

Il ne partit qu'après avoir assuré la Macédoine contre les peuples barbares qui en étoient voisins, et achevé d'accabler les Grecs ; il ne se servit de cet accablement que pour l'exécution de son entreprise ; il rendit impuissante la jalousie des Lacédémoniens ; il attaqua les provinces maritimes ; il fit suivre à son armée de terre les côtes de la mer, pour n'être point séparé de sa flotte ; il se servit admirablement bien de la discipline contre le nombre ; il ne manqua point de subsistance : et, s'il est vrai que la victoire lui donna tout, il fit aussi tout pour se procurer la victoire.

Dans le commencement de son entreprise, c'est-à-dire dans un temps où un échec pouvoit le renverser, il mit peu de chose au hasard : quand la fortune le mit au-dessus des événements, la témérité fut quelquefois un de ses moyens. Lorsque avant son départ il marche contre les Triballiens et les Illyriens, vous voyez une guerre[1] comme celle que César fit depuis dans les Gaules. Lorsqu'il est de retour dans la Grèce[2], c'est comme malgré lui qu'il prend et détruit Thèbes : campé auprès de leur ville, il attend que les Thébains veuillent faire la paix ; ils précipitent eux-mêmes leur ruine. Lorsqu'il s'agit de combattre[3] les forces maritimes des Perses, c'est plutôt Parménion qui a de l'audace, c'est plutôt Alexandre qui a de la sagesse. Son industrie fut de séparer les Perses des côtes de la mer, et de les réduire à abandonner eux-mêmes leur marine, dans laquelle ils étoient supérieurs. Tyr étoit par principe attachée aux Perses, qui ne pouvoient se passer de son commerce et de sa marine ; Alexandre la détruisit. Il prit l'Égypte, que Darius avoit laissée dégarnie de troupes pendant qu'il assembloit des armées innombrables dans un autre univers.

Le passage du Granique fit qu'Alexandre se rendit maître des colonies grecques ; la bataille d'Issus lui donna Tyr et l'Égypte ; la bataille d'Arbelles lui donna toute la terre.

Après la bataille d'Issus, il laisse fuir Darius, et ne s'occupe qu'à affermir et à régler ses conquêtes : après la bataille d'Arbelles, il le suit de si près[4] qu'il ne lui laisse aucune retraite dans son

[1] Voyez Arrien, *de Exped. Alexand.*, lib. I.
[2] *Ibid.* [3] *Ibid.*
[4] *Ibid.*, lib. III.

empire. Darius n'entre dans ses villes et dans ses provinces que pour en sortir : les marches d'Alexandre sont si rapides que vous croyez voir l'empire de l'univers plutôt le prix de la course, comme dans les jeux de la Grèce, que le prix de la victoire.

C'est ainsi qu'il fit ses conquêtes : voyons comment il les conserva.

Il résista à ceux qui vouloient qu'il traitât[1] les Grecs comme maîtres, et les Perses comme esclaves ; il ne songea qu'à unir les deux nations, et à faire perdre les distinctions du peuple conquérant et du peuple vaincu ; il abandonna après la conquête tous les préjugés qui lui avoient servi à la faire ; il prit les mœurs des Perses, pour ne pas désoler les Perses, en leur faisant prendre les mœurs des Grecs ; c'est ce qui fit qu'il marqua tant de respect et pour la femme et pour la mère de Darius, et qu'il montra tant de continence ; c'est ce qui le fit tant regretter des Perses. Qu'est-ce que ce conquérant qui est pleuré de tous les peuples qu'il a soumis ? qu'est-ce que cet usurpateur sur la mort duquel la famille qu'il a renversée du trône verse des larmes ? C'est un trait de cette vie dont les historiens ne nous disent pas que quelque autre conquérant se puisse vanter.

Rien n'affermit plus une conquête que l'union qui se fait des deux peuples par les mariages. Alexandre prit des femmes de la nation qu'il avoit vaincue : il voulut que ceux de sa cour[2] en prissent aussi ; le reste des Macédoniens suivit cet exemple. Les Francs et les Bourguignons[3] permirent ces mariages : les Wisigoths les défendirent[4] en Espagne, et ensuite ils les permirent ; les Lombards ne les permirent pas seulement, mais même les favorisèrent[5] ; quand les Romains voulurent affoiblir la Macédoine, ils y établirent qu'il ne pourroit se faire d'union par mariages entre les peuples des provinces.

Alexandre, qui cherchoit à unir les deux peuples, songea à faire dans la Perse un grand nombre de colonies grecques : il bâtit une infinité de villes, et il cimenta si bien toutes les parties de ce nouvel empire, qu'après sa mort, dans le trouble et la confusion des plus affreuses guerres civiles, après que les Grecs se furent, pour ainsi dire,

anéantis eux-mêmes, aucune province de Perse ne se révolta.

Pour ne point épuiser la Grèce et la Macédoine, il envoya à Alexandrie une colonie de Juifs[1] : il ne lui importoit quelles mœurs eussent ces peuples, pourvu qu'ils lui fussent fidèles.

Il ne laissa pas seulement aux peuples vaincus leurs mœurs ; il leur laissa encore leurs lois civiles, et souvent même les rois et les gouverneurs qu'il avoit trouvés. Il mettoit les Macédoniens[2] à la tête des troupes, et les gens du pays à la tête du gouvernement ; aimant mieux courir le risque de quelque infidélité particulière (ce qui lui arriva quelquefois), que d'une révolte générale. Il respecta les traditions anciennes, et tous les monuments de la gloire ou de la vanité des peuples. Les rois de Perse avoient détruit les temples des Grecs, des Babyloniens et des Égyptiens ; il les rétablit[3] : peu de nations se soumirent à lui, sur les autels desquelles il ne fît des sacrifices. Il sembloit qu'il n'eût conquis que pour être le monarque particulier de chaque nation, et le premier citoyen de chaque ville. Les Romains conquirent tout pour tout détruire ; il voulut tout conquérir pour tout conserver ; et, quelque pays qu'il parcourût, ses premières idées, ses premiers desseins furent toujours de faire quelque chose qui pût augmenter la prospérité et la puissance. Il en trouva les premiers moyens dans la grandeur de son génie ; les seconds, dans sa frugalité et son économie particulière[4] ; les troisièmes, dans son immense prodigalité pour les grandes choses. Sa main se fermoit pour les dépenses privées ; elle s'ouvroit pour les dépenses publiques. Falloit-il régler sa maison, c'étoit un Macédonien ; falloit-il payer les dettes des soldats, faire part de sa conquête aux Grecs, faire la fortune de chaque homme de son armée, il étoit Alexandre.

Il fit deux mauvaises actions : il brûla Persépolis, et tua Clitus. Il les rendit célèbres par son repentir : de sorte qu'on oublia ses actions criminelles, pour se souvenir de son respect pour la vertu ; de sorte qu'elles furent considérées plutôt comme des malheurs que comme des choses qui lui fussent propres ; de sorte que la postérité trouve la beauté de son ame presque à côté de ses emportements et de ses foiblesses ; de sorte qu'il

[1] C'étoit le conseil d'Aristote. (PLUTARQUE, Œuvres morales, de la Fortune d'Alexandre.)
[2] Voyez Arrien, de Exped. Alexand., lib. VII.
[3] Voyez la Loi des Bourguignons, titre XII, art. 5.
[4] Voyez la Loi des Wisigoths, liv. III, tit. v, § 1, qui abroge la loi ancienne, qui avoit plus d'égard, y est-il dit, à la différence des nations, que des conditions.
[5] Voyez la Loi des Lombards, liv. II, tit. VII, § 1 et 2.

[1] Les rois de Syrie, abandonnant le plan des fondateurs de l'empire, voulurent obliger les Juifs à prendre les mœurs des Grecs : ce qui donna à leur état de terribles secousses.
[2] Voyez Arrien, de Expeditione Alexand., lib. III et autres.
[3] Ibid.
[4] Ibid., lib. VII.

fallut le plaindre, et qu'il n'étoit plus possible de le haïr.

Je vais le comparer à César. Quand César voulut imiter les rois d'Asie, il désespéra les Romains pour une chose de pure ostentation; quand Alexandre voulut imiter les rois d'Asie, il fit une chose qui entroit dans le plan de sa conquête.

CHAPITRE XV.

Nouveaux moyens de conserver la conquête.

Lorsqu'un monarque conquiert un grand état, il y a une pratique admirable, également propre à modérer le despotisme et à conserver la conquête : les conquérants de la Chine l'ont mise en usage.

Pour ne point désespérer le peuple vaincu et ne point enorgueillir le vainqueur, pour empêcher que le gouvernement ne devienne militaire, et pour contenir les deux peuples dans le devoir, la famille tartare qui règne présentement à la Chine a établi que chaque corps de troupes, dans les provinces, seroit composé de moitié Chinois et moitié Tartares, afin que la jalousie entre les deux nations les contienne dans le devoir. Les tribunaux sont aussi moitié chinois, moitié tartares. Cela produit plusieurs bons effets : 1° les deux nations se contiennent l'une l'autre; 2° elles gardent toutes les deux la puissance militaire et civile, et l'une n'est pas anéantie par l'autre; 5° la nation conquérante peut se répandre partout sans s'affoiblir et se perdre : elle devient capable de résister aux guerres civiles et étrangères. Institution si sensée que c'est le défaut d'une pareille qui a perdu presque tous ceux qui ont conquis sur la terre.

CHAPITRE XVI.

D'un état despotique qui conquiert.

Lorsque la conquête est immense, elle suppose le despotisme. Pour lors l'armée, répandue dans les provinces, ne suffit pas. Il faut qu'il y ait toujours autour du prince un corps particulièrement affidé, toujours prêt à fondre sur la partie de l'empire qui pourroit s'ébranler. Cette milice doit contenir les autres, et faire trembler tous ceux à qui on a été obligé de laisser quelque autorité dans l'empire. Il y a autour de l'empereur de la Chine un gros corps de Tartares, toujours prêt pour le besoin. Chez le Mogol, chez les Turcs, au Japon, il y a un corps à la solde du prince, indépendamment de ce qui est entretenu du revenu des terres.

Ces forces particulières tiennent en respect les générales.

CHAPITRE XVII.

Continuation du même sujet.

Nous avons dit que les états que le monarque despotique conquiert doivent être feudataires. Les historiens s'épuisent en éloges sur la générosité des conquérants qui ont rendu la couronne aux princes qu'ils avoient vaincus. Les Romains étoient donc bien généreux, qui faisoient partout des rois pour avoir des instruments de servitude [1]. Une action pareille est un acte nécessaire. Si le conquérant garde l'état conquis, les gouverneurs qu'il enverra ne sauront contenir les sujets, ni lui-même ses gouverneurs. Il sera obligé de dégarnir de troupes son ancien patrimoine pour garantir le nouveau. Tous les malheurs des deux états seront communs : la guerre civile de l'un sera la guerre civile de l'autre. Que si, au contraire, le conquérant rend le trône au prince légitime, il aura un allié nécessaire qui, avec les forces qui lui seront propres, augmentera les siennes. Nous venons de voir Schah-Nadir conquérir les trésors du Mogol, et lui laisser l'Indoustan.

LIVRE ONZIÈME.

DES LOIS

QUI FORMENT LA LIBERTÉ POLITIQUE, DANS SON RAPPORT AVEC LA CONSTITUTION.

CHAPITRE I.

Idée générale.

Je distingue les lois qui forment la liberté politique, dans son rapport avec la constitution, d'avec celles qui la forment dans son rapport avec le citoyen. Les premières seront le sujet de ce livre-ci; je traiterai des secondes dans le livre suivant.

CHAPITRE II.

Diverses significations données au mot de liberté.

Il n'y a point de mot qui ait reçu plus de différentes significations, et qui ait frappé les esprits de

[1] *Ut haberent instrumenta servitutis et reges.* — Tacite dit simplement que les Romains se servoient des rois comme d'instruments de servitude. (CRÉV.)

taut de manières, que celui de *liberté*. Les uns l'ont pris pour la facilité de déposer celui à qui ils avoient donné un pouvoir tyrannique; les autres, pour la faculté d'élire celui à qui ils devoient obéir; d'autres, pour le droit d'être armés, et de pouvoir exercer la violence; ceux-ci, pour le privilége de n'être gouvernés que par un homme de leur nation, ou par leurs propres lois [1]. Certain peuple a long-temps pris la liberté pour l'usage de porter une longue barbe [2]. Ceux-ci ont attaché ce nom à une forme de gouvernement, et en ont exclu les autres. Ceux qui avoient goûté du gouvernement républicain l'ont mise dans ce gouvernement; ceux qui avoient joui du gouvernement monarchique l'ont placée dans la monarchie [3]. Enfin chacun a appelé *liberté* le gouvernement qui étoit conforme à ses coutumes ou à ses inclinations; et comme, dans une république, on n'a pas toujours devant les yeux, et d'une manière si présente, les instruments des maux dont on se plaint, et que même les lois paroissent y parler plus, et les exécuteurs de la loi y parler moins, on la place ordinairement dans les républiques, et on l'a exclue des monarchies. Enfin, comme dans les démocraties le peuple paroît à peu près faire ce qu'il veut, on a mis la liberté dans ces sortes de gouvernements, et on a confondu le pouvoir du peuple avec la liberté du peuple.

CHAPITRE III.

Ce que c'est que la liberté.

Il est vrai que dans les démocraties le peuple paroît faire ce qu'il veut; mais la liberté politique ne consiste point à faire ce que l'on veut. Dans un état, c'est-à-dire dans une société où il y a des lois, la liberté ne peut consister qu'à pouvoir faire ce que l'on doit vouloir, et à n'être point contraint de faire ce que l'on ne doit pas vouloir.

Il faut se mettre dans l'esprit ce que c'est que l'indépendance, et ce que c'est que la liberté. La liberté est le droit de faire tout ce que les lois permettent [4]; et si un citoyen pouvoit faire ce qu'elles

[1] « J'ai, dit Cicéron, copié l'édit de Scévola, qui permet aux » Grecs de terminer entre eux leurs différends, selon leurs lois : » ce qui fait qu'ils se regardent comme des peuples libres. »
[2] Les Moscovites ne pouvoient souffrir que le czar Pierre la leur fit couper. — Voyez l'*État présent de la Grande-Russie*, par Perry. p. 187, 188; La Haye, 1717. (P.)
[3] Les Cappadociens refusèrent l'état républicain, que leur offrirent les Romains.
[4] *Omnes legum servi sumus ut liberi esse possimus.* (CICERO, *pro Cluentio*, § 53.) — Il est inutile d'ajouter qu'il ne s'agit ici que des bonnes lois : car des lois absurdes ou cruelles

défendent, il n'auroit plus de liberté, parce que les autres auroient tout de même ce pouvoir.

CHAPITRE IV.

Continuation du même sujet.

La démocratie et l'aristocratie ne sont point des états libres par leur nature. La liberté politique ne se trouve que dans les gouvernements modérés. Mais elle n'est pas toujours dans les états modérés : elle n'y est que lorsqu'on n'abuse pas du pouvoir; mais c'est une expérience éternelle, que tout homme qui a du pouvoir est porté à en abuser; il va jusqu'à ce qu'il trouve des limites. Qui le diroit! la vertu même a besoin de limites.

Pour qu'on ne puisse abuser du pouvoir, il faut que, par la disposition des choses, le pouvoir arrête le pouvoir. Une constitution peut être telle que personne ne sera contraint de faire les choses auxquelles la loi ne l'oblige pas, et à ne point faire celles que la loi lui permet.

CHAPITRE V.

De l'objet des états divers.

Quoique tous les états aient en général un même objet, qui est de se maintenir, chaque état en a pourtant un qui lui est particulier. L'agrandissement étoit l'objet de Rome; la guerre, celui de Lacédémone; la religion, celui des lois judaïques; le commerce, celui de Marseille; la tranquillité publique, celui des lois de la Chine [1]; la navigation, celui des lois des Rhodiens; la liberté naturelle, l'objet de la police des sauvages; en général, les délices du prince, celui des états despotiques; sa gloire et celle de l'état, celui des monarchies; l'indépendance de chaque particulier est l'objet des lois de Pologne, et ce qui en résulte, l'oppression de tous [2].

Il y a aussi une nation dans le monde qui a pour objet direct de sa constitution la liberté politique. Nous allons examiner les principes sur lesquels elle la fonde. S'ils sont bons, la liberté y paroîtra comme dans un miroir.

Pour découvrir la liberté politique dans la constitution, il ne faut pas tant de peine. Si on peut

pourroient détruire jusque dans son principe toute espèce de liberté. (P.)
[1] Objet naturel d'un état qui n'a point d'ennemis au-dehors, ou qui croit les avoir arrêtés par des barrières.
[2] Inconvénient du *Liberum veto*.

la voir où elle est, si on l'a trouvée, pourquoi la chercher?

CHAPITRE VI[1].

De la constitution d'Angleterre.

Il y a dans chaque état trois sortes de pouvoirs: la puissance législative, la puissance exécutrice des choses qui dépendent du droit des gens, et la puissance exécutrice de celles qui dépendent du droit civil.

Par la première, le prince ou le magistrat fait des lois pour un temps ou pour toujours, et corrige ou abroge celles qui sont faites. Par la seconde, il fait la paix ou la guerre, envoie ou reçoit des ambassades, établit la sûreté, prévient les invasions. Par la troisième, il punit les crimes ou juge les différends des particuliers. On appellera cette dernière la puissance de juger; et l'autre, simplement la puissance exécutrice de l'état.

La liberté politique, dans un citoyen, est cette tranquillité d'esprit qui provient de l'opinion que chacun a de sa sûreté; et, pour qu'on ait cette liberté, il faut que le gouvernement soit tel qu'un citoyen ne puisse pas craindre un autre citoyen.

Lorsque dans la même personne ou dans le même corps de magistrature la puissance législative est réunie à la puissance exécutrice, il n'y a point de liberté, parce qu'on peut craindre que le même monarque ou le même sénat ne fasse des lois tyranniques pour les exécuter tyranniquement.

Il n'y a point encore de liberté si la puissance de juger n'est pas séparée de la puissance législative et de l'exécutrice. Si elle étoit jointe à la puissance législative, le pouvoir sur la vie et la liberté des citoyens seroit arbitraire; car le juge seroit législateur. Si elle étoit jointe à la puissance exécutrice, le juge pourroit avoir la force d'un oppresseur.

Tout seroit perdu si le même homme, ou le même corps des principaux, ou des nobles, ou du peuple, exerçoient ces trois pouvoirs: celui de faire des lois, celui d'exécuter les résolutions publiques, et celui de juger les crimes ou les différends des particuliers.

Dans la plupart des royaumes de l'Europe, le gouvernement est modéré, parce que le prince, qui a les deux premiers pouvoirs, laisse à ses sujets l'exercice du troisième. Chez les Turcs, où

ces trois pouvoirs sont réunis sur la tête du sultan, il règne un affreux despotisme.

Dans les républiques d'Italie, où ces trois pouvoirs sont réunis, la liberté se trouve moins que dans nos monarchies. Aussi le gouvernement a-t-il besoin, pour se maintenir, de moyens aussi violents que le gouvernement des Turcs: témoin les inquisiteurs d'état[1], et le tronc où tout délateur peut, à tous les moments, jeter avec un billet son accusation.

Voyez quelle peut être la situation d'un citoyen dans ces républiques. Le même corps de magistrature a, comme exécuteur des lois, toute la puissance qu'il s'est donnée comme législateur. Il peut ravager l'état par ses volontés générales; et, comme il a encore la puissance de juger, il peut détruire chaque citoyen par ses volontés particulières.

Toute la puissance y est une; et, quoiqu'il n'y ait point de pompe extérieure qui découvre un prince despotique, on le sent à chaque instant.

Aussi les princes qui ont voulu se rendre despotiques ont-ils toujours commencé par réunir en leur personne toutes les magistratures; et plusieurs rois d'Europe, toutes les grandes charges de leur état.

Je crois bien que la pure aristocratie héréditaire des républiques d'Italie ne répond pas précisément au despotisme de l'Asie. La multitude des magistrats adoucit quelquefois la magistrature; tous les nobles ne concourent pas toujours aux mêmes desseins: on y forme divers tribunaux qui se tempèrent. Ainsi, à Venise, le grand conseil a la législation; le pregadi, l'exécution; les quaranties, le pouvoir de juger. Mais le mal est que ces tribunaux différents sont formés par des magistrats du même corps; ce qui ne fait guère qu'une même puissance.

La puissance de juger ne doit pas être donnée à un sénat permanent, mais exercée par des personnes tirées du corps du peuple[2], dans certains temps de l'année, de la manière prescrite par la loi, pour former un tribunal qui ne dure qu'autant que la nécessité le requiert.

De cette façon, la puissance de juger, si terrible parmi les hommes, n'étant attachée ni à un certain état, ni à une certaine profession, devient, pour ainsi dire, invisible et nulle. On n'a point continuellement des juges devant les yeux; et l'on craint la magistrature, et non pas les magistrats.

Il faut même que dans les grandes accusations

[1] La plupart des principes que Montesquieu pose dans ce chapitre sont tirés du *Traité du Gouvernement civil*, de Locke, ch. XII. (P.)

[1] A Venise.
[2] Comme à Athènes.

le criminel, concurremment avec la loi, se choisisse des juges ; ou , du moins , qu'il en puisse récuser un si grand nombre que ceux qui restent soient censés être de son choix.

Les deux autres pouvoirs pourroient plutôt être donnés à des magistrats ou à des corps permanents , parce qu'ils ne s'exercent sur aucun particulier, n'étant , l'un , que la volonté générale de l'état, et l'autre, que l'exécution de cette volonté générale.

Mais , si les tribunaux ne doivent pas être fixes, les jugements doivent l'être à un tel point qu'ils ne soient jamais qu'un texte précis de la loi. S'ils étoient une opinion particulière du juge , on vivroit dans la société sans savoir précisément les engagements que l'on y contracte.

Il faut même que les juges soient de la condition de l'accusé , ou ses pairs , pour qu'il ne puisse pas se mettre dans l'esprit qu'il soit tombé entre les mains de gens portés à lui faire violence.

Si la puissance législative laisse à l'exécutrice le droit d'emprisonner des citoyens qui peuvent donner caution de leur conduite, il n'y a plus de liberté , à moins qu'ils ne soient arrêtés pour répondre sans délai à une accusation que la loi a rendue capitale ; auquel cas ils sont réellement libres , puisqu'ils ne sont soumis qu'à la puissance de la loi.

Mais si la puissance législative se croyoit en danger par quelque conjuration secrète contre l'état, ou quelque intelligence avec les ennemis du dehors , elle pourroit, pour un temps court et limité, permettre à la puissance exécutrice de faire arrêter les citoyens suspects , qui ne perdroient leur liberté pour un temps que pour la conserver pour toujours.

Et c'est le seul moyen conforme à la raison de suppléer à la tyrannique magistrature des éphores , et aux inquisiteurs d'état de Venise , qui sont aussi despotiques.

Comme dans un état libre tout homme qui est censé avoir une ame libre doit être gouverné par lui-même , il faudroit que le peuple en corps eût la puissance législative ; mais comme cela est impossible dans les grands états , et est sujet à beaucoup d'inconvénients dans les petits, il faut que le peuple fasse par ses représentants tout ce qu'il ne peut faire par lui-même.

L'on connoît beaucoup mieux les besoins de sa ville que ceux des autres villes, et on juge mieux de la capacité de ses voisins que de celle de ses autres compatriotes. Il ne faut donc pas que les membres du corps législatif soient tirés en général du corps de la nation ; mais il convient que , dans chaque lieu principal , les habitants se choisissent un représentant [1].

Le grand avantage des représentants, c'est qu'ils sont capables de discuter les affaires. Le peuple n'y est point du tout propre : ce qui forme un des grands inconvénients de la démocratie.

Il n'est pas nécessaire que les représentants, qui ont reçu de ceux qui les ont choisis une instruction générale , en reçoivent une particulière sur chaque affaire , comme cela se pratique dans les diètes d'Allemagne. Il est vrai que de cette manière la parole des députés seroit plus l'expression de la voix de la nation ; mais cela jetteroit dans des longueurs infinies , rendroit chaque député le maître de tous les autres ; et , dans les occasions les plus pressantes , toute la force de la nation pourroit être arrêtée par un caprice.

Quand les députés , dit très bien M. Sidney, représentent un corps de peuple comme en Hollande, ils doivent rendre compte à ceux qui les ont commis : c'est autre chose lorsqu'ils sont députés par des bourgs , comme en Angleterre.

Tous les citoyens , dans les divers districts , doivent avoir droit de donner leur voix pour choisir le représentant, excepté ceux qui sont dans un tel état de bassesse qu'ils sont réputés n'avoir point de volonté propre.

Il y avoit un grand vice dans la plupart des anciennes républiques : c'est que le peuple avoit droit d'y prendre des résolutions actives , et qui demandent quelque exécution ; chose dont il est entièrement incapable. Il ne doit entrer dans le gouvernement que pour choisir ses représentants ; ce qui est très à sa portée. Car, s'il y a peu de gens qui connoissent le degré précis de la capacité des hommes, chacun est pourtant capable de savoir en général si celui qu'il choisit est plus éclairé que la plupart des autres.

Le corps représentant ne doit pas être choisi non plus pour prendre quelque résolution active, chose qu'il ne feroit pas bien , mais pour faire des lois , ou pour voir si l'on a bien exécuté celles qu'il a faites, chose qu'il peut très bien faire, et qu'il n'y a même que lui qui puisse bien faire.

Il y a toujours dans un état des gens distingués

[1] Il est nécessaire d'avoir des connoissances pour faire un bon choix. Voulez-vous élire un pilote ou un géomètre, il faut que les électeurs soient des pilotes ou des géomètres. Des ignorants peuvent se mêler de donner leur avis dans les sciences et les diverses opérations de la vie ; mais jugent-ils aussi sainement que les gens de l'art ? Ainsi la multitude ne devroit ni voter dans les élections, ni juger la responsabilité des magistrats. (ARISTOTE, *Politique*, liv. III, ch. VII.) (P.)

par la naissance, les richesses ou les honneurs ; mais s'ils étoient confondus parmi le peuple, et s'ils n'y avoient qu'une voix comme les autres, la liberté commune seroit leur esclavage, et ils n'auroient aucun intérêt à la défendre, parce que la plupart des résolutions seroient contre eux. La part qu'ils ont à la législation doit donc être proportionnée aux autres avantages qu'ils ont dans l'état : ce qui arrivera s'ils forment un corps qui ait droit d'arrêter les entreprises du peuple, comme le peuple a droit d'arrêter les leurs.

Ainsi la puissance législative sera confiée, et au corps des nobles, et au corps qui sera choisi pour représenter le peuple, qui auront chacun leurs assemblées et leurs délibérations à part, et des vues et des intérêts séparés.

Des trois puissances dont nous avons parlé, celle de juger est en quelque façon nulle. Il n'en reste que deux ; et, comme elles ont besoin d'une puissance réglante pour les tempérer, la partie du corps législatif qui est composée de nobles est très propre à produire cet effet.

Le corps des nobles doit être héréditaire. Il l'est premièrement par sa nature ; et d'ailleurs il faut qu'il ait un très grand intérêt à conserver ses prérogatives, odieuses par elles-mêmes, et qui, dans un état libre, doivent toujours être en danger.

Mais, comme une puissance héréditaire pourroit être induite à suivre ses intérêts particuliers et à oublier ceux du peuple, il faut que dans les choses où l'on a un souverain intérêt à la corrompre, comme dans les lois qui concernent la levée de l'argent, elle n'ait de part à la législation que par sa faculté d'empêcher, et non par sa faculté de statuer.

J'appelle *faculté de statuer* le droit d'ordonner par soi-même, ou de corriger ce qui a été ordonné par un autre. J'appelle *faculté d'empêcher* le droit de rendre nulle une résolution prise par quelque autre : ce qui étoit la puissance des tribuns de Rome. Et quoique celui qui a la faculté d'empêcher puisse avoir aussi le droit d'approuver, pour lors cette approbation n'est autre chose qu'une déclaration qu'il ne fait point d'usage de sa faculté d'empêcher, et dérive de cette faculté.

La puissance exécutrice doit être entre les mains d'un monarque, parce que cette partie du gouvernement, qui a presque toujours besoin d'une action momentanée, est mieux administrée par un que par plusieurs ; au lieu que ce qui dépend de la puissance législative est souvent mieux ordonné par plusieurs que par un seul.

Que s'il n'y avoit point de monarque, et que la puissance exécutrice fût confiée à un certain nombre de personnes tirées du corps législatif, il n'y auroit plus de liberté, parce que les deux puissances seroient unies, les mêmes personnes ayant quelquefois et pouvant toujours avoir part à l'une et à l'autre.

Si le corps législatif étoit un temps considérable sans être assemblé, il n'y auroit plus de liberté. Car il arriveroit de deux choses l'une : ou qu'il n'y auroit plus de résolution législative, et l'état tomberoit dans l'anarchie ; ou que ces résolutions seroient prises par la puissance exécutrice, et elle deviendroit absolue.

Il seroit inutile que le corps législatif fût toujours assemblé. Cela seroit incommode pour les représentants, et d'ailleurs occuperoit trop la puissance exécutrice, qui ne penseroit point à exécuter, mais à défendre ses prérogatives et le droit qu'elle a d'exécuter.

De plus, si le corps législatif étoit continuellement assemblé, il pourroit arriver que l'on ne feroit que suppléer de nouveaux députés à la place de ceux qui mourroient ; et dans ce cas, si le corps législatif étoit une fois corrompu, le mal seroit sans remède. Lorsque divers corps législatifs se succèdent les uns aux autres, le peuple, qui a mauvaise opinion du corps législatif actuel, porte avec raison ses espérances sur celui qui viendra après ; mais, si c'étoit toujours le même corps, le peuple, le voyant une fois corrompu, n'espéreroit plus rien de ses lois : il deviendroit furieux, ou tomberoit dans l'indolence.

Le corps législatif ne doit point s'assembler lui-même : car un corps n'est censé avoir de volonté que lorsqu'il est assemblé ; et, s'il ne s'assembloit pas unanimement, on ne sauroit dire quelle partie seroit véritablement le corps législatif, celle qui seroit assemblée, ou celle qui ne le seroit pas. Que s'il avoit droit de se proroger lui-même, il pourroit arriver qu'il ne se prorogeroit jamais ; ce qui seroit dangereux dans le cas où il voudroit attenter contre la puissance exécutrice. D'ailleurs, il y a des temps plus convenables les uns que les autres pour l'assemblée du corps législatif : il faut donc que ce soit la puissance exécutrice qui règle le temps de la tenue et de la durée de ces assemblées, par rapport aux circonstances qu'elle connoît.

Si la puissance exécutrice n'a pas le droit d'arrêter les entreprises du corps législatif, celui-ci sera despotique ; car, comme il pourra se donner tout le pouvoir qu'il peut imaginer, il anéantira toutes les autres puissances.

Mais il ne faut pas que la puissance législative

ait réciproquement la faculté d'arrêter la puissance exécutrice; car l'exécution ayant ses limites par sa nature, il est inutile de la borner; outre que la puissance exécutrice s'exerce toujours sur des choses momentanées. Et la puissance des tribuns de Rome étoit vicieuse, en ce qu'elle arrêtoit non seulement la législation, mais même l'exécution · ce qui causoit de grands maux.

Mais si, dans un état libre, la puissance législative ne doit pas avoir le droit d'arrêter la puissance exécutrice, elle a droit, et doit avoir la faculté d'examiner de quelle manière les lois qu'elle a faites ont été exécutées; et c'est l'avantage qu'a ce gouvernement sur celui de Crète et de Lacédémone, où les *cosmes*[1] et les *éphores*[2] ne rendoient point compte de leur administration.

Mais, quel que soit cet examen, le corps législatif ne doit point avoir le pouvoir de juger la personne, et par conséquent la conduite de celui qui exécute. Sa personne doit être sacrée, parce qu'étant nécessaire à l'état pour que le corps législatif n'y devienne pas tyrannique, dès le moment qu'il seroit accusé ou jugé, il n'y auroit plus de liberté.

Dans ces cas l'état ne seroit point une monarchie, mais une république non libre. Mais comme celui qui exécute ne peut rien exécuter mal sans avoir des conseillers méchants et qui haïssent les lois comme ministres, quoiqu'elles les favorisent comme hommes, ceux-ci peuvent être recherchés et punis. Et c'est l'avantage de ce gouvernement sur celui de Gnide, où la loi ne permettant point d'appeler en jugement les *amymones*[3], même après leur administration[4], le peuple ne pouvoit jamais se faire rendre raison des injustices qu'on lui avoit faites.

Quoique en général la puissance de juger ne doive être unie à aucune partie de la législative, cela est sujet à trois exceptions fondées sur l'intérêt particulier de celui qui doit être jugé.

Les grands sont toujours exposés à l'envie; et, s'ils étoient jugés par le peuple, ils pourroient être en danger, et ne jouiroient pas du privilége qu'a le moindre des citoyens dans un état libre, d'être jugé par ses pairs. Il faut donc que les nobles soient appelés, non pas devant les tribunaux ordinaires de la nation, mais devant cette partie du corps législatif qui est composée de nobles.

Il pourroit arriver que la loi, qui est en même temps clairvoyante et aveugle, seroit, en de certains cas, trop rigoureuse. Mais les juges de la nation ne sont, comme nous avons dit, que la bouche qui prononce les paroles de la loi, des êtres inanimés qui n'en peuvent modérer ni la force ni la rigueur. C'est donc la partie du corps législatif que nous venons de dire être, dans une autre occasion, un tribunal nécessaire, qui l'est encore dans celle-ci; c'est à son autorité suprême à modérer la loi en faveur de la loi même, en prononçant moins rigoureusement qu'elle.

Il pourroit encore arriver que quelque citoyen, dans les affaires publiques, violeroit les droits du peuple, et feroit des crimes que les magistrats établis ne sauroient ou ne voudroient pas punir. Mais, en général, la puissance législative ne peut pas juger; et elle le peut encore moins dans ce cas particulier, où elle représente la partie intéressée, qui est le peuple. Elle ne peut donc être qu'accusatrice. Mais devant qui accusera-t-elle? Ira-t-elle s'abaisser devant les tribunaux de la loi, qui lui sont inférieurs, et d'ailleurs composés de gens qui, étant peuple comme elle, seroient entraînés par l'autorité d'un si grand accusateur? Non : il faut, pour conserver la dignité du peuple et la sûreté du particulier, que la partie législative du peuple accuse devant la partie législative des nobles, laquelle n'a ni les mêmes intérêts qu'elle, ni les mêmes passions.

C'est l'avantage qu'a ce gouvernement sur la plupart des républiques anciennes, où il y avoit cet abus que le peuple étoit en même temps et juge et accusateur.

La puissance exécutrice, comme nous avons dit, doit prendre part à la législation par sa faculté d'empêcher; sans quoi, elle sera bientôt dépouillée de ses prérogatives. Mais si la puissance législative prend part à l'exécution, la puissance exécutrice sera également perdue.

Si le monarque prenoit part à la législation par la faculté de statuer, il n'y auroit plus de liberté. Mais comme il faut pourtant qu'il ait part à la législation pour se défendre, il faut qu'il y prenne part par la faculté d'empêcher.

Ce qui fut cause que le gouvernement changea à Rome, c'est que le sénat, qui avoit une partie

[1] Voyez la *République d'Aristote*, liv. II, ch. x. (P.)
[2] *Ibid.*, ch. ix.
[3] C'étoient les magistrats que le peuple élisoit tous les ans. Voyez Étienne de Byzance. — *Amymones* vient du grec ἀμύμων, sans reproche. Bodin (*Républ.*, liv. 1, ch. viii) et Grotius (*de Jure belli ac pacis*, lib. 1, cap. iii, § 8) donnent à ces magistrats le même nom que Montesquieu. Mais Plutarque (*Demande des choses grecques*, § 5) les appelle *amnémones*, de ce qu'ils n'étoient point sujets à rendre compte de leur administration. Il ajoute qu'on les nommoit à vie, et qu'ils étoient au nombre de soixante. (P.)
[4] On pouvoit accuser les magistrats romains après leur magistrature. Voyez, dans Denys d'Halicarnasse, liv. IX, l'affaire du tribun Genutius.

de la puissance exécutrice, et les magistrats qui avoient l'autre, n'avoient pas, comme le peuple, la faculté d'empêcher.

Voici donc la constitution fondamentale du gouvernement dont nous parlons. Le corps législatif y étant composé de deux parties, l'une enchaînera l'autre par sa faculté mutuelle d'empêcher. Toutes les deux seront liées par la puissance exécutrice, qui le sera elle-même par la législative.

Ces trois puissances devroient former un repos ou une inaction. Mais, comme par le mouvement nécessaire des choses elles sont contraintes d'aller, elles seront forcées d'aller de concert.

La puissance exécutrice ne faisant partie de la législative que par sa faculté d'empêcher, elle ne sauroit entrer dans le débat des affaires. Il n'est pas même nécessaire qu'elle propose, parce que, pouvant toujours désapprouver les résolutions, elle peut rejeter les décisions des propositions qu'elle auroit voulu qu'on n'eût pas faites.

Dans quelques républiques anciennes, où le peuple en corps avoit le débat des affaires, il étoit naturel que la puissance exécutrice les proposât et les débattît avec lui; sans quoi, il y auroit eu, dans les résolutions, une confusion étrange.

Si la puissance exécutrice statue sur la levée des deniers publics autrement que par son consentement, il n'y aura plus de liberté, parce qu'elle deviendra législative dans le point le plus important de la législation.

Si la puissance législative statue, non pas d'année en année, mais pour toujours, sur la levée des deniers publics, elle court risque de perdre sa liberté, parce que la puissance exécutrice ne dépendra plus d'elle; et quand on tient un pareil droit pour toujours, il est assez indifférent qu'on le tienne de soi ou d'un autre. Il en est de même si elle statue, non pas d'année en année, mais pour toujours, sur les forces de terre et de mer qu'elle doit confier à la puissance exécutrice.

Pour que celui qui exécute ne puisse pas opprimer, il faut que les armées qu'on lui confie soient peuple, et aient le même esprit que le peuple, comme cela fut à Rome jusqu'au temps de Marius. Et, pour que cela soit ainsi, il n'y a que deux moyens, ou que ceux que l'on emploie dans l'armée aient assez de bien pour répondre de leur conduite aux autres citoyens, et qu'ils ne soient enrôlés que pour un an, comme il se pratiquoit à Rome; ou, si on a un corps de troupes permanent, et où les soldats soient une des plus viles parties de la nation, il faut que la puissance législative

puisse le casser sitôt qu'elle le desire; que les soldats habitent avec les citoyens, et qu'il n'y ait ni camp séparé, ni casernes, ni places de guerre.

L'armée étant une fois établie, elle ne doit point dépendre immédiatement du corps législatif, mais de la puissance exécutrice; et cela par la nature de la chose, son fait consistant plus en action qu'en délibération.

Il est dans la manière de penser des hommes que l'on fasse plus de cas du courage que de la timidité, de l'activité que de la prudence, de la force que des conseils. L'armée méprisera toujours un sénat, et respectera ses officiers. Elle ne fera point cas des ordres qui lui seront envoyés de la part d'un corps composé de gens qu'elle croira timides, et indignes par-là de lui commander. Ainsi, sitôt que l'armée dépendra uniquement du corps législatif, le gouvernement deviendra militaire. Et si le contraire est jamais arrivé, c'est l'effet de quelques circonstances extraordinaires : c'est que l'armée y est toujours séparée; c'est qu'elle est composée de plusieurs corps qui dépendent chacun de leur province particulière; c'est que les villes capitales sont des places excellentes, qui se défendent par leur situation seule, et où il n'y a point de troupes.

La Hollande est encore plus en sûreté que Venise : elle submergeroit les troupes révoltées, elle les feroit mourir de faim. Elles ne sont point dans les villes qui pourroient leur donner la subsistance; cette subsistance est donc précaire.

Que si, dans le cas où l'armée est gouvernée par le corps législatif, des circonstances particulières empêchent le gouvernement de devenir militaire, on tombera dans d'autres inconvénients : de deux choses l'une; ou il faudra que l'armée détruise le gouvernement, ou que le gouvernement affoiblisse l'armée.

Et cet affoiblissement aura une cause bien fatale : il naîtra de la foiblesse même du gouvernement.

Si l'on veut lire l'admirable ouvrage de Tacite sur les mœurs des Germains [1], on verra que c'est

[1] *De minoribus rebus principes consultant, de majoribus omnes : ita tamen ut ea quoque, quorum penes plebem arbitrium est, apud principes pertractentur* [*]. — Est-il possible qu'en effet la chambre des pairs, celle des communes, la cour d'équité, la cour de l'amirauté, viennent de la Forêt-Noire? J'aimerais autant dire que les sermons de Tillotson et de Smalridge

[*] *De Moribus Germanorum*, cap. XI. — Quelques commentateurs de Tacite ont pensé qu'il falloit lire *prætractentur*, au lieu de *pertractentur*. Si le peuple, ont-ils dit, a la souveraine puissance, comment les affaires peuvent-elles se traiter au tribunal des princes? et si elles se traitent au tribunal des princes, comment le peuple peut-il avoir la souveraine puissance ? (P.)

d'eux que les Anglois ont tiré l'idée de leur gouvernement politique. Ce beau système a été trouvé dans les bois.

Comme toutes les choses humaines ont une fin, l'état dont nous parlons perdra sa liberté, il périra. Rome, Lacédémone et Carthage ont bien péri. Il périra lorsque la puissance législative sera plus corrompue que l'exécutrice.

Ce n'est point à moi à examiner si les Anglois jouissent actuellement de cette liberté, ou non. Il me suffit de dire qu'elle est établie par leurs lois, et je n'en cherche pas davantage.

Je ne prétends point par-là ravaler les autres gouvernements, ni dire que cette liberté politique extrême doive mortifier ceux qui n'en ont qu'une modérée. Comment dirois-je cela, moi qui crois que l'excès même de la raison n'est pas toujours desirable, et que les hommes s'accommodent presque toujours mieux des milieux que des extrémités?

Harrington, dans son *Oceana*, a aussi examiné quel étoit le plus haut point de liberté où la constitution d'un état peut être portée. Mais on peut dire de lui qu'il n'a cherché cette liberté qu'après l'avoir méconnue, et qu'il a bâti Chalcédoine, ayant le rivage de Byzance devant les yeux.

CHAPITRE VII.

Des monarchies que nous connoissons.

Les monarchies que nous connoissons n'ont pas, comme celles dont nous venons de parler, la liberté pour leur objet direct; elles ne tendent qu'à la gloire des citoyens, de l'état et du prince. Mais de cette gloire il résulte un esprit de liberté qui, dans ces états, peut faire d'aussi grandes choses, et peut-être contribuer autant au bonheur que la liberté même.

Les trois pouvoirs n'y sont point distribués et fondus sur le modèle de la constitution dont nous avons parlé. Ils ont chacun une distribution particulière, selon laquelle ils approchent plus ou moins de la liberté politique; et, s'ils n'en approchoient pas, la monarchie dégénéreroit en despotisme.

furent autrefois composés par les sorcières tudesques, qui jugeoient des succès de la guerre par la manière dont couloit le sang des prisonniers qu'elles immoloient. Les manufactures de draps d'Angleterre n'ont-elles pas été trouvées aussi dans les bois où les Germains aimaient mieux vivre de rapines que de travailler, comme le dit Tacite?

Pourquoi n'avoir pas trouvé plutôt la diète de Ratisbonne que le parlement d'Angleterre dans les forêts d'Allemagne? Ratisbonne doit avoir profité plutôt que Londres d'un système trouvé en Germanie. (VOLT.)

CHAPITRE VIII.

Pourquoi les anciens n'avoient pas une idée bien claire de la monarchie.

Les anciens ne connoissoient point le gouvernement fondé sur un corps de noblesse, et encore moins le gouvernement fondé sur un corps législatif formé par les représentants d'une nation. Les républiques de Grèce et d'Italie étoient des villes qui avoient chacune leur gouvernement, et qui assembloient leurs citoyens dans leurs murailles. Avant que les Romains eussent englouti toutes les républiques, il n'y avoit presque point de roi nulle part, en Italie, Gaule, Espagne, Allemagne [1] : tout cela étoit de petits peuples ou de petites républiques; l'Afrique même étoit soumise à une grande; l'Asie mineure étoit occupée par les colonies grecques. Il n'y avoit donc point d'exemple de députés de villes, ni d'assemblées d'états : il falloit aller jusqu'en Perse pour trouver le gouvernement d'un seul.

Il est vrai qu'il y avoit des républiques fédératives; plusieurs villes envoyoient des députés à une assemblée. Mais je dis qu'il n'y avoit point de monarchie sur ce modèle-là.

Voici comment se forma le premier plan des monarchies que nous connoissons. Les nations germaniques qui conquirent l'empire romain étoient, comme l'on sait, très libres. On n'a qu'à voir là-dessus Tacite *sur les Mœurs des Germains*. Les conquérants se répandirent dans le pays; ils habitoient les campagnes, et peu les villes. Quand ils étoient en Germanie, toute la nation pouvoit s'assembler. Lorsqu'ils furent dispersés dans la conquête, ils ne le purent plus. Il falloit pourtant que la nation délibérât sur ses affaires, comme elle avoit fait avant la conquête : elle le fit par des représentants. Voilà l'origine du gouvernement gothique parmi nous. Il fut d'abord mêlé de l'aristocratie et de la monarchie. Il avoit cet inconvénient que le bas peuple y étoit esclave : c'étoit un bon gouvernement qui avoit en soi la capacité de devenir meilleur. La coutume vint d'accorder des lettres d'affranchissement; et bientôt la liberté civile du peuple, les prérogatives de la noblesse et du clergé, la puissance des rois, se trouvèrent dans un tel concert que je ne crois pas qu'il y ait eu sur la terre de gouvernement si bien tempéré que le fut celui de chaque partie de l'Europe dans le temps qu'il y subsista. Et il est admirable que la corruption du gouvernement d'un peuple con-

[1] Mais à la même époque il y avoit des rois en Macédoine, en Syrie, en Égypte, etc. (CRÉV.)

quérant ait formé la meilleure espèce de gouvernement que les hommes aient pu imaginer.

CHAPITRE IX.

Manière de penser d'Aristote.

L'embarras d'Aristote paroît visiblement quand il traite de la monarchie [1]. Il en établit cinq espèces : il ne les distingue pas par la forme de la constitution, mais par des choses d'accident, comme les vertus ou les vices du prince; ou par des choses étrangères, comme l'usurpation de la tyrannie, ou la succession de la tyrannie.

Aristote met au rang des monarchies et l'empire des Perses et le royaume de Lacédémone. Mais qui ne voit que l'un étoit un état despotique [2], et l'autre, une république [3]?

Les anciens, qui ne connoissoient pas la distribution des trois pouvoirs dans le gouvernement d'un seul, ne pouvoient se faire une idée juste de la monarchie.

CHAPITRE X.

Manière de penser des autres politiques.

Pour tempérer le gouvernement d'un seul, Arribas [4], roi d'Épire, n'imagina qu'une république.

[1] *Politique*, liv. III, chap. xiv. — Aristote, dans sa *Politique*, liv. III; ch. xi, établit en effet cinq espèces de monarchies, savoir : 1° celle des temps héroïques, fondée sur la soumission volontaire et limitée à la suprématie de la guerre, de la religion et de la justice; 2° celle des peuples barbares, qui est despotique héréditaire en vertu de la loi; 3° l'asymnétie (dictature), ou tyrannie constituée par des suffrages libres; 4° la royauté de Lacédémone, ou généralat perpétuel héréditaire; 5° l'autorité exercée par un seul sur tous ses concitoyens, comme celle du père sur la famille. Mais il ajoute que le monarque de Lacédémone n'est, en résultat, qu'un chef militaire, et que cette institution, qui peut s'approprier à toute organisation politique, ne doit être considérée que comme une loi réglémentaire. (P.)

[2] Aristote a dû mettre l'empire des Perses au rang des monarchies; car, s'il avoit parlé autrement, on ne l'auroit pas entendu : le despotisme n'étoit pas plus alors qu'aujourd'hui une forme de gouvernement. (D.)

[3] Qui ne voit au contraire que Lacédémone eut un seul roi pendant quatre cents ans, ensuite deux rois jusqu'à l'extinction de la race des Héraclides, ce qui fait une période d'environ mille années? On sait bien que nul roi n'étoit despotique de droit, pas même en Perse; mais tout prince dissimulé, hardi, et qui a de l'argent, devient despotique en peu de temps, en Perse et à Lacédémone; et voilà pourquoi Aristote distingua des républiques tout état qui a des chefs perpétuels et héréditaires. (Volt.)

[4] Voyez Justin, liv. XVII. — Loin de renoncer au trône d'Épire, Arribas chercha à rendre cette monarchie plus stable et plus durable, en lui donnant de bonnes lois et de sages réglements dont il avoit puisé l'esprit à Athènes; et pour les faire exécuter il établit un sénat et des magistrats, non comme ses maîtres, mais comme ses sujets. Il vécut et mourut roi, laissant pour successeur son fils Néoptolémus, qui fut père d'Olympias,

Les Molosses, ne sachant comment borner le même pouvoir, firent deux rois [1] : par-là on affoiblissoit l'état plus que le commandement; on vouloit des rivaux, et on avoit des ennemis.

Deux rois n'étoient tolérables qu'à Lacédémone : ils n'y formoient pas la constitution [2], mais ils étoient une partie de la constitution.

CHAPITRE XI.

Des rois des temps héroïques chez les Grecs.

Chez les Grecs, dans les temps héroïques, il s'établit une espèce de monarchie qui ne subsista pas [3]. Ceux qui avoient inventé des arts, fait la guerre pour le peuple, assemblé des hommes dispersés, ou qui leur avoient donné des terres, obtenoient le royaume pour eux, et le transmettoient à leurs enfants. Ils étoient rois, prêtres et juges. C'est une des cinq espèces de monarchies dont nous parle Aristote [4]; et c'est la seule qui puisse réveiller l'idée de la constitution monarchique. Mais le plan de cette constitution est opposé à celui de nos monarchies d'aujourd'hui.

Les trois pouvoirs y étoient distribués de manière que le peuple y avoit la puissance législative [5]; et le roi, la puissance exécutrice, avec la puissance de juger; au lieu que, dans les monarchies que nous connoissons, le prince a la puissance exécutrice et la législative, ou du moins une partie de la législative; mais il ne juge pas.

Dans le gouvernement des rois des temps héroïques, les trois pouvoirs étoient mal distribués. Ces monarchies ne pouvoient subsister; car, dès que le peuple avoit la législation, il pouvoit, au moindre caprice, anéantir la royauté, comme il fit partout.

Chez un peuple libre, et qui avoit le pouvoir législatif; chez un peuple renfermé dans une ville, où tout ce qu'il y a d'odieux devient plus odieux

mère d'Alexandre-le-Grand. Les rois d'Épire ont subsisté avec toute leur puissance jusqu'à Paul-Émile, qui détruisit leur empire. (D.)

[1] Aristote, *Politique*, liv. V, chap. ix. — Les Molosses n'eurent jamais qu'un roi, et Montesquieu paroît avoir tiré une fausse induction de ce passage d'Aristote. (P.)

[2] En quelque endroit qu'il y ait eu des rois, et en quelque nombre qu'ils aient été, ils n'ont jamais formé la constitution : ils en ont seulement fait partie. La constitution d'un état ou de tout autre objet quelconque n'est et ne peut être que l'union, l'assemblage, l'ordre, l'arrangement et la disposition des parties qui doivent composer le tout. Dans l'état politique, c'est le souverain, les sujets, la nature du gouvernement, et les lois relatives à toutes ces choses. (D.)

[3] Aristote, *Politique*, liv. III, chap. xiv.

[4] *Ibid.*

[5] Voyez ce que dit Plutarque, *Vie de Thésée*. Voyez aussi Thucydide, liv. 1.

encore, le chef-d'œuvre de la législation est de savoir bien placer la puissance de juger. Mais elle ne le pouvoit être plus mal que dans les mains de celui qui avoit déja la puissance exécutrice. Dès ce moment, le monarque devenoit terrible. Mais en même temps, comme il n'avoit pas la législation, il ne pouvoit pas se défendre contre la législation ; il avoit trop de pouvoir, et il n'en avoit pas assez.

On n'avoit pas encore découvert que la vraie fonction du prince étoit d'établir des juges, et non pas de juger lui-même. La politique contraire rendit le gouvernement d'un seul insupportable. Tous ces rois furent chassés. Les Grecs n'imaginèrent point la vraie distribution des trois pouvoirs dans le gouvernement d'un seul ; ils ne l'imaginèrent que dans le gouvernement de plusieurs, et ils appelèrent cette sorte de constitution, *police* [1].

CHAPITRE XII.

Du gouvernement des rois de Rome, et comment les trois pouvoirs y furent distribués.

Le gouvernement des rois de Rome avoit quelque rapport à celui des rois des temps héroïques chez les Grecs. Il tomba, comme les autres, par son vice général, quoique en lui-même et dans sa nature particulière il fût très bon.

Pour faire connoître ce gouvernement, je distinguerai celui des cinq premiers rois, celui de Servius Tullius, et celui de Tarquin.

La couronne étoit élective ; et, sous les cinq premiers rois, le sénat eut la plus grande part à l'élection.

Après la mort du roi, le sénat examinoit si l'on garderoit la forme du gouvernement qui étoit établie. S'il jugeoit à propos de la garder, il nommoit un magistrat [2], tiré de son corps, qui élisoit un roi : le sénat devoit approuver l'élection ; le peuple, la confirmer ; les auspices, la garantir. Si une de ces trois conditions manquoit, il falloit faire une autre élection.

La constitution étoit monarchique, aristocratique et populaire ; et telle fut l'harmonie du pouvoir qu'on ne vit ni jalousie, ni dispute, dans les premiers règnes. Le roi commandoit les armées, et avoit l'intendance des sacrifices ; il avoit la puis-

sance de juger les affaires civiles [1] et criminelles [2] ; il convoquoit le sénat ; il assembloit le peuple ; il lui portoit de certaines affaires, et régloit les autres avec le sénat [3].

Le sénat avoit une grande autorité. Les rois prenoient souvent des sénateurs pour juger avec eux ; ils ne portoient point d'affaires au peuple qu'elles n'eussent été délibérées [4] dans le sénat.

Le peuple avoit le droit d'élire [5] les magistrats, de consentir aux nouvelles lois, et, lorsque le roi le permettoit, celui de déclarer la guerre et de faire la paix. Il n'avoit point la puissance de juger. Quand Tullus Hostilius renvoya le jugement d'Horace au peuple, il eut des raisons particulières, que l'on trouve dans Denys d'Halicarnasse [6].

La constitution changea sous [7] Servius Tullius. Le sénat n'eut point de part à son élection : il se fit proclamer par le peuple. Il se dépouilla des jugements [8] civils, et ne se réserva que les criminels ; il porta directement au peuple toutes les affaires : il les soulagea des taxes, et en mit tout le fardeau sur les patriciens. Ainsi, à mesure qu'il affoiblissoit la puissance royale et l'autorité du sénat, il augmentoit le pouvoir du peuple [9].

Tarquin ne se fit élire ni par le sénat ni par le peuple. Il regarda Servius Tullius comme un usurpateur, et prit la couronne comme un droit héréditaire ; il extermina la plupart des sénateurs ; il ne consulta plus ceux qui restoient, et ne les ap-

[1] Voyez Aristote, *Politique*, liv. IV, chap. VIII.
[2] DENYS D'HALICARNASSE, liv. II, pag. 120 ; et liv. IV, pag. 242 et 243.

[1] Voyez le discours de Tanaquil, dans Tite-Live, liv. I ; et le réglement de Servius Tullius, dans Denys d'Halicarnasse, liv. IV, pag. 229. — Dupin a prétendu que Tanaquil ne disoit rien de semblable ; et pour le prouver il a rapporté un passage de Tite-Live, tiré du chapitre qui a fourni cette réflexion à Montesquieu. Mais si la critique eût pris la peine de lire ce chapitre jusqu'au bout, il n'eût pas confondu le discours que Tanaquil adresse à Tullius, son époux, avec celui qu'elle adresse aux Romains, et dans lequel on trouve ces paroles : *Eum jura redditurum, obiturumque alia regis munia.* (Cap. XLI.) (P.)
[2] Voyez Denys d'Halicarnasse, liv. II, pag. 118 ; et liv. III, pag. 171.
[3] Ce fut par un sénatus-consulte que Tullus Hostilius envoya détruire Albe. (DENYS D'HALICARNASSE, liv. III, pag. 167 et 172.)
[4] *Ibid.*, liv. IV, pag. 276. — Il est question ici de Brutus, et non des rois. Brutus y délibère avec le sénat, et donne son avis sur la forme du gouvernement qui devoit être substitué à la royauté, après l'expulsion de Tarquin-le-Superbe. (D.)
[5] DENYS D'HALICARNASSE, liv. II. Il falloit pourtant qu'il ne nommât pas à toutes les charges, puisque Valérius Publicola fit la fameuse loi qui défendoit à tout citoyen d'exercer aucun emploi, s'il ne l'avoit obtenu par le suffrage du peuple.
[6] Liv. III. pag. 159.　[7] Liv. IV.
[8] Il se priva de la moitié de la puissance royale, dit Denys d'Halicarnasse, liv. IV, pag. 229.
[9] On croyoit que, s'il n'avoit pas été prévenu par Tarquin, il auroit établi le gouvernement populaire. (DENYS D'HALICARNASSE, liv. IV, pag. 243.)

pela pas même à ses jugements[1]. Sa puissance augmenta ; mais ce qu'il y avoit d'odieux dans cette puissance devint plus odieux encore : il usurpa le pouvoir du peuple ; il fit des lois sans lui ; il en fit même contre lui[2]. Il auroit réuni les trois pouvoirs dans sa personne ; mais le peuple se souvint un moment qu'il étoit législateur, et Tarquin ne fut plus[3].

CHAPITRE XIII.

Réflexions générales sur l'état de Rome après l'expulsion des rois.

On ne peut jamais quitter les Romains : c'est ainsi qu'encore aujourd'hui, dans leur capitale, on laisse les nouveaux palais pour aller chercher des ruines ; c'est ainsi que l'œil qui s'est reposé sur l'émail des prairies aime à voir les rochers et les montagnes.

Les familles patriciennes avoient eu, de tout temps, de grandes prérogatives. Ces distinctions, grandes sous les rois, devinrent bien plus importantes après leur expulsion. Cela causa la jalousie des plébéiens, qui voulurent les abaisser. Les contestations frappoient sur la constitution sans affoiblir le gouvernement : car, pourvu que les magistratures conservassent leur autorité, il étoit assez indifférent de quelle famille étoient les magistrats.

Une monarchie élective, comme étoit Rome, suppose nécessairement un corps aristocratique puissant pour la soutenir ; sans quoi elle se change d'abord en tyrannie ou en état populaire : mais un état populaire n'a pas besoin de cette distinction des familles pour se maintenir. C'est ce qui fit que les patriciens, qui étoient des parties nécessaires de la constitution du temps des rois, en devinrent une partie superflue du temps des consuls : le peuple put les abaisser sans se détruire lui-même, et changer la constitution sans la corrompre.

[1] DENYS D'HALICARNASSE, liv. IV. [2] *Ibid.*
[3] L'exil des Tarquins, en délivrant Rome de ses tyrans domestiques, accrut au-dehors le nombre de ses ennemis. Il lui fit perdre ses alliés ; et cette ville, destinée à être la maîtresse du monde, fut près de rentrer dans le néant d'où elle étoit sortie deux cent quarante-trois ans auparavant. D'ailleurs cet exemple, puisé dans les temps orageux d'un état naissant, ne justifiera jamais l'attentat des sujets contre leur souverain. Tarquin étoit un monstre que la nature avoit vomi dans sa colère, assassin de sa femme, de ses enfants et de son beau-père qu'il précipita du trône, meurtrier des plus honnêtes gens de Rome, patriciens et plébéiens, foulant aux pieds les coutumes, les usages et les lois les plus sacrées, protecteur du viol de Lucrèce, proscrit enfin ; mais il ne fut pas jugé. (D.)

Quand Servius Tullius eut avili les patriciens, Rome dut tomber des mains des rois dans celles du peuple. Mais le peuple, en abaissant les patriciens, ne dut point craindre de retomber dans celles des rois.

Un état peut changer de deux manières, ou parce que la constitution se corrige, ou parce qu'elle se corrompt. S'il a conservé ses principes, et que la constitution change, c'est qu'elle se corrige ; s'il a perdu ses principes, quand la constitution vient à changer, c'est qu'elle se corrompt.

Rome, après l'expulsion des rois, devoit être une démocratie. Le peuple avoit déjà la puissance législative : c'étoit son suffrage unanime qui avoit chassé les rois ; et, s'il ne persistoit pas dans cette volonté, les Tarquins pouvoient à tous les instants revenir. Prétendre qu'il eût voulu les chasser pour tomber dans l'esclavage de quelques familles, cela n'étoit pas raisonnable. La situation des choses demandoit donc que Rome fût une démocratie ; et cependant elle ne l'étoit pas. Il fallut tempérer le pouvoir des principaux, et que les lois inclinassent vers la démocratie.

Souvent les états fleurissent plus, dans le passage insensible d'une constitution à une autre, qu'ils ne le faisoient dans l'une ou l'autre de ces constitutions. C'est pour lors que tous les ressorts du gouvernement sont tendus ; que tous les citoyens ont des prétentions ; qu'on s'attaque ou qu'on se caresse, et qu'il y a une noble émulation entre ceux qui défendent la constitution qui décline, et ceux qui mettent en avant celle qui prévaut.

CHAPITRE XIV.

Comment la distribution des trois pouvoirs commença à changer après l'expulsion des rois.

Quatre choses choquoient principalement la liberté de Rome. Les patriciens obtenoient seuls tous les emplois sacrés, politiques, civils et militaires ; on avoit attaché au consulat un pouvoir exorbitant ; on faisoit des outrages au peuple ; enfin on ne lui laissoit presque aucune influence dans les suffrages. Ce furent ces quatre abus que le peuple corrigea.

1° Il fit établir qu'il y auroit des magistratures où les plébéiens pourroient prétendre ; et il obtint peu à peu qu'il auroit part à toutes, excepté à celle d'*entre-roi*.

2° On décomposa le consulat, et on en forma

18

plusieurs magistratures. On créa des préteurs[1] à qui on donna la puissance de juger les affaires privées; on nomma des questeurs[2] pour faire juger les crimes publics; on établit des édiles à qui on donna la police, on fit des trésoriers[3] qui eurent l'administration des deniers publics; enfin, par la création des censeurs, on ôta aux consuls cette partie de la puissance législative qui règle les mœurs des citoyens et la police momentanée des divers corps de l'état. Les principales prérogatives qui leur restèrent furent de présider aux grands[4] états du peuple, d'assembler le sénat, et de commander les armées.

5° Les lois sacrées établirent des tribuns qui pouvoient à tous les instants arrêter les entreprises des patriciens, et n'empêchoient pas seulement les injures particulières, mais encore les générales.

4° Enfin les plébéiens augmentèrent leur influence dans les décisions publiques. Le peuple romain étoit divisé de trois manières, par centuries, par curies et par tribus; et, quand il donnoit son suffrage, il étoit assemblé et formé d'une de ces trois manières.

Dans la première, les patriciens, les principaux, les gens riches, le sénat, ce qui étoit à peu près la même chose, avoient presque toute l'autorité; dans la seconde, ils en avoient moins; dans la troisième, encore moins.

La division par centuries étoit plutôt une division de cens et de moyens qu'une division de personnes. Tout le peuple étoit partagé en cent quatre-vingt-treize centuries[5] qui avoient chacune une voix. Les patriciens et les principaux formoient les quatre-vingt-dix-huit premières centuries; le reste des citoyens étoit répandu dans les quatre-vingt-quinze autres. Les patriciens étoient donc, dans cette division, les maîtres des suffrages.

Dans la division par curies[6], les patriciens n'avoient pas les mêmes avantages : ils en avoient pourtant. Il falloit consulter les auspices, dont les patriciens étoient les maîtres; on n'y pouvoit faire de proposition au peuple, qui n'eût été auparavant portée au sénat et approuvée par un sénatus-consulte. Mais, dans la division par tribus, il n'étoit question ni d'auspices, ni de sénatus-consulte, et les patriciens n'y étoient pas admis.

Or, le peuple chercha toujours à faire par curies les assemblées qu'on avoit coutume de faire par centuries, et à faire par tribus les assemblées qui se faisoient par curies : ce qui fit passer les affaires des mains des patriciens dans celles des plébéiens.

Ainsi, quand les plébéiens eurent obtenu le droit de juger les patriciens, ce qui commença lors de l'affaire de Coriolan[1], les plébéiens voulurent les juger assemblés par tribus[2], et non par centuries; et lorsqu'on établit en faveur du peuple les nouvelles magistratures[3] de tribuns et d'édiles, le peuple obtint qu'il s'assembleroit par curies pour les nommer; et quand sa puissance fut affermie, il obtint[4] qu'ils seroient nommés dans une assemblée par tribus.

CHAPITRE XV.

Comment, dans l'état florissant de la république,
Rome perdit tout-à-coup sa liberté.

Dans le feu des disputes entre les patriciens et les plébéiens, ceux-ci demandèrent que l'on donnât des lois fixes, afin que les jugements ne fussent plus l'effet d'une volonté capricieuse ou d'un pouvoir arbitraire. Après bien des résistances, le sénat y acquiesça. Pour composer ces lois, on nomma des décemvirs. On crut qu'on devoit leur accorder un grand pouvoir, parce qu'ils avoient à donner des lois à des partis qui étoient presque incompatibles. On suspendit la nomination de tous les magistrats; et, dans les comices, ils furent élus seuls administrateurs de la république. Ils se trouvèrent revêtus de la puissance consulaire et de la puissance tribunitienne. L'une leur donnoit le droit d'assembler le sénat; l'autre, celui d'assembler le peuple : mais ils ne convoquèrent ni le sénat ni le peuple. Dix hommes dans la république eurent seuls toute la puissance législative, toute la puissance exécutrice, toute la puissance des jugements. Rome se vit soumise à une tyrannie aussi cruelle que celle de Tarquin. Quand Tarquin exerçoit ses vexations, Rome étoit indignée du pouvoir qu'il avoit usurpé; quand les décemvirs exercèrent les leurs, elle fut étonnée du pouvoir qu'elle avoit donné.

[1] TITE-LIVE, décade première, liv. VI.
[2] Quæstores parricidii. (POMPONIUS, leg. 2, § 23, ff de Orig. jur.)
[3] PLUTARQUE, Vie de Publicola.
[4] Comitiis centuriatis.
[5] Voyez là-dessus Tite-Live, liv. I; et Denys d'Halicarnasse, liv. IV et VII.
[6] DENYS D'HALICARNASSE, liv. IX. pag. 598.

[1] DENYS D'HALICARNASSE, liv. VII.
[2] Contre l'ancien usage, comme on le voit dans Denys d'Halicarnasse, liv. V, pag. 320.
[3] Liv. VI, pag. 410 et 411. [4] Liv. IX, pag. 603.

Mais quel étoit ce système de tyrannie, produit par des gens qui n'avoient obtenu le pouvoir politique et militaire que par la connoissance des affaires civiles, et qui, dans les circonstances de ces temps-là, avoient besoin au-dedans de la lâcheté des citoyens pour qu'ils se laissassent gouverner, et de leur courage au-dehors pour les défendre?

Le spectacle de la mort de Virginie, immolée par son père à la pudeur et à la liberté, fit évanouir la puissance des décemvirs. Chacun se trouva libre, parce que chacun fut offensé ; tout le monde devint citoyen, parce que tout le monde se trouva père. Le sénat et le peuple rentrèrent dans une liberté qui avoit été confiée à des tyrans ridicules.

Le peuple romain, plus qu'un autre, s'émouvoit par les spectacles : celui du corps sanglant de Lucrèce fit finir la royauté ; le débiteur qui parut sur la place couvert de plaies fit changer la forme de la république ; la vue de Virginie fit chasser les décemvirs. Pour faire condamner Manlius, il fallut ôter au peuple la vue du Capitole ; la robe sanglante de César remit Rome dans la servitude.

CHAPITRE XVI.

De la puissance législative dans la république romaine.

On n'avoit point de droits à se disputer sous les décemvirs ; mais, quand la liberté revint, on vit les jalousies renaître : tant qu'il resta quelques privilèges aux patriciens, les plébéiens les leur ôtèrent.

Il y auroit eu peu de mal si les plébéiens s'étoient contentés de priver les patriciens de leurs prérogatives, et s'ils ne les avoient pas offensés dans leur qualité même de citoyen. Lorsque le peuple étoit assemblé par curies ou par centuries, il étoit composé de sénateurs, de patriciens et de plébéiens. Dans les disputes, les plébéiens gagnèrent ce point[1] que seuls, sans les patriciens et sans le sénat, ils pourroient faire des lois qu'on appela plébiscites ; et les comices où on les fit s'appelèrent comices par tribus. Ainsi il y eut des cas où les patriciens[2] n'eurent point de part à la puissance législative, et[3] où ils furent soumis à la

puissance législative d'un autre corps de l'état : ce fut un délire de la liberté. Le peuple, pour établir la démocratie, choqua les principes mêmes de la démocratie. Il sembloit qu'une puissance aussi exorbitante auroit dû anéantir l'autorité du sénat ; mais Rome avoit des institutions admirables. Elle en avoit deux surtout : par l'une, la puissance législative du peuple étoit réglée ; par l'autre, elle étoit bornée.

Les censeurs, et avant eux les consuls[1], formoient et créoient, pour ainsi dire, tous les cinq ans, le corps du peuple ; ils exerçoient la législation sur le corps même qui avoit la puissance législative. « Tiberius Gracchus, censeur, dit Cicé- » ron, transféra les affranchis dans les tribus de la » ville, non par la force de son éloquence, mais » par une parole et par un geste ; et, s'il ne l'eût » pas fait, cette république, qu'aujourd'hui nous » soutenons à peine, nous ne l'aurions plus. »

D'un autre côté, le sénat avoit le pouvoir d'ôter, pour ainsi dire, la république des mains du peuple, par la création d'un dictateur[2], devant lequel le souverain baissoit la tête, et les lois les plus populaires restoient dans le silence[3].

CHAPITRE XVII.

De la puissance exécutrice dans la même république.

Si le peuple fut jaloux de sa puissance législative, il ne le fut moins de sa puissance exécutrice. Il la laissa presque tout entière au sénat et aux consuls, et il ne se réserva guère que le droit d'élire les magistrats, et de confirmer les actes du sénat et des généraux.

Rome, dont la passion étoit de commander, dont l'ambition étoit de tout soumettre, qui avoit toujours usurpé, qui usurpoit encore, avoit continuellement de grandes affaires ; ses ennemis conjuroient contre elle, ou elle conjuroit contre ses ennemis.

Obligée de se conduire d'un côté avec un cou-

[1] DENYS D'HALICARNASSE, liv. XI, pag. 725.
[2] Par les lois sacrées, les plébéiens purent faire des plébiscites, seuls, et sans que les patriciens fussent admis dans leur assemblée. (DENYS D'HALICARNASSE, liv. VI, pag. 410 ; et liv. VII, pag. 450.)
[3] Par la loi faite après l'expulsion des décemvirs, les patriciens furent soumis aux plébiscites, quoiqu'ils n'eussent pu y

donner leur voix. (TITE-LIVE, liv. III ; et DENYS D'HALICAR-NASSE, liv. XI, pag. 725.) Et cette loi fut confirmée par celle de Publilius Philo, dictateur, l'an de Rome 416. (TITE-LIVE, liv. VIII.)
[1] L'an 512 de Rome, les consuls faisoient encore le cens, comme il paroît par Denys d'Halicarnasse, liv. XI.
[2] L'excellence du gouvernement d'un seul est si bien démontrée, dans les républiques même, que sitôt que Rome se voyoit menacée de quelque danger, elle créoit un dictateur, magistrat qui exerçoit un pouvoir tout-à-fait monarchique, et plus étendu que celui des rois qu'on avoient fondé cet empire. (D.)
[3] Comme celles qui permettoient d'appeler au peuple des ordonnances de tous les magistrats.

rage héroïque, et de l'autre avec une sagesse consommée, l'état des choses demandoit que le sénat eût la direction des affaires. Le peuple disputoit au sénat toutes les branches de la puissance législative, parce qu'il étoit jaloux de sa liberté ; il ne lui disputoit point les branches de la puissance exécutrice, parce qu'il étoit jaloux de sa gloire.

La part que le sénat prenoit à la puissance exécutrice étoit si grande, que Polybe[1] dit que les étrangers pensoient tous que Rome étoit une aristocratie. Le sénat disposoit des deniers publics et donnoit les revenus à ferme ; il étoit l'arbitre des affaires des alliés ; il décidoit de la guerre et de la paix, et dirigeoit à cet égard les consuls ; il fixoit le nombre des troupes romaines et des troupes alliées, distribuoit les provinces et les armées aux consuls ou aux préteurs ; et, l'an du commandement expiré, il pouvoit leur donner un successeur ; il décernoit les triomphes ; il recevoit des ambassades, et en envoyoit ; il nommoit les rois, les récompensoit, les punissoit, les jugeoit, leur donnoit ou leur faisoit perdre le titre d'alliés du peuple romain.

Les consuls faisoient la levée des troupes qu'ils devoient mener à la guerre ; ils commandoient les armées de terre ou de mer, disposoient des alliés ; ils avoient dans les provinces toute la puissance de la république ; ils donnoient la paix aux peuples vaincus, leur en imposoient les conditions, ou les renvoyoient au sénat.

Dans les premiers temps, lorsque le peuple prenoit quelque part aux affaires de la guerre et de la paix, il exerçoit plutôt sa puissance législative que sa puissance exécutrice : il ne faisoit guère que confirmer ce que les rois, et après eux les consuls ou le sénat, avoient fait. Bien loin que le peuple fût l'arbitre de la guerre, nous voyons que les consuls ou le sénat la faisoient souvent malgré l'opposition de ses tribuns. Mais, dans l'ivresse des prospérités, il augmenta sa puissance exécutrice[2]. Ainsi il créa lui-même[3] les tribuns des lé-

gions, que les généraux avoient nommés jusqu'alors ; et, quelque temps avant la première guerre punique, il régla qu'il auroit seul le droit de déclarer la guerre[1].

CHAPITRE XVIII.

De la puissance de juger, dans le gouvernement de Rome.

La puissance de juger fut donnée au peuple, au sénat, aux magistrats, à de certains juges. Il faut voir comment elle fut distribuée. Je commence par les affaires civiles.

Les consuls[2] jugèrent après les rois, comme les préteurs jugèrent après les consuls. Servius Tullius s'étoit dépouillé du jugement des affaires civiles ; les consuls ne les jugèrent pas non plus, si ce n'est dans des cas très rares[3], que l'on appela pour cette raison extraordinaires[4]. Ils se contentèrent de nommer les juges, et de former les tribunaux qui devoient juger. Il paroît, par le discours d'Appius Claudius, dans Denys d'Halicarnasse[5], que, dès l'an de Rome 259, ceci étoit regardé comme une coutume établie chez les Romains ; et ce n'est pas la faire remonter bien haut que de la rapporter à Servius Tullius.

Chaque année le préteur formoit une liste[6] ou tableau de ceux qu'il choisissoit pour faire la fonction de juges pendant l'année de sa magistrature. On en prenoit le nombre suffisant pour chaque affaire. Cela se pratique à peu près de même en Angleterre. Et ce qui étoit très favorable à la liberté[7], c'est que le préteur prenoit les juges du consentement[8] des parties. Le grand nombre de récusations que l'on peut faire aujourd'hui en Angleterre revient à peu près à cet usage.

Ces juges ne décidoient que des questions de fait[9] : par exemple, si une somme avoit été payée

[1] Liv. VI. — Voyez, dans Polybe, liv. VI, chap. IX, X, XI, et XII, comment les trois pouvoirs étoient distribués dans la république romaine, et quels étoient les droits respectifs du sénat, des consuls, et du peuple. (P.)

[2] Cette phrase ne se trouve pas dans l'édition de 1758 : il y a là évidemment une incorrection typographique. Nous n'imiterons point la prudente circonspection d'un éditeur moderne qui, en rétablissant des mots indispensables pour la clarté et la liaison des idées, a cru devoir les mettre en caractères italiques. (P.)

[3] L'an de Rome 444. (TITE-LIVE, première décade, liv. IX.) La guerre contre Persée paroissant périlleuse, un sénatus-consulte ordonna que cette loi seroit suspendue ; et le peuple y consentit. (TITE-LIVE, cinquième décade, liv. XLII.)

[1] Il l'arracha du sénat, dit Freinshemius, deuxième décade, liv. VI.

[2] On ne peut douter que les consuls, avant la création des préteurs, n'eussent eu les jugements civils. Voyez TITE-LIVE, première décade, liv. II, pag. 19 ; Denys d'Halicarnasse, liv. X, pag. 627 ; et même livre, pag. 645.

[3] Souvent les tribuns jugèrent seuls ; rien ne les rendit plus odieux. (DENYS D'HALICARNASSE, liv. XI, pag. 709.

[4] Judicia extraordinaria. Voyez les Institutes, liv. IV.

[5] Liv. VI, pag. 560.　　[6] Album judicium.

[7] Nos ancêtres n'ont pas voulu, dit Cicéron, pro Cluentio, qu'un homme dont les parties ne seroient pas convenues pût être juge, non-seulement de la réputation d'un citoyen, mais même de la moindre affaire pécuniaire.

[8] Voyez dans les fragments de la loi Servilienne, de la Cornélienne, et autres, de quelle manière ces lois donnoient les juges dans les crimes qu'elles se proposoient de punir. Souvent ils étoient pris par le sort, quelquefois par le sort, ou enfin par le sort mêlé avec le choix.

[9] SÉNÈQUE, de Benef., liv. III, chap. VII, in fine.

ou non, si une action avoit été commise ou non. Mais, pour les questions de droit [1], comme elles demandoient une certaine capacité, elles étoient portées au tribunal des centumvirs [2].

Les rois se réservèrent le jugement des affaires criminelles, et les consuls leur succédèrent en cela. Ce fut en conséquence de cette autorité que le consul Brutus fit mourir ses enfants et tous ceux qui avoient conjuré pour les Tarquins. Ce pouvoir étoit exorbitant. Les consuls ayant déjà la puissance militaire, ils en portoient l'exercice même dans les affaires de la ville ; et leurs procédés, dépouillés des formes de la justice, étoient des actions violentes plutôt que des jugements.

Cela fit faire la loi Valérienne, qui permit d'appeler au peuple de toutes les ordonnances des consuls qui mettroient en péril la vie d'un citoyen. Les consuls ne purent plus prononcer une peine capitale contre un citoyen romain que par la volonté du peuple [3].

On voit, dans la première conjuration pour le retour des Tarquins, que le consul Brutus juge les coupables; dans la seconde, on assemble le sénat et les comices pour juger [4].

Les lois qu'on appela *sacrées* donnèrent aux plébéiens des tribuns qui formèrent un corps qui eut d'abord des prétentions immenses. On ne sait quelle fut plus grande, ou dans les plébéiens la lâche hardiesse de demander, ou dans le sénat la condescendance et la facilité d'accorder. La loi Valérienne avoit permis les appels au peuple, c'est-à-dire au peuple composé de sénateurs, de patriciens et de plébéiens. Les plébéiens établirent que ce seroit devant eux que les appellations seroient portées. Bientôt on mit en question si les plébéiens pourroient juger un patricien : cela fut le sujet d'une dispute que l'affaire de Coriolan fit naître, et qui finit avec cette affaire. Coriolan, accusé par les tribuns devant le peuple, soutenoit, contre l'esprit de la loi Valérienne, qu'étant patricien il ne pouvoit être jugé que par les consuls ; les plébéiens, contre l'esprit de la même loi, prétendirent qu'il ne devoit être jugé que par eux seuls ; et ils le jugèrent.

La loi des douze tables modifia ceci. Elle ordonna qu'on ne pourroit décider de la vie d'un citoyen que dans les grands états du peuple [1]. Ainsi, le corps des plébéiens, ou, ce qui est la même chose, les comices par tribus, ne jugèrent plus que les crimes dont la peine n'étoit qu'une amende pécuniaire. Il falloit une loi pour infliger une peine capitale ; pour condamner à une peine pécuniaire, il ne falloit qu'un plébiscite.

Cette disposition de la loi des douze tables fut très sage. Elle forma une conciliation admirable entre le corps des plébéiens et le sénat. Car, comme la compétence des uns et des autres dépendit de la grandeur de la peine et de la nature du crime, il fallut qu'ils se concertassent ensemble.

La loi Valérienne ôta tout ce qui restoit à Rome du gouvernement qui avoit du rapport à celui des rois grecs des temps héroïques. Les consuls se trouvèrent sans pouvoir pour la punition des crimes. Quoique tous les crimes soient publics, il faut pourtant distinguer ceux qui intéressent plus les citoyens entre eux, de ceux qui intéressent plus l'état dans le rapport qu'il a avec un citoyen. Les premiers sont appelés privés; les seconds sont les crimes publics. Le peuple jugea lui-même les crimes publics ; et, à l'égard des privés, il nomma pour chaque crime, par une commission particulière, un questeur pour en faire la poursuite. C'étoit souvent un des magistrats, quelquefois un homme privé, que le peuple choisissoit. On l'appeloit *questeur du parricide*. Il en est fait mention dans la loi des douze tables [2].

Le questeur nommoit ce qu'on appeloit le juge de la question, qui tiroit au sort les juges, formoit le tribunal, et présidoit sous lui au jugement [3].

Il est bon de faire remarquer ici la part que prenoit le sénat dans la nomination du questeur, afin que l'on voie comment les puissances étoient à cet égard balancées. Quelquefois le sénat faisoit élire un dictateur pour faire la fonction de questeur [4]; quelquefois il ordonnoit que le peuple seroit convoqué par un tribun, pour qu'il nommât un questeur [5]; enfin le peuple nommoit quelque-

[1] Voyez Quintilien, liv. IV, pag. 54, in-folio, édition de Paris, 1541.
[2] Leg. 2, § 24, ff. *de Orig. jur.* Des magistrats appelés décemvirs présidoient au jugement, le tout sous la direction d'un préteur.
[3] *Quoniam de capite civis Romani, injussu populi Romani, non erat permissum consulibus jus dicere.* Voyez Pomponius, leg. 2, § 6, ff. *de Orig. jur.*
[4] DENYS D'HALICARNASSE, liv. V, pag. 522.

[1] Les comices par centuries. Aussi Manlius Capitolinus fut-il jugé dans ces comices. (TITE-LIVE, décade première, liv. VI.)
[2] Dit Pomponius, dans la loi 2, au digeste *de Orig. jur.*
[3] Voyez un Fragment d'Ulpien, qui en rapporte un autre de la loi Cornélienne : on le trouve dans la collation des lois Mosaïques et Romaines, tit. I, *de Sicariis et homicidiis.*
[4] Cela avoit surtout lieu dans les crimes commis en Italie, où le sénat avoit une principale inspection. Voyez Tite-Live, première décade, liv. IX, sur les conjurations de Capoue.
[5] Cela fut ainsi dans la poursuite de la mort de Posthumius, l'an 340 de Rome. Voyez Tite-Live.

fois un magistrat pour faire son rapport au sénat sur un certain crime, et lui demander qu'il donnât un questeur, comme on voit dans le jugement de Lucius Scipion[1], dans Tite-Live[2].

L'an de Rome 604, quelques unes de ces commissions furent rendues permanentes[3]. On divisa peu à peu toutes les matières criminelles en diverses parties, qu'on appela des *questions perpétuelles*. On créa divers préteurs, et on attribua à chacun d'eux quelqu'une de ces questions. On leur donna pour un an la puissance de juger les crimes qui en dépendoient; et ensuite ils alloient gouverner leur province.

A Carthage, le sénat des cent étoit composé de juges qui étoient pour la vie[4]. Mais à Rome les préteurs étoient annuels; et les juges n'étoient pas même pour un an, puisqu'on les prenoit pour chaque affaire. On a vu dans le chapitre VI de ce livre combien, dans de certains gouvernements, cette disposition étoit favorable à la liberté.

Les juges furent pris dans l'ordre des sénateurs, jusqu'au temps des Gracques. Tiberius Gracchus fit ordonner qu'on les prendroit dans celui des chevaliers : changement si considérable que le tribun se vanta d'avoir, par une seule rogation, coupé les nerfs de l'ordre des sénateurs.

Il faut remarquer que les trois pouvoirs peuvent être bien distribués par rapport à la liberté de la constitution, quoiqu'ils ne le soient pas si bien dans le rapport avec la liberté du citoyen. A Rome, le peuple ayant la plus grande partie de la puissance législative, une partie de la puissance exécutrice et une partie de la puissance de juger, c'étoit un grand pouvoir qu'il falloit balancer par un autre. Le sénat avoit bien une partie de la puissance exécutrice; il avoit quelque branche de la puissance législative[5] : mais cela ne suffisoit pas pour contre-balancer le peuple. Il falloit qu'il eût part à la puissance de juger; et il y avoit part lorsque les juges étoient choisis parmi les sénateurs. Quand les Gracques privèrent les sénateurs de la puissance de juger[6], le sénat ne put plus résister au peuple. Ils choquèrent donc la liberté de la constitution, pour favoriser la liberté du citoyen; mais celle-ci se perdit avec celle-là.

Il en résulta des maux infinis. On changea la constitution dans un temps où, dans le feu des discordes civiles, il y avoit à peine une constitution. Les chevaliers ne furent plus cet ordre moyen qui unissoit le peuple au sénat; et la chaîne de la constitution fut rompue.

Il y avoit même des raisons particulières qui devoient empêcher de transporter les jugements aux chevaliers. La constitution de Rome étoit fondée sur ce principe, que ceux-là devoient être soldats, qui avoient assez de bien pour répondre de leur conduite à la république. Les chevaliers, comme les plus riches, formoient la cavalerie des légions. Lorsque leur dignité fut augmentée, ils ne voulurent plus servir dans cette milice; il fallut lever une autre cavalerie : Marius prit toute sorte de gens dans les légions, et la république fut perdue[1].

De plus, les chevaliers étoient les traitants de la république; ils étoient avides, ils semoient les malheurs dans les malheurs, et faisoient naître les besoins publics des besoins publics. Bien loin de donner à de telles gens la puissance de juger, il auroit fallu qu'ils eussent été sans cesse sous les yeux des juges. Il faut dire cela à la louange des anciennes lois françoises : elles ont stipulé avec les gens d'affaires, avec la méfiance que l'on garde à des ennemis. Lorsqu'à Rome les jugements furent transportés aux traitants, il n'y eut plus de vertu, plus de police, plus de lois, plus de magistrature, plus de magistrats.

On trouve une peinture bien naïve de ceci dans quelques fragments de Diodore de Sicile et de Dion. « Mutius Scevola, dit Diodore[2], voulut rap-
» peler les anciennes mœurs, et vivre de son bien
» propre avec frugalité et intégrité. Car ses pré-
» décesseurs ayant fait une société avec les trai-
» tants, qui avoient pour lors les jugements à
» Rome, ils avoient rempli la province de toutes
» sortes de crimes. Mais Scevola fit justice des
» publicains, et fit mener en prison ceux qui y
» traînoient les autres. »

Dion nous dit[3] que Publius Rutilius, son lieutenant, qui n'étoit pas moins odieux aux chevaliers, fut accusé, à son retour, d'avoir reçu des présents, et fut condamné à une amende. Il fit sur-le-champ cession de biens. Son innocence parut, en ce que l'on lui trouva beaucoup moins de bien qu'on ne l'accusoit d'en avoir volé, et il mon-

[1] Ce jugement fut rendu l'an de Rome 567.
[2] Liv. VIII. [3] CICÉRON, *in Bruto*.
[4] Cela se prouve par Tite-Live, liv. XXXIII, qui dit qu'Annibal rendit leur magistrature annuelle.
[5] Les sénatus-consultes avoient force pendant un an, quoiqu'ils ne fussent pas confirmés par le peuple. (DENYS D'HALICARNASSE, liv. IX, pag. 593; et liv. XI, pag. 755.)
[6] En l'an 630.

[1] *Capite censos plerosque.* (SALLUSTE, *Guerre de Jugurtha*.)
[2] Fragment de cet auteur, liv. XXXVI, dans le recueil de Constantin Porphyrogénète, *des vertus et des vices.*
[3] Fragm. de son Histoire, tiré de l'*Extrait des vertus et des vices.*

troit les titres de sa propriété. Il ne voulut plus rester dans la ville avec de telles gens.

« Les Italiens, dit encore Diodore [1], achetoient » en Sicile des troupes d'esclaves pour labourer » leurs champs et avoir soin de leurs troupeaux; » ils leur refusoient la nourriture. Ces malheureux » étoient obligés d'aller voler sur les grands che- » mins, armés de lances et de massues, cou- » verts de peaux de bêtes, de grands chiens autour » d'eux. Toute la province fut dévastée, et les » gens du pays ne pouvoient dire avoir en propre » que ce qui étoit dans l'enceinte des villes. Il n'y » avoit ni proconsul ni préteur qui pût ou voulût » s'opposer à ce désordre, et qui osât punir ces » esclaves, parce qu'ils appartenoient aux cheva- » liers, qui avoient à Rome les jugements [2]. » Ce fut pourtant une des causes de la guerre des escla- ves. Je ne dirai qu'un mot : une profession qui n'a ni ne peut avoir d'objet que le gain ; une profession qui demandoit toujours, et à qui on ne demandoit rien ; une profession sourde et inexorable, qui appauvrissoit les richesses et la misère même, ne devoit point avoir à Rome les jugements.

CHAPITRE XIX.

Du gouvernement des provinces romaines.

C'est ainsi que les trois pouvoirs furent dis- tribués dans la ville; mais il s'en faut bien qu'ils le fussent de même dans les provinces. La liberté étoit dans le centre, et la tyrannie aux extrémités.

Pendant que Rome ne domina que dans l'Italie, les peuples furent gouvernés comme des confédé- rés : on suivoit les lois de chaque république. Mais lorsqu'elle conquit plus loin, que le sénat n'eut pas immédiatement l'œil sur les provinces, que les magistrats qui étoient à Rome ne purent plus gou- verner l'empire, il fallut envoyer des préteurs et des proconsuls. Pour lors, cette harmonie des trois pouvoirs ne fut plus. Ceux qu'on envoyoit avoient une puissance qui réunissoit celle de toutes les ma- gistratures romaines; que dis-je? celle même du sénat, celle même du peuple [3]. C'étoient des ma- gistrats despotiques, qui convenoient beaucoup à l'éloignement des lieux où ils étoient envoyés. Ils exerçoient les trois pouvoirs; ils étoient, si j'ose

me servir de ce terme, les bachas [1] de la répu- blique.

Nous avons dit ailleurs [2] que les mêmes ci- toyens, dans la république, avoient, par la nature des choses, les emplois civils et militaires. Cela fait qu'une république qui conquiert ne peut guère communiquer son gouvernement, et régir l'état conquis selon la forme de sa constitution. En effet, le magistrat qu'elle envoie pour gouverner, ayant la puissance exécutrice civile et militaire, il faut bien qu'il ait aussi la puissance législative; car qui est-ce qui feroit des lois sans lui? Il faut aussi qu'il ait la puissance de juger; car qui est-ce qui jugeroit indépendamment de lui? Il faut donc que le gouverneur qu'elle envoie ait les trois pouvoirs, comme cela fut dans les provinces ro- maines.

Une monarchie peut plus aisément communi- quer son gouvernement, parce que les officiers qu'elle envoie ont, les uns la puissance exécutrice civile, et les autres la puissance exécutrice mili- taire : ce qui n'entraîne pas après soi le despo- tisme.

C'étoit un privilége d'une grande conséquence pour un citoyen romain, de ne pouvoir être jugé que par le peuple. Sans cela, il auroit été soumis dans les provinces au pouvoir arbitraire d'un pro- consul ou d'un propréteur. La ville ne sentoit point la tyrannie, qui ne s'exerçoit que sur les nations assujéties.

Ainsi, dans le monde romain, comme à Lacédé- mone, ceux qui étoient libres étoient extrêmement libres, et ceux qui étoient esclaves étoient extrême- ment esclaves.

Pendant que les citoyens payoient des tributs, ils étoient levés avec une équité très grande. On suivoit l'établissement de Servius Tullius, qui avoit distribué tous les citoyens en six classes, se- lon l'ordre de leurs richesses, et fixé la part de

[1] Fragm. du liv. XXXIV, dans l'*Extrait des vertus et des vices.*

[2] *Penes quos Romæ tum judicia erant, atque ex equestri ordine solerent sortito judices eligi in causa prætorum et proconsulum, quibus, post administratam provinciam, dies dicta erat.*

[3] Il faisoient leurs édits en entrant dans les provinces.

[1] Je ne voudrois pas rencontrer dans l'*Esprit des Lois* une faute que font la plupart de ceux qui parlent de la Turquie, en mettant indistinctement *bacha* pour *pacha.* Cependant, dans les provinces de Turquie où l'on parle arabe, on prononce con- stamment *bacha*, parce que la langue arabe n'a pas la lettre P dans son alphabet. Ceux qui n'ont fréquenté que ces provinces écrivent et prononcent *bacha*; et de là vient l'erreur de ceux qui les copient.

Le mot de *bacha*, en turc, signifie *maître.* Ainsi on appelle un janissaire *Hassan-Bacha*, c'est-à-dire *maître Hassan*, comme nous dirions *maître Jacques.* Ce mot nous vient de *bach*, tête ou chef.

Le mot de *pacha* est formé de *pai*, mot persan qui signifie *pied*, et de *scha*, qui signifie *souverain*, c'est-à-dire lieutenant de l'empereur. Or ce titre ne se donne qu'aux visirs et aux gouverneurs. (GUYS, *Lettres sur la Grèce*, n° XXX.)

[2] Liv. V, chap. XIX. Voyez aussi les liv. II, III, IV et V.

l'impôt à proportion de celle que chacun avoit dans le gouvernement. Il arrivoit de là qu'on souffroit la grandeur du tribut, à cause de la grandeur du crédit; et que l'on se consoloit de la petitesse du crédit par la petitesse du tribut.

Il y avoit encore une chose admirable; c'est que la division de Servius Tullius par classes étant, pour ainsi dire, le principe fondamental de la constitution, il arrivoit que l'équité, dans la levée des tributs, tenoit au principe fondamental du gouvernement, et ne pouvoit être ôtée qu'avec lui.

Mais, pendant que la ville payoit les tributs sans peine, ou n'en payoit point du tout [1], les provinces étoient désolées par les chevaliers, qui étoient les traitants de la république. Nous avons parlé de leurs vexations, et toute l'histoire en est pleine.

« Toute l'Asie m'attend comme son libérateur, » disoit Mithridate [2], tant ont excité de haine con- » tre les Romains les rapines des proconsuls [3], les » exactions des gens d'affaires, et les calomnies des » jugements [4]. »

Voilà ce qui fit que la force des provinces n'ajouta rien à la force de la république, et ne fit au contraire que l'affoiblir. Voilà ce qui fit que les provinces regardèrent la perte de la liberté de Rome comme l'époque de l'établissement de la leur.

CHAPITRE XX.

Fin de ce livre.

Je voudrois rechercher, dans tous les gouvernements modérés que nous connoissons, quelle est la distribution des trois pouvoirs, et calculer par-là les degrés de liberté dont chacun d'eux peut jouir. Mais il ne faut pas toujours tellement épuiser un sujet qu'on ne laisse rien à faire au lecteur. Il ne s'agit pas de faire lire, mais de faire penser.

[1] Après la conquête de la Macédoine, les tributs cessèrent à Rome.
[2] Harangue tirée de Trogue Pompée, rapportée par Justin, liv. XXXVIII.
[3] Voyez les Oraisons contre Verrès.
[4] On sait que ce fut le tribunal de Varrus qui fit révolter les Germains.

LIVRE DOUZIÈME.

DES LOIS

QUI FORMENT LA LIBERTÉ POLITIQUE DANS SON RAPPORT AVEC LE CITOYEN.

———

CHAPITRE I.

Idée de ce livre.

Ce n'est pas assez d'avoir traité de la liberté politique dans son rapport avec la constitution; il faut la faire voir dans le rapport qu'elle a avec le citoyen.

J'ai dit que, dans le premier cas, elle est formée par une certaine distribution des trois pouvoirs; mais, dans le second, il faut la considérer sous une autre idée. Elle consiste dans la sûreté, ou dans l'opinion que l'on a de sa sûreté.

Il pourra arriver que la constitution sera libre, et que le citoyen ne le sera point : le citoyen pourra être libre, et la constitution ne l'être pas. Dans ces cas, la constitution sera libre de droit, et non de fait; le citoyen sera libre de fait, et non pas de droit.

Il n'y a que la disposition des lois, et même des lois fondamentales, qui forme la liberté dans son rapport avec la constitution. Mais, dans le rapport avec le citoyen, des mœurs, des manières, des exemples reçus, peuvent la faire naître, et de certaines lois civiles la favoriser, comme nous allons voir dans ce livre-ci.

De plus, dans la plupart des états, la liberté étant plus gênée, choquée ou abattue, que leur constitution ne le demande, il est bon de parler des lois particulières qui, dans chaque constitution, peuvent aider ou choquer le principe de la liberté dont chacun d'eux peut être susceptible.

CHAPITRE II.

De la liberté du citoyen.

La liberté philosophique consiste dans l'exercice de sa volonté, ou du moins (s'il faut parler dans tous les systèmes) dans l'opinion où l'on est que l'on exerce sa volonté. La liberté politique consiste dans la sûreté; ou du moins dans l'opinion que l'on a de sa sûreté.

Cette sûreté n'est jamais plus attaquée que dans les accusations publiques ou privées. C'est donc de la bonté des lois criminelles que dépend principalement la liberté du citoyen.

Les lois criminelles n'ont pas été perfectionnées tout d'un coup. Dans les lieux mêmes où l'on a le plus cherché la liberté, on ne l'a pas toujours trouvée. Aristote [1] nous dit qu'à Cumes les parents de l'accusateur pouvoient être témoins. Sous les rois de Rome, la loi étoit si imparfaite que Servius Tullius prononça la sentence contre les enfants d'Ancus Martius, accusé d'avoir assassiné le roi son beau-père [2]. Sous les premiers rois des Francs, Clotaire fit une loi [3] pour qu'un accusé ne pût être condamné sans être ouï : ce qui prouve une pratique contraire dans quelque cas particulier, ou chez quelque peuple barbare. Ce fut Charondas qui introduisit les jugements contre les faux témoignages [4]. Quand l'innocence des citoyens n'est pas assurée, la liberté ne l'est pas non plus.

Les connoissances que l'on a acquises dans quelques pays, et que l'on acquerra dans d'autres, sur les règles les plus sûres que l'on puisse tenir dans les jugements criminels, intéressent le genre humain plus qu'aucune chose qu'il y ait au monde.

Ce n'est que sur la pratique de ces connoissances que la liberté peut être fondée; et, dans un état qui auroit là-dessus les meilleures lois possibles, un homme à qui on feroit son procès, et qui devroit être pendu le lendemain, seroit plus libre qu'un bacha ne l'est en Turquie.

CHAPITRE III.

Continuation du même sujet.

Les lois qui font périr un homme sur la déposition d'un seul témoin sont fatales à la liberté. La raison en exige deux ; parce qu'un témoin qui affirme,

[1] *Politique*, liv. II.
[2] Tarquinius Priscus. Voyez Denys d'Halicarnasse, liv. IV.
[3] De l'an 560.
[4] ARISTOTE, *Polit.*, liv. II, chap. XII. Il donna ses lois à Thurium, dans la quatre-vingt-quatrième olympiade. — Charondas étoit disciple de Pythagore. Législateur de Catane, en Sicile, et de Thurium, colonie thessalienne, il scella ses lois de son propre sang. Il avoit défendu, sous peine de mort, de paroître en armes aux assemblées. Un jour qu'il revenoit de la campagne, le peuple en tumulte remplissoit la place publique ; Charondas y court, oubliant qu'il a son épée ; on le lui reproche ; à l'instant il se perce le sein, et tombe baigné dans son sang. Stobée nous a conservé le préambule de ses lois. On pourra se faire une idée de l'esprit et de la sagesse de ce législateur, à la lecture des deux articles suivants :
« Celui qui élève une maison plus belle que les temples des dieux ou les édifices destinés au service public, bien loin d'être digne d'estime, ne mérite que l'infamie : aucun édifice particulier ne doit insulter par sa magnificence aux monuments publics. »
« Celui qui donne une belle-mère à ses enfants, bien loin d'être honoré, sera regardé avec mépris, parce qu'il introduit la discorde dans une famille. »

et un accusé qui nie, font un partage ; et il faut un tiers pour le vider.

Les Grecs [1] et les Romains [2] exigeoient une voix de plus pour condamner. Nos lois françoises en demandent deux. Les Grecs prétendoient que leur usage avoit été établi par les dieux [3] ; mais c'est le nôtre.

CHAPITRE IV.

Que la liberté est favorisée par la nature des peines et leur proportion.

C'est le triomphe de la liberté, lorsque les lois criminelles tirent chaque peine de la nature particulière du crime [4]. Tout l'arbitraire cesse ; la peine ne descend point du caprice du législateur, mais de la nature de la chose ; et ce n'est point l'homme qui fait violence à l'homme.

Il y a quatre sortes de crimes. Ceux de la pre-

[1] Voyez Aristide, *Orat. in Minervam.*
[2] DENYS D'HALICARNASSE, sur le jugement de Coriolan, liv. VII. — L'auteur oublie ici que, selon Denys d'Halicarnasse et selon tous les historiens romains, Coriolan fut condamné par les comices assemblés en tribus ; que vingt et une tribus le jugèrent ; que neuf prononcèrent son absolution, et douze sa condamnation : chaque tribu valait un suffrage. Montesquieu, par une légère inadvertance, prend ici le suffrage d'une tribu pour la voix d'un seul homme. Socrate fut condamné à la pluralité de trente-trois voix. Montesquieu nous fait bien de l'honneur de dire que c'est la France chez qui la manière de condamner a été établie par les dieux. En vérité, c'est l'Angleterre : car il faut que tous les jurés y soient d'accord pour déclarer un homme coupable. Chez nous, au contraire, il a suffi de la prépondérance de cinq voix pour condamner au plus horrible supplice des jeunes gens qui n'étoient coupables que d'une étourderie passagère, laquelle exigeait une correction, et non la mort. Juste ciel ! que nous sommes loin d'être des dieux en fait de jurisprudence !
Mais avait-il fallu une inspiration divine pour juger à la pluralité des voix ? Cet usage n'est-il pas établi nécessairement par l'égalité et par la force, lorsqu'il ne l'est pas encore par la raison ? On a voulu dire apparemment que le jugement ne pouvant être porté en général que par une pluralité de cinq voix, par exemple, on exigeait celle de six pour condamner ; comme si en Angleterre un juré pouvait prononcer le non *guilty*, dès qu'il a onze voix de cet avis, et le *guilty* seulement lorsqu'il y a unanimité. La loi des Grecs étoit encore divine par rapport à celle des Romains, où le jugement à la pluralité des tribus pouvait être rendu à la minorité des suffrages : ce qui était très-propre à favoriser, aux dépens du peuple, les intrigues du sénat et celles des tribuns. (VOLT.)
[3] *Minerva calculus.* — On peut consulter, pour l'intelligence de ces deux mots, une note du savant Reimarus sur Dion Cassius, liv. LI, chap. XIX, § 142 ; et Grotius, *du Droit de la guerre et de la paix*, liv. II, ch. V, § 18 ; ainsi que les auteurs cités dans les notes. (P.)
[4] Nous devons à Montesquieu ce grand principe sur les peines, qu'elles doivent être tirées de la nature même du délit. Ainsi, les peines des crimes produits par l'orgueil doivent être tirées surtout de l'infamie ; les crimes de l'avarice seront punis par l'indigence et la misère ; ceux de la licence, par l'assiduité des travaux et la captivité. C'est ce rapport des passions qui constitue le vrai rapport entre la peine et le délit. Il ne s'agit point de punir un grand crime par une grande douleur : quel bourreau ne feroit des lois pénales à ce prix ! Mais il s'agit d'écarter les citoyens du crime, par la passion même qui peut les y pousser. (SERV.)

mière espèce choquent la religion ; ceux de la seconde, les mœurs ; ceux de la troisième, la tranquillité ; ceux de la quatrième, la sûreté des citoyens. Les peines que l'on inflige doivent dériver de la nature de chacune de ces espèces.

Je ne mets dans la classe des crimes qui intéressent la religion que ceux qui l'attaquent directement, comme sont tous les sacriléges simples ; car les crimes qui en troublent l'exercice sont de la nature de ceux qui choquent la tranquillité des citoyens ou leur sûreté, et doivent être renvoyés à ces classes.

Pour que la peine des sacriléges simples soit tirée de la nature [1] de là chose, elle doit consister dans la privation de tous les avantages que donne la religion : l'expulsion hors des temples ; la privation de la société des fidèles, pour un temps ou pour toujours ; la fuite de leur présence ; les exécrations, les détestations, les conjurations.

Dans les choses qui troublent la tranquillité ou la sûreté de l'état, les actions cachées sont du ressort de la justice humaine ; mais dans celles qui blessent la divinité, là où il n'y a point d'action publique ; il n'y a point de matière de crime : tout s'y passe entre l'homme et Dieu, qui sait la mesure et le temps de ses vengeances. Que si, confondant les choses, le magistrat recherche aussi le sacrilége caché, il porte une inquisition sur un genre d'action où elle n'est point nécessaire : il détruit la liberté des citoyens, en armant contre eux le zèle des consciences timides et celui des consciences hardies.

Le mal est venu de cette idée qu'il faut venger la divinité. Mais il faut faire honorer la divinité, et ne la venger jamais. En effet, si l'on se conduisoit par cette dernière idée, quelle seroit la fin des supplices ? Si les lois des hommes ont à venger un être infini, elles se régleront sur son infinité, et non pas sur les foiblesses, sur les ignorances, sur les caprices de la nature humaine.

Un historien de Provence [2] rapporte un fait qui nous peint très bien ce que peut produire sur des esprits foibles cette idée de venger la divinité. Un Juif accusé d'avoir blasphémé contre la sainte Vierge, fut condamné à être écorché. Des chevaliers masqués, le couteau à la main, montèrent sur l'échafaud, et en chassèrent l'exécuteur, pour venger eux-mêmes l'honneur de la sainte Vierge..... je ne veux point prévenir les réflexions du lecteur.

[1] Saint Louis fit des lois si outrées contre ceux qui juroient, que le pape se crut obligé de l'en avertir. Ce prince modéra son zèle et adoucit ses lois. Voyez ses ordonnances.
[2] Le P. Bougerel.

La seconde classe est des crimes qui sont contre les mœurs : telles sont la violation de la continence publique ou particulière, c'est-à-dire de la police sur la manière dont on doit jouir des plaisirs attachés à l'usage des sens et à l'union des corps. Les peines de ces crimes doivent encore être tirées de la nature de la chose. La privation des avantages que la société a attachés à la pureté des mœurs, les amendes, la honte, la contrainte de se cacher, l'infamie publique, l'expulsion hors de la ville et de la société, enfin toutes les peines qui sont de la jurisdiction correctionnelle, suffisent pour réprimer la témérité des deux sexes. En effet, ces choses sont moins fondées sur la méchanceté que sur l'oubli ou le mépris de soi-même.

Il n'est ici question que des crimes qui intéressent uniquement les mœurs, non de ceux qui choquent aussi la sûreté publique, tels que l'enlèvement et le viol, qui sont de la quatrième espèce.

Les crimes de la troisième classe sont ceux qui choquent la tranquillité des citoyens ; et les peines en doivent être tirées de la nature de la chose, et se rapporter à cette tranquillité, comme la prison, l'exil, les corrections, et autres peines qui ramènent les esprits inquiets, et les font rentrer dans l'ordre établi.

Je restreins les crimes contre la tranquillité aux choses qui contiennent une simple lésion de police : car celles qui, troublant la tranquillité, attaquent en même temps la sûreté, doivent être mises dans la quatrième classe.

Les peines de ces derniers crimes sont ce qu'on appelle des supplices. C'est une espèce de talion, qui fait que la société refuse la sûreté à un citoyen qui en a privé, ou qui a voulu en priver un autre. Cette peine est tirée de la nature de la chose, puisée dans la raison et dans les sources du bien et du mal. Un citoyen mérite la mort lorsqu'il a violé la sûreté au point qu'il a ôté la vie, ou qu'il a entrepris de l'ôter. Cette peine de mort est comme le remède de la société malade. Lorsqu'on viole la sûreté à l'égard des biens, il peut y avoir des raisons pour que la peine soit capitale ; mais il vaudroit peut-être mieux, et il seroit plus de la nature, que la peine des crimes contre la sûreté des biens fût punie par la perte des biens. Et cela devroit être ainsi, si les fortunes étoient communes ou égales ; mais, comme ce sont ceux qui n'ont point de biens qui attaquent plus volontiers celui des autres, il a fallu que la peine corporelle suppléât à la pécuniaire.

Tout ce que je dis est puisé dans la nature, et est très favorable à la liberté du citoyen.

CHAPITRE V.

De certaines accusations qui ont particulièrement besoin de modération et de prudence.

Maxime importante : il faut être très circonspect dans la poursuite de la magie et de l'hérésie. L'accusation de ces deux crimes peut extrêmement choquer la liberté, et être la source d'une infinité de tyrannies, si le législateur ne sait la borner. Car, comme elle ne porte pas directement sur les actions d'un citoyen, mais plutôt sur l'idée que l'on s'est faite de son caractère, elle devient dangereuse à proportion de l'ignorance du peuple ; et, pour lors, un citoyen est toujours en danger, parce que la meilleure conduite du monde, la morale la plus pure, la pratique de tous les devoirs, ne sont pas des garants contre les soupçons de ces crimes.

Sous Manuel Comnène, le protestator [1] fut accusé d'avoir conspiré contre l'empereur, et de s'être servi, pour cela, de certains secrets qui rendent les hommes invisibles. Il est dit, dans la vie de cet empereur [2], que l'on surprit Aaron lisant un livre de Salomon, dont la lecture faisoit paroître des légions de démons. Or, en supposant dans la magie une puissance qui arme l'enfer, et en partant de là, on regarde celui que l'on appelle un magicien comme l'homme du monde le plus propre à troubler et à renverser la société, et l'on est porté à le punir sans mesure.

L'indignation croît lorsque l'on met dans la magie le pouvoir de détruire la religion. L'histoire de Constantinople [3] nous apprend que, sur une révélation qu'avoit eue un évêque, qu'un miracle avoit cessé à cause de la magie d'un particulier, lui et son fils furent condamnés à mort. De combien de choses prodigieuses ce crime ne dépendoit-il pas ? Qu'il ne soit pas rare qu'il y ait des révélations ; que l'évêque en ait eu une ; qu'elle fût véritable ; qu'il y eût eu un miracle ; que ce miracle eût cessé ; qu'il y eût de la magie ; que la magie pût renverser la religion ; que ce particulier fût magicien ; qu'il eût fait enfin cet acte de magie.

L'empereur Théodore Lascaris attribuoit sa maladie à la magie. Ceux qui en étoient accusés n'avoient d'autre ressource que de manier un fer chaud sans se brûler. Il auroit été bon, chez les Grecs, d'être magicien, pour se justifier de la magie. Tel étoit l'excès de leur idiotisme qu'au crime

du monde le plus incertain ils joignirent les preuves les plus incertaines.

Sous le règne de Philippe-le-Long, les Juifs furent chassés de France, accusés d'avoir empoisonné les fontaines par le moyen des lépreux. Cette absurde accusation doit bien faire douter de toutes celles qui sont fondées sur la haine publique.

Je n'ai point dit ici qu'il ne falloit point punir l'hérésie ; je dis qu'il faut être très circonspect à la punir.

CHAPITRE VI.

Du crime contre nature.

A Dieu ne plaise que je veuille diminuer l'horreur que l'on a pour un crime que la religion, la morale et la politique condamnent tour-à-tour. Il faudroit le proscrire quand il ne feroit que donner à un sexe les foiblesses de l'autre, et préparer à une vieillesse infame par une jeunesse honteuse. Ce que j'en dirai lui laissera toutes ses flétrissures, et ne portera que contre la tyrannie qui peut abuser de l'horreur même que l'on en doit avoir.

Comme la nature de ce crime est d'être caché, il est souvent arrivé que des législateurs l'ont puni sur la déposition d'un enfant : c'étoit ouvrir une porte bien large à la calomnie. « Justinien, dit » Procope [1], publia une loi contre ce crime ; il fit » rechercher ceux qui en étoient coupables, non » seulement depuis la loi, mais avant. La déposi-» tion d'un témoin, quelquefois d'un enfant, quel-» quefois d'un esclave, suffisoit, surtout contre les » riches et contre ceux qui étoient de la faction des » verts [2]. »

Il est singulier que, parmi nous, trois crimes, la magie, l'hérésie et le crime contre nature, dont on pourroit prouver, du premier, qu'il n'existe pas ; du second, qu'il est susceptible d'une infinité de distinctions, interprétations, limitations ; du troisième, qu'il est très souvent obscur, aient été tous trois punis de la peine du feu.

Je dirai bien que le crime contre nature ne fera jamais dans une société de grands progrès, si le peuple ne s'y trouve porté d'ailleurs par quelque coutume, comme chez les Grecs, où les jeunes gens faisoient tous leurs exercices nus ; comme chez nous, où l'éducation domestique est hors d'usage ; comme chez les Asiatiques, où des particuliers ont un grand nombre de femmes qu'ils mé-

[1] NICÉTAS, *Vie de Manuel Comnène*, liv. IV.
[2] *Ibid.*
[3] *Histoire de l'empereur Maurice*, par Théophylacte, c. xi.

[1] *Histoire secrète.*
[2] Voyez les *Considérations sur la grandeur et la décadence des Romains*, ch. xx.

prisent, tandis que les autres n'en peuvent avoir. Que l'on ne prépare point ce crime, qu'on le proscrive par une police exacte, comme toutes les violations des mœurs; et l'on verra soudain la nature, ou défendre ses droits, ou les reprendre. Douce, aimable, charmante, elle a répandu les plaisirs d'une main libérale; et, en nous comblant de délices, elle nous prépare, par des enfants qui nous font, pour ainsi dire, renaître, à des satisfactions plus grandes que ces délices mêmes.

CHAPITRE VII.

Du crime de lèse-majesté.

Les lois de la Chine décident que quiconque manque de respect à l'empereur doit être puni de mort. Comme elles ne définissent pas ce que c'est que ce manquement de respect, tout peut fournir un prétexte pour ôter la vie à qui l'on veut, et exterminer la famille que l'on veut.

Deux personnes chargées de faire la gazette de la cour, ayant mis dans quelque fait des circonstances qui ne se trouvèrent pas vraies, on dit que mentir dans une gazette de la cour, c'étoit manquer de respect à la cour; et on les fit mourir [1]. Un prince du sang ayant mis quelque note par mégarde sur un mémorial signé du pinceau rouge par l'empereur, on décida qu'il avoit manqué de respect à l'empereur; ce qui causa contre cette famille une des terribles persécutions dont l'histoire ait jamais parlé [2].

C'est assez que le crime de lèse-majesté soit vague pour que le gouvernement dégénère en despotisme. Je m'étendrai davantage là-dessus dans le livre *de la composition des lois.*

CHAPITRE VIII.

De la mauvaise application du nom de crime de sacrilège et de lèse-majesté.

C'est encore un violent abus de donner le nom de crime de lèse-majesté à une action qui ne l'est

pas. Une loi des empereurs [1] poursuivoit comme sacriléges ceux qui mettoient en question le jugement du prince, et doutoient du mérite de ceux qu'il avoit choisis pour quelque emploi [2]. Ce furent bien le cabinet et les favoris qui établirent ce crime. Une autre loi avoit déclaré que ceux qui attentent contre les ministres et les officiers du prince sont criminels de lèse-majesté, comme s'ils attentoient contre le prince même [3]. Nous devons cette loi à deux princes [4] dont la foiblesse est célèbre dans l'histoire; deux princes qui furent menés par leurs ministres, comme les troupeaux sont conduits par leurs pasteurs; deux princes, esclaves dans le palais, enfants dans le conseil, étrangers aux armées, qui ne conservèrent l'empire que parce qu'ils le donnèrent tous les jours. Quelques uns de ces favoris conspirèrent contre leurs empereurs. Ils firent plus: ils conspirèrent contre l'empire, ils y appelèrent les barbares; et, quand on voulut les arrêter, l'état étoit si foible qu'il fallut violer leur loi, et s'exposer au crime de lèse-majesté pour les punir.

C'est pourtant sur cette loi que se fondoit le rapporteur de M. de Cinq-Mars [5], lorsque, voulant prouver qu'il étoit coupable du crime de lèse-majesté, pour avoir voulu chasser le cardinal de Richelieu des affaires, il dit: « Le crime qui touche » la personne des ministres des princes est réputé, » par les constitutions des empereurs, de pareil » poids que celui qui touche leur personne. Un » ministre sert bien son prince et son état; on » l'ôte à tous les deux: c'est comme si on privoit » le premier d'un bras [6], et le second d'une partie » de sa puissance. » Quand la servitude elle-même viendroit sur la terre, elle ne parleroit pas autrement.

Une autre loi de Valentinien, Théodose et Arcadius [7], déclare les faux monnoyeurs coupables du crime de lèse-majesté. Mais n'étoit-ce pas confondre les idées des choses? Porter sur un autre crime

[1] Le P. Duhalde, tome I, pag. 43. — A la Chine, c'est un crime de lèse-majesté, pour ceux qui sont chargés de faire la *Gazette de la Cour*, que d'y rien ajouter ou diminuer, et surtout d'y insérer des choses fausses, parce qu'on n'imprime rien dans cette gazette qui n'ait été présenté et approuvé par l'empereur, ou qui ne vienne de lui directement. Cette sévérité est excusable: comme tout le monde sait que l'empereur est l'auteur ou le censeur de cette gazette, c'est blesser sa réputation et l'attaquer dans son honneur, que de le présenter comme capable d'en imposer à ses sujets par le mensonge et la fausseté. (D.)

[2] Lettres du P. Parennin, dans les *Lettres édifiantes.*

[1] Gratien, Valentinien et Théodose. C'est la troisième au code *de Crimin. sacril.*

[2] *Sacrilegii instar est dubitare an is dignus sit quem elegerit imperator.* (Ibid.) Cette loi a servi de modèle à celle de Roger, dans les constitutions de Naples, tit. IV.

[3] La loi cinquième, au code *ad Leg. jul. maj.*

[4] Arcadius et Honorius.

[5] *Mémoires de Montrésor,* tom. I [*].

[6] *Nam ipsi pars corporis nostri sunt.* (Même loi, au code *ad Leg. jul. maj.*)

[7] C'est la neuvième au code Théod., *de Falsa moneta.*

[*] Page 258, édition de Cologne, 1723. Cinq-Mars et de Thou, son complice, furent condamnés et exécutés à Lyon l'an 1642. Voyez dans les *Mémoires de Montrésor,* tome II, page 265, des détails touchant sur leur procès et leurs derniers instants. (P.)

le nom de lèse-majesté, n'est-ce pas diminuer l'horreur du crime de lèse-majesté?

CHAPITRE IX.

Continuation du même sujet.

Paulin ayant mandé à l'empereur Alexandre « qu'il se préparoit à poursuivre comme criminel » de lèse-majesté un juge qui avoit prononcé contre » ses ordonnances, l'empereur lui répondit que, » dans un siècle comme le sien, les crimes de lèse-» majesté indirects n'avoient point de lieu [1]. »

Faustinien ayant écrit au même empereur qu'ayant juré, par la vie du prince, qu'on ne pardonneroit jamais à son esclave, il se voyoit obligé de perpétuer sa colère, pour ne pas se rendre coupable du crime de lèse-majesté : « Vous avez pris » de vaines terreurs [2], lui répondit l'empereur ; et » vous ne connoissez pas mes maximes. »

Un sénatus-consulte [3] ordonna que celui qui avoit fondu des statues de l'empereur, qui auroient été réprouvées, ne seroit point coupable de lèse-majesté. Les empereurs Sévère et Antonin écrivirent à Pontius [4] que celui qui vendroit des statues de l'empereur non consacrées ne tomberoit point dans le crime de lèse-majesté. Les mêmes empereurs écrivirent à Julius Cassianus que celui qui jetteroit par hasard une pierre contre une statue de l'empereur ne devoit point être poursuivi comme criminel de lèse-majesté [5]. La loi Julie demandoit ces sortes de modifications ; car elle avoit rendu coupables de lèse-majesté, non seulement ceux qui fondoient les statues des empereurs, mais ceux qui commettoient quelque action semblable [6] : ce qui rendoit ce crime arbitraire. Quand on eut établi bien des crimes de lèse-majesté, il fallut nécessairement distinguer ces crimes. Aussi le jurisconsulte Ulpien, après avoir dit que l'accusation du crime de lèse-majesté ne s'éteignoit point par la mort du coupable, ajoute-t-il que cela ne regarde pas tous [7] les crimes de lèse-majesté établis par la loi Julie, mais seulement celui qui contient un attentat contre l'empire ou contre la vie de l'empereur.

[1] *Etiam ex aliis causis majestatis crimina cessant meo seculo.* (Leg. 1, cod. *ad Leg. jul. maj.*)
[2] *Alienam sectæ meæ sollicitudinem concepisti.* (Leg. 2, code *ad Leg. jul. maj.*)
[3] Voyez la loi 4, § 1, ff. *ad Leg. jul. maj.*
[4] Voyez la loi 5, § 2, *ibid.* [5] Voyez la loi 5, § 1.
[6] *Aliudve quid simile admiserint.* (Leg. 6, ff. ibid.)
[7] Dans la loi dernière, ff. *ad Leg. jul. de adulteriis.*

CHAPITRE X.

Continuation du même sujet.

Une loi d'Angleterre, passée sous Henri VIII, déclaroit coupables de haute trahison tous ceux qui prédiroient la mort du roi. Cette loi étoit bien vague. Le despotisme est si terrible qu'il se tourne même contre ceux qui l'exercent. Dans la dernière maladie de ce roi, les médecins n'osèrent jamais dire qu'il fût en danger ; et ils agirent sans doute en conséquence [1].

CHAPITRE XI.

Des pensées.

Un Marsyas songea qu'il coupoit la gorge à Denys [2]. Celui-ci le fit mourir, disant qu'il n'y auroit pas songé la nuit s'il n'y eût pensé le jour. C'étoit une grande tyrannie : car, quand même il y auroit pensé, il n'avoit pas attenté [3]. Les lois ne se chargent de punir que les actions extérieures.

CHAPITRE XII.

Des paroles indiscrètes.

Rien ne rend encore le crime de lèse-majesté plus arbitraire que quand des paroles indiscrètes en deviennent la matière. Les discours sont si sujets à interprétation, il y a tant de différence entre l'indiscrétion et la malice, et il y en a si peu dans les expressions qu'elles emploient, que la loi ne peut guère soumettre les paroles à une peine capitale, à moins qu'elle ne déclare expressément celles qu'elle y soumet [4].

Les paroles ne forment point un corps de délit, elles ne restent que dans l'idée. La plupart du temps elles ne signifient point par elles-mêmes, mais par le ton dont on les dit. Souvent, en redisant les mêmes paroles, on ne rend pas le même sens : ce sens dépend de la liaison qu'elles ont avec d'autres choses. Quelquefois le silence exprime plus que tous les discours. Il n'y a rien de si équivoque que tout cela. Comment donc en faire un crime de lèse-majesté ? Partout où cette loi est établie, non seulement la liberté n'est plus, mais son ombre même.

[1] Voyez l'*Histoire de la Réformation*, par M. Burnet.
[2] PLUTARQUE, *Vie de Denys.*
[3] Il faut que la pensée soit jointe à quelque sorte d'action.
[4] *Si non tale sit delictum, in quod vel scriptura legis descendit, vel ad exemplum legis vindicandum est,* dit Modestinus dans la loi VII, § 3, *in fin.* ff. *ad Leg. jul. maj.*

Dans le manifeste de la feue czarine, donné contre la famille d'Olgourouki [1], un de ces princes est condamné à mort, pour avoir proféré des paroles indécentes qui avoient du rapport à sa personne ; un autre, pour avoir malignement interprété ses sages dispositions pour l'empire, et offensé sa personne sacrée par des paroles peu respectueuses.

Je ne prétends point diminuer l'indignation que l'on doit avoir contre ceux qui veulent flétrir la gloire de leur prince ; mais je dirai bien que, si l'on veut modérer le despotisme, une simple punition correctionnelle conviendra mieux, dans ces occasions, qu'une accusation de lèse-majesté, toujours terrible à l'innocence même [2].

Les actions ne sont pas de tous les jours, bien des gens peuvent les remarquer ; une fausse accusation sur des faits peut être aisément éclaircie. Les paroles qui sont jointes à une action prennent la nature de cette action. Ainsi un homme qui va dans la place publique exhorter les sujets à la révolte, devient coupable de lèse-majesté, parce que les paroles sont jointes à l'action, et y participent. Ce ne sont point les paroles que l'on punit, mais une action commise, dans laquelle on emploie les paroles. Elles ne deviennent des crimes que lorsqu'elles préparent, qu'elles accompagnent ou qu'elles suivent une action criminelle. On renverse tout, si l'on fait des paroles un crime capital, au lieu de les regarder comme le signe d'un crime capital.

Les empereurs Théodose, Arcadius et Honorius, écrivent à Ruffin, préfet du prétoire : « Si » quelqu'un parle mal de notre personne ou de » notre gouvernement, nous ne voulons point le » punir : [3] s'il a parlé par légèreté, il faut le mé- » priser ; si c'est par folie, il faut le plaindre ; si » c'est une injure, il faut lui pardonner. Ainsi, » laissant les choses dans leur entier, vous nous en » donnerez connoissance, afin que nous jugions » des paroles par les personnes, et que nous pe- » sions bien si nous devons les soumettre au juge- » ment, ou les négliger. »

[1] En 1740.
[2] Nec lubricum linguæ ad pœnam facile trahendum est. (MODESTIN., dans la loi VII, § , ff. ad Leg. jul. maj.
[3] Si id ex levitate processerit, contemnendum est: si ex insania, miseratione dignissimum; si ab injuria, remittendum. (Leg. unica, cod. Si quis imperat. maled.)

CHAPITRE XIII.

Des écrits.

Les écrits contiennent quelque chose de plus permanent que les paroles ; mais, lorsqu'ils ne préparent pas au crime de lèse-majesté, ils ne sont point une matière du crime de lèse-majesté.

Auguste et Tibère y attachèrent pourtant la peine de ce crime [1] : Auguste, à l'occasion de certains écrits faits contre des hommes et des femmes illustres ; Tibère, à cause de ceux qu'il crut faits contre lui. Rien ne fut plus fatal à la liberté romaine. Crémutius Cordus fut accusé, parce que dans ses annales il avoit appelé Cassius le dernier des Romains [2].

Les écrits satiriques ne sont guère connus dans les états despotiques, où l'abattement d'un côté, et l'ignorance de l'autre, ne donnent ni le talent ni la volonté d'en faire. Dans la démocratie on ne les empêche pas, par la raison même qui, dans le gouvernement d'un seul, les fait défendre. Comme ils sont ordinairement composés contre des gens puissants, ils flattent, dans la démocratie, la malignité du peuple qui gouverne. Dans la monarchie on les défend ; mais on en fait plutôt un sujet de police que de crime. Ils peuvent amuser la malignité générale, consoler les mécontents, diminuer l'envie contre les places, donner au peuple la patience de souffrir, et le faire rire de ses souffrances.

L'aristocratie est le gouvernement qui proscrit le plus les ouvrages satiriques. Les magistrats y sont de petits souverains qui ne sont pas assez grands pour mépriser les injures. Si, dans la monarchie, quelque trait va contre le monarque, il est si haut que le trait n'arrive point jusqu'à lui. Un seigneur aristocratique en est percé de part en part. Aussi les décemvirs, qui formoient une aristocratie, punirent-ils de mort les écrits satiriques [3].

CHAPITRE XIV.

Violation de la pudeur dans la punition des crimes.

Il y a des règles de pudeur observées chez presque toutes les nations du monde : il seroit absurde de les violer dans la punition des crimes, qui doit toujours avoir pour objet le rétablissement de l'ordre.

[1] TACITE, Annales, liv. I. Cela continua sous les règnes suivants. Voyez la loi première, au code de famosis libellis.
[2] Idem, liv. IV.
[3] La loi des douze tables. (M.)

Les Orientaux, qui ont exposé des femmes à des éléphants dressés pour un abominable genre de supplice, ont-ils voulu faire violer la loi par la loi ?

Un ancien usage des Romains défendoit de faire mourir les filles qui n'étoient pas nubiles. Tibère trouva l'expédient de les faire violer par le bourreau avant de les envoyer au supplice [1] : tyran subtil et cruel, il détruisoit les mœurs pour conserver les coutumes.

Lorsque la magistrature japonoise a fait exposer dans les places publiques les femmes nues, et les a obligées de marcher à la manière des bêtes, elle a fait frémir la pudeur [2]; mais, lorsqu'elle a voulu

contraindre une mère..., lorsqu'elle a voulu contraindre un fils..., je ne puis achever, elle a fait frémir la nature même [1].

CHAPITRE XV.

De l'affranchissement de l'esclave pour accuser le maître.

Auguste établit que les esclaves de ceux qui auroient conspiré contre lui seroient vendus au public, afin qu'ils pussent déposer contre leur maître [2]. On ne doit rien négliger de ce qui mène à la découverte d'un grand crime. Ainsi, dans un état où il y a des esclaves, il est naturel qu'ils puissent être indicateurs; mais ils ne sauroient être témoins.

[1] SUÉTONIUS, in Tiberio. — Le mot virgo, dont se sert ici Suétone, désignoit toute fille qui n'avoit point été mariée, ou qui n'étoit point connue pour courtisane. (D.) — Ce passage demande, ce me semble, une grande attention. Tibère, homme méchant, se plaignit au sénat de Séjan, homme plus méchant que lui, par une lettre artificieuse et obscure. Cette lettre n'étoit point d'un souverain qui ordonnoit aux magistrats de faire, selon les lois, le procès à un coupable; elle sembloit écrite par un ami qui déposait ses douleurs dans le sein de ses amis. A peine détailloit-il la perfidie et les crimes de Séjan. Plus il paraissait affligé, plus il rendait Séjan odieux. C'était livrer à la vengeance publique le second personnage de l'empire, et le plus détesté. Dès qu'on sut dans Rome que cet homme si puissant déplaisait au maître, le consul, le préteur, le sénat, le peuple, se jetèrent sur une victime qu'on leur abandonnait. Il n'y eut nulle forme de jugement; on le traîna en prison; on l'exécuta; il fut déchiré par mille mains, lui, ses amis et ses parents. Tibère n'ordonna point qu'on fît mourir la fille de ce malheureux, âgée de sept ans, malgré la loi qui défendait cette barbarie : il était trop habile et trop réservé pour ordonner un tel supplice, et surtout pour autoriser le viol par un bourreau. Tacite et Suétone rapportent l'un et l'autre, au bout de cent ans, cette action exécrable; mais ils ne disent point qu'elle ait été commise ou par la permission de l'empereur, ou par celle du sénat [*]. De même que ce ne fut point avec la permission du roi que le populace de Paris mangea le cœur du maréchal d'Ancre. Il est bien étrange qu'on dise que Tibère détruisit les mœurs pour conserver les coutumes. Il semblerait qu'un empereur eût introduit la coutume nouvelle de violer les enfants, par respect pour la coutume ancienne de ne les pas faire prendre avant l'âge de puberté.

Cette aventure du bourreau et de la fille de Séjan m'a toujours paru bien suspecte : toutes les anecdotes le sont; et j'ai même douté de quelques imputations qu'on fait encore sous nos jours à Tibère, comme de ces spinthriæ, dont on parle tant; de ces débauches honteuses et dégoûtantes, qui ne sont jamais que les excès d'une jeunesse emportée, et qu'un empereur de soixante et dix ans cacherait à tous les yeux, avec le même soin qu'une vestale cachait ses parties naturelles dans une procession. Je n'ai jamais cru qu'un homme aussi adroit que Tibère, aussi dissimulé, et d'un esprit aussi profond, eût voulu s'avilir à ce point devant tous ses domestiques, ses soldats, ses esclaves, et surtout devant ses autres esclaves, ses courtisans. Il y a des choses de bienséance jusque dans les plus indignes voluptés. Et de plus, je pense que pour un tyran, successeur du discret tyran de Rome, c'eût été le moyen infaillible de se faire assassiner. (VOLT.)

[2] Recueil des voyages qui ont servi à l'établissement de la compagnie des Indes, tome V, partie II. — Un seul voyageur,

[*] Tradunt temporis hujus auctores. C'est un bruit vague qui se répandit dans le temps. Quiconque a vécu a entendu des faussetés plus odieuses répétées vingt ans entiers par le public. (VOLT.)

presque inconnu, nommé Reyergisbert, rapporte cette abomination, qu'on lui raconta d'un magistrat du Japon; et il prétend que ce magistrat se divertissait à tourmenter ainsi les chrétiens, auxquels il ne fesait point d'autre mal. Montesquieu se plaît à ces contes; il ajoute que chez les Orientaux on soumet les filles à des éléphants. Il ne dit point chez quels Orientaux on donne ce rendez-vous. Mais, en vérité, ce n'est là ni le temple de Gnide, ni le congrès de Cythère, ni l'Esprit des Lois.

C'est avec douleur, et en contrariant mon propre goût, que je combats ainsi quelques idées d'un philosophe citoyen, et que je relève quelques unes de ses méprises. Je ne me serais pas livré, dans ce petit commentaire, à un travail si rebutant, si je n'avais été enflammé de l'amour de la vérité, autant que l'auteur l'était de l'amour de la gloire. Je suis en général si pénétré des maximes qu'il annonce plutôt qu'il ne les développe; je suis si plein de tout ce qu'il a dit sur la liberté politique, sur les tributs, sur le despotisme, sur l'esclavage, que je n'ai pas le courage de me joindre aux savants qui ont employé trois volumes à reprendre des fautes de détail [*].

Je n'entrerai point non plus dans la discussion de l'ancien gouvernement des Francs vainqueurs des Gaulois; dans ce chaos de coutumes, toutes bizarres, toutes contradictoires, dans l'examen de cette barbarie, de cette anarchie qui a duré si long-temps, et sur lesquelles il y a autant de sentiments différents que nous en avons en théologie. On n'a perdu que trop de temps à descendre dans ces abîmes de ruines; et l'auteur de l'Esprit des Lois a dû s'y égarer comme les autres.

Toutes les origines des nations sont l'obscurité même, comme tous les systèmes sur les premiers principes sont un chaos de fables. Lorsqu'un aussi beau génie que Montesquieu se trompe, je m'enfonce dans d'autres erreurs en découvrant les siennes. C'est le sort de tous ceux qui courent après la vérité : ils se heurtent dans leur course, et tous sont jetés par terre. Je respecte Montesquieu jusque dans ses chutes, parce qu'il se relève pour monter au ciel. Je vais continuer ce petit commentaire pour m'instruire en l'étudiant sur quelques points, non pour le critiquer : je le prends pour mon guide, non pour mon adversaire. (VOLT.)

[1] Ibid., pag. 496.

[2] Dion, dans Xiphilin. (M.) — Nous avons le règne d'Auguste tout entier dans l'histoire de Dion. Ce ne peut donc pas être Xiphilin qui rapporte ce fait, à moins que ce ne soit en passant et par occasion. Remarquez que Tacite (Ann., liv. II, ch. xxx; et liv. III, ch. LXVII.) attribue cette loi non pas à Auguste, mais à Tibère. (P.)

[*] Il s'agit ici des Observations attribuées au fermier-général Dupin, qui n'a point employé, comme le dit Voltaire, trois volumes à reprendre des fautes de détail, mais qui s'est principalement attaché à réfuter les différentes parties du système de Montesquieu : ce qu'il fait souvent avec une fatigante prolixité. Nous avons extrait de cet ouvrage tout ce que nous y avons trouvé de juste et de raisonnable. (P.)

Vindex indiqua la conspiration faite en faveur de Tarquin; mais il ne fut pas témoin contre les enfants de Brutus. Il étoit juste de donner la liberté à celui qui avoit rendu un si grand service à sa patrie; mais on ne la lui donna pas afin qu'il rendît ce service à sa patrie.

Aussi l'empereur Tacite ordonna-t-il que les esclaves ne seroient pas témoins contre leur maître, dans le crime même de lèse-majesté [1] : loi qui n'a pas été mise dans la compilation de Justinien.

CHAPITRE XVI.

Calomnie dans le crime de lèse-majesté.

Il faut rendre justice aux Césars : ils n'imaginèrent pas les premiers les tristes lois qu'ils firent. C'est Sylla [2] qui leur apprit qu'il ne falloit point punir les calomniateurs; bientôt on alla jusqu'à les récompenser [4].

CHAPITRE XVII.

De la révélation des conspirations.

« Quand ton frère, ou ton fils, ou ta fille, ou ta » femme bien-aimée, ou ton ami, qui est comme » ton ame, te diront en secret, *Allons à d'autres* » *dieux*, tu les lapideras : d'abord ta main sera » sur lui, ensuite celle de tout le peuple. » Cette loi du Deutéronome [4] ne peut être une loi civile chez la plupart des peuples que nous connoissons, parce qu'elle y ouvriroit la porte à tous les crimes.

La loi qui ordonne dans plusieurs états, sous peine de la vie, de révéler les conspirations auxquelles même on n'a pas trempé, n'est guère moins dure. Lorsqu'on la porte dans le gouvernement monarchique, il est très convenable de la restreindre.

Elle n'y doit être appliquée, dans toute sa sévérité, qu'au crime de lèse-majesté au premier chef. Dans ces états, il est très important de ne point confondre les différents chefs de ce crime.

Au Japon, où les lois renversent toutes les idées de la raison humaine, le crime de non-révélation s'applique aux cas les plus ordinaires.

[1] Flavius Vopiscus, dans sa vie.
[2] Sylla fit une loi de majesté, dont il est parlé dans les oraisons de Cicéron, *pro Cluentio*, article 5; *in Pisonem*, art. 21; deuxième contre Verrès, art. 5; épîtres familières, liv. III, ettre 11. César et Auguste les insérèrent dans les lois Juliies; d'autres y ajoutèrent.
[3] *Et quo quis distinctior accusator, eo magis honores assequebatur, ac veluti sacrosanctus erat.* (TACITE.)
[4] Chap. XIII, versets 6, 7, 8 et 9.

Une relation [1] nous parle de deux demoiselles qui furent renfermées jusqu'à la mort dans un coffre hérissé de pointes : l'une, pour avoir eu quelque intrigue de galanterie; l'autre, pour ne l'avoir pas révélée.

CHAPITRE XVIII.

Combien il est dangereux, dans les républiques, de trop punir le crime de lèse-majesté.

Quand une république est parvenue à détruire ceux qui vouloient la renverser, il faut se hâter de mettre fin aux vengeances, aux peines, et aux récompenses même.

On ne peut faire de grandes punitions, et par conséquent de grands changements, sans mettre dans les mains de quelques citoyens un grand pouvoir. Il vaut donc mieux, dans ce cas, pardonner beaucoup que punir beaucoup, exiler peu qu'exiler beaucoup, laisser les biens que multiplier les confiscations. Sous prétexte de la vengeance de la république, on établiroit la tyrannie des vengeurs. Il n'est pas question de détruire celui qui domine, mais la domination. Il faut rentrer le plus tôt que l'on peut dans ce train ordinaire du gouvernement, où les lois protègent tout, et ne s'arment contre personne.

Les Grecs ne mirent point de bornes aux vengeances qu'ils prirent des tyrans ou de ceux qu'ils soupçonnèrent de l'être. Ils firent mourir les enfants [2], quelquefois cinq des plus proches parents [3]. Ils chassèrent une infinité de familles. Leurs républiques en furent ébranlées; l'exil ou le retour des exilés furent toujours des époques qui marquèrent le changement de la constitution.

Les Romains furent plus sages. Lorsque Cassius fut condamné pour avoir aspiré à la tyrannie, on mit en question si l'on feroit mourir ses enfants : ils ne furent condamnés à aucune peine. « Ceux » qui ont voulu, dit Denys d'Halicarnasse [4], chan- » ger cette loi à la fin de la guerre des Marses et » de la guerre civile, et exclure des charges les » enfants des proscrits par Sylla, sont bien cri- » minels. »

On voit dans les guerres de Marius et de Sylla jusqu'à quel point les ames, chez les Romains, s'étoient peu à peu dépravées. Des choses si funestes

[1] *Recueil des voyages qui ont servi à l'établissement de la compagnie des Indes*, page 425, liv. V, part. II.
[2] DENYS D'HALICARNASSE, *Antiquités romaines*, liv. VIII.
[3] *Tyranno occiso, quinque ejus proximos cognatione magistratus necato.* (CICÉRON, *de Inventione*, lib. II.
[4] Liv. VIII, page 547.

firent croire qu'on ne les reverroit plus. Mais sous les triumvirs on voulut être plus cruel, et le paroître moins : on est désolé de voir les sophismes qu'employa la cruauté. On trouve dans Appien[1] la formule des proscriptions. Vous diriez qu'on n'y a d'autre objet que le bien de la république, tant on y parle de sang-froid, tant on y montre d'avantages, tant les moyens que l'on prend sont préférables à d'autres, tant les riches seront en sûreté, tant le bas peuple sera tranquille, tant on craint de mettre en danger la vie des citoyens, tant on veut apaiser les soldats, tant enfin on sera heureux[2].

Rome étoit inondée de sang quand Lépidus triompha de l'Espagne ; et, par une absurdité sans exemple, sous peine d'être proscrit[3], il ordonna de se réjouir.

CHAPITRE XIX.

Comment on suspend l'usage de la liberté dans la république.

Il y a, dans les états où l'on fait le plus de cas de la liberté, des lois qui la violent contre un seul pour la garder à tous. Tels sont, en Angleterre, les bills appelés d'*atteindre*[4]. Ils se rapportent à ces lois d'Athènes qui statuoient contre un particulier[5], pourvu qu'elles fussent faites par le suffrage de six mille citoyens. Ils se rapportent à ces lois qu'on faisoit à Rome contre des citoyens particuliers, et qu'on appeloit *privilèges*[6]. Elles ne se faisoient que dans les grands états du peuple. Mais, de quelque manière que le peuple les fasse, Cicéron veut qu'on les abolisse, parce que la force de la loi ne consiste qu'en ce qu'elle statue sur tout le monde[7]. J'avoue pourtant que l'usage des peu-

ples les plus libres qui aient jamais été sur la terre me fait croire qu'il y a des cas où il faut mettre, pour un moment, un voile sur la liberté, comme l'on cachoit les statues des dieux.

CHAPITRE XX.

Des lois favorables à la liberté du citoyen dans la république.

Il arrive souvent dans les états populaires que les accusations sont publiques, et qu'il est permis à tout homme d'accuser qui il veut. Cela a fait établir des lois propres à défendre l'innocence des citoyens. A Athènes, l'accusateur qui n'avoit point pour lui la cinquième partie des suffrages payoit une amende de mille drachmes. Eschine, qui avoit accusé Ctésiphon, y fut condamné[1]. A Rome, l'injuste accusateur étoit noté d'infamie[2] : on lui imprimoit la lettre K[3] sur le front. On donnoit des gardes à l'accusateur, pour qu'il fût hors d'état de corrompre les juges ou les témoins[4].

J'ai déjà parlé de cette loi athénienne et romaine qui permettoit à l'accusé de se retirer avant le jugement.

CHAPITRE XXI.

De la cruauté des lois envers les débiteurs dans la république.

Un citoyen s'est déjà donné une assez grande supériorité sur un citoyen, en lui prêtant un argent que celui-ci n'a emprunté que pour s'en défaire, et que par conséquent il n'a plus. Que sera-ce dans une république, si les lois augmentent cette servitude encore davantage ?

A Athènes et à Rome[5], il fut d'abord permis de vendre les débiteurs qui n'étoient pas en état de payer. Solon corrigea cet usage à Athènes[6] : il ordonna que personne ne seroit obligé par corps pour dettes civiles. Mais les décemvirs[7] ne réformèrent pas de même l'usage de Rome ; et, quoi-

[1] *Des Guerres civiles*, liv. IV.

[2] *Quod felix faustumque sit.*

[3] *Sacris et epulis dent hunc diem : qui secus faxit, inter proscriptos esto.*

[4] Il ne suffit pas, dans les tribunaux du royaume, qu'il y ait une preuve telle que les juges soient convaincus ; il faut encore que cette preuve soit formelle, c'est-à-dire légale : il faut la demande qu'il y ait deux témoins contre l'accusé ; une autre preuve ne suffiroit pas. Or, si un homme présumé coupable de ce qu'on appelle haut crime avoit trouvé le moyen d'écarter les témoins, de sorte qu'il fût impossible de le faire condamner par la loi, on pourroit porter contre lui un *bill* particulier d'*atteindre*; c'est-à-dire faire une loi singulière sur sa personne. On y procède comme pour tous les autres *bills* : il faut qu'il passe dans deux chambres, et que le roi y donne son consentement ; sans quoi il n'y a point de *bill*, c'est-à-dire de jugement. L'accusé peut faire parler ses avocats contre le *bill*; et on peut parler dans la chambre pour le *bill*.

[5] *Legem de singulari aliquo rogato, nisi sex millibus ita visum. Ex Andocide, de mysteriis.* C'est l'ostracisme.

[6] *De privis hominibus latæ.* (CICÉRON, *de Leg.*, lib. III.)

[7] *Scitum est jussum in omnes.* (Ibid.)

[1] Voyez Philostrate, liv. 1, *Vies des Sophistes, vie d'Eschine.* (Voyez aussi Plutarque et Photius.)

[2] Par la loi *Remmia.*

[3] C'étoit la première lettre de l'ancien mot latin qu'on écrit aujourd'hui *calumnia.* (P.)

[4] PLUTARQUE, au traité, *Comment on pourroit recevoir de l'utilité de ses ennemis.*

[5] Plusieurs vendoient leurs enfants pour payer leurs dettes. (PLUTARQUE, *Vie de Solon.*)

[6] Ibid.

[7] Il paroit par l'histoire que cet usage étoit établi chez les Romains avant la loi des douze tables. (TITE-LIVE, première décade, liv. II.)

qu'ils eussent devant les yeux le règlement de Solon, ils ne voulurent pas le suivre. Ce n'est pas le seul endroit de la loi des douze tables où l'on voit le dessein des décemvirs de choquer l'esprit de la démocratie.

Ces lois cruelles contre les débiteurs mirent bien des fois en danger la république romaine. Un homme couvert de plaies s'échappa de la maison de son créancier, et parut dans la place[1]. Le peuple s'émut à ce spectacle. D'autres citoyens, que leurs créanciers n'osoient plus retenir, sortirent de leurs cachots. On leur fit des promesses; on y manqua: le peuple se retira sur le Mont-Sacré. Il n'obtint pas l'abrogation de ces lois, mais un magistrat pour le défendre. On sortoit de l'anarchie, on pensa tomber dans la tyrannie. Manlius, pour se rendre populaire, alloit retirer des mains des créanciers les citoyens qu'ils avoient réduits en esclavage[2]. On prévint les desseins de Manlius; mais le mal restoit toujours. Des lois particulières donnèrent aux débiteurs des facilités de payer[3]; et, l'an de Rome 428, les consuls portèrent une loi[4] qui ôta aux créanciers le droit de tenir les débiteurs en servitude dans leurs maisons[5]. Un usurier, nommé Papirius, avoit voulu corrompre la pudicité d'un jeune homme nommé Publilius, qu'il tenoit dans les fers. Le crime de Sextus donna à Rome la liberté politique; celui de Papirius y donna la liberté civile.

Ce fut le destin de cette ville, que des crimes nouveaux y confirmèrent la liberté que des crimes anciens lui avoient procurée. L'attentat d'Appius sur Virginie remit le peuple dans cette horreur contre les tyrans, que lui avoit donnée le malheur de Lucrèce. Trente-sept ans[6] après le crime de l'infame Papirius, un crime pareil[7] fit que le peuple se retira sur le Janicule[8], et que la loi faite pour la sûreté des débiteurs reprit une nouvelle force.

Depuis ce temps, les créanciers furent plutôt

poursuivis par les débiteurs pour avoir violé les lois faites contre les usures, que ceux-ci ne le furent pour ne les avoir pas payés.

CHAPITRE XXII.

Des choses qui attaquent la liberté, dans la monarchie.

La chose du monde la plus inutile au prince a souvent affoibli la liberté dans les monarchies: les commissaires nommés quelquefois pour juger un particulier.

Le prince tire si peu d'utilité des commissaires qu'il ne vaut pas la peine qu'il change l'ordre des choses pour cela. Il est moralement sûr qu'il a plus l'esprit de probité et de justice que ses commissaires, qui se croient toujours assez justifiés par ses ordres, par un obscur intérêt de l'état, par le choix qu'on a fait d'eux, et par leurs craintes mêmes.

Sous Henri VIII, lorsqu'on faisoit le procès à un pair, on le faisoit juger par des commissaires tirés de la chambre des pairs: avec cette méthode, on fit mourir tous les pairs qu'on voulut.

CHAPITRE XXIII.

Des espions dans la monarchie.

Faut-il des espions dans la monarchie? Ce n'est pas la pratique ordinaire des bons princes. Quand un homme est fidèle aux lois, il a satisfait à ce qu'il doit au prince. Il faut au moins qu'il ait sa maison pour asile, et le reste de sa conduite en sûreté. L'espionnage seroit peut-être tolérable s'il pouvoit être exercé par d'honnêtes gens; mais l'infamie nécessaire de la personne peut faire juger de l'infamie de la chose. Un prince doit agir avec ses sujets avec candeur, avec franchise, avec confiance. Celui qui a tant d'inquiétudes, de soupçons et de craintes, est un acteur qui est embarrassé à jouer son rôle. Quand il voit qu'en général les lois sont dans leur force, et qu'elles sont respectées, il peut se juger en sûreté. L'allure générale lui répond de celle de tous les particuliers. Qu'il n'ait aucune crainte, il ne sauroit croire combien on est porté à l'aimer. Eh! pourquoi ne l'aimeroit-on pas? Il est la source de presque tout le bien qui se fait; et quasi toutes les punitions sont sur le compte des lois. Il ne se montre jamais au peuple qu'avec un visage serein: sa gloire même se communique à nous, et sa puissance nous soutient. Une preuve qu'on l'aime, c'est que l'on a de la confiance en lui, et que, lorsqu'un ministre

[1] DENYS D'HALICARNASSE, Antiquités romaines, liv. VI.
[2] PLUTARQUE, Vie de Furius Camillus.
[3] Voyez ci-dessous le liv. XXII, chap. XXI et XXII.
[4] Cent vingt ans après la loi des douze tables. *Eo anno plebi Romanæ velut aliud initium libertatis, factum est quod necti desierunt.* (TITE-LIVE, liv. VIII.)
[5] *Bona debitoris, non corpus obnoxium esset.* (TITE-LIVE, liv. VIII.)
[6] L'an de Rome 465.
[7] Celui de Plautius, qui attenta contre la pudicité de Veturius. (VALÈRE MAXIME, liv. VI, art. IX.) On ne doit point confondre ces deux événements: ce ne sont, ni les mêmes personnes, ni les mêmes temps.
[8] Voyez un fragment de Denys d'Halicarnasse, dans l'extrait *des vertus et des vices*; l'épitome de Tite-Live, liv. XI, et Freinshemius, liv. XI.

refuse, on s'imagine toujours que le prince auroit accordé. Même dans les calamités publiques, on n'accuse point sa personne; on se plaint de ce qu'il ignore, ou de ce qu'il est obsédé par des gens corrompus. *Si le prince savoit!* dit le peuple. Ces paroles sont une espèce d'invocation, et une preuve de la confiance qu'on a en lui.

CHAPITRE XXIV.

Des lettres anonymes.

Les Tartares sont obligés de mettre leur nom sur leurs flèches, afin que l'on connoisse la main dont elles partent. Philippe de Macédoine ayant été blessé au siége d'une ville, on trouva sur le javelot : *Aster a porté ce coup mortel à Philippe*[1]. Si ceux qui accusent un homme le faisoient en vue du bien public, ils ne l'accuseroient pas devant le prince, qui peut être aisément prévenu, mais devant les magistrats, qui ont des règles qui ne sont formidables qu'aux calomniateurs. Que s'ils ne veulent pas laisser les lois entre eux et l'accusé, c'est une preuve qu'ils ont sujet de les craindre; et la moindre peine qu'on puisse leur infliger, c'est de ne les point croire. On ne peut y faire d'attention que dans les cas qui ne sauroient souffrir les lenteurs de la justice ordinaire, et où il s'agit du salut du prince. Pour lors, on peut croire que celui qui accuse a fait un effort qui a délié sa langue, et l'a fait parler. Mais, dans les autres cas, il faut dire, avec l'empereur Constance. « Nous ne saurions soupçonner celui à » qui il a manqué un accusateur, lorsqu'il ne lui » manquoit pas un ennemi[2]. »

CHAPITRE XXV.

De la manière de gouverner, dans la monarchie.

L'autorité royale est un grand ressort qui doit se mouvoir aisément et sans bruit. Les Chinois vantent un de leurs empereurs, qui gouverna, disent-ils, comme le ciel, c'est-à-dire par son exemple.

Il y a des cas où la puissance doit agir dans toute son étendue; il y en a où elle doit agir par ses limites. Le sublime de l'administration est de bien connoître quelle est la partie du pouvoir, grande ou petite, que l'on doit employer dans les diverses circonstances.

Dans nos monarchies, toute la félicité consiste dans l'opinion que le peuple a de la douceur du gouvernement. Un ministre malhabile veut toujours vous avertir que vous êtes esclaves. Mais, si cela étoit, il devroit chercher à le faire ignorer. Il ne sait vous dire ou vous écrire, si ce n'est que le prince est fâché; qu'il est surpris; qu'il mettra ordre. Il y a une certaine facilité dans le commandement : il faut que le prince encourage, et que ce soient les lois qui menacent[1].

CHAPITRE XXVI.

Que, dans la monarchie, le prince doit être accessible.

Cela se sentira beaucoup mieux par les contrastes.

« Le czar Pierre I[er], dit le sieur Perry[2], a fait » une nouvelle ordonnance qui défend de lui pré- » senter de requête qu'après en avoir présenté » deux à ses officiers. On peut, en cas de déni de » justice, lui présenter la troisième; mais celui » qui a tort doit perdre la vie. Personne depuis » n'a adressé de requête au czar[3]. »

CHAPITRE XXVII.

Des mœurs du monarque.

Les mœurs du prince contribuent autant à la liberté que les lois : il peut, comme elles, faire des hommes des bêtes, et des bêtes faire des hommes. S'il aime les ames libres, il aura des sujets; s'il aime les ames basses, il aura des esclaves. Veut-il savoir le grand art de régner, qu'il approche de lui l'honneur et la vertu, qu'il appelle le mérite personnel. Il peut même jeter quelquefois les yeux sur les talents. Qu'il ne craigne point ces rivaux qu'on appelle les hommes de mérite : il est leur égal dès qu'il les aime. Qu'il gagne le

[1] Nerva, dit Tacite, augmenta la facilité de l'empire *.
[2] *État de la Grande-Russie*, pag. 173, édit. de Paris, 1717.
[3] Le roi de Perse reçoit toutes les requêtes qu'on lui présente, sans en refuser jamais aucune, soit dans son palais, soit ailleurs. Comme il ne sort qu'à cheval, il les envoie prendre d'un signe d'œil par un valet de pied; et comme le roi va toujours assez doucement, chacun a le temps de délivrer sa requête. Le roi se la fait lire ou sur-le-champ, ou à la première occasion, et donne la réponse que le ministre met à la marge. Elle est ensuite rendue à celui qui l'a présentée, pour faire exécuter l'ordre du roi; ou bien on la remet dans les mains du ministre à qui l'affaire est renvoyée, ou que l'affaire regarde directement; ou bien enfin on l'envoie aux secrétaires d'état pour faire les expéditions ordonnées. (CHARDIN, *Voyages de Perse*, description du gouvernement, ch. VIII.) (P.)

* *Vie d'Agricola*, chap. III. Remarquez que les meilleures éditions de Tacite portent *felicitatem imperii*, et non *facilitatem imperii*.

[1] PLUTARQUE, *OEuvres morales*, collat. de quelques histoires romaines et grecques, tome II, pag. 487.
[2] Leg. 6, cod. Théod. *de famosis libellis*.

cœur, mais qu'il ne captive point l'esprit. Qu'il se rende populaire. Il doit être flatté de l'amour du moindre de ses sujets : ce sont toujours des hommes. Le peuple demande si peu d'égards qu'il est juste de les lui accorder ; l'infinie distance qui est entre le souverain et lui empêche bien qu'il ne le gêne. Qu'exorable à la prière, il soit ferme contre les demandes ; et qu'il sache que son peuple jouit de ses refus, et ses courtisans de ses graces.

CHAPITRE XXVIII.

Des égards que les monarques doivent à leurs sujets.

Il faut qu'ils soient extrêmement retenus sur la raillerie. Elle flatte lorsqu'elle est modérée, parce qu'elle donne les moyens d'entrer dans la familiarité ; mais une raillerie piquante leur est bien moins permise qu'au dernier de leurs sujets, parce qu'ils sont les seuls qui blessent toujours mortellement.

Encore moins doivent-ils faire à un de leurs sujets une insulte marquée : ils sont établis pour pardonner, pour punir ; jamais pour insulter.

Lorsqu'ils insultent leurs sujets, ils les traitent bien plus cruellement que ne traite les siens le Turc ou le Moscovite. Quand ces derniers insultent, ils humilient et ne déshonorent point ; mais, pour eux, ils humilient et déshonorent.

Tel est le préjugé des Asiatiques qu'ils regardent un affront fait par le prince comme l'effet d'une bonté paternelle ; et telle est notre manière de penser, que nous joignons au cruel sentiment de l'affront le désespoir de ne pouvoir nous en laver jamais.

Ils doivent être charmés d'avoir des sujets à qui l'honneur est plus cher que la vie, et ce n'est pas moins un motif de fidélité que de courage.

On peut se souvenir des malheurs arrivés aux princes pour avoir insulté leurs sujets ; des vengeances de Chéréa, de l'eunuque Narsès, et du comte Julien ; enfin, de la duchesse de Montpensier, qui, outrée contre Henri III, qui avoit révélé quelqu'un de ses défauts secrets, le troubla pendant toute sa vie.

CHAPITRE XXIX.

Des lois civiles propres à mettre un peu de liberté dans le gouvernement despotique.

Quoique le gouvernement despotique, dans sa nature, soit partout le même, cependant des circonstances, une opinion de religion, un préjugé, des exemples reçus, un tour d'esprit, des manières, des mœurs, peuvent y mettre des différences considérables.

Il est bon que de certaines idées s'y soient établies. Ainsi, à la Chine, le prince est regardé comme le père du peuple ; et, dans les commencements de l'empire des Arabes, le prince en étoit le prédicateur [1].

Il convient qu'il y ait quelque livre sacré qui serve de règle, comme l'Alcoran chez les Arabes, les livres de Zoroastre chez les Perses, le Védam chez les Indiens, les livres classiques chez les Chinois. Le code religieux supplée au code civil, et fixe l'arbitraire.

Il n'est pas mal que, dans les cas douteux, les juges consultent les ministres de la religion [2]. Aussi, en Turquie, les cadis interrogent-ils les mollachs [3]. Que si le cas mérite la mort, il peut être convenable que le juge particulier, s'il y en a, prenne l'avis du gouverneur, afin que le pouvoir civil et l'ecclésiastique soient encore tempérés par l'autorité politique.

CHAPITRE XXX.

Continuation du même sujet.

C'est la fureur despotique qui a établi que la disgrace du père entraîneroit celle des enfants et des femmes. Ils sont déja malheureux, sans être criminels ; et d'ailleurs il faut que le prince laisse entre l'accusé et lui des suppliants pour adoucir son courroux, ou pour éclairer sa justice.

C'est une bonne coutume des Maldives [4] que, lorsqu'un seigneur est disgracié, il va tous les jours faire sa cour au roi, jusqu'à ce qu'il rentre en grace : sa présence désarme le courroux du prince.

[1] Les Califes.

[2] *Histoire des Tattars*, troisième partie, page 277, dans les remarques.

[3] Montesquieu confond les mollahs avec le muphty. Le nom de mollah désigne un cadi ou juge d'un rang supérieur ; cependant les cadis et les mollahs exercent toutes les mêmes fonctions. Le cadi ne consulte que les livres des lois et les jurisconsultes ; mais quand deux personnes plaident devant lui, ou devant le mollah, sur une question difficile ou intéressante, quoique ces juges soient bien instruits de ce que la loi prononce en pareil cas, les parties prennent le *fetfa* du muphty, qui est proprement une réponse à leur consultation, conçue en ces termes, *permis ou non permis par la loi*. Le muphty est donc consulté comme le premier interprète de la loi ; et quand son *fetfa* n'y est pas conforme, le cadi prononce suivant la loi, en supposant que le muphty a été mal instruit. (Guys, *Lettres sur la Grèce*, n° XXX.) (P.)

[4] Voyez François Pirard.

Il y a des états despotiques [1] où l'on pense que de parler à un prince pour un disgracié, c'est manquer au respect qui lui est dû. Ces princes semblent faire tous leurs efforts pour se priver de la vertu de clémence.

Arcadius et Honorius, dans la loi [2] dont j'ai tant parlé [3], déclarent qu'ils ne feront point de grace à ceux qui oseront les supplier pour les coupables [4]. Cette loi étoit bien mauvaise, puisqu'elle est mauvaise dans le despotisme même.

La coutume de Perse, qui permet à qui veut de sortir du royaume, est très bonne; et, quoique l'usage contraire ait tiré son origine du despotisme, où l'on a regardé les sujets comme des esclaves [5], et ceux qui sortent comme des esclaves fugitifs, cependant la pratique de Perse est très-bonne pour le despotisme, où la crainte de la fuite ou de la retraite des redevables arrête ou modère les persécutions des bachas et des exacteurs.

LIVRE TREIZIEME.

DES RAPPORTS

QUE LA LEVÉE DES TRIBUTS ET LA GRANDEUR DES REVENUS PUBLICS ONT AVEC LA LIBERTÉ.

CHAPITRE I.

Des revenus de l'état.

Les revenus de l'état sont une portion que chaque citoyen donne de son bien pour avoir la sûreté de l'autre, ou pour en jouir agréablement.

Pour bien fixer ces revenus, il faut avoir égard et aux nécessités de l'état, et aux nécessités des citoyens. Il ne faut point prendre au peuple sur ses besoins réels, pour des besoins de l'état imaginaires.

Les besoins imaginaires sont ce que demandent

[1] Comme aujourd'hui en Perse, au rapport de M. Chardin. Cet usage est bien ancien. « On mit Cavade, dit Procope, dans le château de l'oubli. Il y a une loi qui défend de parler de ceux qui y sont enfermés, et même de prononcer leur nom. »
[2] La loi 5, au *cod. ad leg. jul. maj.*
[3] Au chapitre VIII de ce livre.
[4] Frédéric copia cette loi dans les constitutions de Naples, liv. I.
[5] Dans les monarchies il y a ordinairement une loi qui défend à ceux qui ont des emplois publics de sortir du royaume sans la permission du prince. Cette loi doit être encore établie dans les républiques. Mais, dans celles qui ont des institutions singulières, la défense doit être générale, pour qu'on n'y rapporte pas les mœurs étrangères.

les passions et les foiblesses de ceux qui gouvernent, le charme d'un projet extraordinaire, l'envie malade d'une vaine gloire, et une certaine impuissance d'esprit contre les fantaisies. Souvent ceux qui, avec un esprit inquiet, étoient sous le prince à la tête des affaires, ont pensé que les besoins de l'état étoient les besoins de leurs petites ames.

Il n'y a rien que la sagesse et la prudence doivent plus régler que cette portion qu'on ôte et cette portion qu'on laisse aux sujets.

Ce n'est point à ce que le peuple peut donner qu'il faut mesurer les revenus publics, mais à ce qu'il doit donner; et si on les mesure à ce qu'il peut donner, il faut que ce soit du moins à ce qu'il peut toujours donner.

CHAPITRE II.

Que c'est mal raisonner, de dire que la grandeur des tributs soit bonne par elle-même.

On a vu, dans de certaines monarchies, que de petits pays exempts de tributs étoient aussi misérables que les lieux qui tout autour en étoient accablés. La principale raison est que le petit état entouré ne peut avoir d'industrie, d'arts ni de manufactures, parce qu'à cet égard il est gêné de mille manières par le grand état dans lequel il est enclavé. Le grand état qui l'entoure a l'industrie, les manufactures et les arts; et il fait des réglements qui lui en procurent tous les avantages. Le petit état devient donc nécessairement pauvre, quelque peu d'impôts qu'on y lève.

On a pourtant conclu, de la pauvreté de ces petits états, que, pour que le peuple fût industrieux, il falloit des charges pesantes. On auroit mieux fait d'en conclure qu'il n'en faut pas. Ce sont tous les misérables des environs qui se retirent dans ces lieux-là, pour ne rien faire; déja découragés par l'accablement du travail, ils font consister toute leur félicité dans leur paresse.

L'effet des richesses d'un pays c'est de mettre de l'ambition dans tous les cœurs : l'effet de la pauvreté est d'y faire naître le désespoir. La première s'irrite par le travail; l'autre se console par la paresse.

La nature est juste envers les hommes : elle les récompense de leurs peines; elle les rend laborieux, parce qu'à de plus grands travaux elle attache de plus grandes récompenses. Mais, si un pouvoir arbitraire ôte les récompenses de la nature, on reprend le dégoût pour le travail, et l'inaction paroît être le seul bien.

CHAPITRE III.

Des tributs, dans les pays où une partie du peuple est esclave de la glèbe.

L'esclavage de la glèbe s'établit quelquefois après une conquête. Dans ce cas, l'esclave qui cultive doit être le colon partiaire du maître. Il n'y a qu'une société de perte et de gain qui puisse réconcilier ceux qui sont destinés à travailler, avec ceux qui sont destinés à jouir.

CHAPITRE IV.

D'une république, en cas pareil.

Lorsqu'une république a réduit une nation à cultiver les terres pour elle, on n'y doit point souffrir que le citoyen puisse augmenter le tribut de l'esclave. On ne le permettoit point à Lacédémone : on pensoit que les Ilotes[1], cultiveroient mieux les terres lorsqu'ils sauroient que leur servitude n'augmenteroit pas ; on croyoit que les maîtres seroient meilleurs citoyens lorsqu'ils ne desireroient que ce qu'ils avoient coutume d'avoir.

CHAPITRE V.

D'une monarchie, en cas pareil.

Lorsque, dans une monarchie, la noblesse fait cultiver les terres à son profit par le peuple conquis, il faut encore que la redevance ne puisse augmenter[2]. De plus, il est bon que le prince se contente de son domaine et du service militaire. Mais, s'il veut lever des tributs en argent sur les esclaves de sa noblesse, il faut que le seigneur soit garant[3] du tribut, qu'il le paie pour les esclaves, et le reprenne sur eux ; et si l'on ne suit pas cette règle, le seigneur et ceux qui lèvent les revenus du prince vexeront l'esclave tour à tour, et le reprendront l'un après l'autre, jusqu'à ce qu'il périsse de misère ou fuie dans les bois.

CHAPITRE VI.

D'un état despotique, en cas pareil.

Ce que je viens de dire est encore plus indispensable dans l'état despotique. Le seigneur, qui peut à tous les instants être dépouillé de ses terres et de ses esclaves, n'est pas si porté à les conserver.

Pierre I[er], voulant prendre la pratique d'Allemagne et lever ses tributs en argent, fit un réglement très sage que l'on suit encore en Russie. Le gentilhomme lève la taxe sur les paysans, et la paie au czar. Si le nombre des paysans diminue, il paie tout de même ; si le nombre augmente, il ne paie pas davantage : il est donc intéressé à ne point vexer ses paysans.

CHAPITRE VII.

Des tributs, dans les pays où l'esclavage de la glèbe n'est point établi.

Lorsque dans un état tous les particuliers sont citoyens, que chacun y possède par son domaine ce que le prince y possède par son empire, on peut mettre des impôts sur les personnes, sur les terres, ou sur les marchandises ; sur deux de ces choses, ou sur les trois ensemble.

Dans l'impôt de la personne, la proportion injuste seroit celle qui suivroit exactement la proportion des biens. On avoit divisé à Athènes[1] les citoyens en quatre classes. Ceux qui retiroient de leurs biens cinq cents mesures de fruits liquides ou secs payoient au public un talent ; ceux qui en retiroient trois cents mesures devoient un demi-talent ; ceux qui avoient deux cents mesures payoient dix mines, ou la sixième partie d'un talent ; ceux de la quatrième classe ne donnoient rien[2]. La taxe étoit juste, quoiqu'elle ne fût point proportionnelle : si elle ne suivoit pas la proportion des biens, elle suivoit la proportion des besoins. On jugea que chacun avoit un nécessaire physique égal ; que ce nécessaire physique ne devoit point être taxé ; que l'utile venoit ensuite, et qu'il devoit être taxé, mais moins que le superflu ; que la grandeur de la taxe sur le superflu empêchoit le superflu.

Dans la taxe sur les terres, on fait des rôles où l'on met les diverses classes des fonds. Mais il est très difficile de connoître ces différences, et encore plus de trouver des gens qui ne soient point intéressés à les méconnoître. Il y a donc là deux sortes d'injustices : l'injustice de l'homme, et l'injustice de la chose. Mais si en général la taxe n'est point excessive, si on laisse au peuple un néces-

[1] PLUTARQUE.
[2] C'est ce qui fit faire à Charlemagne ses belles institutions là-dessus. (Voyez le liv. V des Capitul., art. 303.)
[3] Cela se pratique ainsi en Allemagne.

[1] POLLUX, liv. VIII, chap. x, art. 130.
[2] Cette quatrième classe étoit composée de mercenaires qui ne possédoient rien. (P.)

saire abondant, ces injustices particulières ne seront rien. Que si, au contraire, on ne laisse au peuple que ce qu'il lui faut à la rigueur pour vivre, la moindre disproportion sera de la plus grande conséquence.

Que quelques citoyens ne paient pas assez, le mal n'est pas grand : leur aisance revient toujours au public ; que quelques particuliers paient trop, leur ruine se tourne contre le public. Si l'état proportionne sa fortune à celle des particuliers, l'aisance des particuliers fera bientôt monter sa fortune. Tout dépend du moment. L'état commencera-t-il par appauvrir les sujets pour s'enrichir ? ou attendra-t-il que des sujets à leur aise l'enrichissent ? Aura-t-il le premier avantage ou le second ? Commencera-t-il par être riche, ou finira-t-il par l'être ?

Les droits sur les marchandises sont ceux que les peuples sentent le moins, parce qu'on ne leur fait pas une demande formelle. Ils peuvent être si sagement ménagés que le peuple ignorera presque qu'il les paie. Pour cela, il est d'une grande conséquence que ce soit celui qui vend la marchandise qui paie le droit. Il sait bien qu'il ne paie pas pour lui ; et l'acheteur, qui dans le fond paie, le confond avec le prix. Quelques auteurs ont dit que Néron avoit ôté le droit du vingt-cinquième des esclaves qui se vendoient [1] ; il n'avoit pourtant fait qu'ordonner que ce seroit le vendeur qui le paicroit, au lieu de l'acheteur : ce réglement, qui laissoit tout l'impôt, parut l'ôter.

Il y a deux royaumes en Europe où l'on a mis des impôts très forts sur les boissons : dans l'un, le brasseur seul paie le droit, dans l'autre, il est levé indifféremment sur tous les sujets qui consomment. Dans le premier, personne ne sent la rigueur de l'impôt ; dans le second, il est regardé comme onéreux : dans celui-là, le citoyen ne sent que la liberté qu'il a de ne pas payer ; dans celui-ci, il ne sent que la nécessité qui l'y oblige.

D'ailleurs, pour que le citoyen paie, il faut des recherches perpétuelles dans sa maison. Rien n'est plus contraire à la liberté ; et ceux qui établissent ces sortes d'impôts n'ont pas le bonheur d'avoir à cet égard rencontré la meilleure sorte d'administration.

[1] *Vectigal quoque quintæ et vicesimæ venalium mancipiorum remissum specie magis quam vi; quia cum venditor pendere juberetur in partem pretii, emptoribus accrescebat.* (TACITE, *Annales*, liv. XIII.)

CHAPITRE VIII.

Comment on conserve l'illusion.

Pour que le prix de la chose et le droit puissent se confondre dans la tête de celui qui paie, il faut qu'il y ait quelque rapport entre la marchandise et l'impôt, et que, sur une denrée de peu de valeur, on ne mette pas un droit excessif. Il y a des pays où le droit excède de dix-sept ou dix-huit fois la valeur de la marchandise. Pour lors, le prince ôte l'illusion à ses sujets ; ils voient qu'ils sont conduits d'une manière qui n'est pas raisonnable : ce qui leur fait sentir leur servitude au dernier point.

D'ailleurs, pour que le prince puisse lever un droit si disproportionné à la valeur de la chose, il faut qu'il vende lui-même la marchandise, et que le peuple ne puisse l'aller acheter ailleurs : ce qui est sujet à mille inconvénients.

La fraude étant dans ce cas très lucrative, la peine naturelle, celle que la raison demande, qui est la confiscation de la marchandise, devient incapable de l'arrêter ; d'autant plus que cette marchandise est, pour l'ordinaire, d'un prix très vil. Il faut donc avoir recours à des peines extravagantes, et pareilles à celles que l'on inflige pour les plus grands crimes. Toute la proportion des peines est ôtée. Des gens qu'on ne sauroit regarder comme des hommes méchants sont punis comme des scélérats : ce qui est la chose du monde la plus contraire à l'esprit du gouvernement modéré.

J'ajoute que plus on met le peuple en occasion de frauder le traitant, plus on enrichit celui-ci et on appauvrit celui-là. Pour arrêter la fraude, il faut donner au traitant des moyens de vexations extraordinaires, et tout est perdu.

CHAPITRE IX.

D'une mauvaise sorte d'impôt.

Nous parlerons, en passant, d'un impôt établi dans quelques états sur les diverses clauses des contrats civils. Il faut, pour se défendre du traitant, de grandes connoissances, ces choses étant sujettes à des discussions subtiles. Pour lors le traitant, interprète des réglements du prince, exerce un pouvoir arbitraire sur les fortunes. L'expérience a fait voir qu'un impôt sur le papier sur lequel le contrat doit s'écrire vaudroit beaucoup mieux.

CHAPITRE X.

Que la grandeur des tributs dépend de la nature du gouvernement.

Les tribu's doivent être très légers dans le gouvernement despotique. Sans cela, qui est-ce qui voudroit prendre la peine d'y cultiver les terres? et de plus, comment payer de gros tributs dans un gouvernement qui ne supplée par rien à ce que le sujet a donné?

Dans le pouvoir étonnant du prince et l'étrange foiblesse du peuple, il faut qu'il ne puisse y avoir d'équivoque sur rien. Les tributs doivent être si faciles à percevoir, et si clairement établis, qu'ils ne puissent être augmentés ni diminués par ceux qui les lèvent. Une portion dans les fruits de la terre, une taxe par tête, un tribut de tant pour cent sur les marchandises, sont les seuls convenables.

Il est bon, dans le gouvernement despotique, que les marchands aient une sauvegarde personnelle, et que l'usage les fasse respecter; sans cela, ils seroient trop foibles dans les discussions qu'ils pourroient avoir avec les officiers du prince.

CHAPITRE XI.

Des peines fiscales.

C'est une chose particulière aux peines fiscales, que, contre la pratique générale, elles sont plus sévères en Europe qu'en Asie. En Europe, on confisque les marchandises, quelquefois même les vaisseaux et les voitures; en Asie, on ne fait ni l'un ni l'autre. C'est qu'en Europe le marchand a des juges qui peuvent le garantir de l'oppression; en Asie, les juges despotiques seroient eux-mêmes les oppresseurs. Que feroit le marchand contre un bacha qui auroit résolu de confisquer ses marchandises?

C'est la vexation qui se surmonte elle-même, et se voit contrainte à une certaine douceur. En Turquie, on ne lève qu'un seul droit d'entrée, après quoi, tout le pays est ouvert aux marchands. Les déclarations fausses n'emportent ni confiscation, ni augmentation de droits. On n'ouvre[1] point, à la Chine, les ballots des gens qui ne sont pas marchands. La fraude, chez le Mogol, n'est point punie par la confiscation, mais par le doublement du droit. Les princes[2] tartares qui habitent des villes dans l'Asie ne lèvent presque rien sur les marchandises qui passent. Que si, au Japon, le crime de fraude dans le commerce est un crime capital, c'est qu'on a des raisons pour défendre toute communication avec les étrangers, et que la fraude[1] y est plutôt une contravention aux lois faites pour la sûreté de l'état, qu'à des lois de commerce.

CHAPITRE XII.

Rapport de la grandeur des tributs avec la liberté.

Règle générale : on peut lever des tributs plus forts, à proportion de la liberté des sujets; et l'on est forcé de les modérer à mesure que la servitude augmente. Cela a toujours été, et cela sera toujours. C'est une règle tirée de la nature, qui ne varie point : on la trouve par tous les pays, en Angleterre, en Hollande, et dans tous les états où la liberté va se dégradant, jusqu'en Turquie. La Suisse semble y déroger, parce qu'on n'y paie point de tributs; mais on en sait la raison particulière, et même elle confirme ce que je dis. Dans ces montagnes stériles, les vivres sont si chers et le pays est si peuplé, qu'un Suisse paie quatre fois plus à la nature qu'un Turc ne paie au sultan[2].

Un peuple dominateur, tel qu'étoient les Athéniens et les Romains, peut s'affranchir de tout impôt, parce qu'il règne sur les nations sujettes. Il ne paie pas pour lors à proportion de sa liberté, parce qu'à cet égard il n'est pas un peuple, mais un monarque.

Mais la règle générale reste toujours. Il y a, dans les états modérés, un dédommagement pour la pesanteur des tributs : c'est la liberté. Il y a dans les états[3] despotiques un équivalent pour la liberté : c'est la modicité des tributs.

Dans de certaines monarchies en Europe, on voit des provinces[4] qui, par la nature de leur

[1] Du Halde. tom. II, pag. 37.

[2] *Histoire des Tartars*, troisième partie. pag. 292

[1] Voulant avoir un commerce avec les étrangers, sans se communiquer avec eux, ils ont choisi deux nations; la hollandoise, pour le commerce de l'Europe, et la chinoise pour celui de l'Asie. Ils tiennent dans une espèce de prison les facteurs et les matelots, et les gênent jusqu'à faire perdre patience.

[2] Il n'y a aucun impôt en Suisse; mais chacun paie les dîmes, les cens, les lods et ventes, qu'on payoit aux ducs de Zéringue et aux moines. Les montagnes, excepté les glacières, sont de fertiles pâturages; elles font la richesse du pays. La viande de boucherie est environ la moitié moins chère qu'à Paris. On ne sait ce que l'auteur entend quand il dit qu'un Suisse paie quatre fois plus à la nature qu'un Turc au sultan. Il peut boire quatre fois plus qu'un Turc, car il a le vin de la Côte, et l'excellent vin de Vaud. (Volt.)

[3] En Russie, les tributs sont médiocres; on les a augmentés depuis que le despotisme y est plus modéré. Voyez l'*Histoire des Tartars*. deuxième partie.

[4] Les pays d'états. — On donnoit autrefois ce nom aux pro-

gouvernement politique, sont dans un meilleur état que les autres. On s'imagine toujours qu'elles ne paient pas assez, parce que, par un effet de la bonté de leur gouvernement, elles pourroient payer davantage; et il vient toujours dans l'esprit de leur ôter ce gouvernement même qui produit ce bien qui se communique, qui se répand au loin, et dont il vaudroit bien mieux jouir.

CHAPITRE XIII.

Dans quels gouvernements les tributs sont susceptibles d'augmentation.

On peut augmenter les tributs dans la plupart des républiques, parce que le citoyen, qui croit payer à lui-même, a la volonté de les payer, et en a ordinairement le pouvoir par l'effet de la nature du gouvernement.

Dans la monarchie, on peut augmenter les tributs, parce que la modération du gouvernement y peut procurer des richesses : c'est comme la récompense du prince, à cause du respect qu'il a pour les lois.

Dans l'état despotique, on ne peut pas les augmenter, parce qu'on ne peut pas augmenter la servitude extrême.

CHAPITRE XIV.

Que la nature des tributs est relative au gouvernement.

L'impôt par tête est plus naturel à la servitude; l'impôt sur les marchandises est plus naturel à la liberté, parce qu'il se rapporte d'une manière moins directe à la personne [1].

Il est naturel au gouvernement despotique que le prince ne donne point d'argent à sa milice ou aux gens de sa cour, mais qu'il leur distribue des terres, et par conséquent qu'on y lève peu de tributs. Que si le prince donne de l'argent, le tribut le plus naturel qu'il puisse lever est un tribut par tête. Ce tribut ne peut être que très modique : car, comme on n'y peut pas faire diverses classes considérables, à cause des abus qui en résulte-

roient, vu l'injustice et la violence du gouvernement, il faut nécessairement se régler sur le taux de ce que peuvent payer les plus misérables.

Le tribut naturel au gouvernement modéré est l'impôt sur les marchandises. Cet impôt étant réellement payé par l'acheteur, quoique le marchand l'avance, est un prêt que le marchand a déjà fait à l'acheteur : ainsi il faut regarder le négociant, et comme le débiteur général de l'état, et comme le créancier de tous les particuliers. Il avance à l'état le droit que l'acheteur lui paiera quelque jour; et il a payé, pour l'acheteur, le droit qu'il a payé pour la marchandise. On sent donc que plus le gouvernement est modéré, que plus l'esprit de liberté règne, que plus les fortunes ont de sûreté, plus il est facile au marchand d'avancer à l'état, et de prêter au particulier des droits considérables. En Angleterre, un marchand prête réellement à l'état cinquante ou soixante livres sterling à chaque tonneau de vin qu'il reçoit. Quel est le marchand qui oseroit faire une chose de cette espèce dans un pays gouverné comme la Turquie? et, quand il l'oseroit faire, comment le pourroit-il, avec une fortune suspecte, incertaine, ruinée?

CHAPITRE XV.

Abus de la liberté.

Ces grands avantages de la liberté ont fait que l'on a abusé de la liberté même. Parce que le gouvernement modéré a produit d'admirables effets, on a quitté cette modération; parce qu'on a tiré de grands tributs, on en a voulu tirer d'excessifs; et, méconnoissant la main de la liberté, qui faisoit ce présent, on s'est adressé à la servitude, qui refuse tout.

La liberté a produit l'excès des tributs; mais l'effet de ces tributs excessifs est de produire, à leur tour, la servitude; et l'effet de la servitude, de produire la diminution des tributs.

Les monarques de l'Asie ne font guère d'édits que pour exempter chaque année de tributs quelque province de leur empire [1] : les manifestations de leur volonté sont des bienfaits. Mais, en Europe, les édits des princes affligent même avant

vinces qui s'étoient maintenues dans le droit de fixer elles-mêmes les tributs qu'elles devoient à l'état. (P.)

[1] Cela seroit incontestable si les contingents par tête étoient égaux; car il n'y auroit rien de plus disproportionné qu'une pareille taxe; et c'est surtout dans les proportions exactement observées que consiste l'esprit de la liberté. Mais si la taxe par tête est exactement proportionnée aux moyens des particuliers, comme pourroit être celle qui porte en France le nom de *capitation*, et qui, de cette manière, est à la fois réelle et personnelle, elle est la plus équitable, et par conséquent la plus convenable à des hommes libres. (J. J. ROUSSEAU *Écon. polit.*)

[1] C'est l'usage des empereurs de la Chine. — Dupin a essayé de réfuter ce passage de Montesquieu en disant que, si les monarques d'Asie ne faisoient que des édits d'exemption, il y a long-temps que toutes leurs provinces seroient exemptes et que leurs coffres seroient vides. Mais il n'a pas vu que l'auteur parle ici d'exemptions annuelles, et non d'exemptions perpétuelles. (P.)

qu'on les ait vus, parce qu'ils y parlent toujours de leurs besoins, et jamais des nôtres.

D'une impardonnable nonchalance que les ministres de ces pays-là tiennent du gouvernement, et souvent du climat, les peuples tirent cet avantage, qu'ils ne sont point sans cesse accablés par de nouvelles demandes. Les dépenses n'y augmentent point, parce qu'on n'y fait point de projets nouveaux; et, si par hasard on y en fait, ce sont des projets dont on voit la fin, et non des projets commencés. Ceux qui gouvernent l'état ne le tourmentent pas, parce qu'ils ne se tourmentent pas sans cesse eux-mêmes. Mais, pour nous, il est impossible que nous ayons jamais de règle dans nos finances, parce que nous savons toujours que nous ferons quelque chose, et jamais ce que nous ferons.

On n'appelle plus parmi nous un grand ministre celui qui est le sage dispensateur des revenus publics, mais celui qui est homme d'industrie, et qui trouve ce qu'on appelle des expédients.

CHAPITRE XVI.

Des conquêtes des Mahométans.

Ce furent ces tributs [1] excessifs qui donnèrent lieu à cette étrange facilité que trouvèrent les Mahométans dans leurs conquêtes. Les peuples, au lieu de cette suite continuelle de vexations que l'avarice subtile des empereurs avoit imaginées, se virent soumis à un tribut simple, payé aisément, reçu de même : plus heureux d'obéir à une nation barbare qu'à un gouvernement corrompu dans lequel ils souffroient tous les inconvénients d'une liberté qu'ils n'avoient plus, avec toutes les horreurs d'une servitude présente.

CHAPITRE XVII.

De l'augmentation des troupes.

Une maladie nouvelle s'est répandue en Europe; elle a saisi nos princes, et leur fait entretenir un nombre désordonné de troupes. Elle a ses redoublements, et elle devient nécessairement contagieuse; car, sitôt qu'un état augmente ce qu'il appelle ses troupes, les autres soudain augmentent les leurs : de façon qu'on ne gagne rien par-là que la ruine commune. Chaque monarque tient sur pied toutes les armées qu'il pourroit avoir si ses peuples étoient en danger d'être exterminés; et on nomme paix cet état [1] d'effort de tous contre tous. Aussi l'Europe est-elle si ruinée, que les particuliers qui seroient dans la situation où sont les trois puissances de cette partie du monde les plus opulentes, n'auroient pas de quoi vivre. Nous sommes pauvres avec les richesses et le commerce de tout l'univers; et bientôt, à force d'avoir des soldats, nous n'aurons plus que des soldats, et nous serons comme des Tartares [2].

Les grands princes, non contents d'acheter les troupes des plus petits, cherchent de tous côtés à payer des alliances, c'est-à-dire presque toujours à perdre leur argent.

La suite d'une telle situation est l'augmentation perpétuelle des tributs; et, ce qui prévient tous les remèdes à venir, on ne compte plus sur les revenus, mais on fait la guerre avec son capital. Il n'est pas inouï de voir des états hypothéquer leurs fonds pendant la paix même, et employer, pour se ruiner, des moyens qu'ils appellent extraordinaires, et qui le sont si fort que le fils de famille le plus dérangé les imagine à peine.

CHAPITRE XVIII.

De la remise des tributs.

La maxime des grands empires d'Orient, de remettre les tributs aux provinces qui ont souffert, devroit bien être portée dans les états monarchiques. Il y en a bien où elle est établie; mais elle accable plus que si elle n'y étoit pas, parce que, le prince n'en levant ni plus ni moins, tout l'état devient solidaire. Pour soulager un village qui paie mal, on charge un autre qui paie mieux; on ne rétablit point le premier, on détruit le second. Le peuple est désespéré entre la nécessité de payer, de peur des exactions, et le danger de payer, crainte des surcharges.

Un état bien gouverné doit mettre, pour le premier article de sa dépense, une somme réglée pour les cas fortuits. Il en est du public comme des particuliers, qui se ruinent lorsqu'ils dépensent exactement les revenus de leurs terres.

A l'égard de la solidité entre les habitants du même village, on a dit [3] qu'elle étoit raisonnable,

[1] Voyez dans l'histoire la grandeur, la bizarrerie, et même la folie de ces tributs. Anastase en imagina un pour respirer l'air : *ut quisque pro haustu aeris penderet.*

[1] Il est vrai que c'est cet état d'effort qui maintient principalement l'équilibre, parce qu'il éreinte les grandes puissances.

[2] Il ne faut pour cela que faire valoir la nouvelle invention des milices établies dans presque toute l'Europe, et les porter au même excès que l'on a fait les troupes réglées.

[3] Voyez le *Traité des finances des Romains*, chap. II, imprimé à Paris, chez Briasson, 1740.

parce qu'on pouvoit supposer un complot frauduleux de leur part : mais où a-t-on pris que, sur des suppositions, il faille établir une chose injuste par elle-même et ruineuse pour l'état ?

CHAPITRE XIX.

Qu'est-ce qui est plus convenable au prince et au peuple, de la ferme ou de la régie des tributs?

La régie est l'administration d'un bon père de famille qui lève lui-même avec économie et avec ordre ses revenus.

Par la régie, le prince est le maître de presser ou de retarder la levée des tributs, ou suivant ses besoins, ou suivant ceux de ses peuples. Par la régie, il épargne à l'état les profits immenses des fermiers, qui l'appauvrissent d'une infinité de manières. Par la régie, il épargne au peuple le spectacle des fortunes subites, qui l'affligent. Par la régie, l'argent levé passe par peu de mains; il va directement au prince, et par conséquent revient plus promptement au peuple. Par la régie, le prince épargne au peuple une infinité de mauvaises lois qu'exige toujours de lui l'avarice importune des fermiers, qui montrent un avantage présent dans des réglements funestes pour l'avenir.

Comme celui qui a l'argent est toujours le maître de l'autre, le traitant se rend despotique sur le prince même : il n'est pas législateur, mais il le force à donner des lois.

J'avoue qu'il est quelquefois utile de commencer par donner à ferme un droit nouvellement établi. Il y a un art et des inventions pour prévenir les fraudes que l'intérêt des fermiers leur suggère, et que les régisseurs n'auroient su imaginer : or, le système de la levée étant une fois fait par le fermier, on peut avec succès établir la régie. En Angleterre, l'administration de l'accise et du revenu des postes, telle qu'elle est aujourd'hui, a été empruntée des fermiers.

Dans les républiques, les revenus de l'état sont presque toujours en régie. L'établissement contraire fut un grand vice du gouvernement de Rome [1]. Dans les états despotiques, où la régie est établie, les peuples sont infiniment plus heureux : témoin la Perse et la Chine [1]. Les plus malheureux sont ceux où le prince donne à ferme ses ports de mer et ses villes de commerce. L'histoire des monarchies est pleine des maux faits par les traitants.

Néron, indigné des vexations des publicains, forma le projet impossible et magnanime d'abolir tous les impôts. Il n'imagina point la régie; il fit [2] quatre ordonnances : que les lois faites contre les publicains, qui avoient été jusque-là tenues secrètes, seroient publiées; qu'ils ne pourroient plus exiger ce qu'ils avoient négligé de demander dans l'année; qu'il y auroit un préteur établi pour juger leurs prétentions, sans formalité; que les marchands ne paieroient rien pour les navires. Voilà les beaux jours de cet empereur.

CHAPITRE XX.

Des traitants.

Tout est perdu lorsque la profession lucrative des traitants parvient encore par ses richesses à être une profession honorée. Cela peut être bon dans les états despotiques, où souvent leur emploi est une partie des fonctions des gouverneurs eux-mêmes. Cela n'est pas bon dans la république, et une chose pareille détruisit la république romaine. Cela n'est pas meilleur dans la monarchie; rien n'est plus contraire à l'esprit de ce gouvernement. Un dégoût saisit tous les autres états, l'honneur y perd toute sa considération, les moyens lents et naturels de se distinguer ne touchent plus, et le gouvernement est frappé dans son principe.

On vit bien, dans les temps passés, des fortunes scandaleuses : c'étoit une des calamités des guerres de cinquante ans; mais pour lors ces richesses furent regardées comme ridicules, et nous les admirons.

Il y a un lot pour chaque profession. Le lot de ceux qui lèvent les tributs est les richesses, et les récompenses de ces richesses sont les richesses mêmes. La gloire et l'honneur sont pour cette noblesse qui ne connoît, qui ne voit, qui ne sent de vrai bien que l'honneur et la gloire. Le respect et la considération sont pour ces ministres et ces

[1] César fut obligé d'ôter les publicains de la province d'Asie, et d'y établir une autre sorte d'administration, comme nous l'apprenons de Dion. Et Tacite nous dit que la Macédoine et l'Achaïe, provinces qu'Auguste avoit laissées au peuple romain, et qui, par conséquent, étoient gouvernées sur l'ancien plan, obtinrent d'être du nombre de celles que l'empereur gouvernoit par ses officiers.

[1] Voyez Chardin, *Voyage de Perse*, tom. VI.
[2] TACITE, *Annales*, liv. XIII. — *Ut leges cujusque publici occultæ ad id tempus proscriberentur.* (Cap. LI. Ces mots, dont le sens n'a pas été exactement rendu par Montesquieu, signifient que les conditions des baux faits par l'état à ses fermiers, pour chaque espèce d'impôts, devoient être affichées publiquement. (CLEN.)

magistrats qui, ne trouvant que le travail après le travail, veillent nuit et jour pour le bonheur de l'empire.

LIVRE QUATORZIÈME[1].

DES LOIS

DANS LE RAPPORT QU'ELLES ONT AVEC LA NATURE DU CLIMAT.

CHAPITRE I.

Idée générale.

S'il est vrai que le caractère de l'esprit et les passions du cœur soient extrêmement différents dans les divers climats, les lois doivent être relatives et à la différence de ces passions, et à la différence de ces caractères.

CHAPITRE II.

Combien les hommes sont différents dans les divers climats.

L'air froid[2] resserre les extrémités des fibres extérieures de notre corps : cela augmente leur ressort, et favorise le retour du sang des extrémités vers le cœur. Il diminue la longueur[3] de ces mêmes fibres ; il augmente donc encore par-là leur force. L'air chaud au contraire relâche les extrémités des fibres, et les alonge : il diminue donc leur force et leur ressort.

On a donc plus de vigueur dans les climats froids.

L'action du cœur et la réaction des extrémités des fibres s'y font mieux, les liqueurs sont mieux en équilibre, le sang est plus déterminé vers le cœur, et réciproquement le cœur a plus de puissance. Cette force plus grande doit produire bien des effets : par exemple, plus de confiance en soi-même, c'est-à-dire plus de courage; plus de connoissance de sa supériorité, c'est-à-dire moins de desir de la vengeance ; plus d'opinion de sa sûreté, c'est-à-dire plus de franchise, moins de soupçons, de politique, et de ruses. Enfin, cela doit faire des caractères bien différents. Mettez un homme dans un lieu chaud et enfermé, il souffrira, par les raisons que je viens de dire, une défaillance de cœur très grande[1]. Si, dans cette circonstance, on va lui proposer une action hardie, je crois qu'on l'y trouvera très peu disposé : sa foiblesse présente mettra un découragement dans son ame; il craindra tout, parce qu'il sentira qu'il ne peut rien. Les peuples des pays chauds sont timides comme les vieillards le sont[2]; ceux des pays froids sont courageux comme le sont les jeunes gens. Si nous faisons attention aux dernières[3] guerres, qui sont celles que nous avons le plus sous nos yeux, et dans lesquelles nous pouvons mieux voir de certains effets légers, imperceptibles de loin, nous sentirons bien que les peuples du nord, transportés dans les pays du midi[4], n'y ont pas fait d'aussi belles actions que leurs compatriotes, qui, combattant dans leur propre climat, y jouissoient de tout leur courage.

La force des fibres des peuples du nord fait que les sucs les plus grossiers sont tirés des aliments. Il en résulte deux choses : l'une, que les parties du chyle ou de la lymphe sont plus propres, par leur grande surface, à être appliquées sur les fibres et à les nourrir ; l'autre, qu'elles sont moins propres,

[1] On peut dire en général, sur ce quatorzième livre, que Montesquieu étend trop les effets du climat. Il est incontestable, et plusieurs auteurs anciens et modernes l'ont remarqué, que la température, la localité, la nourriture, contribuent à former les inclinations de l'homme et à déterminer sa constitution morale ; mais il n'est pas moins vrai que l'éducation et les lois peuvent vaincre ses inclinations et ses mœurs, et, leur donnant une autre direction, le former au vice ou à la vertu. L'histoire est remplie de changements arrivés dans les mœurs des peuples ; et souvent une génération ne ressemble en rien à celle qui l'a précédée. Personne ne sera tenté d'attribuer ces révolutions à l'influence du climat. (Édit. anon. de 1764.) — Hippocrate, Platon, Aristote et les hommes les plus doctes de l'antiquité ont reconnu et proclamé l'influence du climat sur la société. Varron (de Re rustica, lib. 1) cite un ouvrage d'Ératosthène, où celui-ci cherchoit à prouver que le caractère de l'homme et la forme du gouvernement sont subordonnés à la proximité ou à la distance du soleil. Rousseau a donc eu tort, dans son Contrat social, d'attribuer cette doctrine à Montesquieu. (P.)

[2] Cela paroît même à la vue : dans le froid on paroît plus maigre.

[3] On sait qu'il raccourcit le fer.

[1] Quelle conséquence peut-on tirer, pour les passions de l'humanité, de la défaillance de cet homme enfermé dans une étuve? C'est pour lui, dans ce moment, un état de maladie causé par le passage subit du froid ou du tempéré à l'excessive chaleur. S'il y avoit été conduit par degrés insensibles, il se seroit accoutumé peu à peu à cette raréfaction. Un habitant du nord, qui passe au midi, paie ordinairement le tribut à ce changement, quoique quelques uns en soient exempts; mais, ce tribut acquitté, son esprit et ses connoissances n'y auront rien perdu; il est tel après cette épreuve qu'il étoit auparavant; et s'il pouvoit communiquer à sa postérité ses goûts, ses talents et son éducation, comme il lui a communiqué l'être, cette postérité seroit à perpétuité comme son chef. (D.)

[2] Il faut bien se garder de laisser échapper de ces propositions générales. Jamais on n'a pu faire aller à la guerre un Lapon, un Samoïède; et les Arabes conquirent en quatre-vingts ans plus de pays que n'en possédoit l'Empire romain. Les Espagnols en petit nombre battirent, à la bataille de Muhlberg, les soldats du nord de l'Allemagne. (VOLT.)

[3] Celles pour la succession d'Espagne.

[4] En Espagne, par exemple.

par leur grossièreté, à donner une certaine subtilité au suc nerveux. Ces peuples auront donc de grands corps et peu de vivacité.

Les nerfs, qui aboutissent de tous côtés au tissu de notre peau, font chacun un faisceau de nerfs. Ordinairement ce n'est pas tout le nerf qui est remué; c'en est une partie infiniment petite. Dans les pays chauds, où le tissu de la peau est relâché, les bouts des nerfs sont épanouis, et exposés à la plus petite action des objets les plus foibles. Dans les pays froids, le tissu de la peau est resserré et les mamelons comprimés; les petites houppes sont en quelque façon paralytiques; la sensation ne passe guère au cerveau que lorsqu'elle est extrêmement forte, et qu'elle est de tout le nerf ensemble. Mais c'est d'un nombre infini de petites sensations que dépendent l'imagination, le goût, la sensibilité, la vivacité.

J'ai observé le tissu extérieur d'une langue de mouton dans l'endroit où elle paroît, à la simple vue, couverte de mamelons. J'ai vu avec un microscope sur ces mamelons de petits poils ou une espèce de duvet; entre les mamelons étoient des pyramides qui formoient par le bout comme de petits pinceaux. Il y a grande apparence que ces pyramides sont le principal organe du goût.

J'ai fait geler la moitié de cette langue, et j'ai trouvé à la simple vue les mamelons considérablement diminués : quelques rangs même de mamelons s'étoient enfoncés dans leur gaîne. J'en ai examiné le tissu avec le microscope, je n'ai plus vu de pyramides. A mesure que la langue s'est dégelée, les mamelons, à la simple vue, ont paru se relever; et, au microscope, les petites houppes ont commencé à reparoître.

Cette observation confirme ce que j'ai dit, que dans les pays froids, les houppes nerveuses sont moins épanouies : elles s'enfoncent dans leurs gaînes, où elles sont à couvert de l'action des objets extérieurs. Les sensations sont donc moins vives.

Dans les pays froids on aura peu de sensibilité pour les plaisirs; elle sera plus grande dans les pays tempérés; dans les pays chauds, elle sera extrême. Comme on distingue les climats par les degrés de latitude, on pourroit les distinguer, pour ainsi dire, par les degrés de sensibilité. J'ai vu les opéra d'Angleterre et d'Italie : ce sont les mêmes pièces et les mêmes acteurs; mais la même musique produit des effets si différents sur les deux nations, l'une est si calme, et l'autre si transportée, que cela paroît inconcevable.

Il en sera de même de la douleur : elle est exci-

tée en nous par le déchirement de quelque fibre de notre corps. L'auteur de la nature a établi que cette douleur seroit plus forte a mesure que le dérangement seroit plus grand : or, il est évident que les grands corps et les fibres grossières des peuples du nord sont moins capables de dérangement que les fibres délicates des peuples des pays chauds : l'ame y est donc moins sensible à la douleur. Il faut écorcher un Moscovite pour lui donner du sentiment [1].

Avec cette délicatesse d'organes que l'on a dans les pays chauds, l'ame est souverainement émue par tout ce qui a du rapport à l'union des deux sexes : tout conduit à cet objet.

Dans les climats du nord, à peine le physique de l'amour a-t-il la force de se rendre bien sensible; dans les climats tempérés, l'amour, accompagné de mille accessoires, se rend agréable par des choses qui d'abord semblent être lui-même, et ne sont pas encore lui; dans les climats plus chauds, on aime l'amour pour lui-même : il est la cause unique du bonheur, il est la vie.

Dans les pays du midi, une machine délicate, foible, mais sensible, se livre à un amour qui, dans un sérail, naît et se calme sans cesse, ou bien à un amour qui, laissant les femmes dans une plus grande indépendance, est exposé à mille troubles. Dans les pays du nord, une machine saine et bien constituée, mais lourde, trouve ses plaisirs dans tout ce qui peut remettre les esprits en mouvement, la chasse, les voyages, la guerre, le vin. Vous trouverez dans les climats du nord des peuples qui ont peu de vices, assez de vertus, beaucoup de sincérité et de franchise. Approchez des pays du midi, vous croirez vous éloigner de la morale même : des passions plus vives multiplieront les crimes; chacun cherchera à prendre sur les autres tous les avantages qui peuvent favoriser ces mêmes passions. Dans les pays tempérés, vous verrez des peuples inconstants dans leurs manières, dans leurs vices même, et dans leurs vertus : le climat n'y a pas une qualité assez déterminée pour les fixer eux-mêmes.

La chaleur du climat peut être si excessive que le corps y sera absolument sans force. Pour lors, l'abattement passera à l'esprit même; aucune curiosité, aucune noble entreprise, aucun sentiment

[1] Il faudroit chercher dans cette insensibilité la raison des divers supplices que nous voyons en usage chez les différentes nations, si l'histoire ne nous enseignoit que cette diversité de supplices dépend plutôt de la nature des gouvernements que de celle des climats, et si la physique ne nous présentoit le tableau des effets étonnants que peuvent produire sur l'homme la façon de vivre et la coutume. (*Édit. anonyme de* 1764.)

généreux ; les inclinations y seront toutes passives ; la paresse y fera le bonheur ; la plupart des châtiments y seront moins difficiles à soutenir que l'action de l'ame, et la servitude moins insupportable que la force d'esprit qui est nécessaire pour se conduire soi-même.

CHAPITRE III.

Contradiction dans les caractères de certains peuples du midi.

Les Indiens [1] sont naturellement sans courage : les enfants [2] mêmes des Européens nés aux Indes perdent celui de leur climat. Mais comment accorder cela avec leurs actions atroces, leurs coutumes, leurs pénitences barbares? Les hommes s'y soumettent à des maux incroyables, les femmes s'y brûlent elles-mêmes : voilà bien de la force pour tant de foiblesse.

La nature, qui a donné à ces peuples une foiblesse qui les rend timides, leur a donné aussi une imagination si vive que tout les frappe à l'excès. Cette même délicatesse d'organes qui leur fait craindre la mort, sert aussi à leur faire redouter mille choses plus que la mort. C'est la même sensibilité qui leur fait fuir tous les périls, et les leur fait tous braver.

Comme une bonne éducation est plus nécessaire aux enfants qu'à ceux dont l'esprit est dans sa maturité ; de même, les peuples de ces climats ont plus besoin d'un législateur sage que les peuples du nôtre. Plus on est aisément et fortement frappé, plus il importe de l'être d'une manière convenable, de ne recevoir pas des préjugés, et d'être conduit par la raison.

Du temps des Romains, les peuples du nord de l'Europe vivoient sans arts, sans éducation, presque sans lois ; et cependant, par le seul bon sens attaché aux fibres grossières de ces climats, ils se maintinrent avec une sagesse admirable contre la puissance romaine jusqu'au moment où ils sortirent de leurs forêts pour la détruire.

[1] « Cent soldats d'Europe, dit Tavernier, n'auroient pas grand' peine à battre mille soldats indiens. »
[2] Les Persans mêmes, qui s'établissent aux Indes, prennent, à la troisième génération, la nonchalance et la lâcheté indienne. Voyez Bernier, sur le Mogol, tom. I, pag. 282.

CHAPITRE IV.

Cause de l'immutabilité de la religion, des mœurs, des manières, des lois, dans les pays d'Orient.

Si, avec cette foiblesse d'organes qui fait recevoir aux peuples d'Orient les impressions du monde les plus fortes, vous joignez une certaine paresse dans l'esprit, naturellement liée avec celle du corps, qui fasse que cet esprit ne soit capable d'aucune action, d'aucun effort, d'aucune contention, vous comprendrez que l'ame qui a une fois reçu des impressions ne peut plus en changer. C'est ce qui fait que les lois, les mœurs [1], et les manières, même celles qui paroissent indifférentes, comme la façon de se vêtir, sont aujourd'hui en Orient comme elles étoient il y a mille ans.

CHAPITRE V.

Que les mauvais législateurs sont ceux qui ont favorisé les vices du climat, et les bons sont ceux qui s'y sont opposés.

Les Indiens croient que le repos et le néant sont le fondement de toutes choses, et la fin où elles aboutissent. Ils regardent donc l'entière inaction comme l'état le plus parfait et l'objet de leurs désirs. Ils donnent au souverain Être [2] le surnom d'immobile. Les Siamois croient que la félicité [3] suprême consiste à n'être point obligé d'animer une machine et de faire agir un corps.

Dans ces pays où la chaleur excessive énerve et accable, le repos est si délicieux et le mouvement si pénible, que ce système de métaphysique paroît naturel ; et [4] Foé, législateur des Indes, a suivi ce qu'il sentoit, lorsqu'il a mis les hommes dans un état extrêmement passif ; mais sa doctrine, née de la paresse du climat, la favorisant à son tour, a causé mille maux.

Les législateurs de la Chine furent plus sensés, lorsque, considérant les hommes, non pas dans l'état paisible où ils seront quelque jour, mais dans l'action propre à leur faire remplir les devoirs de la vie, ils firent leur religion, leur philosophie, et leurs lois, toutes pratiques. Plus les causes physi-

[1] On voit, par un fragment de Nicolas de Damas, recueilli par Constantin Porphyrogénète, que la coutume étoit ancienne en Orient d'envoyer étrangler un gouverneur qui déplaisoit ; elle étoit du temps des Mèdes.
[2] Panamanack. Voyez Kircher.
[3] LA LOUBÈRE, Relation de Siam, pag. 446.
[4] Foé veut réduire le cœur au pur vide. « Nous avons des » yeux et des oreilles ; mais la perfection est de ne voir ni en- » tendre : une bouche, des mains, etc.; la perfection est que ces » membres soient dans l'inaction. » Ceci est tiré du dialogue d'un philosophe chinois, rapporté par le P. Duhalde, tome III.

ques portent les hommes au repos, plus les causes morales les en doivent éloigner.

CHAPITRE VI.

De la culture des terres dans les climats chauds.

La culture des terres est le plus grand travail des hommes. Plus le climat les porte à fuir ce travail, plus la religion et les lois doivent y exciter. Ainsi, les lois des Indes, qui donnent les terres aux princes et ôtent aux particuliers l'esprit de propriété, augmentent les mauvais effets du climat, c'est-à-dire la paresse naturelle.

CHAPITRE VII.

Du monachisme.

Le monachisme y fait les mêmes maux ; il est né dans les pays chauds d'Orient, où l'on est moins porté à l'action qu'à la spéculation.

En Asie, le nombre des derviches ou moines semble augmenter avec la chaleur du climat ; les Indes, où elle est excessive, en sont remplies : on trouve en Europe cette même différence.

Pour vaincre la paresse du climat, il faudroit que les lois cherchassent à ôter tous les moyens de vivre sans travail ; mais, dans le midi de l'Europe, elles font tout le contraire ; elles donnent à ceux qui veulent être oisifs des places propres à la vie spéculative, et y attachent des richesses immenses. Ces gens, qui vivent dans une abondance qui leur est à charge, donnent avec raison leur superflu au bas peuple : il a perdu la propriété des biens ; ils l'en dédommagent par l'oisiveté dont ils le font jouir ; et il parvient à aimer sa misère même.

CHAPITRE VIII.

Bonne coutume de la Chine.

Les relations [1] de la Chine nous parlent de la cérémonie d'ouvrir les terres, que l'empereur fait tous les ans [2]. On a voulu exciter [3] les peuples au labourage par cet acte public et solennel.

De plus, l'empereur est informé chaque année du laboureur qui s'est le plus distingué dans sa profession ; il le fait mandarin du huitième ordre.

Chez les anciens Perses [1], le huitième jour du mois nommé *chorrem-ruz*, les rois quittoient leur faste pour manger avec les laboureurs. Ces institutions sont admirables pour encourager l'agriculture.

CHAPITRE IX.

Moyens d'encourager l'industrie.

Je ferai voir, au livre XIX, que les nations paresseuses sont ordinairement orgueilleuses. On pourroit tourner l'effet contre la cause, et détruire la paresse par l'orgueil. Dans le midi de l'Europe, où les peuples sont si frappés par le point d'honneur, il seroit bon de donner des prix aux laboureurs qui auroient le mieux cultivé leurs champs, ou aux ouvriers qui auroient porté plus loin leur industrie. Cette pratique réussira même par tous pays. Elle a servi de nos jours en Irlande à l'établissement d'une des plus importantes manufactures de toile qui soit en Europe.

CHAPITRE X.

Des lois qui ont rapport à la sobriété des peuples.

Dans les pays chauds, la partie aqueuse du sang se dissipe beaucoup par la transpiration [2] : il y faut donc substituer un liquide pareil. L'eau y est d'un usage admirable ; les liqueurs fortes y coaguleroient les globules [3] du sang qui restent après la dissipation de la partie aqueuse.

Dans les pays froids, la partie aqueuse du sang s'exhale peu par la transpiration ; elle reste en grande abondance : on y peut donc user de liqueurs spiritueuses, sans que le sang se coagule. On y est plein d'humeurs ; les liqueurs fortes, qui donnent du mouvement au sang, y peuvent être convenables.

La loi de Mahomet, qui défend de boire du vin, est donc une loi du climat d'Arabie : aussi, avant Mahomet, l'eau étoit-elle la boisson commune des Arabes. La loi [4] qui défendoit aux Carthaginois de boire du vin étoit aussi une loi du climat : effectivement le climat de ces deux pays est à peu près le même.

[1] Le P. Duhalde, *Histoire de la Chine*, tom. II, pag. 27.
[2] Plusieurs rois des Indes font de même. (*Relation du royaume de Siam*, par La Loubère, pag. 69.)
[3] Venty, troisième empereur de la troisième dynastie, cultiva la terre de ses propres mains, et fit travailler à la soie, dans son palais, l'impératrice et ses femmes. (*Histoire de la Chine.*)

[1] M. HYDE, *Religion des Perses*.
[2] M. Bernier, faisant un voyage de Lahor à Cachemire, écrivoit : « Mon corps est un crible : à peine ai-je avalé une pinte » d'eau, que je la vois sortir comme une rosée de tous mes » membres, jusqu'au bout des doigts. J'en bois dix pintes par » jour, et cela ne me fait point de mal. » (*Voyage de Bernier.*)
[3] Il y a dans le sang des globules rouges, des parties fibreuses, des globules blancs, et de l'eau dans laquelle nage tout cela.
[4] PLATON, liv. II. *des Lois*; ARISTOTE, *Du soin des affaires domestiques*; EUSÈBE, *Prépar. évang.*, liv. XII, chap. XVII.

Une pareille loi ne seroit pas bonne dans les pays froids, où le climat semble forcer à une certaine ivrognerie de nation, bien différente de celle de la personne. L'ivrognerie se trouve établie par toute la terre, dans la proportion de la froideur et de l'humidité du climat. Passez de l'équateur jusqu'à notre pôle, vous y verrez l'ivrognerie augmenter avec les degrés de latitude. Passez du même équateur au pôle opposé, vous y trouverez l'ivrognerie aller vers le midi [1], comme de ce côté-ci elle avoit été vers le nord.

Il est naturel que, là où le vin est contraire au climat, et par conséquent à la santé, l'excès en soit plus sévèrement puni que dans les pays où l'ivrognerie a peu de mauvais effets pour la personne, où elle en a peu pour la société, où elle ne rend point les hommes furieux, mais seulement stupides. Ainsi les lois [2] qui ont puni un homme ivre, et pour la faute qu'il faisoit, et pour l'ivresse, n'étoient applicables qu'à l'ivrognerie de la personne, et non à l'ivrognerie de la nation. Un Allemand boit par coutume, un Espagnol par choix.

Dans les pays chauds, le relâchement des fibres produit une grande transpiration des liquides; mais les parties solides se dissipent moins. Les fibres, qui n'ont qu'une action très foible et peu de ressort, ne s'usent guère; il faut peu de suc nourricier pour les préparer : on y mange donc très peu.

Ce sont les différents besoins dans les différents climats qui ont formé les différentes manières de vivre [3], et ces différentes manières de vivre ont formé les diverses sortes de lois. Que, dans une nation, les hommes se communiquent beaucoup, il faut de certaines lois; il en faut d'autres chez un peuple où l'on ne se communique point.

CHAPITRE XI.

Des lois qui ont du rapport aux maladies du climat.

Hérodote [4] nous dit que les lois des Juifs sur la lèpre ont été tirées de la pratique des Égyptiens. En effet, les mêmes maladies demandoient les mêmes remèdes. Ces lois furent inconnues aux Grecs et aux premiers Romains, aussi bien que le mal. Le climat de l'Égypte et de la Palestine les rendit nécessaires; et la facilité qu'a cette maladie à se rendre populaire nous doit bien faire sentir la sagesse et la prévoyance de ces lois.

Nous en avons nous-mêmes éprouvé les effets. Les croisades nous avoient apporté la lèpre : les réglements sages que l'on fit l'empêchèrent de gagner la masse du peuple.

On voit, par la loi des Lombards [1], que cette maladie étoit répandue en Italie avant les croisades, et mérita l'attention des législateurs. Rotharis ordonna qu'un lépreux, chassé de sa maison, et relégué dans un endroit particulier, ne pourroit disposer de ses biens, parce que, dès le moment qu'il avoit été tiré de sa maison, il étoit censé mort. Pour empêcher toute communication avec les lépreux, on les rendoit incapables des effets civils.

Je pense que cette maladie fut apportée en Italie par les conquêtes des empereurs grecs, dans les armées desquels il pouvoit y avoir des milices de la Palestine ou de l'Égypte. Quoi qu'il en soit, les progrès en furent arrêtés jusqu'au temps des croisades.

On dit que les soldats de Pompée, revenant de Syrie, rapportèrent une maladie à peu près pareille à la lèpre. Aucun réglement fait pour lors n'est venu jusqu'à nous, mais il y a apparence qu'il y en eut, puisque ce mal fut suspendu jusqu'au temps des Lombards.

Il y a deux siècles [2] qu'une maladie, inconnue à nos pères, passa du Nouveau-Monde dans celui-ci, et vint attaquer la nature humaine jusque dans la source de la vie et des plaisirs. On vit la plupart des plus grandes familles du midi de l'Europe périr par un mal qui devint trop commun pour être honteux, et ne fut plus que funeste. Ce fut la soif de l'or qui perpétua cette maladie : on alla sans cesse en Amérique, et on en rapporta toujours de nouveaux levains.

Des raisons pieuses voulurent demander qu'on laissât cette punition sur le crime; mais cette calamité étoit entrée dans le sein du mariage, et avoit déjà corrompu l'enfance même.

[1] Cela se voit dans les Hottentots et les peuples de la pointe du Chili, qui sont plus près du sud.

[2] Comme fit Pittacus, selon Aristote, *Politiq.*, liv. II, ch. III. Il vivoit dans un climat où l'ivrognerie n'est pas un vice de nation.

[3] On a remarqué avec raison que plus l'homme est civilisé, moins il est dépendant des besoins purement physiques, et par conséquent de l'influence du climat. (P.)

[4] Liv. II.

[1] Liv. II, tit. I, § 3, et tit. XVIII, § I.

[2] Cette honteuse maladie a une origine plus ancienne : on en a remarqué tous les symptômes dans celle de Job; on en voit du moins les avant-coureurs dans le quinzième chapitre du *Lévitique*; mais elle n'a pas toujours été connue sous le même nom : c'étoit, dans Lucien, la maladie de Lesbos; dans Horace, celle de Campanie; dans Ausone, le luxe de Rome; et si nous l'avons appelée le mal de Naples, l'Italie l'a appelée le mal françois. Il est probable que les Espagnols l'avoient portée en Amérique, d'où ils la rapportèrent. (*L'Esprit des lois quintessencées.* lettre XV.) (P.)

Comme il est de la sagesse des législateurs de veiller à la santé des citoyens, il eût été très sensé d'arrêter cette communication par des lois faites sur le plan des lois mosaïques.

La peste est un mal dont les ravages sont encore plus prompts et plus rapides. Son siège principal est en Égypte, d'où elle se répand par tout l'univers. On a fait, dans la plupart des états de l'Europe, de très bons réglements pour l'empêcher d'y pénétrer, et on a imaginé de nos jours un moyen admirable de l'arrêter : on forme une ligne de troupes autour du pays infecté, qui empêche toute communication.

Les Turcs[1], qui n'ont à cet égard aucune police, voient les chrétiens dans la même ville échapper au danger, et eux seuls périr. Ils achètent les habits des pestiférés, s'en vêtissent, et vont leur train[2]. La doctrine d'un destin rigide qui règle tout fait du magistrat un spectateur tranquille : il pense que Dieu a déjà tout fait, et que lui n'a rien à faire.

CHAPITRE XII.

Des lois contre ceux qui se tuent[3] eux-mêmes.

Nous ne voyons point dans les histoires que les Romains se fissent mourir sans sujet ; mais les Anglois se tuent sans qu'on puisse imaginer aucune raison qui les y détermine ; ils se tuent dans le sein même du bonheur. Cette action, chez les Romains, étoit l'effet de l'éducation ; elle tenoit à leur manière de penser et à leurs coutumes : chez les Anglois, elle est l'effet d'une maladie[4] ; elle

[1] RICAUT, de l'*Empire ottoman*, pag. 284.
[2] Les François, les Anglois, et quelques autres, sont les seuls étrangers qui s'enferment et qui prennent des précautions contre la peste. Les chrétiens des pays grecs, et les Arméniens surtout, moins que les Juifs, n'échappent pas plus au danger que les Turcs, parce qu'ils s'y exposent comme eux. L'usage est chez eux plus fort que la crainte. Cependant il y a beaucoup de Turcs qui craignent la peste, et qui s'en préservent autant qu'ils peuvent. Lorsque la mortalité s'étend à un certain point, on fait des prières publiques. Si la peur d'une maladie mortelle arrêtoit la communication ; si l'on s'enfermoit, comme on fait au signal d'une rébellion, le gouvernement auroit toujours à redouter les effets d'une alarme générale, à laquelle on pourroit se méprendre. Il redouteroit, et le défaut de vivres auquel on est alors exposé, et le cri du mécontentement, et les plaintes qui produisent si souvent des émeutes. Il faudroit donc se munir contre la contagion par des barrières, et par la même police que nous observons dans nos lazarets. Mais comment accorder sur ce point une loi nécessairement rigoureuse avec l'habitude du despotisme, qui ne connoît point d'autre loi que sa volonté? (GUYS, *Lettres sur la Grèce*, n° XXX.) (P.)
[3] L'action de ceux qui se tuent eux-mêmes est contraire à la loi naturelle et à la religion révélée.
[4] Elle pourroit bien être compliquée avec le scorbut, qui, surtout dans quelques pays, rend un homme bizarre et insupportable à lui-même. (*Voyage de François Pirard*, part. II, chap. XXI.)

tient à l'état physique de la machine, et est indépendante de toute autre cause[1].

Il y a apparence que c'est un défaut de filtration du suc nerveux : la machine, dont les forces motrices se trouvent à tout moment sans action, est lasse d'elle-même ; l'ame ne sent point de douleur, mais une certaine difficulté de l'existence. La douleur est un mal local qui nous porte au desir de voir cesser cette douleur ; le poids de la vie est un mal qui n'a point de lieu particulier, et qui nous porte au desir de voir finir cette vie.

Il est clair que les lois civiles de quelques pays ont eu des raisons pour flétrir l'homicide de soi-même ; mais, en Angleterre, on ne peut pas plus le punir qu'on ne punit les effets de la démence.

CHAPITRE XIII.

Effets qui résultent du climat d'Angleterre.

Dans une nation à qui une maladie du climat affecte tellement l'ame, qu'elle pourroit porter le dégoût de toutes choses jusqu'à celui de la vie, on voit bien que le gouvernement qui conviendroit le mieux à des gens à qui tout seroit insupportable, seroit celui où ils ne pourroient pas se prendre à

[1] Les Anglais, en effet, appellent cette maladie *spleen*, qu'ils prononcent *splin* : ce mot signifie la rate. Nos dames autrefois étaient malades de la rate. Molière a fait dire à des bouffons[*]

> Veut-on qu'on rabatte,
> Par des moyens doux,
> Les vapeurs de rate
> Qui nous minent tous ;
> Qu'on laisse Hippocrate,
> Et qu'on vienne à nous.

Nos Parisiennes étaient donc tourmentées de la rate ; à présent elles sont affligées de vapeurs ; et en aucun cas ne se tuaient. Les Anglais ont le *splin*, ou la *splin*, et se tuent par humeur. Ils s'en vantent ; car quiconque se pend à Londres, ou se noie, ou se tire un coup de pistolet, est mis dans la gazette. Depuis la querelle de Philippe de Valois et d'Édouard III pour la loi salique, les Anglais en ont toujours voulu aux Français ; ils leur prirent non seulement Calais, mais tous les mots de leur langue, et leurs maladies, et leurs modes, et prétendirent enfin à l'honneur exclusif de se tuer. Mais si l'on vouloit rabattre cet orgueil, on leur prouveroit que dans la seule année 1764 on a compté à Paris plus de cinquante personnes qui se sont donné la mort. On leur diroit que chaque année il y a douze suicides dans Genève qui ne contient que vingt mille ames, tandis que les gazettes ne comptent pas plus de suicides à Londres, qui renferme environ sept cent mille *spleen*, ou *splin*.
Les climats n'ont guère changé depuis que Romulus et Rémus eurent une louve pour nourrice. Cependant pourquoi, si vous en exceptez Lucrèce, dont l'histoire n'est pas bien avérée, aucun Romain de marque n'a-t-il eu une assez forte *spleen* pour attenter à sa vie? Et pourquoi, ensuite, dans l'espace de si peu d'années, Caton d'Utique, Brutus, Cassius, Antoine, et tant d'autres, donnèrent-ils cet exemple au monde? N'y a-t-il pas quelque autre raison que le climat qui rendit ces suicides si communs? (VOLT.)

[*] Dans l'*Amour médecin*, act. III, sc. VIII.

un seul de ce qui causeroit leurs chagrins, et où les lois gouvernant plutôt que les hommes, il faudroit, pour changer l'état, les renverser elles-mêmes.

Que si la même nation avoit encore reçu du climat un certain caractère d'impatience qui ne lui permît pas de souffrir long-temps les mêmes choses, on voit bien que le gouvernement dont nous venons de parler seroit encore le plus convenable.

Ce caractère d'impatience n'est pas grand par lui-même; mais il peut le devenir beaucoup quand il est joint avec le courage.

Il est différent de la légèreté, qui fait que l'on entreprend sans sujet et que l'on abandonne de même. Il approche plus de l'opiniâtreté, parce qu'il vient d'un sentiment des maux, si vif, qu'il ne s'affoiblit pas même par l'habitude de les souffrir.

Ce caractère, dans une nation libre, seroit très propre à déconcerter les projets de la tyrannie [1], qui est toujours lente et foible dans ses commencements, comme elle est prompte et vive dans sa fin; qui ne montre d'abord qu'une main pour secourir, et opprime ensuite avec une infinité de bras.

La servitude commence toujours par le sommeil. Mais un peuple qui n'a de repos dans aucune situation, qui se tâte sans cesse, et trouve tous les endroits douloureux, ne pourroit guère s'endormir.

La politique est une lime sourde, qui use et qui parvient lentement à sa fin. Or, les hommes dont nous venons de parler ne pourroient soutenir les lenteurs, les détails, le sang-froid des négociations; ils y réussiroient souvent moins que toute autre nation; et ils perdroient par leurs traités ce qu'ils auroient obtenu par leurs armes.

CHAPITRE XIV.

Autres effets du climat.

Nos pères, les anciens Germains, habitoient un climat où les passions étoient très calmes. Leurs lois ne trouvoient dans les choses que ce qu'elles voyoient, et n'imaginoient rien de plus; et, comme elles jugeoient des insultes faites aux hommes par la grandeur des blessures, elles ne mettoient pas plus de raffinement dans les offenses faites aux femmes. La loi des Allemands [1] est là-dessus fort singulière. Si l'on découvre une femme à la tête, on paiera une amende de six sous; autant si c'est à la jambe jusqu'au genou; le double depuis le genou. Il semble que la loi mesuroit la grandeur des outrages faits à la personne des femmes comme on mesure une figure de géométrie; elle ne punissoit point le crime de l'imagination, elle punissoit celui des yeux. Mais lorsqu'une nation germanique se fut transportée en Espagne, le climat trouva bien d'autres lois. La loi des Wisigoths défendit aux médecins de saigner une femme ingénue qu'en présence de son père ou de sa mère, de son frère, de son fils ou de son oncle. L'imagination des peuples s'alluma, celle des législateurs s'échauffa de même, la loi soupçonna tout pour un peuple qui pouvoit tout soupçonner.

Ces lois eurent donc une extrême attention sur les deux sexes. Mais il semble que, dans les punitions qu'elles firent, elles songèrent plus à flatter la vengeance particulière qu'à exercer la vengeance publique. Ainsi, dans la plupart des cas, elles réduisoient les deux coupables dans la servitude des parents ou du mari offensé. Une femme ingénue [2] qui s'étoit livrée à un homme marié étoit remise dans la puissance de sa femme, pour en disposer à sa volonté. Elles obligeoient les esclaves [3] de lier et de présenter au mari sa femme qu'ils surprenoient en adultère; elles permettoient à ses enfants [4] de l'accuser et de mettre à la question ses esclaves pour la convaincre. Aussi furent-elles plus propres à raffiner à l'excès un certain point d'honneur qu'à former une bonne police. Et il ne faut pas être étonné si le comte Julien crut qu'un outrage de cette espèce demandoit la perte de sa patrie et de son roi. On ne doit pas être surpris si les Maures, avec une telle conformité de mœurs, trouvèrent tant de facilité à s'établir en Espagne, à s'y maintenir, et à retarder la chute de leur empire.

CHAPITRE XV.

De la différente confiance que les lois ont dans le peuple, selon les climats.

Le peuple japonois a un caractère si atroce, que ses législateurs et ses magistrats n'ont pu avoir aucune confiance en lui : ils ne lui ont mis devant les yeux que des juges, des menaces et des châtiments; ils l'ont soumis, pour chaque démarche, à

[1] Je prends ici ce mot pour le dessein de renverser le pouvoir établi, et surtout la démocratie. C'est la signification que lui donnoient les Grecs et les Romains.

[1] Chap. LVIII, § 1 et 2.
[2] Loi des Wisigoths, liv. III, tit. IV, § 9.
[3] Ibid., § 6. [4] Ibid., § 13.

l'inquisition. de la police. Ces lois qui , sur cinq chefs de famille , en établissent un comme magistrat sur les quatre autres ; ces lois qui , pour un seul crime, punissent toute une famille ou tout un quartier ; ces lois qui ne trouvent point d'innocents là où il peut y avoir un coupable , sont faites pour que tous les hommes se méfient les uns des autres, pour que chacun recherche la conduite de chacun, et qu'il en soit l'inspecteur , le témoin et le juge.

Le peuple des Indes , au contraire , est doux [1], tendre, compatissant : aussi ses législateurs ont-ils eu une grande confiance en lui. Ils ont établi peu de peines [2], et elles sont peu sévères; elles ne sont pas même rigoureusement exécutées. Ils ont donné les neveux aux oncles , les orphelins aux tuteurs, comme on les donne ailleurs à leurs pères; ils ont réglé la succession par le mérite reconnu du successeur. Il semble qu'ils ont pensé que chaque citoyen devoit se reposer sur le bon naturel des autres.

Ils donnent aisément la liberté à leurs esclaves [3]; ils les marient; ils les traitent comme leurs enfants [4] : heureux climat, qui fait naître la candeur des mœurs , et produit la douceur des lois [5] !

[1] Voyez Bernier, tom. II . pag. 140.

[2] Voyez, dans le quatorzième recueil des *Lettres édifiantes*, pag. 403, les principales lois ou coutumes des peuples de l'Inde de la presqu'île deçà le Gange.

[3] *Lettres édifiantes*, neuvième recueil, pag. 378.

[4] J'avois pensé que la douceur de l'esclavage aux Indes avoit fait dire à Diodore qu'il n'y avoit dans ce pays ni maître ni esclave; mais Diodore a attribué à toute l'Inde ce qui, selon Strabon, liv. XV, n'étoit propre qu'à une nation particulière.

[5] Le climat étend son pouvoir, sans doute, sur la force et la beauté du corps, sur le génie, sur les inclinations. Nous n'avons jamais entendu parler ni d'une Phryné samoïède ou négresse, ni d'un Hercule lapon , ni d'un Newton topinambou; mais je ne crois pas que l'illustre auteur ait eu raison d'affirmer que les peuples du nord ont toujours vaincu ceux du midi : car les Arabes acquirent par les armes, en très peu de temps, au nom de leur patrie, un empire aussi étendu que celui des Romains; et les Romains eux-mêmes avaient subjugué les bords de la mer Noire, qui sont presque aussi froids que ceux de la mer Baltique.

L'illustre auteur croit que les religions dépendent du climat. Je pense que lui que les rites en dépendent entièrement. Mahomet n'aurait défendu le vin et les jambons ni à Baïonne, ni à Maïence. On entrait chaussé dans les temples de la Tauride, qui est un pays froid : il fallait entrer nu-pieds dans celui de Jupiter-Ammon, au milieu des sables brûlants. On ne s'avisera point en Égypte de peindre Jupiter armé du tonnerre, puisqu'il y tonne si rarement.

La croyance qui constitue proprement la religion est d'une nature toute différente. Les enfants troyens furent élevés dans la persuasion qu'Apollon et Neptune avaient bâti les murs de Troie; et les enfants athéniens bien appris ne doutaient pas que Minerve ne leur eût donné des olives. Les Romains, les Carthaginois , eurent une autre mythologie. Chaque peuple eut la sienne.

Je ne puis croire à la faiblesse d'organes que Montesquieu attribue aux peuples du midi, et à cette paresse d'esprit qui fait,

LIVRE QUINZIEME.

COMMENT

LES LOIS DE L'ESCLAVAGE CIVIL
ONT EU RAPPORT AVEC LA NATURE DU CLIMAT.

CHAPITRE I.

De l'esclavage civil.

L'esclavage proprement dit est l'établissement d'un droit qui rend un homme tellement propre à un autre homme , qu'il est le maître absolu de sa vie et de ses biens. Il n'est pas bon par sa nature ; il n'est utile ni au maître ni à l'esclave : à celui-ci, parce qu'il ne peut rien faire par vertu ; à celui-là, parce qu'il contracte avec ses esclaves toutes sortes de mauvaises habitudes, qu'il s'accoutume insensiblement à manquer à toutes les vertus morales, qu'il devient fier, prompt, dur, colère, voluptueux, cruel.

Dans les pays despotiques, où l'on est déja sous l'esclavage politique, l'esclavage civil est plus tolérable qu'ailleurs. Chacun y doit être assez content d'y avoir sa subsistance et la vie [1]. Ainsi la condition de l'esclave n'y est guère plus à charge que la condition du sujet.

Mais, dans le gouvernement monarchique , où il est souverainement important de ne point abattre ou avilir la nature humaine , il ne faut point d'esclaves. Dans la démocratie, où tout le monde est égal , et dans l'aristocratie, où les lois doivent faire leurs efforts pour que tout le monde soit

selon lui, « que les lois, les mœurs et les manières , sont aujourd'hui en Orient comme elles étaient il y a mille ans. » Montesquieu dit toujours que les lois forment *les manières*, j'aurais dit *les usages*. Mais il me semble que les manières du christianisme détruisirent, depuis Constantin, les manières de la Syrie, de l'Asie mineure et de l'Égypte; que les manières un peu brutales de Mahomet chassèrent les belles manières des anciens Perses, et même les nôtres. Les Turcs sont venus ensuite qui ont tout bouleversé , de façon qu'il n'en reste plus rien que les eunuques et les bouffons.

On a peut-être attribué trop d'influence au climat. Il paraît que partout la société humaine a été formée par de petites peuplades qui, après s'être plus ou moins civilisées, ont fini par se réunir ou par être absorbées dans de grands empires. La différence la plus réelle est celle qui existe entre les Européens et le reste du globe; et cette différence est l'ouvrage des Grecs. Ce sont les philosophes d'Athènes, de Milet, de Syracuse, d'Alexandrie, qui ont rendu les habitants de l'Europe actuelle supérieurs aux autres hommes. Si Xerxès eût vaincu à Salamine, nous serions peut-être encore des barbares. (VOLT.)

[1] Quand, par la forme du gouvernement, tous sont les esclaves d'un seul qui ne peut, ni ne veut les protéger, il n'est pas étonnant que plusieurs préfèrent de se rendre par leur volonté même les esclaves d'un autre homme qui les gardera sous ses yeux et sous sa protection. (SERVAN.)

20.

aussi égal que la nature du gouvernement peut le permettre, des esclaves sont contre l'esprit de la constitution : ils ne servent qu'à donner aux citoyens une puissance et un luxe qu'ils ne doivent point avoir [1].

CHAPITRE II.

Origine du droit de l'esclavage, chez les jurisconsultes romains.

On ne croiroit jamais que c'eût été la pitié qui eût établi l'esclavage, et que, pour cela, elle s'y fût prise de trois manières [2].

Le droit des gens a voulu que les prisonniers fussent esclaves, pour qu'on ne les tuât pas. Le droit civil des Romains permit à des débiteurs, que leurs créanciers pouvoient maltraiter, de se vendre eux-mêmes; et le droit naturel a voulu que des enfants qu'un père esclave ne pouvoit plus nourrir fussent dans l'esclavage comme leur père [3].

Ces raisons des jurisconsultes ne sont point sensées. 1° Il est faux qu'il soit permis de tuer dans la guerre, autrement que dans le cas de nécessité; mais, dès qu'un homme en a fait un autre esclave, on ne peut pas dire qu'il ait été dans la nécessité de le tuer, puisqu'il ne l'a pas fait. Tout le droit que la guerre peut donner sur les captifs est de s'assurer tellement de leur personne, qu'ils ne puissent plus nuire [4]. Les homicides faits de sang-froid par les soldats, et après la chaleur

[1] Cet esclavage, dont Montesquieu s'indignoit en le discutant, lui paroît si odieux qu'il l'impute tout entier au despotisme de l'Orient, et le déclare incompatible avec la constitution d'un état libre, oubliant que toutes les démocraties de la Grèce avoient pris la servitude domestique pour base de l'indépendance sociale. (M. VILLEMAIN, *Éloge de Montesquieu*.)

[2] *Instit. de Justinien*, liv. I.

[3] Grotius [a] a dit : « Dans l'état de nature, nul n'est esclave; et c'est en ce sens que les jurisconsultes soutiennent que la servitude est contraire à la nature. Mais, que la servitude ait pu tirer son origine d'une convention ou d'un délit, c'est ce qui ne répugne point à la justice naturelle. »

Dupin, dans ses observations sur l'*Esprit des Lois*, s'est emparé de ce passage, qu'il a cru fortifier par les réflexions suivantes : « Il n'y a qu'un homme libre qui puisse se vendre : s'il n'étoit pas libre, il ne pourroit pas disposer de lui; et, suivant le droit naturel, chacun peut disposer de sa personne et de ce qu'il possède, comme il le juge à propos, sous la seule condition de ne faire aucun tort à autrui. S'il est débiteur, c'est une peine que la loi a imposée à sa mauvaise conduite. Ne vaudroit-il pas mieux pour un homme insolvable qu'il devînt esclave, et qu'on pourvût à tous ses besoins, que d'être mis dans une prison pour y passer misérablement une partie, et peut-être le reste de sa vie? » (P.)

[4] Locke prétend au contraire [b] que les prisonniers faits dans une guerre juste sont, par le droit de la nature, sujets à la domination absolue et au pouvoir arbitraire de leurs maîtres. Ce

[a] *De Jure pacis et belli*, t. II, p. 104 et seq.

[b] *Gouv. civ.*, chap. VI, § 9.

de l'action, sont rejetés de toutes les nations [1] du monde.

2° Il n'est pas vrai qu'un homme libre puisse se vendre. La vente suppose un prix; l'esclave se vendant, tous ses biens entreroient dans la propriété du maître : le maître ne donneroit donc rien, et l'esclave ne recevroit rien. Il auroit un pécule, dira-t-on; mais le pécule est accessoire à la personne. S'il n'est pas permis de se tuer, parce qu'on se dérobe à sa patrie, il n'est pas plus permis de se vendre. La liberté de chaque citoyen est une partie de la liberté publique. Cette qualité, dans l'état populaire, est même une partie de la souveraineté. Vendre sa qualité de citoyen est un [2] acte d'une telle extravagance, qu'on ne peut pas la supposer dans un homme. Si la liberté a un prix pour celui qui l'achète, elle est sans prix pour celui qui la vend. La loi civile, qui a permis aux hommes le partage des biens, n'a pu mettre au nombre des biens une partie des hommes qui devoient faire ce partage. La loi civile, qui restitue sur les contrats qui contiennent quelque lésion, ne peut s'empêcher de restituer contre un accord qui contient la lésion la plus énorme de toutes.

La troisième manière c'est la naissance. Celle-ci tombe avec les deux autres. Car, si un homme n'a pu se vendre, encore moins a-t-il pu vendre son fils qui n'étoit pas né; si un prisonnier de guerre ne peut être réduit en servitude, encore moins ses enfants.

Ce qui fait que la mort d'un criminel est une chose licite c'est que la loi qui le punit a été faite en sa faveur. Un meurtrier, par exemple, a joui de la loi qui le condamne; elle lui a conservé la vie à tous les instants : il ne peut donc pas réclamer contre elle. Il n'en est pas de même de l'esclave; la loi de l'esclavage n'a jamais pu lui être utile; elle est, dans tous les cas, contre lui, sans jamais être pour lui : ce qui est contraire au principe fondamental de toutes les sociétés.

On dira qu'elle a pu lui être utile parce que le maître lui a donné la nourriture. Il faudroit donc réduire l'esclavage aux personnes incapables de gagner leur vie. Mais on ne veut pas de ces esclaves-là. Quant aux enfants, la nature, qui a donné du lait aux mères, a pourvu à leur nourriture; et le reste de leur enfance est si près de

principe, conforme à la doctrine d'Aristote sur l'esclavage, est indigne des temps modernes. (P.)

[1] Si l'on ne veut citer celles qui mangent leurs prisonniers.

[2] Je parle de l'esclavage pris à la rigueur, tel qu'il étoit chez les Romains, et qu'il est établi dans nos colonies.

l'âge où est en eux la plus grande capacité de se rendre utiles, qu'on ne pourroit pas dire que celui qui les nourriroit, pour être leur maître, donnât rien.

L'esclavage est d'ailleurs aussi opposé au droit civil qu'au droit naturel. Quelle loi civile pourroit empêcher un esclave de fuir, lui qui n'est point dans la société, et que par conséquent aucunes lois civiles ne concernent? Il ne peut être retenu que par une loi de famille, c'est-à-dire par la loi du maître.

CHAPITRE III.

Autre origine du droit de l'esclavage.

J'aimerois autant dire que le droit de l'esclavage vient du mépris qu'une nation conçoit pour une autre, fondé sur la différence des coutumes.

Lopès de Gomara[1] dit « que les Espagnols trou-
» vèrent, près de Sainte-Marthe, des paniers où
» les habitants avoient des denrées : c'étoient des
» cancres, des limaçons, des cigales, des saute-
» relles. Les vainqueurs en firent un crime aux
» vaincus. » L'auteur avoue que c'est là-dessus qu'on fonda le droit qui rendoit les Américains esclaves des Espagnols; outre qu'ils fumoient du tabac, et qu'ils ne se faisoient pas la barbe à l'espagnole.

Les connoissances rendent les hommes doux; la raison porte à l'humanité : il n'y a que les préjugés qui y fassent renoncer.

CHAPITRE IV.

Autre origine du droit de l'esclavage.

J'aimerois autant dire que la religion donne à ceux qui la professent un droit de réduire en servitude ceux qui ne la professent pas, pour travailler plus aisément à sa propagation.

Ce fut cette manière de penser qui encouragea les destructeurs de l'Amérique dans leurs crimes[2].

C'est sur cette idée qu'ils fondèrent le droit de rendre tant de peuples esclaves; car ces brigands, qui vouloient absolument être brigands et chrétiens, étoient très dévots.

Louis XIII[3] se fit une peine extrême de la loi qui rendoit esclaves les nègres de ses colonies;

mais, quand on lui eut bien mis dans l'esprit que c'étoit la voie la plus sûre pour les convertir, il y consentit[1].

CHAPITRE V.

De l'esclavage des nègres.

Si j'avois à soutenir le droit que nous avons eu de rendre les nègres esclaves, voici ce que je dirois :

Les peuples d'Europe ayant exterminé ceux de l'Amérique, ils ont dû mettre en esclavage ceux de l'Afrique, pour s'en servir à défricher tant de terres.

Le sucre seroit trop cher, si l'on ne faisoit travailler la plante qui le produit par des esclaves.

Ceux dont il s'agit sont noirs depuis les pieds jusqu'à la tête; et ils ont le nez si écrasé qu'il est presque impossible de les plaindre.

On ne peut se mettre dans l'esprit que Dieu, qui est un être très sage, ait mis une ame, surtout une ame bonne, dans un corps tout noir.

Il est si naturel de penser que c'est la couleur qui constitue l'essence de l'humanité, que les peuples d'Asie, qui font des eunuques, privent toujours les noirs du rapport qu'ils ont avec nous d'une façon plus marquée.

On peut juger de la couleur de la peau par celle des cheveux, qui, chez les Égyptiens, les meilleurs philosophes du monde, étoit d'une si grande conséquence, qu'ils faisoient mourir tous les hommes roux qui leur tomboient entre les mains.

Une preuve que les nègres n'ont pas le sens commun c'est qu'ils font plus de cas d'un collier de verre que de l'or, qui, chez des nations policées, est d'une si grande conséquence.

Il est impossible que nous supposions que ces gens-là soient des hommes, parce que, si nous les supposions des hommes, on commenceroit à croire que nous ne sommes pas nous-mêmes chrétiens.

De petits esprits exagèrent trop l'injustice que l'on fait aux Africains : car, si elle étoit telle qu'ils le disent, ne seroit-il pas venu dans la tête des princes d'Europe, qui font entre eux tant de conventions inutiles, d'en faire une générale en faveur de la miséricorde et de la pitié?

[1] *Biblioth. Angl.*, tom. XIII, deuxième partie, art. 5.
[2] Voyez l'*Histoire de la conquête du Mexique*, par Solis, et celle du Pérou, par Garcilasso de La Vega.
[3] Le P. Labat, *Nouveau Voyage aux îles de l'Amérique*, tom. IV. pag. 114, an 1722, in-12.

[1] La première concession pour la traite des nègres est du 14 novembre 1673. Louis XIII était mort en 1643. Cela ressemble au refus de François 1er d'écouter Christophe Colomb qui avait découvert les îles Antilles avant que François 1er naquit. (VOLT.)

CHAPITRE VI.

Véritable origine du droit de l'esclavage.

Il est temps de chercher la vraie origine du droit de l'esclavage. Il doit être fondé sur la nature des choses : voyons s'il y a des cas où il en dérive.

Dans tout gouvernement despotique, on a une grande facilité à se vendre : l'esclavage politique y anéantit en quelque façon la liberté civile.

M. Perry[1] dit que les Moscovites se vendent très aisément. J'en sais bien la raison : c'est que leur liberté ne vaut rien.

A Achim, tout le monde cherche à se vendre. Quelques-uns des principaux seigneurs[2] n'ont pas moins de mille esclaves, qui sont des principaux marchands, qui ont aussi beaucoup d'esclaves sous eux, et ceux-ci beaucoup d'autres ; on en hérite et on les fait trafiquer. Dans ces états, les hommes libres, trop foibles contre le gouvernement, cherchent à devenir les esclaves de ceux qui tyrannisent le gouvernement.

C'est là l'origine juste, et conforme à la raison, de ce droit d'esclavage très doux que l'on trouve dans quelques pays ; et il doit être doux, parce qu'il est fondé sur le choix libre qu'un homme, pour son utilité, se fait d'un maître : ce qui forme une convention réciproque entre les deux parties.

CHAPITRE VII.

Autre origine du droit de l'esclavage.

Voici une autre origine du droit de l'esclavage, et même de cet esclavage cruel que l'on voit parmi les hommes.

Il y a des pays où la chaleur énerve le corps, et affoiblit si fort le courage, que les hommes ne sont portés à un devoir pénible que par la crainte du châtiment : l'esclavage y choque donc moins la raison ; et le maître y étant aussi lâche à l'égard de son prince, que son esclave l'est à son égard, l'esclavage civil y est encore accompagné de l'esclavage politique.

Aristote[3] veut prouver qu'il y a des esclaves par nature ; et ce qu'il dit ne le prouve guère. Je crois que, s'il y en a de tels, ce sont ceux dont je viens de parler.

[1] *État présent de la Grande-Russie*, par Jean Perry ; Paris. 1717, in-12.
[2] *Nouveau Voyage autour du Monde*, par Guillaume Dampierre, tom. III ; Amsterdam. 1711.
[3] *Politique*, liv. 1, chap. 1.

Mais, comme tous les hommes naissent égaux, il faut dire que l'esclavage est contre la nature, quoique dans certains pays il soit fondé sur une raison naturelle ; et il faut bien distinguer ces pays d'avec ceux où les raisons naturelles mêmes le rejettent, comme les pays d'Europe, où il a été si heureusement aboli.

Plutarque nous dit, dans la vie de Numa, que, du temps de Saturne, il n'y avoit ni maître, ni esclave. Dans nos climats, le christianisme a ramené cet âge.

CHAPITRE VIII.

Inutilité de l'esclavage parmi nous.

Il faut donc borner la servitude naturelle à de certains pays particuliers de la terre. Dans tous les autres, il me semble que, quelque pénibles que soient les travaux que la société y exige, on peut tout faire avec des hommes libres.

Ce qui me fait penser ainsi c'est qu'avant que le christianisme eût aboli en Europe la servitude civile, on regardoit les travaux des mines comme si pénibles, qu'on croyoit qu'ils ne pouvoient être faits que par des esclaves ou par des criminels. Mais on sait qu'aujourd'hui les hommes qui y sont employés vivent heureux[1]. On a, par de petits priviléges, encouragé cette profession ; on a joint à l'augmentation du travail celle du gain ; et on est parvenu à leur faire aimer leur condition plus que toute autre qu'ils eussent pu prendre.

Il n'y a point de travail si pénible qu'on ne puisse proportionner à la force de celui qui le fait, pourvu que ce soit la raison, et non pas l'avarice, qui le règle. On peut, par la commodité des machines que l'art invente ou applique, suppléer au travail forcé qu'ailleurs on fait faire aux esclaves. Les mines des Turcs, dans le bannat de Témeswar, étoient plus riches que celles de Hongrie ; et elles ne produisoient pas tant parce qu'ils n'imaginoient jamais que les bras de leurs esclaves.

Je ne sais si c'est l'esprit ou le cœur qui me dicte cet article-ci. Il n'y a peut-être pas de climat sur la terre où l'on ne pût engager au travail des hommes libres. Parce que les lois étoient mal faites, on a trouvé des hommes paresseux ; parce que ces hommes étoient paresseux, on les a mis dans l'esclavage.

[1] On peut se faire instruire de ce qui se passe à cet égard dans les mines du Hartz dans la basse Allemagne, et dans celles de Hongrie.

CHAPITRE IX.

Des nations chez lesquelles la liberté civile est généralement établie.

On entend dire tous les jours qu'il seroit bon que parmi nous il y eût des esclaves.

Mais, pour bien juger de ceci, il ne faut pas examiner s'ils seroient utiles à la petite partie riche et voluptueuse de chaque nation; sans doute qu'ils lui seroient utiles; mais, prenant un autre point de vue, je ne crois pas qu'aucun de ceux qui la composent voulût tirer au sort pour savoir qui devroit former la partie de la nation qui seroit libre, et celle qui seroit esclave. Ceux qui parlent le plus pour l'esclavage l'auroient le plus en horreur, et les hommes les plus misérables en auroient horreur de même. Le cri pour l'esclavage est donc le cri du luxe et de la volupté, et non pas celui de l'amour de la félicité publique. Qui peut douter que chaque homme, en particulier, ne fût très content d'être le maître des biens, de l'honneur, et de la vie des autres; et que toutes ses passions ne se réveillassent d'abord à cette idée? Dans ces choses, voulez-vous savoir si les désirs de chacun sont légitimes, examinez les désirs de tous.

CHAPITRE X.

Diverses espèces d'esclavage.

Il y a deux sortes de servitude : la réelle et la personnelle. La réelle est celle qui attache l'esclave au fonds de terre. C'est ainsi qu'étoient les esclaves chez les Germains, au rapport de Tacite [1]. Ils n'avoient point d'office dans la maison; ils rendoient à leur maître une certaine quantité de blé, de bétail, ou d'étoffe : l'objet de leur esclavage n'alloit pas plus loin. Cette espèce de servitude est encore établie en Hongrie, en Bohême, et dans plusieurs endroits de la basse Allemagne.

La servitude personnelle regarde le ministère de la maison, et se rapporte plus à la personne du maître.

L'abus extrême de l'esclavage est lorsqu'il est, en même temps, personnel et réel. Telle étoit la servitude des Ilotes chez les Lacédémoniens; ils étoient soumis à tous les travaux hors de la maison, et à toutes sortes d'insultes dans la maison : cette ilotie est contre la nature des choses. Les peuples simples n'ont qu'un esclavage réel [2],

[1] *De Moribus Germanorum.*

[2] Vous ne pourriez, dit Tacite, distinguer le maître de l'esclave par les délices de la vie.

parce que leurs femmes et leurs enfants font les travaux domestiques [1]. Les peuples voluptueux ont un esclavage personnel, parce que le luxe demande le service des esclaves dans la maison. Or, l'ilotie joint, dans les mêmes personnes, l'esclavage établi chez les peuples voluptueux, et celui qui est établi chez les peuples simples.

CHAPITRE XI.

Ce que les lois doivent faire par rapport à l'esclavage.

Mais, de quelque nature que soit l'esclavage, il faut que les lois civiles cherchent à en ôter, d'un côté, les abus, et de l'autre, les dangers.

CHAPITRE XII.

Abus de l'esclavage.

Dans les états mahométans [2], on est non seulement maître de la vie et des biens des femmes esclaves, mais encore de ce qu'on appelle leur vertu ou leur honneur [3]. C'est un des malheurs de ces pays, que la plus grande partie de la nation n'y soit faite que pour servir la volonté de l'autre. Cette servitude est récompensée par la paresse dont on fait jouir de pareils esclaves : ce qui est encore pour l'état un nouveau malheur.

C'est cette paresse qui rend les sérails d'Orient [4] des lieux de délices pour ceux mêmes contre qui ils sont faits. Des gens qui ne craignent que le travail peuvent trouver leur bonheur dans ces lieux tranquilles. Mais on voit que par-là on choque même l'esprit de l'établissement de l'esclavage.

La raison veut que le pouvoir du maître ne s'étende point au-delà des choses qui sont de son service : il faut que l'esclavage soit pour l'utilité, et non pas pour la volupté. Les lois de la pudicité sont du droit naturel, et doivent être senties par toutes les nations du monde.

Que si la loi qui conserve la pudicité des esclaves est bonne dans les états où le pouvoir sans bornes se joue de tout, combien le sera-t-elle dans

[1] C'est ce que Tacite dit des Germains : *Cætera domus officia uxor ac liberi exequuntur.* (*Ibid.*, § 25.) (P.)

[2] Voyez Chardin, *Voyage de Perse.*

[3] Le *Sura*, ou chap. XXIV de l'Alcoran, intitulé *la Lumière*, dit expressément : « Traitez bien vos esclaves; et si vous voyez en eux quelque mérite, partagez avec eux les richesses que Dieu vous a données. Ne forcez pas vos femmes esclaves à se prostituer à vous, etc. » A Constantinople, on punit de mort le maître qui a tué son esclave, à moins qu'il ne soit prouvé que son esclave a levé la main sur lui. Une femme esclave qui prouve que son maître l'a violée est déclarée libre avec des dédommagements. (VOLT.)

[4] Voyez Chardin, tom. II, dans sa *Description du marché d'Izagour.*

les monarchies ? combien le sera-t-elle dans les états républicains ?

Il y a une disposition de la loi [1] des Lombards qui paroît bonne pour tous les gouvernements : « Si un maître débauche la femme de son esclave, » ceux-ci seront tous deux libres. » Tempérament admirable pour prévenir et arrêter, sans trop de rigueur, l'incontinence des maîtres.

Je ne vois pas que les Romains aient eu, à cet égard, une bonne police. Ils lâchèrent la bride à l'incontinence des maîtres ; ils privèrent même, en quelque façon, leurs esclaves du droit des mariages. C'étoit la partie de la nation la plus vile ; mais, quelque vile qu'elle fût, il étoit bon qu'elle eût des mœurs ; et, de plus, en lui ôtant les mariages, on corrompoit ceux des citoyens.

CHAPITRE XIII.

Danger du grand nombre d'esclaves.

Le grand nombre d'esclaves a des effets différents dans les divers gouvernements. Il n'est point à charge dans le gouvernement despotique ; l'esclavage politique, établi dans le corps de l'état, fait que l'on sent peu l'esclavage civil. Ceux que l'on appelle hommes libres ne le sont guère plus que ceux qui n'y ont pas ce titre ; et ceux-ci, en qualité d'eunuques, d'affranchis, ou d'esclaves, ayant en main presque toutes les affaires, la condition d'un homme libre et celle d'un esclave se touchent de fort près. Il est donc presque indifférent que peu ou beaucoup de gens y vivent dans l'esclavage.

Mais, dans les états modérés, il est très important qu'il n'y ait point trop d'esclaves. La liberté politique y rend précieuse la liberté civile ; et celui qui est privé de cette dernière est encore privé de l'autre. Il voit une société heureuse dont il n'est pas même partie ; il trouve la sûreté établie pour les autres, et non pas pour lui ; il sent que son maître a une ame qui peut s'agrandir, et que la sienne est contrainte de s'abaisser sans cesse. Rien ne met plus près de la condition des bêtes, que de voir toujours des hommes libres, et de ne l'être pas. De telles gens sont des ennemis naturels de la société ; et leur nombre seroit dangereux.

Il ne faut donc pas être étonné que, dans les gouvernements modérés, l'état ait été si troublé par la révolte des esclaves, et que cela soit arrivé si rarement [2] dans les états despotiques.

[1] Liv. I, tit. xxxII, § 5.
[2] La révolte des Mamelus étoit un cas particulier : c'étoit un corps de milice qui usurpa l'empire.

CHAPITRE XIV.

Des esclaves armés.

Il est moins dangereux dans la monarchie d'armer les esclaves que dans les républiques. Là, un peuple guerrier, un corps de noblesse, contiendront assez ces esclaves armés. Dans la république, des hommes uniquement citoyens ne pourront guère contenir des gens qui, ayant les armes à la main, se trouveront égaux aux citoyens.

Les Goths, qui conquirent l'Espagne, se répandirent dans le pays, et bientôt se trouvèrent très foibles. Ils firent trois réglements considérables : ils abolirent l'ancienne coutume qui leur défendoit de [1] s'allier par mariage avec les Romains ; ils établirent que tous les affranchis [2] du fisc iroient à la guerre, sous peine d'être réduits en servitude ; ils ordonnèrent que chaque Goth mèneroit à la guerre et armeroit la dixième [3] partie de ses esclaves. Ce nombre étoit peu considérable, en comparaison de ceux qui restoient. De plus, ces esclaves, menés à la guerre par leur maître, ne faisoient pas un corps séparé ; ils étoient dans l'armée et restoient pour ainsi dire dans la famille.

CHAPITRE XV.

Continuation du même sujet.

Quand toute la nation est guerrière, les esclaves armés sont encore moins à craindre.

Par la loi des Allemands, un esclave qui voloit [4] une chose qui avoit été déposée, étoit soumis à la peine qu'on auroit infligée à un homme libre ; mais s'il l'enlevoit par [5] violence, il n'étoit obligé qu'à la restitution de la chose enlevée. Chez les Allemands, les actions qui avoient pour principe le courage et la force n'étoient point odieuses. Ils se servoient de leurs esclaves dans leurs guerres. Dans la plupart des républiques, on a toujours cherché à abattre le courage des esclaves ; le peuple allemand, sûr de lui-même, songeoit à augmenter l'audace des siens ; toujours armé, il ne craignoit rien d'eux : c'étoient des instruments de ses brigandages ou de sa gloire.

[1] *Loi des Wisigoths*, liv. III, tit. I, § 1.
[2] *Ibid.*, liv. V, tit. VII, § 20.
[3] *Ibid.*, liv. IX, tit. I, § 9.
[4] *Loi des Allemands*, chap. V, § 3.
[5] *Ibid.*, chap. V, § 5, *per virtutem*.

CHAPITRE XVI.

Précautions à prendre dans le gouvernement modéré.

L'humanité que l'on aura pour les esclaves pourra prévenir dans l'état modéré les dangers que l'on pourroit craindre de leur trop grand nombre. Les hommes s'accoutument à tout, et à la servitude même, pourvu que le maître ne soit pas plus dur que la servitude. Les Athéniens traitoient leurs esclaves avec une grande douceur : on ne voit point qu'ils aient troublé l'état à Athènes, comme ils ébranlèrent celui de Lacédémone.

On ne voit point que les premiers Romains aient eu des inquiétudes à l'occasion de leurs esclaves. Ce fut lorsqu'ils eurent perdu pour eux tous les sentiments de l'humanité que l'on vit naître ces guerres civiles qu'on a comparées aux guerres puniques [1].

Les nations simples, et qui s'attachent elles-mêmes au travail, ont ordinairement plus de douceur pour leurs esclaves que celles qui y ont renoncé. Les premiers Romains vivoient, travailloient et mangeoient avec leurs esclaves : ils avoient pour eux beaucoup de douceur et d'équité ; la plus grande peine qu'ils leur infligeassent étoit de les faire passer devant leurs voisins avec un morceau de bois fourchu sur le dos. Les mœurs suffisoient pour maintenir la fidélité des esclaves ; il ne falloit point de lois.

Mais lorsque les Romains se furent agrandis, que leurs esclaves ne furent plus les compagnons de leur travail, mais les instruments de leur luxe et de leur orgueil, comme il n'y avoit point de mœurs, on eut besoin de lois. Il en fallut même de terribles pour établir la sûreté de ces maîtres cruels qui vivoient au milieu de leurs esclaves comme au milieu de leurs ennemis.

On fit le sénatus-consulte Silanien, et d'autres lois [2] qui établirent que, lorsqu'un maître seroit tué, tous les esclaves qui étoient sous le même toit, ou dans un lieu assez près de la maison pour qu'on pût entendre la voix d'un homme, seroient sans distinction condamnés à la mort. Ceux qui dans ce cas réfugioient un esclave pour le sauver étoient punis comme meurtriers [3]. Celui-là même à qui son maître auroit ordonné [4] de le tuer, et

qui lui auroit obéi, auroit été coupable ; celui qui ne l'auroit point empêché de se tuer lui-même auroit été puni [1]. Si un maître avoit été tué dans un voyage, ou faisoit mourir [2] ceux qui étoient restés avec lui, et ceux qui s'étoient enfuis. Toutes ces lois avoient lieu contre ceux mêmes dont l'innocence étoit prouvée. Elles avoient pour objet de donner aux esclaves, pour leur maître, un respect prodigieux. Elles n'étoient pas dépendantes du gouvernement civil, mais d'un vice ou d'une imperfection du gouvernement civil. Elles ne dérivoient point de l'équité des lois civiles, puisqu'elles étoient contraires aux principes des lois civiles. Elles étoient proprement fondées sur le principe de la guerre, à cela près que c'étoit dans le sein de l'état qu'étoient les ennemis. Le sénatus-consulte Silanien dérivoit du droit des gens, qui veut qu'une société, même imparfaite, se conserve.

C'est un malheur du gouvernement lorsque la magistrature se voit contrainte de faire ainsi des lois cruelles. C'est parce qu'on a rendu l'obéissance difficile que l'on est obligé d'aggraver la peine de la désobéissance, ou de soupçonner la fidélité. Un législateur prudent prévient le malheur de devenir un législateur terrible. C'est parce que les esclaves ne purent avoir, chez les Romains, de confiance dans la loi, que la loi ne put avoir de confiance en eux.

CHAPITRE XVII.

Règlements à faire entre le maître et les esclaves.

Le magistrat doit veiller à ce que l'esclave ait sa nourriture et son vêtement : cela doit être réglé par la loi.

Les lois doivent avoir attention qu'ils soient soignés dans leurs maladies et dans leur vieillesse. Claude [3] ordonna que les esclaves qui auroient été abandonnés par leurs maîtres, étant malades, seroient libres s'ils échappoient. Cette loi assuroit leur liberté, il auroit encore fallu assurer leur vie.

Quand la loi permet au maître d'ôter la vie à son esclave, c'est un droit qu'il doit exercer comme juge, et non pas comme maître : il faut que la loi ordonne des formalités qui ôtent le soupçon d'une action violente [4].

[1] « La Sicile, dit Florus, plus cruellement dévastée par la » guerre servile que par la guerre punique. » Liv. III.

[2] Voyez tout le titre *de Senat. consult. Silan.*, ff.

[3] Leg. *Si quis*, § 12, ff. *de Senat. consult. Silan.*

[4] Quand Antoine commanda à Eros de le tuer, ce n'étoit point lui commander de le tuer, mais de se tuer lui-même, puisque, s'il lui eût obéi, il auroit été puni comme meurtrier de son maître.

[1] Leg. I, § 22, ff. *de Senat. consult. Silan.*

[2] Leg. I, § 31, ff. *ibid.*

[3] Xiphilin, *in Claudio.*

[4] Suivant la loi turque, le maître a droit de vie et de mort sur son esclave ; mais la loi civile ne le lui permet pas. On a vu cependant, en Turquie, un Anglois faire pendre chez lui son es-

Lorsqu'à Rome il ne fut plus permis aux pères de faire mourir leurs enfants, les magistrats infligèrent [1] la peine que le père vouloit prescrire. Un usage pareil entre le maître et les esclaves seroit raisonnable dans les pays où les maîtres ont droit de vie et de mort.

La loi de Moïse étoit bien rude. « Si quelqu'un » frappe son esclave, et qu'il meure sous sa main, » il sera puni; mais, s'il survit un jour ou deux, » il ne le sera pas, parce que c'est son argent. » Quel peuple que celui où il falloit que la loi civile se relâchât de la loi naturelle !

Par une loi des Grecs [2], les esclaves trop rudement traités par leurs maîtres pouvoient demander d'être vendus à une autre. Dans les derniers temps, il y eut à Rome une pareille loi [3]. Un maître irrité contre son esclave et un esclave irrité contre son maître doivent être séparés.

Quand un citoyen maltraite l'esclave d'un autre, il faut que celui-ci puisse aller devant le juge. Les lois de Platon [4] et de la plupart des peuples ôtent aux esclaves la défense naturelle : il faut donc leur donner la défense civile.

A Lacédémone, les esclaves ne pouvoient avoir aucune justice contre les insultes ni contre les injures. L'excès de leur malheur étoit tel qu'ils n'étoient pas seulement esclaves d'un citoyen, mais encore du public; ils appartenoient à tous et à un seul. A Rome, dans le tort fait à un esclave, on ne considéroit que [5] l'intérêt du maître. On confondoit, sous l'action de la loi Aquilienne, la blessure faite à une bête et celle faite à un esclave; on n'avoit attention qu'à la diminution de leur prix. A Athènes [6], on punissoit sévèrement, quelquefois même de mort, celui qui avoit maltraité l'esclave d'un autre. La loi d'Athènes, avec raison, ne vouloit point ajouter la perte de la sûreté à celle de la liberté.

clave : il se tira avec peine et avec beaucoup d'argent de cette affaire, parce qu'en Turquie on rachète le meurtre, et on paie avec de l'argent le sang qu'on a répandu. (GUYS, *Lettres sur la Grèce*, n° XXX.)

[1] Voyez la loi III, au code *de patria potestate*, qui est de l'empereur Alexandre.

[2] PLUTARQUE, *de la Superstition*.

[3] Voyez la constitution d'Antonin Pie, *Instit.*, liv. I, tit. VII.

[4] Liv. IX.

[5] Ce fut encore souvent l'esprit des lois des peuples qui sortirent de la Germanie, comme on le peut voir dans leurs codes.

[6] DÉMOSTHÈNE, *Orat. contra Midiam*, pag. 610, édition de Francfort, de l'an 1604.

CHAPITRE XVIII.

Des affranchissements.

On sent bien que quand, dans le gouvernement républicain, on a beaucoup d'esclaves, il faut en affranchir beaucoup. Le mal est que si on a trop d'esclaves, ils ne peuvent être contenus; si l'on a trop d'affranchis, ils ne peuvent pas vivre, et ils deviennent à charge à la république; outre que celle-ci peut être également en danger de la part d'un trop grand nombre d'affranchis et de la part d'un trop grand nombre d'esclaves. Il faut donc que les lois aient l'œil sur ces deux inconvénients.

Les diverses lois et les sénatus-consultes qu'on fit à Rome pour et contre les esclaves, tantôt pour gêner, tantôt pour faciliter les affranchissements, font bien voir l'embarras où l'on se trouva à cet égard. Il y eut même des temps où l'on n'osa pas faire des lois. Lorsque, sous Néron [1], on demanda au sénat qu'il fût permis aux patrons de remettre en servitude les affranchis ingrats, l'empereur écrivit qu'il falloit juger les affaires particulières, et ne rien statuer de général.

Je ne saurois guère dire quels sont les règlements qu'une bonne république doit faire là-dessus ; cela dépend trop des circonstances. Voici quelques réflexions.

Il ne faut pas faire tout-à-coup, et par une loi générale, un nombre considérable d'affranchissements. On sait que, chez les Volsiniens [2], les affranchis devenus maîtres des suffrages, firent une abominable loi qui leur donnoit le droit de coucher les premiers avec les filles qui se marioient à des ingénus.

Il y a diverses manières d'introduire insensiblement de nouveaux citoyens dans la république. Les lois peuvent favoriser le pécule, et mettre les esclaves en état d'acheter leur liberté. Elles peuvent donner un terme à la servitude, comme celles de Moïse qui avoient borné à six ans celle des esclaves hébreux [3]. Il est aisé d'affranchir toutes les années un certain nombre d'esclaves parmi ceux qui, par leur âge, leur santé, leur industrie, auront le moyen de vivre. On peut même guérir le mal dans sa racine : comme le grand nombre d'esclaves est lié aux divers emplois qu'on leur donne, transporter aux ingénus une partie de ces emplois, par exemple, le commerce ou la navigation, c'est diminuer le nombre des esclaves.

[1] TACITE. *Annales*, liv. XIII.

[2] Supplément de Freinshemius, deuxième décade, liv. V.

[3] *Exod.*, chap. XXI.

Lorsqu'il y a beaucoup d'affranchis, il faut que les lois civiles fixent ce qu'ils doivent à leur patron, ou que le contrat d'affranchissement fixe ces devoirs pour elles.

On sent que leur condition doit être plus favorisée dans l'état civil que dans l'état politique, parce que dans le gouvernement, même populaire, la puissance ne doit point tomber entre les mains du bas peuple.

A Rome, où il y avoit tant d'affranchis, les lois politiques furent admirables à leur égard. On leur donna peu, et on ne les exclut presque de rien. Ils eurent bien quelque part à la législation; mais ils n'influoient presque point dans les résolutions qu'on pouvoit prendre. Ils pouvoient avoir part aux charges et au sacerdoce même [1]; mais ce privilége étoit en quelque façon rendu vain par les désavantages qu'ils avoient dans les élections. Ils avoient droit d'entrer dans la milice; mais, pour être soldat, il falloit un certain cens. Rien n'empêchoit les affranchis [2] de s'unir par mariage avec les familles ingénues; mais il ne leur étoit pas permis de s'allier avec celles des sénateurs. Enfin leurs enfants étoient ingénus, quoiqu'ils ne le fussent pas eux-mêmes.

CHAPITRE XIX.

Des affranchis et des eunuques.

Ainsi, dans le gouvernement de plusieurs, il est souvent utile que la condition des affranchis soit peu au-dessous de celle des ingénus, et que les lois travaillent à leur ôter le dégoût de leur condition. Mais, dans le gouvernement d'un seul, lorsque le luxe et le pouvoir arbitraire règnent, on n'a rien à faire à cet égard. Les affranchis se trouvent presque toujours au-dessus des hommes libres : ils dominent à la cour du prince et dans les palais des grands; et, comme ils ont étudié les foiblesses de leur maître, et non pas ses vertus, ils le font régner, non pas par ses vertus, mais par ses foiblesses. Tels étoient à Rome les affranchis du temps des empereurs.

Lorsque les principaux esclaves sont eunuques, quelque privilége qu'on leur accorde, on ne peut guère les regarder comme des affranchis. Car, comme ils ne peuvent avoir de famille, ils sont par leur nature attachés à une famille; et ce n'est que par une espèce de fiction qu'on peut les considérer comme citoyens.

[1] TACITE, *Annales*, liv. XIII.
[2] *Harangue d'Auguste*, dans Dion, liv. LVI.

Cependant il y a des pays où on leur donne toutes les magistratures. « Au Tonquin, dit Dampier [1], tous les mandarins civils et militaires sont eunuques [2]. » Ils n'ont point de famille; et, quoiqu'ils soient naturellement avares, le maître ou le prince profitent à la fin de leur avarice même.

Le même Dampier [3] nous dit que dans ce pays les eunuques ne peuvent se passer de femmes, et qu'ils se marient. La loi qui leur permet le mariage ne peut être fondée, d'un côté, que sur la considération que l'on y a pour de pareilles gens, et de l'autre, sur le mépris qu'on y a pour les femmes.

Ainsi l'on confie à ces gens-là les magistratures, parce qu'ils n'ont point de famille; et, d'un autre côté, on leur permet de se marier, parce qu'ils ont les magistratures.

C'est pour lors que les sens qui restent veulent obstinément suppléer à ceux que l'on a perdus, et que les entreprises du désespoir sont une espèce de jouissance. Ainsi, dans Milton, cet esprit à qui il ne reste que des desirs, pénétré de sa dégradation, veut faire usage de son impuissance même.

On voit dans l'histoire de la Chine un grand nombre de lois pour ôter aux eunuques tous les emplois civils et militaires; mais ils reviennent toujours. Il semble que les eunuques, en Orient, soient un mal nécessaire.

‹‹‹‹‹‹›››››

LIVRE SEIZIEME.

COMMENT

LES LOIS DE L'ESCLAVAGE DOMESTIQUE
ONT DU RAPPORT AVEC LA NATURE DU CLIMAT.

CHAPITRE I.

De la servitude domestique.

Les esclaves sont plutôt établis pour la famille qu'ils ne sont dans la famille. Ainsi je distinguerai leur servitude de celle où sont les femmes dans

[1] Tome III, pag. 91.
[2] C'étoit autrefois de même à la Chine. Les deux Arabes mahométans qui y voyagèrent au neuvième siècle disent l'*eunuque* quand ils veulent parler du gouverneur d'une ville. — Voyez la relation de ces deux voyageurs publiée en françois par l'abbé Renaudot, pag. 60 et 61, Paris, 1718, in-8°. (P.)
[3] Tome III, pag. 94.

quelques pays, et que j'appellerai proprement la servitude domestique.

CHAPITRE II.

Que, dans les pays du midi, il y a dans les deux sexes une inégalité naturelle.

Les femmes sont nubiles, dans les climats chauds, à huit, neuf et dix ans : ainsi l'enfance et le mariage y vont presque toujours ensemble [1]. Elles sont vieilles à vingt : la raison ne se trouve donc jamais chez elles avec la beauté [2]. Quand la beauté demande l'empire, la raison le fait refuser ; quand la raison pourroit l'obtenir, la beauté n'est plus. Les femmes doivent être dans la dépendance ; car la raison ne peut lëur procurer dans leur vieillesse un empire que la beauté ne leur avoit pas donné dans la jeunesse même. Il est donc très simple qu'un homme, lorsque la religion ne s'y oppose pas, quitte sa femme pour en prendre une autre, et que la polygamie s'introduise.

Dans les pays tempérés, où les agréments des femmes se conservent mieux, où elles sont plus tard nubiles, et où elles ont des enfants dans un âge plus avancé, la vieillesse de leur mari suit en quelque façon la leur ; et, comme elles y ont plus de raison et de connoissances quand elles se marient, ne fût-ce que parce qu'elles ont plus long-temps vécu, il a dû naturellement s'introduire une espèce d'égalité dans les deux sexes, et par conséquent la loi d'une seule femme.

[1] Mahomet épousa Cadhisja à cinq ans *, coucha avec elle à huit. Dans les pays chauds d'Arabie et des Indes, les filles y sont nubiles à huit ans, et accouchent l'année d'après. (PRIDEAUX, *Vie de Mahomet*.) On voit des femmes, dans les royaumes d'Alger, enfanter à neuf, dix et onze ans. (LAUGIER DE TASSIS, *Histoire du royaume d'Alger*, pag. 61.)

[2] Je viens de questionner des gens qui ont long-temps parcouru et habité l'Inde, et qui en arrivent. L'âge de la nubilité des filles n'est qu'à onze ou douze ans ; celles qui ont de la beauté la conservent au-delà de trente ans : ils en ont vu plusieurs faire à cet âge de grandes passions, et ils disent qu'il n'est pas rare d'y trouver des femmes âgées de soixante-dix et quatre-vingts ans. Ce que je dis regarde les femmes riches, qui ont toutes leurs commodités, et qui ne sont point obligées de s'exposer aux intempéries de l'air pour gagner leur vie ; et je conviendrai que dans le peuple les femmes paroissent vieilles de bonne heure ; mais c'est parce que le travail, l'extrême chaleur et la mauvaise nourriture les épuisent promptement. Dans nos pays, à beauté, santé, force et âge égal, une femme du monde conservera sa fraîcheur au-delà de quarante ans ; une paysanne travaillant aux champs paroîtra, à vingt-cinq ans, en avoir cinquante, quoique mieux nourrie que les femmes idolâtres des Indes, qui ne mangent rien de ce qui a eu vie. (D.)

* Cadhisja avoit quarante ans lorsque Mahomet l'épousa ; c'est Ayesha qu'il épousa, non à cinq ans, mais à six. (Voyez Prideaux, *Vie de Mahomet*, pag. 11 et 55, Amsterd., 1698, in-8°.)

Dans les pays froids, l'usage presque nécessaire des boissons fortes établit l'intempérance parmi les hommes. Les femmes, qui ont à cet égard une retenue naturelle, parce qu'elles ont toujours à se défendre, ont donc encore l'avantage de la raison sur eux.

La nature, qui a distingué les hommes par la force et par la raison, n'a mis à leur pouvoir de terme que celui de cette force et de cette raison. Elle a donné aux femmes les agréments, et a voulu que leur ascendant finît avec ces agréments ; mais, dans les pays chauds, ils ne se trouvent que dans les commencements, et jamais dans le cours de leur vie.

Ainsi la loi qui ne permet qu'une femme se rapporte plus au physique du climat de l'Europe qu'au physique du climat de l'Asie. C'est une des raisons qui a fait que le mahométisme a trouvé tant de facilité à s'établir en Asie, et tant de difficulté à s'étendre en Europe ; que le christianisme s'est maintenu en Europe, et a été détruit en Asie ; et qu'enfin les Mahométans font tant de progrès à la Chine, et les chrétiens si peu. Les raisons humaines sont toujours subordonnées à cette cause suprême, qui fait tout ce qu'elle veut, et se sert de tout ce qu'elle veut.

Quelques raisons particulières à Valentinien [1] lui firent permettre la polygamie dans l'empire. Cette loi violente pour nos climats fut ôtée [2] par Théodose, Arcadius et Honorius.

CHAPITRE III.

Que la pluralité des femmes dépend beaucoup de leur entretien.

Quoique dans les pays où la polygamie est une fois établie le grand nombre des femmes dépende beaucoup des richesses du mari, cependant on ne peut pas dire que ce soient les richesses qui fassent établir dans un état la polygamie : la pauvreté peut faire le même effet, comme je le dirai en parlant des sauvages.

La polygamie est moins un luxe que l'occasion d'un grand luxe chez des nations puissantes. Dans les climats chauds, on a moins de besoins [3] : il en coûte moins pour entretenir une femme et des

[1] Voyez Jornandès, *de Regno et temp. success.*, et les historiens ecclésiastiques.

[2] Voyez la loi 7, au code *de Judæis et cœlicolis*, et la novelle XVII, chap. v.

[3] A Ceylan, un homme vit pour dix sous par mois ; on n'y mange que du riz et du poisson. (*Recueil des Voyages qui ont servi à l'établissement de la compagnie des Indes*, tome II, partie I.)

enfants. On y peut donc avoir un plus grand nombre de femmes.

CHAPITRE IV.

De la polygamie; ses diverses circonstances.

Suivant les calculs que l'on fait en divers endroits de l'Europe, il y naît plus de garçons que de filles [1] : au contraire, les relations de l'Asie [2] et de l'Afrique [3] nous disent qu'il y naît beaucoup plus de filles que de garçons. La loi d'une seule femme en Europe, et celle qui en permet plusieurs en Asie et en Afrique, ont donc un certain rapport au climat.

Dans les climats froids de l'Asie, il naît, comme en Europe, plus de garçons que de filles. C'est, disent les Lamas [4], la raison de la loi qui, chez eux, permet à une femme d'avoir plusieurs maris [5].

Mais je ne crois pas qu'il y ait beaucoup de pays où la disproportion soit assez grande pour qu'elle exige qu'on y introduise la loi de plusieurs femmes, ou la loi de plusieurs maris. Cela veut dire seulement que la pluralité des femmes, ou même la pluralité des hommes, s'éloigne moins de la nature dans de certains pays que dans d'autres.

J'avoue que, si ce que les relations nous disent étoit vrai, qu'à Bantam [6] il y a dix femmes pour un homme, ce seroit un cas bien particulier de la polygamie.

Dans tout ceci je ne justifie pas les usages, mais j'en rends les raisons.

CHAPITRE V.

Raison d'une loi du Malabar.

Sur la côte du Malabar, dans la caste des Naïres [7], les hommes ne peuvent avoir qu'une femme, et une femme au contraire peut avoir plusieurs maris. Je crois qu'on peut découvrir l'origine de cette coutume. Les Naïres sont la caste des nobles, qui sont les soldats de toutes ces nations. En Europe, on empêche les soldats de se marier. Dans le Malabar, où le climat exige davantage, on s'est contenté de leur rendre le mariage aussi peu embarrassant qu'il est possible; on a donné une femme à plusieurs hommes : ce qui diminue d'autant l'attachement pour une famille et les soins du ménage, et laisse à ces gens l'esprit militaire.

CHAPITRE VI.

De la polygamie en elle-même.

A regarder la polygamie en général, indépendamment des circonstances qui peuvent la faire un peu tolérer, elle n'est point utile au genre humain ni à aucun des deux sexes, soit à celui qui abuse, soit à celui dont on abuse [1]. Elle n'est pas non plus utile aux enfants, et un de ses grands inconvénients est que le père et la mère ne peuvent avoir la même affection pour leurs enfants : un père ne peut pas aimer vingt enfants comme une mère en aime deux. C'est bien pis quand une femme a plusieurs maris; car pour lors l'amour paternel ne tient plus qu'à cette opinion, qu'un père peut croire, s'il veut, ou que les autres peuvent croire que de certains enfants lui appartiennent.

On dit que le roi de Maroc a dans son sérail des femmes blanches, des femmes noires, des femmes jaunes. Le malheureux! à peine a-t-il besoin d'une couleur.

La possession de beaucoup de femmes ne prévient pas toujours les désirs [2] pour celle d'un autre : il en est de la luxure comme de l'avarice; elle augmente sa soif par l'acquisition des trésors.

[1] M. Arbutnot trouve qu'en Angleterre le nombre des garçons excède celui des filles : on a eu tort d'en conclure que ce fût la même chose dans tous les climats.

[2] Voyez Kempfer, qui nous rapporte un dénombrement de Méaco, où l'on trouve cent quatre-vingt-deux mille soixante-douze mâles, et deux cent vingt-trois mille cinq cent soixante-treize femelles.

[3] Voyez le *Voyage de Guinée* de M. Smith, partie II, sur le pays d'Anté.

[4] Duhalde, *Mémoires de la Chine*, tom. IV, pag. 46.

[5] Albuzéir-el-Hassen, un des deux mahométans arabes qui allèrent aux Indes et à la Chine au neuvième siècle, prend cet usage pour une prostitution. C'est que rien ne choquoit tant les idées mahométanes.

[6] *Recueil des Voyages qui ont servi à l'établissement de la compagnie des Indes*, tom. I.

[7] *Voyages de François Pirard*, chap. XXVII; *Lettres édi-*

fiantes, troisième et dixième recueil, sur le Malléami dans la côte du Malabar. Cela est regardé comme un abus de la profession militaire; et, comme dit Pirard, une femme de la caste des bramines n'épouseroit jamais plusieurs maris.

[1] On observe généralement, tant en Perse que dans tout l'Orient, que la multiplicité des femmes ne peuple pas le monde davantage; et même d'ordinaire les familles sont moins nombreuses en Perse qu'en France. Cela vient, dit-on, de ce que les hommes et les femmes se mettent trop tôt ensemble, et avant l'âge mûr, et, bien loin de ménager leur vigueur, s'excitent par des remèdes qui les consument à force de les échauffer. Les femmes cessent aussi fort vite d'enfanter en Orient, savoir dès l'âge de vingt-sept ou trente ans. (Chardin, *Voyage en Perse*, description du gouvernement, ch. XII.)

[2] C'est ce qui fait que l'on cache avec tant de soin les femmes en Orient.

Du temps de Justinien, plusieurs philosophes, gênés par le christianisme, se retirèrent en Perse auprès de Cosroès. Ce qui les frappa le plus, dit Agathias[1], ce fut que la polygamie étoit permise à des gens qui ne s'abstenoient pas même de l'adultère.

La pluralité des femmes (qui le diroit!) mène à cet amour que la nature désavoue : c'est qu'une dissolution en entraîne toujours une autre. A la révolution qui arriva à Constantinople, lorsqu'on déposa le sultan Achmet, les relations disoient que le peuple ayant pillé la maison du chiaya, on n'y avoit pas trouvé une seule femme. On dit qu'à Alger[2] on est parvenu à ce point qu'on n'en a pas dans la plupart des sérails.

CHAPITRE VII.

De l'égalité du traitement dans le cas de la pluralité des femmes.

De la loi de la pluralité des femmes suit celle de l'égalité du traitement. Mahomet, qui en permet quatre, veut que tout soit égal entre elles, nourriture, habits, devoir conjugal. Cette loi est aussi établie aux Maldives[3], où on peut épouser trois femmes.

La loi de Moïse[4] veut même que, si quelqu'un a marié son fils à une esclave, et qu'ensuite il épouse une femme libre, il ne lui ôte rien des vêtements, de la nourriture et des devoirs. On pouvoit donner plus à la nouvelle épouse; mais il falloit que la première n'eût pas moins.

CHAPITRE VIII.

De la séparation des femmes d'avec les hommes.

C'est une conséquence de la polygamie que, dans les nations voluptueuses et riches, on ait un très grand nombre de femmes. Leur séparation d'avec les hommes, et leur clôture, suivent naturellement de ce grand nombre. L'ordre domestique le demande ainsi : un débiteur insolvable cherche à se mettre à couvert des poursuites de ses créanciers. Il y a de tels climats où le physique a une telle force que la morale n'y peut presque rien. Laissez un homme avec une femme : les tentations seront des chutes, l'attaque sûre, la résistance nulle. Dans ces pays, au lieu de préceptes, il faut des verrous.

Un livre classique de la Chine regarde comme un prodige de vertu de se trouver seul dans un appartement reculé avec une femme sans lui faire violence[1].

CHAPITRE IX.

Liaison du gouvernement domestique avec le politique.

Dans une république, la condition des citoyens est bornée, égale, douce, modérée : tout s'y ressent de la liberté publique. L'empire sur les femmes n'y pourroit pas être si bien exercé; et, lorsque le climat a demandé cet empire, le gouvernement d'un seul a été le plus convenable. Voilà une des raisons qui a fait que le gouvernement populaire a toujours été difficile à établir en Orient.

Au contraire, la servitude des femmes est très conforme au génie du gouvernement despotique, qui aime à abuser de tout. Aussi a-t-on vu dans tous les temps, en Asie, marcher d'un pas égal la servitude domestique et le gouvernement despotique.

Dans un gouvernement où l'on demande surtout la tranquillité, et où la subordination extrême s'appelle la paix, il faut enfermer les femmes : leurs intrigues seroient fatales au mari. Un gouvernement qui n'a pas le temps d'examiner la conduite des sujets la tient pour suspecte, par cela seul qu'elle paroit et qu'elle se fait sentir.

Supposons un moment que la légèreté d'esprit et les indiscrétions, les goûts et les dégoûts de nos femmes, leurs passions grandes et petites, se trouvassent transportées dans un gouvernement d'Orient, dans l'activité et dans cette liberté où elles sont parmi nous; quel est le père de famille qui pourroit être un moment tranquille? Partout des gens suspects, partout des ennemis; l'état seroit ébranlé, on verroit couler des flots de sang.

CHAPITRE X.

Principe de la morale de l'Orient.

Dans le cas de la multiplicité des femmes, plus la famille cesse d'être une, plus les lois doivent réunir à un centre ces parties détachées; et plus

[1] *De la Vie et des Actions de Justinien*, pag. 403.
[2] LAUGIER DE TASSIS, *Histoire d'Alger*.
[3] *Voyages de François Pirard*, chap. XII.
[4] *Exode*, chap. XXI, vers. 10 et 11.

[1] « Trouver à l'écart un trésor dont on soit le maître, ou une belle femme seule dans un appartement reculé; entendre la voix de son ennemi qui va périr, si on ne le secourt : admirable pierre de touche. » (Traduction d'un ouvrage chinois sur la morale, dans le P. Duhalde, tom. III, pag. 151.)

les intérêts sont divers , plus il est bon que les lois les ramènent à un intérêt.

Cela se fait surtout par la clôture. Les femmes ne doivent pas seulement être séparées des hommes par la clôture de la maison, mais elles en doivent encore être séparées dans cette même clôture, en sorte qu'elles y fassent comme une famille particulière dans la famille. De là dérive pour les femmes toute la pratique de la morale, la pudeur, la chasteté, la retenue, le silence, la paix, la dépendance, le respect, l'amour, enfin une direction générale de sentiments à la chose du monde la meilleure par sa nature, qui est l'attachement unique à sa famille.

Les femmes ont naturellement à remplir tant de devoirs qui leur sont propres, qu'on ne peut assez les séparer de tout ce qui pourroit leur donner d'autres idées, de tout ce qu'on traite d'amusements, et de tout ce qu'on appelle des affaires.

On trouve des mœurs plus pures dans les divers états d'Orient, à proportion que la clôture des femmes y est plus exacte. Dans les grands états, il y a nécessairement des grands seigneurs. Plus ils ont de grands moyens, plus ils sont en état de tenir les femmes dans une exacte clôture, et de les empêcher de rentrer dans la société. C'est pour cela que, dans les empires du Turc, de Perse, du Mogol, de la Chine et du Japon, les mœurs des femmes sont admirables.

On ne peut pas dire la même chose des Indes, que le nombre infini d'îles et la situation du terrain ont divisées en une infinité de petits états, que le grand nombre des causes que je n'ai pas le temps de rapporter ici rendent despotiques.

Là, il n'y a que des misérables qui pillent, et des misérables qui sont pillés. Ceux qu'on appelle des grands n'ont que de très petits moyens ; ceux que l'on appelle des gens riches n'ont guère que leur subsistance. La clôture des femmes n'y peut être aussi exacte ; l'on n'y peut pas prendre d'aussi grandes précautions pour les contenir ; la corruption de leurs mœurs y est inconcevable.

C'est là qu'on voit jusqu'à quel point les vices du climat, laissés dans une grande liberté, peuvent porter le désordre. C'est là que la nature a une force, et la pudeur une foiblesse qu'on ne peut comprendre. A Patane [1], la lubricité des femmes

est si grande que les hommes sont contraints de se faire de certaines garnitures pour se mettre à l'abri de leurs entreprises [1]. Selon M. Smith [2], les choses ne vont pas mieux dans les petits royaumes de Guinée. Il semble que, dans ces pays-là, les deux sexes perdent jusqu'à leurs propres lois.

CHAPITRE XI.

De la servitude domestique indépendante de la polygamie.

Ce n'est pas seulement la pluralité des femmes qui exige leur clôture dans de certains lieux d'Orient ; c'est le climat. Ceux qui liront les horreurs, les crimes, les perfidies, les noirceurs, les poisons, les assassinats, que la liberté des femmes fait faire à Goa, et dans les établissements des Portugais dans les Indes, où la religion ne permet qu'une femme, et qui les compareront à l'innocence et à la pureté des mœurs des femmes de Turquie, de Perse, du Mogol, de la Chine et du Japon, verront bien qu'il est souvent aussi nécessaire de les séparer des hommes, lorsqu'on n'en a qu'une, que quand on en a plusieurs.

C'est le climat qui doit décider de ces choses. Que serviroit d'enfermer les femmes dans nos pays du nord, où leurs mœurs sont naturellement bonnes ; où toutes leurs passions sont calmes, peu actives, peu raffinées, où l'amour a sur le cœur un empire si réglé que la moindre police suffit pour les conduire ?

Il est heureux de vivre dans ces climats qui permettent qu'on se communique, où le sexe qui a le plus d'agréments semble parer la société ; et où les femmes, se réservant aux plaisirs d'un seul, servent encore à l'amusement de tous.

pas à leurs meilleurs amis de les voir, ni leurs filles non plus. » De là il résulte que les femmes, que l'auteur suppose jouir d'une grande liberté dans ce royaume, sont cependant étroitement renfermées, et qu'elles ne peuvent pas courir pour aller attaquer les passants. « L'adultère est puni de mort à *Patane* et dans les pays voisins , continue Sprinkel ; le père, ou, s'il est mort, le plus proche parent, fait l'exécution : le genre du supplice est au choix du coupable. » Autre raison pour contenir la femme ; la punition est égale pour les deux sexes : on ne court pas si légèrement à la mort. (D.)

[1] Aux Maldives, les pères marient les filles à dix et onze ans, parce que c'est un grand péché, disent-ils, de leur laisser endurer nécessité d'hommes. (*Voyages de François Pirard*, chap. xii.) A Bantam, sitôt qu'une fille a treize ou quatorze ans, il faut la marier, si l'on ne veut pas qu'elle mène une vie débordée. (*Recueil des Voyages qui ont servi à l'établissement de la compagnie des Indes*, pag. 348.)

[2] *Voyage de Guinée*, part. II, pag. 192 de la traduction. « Quand les femmes, dit-il, rencontrent un homme, elles le » saisissent, et le menacent de le dénoncer à leur mari, s'il les » méprise. Elles se glissent dans le lit d'un homme, elles le ré- » veillent ; et, s'il les refuse, elles le menacent de se laisser » prendre sur le fait. »

[1] *Recueil des Voyages qui ont servi à l'établissement de la compagnie des Indes*, tom. II, pag. 196. — Ce que Montesquieu rapporte de Patane, d'après Victor Sprinkel, commis de la compagnie des Indes de Hollande, me paroît fort suspect. Ce voyageur dit au même endroit. « que les maris de Patane sont extrêmement jaloux de leurs femmes, et qu'ils ne permettent

CHAPITRE XII.

De la pudeur naturelle.

Toutes les nations se sont également accordées à attacher du mépris à l'incontinence des femmes : c'est que la nature a parlé à toutes les nations. Elle a établi la défense, elle a établi l'attaque; et, ayant mis des deux côtés des desirs, elle a placé dans l'un la témérité, et dans l'autre la honte. Elle a donné aux individus, pour se conserver, de longs espaces de temps; et ne leur a donné, pour se perpétuer, que des moments.

Il n'est donc pas vrai que l'incontinence suive les lois de la nature; elles les viole au contraire : c'est la modestie et la retenue qui suivent ces lois.

D'ailleurs il est de la nature des êtres intelligents de sentir leurs imperfections : la nature a donc mis en nous la pudeur, c'est-à-dire la honte de nos imperfections.

Quand donc la puissance physique de certains climats viole la loi naturelle des deux sexes et celle des êtres intelligents, c'est au législateur à faire des lois civiles qui forcent la nature du climat et rétablissent les lois primitives.

CHAPITRE XIII.

De la jalousie.

Il faut bien distinguer, chez les peuples, la jalousie de passion d'avec la jalousie de coutume, de mœurs, de lois. L'une est une fièvre ardente qui dévore; l'autre, froide, mais quelquefois terrible, peut s'allier avec l'indifférence et le mépris.

L'une, qui est un abus de l'amour, tire sa naissance de l'amour même. L'autre tient uniquement aux mœurs, aux manières de la nation, aux lois du pays, à la morale, et quelquefois même à la religion [1].

Elle est presque toujours l'effet de la force

physique du climat, et elle est le remède de cette force physique.

CHAPITRE XIV.

Du gouvernement de la maison en Orient.

On change si souvent de femmes en Orient qu'elles ne peuvent avoir le gouvernement domestique. On en charge donc les eunuques, on leur remet toutes les clefs, et ils ont la disposition des affaires de la maison [1].

« En Perse, dit M. Chardin, on donne aux femmes leurs habits, comme on feroit à des enfants [2]. » Ainsi ce soin qui semble leur convenir si bien, ce soin, qui partout ailleurs est le premier de leurs soins, ne les regarde pas.

CHAPITRE XV.

Du divorce et de la répudiation.

Il y a cette différence entre le divorce et la répudiation, que le divorce se fait par un consentement mutuel à l'occasion d'une incompatibilité mutuelle; au lieu que la répudiation se fait par la volonté et pour l'avantage d'une des deux parties, indépendamment de la volonté et de l'avantage de l'autre.

Il est quelquefois si nécessaire aux femmes de répudier, et il leur est toujours si fâcheux de le faire que la loi est dure, qui donne ce droit aux hommes sans le donner aux femmes. Un mari est le maître de la maison : il a mille moyens de tenir ou de remettre ses femmes dans le devoir; et il semble que, dans ses mains, la répudiation ne soit qu'un nouvel abus de sa puissance. Mais une femme qui répudie n'exerce qu'un triste remède. C'est toujours un grand malheur pour elle d'être

[1] Mahomet recommanda à ses sectateurs de garder leurs femmes; un certain *iman* dit, en mourant, la même chose; et Confucius n'a pas moins prêché cette doctrine. — « Les Persans, dit Chardin, rapportent que leur législateur, étant à l'agonie, leur dit pour la dernière chose : *Gardez votre religion et vos femmes*, paroles que ses sectateurs, animés de leur furieuse jalousie, ont citées depuis comme un commandement qui autorise la clôture de leurs femmes dans des sérails..... Et comme les mœurs des peuples tirent en partie leur origine des dogmes de leur foi, on a appris aux hommes, en Perse, qu'il y alloit de la gloire de Dieu et de leur salut de souffrir qu'on jetât seulement les yeux sur les logis où leurs femmes sont enfermées, et de regarder eux-mêmes vers l'endroit où sont les femmes de leur prochain. (*Voyage en Perse*, description du gouvernement, chap. XII.)

[1] Ceci n'est point exact. Les eunuques ne sont que pour la garde des femmes, pour les servir, et pour toutes les affaires du dehors, auxquelles des femmes presque toujours enfermées ne peuvent vaquer. Mais le gouvernement intérieur et domestique leur appartient, et les eunuques ne s'en mêlent pas. (GUYS, *Lettres sur la Grèce*, n° XXX.) (P.)

[2] Les Persans disent que les femmes ne servent qu'à la génération; et ils n'en font aucun cas pour leur adresse, pour leur esprit et pour leur application à toutes sortes d'ouvrages : aussi ne se mêlent-elles communément de rien, pas même du ménage. Elles passent leur vie dans la nonchalance, l'oisiveté et la mollesse, étant tout le jour occupées, ou à se faire frotter par de petites esclaves, ce qui est une des plus grandes voluptés des Asiatiques; ou à fumer le tabac du pays, qui est si doux que l'on en peut prendre du matin au soir sans en être incommodé; les moins vicieuses s'appliquent à des ouvrages à l'aiguille, qu'elles font très-bien : on leur donne leur nourriture tout apprêtée, et quelquefois leurs habits tout faits, comme on feroit à des enfants. (CHARDIN, *Voyage en Perse*, descript. du Gouv., chap. XII.) (P.)

contrainte d'aller chercher un second mari, lorsqu'elle a perdu la plupart de ses agréments chez un autre. C'est un des avantages des charmes de la jeunesse dans les femmes que, dans un âge avancé, un mari se porte à la bienveillance par le souvenir de ses plaisirs.

C'est donc une règle générale que, dans tous les pays où la loi accorde aux hommes la faculté de répudier, elle doit aussi l'accorder aux femmes. Il y a plus : dans les climats où les femmes vivent sous un esclavage domestique, il semble que la loi doive permettre aux femmes la répudiation, et aux maris seulement le divorce.

Lorsque les femmes sont dans un sérail, le mari ne peut répudier pour cause d'incompatibilité de mœurs : c'est la faute du mari, si les mœurs sont incompatibles.

La répudiation pour raison de la stérilité de la femme ne sauroit avoir lieu que dans le cas d'une femme unique [1] : lorsque l'on a plusieurs femmes, cette raison n'est, pour le mari, d'aucune importance.

La loi des Maldives [2] permet de reprendre une femme qu'on a répudiée. La loi du Mexique [3] défendoit de se réunir, sous peine de la vie. La loi du Mexique étoit plus sensée que celle des Maldives : dans le temps même de la dissolution, elle songeoit à l'éternité du mariage ; au lieu que la loi des Maldives semble se jouer également du mariage et de la répudiation.

La loi du Mexique n'accordoit que le divorce. C'étoit une nouvelle raison pour ne point permettre à des gens qui s'étoient volontairement séparés de se réunir. La répudiation semble plutôt tenir à la promptitude de l'esprit et à quelque passion de l'ame ; le divorce semble être une affaire de conseil.

Le divorce a ordinairement une grande utilité politique ; et quant à l'utilité civile, il est établi pour le mari et pour la femme, et n'est pas toujours favorable aux enfants.

CHAPITRE XVI.

De la répudiation et du divorce chez les Romains.

Romulus permit au mari de répudier sa femme, si elle avoit commis un adultère, préparé du poison, ou falsifié les clefs [1]. Il ne donna point aux femmes le droit de répudier leur mari. Plutarque appelle cette loi une loi très dure.

Comme la loi d'Athènes [2] donnoit à la femme aussi bien qu'au mari la faculté de répudier, et que l'on voit que les femmes obtinrent ce droit chez les premiers Romains, nonobstant la loi de Romulus, il est clair que cette institution fut une de celles que les députés de Rome rapportèrent d'Athènes, et qu'elle fut mise dans les lois des douze tables.

Cicéron [3] dit que les causes de répudiation venoient de la loi des douze tables. On ne peut donc pas douter que cette loi n'eût augmenté le nombre des causes de répudiation établies par Romulus.

La faculté du divorce fut encore une disposition, ou du moins une conséquence de la loi des douze tables. Car dès le moment que la femme ou le mari avoit séparément le droit de répudier, à plus forte raison pouvoient-ils se quitter de concert, et par une volonté mutuelle.

La loi ne demandoit point qu'on donnât des causes pour le divorce [4]. C'est que, par la nature de la chose, il faut des causes pour la répudiation, et qu'il n'en faut point pour le divorce, parce que là où la loi établit des causes qui peuvent rompre le mariage, l'incompatibilité mutuelle est la plus forte de toutes.

Denys d'Halicarnasse [5], Valère Maxime [6], et Aulu-Gelle [7], rapportent un fait qui ne me paroît pas vraisemblable. Ils disent que, quoiqu'on eût à Rome la faculté de répudier sa femme, on eut tant de respect pour les auspices que personne, pendant cinq cent vingt ans [8], n'usa de ce droit jusqu'à Carvilius Ruga, qui répudia la sienne pour cause de stérilité. Mais il suffit de connoître la nature de l'esprit humain pour sentir quel prodige ce seroit que, la loi donnant à tout un peuple un droit pareil, personne n'en usât. Coriolan, partant pour son exil, conseilla [9] à sa femme de se

[1] Cela ne signifie pas que la répudiation pour raison de stérilité soit permise dans le christianisme.

[2] *Voyage de François Pirard.* On la reprend plutôt qu'une autre, parce que, dans ce cas, il faut moins de dépenses.

[3] Histoire de sa conquête, par Solis, pag. 499.

[1] *Vie de Romulus.* — On croit que ce passage de Plutarque est altéré, et qu'il faut lire παίδων, au lieu de κλείδων : alors il s'agiroit de supposition d'enfants, et non de falsification de clefs. (P.)

[2] C'étoit une loi de Solon.

[3] *Mimum res suas sibi habere jussit, ex duodecim tabulis causam addidit.* (*Philip. II.*)

[4] Justinien changea cela, novel. 117, chap. x.

[5] Liv. II. [6] Liv. II, chap. I.

[7] Liv. IV, chap. III.

[8] Selon Denys d'Halicarnasse et Valère Maxime ; et cinq cent vingt-trois, selon Aulu-Gelle. Aussi ne mettent-ils pas les mêmes consuls.

[9] Voyez le discours de Véturie, dans Denys d'Halicarnasse, liv. VIII.

marier à un homme plus heureux que lui. Nous venons de voir que la loi des douze tables et les mœurs des Romains étendirent beaucoup la loi de Romulus. Pourquoi ces extensions, si on n'avoit jamais fait usage de la faculté de répudier? De plus, si les citoyens eurent un tel respect pour les auspices qu'ils ne répudièrent jamais, pourquoi les législateurs de Rome en eurent-ils moins? Comment la loi corrompit-elle sans cesse les mœurs?

En rapprochant deux passages de Plutarque, on verra disparoître le merveilleux du fait en question. La loi royale [1] permettoit au mari de répudier dans les trois cas dont nous avons parlé. « Et » elle vouloit, dit Plutarque [2], que celui qui ré- » pudieroit dans d'autres cas fût obligé de donner » la moitié de ses biens à sa femme, et que l'autre » moitié fût consacrée à Cérès. » On pouvoit donc répudier dans tous les cas, en se soumettant à la peine. Personne ne le fit avant Carvilius Ruga [3], qui, comme dit encore Plutarque [4], « répudia sa » femme pour cause de stérilité, deux cent trente » ans après Romulus; » c'est-à-dire qu'il la répudia soixante et onze ans avant la loi des douze tables, qui étendit le pouvoir de répudier et les causes de répudiation.

Les auteurs que j'ai cités disent que Carvilius Ruga aimoit sa femme; mais qu'à cause de sa stérilité les censeurs [5] lui firent faire serment qu'il la répudieroit, afin qu'il pût donner des enfants à la république; et que cela le rendit odieux au peuple. Il faut connoître le génie du peuple romain, pour découvrir la vraie cause de la haine qu'il conçut pour Carvilius. Ce n'est point parce que Carvilius répudia sa femme qu'il tomba dans la disgrace du peuple; c'est une chose dont le peuple ne s'embarrassoit pas [6]. Mais Carvilius avoit fait un serment aux censeurs, qu'attendu la stérilité de sa femme, il la répudieroit pour donner des enfants à la république. C'étoit un joug que le peuple voyoit que les censeurs alloient mettre sur

[1] PLUTARQUE, *Vie de Romulus.* [2] *Ibid.*
[3] Effectivement la cause de stérilité n'est point portée par la loi de Romulus. Il y a apparence qu'il ne fut point sujet à la confiscation, puisqu'il suivoit l'ordre des censeurs.
[4] Dans la comparaison de Thésée et de Romulus.
[5] Avant la loi des douze tables, il n'y avoit point de censeurs; leur création est postérieure de quelques années aux décemvirs. (CRÉV.)
[6] Valère Maxime dit cependant que Carvilius Ruga fut blâmé, parce qu'on ne pensoit pas que le désir d'avoir des enfants dût l'emporter sur la foi conjugale. *Qui quanquam tolerabili ra- tione motus videbatur, reprehensione tamen non caruit : quia nec cupiditatem quidem liberorum conjugali fidei præ- poni debuisse arbitrabantur.* (Lib. II, cap. I. (P.)

lui. Je ferai voir dans la suite [1] de cet ouvrage les répugnances qu'il eut toujours pour des régle- ments pareils. Mais d'où peut venir une telle con- tradiction entre ces auteurs? Le voici : Plutarque a examiné un fait, et les autres ont raconté une merveille.

LIVRE DIX-SEPTIEME.

COMMENT
LES LOIS DE LA SERVITUDE POLITIQUE ONT DU RAPPORT AVEC LA NATURE DU CLIMAT.

CHAPITRE I.

De la servitude politique.

La servitude politique ne dépend pas moins de la nature du climat, que la civile et la domestique [2], comme on va le faire voir.

CHAPITRE II.

Différence des peuples par rapport au courage.

Nous avons déjà dit que la grande chaleur éner- voit la force et le courage des hommes, et qu'il y avoit dans les climats froids une certaine force de corps et d'esprit qui rendoit les hommes capables des actions longues, pénibles, grandes et hardies [3].

[1] Au liv. XXIII, chap. XXI.
[2] Plus on médite ce principe, établi par Montesquieu, plus on en sent la vérité; plus on le conteste, plus on donne occasion de l'établir par de nouvelles preuves. Dans tous les gouverne- ments du monde, la personne publique consomme et ne pro- duit rien. D'où lui vient donc la substance consommée? du tra- vail de ses membres. C'est le superflu des particuliers qui produit le nécessaire du public. D'où il suit que l'état civil ne peut sub- sister qu'autant que le travail des hommes rend au-delà de leurs besoins. Or, cet excédant n'est pas le même dans tous les pays du monde. Dans plusieurs il est considérable, dans d'autres médiocre, dans d'autres nul, dans d'autres négatif. Ce rapport dépend de la fertilité du climat, de la sorte de travail que la terre exige, de la nature de ses productions, de la force de ses habitants, de la plus ou moins grande consommation qui leur est nécessaire, et de plusieurs autres rapports semblables des- quels il est composé. (J.-J. ROUSSEAU, *Contrat social*, liv. I, ch. VIII.)
[3] Suivant l'historien De Thou, le froid apportoit une grande altération dans le tempérament de Henri III; ce prince s'aban- donnoit alors à une mélancolie profonde, dormoit peu, travail- loit sans relâche, tourmentoit ses ministres, et décidoit les af- faires en homme qui se laisse dominer par une humeur austère : ce qui ne lui arrivoit jamais dans les autres temps de l'année. A la suite de ces observations générales, De Thou raconte qu'é- tant arrêté chez le chancelier de Chiverni, en se rendant à Blois, où étoit la cour, le chancelier lui dit que si, pendant la gelée, le duc de Guise continuoit de chagriner le roi, ce prince

Cela se remarque non seulement de nation à nation, mais encore dans le même pays, d'une partie à une autre. Les peuples du nord de la Chine [1] sont plus courageux que ceux du midi ; les peuples du midi de la Corée [2] ne le sont pas tant que ceux du nord.

Il ne faut donc pas être étonné que la lâcheté des peuples des climats chauds les ait presque toujours rendus esclaves, et que le courage des peuples des climats froids les ait maintenus libres. C'est un effet qui dérive de sa cause naturelle [3].

Ceci s'est encore trouvé vrai dans l'Amérique : les empires despotiques du Mexique et du Pérou étoient vers la ligne, et presque tous les petits peuples libres étoient et sont encore vers les pôles.

CHAPITRE III.

Du climat de l'Asie.

Les relations nous disent [4] « que le nord de l'Asie, ce vaste continent qui va du quarantième » degré ou environ jusques au pôle, et des frontières de la Moscovie jusqu'à la mer orientale, » est dans un climat très froid ; que ce terrain immense est divisé, de l'ouest à l'est, par une » chaîne de montagnes qui laissent au nord la Sibérie, et au midi la grande Tartarie ; que le climat de la Sibérie est si froid qu'à la réserve de » quelques endroits elle ne peut être cultivée ; et » que quoique les Russes aient des établissements » tout le long de l'Irtis, ils n'y cultivent rien ; » qu'il ne vient dans ce pays que quelques petits » sapins et arbrisseaux ; que les naturels du pays » sont divisés en de misérables peuplades, qui sont » comme celles du Canada ; que la raison de cette » froidure vient, d'un côté, de la hauteur du » terrain, et, de l'autre, de ce qu'à mesure que

l'on va du midi au nord les montagnes s'aplanissent, de sorte que le vent du nord souffle partout sans trouver d'obstacles ; que ce vent, qui » rend la Nouvelle-Zemble inhabitable, soufflant » dans la Sibérie, la rend inculte ; qu'en Europe, » au contraire, les montagnes de Norwège et de » Laponie sont des boulevarts admirables qui couvrent de ce vent les pays du nord ; que cela fait » qu'à Stockholm, qui est à cinquante-neuf degrés » de latitude ou environ, le terrain produit des » fruits, des grains, des plantes ; et qu'autour » d'Abo, qui est au soixante-unième degré, de » même que vers les soixante-trois et soixante-» quatre, il y a des mines d'argent, et que le terrain est assez fertile. »

Nous voyons encore dans les relations « que la » grande Tartarie, qui est au midi de la Sibérie, » est aussi très froide ; que le pays ne se cultive » point ; qu'on n'y trouve que des pâturages pour » les troupeaux ; qu'il n'y croît point d'arbres, » mais quelques broussailles, comme en Islande ; » qu'il y a auprès de la Chine et du Mogol quelques pays où il croît une espèce de millet, mais » que le blé ni le riz n'y peuvent mûrir ; qu'il n'y » a guère d'endroits dans la Tartarie chinoise, aux » quarante-troisième, quarante-quatrième et quarante-cinquième degrés, où il ne gèle sept ou » huit mois de l'année : de sorte qu'elle est aussi » froide que l'Islande, quoiqu'elle dût être plus » chaude que le midi de la France ; qu'il n'y a » point de villes, excepté quatre ou cinq vers la » mer orientale, et quelques unes que les Chinois, » par des raisons de politique, ont bâties près de » la Chine ; que, dans le reste de la grande Tartarie, il n'y en a que quelques unes placées dans » les Boucharies, Turkestan et Charisme ; que la » raison de cette extrême froidure vient de la nature du terrain nitreux, plein de salpêtre, et sablonneux, et de plus, de la hauteur du terrain. » Le P. Verbiest avoit trouvé qu'un certain endroit, à quatre-vingts lieues au nord de la grande » muraille, vers la source de Kavamburam, excédoit la hauteur du rivage de la mer, près de » Pékin, de trois mille pas géométriques ; que cette » hauteur [1] est cause que, quoique quasi toutes » les grandes rivières de l'Asie aient leur source » dans le pays, il manque cependant d'eau, de façon qu'il ne peut être habité qu'auprès des rivières et des lacs. »

Ces faits posés, je raisonne ainsi : l'Asie n'a point proprement de zone tempérée ; et les lieux situés

le *feroit expédier sans forme de procès.* Et en effet, Guise fut tué peu de jours après cette conversation. On étoit alors à Noël, et au milieu des rigueurs de la saison. (*Note communiquée par* M. *A.-M.*)

[1] Le P. Duhalde, tom. I, pag. 112.

[2] Les livres chinois le disent ainsi. *Ibid.*, tom. IV, pag. 448.

[3] Quand tout le midi seroit couvert de républiques, il n'en seroit pas moins vrai que, par l'effet du climat, le despotisme convient aux pays chauds, la barbarie aux pays froids, et la bonne police aux régions intermédiaires. (J.-J. ROUSSEAU, *Contrat social*, liv. III, chap. VIII.) — Aristote pense, comme Montesquieu et Rousseau, que la servitude ou la liberté politique dépendent du climat ; mais il ajoute que dans des climats égaux les mêmes gouvernements ont des nuances différentes, d'après la différence des classes et professions locales. (P.)

[4] Voyez les *Voyages du nord*, tom. VIII ; l'*Histoire des Tattars*, et le quatrième volume *de la Chine* du P. Duhalde.

[1] La Tartarie est donc comme une espèce de montagne plate.

21.

dans un climat très froid y touchent immédiatement ceux qui sont dans un climat très chaud, c'est-à-dire la Turquie, la Perse, le Mogol, la Chine, la Corée et le Japon.

En Europe, au contraire, la zone tempérée est très étendue, quoiqu'elle soit située dans des climats très différents entre eux, n'y ayant point de rapport entre les climats d'Espagne et d'Italie, et ceux de Norwège et de Suède. Mais, comme le climat y devient insensiblement froid en allant du midi au nord, à peu près à proportion de la latitude de chaque pays, il y arrive que chaque pays est à peu près semblable à celui qui en est voisin; qu'il n'y a pas une notable différence; et que, comme je viens de le dire, la zone tempérée y est très étendue.

De là il suit qu'en Asie les nations sont opposées aux nations du fort au foible; les peuples guerriers, braves et actifs, touchent immédiatement des peuples efféminés, paresseux, timides : il faut donc que l'un soit conquis, et l'autre conquérant. En Europe, au contraire, les nations sont opposées du fort au fort; celles qui se touchent ont à peu près le même courage. C'est la grande raison de la foiblesse de l'Asie et de la force de l'Europe, de la liberté de l'Europe et de la servitude de l'Asie : cause que je ne sache pas que l'on ait encore remarquée [1]. C'est ce qui fait qu'en Asie il n'arrive jamais que la liberté augmente; au lieu qu'en Europe elle augmente ou diminue, selon les circonstances.

Que la noblesse moscovite ait été réduite en servitude par un de ses princes, on y verra toujours des traits d'impatience que les climats du midi ne donnent point. N'y avons-nous pas vu le gouvernement aristocratique établi pendant quelques jours? Qu'un autre royaume du nord ait perdu ses lois, on peut s'en fier au climat; il ne les a pas perdues d'une manière irrévocable.

CHAPITRE IV.

Conséquence de ceci.

Ce que nous venons de dire s'accorde avec les événements de l'histoire. L'Asie a été subjuguée treize fois : onze fois par les peuples du nord, deux fois par ceux du midi. Dans les temps reculés, les Scythes la conquirent trois fois; ensuite les Mèdes et les Perses chacun une; les Grecs, les

Arabes, les Mogols, les Turcs, les Tartares, les Persans et les Aguans. Je ne parle que de la haute Asie, et je ne dis rien des invasions faites dans le reste du midi de cette partie du monde, qui a continuellement souffert de très grandes révolutions.

En Europe, au contraire, nous ne connoissons, depuis l'établissement des colonies grecques et phéniciennes, que quatre grands changements : le premier, causé par les conquêtes des Romains; le second, par les inondations des barbares qui détruisirent ces mêmes Romains; le troisième, par les victoires de Charlemagne; et le dernier, par les invasions des Normands. Et, si l'on examine bien ceci [1], on trouvera, dans ces changements mêmes, une force générale répandue dans toutes les parties de l'Europe. On sait la difficulté que les Romains trouvèrent à conquérir en Europe, et la facilité qu'ils eurent à envahir l'Asie. On connoît les peines que les peuples du Nord eurent à renverser l'empire romain, les guerres et les travaux de Charlemagne, les diverses entreprises des Normands. Les destructeurs étoient sans cesse détruits.

CHAPITRE V.

Que, quand les peuples du nord de l'Asie et ceux du nord de l'Europe ont conquis, les effets de la conquête n'étoient pas les mêmes.

Les peuples du nord de l'Europe l'ont conquise en hommes libres; les peuples du nord de l'Asie l'ont conquise en esclaves, et n'ont vaincu que pour un maître.

La raison en est que le peuple tartare, conquérant naturel de l'Asie, est devenu esclave lui-même. Il conquiert sans cesse dans le midi de l'Asie; il forme des empires; mais la partie de la nation qui reste dans le pays se trouve soumise à un grand maître, qui, despotique dans le midi, veut encore l'être dans le nord, et, avec un pouvoir arbitraire sur les sujets conquis, le prétend encore sur les sujets conquérants. Cela se voit bien aujourd'hui dans ce vaste pays qu'on appelle la Tartarie chinoise, que l'empereur gouverne presque aussi despotiquement que la Chine même, et qu'il étend tous les jours par ses conquêtes.

On peut voir encore dans l'histoire de la Chine que les empereurs [1] ont envoyé des colonies chinoises dans la Tartarie. Ces Chinois sont devenus Tartares, et mortels ennemis de la Chine; mais cela

[1] Les Asiatiques, dit Aristote, sont adroits et ingénieux, mais ils n'ont point de cœur : de là vient qu'ils obéissent et servent toujours. (*Politiq.*, liv. VII, chap. VII.) (P.)

[1] Comme Ven-ty, cinquième empereur de la cinquième dynastie.

n'empêche pas qu'ils n'aient porté dans la Tartarie l'esprit du gouvernement chinois.

Souvent une partie de la nation tartare qui a conquis est chassée elle-même; et elle rapporte dans ses déserts un esprit de servitude qu'elle a acquis dans le climat de l'esclavage. L'histoire de la Chine nous en fournit de grands exemples, et notre histoire ancienne aussi [1].

C'est ce qui a fait que le génie de la nation tartare ou gétique a toujours été semblable à celui des empires de l'Asie. Les peuples, dans ceux-ci, sont gouvernés par le bâton; les peuples tartares, par les longs fouets. L'esprit de l'Europe a toujours été contraire à ces mœurs; et, dans tous les temps, ce que les peuples d'Asie ont appelé punition, les peuples d'Europe l'ont appelé outrage [2].

Les Tartares, détruisant l'empire grec, établirent dans les pays conquis la servitude et le despotisme; les Goths, conquérant l'empire romain, fondèrent partout la monarchie et la liberté.

Je ne sais si le fameux Rudbeck, qui, dans son Atlantique, a tant loué la Scandinavie, a parlé de cette grande prérogative qui doit mettre les nations qui l'habitent au-dessus de tous les peuples du monde : c'est qu'elles ont été la source de la liberté de l'Europe, c'est-à-dire de presque toute celle qui est aujourd'hui parmi les hommes.

Le Goth Jornandès a appelé le nord de l'Europe la fabrique du genre humain [3] : je l'appellerai plutôt la fabrique des instruments qui brisent les fers forgés au midi. C'est là que se forment ces nations vaillantes qui sortent de leur pays pour détruire les tyrans et les esclaves, et apprendre aux hommes que, la nature les ayant faits égaux, la raison n'a pu les rendre dépendants que pour leur bonheur.

CHAPITRE VI.

Nouvelle cause physique de la servitude de l'Asie et de la liberté de l'Europe.

En Asie, on a toujours vu de grands empires; en Europe, ils n'ont jamais pu subsister. C'est que l'Asie que nous connoissons a de plus grandes plaines; elle est coupée en de plus grands morceaux par les montagnes et les mers; et, comme elle est plus au midi, les sources y sont plus aisément taries, les montagnes y sont moins couvertes de neiges, et les fleuves moins grossis [1] y forment de moindres barrières.

La puissance doit donc être toujours despotique en Asie; car, si la servitude n'y étoit pas extrême, il se feroit d'abord un partage que la nature du pays ne peut pas souffrir.

En Europe, le partage naturel forme plusieurs états d'une étendue médiocre, dans lesquels le gouvernement des lois n'est pas incompatible avec le maintien de l'état : au contraire, il y est si favorable, que, sans elles, cet état tombe dans la décadence, et devient inférieur à tous les autres.

C'est ce qui a formé un génie de liberté qui rend chaque partie très difficile à être subjuguée et soumise à une force étrangère, autrement que par les lois et l'utilité de son commerce.

Au contraire, il règne en Asie un esprit de servitude qui ne l'a jamais quittée; et, dans toutes les histoires de ce pays, il n'est pas possible de trouver un seul trait qui marque une ame libre : on n'y verra jamais que l'héroïsme de la servitude.

CHAPITRE VII.

De l'Afrique et de l'Amérique.

Voilà ce que je puis dire sur l'Asie et sur l'Europe. L'Afrique est dans un climat pareil à celui du midi de l'Asie, et elle est dans une même servitude. L'Amérique [2], détruite et nouvellement repeuplée par les nations de l'Europe et de l'Afrique, ne peut guère aujourd'hui montrer son propre génie; mais ce que nous savons de son ancienne histoire est très conforme à nos principes.

CHAPITRE VIII.

De la capitale de l'empire.

Une des conséquences de ce que nous venons de dire, c'est qu'il est important à un très grand prince de bien choisir le siège de son empire. Celui qui le placera au midi courra risque de perdre le nord; et celui qui le placera au nord conservera aisément le midi. Je ne parle pas des cas particuliers; la mécanique a bien ses frottements, qui souvent changent ou arrêtent les effets de la théorie : la politique a aussi les siens.

[1] Les Scythes conquirent trois fois l'Asie, et en furent trois fois chassés. (JUSTIN, liv. II.)

[2] Ceci n'est point contraire à ce que je dirai au liv. XXVIII, chap. XX, sur la manière de penser des peuples germains sur le bâton. Quelque instrument que ce fût, ils regardèrent toujours comme un affront le pouvoir ou l'action arbitraire de battre.

[3] *Humani generis officinam.*

[1] Les eaux se perdent ou s'évaporent avant de se ramasser, ou après s'être ramassées.

[2] Les petits peuples barbares de l'Amérique sont appelés *Indios bravos* par les Espagnols : bien plus difficiles à soumettre que les grands empires du Mexique et du Pérou.

LIVRE DIX-HUITIÈME.

DES LOIS,

DANS LE RAPPORT QU'ELLES ONT AVEC LA NATURE
DU TERRAIN.

CHAPITRE I.

Comment la nature du terrain influe sur les lois.

La bonté des terres d'un pays y établit naturellement la dépendance. Les gens de la campagne, qui y font la principale partie du peuple, ne sont pas si jaloux de leur liberté : ils sont trop occupés, et trop pleins de leurs affaires particulières [1]. Une campagne qui regorge de biens craint le pillage, elle craint une armée. « Qui est-ce qui forme » le bon parti? disoit Cicéron à Atticus [2]. Seront- » ce les gens de commerce et de la campagne? à » moins que nous n'imaginions qu'ils sont opposés » à la monarchie, eux à qui tous les gouverne- » ments sont égaux, dès-lors qu'ils sont tran- » quilles. »

Ainsi le gouvernement d'un seul se trouve plus souvent dans les pays fertiles, et le gouvernement de plusieurs dans les pays qui ne le sont pas : ce qui est quelquefois un dédommagement.

La stérilité du terrain de l'Attique [3] y établit le gouvernement populaire; et la fertilité de celui de Lacédémone, le gouvernement aristocratique. Car, dans ces temps-là, on ne vouloit point dans la Grèce du gouvernement d'un seul : or, le gouvernement aristocratique a plus de rapport avec le gouvernement d'un seul.

Plutarque [4] nous dit « que la sédition Cilonienne

[1] L'humble fortune de l'homme des champs ne lui permet pas de rester oisif, et ne lui laisse guère le temps d'assister fréquemment à des assemblées. Forcé de se procurer le nécessaire, il est tout à sa chose, et ne veut point de distractions étrangères. Il préfère ses travaux champêtres au plaisir de commander et de gouverner; et si les emplois ne sont pas très lucratifs, il aime mieux le profit que l'honneur. » (ARISTOTE, *Politiq.*, liv. VI, chap. IV.)

[2] Liv. VII.

[3] Nous tirons encore aujourd'hui d'Athènes esclave, du coton, de la soie, du riz, du blé, de l'huile, des cuirs; et du pays de Lacédémone, rien. Athènes était vingt fois plus riche que Lacédémone. A l'égard de la bonté du sol, il faut y avoir été pour l'apprécier. Mais jamais on n'attribua la forme d'un gouvernement au plus ou moins de fertilité d'un terrain. Venise avait très peu de blé quand les nobles gouvernèrent. Gênes n'a pas assurément un sol fertile, et c'est une aristocratie. Genève tient plus de l'état populaire, et n'a pas de son crû de quoi se nourrir quinze jours. La Suède pauvre a été long-temps sous le joug de la monarchie, tandis que la Pologne fertile fut une aristocratie. Je ne conçois pas comment on peut ainsi établir de prétendues règles continuellement démenties par l'expérience. (VOLT.)

[4] Vie de Solon.

» ayant été apaisée à Athènes, la ville retomba » dans ses anciennes dissensions, et se divisa en » autant de partis qu'il y avoit de sortes de terri- » toires dans le pays de l'Attique. Les gens de la » montagne vouloient à toute force le gouverne- » ment populaire; ceux de la plaine demandoient » le gouvernement des principaux; ceux qui » étoient près de la mer étoient pour un gouver- » nement mêlé des deux. »

CHAPITRE II.

Continuation du même sujet.

Ces pays fertiles sont des plaines où l'on ne peut rien disputer au plus fort : on se soumet donc à lui; et, quand on lui est soumis, l'esprit de liberté n'y sauroit revenir; les biens de la campagne sont un gage de la fidélité. Mais, dans les pays de montagnes, on peut conserver ce que l'on a, et l'on a peu à conserver. La liberté, c'est-à-dire le gouvernement dont on jouit, est le seul bien qui mérite qu'on le défende. Elle règne donc plus dans les pays montagneux et difficiles que dans ceux que la nature sembloit avoir plus favorisés.

Les montagnards conservent un gouvernement plus modéré, parce qu'ils ne sont pas si fort exposés à la conquête. Ils se défendent aisément, ils sont attaqués difficilement; les munitions de guerre et de bouche sont assemblées et portées contre eux avec beaucoup de dépense; le pays n'en fournit point. Il est donc plus difficile de leur faire la guerre, plus dangereux de l'entreprendre; et toutes les lois que l'on fait pour la sûreté du peuple y ont moins de lieu [1].

CHAPITRE III.

Quels sont les pays les plus cultivés.

Les pays ne sont pas cultivés en raison de leur fertilité, mais en raison de leur liberté; et, si l'on divise la terre par la pensée, on sera étonné de voir la plupart du temps des déserts dans ses par-

[1] On pourroit alléguer une autre raison de ce que les gouvernements modérés paroissent plus affectés aux pays stériles, et les despotiques aux pays fertiles. Lorsque le terroir fournit une subsistance aisée, on peut en quelque sorte sévir impunément contre les habitants, parce qu'il n'y a pas lieu de craindre qu'ils déserteront le pays pour aller dans un autre : la bonté du terroir balance, en ce cas, la dureté du gouvernement; et c'est avec raison que Montesquieu a dit, chap. VI : « Les pays que l'industrie des hommes a rendus habitables, et qui ont besoin pour exister de la même industrie, appellent à eux le gouvernement modéré. » (*Édit. anon. de* 1764.)

ties les plus fertiles, et de grands peuples dans celles où le terrain semble refuser tout.

Il est naturel qu'un peuple quitte un mauvais pays pour en chercher un meilleur, et non pas qu'il quitte un bon pays pour en chercher un pire. La plupart des invasions se font donc dans les pays que la nature avoit faits pour être heureux ; et, comme rien n'est plus près de la dévastation que l'invasion, les meilleurs pays sont le plus souvent dépeuplés, tandis que l'affreux pays du nord reste toujours habité, par la raison qu'il est presque inhabitable.

On voit, par ce que les historiens nous disent du passage des peuples de la Scandinavie sur les bords du Danube, que ce n'étoit point une conquête, mais seulement une transmigration dans des terres désertes.

Ces climats heureux avoient donc été dépeuplés par d'autres transmigrations, et nous ne savons pas les choses tragiques qui s'y sont passées.

« Il paroit par plusieurs monuments, dit Aris-» tote[1], que la Sardaigne est une colonie grecque. » Elle étoit autrefois très riche ; et Aristée, dont » on a tant vanté l'amour pour l'agriculture, lui » donna des lois. Mais elle a bien déchu depuis ; » car les Carthaginois s'en étant rendus les maî-» tres, ils y détruisirent tout ce qui pouvoit la » rendre propre à la nourriture des hommes, et » défendirent, sous peine de la vie, d'y cultiver » la terre. » La Sardaigne n'étoit point rétablie du temps d'Aristote ; elle ne l'est point encore aujourd'hui.

Les parties les plus tempérées de la Perse, de la Turquie, de la Moscovie et de la Pologne, n'ont pu se rétablir des dévastations des grands et des petits Tartares.

CHAPITRE IV.

Nouveaux effets de la fertilité et de la stérilité du pays.

La stérilité des terres rend les hommes industrieux, sobres, endurcis au travail, courageux, propres à la guerre ; il faut bien qu'ils se procurent ce que le terrain leur refuse. La fertilité d'un pays donne, avec l'aisance, la mollesse, et un certain amour pour la conservation de la vie.

On a remarqué que les troupes d'Allemagne, levées dans des lieux où les paysans sont riches, comme en Saxe, ne sont pas si bonnes que les autres. Les lois militaires pourront pourvoir à cet inconvénient par une plus sévère discipline.

[1] Ou celui qui a écrit le livre de *Mirabilibus*.

CHAPITRE V.

Des peuples des îles.

Les peuples des îles sont plus portés à la liberté que les peuples du continent. Les îles sont ordinairement d'une petite étendue[1] ; une partie du peuple ne peut pas être si bien employée à opprimer l'autre ; la mer les sépare des grands empires, et la tyrannie ne peut pas s'y prêter la main ; les conquérants sont arrêtés par la mer ; les insulaires ne sont pas enveloppés dans la conquête, et ils conservent plus aisément leurs lois.

CHAPITRE VI.

Des pays formés par l'industrie des hommes.

Les pays que l'industrie des hommes a rendus habitables, et qui ont besoin, pour exister, de la même industrie, appellent à eux le gouvernement modéré. Il y en a principalement trois de cette espèce : les deux belles provinces de Kiang-nan et Tche-kiang à la Chine, l'Égypte et la Hollande.

Les anciens empereurs de la Chine n'étoient point conquérants. La première chose qu'ils firent pour s'agrandir fut celle qui prouva le plus leur sagesse. On vit sortir de dessous les eaux les deux plus belles provinces de l'empire ; elles furent faites par les hommes. C'est la fertilité inexprimable de ces deux provinces qui a donné à l'Europe les idées de la félicité de cette vaste contrée. Mais un soin continuel et nécessaire pour garantir de la destruction une partie si considérable de l'empire demandoit plutôt les mœurs d'un peuple sage que celles d'un peuple voluptueux, plutôt le pouvoir légitime d'un monarque que la puissance tyrannique d'un despote. Il falloit que le pouvoir y fût modéré, comme il l'étoit autrefois en Égypte. Il falloit que le pouvoir y fût modéré, comme il l'est en Hollande, que la nature a faite pour avoir attention sur elle-même, et non pas pour être abandonnée à la nonchalance ou au caprice.

Ainsi, malgré le climat de la Chine, où l'on est naturellement porté à l'obéissance servile, malgré les horreurs qui suivent la trop grande étendue d'un empire, les premiers législateurs de la Chine furent obligés de faire de très bonnes lois ; et le gouvernement fut souvent obligé de les suivre.

[1] Le Japon déroge à ceci par sa grandeur et par sa servitude.

CHAPITRE VII.

Des ouvrages des hommes.

Les hommes, par leurs soins et par de bonnes lois, ont rendu la terre plus propre à être leur demeure. Nous voyons couler les rivières là où étoient des lacs et des marais : c'est un bien que la nature n'a point fait, mais qui est entretenu par la nature. Lorsque les Perses[1] étoient les maîtres de l'Asie, ils permettoient à ceux qui amèneroient de l'eau de fontaine en quelque lieu qui n'auroit point été encore arrosé, d'en jouir pendant cinq générations : et, comme il sort quantité de ruisseaux du mont Taurus, ils n'épargnèrent aucune dépense pour en faire venir de l'eau. Aujourd'hui, sans savoir d'où elle peut venir, on la trouve dans ses champs et dans ses jardins.

Ainsi, comme les nations destructrices font des maux qui durent plus qu'elles, il y a des nations industrieuses qui font des biens qui ne finissent pas même avec elles.

CHAPITRE VIII.

Rapport général des lois.

Les lois ont un très grand rapport avec la façon dont les divers peuples se procurent la subsistance. Il faut un code de lois plus étendu pour un peuple qui s'attache au commerce et à la mer, que pour un peuple qui se contente de cultiver ses terres. Il en faut un plus grand pour celui-ci que pour un peuple qui vit de ses troupeaux. Il en faut un plus grand pour ce dernier, que pour un peuple qui vit de sa chasse.

CHAPITRE IX.

Du terrain de l'Amérique.

Ce qui fait qu'il y a tant de nations sauvages en Amérique, c'est que la terre y produit d'elle-même beaucoup de fruits dont on peut se nourrir. Si les femmes y cultivent autour de la cabane un morceau de terre, le maïs y vient d'abord. La chasse et la pêche achèvent de mettre les hommes dans l'abondance. De plus, les animaux qui paissent, comme les bœufs, les buffles, etc., y réussissent mieux que les bêtes carnassières. Celles-ci ont eu de tout temps l'empire de l'Afrique.

Je crois qu'on n'auroit point tous ces avantages en Europe, si l'on y laissoit la terre inculte ; il n'y

[1] POLYBE, liv. X.

viendroit guère que des forêts, des chênes, et autres arbres stériles.

CHAPITRE X.

Du nombre des hommes, dans le rapport avec la manière dont ils se procurent la subsistance.

Quand les nations ne cultivent pas les terres, voici dans quelle proportion le nombre des hommes s'y trouve. Comme le produit d'un terrain inculte est au produit d'un terrain cultivé, de même le nombre des sauvages, dans un pays, est au nombre des laboureurs dans un autre ; et, quand le peuple qui cultive les terres cultive aussi les arts, cela suit des proportions qui demanderoient bien des détails.

Ils ne peuvent guère former une grande nation. S'ils sont pasteurs, ils ont besoin d'un grand pays pour qu'ils puissent subsister en certain nombre ; s'ils sont chasseurs, ils sont encore en plus petit nombre, et forment pour vivre une plus petite nation.

Leur pays est ordinairement plein de forêts ; et, comme les hommes n'y ont point donné de cours aux eaux, il est rempli de marécages, où chaque troupe se cantonne et forme une petite nation.

CHAPITRE XI.

Des peuples sauvages et des peuples barbares.

Il y a cette différence, entre les peuples sauvages et les peuples barbares, que les premiers sont de petites nations dispersées qui, par quelques raisons particulières, ne peuvent pas se réunir ; au lieu que les barbares sont ordinairement de petites nations qui peuvent se réunir. Les premiers sont ordinairement des peuples chasseurs ; les seconds, des peuples pasteurs. Cela se voit bien dans le nord de l'Asie. Les peuples de la Sibérie ne sauroient vivre en corps, parce qu'ils ne pourroient se nourrir ; les Tartares peuvent vivre en corps pendant quelque temps, parce que leurs troupeaux peuvent être rassemblés pendant quelque temps. Toutes les hordes peuvent donc se réunir ; et cela se fait lorsqu'un chef en a soumis beaucoup d'autres : après quoi il faut qu'elles fassent de deux choses l'une, qu'elles se séparent, ou qu'elles aillent faire quelque grande conquête dans quelque empire du midi.

CHAPITRE XII.

Du droit des gens chez les peuples qui ne cultivent point les terres.

Ces peuples, ne vivant pas dans un terrain limité et circonscrit, auront entre eux bien des sujets de querelle ; ils se disputeront la terre inculte, comme parmi nous les citoyens se disputent les héritages. Ainsi ils trouveront de fréquentes occasions de guerre pour leurs chasses, pour leurs pêches, pour la nourriture de leurs bestiaux, pour l'enlèvement de leurs esclaves ; et, n'ayant point de territoire, ils auront autant de choses à régler par le droit des gens, qu'ils en auront peu à décider par le droit civil.

CHAPITRE XIII.

Des lois civiles chez les peuples qui ne cultivent point les terres.

C'est le partage des terres qui grossit principalement le code civil. Chez les nations où l'on n'aura pas fait ce partage, il y aura très peu de lois civiles.

On peut appeler les institutions de ces peuples des *mœurs* plutôt que des *lois*.

Chez de pareilles nations, les vieillards, qui se souviennent des choses passées, ont une grande autorité : on n'y peut être distingué par les biens, mais par la main et par les conseils.

Ces peuples errent et se dispersent dans les pâturages ou dans les forêts. Le mariage n'y sera pas aussi assuré que parmi nous, où il est fixé par la demeure, et où la femme tient à une maison : ils peuvent donc plus aisément changer de femmes, en avoir plusieurs, et quelquefois se mêler indifféremment comme les bêtes.

Les peuples pasteurs ne peuvent se séparer de leurs troupeaux, qui font leur subsistance ; ils ne sauroient non plus se séparer de leurs femmes, qui en ont soin. Tout cela doit donc marcher ensemble ; d'autant plus que, vivant ordinairement dans de grandes plaines, où il y a peu de lieux forts d'assiette, leurs femmes, leurs enfants, leurs troupeaux, deviendroient la proie de leurs ennemis.

Leurs lois régleront le partage du butin, et auront, comme nos lois saliques, une attention particulière sur les vols.

CHAPITRE XIV.

De l'état politique des peuples qui ne cultivent point les terres.

Ces peuples jouissent d'une grande liberté ; car, comme ils ne cultivent point les terres, ils n'y sont point attachés : ils sont errants, vagabonds ; et, si un chef vouloit leur ôter leur liberté, ils l'iroient d'abord chercher chez un autre, ou se retireroient dans les bois pour y vivre avec leur famille. Chez ces peuples, la liberté de l'homme est si grande qu'elle entraîne nécessairement la liberté du citoyen.

CHAPITRE XV.

Des peuples qui connoissent l'usage de la monnoie.

Aristippe, ayant fait naufrage, nagea, et aborda au rivage prochain ; il vit qu'on avoit tracé sur le sable des figures de géométrie : il se sentit ému de joie, jugeant qu'il étoit arrivé chez un peuple grec, et non pas chez un peuple barbare.

Soyez seul, et arrivez par quelque accident chez un peuple inconnu : si vous voyez une pièce de monnoie, comptez que vous êtes arrivé chez une nation policée.

La culture des terres demande l'usage de la monnoie. Cette culture suppose beaucoup d'arts et de connoissances ; et l'on voit toujours marcher d'un pas égal les arts, les connoissances et les besoins. Tout cela conduit à l'établissement d'un signe de valeurs.

Les torrents et les incendies nous ont fait découvrir que les terres contenoient des métaux [1]. Quand ils en ont été une fois séparés, il a été aisé de les employer.

CHAPITRE XVI.

Des lois civiles chez les peuples qui ne connoissent point l'usage de la monnoie.

Quand un peuple n'a pas l'usage de la monnoie, on ne connoit guère chez lui que les injustices qui viennent de la violence ; et les gens foibles, en s'unissant, se défendent contre la violence. Il n'y a guère là que des arrangements politiques. Mais, chez un peuple où la monnoie est établie,

[1] C'est ainsi que Diodore nous dit que des bergers trouvèrent l'or des Pyrénées. — Aristote dit la même chose , *lib. de Mirabilibus*. Mais Strabon traite cela de fable. Au reste, tout ce que Diodore dit des mines d'Espagne est tiré de Posidonius, comme on peut le voir dans le passage cité par Strabon. (P.)

on est sujet aux injustices qui viennent de la ruse ; et ces injustices peuvent être exercées de mille façons. On y est donc forcé d'avoir de bonnes lois civiles : elles naissent avec les nouveaux moyens et les diverses manières d'être méchant.

Dans les pays où il n'y a point de monnoie, le ravisseur n'enlève que des choses, et les choses ne se ressemblent jamais. Dans les pays où il y a de la monnoie, le ravisseur enlève des signes ; et les signes se ressemblent toujours. Dans les premiers pays, rien ne peut être caché, parce que le ravisseur porte toujours avec lui des preuves de sa conviction : cela n'est pas de même dans les autres.

CHAPITRE XVII.

Des lois politiques chez les peuples qui n'ont point l'usage de la monnoie.

Ce qui assure le plus la liberté des peuples qui ne cultivent point les terres, c'est que la monnoie leur est inconnue. Les fruits de la chasse, de la pêche ou des troupeaux, ne peuvent s'assembler en assez grande quantité, ni se garder assez, pour qu'un homme se trouve en état de corrompre tous les autres ; au lieu que, lorsqu'on a des signes de richesses, on peut faire un amas de ces signes, et les distribuer à qui l'on veut.

Chez les peuples qui n'ont point de monnoie, chacun a peu de besoins, et les satisfait aisément et également. L'égalité est donc forcée : aussi leurs chefs ne sont-ils point despotiques.

CHAPITRE XVIII.

Force de la superstition.

Si ce que les relations nous disent est vrai, la constitution d'un peuple de la Louisiane, nommé les *Natchés*, déroge à ceci. Leur chef [1] dispose des biens de tous ses sujets, et les fait travailler à sa fantaisie ; ils ne peuvent lui refuser leur tête : il est comme le grand-seigneur. Lorsque l'héritier présomptif vient à naître, on lui donne tous les enfants à la mamelle, pour le servir pendant sa vie. Vous diriez que c'est le grand Sésostris. Ce chef est traité dans sa cabane avec les cérémonies qu'on feroit à un empereur du Japon ou de la Chine.

Les préjugés de la superstition sont supérieurs à tous les autres préjugés, et ses raisons à toutes les autres raisons. Ainsi, quoique les peuples sau-

[1] *Lettres édifiantes*, vingtième recueil.

vages ne connoissent point naturellement le despotisme, ce peuple-ci le connoît. Ils adorent le soleil ; et, si leur chef n'avoit pas imaginé qu'il étoit le frère du soleil, ils n'auroient trouvé en lui qu'un misérable comme eux.

CHAPITRE XIX.

De la liberté des Arabes, et de la servitude des Tartares.

Les Arabes et les Tartares sont des peuples pasteurs. Les Arabes se trouvent dans les cas généraux dont nous avons parlé, et sont libres ; au lieu que les Tartares (peuple le plus singulier de la terre) se trouvent dans l'esclavage politique [1]. J'ai déjà [2] donné quelques raisons de ce dernier fait : en voici de nouvelles.

Ils n'ont point de villes, ils n'ont point de forêts, ils ont peu de marais ; leurs rivières sont presque toujours glacées ; ils habitent une immense plaine ; ils ont des pâturages et des troupeaux, et par conséquent des biens : mais ils n'ont aucune espèce de retraite ni de défense. Sitôt qu'un kan est vaincu, on lui coupe la tête [3] ; on traite de la même manière ses enfants ; et tous ses sujets appartiennent au vainqueur. On ne les condamne pas à un esclavage civil ; ils seroient à charge à une nation simple, qui n'a point de terres à cultiver, et n'a besoin d'aucun service domestique. Ils augmentent donc la nation. Mais, au lieu de l'esclavage civil, on conçoit que l'esclavage politique a dû s'introduire.

En effet, dans un pays où les diverses hordes se font continuellement la guerre, et se conquièrent sans cesse les unes les autres ; dans un pays où, par la mort du chef, le corps politique de chaque horde vaincue est toujours détruit, la nation en général ne peut guère être libre ; car il n'y en a pas une seule partie qui ne doive avoir été un très grand nombre de fois subjuguée.

Les peuples vaincus peuvent conserver quelque liberté, lorsque, par la force de leur situation, ils sont en état de faire des traités après leur défaite ; mais les Tartares, toujours sans défense, vaincus une fois, n'ont jamais pu faire des conditions.

J'ai dit, au chapitre II, que les habitants des plaines cultivées n'étoient guère libres : des cir-

[1] Lorsqu'on proclame un kan, tout le peuple s'écrie : *Que sa parole lui serve de glaive!*
[2] Liv. XVII, chap. v.
[3] Ainsi, il ne faut pas être étonné si Mirivéis, s'étant rendu maître d'Ispahan, fit tuer tous les princes du sang.

constances font que les Tartares, habitant une terre inculte, sont dans le même cas.

CHAPITRE XX.

Du droit des gens des Tartares.

Les Tartares paroissent entre eux doux et humains, et ils sont des conquérants très cruels : ils passent au fil de l'épée les habitants des villes qu'ils prennent ; ils croient leur faire grace lorsqu'ils les vendent ou les distribuent à leurs soldats. Ils ont détruit l'Asie depuis les Indes jusqu'à la Méditerranée ; tout le pays qui forme l'orient de la Perse en est resté désert.

Voici ce qui me paroît avoir produit un pareil droit des gens. Ces peuples n'avoient point de villes, toutes leurs guerres se faisoient avec promptitude et avec impétuosité. Quand ils espéroient de vaincre, ils combattoient ; ils augmentoient l'armée des plus forts, quand ils ne l'espéroient pas. Avec de pareilles coutumes, ils trouvoient qu'il étoit contre leur droit des gens qu'une ville qui ne pouvoit leur résister les arrêtât : ils ne regardoient pas les villes comme une assemblée d'habitants, mais comme des lieux propres à se soustraire à leur puissance. Ils n'avoient aucun art pour les assiéger, et ils s'exposoient beaucoup en les assiégeant ; ils vengeoient par le sang tout celui qu'ils venoient de répandre.

CHAPITRE XXI.

Loi civile des Tartares.

Le P. Dubalde dit que, chez les Tartares, c'est toujours le dernier des mâles qui est l'héritier, par la raison qu'à mesure que les aînés sont en état de mener la vie pastorale, ils sortent de la maison avec une certaine quantité de bétail que le père leur donne, et vont former une nouvelle habitation. Le dernier des mâles, qui reste dans la maison avec son père, est donc son héritier naturel.

J'ai ouï dire qu'une pareille coutume étoit observée dans quelques petits districts d'Angleterre ; et on la trouve encore en Bretagne, dans le duché de Rohan, où elle a lieu pour les rotures. C'est sans doute une loi pastorale venue de quelque petit peuple breton, ou portée par quelque peuple germain. On sait, par César et Tacite, que ces derniers cultivoient peu les terres.

CHAPITRE XXII.

D'une loi civile des peuples germains.

J'expliquerai ici comment ce texte particulier de la loi salique, que l'on appelle ordinairement la loi salique, tient aux institutions d'un peuple qui ne cultivoit point les terres, ou du moins qui les cultivoit peu.

La loi salique [1] veut que, lorsqu'un homme laisse des enfants, les mâles succèdent à la terre salique, au préjudice des filles.

Pour savoir ce que c'étoit que les terres saliques, il faut chercher ce que c'étoit que les propriétés ou l'usage des terres chez les Francs, avant qu'ils fussent sortis de la Germanie.

M. Échard a très bien prouvé que le mot *salique* vient du mot *sala*, qui signifie maison ; et qu'ainsi la terre salique étoit la terre de la maison. J'irai plus loin ; et j'examinerai ce que c'étoit que la maison, et la terre de la maison, chez les Germains.

« Ils n'habitent point de villes, dit Tacite [2], et » ils ne peuvent souffrir que leurs maisons se tou- » chent les unes les autres ; chacun laisse autour » de sa maison un petit terrain ou espace, qui est » clos et fermé. » Tacite parloit exactement. Car plusieurs lois des codes [3] barbares ont des dispositions différentes contre ceux qui renversoient cette enceinte, et ceux qui pénétroient dans la maison même.

Nous savons, par Tacite et César, que les terres que les Germains cultivoient ne leur étoient données que pour un an ; après quoi elles redevenoient publiques. Ils n'avoient de patrimoine que la maison, et un morceau de terre dans l'enceinte autour de la maison [4]. C'est ce patrimoine particulier qui appartenoit aux mâles. En effet, pourquoi auroit-il appartenu aux filles ? elles passoient dans une autre maison.

La terre salique étoit donc cette enceinte qui dépendoit de la maison du Germain ; c'étoit la seule propriété qu'il eût. Les Francs, après la conquête, acquirent de nouvelles propriétés, et on continua à les appeler des terres saliques.

Lorsque les Francs vivoient dans la Germanie,

[1] Titre 62.
[2] *Nullas Germanorum populis urbes habitari satis notum est, ne pati quidem inter se junctas sedes; colunt discreti ac diversi, ut fons, ut campus, ut nemus placuit. Vicos locant, non in nostrum morem connexis et cohærentibus ædificiis; suam quisque domum spatio circumdat.* (De Moribus Germanorum.)
[3] La *loi des Allemands*, chap. x ; et la *loi des Bavarois*, titre x, § 1 et 2.
[4] Cette enceinte s'appelle *curtis*, dans les chartres.

leurs biens étoient des esclaves, des troupeaux, des chevaux, des armes, etc. La maison et la petite portion de terre qui y étoit jointe étoient naturellement données aux enfants mâles qui devoient y habiter. Mais lorsque, après la conquête, les Francs eurent acquis de grandes terres, on trouva dur que les filles et leurs enfants ne pussent y avoir de part. Il s'introduisit un usage qui permettoit au père de rappeler sa fille et les enfants de sa fille. On fit taire la loi ; et il falloit bien que ces sortes de rappels fussent communs, puisqu'on en fit des formules[1].

Parmi toutes ces formules, j'en trouve une singulière[2]. Un aïeul rappelle ses petits-enfants pour succéder avec ses fils et avec ses filles. Que devenoit donc la loi salique ? Il falloit que, dans ces temps-là même, elle ne fût plus observée, ou que l'usage continuel de rappeler les filles eût fait regarder leur capacité de succéder comme le cas le plus ordinaire.

La loi salique n'ayant point pour objet une certaine préférence d'un sexe sur un autre, elle avoit encore moins celui d'une perpétuité de famille, de nom, ou de transmission de terre : tout cela n'entroit point dans la tête des Germains. C'étoit une loi purement économique, qui donnoit la maison, et la terre dépendante de la maison, aux mâles qui devoient l'habiter, et à qui par conséquent elle convenoit le mieux.

Il n'y a qu'à transcrire ici le titre des aïeux de la loi salique ; ce texte si fameux, dont tant de gens ont parlé, et que si peu de gens ont lu.

« 1° Si un homme meurt sans enfants, son père
» ou sa mère lui succéderont. 2° S'il n'a ni père
» ni mère, son frère ou sa sœur lui succéderont.
» 3° S'il n'a ni frère ni sœur, la sœur de sa mère
» lui succédera. 4° Si sa mère n'a point de sœur,
» la sœur de son père lui succédera. 5° Si son
» père n'a point de sœur, le plus proche parent
» par mâle lui succédera[3]. 6° Aucune portion

» de la terre salique[1] ne passera aux femelles,
» mais elle appartiendra aux mâles ; c'est-à-dire
» que les enfants mâles succéderont à leur père. »

Il est clair que les cinq premiers articles concernent la succession de celui qui meurt sans enfants, et le sixième, la succession de celui qui a des enfants.

Lorsqu'un homme mouroit sans enfants, la loi vouloit qu'un des deux sexes n'eût de préférence sur l'autre que dans de certains cas. Dans les deux premiers degrés de succession, les avantages des mâles et des femelles étoient les mêmes ; dans le troisième et le quatrième, les femmes avoient la préférence ; et les mâles l'avoient dans le cinquième.

Je trouve les semences de ces bizarreries dans Tacite. « Les enfants[2] des sœurs, dit-il, sont chéris de leur oncle comme de leur propre père. Il
» y a des gens qui regardent ce lien comme plus
» étroit et même plus saint ; ils le préfèrent quand
» ils reçoivent des otages. » C'est pour cela que nos premiers historiens[3] nous parlent tant de l'amour des rois francs pour leur sœur et pour les enfants de leur sœur. Que si les enfants des sœurs étoient regardés dans la maison comme les enfants mêmes, il étoit naturel que les enfants regardassent leur tante comme leur propre mère.

La sœur de la mère étoit préférée à la sœur du père : cela s'explique par d'autres textes de la loi salique ; lorsqu'une femme étoit veuve[4], elle tomboit sous la tutelle des parents de son mari : la loi préféroit, pour cette tutelle, les parents par femmes aux parents par mâles. En effet, une femme qui entroit dans une famille, s'unissant avec les personnes de son sexe, elle étoit plus liée avec les

[1] Voyez Marculfe, liv. II, form. 10 et 12 ; l'appendice de Marculfe, form. 49 ; et les formules anciennes, appelées de Sirmond, form. 22.

[2] Form. 55, dans le *Recueil de Lindembroch.*

[3] Voici le texte du titre des *aïeux*, tel qu'on le trouve dans l'édition de la *Loi salique* publiée à la suite des formules de Marculfe, avec les notes de Bignon (Paris, 1666, in-4°) ; et dans celle de Baluze, tom. 1, pag. 521 :

§ 1. *Si quis homo mortuus fuerit, et filios non dimiserit, si pater aut mater superfuerint, ipsi hæreditatem succedant.*

§ 2. *Si pater aut mater non superfuerint, et fratres vel sorores reliquerit, ipsi hæreditatem obtineant.*

§ 3. *Quod si nec isti fuerint, sorores patris in hæreditatem ejus succedant.*

§ 4. *Si vero sorores patris non extiterint, sorores matris ejus hæreditatem sibi vindicent.*

§ 5. *Si autem nulli horum fuerint, quicumque proximiores fuerint de paterna generatione, ipsi in hæreditatem succedant.*

§ 6. *De terra vero salica nulla portio mulieri veniat ; sed ad virilem sexum tota terræ hæreditas perveniat.* (*Lege salica*, tit. LXII.)

Voyez encore un recueil des lois primitives de notre monarchie, intitulé : *Auræi venerandæque antiquitatis libelli* (Paris, 1575, petit in-12) ; et remarquez que les § 5 et 4 diffèrent essentiellement de la traduction de Montesquieu, et contredisent la fin de ce chapitre.

[1] *De terra vero salica in mulierem nulla portio hæreditatis transit, sed hoc virilis sexus acquirit, hoc est filii in ipsa hæreditate succedunt.* (Tit. LXII, § 6.)

[2] *Sororum filiis idem apud avunculum, qui apud patrem honor. Quidam sanctiorem arctioremque hunc nexum sanguinis arbitrantur, et in accipiendis obsidibus magis exigunt, tanquam ii et animum firmius et domum latius teneant.* (*De Moribus Germanorum.*)

[3] Voyez, dans Grégoire de Tours, liv. VIII, ch. XVIII et XX ; liv. IX, ch. XVI et XX, les fureurs de Gontran sur les mauvais traitements faits à Ingunde, sa nièce, par Leuvigilde ; et comme Childebert, son frère, fit la guerre pour le venger.

[4] *Loi salique*, tit. XLVII.

parents par femmes qu'avec les parents par mâles. De plus, quand un[1] homme en avoit tué un autre, et qu'il n'avoit pas de quoi satisfaire à la peine pécuniaire qu'il avoit encourue, la loi lui permettoit de céder ses biens, et les parents devoient suppléer à ce qui manquoit. Après le père, la mère et le frère, c'étoit la sœur de la mère qui payoit, comme si ce lien avoit quelque chose de plus tendre : or, la parenté qui donne les charges devoit de même donner les avantages.

La loi salique vouloit qu'après la sœur du père le plus proche parent par mâle eût la succession : mais, s'il étoit parent au-delà du cinquième degré, il ne succédoit pas. Ainsi, une femme au cinquième degré auroit succédé au préjudice d'un mâle du sixième; et cela se voit dans la loi[2] des Francs ripuaires, fidèle interprète de la loi salique dans le titre des aleux, où elle suit pas à pas le même titre de la loi salique.

Si le père laissoit des enfants, la loi salique vouloit que les filles fussent exclues de la succession à la terre salique, et qu'elle appartînt aux enfants mâles.

Il me sera aisé de prouver que la loi salique n'exclut pas indistinctement les filles de la terre salique; mais dans le cas seulement où des frères les excluroient. 1° Cela se voit dans la loi salique même, qui, après avoir dit que les femmes ne posséderoient rien de la terre salique, mais seulement les mâles, s'interprète et se restreint elle-même, « c'est-à-dire, dit-elle, que le fils succé-» dera à l'hérédité du père. »

2° Le texte de la loi salique est éclairci par la loi des Francs ripuaires, qui a aussi un titre[3] des aleux très conforme à celui de la loi salique.

3° Les lois de ces peuples barbares, tous originaires de la Germanie, s'interprètent les unes les autres, d'autant plus qu'elles ont toutes à peu près le même esprit. La loi des Saxons[4] veut que le

père et la mère laissent leur hérédité à leur fils, et non pas à leur fille ; mais que, s'il n'y a que des filles, elles aient toute l'hérédité.

4° Nous avons deux anciennes formules[1] qui posent le cas où, suivant la loi salique, les filles sont exclues par les mâles : c'est lorsqu'elles concourent avec leur frère.

5° Une autre formule[2] prouve que la fille succédoit au préjudice du petit-fils : elle n'étoit donc exclue que par le fils.

6° Si les filles, par la loi salique, avoient été généralement exclues de la succession des terres, il seroit impossible d'expliquer les histoires, les formules et les chartres, qui parlent continuellement des terres et des biens des femmes dans la première race.

On a eu tort de dire[3] que les terres saliques étoient des fiefs. 1° Ce titre est intitulé *des aleux*. 2° Dans les commencements, les fiefs n'étoient point héréditaires. 3° Si les terres saliques avoient été des fiefs, comment Marculfe auroit-il traité d'impie la coutume qui excluoit les femmes d'y succéder, puisque les mâles mêmes ne succédoient pas aux fiefs? 4° Les chartres que l'on cite pour prouver que les terres saliques étoient des fiefs prouvent seulement qu'elles étoient des terres franches. 5° Les fiefs ne furent établis qu'après la conquête; et les usages saliques existoient avant que les Francs partissent de la Germanie. 6° Ce ne fut point la loi salique qui, en bornant la succession des femmes, forma l'établissement des fiefs; mais ce fut l'établissement des fiefs qui mit des limites à la succession des femmes et aux dispositions de la loi salique.

Après ce que nous venons de dire, on ne croiroit pas que la succession perpétuelle des mâles à la couronne de France pût venir de la loi salique. Il est pourtant indubitable qu'elle en vient. Je le prouve par les divers codes des peuples barbares. La loi salique[4] et la loi des Bourguignons[5] ne donnèrent point aux filles le droit de succéder à la terre avec leurs frères; elles ne succédèrent pas non plus à la couronne. La loi des Wisigoths[6], au contraire, admit les filles[7] à succéder aux terres avec leurs frères; les femmes furent capables de

succéder à la couronne. Chez ces peuples, la disposition de la loi civile força [1] la loi politique.

Ce ne fut pas le seul cas où la loi politique, chez les Francs, céda à la loi civile. Par la disposition de la loi salique, tous les frères succédoient également à la terre; et c'étoit aussi la disposition de la loi des Bourguignons. Aussi, dans la monarchie des Francs et dans celle des Bourguignons, tous les frères succédèrent-ils à la couronne, à quelques violences, meurtres, et usurpations près, chez les Bourguignons.

CHAPITRE XXIII.

De la longue chevelure des rois francs.

Les peuples qui ne cultivent point les terres n'ont pas même l'idée du luxe. Il faut voir dans Tacite l'admirable simplicité des peuples germains : les arts ne travailloient point à leurs ornements; ils les trouvoient dans la nature. Si la famille de leur chef devoit être remarquée par quelque signe, c'étoit dans cette même nature qu'ils devoient le chercher : les rois des Francs, des Bourguignons et des Wisigoths, avoient pour diadème leur longue chevelure.

CHAPITRE XXIV.

Des mariages des rois francs.

J'ai dit ci-dessus que, chez les peuples qui ne cultivent point les terres, les mariages étoient beaucoup moins fixes, et qu'on y prenoit ordinairement plusieurs femmes. « Les Germains étoient » presque les seuls [2] de tous les barbares qui se » contentassent d'une seule femme, si l'on en ex- » cepte [3], dit Tacite, quelques personnes qui, non » par dissolution, mais à cause de leur noblesse, » en avoient plusieurs. »

Cela explique comment les rois de la première race eurent un si grand nombre de femmes. Ces mariages étoient moins un témoignage d'incontinence qu'un attribut de dignité : c'eût été les blesser dans un endroit bien tendre que de leur faire

perdre une telle prérogative [1]. Cela explique comment l'exemple des rois ne fut pas suivi par les sujets.

CHAPITRE XXV.

Childéric.

« Les mariages chez les Germains sont sévères [2], » dit Tacite. Les vices n'y sont point un sujet de » ridicule [3] : corrompre, ou être corrompu, ne » s'appelle point un usage ou une manière de vi- » vre; il y a peu d'exemples [4], dans une nation si » nombreuse, de la violation de la foi conjugale. »

Cela explique l'expulsion de Childéric : il choquoit des mœurs rigides que la conquête n'avoit pas eu le temps de changer.

CHAPITRE XXVI.

De la majorité des rois francs.

Les peuples barbares qui ne cultivent point les terres n'ont point proprement de territoire, et sont, comme nous avons dit, plutôt gouvernés par le droit des gens que par le droit civil. Ils sont donc presque toujours armés. Aussi Tacite dit-il « que les Germains ne faisoient aucune affaire pu- » blique ni particulière sans être armés [5]. Ils don- » noient leur avis par un signe qu'ils faisoient » avec leurs armes [6]. Sitôt qu'ils pouvoient les » porter, ils étoient présentés à l'assemblée [7]; on » leur mettoit dans les mains un javelot [8] : dès ce » moment, ils sortoient de l'enfance [9]; ils étoient » une partie de la famille : ils en devenoient une » de la république. »

« Les aigles, disoit [10] le roi des Ostrogoths, ces- » sent de donner la nourriture à leurs petits sitôt » que leurs plumes et leurs ongles sont formés; » ceux-ci n'ont plus besoin du secours d'autrui,

[1] Voyez la *Chronique de Frédégaire*, sur l'an 628.
[2] *Severa matrimonia... Nemo illic vitia ridet; nec corrumpere, et corrumpi sœculum vocatur.* (*De Moribus Germanorum.*)
[3] Il nous semble que, pour rendre nettement la pensée de Tacite, il falloit dire : « On ne s'y joue point du vice. »
[4] *Paucissima in tam numerosa gente adulteria.* (*De Moribus German.*)
[5] *Nihil, neque publicæ, neque privatæ rei, nisi armati agunt.* (*De Morib. Germ.*)
[6] *Si displicuit sententia, aspernantur; sin placuit, frameas concutiunt.* (*Ibid.*)
[7] *Sed arma sumere non ante cuiquam moris quam civitas suffecturum probaverit.* (*Ibid.*)
[8] *Tum in ipso concilio, vel principum aliquis, vel pater, vel propinquus, scuto frameaque juvenem ornant.* (*Ibid.*)
[9] *Hæc apud illos toga, hic primus juventæ honos : ante hoc domus pars videntur, mox reipublicæ.* (*Ibid.*)
[10] Théodoric, dans Cassiodore, liv. I, lettre XXXVIII.

[1] La couronne, chez les Ostrogoths, passa deux fois par les femmes aux mâles : l'une, par Amalasunthe, dans la personne d'Athalaric; et l'autre, par Amalafrède, dans la personne de Théodat. Ce n'est pas que, chez eux, les femmes ne pussent régner par elles-mêmes : Amalasunthe, après la mort d'Athalaric, régna, et régna même après l'élection de Théodat, et concurremment avec lui. Voyez les *Lettres d'Amalasunthe et de Théodat*, dans Cassiodore, liv. X.
[2] *Prope soli barbarorum singulis uxoribus contenti sunt.* (*De Morib. Germ.*)
[3] *Exceptis admodum paucis qui, non libidine, sed ob nobilitatem, plurimis nuptiis ambiuntur.* (*Ibid.*)

» quand ils vont eux-mêmes chercher une proie.
» Il seroit indigne que nos jeunes gens qui sont
» dans nos armées fussent censés être dans un âge
» trop foible pour régir leur bien, et pour régler
» la conduite de leur vie. C'est la vertu qui fait la
» majorité chez les Goths. »

Childebert Il avoit quinze ans[1] lorsque Gontran, son oncle, le déclara majeur, et capable de gouverner par lui-même. On voit, dans la loi des Ripuaires, cet âge de quinze ans, la capacité de porter les armes, et la majorité, marcher ensemble. « Si un Ripuaire est mort, ou a été tué, y » est-il dit[2], et qu'il ait laissé un fils, il ne pourra » poursuivre, ni être poursuivi en jugement, qu'il » n'ait quinze ans complets; pour lors il répondra » lui-même, ou choisira un champion. » Il falloit que l'esprit fût assez formé pour se défendre dans le jugement, et que le corps le fût assez pour se défendre dans le combat. Chez les Bourguignons[3], qui avoient aussi l'usage du combat dans les actions judiciaires, la majorité étoit encore à quinze ans.

Agathias nous dit que les armes des Francs étoient légères; ils pouvoient donc être majeurs à quinze ans. Dans la suite, les armes devinrent pesantes : et elles l'étoient déjà beaucoup du temps de Charlemagne, comme il paroît par nos capitulaires et par nos romans. Ceux qui[4] avoient des fiefs, et qui par conséquent devoient faire le service militaire, ne furent plus majeurs qu'à vingt-un ans[5].

CHAPITRE XXVII.

Continuation du même sujet.

On a vu que chez les Germains on n'alloit point à l'assemblée avant la majorité : on étoit partie de la famille, et non pas de la république. Cela fit que les enfants de Clodomir, roi d'Orléans et conquérant de la Bourgogne, ne furent point déclarés rois, parce que, dans l'âge tendre où ils étoient, ils ne pouvoient pas être présentés à l'assemblée. Ils n'étoient pas rois encore, mais ils devoient l'être lorsqu'ils seroient capables de porter les armes; et cependant Clotilde, leur aïeule, gouver-

noit l'état[1]. Leurs oncles Clotaire et Childebert les égorgèrent, et partagèrent leur royaume. Cet exemple fut cause que, dans la suite, les princes pupilles furent déclarés rois, d'abord après la mort de leurs pères. Ainsi le duc Gondovalde sauva Childebert II de la cruauté de Chilpéric, et le fit déclarer roi[2] à l'âge de cinq ans.

Mais, dans ce changement même, on suivit le premier esprit de la nation, de sorte que les actes ne se passoient pas même au nom des rois pupilles. Aussi y eut-il chez les Francs une double administration, l'une qui regardoit la personne du roi pupille, et l'autre qui regardoit le royaume; et, dans les fiefs, il y eut une différence entre la tutelle et la baillie.

CHAPITRE XXVIII.

De l'adoption chez les Germains.

Comme chez les Germains on devenoit majeur en recevant les armes, on étoit adopté par le même signe. Ainsi Gontran voulant déclarer majeur son neveu Childebert, et de plus l'adopter, il lui dit : « J'ai mis[3] ce javelot dans tes mains, comme » un signe que je t'ai donné mon royaume. » Et se tournant vers l'assemblée : « Vous voyez que » mon fils Childebert est devenu un homme; » obéissez-lui. » Théodoric, roi des Ostrogoths, voulant adopter le roi des Hérules, lui écrivit[4] : « C'est une belle chose, parmi nous, de pouvoir » être adopté par les armes; car les hommes cou-» rageux sont les seuls qui méritent de devenir nos » enfants. Il y a une telle force dans cet acte, que » celui qui en est l'objet aimera toujours mieux » mourir que de souffrir quelque chose de hon-» teux. Ainsi, par la coutume des nations, et parce » que vous êtes un homme, nous vous adoptons » par ces boucliers, ces épées, ces chevaux, que » nous vous envoyons. »

CHAPITRE XXIX.

Esprit sanguinaire des rois francs.

Clovis n'avoit pas été le seul des princes, chez les Francs, qui eût entrepris des expéditions dans

[1] Il avoit à peine cinq ans, dit Grégoire de Tours, liv. V, chap. i, lorsqu'il succéda à son père, en l'an 575; c'est-à-dire qu'il avoit cinq ans. Gontran le déclara majeur en l'an 583 : il avoit donc quinze ans.
[2] Tit. LXXXI. [3] Tit. LXXXVII.
[4] Il n'y eut point de changement pour les roturiers.
[5] Saint Louis ne fut majeur qu'à cet âge. Cela changea par un édit de Charles V, de l'an 1374.

[1] Il paroît, par Grégoire de Tours, liv. III, qu'elle choisit deux hommes de Bourgogne, qui étoit une conquête de Clodomir, pour les élever au siège de Tours, qui étoit aussi du royaume de Clodomir.
[2] GRÉGOIRE DE TOURS, liv. V, chap. i. *Vix lustro ætatis uno jam peracto, qui die dominicæ natalis, regnare cœpit.*
[3] Voyez Grégoire de Tours, liv. VII, chap. XXIII.
[4] Dans Cassiodore, liv. IV, lett. II.

les Gaules : plusieurs de ses parents y avoient mené des tribus particulières ; et, comme il y eut de plus grands succès, et qu'il put donner des établissements considérables à ceux qui l'avoient suivi, les Francs accoururent à lui de toutes les tribus, et les autres chefs se trouvèrent trop foibles pour lui résister. Il forma le dessein d'exterminer toute sa maison, et il y réussit [1]. Il craignoit, dit Grégoire de Tours [2], que les Francs ne prissent un autre chef. Ses enfants et ses successeurs suivirent cette pratique autant qu'ils purent : on vit sans cesse le frère, l'oncle, le neveu, que dis-je? le fils, le père, conspirer contre toute sa famille. La loi séparoit sans cesse la monarchie ; la crainte, l'ambition et la cruauté, vouloient la réunir.

CHAPITRE XXX.

Des assemblées de la nation chez les Francs.

On a dit ci-dessus que les peuples qui ne cultivent point les terres jouissoient d'une grande liberté. Les Germains furent dans ce cas. Tacite dit qu'ils ne donnoient à leurs rois ou chefs qu'un pouvoir très modéré [5]; et César [4], qu'ils n'avoient pas de magistrat commun pendant la paix, mais que, dans chaque village, les princes rendoient la justice entre les leurs. Aussi les Francs, dans la Germanie, n'avoient-ils point de roi, comme Grégoire de Tours [5] le prouve très bien.

« Les princes, dit Tacite [6], délibèrent sur les » petites choses, toute la nation sur les grandes : » de sorte pourtant que les affaires dont le peuple » prend connoissance sont portées de même de- » vant les princes. » Cet usage se conserva après la conquête, comme [7] on le voit dans tous les monuments.

Tacite [8] dit que les crimes capitaux pouvoient être portés devant l'assemblée. Il en fut de même après la conquête, et les grands vassaux y furent jugés.

[1] GRÉGOIRE DE TOURS, liv. II.　[2] Ibid.
[3] Nec regibus libera aut infinita potestas. Cæterum neque animadvertere, neque vincire, neque verberare, etc. (De Morib. Germ.)
[4] In pace nullus est communis magistratus : sed principes regionum atque pagorum inter suos jus dicunt. (De Bello Gall., lib. VI.)
[5] Liv. II.
[6] De minoribus principes consultant, de majoribus omnes, ita tamen ut ea quorum penes plebem arbitrium est, apud principes quoque pertractentur. (De Morib. Germ.)
[7] Lex consensu populi fit et constitutione regis. (Capitulaires de Charles-le-Chauve, an 864, art. 6.)
[8] Licet apud concilium accusare, et discrimen capitis intendere. (De Moribus Germanorum.)

CHAPITRE XXXI.

De l'autorité du clergé dans la première race.

Chez les peuples barbares, les prêtres ont ordinairement du pouvoir, parce qu'ils ont, et l'autorité qu'ils doivent tenir de la religion, et la puissance que chez des peuples pareils donne la superstition. Aussi voyons-nous, dans Tacite, que les prêtres étoient fort accrédités chez les Germains, qu'ils mettoient la police [1] dans l'assemblée du peuple. Il n'étoit permis [2] qu'à eux de châtier, de lier, de frapper : ce qu'ils faisoient, non pas par un ordre du prince, ni pour infliger une peine, mais comme par une inspiration de la divinité, toujours présente à ceux qui font la guerre.

Il ne faut pas être étonné si, dès le commencement de la première race, on voit les évêques arbitres [3] des jugements, si on les voit paroître dans les assemblées de la nation, s'ils influent si fort dans les résolutions des rois, et si on leur donne tant de biens [4].

LIVRE DIX-NEUVIEME.

DES LOIS

DANS LE RAPPORT QU'ELLES ONT AVEC LES PRINCIPES QUI FORMENT L'ESPRIT GÉNÉRAL, LES MŒURS ET LES MANIÈRES D'UNE NATION.

CHAPITRE I.

Du sujet de ce livre.

Cette matière est d'une grande étendue. Dans cette foule d'idées qui se présentent à mon esprit, je serai plus attentif à l'ordre des choses qu'aux choses mêmes. Il faut que j'écarte à droite et à gauche, que je perce, et que je me fasse jour [5].

[1] Silentium per sacerdotes, quibus et coercendi jus est, imperatur. (De Morib. Germ.)
[2] Nec regibus libera aut infinita potestas. Cæterum neque animadvertere, neque vincire, neque verberare, nisi sacerdotibus est permissum; non quasi in pœnam, nec ducis jussu, sed velut deo imperante, quem adesse bellatoribus credunt. (Ibid.)
[3] Voyez la Constitution de Clotaire, de l'an 560, art. 6.
[4] Les dix derniers chapitres de ce livre, réunis aux livres XXVIII, XXX et XXXI, forment un traité complet sur l'origine et les premiers siècles de notre monarchie; et c'est ainsi qu'il faut les lire pour les bien comprendre. (P.)
[5] Montesquieu, qui méditoit pendant vingt ans les sujets de ses ouvrages, avoit pourtant une extrême promptitude d'esprit, des saillies de réflexion, suivant l'expression de Vauvenar-

CHAPITRE II.

Combien, pour les meilleures lois, il est nécessaire que les esprits soient préparés.

Rien ne parut plus insupportable aux Germains[1] que le tribunal de Varus. Celui que Justinien érigea[2] chez les Laziens pour faire le procès au meurtrier de leur roi leur parut une chose horrible et barbare. Mithridate[3], haranguant contre les Romains, leur reproche surtout les formalités[4] de leur justice. Les Parthes ne purent supporter ce roi qui, ayant été élevé à Rome, se rendit affable[5] et accessible à tout le monde. La liberté même a paru insupportable à des peuples qui n'étoient pas accoutumés à en jouir. C'est ainsi qu'un air pur est quelquefois nuisible à ceux qui ont vécu dans des pays marécageux.

Un Vénitien, nommé Balbi, étant au Pégu[6], fut introduit chez le roi. Quand celui-ci apprit qu'il n'y avoit point de roi à Venise, il fit un si grand éclat de rire qu'une toux le prit, et qu'il eut beaucoup de peine à parler à ses courtisans.

gues, et ses pensées les plus profondes le saisissoient quelquefois comme une impression rapide. C'est alors qu'il s'écrie : « Je découvre ce que j'ai long-temps inutilement cherché... Je vois la raison de ceci... Je vois beaucoup de choses à la fois : il faut me laisser le temps de les dire. » Le génie de Montesquieu n'étoit pas de la trempe de ceux qui se laissent gouverner, qu'on prend, pour ainsi dire, et qu'on laisse à volonté ; il étoit souvent abandonné dans les forêts de la Brède, et obsédé dans les sociétés de Paris. Montesquieu étoit surtout extrêmement distrait ; il n'étoit jamais sûr ni d'écrire ni d'avoir écrit ce qu'il avoit trouvé de plus beau dans la méditation : de là ces formules si fréquentes : « J'allois oublier de dire..., j'ai oublié de dire..., ai-je dit...? » Et ces choses qu'il va oublier, qu'il a oubliées, qu'il n'est pas sûr d'avoir dites, sont très souvent des pensées et des vues sublimes. Avec la douceur et la facilité d'un enfant dans le caractère, il en avoit souvent l'impatience, et le législateur des nations laisse percer quelquefois cette humeur impatiente : « Je suis embarrassé de tout ce que mon sujet me présente dans ce livre... ; j'écarte à droite et à gauche ; je perce et je me fais jour ; etc. » Ces formes, ces manières qu'on a été étonné de trouver dans un livre tel que l'*Esprit des Lois*, peuvent plaire beaucoup, parce qu'elles sont l'expression fidèle et ingénue de ce que l'auteur éprouvoit en écrivant, parce qu'elles nous font connoître son caractère en même temps que son génie. *Vous vous attendiez à ne voir qu'un auteur, et vous ne trouvez qu'un homme.* (*Mercure de France*, du 6 avril 1784.)

[1] Ils coupoient la langue aux avocats, et disoient : *Vipère cesse de siffler.* (TACITE.) — Ce n'est pas Tacite, mais Florus qui rapporte cette coutume : *Nihil insultatione barbarorum intolerabilius, præcipue tamen in causarum patronos. Aliis oculos, aliis manus amputabant; unius os suum, recisa prius lingua, quam in manu tenens barbarus, tandem, inquit, Vipera, sibilare desiste.* (Lib. IV, c. XII.) (CRÉV.)

[2] AGATHIAS, liv. IV. [3] JUSTIN, liv. XXXVIII.

[4] *Calumnias litium*, Ibid. (Ibid.)

[5] *Prompti aditus, nova comitas, ignotæ Parthis virtutes, nova vitia.* (TACITE.)

[6] Il en a fait la description en 1596. (*Recueil des Voyages qui ont servi à l'établissement de la compagnie des Indes*, tom. III, part. 1, pag. 53.)

Quel est le législateur qui pourroit proposer le gouvernement populaire à des peuples pareils?

CHAPITRE III.

De la tyrannie.

Il y a deux sortes de tyrannie : une réelle, qui consiste dans la violence du gouvernement ; et une d'opinion, qui se fait sentir lorsque ceux qui gouvernent établissent des choses qui choquent la manière de penser d'une nation.

Dion dit qu'Auguste voulut se faire appeler Romulus ; mais qu'ayant appris que le peuple craignoit qu'il ne voulût se faire roi, il changea de dessein. Les premiers Romains ne vouloient point de roi, parce qu'ils n'en pouvoient souffrir la puissance ; les Romains d'alors ne vouloient point de roi, pour n'en point souffrir les manières. Car, quoique César, les triumvirs, Auguste, fussent de véritables rois, ils avoient gardé tout l'extérieur de l'égalité, et leur vie privée contenoit une espèce d'opposition avec le faste des rois d'alors ; et, quand ils ne vouloient point de roi, cela signifioit qu'ils vouloient garder leurs manières, et ne pas prendre celles des peuples d'Afrique et d'Orient.

Dion[1] nous dit que le peuple romain étoit indigné contre Auguste, à cause de certaines lois trop dures qu'il avoit faites ; mais que, sitôt qu'il eut fait revenir le comédien Pylade, que les factions avoient chassé de la ville, le mécontentement cessa. Un peuple pareil sentoit plus vivement la tyrannie lorsqu'on chassoit un baladin que lorsqu'on lui ôtoit toutes ses lois.

CHAPITRE IV.

Ce que c'est que l'esprit général.

Plusieurs choses gouvernent les hommes : le climat, la religion, les lois, les maximes du gouvernement, les exemples des choses passées, les mœurs, les manières ; d'où il se forme un esprit général qui en résulte.

A mesure que, dans chaque nation, une de ces causes agit avec plus de force, les autres lui cèdent d'autant. La nature et le climat dominent presque seuls sur les sauvages[2] ; les manières

[1] Liv. LIV, pag. 532.

[2] Quoique les lois agissent sur les mœurs, elles en dépendent. Ainsi, Montesquieu corrige toujours par quelque vérité nouvelle une première pensée qui ne paroissoit excessive que parce qu'on la voyoit seule. La nature et le climat dominent

22

gouvernent les Chinois; les lois tyrannisent le Japon; les mœurs donnoient autrefois le ton dans Lacédémone; les maximes du gouvernement et les mœurs anciennes le donnoient dans Rome.

CHAPITRE V.

Combien il faut être attentif à ne point changer l'esprit général d'une nation.

S'il y avoit dans le monde une nation qui eût une humeur sociable, une ouverture de cœur, une joie dans la vie, un goût, une facilité à communiquer ses pensées; qui fût vive, agréable, enjouée, quelquefois imprudente, souvent indiscrète, et qui eût avec cela du courage, de la générosité, de la franchise, un certain point d'honneur, il ne faudroit point chercher à gêner par des lois ses manières, pour ne point gêner ses vertus. Si en général le caractère est bon, qu'importe de quelques défauts qui s'y trouvent?

On y pourroit contenir les femmes, faire des lois pour corriger leurs mœurs et borner leur luxe : mais qui sait si on n'y perdroit pas un certain goût qui seroit la source des richesses de la nation, et une politesse qui attire chez elle les étrangers?

C'est au législateur à suivre l'esprit de la nation lorsqu'il n'est pas contraire aux principes du gouvernement; car nous ne faisons rien de mieux que ce que nous faisons librement, et en suivant notre génie naturel.

Qu'on donne un esprit de pédanterie à une nation naturellement gaie, l'état n'y gagnera rien ni pour le dedans ni pour le dehors. Laissez-lui faire les choses frivoles sérieusement, et gaiement les choses sérieuses.

CHAPITRE VI.

Qu'il ne faut pas tout corriger.

Qu'on nous laisse comme nous sommes, disoit un gentilhomme d'une nation qui ressemble beaucoup à celle dont nous venons de donner une idée. La nature répare tout. Elle nous a donné une vivacité capable d'offenser, et propre à nous

faire manquer à tous les égards; cette même vivacité est corrigée par la politesse qu'elle nous procure, en nous inspirant du goût pour le monde, et surtout pour le commerce des femmes.

Qu'on nous laisse tels que nous sommes. Nos qualités indiscrètes, jointes à notre peu de malice, font que les lois qui gêneroient l'humeur sociable parmi nous ne seroient point convenables.

CHAPITRE VII.

Des Athéniens et des Lacédémoniens.

Les Athéniens, continuoit ce gentilhomme, étoient un peuple qui avoit quelque rapport avec le nôtre. Il mettoit de la gaieté dans les affaires; un trait de raillerie lui plaisoit sur la tribune comme sur le théâtre. Cette vivacité qu'il mettoit dans les conseils, il la portoit dans l'exécution. Le caractère des Lacédémoniens étoit grave, sérieux, sec, taciturne. On n'auroit pas plus tiré parti d'un Athénien en l'ennuyant, que d'un Lacédémonien en le divertissant.

CHAPITRE VIII.

Effets de l'humeur sociable.

Plus les peuples se communiquent, plus ils changent aisément de manières, parce que chacun est plus un spectacle pour un autre; on voit mieux les singularités des individus. Le climat, qui fait qu'une nation aime à se communiquer, fait aussi qu'elle aime à changer; et ce qui fait qu'une nation aime à changer fait aussi qu'elle se forme le goût.

La société des femmes gâte les mœurs et forme le goût : l'envie de plaire plus que les autres établit les parures, et l'envie de plaire plus que soi-même établit les modes. Les modes sont un objet important : à force de se rendre l'esprit frivole, on augmente sans cesse les branches de son commerce [1].

CHAPITRE IX.

De la vanité et de l'orgueil des nations.

La vanité est un aussi bon ressort pour un gouvernement que l'orgueil en est un dangereux. Il n'y a pour cela qu'à se représenter d'un côté les biens sans nombre qui résultent de la vanité : de là le luxe, l'industrie, les arts, les modes, la politesse, le goût; et d'un autre côté les maux infinis

presque exclusivement les sauvages; les peuples civilisés obéissent aux influences morales. La plus invincible de toutes, c'est l'esprit général d'une nation; il n'est au pouvoir de personne de le changer; il agit sur ceux qui voudroient le méconnoître; il fait les lois ou les rend inutiles; les lois ne peuvent l'attaquer, parce que ce sont deux puissances d'une nature diverse; il échappe ou résiste à tout le reste. (M. Villemain, *Éloge de Montesquieu.*)

[1] Voyez la fable des *Abeilles.*

qui naissent de l'orgueil de certaines nations : la paresse, la pauvreté, l'abandon de tout, la destruction des nations que le hasard a fait tomber entre leurs mains, et de la leur même. La paresse[1] est l'effet de l'orgueil ; le travail est une suite de la vanité : l'orgueil d'un Espagnol le portera à ne pas travailler ; la vanité d'un François le portera à savoir travailler mieux que les autres.

Toute nation paresseuse est grave ; car ceux qui ne travaillent pas se regardent comme souverains de ceux qui travaillent.

Examinez toutes les nations, et vous verrez que dans la plupart la gravité, l'orgueil et la paresse, marchent du même pas.

Les peuples d'Achim[2] sont fiers et paresseux ; ceux qui n'ont point d'esclaves en louent un, ne fût-ce que pour faire cent pas, et porter deux pintes de riz : ils se croiroient déshonorés s'ils les portoient eux-mêmes.

Il y a plusieurs endroits de la terre où l'on se laisse croître les ongles pour marquer que l'on ne travaille point.

Les femmes des Indes[3] croient qu'il est honteux pour elles d'apprendre à lire : c'est l'affaire, disent-elles, des esclaves qui chantent des cantiques dans les pagodes. Dans une caste, elles ne filent point ; dans une autre, elles ne font que des paniers et des nattes, elles ne doivent pas même piler le riz ; dans d'autres, il ne faut pas qu'elles aillent quérir de l'eau. L'orgueil y a établi ses règles, et il les fait suivre. Il n'est pas nécessaire de dire que les qualités morales ont des effets différents selon qu'elles sont unies à d'autres : ainsi l'orgueil, joint à une vaste ambition, à la grandeur des idées, etc., produisit chez les Romains les effets que l'on sait.

CHAPITRE X.

Du caractère des Espagnols et de celui des Chinois.

Les divers caractères des nations sont mêlés de vertus et de vices, de bonnes et de mauvaises qualités. Les heureux mélanges sont ceux dont il résulte de grands biens ; et souvent on ne les soupçonneroit pas : il y en a dont il résulte de grands maux, et qu'on ne soupçonneroit pas non plus.

La bonne foi des Espagnols a été fameuse dans tous les temps. Justin[1] nous parle de leur fidélité à garder les dépôts ; ils ont souvent souffert la mort pour les tenir secrets. Cette fidélité qu'ils avoient autrefois, ils l'ont encore aujourd'hui. Toutes les nations qui commercent à Cadix confient leur fortune aux Espagnols ; elles ne s'en sont jamais repenties. Mais cette qualité admirable, jointe à leur paresse, forme un mélange dont il résulte des effets qui leur sont pernicieux : les peuples de l'Europe font, sous leurs yeux, tout le commerce de leur monarchie.

Le caractère des Chinois forme un autre mélange, qui est en contraste avec le caractère des Espagnols. Leur vie précaire[2] fait qu'ils ont une activité prodigieuse, et un desir si excessif du gain, qu'aucune nation commerçante ne peut se fier à eux[3]. Cette infidélité reconnue leur a conservé le commerce du Japon ; aucun négociant d'Europe n'a osé entreprendre de le faire sous leur nom, quelque facilité qu'il y eût eu à l'entreprendre par leurs provinces maritimes du nord.

CHAPITRE XI.

Réflexion.

Je n'ai point dit ceci pour diminuer rien de la distance infinie qu'il y a entre les vices et les vertus : à Dieu ne plaise ! J'ai seulement voulu faire comprendre que tous les vices politiques ne sont pas des vices moraux, et que tous les vices moraux ne sont pas des vices politiques ; et c'est ce que ne doivent point ignorer ceux qui font des lois qui choquent l'esprit général.

CHAPITRE XII.

Des manières et des mœurs dans l'état despotique.

C'est une maxime capitale qu'il ne faut jamais changer les mœurs et les manières dans l'état despotique : rien ne seroit plus promptement suivi d'une révolution. C'est que, dans ces états, il n'y a point de lois, pour ainsi dire ; il n'y a que des mœurs et des manières ; et, si vous renversez cela, vous renversez tout.

[1] Les peuples qui suivent le kan de Malacamber, ceux de Carnataca et de Coromandel, sont des peuples orgueilleux et paresseux ; ils consomment peu, parce qu'ils sont misérables : au lieu que les Mogols et les peuples de l'Indostan s'occupent et jouissent des commodités de la vie, comme les Européens. (*Recueil des Voyages qui ont servi à l'établissement de la compagnie des Indes*, tom. 1, pag. 54.)

[2] Voyez Dampier, tom. III.

[3] *Lettres édifiantes*, douzième recueil, pag. 80.

[1] Liv. XLIV.

[2] Par la nature du climat et du terrain.

[3] Le P. Duhalde, tom. II.

Les lois sont établies, les mœurs sont inspirées ; celles-ci tiennent plus à l'esprit général, celles-là tiennent plus à une institution particulière : or, il est aussi dangereux, et plus, de renverser l'esprit général que de changer une institution particulière.

On se communique moins dans les pays où chacun, et comme supérieur, et comme inférieur, exerce et souffre un pouvoir arbitraire, que dans ceux où la liberté règne dans toutes les conditions. On y change donc moins de manières et de mœurs ; les manières plus fixes approchent plus des lois : ainsi il faut qu'un prince ou un législateur y choque moins les mœurs et les manières que dans aucun pays du monde.

Les femmes y sont ordinairement enfermées, et n'ont point de ton à donner. Dans les autres pays où elles vivent avec les hommes, l'envie qu'elles ont de plaire, et le désir que l'on a de leur plaire aussi, font que l'on change continuellement de manières. Les deux sexes se gâtent, ils perdent l'un et l'autre leur qualité distinctive et essentielle ; il se met un arbitraire dans ce qui étoit absolu, et les manières changent tous les jours.

CHAPITRE XIII.

Des manières chez les Chinois.

Mais c'est à la Chine que les manières sont indestructibles. Outre que les femmes y sont absolument séparées des hommes, on enseigne dans les écoles les manières comme les mœurs. On connoît un lettré [1], à la façon aisée dont il fait la révérence. Ces choses, une fois données en préceptes, et par de graves docteurs, s'y fixent comme des principes de morale, et ne changent plus.

CHAPITRE XIV.

Quels sont les moyens naturels de changer les mœurs et les manières d'une nation.

Nous avons dit que les lois étoient des institutions particulières et précises du législateur, et les mœurs et les manières des institutions de la nation en général. De là il suit que, lorsque l'on veut changer les mœurs et les manières, il ne faut pas les changer par les lois : cela paroîtroit trop tyrannique ; il vaut mieux les changer par d'autres mœurs et d'autres manières.

[1] Dit le P. Duhalde.

Ainsi, lorsqu'un prince veut faire de grands changements dans sa nation, il faut qu'il réforme par les lois ce qui est établi par les lois, et qu'il change par les manières ce qui est établi par les manières ; et c'est une très mauvaise politique de changer par les lois ce qui doit être changé par les manières.

La loi qui obligeoit les Moscovites à se faire couper la barbe et les habits, et la violence de Pierre Ier, qui faisoit tailler jusqu'aux genoux les longues robes de ceux qui entroient dans les villes, étoient tyranniques. Il y a des moyens pour empêcher les crimes : ce sont les peines ; il y en a pour faire changer les manières : ce sont les exemples.

La facilité et la promptitude avec laquelle cette nation s'est policée a bien montré que ce prince avoit trop mauvaise opinion d'elle, et que ces peuples n'étoient pas des bêtes, comme il le disoit. Les moyens violents qu'il employa étoient inutiles ; il seroit arrivé tout de même à son but par la douceur.

Il éprouva lui-même la facilité de ces changements. Les femmes étoient renfermées, et en quelque façon esclaves ; il les appela à la cour, il les fit habiller à l'allemande, il leur envoyoit des étoffes. Ce sexe goûta d'abord une façon de vivre qui flattoit si fort son goût, sa vanité et ses passions, et la fit goûter aux hommes.

Ce qui rendit le changement plus aisé c'est que les mœurs d'alors étoient étrangères au climat, et y avoient été apportées par le mélange des nations et par les conquêtes. Pierre Ier, donnant les mœurs et les manières de l'Europe à une nation d'Europe, trouva des facilités qu'il n'attendoit pas lui-même. L'empire du climat est le premier de tous les empires. Il n'avoit donc pas besoin de lois pour changer les mœurs et les manières de sa nation : il lui eût suffi d'inspirer d'autres mœurs et d'autres manières.

En général, les peuples sont très attachés à leurs coutumes ; les leur ôter violemment c'est les rendre malheureux : il ne faut donc pas les changer, mais les engager à les changer eux-mêmes.

Toute peine qui ne dérive pas de la nécessité est tyrannique. La loi n'est pas un pur acte de puissance ; les choses indifférentes par leur nature ne sont pas de son ressort.

CHAPITRE XV.

Influence du gouvernement domestique sur le politique.

Ce changement des mœurs des femmes influera sans doute beaucoup dans le gouvernement de Moscovie. Tout est extrêmement lié : le despotisme du prince s'unit naturellement avec la servitude des femmes ; la liberté des femmes, avec l'esprit de la monarchie.

CHAPITRE XVI.

Comment quelques législateurs ont confondu les principes qui gouvernent les hommes.

Les mœurs et les manières sont des usages que les lois n'ont point établis, ou n'ont pas pu, ou n'ont pas voulu établir.

Il y a cette différence entre les lois et les mœurs, que les lois règlent plus les actions du citoyen, et que les mœurs règlent plus les actions de l'homme. Il y a cette différence entre les mœurs et les manières, que les premières regardent plus la conduite intérieure, les autres l'extérieure.

Quelquefois, dans un état, ces choses se confondent [1]. Lycurgue fit un même code pour les lois, les mœurs et les manières ; et les législateurs de la Chine en firent de même.

Il ne faut pas être étonné si les législateurs de Lacédémone et de la Chine confondirent les lois, les mœurs et les manières : c'est que les mœurs représentent les lois, et les manières représentent les mœurs.

Les législateurs de la Chine avoient pour principal objet de faire vivre leur peuple tranquille. Ils voulurent que les hommes se respectassent beaucoup ; que chacun sentît à tous les instants qu'il devoit beaucoup aux autres ; qu'il n'y avoit point de citoyen qui ne dépendît, à quelque égard, d'un autre citoyen. Ils donnèrent donc aux règles de la civilité la plus grande étendue.

Ainsi, chez les peuples chinois, on vit les gens [2] de village observer entre eux des cérémonies comme les gens d'une condition relevée ; moyen très propre à inspirer la douceur, à maintenir parmi le peuple la paix et le bon ordre, et à ôter tous les vices qui viennent d'un esprit dur. En effet, s'affranchir des règles de la civilité, n'est-ce pas chercher le moyen de mettre ses défauts plus à l'aise ?

La civilité vaut mieux, à cet égard, que la politesse. La politesse flatte les vices des autres, et la civilité nous empêche de mettre les nôtres au jour : c'est une barrière que les hommes mettent entre eux pour s'empêcher de se corrompre.

Lycurgue, dont les institutions étoient dures, n'eut point la civilité pour objet, lorsqu'il forma les manières : il eut en vue cet esprit belliqueux qu'il vouloit donner à son peuple. Des gens toujours corrigeant ou toujours corrigés, qui instruisoient toujours et étoient toujours instruits, également simples et rigides, exerçoient plutôt entre eux des vertus qu'ils n'avoient des égards.

CHAPITRE XVII.

Propriété particulière au gouvernement de la Chine.

Les législateurs de la Chine firent plus [1] : ils confondirent la religion, les lois, les mœurs et les manières ; tout cela fut la morale, tout cela fut la vertu. Les préceptes qui regardoient ces quatre points furent ce que l'on appela les rites. Ce fut dans l'observation exacte de ces rites que le gouvernement chinois triompha. On passa toute sa jeunesse à les apprendre, toute sa vie à les pratiquer. Les lettrés les enseignèrent, les magistrats les prêchèrent. Et, comme ils enveloppoient toutes les petites actions de la vie, lorsqu'on trouva moyen de les faire observer exactement, la Chine fut bien gouvernée.

Deux choses ont pu aisément graver les rites dans le cœur et l'esprit des Chinois : l'une, leur manière d'écrire extrêmement composée, qui a fait que, pendant une très grande partie de la vie, l'esprit a été uniquement [2] occupé de ces rites, parce qu'il a fallu apprendre à lire dans les livres et pour les livres qui les contenoient ; l'autre, que les préceptes des rites n'ayant rien de spirituel, mais simplement des règles d'une pratique commune, il est plus aisé d'en convaincre et d'en frapper les esprits que d'une chose intellectuelle.

Les princes qui, au lieu de gouverner par les rites, gouvernèrent par la force des supplices, voulurent faire faire aux supplices ce qui n'est pas dans leur pouvoir, qui est de donner des mœurs. Les supplices retrancheront bien de la société un citoyen qui, ayant perdu ses mœurs, viole les lois ; mais, si tout le monde a perdu ses mœurs, les

[1] Moïse fit un même code pour les lois et la religion. Les premiers Romains confondirent les coutumes anciennes avec les lois.
[2] Voyez le P. Duhalde.

[1] Voyez les livres classiques dont le P. Duhalde nous a donné de si beaux morceaux.
[2] C'est ce qui a établi l'émulation, la fuite de l'oisiveté, et l'estime pour le savoir.

rétabliront-ils ? Les supplices arrêteront bien plusieurs conséquences du mal général, mais ils ne corrigeront pas ce mal. Aussi, quand on abandonna les principes du gouvernement chinois, quand la morale y fut perdue, l'état tomba-t-il dans l'anarchie, et on vit des révolutions.

CHAPITRE XVIII.

Conséquence du chapitre précédent.

Il résulte de là que la Chine ne perd point ses lois par la conquête. Les manières, les mœurs, les lois, la religion, y étant la même chose, on ne peut changer tout cela à la fois. Et, comme il faut que le vainqueur ou le vaincu changent, il a toujours fallu à la Chine que ce fût le vainqueur [1] : car ses mœurs n'étant point ses manières ; ses manières, ses lois ; ses lois, sa religion ; il a été plus aisé qu'il se pliât peu à peu au peuple vaincu que le peuple vaincu à lui.

Il suit encore de là une chose bien triste : c'est qu'il n'est presque pas possible que le christianisme s'établisse jamais à la Chine [2]. Les vœux de virginité, les assemblées des femmes dans les églises, leur communication nécessaire avec les ministres de la religion, leur participation aux sacrements, la confession auriculaire, l'extrême-onction, le mariage d'une seule femme : tout cela renverse les mœurs et les manières du pays, et frappe encore du même coup sur la religion et sur les lois.

[1] La Chine, vaincue plusieurs fois, a réduit ses vainqueurs en les assujettissant à ses usages, et les a tellement changés qu'en peu de temps on ne les reconnoissoit plus. C'est une mer qui sale tous les fleuves qui s'y précipitent. Je veux dire que les conquérants de la Chine ont été obligés de la gouverner selon ses lois, ses maximes et ses coutumes. Ils n'ont pu changer ni le caractère ni la langue chinoise; ils n'ont pas pu même introduire celle qui leur étoit propre dans les villes où ils tenoient leur cour. En un mot, leurs descendants sont devenus Chinois. La dynastie des *Kin* et des *Yuen* en est une preuve sensible, laquelle est confirmée par les Tartares Mantchéoux qui sont encore aujourd'hui sur le trône. Ils n'ont pu changer que la forme des habits, et obliger les peuples à se couper les cheveux. Tout le reste subsiste comme auparavant. Il n'y a pas encore cent ans qu'ils sont maîtres de la Chine, et ils sont déja Chinois pour les mœurs, pour les manières, et pour la figure. On ne parle que chinois, même à Péking et dans les maisons de Mantchéoux : ils sont même obligés d'envoyer leurs enfants à l'école pour apprendre à lire et à écrire en tartare, afin de pouvoir entrer dans les tribunaux où les deux langues sont en usage; et dans les provinces on ne sait ce que c'est que parler mantchéou : sur dix mille personnes, à peine en trouvera-t-on une qui puisse médiocrement s'expliquer en cette langue. (Lettre du P. Parennin à M. de Mairan, dans le vingt-quatrième recueil des *Lettres édifiantes*, pag. 58, 59 et 60. (P.)

[2] Voyez les raisons données par les magistrats chinois dans les décrets par lesquels ils proscrivent la religion chrétienne. (*Lettres édifiantes*, dix-septième recueil.)

La religion chrétienne, par l'établissement de la charité, par un culte public, par la participation aux mêmes sacrements, semble demander que tout s'unisse : les rites des Chinois semblent ordonner que tout se sépare.

Et, comme on a vu que cette séparation [1] tient en général à l'esprit du despotisme, on trouvera dans ceci une des raisons qui font que le gouvernement monarchique et tout gouvernement modéré s'allient mieux [2] avec la religion chrétienne.

CHAPITRE XIX.

Comment s'est faite cette union de la religion, des lois, des mœurs et des manières, chez les Chinois.

Les législateurs de la Chine eurent pour principal objet du gouvernement la tranquillité de l'empire. La subordination leur parut le moyen le plus propre à la maintenir. Dans cette idée, ils crurent devoir inspirer le respect pour les pères ; et ils rassemblèrent toutes leurs forces pour cela : ils établirent une infinité de rites et de cérémonies pour les honorer pendant leur vie et après leur mort. Il étoit impossible de tant honorer les pères morts sans être porté à les honorer vivants. Les cérémonies pour les pères morts avoient plus de rapport à la religion : celles pour les pères vivants avoient plus de rapport aux lois, aux mœurs et aux manières; mais ce n'étoient que les parties d'un même code, et ce code étoit très étendu.

Le respect pour les pères étoit nécessairement lié avec tout ce qui représentoit les pères, les vieillards, les maîtres, les magistrats, l'empereur. Ce respect pour les pères supposoit un retour d'amour pour les enfants ; et, par conséquent, le même retour des vieillards aux jeunes gens, des magistrats à ceux qui leur étoient soumis, de l'empereur à ses sujets. Tout cela formoit les rites, et ces rites l'esprit général de la nation.

On va sentir le rapport que peuvent avoir avec la constitution fondamentale de la Chine les choses qui paroissent les plus indifférentes. Cet empire est formé sur l'idée du gouvernement d'une famille. Si vous diminuez l'autorité paternelle, ou même si vous retranchez les cérémonies qui expriment le respect que l'on a pour elle, vous affoiblissez le respect pour les magistrats, qu'on regarde comme des pères ; les magistrats n'auront plus le même soin pour les peuples, qu'ils doivent considérer comme des enfants ; ce rapport

[1] Voyez le liv. IV, chap. III : et le liv. XIX, chap. XII.
[2] Voyez ci-dessous le liv. XXIV, chap. III.

d'amour qui est entre le prince et les sujets se perdra aussi peu à peu. Retranchez une de ces pratiques, et vous ébranlez l'état. Il est fort indifférent en soi que tous les matins une belle-fille se lève pour aller rendre tels et tels devoirs à sa belle-mère; mais, si l'on fait attention que ces pratiques extérieures rappellent sans cesse à un sentiment qu'il est nécessaire d'imprimer dans tous les cœurs, et qui va de tous les cœurs former l'esprit qui gouverne l'empire, l'on verra qu'il est nécessaire qu'une telle ou une telle action particulière se fasse.

CHAPITRE XX.

Explication d'un paradoxe sur les Chinois.

Ce qu'il y a de singulier c'est que les Chinois, dont la vie est entièrement dirigée par les rites, sont néanmoins le peuple le plus fourbe de la terre. Cela paroit surtout dans le commerce, qui n'a jamais pu leur inspirer la bonne foi qui lui est naturelle. Celui qui achète doit porter[1] sa propre balance : chaque marchand en ayant trois, une forte pour acheter, une légère pour vendre, et une juste pour ceux qui sont sur leurs gardes. Je crois pouvoir expliquer cette contradiction.

Les législateurs de la Chine ont eu deux objets : ils ont voulu que le peuple fût soumis et tranquille, et qu'il fût laborieux et industrieux. Par la nature du climat et du terrain, il a une vie précaire; on n'y est assuré de sa vie qu'à force d'industrie et de travail.

Quand tout le monde obéit, et que tout le monde travaille, l'état est dans une heureuse situation. C'est la nécessité, et peut-être la nature du climat, qui ont donné à tous les Chinois une avidité inconcevable pour le gain ; et les lois n'ont pas songé à l'arrêter. Tout a été défendu, quand il a été question d'acquérir par violence; tout a été permis, quand il s'est agi d'obtenir par artifice ou par industrie. Ne comparons donc pas la morale des Chinois avec celle de l'Europe. Chacun, à la Chine, a dû être attentif à ce qui lui étoit utile ; si le fripon a veillé à ses intérêts, celui qui est dupe devoit penser aux siens. A Lacédémone, il étoit permis de voler; à la Chine, il est permis de tromper.

[1] *Journal de Lange*, en 1721 et 1722; tome VIII des *Voyages du Nord*, pag. 363.

CHAPITRE XXI.

Comment les lois doivent être relatives aux mœurs et aux manières.

Il n'y a que des institutions singulières qui confondent ainsi des choses naturellement séparées, les lois, les mœurs et les manières; mais, quoiqu'elles soient séparées, elles ne laissent pas d'avoir entre elles de grands rapports.

On demanda à Solon si les lois qu'il avoit données aux Athéniens étoient les meilleures. « Je leur » ai donné, répondit-il, les meilleures de celles » qu'ils pouvoient souffrir[1]. » Belle parole, qui devroit être entendue de tous les législateurs. Quand la sagesse divine dit au peuple juif : « Je vous ai » donné des préceptes qui ne sont pas bons, » cela signifie qu'ils n'avoient qu'une bonté relative; ce qui est l'éponge de toutes les difficultés que l'on peut faire sur les lois de Moïse.

CHAPITRE XXII.

Continuation du même sujet.

Quand un peuple a de bonnes mœurs, les lois deviennent simples. Platon[2] dit que Rhadamanthe, qui gouvernoit un peuple extrêmement religieux, expédioit tous les procès avec célérité, déférant seulement le serment sur chaque chef. » Mais, dit le même Platon[3], quand un peuple » n'est pas religieux, on ne peut faire usage du » serment que dans les occasions où celui qui jure » est sans intérêt, comme un juge et des té- » moins. »

CHAPITRE XXIII.

Comment les lois suivent les mœurs.

Dans le temps que les mœurs des Romains étoient pures, il n'y avoit point de loi particulière contre le péculat. Quand ce crime commença à paroître, il fut trouvé si infame que d'être condamné à restituer ce qu'on avoit pris[4] fut regardé comme une grande peine : témoin le jugement de L. Scipion[5].

[1] PLUTARQUE, *Vie de Solon*, §9.
[2] *Des Lois*, liv. XII. [3] *Ibid.*
[4] *In simplum*. [5] TITE-LIVE, liv. XXXVIII.

CHAPITRE XXIV.

Continuation du même sujet.

Les lois qui donnent la tutelle à la mère ont plus d'attention à la conservation de la personne du pupille ; celles qui la donnent au plus proche héritier ont plus d'attention à la conservation des biens. Chez les peuples dont les mœurs sont corrompues, il vaut mieux donner la tutelle à la mère. Chez ceux où les lois doivent avoir de la confiance dans les mœurs des citoyens, on donne la tutelle à l'héritier des biens, ou à la mère, et quelquefois à tous les deux.

Si l'on réfléchit sur les lois romaines, on trouvera que leur esprit est conforme à ce que je dis. Dans le temps où l'on fit la loi des douze tables, les mœurs à Rome étoient admirables. On déféra la tutelle au plus proche parent du pupille, pensant que celui-là devoit avoir la charge de la tutelle, qui pouvoit avoir l'avantage de la succession. On ne crut point la vie du pupille en danger, quoiqu'elle fût mise entre les mains de celui à qui sa mort devoit être utile. Mais, lorsque les mœurs changèrent à Rome, on vit les législateurs changer aussi de façon de penser. « Si, dans la substi-» tution pupillaire, disent Caïus [1] et Justinien [2], » le testateur craint que le substitué ne dresse des » embûches au pupille, il peut laisser à découvert » la substitution vulgaire [3], et mettre la pupillaire » dans une partie du testament qu'on ne pourra » ouvrir qu'après un certain temps. » Voilà des craintes et des précautions inconnues aux premiers Romains.

CHAPITRE XXV.

Continuation du même sujet.

La loi romaine donnoit la liberté de se faire des dons avant le mariage ; après le mariage, elle ne le permettoit plus. Cela étoit fondé sur les mœurs des Romains, qui n'étoient portés au mariage que par la frugalité, la simplicité et la modestie, mais qui pouvoient se laisser séduire par les soins domestiques, les complaisances et le bonheur de toute une vie.

La loi des Wisigoths [4] vouloit que l'époux ne pût donner à celle qu'il devoit épouser au-delà du dixième de ses biens, et qu'il ne pût lui rien donner la première année de son mariage. Cela venoit encore des mœurs du pays : les législateurs vouloient arrêter cette jactance espagnole, uniquement portée à faire des libéralités excessives dans une action d'éclat.

Les Romains, par leurs lois, arrêtèrent quelques inconvénients de l'empire du monde le plus durable, qui est celui de la vertu ; les Espagnols, par les leurs, vouloient empêcher les mauvais effets de la tyrannie du monde le plus fragile, qui est celle de la beauté.

CHAPITRE XXVI.

Continuation du même sujet.

La loi de Théodose et de Valentinien [1] tira les causes de répudiation des anciennes mœurs [2] et des manières des Romains. Elle mit au nombre de ces causes l'action d'un mari [3] qui châtieroit sa femme d'une manière indigne d'une personne ingénue. Cette cause fut omise dans les lois suivantes [4] : c'est que les mœurs avoient changé à cet égard ; les usages d'Orient avoient pris la place de ceux d'Europe. Le premier eunuque de l'impératrice, femme de Justinien II, la menaça, dit l'histoire, de ce châtiment dont on punit les enfants dans les écoles. Il n'y a que des mœurs établies ou des mœurs qui cherchent à s'établir qui puissent faire imaginer une pareille chose.

Nous avons vu comment les lois suivent les mœurs ; voyons à présent comment les mœurs suivent les lois.

CHAPITRE XXVII.

Comment les lois peuvent contribuer à former les mœurs, les manières et le caractère d'une nation.

Les coutumes d'un peuple esclave sont une partie de sa servitude ; celles d'un peuple libre sont une partie de sa liberté.

J'ai parlé, au livre XI [5], d'un peuple libre ; j'ai donné les principes de sa constitution : voyons les effets qui ont dû suivre, le caractère qui a pu s'en former, et les manières qui en résultent.

[1] *Instit.*, liv. II, tit. vi, § 2 ; la *compilation d'Ozel*, à Leyde, 1658.
[2] *Instit.*, liv. II, *de Pupil. substit.*, § 3.
[3] La substitution vulgaire est : *Si un tel ne prend pas l'hérédité, je lui substitue*, etc. La pupillaire est : *Si un tel meurt avant sa puberté, je lui substitue*, etc.
[4] Liv. III, tit. 1, § 3.

[1] *Leg.* 8, cod. *de Repudiis.*
[2] Et de la *loi des douze tables.* Voyez Cicéron, *seconde Philippique.*
[3] *Si verberibus, quæ ingenuis aliena sunt, afficientem probaverit.*
[4] Dans la novelle, 117, chap. xiv.
[5] Chap. vi.

Je ne dis point que le climat n'ait produit, en grande partie les lois, les mœurs et les manières dans cette nation ; mais je dis que les mœurs et les manières de cette nation devroient avoir un grand rapport à ses lois.

Comme il y auroit dans cet état deux pouvoirs visibles, la puissance législative et l'exécutrice, et que tout citoyen y auroit sa volonté propre, et feroit valoir à son gré son indépendance, la plupart des gens auroient plus d'affection pour une de ces puissances que pour l'autre : le grand nombre n'ayant pas ordinairement assez d'équité ni de sens pour les affectionner également toutes les deux.

Et, comme la puissance exécutrice, disposant de tous les emplois, pourroit donner de grandes espérances et jamais de craintes, tous ceux qui obtiendroient d'elle seroient portés à se tourner de son côté, et elle pourroit être attaquée par tous ceux qui n'en espèreroient rien.

Toutes les passions y étant libres, la haine, l'envie, la jalousie, l'ardeur de s'enrichir et de se distinguer, paroîtroient dans toute leur étendue ; et, si cela étoit autrement, l'état seroit comme un homme abattu par la maladie, qui n'a point de passions parce qu'il n'a point de forces.

La haine qui seroit entre les deux partis dureroit, parce qu'elle seroit toujours impuissante.

Ces partis étant composés d'hommes libres, si l'un prenoit trop le dessus, l'effet de la liberté feroit que celui-ci seroit abaissé, tandis que les citoyens, comme les mains qui secourent le corps, viendroient relever l'autre.

Comme chaque particulier, toujours indépendant, suivroit beaucoup ses caprices et ses fantaisies, on changeroit souvent de parti ; on en abandonneroit un où l'on laisseroit tous ses amis pour se lier à un autre dans lequel on trouveroit tous ses ennemis ; et souvent, dans cette nation, on pourroit oublier les lois de l'amitié et celles de la haine.

Le monarque seroit dans le cas des particuliers ; et, contre les maximes ordinaires de la prudence, il seroit souvent obligé de donner sa confiance à ceux qui l'auroient le plus choqué, et de disgracier ceux qui l'auroient le mieux servi, faisant par nécessité ce que les autres princes font par choix.

On craint de voir échapper un bien que l'on sent, que l'on ne connoît guère, et qu'on peut nous déguiser ; et la crainte grossit toujours les objets. Le peuple seroit inquiet sur sa situation, et croiroit être en danger dans les moments même les plus sûrs.

D'autant mieux que ceux qui s'opposeroient le plus vivement à la puissance exécutrice, ne pouvant avouer les motifs intéressés de leur opposition, ils augmenteroient les terreurs du peuple, qui ne sauroit jamais au juste s'il seroit en danger ou non. Mais cela même contribueroit à lui faire éviter les vrais périls où il pourroit dans la suite être exposé.

Mais le corps législatif ayant la confiance du peuple, et étant plus éclairé que lui, il pourroit le faire revenir des mauvaises impressions qu'on lui auroit données, et calmer ses mouvements.

C'est le grand avantage qu'auroit ce gouvernement sur les démocraties anciennes, dans lesquelles le peuple avoit une puissance immédiate ; car, lorsque des orateurs l'agitoient, ces agitations avoient toujours leur effet.

Ainsi, quand les terreurs imprimées n'auroient point d'objet certain, elles ne produiroient que de vaines clameurs et des injures, et elles auroient même ce bon effet qu'elles tendroient tous les ressorts du gouvernement, et rendroient tous les citoyens attentifs. Mais, si elles naissoient à l'occasion du renversement des lois fondamentales, elles seroient sourdes, funestes, atroces, et produiroient des catastrophes.

Bientôt on verroit un calme affreux, pendant lequel tout se réuniroit contre la puissance violatrice des lois.

Si, dans le cas où les inquiétudes n'ont pas d'objet certain, quelque puissance étrangère menaçoit l'état, et le mettoit en danger de sa fortune ou de sa gloire, pour lors, les petits intérêts cédant aux plus grands, tout se réuniroit en faveur de la puissance exécutrice.

Que si les disputes étoient formées à l'occasion de la violation des lois fondamentales, et qu'une puissance étrangère parût, il y auroit une révolution qui ne changeroit pas la forme du gouvernement ni sa constitution : car les révolutions que forme la liberté ne sont qu'une confirmation de la liberté.

Une nation libre peut avoir un libérateur ; une nation subjuguée ne peut avoir qu'un autre oppresseur.

Car tout homme qui a assez de force pour chasser celui qui est déjà le maître absolu dans un état, en a assez pour le devenir lui-même.

Comme, pour jouir de la liberté, il faut que chacun puisse dire ce qu'il pense ; et que, pour la conserver, il faut encore que chacun puisse dire ce qu'il pense, un citoyen, dans cet état, diroit et écriroit tout ce que les lois ne lui ont pas défendu expressément de dire ou d'écrire.

Cette nation, toujours échauffée, pourroit plus aisément être conduite par ses passions que par la raison, qui ne produit jamais de grands effets sur l'esprit des hommes ; et il seroit facile à ceux qui la gouverneroient de lui faire faire des entreprises contre ses véritables intérêts.

Cette nation aimeroit prodigieusement sa liberté, parce que cette liberté seroit vraie ; et il pourroit arriver que, pour la défendre, elle sacrifieroit son bien, son aisance, ses intérêts ; qu'elle se chargeroit des impôts les plus durs, et tels que le prince le plus absolu n'oseroit les faire supporter à ses sujets.

Mais, comme elle auroit une connoissance certaine de la nécessité de s'y soumettre, qu'elle paieroit dans l'espérance bien fondée de ne payer plus, les charges y seroient plus pesantes que le sentiment de ces charges : au lieu qu'il y a des états où le sentiment est infiniment au-dessus du mal.

Elle auroit un crédit sûr, parce qu'elle emprunteroit à elle-même, et se paieroit elle-même. Il pourroit arriver qu'elle entreprendroit au-dessus de ses forces naturelles, et feroit valoir contre ses ennemis d'immenses richesses de fiction, que la confiance et la nature de son gouvernement rendroient réelles.

Pour conserver sa liberté, elle emprunteroit de ses sujets, et ses sujets, qui verroient que son crédit seroit perdu si elle étoit conquise, auroient un nouveau motif de faire des efforts pour défendre sa liberté.

Si cette nation habitoit une île, elle ne seroit point conquérante, parce que des conquêtes séparées l'affoibliroient. Si le terrain de cette île étoit bon, elle le seroit encore moins, parce qu'elle n'auroit pas besoin de la guerre pour s'enrichir. Et, comme aucun citoyen ne dépendroit d'un autre citoyen, chacun feroit plus de cas de sa liberté que de la gloire de quelques citoyens ou d'un seul.

Là on regarderoit les hommes de guerre comme des gens d'un métier qui peut être utile et souvent dangereux, comme des gens dont les services sont laborieux pour la nation même ; et les qualités civiles y seroient plus considérées.

Cette nation, que la paix et la liberté rendroient aisée, affranchie des préjugés destructeurs, seroit portée à devenir commerçante. Si elle avoit quelqu'une de ces marchandises primitives qui servent à faire de ces choses auxquelles la main de l'ouvrier donne un grand prix, elle pourroit faire des établissements propres à se procurer la jouissance de ce don du ciel dans toute son étendue.

Si cette nation étoit située vers le nord, et qu'elle eût un grand nombre de denrées superflues, comme elle manqueroit aussi d'un grand nombre de marchandises que son climat lui refuseroit, elle feroit un commerce nécessaire, mais grand, avec les peuples du midi ; et, choisissant les états qu'elle favoriseroit d'un commerce avantageux, elle feroit des traités réciproquement utiles avec la nation qu'elle auroit choisie.

Dans un état où d'un côté l'opulence seroit extrême, et de l'autre les impôts excessifs, on ne pourroit guère vivre sans industrie avec une fortune bornée. Bien des gens, sous prétexte de voyages ou de santé, s'exileroient de chez eux, et iroient chercher l'abondance dans les pays de la servitude même.

Une nation commerçante a un nombre prodigieux de petits intérêts particuliers ; elle peut donc choquer et être choquée d'une infinité de manières. Celle-ci deviendroit souverainement jalouse ; et elle s'affligeroit plus de la prospérité des autres qu'elle ne jouiroit de la sienne.

Et ses lois, d'ailleurs douces et faciles, pourroient être si rigides à l'égard du commerce et de la navigation qu'on feroit chez elle, qu'elle sembleroit ne négocier qu'avec des ennemis.

Si cette nation envoyoit au loin des colonies, elle le feroit plus pour étendre son commerce que sa domination.

Comme on aime à établir ailleurs ce qu'on trouve établi chez soi, elle donneroit aux peuples de ses colonies la forme de son gouvernement propre ; et ce gouvernement portant avec lui la prospérité, on verroit se former de grands peuples dans les forêts mêmes qu'elle enverroit habiter.

Il pourroit être qu'elle auroit autrefois subjugué une nation voisine, qui, par sa situation, la bonté de ses ports, la nature de ses richesses, lui donneroit de la jalousie : ainsi, quoiqu'elle lui eût donné ses propres lois, elle la tiendroit dans une grande dépendance ; de façon que les citoyens y seroient libres, et que l'état lui-même seroit esclave.

L'état conquis auroit un très bon gouvernement civil, mais il seroit accablé par le droit des gens ; et on lui imposeroit des lois de nation à nation, qui seroient telles que sa prospérité ne seroit que précaire, et seulement en dépôt pour un maître.

La nation dominante habitant une grande île, et étant en possession d'un grand commerce, au-

roit toutes sortes de facilités pour avoir des forces de mer; et, comme la conservation de sa liberté demanderoit qu'elle n'eût ni places, ni forteresses, ni armées de terre, elle auroit besoin d'une armée de mer qui la garantît des invasions; et sa marine seroit supérieure à celle de toutes les autres puissances, qui, ayant besoin d'employer leurs finances pour la guerre de terre, n'en auroient plus assez pour la guerre de mer.

L'empire de la mer a toujours donné aux peuples qui l'ont possédé une fierté naturelle, parce que, se sentant capables d'insulter partout, ils croient que leur pouvoir n'a pas plus de bornes que l'océan.

Cette nation pourroit avoir une grande influence dans les affaires de ses voisins. Car, comme elle n'emploieroit pas sa puissance à conquérir, on rechercheroit plus son amitié, et l'on craindroit plus sa haine que l'inconstance de son gouvernement et son agitation intérieure ne sembleroient le permettre.

Ainsi, ce seroit le destin de la puissance exécutrice d'être presque toujours inquiétée au-dedans, et respectée au-dehors.

S'il arrivoit que cette nation devînt en quelques occasions le centre des négociations de l'Europe, elle y porteroit un peu plus de probité et de bonne foi que les autres, parce que ses ministres étant souvent obligés de justifier leur conduite devant un conseil populaire, leurs négociations ne pourroient être secrètes, et ils seroient forcés d'être, à cet égard, un peu plus honnêtes gens.

De plus, comme ils seroient en quelque façon garants des évènements qu'une conduite détournée pourroit faire naître, le plus sûr pour eux seroit de prendre le plus droit chemin.

Si les nobles avoient eu dans de certains temps un pouvoir immodéré dans la nation, et que le monarque eût trouvé le moyen de les abaisser en élevant le peuple, le point de l'extrême servitude auroit été entre le moment de l'abaissement des grands, et celui où le peuple auroit commencé à sentir son pouvoir.

Il pourroit être que cette nation, ayant été autrefois soumise à un pouvoir arbitraire, en auroit, en plusieurs occasions, conservé le style : de manière que, sur le fond d'un gouvernement libre, on verroit souvent la forme d'un gouvernement absolu.

A l'égard de la religion, comme dans cet état chaque citoyen auroit sa volonté propre, et seroit par conséquent conduit par ses propres lumières, ou ses fantaisies, il arriveroit, ou que chacun au-

roit beaucoup d'indifférence pour toutes sortes de religions, de quelque espèce qu'elles fussent, moyennant quoi tout le monde seroit porté à embrasser la religion dominante; ou que l'on seroit zélé pour la religion en général, moyennant quoi les sectes se multiplieroient.

Il ne seroit pas impossible qu'il y eût dans cette nation des gens qui n'auroient point de religion, et qui ne voudroient pas cependant souffrir qu'on les obligeât à changer celle qu'ils auroient, s'ils en avoient une : car ils sentiroient d'abord que la vie et les biens ne sont pas plus à eux que leur manière de penser; et que qui peut ravir l'un peut encore mieux ôter l'autre.

Si, parmi les différentes religions, il y en avoit une à l'établissement de laquelle on eût tenté de parvenir par la voie de l'esclavage, elle y seroit odieuse, parce que, comme nous jugeons des choses par les liaisons et les accessoires que nous y mettons, celle-ci ne se présenteroit jamais à l'esprit avec l'idée de liberté.

Les lois contre ceux qui professeroient cette religion ne seroient point sanguinaires : car la liberté n'imagine point ces sortes de peines; mais elles seroient si réprimantes, qu'elles feroient tout le mal qui peut se faire de sang-froid.

Il pourroit arriver de mille manières que le clergé auroit si peu de crédit que les autres citoyens en auroient davantage. Ainsi, au lieu de se séparer, il aimeroit mieux supporter les mêmes charges que les laïques, et ne faire à cet égard qu'un même corps; mais, comme il chercheroit toujours à s'attirer le respect du peuple, il se distingueroit par une vie plus retirée, une conduite plus réservée, et des mœurs plus pures.

Ce clergé ne pouvant protéger la religion, ni être protégé par elle, sans force pour contraindre, chercheroit à persuader : on verroit sortir de sa plume de très bons ouvrages, pour prouver la révélation et la providence du grand être.

Il pourroit arriver qu'on éluderoit ses assemblées, et qu'on ne voudroit pas lui permettre de corriger ses abus mêmes; et que, par un délire de la liberté, on aimeroit mieux laisser sa réforme imparfaite que de souffrir qu'il fût réformateur.

Les dignités, faisant partie de la constitution fondamentale, seroient plus fixes qu'ailleurs; mais, d'un autre côté, les grands, dans ce pays de liberté, s'approcheroient plus du peuple : les rangs seroient donc plus séparés, et les personnes plus confondues.

Ceux qui gouvernent ayant une puissance qui

se remonte, pour ainsi dire, et se refait tous les jours, auroient plus d'égard pour ceux qui leur sont utiles que pour ceux qui les divertissent : ainsi, on y verroit peu de courtisans, de flatteurs, de complaisants, enfin de toutes ces sortes de gens qui font payer aux grands le vide même de leur esprit.

On n'y estimeroit guère les hommes par des talents ou des attributs frivoles, mais par des qualités réelles; et de ce genre il n'y en a que deux : les richesses et le mérite personnel.

Il y auroit un luxe solide, fondé, non pas sur le raffinement de la vanité, mais sur celui des besoins réels; et l'on ne chercheroit guère dans les choses que les plaisirs que la nature y a mis.

On y jouiroit d'un grand superflu, et cependant les choses frivoles y seroient proscrites : ainsi, plusieurs ayant plus de bien que d'occasions de dépense, l'emploieroient d'une manière bizarre; et dans cette nation il y auroit plus d'esprit que de goût.

Comme on seroit toujours occupé de ses intérêts, on n'auroit point cette politesse qui est fondée sur l'oisiveté; et réellement on n'en auroit pas le temps.

L'époque de la politesse des Romains est la même que celle de l'établissement du pouvoir arbitraire. Le gouvernement absolu produit l'oisiveté, et l'oisiveté fait naître la politesse.

Plus il a y de gens dans une nation qui ont besoin d'avoir des ménagements entre eux et de ne pas déplaire, plus il y a de politesse. Mais c'est plus la politesse des mœurs que celle des manières qui doit nous distinguer des peuples barbares.

Dans une nation où tout homme, à sa manière, prendroit part à l'administration de l'état, les femmes ne devroient guère vivre avec les hommes. Elles seroient donc modestes, c'est-à-dire timides; cette timidité feroit leur vertu : tandis que les hommes, sans galanterie, se jetteroient dans une débauche qui leur laisseroit toute leur liberté et leur loisir.

Les lois n'y étant pas faites pour un particulier plus que pour un autre, chacun se regarderoit comme monarque; et les hommes, dans cette nation, seroient plutôt des confédérés que des concitoyens.

Si le climat avoit donné à bien des gens un esprit inquiet et des vues étendues, dans un pays où la constitution donneroit à tout le monde une part au gouvernement et des intérêts politiques, on parleroit beaucoup de politique; on verroit des gens qui passeroient leur vie à calculer des évènements qui, vu la nature des choses et le caprice de la fortune, c'est-à-dire des hommes, ne sont guère soumis au calcul.

Dans une nation libre, il est très souvent indifférent que les particuliers raisonnent bien ou mal; il suffit qu'ils raisonnent : de là sort la liberté, qui garantit des effets de ces mêmes raisonnements.

De même, dans un gouvernement despotique, il est également pernicieux qu'on raisonne bien ou mal; il suffit qu'on raisonne pour que le principe du gouvernement soit choqué.

Bien des gens qui ne se soucieroient de plaire à personne s'abandonneroient à leur humeur. La plupart, avec de l'esprit, seroient tourmentés par leur esprit même : dans le dédain ou le dégoût de toutes choses, ils seroient malheureux avec tant de sujets de ne l'être pas [1].

Aucun citoyen ne craignant aucun citoyen, cette nation seroit fière; car la fierté des rois n'est fondée que sur leur indépendance.

Les nations libres sont superbes, les autres peuvent plus aisément être vaines.

Mais ces hommes si fiers, vivant beaucoup avec eux-mêmes, se trouveroient souvent au milieu de gens inconnus; ils seroient timides, et l'on verroit en eux, la plupart du temps, un mélange bizarre de mauvaise honte et de fierté.

Le caractère de la nation paroîtroit surtout dans leurs ouvrages d'esprit, dans lesquels on verroit des gens recueillis, et qui auroient pensé tout seuls.

La société nous apprend à sentir les ridicules; la retraite nous rend plus propres à sentir les vices. Leurs écrits satiriques seroient sanglants; et l'on verroit bien des Juvénals chez eux, avant d'avoir trouvé un Horace.

Dans les monarchies extrêmement absolues, les historiens trahissent la vérité, parce qu'ils n'ont pas la liberté de la dire; dans les états extrêmement libres, ils trahissent la vérité, à cause de leur liberté même, qui, produisant toujours des divisions, chacun devient aussi esclave des préjugés de sa faction qu'il le seroit d'un despote.

Leurs poètes auroient plus souvent cette rudesse originale de l'invention, qu'une certaine délicatesse que donne le goût; on y trouveroit quelque chose qui approcheroit plus de la force de Michel-Ange que de la grace de Raphaël.

[1] Si tout ce que l'auteur nous dit des Anglois est véritable, je ne suis plus surpris qu'ils soient si malheureux avec tant de sujets de ne l'être pas. Sont-ce là les avantages de cette liberté si vantée, qui fait le tourment de ceux qui la possèdent? J'aime mieux ma prétendue servitude; et c'est sans doute pour prévenir les inconvénients de cette pernicieuse liberté, que les hommes se sont donné des maîtres. (D.)

LIVRE VINGTIÈME[1].

DES LOIS,

DANS LE RAPPORT QU'ELLES ONT AVEC LE COMMERCE,

CONSIDÉRÉ DANS SA NATURE ET SES DISTINCTIONS.

Docuit maximus Atlas.
VIRG., Æneid. [2]

CHAPITRE I.

Du commerce.

Les matières qui suivent demanderoient d'être traitées avec plus d'étendue ; mais la nature de cet ouvrage ne le permet pas. Je voudrois couler sur une rivière tranquille : je suis entraîné par un torrent.

Le commerce guérit des préjugés destructeurs ; et c'est presque une règle générale que partout où il y a des mœurs douces il y a du commerce, et que partout où il y a du commerce il y a des mœurs douces.

Qu'on ne s'étonne donc point si nos mœurs sont moins féroces qu'elles ne l'étoient autrefois. Le commerce a fait que la connoissance des mœurs de toutes les nations a pénétré partout : on les a comparées entre elles, et il en a résulté de grands biens.

On peut dire que les lois du commerce perfectionnent les mœurs, par la même raison que ces mêmes lois perdent les mœurs. Le commerce corrompt les mœurs pures[1] ; c'étoit le sujet des plaintes de Platon ; il polit et adoucit les mœurs barbares, comme nous le voyons tous les jours.

CHAPITRE II.

De l'esprit du commerce.

L'effet naturel du commerce est de porter à la paix. Deux nations qui négocient ensemble se rendent réciproquement dépendantes : si l'une a intérêt d'acheter, l'autre a intérêt de vendre ; et toutes les unions sont fondées sur des besoins mutuels.

Mais, si l'esprit de commerce unit les nations, il n'unit pas de même les particuliers. Nous voyons que, dans les pays[2] où l'on n'est affecté que de l'esprit de commerce, on trafique de toutes les actions humaines et de toutes les vertus morales : les plus petites choses, celles que l'humanité demande, s'y font ou s'y donnent pour de l'argent[3].

L'esprit de commerce produit dans les hommes un certain sentiment de justice exacte, opposé d'un côté au brigandage, et de l'autre à ces vertus morales qui font qu'on ne discute pas tou-

[1] Ici commence la seconde partie de l'*Esprit des Lois* dans toutes les éditions publiées du vivant de l'auteur, qui eut d'abord l'intention de placer à la tête de ce vingtième livre l'invocation suivante :

« Vierges du mont Piérie [**], entendez-vous le nom que je vous donne ? Inspirez-moi. Je cours une longue carrière ; je suis accablé de tristesse et d'ennui. Mettez dans mon esprit ce charme et cette douceur que je sentois autrefois, et qui fuit loin de moi. Vous n'êtes jamais si divines que quand vous menez à la sagesse et à la vérité par le plaisir.

» Mais si vous ne voulez point adoucir la rigueur de mes travaux, cachez le travail même ; faites qu'on soit instruit et que je n'enseigne pas ; que je réfléchisse et que je paroisse sentir ; et, lorsque j'annoncerai des choses nouvelles, faites qu'on croie que je ne savois rien, et que vous m'avez tout dit.

» Quand les eaux de votre fontaine sortent du rocher que vous aimez, elles ne montent point dans les airs pour retomber ; elles coulent dans la prairie ; elles font vos délices, parce qu'elles font les délices des bergers.

» Muses charmantes, si vous portez sur moi un seul de vos regards, tout le monde lira mon ouvrage ; et ce qui ne sauroit être un amusement sera un plaisir.

» Divines Muses, je sens que vous m'inspirez, non pas ce qu'on chante à Tempé sur les chalumeaux, ou ce qu'on répète à Délos sur la lyre : vous voulez que je parle à la raison ; elle est le plus parfait, le plus noble et le plus exquis des sens. »

Jacob Vernet, qui s'étoit chargé de revoir les épreuves de l'*Esprit des Lois*, pensant que ce morceau y seroit déplacé, engagea Montesquieu à le supprimer. Il en reçut la réponse suivante : « A l'égard de l'*Invocation aux Muses*, elle a contre elle que c'est une chose singulière dans cet ouvrage, et qu'on n'a point encore faite ; mais quand une chose singulière est bonne en elle-même il ne faut pas la rejeter pour la singularité, qui devient elle-même une raison de succès ; et il n'y a point d'ouvrage où il faille plus songer à délasser le lecteur que dans celui-ci, à cause de la longueur et de la pesanteur des matières. »

Cependant Montesquieu changea de résolution, et quelques jours après il écrivit à son éditeur : « J'ai été incertain, au sujet de l'*Invocation*, entre un de mes amis qui vouloit qu'on la laissât, et vous qui vouliez qu'on l'ôtât. Je me range à votre avis, et bien fermement, et vous prie de ne la pas mettre. »

Tous ces détails nous ont été conservés dans le *Mémoire historique sur la vie et les ouvrages de Jacob Vernet*, imprimé à Genève en 1790.

N. B. Dans les éditions originales, l'épigraphe *Docuit quæ maximus Atlas* est placée sur le titre général du tome second.

[*] Lib. 1, v. 745.

[**]
. *Narrate, puellæ*
Pierides ; prosit mihi vos dixisse puellas.
JUV., sat. IV, v. 35-36.

[1] César dit des Gaulois que le voisinage et le commerce de Marseille les avoient gâtés de façon qu'eux, qui autrefois avoient toujours vaincu les Germains, leur étoient devenus inférieurs. (*Guerre des Gaules*, liv. VI.)

[2] La Hollande.

[3] Le commerce rend les hommes plus sociables, ou si l'on veut moins farouches, plus industrieux, plus actifs ; mais il les rend en même temps moins courageux, plus rigides sur le droit parfait, moins sensibles aux sentiments de générosité. Le système du commerçant se réduit souvent à ce principe : « Que chacun travaille pour soi comme je travaille pour moi ; je ne vous demande rien qu'en vous en offrant la valeur : faites-en autant. » (*Édition anonyme de* 1764.)

jours ses intérêts avec rigidité, et qu'on peut les négliger pour ceux des autres.

La privation totale du commerce produit au contraire le brigandage, qu'Aristote met au nombre des manières d'acquérir. L'esprit n'en est point opposé à de certaines vertus morales : par exemple, l'hospitalité, très rare dans les pays de commerce, se trouve admirablement parmi les peuples brigands.

C'est un sacrilège chez les Germains, dit Tacite, de fermer sa maison à quelque homme que ce soit, connu ou inconnu. Celui qui a exercé[1] l'hospitalité envers un étranger va lui montrer une autre maison où on l'exerce encore, et il y est reçu avec la même humanité. Mais, lorsque les Germains eurent fondé des royaumes, l'hospitalité leur devint à charge. Cela paroît par deux lois du code[2] des Bourguignons, dont l'une inflige une peine à tout barbare qui iroit montrer à un étranger la maison d'un Romain ; et l'autre règle que celui qui recevra un étranger sera dédommagé par les habitants, chacun pour sa quote part.

CHAPITRE III.

De la pauvreté des peuples.

Il y a deux sortes de peuples pauvres : ceux que la dureté du gouvernement a rendus tels ; et ces gens-là sont incapables de presque aucune vertu, parce que leur pauvreté fait une partie de leur servitude : les autres ne sont pauvres que parce qu'ils ont dédaigné, ou parce qu'ils n'ont pas connu les commodités de la vie ; et ceux-ci peuvent faire de grandes choses, parce que cette pauvreté fait une partie de leur liberté.

CHAPITRE IV.

Du commerce dans les divers gouvernemen's.

Le commerce a du rapport avec la constitution. Dans le gouvernement d'un seul, il est ordinairement fondé sur le luxe ; et, quoiqu'il le soit aussi sur les besoins réels, son objet principal est de procurer à la nation qui le fait tout ce qui peut servir à son orgueil, à ses délices, et à ses fantaisies. Dans le gouvernement de plusieurs, il est plus souvent fondé sur l'économie[3]. Les négociants,

ayant l'œil sur toutes les nations de la terre, portent à l'une ce qu'ils tirent de l'autre[1]. C'est ainsi que les républiques de Tyr, de Carthage, d'Athènes, de Marseille, de Florence, de Venise et de Hollande ont fait le commerce.

Cette espèce de trafic regarde le gouvernement de plusieurs par sa nature, et le monarchique par occasion. Car, comme il n'est fondé que sur la pratique de gagner peu, et même de gagner moins qu'aucune autre nation, et de ne se dédommager qu'en gagnant continuellement, il n'est guère possible qu'il puisse être fait par un peuple chez qui le luxe est établi, qui dépense beaucoup, et qui ne voit que de grands objets.

C'est dans ces idées que Cicéron[2] disoit si bien : « Je n'aime point qu'un même peuple soit en » même temps le dominateur et le facteur de l'u- » nivers. » En effet, il faudroit supposer que chaque particulier dans cet état, et tout l'état même, eussent toujours la tête pleine de grands projets, et cette même tête remplie de petits ; ce qui est contradictoire.

Ce n'est pas que, dans ces états qui subsistent par le commerce d'économie, on ne fasse aussi les plus grandes entreprises, et que l'on n'y ait une hardiesse qui ne se trouve pas dans les monarchies : en voici la raison.

Un commerce mène à l'autre, le petit au médiocre, le médiocre au grand ; et celui qui a eu tant d'envie de gagner peu se met dans une situation où il n'en a pas moins de gagner beaucoup[3].

denrées et marchandises ; mais, en général, par le terme de commerce, je ne pense pas que jamais personne ait imaginé que ce fût autre chose qu'un négoce ou trafic de marchandises et denrées quelconques, dans la vue de profiter sur la vente ou échange que l'on en fait. Les négociants des républiques et monarchies font le même commerce, et il est plus ou moins avantageux pour les uns ou pour les autres, suivant leurs moyens, leur prudence, et l'étendue de leurs connoissances respectives. Ce ne sont que ces accessoires qui peuvent constituer entre eux quelque différence ; du reste, tout est parfaitement égal. Le plus habile négociant ignore sûrement jusqu'au nom de commerce d'économie. (D.)

[1] Le négociant, ayant l'œil sur les besoins et le superflu des nations, fournit aux unes ce qui leur manque, et débarrasse les autres de ce qu'elles ont de trop : telles sont les vues spéculatives et la pratique du commerce de tous les peuples de l'univers. (D.)

[2] Nolo eumdem populum imperatorem et portitorem esse terrarum.

[3] Je ne vois rien là qu'on ne puisse appliquer au commerce monarchique aussi bien qu'au commerce républicain. Tous les commerces du monde ont cheminé progressivement ; ils ont passé par le petit et le moindre, avant d'arriver au grand : non que l'envie et le dessein de ceux qui ont commencé aient été de gagner peu, mais parce qu'ils ne pouvoient gagner davantage, soit faute de moyens, soit faute de connoissances nécessaires. (D.)

[1] Et qui modo hospes fuerat monstrator hospitii. (De Moribus Germanorum.) Voyez aussi César, Guerre des Gaules, liv. VI.

[2] Tit. XXXVIII.

[3] Le commerce peut avoir pour objet différentes espèces de

De plus, les grandes entreprises des négociants sont toujours nécessairement mêlées avec les affaires publiques. Mais, dans les monarchies, les affaires publiques sont, la plupart du temps, aussi suspectes aux marchands qu'elles leur paroissent sûres dans les états républicains. Les grandes entreprises de commerce ne sont donc pas pour les monarchies, mais pour le gouvernement de plusieurs.

En un mot, une plus grande certitude de sa propriété, que l'on croit avoir dans ces états, fait tout entreprendre, et, parce qu'on croit être sûr de ce que l'on a acquis, on ose l'exposer pour acquérir davantage; on ne court de risque que sur les moyens d'acquérir : or, les hommes espèrent beaucoup de leur fortune.

Je ne veux pas dire qu'il y ait aucune monarchie qui soit totalement exclue du commerce d'économie; mais elle y est moins portée par sa nature. Je ne veux pas dire que les républiques que nous connoissons soient entièrement privées du commerce de luxe; mais il a moins de rapport à leur constitution.

Quant à l'état despotique, il est inutile d'en parler. Règle générale : dans une nation qui est dans la servitude, on travaille plus à conserver qu'à acquérir; dans une nation libre, on travaille plus à acquérir qu'à conserver.

CHAPITRE V.

Des peuples qui ont fait le commerce d'économie.

Marseille, retraite nécessaire au milieu d'une mer orageuse; Marseille, ce lieu où les vents, les bancs de la mer, la disposition des côtes ordonnent de toucher, fut fréquentée par les gens de mer. La stérilité[1] de son territoire détermina ses citoyens au commerce d'économie. Il fallut qu'ils fussent laborieux, pour suppléer à la nature qui

se refusoit; qu'ils fussent justes, pour vivre parmi les nations barbares qui devoient faire leur prospérité; qu'ils fussent modérés, pour que leur gouvernement fût toujours tranquille; enfin, qu'ils eussent des mœurs frugales, pour qu'ils pussent toujours vivre d'un commerce qu'ils conserveroient plus sûrement lorsqu'il seroit moins avantageux.

On a vu partout la violence et la vexation donner naissance au commerce d'économie, lorsque les hommes sont contraints de se réfugier dans les marais, dans les îles, les bas-fonds de la mer, et ses écueils même. C'est ainsi que Tyr, Venise, et les villes de Hollande, furent fondées; les fugitifs y trouvèrent leur sûreté. Il fallut subsister; ils tirèrent leur subsistance de tout l'univers[1].

CHAPITRE VI.

Quelques effets d'une grande navigation.

Il arrive quelquefois qu'une nation qui fait le commerce d'économie, ayant besoin d'une marchandise d'un pays qui lui serve de fonds pour se procurer les marchandises d'un autre, se contente de gagner très peu, et quelquefois rien, sur les unes, dans l'espérance ou la certitude de gagner beaucoup sur les autres. Ainsi, lorsque la Hollande faisoit presque seule le commerce du midi au nord de l'Europe, les vins de France, qu'elle portoit au nord, ne lui servoient, en quelque manière, que de fonds pour faire son commerce dans le nord.

On sait que souvent, en Hollande, de certains genres de marchandise venue de loin ne s'y vendent pas plus cher qu'ils n'ont coûté sur les lieux mêmes. Voici la raison qu'on en donne : un capitaine qui a besoin de lester son vaisseau prendra du marbre; il a besoin de bois pour l'arrimage, il en achètera; et, pourvu qu'il n'y perde rien, il croira avoir beaucoup fait. C'est ainsi que la Hollande a aussi ses carrières et ses forêts.

Non seulement un commerce qui ne donne rien peut être utile, un commerce même désavantageux peut l'être. J'ai ouï dire en Hollande que la pêche

[1] JUSTIN, liv. XLIII, chap. III. — Marseille fut fondée, environ six cents ans avant Jésus-Christ, par une colonie de Phocéens, Grecs asiatiques; ils établirent un bon gouvernement qui fit fleurir l'agriculture, les arts, le commerce et les sciences. Elle devint une célèbre académie où la jeunesse gauloise et romaine alloit étudier. Ils avoient une alliance étroite avec les Romains. Leur pouvoir, leurs forces, étoient considérables : ils soutinrent diverses guerres contre les Gaulois, les Liguriens, les Carthaginois, et contre d'autres peuples; et ils bâtirent plusieurs villes : c'est sur quoi s'accordent tous les historiens anciens et modernes. *Tous les vents, les bancs de la mer, la disposition des côtes*, n'ordonnent point de mouiller dans le port de Marseille : les matelots espagnols, siciliens et italiens ne sont pas les dupes de cette fiction. Ils laissent à l'écart le golfe de Lyon; et, lorsque leurs affaires n'exigent pas qu'ils s'arrêtent à Marseille, ils cinglent en droiture à leurs différentes destinations. (D.)

[1] La Hollande est située si peu avantageusement qu'elle ne produit aucune denrée pour transporter à l'étranger : environnée de grandes villes, ses rivales de commerce, elle ménage si bien son commerce, et se conduit avec tant de prudence, de jugement et d'application, qu'elle tire chez elle les marchandises du monde entier; elle dispose de la plus grande partie des productions du Portugal, de l'Espagne et du détroit, qu'elle débite dans la Baltique, à Brême, Hambourg, Lubeck et Dantzick. (M. DE SECONDAT, fils de Montesquieu, *traduction de Jos. Gée*, pag. 215.)

de la baleine, en général, ne rend presque jamais ce qu'elle coûte; mais ceux qui ont été employés à la construction du vaisseau, ceux qui ont fourni les agrès, les apparaux, les vivres, sont aussi ceux qui prennent le principal intérêt à cette pêche. Perdissent-ils sur la pêche, ils ont gagné sur les fournitures. Ce commerce est une espèce de loterie, et chacun est séduit par l'espérance d'un billet noir. Tout le monde aime à jouer; et les gens les plus sages jouent volontiers, lorsqu'ils ne voient point les apparences du jeu, ses égarements, ses violences, ses dissipations, la perte du temps, et même de toute la vie.

CHAPITRE VII.

Esprit de l'Angleterre sur le commerce.

L'Angleterre n'a guère de tarif réglé avec les autres nations : son tarif change, pour ainsi dire, à chaque parlement, par les droits particuliers qu'elle ôte ou qu'elle impose. Elle a voulu encore conserver sur cela son indépendance. Souverainement jalouse du commerce qu'on fait chez elle, elle se lie peu par des traités, et ne dépend que de ses lois.

D'autres nations ont fait céder des intérêts du commerce à des intérêts politiques; celle-ci a toujours fait céder ses intérêts politiques aux intérêts de son commerce.

C'est le peuple du monde qui a le mieux su se prévaloir à la fois de ces trois grandes choses : la religion, le commerce et la liberté.

CHAPITRE VIII.

Comment on a gêné quelquefois le commerce d'économie.

On a fait, dans certaines monarchies, des lois très propres à abaisser les états qui font le commerce d'économie. On leur a défendu d'apporter d'autres marchandises que celles du crû de leur pays; on ne leur a permis de venir trafiquer qu'avec des navires de la fabrique du pays où ils viennent.

Il faut que l'état qui impose ces lois puisse aisément faire lui-même le commerce : sans cela, il se fera pour le moins un tort égal. Il vaut mieux avoir affaire à une nation qui exige peu, et que les besoins du commerce rendent en quelque façon dépendante; à une nation qui, par l'étendue de ses vues ou de ses affaires, sait où placer toutes les marchandises superflues; qui est riche, et peut se charger de beaucoup de denrées; qui les paiera

promptement; qui a, pour ainsi dire, des nécessités d'être fidèle; qui est pacifique par principe; qui cherche à gagner, et non pas à conquérir : il vaut mieux, dis-je, avoir affaire à cette nation qu'à d'autres toujours rivales, et qui ne donneroient pas tous ces avantages.

CHAPITRE IX.

De l'exclusion en fait de commerce.

La vraie maxime est de n'exclure aucune nation de son commerce sans de grandes raisons. Les Japonois ne commercent qu'avec deux nations, la chinoise et la hollandoise. Les Chinois [1] gagnent mille pour cent sur le sucre, et quelquefois autant sur les retours. Les Hollandois font des profits à peu près pareils. Toute nation qui se conduira sur les maximes japonoises sera nécessairement trompée. C'est la concurrence qui met un prix juste aux marchandises, et qui établit les vrais rapports entre elles.

Encore moins un état doit-il s'assujétir à ne vendre ses marchandises qu'à une seule nation, sous prétexte qu'elle les prendra toutes à un certain prix. Les Polonois ont fait pour leur blé ce marché avec la ville de Dantzick; plusieurs rois des Indes ont de pareils contrats pour les épiceries avec les Hollandois [2]. Ces conventions ne sont propres qu'à une nation pauvre, qui veut bien perdre l'espérance de s'enrichir, pourvu qu'elle ait une subsistance assurée; ou à des nations dont la servitude consiste à renoncer à l'usage des choses que la nature leur avoit données, ou à faire sur ces choses un commerce désavantageux.

CHAPITRE X.

Établissement propre au commerce d'économie.

Dans les états qui font le commerce d'économie, on a heureusement établi des banques, qui, par leur crédit, ont formé de nouveaux signes des valeurs. Mais on auroit tort de les transporter dans les états qui font le commerce de luxe. Les mettre dans des pays gouvernés par un seul, c'est supposer l'argent d'un côté, et de l'autre la puissance; c'est-à-dire d'un côté la faculté de tout avoir sans aucun pouvoir, et de l'autre le pouvoir avec la faculté de rien du tout. Dans un gouvernement pareil, il n'y a jamais eu que le prince qui ait eu,

[1] Le P. Duhalde, tom. II, pag. 171.
[2] Cela fut premièrement établi par les Portugais. (*Voyages de François Pirard*. chap. xv, partie II.)

ou qui ait pu avoir un trésor ; et, partout où il y en a un, dès qu'il est excessif, il devient d'abord le trésor du prince.

Par la même raison, les compagnies de négociants qui s'associent pour un certain commerce conviennent rarement au gouvernement d'un seul. La nature de ces compagnies est de donner aux richesses particulières la force des richesses publiques. Mais, dans ces états, cette force ne peut se trouver que dans les mains du prince. Je dis plus : elles ne conviennent pas toujours dans les états où l'on fait le commerce d'économie ; et, si les affaires ne sont si grandes qu'elles soient au-dessus de la portée des particuliers, on fera encore mieux de ne point gêner, par des priviléges exclusifs, la liberté du commerce.

CHAPITRE XI.

Continuation du même sujet.

Dans les états qui font le commerce d'économie, on peut établir un port franc. L'économie de l'état, qui suit toujours la frugalité des particuliers, donne, pour ainsi dire, l'ame à son commerce d'économie. Ce qu'il perd de tributs par l'établissement dont nous parlons est compensé par ce qu'il peut tirer de la richesse industrieuse de la république. Mais, dans le gouvernement monarchique, de pareils établissements seroient contre la raison ; ils n'auroient d'autre effet que de soulager le luxe du poids des impôts. On se priveroit de l'unique bien que ce luxe peut procurer, et du seul frein que, dans une constitution pareille, il puisse recevoir.

CHAPITRE XII.

De la liberté du commerce.

La liberté du commerce n'est pas une faculté accordée aux négociants de faire ce qu'ils veulent : ce seroit bien plutôt sa servitude. Ce qui gêne le commerçant ne gêne pas pour cela le commerce. C'est dans les pays de la liberté que le négociant trouve des contradictions sans nombre ; et il n'est jamais moins croisé par les lois que dans les pays de la servitude.

L'Angleterre défend de faire sortir ses laines ; elle veut que le charbon soit transporté par mer dans la capitale ; elle ne permet point la sortie de ses chevaux, s'ils ne sont coupés ; les vaisseaux [1]

de ses colonies qui commercent en Europe doivent mouiller en Angleterre. Elle gêne le négociant ; mais c'est en faveur du commerce.

CHAPITRE XIII.

Ce qui détruit cette liberté.

Là où il y a du commerce, il y a des douanes. L'objet du commerce est l'exportation et l'importation des marchandises en faveur de l'état ; et l'objet des douanes est un certain droit sur cette même exportation et importation, aussi en faveur de l'état. Il faut donc que l'état soit neutre entre sa douane et son commerce, et qu'il fasse en sorte que ces deux choses ne se croisent point ; et alors on y jouit de la liberté du commerce.

La finance détruit le commerce par ses injustices, par ses vexations, par l'excès de ce qu'elle impose ; mais elle le détruit encore, indépendamment de cela, par les difficultés qu'elle fait naître, et les formalités qu'elle exige. En Angleterre, où les douanes sont en régie, il y a une facilité de négocier singulière : un mot d'écriture fait les plus grandes affaires ; il ne faut point que le marchand perde un temps infini, et qu'il ait des commis exprès pour faire cesser toutes les difficultés des fermiers, ou pour s'y soumettre.

CHAPITRE XIV.

Des lois de commerce qui emportent la confiscation des marchandises.

La grande chartre des Anglois [1] défend de saisir et de confisquer, en cas de guerre, les marchandises des négociants étrangers, à moins que ce ne soit par représailles. Il est beau que la nation angloise ait fait de cela un des articles de sa liberté.

Dans la guerre que l'Espagne eut avec les Anglois en 1740, elle fit une loi [2] qui punissoit de

[1] *Acte de navigation de* 1660. Ce n'a été qu'en temps de guerre que ceux de Boston et de Philadelphie ont envoyé leurs vaisseaux en droiture jusque dans la Méditerranée porter leurs denrées.

[1] Au commencement du treizième siècle, Jean-Sans-Terre ayant fait hommage de son royaume au pape Innocent III, perdit l'estime et l'affection de ses sujets. Les barons (et sous ce nom on comprenoit alors tous les seigneurs d'Angleterre) se liguèrent contre leur roi, et lui demandèrent la confirmation de la chartre de Henri Ier, qui jusque-là étoit restée sans exécution. Jean s'y refusa d'abord ; mais il se vit bientôt obligé de leur accorder tout ce qu'ils demandoient, et même d'augmenter considérablement leurs prérogatives, au détriment de la couronne. L'acte qui renferme cette concession est connu dans l'histoire sous le nom de *grande chartre*, et fait encore aujourd'hui la base des libertés de l'Angleterre.

[2] Publié à Cadix au mois de mars 1740.

mort ceux qui introduiroient dans les états d'Espagne des marchandises d'Angleterre ; elle infligeoit la même peine à ceux qui porteroient dans les états d'Angleterre des marchandises d'Espagne. Une ordonnance pareille ne peut, je crois, trouver de modèle que dans les lois du Japon. Elle choque nos mœurs, l'esprit du commerce, et l'harmonie qui doit être dans la proportion des peines ; elle confond toutes les idées, faisant un crime d'état de ce qui n'est qu'une violation de police.

CHAPITRE XV.

De la contrainte par corps.

Solon [1] ordonna à Athènes qu'on n'obligeroit plus le corps pour dettes civiles. Il tira cette loi d'Égypte [2] ; Bocchoris l'avoit faite, et Sésostris l'avoit renouvelée.

Cette loi est très bonne pour les affaires [3] civiles ordinaires ; mais nous avons raison de ne point l'observer dans celles de commerce. Car les négocians étant obligés de confier de grandes sommes pour des temps souvent fort courts, de les donner et de les reprendre, il faut que le débiteur remplisse toujours au temps fixé ses engagemens : ce qui suppose la contrainte par corps.

Dans les affaires qui dérivent des contrats civils ordinaires, la loi ne doit point donner la contrainte par corps, parce qu'elle fait plus de cas de la liberté d'un citoyen que de l'aisance d'un autre [4]. Mais, dans les conventions qui dérivent du commerce, la loi doit faire plus de cas de l'aisance publique que de la liberté d'un citoyen : ce qui n'empêche pas les restrictions et les limitations que peuvent demander l'humanité et la bonne police.

CHAPITRE XVI.

Belle loi.

La loi de Genève qui exclut des magistratures, et même de l'entrée dans le grand conseil, les enfants de ceux qui ont vécu ou qui sont morts insolvables, à moins qu'ils n'acquittent les dettes de leur père, est très bonne. Elle a cet effet, qu'elle donne de la confiance pour les négocians ; elle en donne pour les magistrats ; elle en donne pour la cité même. La foi particulière y a encore la force de la foi publique [1].

CHAPITRE XVII.

Loi de Rhodes.

Les Rhodiens allèrent plus loin. Sextus Empiricus [2] dit que, chez eux, un fils ne pouvoit se dispenser de payer les dettes de son père, en renonçant à sa succession. La loi de Rhodes étoit donnée à une république fondée sur le commerce : or, je crois que la raison du commerce même y devoit mettre cette limitation, que les dettes contractées par le père, depuis que le fils avoit commencé à faire le commerce, n'affecteroient point les biens acquis par celui-ci. Un négociant doit toujours connoître ses obligations, et se conduire à chaque instant suivant l'état de sa fortune.

CHAPITRE XVIII.

Des juges pour le commerce.

Xénophon, au livre *des Revenus* [3], voudroit qu'on donnât des récompenses à ceux des préfets du commerce qui expédient le plus vite les procès. Il sentoit le besoin de notre jurisdiction consulaire [4].

Les affaires du commerce sont très peu susceptibles de formalités : ce sont des actions de chaque jour, que d'autres de même nature doivent suivre chaque jour ; il faut donc qu'elles puissent être décidées chaque jour. Il en est autrement des actions de la vie qui influent beaucoup sur l'avenir, mais qui arrivent rarement. On ne se marie guère qu'une fois ; on ne fait pas tous les jours des do-

[1] PLUTARQUE, au traité, *Qu'il ne faut point emprunter à usure.*

[2] DIODORE, liv. I, part. II, chap. LXXIX.

[3] Les législateurs grecs étoient blâmables, qui avoient défendu de prendre en gage les armes et la charrue d'un homme, et permettoient de prendre l'homme même. (DIODORE, liv. I, part. II, chap. LXXIX.)

[4] Avec une simple forme, un prêteur, qui est le plus fort puisqu'il tient l'argent, peut contraindre l'emprunteur à transformer une dette civile en dette de commerce : il ne faut pour cela que la forme d'une lettre de change au lieu d'un contrat ordinaire. Aussi cette loi, qui paroit n'ouvrir la porte des prisons qu'au négociant, a souvent tiré le verrou sur les autres citoyens. (SERVAN.)

[1] La banqueroute étoit si odieuse aux Romains que la loi des douze tables permettoit aux créanciers de mettre en pièces leurs débiteurs infidèles ; et, dans la plupart des pays, les lois ont proposé la peine de mort contre les banqueroutiers. Dans ceux où elles sont les moins sévères, ils sont condamnés à des peines infamantes ; dans aucun gouvernement de l'Europe, on n'a vu les enfants de ces hommes flétris être admis aux magistratures. La république de Genève auroit-elle été la seule qui eût renoncé à une exclusion dictée par l'honneur et par l'usage constant des nations ? A-t-il fallu une loi expresse pour réveiller en elle un sentiment que les barbares mêmes regardent comme le premier de leurs devoirs ? (D.)

[2] *Hypotyposes,* liv. I, chap. XIV.

[3] *De Proventibus,* cap. III, § 3.

[4] Les Romains, dans le bas-empire, eurent cette espèce de jurisdiction pour les nautonniers.

nations ou des testaments ; on n'est majeur qu'une fois.

Platon [1] dit que, dans une ville où il n'y a point de commerce maritime, il faut la moitié moins de lois civiles ; et cela est très vrai. Le commerce introduit dans le même pays différentes sortes de peuples, un grand nombre de conventions, d'espèces de biens, et de manières d'acquérir.

Ainsi, dans une ville commerçante, il y a moins de juges, et plus de lois.

CHAPITRE XIX.

Que le prince ne doit point faire le commerce.

Théophile [2], voyant un vaisseau où il y avoit des marchandises pour sa femme Théodora, le fit brûler. « Je suis empereur, lui dit-il, et vous me » faites patron de galère. En quoi les pauvres » gens pourront-ils gagner leur vie, si nous fai- » sons encore leur métier ? » Il auroit pu ajouter : Qui pourra nous réprimer, si nous faisons des monopoles ? Qui nous obligera de remplir nos engagements ? Ce commerce que nous faisons, les courtisans voudront le faire ; ils seront plus avides et plus injustes que nous. Le peuple a de la confiance en notre justice ; il n'en a point en notre opulence : tant d'impôts qui font sa misère sont des preuves certaines de la nôtre.

CHAPITRE XX.

Continuation du même sujet.

Lorsque les Portugais et les Castillans dominoient dans les Indes orientales, le commerce avoit des branches si riches, que leurs princes ne manquèrent pas de s'en saisir. Cela ruina leurs établissements dans ces parties-là.

Le vice-roi de Goa accordoit à des particuliers des priviléges exclusifs. On n'a point de confiance en de pareilles gens ; le commerce est discontinué par le changement perpétuel de ceux à qui on le confie ; personne ne ménage ce commerce, et ne se soucie de le laisser perdu à son successeur ; le profit reste dans des mains particulières, et ne s'étend pas assez.

CHAPITRE XXI.

Du commerce de la noblesse dans la monarchie.

Il est contre l'esprit du commerce que la noblesse le fasse dans la monarchie [3]. « Cela seroit

» pernicieux aux villes, disent [1] les empereurs » Honorius et Théodose, et ôteroit entre les mar- » chands et les plébéiens la facilité d'acheter et de » vendre. »

Il est contre l'esprit de la monarchie que la noblesse y fasse le commerce. L'usage, qui a permis en Angleterre le commerce à la noblesse, est une des choses qui ont le plus contribué à y affoiblir le gouvernement monarchique [2].

CHAPITRE XXII.

Réflexion particulière.

Des gens, frappés de ce qui se pratique dans quelques états, pensent qu'il faudroit qu'en France il y eût des lois qui engageassent les nobles à faire le commerce. Ce seroit le moyen d'y détruire la noblesse, sans aucune utilité pour le commerce. La pratique de ce pays est très sage : les négociants n'y sont pas nobles ; mais ils peuvent le devenir. Ils ont l'espérance d'obtenir la noblesse, sans en avoir l'inconvénient actuel. Ils n'ont pas de moyen plus sûr de sortir de leur profession que de la bien faire, ou de la faire avec honneur : chose qui est ordinairement attachée à la suffisance.

Les lois qui ordonnent que chacun reste dans sa profession, et la fasse passer à ses enfants, ne sont et ne peuvent être utiles que dans les états [3] despotiques, où personne ne peut ni ne doit avoir d'émulation.

Qu'on ne dise pas que chacun fera mieux sa profession lorsqu'on ne pourra pas la quitter pour une autre. Je dis qu'on fera mieux sa profession,

d'un état quelconque ne fît d'autre métier que le commerce ; peut-être même cet inconvénient seroit-il plus grand dans une monarchie que dans une république, parce que le service militaire et celui près la personne du prince compatiroient difficilement avec d'autres occupations ; mais il s'en faut de beaucoup qu'il *soit contre l'esprit de la monarchie que la noblesse y fasse aucun commerce.* Nos rois, qui connoissoient bien l'esprit de leur gouvernement, en ont jugé autrement. Un sujet n'en est pas moins soumis pour avoir des vaisseaux en mer ; peut-être même en est-il plus attaché à sa patrie, parce qu'il a plus à perdre et plus à espérer. La noblesse a une infinité d'occasions de contracter des dettes, elle n'a presque aucun moyen de réparer ses pertes. Quel mal, quel inconvénient, quel danger trouve-t-on donc à lui ménager des ressources honnêtes et licites de rétablir les désordres de sa fortune ? (D.)

[1] Leg. *Nobiliores, cod. de commerc.,* et *leg. ult. cod. de rescind. vendit.*

[2] Les anciennes lois romaines avoient défendu aux sénateurs de construire et d'avoir en leur possession des navires, dans la crainte que, venant à s'agrandir par les richesses du commerce, ils ne se portassent à troubler la tranquillité de l'état. La même raison excita Théodose et Honorius à défendre à cette noblesse du premier rang, illustrée par des dignités, opulente par son patrimoine, de faire un commerce qui pouvoit la rendre encore plus puissante et plus dangereuse. (D.)

[3] Effectivement cela y est souvent ainsi établi.

[1] *Des Lois,* liv. VIII. [2] ZONARE.

[3] Il y auroit sans doute de l'inconvénient que toute la noblesse

lorsque ceux qui y auront excellé espéreront de parvenir à une autre.

L'acquisition qu'on peut faire de la noblesse à prix d'argent encourage beaucoup les négociants à se mettre en état d'y parvenir. Je n'examine pas si l'on fait bien de donner ainsi aux richesses le prix de la vertu : il y a tel gouvernement où cela peut être très utile.

En France, cet état de la robe qui se trouve entre la grande noblesse et le peuple ; qui, sans avoir le brillant de celle-là, en a tous les priviléges ; cet état qui laisse les particuliers dans la médiocrité, tandis que le corps dépositaire des lois est dans la gloire ; cet état encore dans lequel on n'a de moyen de se distinguer que par la suffisance et par la vertu ; profession honorable, mais qui en laisse toujours voir une plus distinguée ; cette noblesse toute guerrière, qui pense qu'en quelque degré de richesses que l'on soit, il faut faire sa fortune, mais qu'il est honteux d'augmenter son bien, si on ne commence par le dissiper ; cette partie de la nation, qui sert toujours avec le capital de son bien ; qui, quand elle est ruinée, donne sa place à une autre qui servira avec son capital encore ; qui va à la guerre pour que personne n'ose dire qu'elle n'y a pas été ; qui, quand elle ne peut espérer les richesses, espère les honneurs, et, lorsqu'elle ne les obtient pas, se console, parce qu'elle a acquis de l'honneur : toutes ces choses ont nécessairement contribué à la grandeur de ce royaume. Et si, depuis deux ou trois siècles, il a augmenté sans cesse sa puissance, il faut attribuer cela à la bonté de ses lois, non pas à la fortune, qui n'a pas ces sortes de constance.

CHAPITRE XXIII.

A quelles nations il est désavantageux de faire le commerce.

Les richesses consistent en fonds de terre ou en effets mobiliers : les fonds de terre de chaque pays sont ordinairement possédés par ses habitants. La plupart des états ont des lois qui dégoûtent les étrangers de l'acquisition de leurs terres ; il n'y a même que la présence du maître qui les fasse valoir : ce genre de richesses appartient donc à chaque état en particulier. Mais les effets mobiliers, comme l'argent, les billets, les lettres de change, les actions sur les compagnies, les vaisseaux, toutes les marchandises, appartiennent au monde entier, qui, dans ce rapport, ne compose qu'un seul état, dont toutes les sociétés sont les membres : le peuple qui possède le plus de ces effets mobiliers de l'univers est le plus riche. Quelques états en ont une immense quantité : ils les acquièrent chacun par leurs denrées, par le travail de leurs ouvriers, par leur industrie, par leurs découvertes, par le hasard même. L'avarice des nations se dispute les meubles de tout l'univers. Il peut se trouver un état si malheureux qu'il sera privé des effets des autres pays, et même encore de presque tous les siens : les propriétaires des fonds de terre n'y seront que les colons des étrangers. Cet état manquera de tout, et ne pourra rien acquérir ; il vaudroit bien mieux qu'il n'eût de commerce avec aucune nation du monde : c'est le commerce qui, dans les circonstances où il se trouvoit, l'a conduit à la pauvreté.

Un pays qui envoie toujours moins de marchandises ou de denrées qu'il n'en reçoit se met lui-même en équilibre en s'appauvrissant : il recevra toujours moins, jusqu'à ce que, dans une pauvreté extrême, il ne reçoive plus rien.

Dans les pays de commerce, l'argent qui s'est tout-à-coup évanoui revient, parce que les états qui l'ont reçu le doivent : dans les états dont nous parlons, l'argent ne revient jamais, parce que ceux qui l'ont pris ne doivent rien.

La Pologne servira ici d'exemple. Elle n'a presque aucune des choses que nous appelons les effets mobiliers de l'univers, si ce n'est le blé de ses terres. Quelques seigneurs possèdent des provinces entières ; ils pressent le laboureur pour avoir une plus grande quantité de blé qu'ils puissent envoyer aux étrangers, et se procurer les choses que demande leur luxe. Si la Pologne ne commerçoit avec aucune nation, ses peuples seroient plus heureux. Ses grands, qui n'auroient que leur blé, le donneroient à leurs paysans pour vivre ; de trop grands domaines leur seroient à charge, ils les partageroient à leurs paysans ; tout le monde trouvant des peaux ou des laines dans ses troupeaux, il n'y auroit plus une dépense immense à faire pour les habits ; les grands, qui aiment toujours le luxe, et qui ne le pourroient trouver que dans leur pays, encourageroient les pauvres au travail. Je dis que cette nation seroit plus florissante, à moins qu'elle ne devînt barbare ; chose que les lois pourroient prévenir.

Considérons à présent le Japon. La quantité excessive de ce qu'il peut recevoir produit la quantité excessive de ce qu'il peut envoyer : les choses seront en équilibre comme si l'importation et l'exportation étoient modérées ; et d'ailleurs cette espèce d'enflure produira à l'état mille avantages : il y aura plus de consommation, plus de

choses sur lesquelles les arts peuvent s'exercer, plus d'hommes employés, plus de moyens d'acquérir de la puissance : il peut arriver des cas où l'on ait besoin d'un secours prompt, qu'un état si plein peut donner plus tôt qu'un autre. Il est difficile qu'un pays n'ait des choses superflues ; mais c'est la nature du commerce de rendre les choses superflues utiles, et les utiles nécessaires. L'état pourra donc donner les choses nécessaires à un plus grand nombre de sujets.

Disons donc que ce ne sont point les nations qui n'ont besoin de rien qui perdent à faire le commerce ; ce sont celles qui ont besoin de tout. Ce ne sont point les peuples qui se suffisent à eux-mêmes, mais ceux qui n'ont rien chez eux, qui trouvent de l'avantage à ne trafiquer avec personne.

LIVRE VINGT-UNIÈME.

DES LOIS,

DANS LE RAPPORT QU'ELLES ONT AVEC LE COMMERCE,

CONSIDÉRÉ DANS LES RÉVOLUTIONS QU'IL A EUES DANS LE MONDE.

CHAPITRE I.

Quelques considérations générales.

Quoique le commerce soit sujet à de grandes révolutions, il peut arriver que de certaines causes physiques, la qualité du terrain ou du climat, fixent pour jamais sa nature.

Nous ne faisons aujourd'hui le commerce des Indes que par l'argent que nous y envoyons. Les Romains [1] y portoient toutes les années environ cinquante millions de sesterces. Cet argent, comme le nôtre aujourd'hui, étoit converti en marchandises qu'ils rapportoient en Occident. Tous les peuples qui ont négocié aux Indes y ont toujours porté des métaux [2], et en ont rapporté des marchandises.

C'est la nature même qui produit cet effet. Les Indiens ont leurs arts, qui sont adaptés à leur manière de vivre. Notre luxe ne sauroit être le leur, ni nos besoins être leurs besoins. Le climat

ne leur demande ni ne leur permet presque rien de ce qui vient de chez nous. Ils vont en grande partie nus ; les vêtements qu'ils ont, le pays les leur fournit convenables ; et leur religion, qui a sur eux tant d'empire, leur donne de la répugnance pour les choses qui nous servent de nourriture. Ils n'ont donc besoin que de nos métaux, qui sont les signes des valeurs, et pour lesquels ils donnent des marchandises, que leur frugalité et la nature de leur pays leur procurent en abondance. Les auteurs anciens qui nous ont parlé des Indes nous les dépeignent [1] telles que nous les voyons aujourd'hui, quant à la police, aux manières, et aux mœurs. Les Indes ont été, les Indes seront ce qu'elles sont à présent ; et, dans tous les temps, ceux qui négocieront aux Indes y porteront de l'argent, et n'en rapporteront pas.

CHAPITRE II.

Des peuples d'Afrique.

La plupart des peuples des côtes de l'Afrique sont sauvages ou barbares. Je crois que cela vient beaucoup de ce que des pays presque inhabitables séparent de petits pays qui peuvent être habités. Ils sont sans industrie ; ils n'ont point d'arts ; ils ont en abondance des métaux précieux qu'ils tiennent immédiatement des mains de la nature. Tous les peuples policés sont donc en état de négocier avec eux avec avantage ; ils peuvent leur faire estimer beaucoup des choses de nulle valeur, et en recevoir un très grand prix.

CHAPITRE III.

Que les besoins des peuples du midi sont différents de ceux des peuples du Nord.

Il y a dans l'Europe une espèce de balancement entre les nations du midi et celles du nord. Les premières ont toutes sortes de commodités pour la vie, et peu de besoins, les secondes ont beaucoup de besoins ; et peu de commodités pour la vie. Aux unes, la nature a donné beaucoup, et elles ne lui demandent que peu ; aux autres, la nature donne peu, et elles lui demandent beaucoup. L'équilibre se maintient par la paresse qu'elle a donnée aux nations du midi, et par l'industrie et l'activité qu'elle a données à celles du nord. Ces dernières sont obligées de travailler beaucoup, sans quoi elles manqueroient de tout, et deviendroient barbares. C'est ce qui a natura-

[1] PLINE, liv. VI, chap. XXIII.
[2] Il paroit cependant, par un passage de Pausanias [*], que de son temps ceux qui alloient aux Indes y portoient des marchandises de Grèce, où, ajoute-t-il, on ne se sert point d'argent monnoyé, quoique le pays abonde en mines d'or et de cuivre.

[*] PAUSAN., Laconic., sive lib. III, cap. XII.

[1] Voyez Pline, liv. VI, chap. XIX; et Strabon, liv. XV.

lisé la servitude chez les peuples du midi : comme ils peuvent aisément se passer de richesses, ils peuvent encore mieux se passer de liberté. Mais les peuples du nord ont besoin de la liberté, qui leur procure plus de moyens de satisfaire tous les besoins que la nature leur a donnés. Les peuples du nord sont donc dans un état forcé, s'ils ne sont libres ou barbares : presque tous les peuples du midi sont, en quelque façon, dans un état violent, s'ils ne sont esclaves.

CHAPITRE IV.

Principale différence du commerce des anciens d'avec celui d'aujourd'hui.

Le monde se met de temps en temps dans des situations qui changent le commerce. Aujourd'hui le commerce de l'Europe se fait principalement du nord au midi. Pour lors la différence des climats fait que les peuples ont un grand besoin des marchandises les uns des autres. Par exemple, les boissons du midi portées au nord forment une espèce de commerce que les anciens n'avoient guère. Aussi la capacité des vaisseaux, qui se mesuroit autrefois par muids de blé, se mesure-t-elle aujourd'hui par tonneaux de liqueur.

Le commerce ancien que nous connoissons, se faisant d'un port de la Méditerranée à l'autre, étoit presque tout dans le midi. Or, les peuples du même climat ayant chez eux à peu près les mêmes choses, n'ont pas tant de besoin de commercer entre eux que ceux d'un climat différent. Le commerce en Europe étoit donc autrefois moins étendu qu'il ne l'est à présent.

Ceci n'est point contradictoire avec ce que j'ai dit de notre commerce des Indes; la différence excessive du climat fait que les besoins relatifs sont nuls.

CHAPITRE V.

Autres différences.

Le commerce, tantôt détruit par les conquérants, tantôt gêné par les monarques, parcourt la terre, fuit d'où il est opprimé, se repose où on le laisse respirer : il règne aujourd'hui où l'on ne voyoit que des déserts, des mers et des rochers; là où il régnoit il n'y a que des déserts.

A voir aujourd'hui la Colchide, qui n'est plus qu'une vaste forêt, où le peuple, qui diminue tous les jours, ne défend sa liberté que pour se vendre en détail aux Turcs et aux Persans, on ne diroit jamais que cette contrée eût été, du temps des

Romains, pleine de villes où le commerce appeloit toutes les nations du monde. On n'en trouve aucun monument dans le pays; il n'y en a de traces que dans Pline [1] et Strabon [2].

L'histoire du commerce est celle de la communication des peuples. Leurs destructions diverses, et de certains flux et reflux de populations et de dévastations, en forment les plus grands événements.

CHAPITRE VI.

Du commerce des anciens.

Les trésors immenses de [3] Sémiramis, qui ne pouvoient avoir été acquis en un jour, nous font penser que les Assyriens avoient eux-mêmes pillé d'autres nations riches, comme les autres nations les pillèrent après.

L'effet du commerce sont les richesses; la suite des richesses, le luxe; celle du luxe, la perfection des arts. Les arts, portés au point où on les trouve du temps de Sémiramis [4], nous marquent un grand commerce déja établi.

Il y avoit un grand commerce de luxe dans les empires d'Asie. Ce seroit une belle partie de l'histoire du commerce que l'histoire du luxe; le luxe des Perses étoit celui des Mèdes, comme celui des Mèdes étoit celui des Assyriens.

Il est arrivé de grands changements en Asie. La partie de la Perse qui est au nord-est, l'Hyrcanie, la Margiane, la Bactriane, etc., étoient autrefois pleines de villes florissantes [5] qui ne sont plus; et le nord [6] de cet empire, c'est-à-dire l'isthme qui sépare la mer Caspienne du Pont-Euxin, étoit couvert de villes et de nations qui ne sont plus encore.

Ératosthène [7] et Aristobule tenoient de Patrocle [8] que les marchandises des Indes passoient par l'Oxus dans la mer du Pont. Marc Varron [9] nous dit que l'on apprit, du temps de Pompée dans la guerre contre Mithridate, que l'on alloit en sept jours de l'Inde dans le pays des Bactriens, et au fleuve Icarus, qui se jette dans l'Oxus; que par-là les marchandises de l'Inde pouvoient traverser la mer Caspienne, entrer de là dans l'embouchure du Cyrus; que, de ce fleuve, il ne falloit qu'un trajet par terre de cinq jours pour aller au Phase,

[1] Liv. VI. [2] Liv. XI. [3] DIODORE, liv. II. [4] Ibid.
[5] Voyez Pline, liv. VI, chap. XVI; et Strabon, liv. XI.
[6] STRABON, liv. XI. [7] Ibid.
[8] L'autorité de Patrocle est considérable, comme il paroît par un récit de Strabon, liv. II.
[9] Dans Pline, liv. VI, chap. XVII. Voyez aussi Strabon, liv. XI, sur le trajet des marchandises du Phase au Cyrus.

qui conduisoit dans le Pont-Euxin. C'est sans doute par les nations qui peuploient ces divers pays que les grands empires des Assyriens, des Mèdes et des Perses, avoient une communication avec les parties de l'Orient et de l'Occident les plus reculées.

Cette communication n'est plus. Tous ces pays ont été dévastés par les Tartares [1], et cette nation destructrice les habite encore pour les infester. L'Oxus ne va plus à la mer Caspienne; les Tartares l'ont détourné pour des raisons particulières [2]; il se perd dans des sables arides.

Le Jaxarte, qui formoit autrefois une barrière entre les nations policées et les nations barbares, a été tout de même détourné [3] par les Tartares, et ne va plus jusqu'à la mer.

Séleucus Nicator forma le projet [4] de joindre le Pont-Euxin à la mer Caspienne. Ce dessein, qui eût donné bien des facilités au commerce qui se faisoit dans ce temps-là, s'évanouit à sa mort [5]. On ne sait s'il auroit pu l'exécuter dans l'isthme qui sépare les deux mers. Ce pays est aujourd'hui très peu connu; il est dépeuplé et plein de forêts. Les eaux n'y manquent pas, car une infinité de rivières y descendent du mont Caucase; mais ce Caucase, qui forme le nord de l'isthme, et qui étend des espèces de bras [6] au midi, auroit été un grand obstacle, surtout dans ces temps-là, où l'on n'avoit point l'art de faire des écluses.

On pourroit croire que Séleucus vouloit faire la jonction des deux mers dans le lieu même où le czar Pierre 1er l'a faite depuis, c'est-à-dire dans cette langue de terre où le Tanaïs s'approche du Volga: mais le nord de la mer Caspienne n'étoit pas encore découvert.

Pendant que dans les empires d'Asie il y avoit un commerce de luxe, les Tyriens faisoient par toute la terre un commerce d'économie. Bochard a employé le premier livre de son Chanaan à faire l'énumération des colonies qu'ils envoyèrent dans tous les pays qui sont près de la mer; ils passèrent les colonnes d'Hercule, et firent des établissements [7] sur les côtes de l'Océan.

Dans ces temps-là, les navigateurs étoient obligés de suivre les côtes, qui étoient pour ainsi dire leur boussole. Les voyages étoient longs et pénibles. Les travaux de la navigation d'Ulysse ont été un sujet fertile pour le plus beau poëme du monde, après celui qui est le premier de tous.

Le peu de connoissance que la plupart des peuples avoient de ceux qui étoient éloignés d'eux favorisoit les nations qui faisoient le commerce d'économie. Elles mettoient dans leur négoce les obscurités qu'elles vouloient: elles avoient tous les avantages que les nations intelligentes prennent sur les peuples ignorants.

L'Égypte, éloignée par la religion et par les mœurs de toute communication avec les étrangers, ne faisoit guère de commerce au-dehors: elle jouissoit d'un terrain fertile et d'une extrême abondance. C'étoit le Japon de ces temps-là: elle se suffisoit à elle-même.

Les Égyptiens furent si peu jaloux du commerce du dehors qu'ils laissèrent celui de la mer Rouge à toutes les petites nations qui y eurent quelque port. Ils souffrirent que les Iduméens, les Juifs et les Syriens y eussent des flottes. Salomon [1] employa à cette navigation des Tyriens qui connoissoient ces mers.

Josèphe [2] dit que sa nation, uniquement occupée de l'agriculture, connoissoit peu la mer: aussi ne fut-ce que par occasion que les Juifs négocièrent dans la mer Rouge. Ils conquirent, sur les Iduméens, Elath et Asiongaber, qui leur donnèrent ce commerce: ils perdirent ces deux villes, et perdirent ce commerce aussi.

Il n'en fut pas de même des Phéniciens: ils ne faisoient pas un commerce de luxe; ils ne négocioient point par la conquête; leur frugalité, leur habileté, leur industrie, leurs périls, leurs fatigues les rendoient nécessaires à toutes les nations du monde.

Les nations voisines de la mer Rouge ne négocioient que dans cette mer et celle d'Afrique. L'étonnement de l'univers, à la découverte de la mer des Indes, faite sous Alexandre, le prouve assez. Nous avons dit [3] qu'on porte toujours aux Indes des métaux précieux, et que l'on n'en rapporte point [4]; les flottes juives, qui rapportoient par la mer Rouge de l'or et de l'argent, revenoient d'Afrique, et non pas des Indes.

Je dis plus: cette navigation se faisoit sur la

[1] Il faut que, depuis le temps de Ptolomée, qui nous décrit tant de rivières qui se jettent dans la partie orientale de la mer Caspienne, il y ait eu de grands changements dans ce pays. La carte du czar ne met de ce côté-là que la rivière d'Astrabat; et celle de M. Bathalsi, rien du tout.

[2] Voyez la relation de Genkinson, dans le *Recueil des voyages du nord*, tom. IV.

[3] Je crois que de là s'est formé le lac Aral.

[4] Claude César, dans Pline, liv. VI, chap. XI.

[5] Il fut tué par Ptolomée Céranus.

[6] Voyez Strabon, liv. XI.

[7] Ils fondèrent Tartèse, et s'établirent à Cadix.

[1] Liv. III, *des Rois*, chap. IX; *Paralip.*, liv. II, chap. VIII.

[2] Contre Appion.

[3] Au chap. I de ce livre.

[4] La proportion établie en Europe entre l'or et l'argent peu quelquefois faire trouver du profit à prendre dans les Indes de l'or pour de l'argent; mais c'est peu de chose.

côte orientale de l'Afrique ; et l'état où étoit la marine pour lors prouve assez qu'on n'alloit pas dans des lieux plus reculés.

Je sais que les flottes de Salomon et de Jozaphat ne revenoient que la troisième année ; mais je ne vois pas que la longueur du voyage prouve la grandeur de l'éloignement.

Pline et Strabon nous disent que le chemin qu'un navire des Indes et de la mer Rouge, fabriqué de joncs, faisoit en vingt jours, un navire grec ou romain le faisoit en sept [1]. Dans cette proportion, un voyage d'un an pour les flottes grecques et romaines étoit à peu près de trois pour celles de Salomon.

Deux navires d'une vitesse inégale ne font pas leur voyage dans un temps proportionné à leur vitesse : la lenteur produit souvent une plus grande lenteur. Quand il s'agit de suivre les côtes, et qu'on se trouve sans cesse dans une différente position ; qu'il faut attendre un bon vent pour sortir d'un golfe, en avoir un autre pour aller en avant, un navire bon voilier profite de tous les temps favorables ; tandis que l'autre reste dans un endroit difficile, et attend plusieurs jours un autre changement.

Cette lenteur des navires des Indes, qui, dans un temps égal, ne pouvoient faire que le tiers du chemin que faisoient les vaisseaux grecs et romains, peut s'expliquer par ce que nous voyons aujourd'hui dans notre marine. Les navires des Indes, qui étoient de jonc, tiroient moins d'eau que les vaisseaux grecs et romains, qui étoient de bois, et joints avec du fer.

On peut comparer ces navires des Indes à ceux de quelques nations d'aujourd'hui, dont les ports ont eu de fond : tels sont ceux de Venise, et même en général de l'Italie [2], de la mer Baltique, et de la province de Hollande [3]. Leurs navires, qui doivent en sortir et y rentrer, sont d'une fabrique ronde et large de fond ; au lieu que les navires d'autres nations qui ont de bons ports sont, par le bas, d'une forme qui les fait entrer profondément dans l'eau. Cette mécanique fait que ces derniers navires naviguent plus près du vent, et que les premiers ne naviguent presque que quand ils ont le vent en poupe. Un navire qui entre beaucoup dans l'eau navigue vers le même côté à presque tous les vents : ce qui vient de la résis-

tance que trouve dans l'eau le vaisseau poussé par le vent, qui fait un point d'appui, et de la forme longue du vaisseau qui est présenté au vent par son côté ; pendant que, par l'effet de la figure du gouvernail, on tourne la proue vers le côté que l'on se propose ; en sorte qu'on peut aller très près du vent, c'est-à-dire très près du côté d'où vient le vent. Mais quand le navire est d'une figure ronde et large de fond, et que par conséquent il enfonce peu dans l'eau, il n'y a plus de point d'appui ; le vent chasse le vaisseau, qui ne peut résister, ni guère aller que du côté opposé au vent. D'où il suit que les vaisseaux d'une construction ronde de fond sont plus lents dans leurs voyages : 1° ils perdent beaucoup de temps à attendre le vent, surtout s'ils sont obligés de changer souvent de direction ; 2° ils vont plus lentement, parce que, n'ayant pas de point d'appui, ils ne sauroient porter autant de voiles que les autres. Que si, dans un temps où la marine s'est si fort perfectionnée, dans un temps où les arts se communiquent, dans un temps où l'on corrige par l'art, et les défauts de la nature, et les défauts de l'art même, on sent ces différences, que devoit-ce être dans la marine des anciens ?

Je ne saurois quitter ce sujet. Les navires des Indes étoient petits, et ceux des Grecs et des Romains, si l'on en excepte ces machines que l'ostentation fit faire, étoient moins grands que les nôtres. Or, plus un navire est petit, plus il est en danger dans les gros temps. Telle tempête submerge un navire, qui ne feroit que le tourmenter, s'il étoit plus grand. Plus un corps en surpasse un autre en grandeur, plus sa surface est relativement petite : d'où il suit que dans un petit navire il y a une moindre raison, c'est-à-dire une plus grande différence de la surface du navire au poids ou à la charge qu'il peut porter, que dans un grand. On sait que, par une pratique à-peu-près générale, on met dans un navire une charge d'un poids égal à celui de la moitié de l'eau qu'il pourroit contenir. Supposons qu'un navire tînt huit cents tonneaux d'eau, sa charge seroit de quatre cents tonneaux ; celle d'un navire qui ne tiendroit que quatre cents tonneaux d'eau seroit de deux cents tonneaux. Ainsi la grandeur du premier navire seroit, au poids qu'il porteroit, comme 8 est à 4 ; et celle du second, comme 4 est à 2. Supposons que la surface du grand soit à la surface du petit comme 8 est à 6, la surface [1] de

[1] Voyez Pline, liv. VI, chap. XXII ; et Strabon, liv. XV.

[2] Elle n'a presque que des rades ; mais la Sicile a de très bons ports.

[3] Je dis de la province de Hollande ; car les ports de celle de Zélande sont assez profonds.

[1] C'est-à-dire, pour comparer les grandeurs de même genre, l'action ou la prise du fluide sur le navire sera à la résistance du même navire comme, etc.

celui-ci sera à son poids comme 6 est à 2 ; tandis que la surface de celui-là ne sera à son poids que comme 8 est à 4 ; et les vents et les flots n'agissant que sur la surface, le grand vaisseau résistera plus par son poids à leur impétuosité que le petit.

CHAPITRE VII.

Du commerce des Grecs.

Les premiers Grecs étoient tous pirates. Minos, qui avoit eu l'empire de la mer, n'avoit eu peut-être que de plus grands succès dans les brigandages : son empire étoit borné aux environs de son île. Mais lorsque les Grecs devinrent un grand peuple, les Athéniens obtinrent le véritable empire de la mer, parce que cette nation commerçante et victorieuse donna la loi au monarque [1] le plus puissant d'alors, et abattit les forces maritimes de la Syrie, de l'île de Chypre et de la Phénicie.

Il faut que je parle de cet empire de la mer qu'eut Athènes. « Athènes, dit Xénophon [2], a l'empire de la mer ; mais, comme l'Attique tient à la terre, les ennemis la ravagent, tandis qu'elle fait ses expéditions au loin. Les principaux laissent détruire leurs terres, et mettent leurs biens en sûreté dans quelque île : la populace, qui n'a point de terres, vit sans aucune inquiétude. Mais, si les Athéniens habitoient une île, et avoient outre cela l'empire de la mer, ils auroient le pouvoir de nuire aux autres sans qu'on pût leur nuire, tandis qu'ils seroient les maîtres de la mer. » Vous diriez que Xénophon a voulu parler de l'Angleterre.

Athènes, remplie de projets de gloire ; Athènes, qui augmentoit la jalousie, au lieu d'augmenter l'influence ; plus attentive à étendre son empire maritime qu'à en jouir ; avec un tel gouvernement politique, que le bas peuple se distribuoit les revenus publics, tandis que les riches étoient dans l'oppression, ne fit point ce grand commerce que lui promettoient le travail de ses mines, la multitude de ses esclaves, le nombre de ses gens de mer, son autorité sur les villes grecques, et, plus que tout cela, les belles institutions de Solon. Son négoce fut presque borné à la Grèce et au Pont-Euxin, d'où elle tira sa subsistance.

Corinthe fut admirablement bien située : elle sépara deux mers, ouvrit et ferma le Péloponèse, et ouvrit et ferma la Grèce. Elle fut une ville de la plus grande importance dans un temps où le peuple grec étoit un monde, et les villes grecques des nations. Elle fit un plus grand commerce qu'Athènes. Elle avoit un port pour recevoir les marchandises d'Asie ; elle en avoit un autre pour recevoir celles d'Italie : car, comme il y avoit de grandes difficultés à tourner le promontoire Malée, où des vents [1] opposés se rencontrent et causent des naufrages, on aimoit mieux aller à Corinthe, et l'on pouvoit même faire passer par terre les vaisseaux d'une mer à l'autre. Dans aucune ville on ne porta si loin les ouvrages de l'art. La religion acheva de corrompre ce que son opulence lui avoit laissé de mœurs. Elle érigea un temple à Vénus, où plus de mille courtisanes [2] furent consacrées. C'est de ce séminaire que sortirent la plupart de ces beautés célèbres dont Athénée a osé écrire l'histoire.

Il paroît que, du temps d'Homère, l'opulence de la Grèce étoit à Rhodes, à Corinthe et à Orchomène. « Jupiter, dit-il [3], aima les Rhodiens, et leur donna de grandes richesses. » Il donne à Corinthe [4] l'épithète de riche.

De même, quand il veut parler des villes qui ont beaucoup d'or, il cite Orchomène [5], qu'il joint à Thèbes d'Égypte. Rhodes et Corinthe conservèrent leur puissance, et Orchomène la perdit. La position d'Orchomène, près de l'Hellespont, de la Propontide et du Pont-Euxin, fait naturellement penser qu'elle tiroit ses richesses d'un commerce sur les côtes de ces mers, qui avoient donné lieu à la fable de la toison d'or. Et effectivement le nom de Miniares est donné à Orchomène [6], et encore aux Argonautes. Mais comme dans la suite ces mers devinrent plus connues ; que les Grecs y établirent un très grand nombre de colonies ; que ces colonies négocièrent avec les peuples barbares ; qu'elles communiquèrent avec leur métropole ; Orchomène commença à déchoir, et elle rentra dans la foule des autres villes grecques.

Les Grecs, avant Homère, n'avoient guère négocié qu'entre eux, et chez quelque peuple barbare ; mais ils étendirent leur domination à mesure qu'ils formèrent de nouveaux peuples. La Grèce étoit une grande péninsule dont les caps sembloient avoir fait reculer les mers, et les golfes s'ou-

[1] Le roi de Perse.
[2] *De republ. Athen.* — Ici Montesquieu intervertit un peu l'ordre des idées de Xénophon en transposant divers passages de deux ou trois paragraphes différents ; mais, au fond, ce n'est qu'une simple transposition qui ne change rien aux faits ; et tout ce que dit ici Montesquieu se trouve dans Xénophon. (P.)

[1] Voyez Strabon, liv. VIII.
[2] *Ibid.* [3] *Iliade*, liv. II. [4] *Ibid.*
[5] *Ibid.*, liv. IX, v. 381. Voyez Strabon, liv. IX, pag. 414, édition de 1620.
[6] STRABON, *ibid.*

vrir de tous côtés, comme pour les recevoir encore. Si l'on jette les yeux sur la Grèce, on verra, dans un pays assez resserré, une vaste étendue de côtes. Ses colonies innombrables faisoient une immense circonférence autour d'elle ; et elle y voyoit, pour ainsi dire, tout le monde qui n'étoit pas barbare. Pénétra-t-elle en Sicile et en Italie, elle y forma des nations. Naviga-t-elle vers les mers du Pont, vers les côtes de l'Asie mineure, vers celles d'Afrique ; elle en fit de même. Ses villes acquirent de la prospérité à mesure qu'elles se trouvèrent près de nouveaux peuples. Et, ce qu'il y avoit d'admirable, des îles sans nombre, situées comme en première ligne, l'entouroient encore.

Quelles causes de prospérité pour la Grèce, que des jeux qu'elle donnoit pour ainsi dire à l'univers, des temples où tous les rois envoyoient des offrandes, des fêtes où l'on s'assembloit de toutes parts, des oracles qui faisoient l'attention de toute la curiosité humaine, enfin le goût et les arts portés à un point que de croire les surpasser sera toujours ne les pas connoître !

CHAPITRE VIII.

D'Alexandre. — Sa conquête.

Quatre événements arrivés sous Alexandre firent dans le commerce une grande révolution : la prise de Tyr, la conquête de l'Égypte, celle des Indes, et la découverte de la mer qui est au midi de ce pays.

L'empire des Perses s'étendoit jusqu'à l'Indus [1]. Long-temps avant Alexandre, Darius [2] avoit envoyé des navigateurs qui descendirent ce fleuve, et allèrent jusqu'à la mer Rouge. Comment donc les Grecs furent-ils les premiers qui firent par le midi le commerce des Indes ? Comment les Perses ne l'avoient-ils pas fait auparavant ? Que leur servoient des mers qui étoient si proches d'eux, des mers qui baignoient leur empire ? Il est vrai qu'Alexandre conquit les Indes : mais faut-il conquérir un pays pour y négocier ? J'examinerai ceci.

L'Ariane [3], qui s'étendoit depuis le golfe Persique jusqu'à l'Indus, et de la mer du midi jusqu'aux montagnes des Paropamisades, dépendoit bien en quelque façon de l'empire des Perses : mais, dans sa partie méridionale, elle étoit aride, brûlée, inculte et barbare [4]. La tradition portoit que les

armées de Sémiramis et de Cyrus [1] avoient péri dans ces déserts ; et Alexandre, qui se fit suivre par sa flotte, ne laissa pas d'y perdre une grande partie de son armée. Les Perses laissoient toute la côte au pouvoir des Ichthyophages [2], des Orittes, et autres peuples barbares. D'ailleurs les Perses n'étoient pas navigateurs, et leur religion même leur ôtoit toute idée de commerce maritime [3]. La navigation que Darius fit faire sur l'Indus et la mer des Indes fut plutôt une fantaisie d'un prince qui veut montrer sa puissance, que le projet réglé d'un monarque qui veut l'employer. Elle n'eut de suite ni pour le commerce ni pour la marine ; et, si l'on sortit de l'ignorance, ce fut pour y retomber.

Il y a plus : il étoit reçu [4], avant l'expédition d'Alexandre, que la partie méridionale des Indes étoit inhabitable [5] ; ce qui suivoit de la tradition que Sémiramis [6] n'en avoit ramené que vingt hommes, et Cyrus que sept.

Alexandre entra par le nord. Son dessein étoit de marcher vers l'orient : mais, ayant trouvé la partie du midi pleine de grandes nations, de villes et de rivières, il en tenta la conquête, et la fit.

Pour lors il forma le dessein d'unir les Indes avec l'Occident par un commerce maritime, comme il les avoit unies par des colonies qu'il avoit établies dans les terres.

Il fit construire une flotte sur l'Hydaspe, descendit cette rivière, entra dans l'Indus, et naviga jusqu'à son embouchure. Il laissa son armée et sa flotte à Patale, alla lui-même avec quelques vaisseaux reconnoître la mer, marqua les lieux où il voulut que l'on construisît des ports, des havres, des arsenaux. De retour à Patale, il se sépara de sa flotte, et prit la route de terre pour lui donner du secours et en recevoir. La flotte suivit la côte depuis l'embouchure de l'Indus, le long du rivage des pays des Orittes, des Ichthyophages, de la Caramanie et de la Perse. Il fit creuser des puits, bâtir des villes ; il défendit aux Ichthyophages [7] de vivre de

[1] STRABON, liv. XV. [2] HÉRODOTE, in Melpomene.
[3] STRABON, liv. XV.
[4] Ariana, dit Pline, regio ambusta fervoribus, desertisque circumdata. (Natural. hist., lib. VI, cap, xxiii.) Strabon dit la même chose de la partie méridionale de l'Inde.

[1] STRABON, liv. XV.
[2] PLINE, liv. VI, chap. XXIII ; STRABON, liv. XV.
[3] Pour ne point souiller les éléments, ils ne navigeoient pas sur les fleuves. (M. Hyde, Religion des Perses.) Encore aujourd'hui ils n'ont point de commerce maritime, et ils traitent d'athées ceux qui vont sur mer.
[4] STRABON, liv. XV.
[5] Hérodote, in Melpomene, dit que Darius conquit les Indes. Cela ne peut être entendu que de l'Ariane : encore ne fut-ce qu'une conquête en idée. (P.)
[6] STRABON, liv. XV.
[7] Ceci ne sauroit s'entendre de tous les Ichthyophages, qui habitoient une côte de dix mille stades. Comment Alexandre auroit-il pu leur donner la subsistance ? Comment se seroit-il fait obéir ? Il ne peut être ici question que de quelques peuples particuliers. Néarque, dans le livre Rerum indicarum, dit qu'à l'extrémité de cette côte, du côté de la Perse, il avoit trouvé

poisson; il vouloit que les bords de cette mer fussent habités par des nations civilisées. Néarque et Onésicrite ont fait le journal de cette navigation, qui fut de dix mois. Ils arrivèrent à Suse; ils y trouvèrent Alexandre, qui donnoit des fêtes à son armée.

Ce conquérant avoit fondé Alexandrie dans la vue de s'assurer de l'Égypte : c'étoit une clef pour l'ouvrir dans le lieu même où les rois ses prédécesseurs avoient une clef pour la fermer[1]; et il ne songeoit point à un commerce dont la découverte de la mer des Indes pouvoit seule lui faire naître la pensée.

Il paroît même qu'après cette découverte il n'eut aucune vue nouvelle sur Alexandrie. Il avoit bien, en général, le projet d'établir un commerce entre les Indes et les parties occidentales de son empire; mais, pour le projet de faire ce commerce par l'Égypte, il lui manquoit trop de connoissances pour pouvoir le former. Il avoit vu l'Indus, il avoit vu le Nil; mais il ne connoissoit point les mers d'Arabie, qui sont entre deux. A peine fut-il arrivé des Indes, qu'il fit construire de nouvelles flottes, et navigea[2] sur l'Euléus, le Tigre, l'Euphrate et la mer : il ôta les cataractes que les Perses avoient mises sur ces fleuves; il découvrit que le sein Persique étoit un golfe de l'Océan. Comme il alla reconnoître[3] cette mer, ainsi qu'il avoit reconnu celle des Indes; comme il fit construire un port à Babylone pour mille vaisseaux, et des arsenaux; comme il envoya cinq cents talents en Phénicie et en Syrie, pour en faire venir des nautonniers, qu'il vouloit placer dans les colonies qu'il répandoit sur les côtes; comme enfin il fit des travaux immenses sur l'Euphrate et les autres fleuves de l'Assyrie, on ne peut douter que son dessein ne fût de faire le commerce des Indes par Babylone et le golfe Persique.

Quelques gens, sous prétexte qu'Alexandre vouloit conquérir l'Arabie[4], ont dit qu'il avoit formé le dessein d'y mettre le siége de son empire : mais comment auroit-il choisi un lieu qu'il ne connoissoit pas[5]? D'ailleurs c'étoit le pays du monde le plus incommode : il se seroit séparé de son empire. Les calives, qui conquirent au loin, quittèrent d'abord l'Arabie pour s'établir ailleurs.

CHAPITRE IX.

Du commerce des rois grecs après Alexandre.

Lorsque Alexandre conquit l'Égypte, on connoissoit très peu la mer Rouge, et rien de cette partie de l'Océan qui se joint à cette mer, et qui baigne d'un côté la côte d'Afrique, et de l'autre celle de l'Arabie : on crut même depuis qu'il étoit impossible de faire le tour de la presqu'île d'Arabie. Ceux qui l'avoient tenté de chaque côté avoient abandonné leur entreprise. On disoit[1] : « Comment seroit-il possible de naviger au midi des » côtes de l'Arabie, puisque l'armée de Cambyse, » qui la traversa du côté du nord, périt presque » toute, et que celle que Ptolomée, fils de Lagus, » envoya au secours de Séleucus Nicator à Baby-» lone, souffrit des maux incroyables, et, à cause » de la chaleur, ne put marcher que la nuit? »

Les Perses n'avoient aucune sorte de navigation. Quand ils conquirent l'Égypte, ils y apportèrent le même esprit qu'ils avoient eu chez eux : et la négligence fut si extraordinaire que les rois grecs trouvèrent que non seulement les navigations des Tyriens, des Iduméens et des Juifs dans l'Océan étoient ignorées, mais que celles même de la mer Rouge l'étoient. Je crois que la destruction de la première Tyr par Nabuchodonosor, et celle de plusieurs petites nations et villes voisines de la mer Rouge, firent perdre les connoissances que l'on avoit acquises.

L'Égypte, du temps des Perses, ne confrontoit point à la mer Rouge : elle ne contenoit[2] que cette lisière de terre longue et étroite que le Nil couvre par ses inondations, et qui est resserrée des deux côtés par des chaînes de montagnes. Il fallut donc découvrir la mer Rouge une seconde fois, et l'Océan une seconde fois; et cette découverte appartint à la curiosité des rois grecs.

On remonta le Nil; on fit la chasse des éléphants dans les pays qui sont entre le Nil et la mer; on découvrit les bords de cette mer par les terres; et, comme cette découverte se fit sous les Grecs, les noms en sont grecs, et les temples sont consacrés[3] à des divinités grecques.

Les Grecs d'Égypte purent faire un commerce

les peuples moins ichthyophages. Je croirois que l'ordre d'Alexandre regardoit cette contrée, ou quelque autre encore plus voisine de la Perse.

[1] Alexandrie fut fondée dans une plage appelée Racotis. Les anciens rois y tenoient une garnison pour défendre l'entrée du pays aux étrangers, et surtout aux Grecs, qui étoient, comme on sait, de grands pirates. Voyez Pline, liv. VI, chap. x; et Strabon, liv. XVII.

[2] ARRIEN, de Expeditione Alexandri, lib. VII.

[3] Ibid. [4] STRABON, liv. XVI, à la fin.

[5] Voyant la Babylonie inondée, il regardoit l'Arabie, qui en est proche, comme une île. Aristobule, dans Strabon, liv. XVI.

[1] Voyez le livre Rerum indicarum.

[2] STRABON, liv. XVI. [3] Ibid.

très étendu : ils étoient maîtres des ports de la mer Rouge ; Tyr, rivale de toute nation commerçante, n'étoit plus ; ils n'étoient point gênés par les anciennes [1] superstitions du pays ; l'Égypte étoit devenue le centre de l'univers.

Les rois de Syrie laissèrent à ceux d'Égypte le commerce méridional des Indes, et ne s'attachèrent qu'à ce commerce septentrional qui se faisoit par l'Oxus et la mer Caspienne. On croyoit, dans ces temps-là, que cette mer étoit une partie de l'Océan septentrional [2] ; et Alexandre, quelque temps avant sa mort, avoit fait construire [3] une flotte, pour découvrir si elle communiquoit à l'Océan par le Pont-Euxin, ou par quelque autre mer orientale vers les Indes. Après lui, Séleucus et Antiochus eurent une attention particulière à la reconnoître : ils y entretinrent des flottes [4]. Ce que Séleucus reconnut fut appelé mer Séleucide ; ce qu'Antiochus découvrit fut appelé mer Antiochide. Attentifs aux projets qu'ils pouvoient avoir de ce côté-là, ils négligèrent les mers du midi ; soit que les Ptolomées, par leurs flottes sur la mer Rouge, s'en fussent déjà procuré l'empire ; soit qu'ils eussent découvert dans les Perses un éloignement invincible pour la marine. La côte du midi de la Perse ne fournissoit point de matelots ; on n'y en avoit vu que dans les derniers moments de la vie d'Alexandre. Mais les rois d'Égypte, maîtres de l'île de Chypre, de la Phénicie et d'un grand nombre de places sur les côtes de l'Asie mineure, avoient toutes sortes de moyens pour faire des entreprises de mer. Ils n'avoient point à contraindre le génie de leurs sujets ; ils n'avoient qu'à le suivre.

On a de la peine à comprendre l'obstination des anciens à croire que la mer Caspienne étoit une partie de l'Océan. Les expéditions d'Alexandre, des rois de Syrie, des Parthes et des Romains, ne purent leur faire changer de pensée : c'est qu'on revient de ses erreurs le plus tard qu'on peut. D'abord on ne connut que le midi de la mer Caspienne ; on le prit pour l'Océan : à mesure que l'on avança le long de ses bords, du côté du nord, on crut encore que c'étoit l'Océan qui entroit dans les terres. En suivant les côtes, on n'avoit reconnu, du côté de l'est, que jusqu'au Jaxarte, et, du côté de l'ouest, que jusqu'aux extrémités de l'Albanie. La mer, du côté du nord, étoit vaseuse [1], et par conséquent très peu propre à la navigation. Tout cela fit que l'on ne vit jamais que l'Océan.

L'armée d'Alexandre n'avoit été, du côté de l'Orient, que jusqu'à l'Hypanis, qui est la dernière des rivières qui se jettent dans l'Indus. Ainsi le premier commerce que les Grecs eurent aux Indes se fit dans une très petite partie du pays. Séleucus Nicator pénétra jusqu'au Gange [2] ; et par-là on découvrit la mer où ce fleuve se jette, c'est-à-dire le golfe de Bengale. Aujourd'hui l'on découvre les terres par les voyages de mer ; autrefois on découvroit les mers par la conquête des terres.

Strabon [3], malgré le témoignage d'Apollodore, paroît douter que les rois [4] grecs de Bactriane soient allés plus loin que Séleucus et Alexandre. Quand il seroit vrai qu'ils n'auroient pas été plus loin vers l'orient que Séleucus, ils allèrent plus loin vers le midi : ils découvrirent [5] Siger et des ports dans le Malabar, qui donnèrent lieu à la navigation dont je vais parler.

Pline [6] nous apprend qu'on prit successivement trois routes pour faire la navigation des Indes. D'abord on alla du promontoire de Siagre à l'île de Patalène, qui est à l'embouchure de l'Indus : on voit que c'étoit la route qu'avoit tenue la flotte d'Alexandre. On prit ensuite un chemin plus court [7] et plus sûr ; et on alla du même promontoire à Siger. Ce Siger ne peut être que le royaume de Siger dont parle Strabon [8], que les rois grecs de Bactriane découvrirent. Pline ne peut dire que ce chemin fût plus court, que parce qu'on le faisoit en moins de temps ; car Siger devoit être plus reculé que l'Indus, puisque les rois de Bactriane le découvrirent. Il falloit donc que l'on évitât par-là le détour de certaines côtes, et que l'on profitât de certains vents. Enfin les marchands prirent une troisième route : ils se rendoient à Canes ou à Océlis, ports situés à l'embouchure de la mer Rouge, d'où, par un vent d'ouest, on arrivoit à Muziris, première étape des Indes, et de là à d'autres ports.

On voit qu'au lieu d'aller de l'embouchure de la mer Rouge jusqu'à Siagre, en remontant la côte

[1] Elles leur donnoient de l'horreur pour les étrangers.

[2] PLINE, liv. II, chap. LXVII ; et liv. VI, chap. IX et XIII. STRABON, liv. XI. ABRIEN, *de l'Expédition d'Alexandre*, liv. III, pag. 74 ; et liv. V, pag. 404. — Il est vrai que Strabon, Pomponius Méla, et Pline, ont cru qu'elle étoit une partie de l'Océan septentrional ; mais des écrivains plus anciens, Diodore de Sicile, Aristote, et surtout Hérodote, ont parlé avec exactitude de cette mer, et ont dit qu'elle ne communiquoit avec aucune autre. (P.)

[3] ABRIEN, *de l'Expédition d'Alexandre*, liv. VII. (P.)

[4] PLINE, liv. II, chap. LXVII.

[1] Voyez la carte du czar.

[2] PLINE, liv. VI, chap. XVII. [3] Liv. XV.

[4] Les Macédoniens de la Bactriane, des Indes, et de l'Ariane, s'étant séparés du royaume de Syrie, formèrent un grand état.

[5] Apollonius Adrauittin, dans Strabon, liv. XI.

[6] Liv. VI, chap. XXIII. [7] *Ibid.*

[8] Liv. XI, *Sigertidis regnum.*

de l'Arabie heureuse au nord-est, on alla directement de l'ouest à l'est, d'un côté à l'autre, par le moyen des moussons, dont on découvrit les changements en naviguant dans ces parages. Les anciens ne quittèrent les côtes que quand ils se servirent des moussons [1] et des vents alisés, qui étoient une espèce de boussole pour eux.

Pline [2] dit qu'on partoit pour les Indes au milieu de l'été, et qu'on en revenoit vers la fin de décembre et au commencement de janvier. Ceci est entièrement conforme aux journaux de nos navigateurs. Dans cette partie de la mer des Indes qui est entre la presqu'île d'Afrique et celle de deçà le Gange, il y a deux moussons : la première, pendant laquelle les vents vont de l'ouest à l'est, commence aux mois d'août et de septembre ; la deuxième, pendant laquelle les vents vont de l'est à l'ouest, commence en janvier. Ainsi nous partons d'Afrique pour le Malabar dans le temps que partoient les flottes de Ptolémée, et nous en revenons dans le même temps.

La flotte d'Alexandre mit sept mois pour aller de Patale à Suse. Elle partit dans le mois de juillet, c'est-à-dire dans un temps où aujourd'hui aucun navire n'ose se mettre en mer pour revenir des Indes. Entre l'une et l'autre mousson, il y a un intervalle de temps pendant lequel les vents varient, et où un vent du nord, se mêlant avec les vents ordinaires, cause, surtout auprès des côtes, d'horribles tempêtes. Cela dure les mois de juin, de juillet et d'août. La flotte d'Alexandre, partant de Patale au mois de juillet, essuya bien des tempêtes, et le voyage fut long, parce qu'elle navigea dans une mousson contraire.

Pline dit qu'on partoit pour les Indes à la fin de l'été : ainsi on employoit le temps de la variation de la mousson à faire le trajet d'Alexandrie à la mer Rouge.

Voyez, je vous prie, comment on se perfectionna peu à peu dans la navigation. Celle que Darius fit faire, pour descendre l'Indus et aller à la mer Rouge, fut de deux ans et demi [3]. La flotte d'Alexandre [4], descendant l'Indus, arriva à Suse dix mois après, ayant navigé trois mois sur l'Indus et sept sur la mer des Indes. Dans la suite, le trajet de la côte de Malabar à la mer Rouge se fit en quarante jours [5].

Strabon, qui rend raison de l'ignorance où l'on étoit des pays qui sont entre l'Hypanis et le Gange, dit que, parmi les navigateurs qui vont de l'Égypte aux Indes, il y en a peu qui aillent jusqu'au Gange. Effectivement, on voit que les flottes n'y alloient pas ; elles alloient, par les moussons de l'ouest à l'est, de l'embouchure de la mer Rouge à la côte de Malabar. Elles s'arrêtoient dans les étapes qui y étoient, et n'alloient point faire le tour de la presqu'île deçà le Gange par le cap de Comorin et la côte de Coromandel. Le plan de la navigation des rois d'Égypte et des Romains étoit de revenir la même année [1].

Ainsi il s'en faut bien que le commerce des Grecs et des Romains aux Indes ait été aussi étendu que le nôtre, nous qui connoissons des pays immenses qu'ils ne connoissoient pas ; nous qui faisons notre commerce avec toutes les nations indiennes, et qui commerçons même pour elles et navigeons pour elles.

Mais ils faisoient ce commerce avec plus de facilité que nous, et, si l'on ne négocioit aujourd'hui que sur la côte du Guzarat et du Malabar, et que, sans aller chercher les îles du midi, on se contentât des marchandises que les insulaires viendroient apporter, il faudroit préférer la route de l'Égypte à celle du cap de Bonne-Espérance. Strabon dit [2] que l'on négocioit ainsi avec les peuples de la Taprobane.

CHAPITRE X.

Du tour de l'Afrique.

On trouve dans l'histoire qu'avant la découverte de la boussole on tenta quatre fois de faire le tour de l'Afrique. Des Phéniciens envoyés par Nécho [3] et Eudoxe [4], fuyant la colère de Ptolémée-Lature, partirent de la mer Rouge, et réussirent. Sataspe [5] sous Xerxès, et Hannon qui fut envoyé par les Carthaginois, sortirent des colonnes d'Hercule, et ne réussirent pas.

Le point capital pour faire le tour de l'Afrique étoit de découvrir et de doubler le cap de Bonne-Espérance. Mais, si l'on partoit de la mer Rouge, on trouvoit ce cap à la moitié du chemin plus près qu'en partant de la Méditerranée. La côte qui va de la mer Rouge au Cap est plus saine que [6]

[1] Les moussons soufflent une partie de l'année d'un côté, et une partie de l'année de l'autre ; et les vents alisés soufflent du même côté toute l'année.
[2] Liv. VI, chap. XXIII.
[3] Hérodote, in Melpomene.
[4] Pline, liv. VI, chap. XXIII. [5] Ibid.

[1] Pline, liv. VI, chap. XXIII. [2] Liv. XV.
[3] Hérodote, liv. IV. Il vouloit conquérir.
[4] Pline, liv. II, ch. LXVII ; Pomponius Méla, liv. III, ch. IX.
[5] Hérodote, in Melpomene.
[6] Joignez à ceci ce que je dis au chap. XI de ce livre sur la navigation d'Hannon.

celle qui va du Cap aux colonnes d'Hercule. Pour que ceux qui partoient des colonnes d'Hercule aient pu découvrir le Cap, il a fallu l'invention de la boussole, qui a fait que l'on a quitté la côte d'Afrique, et qu'on a navigé dans le vaste Océan [1] pour aller vers l'île de Sainte-Hélène ou vers la côte du Brésil. Il étoit donc très possible qu'on fût allé de la mer Rouge dans la Méditerranée, sans qu'on fût revenu de la Méditerranée à la mer Rouge.

Ainsi, sans faire ce grand circuit, après lequel on ne pouvoit plus revenir, il étoit plus naturel de faire le commerce de l'Afrique orientale par la mer Rouge, et celui de la côte occidentale par les colonnes d'Hercule.

Les rois grecs d'Égypte découvrirent d'abord dans la mer Rouge la partie de la côte d'Afrique qui va depuis le fond du golfe où est la cité d'Héroum jusqu'à Dira, c'est-à-dire jusqu'au détroit appelé aujourd'hui de Babel-Mandel. De là, jusqu'au promontoire des Aromates, situé à l'entrée de la mer Rouge [2], la côte n'avoit point été reconnue par les navigateurs : et cela est clair par ce que nous dit Artémidore [3], que l'on connoissoit les lieux de cette côte, mais qu'on en ignoroit les distances : ce qui venoit de ce qu'on avoit successivement connu ces ports par les terres, et sans aller de l'un à l'autre.

Au-delà de ce promontoire, où commence la côte de l'Océan, on ne connoissoit rien, comme nous [4] l'apprenons d'Ératosthène et d'Artémidore.

Telles étoient les connoissances que l'on avoit des côtes d'Afrique du temps de Strabon, c'est-à-dire du temps d'Auguste. Mais, depuis Auguste, les Romains découvrirent le promontoire Raptum et le promontoire Prassum, dont Strabon ne parle pas, parce qu'ils n'étoient pas encore connus. On voit que ces deux noms sont Romains.

Ptolémée le géographe vivoit sous Adrien et Antonin Pie ; et l'auteur du Périple de la mer Érythrée, quel qu'il soit, vécut peu de temps après. Cependant le premier borne l'Afrique [5]

connue au promontoire Prassum, qui est environ au quatorzième degré de latitude sud ; et l'auteur du Périple [1], au promontoire Raptum, qui est à peu près au dixième degré de cette latitude. Il y a apparence que celui-ci prenoit pour limite un lieu où l'on alloit, et Ptolémée un lieu où l'on n'alloit pas.

Ce qui me confirme dans cette idée, c'est que les peuples autour du Prassum étoient anthropophages [2]. Ptolémée, qui [3] nous parle d'un grand nombre de lieux entre le port des Aromates et le promontoire Raptum, laisse un vide total depuis le Raptum jusqu'au Prassum. Les grands profits de la navigation des Indes durent faire négliger celle d'Afrique. Enfin les Romains n'eurent jamais sur cette côte de navigation réglée : ils avoient découvert ces ports par les terres, et par des navires jetés par la tempête ; et, comme aujourd'hui on connoît assez bien les côtes d'Afrique, et très mal l'intérieur [4], les anciens connoissoient assez bien l'intérieur et très mal les côtes.

J'ai dit que des Phéniciens envoyés par Nécho et Eudoxe sous Ptolomée-Lature avoient fait le tour de l'Afrique : il faut bien que, du temps de Ptolomée le géographe, ces deux navigations fussent regardées comme fabuleuses, puisqu'il place [5], depuis le *sinus magnus,* qui est, je crois, le golfe de Siam, une terre inconnue, qui va d'Asie en Afrique aboutir au promontoire Prassum ; de sorte que la mer des Indes n'auroit été qu'un lac. Les anciens, qui reconnurent les Indes par le nord, s'étant avancés vers l'orient, placèrent vers le midi cette terre inconnue.

CHAPITRE XI.

Carthage et Marseille.

Carthage avoit un singulier droit des gens : elle faisoit noyer [6] tous les étrangers qui trafiquoient en Sardaigne et vers les colonnes d'Hercule. Son droit politique n'étoit pas moins extraordinaire : elle défendit aux Sardes de cultiver la terre, sous peine de la vie. Elle accrut sa puissance par ses

[1] On trouve dans l'océan Atlantique, aux mois d'octobre, novembre, décembre, et janvier, un vent de nord-est. On passe la ligne ; et, pour éluder le vent général d'est, on dirige sa route vers le sud ; ou bien on entre dans la zone torride, dans les lieux où le vent souffle de l'ouest à l'est.

[2] Ce golfe, auquel nous donnons aujourd'hui ce nom, étoit appelé par les anciens le sein Arabique : ils appeloient mer Rouge la partie de l'Océan voisine de ce golfe.

[3] STRABON, liv. XVI.

[4] STRABON, liv. XVI. Artémidore bornoit la côte connue au lieu appelé *Austricornu;* et Ératosthène, *ad Cinnamomiferam.*

[5] Liv. I, chap. VII ; liv. IV, chap. IX ; table IV de l'Afrique.

[1] On a attribué ce Périple à Arrien.

[2] PTOLOMÉE, liv. IV, chap. IX.

[3] Liv. IV, chap. VII et VIII.

[4] Voyez avec quelle exactitude Strabon et Ptolomée nous décrivent les diverses parties de l'Afrique. Ces connoissances venoient des diverses guerres que les deux plus puissantes nations du monde, les Carthaginois et les Romains, avoient eues avec les peuples d'Afrique, des alliances qu'ils avoient contractées, du commerce qu'ils avoient fait dans les terres.

[5] Liv. VII, chap. III.

[6] Ératosthène, dans Strabon, liv. XVII, pag. 802.

richesses, et ensuite ses richesses par sa puissance. Maîtresse des côtes d'Afrique que baigne la Méditerranée, elle s'étendit le long de celles de l'Océan. Hannon, par ordre du sénat de Carthage, répandit trente mille Carthaginois depuis les colonnes d'Hercule jusqu'à Cerné. Il dit que ce lieu est aussi éloigné des colonnes d'Hercule que les colonnes d'Hercule le sont de Carthage. Cette position est très remarquable; elle fait voir qu'Hannon borna ses établissements au vingt-cinquième degré de latitude nord, c'est-à-dire deux ou trois degrés au-delà des îles Canaries, vers le sud.

Hannon étant à Cerné fit une autre navigation dont l'objet étoit de faire des découvertes plus avant vers le midi. Il ne prit presque aucune connoissance du continent. L'étendue des côtes qu'il suivit fut de vingt-six jours de navigation, et il fut obligé de revenir faute de vivres. Il paroît que les Carthaginois ne firent aucun usage de cette entreprise d'Hannon. Scylax[1] dit qu'au-delà de Cerné la mer n'est pas navigable[2], parce qu'elle y est basse, pleine de limon et d'herbes marines : effectivement il y en a beaucoup dans ces parages[3]. Les marchands carthaginois dont parle Scylax pouvoient trouver des obstacles qu'Hannon, qui avoit soixante navires de cinquante rames chacun, avoit vaincus. Les difficultés sont relatives; et de plus on ne doit pas confondre une entreprise qui a la hardiesse et la témérité pour objet, avec ce qui est l'effet d'une conduite ordinaire.

C'est un beau morceau de l'antiquité que la relation d'Hannon : le même homme qui a exécuté a écrit; il ne met aucune ostentation dans ses récits. Les grands capitaines écrivent leurs actions avec simplicité, parce qu'ils sont plus glorieux de ce qu'ils ont fait que de ce qu'ils ont dit.

Les choses sont comme le style. Il ne donne point dans le merveilleux; tout ce qu'il dit du climat, du terrain, des mœurs, des manières des habitants, se rapporte à ce qu'on voit aujourd'hui dans cette côte d'Afrique : il semble que c'est le journal de nos navigateurs.

Hannon remarqua sur sa flotte que le jour il régnoit dans le continent un vaste silence; que la nuit on entendoit les sons de divers instruments de musique, et qu'on voyoit partout des feux, les uns plus grands, les autres moindres[1]. Nos relations confirment ceci : on y trouve que le jour ces sauvages, pour éviter l'ardeur du soleil, se retirent dans les forêts; que la nuit ils font de grands feux pour écarter les bêtes féroces; et qu'ils aiment passionnément la danse et les instruments de musique.

Hannon nous décrit un volcan avec tous les phénomènes que fait voir aujourd'hui le Vésuve; et le récit qu'il fait de ces deux femmes velues, qui se laissèrent plutôt tuer que de suivre les Carthaginois, et dont il fit porter les peaux à Carthage, n'est pas, comme on l'a dit, hors de vraisemblance.

Cette relation est d'autant plus précieuse qu'elle est un monument punique : et c'est parce qu'elle est un monument punique, qu'elle a été regardée comme fabuleuse; car les Romains conservèrent leur haine contre les Carthaginois, même après les avoir détruits. Mais ce ne fut que la victoire qui décida s'il falloit dire *la foi punique*, ou *la foi romaine*.

Des modernes[2] ont suivi ce préjugé. Que sont devenues, disent-ils, les villes qu'Hannon nous décrit, et dont, même du temps de Pline, il ne restoit pas le moindre vestige? Le merveilleux seroit qu'il en fût resté. Étoit-ce Corinthe ou Athènes qu'Hannon alloit bâtir sur ces côtes? Il laissoit dans les endroits propres au commerce des familles carthaginoises; et, à la hâte, il les mettoit en sûreté contre les hommes sauvages et les bêtes féroces. Les calamités des Carthaginois firent cesser la navigation d'Afrique; il fallut bien que ces familles périssent, ou devinssent sauvages. Je dis plus : quand les ruines de ces villes subsisteroient encore, qui est-ce qui auroit été en faire la découverte dans les bois et dans les marais? On trouve pourtant, dans Scylax et dans Polybe, que les Carthaginois avoient de grands établissements sur ces côtes. Voilà les vestiges des villes d'Hannon; il n'y en a point d'autres, parce qu'à peine y en a-t-il d'autres de Carthage même.

Les Carthaginois étoient sur le chemin des richesses; et, s'ils avoient été jusqu'au quatrième degré de latitude nord, et au quinzième de longitude, ils auroient découvert la côte d'Or et les

[1] Voyez son Périple, article de *Carthage*.

[2] Voyez Hérodote, *in Melpomene*, sur les obstacles que Sataspe trouva.

[3] Voyez les cartes et les relations, le 1er volume des *Voyages qui ont servi à l'établissement de la compagnie des Indes*, part. 1, pag. 201. Cette herbe couvre tellement la surface de la mer, qu'on a de la peine à voir l'eau; et les vaisseaux ne peuvent passer à travers que par un vent frais.

[1] Pline nous dit la même chose, en parlant du mont Atlas : « *Noctibus micare crebris ignibus, tibiarum cantu, tympanorumque sonitu strepere, neminem interdiu cerni.* »

[2] M. Dodwel. Voyez sa *Dissertation sur le Périple d'Hannon*.

côtes voisines. Ils y auroient fait un commerce de toute autre importance que celui qu'on y fait aujourd'hui, que l'Amérique semble avoir avili les richesses de tous les autres pays; ils y auroient trouvé des trésors qui ne pouvoient être enlevés par les Romains.

On a dit des choses bien surprenantes des richesses de l'Espagne. Si l'on en croit Aristote [1], les Phéniciens qui abordèrent à Tartèse y trouvèrent tant d'argent que leurs navires ne pouvoient le contenir; et ils firent faire de ce métal leurs plus vils ustensiles. Les Carthaginois, au rapport de Diodore [2], trouvèrent tant d'or et d'argent dans les Pyrénées, qu'ils en mirent aux ancres de leurs navires. Il ne faut point faire de fond sur ces récits populaires : voici des faits précis.

On voit, dans un fragment de Polybe cité par Strabon [3], que les mines d'argent qui étoient à la source du Bétis, où quarante mille hommes étoient employés, donnoient au peuple romain vingt-cinq mille drachmes par jour : cela peut faire environ cinq millions de livres par an, à cinquante francs le marc. On appeloit les montagnes où étoient ces mines les *montagnes d'argent* [4]; ce qui fait voir que c'étoit le Potosi de ces temps-là. Aujourd'hui les mines d'Hanover n'ont pas le quart des ouvriers qu'on employoit dans celles d'Espagne, et elles donnent plus : mais les Romains n'ayant guère que des mines de cuivre et peu de mines d'argent, et les Grecs ne connoissant que les mines d'Attique très peu riches, ils durent être étonnés de l'abondance de celles-là.

Dans la guerre pour la succession d'Espagne, un homme appelé le marquis de Rhodes, de qui on disoit qu'il s'étoit ruiné dans les mines d'or, et enrichi dans les hôpitaux [5], proposa à la cour de France d'ouvrir les mines des Pyrénées. Il cita les Tyriens, les Carthaginois et les Romains. On lui permit de chercher : il chercha, il fouilla partout; il citoit toujours, et ne trouvoit rien.

Les Carthaginois, maîtres du commerce de l'or et de l'argent, voulurent l'être encore de celui du plomb et de l'étain. Ces métaux étoient voiturés par terre, depuis les ports de la Gaule sur l'Océan jusqu'à ceux de la Méditerranée. Les Carthaginois voulurent les recevoir de la première main; ils

envoyèrent Himilcon, pour former [1] des établissements dans les îles Cassitérides, qu'on croit être celles de Silley.

Ces voyages de la Bétique en Angleterre ont fait penser à quelques gens que les Carthaginois avoient la boussole; mais il est clair qu'ils suivoient les côtes. Je n'en veux d'autre preuve que ce que dit Himilcon, qui demeura quatre mois à aller de l'embouchure du Bétis en Angleterre : outre que la fameuse histoire [2] de ce pilote carthaginois qui, voyant venir un vaisseau romain, se fit échouer pour ne lui pas apprendre la route d'Angleterre [3], fait voir que ces vaisseaux étoient très près des côtes lorsqu'ils se rencontrèrent.

Les anciens pourroient avoir fait des voyages de mer qui feroient penser qu'ils avoient la boussole, qoiqu'ils ne l'eussent pas. Si un pilote s'étoit éloigné des côtes, et que pendant son voyage il eût eu un temps serein; que la nuit il eût toujours vu une étoile polaire [4], et le jour le lever et le coucher du soleil, il est clair qu'il auroit pu se conduire comme on fait aujourd'hui par la boussole; mais ce seroit un cas fortuit, et non pas une navigation réglée.

On voit, dans le traité qui finit la première guerre punique, que Carthage fut principalement attentive à se conserver l'empire de la mer, et Rome à garder celui de la terre [5]. Hannon [6], dans la négociation avec les Romains, déclara qu'il ne souffriroit pas seulement qu'ils se lavassent les mains dans les mers de Sicile; il ne leur fut pas permis de naviguer au-delà du beau promontoire; il leur fut défendu [7] de trafiquer en Sicile [8], en Sardaigne, en Afrique, excepté à Carthage : exception qui fait voir qu'on ne leur y préparoit pas un commerce avantageux.

Il y eut, dans les premiers temps, de grandes

[1] Des choses merveilleuses.
[2] Liv. VI. — L'auteur cite le sixième livre de Diodore, et ce sixième livre n'existe pas. Diodore, au cinquième, parle des Phéniciens, et non pas des Carthaginois. (VOLT.)
[3] Liv. III. [4] *Mons Argentarius.*
[5] Il en avoit eu quelque part la direction.

[1] Voyez Festus Avienus.
[2] STRABON, liv. III, sur la fin.
[3] Il en fut récompensé par le sénat de Carthage.
[4] On a reproché à Montesquieu de s'être exprimé ici comme s'il y avoit plusieurs étoiles polaires. (P.)
[5] Les Carthaginois, qui subissoient alors la loi de leurs vainqueurs, abandonnoient par ce traité la Sicile, ainsi que les îles qui sont entre la Sicile et l'Italie. (CRÉV.)
[6] TITE-LIVE. *Supplément de Freinshemius*, seconde décade, liv. VI. — Cette protestation fut faite vingt-trois ans auparavant, lorsqu'on se préparoit des deux parts à la guerre, et non lorsqu'il fut question de la finir. (CRÉV.)
[7] POLYBE, liv. III. — Cette navigation leur étoit interdite par les traités qui avoient précédé la guerre; mais la défense ne se trouve plus dans celui qui la finit. (CRÉV.)
[8] Dans la partie sujette aux Carthaginois. — Dans le second des traités rapportés par Polybe, traité antérieur à la guerre de Pyrrhus, il est stipulé expressément qu'il sera permis à tout Romain de faire et de vendre dans la partie de la Sicile qui obéit aux Carthaginois, ce qu'un Carthaginois y feroit et y vendroit. (CRÉV.)

guerres entre Carthage et Marseille [1] au sujet de la pêche. Après la paix, elles firent concurremment le commerce d'économie. Marseille fut d'autant plus jalouse que, égalant sa rivale en industrie, elle lui étoit devenue inférieure en puissance : voilà la raison de cette grande fidélité pour les Romains. La guerre que ceux-ci firent contre les Carthaginois en Espagne fut une source de richesses pour Marseille, qui servoit d'entrepôt. La ruine de Carthage et de Corinthe augmenta encore la gloire de Marseille ; et, sans les guerres civiles, où il falloit fermer les yeux et prendre un parti, elle auroit été heureuse sous la protection des Romains, qui n'avoient aucune jalousie de son commerce.

CHAPITRE XII.

Ile de Délos.—Mithridate.

Corinthe ayant été détruite par les Romains, les marchands se retirèrent à Délos. La religion et la vénération des peuples faisoient regarder cette île comme un lieu de sûreté [2] : de plus, elle étoit très bien située pour le commerce de l'Italie et de l'Asie, qui, depuis l'anéantissement de l'Afrique et l'affoiblissement de la Grèce, étoit devenu plus important.

Dès les premiers temps, les Grecs envoyèrent, comme nous avons dit, des colonies sur la Propontide et le Pont-Euxin ; elles conservèrent, sous les Perses, leurs lois et leur liberté. Alexandre, qui n'étoit parti que contre les barbares, ne les attaqua pas [3]. Il ne paroît pas même que les rois de Pont, qui en occupèrent plusieurs, leur eussent [4] ôté leur gouvernement politique.

La puissance [5] de ces rois augmenta sitôt qu'ils les eurent soumises. Mithridate se trouva en état d'acheter partout des troupes, de réparer [6] continuellement ses pertes, d'avoir des ouvriers, des vaisseaux, des machines de guerre ; de se procurer des alliés, de corrompre ceux des Romains et les Romains mêmes ; de soudoyer [1] les barbares de l'Asie et de l'Europe ; de faire la guerre longtemps, et par conséquent de discipliner ses troupes ; il put les armer, et les instruire dans l'art militaire [2] des Romains, et former des corps considérables de leurs transfuges ; enfin il put faire de grandes pertes et souffrir de grands échecs, sans périr ; et il n'auroit point péri, si, dans les prospérités, le roi voluptueux et barbare n'avoit pas détruit ce que, dans la mauvaise fortune, avoit fait le grand prince.

C'est ainsi que, dans le temps que les Romains étoient au comble de la grandeur, et qu'ils sembloient n'avoir à craindre qu'eux-mêmes, Mithridate remit en question ce que la prise de Carthage, les défaites de Philippe, d'Antiochus et de Persée, avoient décidé. Jamais guerre ne fut plus funeste ; et les deux partis ayant une grande puissance et des avantages mutuels, les peuples de la Grèce et de l'Asie furent détruits, ou comme amis de Mithridate, ou comme ses ennemis. Délos fut enveloppée dans le malheur commun. Le commerce tomba de toutes parts : il falloit bien qu'il fût détruit, les peuples l'étoient.

Les Romains, suivant un système dont j'ai parlé ailleurs [3], destructeurs pour ne pas paroître conquérants, ruinèrent Carthage et Corinthe ; et, par une telle pratique, ils se seroient peut-être perdus, s'ils n'avoient pas conquis toute la terre. Quand les rois de Pont se rendirent maîtres des colonies grecques du Pont-Euxin, ils n'eurent garde de détruire ce qui devoit être la cause de leur grandeur.

CHAPITRE XIII.

Du génie des Romains pour la marine.

Les Romains ne faisoient cas que des troupes de terre, dont l'esprit étoit de rester toujours ferme, de combattre au même lieu, et d'y mourir. Ils ne pouvoient estimer la pratique des gens de mer, qui se présentent au combat, fuient, reviennent, évitent toujours le danger, emploient souvent la ruse, rarement la force. Tout cela n'étoit point du génie des Grecs [4], et étoit encore moins de celui des Romains.

Ils ne destinoient donc à la marine que ceux qui n'étoient pas des citoyens assez considérables [5]

[1] Justin, liv. XLIII, chap. v.
[2] Voyez Strabon, liv. X.
[3] Il confirma la liberté de la ville d'Amise, colonie athénienne, qui avoit joui de l'état populaire même sous les rois de Perse. Lucullus, qui prit Synope et Amise, leur rendit la liberté, et rappela les habitants, qui s'étoient enfuis sur leurs vaisseaux.
[4] Voyez ce qu'écrit Appien sur les Phanagoréens, les Amisiens, les Synopiens, dans son livre de la Guerre contre Mithridate.
[5] Voyez Appien, sur les trésors immenses que Mithridate employa dans ses guerres, ceux qu'il avoit cachés, ceux qu'il perdit si souvent par la trahison des siens, ceux qu'on trouva après sa mort.
[6] Il perdit une fois cent soixante-dix mille hommes, et de nouvelles armées reparurent d'abord.

[1] Voyez Appien, de la Guerre contre Mithridate.
[2] Ibid.
[3] Dans les Considérations sur les causes de la grandeur des Romains.
[4] Comme l'a remarqué Platon, liv. IV des Lois.
[5] Polybe, liv. V.

pour avoir place dans les légions : les gens de mer étoient ordinairement des affranchis.

Nous n'avons aujourd'hui ni la même estime pour les troupes de terre, ni le même mépris pour celles de mer. Chez les premières [1], l'art est diminué ; chez les secondes [2], il est augmenté : or, on estime les choses à proportion du degré de suffisance qui est requis pour les bien faire.

CHAPITRE XIV.

Du génie des Romains pour le commerce.

On n'a jamais remarqué aux Romains de jalousie sur le commerce. Ce fut comme nation rivale, et non comme nation commerçante, qu'ils attaquèrent Carthage. Ils favorisèrent les villes qui faisoient le commerce, quoiqu'elles ne fussent pas sujettes : ainsi ils augmentèrent, par la cession de plusieurs pays, la puissance de Marseille. Ils craignoient tout des barbares, et rien d'un peuple négociant. D'ailleurs, leur génie, leur gloire, leur éducation militaire, la forme de leur gouvernement, les éloignoient du commerce.

Dans la ville, on n'étoit occupé que de guerres, d'élections, de brigues, et de procès ; à la campagne, que d'agriculture ; et, dans les provinces, un gouvernement dur et tyrannique étoit incompatible avec le commerce.

Que si leur constitution politique y étoit opposée, leur droit des gens n'y répugnoit pas moins. « Les peuples, dit le jurisconsulte Pomponius [3], » avec lesquels nous n'avons ni amitié, ni hospi- » talité, ni alliance, ne sont point nos ennemis : » cependant, si une chose qui nous appartient » tombe entre leurs mains, ils en sont proprié- » taires, les hommes libres deviennent leurs es- » claves ; et ils sont dans les mêmes termes à notre » égard. »

Leur droit civil n'étoit pas moins accablant. La loi de Constantin, après avoir déclaré bâtards les enfants des personnes viles qui se sont mariées avec celles d'une condition relevée, confond les femmes qui ont une boutique [4] de marchandises avec les esclaves, les cabaretières, les femmes de théâtre, les filles d'un homme qui tient un lieu de prostitution, ou qui a été condamné à combattre

sur l'arène : ceci descendoit des anciennes institutions des Romains.

Je sais bien que des gens pleins de ces deux idées, l'une, que le commerce est la chose du monde la plus utile à un état, et l'autre, que les Romains avoient la meilleure police du monde, ont cru qu'ils avoient beaucoup encouragé et honoré le commerce ; mais la vérité est qu'ils y ont rarement pensé.

CHAPITRE XV.

Commerce des Romains avec les barbares.

Les Romains avoient fait de l'Europe, de l'Asie et de l'Afrique un vaste empire : la foiblesse des peuples et la tyrannie du commandement unirent toutes les parties de ce corps immense. Pour lors, la politique romaine fut de se séparer de toutes les nations qui n'avoient pas été assujetties : la crainte de leur porter l'art de vaincre fit négliger l'art de s'enrichir. Ils firent des lois pour empêcher tout commerce avec les barbares. « Que per- » sonne, disent Valens et Gratien [1], n'envoie du » vin, de l'huile, ou d'autres liqueurs aux bar- » bares, même pour en goûter. Qu'on ne leur » porte point de l'or, ajoutent Gratien, Valenti- » nien, et Théodose [2] ; et que même ce qu'ils en » ont, on le leur ôte avec finesse. » Le transport du fer fut défendu sous peine de la vie [3].

Domitien, prince timide, fit arracher les vignes dans la Gaule [4], de crainte que sans doute que cette liqueur n'y attirât les barbares, comme elle les avoit autrefois attirés en Italie [5]. Probus et Julien, qui ne les redoutèrent jamais, en rétablirent la plantation.

Je sais bien que, dans la foiblesse de l'empire, les barbares obligèrent les Romains d'établir des étapes [6], et de commercer avec eux. Mais cela même prouve que l'esprit des Romains étoit de ne pas commercer.

[1] Leg. ad *Barbaricum*, cod. *quæ res exportari non debeant.*
[2] Leg. 2, cod. *de commerc. et mercator.*
[3] Leg. 2, *quæ res exportari non debeant.*
[4] PROCOPE, *Guerres des Perses*, liv. I.
[5] Selon Suétone, l'ordonnance de Domitien regardoit toutes les provinces de l'empire, dans lesquelles il ne resta tout au plus que la moitié des vignes qu'on y cultivoit auparavant ; et, selon Philostrate, il craignoit les séditions que l'usage immodéré du vin peut faire naître parmi la populace. (CRÉV.)
[6] Voyez les *Considérations sur les causes de la grandeur des Romains, et de leur décadence.*

[1] Voyez les *Considérations sur les causes de la grandeur des Romains*, etc.
[2] Voyez les *Considérations sur les causes de la grandeur des Romains*, etc.
[3] Leg. 5, § 2, ff. *de captivis.*
[4] *Quæ mercimoniis publice præfuit.* Leg. 1, cod. *de natural. liberis.*

CHAPITRE XVI.

Du commerce des Romains avec l'Arabie et les Indes.

Le négoce de l'Arabie heureuse et celui des Indes furent les deux branches, et presque les seules, du commerce extérieur. Les Arabes avoient de grandes richesses : ils les tiroient de leurs mers et de leurs forêts ; et, comme ils achetoient peu et vendoient beaucoup, ils attiroient[1] à eux l'or et l'argent de leurs voisins. Auguste[2] connut leur opulence, et il résolut de les avoir pour amis, ou pour ennemis. Il fit passer Elius Gallus d'Égypte en Arabie. Celui-ci trouva des peuples oisifs, tranquilles, et peu aguerris. Il donna des batailles, fit des sièges, et ne perdit que sept soldats ; mais la perfidie de ses guides, les marches, le climat, la faim, la soif, les maladies, des mesures mal prises, lui firent perdre son armée.

Il fallut donc se contenter de négocier avec les Arabes, comme les autres peuples avoient fait ; c'est-à-dire de leur porter de l'or et de l'argent pour leurs marchandises. On commerce encore avec eux de la même manière : la caravane d'Alep et le vaisseau royal de Suez y portent des sommes immenses[3].

La nature avoit destiné les Arabes au commerce : elle ne les avoit pas destinés à la guerre ; mais lorsque ces peuples tranquilles se trouvèrent sur les frontières des Parthes et des Romains, ils devinrent auxiliaires des uns et des autres. Élius Gallus les avoit trouvés commerçants ; Mahomet les trouva guerriers : il leur donna de l'enthousiasme, et les voilà conquérants.

Le commerce des Romains aux Indes étoit considérable. Strabon[4] avoit appris en Égypte qu'ils y employoient cent vingt navires : ce commerce ne se soutenoit encore que par leur argent. Ils y envoyoient tous les ans cinquante millions de sesterces. Pline[5] dit que les marchandises qu'on en rapportoit se vendoient à Rome le centuple. Je crois qu'il parle trop généralement : ce profit fait une fois, tout le monde aura voulu le faire ; et, dès ce moment, personne ne l'aura fait.

On peut mettre en question s'il fut avantageux aux Romains de faire le commerce de l'Arabie et des Indes. Il falloit qu'ils y envoyassent leur argent ; et ils n'avoient pas, comme nous, la ressource de l'Amérique, qui supplée à ce que nous envoyons. Je suis persuadé qu'une des raisons qui fit augmenter chez eux la valeur numéraire des monnoies, c'est-à-dire établir le billon, fut la rareté de l'argent, causée par le transport continuel qui s'en faisoit aux Indes. Que si les marchandises de ce pays se vendoient à Rome le centuple, ce profit des Romains se faisoit sur les Romains mêmes, et n'enrichissoit point l'empire.

On pourra dire d'un autre côté que ce commerce procuroit aux Romains une grande navigation, c'est-à-dire une grande puissance ; que des marchandises nouvelles augmentoient le commerce intérieur, favorisoient les arts, entretenoient l'industrie ; que le nombre des citoyens se multiplioit à proportion des nouveaux moyens qu'on avoit de vivre ; que ce nouveau commerce produisoit le luxe, que nous avons prouvé être aussi favorable au gouvernement d'un seul que fatal à celui de plusieurs ; que cet établissement fut de même date que la chute de leur république ; que le luxe à Rome étoit nécessaire ; et qu'il falloit bien qu'une ville qui attiroit à elle toutes les richesses de l'univers les rendît par son luxe.

Strabon[1] dit que le commerce des Romains aux Indes étoit beaucoup plus considérable que celui des rois d'Égypte ; et il est singulier que les Romains, qui connoissoient peu le commerce aient eu pour celui des Indes plus d'attention que n'en eurent les rois d'Égypte, qui l'avoient pour ainsi dire sous les yeux. Il faut expliquer ceci.

Après la mort d'Alexandre, les rois d'Égypte établirent aux Indes un commerce maritime ; et les rois de Syrie, qui eurent les provinces les plus orientales de l'empire, et par conséquent les Indes, maintinrent ce commerce dont nous avons parlé au chapitre VI, qui se faisoit par les terres et par les fleuves, et qui avoit reçu de nouvelles facilités par l'établissement des colonies macédoniennes : de sorte que l'Europe communiquoit avec les Indes, et par l'Égypte, et par le royaume de Syrie. Le démembrement qui se fit du royaume de Syrie, d'où se forma celui de Bactriane, ne fit aucun tort à ce commerce. Marin, Tyrien, cité par Ptolomée[2], parle des découvertes faites aux Indes par le moyen de quelques marchands macédoniens. Celles que les expéditions des rois n'avoient pas faites, les marchands les firent. Nous voyons, dans Ptolomée[3], qu'ils allèrent depuis la

[1] PLINE, liv. VI, chap. xxviii ; et STRABON, liv. XVI.
[2] Ibid.
[3] Les caravanes d'Alep et de Suez y portent deux millions de notre monnoie, et il en passe autant en fraude ; le vaisseau royal de Suez y porte aussi deux millions.
[4] Liv. II, pag. 181. [5] Liv. VI, chap. xxiii.

[1] Il dit, au liv. II, que les Romains y employoient cent vingt navires ; et, au livre XVII, que les rois grecs y en envoyoient à peine vingt.
[2] Liv. I, chap. ii. [3] Liv. VI, chap. xiii.

24.

tour de Pierre[1] jusqu'à Séra; et la découverte faite par les marchands d'une étape si reculée, située dans la partie orientale et septentrionale de la Chine, fut une espèce de prodige. Ainsi, sous les rois de Syrie et de Bactriane, les marchandises du midi de l'Inde passoient par l'Indus, l'Oxus et la mer Caspienne, en Occident; et celles des contrées plus orientales et plus septentrionales étoient portées depuis Séra, la tour de Pierre, et autres étapes, jusqu'à l'Euphrate. Ces marchands faisoient leur route, tenant à peu près le quarantième degré de latitude nord, par des pays qui sont au couchant de la Chine, plus policés qu'ils ne sont aujourd'hui, parce que les Tartares ne les avoient pas encore infestés.

Or, pendant que l'empire de Syrie étendoit si fort son commerce du côté des terres, l'Égypte n'augmenta pas beaucoup son commerce maritime.

Les Parthes parurent, et fondèrent leur empire; et, lorsque l'Égypte tomba sous la puissance des Romains, cet empire étoit dans sa force, et avoit reçu son extension.

Les Romains et les Parthes furent deux puissances rivales, qui combattirent, non pas pour savoir qui devoit régner, mais exister. Entre les deux empires, il se forma des déserts; entre les deux empires, on fut toujours sous les armes; bien loin qu'il y eût du commerce, il n'y eut pas même de communication. L'ambition, la jalousie, la religion, la haine, les mœurs, séparèrent tout. Ainsi, le commerce entre l'Occident et l'Orient, qui avoit eu plusieurs routes, n'en eut plus qu'une; et Alexandrie étant devenue la seule étape, cette étape grossit.

Je ne dirai qu'un mot du commerce intérieur. Sa branche principale fut celle des blés qu'on faisoit venir pour la subsistance du peuple de Rome: ce qui étoit une matière de police plutôt qu'un objet de commerce. A cette occasion, les nautoniers reçurent quelques privilèges[2], parce que le salut de l'empire dépendoit de leur vigilance.

CHAPITRE XVII.

Du commerce après la destruction des Romains en Occident.

L'empire romain fut envahi, et l'un des effets de la calamité générale fut la destruction du com-

merce. Les barbares ne le regardèrent d'abord que comme un objet de leurs brigandages; et, quand ils furent établis, ils ne l'honorèrent pas plus que l'agriculture et les autres professions du peuple vaincu.

Bientôt il n'y eut presque plus de commerce en Europe; la noblesse, qui régnoit partout, ne s'en mettoit point en peine.

La loi des Wisigoths[1] permettoit aux particuliers d'occuper la moitié du lit des grands fleuves, pourvu que l'autre restât libre pour les filets et pour les bateaux; il falloit qu'il y eût bien peu de commerce dans les pays qu'ils avoient conquis.

Dans ces temps-là s'établirent les droits insensés d'aubaine et de naufrage: les hommes pensèrent que les étrangers ne leur étant unis par aucune communication du droit civil, ils ne leur devoient, d'un côté, aucune sorte de justice, et de l'autre, aucune sorte de pitié.

Dans les bornes étroites où se trouvoient les peuples du nord, tout leur étoit étranger; dans leur pauvreté, tout étoit pour eux un objet de richesses. Établis avant leurs conquêtes sur les côtes d'une mer resserrée et pleine d'écueils, ils avoient tiré parti de ces écueils mêmes.

Mais les Romains, qui faisoient des lois pour tout l'univers, en avoient fait de très humaines sur les naufrages[2]: ils réprimèrent, à cet égard, les brigandages de ceux qui habitoient les côtes, et, ce qui étoit plus encore, la rapacité de leur fisc[3].

CHAPITRE XVIII.

Réglement particulier.

La loi des Wisigoths[4] fit pourtant une disposition favorable au commerce: elle ordonna que les marchands qui venoient de delà la mer seroient jugés, dans les différends qui naissoient entre eux, par les lois et par des juges de leur nation. Ceci étoit fondé sur l'usage établi chez tous ces peuples mêlés, que chaque homme vécût sous sa propre loi: chose dont je parlerai beaucoup dans la suite.

[1] Liv. VIII, tit. IV, § 9.
[2] Toto titulo, ff. *de incend. ruin. naufrag.*; et cod. *de naufragiis*; et leg. 3, ff. de leg. Cornel. *de sicariis*.
[3] Leg. 1, cod. *de naufragiis*.
[4] Liv. XI, tit. III, § 2.

[1] Nos meilleures cartes placent la tour de Pierre au centième degré de longitude, et environ le quarantième de latitude.
[2] SUÉTONE, *in Claudio*; leg. 7, cod. Théodos., *de naviculariis*.

CHAPITRE XIX.

Du commerce depuis l'affoiblissement des Romains en Orient.

Les Mahométans parurent, conquirent, et se divisèrent. L'Égypte eut ses souverains particuliers : elle continua de faire le commerce des Indes. Maîtresse des marchandises de ce pays, elle attira les richesses de tous les autres. Ses soudans furent les plus puissants princes de ces temps-là : on peut voir dans l'histoire comment, avec une force constante et bien ménagée, ils arrêtèrent l'ardeur, la fougue et l'impétuosité des croisés.

CHAPITRE XX.

Comment le commerce se fit jour en Europe à travers la barbarie.

La philosophie d'Aristote ayant été portée en Occident, elle plut beaucoup aux esprits subtils, qui, dans les temps d'ignorance, sont les beaux esprits. Des scolastiques s'en infatuèrent, et prirent de ce philosophe [1] bien des explications sur le prêt à intérêt, au lieu que la source en étoit si naturelle dans l'Évangile ; ils le condamnèrent indistinctement et dans tous les cas. Par-là, le commerce, qui n'étoit que la profession des gens vils, devint encore celle des malhonnêtes gens : car toutes les fois que l'on défend une chose naturellement permise, ou nécessaire, on ne fait que rendre malhonnêtes gens ceux qui la font.

Le commerce passa à une nation pour lors couverte d'infamie ; et bientôt il ne fut plus distingué des usures les plus affreuses, des monopoles, de la levée des subsides, et de tous les moyens malhonnêtes d'acquérir de l'argent.

Les Juifs [2], enrichis par leurs exactions, étoient pillés par les princes avec la même tyrannie : chose qui consoloit les peuples, et ne les soulageoit pas.

Ce qui se passa en Angleterre donnera une idée de ce qu'on fit dans les autres pays. Le roi Jean [3] ayant fait emprisonner les Juifs pour avoir leur bien, il y en eut peu qui n'eussent au moins quelque œil crevé : ce roi faisoit ainsi sa chambre de justice. Un d'eux, à qui on arracha sept dents, une chaque jour, donna dix mille marcs d'argent

à la huitième. Henri III tira d'Aaron, Juif d'Yorck, quatorze mille marcs d'argent, et dix mille pour la reine. Dans ces temps-là, ou faisoit violemment ce qu'on fait aujourd'hui en Pologne avec quelque mesure. Les rois, ne pouvant fouiller dans la bourse de leurs sujets, à cause de leurs privilèges, mettoient à la torture les Juifs, qu'on ne regardoit pas comme citoyens.

Enfin, il s'introduisit une coutume qui confisqua tous les biens des Juifs qui embrassoient le christianisme. Cette coutume si bizarre, nous la savons par la loi [1] qui l'abroge. On en a donné des raisons bien vaines ; on a dit qu'on vouloit les éprouver, et faire en sorte qu'il ne restât rien de l'esclavage du démon. Mais il est visible que cette confiscation étoit une espèce de droit [2] d'amortissement, pour le prince ou pour les seigneurs, des taxes qu'ils levoient sur les Juifs, et dont ils étoient frustrés lorsque ceux-ci embrassoient le christianisme. Dans ces temps-là, on regardoit les hommes comme des terres. Et je remarquerai, en passant, combien on s'est joué de cette nation d'un siècle à l'autre. On confisquoit leurs biens lorsqu'ils vouloient être chrétiens ; et, bientôt après, on les fit brûler lorsqu'ils ne voulurent pas l'être.

Cependant on vit le commerce sortir du sein de la vexation et du désespoir. Les Juifs, proscrits tour-à-tour de chaque pays, trouvèrent le moyen de sauver leurs effets. Par-là ils rendirent pour jamais leurs retraites fixes ; car tel prince qui voudroit bien se défaire d'eux ne seroit pas pour cela d'humeur à se défaire de leur argent.

Ils [3] inventèrent les lettres de change : et, par ce moyen, le commerce put éluder la violence, et se maintenir partout ; le négociant le plus riche n'ayant que des biens invisibles, qui pouvoient être envoyés partout, et ne laissoient de trace nulle part.

Les théologiens furent obligés de restreindre leurs principes ; et le commerce, qu'on avoit violemment lié avec la mauvaise foi, rentra, pour ainsi dire, dans le sein de la probité.

[1] Voyez Aristote, *Politique*, liv. I, chap. IX et x.
[2] Voyez, dans Marca Hispanica, les constitutions d'Aragon, des années 1228 et 1231 ; et, dans Brussel, l'accord de l'année 1206, passé entre le roi, la comtesse de Champagne, et Gui de Dampierre.
[3] SLOWE, *in his surrey of London*, liv. III, pag. 54.

[1] Édit donné à Basville, le 4 avril 1392.
[2] En France, les Juifs étoient serfs, mainmortables, et les seigneurs leur succédoient. M. Brussel rapporte un accord de l'an 1206, entre le roi et Thibaut, comte de Champagne, par lequel il étoit convenu que les Juifs de l'un ne prêteroient point dans les terres de l'autre.
[3] On sait que, sous Philippe-Auguste et sous Philippe-le-Long les Juifs, chassés de France, se réfugièrent en Lombardie, et que là ils donnèrent aux négociants étrangers et aux voyageurs des lettres secrètes sur ceux à qui ils avoient confié leurs effets en France, qui furent acquittées.

Ainsi nous devons aux spéculations des scolastiques tous les malheurs [1] qui ont accompagné la destruction du commerce; et à l'avarice des princes, l'établissement d'une chose qui le met en quelque façon hors de leur pouvoir.

Il a fallu depuis ce temps que les princes se gouvernassent avec plus de sagesse qu'ils n'auroient eux-mêmes pensé : car, par l'événement, les grands coups d'autorité se sont trouvés si maladroits, que c'est une expérience reconnue, qu'il n'y a plus que la bonté du gouvernement qui donne de la prospérité.

On a commencé à se guérir du machiavélisme, et on s'en guérira tous les jours. Il faut plus de modération dans les conseils : ce qu'on appeloit autrefois des coups d'état ne seroit aujourd'hui, indépendamment de l'horreur, que des imprudences.

Et il est heureux pour les hommes d'être dans une situation où, pendant que leurs passions leur inspirent la pensée d'être méchants, ils ont pourtant intérêt de ne pas l'être.

CHAPITRE XXI.

Découverte de deux nouveaux mondes; état de l'Europe à cet égard.

La boussole ouvrit pour ainsi dire l'univers. On trouva l'Asie et l'Afrique, dont on ne connoissoit que quelques bords ; et l'Amérique, dont on ne connoissoit rien du tout.

Les Portugais, naviguant sur l'océan Atlantique, découvrirent la pointe la plus méridionale de l'Afrique : ils virent une vaste mer; elle les porta aux Indes orientales. Leurs périls sur cette mer, et la découverte de Mozambique, de Mélinde et de Calicut, ont été chantés par le Camoëns, dont le poëme fait sentir quelque chose des charmes de l'Odyssée et de la magnificence de l'Énéide.

Les Vénitiens avoient fait jusque-là le commerce des Indes par les pays des Turcs, et l'avoient poursuivi au milieu des avanies et des outrages. Par la découverte du cap de Bonne-Espérance, et celles qu'on fit quelque temps après, l'Italie ne fut plus au centre du monde commerçant; elle fut, pour ainsi dire, dans un coin de l'univers, et elle y est encore. Le commerce même du Levant dépendant aujourd'hui de celui que les grandes nations font aux deux Indes, l'Italie ne le fait plus qu'accessoirement.

Les Portugais trafiquèrent aux Indes en conquérants. Les lois gênantes [1] que les Hollandois imposent aujourd'hui aux petits princes indiens sur le commerce, les Portugais les avoient établies avant eux.

La fortune de la maison d'Autriche fut prodigieuse. Charles-Quint recueillit la succession de Bourgogne, de Castille et d'Aragon ; il parvint à l'empire ; et, pour lui procurer un nouveau genre de grandeur, l'univers s'étendit, et l'on vit paroître un monde nouveau sous son obéissance.

Christophe Colomb découvrit l'Amérique ; et, quoique l'Espagne n'y envoyât point de forces qu'un petit prince de l'Europe n'eût pu y envoyer tout de même, elle soumit deux grands empires et d'autres grands états.

Pendant que les Espagnols découvroient et conquéroient du côté de l'occident, les Portugais poussoient leurs conquêtes et leurs découvertes du côté de l'orient : ces deux nations se rencontrèrent ; elles eurent recours au pape Alexandre VI, qui fit la célèbre ligne de démarcation, et jugea un grand procès.

Mais les autres nations de l'Europe ne les laissèrent pas jouir tranquillement de leur partage : les Hollandois chassèrent les Portugais de presque toutes les Indes orientales, et diverses nations firent en Amérique des établissements.

Les Espagnols regardèrent d'abord les terres découvertes comme des objets de conquête : des peuples plus raffinés qu'eux trouvèrent qu'elles étoient des objets de commerce, et c'est là-dessus qu'ils dirigèrent leurs vues. Plusieurs peuples se sont conduits avec tant de sagesse qu'ils ont donné l'empire à des compagnies de négociants, qui, gouvernant ces états éloignés uniquement pour le négoce, ont fait une grande puissance accessoire sans embarrasser l'état principal.

Les colonies qu'on y a formées sont sous un genre de dépendance dont on ne trouve que peu d'exemples dans les colonies anciennes, soit que celles d'aujourd'hui relèvent de l'état même, ou de quelque compagnie commerçante établie dans cet état.

L'objet de ces colonies est de faire le commerce à de meilleures conditions qu'on ne le fait avec les peuples voisins, avec lesquels tous les avantages sont réciproques. On a établi que la métropole seule pourroit négocier dans la colonie ;

[1] Voyez, dans le Corps du Droit, la quatre-vingt-troisième novelle de Léon, qui révoque la loi de Basile, son père. Cette loi de Basile est dans Herménopule, sous le nom de Léon, liv. III, tit. VII, § 27.

[1] Voyez la *Relation de François Pirard*, deuxième partie, chap. XV.

et cela avec grande raison, parce que le but de l'établissement a été l'extension du commerce, non la fondation d'une ville ou d'un nouvel empire.

Ainsi, c'est encore une loi fondamentale de l'Europe, que tout commerce avec une colonie étrangère est regardé comme un pur monopole punissable par les lois des pays; et il ne faut pas juger de cela par les lois et les exemples des anciens[1] peuples, qui n'y sont guère applicables.

Il est encore reçu que le commerce établi entre les métropoles n'entraîne point une permission pour les colonies, qui restent toujours en état de prohibition.

Le désavantage des colonies, qui perdent la liberté du commerce, est visiblement compensé par la protection de la métropole[2], qui la défend par ses armes, ou la maintient par ses lois.

De là suit une troisième loi de l'Europe, que, quand le commerce étranger est défendu avec la colonie, on ne peut naviger dans ses mers que dans les cas établis par les traités.

Les nations, qui sont à l'égard de tout l'univers ce que les particuliers sont dans un état, se gouvernent, comme eux, par le droit naturel et par les lois qu'elles se sont faites. Un peuple peut céder à un autre la mer, comme il peut céder la terre. Les Carthaginois exigèrent[3] des Romains qu'ils ne navigeroient pas au-delà de certaines limites, comme les Grecs avoient exigé du roi de Perse qu'il se tiendroit toujours éloigné des côtes de la mer[4] de la carrière d'un cheval.

L'extrême éloignement de nos colonies n'est point un inconvénient pour leur sûreté; car, si la métropole est éloignée pour les défendre, les nations rivales de la métropole ne sont pas moins éloignées pour les conquérir.

De plus, cet éloignement fait que ceux qui vont s'y établir ne peuvent prendre la manière de vivre d'un climat si différent : ils sont obligés de tirer toutes les commodités de la vie du pays d'où ils sont venus. Les Carthaginois[5], pour rendre les Sardes et les Corses plus dépendants, leur avoient défendu, sous peine de la vie, de planter, de semer, et de faire rien de semblable; ils leur envoyoient d'Afrique des vivres. Nous sommes parvenus au même point, sans faire des lois si dures. Nos colonies des îles Antilles sont admirables; elles ont des objets de commerce que nous n'avons ni ne pouvons avoir; elles manquent de ce qui fait l'objet du nôtre.

L'effet de la découverte de l'Amérique fut de lier à l'Europe l'Asie et l'Afrique. L'Amérique fournit à l'Europe la matière de son commerce avec cette vaste partie de l'Asie qu'on appela les Indes orientales. L'argent, ce métal si utile au commerce comme signe, fut encore la base du plus grand commerce de l'univers, comme marchandise. Enfin, la navigation d'Afrique devint nécessaire; elle fournissoit des hommes pour le travail des mines et des terres de l'Amérique.

L'Europe est parvenue à un si haut degré de puissance, que l'histoire n'a rien à comparer là dessus, si l'on considère l'immensité des dépenses, la grandeur des engagements, le nombre des troupes, et la continuité de leur entretien, même lorsqu'elles sont le plus inutiles, et qu'on ne les a que pour l'ostentation.

Le P. Duhalde[1] dit que le commerce intérieur de la Chine est plus grand que celui de toute l'Europe. Cela pourroit être, si notre commerce extérieur n'augmentoit pas l'intérieur. L'Europe fait le commerce et la navigation des trois autres parties du monde, comme la France, l'Angleterre et la Hollande font à peu près la navigation et le commerce de l'Europe.

CHAPITRE XXII.

Des richesses que l'Espagne tira de l'Amérique.

Si l'Europe[2] a trouvé tant d'avantages dans le commerce de l'Amérique, il seroit naturel de croire que l'Espagne en auroit reçu de plus grands. Elle tira du monde nouvellement découvert une quantité d'or et d'argent si prodigieuse, que ce que l'on avoit eu jusqu'alors ne pouvoit y être comparé.

Mais (ce qu'on n'auroit jamais soupçonné) la misère la fit échouer presque partout. Philippe II, qui succéda à Charles-Quint, fut obligé de faire la célèbre banqueroute que tout le monde sait; et il n'y a guère jamais eu de prince qui ait plus souffert que lui des murmures, de l'insolence et de la révolte de ses troupes, toujours mal payées.

Depuis ce temps, la monarchie d'Espagne dé-

[1] Excepté les Carthaginois, comme on voit par le traité qui termina la première guerre punique.

[2] Métropole est, dans le langage des anciens, l'état qui a fondé la colonie.

[3] POLYBE, liv. III. (M.)

[4] Le roi de Perse s'obligea par un traité de ne naviger avec aucun vaisseau de guerre au-delà des roches Scyanées et des îles Chélidoniennes. (PLUTARQUE, *Vie de Cimon*.)

[5] ARISTOTE, *des choses merveilleuses*; TITE-LIVE, liv. VII de la seconde décade.

[1] Tome II, pag. 170.

[2] Ceci parut, il y a plus de vingt ans, dans un petit ouvrage manuscrit de l'auteur, qui a été presque tout fondu dans celui-ci.

clina sans cesse. C'est qu'il y avoit un vice intérieur et physique dans la nature de ces richesses, qui les rendoit vaines ; et ce vice augmenta tous les jours.

L'or et l'argent sont une richesse de fiction ou de signe. Ces signes sont très durables et se détruisent peu, comme il convient à leur nature. Plus ils se multiplient, plus ils perdent de leur prix, parce qu'ils représentent moins de choses.

Lors de la conquête du Mexique et du Pérou, les Espagnols abandonnèrent, les richesses naturelles, pour avoir des richesses de signe qui s'avilissoient par elles-mêmes. L'or et l'argent étoient très rares en Europe ; et l'Espagne, maîtresse tout-à-coup d'une très grande quantité de ces métaux, conçut des espérances qu'elle n'avoit jamais eues. Les richesses que l'on trouva dans les pays conquis n'étoient pourtant pas proportionnées à celles de leurs mines. Les Indiens en cachèrent une partie ; et, de plus, ces peuples, qui ne faisoient servir l'or et l'argent qu'à la magnificence des temples des dieux et des palais des rois, ne les cherchoient pas avec la même avarice que nous ; enfin ils n'avoient pas le secret de tirer les métaux de toutes les mines, mais seulement de celles dans lesquelles la séparation se fait par le feu, ne connoissant pas la manière d'employer le mercure, ni peut-être le mercure même.

Cependant l'argent ne laissa pas de doubler bientôt en Europe : ce qui parut en ce que le prix de tout ce qui s'acheta fut environ du double.

Les Espagnols fouillèrent les mines, creusèrent les montagnes, inventèrent des machines pour tirer les eaux, briser le minerai et le séparer ; et, comme ils se jouoient de la vie des Indiens, ils les firent travailler sans ménagement. L'argent doubla bientôt en Europe, et le profit diminua toujours de moitié pour l'Espagne, qui n'avoit chaque année que la même quantité d'un métal qui étoit devenu la moitié moins précieux.

Dans le double du temps, l'argent doubla encore, et le profit diminua encore de la moitié.

Il diminua même de plus de la moitié : voici comment.

Pour tirer l'or des mines, pour lui donner les préparations requises, et le transporter en Europe, il falloit une dépense quelconque. Je suppose qu'elle fût comme 1 est à 64 ; quand l'argent fut doublé une fois, et par conséquent la moitié moins précieux, la dépense fut comme 2 sont à 64. Ainsi les flottes qui portèrent en Espagne la même quantité d'or portèrent une chose qui réellement valoit la moitié moins, et coûtoit la moitié plus.

Si l'on suit la chose de doublement en doublement, on trouvera la progression de la cause de l'impuissance des richesses de l'Espagne.

Il y a environ deux cents ans que l'on travaille les mines des Indes. Je suppose que la quantité d'argent qui est à présent dans le monde qui commerce soit à celle qui étoit avant la découverte comme 52 est à 1, c'est-à-dire qu'elle ait doublé cinq fois : dans deux cents ans encore, la même quantité sera à celle qui étoit avant la découverte comme 64 est à 1, c'est-à-dire qu'elle doublera encore. Or, à présent, cinquante [1] quintaux de minerai pour l'or, donnent quatre, cinq et six onces d'or ; et, quand il n'y en a que deux, le mineur ne retire que ses frais. Dans deux cents ans, lorsqu'il n'y en aura que quatre, le mineur ne tirera aussi que ses frais. Il y aura donc peu de profit à tirer sur l'or. Même raisonnement sur l'argent, excepté que le travail des mines d'argent est un peu plus avantageux que celui des mines d'or.

Que si l'on découvre des mines si abondantes qu'elles donnent plus de profit, plus elles seront abondantes, plus tôt le profit finira.

Les Portugais ont trouvé tant d'or dans le Brésil [2], qu'il faudra nécessairement que le profit des Espagnols diminue bientôt considérablement, et le leur aussi.

J'ai ouï plusieurs fois déplorer l'aveuglement du conseil de François Ier, qui rebuta Christophe Colomb qui lui proposoit les Indes [3]. En vérité,

[1] Voyez les *Voyages de Frézier*.

[2] Suivant milord Anson, l'Europe reçoit du Brésil tous les ans pour deux millions sterling en or, que l'on trouve dans le sable au pied des montagnes, ou dans le lit des rivières. Lorsque je fis le petit ouvrage dont j'ai parlé dans la première note de ce chapitre, il s'en falloit bien que les retours du Brésil fussent un objet aussi important qu'il l'est aujourd'hui.

[3] Lorsque Colomb fit ses propositions, François Ier n'était pas né. Colomb ne prétendait point aller dans l'Inde, mais trouver des terres sur le chemin de l'Inde, d'occident en orient. Montesquieu d'ailleurs se joint ici à la foule des censeurs qui comparèrent les rois d'Espagne, possesseurs des mines du Mexique et du Pérou, à Midas périssant de faim au milieu de son or. Mais je ne sais si Philippe II fut à plaindre d'avoir de quoi acheter l'Europe, grâce à ce voyage de Colomb. Les conquêtes en Amérique et les mines du Pérou enrichirent d'abord les rois d'Espagne ; mais les mauvaises lois ont ensuite empêché l'Espagne de profiter des avantages qu'elle eût dû retirer de ses colonies. Montesquieu n'avait aucune connaissance des principes politiques relatifs à la richesse, aux manufactures, aux finances, au commerce. Ces principes n'étaient point encore découverts, ou du moins n'avaient jamais été développés ; et le caractère de son génie ne le rendait pas propre aux recherches qui exigent une longue méditation, une analyse rigoureuse et suivie. Il lui eût été aussi impossible de faire le traité des richesses de Smith, que les principes mathématiques de Newton. Nul homme n'a tous les talents : ce que ne veulent jamais comprendre ni les

on fit peut-être par imprudence une chose bien sage. L'Espagne a fait comme ce roi insensé qui demanda que tout ce qu'il toucheroit se convertît en or, et qui fut obligé de revenir aux dieux pour les prier de finir sa misère.

Les compagnies et les banques que plusieurs nations établirent achevèrent d'avilir l'or et l'argent dans leur qualité de signe : car, par de nouvelles fictions, ils multiplièrent tellement les signes des denrées, que l'or et l'argent ne firent plus cet office qu'en partie, et en devinrent moins précieux.

Ainsi le crédit public leur tint lieu de mines, et diminua encore le profit que les Espagnols tiroient des leurs.

Il est vrai que, par le commerce que les Hollandais firent dans les Indes orientales, ils donnèrent quelque prix à la marchandise des Espagnols : car, comme ils portèrent de l'argent pour troquer contre les marchandises de l'Orient, ils soulagèrent en Europe les Espagnols d'une partie de leurs denrées qui y abondoient trop.

Et ce commerce, qui ne semble regarder qu'indirectement l'Espagne, lui est avantageux comme aux nations mêmes qui le font.

Par tout ce qui vient d'être dit, on peut juger des ordonnances du conseil d'Espagne, qui défendent d'employer l'or et l'argent en dorures et autres superfluités ; décret pareil à celui que feroient les états de Hollande, s'ils défendoient la consommation de la cannelle [1].

Mon raisonnement ne porte pas sur toutes les mines : celles d'Allemagne et de Hongrie, d'où l'on ne retire que peu de chose au-delà des frais, sont très utiles. Elles se trouvent dans l'état principal ; elles y occupent plusieurs milliers d'hommes, qui y consomment les denrées surabondantes ; elles sont proprement une manufacture du pays.

Les mines d'Allemagne et de Hongrie font valoir la culture des terres ; et le travail de celles du Mexique et du Pérou la détruit.

Les Indes et l'Espagne sont deux puissances sous un même maître ; mais les Indes sont le principal, l'Espagne n'est que l'accessoire. C'est en vain que la politique veut ramener le principal à l'accessoire : les Indes attirent toujours l'Espagne à elles.

D'environ cinquante millions de marchandises qui vont toutes les années aux Indes, l'Espagne ne fournit que deux millions et demi : les Indes font donc un commerce de cinquante millions, et l'Espagne de deux millions et demi.

C'est une mauvaise espèce de richesse qu'un tribut d'accident, et qui ne dépend pas de l'industrie de la nation, du nombre de ses habitants, ni de la culture de ses terres. Le roi d'Espagne, qui reçoit de grandes sommes de sa douane de Cadix, n'est, à cet égard, qu'un particulier très riche dans un état très pauvre. Tout se passe des étrangers à lui sans que ses sujets y prennent presque de part : ce commerce est indépendant de la bonne et de la mauvaise fortune de son royaume.

Si quelques provinces dans la Castille lui donnoient une somme pareille à celle de la douane de Cadix, sa puissance seroit bien plus grande : ses richesses ne pourroient être que l'effet de celles du pays ; ces provinces animeroient toutes les autres, et elles seroient toutes ensemble plus en état de soutenir les charges respectives ; au lieu d'un grand trésor, on auroit un grand peuple.

CHAPITRE XXIII.

Problème.

Ce n'est point à moi à prononcer sur la question, si l'Espagne ne pouvant faire le commerce des Indes par elle-même, il ne vaudroit pas mieux qu'elle le rendît libre aux étrangers. Je dirai seulement qu'il lui convient de mettre à ce commerce le moins d'obstacles que sa politique pourra lui permettre. Quand les marchandises que les diverses nations portent aux Indes y sont chères, les Indes donnent beaucoup de leur marchandise, qui est l'or et l'argent, pour peu de marchandises étrangères : le contraire arrive lorsque celles-ci sont à vil prix. Il seroit peut-être utile que ces nations se nuisissent les unes les autres, afin que les marchandises qu'elles portent aux Indes y fussent toujours à bon marché. Voilà des principes qu'il faut examiner, sans les séparer pourtant des autres considérations : la sûreté des Indes, l'utilité d'une douane unique, les dangers d'un grand changement, les inconvénients qu'on prévoit, et qui sou-

enthousiastes, ni les panégyristes. (VOLT.) — Quelques erreurs de chronologie et de géographie peuvent avoir échappé sans conséquence à travers tant de recherches et d'observations. Un défaut plus important, ce seroit de s'appuyer trop souvent sur des coutumes de certaines nations, ou trop peu civilisées, ou trop peu connues, si Montesquieu les citoit à l'appui de ses principes fondamentaux ; mais comme il ne s'agit guère alors que d'observations particulières et locales, l'inconvénient, s'il y en a, est assez léger. (LA JI.)

[1] Les Espagnols n'avoient point de manufactures : ils auraient été obligés d'acheter ces étoffes de l'étranger. Les Hollandais, au contraire, sont les seuls possesseurs de la cannelle : ce qui était raisonnable en Espagne eût été absurde en Hollande. (VOLT.)

vent sont moins dangereux que ceux qu'on ne peut pas prévoir.

❦❦❦❦❦❦❦

LIVRE VINGT-DEUXIEME.

DES LOIS,

DANS LE RAPPORT QU'ELLES ONT AVEC L'USAGE DE LA MONNOIE.

CHAPITRE I.

Raison de l'usage de la monnoie.

Les peuples qui ont peu de marchandises pour le commerce, comme les sauvages, et les peuples policés qui n'en ont que de deux ou trois espèces, négocient par échange. Ainsi les caravanes de Maures qui vont à Tombouctou, dans le fond de l'Afrique, troquer du sel contre de l'or, n'ont pas besoin de monnoie. Le Maure met son sel dans un monceau; le Nègre, sa poudre dans un autre; s'il n'y a pas assez d'or, le Maure retranche de son sel, ou le Nègre ajoute de son or, jusqu'à ce que les parties conviennent.

Mais lorsqu'un peuple trafique sur un très grand nombre de marchandises, il faut nécessairement une monnoie, parce qu'un métal facile à transporter épargne bien des frais que l'on seroit obligé de faire si l'on procédoit toujours par échange.

Toutes les nations ayant des besoins réciproques, il arrive souvent que l'une veut avoir un très grand nombre de marchandises de l'autre, et celle-ci très peu des siennes; tandis qu'à l'égard d'une autre nation elle est dans un cas contraire. Mais lorsque les nations ont une monnoie, et qu'elles procèdent par vente et par achat, celles qui prennent plus de marchandises se soldent, ou paient l'excédant avec de l'argent; et il y a cette différence que, dans le cas de l'achat, le commerce se fait à proportion des besoins de la nation qui demande le plus; et que, dans l'échange, le commerce se fait seulement dans l'étendue des besoins de la nation qui demande le moins : sans quoi cette dernière seroit dans l'impossibilité de solder son compte.

CHAPITRE II.

De la nature de la monnoie.

La monnoie est un signe qui représente la valeur de toutes les marchandises. On prend quelque

métal pour que le signe soit durable [1], qu'il se consomme peu par l'usage, et que, sans se détruire, il soit capable de beaucoup de divisions. On choisit un métal précieux, pour que le signe puisse aisément se transporter. Un métal est très propre à être une mesure commune, parce qu'on peut aisément le réduire au même titre. Chaque état y met son empreinte, afin que la forme réponde du titre et du poids, et que l'on connoisse l'un et l'autre par la seule inspection.

Les Athéniens, n'ayant point l'usage des métaux, se servirent de bœufs [2], et les Romains de brebis [3]; mais un bœuf n'est pas la même chose qu'un autre bœuf, comme une pièce de métal peut être la même qu'une autre.

Comme l'argent est le signe des valeurs des marchandises, le papier est un signe de la valeur de l'argent; et lorsqu'il est bon, il le représente tellement que, quant à l'effet, il n'y a point de différence.

De même que l'argent est un signe d'une chose et la représente, chaque chose est un signe de l'argent et le représente; et l'état est dans la prospérité, selon que, d'un côté, l'argent représente bien toutes choses, et que, d'un autre, toutes choses représentent bien l'argent, et qu'ils sont signes les uns des autres; c'est-à-dire que, dans leur valeur relative, on peut avoir l'un sitôt que l'on a l'autre. Cela n'arrive jamais que dans un gouvernement modéré, mais n'arrive pas toujours dans un gouvernement modéré : par exemple, si les lois favorisent un débiteur injuste, les choses qui lui appartiennent ne représentent point l'argent, et n'en sont point un signe. A l'égard du gouvernement despotique, ce seroit un prodige si les choses y représentoient leur signe : la tyrannie et la méfiance font que tout le monde y enterre son argent [4]; les choses n'y représentent donc point l'argent.

Quelquefois les législateurs ont employé un tel art, que non seulement les choses représentoient l'argent par leur nature, mais qu'elles devenoient monnoie comme l'argent même. César [5], dicta-

[1] Le sel dont on se sert en Abyssinie a ce défaut, qu'il se consomme continuellement.

[2] Hérodote, in Clio, nous dit que les Lydiens trouvèrent l'art de battre la monnoie; les Grecs le prirent d'eux : les monnoies d'Athènes eurent pour empreinte leur ancien bœuf. J'ai vu une de ces monnoies dans le cabinet du comte de Pembrocke.

[3] Quelques savants ont pensé que ces bœufs et ces brebis ne furent jamais que l'empreinte des monnoies réelles. (P.)

[4] C'est un ancien usage à Alger que chaque père de famille ait un trésor enterré. (LAUGIER DE TASSIS, *Histoire du royaume d'Alger*.)

[5] Voyez César, *de Bell. civ.*, lib. III.

teur, permit aux débiteurs de donner en paiement à leurs créanciers des fonds de terre au prix qu'ils valoient avant la guerre civile. Tibère [1] ordonna que ceux qui voudroient de l'argent en auroient du trésor public, en obligeant des fonds pour le double. Sous César, les fonds de terre furent la monnoie qui paya toutes les dettes ; sous Tibère, dix mille sesterces en fonds devinrent une monnoie commune, comme cinq mille sesterces en argent.

La grande chartre d'Angleterre défend de saisir les terres ou les revenus d'un débiteur, lorsque ses biens mobiliers ou personnels suffisent pour le paiement, et qu'il offre de les donner : pour lors tous les biens d'un Anglois représentoient de l'argent.

Les lois des Germains [2] apprécièrent en argent les satisfactions pour les torts que l'on avoit faits, et pour les peines des crimes. Mais, comme il y avoit très peu d'argent dans le pays, elles réapprécièrent l'argent en denrées ou en bétail. Ceci se trouve fixé dans la loi des Saxons, avec de certaines différences, suivant l'aisance et la commodité des divers peuples. D'abord [3] la loi déclare la valeur du sou en bétail : le sou de deux trémisses se rapportoit à un bœuf de douze mois, ou à une brebis avec son agneau ; celui de trois trémisses valoit un bœuf de seize mois. Chez ces peuples, la monnoie devenoit bétail, marchandises ou denrée, et ces choses devenoient monnoie.

Non seulement l'argent est un signe des choses, il est encore un signe de l'argent, et représente l'argent, comme nous le verrons au chapitre du change.

CHAPITRE III.

Des monnoies idéales.

Il y a des monnoies réelles et des monnoies idéales. Les peuples policés, qui se servent presque tous de monnoies idéales, ne le font que parce qu'ils ont converti leurs monnoies réelles en idéales. D'abord, leurs monnoies réelles sont un certain poids et un certain titre de quelque métal. Mais bientôt la mauvaise foi ou le besoin font qu'on retranche une partie du métal de chaque pièce de monnoie, à laquelle on laisse le même nom : par exemple, d'une pièce du poids d'une livre d'argent, on retranche la moitié de l'argent, et on continue de l'appeler livre ; la pièce qui étoit

[1] TACITE, *Ann.*, liv. VI.
[2] TACITE, *de Moribus Germanorum*. cap. XII et XXI.
[3] *Loi des Saxons*, chap. XVIII.

une vingtième partie de la livre d'argent, on continue de l'appeler sou, quoiqu'elle ne soit plus la vingtième partie de cette livre. Pour lors, la livre est une livre idéale, et le sou un sou idéal ; ainsi des autres subdivisions ; et cela peut aller au point que ce qu'on appellera livre ne sera qu'une très petite portion de la livre : ce qui la rendra encore plus idéale. Il peut même arriver que l'on ne fera plus de pièce de monnoie qui vaille précisément une livre, et qu'on ne fera pas non plus de pièce qui vaille un sou : pour lors, la livre et le sou seront des monnoies purement idéales. On donnera à chaque pièce de monnoie la dénomination d'autant de livres et d'autant de sous que l'on voudra ; la variation pourra être continuelle, parce qu'il est aussi aisé de donner un autre nom à une chose, qu'il est difficile de changer la chose même.

Pour ôter la source des abus, ce sera une très bonne loi, dans tous les pays où l'on voudra faire fleurir le commerce, que celle qui ordonnera qu'on employera des monnoies réelles, et que l'on ne fera point d'opération qui puisse les rendre idéales.

Rien ne doit être si exempt de variation que ce qui est la mesure commune de tout.

Le négoce par lui-même est très incertain ; et c'est un grand mal d'ajouter une nouvelle incertitude à celle qui est fondée sur la nature de la chose.

CHAPITRE IV.

De la quantité de l'or et de l'argent.

Lorsque les nations policées sont les maîtresses du monde, l'or et l'argent augmentent tous les jours, soit qu'elles le tirent de chez elles, soit qu'elles l'aillent chercher là où il est. Il diminue au contraire lorsque les nations barbares prennent le dessus. On sait quelle fut la rareté de ces métaux lorsque les Goths et les Vandales d'un côté, les Sarrasins et les Tartares de l'autre, eurent tout envahi.

CHAPITRE V.

Continuation du même sujet.

L'argent tiré des mines de l'Amérique, transporté en Europe, de là encore envoyé en Orient, a favorisé la navigation de l'Europe : c'est une marchandise de plus que l'Europe reçoit en troc de l'Amérique, et qu'elle envoie en troc aux In-

des. Une plus grande quantité d'or et d'argent est donc favorable lorsqu'on regarde ces métaux comme marchandise : elle ne l'est point lorsqu'on les regarde comme signe, parce que leur abondance choque leur qualité de signe, qui est beaucoup fondée sur la rareté.

Avant la première guerre punique, le cuivre étoit à l'argent comme 960 est à 1 [1] ; il est aujourd'hui à peu près comme 75 ½ est à 1 [2]. Quand la proportion seroit comme elle étoit autrefois, l'argent n'en feroit que mieux sa fonction de signe.

CHAPITRE VI.

Par quelle raison le prix de l'usure diminua de la moitié lors de la découverte des Indes.

L'inca Garcilasso [3] dit qu'en Espagne, après la conquête des Indes, les rentes, qui étoient au denier dix, tombèrent au denier vingt. Cela devoit être ainsi. Une grande quantité d'argent fut tout-à-coup portée en Europe ; bientôt moins de personnes eurent besoin d'argent ; le prix de toutes choses augmenta, et celui de l'argent diminua : la proportion fut donc rompue, toutes les anciennes dettes furent éteintes. On peut se rappeler le temps du système [4], où toutes les choses avoient une grande valeur, excepté l'argent. Après la conquête des Indes, ceux qui avoient de l'argent furent obligés de diminuer le prix ou le louage de leur marchandise, c'est-à-dire l'intérêt.

Depuis ce temps le prêt n'a pu revenir à l'ancien taux, parce que la quantité de l'argent a augmenté toutes les années en Europe. D'ailleurs, les fonds publics de quelques états, fondés sur les richesses que le commerce leur a procurées, donnant un intérêt très modique, il a fallu que les contrats des particuliers se réglassent là-dessus. Enfin, le change ayant donné aux hommes une facilité singulière de transporter l'argent d'un pays à un autre, l'argent n'a pu être rare dans un lieu, qu'il n'en vînt de tous côtés de ceux où il étoit commun.

CHAPITRE VII.

Comment le prix des choses se fixe dans la variation des richesses de signe.

L'argent est le prix des marchandises ou denrées. Mais comment se fixera ce prix ? c'est-à-dire

[1] Voyez ci-dessous le chap. XII.
[2] En supposant l'argent à quarante-neuf livres le marc, et le cuivre à vingt sous la livre.
[3] *Histoire des guerres civiles des Espagnols dans les Indes.*
[4] On appeloit ainsi le projet de M. Law en France.

par quelle portion d'argent chaque chose sera-t-elle représentée ?

Si l'on compare la masse de l'or et de l'argent qui est dans le monde avec la somme des marchandises qui y sont, il est certain que chaque denrée ou marchandise en particulier pourra être comparée à une certaine portion de la masse entière de l'or et de l'argent. Comme le total de l'une est au total de l'autre, la partie de l'une sera à la partie de l'autre. Supposons qu'il n'y ait qu'une seule denrée ou marchandise dans le monde, ou qu'il n'y en ait qu'une seule qui s'achète, et qu'elle se divise comme l'argent ; cette partie de cette marchandise répondra à une partie de la masse de l'argent ; la moitié du total de l'une, à la moitié du total de l'autre ; la dixième, la centième, la millième de l'une, à la dixième, à la centième, à la millième de l'autre. Mais, comme ce qui forme la propriété parmi les hommes n'est pas tout à la fois dans le commerce, et que les métaux ou les monnoies, qui en sont les signes, n'y sont pas aussi dans le même temps, les prix se fixeront en raison composée du total des choses avec le total des signes, et de celle du total des choses qui sont dans le commerce, avec le total des signes qui y sont aussi ; et, comme les choses qui ne sont pas dans le commerce aujourd'hui peuvent y être demain, et que les signes qui n'y sont point aujourd'hui peuvent y rentrer tout de même, l'établissement du prix des choses dépend toujours fondamentalement de la raison du total des choses au total des signes.

Ainsi le prince ou le magistrat ne peuvent pas plus taxer la valeur des marchandises qu'établir, par une ordonnance, que le rapport d'un à dix est égal à celui d'un à vingt. Julien, ayant baissé les denrées à Antioche, y causa une affreuse famine [1].

CHAPITRE VIII.

Continuation du même sujet.

Les noirs de la côte d'Afrique ont un signe des valeurs sans monnoie ; c'est un signe purement idéal, fondé sur le degré d'estime qu'ils mettent dans leur esprit à chaque marchandise, à proportion du besoin qu'ils en ont. Une certaine denrée ou marchandise vaut trois macutes ; une autre, six macutes ; une autre, dix macutes : c'est comme s'ils disoient simplement trois, six, dix. Le prix se forme par la comparaison qu'ils font de toutes les marchandises entre elles : pour lors, il n'y a

[1] *Histoire de l'Église*, par Socrate, liv. II.

point de monnoie particulière, mais chaque portion de marchandise est monnoie de l'autre.

Transportons pour un moment parmi nous cette manière d'évaluer les choses, et joignons-la avec la nôtre ; toutes les marchandises et denrées du monde, ou bien toutes les marchandises ou denrées d'un état en particulier considéré comme séparé de tous les autres, vaudront un certain nombre de macutes ; et, divisant l'argent de cet état en autant de parties qu'il y a de macutes, une partie divisée de cet argent sera le signe d'une macute.

Si l'on suppose que la quantité de l'argent d'un état double, il faudra pour une macute le double de l'argent ; mais si, en doublant l'argent, vous doublez aussi les macutes, la proportion restera telle qu'elle étoit avant l'un et l'autre doublement.

Si depuis la découverte des Indes l'or et l'argent ont augmenté en Europe à raison d'un à vingt, le prix des denrées et marchandises auroit dû monter en raison d'un à vingt ; mais si, d'un autre côté, le nombre des marchandises a augmenté comme un à deux, il faudra que le prix de ces marchandises et denrées ait haussé d'un côté en raison d'un à vingt, et qu'il ait baissé en raison d'un à deux, et qu'il ne soit par conséquent qu'en raison d'un à dix.

La quantité des marchandises et denrées croît par une augmentation de commerce ; l'augmentation de commerce, par une augmentation d'argent qui arrive successivement, et par de nouvelles communications avec de nouvelles terres et de nouvelles mers, qui nous donnent de nouvelles denrées et de nouvelles marchandises.

CHAPITRE IX.

De la rareté relative de l'or et de l'argent.

Outre l'abondance et la rareté positive de l'or et de l'argent, il y a encore une abondance et une rareté relative d'un de ces métaux à l'autre.

L'avarice garde l'or et argent, parce que, comme elle ne veut point consommer, elle aime des signes qui ne se détruisent point. Elle aime mieux garder l'or que l'argent, parce qu'elle craint toujours de perdre, et qu'elle peut mieux cacher ce qui est en plus petit volume. L'or disparoît donc quand l'argent est commun, parce que chacun en a pour le cacher ; il reparoît quand l'argent est rare, parce qu'on est obligé de le retirer de ses retraites.

C'est donc une règle : l'or est commun quand l'argent est rare, et l'or est rare quand l'argent est commun. Cela fait sentir la différence de l'abondance et de la rareté relative, d'avec l'abondance et la rareté réelle, chose dont je vais beaucoup parler.

CHAPITRE X.

Du change.

C'est l'abondance et la rareté relative des monnoies des divers pays qui forment ce qu'on appelle le change.

Le change est une fixation de la valeur actuelle et momentanée des monnoies.

L'argent, comme métal, a une valeur comme toutes les autres marchandises ; et il a encore une valeur qui vient de ce qu'il est capable de devenir le signe des autres marchandises ; et, s'il n'étoit qu'une simple marchandise, il ne faut pas douter qu'il ne perdît beaucoup de son prix.

L'argent, comme monnoie, a une valeur que le prince peut fixer dans quelques rapports, et qu'il ne sauroit fixer dans d'autres.

Le prince établit une proportion entre une quantité d'argent comme métal, et la même quantité comme monnoie ; il fixe celle qui est entre divers métaux employés à la monnoie ; il établit le poids et le titre de chaque pièce de monnoie ; enfin, il donne à chaque pièce cette valeur idéale dont j'ai parlé. J'appellerai la valeur de la monnoie, dans ces quatre rapports, *valeur positive*, parce qu'elle peut être fixée par une loi.

Les monnoies de chaque état ont, de plus, une *valeur relative*, dans le sens qu'on les compare avec les monnoies des autres pays : c'est cette valeur relative que le change établit. Elle dépend beaucoup de la valeur positive : elle est fixée par l'estime la plus générale des négociants, et ne peut l'être par l'ordonnance du prince, parce qu'elle varie sans cesse, et dépend de mille circonstances.

Pour fixer la valeur relative, les diverses nations se régleront beaucoup sur celle qui a le plus d'argent. Si elle a autant d'argent que toutes les autres ensemble, il faudra bien que chacune aille se mesurer avec elle : ce qui fera qu'elles se régleront à peu près entre elles comme elles se sont mesurées avec la nation principale.

Dans l'état actuel de l'univers, c'est la Hollande [1]

[1] Les Hollandois règlent le change de presque toute l'Europe par une espèce de délibération entre eux, selon qu'il convient à leurs intérêts. — Aucune nation ne peut régler le change à son

qui est cette nation dont nous parlons. Examinons le change par rapport à elle.

Il y a en Hollande une monnoie qu'on appelle un florin : le florin vaut vingt sous, ou quarante demi-sous, ou gros. Pour simplifier les idées, imaginons qu'il n'y ait point de florins en Hollande, et qu'il n'y ait que des gros : un homme qui aura mille florins aura quarante mille gros ; ainsi du reste. Or, le change avec la Hollande consiste à savoir combien vaudra de gros chaque pièce de monnoie des autres pays : et, comme l'on compte ordinairement en France par écus de trois livres, le change demandera combien un écu de trois livres vaudra de gros. Si le change est à cinquante-quatre, l'écu de trois livres vaudra cinquante-quatre gros ; s'il est à soixante, il vaudra soixante gros ; si l'argent est rare en France, l'écu de trois livres vaudra plus de gros ; s'il est en abondance, il vaudra moins de gros.

Cette rareté ou cette abondance, d'où résulte la mutation du change, n'est pas la rareté ou l'abondance réelle ; c'est une rareté ou une abondance relative : par exemple, quand la France a plus besoin d'avoir des fonds en Hollande que les Hollandois n'ont besoin d'en avoir en France, l'argent est appelé commun en France, et rare en Hollande ; et vice versa.

Supposons que le change avec la Hollande soit à cinquante-quatre. Si la France et la Hollande ne composoient qu'une ville, on feroit comme l'on fait quand on donne la monnoie d'un écu : le François tireroit de sa poche trois livres, et le Hollandois tireroit de la sienne cinquante-quatre gros. Mais, comme il y a de la distance entre Paris et Amsterdam, il faut que celui qui me donne pour mon écu de trois livres cinquante-quatre gros qu'il a en Hollande me donne une lettre de change de cinquante-quatre gros sur la Hollande. Il n'est plus ici question de cinquante-quatre gros, mais d'une lettre de cinquante-quatre gros. Ainsi, pour

gré. Il se règle de lui-même par la combinaison générale des dettes actives et passives de diverses nations. Il peut bien recevoir des altérations momentanées par une traite ou une remise considérable dans quelque place déterminée ; mais il n'est en la puissance d'aucun peuple de lui donner constamment la loi. Amsterdam peut bien être la place de l'Europe où se font les plus grandes opérations de change, et sur laquelle les autres places de l'Europe se règlent ; mais il ne s'ensuit pas de là que les Hollandois règlent le change à leur gré. S'ils le régloient, ce seroit sans doute d'une manière avantageuse pour eux ; car il est de l'intérêt de tout état quelconque de donner chez soi moins d'argent qu'on n'en reçoit : or, depuis très long-temps la Hollande donne pour un écu de France plus d'argent qu'il n'y en a dans cet écu ; donc la Hollande perd sur le change avec la France, donc elle ne règle pas le change comme il convient à ses intérêts. (D.)

juger [1] de la rareté ou de l'abondance de l'argent, il faut savoir s'il y a en France plus de lettres de cinquante-quatre gros destinées pour la France, qu'il n'y a d'écus destinés pour la Hollande. S'il y a beaucoup de lettres offertes par les Hollandois, et peu d'écus offerts par les François, l'argent est rare en France, et commun en Hollande ; et il faut que le change hausse, et que pour mon écu on me donne plus de cinquante-quatre gros ; autrement je ne le donnerois pas, et vice versa.

On voit que les diverses opérations du change forment un compte de recette et de dépense qu'il faut toujours solder ; et qu'un état qui doit ne s'acquitte pas plus avec les autres par le change, qu'un particulier ne paie une dette en changeant de l'argent.

Je suppose qu'il n'y ait que trois états dans le monde : la France, l'Espagne, et la Hollande ; que divers particuliers d'Espagne dussent en France la valeur de cent mille marcs d'argent, et que divers particuliers de France dussent en Espagne cent dix mille marcs ; et que quelque circonstance fît que chacun, en Espagne et en France, voulût tout-à-coup retirer son argent : que feroient les opérations du change ? Elles acquitteroient réciproquement ces deux nations de la somme de cent mille marcs ; mais la France devroit toujours dix mille marcs en Espagne, et les Espagnols auroient toujours des lettres sur la France pour dix mille marcs, et la France n'en auroit point du-tout sur l'Espagne.

Que si la Hollande étoit dans un cas contraire avec la France, et que, pour solde, elle lui dût dix mille marcs, la France pourroit payer l'Espagne de deux manières, ou en donnant à ses créanciers en Espagne des lettres sur ses débiteurs de Hollande pour dix mille marcs, ou bien en envoyant dix mille marcs d'argent en espèces en Espagne.

Il suit de là que, quand un état a besoin de remettre une somme d'argent dans un autre pays, il est indifférent, par la nature de la chose, que l'on y voiture de l'argent, ou que l'on prenne des lettres de change. L'avantage de ces deux manières de payer dépend uniquement des circonstances actuelles : il faudra voir ce qui, dans ce moment, donnera plus de gros en Hollande, ou l'argent porté en espèces [2], ou une lettre sur la Hollande de pareille somme.

Lorsque même titre et même poids d'argent en

[1] Il y a beaucoup d'argent dans une place lorsqu'il y a plus d'argent que de papier ; il y en a peu lorsqu'il y a plus de papier que d'argent.

[2] Les frais de la voiture et de l'assurance déduits.

France me rendent même poids et même titre d'argent en Hollande, on dit que le change est au pair. Dans l'état actuel des monnoiés [1], le pair est, à peu près, à cinquante-quatre gros par écu : lorsque le change sera au-dessus de cinquante-quatre gros, on dira qu'il est haut; lorsqu'il sera au-dessous, on dira qu'il est bas.

Pour savoir si, dans une certaine situation du change, l'état gagne ou perd, il faut le considérer comme débiteur, comme créancier, comme vendeur, comme acheteur. Lorsque le change est plus bas que le pair, il perd comme débiteur, il gagne comme créancier; il perd comme acheteur, il gagne comme vendeur. On sent bien qu'il perd comme débiteur : par exemple, la France devant à la Hollande un certain nombre de gros, moins son écu vaudra de gros, plus il lui faudra d'écus pour payer; au contraire, si la France est créancière d'un certain nombre de gros, moins chaque écu vaudra de gros, plus elle recevra d'écus. L'état perd encore comme acheteur; car il faut toujours le même nombre de gros pour acheter la même quantité de marchandises; et, lorsque le change baisse, chaque écu de France donne moins de gros. Par la même raison, l'état gagne comme vendeur; je vends ma marchandise en Hollande le même nombre de gros que je la vendois : j'aurai donc plus d'écus en France, lorsque avec cinquante gros je me procurerai un écu, que lorsqu'il m'en faudra cinquante-quatre pour avoir ce même écu; le contraire de tout ceci arrivera à l'autre état. Si la Hollande doit un certain nombre d'écus, elle gagnera; et, si on lui doit, elle perdra; si elle vend, elle perdra; si elle achète, elle gagnera.

Il faut pourtant suivre ceci : lorsque le change est au-dessous du pair, par exemple, s'il est à cinquante au lieu d'être à cinquante-quatre, il devroit arriver que la France, envoyant par le change cinquante-quatre mille écus en Hollande, n'achèteroit de marchandises que pour cinquante mille ; et que, d'un autre côté, la Hollande envoyant la valeur de cinquante mille écus en France, en achèteroit pour cinquante-quatre mille : ce qui feroit une différence de huit cinquante-quatrièmes, c'est-à-dire de plus d'un septième de perte pour la France; de sorte qu'il faudroit envoyer en Hollande un septième de plus en argent ou en marchandises qu'on ne faisoit lorsque le change étoit au pair ; et le mal augmentant toujours, parce qu'une pareille dette feroit encore diminuer le change, la France seroit à la fin ruinée. Il semble,

dis-je, que cela devroit être ; et cela n'est pas, à cause du principe que j'ai déja établi ailleurs [1], qui est que les états tendent toujours à se mettre dans la balance, et à se procurer leur libération : ainsi ils n'empruntent qu'à proportion de ce qu'ils peuvent payer, et n'achètent qu'à mesure qu'ils vendent. Et, en prenant l'exemple ci-dessus, si le change tombe en France de cinquante-quatre à cinquante, le Hollandois, qui achetoit des marchandises de France pour mille écus, et qui les payoit cinquante-quatre mille gros, ne les paieroit plus que cinquante mille, si le François y vouloit consentir ; mais la marchandise de France haussera insensiblement, le profit se partagera entre le François et le Hollandois : car, lorsqu'un négociant peut gagner, il partage aisément son profit : il se fera donc une communication de profit entre le François et le Hollandois. De la même manière, le François qui achetoit des marchandises de Hollande pour cinquante-quatre mille gros, et qui les payoit avec mille écus, lorsque le change étoit à cinquante-quatre, seroit obligé d'ajouter quatre cinquante-quatrièmes de plus en écus de France, pour acheter les mêmes marchandises ; mais le marchand françois, qui sentira la perte qu'il feroit, voudra donner moins de la marchandise de Hollande : il se fera donc une communication de perte entre le marchand françois et le marchand hollandois; l'état se mettra insensiblement dans la balance, et l'abaissement du change n'aura pas tous les inconvénients qu'on devoit craindre.

Lorsque le change est plus bas que le pair, un négociant peut, sans diminuer sa fortune, remettre ses fonds dans les pays étrangers, parce qu'en les faisant revenir il regagne ce qu'il a perdu ; mais un prince qui n'envoie dans les pays étrangers un argent qui ne doit jamais revenir perd toujours.

Lorsque les négociants font beaucoup d'affaires dans un pays, le change y hausse infailliblement. Cela vient de ce qu'on y prend beaucoup d'engagements, et qu'on y achète beaucoup de marchandises; et l'on tire sur le pays étranger pour les payer.

Si un prince fait de grands amas d'argent dans son état, l'argent y pourra être rare réellement, et commun relativement; par exemple, si, dans le même temps, cet état avoit à payer beaucoup de marchandises dans le pays étranger, le change baisseroit, quoique l'argent fût rare.

[1] En 1744.

[1] Voyez le livre XX. chap. XXI.

Le change de toutes les places tend toujours à se mettre à une certaine proportion; et cela est dans la nature de la chose même. Si le change de l'Irlande à l'Angleterre est plus bas que le pair, et que celui de l'Angleterre à la Hollande soit aussi plus bas que le pair, celui de l'Irlande à la Hollande sera encore plus bas : c'est-à-dire en raison composée de celui d'Irlande à l'Angleterre, et de celui de l'Angleterre à la Hollande; car un Hollandois qui peut faire venir ses fonds indirectement d'Irlande par l'Angleterre ne voudra pas payer plus cher pour les faire venir directement. Je dis que cela devroit être ainsi; mais cela n'est pourtant pas exactement ainsi : il y a toujours des circonstances qui font varier ces choses; et la différence du profit qu'il y a à tirer par une place, ou à tirer par une autre, fait l'art ou l'habileté particulière des banquiers, dont il n'est point question ici.

Lorsqu'un état hausse sa monnoie, par exemple, lorsqu'il appelle six livres ou deux écus ce qu'il n'appeloit que trois livres ou un écu, cette dénomination nouvelle, qui n'ajoute rien de réel à l'écu, ne doit pas procurer un seul gros de plus par le change. On ne devroit avoir, pour les deux écus nouveaux, que la même quantité de gros que l'on recevoit pour l'ancien; et, si cela n'est pas, ce n'est point l'effet de la fixation en elle-même, mais de celui qu'elle produit comme nouvelle et de celui qu'elle a comme subite. Le change tient à des affaires commencées, et ne se met en règle qu'après un certain temps.

Lorsqu'un état, au lieu de hausser simplement sa monnoie par une loi, fait une nouvelle refonte, afin de faire d'une monnoie forte une monnoie plus foible, il arrive que, pendant le temps de l'opération, il y a deux sortes de monnoies : la forte, qui est la vieille, et la foible, qui est la nouvelle; et comme la forte est décriée et ne se reçoit qu'à la monnoie, et que par conséquent les lettres de change doivent se payer en espèces nouvelles, il semble que le change devroit se régler sur l'espèce nouvelle. Si, par exemple, l'affoiblissement en France étoit de moitié, et que l'ancien écu de trois livres donnât soixante gros en Hollande, le nouvel écu ne devroit donner que trente gros. D'un autre côté, il semble que le change devroit se régler sur la valeur de l'espèce vieille, parce que le banquier qui a de l'argent, et qui prend des lettres, est obligé d'aller porter à la monnoie des espèces vieilles pour en avoir de nouvelles, sur lesquelles il perd. Le change se mettra donc entre la valeur de l'espèce nouvelle et celle de l'espèce

vieille. La valeur de l'espèce vieille tombe pour ainsi dire, et parce qu'il y a déja dans le commerce de l'espèce nouvelle, et parce que le banquier ne peut pas tenir rigueur, ayant intérêt de faire sortir promptement l'argent vieux de sa caisse pour le faire travailler, et y étant même forcé pour faire ses paiements. D'un autre côté, la valeur de l'espèce nouvelle s'élève pour ainsi dire, parce que le banquier, avec de l'espèce nouvelle, se trouve dans une circonstance où nous allons faire voir qu'il peut, avec un grand avantage, s'en procurer de la vieille. Le change se mettra donc, comme j'ai dit, entre l'espèce nouvelle et l'espèce vieille. Pour lors, les banquiers ont du profit à faire sortir l'espèce vieille de l'état, parce qu'ils se procurent par-là le même avantage que donneroit un change réglé sur l'espèce vieille, c'est-à-dire beaucoup de gros en Hollande; et qu'ils ont un retour en change, réglé entre l'espèce nouvelle et l'espèce vieille, c'est-à-dire plus bas : ce qui procure beaucoup d'écus en France.

Je suppose que trois livres d'espèce vieille rendent, par le change actuel, quarante-cinq gros, et qu'en transportant ce même écu en Hollande on en ait soixante; mais, avec une lettre de quarante-cinq gros, on se procurera un écu de trois livres en France, lequel, transporté en espèce vieille en Hollande, donnera encore soixante gros : toute l'espèce vieille sortira donc de l'état qui fait la refonte, et le profit en sera pour les banquiers.

Pour remédier à cela, on sera forcé de faire une opération nouvelle. L'état qui fait la refonte en verra lui-même une grande quantité d'espèces vieilles chez la nation qui règle le change; et, s'y procurant un crédit, il fera monter le change au point qu'on aura, à peu de chose près, autant de gros, par le change, d'un écu de trois livres, qu'on en auroit en faisant sortir un écu de trois livres en espèces vieilles hors du pays. Je dis *à peu de chose près*, parce que, lorsque le profit sera modique, on ne sera point tenté de faire sortir l'espèce, à cause des frais de la voiture et des risques de la confiscation.

Il est bon de donner une idée bien claire de ceci. Le sieur Bernard, ou tout autre banquier que l'état voudra employer, propose ses lettres sur la Hollande, et les donne à un, deux, trois gros plus haut que le change actuel; il a fait une provision dans les pays étrangers, par le moyen des espèces vieilles qu'il a fait continuellement voiturer : il a donc fait hausser le change au point que nous venons de dire. Cependant, à force de donner de ses lettres, il se saisit de toutes les espèces nouvelles,

et force les autres banquiers qui ont des paiements à faire à porter leurs espèces vieilles à la monnoie; et de plus, comme il a eu insensiblement tout l'argent, il contraint à leur tour les autres banquiers à lui donner des lettres à un change très haut : le profit de la fin l'indemnise en grande partie de la perte du commencement.

On sent que, pendant toute cette opération, l'état doit souffrir une violente crise. L'argent y deviendra très rare, 1° parce qu'il en faut décrier la plus grande partie; 2° parce qu'il en faudra transporter une partie dans les pays étrangers; 5° parce que tout le monde le resserrera, personne ne voulant laisser au prince un profit qu'on espère avoir soi-même. Il est dangereux de la faire avec lenteur; il est dangereux de la faire avec promptitude. Si le gain qu'on suppose est immodéré, les inconvénients augmentent à mesure.

On a vu ci-dessus que, quand le change étoit plus bas que l'espèce, il y avoit du profit à faire sortir l'argent; par la même raison, lorsqu'il est plus haut que l'espèce, il y a du profit à le faire revenir.

Mais il y a un cas où on trouve du profit à faire sortir l'espèce, quoique le change soit au pair : c'est lorsqu'on l'envoie dans les pays étrangers, pour la faire remarquer ou refondre. Quand elle est revenue, on fait, soit qu'on l'emploie dans le pays, soit qu'on prenne des lettres pour l'étranger, le profit de la monnoie.

S'il arrivoit que dans un état on fît une compagnie qui eût un nombre très considérable d'actions, et qu'on eût fait, dans quelques mois de temps, hausser ces actions vingt ou vingt-cinq fois au-delà de la valeur du premier achat, et que ce même état eût établi une banque dont les billets dussent faire la fonction de monnoie, et que la valeur numéraire de ces billets fût prodigieuse pour répondre à la prodigieuse valeur numéraire des actions (c'est le système de M. Law); il suivroit de la nature de la chose que ces actions et billets s'anéantiroient de la même manière qu'ils se seroient établis. On n'auroit pu faire monter tout-à-coup les actions vingt ou vingt-cinq fois plus haut que leur première valeur, sans donner à beaucoup de gens le moyen de se procurer d'immenses richesses en papier; chacun chercheroit à assurer sa fortune; et, comme le change donne la voie la plus facile pour la dénaturer, ou pour la transporter où l'on veut, on remettroit sans cesse une partie de ses effets chez la nation qui règle le change. Un projet continuel de remettre dans les pays étrangers feroit baisser le change. Supposons

que, du temps du système, dans le rapport du titre et du poids de la monnoie d'argent, le taux du change fût de quarante gros par écu; lorsqu'un papier innombrable fut devenu monnoie, on n'aura plus voulu donner que trente-neuf gros par écu ; ensuite, que trente-huit, trente-sept, etc. Cela alla si loin que l'on ne donna plus que huit gros, et qu'enfin il n'y eut plus de change.

C'étoit le change qui devoit, en ce cas, régler en France la proportion de l'argent avec le papier. Je suppose que, par le poids et le titre de l'argent, l'écu de trois livres d'argent valût quarante gros, et que, le change se faisant en papier, l'écu de trois livres en papier ne valût que huit gros ; la différence étoit de quatre cinquièmes. L'écu de trois livres en papier valoit donc quatre cinquièmes de moins que l'écu de trois livres en argent.

CHAPITRE XI.

Des opérations que les Romains firent sur les monnoies.

Quelques coups d'autorité que l'on ait faits de nos jours en France sur les monnoies dans deux ministères consécutifs, les Romains en firent de plus grands, non pas dans le temps de cette république corrompue, ni dans celui de cette république qui n'étoit qu'une anarchie, mais lorsque, dans la force de son institution, par sa sagesse comme par son courage, après avoir vaincu les villes d'Italie, elle disputoit l'empire aux Carthaginois.

Et je suis bien aise d'approfondir un peu cette matière, afin qu'on ne fasse pas un exemple de ce qui n'en est point un.

Dans la première guerre punique [1], l'as, qui devoit être de douze onces de cuivre, n'en pesa plus que deux ; et, dans la seconde, il ne fut plus que d'une. Ce retranchement répond à ce que nous appelons aujourd'hui augmentation des monnoies : ôter d'un écu de six livres la moitié de l'argent, pour en faire deux, ou le faire valoir douze livres, c'est précisément la même chose.

Il ne nous reste point de monument de la manière dont les Romains firent leur opération dans la première guerre punique; mais ce qu'ils firent dans la seconde nous marque une sagesse admirable. La république ne se trouvoit point en état d'acquitter ses dettes; l'as pesoit deux onces de cuivre; et le denier, valant dix as, valoit vingt onces de cuivre. La république fit des as d'une

[1] PLINE. *Histoire naturelle*, liv. XXXIII, art. 5.

once de cuivre [1] ; elle gagna la moitié sur ses créanciers ; elle paya un denier avec ses dix onces de cuivre. Cette opération donna une grande secousse à l'état, il falloit la donner la moindre qu'il étoit possible ; elle contenoit une injustice, il falloit qu'elle fût la moindre qu'il étoit possible ; elle avoit pour objet la libération de la république envers ses citoyens, il ne falloit donc pas qu'elle eût celui de la libération des citoyens entre eux. Cela fit faire une seconde opération ; et l'on ordonna que le denier, qui n'avoit été jusque-là que de dix as, en contiendroit seize. Il résulta de cette double opération que, pendant que les créanciers de la république perdoient la moitié [2], ceux des particuliers ne perdoient qu'un cinquième [3] ; les marchandises n'augmentoient que d'un cinquième ; le changement réel dans la monnoie n'étoit que d'un cinquième : on voit les autres conséquences.

Les Romains se conduisirent donc mieux que nous, qui, dans nos opérations, avons enveloppé et les fortunes publiques et les fortunes particulières. Ce n'est pas tout : on va voir qu'ils les firent dans des circonstances plus favorables que nous.

CHAPITRE XII.

Circonstances dans lesquelles les Romains firent leurs opérations sur la monnoie.

Il y avoit anciennement très peu d'or et d'argent en Italie ; ce pays a peu ou point de mines d'or et d'argent : lorsque Rome fut prise par les Gaulois, il ne s'y trouva que mille livres d'or [4]. Cependant les Romains avoient saccagé plusieurs villes puissantes, et ils en avoient transporté les richesses chez eux. Ils ne se servirent long-temps que de monnoie de cuivre : ce ne fut qu'après la paix de Pyrrhus qu'ils eurent assez d'argent pour en faire de la monnoie [5]. Ils firent des deniers de ce métal, qui valoient dix as [6], ou dix livres de cuivre. Pour lors, la proportion de l'argent au cuivre étoit comme 1 à 960 ; car le denier romain valant dix as ou dix livres de cuivre, il valoit cent vingt onces de cuivre ; et le même denier valant un huitième d'once d'argent [7], cela faisoit la proportion que nous venons de dire.

Rome, devenue maîtresse de cette partie de l'Italie la plus voisine de la Grèce et de la Sicile, se trouva peu à peu entre deux peuples riches, les Grecs et les Carthaginois : l'argent augmenta chez elle ; et la proportion de 1 à 960 entre l'argent et le cuivre ne pouvant plus se soutenir, elle fit diverses opérations sur les monnoies, que nous ne connoissons pas. Nous savons seulement qu'au commencement de la seconde guerre punique le denier romain ne valoit plus que vingt onces de cuivre [1] ; et qu'ainsi la proportion entre l'argent et le cuivre n'étoit plus que comme 1 est à 160. La réduction étoit bien considérable, puisque la république gagna cinq sixièmes sur toute la monnoie de cuivre ; mais on ne fit que ce que demandoit la nature des choses, et rétablir la proportion entre les métaux qui servoient de monnoie.

La paix qui termina la première guerre punique avoit laissé les Romains maîtres de la Sicile. Bientôt ils entrèrent en Sardaigne ; ils commencèrent à connoître l'Espagne : la masse de l'argent augmenta encore à Rome ; on y fit l'opération qui réduisit le denier d'argent de vingt onces à seize [2] ; et elle eut cet effet qu'elle remit en proportion l'argent et le cuivre : cette proportion étoit comme 1 est à 160 ; elle fut comme 1 est à 128.

Examinez les Romains, vous ne les trouverez jamais si supérieurs que dans le choix des circonstances dans lesquelles ils firent les biens et les maux.

CHAPITRE XIII.

Opérations sur les monnoies du temps des empereurs.

Dans les opérations que l'on fit sur les monnoies du temps de la république, on procéda par voie de retranchement : l'état confioit au peuple ses besoins, et ne prétendoit pas le séduire. Sous les empereurs, on procéda par voie d'alliage : ces princes, réduits au désespoir par leurs libéralités mêmes, se virent obligés d'altérer les monnoies ; voie indirecte, qui diminuoit le mal, et sembloit ne le pas toucher : on retiroit une partie du don, et on cachoit la main ; et, sans parler de diminution de la paie ou des largesses, elles se trouvoient diminuées.

On voit encore, dans les cabinets [3], des médailles qu'on appelle fourrées, qui n'ont qu'une lame d'argent qui couvre le cuivre. Il est parlé de cette

[1] PLINE, Histoire naturelle, liv. XXXIII, art. 3.
[2] Ils recevoient dix onces de cuivre pour vingt.
[3] Ils recevoient seize onces de cuivre pour vingt.
[4] PLINE, liv. XXXIII, art. 3.
[5] FREINSHEMIUS, liv. V de la seconde décade.
[6] FREINSHEMIUS, loco cit. « Ils frappèrent aussi, dit le même auteur, des demi appelés quinaires, et des quarts appelés sesterces. »
[7] Un huitième, selon Budée ; un septième, selon d'autres auteurs.

[1] PLINE, Histoire naturelle, liv. XXXIII, art. 3.
[2] Ibid.
[3] Voyez la Science des médailles, du P. Joubert, édition de Paris, 1759, pag. 59.

monnoie dans un fragment du livre LXXVII de Dion [1].

Didius Julien commença l'affoiblissement. On trouve que la monnoie de Caracalla [2] avoit plus de la moitié d'alliage ; celle d'Alexandre Sévère [3], les deux tiers : l'affoiblissement continua ; et, sous Galien [4], on ne voyoit plus que du cuivre argenté.

On sent que ces opérations violentes ne sauroient avoir lieu dans ces temps-ci ; un prince se tromperoit lui-même et ne tromperoit personne. Le change a appris au banquier à comparer toutes les monnoies du monde, et à les mettre à leur juste valeur ; le titre des monnoies ne peut plus être un secret. Si un prince commence le billon, tout le monde continue, et le fait pour lui ; les espèces fortes sortent d'abord, et on les lui renvoie foibles. Si, comme les empereurs romains, il affoiblissoit l'argent sans affoiblir l'or, il verroit tout-à-coup disparoître l'or, et il seroit réduit à son mauvais argent. Le change, comme j'ai dit au livre précédent [5], a ôté les grands coups d'autorité, du moins le succès des grands coups d'autorité.

CHAPITRE XIV.

Comment le change gêne les états despotiques.

La Moscovie voudroit descendre de son despotisme, et ne le peut. L'établissement du commerce demande celui du change ; et les opérations du change contredisent toutes ses lois.

En 1745, la czarine [6] fit une ordonnance pour chasser les Juifs, parce qu'ils avoient remis dans les pays étrangers l'argent de ceux qui étoient relégués en Sibérie, et celui des étrangers qui étoient au service. Tous les sujets de l'empire, comme des esclaves, n'en peuvent sortir, ni faire sortir leurs biens, sans permission. Le change, qui donne le moyen de transporter l'argent d'un pays à un autre, est donc contradictoire aux lois de Moscovie.

Le commerce même contredit ses lois. Le peuple n'est composé que d'esclaves attachés aux terres, et d'esclaves qu'on appelle ecclésiastiques ou gentilshommes, parce qu'ils sont les seigneurs de ces esclaves : il ne reste donc guère personne pour le tiers-état, qui doit former les ouvriers et les marchands.

CHAPITRE XV.

Usage de quelques pays d'Italie.

Dans quelques pays d'Italie, on a fait des lois pour empêcher les sujets de vendre des fonds de terre, pour transporter leur argent dans les pays étrangers. Ces lois pouvoient être bonnes lorsque les richesses de chaque état étoient tellement à lui qu'il y avoit beaucoup de difficulté à les faire passer à un autre. Mais depuis que, par l'usage du change, les richesses ne sont en quelque façon à aucun état en particulier, et qu'il y a tant de facilité à les transporter d'un pays à un autre, c'est une mauvaise loi que celle qui ne permet pas de disposer, pour ses affaires, de ses fonds de terre, lorsqu'on peut disposer de son argent. Cette loi est mauvaise, parce qu'elle donne de l'avantage aux effets mobiliers sur les fonds de terre, parce qu'elle dégoûte les étrangers de venir s'établir dans le pays, et enfin parce qu'on peut l'éluder.

CHAPITRE XVI.

Du secours que l'état peut tirer des banquiers.

Les banquiers sont faits pour changer de l'argent [1], et non pas pour en prêter. Si le prince ne s'en sert que pour changer son argent, comme il ne fait que de grosses affaires, le moindre profit qu'il leur donne pour leurs remises devient un objet considérable ; et, si on lui demande de gros profits, il peut être sûr que c'est un défaut de l'administration. Quand, au contraire, ils sont employés à faire des avances, leur art consiste à se procurer de gros profits de leur argent, sans qu'on puisse les accuser d'usure.

[1] *Extrait des vertus et des vices.*
[2] Voyez Savot, part. II, chap. xii ; et le *Journal des savants*, du 28 juillet 1681, sur une découverte de cinquante mille médailles.
[3] Idem, *ibid.* [4] Idem, *ibid.* [5] Chap. xvi.
[6] Élisabeth, fille de Pierre 1er. Née en 1710, elle mourut en 1762. (P.)

[1] Les banquiers ne sont point faits pour changer de l'argent : ce sont les changeurs ; et les fonctions de ces deux espèces d'hommes sont fort différentes. Le banquier est un négociant, un commerçant, un trafiquant en argent ; il fait des traites et remises ; il donne des lettres de change pour faire tenir de l'argent de place en place par le moyen de ses correspondants : ces fonctions ne sont pas celles d'un changeur. Le changeur est établi par le souverain : il change les espèces de monnoie ; il donne de l'or pour de l'argent, de l'argent pour de l'or ; il retire du commerce les espèces légères, altérées et décriées ; il est obligé de les porter aux hôtels des monnoies. Ces fonctions ne sont pas celles d'un banquier. (D.)

CHAPITRE XVII.

Des dettes publiques.

Quelques gens ont cru qu'il étoit bon qu'un état dût à lui-même : ils ont pensé que cela multiplioit les richesses, en augmentant la circulation.

Je crois qu'on a confondu un papier circulant qui représente la monnoie, ou un papier circulant qui est le signe des profits qu'une compagnie a faits ou fera sur le commerce, avec un papier qui représente une dette. Les deux premiers sont très avantageux à l'état ; le dernier ne peut l'être, et tout ce qu'on peut en attendre, c'est qu'il soit un bon gage pour les particuliers de la dette de la nation, c'est-à-dire qu'il en procure le paiement. Mais voici les inconvénients qui en résultent :

1° Si les étrangers possèdent beaucoup de papiers qui représentent une dette, ils tirent tous les ans de la nation une somme considérable pour les intérêts ;

2° Dans une nation ainsi perpétuellement débitrice, le change doit être très bas ;

5° L'impôt levé pour le paiement des intérêts de la dette fait tort aux manufactures, en rendant la main de l'ouvrier plus chère ;

4° On ôte les revenus véritables de l'état à ceux qui ont de l'activité et de l'industrie, pour les transporter aux gens oisifs : c'est-à-dire qu'on donne des commodités pour travailler à ceux qui ne travaillent point, et des difficultés pour travailler à ceux qui travaillent.

Voilà les inconvénients ; je n'en connois point les avantages. Dix personnes ont chacune mille écus de revenu en fonds de terre ou en industrie : cela fait pour la nation, à cinq pour cent, un capital de deux cent mille écus. Si ces dix personnes emploient la moitié de leur revenu, c'est-à-dire cinq mille écus, pour payer les intérêts de cent mille écus qu'elles ont empruntés à d'autres, cela ne fait encore pour l'état que deux cent mille écus : c'est, dans le langage des algébristes, 200,000 écus — 100,000 + 100,000 écus = 200,000 écus.

Ce qui peut jeter dans l'erreur, c'est qu'un papier qui représente la dette d'une nation est un signe de richesse, car il n'y a qu'un état riche qui puisse soutenir un tel papier sans tomber dans la décadence ; que, s'il n'y tombe pas, il faut que l'état ait de grandes richesses d'ailleurs. On dit qu'il n'y a point de mal, parce qu'il y a des ressources contre ce mal ; et on dit que le mal est un bien, parce que les ressources surpassent le mal [1].

CHAPITRE XVIII.

Du paiement des dettes publiques.

Il faut qu'il y ait une proportion entre l'état créancier et l'état débiteur. L'état peut être créancier à l'infini, mais il ne peut être débiteur qu'à un certain degré ; et, quand on est parvenu à passer ce degré, le titre de créancier s'évanouit.

Si cet état a encore un crédit qui n'ait point reçu d'atteinte, il pourra faire ce qu'on a pratiqué si heureusement dans un état d'Europe [2] : c'est de se procurer une grande quantité d'espèces, et d'offrir à tous les particuliers leur remboursement, à moins qu'ils ne veuillent réduire l'intérêt. En effet, lorsque l'état emprunte, ce sont les particuliers qui fixent le taux de l'intérêt, lorsque l'état veut payer, c'est à lui à le fixer.

Il ne suffit pas de réduire l'intérêt, il faut que le bénéfice de la réduction forme un fonds d'amortissement pour payer chaque année une partie des capitaux : opération d'autant plus heureuse que le succès en augmente tous les jours.

Lorsque le crédit de l'état n'est pas entier, c'est une nouvelle raison pour chercher à former un fonds d'amortissement, parce que ce fonds une fois établi rend bientôt la confiance.

1° Si l'état est une république, dont le gouvernement comporte par sa nature que l'on y fasse des projets pour long-temps, le capital du fonds d'amortissement peut être peu considérable : il faut, dans une monarchie, que ce capital soit plus grand ;

2° Les réglements doivent être tels que tous les citoyens de l'état portent le poids de l'établissement de ce fonds, parce qu'ils ont tout le poids de l'établissement de la dette, le créancier de l'état, par les sommes qu'il contribue, payant lui-même à lui-même ;

5° Il y a quatre classes de gens qui paient les

[1] On ne peut assez méditer les réflexions que l'auteur vient de faire sur les dettes nationales. J'ai entendu dire et répéter plus d'une fois qu'il n'y a aucun inconvénient à les multiplier, pourvu qu'on trouve des fonds suffisants pour le paiement des intérêts. On cite l'Angleterre pour exemple. Je ne déciderai point si cette politique qu'on attribue aux Anglois est un modèle à imiter ; j'ajouterai seulement aux remarques de Montesquieu que l'accroissement des dettes nationales devant produire un accroissement d'impôts et de charges, le moyen de subsister en deviendra nécessairement plus difficile et plus onéreux : ce qui amènera la décadence des manufactures et de tous les arts qui exigent la main de l'ouvrier. (*Éditeur anonyme de 1764.*)

[2] L'Angleterre.

dettes de l'état : les propriétaires des fonds de terre, ceux qui exercent leur industrie par le négoce, les laboureurs et artisans, enfin les rentiers de l'état ou des particuliers. De ces quatre classes, la dernière, dans un cas de nécessité, sembleroit devoir être la moins ménagée, parce que c'est une classe entièrement passive dans l'état, tandis que ce même état est soutenu par la force active des trois autres. Mais, comme on ne peut la charger plus sans détruire la confiance publique, dont l'état en général, et ces trois classes en particulier, ont un souverain besoin ; comme la foi publique ne peut manquer à un certain nombre de citoyens sans paroître manquer à tous ; comme la classe des créanciers est toujours la plus exposée aux projets des ministres, et qu'elle est toujours sous les yeux et sous la main, il faut que l'état lui accorde une singulière protection, et que la partie débitrice n'ait jamais le moindre avantage sur celle qui est créancière.

CHAPITRE XIX.

Des prêts à intérêt.

L'argent est le signe des valeurs. Il est clair que celui qui a besoin de ce signe doit le louer, comme il fait toutes les choses dont il peut avoir besoin. Toute la différence est que les autres choses peuvent ou se louer ou s'acheter ; au lieu que l'argent, qui est le prix des choses, se loue et ne s'achète pas [1].

C'est bien une action très bonne de prêter à un autre son argent sans intérêt ; mais on sent que ce ne peut être qu'un conseil de religion, et non une loi civile.

Pour que le commerce puisse se bien faire, il faut que l'argent ait un prix, mais que ce prix soit peu considérable. S'il est trop haut, le négociant, qui voit qu'il lui en coûteroit plus en intérêts qu'il ne pourroit gagner dans son commerce, n'entreprend rien ; si l'argent n'a point de prix, personne n'en prête, et le négociant n'entreprend rien non plus.

Je me trompe quand je dis que personne n'en prête. Il faut toujours que les affaires de la société aillent ; l'usure s'établit, mais avec les désordres que l'on a éprouvés dans tous les temps.

La loi de Mahomet confond l'usure avec le prêt à intérêt. L'usure augmente dans les pays mahométans à proportion de la sévérité de la défense :

le préteur s'indemnise du péril de la contravention.

Dans ces pays d'Orient, la plupart des hommes n'ont rien d'assuré ; il n'y a presque point de rapport entre la possession actuelle d'une somme et l'espérance de la ravoir après l'avoir prêtée : l'usure y augmente donc à proportion du péril de l'insolvabilité.

CHAPITRE XX.

Des usures maritimes.

La grandeur de l'usure maritime est fondée sur deux choses : le péril de la mer, qui fait qu'on ne s'expose à prêter son argent que pour en avoir beaucoup davantage ; et la facilité que le commerce donne à l'emprunteur de faire promptement des grandes affaires, et en grand nombre ; au lieu que les usures de terre, n'étant fondées sur aucune de ces deux raisons, sont, ou proscrites par les législateurs, ou, ce qui est plus sensé, réduites à de justes bornes.

CHAPITRE XXI.

Du prêt par contrat, et de l'usure chez les Romains.

Outre le prêt fait pour le commerce, il y a encore une espèce de prêt fait par un contrat civil, d'où résulte un intérêt ou usure.

Le peuple, chez les Romains, augmentant tous les jours sa puissance, les magistrats cherchèrent à le flatter, et à lui faire faire les lois qui lui étoient les plus agréables. Il retrancha les capitaux ; il diminua les intérêts ; il défendit d'en prendre ; il ôta les contraintes par corps ; enfin, l'abolition des dettes fut mise en question toutes les fois qu'un tribun voulut se rendre populaire.

Ces continuels changements, soit par des lois, soit par des plébiscites, naturalisèrent à Rome l'usure ; car les créanciers, voyant le peuple leur débiteur, leur législateur et leur juge, n'eurent plus de confiance dans les contrats. Le peuple, comme un débiteur décrédité, ne tentoit à lui prêter [1] que par de gros profits [2] ; d'autant plus que, si les lois ne venoient que de temps en temps, les plaintes du peuple étoient continuelles, et intimidoient toujours les créanciers. Cela fit que tous

[1] On ne parle point des cas où l'or et l'argent sont considérés comme marchandises.

[1] Quelques éditeurs modernes, ne saisissant pas le sens de la phrase de Montesquieu, ont mis ici *emprunter*. (P.)

[2] Cicéron nous dit que de son temps on prêtoit à Rome à trente-quatre pour cent, et à quarante-huit pour cent dans les provinces. (*Note extraite des premières éditions.*)

les moyens honnêtes de prêter et d'emprunter furent abolis à Rome, et qu'une usure affreuse, toujours foudroyée et toujours renaissante, s'y établit [1]. Le mal venoit de ce que les choses n'avoient pas été ménagées. Les lois extrêmes dans le bien font naître le mal extrême. Il fallut payer pour le prêt de l'argent, et pour le danger des peines de la loi.

CHAPITRE XXII.

Continuation du même sujet.

Les premiers Romains n'eurent point de lois pour régler le taux de l'usure [2]. Dans les démêlés qui se formèrent là-dessus entre les plébéiens et les patriciens, dans la sédition même du Mont-Sacré [3], on n'allégua d'un côté que la foi, et de l'autre que la durée des contrats.

On suivoit donc les conventions particulières; et je crois que les plus ordinaires étoient de douze pour cent par an. Ma raison est que, dans le langage ancien chez les Romains, l'intérêt à six pour cent étoit appelé la moitié de l'usure; l'intérêt à trois pour cent le quart de l'usure [4] : l'usure totale étoit donc l'intérêt à douze pour cent.

Que si l'on demande comment de si grosses usures avoient pu s'établir chez un peuple qui étoit presque sans commerce, je dirai que ce peuple, très souvent obligé d'aller sans solde à la guerre, avoit très souvent besoin d'emprunter, et que, faisant sans cesse des expéditions heureu-

[1] TACITE, *Annales*, liv. VI.

[2] Usure et intérêt signifioient la même chose chez les Romains.

[3] Voyez Denys d'Halicarnasse, qui l'a si bien décrite.

[4] *Usuræ semisses, trientes, quadrantes.* Voyez là-dessus les divers traités du *Digeste* et du code *de Usuris*; et surtout la loi XVII, avec sa note, ff. *de Usuris.* — Il est vrai que l'expression *quadrantes usuræ* signifie l'intérêt à trois pour cent; mais je ne crois pas qu'il y ait aucun exemple du mot *quadrans* tout seul, pris en cette signification. D'ailleurs, comment Paterculus auroit-il traité cette loi de honteuse et infame, *turpissimæ legis*, si elle eût eu pour objet de réduire l'intérêt à trois pour cent? Au contraire, cette qualification lui convient parfaitement si elle permettoit au débiteur de s'acquitter en payant le quart de la somme principale qu'il devoit, puisque alors elle autorisoit une banqueroute universelle. Remarquez en outre que Valérius Flaccus, partisan forcené de Marius, plus séditieux qu'aucun tribun le fut jamais, étoit un des plus violents ennemis de Sylla. Il passa en Grèce à la tête d'une armée pour lui faire la guerre, et périt dans cette entreprise mal concertée et mal conduite. (CRÉV.)

L'intérêt de l'argent se payoit tous les mois le jour des ides, c'est-à-dire le 13 ou le 15. La plus forte usure étoit un pour cent par mois, et s'appeloit *unciarium fœnus*, ce qui revenoit à peu près à notre denier huit : ainsi le tiers de cette usure, *triens*, c'étoit quatre pour cent par an; et les deux tiers, *bessis*, huit pour cent, ce qui revient à peu près à notre denier douze. (P.)

ses, il avoit très souvent la facilité de payer. Et cela se sent bien dans le récit des démêlés qui s'élevèrent à cet égard : on n'y disconvient point de l'avarice de ceux qui prêtoient; mais on dit que ceux qui se plaignoient auroient pu payer, s'ils avoient eu une conduite réglée [1].

On faisoit donc des lois qui n'influoient que sur la situation actuelle : on ordonnoit, par exemple, que ceux qui s'enrôleroient pour la guerre que l'on avoit à soutenir ne seroient point poursuivis par leurs créanciers; que ceux qui étoient dans les fers seroient délivrés; que les plus indigents seroient menés dans les colonies; quelquefois on ouvroit le trésor public. Le peuple s'apaisoit par le soulagement des maux présents; et, comme il ne demandoit rien pour la suite, le sénat n'avoit point garde de le prévenir.

Dans le temps que le sénat défendoit avec tant de constance la cause des usures, l'amour de la pauvreté, de la frugalité, de la médiocrité, étoit extrême chez les Romains; mais telle étoit la constitution, que les principaux citoyens portoient toutes les charges de l'état, et que le bas peuple ne payoit rien. Quel moyen de priver ceux-là du droit de poursuivre leurs débiteurs, et de leur demander d'acquitter leurs charges, et de subvenir aux besoins pressants de la république?

Tacite [2] dit que la loi des douze tables fixa l'intérêt à un pour cent par an. Il est visible qu'il s'est trompé, et qu'il a pris pour la loi des douze tables une autre loi dont je vais parler. Si la loi des douze tables avoit réglé cela, comment, dans les disputes qui s'élevèrent entre les créanciers et les débiteurs, ne se seroit-on pas servi de son autorité? On ne trouve aucun vestige de cette loi sur le prêt à intérêt; et, pour peu qu'on soit versé dans l'histoire de Rome, on verra qu'une loi pareille ne devoit point être l'ouvrage des décemvirs.

La loi Licinienne, faite quatre-vingt-cinq ans [3] après la loi des douze tables, fut une de ces lois passagères dont nous avons parlé. Elle ordonna qu'on retrancheroit du capital ce qui avoit été payé pour les intérêts, et que le reste seroit acquitté en trois paiements égaux.

L'an 598 de Rome, les tribuns Duellius et Menenius firent passer une loi qui réduisoit les intérêts à un pour cent par an [4]. C'est cette loi que Ta-

[1] Voyez les discours d'Appius là-dessus, dans Denys d'Halicarnasse.

[2] *Annales*, liv. VI.

[3] L'an de Rome 379. (TITE-LIVE, liv. VI.)

[4] *Unciaria usura.* (TITE-LIVE, liv. VII.) Voyez la défense de *l'Esprit des Lois*, article *Usure.*

cite [1] confond avec la loi des douze tables ; et c'est la première qui ait été faite chez les Romains pour fixer le taux de l'intérêt. Dix ans après [2], cette usure fut réduite à la moitié [3] ; dans la suite, on l'ôta tout-à-fait [4] ; et si nous en croyons quelques auteurs qu'avoit vus Tite-Live, ce fut sous le consulat de C. Martius Rutilus et de Q. Servilius [5], l'an 415 de Rome.

Il en fut de cette loi comme de toutes celles où le législateur a porté les choses à l'excès : on trouva un moyen de l'éluder. Il en fallut faire beaucoup d'autres pour la confirmer, corriger, tempérer. Tantôt on quitta les lois pour suivre les usages [6] ; tantôt on quitta les usages pour suivre les lois : mais, dans ce cas, l'usage devoit aisément prévaloir. Quand un homme emprunte, il trouve un obstacle dans la loi même qui est faite en sa faveur : cette loi a contre elle et celui qu'elle secourt et celui qu'elle condamne. Le préteur Sempronius Asellio, ayant permis aux débiteurs d'agir en conséquence des lois [7], fut tué par les créanciers [8], pour avoir voulu rappeler la mémoire d'une rigidité qu'on ne pouvoit plus soutenir.

Je quitte la ville pour jeter un peu les yeux sur les provinces.

J'ai dit ailleurs [9] que les provinces romaines étoient désolées par un gouvernement despotique et dur. Ce n'est pas tout : elles l'étoient encore par des usures affreuses.

Cicéron dit [10] que ceux de Salamine vouloient emprunter de l'argent à Rome, et qu'ils ne le pouvoient pas à cause de la loi Gabinienne. Il faut que je cherche ce que c'étoit que cette loi.

Lorsque les prêts à intérêt eurent été défendus à Rome, on imagina toutes sortes de moyens pour éluder la loi [11] ; et, comme les alliés [12] et ceux de la nation latine n'étoient point assujettis aux lois civiles des Romains, on se servit d'un Latin, ou d'un allié, qui prêtoit son nom, et paroissoit être le créancier. La loi n'avoit donc fait que soumettre les créanciers à une formalité, et le peuple n'étoit pas soulagé.

Le peuple se plaignit de cette fraude ; et Marcus Sempronius, tribun du peuple, par l'autorité du sénat, fit faire un plébiscite [2] qui portoit qu'en fait de prêts les lois qui défendoient les prêts à usure entre un citoyen romain et un autre citoyen romain auroient également lieu entre un citoyen et un allié ou un Latin.

Dans ces temps-là, on appeloit alliés les peuples de l'Italie proprement dite, qui s'étendoit jusqu'à l'Arno et le Rubicon, et qui n'étoit point gouvernée en provinces romaines.

Tacite [2] dit qu'on faisoit toujours de nouvelles fraudes aux lois faites pour arrêter les usures. Quand on ne put plus prêter ni emprunter sous le nom d'un allié, il fut aisé de faire paroître un homme des provinces, qui prêtoit son nom.

Il falloit une nouvelle loi contre cet abus ; et Gabinius [3], faisant la loi fameuse qui avoit pour objet d'arrêter la corruption dans les suffrages, dut naturellement penser que le meilleur moyen pour y parvenir étoit de décourager les emprunts : ces deux choses étoient naturellement liées ; car les usures augmentoient toujours au temps des élections [4], parce qu'on avoit besoin d'argent pour gagner des voix. On voit bien que la loi Gabinienne avoit étendu le sénatus-consulte Sempronien aux provinciaux, puisque les Salaminiens ne pouvoient emprunter de l'argent à Rome, à cause de cette loi. Brutus, sous des noms empruntés, leur en prêta [5] à quatre pour cent par mois [6], et obtint pour cela deux sénatus-consultes, dans le premier desquels il étoit dit que ce prêt ne seroit pas regardé comme une fraude faite à la loi, et que le gouverneur de Cilicie jugeroit en conformité des conventions portées par le billet des Salaminiens [7].

Le prêt à intérêt étant interdit par la loi Gabinienne entre les gens des provinces et les citoyens romains, et ceux-ci ayant pour lors tout l'argent de l'univers entre leurs mains, il fallut les tenter par de grosses usures qui fissent disparoître, aux yeux de l'avarice, le danger de perdre la dette.

[1] *Annales*, liv. VI.
[2] Sous le consulat de L. Manlius Torquatus et de C. Plautius, selon Tite-Live, liv. VII ; et c'est la loi dont parle Tacite, *Annales*, liv. VI.
[3] *Semiunciaria usura.*
[4] Comme le dit Tacite, *Annales*, liv. VI.
[5] La loi en fut faite à la poursuite de M. Genutius, tribun du peuple. (TITE-LIVE, liv. VII, à la fin.)
[6] *Veteri jam more fœnus receptum erat.* (APPIEN, *de la Guerre civile*, liv. I.)
[7] *Permisit eos legibus agere.* (APPIEN. *de la Guerre civile.* liv. I ; et l'*Épitome* de Tite-Live, liv. LXIV.)
[8] L'an de Rome 665.
[9] Liv. XI, chap. XIX.
[10] *Lettres à Atticus*, liv. V, liv. XXI.
[11] TITE-LIVE. [12] *Ibid.*

[1] L'an 539 de Rome. Voyez Tite-Live.
[2] *Annales*, liv. VI. [3] L'an 613 de Rome.
[4] Voyez les *Lettres de Cicéron à Atticus*, liv. IV, lett. XV et XVI.
[5] *Cicéron à Atticus,* liv. VI, lett. I.
[6] Pompée, qui avoit prêté au roi Ariobarsane six cents talents, se faisoit payer trente-trois talents attiques tous les trente jours. *Cicéron à Atticus*, liv. V, lett. XXI ; liv. VI, lett. I.)
[7] *Et neque Salaminis, neque cui eis dedisset, fraudi esset. Ibid.*)

Et, comme il y avoit à Rome des gens puissants qui intimidoient les magistrats, et faisoient taire les lois, ils furent plus hardis à prêter, et plus hardis à exiger de grosses usures. Cela fit que les provinces furent tour à tour ravagées par tous ceux qui avoient du crédit à Rome ; et, comme chaque gouverneur faisoit son édit en entrant dans sa province[1], dans lequel il mettoit à l'usure le taux qu'il lui plaisoit, l'avarice prêtoit la main à la législation, et la législation à l'avarice.

Il faut que les affaires aillent ; et un état est perdu, si tout y est dans l'inaction. Il y avoit des occasions où il falloit que les villes, les corps, les sociétés des villes, les particuliers, empruntassent ; et on n'avoit que trop besoin d'emprunter, ne fût-ce que pour subvenir aux ravages des armées, aux rapines des magistrats, aux concussions des gens d'affaires, et aux mauvais usages qui s'établissoient tous les jours : car on ne fut jamais ni si riche ni si pauvre. Le sénat, qui avoit la puissance exécutrice, donnoit par nécessité, souvent par faveur, la permission d'emprunter des citoyens romains, et faisoit là-dessus des sénatus-consultes. Mais ces sénatus-consultes mêmes étoient décrédités par la loi ; ces sénatus-consultes[2] pouvoient donner occasion au peuple de demander de nouvelles tables : ce qui, augmentant le danger de la perte du capital, augmentoit encore l'usure. Je le dirai toujours, c'est la modération qui gouverne les hommes, et non pas les excès.

Celui-là paie moins, dit Ulpien[3], qui paie plus tard. C'est ce principe qui conduisit les législateurs, après la destruction de la république romaine.

[1] L'édit de Cicéron la fixoit à un pour cent par mois, avec l'usure de l'usure au bout de l'an. Quant aux fermiers de la république, il les engageoit à donner un délai à leurs débiteurs. Si ceux-ci ne payoient pas au temps fixé, il adjugeoit l'usure portée par le billet. (*Cicéron à Atticus*, liv. VI, lett. I.)

[2] Voyez ce que dit Lucceius, lettre XXI à Atticus, liv. V. Il y eut même un sénatus-consulte général pour fixer l'usure à un pour cent par mois. Voyez la même lettre.

[3] Leg. XII, ff. *de verbor. signif.*

LIVRE VINGT-TROISIÈME.

DES LOIS,

DANS LE RAPPORT QU'ELLES ONT AVEC LE NOMBRE DES HABITANTS.

CHAPITRE I.

Des hommes et des animaux, par rapport à la multiplication de leur espèce.

Ô Vénus ! ô mère de l'Amour !

.
Dès le premier beau jour que ton astre ramène,
Les zéphyrs font sentir leur amoureuse haleine,
La terre orne son sein de brillantes couleurs,
Et l'air est parfumé du doux esprit des fleurs.
On entend les oiseaux, frappé de ta puissance,
Par mille sons lascifs célébrer ta présence :
Pour la belle génisse on voit les fiers taureaux,
Ou bondir dans la plaine, ou traverser les eaux.
Enfin les habitants des bois et des montagnes,
Des fleuves et des mers, et des vertes campagnes,
Brûlant, à ton aspect, d'amour et de désir,
S'engagent à peupler par l'attrait du plaisir :
Tant on aime à te suivre, et ce charmant empire
Que donne la beauté sur tout ce qui respire[1] !

Les femelles des animaux ont à peu près une fécondité constante. Mais, dans l'espèce humaine, la manière de penser, le caractère, les passions, les fantaisies, les caprices, l'idée de conserver sa beauté, l'embarras de la grossesse, celui d'une famille trop nombreuse, troublent la propagation de mille manières.

CHAPITRE II.

Des mariages.

L'obligation naturelle qu'a le père de nourrir ses enfants a fait établir le mariage, qui déclare celui qui doit remplir cette obligation. Les peuples[2] dont parle Pomponius Mela[3] ne le fixoient que par la ressemblance.

Chez les peuples bien policés, le père est celui que les lois, par la cérémonie du mariage, ont déclaré devoir être tel[4], parce qu'elles trouvent en lui la personne qu'elles cherchent.

Cette obligation, chez les animaux, est telle que la mère peut ordinairement y suffire. Elle a beaucoup plus d'étendue chez les hommes : leurs enfants ont de la raison ; mais elle ne leur vient

[1] Traduction du commencement de Lucrèce, par le sieur d'Hesnaut.

[2] Les Garamantes.

[3] Liv. I, chap. VIII.

[4] *Pater est quem nuptiæ demonstrant.*

que par degrés; il ne suffit pas de les nourrir, il faut encore les conduire; déja ils pourroient vivre, et ils ne peuvent pas se gouverner.

Les conjonctions illicites contribuent peu à la propagation de l'espèce. Le père, qui a l'obligation naturelle de nourrir et d'élever les enfants, n'est point fixé; et la mère, à qui l'obligation reste, trouve mille obstacles, par la honte, les remords, la gêne de son sexe, la rigueur des lois : la plupart du temps elle manque de moyens.

Les femmes qui se sont soumises à une prostitution publique ne peuvent avoir la commodité d'élever leurs enfants. Les peines de cette éducation sont même incompatibles avec leur condition; et elles sont si corrompues, qu'elles ne sauroient avoir la confiance de la loi.

Il suit de tout ceci que la continence publique est naturellement jointe à la propagation de l'espèce.

CHAPITRE III.

De la condition des enfants.

C'est la raison qui dicte que, quand il y a un mariage, les enfants suivent la condition du père, et que, quand il n'y en a point, ils ne peuvent concerner que la mère [1].

CHAPITRE IV.

Des familles.

Il est presque reçu partout que la femme passe dans la famille du mari. Le contraire est, sans aucun inconvénient, établi à Formose [2], où le mari va former celle de la femme.

Cette loi, qui fixe la famille dans une suite de personnes du même sexe, contribue beaucoup, indépendamment des premiers motifs, à la propagation de l'espèce humaine. La famille est une sorte de propriété : un homme qui a des enfants du sexe qui ne la perpétue pas n'est jamais content qu'il n'en ait de celui qui la perpétue.

Les noms, qui donnent aux hommes l'idée d'une chose qui semble ne devoir pas périr, sont très propres à inspirer à chaque famille le désir d'étendre sa durée. Il y a des peuples chez lesquels les noms distinguent les familles; il y en a où ils ne distinguent que les personnes : ce qui n'est pas si bien.

[1] C'est pour cela que, chez les nations qui ont des esclaves, l'enfant suit presque toujours la condition de la mère.
[2] Le P. Duhalde, tom. I, pag. 156.

CHAPITRE V.

De divers ordres de femmes légitimes.

Quelquefois les lois et la religion ont établi plusieurs sortes de conjonctions civiles; et cela est ainsi chez les Mahométans, où il y a divers ordres de femmes, dont les enfants se reconnoissent par la naissance dans la maison, ou par des contrats civils, ou même par l'esclavage de la mère et la reconnoissance subséquente du père.

Il seroit contre la raison que la loi flétrit dans les enfants ce qu'elle a approuvé dans le père : tous ces enfants y doivent donc succéder, à moins que quelque raison particulière ne s'y oppose, comme au Japon, où il n'y a que les enfants de la femme donnée par l'empereur qui succèdent. La politique y exige que les biens que l'empereur donne ne soient pas trop partagés, parce qu'ils sont soumis à un service, comme étoient autrefois nos fiefs.

Il y a des pays où une femme légitime jouit, dans la maison, à peu près des honneurs qu'a dans nos climats une femme unique : là, les enfants des concubines sont censés appartenir à la première femme; cela est ainsi établi à la Chine. Le respect filial [1], la cérémonie d'un deuil rigoureux, ne sont point dus à la mère naturelle, mais à cette mère que donne la loi.

A l'aide d'une telle fiction [2], il n'y a plus d'enfants bâtards; et, dans les pays où cette fiction n'a pas lieu, on voit bien que la loi qui légitime les enfants des concubines est une loi forcée : car ce seroit le gros de la nation qui seroit flétri par la loi. Il n'est pas question non plus dans ces pays d'enfants adultérins. Les séparations des femmes, la clôture, les eunuques, les verrous, rendent la chose si difficile que la loi la juge impossible; d'ailleurs le même glaive extermineroit la mère et l'enfant.

CHAPITRE VI.

Des bâtards dans les divers gouvernements.

On ne connoit donc guère les bâtards dans les pays où la polygamie est permise. On les connoît dans ceux où la loi d'une seule femme est établie. Il a fallu, dans ces pays, flétrir le concubinage; il a donc fallu flétrir les enfants qui en étoient nés.

[1] Le P. Duhalde, tom. II, pag. 121.
[2] On distingue les femmes en grandes et petites, c'est-à-dire en légitimes ou non; mais il n'y a point une pareille distinction entre les enfants. « C'est la grande doctrine de l'empire, » est-il dit dans un ouvrage chinois sur la morale, traduit par le même Père, pag. 140.

Dans les républiques, où il est nécessaire que les mœurs soient pures, les bâtards doivent être encore plus odieux que dans les monarchies.

On fit peut-être à Rome des dispositions trop dures contre eux; mais les institutions anciennes mettant tous les citoyens dans la nécessité de se marier, les mariages étant d'ailleurs adoucis par la permission de répudier ou de faire divorce, il n'y avoit qu'une très grande corruption de mœurs qui pût porter au concubinage.

Il faut remarquer que la qualité de citoyen étant considérable dans les démocraties, où elle emportoit avec elle la souveraine puissance, il s'y faisoit souvent des lois sur l'état des bâtards, qui avoient moins de rapport à la chose même et à l'honnêteté du mariage qu'à la constitution particulière de la république. Ainsi le peuple a quelquefois reçu pour citoyens les bâtards [1], afin d'augmenter sa puissance contre les grands. Ainsi à Athènes le peuple retrancha les bâtards du nombre des citoyens, pour avoir une plus grande portion du blé que lui avoit envoyé le roi d'Égypte. Enfin Aristote [2] nous apprend que, dans plusieurs villes, lorsqu'il n'y avoit point assez de citoyens, les bâtards succédoient; et que, quand il y en avoit assez, ils ne succédoient pas.

CHAPITRE VII.

Du consentement des pères au mariage.

Le consentement des pères est fondé sur leur puissance, c'est-à-dire sur leur droit de propriété; il est encore fondé sur leur amour, sur leur raison, et sur l'incertitude de celle de leurs enfants que l'âge tient dans l'état d'ignorance, et les passions dans l'état d'ivresse.

Dans les petites républiques ou institutions singulières dont nous avons parlé, il peut y avoir des lois qui donnent aux magistrats une inspection sur les mariages des enfants des citoyens, que la nature avoit déjà donnée aux pères. L'amour du bien public y peut être tel qu'il égale ou surpasse tout autre amour. Ainsi Platon vouloit que les magistrats réglassent les mariages : ainsi les magistrats lacédémoniens les dirigeoient-ils.

Mais, dans les institutions ordinaires, c'est aux pères à marier leurs enfants : leur prudence à cet égard sera toujours au-dessus de toute autre prudence. La nature donne aux pères un désir de

procurer à leurs enfants des successeurs, qu'ils sentent à peine pour eux-mêmes : dans les divers degrés de progéniture, ils se voient avancer insensiblement vers l'avenir. Mais que seroit-ce si la vexation et l'avarice alloient au point d'usurper l'autorité des pères? Écoutons Thomas Gage [1] sur la conduite des Espagnols dans les Indes :

« Pour augmenter le nombre des gens qui paient » le tribut, il faut que tous les Indiens qui ont » quinze ans se marient; et même on a réglé le » temps du mariage des Indiens à quatorze ans » pour les mâles, et à treize pour les filles. On se » fonde sur un canon qui dit que la malice peut » suppléer à l'âge. » Il vit faire un de ces dénombrements : c'étoit, dit-il, une chose honteuse. Ainsi, dans l'action du monde qui doit être la plus libre, les Indiens sont encore esclaves.

CHAPITRE VIII.

Continuation du même sujet.

En Angleterre, les filles abusent souvent de la loi pour se marier à leur fantaisie, sans consulter leurs parents. Je ne sais pas si cet usage n'y pourroit pas être plus toléré qu'ailleurs, par la raison que les lois n'y ayant point établi un célibat monastique, les filles n'y ont d'état à prendre que celui du mariage, et ne peuvent s'y refuser. En France, au contraire, où le monachisme est établi, les filles ont toujours la ressource du célibat; et la loi qui leur ordonne d'attendre le consentement des pères y pourroit être plus convenable. Dans cette idée, l'usage d'Italie et d'Espagne seroit le moins raisonnable : le monachisme y est établi, et l'on peut s'y marier sans le consentement des pères.

CHAPITRE IX.

Des filles.

Les filles, que l'on ne conduit que par le mariage aux plaisirs et à la liberté; qui ont un esprit qui n'ose penser, un cœur qui n'ose sentir, des yeux qui n'osent voir, des oreilles qui n'osent entendre; qui ne se présentent que pour se montrer stupides; condamnées sans relâche à des bagatelles et à des préceptes, sont assez portées au mariage : ce sont les garçons qu'il faut encourager.

[1] Voyez Aristote, *Politique*, liv. VI, chap. IV.
[2] *Ibid.*, liv. III, chap. III.

[1] *Relation de Thomas Gage*, pag. 171.

CHAPITRE X.

Ce qui détermine au mariage.

Partout où il se trouve une place où deux personnes peuvent vivre commodément, il se fait un mariage. La nature y porte assez lorsqu'elle n'est point arrêtée par la difficulté de la subsistance.

Les peuples naissants se multiplient et croissent beaucoup. Ce seroit chez eux une grande incommodité de vivre dans le célibat : ce n'en est point une d'avoir beaucoup d'enfants. Le contraire arrive lorsque la nation est formée.

CHAPITRE XI.

De la dureté du gouvernement.

Les gens qui n'ont absolument rien, comme les mendiants, ont beaucoup d'enfants. C'est qu'ils sont dans le cas des peuples naissants : il n'en coûte rien au père pour donner son art à ses enfants, qui même sont, en naissant, des instruments de cet art. Ces gens, dans un pays riche ou superstitieux, se multiplient, parce qu'ils n'ont pas les charges de la société, mais sont eux-mêmes les charges de la société. Mais les gens qui ne sont pauvres que parce qu'ils vivent dans un gouvernement dur, qui regardent leur champ moins comme le fondement de leur subsistance que comme un prétexte à la vexation ; ces gens-là, dis-je, font peu d'enfants. Ils n'ont pas même leur nourriture : comment pourroient-ils songer à la partager ? Ils ne peuvent se soigner dans leurs maladies : comment pourroient-ils élever des créatures qui sont dans une maladie continuelle, qui est l'enfance ?

C'est la facilité de parler et l'impuissance d'examiner qui ont fait dire que, plus les sujets étoient pauvres, plus les familles étoient nombreuses ; que, plus on étoit chargé d'impôts, plus on se mettoit en état de les payer : deux sophismes qui ont toujours perdu et qui perdront à jamais les monarchies.

La dureté du gouvernement peut aller jusqu'à détruire les sentiments naturels par les sentiments naturels mêmes. Les femmes de l'Amérique ne se faisoient-elles pas avorter pour que leurs enfants n'eussent pas des maîtres aussi cruels [1] ?

[1] *Relation de Thomas Gage*, pag. 58.

CHAPITRE XII.

Du nombre des filles et des garçons dans différents pays.

J'ai déja dit [1] qu'en Europe il naît un peu plus de garçons que de filles. On a remarqué qu'au Japon [2] il naissoit un peu plus de filles que de garçons. Toutes choses égales, il y aura plus de femmes fécondes au Japon qu'en Europe, et par conséquent plus de peuple.

Des relations [3] disent qu'à Bantam il y a dix filles pour un garçon : une disproportion pareille, qui feroit que le nombre des familles y seroit au nombre de celles des autres climats comme un est à cinq et demi, seroit excessive. Les familles y pourroient être plus grandes à la vérité ; mais il y a peu de gens assez aisés pour pouvoir entretenir une si grande famille.

CHAPITRE XIII.

Des ports de mer.

Dans les ports de mer, où les hommes s'exposent à mille dangers, et vont mourir ou vivre dans des climats reculés, il y a moins d'hommes que de femmes ; cependant on y voit plus d'enfants qu'ailleurs : cela vient de la facilité de la subsistance. Peut-être même que les parties huileuses du poisson sont plus propres à fournir cette matière qui sert à la génération. Ce seroit une des causes de ce nombre infini de peuple qui est au Japon [4] et à la Chine [5], où l'on ne vit presque que de poisson [6]. Si cela étoit, de certaines règles monastiques, qui obligent de vivre de poisson, seroient contraires à l'esprit du législateur même.

CHAPITRE XIV.

Des productions de la terre qui demandent plus ou moins d'hommes.

Les pays de pâturages sont peu peuplés, parce que peu de gens y trouvent de l'occupation ; les terres à blé occupent plus d'hommes, et les vignobles infiniment davantage.

En Angleterre, on s'est souvent plaint que l'aug-

[1] Au liv. XVI, chap. IV.
[2] Voyez Kempfer, qui rapporte un dénombrement de Méaco.
[3] *Recueil des voyages qui ont servi à l'établissement de la compagnie des Indes*, tom. I, pag. 547.
[4] Le Japon est composé d'îles ; il y a beaucoup de rivages, et la mer y est très poissonneuse.
[5] La Chine est pleine de ruisseaux.
[6] Voyez le P. Duhalde, tom. II, pag. 139, 142, et suiv.

mentation des pâturages diminuoit les habitants [1]; et on observe en France que la grande quantité de vignobles y est une des grandes causes de la multitude des hommes.

Les pays où des mines de charbon fournissent des matières propres à brûler ont cet avantage sur les autres qu'il n'y faut point de forêts, et que toutes les terres peuvent être cultivées.

Dans les lieux où croît le riz, il faut de grands travaux pour ménager les eaux : beaucoup de gens y peuvent donc être occupés. Il y a plus ; il y faut moins de terres pour fournir à la subsistance d'une famille que dans ceux qui produisent d'autres grains ; enfin la terre, qui est employée ailleurs à la nourriture des animaux, y sert immédiatement à la subsistance des hommes ; le travail que font ailleurs les animaux est fait là par les hommes ; et la culture des terres devient pour les hommes une immense manufacture.

CHAPITRE XV.

Du nombre des habitants par rapport aux arts.

Lorsqu'il y a une loi agraire, et que les terres sont également partagées, le pays peut être très peuplé, quoiqu'il y ait peu d'arts, parce que chaque citoyen trouve dans le travail de sa terre précisément de quoi se nourrir ; et que tous les citoyens ensemble consomment tous les fruits du pays. Cela étoit ainsi dans quelques anciennes républiques.

Mais dans nos états d'aujourd'hui, où les fonds de terre sont inégalement distribués, ils produisent plus de fruits que ceux qui les cultivent n'en peuvent consommer ; et, si l'on y néglige les arts, et qu'on ne s'attache qu'à l'agriculture, le pays ne peut être peuplé. Ceux qui cultivent ou font cultiver ayant des fruits de reste, rien ne les engage à travailler l'année d'ensuite : les fruits ne seroient point consommés par les gens oisifs, car les gens oisifs n'auroient pas de quoi les acheter. Il faut donc que les arts s'établissent, pour que les fruits soient consommés par les laboureurs et les artisans. En un mot, ces états ont besoin que beaucoup de gens cultivent au-delà de ce qui leur est nécessaire : pour cela, il faut leur donner envie

d'avoir le superflu ; mais il n'y a que les artisans qui le donnent.

Ces machines, dont l'objet est d'abréger l'art, ne sont pas toujours utiles. Si un ouvrage est à un prix médiocre, et qui convienne également à celui qui l'achète et à l'ouvrier qui l'a fait, les machines qui en simplifieroient la manufacture, c'est-à-dire qui diminueroient le nombre des ouvriers, seroient pernicieuses ; et si les moulins à eau n'étoient pas partout établis, je ne les croirois pas aussi utiles qu'on le dit, parce qu'ils ont fait reposer une infinité de bras, qu'ils ont privé bien des gens de l'usage des eaux, et ont fait perdre la fécondité à beaucoup de terres [1].

CHAPITRE XVI.

Des vues du législateur sur la propagation de l'espèce.

Les réglements sur le nombre des citoyens dépendent beaucoup des circonstances. Il y a des pays où la nature a tout fait ; le législateur n'y a donc rien à faire. A quoi bon engager, par des lois, à la propagation, lorsque la fécondité du climat donne assez de peuple ? Quelquefois le climat est plus favorable que le terrain ; le peuple s'y multiplie, et les famines le détruisent : c'est le cas où se trouve la Chine ; aussi un père y vend-il ses filles, et expose-t-il ses enfants. Les mêmes causes opèrent au Tonquin les mêmes effets [2] ; et il ne faut pas, comme les voyageurs arabes dont Renaudot nous a donné la relation [3], aller chercher l'opinion de la métempsycose pour cela.

Les mêmes raisons font que dans l'île Formose [4] la religion ne permet pas aux femmes de mettre des enfants au monde qu'elles n'aient trente-cinq ans : avant cet âge, la prêtresse leur foule le ventre, et les fait avorter.

CHAPITRE XVII.

De la Grèce, et du nombre de ses habitants.

Cet effet, qui tient à des causes physiques dans de certains pays d'Orient, la nature du gouverne-

[1] La plupart des propriétaires des fonds de terre, dit Burnet, trouvant plus de profit en la vente de leur laine que de leur blé, enfermèrent leurs possessions. Les communes qui mouroient de faim, se soulevèrent : on proposa une loi agraire ; le jeune roi écrivit même là-dessus ; on fit des proclamations contre ceux qui avoient renfermé leurs terres. (*Abrégé de l'histoire de la Réform.*, pag. 44 et 85.)

[1] Il faut distinguer entre ce qui se fait pour le pays même, et ce qui se fait pour l'étranger. On ne peut trop simplifier lorsqu'il s'agit de choses qu'on doit débiter chez les autres nations, qui trouvent ou qui pourroient trouver les mêmes manufactures chez nos voisins. (*Éditeur anonyme de 1764.*)
[2] *Voyages de Dampier*, tom. II, pag. 41.
[3] Page 167.
[4] Voyez le *Recueil des Voyages qui ont servi à l'établissement de la compagnie des Indes*, tome V, partie 1, pages 182 et 188.

ment le produisit dans la Grèce. Les Grecs étoient une grande nation, composée de villes qui avoient chacune leur gouvernement et leurs lois. Elles n'étoient pas plus conquérantes que celles de Suisse, de Hollande et d'Allemagne ne le sont aujourd'hui. Dans chaque république, le législateur avoit eu pour objet le bonheur des citoyens au-dedans, et une puissance au-dehors qui ne fût pas inférieure à celle des villes voisines [1]. Avec un petit territoire et une grande félicité, il étoit facile que le nombre des citoyens augmentât et leur devînt à charge : aussi firent-ils sans cesse des colonies [2] ; ils se vendirent pour la guerre, comme les Suisses font aujourd'hui ; rien ne fut négligé de ce qui pouvoit empêcher la trop grande multiplication des enfants.

Il y avoit chez eux des républiques dont la constitution étoit singulière. Des peuples soumis étoient obligés de fournir la subsistance aux citoyens : les Lacédémoniens étoient nourris par les Ilotes ; les Crétois, par les Périéciens ; les Thessaliens, par les Pénestes. Il ne devoit y avoir qu'un certain nombre d'hommes libres, pour que les esclaves fussent en état de leur fournir la subsistance. Nous disons aujourd'hui qu'il faut borner le nombre des troupes réglées. Or Lacédémone étoit une armée entretenue par des paysans ; il falloit donc borner cette armée : sans cela, les hommes libres, qui avoient tous les avantages de la société, se seroient multipliés sans nombre, et les laboureurs auroient été accablés.

Les politiques grecs s'attachèrent donc particulièrement à régler le nombre des citoyens. Platon [2] le fixe à cinq mille quarante ; et il veut que l'on arrête [4] ou que l'on encourage la propagation, selon le besoin, par les honneurs, par la honte, et par les avertissements des vieillards ; il veut même que l'on règle le nombre des mariages [3] de manière que le peuple se répare sans que la république soit surchargée.

« Si la loi du pays, dit Aristote [6], défend d'exposer les enfants, il faudra borner le nombre de » ceux que chacun doit engendrer. » Si l'on a des enfants au-delà du nombre défini par la loi, il conseille [7] de faire avorter la femme avant que le fœtus ait vie.

[1] Par leur valeur, la discipline, et les exercices militaires.
[2] Les Gaulois, qui étoient dans le même cas, firent de même.
[3] Dans ses *Lois*, liv. V.
[4] Platon veut encore qu'on éloigne de la république les enfants foibles ou disgraciés de la nature ; et que le magistrat veille à ce que la population ne surpasse jamais le nombre prescrit. (P.)
[5] *République*, liv. V.
[6] *Politique*, liv. VII, chap. xvi. [7] *Ibid.*

Le moyen infame [1] qu'employoient les Crétois pour prévenir le trop grand nombre d'enfants est rapporté par Aristote, et j'ai senti la pudeur effrayée quand j'ai voulu le rapporter.

Il y a des lieux, dit encore Aristote [2], où la loi fait citoyens les étrangers, ou les bâtards, ou ceux qui sont seulement nés d'une mère citoyenne ; mais, dès qu'ils ont assez de peuple, ils ne le font plus. Les sauvages du Canada font brûler leurs prisonniers ; mais, lorsqu'ils ont des cabanes vides à leur donner, ils les reconnoissent de leur nation.

Le chevalier Petty a supposé, dans ses calculs, qu'un homme en Angleterre vaut ce qu'on le vendroit à Alger [3]. Cela ne peut être bon que pour l'Angleterre : il y a des pays où un homme ne vaut rien ; il y en a où il vaut moins que rien.

CHAPITRE XVIII.

De l'état des peuples avant les Romains.

L'Italie, la Sicile, l'Asie mineure, l'Espagne, la Gaule, la Germanie, étoient, à peu près comme la Grèce, pleines de petits peuples, et regorgeoient d'habitants : l'on n'y avoit pas besoin de lois pour en augmenter le nombre.

[1] *Masculorum consuetudine introducta.* (*Politiq.*, liv. III, chap. x.)
[2] *Ibid.*, lib. III, chap. v.
[3] Soixante livres sterling. — Le chevalier Petty, en disant qu'un homme en Angleterre vaut soixante livres sterling, ou treize cents livres de notre monnoie, a entendu que chaque homme, par la consommation qu'il fait pour sa dépense de toute espèce, rapportoit annuellement à l'état soixante-cinq livres de notre monnoie, qui est le capital de treize cents livres : ce qui est également vrai pour tous les états policés de l'Europe. Quelques uns des écrivains qui se sont occupés d'économie politique le portent même jusqu'à cent cinquante livres. Voici le calcul de l'un d'eux qui a écrit à l'occasion du préjudice « qu'il prétend que cause à plusieurs états de l'Europe le célibat des religieuses et autres dévotes ou esprits foibles, qui croient, comme dit Puffendorf dans son traité des *Devoirs de l'homme*, que la Divinité prend plaisir à des inventions humaines et à des genres de vie qui ne s'accordent point avec la constitution d'une société fondée sur les maximes de la droite raison et de la loi naturelle.

» Il est démontré par plusieurs calculs, continue cet auteur, faits tant en France qu'en Angleterre, que, dans un grand état, à compter depuis le souverain jusqu'au plus pauvre de ses sujets, chaque individu dépense, le fort pour le foible, au moins cent cinquante livres par an, monnoie de France, pour nourriture, logement, vêtement et autres, besoins généralement quelconques.

» Il est démontré aussi que dans un état policé il n'y a d'autres richesses que la consommation ; car, sans elle, à quoi serviroient les productions de la terre, si ce n'est à embarrasser ceux qui en seroient propriétaires?

» Or, chaque individu consommant cent cinquante livres par an, il doit donc être regardé comme un immeuble appartenant à l'état, valant trois mille livres ; je dis comme un immeuble, parce que, quoique cet individu soit périssable, il a la faculté de se reproduire, et de perpétuer son espèce. » (D.)

CHAPITRE XIX.

Dépopulation de l'univers.

Toutes ces petites républiques furent englouties dans une grande, et l'on vit insensiblement l'univers se dépeupler : il n'y a qu'à voir ce qu'étoient l'Italie et la Grèce avant et après les victoires des Romains.

« On me demandera, dit Tite-Live[1], où les
» Volsques ont pu trouver assez de soldats pour
» faire la guerre, après avoir été si souvent vain-
» cus. Il falloit qu'il y eût un peuple infini dans
» ces contrées, qui ne seroient aujourd'hui qu'un
» désert, sans quelques soldats et quelques escla-
» ves romains[2]. »

« Les oracles ont cessé, dit Plutarque[3], parce
» que les lieux où ils parloient sont détruits : à
» peine trouveroit-on aujourd'hui dans la Grèce
» trois mille hommes de guerre. »

« Je ne décrirai point, dit Strabon[4], l'Épire et
» les lieux circonvoisins, parce que ces pays sont
» entièrement déserts. Cette dépopulation, qui a
» commencé depuis long-temps, continue tous les
» jours ; de sorte que les soldats romains ont leur
» camp dans les maisons abandonnées. » Il trouve
la cause de ceci dans Polybe, qui dit que Paul-
Émile, après sa victoire, détruisit soixante-dix vil-
les de l'Épire, et en emmena cent cinquante mille
esclaves.

CHAPITRE XX.

Que les Romains furent dans la nécessité de faire des lois pour la propagation de l'espèce.

Les Romains, en détruisant tous les peuples, se détruisoient eux-mêmes. Sans cesse dans l'action, l'effort et la violence, ils s'usoient, comme une arme dont on se sert toujours.

Je ne parlerai point ici de l'attention qu'ils eurent à se donner des citoyens à mesure qu'ils en perdoient[5], des associations qu'ils firent, des droits de cité qu'ils donnèrent, et de cette pépinière immense de citoyens qu'ils trouvèrent dans leurs esclaves. Je dirai ce qu'ils firent, non pas pour ré-

parer la perte des citoyens, mais celle des hommes ; et, comme ce fut le peuple du monde qui sut le mieux accorder ses lois avec ses projets, il n'est point indifférent d'examiner ce qu'il fit à cet égard[1].

CHAPITRE XXI.

Des lois des Romains sur la propagation de l'espèce.

Les anciennes lois de Rome cherchèrent beaucoup à déterminer les citoyens au mariage. Le sénat et le peuple firent souvent des réglements là-dessus, comme le dit Auguste dans sa harangue rapportée par Dion[2].

Denys d'Halicarnasse[3] ne peut croire qu'après la mort des trois cent cinq Fabiens, exterminés par les Véiens, il ne fût resté de cette race qu'un seul enfant, parce que la loi ancienne qui ordonnoit à chaque citoyen de se marier et d'élever tous ses enfants étoit encore dans sa vigueur[4].

Indépendamment des lois, les censeurs eurent l'œil sur les mariages ; et, selon les besoins de la république, ils y engagèrent et par la honte[5] et par les peines.

Les mœurs, qui commencèrent à se corrompre, contribuèrent beaucoup à dégoûter les citoyens du mariage, qui n'a que des peines pour ceux qui n'ont plus de sens pour les plaisirs de l'innocence. C'est l'esprit de cette harangue[6] que Métellus Numidicus fit au peuple dans sa censure. « S'il étoit pos-
» sible de n'avoir point de femme, nous nous dé-
» livrerions de ce mal ; mais, comme la nature a
» établi que l'on ne peut guère vivre heureux avec
» elles, ni subsister sans elles, il faut avoir plus
» d'égard à notre conservation qu'à des satisfactions
» passagères. »

La corruption des mœurs détruisit la censure, établie elle-même pour détruire la corruption des

[1] Liv. VI.
[2] Tite-Live n'assigne point à ces contrées des soldats pour habitants ; mais il remarque qu'il n'y reste qu'un très petit nombre d'hommes dont on puisse faire des soldats, au lieu qu'autrefois elles en fournissoient une multitude innombrable.
[3] Œuvres morales, Des oracles qui ont cessé.
[4] Liv. VII, pag. 496.
[5] J'ai traité ceci dans les Considérations sur les causes de la grandeur des Romains, etc.

[1] Comme les sujets sont la richesse fondamentale des états, les anciens législateurs avoient ajouté au desir naturel de se multiplier tous les secours que la politique, l'intérêt et le préjugé avoient pu leur suggérer. Chez les Hébreux, le nouveau marié étoit exempt de toutes charges publiques pendant la première année de son mariage. Lycurgue donna beaucoup de licence aux filles de Lacédémone pour engager les jeunes gens au mariage ; il nota d'infamie ceux qui ne voudroient pas se marier, et leur défendit de se trouver aux jeux publics des filles nues. Auguste établit un impôt sur tous ceux qui ne se marieroient pas après vingt-cinq ans, ou qui n'auroient point d'enfants ; et il accorda de grands priviléges à ceux qui en avoient le plus. (D.)
[2] Liv. LVI.　　　[3] Liv. II.
[4] L'an de Rome 277.
[5] Voyez, sur ce qu'ils firent à cet égard, Tite-Live, liv. XLV ; l'Épitome de Tite-Live, liv. LIX ; Aulu-Gelle, liv. I, chap. VI ; Valère Maxime, liv. II, chap. IX.
[6] Elle est dans Aulu-Gelle, liv. I, chap. VI.

mœurs ; mais, lorsque cette corruption devient générale, la censure n'a plus de force [1].

Les discordes civiles, les triumvirats, les proscriptions, affoiblirent plus Rome qu'aucune guerre qu'elle eût encore faite : il restoit peu de citoyens [2], et la plupart n'étoient pas mariés. Pour remédier à ce dernier mal, César et Auguste rétablirent la censure, et voulurent même être censeurs [3]. Ils firent divers réglements : César donna des récompenses à ceux qui avoient beaucoup d'enfants [4] ; il défendit aux femmes qui avoient moins de quarante-cinq ans, et qui n'avoient ni maris ni enfants, de porter des pierreries, et de se servir de litières [5] : méthode excellente d'attaquer le célibat par la vanité. Les lois d'Auguste furent plus pressantes [6] : il imposa [7] des peines nouvelles à ceux qui n'étoient point mariés, et augmenta les récompenses de ceux qui l'étoient, et de ceux qui avoient des enfants. Tacite appelle ces lois *Juliennes* [8]. Il y a apparence qu'on y avoit fondu les anciens réglements faits par le sénat, le peuple et les censeurs.

La loi d'Auguste trouva mille obstacles ; et, trente-quatre ans [9] après qu'elle eut été faite, les chevaliers romains lui en demandèrent la révocation. Il fit mettre d'un côté ceux qui étoient mariés, et de l'autre ceux qui ne l'étoient pas ; ces derniers parurent en plus grand nombre : ce qui étonna les citoyens, et les confondit. Auguste, avec la gravité des anciens censeurs, leur parla ainsi [10] :

« Pendant que les maladies et les guerres nous
» enlèvent tant de citoyens, que deviendra la ville,
» si on ne contracte plus de mariages ? La cité ne
» consiste point dans les maisons, les portiques,
» les places publiques : ce sont les hommes qui
» font la cité. Vous ne verrez point, comme dans
» les fables, sortir des hommes de dessous la terre
» pour prendre soin de vos affaires. Ce n'est point
» pour vivre seuls que vous restez dans le célibat :
» chacun de vous a des compagnes de sa table et
» de son lit, et vous ne cherchez que la paix dans

» vos déréglements. Citerez-vous ici l'exemple des
» vierges vestales ? Donc, si vous ne gardiez pas
» les lois de la pudicité, il faudroit vous punir
» comme elles. Vous êtes également mauvais ci-
» toyens, soit que tout le monde imite votre exem-
» ple, soit que personne ne le suive. Mon unique
» objet est la perpétuité de la république. J'ai aug-
» menté les peines de ceux qui n'ont point obéi ;
» et, à l'égard de récompenses, elles sont telles
» que je ne sache pas que la vertu en ait encore
» eu de plus grandes : il y en a de moindres qui
» portent mille gens à exposer leur vie ; et celles-
» ci ne vous engageroient pas à prendre une
» femme et à nourrir des enfants ! »

Il donna la loi qu'on nomma de son nom *Julia* et *Papia Poppœa*, du nom des consuls [1] d'une partie de cette année-là. La grandeur du mal paroissoit dans leur élection même : Dion [2] nous dit qu'ils n'étoient point mariés, et qu'ils n'avoient point d'enfants.

Cette loi d'Auguste fut proprement un code de lois et un corps systématique de tous les réglements qu'on pouvoit faire sur ce sujet. On y refondit les lois Juliennes [3], et on leur donna plus de force : elles ont tant de vues, elles influent sur tant de choses, qu'elles forment la plus belle partie des lois civiles des Romains.

On en trouve les morceaux dispersés dans les précieux fragments d'Ulpien [4], dans les lois du Digeste, tirées des auteurs qui ont écrit sur les lois Papiennes ; dans les historiens et les autres auteurs qui les ont citées ; dans le code Théodosien, qui les a abrogées ; dans les Pères, qui les ont censurées, sans doute avec un zèle louable pour les choses de l'autre vie, mais avec très peu de connoissance des affaires de celle-ci.

Ces lois avoient plusieurs chefs, et l'on en connoît trente-cinq [5]. Mais, allant à mon sujet le plus directement qu'il me sera possible, je commencerai par le chef qu'Aulu-Gelle [6] nous dit être le septième, et qui regarde les honneurs et les récompenses accordés par cette loi.

Les Romains, sortis pour la plupart des villes latines qui étoient des colonies lacédémoniennes [7],

[1] Voyez ce que j'ai dit au liv. V, chap. XIX.

[2] César, après la guerre civile, ayant fait faire le cens, il ne s'y trouva que cent cinquante mille chefs de famille. (*Épitome* de Florus sur Tite-Live, douzième décade.)

[3] Voyez Dion, liv. XLIII ; et Xiphil., *in Augusto*.

[4] DION, liv. XLIII ; SUÉTONE, *Vie de César* ; APPIEN, liv. II, de la Guerre civile.

[5] Eusèbe dans sa *Chronique*.

[6] DION, liv. LIV. [7] L'an 755 de Rome.

[8] *Julias rogationes.* (*Annales*, liv. III.)

[9] L'an 762 de Rome. (DION, liv. LVI.)

[10] J'ai abrégé cette harangue, qui est d'une longueur accablante : elle est rapportée dans Dion, liv. LVI.

[1] Marcus Papius Mutilus, et Q. Poppœus Sabinus. (DION, liv. LVI.)

[2] DION, liv. LVI.

[3] Le titre XIV des *Fragments d'Ulpien* distingue fort bien la loi Julienne de la Papienne.

[4] Jacques Godefroi en a fait une compilation.

[5] Le trente-cinquième e t cité dans la loi XIX, ff. *de ritu nuptiarum*.

[6] Liv. II, chap. XV.

[7] DENYS D'HALICARNASSE.

et qui avoient même tiré de ces villes une partie de leurs lois [1], eurent, comme les Lacédémoniens, pour la vieillesse, ce respect qui donne tous les honneurs et toutes les préséances. Lorsque la république manqua de citoyens, on accorda au mariage et au nombre des enfants les prérogatives que l'on avoit données à l'âge [2]; on en attacha quelques unes au mariage seul, indépendamment des enfants qui en pourroient naître : cela s'appeloit le droit des maris. On en donna d'autres à ceux qui avoient des enfants ; de plus grandes à ceux qui avoient trois enfants. Il ne faut pas confondre ces trois choses : il y avoit de ces priviléges dont les gens mariés jouissoient toujours; comme, par exemple, une place particulière au théâtre [3]; il y en avoit dont ils ne jouissoient que lorsque des gens qui avoient des enfants, ou qui en avoient plus qu'eux, ne les leur ôtoient pas.

Ces priviléges étoient très étendus : les gens mariés qui avoient le plus grand nombre d'enfants étoient toujours préférés, soit dans la poursuite des honneurs , soit dans l'exercice de ces honneurs mêmes [4]. Le consul qui avoit le plus d'enfants prenoit le premier les faisceaux [5], il avoit le choix des provinces [6]; le sénateur qui avoit le plus d'enfants étoit écrit le premier dans le catalogue des sénateurs : il disoit au sénat son avis le premier [7]. L'on pouvoit parvenir avant l'âge aux magistratures , parce que chaque enfant donnoit dispense d'un an [8]. Si l'on avoit trois enfants à Rome, on étoit exempt de toutes charges personnelles [9]. Les femmes ingénues qui avoient trois enfants , et les affranchies qui en avoient quatre , sortoient [10] de cette perpétuelle tutèle où les retenoient [11] les anciennes lois de Rome.

Que s'il y avoit des récompenses , il y avoit aussi des peines [12]. Ceux qui n'étoient point mariés ne pouvoient rien recevoir par le testament des étrangers [13] ; et ceux qui, étant mariés, n'avoient

point d'enfants, n'en recevoient que la moitié [1]. Les Romains , dit Plutarque [2], se marioient pour être héritiers, et non pas pour avoir des héritiers.

Les avantages qu'un mari et une femme pouvoient se faire par testament étoient limités par la loi. Ils pouvoient se donner le tout [3], s'ils avoient des enfants l'un de l'autre ; s'ils n'en avoient point, ils pouvoient recevoir la dixième partie de la succession , à cause du mariage ; et s'ils avoient des enfants d'un autre mariage , ils pouvoient se donner autant de dixièmes qu'ils avoient d'enfants.

Si un mari s'absentoit d'auprès de sa femme [4] pour autre cause que pour les affaires de la république, il ne pouvoit en être l'héritier.

La loi donnoit à un mari ou à une femme qui survivoit deux ans pour se remarier [5], et un an et demi dans le cas du divorce. Les pères qui ne vouloient pas marier leurs enfants ou donner de dot à leurs filles y étoient contraints par les magistrats [6].

On ne pouvoit faire de fiançailles lorsque le mariage devoit être différé de plus de deux ans [7]; et , comme on ne pouvoit épouser une fille qu'à douze ans, on ne pouvoit la fiancer qu'à dix. La loi ne vouloit pas que l'on pût jouir inutilement [8], et sous prétexte de fiançailles, des priviléges des gens mariés.

Il étoit défendu à un homme qui avoit soixante ans d'épouser une femme qui en avoit cinquante [9]. Comme on avoit donné de grands priviléges aux gens mariés, la loi ne vouloit point qu'il y eût des mariages inutiles. Par la même raison, le sénatusconsulte Calvisien déclaroit inégal le mariage d'une femme qui avoit plus de cinquante ans avec un homme qui en avoit moins de soixante [10] : de sorte qu'une femme qui avoit cinquante ans ne

[1] Les députés de Rome, qui furent envoyés pour chercher des lois grecques, allèrent à Athènes et dans les villes d'Italie.
[2] AULU-GELLE, liv. II, chap. XV.
[3] SUÉTONE, in Augusto, chap. XLIV.
[4] TACITE, liv. II. Ut numerus liberorum in candidatis præpolleret, quod lex jubebat.
[5] AULU-GELLE, liv. II, chap. XV.
[6] TACITE, Ann., liv. XV.
[7] Voyez la loi VI, ff. § 5, de decurion.
[8] Voyez la loi II , ff. de minorib.
[9] Loi I , § 3, et II , § 4, ff. de vacatione, et excusat. muner.
[10] Fragments d'Ulpien , titre XXIX, § 5.
[11] PLUTARQUE, Vie de Numa.
[12] Voyez les Fragments d'Ulpien, aux titres XIV, XV, XVI, XVII et XVIII , qui sont un des beaux morceaux de l'ancienne jurisprudence romaine.
[13] SOZOM., liv. I. chap. IX. On recevoit de ses parents. (Fragments d'Ulpien, tit. XVI, § 1.)

[1] SOZOM., liv. I , chap. IX, et leg. unic., cod. Theod., de Infirm. pœnis cælib. et orbitat.
[2] Œuvres morales, de l'Amour des pères envers leurs enfants.
[3] Voyez un plus long détail de ceci dans les Fragments d'Ulpien, tit. XV et XVI.
[4] Fragments d'Ulpien, tit. XVI, § 1.
[5] Ibid., tit. XIV. Il paroît que les premières lois Juliennes donnèrent trois ans. (Harangue d'Auguste, dans Dion, livre LVI ; SUÉTONE, Vie d'Auguste, chapitre XXXIV.) D'autres lois Juliennes n'accordèrent qu'un an; enfin la loi Papienne en donna deux. (Fragments d'Ulpien, tit. XIV.) Ces lois n'étoient point agréables au peuple; et Auguste les tempéroit ou les roidissoit, selon qu'on étoit plus ou moins disposé à les souffrir.
[6] C'étoit le trente-cinquième chef de la loi Papienne, leg. XIX, ff. de Ritu nuptiarum.
[7] Voyez Dion, liv. LIV, anno 736; Suétone, in Octavio, chap. XXXIV.
[8] Voyez Dion, liv. LIV; et , dans le même Dion, la Harangue d'Auguste, liv. LVI.
[9] Fragments d'Ulpien, tit. XVI; et la loi 27. cod. de Nuptiis.
[10] Ibid., tit. XIV, § 5.

pouvoit se marier sans encourir les peines de ces lois. Tibère ajouta à la rigueur de la loi Papienne [1], et défendit à un homme de soixante ans d'épouser une femme qui en avoit moins de cinquante : de sorte qu'un homme de soixante ans ne pouvoit se marier, dans aucun cas, sans encourir la peine ; mais Claude abrogea ce qui avoit été fait sous Tibère à cet égard [2].

Toutes ces dispositions étoient plus conformes au climat d'Italie qu'à celui du nord, où un homme de soixante ans a encore de la force, et où les femmes de cinquante ans ne sont pas généralement stériles.

Pour que l'on ne fût pas inutilement borné dans le choix qu'on pouvoit faire, Auguste permit à tous les ingénus qui n'étoient pas sénateurs [3] d'épouser des affranchies [4]. La loi Papienne interdisoit aux sénateurs le mariage avec les femmes qui avoient été affranchies, ou qui s'étoient produites sur le théâtre [5] ; et, du temps d'Ulpien, il étoit défendu aux ingénus d'épouser des femmes qui avoient mené une mauvaise vie, qui étoient montées sur le théâtre, ou qui avoient été condamnées par un jugement public [6]. Il falloit que ce fût quelque sénatus-consulte qui eût établi cela. Du temps de la république, on n'avoit guère fait de ces sortes de lois, parce que les censeurs corrigeoient à cet égard les désordres qui naissoient, ou les empêchoient de naître.

Constantin ayant fait une loi [7] par laquelle il comprenoit dans la défense de la loi Papienne, non seulement les sénateurs, mais encore ceux qui avoient un rang considérable dans l'état, sans parler de ceux qui étoient d'une condition inférieure, cela forma le droit de ce temps-là : il n'y eut plus que les ingénus compris dans la loi de Constantin à qui de tels mariages fussent défendus. Justinien abrogea encore la loi de Constantin [8], et permit à toutes sortes de personnes de contracter ces mariages : c'est par-là que nous avons acquis une liberté si triste.

Il est clair que les peines portées contre ceux qui se marioient contre la défense de la loi étoient les mêmes que celles portées contre ceux qui ne se marioient point du tout. Ces mariages ne leur donnoient aucun avantage civil [1] : la dot [2] étoit caduque après la mort de la femme [3].

Auguste ayant adjugé au trésor public les successions et les legs de ceux que ces lois en déclaroient incapables [4], ces lois parurent plutôt fiscales que politiques. Le dégoût que l'on avoit déjà pour une charge qui paroissoit accablante fut augmenté par celui de se voir continuellement en proie à l'avidité du fisc. Cela fit que, sous Tibère, on fut obligé de modifier ces lois [5] ; que Néron diminua les récompenses des délateurs au fisc [6] ; que Trajan arrêta leurs brigandages [7] ; que Sévère modifia ces lois [8], et que les jurisconsultes les regardèrent comme odieuses, et, dans leurs décisions, en abandonnèrent la rigueur.

D'ailleurs les empereurs énervèrent ces lois par les priviléges qu'ils donnèrent des droits de maris, d'enfants, et de trois enfants [9]. Ils firent plus : ils dispensèrent les particuliers des peines de ces lois [10]. Mais des règles établies pour l'utilité publique sembloient ne devoir point admettre de dispense.

Il avoit été raisonnable d'accorder le droit d'enfants aux vestales, que la religion retenoit dans une virginité nécessaire [11] : on donna de même le privilége des maris aux soldats [12], parce qu'ils ne pouvoient pas se marier. C'étoit la coutume d'exempter les empereurs de la gêne de certaines lois civiles : ainsi Auguste fut exempté de la gêne de la loi qui limitoit la faculté d'affranchir [13], et de celle qui bornoit la faculté de léguer [14]. Tout

[1] Voyez Suétone, in Claudio, chap. XXIII.

[2] Voyez Suétone, Vie de Claude, chap. XXIII ; et les Fragments d'Ulpien, tit. XVI, § 3.

[3] DION, liv. LIV ; Fragments d'Ulpien, tit. XIII.

[4] Harangue d'Auguste, dans Dion, liv. LVI.

[5] Fragments d'Ulpien, tit. XIII ; et la loi 44, ff. de Ritu nuptiarum, à la fin.

[6] Fragments d'Ulpien, tit. XIII et XVI.

[7] Voyez la loi 1, au cod. de Nat. lib.

[8] Novelle 117.

[1] Loi 37, § 7, ff. de Operib. libertorum ; Fragments d'Ulpien, tit. XVI, § 2.

[2] Fragments, ibid.

[3] Voyez ci-dessous le chap. XIII du liv. XXVI.

[4] Excepté dans de certains cas. Voyez les Fragments d'Ulpien, tit. XVIII ; et la loi unique, au code de Caduc. tollend.

[5] Relatum de moderanda Papia Poppœa. (TACITE, Ann., liv. III, chap. XXV.)

[6] Il les réduisit à la quatrième partie. (SUÉTONE, in Nerone, chap. X.)

[7] Voyez le Panégyrique de Pline.

[8] Sévère recula jusqu'à vingt-cinq ans pour les mâles, et vingt pour les filles, le temps des dispositions de la loi Papienne, comme on le voit en conférant le fragment d'Ulpien, tit. XVI, avec ce que dit Tertullien, Apologet., chap. IV.

[9] P. Scipion, censeur, dans sa harangue au peuple sur les mœurs, se plaint de l'abus qui déjà s'étoit introduit, que le fils adoptif donnoit le même privilége que le fils naturel. (AULU-GELLE, liv. V, chap. XIX.)

[10] Voyez la loi 31, ff. de Ritu nuptiarum.

[11] Auguste, par la loi Papienne, leur donna le même privilége qu'aux mères. Voyez Dion, liv. LVI. Numa leur avoit donné l'ancien privilége des femmes qui avoient trois enfants, qui est de n'avoir point de curateur. (PLUTARQUE, dans la Vie de Numa.)

[12] Claude le leur accorda. (DION, liv. LX.)

[13] Leg. apud eum de Manumissionib., § 1.

[14] DION, liv. LVI.

26

cela n'étoit que des cas particuliers; mais, dans la suite, les dispenses furent données sans ménagement, et la règle ne fut plus qu'une exception.

Des sectes de philosophie avoient déja introduit dans l'empire un esprit d'éloignement pour les affaires, qui n'auroit pu gagner à ce point dans le temps de la république, où tout le monde étoit occupé des arts de la guerre et de la paix [1]. De là une idée de perfection attachée à tout ce qui mène à une vie spéculative; de là l'éloignement pour les soins et les embarras d'une famille. La religion chrétienne, venant après la philosophie, fixa pour ainsi dire des idées que celle-ci n'avoit fait que préparer [2].

Le christianisme donna son caractère à la jurisprudence : car l'empire a toujours du rapport avec le sacerdoce. On peut voir le code Théodosien, qui n'est qu'une compilation des ordonnances des empereurs chrétiens [3].

Un panégyriste de Constantin dit à cet empereur : « Vos lois n'ont été faites que pour corriger » les vices et régler les mœurs; vous avez ôté l'ar- » tifice des anciennes lois, qui sembloient n'avoir » d'autres vues que de tendre des piéges à la sim- » plicité [4]. »

Il est certain que les changements de Constantin furent faits, ou sur des idées qui se rapportoient à l'établissement du christianisme, ou sur des idées prises de sa perfection. De ce premier objet vinrent ces lois qui donnèrent une telle autorité aux évêques qu'elles ont été le fondement de la juridiction ecclésiastique; de là ces lois qui affoiblirent l'autorité paternelle, en ôtant au père la propriété des biens de ses enfants [5]. Pour étendre une religion nouvelle, il faut ôter l'extrême dépendance

des enfants, qui tiennent toujours moins à ce qui est établi.

Les lois faites dans l'objet de la perfection chrétienne furent surtout celles par lesquelles il ôta les peines des lois Papiennes [1], et en exempta, tant ceux qui n'étoient point mariés, que ceux qui, étant mariés, n'avoient pas d'enfants.

« Ces lois avoient été établies, dit un historien » ecclésiastique [2], comme si la multiplication de » l'espèce humaine pouvoit être un effet de nos » soins; au lieu de voir que ce nombre croît et dé- » croît selon l'ordre de la Providence. »

Les principes de la religion ont extrêmement influé sur la propagation de l'espèce humaine : tantôt ils l'ont encouragée, comme chez les Juifs [4], les Mahométans, les Guèbres, les Chinois; tantôt ils l'ont choquée, comme ils firent chez les Romains devenus chrétiens.

On ne cessa de prêcher partout la continence, c'est-à-dire cette vertu qui est plus parfaite, parce que, par sa nature, elle doit être pratiquée par très peu de gens.

Constantin n'avoit point ôté les lois décimaires, qui donnoient une plus grande extension aux dons que le mari et la femme pouvoient se faire à proportion du nombre de leurs enfants : Théodose le jeune abrogea encore ces lois [4].

Justinien déclara valables tous les mariages que les lois Papiennes avoient défendus [5]. Ces lois vouloient qu'on se remariât : Justinien accorda des avantages à ceux qui ne se remarieroient pas [6].

Par les lois anciennes, la faculté naturelle que chacun a de se marier et d'avoir des enfants ne pouvoit être ôtée : ainsi, quand on recevoit un legs à condition de ne point se marier [7], lorsqu'un patron faisoit jurer son affranchi qu'il ne se marieroit point, et qu'il n'auroit point d'enfants [8], la loi Papienne annuloit et cette condition et ce serment [9]. Les clauses, *en gardant viduité*, établies parmi nous, contredisent donc le droit ancien, et descendent des constitutions des empereurs, faites sur les idées de la perfection.

Il n'y a point de loi qui contienne une abroga-

[1] Voyez, dans les *Offices de Cicéron* [*], ses idées sur cet esprit de spéculation.

[2] Comme des vues d'intérêt politique avoient fait flétrir le célibat, des vues religieuses firent honorer la continence; et, parce qu'on cherchoit alors sérieusement la perfection, il ne résulta aucun inconvénient sensible de la loi de continence : la religion avoit détruit ces passions que le célibat, sans la religion, entretient parmi les hommes. (CHAURIT, *de la Mon. franç.*, liv. 1, ch. XVII.) (P.)

[3] Théodose-le-Jeune, après la mort d'Honorius, désespérant de réunir les empires d'Orient et d'Occident sous sa puissance, voulut les réunir sous ses lois; Valentinien lui ouvrit les archives de l'Occident, et Antiochus, à la tête de sept autres jurisconsultes, lui composa le code qui parut sous son nom en 438, et dont nous n'avons pu recouvrer que des fragments. (*Ibidem*, chap. XII.) (P.)

[4] NAZAIRE, *in Panegyrico Constantini, anno* 321.

[5] Voyez la loi I, II et III, au code *de Bonis maternis, maternique generis*, etc.; et la loi unique, au même code, *de Bonis quæ filiis famil. acquiruntur*.

[*] Liv.

[1] Leg. unic., cod. Theod., *de Infir. pæn. cœlib. et orbit.*

[2] SOZOMÈNE, pag. 27.

[3] Le célibat étoit flétri par la loi de Moïse. La stérilité même y étoit un opprobre : en effet, le mariage ne suffit pas à l'état, faut qu'il en sorte une famille; et c'est dans cette vue qu'à Rome on encourageoit la propagation par des récompenses. (P.)

[4] Leg. 11 et 111, cod. Theod., *de Jur. lib.*

[5] Leg. *Sancimus*, cod. *de Nuptiis.*

[6] Novelle 127, chap. III; novelle 118, chap. V.

[7] Leg. 54, ff. *de Condit. et Demonst.*

[8] Leg. 5, § 4, *de Jure patron.*

[9] PAUL. dans ses *Sentences*, liv. III, tit. XII, § 13.

tion expresse des privilèges et des honneurs que les Romains païens avoient accordés aux mariages et au nombre des enfants; mais, là où le célibat avoit la prééminence, il ne pouvoit plus y avoir d'honneur pour le mariage; et, puisque l'on put obliger les traitants à renoncer à tant de profits par l'abolition des peines, on sent qu'il fut encore plus aisé d'ôter les récompenses.

La même raison de spiritualité qui avoit fait permettre le célibat imposa bientôt la nécessité du célibat même. A Dieu ne plaise que je parle ici contre le célibat qu'a adopté la religion! mais qui pourroit se taire contre celui qu'a formé le libertinage; celui où les deux sexes, se corrompant par les sentiments naturels mêmes, fuient une union qui doit les rendre meilleurs pour vivre dans celle qui les rend toujours pires?

C'est une règle tirée de la nature que, plus on diminue le nombre des mariages qui pourroient se faire, plus on corrompt ceux qui sont faits : moins il y a de gens mariés, moins il y a de fidélité dans les mariages : comme, lorsqu'il y a plus de voleurs, il y a plus de vols.

CHAPITRE XXII.
De l'exposition des enfants.

Les premiers Romains eurent une assez bonne police sur l'exposition des enfants. Romulus, dit Denys d'Halicarnasse, imposa à tous les citoyens la nécessité d'élever tous les enfants mâles et les aînées des filles [1]. Si les enfants étoient difformes et monstrueux, il permettoit de les exposer, après les avoir montrés à cinq des plus proches voisins.

Romulus ne permit de tuer aucun enfant qui eût moins de trois ans [2] : par-là il concilioit la loi qui donnoit aux pères le droit de vie et de mort sur leurs enfants, et celle qui défendoit de les exposer.

On trouve encore, dans Denys d'Halicarnasse, que la loi qui ordonnoit aux citoyens de se marier et d'élever tous leurs enfants étoit en vigueur l'an 277 de Rome [3] : on voit que l'usage avoit restreint la loi de Romulus, qui permettoit d'exposer les filles cadettes.

Nous n'avons de connoissance de ce que la loi des douze tables, donnée l'an de Rome 301, statua sur l'exposition des enfants, que par un passage de Cicéron [4], qui, parlant du tribunat du peuple, dit que d'abord après sa naissance, tel

que l'enfant monstrueux de la loi des douze tables, il fut étouffé : les enfants qui n'étoient pas monstrueux étoient donc conservés, et la loi des douze tables ne changea rien aux institutions précédentes.

« Les Germains, dit Tacite [1], n'exposent point » leurs enfants; et, chez eux, les bonnes mœurs » ont plus de force que n'ont ailleurs les bonnes » lois. » Il y avoit donc, chez les Romains, des lois contre cet usage, et on ne les suivoit plus. On ne trouve aucune loi romaine qui permette d'exposer les enfants [2] : ce fut sans doute un abus introduit dans les derniers temps, lorsque le luxe ôta l'aisance, lorsque les richesses partagées furent appelées pauvreté, lorsque le père crut avoir perdu ce qu'il donna à sa famille, et qu'il distingua cette famille de sa propriété.

CHAPITRE XXIII.
De l'état de l'univers après la destruction des Romains

Les règlements que firent les Romains pour augmenter le nombre de leurs citoyens eurent leur effet pendant que leur république, dans la force de son institution, n'eut à réparer que les pertes qu'elle faisoit par son courage, par son audace, par sa fermeté, par son amour pour la gloire, et par sa vertu même. Mais bientôt les lois les plus sages ne purent rétablir ce qu'une république mourante, ce qu'une anarchie générale, ce qu'un gouvernement militaire, ce qu'un empire dur, ce qu'un despotisme superbe, ce qu'une monarchie foible, ce qu'une cour stupide, idiote et superstitieuse, avoient successivement abattu : on eût dit qu'ils n'avoient conquis le monde que pour l'affoiblir et le livrer sans défense aux barbares. Les nations gothes, gétiques, sarrasines et tartares, les accablèrent tour à tour; bientôt les peuples barbares n'eurent à détruire que des peuples barbares. Ainsi, dans le temps des fables, après les inondations et les déluges, il sortit de la terre des hommes armés qui s'exterminèrent.

CHAPITRE XXIV.
Changements arrivés en Europe par rapport au nombre des habitants.

Dans l'état où étoit l'Europe, on n'auroit pas cru qu'elle pût se rétablir, surtout lorsque, sous Char-

[1] *Antiquités romaines*, liv. II. [2] *Ibid.* [3] *Liv.* IX. [4] Liv. III. *de Legib.*

[1] *De Moribus Germanorum.*
[2] Il n'y a point de titre là-dessus dans le *Digeste*; le titre du code n'en dit rien, non plus que les novelles.

lemagne, elle ne forma plus qu'un vaste empire. Mais, par la nature du gouvernement d'alors, elle se partagea en une infinité de petites souverainetés. Et, comme un seigneur résidoit dans son village ou dans sa ville; qu'il n'étoit grand, riche, puissant, que dis-je? qu'il n'étoit en sûreté que par le nombre de ses habitants, chacun s'attacha avec une attention singulière à faire fleurir son petit pays : ce qui réussit tellement que, malgré les irrégularités du gouvernement, le défaut des connoissances qu'on a acquises depuis sur le commerce, le grand nombre de guerres et de querelles qui s'élevèrent sans cesse, il y eut dans la plupart des contrées d'Europe plus de peuple qu'il n'y en a aujourd'hui.

Je n'ai pas le temps de traiter à fond cette matière; mais je citerai les prodigieuses armées des croisés, composées de gens de toute espèce. M. Puffendorf dit que, sous Charles IX, il y avoit vingt millions d'hommes en France[1].

Ce sont les perpétuelles réunions de plusieurs petits états qui ont produit cette diminution. Autrefois chaque village de France étoit une capitale : il n'y en a aujourd'hui qu'une grande; chaque partie de l'état étoit un centre de puissance : aujourd'hui tout se rapporte à un centre, et ce centre est, pour ainsi dire, l'état même.

CHAPITRE XXV.
Continuation du même sujet.

Il est vrai que l'Europe a, depuis deux siècles, beaucoup augmenté sa navigation : cela lui a procuré des habitants, et lui en a fait perdre. La Hollande envoie tous les ans aux Indes un grand nombre de matelots, dont il ne revient que les deux tiers; le reste périt ou s'établit aux Indes : même chose doit à peu près arriver à toutes les autres nations qui font ce commerce.

Il ne faut point juger de l'Europe comme d'un état particulier qui y feroit seul une grande navigation. Cet état augmenteroit de peuple, parce que toutes les nations voisines viendroient prendre part à cette navigation ; il y arriveroit des matelots de

[1] *Histoire de l'Univers*, chap. v, *de la France.* — Puffendorf va jusqu'à vingt-neuf millions; et il avait copié cette exagération d'un de nos auteurs qui se trompait d'environ quatorze à quinze millions. La France ne comptait point alors au nombre de ses provinces la Lorraine, l'Alsace, la Franche-Comté, la moitié de la Flandre, l'Artois, le Cambrésis, le Roussillon, le Béarn ; et aujourd'hui qu'elle possède tous ces pays, elle n'a pas vingt millions d'habitants, suivant le dénombrement des feux fait en 1751. Cependant elle n'a jamais été si peuplée ; et cela est prouvé par la quantité de terrains mis en valeur depuis Charles IX. Vol.t.)

tous côtés. L'Europe, séparée du reste du monde par la religion[1], par de vastes mers et par des déserts, ne se répare pas ainsi.

CHAPITRE XXVI.
Conséquences.

De tout ceci il faut conclure que l'Europe est encore aujourd'hui dans le cas d'avoir besoin de lois qui favorisent la propagation de l'espèce humaine : aussi, comme les politiques grecs nous parlent toujours de ce grand nombre de citoyens qui travaillent la république, les politiques d'aujourd'hui ne nous parlent que des moyens propres à l'augmenter.

CHAPITRE XXVII.
De la loi faite en France pour encourager la propagation de l'espèce.

Louis XIV ordonna de certaines pensions pour ceux qui auroient dix enfants, et de plus fortes pour ceux qui en auroient douze[2] ; mais il n'étoit pas question de récompenser des prodiges. Pour donner un certain esprit général qui portât à la propagation de l'espèce, il falloit établir, comme les Romains, des récompenses générales ou des peines générales.

CHAPITRE XXVIII.
Comment on peut remédier à la dépopulation.

Lorsqu'un état se trouve dépeuplé par des accidents particuliers, des guerres, des pestes, des famines, il y a des ressources. Les hommes qui restent peuvent conserver l'esprit de travail et d'industrie ; ils peuvent chercher à réparer leurs malheurs, et devenir plus industrieux par leur calamité même. Le mal presque incurable est lorsque la dépopulation vient de longue main, par un vice intérieur et un mauvais gouvernement. Les hommes y ont péri par une maladie insensible et habituelle : nés dans la langueur et dans la misère, dans la violence ou les préjugés du gouvernement, ils se sont vu détruire, souvent sans sentir les causes de leur destruction. Les pays désolés par le despotisme ou par les avantages excessifs du clergé sur les laïques en sont deux grands exemples.

[1] Les pays mahométans l'entourent presque partout.
[2] Édit de 1666, en faveur des mariages.

Pour rétablir un état ainsi dépeuplé, on attendroit en vain des secours des enfants qui pourroient naître. Il n'est plus temps; les hommes, dans leurs déserts, sont sans courage et sans industrie. Avec des terres pour nourrir un peuple, on a à peine de quoi nourrir une famille. Le bas peuple, dans ces pays, n'a pas même de part à leur misère, c'est-à-dire aux friches dont ils sont remplis. Le clergé, le prince, les villes, les grands, quelques citoyens principaux, sont devenus insensiblement propriétaires de toute la contrée : elle est inculte; mais les familles détruites leur en ont laissé les pâtures, et l'homme de travail n'a rien.

Dans cette situation, il faudroit faire dans toute l'étendue de l'empire ce que les Romains faisoient dans une partie du leur : pratiquer dans la disette des habitants ce qu'ils observoient dans l'abondance, distribuer des terres à toutes les familles qui n'ont rien, leur procurer les moyens de les défricher et de les cultiver. Cette distribution devroit se faire à mesure qu'il y auroit un homme pour la recevoir : de sorte qu'il n'y eût point de moment perdu pour le travail.

CHAPITRE XXIX.

Des hôpitaux.

Un homme n'est pas pauvre parce qu'il n'a rien, mais parce qu'il ne travaille pas. Celui qui n'a aucun bien et qui travaille est aussi à son aise que celui qui a cent écus de revenu sans travailler. Celui qui n'a rien et qui a un métier n'est pas plus pauvre que celui qui a dix arpents de terre en propre, et qui doit les travailler pour subsister. L'ouvrier qui a donné à ses enfants son art pour héritage leur a laissé un bien qui s'est multiplié à proportion de leur nombre. Il n'en est pas de même de celui qui a dix arpents de fonds pour vivre, et qui les partage à ses enfants.

Dans les pays de commerce, où beaucoup de gens n'ont que leur art, l'état est souvent obligé de pourvoir aux besoins des vieillards, des malades et des orphelins. Un état bien policé tire cette subsistance du fonds des arts mêmes; il donne aux uns les travaux dont ils sont capables; il enseigne les autres à travailler, ce qui fait déja un travail.

Quelques aumônes que l'on fait à un homme nu dans les rues ne remplissent point les obligations de l'état, qui doit à tous les citoyens une subsistance assurée, la nourriture, un vêtement co -

venable, et un genre de vie qui ne soit point contraire à la santé.

Aureng-Zeb, à qui on demandoit pourquoi il ne bâtissoit point d'hôpitaux, dit[1] : « Je rendrai » mon empire si riche qu'il n'aura pas besoin » d'hôpitaux. » Il auroit fallu dire : Je commencerai par rendre mon empire riche, et je bâtirai des hôpitaux.

Les richesses d'un état supposent beaucoup d'industrie. Il n'est pas possible que, dans un si grand nombre de branches de commerce, il n'y en ait toujours quelqu'une qui souffre, et dont par conséquent les ouvriers ne soient dans une nécessité momentanée.

C'est pour lors que l'état a besoin d'apporter un prompt secours, soit pour empêcher le peuple de souffrir, soit pour éviter qu'il ne se révolte : c'est dans ce cas qu'il faut des hôpitaux, ou quelque réglement équivalent, qui puisse prévenir cette misère.

Mais quand la nation est pauvre, la pauvreté particulière dérive de la misère générale; et elle est, pour ainsi dire, la misère générale. Tous les hôpitaux du monde ne sauroient guérir cette pauvreté particulière; au contraire, l'esprit de paresse qu'ils inspirent augmente la pauvreté générale, et par conséquent la particulière.

Henri VIII, voulant réformer l'Église en Angleterre, détruisit les moines[2], nation paresseuse elle-même, et qui entretenoit la paresse des autres, parce que, pratiquant l'hospitalité, une infinité de gens oisifs, gentilshommes et bourgeois, passoient leur vie à courir de couvent en couvent. Il ôta encore les hôpitaux, où le bas peuple trouvoit sa subsistance, comme les gentilshommes trouvoient la leur dans les monastères. Depuis ces changements, l'esprit de commerce et d'industrie s'établit en Angleterre.

A Rome, les hôpitaux font que tout le monde est à son aise, excepté ceux qui travaillent, excepté ceux qui ont de l'industrie, excepté ceux qui cultivent les arts, excepté ceux qui ont des terres, excepté ceux qui font le commerce.

J'ai dit que les nations riches avoient besoin d'hôpitaux, parce que la fortune y étoit sujette à mille accidents; mais on sent que des secours passagers vaudroient bien mieux que des établissements perpétuels. Le mal est momentané : il faut donc des secours de même nature, et qui soient applicables à l'accident particulier.

[1] Voyez Chardin, *Voyage de Perse*, tom. VIII.
[2] Voyez l'*Histoire de la Réforme d'Angleterre*, par M. Burnet.

LIVRE VINGT-QUATRIÈME.

DES LOIS,

DANS LE RAPPORT QU'ELLES ONT AVEC LA RELIGION
ÉTABLIE DANS CHAQUE PAYS,

CONSIDÉRÉE DANS SES PRATIQUES ET EN ELLE-MÊME.

CHAPITRE I.

Des religions en général.

Comme on peut juger parmi les ténèbres celles qui sont les moins épaisses, et parmi les abymes ceux qui sont les moins profonds, ainsi l'on peut chercher entre les religions fausses celles qui sont les plus conformes au bien de la société ; celles qui, quoiqu'elles n'aient pas l'effet de mener les hommes aux félicités de l'autre vie, peuvent le plus contribuer à leur bonheur dans celle-ci.

Je n'examinerai donc les diverses religions du monde que par rapport au bien que l'on en tire dans l'état civil, soit que je parle de celle qui a sa racine dans le ciel, ou bien de celles qui ont la leur sur la terre.

Comme dans cet ouvrage je ne suis point théologien, mais écrivain politique, il pourroit y avoir des choses qui ne seroient entièrement vraies que dans une façon de penser humaine, n'ayant point été considérées dans le rapport avec des vérités plus sublimes.

A l'égard de la vraie religion, il ne faudra que très peu d'équité pour voir que je n'ai jamais prétendu faire céder ses intérêts aux intérêts politiques, mais les unir : or, pour les unir, il faut les connoître.

La religion chrétienne, qui ordonne aux hommes de s'aimer, veut sans doute que chaque peuple ait les meilleures lois politiques et les meilleures lois civiles, parce qu'elles sont, après elle, le plus grand bien que les hommes puissent donner et recevoir.

CHAPITRE II.

Paradoxe de Bayle.

M. Bayle a prétendu prouver qu'il valoit mieux être athée qu'idolâtre [1] ; c'est-à-dire, en d'autres termes, qu'il est moins dangereux de n'avoir point du tout de religion que d'en avoir une mauvaise.

[1] *Pensées sur la Comète,* etc.

« J'aimerois mieux, dit-il, que l'on dît de moi » que je n'existe pas, que si l'on disoit que je » suis un méchant homme. » Ce n'est qu'un sophisme, fondé sur ce qu'il n'est d'aucune utilité au genre humain que l'on croie qu'un certain homme existe ; au lieu qu'il est très utile que l'on croie que Dieu est. De l'idée qu'il n'est pas suit l'idée de notre indépendance ; ou, si nous ne pouvons pas avoir cette idée, celle de notre révolte. Dire que la religion n'est pas un motif réprimant, parce qu'elle ne réprime pas toujours, c'est dire que les lois civiles ne sont pas un motif réprimant non plus. C'est mal raisonner contre la religion, de rassembler dans un grand ouvrage une longue énumération des maux qu'elle a produits, si l'on ne fait de même celle des biens qu'elle a faits. Si je voulois raconter tous les maux qu'ont produits dans le monde les lois civiles, la monarchie, le gouvernement républicain, je dirois des choses effroyables. Quand il seroit inutile que les sujets eussent une religion, il ne le seroit pas que les princes en eussent, et qu'ils blanchissent d'écume le seul frein que ceux qui ne craignent point les lois humaines puissent avoir.

Un prince qui aime la religion et qui la craint est un lion qui cède à la main qui le flatte ou à la voix qui l'apaise ; celui qui craint la religion et qui la hait est comme les bêtes sauvages qui mordent la chaîne qui les empêche de se jeter sur ceux qui passent ; celui qui n'a point du tout de religion est cet animal terrible qui ne sent sa liberté que lorsqu'il déchire et qu'il dévore.

La question n'est pas de savoir s'il vaudroit mieux qu'un certain homme ou qu'un certain peuple n'eût point de religion que d'abuser de celle qu'il a ; mais de savoir quel est le moindre mal, que l'on abuse quelquefois de la religion, ou qu'il n'y en ait point du tout parmi les hommes.

Pour diminuer l'horreur de l'athéisme on charge trop l'idolâtrie. Il n'est pas vrai que, quand les anciens élevoient des autels à quelque vice, cela signifiât qu'ils aimassent ce vice : cela signifioit au contraire qu'ils le haïssoient. Quand les Lacédémoniens érigèrent une chapelle à la Peur, cela ne signifioit pas que cette nation belliqueuse lui demandât de s'emparer dans les combats des cœurs des Lacédémoniens. Il y avoit des divinités à qui on demandoit de ne pas inspirer le crime, et d'autres à qui on demandoit de le détourner.

CHAPITRE III.

Que le gouvernement modéré convient mieux à la religion chrétienne, et le gouvernement despotique à la mahométane.

La religion chrétienne est éloignée du pur despotisme : c'est que la douceur étant si recommandée dans l'Évangile, elle s'oppose à la colère despotique avec laquelle le prince se feroit justice et exerceroit ses cruautés.

Cette religion défendant la pluralité des femmes, les princes y sont moins renfermés, moins séparés de leurs sujets, et par conséquent plus hommes ; ils sont plus disposés à se faire des lois, et plus capables de sentir qu'ils ne peuvent pas tout.

Pendant que les princes mahométans donnent sans cesse la mort ou la reçoivent, la religion, chez les chrétiens, rend les princes moins timides, et par conséquent moins cruels. Le prince compte sur ses sujets, et les sujets sur le prince. Chose admirable ! la religion chrétienne, qui ne semble avoir d'objet que la félicité de l'autre vie, fait encore notre bonheur dans celle-ci [1].

C'est la religion chrétienne qui, malgré la grandeur de l'empire et le vice du climat, a empêché le despotisme de s'établir en Éthiopie, et a porté au milieu de l'Afrique les mœurs de l'Éthiopie et ses lois.

Le prince héritier d'Éthiopie jouit d'une principauté, et donne aux autres sujets l'exemple de l'amour et de l'obéissance. Tout près de là, on voit le mahométisme faire enfermer les enfants du roi de Sennar ; à sa mort, le conseil les envoie égorger en faveur de celui qui monte sur le trône [2].

Que, d'un côté, l'on se mette devant les yeux les massacres continuels des rois et des chefs grecs et romains, et de l'autre la destruction des peuples et des villes par ces mêmes chefs ; Timur et Gengiskan, qui ont dévasté l'Asie ; et nous verrons que nous devons au christianisme, et dans le gouvernement un certain droit politique, et dans la guerre un certain droit des gens, que la nature humaine ne sauroit assez reconnoître.

C'est ce droit des gens qui fait que, parmi nous, la victoire laisse aux peuples vaincus ces grandes choses, la vie, la liberté, les lois, les biens, et toujours la religion, lorsqu'on ne s'aveugle pas soi-même.

On peut dire que les peuples de l'Europe ne sont pas aujourd'hui plus désunis que ne l'étoient dans l'empire romain devenu despotique et militaire les peuples et les armées, ou que ne l'étoient les armées entre elles : d'un côté, les armées se faisoient la guerre ; et de l'autre, on leur donnoit le pillage des villes, et le partage ou la confiscation des terres.

CHAPITRE IV.

Conséquences du caractère de la religion chrétienne et de celui de la religion mahométane.

Sur le caractère de la religion chrétienne et celui de la mahométane, on doit, sans autre examen, embrasser l'une et rejeter l'autre : car il nous est bien plus évident qu'une religion doit adoucir les mœurs des hommes, qu'il ne l'est qu'une religion soit vraie.

C'est un malheur pour la nature humaine lorsque la religion est donnée par un conquérant. La religion mahométane, qui ne parle que de glaive, agit encore sur les hommes avec cet esprit destructeur qui l'a fondée.

L'histoire de Sabbacon [1], un des rois pasteurs, est admirable. Le dieu de Thèbes lui apparut en songe, et lui ordonna de faire mourir tous les prêtres d'Égypte. Il jugea que les dieux n'avoient plus pour agréable qu'il régnât, puisqu'ils lui ordonnoient des choses si contraires à leur volonté ordinaire ; et il se retira en Éthiopie [2].

CHAPITRE V.

Que la religion catholique convient mieux à une monarchie, et que la protestante s'accommode mieux d'une république.

Lorsqu'une religion naît et se forme dans un état, elle suit ordinairement le plan du gouvernement où elle est établie : car les hommes qui la reçoivent, et ceux qui la font recevoir, n'ont

[1] Il est impossible de suspecter la sincérité de ce langage. Si Montesquieu ne pensoit pas ce qu'il a dit, une réserve politique pouvoit l'engager à se taire ; mais rien ne l'engageoit à parler. Remarquez qu'il fait partout dans l'*Esprit des Lois*, et en termes très expressifs, l'éloge de cette même religion, qu'il avoit si légèrement traitée dans sa jeunesse. Il ne la recommande pas seulement comme le plus parfait système religieux, mais comme le plus puissant de tous les soutiens du système social, et réfute solidement ceux qui en ont méconnu l'utilité et la nécessité. (LA H.)

[2] *Relation d'Éthiopie*, par le sieur Poncet, médecin, au quatrième recueil des *Lettres édifiantes*.

[1] Voyez Diodore, liv. I.

[2] Jamais on n'a fait un si bel usage et une application plus utile d'une de nos plus absurdes erreurs, la foi pour les songes. (SERVAN.)

guère d'autres idées de police que celle de l'état dans lequel ils sont nés.

Quand la religion chrétienne souffrit, il y a deux siècles, ce malheureux partage qui la divisa en catholique et en protestante, les peuples du nord embrassèrent la protestante, et ceux du midi gardèrent la catholique.

C'est que les peuples du nord ont et auront toujours un esprit d'indépendance et de liberté que n'ont pas les peuples du midi ; et qu'une religion qui n'a point de chef visible convient mieux à l'indépendance du climat que celle qui en a un.

Dans les pays mêmes où la religion protestante s'établit, les révolutions se firent sur le plan de l'état politique. Luther, ayant pour lui de grands princes, n'auroit guère pu leur faire goûter une autorité ecclésiastique qui n'auroit point eu de prééminence extérieure ; et Calvin, ayant pour lui des peuples qui vivoient dans des républiques, ou des bourgeois obscurcis dans des monarchies, pouvoit fort bien ne pas établir des prééminences et des dignités.

Chacune de ces deux religions pouvoit se croire la plus parfaite ; la calviniste se jugeant plus conforme à ce que Jésus-Christ avoit dit, et la luthérienne à ce que les apôtres avoient fait.

CHAPITRE VI.

Autre paradoxe de Bayle.

M. Bayle, après avoir insulté toutes les religions, flétrit la religion chrétienne : il ose avancer que de véritables chrétiens ne formeroient pas un état qui pût subsister. Pourquoi non ? Ce seroient des citoyens infiniment éclairés sur leurs devoirs, et qui auroient un très grand zèle pour les remplir ; ils sentiroient très bien les droits de la défense naturelle : plus ils croiroient devoir à la religion, plus ils penseroient devoir à la patrie. Les principes du christianisme, bien gravés dans le cœur, seroient infiniment plus forts que ce faux honneur des monarchies, ces vertus humaines des républiques, et cette crainte servile des états despotiques [1].

Il est étonnant qu'on puisse imputer à ce grand homme d'avoir méconnu l'esprit de sa propre religion ; qu'il n'ait pas su distinguer les ordres pour l'établissement du christianisme d'avec le christianisme même, ni les préceptes de l'Évangile d'avec ses conseils. Lorsque le législateur, au lieu de donner des lois, a donné des conseils, c'est qu'il a vu que ses conseils, s'ils étoient ordonnés comme des lois, seroient contraires à l'esprit de ses lois.

CHAPITRE VII.

Des lois de perfection dans la religion.

Les lois humaines, faites pour parler à l'esprit, doivent donner des préceptes, et point de conseils : la religion, faite pour parler au cœur, doit donner beaucoup de conseils et peu de préceptes.

Quand par exemple elle donne des règles, non pas pour le bien, mais pour le meilleur ; non pas pour ce qui est bon, mais pour ce qui est parfait, il est convenable que ce soient des conseils, et non pas des lois ; car la perfection ne regarde pas l'universalité des hommes ni des choses. De plus, si ce sont des lois, il en faudra une infinité d'autres pour faire observer les premières. Le célibat fut un conseil du christianisme : lorsqu'on en fit une loi pour un certain ordre de gens, il en fallut chaque jour de nouvelles pour réduire les hommes à l'observation de celle-ci [1]. Le législateur se fatigua, il fatigua la société pour faire exécuter aux hommes par précepte ce que ceux qui aiment la perfection auroient exécuté comme conseil.

CHAPITRE VIII.

De l'accord des lois de la morale avec celles de la religion.

Dans un pays où l'on a le malheur d'avoir une religion que Dieu n'a pas donnée, il est toujours nécessaire qu'elle s'accorde avec la morale [2], parce que la religion, même fausse, est le meilleur ga-

[1] Cette religion, que, dans la vivacité de sa jeunesse et dans la politique légère de son premier ouvrage, Montesquieu avoit trop peu respectée, partout dans l'*Esprit des Lois* il la célèbre et la révère. C'est que maintenant il veut construire l'édifice social, et qu'il a besoin d'une colonne pour le soutenir. Sa pensée s'est agrandie comme sa tâche : s'il combat le sophisme d'un incrédule fameux, la calomnie qu'il repousse avant toutes les autres, c'est l'idée que la religion chrétienne n'est pas propre à former des citoyens. Il croyoit au contraire qu'elle étoit particulièrement la protectrice des monarchies tempérées ; il conce-

voit, il la vouloit amie de la liberté comme des lois, n'imaginant pas sans doute que ce qu'il y a de plus noble, de plus grand sur la terre, puisse mal s'accorder avec un présent du ciel. La religion, malgré sa sublime origine, par l'extrémité qui touche aux choses humaines, doit éprouver comme elles des vicissitudes et des retours ; mais elle est le premier gage de la civilisation moderne, qui, en s'unissant à sa divine existence, partage la garantie de sa durée, et semble échapper à la loi commune de la mortalité des empires. (M. VILLEMAIN, *Éloge de Montesquieu*.)

[1] Voyez la *Bibliothèque des auteurs ecclésiastiques du sixième siècle*, tome V, par M. Dupin.

[2] Toute religion doit s'accorder avec la morale, parce qu'il seroit contradictoire qu'une volonté particulière de la Divinité détruisît sa volonté générale. (*Éditeur anonyme de 1764.*)

rant que les hommes puissent avoir de la probité des hommes.

Les points principaux de la religion de ceux de Pégu sont de ne point tuer, de ne point voler, d'éviter l'impudicité, de ne faire aucun déplaisir à son prochain, de lui faire au contraire tout le bien qu'on peut [1]. Avec cela ils croient qu'on se sauvera dans quelque religion que ce soit : ce qui fait que ces peuples, quoique fiers et pauvres, ont de la douceur et de la compassion pour les malheureux.

CHAPITRE IX.

Des Esséens.

Les Esséens [2] faisoient vœu d'observer la justice envers les hommes, de ne faire de mal à personne, même pour obéir, de haïr les injustes, de garder la foi à tout le monde, de commander avec modestie, de prendre toujours le parti de la vérité, de fuir tout gain illicite.

CHAPITRE X.

De la secte stoïque.

Les diverses sectes de philosophie chez les anciens pouvoient être considérées comme des espèces de religion. Il n'y en a jamais eu dont les principes fussent plus dignes de l'homme, et plus propres à former des gens de bien, que celle des stoïciens ; et, si je pouvois un moment cesser de penser que je suis chrétien, je ne pourrois m'empêcher de mettre la destruction de la secte de Zénon au nombre des malheurs du genre humain.

Elle n'outroit que les choses dans lesquelles il y a de la grandeur, le mépris des plaisirs et de la douleur.

Elle seule savoit faire les citoyens ; elle seule faisoit les grands hommes ; elle seule faisoit les grands empereurs.

Faites pour un moment abstraction des vérités révélées ; cherchez dans toute la nature, et vous n'y trouverez pas de plus grand objet que les Antonin. Julien même, Julien (un suffrage ainsi arraché ne me rendra point complice de son apostasie) ; non, il n'y a point eu après lui de prince plus digne de gouverner les hommes.

Pendant que les stoïciens regardoient comme une chose vaine les richesses, les grandeurs humaines, la douleur, les chagrins, les plaisirs ; ils n'étoient occupés qu'à travailler au bonheur des hommes, à exercer les devoirs de la société ; il sembloit qu'ils regardassent cet esprit sacré qu'ils croyoient être en eux-mêmes comme une espèce de providence favorable qui veilloit sur le genre humain.

Nés pour la société, ils croyoient tous que leur destin étoit de travailler pour elle : d'autant moins à charge que leurs récompenses étoient toutes dans eux-mêmes ; qu'heureux par leur philosophie seule, il sembloit que le seul bonheur des autres pût augmenter le leur.

CHAPITRE XI.

De la contemplation.

Les hommes étant faits pour se conserver, pour se nourrir, pour se vêtir, et faire toutes les actions de la société, la religion ne doit pas leur donner une vie trop contemplative [1].

Les Mahométans deviennent spéculatifs par habitude ; ils prient cinq fois le jour, et chaque fois il faut qu'ils fassent un acte par lequel ils jettent derrière leur dos tout ce qui appartient à ce monde : cela les forme à la spéculation. Ajoutez à cela cette indifférence pour toutes choses que donne le dogme d'un destin rigide.

Si d'ailleurs d'autres causes concourent à leur inspirer le détachement, comme si la dureté du gouvernement, si les lois concernant la propriété des terres, donnent un esprit précaire, tout est perdu.

La religion des Guèbres rendit autrefois le royaume de Perse florissant ; elle corrigea les mauvais effets du despotisme : la religion mahométane détruit aujourd'hui ce même empire.

CHAPITRE XII.

Des pénitences.

Il est bon que les pénitences soient jointes avec l'idée de travail, non avec l'idée d'oisiveté ; avec l'idée du bien, non avec l'idée de l'extraordinaire ; avec l'idée de frugalité, non avec l'idée d'avarice.

[1] C'est l'inconvénient de la doctrine de Foé et de Laockium.

[1] *Recueil des Voyages qui ont servi à l'établissement de la compagnie des Indes*, tome III, part. 1, page 63.
[2] *Histoire des Juifs*, par Prideaux.

CHAPITRE XIII.

Des crimes inexpiables.

Il paroît, par un passage des livres des pontifes, rapporté par Cicéron [1], qu'il y avoit, chez les Romains, des crimes inexpiables [2] ; et c'est là-dessus que Zosime fonde le récit si propre à envenimer les motifs de la conversion de Constantin, et Julien cette raillerie amère qu'il fait de cette même conversion dans ses Césars [3].

La religion païenne, qui ne défendoit que quelques crimes grossiers, qui arrêtoit la main et abandonnoit le cœur, pouvoit avoir des crimes inexpiables ; mais une religion qui enveloppe toutes les passions, qui n'est pas plus jalouse des actions que des desirs et des pensées, qui ne nous tient point attachés par quelques chaînes, mais par un nombre innombrable de fils ; qui laisse derrière elle la justice humaine, et commence une autre justice ; qui est faite pour mener sans cesse du repentir à l'amour, et de l'amour au repentir ; qui met entre le juge et le criminel un grand médiateur, entre le juste et le médiateur un grand juge : une telle religion ne doit point avoir de crimes inexpiables. Mais, quoiqu'elle donne des craintes et des espérances à tous, elle fait assez sentir que s'il n'y a point de crime qui, par sa nature, soit inexpiable, toute une vie peut l'être ; qu'il seroit très dangereux de tourmenter sans cesse la miséricorde par de nouveaux crimes et de nouvelles expiations ; qu'inquiets sur les anciennes dettes, jamais quittes envers le Seigneur, nous devons craindre d'en contracter de nouvelles, de combler la mesure, et d'aller jusqu'au terme où la bonté paternelle finit.

[1] Liv. II des *Lois*.
[2] *Sacrum commissum, quod neque expiari poterit, impie commissum est ; quod expiari poterit, publici sacerdotes expianto.*
[3] Zosime dit que ce prince, ayant eu le malheur de se laisser prévenir contre son fils Crispus par sa femme Fausta, fit mourir ce prince innocent, et punit pareillement de mort la calomniatrice ; que, troublé d'inquiétude et de remords, il s'adressa aux prêtres païens pour leur demander l'expiation de son crime, et que, sur la déclaration qu'ils lui firent qu'ils ne trouvoient rien dans leur religion qui fût capable d'expier un tel forfait, il recourut aux chrétiens, qui se montrèrent plus traitables. Mais ce récit a été réfuté, il y a douze cents ans, par Sozomène, et, de nos jours, par M. de Tillemont. Une observation bien simple suffit pour le détruire : la conversion de Constantin est antérieure de quatorze ans à la mort de Crispus. (CREV.)

CHAPITRE XIV.

Comment la force de la religion s'applique à celle des lois civiles.

Comme la religion et les lois civiles doivent tendre principalement à rendre les hommes bons citoyens, on voit que, lorsqu'une des deux s'écartera de ce but, l'autre y doit tendre davantage : moins la religion sera réprimante, plus les lois civiles doivent réprimer.

Ainsi, au Japon, la religion dominante n'ayant presque point de dogmes, et ne proposant point de paradis ni d'enfer, les lois, pour y suppléer, ont été faites avec une sévérité et exécutées avec une ponctualité extraordinaires.

Lorsque la religion établit le dogme de la nécessité des actions humaines, les peines des lois doivent être plus sévères, et la police plus vigilante, pour que les hommes, qui sans cela s'abandonneroient eux-mêmes, soient déterminés par ces motifs ; mais si la religion établit le dogme de la liberté, c'est autre chose.

De la paresse de l'ame naît le dogme de la prédestination mahométane, et du dogme de cette prédestination naît la paresse de l'ame. On a dit : Cela est dans les décrets de Dieu ; il faut donc rester en repos. Dans un cas pareil, on doit exciter par les lois les hommes endormis dans la religion.

Lorsque la religion condamne des choses que les lois civiles doivent permettre, il est dangereux que les lois civiles permettent de leur côté ce que la religion doit condamner, une de ces choses marquant toujours un défaut d'harmonie et de justesse dans les idées, qui se répand sur l'autre.

Ainsi les Tartares de Gengiskan, chez lesquels c'étoit un péché et même un crime capital de mettre le couteau dans le feu, de s'appuyer contre un fouet, de battre un cheval avec sa bride, de rompre un os avec un autre, ne croyoient pas qu'il y eût de péché à violer la foi, à ravir le bien d'autrui, à faire injure à un homme, à le tuer [1]. En un mot, les lois qui font regarder comme nécessaire ce qui est indifférent ont cet inconvénient, qu'elles font considérer comme indifférent ce qui est nécessaire.

Ceux de Formose croient une espèce d'enfer [2] ;

[1] Voyez la Relation de frère Jean Duplan Carpin, envoyé en Tartarie par le pape Innocent IV en l'année 1246.
[2] *Recueil des Voyages qui ont servi à l'établissement de la compagnie des Indes*, tom. V, part. I, pag. 192.

mais c'est pour punir ceux qui ont manqué d'aller nus en certaines saisons, qui ont mis des vêtements de toile et non pas de soie, qui ont été chercher des huitres, qui ont agi sans consulter le chant des oiseaux : aussi ne regardent-ils point comme péchés l'ivrognerie et le déréglement avec les femmes ; ils croient même que les débauches de leurs enfants sont agréables à leurs dieux.

Lorsque la religion justifie pour une chose d'accident, elle perd inutilement le plus grand ressort qui soit parmi les hommes. On croit, chez les Indiens, que les eaux du Gange ont une vertu sanctifiante [1], ceux qui meurent sur ses bords sont réputés exempts des peines de l'autre vie, et devoir habiter une région pleine de délices : on envoie des lieux les plus reculés des urnes pleines des cendres des morts, pour les jeter dans le Gange. Qu'importe qu'on vive vertueusement ou non ? on se fera jeter dans le Gange.

L'idée d'un lieu de récompense emporte nécessairement l'idée d'un séjour de peines ; et, quand on espère l'un sans craindre l'autre, les lois civiles n'ont plus de force. Des hommes qui croient des récompenses sûres dans l'autre vie échapperont au législateur : ils auront trop de mépris pour la mort. Quel moyen de contenir par les lois un homme qui croit être sûr que la plus grande peine que les magistrats lui pourront infliger ne finira dans un moment que pour commencer son bonheur ?

CHAPITRE XV.

Comment les lois civiles corrigent quelquefois les fausses religions.

Le respect pour les choses anciennes, la simplicité ou la superstition, ont quelquefois établi des mystères ou des cérémonies qui pouvoient choquer la pudeur ; et de cela les exemples n'ont pas été rares dans le monde. Aristote dit que dans ce cas la loi permet aux pères de famille aillent au temple célébrer ces mystères pour leurs femmes et pour leurs enfants [2]. Loi civile admirable, qui conserve les mœurs contre la religion !

Auguste défendit aux jeunes gens de l'un et de l'autre sexe d'assister à aucune cérémonie nocturne, s'ils n'étoient accompagnés d'un parent plus âgé [3] ; et, lorsqu'il rétablit les fêtes lupercales, il ne voulut pas que les jeunes gens courussent nus [4].

[1] *Lettres édifiantes*, quinzième recueil.
[2] *Politique*, liv. VII. ch. XVII.
[3] SUÉTONE, *in Augusto*, chap. XXXI. [4] *Ibid.*

CHAPITRE XVI.

Comment les lois de la religion corrigent les inconvénients de la constitution politique.

D'un autre côté, la religion peut soutenir l'état politique lorsque les lois se trouvent dans l'impuissance.

Ainsi, lorsque l'état est souvent agité par des guerres civiles, la religion fera beaucoup si elle établit que quelque partie de cet état reste toujours en paix. Chez les Grecs, les Éléens, comme prêtres d'Apollon, jouissoient d'une paix éternelle. Au Japon on laisse toujours en paix la ville de Méaco, qui est une ville sainte [1] : la religion maintient ce réglement ; et cet empire, qui semble être seul sur la terre, qui n'a et qui ne veut avoir aucune ressource de la part des étrangers, a toujours dans son sein un commerce que la guerre ne ruine pas.

Dans les états où les guerres ne se font pas par une délibération commune, et où les lois ne se sont laissé aucun moyen de les terminer ou de les prévenir, la religion établit des temps de paix ou de trèves, pour que le peuple puisse faire les choses sans lesquelles l'état ne pourroit subsister, comme les semailles et les travaux pareils.

Chaque année, pendant quatre mois, toute hostilité cessoit entre les tribus arabes [2] : le moindre trouble eût été une impiété. Quand chaque seigneur faisoit en France la guerre ou la paix, la religion donna des trèves qui devoient avoir lieu dans de certaines saisons.

CHAPITRE XVII.

Continuation du même sujet.

Lorsqu'il y a beaucoup de sujets de haine dans un état, il faut que la religion donne beaucoup de moyens de réconciliation. Les Arabes, peuple brigand, se faisoient souvent des injures et des injustices. Mahomet fit cette loi [3] : « Si quelqu'un pardonne le sang de son frère [4], il pourra poursuivre le malfaiteur pour des dommages et intérêts ; mais celui qui fera tort au méchant, après avoir reçu satisfaction de lui, souffrira au jour du jugement des tourments douloureux. »

Chez les Germains, on héritoit des haines et des inimitiés de ses proches ; mais elles n'étoient pas

[1] *Recueil des Voyages qui ont servi à l'établissement de la compagnie des Indes*, tom. IV. part. 1, pag. 127.
[2] Voyez Prideaux, *Vie de Mahomet*, pag. 63.
[3] Dans l'*Alcoran*, liv. 1. chap. *de la Vache*.
[4] En renonçant à la loi du talion.

eternelles. On expioit l'homicide en donnant une certaine quantité de bétail ; et toute la famille recevoit la satisfaction : chose très utile, dit Tacite [1], parce que les inimitiés sont très dangereuses chez un peuple libre. Je crois bien que les ministres de la religion, qui avoient tant de crédit parmi eux, entroient dans ces réconciliations.

Chez les Malais, où la réconciliation n'est pas établie, celui qui a tué quelqu'un, sûr d'être assassiné par les parents ou les amis du mort, s'abandonne à sa fureur, blesse et tue tout ce qu'il rencontre [2].

CHAPITRE XVIII.

Comment les lois de la religion ont l'effet des lois civiles.

Les premiers Grecs étoient de petits peuples souvent dispersés, pirates sur la mer, injustes sur la terre, sans police et sans lois. Les belles actions d'Hercule et de Thésée font voir l'état où se trouvoit ce peuple naissant. Que pouvoit faire la religion, que ce qu'elle fit pour donner de l'horreur du meurtre ? Elle établit qu'un homme tué par violence étoit d'abord en colère contre le meurtrier, qui lui inspiroit du trouble et de la terreur, et vouloit qu'il lui cédât les lieux qu'il avoit fréquentés [3] ; on ne pouvoit toucher le criminel ni converser avec lui sans être souillé ou intestable [4] ; la présence du meurtrier devoit être épargnée à la ville, et il falloit l'expier [5].

CHAPITRE XIX.

Que c'est moins la vérité ou la fausseté d'un dogme qui le rend utile ou pernicieux aux hommes dans l'état civil, que l'usage ou l'abus que l'on en fait.

Les dogmes les plus vrais et les plus saints peuvent avoir de très mauvaises conséquences lorsqu'on ne les lie pas avec les principes de la société ; et, au contraire, les dogmes les plus faux en peuvent avoir d'admirables lorsqu'on fait qu'ils se rapportent aux mêmes principes.

La religion de Confucius nie l'immortalité de l'ame [6] ; et la secte de Zénon ne la croyoit pas. Qui

le diroit ? ces deux sectes ont tiré de leurs mauvais principes des conséquences, non pas justes, mais admirables pour la société. La religion des Tao et des Foé croit l'immortalité de l'ame ; mais de ce dogme si saint ils ont tiré des conséquences affreuses.

Presque par tout le monde, et dans tous les temps, l'opinion de l'immortalité de l'ame, mal prise, a engagé les femmes, les esclaves, les sujets, les amis, à se tuer, pour aller servir dans l'autre monde l'objet de leur respect ou de leur amour. Cela étoit ainsi dans les Indes occidentales ; cela étoit ainsi chez les Danois [1] ; et cela est encore aujourd'hui au Japon [2], à Macassar [3], et dans plusieurs autres endroits de la terre.

Ces coutumes émanent moins directement du dogme de l'immortalité de l'ame que de celui de la résurrection des corps : d'où l'on a tiré cette conséquence, qu'après la mort un même individu auroit les mêmes besoins, les mêmes sentiments, les mêmes passions. Dans ce point de vue, le dogme de l'immortalité de l'ame affecte prodigieusement les hommes, parce que l'idée d'un simple changement de demeure est plus à la portée de notre esprit, et flatte plus notre cœur, que l'idée d'une modification nouvelle.

Ce n'est pas assez pour une religion d'établir un dogme, il faut encore qu'elle le dirige. C'est ce qu'a fait admirablement bien la religion chrétienne à l'égard des dogmes dont nous parlons : elle nous fait espérer un état que nous croyions, non pas un état que nous sentions, ou que nous connoissions ; tout, jusqu'à la résurrection des corps, nous mène à des idées spirituelles.

CHAPITRE XX.

Continuation du même sujet.

Les livres sacrés des anciens Perses disoient : » Si vous voulez être saint, instruisez vos enfants, » parce que toutes les bonnes actions qu'ils feront

[1] *De Moribus Germanorum.*

[2] *Recueil des Voyages qui ont servi à l'établissement de la compagnie des Indes,* tom. VII, pag. 303. Voyez aussi les *Mémoires du comte de Forbin,* et ce qu'il dit sur les Macassars.

[3] PLATON, *des Lois,* liv. IX.

[4] Voyez la tragédie d'*Oedipe à Colonne.*

[5] PLATON, *des Lois,* liv. IX. — Dans l'ancienne Grèce, on se contentoit de bannir du pays les homicides. Il n'étoit pas permis de leur ôter la vie. (P.)

[6] Un philosophe chinois argumente ainsi contre la doctrine de

Foé : « Il est dit, dans un livre de cette secte, que notre corps » est notre domicile, et l'ame l'hôtesse immortelle qui y loge ; » mais, si le corps de nos parents n'est qu'un logement, il est » naturel de le regarder avec le même mépris qu'on a pour un » amas de boue et de terre. N'est-ce pas vouloir arracher du » cœur la vertu de l'amour des parents ? Cela porte de même à » négliger le soin du corps, et à lui refuser la compassion et l'af- » fection si nécessaires pour sa conservation : aussi les disciples » de Foé se tuent à milliers. » (*Ouvrage d'un Philosophe chinois,* dans le recueil du P. Duhalde, tom. III, pag. 52.)

[1] Voyez Thomas Bartholin, *Antiquités danoises.*

[2] *Relation du Japon,* dans le *Recueil des Voyages qui ont servi à l'établissement de la compagnie des Indes.*

[3] *Mémoires de Forbin.*

» vous seront imputées [1]. » Ils conseilloient de se marier de bonne heure, parce que les enfants seroient comme un pont au jour du jugement, et que ceux qui n'auroient point d'enfants ne pourroient pas passer. Ces dogmes étoient faux, mais ils étoient très utiles.

CHAPITRE XXI.

De la métempsycose.

Le dogme de l'immortalité de l'ame se divise en trois branches : celui de l'immortalité pure, celui du simple changement de demeure, celui de la métempsycose; c'est-à-dire le système des chrétiens, le système des Scythes, le système des Indiens. Je viens de parler des deux premiers; et je dirai du troisième que, comme il a été bien et mal dirigé, il a aux Indes de bons et de mauvais effets. Comme il donne aux hommes une certaine horreur pour verser le sang, il y a aux Indes très peu de meurtres; et quoiqu'on n'y punisse guère de mort, tout le monde y est tranquille.

D'un autre côté, les femmes s'y brûlent à la mort de leurs maris : il n'y a que les innocents qui y souffrent une mort violente.

CHAPITRE XXII.

Combien il est dangereux que la religion inspire de l'horreur pour des choses indifférentes.

Un certain honneur que des préjugés de religion établissent aux Indes, fait que les diverses castes ont horreur les unes des autres. Cet honneur est uniquement fondé sur la religion; ces distinctions de famille ne forment pas des distinctions civiles : il y a tel Indien qui se croiroit déshonoré s'il mangeoit avec son roi.

Ces sortes de distinctions sont liées à une certaine aversion pour les autres hommes, bien différentes des sentiments que doivent faire naître les différences de rangs, qui parmi nous contiennent l'amour pour les inférieurs.

Les lois de la religion éviteront d'inspirer d'autre mépris que celui du vice, et surtout d'éloigner les hommes de l'amour et de la pitié pour les hommes.

La religion mahométane et la religion indienne ont dans leur sein un nombre infini de peuples : les Indiens haïssent les Mahométans parce qu'ils mangent de la vache; les Mahométans détestent les Indiens parce qu'ils mangent du cochon.

[1] M. Hyde.

CHAPITRE XXIII.

Des fêtes.

Quand une religion ordonne la cessation du travail, elle doit avoir égard aux besoins des hommes, plus qu'à la grandeur de l'être qu'elle honore.

C'étoit à Athènes [1] un grand inconvénient que le trop grand nombre de fêtes. Chez ce peuple dominateur, devant qui toutes les villes de la Grèce devoient porter leurs différends, on ne pouvoit suffire aux affaires.

Lorsque Constantin établit que l'on chômeroit le dimanche, il fit cette ordonnance pour les villes [2], et non pour les peuples de la campagne : il sentoit que dans les villes étoient les travaux utiles, et dans les campagnes les travaux nécessaires.

Par la même raison, dans les pays qui se maintiennent par le commerce, le nombre des fêtes doit être relatif à ce commerce même. Les pays protestants et les pays catholiques sont situés de manière que l'on a plus besoin de travail dans les premiers que dans les seconds [3] : la suppression des fêtes convenoit donc plus aux pays protestants qu'aux pays catholiques [4].

[1] XÉNOPHON, de la République d'Athènes.
[2] Leg. 3, cod. de Feriis. Cette loi n'étoit faite sans doute que pour les païens.
[3] Les catholiques sont plus vers le midi, et les protestants vers le nord.
[4] Lorsque l'Europe entière suivoit la même religion, le nombre des fêtes étoit égal dans tous les royaumes. Les ouvriers anglois, hollandois, suédois, danois, allemands, suisses, demeuroient oisifs autant de jours dans l'année que les ouvriers françois; et, comme les forces et les richesses ne sont grandes ou petites, fortes ou foibles que par comparaison, toute l'Europe étoit au pair pour le temps qu'on s'employoit à l'industrie et à la main-d'œuvre, et les bénéfices qui en procèdent étoient par conséquent en égalité de proportion.
Mais, depuis l'établissement de la religion protestante, cette égalité se trouve détruite, et la balance affoiblie de plus d'un septième à notre préjudice, attendu que cette religion permet dans l'année au moins cinquante jours de travail plus que la catholique; et comme la marchandise doit supporter tous les frais de la matière et de l'industrie, elle supporte la subsistance de l'ouvrier pendant ces jours d'inaction : d'où il suit que lorsque nous vendons une marchandise de nos fabriques pour un certain prix les protestants, toutes choses égales, peuvent la donner à beaucoup meilleur marché, avec profit égal pour l'ouvrier; en sorte qu'un commerçant qui a un avantage si considérable sur son concurrent doit nécessairement l'écraser à la longue.
Quelques évêques pensant sainement, et informés que l'oisiveté devenoit une source de libertinage pendant ces fêtes, en ont supprimé quelques unes dans leurs diocèses; mais ils sont demeurés encore bien loin de ce que l'utilité publique exigeroit à cet égard.
Pendant que nos boutiques sont fermées, que les ateliers sont abandonnés, que le jeu ou le vin consomment le salaire de nos ouvriers, et souvent le nécessaire de leurs nombreuses familles qui périssent de misère, qu'ils se querellent, qu'ils se battent, et que par leurs excès ils se mettent hors d'état de travailler le

Dampierre [1] remarque que les divertissements des peuples varient beaucoup selon les climats. Comme les climats chauds produisent quantité de fruits délicats, les barbares, qui trouvent d'abord le nécessaire, emploient plus de temps à se divertir. Les Indiens des pays froids n'ont pas tant de loisir; il faut qu'ils pêchent et chassent continuellement : il y a donc chez eux moins de danses, de musique et de festins; et une religion qui s'établiroit chez ces peuples devroit avoir égard à cela dans l'institution des fêtes.

CHAPITRE XXIV.

Des lois de religion locales.

Il y a beaucoup de lois locales dans les diverses religions. Et quand Montézuma s'obstinoit tant à dire que la religion des Espagnols étoit bonne pour leur pays, et celle du Mexique pour le sien, il ne disoit pas une absurdité, parce qu'en effet les législateurs n'ont pu s'empêcher d'avoir égard à ce que la nature avoit établi avant eux.

L'opinion de la métempsycose est faite pour le climat des Indes. L'excessive chaleur brûle [2] toutes les campagnes; on n'y peut nourrir que très peu de bétail; on est toujours en danger d'en manquer pour le labourage; les bœufs ne s'y multiplient [3] que médiocrement, ils sont sujets à beaucoup de maladies : une loi de religion qui les conserve est donc très convenable à la police du pays.

Pendant que les prairies sont brûlées, le riz et les légumes y croissent heureusement par les eaux qu'on y peut employer : une loi de religion qui ne permet que cette nourriture est donc très utile aux hommes dans ces climats.

La chair [4] des bestiaux n'y a pas de goût, et le lait et le beurre qu'ils en tirent fait une partie de leur subsistance : la loi qui défend de manger et de tuer des vaches n'est donc pas déraisonnable aux Indes.

Athènes avoit dans son sein une multitude innombrable de peuple; son territoire étoit stérile : ce fut une maxime religieuse, que ceux qui offroient aux dieux de certains petits présents les honoroient [1] plus que ceux qui immoloient des bœufs.

CHAPITRE XXV.

Inconvénient du transport d'une religion d'un pays à un autre.

Il suit de là qu'il y a très souvent beaucoup d'inconvénients à transporter une religion d'un pays dans un autre [2].

« Le cochon, dit M. de Boulainvilliers [3], doit » être très rare en Arabie, où il n'y a presque » point de bois, et presque rien de propre à la » nourriture de ces animaux; d'ailleurs, la salure » des eaux et des aliments rend le peuple très sus- » ceptible des maladies de la peau. » La loi locale qui le défend ne sauroit être bonne pour d'autres pays [4] où le cochon est une nourriture presque universelle, et en quelque façon nécessaire.

Je ferai ici une réflexion. Sanctorius a observé que la chair de cochon que l'on mange se transpire peu, et que même cette nourriture empêche beaucoup la transpiration des autres aliments; il a trouvé que la diminution alloit à un tiers [5]. On sait d'ailleurs que le défaut de transpiration forme ou aigrit les maladies de la peau : la nourriture du cochon doit donc être défendue dans les climats où l'on est sujet à ces maladies, comme celui de la Palestine, de l'Arabie, de l'Égypte et de la Libye.

CHAPITRE XXVI.

Continuation du même sujet.

M. Chardin [6] dit qu'il n'y a point de fleuve navigable en Perse, si ce n'est le fleuve Kur, qui est aux extrémités de l'empire. L'ancienne loi des Guèbres, qui défendoit de naviger sur les fleuves, n'avoit donc aucun inconvénient dans leur pays; mais elle auroit ruiné le commerce dans un autre.

Les continuelles lotions sont très en usage dans

lendemain, le protestant s'occupe avec assiduité et utilité pour l'état et pour lui aux ouvrages de sa profession; en sorte que supposant seulement dans le royaume cinq millions d'artisans, ouvriers, manœuvres, et cultivateurs, de tout âge et de tout sexe, oisifs et par conséquent inutiles durant cinquante jours, et perdant chacun cinq sous par jour, il en résulte pour l'état une perte journalière de 1,250,000 francs, qui, multipliés par cinquante, forment annuellement un total de 62,500,000 francs, dont les bénéfices de l'industrie se trouvent diminués. (D.)

[1] *Nouveaux Voyages autour du monde*, tom. II.
[2] *Voyage de Bernier*, tom. II, pag. 137.
[3] *Lettres édifiantes*, douzième recueil, pag. 93.
[4] *Voyage de Bernier*, tom. II, pag. 137.

[1] EURIPIDE, dans *Athénée*, liv. II, pag. 40.
[2] On ne parle point ici de la religion chrétienne, parce que, comme on a dit au liv. XXIV, chapitre I, à la fin, la religion chrétienne est le premier bien.
[3] *Vie de Mahomet*.
[4] Comme à la Chine.
[5] *Médecine statique*, sect. III, aphorisme 23.
[6] *Voyage de Perse*, tom. II.

les climats chauds. Cela fait que la loi mahométane et la religion indienne les ordonnent. C'est un acte très méritoire aux Indes de prier Dieu dans l'eau courante [1]; mais comment exécuter ces choses dans d'autres climats ?

Lorsque la religion fondée sur le climat a trop choqué le climat d'un autre pays, elle n'a pu s'y établir; et quand on l'y a introduite, elle en a été chassée. Il semble, humainement parlant, que ce soit le climat qui a prescrit des bornes à la religion chrétienne et à la religion mahométane.

Il suit de là qu'il est presque toujours convenable qu'une religion ait des dogmes particuliers et un culte général. Dans les lois qui concernent les pratiques de culte, il faut peu de détails; par exemple, des mortifications, et non pas une certaine mortification. Le christianisme est plein de bon sens : l'abstinence est de droit divin; mais une abstinence particulière est de droit de police, et on peut la changer.

LIVRE VINGT-CINQUIÈME.

DES LOIS,

DANS LE RAPPORT QU'ELLES ONT AVEC L'ÉTABLISSEMENT DE LA RELIGION DE CHAQUE PAYS ET SA POLICE EXTÉRIEURE.

CHAPITRE I.

Du sentiment pour la religion.

L'homme pieux et l'athée parlent toujours de religion : l'un parle de ce qu'il aime, et l'autre de ce qu'il craint.

CHAPITRE II.

Du motif d'attachement pour les diverses religions.

Les diverses religions du monde ne donnent pas à ceux qui les professent des motifs égaux d'attachement pour elles : cela dépend beaucoup de la manière dont elles se concilient avec la façon de penser et de sentir des hommes.

Nous sommes extrêmement portés à l'idolâtrie, et cependant nous ne sommes pas fort attachés aux religions idolâtres; nous ne sommes guère portés aux idées spirituelles, et cependant nous sommes très attachés aux religions qui nous font adorer un être spirituel. C'est un sentiment heureux qui vient en partie de la satisfaction que nous trouvons en nous-mêmes d'avoir été assez intelligents pour avoir choisi une religion qui tire la divinité de l'humiliation où les autres l'avoient mise. Nous regardons l'idolâtrie comme la religion des peuples grossiers, et la religion qui a pour objet un être spirituel, comme celle des peuples éclairés.

Quand, avec l'idée d'un être spirituel suprême qui forme le dogme, nous pouvons joindre encore des idées sensibles qui entrent dans le culte, cela nous donne un grand attachement pour la religion, parce que les motifs dont nous venons de parler se trouvent joints à notre penchant naturel pour les choses sensibles. Aussi les catholiques, qui ont plus de cette sorte de culte que les protestants, sont-ils plus invinciblement attachés à leur religion que les protestants ne le sont à la leur, et plus zélés pour sa propagation.

Lorsque le peuple d'Éphèse eut appris que les Pères du concile avoient décidé qu'on pouvoit appeler la Vierge *mère de Dieu*, il fut transporté de joie, il baisoit les mains des évêques, il embrassoit leurs genoux; tout retentissoit d'acclamations [1].

Quand une religion intellectuelle nous donne encore l'idée d'un choix fait par la divinité, et d'une distinction de ceux qui la professent d'avec ceux qui ne la professent pas, cela nous attache beaucoup à cette religion. Les Mahométans ne seroient pas si bons musulmans, si d'un côté il n'y avoit pas de peuples idolâtres qui leur font penser qu'ils sont les vengeurs de l'unité de Dieu, et de l'autre des chrétiens pour leur faire croire qu'ils sont l'objet de ses préférences.

Une religion chargée de beaucoup de pratiques [2] attache plus à elle qu'une autre qui l'est moins; on tient beaucoup aux choses dont on est continuellement occupé : témoin l'obstination tenace des Mahométans et des Juifs, et la facilité qu'ont de changer de religion les peuples barbares et sauvages qui, uniquement occupés de la chasse ou de la guerre, ne se chargent guère de pratiques religieuses [3].

[1] *Voyage de Bernier*, tom. II.

[1] *Lettre de saint Cyrille.*
[2] Ceci n'est point contradictoire avec ce que j'ai dit au chapitre pénultième du livre précédent : ici je parle des motifs d'attachement pour une religion; et là, des moyens de la rendre plus générale.
[3] Cela se remarque par toute la terre. Voyez, sur les Turcs, les missions du Levant; le *Recueil des Voyages qui ont servi à l'établissement de la compagnie des Indes*, tom. III, part. I, pag. 201, sur les Maures de Batavia; et le P. Labat, sur les nègres mahométans, etc.

Les hommes sont extrêmement portés à espérer et à craindre ; et une religion qui n'auroit ni enfer, ni paradis, ne sauroit guère leur plaire. Cela se prouve par la facilité qu'ont eue les religions étrangères à s'établir au Japon, et le zèle et l'amour avec lesquels on les y a reçues [1].

Pour qu'une religion attache, il faut qu'elle ait une morale pure. Les hommes, fripons en détail, sont en gros de très honnêtes gens ; ils aiment la morale ; et si je ne traitois pas un sujet si grave, je dirois que cela se voit admirablement bien sur les théâtres : on est sûr de plaire au peuple par les sentiments que la morale avoue, et on est sûr de le choquer par ceux qu'elle réprouve.

Lorsque le culte extérieur a une grande magnificence, cela nous flatte, et nous donne beaucoup d'attachement pour la religion. Les richesses des temples et celles du clergé nous affectent beaucoup. Ainsi la misère même des peuples est un motif qui les attache à cette religion qui a servi de prétexte à ceux qui ont causé leur misère.

CHAPITRE III.

Des temples.

Presque tous les peuples policés habitent dans des maisons. De là est venue naturellement l'idée de bâtir à Dieu une maison où ils puissent l'adorer, et l'aller chercher dans leurs craintes ou leurs espérances [2].

En effet, rien n'est plus consolant pour les hommes qu'un lieu où ils trouvent la divinité plus présente, et où tous ensemble ils font parler leur foiblesse et leur misère.

Mais cette idée si naturelle ne vient qu'aux peuples qui cultivent les terres ; et on ne verra pas bâtir des temples chez ceux qui n'ont pas de maisons eux-mêmes [3].

C'est ce qui fit que Gengiskan marqua un si grand mépris pour les mosquées [4]. Ce prince [5] interrogea les Mahométans ; il approuva tous leurs dogmes, excepté celui qui porte la nécessité d'aller à la Mecque : il ne pouvoit comprendre qu'on ne pût pas adorer Dieu partout. Les Tartares, n'habitant point de maisons, ne connoissoient point de temples.

Les peuples qui n'ont point de temples ont peu d'attachement pour leur religion : voilà pourquoi les Tartares ont été de tout temps si tolérants [1] ; pourquoi les peuples barbares qui conquirent l'empire romain ne balancèrent pas un moment à embrasser le christianisme ; pourquoi les sauvages de l'Amérique sont si peu attachés à leur propre religion ; et pourquoi, depuis que nos missionnaires leur ont fait bâtir au Paraguay des églises, ils sont si fort zélés pour la nôtre.

Comme la divinité est le refuge des malheureux, et qu'il n'y a pas de gens plus malheureux que les criminels, on a été naturellement porté à penser que les temples étoient un asile [2] pour eux ; et cette idée parut encore plus naturelle chez les Grecs, où les meurtriers, chassés de leur ville et de la présence des hommes, sembloient n'avoir plus de maisons que les temples, ni d'autres protecteurs que les dieux.

Ceci ne regarda d'abord que les homicides involontaires ; mais, lorsqu'on y comprit les grands criminels, on tomba dans une contradiction grossière : s'ils avoient offensé les hommes, ils avoient à plus forte raison offensé les dieux.

Ces asiles se multiplièrent dans la Grèce. Les temples, dit Tacite [3], étoient remplis de débiteurs insolvables et d'esclaves méchants ; les magistrats avoient de la peine à exercer la police ; le peuple protégeoit les crimes des hommes, comme les cérémonies des dieux ; le sénat fut obligé d'en retrancher un grand nombre.

Les lois de Moïse furent très sages. Les homicides involontaires étoient innocents, mais ils devoient être ôtés de devant les yeux des parents du mort : il établit donc un asile pour eux [4]. Les grands criminels ne méritent point d'asile ; ils n'en

[1] La religion chrétienne et les religions des Indes : celles-ci ont un enfer et un paradis, au lieu que la religion des Sintos n'en a point.

[2] Dans le christianisme, il y eut ces raisons particulières que la célébration des mystères y fut fréquente, et qu'on ne la permit que dans les temples. (CHABRIT, *de la Mon. franç.*, liv. I, chap. XV.) (P.)

[3] La raison en est simple, dit l'éditeur anonyme de 1764 : c'est que ces peuples, accoutumés à vivre en plein air, ne sont pas affectés des incommodités qu'on tâche d'éviter par une habitation close. (P.)

[4] Entrant dans la mosquée de Buchara, il enleva l'*Alcoran*, et le jeta sous les pieds de ses chevaux. (*Histoire des Tattars*, part. III, pag. 273.)

[5] *Ibid.*, pag. 342.

[1] Cette disposition d'esprit a passé jusqu'aux Japonois, qui tirent leur origine des Tartares, comme il est aisé de le prouver.

[2] Les mosquées ne sont point des asiles en Perse, ni les autres lieux sacrés. On n'y connoît d'autre asile que les tombeaux des grands saints, la porte impériale, les cuisines et les écuries du roi ; et ces derniers lieux-ci sont des asiles partout, soit à la ville, soit à la campagne. Le roi seul en peut tirer, on son ordre spécial ; mais quand le roi donne cet ordre, ce n'est pas directement, mais en défendant de porter à manger au fugitif dans le lieu où il est : ce qui le réduit enfin à en sortir. (CHARDIN, *Voyage en Perse*, tom. II, pag. 51, édition d'Amst. 1735, in-4°.) (P.)

[3] *Annales*, liv. III.

[4] *Nombr.*, chap. XXXV.

eurent pas[1]. Les Juifs n'avoient qu'un tabernacle portatif, et qui changeoit continuellement de lieu; cela excluoit l'idée d'asile. Il est vrai qu'ils devoient avoir un temple; mais les criminels qui y seroient venus de toutes parts auroient pu troubler le service divin. Si les homicides avoient été chassés hors du pays, comme ils le furent chez les Grecs, il eût été à craindre qu'ils n'adorassent des dieux étrangers. Toutes ces considérations firent établir des villes d'asile, où l'on devoit rester jusqu'à la mort du souverain pontife.

CHAPITRE IV.

Des ministres de la religion.

Les premiers hommes, dit Porphyre[2], ne sacrifioient que de l'herbe. Pour un culte si simple, chacun pouvoit être pontife dans sa famille.

Le désir naturel de plaire à la divinité multiplia les cérémonies: ce qui fit que les hommes, occupés à l'agriculture, devinrent incapables de les exécuter toutes, et d'en remplir les détails.

On consacra aux dieux des lieux particuliers; il fallut qu'il y eût des ministres pour en prendre soin, comme chaque citoyen prend soin de sa maison et de ses affaires domestiques. Aussi les peuples qui n'ont point de prêtres sont-ils ordinairement barbares. Tels étoient autrefois les Pédaliens[3], tels sont encore les Wolgusky[4].

Des gens consacrés à la divinité devoient être honorés, surtout chez les peuples qui s'étoient formé une certaine idée d'une pureté corporelle, nécessaire pour approcher des lieux les plus agréables aux dieux, et dépendante de certaines pratiques.

Le culte des dieux demandant une attention continuelle, la plupart des peuples furent portés à faire du clergé un corps séparé. Ainsi, chez les Égyptiens, les Juifs et les Perses[5], on consacra à la divinité de certaines familles qui se perpétuoient, et faisoient le service. Il y eut même des religions où l'on ne pensa pas seulement à éloigner les ecclésiastiques des affaires, mais encore à leur ôter l'embarras d'une famille; et c'est la pratique de la principale branche de la loi chrétienne.

Je ne parlerai point ici des conséquences de la loi du célibat: on sent qu'elle pourroit devenir nuisible à proportion que le corps du clergé seroit trop étendu, et que par conséquent celui des laïques ne le seroit pas assez.

Par la nature de l'entendement humain, nous aimons, en fait de religion, tout ce qui suppose un effort, comme, en matière de morale, nous aimons spéculativement tout ce qui porte le caractère de la sévérité. Le célibat a été plus agréable aux peuples à qui il sembloit convenir le moins, et pour lesquels il pouvoit avoir de plus fâcheuses suites. Dans les pays du midi de l'Europe, où, par la nature du climat, la loi du célibat est plus difficile à observer, elle a été retenue; dans ceux du nord, où les passions sont moins vives, elle a été proscrite. Il y a plus: dans les pays où il y a peu d'habitants, elle a été admise; dans ceux où il y en a beaucoup, on l'a rejetée. On sent que toutes ces réflexions ne portent que sur la trop grande extension du célibat, et non sur le célibat même.

CHAPITRE V.

Des bornes que les lois doivent mettre aux richesses du clergé.

Les familles particulières peuvent périr: ainsi les biens n'y ont point une destination perpétuelle. Le clergé est une famille qui ne peut pas périr: les biens y sont donc attachés pour toujours, et n'en peuvent pas sortir.

Les familles particulières peuvent s'augmenter: il faut donc que leurs biens puissent croître aussi. Le clergé est une famille qui ne doit point s'augmenter: les biens doivent donc y être bornés.

Nous avons retenu les dispositions du Lévitique sur les biens du clergé, excepté celles qui regardent les bornes de ces biens: effectivement, on ignorera toujours parmi nous quel est le terme après lequel il n'est plus permis à une communauté religieuse d'acquérir.

Ces acquisitions sans fin paroissent aux peuples si déraisonnables, que celui qui voudroit parler pour elles seroit regardé comme un imbécile.

Les lois civiles trouvent quelquefois des obstacles à changer des abus établis, parce qu'ils sont liés à des choses qu'elles doivent respecter: dans ce cas, une disposition indirecte marque plus le

[1] *Nombr.*, chap. xxxv. — Un décret de Clotaire II avoit ordonné qu'on respectât comme asiles, non seulement les églises, mais même leur enceinte extérieure, ou l'arpent de terre qui les environnoit, si elles n'avoient pas d'enceinte fermée; mais un capitulaire synodal de 744 défendit de donner des vivres à ceux qui s'y réfugieroient pour se soustraire à une peine capitale. (Chabut, *de la Mon. franç.*, liv. VII, ch. LXII.) (P.)

[2] *De Abstinentia animal.*, lib. II, § 5.

[3] Lilius Giraldus, pag. 726.

[4] Peuple de la Sibérie. Voyez la relation de M. Éverard Isbrands-Ides, dans le *Recueil des Voyages du Nord*, tom. VIII.

[5] Voyez M. Hyde.

bon esprit du législateur qu'une autre qui frapperoit sur la chose même. Au lieu de défendre les acquisitions du clergé, il faut chercher à l'en dégoûter lui-même : laisser le droit, et ôter le fait.

Dans quelques pays de l'Europe, la considération des droits des seigneurs a fait établir en leur faveur un droit d'indemnité sur les immeubles acquis par les gens de mainmorte. L'intérêt du prince lui a fait exiger un droit d'amortissement dans le même cas. En Castille, où il n'y a point de droit pareil, le clergé a tout envahi; en Aragon, où il y a quelque droit d'amortissement, il a acquis moins; en France, où ce droit et celui d'indemnité sont établis, il a moins acquis encore, et l'on peut dire que la prospérité de cet état est due en partie à l'exercice de ces deux droits. Augmentez-les, ces droits, et arrêtez la mainmorte, s'il est possible.

Rendez sacré et inviolable l'ancien et nécessaire domaine du clergé; qu'il soit fixe et éternel comme lui : mais laissez sortir de ses mains les nouveaux domaines.

Permettez de violer la règle lorsque la règle est devenue un abus; souffrez l'abus lorsqu'il rentre dans la règle.

On se souvient toujours à Rome d'un mémoire qui y fut envoyé à l'occasion de quelques démêlés avec le clergé. On y avoit mis cette maxime : « Le clergé doit contribuer aux charges de l'état, quoi qu'en dise l'Ancien Testament. » On en conclut que l'auteur du mémoire entendoit mieux le langage de la maltôte que celui de la religion.

CHAPITRE VI.

Des monastères.

Le moindre bon sens fait voir que ces corps qui se perpétuent sans fin ne doivent pas vendre leurs fonds à vie, ni faire des emprunts à vie, à moins qu'on ne veuille qu'ils se rendent héritiers de tous ceux qui n'ont point de parents, et de tous ceux qui n'en veulent point avoir. Ces gens jouent contre le peuple, mais ils tiennent la banque contre lui.

CHAPITRE VII.

Du luxe de la superstition.

« Ceux-là sont des impies envers les dieux, dit » Platon[1], qui nient leur existence, ou qui l'ac» cordent, mais soutiennent qu'ils ne se mêlent

» point des choses d'ici-bas; ou enfin qui pensent » qu'on les apaise aisément par des sacrifices : » trois opinions également pernicieuses. » Platon dit là tout ce que la lumière naturelle a jamais dit de plus sensé en matière de religion.

La magnificence du culte extérieur a beaucoup de rapport à la constitution de l'état. Dans les bonnes républiques, on n'a pas seulement réprimé le luxe de la vanité, mais encore celui de la superstition; on a fait dans la religion des lois d'épargne. De ce nombre, sont plusieurs lois de Solon, plusieurs lois de Platon sur les funérailles, que Cicéron a adoptées; enfin quelques lois de Numa[1] sur les sacrifices.

« Des oiseaux, dit Cicéron, et des peintures » faites en un jour, sont des dons très divins[2]. » Nous offrons des choses communes, dit un » Spartiate[3], afin que nous ayons tous les jours le » moyen d'honorer les dieux. »

Le soin que les hommes doivent avoir de rendre un culte à la divinité est bien différent de la magnificence de ce culte.

« Ne lui offrons point nos trésors, si nous ne » voulons lui faire voir l'estime que nous faisons » des choses qu'elle veut que nous méprisions. »

« Que doivent penser les dieux des dons des im» pies, dit admirablement Platon[4], puisqu'un » homme de bien rougiroit de recevoir des pré» sents d'un malhonnête homme? »

Il ne faut pas que la religion, sous prétexte de dons, exige des peuples ce que les nécessités de l'état leur ont laissé; et, comme dit Platon[5], des hommes chastes et pieux doivent offrir des dons qui leur ressemblent.

Il ne faudroit pas non plus que la religion encourageât les dépenses des funérailles. Qu'y a-t-il de plus naturel que d'ôter la différence des fortunes dans une chose et dans les moments qui égalisent toutes les fortunes[6]?

[1] *Rogum vino ne respergito.* (*Loi des douze tables.*)
[2] *Divinissima autem dona aves, et formæ ab uno pictore uno absolutæ die.* (*De Legibus,* lib. II, § 45.) Cicéron copie ici les propres termes de Platon, *de Legibus,* lib. XII.
[3] Plutarque attribue ce beau mot à Lycurgue. (P.)
[4] *Des Lois,* liv. IV.
[5] *Ibid.,* liv. XII.
[6] Je ne sais si cette vu est bien juste. Dans tous les gouvernements qui, par leur nature, produisent et doivent supporter l'extrême différence dans les fortunes, la sagesse des lois est d'engager les citoyens riches de la manière la moins nuisible, et même la plus utile pour ceux qui ne le sont pas. Or, de toutes les dépenses que les riches peuvent faire, la moins nuisible sans doute est celle des funérailles : elle ne corrompt point les mœurs publiques; elle n'offense point le pauvre; elle n'excite point la jalousie de ceux qui survivent; enfin on peut rendre ces dépenses infiniment utiles, en les répandant sur la classe d'une infinité d'ouvriers qui ne subsistent que de leur travail. (SERVAN.)

[1] *Des Lois.* liv. X.

CHAPITRE VIII.

Du pontificat.

Lorsque la religion a beaucoup de ministres, il est naturel qu'ils aient un chef, et que le pontificat y soit établi. Dans la monarchie, où l'on ne sauroit trop séparer les ordres de l'état, et où l'on ne doit point assembler sur une même tête toutes les puissances, il est bon que le pontificat soit séparé de l'empire. La même nécessité ne se rencontre pas dans le gouvernement despotique, dont la nature est de réunir sur une même tête tous les pouvoirs. Mais, dans ce cas, il pourroit arriver que le prince regarderoit la religion comme ses lois mêmes, et comme des effets de sa volonté. Pour prévenir cet inconvénient, il faut qu'il y ait des monuments de la religion; par exemple, des livres sacrés qui la fixent et qui l'établissent. Le roi de Perse est le chef de la religion : mais l'Alcoran règle la religion; l'empereur de la Chine est le souverain pontife : mais il y a des livres qui sont entre les mains de tout le monde, auxquels il doit lui-même se conformer. En vain un empereur voulut-il les abolir, ils triomphèrent de la tyrannie.

CHAPITRE IX.

De la tolérance en fait de religion.

Nous sommes ici politiques, et non pas théologiens; et, pour les théologiens mêmes, il y a bien de la différence entre tolérer une religion et l'approuver.

Lorsque les lois d'un état ont cru devoir souffrir plusieurs religions, il faut qu'elles les obligent aussi à se tolérer entre elles. C'est un principe, que toute religion qui est réprimée devient elle-même réprimante; car sitôt que, par quelque hasard, elle peut sortir de l'oppression, elle attaque la religion qui l'a réprimée, non pas comme une religion, mais comme une tyrannie.

Il est donc utile que les lois exigent de ces diverses religions, non seulement qu'elles ne troublent pas l'état, mais aussi qu'elles ne se troublent pas entre elles. Un citoyen ne satisfait point aux lois, en se contentant de ne pas agiter le corps de l'état : il faut encore qu'il ne trouble pas quelque citoyen que ce soit.

CHAPITRE X.

Continuation du même sujet.

Comme il n'y a guère que les religions intolérantes qui aient un grand zèle pour s'établir ailleurs, parce qu'une religion qui peut tolérer les autres ne songe guère à sa propagation, ce sera une très bonne loi civile, lorsque l'état est satisfait de la religion déjà établie, de ne point souffrir l'établissement d'une autre [1].

Voici donc le principe fondamental des lois politiques en fait de religion. Quand on est maître de recevoir dans un état une nouvelle religion, ou de ne la pas recevoir, il ne faut pas l'y établir; quand elle y est établie, il faut la tolérer.

CHAPITRE XI.

Du changement de religion.

Un prince qui entreprend dans son état de détruire ou de changer la religion dominante s'expose beaucoup. Si son gouvernement est despotique, il court plus de risque de voir une révolution que par quelque tyrannie que ce soit, qui n'est jamais dans ces sortes d'états une chose nouvelle. La révolution vient de ce qu'un état ne change pas de religion, de mœurs et de manières dans un instant, et aussi vite que le prince publie l'ordonnance qui établit une religion nouvelle.

De plus, la religion ancienne est liée avec la constitution de l'état, et la nouvelle n'y tient point : celle-là s'accorde avec le climat, et souvent la nouvelle s'y refuse. Il y a plus : les citoyens se dégoûtent de leurs lois; ils prennent du mépris pour le gouvernement déjà établi; on substitue des soupçons contre les deux religions, à une ferme croyance pour une; en un mot, on donne à l'état, au moins pour quelque temps, et de mauvais citoyens, et de mauvais fidèles.

CHAPITRE XII.

Des lois pénales.

Il faut éviter les lois pénales en fait de religion. Elles impriment de la crainte, il est vrai; mais, comme la religion a ses lois pénales aussi qui inspirent de la crainte, l'une est effacée par l'autre.

[1] Je ne parle point, dans tout ce chapitre, de la religion chrétienne, parce que, comme j'ai dit ailleurs, la religion chrétienne est le premier bien. Voyez la fin du chapitre I du livre précédent, et la *Défense de l'Esprit des Lois*, seconde partie.

Entre ces deux craintes différentes, les ames deviennent atroces.

La religion a de si grandes menaces, elle a de si grandes promesses, que, lorsqu'elles sont présentes à notre esprit, quelque chose que le magistrat puisse faire pour nous contraindre à la quitter, il semble qu'on ne nous laisse rien quand on nous l'ôte, et qu'on ne nous ôte rien lorsqu'on nous la laisse.

Ce n'est donc pas en remplissant l'ame de ce grand objet, en l'approchant du moment où il lui doit être d'une plus grande importance, que l'on parvient à l'en détacher : il est plus sûr d'attaquer une religion par la faveur, par les commodités de la vie, par l'espérance de la fortune ; non pas par ce qui avertit, mais par ce qui fait que l'on oublie ; non pas par ce qui indigne, mais par ce qui jette dans la tiédeur, lorsque d'autres passions agissent sur nos ames, et que celles que la religion inspire sont dans le silence. Règle générale : en fait de changement de religion, les invitations sont plus fortes que les peines.

Le caractère de l'esprit humain a paru dans l'ordre même des peines qu'on a employées. Que l'on se rappelle les persécutions du Japon [1], on se révolta plus contre les supplices cruels que contre les peines longues, qui lassent plus qu'elles n'effarouchent, qui sont plus difficiles à surmonter, parce qu'elles paroissent moins difficiles.

En un mot, l'histoire nous apprend assez que les lois pénales n'ont jamais eu d'effet que comme destruction.

CHAPITRE XIII.

Très humble remontrance aux inquisiteurs d'Espagne et de Portugal.

Une Juive de dix-huit ans, brûlée à Lisbonne au dernier auto-da-fé, donna occasion à ce petit ouvrage ; et je crois que c'est le plus inutile qui ait jamais été écrit. Quand il s'agit de prouver des choses si claires, on est sûr de ne pas convaincre.

L'auteur déclare que, quoiqu'il soit Juif, il respecte la religion chrétienne, et qu'il l'aime assez pour ôter aux princes qui ne seront pas chrétiens un prétexte plausible pour la persécuter.

« Vous vous plaignez, dit-il aux inquisiteurs, » de ce que l'empereur du Japon fait brûler à » petit feu tous les chrétiens qui sont dans ses » états ; mais il vous répondra : Nous vous trai-

» tons, vous qui ne croyez pas comme nous, » comme vous traitez vous-mêmes ceux qui ne » croient pas comme vous ; vous ne pouvez vous » plaindre que de votre foiblesse, qui vous empêche de nous exterminer, et qui fait que nous » vous exterminons.

» Mais il faut avouer que vous êtes bien plus » cruels que cet empereur. Vous nous faites mourir, nous qui ne croyons que ce que vous croyez, » parce que nous ne croyons pas tout ce que vous » croyez. Nous suivons une religion que vous savez vous-mêmes avoir été autrefois chérie de » Dieu ; nous pensons que Dieu l'aime encore, et » vous pensez qu'il ne l'aime plus ; et, parce que » vous jugez ainsi, vous faites passer par le fer et » par le feu ceux qui sont dans cette erreur si pardonnable, de croire que Dieu aime encore ce » qu'il a aimé [1].

» Si vous êtes cruels à notre égard, vous l'êtes » bien plus à l'égard de nos enfants ; vous les faites brûler, parce qu'ils suivent les inspirations » que leur ont données ceux que la loi naturelle » et les lois de tous les peuples leur apprennent à » respecter comme des dieux.

» Vous vous privez de l'avantage que vous a » donné sur les Mahométans la manière dont leur » religion s'est établie. Quand ils se vantent du » nombre de leurs fidèles, vous dites que la » force les leur a acquis, et qu'ils ont étendu leur » religion par le fer : pourquoi donc établissez-» vous la vôtre par le feu ?

» Quand vous voulez nous faire venir à vous, » nous vous objectons une source dont vous vous » faites gloire de descendre. Vous nous répondez » que votre religion est nouvelle, mais qu'elle est » divine ; et vous le prouvez parce qu'elle s'est accrue par la persécution des païens et par le sang » de vos martyrs ; mais aujourd'hui vous prenez » le rôle des Dioclétiens, et vous nous faites prendre le vôtre.

» Nous vous conjurons, non pas par le Dieu » puissant que nous servons vous et nous, mais » par le Christ que vous nous dites avoir pris la » condition humaine pour vous proposer des » exemples que vous puissiez suivre ; nous vous » conjurons d'agir avec nous comme il agiroit lui-» même s'il étoit encore sur la terre. Vous voulez » que nous soyons chrétiens, et vous ne voulez » pas l'être.

[1] Voyez le *Recueil des Voyages qui ont servi à l'établissement de la compagnie des Indes*, tome V, part. I, pag. 192.

[1] C'est la source de l'aveuglement des Juifs de ne pas sentir que l'économie de l'Évangile est dans l'ordre des desseins de Dieu, et qu'ainsi elle est une suite de son immutabilité même.

» Mais, si vous ne voulez pas être chrétiens,
» soyez au moins des hommes : traitez-nous comme
» vous feriez, si, n'ayant que ces foibles lueurs de
» justice que la nature nous donne, vous n'aviez
» point une religion pour vous conduire, et une
» révélation pour vous éclairer.

» Si le ciel vous a assez aimés pour vous faire
» voir la vérité, il vous a fait une grande grace :
» mais est-ce aux enfants qui ont eu l'héritage de
» leur père de haïr ceux qui ne l'ont pas eu ?

» Que si vous avez cette vérité, ne nous la ca-
» chez pas par la manière dont vous nous la pro-
» posez. Le caractère de la vérité c'est son triom-
» phe sur les cœurs et les esprits, et non pas cette
» impuissance que vous avouez, lorsque vous
» voulez la faire recevoir par des supplices.

» Si vous êtes raisonnables, vous ne devez pas
» nous faire mourir parce que nous ne voulons
» pas vous tromper. Si votre Christ est le fils de
» Dieu, nous espérons qu'il nous récompensera
» de n'avoir pas voulu profaner ses mystères ; et
» nous croyons que le Dieu que nous servons vous
» et nous ne nous punira pas de ce que nous avons
» souffert la mort pour une religion qu'il nous a
» autrefois donnée, parce que nous croyons qu'il
» nous l'a encore donnée.

» Vous vivez dans un siècle où la lumière natu-
» relle est plus vive qu'elle n'a jamais été, où la
» philosophie a éclairé les esprits, où la morale
» de votre Évangile a été plus connue, où les
» droits respectifs des hommes les uns sur les au-
» tres, l'empire qu'une conscience a sur une au-
» tre conscience, sont mieux établis. Si donc vous
» ne revenez pas de vos anciens préjugés, qui, si
» vous n'y prenez garde, sont vos passions, il
» faut avouer que vous êtes incorrigibles, inca-
» pables de toute lumière et de toute instruc-
» tion ; et une nation est bien malheureuse, qui
» donne de l'autorité à des hommes tels que vous.

» Voulez-vous que nous vous disions naïvement
» notre pensée ? Vous nous regardez plutôt comme
» vos ennemis que comme les ennemis de votre
» religion : car, si vous aimiez votre religion, vous
» ne la laisseriez pas corrompre par une ignorance
» grossière.

» Il faut que nous vous avertissions d'une chose ;
» c'est que, si quelqu'un dans la postérité ose ja-
» mais dire que dans le siècle où nous vivons les
» peuples d'Europe étoient policés, on vous ci-
» tera pour prouver qu'ils étoient barbares ; et
» l'idée que l'on aura de vous sera telle qu'elle
» flétrira votre siècle, et portera la haine sur tous
» vos contemporains. »

CHAPITRE XIV.

Pourquoi la religion chrétienne est si odieuse au Japon

J'ai parlé [1] du caractère atroce des ames japo-
noises. Les magistrats regardèrent la fermeté qu'in-
spire le christianisme, lorsqu'il s'agit de renoncer
à la foi, comme très dangereuse : on crut voir
augmenter l'audace. La loi du Japon punit sévè-
rement la moindre désobéissance. On ordonna
de renoncer à la religion chrétienne : n'y pas re-
noncer c'étoit désobéir ; on châtia ce crime ; et
la continuation de la désobéissance parut mériter
un autre châtiment.

Les punitions, chez les Japonois, sont regar-
dées comme la vengeance d'une insulte faite au
prince. Les chants d'alégresse de nos martyrs pa-
rurent être un attentat contre lui : le titre de mar-
tyr indigna [2] les magistrats ; dans leur esprit, il
signifioit rebelle ; ils firent tout pour empêcher
qu'on ne l'obtînt. Ce fut alors que les ames s'effa-
rouchèrent, et que l'on vit un combat horrible
entre les tribunaux qui condamnèrent et les accu-
sés qui souffrirent, entre les lois civiles et celles
de la religion.

CHAPITRE XV.

De la propagation de la religion.

Tous les peuples d'Orient, excepté les Maho-
métans, croient toutes les religions en elles-mê-
mes indifférentes. Ce n'est que comme changement
dans le gouvernement qu'ils craignent l'établisse-
ment d'une autre religion. Chez les Japonois, où
il y a plusieurs sectes, et où l'état a eu si long-
temps un chef ecclésiastique, on ne dispute jamais
sur la religion [3]. Il en est de même chez les Sia-
mois [4]. Les Calmouks font plus : ils se font une
affaire de conscience de souffrir toutes sortes de
religions [5]. A Calicut, c'est une maxime d'état que
toute religion est bonne [6].

Mais il n'en résulte pas qu'une religion appor-
tée d'un pays très éloigné, et totalement différent
de climat, de lois, de mœurs et de manières, ait
tout le succès que sa sainteté devroit lui promet-
tre. Cela est surtout vrai dans les grands empires
despotiques : on tolère d'abord les étrangers, par-

[1] Liv. VII, chap. XIII.
[2] L'édition de 1758 et toutes celles qui ont été faites postérieu-
rement portent *intimida*. Nous avons rétabli l'expression de
Montesquieu. (P.)
[3] Voyez Kempfer.
[4] *Mémoires du comte de Forbin.*
[5] *Histoire des Tartars*, partie V.
[6] *Voyage de François Pirard*, chap. XXVII.

ce qu'on ne fait point d'attention à ce qui ne paroît pas blesser la puissance du prince; on y est dans une ignorance extrême de tout. Un Européen peut se rendre agréable par de certaines connoissances qu'il procure : cela est bon pour les commencements; mais sitôt que l'on a quelque succès, que quelque dispute s'élève, que les gens qui peuvent avoir quelque intérêt sont avertis; comme cet état, par sa nature, demande surtout la tranquillité, et que le moindre trouble peut le renverser, on proscrit d'abord la religion nouvelle et ceux qui l'annoncent : les disputes entre ceux qui prêchent venant à éclater, on commence à se dégoûter d'une religion dont ceux mêmes qui la proposent ne conviennent pas.

LIVRE VINGT-SIXIÈME.

DES LOIS,

DANS LE RAPPORT QU'ELLES DOIVENT AVOIR AVEC L'ORDRE DES CHOSES SUR LESQUELLES ELLES STATUENT.

CHAPITRE I.

Idée de ce livre.

Les hommes sont gouvernés par diverses sortes de lois : par le droit naturel; par le droit divin, qui est celui de la religion; par le droit ecclésiastique, autrement appelé canonique, qui est celui de la police de la religion; par le droit des gens, qu'on peut considérer comme le droit civil de l'univers, dans le sens que chaque peuple en est un citoyen; par le droit politique général, qui a pour objet cette sagesse humaine qui a fondé toutes les sociétés; par le droit politique particulier, qui concerne chaque société; par le droit de conquête, fondé sur ce qu'un peuple a voulu, a pu, ou a dû faire violence à un autre; par le droit civil de chaque société, par lequel un citoyen peut défendre ses biens et sa vie contre tout autre citoyen; enfin par le droit domestique, qui vient de ce qu'une société est divisée en diverses familles qui ont besoin d'un gouvernement particulier.

Il y a donc différents ordres de lois; et la sublimité de la raison humaine consiste à savoir bien auquel de ces ordres se rapportent principalement les choses sur lesquelles on doit statuer, et à ne point mettre de confusion dans les principes qui doivent gouverner les hommes.

CHAPITRE II.

Des lois divines et des lois humaines.

On ne doit point statuer par les lois divines ce qui doit l'être par les lois humaines, ni régler par les lois humaines ce qui doit l'être par les lois divines.

Ces deux sortes de lois diffèrent par leur origine, par leur objet et par leur nature.

Tout le monde convient bien que les lois humaines sont d'une autre nature que les lois de la religion, et c'est un grand principe; mais ce principe lui-même est soumis à d'autres qu'il faut chercher.

1° La nature des lois humaines est d'être soumises à tous les accidents qui arrivent, et de varier à mesure que les volontés des hommes changent : au contraire, la nature des lois de la religion est de ne varier jamais. Les lois humaines statuent sur le bien; la religion, sur le meilleur. Le bien peut avoir un autre objet, parce qu'il y a plusieurs biens; mais le meilleur n'est qu'un, il ne peut donc pas changer. On peut bien changer les lois, parce qu'elles ne sont censées qu'être bonnes; mais les institutions de la religion sont toujours supposées être les meilleures.

2° Il y a des états où les lois ne sont rien, ou ne sont qu'une volonté capricieuse et transitoire du souverain. Si dans ces états les lois de la religion étoient de la nature des lois humaines, les lois de la religion ne seroient rien non plus : il est pourtant nécessaire à la société qu'il y ait quelque chose de fixe; et c'est cette religion qui est quelque chose de fixe.

3° La force principale de la religion vient de ce qu'on la croit; la force des lois humaines vient de ce qu'on les craint. L'antiquité convient à la religion, parce que souvent nous croyons plus les choses à mesure qu'elles sont plus reculées, car nous n'avons pas dans la tête des idées accessoires, tirées de ces temps-là, qui puissent les contredire. Les lois humaines, au contraire, tirent avantage de leur nouveauté, qui annonce une attention particulière et actuelle du législateur, pour les faire observer.

CHAPITRE III.

Des lois civiles qui sont contraires à la loi naturelle.

« Si un esclave, dit Platon, se défend, et tue » un homme libre, il doit être traité comme un » parricide [1]. » Voilà une loi civile qui punit la défense naturelle.

La loi qui, sous Henri VIII, condamnoit un homme sans que les témoins lui eussent été confrontés, étoit contraire à la défense naturelle : en effet, pour qu'on puisse condamner, il faut bien que les témoins sachent que l'homme contre qui ils déposent est celui que l'on accuse, et que celui-ci puisse dire : Ce n'est pas moi dont vous parlez.

La loi, passée sous le même règne, qui condamnoit toute fille qui, ayant eu un mauvais commerce avec quelqu'un, ne le déclareroit point au roi, avant de l'épouser, violoit la défense de la pudeur naturelle : il est aussi déraisonnable d'exiger d'une fille qu'elle fasse cette déclaration, que de demander d'un homme qu'il ne cherche pas à défendre sa vie.

La loi d'Henri II, qui condamne à mort une fille dont l'enfant a péri, en cas qu'elle n'ait point déclaré au magistrat sa grossesse, n'est pas moins contraire à la défense naturelle. Il suffisoit de l'obliger d'en instruire une de ses plus proches parentes, qui veillât à la conservation de l'enfant.

Quel autre aveu pourroit-elle faire dans ce supplice de la pudeur naturelle? L'éducation a augmenté en elle l'idée de la conservation de cette pudeur; et à peine, dans ces moments, est-il resté en elle une idée de la perte de la vie.

On a beaucoup parlé d'une loi d'Angleterre qui permettoit à une fille de sept ans de se choisir un mari [2]. Cette loi étoit révoltante de deux manières : elle n'avoit aucun égard au temps de la maturité que la nature a donné à l'esprit, ni au temps de la maturité qu'elle a donné au corps.

Un père pouvoit, chez les Romains, obliger sa fille à répudier son mari, quoiqu'il eût lui-même consenti au mariage [3]. Mais il est contre la nature que le divorce soit mis entre les mains d'un tiers.

Si le divorce est conforme à la nature, il ne l'est que lorsque les deux parties, ou, au moins, une d'elles, y consentent; et, lorsque ni l'une ni l'autre n'y consentent, c'est un monstre que le divorce. Enfin la faculté du divorce ne peut être donnée qu'à ceux qui ont les incommodités du mariage, et qui sentent le moment où ils ont intérêt de les faire cesser.

CHAPITRE IV.

Continuation du même sujet.

Gondebaud, roi de Bourgogne, vouloit que, si la femme, ou le fils de celui qui avoit volé, ne révéloit pas le crime, ils fussent réduits en esclavage [1]. Cette loi étoit contre la nature [2]. Comment une femme pouvoit-elle être accusatrice de son mari? Comment un fils pouvoit-il être accusateur de son père? Pour venger une action criminelle, il en ordonnoit une plus criminelle encore.

La loi de Recessuinde permettoit aux enfants de la femme adultère, ou à ceux de son mari, de l'accuser, et de mettre à la question les esclaves de la maison [3]. Loi inique, qui, pour conserver les mœurs, renversoit la nature, d'où tirent leur origine les mœurs.

Nous voyons avec plaisir sur nos théâtres un jeune héros [4] montrer autant d'horreur pour découvrir le crime de sa belle-mère qu'il en avoit eu pour le crime même : il ose à peine, dans sa surprise, accusé, jugé, condamné, proscrit, et couvert d'infamie, faire quelques réflexions sur le sang abominable dont Phèdre est sortie; il abandonne ce qu'il a de plus cher, et l'objet le plus tendre, tout ce qui parle à son cœur, tout ce qui peut l'indigner, pour aller se livrer à la vengeance des dieux, qu'il n'a point méritée. Ce sont les accents de la nature qui causent ce plaisir : c'est la plus douce de toutes les voix.

CHAPITRE V.

Cas où l'on peut juger par les principes du droit civil, en modifiant les principes du droit naturel.

Une loi d'Athènes obligeoit les enfants de nourrir leurs pères tombés dans l'indigence [5]; elle exceptoit ceux qui étoient nés d'une courtisane, ceux dont le père avoit exposé la pudicité par un

[1] Liv. IX des Lois.
[2] M. Bayle, dans sa Critique de l'Histoire du Calvinisme, parle de cette loi, page 293.
[3] Voyez la loi 5, au code de Repudiis et Judicio de moribus sublato.

[1] Loi des Bourguignons, tit. 41.
[2] Elle pourroit cependant se justifier par cette considération que l'homme se doit à sa patrie avant de se devoir à sa famille.
[3] Dans le code des Wisigoths, liv. III, tit. 4, § 13.
[4] Hippolyte. Voyez la Phèdre de Racine, acte IV, scène II. (P.)
[5] Sous peine d'infamie; une autre, sous peine de prison.

trafic infame [1], ceux à qui il n'avoit point donné de métier pour gagner leur vie [2].

La loi considéroit que, dans le premier cas, le père se trouvant incertain, il avoit rendu précaire son obligation naturelle; que, dans le second, il avoit flétri la vie qu'il avoit donnée, et que le plus grand mal qu'il pût faire à ses enfants, il l'avoit fait, en les privant de leur caractère; que, dans le troisième, il leur avoit rendu insupportable une vie qu'ils trouvoient tant de difficulté à soutenir. La loi n'envisageoit plus le père et le fils que comme deux citoyens, ne statuoit plus que sur des vues politiques et civiles; elle considéroit que, dans une bonne république, il faut surtout des mœurs. Je crois bien que la loi de Solon étoit bonne dans les deux premiers cas, soit celui où la nature laisse ignorer au fils quel est son père, soit celui où elle semble même lui ordonner de le méconnoître; mais on ne sauroit l'approuver dans le troisième, où le père n'avoit violé qu'un règlement civil.

CHAPITRE VI.

Que l'ordre des successions dépend des principes du droit politique ou civil, et non pas des principes du droit naturel.

La loi Voconienne ne permettoit point d'instituer une femme héritière, pas même sa fille unique. Il n'y eut jamais, dit saint Augustin [3], une loi plus injuste. Une formule [4] de Marculfe traite d'impie la coutume qui prive les filles de la succession de leurs pères. Justinien [5] appelle barbare le droit de succéder des mâles, au préjudice des filles. Ces idées sont venues de ce que l'on a regardé le droit que les enfants ont de succéder à leurs pères comme une conséquence de la loi naturelle : ce qui n'est pas.

La loi naturelle ordonne aux pères de nourrir leurs enfants; mais elle n'oblige pas de les faire héritiers. Le partage des biens, les lois sur ce partage, les successions après la mort de celui qui a eu ce partage : tout cela ne peut avoir été réglé que par la société, et par conséquent par des lois politiques ou civiles.

Il est vrai que l'ordre politique ou civil demande souvent que les enfants succèdent aux pères; mais il ne l'exige pas toujours.

Les lois de nos fiefs ont pu avoir des raisons pour que l'aîné des mâles, ou les plus proches parents par mâles, eussent tout, et que les filles n'eussent rien; et les lois des Lombards [1] ont pu en avoir pour que les sœurs, les enfants naturels, les autres parents, et à leur défaut le fisc, concourussent avec les filles.

Il fut réglé dans quelques dynasties de la Chine que les frères de l'empereur lui succéderoient, et que ses enfants ne lui succéderoient pas. Si l'on vouloit que le prince eût une certaine expérience, si l'on craignoit les minorités, s'il falloit prévenir que des eunuques ne plaçassent successivement des enfants sur le trône, on put très bien établir un pareil ordre de succession; et, quand quelques [2] écrivains ont traité ces frères d'usurpateurs, ils ont jugé sur des idées prises des lois de ces pays-ci.

Selon la coutume de Numidie [3], OElsace, frère de Gala, succéda au royaume, non pas Massinisse son fils. Et encore aujourd'hui [4], chez les Arabes de Barbarie, où chaque village a un chef, on choisit, selon cette ancienne coutume, l'oncle ou quelque autre parent pour succéder.

Il y a des monarchies purement électives; et, dès qu'il est clair que l'ordre des successions doit dériver des lois politiques ou civiles, c'est à elles à décider dans quels cas la raison veut que cette succession soit déférée aux enfants, et dans quels cas il faut la donner à d'autres.

Dans les pays où la polygamie est établie, le prince a beaucoup d'enfants [5]; le nombre en est plus grand dans des pays que dans d'autres. Il y a des [6] états où l'entretien des enfants du roi seroit impossible au peuple; on a pu y établir que les enfants du roi ne lui succéderoient pas, mais ceux de sa sœur.

Un nombre prodigieux d'enfants exposeroit l'état à d'affreuses guerres civiles. L'ordre de succession qui donne la couronne aux enfants de la sœur, dont le nombre n'est pas plus grand que ne seroit celui des enfants d'un prince qui n'auroit qu'une seule femme, prévient ces inconvénients.

Il y a des nations chez lesquelles des raisons d'état ou quelque maxime de religion ont dé-

[1] PLUTARQUE, Vie de Solon.
[2] Ibid.; et GALIEN, in Exhort. ad Art., cap. VIII.
[3] De Civitate Dei, lib. III.
[4] Liv. II, chap. XII. [5] Novelle 21.

[1] Liv. II, tit. XIV, § 6, 7 et 8.
[2] Le P. Duhalde, sur la deuxième dynastie.
[3] TITE-LIVE, décade III, liv. XXIX, ch. XXIX.
[4] Voyez les Voyages de Schaw, tome I, page 402.
[5] Il n'est pas rare, dit Smith, de voir des pères qui aient jusqu'à deux cents enfants vivants. (P.)
[6] Voyez le Recueil des Voyages qui ont servi à l'établissement de la compagnie des Indes, tome IV, part. I, p. 114; et M. Smith, Voyage de Guinée, part. II, p. 150, sur le royaume de Jnida.

mandé qu'une certaine famille fût toujours régnante : telle est aux Indes[1] la jalousie de sa caste, et la crainte de n'en point descendre. On y a pensé que, pour avoir toujours des princes du sang royal, il falloit prendre les enfants de la sœur aînée du roi.

Maxime générale : nourrir ses enfants est une obligation du droit naturel; leur donner sa succession est une obligation du droit civil ou politique. De là dérivent les différentes dispositions sur les bâtards dans les différents pays du monde : elles suivent les lois civiles ou politiques de chaque pays.

CHAPITRE VII.

Qu'il ne faut point décider par les préceptes de la religion lorsqu'il s'agit de ceux de la loi naturelle.

Les Abyssins ont un carême de cinquante jours très rude, et qui les affoiblit tellement que de longtemps ils ne peuvent agir : les Turcs ne manquent pas de les attaquer après leur carême[2]. La religion devroit, en faveur de la défense naturelle, mettre des bornes à ces pratiques.

Le sabbat fut ordonné aux Juifs; mais ce fut une stupidité à cette nation de ne point se défendre[3], lorsque ses ennemis choisirent ce jour pour l'attaquer.

Cambyse, assiégeant Peluze, mit au premier rang un grand nombre d'animaux que les Égyptiens tenoient pour sacrés : les soldats de la garnison n'osèrent tirer. Qui ne voit que la défense naturelle est d'un ordre supérieur à tous les préceptes?

CHAPITRE VIII.

Qu'il ne faut pas régler par les principes du droit qu'on appelle canonique les choses réglées par les principes du droit civil.

Par le droit civil des Romains[4], celui qui enlève d'un lieu sacré une chose privée n'est puni que du crime de vol; par le droit canonique[5], il est puni du crime de sacrilége. Le droit canonique fait at-

tention au lieu; le droit civil, à la chose. Mais n'avoir attention qu'au lieu c'est ne réfléchir, ni sur la nature et la définition du vol, ni sur la nature et la définition du sacrilége.

Comme le mari peut demander la séparation à cause de l'infidélité de sa femme, la femme la demandoit autrefois à cause de l'infidélité du mari[1]. Cet usage, contraire à la disposition des lois romaines[2], s'étoit introduit dans les cours d'église[3], où l'on ne voyoit que les maximes du droit canonique; et effectivement, à ne regarder le mariage que dans des idées purement spirituelles et dans le rapport aux choses de l'autre vie, la violation est la même. Mais les lois politiques et civiles de presque tous les peuples ont avec raison distingué ces deux choses. Elles ont demandé des femmes un degré de retenue et de continence qu'elles n'exigent point des hommes, parce que la violation de la pudeur suppose dans les femmes un renoncement à toutes les vertus; parce que la femme, en violant les lois du mariage, sort de l'état de sa dépendance naturelle; parce que la nature a marqué l'infidélité des femmes par des signes certains : outre que les enfants adultérins de la femme sont nécessairement au mari et à la charge du mari, au lieu que les enfants adultérins du mari ne sont pas à la femme ni à la charge de la femme.

CHAPITRE IX.

Que les choses qui doivent être réglées par les principes du droit civil peuvent rarement l'être par les principes des lois de la religion.

Les lois religieuses ont plus de sublimité, les lois civiles ont plus d'étendue.

Les lois de perfection tirées de la religion ont plus pour objet la bonté de l'homme qui les observe, que celle de la société dans laquelle elles sont observées : les lois civiles, au contraire, ont plus pour objet la bonté morale des hommes en général, que celle des individus.

Ainsi, quelque respectables que soient les idées qui naissent immédiatement de la religion, elles ne doivent pas toujours servir de principe aux lois civiles, parce que celles-ci en ont un autre, qui est le bien général de la société.

Les Romains firent des réglements pour con-

[1] Voyez les *Lettres édifiantes*, quatorzième recueil; et les *Voyages qui ont servi à l'établissement de la compagnie des Indes*, tome III, part. II, page 644.
[2] *Recueil des Voyages qui ont servi à l'établissement de la compagnie des Indes*, tome IV, part. I, pages 55 et 105.
[3] Comme ils firent lorsque Pompée assiégea le temple. Voyez Dion, liv. XXXVII.
[4] Leg. 5, ff. *ad leg. Juliam peculatûs*.
[5] Cap. *Quisquis* XVII, *quæstione* 4; CUJAS, *Observ.*, liv. XIII, chap. XIX, tom. III.

[1] BEAUMANOIR, *ancienne coutume de Beauvoisis*, chap. XVIII.
[2] Leg. I, cod. *ad leg. Jul. de adult.*
[3] Aujourd'hui, en France, elles ne connoissent point de ces choses.

server dans la république les mœurs des femmes : c'étoient des institutions politiques. Lorsque la monarchie s'établit, ils firent là-dessus des lois civiles, et ils les firent sur les principes du gouvernement civil. Lorsque la religion chrétienne eut pris naissance, les lois nouvelles que l'on fit eurent moins de rapport à la bonté générale des mœurs qu'à la sainteté du mariage : on considéra moins l'union des deux sexes dans l'état civil, que dans un état spirituel.

D'abord, par la loi romaine [1], un mari qui ramenoit sa femme dans sa maison après la condamnation d'adultère fut puni comme complice de ses débauches. Justinien [2], dans un autre esprit, ordonna qu'il pourroit, pendant deux ans, l'aller reprendre dans le monastère.

Lorsqu'une femme qui avoit son mari à la guerre n'entendoit plus parler de lui, elle pouvoit, dans les premiers temps, aisément se remarier, parce qu'elle avoit entre ses mains le pouvoir de faire divorce. La loi de Constantin [3] voulut qu'elle attendît quatre ans, après quoi elle pouvoit envoyer le libelle de divorce au chef ; et, si son mari revenoit, il ne pouvoit plus l'accuser d'adultère. Mais Justinien [4] établit que, quelque temps qui se fût écoulé depuis le départ du mari, elle ne pouvoit se remarier, à moins que, par la déposition et le serment du chef, elle ne prouvât la mort de son mari. Justinien avoit en vue l'indissolubilité du mariage ; mais on peut dire qu'il l'avoit trop en vue. Il demandoit une preuve positive, lorsqu'une preuve négative suffisoit ; il exigeoit une chose très difficile, de rendre compte de la destinée d'un homme éloigné, et exposé à tant d'accidents ; il présumoit un crime, c'est-à-dire la désertion du mari, lorsqu'il étoit si naturel de présumer sa mort. Il choquoit le bien public, en laissant une femme sans mariage ; il choquoit l'intérêt particulier, en l'exposant à mille dangers.

La loi de Justinien [5], qui mit parmi les causes de divorce le consentement du mari et de la femme d'entrer dans le monastère, s'éloignoit entièrement des principes des lois civiles. Il est naturel que des causes de divorce tirent leur origine de certains empêchements qu'on ne devoit pas prévoir avant le mariage ; mais ce désir de garder la chasteté pouvoit être prévu, puisqu'il est en nous. Cette loi favorise l'inconstance dans

un état qui, de sa nature, est perpétuel ; elle choque le principe fondamental du divorce, qui ne souffre la dissolution d'un mariage que dans l'espérance d'un autre ; enfin, à suivre même les idées religieuses, elle ne fait que donner des victimes à Dieu sans sacrifice.

CHAPITRE X.

Dans quel cas il faut suivre la loi civile qui permet, et non pas la loi de la religion qui défend.

Lorsqu'une religion qui défend la polygamie s'introduit dans un pays où elle est permise, on ne croit pas, à ne parler que politiquement, que la loi du pays doive souffrir qu'un homme qui a plusieurs femmes embrasse cette religion, à moins que le magistrat ou le mari ne les dédommagent en leur rendant de quelque manière leur état civil. Sans cela leur condition seroit déplorable : elles n'auroient fait qu'obéir aux lois, et elles se trouveroient privées des plus grands avantages de la société.

CHAPITRE XI.

Qu'il ne faut point régler les tribunaux humains par les maximes des tribunaux qui regardent l'autre vie.

Le tribunal de l'inquisition, formé par les moines chrétiens sur l'idée du tribunal de la pénitence, est contraire à toute bonne police. Il a trouvé partout un soulèvement général ; et il auroit cédé aux contradictions, si ceux qui vouloient l'établir n'avoient tiré avantage de ces contradictions mêmes.

Ce tribunal est insupportable dans tous les gouvernements. Dans la monarchie, il ne peut faire que des délateurs et des traîtres ; dans les républiques, il ne peut former que des malhonnêtes gens ; dans l'état despotique, il est destructeur comme lui.

CHAPITRE XII.

Continuation du même sujet.

C'est un des abus de ce tribunal, que, de deux personnes qui y sont accusées du même crime, celle qui nie est condamnée à la mort, et celle qui avoue évite le supplice. Ceci est tiré des idées monastiques, où celui qui nie paroît être dans l'impénitence et damné, et celui qui avoue semble être dans le repentir et sauvé. Mais une pareille distinction ne peut concerner les tribunaux hu-

[1] Leg. 11, § ult. ff. ad leg. Jul. de adult.
[2] Novelle 154, chap. x.
[3] Leg. 7, cod. de Repudiis et Judicio de moribus sublato.
[4] Auth. Hodie quantiscumque, cod. de Repud.
[5] Auth. Quod hodie. cod. de Repud.

mains : la justice humaine, qui ne voit que les actions, n'a qu'un pacte avec les hommes, qui est celui de l'innocence ; la justice divine, qui voit les pensées, en a deux, celui de l'innocence et celui du repentir.

CHAPITRE XIII.

Dans quel cas il faut suivre, à l'égard des mariages, les lois de la religion ; et dans quel cas il faut suivre les lois civiles.

Il est arrivé, dans tous les pays et dans tous les temps, que la religion s'est mêlée des mariages. Dès que de certaines choses ont été regardées comme impures ou illicites, et que cependant elles étoient nécessaires, il a bien fallu y appeler la religion pour les légitimer dans un cas, et les réprouver dans les autres.

D'un autre côté, les mariages étant, de toutes les actions humaines, celle qui intéresse le plus la société, il a bien fallu qu'ils fussent réglés par les lois civiles.

Tout ce qui regarde le caractère du mariage, sa forme, la manière de le contracter, la fécondité qu'il procure, qui a fait comprendre à tous les peuples qu'il étoit l'objet d'une bénédiction particulière qui, n'y étant pas toujours attachée, dépendoit de certaines graces supérieures : tout cela est du ressort de la religion.

Les conséquences de cette union par rapport aux biens, les avantages réciproques, tout ce qui a du rapport à la famille nouvelle, à celle dont elle est sortie, à celle qui doit naître : tout cela regarde les lois civiles.

Comme un des grands objets du mariage est d'ôter toutes les incertitudes des conjonctions illégitimes, la religion y imprime son caractère ; et les lois civiles y joignent le leur, afin qu'il ait toute l'authenticité possible. Ainsi, outre les conditions que demande la religion pour que le mariage soit valide, les lois civiles en peuvent encore exiger d'autres.

Ce qui fait que les lois civiles ont ce pouvoir, c'est que ce sont des caractères ajoutés, et non pas des caractères contradictoires. La loi de la religion veut de certaines cérémonies, et les lois civiles veulent le consentement des pères : elles demandent en cela quelque chose de plus, mais elles ne demandent rien qui soit contraire.

Il suit de là que c'est à la loi de la religion à décider si le lien sera indissoluble ou non ; car si les lois de la religion avoient établi le lien indisso-

luble, et que les lois civiles eussent réglé qu'il se peut rompre, ce seroient deux choses contradictoires.

Quelquefois les caractères imprimés au mariage par les lois civiles ne sont pas d'une absolue nécessité : tels sont ceux qui sont établis par les lois qui, au lieu de casser le mariage, se sont contentées de punir ceux qui le contractoient.

Chez les Romains, les lois Papiennes déclarèrent injustes les mariages qu'elles prohiboient, et les soumirent seulement à des peines [1] ; et le sénatus-consulte rendu sur le discours de l'empereur Marc-Antonin les déclara nuls : il n'y eut plus de mariage, de femme, de dot, de mari [2]. La loi civile se détermine selon les circonstances : quelquefois elle est plus attentive à réparer le mal, quelquefois à le prévenir.

CHAPITRE XIV.

Dans quels cas, dans les mariages entre parents, il faut se régler par les lois de la nature ; dans quels cas on doit se régler par les lois civiles.

En fait de prohibition de mariage entre parents, c'est une chose très délicate de bien poser le point auquel les lois de la nature s'arrêtent, et où les lois civiles commencent. Pour cela, il faut établir des principes.

Le mariage du fils avec la mère confond l'état des choses ; le fils doit un respect sans bornes à sa mère, la femme doit un respect sans bornes à son mari : le mariage d'une mère avec son fils renverseroit dans l'un et dans l'autre leur état naturel.

Il y a plus : la nature a avancé, dans les femmes, le temps où elles peuvent avoir des enfants ; elle l'a reculé dans les hommes ; et, par la même raison, la femme cesse plus tôt d'avoir cette faculté, et l'homme plus tard. Si le mariage entre la mère et le fils étoit permis, il arriveroit presque toujours que, lorsque le mari seroit capable d'entrer dans les vues de la nature, la femme n'y seroit plus.

Le mariage entre le père et la fille répugne à la nature comme le précédent ; mais il répugne moins, parce qu'il n'a point ces deux obstacles. Aussi les Tartares, qui peuvent épouser leurs fil-

[1] Voyez ce que j'ai dit ci-dessus, au chapitre XXI du livre *des Lois, dans le rapport qu'elles ont avec le nombre des habitants.*
[2] Voyez la loi 16, ff. *de Ritu nuptiarum* ; et la loi 3, § 1, aussi au Digeste, *de Donationibus inter virum et uxorem.*

les [1], n'épousent-ils jamais leurs mères, comme nous le voyons dans les relations [2].

Il a toujours été naturel aux pères de veiller sur la pudeur de leurs enfants. Chargés du soin de les établir, ils ont dû leur conserver, et le corps le plus parfait, et l'âme la moins corrompue, tout ce qui peut mieux inspirer des desirs, et tout ce qui est le plus propre à donner de la tendresse. Des pères, toujours occupés à conserver les mœurs de leurs enfants, ont dû avoir un éloignement naturel pour tout ce qui pourroit les corrompre. Le mariage n'est point une corruption, dira-t-on. Mais avant le mariage il faut parler, il faut se faire aimer, il faut séduire : c'est cette séduction qui a dû faire horreur.

Il a donc fallu une barrière insurmontable entre ceux qui devoient donner l'éducation et ceux qui devoient la recevoir, et éviter toute sorte de corruption, même pour cause légitime. Pourquoi les pères privent-ils si soigneusement ceux qui doivent épouser leurs filles de leur compagnie et de leur familiarité ?

L'horreur pour l'inceste du frère avec la sœur a dû partir de la même source. Il suffit que les pères et les mères aient voulu conserver les mœurs de leurs enfants, et leurs maisons pures, pour avoir inspiré à leurs enfants de l'horreur pour tout ce qui pouvoit les porter à l'union des deux sexes.

La prohibition du mariage entre cousins germains a la même origine. Dans les premiers temps, c'est-à-dire dans les temps saints, dans les âges où le luxe n'étoit point connu, tous les enfants restoient dans la maison [3], et s'y établissoient : c'est qu'il ne falloit qu'une maison très petite pour une grande famille. Les enfants des deux frères, ou les cousins germains, étoient regardés et se regardoient entre eux comme frères [4]. L'éloignement qui étoit entre les frères et les sœurs pour le mariage étoit donc aussi entre les cousins germains [5].

Ces causes sont si fortes et si naturelles qu'elles ont agi presque par toute la terre, indépendamment d'aucune communication. Ce ne sont point les Romains qui ont appris aux habitants de Formose [1] que le mariage avec leurs parents au quatrième degré étoit incestueux ; ce ne sont point les Romains qui l'ont dit aux Arabes [2] ; ils ne l'ont point enseigné aux Maldives [3].

Que si quelques peuples n'ont point rejeté les mariages entre les pères et les enfants, les sœurs et les frères, on a vu, dans le livre premier, que les êtres intelligents ne suivent pas toujours leurs lois. Qui le diroit ! des idées religieuses ont souvent fait tomber les hommes dans ces égarements. Si les Assyriens, si les Perses ont épousé leurs mères, les premiers l'ont fait par un respect religieux pour Sémiramis ; et les seconds, parce que la religion de Zoroastre donnoit la préférence à ces mariages [4]. Si les Égyptiens ont épousé leurs sœurs, ce fut encore un délire de la religion égyptienne, qui consacra ces mariages en l'honneur d'Isis. Comme l'esprit de la religion est de nous porter à faire avec effort des choses grandes et difficiles, il ne faut pas juger qu'une chose soit naturelle, parce qu'une religion fausse l'a consacrée.

Le principe que les mariages entre les pères et les enfants, les frères et les sœurs, sont défendus pour la conservation naturelle de la pudeur dans la maison, servira à nous faire découvrir quels sont les mariages défendus par la loi naturelle, et ceux qui ne peuvent l'être que par la loi civile.

Comme les enfants habitent ou sont censés habiter dans la maison de leur père, et par conséquent le beau-fils avec la belle-mère, le beau-père avec la belle-fille, ou avec la fille de sa femme, le mariage entre eux est défendu par la loi de la nature. Dans ce cas, l'image a le même effet que la réalité, parce qu'elle a la même cause : la loi civile ne peut ni ne doit permettre ces mariages.

Il y a des peuples chez lesquels, comme j'ai dit, les cousins germains sont regardés comme frères, parce qu'ils habitent ordinairement dans la même maison ; il y en a où on ne connoît guère cet usage. Chez ces peuples, le mariage entre cousins germains doit être regardé comme contraire à la nature ; chez les autres, non.

Mais les lois de la nature ne peuvent être des

[1] Cette loi est bien ancienne parmi eux. Attila, dit Priscus dans son ambassade, s'arrêta dans un certain lieu pour épouser Esca, sa fille : chose permise, dit-il, par les lois des Scythes, pag. 22.

[2] *Histoire des Tattars*, part. III, pag. 256.

[3] Cela fut ainsi chez les premiers Romains.

[4] En effet, chez les Romains, ils avoient le même nom : les cousins germains étoient nommés frères.

[5] Ils le furent à Rome dans les premiers temps, jusqu'à ce que le peuple fit une loi pour les permettre ; il vouloit favoriser un homme extrêmement populaire, et qui s'étoit marié avec sa cousine germaine. (PLUTARQUE, au traité *des Demandes des choses romaines*.)

[1] *Recueil des Voyages des Indes*, tom. V, part. I, relation de l'état de l'île de Formose.

[2] L'*Alcoran*, chap. *des Femmes*.

[3] Voyez François Pirard.

[4] Ils étoient regardés comme plus honorables. Voyez Philon, *de specialibus Legibus quæ pertinent ad præcepta Decalogi*; Paris, 1640, pag. 778.

lois locales. Ainsi, quand ces mariages sont défendus ou permis, ils sont, selon les circonstances, permis ou défendus par une loi civile.

Il n'est point d'un usage nécessaire que le beau-frère et la belle-sœur habitent dans la même maison. Le mariage n'est donc point défendu entre eux pour conserver la pudicité dans la maison ; et la loi qui le permet ou le défend n'est point la loi de la nature, mais une loi civile qui se règle sur les circonstances, et dépend des usages de chaque pays : ce sont des cas où les lois dépendent des mœurs et des manières.

Les lois civiles défendent les mariages, lorsque, par les usages reçus dans un certain pays, ils se trouvent être dans les mêmes circonstances que ceux qui sont défendus par les lois de la nature ; et elles les permettent lorsque les mariages ne se trouvent point dans ce cas. La défense des lois de la nature est invariable, parce qu'elle dépend d'une chose invariable, le père, la mère et les enfants habitant nécessairement dans la maison. Mais les défenses des lois civiles sont accidentelles, parce qu'elles dépendent d'une circonstance accidentelle, les cousins germains et autres habitant accidentellement dans la maison.

Cela explique comment les lois de Moïse, celles des Égyptiens et de plusieurs autres peuples[1], permettent le mariage entre le beau-frère et la belle-sœur, pendant que ces mêmes mariages sont défendus chez d'autres nations.

Aux Indes, on a une raison bien naturelle d'admettre ces sortes de mariages. L'oncle y est regardé comme père, et il est obligé d'entretenir et d'établir ses neveux comme si c'étoient ses propres enfants : ceci vient du caractère de ce peuple, qui est bon et plein d'humanité. Cette loi ou cet usage en a produit un autre. Si un mari a perdu sa femme, il ne manque pas d'en épouser la sœur[2], et cela est très naturel ; car la nouvelle épouse devient la mère des enfants de sa sœur, et il n'y a point d'injuste marâtre.

CHAPITRE XV.

Qu'il ne faut point régler par les principes du droit politique les choses qui dépendent des principes du droit civil.

Comme les hommes ont renoncé à leur indépendance naturelle pour vivre sous des lois politiques, ils ont renoncé à la communauté naturelle des biens pour vivre sous des lois civiles.

Ces premières lois leur acquièrent la liberté ; les secondes, la propriété. Il ne faut pas décider par les lois de la liberté, qui, comme nous avons dit, n'est que l'empire de la cité, ce qui ne doit être décidé que par les lois qui concernent la propriété. C'est un paralogisme de dire que le bien particulier doit céder au bien public : cela n'a lieu que dans les cas où il s'agit de l'empire de la cité, c'est-à-dire de la liberté du citoyen : cela n'a pas lieu dans ceux où il est question de la propriété des biens, parce que le bien public est toujours que chacun conserve invariablement la propriété que lui donnent les lois civiles.

Cicéron soutenoit que les lois agraires étoient funestes, parce que la cité n'étoit établie que pour que chacun conservât ses biens.

Posons donc pour maxime que, lorsqu'il s'agit du bien public, le bien public n'est jamais que l'on prive un particulier de son bien, ou même qu'on lui en retranche la moindre partie par une loi ou un réglement politique. Dans ce cas, il faut suivre à la rigueur la loi civile, qui est le palladium de la propriété.

Ainsi, lorsque le public a besoin du fonds d'un particulier, il ne faut jamais agir par la rigueur de la loi politique ; mais c'est là que doit triompher la loi civile, qui, avec des yeux de mère, regarde chaque particulier comme toute la cité même.

Si le magistrat politique veut faire quelque édifice public, quelque nouveau chemin, il faut qu'il indemnise : le public est, à cet égard, comme un particulier qui traite avec un particulier. C'est bien assez qu'il puisse contraindre un citoyen de lui vendre son héritage, et qu'il lui ôte ce grand privilège qu'il tient de la loi civile, de ne pouvoir être forcé d'aliéner son bien.

Après que les peuples qui détruisirent les Romains eurent abusé de leurs conquêtes mêmes, l'esprit de liberté les rappela à celui d'équité ; les droits les plus barbares, ils les exercèrent avec modération ; et, si l'on en doutoit, il n'y auroit qu'à lire l'admirable ouvrage de Beaumanoir, qui écrivoit sur la jurisprudence dans le douzième siècle.

On raccommodoit de son temps les grands chemins, comme on fait aujourd'hui. Il dit que, quand un grand chemin ne pouvoit être rétabli, on en faisoit un autre, le plus près de l'ancien qu'il étoit possible ; mais qu'on dédommageoit les propriétaires aux frais de ceux qui tiroient quel-

[1] Voyez la loi 8, au code de *Incestis et inutilibus Nuptiis.*
[2] *Lettres édifiantes,* quatorzième recueil, pag. 403.

que avantage du chemin [1]. On se déterminoit pour lors par la loi civile ; on s'est déterminé de nos jours par la loi politique.

CHAPITRE XVI.

Qu'il ne faut point décider par les règles du droit civil, quand il s'agit de décider par celles du droit politique.

On verra le fond de toutes les questions, si l'on ne confond point les règles qui dérivent de la propriété de la cité avec celles qui naissent de la liberté de la cité.

Le domaine d'un état est-il aliénable, ou ne l'est-il pas? Cette question doit être décidée par la loi politique, et non pas par la loi civile. Elle ne doit pas être décidée par la loi civile, parce qu'il est aussi nécessaire qu'il y ait un domaine pour faire subsister l'état, qu'il est nécessaire qu'il y ait dans l'état des lois civiles qui règlent la disposition des biens.

Si donc on aliène le domaine, l'état sera forcé de faire un nouveau fonds pour un autre domaine. Mais cet expédient renverse encore le gouvernement politique, parce que, par la nature de la chose, à chaque domaine qu'on établira, le sujet paiera toujours plus, et le souverain retirera toujours moins ; en un mot, le domaine est nécessaire, et l'aliénation ne l'est pas.

L'ordre de succession est fondé, dans les monarchies, sur le bien de l'état, qui demande que cet ordre soit fixé, pour éviter les malheurs que j'ai dit devoir arriver dans le despotisme, où tout est incertain, parce que tout y est arbitraire.

Ce n'est pas pour la famille régnante que l'ordre de succession est établi, mais parce qu'il est de l'intérêt de l'état qu'il y ait une famille régnante. La loi qui règle la succession des particuliers est une loi civile, qui a pour objet l'intérêt des particuliers ; celle qui règle la succession à la monarchie est une loi politique, qui a pour objet le bien et la conservation de l'état.

Il suit de là que, lorsque la loi politique a établi dans un état un ordre de succession, et que cet ordre vient à finir, il est absurde de réclamer la succession, en vertu de la loi civile de quelque peuple que ce soit. Une société particulière ne fait point de lois pour une autre société. Les lois civiles des Romains ne sont pas plus applicables

que toutes autres lois civiles : ils ne les ont point employées eux-mêmes, lorsqu'ils ont jugé les rois ; et les maximes par lesquelles ils ont jugé les rois sont si abominables qu'il ne faut point les faire revivre.

Il suit encore de là que, lorsque la loi politique a fait renoncer quelque famille à la succession, il est absurde de vouloir employer les restitutions tirées de la loi civile. Les restitutions sont dans la loi, et peuvent être bonnes contre ceux qui vivent dans la loi ; mais elles ne sont pas bonnes pour ceux qui ont été établis pour la loi, et qui vivent pour la loi.

Il est ridicule de prétendre décider des droits des royaumes, des nations et de l'univers, par les mêmes maximes sur lesquelles on décide entre particuliers d'un droit pour une gouttière, pour me servir de l'expression de Cicéron [1].

CHAPITRE XVII.

Continuation du même sujet.

L'ostracisme doit être examiné par les règles de la loi politique, et non par les règles de la loi civile ; et, bien loin que cet usage puisse flétrir le gouvernement populaire, il est au contraire très propre à en prouver la douceur ; et nous aurions senti cela, si, l'exil parmi nous étant toujours une peine, nous avions pu séparer l'idée de l'ostracisme d'avec celle de la punition.

Aristote nous dit [2] qu'il est convenu de tout le monde que cette pratique a quelque chose d'humain et de populaire. Si, dans ce temps et dans les lieux où l'on exerçoit ce jugement, on ne le trouvoit point odieux, est-ce à nous, qui voyons les choses de si loin, de penser autrement que les accusateurs, les juges, et l'accusé même ?

Et, si l'on fait attention que ce jugement du peuple combloit de gloire celui contre qui il étoit rendu ; que, lorsqu'on en eut abusé à Athènes contre un homme sans mérite [3], on cessa dans ce moment de l'employer [4], on verra bien qu'on en a pris une fausse idée, et que c'étoit une loi admirable que celle qui prévenoit les mauvais effets que pouvoit produire la gloire d'un citoyen, en le comblant d'une nouvelle gloire.

[1] Le seigneur nommoit des prud'hommes pour faire la levée sur le paysan ; les gentilshommes étoient contraints à la contribution par le comte ; l'homme d'église, par l'évêque. (BEAUMANOIR, chap. XXII.)

[1] Livre I, des Lois.
[2] République, liv. III, chap. XIII.
[3] Hyperbolus. Voyez Plutarque, Vie d'Aristide.
[4] Il se trouva opposé à l'esprit du législateur.

CHAPITRE XVIII.

Qu'il faut examiner si les lois qui paroissent se contredire
sont du même ordre.

A Rome, il fut permis au mari de prêter sa
femme à un autre. Plutarque nous le dit formellement[1]. On sait que Caton prêta sa femme à Hortensius[2]; et Caton n'étoit point homme à violer
les lois de son pays.

D'un autre côté, un mari qui souffroit les débauches de sa femme, qui ne la mettoit pas en
jugement, ou qui la reprenoit après la condamnation, étoit puni[3]. Ces lois paroissent se contredire, et ne se contredisent point. La loi qui permettoit à un Romain de prêter sa femme est visiblement une institution lacédémonienne, établie
pour donner à la république des enfants d'une
bonne espèce, si j'ose me servir de ce terme;
l'autre avoit pour objet de conserver les mœurs.
La première étoit une loi politique, la seconde
une loi civile.

CHAPITRE XIX.

Qu'il ne faut pas décider par les lois civiles les choses
qui doivent l'être par les lois domestiques.

La loi des Wisigoths vouloit que les esclaves
fussent obligés de lier l'homme et la femme qu'ils
surprenoient en adultère[4], et de les présenter au
mari et au juge : loi terrible, qui mettoit entre les
mains de ces personnes viles le soin de la vengeance publique, domestique et particulière !

Cette loi ne seroit bonne que dans les sérails
d'Orient, où l'esclave qui est chargé de la clôture
a prévariqué sitôt qu'on prévarique. Il arrête les
criminels, moins pour les faire juger que pour se
faire juger lui-même, et obtenir que l'on cherche
dans les circonstances de l'action si l'on peut perdre le soupçon de sa négligence.

Mais dans les pays où les femmes ne sont point
gardées, il est insensé que la loi civile les sou-

[1] PLUTARQUE, dans sa comparaison de Lycurgue et de Numa.
[2] Ibid., Vie de Caton. Cela se passa de notre temps, dit Strabon, liv. XI.—Il est vrai que Strabon dit formellement que Caton donna sa femme Martia à Hortensius, selon l'ancienne coutume des Romains; mais il paroît, par un passage de Plutarque, que cette coutume n'étoit plus en vigueur du temps de Caton : car Hortensius lui ayant d'abord demandé sa fille Porcia, qui étoit mariée à Bibulus, Caton lui répondit qu'il faisoit grand cas de son alliance, mais qu'il trouvoit étrange qu'il lui demandât en mariage sa fille, qui étoit mariée à un autre. Voyez Plutarque, Vie de Caton d'Utique, § 7. (P.)
[3] Leg. 11, § ult., ff. ad leg. Jul. de adult.
[4] Loi des Wisigoths, liv. III, tit. IV. § 6.

mette, elles qui gouvernent la maison, à l'inquisition de leurs esclaves.

Cette inquisition pourroit être, tout au plus
dans de certains cas, une loi particulière domestique, et jamais une loi civile.

CHAPITRE XX.

Qu'il ne faut pas décider par les principes des lois civiles
les choses qui appartiennent au droit des gens.

La liberté consiste principalement à ne pouvoir
être forcé à faire une chose que la loi n'ordonne
pas; et on n'est dans cet état que parce qu'on
est gouverné par des lois civiles : nous sommes
donc libres, parce que nous vivons sous des lois
civiles.

Il suit de là que les princes, qui ne vivent
point entre eux sous des lois civiles, ne sont point
libres; ils sont gouvernés par la force : ils peuvent continuellement forcer ou être forcés. De là
il suit que les traités qu'ils ont faits par force sont
aussi obligatoires que ceux qu'ils auroient faits de
bon gré. Quand nous, qui vivons sous des lois civiles, sommes contraints à faire quelque contrat
que la loi n'exige pas, nous pouvons, à la faveur
de la loi, revenir contre la violence; mais un
prince, qui est toujours dans cet état dans lequel
il force ou il est forcé, ne peut pas se plaindre
d'un traité qu'on lui a fait faire par violence. C'est
comme s'il se plaignoit de son état naturel; c'est
comme s'il vouloit être prince à l'égard des autres
princes, et que les autres princes fussent citoyens
à son égard, c'est-à-dire choquer la nature des
choses.

CHAPITRE XXI.

Qu'il ne faut pas décider par les lois politiques les choses
qui appartiennent au droit des gens.

Les lois politiques demandent que tout homme
soit soumis aux tribunaux criminels et civils du
pays où il est, et à l'animadversion du souverain.

Le droit des gens a voulu que les princes s'envoyassent des ambassadeurs; et la raison, tirée
de la nature de la chose, n'a pas permis que ces
ambassadeurs dépendissent du souverain chez qui
ils sont envoyés, ni de ses tribunaux. Ils sont la
parole du prince qui les envoie, et cette parole
doit être libre. Aucun obstacle ne doit les empêcher d'agir. Ils peuvent souvent déplaire, parce
qu'ils parlent pour un homme indépendant. On

pourroit leur imputer des crimes, s'ils pouvoient être punis pour des crimes; on pourroit leur supposer des dettes, s'ils pouvoient être arrêtés pour des dettes. Un prince qui a une fierté naturelle parleroit par la bouche d'un homme qui auroit tout à craindre. Il faut donc suivre, à l'égard des ambassadeurs, les raisons tirées du droit des gens, et non pas celles qui dérivent du droit politique. Que s'ils abusent de leur être représentatif, on le fait cesser en les renvoyant chez eux; on peut même les accuser devant leur maître, qui devient par-là leur juge ou leur complice.

CHAPITRE XXII.

Malheureux sort de l'inca Athualpa.

Les principes que nous venons d'établir furent cruellement violés par les Espagnols. L'inca Athualpa ne pouvoit être jugé que par le droit des gens [1] : ils le jugèrent par des lois politiques et civiles. Ils l'accusèrent d'avoir fait mourir quelques uns de ses sujets, d'avoir eu plusieurs femmes, etc. Et le comble de la stupidité fut qu'ils ne le condamnèrent pas par les lois politiques et civiles de son pays, mais par les lois politiques et civiles du leur.

CHAPITRE XXIII.

Que lorsque, par quelque circonstance, la loi politique détruit l'état, il faut décider par la loi politique qui le conserve, qui devient quelquefois un droit des gens.

Quand la loi politique qui a établi dans l'état un certain ordre de succession devient destructrice du corps politique pour lequel elle a été faite, il ne faut pas douter qu'une autre loi politique ne puisse changer cet ordre; et, bien loin que cette même loi soit opposée à la première, elle y sera dans le fond entièrement conforme, puisqu'elles dépendront toutes deux de ce principe : LE SALUT DU PEUPLE EST LA SUPRÊME LOI.

J'ai dit qu'un grand état [2] devenu accessoire d'un autre s'affoiblissoit, et même affoiblissoit le principal. On sait que l'état a intérêt d'avoir son chef chez lui, que les revenus publics soient bien administrés, que sa monnoie ne sorte point pour enrichir un autre pays. Il est important que celui qui doit gouverner ne soit point imbu de maximes

[1] Voyez l'inca Garcilasso de la Vega, pag. 108.
[2] Voyez ci-dessus, liv. V, chap. XIV; liv. VIII, chap. XVI, XVII, XVIII, XIX et XX; liv. IX, chap. IV, V, VI et VII; et liv. X, chap. IX et X.

étrangères : elles conviennent moins que celles qui sont déja établies; d'ailleurs les hommes tiennent prodigieusement à leurs lois et à leurs coutumes; elles font la félicité de chaque nation; il est rare qu'on les change sans de grandes secousses et une grande effusion de sang, comme les histoires de tous les pays le font voir.

Il suit de là que, si un grand état a pour héritier le possesseur d'un grand état, le premier peut fort bien l'exclure, parce qu'il est utile à tous les deux états que l'ordre de la succession soit changé. Ainsi la loi de Russie, faite au commencement du règne d'Élisabeth, exclut-elle très prudemment tout héritier qui posséderoit une autre monarchie; ainsi la loi de Portugal rejette-t-elle tout étranger qui seroit appelé à la couronne par le droit du sang.

Que si une nation peut exclure, elle a, à plus forte raison, le droit de faire renoncer. Si elle craint qu'un certain mariage n'ait des suites qui puissent lui faire perdre son indépendance, ou la jeter dans un partage, elle pourra fort bien faire renoncer les contractants, et ceux qui naîtront d'eux, à tous les droits qu'ils auroient sur elle; et celui qui renonce, et ceux contre qui on renonce, pourront d'autant moins se plaindre que l'état auroit pu faire une loi pour les exclure.

CHAPITRE XXIV.

Que les réglements de police sont d'un autre ordre que les autres lois civiles.

Il y a des criminels que le magistrat punit, il y en a d'autres qu'il corrige. Les premiers sont soumis à la puissance de la loi, les autres à son autorité; ceux-là sont retranchés de la société, on oblige ceux-ci de vivre selon les règles de la société.

Dans l'exercice de la police, c'est plutôt le magistrat qui punit que la loi; dans les jugements des crimes, c'est plutôt la loi qui punit que le magistrat. Les matières de police sont des choses de chaque instant, et où il ne s'agit ordinairement que de peu : il n'y a donc guère de formalités. Les actions de la police sont promptes, et elle s'exerce sur des choses qui reviennent tous les jours : les grandes punitions n'y sont donc pas propres. Elle s'occupe perpétuellement de détails : les grands exemples ne sont donc point faits pour elle. Elle a plutôt des réglements que des lois. Les gens qui relèvent d'elle sont sans cesse sous les yeux du magistrat : c'est donc la faute du magis-

trat s'ils tombent dans des excès. Ainsi il ne faut pas confondre les grandes violations des lois avec la violation de la simple police : ces choses sont d'un ordre différent.

De là il suit qu'on ne s'est point conformé à la nature des choses dans cette république d'Italie [1] où le port des armes à feu est puni comme un crime capital, et où il n'est pas plus fatal d'en faire un mauvais usage que de les porter.

Il suit encore que l'action tant louée de cet empereur, qui fit empaler un boulanger qu'il avoit surpris en fraude, est une action de sultan, qui ne sait être juste qu'en outrant la justice même.

CHAPITRE XXV.

Qu'il ne faut pas suivre les dispositions générales du droit civil, lorsqu'il s'agit de choses qui doivent être soumises à des règles particulières tirées de leur propre nature.

Est-ce une bonne loi, que toutes les obligations civiles passées dans le cours d'un voyage entre les matelots dans un navire soient nulles ? François Pirard nous dit [2] que, de son temps, elle n'étoit point observée par les Portugais, mais qu'elle l'étoit par les François. Des gens qui ne sont ensemble que pour peu de temps, qui n'ont aucuns besoins, puisque le prince y pourvoit, qui ne peuvent avoir qu'un objet, qui est celui de leur voyage, qui ne sont plus dans la société, mais citoyens du navire, ne doivent point contracter de ces obligations qui n'ont été introduites que pour soutenir les charges de la société civile.

C'est dans ce même esprit que la loi des Rhodiens, faite pour un temps où l'on suivoit toujours les côtes, vouloit que ceux qui, pendant la tempête, restoient dans le vaisseau, eussent le navire et la charge; et que ceux qui l'avoient quitté n'eussent rien.

[1] Venise.
[2] Chapitre XIV, partie XII.

LIVRE VINGT-SEPTIÈME.

DE L'ORIGINE ET DES RÉVOLUTIONS DES LOIS DES ROMAINS SUR LES SUCCESSIONS.

CHAPITRE UNIQUE.

Des lois romaines sur les successions.

Cette matière tient à des établissements d'une antiquité très reculée; et, pour la pénétrer à fond, qu'il me soit permis de chercher dans les premières lois des Romains ce que je ne sache pas que l'on y ait vu jusqu'ici.

On sait que Romulus partagea les terres de son petit état à ses citoyens [1] : il me semble que c'est de là que dérivent les lois de Rome sur les successions.

La loi de la division des terres demanda que les biens d'une famille ne passassent pas dans une autre; de là il suivit qu'il n'y eut que deux ordres d'héritiers établis par la loi [2] : les enfants et tous les descendants qui vivoient sous la puissance du père, qu'on appela héritiers-siens; et, à leur défaut, les plus proches parents par mâles, qu'on appela agnats.

Il suivit encore que les parents par femmes, qu'on appela cognats, ne devoient point succéder; ils auroient transporté les biens dans une autre famille; et cela fut ainsi établi.

Il suivit encore de là que les enfants ne devoient point succéder à leur mère, ni la mère à ses enfants : cela auroit porté les biens d'une famille dans une autre. Aussi les voit-on exclus dans la loi des douze tables [3]; elle n'appeloit à la succession que les agnats, et le fils et la mère ne l'étoient pas entre eux.

Mais il étoit indifférent que l'héritier-sien, ou, à son défaut, le plus proche agnat, fût mâle lui-même ou femelle, parce que les parents du côté maternel ne succédant point, quoiqu'une femme héritière se mariât, les biens rentroient toujours dans la famille dont ils étoient sortis. C'est pour cela que l'on ne distinguoit point dans la loi des douze tables si la personne qui succédoit étoit mâle ou femelle [4].

[1] DENYS D'HALICARNASSE, liv. II, chap. III; PLUTARQUE, dans sa comparaison de Numa et de Lycurgue.
[2] *Ast si intestatus moritur, cui suus hæres nec extabit, agnatus proximus familiam habeto.* (Fragment de la *Loi des douze tables*, dans Ulpien, titre dernier.)
[3] Voyez les *Fragments d'Ulpien*, § 8, tit. XXVI; *Instit.*, tit. III, *in Proœmio ad sen. cons. Tertullianum.*
[4] PAUL, liv. IV, *de Sent.*, tit. VIII, § 3.

Cela fit que, quoique les petits-enfants par le fils succédassent au grand-père, les petits-enfants par la fille ne lui succédèrent point; car, pour que les biens ne passassent pas dans une autre famille, les agnats leur étoient préférés. Ainsi la fille succéda à son père, et non pas ses enfants [1].

Ainsi, chez les premiers Romains, les femmes succédoient, lorsque cela s'accordoit avec la loi de la division des terres; et elles ne succédoient point, lorsque cela pouvoit la choquer.

Telles furent les lois des successions chez les premiers Romains; et, comme elles étoient une dépendance naturelle de la constitution, et qu'elles dérivoient du partage des terres, on voit bien qu'elles n'eurent pas une origine étrangère, et ne furent point du nombre de celles que rapportèrent les députés que l'on envoya dans les villes grecques.

Denys d'Halicarnasse [2] nous dit que Servius Tullius trouvant les lois de Romulus et de Numa sur le partage des terres abolies, il les rétablit, et en fit de nouvelles pour donner aux anciennes un nouveau poids. Ainsi on ne peut douter que les lois dont nous venons de parler, faites en conséquence de ce partage, ne soient l'ouvrage de ces trois législateurs de Rome.

L'ordre de succession ayant été établi en conséquence d'une loi politique, un citoyen ne devoit pas le troubler par une volonté particulière; c'est-à-dire que, dans les premiers temps de Rome, il ne devoit pas être permis de faire un testament. Cependant il eût été dur qu'on eût été privé dans ses derniers moments du commerce des bienfaits.

On trouva un moyen de concilier à cet égard les lois avec la volonté des particuliers. Il fut permis de disposer de ses biens dans une assemblée du peuple; et chaque testament fut en quelque façon un acte de la puissance législative.

La loi des douze tables permit à celui qui faisoit son testament de choisir pour son héritier le citoyen qu'il vouloit. La raison qui fit que les lois romaines restreignirent si fort le nombre de ceux qui pouvoient succéder *ab intestat,* fut la loi du partage des terres; et la raison pourquoi elles étendirent si fort la faculté de tester fut que, le père pouvant vendre ses enfants [3], il pouvoit, à plus forte raison, les priver de ses biens. C'étoient donc des effets différents, puisqu'ils couloient de principes divers; et c'est l'esprit des lois romaines à cet égard.

Les anciennes lois d'Athènes ne permirent point au citoyen de faire de testament. Solon le permit [1], excepté à ceux qui avoient des enfants; et les législateurs de Rome, pénétrés de l'idée de la puissance paternelle, permirent de tester au préjudice même des enfants. Il faut avouer que les anciennes lois d'Athènes furent plus conséquentes que les lois de Rome. La permission indéfinie de tester, accordée chez les Romains, ruina peu à peu la disposition politique sur le partage des terres; elle introduisit, plus que toute autre chose, la funeste différence entre les richesses et la pauvreté; plusieurs partages furent assemblés sur une même tête; des citoyens eurent trop, une infinité d'autres n'eurent rien. Aussi le peuple, continuellement privé de son partage, demanda-t-il sans cesse une nouvelle distribution des terres. Il la demanda dans le temps où la frugalité, la parcimonie et la pauvreté faisoient le caractère distinctif des Romains, comme dans les temps où leur luxe fut porté à l'excès.

Les testaments étant proprement une loi faite dans l'assemblée du peuple, ceux qui étoient à l'armée se trouvoient privés de la faculté de tester. Le peuple donna aux soldats le pouvoir de faire [2] devant quelques uns de leurs compagnons les dispositions qu'ils auroient faites devant lui [3].

Les grandes assemblées du peuple ne se faisoient que deux fois l'an; d'ailleurs le peuple s'étoit augmenté, et les affaires aussi: on jugea qu'il convenoit de permettre à tous les citoyens de faire leur testament devant quelques citoyens romains pubères [4], qui représentassent le corps du peuple; on prit cinq citoyens [5], devant lesquels l'héritier achetoit du testateur sa famille, c'est-à-dire son hérédité [6]; un autre citoyen portoit une balance pour en peser le prix, car les Romains n'avoient point encore de monnoie [7].

Il y a apparence que ces cinq citoyens représentoient les cinq classes du peuple, et qu'on ne comptoit pas la sixième, composée de gens qui n'avoient rien.

[1] *Instit.*, liv. III, tit. 1, § 15.　　[2] Liv. IV, pag. 276.
[3] Denys d'Halicarnasse prouve, par une loi de Numa, que la loi qui permettoit au père de vendre son fils trois fois étoit une loi de Romulus, non pas des décemvirs, liv. II.

[1] Voyez Plutarque, *Vie de Solon.*
[2] Ce testament, appelé *in procinctu,* étoit différent de celui que l'on appela militaire, qui ne fut établi que par les constitutions des empereurs, leg. 1, ff. *de militari Testamento*: ce fut une de leurs cajoleries envers les soldats.
[3] Ce testament n'étoit point écrit, et étoit sans formalités, *sine libra et tabulis,* comme dit Cicéron, liv. I *de l'Orateur.*
[4] *Instit.*, liv. II, tit. x, § 1; AULU-GELLE, liv. XV, ch. XXVII. On appela cette sorte de testament *per æs et libram.*
[5] ULPIEN, tit. x, § 2.
[6] THÉOPHILE, *Instit.*, liv. II, tit. x.
[7] Ils n'en eurent qu'au temps de la guerre de Pyrrhus. Tite-Live, parlant du siége de Véies, dit: « *Nondum argentum signatum erat.* » (Liv. IV.)

Il ne faut pas dire, avec Justinien, que ces ventes étoient imaginaires : elles le devinrent ; mais au commencement elles ne l'étoient pas. La plupart des lois qui réglèrent dans la suite les téstaments tirent leur origine de la réalité de ces ventes ; on en trouve bien la preuve dans les fragments d'Ulpien [1]. Le sourd, le muet, le prodigue, ne pouvoient faire de testament : le sourd, parce qu'il ne pouvoit pas entendre les paroles de l'achteur de la famille ; le muet, parce qu'il ne pouvoit pas prononcer les termes de la nomination ; le prodigue, parce que, toute gestion d'affaires lui étant interdite, il ne pouvoit pas vendre sa famille. Je passe les autres exemples.

Les testaments se faisant dans l'assemblée du peuple, ils étoient plutôt des actes du droit politique que du droit civil ; du droit public plutôt que du droit privé : de là il suivit que le père ne pouvoit permettre à son fils, qui étoit en sa puissance, de faire un testament.

Chez la plupart des peuples, les testaments ne sont pas soumis à de plus grandes formalités que les contrats ordinaires, parce que les uns et les autres ne sont que des expressions de la volonté de celui qui contracte, qui appartiennent également au droit privé. Mais chez les Romains, où les testaments dérivoient du droit public, ils eurent de plus grandes formalités que les autres actes [2] ; et cela subsiste encore aujourd'hui dans les pays de France qui se régissent par le droit romain.

Les testaments étant, comme je l'ai dit, une loi du peuple, ils doivent être faits avec la force du commandement, et par des paroles que l'on appela *directes* et *impératives*. De là il se forma une règle que l'on ne pourroit donner ni transmettre son hérédité que par des paroles de commandement [3] : d'où il suivit que l'on pouvoit bien, dans de certains cas, faire une substitution [4], et ordonner que l'hérédité passât à un autre héritier ; mais qu'on ne pouvoit jamais faire des fidéicommis [5], c'est-à-dire charger quelqu'un, en forme de prière, de remettre à un autre l'hérédité ou une partie de l'hérédité.

Lorsque le père n'instituoit ni exhérédoit son fils, le testament étoit rompu ; mais il étoit valable, quoiqu'il n'exhérédât ni instituât sa fille. J'en vois la raison. Quand il n'instituoit ni exhérédoit son fils, il faisoit tort à son petit-fils, qui auroit succédé *ab intestat* à son père ; mais, en n'instituant ni exhérédant sa fille, il ne faisoit aucun tort aux enfants de sa fille, qui n'auroient point succédé *ab intestat* à leur mère [1], parce qu'ils n'étoient héritiers-siens ni agnats.

Les lois des premiers Romains sur les successions n'ayant pensé qu'à suivre l'esprit du partage des terres, elles ne restreignirent pas assez les richesses des femmes, et elles laissèrent par-là une porte ouverte au luxe, qui est toujours inséparable de ces richesses. Entre la seconde et la troisième guerre punique, on commença à sentir le mal ; on fit la loi Voconienne [2]. Et comme de très grandes considérations la firent faire, qu'il ne nous en reste que peu de monuments, et qu'on n'en a jusqu'ici parlé que d'une manière très confuse, je vais l'éclaircir.

Cicéron nous en a conservé un fragment qui défend d'instituer une femme héritière, soit qu'elle fût mariée, soit qu'elle ne le fût pas [3].

L'Épitome de Tite-Live, où il est parlé de cette loi, n'en dit pas davantage [4]. Il paroît, par Cicéron [5] et par saint Augustin [6], que la fille, et même la fille unique, étoient comprises dans la prohibition.

Caton l'ancien contribua de tout son pouvoir à faire recevoir cette loi [7]. Aulu-Gelle cite un fragment de la harangue qu'il fit dans cette occasion [8]. En empêchant les femmes de succéder, il voulut prévenir les causes du luxe, comme, en prenant la défense de la loi Oppienne, il voulut arrêter le luxe même.

Dans les Institutes de Justinien [9] et de Théophile [10], on parle d'un chapitre de la loi Voconienne, qui restreignoit la faculté de léguer. En lisant ces auteurs, il n'y a personne qui ne pense que ce chapitre fut fait pour éviter que la succession ne fût tellement épuisée par des legs, que l'héritier refusât de l'accepter. Mais ce n'étoit point là l'esprit de la loi Voconienne. Nous venons de voir qu'elle avoit pour objet d'empêcher

[1] *Ad liberos matris intestatæ hæreditas, ex lege* XII *tabul., non pertinebat, quia fœminæ suos hæredes non habent.* (ULPIEN, *Fragments*, tit. XXVI, § 7.)

[2] Quintus Voconius, tribun du peuple, la proposa. Voyez Cicéron, *seconde Harangue contre Verrès*. Dans l'*Épitome de Tite-Live*, liv. XLI, il faut lire Voconius au lieu de Volumnius.

[3] *Sanxit... ne quis hæredem virginem neve mulierem faceret.* (CICÉRON, *seconde Harangue contre Verrès*.)

[4] *Legem tulit, ne quis hæredem mulierem institueret*, liv. XLI.

[5] *Seconde Harangue contre Verrès.*

[6] Livre III de la *Cité de Dieu*.

[7] *Épitome* de Tite-Live, liv. XLI.

[8] Liv. XVII, chap. VI. [9] *Instit.*, liv. II. tit. XXII.

[10] Liv. II, tit. XXII.

[1] Tit. XX, § 15.

[2] *Instit.*, liv. II, tit. X, § 1.

[3] *Titius, sois mon héritier.*

[4] La vulgaire, la pupillaire, l'exemplaire.

[5] Auguste, par des raisons particulières, commença à autoriser les fidéicommis. (*Instit.*, liv. II, tit. XXIII, § 1.)

es femmes de recevoir aucune succession. Le cha-
pitre de cette loi qui mettoit des bornes à la fa-
culté de léguer entroit dans cet objet ; car, si on
avoit pu léguer autant que l'on auroit voulu, les
femmes auroient pu recevoir comme legs ce
qu'elles ne pouvoient obtenir comme succession.

La loi Voconienne fut faite pour prévenir les
trop grandes richesses des femmes. Ce fut donc
des successions considérables dont il fallut les pri-
ver, et non pas de celles qui ne pouvoient entre-
tenir le luxe. La loi fixoit une certaine somme qui
devoit être donnée aux femmes qu'elle privoit de
la succession. Cicéron [1], qui nous apprend ce fait,
ne nous dit point quelle étoit cette somme ; mais
Dion dit qu'elle étoit de cent mille sesterces [2].

La loi Voconienne étoit faite pour régler les
richesses, et non pas pour régler la pauvreté ;
aussi Cicéron nous dit-il [3] qu'elle ne statuoit que
sur ceux qui étoient inscrits dans le cens.

Ceci fournit un prétexte pour éluder la loi. On
sait que les Romains étoient extrêmement forma-
listes ; et nous avons dit ci-dessus que l'esprit de
la république étoit de suivre la lettre de la loi. Il y
eut des pères qui ne se firent point inscrire dans
le cens, pour pouvoir laisser leur succession à
leur fille ; et les préteurs jugèrent qu'on ne violoit
point la loi Voconienne, puisqu'on n'en violoit
point la lettre.

Un certain Anius Asellus avoit institué sa fille
unique héritière. Il le pouvoit, dit Cicéron : la
loi Voconienne ne l'en empêchoit pas, parce qu'il
n'étoit point dans le cens [4]. Verrès, étant préteur,
avoit privé la fille de la succession : Cicéron sou-
tient que Verrès avoit été corrompu, parce que
sans cela il n'auroit point interverti un ordre que
les autres préteurs avoient suivi.

Qu'étoient donc ces citoyens qui n'étoient point
dans le cens qui comprenoit tous les citoyens ?
Mais, selon l'institution de Servius Tullius, rap-
portée par Denys d'Halicarnasse [5], tout citoyen
qui ne se faisoit point inscrire dans le cens étoit
fait esclave ; Cicéron lui-même dit qu'un tel
homme perdoit la liberté [6] ; Zonaras dit la même
chose. Il falloit donc qu'il y eût de la différence
entre n'être point dans le cens selon l'esprit de la
loi Voconienne, et n'être point dans le cens selon
l'esprit des institutions de Servius Tullius.

Ceux qui ne s'étoient point fait inscrire dans
les cinq premières classes, où l'on étoit placé selon
la proportion de ses biens [1], n'étoient point dans
le cens selon l'esprit de la loi Voconienne ; ceux
qui n'étoient point inscrits dans le nombre des
six classes, ou qui n'étoient point mis par les cen-
seurs au nombre de ceux que l'on appeloit ærarii,
n'étoient point dans le cens suivant les institu-
tions de Servius Tullius. Telle étoit la force de la
nature, que des pères, pour éluder la loi Voco-
nienne, consentoient à souffrir la honte d'être
confondus dans la sixième classe avec les prolé-
taires et ceux qui étoient taxés pour leur tête, ou
peut-être même à être renvoyés dans les tables
des Cérites [2].

Nous avons dit que la jurisprudence des Ro-
mains n'admettoit point les fidéicommis. L'espé-
rance d'éluder la loi Voconienne les introduisit :
on instituoit un héritier capable de recevoir par
la loi ; et on le prioit de remettre la succession à
une personne que la loi en avoit exclue. Cette
nouvelle manière de disposer eut des effets bien
différents. Les uns rendirent l'hérédité ; et l'action
de Sextus Peduceus fut remarquable [3]. On lui
donna une grande succession ; il n'y avoit per-
sonne dans le monde que lui qui sût qu'il étoit
prié de la remettre : il alla trouver la veuve du
testateur, et lui donna tout le bien de son mari.

Les autres gardèrent pour eux la succession ; et
l'exemple de P. Sextilius Rufus fut célèbre en-
core, parce que Cicéron l'emploie dans ses dis-
putes contre les Épicuriens [4]. « Dans ma jeunesse,
» dit-il, je fus prié par Sextilius de l'accompagner
» chez ses amis, pour savoir d'eux s'il devoit re-
» mettre l'hérédité de Quintus Fadius Gallus à
» Fadia sa fille. Il avoit assemblé plusieurs jeunes
» gens avec de très graves personnages ; et aucun
» ne fut d'avis qu'il donnât plus à Fadia que ce
» qu'elle devoit avoir par la loi Voconienne. Sex-
» tilius eut là une grande succession dont il n'au-
» roit pas retenu un sesterce, s'il avoit préféré ce
» qui étoit juste et honnête à ce qui étoit utile. Je
» puis croire, ajoute-t-il, que vous auriez rendu
» l'hérédité ; je puis croire même qu'Épicure l'au-
» roit rendue : mais vous n'auriez pas suivi vos
» principes. » Je ferai ici quelques réflexions.

[1] *Nemo censuit plus Fadiæ dandum, quam posset ad eam
lege Voconia pervenire.* (*De Finibus bon. et mal.*, lib. II.)
[2] *Cum lege Voconia mulieribus prohiberetur ne qua ma-
jorem centum millibus nummum hæreditatem posset adire.*
(Lib. LVI.)
[3] *Qui census esset.* (*Harangue seconde contre Verrès.*)
[4] *Census non erat.* (Ibid.)
[5] Liv. IV.
[6] *In oratione pro Cecinna.*

[1] Ces cinq premières classes étoient si considérables que quel-
quefois les auteurs n'en rapportent que cinq.
[2] *In Cæritum tabulas referri ; ærarius fieri.*
[3] CICÉRON, *de Finibus bonorum et malorum*, lib. II.
[4] *Ibid.*

C'est un malheur de la condition humaine que les législateurs soient obligés de faire des lois qui combattent les sentiments naturels mêmes : telle fut la loi Voconienne. C'est que les législateurs statuent plus sur la société que sur le citoyen, et sur le citoyen que sur l'homme. La loi sacrifioit et le citoyen et l'homme, et ne pensoit qu'à la république. Un homme prioit son ami de remettre sa succession à sa fille : la loi méprisoit dans le testateur les sentiments de la nature ; elle méprisoit dans la fille la piété filiale ; elle n'avoit aucun égard pour celui qui étoit chargé de remettre l'hérédité, qui se trouvoit dans de terribles circonstances. La remettoit-il, il étoit un mauvais citoyen ; la gardoit-il, il étoit un malhonnête homme. Il n'y avoit que les gens d'un bon naturel qui pensassent à éluder la loi ; il n'y avoit que les honnêtes gens qu'on pût choisir pour l'éluder : car c'est toujours un triomphe à remporter sur l'avarice et les voluptés ; et il n'y a que les honnêtes gens qui obtiennent ces sortes de triomphes. Peut-être même y auroit-il de la rigueur à les regarder en cela comme de mauvais citoyens. Il n'est pas impossible que le législateur eût obtenu une grande partie de son objet, lorsque sa loi étoit telle qu'elle ne forçoit que les honnêtes gens à l'éluder.

Dans les temps que l'on fit la loi Voconienne, les mœurs avoient conservé quelque chose de leur ancienne pureté. On intéressa quelquefois la conscience publique en faveur de la loi, et l'on fit jurer qu'on l'observeroit [1] : de sorte que la probité faisoit, pour ainsi dire, la guerre à la probité. Mais, dans les derniers temps, les mœurs se corrompirent au point que les fidéicommis durent avoir moins de force pour éluder la loi Voconienne que cette loi n'en avoit pour se faire suivre.

Les guerres civiles firent périr un nombre infini de citoyens. Rome, sous Auguste, se trouva presque déserte : il falloit la repeupler. On fit les lois Papiennes, où l'on n'omit rien de ce qui pouvoit encourager les citoyens à se marier et à faire des enfants [2]. Un des principaux moyens fut d'augmenter, pour ceux qui se prêtoient aux vues de la loi, les espérances de succéder, et de les diminuer pour ceux qui s'y refusoient ; et, comme la loi Voconienne avoit rendu les femmes incapables de succéder, la loi Papienne fit dans de certains cas cesser cette prohibition.

Les femmes [1], surtout celles qui avoient des enfants, furent rendues capables de recevoir en vertu du testament de leurs maris ; elles purent, quand elles avoient des enfants, recevoir en vertu du testament des étrangers : tout cela contre la disposition de la loi Voconienne ; et il est remarquable qu'on n'abandonna pas entièrement l'esprit de cette loi. Par exemple, la loi Papienne [2] permettoit à un homme qui avoit un enfant [3] de recevoir toute l'hérédité par le testament d'un étranger ; elle n'accordoit la même grace à la femme que lorsqu'elle avoit trois enfants [4].

Il faut remarquer que la loi Papienne ne rendit les femmes qui avoient trois enfants capables de succéder qu'en vertu du testament des étrangers ; et qu'à l'égard de la succession des parents, elle laissa les anciennes lois et la loi Voconienne dans toute leur force [5]. Mais cela ne subsista pas.

Rome, abymée par les richesses de toutes les nations, avoit changé de mœurs ; il ne fut plus question d'arrêter le luxe des femmes. Aulu-Gelle [6], qui vivoit sous Adrien, nous dit que de son temps la loi Voconienne étoit presque anéantie ; elle fut couverte par l'opulence de la cité. Aussi trouvons-nous dans les sentences de Paul [7], qui vivoit sous Niger, et dans les fragments d'Ulpien [8], qui étoit du temps d'Alexandre Sévère [9], que les sœurs du côté du père pouvoient succéder ; et qu'il n'y avoit que les parents d'un degré plus éloigné qui fussent dans le cas de la prohibition de la loi Voconienne.

Les anciennes lois de Rome avoient commencé à paroître dures ; et les préteurs ne furent plus touchés que des raisons d'équité, de modération et de bienséance.

Nous avons vu que, par les anciennes lois de Rome, les mères n'avoient point de part à la succession de leurs enfants. La loi Voconienne fut une nouvelle raison pour les en exclure. Mais l'empe-

[1] Voyez sur ceci les *Fragments d'Ulpien*, tit. xv, § 16.
[2] La même différence se trouve dans plusieurs dispositions de la loi Papienne. Voyez les *Fragments d'Ulpien*, § 4 et 5, titre dernier ; et le même, au même titre , § 6.

[3] *Quod tibi filiolus, vel filia, nascitur ex me...*
 Jura parentis habes ; propter me scriberis hæres.
 JUVÉNAL, satire IX.

[4] Voyez la loi 9, code Théodosien, *de Bonis proscriptorum* ; et Dion, liv. LV. Voyez les *Fragments d'Ulpien*, tit. dernier, § 6 ; et tit. XXIX. § 5.
[5] *Fragments d'Ulpien*, tit. XVI, § 1 ; SOZOM., liv. I, chap. XIX.
[6] Liv. XX, chap. I.
[7] Liv. IV, tit. VIII, § 5.
[8] Tit. XXVI, § 6.
[9] Paul et Ulpien furent tous deux assesseurs de Papinien, préfet du prétoire. (CRÉV.)

[1] Sextilius disoit qu'il avoit juré de l'observer. (CICÉRON, *de Finibus bon. et mal.*, lib. II.)
[2] Voyez ce que j'en ai dit au liv. XXIII, chap. XXI.

reur Claude donna à la mère la succession de ses enfants, comme une consolation de leur perte : le sénatus-consulte Tertullien, fait sous Adrien [1], la leur donna lorsqu'elles avoient trois enfants, si elles étoient ingénues; ou quatre, si elles étoient affranchies. Il est clair que ce sénatus-consulte n'étoit qu'une extension de la loi Papienne, qui, dans le même cas, avoit accordé aux femmes les successions qui leur étoient déférées par les étrangers. Enfin Justinien [2] leur accorda la succession, indépendamment du nombre de leurs enfants.

Les mêmes causes qui firent restreindre la loi qui empêchoit les femmes de succéder, firent renverser peu à peu celle qui avoit gêné la succession des parents par femmes. Ces lois étoient très conformes à l'esprit d'une bonne république, où l'on doit faire en sorte que ce sexe ne puisse se prévaloir pour le luxe, ni de ses richesses, ni de l'espérance de ses richesses. Au contraire, le luxe d'une monarchie rendant le mariage à charge et coûteux, il faut y être invité, et par les richesses que les femmes peuvent donner, et par l'espérance des successions qu'elles peuvent procurer. Ainsi, lorsque la monarchie s'établit à Rome, tout le système fut changé sur les successions. Les préteurs appelèrent les parents par femmes, au défaut des parents par mâles ; au lieu que, par les anciennes lois, les parents par femmes n'étoient jamais appelés. Le sénatus-consulte Orphitien appela les enfants à la succession de leur mère ; et les empereurs Valentinien, Théodose et Arcadius [3], appelèrent les petits-enfants par la fille à la succession du grand-père. Enfin l'empereur Justinien ôta jusqu'au moindre vestige du droit ancien sur les successions : il établit trois ordres d'héritiers, les descendants, les ascendants, les collatéraux, sans aucune distinction, entre les mâles et les femelles, entre les parents par femmes et les parents par mâles, et abrogea toutes celles qui restoient à cet égard [4]. Il crut suivre la nature même, en s'écartant de ce qu'il appela les embarras de l'ancienne jurisprudence.

[1] C'est-à-dire l'empereur Pie, qui prit le nom d'Adrien par adoption.
[2] Leg. 2, cod. de Jure liberorum; Instit., liv. III, tit. III, § 4, de Senatus-consulto Tertulliano.
[3] Leg. 9, cod. de luis et legitimis liberis.
[4] Leg. 12, cod. ibid.; et les novelles 118 et 127.

LIVRE VINGT-HUITIÈME [1].

DE L'ORIGINE ET DES RÉVOLUTIONS DES LOIS CIVILES CHEZ LES FRANÇOIS.

In nova fert animus mutatas dicere formas
Corpora.
 OVID., Metam.

CHAPITRE I.

Du différent caractère des lois des peuples germains.

Les Francs étant sortis de leur pays, ils firent rédiger par les sages de leur nation les lois saliques [2]. La tribu des Francs ripuaires s'étant jointe, sous Clovis [3], à celle des Francs saliens, elle conserva ses usages; et Théodoric [4], roi d'Austrasie, les fit mettre par écrit. Il recueillit de même les usages des Bavarois et des Allemands [5] qui dépendoient de son royaume. Car la Germanie étant affoiblie par la sortie de tant de peuples, les Francs, après avoir conquis devant eux, avoient fait un pas en arrière, et porté leur domination dans les forêts de leurs pères. Il y a apparence que le code des Thuringiens fut donné par le même Théodoric [6], puisque les Thuringiens étoient aussi ses sujets. Les Frisons ayant été soumis par Charles Martel et Pepin, leur loi n'est pas antérieure à ces princes [7]. Charlemagne, qui le premier dompta les Saxons, leur donna la loi que nous avons. Il n'y a qu'à lire ces deux derniers codes pour voir qu'ils sortent des mains des vainqueurs. Les Wisigoths, les Bourguignons et les Lombards, ayant fondé des royaumes, firent écrire leurs lois, non pas pour faire suivre leurs usages aux peuples vaincus, mais pour les suivre eux-mêmes.

Il y a, dans les lois saliques et ripuaires, dans celles des Allemands, des Bavarois, des Thuringiens et des Frisons, une simplicité admirable :

[1] J'ai pensé me tuer depuis trois mois pour achever un livre de l'Origine et des Révolutions de nos lois civiles. Il formera trois heures de lecture; mais je vous assure qu'il m'a coûté tant de travail, que mes cheveux en sont blanchis. (Montesquieu à Mgr Cerati, lettre du 18 mars 1748.)
[2] Voyez Prologue de la loi salique. M. de Leibnitz dit, dans son Traité de l'Origine des Francs, que cette loi fut faite avant le règne de Clovis; mais elle ne put l'être avant que les Francs fussent sortis de la Germanie : ils n'entendoient pas pour lors la langue latine.
[3] Voyez Grégoire de Tours.
[4] Voyez le Prologue de la loi des Bavarois, et celui de la loi salique.
[5] Ibid.
[6] Lex Angliorum Werinorum, hoc est Thuringorum.
[7] Ils ne savoient point écrire.

on y trouve une rudesse originale, et un esprit qui n'avoit point été affoibli par un autre esprit. Elles changèrent peu, parce que ces peuples, si l'on en excepte les Francs, restèrent dans la Germanie. Les Francs mêmes y fondèrent une grande partie de leur empire : ainsi leurs lois furent toutes germaines. Il n'en fut pas de même des lois des Wisigoths, des Lombards et des Bourguignons; elles perdirent beaucoup de leur caractère, parce que ces peuples, qui se fixèrent dans leurs nouvelles demeures, perdirent beaucoup du leur.

Le royaume des Bourguignons ne subsista pas assez long-temps pour que les lois du peuple vainqueur pussent recevoir de grands changements. Gondebaud et Sigismond, qui recueillirent leurs usages, furent presque les derniers de leurs rois. Les lois des Lombards reçurent plutôt des additions que des changements. Celles de Rotharis furent suivies de celles de Grimoald, de Luitprand, de Rachis, d'Aistulphe; mais elles ne prirent point de nouvelle forme. Il n'en fut pas de même des lois des Wisigoths[1]; leurs rois les refondirent, et les firent refondre par le clergé.

Les rois de la première race ôtèrent bien aux lois saliques et ripuaires ce qui ne pouvoit absolument s'accorder avec le christianisme; mais ils en laissèrent tout le fond[2]. C'est ce qu'on ne peut pas dire des lois des Wisigoths.

Les lois des Bourguignons, et surtout celles des Wisigoths, admirent les peines corporelles. Les lois saliques et ripuaires ne les reçurent pas[3]; elles conservèrent mieux leur caractère.

Les Bourguignons et les Wisigoths, dont les provinces étoient très exposées, cherchèrent à se concilier les anciens habitants, et à leur donner des lois civiles les plus impartiales[4]; mais les rois francs, sûrs de leur puissance, n'eurent pas ces égards[5].

Les Saxons, qui vivoient sous l'empire des Francs, eurent une humeur indomptable, et s'obstinèrent à se révolter. On trouve dans leurs lois[1] des duretés du vainqueur, qu'on ne voit point dans les autres codes des lois des barbares.

On y voit l'esprit des lois des Germains dans les peines pécuniaires, et celui du vainqueur dans les peines afflictives.

Les crimes qu'ils font dans leur pays sont punis corporellement, et on ne suit l'esprit des lois germaniques que dans la punition de ceux qu'ils commettent hors de leur territoire.

On y déclare que, pour leurs crimes, ils n'auront jamais de paix, et on leur refuse l'asile des églises mêmes.

Les évêques eurent une autorité immense à la cour des rois wisigoths; les affaires les plus importantes étoient décidées dans les conciles. Nous devons au code des Wisigoths toutes les maximes, tous les principes et toutes les vues de l'inquisition d'aujourd'hui; et les moines n'ont fait que copier contre les Juifs des lois faites autrefois par les évêques.

Du reste, les lois de Gondebaud pour les Bourguignons paroissent assez judicieuses; celles de Rotharis et des autres princes lombards le sont encore plus. Mais les lois des Wisigoths, celles de Recessuinde, de Chaindasuinde et d'Égiga sont puériles, gauches, idiotes; elles n'atteignent point le but; pleines de rhétorique, et vides de sens, frivoles dans le fond, et gigantesques dans le style.

CHAPITRE II.

Que les lois barbares furent toutes personnelles.

C'est un caractère particulier de ces lois des barbares, qu'elles ne furent point attachées à un certain territoire[2] : le Franc étoit jugé par la loi

[1] Euric les donna; Leuvigilde les corrigea. Voyez la *Chronique* d'Isidore. Chaindasuinde et Recessuinde les réformèrent. Égiga fit faire le Code que nous avons *, et en donna la commission aux évêques : on conserva pourtant les lois de Chaindasuinde et de Recessuinde, comme il paroit par le seizième concile de Tolède.

[2] Voyez le *Prologue de la loi des Bavarois.*

[3] On en trouve seulement quelques unes dans le décret de Childebert.

[4] Voyez le *Prologue du Code des Bourguignons*, et le Code même, surtout le tit. XII, § 5, et le tit. XXXVIII. Voyez aussi Grégoire de Tours, liv. II, chap. XXXIII; et le *Code des Wisigoths.*

[5] Voyez ci-dessous le chap. III.

* Le *Fuero Juzgo*, ou Livre des Juges, qu'Alphonse, roi d'Espagne, fit imprimer en 1600, est le corps le plus complet des lois gothiques.

[1] Voyez le chap. II, § 8 et 9; et le chap. IV, § 2 et 7.

[2] La loi ripuaire parle de province et de canton ripuaires; la loi salique parle du pays qui est entre la Loire et la Charbonnière, comme de son véritable territoire. Agobard présente à Louis le Débonnaire, comme une grande justice, d'établir la loi françoise dans l'ancien royaume de Bourgogne; Chaindasuinde ne veut plus souffrir d'autre loi que la Wisigothe, et Sigebaud, métropolitain de la Narbonnoise, se plaint au concile de Troyes de ce que ses églises sont exposées à beaucoup de sacriléges, parce que le livre de la loi gothe n'a rien dit sur cette matière, et que c'est un caractère de cette loi bizarre de ne pas recevoir d'interprétation. L'édit de Pistes fait mention du territoire de la loi romaine; les formules de Marculfe parlent de lois locales : il ne faut donc pas dire avec Montesquieu, que les lois barbares ne furent attachées à aucun territoire. Je sais bien que ces lois permirent quelquefois à des étrangers de se gouverner entre eux par leurs lois étrangères; mais cette permission même prouve qu'il y avoit des lois générales et dominantes, et ce n'est pas sous le point de vue particulier que peut présenter un privilége, qu'il faut examiner un corps de lois. (CUABRIT, de la *Mon franç*, liv. VII, chap. XXI.) (P.)

des Francs, l'Allemand par la loi des Allemands, le Bourguignon par la loi des Bourguignons, le Romain par la loi romaine; et, bien loin qu'on songeât dans ces temps-là à rendre uniformes les lois des peuples conquérants, on ne pensa pas même à se faire législateur du peuple vaincu.

Je trouve l'origine de cela dans les mœurs des peuples germains. Ces nations étoient partagées par des marais, des lacs et des forêts : on voit même dans César [1] qu'elles aimoient à se séparer. La frayeur qu'elles eurent des Romains fit qu'elles se réunirent : chaque homme, dans ces nations mêlées, dut être jugé par les usages et les coutumes de sa propre nation. Tous ces peuples, dans leur particulier, étoient libres et indépendants; et, quand ils furent mêlés, l'indépendance resta encore : la patrie étoit commune, et la république particulière; le territoire étoit le même, et les nations diverses. L'esprit des lois personnelles étoit donc chez ces peuples avant qu'ils partissent de chez eux, et ils le portèrent dans leurs conquêtes.

On trouve cet usage établi dans les formules de Marculfe [2], dans les codes des lois des barbares, surtout dans la loi des Ripuaires [3], dans les décrets des rois de la première race [4], d'où dérivèrent les capitulaires que l'on fit là-dessus dans la seconde [5]. Les enfants suivoient la loi de leur père [6], les femmes celle de leur mari [7], les veuves revenoient à leur loi [8], les affranchis avoient celle de leur patron [9]. Ce n'est pas tout : chacun pouvoit prendre la loi qu'il vouloit; la constitution de Lothaire I exigea que ce choix fût rendu public [10].

CHAPITRE III.

Différence capitale entre les lois saliques et les lois des Wisigoths et des Bourguignons.

J'ai dit [11] que la loi des Bourguignons et celle des Wisigoths étoient impartiales; mais la loi salique ne le fut pas : elle établit entre les Francs et les Romains les distinctions les plus affligeantes. Quand [12] on avoit tué un Franc, un barbare ou un homme qui vivoit sous la loi salique, on payoit

à ses parents une composition de 200 sous; on n'en payoit qu'une de 100, lorsqu'on avoit tué un Romain possesseur [1], et seulement une de 45, quand on avoit tué un Romain tributaire; la composition pour le meurtre d'un Franc, vassal [2] du roi, étoit de 600 sous; et celle du meurtre d'un Romain, convive [3] du roi [4], n'étoit que de 500. Elle mettoit donc une cruelle différence entre le seigneur franc et le seigneur romain, et entre le Franc et le Romain qui étoient d'une condition médiocre.

Ce n'est pas tout : si l'on assembloit [5] du monde pour assaillir un Franc dans sa maison, et qu'on le tuât, la loi salique ordonnoit une composition de 600 sous; mais si l'on avoit assailli un Romain ou un affranchi [6], on ne payoit que la moitié de la composition. Par la même loi [7], si un Romain enchaînoit un Franc, il devoit 50 sous de composition; mais si un Franc enchaînoit un Romain, il n'en devoit qu'une de 15. Un Franc, dépouillé par un Romain, avoit 62 sous et demi de composition; et un Romain, dépouillé par un Franc, n'en recevoit qu'une de 50. Tout cela devoit être accablant pour les Romains.

Cependant un auteur célèbre [8] forme un système de l'établissement des Francs dans les Gaules, sur la présupposition qu'ils étoient les meilleurs amis des Romains. Les Francs étoient donc les meilleurs amis des Romains, eux qui leur firent, eux qui en reçurent des maux effroyables [9]? Les Francs étoient amis des Romains, eux qui, après les avoir assujettis par les armes, les opprimèrent de sang-froid par leurs lois? Ils étoient amis des Romains, comme les Tartares, qui conquièrent la Chine, étoient amis des Chinois.

Si quelques évêques catholiques ont voulu se servir des Francs pour détruire des rois ariens, s'ensuit-il qu'ils aient desiré de vivre sous des peuples barbares? En peut-on conclure que les Francs eussent des égards particuliers pour les Romains? J'en tirerois bien d'autres conséquences : plus les

[1] *De Bello Gallico*, lib. VI.
[2] Liv. I, form. 8. [3] Chap. XXXI.
[4] Celui de Clotaire, de l'an 560, dans l'édition des Capitulaires de Baluze, tome I, art. 4; *ibid.*, in fine.
[5] Capitulaires ajoutés à la loi des Lombards, liv. I, titre 25, chap. LXXI; liv. II, tit. 41, chap. VII; et tit. 56, chap. I et II.
[6] *Ibid.*, liv. II, tit. 3.
[7] *Ibid.*, liv. II, tit. 7, chap. I.
[8] *Ibid.*, chap. II. [9] *Ibid.*, tit. 33, chap. II.
[10] Dans la *Loi des Lombards*, liv. II, tit. 57.
[11] Au chapitre I de ce livre.
[12] *Loi salique*, tit. 43, § 1.

[1] *Qui res in pago ubi remanet proprias habet.* (*Loi salique*, tit. 43, § 7.)
[2] *Qui in truste dominica est.* (*Loi salique*, tit. 43, § 4.)
[3] *Si romanus homo conviva regis fuerit.* (*Ibid.*, § 6.)
[4] Les principaux Romains s'attachoient à la cour, comme on le voit par la vie de plusieurs évêques qui y furent élevés. Il n'y avoit guère que les Romains qui sussent écrire.
[5] *Ibid.*, tit. 44, § 1.
[6] *Lidus*, dont la condition étoit meilleure que celle du serf. (*Loi des Allemands*, chap. XCV.)
[7] Tit. 51, § 5 et 4.
[8] L'abbé Dubos.
[9] Témoin l'expédition d'Arbogaste, dans Grégoire de Tours *Histoire*, liv. II.

Francs furent sûrs des Romains, moins ils les ménagèrent.

Mais l'abbé Dubos a puisé dans de mauvaises sources pour un historien : les poètes et les orateurs ; ce n'est point sur des ouvrages d'ostentation qu'il faut fonder des systèmes.

CHAPITRE IV.

Comment le droit romain se perdit dans le pays du domaine des Francs, et se conserva dans le pays du domaine des Goths et des Bourguignons.

Les choses que j'ai dites donneront du jour à d'autres, qui ont été jusqu'ici pleines d'obscurités.

Le pays qu'on appelle aujourd'hui la France fut gouverné, dans la première race, par la loi romaine, ou le code Théodosien, et par les diverses lois des barbares qui y habitoient [1].

Dans le pays du domaine des Francs, la loi salique étoit établie pour les Francs, et le code Théodosien [2] pour les Romains. Dans celui du domaine des Wisigoths, une compilation du code Théodosien, faite par l'ordre d'Alaric [3], régla les différends des Romains ; les coutumes de la nation, qu'Euric fit rédiger par écrit [4], décidèrent ceux des Wisigoths. Mais pourquoi les lois saliques acquirent-elles une autorité presque générale dans le pays des Francs ? Et pourquoi le droit romain s'y perdit-il peu à peu, pendant que, dans le domaine des Wisigoths, le droit romain s'étendit, et eut une autorité générale ?

Je dis que le droit romain perdit son usage chez les Francs, à cause des grands avantages qu'il y avoit à être franc [5], barbare, ou homme vivant sous la loi salique : tout le monde fut porté à quitter le droit romain, pour vivre sous la loi salique. Il fut seulement retenu par les ecclésiastiques [6], parce qu'ils n'eurent point d'intérêt à changer. Les différences des conditions et des rangs ne consistoient que dans la grandeur des compositions, comme je le ferai voir ailleurs. Or, des lois [7] particulières leur donnèrent des compositions aussi favorables que celles qu'avoient les

Francs : ils gardèrent donc le droit romain. Ils n'en recevoient aucun préjudice, et il leur convenoit d'ailleurs, parce qu'il étoit l'ouvrage des empereurs chrétiens.

D'un autre côté, dans le patrimoine des Wisigoths, la loi wisigothe [1] ne donnant aucun avantage civil aux Wisigoths sur les Romains, les Romains n'eurent aucune raison de cesser de vivre sous leur loi pour vivre sous une autre : ils gardèrent donc leurs lois, et ne prirent point celles des Wisigoths.

Ceci se confirme à mesure qu'on va plus avant. La loi de Gondebaud fut très impartiale, et ne fut pas plus favorable aux Bourguignons qu'aux Romains. Il paroît, par le prologue de cette loi, qu'elle fut faite pour les Bourguignons, et qu'elle fut faite encore pour régler les affaires qui pourroient naître entre les Romains et les Bourguignons ; et, dans ce dernier cas, le tribunal fut mi-parti. Cela étoit nécessaire pour des raisons particulières, tirées de l'arrangement politique de ces temps-là [2]. Le droit romain subsista dans la Bourgogne, pour régler les différends que les Romains pourroient avoir entre eux. Ceux-ci n'eurent point de raison pour quitter leur loi, comme ils en eurent dans le pays des Francs ; d'autant mieux que la loi salique n'étoit point établie en Bourgogne, comme il paroît par la fameuse lettre qu'Agobard écrivit à Louis le Débonnaire.

Agobard [3] demandoit à ce prince d'établir la loi salique dans la Bourgogne : elle n'y étoit donc pas établie. Ainsi le droit romain subsista et subsiste encore dans tant de provinces qui dépendoient autrefois de ce royaume.

Le droit romain et la loi gothe se maintinrent de même dans le pays de l'établissement des Goths : la loi salique n'y fut jamais reçue. Quand Pepin et Charles Martel en chassèrent les Sarrasins, les villes et les provinces qui se soumirent à ces princes [4] demandèrent à conserver leurs lois, et l'obtinrent : ce qui, malgré l'usage de ce temps-

[1] Les Francs, les Wisigoths, et les Bourguignons.

[2] Il fut fini l'an 438.

[3] La vingtième année du règne de ce prince, et publiée deux ans après par Anien, comme il paroît par la préface de ce code.

[4] L'an 504 de l'ère d'Espagne. (*Chronique* d'Isidore.)

[5] *Francum, aut barbarum, aut hominem qui salica lege vivit.* (*Loi salique*, tit. 45, § 1.)

[6] « Selon la loi romaine sous laquelle l'Église vit, » est-il dit dans la loi des Ripuaires, tit. 58, § 1. Voyez aussi les autorités sans nombre là-dessus, rapportées par M. Ducange, au mot *lex romana*.

[7] Voyez les capitulaires ajoutés à la *loi salique*, dans Lindem-

broch, à la fin de cette loi, et les divers Codes des lois des barbares sur les priviléges des ecclésiastiques à cet égard. Voyez aussi la lettre de Charlemagne à Pepin son fils, roi d'Italie, de l'an 807, dans l'édition de Baluze, tome 1, pag. 452, où il est dit qu'un ecclésiastique doit recevoir une composition triple ; et le Recueil des Capitulaires, livre V, art. 302, tom. I, édition de Baluze.

[1] Voyez cette loi.

[2] J'en parlerai ailleurs, liv. XXX, chap. VI, VII, VIII, et IX.

[3] Agob. *opera*.

[4] Voyez Gervais de Tilbury, dans le *Recueil de Duchesne*, tom. III, pag. 366. *Facta pactione cum Francis, quod illic Gothi patriis legibus, moribus paternis vivant : et sic Narbonensis provincia Pippino subjicitur.* Et une Chronique de l'an 759, rapportée par Catel, *Histoire du Languedoc* ; et l'au-

là, où toutes les lois étoient personnelles, fit bientôt regarder le droit romain comme une loi réelle et territoriale dans ces pays.

Cela se prouve par l'édit de Charles le Chauve, donné à Pistes l'an 864, qui [1] distingue les pays dans lesquels on jugeoit par le droit romain, d'avec ceux où l'on n'y jugeoit pas.

L'édit de Pistes prouve deux choses : l'une, qu'il y avoit des pays où l'on jugeoit selon la loi romaine, et qu'il y en avoit où l'on ne jugeoit point selon cette loi ; l'autre, que ces pays où l'on jugeoit par la loi romaine étoient précisément ceux où on la suit encore aujourd'hui, comme il paroît par ce même édit [2]. Ainsi la distinction des pays de la France coutumière, et de la France régie par le droit écrit, étoit déja établie du temps de l'édit de Pistes.

J'ai dit que, dans les commencements de la monarchie, toutes les lois étoient personnelles : ainsi, quand l'édit de Pistes distingue les pays du droit romain d'avec ceux qui ne l'étoient pas, cela signifie que, dans les pays qui n'étoient point pays du droit romain, tant de gens avoient choisi de vivre sous quelqu'une des lois des peuples barbares, qu'il n'y avoit presque plus personne, dans ces contrées, qui choisît de vivre sous la loi romaine ; et que, dans les pays de la loi romaine, il y avoit peu de gens qui eussent choisi de vivre sous les lois des peuples barbares [3].

Je sais bien que je dis ici des choses nouvelles ; mais, si elles sont vraies, elles sont très anciennes. Qu'importe, après tout, que ce soit moi, les Valois, ou les Bignons qui les aient dites ?

teur incertain de la vie de Louis-le-Débonnaire, sur la demande faite par les peuples de la Septimanie, dans l'assemblée *in Carisiaco*, dans le *Recueil de Duchesne*, tome 11, pag. 316.

[1] *In illa terra in qua judicia secundum legem romanam terminantur, secundum ipsam legem judicetur ; et in illa terra in qua*, etc. Art. 16. Voyez aussi l'art. 20.

[2] Voyez l'article 12 et 16 de l'édit de Pistes, *in Cavilono*, *in Narbona*, etc.

[3] C'est un spectacle curieux et intéressant de voir un homme supérieur aux Platon et aux Aristote, de voir le législateur des siècles les plus éclairés, enseveli dans les ruines de ces temps d'ignorance, consumer une partie de son génie à commenter les ordonnances de Gontran et de Chilpéric, l'édit de Pistes, et les formules de Marculfe. En admirant son courage, on prend celui de méditer assez pour le comprendre. Bientôt on commence à voir ce qu'il a vu lui-même dans les fragments des lois qu'il cite ; ces commentaires si serrés se développent, l'obscurité des textes se dissipe, ces paragraphes et ces chapitres, que rien ne paroissoit lier ensemble, s'unissent par la lumière qui passe des uns aux autres ; on trouve la réponse à toutes les questions qu'on peut faire sur le gouvernement de ces temps presque effacés de l'histoire ; du milieu de ce chaos s'élève un empire, et l'on sait comment et par qui la justice y est rendue, quelles sont les troupes qui le défendent, les dignités qui le décorent, les subsides qui l'enrichissent ; on voit quel est le sort des grands, de l'homme libre et de l'esclave. (GARAT, *Merc. de Fr.* du 6 mars 1784.) (P.)

CHAPITRE V.

Continuation du même sujet.

La loi de Gondebaud [1] subsista long-temps chez les Bourguignons, concurremment avec la loi romaine ; elle y étoit encore en usage du temps de Louis le Débonnaire : la lettre d'Agobard ne laisse aucun doute là-dessus. De même, quoique l'édit de Pistes appelle le pays qui avoit été occupé par les Wisigoths le pays de la loi romaine, la loi des Wisigoths y subsistoit toujours ; ce qui se prouve par le synode de Troyes, tenu sous Louis le Bègue, l'an 878, c'est-à-dire quatorze ans après l'édit de Pistes.

Dans la suite, les lois gothes et bourguignones périrent dans leur pays même, par les causes générales [2] qui firent partout disparoître les lois personnelles des peuples barbares.

CHAPITRE VI.

Comment le droit romain se conserva dans le domaine des Lombards.

Tout se plie à mes principes. La loi des Lombards étoit impartiale, et les Romains n'eurent aucun intérêt à quitter la leur pour la prendre. Le motif qui engagea les Romains sous les Francs à choisir la loi salique n'eut point de lieu en Italie ; le droit romain s'y maintint avec la loi des Lombards.

Il arriva même que celle-ci céda au droit romain ; elle cessa d'être la loi de la nation dominante ; et, quoiqu'elle continuât d'être celle de la principale noblesse, la plupart des villes s'érigèrent en républiques, et cette noblesse tomba, ou fut exterminée [3]. Les citoyens des nouvelles républiques ne furent point portés à prendre une loi

[1] Le nom du législateur, la date de son règne, la généalogie de ses ancêtres, et les souscriptions qui se trouvent en tête du premier recueil des lois bourguignones, feroient douter de son véritable auteur, si les historiens les plus rapprochés des temps de sa rédaction ne s'accordoient à l'attribuer à Gondebaud. Quoi qu'il en soit, ce n'est qu'un ouvrage informe, où la clarté n'est due qu'à la simplicité des dispositions ; ce ne sont pas des lois refondues ni recueillies avec ordre : c'est un amas confus de toutes sortes de réglements, dépouillés seulement quelquefois de leurs préambules et de leurs dates. On trouve dans la collection des lois bourguignones deux suppléments à la loi Gombette ; on n'y voit pas sous quels princes ils furent rédigés, mais on y reconnoît qu'ils furent faits, comme la loi Gombette elle-même, dans l'assemblée des principaux de la nation, et qu'on s'y proposa non seulement de l'interpréter et de la réformer, mais de l'étendre. (CHABRIT, de la *Monar. franç.*, liv. V, chap. IV.) (P.)

[2] Voyez ci-dessous les chap. IX, X, et XI.

[3] Voyez ce que dit Machiavel de la destruction de l'ancienne noblesse de Florence.

qui établissoit l'usage du combat judiciaire, et dont les institutions tenoient beaucoup aux coutumes et aux usages de la chevalerie. Le clergé, dès-lors si puissant en Italie, vivant presque tout sous la loi romaine, le nombre de ceux qui suivoient la loi des Lombards dut toujours diminuer.

D'ailleurs, la loi des Lombards n'avoit point cette majesté du droit romain, qui rappeloit à l'Italie l'idée de sa domination sur toute la terre; elle n'en avoit pas l'étendue. La loi des Lombards et la loi romaine ne pouvoient plus servir qu'à suppléer aux statuts des villes qui s'étoient érigées en républiques : or, qui pouvoit mieux y suppléer, ou la loi des Lombards, qui ne statuoit que sur quelques cas, ou la loi romaine, qui les embrassoit tous?

CHAPITRE VII.

Comment le droit romain se perdit en Espagne.

Les choses allèrent autrement en Espagne. La loi des Wisigoths triompha, et le droit romain s'y perdit. Chaindasuinde[1] et Recessuinde[2] proscrivirent les lois romaines, et ne permirent pas même de les citer dans les tribunaux. Recessuinde fut encore l'auteur de la loi qui ôtoit la prohibition des mariages entre les Goths et les Romains[3]. Il est clair que ces deux lois avoient le même esprit : ce roi vouloit enlever les principales causes de séparation qui étoient entre les Goths et les Romains. Or, on pensoit que rien ne les séparoit plus que la défense de contracter entre eux des mariages, et la permission de vivre sous des lois diverses.

Mais, quoique les rois des Wisigoths eussent proscrit le droit romain, il subsista toujours dans les domaines qu'ils possédoient dans la Gaule méridionale. Ces pays, éloignés du centre de la monarchie, vivoient dans une grande indépendance[4]. On voit, par l'histoire de Vamba, qui monta sur le trône en 672, que les naturels du pays avoient pris le dessus[5] : ainsi la loi romaine y avoit plus

d'autorité, et la loi gothe y en avoit moins. Les lois espagnoles ne convenoient ni à leurs manières, ni à leur situation actuelle. Peut-être même que le peuple s'obstina à la loi romaine, parce qu'il y attacha l'idée de sa liberté. Il y a plus : les lois de Chaindasuinde et de Recessuinde contenoient des dispositions effroyables contre les Juifs; mais ces Juifs étoient puissants dans la Gaule méridionale. L'auteur de l'histoire du roi Vamba appelle ces provinces le prostibule des Juifs. Lorsque les Sarrasins vinrent dans ces provinces, ils y avoient été appelés : or, qui put les y avoir appelés, que les Juifs ou les Romains? Les Goths furent les premiers opprimés, parce qu'ils étoient la nation dominante. On voit dans Procope[1] que, dans leurs calamités, ils se retiroient de la Gaule narbonnoise en Espagne. Sans doute que, dans ce malheur-ci, ils se réfugièrent dans les contrées de l'Espagne qui se défendoient encore; et le nombre de ceux qui, dans la Gaule méridionale, vivoient sous la loi des Wisigoths, en fut beaucoup diminué.

CHAPITRE VIII.

Faux capitulaire.

Ce malheureux compilateur Benoît Lévite n'alla-t-il pas transformer cette loi wisigothe, qui défendoit l'usage du droit romain, en un capitulaire[2] qu'on attribua depuis à Charlemagne! Il fit de cette loi particulière une loi générale, comme s'il avoit voulu exterminer le droit romain par tout l'univers.

CHAPITRE IX.

Comment les codes des lois des barbares et les capitulaires se perdirent.

Les lois saliques, ripuaires, bourguignones et wisigothes cessèrent peu à peu d'être en usage chez les François : voici comment.

Les fiefs étant devenus héréditaires, et les arrière-fiefs s'étant étendus, il s'introduisit beaucoup d'usages auxquels ces lois n'étoient plus applicables. On en retint bien l'esprit, qui étoit de régler la plupart des affaires par des amendes;

[1] Il commença à régner en 642.
[2] Nous ne voulons plus être tourmentés par les lois étrangères, ni par les romaines. (Loi des Wisigoths, liv. II. tit. 1. § 9 et 10.
[3] Ut tam Gotho Romanam quam Romano Gotham, matrimonio liceat sociari. (Loi des Wisigoths, liv. III, tit. 1, chap. 1.)
[4] Voyez, dans Cassiodore, les condescendances que Théodoric, roi des Ostrogoths, prince le plus accrédité de son temps, eut pour elles. (Liv. IV, lett. XIX et XXVI.)
[5] La révolte de ces provinces fut une défection générale, comme il paroît par le jugement qui est à la suite de l'histoire. Paulus et ses adhérents étoient Romains; ils furent même favorisés par les évêques. Vamba n'osa faire mourir les séditieux qu'il avoit vaincus. L'auteur de l'histoire appelle la Gaule narbonnoise la nourrice de la perfidie.

[1] Gothi qui cladi superfuerant ex Gallia cum uxoribus liberisque egressi, in Hispaniam ad Teudim jam palam tyrannum se receperunt. (De Bello Gothorum, lib. 1, cap. XIII.)
[2] Capitulaires, édition de Baluze, liv. VI, chap. CCCXLIII, pag. 984, tom. I.

mais, les valeurs ayant sans doute changé, les amendes changèrent aussi; et l'on voit beaucoup de chartres [1], où les seigneurs fixoient les amendes qui devoient être payées dans leurs petits tribunaux. Ainsi l'on suivit l'esprit de la loi, sans suivre la loi même.

D'ailleurs, la France se trouvant divisée en une infinité de petites seigneuries, qui reconnoissoient plutôt une dépendance féodale qu'une dépendance politique, il étoit bien difficile qu'une seule loi pût être autorisée : en effet, on n'auroit pas pu la faire observer. L'usage n'étoit guère plus qu'on envoyât des officiers extraordinaires dans les provinces [2], qui eussent l'œil sur l'administration de la justice, et sur les affaires politiques. Il paroît même, par les chartres, que lorsque de nouveaux fiefs s'établissoient, les rois se privoient du droit de les y envoyer. Ainsi, lorsque tout à peu près fut devenu fief, ces officiers ne purent plus être employés; il n'y eut plus de loi commune, parce que personne ne pouvoit faire observer la loi commune.

Les lois saliques, bourguignones et wisigothes furent donc extrêmement négligées à la fin de la seconde race; et, au commencement de la troisième, on n'en entendit presque plus parler.

Sous les deux premières races, on assembla souvent la nation, c'est-à-dire les seigneurs et les évêques : il n'étoit point encore question des communes. On chercha dans ces assemblées à régler le clergé, qui étoit un corps qui se formoit, pour ainsi dire, sous les conquérants, et qui établissoit ses prérogatives. Les lois faites dans ces assemblées sont ce que nous appelons les capitulaires. Il arriva quatre choses : les lois des fiefs s'établirent, et une grande partie des biens de l'Église fut gouvernée par les lois des fiefs; les ecclésiastiques se séparèrent davantage, et négligèrent des lois de réforme [3] où ils n'avoient

pas été les seuls réformateurs; on recueillit les canons des conciles [1] et les décrétales des papes; et le clergé reçut ces lois comme venant d'une source plus pure. Depuis l'érection des grands fiefs, les rois n'eurent plus, comme j'ai dit, des envoyés dans les provinces pour faire observer des lois émanées d'eux : ainsi, sous la troisième race, on n'entendit plus parler de capitulaires.

CHAPITRE X.

Continuation du même sujet.

On ajouta plusieurs capitulaires à la loi des Lombards, aux lois saliques, à la loi des Bavarois. On en a cherché la raison : il faut la prendre dans la chose même. Les capitulaires étoient de plusieurs espèces. Les uns avoient du rapport au gouvernement politique, d'autres au gouvernement économique, la plupart au gouvernement ecclésiastique, quelques uns au gouvernement civil. Ceux de cette dernière espèce furent ajoutés à la loi civile, c'est-à-dire aux lois personnelles de chaque nation : c'est pour cela qu'il est dit dans les capitulaires qu'on n'y a rien stipulé contre la loi romaine [2]. En effet, ceux qui regardoient le gouvernement économique, ecclésiastique ou politique, n'avoient point de rapport à cette loi; et ceux qui regardoient le gouvernement civil n'eurent qu'aux lois des peuples barbares, que l'on expliquoit, corrigeoit, augmentoit, et diminuoit. Mais ces capitulaires, ajoutés aux lois personnelles, firent, je crois, négliger le corps même des capitulaires. Dans des temps d'ignorance, l'abrégé d'un ouvrage fait souvent tomber l'ouvrage même.

CHAPITRE XI.

Autres causes de la chute des codes des lois des barbares, du droit romain, et des capitulaires.

Lorsque les nations germaines conquirent l'empire romain, elles y trouvèrent l'usage de l'écriture; et, à l'imitation des Romains, elles rédi-

[1] M. de La Thaumassière en a recueilli plusieurs. Voyez, par exemple, les chap. LXI, LXVI, et autres.

[2] *Missi dominici.* — Tous les ans nos rois députoient dans les provinces des commissaires chargés de leurs instructions : ils devoient veiller aux revenus du fisc et du domaine, expédier les affaires, entendre les plaintes des juges et des peuples, s'informer exactement des vices du gouvernement et des moyens de le réformer, et en présenter un compte fidèle. Ils se rendoient à leurs départements dans les mois de janvier, d'avril, de juillet et d'octobre; aussitôt qu'ils y étoient arrivés, ils mandoient les officiers à leurs plaids quatre fois le mois et dans quatre lieux différents, et ils ne s'y arrêtoient qu'autant de temps qu'ils y paroissoient nécessaires. (CHANTT, de la *Monarc. franç.*, liv. VII, chap. LXX.) (P.)

[3] « Que les évêques, dit Charles le Chauve, dans le capitulaire de l'an 844, art. 8, sous prétexte qu'ils ont l'autorité de faire des canons, ne s'opposent pas à cette constitution, ni ne la négligent. » Il semble qu'il en prévoyoit déjà la chute.

[1] On inséra dans le Recueil des canons un nombre infini de décrétales des papes; il y en avoit très peu dans l'ancienne collection. Denys le Petit en mit beaucoup dans la sienne : mais celle d'Isidore Mercator fut remplie de vraies et de fausses décrétales. L'ancienne collection fut en usage en France jusqu'à Charlemagne. Ce prince reçut des mains du pape Adrien 1 la collection de Denys le Petit, et la fit recevoir. La collection d'Isidore Mercator parut en France vers le règne de Charlemagne; on s'en entêta : ensuite vint ce qu'on appelle le *corps du droit canonique*.

[2] Voyez l'édit de Pistes, art. 20.

gèrent leurs usages par écrit[1], et en firent des codes. Les règnes malheureux qui suivirent celui de Charlemagne, les invasions des Normands, les guerres intestines, replongèrent les nations victorieuses dans les ténèbres dont elles étoient sorties; on ne sut plus lire ni écrire. Cela fit oublier, en France et en Allemagne, les lois barbares écrites, le droit romain et les capitulaires. L'usage de l'écriture se conserva mieux en Italie, où régnoient les papes et les empereurs grecs, et où il y avoit des villes florissantes, et presque le seul commerce qui se fît pour lors. Ce voisinage de l'Italie fit que le droit romain se conserva mieux dans les contrées de la Gaule autrefois soumises aux Goths et aux Bourguignons; d'autant plus que ce droit y étoit une loi territoriale et une espèce de privilége. Il y a apparence que c'est l'ignorance de l'écriture qui fit tomber en Espagne les lois wisigothes. Et, par la chute de tant de lois, il se forma partout des coutumes.

Les lois personnelles tombèrent. Les compositions, et ce que l'on appeloit *freda*[2], se réglèrent plus par la coutume que par le texte de ces lois. Ainsi, comme dans l'établissement de la monarchie on avoit passé des usages des Germains à des lois écrites, on revint, quelques siècles après, des lois écrites à des usages non écrits.

CHAPITRE XII.

Des coutumes locales; révolution des lois des peuples barbares et du droit romain.

On voit par plusieurs monuments qu'il y avoit déja des coutumes locales dans la première et la seconde race. On y parle de la *coutume du lieu*[3], de l'*usage ancien*[4], de la *coutume*[5], des *lois* et des *coutumes*[6]. Des auteurs ont cru que ce qu'on nommoit des coutumes étoient les lois des peuples barbares, et que ce qu'on appeloit la loi étoit le droit romain. Je prouve que cela ne peut être. Le roi Pepin ordonna que partout où il n'y auroit point de loi on suivroit la coutume, mais que la coutume ne seroit pas préférée à la loi[7]. Or, dire

que le droit romain eut la préférence sur les codes des lois des barbares, c'est renverser tous les monuments anciens, et surtout ces codes des lois des barbares, qui disent perpétuellement le contraire.

Bien loin que les lois des peuples barbares fussent ces coutumes, ce furent ces lois mêmes qui, comme lois personnelles, les introduisirent. La loi salique, par exemple, étoit une loi personnelle: mais, dans des lieux généralement, ou presque généralement habités par des Francs saliens, la loi salique, toute personnelle qu'elle étoit, devenoit, par rapport à ces Francs saliens, une loi territoriale; et elle n'étoit personnelle que pour les Francs qui habitoient ailleurs. Or, si, dans un lieu où la loi salique étoit territoriale, il étoit arrivé que plusieurs Bourguignons, Allemands, ou Romains même, eussent eu souvent des affaires, elles auroient été décidées par les lois de ces peuples; et un grand nombre de jugements, conformes à quelques unes de ces lois, auroit dû introduire dans le pays de nouveaux usages. Et cela explique bien la constitution de Pepin. Il étoit naturel que ces usages pussent affecter les Francs mêmes du lieu, dans les cas qui n'étoient point décidés par la loi salique; mais il ne l'étoit pas qu'ils pussent prévaloir sur la loi salique.

Ainsi il y avoit dans chaque lieu une loi dominante, et des usages reçus qui servoient de supplément à la loi dominante, lorsqu'ils ne la choquoient pas.

Il pouvoit même arriver qu'ils servissent de supplément à une loi qui n'étoit point territoriale; et, pour suivre le même exemple, si, dans un lieu où la loi salique étoit territoriale, un Bourguignon étoit jugé par la loi des Bourguignons, et que le cas ne se trouvât pas dans le texte de cette loi, il ne faut pas douter que l'on ne jugeât suivant la coutume du lieu.

Du temps du roi Pepin, les coutumes qui s'étoient formées avoient moins de force que les lois: mais bientôt les coutumes détruisirent les lois; et, comme les nouveaux réglements sont toujours des remèdes qui indiquent un mal présent, on peut croire que du temps de Pepin on commençoit déja à préférer les coutumes aux lois.

Ce que j'ai dit explique comment le droit romain commença dès les premiers temps à devenir une loi territoriale, comme on le voit dans l'édit de Pistes, et comment la loi gothe ne laissa pas d'y être encore en usage, comme il paroît par le synode de Troyes dont j'ai parlé[1]. La loi romaine

[1] Cela est marqué expressément dans quelques prologues de ses Codes. On voit même dans les lois des Saxons et des Frisons des dispositions différentes, selon les divers districts. On ajouta à ces usages quelques dispositions particulières que les circonstances exigèrent: telles furent les lois dures contre les Saxons.
[2] J'en parlerai ailleurs. — Voyez ci-après le chap. XIV du liv. XXX. (P.)
[3] Préface des *formules de Marculfe*.
[4] *Loi des Lombards*, liv. II, tit. LVIII, § 3.
[5] *Ibid.*, liv. II, tit. XLI, § 6.
[6] *Vie de saint Léger*.
[7] *Loi des Lombards*, liv. II, tit. XLI, § 6.

[1] Voyez ci-dessus le chapitre V.

étoit devenue la loi personnelle générale, et la loi gothe la loi personnelle particulière ; et par conséquent la loi romaine étoit la loi territoriale. Mais comment l'ignorance fit-elle tomber partout les lois personnelles des peuples barbares, tandis que le droit romain subsista, comme loi territoriale, dans les provinces wisigothes et bourguignones ? Je réponds que la loi romaine même eut à peu près le sort des autres lois personnelles : sans cela nous aurions encore le code Théodosien, dans les provinces où la loi romaine étoit loi territoriale, au lieu que nous y avons les lois de Justinien. Il ne resta presque à ces provinces que le nom de pays de droit romain ou de droit écrit, que cet amour que les peuples ont pour leur loi, surtout quand ils la regardent comme un privilège, et quelques dispositions du droit romain, retenues pour lors dans la mémoire des hommes. Mais c'en fut assez pour produire cet effet que, quand la compilation de Justinien parut, elle fut reçue dans les provinces du domaine des Goths et des Bourguignons, comme loi écrite ; au lieu que dans l'ancien domaine des Francs, elle ne le fut que comme raison écrite.

CHAPITRE XIII.

Différence de la loi salique ou des Francs saliens d'avec celle des Francs ripuaires et des autres peuples barbares.

La loi salique n'admettoit point l'usage des preuves négatives ; c'est-à-dire que, par la loi salique, celui qui faisoit une demande ou une accusation devoit la prouver, et qu'il ne suffisoit pas à l'accusé de la nier : ce qui est conforme aux lois de presque toutes les nations du monde.

La loi des Francs ripuaires avoit tout un autre esprit [1] : elle se contentoit des preuves négatives ; et celui contre qui on formoit une demande ou une accusation pouvoit, dans la plupart des cas, se justifier, en jurant, avec certain nombre de témoins, qu'il n'avoit point fait ce qu'on lui imputoit. Le nombre des témoins qui devoient jurer [2] augmentoit selon l'importance de la chose ; il alloit quelquefois à soixante-douze [3]. Les lois des Allemands, des Bavarois, des Thuringiens, celles des Frisons, des Saxons, des Lombards et des Bourguignons, furent faites sur le même plan que celles des Ripuaires.

[1] Cela se rapporte à ce que dit Tacite, que les peuples germains avoient des usages communs et des usages particuliers.
[2] *Loi des Ripuaires*, tit. VI, VII, VIII, et autres.
[3] *Ibid.*, tit. XI, XII, et XVII.

J'ai dit que la loi salique n'admettoit point les preuves négatives. Il y avoit pourtant un cas où elle les admettoit [1] ; mais, dans ce cas, elle ne les admettoit point seules, et sans le concours des preuves positives. Le demandeur faisoit ouïr ses témoins pour établir sa demande [2] ; le défendeur faisoit ouïr les siens pour se justifier ; et le juge cherchoit la vérité dans les uns et dans les autres témoignages [3]. Cette pratique étoit bien différente de celle des lois ripuaires et des autres lois barbares, où un accusé se justifioit en jurant qu'il n'étoit point coupable, et en faisant jurer ses parents qu'il avoit dit la vérité. Ces lois ne pouvoient convenir qu'à un peuple qui avoit de la simplicité et une certaine candeur naturelle. Il fallut même que les législateurs en prévinssent l'abus, comme on le va voir tout à l'heure.

CHAPITRE XIV.

Autre différence.

La loi salique ne permettoit point la preuve par le combat singulier ; la loi des Ripuaires [4], et presque [5] toutes celles des peuples barbares, la recevoient [6]. Il me paroît que la loi du combat étoit une suite naturelle, et le remède de la loi qui établissoit les preuves négatives. Quand on faisoit une demande, et qu'on voyoit qu'elle alloit être injustement éludée par un serment, que restoit-il à un guerrier qui se voyoit sur le point d'être confondu, qu'à demander raison du tort qu'on lui faisoit, et de l'offre même du parjure ? La loi salique, qui n'admettoit point l'usage des preuves négatives, n'avoit pas besoin de la preuve par le combat, et ne la recevoit pas ; mais la loi des Ripuaires [7], et celle des autres peuples barbares, qui admettoient l'usage des preuves négatives [8], furent forcées d'établir la preuve par le combat.

Je prie qu'on lise les deux fameuses dispositions de Goundebaud [9], roi de Bourgogne, sur cette ma-

[1] C'est celui où il y a un antrustion, c'est-à-dire un vassal du roi, en qui on supposoit une plus grande franchise, étoit accusé. Voyez le titre LXXVI du *Pactus legis salicæ*.
[2] Voyez le même titre.
[3] Comme il se pratique encore aujourd'hui en Angleterre.
[4] Tit. XXXII ; tit. LVII, § 2 ; tit. LIX, § 4.
[5] Voyez la note suivante.
[6] Cet esprit paroît bien dans la loi des Ripuaires, tit. LIX, § 4, et tit. LXVII, § 5 ; et le capitulaire de Louis le Débonnaire, ajouté à la loi des Ripuaires, de l'an 803, art. 22.
[7] Voyez cette loi.
[8] La loi des Frisons, des Lombards, des Bavarois, des Saxons, des Thuringiens, et des Bourguignons.
[9] Dans la *loi des Bourguignons*, tit. VIII, § 1 et 2, sur les affaires criminelles ; et le tit. XLV, qui porte encore sur les affaires

tière; on verra qu'elles sont tirées de la nature de la chose. Il falloit, selon le langage des lois des barbares, ôter le serment des mains d'un homme qui en vouloit abuser.

Chez les Lombards, la loi de Rotharis admit des cas où elle vouloit que celui qui s'étoit défendu par un serment ne pût plus être fatigué par un combat. Cet usage s'étendit [1] : nous verrons dans la suite quels maux il en résulta, et comment il fallut revenir à l'ancienne pratique.

CHAPITRE XV.

Réflexion.

Je ne dis pas que, dans les changements qui furent faits au code des lois des barbares, dans les dispositions qui y furent ajoutées, et dans le corps des capitulaires, on ne puisse trouver quelque texte où, dans le fait, la preuve du combat ne soit pas une suite de la preuve négative. Des circonstances particulières ont pu, dans le cours de plusieurs siècles, faire établir de certaines lois particulières. Je parle de l'esprit général des lois des Germains, de leur nature et de leur origine; je parle des anciens usages de ces peuples, indiqués ou établis par ces lois; et il n'est ici question que de cela.

CHAPITRE XVI.

De la preuve par l'eau bouillante, établie par la loi salique.

La loi salique admettoit l'usage de la preuve par l'eau bouillante [2]; et comme cette épreuve étoit fort cruelle, la loi prenoit un tempérament pour en adoucir la rigueur [3]. Elle permettoit à celui qui avoit été ajourné pour venir faire la preuve par l'eau bouillante, de racheter sa main, du consentement de sa partie. L'accusateur, moyennant une certaine somme que la loi fixoit, pouvoit se contenter du serment de quelques témoins, qui déclaroient que l'accusé n'avoit pas commis le crime; et c'étoit un cas particulier de la loi salique, dans lequel elle admettoit la preuve négative.

Cette preuve étoit une chose de convention, que la loi souffroit, mais qu'elle n'ordonnoit pas. La loi donnoit un certain dédommagement à l'accusateur, qui vouloit permettre que l'accusé se défendît par une preuve négative : il étoit libre à l'accusateur de s'en rapporter au serment de l'accusé, comme il lui étoit libre de remettre le tort ou l'injure.

La loi donnoit un tempérament [1], pour qu'avant le jugement les parties, l'une dans la crainte d'une épreuve terrible, l'autre à la vue d'un petit dédommagement présent, terminassent leurs différends, et finissent leurs haines. On sent bien que cette preuve négative une fois consommée, il n'en falloit plus d'autre; et qu'ainsi la pratique du combat ne pouvoit être une suite de cette disposition particulière de la loi salique.

CHAPITRE XVII.

Manière de penser de nos pères.

On sera étonné de voir que nos pères fissent ainsi dépendre l'honneur, la fortune et la vie des citoyens, de choses qui étoient moins du ressort de la raison que du hasard; qu'ils employassent sans cesse des preuves qui ne prouvoient point, et qui n'étoient liées ni avec l'innocence, ni avec le crime.

Les Germains, qui n'avoient jamais été subjugués [2], jouissoient d'une indépendance extrême : les familles faisoient la guerre pour des meurtres, des vols, des injures [3]. On modifia cette coutume en mettant ces guerres sous des règles; elles se firent par ordre et sous les yeux du magistrat [4] : ce qui étoit préférable à une licence générale de se nuire.

Comme aujourd'hui les Turcs, dans leurs guerres civiles, regardent la première victoire comme un jugement de Dieu qui décide; ainsi les peuples germains, dans leurs affaires particulières, prenoient l'événement du combat pour un arrêt de la Providence, toujours attentive à punir le criminel ou l'usurpateur.

Tacite dit que, chez les Germains, lorsqu'une nation vouloit entrer en guerre avec une autre, elle cherchoit à faire quelque prisonnier qui pût combattre avec un des siens; et qu'on jugeoit par

civiles. Voyez aussi la *loi des Thuringiens*, tit. 1, § 31; tit. VII, § 6; et tit. VIII; et la *loi des Allemands*, tit. LXXXIX; la *loi des Bavarois*, tit. VIII, chap. II, § 6, et chap. III, § 1; et tit. IX, chap. IV, § 4; la *loi des Frisons*, tit. II, § 3; et tit. XIV, § 4; la *loi des Lombards*, liv. 1, tit. XXXII, § 3; et tit. XXXV, § 1; et liv. II, tit. XXXV, § 2.

[1] Voyez ci-dessous le chapitre XVIII, à la fin.
[2] Et quelques autres lois des barbares aussi.
[3] Tit. LV.

[1] Tit. LV.
[2] Cela paroit par ce que dit Tacite : « *Omnibus idem habitus.* »
[3] Velleius Paterculus, liv. II, ch. CXVIII, dit que les Germains décidoient toutes les affaires par le combat.
[4] Voyez les codes des lois des barbares; et, pour les temps plus modernes, Beaumanoir sur la *Coutume de Beauvoisis*.

l'événement de ce combat du succès de la guerre. Des peuples qui croyoient que le combat singulier régleroit les affaires publiques, pouvoient bien penser qu'il pourroit encore régler les différends des particuliers.

Gondebaud, roi de Bourgogne, fut de tous les rois celui qui autorisa le plus l'usage du combat. Ce prince rend raison de sa loi dans sa loi même [1] : « C'est, dit-il, afin que nos sujets ne fassent plus » de serment sur des faits obscurs, et ne se par- » jurent point sur des faits certains. » Ainsi, tandis que les ecclésiastiques déclaroient impie la loi qui permettoit le combat [2], le roi des Bourguignons regardoit comme sacrilège celle qui établissoit le serment.

La preuve par le combat singulier avoit quelque raison fondée sur l'expérience. Dans une nation uniquement guerrière, la poltronnerie suppose d'autres vices : elle prouve qu'on a résisté à l'éducation qu'on a reçue, et que l'on n'a pas été sensible à l'honneur, ni conduit par les principes qui ont gouverné les autres hommes ; elle fait voir qu'on ne craint point leur mépris, et qu'on ne fait point de cas de leur estime : pour peu qu'on soit bien né, on n'y manquera pas ordinairement de l'adresse qui doit s'allier avec la force, ni de la force qui doit concourir avec le courage ; parce que, faisant cas de l'honneur, on se sera toute sa vie exercé à des choses sans lesquelles on ne peut l'obtenir. De plus, dans une nation guerrière, où la force, le courage et la prouesse sont en honneur, les crimes véritablement odieux sont ceux qui naissent de la fourberie, de la finesse et de la ruse, c'est-à-dire de la poltronnerie.

Quant à la preuve par le feu, après que l'accusé avoit mis la main sur un fer chaud, ou dans l'eau bouillante, on enveloppoit la main dans un sac que l'on cachetoit : si, trois jours après, il ne paroissoit plus de marque de brûlure, on étoit déclaré innocent. Qui ne voit que, chez un peuple exercé à manier des armes, la peau rude et calleuse ne devoit pas recevoir assez l'impression du fer chaud ou de l'eau bouillante, pour qu'il y parût trois jours après? Et, s'il y paroissoit, c'étoit une marque que celui qui faisoit l'épreuve étoit un efféminé. Nos paysans, avec leurs mains calleuses, manient le fer chaud comme ils veulent. Et, quant aux femmes, les mains de celles qui travailloient pouvoient résister au fer chaud. Les dames ne manquoient point de champions pour les défendre [1] ; et, dans une nation où il n'y avoit point de luxe, il n'y avoit guère d'état moyen.

Par la loi des Thuringiens [2], une femme accusée d'adultère n'étoit condamnée à l'épreuve par l'eau bouillante, que lorsqu'il ne se présentoit point de champion pour elle ; et la loi des Ripuaires n'admet cette épreuve que lorsqu'on ne trouve pas de témoins pour se justifier [3]. Mais une femme qu'aucun de ses parents ne vouloit défendre, un homme qui ne pouvoit alléguer aucun témoignage de sa probité, étoient par cela même déjà convaincus.

Je dis donc que, dans les circonstances des temps où la preuve par le combat et la preuve par le fer chaud et l'eau bouillante furent en usage, il y eut un tel accord de ces lois avec les mœurs, que ces lois produisirent moins d'injustices qu'elles ne furent injustes ; que les effets furent plus innocents que les causes ; qu'elles choquèrent plus l'équité qu'elles n'en violèrent les droits ; qu'elles furent plus déraisonnables que tyranniques.

CHAPITRE XVIII.

Comment la preuve par le combat s'étendit.

On pourroit conclure de la lettre d'Agobard à Louis-le-Débonnaire, que la preuve par le combat n'étoit point en usage chez les Francs, puisqu'après avoir remontré à ce prince les abus de la loi de Gondebaud, il demande qu'on juge en Bourgogne les affaires par la loi des Francs [4]. Mais comme on sait d'ailleurs que, dans ce temps-là, le combat judiciaire étoit en usage en France, on a été dans l'embarras. Cela s'explique par ce que j'ai dit : la loi des Francs saliens n'admettoit point cette preuve, et celle des Francs ripuaires la recevoit [5].

Mais, malgré les clameurs des ecclésiastiques, l'usage du combat judiciaire s'étendit tous les jours en France ; et je vais prouver tout à l'heure que ce furent eux-mêmes qui y donnèrent lieu en grande partie.

C'est la loi des Lombards qui nous fournit cette preuve. « Il s'étoit introduit depuis long-temps une » détestable coutume (est-il dit dans le préambule » de la constitution d'Othon II) ; c'est que, si la

[1] *La loi des Bourguignons*, chap. XLV.

[2] Voyez les *OEuvres d'Agobard*.

[1] Voyez Beaumanoir, *Coutume de Beauvoisis*, chap. LXI. Voyez aussi la *loi des Angles*, chap. XIV, où la preuve par l'eau bouillante n'est que subsidiaire.

[2] Tit. XIV. [3] Chap. XXXI, § 5.

[4] *Si placeret domino nostro ut eos transferret ad legem Francorum.*

[5] Voyez cette loi, tit. LIX, § 4 ; et tit. LXVII, § 5.

» chartre de quelque héritage étoit attaquée de » faux, celui qui la présentoit faisoit serment sur » les Évangiles qu'elle étoit vraie; et, sans aucun » jugement préalable, il se rendoit propriétaire » de l'héritage : ainsi les parjures étoient sûrs » d'acquérir [1]. » Lorsque l'empereur Othon I se fit couronner à Rome [2], le pape Jean XII tenant un concile, tous les seigneurs d'Italie s'écrièrent qu'il falloit que l'empereur fît une loi pour corriger cet indigne abus [3]. Le pape et l'empereur jugèrent qu'il falloit renvoyer l'affaire au concile qui devoit se tenir peu de temps après à Ravenne [4]. Là, les seigneurs firent les mêmes demandes, et redoublèrent leurs cris; mais, sous prétexte de l'absence de quelques personnes, on renvoya encore une fois cette affaire. Lorsqu'Othon II, et Conrad [5], roi de Bourgogne, arrivèrent en Italie, ils eurent, à Vérone [6], un colloque avec les seigneurs d'Italie [7]; et, sur leurs instances réitérées, l'empereur, du consentement de tous, fit une loi qui pôrtoit que, quand il y auroit quelque contestation sur des héritages, et qu'une des parties voudroit se servir d'une chartre, et que l'autre soutiendroit qu'elle étoit fausse, l'affaire se décideroit par le combat; que la même règle s'observeroit lorsqu'il s'agiroit de matières de fiefs; que les églises seroient sujettes à la même loi, et qu'elles combattroient par leurs champions. On voit que la noblesse demanda la preuve par le combat, à cause de l'inconvénient de la preuve introduite dans les églises; que, malgré les cris de cette noblesse, malgré l'abus qui crioit lui-même, et malgré l'autorité d'Othon, qui arriva en Italie pour parler et agir en maître, le clergé tint ferme dans deux conciles; que le concours de la noblesse et des princes ayant forcé les ecclésiastiques à céder, l'usage du combat judiciaire dut être regardé comme un privilége de la noblesse, comme un rempart contre l'injustice, et une assurance de sa propriété; et que, dès ce moment, cette pratique dut s'étendre. Et cela se fit dans un temps où les empereurs étoient grands, et les papes petits, dans un temps où les Othons vinrent rétablir en Italie la dignité de l'empire.

Je ferai une réflexion qui confirmera ce que j'ai dit ci-dessus, que l'établissement des preuves négatives entraînoit après lui la jurisprudence du combat. L'abus dont on se plaignoit devant les Othons étoit qu'un homme à qui on objectoit que sa chartre étoit fausse se défendoit par une preuve négative, en déclarant sur les Évangiles qu'elle ne l'étoit pas. Que fit-on pour corriger l'abus d'une loi qui avoit été tronquée? On rétablit l'usage du combat.

Je me suis pressé de parler de la constitution d'Othon II, afin de donner une idée claire des démêlés de ces temps-là entre le clergé et les laïques. Il y avoit eu auparavant une constitution de Lothaire I [1], qui, sur les mêmes plaintes et les mêmes démêlés, voulant assurer la propriété des biens, avoit ordonné que le notaire jureroit que sa chartre n'étoit pas fausse, et que, s'il étoit mort, on feroit jurer les témoins qui l'avoient signée; mais le mal restoit toujours, il fallut en venir au remède dont je viens de parler.

Je trouve qu'avant ce temps-là, dans des assemblées générales tenues par Charlemagne, la nation lui représenta que, dans l'état des choses, il étoit très difficile que l'accusateur ou l'accusé ne se parjurassent, et qu'il valoit mieux rétablir le combat judiciaire [2]; ce qu'il fit.

L'usage du combat judiciaire s'étendit chez les Bourguignons, et celui du serment y fut borné. Théodoric, roi d'Italie, abolit le combat singulier chez les Ostrogoths [3] : les lois de Chaindasuinde et de Recessuinde semblent en avoir voulu ôter jusqu'à l'idée. Mais ces lois furent si peu reçues dans la Narbonnoise, que le combat y étoit regardé comme une prérogative des Goths [4].

Les Lombards, qui conquirent l'Italie après la destruction des Ostrogoths par les Grecs, y rapportèrent l'usage du combat; mais leurs premières lois le restreignirent [5]. Charlemagne [6], Louis le Débonnaire, les Othons, firent diverses constitutions générales, qu'on trouve insérées dans les lois des

[1] *Loi des Lombards*, liv. II, tit. LV, chap. XXXIV. [2] L'an 962.
[3] *Ab Italiæ proceribus est proclamatum, ut imperator sanctus, mutata lege, facinus indignum destrueret.* (*Loi des Lombards*, liv. II, tit. LV, chap. XXXIV.)
[4] Il fut tenu en l'an 967, en présence du pape Jean XIII, et de l'empereur Othon I.
[5] Oncle d'Othon II, fils de Rodolphe, et roi de la Bourgogne transjurane.
[6] L'an 988.
[7] *Cum in hoc ab omnibus imperiales aures pulsarentur.* (*Loi des Lombards*, liv. II, tit. LV, chap. XXXIV.)

[1] Dans la *loi des Lombards*, liv. II, tit. LV, § 33. Dans l'exemplaire dont s'est servi M. Muratori, elle est attribuée à l'empereur Guy.
[2] Dans la *loi des Lombards*, liv. II, tit. LV, § 23.
[3] Voyez Cassiodore, liv. III, lettr. XXIII et XXIV.
[4] *In palatio quoque Bera, comes Barcinonensis, cum imperteretur a quodam vocato Sunila, et infidelitatis argueretur, cum eodem, secundum legem propriam; utpote quia uterque Gothus erat, equestri prælio congressus est et victus.* (L'auteur incertain de la vie de Louis le Débonnaire.)
[5] Voyez, dans la *loi des Lombards*, le liv. I, tit. IV, et tit. IX, § 23; et liv. II, tit. XXXV, § 4 et 5; et tit. LV, § 1, 2 et 3; les réglements de Rotharis; et au § 15, celui de Luitprand.
[6] *Ibid.*, liv. II, tit. LV, § 25.

29

Lombards, et ajoutées aux lois saliques, qui étendirent le duel, d'abord dans les affaires criminelles, et ensuite dans les civiles. On ne savoit comment faire. La preuve négative par le serment avoit des inconvénients; celle par le combat en avoit aussi : on changeoit suivant qu'on étoit plus frappé des uns ou des autres.

D'un côté, les ecclésiastiques se plaisoient à voir que, dans toutes les affaires séculières, on recourût aux églises et aux autels [1] ; et, de l'autre, une noblesse fière aimoit à soutenir ses droits par son épée.

Je ne dis point que ce fût le clergé qui eût introduit l'usage dont la noblesse se plaignoit. Cette coutume dérivoit de l'esprit des lois des barbares, et de l'établissement des preuves négatives. Mais une pratique qui pouvoit procurer l'impunité à tant de criminels, ayant fait penser qu'il falloit se servir de la sainteté des églises pour étonner les coupables, et faire pâlir les parjures, les ecclésiastiques soutinrent cet usage, et la pratique à laquelle il étoit joint; car d'ailleurs ils étoient opposés aux preuves négatives. Nous voyons dans Beaumanoir [2] que ces preuves ne furent jamais admises dans les tribunaux ecclésiastiques : ce qui contribua sans doute beaucoup à les faire tomber, et à affoiblir la disposition des codes des lois des barbares à cet égard.

Ceci fera encore mieux sentir la liaison entre l'usage des preuves négatives, et celui du combat judiciaire dont j'ai tant parlé. Les tribunaux laïques les admirent l'un et l'autre, et les tribunaux clercs les rejetèrent tous deux.

Dans le choix de la preuve par le combat, la nation suivoit son génie guerrier; car pendant qu'on établissoit le combat comme un jugement de Dieu, on abolissoit les preuves par la croix, l'eau froide, et l'eau bouillante, qu'on avoit regardées aussi comme des jugements de Dieu.

Charlemagne ordonna que, s'il survenoit quelque différend entre ses enfants, il fût terminé par le jugement de la croix. Louis le Débonnaire borna ce jugement aux affaires ecclésiastiques [3] : son fils Lothaire l'abolit dans tous les cas; il abolit de même la preuve par l'eau froide [4].

[1] Le serment judiciaire se faisoit pour lors dans les églises, et il y avoit, dans la première race, dans le palais des rois, une chapelle exprès pour les affaires qui s'y jugeoient. Voyez les *formules de Marculfe*, liv. I, chap. XXXVIII; les *lois des Ripuaires*, tit. LIX, § 4; tit. LXV, § 5 : l'*Histoire de Grégoire de Tours*; le capitulaire de l'an 803, ajouté à la *loi salique*.

[2] Chap. XXXIX, pag. 212.

[3] On trouve ses constitutions insérées dans la *loi des Lombards*, et à la suite des *lois saliques*.

[4] Dans sa constitution insérée dans la *loi des Lombards*, liv. II, tit. LV, § 51.

Je ne dis pas que, dans un temps où il y avoit si peu d'usages universellement reçus, ces preuves n'aient été reproduites dans quelques églises, d'autant plus qu'une chartre de Philippe-Auguste en fait mention [1] ; mais je dis qu'elles furent de peu d'usage. Beaumanoir, qui vivoit du temps de saint Louis, et un peu après, faisant l'énumération des différents genres de preuves, parle de celle du combat judiciaire, et point du tout de celles-là [2].

CHAPITRE XIX.

Nouvelle raison de l'oubli des lois saliques, des lois romaines, et des capitulaires.

J'ai déja dit les raisons qui avoient fait perdre aux lois saliques, aux lois romaines, et aux capitulaires, leur autorité; j'ajouterai que la grande extension de la preuve par le combat en fut la principale cause.

Les lois saliques, qui n'admettoient point cet usage, devinrent en quelque façon inutiles, et tombèrent : les lois romaines, qui ne l'admettoient pas non plus, périrent de même. On ne songea plus qu'à former la loi du combat judiciaire, et à en faire une bonne jurisprudence. Les dispositions des capitulaires ne devinrent pas moins inutiles. Ainsi tant de lois perdirent leur autorité, sans qu'on puisse citer le moment où elles l'ont perdue : elles furent oubliées, sans qu'on en trouve d'autres qui aient pris leur place.

Une nation pareille n'avoit pas besoin de lois écrites, et ses lois écrites pouvoient bien aisément tomber dans l'oubli.

Y avoit-il quelque discussion entre deux parties, on ordonnoit le combat. Pour cela, il ne falloit pas beaucoup de suffisance.

Toutes les actions civiles et criminelles se réduisent en faits. C'est sur ces faits que l'on combattoit; et ce n'étoit pas seulement le fond de l'affaire qui se jugeoit par le combat, mais encore les incidents et les interlocutoires, comme le dit Beaumanoir [3], qui en donne des exemples.

Je trouve qu'au commencement de la troisième race, la jurisprudence étoit toute en procédés; tout fut gouverné par le point d'honneur. Si l'on n'avoit pas obéi au juge, il poursuivoit son offense. A Bourges [4], si le prévôt avoit mandé quel-

[1] De l'an 1200.

[2] *Coutume de Beauvoisis*, chap. XXXIX.

[3] Chap. LXI, pag. 309 et 310.

[4] Chartre de Louis le Gros, de l'an 1145, dans le *Recueil des ordonnances*.

qu'un, et qu'il ne fût pas venu : « Je t'ai envoyé » chercher, disoit-il ; tu as dédaigné de venir ; fais- » moi raison de ce mépris. » Et l'on combattoit. Louis le Gros réforma cette coutume [1].

Le combat judiciaire étoit en usage à Orléans dans toutes les demandes de dettes [2]. Louis le Jeune déclara que cette coutume n'auroit lieu que lorsque la demande excéderoit cinq sous. Cette ordonnance étoit une loi locale ; car, du temps de saint Louis [3], il suffisoit que la valeur fût de plus de douze deniers. Beaumanoir avoit ouï dire à un seigneur de loi, qu'il y avoit autrefois en France cette mauvaise coutume, qu'on pouvoit louer pendant un certain temps un champion pour combattre dans ses affaires [4]. Il falloit que l'usage du combat judiciaire eût pour lors une prodigieuse extension.

CHAPITRE XX.

Origine du point d'honneur.

On trouve des énigmes dans les codes des lois des barbares. La loi des Frisons ne donne qu'un demi-sou de composition à celui qui a reçu des coups de bâton [5] ; et il n'y a si petite blessure pour laquelle elle n'en donne davantage. Par la loi salique, si un ingénu donnoit trois coups de bâton à un ingénu, il payoit trois sous ; s'il avoit fait couler le sang, il étoit puni comme s'il avoit blessé avec le fer ; et il payoit quinze sous : la peine se mesuroit par la grandeur des blessures. La loi des Lombards établit différentes compositions pour un coup, pour deux, pour trois, pour quatre [6]. Aujourd'hui un coup en vaut cent mille.

La constitution de Charlemagne, insérée dans la loi des Lombards, veut que ceux à qui elle permet le duel combattent avec le bâton [7]. Peut-être que ce fut un ménagement pour le clergé ; peut-être que, comme on étendoit l'usage des combats, on voulut les rendre moins sanguinaires. Le capitulaire de Louis le Débonnaire [8] donne le choix de combattre avec le bâton ou avec les armes.

Dans la suite il n'y eut que les serfs qui combattissent avec le bâton [1].

Déja je vois naître et se former les articles particuliers de notre point d'honneur. L'accusateur commençoit par déclarer devant le juge qu'un tel avoit commis une telle action ; et celui-ci répondoit qu'il en avoit menti [2] : sur cela le juge ordonnoit le duel. La maxime s'établit que, lorsqu'on avoit reçu un démenti, il falloit se battre.

Quand un homme avoit déclaré qu'il combattroit, il ne pouvoit plus s'en départir ; et s'il le faisoit, il étoit condamné à une peine [3]. De là suivit cette règle que, quand un homme s'étoit engagé par sa parole, l'honneur ne lui permettoit plus de la rétracter.

Les gentilshommes se battoient entre eux à cheval et avec leurs armes [4] ; et les vilains se battoient à pied et avec le bâton [5]. De là il suivit que le bâton étoit l'instrument des outrages [6], parce qu'un homme qui en avoit été battu avoit été traité comme un vilain.

Il n'y avoit que les vilains qui combattissent à visage découvert [7] ; ainsi il n'y avoit qu'eux qui pussent recevoir des coups sur la face. Un soufflet devint une injure qui devoit être lavée par le sang, parce qu'un homme qui l'avoit reçu avoit été traité comme un vilain.

Les peuples germains n'étoient pas moins sensibles que nous au point d'honneur ; ils l'étoient même plus. Ainsi les parents les plus éloignés prenoient une part très vive aux injures ; et tous leurs codes sont fondés là-dessus. La loi des Lombards veut que celui qui, accompagné de ses gens, va battre un homme qui n'est point sur ses gardes, afin de le couvrir de honte et de ridicule, paie la moitié de la composition qu'il auroit due s'il l'avoit tué [8] ; et que, si par le même motif il le lie, il paie les trois quarts de la même composition [9]. Disons donc que nos pères étoient extrêmement sensibles aux affronts ; mais que les affronts d'une espèce particulière, de recevoir des coups d'un

[1] Chartre de Louis le Gros, de l'an 1143, dans le *Recueil des ordonnances*.
[2] Chartre de Louis le Jeune, de l'an 1168, dans le *Recueil des ordonnances*.
[3] Voyez Beaumanoir, chap. LXIII, pag. 323.
[4] Voyez la *Coutume de Beauvoisis*, chap. XXVIII, pag. 203.
[5] *Additio sapientium Wilemari*, tit. v.
[6] Livre I, tit. VI, § 3.
[7] Liv. II. tit. v, § 23.
[8] Ajouté à la loi salique sur l'an 819.

[1] Voyez Beaumanoir, chap. LXIV, pag. 323.
[2] *Ibid.*, pag. 329.
[3] *Ibid.*, chap. III, pag. 25 et 329.
[4] Voyez, sur les armes des combattants, Beaumanoir, chap. LXI, pag. 508, et chap. LXIV, pag. 328.
[5] BEAUMANOIR, chap. LXIV, pag. 528. Voyez aussi les Chartres de S. Aubin d'Anjou, rapportées par Galland, pag. 263.
[6] Chez les Romains les coups de bâton n'étoient point infames. Leg. *Ictus fustium. De iis qui notantur infamia*.
[7] Ils n'avoient que l'écu et le bâton. (Beaumanoir chap. LXIV, pag. 328.)
[8] Livre I, tit. VI, § 1.
[9] Livre I. tit. VI, § 2.

certain instrument sur une certaine partie du corps, et donnés d'une certaine manière, ne leur étoient pas encore connus. Tout cela étoit compris dans l'affront d'être battu; et, dans ce cas, la grandeur des excès faisoit la grandeur des outrages.

CHAPITRE XXI.

Nouvelle réflexion sur le point d'honneur chez les Germains.

« C'étoit chez les Germains, dit Tacite[1], une » grande infamie d'avoir abandonné son bouclier » dans le combat; et plusieurs, après ce malheur, » s'étoient donné la mort. » Aussi l'ancienne loi salique donne-t-elle quinze sous de composition à celui à qui on avoit dit par injure qu'il avoit abandonné son bouclier[2].

Charlemagne, corrigeant la loi salique[3], n'établit, dans ce cas, que trois sous de composition. On ne peut pas soupçonner ce prince d'avoir voulu affoiblir la discipline militaire : il est clair que ce changement vint de celui des armes; et c'est à ce changement des armes que l'on doit l'origine de bien des usages.

CHAPITRE XXII.

Des mœurs relatives aux combats.

Notre liaison avec les femmes est fondée sur le bonheur attaché au plaisir des sens, sur le charme d'aimer et d'être aimé, et encore sur le désir de leur plaire, parce que ce sont des juges très éclairés sur une partie des choses qui constituent le mérite personnel. Ce désir général de plaire produit la galanterie, qui n'est point l'amour, mais le délicat, mais le léger, mais le perpétuel mensonge de l'amour.

Selon les circonstances différentes dans chaque nation et dans chaque siècle l'amour se porte plus vers une de ces trois choses, que vers les deux autres. Or, je dis que, dans le temps de nos combats, ce fut l'esprit de galanterie qui dut prendre des forces.

Je trouve, dans la loi des Lombards[4], que, si un des deux champions avoit sur lui des herbes propres aux enchantements, le juge les lui faisoit ôter, et le faisoit jurer qu'il n'en avoit plus. Cette loi ne pouvoit être fondée que sur l'opinion commune; c'est la peur, qu'on a dit avoir inventé tant de choses, qui fit imaginer ces sortes de prestiges. Comme dans les combats particuliers les champions étoient armés de toutes pièces, et qu'avec des armes pesantes, offensives et défensives, celles d'une certaine trempe et d'une certaine force donnoient des avantages infinis, l'opinion des armes enchantées de quelques combattants dut tourner la tête à bien des gens.

De là naquit le système merveilleux de la chevalerie. Tous les esprits s'ouvrirent à ces idées. On vit, dans les romans, des paladins, des nécromans, des fées, des chevaux ailés ou intelligents, des hommes invisibles ou invulnérables, des magiciens qui s'intéressoient à la naissance ou à l'éducation des grands personnages, des palais enchantés et désenchantés; dans notre monde un monde nouveau; et le cours ordinaire de la nature laissé seulement pour les hommes vulgaires.

Des paladins, toujours armés dans une partie du monde pleine de châteaux, de forteresses et de brigands, trouvoient de l'honneur à punir l'injustice et à défendre la foiblesse. De là encore dans nos romans la galanterie fondée sur l'idée de l'amour, jointe à celle de force et de protection.

Ainsi naquit la galanterie, lorsqu'on imagina des hommes extraordinaires, qui, voyant la vertu jointe à la beauté et à la foiblesse, furent portés à s'exposer pour elle dans les dangers, et à lui plaire dans les actions ordinaires de la vie.

Nos romans de chevalerie flattèrent ce desir de plaire, et donnèrent à une partie de l'Europe cet esprit de galanterie qu'on peut dire avoir été peu connu par les anciens.

Le luxe prodigieux de cette immense ville de Rome flatta l'idée des plaisirs des sens. Une certaine idée de tranquillité dans les campagnes de la Grèce fit décrire les sentiments de l'amour[1]. L'idée des paladins, protecteurs de la vertu et de la beauté des femmes, conduisit à celle de la galanterie.

Cet esprit se perpétua par l'usage des tournois, qui, unissant ensemble les droits de la valeur et de l'amour, donnèrent encore à la galanterie une grande importance.

[1] *De moribus Germanorum.*
[2] Dans le *Pactus legis salicæ.*
[3] Nous avons l'ancienne loi, et celle qui fut corrigée par ce prince.
[4] Livre II, tit. LV, § 11.

[1] On peut voir les romans grecs du moyen âge.

CHAPITRE XXIII.

De la jurisprudence du combat judiciaire.

On aura peut-être de la curiosité à voir cet usage monstrueux du combat judiciaire réduit en principes, et à trouver le corps d'une jurisprudence si singulière. Les hommes, dans le fond raisonnables, mettent sous des règles leurs préjugés mêmes. Rien n'étoit plus contraire au bon sens que le combat judiciaire; mais, ce point une fois posé, l'exécution s'en fit avec une certaine prudence.

Pour se mettre bien au fait de la jurisprudence de ces temps-là, il faut lire avec attention les réglements de saint Louis, qui fit de si grands changements dans l'ordre judiciaire. Défontaines étoit contemporain de ce prince; Beaumanoir écrivoit après lui [1]; les autres ont vécu depuis lui. Il faut donc chercher l'ancienne pratique dans les corrections qu'on en a faites.

CHAPITRE XXIV.

Règles établies dans le combat judiciaire.

Lorsqu'il y avoit plusieurs accusateurs [2], il falloit qu'ils s'accordassent pour que l'affaire fût poursuivie par un seul; et s'ils ne pouvoient convenir, celui devant qui se faisoit le plaid nommoit un d'entre eux qui poursuivoit la querelle.

Quand un gentilhomme appeloit un vilain [3], il devoit se présenter à pied, et avec l'écu et le bâton; et, s'il venoit à cheval, et avec les armes d'un gentilhomme, on lui ôtoit son cheval et ses armes; il restoit en chemise, et étoit obligé de combattre en cet état contre le vilain.

Avant le combat, la justice faisoit publier trois bans [4]. Par l'un, il étoit ordonné aux parents des parties de se retirer; par l'autre, on avertissoit le peuple de garder le silence; par le troisième, il étoit défendu de donner du secours à une des parties, sous de grosses peines, et même celle de mort, si, par ce secours, un des combattants avoit été vaincu.

Les gens de justice gardoient le parc [5]; et, dans le cas où une des parties auroit parlé de paix, ils avoient grande attention à l'état actuel où elles se trouvoient toutes les deux dans ce moment, pour qu'elles fussent remises dans la même situation, si la paix ne se faisoit pas [1].

Quand les gages étoient reçus pour crime ou pour faux jugement, la paix ne pouvoit se faire sans le consentement du seigneur; et, quand une des parties avoit été vaincue, il ne pouvoit plus y avoir de paix que de l'aveu du comte [2] : ce qui avoit du rapport à nos lettres de grace.

Mais si le crime étoit capital, et que le seigneur, corrompu par des présents, consentît à la paix, il payoit une amende de soixante livres; et le droit qu'il avoit de faire punir le malfaiteur étoit dévolu au comte [3].

Il y avoit bien des gens qui n'étoient en état d'offrir le combat, ni de le recevoir. On permettoit, en connoissance de cause, de prendre un champion; et, pour qu'il eût le plus grand intérêt à défendre sa partie, il avoit le poing coupé s'il étoit vaincu [4].

Quand on a fait dans le siècle passé des lois capitales contre les duels, peut-être auroit-il suffi d'ôter à un guerrier sa qualité de guerrier par la perte de la main, n'y ayant rien ordinairement de plus triste pour les hommes que de survivre à la perte de leur caractère.

Lorsque, dans un crime capital [5], le combat se faisoit par champions, on mettoit les parties dans un lieu d'où elles ne pouvoient voir la bataille : chacune d'elles étoit ceinte de la corde qui devoit servir à son supplice, si son champion étoit vaincu.

Celui qui succomboit dans le combat ne perdoit pas toujours la chose contestée. Si, par exemple, l'on combattoit sur un interlocutoire, l'on ne perdoit que l'interlocutoire [6].

CHAPITRE XXV.

Des bornes que l'on mettoit à l'usage du combat judiciaire.

Quand les gages de bataille avoient été reçus sur une affaire civile de peu d'importance, le seigneur obligeoit les parties à les retirer.

Si un fait étoit notoire [7] : par exemple, si un

[1] En l'an 1283.
[2] Beaumanoir, chap. vi, pages 40 et 41.
[3] Idem, chap. lxiv, pag. 528.
[4] Idem, ibid., pag. 530.
[5] Ibid.

[1] Beaumanoir, chap. lxiv, page 530.
[2] Les grands vassaux avoient des droits particuliers.
[3] Beaumanoir, chap. lxiv, page 530, dit : Il perdroit sa justice. Ces paroles, dans les auteurs de ces temps-là, n'ont pas une signification générale, mais restreinte à l'affaire dont il s'agit. (Défontaines, chap. xxi, art. 29.)
[4] Cet usage, que l'on trouve dans les capitulaires, subsistoit du temps de Beaumanoir. Voyez le chap. lxi, page 315.
[5] Beaumanoir, chap. lxiv, page 530.
[6] Idem, chap. lxi, page 509.
[7] Idem, chap. lxi, page 508. Idem, chap. xliii, page 239.

homme avoit été assassiné en plein marché, on n'ordonnoit ni la preuve par témoins, ni la preuve par le combat; le juge prononçoit sur la publicité.

Quand, dans la cour du seigneur, on avoit souvent jugé de la même manière, et qu'ainsi l'usage étoit connu [1], le seigneur refusoit le combat aux parties, afin que les coutumes ne fussent pas changées par les divers événements des combats.

On ne pouvoit demander le combat que pour soi, ou pour quelqu'un de son lignage, ou pour son seigneur-lige [2].

Quand un accusé avoit été absous [3], un autre parent ne pouvoit demander le combat; autrement les affaires n'auroient point eu de fin.

Si celui dont les parents vouloient venger la mort venoit à reparoître, il n'étoit plus question du combat : il en étoit de même si, par une absence notoire, le fait se trouvoit impossible [4].

Si un homme qui avoit été tué [5] avoit, avant de mourir, disculpé celui qui étoit accusé, et qu'il eût nommé un autre, on ne procédoit point au combat; mais, s'il n'avoit nommé personne, on ne regardoit sa déclaration que comme un pardon de sa mort; on continuoit les poursuites; et même, entre gentilshommes, on pouvoit faire la guerre.

Quand il y avoit une guerre, et qu'un des parents donnoit ou recevoit les gages de bataille, le droit de la guerre cessoit; on pensoit que les parties vouloient suivre le cours ordinaire de la justice; et celle qui auroit continué la guerre auroit été condamnée à réparer les dommages.

Ainsi la pratique du combat judiciaire avoit cet avantage, qu'elle pouvoit changer une querelle générale en une querelle particulière, rendre la force aux tribunaux, et remettre dans l'état civil ceux qui n'étoient plus gouvernés que par le droit des gens.

Comme il y a une infinité de choses sages qui sont menées d'une manière très folle, il y a aussi des folies qui sont conduites d'une manière très sage.

Quand un homme appelé pour un crime [6] montroit visiblement que c'étoit l'appelant même qui l'avoit commis, il n'y avoit plus de gages de bataille; car il n'y a point de coupable qui n'eût préféré un combat douteux à une punition certaine.

Il n'y avoit point de combat dans les affaires qui se décidoient par des arbitres ou par les cours ecclésiastiques [1], il n'y en avoit pas non plus lorsqu'il s'agissoit du douaire des femmes.

Femme, dit Beaumanoir, *ne se puet combattre*. Si une femme appeloit quelqu'un sans nommer son champion, on ne recevoit point les gages de bataille. Il falloit encore qu'une femme fût autorisée par son baron [2], c'est-à-dire son mari, pour appeler; mais, sans cette autorité, elle pouvoit être appelée.

Si l'appelant ou l'appelé avoient moins de quinze ans [3], il n'y avoit point de combat. On pouvoit pourtant l'ordonner dans les affaires de pupilles, lorsque le tuteur ou celui qui avoit la baillie vouloit courir les risques de cette procédure.

Il me semble que voici les cas où il étoit permis au serf de combattre. Il combattoit contre un autre serf : il combattoit contre une personne franche, et même contre un gentilhomme, s'il étoit appelé; mais, s'il l'appeloit [4], celui-ci pouvoit refuser le combat : et même le seigneur du serf étoit en droit de le retirer de la cour. Le serf pouvoit, par une chartre du seigneur [5], ou par usage, combattre contre toutes personnes franches; et l'église prétendoit ce même droit pour ses serfs [6], comme une marque de respect pour elle [7].

CHAPITRE XXVI.

Du combat judiciaire entre une des parties et un des témoins.

Beaumanoir [8] dit qu'un homme qui voyoit qu'un témoin alloit déposer contre lui pouvoit éluder le second, en disant aux juges que sa partie produisoit un témoin faux et calomniateur [9]; et, si le témoin vouloit soutenir la querelle, il donnoit les gages de bataille. Il n'étoit plus question de l'enquête; car, si le témoin étoit vaincu, il étoit dé-

[1] BEAUMANOIR, chap. LXI, page 514. Voyez aussi Défontaines, chap. XXII, art. 24.
[2] BEAUMANOIR, chap. LXIII, page 522.
[3] *Ibid.*
[4] *Ibid.* [5] *Ibid.*, page 525.
[6] BEAUMANOIR, chap. LXIII, page 524.

[1] BEAUMANOIR, chap. LXIII, page 525. [2] *Ibid.*
[3] *Ibid.*, page 525. Voyez aussi ce que j'ai dit au liv. XVIII.
[4] BEAUMANOIR, chap. LXIII, page 522.
[5] DÉFONTAINES, chap. XXII, art. 7.
[6] *Habeant, bellandi et testificandi licentiam.* (Chartre de Louis le Gros, de l'an 1118.)
[7] *Ibid.* [8] Chap. LXI, page 513.
[9] « Leur doit-on demander... avant que il sachent nul serc-
» ment pour qui il vuelent tesmoigner, car lenques gist li poins
» d'aus lever de faus tesmoignage. » BEAUMANOIR, chap. XXXIX,
page 218.

cidé que la partie avoit produit un faux témoin, et elle perdoit son procès.

Il ne falloit pas laisser juger le second témoin ; car il auroit prononcé son témoignage, et l'affaire auroit été finie par la déposition de deux témoins. Mais, en arrêtant le second, la déposition du premier devenoit inutile.

Le second témoin étant ainsi rejeté, la partie ne pouvoit en faire ouïr d'autres, et elle perdoit son procès ; mais, dans le cas où il n'y avoit point de gages de bataille [1], on pouvoit produire d'autres témoins.

Beaumanoir dit que le témoin pouvoit dire à sa partie avant de déposer : « Je ne me bée [2] pas à » combattre pour vostre querele, ne à entrer en » plet au mien ; et se vous me voulés defendre » volontiers dirai ma vérité [3]. » La partie se trouvoit obligée à combattre pour le témoin ; et, si elle étoit vaincue, elle ne perdoit point le corps [4], mais le témoin étoit rejeté.

Je crois que ceci étoit une modification de l'ancienne coutume ; et ce qui me le fait penser, c'est que cet usage d'appeler les témoins se trouve établi dans la loi des Bavarois [5], et dans celle des Bourguignons [6], sans aucune restriction.

J'ai déja parlé de la constitution de Gondebaud, contre laquelle Agobard [7] et saint Avit [8] se récrièrent tant. « Quand l'accusé, dit ce prince, » présente des témoins pour jurer qu'il n'a pas » commis le crime, l'accusateur pourra appeler » au combat un des témoins ; car il est juste que » celui qui a offert de jurer, et qui a déclaré qu'il » savoit la vérité, ne fasse point de difficulté de » combattre pour la soutenir. » Ce roi ne laissoit aux témoins aucun subterfuge pour éviter le combat.

CHAPITRE XXVII.

Du combat judiciaire entre une partie et un des pairs du seigneur. Appel de faux jugement.

La nature de la décision par le combat étant de terminer l'affaire pour toujours, et n'étant point compatible avec un nouveau jugement et de nouvelles poursuites [1], l'appel, tel qu'il est établi par les lois romaines et par les lois canoniques, c'est-à-dire à un tribunal supérieur pour faire réformer le jugement d'un autre, étoit inconnu en France.

Une nation guerrière, uniquement gouvernée par le point d'honneur, ne connoissoit pas cette forme de procéder ; et, suivant toujours le même esprit, elle prenoit contre les juges les voies qu'elle auroit pu employer contre les parties [2].

L'appel, chez cette nation, étoit un défi à un combat par armes, qui devoit se terminer par le sang ; et non pas cette invitation à une querelle de plume qu'on ne connut qu'après.

Aussi saint Louis dit-il dans ses Établissements [3] que l'appel contient félonie et iniquité. Aussi Beaumanoir nous dit-il que si un homme vouloit se plaindre de quelque attentat commis contre lui par son seigneur [4], il devoit lui dénoncer qu'il abandonnoit son fief ; après quoi il l'appeloit devant son seigneur suzerain, et offroit les gages de bataille. De même, le seigneur renonçoit à l'hommage, s'il appeloit son homme devant le comte.

Appeler son seigneur de faux jugement, c'étoit dire que son jugement avoit été faussement et méchamment rendu : or, avancer de telles paroles contre son seigneur, c'étoit commettre une espèce de crime de félonie.

Ainsi, au lieu d'appeler pour faux jugement le seigneur qui établissoit et régloit le tribunal, on appeloit les pairs qui formoient le tribunal même ; on évitoit par-là le crime de félonie ; on n'insultoit que ses pairs, à qui on pouvoit toujours faire raison de l'insulte.

On s'exposoit beaucoup en faussant le jugement des pairs [5]. Si l'on attendoit que le jugement fût fait et prononcé, on étoit obligé de les combattre tous lorsqu'ils offroient de faire le jugement bon [6]. Si l'on appeloit avant que tous les juges eussent donné leur avis, il falloit combattre tous ceux qui étoient convenus du même avis [7]. Pour éviter ce danger, on supplioit le seigneur d'ordoner que chaque pair dît tout haut son avis ; et, lors-

[1] BEAUMANOIR, chap. LXI, page 316.
[2] C'est-à-dire je n'aspire pas à combattre, etc. (P.)
[3] Chap. VI, pages 39 et 40.
[4] Mais si le combat se faisoit par champions, le champion vaincu avoit le poing coupé.
[5] Titre XVI, § 2. [6] Titre XLV.
[7] Lettre à Louis le Débonnaire.
[8] Vie de saint Avit.

[1] « Car en la cour ou l'en va par la reson de l'appel pour les » gaiges maintenir, se la bataille est fete, la querele est venue » à fin, si que il ni a metier de plus d'apiaux. » (BEAUMANOIR, chap. II, page 22.)
[2] BEAUMANOIR, chap. LXI, page 312 ; et chap. LXVII, page 338.
[3] Liv. II, chap. XV.
[4] BEAUMANOIR, chap. LXI, pages 310 et 311 ; et chap. LXVII, page 337.
[5] BEAUMANOIR, chap. LXI, page 313. [6] Ibid., page 314.
[7] Qui s'étoient accordés au jugement.

que le premier avoit prononcé, et que le second alloit en faire de même, on lui disoit qu'il étoit faux, méchant, et calomniateur; et ce n'étoit plus que contre lui qu'on devoit se battre [1].

Défontaines [2] vouloit qu'avant de fausser [3] on laissât prononcer trois juges; et il ne dit point qu'il fallût les combattre tous trois, et encore moins qu'il y eût des cas où il fallût combattre tous ceux qui s'étoient déclarés pour leur avis. Ces différences viennent de ce que, dans ces temps-là, il n'y avoit guère d'usages qui fussent précisément les mêmes. Beaumanoir rendoit compte de ce qui se passoit dans le comté de Clermont; Défontaines, de ce qui se pratiquoit en Vermandois.

Lorsqu'un des pairs ou homme de fief avoit déclaré qu'il soutiendroit le jugement [4], le juge faisoit donner les gages de bataille, et, de plus, prenoit sûreté de l'appelant qu'il soutiendroit son appel. Mais le pair qui étoit appelé ne donnoit point de sûretés, parce qu'il étoit homme du seigneur, et devoit défendre l'appel, ou payer au seigneur une amende de soixante livres.

Si celui qui appeloit ne prouvoit pas que le jugement fût mauvais, il payoit au seigneur une amende de soixante livres [5], la même amende au pair qu'il avoit appelé [6], autant à chacun de ceux qui avoient ouvertement consenti au jugement.

Quand un homme violemment soupçonné d'un crime qui méritoit la mort avoit été pris et condamné, il ne pouvoit appeler de faux jugement [7]: car il auroit toujours appelé, ou pour prolonger sa vie, ou pour faire la paix.

Si quelqu'un disoit que le jugement étoit faux et mauvais [8], et n'offroit pas de le faire tel, c'est-à-dire de combattre, il étoit condamné à dix sous d'amende s'il étoit gentilhomme, et à cinq sous s'il étoit serf, pour les vilaines paroles qu'il avoit dites.

Les juges ou pairs qui avoient été vaincus [9] ne devoient perdre ni la vie ni les membres; mais celui qui les appeloit étoit puni de mort lorsque l'affaire étoit capitale [10].

Cette manière d'appeler les hommes de fief pour faux jugement étoit pour éviter d'appeler le seigneur même. Mais si le seigneur n'avoit point de pairs [1], ou n'en avoit pas assez, il pouvoit à ses frais emprunter des pairs de son seigneur suzerain [2]; mais ces pairs n'étoient point obligés de juger, s'ils ne vouloient; ils pouvoient déclarer qu'ils n'étoient venus que pour donner leur conseil; et, dans ce cas particulier [3], le seigneur jugeant et prononçant lui-même le jugement, si on appeloit contre lui de faux jugement, c'étoit à lui à soutenir l'appel.

Si le seigneur étoit si pauvre [4] qu'il ne fût pas en état de prendre des pairs de son seigneur suzerain, ou qu'il négligeât de lui en demander, ou que celui-ci refusât de lui en donner, le seigneur ne pouvant pas juger seul, et personne n'étant obligé de plaider devant un tribunal où l'on ne peut faire jugement, l'affaire étoit portée à la cour du seigneur suzerain.

Je crois que ceci fut une des grandes causes de la séparation de la justice d'avec le fief, d'où s'est formée la règle des jurisconsultes françois: *Autre chose est le fief, autre chose est la justice*. Car y ayant une infinité d'hommes de fief qui n'avoient point d'hommes sous eux, ils ne furent point en état de tenir leur cour; toutes les affaires furent portées à la cour de leur seigneur suzerain; ils perdirent le droit de justice, parce qu'ils n'eurent ni le pouvoir ni la volonté de le réclamer.

Tous les juges qui avoient été du jugement [5] devoient être présents quand on le rendoit, afin qu'ils pussent ensuivre et dire *oïl* à celui qui, voulant fausser, leur demandoit s'ils ensuivoient; « car, dit Défontaines [6], c'est une affaire de cour- » toisie et de loyauté; et il n'y a point là de fuite » ni de remise. » Je crois que c'est de cette manière de penser qu'est venu l'usage que l'on suit encore aujourd'hui en Angleterre, que tous les jurés soient de même avis pour condamner à mort.

Il falloit donc se déclarer pour l'avis de la plus grande partie; et, s'il y avoit partage, on prononçoit, en cas de crime, pour l'accusé; en cas

[1] Beaumanoir, chap. LXI, page 514.

[2] Chap. XXII, art. 4, 10, et 11. Il dit seulement qu'on leur payoit à chacun une amende.

[3] Appeler de faux jugement.

[4] Beaumanoir, chap. LXI, page 514.

[5] Idem, ibid.; et Défontaines, chap. XXII, art. 9.

[6] Défontaines, ibid.

[7] Beaumanoir, chap. LXI, page 516; Défontaines, chap. XXII, art. 21.

[8] Beaumanoir, chap. LXI, page 514.

[9] Défontaines, chap. XXII, art. 7.

[10] Voyez Défontaines, chap. XXI, art. 11, 12, et suiv.; qui dis-

tingue les cas où le fausseur perdoit la vie, la chose contestée, ou seulement l'interlocutoire.

[1] Beaumanoir, chap. LXII, page 522; Défontaines, chap. XXII, art. 3.

[2] Le comte n'étoit pas obligé d'en prêter. (Beaumanoir, chapitre LXVII, page 337.)

[3] « Nus... ne puet fere jugement en se court, » dit Beaumanoir, chap. LXVII, pages 336 et 337.

[4] Idem, chap. LXII, page 522.

[5] Défontaines, chap. XXII, art. 27 et 28.

[6] Ibid., art. 28.

de dettes, pour le débiteur; en cas d'héritages, pour le défendeur.

Un pair, dit Défontaines[1], ne pouvoit pas dire qu'il ne jugeroit pas s'ils n'étoient que quatre[2], ou s'ils n'y étoient tous, ou si les plus sages n'y étoient; c'est comme s'il avoit dit, dans la mêlée, qu'il ne secourroit pas son seigneur, parce qu'il n'avoit auprès de lui qu'une partie de ses hommes. Mais c'étoit au seigneur à faire honneur à sa cour, et à prendre ses plus vaillants hommes et les plus sages. Je cite ceci, pour faire sentir le devoir des vassaux, combattre et juger; et ce devoir étoit même tel, que juger c'étoit combattre.

Un seigneur qui plaidoit à sa cour contre son vassal[3], et qui y étoit condamné, pouvoit appeler un de ses hommes de faux jugement. Mais, à cause du respect que celui-ci devoit à son seigneur pour la foi donnée, et la bienveillance que le seigneur devoit à son vassal pour la foi reçue, on faisoit une distinction : ou le seigneur disoit en général que le jugement étoit faux et mauvais[4], ou il imputoit à son homme des prévarications personnelles[5]. Dans le premier cas, il offensoit sa propre cour, et en quelque façon lui-même, et il ne pouvoit y avoir de gages de bataille; il y en avoit dans le second, parce qu'il attaquoit l'honneur de son vassal; et celui des deux qui étoit vaincu perdoit la vie et les biens, pour maintenir la paix publique.

Cette distinction, nécessaire dans ce cas particulier, fut étendue. Beaumanoir dit que, lorsque celui qui appeloit de faux jugement attaquoit un des hommes par des imputations personnelles, il y avoit bataille; mais que, s'il n'attaquoit que le jugement, il étoit libre à celui des pairs qui étoit appelé de faire juger l'affaire par bataille ou par droit[6]. Mais, comme l'esprit qui régnoit du temps de Beaumanoir étoit de restreindre l'usage du combat judiciaire, et que cette liberté donnée au pair appelé, de défendre par le combat le jugement, ou non, est également contraire aux idées de l'honneur établi dans ces temps-là, et à l'engagement où l'on étoit envers son seigneur de dé-

fendre sa cour, je crois que cette distinction de Beaumanoir étoit une jurisprudence nouvelle chez les François.

Je ne dis pas que tous les appels de faux jugement se décidassent par bataille; il en étoit de cet appel comme de tous les autres. On se souvient des exceptions dont j'ai parlé au chapitre XXV. Ici, c'étoit au tribunal suzerain à voir s'il falloit ôter, ou non, les gages de bataille.

On ne pouvoit point fausser les jugements rendus dans la cour du roi; car le roi n'ayant personne qui lui fût égal, il n'y avoit personne qui pût l'appeler; et le roi n'ayant point de supérieur, il n'y avoit personne qui pût appeler de sa cour.

Cette loi fondamentale, nécessaire comme loi politique, diminuoit encore, comme loi civile, les abus de la pratique judiciaire de ces temps-là. Quand un seigneur craignoit qu'on ne faussât sa cour[1], ou voyoit qu'on se présentoit pour la fausser, s'il étoit du bien de la justice qu'on ne la faussât pas, il pouvoit demander des hommes de la cour du roi, dont on ne pouvoit fausser le jugement; et le roi Philippe, dit Défontaines[2], envoya tout son conseil pour juger une affaire dans la cour de l'abbé de Corbie.

Mais si le seigneur ne pouvoit avoir des juges du roi, il pouvoit mettre sa cour dans celle du roi, s'il relevoit nûment de lui; et, s'il y avoit des seigneurs intermédiaires, il s'adressoit à son seigneur suzerain, allant de seigneur en seigneur jusqu'au roi.

Ainsi, quoiqu'on n'eût pas dans ces temps-là la pratique ni l'idée même des appels d'aujourd'hui, on avoit recours au roi, qui étoit toujours la source d'où tous les fleuves partoient, et la mer où ils revenoient.

CHAPITRE XXVIII.

De l'appel de défaute de droit.

On appeloit de défaute de droit quand, dans la cour d'un seigneur, on différoit, on évitoit, ou l'on refusoit de rendre la justice aux parties.

Dans la seconde race, quoique le comte eût plusieurs officiers sous lui, la personne de ceux-ci étoit subordonnée, mais la jurisdiction ne l'étoit pas. Ces officiers, dans leurs plaids, assises ou placites, jugeoient en dernier ressort comme le comte même. Toute la différence étoit dans le partage de la jurisdiction : par exemple, le comte

[1] Défontaines, chap. xxi, art. 37.
[2] Il falloit ce nombre au moins. (Défontaines, chap. xxi, art. 36.)
[3] Voyez Beaumanoir, chap. lxvii, page 357.
[4] « Chis jugement est faus et mauves. » (Beaumanoir, chap. lxvii, page 357.)
[5] « Vous avés fet jugement fans et mauves, comme mauves » que vous estes, ou par lovier ou par pramesse. » (Idem, ch. p. lxvii, page 357.
[6] Idem, chap. lxvii, pages 357 et 358.

[1] Défontaines, chap. xxii, art. 14. Ibid.

pouvoit condamner à mort, juger de la liberté, et de la restitution des biens[1]; et le centenier ne le pouvoit pas.

Par la même raison il y avoit des causes majeures qui étoient réservées au roi[2] : c'étoient celles qui intéressoient directement l'ordre politique. Telles étoient les discussions qui étoient entre les évêques, les abbés, les comtes, et autres grands, que les rois jugeoient avec les grands vassaux[3].

Ce qu'ont dit quelques auteurs, qu'on appeloit du comte à l'envoyé du roi, ou *missus dominicus*, n'est pas fondé. Le comte et le *missus* avoient une jurisdiction égale, et indépendante l'une de l'autre[4] : toute la différence étoit que le *missus* tenoit ses placites quatre mois de l'année, et le comte les huit autres[5].

Si quelqu'un[6], condamné dans une assise[7], y demandoit qu'on le rejugeât, et succomboit encore, il payoit une amende de quinze sous, ou recevoit quinze coups de la main des juges qui avoient décidé l'affaire.

Lorsque les comtes ou les envoyés du roi ne se sentoient pas assez de force pour réduire les grands à la raison, ils leur faisoient donner caution qu'ils se présenteroient devant le tribunal du roi[8] : c'étoit pour juger l'affaire, et non pour la rejuger. Je trouve dans le capitulaire de Metz[9] l'appel de faux jugement à la cour du roi établi, et toutes autres sortes d'appels proscrites et punies.

Si l'on n'acquiesçoit pas[10] au jugement des échevins[11], et qu'on ne réclamât pas, on étoit mis en prison jusqu'à ce qu'on eût acquiescé; et si l'on réclamoit, on étoit conduit sous une sûre garde devant le roi, et l'affaire se discutoit à sa cour.

Il ne pouvoit guère être question de l'appel de défaute de droit. Car, bien loin que dans ces temps-là on eût coutume de se plaindre que les comtes et autres gens qui avoient droit de tenir des assises ne fussent pas exacts à tenir leur cour, on se plaignoit au contraire qu'ils l'étoient trop[1]; et tout est plein d'ordonnances qui défendent aux comtes et autres officiers de justice quelconques de tenir plus de trois assises par an. Il falloit moins corriger leur négligence qu'arrêter leur activité.

Mais, lorsqu'un nombre innombrable de petites seigneuries se formèrent, que différents degrés de vasselage furent établis, la négligence de certains vassaux à tenir leur cour donna naissance à ces sortes d'appels[2]; d'autant plus qu'il en revenoit au seigneur suzerain des amendes considérables.

L'usage du combat judiciaire s'étendant de plus en plus, il y eut des lieux, des cas, des temps, où il fut difficile d'assembler les pairs, et où par conséquent on négligea de rendre la justice. L'appel de défaute de droit s'introduisit; et ces sortes d'appels ont été souvent des points remarquables de notre histoire, parce que la plupart des guerres de ces temps-là avoient pour motif la violation du droit politique, comme nos guerres d'aujourd'hui ont ordinairement pour cause ou pour prétexte celle du droit des gens.

Beaumanoir[3] dit que, dans le cas de défaute de droit, il n'y avoit jamais de bataille : en voici les raisons. On ne pouvoit pas appeler au combat le seigneur lui-même, à cause du respect dû à sa personne; on ne pouvoit pas appeler les pairs du seigneur, parce que la chose étoit claire, et qu'il n'y avoit qu'à compter les jours des ajournements ou des autres délais; il n'y avoit point de jugement, et on ne faussoit que sur un jugement. Enfin le délit des pairs offensoit le seigneur comme la partie; et il étoit contre l'ordre qu'il y eût un combat entre le seigneur et ses pairs.

Mais comme devant le tribunal suzerain on prouvoit la défaute par témoins, on pouvoit appeler au combat les témoins[4]; et par-là on n'offensoit ni le seigneur ni son tribunal.

1° Dans les cas où la défaute venoit de la part des hommes ou pairs du seigneur qui avoient différé de rendre la justice, ou évité de faire le juge-

[1] Capitulaire III, de l'an 812, art. 5, édit. de Baluze, pag. 497; et de Charles le Chauve, ajouté à la *loi des Lombards*, liv. II, art. 3.

[2] Capitulaire III, de l'an 812, art. 2.

[3] *Cum fidelibus.* Capitulaire de Louis le Débonnaire, édition de Baluze, page 667.

[4] Voyez le capitulaire de Charles le Chauve, ajouté à la *loi des Lombards*, liv. II, art. 3.

[5] Capitulaire III, de l' n 812, art. 8.

[6] Capitulaire ajouté à la *loi des Lombards*, liv. II, tit. LIX.

[7] *Placitum.*

[8] Cela paroît par les formules, les chartres, et les capitulaires.

[9] De l'an 757, édition de Baluze, page 180, art. 9 et 10; et le synode *apud Vernas*, de l'an 755, art. 29, édition de Baluze, page 175. Ces deux capitulaires furent faits sous le roi Pepin.

[10] Capitulaire XI de Charlemagne, de l'an 803, édition de Baluze, page 425; et loi de Lothaire, dans la *loi des Lombards*, liv. II, tit. LII, art. 23.

[11] Officiers sous le comte : *scabini.*

[1] Voyez la *loi des Lombards*, liv. II, tit. LII, art. 22.

[2] On voit des appels de défaute de droit dès le temps de Philippe-Auguste.

[3] Chap. LXI, page 315.

[4] BEAUMANOIR, chap. LXI, pag. 315.

ment après les délais passés, c'étoient les pairs du seigneur qu'on appeloit de défaute de droit devant le suzerain; et, s'ils succomboient, ils payoient une amende à leur seigneur [1]. Celui-ci ne pouvoit porter aucun secours à ses hommes; au contraire, il saisissoit leur fief, jusqu'à ce qu'ils lui eussent payé chacun une somme de soixante livres.

2° Lorsque la défaute venoit de la part du seigneur, ce qui arrivoit lorsqu'il n'y avoit pas assez d'hommes à sa cour pour faire le jugement, ou lorsqu'il n'avoit pas assemblé ses hommes ou mis quelqu'un à sa place pour les assembler, on demandoit la défaute devant le seigneur suzerain; mais, à cause du respect dû au seigneur, on faisoit ajourner la partie [2], et non pas le seigneur.

Le seigneur demandoit sa cour devant le tribunal suzerain; et, s'il gagnoit la défaute, on lui renvoyoit l'affaire, et on lui payoit une amende de soixante livres [3] : mais, si la défaute étoit prouvée, la peine contre lui étoit de perdre le jugement de la chose contestée; le fond étoit jugé dans le tribunal suzerain [4] : en effet, on n'avoit demandé la défaute que pour cela.

5° Si l'on plaidoit à la cour de son seigneur contre lui [5], ce qui n'avoit lieu que pour les affaires qui concernoient le fief, après avoir laissé passer tous les délais, on sommoit le seigneur même devant bonnes gens [6], et on le faisoit sommer par le souverain, dont on devoit avoir permission. On n'ajournoit point par pairs, parce que les pairs ne pouvoient ajourner leur seigneur, mais ils pouvoient ajourner pour leur seigneur [7].

Quelquefois l'appel de défaute de droit étoit suivi d'un appel de faux jugement [8], lorsque le seigneur, malgré la défaute, avoit fait rendre le jugement.

Le vassal qui appeloit à tort son seigneur de défaute de droit [9] étoit condamné à lui payer une amende à sa volonté.

Les Gantois avoient appelé de défaute de droit

le comte de Flandre devant le roi [1], sur ce qu'il avoit différé de leur faire rendre jugement en sa cour. Il se trouva qu'il avoit pris encore moins de délais que n'en donnoit la coutume du pays. Les Gantois lui furent renvoyés; il fit saisir de leurs biens jusqu'à la valeur de soixante mille livres. Ils revinrent à la cour du roi, pour que cette amende fût modérée : il fut décidé que le comte pouvoit prendre cette amende, et même plus s'il vouloit. Beaumanoir avoit assisté à ces jugements.

4° Dans les affaires que le seigneur pouvoit avoir contre le vassal, pour raison du corps ou de l'honneur de celui-ci, ou des biens qui n'étoient pas du fief, il n'étoit point question d'appel de défaute de droit, puisqu'on ne jugeoit point à la cour du seigneur, mais à la cour de celui qui il tenoit; les hommes, dit Défontaines [2], n'ayant pas droit de faire jugement sur le corps de leur seigneur.

J'ai travaillé à donner une idée claire de ces choses, qui, dans les auteurs de ces temps-là, sont si confuses et si obscures, qu'en vérité, les tirer du chaos où elles sont, c'est les découvrir.

CHAPITRE XXIX.

Époque du règne de saint Louis.

Saint Louis abolit le combat judiciaire dans les tribunaux de ses domaines, comme il paroît par l'ordonnance qu'il fit là-dessus [3], et par les *Établissements* [4].

Mais il ne l'ôta point dans les cours de ses barons [5], excepté dans le cas d'appel de faux jugement.

On ne pouvoit fausser la cour de son seigneur [6], sans demander le combat judiciaire contre les juges qui avoient prononcé le jugement. Mais saint Louis introduisit l'usage de fausser sans combattre [7]; changement qui fut une espèce de révolution.

Il déclara qu'on ne pourroit point fausser les jugements rendus dans les seigneuries de ses domaines, parce que c'étoit un crime de félonie [8].

[1] DÉFONTAINES, chap. XXI, art. 24.
[2] *Idem*, chap. XXI, art. 32.
[3] BEAUMANOIR, chap. LXI, page 312.
[4] DÉFONTAINES, chap. XXI, art. 1, et 29.
[5] Sous le règne de Louis VIII, le sire de Nesle plaidoit contre Jeanne, comtesse de Flandre; il la somma de le faire juger dans quarante jours; et il l'appela ensuite de défaute de droit à la cour du roi. Elle répondit qu'elle le feroit juger par ses pairs en Flandre. La cour du roi prononça qu'il n'y seroit pas renvoyé, et que la comtesse seroit ajournée.
[6] DÉFONTAINES, chap. XXI, art. 34.
[7] *Ibid.*, art. 9. [8] BEAUMANOIR, chap. LXI, page 311.
[9] BEAUMANOIR, chap. LXI, page 312. Mais celui qui n'auroit été homme ni tenant du seigneur ne lui payoit qu'une amende de 60 livres. *Ibid.*

[1] BEAUMANOIR, chap. LXI, page 318. [2] Chap. XXI, art. 33.
[3] En 1260.
[4] Liv. I, chap. II et VII; liv. II, chap. X et XI.
[5] Comme il paroît partout dans *les Établissements*; et BEAUMANOIR, chap. LXI, page 309.
[6] C'est-à-dire appeler de faux jugement.
[7] *Établissements*, liv. I, chap. VI; et liv. II, chap. XV.
[8] *Établissements*, liv. II, chap. XV. — *Fausser* une cour de justice, ou l'accuser d'avoir porté un jugement faux, c'étoit lui faire l'injure la plus grave, l'interdire de toutes ses fonctions, et

Effectivement, si c'étoit une espèce de crime de félonie contre le seigneur, à plus forte raison en étoit-ce un contre le roi. Mais il voulut que l'on pût demander amendement des jugements rendus dans ses cours[1], non pas parce qu'ils étoient faussement ou méchamment rendus, mais parce qu'ils faisoient quelque préjudice[2]. Il voulut au contraire qu'on fût contraint de fausser les jugements des cours des barons, si l'on vouloit s'en plaindre[3].

On ne pouvoit point, suivant les Établissements, fausser les cours des domaines du roi, comme on vient de le dire. Il falloit demander amendement devant le même tribunal; et, en cas que le bailli ne voulût pas faire l'amendement requis, le roi permettoit de faire appel à sa cour[4], ou plutôt, en interprétant les Établissements par eux-mêmes, de lui présenter une requête ou supplication[5].

A l'égard des cours des seigneurs, saint Louis, en permettant de les fausser, voulut que l'affaire fût portée au tribunal du roi ou du seigneur suzerain[6], non pas pour y être décidée par le combat[7], mais par témoins, suivant une forme de procéder dont il donna des règles[8].

Ainsi, soit qu'on pût fausser, comme dans les cours des seigneurs, soit qu'on ne le pût pas, comme dans les cours de ses domaines, il établit qu'on pourroit appeler sans courir le hasard d'un combat.

Défontaines[9] nous rapporte les deux premiers exemples qu'il ait vus, où l'on ait ainsi procédé sans combat judiciaire : l'un, dans une affaire jugée à la cour de Saint-Quentin, qui étoit du domaine du roi; et l'autre, dans la cour de Ponthieu, où le comte, qui étoit présent, opposa l'ancienne jurisprudence; mais ces deux affaires furent jugées par droit.

On demandera peut-être pourquoi saint Louis ordonna pour les cours de ses barons une manière de procéder différente de celle qu'il établissoit dans les tribunaux de ses domaines : en voici la raison. Saint Louis, statuant pour les cours de ses domaines, ne fut point gêné dans ses vues; mais il eut des ménagements à garder avec les seigneurs qui jouissoient de cette ancienne prérogative, que les affaires n'étoient jamais tirées de leurs cours, à moins qu'on ne s'exposât aux dangers de les fausser. Saint Louis maintint cet usage de fausser; mais il voulut qu'on pût fausser sans combattre; c'est-à-dire que, pour que le changement se fît moins sentir, il ôta la chose, et laissa subsister les termes.

Ceci ne fut pas universellement reçu dans les cours des seigneurs. Beaumanoir[1] dit que, de son temps, il y avoit deux manières de juger, l'une suivant l'Établissement-le-roi, et l'autre suivant la pratique ancienne; que les seigneurs avoient droit de suivre l'une ou l'autre de ces pratiques; mais que quand, dans une affaire, on en avoit choisi une, on ne pouvoit plus revenir à l'autre. Il ajoute que le comte de Clermont suivoit la nouvelle pratique[2], tandis que ses vassaux se tenoient à l'ancienne; mais qu'il pourroit, quand il voudroit, rétablir l'ancienne : sans quoi il auroit moins d'autorité que ses vassaux.

Il faut savoir que la France étoit pour lors divisée en pays du domaine du roi[3], et en ce que l'on appeloit pays des barons, ou en baronnies; et, pour me servir des termes des Établissements de saint Louis, en pays de l'obéissance-le-roi, et en pays hors l'obéissance-le-roi. Quand les rois faisoient des ordonnances pour les pays de leurs domaines, ils n'employoient que leur seule autorité; mais, quand ils en faisoient qui regardoient aussi les pays de leurs barons, elles étoient faites de concert avec eux, ou scellées ou souscrites d'eux[4] : sans cela, les barons les recevoient, ou ne les recevoient pas, suivant qu'elles leur paroissoient convenir ou non au bien de leurs seigneuries. Les arrière-vassaux étoient dans les mêmes termes avec les grands vassaux. Or, les Établisse-

rendre tous ses membres incapables de faire aucun acte judiciaire. Un plaideur qui avoit eu cette témérité étoit obligé, sous peine d'avoir la tête coupée, de se battre dans le même jour non-seulement contre tous les juges qui avoient assisté au jugement dont il appeloit, mais encore contre tous ceux qui avoient droit de prendre séance dans ce tribunal. S'il sortoit vainqueur de tous ces combats, la sentence qu'il avoit *faussée* étoit réputée fausse et mal rendue, et son procès étoit gagné. Si au contraire il étoit vaincu dans un de ces combats, il étoit pendu. Telle étoit la jurisprudence des François dans le onzième siècle. (MABLY.)

[1] *Ibid.*, liv. I, chap. LXXVIII; et liv. II, chap. XV.
[2] *Ibid.*, liv. I, chap. LXXVIII.
[3] *Établissements*, liv. II, chap. XV.
[4] *Ibid.*, liv. I, chap. LXXVIII.　　[5] *Ibid.*, liv. II, chap. XV.
[6] Mais si on ne faussoit pas, et qu'on voulût appeler, on n'étoit point reçu. *Établissements*, liv. II, chap. XV. « Li sire en auroit le record de sa cour, droit faisant. »
[7] *Ibid.*, liv. I, chap. VI et LXVII; et liv. II, chap. XV; et BEAUMANOIR, chap. XI, page 58.
[8] *Établissements*, liv. I, chap. I, II, et III.
[9] Chap. XXII. art. 16 et 17.

[1] Chap. LXI, pag. 309.　　[2] *Ibid.*
[3] Voyez Beaumanoir et Défontaines; et *les Établissements*, liv. II, chap. X, XI, XV, et autres.
[4] Voyez les ordonnances du commencement de la troisième race, dans le recueil de Laurière, surtout celles de Philippe-Auguste sur la juridiction ecclésiastique; et celle de Louis VIII sur les Juifs; et les chartres rapportées par M. Brussel, notamment celle de saint Louis sur le bail et le rachat des terres, et la majorité féodale des filles, tome II, liv. III, page 55; et *ibid.*, l'ordonnance de Philippe-Auguste, page 7.

ments ne furent pas donnés du consentement des seigneurs, quoiqu'ils statuassent sur des choses qui étoient pour eux d'une grande importance ; mais ils ne furent reçus que par ceux qui crurent qu'il leur étoit avantageux de les recevoir. Robert, fils de saint Louis, les admit dans sa comté de Clermont ; et ses vassaux ne crurent pas qu'il leur convînt de les faire pratiquer chez eux.

CHAPITRE XXX.

Observation sur les appels.

On conçoit que des appels qui étoient des provocations à un combat devoient se faire sur-le-champ. « Se il se part de court sans apeler, dit » Beaumanoir [1], il pert son apel, et tient li juge-» mens pour bon. » Ceci subsista, même après qu'on eut restreint l'usage du combat judiciaire [2].

CHAPITRE XXXI.

Continuation du même sujet.

Le vilain ne pouvoit pas fausser la cour de son seigneur : nous l'apprenons de Défontaines [3] ; et cela est confirmé par les Établissements [4]. » Aussi, » dit encore Défontaines [5], n'y a-t-il entre toi sei-» gneur et ton vilain autre juge fors Dieu. »

C'étoit l'usage du combat judiciaire qui avoit exclu les vilains de pouvoir fausser la cour de leur seigneur ; et cela est si vrai que les vilains qui, par chartre ou par usage [6], avoient droit de combattre, avoient aussi droit de fausser la cour de leur seigneur, quand même les hommes qui avoient jugé auroient été chevaliers [7] ; et Défontaines donne des expédients pour que ce scandale du vilain, qui, en faussant le jugement, combattroit contre un chevalier, n'arrivât pas [8].

La pratique des combats judiciaires commençant à s'abolir, et l'usage des nouveaux appels à s'introduire, on pensa qu'il étoit déraisonnable que les personnes franches eussent un remède contre l'injustice de la cour de leurs seigneurs,

et que les vilains ne l'eussent pas ; et le parlement reçut leurs appels comme ceux des personnes franches.

CHAPITRE XXXII.

Continuation du même sujet.

Lorsqu'on faussoit la cour de son seigneur, il venoit en personne devant le seigneur suzerain pour défendre le jugement de sa cour. De même [1], dans le cas d'appel de défaute de droit, la partie ajournée devant le seigneur suzerain menoit son seigneur avec elle, afin que, si la défaute n'étoit pas prouvée, il pût ravoir sa cour.

Dans la suite, ce qui n'étoit que deux cas particuliers étant devenu général pour toutes les affaires, par l'introduction de toutes sortes d'appels, il parut extraordinaire que le seigneur fût obligé de passer sa vie dans d'autres tribunaux que les siens, et pour d'autres affaires que les siennes. Philippe de Valois ordonna que les baillis seuls seroient ajournés [2]. Et quand l'usage des appels devint encore plus fréquent, ce fut aux parties à défendre l'appel : le fait du juge devint le fait de la partie [3].

J'ai dit [4] que, dans l'appel de défaute de droit, le seigneur ne perdoit que le droit de faire juger l'affaire en sa cour. Mais, si le seigneur étoit attaqué lui-même comme partie [5], ce qui devint très fréquent [6], il payoit au roi ou au seigneur suzerain devant qui on avoit appelé une amende de soixante livres. De là vint cet usage, lorsque les appels furent universellement reçus, de faire payer l'amende au seigneur lorsqu'on réformoit la sentence de son juge ; usage qui subsista long-temps, qui fut confirmé par l'ordonnance de Roussillon, et que son absurdité a fait périr.

CHAPITRE XXXIII.

Continuation du même sujet.

Dans la pratique du combat judiciaire, le faus-seur qui avoit appelé un des juges pouvoit perdre par le combat son procès [7], et ne pouvoit pas le gagner. En effet, la partie qui avoit un jugement pour elle n'en devoit pas être privée par le fait d'autrui. Il falloit donc que le fausseur, qui avoit

[1] Chap. LXIII, page 527; et chap. LXI, page 512.
[2] Voyez les Établissements de saint Louis, liv. II, chap. XV; l'ordonnance de Charles VII, de 1453.
[3] Chap. XXI, art. 21 et 22.
[4] Liv. I, chap. CXXXVI. [5] Chap. II, art. 8.
[6] DÉFONTAINES, chap. XXII, art. 7. Cet article et le 21e du chapitre XXII du même auteur ont été jusqu'ici très mal expliqués. Défontaines ne met point en opposition le jugement du seigneur avec celui du chevalier, puisque c'étoit le même ; mais il oppose le vilain ordinaire à celui qui avoit le privilége de combattre.
[7] Les chevaliers peuvent toujours être du nombre des juges. DÉFONTAINES, chap. XXI, art. 48.
[8] Chap. XXII, art. 14.

[1] DÉFONTAINES, chap. XXI, art. 53. [2] En 1552.
[3] Voyez quel étoit l'état des choses du temps de Boutillier, qui vivoit en l'an 1402. Somme rurale, liv. I, pages 19 et 20.
[4] Ci-dessus, chap. XXX.
[5] BEAUMANOIR, chap. LXI, pages 512 et 518.
[6] Ibid.
[7] DÉFONTAINES, chap. XXI, art. 14.

vaincu, combattit encore contre la partie, non pas pour savoir si le jugement étoit bon ou mauvais, il ne s'agissoit plus de ce jugement, puisque le combat l'avoit anéanti ; mais pour décider si la demande étoit légitime ou non, et c'est sur ce nouveau point que l'on combattoit. De là doit être venue notre manière de prononcer les arrêts : *La cour met l'appel au néant ; la cour met l'appel et ce dont a été appelé au néant.*

En effet, quand celui qui avoit appelé de faux jugement étoit vaincu, l'appel étoit anéanti ; quand il avoit vaincu, le jugement étoit anéanti, et l'appel même : il falloit procéder à un nouveau jugement.

Ceci est si vrai, que, lorsque l'affaire se jugeoit par enquêtes, cette manière de prononcer n'avoit pas lieu. M. de La Roche-Flavin [1] nous dit que la chambre des enquêtes ne pouvoit user de cette forme dans les premiers temps de sa création.

CHAPITRE XXXIV.

Comment la procédure devint secrète.

Les duels avoient introduit une forme de procédure publique : l'attaque et la défense étoient également connues. « Les témoins, dit Beaumanoir [2], doivent dire leur témoignage devant tous. »

Le commentateur de Boutillier dit avoir appris d'anciens praticiens, et de quelques vieux procès écrits à la main, qu'anciennement, en France, les procès criminels se faisoient publiquement, et en une forme non guère différente des jugements publics des Romains. Ceci étoit lié avec l'ignorance de l'écriture, commune dans ces temps-là. L'usage de l'écriture arrête les idées, et peut faire établir le secret ; mais, quand on n'a point cet usage, il n'y a que la publicité de la procédure qui puisse fixer ces mêmes idées.

Et, comme il pouvoit y avoir de l'incertitude sur ce qui avoit été jugé par hommes [3], ou plaidé devant hommes, on pouvoit en rappeler la mémoire toutes les fois qu'on tenoit la cour, par ce qui s'appeloit la procédure par record [4] ; et, dans ce cas, il n'étoit pas permis d'appeler les témoins au combat, car les affaires n'auroient jamais eu de fin.

Dans la suite il s'introduisit une forme de procéder secrète. Tout étoit public : tout devint caché : les interrogatoires, les informations, le récolement, la confrontation, les conclusions de la partie publique ; et c'est l'usage d'aujourd'hui. La première forme de procéder convenoit au gouvernement d'alors, comme la nouvelle étoit propre au gouvernement qui fut établi depuis.

Le commentateur de Boutillier fixe à l'ordonnance de 1539 l'époque de ce changement. Je crois qu'il se fit à peu, et qu'il passa de seigneurie en seigneurie, à mesure que les seigneurs renoncèrent à l'ancienne pratique de juger, et que celle tirée des Établissements de saint Louis vint à se perfectionner. En effet, Beaumanoir dit que ce n'étoit que dans les cas où on pouvoit donner des gages de bataille qu'on entendoit publiquement les témoins [1] ; dans les autres, on les oyoit en secret, et on rédigeoit leurs dépositions par écrit. Les procédures devinrent donc secrètes lorsqu'il n'y eut plus de gages de bataille.

CHAPITRE XXXV.

Des dépens.

Anciennement, en France, il n'y avoit point de condamnation de dépens en cour laïe [2]. La partie qui succomboit étoit assez punie par des condamnations d'amende envers le seigneur et ses pairs. La manière de procéder par le combat judiciaire faisoit que, dans les crimes, la partie qui succomboit, et qui perdoit la vie et les biens, étoit punie autant qu'elle pouvoit l'être ; et, dans les autres cas du combat judiciaire, il y avoit des amendes quelquefois fixes, quelquefois dépendantes de la volonté du seigneur, qui faisoient assez craindre les événements des procès. Il en étoit de même dans les affaires qui ne se décidoient pas par le combat. Comme c'étoit le seigneur qui avoit les profits principaux, c'étoit lui aussi qui faisoit les principales dépenses, soit pour assembler ses pairs, soit pour les mettre en état de procéder au jugement. D'ailleurs les affaires finissant sur le lieu même, et toujours presque sur-le-champ, et sans ce nombre infini d'écritures qu'on vit depuis, il n'étoit pas nécessaire de donner des dépens aux parties.

C'est l'usage des appels qui doit naturellement introduire celui de donner des dépens. Aussi Dé-

[1] *Des parlements de France*, liv. I, chap. XVI.
[2] Chap. LXI, page 313.
[3] Comme dit Beaumanoir, chap. XXXIX, page 209.
[4] On prouvoit par témoins ce qui s'étoit déjà passé, dit-on ; ordonné en justice.

[1] Chap. XXXIX, page 218.
[2] DÉFONTAINES, dans son *Conseil*, chap. XXII, art. 5 et 8 ; et BEAUMANOIR, chap. XXXIII ; *Établissements*, liv. I, chap. XC.

fontaines[1] dit-il que, lorsqu'on appeloit par loi écrite, c'est-à-dire quand on suivoit les nouvelles lois de saint Louis, on donnoit des dépens; mais que, dans l'usage ordinaire, qui ne permettoit point d'appeler sans fausser, il n'y en avoit point : on n'obtenoit qu'une amende, et la possession d'an et jour de la chose contestée, si l'affaire étoit renvoyée au seigneur.

Mais, lorsque de nouvelles facilités d'appeler augmentèrent le nombre des appels[2]; que, par le fréquent usage de ces appels d'un tribunal à un autre, les parties furent sans cesse transportées hors du lieu de leur séjour; quand l'art nouveau de la procédure multiplia et éternisa les procès; lorsque la science d'éluder les demandes les plus justes se fut raffinée; quand un plaideur sut fuir, uniquement pour se faire suivre; lorsque la demande fut ruineuse, et la défense tranquille; que les raisons se perdirent dans des volumes de paroles et d'écrits; que tout fut plein de suppôts de justice qui ne devoient point rendre la justice; que la mauvaise foi trouva des conseils là où elle ne trouva pas des appuis; il fallut bien arrêter les plaideurs par la crainte des dépens. Ils durent les payer pour la décision, et pour les moyens qu'ils avoient employés pour l'éluder. Charles le Bel fit là-dessus une ordonnance générale[3].

CHAPITRE XXXVI.

De la partie publique.

Comme, par les lois saliques et ripuaires, et par les autres lois des peuples barbares, les peines des crimes étoient pécuniaires, il n'y avoit point pour lors, comme aujourd'hui parmi nous, de partie publique qui fût chargée de la poursuite des crimes. En effet, tout se réduisoit en réparations de dommages; toute poursuite étoit en quelque façon civile, et chaque particulier pouvoit la faire. D'un autre côté, le droit romain avoit des formes populaires pour la poursuite des crimes, qui ne pouvoient s'accorder avec le ministère d'une partie publique.

L'usage des combats judiciaires ne répugnoit pas moins à cette idée; car qui auroit voulu être la partie publique, et se faire champion de tous contre tous?

Je trouve, dans un recueil de formules que M. Muratori a insérées dans les lois des Lombards, qu'il y avoit, dans la seconde race, un avoué de la partie publique[1]. Mais si on lit le recueil entier de ces formules, on verra qu'il y avoit une différence totale entre ces officiers et ce que nous appelons aujourd'hui la partie publique, nos procureurs-généraux, nos procureurs du roi ou des seigneurs. Les premiers étoient plutôt les agents du public pour la manutention politique et domestique que pour la manutention civile. En effet, on ne voit point dans ces formules qu'ils fussent chargés de la poursuite des crimes, et des affaires qui concernoient les mineurs, les églises, ou l'état des personnes.

J'ai dit que l'établissement d'une partie publique répugnoit à l'usage du combat judiciaire. Je trouve pourtant dans une de ces formules un avoué de la partie publique qui a la liberté de combattre. M. Muratori l'a mise à la suite de la constitution d'Henri Ier[2], pour laquelle elle a été faite. Il est dit, dans cette constitution, que « si quelqu'un » tue son père, son frère, son neveu, ou quel- » que autre de ses parents, il perdra leur suc- » cession, qui passera aux autres parents; et que » la sienne propre appartiendra au fisc. » Or, c'est pour la poursuite de cette succession dévolue au fisc que l'avoué de la partie publique qui en soutenoit les droits avoit la liberté de combattre : ce cas rentroit dans la règle générale.

Nous voyons dans ces formules l'avoué de la partie publique agir contre celui qui avoit pris un voleur, et ne l'avoit pas mené au comte[3]; contre celui qui avoit fait un soulèvement ou une assemblée contre le comte[4]; contre celui qui avoit sauvé la vie à un homme que le comte lui avoit donné pour le faire mourir[5]; contre l'avoué des églises à qui le comte avoit ordonné de lui présenter un voleur, et qui n'avoit point obéi[6]; contre celui qui avoit révélé le secret du roi ou aux étrangers[7]; contre celui qui, à main armée, avoit poursuivi l'envoyé de l'empereur[8]; contre celui qui avoit méprisé les lettres de l'empereur[9], et il étoit poursuivi par l'avoué de l'empereur, ou par l'empereur lui-même; contre celui qui n'avoit pas voulu recevoir la monnoie du prince[10]; enfin cet avoué demandoit les choses que la loi adjugeoit au fisc[11].

[1] Chap. xxii, art. 8.

[2] « A présent que l'on est si enclin à appeler, » dit Boutillier, *Somme rurale*, liv. I, tit. iii, page 16.

[3] En 1324.

[1] *Advocatus de parte publica.*

[2] Voyez cette constitution et cette formule dans le second volume des *Historiens d'Italie*, page 175.

[3] *Recueil de Muratori*, page 104, sur la loi 88 de Charlemagne, liv. I, tit. xxvi, § 78.

[4] Autre formule, *ibid.*, page 87.

[5] *Ibid.*, page 104. [6] *Ibid.*, page 95. [7] *Ibid.*, page 88.

[8] *Ibid.*, page 98. [9] *Ibid.*, page 132. [10] *Ibid.*

[11] *Ibid.*, page 157.

Mais, dans la poursuite des crimes, on ne voit point d'avoué de la partie publique, même quand on emploie les duels[1]; même quand il s'agit d'incendie[2]; même lorsque le juge est tué sur son tribunal[3]; même lorsqu'il s'agit de l'état des personnes[4], de la liberté et de la servitude[5].

Ces formules sont faites non seulement pour les lois des Lombards, mais pour les capitulaires ajoutés : ainsi il ne faut pas douter que, sur cette matière, elles ne nous donnent la pratique de la seconde race.

Il est clair que ces avoués de la partie publique durent s'éteindre avec la seconde race, comme les envoyés du roi dans les provinces; par la raison qu'il n'y eut plus de loi générale, ni de fisc général, et par la raison qu'il n'y eut plus de comte dans les provinces pour tenir les plaids, et par conséquent plus de ces sortes d'officiers dont la principale fonction étoit de maintenir l'autorité du comte.

L'usage des combats, devenu plus fréquent dans la troisième race, ne permit pas d'établir une partie publique. Aussi Boutillier, dans sa Somme rurale, parlant des officiers de justice, ne cite-t-il que les baillis, hommes féodaux, et sergents. Voyez les Établissements[6], et Beaumanoir[7], sur la manière dont on faisoit les poursuites dans ces temps-là.

Je trouve dans les lois de Jacques II, roi de Majorque[8], une création de l'emploi de procureur du roi, avec les fonctions qu'ont aujourd'hui les nôtres[9]. Il est visible qu'ils ne vinrent qu'après que la forme judiciaire eut changé parmi nous.

CHAPITRE XXXVII.

Comment les Établissements de saint Louis tombèrent dans l'oubli.

Ce fut le destin des Établissements, qu'ils naquirent, vieillirent et moururent en très peu de temps.

Je ferai là-dessus quelques réflexions. Le code que nous avons sous le nom d'Établissements de saint Louis n'a jamais été fait pour servir de loi à tout le royaume, quoique cela soit dit dans la préface de ce code. Cette compilation est un code général qui statue sur toutes les affaires civiles, les dispositions des biens par testament ou entre vifs, les dots et les avantages des femmes, les profits et les prérogatives des fiefs, les affaires de police, etc. Or, dans un temps où chaque ville, bourg ou village, avoit sa coutume, donner un corps général de lois civiles, c'étoit vouloir renverser, dans un moment, toutes les lois particulières sous lesquelles on vivoit dans chaque lieu du royaume. Faire une coutume générale de toutes les coutumes particulières seroit une chose inconsidérée, même dans ce temps-ci, où les princes ne trouvent partout que de l'obéissance. Car, s'il est vrai qu'il ne faut pas changer lorsque les inconvénients égalent les avantages, encore moins le faut-il lorsque les avantages sont petits, et les inconvénients immenses. Or, si l'on fait attention à l'état où étoit pour lors le royaume, où chacun s'enivroit de l'idée de sa souveraineté et de sa puissance, on voit bien qu'entreprendre de changer partout les lois et les usages reçus, c'étoit une chose qui ne pouvoit venir dans l'esprit de ceux qui gouvernoient.

Ce que je viens de dire prouve encore que ce code des Établissements ne fut pas confirmé, en parlement, par les barons et gens de loi du royaume, comme il est dit dans un manuscrit de l'hôtel-de-ville d'Amiens, cité par M. Ducange[1]. On voit dans les autres manuscrits que ce code fut donné par saint Louis en l'année 1270, avant qu'il partît pour Tunis. Ce fait n'est pas plus vrai; car saint Louis est parti en 1269, comme l'a remarqué M. Ducange : d'où il conclut que ce code auroit été publié en son absence. Mais je dis que cela ne peut pas être. Comment saint Louis auroit-il pris le temps de son absence pour faire une chose qui auroit été une semence de troubles, et qui eût pu produire, non pas des changements, mais des révolutions? Une pareille entreprise avoit besoin plus qu'une autre d'être suivie de près, et n'étoit point l'ouvrage d'une régence foible, et même composée de seigneurs qui avoient intérêt que la chose ne réussît pas. C'étoit Matthieu, abbé de Saint-Denis; Simon de Clermont, comte de Nesle; et, en cas de mort, Philippe, évêque d'Évreux; et Jean, comte de Ponthieu. On a vu ci-dessus[1] que le comte de Ponthieu s'opposa dans sa seigneurie à l'exécution d'un nouvel ordre judiciaire.

[1] Autre formule, page 147. [2] Ibid.
[3] Ibid., page 168. [4] Ibid., page 154. [5] Ibid., page 107.
[6] Liv. I. chap. 1; et liv. II, chap. xi et xiii.
[7] Chap. 1, et chap. lxi.
[8] Voyez les lois dans les Vies des saints, du mois de juin, tome III, page 26.
[9] Qui continue nostram sacram curiam sequi teneatur, instituatur qui facta et causas in ipsa curia promoveat atque prosequatur.

[1] Préface sur les Établissements.

Je dis, en troisième lieu, qu'il y a grande apparence que le code que nous avons est une chose différente des Établissements de saint Louis sur l'ordre judiciaire. Ce code cite les Établissements : il est donc un ouvrage sur les Établissements, et non pas les Établissements. De plus, Beaumanoir, qui parle souvent des Établissements de saint Louis, ne cite que des établissements particuliers de ce prince, et non pas cette compilation des Établissements. Défontaines, qui écrivoit sous ce prince [1], nous parle des deux premières fois que l'on exécuta ses Établissements sur l'ordre judiciaire, comme d'une chose reculée. Les Établissements de saint Louis étoient donc antérieurs à la compilation dont je parle, qui, à la rigueur, et en adoptant les prologues erronés mis par quelques ignorants à la tête de cet ouvrage, n'auroit paru que la dernière année de la vie de saint Louis, ou même après la mort de ce prince.

CHAPITRE XXXVIII.

Continuation du même sujet.

Qu'est-ce donc que cette compilation que nous avons sous le nom d'Établissements de saint Louis? Qu'est-ce que ce code obscur, confus et ambigu, où l'on mêle sans cesse la jurisprudence françoise avec la loi romaine; où l'on parle comme un législateur, et où l'on voit un jurisconsulte; où l'on trouve un corps entier de jurisprudence sur tous les cas, sur tous les points du droit civil? Il faut se transporter dans ces temps-là.

Saint Louis, voyant les abus de la jurisprudence de son temps, chercha à en dégoûter les peuples; il fit plusieurs réglements pour les tribunaux de ses domaines, et pour ceux de ses barons; et il eut un tel succès, que Beaumanoir, qui écrivoit très peu de temps après la mort de ce prince [2], nous dit que la manière de juger, établie par saint Louis, étoit pratiquée dans un grand nombre de cours des seigneurs.

Ainsi ce prince remplit son objet, quoique ses réglements pour les tribunaux des seigneurs n'eussent pas été faits pour être une loi générale du royaume, mais comme un exemple que chacun pourroit suivre, et que chacun même auroit intérêt de suivre. Il ôta le mal, en faisant sentir le meilleur. Quand on vit dans ses tribunaux, quand on vit dans ceux de quelques seigneurs une manière de procéder plus naturelle, plus raisonnable, plus conforme à la morale, à la religion, à la tranquillité publique, à la sûreté de la personne et des biens, on la prit, et on abandonna l'autre.

Inviter quand il ne faut pas contraindre, conduire quand il ne faut pas commander, c'est l'habileté suprême. La raison a un empire naturel; elle a même un empire tyrannique: on lui résiste, mais cette résistance est son triomphe; encore un peu de temps, et l'on sera forcé de revenir à elle.

Saint Louis, pour dégoûter de la jurisprudence françoise, fit traduire les livres du droit romain, afin qu'ils fussent connus des hommes de loi de ces temps-là. Défontaines, qui est le premier auteur de pratique que nous ayons [1], fit un grand usage de ces lois romaines : son ouvrage est, en quelque façon, un résultat de l'ancienne jurisprudence françoise, des lois ou Établissements de saint Louis, et de la loi romaine. Beaumanoir fit peu d'usage de la loi romaine; mais il concilia l'ancienne jurisprudence françoise avec les réglements de saint Louis.

C'est dans l'esprit de ces deux ouvrages, et surtout de celui de Défontaines, que quelque bailli, je crois, fit l'ouvrage de jurisprudence que nous appelons les Établissements. Il est dit, dans le titre de cet ouvrage, qu'il est fait selon l'usage de Paris et d'Orléans, et de cour de baronnie; et, dans le prologue, qu'il y est traité des usages de tout le royaume, et d'Anjou et de cour de baronnie. Il est visible que cet ouvrage fut fait pour Paris, Orléans et Anjou, comme les ouvrages de Beaumanoir et de Défontaines furent faits pour les comtés de Clermont et de Vermandois; et, comme il paroît par Beaumanoir que plusieurs lois de saint Louis avoient pénétré dans les cours de baronnie, le compilateur a eu quelque raison de dire que son ouvrage regardoit aussi les cours de baronnie [2].

Il est clair que celui qui fit cet ouvrage compila les coutumes du pays avec les lois et les Établissements de saint Louis. Cet ouvrage est très précieux, parce qu'il contient les anciennes coutumes d'Anjou et les Établissements de saint Louis, tels qu'ils étoient alors pratiqués, et enfin ce qu'on y pratiquoit de l'ancienne jurisprudence françoise.

[1] Voyez ci-dessus le chap. XXIX.

[2] Chap. LXI, page 309.

[1] Il dit lui-même dans son prologue : « Nus luy enprit onques » mais cette chose dont j'ay. »

[2] Il n'y a rien de si vague que le titre et le prologue. D'abord ce sont les usages de Paris et d'Orléans, et de cour de baronnie; ensuite ce sont les usages de toutes les cours laies du royaume et de la prévôté de France; ensuite ce sont les usages de tout le royaume, et d'Anjou, et de cour de baronnie.

La différence de cet ouvrage d'avec ceux de Défontaines et de Beaumanoir, c'est qu'on y parle en termes de commandement, comme les législateurs ; et cela pouvoit être ainsi, parce qu'il étoit une compilation de coutumes écrites et des lois.

Il y avoit un vice intérieur dans cette compilation : elle formoit un code amphibie, où l'on avoit mêlé la jurisprudence françoise avec la loi romaine ; on rapprochoit des choses qui n'avoient jamais de rapport, et qui souvent étoient contradictoires.

Je sais bien que les tribunaux françois des hommes ou des pairs, les jugements sans appel à un autre tribunal, la manière de prononcer par ces mots : *Je condamne* ou *j'absous* [1], avoient de la conformité avec les jugements populaires des Romains. Mais on fit peu d'usage de cette ancienne jurisprudence ; on se servit plutôt de celle qui fut introduite depuis par les empereurs, qu'on employa partout dans cette compilation pour régler, limiter, corriger, étendre la jurisprudence françoise.

CHAPITRE XXXIX.

Continuation du même sujet.

Les formes judiciaires introduites par saint Louis cessèrent d'être en usage. Ce prince avoit eu moins en vue la chose même, c'est-à-dire la meilleure manière de juger, que la meilleure manière de suppléer à l'ancienne pratique de juger. Le premier objet étoit de dégoûter de l'ancienne jurisprudence ; et le second, d'en former une nouvelle. Mais les inconvénients de celle-ci ayant paru, on en vit bientôt succéder une autre.

Ainsi les lois de saint Louis changèrent moins la jurisprudence françoise qu'elles ne donnèrent des moyens pour la changer ; elles ouvrirent de nouveaux tribunaux, ou plutôt des voies pour y arriver ; et quand on put parvenir aisément à celui qui avoit une autorité générale, les jugements, qui auparavant ne faisoient que les usages d'une seigneurie particulière, formèrent une jurisprudence universelle. On étoit parvenu, par la force des Établissements, à avoir des décisions générales qui manquoient entièrement dans le royaume : quand le bâtiment fut construit, on laissa tomber l'échafaud.

Ainsi les lois que fit saint Louis eurent des effets qu'on n'auroit pas dû attendre du chef-d'œuvre

[1] *Établissements*, liv. II, chap. xv.

de la législation. Il faut quelquefois bien des siècles pour préparer les changements ; les événements les mûrissent, et voilà les révolutions.

Le parlement jugea en dernier ressort de presque toutes les affaires du royaume. Auparavant il ne jugeoit que de celles qui étoient entre les ducs, comtes, barons, évêques, abbés [1], ou entre le roi et ses vassaux [2], plutôt dans le rapport qu'elles avoient avec l'ordre politique qu'avec l'ordre civil. Dans la suite on fut obligé de le rendre sédentaire, et de le tenir toujours assemblé ; et enfin on en créa plusieurs pour qu'ils pussent suffire à toutes les affaires.

A peine le parlement fut-il un corps fixe, qu'on commença à compiler ses arrêts. Jean de Montluc, sous le règne de Philippe-le-Bel, fit le recueil qu'on appelle aujourd'hui les registres *Olim* [3].

CHAPITRE XL.

Comment on prit les formes judiciaires des décrétales.

Mais d'où vient qu'en abandonnant les formes judiciaires établies, on prit celles du droit canonique plutôt que celles du droit romain ? C'est qu'on avoit toujours devant les yeux les tribunaux clercs, qui suivoient les formes du droit canonique, et que l'on ne connoissoit aucun tribunal qui suivît celles du droit romain. De plus, les bornes de la jurisdiction ecclésiastique et de la séculière étoient dans ces temps-là très peu connues : il y avoit des gens [4] qui plaidoient indifféremment dans les deux cours [5] ; il y avoit des matières pour lesquelles on plaidoit de même. Il semble [6] que la jurisdiction laie ne se fût gardé, privativement à l'autre, que le jugement des matières féodales, et des crimes commis par les laïques dans les cas qui ne choquoient pas la religion [7]. Car si, pour raison des conventions et des contrats, il falloit aller à la justice laie, les parties pouvoient volontairement procéder devant les tribunaux clercs qui, n'étant pas en droit d'obliger la justice laie à faire exécu-

[1] Voyez du Tillet, sur la cour des pairs. Voyez aussi La Roche-Flavin, liv. I, chap. III ; Budée, et Paul Émile.
[2] Les autres affaires étoient décidées par les tribunaux ordinaires.
[3] Voyez l'excellent ouvrage de M. le président Hénault, sur l'an 1515.
[4] BEAUMANOIR, chap. XI, page 58.
[5] Les femmes veuves, les croisés, ceux qui tenoient les biens des églises, pour raison de ces biens. (*Ibid.*)
[6] Voyez tout le chapitre XI de Beaumanoir.
[7] Les tribunaux clercs, sous prétexte du serment, s'en étoient même saisis, comme on le voit par le fameux concordat passé entre Philippe-Auguste, les clercs et les barons, qui se trouve dans les ordonnances de Laurière.

ter la sentence, contraignoient d'y obéir par voie d'excommunication [1]. Dans ces circonstances, lorsque, dans les tribunaux laïques, on voulut changer de pratique, on prit celle des clercs, parce qu'on la savoit ; et on ne prit pas celle du droit romain, parce qu'on ne la savoit point : car, en fait de pratique, on ne sait que ce que l'on pratique.

CHAPITRE XLI.

Flux et reflux de la jurisdiction ecclésiastique et de la jurisdiction laie.

La puissance civile étant entre les mains d'une infinité de seigneurs, il avoit été aisé à la jurisdiction ecclésiastique de se donner tous les jours plus d'étendue : mais, comme la jurisdiction ecclésiastique énerva la jurisdiction des seigneurs, et contribua par-là à donner des forces à la jurisdiction royale, la jurisdiction royale restreignit peu à peu la jurisdiction ecclésiastique, et celle-ci recula devant la première. Le parlement, qui avoit pris, dans sa forme de procéder, tout ce qu'il y avoit de bon et d'utile dans celle des tribunaux des clercs, ne vit bientôt plus que ses abus ; et la jurisdiction royale se fortifiant tous les jours, elle fut toujours plus en état de corriger ces mêmes abus. En effet, ils étoient intolérables ; et, sans en faire l'énumération, je renverrai à Beaumanoir, à Boutillier, aux ordonnances de nos rois [2]. Je ne parlerai que de ceux qui intéressoient plus directement la fortune publique. Nous connoissons ces abus par les arrêts qui les réformèrent. L'épaisse ignorance les avoit introduits ; une espèce de clarté parut, et ils ne furent plus. On peut juger, par le silence du clergé, qu'il alla lui-même au-devant de la correction : ce qui, vu la nature de l'esprit humain, mérite des louanges. Tout homme qui mouroit sans donner une partie de ses biens à l'église, ce qui s'appeloit mourir *déconfés*, étoit privé de la communion et de la sépulture. Si l'on mouroit sans faire de testament, il falloit que les parents obtinssent de l'évêque qu'il nommât, concurremment avec eux, des arbitres pour fixer ce que le défunt auroit dû donner en cas qu'il eût fait un testament. On ne pouvoit pas coucher ensemble la première nuit des noces, ni même les deux suivantes, sans en avoir acheté la permission : c'étoit bien ces trois nuits-là qu'il falloit choisir ; car, pour les autres, on n'auroit pas donné beaucoup d'argent. Le parlement corrigea tout cela. On trouve, dans le Glossaire du droit françois de Ragueau [1], l'arrêt qu'il rendit contre l'évêque d'Amiens [2].

Je reviens au commencement de mon chapitre. Lorsque, dans un siècle ou dans un gouvernement, on voit les divers corps de l'état chercher à augmenter leur autorité, et à prendre les uns sur les autres de certains avantages, on se tromperoit souvent si l'on regardoit leurs entreprises comme une marque certaine de leur corruption. Par un malheur attaché à la condition humaine, les grands hommes modérés sont rares ; et, comme il est toujours plus aisé de suivre sa force que de l'arrêter, peut-être, dans la classe des gens supérieurs, est-il plus facile de trouver des gens extrêmement vertueux que des hommes extrêmement sages.

L'ame goûte tant de délices à dominer les autres ames ; ceux mêmes qui aiment le bien s'aiment si fort eux-mêmes, qu'il n'y a personne qui ne soit assez malheureux pour avoir encore à se défier de ses bonnes intentions : et, en vérité, nos actions tiennent à tant de choses, qu'il est mille fois plus aisé de faire le bien que de le bien faire.

CHAPITRE XLII.

Renaissance du droit romain, et ce qui en résulta. Changement dans les tribunaux.

Le digeste de Justinien ayant été retrouvé vers l'an 1137, le droit romain sembla prendre une seconde naissance. On établit des écoles en Italie, où on l'enseignoit : on avoit déja le code Justinien et les novelles. J'ai déja dit que ce droit y prit une telle faveur qu'il fit éclipser la loi des Lombards.

Des docteurs italiens portèrent le droit de Justinien en France, où l'on n'avoit connu que le code Théodosien [3], parce que ce ne fut qu'après l'établissement des barbares dans les Gaules que les lois de Justinien furent faites [4]. Ce droit reçut quelques oppositions ; mais il se maintint, malgré

[1] BEAUMANOIR, chap. XI, page 60.
[2] Voyez Boutillier, *Somme rurale*, titre IX, quelles personnes ne peuvent faire demande en cour laie; et Beaumanoir, chap. XI, pag. 56; et les réglements de Philippe-Auguste à ce sujet; et l'établissement de Philippe-Auguste fait entre les clercs, le roi, et les barons.

[1] Au mot *exécuteurs testamentaires*.
[2] Du 19 mars 1409.
[3] On suivoit en Italie le code de Justinien. C'est pour cela que le pape Jean VIII, dans sa constitution donnée après le synode de Troyes, parle de ce code, non pas parce qu'il étoit connu en France, mais parce qu'il le connoissoit lui-même ; et sa constitution étoit générale.
[4] Le code de cet empereur fut publié vers l'an 530.

les excommunications des papes, qui protégeoient leurs canons [1]. Saint Louis chercha à l'accréditer, par les traductions qu'il fit faire des ouvrages de Justinien, que nous avons encore manuscrites dans nos bibliothèques ; et j'ai déja dit qu'on en fit un grand usage dans les Établissements. Philippe-le-Bel fit enseigner les lois de Justinien, seulement comme raison écrite ; dans les pays de France qui se gouvernoient par les coutumes [2] ; et elles furent adoptées comme loi dans les pays où le droit romain étoit la loi.

J'ai dit ci-dessus que la manière de procéder par le combat judiciaire demandoit, dans ceux qui jugeoient, très peu de suffisance ; on décidoit les affaires dans chaque lieu, selon l'usage de chaque lieu, et suivant quelques coutumes simples, qui se recevoient par tradition. Il y avoit, du temps de Beaumanoir, deux différentes manières de rendre la justice [3] : dans des lieux, on jugeoit par pairs ; dans d'autres, on jugeoit par baillis [4]. Quand on suivoit la première forme, les pairs jugeoient selon l'usage de leur jurisdiction ; dans la seconde, c'étoient des prud'hommes ou vieillards qui indiquoient au bailli le même usage [5]. Tout ceci ne demandoit aucunes lettres, aucune capacité, aucune étude. Mais, lorsque le code obscur des Établissements et d'autres ouvrages de jurisprudence parurent ; lorsque le droit romain fut traduit, lorsqu'il commença à être enseigné dans les écoles ; lorsqu'un certain art de la procédure et qu'un certain art de la jurisprudence commencèrent à se former ; lorsqu'on vit naître des praticiens et des jurisconsultes, les pairs et les prud'hommes ne furent plus en état de juger; les pairs commencèrent à se retirer des tribunaux du seigneur, les seigneurs furent peu portés à les assembler : d'autant mieux que les jugements, au lieu d'être une action éclatante, agréable à la noblesse, intéressante pour les gens de guerre, n'étoient plus qu'une pratique qu'ils ne savoient ni ne vouloient savoir. La pratique de juger par pairs devint moins en usage [6] ; celle de juger par

baillis s'étendit. Les baillis ne jugeoient pas [1] ; ils faisoient l'instruction, et prononçoient le jugement des prud'hommes ; mais, les prud'hommes n'étant plus en état de juger, les baillis jugèrent eux-mêmes.

Cela se fit d'autant plus aisément qu'on avoit devant les yeux la pratique des juges d'église : le droit canonique et le nouveau droit civil concoururent également à abolir les pairs.

Ainsi se perdit l'usage constamment observé dans la monarchie, qu'un juge ne jugeoit jamais seul, comme on le voit par les lois saliques, les capitulaires, et par les premiers écrivains de pratique de la troisième race [2]. L'abus contraire, qui n'a lieu que dans les justices locales, a été modéré, et en quelque façon corrigé, par l'introduction en plusieurs lieux d'un lieutenant du juge, que celui-ci consulte, et qui représente les anciens prud'hommes, par l'obligation où est le juge de prendre deux gradués dans les cas qui peuvent mériter une peine afflictive ; et enfin il est devenu nul par l'extrême facilité des appels.

CHAPITRE XLIII.

Continuation du même sujet.

Ainsi ce ne fut point une loi qui défendit aux seigneurs de tenir eux-mêmes leur cour ; ce ne fut point une loi qui abolit les fonctions que leurs pairs y avoient ; il n'y eut point de loi qui ordonnât de créer des baillis ; ce ne fut point par une loi qu'ils eurent le droit de juger. Tout cela se fit peu à peu, et par la force de la chose. La connoissance du droit romain, des arrêts des cours, des corps de coutumes nouvellement écrites, demandoit une étude, dont les nobles et le peuple sans lettres n'étoient point capables.

La seule ordonnance que nous ayons sur cette

[1] *Décrétales*, liv. V, tit. *De privilegiis*, cap. *super specula*.

[2] Par une chartre de l'an 1312, en faveur de l'université d'Orléans, rapportée par du Tillet.

[3] *Coutume de Beauvoisis*, chap. I, de l'office des baillis.

[4] Dans la commune, les bourgeois étoient jugés par d'autres bourgeois, comme les hommes de fief se jugeoient entre eux. Voyez La Thaumassière, chap. XIX.

[5] Aussi toutes les requêtes commençoient-elles par ces mots : *Sire juge, il est d'usage qu'en vostre jurisdiction*, etc., comme il paroît par la formule rapportée dans Boutillier, *Somme rurale*, liv. I, tit. XXI.

[6] Le changement fut insensible. On trouve encore les pairs employés du temps de Boutillier, qui vivoit en 1402, date de son

testament, qui rapporte cette formule au livre I, titre XXI : « Sire juge, en ma justice haute, moyenne, et basse, que j'ai en » tel lieu, cour, plaids, baillis, hommes féodaux et sergents.... » Mais il n'y avoit plus que les matières féodales qui se jugeassent par pairs. (*Ibid.*, liv. I, tit. I, page 16.

[1] Comme il paroît par la formule des lettres que le seigneur leur donnoit, rapportée, par Boutillier *Somme rurale*, liv. I, tit. XIV. Ce qui se prouve encore par Beaumanoir, *Coutume de Beauvoisis*, chap. I, des baillis. Ils ne faisoient que la procédure. « Le bailly est tenu en le présence des hommes à prendre » les parolles de chaux qui plaident, et doit demander as parties » se il vuelent oir droit selonc les raisons que il ont dites ; et se il » dient, *Sire, oil*, le bailli doit contraindre les hommes que ils » facent le jugement. » Voyez aussi les *Établissements de saint Louis*, livre I, chap. CV ; et livre II, chap. XV. *Li juge, si ne doit pas faire le jugement.*

[2] BEAUMANOIR, chap. LXVII, page 336 ; et chap. LXI, pages 315 et 316 : les *Établissements*, liv. II, chap. XV.

matière [1] est celle qui obligea les seigneurs de choisir leurs baillis dans l'ordre des laïques. C'est mal à propos qu'on l'a regardée comme la loi de leur création ; mais elle ne dit que ce qu'elle dit. De plus, elle fixe ce qu'elle prescrit par les raisons qu'elle en donne. « C'est afin, est-il dit, que les » baillis puissent être punis de leurs prévarica-» tions, qu'il faut qu'ils soient pris dans l'ordre des » laïques [2]. » On sait les priviléges des ecclésiastiques dans ces temps-là.

Il ne faut pas croire que les droits dont les seigneurs jouissoient autrefois, et dont ils ne jouissent plus aujourd'hui, leur aient été ôtés comme des usurpations : plusieurs de ces droits ont été perdus par négligence ; et d'autres ont été abandonnés, parce que, divers changements s'étant introduits dans le cours de plusieurs siècles, ils ne pouvoient subsister avec ces changements.

CHAPITRE XLIV.

De la preuve par témoins.

Les juges, qui n'avoient d'autres règles que les usages, s'en enquéroient ordinairement par témoins dans chaque question qui se présentoit.

Le combat judiciaire devenant moins en usage, on fit les enquêtes par écrit. Mais une preuve vocale mise par écrit n'est jamais qu'une preuve vocale ; cela ne faisoit qu'augmenter les frais de la procédure. On fit des réglements qui rendirent la plupart de ces enquêtes inutiles [3]; on établit des registres publics, dans lesquels la plupart des faits se trouvoient prouvés, la noblesse, l'âge, la légitimité, le mariage. L'écriture est un témoin qui est difficilement corrompu. On fit rédiger par écrit les coutumes. Tout cela étoit bien raisonnable : il est plus aisé d'aller chercher dans les registres de baptême si Pierre est fils de Paul, que d'aller prouver ce fait par une longue enquête. Quand dans un pays il y a un très grand nombre d'usages, il est plus aisé de les écrire tous dans un code que d'obliger les particuliers à prouver chaque usage. Enfin on fit la fameuse ordonnance qui défendit de recevoir la preuve par témoins pour une dette au-dessus de cent livres, à moins qu'il n'y eût un commencement de preuve par écrit.

CHAPITRE XLV.

Des coutumes de France.

La France étoit régie, comme j'ai dit, par des coutumes non écrites ; et les usages particuliers de chaque seigneurie formoient le droit civil. Chaque seigneurie avoit son droit civil, comme le dit Beaumanoir [1] ; et un droit si particulier, que cet auteur, qu'on doit regarder comme la lumière de ce temps-là, et une grande lumière, dit qu'il ne croit pas que dans tout le royaume il y eût deux seigneuries qui fussent gouvernées de tous points par la même loi.

Cette prodigieuse diversité avoit une première origine, et elle en avoit une seconde. Pour la première, on peut se souvenir de ce que j'ai dit ci-dessus [2], au chapitre des coutumes locales ; et, quant à la seconde, on la trouve dans les divers événements des combats judiciaires : des cas continuellement fortuits devant introduire naturellement de nouveaux usages.

Ces coutumes-là étoient conservées dans la mémoire des vieillards ; mais il se forma peu à peu des lois ou des coutumes écrites.

1º Dans le commencement de la troisième race [3], les rois donnèrent des chartres particulières, et en donnèrent même de générales, de la manière dont je l'ai expliqué ci-dessus : tels sont les Établissements de Philippe-Auguste, et ceux que fit saint Louis. De même, les grands vassaux, de concert avec les seigneurs qui tenoient d'eux, donnèrent, dans les assises de leurs duchés ou comtés, de certaines chartres ou établissements, selon les circonstances : telles furent l'assise de Geoffroi, comte de Bretagne, sur le partage des nobles ; les coutumes de Normandie, accordées par le duc Raoul ; les coutumes de Champagne, données par le roi Thibaut ; les lois de Simon, comte de Montfort, et autres. Cela produisit quelques lois écrites, et même plus générales que celles que l'on avoit.

2º Dans le commencement de la troisième race, presque tout le bas peuple étoit serf [4]. Plusieurs

[1] Elle est de l'an 1287.

[2] Ut, si ibi delinquant, superiores sui possint animadvertere in eosdem.

[3] Voyez comment on prouvoit l'âge et la parenté. Établissements, liv. 1, chap. LXXI et LXXII.

[1] Prologue sur la Coutume de Beauvoisis.

[2] Chap. XII.

[3] Voyez le recueil des ordonnances de Laurière.

[4] Le nombre des serfs de la glèbe et des esclaves domestiques étoit prodigieux en Europe. Au commencement de la troisième race en France, la servitude étoit encore la condition de presque toute la classe du peuple ; en Angleterre, c'étoit le même malheur. On sait à quel point cette servitude générale étoit incompatible avec l'esprit du commerce, qui ne vit et ne s'accroît qu'avec la liberté ; joignez à cela l'incertitude de toutes les propriétés, les ravages causés par les guerres privées, plus nombreux et plus funestes mille fois que ceux des guerres générales, qui n'occupent qu'un lieu, tandis que les guerres privées les envahissoient tous à la fois, et vous vous formerez à peine une idée

raisons obligèrent les rois et les seigneurs de les affranchir [1].

Les seigneurs, en affranchissant leurs serfs, leur donnèrent des biens; il fallut leur donner des lois civiles pour régler la disposition de ces biens. Les seigneurs, en affranchissant leurs serfs, se privèrent de leurs biens; il fallut donc régler les droits que les seigneurs se réservoient pour l'équivalent de leur bien [2]. L'une et l'autre de ces choses furent réglées par les chartres d'affranchissement; ces chartres formèrent une partie de nos coutumes, et cette partie se trouva rédigée par écrit.

5° Sous le règne de saint Louis et les suivants, des praticiens habiles, tels que Défontaines, Beaumanoir, et autres, rédigèrent par écrit les coutumes de leurs bailliages. Leur objet étoit plutôt de donner une pratique judiciaire, que les usages de leur temps sur la disposition des biens. Mais tout s'y trouve; et, quoique ces auteurs particuliers n'eussent d'autorité que par la vérité et la publicité des choses qu'ils disoient, on ne peut douter qu'elles n'aient beaucoup servi à la renaissance de notre droit françois. Tel étoit, dans ces temps-là, notre droit coutumier écrit.

Voici la grande époque : Charles VII et ses successeurs firent rédiger par écrit, dans tout le royaume, les diverses coutumes locales, et prescrivirent des formalités qui devoient être observées à leur rédaction. Or, comme cette rédaction se fit par provinces, et que, de chaque seigneurie, on venoit déposer dans l'assemblée générale de la province les usages écrits ou non écrits de chaque lieu, on chercha à rendre les coutumes plus générales, autant que cela se put faire sans blesser les intérêts des particuliers, qui furent réservés [1]. Ainsi nos coutumes prirent trois caractères : elles furent écrites, elles furent plus générales, elles reçurent le sceau de l'autorité royale.

Plusieurs de ces coutumes ayant été de nouveau rédigées, on y fit plusieurs changements, soit en ôtant tout ce qui ne pouvoit compatir avec la jurisprudence actuelle, soit en ajoutant plusieurs choses tirées de cette jurisprudence.

Quoique le droit coutumier soit regardé parmi nous comme une espèce d'opposition avec le droit romain, de sorte que ces deux droits divisent les territoires, il est pourtant vrai que plusieurs dispositions du droit romain sont entrées dans nos coutumes, surtout lorsqu'on en fit de nouvelles rédactions dans des temps qui ne sont pas fort éloignés des nôtres, où ce droit étoit l'objet des connoissances de tous ceux qui se destinoient aux emplois civils; dans des temps où l'on ne faisoit pas gloire d'ignorer ce que l'on doit savoir, et de savoir ce que l'on doit ignorer; où la facilité de l'esprit servoit plus à apprendre sa profession qu'à la faire; et où les amusements continuels n'étoient pas même l'attribut des femmes.

Il auroit fallu que je m'étendisse davantage à la fin de ce livre; et qu'entrant dans de plus grands détails j'eusse suivi tous les changements insensibles qui, depuis l'ouverture des appels, ont formé le grand corps de notre jurisprudence françoise. Mais j'aurois mis un grand ouvrage dans un grand ouvrage. Je suis comme cet antiquaire qui partit de son pays, arriva en Égypte, jeta un coup d'œil sur les pyramides, et s'en retourna [2].

de la face cadavéreuse qu'offroit l'Europe entière. Rien n'égaloit le malheur de l'espèce humaine dans ces temps désastreux, si ce n'est son ignorance et sa stupidité, qui peut-être adoucissoit en elle le sentiment même du malheur, toujours trop proportionné à l'étendue des lumières et au nombre des besoins. (SERV.)

[1] Le délire des croisades fut la principale et la première cause de l'affoiblissement du système féodal; et l'on peut dire, à la honte de la prudence humaine, que jamais la plus profonde sagesse ne fit autant de bien que ces tentatives de la plus insigne démence. Cette entreprise, qui s'étoit changée en passion générale, donna aux princes, aux seigneurs qui se croisoient, de très grands besoins d'argent, et leur inspira la première idée de vendre aux villes, aux communes leur affranchissement : jamais opération de commerce ne fut plus juste et plus utile. (SERV.)

[2] En 1314, Charles de Valois, qui confirma les lettres de Philippe-Auguste, fit plus : il adoucit les lois de tout son comté. Sa chartre renferme un sentiment profond de la dignité de l'homme; elle est remarquable pour le temps où elle parut, et pourroit honorer tous les siècles. Je vais en rapporter au moins le préambule : « Challes, etc., comme créature humaine, qui est formée à l'image de Nostre Seigneur, doic generalement estre franche par droict naturel, et en aucuns pays de cette naturelle liberté ou franchise, par le jou de servitude qui tant est haineuse, soit si effaciee et obscurcie, que les homes et les fames qui habitent ez-lieux et pays dessusdits, en leur vivant sont reputez ainsi comme morts, et à la fin de leur douloureuse et chetive vie, si estroitement liez et demenez, que des biens que Diex leur a presté en cest siecle, et que ils ont acquis par leur propre labours, et accrus et gardez par leur pourveance, ils ne peuvent en leur derniere volonté disposer, ne ordener, ne accroistre en leurs propres filz, filles, et leurs autres prochains; nous meus de pitié, pour le remede et salut de nostre ame, et pour consideration de humanité et de commun proufit, donnons... très pleniere franchise et liberté perpetuelle à toutes personnes... de nostre comté de Valois... demourront franchement et en paix, sans mainmorte ou formariage, ou autre espece de servitude quelle qu'elle soit... en lad. comté et ressort, et ou royaume de France et ses appartenances, et hors du royaume, etc. » Tout le reste est empreint du même caractère, et la concession est purement gratuite. (CHABRIT.)

[1] Cela se fit ainsi lors de la rédaction des coutumes de Berry et de Paris. Voyez La Thaumassière, chap. III.

[2] Dans le *Spectateur anglois*.

LIVRE VINGT-NEUVIÈME.

DE LA MANIÈRE
DE COMPOSER LES LOIS.

CHAPITRE I.

De l'esprit du législateur.

Je le dis, et il me semble que je n'ai fait cet ouvrage que pour le prouver : l'esprit de modération doit être celui du législateur[1]; le bien politique, comme le bien moral, se trouve toujours entre deux limites[2]. En voici l'exemple.

Les formalités de la justice sont nécessaires à la liberté[3]. Mais le nombre en pourroit être si grand qu'il choqueroit le but des lois mêmes qui les auroient établies : les affaires n'auroient point de fin; la propriété des biens resteroit incertaine; on donneroit à l'une des parties le bien de l'autre sans examen, ou on les ruineroit toutes les deux à force d'examiner.

Les citoyens perdroient leur liberté et leur sûreté; les accusateurs n'auroient plus les moyens de convaincre, ni les accusés le moyen de se justifier.

CHAPITRE II.

Continuation du même sujet.

Cécilius, dans Aulu-Gelle[4], discourant sur la loi des douze tables, qui permettoit au créancier de couper en morceaux le débiteur insolvable, la justifie par son atrocité même, qui empêchoit qu'on n'empruntât au-delà de ses facultés[1]. Les lois les plus cruelles seront donc les meilleures? Le bien sera l'excès, et tous les rapports des choses seront détruits?

CHAPITRE III.

Que les lois qui paroissent s'éloigner des vues du législateur y sont souvent conformes.

La loi de Solon, qui déclaroit infames tous ceux qui, dans une sédition, ne prendroient aucun parti, a paru bien extraordinaire; mais il faut faire attention aux circonstances dans lesquelles la Grèce se trouvoit pour lors. Elle étoit partagée en de très petits états : il étoit à craindre que, dans une république travaillée par des dissensions civiles, les gens les plus prudents ne se missent à couvert; et que par-là les choses ne fussent portées à l'extrémité.

Dans les séditions qui arrivoient dans ces petits états, le gros de la cité entroit dans la querelle, ou la faisoit. Dans nos grandes monarchies, les partis sont formés par peu de gens, et le peuple voudroit vivre dans l'inaction. Dans ce cas, il est naturel de rappeler les séditieux au gros des citoyens, non pas le gros des citoyens aux séditieux; dans l'autre, il faut faire rentrer le petit nombre de gens sages et tranquilles parmi les séditieux : c'est ainsi que la fermentation d'une liqueur peut être arrêtée par une seule goutte d'une autre.

CHAPITRE IV.

Des lois qui choquent les vues du législateur.

Il y a des lois que le législateur a si peu connues, qu'elles sont contraires au but même qu'il s'est proposé. Ceux qui ont établi chez les François que, lorsqu'un des deux prétendants à un bénéfice meurt, le bénéfice reste à celui qui survit, ont cherché sans doute à éteindre les affaires. Mais il en résulte un effet contraire : on voit les ecclésiastiques s'attaquer et se battre, comme des dogues anglois, jusqu'à la mort.

[1] En effet, la loi n'est que le supplément de la modération qui manque aux hommes. La loi a tellement besoin d'être impartiale, que le législateur lui-même doit l'être, pour ne pas laisser dans son ouvrage l'empreinte de ses passions. (M. VILLEMAIN, *Éloge de Montesquieu*.)

[2] Plus un gouvernement s'éloignera des partis et se rapprochera du moyen terme, plus il aura de stabilité. Plusieurs législateurs ont méconnu ce principe dans leurs constitutions de gouvernements aristocratiques. Ils ont trop donné aux riches, et trop ôté aux pauvres. Un faux bien finit par devenir un vrai mal. La prépondérance des riches a renversé plus de gouvernements que celle de la multitude. (ARIST., *Polit.*, liv. I.)

[3] Bien loin que les longueurs, les dépenses, les dangers de notre justice soient le prix de notre liberté, je soutiens qu'elles sont un salaire énorme payé pour la diminuer sans cesse, et que presque toutes les lenteurs de notre justice viennent de quelque vice de nos institutions. Demandez à un plaideur d'où vient la durée de son procès : il accusera l'ignorance d'un notaire qui a fait quelque acte nul ou équivoque, l'infidélité d'un huissier qui a celé quelque acte de justice, l'avidité d'un procureur qui ne s'enrichit qu'à lui vendre les parcelles du temps, la dissipation d'un juge qui ne veut pas s'ennuyer à les lui donner, le vice de nos lois qui le renvoient, comme un ballon léger, d'un tribunal à l'autre; et si vous lui dites alors, avec l'auteur de l'*Esprit des lois* : « Voilà, au juste, le prix que vous devez pour votre liberté, et les lois ne pouvoient vous la donner à moins, » ce plaideur rira ou s'indignera. (SERV.)

[4] Liv. XX. chap. I.

[1] Cécilius dit qu'il n'a jamais vu ni lu que cette peine eût été infligée; mais il y a apparence qu'elle n'a jamais été établie. L'opinion de quelques jurisconsultes que la loi des douze tables ne paroit que de la division du prix du débiteur vendu est très vraisemblable.

CHAPITRE V.

Continuation du même sujet.

La loi dont je vais parler se trouve dans ce serment qui nous a été conservé par Eschine[1]: « Je » jure que je ne détruirai jamais une ville des Amphictyons, et que je ne détournerai point ses » eaux courantes : si quelque peuple ose faire quelque chose de pareil, je lui déclarerai la guerre, » et je détruirai ses villes. » Le dernier article de cette loi, qui paroît confirmer le premier, lui est réellement contraire. Amphictyon veut qu'on ne détruise jamais les villes grecques, et sa loi ouvre la porte à la destruction de ces villes. Pour établir un bon droit des gens parmi les Grecs, il falloit les accoutumer à penser que c'étoit une chose atroce de détruire une ville grecque; il ne devoit pas même détruire les destructeurs. La loi d'Amphictyon étoit juste, mais elle n'étoit pas prudente. Cela se prouve par l'abus même que l'on en fit. Philippe ne se fit-il pas donner le pouvoir de détruire les villes, sous prétexte qu'elles avoient violé les lois des Grecs? Amphictyon auroit pu infliger d'autres peines : ordonner, par exemple, qu'un certain nombre de magistrats de la ville destructrice, ou de chefs de l'armée violatrice, seroient punis de mort; que le peuple destructeur cesseroit, pour un temps, de jouir des priviléges des Grecs; qu'il paieroit une amende jusqu'au rétablissement de la ville. La loi devoit surtout porter sur la réparation du dommage.

CHAPITRE VI.

Que les lois qui paroissent les mêmes n'ont pas toujours le même effet.

César défendit de garder chez soi plus de soixante sesterces[2]. Cette loi fut regardée à Rome comme très propre à concilier les débiteurs avec les créanciers, parce qu'en obligeant les riches à prêter aux pauvres, elle mettoit ceux-ci en état de satisfaire les riches. Une même loi faite en France, du temps du système, fut très funeste : c'est que la circonstance dans laquelle on la fit étoit affreuse. Après avoir ôté tous les moyens de placer son argent, on ôta même la ressource de le garder chez soi : ce qui étoit égal à un enlèvement fait par violence. César fit sa loi pour que l'argent circulât parmi le peuple; le ministre de France fit la sienne pour que l'argent fût mis dans

une seule main. Le premier donna pour de l'argent des fonds de terre, ou des hypothèques sur des particuliers; le second proposa pour de l'argent des effets qui n'avoient point de valeur, et qui n'en pouvoient avoir par leur nature, par la raison que sa loi obligeoit de les prendre.

CHAPITRE VII.

Continuation du même sujet. Nécessité de bien composer les lois.

La loi de l'ostracisme fut établie à Athènes, à Argos, et à Syracuse[1]. A Syracuse elle fit mille maux, parce qu'elle fut faite sans prudence. Les principaux citoyens se bannissoient les uns les autres en se mettant une feuille de figuier[2], à la main[3]; de sorte que ceux qui avoient quelque mérite quittèrent les affaires. A Athènes, où le législateur avoit senti l'extension et les bornes qu'il devoit donner à sa loi, l'ostracisme fut une chose admirable : on n'y soumettoit jamais qu'une seule personne; il falloit un si grand nombre de suffrages, qu'il étoit difficile qu'on exilât quelqu'un dont l'absence ne fût pas nécessaire.

On ne pouvoit bannir que tous les cinq ans : en effet, dès que l'ostracisme ne devoit s'exercer que contre un grand personnage qui donneroit de la crainte à ses concitoyens, ce ne devoit pas être une affaire de tous les jours.

CHAPITRE VIII.

Que les lois qui paroissent les mêmes n'ont pas toujours eu le même motif.

On reçoit en France la plupart des lois des Romains sur les substitutions; mais les substitutions y ont tout un autre motif que chez les Romains. Chez ceux-ci, l'hérédité étoit jointe à de certains sacrifices qui devoient être faits par l'héritier, et qui étoient réglés par le droit des pontifes[4]. Cela fit qu'ils tinrent à déshonneur de mourir sans héritier; qu'ils prirent pour héritiers leurs esclaves, et qu'ils inventèrent les substitutions. La substitution vulgaire, qui fut la première inventée, et

[1] *De falsa legatione.*
[2] DION, liv. XLI.

[1] ARISTOTE, *République*, liv. V, chap. III.
[2] Plutarque et Diodore de Sicile disent : « une feuille d'olivier, πέταλον ἐλαίας. Voyez dans Diodore, liv. XI, la cause de l'établissement de cette loi, qu'on appeloit à Syracuse le *Pétalisme*, la manière dont elle s'exécutoit, et les raisons qui la firent abolir.
[3] PLUTARQUE. *Vie de Denys.*
[4] Lorsque l'hérédité étoit trop chargée, on éludoit le droit des pontifes par certaines ventes; d'où vint le mot *sine sacris hæreditas.*

qui n'avoit lieu que dans le cas où l'héritier institué n'accepteroit pas l'hérédité, en est une grande preuve : elle n'avoit point pour objet de perpétuer l'héritage dans une famille du même nom, mais de trouver quelqu'un qui acceptât l'héritage.

CHAPITRE IX.

Que les lois grecques et romaines ont puni l'homicide de soi-même, sans avoir le même motif.

Un homme, dit Platon[1], qui a tué celui qui lui est étroitement lié, c'est-à-dire lui-même, non par ordre du magistrat, ni pour éviter l'ignominie, mais par foiblesse, sera puni. La loi romaine punissoit cette action lorsqu'elle n'avoit pas été faite par foiblesse d'ame, par ennui de la vie, par impuissance de souffrir la douleur, mais par le désespoir de quelque crime. La loi romaine absolvoit dans le cas où la grecque condamnoit, et condamnoit dans le cas où l'autre absolvoit.

La loi de Platon étoit formée sur les institutions lacédémoniennes, où les ordres du magistrat étoient totalement absolus, où l'ignominie étoit le plus grand des malheurs, et la foiblesse le plus grand des crimes. La loi romaine abandonnoit toutes ces belles idées : elle n'étoit qu'une loi fiscale.

Du temps de la république, il n'y avoit point de loi à Rome qui punît ceux qui se tuoient eux-mêmes : cette action, chez les historiens, est toujours prise en bonne part, et l'on n'y voit jamais de punition contre ceux qui l'ont faite[2].

Du temps des premiers empereurs, les grandes familles de Rome furent sans cesse exterminées par des jugements. La coutume s'introduisit de prévenir la condamnation par une mort volontaire. On y trouvoit un grand avantage : on obtenoit l'honneur de la sépulture, et les testaments étoient exécutés[3] ; cela venoit de ce qu'il n'y avoit point de loi civile à Rome contre ceux qui se tuoient eux-mêmes. Mais, lorsque les empereurs devinrent aussi avares qu'ils avoient été cruels, ils ne laissèrent plus à ceux dont ils vouloient se défaire le moyen de conserver leurs biens, et ils déclarèrent que ce seroit un crime de s'ôter la vie par les remords d'un autre crime.

Ce que je dis du motif des empereurs est si vrai, qu'ils consentirent que les biens de ceux qui se seroient tués eux-mêmes ne fussent pas confisqués, lorsque le crime pour lequel ils s'étoient tués n'assujettissoit point à la confiscation[1].

CHAPITRE X.

Que les lois qui paroissent contraires dérivent quelquefois du même esprit.

On va aujourd'hui dans la maison d'un homme pour l'appeler en jugement ; cela ne pouvoit se faire chez les Romains[2].

L'appel en jugement étoit une action violente[3], et comme une espèce de contrainte par corps[4] ; et on ne pouvoit pas plus aller dans la maison d'un homme pour l'appeler en jugement, qu'on ne peut aujourd'hui aller contraindre par corps, dans sa maison, un homme qui n'est condamné que pour des dettes civiles.

Les lois romaines[5] et les nôtres admettent également ce principe, que chaque citoyen a sa maison pour asile, et qu'il n'y doit recevoir aucune violence.

CHAPITRE XI.

De quelle manière deux lois diverses peuvent être comparées.

En France, la peine contre les faux témoins est capitale ; en Angleterre, elle ne l'est point. Pour juger laquelle de ces deux lois est la meilleure, il faut ajouter : En France, la question contre les criminels est pratiquée ; En Angleterre, elle ne l'est point ; et dire encore : En France, l'accusé ne produit point ses témoins, et il est très rare qu'on y admette ce que l'on appelle les faits justificatifs ; en Angleterre, l'on reçoit les témoignages de part et d'autre. Les trois lois françoises forment un système très lié et très suivi ; les trois lois angloises en forment un qui ne l'est pas moins. La loi d'Angleterre, qui ne connoît point la question contre les criminels, n'a que peu d'espérance de

[1] Livre IX des Lois.

[2] Le mépris de la vie est un principe que la société civile ne doit point encourager, et qu'elle doit au contraire repousser de toute la force des lois : non seulement le scélérat peut s'en emparer contre l'homme vertueux, mais il est bien plus propre à donner à celui-là cette audace qui commet les grands crimes, qu'à donner à celui-ci ce courage qui fait les actions sublimes. En un mot, pour procurer les plus grands biens aux hommes, il faut souvent chérir sa propre vie, tandis que pour leur causer des maux affreux il ne faut que la mépriser. (SERVAN.)

[3] Eorum qui de se statuebant, humabantur corpora, manebant testamenta, pretium festinandi. Tacite.

[1] Rescrit de l'empereur Pie, dans la loi 3, § 1 et 2, ff. de bonis eorum qui ante sententiam mortem sibi consciverunt.

[2] Leg. 18, ff. de in jus vocando.

[3] Voyez la loi des douze tables.

[4] Rapit in jus. Horace, liv. I, sat. IX. C'est pour cela qu'on ne pouvoit appeler en jugement ceux à qui on devoit un certain respect.

[5] Voyez la loi 18, ff. de in jus vocando.

tirer de l'accusé la confession de son crime ; elle appelle donc de tous côtés les témoignages étrangers, et elle n'ose les décourager par la crainte d'une peine capitale. La loi françoise, qui a une ressource de plus, ne craint pas tant d'intimider les témoins ; au contraire, la raison demande qu'elle les intimide : elle n'écoute que les témoins d'une part [1] ; ce sont ceux que produit la partie publique ; et le destin de l'accusé dépend de leur seul témoignage. Mais, en Angleterre, on reçoit les témoins des deux parts, et l'affaire est, pour ainsi dire, discutée entre eux. Le faux témoignage y peut donc être moins dangereux ; l'accusé y a une ressource contre le faux témoignage, au lieu que la loi françoise n'en donne point. Ainsi, pour juger lesquelles de ces lois sont les plus conformes à la raison, il ne faut pas comparer chacune de ces lois à chacune : il faut les prendre toutes ensemble, et les comparer toutes ensemble.

CHAPITRE XII.

Que les lois qui paroissent les mêmes sont quelquefois réellement différentes.

Les lois grecques et romaines punissoient le recéleur du vol comme le voleur [2] ; la loi françoise fait de même. Celles-là étoient raisonnables, celle-ci ne l'est pas. Chez les Grecs et chez les Romains, le voleur étant condamné à une peine pécuniaire, il falloit punir le recéleur de la même peine : car tout homme qui contribue de quelque façon que ce soit à un dommage doit le réparer. Mais, parmi nous, la peine du vol étant capitale, on n'a pas pu, sans outrer les choses, punir le recéleur comme le voleur. Celui qui reçoit le vol peut, en mille occasions, le recevoir innocemment ; celui qui vole est toujours coupable ; l'un empêche la conviction d'un crime déja commis, l'autre commet ce crime ; tout est passif dans l'un, il y a une action dans l'autre : il faut que le voleur surmonte plus d'obstacles, et que son ame se roidisse plus long-temps contre les lois.

Les jurisconsultes ont été plus loin : ils ont regardé le recéleur comme plus odieux que le voleur [3] ; car, sans eux, disent-ils, le vol ne pourroit être caché long-temps. Cela, encore une fois, pouvoit être bon quand la peine étoit pécuniaire :

il s'agissoit d'un dommage, et le recéleur étoit ordinairement plus en état de le réparer ; mais, la peine devenue capitale, il auroit fallu se régler sur d'autres principes.

CHAPITRE XIII.

Qu'il ne faut point séparer les lois de l'objet pour lequel elles sont faites. Des lois romaines sur le vol.

Lorsque le voleur étoit surpris avec la chose volée, avant qu'il l'eût portée dans le lieu où il avoit résolu de la cacher, cela étoit appelé chez les Romains un vol manifeste ; quand le voleur n'étoit découvert qu'après, c'étoit un vol non manifeste.

La loi des douze tables ordonnoit que le voleur manifeste fût battu de verges et réduit en servitude, s'il étoit pubère ; ou seulement battu de verges, s'il étoit impubère : elle ne condamnoit le voleur non manifeste qu'au paiement du double de la chose volée.

Lorsque la loi Porcia eut aboli l'usage de battre de verges les citoyens et de les réduire en servitude, le voleur manifeste fut condamné au quadruple [1] ; et on continua à punir du double le voleur non manifeste.

Il paroît bizarre que ces lois missent une telle différence dans la qualité de ces deux crimes, et dans la peine qu'elles infligeoient : en effet, que le voleur fût surpris avant ou après avoir porté le vol dans le lieu de sa destination, c'étoit une circonstance qui ne changeoit point la nature du crime. Je ne saurois douter que toute la théorie des lois romaines sur le vol ne fût tirée des institutions lacédémoniennes. Lycurgue, dans la vue de donner à ses citoyens de l'adresse, de la ruse, et de l'activité, voulut qu'on exerçât les enfants au larcin, et qu'on fouettât rudement ceux qui s'y laisseroient surprendre : cela établit chez les Grecs, et ensuite chez les Romains, une grande différence entre le vol manifeste et le vol non manifeste [2].

Chez les Romains, l'esclave qui avoit volé étoit précipité de la roche Tarpéienne. Là il n'étoit point question des institutions lacédémoniennes ; les lois de Lycurgue sur le vol n'avoient point été faites pour les esclaves : c'étoit les suivre que de s'en écarter en ce point.

[1] Par l'ancienne jurisprudence françoise, les témoins étoient ouïs des deux parts. Aussi voit-on dans les *Établissements de saint Louis*, liv. I, chap. VII, que la peine contre les faux témoins en justice étoit pécuniaire.
[2] *Leg.* 1, ff. *de receptatoribus.*
[3] *Ibid.*

[1] Voyez ce que dit Favorinus sur Aulu-Gelle, liv. XX, chap. I.
[2] Conférez ce que dit Plutarque, *Vie de Lycurgue*, avec les lois du Digeste au titre *de furtis*, et les *Institutes*, liv. IV, tit. I, § 1, 2, et 3. — Voyez encore le chapitre VI du liv. IV de l'*Esprit des lois*. (P.)

A Rome, lorsqu'un impubère avoit été surpris dans le vol, le préteur le faisoit battre de verges à sa volonté, comme on faisoit à Lacédémone. Tout ceci venoit de plus loin. Les Lacédémoniens avoient tiré ces usages des Crétois; et Platon [1], qui veut prouver que les institutions des Crétois étoient faites pour la guerre, cite celle-ci : « la » faculté de supporter la douleur dans les combats » particuliers, et dans les larcins qui obligent de » se cacher. »

Comme les lois civiles dépendent des lois politiques, parce que c'est toujours pour une société qu'elles sont faites, il seroit bon que, quand on veut porter une loi civile d'une nation chez une autre, on examinât auparavant si elles ont toutes les deux les mêmes institutions et le même droit politique.

Ainsi, lorsque les lois sur le vol passèrent des Crétois aux Lacédémoniens, comme elles y passèrent avec le gouvernement et la constitution même, ces lois furent aussi sensées chez un de ces peuples qu'elles l'étoient chez l'autre; mais, lorsque de Lacédémone elles furent portées à Rome, comme elles n'y trouvèrent pas la même constitution, elles y furent toujours étrangères, et n'eurent aucune liaison avec les autres lois civiles des Romains.

CHAPITRE XIV.

Qu'il ne faut point séparer les lois des circonstances dans lesquelles elles ont été faites.

Une loi d'Athènes vouloit que, lorsque la ville étoit assiégée, on fît mourir tous les gens inutiles [2]. C'étoit une abominable loi politique, qui étoit une suite d'un abominable droit des gens. Chez les Grecs, les habitants d'une ville prise perdoient la liberté civile, et étoient vendus comme esclaves : la prise d'une ville emportoit son entière destruction, et c'est l'origine non seulement de ces défenses opiniâtres et de ces actions dénaturées, mais encore de ces lois atroces que l'on fit quelquefois.

Les lois romaines vouloient que les médecins pussent être punis pour leur négligence ou pour leur impéritie [3]. Dans ce cas, elles condamnoient à la déportation un médecin d'une condition un peu relevée, et à la mort celui qui étoit d'une condition plus basse. Par nos lois il en est autrement. Les lois de Rome n'avoient pas été faites dans les mêmes circonstances que les nôtres : à Rome, s'ingéroit de la médecine qui vouloit; mais parmi nous les médecins sont obligés de faire des études, et de prendre certains grades; ils sont donc censés connoître leur art.

CHAPITRE XV.

Qu'il est bon quelquefois qu'une loi se corrige elle-même.

La loi des douze tables permettoit de tuer le voleur de nuit [1], aussi bien que le voleur de jour qui, étant poursuivi, se mettoit en défense; mais elle vouloit que celui qui tuoit le voleur criât et appelât les citoyens [2]; et c'est une chose que les lois qui permettent de se faire justice soi-même doivent toujours exiger. C'est le cri de l'innocence, qui, dans le moment de l'action, appelle des témoins, appelle des juges. Il faut que le peuple prenne connoissance de l'action, et qu'il en prenne connoissance dans le moment qu'elle a été faite; dans un temps où tout parle, l'air, le visage, les passions, le silence, et où chaque parole condamne ou justifie. Une loi qui peut devenir si contraire à la sûreté et à la liberté des citoyens, doit être exécutée dans la présence des citoyens.

CHAPITRE XVI.

Choses à observer dans la composition des lois.

Ceux qui ont un génie assez étendu pour pouvoir donner des lois à leur nation ou à une autre, doivent faire de certaines attentions sur la manière de les former.

Le style en doit être concis. Les lois des douze tables sont un modèle de précision; les enfants les apprenoient par cœur [3]. Les novelles de Justinien sont si diffuses qu'il fallut les abréger [4].

Le style des lois doit être simple; l'expression directe s'entend toujours mieux que l'expression réfléchie. Il n'y a point de majesté dans les lois du Bas-Empire; on y fait parler les princes comme

[1] Des Lois, liv. I.
[2] Inutilis ætas occidatur. (Syrian., in Hermog.)
[3] La loi Cornelia, de sicariis; Institutes. liv. IV, tit. III : de lege Aquilia, § 7.

[1] Voyez la loi IV, ff. ad leg. Aquil.
[2] Ibid. Voyez le décret de Tassillon, ajouté à la loi des Bavarois, de popularibus legibus, art. 4.
[3] Ut carmen necessarium. (CICÉRON, de legibus, liv. II.) — Aristote [*] dit, qu'avant l'invention de l'écriture les lois étoient composées en vers, et qu'on les chantoit, de peur qu'on ne les oubliât. (P.)
[4] C'est l'ouvrage d'Irnerius.

[*] Problem., sect. XIX, quest. XXVIII.

des rhéteurs. Quand le style des lois est enflé, on ne les regarde que comme un ouvrage d'ostentation.

Il est essentiel que les paroles des lois réveillent chez tous les hommes les mêmes idées. Le cardinal de Richelieu convenoit que l'on pouvoit accuser un ministre devant le roi [1]; mais il vouloit que l'on fût puni, si les choses qu'on prouvoit n'étoient pas considérables; ce qui devoit empêcher tout le monde de dire quelque vérité que ce fût contre lui, puisqu'une chose considérable est entièrement relative, et que ce qui est considérable pour quelqu'un ne l'est pas pour un autre.

La loi d'Honorius punissoit de mort celui qui achetoit comme serf un affranchi, ou qui auroit voulu l'inquiéter [2]. Il ne falloit point se servir d'une expression si vague : l'inquiétude que l'on cause à un homme dépend entièrement du degré de sa sensibilité.

Lorsque la loi doit faire quelque vexation, il faut, autant qu'on le peut, éviter de la faire à prix d'argent. Mille causes changent la valeur de la monnoie; et avec la même dénomination on n'a plus la même chose. On sait l'histoire de cet impertinent de Rome [3], qui donnoit des soufflets à tous ceux qu'il rencontroit, et leur faisoit présenter les vingt-cinq sous de la loi des douze tables.

Lorsque, dans une loi, l'on a bien fixé les idées des choses, il ne faut point revenir à des expressions vagues. Dans l'ordonnance criminelle de Louis XIV [4], après qu'on a fait l'énumération exacte des cas royaux, on ajoute ces mots : « Et » ceux dont de tout temps les juges royaux ont » jugé : » ce qui fait rentrer dans l'arbitraire dont on venoit de sortir.

Charles VII dit qu'il apprend que des parties font appel trois, quatre, et six mois après le jugement, contre la coutume du royaume, en pays coutumier [5]; il ordonne qu'on appellera incontinent, à moins qu'il n'y ait fraude ou dol du procureur [6], ou qu'il n'y ait grande et évidente cause de relever l'appelant : la fin de cette loi détruit le commencement; et elle le détruisit si bien que dans la suite on a appelé pendant trente ans [7].

[1] *Testament politique.*
[2] *Aut qualibet manumissione donatum inquietare voluerit.* Appendice au code Théodosien, dans le premier tome des *OEuvres du P. Sirmond*, page 757.
[3] AULU-GELLE, liv. XX, chap. I.
[4] On trouve dans le procès verbal de cette ordonnance les motifs que l'on eut pour cela.
[5] Dans son ordonnance de Montel-lès-Tours, l'an 1453.
[6] On pouvoit punir le procureur sans qu'il fût nécessaire de troubler l'ordre public.
[7] L'ordonnance de 1667 a fait des réglements là-dessus.

La loi des Lombards ne veut pas qu'une femme qui a pris un habit de religieuse, quoiqu'elle ne soit pas consacrée, puisse se marier [1] : « car, dit- » elle, si un époux, qui a engagé à lui une femme » seulement par un anneau, ne peut pas sans crime » en épouser une autre, à plus forte raison l'épouse » de Dieu ou de la sainte Vierge... » Je dis que dans les lois il faut raisonner de la réalité à la réalité; et non pas de la réalité à la figure, ou de la figure à la réalité.

Une loi de Constantin veut que le témoignage seul de l'évêque suffise, sans ouïr d'autres témoins [2]. Ce prince prenoit un chemin bien court : il jugeoit des affaires par les personnes, et des personnes par les dignités.

Les lois ne doivent point être subtiles : elles sont faites pour des gens de médiocre entendement; elles ne sont point un art de logique, mais la raison simple d'un père de famille.

Lorsque, dans une loi, les exceptions, limitations, modifications, ne sont point nécessaires, il vaut beaucoup mieux n'en point mettre. De pareils détails jettent dans de nouveaux détails.

Il ne faut point faire de changement dans une loi sans une raison suffisante. Justinien ordonna qu'un mari pourroit être répudié sans que la femme perdît sa dot, si pendant deux ans il n'avoit pu consommer le mariage [3]. Il changea sa loi, et donna trois ans au pauvre malheureux [4]. Mais, dans un cas pareil, deux ans en valent trois, et trois n'en valent pas plus que deux.

Lorsqu'on fait tant que de rendre raison d'une loi, il faut que cette raison soit digne d'elle. Une loi romaine décide qu'un aveugle ne peut pas plaider, parce qu'il ne voit pas les ornements de la magistrature [5]. Il faut l'avoir fait exprès pour donner une si mauvaise raison, quand il s'en présentoit tant de bonnes.

Le jurisconsulte Paul dit que l'enfant naît parfait au septième mois, et que la raison des nombres de Pythagore semble le prouver [6]. Il est singulier qu'on juge ces choses sur la raison des nombres de Pythagore.

Quelques jurisconsultes françois ont dit que lorsque le roi acquéroit quelque pays, les églises y devenoient sujettes au droit de régale, parce que la couronne du roi est ronde. Je ne discuterai

[1] Liv. II, tit. XXXVII.
[2] Dans l'appendice du P. Sirmond, au code Théodosien, t. I.
[3] Leg. I, cod. *de repudiis.*
[4] Voyez l'authentique *sed hodie,* au code *de repud.*
[5] Leg. I, ff. *de postulando.*
[6] Dans ses *Sentences,* liv. IV, tit. IX.

point ici les droits du roi, et si, dans ce cas, la raison de la loi civile ou ecclésiastique doit céder à la raison de la loi politique; mais je dirai que des droits si respectables doivent être défendus par des maximes graves. Qui a jamais vu fonder sur la figure d'un signe d'une dignité les droits réels de cette dignité?

Davila[1] dit que Charles IX fut déclaré majeur au parlement de Rouen à quatorze ans commencés, parce que les lois veulent qu'on compte le temps du moment au moment, lorsqu'il s'agit de la restitution et de l'administration des biens du pupille; au lieu qu'elles regardent l'année commencée comme une année complète, lorsqu'il s'agit d'acquérir des honneurs[2]. Je n'ai garde de censurer une disposition qui ne paroît pas avoir eu jusqu'ici d'inconvénient; je dirai seulement que la raison alléguée par le chancelier de L'Hospital n'étoit pas la vraie : il s'en faut bien que le gouvernement des peuples ne soit qu'un honneur.

En fait de présomption, celle de la loi vaut mieux que celle de l'homme. La loi françoise regarde comme frauduleux tous les actes faits par un marchand dans les dix jours qui ont précédé sa banqueroute[3] : c'est la présomption de la loi. La loi romaine infligeoit des peines au mari qui gardoit sa femme après l'adultère, à moins qu'il n'y fût déterminé par la crainte de l'événement d'un procès, ou par la négligence de sa propre honte; et c'est la présomption de l'homme. Il falloit que le juge présumât les motifs de la conduite du mari, et qu'il se déterminât sur une manière de penser très obscure. Lorsque le juge présume, les jugements deviennent arbitraires; lorsque la loi présume, elle donne au juge une règle fixe.

La loi de Platon, comme j'ai dit, vouloit qu'on punît celui qui se tueroit, non pas pour éviter l'ignominie, mais par foiblesse[4]. Cette loi étoit vicieuse en ce que, dans le seul cas où l'on ne pouvoit pas tirer du criminel l'aveu du motif qui l'avoit fait agir, elle vouloit que le juge se déterminât sur ces motifs.

Comme les lois inutiles affoiblissent les lois nécessaires, celles qu'on peut éluder affoiblissent la législation. Une loi doit avoir son effet, et il ne faut pas permettre d'y déroger par une convention particulière.

La loi Falcidie ordonnoit, chez les Romains, que l'héritier eût toujours la quatrième partie de l'hérédité; une autre loi[1] permit au testateur de défendre à l'héritier de retenir cette quatrième partie : c'est se jouer des lois. La loi Falcidie devenoit inutile : car, si le testateur vouloit favoriser son héritier, celui-ci n'avoit pas besoin de la loi Falcidie; et s'il ne vouloit pas le favoriser, il lui défendoit de se servir de la loi Falcidie.

Il faut prendre garde que les lois soient conçues de manière qu'elles ne choquent point la nature des choses. Dans la proscription du prince d'Orange, Philippe II promet à celui qui le tuera de donner à lui ou à ses héritiers vingt-cinq mille écus et la noblesse; et cela en parole de roi, et comme serviteur de Dieu. La noblesse promise pour une telle action! une telle action ordonnée en qualité de serviteur de Dieu! tout cela renverse également les idées de l'honneur, celles de la morale, et celles de la religion.

Il est rare qu'il faille défendre une chose qui n'est pas mauvaise, sous prétexte de quelque perfection qu'on imagine.

Il faut dans les lois une certaine candeur. Faites pour punir la méchanceté des hommes, elles doivent avoir elles-mêmes la plus grande innocence. On peut voir dans la loi des Wisigoths cette requête ridicule par laquelle on fit obliger les Juifs à manger toutes les choses apprêtées avec du cochon, pourvu qu'ils ne mangeassent pas du cochon même[2]. C'étoit une grande cruauté : on les soumettoit à une loi contraire à la leur; on ne leur laissoit garder de la leur que ce qui pouvoit être un signe pour les reconnoître.

CHAPITRE XVII.

Mauvaise manière de donner des lois.

Les empereurs romains manifestoient, comme nos princes, leurs volontés par des décrets et des édits; mais, ce que nos princes ne font pas, ils permirent que les juges ou les particuliers, dans leurs différends, les interrogeassent par lettres; et leurs réponses étoient appelées des rescrits. Les décrétales des papes sont, à proprement parler, des rescrits. On sent que c'est une mauvaise sorte de législation. Ceux qui demandent ainsi des lois

[1] *Della guerra civile di Francia*, page 96.
[2] Ceux qui ont vu les livres savent que les lois veulent qu'en honneurs l'an commencé est réputé pour entier et accompli. Je citerai la loi qui est en nos livres, avec congé et licence : c'est la loi qui est assez vulgaire, *ad rempublicam de muncrib. et honorib., aux Pandectes*, qui décide qu'il suffit d'avoir atteint, et non pas accompli le dernier an de l'âge. (DUPUY, *Traité de la majorité de nos rois*, 1655, in-4°, page 564.) (P.)
[3] Elle est du 18 novembre 1702.
[4] Livre IX des Lois.

[1] C'est l'authentique, *Sed cum testator.*
[2] Livre XII, tit. 11, § 16.

sont de mauvais guides pour le législateur ; les faits sont toujours mal exposés. Trajan, dit Jules Capitolin [1], refusa souvent de donner de ces sortes de rescrits, afin qu'on n'étendît pas à tous les cas une décision, et souvent une faveur particulière. Macrin avoit résolu d'abolir tous ces rescrits [2] ; il ne pouvoit souffrir qu'on regardât comme des lois les réponses de Commode, de Caracalla, et de tous ces autres princes pleins d'impéritie [3]. Justinien pensa autrement, et il en remplit sa compilation.

Je voudrois que ceux qui lisent les lois romaines distinguassent bien ces sortes d'hypothèses d'avec les sénatus-consultes, les plébiscites, les constitutions générales des empereurs, et toutes les lois fondées sur la nature des choses, sur la fragilité des femmes, la foiblesse des mineurs et l'utilité publique.

CHAPITRE XVIII.

Des idées d'uniformité.

Il y a de certaines idées d'uniformité qui saisissent quelquefois les grands esprits (car elles ont touché Charlemagne), mais qui frappent infailliblement les petits. Ils y trouvent un genre de perfection qu'ils reconnoissent, parce qu'il est impossible de ne le pas découvrir : les mêmes poids dans la police, les mêmes mesures dans le commerce, les mêmes lois dans l'état, la même religion dans toutes ses parties. Mais cela est-il toujours à propos sans exception ? Le mal de changer est-il toujours moins grand que le mal de souffrir ? Et la grandeur du génie ne consisteroit-elle pas mieux à savoir dans quel cas il faut l'uniformité, et dans quel cas il faut des différences ? A la Chine, les Chinois sont gouvernés par le cérémonial chinois, et les Tartares par le cérémonial tartare : c'est pourtant le peuple du monde qui a le plus la tranquillité pour objet. Lorsque les citoyens suivent les lois, qu'importe qu'ils suivent la même ?

[1] Voyez Jules Capitolin, in Macrino.
[2] Ibid.
[3] Il témoignoit en cela beaucoup de sens. Quand le plus inepte ou le plus corrompu des juges, quand le plus fourbe ou le plus accrédité des plaideurs avoit interrogé l'empereur sur une affaire particulière, et qu'il avoit pu en obtenir un rescrit, c'étoit une loi de laquelle il n'étoit pas permis de s'écarter, et que l'on citoit hardiment ensuite, contre l'esprit ou les dispositions d'une autre loi, dans toutes les affaires qui présentoient quelque ressemblance. (CHABRIT.)

CHAPITRE XIX.

Des législateurs.

Aristote vouloit satisfaire tantôt sa jalousie contre Platon, tantôt sa passion pour Alexandre. Platon étoit indigné contre la tyrannie du peuple d'Athènes. Machiavel étoit plein de son idole, le duc de Valentinois. Thomas More, qui parloit plutôt de ce qu'il avoit lu que de ce qu'il avoit pensé, vouloit gouverner tous les états avec la simplicité d'une ville grecque [1]. Harrington ne voyoit que la république d'Angleterre, pendant qu'une foule d'écrivains trouvoient le désordre partout où ils ne voyoient point de couronne. Les lois rencontrent toujours les passions et les préjugés du législateur. Quelquefois elles passent au travers, et s'y teignent ; quelquefois elles y restent, et s'y incorporent.

LIVRE TRENTIÈME [2].

THÉORIE

DES LOIS FÉODALES CHEZ LES FRANCS,

DANS LE RAPPORT QU'ELLES ONT AVEC L'ÉTABLISSEMENT DE LA MONARCHIE.

CHAPITRE I.

Des lois féodales.

Je croirois qu'il y auroit une imperfection dans mon ouvrage si je passois sous silence un événement arrivé une fois dans le monde, et qui n'ar-

[1] Dans son Utopie.
[2] Cette dernière partie du livre immortel de l'Esprit des lois est la seule contre laquelle la critique semble avoir conservé quelque avantage. Parmi les gens de goût, il en est peu qui aient eu le courage de la lire ; et ceux qui l'ont lue se plaignent de n'avoir pu l'entendre. Il falloit conduire peu à peu le lecteur dans les routes ténébreuses de ces siècles reculés, lier tous les faits, expliquer tous les mots de ces lois dont on n'entend plus la langue, suppléer aux monuments qui manquent par des développements étendus de ceux qui nous restent ; il ne falloit rien supprimer, rien franchir : mais cette méthode étoit opposée à la nature du génie de Montesquieu. Occupé à découvrir, il ne l'est jamais à démontrer ; on diroit qu'il ne songe jamais qu'on doit le lire, ou qu'il suppose que tous ses lecteurs ont son génie. Un mélange continuel de fragments de lois barbares et de pensées courtes et détachées, de textes obscurs et de commentaires profonds, fatigue l'attention la plus forte, et fait fermer le livre à chaque instant. Des traits lumineux, des expressions d'un grand éclat vous avertissent bien que vous marchez dans ces ténèbres à la suite d'un homme de génie ; mais rien n'est éclairé : il crée la lumière, et ne la répand pas sur les objets. (GARAT, Mercure de France, 6 mars 1784.)

rivera peut-être jamais ; si je ne parlois de ces lois que l'on vit paroître en un moment dans toute l'Europe, sans qu'elles tinssent à celles que l'on avoit jusqu'alors connues ; de ces lois qui ont fait des biens et des maux infinis ; qui ont laissé des droits quand on a cédé le domaine ; qui, en donnant à plusieurs personnes divers genres de seigneurie sur la même chose ou sur les mêmes personnes, ont diminué le poids de la seigneurie entière; qui ont posé diverses limites dans des empires trop étendus ; qui ont produit la règle avec une inclinaison à l'anarchie, et l'anarchie avec une tendance à l'ordre et à l'harmonie.

Ceci demanderoit un ouvrage exprès ; mais, vu la nature de celui-ci, on y trouvera plutôt ces lois comme je les ai envisagées que comme je les ai traitées.

C'est un beau spectacle que celui des lois féodales : un chêne antique s'élève [1] ; l'œil en voit de loin les feuillages ; il approche ; il en voit la tige, mais il n'en aperçoit point les racines ; il faut percer la terre pour les trouver.

CHAPITRE II.

Des sources des lois féodales [2].

Les peuples qui conquirent l'empire romain étoient sortis de la Germanie. Quoique peu d'auteurs anciens nous aient décrit leurs mœurs, nous en avons deux qui sont d'un très grand poids. César, faisant la guerre aux Germains, décrit les mœurs des Germains [3] ; et c'est sur ces mœurs qu'il a réglé quelques unes de ses entreprises [4]. Quelques pages de César sur cette matière sont des volumes [5].

[1] *Quantum vertice ad auras*
Æthereas, tantum radice in tartara tendit.
VIRG.

[2] Presque tous les écrivains qui se sont occupés des fiefs n'ont examiné que les droits féodaux, tels qu'ils existoient vers le milieu du dix-huitième siècle, s'embarrassant peu de connoître leur origine. Montesquieu l'a cherchée, cette origine : il a fouillé dans les archives des premiers âges de notre monarchie, et a suivi graduellement les révolutions que les fiefs ont essuyées, jusqu'au moment où les coutumes leur ont donné une forme régulière. Il est donc vrai qu'il a fini le traité des fiefs où la plupart des auteurs l'ont commencé [*]. (*Préface de l'édition de 1767.*)

[3] Livre VI.

[4] Par exemple, sa retraite d'Allemagne. *Ibid.*

[5] Je m'étonne que l'auteur de l'*Esprit des lois*, écrivant surtout pour la France, et cherchant l'origine des lois féodales dans César, n'y ait vu que les Germains, dont il n'y est dit que quelques mots, et qu'il n'y ait pas trouvé les Gaulois, qui y figurent à chaque page, qui étoient des peuples beaucoup plus remarquables, beaucoup plus avancés dans la civilisation, beaucoup mieux connus de César, et qui auroient pu fournir à Montesquieu de tout autres lumières. (CHABRIT.)

[*] Voyez les dernières lignes de l'*Esprit des lois*.

Tacite fait un ouvrage exprès sur les mœurs des Germains. Il est court, cet ouvrage, mais c'est l'ouvrage de Tacite, qui abrégeoit tout, parce qu'il voyoit tout.

Ces deux auteurs se trouvent dans un tel concert avec les codes des lois des peuples barbares que nous avons, qu'en lisant César et Tacite on trouve partout ces codes ; et qu'en lisant ces codes on trouve partout César et Tacite.

Que si, dans la recherche des lois féodales, je me vois dans un labyrinthe obscur, plein de routes et de détours, je crois que je tiens le bout du fil, et que je puis marcher.

CHAPITRE III.

Origine du vasselage.

César dit « que les Germains ne s'attachoient » point à l'agriculture ; que la plupart vivoient de » lait, de fromage et de chair ; que personne n'a- » voit de terres ni de limites qui lui fussent pro- » pres ; que les princes et les magistrats de chaque » nation donnoient aux particuliers la portion de » terre qu'ils vouloient, et dans le lieu qu'ils vou- » loient, et les obligeoient l'année suivante de » passer ailleurs [2]. » Tacite dit « que chaque prince » avoit une troupe de gens qui s'attachoient à lui » et le suivoient [2]. » Cet auteur, qui, dans sa lan- » gue, leur donne un nom qui a du rapport avec leur état, les nomme compagnons [3]. Il y avoit entre eux une émulation singulière pour obtenir quelque distinction auprès du prince, et une même émulation entre les princes sur le nombre et la bravoure de leurs compagnons [4]. « C'est, » ajoute Tacite, la dignité, c'est la puissance, » d'être toujours entouré d'une foule de jeunes » gens que l'on a choisis ; c'est un ornement dans » la paix, c'est un rempart dans la guerre. On se » rend célèbre dans sa nation et chez les peuples » voisins, si l'on surpasse les autres par le nombre » et le courage de ses compagnons ; on reçoit des » présents ; les ambassades viennent de toutes » parts. Souvent la réputation décide de la guerre. » Dans le combat il est honteux au prince d'être » inférieur en courage ; il est honteux à la troupe » de ne point égaler la valeur du prince ; c'est » une infamie éternelle de lui avoir survécu. L'en-

[1] Livre VI de la *Guerre des Gaules.* Tacite ajoute : « *Nulli domus, aut ager, aut aliqua cura ; prout ad quem venere aluntur.* (*De Moribus Germanorum.*)
[2] *Ibid.* [3] *Comites.*
[4] *De Moribus Germanorum.*

» gagement le plus sacré, c'est de le défendre. Si
» une cité est en paix, les princes vont chez celles
» qui font la guerre : c'est par-là qu'ils conservent
» un grand nombre d'amis. Ceux-ci reçoivent
» d'eux le cheval du combat et le javelot terrible.
» Les repas peu délicats, mais grands, sont une
» espèce de solde pour eux. Le prince ne soutient
» ses libéralités que par les guerres et les rapines.
» Vous leur persuaderiez bien moins de labourer
» la terre et d'attendre l'année, que d'appeler
» l'ennemi et de recevoir des blessures ; ils n'ac-
» querront pas par la sueur ce qu'ils peuvent ob-
» tenir par le sang. »

Ainsi, chez les Germains, il y avoit des vas-
saux, et non pas des fiefs. Il n'y avoit point de
fiefs, parce que les princes n'avoient point de ter-
res à donner ; ou plutôt les fiefs étoient des che-
vaux de bataille, des armes, des repas. Il y avoit
des vassaux, parce qu'il y avoit des hommes fidè-
les qui étoient liés par leur parole, qui étoient
engagés pour la guerre, et qui faisoient à peu
près le même service que l'on fit depuis pour les
fiefs.

CHAPITRE IV.

Continuation du même sujet.

César [1] dit que, « quand un des princes décla-
» roit à l'assemblée qu'il avoit formé le projet de
» quelque expédition, et demandoit qu'on le sui-
» vit, ceux qui approuvoient le chef et l'entreprise
» se levoient, et offroient leurs secours. Ils étoient
» loués par la multitude. Mais, s'ils ne remplis-
» soient pas leurs engagements, ils perdoient la
» confiance publique, et on les regardoit comme
» des déserteurs et des traîtres. »

Ce que dit ici César, et ce que nous avons dit
dans le chapitre précédent, après Tacite, est le
germe de l'histoire de la première race [2].

Il ne faut pas être étonné que les rois aient
toujours eu à chaque expédition de nouvelles ar-
mées à refaire, d'autres troupes à persuader, de
nouvelles gens à engager ; qu'il ait fallu, pour
acquérir beaucoup, qu'ils répandissent beaucoup ;

[1] *De Bello Gallico*, lib. VI.
[2] Sous Philippe-Auguste, les évêques d'Orléans et d'Auxerre
s'étant retirés de l'armée avec leurs troupes, sous le prétexte
que le prince n'y étoit pas en personne, ils furent condamnés à
l'amende ; ils en portèrent leurs plaintes au pape Innocent III ;
mais le pontife leur répondit qu'ayant contrevenu aux lois du
royaume, ils étoient bien et justement condamnés, et devoient
payer : ce qu'ils firent [1]. (D.)

[1] *Hist. du Droit publ. Eccl. franç.*, t. 1, p. 60.

qu'ils acquissent sans cesse par le partage des ter-
res et des dépouilles, et qu'ils donnassent sans
cesse ces terres et ces dépouilles ; que leur do-
maine grossît continuellement, et qu'il diminuât
sans cesse ; qu'un père qui donnoit à un de ses
enfants un royaume y joignît toujours un trésor [1] ;
que le trésor du roi fût regardé comme néces-
saire à la monarchie ; et qu'un roi ne pût, même
pour la dot de sa fille, en faire part aux étrangers
sans le consentement des autres rois [2]. La monar-
chie avoit son allure par des ressorts qu'il falloit
toujours remonter.

CHAPITRE V.

De la conquête des Francs.

Il n'est pas vrai que les Francs, entrant dans
la Gaule, aient occupé toutes les terres du pays
pour en faire des fiefs. Quelques gens ont pensé
ainsi, parce qu'ils ont vu sur la fin de la seconde
race presque toutes les terres devenues des fiefs,
des arrière-fiefs, ou des dépendances de l'un ou
de l'autre ; mais cela a eu des causes particulières
qu'on expliquera dans la suite.

La conséquence qu'on en voudroit tirer, que
les barbares firent un règlement général pour éta-
blir partout la servitude de la glèbe, n'est pas
moins fausse que le principe. Si, dans un temps
où les fiefs étoient amovibles, toutes les terres du
royaume avoient été des fiefs, ou des dépendances
des fiefs, et tous les hommes du royaume des vas-
saux ou des serfs qui dépendoient d'eux ; comme
celui qui a les biens a toujours aussi la puissance,
le roi qui auroit disposé continuellement des fiefs,
c'est-à-dire de l'unique propriété, auroit eu une
puissance aussi arbitraire que celle du sultan l'est
en Turquie : ce qui renverse toute l'histoire.

CHAPITRE VI.

Des Goths, des Bourguignons, et des Francs.

Les Gaules furent envahies par les nations ger-
maines : les Wisigoths occupèrent la Narbonnoise,
et presque tout le midi ; les Bourguignons s'éta-
blirent dans la partie qui regarde l'orient ; et les
Francs conquirent à peu près le reste.

[1] Voyez la *Vie de Dagobert*.
[2] Voyez Grégoire de Tours, liv. VI, sur le mariage de la fille de
Chilpéric. Childebert lui envoie des ambassadeurs pour lui dire
qu'il n'ait point à donner des villes du royaume de son père à sa
fille, ni de ses trésors, ni des serfs, ni des chevaux, ni des cava-
liers, ni des attelages de bœufs, etc.

Il ne faut pas douter que ces barbares n'aient conservé dans leurs conquêtes les mœurs, les inclinations et les usages qu'ils avoient dans leur pays, parce qu'une nation ne change pas dans un instant de manière de penser et d'agir. Ces peuples, dans la Germanie, cultivoient peu les terres. Il paroît, par Tacite et César, qu'ils s'appliquoient beaucoup à la vie pastorale : aussi les dispositions des codes des lois des barbares roulent-elles presque toutes sur les troupeaux. Roricon[1], qui écrivoit l'histoire chez les Francs, étoit pasteur.

CHAPITRE VII.

Différentes manières de partager les terres.

Les Goths et les Bourguignons ayant pénétré, sous divers prétextes, dans l'intérieur de l'empire, les Romains, pour arrêter leurs dévastations, furent obligés de pourvoir à leur subsistance. D'abord ils leur donnoient du blé[2]; dans la suite ils aimèrent mieux leur donner des terres. Les empereurs, ou, sous leur nom, les magistrats romains, firent des conventions avec eux sur le partage du pays[3], comme on le voit dans les chroniques et dans les codes des Wisigoths[4] et des Bourguignons[5].

Les Francs ne suivirent pas le même plan. On ne trouve dans les lois saliques et ripuaires aucune trace d'un tel partage des terres. Ils avoient conquis; ils prirent ce qu'ils voulurent, et ne firent de réglements qu'entre eux.

Distinguons donc le procédé des Bourguignons et des Wisigoths dans la Gaule, celui de ces mêmes Wisigoths en Espagne, des soldats auxiliaires sous Augustule et Odoacer en Italie[6], d'avec celui des Francs dans les Gaules, et des Vandales en Afrique[7]. Les premiers firent des conventions avec les anciens habitants, et en conséquence un partage de terres avec eux; les seconds ne firent rien de tout cela.

CHAPITRE VIII.

Continuation du même sujet.

Ce qui donne l'idée d'une grande usurpation des terres des Romains par les barbares, c'est qu'on trouve dans les lois des Wisigoths et des Bourguignons que ces deux peuples eurent les deux tiers des terres; mais ces deux tiers ne furent pris que dans de certains quartiers qu'on leur assigna.

Gondebaud dit, dans la loi des Bourguignons, que son peuple, dans son établissement, reçut les deux tiers des terres[1] : et il est dit, dans le second supplément à cette loi, qu'on n'en donneroit plus que la moitié à ceux qui viendroient dans le pays[2]. Toutes les terres n'avoient donc pas d'abord été partagées entre les Romains et les Bourguignons.

On trouve dans les textes de ces deux réglements les mêmes expressions : ils s'expliquent donc l'un et l'autre. Et, comme on ne peut pas entendre le second d'un partage universel des terres, on ne peut pas non plus donner cette signification au premier.

Les Francs agirent avec la même modération que les Bourguignons[3]; ils ne dépouillèrent pas les Romains dans toute l'étendue de leurs conquêtes. Qu'auroient-ils fait de tant de terres? Ils prirent celles qui leur convinrent, et laissèrent le reste.

[1] L'ouvrage de Roricon nous a été donné par André Duchesne, sur un ancien manuscrit de l'abbaye de Moissac. On ne sait d'où étoit ce Roricon, et dans quel temps il vivoit; on sait seulement, par son prologue, qu'il étoit berger. Il a écrit les gestes des rois francs depuis leur origine jusqu'à la mort de Clovis; mais ce ne sont que des rêveries et des fables. Le *Mercure* d'octobre 1741 contient une dissertation sur cet historien. (D.)

[2] Voyez Zosime, liv. V, sur la distribution du blé, demandée par Alaric.

[3] *Burgundiones partem Galliæ occupaverunt, terrasque cum Gallicis senatoribus diviserunt.* (*Chronique de Marius*, sur l'an 456.)

[4] Liv. X, tit. I, § 8, 9 et 16.

[5] Chap. LIV, § 1 et 2; et ce partage subsistoit du temps de Louis le Débonnaire, comme il paroît par son capitulaire de l'an 829, qui a été inséré dans la *loi des Bourguignons*, tit. LXXIX, § 1.

[6] Voyez Procope, *Guerre des Goths.*

[7] *Guerre des Vandales.*

[1] *Licet eo tempore quo populus noster mancipiorum tertiam et duas terrarum partes accepit,* etc. (*Loi des Bourguignons*, tit. LIV, § 1.)

[2] *Ut non amplius a Burgundionibus qui infra venerunt requiratur, quam ad præsens necessitas fuerit, medietas terræ.* Art. 11.

[3] Je ne distingue pas les Francs des Bourguignons et des Wisigoths; il y a trop d'apparence que les Francs n'usèrent de leurs victoires que comme ces autres barbares; et de ce que nous n'avons point de monuments des partages qu'ils purent faire, conclure qu'ils n'en firent point, c'est précisément conclure que le petit extrait de la loi salique, sous Charlemagne, renferme toute l'histoire des Francs, et que leurs princes n'avoient pas donné de lois avant Childebert, parce qu'une loi de ce prince est à peu près la plus ancienne que nous ayons découverte. Montesquieu s'est beaucoup élevé contre le système d'un autre auteur qu'il favorisoit pourtant, parce que selon ce système tous les Romains auroient été dans la servitude chez les Francs; et cependant s'il n'y avoit pas eu quelque réglement qui eût restreint les invasions des Francs dans leurs conquêtes, comment les Romains auroient-ils conservé la propriété d'un pouce de terre; et ne conservant rien, comment auroient-ils conservé la liberté? Sans approuver l'opinion de Boulainvilliers, je ne partage pas celle de Montesquieu. (CHABRIT.)

CHAPITRE IX.

Juste application de la loi des Bourguignons et de celle des Wisigoths sur le partage des terres.

Il faut considérer que ces partages ne furent point faits par un esprit tyrannique, mais dans l'idée de subvenir aux besoins mutuels des deux peuples qui devoient habiter le même pays.

La loi des Bourguignons veut que chaque Bourguignon soit reçu en qualité d'hôte chez un Romain. Cela est conforme aux mœurs des Germains, qui, au rapport de Tacite [1], étoient le peuple de la terre qui aimoit le plus à exercer l'hospitalité.

La loi veut que le Bourguignon ait les deux tiers des terres, et le tiers des serfs. Elle suivoit le génie des deux peuples, et se conformoit à la manière dont ils se procuroient la subsistance. Le Bourguignon, qui faisoit paître des troupeaux, avoit besoin de beaucoup de terres et de peu de serfs; et le grand travail de la culture de la terre exigeoit que le Romain eût moins de glèbe, et un plus grand nombre de serfs. Les bois étoient partagés par moitié, parce que les besoins, à cet égard, étoient les mêmes.

On voit, dans le code des Bourguignons [2], que chaque barbare fut placé chez chaque Romain. Le partage ne fut donc pas général; mais le nombre des Romains qui donnèrent le partage fut égal à celui des Bourguignons qui le reçurent. Le Romain fut lésé le moins qu'il fut possible. Le Bourguignon, guerrier, chasseur et pasteur, ne dédaignoit pas de prendre des friches; le Romain gardoit les terres les plus propres à la culture; les troupeaux du Bourguignon engraissoient le champ du Romain.

CHAPITRE X.

Des servitudes.

Il est dit dans la loi des Bourguignons [3] que quand ces peuples s'établirent dans les Gaules, ils reçurent les deux tiers des terres et le tiers des serfs. La servitude de la glèbe étoit donc établie dans cette partie de la Gaule avant l'entrée des Bourguignons [4].

La loi des Bourguignons, statuant sur les deux

nations, distingue formellement dans l'une et dans l'autre les nobles, les ingénus, et les serfs [1]. La servitude n'étoit donc point une chose particulière aux Romains, ni la liberté et la noblesse une chose particulière aux barbares.

Cette même loi dit que, si un affranchi bourguignon n'avoit point donné une certaine somme à son maître, ni reçu une portion tierce d'un Romain, il étoit toujours censé de la famille de son maître [2]. Le Romain propriétaire étoit donc libre, puisqu'il n'étoit point dans la famille d'un autre; il étoit libre, puisque sa portion tierce étoit un signe de liberté.

Il n'y a qu'à ouvrir les lois saliques et ripuaires, pour voir que les Romains ne vivoient pas plus dans la servitude chez les Francs que chez les autres conquérants de la Gaule.

M. le comte de Boulainvilliers [3] a manqué le point capital de son système; il n'a point prouvé que les Francs aient fait un règlement général qui mit les Romains dans une espèce de servitude.

Comme son ouvrage est écrit sans aucun art, et qu'il y parle avec cette simplicité, cette franchise et cette ingénuité de l'ancienne noblesse dont il étoit sorti, tout le monde est capable de juger et des belles choses qu'il dit et des erreurs dans lesquelles il tombe. Ainsi je ne l'examinerai point. Je dirai seulement qu'il avoit plus d'esprit que de lumières, plus de lumières que de savoir; mais ce savoir n'étoit point méprisable, parce que de notre histoire et de nos lois il savoit très bien les grandes choses.

M. le comte de Boulainvilliers et M. l'abbé Dubos [4]

[1] *Si dentem optimati Burgundioni vel Romano nobili excusserit*, tit. XXVI, § 1; et, *Si mediocribus personis ingenuis, tam Burgundionibus quam Romanis*, ibid., § 2.
[2] Titre LVII.
[3] Le comte de Boulainvilliers entra le premier dans cette nuit profonde qui enveloppe les premiers siècles de notre histoire; mais il ne se crut point dans les ténèbres. Rien ne lui parut plus facile que de nous apprendre comment tout s'étoit passé précisément il y a douze à treize siècles, lorsque l'empire des Gaules passa des Romains aux Francs nos aïeux. Il renverse les obstacles qui s'élèvent devant lui; il coupe les nœuds qu'il ne peut dénouer. Plein de toutes les idées qui ont élevé si haut l'âme de cette première noblesse à laquelle il tenoit, il ne voit que deux choses dans nos origines, des victoires et des défaites. Les vainqueurs prirent tout pour eux, les terres, la noblesse, les dignités, la puissance; les vaincus furent enchaînés à la terre, aux travaux, à la servitude : voilà toutes nos origines; il ne lui en faut pas davantage pour expliquer l'état des choses et l'état des personnes. Dans son style plein d'une franchise et d'une simplicité guerrière, on croit presque entendre un compagnon de Clovis qui raconte les choses qu'il vient de voir et celles qu'il a exécutées. Cet ouvrage [a] d'un homme du monde offre cependant une érudition qui feroit honneur à un homme de lettres. (GARAT, *Mercure de France*, 6 mars 1784.)
[4] L'abbé Dubos semble n'avoir écrit que pour combattre l'opi-

[1] *De Moribus Germanorum.*
[2] Et dans celui des Wisigoths.
[3] Titre LIV.
[4] Cela est confirmé par tout le titre du code *de agricolis et censitis et colonis.*

[a] *Mém. hist. sur l'ancien gouvernement de France.*

ont fait chacun un système, dont l'un semble être une conjuration contre le tiers-état, et l'autre une conjuration contre la noblesse. Lorsque le Soleil donna à Phaéton son char à conduire, il lui dit : « Si vous montez trop haut, vous brûlerez la » demeure céleste; si vous descendez trop bas, » vous réduirez en cendres la terre. N'allez point » trop à droite, vous tomberiez dans la constella-» tion du Serpent; n'allez point trop à gauche, » vous iriez dans celle de l'Autel : tenez-vous entre » les deux [1]. »

CHAPITRE XI.

Continuation du même sujet.

Ce qui a donné l'idée d'un règlement général fait dans le temps de la conquête, c'est qu'on a vu en France un prodigieux nombre de servitudes vers le commencement de la troisième race; et, comme on ne s'est pas aperçu de la progression continuelle qui se fit de ces servitudes, on a imaginé dans un temps obscur une loi générale qui ne fut jamais.

Dans le commencement de la première race, on voit un nombre infini d'hommes libres, soit parmi les Francs, soit parmi les Romains; mais le nombre des serfs augmenta tellement, qu'au commencement de la troisième tous les laboureurs

nion du comte de Boulainvilliers. Dans le système du comte, l'épée a tout fait, et les vainqueurs ont imposé les lois; dans le système de l'abbé, les Francs victorieux se sont soumis, l'épée à la main, aux lois et à la religion des vaincus. On est tenté d'abord de conclure que tout ce que prouvent leurs opinions opposées c'est que l'un étoit ecclésiastique, et l'autre gentilhomme. Mais ces deux avoient trop de lumières pour prendre leurs idées dans les préjugés de leur état. Accoutumé, pour ainsi dire, à vivre dans l'antiquité, dont il connoissoit très bien les historiens, les poëtes et les orateurs, l'abbé Dubos voit partout les anciens, et ne peut se résoudre à quitter Rome et Bysance. Au sortir des forêts, nos premiers rois, selon lui, ont été assez éclairés pour connoître et pour faire mouvoir tous les ressorts de l'administration compliquée des Romains; il les revêt des ornements des magistrats de l'empire : de nos premiers monarques il en fait presque des consuls et des proconsuls. L'abbé Dubos avoit sous les yeux le code salique et ripuaire, nos chartes, nos capitulaires, les lois des Lombards, des Wisigoths, et des Bourguignons, et il cherchoit toujours le gouvernement françois dans les lois de Justinien. Cette opiniâtreté donna un peu d'humeur à Montesquieu, qui a combattu à la fois les opinions du comte de Boulainvilliers et celles de l'abbé Dubos. Mais cette humeur rendit seulement la discussion plus vive et plus piquante; elle lui fit porter la gaieté d'un esprit aimable au milieu des lois féodales, et lui inspira une multitude de ces traits saillants par lesquels un esprit supérieur renverse d'un mot les sophismes d'un volume. (GARAT, *ibid*)

[1] *Nec preme, nec summum molire per æthera currum.*
Altius egressus, cœlestia tecta cremabis;
Inferius, terras : medio tutissimus ibis.
Neu te dexterior tortum declinet ad Anguem,
Neve sinisterior pressam rota ducat ad Aram :
Inter utrumque tene...
　　　　　　　　　　OVID., Metam., lib. II.

et presque tous les habitants des villes se trouvèrent serfs [1] : et, au lieu que, dans le commencement de la première, il y avoit dans les villes à peu près la même administration que chez les Romains, des corps de bourgeoisie, un sénat, des cours de judicature, on ne trouve guère vers le commencement de la troisième qu'un seigneur et des serfs.

Lorsque les Francs, les Bourguignons et les Goths, faisoient leurs invasions, ils prenoient l'or, l'argent, les meubles, les vêtements, les hommes, les femmes, les garçons, dont l'armée pouvoit se charger : le tout se rapportoit en commun, et l'armée le partageoit [2]. Le corps entier de l'histoire prouve qu'après le premier établissement, c'est-à-dire après les premiers ravages, ils reçurent à composition les habitants, et leur laissèrent tous leurs droits politiques et civils. C'étoit le droit des gens de ces temps-là : on enlevoit tout dans la guerre, on accordoit tout dans la paix. Si cela n'avoit pas été ainsi, comment trouverions-nous dans les lois saliques et bourguignones tant de dispositions contradictoires à la servitude générale des hommes?

Mais ce que la conquête ne fit pas, le même droit des gens [3], qui subsista après la conquête, le fit : la résistance, la révolte, la prise des villes, emportoient avec elles la servitude des habitants. Et comme, outre les guerres que les différentes nations conquérantes firent entre elles, il y eut cela de particulier chez les Francs, que les divers partages de la monarchie firent naître sans cesse des guerres civiles entre les frères ou neveux, dans lesquelles ce droit des gens fut toujours pratiqué, les servitudes devinrent plus générales en France que dans les autres pays; et c'est, je crois, une des causes de la différence qui est entre nos lois françoises et celles d'Italie et d'Espagne, sur les droits des seigneurs.

La conquête ne fut que l'affaire d'un moment, et le droit des gens que l'on y employa produisit quelques servitudes. L'usage du même droit des gens, pendant plusieurs siècles, fit que les servitudes s'étendirent prodigieusement.

Theuderic [4], croyant que les peuples d'Auver-

[1] Pendant que la Gaule étoit sous la domination des Romains, ils formoient des corps particuliers : c'étoient ordinairement des affranchis ou descendants d'affranchis.
[2] Voyez Grégoire de Tours, liv. II, chap. XXVII; Aimoin, liv. I, chap. XII.
[3] Voyez les *Vies des saints* citées ci-après.
[4] GRÉGOIRE DE TOURS, liv. III. — Montesquieu s'éloigne ici du véritable sens de Grégoire de Tours. Suivant cet historien, Clotaire et Childebert, qui se préparoient à envahir la Bourgogne, ayant appelé à leur aide Théodoric leur frère, et celui-ci ayant

gne ne lui étoient pas fidèles, dit aux Francs de son partage : « Suivez-moi : je vous mènerai dans » un pays où vous aurez de l'or, de l'argent, des » captifs, des vêtements, des troupeaux en abon-» dance; et vous en transférerez tous les hommes » dans vos pays. »

Après la paix qui se fit entre Gontran et Chilpé-ric[1], ceux qui assiégeoient Bourges ayant eu ordre de revenir, ils amenèrent tant de butin, qu'ils ne laissèrent presque dans le pays ni hommes ni troupeaux.

Théodoric, roi d'Italie, dont l'esprit et la politique étoient de se distinguer toujours des autres rois barbares, envoyant son armée dans la Gaule, écrit au général : « [2] Je veux qu'on suive les lois » romaines, et que vous rendiez les esclaves fu-» gitifs à leurs maîtres : le défenseur de la liberté » ne doit point favoriser l'abandon de la servitude. » Que les autres rois se plaisent dans le pillage et » la ruine des villes qu'ils ont prises ; nous vou-» lons vaincre de manière que nos sujets se plai-» gnent d'avoir acquis trop tard la sujétion. » Il est clair qu'il vouloit rendre odieux les rois des Francs et des Bourguignons, et qu'il faisoit allusion à leur droit des gens.

Ce droit subsista dans la seconde race : l'armée de Pepin étant entrée en Aquitaine, revint en France chargée d'un nombre infini de dépouilles et de serfs, disent les annales de Metz[3].

Je pourrois citer des autorités sans nombre[4]. Et comme, dans ces malheurs, les entrailles de la charité s'émurent; comme plusieurs saints évêques, voyant les captifs attachés deux à deux, employèrent l'argent des églises, et vendirent même les vases sacrés pour en racheter ce qu'ils purent; que des saints moines s'y employèrent; c'est dans la vie de saints que l'on trouve les plus grands éclaircissements sur cette matière[5]. Quoiqu'on puisse reprocher aux auteurs de ces vies d'avoir

été quelquefois un peu trop crédules sur des choses que Dieu a certainement faites si elles ont été dans l'ordre de ses desseins, on ne laisse pas d'en tirer de grandes lumières sur les mœurs et les usages de ces temps-là.

Quand on jette les yeux sur les monuments de notre histoire et de nos lois, il semble que tout est mer, et que les rivages mêmes manquent à la mer[1]. Tous ces écrits froids, secs, insipides et durs, il faut les lire, il faut les dévorer, comme la fable dit que Saturne dévoroit les pierres.

Une infinité de terres que des hommes libres faisoient valoir se changèrent en mainmortables[2]. Quand un pays se trouva privé des hommes libres qui l'habitoient, ceux qui avoient beaucoup de serfs prirent ou se firent céder de grands territoires, et y bâtirent des villages, comme on le voit dans diverses chartres. D'un autre côté, les hommes libres qui cultivoient les arts se trouvèrent être des serfs qui devoient les exercer : les servitudes rendoient aux arts et au labourage ce qu'on leur avoit ôté.

Ce fut une chose usitée, que les propriétaires des terres les donnèrent aux églises pour les tenir eux-mêmes à cens, croyant participer par leur servitude à la sainteté des églises.

CHAPITRE XII.

Que les terres du partage des barbares ne payoient point de tributs.

Des peuples simples, pauvres, libres, guerriers, pasteurs, qui vivoient sans industrie, et ne tenoient à leurs terres que par des cases de jonc[3], suivoient des chefs pour faire du butin, et non pas pour payer ou lever des tributs. L'art de la maltôte est toujours inventé après coup, et lorsque les hommes commencent à jouir de la félicité des autres arts.

Le tribut passager d'une cruche de vin par arpent[4], qui fut une des vexations de Chilpéric et de Frédégonde, ne concerna que les Romains. En effet, ce ne furent pas les Francs qui déchirèrent les rôles de ces taxes, mais les ecclésiastiques, qui dans ces temps-là étoient tous Romains[5]. Ce tribut affligea principalement les ha-

refusé de se joindre à eux, les Francs, à qui cette expédition souriot, menacèrent de le quitter et de suivre ses frères. Alors Théodoric, pour prévenir cette défection, proposa aux Francs de les conduire en Auvergne, où ils trouveroient, disoit-il, autant d'or et d'argent qu'ils en pouvoient souhaiter ; et par cette promesse il les retint dans le devoir. (P.)

[1] GRÉGOIRE DE TOURS, liv. VI, chap. XXXI.
[2] Lettre XLIII, liv. III, dans Cassiodore.
[3] Sur l'an 765. *Innumerabilibus spoliis et captivis totus ille exercitus ditatus, in Franciam reversus est.*
[4] *Annales* de Fulde, année 759; PAUL DIACRE, *de gestis Longobardorum.* liv. III, chap. XXX, et liv. IV, chap. I; et les *Vies des saints* citées note suivante.
[5] Voyez les vies de saint Épiphane, de saint Eptadius, de saint Césaire, de saint Fidole, de saint Porcien, de saint Trévérius, de saint Eusichius, et de saint Léger ; les miracles de saint Julien.

[1] *Deerant quoque littora ponto.*
 OVID., Metam., lib. I.
[2] Les colons même n'étoient pas tous serfs : voyez les lois 18 et 25, au code *de agricolis et censitis et colonis*, et la 20 du même titre.
[3] Voyez Grégoire de Tours, liv. II.
[4] *Ibidem*, liv. V.
[5] Cela paroît par toute l'histoire de Grégoire de Tours. Le

bitants des villes [1] : or, les villes étoient presque toutes habitées par des Romains.

Grégoire de Tours dit qu'un certain juge fut obligé, après la mort de Chilpéric, de se réfugier dans une église, pour avoir, sous le règne de ce prince, assujetti à des tributs des Francs qui, du temps de Childebert, étoient ingénus : *Multos de Francis qui , tempore Childeberti regis, ingenui fuerant, publico tributo subegit* [2]. Les Francs qui n'étoient point serfs ne payoient donc point de tributs.

Il n'y a point de grammairien qui ne pâlisse en voyant comment ce passage a été interprété par M. l'abbé Dubos [3]. Il remarque que, dans ces temps-là, les affranchis étoient aussi appelés ingénus. Sur cela, il interprète le mot latin *ingenui* par ces mots, *affranchis de tributs* : expression dont on peut se servir dans la langue françoise, comme on dit *affranchis de soins, affranchis de peines*; mais, dans la langue latine, *ingenui a tributis, libertini a tributis, manumissi tributorum*, seroient des expressions monstrueuses [4].

Parthénius, dit Grégoire de Tours [5] pensa être mis à mort par les Francs, pour leur avoir imposé des tributs. M. l'abbé Dubos, pressé par ce passage, suppose froidement ce qui est en question : c'étoit, dit-il, une surcharge [5].

On voit dans la loi des Wisigoths [1] que, quand un barbare occupoit le fonds d'un Romain , le juge l'obligeoit de le vendre, pour que ce fonds continuât à être tributaire : les barbares ne payoient donc pas de tributs sur les terres [2].

M. l'abbé Dubos [3], qui avoit besoin que les Wisigoths payassent des tributs [4], quitte le sens littéral et spirituel de la loi , et imagine, uniquement parce qu'il imagine, qu'il y avoit eu entre l'établissement des Goths et cette loi une augmentation de tributs qui ne concernoit que les Romains. Mais il n'est permis qu'au P. Hardouin d'exercer ainsi sur les faits un pouvoir arbitraire.

M. l'abbé Dubos [5] va chercher dans le code de Justinien [6] des lois pour prouver que les bénéfices militaires, chez les Romains, étoient sujets aux tributs : d'où il conclut qu'il en étoit de même des fiefs ou bénéfices chez les Francs. Mais l'opinion que nos fiefs tirent leur origine de cet établissement des Romains est aujourd'hui proscrite : elle n'a eu de crédit que dans les temps où l'on connoissoit l'histoire romaine et très peu la nôtre , et où nos monuments anciens étoient ensevelis dans la poussière.

M. l'abbé Dubos a tort de citer Cassiodore, et d'employer ce qui se passoit en Italie et dans la partie de la Gaule soumise à Théodoric, pour nous apprendre ce qui étoit en usage chez les Francs : ce sont des choses qu'il ne faut point confondre. Je ferai voir quelque jour, dans un ouvrage particulier, que le plan de la monarchie des Ostrogoths étoit entièrement différent du plan de toutes celles qui furent fondées dans ces temps-là par les autres peuples barbares, et que, bien loin qu'on puisse dire qu'une chose étoit en usage chez les Francs, parce qu'elle l'étoit chez les Ostrogoths, on a au contraire un juste sujet de penser qu'une chose qui se pratiquoit chez les Ostrogoths ne se pratiquoit pas chez les Francs.

même Grégoire demande à un certain Valfiliacus comment il avoit pu parvenir à la cléricature, lui qui étoit Lombard d'origine. (GRÉGOIRE DE TOURS, liv. VIII.) — Grégoire de Tours dit que ces rôles furent brûlés : *Arreptis quoque libris descriptionum, incendio multitudo conjuncta cremavit*. (Lib. V, cap. XXVIII.) (P.)
[1] *Quæ conditio universis urbibus per Galliam constitutis summopere est adhibita*. (*Vie de saint Aridius.*)
[2] Liv. VII.
[3] *Établissement de la monarchie françoise*, tome III, ch. XIV, page 515.
[4] L'abbé Dubos a rendu le mot *ingenui* par ceux de *affranchis de tributs* ; et effectivement il ne peut avoir d'autre sens dans Grégoire de Tours, où il s'agit de l'assujettissement aux tributs de gens qui précédemment en étoient affranchis, c'est-à-dire exempts. En général, le mot *ingenuus* signifie *homme libre* : l'exemption des tributs n'est-elle pas une espèce de franchise? L'historien a rendu cette liberté par le terme d'*ingenui* ; il auroit parlé plus correctement s'il se fût servi du mot *immunes* ; mais c'est une expression de son siècle, qui étoit le temps de la basse latinité. si elle présente quelque chose d'équivoque, ce qui précède ne laisse aucun doute : car si toute la nation eût joui de l'affranchissement, Grégoire de Tours n'auroit pas manqué de dire *Francos*, tous les Francs, au lieu de *multos de Francis*, plusieurs d'entre les Francs, exemption qui emporte nécessairement l'assujettissement de la généralité ; ce qui est si vrai, que cet assujettissement subsistoit encore sous le règne de Charles le Chauve : la preuve s'en tire de l'édit donné à Pistes par ce prince. En voici les termes, le lecteur en jugera : *Ut illi Franci qui censum de suo capite, vel de suis rebus ad partem regiam debent, sine nostra licentia ad casam dei, vel ad alterius cujuscumque servitium se non tradant, ut respublica, quod de illis habere debet, non perdat.* (BALUZE, tome II, page 187.) (D.)
[5] Liv. III, chap. XXXVI. [6] Tome III, page 514.

[1] *Judices atque præpositi terras Romanorum, ab illis qui occupatas tenent, auferant, et Romanis sua exactione sine aliqua dilatione restituant, ut nihil fisco debeat deperire* (Livre X, titre I, chapitre XIV.)
[2] Les Vandales n'en payoient point en Afrique. (PROCOPE, *Guerre des Vandales*, liv. I et II; *Historia miscella*, liv. XVI, page 106.) Remarquez que les conquérants de l'Afrique étoient un composé de Vandales, d'Alains et de Francs. (*Histoire miscella*, liv. XIV, page 94.)
[3] *Établissement des Francs dans les Gaules*, tome III, chap. XIV, page 510.
[4] Il s'appuie sur une autre loi des Wisigoths, livre X, titre I, art. 11, qui ne prouve absolument rien ; elle dit seulement que celui qui a reçu d'un seigneur une terre sous condition d'une redevance doit la payer.
[5] Tome III, page 511.
[6] Leg. 5, tit. LXXIV, lib. XI.

Ce qui coûte le plus à ceux dont l'esprit flotte dans une vaste érudition, c'est de chercher leurs preuves là où elles ne sont point étrangères au sujet, et de trouver, pour parler comme les astronomes, le lieu du soleil.

M. l'abbé Dubos abuse des capitulaires comme de l'histoire, et comme des lois des peuples barbares. Quand il veut que les Francs aient payé des tributs, il applique à des hommes libres ce qui ne peut être entendu que des serfs[1]; quand il veut parler de leur milice, il applique à des serfs ce qui ne pouvoit concerner que des hommes libres[2].

CHAPITRE XIII.

Quelles étoient les charges des Romains et des Gaulois dans la monarchie des Francs.

Je pourrois examiner si les Romains et les Gaulois vaincus continuèrent de payer les charges auxquelles ils étoient assujettis sous les empereurs. Mais, pour aller plus vite, je me contenterai de dire que, s'ils les payèrent d'abord, ils en furent bientôt exemptés, et que ces tributs furent changés en un service militaire; et j'avoue que je ne conçois guère comment les Francs auroient été d'abord si amis de la maltôte, et en auroient paru tout-à-coup si éloignés.

Un capitulaire de Louis le Débonnaire nous explique très bien l'état où étoient les hommes libres dans la monarchie des Francs[3]. Quelques bandes de Goths ou d'Ibères, fuyant l'oppression des Maures, furent reçus dans les terres de Louis[4]. La convention qui fut faite avec eux porte que, comme les autres hommes libres, ils iroient à l'armée avec leur comte; que, dans la marche, ils feroient la garde et les patrouilles sous les ordres du même comte[5]; et qu'ils donneroient aux envoyés du roi, et aux ambassadeurs qui partiroient de sa cour ou iroient vers lui, des chevaux et des chariots pour les voiturer[6]; que d'ailleurs

ils ne pourroient être contraints à payer d'autre cens, et qu'ils seroient traités comme les autres hommes libres.

On ne peut pas dire que ce fussent de nouveaux usages introduits dans les commencements de la seconde race : cela devoit appartenir au moins au milieu, ou à la fin de la première. Un capitulaire de l'an 864 dit expressément que c'étoit une coutume ancienne que les hommes libres fissent le service militaire, et payassent de plus les chevaux et les voitures dont nous avons parlé[1] : charges qui leur étoient particulières, et dont ceux qui possédoient les fiefs étoient exempts, comme je le prouverai dans la suite.

Ce n'est pas tout : il y avoit un réglement qui ne permettoit guère de soumettre ces hommes libres à des tributs[2]. Celui qui avoit quatre manoirs[3] étoit toujours obligé de marcher à la guerre; celui qui n'en avoit que trois étoit joint à un homme libre qui n'en avoit qu'un; celui-ci le défrayoit pour un quart, et restoit chez lui. On joignoit de même deux hommes libres qui avoient chacun deux manoirs : celui des deux qui marchoit étoit défrayé de la moitié par celui qui restoit.

Il y a plus : nous avons une infinité de chartres où l'on donne les priviléges des fiefs à des terres ou districts possédés par des hommes libres, et dont je parlerai beaucoup dans la suite[4]. On exempte ces terres de toutes les charges qu'exigeoient sur elles les comtes et autres officiers du roi; et, comme on énumère en particulier toutes ces charges, et qu'il n'y est point question de tributs, il est visible qu'on n'en levoit pas[5].

[1] *Établissement de la monarchie françoise*, tome III, chap. XIV, page 515, où il cite l'article 28 de l'édit de Pistes. Voyez ci-dessous le chapitre XVIII.

[2] *Ibid.*, tome III, chap. IV, page 298.

[3] De l'an 815, chap. I. Ce qui est conforme au capitulaire de Charles le Chauve, de l'an 844, art. 1 et 2.

[4] *Pro Hispanis in partibus Aquitaniæ, Septimaniæ et Provinciæ consistentibus.* (*Ibid.*)

[5] *Excubias et explorationes quas wactas dicunt.* (*Ibid.*)

[6] Ils n'étoient pas obligés d'en donner au comte. (*Ibid.*, art. 5.) — Je voudrois, pour une plus grande exactitude, que Montesquieu eût ajouté, sur l'autorité de la loi ripuaire et de Marculfe, que les citoyens étoient tenus de loger et de défrayer ces envoyés à leur passage : *Si quis autem legaturium regis, vel ad regem, seu in utilitatem regis pergentem hospitio suscipere contempserit, nisi emunitus regis hoc contradixerit,*

sexaginta solidos culpabilis judicetur. (Leg. rip., tit. LV.) *Ille rex omnibus agentibus. Dum et nos in Dei nomine apostolicum virum illum necnon et inlustrem virum illum partibus illis legationis causa direximus, ideo jubemus ut locis convenientibus, eisdem a vobis evectio simul et humanitas ministretur, hoc est veredos, seu paraveredos tantos, panis nitidi modios tantos, lardi libras tantas, carnis libras tantas...* J'abrège ces détails, qui peuvent être curieux : il faut être court. *Hæc omnia diebus, tam ad ambulandum, quam ad nos in nomine Dei revertendum, unusquisque vestrum locis consuetudinariis, eisdem ministrare et adimplere procuretis.* (Marc. form. XI, lib. I.) (MABLY.)

[1] *Ut pagenses Franci, qui caballos habent, cum suis comitibus in hostem pergant.* Il est défendu aux comtes de les priver de leurs chevaux. *Ut hostem facere, et debitos paraveredos secundum antiquam consuetudinem exsolvere possint.* (Édit de Pistes, dans Baluze, page 186.)

[2] Capitulaire de Charlemagne, de l'an 812, chap. 1; Édit. de Pistes, de l'an 864, art. 27.

[3] *Quatuor mansos.* Il me semble que ce qu'on appeloit *mansus* étoit une certaine portion de terre attachée à une cense où il y avoit des esclaves : témoin le capitulaire de l'an 853, *apud Sylvacum,* titre XIV, contre ceux qui chassoient les esclaves de leur *mansus.*

[4] Voyez ci-dessous le chapitre XX de ce livre.

[5] Ce silence ne prouve pas une exemption; il prouve au con-

Il étoit aisé que la maltôte romaine tombât d'elle-même dans la monarchie des Francs : c'étoit un art très compliqué, et qui n'entroit ni dans les idées, ni dans le plan de ces peuples simples. Si les Tartares inondoient aujourd'hui l'Europe, il faudroit bien des affaires pour leur faire entendre ce que c'est qu'un financier parmi nous.

L'auteur incertain de la vie de Louis le Débonnaire, parlant des comtes et autres officiers de la nation des Francs que Charlemagne établit en Aquitaine, dit qu'il leur donna la garde de la frontière, le pouvoir militaire, et l'intendance des domaines qui appartenoient à la couronne [1]. Cela fait voir l'état des revenus du prince dans la seconde race. Le prince avoit gardé les domaines qu'il faisoit valoir par ses esclaves. Mais les indictions, la capitation, et autres impôts levés du temps des empereurs sur la personne ou les biens des hommes libres, avoient été changés en une obligation de garder la frontière, ou d'aller à la guerre.

On voit, dans la même histoire [2], que Louis le Débonnaire ayant été trouver son père en Allemagne, ce prince lui demanda comment il pouvoit être si pauvre, lui qui étoit roi; que Louis lui répondit qu'il n'étoit roi que de nom, et que les seigneurs tenoient presque tous ses domaines; que Charlemagne, craignant que ce jeune prince ne perdît leur affection, s'il reprenoit lui-même ce qu'il avoit inconsidérément donné, il envoya des commissaires pour rétablir les choses.

Les évêques écrivant à Louis, frère de Charles le Chauve, lui disoient : « Ayez soin de vos terres, » afin que vous ne soyez pas obligé de voyager sans » cesse par les maisons des ecclésiastiques, et de » fatiguer leurs serfs par des voitures [3]. Faites en » sorte, disoient-ils encore, que vous ayez de quoi » vivre et recevoir des ambassades. » Il est visible que les revenus des rois consistoient alors dans leurs domaines [4].

CHAPITRE XIV.

De ce qu'on appeloit *census*.

Lorsque les barbares sortirent de leur pays, ils voulurent rédiger par écrit leurs usages; mais comme on trouva de la difficulté à écrire des mots germains avec des lettres romaines, on donna ces lois en latin.

Dans la confusion de la conquête et de ses progrès, la plupart des choses changèrent de nature : il fallut pour les exprimer se servir des anciens mots latins qui avoient le plus de rapport aux nouveaux usages. Ainsi, ce qui pouvoit réveiller l'idée de l'ancien cens des Romains [1], on le nomma *census*, *tributum*; et, quand les choses n'y eurent aucun rapport quelconque, on exprima comme on put les mots germains avec des lettres romaines : ainsi on forma le mot *fredum*, dont je parlerai beaucoup dans les chapitres suivants.

Les mots *census* et *tributum* ayant été ainsi employés d'une manière arbitraire, cela a jeté quelque obscurité dans la signification qu'avoient ces mots dans la première et dans la seconde race; et des auteurs modernes [2], qui avoient des systèmes particuliers, ayant trouvé ce mot dans les écrits de ces temps-là, ils ont jugé que ce qu'on appeloit *census* étoit précisément le cens des Romains; et ils en ont tiré cette conséquence, que nos rois des deux premières races s'étoient mis à la place des empereurs romains, et n'avoient rien changé à leur administration [3]. Et, comme de certains droits levés dans la seconde race ont été, par quelques hasards et par certaines modifications, convertis en d'autres [4], ils en ont conclu que ces droits étoient le cens des Romains; et, comme depuis les réglements modernes ils ont vu que le domaine de la couronne étoit absolument inaliénable, ils ont dit que ces droits, qui représentoient le cens des Romains, et qui ne forment pas une partie de ce domaine, étoient de pures usurpations. Je laisse les autres conséquences.

traire qu'il n'en existoit aucune, puisque le titre qui auroit dû le rappeler n'en parle pas. (D.)

[1] Dans Duchesne, tome II, page 287.
[2] *Ibid.*, page 89.
[3] Voyez le capitulaire de l'an 858, art. 14.
[4] Ils levoient encore quelques droits sur les rivières, lorsqu'il y avoit un pont ou un passage. — Tous les péages n'appartenoient pas au roi, et il est très vraisemblable qu'on n'en connut l'usage qu'après l'établissement des seigneuries. D'ailleurs, les Mérovingiens avoient plusieurs autres branches de revenu; la plus considérable consistoit en ce qu'on appeloit *fredus*, ou *fredum*, espèce de taxe que tout homme condamné à payer une composition donnoit au juge : cette taxe étoit la troisième partie de la composition même. Il faut ajouter les dons que les grands faisoient au prince en se rendant au champ de mars, dons libres dans leur origine, et qui, offerts d'abord comme une

marque de respect, devinrent dans la suite des tributs forcés. (MABLY.)

[1] Le *census* étoit un mot si générique qu'on s'en servit pour exprimer les péages de rivières lorsqu'il y avoit un pont ou un bac à passer. (Voyez le capitulaire III de l'an 803, édition de Baluze, page 393, art. 1; et le v de l'an 819, page 616.) On appela encore de ce nom les voitures fournies par les hommes libres au roi ou à ses envoyés, comme il paroît par le capitulaire de Charles-le-Chauve, de l'an 865, art. 8.)
[2] M. l'abbé Dubos, et ceux qui l'ont suivi.
[3] Voyez la foiblesse des raisons de M. l'abbé Dubos, *Établissement de la monarchie françoise*, tome III, liv. VI, chap. XIV; surtout l'induction qu'il tire d'un passage de Grégoire de Tours sur un démêlé de son église avec le roi Charibert.
[4] Par exemple, par les affranchissements.

Transporter dans des siècles reculés toutes les idées du siècle où l'on vit, c'est des sources de l'erreur celle qui est la plus féconde. A ces gens qui veulent rendre modernes tous les siècles anciens, je dirai ce que les prêtres d'Égypte dirent à Solon : « O Athéniens, vous n'êtes que des enfants[1] ! »

CHAPITRE XV.

Que ce qu'on appeloit *census* ne se levoit que sur les serfs, et non pas sur les hommes libres[a].

Le roi, les ecclésiastiques et les seigneurs levoient des tributs réglés, chacun sur les serfs de ses domaines. Je le prouve, à l'égard du roi, par le capitulaire *de Villis* ; à l'égard des ecclésiastiques, par les codes des lois des barbares[3] ; à l'égard des seigneurs, par les réglements que Charlemagne fit là-dessus[4].

Ces tributs étoient appelés *census* : c'étoient des droits économiques, et non pas fiscaux ; des redevances uniquement privées, et non pas des charges publiques.

Je dis que ce qu'on appeloit *census* étoit un tribut levé sur les serfs. Je le prouve par une formule de Marculfe, qui contient une permission du roi de se faire clerc, pourvu qu'on soit ingénu, et qu'on ne soit point inscrit dans le registre du cens[5]. Je le prouve encore par une commission que Charlemagne donna à un comte qu'il envoya dans les contrées de Saxe[6] : elle contient l'affranchissement des Saxons, à cause qu'ils avoient embrassé le christianisme ; et c'est proprement une chartre d'ingénuité[7]. Ce prince les rétablit dans leur première liberté civile, et les exempte de payer le cens[8]. C'étoit donc une même chose d'être

serf et de payer le cens, d'être libre et de ne le payer pas.

Par une espèce de lettres-patentes du même prince en faveur des Espagnols qui avoient été reçus dans la monarchie[1], il est défendu aux comtes d'exiger d'eux aucun cens, et de leur ôter leurs terres. On sait que les étrangers qui arrivoient en France étoient traités comme des serfs ; et Charlemagne, voulant qu'on les regardât comme des hommes libres, puisqu'il vouloit qu'ils eussent la propriété de leurs terres, défendoit d'exiger d'eux le cens.

Un capitulaire de Charles le Chauve, donné en faveur des mêmes Espagnols[2], veut qu'on les traite comme on traitoit les autres Francs, et défend d'exiger d'eux le cens : les hommes libres ne le payoient donc pas.

L'article 50 de l'édit de Pistes réforme l'abus par lequel plusieurs colons du roi ou de l'église vendoient les terres dépendantes de leurs manoirs à des ecclésiastiques ou à des gens de leur condition, et ne se réservoient qu'une petite case, de sorte qu'on ne pouvoit plus être payé du cens ; et il y est ordonné de rétablir les choses dans leur premier état : le cens étoit donc un tribut d'esclaves.

Il résulte encore de là, qu'il n'y avoit point de cens général dans la monarchie ; et cela est clair par un grand nombre de textes : car que signifieroit ce capitulaire[3] : « Nous voulons qu'on exige » le cens royal dans tous les lieux où autrefois on » l'exigeoit légitimement[4] ? » Que voudroit dire celui[5] où Charlemagne ordonne à ses envoyés dans les provinces de faire une recherche exacte de tous les cens qui avoient anciennement été du domaine du roi[6], et celui[7] où il dispose des cens payés par ceux dont on les exige[8] ? Quelle signification donner à cet autre[9] où on lit : « Si que!- » qu'un a acquis une terre tributaire sur laquelle » nous avions accoutumé de lever le cens[10] ? » à

[1] *Apud Platon. in Timæo, vel de natura.*

[a] Cette phrase renferme un sens inexact. On appeloit aussi du nom de *census* ou *tributum* toutes les charges ou redevances qu'un homme libre devoit acquitter. Montesquieu lui-même vient de citer plusieurs capitulaires dans lesquels on nomme *census* les voitures que les hommes libres devoient fournir aux envoyés du roi. Quand les seigneuries furent devenues la coutume générale du royaume, on donna le nom de *cens* ou *tribut* aux redevances auxquelles les seigneurs assujettirent les hommes libres de leurs terres. (MABLY.)

[3] *Loi des Allemands*, chap. XXII ; et la *loi des Bavarois*, titre I, chap. XIV, où l'on trouve les réglements que les ecclésiastiques firent sur leur état.

[4] Livre V des capitulaires, chap. CCCIV.

[5] *Si ille de capite suo bene ingenuus sit, et in puletico publico censitus non est.* (Liv. I, form. XIX.)

[6] De l'an 789, édition des capitulaires de Baluze, tome I, page 250.

[7] *Et ut ista ingenuitatis pagina firma stabilisque constitat.* (Ibid.)

[8] *Pristinæque libertati donatos, et omni nobis debito censu solutos.* (Ibid.)

[1] *Præceptum pro Hispanis*, de l'an 812, édition de Baluze, tome I, page 500.

[2] De l'an 844, édition de Baluze, tome II, art. 1 et 2, page 27.

[3] Capitulaire III, de l'an 803, art. 20 et 22, inséré dans le recueil d'Auzegise, liv. III, art. 43. Cela est conforme à celui de Charles le Chauve, de l'an 854, *apud Attiniacum*, art. 6.

[4] *Undecumque legitime exigebatur.* (Ibid.)

[5] De l'an 812, art. 10 et 11, édit. de Baluze, tome I, page 498.

[6] *Undecumque antiquitus ad partem regis venire solebant.* (Capitulaire de l'an 812, art. 10 et 11.)

[7] De l'an 813, art. 6, édit. de Baluze, tome I, page 508.

[8] *De illis unde censa exigunt.* (Capitulaire de l'an 813, article 6.)

[9] Livre IV des capitulaires, article 37, et inséré dans la *loi des Lombards*.

[10] *Si quis terram tributariam, unde census ad partem*

cet autre enfin[1] où Charles le Chauve parle des terres censuelles dont le cens avoit de toute antiquité appartenu au roi[2]?

Remarquez qu'il y a quelques textes qui paroissent d'abord contraires à ce que j'ai dit, et qui cependant le confirment. On a vu ci-dessus que les hommes libres dans la monarchie n'étoient obligés qu'à fournir de certaines voitures. Le capitulaire que je viens de citer appelle cela *census*[3], et il l'oppose au cens qui étoit payé par les serfs.

De plus, l'édit de Pistes[4] parle de ces hommes francs qui devoient payer le cens royal pour leur tête et pour leurs cases, et qui s'étoient vendus pendant la famine[5]. Le roi veut qu'ils soient rachetés : c'est que ceux qui étoient affranchis par lettres du roi[6] n'acquéroient point ordinairement une pleine et entière liberté[7]; mais ils payoient *censum in capite* : et c'est de cette sorte de gens dont il est ici parlé.

Il faut donc se défaire de l'idée d'un cens général et universel, dérivé de la police des Romains, duquel on suppose que les droits des seigneurs ont dérivé de même par des usurpations. Ce qu'on appeloit cens dans la monarchie françoise, indépendamment de l'abus que l'on a fait de ce mot, étoit un droit particulier levé sur les serfs par les maîtres.

Je supplie le lecteur de me pardonner l'ennui mortel que tant de citations doivent lui donner : je serois plus court si je ne trouvois toujours devant moi le livre de l'Établissement de la monarchie françoise dans les Gaules de M. l'abbé Dubos. Rien ne recule plus le progrès des connoissances qu'un mauvais ouvrage d'un auteur célèbre, parce que avant d'instruire il faut commencer par détromper.

nostram exire solebat, susceperit. (Liv. IV des capitulaires, art. 57.)

[1] De l'an 805, art. 8.

[2] *Unde census ad partem regis exivit antiquitus.* (Capitulaire de l'an 805, art. 8.)

[3] *Censibus vel paraveredis quos Franci homines ad regiam potestatem exsolvere debent.*

[4] De l'an 864, art. 54, édition de Baluze, page 192.

[5] *De illis Francis hominibus qui censum regium de suo capite et de suis recellis debeant.* (Ibid.)

[6] L'article 28 du même édit explique bien tout cela. Il met même une distinction entre l'affranchi romain et l'affranchi franc; et on y voit que le cens n'étoit pas général. Il faut le lire.

[7] Comme il paroît par un capitulaire de Charlemagne, de l'an 813, déja cité.

CHAPITRE XVI.

Des leudes ou vassaux.

J'ai parlé[1] de ces volontaires qui, chez les Germains, suivoient les princes dans leurs entreprises : le même usage se conserva après la conquête. Tacite les désigne par le nom de compagnons[2]; la loi salique, par celui d'hommes qui sont sous la foi du roi[3]; les formules de Marculfe[4], par celui d'antrustions[5] du roi; nos premiers historiens, par celui de leudes, de fidèles[6]; et les suivants, par celui de vassaux et seigneurs[7].

On trouve dans les lois saliques et ripuaires un nombre infini de dispositions pour les Francs, et quelques unes seulement pour les antrustions. Les dispositions sur ces antrustions sont différentes de celles faites pour les autres Francs; on y règle partout les biens des Francs, et on ne dit rien de ceux des antrustions : ce qui vient de ce que les biens de ceux-ci se régloient plutôt par la loi politique que par la loi civile, et qu'ils étoient le sort d'une armée, et non le patrimoine d'une famille.

Les biens réservés pour les leudes furent appelés des biens fiscaux[8], des bénéfices, des honneurs, des fiefs, dans les divers auteurs et dans les divers temps.

On ne peut pas douter que d'abord les fiefs ne fussent amovibles[9]. On voit dans Grégoire de Tours[10] que l'on ôte à Sunégisile et à Galloman tout ce qu'ils tenoient du fisc, et qu'on ne leur laisse que ce qu'ils avoient en propriété. Gontran, élevant au trône son neveu Childebert, eut une conférence secrète avec lui, et lui indiqua ceux à qui il devoit donner des fiefs, et ceux à qui il devoit les ôter[11]. Dans une formule de Marculfe, le roi donne en échange, non seulement des bénéfices que son fisc tenoit, mais encore ceux qu'un

[1] Ci-devant, chap. III. (P.) [2] *Comites.*

[3] *Qui sunt in truste regis,* tit. XLIV, art. 4.

[4] Liv. 1, formule XVIII. — Je regrette que Marculfe ne nous ait conservé dans aucune de ses formules le serment qu'on prétoit en cette occasion entre les mains du roi. (MABLY.)

[5] Du mot *treu,* qui signifie *fidele* chez les Allemands; et chez les Anglois *true,* vrai.

[6] *Leudes, fideles.* [7] *Vassali, seniores.*

[8] *Fiscalia.* (Voyez la formule XIV de Marculfe, liv. I.) Il est dit dans la *Vie de saint Maur, dedit fiscum unum;* et dans les *Annales de Metz* sur l'an 747, *dedit illi comitatus et fiscos plurimos.* Les biens destinés à l'entretien de la famille royale étoient appelés *regalia.*

[9] Voyez le liv. 1, tit. 1, des fiefs; et Cujas sur ce livre.

[10] Livre IX, chap. XXXVIII.

[11] *Quos honoraret muneribus, quos ab honore depelleret.* (Ibid. liv. VII.)

autre avoit tenus [1]. La loi des Lombards oppose les bénéfices à la propriété [2]. Les historiens, les formules, les codes des différents peuples barbares, tous les monuments qui nous restent, sont unanimes. Enfin, ceux qui ont écrit le livre des fiefs [3] nous apprennent que d'abord les seigneurs purent les ôter à leur volonté; qu'ensuite ils les assurèrent pour un an [4], et après les donnèrent pour la vie.

CHAPITRE XVII.

Du service militaire des hommes libres.

Deux sortes de gens étoient tenus au service militaire : les leudes vassaux ou arrière-vassaux, qui y étoient obligés en conséquence de leur fief; et les hommes libres, Francs, Romains et Gaulois, qui servoient sous le comte, et étoient menés par lui et ses officiers.

On appeloit hommes libres ceux qui, d'un côté, n'avoient point de bénéfices ou fiefs, et qui, de l'autre, n'étoient point soumis à la servitude de la glèbe; les terres qu'ils possédoient étoient ce qu'on appeloit des terres allodiales.

Les comtes assembloient les hommes libres, et les menoient à la guerre [5]; ils avoient sous eux des officiers qu'ils appeloient vicaires [6]; et, comme tous les hommes libres étoient divisés en centaines qui formoient ce que l'on appeloit un bourg, les comtes avoient encore sous eux des officiers qu'on appeloit centeniers, qui menoient les hommes libres du bourg [7], ou leurs centaines, à la guerre.

Cette division par centaines est postérieure à l'établissement des Francs dans les Gaules. Elle fut faite par Clotaire et Childebert, dans la vue d'obliger chaque district à répondre des vols qui s'y feroient : on voit cela dans les décrets de ces princes [8]. Une pareille police s'observe encore aujourd'hui en Angleterre.

Comme les comtes menoient les hommes libres à la guerre, les leudes y menoient aussi leurs vassaux ou arrière-vassaux; et les évêques, abbés, ou leurs avoués [1], y menoient les leurs [2].

Les évêques étoient assez embarrassés : ils ne convenoient pas bien eux-mêmes de leurs faits [3]. Ils demandèrent à Charlemagne de ne plus les obliger d'aller à la guerre; et, quand ils l'eurent obtenu, ils se plaignirent de ce qu'on leur faisoit perdre la considération publique; et ce prince fut obligé de justifier là-dessus ses intentions. Quoi qu'il en soit, dans les temps où ils n'allèrent plus à la guerre, je ne vois pas que leurs vassaux y aient été menés par les comtes; on voit au contraire que les rois ou les évêques choisissoient un des fidèles pour les y conduire [4].

Dans un capitulaire de Louis le Débonnaire [5], le roi distingue trois sortes de vassaux : ceux du roi, ceux des évêques, ceux du comte. Les vassaux d'un leude ou seigneur n'étoient menés à la guerre par le comte que lorsque quelque emploi dans la maison du roi empêchoit ces leudes de les mener eux-mêmes [6].

Mais qui est-ce qui menoit les leudes à la guerre? On ne peut douter que ce ne fût le roi, qui étoit toujours à la tête de ses fidèles. C'est pour cela que, dans les capitulaires, on voit toujours une opposition entre les vassaux du roi et ceux des évêques [7]. Nos rois, courageux, fiers et magnanimes, n'étoient point dans l'armée pour se mettre à la tête de cette milice ecclésiastique; ce n'étoit point ces gens-là qu'ils choisissoient pour vaincre ou mourir avec eux.

Mais ces leudes menoient de même leurs vassaux et arrière-vassaux; et cela paroît bien par ce capitulaire où Charlemagne ordonne que tout homme libre qui aura quatre manoirs, soit dans sa propriété, soit dans le bénéfice de quelqu'un, aille contre l'ennemi, ou suive son seigneur [8]. Il

[1] *Vel reliquis quibuscumque beneficiis, quodcumque ille, vel fiscus noster, in ipsis locis tenuisse noscitur.* (Lib. I, form. xxx.)

[2] Liv. III, tit. viii, § 5. [3] *Feudorum*, lib. I, tit. i.

[4] C'étoit une espèce de précaire que le seigneur renouveloit ou ne renouveloit pas l'année d'ensuite, comme Cujas l'a remarqué.

[5] Voyez le capitulaire de Charlemagne, de l'an 812, art. 3 et 4, édition de Baluze, tome I, page 491; et l'édit de Pistes, de l'an 864, art. 26, tome II, page 186.

[6] *Et habebat unusquisque comes vicarios et centenarios secum.* (Liv. II des capitulaires, art. 28.)

[7] On les appeloit *compagenses.*

[8] Donnés vers l'an 595, art. 1. (Voyez les capitulaires, édition de Baluze, page 20.) Ces réglements furent sans doute faits de concert.

[1] *Advocati.*

[2] Capitulaire de Charlemagne, de l'an 812, art. 1 et 5, édition de Baluze, tome I, page 490.

[3] Voyez le capitulaire de l'an 803, donné à Worms, édition de Baluze, pages 408 et 410.

[4] Capitulaire de Worms, de l'an 803, édition de Baluze, page 409, et le concile de l'an 845, sous Charles le Chauve, *in Verno palatio*, édition de Baluze, tome II, page 17, art. 8.

[5] *Capitulare quintum anni 819*, article 27, édition de Baluze, page 618.

[6] *De vassis dominicis qui adhuc intra casam serviunt, et tamen beneficia habere noscuntur, statutum est ut quicumque ex eis cum domino imperatore domi remanserint, vassallos suos casatos secum non retineant, sed cum comite, cujus pagenses sunt, ire permittant.* (Capitulaire xi, de l'an 812, art. 7, édition de Baluze, tome I, page 494.)

[7] Capitulaire I, de l'an 812, art. 5. *De hominibus nostris, et episcoporum et abbatum, qui vel beneficia vel talia propria habent*, etc. Édition de Baluze, tome I, page 490.)

[8] De l'an 812, chap. i, édition de Baluze, page 490. *Ut omnis*

est visible que Charlemagne veut dire que celui qui n'avoit qu'une terre en propre entroit dans la milice du comte, et que celui qui tenoit un bénéfice du seigneur partoit avec lui.

Cependant M. l'abbé Dubos prétend que, quand il est parlé dans les Capitulaires des hommes qui dépendoient d'un seigneur particulier, il n'est question que des serfs[1] ; et il se fonde sur la loi des Wisigoths et la pratique de ce peuple. Il vaudroit mieux se fonder sur les Capitulaires mêmes. Celui que je viens de citer dit formellement le contraire. Le traité entre Charles le Chauve et ses frères parle de même des hommes libres, qui peuvent prendre à leur choix un seigneur ou le roi ; et cette disposition est conforme à beaucoup d'autres.

On peut donc dire qu'il y avoit trois sortes de milices : celle des leudes ou fidèles du roi, qui avoient eux-mêmes sous leur dépendance d'autres fidèles ; celle des évêques ou autres ecclésiastiques, et de leurs vassaux ; et enfin celle du comte, qui menoit des hommes libres.

Je ne dis point que les vassaux ne pussent être soumis au comte, comme ceux qui ont un commandement particulier dépendent de celui qui a un commandement plus général.

On voit même que le comte et les envoyés du roi pouvoient leur faire payer le ban, c'est-à-dire une amende, lorsqu'ils n'avoient pas rempli les engagements de leur fief.

De même, si les vassaux du roi faisoient des rapines, ils étoient soumis à la correction du comte, s'ils n'aimoient mieux se soumettre à celle du roi[2].

CHAPITRE XVIII.

Du double service.

C'étoit un principe fondamental de la monarchie, que ceux qui étoient sous la puissance militaire de quelqu'un étoient aussi sous sa jurisdiction civile : aussi le capitulaire de Louis le Débonnaire, de l'an 815[3], fait-il marcher d'un pas égal la puissance militaire du comte et sa ju-

risdiction civile sur les hommes libres[1] ; aussi les placites[2] du comte, qui menoit à la guerre des hommes libres, étoient-ils appelés les placites des hommes libres[3] ; d'où résulta sans doute cette maxime, que ce n'étoit que dans les placites du comte, et non dans ceux de ses officiers, qu'on pouvoit juger les questions sur la liberté. Aussi le comte ne menoit-il pas à la guerre les vassaux des évêques ou abbés[4], parce qu'ils n'étoient pas sous sa jurisdiction civile ; aussi n'y menoit-il pas les arrière-vassaux des leudes ; aussi le glossaire des lois angloises[5] nous dit-il que ceux que les Saxons appeloient *coples* furent nommés par les Normands *comtes*, *compagnons*, parce qu'ils partageoient avec le roi les amendes judiciaires[6] ; aussi voyons-nous dans tous les temps que l'obligation de tout vassal envers son seigneur[7] fut de porter les armes, et de juger ses pairs dans sa cour[8].

Une des raisons qui attachoient ainsi ce droit de justice au droit de mener à la guerre, étoit que celui qui menoit à la guerre faisoit en même temps payer les droits du fisc, qui consistoient en quelques services de voiture dus par les hommes libres, et en général en de certains profits judiciaires dont je parlerai ci-après.

Les seigneurs eurent le droit de rendre la justice dans leur fief, par le même principe qui fit que les comtes eurent le droit de la rendre dans leur comté ; et, pour bien dire, les comtés, dans les variations arrivées dans les divers temps, suivirent toujours les variations arrivées dans les fiefs : les uns et les autres étoient gouvernés sur le même plan et sur les mêmes idées. En un mot,

[1] Tout le monde sait que, lors de l'établissement des Francs dans les Gaules, la distinction instituée par Constantin entre le pouvoir civil et le pouvoir militaire fut abolie, et que les mêmes officiers commandèrent à la fois les troupes, et rendirent la justice ; mais le pouvoir du comte, en tant que magistrat, ne doit pas être confondu avec celui qu'il pouvoit avoir d'ailleurs comme possesseur de fief : les comtes n'étoient alors que les simples administrateurs des villes et pays dont par la suite ils usurpèrent les droits et la propriété ; ces usurpations ne commencèrent qu'après le règne de Louis le Débonnaire, dont il s'agit ici. Ainsi le capitulaire de ce prince ne peut être invoqué à l'appui du système de Montesquieu, puisque le comte n'étoit pas possesseur de fief. (D.)

[2] Plaids ou assises.

[3] Capitulaires, liv. IV de la collection d'Anzegise, art. 57 ; et le capitulaire V de Louis le Débonnaire, de l'an 819, art. 14. (Édition de Baluze, tome 1, page 615.)

[4] Voyez ci-dessus, page 490, note 2.

[5] Que l'on trouve dans le recueil de Guillaume Lambard : *De priscis Anglorum legibus*.

[6] Au mot *satrapia*.

[7] Les *Assises de Jérusalem*, chap. CCXXI et CCXXII, expliquent bien ceci.

[8] Les avoués de l'église (*advocati*) étoient également à la tête de leurs plaids et de leur milice.

homo liber qui quatuor mansos vestitos de proprio suo, sive de alicujus beneficio, habet, ipse se præparet, et ipse in hostem pergat, sive cum seniore suo.

[1] Tome III, liv. VI, chap. IV, page 299, *Établissement de la monarchie françoise*.

[2] Capitulaire de l'an 882, art. 11, *apud Vernis palatium*. (Édition de Baluze, tome II, page 17.)

[3] Articles 1 et 2 ; et le concile *in Verno palatio*, de l'an 845, art. 8. (Édition de Baluze, tome II, page 17.)

les comtes, dans leurs comtés, étoient des leudes; les leudes, dans leurs seigneuries, étoient des comtes.

On n'a pas eu des idées justes lorsqu'on a regardé les comtes comme des officiers de justice, et les ducs comme des officiers militaires. Les uns et les autres étoient également des officiers militaires et civils [1] : toute la différence étoit que le duc avoit sous lui plusieurs comtes, quoiqu'il y eût des comtes qui n'avoient point de duc sur eux, comme nous l'apprenons de Frédégaire [2].

On croira peut-être que le gouvernement des Francs étoit pour lors bien dur, puisque les mêmes officiers avoient en même temps sur les sujets la puissance militaire et la puissance civile, et même la puissance fiscale; chose que j'ai dit, dans les livres précédents, être une des marques distinctives du despotisme.

Mais il ne faut pas penser que les comtes jugeassent seuls, et rendissent la justice comme les bachas la rendent en Turquie [3] : ils assembloient, pour juger les affaires, des espèces de plaids ou d'assises [4], où les notables étoient convoqués.

Pour qu'on puisse bien entendre ce qui concerne les jugements, dans les formules, les lois des barbares, et les capitulaires, je dirai que les fonctions du comte [5], du gravion et du centenier, étoient les mêmes; que les juges, les rathimburges et les échevins, étoient sous différents noms les mêmes personnes : c'étoient les adjoints du comte, et ordinairement il en avoit sept; et, comme il ne lui falloit pas moins de douze personnes pour juger [6], il remplissoit le nombre par des notables [7].

Mais, qui que ce fût qui eût la jurisdiction, le roi, le comte, le gravion, le centenier, les seigneurs, les ecclésiastiques, ils ne jugèrent jamais seuls; et cet usage, qui tiroit son origine des forêts de la Germanie, se maintint encore lorsque les fiefs prirent une forme nouvelle.

Quant au pouvoir fiscal, il étoit tel que le comte

ne pouvoit guère en abuser. Les droits du prince à l'égard des hommes libres étoient si simples qu'ils ne consistoient, comme j'ai dit, qu'en de certaines voitures exigées dans de certaines occasions publiques [1]; et, quant aux droits judiciaires, il y avoit des lois qui prévenoient les malversations [2].

CHAPITRE XIX.
Des compositions chez les peuples barbares.

Comme il est impossible d'entrer un peu avant dans notre droit politique si l'on ne connoît parfaitement les lois et les mœurs des peuples germains, je m'arrêterai un moment pour faire la recherche de ces mœurs et de ces lois.

Il paroît par Tacite que les Germains ne connoissoient que deux crimes capitaux; ils pendoient les traîtres, et noyoient les poltrons : c'étoient chez eux les seuls crimes qui fussent publics. Lorsqu'un homme avoit fait quelque tort à un autre, les parents de la personne offensée ou lésée entroient dans la querelle; et la haine s'apaisoit par une satisfaction. Cette satisfaction regardoit celui qui avoit été offensé, s'il pouvoit la recevoir; et les parents, si l'injure ou le tort leur étoit commun; ou si, par la mort de celui qui avoit été offensé ou lésé, la satisfaction leur étoit dévolue [3].

De la manière dont parle Tacite, ces satisfactions se faisoient par une convention réciproque entre les parties : aussi dans les codes des peuples barbares ces satisfactions s'appellent-elles des compositions.

Je ne trouve que la loi des Frisons [4] qui ait laissé le peuple dans cette situation où chaque famille ennemie étoit, pour ainsi dire, dans l'état de nature, et où, sans être retenue par quelque loi politique ou civile, elle pouvoit à sa fantaisie exercer sa vengeance, jusqu'à ce qu'elle eût été satisfaite. Cette loi même fut tempérée : on établit que celui dont on demandoit la vie auroit la paix dans sa maison [5]; qu'il l'auroit en allant et en revenant de l'église, et du lieu où l'on rendoit les jugements.

[1] Voyez la formule VIII de Marculfe, liv. I, qui contient les lettres accordées à un duc, patrice, ou comte, qui leur donnent la jurisdiction civile et l'administration fiscale.

[2] Chronique, chap. LXXVIII, sur l'an 656.

[3] Voyez Grégoire de Tours, liv. V, ad annum 580.

[4] Mallum.

[5] Joignez ici ce que j'ai dit au liv. XXVIII, chap. XXVIII; et au liv. XXXI, chap. VIII.

[6] Voyez sur tout ceci les capitulaires de Louis le Débonnaire, ajoutés à la loi salique, art. 2; et la formule des jugements, donnée par Ducange, au mot boni homines.

[7] Per bonos homines. Quelquefois il n'y avoit que des notables. Voyez l'appendice aux formules de Marculfe, chap. LI.

[1] Et quelques droits sur les rivières, dont j'ai parlé.

[2] Voyez la loi des Ripuaires, tit. LXXXIX; et la loi des Lombards, liv. II, tit. LII, § 9.

[3] Suscipere tam inimicitias, seu patris, seu propinqui, quam amicitias, necesse est : nec implacabiles durant; luitur enim etiam homicidium certo armentorum ac pecorum numero, recipitque satisfactionem universa domus. Tacite, de Moribus Germanorum.

[4] Voyez cette loi, tit. II, sur les meurtres; et l'addition de Wulemar sur les vols.

[5] Additio sapientum, tit. I, § 1.

Les compilateurs des lois saliques citent un ancien usage des Francs [1], par lequel celui qui avoit exhumé un cadavre pour le dépouiller étoit banni de la société des hommes jusqu'à ce que les parents consentissent à l'y faire rentrer ; et comme avant ce temps il étoit défendu à tout le monde, et à sa femme même, de lui donner du pain ou de le recevoir dans sa maison, un tel homme étoit à l'égard des autres, et les autres étoient à son égard, dans l'état de nature, jusqu'à ce que cet état eût cessé par la composition.

A cela près, on voit que les sages des diverses nations barbares songèrent à faire par eux-mêmes ce qu'il étoit trop long et trop dangereux d'attendre de la convention réciproque des parties. Ils furent attentifs à mettre un prix juste à la composition que devoit recevoir celui à qui on avoit fait quelque tort ou quelque injure. Toutes ces lois barbares ont là-dessus une précision admirable : on y distingue avec finesse les cas [2], on y pèse les circonstances ; la loi se met à la place de celui qui est offensé, et demande pour lui la satisfaction que dans un moment de sang-froid il auroit demandée lui-même.

Ce fut par l'établissement de ces lois que les peuples germains sortirent de cet état de nature où il semble qu'ils étoient encore du temps de Tacite.

Rotharis déclara, dans la loi des Lombards, qu'il avoit augmenté les compositions de la coutume ancienne pour les blessures, afin que, le blessé étant satisfait, les inimitiés pussent cesser [3]. En effet, les Lombards, peuple pauvre, s'étant enrichis par la conquête de l'Italie, les compositions anciennes devenoient frivoles, et les réconciliations ne se faisoient plus. Je ne doute pas que cette considération n'ait obligé les autres chefs des nations conquérantes à faire les divers codes de lois que nous avons aujourd'hui.

La principale composition étoit celle que le meurtrier devoit payer aux parents du mort. La différence des conditions en mettoit une dans les compositions [4] : ainsi, dans la loi des Angles, la composition étoit de six cents sous pour la mort d'un adalingue, de deux cents pour celle d'un homme libre, de trente pour celle d'un serf. La

grandeur de la composition établie sur la tête d'un homme faisoit donc une de ses grandes prérogatives ; car, outre la distinction qu'elle faisoit de sa personne, elle établissoit pour lui parmi des nations violentes une plus grande sûreté.

La loi des Bavarois nous fait bien sentir ceci [1] : elle donne le nom des familles bavaroises qui recevoient une composition double, parce qu'elles étoient les premières après les Agilolfingues [2]. Les Agilolfingues étoient de la race ducale, et on choisissoit le duc parmi eux ; ils avoient une composition quadruple. La composition pour le duc excédoit d'un tiers celle qui étoit établie pour les Agilolfingues. « Parce qu'il est duc, dit la loi, on » lui rend un plus grand honneur qu'à ses pa» rents. »

Toutes ces compositions étoient fixées à prix d'argent. Mais, comme ces peuples, surtout pendant qu'ils se tinrent dans la Germanie, n'en avoient guère, on pouvoit donner du bétail, du blé, des meubles, des armes, des chiens, des oiseaux de chasse, des terres, etc. [3]. Souvent même la loi fixoit la valeur de ces choses [4] : ce qui explique comment, avec si peu d'argent, il y eut chez eux tant de peines pécuniaires.

Ces lois s'attachèrent donc à marquer avec précision la différence des torts, des injures, des crimes, afin que chacun connût au juste jusqu'à quel point il étoit lésé ou offensé ; qu'il sût exactement la réparation qu'il devoit recevoir, et surtout qu'il n'en devoit pas recevoir davantage.

Dans ce point de vue, on conçoit que celui qui se vengeoit après avoir reçu la satisfaction commettoit un grand crime. Ce crime ne contenoit pas moins une offense publique qu'une offense particulière : c'étoit un mépris de la loi même. C'est ce crime que les législateurs ne manquèrent pas de punir [5].

Il y avoit un autre crime qui fut surtout regardé comme dangereux [6], lorsque ces peuples

[1] *Loi salique*, tit. LVII, § 3; tit. XVII, § 2.

[2] Voyez surtout les titres III, IV, V, VI et VII de la *loi salique*, qui regardent les vols des animaux.

[3] Liv. 1, tit. VII, § 15.

[4] Voyez la *loi des Angles*, tit. I, § 1. 2, 4; *ibid.*, tit. V, § 6; la *loi des Bavarois*, tit. I, chap. VIII et IX; et la *loi des Frisons*, tit. XV.

[1] Titre II, chap. XX.

[2] Hozidra, Ozza, Sagana, Habilingua, Anniena, *ibid.*

[3] Ainsi la loi d'Ina estimoit la vie une certaine somme d'argent, ou une certaine portion de terre. *Leges Inæ regis, titulo de l'illico regio, de priscis Anglorum legibus.* (Cambridge, 1644.)

[4] Voyez la *loi des Saxons*, qui fait même cette fixation pour plusieurs peuples, chap. XVIII. Voyez aussi la *loi des Ripuaires*, tit. XXXVI, § 11; la *loi des Bavarois*, tit. I, § 10 et 11. *Si aurum non habet, donet aliam pecuniam, mancipia, terram*, etc.

[5] Voyez la *loi des Lombards*, liv. 1, tit. XXV, § 21; *ibid.*, liv. I, tit. IX, § 8 et 34; *ibid.*, § 58; et le capitulaire de Charlemagne, de l'an 802, chap. XXXII, contenant une instruction donnée à ceux qu'il envoyoit dans les provinces.

[6] Voyez dans Grégoire de Tours, liv. VII, chap. XLVII, le détail d'un procès où une partie perd la moitié de la composition

perdirent dans le gouvernement civil quelque chose de leur esprit d'indépendance, et que les rois s'attachèrent à mettre dans l'état une meilleure police : ce crime étoit de ne vouloir point faire, ou de ne vouloir pas recevoir la satisfaction. Nous voyons, dans divers codes des lois des barbares, que les législateurs y obligeoient [1]. En effet, celui qui refusoit de recevoir la satisfaction vouloit conserver son droit de vengeance ; celui qui refusoit de la faire laissoit à l'offensé son droit de vengeance ; et c'est ce que les gens sages avoient réformé dans les institutions des Germains, qui invitoient à la composition, mais n'y obligeoient pas.

Je viens de parler d'un texte de la loi salique où le législateur laissoit à la liberté de l'offensé de recevoir ou de ne recevoir pas la satisfaction : c'est cette loi qui interdisoit à celui qui avoit dépouillé un cadavre le commerce des hommes, jusqu'à ce que les parents, acceptant la satisfaction, eussent demandé qu'il pût vivre parmi les hommes [2]. Le respect pour les choses saintes fit que ceux qui rédigèrent les lois saliques ne touchèrent point à l'ancien usage.

Il auroit été injuste d'accorder une composition aux parents d'un voleur tué dans l'action du vol, ou à ceux d'une femme qui avoit été renvoyée après une séparation pour crime d'adultère. La loi des Bavarois ne donnoit point de composition dans des cas pareils, et punissoit les parents qui en poursuivoient la vengeance [3].

Il n'est pas rare de trouver dans les codes des lois des barbares des compositions pour des actions involontaires. La loi des Lombards est presque toujours sensée ; elle vouloit que, dans ce cas, on composât suivant sa générosité, et que les parents ne pussent plus poursuivre la vengeance [4].

Clotaire II fit un décret très sage : il défendit à celui qui avoit été volé de recevoir sa composition en secret [5], et sans l'ordonnance du juge. On va voir tout-à-l'heure le motif de cette loi.

[1] Voyez la *loi des Saxons*, chap. III, § 4; la *loi des Lombards*, liv. I, tit. XXXVII, § 1 et 2, et la *loi des Allemands*, tit. XLV, § 1 et 2. Cette dernière loi permettoit de se faire justice soi-même, sur-le-champ, et dans le premier mouvement. Voyez aussi les capitulaires de Charlemagne, de l'an 779, chap. XXII; de l'an 802, chap. XXXII; et celui du même, de l'an 805, ch. V.

[2] Les compilateurs des lois des Ripuaires paroissent avoir modifié ceci. Voyez le titre LXXXV de ces lois.

[3] Voyez le décret de Tassillon, *de popularibus legibus*, art. 5, 4, 10, 16, 19; la *loi des Angles*, tit. VII, § 4.

[4] Livre I, tit. IX, § 4.

[5] *Pactus pro tenore pacis inter Childebertum et Clota-*

CHAPITRE XX.

De ce qu'on a appelé depuis la justice des seigneurs.

Outre la composition qu'on devoit payer aux parents pour les meurtres, les torts et les injures, il falloit encore payer un certain droit que les codes des lois des barbares appellent *fredum* [1]. J'en parlerai beaucoup; et, pour en donner l'idée, je dirai que c'est la récompense de la protection accordée contre le droit de vengeance. Encore aujourd'hui, dans la langue suédoise, *fred* veut dire la paix.

Chez ces nations violentes, rendre la justice n'étoit autre chose qu'accorder à celui qui avoit fait une offense sa protection contre la vengeance de celui qui l'avoit reçue, et obliger ce dernier à recevoir la satisfaction qui lui étoit due : de sorte que, chez les Germains, à la différence de tous les autres peuples, la justice se rendoit pour protéger le criminel contre celui qu'il avoit offensé.

Les codes des lois des barbares nous donnent le cas où ces *freda* devoient être exigés. Dans ceux où les parents ne pouvoient pas prendre de vengeance, ils ne donnent point de *fredum* : en effet, là où il n'y avoit point de vengeance, il ne pouvoit y avoir de droit de protection contre la vengeance. Ainsi, dans la loi des Lombards [2], si quelqu'un tuoit par hasard un homme libre, il payoit la valeur de l'homme mort, sans le *fredum*, parce que, l'ayant tué involontairement, ce n'étoit pas le cas où les parents eussent un droit de vengeance. Ainsi, dans la loi des Ripuaires [3], quand un homme étoit tué par un morceau de bois ou un ouvrage fait de main d'homme, l'ouvrage ou le bois étoient censés coupables, et les parents les prenoient pour leur usage, sans pouvoir exiger de *fredum*.

De même, quand une bête avoit tué un homme, la même loi établissoit une composition sans le *fredum* [4], parce que les parents du mort n'étoient pas offensés.

Enfin, par la loi salique [5], un enfant qui avoit commis quelque faute avant l'âge de douze ans

rium anno 593; *et decretio Clotarii II regis, circa annum* 593, chap. XI.

[1] Lorsque la loi ne le fixoit pas, il étoit ordinairement le tiers de ce qu'on donnoit pour la composition, comme il paroît dans la *loi des Ripuaires*, chap. LXXXIX, qui est expliquée par le troisième capitulaire de l'an 815 (édition de Baluze, tome I, pag. 512.)

[2] Liv. I, tit. IX, § 17 (édition de Lindembrock).

[3] Tit. LXX.

[4] Titre XLVI. Voyez aussi la *loi des Lombards*, liv. I, ch. XXI, § 3 (édition de Lindembrock) : *Si caballus cum pede*, etc.

[5] Tit. XXVIII, § 6.

payoit la composition sans le *fredum* : comme il ne pouvoit porter encore les armes, il n'étoit point dans le cas où la partie lésée ou ses parents pussent demander la vengeance.

C'étoit le coupable qui payoit le *fredum*, pour la paix et la sécurité que les excès qu'il avoit commis lui avoient fait perdre, et qu'il pouvoit recouvrer par la protection ; mais un enfant ne perdoit point cette sécurité : il n'étoit point un homme, et ne pouvoit être mis hors de la société des hommes.

Ce *fredum* étoit un droit local pour celui qui jugeoit dans le territoire [1]. La loi des Ripuaires lui défendoit pourtant de l'exiger lui-même [2] ; elle vouloit que la partie qui avoit obtenu gain de cause le reçût et le portât au fisc, pour que la paix, dit la loi, fût éternelle entre les Ripuaires.

La grandeur du *fredum* se proportionna à la grandeur de la protection [3] : ainsi le *fredum* pour la protection du roi fut plus grand que celui accordé pour la protection du comte et des autres juges.

Je vois déja naître la justice des seigneurs. Les fiefs comprenoient de grands territoires, comme il paroît par une infinité de monuments. J'ai déja prouvé que les rois ne levoient rien sur les terres qui étoient du partage des Francs ; encore moins pouvoient-ils se réserver des droits sur les fiefs [4]. Ceux qui les obtinrent eurent à cet égard la jouissance la plus étendue : ils en tirèrent tous les fruits et tous les émoluments ; et, comme un des plus considérables étoit les profits judiciaires (*freda*) que l'on recevoit par les usages des Francs [5], il

[1] Comme il paroît par le décret de Clotaire II, de l'an 593. *Fredus tamen judicis, in cujus pago est, reservetur.*

[2] Titre LXXXIX.

[3] *Capitulare incerti anni*, chap. LVII, dans Baluze, tom. I, page 515. Et il faut remarquer que ce qu'on appelle *fredum* ou *faida* dans les monuments de la première race, s'appelle *bannum* dans ceux de la seconde , comme il paroît par le capitulaire *de partibus Saxoniæ*, de l'an 789.

[4] De ce que les rois mérovingiens ne levoient rien sur les terres de leurs sujets , il ne s'ensuit pas qu'ils ne pussent se réserver aucun droit sur les fiefs ou les bénéfices. C'étoient des dons faits par générosité ; et comme le prince, ainsi que Montesquieu en convient lui-même, avoit conservé la faculté de les reprendre à son gré, pourquoi n'auroit-il pas pu les soumettre à quelque charge? Cette supposition n'a rien d'extraordinaire. Je conclurois au contraire , des longs détails de concessions dont sont chargées toutes les chartes par lesquelles on conféroit un bénéfice, que les Mérovingiens avoient coutume de se faire des réserves. Peut-être même falloit-il que par leur nature les bénéfices fussent soumis à quelque redevance , puisque dans plusieurs chartes on n'oublie point de les en exempter par une clause expresse : *Omnia per nostrum donitum habeant ille et filii sui , et posteritas illorum, absque ullo censu vel alicujus inquietudine.* (Char., an. 815, hist. de D. Bouquet, t. VI. p. 472.) (MABLY.)

[5] Voyez le capitulaire de Charlemagne, *de Villis*, où il met

suivoit que celui qui avoit le fief avoit aussi la justice, qui ne s'exerçoit que par des compositions aux parents et des profits aux seigneurs. Elle n'étoit autre chose que le droit de faire payer les compositions de la loi , et celui d'exiger les amendes de la loi.

On voit , par les formules qui portent la confirmation ou la translation à perpétuité d'un fief en faveur d'un leude ou fidèle [1], ou des priviléges des fiefs en faveur des églises [2], que les fiefs avoient ce droit. Cela paroît encore par une infinité de chartres qui contiennent une défense aux juges ou officiers du roi d'entrer dans le territoire pour y exercer quelque acte de justice que ce fût, et y exiger quelque émolument de justice que ce fût [3]. Dès que les juges royaux ne pouvoient plus rien exiger dans un district, ils n'entroient plus dans ce district ; et ceux à qui restoit ce district y faisoient les fonctions que ceux-là y avoient faites.

Il est défendu aux juges royaux d'obliger les parties de donner des cautions pour comparoître devant eux : c'étoit donc à celui qui recevoit le territoire à les exiger. Il est dit que les envoyés du roi ne pourront plus demander de logement ; en effet , ils n'y avoient plus aucune fonction.

La justice fut donc, dans les fiefs anciens et dans les fiefs nouveaux, un droit inhérent au fief même [4], un droit lucratif qui en faisoit partie. C'est pour cela que , dans tous les temps, elle a été regardée ainsi : d'où est né ce principe, que les justices sont patrimoniales en France.

Quelques uns ont cru que les justices tiroient leur origine des affranchissements que les rois et les seigneurs firent de leurs serfs. Mais les nations germaines , et celles qui en sont descendues, ne sont pas les seules qui aient affranchi des esclaves ; et ce sont les seules qui aient établi des justices patrimoniales. D'ailleurs les formules de Marculfe nous font voir des hommes libres dépendants de

ces *freda* au nombre des grands revenus de ce qu'on appeloit *villæ*, ou domaines du roi.

[1] Voyez les formules III, IV, et XVII, liv. I de Marculfe.

[2] *Ibidem*, formules II, III et IV.

[3] Voyez les recueils de ces chartres , surtout celui qui est à la fin du cinquième volume des Historiens de France des pères bénédictins.

[4] Montesquieu dit un peu plus bas « qu'il faut chercher dans les coutumes des Germains l'origine des justices seigneuriales; » il dit ici que « ces justices étoient inhérentes aux fiefs ; » il a dit , dans le chap. III, que « chez les Germains il n'y avoit pas de fiefs. » Comment concilier ces divers passages? S'il n'y avoit point de fiefs chez les Germains, et en effet il n'y en avoit point , comment par leurs coutumes la justice pouvoit-elle être un droit inhérent au fief? D'ailleurs , si des chevaux de bataille, des armes, des repas, étoient des fiefs, seroit-il raisonnable de penser que le droit de justice fût attaché à de pareilles choses ? Où donc auroit été le territoire de ces justices ? (MABLY.)

ces justices dans les premiers temps [1] : les serfs ont donc été justiciables , parce qu'ils se sont trouvés dans le territoire ; et ils n'ont pas donné l'origine aux fiefs, pour avoir été englobés dans le fief.

D'autres gens ont pris une voie plus courte : les seigneurs ont usurpé les justices, ont-ils dit ; et tout a été dit. Mais n'y a-t-il eu sur la terre que les peuples descendus de la Germanie qui aient usurpé les droits des princes ? L'histoire nous apprend assez que d'autres peuples ont fait des entreprises sur leurs souverains ; mais on n'en voit pas naître ce que l'on a appelé les justices des seigneurs. C'étoit donc dans le fond des usages et des coutumes des Germains qu'il en falloit chercher l'origine [2].

Je prie de voir dans Loyseau [3] quelle est la manière dont il suppose que les seigneurs procédèrent pour former et usurper leurs diverses justices. Il faudroit qu'ils eussent été les gens du monde les plus raffinés, et qu'ils eussent volé, non pas comme les guerriers pillent, mais comme des juges de village et des procureurs se volent entre eux. Il faudroit dire que ces guerriers, dans toutes les provinces particulières du royaume et dans tant de royaumes , auroient fait un système général de politique. Loyseau les fait raisonner comme dans son cabinet il raisonnoit lui-même.

Je le dirai encore : si la justice n'étoit point une dépendance du fief, pourquoi voit-on partout que le service du fief étoit de servir le roi, ou le seigneur, et dans leurs cours et dans leurs guerres [1] ?

CHAPITRE XXI.

De la justice territoriale des églises.

Les églises acquirent des biens très considérables. Nous voyons que les rois leur donnèrent de grands fiscs, c'est-à-dire de grands fiefs ; et nous trouvons d'abord les justices établies dans les domaines de ces églises. D'où auroit pris son origine un privilége si extraordinaire ? Il étoit dans la nature de la chose donnée ; le bien des ecclésiastiques avoit ce privilége, parce qu'on ne le lui ôtoit pas. On donnoit un fisc à l'église, et on lui laissoit les prérogatives qu'il auroit eues, si on l'avoit donné à un leude : aussi fut-il soumis au service que l'état en auroit tiré, s'il avoit été accordé au laïque, comme on l'a déja vu.

Les églises eurent donc le droit de faire payer les compositions dans leur territoire, et d'en exiger le *fredum* ; et, comme ces droits emportoient nécessairement celui d'empêcher les officiers royaux d'entrer dans le territoire pour exiger ces *freda* et y exercer tous actes de justice, le droit qu'eurent les ecclésiastiques de rendre la justice dans leur territoire fut appelé *immunité*, dans le style des formules [2], des chartres et des capitulaires.

La loi des Ripuaires [3] défend aux affranchis des églises [4] de tenir l'assemblée où la justice se

[1] Voyez les formules III , IV et XIV du livre I ; et la chartre de Charlemagne, de l'an 771, dans Marlenne, t. I, *anecd. collect.* XI *Præcipientes jubemus ut ullus judex publicus..... homines ipsius ecclesiæ et monasterii ipsius Morbacensis, tam ingenuos, quam et servos , et qui super eorum terras manerc*, etc.

[2] Tous les peuples ne copient pas dans les entreprises qu'ils font sur leurs souverains , ou sur la puissance publique ; et sans chercher dans les coutumes des Germains l'origine des justices des seigneurs, il n'est pas invraisemblable que, sous des princes tels que les fils de Clovis, quelques leudes, puissants dans leurs cantons , aient pris de l'autorité sur leurs voisins, et voulu leur tenir lieu de magistrats , en commençant par être leurs arbitres. (MABLY.)

[3] *Traité des justices de village.* — Loyseau, au commencement de son premier discours sur l'abus des justices de village, cite une comédie latine intitulée *Querolus* ou *Aulularia*, que l'on croit avoir été composée sous l'empereur Théodose , et dans laquelle l'auteur a introduit deux personnages dont l'un (*Querolus*), après avoir consulté l'autre (son *lar familiaris*), sur la profession qu'il doit embrasser , le conjure de le rendre gentilhomme : « QUEROLUS. *Fac ut sim privatus et potens.* — LAR FAMILIARIS. *Potentiam cujusmodi requiris ?* — QUEROL. *Ut liceat vicinos spoliare et cædere.* — LAR FAM. *Latrocinium, non potentiam, requiris : tamen inveni, vade, ad Ligerim vivito. Illic jure gentium vivunt homines ; illic sententiæ capitales de robore proferuntur et scribuntur in ossibus ; illic etiam rustici perorant et privati judicant; ibi totum licet. O sylvæ ! o solitudines ! quis vos dixit liberas ?* — QUEROL. *Robore uti non cupio, nolo hæc jura sylvestria.* »

« Les comtes , dit Loyseau quelques pages plus loin, étoient dans l'origine des juges de ville, témoin le capitulaire de Charlemagne, *ut placitum comes non habeat nisi jejunus*, les lois ripuaires et plusieurs autres. Mais de même que dans les mutations des deux premières races de nos rois, les maires du palais, ou ducs des François, s'emparèrent du royaume, de même les ducs et les comtes usurpèrent les villes et les provinces qu'ils commandoient ; et les nouveaux rois se virent contraints de leur en abandonner la seigneurie et le domaine à titre de fief, et à charge de foi et hommage : invention que les peuples septentrionaux avoient quelque temps auparavant apportée dans la Lombardie, *et quæ e togata irrepsit in comatam Galliam.* »

Il ajoute qu'à l'exemple des rois les grands seigneurs de France , ne voulant plus exercer eux-mêmes la justice, établirent des officiers pour la rendre en leur nom et sous leur autorité, tels que les baillis, les sénéchaux , etc., et que ceux-ci , fidèles imitateurs de leurs maîtres, usurpèrent bientôt un droit dont la jouissance seulement leur avoit été accordée. (P.)

[1] Voyez M. du Cange, au mot *hominium.*

[2] Voyez les formules III et IV de Marculfe, liv. I.

[3] *Ne aliubi nisi ad ecclesiam, ubi relaxati sunt, mallum teneant.* Titre LVIII , § 1. Voyez aussi le § 19, édition de Lindembrock.

[4] *Tabulariis.*

rend [1] ailleurs que dans l'église où ils ont été affranchis. Les églises avoient donc des justices, même sur les hommes libres, et tenoient leurs plaids dès les premiers temps de la monarchie.

Je trouve dans les vies des saints [2] que Clovis donna à un saint personnage la puissance sur un territoire de six lieues de pays, et qu'il voulut qu'il fût libre de toute juridiction quelconque. Je crois bien que c'est une fausseté, mais c'est une fausseté très ancienne ; le fond de la vie et les mensonges se rapportent aux mœurs et aux lois du temps ; et ce sont ces mœurs et ces lois que l'on cherche ici [3].

Clotaire II ordonne aux évêques ou aux grands qui possèdent des terres dans des pays éloignés, de choisir dans le lieu même ceux qui doivent rendre la justice ou en recevoir les émoluments [4].

Le même prince règle la compétence entre les juges des églises et ses officiers [5]. Le capitulaire de Charlemagne, de l'an 802, prescrit aux évêques et aux abbés les qualités que doivent avoir leurs officiers de justice. Un autre [6] du même prince défend aux officiers royaux d'exercer aucune juridiction sur ceux qui cultivent les terres ecclésiastiques [7], à moins qu'ils n'aient pris cette condition en fraude, et pour se soustraire aux charges publiques. Les évêques assemblés à Reims déclarèrent que les vassaux des églises sont dans leur immunité [8]. Le capitulaire de Charlemagne, de l'an 806, veut que les églises aient la justice criminelle et civile sur tous ceux qui habitent dans leur territoire [9]. Enfin, le capitulaire de Charles le Chauve distingue les juridictions du roi, celles des seigneurs, et celles des églises [1]; et je n'en dirai pas davantage.

CHAPITRE XXII.

Que les justices étoient établies avant la fin de la seconde race.

On a dit que ce fut dans le désordre de la seconde race que les vassaux s'attribuèrent la justice dans leurs fiscs ; on a mieux aimé faire une proposition générale que de l'examiner : il a été plus facile de dire que les vassaux ne possédoient pas, que de découvrir comment ils possédoient. Mais les justices ne doivent point leur origine aux usurpations, elles dérivent du premier établissement, et non pas de sa corruption.

« Celui qui tue un homme libre, est-il dit dans la » loi des Bavarois [2], paiera la composition à ses pa- » rents, s'il en a ; et s'il n'en a point, il la paiera » au duc, ou à celui à qui il s'étoit recommandé » pendant sa vie. » On sait ce que c'étoit que se recommander pour un bénéfice.

« Celui à qui on a enlevé son esclave, dit la loi » des Allemands [3], ira au prince auquel est soumis » le ravisseur, afin qu'il en puisse obtenir la com- » position. »

« Si un centenier, est-il dit dans le décret de » Childebert [4], trouve un voleur dans une autre » centaine que la sienne, ou dans les limites de » nos fidèles, et qu'il ne l'en chasse pas, il repré- » sentera le voleur, ou se purgera par serment. » Il y avoit donc de la différence entre le territoire des centeniers et celui des fidèles.

Ce décret de Childebert explique la constitution de Clotaire [5] de la même année, qui, donnée pour

[1] *Mallum.*

[2] *Vita sancti Germeri, episcopi Tolosani, apud Bollandianos,* 16 mai.

[3] Voyez aussi la Vie de saint Melanius, et celle de saint Déicole.

[4] Dans le concile de Paris, l'an 615. *Episcopi, vel potentes, qui in aliis possident regionibus, judices vel missos discussores de aliis provinciis non instituant, nisi de loco, qui justitiam percipiant et aliis reddant.* (Art. 19. Voyez aussi l'article 12.)

[5] Dans le concile de Paris, l'an 615, art. 5.

[6] Dans la *loi des Lombards,* liv. II, tit. XLIV, chap. II, édition de Lindembrock.

[7] *Servi aldiones, libellarii antiqui, vel alii noviter facti.* (Ibid.)

[8] Lettre de l'an 858, art. 7, dans les capitulaires, p. 108. *Sicut illæ res et facultates in quibus vivunt clerici, ita et illæ sub consecratione immunitatis sunt de quibus debent militare vassalli.*

[9] Il est ajouté à la *loi des Bavarois,* art. 8. Voyez aussi l'article 3 de l'édition de Lindembrock, p. 444 : *Imprimis omnium jubendum est ut habeant ecclesiæ earum justitias, et in vita illorum qui habitant in ipsis ecclesiis et post, tam in pecuniis, quam et in substantiis earum.*

[1] De l'an 857, *in synodo apud Carisiacum,* art. 4, édition de Baluze, p. 96.

[2] Titre III, chap. XIII, édition de Lindembrock.

[3] Titre LXXXV.

[4] De l'an 595, art. 11 et 12, édition des capitulaires de Baluze, page 19. *Pari conditione convenit ut si una centena in alia centena vestigium secuta fuerit et invenerit, vel in quibuscumque fidelium nostrorum terminis vestigium miserit, et ipsum in aliam centenam minime expellere potuerit, aut convictus reddat latronem,* etc. — Que s'ensuit-il de là ? Que les centeniers, qui étoient des officiers des leudes, étoient obligés d'arrêter les voleurs, mais qu'ils ne les jugeoient pas. Cette police s'observe encore actuellement dans plusieurs pays, et notamment en Perse, et dans quelques états d'Italie : les centeniers, syndics, ou chefs de communauté, sont obligés d'arrêter les voleurs ; ils sont même responsables des vols faits sur leur territoire entre deux soleils ; mais pour cela ils ne jugent pas les voleurs : ils doivent au contraire les livrer sur-le-champ aux officiers du prince, auxquels la connoissance de ces délits est attribuée. (D.)

[5] *Si vestigiis comprobatur latronis, tamen præsentia nihil longe mulctando : aut si persequens latronem suum*

le même cas et sur le même fait, ne diffère que dans les termes : la constitution appelant *in truste* ce que le décret appelle *in terminis fidelium nostrorum*. MM. Bignon et Ducange [1], qui ont cru que *in truste* signifioit le domaine d'un autre roi, n'ont pas bien rencontré.

Dans une constitution de Pepin [2], roi d'Italie, faite tant pour les Francs que pour les Lombards, ce prince, après avoir imposé des peines aux comtes et autres officiers royaux qui prévariquent dans l'exercice de la justice, ou qui diffèrent de la rendre, ordonne que [3], s'il arrive qu'un Franc ou un Lombard ayant un fief ne veuille pas rendre la justice, le juge dans le district duquel il sera suspendra l'exercice de son fief; et que, dans cet intervalle, lui ou son envoyé rendront la justice.

Un capitulaire de Charlemagne [4] prouve que les rois ne levoient point partout les *freda*. Un autre du même prince [5] nous fait voir les règles féodales et la cour féodale déja établies. Un autre de Louis le Débonnaire veut que, lorsque celui qui a un fief ne rend pas la justice, ou empêche qu'on ne la rende, on vive à discrétion dans sa maison, jusqu'à ce que la justice soit rendue [6]. Je citerai encore deux capitulaires de Charles le Chauve : l'un de l'an 861 [7], où l'on voit des juridictions particulières établies, des juges et des officiers sous eux; l'autre de l'an 864 [8], où il fait la distinction de ses propres seigneuries d'avec celles des particuliers.

On n'a point de concessions originaires des

comprehenderit, integram sibi compositionem accipiat. Quod si in truste invenitur, medietatem compositionis trustis adquirat, et capitale exigat a latrone. Art. 2 et 3.

[1] Voyez le glossaire, au mot *trustis*.

[2] Insérée dans la *loi des Lombards*, liv. II, tit. LII, § 14. C'est le capitulaire de l'an 793, dans Baluze, page 544, art. 10.

[3] *Et si forsitan Francus aut Longobardus habens beneficium justitiam facere noluerit, ille judex in cujus ministerio fuerit, contradicat illi beneficium suum, interim, dum ipse aut missus ejus justitiam faciat.* Voyez encore la même *loi des Lombards*, liv. II, tit. LII, § 2, qui se rapporte au capitulaire de Charlemagne, de l'an 779, art. 21.

[4] Le troisième de l'an 812, art. 10.

[5] Second capitulaire de l'an 813, art. 14 et 20, p. 509

[6] *Capitulare quintum anni* 819, art. 23, édit. de Baluze, p. 617. *Ut ubicumque missi, aut episcopum, aut abbatem, aut alium quemlibet, honore praeditum invenerint, qui justitiam facere noluit vel prohibuit, de ipsius rebus vivant quandiu in eo loco justitiam facere debent.*

[7] *Edictum in Carisiaco*, dans Baluze, tome II, page 152, *Unusquisque advocatus pro omnibus de sua advocatione... in convenientia ut cum ministerialibus de sua advocatione quos invenerit contra hunc bannum nostrum fecisse... castiget.*

[8] *Edictum Pistense*, art. 18, édition de Baluze, tome II, page 181. *Si in fiscum nostrum, vel in quamcumque immunitatem, aut alicujus potentis potestatem vel proprietatem confugerit.* etc.

fiefs, parce qu'ils furent établis par le partage qu'on sait avoir été fait entre les vainqueurs. On ne peut donc pas prouver, par des contrats originaires, que les justices, dans les commencements, aient été attachées aux fiefs. Mais si, dans les formules des confirmations, ou des translations à perpétuité de ces fiefs, on trouve, comme on a dit, que la justice y étoit établie, il falloit bien que ce droit de justice fût de la nature du fief, et une de ses principales prérogatives.

Nous avons un plus grand nombre de monuments qui établissent la justice patrimoniale des églises dans leur territoire, que nous n'en avons pour prouver celle des bénéfices ou fiefs des leudes ou fidèles, par deux raisons : la première, que la plupart des monuments qui nous restent ont été conservés ou recueillis par les moines pour l'utilité de leurs monastères; la seconde, que le patrimoine des églises ayant été formé par des concessions particulières, et une espèce de dérogation à l'ordre établi, il falloit des chartres pour cela; au lieu que les concessions faites aux leudes, étant des conséquences de l'ordre politique, on n'avoit pas besoin d'avoir, et encore moins de conserver une chartre particulière. Souvent même les rois se contentoient de faire une simple tradition par le sceptre, comme il paroît par la vie de saint Maur.

Mais la troisième formule de Marculfe [1] nous prouve assez que le privilége d'immunité, et par conséquent celui de la justice, étoient communs aux ecclésiastiques et aux séculiers, puisqu'elle est faite pour les uns et pour les autres. Il en est de même de la constitution de Clotaire II [2].

CHAPITRE XXIII.

Idée générale du livre de l'*Établissement de la monarchie françoise dans les Gaules*, par M. l'abbé Dubos.

Il est bon qu'avant de finir ce livre j'examine un peu l'ouvrage de M. l'abbé Dubos, parce que mes idées sont perpétuellement contraires aux siennes, et que, s'il a trouvé la vérité, je ne l'ai pas trouvée.

Cet ouvrage a séduit beaucoup de gens, parce qu'il est écrit avec beaucoup d'art; parce qu'on y suppose éternellement ce qui est en question; parce que, plus on y manque de preuves, plus on

[1] Liv. 1. *Maximum regni nostri augere credimus monimentum, si beneficia opportuna locis ecclesiarum, aut cui volueris dicere, benivola deliberatione concedimus.*

[2] Je l'ai citée dans le chapitre précédent : *Episcopi vel potentes.*

y multiplie les probabilités; parce qu'une infinité de conjectures sont mises en principe, et qu'on en tire comme conséquences d'autres conjectures. Le lecteur oublie qu'il a douté, pour commencer à croire. Et, comme une érudition sans fin est placée, non pas dans le système, mais à côté du système, l'esprit est distrait par des accessoires, et ne s'occupe plus du principal. D'ailleurs, tant de recherches ne permettent pas d'imaginer qu'on n'ait rien trouvé : la longueur du voyage fait croire qu'on est enfin arrivé.

Mais, quand on examine bien, on trouve un colosse immense qui a des pieds d'argile; et c'est parce que les pieds sont d'argile que le colosse est immense. Si le système de M. l'abbé Dubos avoit eu de bons fondemens, il n'auroit pas été obligé de faire trois mortels volumes pour le prouver : il auroit tout trouvé dans son sujet; et, sans aller chercher de toutes parts ce qui en étoit très loin, la raison elle-même se seroit chargée de placer cette vérité dans la chaîne des autres vérités. L'histoire et nos lois lui auroient dit : « Ne prenez point » tant de peine : nous rendrons témoignage de » vous. »

CHAPITRE XXIV.

Continuation du même sujet. Réflexion sur le fond du système.

M. l'abbé Dubos veut ôter toute espèce d'idée que les Francs soient entrés dans les Gaules en conquérants : selon lui, nos rois, appelés par les peuples, n'ont fait que se mettre à la place et succéder aux droits des empereurs romains.

Cette prétention ne peut pas s'appliquer au temps où Clovis, entrant dans les Gaules, saccagea et prit les villes; elle ne peut pas s'appliquer non plus au temps où il défit Syagrius, officier romain, et conquit le pays qu'il tenoit : elle ne peut donc se rapporter qu'à celui où Clovis, devenu maître d'une grande partie des Gaules par la violence, auroit été appelé par le choix et l'amour des peuples à la domination du reste du pays. Et il ne suffit pas que Clovis ait été reçu, il faut qu'il ait été appelé; il faut que M. l'abbé Dubos prouve que les peuples ont mieux aimé vivre sous la domination de Clovis que de vivre sous la domination des Romains, ou sous leurs propres lois. Or, les Romains de cette partie des Gaules qui n'avoit point encore été envahie par les barbares étoient, selon M. l'abbé Dubos, de deux sortes : les uns étoient de la confédération

armorique, et avoient chassé les officiers de l'empereur pour se défendre eux-mêmes contre les barbares, et se gouverner par leurs propres lois; les autres obéissoient aux officiers romains. Or, M. l'abbé Dubos prouve-t-il que les Romains, qui étoient encore soumis à l'empire, aient appelé Clovis? point du tout. Prouve-t-il que la république des Armoriques ait appelé Clovis, et fait même quelque traité avec lui? point du tout encore. Bien loin qu'il puisse nous dire quelle fut la destinée de cette république, il n'en sauroit pas même montrer l'existence; et, quoiqu'il la suive depuis le temps d'Honorius jusqu'à la conquête de Clovis, quoiqu'il y rapporte avec un art admirable tous les événements de ces temps-là, elle est restée invisible dans les auteurs. Car il y a bien de la différence entre prouver par un passage de Zosime [1] que, sous l'empire d'Honorius, la contrée armorique et les autres provinces des Gaules se révoltèrent, et formèrent une espèce de république [2], et faire voir que, malgré les diverses pacifications des Gaules, les Armoriques formèrent toujours une république particulière qui subsista jusqu'à la conquête de Clovis. Cependant il auroit besoin, pour établir son système, de preuves bien fortes et bien précises : car, quand on voit un conquérant entrer dans un état et en soumettre une grande partie par la force et par la violence, et qu'on voit quelque temps après l'état entier soumis sans que l'histoire dise comment il l'a été, on a un très juste sujet de croire que l'affaire a fini comme elle a commencé.

Ce point une fois manqué, il est aisé de voir que tout le système de M. l'abbé Dubos croule de fond en comble; et toutes les fois qu'il tirera quelque conséquence de ce principe, que les Gaules n'ont pas été conquises par les Francs, mais que les Francs ont été appelés par les Romains, on pourra toujours la lui nier.

M. l'abbé Dubos prouve son principe par les dignités romaines dont Clovis fut revêtu : il veut que Clovis ait succédé à Childéric son père dans l'emploi de maître de la milice. Mais ces deux charges sont purement de sa création. La lettre de saint Remi à Clovis, sur laquelle il se fonde [3], n'est qu'une félicitation sur son avènement à la couronne. Quand l'objet d'un écrit est connu, pourquoi lui en donner un qui ne l'est pas?

Clovis, sur la fin de son règne, fut fait consul,

[1] Histoire, liv. VI.
[2] *Totusque tractus armoricus, aliæque Galliarum provinciæ.* Zosime, hist. liv. VI.
[3] Tome II, liv. III, chap. XVIII, page 270.

par l'empereur Anastase[1] ; mais quel droit pouvoit lui donner une autorité simplement annale ? Il y a apparence, dit M. l'abbé Dubos, que, dans le même diplôme, l'empereur Anastase fit Clovis proconsul. Et moi, je dirai qu'il y a apparence qu'il ne le fit pas. Sur un fait qui n'est fondé sur rien, l'autorité de celui qui le nie est égale à l'autorité de celui qui l'allègue. J'ai même une raison pour cela. Grégoire de Tours, qui parle du consulat, ne dit rien du proconsulat. Ce proconsulat n'auroit été même que d'environ six mois. Clovis mourut un an et demi après avoir été fait consul; il n'est pas possible de faire du proconsulat une charge héréditaire. Enfin, quand le consulat, et, si l'on veut, le proconsulat, lui furent donnés, il étoit déja le maître de la monarchie, et tous ses droits étoient établis.

La seconde preuve que M. l'abbé Dubos allègue, c'est la cession faite par l'empereur Justinien, aux enfants et aux petits-enfants de Clovis, de tous les droits de l'empire sur les Gaules. J'aurois bien des choses à dire sur cette cession. On peut juger de l'importance que les rois des Francs y mirent, par la manière dont ils en exécutèrent les conditions. D'ailleurs, les rois des Francs étoient maîtres des Gaules; ils étoient souverains paisibles; Justinien n'y possédoit pas un pouce de terre; l'empire d'Occident étoit détruit depuis long-temps, et l'empereur d'Orient n'avoit de droit sur les Gaules que comme représentant l'empereur d'Occident : c'étoient des droits sur des droits. La monarchie des Francs étoit déja fondée; le réglement de leur établissement étoit fait; les droits réciproques des personnes, et des diverses nations qui vivoient dans la monarchie, étoient convenus; les lois de chaque nation étoient données, et même rédigées par écrit. Que faisoit cette cession étrangère à un établissement déja formé?

Que veut dire M. l'abbé Dubos avec les déclamations de tous ces évêques qui, dans le désordre, la confusion, la chute totale de l'état, les ravages de la conquête, cherchent à flatter le vainqueur? Que suppose la flatterie, que la foiblesse de celui qui est obligé de flatter? Que prouvent la rhétorique et la poésie, que l'emploi même de ces arts? Qui ne seroit étonné de voir Grégoire de Tours, qui, après avoir parlé des assassinats de Clovis, dit que cependant Dieu prosternoit tous les jours ses ennemis, parce qu'il marchoit dans ses voies? Qui peut douter que le clergé n'ait été bien aise de la conversion de Clovis, et qu'il n'en ait même tiré de grands avantages? Mais qui peut douter en même temps que les peuples n'aient essuyé tous les malheurs de la conquête, et que le gouvernement romain n'ait cédé au gouvernement germanique? Les Francs n'ont point voulu, et n'ont pas même pu tout changer; et même peu de vainqueurs ont eu cette manie. Mais, pour que toutes les conséquences de M. Dubos fussent vraies, il auroit fallu que, non seulement ils n'eussent rien changé chez les Romains, mais encore qu'ils se fussent changés eux-mêmes.

Je m'engagerois bien, en suivant la méthode de M. l'abbé Dubos, à prouver de même que les Grecs ne conquirent pas la Perse : d'abord je parlerois des traités que quelques unes de leurs villes firent avec les Perses; je parlerois des Grecs qui furent à la solde des Perses comme les Francs furent à la solde des Romains. Que si Alexandre entra dans le pays des Perses, assiégea, prit et détruisit la ville de Tyr, c'étoit une affaire particulière, comme celle de Syagrius. Mais voyez comment le pontife des Juifs vient au-devant de lui; écoutez l'oracle de Jupiter Ammon; ressouvenez-vous comment il avoit été prédit à Gordium; voyez comment toutes les villes courent, pour ainsi dire, au-devant de lui; comment les satrapes et les grands arrivent en foule. Il s'habille à la manière des Perses; c'est la robe consulaire de Clovis. Darius ne lui offrit-il pas la moitié de son royaume? Darius n'est-il pas assassiné comme un tyran? La mère et la femme de Darius ne pleurent-elles pas la mort d'Alexandre? Quinte-Curce, Arrien, Plutarque, étoient-ils contemporains d'Alexandre? L'imprimerie ne nous a-t-elle pas donné des lumières qui manquoient à ces auteurs[1]? Voilà l'histoire de l'*Établissement de la monarchie françoise dans les Gaules*.

CHAPITRE XXV.

De la noblesse françoise.

M. l'abbé Dubos soutient que, dans les premiers temps de notre monarchie, il n'y avoit

[1] La saine politique exige qu'un vainqueur s'efforce de légitimer ses conquêtes par les traités et par les conventions. Ce fut par cette raison que Clovis dut rechercher et accepter les ornements et la dignité consulaire qui lui furent envoyés par Anastase, empereur d'Orient. Il suivoit l'exemple et la politique des rois barbares établis dans les Gaules, qui avoient sollicité et obtenu des dignités romaines pour se rendre plus respectables à leurs nouveaux sujets : c'est par cette raison que les enfants de Clovis regardèrent comme un des événements les plus capables d'affermir l'empire françois, la cession qui leur fut faite par Justinien des droits de l'empire romain sur les Gaules. (D.)

[1] Voyez le discours préliminaire de M. l'abbé Dubos.

qu'un seul ordre de citoyens parmi les Francs. Cette prétention injurieuse au sang de nos premières familles, ne le seroit pas moins aux trois grandes maisons qui ont successivement régné sur nous. L'origine de leur grandeur n'iroit donc point se perdre dans l'oubli, la nuit et le temps : l'histoire éclaireroit des siècles où elles auroient été des familles communes; et, pour que Childéric, Pepin et Hugues-Capet fussent gentilshommes, il faudroit aller chercher leur origine parmi les Romains ou les Saxons, c'est-à-dire parmi les nations subjuguées.

M. l'abbé Dubos fonde son opinion sur la loi salique [1]. Il est clair, dit-il, par cette loi, qu'il n'y avoit point deux ordres de citoyens chez les Francs. Elle donnoit deux cents sous de composition pour la mort de quelque Franc que ce fût [2]; mais elle distinguoit, chez les Romains, le convive du roi, pour la mort duquel elle donnoit trois cents sous de composition, du Romain possesseur, à qui elle en donnoit cent, et du Romain tributaire, à qui elle n'en donnoit que quarante-cinq. Et, comme la différence des compositions faisoit la distinction principale, il conclut que, chez les Francs, il n'y avoit qu'un ordre de citoyens, et qu'il y en avoit trois chez les Romains.

Il est surprenant que son erreur même ne lui ait pas fait découvrir son erreur. En effet, il eût été bien extraordinaire que les nobles romains qui vivoient sous la domination des Francs y eussent eu une composition plus grande, et y eussent été des personnages plus importants que les plus illustres des Francs, et leurs plus grands capitaines. Quelle apparence que le peuple vainqueur eût eu si peu de respect pour lui-même, et qu'il en eût eu tant pour le peuple vaincu? De plus, M. l'abbé Dubos cite les lois des autres nations barbares, qui prouvent qu'il y avoit parmi eux divers ordres de citoyens. Il seroit bien extraordinaire que cette règle générale eût précisément manqué chez les Francs. Cela auroit dû lui faire penser qu'il entendoit mal, ou qu'il appliquoit mal les textes de la loi salique : ce qui lui est effectivement arrivé.

On trouve, en ouvrant cette loi, que la composition pour la mort d'un antrustion, c'est-à-dire d'un fidèle ou vassal du roi, étoit de six cents sous [3]; et que celle pour la mort d'un Romain,

convive du roi, n'étoit que de trois cents [1]. On y trouve [2] que la composition pour la mort d'un simple Franc étoit de deux cents sous [3]; et que celle pour la mort d'un Romain d'une condition ordinaire n'étoit que de cent [4]. On payoit encore pour la mort d'un Romain tributaire, espèce de serf ou d'affranchi, une composition de quarante-cinq sous [5]; mais je n'en parlerai point, non plus que de celle pour la mort du serf franc, ou de l'affranchi franc : il n'est point ici question de ce troisième ordre de personnes.

Que fait M. l'abbé Dubos? Il passe sous silence le premier ordre de personnes chez les Francs, c'est-à-dire l'article qui concerne les anstrustions; et ensuite, comparant le Franc ordinaire, pour la mort duquel on payoit deux cents sous de composition, avec ceux qu'il appelle des trois ordres chez les Romains, et pour la mort desquels on payoit des compositions différentes, il trouve qu'il n'y avoit qu'un seul ordre de citoyens chez les Francs, et qu'il y en avoit trois chez les Romains.

Comme, selon lui, il n'y avoit qu'un seul ordre de personnes chez les Francs, il eût été bon qu'il n'y en eût eu qu'un aussi chez les Bourguignons, parce que leur royaume forma une des principales pièces de notre monarchie. Mais il y a dans leurs codes trois sortes de compositions; l'une pour le noble bourguignon ou romain, l'autre pour le Bourguignon ou Romain d'une condition médiocre, la troisième pour ceux qui étoient d'une condition inférieure dans les deux nations [6]. M. l'abbé Dubos n'a point cité cette loi.

Il est singulier de voir comment il échappe aux passages qui le pressent de toutes parts. Lui parle-t-on des grands, des seigneurs, des nobles : ce sont, dit-il, de simples distinctions, et non pas des distinctions d'ordre; ce sont des choses de courtoisie, et non pas des prérogatives de la loi. Ou bien, dit-il, les gens dont on parle étoient du conseil du roi : ils pouvoient même être des Romains; mais il n'y avoit toujours qu'un seul ordre de citoyens chez les Francs. D'un autre côté, s'il est parlé de quelque Franc d'un rang inférieur,

à la formule XIII de Marculfe, *de regis antrustione.* Voyez aussi le tit. LXVI de la *loi salique.* § 3 et 4; et le tit. LXXIV; et la *loi des Ripuaires,* tit. XI; et le capitulaire de Charles le Chauve, *apud Carisiacum,* de l'an 877, chap. XX.

[1] *Loi salique,* tit XLIV, § 6. [2] *Ibid.,* § 4.
[3] *Ibid.,* § 1. [4] *Ibid.,* tit. XLIV, § 13. [5] *Ibid.,* § 7.
[6] *Si quis, quolibet casu, dentem optimati Burgundioni, vel Romano nobili excusserit, solidos viginti quinque cogatur exsolvere; de mediocribus personis, ingenuis, tam Burgundionibus quam Romanis, si dens excussus fuerit, decem solidis componatur; de inferioribus personis, quin-*

[1] Voyez l'*Établissement de la monarchie françoise,* tom. III, liv. VI, chap. IV, page 304.
[2] Il cite le titre XLIV de cette loi, et la *loi des Ripuaires,* titres VII et XXXVI.
[3] *Qui in truste dominica est,* tit. XLIV, § 4; et cela se rapporte

ce sont des serfs [1] ; et c'est de cette manière qu'il interprète le décret de Childebert. Il est nécessaire que je m'arrête sur ce décret. M. l'abbé Dubos l'a rendu fameux, parce qu'il s'en est servi pour prouver deux choses : l'une, que toutes les compositions que l'on trouve dans les lois des barbares n'étoient que des intérêts civils ajoutés aux peines corporelles [2], ce qui renverse de fond en comble tous les anciens monuments, l'autre, que tous les hommes libres étoient jugés directement et immédiatement par le roi [3], ce qui contredit par une infinité de passages et d'autorités qui nous font connoître l'ordre judiciaire de ces temps-là [4].

Il est dit dans ce décret, fait dans une assemblée de la nation, que si le juge trouve un voleur fameux, il le fera lier pour être envoyé devant le roi, si c'est un Franc (*Francus*); mais si c'est une personne plus foible (*debilior persona*), il sera pendu sur le lieu [5]. Selon M. l'abbé Dubos, *Francus* est un homme libre, *debilior persona* est un serf. J'ignorerai, pour un moment, ce que peut signifier ici le mot *Francus*; et je commencerai par examiner ce qu'on peut entendre par ces mots, *une personne plus foible*. Je dis que, dans quelque langue que ce soit, tout comparatif suppose nécessairement trois termes : le plus grand, le moindre, et le plus petit. S'il n'étoit ici question que des hommes libres et des serfs, on auroit dit un serf, et non pas *un homme d'une moindre puissance*. Ainsi, *debilior persona* ne signifie point là un serf, mais une personne au-dessous de laquelle doit être le serf. Cela supposé, *Francus* ne signifiera pas un homme libre, mais un homme puissant; et *Francus* est pris ici dans cette acception, parce que parmi les Francs étoient toujours ceux qui avoient dans l'état une plus grande puissance; et qu'il étoit plus difficile au juge ou au comte de corriger. Cette explication s'accorde avec un grand nombre de capitulaires qui donnent les cas dans lesquels les criminels pouvoient être renvoyés devant le roi, et ceux où ils ne le pouvoient pas [1].

On trouve dans la vie de Louis le Débonnaire, écrite par Tégan [2], que les évêques furent les principaux auteurs de l'humiliation de cet empereur, surtout ceux qui avoient été serfs, et ceux qui étoient nés parmi les barbares. Tégan apostrophe ainsi Hébon, que ce prince avoit tiré de la servitude, et avoit fait archevêque de Reims : « Quelle » récompense l'empereur a-t-il reçue de tant de » bienfaits [3] ? Il t'a fait libre, et non pas noble; » il ne pouvoit pas te faire noble, après t'avoir » donné la liberté. »

Ce discours, qui prouve si formellement deux ordres de citoyens, n'embarrasse point M. l'abbé Dubos. Il répond ainsi [4] : « Ce passage ne veut » point dire que Louis le Débonnaire n'eût pas pu » faire entrer Hébon dans l'ordre des nobles. Hé-» bon, comme archevêque de Reims, eût été du » premier ordre, supérieur à celui de la noblesse. » Je laisse au lecteur à décider si ce passage ne le veut point dire; je lui laisse à juger s'il est ici question d'une préséance du clergé sur la noblesse. « Ce passage prouve seulement, continue » M. l'abbé Dubos [5], que les citoyens nés libres » étoient qualifiés de nobles-hommes : dans l'usage » du monde, noble-homme, et homme né libre, » ont signifié long-temps la même chose. » Quoi ! sur ce que, dans nos temps modernes, quelques bourgeois ont pris la qualité de nobles-hommes, un passage de la vie de Louis le Débonnaire s'appliquera à ces sortes de gens ! « Peut-être aussi, » ajoute-t-il encore [6], qu'Hébon n'avoit point été » esclave dans la nation des Francs, mais dans la » nation saxonne, ou dans une autre nation ger-» manique, où les citoyens étoient divisés en plu-» sieurs ordres. » Donc, à cause du *peut-être* de M. l'abbé Dubos, il n'y aura point eu de noblesse dans la nation des Francs. Mais il n'a jamais plus mal appliqué de *peut-être*. On vient de voir que Tégan [7] distingue les évêques qui avoient

que *solidos*. Art. 1, 2 et 3 du tit. xxvi de la *loi des Bourguignons*.

[1] *Établissement de la monarchie françoise*, chap. v, pages 519 et 520.

[2] *Ibid.*, liv. VI, chap. iv, pages 507 et 508.

[3] *Ibid.*, tome III, liv. VI, chap. iv, page 509; et au chapitre suivant, pages 519 et 520.

[4] Voyez le livre XXVIII de cet ouvrage, chap. xxviii; et livre XXXI, chap. viii.

[5] *Itaque colonia convenit et ita bannivimus, ut unusquisque judex criminosum latronem ut audierit, ad casam suam ambulet, et ipsum ligare faciat : ita ut, si Francus fuerit, ad nostram præsentiam dirigatur : et, si debilior persona fuerit, in loco pendatur.* (Capitulaire de l'édition de Baluze, tome I, page 19.)

[1] Voyez le livre XXVIII de cet ouvrage, chap. xxviii; et livre XXXI, chap. viii.

[2] Chapitres XLIII et XLIV.

[3] *O qualem remunerationem reddidisti ei! Fecit te liberum, non nobilem, quod impossibile est post libertatem.* Ibid.

[4] *Établissement de la monarchie françoise*, tome III, liv. VI, chap. iv, page 516.

[5] *Établissement de la monarchie françoise*, tome III, liv. VI, chap. iv, page 516.

[6] *Ibid.*

[7] *Omnes episcopi molesti fuerunt Ludovico, et maxime ii quos e servili conditione honoratos habebat, cum his qui ex barbaris nationibus ad hoc fastigium perducti sunt.* (De gestis Ludovici Pii, cap. XLIII et XLIV.)

été opposés à Louis le Débonnaire, dont les uns avoient été serfs, et les autres étoient d'une nation barbare. Hébon étoit des premiers, et non pas des seconds. D'ailleurs je ne sais comment on peut dire qu'un serf tel qu'Hébon auroit été Saxon ou Germain : un serf n'a point de famille, ni par conséquent de nation. Louis le Débonnaire affranchit Hébon ; et, comme les serfs affranchis prenoient la loi de leur maître, Hébon devint Franc, et non pas Saxon ou Germain.

Je viens d'attaquer ; il faut que je me défende. On me dira que le corps des antrustions formoit bien dans l'état un ordre distingué de celui des hommes libres ; mais que, comme les fiefs furent d'abord amovibles, et ensuite à vie, cela ne pouvoit pas former une noblesse d'origine, puisque les prérogatives n'étoient point attachées à un fief héréditaire. C'est cette objection qui a sans doute fait penser à M. de Valois qu'il n'y avoit qu'un seul ordre de citoyens chez les Francs : sentiment que M. l'abbé Dubos a pris de lui, et qu'il a absolument gâté à force de mauvaises preuves. Quoi qu'il en soit, ce n'est point M. l'abbé Dubos qui auroit pu faire cette objection : car, ayant donné trois ordres de noblesse romaine, et la qualité de convive du roi pour le premier, il n'auroit pas pu dire que ce titre marquât plus une noblesse d'origine que celui d'antrustion. Mais il faut une réponse directe. Les antrustions ou fidèles n'étoient pas tels, parce qu'ils avoient un fief ; mais on leur donnoit un fief, parce qu'ils étoient antrustions ou fidèles. On se ressouvient de ce que j'ai dit dans les premiers chapitres de ce livre : ils n'avoient pas pour lors, comme ils eurent dans la suite, le même fief ; mais s'ils n'avoient pas celui-là, ils en avoient un autre, et parce que les fiefs se donnoient à la naissance, et parce qu'ils se donnoient souvent dans les assemblées de la nation, et enfin parce que, comme il étoit de l'intérêt des nobles d'en avoir, il étoit aussi de l'intérêt du roi de leur en donner. Ces familles étoient distinguées par leur dignité de fidèles, et par la prérogative de pouvoir se recommander pour un fief. Je ferai voir dans le livre suivant[1] comment, par les circonstances des temps, il y eut des hommes libres qui furent admis à jouir de cette grande prérogative, et par conséquent à entrer dans l'ordre de la noblesse. Cela n'étoit point ainsi du temps de Gontran et de Childebert, son neveu ; et cela étoit ainsi du temps de Charlemagne. Mais quoique, dès le temps de ce prince, les hommes

libres ne fussent pas incapables de posséder des fiefs, il paroit, par le passage de Tégan rapporté ci-dessus, que les serfs affranchis en étoient absolument exclus. M. l'abbé Dubos[1], qui va en Turquie pour nous donner une idée de ce qu'étoit l'ancienne noblesse françoise, nous dira-t-il qu'on se soit jamais plaint en Turquie de ce qu'on y élevoit aux honneurs et aux dignités des gens de basse naissance, comme on s'en plaignoit sous les règnes de Louis le Débonnaire et de Charles le Chauve ? On ne s'en plaignoit pas du temps de Charlemagne, parce que ce prince distingua toujours les anciennes familles d'avec les nouvelles : ce que Louis le Débonnaire et Charles le Chauve ne firent pas.

Le public ne doit pas oublier qu'il est redevable à M. l'abbé Dubos de plusieurs compositions excellentes. C'est sur ces beaux ouvrages qu'il doit le juger, et non pas sur celui-ci. M. l'abbé Dubos y est tombé dans de grandes fautes, parce qu'il a plus eu devant les yeux M. le comte de Boulainvilliers que son sujet. Je ne tirerai de toutes mes critiques que cette réflexion : Si ce grand homme a erré, que ne dois-je pas craindre !

<hr>

LIVRE TRENTE-UNIÈME.

THÉORIE

DES LOIS FÉODALES CHEZ LES FRANCS,

DANS LE RAPPORT QU'ELLES ONT AVEC LES RÉVOLUTIONS DE LEUR MONARCHIE.

CHAPITRE I.

Changements dans les offices et les fiefs.

D'abord les comtes n'étoient envoyés dans leurs districts que pour un an ; bientôt ils achetèrent la continuation de leurs offices. On en trouve un exemple dès le règne des petits-enfants de Clovis. Un certain Peonius étoit comte dans la ville d'Auxerre[2] ; il envoya son fils Mummolus porter de l'argent à Gontran, pour être continué dans son emploi : le fils donna de l'argent pour lui-même, et obtint la place du père. Les rois avoient déjà commencé à corrompre leurs propres graces.

Quoique, par la loi du royaume, les fiefs fussent amovibles, ils ne se donnoient pourtant ni ne s'ô-

<hr>

[1] Chapitre XXIII.

[1] Histoire de l'*Établissement de la monarchie françoise*, t. III, liv. VI, chap. IV, page 302.
[2] Grégoire de Tours, liv. IV, chap. XLII.

toient d'une manière capricieuse et arbitraire ; et c'étoit ordinairement une des principales choses qui se traitoient dans les assemblées de la nation. On peut bien penser que la corruption se glissa dans ce point, comme elle s'étoit glissée dans l'autre ; et que l'on continua la possession des fiefs pour de l'argent, comme on continuoit la possession des comtés.

Je ferai voir, dans la suite de ce livre[1], qu'indépendamment des dons que les princes firent pour un temps, il y en eut d'autres qu'ils firent pour toujours. Il arriva que la cour voulut révoquer les dons qui avoient été faits : cela mit un mécontentement général dans la nation, et l'on en vit bientôt naître cette révolution fameuse dans l'histoire de France, dont la première époque fut le spectacle étonnant du supplice de Brunehault.

Il paroît d'abord extraordinaire que cette reine, fille, sœur, mère de tant de rois, fameuse encore aujourd'hui par des ouvrages dignes d'un édile ou d'un proconsul romain ; née avec un génie admirable pour les affaires, douée de qualités qui avoient été si long-temps respectées, se soit vue tout-à-coup exposée à des supplices si longs, si honteux, si cruels[2], par un roi dont l'autorité étoit assez mal affermie dans sa nation[3], si elle n'étoit tombée, par quelque cause particulière, dans la disgrace de cette nation. Clotaire lui reprocha la mort de dix rois[4] ; mais il y en avoit deux qu'il fit lui-même mourir ; la mort de quelques autres fut le crime du sort, ou de la méchanceté d'une autre reine ; et une nation qui avoit laissé mourir Frédégonde dans son lit, qui s'étoit même opposée à la punition de ses épouvantables crimes[5], devoit être bien froide sur ceux de Brunehault.

Elle fut mise sur un chameau, et on la promena dans toute l'armée : marque certaine qu'elle étoit tombée dans la disgrace de cette armée. Frédégaire dit que Protaire, favori de Brunehault, prenoit le bien des seigneurs, et en gorgeoit le fisc ; qu'il humilioit la noblesse, et que personne ne pouvoit être sûr de garder le poste qu'il avoit[6]. L'armée conjura contre lui, on le poignarda dans sa tente ; et Brunehault, soit par les vengeances

qu'elle tira de cette mort[1], soit par la poursuite du même plan, devint tous les jours plus odieuse à la nation[2].

Clotaire, ambitieux de régner seul, et plein de la plus affreuse vengeance, sûr de périr si les enfants de Brunehault avoient le dessus, entra dans une conjuration contre lui-même ; et, soit qu'il fût malhabile, ou qu'il fût forcé par les circonstances, il se rendit accusateur de Brunehault, et fit faire de cette reine un exemple terrible.

Warnachaire avoit été l'ame de la conjuration contre Brunehault ; il fut fait maire de Bourgogne : il exigea de Clotaire qu'il ne seroit jamais déplacé pendant sa vie[3]. Par-là le maire ne put plus être dans le cas où avoient été les seigneurs françois ; et cette autorité commença à se rendre indépendante de l'autorité royale.

C'étoit la funeste régence de Brunehault qui avoit surtout effarouché la nation. Tandis que les lois subsistèrent dans leur force, personne ne put se plaindre de ce qu'on lui ôtoit un fief, puisque la loi ne le lui donnoit pas pour toujours ; mais, quand l'avarice, les mauvaises pratiques, la corruption, firent donner des fiefs, on se plaignit de ce qu'on étoit privé par de mauvaises voies des choses que souvent on avoit acquises de même. Peut-être que, si le bien public avoit été le motif de la révocation des dons, on n'auroit rien dit ; mais on montroit l'ordre, sans cacher la corruption ; on réclamoit le droit du fisc, pour prodiguer les biens du fisc à sa fantaisie ; les dons ne furent plus la récompense ou l'espérance des services. Brunehault, par un esprit corrompu, voulut corriger les abus de la corruption ancienne. Ses caprices n'étoient point ceux d'un esprit foible ; les leudes et les grands officiers se crurent perdus : ils la perdirent.

Il s'en faut bien que nous ayons tous les actes qui furent passés dans ces temps-là ; et les faiseurs de chroniques, qui savoient à peu près de l'histoire de leur temps ce que les villageois savent aujourd'hui de celle du nôtre, sont très stériles. Cependant nous avons une constitution de Clotaire, donnée dans le concile de Paris[4] pour la réformation des abus[5], qui fait voir que ce

<hr/>

[1] Chap. VII.
[2] Chronique de Frédégaire, chap. XLII.
[3] Clotaire II, fils de Chilpéric, et père de Dagobert.
[4] Chronique de Frédégaire, chap. XLII.
[5] Voyez Grégoire de Tours, liv. VIII, chap. XXXI.
[6] Sæva illi fuit contra personas iniquitos, fisco nimium tribuens, de rebus personarum ingeniose fiscum vellens implere... ut nullus reperiretur qui gradum quem arripuerat, potuisset adsumere. (Chronique de Frédégaire, chap. XXVII, sur l'an 605.)

[1] Ibid., chap. XXVIII, sur l'an 607.
[2] Ibid., chap. XLI, sur l'an 613. Burgundiæ farones, tam episcopi quam cæteri leudes, timentes Brunichildem, et odium in eam habentes, consilium inientes, etc.
[3] Ibid., chap. XLII, sur l'an 613. Sacramento a Clotario accepto, ne unquam vitæ suæ temporibus degradaretur.
[4] Quelque temps après le supplice de Brunehault, l'an 615. Voyez l'édition des capitulaires de Baluze, page 21.
[5] Quæ contra rationis ordinem acta vel ordinata sunt, ne in antea, quod avertat Divinitas ! contingant, disposue-

prince fit cesser les plaintes qui avoient donné lieu à la révolution. D'un côté, il y confirme tous les dons qui avoient été faits ou confirmés par les rois ses prédécesseurs [1]; et il ordonne de l'autre que tout ce qui a été ôté à ses leudes ou fidèles leur soit rendu [2].

Ce ne fut pas la seule concession que le roi fit dans ce concile. Il voulut que ce qui avoit été fait contre les priviléges des ecclésiastiques fût corrigé [3] : il modéra l'influence de la cour dans les élections aux évêchés [4]. Le roi réforma de même les affaires fiscales : il voulut que tous les nouveaux cens fussent ôtés [5]; qu'on ne levât aucun droit de passage établi depuis la mort de Gontran, Sigebert et Chilpéric [6]; c'est-à-dire qu'il supprimoit tout ce qui avoit été fait pendant les régences de Frédégonde et de Brunehault; il défendit que ses troupeaux fussent menés dans les forêts des particuliers [7]; et nous allons voir tout-à-l'heure que la réforme fut encore plus générale, et s'étendit aux affaires civiles.

CHAPITRE II.

Comment le gouvernement civil fut réformé.

On avoit vu jusqu'ici la nation donner des marques d'impatience et de légèreté sur le choix ou sur la conduite de ses maîtres; on l'avoit vue régler les différends de ses maîtres entre eux, et leur imposer la nécessité de la paix. Mais, ce qu'on n'avoit pas encore vu, la nation le fit pour lors : elle jeta les yeux sur sa situation actuelle; elle examina ses lois de sang-froid; elle pourvut à leur insuffisance; elle arrêta la violence; elle régla le pouvoir.

Les régences mâles, hardies et insolentes de Frédégonde et de Brunehault, avoient moins étonné cette nation qu'elles ne l'avoient avertie. Frédégonde avoit défendu ses méchancetés par ses méchancetés mêmes; elle avoit justifié le poison et les assassinats par le poison et les assassinats; elle s'étoit conduite de manière que ses attentats étoient encore plus particuliers que publics. Frédégonde fit plus de maux; Brunehault en fit craindre davantage. Dans cette crise, la nation ne se contenta pas de mettre ordre au gouvernement féodal; elle voulut aussi assurer son gouvernement civil : car celui-ci étoit encore plus corrompu que l'autre; et cette corruption étoit d'autant plus dangereuse, qu'elle étoit plus ancienne, et tenoit plus en quelque sorte à l'abus des mœurs qu'à l'abus des lois.

L'histoire de Grégoire de Tours et les autres monuments nous font voir, d'un côté, une nation féroce et barbare, et, de l'autre, des rois qui ne l'étoient pas moins. Ces princes étoient meurtriers, injustes et cruels, parce que toute la nation l'étoit. Si le christianisme parut quelquefois les adoucir, ce ne fut que par les terreurs que le christianisme donne aux coupables. Les églises se défendirent contre eux par les miracles et les prodiges de leurs saints. Les rois n'étoient point sacriléges, parce qu'ils redoutoient les peines des sacriléges; mais d'ailleurs ils commirent, ou par colère, ou de sang-froid, toutes sortes de crimes et d'injustices, parce que ces crimes et ces injustices ne leur montroient pas la main de la divinité si présente. Les Francs, comme j'ai dit, souffroient des rois meurtriers, parce qu'ils étoient meurtriers eux-mêmes; ils n'étoient point frappés des injustices et des rapines de leurs rois, parce qu'ils étoient ravisseurs et injustes comme eux. Il y avoit bien des lois établies; mais les rois les rendoient inutiles par de certaines lettres appelées *préceptions* [1], qui renversoient ces mêmes lois : c'étoit à peu près comme les rescrits des empereurs romains, soit que les rois eussent pris d'eux cet usage, soit qu'ils l'eussent tiré du fond même de leur naturel. On voit, dans Grégoire de Tours, qu'ils faisoient des meurtres de sang-froid, et faisoient mourir des accusés qui n'avoient pas seulement été entendus; ils donnoient des préceptions pour faire des mariages illicites [2]; ils en donnoient pour transporter les successions; ils en donnoient pour ôter le droit des parents; ils en donnoient pour épouser les religieuses. Ils ne faisoient point à la vérité des lois de leur seul mouvement, mais ils suspendoient la pratique de celles qui étoient faites.

[1] *Ibid.*, art. 16. [2] *Ibid.*, art. 17.
[3] *Et quod per tempora ex hoc prætermissum est, vel dehinc, perpetualiter observetur.* Ibid. In procemio.
[4] *Ita ut, episcopo decedente, in loco ipsius qui a metropolitano ordinari debet cum provincialibus, a clero et populo eligatur, et, si persona condigna fuerit, per ordinationem principis ordinetur; vel certe, si palatio eligitur, per meritum personæ et doctrinæ ordinetur.* Ibid., art. 1.
[5] *Ut ubicumque census novus impie additus est.... emendetur.* Art. 8.
[6] *Ibid.*, art. 9. [7] *Ibid.*, art. 21.

[1] C'étoient des ordres que le roi envoyoit aux juges, pour faire ou souffrir de certaines choses contre la loi.
[2] Voyez Grégoire de Tours, liv. IV, page 227. L'histoire et les chartres sont pleines de ceci; et l'étendue de ces abus paroit surtout dans l'édit de Clotaire II, de l'an 515, donné pour les réformer. Voyez les capitulaires, édition de Baluze, t. I, p. 22.

L'édit de Clotaire redressa tous les griefs. Personne ne put plus être condamné sans être entendu [1] ; les parents durent toujours succéder selon l'ordre établi par la loi [2] ; toutes préceptions pour épouser des filles, des veuves ou des religieuses, furent nulles, et on punit sévèrement ceux qui les obtinrent et en firent usage [3]. Nous saurions peut-être plus exactement ce qu'il statuoit sur ces préceptions, si l'article 15 de ce décret et les deux suivants n'avoient péri par le temps. Nous n'avons que les premiers mots de cet article 15 qui ordonne que les préceptions seront observées ; ce qui ne peut pas s'entendre de celles qu'il venoit d'abolir par la même loi. Nous avons une autre constitution du même prince, qui se rapporte à son édit, et corrige de même de point en point tous les abus des préceptions [4].

Il est vrai que M. Baluze, trouvant cette constitution sans date, et sans le nom du lieu où elle a été donnée, l'a attribuée à Clotaire I. Elle est de Clotaire II. J'en donnerai trois raisons :

1° Il y est dit que le roi conservera les immunités accordées aux églises par son père et son aïeul [5]. Quelles immunités auroit pu accorder aux églises Childéric, aïeul de Clotaire I, lui qui n'étoit pas chrétien, et qui vivoit avant que la monarchie eût été fondée ? Mais, si l'on attribue ce décret à Clotaire II, on lui trouvera pour aïeul Clotaire I lui-même, qui fit des dons immenses aux églises pour expier la mort de son fils Cramne, qu'il avoit fait brûler avec sa femme et ses enfants.

2° Les abus que cette constitution corrige subsistèrent après la mort de Clotaire I, et furent même portés à leur comble pendant la foiblesse du règne de Gontran, la cruauté de celui de Chilpéric, et les détestables régences de Frédégonde et de Brunehault. Or, comment la nation auroit-elle pu souffrir des griefs si solennellement proscrits, sans s'être jamais récriée sur le retour continuel de ces griefs ? Comment n'auroit-elle pas fait pour lors ce qu'elle fit lorsque Chilpéric II ayant repris les anciennes violences [6], elle le pressa d'ordonner que, dans les jugements, on suivît la loi et les coutumes, comme on faisoit anciennement [7] ?

5° Enfin cette constitution, faite pour redresser les griefs, ne peut point concerner Clotaire I, puisqu'il n'y avoit point sous son règne de plaintes dans le royaume à cet égard, et que son autorité y étoit très affermie, surtout dans le temps où l'on place cette constitution ; au lieu qu'elle convient très bien aux événements qui arrivèrent sous le règne de Clotaire II, qui causèrent une révolution dans l'état politique du royaume. Il faut éclairer l'histoire par les lois, et les lois par l'histoire.

CHAPITRE III.

Autorité des maires du palais.

J'ai dit que Clotaire II s'étoit engagé à ne point ôter à Warnachaire la place de maire pendant sa vie. La révolution eut un autre effet ; avant ce temps, le maire étoit le maire du roi : il devint le maire du royaume ; le roi le choisissoit : la nation le choisit. Protaire, avant la révolution, avoit été fait maire par Théodoric [1], et Landéric par Frédégonde [2] ; mais depuis la nation fut en possession d'élire [3].

Ainsi il ne faut pas confondre, comme ont fait quelques auteurs, ces maires du palais avec ceux qui avoient cette dignité avant la mort de Brunehault [4], les maires du roi avec les maires du royaume. On voit, par la loi des Bourguignons, que chez eux la charge de maire n'étoit point une des premières de l'état [5] : elle ne fut pas non plus une des plus éminentes chez les premiers rois francs [6].

Clotaire rassura ceux qui possédoient des charges et des fiefs ; et, après la mort de Warnachaire, ce prince ayant demandé aux seigneurs assemblés à Troyes qui ils vouloient mettre en sa place, ils s'écrièrent tous qu'ils n'éliroient point ; et, lui

[1] Article 22. [2] Ibid., art. 6. [3] Ibid., art. 18.
[4] Dans l'édition des Capitulaires de Baluze, tom. 1, pag. 8.
[5] J'ai parlé au livre précédent de ces immunités, qui étoient des concessions de droits de justice, et qui contenoient des défenses aux juges royaux de faire aucune fonction dans le territoire, et étoient équivalentes à l'érection ou concession d'un fief.
[6] Il commença à régner vers l'an 670.
[7] Voyez la Vie de saint Léger.

[1] Instigante Brunichilde, Theodorico jubente, etc. Frédégaire, chap. XXVII, sur l'an 605.
[2] Gesta regum Francorum, chap. XXXVI.
[3] Voyez Frédégaire, Chronique. chap. LIV, sur l'an 626 ; et son continuateur anonyme, chap. CI, sur l'an 695, et chap. CV, sur l'an 715. Aimoin, livre IV, chap. XV. Éginhard, Vie de Charlemagne, chap. XLVIII. Gesta regum Francorum, chap. XLV.
[4] Le maire du palais n'étoit d'abord que le chef des domestiques, et l'administrateur général de la maison du prince ; mais, après avoir essayé sa puissance à faire des rois, et à devenir perpétuel, il fut tout, et la loi qui avoit défendu que les enfants succédassent à leurs pères dans les grands emplois tomba en désuétude. (CHABRIT, de la Monarchie Françoise, et de ses Lois, liv. VII, ch. LXIII.) (P.)
[5] Voyez la loi des Bourguignons, in præfat. ; et le second supplément à cette loi, titre XIII.
[6] Voyez Grégoire de Tours, liv. IX, chap. XXXVI.

demandant sa faveur, ils se mirent entre ses mains [1].

Dagobert réunit, comme son père, toute la monarchie : la nation se reposa sur lui, et ne lui donna point de maire. Ce prince se sentit en liberté; et, rassuré d'ailleurs par ses victoires, il reprit le plan de Brunehault. Mais cela lui réussit si mal, que les leudes d'Austrasie se laissèrent battre par les Sclavons [2], s'en retournèrent chez eux, et les marches de l'Austrasie furent en proie aux barbares.

Il prit le parti d'offrir aux Austrasiens de céder l'Austrasie à son fils Sigebert, avec un trésor, et de mettre le gouvernement du royaume et du palais entre les mains de Cunibert, évêque de Cologne, et du duc Adalgise. Frédégaire n'entre point dans le détail des conventions qui furent faites pour lors; mais le roi les confirma toutes par ses chartres, et d'abord l'Austrasie fut mise hors de danger [3].

Dagobert, se sentant mourir, recommanda à Æga sa femme Nentechilde et son fils Clovis. Les leudes de Neustrie et de Bourgogne choisirent ce jeune prince pour leur roi [4]. Æga et Nentechilde gouvernèrent le palais [5]; ils rendirent tous les biens que Dagobert avoit pris [6], et les plaintes cessèrent en Neustrie et en Bourgogne, comme elles avoient cessé en Austrasie.

Après la mort d'Æga, la reine Nentechilde engagea les seigneurs de Bourgogne à élire Floachatus pour leur maire [7]. Celui-ci envoya aux évêques et aux principaux seigneurs du royaume de Bourgogne des lettres, par lesquelles il leur promettoit de leur conserver pour toujours, c'est-à-dire pendant leur vie, leurs honneurs et leurs dignités [8]. Il confirma sa parole par un serment :

c'est ici que l'auteur du livre des maires de la maison royale met le commencement de l'administration du royaume par des maires du palais [1].

Frédégaire, qui étoit Bourguignon, est entré dans de plus grands détails sur ce qui regarde les maires de Bourgogne dans le temps de la révolution dont nous parlons, que sur les maires d'Austrasie et de Neustrie; mais les conventions qui furent faites en Bourgogne furent, par les mêmes raisons, faites en Neustrie et en Austrasie. La nation crut qu'il étoit plus sûr de mettre la puissance entre les mains d'un maire qu'elle élisoit, et à qui elle pouvoit imposer des conditions, qu'entre celles d'un roi dont le pouvoir étoit héréditaire.

CHAPITRE IV.

Quel étoit à l'égard des maires le génie de la nation.

Un gouvernement, dans lequel une nation qui avoit un roi élisoit celui qui devoit exercer la puissance royale, paroît bien extraordinaire; mais, indépendamment des circonstances où l'on se trouvoit, je crois que les Francs tiroient à cet égard leurs idées de bien loin.

Ils étoient descendus des Germains, dont Tacite dit que, dans le choix de leur roi, ils se déterminoient par sa noblesse, et, dans le choix de leur chef, par sa vertu [2]. Voilà les rois de la première race, et les maires du palais : les premiers étoient héréditaires, les seconds étoient électifs.

[1] *Eo anno, Clotarius cum proceribus et leudibus Burgundiæ Trecassinis conjungitur : cum eorum esset sollicitus si vellentjam, Warnachario discesso, alium in ejus honoris gradum sublimare ; sed omnes unanimiter denegantes se nequaquam velle majorem-domus eligere, regis gratiam obnixe petentes, cum rege transegere.* (Chronique de Frédégaire, chap. LIV, sur l'an 626.)

[2] *Istam victoriam quam Vinidi contra Francos meruerunt, non tantum Sclavinorum fortitudo obtinuit, quantum dementatio Austrasiorum, dum se cernebant cum Dagoberto odium incurrisse, et assidue expoliarentur.* (Chronique de Frédégaire, chap. LXVIII, sur l'an 630.)

[3] *Deinceps Austrasii eorum studio linitem et regnum Francorum contra Vinidos utiliter defensasse noscuntur.* (*Ibid.*, chap. LXXX, sur l'an 652.)

[4] *Ibid.*, chap. LXXIX, sur l'an 638. [5] *Ibid.*

[6] *Ibid.*, chap. LXXX, sur l'an 639.

[7] *Chronique de Frédégaire*, chap. LXXXIX, sur l'an 641.

[8] Ibid. *Floachatus cunctis ducibus a regno Burgundiæ, seu et pontificibus, per epistolas etiam et sacramentis firmavit unicuique gradum honoris et dignitatem, seu et amicitiam, perpetuo conservare.*

[1] *Deinceps a temporibus Clodovei, cui fuit filius Dagoberti inclyti regis, pater vero Theodorici, regnum Francorum decidens per majores-domus cœpit ordinari.* De majoribus-domus regiæ.

[2] *Reges ex nobilitate, duces ex virtute sumunt.* De moribus Germanorum. — Ce passage de Tacite doit être expliqué et suppléé par César, dont le récit est plus développé. On lit, dans le liv. VI de la guerre des Gaules, qu'un peuple composé de plusieurs cantons n'avoit point de chef commun en temps de paix. Les divers cantons étoient régis par leurs magistrats ou princes, que Tacite appelle rois, et qui exerçoient dans la paix le pouvoir civil, en attendant que la guerre mît en activité leur pouvoir militaire. En guerre, tous les cantons qui composoient un seul peuple se concertoient; et entre les rois, princes, ou magistrats qui gouvernoient chaque canton, ils se choisissoient un général pour commander toutes les forces de la nation réunie. Dans ce choix ils se déterminoient, comme le dit Tacite, par la considération de la valeur. Celui de leurs rois des divers cantons qui passoit pour le plus vaillant devenoit généralissime, et toute la nation marchoit sous ses ordres; toutefois les troupes de chaque canton avoient pour commandant particulier leur propre roi. Ainsi, dans les armées germaniques se trouvoient plusieurs rois, et c'est de quoi toute l'histoire nous fournit des exemples. Mais ces rois étoient commandés par l'un d'entre eux, et non par un chef d'un grade inférieur, comme le suppose le système de Montesquieu. (CRÉV.)

On ne peut douter que ces princes, qui, dans l'assemblée de la nation, se levoient et se proposoient pour chefs de quelque entreprise à tous ceux qui voudroient les suivre, ne réunissent pour la plupart, dans leur personne, et l'autorité du roi et la puissance du maire. Leur noblesse leur avoit donné la royauté; et leur vertu, les faisant suivre par plusieurs volontaires qui les prenoient pour chefs, leur donnoit la puissance du maire. C'est par la dignité royale que nos premiers rois furent à la tête des tribunaux et des assemblées, et donnèrent des lois du consentement de ces assemblées; c'est par la dignité de duc ou de chef qu'ils firent leurs expéditions, et commandèrent leurs armées.

Pour connoître le génie des premiers Francs à cet égard, il n'y a qu'à jeter les yeux sur la conduite que tint Arbogaste, Franc de nation, à qui Valentinien avoit donné le commandement de l'armée [1]. Il enferma l'empereur dans le palais; il ne permit à qui que ce fût de lui parler d'aucune affaire civile ou militaire. Arbogaste fit pour lors ce que les Pepins firent depuis.

CHAPITRE V.

Comment les maires obtinrent le commandement des armées.

Pendant que les rois commandèrent les armées, la nation ne pensa point à se choisir un chef. Clovis et ses quatre fils furent à la tête des François, et les menèrent de victoire en victoire. Thibault, fils de Théodebert, prince jeune, foible et malade, fut le premier des rois qui resta dans son palais [2]. Il refusa de faire une expédition en Italie contre Narsès, et il eut le chagrin de voir les Francs se choisir deux chefs qui les y menèrent [3]. Des quatre enfants de Clotaire I, Gontran fut celui qui négligea le plus de commander les armées [4]: d'autres rois suivirent cet exemple; et, pour remettre sans péril le commandement en d'autres mains, ils le donnèrent à plusieurs chefs ou ducs [5].

On en vit naître des inconvénients sans nombre: il n'y eut plus de discipline, on ne sut plus obéir; les armées ne furent plus funestes qu'à leur propre pays; elles étoient chargées de dépouilles avant d'arriver chez les ennemis. On trouve dans Grégoire de Tours une vive peinture de tous ces maux [1]: « Comment pourrons-nous obtenir la » victoire, disoit Gontran, nous qui ne conser- » vons pas ce que nos pères ont acquis? Notre » nation n'est plus la même [2].... » Chose singulière! elle étoit dans la décadence dès le temps des petits-fils de Clovis.

Il étoit donc naturel qu'on en vînt à faire un duc unique; un duc qui eût de l'autorité sur cette multitude infinie de seigneurs et de leudes qui ne connoissoient plus leurs engagements; un duc qui rétablît la discipline militaire, et qui menât contre l'ennemi une nation qui ne savoit plus faire la guerre qu'à elle-même. On donna la puissance aux maires du palais.

La première fonction des maires du palais fut le gouvernement économique des maisons royales. Ils eurent, concurremment avec d'autres officiers, le gouvernement politique des fiefs [3]; et, à la fin, ils en disposèrent seuls. Ils eurent aussi l'administration des affaires de la guerre, et le commandement des armées; et ces deux fonctions se trouvèrent nécessairement liées avec les deux autres. Dans ces temps-là, il étoit plus difficile d'assembler les armées que de les commander: et quel autre que celui qui disposoit des graces pouvoit avoir cette autorité? Dans cette nation indépendante et guerrière, il falloit plutôt inviter que contraindre; il falloit donner ou faire espérer les fiefs qui vaquoient par la mort du possesseur, récompenser sans cesse, faire craindre les préférences: celui qui avoit la surintendance du palais devoit donc être le général de l'armée.

CHAPITRE VI.

Seconde époque de l'abaissement des rois de la première race.

Depuis le supplice de Brunehault, les maires avoient été administrateurs du royaume sous les rois; et, quoiqu'ils eussent la conduite de la guerre,

[1] Voyez Sulpicius Alexander, dans Grégoire de Tours, liv. II.
[2] L'an 552.
[3] *Leutheris vero et Butulinus, tametsi id regi eorum minime placebat, belli cum eis societatem inierunt.* (Agathias, liv. 1; Grégoire de Tours, liv. IV, chap. IX.)
[4] Gontran ne fit pas même l'expédition contre Gondovalde, qui se disoit fils de Clotaire, et demandoit sa part du royaume.
[5] Quelquefois au nombre de vingt. (Voyez Grégoire de Tours, liv. V, chap. XXVII; liv. VIII, chap. XVIII et XXX; liv. X, chap. III.) Dagobert, qui n'avoit point de maire en Bourgogne, eut la même politique, et envoya contre les Gascons dix ducs, et

plusieurs comtes qui n'avoient point de ducs sur eux. (*Chronique de Frédégaire*, chap. LXXVIII, sur l'an 635.)
[1] Grégoire de Tours, liv. VIII, chap. XXX; et liv. X, chap. III.
[2] *Ibid.*, liv. VIII, chap. XXX.
[3] *Ibid.*
[3] Voyez le second supplément à la *loi des Bourguignons*, tit. XIII; et Grégoire de Tours, liv. IX, chap. XXXVI.

les rois étoient pourtant à la tête des armées, et le maire et la nation combattoient sous eux. Mais la victoire du duc Pepin sur Théodoric et son maire[1] acheva de dégrader les rois[2]; celle que remporta Charles-Martel sur Chilpéric et son maire Rainfroy[3] confirma cette dégradation. L'Austrasie triompha deux fois de la Neustrie et de la Bourgogne; et la mairie d'Austrasie étant comme attachée à la famille des Pepins, cette mairie s'éleva sur toutes les autres mairies, et cette maison sur toutes les autres maisons. Les vainqueurs craignirent que quelque homme accrédité ne se saisît de la personne des rois pour exciter des troubles. Ils les tinrent dans une maison royale, comme dans une espèce de prison[4]. Une fois, chaque année, ils étoient montrés au peuple. Là ils faisoient des ordonnances[5], mais c'étoient celles du maire; ils répondoient aux ambassadeurs, mais c'étoient les réponses du maire. C'est dans ce temps que les historiens nous parlent du gouvernement des maires sur les rois qui leur étoient assujettis[6].

Le délire de la nation pour la famille de Pepin alla si loin, qu'elle élut pour maire un de ses petits-fils qui étoit encore dans l'enfance[7]; elle l'établit sur un certain Dagobert, et mit un fantôme sur un fantôme.

CHAPITRE VII.

Des grands offices et des fiefs sous les maires du palais.

Les maires du palais n'eurent garde de rétablir l'amovibilité des charges et des offices; ils ne régnoient que par la protection qu'ils accordoient à cet égard à la noblesse : ainsi les grands offices continuèrent à être donnés pour la vie, et cet usage se confirma de plus en plus.

Mais j'ai des réflexions particulières à faire sur les fiefs. Je ne puis douter que, dès ce temps-là, la plupart n'eussent été rendus héréditaires.

[1] Voyez les Annales de Metz, sur les années 687 et 688.
[2] *Illis quidem nomina regum imponens, ipse totius regni habens privilegium*, etc. Annales de Metz, sur l'an 695.
[3] *Ibid.*, sur l'an 719.
[4] *Sedemque illi regalem sub sua ditione concessit.* Annales de Metz, sur l'an 719.
[5] *Ex Chronico Centulensi*, lib. II. *Ut responsa quæ erat edoctus, vel potius jussus, ex sua velut potestate redderet.*
[6] Annales de Metz, sur l'an 691. *Anno principatus Pippini super Theodoricum...* Annales de Fulde ou de Laurishau. *Pippinus, dux Francorum, obtinuit regnum Francorum per annos 27, cum regibus sibi subjectis.*
[7] *Posthæc Theudoaldus, filius ejus (Grimoaldi) parvulus, in loco ipsius, cum prædicto rege Dagoberto, major-domus palatii effectus est.* (Le continuateur anonyme de Frédégaire, sur l'an 714, chap. civ.)

Dans le traité d'Andeli[1], Gontran et son neveu Childebert s'obligent de maintenir les libéralités faites aux leudes et aux églises par les rois leurs prédécesseurs; et il est permis aux reines, aux filles, aux veuves des rois, de disposer par testament, et pour toujours, des choses qu'elles tiennent du fisc[2].

Marculfe écrivoit ses formules du temps des maires[3]. On en voit plusieurs où les rois donnent et à la personne et aux héritiers[4]; et, comme les formules sont les images des actions ordinaires de la vie, elles prouvent que, sur la fin de la première race, une partie des fiefs passoit déjà aux héritiers. Il s'en falloit bien que l'on eût dans ces temps-là l'idée d'un domaine inaliénable : c'est une chose très moderne, et qu'on ne connoissoit alors ni dans la théorie, ni dans la pratique.

On verra bientôt sur cela des preuves de fait; et, si je montre un temps où il ne se trouva plus de bénéfices pour l'armée, ni aucun fonds pour son entretien, il faudra bien convenir que les anciens bénéfices avoient été aliénés. Ce temps est celui de Charles-Martel, qui fonda de nouveaux fiefs, qu'il faut bien distinguer des premiers.

Lorsque les rois commencèrent à donner pour toujours, soit par la corruption qui se glissa dans le gouvernement, soit par la constitution même qui faisoit que les rois étoient obligés de récompenser sans cesse, il étoit naturel qu'ils commençassent plutôt à donner à perpétuité les fiefs que les comtés. Se priver de quelques terres étoit peu de chose; renoncer aux grands offices, c'étoit perdre la puissance même.

CHAPITRE VIII.

Comment les aleux furent changés en fiefs.

La manière de changer un aleu en fief se trouve dans une formule de Marculfe[5]. On donnoit sa terre au roi : il la rendoit au donateur en usufruit ou bénéfice, et celui-ci désignoit aux rois ses héritiers.

[1] Rapporté par Grégoire de Tours, liv. IX. Voyez aussi l'édit de Clotaire II, de l'an 615, art 16.
[2] *Ut si quid de agris fiscalibus vel speciebus atque præsidio, pro arbitrii sui voluntate, facere aut cuiquam conferre voluerint, fixa stabilitate perpetuo conservetur.*
[3] Voyez la XXIV et la XXXIV du livre I.
[4] Voyez la formule XIV du livre I, qui s'applique également à des biens fiscaux donnés directement pour toujours, ou donnés d'abord en bénéfice, et ensuite pour toujours : « Sicut ab illo, » aut a fisco nostro, fuit possessa. » Voyez aussi la formule XVII, *ibid.*
[5] Liv. I, formule XIII.

Pour découvrir les raisons que l'on eut de dénaturer ainsi son aleu, il faut que je cherche, comme dans des abymes, les anciennes prérogatives de cette noblesse, qui, depuis onze siècles, est couverte de poussière, de sang et de sueur.

Ceux qui tenoient des fiefs avoient de très grands avantages. La composition pour les torts qu'on leur faisoit étoit plus forte que celle des hommes libres. Il paroît, par les formules de Marculfe, que c'étoit un privilége du vassal du roi, que celui qui le tueroit paieroit six cents sous de composition. Ce privilége étoit établi par la loi salique [1] et par celle des Ripuaires [2]; et, pendant que ces deux lois ordonnoient six cents sous pour la mort du vassal du roi, elles n'en donnoient que deux cents pour la mort d'un ingénu, Franc, barbare, ou homme vivant sous la loi salique; et que cent pour celle d'un Romain [3].

Ce n'étoit pas le seul privilége qu'eussent les vassaux du roi. Il faut savoir que quand un homme étoit cité en jugement, et qu'il ne se présentoit point, ou n'obéissoit pas aux ordonnances des juges, il étoit appelé devant le roi [4]; et, s'il persistoit dans sa coutumace, il étoit mis hors de la protection du roi, et personne ne pouvoit le recevoir chez soi, ni même lui donner du pain [5]: or, s'il étoit d'une condition ordinaire, ses biens étoient confisqués [6]; mais, s'il étoit vassal du roi, ils ne l'étoient pas [7]. Le premier, par sa coutumace, étoit censé convaincu du crime, et non pas le second. Celui-là, dans les moindres crimes, étoit soumis à la preuve par l'eau bouillante [8]; celui-ci n'y étoit condamné que dans le cas du meurtre [9]. Enfin, un vassal du roi ne pouvoit être contraint de jurer en justice contre un autre vassal [10]. Ces priviléges augmentèrent toujours; et le capitulaire de Carloman fait cet honneur aux vassaux du roi, qu'on ne peut les obliger de jurer eux-mêmes, mais seulement par la bouche de leurs propres vassaux [11]. De plus, lorsque celui qui avoit les honneurs ne s'étoit pas rendu à l'armée, sa peine étoit de s'abstenir de chair et de vin, autant de temps qu'il avoit manqué au service; mais l'homme libre qui n'avoit pas suivi le comte [1] payoit une composition de soixante sous, et étoit mis en servitude jusqu'à ce qu'il l'eût payée [2].

Il est donc aisé de penser que les Francs, qui n'étoient point vassaux du roi, et encore plus les Romains, cherchèrent à le devenir; et qu'afin qu'ils ne fussent pas privés de leurs domaines, on imagina l'usage de donner son aleu au roi, de le recevoir de lui en fief, et de lui désigner ses héritiers. Cet usage continua toujours : et il eut surtout lieu dans les désordres de la seconde race, où tout le monde avoit besoin d'un protecteur, et vouloit faire corps avec d'autres seigneurs, et entrer pour ainsi dire dans la monarchie féodale, parce qu'on n'avoit plus la monarchie politique [3].

Ceci continua dans la troisième race, comme on le voit par plusieurs chartres [4], soit qu'on donnât son aleu, et qu'on le reprît par le même acte; soit qu'on le déclarât aleu, et qu'on le reconnût en fief. On appeloit ces fiefs *fiefs de reprise*.

Cela ne signifie pas que ceux qui avoient des fiefs les gouvernassent en bons pères de famille; et, quoique les hommes libres cherchassent beaucoup à avoir des fiefs, ils traitoient ce genre de biens comme on administre aujourd'hui les usufruits. C'est ce qui fit faire à Charlemagne, prince le plus vigilant et le plus attentif que nous ayons eu, bien des réglements [5] pour empêcher qu'on ne dégradât les fiefs en faveur de ses propriétés. Cela prouve seulement que, de son temps, la plupart des bénéfices étoient encore à vie; et que, par conséquent, on prenoit plus de soin des aleux que des bénéfices; mais cela n'empêche pas que l'on n'aimât encore mieux être vassal du roi qu'homme libre. On pouvoit avoir des raisons pour disposer d'une certaine portion particulière d'un fief, mais on ne vouloit pas perdre sa dignité même.

Je sais bien encore que Charlemagne se plaint, dans un capitulaire [6], que, dans quelques lieux, il y avoit des gens qui donnoient leurs fiefs en propriété, et les rachetoient ensuite en propriété. Mais je ne dis point qu'on n'aimât mieux une propriété qu'un usufruit : je dis seulement que,

[1] Titre XLIV. Voyez aussi le titre LXVI, § 3 et 4; et le titre LXXIV.
[2] Titre XI.
[3] Voyez la *loi des Ripuaires*, tit. VII; et la *loi salique*, tit. XLIV, art. 1 et 4.
[4] *Loi salique*, tit. LIX et LXXVI.
[5] *Extra sermonem regis.* (Loi salique, tit. LIX et LXXVI.
[6] *Ibid.*, tit. LIX, § 1. [7] *Ibid.*, tit. LXXVI, § 1.
[8] *Loi salique*, tit. LVI et LIX.
[9] *Ibid.*, tit. LXXVI, § 1.
[10] *Ibid.*, tit. LXXVI, § 2.
[11] *Apud Vernis palatium*, de l'an 883, art. 4 et 11.

[1] Capitulaire de Charlemagne, qui est le second de l'an 822, art. 1 et 3.
[2] *Heribannum.*
[3] « *Non infirmis reliquit hæredibus;* » dit Lambert d'Ardres, dans Ducange, au mot *alodis.*
[4] Voyez celles que Ducange cite au mot *alodis*; et celles que rapporte Galland; *Traité du franc-aleu*, pag. 14 et suiv.
[5] Capitulaire II, de l'an 802, art. 10; et le capitulaire VIII, de l'an 803, art. 3; et le capitulaire I, *incerti anni*, art. 49; et le capitulaire de l'an 806, art. 7.
[6] Le cinquième, de l'an 806, art. 8.

lorsqu'on pouvoit faire d'un aleu un fief qui passât aux héritiers, ce qui est le cas de la formule dont j'ai parlé, on avoit de grands avantages à le faire.

CHAPITRE IX.

Comment les biens ecclésiastiques furent convertis en fiefs.

Les biens fiscaux n'auroient dû avoir d'autre destination que de servir aux dons que les rois pouvoient faire pour inviter les Francs à de nouvelles entreprises, lesquelles augmentoient d'un autre côté les biens fiscaux, et cela étoit, comme j'ai dit, l'esprit de la nation; mais les dons prirent un autre cours. Nous avons un discours de Chilpéric [1], petit-fils de Clovis, qui se plaignoit déjà que ses biens avoient été presque tous donnés aux églises. « Notre fisc est devenu pauvre, disoit-il ; » nos richesses ont été transportées aux églises [2] : » il n'y a plus que les évêques qui règnent ; ils » sont dans la grandeur, et nous n'y sommes » plus. »

Cela fit que les maires, qui n'osoient attaquer les seigneurs, dépouillèrent les églises ; et une des raisons qu'allégua Pepin pour entrer en Neustrie [3], fut qu'il y avoit été invité par les ecclésiastiques pour arrêter les entreprises des rois, c'està-dire des maires, qui privoient l'église de tous ses biens.

Les maires d'Austrasie, c'est-à-dire la maison des Pepins, avoient traité l'église avec plus de modération qu'on n'avoit fait en Neustrie et en Bourgogne ; et cela est bien clair par nos chroniques [4], où les moines ne peuvent se lasser d'admirer la dévotion et la libéralité des Pepins. Ils avoient occupé eux-mêmes les premières places de l'église. « Un corbeau ne crève pas les yeux à un corbeau, » comme disoit Chilpéric aux évêques [5].

Pepin soumit la Neustrie et la Bourgogne; mais ayant pris, pour détruire les maires et les rois, le prétexte de l'oppression des églises, il ne pouvoit plus les dépouiller sans contredire son titre, et faire voir qu'il se jouoit de la nation. Mais la conquête de deux grands royaumes, et la destruction du parti opposé, lui fournirent assez de moyens de contenter ses capitaines.

Pepin se rendit maître de la monarchie en protégeant le clergé : Charles-Martel, son fils, ne put se maintenir qu'en l'opprimant. Ce prince, voyant qu'une partie des biens royaux et des biens fiscaux avoient été donnés à vie ou en propriété à la noblesse, et que le clergé, recevant des mains des riches et des pauvres, avoit acquis une grande partie des allodiaux mêmes, il dépouilla les églises; et les fiefs du premier partage ne subsistant plus, il forma une seconde fois des fiefs [1]. Il prit, pour lui et pour ses capitaines, les biens des églises et les églises mêmes, et fit cesser un abus qui, à la différence des maux ordinaires, étoit d'autant plus facile à guérir qu'il étoit extrême.

CHAPITRE X.

Richesses du clergé.

Le clergé recevoit tant, qu'il faut que, dans les trois races, on lui ait donné plusieurs fois tous les biens du royaume. Mais, si les rois, la noblesse et le peuple trouvèrent le moyen de leur donner tous leurs biens, ils ne trouvèrent pas moins celui de les leur ôter. La piété fit fonder les églises dans la première race ; mais l'esprit militaire les fit donner aux gens de guerre, qui les partagèrent à leurs enfants. Combien ne sortit-il pas de terres de la mense du clergé ! Les rois de la seconde race ouvrirent leurs mains, et firent encore d'immenses libéralités ; les Normands arrivent, pillent et ravagent, persécutent surtout les prêtres et les moines, cherchent les abbayes, regardent où ils trouveront quelque lieu religieux : car ils attribuoient aux ecclésiastiques la destruction de leurs idoles, et toutes les violences de Charlemagne, qui les avoit obligés les uns après les autres de se réfugier dans le Nord. C'étoient des haines que quarante ou cinquante années n'avoient pu leur faire oublier. Dans cet état des choses, combien le clergé perdit-il de biens ! A peine y avoit-il des ecclésiastiques pour les redemander. Il resta donc encore à la piété de la troisième race assez de fondations à faire, et de terres à donner : les opinions répandues et crues dans ces temps-là auroient privé les laïques de tout leur bien, s'ils avoient été assez honnêtes gens. Mais, si les ecclésiastiques avoient de l'ambition, les laïques en

[1] Dans Grégoire de Tours, liv. VI, chap. XLVI.

[2] Cela fit qu'il annula les testaments faits en faveur des églises, et même les dons faits par son père : Gontran les rétablit, et fit même de nouveaux dons. (Grégoire de Tours, liv. VII, chap. VII.)

[3] Voyez les Annales de Metz, sur l'an 687 : *Excitor imprimis querelis sacerdotum et servorum Dei, qui me sæpius adierunt ut pro sublatis injuste patrimoniis*, etc.

[4] Voyez les Annales de Metz, sur l'an 687.

[5] Dans Grégoire de Tours.

[1] *Karolus, plurima juri ecclesiastico detrahens, prædia fisco sociavit, ac deinde militibus dispertivit.* (Ex chronico Centulensi, lib. II.)

avoient aussi : si le mourant donnoit, le successeur vouloit reprendre. On ne voit que querelles entre les seigneurs et les évêques, les gentilshommes et les abbés ; et il falloit qu'on pressât vivement les ecclésiastiques, puisqu'ils furent obligés de se mettre sous la protection de certains seigneurs, qui les défendoient pour un moment, et les opprimoient après.

Déja une meilleure police, qui s'établissoit dans le cours de la troisième race, permettoit aux ecclésiastiques d'augmenter leur bien. Les calvinistes parurent, et firent battre de la monnoie de tout ce qui se trouva d'or et d'argent dans les églises. Comment le clergé auroit-il été assuré de sa fortune? il ne l'étoit pas de son existence. Il traitoit des matières de controverse, et l'on brûloit ses archives. Que servit-il de redemander à une noblesse toujours ruinée ce qu'elle n'avoit plus, ou ce qu'elle avoit hypothéqué de mille manières? Le clergé a toujours acquis, il a toujours rendu, et il acquiert encore.

CHAPITRE XI.

État de l'Europe du temps de Charles Martel.

Charles-Martel, qui entreprit de dépouiller le clergé, se trouva dans les circonstances les plus heureuses : il étoit craint et aimé des gens de guerre, et il travailloit pour eux; il avoit le prétexte de ses guerres contre les Sarrasins[1]; quelque haï qu'il fût du clergé, il n'en avoit aucun besoin; le pape, à qui il étoit nécessaire, lui tendoit les bras : on sait la célèbre ambassade que lui envoya Grégoire III[2]. Ces deux puissances furent fort unies, parce qu'elles ne pouvoient se passer l'une de l'autre : le pape avoit besoin des Francs pour le soutenir contre les Lombards et contre les Grecs; Charles Martel avoit besoin du pape pour humilier les Grecs, embarrasser les Lombards, se rendre plus respectable chez lui, et accréditer les titres qu'il avoit, et ceux que lui ou ses enfants pourroient prendre[3]. Il ne pouvoit donc manquer son entreprise.

[1] Voyez les Annales de Metz.
[2] Epistolam quoque, decreto Romanorum principum, sibi prædictus præsul Gregorius miserat, quod sese populus romanus, relicta imperatoris dominatione, ad suam defensionem et invictam clementiam convertere voluisset. (Annales de Metz, sur l'an 741.) Eo pacto patrato, ut a partibus imperatoris recederet. Frédégaire.
[3] On peut voir, dans les auteurs de ces temps-là, l'impression que l'autorité de tant de papes fit sur l'esprit des François. Quoique le roi Pepin eût déja été couronné par l'archevêque de Mayence, il regarda l'onction qu'il reçut du pape Étienne comme une chose qui le confirmoit dans tous ses droits.

Saint Eucher, évêque d'Orléans, eut une vision qui étonna les princes. Il faut que je rapporte, à ce sujet, la lettre que les évêques assemblés à Reims écrivirent à Louis le Germanique[2], qui étoit entré dans les terres de Charles le Chauve, parce qu'elle est très propre à nous faire voir quel étoit, dans ces temps-là, l'état des choses, et la situation des esprits. Ils disent[2] que « saint Eucher ayant été ravi dans le ciel, il vit Charles » Martel tourmenté dans l'enfer inférieur par » l'ordre des saints qui doivent assister avec Jé- » sus-Christ au jugement dernier; qu'il avoit été » condamné à cette peine avant le temps, pour » avoir dépouillé les églises de leurs biens, et » s'être par-là rendu coupable des péchés de tous » ceux qui les avoient dotées; que le roi Pepin » fit tenir à ce sujet un concile; qu'il fit rendre » aux églises tout ce qu'il put retirer des biens » ecclésiastiques; que, comme il n'en put ravoir » qu'une partie, à cause de ses démêlés avec Vai- » fre, duc d'Aquitaine, il fit faire en faveur des » églises des lettres précaires du reste[3], et régla » que les laïques paieroient une dîme des biens » qu'ils tenoient des églises, et douze deniers pour » chaque maison; que Charlemagne ne donna » point les biens de l'église; qu'il fit au contraire » un capitulaire par lequel il s'engagea, pour lui » et ses successeurs, de ne les donner jamais; que » tout ce qu'ils avancent est écrit; et que même » plusieurs d'entre eux l'avoient entendu raconter » à Louis le Débonnaire, père des deux rois. »

Le réglement du roi Pepin, dont parlent les évêques, fut fait dans le concile tenu à Leptines[4]. L'église y trouvoit cet avantage que ceux qui avoient reçu de ces biens ne les tenoient plus que d'une manière précaire; et que d'ailleurs elle en recevoit la dîme, et douze deniers pour chaque case qui lui avoit appartenu. Mais c'étoit un remède palliatif, et le mal restoit toujours.

Cela même trouva de la contradiction ; et Pepin fut obligé de faire un autre capitulaire[5], où

[1] Anno 858, apud Carisiacum, édit. de Baluze, tom. II, p. 101.
[2] Anno 838, apud Carisiacum, édit. de Baluze, tom. II, art. 7, pag. 109.
[3] « Precaria, quod precibus utendum conceditur, » dit Cujas dans ses notes sur le livre I des fiefs. Je trouve dans un diplôme du roi Pepin, daté de la troisième année de son règne, que ce prince n'établit pas le premier ces lettres précaires; il en cite une faite par le maire Ebroin, et continuée depuis. Voyez le diplôme de ce roi dans le tome V des Historiens de France des bénédictins, art. 6.
[4] L'an 743. Voyez le livre V des capitulaires, art. 3. édition de Baluze, page 825.
[5] Celui de Metz, de l'an 756, art. 4.

il enjoignit à ceux qui tenoient de ces bénéfices de payer cette dîme et cette redevance, et même d'entretenir les maisons de l'évêché ou du monastère, sous peine de perdre les biens donnés. Charlemagne renouvela les réglements de Pepin[1].

Ce que les évêques disent dans la même lettre, que Charlemagne promit, pour lui et ses successeurs, de ne plus partager les biens des églises aux gens de guerre, est conforme au capitulaire de ce prince, donné à Aix-la-Chapelle, l'an 803, fait pour calmer les terreurs des ecclésiastiques à cet égard; mais les donations déja faites subsistèrent toujours[2]. Les évêques ajoutent, et avec raison, que Louis le Débonnaire suivit la conduite de Charlemagne, et ne donna point les biens de l'église aux soldats.

Cependant les anciens abus allèrent si loin que, sous les enfants de Louis le Débonnaire, les laïques établissoient des prêtres dans leurs églises, ou les chassoient, sans le consentement des évêques[3]. Les églises se partageoient entre les héritiers[4]; et quand elles étoient tenues d'une manière indécente, les évêques n'avoient d'autre ressource que d'en retirer les reliques[5].

Le capitulaire de Compiègne établit que l'envoyé du roi pourroit faire la visite de tous les monastères avec l'évêque[6], de l'avis et en présence de celui qui le tenoit[7]; et cette règle générale prouve que l'abus étoit général.

Ce n'est pas qu'on manquât de lois pour la restitution des biens des églises. Le pape ayant reproché aux évêques leur négligence sur le rétablissement des monastères, ils écrivirent à Charles le Chauve qu'ils n'avoient point été touchés de ce reproche, parce qu'ils n'en étoient pas coupables; et ils l'avertirent de ce qui avoit été promis, résolu et statué dans tant d'assemblées de la nation[8]. Effectivement ils en citent neuf.

On disputoit toujours. Les Normands arrivèrent, et mirent tout le monde d'accord.

CHAPITRE XII.

Établissement des dîmes.

Les réglements faits sous le roi Pepin avoient plutôt donné à l'église l'espérance d'un soulagement qu'un soulagement effectif; et, comme Charles Martel trouva tout le patrimoine public entre les mains des ecclésiastiques, Charlemagne trouva les biens des ecclésiastiques entre les mains des gens de guerre. On ne pouvoit faire restituer à ceux-ci ce qu'on leur avoit donné; et les circonstances où l'on étoit pour lors rendoient la chose encore plus impraticable qu'elle n'étoit de sa nature. D'un autre côté, le christianisme ne devoit pas périr, faute de ministres, de temples, et d'instructions[1].

Cela fit que Charlemagne établit les dîmes[2], nouveau genre de bien, qui eut cet avantage pour le clergé, qu'étant singulièrement donné à l'église, il fut plus aisé dans la suite d'en reconnoître les usurpations.

On a voulu donner à cet établissement des dates bien plus reculées; mais les autorités que l'on cite me semblent être des témoins contre ceux qui les allèguent. La constitution de Clotaire[3] dit seulement qu'on ne lèveroit point de certaines dîmes sur les biens de l'église[4]. Bien loin donc que l'église levât des dîmes dans ces temps-là, toute sa prétention étoit de s'en faire exempter. Le second concile de Mâcon[5], tenu l'an 585, qui ordonne que l'on paie les dîmes, dit, à la vérité, qu'on les avoit payées dans les temps anciens; mais il dit aussi que, de son temps, on ne les payoit plus.

Qui doute qu'avant Charlemagne on n'eût ouvert la Bible, et prêché les dons et les offrandes

[1] Voyez son capitulaire de l'an 805, donné à Worms, édition de Baluze, pag. 411, où il règle le contrat précaire; et celui de Francfort, de l'an 794, pag. 267, art. 24, sur les réparations des maisons; et celui de l'an 800, pag. 359.

[2] Comme il paroît par la note précédente, et par le capitulaire de Pepin, roi d'Italie, où il est dit que le roi donneroit en fief les monastères à ceux qui se recommanderoient pour des fiefs. Il est ajouté à la *loi des Lombards*, liv. III, tit. 4, § 30; et aux *lois saliques*, recueil des lois de Pepin, dans Échard, page 195, tit. XXVI, art. 4.

[3] Voyez la constitution de Lothaire I, dans la *loi des Lombards*, liv. III; loi 4, § 43.

[4] *Ibid.*, § 44. [5] *Ibid.*

[6] Donné la vingt-huitième année du règne de Charles le Chauve, l'an 868, édit. de Baluze, page 203.

[7] *Cum consilio et consensu ipsius qui locum retinet.*

[8] *Concilium apud Bonoilum* (seizième année de Charles le Chauve, l'an 856, édition de Baluze, page 78.)

[1] Dans les guerres civiles qui s'élevèrent du temps de Charles Martel, les biens de l'église de Reims furent donnés aux laïques. On laissa le clergé subsister comme il pourroit, est-il dit dans la *Vie de saint Remy.* (Surius, tom. I, pag. 279.)

[2] *Loi des Lombards*, liv. III, tit. III, § 4 et 2.

[3] C'est celle dont j'ai tant parlé au chapitre IV ci-dessus, que l'on trouve dans l'édition des capitulaires de Baluze, tome I, art. 11, pag. 9.

[4] *Agraria et pascuaria, vel decimas porcorum, ecclesiæ concedimus; ita ut actor aut decimator in rebus ecclesiæ nullus accedat.* Le capitulaire de Charlemagne, de l'an 800, édition de Baluze, page 536, explique très bien ce que c'étoit que cette sorte de dîme dont Clotaire exempte l'église: c'étoit le dixième des cochons que l'on mettoit dans les forêts du roi pour engraisser; et Charlemagne veut que ses juges le paient comme les autres, afin de donner l'exemple. On voit que c'étoit un droit seigneurial ou économique.

[5] *Canone V, ex tomo primo conciliorum antiquorum Galliæ, opera Jacobi Sirmundi.*

33

du Lévitique? Mais je dis qu'avant ce prince les dîmes pouvoient être prêchées, mais qu'elles n'étoient point établies.

J'ai dit que les réglements faits sous le roi Pepin avoient soumis au paiement des dîmes, et aux réparations des églises, ceux qui possédoient en fief les biens ecclésiastiques. C'étoit beaucoup d'obliger, par une loi dont on ne pouvoit disputer la justice, les principaux de la nation à donner l'exemple.

Charlemagne fit plus, et on voit, par le capitulaire *de villis* [1], qu'il obligea ses propres fonds au paiement des dîmes : c'étoit encore un grand exemple.

Mais le bas peuple n'est guère capable d'abandonner ses intérêts par des exemples. Le synode de Francfort [2] lui présenta un motif plus pressant pour payer les dîmes. On y fit un capitulaire, dans lequel il est dit que, dans la dernière famine, on avoit trouvé les épis de blé vides ; qu'ils avoient été dévorés par les démons, et qu'on avoit entendu leurs voix qui reprochoient de n'avoir pas payé la dîme [3] ; et, en conséquence, il fut ordonné à tous ceux qui tenoient les biens ecclésiastiques de payer la dîme ; et, en conséquence encore, on l'ordonna à tous.

Le projet de Charlemagne ne réussit pas d'abord : cette charge parut accablante [4]. Le paiement des dîmes, chez les Juifs, étoit entré dans le plan de la fondation de leur république ; mais ici le paiement des dîmes étoit une charge indépendante de celles de l'établissement de la monarchie. On peut voir, dans les dispositions ajoutées à la loi des Lombards [5], la difficulté qu'il y eut à faire recevoir les dîmes par les lois civiles : on peut juger, par les différents canons des conciles, de celle qu'il y eut à les faire recevoir par les lois ecclésiastiques.

Le peuple consentit enfin à payer les dîmes, à condition qu'il pourroit les racheter. La constitution de Louis le Débonnaire [6], et celle de l'empereur Lothaire son fils [1], ne le permirent pas.

Les lois de Charlemagne sur l'établissement des dîmes étoient l'ouvrage de la nécessité ; la religion seule y eut part, et la superstition n'en eut aucune.

La fameuse division qu'il fit des dîmes en quatre parties, pour la fabrique des églises, pour les pauvres, pour l'évêque, pour les clercs [2], prouve bien qu'il vouloit donner à l'église cet état fixe et permanent qu'elle avoit perdu.

Son testament fait voir qu'il voulut achever de réparer les maux que Charles Martel, son aïeul, avoit faits [3]. Il fit trois parties égales de ses biens mobiliers : il voulut que deux de ces parties fussent divisées en vingt-une, pour les vingt-une métropoles de son empire ; chaque partie devoit être subdivisée entre la métropole et les évêchés qui en dépendoient. Il partagea le tiers qui restoit en quatre parties ; il en donna une à ses enfants et ses petits-enfants ; une autre fut ajoutée aux deux tiers déjà donnés ; les deux autres furent employées en œuvres pies. Il sembloit qu'il regardât le don immense qu'il venoit de faire aux églises, moins comme une action religieuse que comme une dispensation politique.

CHAPITRE XIII.

Des élections aux évêchés et abbayes.

Les églises étant devenues pauvres, les rois abandonnèrent les élections aux évêchés et autres bénéfices ecclésiastiques [4]. Les princes s'embarrassèrent moins d'en nommer les ministres, et les compétiteurs réclamèrent moins leur autorité. Ainsi, l'église recevoit une espèce de compensation pour les biens qu'on lui avoit ôtés.

Et si Louis le Débonnaire laissa au peuple romain le droit d'élire les papes [5], ce fut un effet de l'esprit général de son temps : on se gouverna à l'égard du siége de Rome comme on faisoit à l'égard des autres.

[1] Article 6, édition de Baluze, page 532. Il fut donné l'an 800.
[2] Tenu sous Charlemagne, l'an 794.
[3] *Experimento enim didicimus in anno quo illa valida fames irrepsit, ebullire vacuas annonas a dæmonibus devoratas, et voces exprobrationis auditas*, etc. Édition de Baluze, page 267, art 25.
[4] Voyez entre autres le capitulaire de Louis le Débonnaire, de l'an 829, édition de Baluze, pag. 665, contre ceux qui, dans la vue de ne pas payer la dîme, ne cultivoient point leurs terres ; et article 5 : *Nonis quidem et decimis, unde et genitor noster et nos frequenter, in diversis placitis, admonitionem fecimus.*
[5] Entre autres celle de Lothaire, liv. III, tit. I:1, chap. VI.
[6] De l'an 829, art. 7, dans Baluze, tom. I, pag. 665.

[1] *Loi des Lombards*, liv. III, tit. III, § 8.
[2] *Ibid.*, § 4.
[3] C'est une espèce de codicille rapporté par Éginhart, et qui est différent du testament même qu'on trouve dans Goldast et Baluze.
[4] Voyez le capitulaire de Charlemagne, de l'an 803, art. 2, édit. de Baluze, pag. 379 ; et l'édit. de Louis le Débonnaire, de l'an 834, dans Goldast, constitution impériale, tom. I.
[5] Cela est dit dans le fameux canon *Ego Ludovicus*, qui est visiblement supposé. Il est dans l'édition de Baluze, pag. 591, sur l'an 817.

CHAPITRE XIV.

Des fiefs de Charles-Martel.

Je ne dirai point si Charles Martel donnant les biens de l'Église en fief, il les donna à vie, ou à perpétuité. Tout ce que je sais c'est que, du temps de Charlemagne [1] et de Lothaire I [2], il y avoit de ces sortes de biens qui passoient aux héritiers, et se partageoient entre eux.

Je trouve de plus qu'une partie fut donnée en aleu, et l'autre partie en fief [3].

J'ai dit que les propriétaires des aleux étoient soumis au service comme les possesseurs des fiefs. Cela fut sans doute en partie cause que Charles Martel donna en aleu aussi bien qu'en fief.

CHAPITRE XV.

Continuation du même sujet.

Il faut remarquer que les fiefs ayant été changés en biens d'église, et les biens d'église ayant été changés en fiefs, les fiefs et les biens d'église prirent réciproquement quelque chose de la nature de l'un et de l'autre. Ainsi, les biens d'église eurent les priviléges des fiefs, et les fiefs eurent les priviléges des biens d'église : tels furent les droits honorifiques dans les églises, qu'on vit naitre dans ces temps-là [4]. Et, comme ces droits ont toujours été attachés à la haute justice, préférablement à ce que nous appelons aujourd'hui le fief, il suit que les justices patrimoniales étoient établies dans le temps même de ces droits.

CHAPITRE XVI.

Confusion de la royauté et de la mairerie [5]. Seconde race.

L'ordre des matières a fait que j'ai troublé l'ordre des temps ; de sorte que j'ai parlé de Char-

[1] Comme il paraît par son capitulaire de l'an 801, art. 17, dans Baluze, tom. I, pag. 360.

[2] Voyez sa constitution, insérée dans le code des Lombards, liv. III, tit. I, § 44.

[3] Voyez la constitution ci-dessus, et le capitulaire de Charles le Chauve, de l'an 846, chap. xx, *in villa Sparnaco*, édit. de Baluze, tom. II, pag. 31 ; et celui de l'an 833, chap. III et v, dans le synode de Soissons, édit. de Baluze, tom. II, pag. 54, et celui de l'an 854, *apud Attiniacum*, chap. x, édition de Baluze, tom. II, pag. 70. Voyez aussi le capitulaire premier de Charlemagne, *incerti anni*, art. 49 et 56 de Baluze, tom. I, pag. 519.

[4] Voyez les capitulaires, liv. V, art. 44 ; et l'édit de Pistes, de l'an 866, art. 8 et 9, où l'on voit les droits honorifiques des seigneurs, établis tels qu'ils sont aujourd'hui.

[5] Depuis long-temps ce mot n'est plus d'usage ; on dit *mairie*. (P.)

lemagne avant d'avoir parlé de cette époque fameuse de la translation de la couronne aux Carlovingiens, faite sous le roi Pepin : chose qui, à la différence des événements ordinaires, est peut-être plus remarquée aujourd'hui qu'elle ne le fut dans le temps même qu'elle arriva.

Les rois n'avoient point d'autorité, mais ils avoient un nom ; le titre de roi étoit héréditaire, et celui de maire étoit électif. Quoique les maires, dans les derniers temps, eussent mis sur le trône celui des Mérovingiens qu'ils vouloient, ils n'avoient point pris de roi dans une autre famille ; et l'ancienne loi, qui donnoit la couronne à une certaine famille, n'étoit point effacée du cœur des Francs. La personne du roi étoit presque inconnue dans la monarchie ; mais la royauté ne l'étoit pas. Pepin, fils de Charles Martel, crut qu'il étoit à propos de confondre ces deux titres : confusion qui laisseroit toujours de l'incertitude si la royauté nouvelle étoit héréditaire, ou non ; et cela suffisoit à celui qui joignoit à la royauté une grande puissance. Pour lors, l'autorité du maire fut jointe à l'autorité royale. Dans le mélange de ces deux autorités, il se fit une espèce de conciliation. Le maire avoit été électif, et le roi héréditaire : la couronne, au commencement de la seconde race, fut élective, parce que le peuple choisit ; elle fut héréditaire, parce qu'il choisit toujours dans la même famille [1].

Le père Le Cointe, malgré la foi de tous les monuments [2], nie que le pape ait autorisé ce grand changement [3] ; une de ses raisons est qu'il auroit fait une injustice. Et il est admirable de voir un historien juger de ce que les hommes ont fait, par ce qu'ils auroient dû faire. Avec cette manière de raisonner, il n'y auroit plus d'histoire.

Quoi qu'il en soit, il est certain que, dès le moment de la victoire du duc Pepin, sa famille fut régnante, et que celle des Mérovingiens ne le fut plus. Quand son petit-fils Pepin fut couronné roi, ce ne fut qu'une cérémonie de plus, et un fantôme de moins ; il n'acquit rien par-là que les ornements royaux : il n'y eut rien de changé dans la nation.

J'ai dit ceci pour fixer le moment de la révolu-

[1] Voyez le testament de Charlemagne ; et le partage que Louis le Débonnaire fit à ses enfants dans l'assemblée des états tenue à Quierzy, rapportée par Goldast : *Quem populus eligere velit, ut patri suo succedat in regni hœreditate.*

[2] L'anonyme, sur l'an 752 ; et chron. Centud., sur l'an 754.

[3] *Fabella quœ post Pippini mortem excogitata est, œquitati ac sanctitati Zachariœ popœ plurimum adversatur.* (Annales ecclésiastiques des François, tom. II, pag. 519.)

tion, afin qu'on ne se trompe pas, en regardant comme une révolution ce qui n'étoit qu'une conséquence de la révolution.

Quand Hugues Capet fut couronné roi, au commencement de la troisième race, il y eut un plus grand changement, parce que l'état passa de l'anarchie à un gouvernement quelconque; mais quand Pepin prit la couronne, on passa d'un gouvernement au même gouvernement.

Quand Pepin fut couronné roi, il ne fit que changer de nom; mais, quand Hugues Capet fut couronné roi, la chose changea, parce qu'un grand fief uni à la couronne fit cesser l'anarchie.

Quand Pepin fut couronné roi, le titre de roi fut uni au plus grand office; quand Hugues Capet fut couronné, le titre de roi fut uni au plus grand fief.

CHAPITRE XVII.

Chose particulière dans l'élection des rois de la seconde race.

On voit, dans la formule de la consécration de Pepin[1], que Charles et Carloman furent aussi oints et bénis; et que les seigneurs françois s'obligèrent, sous peine d'interdiction et d'excommunication, de n'élire jamais personne d'une autre race[2].

Il paroit par les testaments de Charlemagne et de Louis le Débonnaire, que les Francs choisissoient entre les enfants des rois : ce qui se rapporte très bien à la clause ci-dessus. Et, lorsque l'empire passa dans une autre maison que celle de Charlemagne, la faculté d'élire, qui étoit restreinte et conditionnelle, devint pure et simple; et on s'éloigna de l'ancienne constitution.

Pepin, se sentant près de sa fin, convoqua les seigneurs ecclésiastiques et laïques à Saint-Denis[3], et partagea son royaume à ses deux fils, Charles et Carloman. Nous n'avons point les actes de cette assemblée; mais on trouve ce qui s'y passa dans l'auteur de l'ancienne collection historique mise au jour par Canisius[4], et celui des annales de Metz, comme l'a remarqué M. Baluze[5]. Et j'y vois deux choses en quelque façon contraires : qu'il fit le partage du consentement des

grands; et ensuite qu'il le fit par un droit paternel. Cela prouve ce que j'ai dit, que le droit du peuple, dans cette race, étoit d'élire dans la famille : c'étoit, à proprement parler, plutôt un droit d'exclure qu'un droit d'élire.

Cette espèce de droit d'élection se trouve confirmée par les monuments de la seconde race. Tel est ce capitulaire de la division de l'empire que Charlemagne fait entre ses trois enfants, où, après avoir formé leur partage, il dit que, « si » un des trois frères a un fils, tel que le peuple » veuille l'élire pour qu'il succède au royaume » de son père, ses oncles y consentiront[1]. »

Cette même disposition se trouve dans le partage que Louis le Débonnaire fit entre ses trois enfants, Pepin, Louis et Charles, l'an 857, dans l'assemblée d'Aix-la-Chapelle[2]; et encore dans un autre partage du même empereur, fait, vingt ans auparavant, entre Lothaire, Pepin et Louis[3]. On peut voir encore le serment que Louis le Bègue fit à Compiègne : lorsqu'il y fut couronné. « Moi, » Louis, constitué roi par la miséricorde de Dieu » et l'élection du peuple, je promets....[4]. » Ce que je dis est confirmé par les actes du concile de Valence, tenu l'an 890, pour l'élection de Louis, fils de Boson, au royaume d'Arles[5]. On y élit Louis; et on donne pour principales raisons de son élection, qu'il étoit de la famille impériale[6], que Charles le Gras[7] lui avoit donné la dignité de roi, et que l'empereur Arnoul l'avoit investi par le sceptre et par le ministère de ses ambassadeurs. Le royaume d'Arles, comme les autres, démembrés, ou dépendants de l'empire de Charlemagne, étoit électif et héréditaire.

CHAPITRE XVIII.

Charlemagne.

Charlemagne songea à tenir le pouvoir de la noblesse dans ses limites, et à empêcher l'oppression du clergé et des hommes libres. Il mit un tel tempérament dans les ordres de l'état, qu'ils fu-

[1] Tom. V des *Historiens de France*, par les PP. bénédictins, pag. 9.
[2] *Ut unquam de alterius lumbis regem in ævo præsumant eligere, sed ex ipsorum.* Ibid., pag. 10.
[3] L'an 768.
[4] Tome II. *lectionis antiquæ.*
[5] Édition des capitulaires, tom. I, pag. 188.

[1] Dans le capitulaire premier de l'an 806, édit. de Baluze, pag. 439, art. 5.
[2] Dans Goldast, constitutions impériales, tom. II, pag. 19.
[3] Édition de Baluze, pag. 574, art. 14. *Si vero aliquis illorum decedens, legitimos filios reliquerit, non inter eos potestas ipsa dividatur; sed potius populus, pariter conveniens, unum ex iis, quem dominus voluerit, eligat; et hunc senior frater in loco fratris et filii suscipiat.*
[4] Capitulaire de l'an 877, édit. de Baluze, pag. 272.
[5] Dans Dumont, corps diplomatique, tom. I, art. 56.
[6] Par femmes.
[7] *Carolus Crassus.*

rent contre-balancés, et qu'il resta le maître. Tout fut uni par la force de son génie. Il mena continuellement la noblesse d'expédition en expédition ; il ne lui laissa pas le temps de former des desseins, et l'occupa tout entière à suivre les siens. L'empire se maintint par la grandeur du chef : le prince étoit grand, l'homme l'étoit davantage. Les rois ses enfants furent ses premiers sujets, les instruments de son pouvoir, et les modèles de l'obéissance. Il fit d'admirables réglements ; il fit plus, il les fit exécuter. Son génie se répandit sur toutes les parties de l'empire. On voit, dans les lois de ce prince, un esprit de prévoyance qui comprend tout, et une certaine force qui entraîne tout. Les prétextes pour éluder les devoirs sont ôtés, les négligences corrigées, les abus réformés ou prévenus [1]. Il savoit punir ; il savoit encore mieux pardonner. Vaste dans ses desseins, simple dans l'exécution, personne n'eut à un plus haut degré l'art de faire les plus grandes choses avec facilité, et les difficiles avec promptitude. Il parcouroit sans cesse son vaste empire, portant la main partout où il alloit tomber. Les affaires renaissoient de toutes parts : il les finissoit de toutes parts. Jamais prince ne sut mieux braver les dangers, jamais prince ne les sut mieux éviter. Il se joua de tous les périls, et particulièrement de ceux qu'éprouvent presque toujours les grands conquérants, je veux dire les conspirations. Ce prince prodigieux étoit extrêmement modéré ; son caractère étoit doux, ses manières simples ; il aimoit à vivre avec les gens de sa cour [2]. Il fut peut-

être trop sensible au plaisir des femmes ; mais un prince qui gouverna toujours par lui-même, et qui passa sa vie dans les travaux, peut mériter plus d'excuses. Il mit une règle admirable dans sa dépense : il fit valoir ses domaines avec sagesse, avec attention, avec économie ; un père de famille pourroit apprendre dans ses lois à gouverner sa maison [1]. On voit dans ses capitulaires la source pure et sacrée d'où il tira ses richesses. Je ne dirai plus qu'un mot : il ordonnoit qu'on vendit les œufs des basses-cours de ses domaines, et les herbes inutiles de ses jardins [2] ; et il avoit distribué à ses peuples toutes les richesses des Lombards, et les immenses trésors de ces Huns qui avoient dépouillé l'univers.

CHAPITRE XIX.

Continuation du même sujet.

Charlemagne et ses premiers successeurs craignirent que ceux qu'ils placeroient dans des lieux éloignés ne fussent portés à la révolte ; ils crurent qu'ils trouveroient plus de docilité dans les ecclésiastiques : ainsi ils érigèrent en Allemagne un grand nombre d'évêchés, et y joignirent de grands fiefs [3]. Il paroit, par quelques chartres, que les clauses qui contenoient les prérogatives de ces fiefs n'étoient pas différentes de celles qu'on mettoit ordinairement dans ces conces-

[1] Voyez son capitulaire III. de l'an 811, pag. 486, art. 1, 2, 3, 4, 5, 6 et 8 ; et le capitulaire premier, de l'an 812, pag. 490, art. 1 ; et le capitulaire de la même année, pag. 494, art. 9 et 11 ; et d'autres.

[2] Jamais on ne traça un plus beau portrait de Charlemagne. Pour apprécier cet homme prodigieux, il falloit un esprit aussi élevé, un génie aussi vaste que le sien ; et dans nos temps modernes, l'auteur de l'*Esprit des Lois* était seul capable d'un tel effort. Mably, qui plus tard essaya de porter la lumière dans les diverses parties de l'administration de ce monarque, lui a rendu une justice non moins éclatante. Voici quelques traits de son tableau, où l'on retrouve souvent la vigueur et l'énergie de Montesquieu :

« Charlemagne ne vouloit pas avoir pour officiers ou pour ministres des courtisans, mais des hommes qui aimassent la vérité et l'état ; qui fussent connus par leur expérience, leur discrétion, leur exactitude, leur sobriété ; et assez fermes dans la pratique de leur devoir, non-seulement pour être inaccessibles aux présents, mais pour ne pouvoir pas même être éblouis et trompés par la flatterie, l'amitié, et les liaisons du sang.

» Croira-t-on que je parle de la cour d'un roi, si je dis que les officiers du palais étoient chargés d'aider de leurs conseils les malheureux qui venoient y chercher du secours contre la misère, l'oppression et la calomnie ; ou ceux qui, s'étant acquittés de leurs devoirs avec distinction, avoient été oubliés dans la distribution des récompenses? Il étoit ordonné à chaque officier de pourvoir à leurs besoins, de fair epasser leurs requêtes jusqu'au prince, et

de se rendre leur solliciteur. Qu'il est beau de voir les vertus les plus précieuses à l'humanité devenir les fonctions ordinaires d'une charge ; et, par une espèce de prodige, les courtisans changés en instruments du bien public, et en ministres de la bienfaisance du prince ! » (*Observations sur l'Hist. de France*, liv. II, ch. II.)

[1] Voyez le capitulaire *de villis*, de l'an 800 ; son capitulaire II, de l'an 813, art. 6 et 19 ; et le livre V des capitulaires, art. 303. — Charlemagne fit à lui seul plus de lois que n'en avoient fait tous ceux qui nos souverains qui l'avoient précédé : il renouvela ce qu'il trouva de juste dans les anciens capitulaires ; il voulut perfectionner les codes ripuaire et salien ; il puisa quelquefois dans celui des Lombards ; enfin il rassembla sous ses yeux les lois saliques, romaines et bourguignones, comme pour tâcher d'en extraire des réglements qui, sans en avoir les inconvénients, en eussent toute la sagesse ; mais toujours il agit en homme capable d'administrer plutôt qu'en législateur. (CHABRIT, *de la Monarch. franc.*, liv. VII, ch. XVI.) — Si quelques articles des capitulaires de Charlemagne nous paroissent aujourd'hui puérils, ne nous hâtons pas témérairement de les condamner ; on les admireroit sans doute en examinant l'ensemble de la grande machine dont ils faisoient partie. Si d'autres nous paroissent et sont en effet barbares, concluons-en seulement que les François, à peine délivrés des désordres qui avoient ruiné la famille de Clovis, formoient encore un peuple grossier, qui ne pouvoit ouvrir les yeux qu'à quelques vérités. (MABLY.)

[2] Capitulaire *de villis*, art. 59. Voyez tout ce capitulaire, qui est un chef-d'œuvre de prudence, de bonne administration et d'économie.

[3] Voyez entre autres la fondation de l'archevêché de Brême, dans le capitulaire de 789, édit. de Baluze, pag. 245.

sions [1], quoiqu'on voie aujourd'hui les principaux ecclésiastiques d'Allemagne revêtus de la puissance souveraine. Quoi qu'il en soit, c'étoient des pièces qu'ils mettoient en avant contre les Saxons. Ce qu'ils ne pouvoient attendre de l'indolence ou des négligences d'un leude, ils crurent qu'ils devoient l'attendre du zèle et de l'attention agissante d'un évêque; outre qu'un tel vassal, bien loin de se servir contre eux des peuples assujettis, auroit au contraire besoin d'eux pour se soutenir contre ses peuples.

CHAPITRE XX.

Louis le Débonnaire.

Auguste, étant en Égypte, fit ouvrir le tombeau d'Alexandre. On lui demanda s'il vouloit qu'on ouvrît ceux des Ptolémées : il dit qu'il avoit voulu voir le roi, et non pas les morts [2]. Ainsi, dans l'histoire de cette seconde race, on cherche Pepin et Charlemagne : on voudroit voir les rois, et non pas les morts.

Un prince, jouet de ses passions, et dupe de ses vertus mêmes; un prince qui ne connut jamais sa force ni sa foiblesse; qui ne sut se concilier ni la crainte ni l'amour; qui, avec peu de vices dans le cœur, avoit toutes sortes de défauts dans l'esprit, prit en main les rênes de l'empire que Charlemagne avoit tenues.

Dans le temps que l'univers est en larmes pour la mort de son père; dans cet instant d'étonnement, où tout le monde demande Charles, et ne le trouve plus; dans le temps qu'il hâte ses pas pour aller remplir sa place, il envoie devant lui des gens affidés pour arrêter ceux qui avoient contribué au désordre de la conduite de ses sœurs. Cela causa de sanglantes tragédies [3] : c'étoient des imprudences bien précipitées. Il commença à venger les crimes domestiques avant d'être arrivé au palais, et à révolter les esprits avant d'être le maître.

Il fit crever les yeux à Bernard, roi d'Italie, son neveu, qui étoit venu implorer sa clémence,

et qui mourut quelques jours après : cela multiplia ses ennemis. La crainte qu'il en eut le détermina à faire tondre ses frères : cela en augmenta encore le nombre. Ces deux derniers articles lui furent bien reprochés [1] : on ne manqua pas de dire qu'il avoit violé son serment, et les promesses solennelles qu'il avoit faites à son père le jour de son couronnement [2].

Après la mort de l'impératrice Hirmengarde, dont il avoit trois enfants, il épousa Judith : il en eut un fils; et bientôt, mêlant les complaisances d'un vieux mari avec toutes les foiblesses d'un vieux roi, il mit un désordre dans sa famille, qui entraîna la chute de la monarchie.

Il changea sans cesse les partages qu'il avoit faits à ses enfants. Cependant ces partages avoient été confirmés tour à tour par ses serments, ceux de ses enfants, et ceux des seigneurs. C'étoit vouloir tenter la fidélité de ses sujets; c'étoit chercher à mettre de la confusion, des scrupules et des équivoques dans l'obéissance; c'étoit confondre les droits divers des princes, dans un temps surtout où, les forteresses étant rares, le premier rempart de l'autorité étoit la foi promise et la foi reçue.

Les enfants de l'empereur, pour maintenir leurs partages, sollicitèrent le clergé, et lui donnèrent des droits inouïs jusqu'alors. Ces droits étoient spécieux; on faisoit entrer le clergé en garantie d'une chose qu'on avoit voulu qu'il autorisât. Agobard représenta à Louis le Débonnaire qu'il avoit envoyé Lothaire à Rome pour le faire déclarer empereur; qu'il avoit fait des partages à ses enfants, après avoir consulté le Ciel par trois jours de jeûnes et de prières [3]. Que pouvoit faire un prince superstitieux, attaqué d'ailleurs par la superstition même? On sent quel échec l'autorité souveraine reçut deux fois par la prison de ce prince et sa pénitence publique. On avoit voulu dégrader le roi, on dégrada la royauté.

On a d'abord de la peine à comprendre comment un prince qui avoit plusieurs bonnes qualités, qui ne manquoit pas de lumières, qui aimoit naturellement le bien, et, pour tout dire enfin, le fils de Charlemagne, pût avoir des ennemis si nombreux, si violents, si irréconciliables, si ardents à l'offenser, si insolents dans son

[1] Par exemple, la défense aux juges royaux d'entrer dans le territoire pour exiger les *freda* et autres droits. J'en ai beaucoup parlé au livre précédent.

[2] *Conditorium et corpus magni Alexandri cum prolatum e penetrali subjecisset (Augustus) oculis, corona aurea imposita ac floribus aspersis veneratus est : consultusque num et Ptolemæum inspicere vellet, « regem se voluisse ait videre, non mortuos. »* Suéton, *in August.*, cap. XVIII.) Voyez le même fait rapporté dans Dion, liv. LI, chap. XVI.

[3] L'auteur incertain de la Vie de Louis le Débonnaire, dans le recueil de Duchesne, tom. II, pag. 293.

[1] Voyez le procès-verbal de sa dégradation, dans le recueil de Duchesne, tom. II, pag. 333.

[2] Il lui ordonna d'avoir pour ses sœurs, ses frères et ses neveux, une clémence sans bornes, *indeficientem misericordiam.* (Tégan, dans le recueil de Duchesne, tom. II, p. 276.)

[3] Voyez ses lettres.

humiliation, si déterminés à le perdre [1] ; et ils l'auroient perdu deux fois sans retour, si ses enfants, dans le fond plus honnêtes gens qu'eux, eussent pu suivre un projet et convenir de quelque chose.

CHAPITRE XXI.

Continuation du même sujet.

La force que Charlemagne avoit mise dans la nation subsista assez sous Louis le Débonnaire, pour que l'état pût se maintenir dans sa grandeur, et être respecté des étrangers. Le prince avoit l'esprit foible, mais la nation étoit guerrière. L'autorité se perdoit au-dedans, sans que la puissance parût diminuer au-dehors.

Charles Martel, Pepin et Charlemagne gouvernèrent l'un après l'autre la monarchie. Le premier flatta l'avarice des gens de guerre; les deux autres, celle du clergé; Louis le Débonnaire mécontenta tous les deux.

Dans la constitution françoise, le roi, la noblesse et le clergé avoient dans leurs mains toute la puissance de l'état. Charles Martel, Pepin et Charlemagne se joignirent quelquefois d'intérêts avec l'une des deux parties pour contenir l'autre, et presque toujours avec toutes les deux ; mais Louis le Débonnaire détacha de lui l'un et l'autre de ces corps. Il indisposa les évêques par des réglements qui leur parurent rigides, parce qu'il alloit plus loin qu'ils ne vouloient aller eux-mêmes. Il y a de très bonnes lois faites mal à propos. Les évêques, accoutumés dans ces temps-là à aller à la guerre contre les Sarrasins et les Saxons, étoient bien éloignés de l'esprit monastique [2]. D'un autre côté, ayant perdu toute sorte de confiance pour sa noblesse, il éleva des gens de néant [3]. Il la priva de ses emplois, la renvoya du palais, appela des étrangers [4]. Il s'étoit séparé de ces deux corps, il en fut abandonné.

[1] Voyez le procès-verbal de sa dégradation, dans le recueil de Duchesne, tom. II, pag. 331. Voyez aussi sa Vie, écrite par Tégau. *Tanto enim odio laborabat, ut tæderet cos vita ipsius*, dit l'auteur incertain, dans Duchesne, tom. II, p. 307.

[2] « Pour lors les évêques et les clercs commencèrent à quitter les ceintures et les baudriers d'or, les couteaux enrichis de pierreries qui y étoient suspendus, les habillements d'un goût exquis, les éperons, dont la richesse accabloit leurs talons. Mais l'ennemi du genre humain ne souffrit point une telle dévotion, qui souleva contre elle les ecclésiastiques de tous les ordres, et se fit à elle-même la guerre. » (L'auteur incertain de la Vie de Louis le Débonnaire, dans le recueil de Duchesne, tom. II, pag. 298.)

[3] Tégan dit que ce qui se faisoit très-rarement sous Charlemagne se fit communément sous Louis.

[4] Voulant contenir la noblesse, il prit pour chambrier un certain Bénard, qui acheva de la désespérer.

CHAPITRE XXII.

Continuation du même sujet.

Mais ce qui affoiblit surtout la monarchie, c'est que ce prince en dissipa les domaines [1]. C'est ici que Nitard, un des plus judicieux historiens que nous ayons; Nitard, petit-fils de Charlemagne, qui étoit attaché au parti de Louis le Débonnaire, et qui écrivoit l'histoire par ordre de Charles le Chauve, doit être écouté.

Il dit « qu'un certain Adelhard avoit eu pendant » un temps un tel empire sur l'esprit de l'empe- » reur, que ce prince suivoit sa volonté en toutes » choses ; qu'à l'instigation de ce favori, il avoit » donné les biens fiscaux à tous ceux qui en avoient » voulu [2], et par-là avoit anéanti la république [3]. » Ainsi, il fit dans tout l'empire ce que j'ai dit qu'il avoit fait en Aquitaine [4] : chose que Charlemagne répara, et que personne ne répara plus.

L'état fut mis dans cet épuisement où Charles-Martel le trouva lorsqu'il parvint à la mairerie [5] ; et l'on étoit dans ces circonstances, qu'il n'étoit plus question d'un coup d'autorité pour le rétablir.

Le fisc se trouva si pauvre, que sous Charles le Chauve on ne maintenoit personne dans les honneurs ; on n'accordoit la sûreté à personne que pour de l'argent [6] : quand on pouvoit détruire les Normands, on les laissoit échapper pour de l'argent [7] ; et le premier conseil qu'Hincmar donne à Louis le Bègue, c'est de demander dans une assemblée de quoi soutenir les dépenses de sa maison.

CHAPITRE XXIII.

Continuation du même sujet.

Le clergé eut sujet de se repentir de la protection qu'il avoit accordée aux enfants de Louis le Débonnaire. Ce prince, comme j'ai dit, n'avoit jamais donné de préceptions des biens de l'église aux laïques [8] ; mais bientôt Lothaire en Italie, et

[1] *Villas regias, quæ erant sui et avi et tritavi, fidelibus suis tradidit eas in possessiones sempiternas: fecit enim hoc diu tempore.* Tégan, *de Gestis Ludovici Pii.*

[2] *Hinc libertates, hinc publica in propriis usibus distribuere suasit.* (Nitard, livre IV, à la fin.)

[3] *Rempublicam penitus annullavit.* Ibid.

[4] Voyez le liv. XXX, chap. XIII.

[5] Nous avons eu déjà occasion de remarquer que ce mot n'est plus usité.

[6] Hincmar, lettre première à Louis le Bègue.

[7] Voyez le fragment de la chronique du monastère de Saint-Serge d'Angers, dans Duchesne, tom. II, pag. 401.

[8] Voyez ce que disent les évêques dans le synode de l'an 845, *apud Teudonis villam*, art. 4.

Pepin en Aquitaine, quittèrent le plan de Charlemagne, et reprirent celui de Charles Martel. Les ecclésiastiques eurent recours à l'empereur contre ses enfants ; mais ils avoient affoibli eux-mêmes l'autorité qu'ils réclamoient. En Aquitaine, on eut quelque condescendance ; en Italie, on n'obéit pas.

Les guerres civiles, qui avoient troublé la vie de Louis le Débonnaire, furent le germe de celles qui suivirent sa mort. Les trois frères, Lothaire, Louis et Charles, cherchèrent, chacun de leur côté, à attirer les grands dans leur parti, et à se faire des créatures. Ils donnèrent à ceux qui voulurent les suivre des préceptions des biens de l'église ; et, pour gagner la noblesse, ils lui livrèrent le clergé.

On voit, dans les capitulaires, que ces princes furent obligés de céder à l'importunité des demandes, et qu'on leur arracha souvent ce qu'ils n'auroient pas voulu donner [1] ; on y voit que le clergé se croyoit plus opprimé par la noblesse que par les rois. Il paroît encore que Charles le Chauve fut celui qui attaqua le plus le patrimoine du clergé [2], soit qu'il fût le plus irrité contre lui, parce qu'il avoit dégradé son père à son occasion, soit qu'il fût le plus timide. Quoi qu'il en soit, on voit dans les capitulaires des querelles continuelles entre le clergé qui demandoit ses biens, et la noblesse qui refusoit, qui éludoit, ou qui différoit de les rendre, et les rois entre deux [3].

C'est un spectacle digne de pitié, de voir l'état des choses en ces temps-là. Pendant que Louis le Débonnaire faisoit aux églises des dons immenses

de ses domaines, ses enfants distribuoient les biens du clergé aux laïques. Souvent la même main qui fondoit des abbayes nouvelles dépouilloit les anciennes. Le clergé n'avoit point un état fixe. On lui ôtoit : il regagnoit ; mais la couronne perdoit toujours.

Vers la fin du règne de Charles le Chauve, et depuis ce règne, il ne fut plus guère question des démêlés du clergé et des laïques sur la restitution des biens de l'église. Les évêques jetèrent bien encore quelques soupirs dans leurs remontrances à Charles-le-Chauve, que l'on trouve dans le capitulaire de l'an 856, et dans la lettre qu'ils écrivirent à Louis-le-Germanique, l'an 858 [1] ; mais ils proposoient des choses, et ils réclamoient des promesses tant de fois éludées, que l'on voit qu'ils n'avoient aucune espérance de les obtenir.

Il ne fut plus question que de réparer en général les torts faits dans l'église et dans l'état [2]. Les rois s'engageoient de ne point ôter aux leudes leurs hommes libres, et de ne plus donner les biens ecclésiastiques par des préceptions [3] : de sorte que le clergé et la noblesse parurent s'unir d'intérêts.

Les étranges ravages des Normands, comme j'ai dit, contribuèrent beaucoup à mettre fin à ces querelles.

Les rois, tous les jours moins accrédités, et par les causes que j'ai dites, et par celles que je dirai, crurent n'avoir d'autre parti à prendre que de se mettre entre les mains des ecclésiastiques. Mais le clergé avoit affoibli les rois, et les rois avoient affoibli le clergé.

En vain Charles-le-Chauve et ses successeurs appelèrent-ils le clergé pour soutenir l'état, et en empêcher la chute [4] ; en vain se servirent-ils du respect que les peuples avoient pour ce corps, pour maintenir celui qu'on devoit avoir pour eux [5] ; en vain cherchèrent-ils à donner de l'auto-

[1] Voyez le synode de l'an 845, *apud Teudonis villam*, art. 3 et 4, qui décrit très-bien l'état des choses ; aussi bien que celui de la même année, tenu au palais de Vernes, art. 12 ; et le synode de Beauvais, encore de la même année, art. 3, 4 et 6 ; et le capitulaire *in villa Sparnaco*, de l'an 846, art. 20 ; et la lettre que les évêques assemblés à Reims écrivirent, l'an 858, à Louis le Germanique, art. 8.

[2] Voyez le capitulaire *in villa Sparnaco*, de l'an 846. La noblesse avoit irrité le roi contre les évêques : de sorte qu'il les chassa de l'assemblée ; on choisit quelques canons des synodes, et on leur déclara que ce seroient les seuls qu'on observeroit ; on ne leur accorda que ce qu'il étoit impossible de leur refuser. Voyez les articles 20, 21 et 22. Voyez aussi la lettre que les évêques assemblés écrivirent, l'an 858, à Louis le Germanique , art. 8 ; et l'édit de Pistes, de l'an 864, art. 5.

[3] Voyez le même capitulaire de l'an 846, *in villa Sparnaco*. Voyez aussi le capitulaire de l'assemblée tenue, *apud Marsnam*, de l'an 847, art. 4, dans laquelle le clergé se retrancha à demander qu'on le remît en possession de tout ce dont il avoit joui sous le règne de Louis le Débonnaire. Voyez aussi le capitulaire de l'an 851, *apud Marsnam*, art. 6 et 7, qui maintient la noblesse et le clergé dans leurs possessions ; et celui *apud Bonoilum*, de l'an 856, qui est une remontrance des évêques au roi sur ce que les maux, après tant de lois faites, n'avoient pas été réparés ; et enfin la lettre que les évêques assemblés écrivirent, l'an 858, à Louis le Germanique, art. 8.

[1] Art. 8.

[2] Voyez le capitulaire de l'an 851, art. 6 et 7.

[3] Charles le Chauve, dans le synode de Soissons, dit qu'il avoit promis aux évêques de ne plus donner de préceptions des biens de l'église. (Capitulaire de l'an 853, art. 11, édit. de Baluze, tom. II, pag. 56.)

[4] Voyez dans Nitard, liv. IV, comment, après la fuite de Lothaire, les rois Louis et Charles consultèrent les évêques pour savoir s'ils pourroient prendre et partager le royaume qu'ils avoient abandonné. En effet, comme les évêques formoient entre eux un corps plus uni que les leudes, il convenoit à ces princes d'assurer leurs droits par une résolution des évêques, qui pourroient engager tous les autres seigneurs à les suivre.

[5] Voyez le capitulaire de Charles le Chauve, *apud Saponarias*, de l'an 859, art. 3. « Venilon, que j'avois fait archevêque » de Sens, m'a sacré ; et je ne devois être chassé du royaume » par personne, *saltem sine audientia et judicio episcopo-* » *rum, quorum ministerio in regem sum consecratus, et*

rité à leurs lois par l'autorité des canons[1]; en vain joignirent-ils les peines ecclésiastiques aux peines civiles[2]; en vain, pour contre-balancer l'autorité du comte, donnèrent-ils à chaque évêque la qualité de leur envoyé dans les provinces[3] : il fut impossible au clergé de réparer le mal qu'il avoit fait; et un étrange malheur dont je parlerai bientôt fit tomber la couronne à terre.

CHAPITRE XXIV.

Que les hommes libres furent rendus capables de posséder des fiefs.

J'ai dit que les hommes libres alloient à la guerre sous leur comte, et les vassaux sous leur seigneur. Cela faisoit que les ordres de l'état se balançoient les uns les autres; et, quoique les leudes eussent des vassaux sous eux, ils pouvoient être contenus par le comte, qui étoit à la tête de tous les hommes libres de la monarchie.

D'abord[4], ces hommes libres ne purent pas se recommander pour un fief, mais ils le purent dans la suite; et je trouve que ce changement se fit dans le temps qui s'écoula depuis le règne de Gontran jusqu'à celui de Charlemagne. Je le prouve par la comparaison qu'on peut faire du traité d'Andely[5], passé entre Gontran, Childebert et la reine Brunehault, et le partage fait par Charlemagne à ses enfants, et un partage pareil fait par Louis-le-Débonnaire[6]. Ces trois actes contiennent des dispositions à peu près pareilles à l'égard des vassaux; et comme on y règle les mêmes points, et à peu près dans les mêmes circonstances, l'esprit et la lettre de ces trois traités se trouvent à peu près les mêmes à cet égard.

Mais, pour ce qui concerne les hommes libres, il s'y trouve une différence capitale. Le traité d'Andely ne dit point qu'ils pussent se recommander pour un fief[7] : au lieu qu'on trouve, dans les par-

tages de Charlemagne et de Louis le Débonnaire, des clauses expresses pour qu'ils pussent s'y recommander : ce qui fait voir que depuis le traité d'Andely, un nouvel usage s'introduisoit, par lequel les hommes libres étoient devenus capables de cette grande prérogative.

Cela dut arriver lorsque Charles Martel ayant distribué les biens de l'église à ses soldats, et les ayant donnés, partie en fief, partie en aleu, il se fit une espèce de révolution dans les lois féodales. Il est vraisemblable que les nobles, qui avoient déja des fiefs, trouvèrent plus avantageux de recevoir les nouveaux dons en aleu; et que les hommes libres se trouvèrent encore trop heureux de les recevoir en fief.

CHAPITRE XXV.

CAUSE PRINCIPALE DE L'AFFOIBLISSEMENT DE LA SECONDE RACE.

Changement dans les aleux.

Charlemagne, dans le partage dont j'ai parlé au chapitre précédent[1], régla qu'après sa mort les hommes de chaque roi recevroient des bénéfices dans le royaume de leur roi, et non dans le royaume d'un autre[2]; au lieu qu'on conserveroit ses aleux dans quelque royaume que ce fût. Mais il ajoute que tout homme libre pourroit, après la mort de son seigneur, se recommander pour un fief dans les trois royaumes, à qui il voudroit, de même que celui qui n'avoit jamais eu de seigneur[3]. On trouve les mêmes dispositions dans le partage que fit Louis le Débonnaire à ses enfants, l'an 817[4].

Mais quoique les hommes libres se recommandassent pour un fief, la milice du comte n'en étoit point affoiblie : il falloit toujours que l'homme libre contribuât pour son aleu, et préparât des gens qui en fissent le service, à raison d'un homme pour quatre manoirs; ou bien qu'il préparât un homme qui servît pour lui le fief; et quelques abus s'étant introduits là-dessus, ils furent corrigés, comme il paroit par les constitutions de Charle-

» qui throni Dei sunt dicti, in quibus Deus sedet, et per » quos sua decernit judicia; quorum paternis correctioni-
» bus et castigatoriis judiciis me subdere fui paratus, et in
» præsenti sum subditus. »
[1] Voyez le capitulaire de Charles le Chauve, de Carisiaco, de l'an 857, édition de Baluze, tom. II, pag. 88, art. 1, 2, 5, 4 et 7.
[2] Voyez le synode de Pistes, de l'an 862, art. 4; et le capitulaire de Carloman et de Louis II, apud Vernis palatium, de l'an 883, art. 4 et 5.
[3] Capitulaire de l'an 876, sous Charles le Chauve, in synodo Pontigonensi, édit. de Baluze, art. 12.
[4] Voyez ce que j'ai dit ci-dessus, au liv. XXX, chap. dernier, vers la fin.
[5] De l'an 587, dans Grégoire de Tours, liv. IX.
[6] Voyez le chapitre suivant, où je parle plus au long de ces partages, et les notes où ils sont cités.
[7] Il n'étoit pas question à Andely de décider de ceux à qui le

prince donneroit des bénéfices, mais de statuer qu'il ne pourroit pas les reprendre après les avoir donnés. (MABLY.)
[1] De l'an 806, entre Charles, Pepin et Louis. Il est rapporté par Goldast et par Baluze, tom. 1, pag. 459.
[2] Art. 9, pag. 445. Ce qui est conforme au traité d'Andely dans Grégoire de Tours, liv. IX.
[3] Art. 10. Et il n'est point parlé de ceci dans le traité d'Andely.
[4] Dans Baluze, tom. I, pag. 174. Licentiam habeat unusquisque liber homo, qui seniorem non habuerit, cuicumque ex his tribus fratribus voluerit se commendandi, art. 9. Voyez aussi le partage que fit le même empereur l'an 857, article 6, édition de Baluze, pag. 686.

magne¹, et par celle de Pepin, roi d'Italie², qui s'expliquent l'une l'autre.

Ce que les historiens ont dit, que la bataille de Fontenay causa la ruine de la monarchie, est très vrai ; mais qu'il me soit permis de jeter un coup d'œil sur les funestes conséquences de cette journée.

Quelque temps après cette bataille, les trois frères, Lothaire, Louis et Charles firent un traité dans lequel je trouve des clauses qui durent changer tout l'état politique chez les François³.

Dans l'annonciation ⁴ que Charles fit au peuple de la partie de ce traité qui le concernoit, il dit que tout homme libre pourroit choisir pour seigneur qui il voudroit, du roi ou des autres seigneurs⁵. Avant ce traité, l'homme libre pouvoit se recommander pour un fief ; mais son aleu restoit toujours sous la puissance immédiate du roi, c'est-à-dire sous la jurisdiction du comte ; et il ne dépendoit du seigneur auquel il s'étoit recommandé qu'à raison du fief qu'il en avoit obtenu. Depuis ce traité, tout homme libre put soumettre son aleu au roi, ou à un autre seigneur, à son choix. Il n'est point question de ceux qui se recommandoient pour un fief, mais de ceux qui changeoient leur aleu en fief, et sortoient, pour ainsi dire, de la jurisdiction civile pour entrer dans la puissance du roi ou du seigneur qu'ils vouloient choisir.

Ainsi ceux qui étoient autrefois nûment sous la puissance du roi, en qualité d'hommes libres sous le comte, devinrent insensiblement vassaux les uns des autres ; puisque chaque homme libre pouvoit choisir pour seigneur qui il vouloit, ou du roi, ou des autres seigneurs.

2° Qu'un homme changeant en fief une terre qu'il possédoit à perpétuité, ces nouveaux fiefs ne pouvoient plus être à vie. Aussi voyons-nous, un moment après, une loi générale pour donner les fiefs aux enfants du possesseur : elle est de

Charles le Chauve, un des trois princes qui contractèrent ¹.

Ce que j'ai dit de la liberté qu'eurent tous les hommes de la monarchie, depuis le traité des trois frères, de choisir pour seigneur qui ils vouloient, du roi ou des autres seigneurs, se confirme par les actes passés depuis ce temps-là.

Du temps de Charlemagne, lorsqu'un vassal avoit reçu d'un seigneur une chose, ne valût-elle qu'un sou, il ne pouvoit plus le quitter ². Mais sous Charles le Chauve les vassaux purent impunément suivre leurs intérêts ou leur caprice ; et le prince s'exprime si fortement là-dessus, qu'il semble plutôt les inviter à jouir de cette liberté, qu'à la restreindre ³. Du temps de Charlemagne, les bénéfices étoient plus personnels que réels ; dans la suite ils devinrent plus réels que personnels.

CHAPITRE XXVI.

Changement dans les fiefs.

Il n'arriva pas de moindres changements dans les fiefs que dans les aleux. On voit par le capitulaire de Compiègne, fait sous le roi Pepin⁴, que ceux à qui le roi donnoit un bénéfice donnoient eux-mêmes une partie de ce bénéfice à divers vassaux ; mais ces parties n'étoient point distinguées du tout. Le roi les ôtoit lorsqu'il ôtoit le tout ; et, à la mort du leude, le vassal perdoit aussi son arrière-fief ; un nouveau bénéficiaire venoit, qui établissoit aussi de nouveaux arrière-vassaux. Ainsi l'arrière-fief ne dépendoit point du fief : c'étoit la personne qui dépendoit. D'un côté, l'arrière-vassal revenoit au roi, parce qu'il n'étoit pas attaché pour toujours au vassal ; et l'arrière-fief revenoit de même au roi, parce qu'il étoit le fief même, et non pas une dépendance du fief.

¹ De l'an 811, édit. de Baluze, tom. I, pag. 486, art. 7 et 8 ; et celle de l'an 812, ibid., pag. 490, art. 1. *Ut omnis liber homo qui quatuor mansos vestitos de proprio suo, sive de alicujus beneficio, habet, ipse se præparet, et ipse in hostem pergat, sive cum seniore suo*, etc. Voyez aussi le capitulaire de l'an 807, édit. de Baluze, tom. I, pag. 458.

² De l'an 793, insérée dans la *loi des Lombards*, liv. III, tit. IX, chap. IX.

³ En l'an 847, rapporté par Aubert le Mire et Baluze, tom. II. pag. 42, *conventus apud Marsnam*.

⁴ *Adnunciatio*.

⁵ *Ut unusquisque liber homo in nostro regno seniorem quem voluerit, in nobis et in nostris fidelibus, accipiat.* Art. 2 de l'Annonciation de Charles.

¹ Capitulaire de l'an 877, tit. LIII ; art. 9 et 10, *apud Carisiacum. Similiter et de vassallis nostris faciendum est*, etc. (Ce capitulaire se rapporte à un autre de la même année et du même lieu, art. 5.)

² Capitulaire d'Aix-la-Chapelle, de l'an 813, art. 16. *Quod nullus seniorem suum dimittat, postquam ab eo acceperit valente solidum unum.* Et le capitulaire de Pepin, de l'an 783, art. 5.

³ Voyez le capitulaire *de Carisiaco*, de l'an 856, art. 10 et 13, édit. de Baluze, tom. II, pag. 83, dans lequel le roi et les seigneurs ecclésiastiques et laïques convinrent de ceci : *Et si aliquis de vobis talis est cui suus senioratus non placet ; et illi simulat ut ad alium seniorem melius quam ad illum acaptare possit, veniat ad illum ; et ipse tranquillo et pacifico animo donet illi commeatum.... et quod Deus illi cupierit, et ad alium seniorem acaptare potuerit, pacifice habeat.*

⁴ De l'an 757, art. 6. édit. de Baluze, pag. 181.

Tel étoit l'arrière-vasselage lorsque les fiefs étoient amovibles ; tel il étoit encore pendant que les fiefs furent à vie. Cela changea lorsque les fiefs passèrent aux héritiers, et que les arrière-fiefs y passèrent de même. Ce qui relevoit du roi immédiatement n'en releva plus que médiatement ; et la puissance royale se trouva, pour ainsi dire, reculée d'un degré, quelquefois de deux, et souvent davantage.

On voit dans les livres des fiefs[1] que, quoique les vassaux du roi pussent donner en fief, c'est-à-dire en arrière-fief du roi, cependant ces arrière-vassaux ou petits vavasseurs ne pouvoient pas de même donner en fief : de sorte que ce qu'ils avoient donné, ils pouvoient toujours le reprendre. D'ailleurs, une telle concession ne passoit point aux enfants comme les fiefs, parce qu'elle n'étoit point censée faite selon la loi des fiefs.

Si l'on compare l'état où étoit l'arrière-vasselage du temps que les deux sénateurs de Milan écrivoient ces livres, avec celui où il étoit du temps du roi Pepin, on trouvera que les arrière-fiefs conservèrent plus long-temps leur nature primitive que les fiefs[2].

Mais lorsque ces sénateurs écrivirent, on avoit mis des exceptions si générales à cette règle, qu'elles l'avoient presque anéantie. Car, si celui qui avoit reçu un fief du petit vavasseur l'avoit suivi à Rome dans une expédition, il acquéroit tous les droits de vassal ; de même, s'il avoit donné de l'argent au petit vavasseur pour obtenir le fief, celui-ci ne pouvoit le lui ôter, ni l'empêcher de le transmettre à son fils, jusqu'à ce qu'il lui eût rendu son argent[3]. Enfin cette règle n'étoit plus suivie dans le sénat de Milan[4].

CHAPITRE XXVII.

Autre changement arrivé dans les fiefs.

Du temps de Charlemagne[5], on étoit obligé, sous de grandes peines, de se rendre à la convocation, pour quelque guerre que ce fût ; on ne recevoit point d'excuses ; et le comte qui auroit exempté quelqu'un auroit été puni lui-même. Mais le traité des trois frères[6] mit là-dessus une restriction qui tira, pour ainsi dire, la noblesse

de la main du roi[1] : on ne fut plus tenu de suivre le roi à la guerre que quand cette guerre étoit défensive. Il fut libre, dans les autres, de suivre son seigneur, ou de vaquer à ses affaires. Ce traité se rapporte à un autre, fait cinq ans auparavant entre les deux frères Charles le Chauve et Louis, roi de Germanie, par lequel ces deux frères dispensèrent leurs vassaux de les suivre à la guerre, en cas qu'ils fissent quelque entreprise l'un contre l'autre : chose que les deux princes jurèrent, et qu'ils firent jurer aux deux armées[2].

La mort de cent mille François à la bataille de Fontenay fit penser à ce qui restoit encore de noblesse que, par les querelles particulières de ses rois sur leur partage, elle seroit enfin exterminée, et que leur ambition et leur jalousie feroit verser tout ce qu'il y avoit encore de sang à répandre[3]. On fit cette loi, que la noblesse ne seroit contrainte de suivre les princes à la guerre que lorsqu'il s'agiroit de défendre l'état contre une invasion étrangère. Elle fut en usage pendant plusieurs siècles[4].

CHAPITRE XXVIII.

Changements arrivés dans les grands offices et dans les fiefs.

Il sembloit que tout prît un vice particulier, et se corrompît en même temps. J'ai dit que, dans les premiers temps, plusieurs fiefs étoient aliénés à perpétuité ; mais c'étoient des cas particuliers, et les fiefs, en général, conservoient toujours leur propre nature ; et si la couronne avoit perdu des fiefs, elle en avoit substitué d'autres. J'ai dit encore que la couronne n'avoit jamais aliéné les grands offices à perpétuité[5].

Mais Charles le Chauve fit un réglement général, qui affecta également et les grands offices et les fiefs : il établit, dans ses capitulaires, que les

[1] Liv. I, chap. 1.
[2] Au moins en Italie et en Allemagne.
[3] Liv. I des fiefs, chap. 1. [4] Ibid.
[5] Capitulaire de l'an 802, art. 7, édit. de Baluze, pag. 365.
[6] Apud Marsnam, l'an 847, édit. de Baluze, pag. 42.

[1] Volumus ut cujuscumque nostrum homo, in cujuscumque regno sit, cum seniore suo in hostem, vel aliis suis utilitatibus, pergat ; nisi talis regni invasio quam Lantuveri dicunt, quod absit, acciderit, ut omnis populus illius regni ad eam repellendam communiter pergat. Art. 5, ibid., page 44.
[2] Apud Argentoratum, dans Baluze, capitulaires, tom. II, page 39.
[3] Effectivement ce fut la noblesse qui fit ce traité. Voyez Nitard, liv. IV.
[4] Voyez la loi de Guy, roi des Romains, parmi celles qui ont été ajoutées à la loi salique et à celle des Lombards, tit. VI, § 2, dans Échard.
[5] Des auteurs ont dit que le comté de Toulouse avoit été donné par Charles Martel, et passa d'héritier en héritier jusqu'au dernier Raymond ; mais si cela est, ce fut l'effet de quelques circonstances qui purent engager à choisir les comtes de Toulouse parmi les enfants du dernier possesseur.

comtés seroient données aux enfants du comte ; et il voulut que ce réglement eût encore lieu pour les fiefs [1].

On verra tout à l'heure que ce réglement reçut une plus grande extension : de sorte que les grands offices et les fiefs passèrent à des parents plus éloignés. Il suivit de là que la plupart des seigneurs, qui relevoient immédiatement de la couronne, n'en relevèrent plus que médiatement. Ces comtes qui rendoient autrefois la justice dans les plaids du roi, ces comtes qui menoient les hommes libres à la guerre, se trouvèrent entre le roi et ses hommes libres ; et la puissance se trouva encore reculée d'un degré.

Il y a plus : il paroît par les capitulaires que les comtes avoient des bénéfices attachés à leurs comtés, et des vassaux sous eux [2]. Quand les comtés furent héréditaires, ces vassaux du comte ne furent plus les vassaux immédiats du roi ; les bénéfices attachés aux comtés ne furent plus les bénéfices du roi; les comtes devinrent plus puissants, parce que les vassaux qu'ils avoient déja les mirent en état de s'en procurer d'autres.

Pour bien sentir l'affoiblissement qui en résulta à la fin de la seconde race, il n'y a qu'à voir ce qui arriva au commencement de la troisième, où la multiplication des arrière-fiefs mit les grands vassaux au désespoir.

C'étoit une coutume du royaume, que, quand les aînés avoient donné des partages à leurs cadets, ceux-ci en faisoient hommage à l'aîné [3] : de manière que le seigneur dominant ne les tenoit plus qu'en arrière-fief. Philippe-Auguste, le duc de Bourgogne, les comtes de Nevers, de Boulogne, de Saint-Paul, de Dampierre, et autres seigneurs, déclarèrent que dorénavant, soit que le fief fût divisé par succession ou autrement, le tout relèveroit toujours du même seigneur, sans aucun seigneur moyen [4]. Cette ordonnance ne fut pas généralement suivie ; car, comme j'ai dit ailleurs, il étoit impossible de faire, dans ces temps-là, des ordonnances générales ; mais plusieurs de nos coutumes se réglèrent là-dessus.

[1] Voyez son capitulaire de l'an 877, tit. LIII, art. 9 et 10, *apud Carisiacum*. Ce capitulaire se rapporte à un autre de la même année et du même lieu, art. 3.
[2] Le capitulaire III de l'an 812, art. 7 ; et celui de l'an 815, art. 6, sur les Espagnols ; le recueil des capitulaires, liv. V, art. 228; et le capitulaire de l'an 869, art. 2; et celui de l'an 877, art. 15, édit. de Baluze.
[3] Comme il paroît par Othon de Frissingue, *des Gestes de Frédéric*, liv. II, chap. XXIX.
[4] Voyez l'ordonnance de Philippe-Auguste, de l'an 1209, dans le nouveau recueil.

CHAPITRE XXIX.

De la nature des fiefs, depuis le règne de Charles le Chauve.

J'ai dit que Charles le Chauve voulut que, quand le possesseur d'un grand office ou d'un fief laisseroit en mourant un fils, l'office ou le fief lui fût donné. Il seroit difficile de suivre le progrès des abus qui en résultèrent, et de l'extension qu'on donna à cette loi dans chaque pays. Je trouve, dans les livres des fiefs [1], qu'au commencement du règne de l'empereur Conrad II, les fiefs, dans les pays de sa domination, ne passoient point aux petits-fils ; ils passoient seulement à celui des enfants du dernier possesseur que le seigneur avoit choisi [2] : ainsi les fiefs furent donnés par une espèce d'élection que le seigneur fit entre ses enfants.

J'ai expliqué, au chapitre XVII de ce livre, comment, dans la seconde race, la couronne se trouvoit à certains égards élective, et à certains égards héréditaire. Elle étoit héréditaire, parce qu'on prenoit toujours les rois dans cette race ; elle l'étoit encore, parce que les enfants succédoient ; elle étoit élective, parce que le peuple choisissoit entre les enfants. Comme les choses vont toujours de proche en proche, et qu'une loi politique a toujours du rapport à une autre loi politique, on suivit pour la succession des fiefs le même esprit que l'on avoit suivi pour la succession à la couronne [3]. Ainsi les fiefs passèrent aux enfants, et par droit de succession et par droit d'élection ; et chaque fief se trouva, comme la couronne, électif et héréditaire.

Ce droit d'élection, dans la personne du seigneur, ne subsistoit pas [4] du temps des auteurs des livres des fiefs [5], c'est-à-dire sous le règne de l'empereur Frédéric I.

CHAPITRE XXX.

Continuation du même sujet.

Il est dit, dans les livres des fiefs [6], que, quand l'empereur Conrad partit pour Rome, les fidèles qui étoient à son service lui demandèrent de faire une loi pour que les fiefs qui passoient aux en-

[1] Liv. I, tit. 1.
[2] *Sic progressum est, ut ad filios deveniret in quem dominus hoc vellet beneficium confirmare.* Ibid.
[3] Au moins en Italie et en Allemagne.
[4] *Quod hodie ita stabilitum est, ut ad omnes æqualiter veniat.* Liv. I des fiefs, tit. 1.
[5] *Gerardus Niger, et Aubertus de Orto.*
[6] Liv. I des fiefs, tit. 1.

fants passassent aussi aux petits-enfants; et que celui dont le frère étoit mort sans héritiers légitimes pût succéder au fief qui avoit appartenu à leur père commun : cela fut accordé.

On y ajoute (et il faut se souvenir que ceux qui parlent vivoient du temps de l'empereur Frédéric 1[1]) « que les anciens jurisconsultes avoient » toujours tenu que la succession des fiefs, en ligne » collatérale, ne passoit point au-delà des frères » germains, quoique, dans des temps modernes, » on l'eût portée jusqu'au septième degré, comme, » par le droit nouveau, on l'avoit portée en ligne » directe jusqu'à l'infini[2]. » C'est ainsi que la loi de Conrad reçut peu à peu des extensions.

Toutes ces choses supposées, la simple lecture de l'histoire de France fera voir que la perpétuité des fiefs s'établit plus tôt en France qu'en Allemagne. Lorsque l'empereur Conrad II commença à régner en 1024, les choses se trouvèrent encore en Allemagne comme elles étoient déja en France sous le règne de Charles le Chauve, qui mourut en 877. Mais en France, depuis le règne de Charles le Chauve, il se fit de tels changements que Charles le Simple se trouva hors d'état de disputer à une maison étrangère ses droits incontestables à l'empire; et qu'enfin, du temps de Hugues Capet, la maison régnante, dépouillée de tous ses domaines, ne put pas même soutenir la couronne.

La foiblesse d'esprit de Charles le Chauve mit en France une égale foiblesse dans l'état. Mais comme Louis le Germanique son frère, et quelques uns de ceux qui lui succédèrent, eurent de plus grandes qualités, la force de leur état se soutint plus long-temps.

Que dis-je? Peut-être que l'humeur flegmatique, et, si j'ose le dire, l'immutabilité de l'esprit de la nation allemande, résista plus long-temps que celui de la nation françoise à cette disposition des choses, qui faisoit que les fiefs, comme par une tendance naturelle, se perpétuoient dans les familles.

J'ajoute que le royaume d'Allemagne ne fut pas dévasté, et, pour ainsi dire, anéanti, comme le fut celui de France, par ce genre particulier de guerre que lui firent les Normands et les Sarrasins. Il y avoit moins de richesses en Allemagne, moins de villes à saccager, moins de côtes à parcourir, plus de marais à franchir, plus de forêts à pénétrer. Les princes, qui ne virent pas à chaque instant l'état prêt à tomber, eurent moins besoin de leurs vassaux, c'est-à-dire en dépendirent moins. Et il y a apparence que, si les empereurs d'Allemagne n'avoient été obligés de s'aller faire couronner à Rome, et de faire des expéditions continuelles en Italie, les fiefs auroient conservé plus long-temps chez eux leur nature primitive.

CHAPITRE XXXI.

Comment l'Empire sortit de la maison de Charlemagne.

L'Empire qui, au préjudice de la branche de Charles le Chauve, avoit déja été donné aux bâtards de celle de Louis le Germanique[1], passa encore dans une maison étrangère, par l'élection de Conrad, duc de Franconie, l'an 912. La branche qui régnoit en France, et qui pouvoit à peine disputer des villages, étoit encore moins en état de disputer l'Empire. Nous avons un accord passé entre Charles le Simple et l'empereur Henri I, qui avoit succédé à Conrad. On l'appelle le pacte de Bonn[2]. Les deux princes se rendirent dans un navire qu'on avoit placé au milieu du Rhin, et se jurèrent une amitié éternelle. On employa un *mezzo termine* assez bon. Charles prit le titre de roi de la France occidentale, et Henri celui de roi de la France orientale. Charles contracta avec le roi de Germanie, et non avec l'empereur.

CHAPITRE XXXII.

Comment la couronne de France passa dans la maison de Hugues Capet.

L'hérédité des fiefs et l'établissement général des arrière-fiefs éteignirent le gouvernement politique, et formèrent le gouvernement féodal. Au lieu de cette multitude innombrable de vassaux que les rois avoient eus, ils n'en eurent plus que quelques uns, dont les autres dépendirent. Les rois n'eurent presque plus d'autorité directe : un pouvoir qui devoit passer par tant d'autres pouvoirs, et par de si grands pouvoirs, s'arrêta ou se perdit avant d'arriver à son terme. De si grands vassaux n'obéirent plus; et ils se servirent même de leurs arrière-vassaux pour ne plus obéir. Les rois, privés de leurs domaines, réduits aux villes de Reims et de Laon, restèrent à leur merci. L'arbre étendit trop loin ses branches, et la tête

[1] Cujas l'a très bien prouvé.
[2] Liv. 1 des fiefs, tit. 1.

[1] Arnoul et son fils Louis IV.
[2] De l'an 926, rapporté par Aubert le Mire, cod. *donationum piarum*, chap. XXVII.

se sécha. Le royaume se trouva sans domaine, comme est aujourd'hui l'Empire. On donna la couronne à un des plus puissants vassaux.

Les Normands ravageoient le royaume : ils venoient sur des espèces de radeaux ou de petits bâtiments, entroient par l'embouchure des rivières, les remontoient, et dévastoient le pays des deux côtés. Les villes d'Orléans et de Paris arrêtoient ces brigands[1] ; et ils ne pouvoient avancer ni sur la Seine ni sur la Loire. Hugues Capet, qui possédoit ces deux villes, tenoit dans ses mains les deux clefs des malheureux restes du royaume : on lui déféra une couronne qu'il étoit seul en état de défendre. C'est ainsi que depuis on a donné l'Empire à la maison qui tient immobiles les frontières des Turcs.

L'Empire étoit sorti de la maison de Charlemagne dans le temps que l'hérédité des fiefs ne s'établissoit que comme une condescendance. Elle fut même plus tard en usage chez les Allemands que chez les François[2] : cela fit que l'Empire, considéré comme un fief, fut électif. Au contraire, quand la couronne de France sortit de la maison de Charlemagne, les fiefs étoient réellement héréditaires dans ce royaume; la couronne, comme un grand fief, le fut aussi.

Du reste, on a eu grand tort de rejeter sur le moment de cette révolution tous les changements qui étoient arrivés, ou qui arrivèrent depuis. Tout se réduisit à deux événements : la famille régnante changea, et la couronne fut unie à un grand fief.

CHAPITRE XXXIII.

Quelques conséquences de la perpétuité des fiefs.

Il suivit de la perpétuité des fiefs que le droit d'aînesse et de primogéniture s'établit parmi les François. On ne le connoissoit point dans la première race[3] : la couronne se partageoit entre les frères; les aleux se divisoient de même; et les fiefs, amovibles ou à vie, n'étant pas un objet de succession, ne pouvoient pas être un objet de partage.

Dans la seconde race, le titre d'empereur qu'avoit Louis le Débonnaire, et dont il honora Lothaire son fils aîné, lui fit imaginer de donner à ce prince une espèce de primauté sur ses cadets.

Les deux rois devoient aller trouver l'empereur chaque année, lui porter des présents, et en recevoir de lui de plus grands; ils devoient conférer avec lui sur les affaires communes[1]. C'est ce qui donna à Lothaire ces prétentions qui lui réussirent si mal. Quand Agobard écrivit pour ce prince[2], il allégua la disposition de l'empereur même, qui avoit associé Lothaire à l'empire, après que, par trois jours de jeûne et par la célébration des saints sacrifices, par des prières et des aumônes, Dieu avoit été consulté; que la nation lui avoit prêté serment; qu'elle ne pouvoit point se parjurer; qu'il avoit envoyé Lothaire à Rome pour être confirmé par le pape. Il pèse sur tout ceci, et non pas sur le droit d'aînesse. Il dit bien que l'empereur avoit désigné un partage aux cadets, et qu'il avoit préféré l'aîné; mais, en disant qu'il avoit préféré l'aîné, c'étoit dire en même temps qu'il auroit pu préférer les cadets.

Mais quand les fiefs furent héréditaires, le droit d'aînesse s'établit dans la succession des fiefs; et, par la même raison, dans celle de la couronne, qui étoit le grand fief. La loi ancienne, qui formoit des partages, ne subsista plus : les fiefs étant chargés d'un service, il falloit que le possesseur fût en état de le remplir. On établit un droit de primogéniture; et la raison de la loi féodale força celle de la loi politique ou civile.

Les fiefs passant aux enfants du possesseur, les seigneurs perdoient la liberté d'en disposer ; et, pour s'en dédommager, ils établirent un droit qu'on appela le droit de rachat, dont parlent nos coutumes, qui se paya d'abord en ligne directe, et qui, par usage, ne se paya plus qu'en ligne collatérale.

Bientôt les fiefs purent être transportés aux étrangers, comme un bien patrimonial. Cela fit naître le droit de lods et ventes, établi dans presque tout le royaume. Ces droits furent d'abord arbitraires; mais quand la pratique d'accorder ces permissions devint générale, on les fixa dans chaque contrée.

Le droit de rachat devoit se payer à chaque mutation d'héritier, et se paya même d'abord en ligne directe[3]. La coutume la plus générale l'avoit fixé à une année du revenu : cela étoit onéreux et incommode au vassal, et affectoit, pour ainsi dire,

[1] Voyez le capitulaire de Charles le Chauve, de l'an 877, apud Carisiacum, sur l'importance de Paris, de Saint-Denis, et des châteaux sur la Loire, dans ces temps-là.
[2] Voyez ci-dessus le chap. xxx.
[3] Voyez la loi salique et la loi des Ripuaires, au titre des aleux.

[1] Voyez le capitulaire de l'an 817, qui contient le premier partage que Louis le Débonnaire fit entre ses enfants.
[2] Voyez ses deux lettres à ce sujet, dont l'une a pour titre de divisione imperii.
[3] Voyez l'ordonnance de Philippe Auguste, de l'an 1209, sur les fiefs.

le fief. Il obtint souvent, dans l'acte d'hommage, que le seigneur ne demanderoit plus pour le rachat qu'une certaine somme d'argent [1], laquelle, par les changements arrivés aux monnoies, est devenue de nulle importance : ainsi le droit de rachat se trouve aujourd'hui presque réduit à rien, tandis que celui de lods et ventes a subsisté dans toute son étendue. Ce droit-ci ne concernant ni le vassal ni ses héritiers, mais étant un cas fortuit qu'on ne devoit ni prévoir ni attendre, on ne fit point ces sortes de stipulations, et on continua à payer une certaine portion du prix.

Lorsque les fiefs étoient à vie, on ne pouvoit pas donner une partie de son fief, pour le tenir pour toujours en arrière-fief : il eût été absurde qu'un simple usufruitier eût disposé de la propriété de la chose. Mais lorsqu'ils devinrent perpétuels, cela fut permis [2], avec de certaines restrictions que mirent les coutumes [3] : ce qu'on appela se jouer de son fief.

La perpétuité des fiefs ayant fait établir le droit de rachat, les filles purent succéder à un fief, au défaut des mâles ; car le seigneur donnant le fief à la fille, il multiplioit les cas de son droit de rachat, parce que le mari devoit le payer comme la femme [4]. Cette disposition ne pouvoit avoir lieu pour la couronne ; car comme elle ne relevoit de personne, il ne pouvoit point y avoir de droit de rachat sur elle.

La fille de *Guillaume V*, comte de Toulouse, ne succéda pas à la comté. Dans la suite, Aliénor succéda à l'Aquitaine, et Mathilde à la Normandie ; et le droit de la succession des filles parut, dans ces temps-là, si bien établi, que Louis le Jeune, après la dissolution de son mariage avec Aliénor, ne fit aucune difficulté de lui rendre la Guienne. Comme ces deux exemples suivirent de très près le premier, il faut que la loi générale qui appeloit les femmes à la succession des fiefs se soit introduite plus tard dans la comté de Toulouse que dans les autres provinces du royaume [5].

La constitution des divers royaumes de l'Europe a suivi l'état actuel où étoient les fiefs dans les temps que ces royaumes ont été fondés. Les femmes ne succédèrent ni à la couronne de France, ni à l'Empire, parce que, dans l'établissement de ces deux monarchies, les femmes ne pouvoient succéder aux fiefs [1] ; mais elles succédèrent dans les royaumes dont l'établissement suivit celui de la perpétuité des fiefs, tels que ceux qui furent fondés par les conquêtes des Normands, ceux qui furent fondés par les conquêtes faites sur les Maures ; d'autres enfin qui, au-delà des limites de l'Allemagne, et dans des temps assez modernes, prirent, en quelque façon, une seconde naissance par l'établissement du christianisme.

Quand les fiefs étoient amovibles, on les donnoit à des gens qui étoient en état de les servir ; et il n'étoit point question des mineurs. Mais, quand ils furent perpétuels, les seigneurs prirent le fief jusqu'à la majorité, soit pour augmenter leurs profits, soit pour faire élever le pupille dans l'exercice des armes [2]. C'est ce que nos coutumes appellent la garde-noble, laquelle est fondée sur d'autres principes que ceux de la tutelle, et en est entièrement distincte.

Quand les fiefs étoient à vie, on se recommandoit pour un fief ; et la tradition réelle, qui se faisoit par le sceptre, constatoit le fief, comme fait aujourd'hui l'hommage. Nous ne voyons pas que les comtes, ou même les envoyés du roi, reçussent les hommages dans les provinces ; et cette fonction ne se trouve pas dans les commissions de ces officiers, qui nous ont été conservées dans les capitulaires. Ils faisoient bien quelquefois prêter le serment de fidélité à tous les sujets [3] ; mais ce serment étoit si peu un hommage de la nature de ceux qu'on établit depuis, que, dans ces derniers, le serment de fidélité étoit une action jointe à l'hommage, qui tantôt suivoit et tantôt précédoit l'hommage, qui n'avoit point lieu dans tous

[1] On trouve dans les chartres plusieurs de ces conventions, comme dans le capitulaire de Vendôme et celui de l'abbaye de Saint-Cyprien, en Poitou, dont M. Galland, pag. 55, a donné des extraits.
[2] Mais on ne pouvoit pas abréger le fief, c'est-à-dire en éteindre une portion.
[3] Elles fixèrent la portion dont on pouvoit se jouer.
[4] C'est pour cela que le seigneur contraignoit la veuve de se remarier.
[5] La plupart des grandes maisons avoient leurs lois de succession particulières. Voyez ce que M. de La Thaumassière nous dit sur les maisons du Berri.

[1] Il me semble que Montesquieu, dont les vues sont ordinairement si élevées, ne remonte pas ici assez haut. Pour trouver l'origine de la loi qui règle en France la succession au trône, il faut la chercher dans les mœurs des nations germaniques. Chez ces nations guerrières, le seul mérite honoré étoit celui de la bravoure et des armes. De là toutes les distinctions, toutes les prérogatives de puissance et de commandement réservées au sexe qui manie les armes. Telle est l'origine du droit qui fixe l'ordre de la succession à la couronne de France : droit dérivé des mœurs anciennes, et non de la loi des fiefs, dont Montesquieu s'est plu à étendre les influences. (CRÉV.)
[2] On voit dans le capitulaire de l'année 817, *apud Carisiacum*, art. 3, édit. de Baluze, tom. II, pag. 269, le moment où les rois firent administrer les fiefs pour les conserver aux mineurs : exemple qui fut suivi par les seigneurs, et donna l'origine à ce que nous appelons la garde-noble.
[3] On en trouve la formule dans le capitulaire II de l'an 802. Voyez aussi celui de l'an 854, art. 13 et autres.

les hommages, qui fut moins solennelle que l'hommage, et en étoit entièrement distincte [1].

Les comtes et les envoyés du roi faisoient encore, dans les occasions, donner aux vassaux dont la fidélité étoit suspecte une assurance qu'on appeloit *firmitas* [2]; mais cette assurance ne pouvoit être un hommage, puisque les rois se la donnoient entre eux [3].

Que si l'abbé Suger parle d'une chaire de Dagobert, où, selon le rapport de l'antiquité, les rois de France avoient coutume de recevoir les hommages des seigneurs [4], il est clair qu'il emploie ici les idées et le langage de son temps.

Lorsque les fiefs passèrent aux héritiers, la reconnoissance du vassal, qui n'étoit dans les premiers temps qu'une chose occasionelle, devint une action réglée : elle fut faite d'une manière plus éclatante, elle fut remplie de plus de formalités, parce qu'elle devoit porter la mémoire des devoirs réciproques du seigneur et du vassal dans tous les âges.

Je pourrois croire que les hommages commencèrent à s'établir du temps du roi Pepin, qui est le temps où j'ai dit que plusieurs bénéfices furent donnés à perpétuité; mais je le croirois avec précaution, et dans la supposition seule que les auteurs des anciennes annales des Francs n'aient pas été des ignorants qui, décrivant les cérémonies de l'acte de fidélité que Tassillon, duc de Bavière, fit à Pepin [5], aient parlé suivant les usages qu'ils voyoient pratiquer de leur temps [6].

CHAPITRE XXXIV.

Continuation du même sujet.

Quand les fiefs étoient amovibles ou à vie, ils

[1] M. Ducange, au mot *hominium*, page 1163, et au mot *fidelitas*, pag. 474, cite les chartres des anciens hommages où ces différences se trouvent, et grand nombre d'autorités qu'on peut voir. Dans l'hommage, le vassal mettoit sa main dans celle du seigneur, et juroit : le serment de fidélité se faisoit en jurant sur les Évangiles. L'hommage se faisoit à genoux : le serment de fidélité, debout. Il n'y avoit que le seigneur qui pût recevoir l'hommage; mais ses officiers pouvoient prendre le serment de fidélité. Voyez Littleton, sect. XCI et XCII. *Foi et hommage*, c'est fidélité et hommage.

[2] Capitulaire de Charles le Chauve, de l'an 860, *post reditum a confluentibus*, art. 3, édit. de Baluze, pag. 145.

[3] *Ibid.*, art. 1. [4] Lib. *de administratione sua.*

[5] *Anno* 757, chap. XVII.

[6] *Tassillio venit in vassatico se commendans, per manus sacramenta juravit multa, et innumerabilia, reliquis sanctorum manus imponens, et fidelitatem promisit Pippino.* Il sembleroit qu'il y auroit là un hommage et un serment de fidélité. Voyez ci-dessus la note 1.

n'appartenoient guère qu'aux lois politiques : c'est pour cela que, dans les lois civiles de ces temps-là, il est fait si peu de mention des lois des fiefs. Mais, lorsqu'ils devinrent héréditaires, qu'ils purent se donner, se vendre, se léguer, ils appartinrent et aux lois politiques et aux lois civiles. Le fief, considéré comme une obligation au service militaire, tenoit au droit politique ; considéré comme un genre de bien qui étoit dans le commerce, il tenoit au droit civil. Cela donna naissance aux lois civiles sur les fiefs.

Les fiefs étant devenus héréditaires, les lois concernant l'ordre des successions durent être relatives à la perpétuité des fiefs. Ainsi s'établit, malgré la disposition du droit romain et de la loi salique [1], cette règle du droit françois : *propres ne remontent point* [2]. Il falloit que le fief fût servi ; mais un aïeul, un grand-oncle, auroient été de mauvais vassaux à donner au seigneur : aussi cette règle n'eut-elle d'abord lieu que pour les fiefs, comme nous l'apprenons de Boutillier [3].

Les fiefs étant devenus héréditaires, les seigneurs, qui devoient veiller à ce que le fief fût servi, exigèrent que les filles qui devoient succéder au fief [4], et, je crois, quelquefois les mâles, ne pussent se marier sans leur consentement : de sorte que les contrats de mariage devinrent pour les nobles une disposition féodale et une disposition civile. Dans un acte pareil, fait sous les yeux du seigneur, on fit des dispositions pour la succession future, dans la vue que le fief pût être servi par les héritiers : aussi les seuls nobles eurent-ils d'abord la liberté de disposer des successions futures par contrat de mariage, comme l'ont remarqué Boyer [5] et Aufrerius [6].

Il est inutile de dire que le retrait lignager fondé sur l'ancien droit des parents, qui est un mystère de notre ancienne jurisprudence françoise, que je n'ai pas le temps de développer, ne put avoir lieu, à l'égard des fiefs, que lorsqu'ils devinrent perpétuels.

Italiam, Italiam.... [7]. Je finis le traité des fiefs où la plupart des auteurs l'ont commencé.

[1] Au titre des aïeux. [2] Liv. IV, *de feudis*, tit. LIX.

[3] *Somme rurale*, liv. I, tit. LXXVI, pag. 447.

[4] Suivant une ordonnance de saint Louis, de l'an 1246, pour constater les coutumes d'Anjou et du Maine, ceux qui auront le bail d'une fille héritière d'un fief donneront assurance au seigneur qu'elle ne sera mariée que de son consentement.

[5] Décision 433, n° 8 ; et 204, n° 38.

[6] *In capel. Thol.*, décision 433.

[7] *Æneid.*, lib. III, v. 523.

DÉFENSE

DE

L'ESPRIT DES LOIS.

PREMIÈRE PARTIE.

On a divisé cette défense en trois parties. Dans la première, on a répondu aux reproches géné·raux qui ont été faits à l'auteur de l'*Esprit des Lois*. Dans la seconde, on répond aux reproches particuliers. La troisième contient des réflexions sur la manière dont on l'a critiqué. Le public va connoître l'état des choses ; il pourra juger.

I.

Quoique l'*Esprit des Lois* soit un ouvrage de pure politique et de pure jurisprudence, l'auteur a eu souvent occasion d'y parler de la religion chrétienne : il l'a fait de manière à en faire sentir toute la grandeur ; et, s'il n'a pas eu pour objet de travailler à la faire croire, il a cherché à la faire aimer.

Cependant, dans deux feuilles périodiques qui ont paru coup sur coup [1], on lui a fait les plus affreuses imputations. Il ne s'agit pas moins que de savoir s'il est spinosiste et déiste ; et, quoique ces deux accusations soient par elles-mêmes contradictoires, on le mène sans cesse de l'une à l'autre. Toutes les deux, étant incompatibles, ne peuvent pas le rendre plus coupable qu'une seule ; mais toutes les deux peuvent le rendre plus odieux.

Il est donc spinosiste, lui qui, dès le premier article de son livre, a distingué le monde matériel d'avec les intelligences spirituelles.

Il est donc spinosiste, lui qui, dans le second article, a attaqué l'athéisme. « Ceux qui ont dit qu'une fatalité aveugle a produit tous les effets que nous voyons dans le monde, ont dit une

grande absurdité : car, quelle plus grande absurdité qu'une fatalité aveugle qui auroit produit des êtres intelligents ? »

Il est donc spinosiste, lui qui a continué par ces paroles : « Dieu a du rapport avec l'univers, comme créateur, et comme conservateur [1] : les lois selon lesquelles il a créé sont celles selon lesquelles il conserve. Il agit selon ces règles, parce qu'il les connoît ; il les connoît, parce qu'il les a faites ; il les a faites, parce qu'elles ont du rapport avec sa sagesse et sa puissance. »

Il est donc spinosiste, lui qui a ajouté : « Comme nous voyons que le monde, formé par le mouvement de la matière, et privé d'intelligence, subsiste toujours, etc. [2]. »

Il est donc spinosiste, lui qui a démontré contre Hobbes et Spinosa, « que les rapports de justice et d'équité étoient antérieurs à toutes les lois positives [3]. »

Il est donc spinosiste, lui qui a dit, au commencement du chapitre second : « Cette loi qui, en imprimant dans nous-mêmes l'idée d'un créateur, nous porte vers lui, est la première des lois naturelles par son importance. »

Il est donc spinosiste, lui qui a combattu de toutes ses forces le paradoxe de Bayle, qu'il vaut mieux être athée qu'idolâtre : paradoxe dont les athées tireroient les plus dangereuses conséquences.

Que dit-on, après des passages si formels ? Et l'équité naturelle demande que le degré de preuve soit proportionné à la grandeur de l'accusation.

PREMIÈRE OBJECTION.

L'auteur tombe dès le premier pas. « Les lois,

[1] L'une du 9 octobre 1749, l'autre du 16 du même mois.

[1] Liv. 1. ch. 1. [2] *Ibid.* [3] *Ibid.*

34

» dans la signification la plus étendue, dit-il, sont » les rapports nécessaires qui dérivent de la nature » des choses. » Les lois, des rapports ! cela se conçoit-il?... Cependant l'auteur n'a pas changé la définition ordinaire des lois sans dessein. Quel est donc son but? le voici. Selon le nouveau système, il y a, entre tous les êtres qui forment ce que Pope appelle le *grand tout*, un enchaînement si nécessaire, que le moindre dérangement porteroit la confusion jusqu'au trône du premier être. C'est ce qui fait dire à Pope que les choses n'ont pu être autrement qu'elles ne sont, et que tout est bien comme il est. Cela posé, on entend la signification de ce langage nouveau, que les lois sont les rapports nécessaires qui dérivent de la nature des choses. A quoi l'on ajoute que, « dans ce sens, » tous les êtres ont leurs lois; la divinité a ses » lois; le monde matériel a ses lois; les intelligen-» ces supérieures à l'homme ont leurs lois; les » bêtes ont leurs lois; l'homme a ses lois. »

RÉPONSE.

Les ténèbres mêmes ne sont pas plus obscures que ceci. Le critique a ouï dire que Spinosa admettoit un principe aveugle et nécessaire qui gouvernoit l'univers; il ne lui en faut pas davantage : dès qu'il trouvera le mot *nécessaire*, ce sera du spinosisme. L'auteur a dit que les lois étoient un rapport nécessaire; voilà donc du spinosisme, parce que voilà du nécessaire. Et ce qu'il y a de surprenant, c'est que l'auteur, chez le critique, se trouve spinosiste à cause de cet article, quoique cet article combatte expressément les systèmes dangereux. L'auteur a eu en vue d'attaquer le système de Hobbes : système terrible, qui, faisant dépendre toutes les vertus et tous les vices de l'établissement des lois que les hommes se sont faites, et voulant prouver que les hommes naissent tous en état de guerre, et que la première loi naturelle est la guerre de tous contre tous, renverse, comme Spinosa, et toute religion et toute morale. Sur cela l'auteur a établi, premièrement, qu'il y avoit des lois de justice et d'équité avant l'établissement des lois positives : il a prouvé que tous les êtres avoient des lois; que, même avant leur création, ils avoient des lois possibles; que Dieu lui-même avoit des lois, c'est-à-dire les lois qu'il s'étoit faites. Il a démontré qu'il étoit faux que les hommes naquissent en état de guerre [1]; il a fait voir que l'état de guerre n'avoit commencé qu'après l'établissement des sociétés; il a donné là-dessus des principes

[1] Liv. I, chap. II.

clairs. Mais il en résulte toujours que l'auteur a attaqué les erreurs de Hobbes, et les conséquences de celles de Spinosa; et qu'il lui est arrivé qu'on l'a si peu entendu, que l'on a pris pour des opinions de Spinosa les objections qu'il fait contre le spinosisme. Avant d'entrer en dispute, il faudroit commencer par se mettre au fait de l'état de la question, et savoir du moins si celui qu'on attaque est ami ou ennemi.

SECONDE OBJECTION.

Le critique continue : « Sur quoi l'auteur cite Plutarque, qui dit que la loi est la reine de tous les mortels et immortels. Mais est-ce d'un païen, etc. »

RÉPONSE.

Il est vrai que l'auteur a cité Plutarque, qui dit que la loi est la reine de tous les mortels et immortels.

TROISIÈME OBJECTION.

L'auteur a dit que « la création, qui paroît être un acte arbitraire, suppose des règles aussi invariables que la fatalité des athées. » De ces termes, le critique conclut que l'auteur admet la fatalité des athées.

RÉPONSE.

Un moment auparavant il a détruit cette fatalité par ces paroles : « Ceux qui ont dit qu'une fatalité aveugle gouverne l'univers ont dit une grande absurdité : car quelle plus grande absurdité qu'une fatalité aveugle qui auroit produit des êtres intelligents? » De plus, dans le passage qu'on censure, on ne peut faire parler l'auteur que de ce dont il parle. Il ne parle point des causes, et il ne compare point les causes; mais il parle des effets, et il compare les effets. Tout l'article, celui qui le précède, et celui qui le suit, font voir qu'il n'est question ici que des règles du mouvement, que l'auteur dit avoir été établies par Dieu : elles sont invariables, ces règles, et toute la physique le dit avec lui; elles sont invariables, parce que Dieu a voulu qu'elles fussent telles, et qu'il a voulu conserver le monde. Il n'en dit ni plus ni moins.

Je dirai toujours que le critique n'entend jamais le sens des choses, et ne s'attache qu'aux paroles. Quand l'auteur a dit que la création, qui paroissoit être un acte arbitraire, supposoit des règles aussi invariables que la fatalité des athées, on n'a pas pu l'entendre comme s'il disoit que la création fût un acte nécessaire comme la fatalité des athées. puisqu'il a déjà combattu cette fata-

lité. De plus, les deux membres d'une comparaison doivent se rapporter ; ainsi il faut absolument que la phrase veuille dire : La création, qui paroît d'abord devoir produire des règles de mouvement variables, en a d'aussi invariables que la fatalité des athées. Le critique, encore une fois, n'a vu et ne voit que les mots.

II.

Il n'y a donc point de spinosisme dans l'*Esprit des Lois*. Passons à une autre accusation, et voyons s'il est vrai que l'auteur ne reconnoisse pas la religion révélée. L'auteur, à la fin du chapitre premier, parlant de l'homme, qui est une intelligence finie, sujette à l'ignorance et à l'erreur, a dit : « Un tel être pouvoit, à tous les instants, oublier son créateur ; Dieu l'a rappelé à lui par les lois de la religion. »

Il a dit, au chapitre premier du livre vingt-quatrième : « Je n'examinerai les diverses religions du monde que par rapport au bien que l'on en tire dans l'état civil, soit que je parle de celle qui a sa racine dans le ciel, ou bien de celles qui ont la leur sur la terre. »

« Il ne faudra que très peu d'équité pour voir que je n'ai jamais prétendu faire céder les intérêts de la religion aux intérêts politiques, mais les unir : or, pour les unir, il faut les connoître. La religion chrétienne, qui ordonne aux hommes de s'aimer, veut sans doute que chaque peuple ait les meilleures lois politiques et les meilleures lois civiles, parce qu'elles sont, après elle, le plus grand bien que les hommes puissent donner et recevoir. »

Et au chapitre second du même livre : « Un prince qui aime la religion, et qui la craint, est un lion qui cède à la main qui le flatte, ou à la voix qui l'apaise. Celui qui craint la religion, et qui la hait, est comme les bêtes sauvages, qui mordent la chaîne qui les empêche de se jeter sur ceux qui passent. Celui qui n'a point du tout de religion est cet animal terrible qui ne sent sa liberté que lorsqu'il déchire et qu'il dévore. »

Au chapitre troisième du même livre : « Pendant que les princes mahométans donnent sans cesse la mort ou la reçoivent, la religion, chez les chrétiens, rend les princes moins timides, et par conséquent moins cruels. Le prince compte sur ses sujets, et les sujets sur le prince. Chose admirable ! la religion chrétienne, qui ne semble avoir d'objet que la félicité de l'autre vie, fait encore notre bonheur dans celle-ci. »

Au chapitre quatrième du même livre : « Sur le caractère de la religion chrétienne et celui de la mahométane, on doit, sans autre examen, embrasser l'une et rejeter l'autre. » On prie de continuer.

Dans le chapitre sixième : « M. Bayle, après avoir insulté toutes les religions, flétrit la religion chrétienne : il ose avancer que de véritables chrétiens ne formeroient pas un état qui pût subsister. Pourquoi non ? Ce seroient des citoyens infiniment éclairés sur leurs devoirs, et qui auroient un très grand zèle pour les remplir ; ils sentiroient très bien les droits de la défense naturelle ; plus ils croiroient devoir à la religion, plus ils penseroient devoir à la patrie. Les principes du christianisme, bien gravés dans le cœur, seroient infiniment plus forts que ce faux honneur des monarchies, ces vertus humaines des républiques, et cette crainte servile des états despotiques.

» Il est étonnant que ce grand homme n'ait pas su distinguer les ordres pour l'établissement du christianisme, d'avec le christianisme même ; et qu'on puisse lui imputer d'avoir méconnu l'esprit de sa propre religion. Lorsque le législateur, au lieu de donner des lois, a donné des conseils, c'est qu'il a vu que ses conseils, s'ils étoient ordonnés comme des lois, seroient contraires à l'esprit de ses lois. »

Au chapitre dixième : « Si je pouvois un moment cesser de penser que je suis chrétien, je ne pourrois m'empêcher de mettre la destruction de la secte de Zénon au nombre des malheurs du genre humain, etc. Faites abstraction des vérités révélées ; cherchez dans toute la nature, vous n'y trouverez pas de plus grand objet que les Antonins, etc. »

Et au chapitre treizième : « La religion païenne, qui ne défendoit que quelques crimes grossiers, qui arrêtoit la main et abandonnoit le cœur, pouvoit avoir des crimes inexpiables. Mais une religion qui enveloppe toutes les passions ; qui n'est pas plus jalouse des actions que des désirs et des pensées ; qui ne nous tient point attachés par quelques chaînes, mais par un nombre innombrable de fils ; qui laisse derrière elle la justice humaine, et commence une autre justice ; qui est faite pour mener sans cesse du repentir à l'amour, et de l'amour au repentir ; qui met entre le juge et le criminel un grand médiateur, entre le juste et le médiateur un grand juge : une telle religion ne doit point avoir de crimes inexpiables. Mais, quoiqu'elle donne des craintes et des espérances à tous, elle fait assez sentir que, s'il n'y a point de crime qui, par sa nature, soit inexpiable, toute une vie peut l'être ; qu'il seroit très dangereux de

tourmenter la miséricorde par de nouveaux crimes et de nouvelles expiations ; qu'inquiets sur les anciennes dettes, jamais quittes envers le Seigneur, nous devons craindre d'en contracter de nouvelles, de combler la mesure, et d'aller jusqu'au terme où la bonté paternelle finit. »

Dans le chapitre dix-neuvième, à la fin, l'auteur, après avoir fait sentir les abus des diverses religions païennes, sur l'état des ames dans l'autre vie, dit : « Ce n'est pas assez pour une religion d'établir un dogme, il faut encore qu'elle le dirige : c'est ce qu'a fait admirablement bien la religion chrétienne, à l'égard des dogmes dont nous parlons. Elle nous fait espérer un état que nous croyions, non pas un état que nous sentions ou que nous connoissions : tout, jusqu'à la résurrection des corps, nous mène à des idées spirituelles. »

Et au chapitre vingt-sixième, à la fin : « Il suit de là qu'il est presque toujours convenable qu'une religion ait des dogmes particuliers, et un culte général. Dans les lois qui concernent les pratiques de culte, il faut peu de détails ; par exemple, des mortifications, et non pas une certaine mortification. Le christianisme est plein de bon sens : l'abstinence est de droit divin ; mais une abstinence particulière est de droit de police, et on peut la changer. »

Au chapitre dernier, livre vingt-cinquième : « Mais il n'en résulte pas qu'une religion apportée d'un pays très éloigné, et totalement différent de climat, de lois, de mœurs et de manières, ait tout le succès que sa sainteté devroit lui promettre. »

Et au chapitre troisième du livre vingt-quatrième : « C'est la religion chrétienne qui, malgré la grandeur de l'empire et le vice du climat, a empêché le despotisme de s'établir en Éthiopie, et a porté au milieu de l'Afrique les mœurs de l'Europe et ses lois, etc... Tout près de là, on voit le mahométisme faire enfermer les enfants du roi de Sennar . à sa mort, le conseil les envoie égorger, en faveur de celui qui monte sur le trône.

» Que, d'un côté, l'on se mette devant les yeux les massacres continuels des rois et des chefs grecs et romains ; et, de l'autre, la destruction des peuples et des villes par ces mêmes chefs ; Timur et Gengiskan, qui ont dévasté l'Asie ; et nous verrons que nous devons au christianisme, et dans le gouvernement un certain droit politique, et dans la guerre un certain droit des gens, que la nature humaine ne sauroit assez reconnoître. » On supplie de lire tout le chapitre.

Dans le chapitre huitième du livre vingt-quatrième : « Dans un pays où l'on a le malheur d'avoir une religion que Dieu n'a pas donnée, il est toujours nécessaire qu'elle s'accorde avec la morale ; parce que la religion, même fausse, est le meilleur garant que les hommes puissent avoir de la probité des hommes. »

Ce sont des passages formels. On y voit un écrivain qui non-seulement croit la religion chrétienne, mais qui l'aime. Que dit-on pour prouver le contraire ? Et on avertit, encore une fois, qu'il faut que les preuves soient proportionnées à l'accusation : cette accusation n'est pas frivole, les preuves ne doivent point l'être. Et comme ces preuves sont données dans une forme assez extraordinaire, étant toujours moitié preuves, moitié injures, et se trouvant comme enveloppées dans la suite d'un discours fort vague, je vais les chercher.

PREMIÈRE OBJECTION.

L'auteur a loué les stoïciens, qui admettoient une fatalité aveugle, un enchaînement nécessaire, etc. [1]. C'est le fondement de la religion naturelle.

RÉPONSE.

Je suppose un moment que cette mauvaise manière de raisonner soit bonne. L'auteur a-t-il loué la physique et la métaphysique des stoïciens ? Il a loué leur morale ; il a dit que les peuples en avoient tiré de grands biens : il a dit cela, et il n'a rien dit de plus. Je me trompe ; il a dit plus : car, dès la première page du livre, il a attaqué cette fatalité des stoïciens : il ne l'a donc point louée, quand il a loué les stoïciens.

SECONDE OBJECTION.

L'auteur a loué Bayle, en l'appelant un grand homme [2].

RÉPONSE.

Je suppose, encore un moment, qu'en général cette manière de raisonner soit bonne : elle ne l'est pas du moins dans ce cas-ci. Il est vrai que l'auteur a appelé Bayle un grand homme ; mais il a censuré ses opinions : s'il les a censurées, il ne les admet pas. Et puisqu'il a combattu ses opinions, il ne l'appelle pas un grand homme à cause de ses opinions. Tout le monde sait que Bayle avoit un grand esprit, dont il a abusé ; mais, cet esprit dont il a abusé, il l'avoit. L'auteur a combattu ses

[1] Page 165 de la deuxième feuille du 16 octobre 1749.
[2] Ibid.

sophismes, et il plaint ses égarements. Je n'aime point les gens qui renversent les lois de leur patrie; mais j'aurois de la peine à croire que César et Cromwell fussent de petits esprits. Je n'aime point les conquérants; mais on ne pourra guère me persuader qu'Alexandre et Gengiskan aient été des génies communs. Il n'auroit pas fallu beaucoup d'esprit à l'auteur pour dire que Bayle étoit un homme abominable; mais il y a apparence qu'il n'aime point à dire des injures, soit qu'il tienne cette disposition de la nature, soit qu'il l'ait reçue de son éducation. J'ai lieu de croire que s'il prenoit la plume, il n'en diroit pas même·à ceux qui ont cherché à lui faire un des plus grands maux qu'un homme puisse faire à un homme, en travaillant à le rendre odieux à tous ceux qui ne le connoissent pas, et suspect à tous ceux qui le connoissent.

De plus, j'ai remarqué que les déclamations des hommes furieux ne font guère d'impression que sur ceux qui sont furieux eux-mêmes. La plupart des lecteurs sont des gens modérés : on ne prend guère un livre que lorsqu'on est de sang-froid; les gens raisonnables aiment les raisons. Quand l'auteur auroit dit mille injures à Bayle, il n'en seroit résulté ni que Bayle eût bien raisonné, ni que Bayle eût mal raisonné : tout ce qu'on en auroit pu conclure auroit été que l'auteur savoit dire des injures.

TROISIÈME OBJECTION.

Elle est tirée de ce que l'auteur n'a point parlé, dans son chapitre premier, du péché originel [1].

RÉPONSE.

Je demande à tout homme sensé si ce chapitre est un traité de théologie. Si l'auteur avoit parlé du péché originel, on lui auroit pu imputer tout de même de n'avoir pas parlé de la rédemption : ainsi, d'article en article, à l'infini.

QUATRIÈME OBJECTION.

Elle est tirée de ce que M. Domat a commencé son ouvrage autrement que l'auteur, et qu'il a d'abord parlé de la révélation.

RÉPONSE.

Il est vrai que M. Domat a commencé son ouvrage autrement que l'auteur, et qu'il a d'abord parlé de la révélation.

CINQUIÈME OBJECTION.

L'auteur a suivi le système du poëme de Pope.

[1] Feuille du 9 octobre 1749. pag. 162.

RÉPONSE.

Dans tout l'ouvrage il n'y a pas un mot du système de Pope.

SIXIÈME OBJECTION.

« L'auteur dit que la loi qui prescrit à l'homme ses devoirs envers Dieu est la plus importante; mais il nie qu'elle soit la première : il prétend que la première loi de la nature est la paix; que les hommes ont commencé par avoir peur les uns des autres, etc; que les enfants savent que la première loi c'est d'aimer Dieu; et la seconde, c'est d'aimer son prochain. »

RÉPONSE.

Voici les paroles de l'auteur : « Cette loi qui, en imprimant dans nous-mêmes l'idée d'un créateur, nous porte vers lui, est la première des lois naturelles par son importance, et non pas dans l'ordre de ces lois. L'homme, dans l'état de nature, auroit plutôt la faculté de connoître qu'il n'auroit des connoissances. Il est clair que ses premières idées ne seroient point des idées spéculatives; il songeroit à la conservation de son être avant de chercher l'origine de son être. Un homme pareil ne sentiroit d'abord que sa foiblesse; sa timidité seroit extrême; et, si l'on avoit là-dessus besoin de l'expérience, l'on a trouvé dans les forêts des hommes sauvages; tout les fait trembler, tout les fait fuir [1]. » L'auteur a donc dit que la loi qui, en imprimant en nous-mêmes l'idée du créateur, nous porte vers lui, étoit la première des lois naturelles. Il ne lui a pas été défendu, plus qu'aux philosophes et aux écrivains du droit naturel, de considérer l'homme sous divers égards : il lui a été permis de supposer un homme comme tombé des nues, laissé à lui-même et sans éducation, avant l'établissement des sociétés. Hé bien! l'auteur a dit que la première loi naturelle, la plus importante et par conséquent la capitale, seroit pour lui, comme pour tous les hommes, de se porter vers son créateur. Il a aussi été permis à l'auteur d'examiner quelle seroit la première impression qui se feroit sur cet homme, et de voir l'ordre dans lequel ces impressions seroient reçues dans son cerveau; et il a cru qu'il auroit des sentiments avant de faire des réflexions; que le premier, dans l'ordre du temps, seroit la peur; ensuite le besoin de se nourrir, etc. L'auteur a dit que la loi qui, en imprimant en nous l'idée du créateur, nous porte vers lui, est la première des lois naturelles : le critique dit que la première loi

[1] Liv. I. chap. II

naturelle est d'aimer Dieu : ils ne sont divisés que par les injures.

SEPTIÈME OBJECTION.

Elle est tirée du chapitre premier du premier livre, où l'auteur, après avoir dit que « l'homme étoit un être borné, » a ajouté : « Un tel être pouvoit, à tous les instants, oublier son créateur; Dieu l'a rappelé à lui par les lois de la religion. » Or, dit-on, quelle est cette religion dont parle l'auteur? il parle sans doute de la religion naturelle; il ne croit donc que la religion naturelle.

RÉPONSE.

Je suppose encore un moment que cette manière de raisonner soit bonne; et que, de ce que l'auteur n'auroit parlé là que de la religion naturelle, on en pût conclure qu'il ne croit que la religion naturelle, et qu'il exclut la religion révélée. Je dis que, dans cet endroit, il a parlé de la religion révélée, et non pas de la religion naturelle : car, s'il avoit parlé de la religion naturelle, il seroit un idiot. Ce seroit comme s'il disoit : Un tel être pouvoit aisément oublier son créateur, c'est-à-dire la religion naturelle; Dieu l'a rappelé à lui par les lois de la religion naturelle : de sorte que Dieu lui auroit donné la religion naturelle pour perfectionner en lui la religion naturelle. Ainsi, pour se préparer à dire des invectives à l'auteur, on commence par ôter à ses paroles le sens du monde le plus clair, pour leur donner le sens du monde le plus absurde; et, pour avoir meilleur marché de lui, on le prive du sens commun.

HUITIÈME OBJECTION.

L'auteur a dit, en parlant de l'homme : « Un tel être pouvoit à tous les instants oublier son créateur; Dieu l'a rappelé à lui par les lois de la religion : un tel être pouvoit à tous les instants s'oublier lui-même; les philosophes l'ont averti par les lois de la morale : fait pour vivre dans la société, il y pouvoit oublier les autres; les législateurs l'ont rendu à ses devoirs par les lois politiques et civiles [1]. « Donc, dit le critique, selon l'auteur, le gouvernement du monde intelligent est partagé entre Dieu, les philosophes, et les législateurs, etc. Où les philosophes ont-ils appris les lois de la morale? où les législateurs ont-ils vu ce qu'il faut prescrire pour gouverner les sociétés avec équité [2]?

[1] Liv. I, chap. I.
[2] Page 162 de la feuille du 9 octobre 1749.

RÉPONSE.

Et cette réponse est très aisée. Ils l'ont appris dans la révélation, s'ils ont été assez heureux pour cela; ou bien dans cette loi qui, en imprimant en nous l'idée du créateur, nous porte vers lui. L'auteur de l'*Esprit des Lois* a-t-il dit comme Virgile : « César partage l'empire avec Jupiter? » Dieu, qui gouverne l'univers, n'a-t-il pas donné à de certains hommes plus de lumières, à d'autres plus de puissance? Vous diriez que l'auteur a dit que, parce que Dieu a voulu que des hommes gouvernassent des hommes, il n'a plus voulu qu'ils lui obéissent, et qu'il s'est démis de l'empire qu'il avoit sur eux, etc. Voilà où sont réduits ceux qui, ayant beaucoup de foiblesse pour raisonner, ont beaucoup de force pour déclamer.

NEUVIÈME OBJECTION.

Le critique continue : « Remarquons encore que l'auteur, qui trouve que Dieu ne peut pas gouverner les êtres libres aussi bien que les autres, parce qu'étant libres, il faut qu'ils agissent par eux-mêmes » (je remarquerai, en passant, que l'auteur ne se sert point de cette expression, que Dieu *ne peut pas*), « ne remédie à ce désordre que par des lois qui peuvent bien montrer à l'homme ce qu'il doit faire, mais qui ne lui donnent pas de le faire : ainsi, dans le système de l'auteur, Dieu crée des êtres dont il ne peut empêcher le désordre, ni le réparer... Aveugle, qui ne voit pas que Dieu fait ce qu'il veut de ceux mêmes qui ne font pas ce qu'il veut ! »

RÉPONSE.

Le critique a déjà reproché à l'auteur de n'avoir point parlé du péché originel : il le prend encore sur le fait; il n'a point parlé de la grace. C'est une chose triste d'avoir affaire à un homme qui censure tous les articles d'un livre, et n'a qu'une idée dominante. C'est le conte de ce curé de village, à qui des astronomes montroient la lune dans un télescope, et qui n'y voyoit que son clocher.

L'auteur de l'*Esprit des Lois* a cru qu'il devoit commencer par donner quelque idée des lois générales, et du droit de la nature et des gens. Ce sujet étoit immense, et il l'a traité dans deux chapitres : il a été obligé d'omettre quantité de choses qui appartenoient à son sujet; à plus forte raison a-t-il omis celles qui n'y avoient point de rapport.

DIXIÈME OBJECTION.

L'auteur a dit qu'en Angleterre l'homicide de

soi-même étoit l'effet d'une maladie, et qu'on ne pouvoit pas plus le punir, qu'on ne punit les effets de la démence. Un sectateur de la religion naturelle n'oublie pas que l'Angleterre est le berceau de sa secte ; il passe l'éponge sur tous les crimes qu'il aperçoit.

RÉPONSE.

L'auteur ne sait point si l'Angleterre est le berceau de la religion naturelle ; mais il sait que l'Angleterre n'est pas son berceau. Parce qu'il a parlé d'un effet physique qui se voit en Angleterre, il ne pense pas sur la religion comme les Anglois ; pas plus qu'un Anglois, qui parleroit d'un effet physique arrivé en France, ne penseroit sur la religion comme les François. L'auteur de l'*Esprit des Lois* n'est point du tout sectateur de la religion naturelle ; mais il voudroit que son critique fût sectateur de la logique naturelle.

Je crois avoir déjà fait tomber des mains du critique les armes effrayantes dont il s'est servi : je vais à présent donner une idée de son exorde, qui est tel, que je crains que l'on ne pense que ce soit par dérision que j'en parle ici.

Il dit d'abord, et ce sont ses paroles, que « le livre de l'*Esprit des Lois* est une de ces productions irrégulières..... qui ne se sont si fort multipliées que depuis l'arrivée de la bulle *Unigenitus*. » Mais, faire arriver l'*Esprit des Lois* à cause de l'arrivée de la constitution *Unigenitus*, n'est-ce pas vouloir faire rire ? La bulle *Unigenitus* n'est point la cause occasionelle du livre de l'*Esprit des Lois* ; mais la bulle *Unigenitus* et le livre de l'*Esprit des Lois* ont été les causes occasionelles qui ont fait faire au critique un raisonnement si puéril. Le critique continue : « L'auteur dit qu'il a bien des fois commencé et abandonné son ouvrage..... Cependant quand il jetoit au feu ses premières productions, il étoit moins éloigné de la vérité que lorsqu'il a commencé à être content de son travail. » Qu'en sait-il ? Il ajoute : « Si l'auteur avoit voulu suivre un chemin frayé, son ouvrage lui auroit coûté moins de travail. » Qu'en sait-il encore ? Il prononce ensuite cet oracle : « Il ne faut pas beaucoup de pénétration pour apercevoir que le livre de l'*Esprit des Lois* est fondé sur le système de la religion naturelle..... On a montré, dans les lettres contre le poëme de Pope intitulé *Essai sur l'homme*, que le système de la religion naturelle rentre dans celui de Spinosa : c'en est assez pour inspirer à un chrétien l'horreur du nouveau livre que nous annonçons. »

Je réponds que non seulement c'en est assez, mais même que c'en seroit beaucoup trop. Mais je viens de prouver que le système de l'auteur n'est pas celui de la religion naturelle ; et, en lui passant que le système de la religion naturelle rentrât dans celui de Spinosa, le système de l'auteur n'entreroit pas dans celui de Spinosa, puisqu'il n'est pas celui de la religion naturelle.

Il veut donc inspirer de l'horreur avant d'avoir prouvé qu'on doit avoir de l'horreur.

Voici les deux formules des raisonnements répandus dans les deux écrits auxquels je réponds : « L'auteur de l'*Esprit des Lois* est un sectateur de la religion naturelle ; donc il faut expliquer ce qu'il dit ici par les principes de la religion naturelle : or, si ce qu'il dit ici est fondé sur les principes de la religion naturelle, il est un sectateur de la religion naturelle. »

L'autre formule est celle-ci : « L'auteur de l'*Esprit des Lois* est un sectateur de la religion naturelle ; donc ce qu'il dit dans son livre en faveur de la révélation n'est que pour cacher qu'il est un sectateur de la religion naturelle : or, s'il se cache ainsi, il est un sectateur de la religion naturelle. »

Avant de finir cette première partie, je serois tenté de faire une objection à celui qui en a tant fait. Il a si fort effrayé les oreilles du mot de sectateur de la religion naturelle, que moi, qui défends l'auteur, je n'ose presque prononcer ce nom : je vais cependant prendre courage. Ses deux écrits ne me demanderoient-ils pas plus d'explication que celui que je défends ? Fait-il bien, en parlant de la religion naturelle et de la révélation, de se jeter perpétuellement tout d'un côté, et de faire perdre les traces de l'autre ? Fait-il bien de ne distinguer jamais ceux qui ne reconnoissent que la seule religion naturelle, d'avec ceux qui reconnoissent et la religion naturelle et la révélation ? Fait-il bien de s'effaroucher toutes les fois que l'auteur considère l'homme dans l'état de la religion naturelle, et qu'il explique quelque chose sur les principes de la religion naturelle ? Fait-il bien de confondre la religion naturelle avec l'athéisme ? N'ai-je pas toujours ouï dire que nous avions tous une religion naturelle ? N'ai-je pas ouï dire que le christianisme étoit la perfection de la religion naturelle ? N'ai-je pas ouï dire que l'on employoit la religion naturelle pour prouver la révélation contre les déistes ? et que l'on employoit la même religion naturelle pour prouver l'existence de Dieu contre les athées ? Il dit que les stoïciens étoient des sectateurs de la religion naturelle : et

moi, je lui dis qu'ils étoient des athées[1], puis-
qu'ils croyoient qu'une fatalité aveugle gouvernoit
l'univers; et que c'est par la religion naturelle que
l'on combat les stoïciens. Il dit que le système de
la religion naturelle rentre dans celui de Spinosa[2] :
et moi, je lui dis qu'ils sont contradictoires, et
que c'est par la religion naturelle qu'on détruit le
système de Spinosa. Je lui dis que confondre la re-
ligion naturelle avec l'athéisme, c'est confondre
la preuve avec la chose qu'on veut prouver, et
l'objection contre l'erreur avec l'erreur même;
que c'est ôter les armes puissantes que l'on a con-
tre cette erreur. A Dieu ne plaise que je veuille
imputer aucun mauvais dessein au critique, ni
faire valoir les conséquences que l'on pourroit ti-
rer de ses principes! quoiqu'il ait très peu d'in-
dulgence, on en veut avoir pour lui. Je dis seule-
ment que les idées métaphysiques sont extrême-
ment confuses dans sa tête; qu'il n'a point du tout
la faculté de séparer; qu'il ne sauroit porter de
bons jugements, parce que, parmi les diverses
choses qu'il faut voir, il n'en voit jamais qu'une.
Et cela même, je ne le dis pas pour lui faire des
reproches, mais pour détruire les siens.

SECONDE PARTIE.

IDÉE GÉNÉRALE.

J'ai absous le livre de l'*Esprit des Lois* de deux
reproches généraux dont on l'avoit chargé : il y a
encore des imputations particulières auxquelles il
faut que je réponde. Mais, pour donner un plus
grand jour à ce que j'ai dit, et à ce que je dirai
dans la suite, je vais expliquer ce qui a donné
lieu, ou a servi de prétexte aux invectives.

Les gens les plus sensés de divers pays de
l'Europe, les hommes les plus éclairés et les plus
sages, ont regardé le livre de l'*Esprit des Lois*
comme un ouvrage utile : ils ont pensé que la
morale en étoit pure, les principes justes; qu'il
étoit propre à former d'honnêtes gens; qu'on y
détruisoit les opinions pernicieuses, qu'on y en-
courageoit les bonnes.

[1] Voyez la page 165 des feuilles du 9 octobre 1749. « Les
stoïciens n'admettoient qu'un Dieu; mais ce Dieu n'étoit autre
chose que l'ame du monde. Ils vouloient que tous les êtres, de-
puis le premier, fussent nécessairement enchaînés les uns avec
les autres; une nécessité fatale entraînoit tout. Ils nioient l'im-
mortalité de l'ame, et faisoient consister le souverain bonheur
à vivre conformément à la nature. C'est le fond du système de
la religion naturelle. »
[2] Voyez page 161 de la première feuille du 9 octobre 1749, à
la fin de la première colonne.

D'un autre côté, voilà un homme qui en parle
comme d'un livre dangereux; il en fait le sujet
des invectives les plus outrées : il faut que j'ex-
plique ceci.

Bien loin d'avoir entendu les endroits particu-
liers qu'il critiquoit dans ce livre, il n'a pas seu-
lement su quelle étoit la matière qui y étoit traitée :
ainsi, en déclamant en l'air, et combattant contre
le vent, il a remporté des triomphes de même
espèce; il a bien critiqué le livre qu'il avoit dans
la tête, il n'a pas critiqué celui de l'auteur. Mais
comment a-t-on pu manquer ainsi le sujet et le
but d'un ouvrage qu'on avoit devant les yeux?
Ceux qui auront quelques lumières verront du
premier coup d'œil que cet ouvrage a pour objet
les lois, les coutumes et les divers usages de tous
les peuples de la terre. On peut dire que le sujet
en est immense, puisqu'il embrasse toutes les in-
stitutions qui sont reçues parmi les hommes; puis-
que l'auteur distingue ces institutions; qu'il exa-
mine celles qui conviennent le plus à la société et
à chaque société; qu'il en cherche l'origine; qu'il
en découvre les causes physiques et morales; qu'il
examine celles qui ont un degré de bonté par
elles-mêmes, et celles qui n'en ont aucun; que,
de deux pratiques pernicieuses, il cherche celle
qui l'est plus et celle qui l'est moins; qu'il y dis-
cute celles qui peuvent avoir de bons effets à un
certain égard, et de mauvais dans un autre. Il a
cru ses recherches utiles, parce que le bon sens
consiste beaucoup à connoître les nuances des
choses. Or, dans un sujet aussi étendu, il a été
nécessaire de traiter de la religion : car, y ayant
sur la terre une religion vraie et une infinité de
fausses, une religion envoyée du ciel et une in-
finité d'autres qui sont nées sur la terre, il n'a pu
regarder toutes les religions fausses que comme
des institutions humaines : ainsi il a dû les exami-
ner comme toutes les autres institutions humaines.
Et, quant à la religion chrétienne, il n'a eu qu'à
l'adorer, comme étant une institution divine. Ce
n'étoit point de cette religion qu'il devoit traiter,
parce que, par sa nature, elle n'est sujette à
aucun examen : de sorte que, quand il en a parlé,
il ne l'a jamais fait pour la faire entrer dans le
plan de son ouvrage, mais pour lui payer le tribut
de respect et d'amour qui lui est dû par tout chré-
tien; et pour que, dans les comparaisons qu'il en
pouvoit faire avec les autres religions, il pût la
faire triompher de toutes. Ce que je dis se voit dans
tout l'ouvrage : mais l'auteur l'a particulièrement
expliqué au commencement du livre vingt-qua-
trième, qui est le premier des deux livres qu'il

a faits sur la religion. Il le commence ainsi :
« Comme on peut juger parmi les ténèbres celles
qui sont les moins épaisses, et parmi les aby-
mes ceux qui sont les moins profonds; ainsi l'on
peut chercher entre les religions fausses, celles
qui sont les plus conformes au bien de la société;
celles qui, quoiqu'elles n'aient pas l'effet de
mener les hommes aux félicités de l'autre vie,
peuvent le plus contribuer à leur bonheur dans
celle-ci.

» Je n'examinerai donc les diverses religions du
monde que par rapport au bien que l'on en tire
dans l'état civil, soit que je parle de celle qui a
sa racine dans le ciel, ou bien de celles qui ont
la leur sur la terre. »

L'auteur ne regardant donc les religions hu-
maines que comme des institutions humaines, a
dû en parler, parce qu'elles entroient nécessaire-
ment dans son plan. Il n'a point été les chercher;
mais elles sont venues le chercher. Et, quant à la
religion chrétienne, il n'en a parlé que par occa-
sion ; parce que, par sa nature, ne pouvant être
modifiée, mitigée, corrigée, elle n'entroit point
dans le plan qu'il s'étoit proposé.

Qu'a-t-on fait pour donner une ample carrière
aux déclamations, et ouvrir la porte la plus large
aux invectives? On a considéré l'auteur comme si,
à l'exemple de M. Abbadie, il avoit voulu faire un
traité sur la religion chrétienne; on l'a attaqué
comme si ses deux livres sur la religion étoient
deux traités de théologie chrétienne; on l'a repris
comme si, parlant d'une religion quelconque, qui
n'est pas la chrétienne, il avoit eu à l'examiner
selon les principes et les dogmes de la religion
chrétienne; on l'a jugé comme s'il s'étoit chargé,
dans ses deux livres, d'établir pour les chrétiens,
et de prêcher aux Mahométans et aux idolâtres,
les dogmes de la religion chrétienne. Toutes les
fois qu'il a parlé de la religion en général, toutes
les fois qu'il a employé le mot de religion, on a
dit : « C'est la religion chrétienne. » Toutes les fois
qu'il a comparé les pratiques religieuses de quel-
ques nations quelconques, et qu'il a dit qu'elles
étoient plus conformes au gouvernement politique
de ce pays que telle autre pratique, on a dit : « Vous
les approuvez donc, et vous abandonnez la foi
chrétienne. » Lorsqu'il a parlé de quelque peuple
qui n'a point embrassé le christianisme, ou qui a
précédé la venue de Jésus-Christ, on lui a dit :
« Vous ne reconnoissez donc pas la morale chré-
tienne. » Quand il a examiné en écrivain politi-
que quelque pratique que ce soit, on lui a dit :
« C'étoit tel dogme de théologie chrétienne que

vous deviez mettre là. Vous dites que vous êtes
jurisconsulte; et je vous ferai théologien malgré
vous. Vous nous donnez d'ailleurs de très belles
choses sur la religion chrétienne; mais c'est pour
vous cacher que vous les dites; car je connois
votre cœur, et je lis dans vos pensées. Il est vrai
que je n'entends point votre livre; il n'importe
pas que j'aie démêlé bien ou mal l'objet dans le-
quel il a été écrit : mais je connois au fond toutes
vos pensées. Je ne sais pas un mot de ce que
vous dites; mais j'entends très bien ce que vous
ne dites pas. » Entrons à présent en matière.

DES CONSEILS DE RELIGION.

L'auteur, dans le livre sur la religion, a com-
battu l'erreur de Bayle; voici ses paroles [1] :

« M. Bayle, après avoir insulté toutes les reli-
gions, flétrit la religion chrétienne : il ose avan-
cer que de véritables chrétiens ne formeroient pas
un état qui pût subsister. Pourquoi non? Ce seroient
des citoyens infiniment éclairés sur leurs devoirs,
et qui auroient un très grand zèle pour les remplir;
ils sentiroient très bien les droits de la défense
naturelle : plus ils croiroient devoir à la religion,
plus ils penseroient devoir à la patrie. Les princi-
pes du christianisme, bien gravés dans le cœur,
seroient infiniment plus forts que ce faux honneur
des monarchies, ces vertus humaines des républi-
ques, et cette crainte servile des états despotiques.

» Il est étonnant que ce grand homme n'ait pas
su distinguer les ordres pour l'établissement du
christianisme, d'avec le christianisme même; et
qu'on puisse lui imputer d'avoir méconnu l'esprit
de sa propre religion. Lorsque le législateur, au
lieu de donner des lois, a donné des conseils,
c'est qu'il a vu que ses conseils, s'ils étoient ordon-
nés comme des lois, seroient contraires à l'esprit
de ses lois. » Qu'a-t-on fait pour ôter à l'auteur la
gloire d'avoir combattu ainsi l'erreur de Bayle? on
prend le chapitre suivant [2], qui n'a rien à faire avec
Bayle : « Les lois humaines, y est-il dit, faites
pour parler à l'esprit, doivent donner des préceptes
et point de conseils; la religion, faite pour parler
au cœur, doit donner beaucoup de conseils, et peu
de préceptes. » Et de là on conclut que l'auteur re-
garde tous les préceptes de l'Évangile comme des
conseils. Il pourroit dire aussi que celui qui fait
cette critique, regarde lui-même tous les con-
seils de l'Évangile comme des préceptes; mais ce
n'est pas sa manière de raisonner, et encore moins

[1] Liv. XXIV, chap. VI.
[2] C'est le chap. VII du liv. XXIV.

sa manière d'agir. Allons au fait : il faut un peu alonger ce que l'auteur a raccourci. M. Bayle avoit soutenu qu'une société de chrétiens ne pourroit pas subsister : et il alléguoit pour cela l'ordre de l'Évangile, de présenter l'autre joue ; quand on reçoit un soufflet ; de quitter le monde ; de se retirer dans les déserts, etc. L'auteur a dit que Bayle prenoit pour des préceptes ce qui n'étoit que des conseils, pour des règles générales ce qui n'étoit que des règles particulières : en cela, l'auteur a défendu la religion. Qu'arrive-t-il ? On pose, pour premier article de sa croyance, que tous les livres de l'Évangile ne contiennent que des conseils.

DE LA POLYGAMIE.

D'autres articles ont encore fourni des sujets commodes pour les déclamations. La polygamie en étoit un excellent. L'auteur a fait un chapitre exprès, où il l'a réprouvée : le voici.

« De la polygamie en elle-même.

» A regarder la polygamie en général, indépendamment des circonstances qui peuvent la faire un peu tolérer, elle n'est point utile au genre humain, ni à aucun des deux sexes, soit à celui qui abuse, soit à celui dont on abuse. Elle n'est pas non plus utile aux enfants ; et un de ses grands inconvénients est que le père et la mère ne peuvent avoir la même affection pour leurs enfants : un père ne peut pas aimer vingt enfants comme une mère en aime deux. C'est bien pis quand une femme a plusieurs maris ; car pour lors l'amour paternel ne tient qu'à cette opinion, qu'un père peut croire s'il veut, ou que les autres peuvent croire, que de certains enfants lui appartiennent.

» La pluralité des femmes, (qui le diroit ?) mène à cet amour que la nature désavoue : c'est qu'une dissolution en entraîne toujours une autre, etc.

» Il y a plus, la possession de beaucoup de femmes ne prévient pas toujours les desirs pour celle d'un autre : il en est de la luxure comme de l'avarice ; elle augmente sa soif par l'acquisition des trésors.

» Du temps de Justinien, plusieurs philosophes, gênés par le christianisme, se retirèrent en Perse auprès de Cosroès : ce qui les frappa le plus, dit Agathias, ce fut que la polygamie étoit permise à des gens qui ne s'abstenoient pas même de l'adultère. »

L'auteur a donc établi que la polygamie étoit, par sa nature et en elle-même, une chose mauvaise : il falloit partir de ce chapitre ; et c'est pourtant de ce chapitre que l'on n'a rien dit. L'auteur a de plus examiné philosophiquement dans quels pays, dans quels climats, dans quelles circonstances, elle avoit de moins mauvais effets ; il a comparé les climats aux climats, et les pays aux pays ; et il a trouvé qu'il y avoit des pays où elle avoit des effets moins mauvais que dans d'autres ; parce que, suivant les relations, le nombre des hommes et des femmes n'étant point égal dans tous les pays, il est clair que, s'il y a des pays où il y ait beaucoup plus de femmes que d'hommes, la polygamie, mauvaise en elle-même, l'est moins dans ceux-là que dans d'autres. L'auteur a discuté ceci dans le chapitre quatrième du même livre. Mais, parce que le titre de ce chapitre porte ces mots, *Que la loi de la polygamie est une affaire de calcul*, on a saisi ce titre. Cependant, comme le titre d'un chapitre se rapporte au chapitre même, et ne peut dire ni plus ni moins que ce chapitre, voyons-le.

« Suivant les calculs que l'on a faits en divers endroits de l'Europe, il y naît plus de garçons que de filles : au contraire, les relations de l'Asie nous disent qu'il y naît beaucoup plus de filles que de garçons. La loi d'une seule femme en Europe, et celle qui en permet plusieurs en Asie, ont donc un certain rapport au climat.

» Dans les climats froids de l'Asie, il naît, comme en Europe, beaucoup plus de garçons que de filles : c'est, disent les lamas, la raison de la loi qui, chez eux, permet à une femme d'avoir plusieurs maris.

» Mais j'ai peine à croire qu'il y ait beaucoup de pays où la disproportion soit assez grande pour qu'elle exige qu'on y introduise la loi de plusieurs femmes, ou la loi de plusieurs maris. Cela veut dire seulement que la pluralité des femmes, ou même la pluralité des hommes, est plus conforme à la nature dans certains pays que dans d'autres.

» J'avoue que, si ce que les relations nous disent étoit vrai, qu'à Bantam il y a dix femmes pour un homme, ce seroit un cas bien particulier de la polygamie.

» Dans tout ceci je ne justifie pas les usages, mais j'en rends les raisons. »

Revenons au titre : *la polygamie est une affaire de calcul*. Oui, elle l'est, quand on veut savoir si elle est plus ou moins pernicieuse dans de certains climats, dans de certains pays, dans de certaines circonstances, que dans d'autres : elle n'est point une affaire de calcul quand on doit décider si elle est bonne ou mauvaise par elle-même.

Elle n'est point une affaire de calcul quand on raisonne sur sa nature ; elle peut être une affaire de calcul quand on combine ses effets : enfin elle n'est jamais une affaire de calcul quand on examine le but du mariage ; et elle l'est encore moins quand on examine le mariage comme établi par Jésus-Christ.

J'ajouterai ici que le hasard a très bien servi l'auteur. Il ne prévoyoit pas sans doute qu'on oublieroit un chapitre formel, pour donner des sens équivoques à un autre : il a le bonheur d'avoir fini cet autre par ces paroles : « Dans tout ceci je ne justifie point les usages, mais j'en rends les raisons. »

L'auteur vient de dire qu'il ne voyoit pas qu'il pût y avoir des climats où le nombre des femmes pût tellement excéder celui des hommes, ou le nombre des hommes celui des femmes, que cela dût engager à la polygamie dans aucun pays ; et il a ajouté : « Cela veut dire seulement que la pluralité des femmes, et même la pluralité des hommes, est plus conforme à la nature dans de certains pays que dans d'autres [1]. » Le critique a saisi le mot, *est plus conforme à la nature*, pour faire dire à l'auteur qu'il approuvoit la polygamie. Mais si je disois que j'aime mieux la fièvre que le scorbut, cela signifieroit-il que j'aime la fièvre, ou seulement que le scorbut m'est plus désagréable que la fièvre ?

Voici mot pour mot une objection bien extraordinaire :

« La polygamie d'une femme qui a plusieurs maris est un désordre monstrueux, qui n'a été permis en aucun cas, et que l'auteur ne distingue en aucune sorte de la polygamie d'un homme qui a plusieurs femmes [2]. Ce langage, dans un sectateur de la religion naturelle, n'a pas besoin de commentaire. »

Je supplie de faire attention à la liaison des idées du critique. Selon lui, il suit que, de ce que l'auteur est un sectateur de la religion naturelle, il n'a point parlé de ce dont il n'avoit que faire de parler : ou bien il suit, selon lui, que l'auteur n'a point parlé de ce dont il n'avoit que faire de parler, parce qu'il est sectateur de la religion naturelle. Ces deux raisonnements sont de même espèce, et les conséquences se trouvent également dans les prémisses. La manière ordinaire est de critiquer sur ce que l'on écrit ; ici le critique s'évapore sur ce que l'on n'écrit pas.

[1] Chap. IV du liv. XVI.
[2] Page 164 de la feuille du 9 octobre 1749.

Je dis tout ceci, en supposant avec le critique que l'auteur n'eût point distingué la polygamie d'une femme qui a plusieurs maris, de celle où un mari auroit plusieurs femmes. Mais, si l'auteur les a distinguées, que dira-t-il ? Si l'auteur a fait voir que, dans le premier cas, les abus étoient plus grands, que dira-t-il ? Je supplie le lecteur de relire le chapitre sixième du livre seizième ; je l'ai rapporté ci-dessus. Le critique lui a fait des invectives, parce qu'il avoit gardé le silence sur cet article ; il ne reste plus que de lui en faire sur ce qu'il ne l'a pas gardé.

Mais voici une chose que je ne puis comprendre. Le critique a mis dans la seconde de ses feuilles, page 166 : « L'auteur nous a dit ci-dessus que la religion doit permettre la polygamie dans les pays chauds, et non dans les pays froids. » Mais l'auteur n'a dit cela nulle part. Il n'est plus question de mauvais raisonnements entre le critique et lui ; il est question d'un fait. Et comme l'auteur n'a dit nulle part que la religion doit permettre la polygamie dans les pays chauds et non dans les pays froids, si l'imputation est fausse, comme elle l'est, et grave, comme elle l'est, je prie le critique de se juger lui-même. Ce n'est pas le seul endroit sur lequel l'auteur ait à faire un cri. A la page 165, à la fin de la première feuille, il est dit : « Le chapitre quatrième porte pour titre que la loi de la polygamie est une affaire de calcul : c'est-à-dire que, dans les lieux où il naît plus de garçons que de filles, comme en Europe, on ne doit épouser qu'une femme ; dans ceux où il naît plus de filles que de garçons, la polygamie doit y être introduite. » Ainsi, lorsque l'auteur explique quelques usages, ou donne la raison de quelques pratiques, on les lui fait mettre en maximes, et, ce qui est plus triste encore, en maximes de religion : et comme il a parlé d'une infinité d'usages et de pratiques dans tous les pays du monde, on peut, avec une pareille méthode, le charger des erreurs, et même des abominations de tout l'univers. Le critique dit, à la fin de sa seconde feuille, que Dieu lui a donné quelque zèle. Hé bien ! je réponds que Dieu ne lui a pas donné celui-là.

CLIMAT.

Ce que l'auteur a dit sur le climat est encore une matière très propre pour la rhétorique. Mais tous les effets quelconques ont des causes : le climat et les autres causes physiques produisent un nombre infini d'effets. Si l'auteur avoit dit le contraire, on l'auroit regardé comme un homme stu-

pide. Toute la question se réduit à savoir si, dans des pays éloignés entre eux, si, sous des climats différents, il y a des caractères d'esprit nationaux. Or, qu'il y ait de telles différences, cela est établi par l'universalité presque entière des livres qui ont été écrits. Et, comme le caractère de l'esprit influe beaucoup dans la disposition du cœur, on ne sauroit encore douter qu'il n'y ait de certaines qualités du cœur plus fréquentes dans un pays que dans un autre ; et l'on en a encore pour preuve un nombre infini d'écrivains de tous les lieux et de tous les temps. Comme ces choses sont humaines, l'auteur en a parlé d'une façon humaine. Il auroit pu joindre là bien des questions que l'on agite, dans les écoles, sur les vertus humaines et sur les vertus chrétiennes ; mais ce n'est point avec ces questions que l'on fait des livres de physique, de politique, et de jurisprudence. En un mot, ce physique du climat peut produire diverses dispositions dans les esprits ; ces dispositions peuvent influer sur les actions humaines : cela choque-t-il l'empire de celui qui a créé, ou les mérites de celui qui a racheté ?

Si l'auteur a recherché ce que les magistrats de divers pays pouvoient faire pour conduire leur nation de la manière la plus convenable et la plus conforme à son caractère, quel mal a-t-il fait en cela ?

On raisonnera de même à l'égard de diverses pratiques locales de religion. L'auteur n'avoit à les considérer ni comme bonnes, ni comme mauvaises : il a dit seulement qu'il y avoit des climats où de certaines pratiques de religion étoient plus aisées à recevoir, c'est-à-dire étoient plus aisées à pratiquer par les peuples de ces climats que par les peuples d'un autre. De ceci, il est inutile de donner des exemples ; il y en a cent mille.

Je sais bien que la religion est indépendante par elle-même de tout effet physique quelconque ; que celle qui est bonne dans un pays est bonne dans un autre ; et qu'elle ne peut être mauvaise dans un pays sans l'être dans tous : mais je dis que, comme elle est pratiquée par les hommes et pour les hommes, il y a des lieux où une religion quelconque trouve plus de facilité à être pratiquée, soit en tout, soit en partie, dans de certains pays que dans d'autres, et dans de certaines circonstances que dans d'autres : et, dès que quelqu'un dira le contraire, il renoncera au bon sens.

L'auteur a remarqué que le climat des Indes produisoit une certaine douceur dans les mœurs.

Mais, dit le critique, les femmes s'y brûlent à la mort de leur mari. Il n'y a guère de philosophie dans cette objection. Le critique ignore-t-il les contradictions de l'esprit humain, et comment il sait séparer les choses les plus unies, et unir celles qui sont les plus séparées ? Voyez là-dessus les réflexions de l'auteur, au chapitre troisième du livre quatorzième.

TOLÉRANCE.

Tout ce que l'auteur a dit sur la tolérance se rapporte à cette proposition du chapitre neuvième, livre vingt-cinquième : « Nous sommes ici politiques, et non pas théologiens : et, pour les théologiens mêmes, il y a bien de la différence entre tolérer une religion, et l'approuver.

» Lorsque les lois de l'état ont cru devoir souffrir plusieurs religions, il faut qu'elles les obligent aussi à se tolérer entre elles. » On prie de lire le reste du chapitre.

On a beaucoup crié sur ce que l'auteur a ajouté au chapitre dixième, livre vingt-cinquième : «Voici le principe fondamental des lois politiques en fait de religion : quand on est le maître, dans un état, de recevoir une nouvelle religion, ou de ne la pas recevoir, il ne faut pas l'y établir ; quand elle y est établie, il faut la tolérer. »

On objecte à l'auteur qu'il va avertir les princes idolâtres de fermer leurs états à la religion chrétienne : effectivement, c'est un secret qu'il a été dire à l'oreille au roi de la Cochinchine. Comme cet argument a fourni matière à beaucoup de déclamations, j'y ferai deux réponses. La première, c'est que l'auteur a excepté nommément dans son livre la religion chrétienne. Il a dit au livre vingt-quatrième, chapitre premier, à la fin : « La religion chrétienne, qui ordonne aux hommes de s'aimer, veut sans doute que chaque peuple ait les meilleures lois politiques et les meilleures lois civiles, parce qu'elles sont, après elle, le plus grand bien que les hommes puissent donner et recevoir. » Si donc la religion chrétienne est le premier bien, et les lois politiques et civiles le second, il n'y a point de lois politiques et civiles, dans un état, qui puissent ou doivent y empêcher l'entrée de la religion chrétienne.

Ma seconde réponse est que la religion du ciel ne s'établit pas par les mêmes voies que les religions de la terre. Lisez l'histoire de l'église, et vous verrez les prodiges de la religion chrétienne. A-t-elle résolu d'entrer dans un pays, elle sait s'en faire ouvrir les portes ; tous les instruments

sont bons pour cela : quelquefois Dieu veut se servir de quelques pécheurs ; quelquefois il va prendre sur le trône un empereur, et fait plier sa tête sous le joug de l'Évangile. La religion chrétienne se cache-t-elle dans les lieux souterrains, attendez un moment, et vous verrez la majesté impériale parler pour elle. Elle traverse, quand elle veut, les mers, les rivières, et les montagnes : ce ne sont pas les obstacles d'ici-bas qui l'empêchent d'aller. Mettez de la répugnance dans les esprits, elle saura vaincre ces répugnances ; établissez des coutumes, formez des usages, publiez des édits, faites des lois, elle triomphera du climat, des lois qui en résultent, et des législateurs qui les auront faites. Dieu, suivant des décrets que nous ne connoissons point, étend ou resserre les limites de sa religion.

On dit : « C'est comme si vous alliez dire aux rois d'Orient qu'il ne faut pas qu'ils reçoivent chez eux la religion chrétienne. » C'est être bien charnel que de parler ainsi ! Étoit-ce donc Hérode qui devoit être le Messie ! Il semble qu'on regarde Jésus-Christ comme un roi qui, voulant conquérir un état voisin, cache ses pratiques et ses intelligences. Rendons-nous justice : la manière dont nous nous conduisons dans les affaires humaines est-elle assez pure pour penser à l'employer à la conversion des peuples ?

CÉLIBAT.

Nous voici à l'article du célibat. Tout ce que l'auteur en a dit se rapporte à cette proposition, qui se trouve au livre vingt-cinquième, chapitre quatrième ; la voici :

« Je ne parlerai point ici des conséquences de la loi du célibat : on sent qu'elle pourroit devenir nuisible à proportion que le corps du clergé seroit trop étendu, et que par conséquent celui des laïques ne le seroit pas assez. » Il est clair que l'auteur ne parle ici que de la plus grande ou de la moindre extension que l'on doit donner au célibat, par rapport au plus grand ou au moindre nombre de ceux qui doivent l'embrasser ; et, comme l'a dit l'auteur en un autre endroit, cette loi de perfection ne peut pas être faite pour tous les hommes · on sait d'ailleurs que la loi du célibat, telle que nous l'avons, n'est qu'une loi de discipline. Il n'a jamais été question, dans l'*Esprit des Lois*, de la nature du célibat même, et du degré de sa bonté ; et ce n'est, en aucune façon, une matière qui doive entrer dans un livre de lois politiques et civiles. Le critique ne veut jamais que l'auteur traite son sujet, il veut continuellement qu'il traite

le sien : et, parce qu'il est toujours théologien, il ne veut pas que, même dans un livre de droit, il soit jurisconsulte. Cependant on verra tout-à-l'heure qu'il est, sur le célibat, de l'opinion des théologiens, c'est-à-dire qu'il en a reconnu la bonté. Il faut savoir que, dans le livre vingt-troisième, où il est traité du rapport que les lois ont avec le nombre des habitants, l'auteur a donné une théorie de ce que les lois politiques et civiles de divers peuples avoient fait à cet égard. Il a fait voir, en examinant les histoires des divers peuples de la terre, qu'il y avoit eu des circonstances où ces lois furent plus nécessaires que dans d'autres ; des peuples qui en avoient eu plus de besoin ; de certains temps où ces peuples en avoient eu plus de besoin encore : et comme il a pensé que les Romains furent le peuple du monde le plus sage, et qui, pour réparer ses pertes, eut le plus de besoin de pareilles lois, il a recueilli avec exactitude les lois qu'ils avoient faites à cet égard ; il a marqué avec précision dans quelles circonstances elles avoient été faites, et dans quelles autres circonstances elles avoient été ôtées. Il n'y a point de théologie dans tout ceci, et il n'en faut point pour tout ceci. Cependant il a jugé à propos d'y en mettre. Voici ses paroles : « A Dieu ne plaise que je parle ici contre le célibat qu'a adopté la religion ! mais qui pourroit se taire contre celui qu'a formé le libertinage, celui où les deux sexes, se corrompant par les sentiments naturels mêmes, fuient une union qui doit les rendre meilleurs, pour vivre dans celle qui les rend toujours pires ?

» C'est une règle tirée de la nature, que, plus on diminue le nombre des mariages qui pourroient se faire, plus on corrompt ceux qui sont faits ; moins il y a de gens mariés, moins il y a de fidélité dans les mariages : comme, lorsqu'il y a plus de voleurs, il y a plus de vols [1]. »

L'auteur n'a donc point désapprouvé le célibat qui a pour motif la religion. On ne pouvoit se plaindre de ce qu'il s'élevoit contre le célibat introduit par le libertinage ; de ce qu'il désapprouvoit qu'une infinité de gens riches et voluptueux se portassent à fuir le joug du mariage pour la commodité de leurs déréglements ; qu'ils prissent pour eux les délices et la volupté, et laissassent les peines aux misérables : on ne pouvoit, dis-je, s'en plaindre. Mais le critique, après avoir cité ce que l'auteur a dit, prononce ces paroles : « On aperçoit ici toute la malignité de l'auteur, qui veut jeter sur la religion chrétienne des désor-

[1] Liv. XXIII, chap. XXI, à la fin.

dres qu'elle déteste. » Il n'y a pas d'apparence d'accuser le critique de n'avoir pas voulu entendre l'auteur : je dirai seulement qu'il ne l'a point entendu ; et qu'il lui fait dire contre la religion ce qu'il a dit contre le libertinage. Il doit en être bien fâché.

ERREUR PARTICULIÈRE DU CRITIQUE.

On croiroit que le critique a juré de n'être jamais au fait de l'état de la question, et de n'entendre pas un seul des passages qu'il attaque. Tout le second chapitre du livre vingt-cinquième roule sur les motifs plus ou moins puissants qui attachent les hommes à la conservation de leur religion : le critique trouve dans son imagination un autre chapitre qui auroit pour sujet des motifs qui obligent les hommes à passer d'une religion dans une autre. Le premier sujet emporte un état passif ; le second, un état d'action : et, appliquant sur un sujet ce que l'auteur a dit sur un autre, il déraisonne tout à son aise.

L'auteur a dit au second article du chapitre deuxième du livre vingt-cinquième : « Nous sommes extrêmement portés à l'idolâtrie, et cependant nous ne sommes pas fort attachés aux religions idolâtres ; nous ne sommes guère portés aux idées spirituelles, et cependant nous sommes très attachés aux religions qui nous font adorer un être spirituel. Cela vient de la satisfaction que nous trouvons en nous-mêmes, d'avoir été assez intelligents pour avoir choisi une religion qui tire la divinité de l'humiliation où les autres l'avoient mise. » L'auteur n'avoit fait cet article que pour expliquer pourquoi les Mahométans et les Juifs, qui n'ont pas les mêmes graces que nous, sont aussi invinciblement attachés à leur religion, qu'on le sait par expérience : le critique l'entend autrement. « C'est à l'orgueil, dit-il, que l'on attribue d'avoir fait passer les hommes de l'idolâtrie à l'unité d'un Dieu [1]. » Mais il n'est question ici, ni dans tout le chapitre, d'aucun passage d'une religion dans une autre : et, si un chrétien sent de la satisfaction à l'idée de la gloire et à la vue de la grandeur de Dieu, et qu'on appelle cela de l'orgueil, c'est un très bon orgueil.

MARIAGE.

Voici une autre objection qui n'est pas commune. L'auteur a fait deux chapitres au livre vingt-troisième : l'un a pour titre, *des Hommes et*

[1] Page 166 de la seconde feuille.

des Animaux, par rapport à la propagation de l'espèce ; et l'autre est intitulé *des Mariages.* Dans le premier, il a dit ces paroles : « Les femelles des animaux ont à peu près une fécondité constante : mais dans l'espèce humaine, la manière de penser, le caractère, les passions, les fantaisies, les caprices, l'idée de conserver sa beauté, l'embarras de la grossesse, celui d'une famille trop nombreuse, troublent la propagation de mille manières. » Et dans l'autre il a dit : « L'obligation naturelle qu'a le père de nourrir ses enfants a fait établir le mariage, qui déclare celui qui doit remplir cette obligation. »

On dit là-dessus : « Un chrétien rapporteroit l'institution du mariage à Dieu même, qui donna une compagne à Adam, et qui unit le premier homme à la première femme par un lien indissoluble, avant qu'ils eussent des enfants à nourrir : mais l'auteur évite tout ce qui a trait à la révélation. » Il répondra qu'il est chrétien, mais qu'il n'est point imbécile ; qu'il adore ces vérités, mais qu'il ne veut point mettre à tort et à travers toutes les vérités qu'il croit. L'empereur Justinien étoit chrétien, et son compilateur l'étoit aussi. Hé bien ! dans leurs livres de droit, que l'on enseigne aux jeunes gens dans les écoles, ils définissent le mariage l'union de l'homme et de la femme qui forme une société de vie individuelle [1]. Il n'est jamais venu dans la tête de personne de leur reprocher de n'avoir pas parlé de la révélation.

USURE.

Nous voici à l'affaire de l'usure. J'ai peur que le lecteur ne soit fatigué de m'entendre dire que le critique n'est jamais au fait, et ne prend jamais le sens des passages qu'il censure. Il dit, au sujet des usures maritimes : « L'auteur ne voit rien que de juste dans les usures maritimes ; ce sont ses termes. » En vérité, cet ouvrage de l'*Esprit des Lois* a un terrible interprète ! L'auteur a traité des usures maritimes au chapitre vingtième du livre vingt-deuxième : il a donc dit, dans ce chapitre, que les usures maritimes étoient justes. Voyons-le.

« Des usures maritimes.

» La grandeur de l'usure maritime est fondée sur deux choses, le péril de la mer, qui fait qu'on ne s'expose à prêter son argent que pour en avoir beaucoup davantage ; et la facilité que le commerce

[1] *Maris et feminæ conjunctio, individuam vitæ societatem continens.*

donne à l'emprunteur de faire promptement de grandes affaires et en grand nombre : au lieu que les usures de terre, n'étant fondées sur aucune de ces deux raisons, sont, ou proscrites par les législateurs, ou, ce qui est plus sensé, réduites à de justes bornes. »

Je demande à tout homme sensé, si l'auteur vient de décider que les usures maritimes sont justes; ou s'il a dit simplement que la grandeur des usures maritimes répugnoit moins à l'équité naturelle que la grandeur des usures de terre. Le critique ne connoît que les qualités positives et absolues ; il ne sait ce que c'est que ces termes *plus* ou *moins*. Si on lui disoit qu'un mulâtre est moins noir qu'un nègre, cela signifieroit, selon lui, qu'il est blanc comme de la neige ; si on lui disoit qu'il est plus noir qu'un Européen, il croiroit encore qu'on veut dire qu'il est noir comme du charbon. Mais poursuivons.

Il y a dans l'*Esprit des Lois*, au livre vingt-deuxième, quatre chapitres sur l'usure. Dans les deux premiers, qui sont le dix-neuvième, et celui qu'on vient de lire, l'auteur examine l'usure [1] dans le rapport qu'elle peut avoir avec le commerce, chez les différentes nations et dans les divers gouvernements du monde ; ces deux chapitres ne s'appliquent qu'à cela : les deux suivants ne sont faits que pour expliquer les variations de l'usure chez les Romains. Mais voilà qu'on érige tout-à-coup l'auteur en casuiste, en canoniste et en théologien, uniquement par la raison que celui qui critique est casuiste, canoniste et théologien, ou deux des trois, ou un des trois, ou peut-être dans le fond aucun des trois. L'auteur sait qu'à regarder le prêt à intérêt dans son rapport avec la religion chrétienne, la matière a des distinctions et des limitations sans fin : il sait que les jurisconsultes et plusieurs tribunaux ne sont pas toujours d'accord avec les casuistes et les canonistes ; que les uns admettent de certaines limitations au principe général de n'exiger jamais d'intérêt, et que les autres en admettent de plus grandes. Quand toutes ces questions auroient appartenu à son sujet, ce qui n'est pas, comment auroit-il pu les traiter ? On a bien de la peine à savoir ce qu'on a beaucoup étudié, encore moins sait-on ce qu'on n'a étudié de sa vie. Mais les chapitres mêmes que l'on emploie contre lui prouvent assez qu'il n'est qu'historien et jurisconsulte. Lisons le chapitre dix-neuvième [2] :

« L'argent est le signe des valeurs. Il est clair

[1] Usure ou intérêt signifioit la même chose chez les Romains.
[2] Liv. XXII.

que celui qui a besoin de ce signe doit le louer, comme il fait toutes les choses dont il peut avoir besoin. Toute la différence est que les autres choses peuvent ou se louer ou s'acheter ; au lieu que l'argent, qui est le prix des choses, se loue et ne s'achète pas.

» C'est bien une action très-bonne de prêter à un autre son argent sans intérêt ; mais on sent que ce ne peut être qu'un conseil de religion, et non une loi civile.

» Pour que le commerce puisse se bien faire, il faut que l'argent ait un prix ; mais que ce prix soit peu considérable. S'il est trop haut, le négociant, qui voit qu'il lui en coûteroit plus en intérêts qu'il ne pourroit gagner dans son commerce, n'entreprend rien ; si l'argent n'a point de prix, personne n'en prête, et le négociant n'entreprend rien non plus.

» Je me trompe, quand je dis que personne n'en prête : il faut toujours que les affaires de la société aillent ; l'usure s'établit, mais avec les désordres que l'on a éprouvés dans tous les temps.

» La loi de Mahomet confond l'usure avec le prêt à intérêt : l'usure augmente, dans les pays mahométans, à proportion de la sévérité de la défense ; le prêteur s'indemnise du péril de la contravention.

» Dans ces pays d'Orient, la plupart des hommes n'ont rien d'assuré ; il n'y a presque point de rapport entre la possession actuelle d'une somme, et l'espérance de la ravoir après l'avoir prêtée. L'usure y augmente donc à proportion du péril de l'insolvabilité. »

Ensuite viennent le chapitre *des Usures maritimes*, que j'ai rapporté ci-dessus, et le chapitre vingt-unième, qui traite *du prêt par contrat, et de l'usure chez les Romains*, que voici :

« Outre le prêt fait pour le commerce, il y a encore une espèce de prêt fait par un contrat civil, d'où résulte un intérêt ou usure.

» Le peuple, chez les Romains, augmentant tous les jours sa puissance, les magistrats cherchèrent à le flatter, et à lui faire faire les lois qui lui étoient les plus agréables. Il retrancha les capitaux ; il diminua les intérêts ; il défendit d'en prendre ; il ôta les contraintes par corps ; enfin l'abolition des dettes fut mise en question toutes les fois qu'un tribun voulut se rendre populaire.

» Ces continuels changements, soit par des lois, soit par des plébiscites, naturalisèrent à Rome l'usure ; car les créanciers voyant le peuple leur débiteur, leur législateur, et leur juge, n'eurent plus de confiance dans les contrats. Le peuple,

comme un débiteur décrédité, ne tentoit à lui prêter que par de gros profits ; d'autant plus que, si les lois ne venoient que de temps en temps, les plaintes du peuple étoient continuelles, et intimidoient toujours les créanciers. Cela fit que tous les moyens honnêtes de prêter et d'emprunter furent abolis à Rome, et qu'une usure affreuse, toujours foudroyée et toujours renaissante, s'y établit.

« Cicéron nous dit que, de son temps, on prêtoit à Rome à trente-quatre pour cent, et à quarante-huit pour cent dans les provinces. Ce mal venoit, encore un coup, de ce que les lois n'avoient pas été ménagées. Les lois extrêmes dans le bien font naître le mal extrême : il fallut payer pour le prêt de l'argent, et pour le danger des peines de la loi. »

L'auteur n'a donc parlé du prêt à intérêt que dans son rapport avec le commerce des divers peuples, ou avec les lois civiles des Romains ; et cela est si vrai, qu'il a distingué, au second article du chapitre dix-neuvième, les établissements des législateurs de la religion d'avec ceux des législateurs politiques. S'il avoit parlé là nommément de la religion chrétienne, ayant un autre sujet à traiter, il auroit employé d'autres termes, et fait ordonner à la religion chrétienne ce qu'elle ordonne, et conseiller ce qu'elle conseille : il auroit distingué, avec les théologiens, les cas divers ; il auroit posé toutes les limitations que les principes de la religion chrétienne laissent à cette loi générale, établie quelquefois chez les Romains, et toujours chez les Mahométans, « qu'il ne faut jamais, dans aucun cas et dans aucune circonstance, recevoir d'intérêt pour de l'argent. » L'auteur n'avoit pas ce sujet à traiter ; mais celui-ci, « qu'une défense générale, illimitée, indistincte, et sans restriction, perd le commerce chez les Mahométans, et pensa perdre la république chez les Romains : » d'où il suit que, parce que les chrétiens ne vivent pas sous ces termes rigides, le commerce n'est point détruit chez eux ; et que l'on ne voit point dans leurs états ces usures affreuses qui s'exigent chez les Mahométans, et que l'on extorquoit autrefois chez les Romains.

L'auteur a employé les chapitres vingt-unième et vingt-deuxième [1] à examiner quelles furent les lois chez les Romains, au sujet du prêt par contrat, dans les divers temps de leur république. Son critique quitte un moment les bancs de théologie, et se tourne du côté de l'érudition. On va voir qu'il se trompe encore dans son érudition,

[1] Liv. XXII.

et qu'il n'est pas seulement au fait de l'état des questions qu'il traite. Lisons le chapitre vingt-deuxième [1] :

« Tacite dit que la loi des douze tables fixa l'intérêt à un pour cent par an. Il est visible qu'il s'est trompé, et qu'il a pris pour la loi des douze tables une autre loi dont je vais parler. Si la loi des douze tables avoit réglé cela, comment, dans les disputes qui s'élevèrent depuis entre les créanciers et les débiteurs, ne se seroit-on pas servi de son autorité ? On ne trouve aucun vestige de cette loi sur le prêt à intérêt ; et, pour peu qu'on soit versé dans l'histoire de Rome, on verra qu'une loi pareille ne pouvoit point être l'ouvrage des décemvirs. » Et un peu après, l'auteur ajoute : « L'an 398 de Rome, les tribuns Duellius et Menenius firent passer une loi qui réduisoit les intérêts à un pour cent par an. C'est cette loi que Tacite confond avec la loi des douze tables ; et c'est la première qui ait été faite chez les Romains pour fixer le taux de l'intérêt, etc. » Voyons à présent.

L'auteur dit que Tacite s'est trompé en disant que la loi des douze tables avoit fixé l'usure chez les Romains ; il dit que Tacite a pris pour la loi des douze tables une loi qui fut faite par les tribuns Duellius et Menenius, environ quatre-vingt-quinze ans après la loi des douze tables ; et que cette loi fut la première qui fixa à Rome le taux de l'usure. Que lui dit-on ? Tacite ne s'est pas trompé ; il a parlé de l'usure à un pour cent par mois, et non pas de l'usure à un pour cent par an. Mais il n'est pas question ici du taux de l'usure ; il s'agit de savoir si la loi des douze tables a fait quelque disposition quelconque sur l'usure. L'auteur dit que Tacite s'est trompé, parce qu'il a dit que les décemvirs, dans la loi des douze tables, avoient fait un réglement pour fixer le taux de l'usure : et là-dessus le critique dit que Tacite ne s'est pas trompé, parce qu'il a parlé de l'usure à un pour cent par mois, et non pas à un pour cent par an. J'avois donc raison de dire que le critique ne sait pas l'état de la question.

Mais il en reste une autre, qui est de savoir si la loi quelconque dont parle Tacite fixa l'usure à un pour cent par an, comme l'a dit l'auteur ; ou bien à un pour cent par mois, comme le dit le critique. La prudence vouloit qu'il n'entreprît pas une dispute avec l'auteur sur les lois romaines, sans connoître les lois romaines ; qu'il ne lui niât pas un fait qu'il ne savoit pas, et dont il ignoroit même les moyens de s'éclaircir. La question étoit

[1] Liv. XXII.

de savoir ce que Tacite avoit entendu par ces mots *unciarium fœnus* [1] : il ne lui falloit qu'ouvrir les dictionnaires ; il auroit trouvé, dans celui de Calvinus ou Kahl [2], que l'usure onciaire étoit d'un pour cent par an, et non d'un pour cent par mois. Vouloit-il consulter les savants ; il auroit trouvé la même chose dans Saumaise [3] :

> Testis mearum centimanus Gyas
> Sententiarum [4].

Remontoit-il aux sources ; il auroit trouvé là-dessus des textes clairs dans les livres de droit [5] ; il n'auroit point brouillé toutes les idées ; il eût distingué les temps et les occasions où l'usure onciaire signifioit un pour cent par mois, d'avec les temps et les occasions où elle signifioit un pour cent par an ; et il n'auroit pas pris le douzième de la centésime pour la centésime.

Lorsqu'il n'y avoit point de lois sur le taux de l'usure chez les Romains, l'usage le plus ordinaire étoit que les usuriers prenoient douze onces de cuivre sur cent onces qu'ils prêtoient ; c'est-à-dire douze pour cent par an : et, comme un as valoit douze onces de cuivre, les usuriers retiroient chaque année un as de cent onces : et, comme il falloit souvent compter l'usure par mois, l'usure de six mois fut appelée *semis*, ou la moitié de l'as ; l'usure de quatre mois fut appelée *triens*, ou le tiers de l'as ; l'usure pour trois mois fut appelée *quadrans*, ou le quart de l'as ; et enfin l'usure pour un mois fut appelée *unciaria*, ou le douzième de l'as : de sorte que, comme on levoit une once

[1] « *Nam primo duodecim tabulis sanctum ne quis unciario fœnore amplius exerceret.* (Annales, l. vi.)

[2] « *Usurarum species ex assis partibus denominantur : quod ut intelligatur, illud scire oportet sortem omnem ad centenarium numerum revocari : summam autem usuram esse cum pars sortis centesima singulis mensibus persolvitur. Et quoniam ista ratione summa hæc usura duodecim aureos annuos in centenos efficit, duodenarius numerus jurisconsultos movit ut assem hunc usurarium appellarent. Quemadmodum hic as, non ex menstrua, sed ex annua pensione æstimandus est ; similiter omnes ejus partes ex anni ratione intelligendæ sunt ; ut, si unus in centenos annuatim pendatur, unciaria usura ; si bini, sextans ; si terni, quadrans ; si quaterni, triens ; si quini, quinquunx ; si semi, semis ; si septeni, septunx ; si octoni, bes ; si novem, dodrans ; si deni, dextrans ; si undeni, deunx ; si duodeni, as.* » (Lexicon Joannis Calvini, *alias* Kahl, *Coloniæ Allobrogum*, anno 1622, *apud Petrum Balduinum*, in verbo Usura, *pag.* 960.)

[3] *De modo usurarum*, *Lugduni Batavorum*, ex officina Elzeviriorum, anno 1639, pag. 269, 270 et 271 ; et surtout ces mots : «*Unde verius sit unciarium fœnus eorum, vel uncias usuras, ut cas quoque appellatas infra ostendam, non unciam dare menstruam in centum, sed annuam.* »

[4] HORACE, Odes.

[5] *Argumentum legis* 47, § *Præfectus legionis, ff.* de Administ. et periculo tutoris.

chaque mois sur cent onces qu'on avoit prêtées, cette usure onciaire, ou d'un pour cent par mois, ou de douze pour cent par an, fut appelée usure *centésime*. Le critique a eu connoissance de cette signification de l'usure centésime, et il l'a appliquée très mal.

On voit que tout ceci n'étoit qu'une espèce de méthode, de formule ou de règle entre le débiteur et le créancier pour compter leurs usures, dans la supposition que l'usure fût à douze pour cent par an, ce qui étoit l'usage le plus ordinaire : et, si quelqu'un avoit prêté à dix-huit pour cent par an, on se seroit servi de la même méthode, en augmentant d'un tiers l'usure de chaque mois, de sorte que l'usure onciaire auroit été d'une once et demie par mois.

Quand les Romains firent des lois sur l'usure, il ne fut point question de cette méthode, qui avoit servi, et qui servoit encore aux débiteurs et aux créanciers, pour la division du temps et la commodité du paiement de leurs usures. Le législateur avoit un réglement public à faire ; il ne s'agissoit point de partager l'usure par mois, il avoit à fixer et il fixa l'usure par an. On continua à se servir des termes tirés de la division de l'as, sans y appliquer les mêmes idées ; ainsi l'usure onciaire signifia un pour cent par an ; l'usure *ex quadrante* signifia trois pour cent par an ; l'usure *ex triente*, quatre pour cent par an ; l'usure *semis*, six pour cent par an. Et, si l'usure onciaire avoit signifié un pour cent par mois, les lois qui les fixèrent *ex quadrante, ex triente, ex semisse*, auroient fixé l'usure à trois pour cent, à quatre pour cent, à six pour cent par mois ; ce qui auroit été absurde, parce que les lois faites pour réprimer l'usure auroient été plus cruelles que les usuriers.

Le critique a donc confondu les espèces des choses. Mais j'ai intérêt de rapporter ici ses propres paroles, afin qu'on soit bien convaincu que l'intrépidité avec laquelle il parle ne doit imposer à personne ; les voici [1] : « Tacite ne s'est point trompé : il parle de l'intérêt à un pour cent par mois, et l'auteur s'est imaginé qu'il parle d'un pour cent par an. Rien n'est si connu que le centésime qui se payoit à l'usurier tous les mois. Un homme qui écrit deux volumes in-4° sur les lois devroit-il l'ignorer ? »

Que cet homme ait ignoré ou n'ait pas ignoré ce centésime, c'est une chose très indifférente : mais il ne l'a pas ignoré, puisqu'il en a parlé en trois endroits. Mais comment en a-t-il parlé, et où

[1] Feuille du 9 octobre 1749, pag. 164.

en a-t-il parlé [1]? Je pourrois bien défier le critique de le deviner, parce qu'il n'y trouveroit point les mêmes termes et les mêmes expressions qu'il sait.

Il n'est pas question ici de savoir si l'auteur de l'*Esprit des Lois* a manqué d'érudition ou non, mais de défendre ses autels [2]. Cependant il a fallu faire voir au public que le critique prenant un ton si décisif sur des choses qu'il ne sait pas, et dont il doute si peu qu'il n'ouvre pas même un dictionnaire pour se rassurer, ignorant les choses, et accusant les autres d'ignorer ses propres erreurs, il ne mérite pas plus de confiance dans les autres accusations. Ne peut-on pas croire que la hauteur et la fierté du ton qu'il prend partout n'empêchent en aucune manière qu'il n'ait tort? que, quand il s'échauffe, cela ne veut pas dire qu'il n'ait pas tort? que quand il anathématise avec ces mots d'impie et de sectateur de la religion naturelle, on peut encore croire qu'il a tort? qu'il faut bien se garder de recevoir les impressions que pourroient donner l'activité de son esprit et l'impétuosité de son style? que, dans ses deux écrits, il est bon de séparer les injures de ses raisons, mettre ensuite à part les raisons qui sont mauvaises, après quoi il ne restera plus rien?

L'auteur, aux chapitres du prêt à intérêt, et de l'usure chez les Romains, traitant ce sujet, sans doute le plus important de leur histoire, ce sujet qui tenoit tellement à la constitution, qu'elle pensa mille fois en être renversée; parlant des lois qu'ils firent par désespoir, de celles où ils suivirent leur prudence, des réglemens qui n'étoient que pour un temps, de ceux qu'ils firent pour toujours, dit, vers la fin du chapitre vingt-deuxième: L'an 598 de Rome, les tribuns Duellius et Menenius firent passer une loi qui réduisoit les intérêts à un pour cent par an.... Dix ans après, cette usure fut réduite à la moitié; dans la suite, on l'ôta tout-à-fait....

« Il en fut de cette loi comme de toutes celles où le législateur a porté les choses à l'excès, on trouva une infinité de moyens de l'éluder; il en fallut faire beaucoup d'autres pour la confirmer, corriger, tempérer : tantôt on quitta les lois pour suivre les usages, tantôt on quitta les usages pour suivre les lois. Mais, dans ce cas, l'usage devoit aisément prévaloir. Quand un homme emprunte, il trouve un obstacle dans la loi même qui est faite en sa faveur : cette loi a contre elle, et celui qu'elle secourt, et celui qu'elle condamne. Le préteur Sempronius Asellus, ayant permis aux débiteurs

d'agir en conséquence des lois, fut tué par les créanciers pour avoir voulu rappeler la mémoire d'une rigidité qu'on ne pouvoit plus soutenir.

» Sous Sylla, Lucius Valerius Flaccus fit une loi qui permettoit l'intérêt à trois pour cent par an. Cette loi, la plus équitable et la plus modérée de celles que les Romains firent à cet égard, Paterculus la désapprouve. Mais, si cette loi étoit nécessaire à la république, si elle étoit utile à tous les particuliers, si elle formoit une communication d'aisance entre le débiteur et l'emprunteur, elle n'étoit point injuste [1].

« Celui-là paie moins, dit Ulpien, qui paie plus tard. » Cela décide la question, si l'intérêt est légitime; c'est-à-dire si le créancier peut vendre le temps, et le débiteur l'acheter. »

Voici comme le critique raisonne sur ce dernier passage, qui se rapporte uniquement à la loi de Flaccus, et aux dispositions politiques des Romains : « L'auteur, dit-il, en résumant tout ce qu'il a dit de l'usure, soutient qu'il est permis à un créancier de vendre le temps. » On diroit, à entendre le critique, que l'auteur vient de faire un traité de théologie ou un droit canon, et qu'il résume ensuite ce traité de théologie et de droit canon; pendant qu'il est clair qu'il ne parle que des dispositions politiques des Romains, de la loi de Flaccus, et de l'opinion de Paterculus : de sorte que cette loi de Flaccus, l'opinion de Paterculus, la réflexion d'Ulpien, celle de l'auteur, se tiennent, et ne peuvent pas se séparer.

J'aurois encore bien des choses à dire; mais j'aime mieux renvoyer aux feuilles mêmes. «Croyez-moi, mes chers Pisons : elles ressemblent à un ouvrage qui, comme les songes d'un malade, ne fait voir que des fantômes vains [2]. »

<hr/>

TROISIÈME PARTIE.

On a vu dans les deux premières parties que tout ce qui résulte de tant de critiques amères est ceci : que l'auteur de l'*Esprit des Lois* n'a point fait son ouvrage suivant le plan et les vues de ses critiques; et que, si ses critiques avoient fait un ouvrage sur le même sujet, ils y auroient mis un très grand nombre de choses qu'ils savent. Il en

[1] La troisième et dernière note, chap. XXII, liv. XXII, et le texte de la troisième note.

[2] *Promis.*

[1] Cet alinéa et la seconde phrase du suivant se trouvoient dans l'édition de 1748, et ont été supprimés depuis.

[2] Credite, Pisones, isti tabulæ fore librum
Persimilem, cujus, velut ægri somnia, vanæ
Fingentur species.

HORAT., *de Arte poetica.*

résulte encore qu'ils sont théologiens, et que l'auteur est jurisconsulte; qu'ils se croient en état de faire son métier, et que lui ne se sent pas propre à faire le leur. Enfin, il en résulte qu'au lieu de l'attaquer avec tant d'aigreur, ils auroient mieux fait de sentir eux-mêmes le prix des choses qu'il a dites en faveur de la religion, qu'il a également respectée et défendue. Il me reste à faire quelques réflexions.

Cette manière de raisonner n'est pas bonne, qui, employée contre quelque bon livre que ce soit, peut le faire paroître aussi mauvais que quelque mauvais livre que ce soit; et qui, pratiquée contre quelque mauvais livre que ce soit, peut le faire paroître aussi bon que quelque bon livre que ce soit.

Cette manière de raisonner n'est pas bonne, qui, aux choses dont il s'agit, en rappelle d'autres qui ne sont point accessoires, et qui confond les diverses sciences, et les idées de chaque science.

Il ne faut point argumenter, sur un ouvrage fait sur une science, par des raisons qui pourroient attaquer la science même.

Quand on critique un ouvrage, et un grand ouvrage, il faut tâcher de se procurer une connoissance particulière de la science qui y est traitée, et bien lire les auteurs approuvés qui ont déja écrit sur cette science, afin de voir si l'auteur s'est écarté de la manière reçue et ordinaire de la traiter.

Lorsqu'un auteur s'explique par ses paroles, ou par ses écrits qui en sont l'image, il est contre la raison de quitter les signes extérieurs de ses pensées, pour chercher ses pensées; parce qu'il n'y a que lui qui sache ses pensées. C'est bien pis lorsque ses pensées sont bonnes, et qu'on lui en attribue de mauvaises.

Quand on écrit contre un auteur, et qu'on s'irrite contre lui, il faut prouver les qualifications par les choses, et non pas les choses par les qualifications.

Quand on voit dans un auteur une bonne intention générale, on se trompera plus rarement, si sur certains endroits qu'on croit équivoques, on juge suivant l'intention générale, que si on lui prête une mauvaise intention particulière.

Dans les livres faits pour l'amusement, trois ou quatre pages donnent l'idée du style et des agrémens de l'ouvrage : dans les livres de raisonnement, on ne tient rien, si on ne tient toute la chaîne.

Comme il est très difficile de faire un bon ouvrage, et très aisé de le critiquer, parce que l'auteur a eu tous les défilés à garder, et que le critique n'en a qu'un à forcer, il ne faut point que celui-ci ait tort; et, s'il arrivoit qu'il eût continuellement tort, il seroit inexcusable.

D'ailleurs, la critique pouvant être considérée comme une ostentation de sa supériorité sur les autres, et son effet ordinaire étant de donner des moments délicieux pour l'orgueil humain, ceux qui s'y livrent méritent bien toujours de l'équité, mais rarement de l'indulgence.

Et comme de tous les genres d'écrire elle est celui dans lequel il est plus difficile de montrer un bon naturel, il faut avoir attention à ne point augmenter par l'aigreur des paroles la tristesse de la chose.

Quand on écrit sur les grandes matières, il ne suffit pas de consulter son zèle, il faut encore consulter ses lumières; et, si le Ciel ne nous a pas accordé de grands talents, on peut y suppléer par la défiance de soi-même, l'exactitude, le travail, et les réflexions.

Cet art de trouver dans une chose, qui naturellement a un bon sens, tous les mauvais sens qu'un esprit qui ne raisonne pas juste peut leur donner, n'est point utile aux hommes : ceux qui le pratiquent ressemblent aux corbeaux qui fuient les corps vivants, et volent de tous côtés pour chercher des cadavres.

Une pareille manière de critiquer produit deux grands inconvénients : le premier, c'est qu'elle gâte l'esprit des lecteurs par un mélange du vrai et du faux, du bien et du mal : ils s'accoutument à chercher un mauvais sens dans les choses qui naturellement en ont un très bon; d'où il leur est aisé de passer à cette disposition, de chercher un bon sens dans les choses qui naturellement en ont un mauvais : on leur fait perdre la faculté de raisonner juste, pour les jeter dans les subtilités d'une mauvaise dialectique. Le second mal est qu'en rendant par cette façon de raisonner les bons livres suspects, on n'a point d'autres armes pour attaquer les mauvais ouvrages : de sorte que le public n'a plus de règle pour les distinguer. Si l'on traite de spinosistes et de déistes ceux qui ne le sont pas, que dira-t-on à ceux qui le sont?

Quoique nous devions penser aisément que les

gens qui écrivent contre nous, sur des matières qui intéressent tous les hommes, y sont déterminés par la force de la charité chrétienne; cependant, comme la nature de cette vertu est de ne pouvoir guère se cacher, qu'elle se montre en nous malgré nous, et qu'elle éclate et brille de toutes parts; s'il arrivoit que, dans deux écrits faits contre la même personne coup sur coup, on n'y trouvât aucune trace de cette charité, qu'elle n'y parût dans aucune phrase, dans aucun tour, aucune parole, aucune expression; celui qui auroit écrit de pareils ouvrages auroit un juste sujet de craindre de n'y avoir pas été porté par la charité chrétienne.

Et, comme les vertus purement humaines sont en nous l'effet de ce qu'on appelle un bon naturel; s'il étoit impossible d'y découvrir aucun vestige de ce bon naturel, le public pourroit en conclure que ces écrits ne seroient pas même l'effet des vertus humaines.

Aux yeux des hommes, les actions sont toujours plus sincères que les motifs; et il leur est plus facile de croire que l'action de dire des injures atroces est un mal, que de se persuader que le motif qui les a fait dire est un bien.

Quand un homme tient à un état qui fait respecter la religion, et que la religion fait respecter, et qu'il attaque devant les gens du monde un homme qui vit dans le monde, il est essentiel qu'il maintienne par sa manière d'agir la supériorité de son caractère. Le monde est très corrompu: mais il y a de certaines passions qui s'y trouvent très contraintes; il y en a de favorites qui défendent aux autres de paroître. Considérez les gens du monde entre eux; il n'y a rien de si timide: c'est l'orgueil qui n'ose pas dire ses secrets, et qui, dans les égards qu'il a pour les autres, se quitte pour se reprendre. Le christianisme nous donne l'habitude de soumettre cet orgueil; le monde nous donne l'habitude de le cacher. Avec le peu de vertu que nous avons; que deviendrions-nous si toute notre ame se mettoit en liberté, et si nous n'étions pas attentifs aux moindres paroles, aux moindres signes, aux moindres gestes? Or, quand des hommes d'un caractère respecté manifestent des emportements que les gens du monde n'oseroient mettre au jour, ceux-ci commencent à se croire meilleurs qu'ils ne sont en effet; ce qui est un très grand mal.

Nous autres gens du monde sommes si foibles que nous méritons extrêmement d'être ménagés.

Ainsi, lorsqu'on nous fait voir toutes les marques extérieures des passions violentes, que veut-on que nous pensions de l'intérieur? Peut-on espérer que nous, avec notre témérité ordinaire de juger, ne jugions pas?

On peut avoir remarqué, dans les disputes et les conversations, ce qui arrive aux gens dont l'esprit est dur et difficile: comme ils ne combattent pas pour s'aider les uns les autres, mais pour se jeter à terre, ils s'éloignent de la vérité, non pas à proportion de la grandeur ou de la petitesse de leur esprit, mais de la bizarrerie ou de l'inflexibilité plus ou moins grande de leur caractère. Le contraire arrive à ceux à qui la nature ou l'éducation ont donné de la douceur: comme leurs disputes sont des secours mutuels, qu'ils concourent au même objet, qu'ils ne pensent différemment que pour parvenir à penser de même; ils trouvent la vérité à proportion de leurs lumières: c'est la récompense d'un bon naturel.

Quand un homme écrit sur les matières de religion, il ne faut pas qu'il compte tellement sur la piété de ceux qui le lisent, qu'il dise des choses contraires au bon sens; parce que, pour s'accréditer auprès de ceux qui ont plus de piété que de lumières, il se discrédite auprès de ceux qui ont plus de lumières que de piété.

Et comme la religion se défend beaucoup par elle-même, elle perd plus lorsqu'elle est mal défendue que lorsqu'elle n'est point du tout défendue.

S'il arrivoit qu'un homme, après avoir perdu ses lecteurs, attaquât quelqu'un qui eût quelque réputation, et trouvât par-là le moyen de se faire lire, on pourroit peut-être soupçonner que, sous prétexte de sacrifier cette victime à la religion, il la sacrifieroit à son amour-propre.

La manière de critiquer dont nous parlons est la chose du monde la plus capable de borner l'étendue, et de diminuer, si j'ose me servir de ce terme, la somme du génie national. La théologie a ses bornes, elle a ses formules; parce que les vérités qu'elle enseigne étant connues, il faut que les hommes s'y tiennent; et on doit les empêcher de s'en écarter: c'est là qu'il ne faut pas que le génie prenne l'essor: on le circonscrit pour ainsi dire dans une enceinte. Mais c'est se moquer du monde, de vouloir mettre cette même enceinte autour de ceux qui traitent les sciences humaines. Les principes de la géométrie sont très vrais; mais, si on les appliquoit à des choses de goût,

on feroit déraisonner la raison même. Rien n'étouffe plus la doctrine que de mettre à toutes les choses une robe de docteur. Les gens qui veulent toujours enseigner empêchent beaucoup d'apprendre. Il n'y a point de génie qu'on ne rétrécisse, lorsqu'on l'enveloppera d'un million de scrupules vains. Avez-vous les meilleures intentions du monde, on vous forcera vous-même d'en douter. Vous ne pouvez plus être occupé à bien dire quand vous êtes effrayé par la crainte de dire mal, et qu'au lieu de suivre votre pensée vous ne vous occupez que des termes qui peuvent échapper à la subtilité des critiques. On vient nous mettre un béguin sur la tête, pour nous dire à chaque mot : « Prenez garde de tomber ; vous voulez parler comme vous, je veux que vous parliez comme moi. » Va-t-on prendre l'essor, ils vous arrêtent par la manche. A-t-on de la force et de la vie, on vous l'ôte à coups d'épingle. Vous élevez-vous un peu, voilà des gens qui prennent leur pied ou leur toise, lèvent la tête, et vous crient de descendre pour vous mesurer. Courez-vous dans votre carrière, ils voudront que vous regardiez toutes les pierres que les fourmis ont mises sur votre chemin. Il n'y a ni science ni littérature qui puisse résister à ce pédantisme. Notre siècle a formé des académies ; on voudra nous faire rentrer dans les écoles des siècles ténébreux. Descartes est bien propre à rassurer ceux qui, avec un génie infiniment moindre que le sien, ont d'aussi bonnes intentions que lui : ce grand homme fut sans cesse accusé d'athéisme ; et l'on n'emploie pas aujourd'hui contre les athées de plus forts arguments que les siens.

Du reste, nous ne devons regarder les critiques comme personnelles, que dans les cas où ceux qui les font ont voulu les rendre telles. Il est très permis de critiquer les ouvrages qui ont été donnés au public, parce qu'il seroit ridicule que ceux qui ont voulu éclairer les autres ne voulussent pas être éclairés eux-mêmes. Ceux qui nous avertissent sont les compagnons de nos travaux. Si le critique et l'auteur cherchent la vérité, ils ont le même intérêt ; car la vérité est le bien de tous les hommes : ils seront des confédérés, et non pas des ennemis.

C'est avec grand plaisir que je quitte la plume. On auroit continué à garder le silence, si, de ce qu'on le gardoit, plusieurs personnes n'avoient conclu qu'on y étoit réduit.

L'ESPRIT DES LOIS.

I.

Quelques personnes ont fait cette objection : « Dans le livre de l'*Esprit des Lois*, c'est l'honneur ou la crainte qui sont le principe de certains gouvernements, non pas la vertu ; et la vertu n'est le principe que de quelques autres : donc les vertus chrétiennes ne sont pas requises dans la plupart des gouvernements.

Voici la réponse : l'auteur a mis cette note au chapitre cinquième du livre troisième : « Je parle ici de la vertu politique, qui est la vertu morale, dans le sens qu'elle se dirige au bien général ; fort peu des vertus morales particulières, et point du tout de cette vertu qui a du rapport aux vérités révélées. » Il y a au chapitre suivant une autre note qui renvoie à celle-ci ; et aux chapitres deuxième et troisième du livre cinquième, l'auteur a défini sa vertu, l'*amour de la patrie*. Il définit l'amour de la patrie, l'*amour de l'égalité et de la frugalité*. Tout le livre cinquième repose sur ces principes. Quand un écrivain a défini un mot dans son ouvrage ; quand il a donné, pour me servir de cette expression, son dictionnaire, ne faut-il pas entendre ses paroles suivant la signification qu'il leur a donnée ?

Le mot de vertu, comme la plupart des mots de toutes les langues, est pris dans diverses acceptions : tantôt il signifie les vertus chrétiennes, tantôt les vertus païennes ; souvent une certaine vertu chrétienne, ou bien une certaine vertu païenne ; quelquefois la force ; quelquefois, dans quelques langues, une certaine capacité pour un art ou de certains arts. C'est ce qui précède ou ce qui suit ce mot, qui en fixe la signification. Ici, l'auteur a fait plus, il a donné plusieurs fois sa définition. On n'a donc fait l'objection que parce qu'on a lu l'ouvrage avec trop de rapidité.

II.

L'auteur a dit, au livre deuxième, chapitre troisième : « La meilleure aristocratie est celle où la partie du peuple qui n'a point de part à la puissance est si petite et si pauvre que la partie dominante n'a aucun intérêt à l'opprimer. Ainsi, quand Antipater établit à Athènes que ceux qui n'auroient pas deux mille drachmes seroient ex-

clus du droit de suffrage [1], il forma la meilleure aristocratie qui fût possible ; parce que ce cens étoit si petit, qu'il n'excluoit que peu de gens, et personne qui eût quelque considération dans la cité. Les familles aristocratiques doivent donc être peuple autant qu'il est possible. Plus une aristocratie approchera de la démocratie, plus elle sera parfaite ; et elle le deviendra moins à mesure qu'elle approchera de la monarchie. »

Dans une lettre insérée dans le journal de Trévoux, du mois d'avril 1749, on a objecté à l'auteur sa citation même. On a, dit-on, devant les yeux l'endroit cité : et on y trouve qu'il n'y avoit que neuf mille personnes qui eussent le cens prescrit par Antipater ; qu'il y en avoit vingt-deux mille qui ne l'avoient pas : d'où l'on conclut que l'auteur applique mal ses citations ; puisque, dans cette république d'Antipater, le petit nombre étoit dans le cens, et que le grand nombre n'y étoit pas.

[1] Diodore, liv. XVIII, page 601, édit. de Rhodoman.

RÉPONSE.

Il eût été à desirer que celui qui a fait cette critique eût fait plus d'attention, et à ce qu'a dit l'auteur, et à ce qu'a dit Diodore.

1° Il n'y avoit point vingt-deux mille personnes qui n'eussent pas le cens dans la république d'Antipater : les vingt-deux mille personnes dont parle Diodore furent reléguées et établies dans la Thrace ; et il ne resta pour former cette république que les neuf mille citoyens qui avoient le cens, et ceux du bas peuple qui ne voulurent pas partir pour la Thrace. Le lecteur peut consulter Diodore.

2° Quand il seroit resté à Athènes vingt-deux mille personnes qui n'auroient pas eu le cens, l'objection n'en seroit pas plus juste. Les mots de *grand* et de *petit* sont relatifs : neuf mille souverains dans un état font un nombre immense ; et vingt-deux mille sujets dans le même état font un nombre infiniment petit.

FIN DE LA DÉFENSE DE L'ESPRIT DES LOIS.

RÉPONSE
AUX OBJECTIONS DE GROSLEY.

A M. GROSLEY[1].

...... 1750.

' Je suis bien touché, monsieur, de l'approbation que vous donnez à mon livre, et encore plus de ce que vous l'avez lu la plume à la main. Vos doutes sont ceux d'une personne très intelligente. Voici en courant quelques réponses, et telles que le peu de temps que j'ai m'a permis de les faire.

OBJECTIONS.

De l'esclavage, liv. XV, chap. II; et chap. XX, liv. XVIII. Il est du droit des gens chez les Tartares, de venger par le sang des vaincus celui que leur coûtent leurs expéditions. Chez les Tartares, au moins, l'esclavage n'est-il pas du droit des gens, et ne devroit-il pas son origine à la pitié?

Un homme libre ne peut se vendre, parce que la liberté a un prix pour celui qui l'achète, et qu'elle n'en a point pour celui qui la vend; mais, dans le cas du débiteur qui se vend à son créancier, n'y a-t-il pas un prix de la part du débiteur qui se vend?

Les esclaves du chap. VI, liv. XV, ressemblent moins aux esclaves qu'aux clients des Romains, ou aux anciens vassaux et arrière-vassaux.

Il auroit fallu examiner (liv. XV, chap. XVIII) s'il n'est pas plus aisé d'entreprendre et d'exécuter de grandes constructions avec des esclaves qu'avec des ouvriers à la journée.

Liv. XIX, chap. IX. L'orgueil est un dangereux ressort pour un gouvernement. La paresse, la pauvreté, l'abandon de tout en sont les suites et les effets; mais l'orgueil n'étoit-il pas le principal ressort du gouvernement romain? N'est-ce pas l'orgueil, la hauteur, la fierté qui a soumis l'univers aux Romains? Il semble que l'orgueil porte aux grandes choses, et que la vanité se concentre dans les petites.

Liv. XIX, chap. XXVII. Les nations libres sont fières et superbes, les autres peuvent plus aisément être vaines.

Liv. XIX, chap. XXII. Quand un peuple n'est pas religieux, on ne peut faire usage du serment que quand celui qui jure est sans intérêt, comme le juge et les témoins.

[1] Pierre-Jean Grosley, né à Troyes, le 18 novembre 1718, quitta le barreau pour se livrer entièrement aux lettres. Il mourut le 3 novembre 1785.

Ne pourroit-on pas objecter contre les effets différents que les différents climats produisent dans le système de l'auteur, que les lions, tigres, léopards, etc., sont plus vifs et plus indomptables que nos ours, nos sangliers, etc.?

Liv. XXIII, chap. XV. Imaginons que tous les moulins périssent en un jour, sans qu'il soit possible de les rétablir. Où preudroit-on en France des bras pour y suppléer? Tous les bras que cela ôteroit aux arts, aux manufactures, seroient autant de bras perdus pour eux, si les moulins n'existoient pas. A l'égard des machines en général qui simplifient les manufactures en diminuant le prix, elles indemnisent le manufacturier par la consommation qu'elles augmentent; et si elles ont pour objet une matière que produit le pays, elles en augmentent la consommation.

Liv. XXVI, chap. III. La loi d'Henri II, pour obliger de déclarer les grossesses au magistrat, n'est point contre la défense naturelle. Cette déclaration est une espèce de confession. La confession est-elle contraire à la défense naturelle? Et le magistrat obligé au secret en est-il un meilleur dépositaire qu'une parente dont l'auteur propose l'expédient?

Liv. XIV, chap. XIV. Il y est parlé des changements que le climat fait dans les lois des peuples. Les femmes, qui avoient beaucoup de liberté parmi les Germains et Wisigoths d'origine, furent resserrées étroitement par ces derniers, lorsqu'ils furent établis en Espagne. L'imagination des législateurs s'échauffa à mesure que celle du peuple s'alluma. En rapprochant cela des chap. IX et X du livre XVI, sur la nécessité de la clôture des femmes dans les pays chauds, ne sera-t-on pas étonné que les mêmes Wisigoths, qui redoutoient les femmes, leurs intrigues, leurs indiscrétions, leurs goûts, leurs dégoûts, leurs passions grandes et petites, n'aient point craint de leur laisser la bride, en les déclarant (liv. XVIII, chap. XXII) capables de succéder à la couronne, abandonnant l'exemple des Germains et le leur même? Le climat ne devoit-il pas au contraire éloigner les femmes du trône?

Liv. XXX, chap. V, VI, VII, VIII. Abandonnez aux Francs les terres de domaines; ils auront des terres, et les Gaulois ne seront point dépouillés.

RÉPONSES.

L'esclavage qui seroit introduit, à l'occasion du droit des gens d'une nation qui passeroit tout au fil de l'épée, seroit peut-être moins cruel que la mort; mais il ne seroit point conforme à la pitié. De deux choses contraires à l'humanité, il peut y en avoir une qui y soit plus contraire que l'autre: j'ai prouvé ailleurs que le droit des gens tiré de la

nature ne permet de tuer qu'en cas de nécessité. Or, dès qu'on fait un homme esclave, il n'y a pas eu de nécessité de le tuer.

C'est une mauvaise vente que celle du débiteur insolvable qui se vend. Il donne une chose inestimable pour une chose de néant.

Je n'ai point cherché au chap. VI du liv. XV l'origine de l'esclavage qui a été, mais l'origine de l'esclavage qui peut ou doit être.

Il vaut mieux des gens payés à la journée que des esclaves : quoi qu'on dise des pyramides et des ouvrages immenses que ceux-ci ont élevés, nous en avons fait d'aussi grands sans esclaves.

Pour bien juger de l'esclavage, il ne faut pas examiner si les esclaves seroient utiles à la petite partie riche et voluptueuse de chaque nation : sans doute qu'ils lui seroient utiles ; mais il faut prendre un autre point de vue, et supposer que dans chaque nation, dans chaque ville, dans chaque village, on tirât au sort pour que la dixième partie qui auroit les billets blancs fût libre, et que les neuf dixièmes qui auroient les billets noirs fussent soumis à l'esclavage de l'autre, et lui donnassent un droit de vie et de mort, et la propriété de tous leurs biens. Ceux qui parlent le plus en faveur de l'esclavage seroient ceux qui l'auroient le plus en horreur, et les plus misérables l'auroient en horreur encore. Le cri pour l'esclavage est donc le cri des richesses et de la volupté, et non pas celui du bien général des hommes ou celui des sociétés particulières.

Qui peut douter que chaque homme ne soit bien content d'être le maître d'un autre ? Cela est ainsi dans l'état politique, par des raisons de nécessité : cela est intolérable dans l'état civil.

J'ai fait sentir que nous sommes libres dans l'état politique, par la raison que nous ne sommes point égaux : ce qui rend certains articles du livre en question obscurs et ambigus, c'est qu'ils sont souvent éloignés d'autres qui les expliquent, et que les chaînons de la chaîne que vous avez remarquée sont très souvent éloignés les uns des autres.

Quant à la contradiction du livre XIX, chap. IX, avec le livre XIX, chap. XXVII, elle ne vient que de ce que les êtres moraux ont des effets différents, selon qu'ils sont unis à d'autres. L'orgueil, joint à une vaste ambition, et à la grandeur des idées, produisit de certains effets chez les Romains ; l'orgueil, joint à une grande oisiveté avec la foiblesse de l'esprit, avec l'amour des commodités de la vie, en produit d'autres chez d'autres nations. Celui qui a formé les doutes a beaucoup

plus de lumières qu'il n'en faut pour bien sentir ces différences, et faire les réflexions que je n'ai pas le temps de faire ici.

Il n'y a qu'à considérer les divers genres de supériorité que les hommes, suivant diverses circonstances, sont portés à se donner les uns sur les autres.

Sur le doute du chap. XXII, liv. XIX, il est très honorable à un magistrat qui le forme ; mais il est toujours vrai qu'il y a des intérêts plus prochains et plus éloignés.

Sur le doute du liv. XXIV, chap. II, cela dépend de la nature des espèces particulières des animaux.

A l'égard des moulins, ils sont très utiles, surtout dans l'état présent. On ne peut entrer dans le détail ; ce qu'on en a dit dépend de ce principe qui est presque toujours vrai : plus il y a de bras employés aux arts, plus il y en a d'employés nécessairement à l'agriculture. Je parle de l'état présent de la plupart des nations ; toutes ces choses demandent beaucoup de distinctions, limitations, etc.

Quant à la loi qui oblige les filles de révéler, la défense de la pudeur naturelle dans une fille est aussi conforme à la nature que la défense de sa vie ; et l'éducation a augmenté l'idée de la défense de sa pudeur, et a diminué l'idée de la crainte de perdre la vie.

Sur les doutes du liv. XIV, chap. XIV, et du liv. XVIII, chap. XXII, l'un et l'autre sont des faits dont on ne peut douter : s'ils paroissent contraires, c'est qu'ils tiennent à des causes particulières.

Liv. XXX, chap. V, VI, VII et VIII. Cela peut être, et que le patrimoine public ait suffi pour former les fiefs. L'histoire ne prouve autre chose, si ce n'est qu'il y a eu un partage ; et les monuments prouvent que le partage ne fut pas du total.

Voilà, monsieur, les éclaircissements que vous m'avez paru souhaiter ; et comme votre lettre fait voir une personne très au fait de ces matières, et qui joint au savoir beaucoup d'intelligence, j'ai écrit tout ceci très rapidement. Du reste, l'édition la plus exacte est la dernière édition imprimée en 5 vol. in-12, à Paris, chez Huart, libraire, rue Saint-Jacques, près la fontaine Saint-Severin.

J'ai l'honneur d'être, monsieur, avec des sentiments remplis d'estime, votre très humble et très obéissant serviteur,

DE MONTESQUIEU.

OEUVRES DIVERSES.

DISCOURS

DE RÉCEPTION

A L'ACADÉMIE DES SCIENCES DE BORDEAUX,

Prononcé le 1er mai 1716.

Les sages de l'antiquité recevoient leurs disciples sans examen et sans choix : ils croyoient que la sagesse devoit être commune à tous les hommes comme la raison, et que, pour être philosophe, c'étoit assez d'avoir du goût pour la philosophie.

Je me trouve parmi vous, Messieurs, moi qui n'a rien qui puisse m'en approcher que quelque attachement pour l'étude, et quelque goût pour les belles-lettres. S'il suffisoit, pour obtenir cette faveur, d'en connoître parfaitement le prix, et d'avoir pour vous de l'estime et de l'admiration, je pourrois me flatter d'en être digne; et je me comparerois à ce Troyen qui mérita la protection d'une déesse, seulement parce qu'il la trouva belle.

Oui, Messieurs, je regarde votre académie comme l'ornement de nos provinces; je regarde son établissement comme ces naissances heureuses où les intelligences du ciel président toujours.

On avoit vu jusqu'ici les sciences non pas négligées, mais méprisées; le goût entièrement corrompu, les belles-lettres ensevelies dans l'obscurité, et les muses étrangères dans la patrie des Paulin et des Ausone.

Nous nous trompions de croire que nous fussions connus chez nos voisins par la vivacité de notre esprit; ce n'étoit sans doute que par la barbarie de notre langage.

Oui, Messieurs, il a été un temps où ceux qui s'attachoient à l'étude étoient regardés comme des gens singuliers, qui n'étoient point faits comme les autres hommes. Il a été un temps où il y avoit du ridicule et de l'affectation à se dégager des préjugés du peuple, et où chacun regardoit son aveuglement comme une maladie qui lui étoit chère, et dont il étoit dangereux de guérir.

Dans un temps si critique pour les savants, on n'étoit point impunément plus éclairé que les autres : si quelqu'un entreprenoit de sortir de cette sphère étroite qui borne les connoissances des hommes, une infinité d'insectes, qui s'élevoient aussitôt, formoient un nuage pour l'obscurcir; ceux mêmes qui l'estimoient en secret se révoltoient en public, et ne pouvoient lui pardonner l'affront qu'il leur faisoit de ne pas leur ressembler.

Il n'appartenoit qu'à vous de faire cesser ce règne ou plutôt cette tyrannie de l'ignorance : vous l'avez fait, Messieurs; cette terre où nous vivons n'est plus si aride; les lauriers y croissent heureusement; on en vient cueillir de toutes parts; les savants de tous les pays vous demandent des couronnes :

Manibus date lilia plenis [1].

C'est assez pour vous que cette académie vous doive et sa naissance et ses progrès; je la regarde moins comme une compagnie qui doit perfectionner les sciences que comme un grand trophée élevé à votre gloire : il me semble que j'entends dire à chacun de vous ces paroles du poëte lyrique :

Exegi monumentum ære perennius [2].

Nous avons été animés à cette grande entreprise par cet illustre protecteur [3] dont le puissant génie veille sur nous. Nous l'avons vu quitter les délices de la cour, et faire sentir sa présence jusqu'au fond de nos provinces. C'est ainsi que la Fable nous représente ces dieux bienfaisants qui du séjour du ciel descendoient sur la terre pour polir des peuples sauvages, et faire fleurir parmi eux les sciences et les arts.

[1] VIRG., Æneid., VI, 883.
[2] HORAT., Od., lib. III, XXIV.
[3] Henri-Jacques-Nompar de Caumont, duc de La Force, pair de France et membre de l'Académie françoise. Né le 5 mars 1675, il mourut à Paris le 24 juillet 1726.

Oserai-je vous dire, Messieurs, ce que la modestie m'a fait taire jusqu'ici? Quand je vis votre académie naissante s'élever si heureusement, je sentis une joie secrète; et, soit qu'un instinct flatteur semblât me présager ce qui m'arrive aujourd'hui, soit qu'un sentiment d'amour-propre me le fît espérer, je regardai toujours les lettres de votre établissement comme des titres de ma famille.

Lié avec plusieurs d'entre vous par les charmes de l'amitié, j'espérai qu'un jour je pourrois entrer avec eux dans un nouvel engagement, et leur être uni par le commerce des lettres, puisque je l'étois déjà par le lien le plus fort qui fût parmi les hommes. Et, si ce que dit un des plus enjoués de nos poëtes n'est point un paradoxe, qu'il faut avoir du génie pour être honnête homme, ne pouvois-je pas croire que le cœur qu'ils avoient reçu leur seroit un garant de mon esprit?

J'éprouve aujourd'hui, Messieurs, que je ne m'étois point trop flatté; et, soit que vous m'ayez fait justice, soit que j'aie séduit mes juges, je suis également content de moi-même: le public va s'aveugler sur votre choix; il ne regardera plus sur ma tête que les mains savantes qui me couronnent.

DISSERTATION

SUR

LA POLITIQUE DES ROMAINS

DANS LA RELIGION,

LUE A L'ACADÉMIE DE BORDEAUX LE 18 JUIN 1716.

Ce ne fut ni la crainte, ni la piété, qui établit la religion chez les Romains, mais la nécessité où sont toutes les sociétés d'en avoir une. Les premiers rois ne furent pas moins attentifs à régler le culte et les cérémonies qu'à donner des lois et bâtir des murailles.

Je trouve cette différence entre les législateurs romains et ceux des autres peuples, que les premiers firent la religion pour l'état, et les autres l'état pour la religion. Romulus, Tatius et Numa, asservirent les dieux à la politique: le culte et les cérémonies qu'ils instituèrent furent trouvés si sages, que, lorsque les rois furent chassés, le joug de la religion fut le seul dont ce peuple, dans sa fureur pour la liberté, n'osa s'affranchir.

Quand les législateurs romains établirent la religion, ils ne pensèrent point à la réformation des mœurs, ni à donner des principes de morale; ils ne voulurent point gêner des gens qu'ils ne connoissoient pas encore. Ils n'eurent donc d'abord qu'une vue générale, qui étoit d'inspirer à un peuple qui ne craignoit rien, la crainte des dieux, et de se servir de cette crainte pour le conduire à leur fantaisie.

Les successeurs de Numa n'osèrent point faire ce que ce prince n'avoit point fait: le peuple, qui avoit beaucoup perdu de sa férocité et de sa rudesse, étoit devenu capable d'une plus grande discipline. Il eût été facile d'ajouter aux cérémonies de la religion des principes et des règles de morale, dont elle manquoit; mais les législateurs des Romains étoient trop clairvoyants pour ne point connoître combien une pareille réformation eût été dangereuse: c'eût été convenir que la religion étoit défectueuse, c'étoit lui donner des âges, et affoiblir son autorité en voulant l'établir. La sagesse des Romains leur fit prendre un meilleur parti en établissant de nouvelles lois. Les institutions humaines peuvent bien changer, mais les divines doivent être immuables comme les dieux mêmes.

Ainsi le sénat de Rome, ayant chargé le préteur Petilius [1] d'examiner les écrits du roi Numa, qui avoient été trouvés dans un coffre de pierre quatre cents ans après la mort de ce roi, résolut de les faire brûler, sur le rapport que lui fit ce préteur, que les cérémonies qui étoient ordonnées dans ces écrits différoient beaucoup de celles qui se pratiquoient alors; ce qui pouvoit jeter des scrupules dans l'esprit des simples, et leur faire voir que le culte prescrit n'étoit pas le même que celui qui avoit été institué par les premiers législateurs, et inspiré par la nymphe Égérie.

On portoit la prudence plus loin: on ne pouvoit lire les livres sibyllins sans la permission du sénat, qui ne la donnoit même que dans les grandes occasions, et lorsqu'il s'agissoit de consoler les peuples. Toutes les interprétations étoient défendues; ces livres même étoient toujours renfermés; et, par une précaution si sage, on ôtoit les armes des mains des fanatiques et des séditieux.

Les devins ne pouvoient rien prononcer sur les affaires publiques sans la permission des magistrats; leur art étoit absolument subordonné à la volonté du sénat; et cela avoit été ainsi ordonné

[1] TITE-LIVE, liv. XL., chap. XXIX.

par les livres des pontifes, dont Cicéron nous a conservé quelques fragments [1].

Polybe met la superstition au rang des avantages que le peuple romain avoit par-dessus les autres peuples : ce qui paroît ridicule aux sages est nécessaire aux sots ; et ce peuple, qui se met si facilement en colère, a besoin d'être arrêté par une puissance invisible.

Les augures et les aruspices étoient proprement les grotesques du paganisme ; mais on ne les trouvera point ridicules, si on fait réflexion que, dans une religion toute populaire comme celle-là, rien ne paroissoit extravagant ; la crédulité du peuple réparoit tout chez les Romains : plus une chose étoit contraire à la raison humaine, plus elle leur paroissoit divine. Une vérité simple ne les auroit pas vivement touchés : il leur falloit des sujets d'admiration, il leur falloit des signes de la divinité ; et ils ne les trouvoient que dans le merveilleux et le ridicule.

C'étoit, à la vérité, une chose très extravagante de faire dépendre le salut de la république de l'appétit sacré d'un poulet, et de la disposition des entrailles des victimes ; mais ceux qui introduisirent ces cérémonies en connoissoient bien le fort et le foible, et ce ne fut que par de bonnes raisons qu'ils péchèrent contre la raison même. Si ce culte avoit été plus raisonnable, les gens d'esprit en auroient été la dupe aussi bien que le peuple, et par-là on auroit perdu tout l'avantage qu'on en pouvoit attendre : il falloit donc des cérémonies qui pussent entretenir la superstition des uns, et entrer dans la politique des autres ; c'est ce qui se trouvoit dans les divinations. On y mettoit les arrêts du Ciel dans la bouche des principaux sénateurs, gens éclairés, et qui connoissoient également le ridicule et l'utilité des divinations.

Cicéron dit [2] que Fabius, étant augure, tenoit pour règle que ce qui étoit avantageux à la république se faisoit toujours sous de bons auspices. Il pense, comme Marcellus [3], que, quoique la crédulité populaire eût établi au commencement les augures, on en avoit retenu l'usage pour l'utilité de la république ; et il met cette différence entre les Romains et les étrangers, que ceux-ci s'en servoient indifféremment dans toutes les occasions, et ceux-là seulement dans les affaires qui regardoient l'intérêt public. Cicéron [1] nous apprend que la foudre tombée du côté gauche étoit d'un bon augure, excepté dans les assemblées du peuple, *prœterquam ad comitia*. Les règles de l'art cessoient dans cette occasion : les magistrats y jugeoient à leur fantaisie de la bonté des auspices, et ces auspices étoient une bride avec laquelle ils menoient le peuple. Cicéron ajoute : *Hoc institutum reipublicæ causa est, ut comitiorum, vel in jure legum, vel in indiciis populi, vel in creandis magistratibus, principes civitatis essent interpretes.* Il avoit dit auparavant qu'on lisoit dans les livres sacrés : *Jove tonante et fulgurante, comitia populi habere nefas esse.* Cela avoit été introduit, dit-il, pour fournir aux magistrats un prétexte de rompre les assemblées du peuple [2]. Au reste, il étoit indifférent que la victime qu'on immoloit se trouvât de bon ou de mauvais augure : car, lorsqu'on n'étoit pas content de la première, on en immoloit une seconde, une troisième, une quatrième, qu'on appeloit *hostiæ succedaneæ.* Paul Émile, voulant sacrifier, fut obligé d'immoler vingt victimes : les dieux ne furent apaisés qu'à la dernière, dans laquelle on trouva des signes qui promettoient la victoire. C'est pour cela qu'on avoit coutume de dire que, dans les sacrifices, les dernières victimes valoient toujours mieux que les premières. César ne fut pas si patient que Paul Émile : ayant égorgé plusieurs victimes, dit Suétone [3], sans en trouver de favorables, il quitta les autels avec mépris, et entra dans le sénat.

Comme les magistrats se trouvoient maîtres des présages, ils avoient un moyen sûr pour détourner le peuple d'une guerre qui auroit été funeste, ou pour lui en faire entreprendre une qui auroit pu être utile. Les devins qui suivoient toujours les armées, et qui étoient plutôt les interprètes du général que des dieux, inspiroient de la confiance aux soldats. Si par hasard quelque mauvais présage avoit épouvanté l'armée, un habile général en convertissoit le sens, et se le rendoit favorable : ainsi Scipion, qui tomba en sautant de son vaisseau sur le rivage d'Afrique, prit de la terre

[1] De Leg., lib. II : « *Bella disceptanto : prodigia, portenta, ad Etruscos et aruspices, si senatus jusserit, deferunto.* » Et dans un autre endroit : « *Sacerdotum duo genera sunto : unum, quod præsit cæremoniis et sacris ; alterum, quod interpretetur fatidicorum et vatum effata incognita, cùm senatus populusque adsciverit.* »

[2] *Optimis auspiciis ea geri quæ pro reipublicæ salute gererentur, quæ contra rempublicam fierint, contra auspicia fieri.* (De Senectute, chap. IV.)

[3] *De Divinatione.*

[1] *De Divinatione*, lib. II.

[2] *Hoc reipublicæ causa constitutum : comitiorum enim non habendorum caussas esse voluerunt.* (De Divinatione.)

[3] *Pluribus hostiis cæsis, cum litare non posset, introiit curiam, spreta religione.* (In Jul. Cæs., chap. LXXXI.)

dans ses mains : « Je te tiens, dit-il, ô terre d'Afrique ! » et par ces mots il rendit heureux un présage qui avoit paru si funeste.

Les Siciliens, s'étant embarqués pour faire quelque expédition en Afrique, furent si épouvantés d'une éclipse de soleil, qu'ils étoient sur le point d'abandonner leur entreprise ; mais le général leur représenta « qu'à la vérité cette éclipse eût été de mauvais augure si elle eût paru avant leur embarquement, mais que, puisqu'elle n'avoit paru qu'après, elle ne pouvoit menacer que les Africains. » Par-là il fit cesser leur frayeur, et trouva dans un sujet de crainte le moyen d'augmenter leur courage.

César fut averti plusieurs fois par les devins de ne point passer en Afrique avant l'hiver. Il ne les écouta pas, et prévint par-là ses ennemis, qui, sans cette diligence, auroient eu le temps de réunir leurs forces.

Crassus, pendant un sacrifice, ayant laissé tomber son couteau des mains, on en prit un mauvais augure ; mais il rassura le peuple en lui disant : « Bon courage ! au moins mon épée ne m'est jamais tombée des mains. »

Lucullus étant près de donner bataille à Tigrane, on vint lui dire que c'étoit un jour malheureux. « Tant mieux, dit-il : nous le rendrons heureux par notre victoire. »

Tarquin-le-Superbe, voulant établir des jeux en l'honneur de la déesse Mania, consulta l'oracle d'Apollon, qui répondit obscurément, et dit qu'il falloit sacrifier têtes pour têtes, *capitibus pro capitibus supplicandum*. Ce prince, plus cruel encore que superstitieux, fit immoler des enfants ; mais Junius Brutus changea ce sacrifice horrible ; car il le fit faire avec des têtes d'ail et de pavot, et par-là remplit ou éluda l'oracle [1].

On coupoit le nœud gordien quand on ne pouvoit pas le délier : ainsi, Clodius Pulcher, voulant donner un combat naval, fit jeter les poulets sacrés à la mer, afin de les faire boire, disoit-il, puisqu'ils ne vouloient pas manger [2].

Il est vrai qu'on punissoit quelquefois un général de n'avoir pas suivi les présages, et cela même étoit un nouvel effet de la politique des Romains. On vouloit faire voir au peuple que les mauvais succès, les villes prises, les batailles perdues, n'étoient point l'effet d'une mauvaise constitution de l'état, ou de la foiblesse de la république, mais de l'impiété d'un citoyen contre lequel les dieux

étoient irrités. Avec cette persuasion, il n'étoit pas difficile de rendre la confiance au peuple ; il ne falloit pour cela que quelques cérémonies et quelques sacrifices. Ainsi, lorsque la ville étoit menacée ou affligée de quelque malheur, on ne manquoit pas d'en chercher la cause, qui étoit toujours la colère de quelque dieu dont on avoit négligé le culte : il suffisoit, pour s'en garantir, de faire des sacrifices et des processions ; de purifier la ville avec des torches, du soufre, et de l'eau salée. On faisoit faire à la victime le tour des remparts avant de l'égorger ; ce qui s'appeloit *sacrificium amburbium, et amburbiale*. On alloit même quelquefois jusqu'à purifier les armées et les flottes, après quoi chacun reprenoit courage.

Scévola, grand-pontife, et Varron, un de leurs grands théologiens, disoient qu'il étoit nécessaire que le peuple ignorât beaucoup de choses vraies, et en crût beaucoup de fausses. Saint Augustin dit [1] que Varron avoit découvert par là tout le secret des politiques et des ministres d'état.

Le même Scévola, au rapport de saint Augustin [2], divisoit les dieux en trois classes : ceux qui avoient été établis par les poëtes ; ceux qui avoient été établis par les philosophes ; et ceux qui avoient été établis par les magistrats, *a principibus civitatis*.

Ceux qui lisent l'histoire romaine, et qui sont un peu clairvoyants, trouvent à chaque pas des traits de la politique dont nous parlons. Ainsi on voit Cicéron, qui, en particulier et parmi ses amis, fait à chaque moment une confession d'incrédulité [3], parler en public avec un zèle extraordinaire contre l'impiété de Verrès. On voit un Clodius, qui avoit insolemment profané les mystères de la bonne déesse, et dont l'impiété avoit été marquée par vingt arrêts du sénat, faire lui-même une harangue remplie de zèle à ce sénat qui l'avoit foudroyé, contre le mépris des pratiques anciennes et de la religion. On voit un Salluste, le plus corrompu de tous les citoyens, mettre à la tête de ses ouvrages une préface digne de la gravité et de l'austérité de Caton. Je n'aurois jamais fait si je voulois épuiser tous les exemples.

Quoique les magistrats ne donnassent pas dans la religion du peuple, il ne faut pas croire qu'ils n'en eussent point. M. Cudworth a fort bien prouvé que ceux qui étoient éclairés parmi les

[1] Macrob., *Saturnal.*, lib. i.
[2] Val. Maxim., i, chap. iv.

[1] *Totum consilium prodidit, sapientum per quod civitates et populi regerentur. (De Civit. Dei, lib. iv, chap. xxxi.)*
[2] *Ibid.*
[3] « *Adeone me delirare censes ut ista credam ?* »

païens adoroient une divinité suprême, dont les divinités du peuple n'étoient qu'une participation. Les païens, très-peu scrupuleux dans le culte, croyoient qu'il étoit indifférent d'adorer la divinité même, ou les manifestations de la divinité; d'adorer, par exemple, dans Vénus, la puissance passive de la nature, ou la divinité suprême, en tant qu'elle est susceptible de toute génération; de rendre un culte au soleil ou à l'Être suprême, en tant qu'il anime les plantes, et rend la terre féconde par sa chaleur. Ainsi le stoïcien Balbus dit, dans Cicéron [1], « que Dieu participe par sa nature à toutes les choses d'ici-bas; qu'il est Cérès sur la terre; Neptune sur les mers. » Nous en saurions davantage si nous avions le livre qu'Asclépiade composa, intitulé l'*Harmonie de toutes les théologies*.

Comme le dogme de l'ame du monde étoit presque universellement reçu, et que l'on regardoit chaque partie de l'univers comme un membre vivant dans lequel cette ame étoit répandue, il sembloit qu'il étoit permis d'adorer indifféremment toutes ces parties, et que le culte devoit être arbitraire comme étoit le dogme.

Voilà d'où étoit né cet esprit de tolérance et de douceur qui régnoit dans le monde païen: on n'avoit garde de se persécuter et de se déchirer les uns les autres: toutes les religions, toutes les théologies, y étoient également bonnes: les hérésies, les guerres et les disputes de religion, y étoient inconnues: pourvu qu'on allât adorer au temple, chaque citoyen étoit grand-pontife dans sa famille.

Les Romains étoient encore plus tolérants que les Grecs, qui ont toujours gâté tout: chacun sait la malheureuse destinée de Socrate.

Il est vrai que la religion égyptienne fut toujours proscrite à Rome: c'est qu'elle étoit intolérante, qu'elle vouloit dominer seule, et s'établir sur les débris des autres; de manière que l'esprit de douceur et de paix qui régnoit chez les Romains fut la véritable cause de la guerre qu'ils lui firent sans relâche. Le sénat ordonna d'abattre les temples des divinités égyptiennes; et Valère Maxime [2] rapporte à ce sujet qu'Emilius Probus donna les premiers coups, afin d'encourager par son exemple les ouvriers, frappés d'une crainte superstitieuse.

Mais les prêtres de Sérapis et d'Isis avoient encore plus de zèle pour établir ces cérémonies qu'on n'en avoit à Rome pour les proscrire. Quoique Auguste, au rapport de Dion [1], en eût défendu l'exercice dans Rome, Agrippa, qui commandoit dans la ville en son absence, fut obligé de le défendre une seconde fois. On peut voir dans Tacite et dans Suétone les fréquents arrêts que le sénat fut obligé de rendre pour bannir ce culte de Rome.

Il faut remarquer que les Romains confondirent les Juifs avec les Égyptiens, comme on sait qu'ils confondirent les chrétiens avec les Juifs: ces deux religions furent long-temps regardées comme deux branches de la première, et partagèrent avec elle la haine, le mépris et la persécution des Romains. Les mêmes arrêts qui abolirent à Rome les cérémonies égyptiennes mettent toujours les cérémonies juives avec celles-ci, comme il paroît par Tacite [2], et par Suétone dans les vies de Tibère et de Claude. Il est encore plus clair que les historiens n'ont jamais distingué le culte des chrétiens d'avec les autres. On n'étoit pas même revenu de cette erreur du temps d'Adrien, comme il paroît par une lettre que cet empereur écrivit d'Égypte au consul Servianus: « Tous ceux [3] qui en Égypte adorent Sérapis sont chrétiens, et ceux mêmes qu'on appelle évêques sont attachés au culte de Sérapis. Il n'y a point de Juif, de prince de synagogue, de samaritain, de prêtre des chrétiens, de mathématicien, de devin, de baigneur, qui n'adore Sérapis. Le patriarche même des Juifs adore indifféremment Sérapis et le Christ. Ces gens n'ont d'autre dieu que Sérapis: c'est le dieu des chrétiens, des Juifs, et de tous les peuples. » Peut-on avoir des idées plus confuses de ces trois religions, et les confondre plus grossièrement?

Chez les Égyptiens, les prêtres faisoient un corps à part, qui étoit entretenu aux dépens du public: de là naissoient plusieurs inconvénients, toutes les richesses de l'état se trouvoient englouties dans une société de gens qui, recevant toujours et ne rendant jamais, attiroient insensiblement tout à eux. Les prêtres d'Égypte, ainsi gagés pour ne rien faire, languissoient tous dans une

[1] *« Deus pertinens per naturam cujusque rei, per terras Ceres, per maria Neptunus, alii per alia, poterunt intelligi; qui qualesque sint, quoque eos nomine consuetudo nuncupaverit, hos deos et venerari et colere debemus. »*
[2] Liv. I, chap. III.

[1] Liv. XXXIV. [2] *Hist.*, lib. II.
[3] *« Illi qui Serapin colunt, christiani sunt; et devoti sunt Serapi, qui se Christi episcopos dicunt. Nemo illic archisynagogus Judæorum, nemo Samarites, nemo christianorum presbyter, non mathematicus, non aruspex, non aliptes, qui non Serapin colat. Ipse ille patriarcha (Judæorum scilicet), cum Ægyptum venerit, ab aliis Serapin adorare, ab aliis cogitur Christum. Unus illis deus est Serapis: hunc Judæi, hunc christiani, hunc omnes venerantur et gentes. »* FLAVIUS VOPISCUS, in *Vita Saturnini*, Vid. *Historia Augustæ scriptores*, in-folio, 1620, pag. 245; et in-8°, 1661, pag. 939.)

oisiveté dont ils ne sortoient qu'avec les vices qu'elle produit; ils étoient brouillons, inquiets, entreprenants, et ces qualités les rendoient extrêmement dangereux. Enfin un corps dont les intérêts avoient été violemment séparés de ceux de l'état, étoit un monstre; et ceux qui l'avoient établi avoient jeté dans la société une semence de discorde et de guerres civiles. Il n'en étoit pas de même à Rome : on y avoit fait de la prêtrise une charge civile; les dignités d'augure, de grand-pontife, étoient des magistratures; ceux qui en étoient revêtus étoient membres du sénat, et par conséquent n'avoient pas des intérêts différents de ceux de ce corps. Bien loin de se servir de la superstition pour opprimer la république, ils l'employoient utilement à la soutenir. « Dans notre ville, dit Cicéron [1], les rois, et les magistrats qui leur ont succédé, ont toujours eu un double caractère, et ont gouverné l'état sous les auspices de la religion. »

Les duumvirs avoient la direction des choses sacrées : les quindécemvirs avoient soin des cérémonies de la religion, gardoient les livres des sibylles; ce que faisoient auparavant les décemvirs et les duumvirs. Ils consultoient les oracles lorsque le sénat l'avoit ordonné, et en faisoient le rapport, y ajoutant leur avis; ils étoient aussi commis pour exécuter tout ce qui étoit prescrit dans les livres des sibylles, et pour faire célébrer les jeux séculaires : de manière que toutes les cérémonies religieuses passoient par les mains des magistrats.

Les rois de Rome avoient une espèce de sacerdoce. Il y avoit de certaines cérémonies qui ne pouvoient être faites que par eux. Lorsque les Tarquins furent chassés, on craignoit que le peuple s'aperçût de quelque changement dans la religion; cela fit établir un magistrat appelé *rex sacrorum*, qui, dans les sacrifices, faisoit les fonctions des anciens rois, et dont la femme étoit appelée *regina sacrorum*. Ce fut le seul vestige de royauté que les Romains conservèrent parmi eux. Les Romains avoient cet avantage, qu'ils avoient pour législateur le plus sage prince dont l'histoire profane ait jamais parlé : ce grand homme ne chercha pendant tout son règne qu'à faire fleurir la justice et l'équité, et ne fit pas moins sentir sa modération à ses voisins qu'à ses sujets. Il établit les fécialiens, qui étoient des prêtres sans le mi-

nistère desquels on ne pouvoit faire ni la paix ni la guerre. Nous avons encore des formulaires de serments faits par ces fécialiens, quand on concluoit la paix avec quelque peuple. Dans celle que Rome conclut avec Albe, un fécialien dit, dans Tite-Live : « Si le peuple romain est le premier à s'en départir, *publico consilio dolove malo*, qu'il prie Jupiter de le frapper comme il va frapper le cochon qu'il tenoit dans ses mains; » et aussitôt il l'abattit d'un coup de caillou.

Avant de commencer la guerre, on envoyoit un de ces fécialiens faire ses plaintes au peuple qui avoit porté quelque dommage à la république. Il lui donnoit un certain temps pour se consulter, et pour chercher les moyens de rétablir la bonne intelligence. Mais si on négligeoit de faire l'accommodement, le fécialien s'en retournoit, et sortoit des terres de ce peuple injuste, après avoir invoqué contre lui les dieux célestes et ceux des enfers : pour lors le sénat ordonnoit ce qu'il croyoit juste et pieux. Ainsi les guerres ne s'entreprenoient jamais à la hâte, et elles ne pouvoient être qu'une suite d'une longue et mûre délibération.

La politique qui régnoit dans la religion des Romains se développa encore mieux dans leurs victoires. Si la superstition avoit été écoutée, on auroit porté chez les vaincus les dieux des vainqueurs; on auroit renversé leurs temples; et, en établissant un nouveau culte, on leur auroit imposé une servitude plus rude que la première. On fit mieux : Rome se soumit elle-même aux divinités étrangères; elle les reçut dans son sein; et par ce lien, le plus fort qui soit parmi les hommes, elle s'attacha des peuples qui la regardèrent plutôt comme le sanctuaire de la religion que comme la maîtresse du monde.

Mais, pour ne point multiplier les êtres, les Romains, à l'exemple des Grecs, confondirent adroitement les divinités étrangères avec les leurs : s'ils trouvoient dans leurs conquêtes un dieu qui eût du rapport à quelqu'un de ceux qu'on adoroit à Rome, ils l'adoptoient, pour ainsi dire, en lui donnant le nom de la divinité romaine, et lui accordoient, si j'ose me servir de cette expression, le droit de bourgeoisie dans leur ville. Ainsi, lorsqu'ils trouvoient quelque héros fameux qui eût purgé la terre de quelque monstre, ou soumis quelque peuple barbare, ils lui donnoient aussitôt le nom d'Hercule. « Nous avons percé jusqu'à l'Océan, dit Tacite [1], et nous y avons trouvé les

<hr>

[1] « *Apud veteres, qui rerum potiebantur, iidem auguria tractabant, ut testis est nostra civitas, in qua et reges, augures, et postea privati eodem sacerdotio prædili rempublicam religionum auctoritate rexerunt.* » (De Divinatione, lib. I.)

[1] « *Ipsum quinetiam Oceanum illa tentavimus; et superesse adhuc Herculis columnas fama vulgavit, sive adiit*

colonnes d'Hercule, soit qu'Hercule y ait été, soit que nous ayons attribué à ce héros tous les faits dignes de sa gloire. »

Varron a compté quarante-quatre de ces dompteurs de monstres ; Cicéron [1] n'en a compté que six, vingt-deux Muses, cinq Soleils, quatre Vulcains, cinq Mercures, quatre Apollons, trois Jupiters.

Eusèbe va plus loin [2] ; il compte presque autant de Jupiters que de peuples.

Les Romains, qui n'avoient proprement d'autre divinité que le génie de la république, ne faisoient point d'attention au désordre et à la confusion qu'ils jetoient dans la mythologie : la crédulité des peuples, qui est toujours au-dessus du ridicule et de l'extravagant, réparoit tout.

~~~~~~

# DISCOURS

### PRONONCÉ A LA RENTRÉE

## DE L'ACADÉMIE DE BORDEAUX,

#### LE 15 NOVEMBRE 1717.

———

Ceux qui ne sont pas instruits de nos obligations et de nos devoirs regardent nos exercices comme des amusements que nous nous procurons, et se font une idée riante de nos peines mêmes et de nos travaux.

Ils croient que nous ne prenons de la philosophie que ce qu'elle a d'agréable ; que nous laissons les épines, pour ne cueillir que les fleurs ; que nous ne cultivons notre esprit que pour le mieux faire servir aux délices du cœur ; qu'exempts, à la vérité, de passions vives qui ébranlent trop l'ame, nous nous livrons à une autre qui nous en dédommage, et qui n'est pas moins délicieuse, quoiqu'elle ne soit point sensuelle.

Mais il s'en faut bien que nous soyons dans une situation si heureuse : les sciences les plus abstraites sont l'objet de l'académie ; elle embrasse cet infini qui se rencontre partout dans la physique et l'astronomie ; elle s'attache à l'intelligence des courbes, réservée jusqu'ici à la suprême Intelligence : elle entre dans le dédale de l'anatomie

et les mystères de la chimie : elle réforme les erreurs de la médecine, cette parque cruelle qui tranche tant de jours, cette science en même temps si étendue et si bornée ; on y attaque enfin la vérité par l'endroit le plus fort, et on la cherche dans les ténèbres les plus épaisses où elle puisse se retirer.

Aussi, Messieurs, si l'on étoit animé d'un beau zèle pour l'honneur et la perfection des sciences, il n'y a personne parmi nous qui ne regardât le titre d'académicien comme un titre onéreux, et ces sciences mêmes auxquelles nous nous appliquons, comme un moyen plus propre à nous tourmenter qu'à nous instruire. Un travail souvent inutile ; des systèmes presque aussitôt renversés qu'établis ; le désespoir de trouver ses espérances trompées ; une lassitude continuelle à courir après une vérité qui fuit : cette émulation qui exerce, et ne règne pas avec moins d'empire sur les ames des philosophes, que la basse jalousie sur les ames vulgaires ; ces longues méditations où l'ame se replie sur elle-même, et s'enchaîne sur un objet ; ces nuits passées dans les veilles, les jours qui leur succèdent dans les sueurs : vous reconnoissez là, Messieurs, la vie des gens de lettres.

Non, il ne faut pas croire que la place que nous occupons soit un lieu de tranquillité : nous n'acquérons par nos travaux que le droit de travailler davantage. Il n'y a que les dieux qui aient le privilége de se reposer sur le Parnasse : les mortels n'y sont jamais fixes et tranquilles ; et s'ils ne montent pas, ils descendent toujours.

Quelques anciens nous disent qu'Hercule n'étoit point un conquérant, mais un sage qui avoit purgé la philosophie des préjugés, ces véritables monstres de l'esprit : ses travaux étonnèrent la postérité, qui le compara à ceux des héros les plus infatigables.

Il semble que la Fable nous représentoit la vérité sous le symbole de ce Protée qui se cachoit sous mille figures et sous mille apparences trompeuses [1].

Il faut la chercher dans l'obscurité même dont elle se couvre, il faut la prendre, il faut l'embrasser, il faut la saisir [2].

Mais, Messieurs, qu'il y a de difficultés dans cette recherche ! car enfin ce n'est pas assez pour

---

Hercules, sive quidquid ubique magnificum est in claritatem ejus refevre consensimus. » (De Moribus Germanor., chap. XXXIV.)

[1] De Natura deorum, lib. III.

[2] Præparatio evangelica, lib. III.

---

[1] Omnia transformat sese in miracula rerum, Ignemque, horribilemque feram, fluviumque liquentem [*].

[2] Sed quanto ille magis formas se vertet in omnes, Tanto, nate, magis contende tenacia vincla [**].

[*] VIRG., Georg., IV, 441-442.

[**] Ibid., ibid., 411-412.

nous de donner une vérité, il faut qu'elle soit nouvelle : nous faisons peu de cas de ces fleurs que le temps a fanées ; nous mépriserions parmi nous un Patrocle qui viendroit se couvrir des armes d'Achille ; nous rougirions de redire toujours ce que tant d'autres auroient dit avant nous, comme ces vains échos que l'on entend dans les campagnes; nous aurions honte de porter à l'académie les observations des autres, semblables à ces fleuves qui portent à la mer tant d'eaux qui ne viennent pas de leurs sources. Cependant les découvertes sont devenues bien rares; il semble qu'il y ait une espèce d'épuisement et dans les observations et dans les observateurs. On diroit que la nature a fait comme ces vierges qui conservent long-temps ce qu'elles ont de plus précieux, et se laissent ravir en un moment ce même trésor qu'elles ont conservé avec tant de soins et défendu avec tant de constance. Après s'être cachée pendant tant d'années elle se montra tout-à-coup dans le siècle passé; moment bien favorable pour les savants d'alors, qui virent ce que personne avant eux n'avoit vu. On fit dans ce siècle tant de découvertes, qu'on peut le regarder non-seulement comme le plus florissant, mais encore comme le premier âge de la philosophie, qui, dans les siècles précédents, n'étoit pas même dans son enfance : c'est alors qu'on mit au jour ces systèmes, qu'on développa ces principes, qu'on découvrit ces méthodes si fécondes et si générales. Nous ne travaillons plus que d'après ces grands philosophes; il semble que les découvertes d'à présent ne soient qu'un hommage que nous leur rendons, et un noble aveu que nous tenons tous d'eux : nous sommes presque réduits à pleurer, comme Alexandre, de ce que nos pères ont tout fait, et n'ont rien laissé à notre gloire.

C'est ainsi que ceux qui découvrirent un nouveau monde dans le siècle passé s'emparèrent des mines et des richesses qui y étoient conservées depuis si long-temps, et ne laissèrent à leurs successeurs que des forêts à découvrir, et des sauvages à reconnoître.

Cependant, Messieurs, ne perdons point courage : que savons-nous ce qui nous est réservé ? peut-être y a-t-il encore mille secrets cachés : quand les géographes sont parvenus au terme de leurs connoissances, ils placent dans leurs cartes des mers immenses et des climats sauvages; mais peut-être que dans ces mers et dans ces climats il y a encore plus de richesses que nous n'en avons.

Qu'on se défasse surtout de ce préjugé, que la province n'est point en état de perfectionner les sciences, et que ce n'est que dans les capitales que les académies peuvent fleurir. Ce n'est pas du moins l'idée que nous en ont donnée les poëtes, qui semblent n'avoir placé les muses dans les lieux écartés et le silence des bois, que pour nous faire sentir que ces divinités tranquilles se plaisent rarement dans le bruit et le tumulte de la capitale d'un grand empire.

Ces grands hommes dont on veut nous empêcher de suivre les traces ont-ils d'autres yeux que nous [1] ? ont-ils d'autres terres à considérer [2] ? sont-ils dans des contrées plus heureuses [3] ? ont-ils une lumière particulière pour les éclairer [4] ? la mer auroit-elle moins d'abymes pour eux [5] ? la nature enfin est-elle leur mère et notre marâtre, pour se dérober plutôt à nos recherches qu'aux leurs? Nous avons été souvent lassés par les difficultés [6] ; mais ce sont les difficultés mêmes qui doivent nous encourager. Nous devons être animés par l'exemple du protecteur qui préside ici : nous en aurons bientôt un plus grand à suivre ; notre jeune monarque favorise les muses, et elles auront soin de sa gloire.

              *~~~~~~~*

# DISCOURS

SUR

## LA CAUSE DE L'ÉCHO,

PRONONCÉ LE 1er MAI 1748.

——

Le jour de la naissance d'Auguste, il naquit un laurier dans le palais, des branches duquel on couronnoit ceux qui avoient mérité l'honneur du triomphe.

Il est né, Messieurs, des lauriers avec cette académie, et elle s'en sert pour faire des couronnes

---

[1] *Centum luminibus cinctum caput* *.
[2] . . . . . . *Terras alio sub sole jacentes* **.
[3] . . . . . . *Locos iatos, et amœna vireta*
     *Fortunatorum nemorum, sedesque beatas* ***.
[4] . . . . . . *Solemque suum, sua sidera, norunt* ****.
[5] *Num mare pacatum, num ventus amicior esset* ***** ?
[6] *Sœpe fugam Danai Troja cupiere relicta*
     *Moliri* ******.

\* OVID., *Metam.*, 1, 626.
\*\* *Atque alio patriam quærunt sub sole jacentem.*
              VIRG., *Georg.*, II, 512.
\*\*\* VIRG., *Æneid.*, VI, 637, 639.
\*\*\*\* *Ibid.*, 641.
\*\*\*\*\* OVID., *Metam.*, XIII, 449.
\*\*\*\*\*\* VIRG., *Æneid.*, II, 108-109.

aux savants qui ont triomphé des savants. Il n'est point de climat si reculé d'où l'on ne brigue ses suffrages : dépositaire de la réputation , dispensatrice de la gloire , elle trouve du plaisir à consoler les philosophes de leurs villes , et à les venger, pour ainsi dire , de l'injustice de leur siècle et de la jalousie des petits esprits.

Les dieux de la Fable dispensoient différemment leurs faveurs aux mortels : ils accordoient aux ames vulgaires une longue vie , des plaisirs, des richesses ; les pluies et les rosées étoient les récompenses des enfants de la terre ; mais aux ames plus grandes et plus belles ils réservoient la gloire, comme le seul présent digne d'elles.

C'est pour cette gloire que tant de beaux génies ont travaillé, et c'est pour vaincre, et vaincre par l'esprit, cette partie de nous-mêmes la plus céleste et la plus divine.

Qu'un triomphe si personnel a de quoi flatter ! On a vu de grands hommes , uniquement touchés des succès qu'ils devoient à leurs vertus, regarder comme étrangères toutes les faveurs de la fortune. On en a vu , tout couverts des lauriers de Mars , jaloux de ceux d'Apollon , disputer la gloire d'un poëte et d'un orateur :

Tantus amor laudum, tantæ est victoria cusæ !

Lorsque ce grand cardinal [2] à qui une illustre académie doit son institution, eut vu l'autorité royale affermie , les ennemis de la France consternés , et les sujets du roi rentrés dans l'obéissance, qui n'eût pensé que ce grand homme étoit content de lui-même? Non : pendant qu'il étoit au plus haut point de sa fortune, il y avoit dans Paris , au fond d'un cabinet obscur, un rival secret de sa gloire ; il trouva dans Corneille un nouveau rebelle qu'il ne put soumettre. C'étoit assez qu'il eût à soutenir la supériorité d'un autre génie ; et il n'en fallut pas davantage pour lui faire perdre le goût d'un grand ministère qui devoit faire l'admiration des siècles à venir.

Quelle doit donc être la satisfaction de celui qui, vainqueur de tous ses rivaux, se trouve aujourd'hui couronné par vos mains !

Le sujet proposé étoit plus difficile à traiter qu'il ne paroît d'abord : c'est en vain qu'on prétendroit réussir dans l'explication de l'écho, c'est-à-dire du son réfléchi, si l'on n'a une parfaite connoissance du son direct ; c'est encore en vain que l'on iroit chercher du secours chez les anciens, aussi malheureux sans doute dans leurs hypothèses

que les poëtes dans leurs fictions, qui attribuèrent l'effet de l'écho aux malheurs d'une nymphe causeuse , que Junon irritée changea en voix , pour avoir amusé sa jalousie, et , par la longueur de ses contes ( artifice de tous les temps ) , l'avoir empêchée de surprendre Jupiter dans les bras de ses maîtresses.

Tous les philosophes conviennent généralement que la cause de l'écho doit être attribuée à la réflexion des sons, ou de cet air qui , frappé par le corps sonore, va ébranler l'organe de l'ouïe : mais s'ils conviennent en ce point, on peut dire qu'ils ne vont pas long-temps de compagnie , que les détails gâtent tout, et qu'ils s'accordent bien moins dans les choses qu'ils entendent que dans celles qu'ils n'entendent pas.

Et premièrement, si, cherchant la nature du son direct, on leur demande de quelle manière l'air est poussé par le corps sonore, les uns diront que c'est par un mouvement d'ondulation, et ne manqueront pas d'alléguer l'analogie de ces ondes avec celles qui sont produites dans l'eau par une pierre qu'on y jette ; mais les autres, à qui cette comparaison paroît suspecte, commenceront dès ce moment à faire secte à part ; et on les feroit plutôt renoncer au titre de philosophe que de leur faire passer l'existence de ces ondes dans un corps fluide que l'air, qui ne fait point, comme l'eau , une surface plane et étendue sur un fond ; sans compter que, dans ce système, on devroit, disent-ils , entendre plusieurs fois le même coup de cloche , puisque la même impression forme plusieurs cercles et plusieurs ondulations.

Ils aiment donc mieux admettre des rayons directs qui vont, sans se détourner, de la bouche de celui qui parle , à l'oreille de celui qui entend ; il suffit que l'air soit pressé par le ressort du corps sonore, pour que cette action se communique.

Que si, considérant le son par rapport à la vitesse, on demande à tous ces philosophes pourquoi il va toujours également vite, soit qu'il soit grand, soit qu'il soit foible ; et pourquoi un canon qui est à cent soixante et onze toises de nous, demeurant une seconde à se faire entendre, tout autre bruit, quelque foible qu'il soit, ne va pas moins vite ; on trouvera le moyen de se faire respecter, et on les obligera, ou à avouer qu'ils en ignorent la raison , ou du moins on les réduira à entrer dans de grands raisonnements, ce qui est précisément la même chose.

Que si l'on entre plus avant en matière , et qu'on vienne à les interroger sur la cause de l'écho, le vulgaire répondra d'abord que la ré-

[1] Virg., Georg., III. 112.    [2] Richelieu.

flexion suffit ; et on verra d'un autre côté un seul homme qui répond qu'elle ne suffit pas. Peut-être goûtera-t-on ses raisons, surtout si on peut se défaire de ce préjugé, *un contre tous.*

Or, de ceux qui n'admettent que la réflexion seule, les uns dirent que toutes sortes de réflexions produisent des échos, et en admettront autant que de sons réfléchis. » Les murailles d'une chambre, disent-ils, feroient entendre un écho, si elles n'étoient trop proches de nous, et ne nous envoyoient le son réfléchi dans le même instant que notre oreille est frappée par le son direct. » Selon eux, tout est rempli d'échos : *Jovis omnia plena* [1]. Vous diriez que, comme Héraclite, ils admettent un concert et une harmonie dans l'univers, qu'une longue habitude nous dérobe ; d'autant mieux que la réflexion étant souvent dirigée vers des lieux différents de celui où se produit le son, parce qu'elle se fait toujours par un angle égal à celui d'incidence, il arrive souvent que l'écho ne rend point les sons à celui qui les envoie : cette nymphe ne répond pas toujours à celui qui lui parle ; il y a des occasions où sa voix est méconnue de ceux mêmes qui l'entendent ; ce qui pourroit peut-être servir à faire cesser bien du merveilleux, et à rendre raison de ces voix entendues en l'air, que Rome, cette ville des sept montagnes, mettoit si souvent au nombre des prodiges [2].

Mais les autres, qui ne croient pas la nature si libérale, veulent des lieux et des situations particulières ; ce qui fait qu'ils varient infiniment et dans la disposition de ces lieux, et dans la manière dont se font les réflexions à cet égard.

Avec tout ceci on n'est pas fort avancé dans la connoissance de la cause de l'écho. Mais enfin un philosophe est venu, qui, ayant étudié la nature dans sa simplicité, a été plus loin que les autres : les découvertes admirables de nos jours sur la dioptrique et la catoptrique ont été comme le fil d'Ariadne, qui l'a conduit dans l'explication de ce phénomène des sons. Chose admirable ! il y a une image des sons, comme il y a une image des

objets aperçus : cette image est formée par la réunion des rayons sonores, comme dans l'optique l'image est formée par la réunion des rayons visuels. On jugera sans doute, par la lecture qui va se faire, que l'académie n'a pu se refuser à couronner l'auteur [1] de cette découverte, et qu'il mérite de jouir de ses suffrages, et de la libéralité du protecteur.

Cependant je ne puis passer ici une difficulté commune à tous les systèmes, et qui, dans la satisfaction où nous étions d'avoir contribué à donner quelque jour à un endroit des plus obscurs de la physique, n'a pas laissé que de nous humilier. On comprend aisément que l'air qui a déja produit un son, rencontrant un rocher un peu éloigné, est réfléchi vers celui qui parle, et reproduit un nouveau son, ou un écho ; mais d'où vient que l'écho répète précisément la même parole, et du même ton qu'elle a été prononcée ? comment n'est-il pas tantôt plus aigu, tantôt plus grave ? comment la surface raboteuse des rochers, ou autres corps réfléchissants, ne change-t-elle rien au mouvement que l'air a déja reçu pour produire le son direct ? Je sens la difficulté, et plus encore mon impuissance, de la résoudre.

❦❦❦❦❦

# DISCOURS

SUR

## L'USAGE DES GLANDES RÉNALES,

PRONONCÉ LE 25 AOUT 1718.

On a dit ingénieusement que les recherches anatomiques sont une hymne merveilleuse à la louange du Créateur. C'est en vain que le libertin voudroit révoquer en doute une divinité qu'il craint : il est lui-même la plus forte preuve de son existence ; il ne peut faire la moindre attention sur son individu, qui ne soit un argument qui l'afflige. *Hæret lateri lethalis arundo* [1].

La plupart des choses ne paroissent extraordinaires que parce qu'elles ne sont point connues ; le merveilleux tombe presque toujours à mesure qu'on s'en approche ; on a pitié de soi-même ; on

---

[1] VIRG., *Ecl.* III, 60.
[2] *Visi etiam audire vocem ingentem ex summi cacuminis luco.* (TIT.-LIV., *Hist.*, lib. I, cap. XXXI.)
*Spreta vox de cœlo emissa.* (*Ibid.*, lib. V, cap. XXXII.)
*Templo sospitæ Junonis nocte ingentem strepitum exortum.* (*Ibid.*, lib. XXXI, cap. XII.)
*Silentio proximæ noctis ex sylva Arsia ingentem editam vocem.* (*Ibid.*, lib. II, cap. VII.)

> Cantusque feruntur
> Auditi, sanctis et verba minacia lucis.
> (OVID., *Metam.*, XV, 792.)

[1] L'abbé Jean de Hautefeuille, né à Orléans le 20 mars 1647, mort en cette ville le 18 octobre 1724. L'ouvrage couronné par l'académie de Bordeaux a été publié sous ce titre : *Dissertation sur la cause de l'écho*, etc.; Bordeaux, R. Brun, 1718, in-12 de 4 feuillets non chiffrés en 44 pages.
[2] VIRG., *Æneid.*, IV. 74.

a honte d'avoir admiré. Il n'en est pas de même du corps humain : le philosophe s'étonne, et trouve l'immense grandeur de Dieu dans l'action d'un muscle, comme dans le débrouillement du chaos.

Lorsqu'on étudie le corps humain, et qu'on se rend familières les lois immuables qui s'observent dans ce petit empire ; quand on considère ce nombre infini de parties qui travaillent toutes pour le bien commun, ces esprits animaux si impérieux et si obéissants, ces mouvements si soumis et quelquefois si libres, cette volonté qui commande en reine et obéit en esclave, ces périodes si réglées, cette machine si simple dans son action et si composée dans ses ressorts, cette réparation continuelle de force et de vie, ce merveilleux de la reproduction et de la génération, toujours de nouveaux secours à de nouveaux besoins : quelles grandes idées de sagesse et d'économie !

Dans ce nombre prodigieux de parties, de veines, d'artères, de vaisseaux lymphatiques, de cartilages, de tendons, de muscles, de glandes, on ne sauroit croire qu'il y ait rien d'inutile ; tout concourt pour le bien du sujet animé ; et s'il y a quelque partie dont nous ignorions l'usage, nous devons avec une noble inquiétude chercher à le découvrir.

C'est ce qui avoit porté l'académie à choisir pour sujet l'usage des glandes rénales ou capsules atrabilaires, et à encourager les savants à travailler sur une matière qui, malgré les recherches de tant d'auteurs, étoit encore toute neuve, et sembloit avoir été jusqu'ici plutôt l'objet de leur désespoir que de leurs connoissances.

Je ne ferai point ici une description exacte de ces glandes, à moins de dire ce que tant d'auteurs ont déja dit : tout le monde sait qu'elles sont placées un peu au-dessus des reins, entre les émulgentes et les troncs de la veine cave et de la grande artère. Si l'on veut voir des gens bien peu d'accord, on n'a qu'à lire les auteurs qui ont traité de leur usage ; elles ont produit une diversité d'opinions qui est un argument presque certain de leur fausseté : dans cette confusion chacun avoit sa langue, et l'ouvrage resta imparfait.

Les premiers qui en ont parlé les ont faites d'une condition bien subalterne ; et, sans leur vouloir permettre aucun rôle dans l'économie animale, ils ont cru qu'elles ne servoient qu'à appuyer différentes parties circonvoisines : les uns ont pensé qu'elles avoient été mises là pour soutenir le ventricule, qui auroit trop porté sur les émulgentes : d'autres, pour affermir le plexus

nerveux qui les touche : préjugés échappés des anciens, qui ignoroient l'usage des glandes.

Car, si elles ne servoient qu'à cet usage, à quoi bon cette structure admirable dont elles sont formées ? ne suffiroit-il pas qu'elles fussent comme une espèce de masse informe, *Rudis indigestaque moles* [1] ? Seroit-ce comme dans l'architecture, où l'art enrichit les pilastres mêmes et les colonnes?

Gaspard Bartholin est le premier qui, leur ôtant une fonction si basse, les a rendues plus dignes de l'attention des savants. Il croit qu'une humeur, qu'il appelle *atrabile*, est conservée dans leurs cavités : pensée affligeante, qui met dans nousmêmes un principe de mélancolie, et semble faire des chagrins et de la tristesse une maladie habituelle de l'homme. Il croit qu'il y a une communication de ces capsules aux reins, auxquels cette humeur atrabilaire sert pour le délaiement des urines. Mais, comme il ne montra pas cette communication, on ne l'en crut point sur sa parole : on jugea qu'il ne suffisoit pas d'en démontrer l'utilité, il falloit en prouver l'existence ; et que ce n'étoit pas assez de l'annoncer, il falloit encore la faire voir. Il eut un fils illustre qui, travaillant pour la gloire de sa famille, voulut soutenir un système que son père avoit plutôt jeté qu'établi ; et, le regardant comme son héritage, il s'attacha à le réparer. Il crut que le sang, sortant des capsules, étoit conduit par la veine émulgente dans les reins. Mais comme il sort des reins par la même veine, il y a là deux mouvements contraires qui s'entr'empêchent. Bartholin, pressé par la difficulté, soutenoit que le mouvement du sang venant des reins, pouvoit être facilement surmonté par cette humeur noire et grossière qui coule des capsules. Ces hypothèses, et bien d'autres semblables, ne peuvent être tirées que des tristes débris de l'antiquité, et la saine physique ne les avoue plus.

Un certain Petruccio sembloit avoir aplani toute la difficulté : il dit avoir trouvé des valvules dans la veine des capsules, qui bouchent le passage de la glande dans la veine cave, et souvent du côté de la glande ; de manière que la veine doit faire la fonction de l'artère, et l'artère, faisant celle de la veine, porte le sang par l'artère émulgente dans les reins. Il ne manquoit à cette belle découverte qu'un peu de vérité : l'Italien vit tout seul ces valvules singulières ; mille corps aussitôt disséqués furent autant de témoins de son imposture : aussi ne jouit-il pas long-temps des

---

[1] OVID., *Metam.*, I, 7.

applaudissements, et il ne lui resta pas une seule plume. Après cette chute, la cause des Bartholin parut plus désespérée que jamais : ainsi, les laissant à l'écart, je vais chercher quelques autres hypothèses.

Les uns [1] prétendirent que ces capsules ne pouvoient avoir d'autre usage que de recevoir les humidités qui suintent des grands vaisseaux qui sont autour d'elles ; d'autres, que l'humeur qu'on y trouve étoit la même que le suc lacté qui se distribue par les glandes du mésentère ; d'autres, qu'il se formoit dans ces capsules un suc bilieux, qui, étant porté dans le cœur, et se mêlant avec l'acide qui s'y trouve, excite la fermentation, principe du mouvement du cœur.

Voilà ce qu'on avoit pensé sur les glandes rénales, lorsque l'académie publia son programme : le mot fut donné partout, la curiosité fut irritée. Les savants, sortis d'une espèce de léthargie, voulurent tenter encore ; et, prenant tantôt des routes nouvelles, tantôt suivant les anciennes, ils cherchèrent la vérité peut-être avec plus d'ardeur que d'espérance. Plusieurs d'entre eux n'ont eu d'autre mérite que celui d'avoir senti une noble émulation ; d'autres, plus féconds, n'ont pas été plus heureux : mais ces efforts impuissants sont plutôt une preuve de l'obscurité de la matière, que de la stérilité de ceux qui l'ont traitée.

Je ne parlerai point de ceux dont les dissertations arrivées trop tard n'ont pu entrer en concours : l'académie, qui leur avoit imposé des lois, qui se les étoit imposées à elle-même, n'a pas cru devoir les violer. Quand ces ouvrages seroient meilleurs, ce ne seroit pas la première fois que la forme, toujours inflexible et sévère, auroit prévalu sur le mérite du fond.

Nous avons trouvé un auteur qui admet deux espèces de bile : l'une, grossière, qui se sépare dans le foie ; l'autre, plus subtile, qui se sépare dans les reins, avec l'aide du ferment qui coule des capsules par des conduits que nous ignorons, et que nous sommes même menacés d'ignorer toujours. Mais comme l'académie veut être éclaircie et non pas découragée, elle ne s'arrête point à ce système.

Un autre a cru que ces glandes servoient à filtrer cette lymphe épaissie ou cette graisse qui est autour des reins, pour être ensuite versée dans le sang.

Un autre nous décrit deux petits canaux qui portent les liqueurs de la cavité de la capsule dans la veine qui lui est propre : cette humeur, que bien des expériences font juger alkaline, sert, selon lui, à donner de la fluidité au sang qui revient des reins, après s'être séparé de la sérosité qui compose l'urine. Cet auteur n'a que de trop bons garants de ce qu'il avance : Silvius, Manget, et d'autres, avoient eu cette opinion avant lui. L'académie, qui ne sauroit souffrir les doubles emplois, qui veut toujours du nouveau, qui, comme un avare, par l'avidité d'acquérir toujours de nouvelles richesses, semble compter pour rien celles qui sont déjà acquises, n'a point couronné ce système.

Un autre, qui a assez heureusement donné la différence qu'il y a entre les glandes conglobées et les conglomérées, a mis celles-ci au rang des conglobées : il croit qu'elles ne sont qu'une continuité de vaisseaux, dans lesquels, comme dans des filières, le sang se subtilise ; c'est un peloton formé par les rameaux de deux vaisseaux lymphatiques, l'un déférent, et l'autre référent : il juge que c'est le déférent qui porte la liqueur, et non pas l'artère, parce qu'il l'a vu beaucoup plus gros ; cette liqueur est reprise par le référent, qui la porte au canal thorachique, et la rend à la circulation générale. Dans ces glandes, et dans toutes les conglobées, il n'y a point de canal excrétoire ; car il ne s'agit pas ici de séparer des liqueurs, mais seulement de les subtiliser.

Ce système, par une apparence de vrai qui séduit d'abord, a attiré l'attention de la compagnie ; mais il n'a pu la soutenir. Quelques membres ont proposé des objections si fortes, qu'ils ont détruit l'ouvrage, et n'y ont pas laissé pierre sur pierre : j'en rapporterai ici quelques unes ; et quant aux autres, je laisserai à ceux qui me font l'honneur de m'entendre, le plaisir de les trouver eux mêmes.

Il y a dans les capsules une cavité ; mais, bien loin de servir à subtiliser la liqueur, elle est au contraire très propre à l'épaissir et à en retarder le mouvement. Il y a dans ces cavités un sang noirâtre et épais ; ce n'est donc point de la lymphe ni une liqueur subtilisée. Il y a d'ailleurs de très grands embarras à faire passer la liqueur du déférent dans la cavité, et de la cavité dans le référent. De dire que cette cavité est une espèce de cœur qui sert à faire fermenter la liqueur, et la fouetter dans le vaisseau référent, cela est avancé sans preuve, et on n'a jamais remarqué de battement dans ces parties plus que dans les reins.

On voit par tout ceci que l'académie n'aura pas la satisfaction de donner son prix cette année, et

[1] Spigellius et ses disciples.

que ce jour n'est point pour elle aussi solennel qu'elle l'avoit espéré : par les expériences et les dissections qu'elle a fait faire sous ses yeux, elle a connu la difficulté dans toute son étendue, et elle a appris à ne point s'étonner de voir que son objet n'ait pas été rempli. Le hasard fera peut-être quelque jour ce que tous ses soins n'ont pu faire[1]. Ceux qui font profession de chercher la vérité ne sont pas moins sujets que les autres aux caprices de la fortune : peut-être ce qui a coûté aujourd'hui tant de sueurs inutiles ne tiendra pas contre les premières réflexions d'un auteur plus heureux. Archimède trouva, dans les délices d'un bain, le fameux problème que ses longues méditations avoient mille fois manqué. La vérité semble quelquefois courir au devant de celui qui la cherche ; souvent il n'y a point d'intervalle entre le désir, l'espoir, et la jouissance. Les poëtes nous disent que Pallas sortit sans douleur de la tête de Jupiter, pour nous faire sentir sans doute que les productions de l'esprit ne sont pas toutes laborieuses.

<hr/>

# PROJET

### D'UNE

### HISTOIRE PHYSIQUE DE LA TERRE

#### ANCIENNE ET MODERNE.

#### 1749.

On travaille à Bordeaux à donner au public l'*Histoire de la terre ancienne et moderne*, et de tous les changements qui lui sont arrivés, tant généraux que particuliers, soit par les tremblements de terre, inondations, ou autres causes, avec une description exacte des différents progrès de la terre et de la mer, de la formation et de la perte des îles, des rivières, des montagnes, des vallées, lacs, golfes, détroits, caps, et de tous leurs changements, des ouvrages faits de main d'homme qui ont donné une nouvelle face à la terre, des principaux canaux qui ont servi à joindre les mers et les grands fleuves, des mutations

[1] Les anatomistes ne connoissent pas mieux aujourd'hui que du temps de Montesquieu les usages des glandes rénales ; il faut probablement des recherches plus fréquentes sur les fœtus de divers âges pour en développer la structure. On ne peut remarquer sans admiration que, si Montesquieu s'étoit adonné à l'étude de l'anatomie, il auroit fait faire à cette science des progrès aussi sensibles peut-être que ceux qui ont signalé ses pas dans les sciences morales. (*Note de M. Portal, médecin.*)

arrivées dans la nature du terrain et la constitution de l'air, des mines nouvelles ou perdues, de la destruction des forêts, des déserts formés par les pestes, les guerres, et les autres fléaux, avec la cause physique de tous ces effets, et des remarques critiques sur ceux qui se trouveront faux ou suspects.

On prie les savants dans les pays desquels de pareils événements seront arrivés, et qui auront échappé aux auteurs, d'en donner connoissance : on prie aussi ceux qui en auront examiné qui sont déja connus, de faire part de leurs observations, soit qu'elles démentent ces faits, soit qu'elles les confirment. Il faut adresser les mémoires à M. de Montesquieu, président au parlement de Guienne, à Bordeaux, rue Margaux, qui en paiera le port ; et si les auteurs se font connoître, on leur rendra de bonne foi toute la justice qui leur est due.

On les supplie, par l'amour que tous les hommes doivent avoir pour la vérité, de ne rien envoyer légèrement, et de ne donner pour certain que ce qu'ils auront mûrement examiné. On avertit même qu'on prendra toutes sortes de mesures pour ne se point laisser surprendre, et que, dans les faits singuliers et extraordinaires, on ne s'en rapportera pas au témoignage d'un seul, et qu'on les fera examiner de nouveau[1].

<hr/>

# DISCOURS

### SUR LA CAUSE

### DE LA PESANTEUR DES CORPS,

#### PRONONCÉ LE 1er MAI 1270.

C'a été de tout temps le destin des gens de lettres de crier contre l'injustice de leur siècle. Il faut entendre un courtisan d'Auguste sur le peu de cas que l'on avoit toujours fait de ceux qui par leurs talents avoient mérité la faveur publique. Il faut entendre les plaintes d'un courtisan de Néron ; il ose dire que la corruption est passée jusqu'à ses dieux : le goût est si dépravé, ajoute-t-il, qu'une masse d'or paroît plus belle que tout ce qu'Apelle et Phidias, ces petits insensés de Grecs, ont jamais fait.

Vous n'avez point, Messieurs, de pareils reproches à faire à votre siècle : à peine eûtes-vous

[1] Cette note fut insérée dans le *Journal des Savants*, année 1749, page 149, et le *Mercure* de janvier 1749.

formé le dessein de votre établissement, que vous trouvâtes un protecteur illustre capable de le soutenir. Il ne négligea rien de ce qui pouvoit animer votre zèle ; et si vous étiez moins reconnoissants, il vous feroit oublier ses premiers bienfaits par la profusion avec laquelle il vous gratifie aujourd'hui. Il ne peut souffrir que le sort de cette académie soit plus long-temps incertain ; il va consacrer un lieu à ses exercices[1].

Ces bienfaits, Messieurs, sont pour vous un nouvel engagement ; c'est le motif d'une émulation nouvelle : on doit toujours aller à la fin à proportion des moyens. Ce seroit peu pour nous d'apprendre aujourd'hui au public que nous avons reçu des graces, si nous ne pouvions lui apprendre en même temps que nous voulons les mériter.

Cette année a été une des plus critiques que l'académie ait encore eu à soutenir ; car, outre la perte de cet académicien qui n'a point laissé dans nos cœurs de différence entre le souvenir et les regrets, elle a vu l'absence presque universelle de ses membres, et ses assemblées plus nombreuses dans la capitale du royaume que dans le lieu de sa résidence.

Cette absence nous porte aujourd'hui à une place que nous ne pouvons remplir comme nous le devrions. Quand nos occupations nous auroient laissé tout le temps nécessaire, le public y auroit toujours perdu ; il auroit reconnu cette différence que nous sentons plus que lui-même : il y a des gens dont il est souvent dangereux de faire les fonctions ; on se trouve trop engagé lorsqu'il faut tenir tout ce que leur réputation a promis.

Vous ferez part au public dans cette séance de quelques uns de vos ouvrages, et du jugement que vous avez rendu sur une des matières les plus obscures de la physique. Vous avez donné un prix long-temps disputé : nos auteurs sembloient vous le demander avec justice. Votre incertitude vous a fait plaisir : vous auriez été bien fâchés d'avoir à porter un jugement plus sûr.; et, bien différents des autres juges toujours alarmés dans des affaires problématiques, vous trouviez de la satisfaction dans le péril même de vous tromper.

Nous allons en peu de mots donner une idée des dissertations qui nous ont été envoyées, même de celles qui ne sont point entrées en concours ; et si elles ne peuvent pas plaire par elles-mêmes, peut-être plairont-elles par leur diversité.

Un de ces auteurs, péripatéticien sans le savoir,

_...... Moresque viris et mœnia ponet._
VIRG., _Æneid._, 1. 264.

a cru trouver la cause de la pesanteur dans l'absence même de l'étendue. Les corps, selon lui, sont déterminés à s'approcher du centre commun, à cause de la continuité, qui ne souffre point d'intervalle. Mais qui ne voit que ce principe intérieur de pesanteur qu'on admet ici ne sauroit suivre de l'étendue considérée comme telle, et qu'il faut nécessairement avoir recours à une cause étrangère ?

Un chimiste ou un rose-croix, croyant trouver dans son mercure tous les principes des qualités des corps, les odeurs, les saveurs, et autres, y a vu jusqu'à la pesanteur. Ce que je dis ici compose toute sa dissertation, à l'obscurité près.

Dans le troisième ouvrage, l'auteur, qui affecte l'ordre d'un géomètre, ne l'est point. Après avoir posé pour principe la réaction des tourbillons, il abandonne aussitôt cette idée pour suivre absolument le système de Descartes. Ce n'est que ce même système rendu moins probable qu'il ne l'étoit déja. Il passe les grandes objections que M. Huygens a proposées, et s'amuse à des choses inutiles, et étrangères à son sujet. On voit bien que c'est un homme qui a manqué le chemin, qui erre, et porte ses pas vers le premier objet qui se présente.

La quatrième dissertation est entrée en concours. L'auteur pose pour principe que tout mouvement centrifuge qui ne peut éloigner son mobile du centre par l'opposition d'un obstacle, se rabat sur lui-même, et se change en mouvement centripète. Il se fait ensuite la célèbre objection, « D'où vient que les corps pesants tendent vers le centre de la terre, et non pas vers les points de l'axe correspondants ? » et il y répond en grand physicien. On sait que la force centrifuge est toujours égale au carré de la vitesse divisé par le diamètre de la circulation ; et comme le diamètre du cercle de la matière qui circule vers le tropique est plus petit que celui de la matière qui circule vers l'équateur, il s'ensuit que sa force centrifuge est plus grande ; mais cette force, ne pouvant avoir tout son effet du côté où elle est directement déterminée, porte son mouvement du côté où elle ne trouve pas tant de résistance, et oblige les corps de céder vers le centre. Quant au fond du système, il est difficile de concevoir que la force centrifuge, se réfléchissant en force centripète, puisse produire la pesanteur : il semble au contraire que, les corps étant poussés et repoussés par une égale force, l'action devient nulle : principe qui peut seulement servir à expliquer la cause de l'équilibre universel des tourbillons.

Il faut l'avouer cependant, on trouve dans cet ouvrage la main d'un grand maître : on peut le comparer aux ébauches de ces peintres fameux, qui, tout imparfaites qu'elles sont, ne laissent pas d'attirer les yeux et le respect de ceux qui connoissent l'art.

La dissertation suivante est simple, nette, et ingénieuse. L'auteur remarque que les rayons de la matière éthérée tendent toujours à se mouvoir en ligne droite ; et comme cette matière ne peut passer les bornes du tourbillon où elle est enfermée, elle ne cesse de faire effort pour se répandre dans les espaces intérieurs occupés par une matière étrangère, comme la terre et les planètes. Si une planète venoit à être anéantie, la matière qui l'environne se répandroit dans ce nouvel espace ; elle fait donc effort pour se dilater de la circonférence au centre, et, par conséquent, doit en ce sens pousser les corps durs qu'elle rencontre.

Le grand défaut de cet ouvrage est que les choses y sont traitées très superficiellement. On n'y trouve point cette force de génie qui saisit tout un sujet, ni, si j'ose me servir de cette expression, cette perspicacité géométrique qui le pénètre : on y voit au contraire quelque chose de lâche, et, si j'ose le dire, d'efféminé ; ce sont de jolis traits, mais ce n'est pas cette grave majesté de la nature.

Nous arrivons à la dissertation qui a remporté le prix [1]. Elle a obtenu les suffrages, non pas par la nouveauté du système, mais par le nouveau degré de probabilité qu'elle y ajoute ; par la solidité des raisonnements, par les objections, par les réponses de l'auteur à MM. Saurin et Huygens, enfin par tout l'ensemble qui fait un système complet. L'auteur, maître de sa matière, en a connu le fort et le foible, et a été en état de profiter des lumières des grands génies de notre siècle. La lecture qu'on en va faire nous dispense d'en dire davantage.

## DISCOURS

SUR LA CAUSE

### DE LA TRANSPARENCE DES CORPS,

PRONONCÉ LE 25 AOUT 1720.

L'académie proposa l'année dernière un second prix sur la transparence. Cette matière, liée avec

---

[1] *Dissertation sur la cause de la pesanteur*, etc., par M. Bouillet, docteur en médecine de la faculté de Montpellier.

le système de la lumière, a paru sans doute trop étendue, et a rebuté les auteurs.

Privé des secours étrangers, il faut que le public y perde le moins possible, mais il y perdra toujours ; et, dans la nécessité où nous sommes de traiter ce sujet, convaincu de notre peu de suffisance, nous aimons encore mieux nous excuser sur le peu de temps que nos occupations nous ont laissé.

Il semble d'abord qu'Aristote savoit bien ce que c'étoit que la transparence, puisqu'il définissoit la lumière l'*acte du transparent en tant que transparent* ; mais, pour bien dire, il ne connoissoit ni la transparence ni la lumière. Accoutumé à tout expliquer par la cause finale, au lieu de raisonner par la cause formelle, il regardoit la transparence comme une idée claire, quoiqu'elle ne puisse paroître telle qu'à ceux qui savent déjà ce que c'est que la lumière.

La plupart des modernes croient que la transparence est l'effet de la rectitude des pores, lesquels peuvent, selon eux, facilement transmettre l'action de la lumière.

Un de nos confrères a cru devoir douter des pores droits, en disant que si l'on coupe un cube de verre, il transmet la lumière de tous côtés. Pour moi, j'avoue que cette hypothèse des pores droits me paroît plus ingénieuse que vraie : je ne trouve pas que cette régularité s'accorde avec l'arrangement fortuit qui produit toutes les formes. Il me semble que cette idée des pores droits ne rend pas raison de la question dont il s'agit ; car ce n'est pas de ce que quelques corps sont transparents que je suis embarrassé, mais de ce qu'ils ne sont pas tous transparents.

Il est impossible qu'il y ait sur la terre une matière si condensée qu'elle ne donne passage aux globules. Supposez des pores aussi tortus que vous voudrez ; il faut qu'ils laissent passer la lumière, puisque la matière éthérée pénètre tous les corps.

Les corps sont donc tous transparents d'une manière absolue ; mais ils ne le sont pas tous d'une manière relative. Ils sont tous transparents, parce qu'ils laissent tous passer des rayons de lumière ; mais il n'en passe pas toujours un assez grand nombre pour former sur la rétine l'image des objets.

On voit par les expériences de Newton que tous les corps colorés absorbent une partie des rayons, et renvoient l'autre : ils sont donc opaques en tant qu'ils renvoient les rayons, et transparents en tant qu'ils les absorbent.

Nous voyons, dans le *Journal des Savants*,

qu'un homme qui resta six mois enfermé dans une prison obscure voyoit sur la fin tous les objets très distinctement, ses yeux étant accoutumés à recevoir un très petit nombre de rayons : l'organe de la vue commença à être ébranlé par une lumière si foible, qu'elle étoit insensible à d'autres yeux qui n'avoient pas été ainsi préparés. Il y a apparence qu'il y a des animaux pour lesquels les murailles les plus épaisses sont transparentes.

De tout ceci je crois pouvoir admettre ce principe, que les corps qui opposent le moins de petites surfaces solides aux rayons de lumière qui les traversent, sont les plus transparents ; qu'à proportion qu'ils en opposent davantage, ils le paroissent moins ; et qu'ils commencent de paroître opaques dès qu'ils ne laissent pas passer assez de rayons pour ébranler l'organe de la vision ; ce qui est encore relatif à la conformation des yeux, et à la disposition présente où ils se trouvent.

Lorsque nous pourrons un peu méditer sur cette matière, nous pourrons tirer un meilleur parti de ces idées, et expliquer ce que nous ne faisons ici que montrer.

<center>⭒⭒⭒⭒⭒⭒</center>

# OBSERVATIONS

### SUR

## L'HISTOIRE NATURELLE,

LUES LE 20 NOVEMBRE 1721.

---

### I.

Ayant observé dans le microscope un insecte dont nous ne savons pas le nom (peut-être même qu'il n'en a point, et qu'il est confondu avec une infinité d'autres qu'on ne connoît pas), nous remarquâmes que ce petit animal, qui est d'un très beau rouge, paroît presque grisâtre lorsqu'on le regarde au travers de la lentille, ne conservant qu'une petite nuance de rouge ; ce qui nous paroît confirmer le nouveau système des couleurs de Newton, qui croit qu'un objet ne paroît rouge que parce qu'il renvoie aux yeux les rayons capables de produire la sensation du rouge, et absorbe ou renvoie foiblement tout ce qui peut exciter celle des autres couleurs ; et comme la principale vertu du microscope est de réunir les rayons, qui, étant séparés, n'auroient point assez de force pour exciter une sensation, il est arrivé dans cette obser-

vation que les rayons du gris se sont fait sentir par leur réunion, au lieu qu'auparavant ils étoient en pure perte pour nous : ainsi ce petit objet ne nous a plus paru rouge, parce que de nouveaux rayons sont venus frapper nos yeux par le secours du microscope.

### II.

Nous avons examiné d'autres insectes qui se trouvent dans les feuilles d'ormeau dans lesquelles ils sont renfermés. Cette enveloppe a à peu près la figure d'une pomme. Ces insectes paroissent bleus aux yeux et au microscope ; on les croit de couleur de corne travaillée : ils ont six jambes, deux cornes, et une trompe à peu près semblable à celle d'un éléphant. Nous croyons qu'ils prennent leur nourriture par cette trompe, parce que nous n'avons remarqué aucune autre partie qui puisse leur servir à cet usage.

La plupart des insectes, au moins tous ceux que nous avons vus, ont six jambes et deux cornes : ces cornes leur servent à se faire un chemin dans la terre, dans laquelle on les trouve.

### III.

Le 29 mai 1718, nous fîmes quelques observations sur le *gui*. Nous pensions que cette plante venoit de quelque semence qui, jetée par le vent, ou portée par les oiseaux sur les arbres, s'attachoit à ces gommes qui se trouvent ordinairement sur ceux qui ont vieilli, surtout sur les fruitiers ; mais nous changeâmes bien de sentiment par la suite. Nous fûmes d'abord étonné de voir sur une même branche d'arbre (c'étoit un poirier) sortir plus de cent branches de gui, les unes plus grandes que les autres, de troncs différents, placés à différentes distances, de manière que si elles étoient venues de graines, il auroit fallu autant de graines qu'il y a de branches.

Ayant ensuite coupé une des branches de cet arbre, nous découvrimes une chose à laquelle nous ne nous attendions pas : nous vîmes des vaisseaux considérables, verts comme le gui, qui, partant de la partie ligneuse du bois, alloient se rendre dans les endroits d'où sortoit chacune de ces branches ; de manière qu'il étoit impossible de n'être pas convaincu que ces lignes vertes avoient été formées par un suc vicié de l'arbre, lequel, coulant le long des fibres, alloit faire un dépôt vers la superficie. Ceci s'aperçoit encore mieux lorsque l'arbre est en sève, que dans l'hiver ; et il y a des arbres où cela paroit plus manifestement que dans d'autres. Nous vîmes, le mois passé,

dans une branche de cormier chargée de gui, de grandes et longues cavités : elles étoient profondes de plus de trois quarts de pouce, allant en s'élargissant du centre de la branche, d'où elles partoient comme d'un point, à la circonférence, où elles étoient larges de plus de quatre lignes. Ces vaisseaux triangulaires suivoient le long de la branche, dans la profondeur que nous venons de marquer : ils étoient remplis d'un suc vert épaissi, dans lequel le couteau entroit facilement, quoique le bois fût d'une dureté infinie : ils alloient, avec beaucoup d'autres plus petits, se rendre dans le lieu d'où sortoient les principales branches du gui. La grandeur de ces branches étoit toujours proportionnée à celle de ces conduits, qu'on peut considérer comme une petite rivière dans laquelle les fibrilles ligneuses, comme de petits ruisseaux, vont porter ce suc dépravé. Quelquefois ces canaux sont étendus entre l'écorce et le corps ligneux ; ce qui est conforme aux lois de la circulation des sucs dans les plantes. On sait qu'ils descendent toujours entre l'écorce et le bois, comme il est démontré par plusieurs expériences. Presque toujours au bout d'une branche garnie de rameaux de gui, il y a des branches de l'arbre avec les feuilles ; ce qui fait voir qu'il y a encore des fibres qui contiennent un suc bien conditionné. Nous avons quelquefois remarqué que la branche étoit presque sèche dans l'endroit où étoit le gui, et qu'elle étoit très verte dans le bout où étoient des branches de l'arbre ; nouvelle preuve que le suc de l'une étoit vicié, et non pas celui de l'autre. Ainsi nous regardons ce gui, qui paroit aux yeux si vert et si sain, comme une production et une branche malade formée par des sucs de mauvaise qualité, et non pas comme une plante venue de graines, comme le soutiennent nos modernes. Et nous remarquerons, en passant, que de toutes les branches que nous en avons vues, nous n'en avons pas trouvé une seule sur les gommes et autres matières résineuses des arbres, sur lesquelles l'on dit que les graines s'attachent ; on les trouve presque toujours sur les arbres vieux et languissants, dans lesquels les sucs perdent toujours.

Les liqueurs se corrompent dans les végétaux, ou par le défaut des fibres ligneuses dans lesquelles elles circulent, ou bien les fibres ligneuses se corrompent par la mauvaise qualité des liqueurs. Ces liqueurs, une fois corrompues, deviennent facilement visqueuses ; il suffit pour cela qu'elles perdent cette volatilité que la chaleur du soleil, qui les fait monter, doit leur avoir donnée. On dira peut-être que ce suc qui entre dans la formation du gui devroit avoir produit des branches plus approchantes des naturelles que celles du gui ne le sont ; mais si l'on suppose un vice dans le suc, si on fait attention aux phénomènes miraculeux des entes, on n'aura pas de peine à concevoir la différence des deux espèces de branches.

Mais, ajoutera-t-on, le gui a des graines que la nature ne doit pas avoir produites en vain. Nous nous proposons de faire plusieurs expériences sur ces graines ; et nous croyons qu'il est facile de découvrir si elles peuvent devenir fécondes, ou non. Mais, quoi qu'il en soit, il ne nous paroît point extraordinaire de trouver sur un arbre dans lequel on voit des sucs différents, des branches différentes ; et, les branches une fois supposées, il n'est pas plus difficile d'imaginer des graines dans les unes que dans les autres.

Ceci n'est qu'un essai des observations que nous méditons de faire sur ce sujet : nous regarderons avec le microscope s'il y a de la différence entre la contexture des fibres du gui et celle des fibres de l'arbre sur lequel il vient ; nous examinerons encore si elle change selon la différence des sujets dont on la tire. Nous croyons même que nos recherches pourront nous servir à découvrir l'ordre de la circulation du suc dans les plantes ; nous espérons que ce suc, si aisé à distinguer par sa couleur, nous en pourra montrer la route.

IV.

Ayant fait ouvrir une grenouille, nous liâmes une veine considérable, parallèle à une autre qui va du sternum au pubis, le long de la *linea alba* ; et cette dernière tient le milieu entre ce vaisseau que nous liâmes, et un autre qui lui est opposé. On fit une incision à un doigt de la ligature, nous n'avons pas remarqué que le sang ait rétrogradé, comme M. Leidde dit l'avoir observé. Mais nous suspendons notre jugement jusqu'à ce que nous ayons pu réitérer notre observation.

Nous n'aperçûmes point de mouvement péristaltique dans les boyaux : nous vîmes seulement une fois un mouvement extraordinaire et comme convulsif qui les enfla comme l'on enfle une vessie avec un souffle impétueux ; ce qui doit être attribué aux esprits animaux, qui, dans le déchirement de l'animal, furent portés irrégulièrement dans cette partie.

Ayant ouvert une autre grenouille, nous ne remarquâmes pas non plus de mouvement péristaltique ; mais nous regardâmes avec plaisir la trachée-artère et sa structure ; nous admirâmes ses valvules, dont la première est faite en forme

de sphincter ; et l'autre, à peu près semblable, qui est au-dessous, est formée de deux cartilages qui s'approchent les uns des autres, et ferme encore plus exactement que la première, de manière que l'eau et les aliments ne sauroient passer dans les poumons. Il y a apparence que les grenouilles doivent la voix rauque qu'elles ont à cette valvule, par les trémoussements qu'elle donne à l'air qui y passe.

Nous ne trouvâmes au cœur qu'un ventricule ; remarque qui nous servira à expliquer une observation dont nous parlerons dans la suite de cet écrit.

### V.

Au mois de mai 1718, nous observâmes la *mousse* qui croît sur les chênes ; nous en remarquâmes de plusieurs espèces. La première ressemble à un arbre parfait, ayant une tige, des branches, et un tronc. Il nous arriva dans cette observation ce qui nous étoit arrivé dans une des précédentes : nous fûmes d'abord porté à croire, avec les modernes, que cette mousse étoit une véritable plante produite par des semences volantes. Mais, par l'examen que nous fîmes, nous changeâmes encore de sentiment : nous trouvâmes qu'elle étoit composée de deux sortes de fibres qui forment deux substances différentes ; une blanche, et l'autre rouge. Pour les bien distinguer, il faut mouiller le tronc et en couper une tranche : on y voit premièrement une couronne extérieure, rouge, tirant sur le vert, et ensuite une autre couronne blanche, beaucoup plus épaisse, et au milieu un cercle rouge.

Ayant regardé au microscope la partie intérieure de l'écorce sur laquelle vient cette mousse, nous la trouvâmes aussi composée de cette substance blanche et de cette substance rouge, quoique avec les yeux on n'y aperçoive guère que la partie rouge ; cela nous fit penser que cette mousse pouvoit n'être qu'une continuité de l'écorce ; et comme la partie ligneuse de la branche d'un arbre n'est qu'une continuité de la partie ligneuse du tronc, ainsi nous nous imaginâmes que cette mousse n'étoit aussi qu'une continuité, et, pour ainsi dire, qu'une branche de l'écorce.

Pour nous en convaincre, ayant fait tremper cette mousse attachée à son écorce, afin que les fibres en fussent moins roides et moins cassantes, nous fendîmes le tronc de la mousse et de l'écorce en même temps, et nous ajustâmes une de ces parties à notre microscope, afin que nous pussions suivre les fibres des unes et des autres : nous

vîmes précisément le même tissu. Nous conduisîmes la substance blanche de la mousse jusqu'au fond de l'écorce ; nous reconduisîmes de même les fibres de l'écorce jusqu'au bout des branches de la mousse : point de différence dans la contexture de ces deux corps ; mélange égal dans tous les deux de la partie blanche et de la partie rouge, qui reçoivent et sont reçues l'une dans l'autre. Il n'est donc pas nécessaire d'avoir recours à des graines pour faire naître cette mousse, comme font nos modernes, qui mettent des graines partout, comme nous le dirons tout-à-l'heure. Comme cette mousse n'est pas de la nature des autres, il ne faut pas s'étonner si elle vient sur les jeunes arbres comme sur les vieux : nous en avons vu à de jeunes chênes qui n'avoient pas plus de neuf ou dix ans, et qui croissoient très heureusement ; au contraire, elle est plus rare sur les arbres vieux et malades.

Outre cette mousse, nous en avons remarqué sur les chênes de trois sortes, qui naissent toutes sur l'écorce extérieure, comme sur une espèce de fumier ; car l'écorce extérieure, sujette aux injures de l'air, se détruit et pourrit tous les jours, tandis que l'intérieur se renouvelle. Sur cette couche naît, 1° une mousse verte, dont j'omets ici la description, parce que tout le monde la connoît ; 2° une autre mousse qui ressemble à des feuilles du même arbre qui y seroient appliquées ; je n'en dirai rien ici de particulier ; 3° enfin une mousse jaune, tirant sur le rouge, qui vient dans un endroit plus maigre que les autres ; car on la trouve aussi sur le fer et sur les ardoises. Ayant fait tremper un morceau d'ardoise dans l'eau afin que la mousse s'en séparât plus facilement, nous avons remarqué qu'elle ne tient pas partout à l'ardoise, mais qu'elle y est attachée en plusieurs endroits par des pieds qui ressemblent parfaitement à des pieds de potiron, que nous y avons vus très distinctement à plusieurs reprises.

Ces sortes de mousses viennent-elles de graines, ou non ? je n'en sais rien ; mais je ne suis pas plus étonné de leur production, que de celle de ces forêts immenses et de ce nombre innombrable de plantes que l'on voit dans une miette de pain ou un morceau de livre moisi, dans le microscope, lesquelles je ne soupçonne pas être venues de graines.

Nous osons dire, quoiqu'on ait extrêmement éclairci dans ce siècle cette partie de la physique qui concerne la végétation des plantes, qu'elle est encore couverte de difficultés. Il est vrai que, quand nos modernes nous disent que toutes les plantes qui ont été et qui naîtront à jamais étoient

contenues dans les premières graines, ils ont là une idée belle, grande, simple, et bien digne de la majesté de la nature. Il est vrai encore qu'on est porté à croire cette opinion par la facilité qu'elle donne à expliquer l'organisation et la végétation des plantes : elle est fondée sur une raison de commodité ; et, chez bien des gens, cette raison supplée à toutes les autres.

Les partisans de ce sentiment avoient espéré que les microscopes leur feroient voir dans les graines la forme de la plante qui en devoit naître ; mais jusqu'ici leurs recherches ont été vaines. Quoique nous ne soyons pas prévenu de cette opinion, nous avons cependant tenté, comme les autres, de découvrir cette ressemblance, mais avec aussi peu de succès.

Pour pouvoir dire avec raison que tous les arbres, qui devoient être produits à l'infini, étoient contenus dans la première graine de chaque espèce que Dieu créa, il nous semble qu'il faudroit auparavant prouver que tous les arbres naissent de graines.

Si l'on met dans la terre un bâton vert, il poussera des racines et des branches, et deviendra un arbre parfait ; il portera des graines qui produiront des arbres à leur tour : ainsi, s'il est vrai qu'un arbre ne soit que le développement d'une graine qui le produit, il faudra dire qu'une graine étoit comme cachée dans ce bâton de saule ; ce que je ne saurois m'imaginer.

On distingue la végétation des plantes de celle des pierres et des métaux : on dit que les plantes croissent par intus-susception, et les pierres par juxta-position ; que les parties qui composent la forme des premières croissent par une addition de matière qui se fait dans leurs fibres, qui, étant naturellement lâches et affaissées, se dressent à mesure que les sucs de la terre entrent dans leurs interstices.

C'est, dit-on, la raison pour laquelle chaque espèce d'arbre parvient à une certaine grandeur, et non pas au-delà, parce que les fibres n'ont qu'une certaine extension, et ne sont pas capables d'en recevoir une plus grande. Nous avouons que nous ne concevons guère ceci. Quand on met un bâton vert dans la terre, il pousse des branches qui ne sont aussi qu'une extension des mêmes fibres ; ainsi à l'infini, et on vient de la faire très bornée. D'ailleurs cette extension de fibres à l'infini nous paroît une véritable chimère : il n'est point ici question de la divisibilité de la matière ; il ne s'agit que d'un certain ordre et d'un certain arrangement de fibres, qui, affaissées au com-

mencement, deviennent à la fin plus roides, et qu'on croit devoir parvenir enfin à un certain degré, après lequel il faudra qu'elles se cassent : il n'y a rien de si borné que cela.

Nous osons donc le dire, et nous le disons sans rougir, quoique nous parlions devant des philosophes : nous croyons qu'il n'y a rien de si fortuit que la production des plantes ; que leur végétation ne diffère que de très peu de celle des pierres et des métaux ; en un mot, que la plante la mieux organisée n'est qu'un effet simple et facile du mouvement général de la matière.

Nous sommes persuadé qu'il n'y a point tant de mystère que l'on s'imagine dans la forme des graines, qu'elles ne sont pas plus propres et plus nécessaires à la production des arbres qu'aucune autre de leurs parties, et qu'elles le sont quelquefois moins ; que s'il y a quelques parties de plantes impropres à leur production, c'est que leur contexture est telle, qu'elle se corrompt facilement, se pourrissant ou se séchant aussitôt dans la terre, de manière qu'elles ne sont plus propres à recevoir les sucs dans leurs fibrilles ; ce qui, à notre avis, est le seul usage des graines.

Ce que nous avons dit semble nous mettre en obligation d'expliquer tous les phénomènes de la végétation des plantes, de la manière que nous les concevons : mais ce seroit le sujet d'une longue dissertation ; nous nous contenterons d'en donner une légère idée en raisonnant sur un cas particulier, qui est lorsqu'un morceau de saule pousse des branches ; et, par cette opération de la nature, qui est toujours une, nous jugerons de toutes les autres : car, soit qu'une plante vienne de graines, de boutures, de provins ; soit qu'elle jette des racines, des branches, des feuilles, des fleurs, des fruits, c'est toujours la même action de la nature ; la variété est dans la fin, et la simplicité dans les moyens. Nous pensons que tout le mystère de la production des branches, dans un bâton de saule, consiste dans la lenteur avec laquelle les sucs de la terre montent dans ses fibres : lorsqu'ils sont parvenus au bout, ils s'arrêtent sur la superficie, et commencent à se coaguler ; mais ils ne sauroient boucher le pore du conduit par lequel ils ont monté, parce qu'avant qu'ils se soient coagulés, il s'en présente d'autres pour passer, lesquels sont plus en mouvement, et en passant redressent de tous côtés les parties demi-coagulées qui auroient pu faire une obstruction, et les poussent sur les parois circulaires du conduit ; ce qui l'alonge d'autant, et ainsi de suite : et comme cette même opération se fait en même temps dans les conduits voisins qui

entourent celui-ci, on conçoit aisément qu'il doit y avoir un prolongement de toutes les fibres, et qu'ils doivent sortir en dehors par un progrès insensible. Nous le dirons encore, tout le mystère consiste dans la lenteur avec laquelle la nature agit : à mesure que le suc qui est parvenu à l'extrémité se coagule, un autre se présente pour passer.

Ceux qui feront bien attention à la manière dont reviennent les ailes des oiseaux lorsqu'elles ont été rognées; qui réfléchiront sur la célèbre expérience de M. Perrault, d'un lézard à qui on avoit coupé la queue, qui revint aussitôt après; à ce calus qui vient dans les os cassés, qui n'est qu'un suc répandu par les deux bouts, qui les rejoint, et devient os lui-même, ne regarderont peut-être pas ceci comme une chose imaginaire.

Les sucs de la terre, que l'action des rayons du soleil fait fermenter, montent insensiblement jusqu'au bout de la plante. J'imagine que, dans les fermentations réitérées, il se fait comme un flux et reflux de ces sucs dans ces conduits longitudinaux, et comme un bouillonnement intercadent : le suc porté jusqu'à l'extrémité de la plante, trouvant l'air extérieur, est repoussé en bas; mais il la laisse, comme nous avons dit, toujours imprégnée de quelques unes de ces parties qui s'y coagulent, qui cependant ne font point d'obstruction, parce qu'avant qu'il se soit coagulé, une nouvelle ébullition vient déboucher tous les pores. Et comme il y a ici deux actions, l'une, celle de la fermentation, qui pousse au-dehors; l'autre, celle de l'air extérieur, qui résiste; il arrive qu'entre ces deux forces, les liqueurs pressées trouvent plus de facilité à s'échapper par les côtés; ce qui forme les conduits transversaux que l'on a observés dans les plantes, qui vont du centre à la circonférence, ou de la moelle jusqu'à l'écorce, lesquels ne sont que la route que le suc a prise en s'échappant.

On sait que ces conduits portent le suc entre le bois et l'écorce : l'écorce n'est autre chose qu'un tissu plus exposé à l'air que le corps ligneux, et par conséquent d'une nature différente; c'est pourquoi il s'en sépare. Or les sucs arrivés par les conduits latéraux entre l'écorce et le corps ligneux, y doivent perdre beaucoup de leur mouvement et de leur ténuité : 1° parce qu'ils sont infiniment plus au large qu'ils n'étoient; 2° parce que, trouvant d'autres sucs qui ont déja beaucoup perdu de leur mouvement, ils se mêlent avec eux : mais comme ils sont pressés par l'ébullition des sucs qui se trouvent dans les fibres longitudinales

et transversales du corps ligneux, ne pouvant pas monter, ils sont obligés de descendre; et ceci est conforme à bien des expériences qui prouvent que la sève, c'est-à-dire le suc le plus grossier, descend entre l'écorce et le bois, après être montée par les fibres ligneuses. On voit par tout ceci que l'accroissement des plantes et la circulation de leurs sucs sont deux effets liés et nécessaires d'une même cause, je veux dire la fermentation.

Si l'on pousse plus loin ces idées, on verra qu'il ne faut uniquement pour la production d'une plante, qu'un sujet propre à recevoir les sucs de la terre, et à les filtrer lorsqu'ils se présentent; et toutes les fois que le suc convenable passera par des canaux assez étroits et assez bien disposés, soit dans la terre, soit dans quelque autre corps, il se fera un corps ligneux, c'est-à-dire un suc coagulé, et qui s'est coagulé de manière qu'il s'y est formé en même temps des conduits pour de nouveaux sucs qui se sont présentés.

Ceux qui soutiennent que les plantes ne sauroient être produites par un concours fortuit, dépendant du mouvement général de la matière, parce qu'on en verroit naître de nouvelles, disent là une chose bien puérile; car ils font dépendre l'opinion qu'ils combattent d'une chose qu'ils ne savent pas, et qu'ils ne peuvent pas même savoir. Et en effet, pour pouvoir avec raison dire ce qu'ils avancent, il faudroit non-seulement qu'ils connussent, plus exactement qu'un fleuriste ne connoît les fleurs de son parterre, toutes les plantes qui sont aujourd'hui sur la terre, répandues dans toutes les forêts, mais aussi celles qui y ont été depuis le commencement du monde.

Nous nous proposons de faire quelques expériences qui nous mettront peut-être en état d'éclaircir cette matière; mais il nous faut plusieurs années pour les exécuter. Cependant c'est la seule voie qu'il y ait pour réussir dans un sujet comme celui-ci; ce n'est point dans les méditations d'un cabinet qu'il faut chercher ses preuves, mais dans le sein de la nature même.

Nous finissons cet article par cette réflexion, que ceux qui suivent l'opinion que nous embrassons peuvent se vanter d'être cartésiens rigides; au lieu que ceux qui admettent une providence particulière de Dieu dans la production des plantes, différente du mouvement général de la matière, sont des cartésiens mitigés qui ont abandonné la règle de leur maître.

Ce grand système de Descartes, qu'on ne peut lire sans étonnement; ce système, qui vaut lui seul tout ce que les auteurs profanes ont jamais écrit :

ce système, qui soulage si fort la Providence, qui la fait agir avec tant de simplicité et tant de grandeur ; ce système immortel, qui sera admiré dans tous les âges et toutes les révolutions de la philosophie, est un ouvrage à la perfection duquel tous ceux qui raisonnent doivent s'intéresser avec une espèce de jalousie. Mais passons à un autre sujet.

## VI.

Depuis la célèbre dispute de Méry et de Duverney, que l'académie des sciences de Paris n'osa juger, tout le monde connoît le trou ovale et le conduit *botal* ; tout le monde sait que, le fœtus ne respirant point dans le ventre de la mère, le sang ne peut passer de l'artère dans la veine du poumon : ainsi il n'auroit pu être porté du ventricule droit dans le ventricule gauche du cœur, si la nature n'y avoit suppléé par ces deux conduits particuliers qui se bouchent après la naissance, parce que le sang abandonne cette route pour en prendre une nouvelle.

Mais ces conduits ne s'effacent jamais dans la tortue, les canards, et autres animaux semblables, parce, dit-on, qu'alors qu'ils sont sous l'eau, où ils ne respirent point, il faut nécessairement que le sang prenne une route différente de celle des poumons.

Nous fîmes mettre un canard sous l'eau pour voir combien de temps il pourroit vivre hors de l'air, et si la circulation qui se fait par ces conduits pouvoit suppléer à la circulation ordinaire ; nous remarquâmes une effusion perpétuelle de petites bulles qui sortoient de ses narines : cet animal perdant insensiblement tout l'air qu'il avoit dans ses poumons, sept minutes après nous le vîmes tomber en défaillance, et mourir. Une oie que nous y mîmes le lendemain ne vécut que huit minutes. On voit que le trou ovale et le conduit *botal* ne servent point à donner à ces animaux la facilité d'aller sous l'eau, puisqu'ils ne l'ont point, et qu'ils ne font pas ce que le moindre plongeur peut faire ; ils ne plongent même qu'à cause de la constitution naturelle de leurs plumes, que l'eau ne touche point immédiatement ; et comme ils y trouvent des choses propres à leur nourriture, ils s'y accoutument autant de temps qu'on peut y être sans respirer, et y restent plus long-temps que les autres animaux, dont le gosier se remplit aussitôt qu'ils y sont enfoncés. Cela nous fit faire une réflexion, qui est qu'il y avoit de l'apparence que le sang des animaux aquatiques étoit plus froid que celui des autres : d'où on pouvoit con-

clure qu'il avoit moins de mouvement, et que par conséquent les parties en étoient plus grossières ; à cause de quoi la nature pourroit avoir conservé ces chemins pour y faire passer les parties du sang qui, n'ayant pas encore été préparées dans le ventricule gauche, n'auroient pas eu assez de mouvement pour monter dans la veine du poumon, ou assez de ténuité pour pénétrer dans la substance de ce viscère. C'est très-légèrement que nous donnons nos conjectures sur cette matière, parce que nous y sommes extrêmement neuf : si les expériences que nous avons faites là-dessus avoient réussi, nous avancerions comme une vérité ce que nous ne proposons ici que comme un doute ; mais nous n'avons que des observations manquées, par le défaut des instruments. Nous attendons de petits thermomètres de cinq ou six pouces, avec lesquels nous les pourrons faire avec plus de succès : ceux qui font des observations, ne pouvant se faire valoir de ce côté-là que par le mince mérite de l'exactitude, doivent au moins y apporter le plus de soin qu'il est possible.

Nous fîmes prendre des grenouilles de terre, que nous jugeâmes, par le lieu où on les avoit trouvées, n'avoir jamais été sous l'eau, et avoir toujours respiré : on les mit au fond de l'eau, près de deux fois vingt-quatre heures ; et lorsqu'on les tira, elles n'en parurent point incommodées. Ceci ne laissa pas de nous surprendre ; car, outre que nous avions lu le contraire chez des auteurs qui assurent que ces animaux sont obligés de sortir de temps en temps de dessous l'eau pour respirer, nous trouvions cette observation si différente de la précédente, que nous ne savions que croire de l'usage du trou ovale et du conduit *botal*. Enfin nous nous ressouvînmes que nous avions observé, plusieurs mois auparavant, que le cœur des grenouilles n'a qu'un ventricule, de manière que le sang va par le cœur de la veine cave dans l'aorte, sans passer par les poumons ; ce qui fait que la respiration est inutile à ces animaux, quoiqu'ils meurent dans la machine pneumatique, dont la raison est qu'ils ont toujours besoin d'un peu d'air qui, par son ressort, entretienne la fluidité du sang ; mais il en faut si peu, que celui qu'ils prennent dans l'eau ou par les aliments leur suffit.

## VII.

On sait que le froment, le seigle, et l'orge même, ne viennent pas dans tous les pays ; mais la nature y supplée par d'autres plantes : il y en a

quelques unes qui sont un poison mortel, si on ne les prépare, comme la cassave, dont le jus est si dangereux. On fait, en quelques endroits de Norwége ou d'Allemagne, du pain avec une espèce de terre, dont le peuple se nourrit, qui se conserve quarante ans sans se gâter : quand un paysan a pu parvenir à se faire du pain pour toute sa vie, sa fortune est faite; il vit tranquille, et n'espère plus rien de la Providence. On n'auroit jamais fait, si l'on vouloit décrire tous les moyens divers que la nature emploie, et toutes les précautions qu'elle a prises, pour subvenir à la vie des hommes. Comme nous habitons un climat heureux, et que nous sommes du nombre de ceux qu'elle a le plus favorisés, nous jouissons de ses plus grandes faveurs sans nous soucier des moindres : nous négligeons et laissons périr dans les bois des plantes qui feroient une des grandes commodités de la vie chez bien des peuples. On s'imagine qu'il n'y a que le blé qui soit destiné à la nourriture des hommes, et on ne considère les autres plantes que par rapport à leurs qualités médicinales; les docteurs les trouvent émollientes, diurétiques, dessiccatives ou astringentes; ils les traitent toutes comme la manne qui nourrissoit les Israélites, dont ils ont fait un purgatif; on leur donne une infinité de qualités qu'elles n'ont pas, et personne ne pense à la vertu de nourrir, qu'elles ont.

Le froment, l'orge, le seigle, ont, comme les autres plantes, des années qui leur sont très favorables : il y en a où la disette de ces grains n'est pas le seul malheur qui afflige les peuples; leur mauvaise qualité est encore plus cruelle. Nous croyons que, dans ces années si tristes pour les pauvres, et mille fois plus encore pour les riches, chez un peuple chrétien, on a mille moyens de suppléer à la rareté du blé; qu'on a sous ses pieds dans tous les bois mille ressources contre la faim; et qu'on admireroit la Providence, au lieu de l'accuser, si l'on connoissoit tous ses bienfaits.

Dans cette idée, nous avons conçu le dessein d'examiner les végétaux, les écorces, et une infinité de choses qu'on ne soupçonneroit pas par rapport à leur qualité nutritive. La vie des animaux qui ont le plus de rapports à l'homme seroit bien employée pour faire de pareilles expériences. Nous en avons commencé quelques unes qui nous ont réussi très-heureusement. La brièveté du temps ne nous permet pas de les rapporter ici; d'ailleurs nous voulons les joindre à un grand nombre d'autres que nous nous proposons de faire sur ce sujet. Notre dessein est aussi d'exa-miner en quoi consiste la qualité nutritive des plantes : il n'est pas toujours vrai que celles qui viennent dans une terre grasse soient plus propres à nourrir que celles qui viennent dans un terrain maigre. Il y a dans le Quercy un pays qui ne produit que quelques brins d'une herbe très-courte, qui sort au travers des pierres dont il est couvert; cette herbe est si nourrissante, qu'une brebis y vit, pourvu que chaque jour elle en puisse amasser autant qu'il en pourroit entrer dans un dé à coudre; au contraire, dans le Chili, les viandes y nourrissent si peu, qu'il faut absolument manger de trois en trois heures, comme si ce pays étoit tombé dans la malédiction dont Dieu menace son peuple dans les livres saints : « J'ôterai au pain la force de nourrir [1]. »

Je me vois obligé de dire ici que le sieur Duval nous a beaucoup aidé dans ces observations, et que nous devons beaucoup à son exactitude. On jugera sans doute qu'elles ne sont pas considérables; mais on est assez heureux pour ne les estimer précisément que ce qu'elles valent.

C'est le fruit de l'oisiveté de la campagne. Ceci devoit mourir dans le même lieu qui l'a fait naître; mais ceux qui vivent dans une société ont des devoirs à remplir; nous devons compte à la nôtre de nos moindres amusements. Il ne faut point chercher la réputation par ces sortes d'ouvrages, ils ne l'obtiennent ni ne la méritent : on profite des observations, mais on ne connoît pas l'observateur : aussi de tous ceux qui sont utiles aux hommes, ce sont peut-être les seuls envers lesquels on peut être ingrat sans injustice.

Il ne faut pas avoir beaucoup d'esprit pour avoir vu le Panthéon, le Colysée, les pyramides; il n'en faut pas davantage pour voir un ciron dans le microscope, ou une étoile par le moyen des grandes lunettes; et c'est en cela que la physique est si admirable : grands génies, esprits étroits, gens médiocres, tout y joue son personnage : celui qui ne saura pas faire un système comme Newton fera une observation avec laquelle il mettra à la torture ce grand philosophe; cependant Newton sera toujours Newton, c'est-à-dire le successeur de Descartes; et l'autre un homme commun, un vil artiste, qui a vu une fois, et n'a peut-être jamais pensé.

[1] ISAÏE, III, 4.

## DISCOURS

PRONONCÉ A LA RENTRÉE

## DU PARLEMENT DE BORDEAUX.

(11 NOVEMBRE 1725.)

Que celui d'entre-nous qui aura rendu les lois esclaves de l'iniquité de ses jugements périsse sur l'heure ! Qu'il trouve en tout lieu la présence d'un Dieu vengeur, et les puissances célestes irritées ! Qu'un feu sorte de dessous terre, et dévore sa maison ! Que sa postérité soit à jamais humiliée ! Qu'il cherche son pain, et ne le trouve pas ! Qu'il soit un exemple affreux de la justice du ciel, comme il en a été un de l'injustice de la terre !

C'est à peu près ainsi, Messieurs, que parloit un grand empereur ; et ces paroles si tristes, si terribles, sont pour vous pleines de consolation. Vous pouvez tous dire en ce moment à ce peuple assemblé, avec la confiance d'un juge d'Israël : « Si j'ai commis quelque injustice, si j'ai opprimé quelqu'un de vous, si j'ai reçu des présents de quelqu'un d'entre vous, qu'il élève la voix, qu'il parle contre moi aux yeux du Seigneur : *Loquimini de me coram Domino, et contemnam illud hodie.* »

Je ne parlerai donc point de ces grandes corruptions qui, dans tous les temps, ont été le présage du changement ou de la chute des états ; de ces injustices de dessein formé ; de ces méchancetés de système ; de ces vies toutes marquées de crimes, où des jours d'iniquités ont toujours suivi des jours d'iniquités ; de ces magistratures exercées au milieu des reproches, des pleurs, des murmures et des craintes de tous les citoyens : contre des juges pareils, contre des hommes si funestes, il faudroit un tonnerre ; la honte et les reproches ne sont rien.

Ainsi, supposant dans un magistrat sa vertu essentielle, qui est la justice, qualité sans laquelle il n'est qu'un monstre dans la société, et avec laquelle il peut être un très mauvais citoyen, je ne parlerai que des accessoires qui peuvent faire que cette justice abondera plus ou moins. Il faut qu'elle soit éclairée ; il faut qu'elle soit prompte, qu'elle ne soit point austère, et enfin qu'elle soit universelle.

Dans l'origine de notre monarchie, nos pères, pauvres, et plutôt pasteurs que laboureurs, sol-

dats plutôt que citoyens, avoient peu d'intérêts à régler ; quelques lois sur le partage du butin, sur la pâture ou le larcin des bestiaux, régloient tout dans la république : tout le monde étoit bon pour être magistrat chez un peuple qui dans ses mœurs suivoit la simplicité de la nature, et à qui son ignorance et sa grossièreté fournissoient des moyens aussi faciles qu'injustes de terminer les différends, comme le sort, les épreuves par l'eau, par le feu, les combats singuliers, etc.

Mais depuis que nous avons quitté nos mœurs sauvages ; depuis que, vainqueurs des Gaulois et des Romains, nous avons pris leur police ; que le code militaire a cédé au code civil ; depuis surtout que les lois des fiefs n'ont plus été les seules lois de la noblesse, le seul code de l'état, et que, par ce dernier changement, le commerce et le labourage ont été encouragés ; que les richesses des particuliers et leur avarice se sont accrues ; qu'on a eu à démêler de grands intérêts, et des intérêts presque toujours cachés ; que la bonne foi ne s'est réservé que quelques affaires de peu d'importance, tandis que l'artifice et la fraude se sont retirés dans les contrats ; nos codes se sont augmentés ; il a fallu joindre les lois étrangères aux nationales ; le respect pour la religion y a mêlé les canoniques ; et les magistratures n'ont plus été le partage que des citoyens les plus éclairés.

Les juges se sont toujours trouvés au milieu des piéges et des surprises, et la vérité a laissé dans leur esprit les mêmes méfiances que l'erreur.

L'obscurité du fond a fait naître la forme. Les fourbes, qui ont espéré de pouvoir cacher leur malice, s'en sont fait une espèce d'art : des professions entières se sont établies, les unes pour obscurcir, les autres pour alonger les affaires ; et le juge a eu moins de peine à se défendre de la mauvaise foi du plaideur, que de l'artifice de celui à qui il confioit ses intérêts.

Pour lors, il n'a plus suffi que le magistrat examinât la pureté de ses intentions ; ce n'a plus été assez qu'il pût dire à Dieu, *Proba me, Deus, et scito cor meum* ; il a fallu qu'il examinât son esprit, ses connoissances, et ses talents ; il a fallu qu'il se rendît compte de ses études, qu'il portât toute sa vie le poids d'une application sans relâche ; et qu'il vît si cette application pouvoit donner à son esprit la mesure de connoissances et le degré de lumières que son état exigeoit.

On lit dans les relations de certains voyageurs qu'il y a des mines où les travailleurs ne voient jamais le jour : ils sont une image bien naturelle

de ces gens dont l'esprit, appesanti sous les organes, n'est capable de recevoir aucun degré de clairvoyance. Une pareille incapacité exige d'un homme juste qu'il se retire de la magistrature; une moindre incapacité exige d'un homme juste qu'il la surmonte par des sueurs et par des veilles.

Il faut encore que la justice soit prompte. Souvent l'injustice n'est pas dans le jugement, elle est dans les délais; souvent l'examen a fait plus de tort qu'une décision contraire. Dans la constitution présente, c'est un état que d'être plaideur; on porte ce titre jusqu'à son dernier âge; il va à la postérité; il passe, de neveux en neveux, jusqu'à la fin d'une malheureuse famille.

La pauvreté semble toujours attachée à ce titre si triste. La justice la plus exacte ne sauve jamais que d'une partie des malheurs; et tel est l'état des choses, que les formalités introduites pour conserver l'ordre public sont aujourd'hui le fléau des particuliers. L'industrie du palais est devenue une source de fortune, comme le commerce et le labourage; la maltôte a trouvé à s'y repaître, et à disputer à la chicane la ruine d'un malheureux plaideur.

Autrefois les gens de bien menoient devant les tribunaux les hommes injustes : aujourd'hui ce sont les hommes injustes qui y traduisent les gens de bien. Le dépositaire a osé nier le dépôt, parce qu'il a espéré que la bonne foi craintive se lasseroit bientôt de le demander en justice; et le ravisseur a fait connoître à celui qu'il opprimoit, qu'il n'étoit point de sa prudence de continuer à lui demander raison de ses violences.

On a vu (ô siècle malheureux!) des hommes iniques menacer de la justice ceux à qui ils enlevoient leurs biens, et apporter pour raison de leurs vexations la longueur du temps, et la ruine inévitable à ceux qui voudroient les faire cesser. Mais quand l'état de ceux qui plaident ne seroit point ruineux, il suffiroit qu'il fût incertain pour nous engager à le faire finir. Leur condition est toujours malheureuse, parce qu'il leur manque quelque sûreté du côté de leurs biens, de leur fortune, et de leur vie.

Cette même considération doit inspirer à un magistrat juste une grande affabilité, puisqu'il a toujours affaire à des gens malheureux. Il faut que le peuple soit toujours présent à ses inquiétudes; semblable à ces bornes que les voyageurs trouvent dans les grands chemins, sur lesquelles ils reposent leur fardeau. Cependant on a vu des juges qui, refusant à leurs parties tous les égards, pour conserver, disoient-ils, la neutralité, tomboient dans une rudesse qui les en faisoit plus sûrement sortir.

Mais qui est-ce qui a jamais pu dire, si l'on en excepte les stoïciens, que cette affection générale pour le genre humain, qui est la vertu de l'homme considéré en lui-même, soit une vertu étrangère au caractère de juge? Si c'est la puissance qui doit endurcir les cœurs, voyez comme l'autorité paternelle endurcit le cœur des pères, et réglez votre magistrature sur la première de toutes les magistratures.

Mais, indépendamment de l'humanité, la bienséance et l'affabilité, chez un peuple poli, deviennent une partie de la justice; et un juge qui en manque pour ses clients commence dès-lors à ne plus rendre à chacun ce qui lui appartient. Ainsi, dans nos mœurs, il faut qu'un juge se conduise envers les parties de manière qu'il leur paroisse bien plutôt réservé que grave, et qu'il leur fasse voir la probité de Caton, sans leur en montrer la rudesse et l'austérité.

J'avoue qu'il y a des occasions où il n'est point d'ame bienfaisante qui ne se sente indignée. L'usage qui a introduit les sollicitations semble avoir été fait pour éprouver la patience des juges qui ont du courage et de la probité. Telle est la corruption du cœur des hommes, qu'il semble que la conduite générale soit de la supposer toujours dans le cœur des autres.

O vous qui employez pour nous séduire tout ce que vous pouvez vous imaginer de plus inévitable; qui, pour nous mieux gagner, cherchez toutes nos foiblesses; qui mettez en œuvre la flatterie, les bassesses, le crédit des grands, le charme de nos amis, l'ascendant d'une épouse chérie, quelquefois même un empire que vous croyez plus fort; qui, choisissant toutes nos passions, faites attaquer notre cœur par l'endroit le moins défendu; puissiez-vous à jamais manquer tous vos desseins, et n'obtenir que de la confusion dans vos entreprises! Nous n'aurons point à vous faire les reproches que Dieu fait aux pécheurs dans les livres saints : « Vous m'avez fait servir à vos iniquités; » nous résisterons à vos sollicitations les plus hardies, et nous vous ferons sentir la corruption de votre cœur et la droiture du nôtre.

Il faut que la justice soit universelle. Un juge ne doit pas être comme l'ancien Caton, qui fut le plus juste sur son tribunal, et non dans sa famille. La justice doit être en nous une conduite générale. Soyons justes dans tous les lieux, justes à tous égards, envers toutes personnes, en toutes occasions.

Ceux qui ne sont justes que dans les cas où leur profession l'exige, qui prétendent être équitables dans les affaires des autres lorsqu'ils ne sont pas incorruptibles dans ce qui les touche eux-mêmes, qui n'ont point mis l'équité dans les plus petits événements de leur vie, courent risque de perdre bientôt cette justice même qu'ils rendent sur le tribunal. Des juges de cette espèce ressemblent à ces monstrueuses divinités que la Fable avoit inventées, qui mettoient bien quelque ordre dans l'univers, mais qui, chargées de crimes et d'imperfections, troubloient elles-mêmes leurs lois, et faisoient rentrer le monde dans tous les déréglements qu'elles en avoient bannis.

Que le rôle de l'homme privé ne fasse donc point de tort à celui de l'homme public : car dans quel trouble d'esprit un juge ne jette-t-il point les parties, lorsqu'elles lui voient les mêmes passions que celles qu'il faut qu'il corrige, et qu'elles trouvent sa conduite répréhensible comme celle qui a fait naître leurs plaintes ! « S'il aimoit la justice, diroient-elles, la refuseroit-il aux personnes qui lui sont unies par des liens si doux, si forts, si sacrés, à qui il doit tenir par tant de motifs d'estime, d'amour, de reconnoissance, et qui peut-être ont mis tout leur bonheur entre ses mains ? »

Les jugements que nous rendons sur le tribunal peuvent rarement décider de notre probité ; c'est dans les affaires qui nous intéressent particulièrement que notre cœur se développe et se fait connoître ; c'est là-dessus que le peuple nous juge ; c'est là-dessus qu'il nous craint ou qu'il espère de nous. Si notre conduite est condamnée, si elle est soupçonnée, nous devenons soumis à une espèce de récusation publique ; et le droit de juger que nous exerçons est mis, par ceux qui sont obligés de le souffrir, au rang de leurs calamités.

Il est temps, Messieurs, de vous parler de ce jeune prince, héritier de la justice de ses ancêtres comme de leur couronne. L'histoire ne connoît point de roi qui, dans l'âge mûr et dans la force de son gouvernement, ait eu des jours si précieux à l'Europe que ceux de l'enfance de ce monarque. Le Ciel avoit attaché au cours de sa vie innocente de si grandes destinées, qu'il sembloit être le pupile et le roi de toutes les nations. Les hommes des climats les plus reculés regardoient ses jours comme leurs propres jours. Dans les jalousies des intérêts divers, tous les peuples vivoient dans une crainte commune. Nous, ses fidèles sujets, nous François, à qui on donne l'éloge d'aimer uniquement notre roi, à peine avions-nous en ce point l'avantage sur les nations alliées, sur les nations rivales, sur les nations ennemies. Un tel présent du Ciel, si grand par ce qui s'est passé, si grand dans le temps présent, nous est encore pour l'avenir une illustre promesse. Né pour la félicité du genre humain, n'y auroit-il que ses sujets qu'il ne rendroit pas heureux ? Il ne sera point comme le soleil, qui donne la vie à tout ce qui est loin de lui, et qui brûle tout ce qui l'approche.

Nous venons de voir une grande princesse [1] sortir du deuil dont elle étoit environnée. Elle a paru, et les peuples divers, dans ces sortes d'événements, uniquement attentifs à leurs intérêts, n'ont regardé que les vertus et les agréments que le Ciel a répandus sur elle. Le jeune monarque s'est incliné sur son cœur ; la vertu nous est garante pour l'avenir de ce tendre amour que les charmes et les grâces ont fait naître.

Soyez, grand roi, le plus heureux des rois. Nous, qui vous aimons, bénissons le Ciel de ce qu'il a commencé le bonheur de la monarchie par celui de la famille royale. Quelque grande que soit la félicité dont vous jouissez, vous n'avez rien que ce que vos peuples ont mille fois desiré pour vous : nous implorions tous les jours le Ciel ; il nous a tout accordé ; mais nous l'implorons encore. Puisse votre jeunesse être citée à tous les rois qui viendront après vous ! Puissiez-vous, dans un âge plus mûr, n'y trouver rien à reprendre, et, dans les grands engagements où vous entrez, toujours bien sentir ce que doit à l'univers le premier des mortels ! Puissiez-vous toujours cultiver, dans la paix, des vertus qui ne sont pas moins royales que les vertus militaires, et n'oubliez jamais que le Ciel, en vous faisant naître, a déjà fait toute votre grandeur, et que, comme l'immense océan, vous n'avez rien à acquérir ?

Que le prince en qui vous avez mis votre principale confiance [2], qui ne trouve votre gloire que là où il voit votre justice, ce prince inflexible comme les lois mêmes, qui décerne toujours ce qu'il a résolu une fois ; ce prince qui aime les règles et ne connoît pas les exceptions, qui se suit toujours lui-même, qui voit la fin comme le commencement des projets, et qui sait réduire les courtisans aux demandes justes, distinguer leurs services de leurs assiduités, et leur apprendre qu'ils ne sont pas plus à vous que vos autres sujets, puisse être long-temps auprès de votre trône, et y partager avec vous les peines de la monarchie !

Avocats, la cour connoît votre intégrité, et elle

---

[1] Ce discours fut prononcé dans le temps du mariage du roi.
[2] Le duc de Bourbon.

a du plaisir de pouvoir vous le dire. Les plaintes contre votre honneur n'ont point encore monté jusqu'à elle. Sachez pourtant qu'il ne suffit pas que votre ministère soit désintéressé pour être pur. Vous avez du zèle pour vos parties, et nous le louons ; mais ce zèle devient criminel, lorsqu'il vous fait oublier ce que vous devez à vos adversaires. Je sais bien que la loi d'une juste défense vous oblige souvent de révéler des choses que la honte avoit ensevelies ; mais c'est un mal que nous ne tolérons que lorsqu'il est absolument nécessaire. Apprenez de nous cette maxime, et souvenez-vous-en toujours : NE DITES JAMAIS LA VÉRITÉ AUX DÉPENS DE VOTRE VERTU.

Quel triste talent que celui de savoir déchirer les hommes ! Les saillies de certains esprits sont peut-être les plus grandes épines de notre ministère ; et, bien loin que ce qui fait rire le peuple puisse mériter nos applaudissements, nous pleurons toujours sur les infortunés qu'on déshonore.

Quoi ! la honte suivra tous ceux qui approchent de ce sacré tribunal ! Hélas ! craint-on que les graces de la justice ne soient trop pures ? Que peut-on faire de pis pour les parties ? On les fait gémir sur leurs succès mêmes, et on leur rend, pour me servir des termes de l'Écriture, « les fruits de la justice amers comme de l'absinthe. »

Eh ! de bonne foi, que voulez-vous que nous répondions, quand on viendra nous dire : « Nous sommes venus devant vous, et on nous y a couverts de confusion et d'ignominie ; vous avez vu nos plaies, et vous n'avez pas voulu y mettre d'huile ; vous vouliez réparer les outrages qu'on nous a faits loin de vous, et on nous en a fait sous vos yeux de plus réels, et vous n'avez rien dit : vous que, sur le tribunal où vous étiez, nous regardions comme les dieux de la terre, *vous avez été muets comme des statues de bois et de pierre.* Vous dites que vous nous conservez nos biens : eh ! notre honneur nous est mille fois plus cher que nos biens. Vous dites que vous mettez en sûreté notre vie ! ah ! notre honneur nous est bien d'un autre prix que notre vie. Si vous n'avez pas la force d'arrêter les saillies d'un orateur emporté, indiquez-nous du moins quelque tribunal plus juste que le vôtre. Que savons-nous si vous n'avez pas partagé le barbare plaisir que l'on vient de donner à nos parties, si vous n'avez pas joui de notre désespoir, et si ce que nous vous reprochons comme une foiblesse, nous ne devons pas plutôt vous le reprocher comme un crime ?

Avocats, nous n'aurions jamais la force de soutenir de si cruels reproches, et il ne seroit jamais

dit que vous auriez été plus prompts à manquer aux premiers devoirs, que nous à vous les faire connoître.

Procureurs, vous devez trembler tous les jours de votre vie sur votre ministère. Que dis-je ? vous devez nous faire trembler nous-mêmes. Vous pouvez à tous moments nous fermer les yeux sur la vérité, nous les ouvrir sur des lueurs et des apparences. Vous pouvez nous lier les mains, éluder les dispositions les plus justes, et en abuser ; présenter sans cesse à vos parties la justice, et ne leur faire embrasser que son ombre ; leur faire espérer la fin, et la reculer toujours ; les faire marcher dans un dédale d'erreurs. Pour lors, d'autant plus dangereux que vous seriez plus habiles, vous feriez verser sur nous-mêmes une partie de la haine. Ce qu'il y auroit de plus triste dans votre profession, vous le répandriez sur la nôtre ; et nous deviendrions bientôt les plus grands criminels, après les premiers coupables. Mais que n'ennoblissez-vous votre profession par la vertu qui les orne toutes ? Que nous serions charmés de vous voir travailler à devenir plus justes que nous ne le sommes ! Avec quel plaisir vous pardonnerions-nous cette émulation ! et combien nos dignités nous paroîtroient-elles viles auprès d'une vertu qui vous seroit chère !

Lorsque plusieurs de vous ont mérité l'estime de la cour, nous nous sommes réjouis des suffrages que nous leur avons donnés : il nous sembloit que nous allions marcher dans des sentiers plus sûrs ; nous nous imaginions nous-mêmes avoir acquis un nouveau degré de justice.

Nous n'aurons point, disions-nous, à nous défendre de leurs artifices ; ils vont concourir avec nous à l'*œuvre du jour,* et peut-être verrons-nous le temps où le peuple sera délivré de tout fardeau. Procureurs, vos devoirs touchent de si près les nôtres, que nous, qui sommes préposés pour vous reprendre, nous vous conjurons de les observer. Nous ne vous parlons point en juges ; nous oublions que nous sommes vos magistrats ; nous vous prions de nous laisser notre probité, de ne nous point ôter le respect des peuples, et de ne nous point empêcher d'en être les pères.

# DISCOURS

SUR LES MOTIFS QUI DOIVENT NOUS ENCOURAGER
AUX SCIENCES,

PRONONCÉ LE 13 NOVEMBRE 1725.

La différence qu'il y a entre les grandes nations et les peuples sauvages, c'est que celles-là se sont appliquées aux arts et aux sciences, et que ceux-ci les ont absolument négligés. C'est peut-être aux connoissances qu'ils donnent, que la plupart des nations doivent leur existence. Si nous avions les mœurs des sauvages de l'Amérique, deux ou trois nations de l'Europe auroient bientôt mangé toutes les autres; et peut-être que quelque peuple conquérant de notre monde se vanteroit, comme les Iroquois, d'avoir mangé soixante-dix nations.

Mais, sans parler des peuples sauvages, si un Descartes étoit venu au Mexique ou au Pérou cent ans avant Cortez et Pizarre, et qu'il eût appris à ces peuples que les hommes, composés comme ils sont, ne peuvent pas être immortels; que les ressorts de leur machine s'usent, comme ceux de toutes les machines; que les effets de la nature ne sont qu'une suite des lois et des communications du mouvement, Cortez, avec une poignée de gens, n'auroit jamais détruit l'empire du Mexique, ni Pizarre celui du Pérou.

Qui diroit que cette destruction, la plus grande dont l'histoire ait jamais parlé, n'ait été qu'un simple effet de l'ignorance d'un principe de philosophie? Cela est pourtant vrai, et je vais le prouver. Les Mexicains n'avoient point d'armes à feu; mais ils avoient des arcs et des flèches, c'est-à-dire ils avoient les armes des Grecs et des Romains: ils n'avoient point de fer; mais ils avoient des pierres à fusil qui coupoient comme du fer, et qu'ils mettoient au bout de leurs armes: ils avoient même une chose excellente pour l'art militaire, c'est qu'ils faisoient leurs rangs très serrés; et sitôt qu'un soldat étoit tué, il étoit aussitôt remplacé par un autre: ils avoient une noblesse généreuse et intrépide, élevée sur les principes de celle d'Europe, qui envie le destin de ceux qui meurent pour la gloire. D'ailleurs la vaste étendue de l'empire donnoit aux Mexicains mille moyens de détruire les étrangers, supposé qu'ils ne pussent pas les vaincre. Les Péruviens avoient les mêmes avantages; et même partout où ils se défendirent, partout où ils combattirent, ils le firent avec succès. Les Espagnols pensèrent même être exterminés par de petits peuples qui eurent la résolution de se défendre. D'où vient donc qu'ils furent si facilement détruits? c'est que tout ce qui leur paroissoit nouveau, un homme barbu, un cheval, une arme à feu, étoit pour eux l'effet d'une puissance invisible, à laquelle ils se jugeoient incapables de résister. Le courage ne manqua jamais aux Américains, mais seulement l'espérance du succès. Ainsi un mauvais principe de philosophie, l'ignorance d'une cause physique, engourdit dans un moment toutes les forces de deux grands empires.

Parmi nous, l'invention de la poudre à canon donna un si médiocre avantage à la nation qui s'en servit la première, qu'il n'est pas encore décidé laquelle eut cet avantage. L'invention des lunettes d'approche ne servit qu'une fois aux Hollandois. Nous avons appris à ne considérer dans tous ces effets qu'un pur mécanisme, et par-là il n'y a point d'artifice que nous ne soyons en état d'éluder par un artifice.

Les sciences sont donc très utiles, en ce qu'elles guérissent les peuples des préjugés destructifs; mais, comme nous pouvons espérer qu'une nation qui les a une fois cultivées, les cultivera toujours assez pour ne pas tomber dans le degré de grossièreté et d'ignorance qui peut causer sa ruine, nous allons parler des autres motifs qui doivent nous engager à nous y appliquer.

Le premier, c'est la satisfaction intérieure que l'on ressent lorsque l'on voit augmenter l'excellence de son être, et que l'on rend plus intelligent un être intelligent. Le second, c'est une certaine curiosité que tous les hommes ont, et qui n'a jamais été si raisonnable que dans ce siècle-ci. Nous entendons dire tous les jours que les bornes des connoissances des hommes viennent d'être infiniment reculées, que les savants sont étonnés de se trouver si savants, et que la grandeur des succès les a fait quelquefois douter de la vérité des succès: ne prendrons-nous aucune part à ces bonnes nouvelles? Nous savons que l'esprit humain est allé très loin: ne verrons-nous pas jusqu'où il a été, le chemin qu'il a fait, le chemin qui lui reste à faire, les connoissances qu'il se flatte, celles qu'il ambitionne, celles qu'il désespère d'acquérir?

Un troisième motif qui doit nous encourager aux sciences, c'est l'espérance bien fondée d'y réussir. Ce qui rend les découvertes de ce siècle si admirables, ce ne sont pas des vérités simples qu'on a trouvées, mais des méthodes pour les trouver; ce n'est pas une pierre pour l'édifice, mais les instruments et les machines pour le bâtir tout entier.

37

Un homme se vante d'avoir de l'or ; un autre se vante d'en savoir faire : certainement le véritable riche seroit celui qui sauroit faire de l'or.

Un quatrième motif, c'est notre propre bonheur. L'amour de l'étude est presque en nous la seule passion éternelle ; toutes les autres nous quittent, à mesure que cette misérable machine qui nous les donne s'approche de sa ruine. L'ardente et impétueuse jeunesse, qui vole de plaisirs en plaisirs, peut quelquefois nous les donner purs, parce qu'avant que nous ayons eu le temps de sentir les épines de l'un, elle nous fait jouir de l'autre. Dans l'âge qui la suit, les sens peuvent nous offrir des voluptés, mais presque jamais des plaisirs. C'est pour lors que nous sentons que notre ame est la principale partie de nous-mêmes ; et, comme si la chaîne qui l'attache aux sens étoit rompue, chez elle seule sont les plaisirs, mais tous indépendants.

Que si dans ce temps nous ne donnons point à notre ame des occupations qui lui conviennent, cette ame faite pour être occupée, et qui ne l'est point, tombe dans un ennui terrible qui nous mène à l'anéantissement ; et si, révoltés contre la nature, nous nous obstinons à chercher des plaisirs qui ne sont point faits pour nous, ils semblent nous fuir à mesure que nous en approchons. Une jeunesse folâtre triomphe de son bonheur, et nous insulte sans cesse ; comme elle sent tous ses avantages, elle nous les fait sentir ; dans les assemblées les plus vives toute la joie est pour elle, et pour nous les regrets. L'étude nous guérit de ces inconvénients, et les plaisirs qu'elle nous donne ne nous avertissent point que nous vieillissons.

Il faut se faire un bonheur qui nous suive dans tous les âges ; la vie est si courte, que l'on doit compter pour rien une félicité qui ne dure pas autant que nous. La vieillesse oisive est la seule qui soit à charge : en elle-même elle ne l'est point ; car si elle nous dégrade dans un certain monde, elle nous accrédite dans un autre. Ce n'est point le vieillard qui est insupportable, c'est l'homme ; c'est l'homme qui s'est mis dans la nécessité de périr d'ennui, ou d'aller de sociétés en sociétés chercher tous les plaisirs.

Un autre motif qui doit nous encourager à nous appliquer à l'étude, c'est l'utilité que peut en tirer la société dont nous faisons partie ; nous pourrons joindre à tant de commodités que nous avons, bien des commodités que nous n'avons pas encore. Le commerce, la navigation, l'astronomie, la géographie, la médecine, la physique, ont reçu mille avantages des travaux de ceux qui nous ont précédés : n'est-ce pas un beau dessein que de travailler à laisser après nous les hommes plus heureux que nous ne l'avons été ?

Nous ne nous plaindrons point, comme un courtisan de Néron, de l'injustice de tous les siècles envers ceux qui ont fait fleurir les sciences et les arts : *Miron, qui fere hominum animas ferarumque ære deprehenderat, non invenit hæredem.* Notre siècle est bien peut-être aussi ingrat qu'un autre ; mais la postérité nous rendra justice, et paiera les dettes de la génération présente.

On pardonne au négociant, riche par le retour de ses vaisseaux, de rire de l'inutilité de celui qui l'a conduit comme par la main dans des mers immenses. On consent qu'un guerrier orgueilleux, chargé d'honneurs et de titres, méprise les Archimèdes de nos jours, qui ont mis son courage en œuvre. Les hommes qui, de dessein formé, sont utiles à la société, les gens qui l'aiment, veulent bien être traités comme s'ils lui étoient à charge.

Après avoir parlé des sciences, nous dirons un mot des belles-lettres. Les livres de pur esprit, comme ceux de poésie et d'éloquence, ont au moins des utilités générales ; et ces sortes d'avantages sont souvent plus grands que des avantages particuliers.

Nous apprenons dans les livres de pur esprit l'art d'écrire, l'art de rendre nos idées, de les exprimer noblement, vivement, avec force, avec grace, avec ordre, et avec cette variété qui délasse l'esprit.

Il n'y a personne qui n'ait vu en sa vie des gens qui, appliqués à leur art, auroient pu le pousser très loin, mais qui, faute d'éducation, incapables également de rendre une idée et de la suivre, perdoient tout l'avantage de leurs travaux et de leurs talents.

Les sciences se touchent les unes les autres ; les plus abstraites aboutissent à celles qui le sont moins, et le corps des sciences tient tout entier aux belles-lettres. Or, les sciences gagnent beaucoup à être traitées d'une manière ingénieuse et délicate ; c'est par-là qu'on en ôte la sécheresse, qu'on prévient la lassitude, et qu'on les met à la portée de tous les esprits. Si le P. Malebranche avoit été un écrivain moins enchanteur, sa philosophie seroit restée dans le fond d'un collège, comme dans une espèce de monde souterrain. Il y a des cartésiens qui n'ont jamais lu que les *Mondes* de M. de Fontenelle ; cet ouvrage est plus utile qu'un ouvrage plus fort, parce que c'est le

plus sérieux que la plupart des gens soient en état de lire.

Il ne faut pas juger de l'utilité d'un ouvrage par le style que l'auteur a choisi : souvent on a dit gravement des choses puériles ; souvent on a dit en badinant des vérités très sérieuses.

Mais, indépendamment de ces considérations, les livres qui récréent l'esprit des honnêtes gens ne sont pas inutiles. De pareilles lectures sont les amusements les plus innocents des gens du monde, puisqu'ils suppléent presque toujours aux jeux, aux débauches, aux conversations médisantes, aux projets et aux démarches de l'ambition.

<div align="center">⚜⚜⚜</div>

# DISCOURS

### POUR

## LA DISTRIBUTION DES PRIX

#### DE L'ACADÉMIE DE BORDEAUX,

##### PRONONCÉ LE 25 AOUT 1726.

Ce jour si solennel pour l'académie, ce jour où elle distribue ses prix, ne fait que lui renouveler le triste souvenir de celui qui les a fondés [1].

Mais quoique j'aie l'honneur d'occuper aujourd'hui la première place de cette compagnie, j'ose dire que je ne suis pas affligé de ses pertes seules : j'ai perdu une douce société, et je ne sais si mon esprit n'en souffrira pas autant que mon cœur.

J'ai perdu celui qui me donnoit de l'émulation, que je voyois toujours devant moi dans le chemin des sciences, qui faisoit naître mes doutes, qui savoit les dissiper. Pardonnez, Messieurs, si cet amour-propre qui accompagne toujours la douleur ne m'a permis de parler que de moi. Il ne sera pas dit que mes regrets seront cachés ; et en attendant qu'une plume plus éloquente que la mienne ait pu faire son éloge, il faut que j'en jette ici quelques traits :

> Purpureos spargam flores, animamque sepulti
> Ilis saltem accumulem donis [2].

Je ne parlerai pas de la naissance ni des dignités de M. le duc de La Force ; je m'attacherai seulement à peindre son caractère. La mort enlève les titres, les biens, et les dignités, et il ne reste

guère d'une illustre mort que cette image fidèle qui est gravée dans le cœur de ceux qui l'ont aimé.

Une des grandes qualités de M. le duc de La Force étoit une certaine bonté naturelle : cette vertu de l'humanité, qui fait tant d'honneur à l'homme, il l'avoit par excellence. Il s'attachoit volontiers, et il ne quittoit jamais.

Il avoit une grande politesse : ce n'étoit pas un oubli de sa dignité, mais l'art de faire souffrir aisément les avantages qu'elle lui donnoit.

Cependant il savoit souvent employer bien à propos cette représentation extérieure qui fait les grands, qu'ils peuvent bien négliger quelquefois, mais dont ils ne sauroient sans bassesse s'affranchir pour toujours.

Il aimoit les gens de mérite : il les chercha ordinairement parmi les gens d'esprit, mais il se trompa quelquefois. Dans sa jeunesse, son goût fut uniquement pour les belles-lettres ; et il ne se borna pas à admirer les ouvrages des autres. Il attrapoit surtout le style marotique : il y a de lui quelques petits ouvrages de cette espèce qu'il fit dans cette province, et dans un temps où le peu de goût qu'on avoit pour les lettres empêchoit de soupçonner un grand seigneur de s'y appliquer.

Bientôt il découvrit en lui un goût plus dominant pour les sciences et pour les arts : ce goût devint une véritable passion, et cette passion ne l'a jamais quitté.

Outre les sciences qui sont uniquement du ressort de la mémoire, il s'attacha à celles pour lesquelles le génie seul est un instrument propre, à celles où un esprit doit pénétrer, où il doit agir, où il doit créer.

La facilité du génie de M. le duc de La Force étoit admirable : ce qu'il disoit valoit toujours mieux que ce qu'il avoit appris. Les savants qui l'entendoient ambitionnoient de savoir ce qu'il ne savoit que comme eux. Il montroit les choses, et il en cachoit tout l'art : on sentoit bien qu'il avoit appris sans peine.

La nature, qui semble avoir borné chaque homme à chaque emploi, produit rarement des esprits universels : pour M. le duc de La Force, il étoit tout ce qu'il vouloit être ; et, dans cette variété qu'il offroit toujours, vous ne saviez si ce que vous trouviez en lui étoit un génie plus étendu, ou une plus grande multiplicité de talents.

M. le duc de La Force portoit sur tout un esprit d'ordre et de méthode. Ses vues étoient toujours simples et générales : c'est ce qui lui fit saisir un plan nouveau, dont les grands esprits, par

---

[1] Le duc de La Force, protecteur et fondateur de l'académie de Bordeaux, étoit mort à Paris le 24 janvier 1726.
[2] VIRG., Æneid., VI, 884.

une certaine fatalité, furent plus éblouis que les autres; ce qui sembla être fait exprès pour les humilier.

Un air de philosophie dans une administration nouvelle séduisit les gens qui avoient le génie philosophe, et ne révolta que ceux qui n'avoient pas assez d'esprit pour être trompés.

M. le duc de La Force, plein de zèle pour le bien public, fut la dupe de la grandeur et de l'étendue de son esprit. Il étoit dans le ministère; et, charmé d'un plan qui épargnoit tous les détails, il y crut de bonne foi.

On sait que pour lors l'erreur fut de croire que la grande fortune des particuliers faisoit la fortune publique; on s'imagina que le capital de la nation alloit être grossi.

Je comparerai ici M. le duc de La Force à ceux qui, dans la mêlée, et dans une nuit obscure, font de belles actions dont personne ne doit parler. Dans ce temps de trouble et de confusion, il fit une infinité d'actions généreuses, dont le public ne lui a tenu aucun compte. Il ne distribua pas, mais il répandit ses biens. Sa générosité crût avec son opulence: il savoit que le seul avantage d'un grand seigneur riche est celui de pouvoir être plus généreux que les autres.

Cette vertu de générosité étoit proprement à lui; il l'exerçoit sans effort: il aimoit à faire du bien, et il le faisoit de bonne grace. C'étoient toujours des présents couverts de fleurs: il sembloit qu'il avoit des charmes particuliers, qu'il les réservoit pour les temps où il devoit obliger quelqu'un.

M. le duc de La Force arriva au temps critique de sa vie; car il a payé le tribut de tous les hommes illustres, il a été malheureux. Il abandonna à sa patrie jusqu'à sa justification même: il apprit de la philosophie qu'il n'y a pas moins de force à savoir soutenir les injures que les malheurs; et, laissant au public ses jugements toujours aveugles, il se borna à la consolation de voir ses disgraces respectées par quelques fidèles amis. Ainsi la patrie, qui a un droit réel sur nos biens et sur nos vies, exige quelquefois que nous lui sacrifiions notre gloire: ainsi presque tous les grands hommes, chez les Grecs et chez les Romains, souffroient sans se plaindre que leur ville flétrît leurs services.

M. le duc de La Force a passé les dernières années de sa vie dans une espèce de retraite. Il n'étoit point de ceux qui ont besoin de l'embarras des affaires pour remplir le vide de leur ame: la philosophie lui offroit de grandes occupations,

une magnifique économie, un jugement universel. Il vivoit dans les douceurs d'une société paisible, entouré d'amis qui l'honoroient, toujours charmés de le voir, et toujours ravis de l'entendre. Et, si les morts ont encore quelque sensibilité pour les choses d'ici-bas, puisse-t-il apprendre que sa mémoire nous est toujours chère! puisse-t-il nous voir occupés à transmettre à la postérité le souvenir de ses rares qualités!

Comme on voit croître les lauriers sur le tombeau d'un grand poëte, il semble que l'académie renaisse des cendres mêmes de son protecteur. Trois ans entiers s'étoient écoulés sans que nous eussions pu donner une seule couronne, et, ne voyant pas que les savants fussent moins appliqués, nous commencions à croire qu'ils avoient perdu la confiance qu'ils avoient en nos jugements. Nous avons cette année annoncé trois prix, et deux ont été donnés.

De toutes les dissertations que nous avons reçues *sur la cause et la vertu des bains*, aucune n'a mérité les suffrages de l'académie. Quant à celles qui ont été faites *sur la cause du tonnerre*, deux ont mérité, deux ont partagé son attention. L'auteur qui a vaincu a un rival qui sans lui auroit mérité de vaincre, et dont l'ouvrage n'a pu être honoré que de nos éloges.

<div align="center">⧁⧁⧁⧁</div>

# DISCOURS

DE RÉCEPTION

## A L'ACADÉMIE FRANÇOISE,

PRONONCÉ LE 24 JANVIER 1728.

MESSIEURS,

En m'accordant la place de M. de Sacy, vous avez moins appris au public ce que je suis que ce que je dois être.

Vous n'avez pas voulu me comparer à lui, mais me le donner pour modèle.

Fait pour la société, il y étoit aimable, il y étoit utile: il mettoit la douceur dans les manières, et la sévérité dans les mœurs.

Il joignoit à un beau génie une ame plus belle encore: les qualités de l'esprit n'étoient chez lui que dans le second ordre; elles ornoient le mérite, mais ne le faisoient pas.

Il écrivoit pour instruire; et, en instruisant, il se faisoit toujours aimer. Tout respire dans ses

ouvrages la candeur et la probité; le bon naturel s'y fait sentir : le grand homme ne s'y montre jamais qu'avec l'honnête homme.

Il suivoit la vertu par un penchant naturel, et il s'y attachoit encore par ses réflexions. Il jugeoit qu'ayant écrit sur la morale, il devoit être plus difficile qu'un autre sur ses devoirs ; qu'il n'y avoit point pour lui de dispenses, puisqu'il avoit donné les règles ; qu'il seroit ridicule qu'il n'eût pas la force de faire des choses dont il avoit cru tous les hommes capables, qu'il abandonnât ses propres maximes, et que dans chaque action il eût en même temps à rougir de ce qu'il auroit fait et de ce qu'il auroit dit.

Avec quelle noblesse n'exerçoit-il pas sa profession ! tous ceux qui avoient besoin de lui devenoient ses amis. Il ne trouvoit presque pour récompense, à la fin de chaque jour, que quelques bonnes actions de plus. Toujours moins riche, et toujours plus désintéressé, il n'a presque laissé à ses enfants que l'honneur d'avoir eu un si illustre père.

Vous aimez, Messieurs, les hommes vertueux; vous ne faites grace au plus beau génie d'aucune qualité du cœur ; et vous regardez les talents sans la vertu comme des présents funestes, uniquement propres à donner de la force ou un plus grand jour à nos vices.

Et par-là vous êtes bien dignes de ces grands protecteurs qui vous ont confié le soin de leur gloire, qui ont voulu aller à la postérité, mais qui ont voulu y aller avec vous.

Bien des orateurs et des poëtes les ont célébrés ; mais il n'y a que vous qui ayez été établis pour leur rendre, pour ainsi dire, un culte réglé.

Pleins de zèle et d'admiration pour ces grands hommes, vous les rappelez sans cesse à notre mémoire. Effet surprenant de l'art ! vos chants sont continuels, et ils nous paroissent toujours nouveaux.

Vous nous étonnez toujours quand vous célébrez ce grand ministre [1] qui tira du chaos les règles de la monarchie ; qui apprit à la France le secret de ses forces, à l'Espagne celui de sa foiblesse ; ôta à l'Allemagne ses chaînes, lui en donna de nouvelles ; brisa tour à tour toutes les puissances, et destina, pour ainsi dire, Louis le Grand aux grandes choses qu'il fit depuis.

Vous ne vous ressemblez jamais dans les éloges que vous faites de ce chancelier [2] qui n'abusa de la confiance des rois, ni de l'obéissance des peu-

ples, et qui, dans l'exercice de la magistrature, fut sans passion, comme les lois qui absolvent et qui punissent sans aimer ni haïr.

Mais l'on aime surtout à vous voir travailler à l'envi au portrait de Louis le Grand, ce portrait toujours commencé et jamais fini, tous les jours plus avancé et tous les jours plus difficile.

Nous concevons à peine le règne merveilleux que vous chantez. Quand vous nous faites voir les sciences partout encouragées, les arts protégés, les belles-lettres cultivées, nous croyons vous entendre parler d'un règne paisible et tranquille. Quand vous chantez les guerres et les victoires, il semble que vous nous racontiez l'histoire de quelque peuple sorti du nord pour changer la face de la terre. Ici nous voyons le roi, là le héros. C'est ainsi qu'un fleuve majestueux va se changer en un torrent qui renverse tout ce qui s'oppose à son passage ; c'est ainsi que le ciel paroît au laboureur pur et serein, tandis que dans la contrée voisine il se couvre de feu, d'éclairs, et de tonnerres.

Vous m'avez, Messieurs, associé à vos travaux ; vous m'avez élevé jusqu'à vous, et je vous rends graces de ce qu'il m'est permis de vous connoître mieux et de vous admirer de plus près.

Je vous rends graces de ce que vous m'avez donné un droit particulier d'écrire la vie et les actions de notre jeune monarque. Puisse-t-il aimer à entendre les éloges que l'on donne aux princes pacifiques ! que le pouvoir immense que Dieu a mis entre ses mains soit le gage du bonheur de tous ! que toute la terre repose sous son trône ! qu'il soit le roi d'une nation, et le protecteur de toutes les autres ! que tous les peuples l'aiment, que ses sujets l'adorent, et qu'il n'y ait pas un seul homme dans l'univers qui s'afflige de son bonheur et craigne ses prospérités ! périssent enfin ces jalousies fatales qui rendent les hommes ennemis des hommes ! que le sang humain, ce sang qui souille toujours la terre, soit épargné ! et que, pour parvenir à ce grand objet, ce ministre [1] nécessaire au monde, ce ministre tel que le peuple françois auroit pu le demander au Ciel, ne cesse de donner ces conseils qui vont au cœur du prince, toujours prêt à faire le bien qu'on lui propose, ou à réparer le mal qu'il n'a point fait, et que le temps a produit !

Louis nous a fait voir que, comme les peuples sont soumis aux lois, les princes le sont à leur parole sacrée ; que les grands rois, qui ne sau-

---

[1] Richelieu.　　　[2] Seguier.　　　　　　[1] Le cardinal de Fleury.

roient être liés par une autre puissance, le sont invinciblement par les chaînes qu'ils se sont faites, comme le Dieu qu'ils représentent, qui est toujours indépendant, et toujours fidèle dans ses promesses.

Que de vertus nous présage une foi si religieusement gardée ! ce sera le destin de la France, qu'après avoir été agitée sous les Valois, affermie sous Henri, agrandie sous son successeur, victorieuse ou indomptable sous Louis le Grand, elle sera entièrement heureuse sous le règne de celui qui ne sera point forcé à vaincre, et qui mettra toute sa gloire à gouverner.

# DIALOGUE

## DE

## SYLLA ET D'EUCRATE.

### 1748.

Quelques jours après que Sylla se fut démis de la dictature, j'appris que la réputation que j'avois parmi les philosophes lui faisoit souhaiter de me voir. Il étoit à sa maison de Tibur, où il jouissoit des premiers moments tranquilles de sa vie. Je ne sentis point devant lui le désordre où nous jette ordinairement la présence des grands hommes. Et dès que nous fûmes seuls : « Sylla, lui dis-je, vous vous êtes donc mis vous-même dans cet état de médiocrité qui afflige presque tous les humains ? Vous avez renoncé à cet empire que votre gloire et vos vertus vous donnoient sur tous les hommes ? La fortune semble être gênée de ne plus vous élever aux honneurs.

» — Eucrate, me dit-il, si je ne suis plus en spectacle à l'univers, c'est la faute des choses humaines, qui ont des bornes, et non pas la mienne. J'ai cru avoir rempli ma destinée dès que je n'ai plus eu à faire de grandes choses. Je n'étois point fait pour gouverner tranquillement un peuple esclave. J'aime à remporter des victoires, à fonder ou détruire des états, à faire des ligues, à punir un usurpateur ; mais pour ces minces détails de gouvernement, où les génies médiocres ont tant d'avantages, cette lente exécution des lois, cette discipline d'une milice tranquille, mon ame ne sauroit s'en occuper.

» — Il est singulier, lui dis-je, que vous ayez porté tant de délicatesse dans l'ambition. Nous avons bien vu des grands hommes peu touché

du vain éclat et de la pompe qui entourent ceux qui gouvernent ; mais il y en a bien peu qui n'aient été sensibles au plaisir de gouverner, et de faire rendre à leurs fantaisies le respect qui n'est dû qu'aux lois.

» — Et moi, me dit-il, Eucrate, je n'ai jamais été si peu content que lorsque je me suis vu maître absolu dans Rome, que j'ai regardé autour de moi, et que je n'ai trouvé ni rivaux ni ennemis.

» J'ai cru qu'on diroit quelque jour que je n'avois châtié que des esclaves. Veux-tu, me suis-je dit, que dans ta patrie il n'y ait plus d'hommes qui puissent être touchés de ta gloire ? Et, puisque tu établis la tyrannie, ne vois-tu pas bien qu'il n'y aura point après toi de prince si lâche que la flatterie ne l'égale, et ne pare de ton nom, de tes titres, et de tes vertus mêmes ?

» — Seigneur, vous changez toutes mes idées ; de la façon dont je vous vois agir. Je croyois que vous aviez de l'ambition, mais aucun amour pour la gloire : je voyois bien que votre ame étoit haute ; mais je ne soupçonnois pas qu'elle fût grande : tout dans votre vie sembloit me montrer un homme dévoré du desir de commander, et qui, plein des plus funestes passions, se chargeoit avec plaisir de la honte, des remords, et de la bassesse même, attachés à la tyrannie. Car enfin, vous avez tout sacrifié à votre puissance ; vous vous êtes rendu redoutable à tous les Romains ; vous avez exercé sans pitié les fonctions de la plus terrible magistrature qui fût jamais. Le sénat ne vit qu'en tremblant un défenseur si impitoyable. Quelqu'un vous dit : « Sylla, jusqu'à quand ré- » pandras-tu le sang romain ? veux-tu ne com- » mander qu'à des murailles ? » Pour lors vous publiâtes ces tables qui décidèrent de la vie et de la mort de chaque citoyen.

» — Et c'est tout le sang que j'ai versé qui m'a mis en état de faire la plus grande de toutes mes actions. Si j'avois gouverné les Romains avec douceur, quelle merveille que l'ennui, que le dégoût, qu'un caprice, m'eussent fait quitter le gouvernement ? mais je me suis démis de la dictature dans le temps qu'il n'y avoit pas un seul homme dans l'univers qui ne crût que la dictature étoit mon seul asile. J'ai paru devant les Romains, citoyen au milieu de mes concitoyens, et j'ai osé leur dire : « Je suis prêt à rendre » compte de tout le sang que j'ai versé pour la » république ; je répondrai à tous ceux qui vien- » dront me demander leur père, leur fils, ou leur » frère. » Tous les Romains se sont tus devant moi.

» — Cette belle action dont vous me parlez me paroît bien imprudente. Il est vrai que vous avez eu pour vous le nouvel étonnement dans lequel vous avez mis les Romains; mais comment osâtes-vous leur parler de vous justifier, et de prendre pour juges des gens qui vous devoient tant de vengeances?

» Quand toutes vos actions n'auroient été que sévères pendant que vous étiez le maître, elles devenoient des crimes affreux dès que vous ne l'étiez plus.

» — Vous appelez des crimes, me dit-il, ce qui a fait le salut de la république. Vouliez-vous que je visse tranquillement des sénateurs trahir le sénat pour ce peuple qui, s'imaginant que la liberté doit être aussi extrême que le peut être l'esclavage, cherchoit à abolir la magistrature même?

» Le peuple, gêné par les lois et par la gravité du sénat, a toujours travaillé à renverser l'un et l'autre. Mais celui qui est assez ambitieux pour le servir contre le sénat et les lois le fut toujours assez pour devenir son maître. C'est ainsi que nous avons vu finir tant de républiques dans la Grèce et dans l'Italie.

» Pour prévenir un pareil malheur, le sénat a toujours été obligé d'occuper à la guerre ce peuple indocile. Il a été forcé malgré lui à ravager la terre, et à soumettre tant de nations dont l'obéissance nous pèse. A présent que l'univers n'a plus d'ennemis à nous donner, quel seroit le destin de la république? Et sans moi le sénat au-roit-il pu empêcher que le peuple, dans sa fureur aveugle pour la liberté, ne se livrât lui-même à Marius, ou au premier tyran qui lui auroit fait es-pérer l'indépendance?

» Les dieux, qui ont donné à la plupart des hommes une lâche ambition, ont attaché à la li-berté presque autant de malheurs qu'à la servi-tude. Mais, quel que doive être le prix de cette noble liberté, il faut bien le payer aux dieux.

» La mer engloutit les vaisseaux, elle submerge des pays entiers; elle est pourtant utile aux hu-mains.

» La postérité jugera ce que Rome n'a pas en-core osé examiner : elle trouvera peut-être que je n'ai pas versé assez de sang, et que tous les par-tisans de Marius n'ont pas été proscrits.

» — Il faut que je l'avoue, Sylla, vous m'éton-nez. Quoi! c'est pour le bien de votre patrie que vous avez versé tant de sang! et vous avez eu de l'attachement pour elle!

» — Eucrate, me dit-il, je n'eus jamais cet amour dominant pour la patrie, dont nous trou-vons tant d'exemples dans les premiers temps de la république : et j'aime autant Coriolan, qui porte la flamme et le fer jusqu'aux murailles de sa ville ingrate, qui fait repentir chaque citoyen de l'affront que lui a fait chaque citoyen, que celui qui chassa les Gaulois du Capitole. Je ne me suis jamais piqué d'être l'esclave ni l'idolâtre de la société de mes pareils : et cet amour tant vanté est une passion trop populaire pour être compatible avec la hauteur de mon ame. Je me suis unique-ment conduit par mes réflexions, et surtout par le mépris que j'ai eu pour les hommes. On peut juger, par la manière dont j'ai traité le seul grand peuple de l'univers, de l'excès de ce mépris pour tous les autres.

» J'ai cru qu'étant sur la terre, il falloit que j'y fusse libre. Si j'étois né chez les barbares, j'au-rois moins cherché à usurper le trône pour com-mander que pour ne pas obéir. Né dans une ré-publique, j'ai obtenu la gloire des conquérants en ne cherchant que celle des hommes libres.

» Lorsqu'avec mes soldats je suis entré dans Rome, je ne respirois ni la fureur ni la vengeance. J'ai jugé sans haine, mais aussi sans pitié, les Romains étonnés. « Vous étiez libres, ai-je dit, » et vous vouliez vivre en esclaves ! Non. Mais » mourez, et vous aurez l'avantage de mourir » citoyens d'une ville libre. »

» J'ai cru qu'ôter la liberté à une ville dont j'étois citoyen étoit le plus grand des crimes. J'ai puni ce crime-là ; et je ne me suis point embar-rassé si je serois le bon ou le mauvais génie de la république. Cependant le gouvernement de nos pères a été rétabli ; le peuple a expié tous les affronts qu'il avoit faits aux nobles : la crainte a suspendu les jalousies; et Rome n'a jamais été si tranquille.

» Vous voilà instruit de ce qui m'a déterminé à toutes les sanglantes tragédies que vous avez vues. Si j'avois vécu dans ces jours heureux de la république où les citoyens, tranquilles dans leurs maisons, y rendoient aux dieux une ame libre, vous m'auriez vu passer ma vie dans cette re-traite, que je n'ai obtenue que par tant de sang et de sueur.

» — Seigneur, lui dis-je, il est heureux que le Ciel ait épargné au genre humain le nombre des hommes tels que vous. Nés pour la médiocrité, nous sommes accablés par les esprits sublimes. Pour qu'un homme soit au-dessus de l'humanité, il en coûte trop cher à tous les autres.

» Vous avez regardé l'ambition des héros

comme une passion commune, et vous n'avez fait cas que de l'ambition qui raisonne. Le désir insatiable de dominer, que vous avez trouvé dans le cœur de quelques citoyens, vous a fait prendre la résolution d'être un homme extraordinaire : l'amour de votre liberté vous a fait prendre celle d'être terrible et cruel. Qui diroit qu'un héroïsme de principe eût été plus funeste qu'un héroïsme d'impétuosité? Mais si, pour vous empêcher d'être esclave, il vous a fallu usurper la dictature, comment avez-vous osé la rendre? Le peuple romain, dites-vous, vous a vu désarmé, et n'a point attenté sur votre vie. C'est un danger auquel vous avez échappé; un plus grand danger peut vous attendre. Il peut vous arriver de voir quelque jour un grand criminel jouir de votre modération, et vous confondre dans la foule d'un peuple soumis.

» — J'ai un nom, me dit-il, et il me suffit pour ma sûreté et celle du peuple romain. Ce nom arrête toutes les entreprises; et il n'y a point d'ambition qui n'en soit épouvantée. Sylla respire, et son génie est plus puissant que celui de tous les Romains. Sylla a autour de lui Chéronée, Orchomène, et Signion; Sylla a donné à chaque famille de Rome un exemple domestique et terrible : chaque Romain m'aura toujours devant les yeux; et, dans ses songes mêmes, je lui apparoîtrai couvert de sang; il croira voir les funestes tables, et lire son nom à la tête des proscrits. On murmure en secret contre mes lois; mais elles ne seront pas effacées par des flots même de sang romain. Ne suis-je pas au milieu de Rome? Vous trouverez encore chez moi le javelot que j'avois à Orchomène, et le bouclier que je portai sur les murailles d'Athènes. Parce que je n'ai point de licteurs, en suis-je moins Sylla? J'ai pour moi le sénat, avec la justice et les lois; le sénat a pour lui mon génie, ma fortune, et ma gloire.

» — J'avoue, lui dis-je, que, quand on a une fois fait trembler quelqu'un, on conserve presque toujours quelque chose de l'avantage qu'on a pris.

» — Sans doute, me dit-il. J'ai étonné les hommes, et c'est beaucoup. Repassez dans votre mémoire l'histoire de ma vie : vous verrez que j'ai tout tiré de ce principe, et qu'il a été l'ame de toutes mes actions. Ressouvenez-vous de mes démêlés avec Marius : je fus indigné de voir un homme sans nom, fier de la bassesse de sa naissance, entreprendre de ramener les premières familles de Rome dans la foule du peuple; et, dans cette situation, je portois tout le poids d'une grande ame. J'étois jeune, et je me résolus de me

mettre en état de demander compte à Marius de ses mépris. Pour cela, je l'attaquai avec ses propres armes, c'est-à-dire par des victoires contre les ennemis de la république.

» Lorsque, par le caprice du sort, je fus obligé de sortir de Rome, je me conduisis de même : j'allai faire la guerre à Mithridate; et je crus détruire Marius à force de vaincre l'ennemi de Marius. Pendant que je laissai ce Romain jouir de son pouvoir sur la populace, je multipliois ses mortifications; et je le forçois tous les jours d'aller au Capitole rendre graces aux dieux des succès dont je le désespérois. Je lui faisois une guerre de réputation plus cruelle cent fois que celle que mes légions faisoient au roi barbare. Il ne sortoit pas un seul mot de ma bouche qui ne marquât mon audace; et mes moindres actions, toujours superbes, étoient pour Marius de funestes présages. Enfin Mithridate demanda la paix : les conditions étoient raisonnables; et, si Rome avoit été tranquille, ou si ma fortune n'avoit pas été chancelante, je les aurois acceptées. Mais le mauvais état de mes affaires m'obligea de les rendre plus dures; j'exigeai qu'il détruisît sa flotte, et qu'il rendît aux rois ses voisins tous les états dont il les avoit dépouillés. « Je te laisse, lui dis-je, le » royaume de tes pères, à toi qui devrois me » remercier de ce que je te laisse la main avec » laquelle tu as signé l'ordre de faire mourir en » un jour cent mille Romains. » Mithridate resta immobile; et Marius, au milieu de Rome, en trembla.

» Cette même audace qui m'a si bien servi contre Mithridate, contre Marius, contre son fils, contre Thélésinus, contre le peuple; qui a soutenu toute ma dictature, a aussi défendu ma vie le jour que je l'ai quittée; et ce jour assure ma liberté pour jamais.

» — Seigneur, lui dis-je, Marius raisonnoit comme vous, lorsque, couvert du sang de ses ennemis et de celui des Romains, il montroit cette audace que vous avez punie. Vous avez bien pour vous quelques victoires de plus, et de plus grands excès. Mais, en prenant la dictature, vous avez donné l'exemple du crime que vous avez puni. Voilà l'exemple qui sera suivi, et non pas celui d'une modération qu'on ne fera qu'admirer.

» Quand les dieux ont souffert que Sylla se soit impunément fait dictateur dans Rome, ils y ont proscrit la liberté pour jamais. Il faudroit qu'ils fissent trop de miracles pour arracher à présent du cœur de tous les capitaines romains l'ambition de régner. Vous leur avez appris qu'il y avoit une

voie bien plus sûre pour aller à la tyrannie, et la garder sans péril. Vous avez divulgué ce fatal secret, et ôté ce qui fait seul les bons citoyens d'une république trop riche et trop grande, le désespoir de pouvoir l'opprimer. »

Il changea de visage, et se tut un moment. « Je ne crains, me dit-il avec émotion, qu'un homme [1], dans lequel je crois voir plusieurs Marius. Le hasard, ou bien un destin plus fort, me l'a fait épargner. Je le regarde sans cesse ; j'étudie son ame : il cache des desseins profonds ; mais, s'il ose jamais former celui de commander à des hommes que j'ai faits mes égaux, je jure par les dieux que je punirai son insolence. »

## LYSIMAQUE [2].

Lorsque Alexandre eut détruit l'empire des Perses, il voulut que l'on crût qu'il étoit fils de Jupiter. Les Macédoniens étoient indignés de voir ce prince rougir d'avoir Philippe pour père ; leur mécontentement s'accrut lorsqu'ils lui virent prendre les mœurs, les habits et les manières des Perses ; et ils se reprochoient tous d'avoir tant fait pour un homme qui commençoit à les mépriser ; mais on murmuroit dans l'armée, et on ne parloit pas.

Un philosophe nommé Callisthène avoit suivi le roi dans son expédition. Un jour qu'il le salua à la manière des Grecs : « D'où vient, lui dit Alexandre, que tu ne m'adores pas ? » — « Seigneur, lui dit Callisthène, vous êtes chef de deux nations : l'une, esclave avant que vous l'eussiez soumise, ne l'est pas moins depuis que vous l'avez vaincue ; l'autre, libre avant qu'elle vous servît à remporter tant de victoires, l'est encore depuis que vous les avez remportées. Je suis Grec, seigneur ; et ce nom, vous l'avez élevé si haut, que,

[1] J. César.
[2] Ce morceau, composé par Montesquieu à l'époque de sa réception à l'académie de Nancy, fut imprimé pour la première fois dans le *Mercure de France*, deuxième volume de décembre 1754, pag. 51. Il y est précédé de cet avertissement :
« L'auteur de l'*Esprit des Lois* nous a permis d'imprimer le morceau suivant, qu'il a fait pour l'académie de Nancy ; cette fiction est si intéressante et si noble, qu'il n'est pas possible de la lire sans aimer et sans admirer le grand prince qui en est l'objet.
Le prince que Montesquieu a voulu peindre en traçant le portrait de Lysimaque est le roi de Pologne, Stanislas-Leczinski, surnommé *la bienfaisant*.

sans vous faire tort, il ne nous est plus permis de l'avilir. »

Les vices d'Alexandre étoient extrêmes comme ses vertus : il étoit terrible dans sa colère ; elle le rendoit cruel. Il fit couper les pieds, le nez et les oreilles à Callisthène, ordonna qu'on le mît dans une cage de fer, et le fit porter ainsi à la suite de l'armée.

J'aimois Callisthène ; et de tout temps, lorsque mes occupations me laissoient quelques heures de loisir, je les avois employées à l'écouter : et, si j'ai de l'amour pour la vertu, je le dois aux impressions que ses discours faisoient sur moi. J'allai le voir. « Je vous salue, lui dis-je, illustre malheureux, que je vois dans une cage de fer comme on enferme une bête sauvage, pour avoir été le seul homme de l'armée.

» — Lysimaque, me dit-il, quand je suis dans une situation qui demande de la force et du courage, il me semble que je me trouve presque à ma place. En vérité, si les dieux ne m'avoient mis sur la terre que pour y mener une vie voluptueuse, je croirois qu'ils m'auroient donné en vain une ame grande et immortelle. Jouir des plaisirs des sens est une chose dont tous les hommes sont aisément capables ; et si les dieux ne nous ont faits que pour cela, ils ont fait un ouvrage plus parfait qu'ils n'ont voulu, et ils ont plus exécuté qu'entrepris. Ce n'est pas, ajouta-t-il, que je sois insensible : vous ne me faites que trop voir que je ne le suis pas. Quand vous êtes venu à moi, j'ai trouvé d'abord quelque plaisir à vous voir faire une action de courage. Mais, au nom des dieux, que ce soit pour la dernière fois ! Laissez-moi soutenir mes malheurs, et n'ayez point la cruauté d'y joindre encore les vôtres.

» — Callisthène, lui dis-je, je vous verrai tous les jours. Si le roi vous voyoit abandonné des gens vertueux, il n'auroit plus de remords ; il commenceroit à croire que vous êtes coupable. Ah ! j'espère qu'il ne jouira pas du plaisir de voir que ses châtimens me feront abandonner un ami. »

Un jour, Callisthène me dit : « Les dieux immortels m'ont consolé ; et, depuis ce temps, je sens en moi quelque chose de divin, qui m'a ôté le sentiment de mes peines. J'ai vu en songe le grand Jupiter. Vous étiez auprès de lui ; vous aviez un sceptre à la main, et un bandeau royal sur le front. Il vous a montré à moi, et m'a dit : « Il te rendra plus heureux. » L'émotion où j'étois m'a réveillé. Je me suis trouvé les mains élevées au ciel, et faisant des efforts pour dire : « Grand Jupiter, si Lysimaque doit régner, fais qu'il règne

avec justice ! » Lysimaque, vous régnerez : croyez un homme qui doit être agréable aux dieux, puisqu'il souffre pour la vertu. »

Cependant Alexandre ayant appris que je respectois la misère de Callisthène, que j'allois le voir, et que j'osois le plaindre, il entra dans une nouvelle fureur : « Va, dit-il, combattre contre les lions, malheureux qui te plais tant à vivre avec les bêtes féroces. » On différa mon supplice, pour le faire servir de spectacle à plus de gens.

Le jour qui le précéda, j'écrivis ces mots à Callisthène : « Je vais mourir. Toutes les idées que vous m'aviez données de ma future grandeur se sont évanouies de mon esprit. J'aurois souhaité d'adoucir les maux d'un homme tel que vous. »

Prexape, à qui je m'étois confié, m'apporta cette réponse : « Lysimaque, si les dieux ont résolu que vous régniez, Alexandre ne peut pas vous ôter la vie ; car les hommes ne résistent pas à la volonté des dieux. »

Cette lettre m'encouragea ; et, faisant réflexion que les hommes les plus heureux et les plus malheureux sont également environnés de la main divine, je résolus de me conduire, non pas par mes espérances, mais par mon courage, et de défendre jusqu'à la fin une vie sur laquelle il y avoit de si grandes promesses.

On me mena dans la carrière. Il y avoit autour de moi un peuple immense, qui venoit être témoin de mon courage ou de ma frayeur. On me lâcha un lion. J'avois plié mon manteau autour de mon bras : je lui présentai ce bras, il voulut le dévorer ; je lui saisis la langue, la lui arrachai, et le jetai à mes pieds.

Alexandre aimoit naturellement les actions courageuses : il admira ma résolution, et ce moment fut celui du retour de sa grande ame.

Il me fit appeler ; et, me tendant la main : « Lysimaque, me dit-il, je te rends mon amitié, rends-moi la tienne. Ma colère n'a servi qu'à te faire faire une action qui manque à la vie d'Alexandre. »

Je reçus les graces du roi ; j'adorai les décrets des dieux, et j'attendois leurs promesses sans les rechercher ni les fuir. Alexandre mourut, et toutes les nations furent sans maître. Les fils du roi étoient dans l'enfance ; son frère Aridée n'en étoit jamais sorti ; Olympias n'avoit que la hardiesse des ames foibles, et tout ce qui étoit cruauté étoit pour elle du courage ; Roxane, Eurydice, Statire, étoient perdues dans la douleur. Tout le monde, dans le palais, savoit gémir, et personne ne savoit régner. Les capitaines d'Alexandre levèrent donc

les yeux sur son trône ; mais l'ambition de chacun fut contenue par l'ambition de tous. Nous partageâmes l'empire ; et chacun de nous crut avoir partagé le prix de ses fatigues.

Le sort me fit roi d'Asie : et à présent que je puis tout, j'ai plus besoin que jamais des leçons de Callisthène. Sa joie m'annonce que j'ai fait quelque bonne action, et ses soupirs me disent que j'ai quelque mal à réparer. Je le trouve entre mon peuple et moi.

Je suis le roi d'un peuple qui m'aime. Les pères de famille espèrent la longueur de ma vie comme celle de leurs enfants ; les enfants craignent de me perdre comme ils craignent de perdre leur père. Mes sujets sont heureux, et je le suis.

<hr />

# RÉFLEXIONS

SUR LES CAUSES DU PLAISIR QU'EXCITENT EN NOUS LES OUVRAGES D'ESPRIT ET LES PRODUCTIONS DES BEAUX-ARTS.

<hr />

Dans notre manière d'être actuelle, notre ame goûte trois sortes de plaisirs : il y en a qu'elle tire du fond de son existence même ; d'autres qui résultent de son union avec le corps ; d'autres enfin qui sont fondés sur les plis et les préjugés que de certaines institutions, de certains usages, de certaines habitudes, lui ont fait prendre.

Ce sont ces différents plaisirs de notre ame qui forment les objets du goût, comme le beau, le bon, l'agréable, le naïf, le délicat, le tendre, le gracieux, le *je ne sais quoi*, le noble, le grand, le sublime, le majestueux, etc. Par exemple, lorsque nous trouvons du plaisir à voir une chose avec une utilité pour nous, nous disons qu'elle est bonne ; lorsque nous trouvons du plaisir à la voir sans que nous y démêlions une utilité présente, nous l'appelons belle.

Les sources du beau, du bon, de l'agréable, etc., sont donc dans nous-mêmes ; et en chercher les raisons, c'est chercher les causes des plaisirs de notre ame.

Examinons donc notre ame, étudions-la dans ses actions et dans ses passions, cherchons-la dans ses plaisirs ; c'est là où elle se manifeste davantage. La poésie, la peinture, la sculpture, l'architecture, la musique, la danse, les différentes sortes de jeux, enfin les ouvrages de la nature et de l'art, peuvent lui donner du plaisir : voyons pourquoi,

comment et quand ils le lui donnent; rendons raison de nos sentiments : cela pourra contribuer à nous former le goût, qui n'est autre chose que l'avantage de découvrir avec finesse et avec promptitude la mesure du plaisir que chaque chose doit donner aux hommes.

### DES PLAISIRS DE NOTRE AME.

L'ame, indépendamment des plaisirs qui lui viennent des sens, en a qu'elle auroit indépendamment d'eux, et qui lui sont propres : tels sont ceux que lui donnent la curiosité, les idées de sa grandeur, de ses perfections, l'idée de son existence, opposée au sentiment du néant, le plaisir d'embrasser tout d'une idée générale, celui de voir un grand nombre de choses, etc., celui de comparer, de joindre et de séparer les idées. Ces plaisirs sont dans la nature de l'ame, indépendamment des sens, parce qu'ils appartiennent à tout être qui pense; et il est fort indifférent d'examiner ici si notre ame a ces plaisirs comme substance unie avec le corps, ou comme séparée du corps, parce qu'elle les a toujours, et qu'ils sont les objets du goût : ainsi nous ne distinguerons point ici les plaisirs qui viennent à l'ame de sa nature, d'avec ceux qui lui viennent de son union avec le corps; nous appellerons tout cela plaisirs naturels, que nous distinguerons des plaisirs acquis, que l'ame se fait par de certaines liaisons avec les plaisirs naturels; et de la même manière et par la même raison, nous distinguerons le goût naturel et le goût acquis.

Il est bon de connoître la source des plaisirs dont le goût est la mesure : la connoissance des plaisirs naturels et acquis pourra nous servir à rectifier notre goût naturel et notre goût acquis. Il faut partir de l'état où est notre être, et connoître quels sont ses plaisirs, pour parvenir à les mesurer, et même quelquefois à les sentir.

Si notre ame n'avoit point été unie au corps, elle auroit connu; mais il y a apparence qu'elle auroit aimé ce qu'elle auroit connu : à présent nous n'aimons presque que ce que nous ne connoissons pas.

Notre manière d'être est entièrement arbitraire; nous pouvions avoir été faits comme nous sommes, ou autrement. Mais si nous avions été faits autrement, nous verrions autrement; un organe de plus ou de moins dans notre machine nous auroit fait une autre éloquence, une autre poésie; une contexture différente des mêmes organes auroit fait encore une autre poésie : par exemple, si la constitution de nos organes nous avoit rendus capables d'une plus longue attention, toutes les règles qui proportionnent la disposition du sujet à la mesure de notre attention ne seroient plus; si nous avions été rendus capables de plus de pénétration, toutes les règles qui sont fondées sur la mesure de notre pénétration tomberoient de même; enfin toutes les lois établies sur ce que notre machine est d'une certaine façon, seroient différentes si notre machine n'étoit pas de cette façon.

Si notre vue avoit été plus foible et plus confuse, il auroit fallu moins de moulures et plus d'uniformité dans les membres de l'architecture; si notre vue avoit été plus distincte, et notre ame capable d'embrasser plus de choses à la fois, il auroit fallu dans l'architecture plus d'ornements; si nos oreilles avoient été faites comme celles de certains animaux, il auroit fallu réformer bien de nos instruments de musique. Je sais bien que les rapports que les choses ont entre elles auroient subsisté; mais le rapport qu'elles ont avec nous ayant changé les choses qui, dans l'état présent, font un certain effet sur nous, ne le feroient plus; et comme la perfection des arts est de nous présenter les choses telles qu'elles nous fassent le plus de plaisir qu'il est possible, il faudroit qu'il y eût du changement dans les arts, puisqu'il y en auroit dans la manière la plus propre à nous donner du plaisir.

On croit d'abord qu'il suffiroit de connoître les diverses sources de nos plaisirs pour avoir le goût, et que, quand on a lu ce que la philosophie nous dit là-dessus, on a du goût, et que l'on peut hardiment juger des ouvrages. Mais le goût naturel n'est pas une connoissance de théorie; c'est une application prompte et exquise des règles mêmes que l'on ne connoît pas. Il n'est pas nécessaire de savoir que le plaisir que nous donne une certaine chose que nous trouvons belle vient de la surprise; il suffit qu'elle nous surprenne, et qu'elle nous surprenne autant qu'elle le doit, ni plus ni moins.

Ainsi ce que nous pourrions dire ici, et tous les préceptes que nous pourrions donner pour former le goût, ne peuvent regarder que le goût acquis, c'est-à-dire ne peuvent regarder directement que ce goût acquis, quoiqu'ils regardent encore indirectement le goût naturel; car le goût acquis affecte, change, augmente et diminue le goût naturel, comme le goût naturel affecte, change, augmente et diminue le goût acquis.

La définition la plus générale du goût, sans considérer s'il est bon ou mauvais, juste ou non, est ce qui nous attache à une chose par le senti-

ment ; ce qui n'empêche pas qu'il ne puisse s'appliquer aux choses intellectuelles, dont la connoissance fait tant de plaisir à l'ame, qu'elle étoit la seule félicité que de certains philosophes pussent comprendre. L'ame connoît par ses idées et par ses sentiments ; car, quoique nous opposions l'idée au sentiment, cependant, lorsqu'elle voit une chose, elle la sent, et il n'y a point de choses si intellectuelles qu'elle ne voie ou qu'elle ne croie voir, et par conséquent qu'elle ne sente.

### DE L'ESPRIT EN GÉNÉRAL.

L'esprit est le genre qui a sous lui plusieurs espèces : le génie, le bon sens, le discernement, la justesse, le talent, et le goût.

L'esprit consiste à avoir les organes bien constitués, relativement aux choses où il s'applique. Si la chose est extrêmement particulière, il se nomme talent ; s'il a plus de rapport à un certain plaisir délicat des gens du monde, il se nomme goût ; si la chose particulière est unique chez un peuple, le talent se nomme esprit, comme l'art de la guerre et de l'agriculture chez les Romains, la chasse chez les sauvages, etc.

### DE LA CURIOSITÉ.

Notre ame est faite pour penser, c'est-à-dire pour apercevoir : or un tel être doit avoir de la curiosité ; car, comme toutes les choses sont dans une chaîne où chaque idée en précède une et en suit une autre, on ne peut aimer à voir une chose sans desirer d'en voir une autre ; et, si nous n'avions pas ce desir pour celle-ci, nous n'aurions eu aucun plaisir à celle-là. Ainsi, quand on nous montre une partie d'un tableau, nos souhaitons de voir la partie que l'on nous cache, à proportion du plaisir que nous a fait celle que nous avons vue.

C'est donc le plaisir que nous donne un objet qui nous porte vers un autre ; c'est pour cela que l'ame cherche toujours les choses nouvelles, et ne se repose jamais.

Ainsi on sera toujours sûr de plaire à l'ame lorsqu'on lui fera voir beaucoup de choses, ou plus qu'elle n'avoit espéré d'en voir.

Par-là on peut expliquer la raison pourquoi nous avons du plaisir lorsque nous voyons un jardin bien régulier, et que nous en avons encore lorsque nous voyons un lieu brut et champêtre : c'est la même cause qui produit ces effets. Comme nous aimons à voir un grand nombre d'objets, nous voudrions étendre notre vue, être en plusieurs lieux, parcourir plus d'espace ; enfin notre ame fuit les bornes, et elle voudroit, pour ainsi dire, étendre la sphère de sa présence : ainsi c'est un grand plaisir pour elle de porter sa vue au loin. Mais comment le faire ? Dans les villes, notre vue est bornée par des maisons : dans les campagnes, elle l'est par mille obstacles ; à peine pouvons-nous voir trois ou quatre arbres. L'art vient à notre secours, et nous découvre la nature qui se cache elle-même. Nous aimons l'art, et nous l'aimons mieux que la nature, c'est-à-dire la nature dérobée à nos yeux ; mais quand nous trouvons de belles situations, quand notre vue en liberté peut voir au loin des prés, des ruisseaux, des collines, et ces dispositions qui sont, pour ainsi dire, créées exprès, elle est bien autrement enchantée que lorsqu'elle voit les jardins de Le Nostre ; parce que la nature ne se copie pas, au lieu que l'art se ressemble toujours. C'est pour cela que dans la peinture nous aimons mieux un paysage que le plan du plus beau jardin du monde ; c'est que la peinture ne prend la nature que là où elle est belle, là où la vue se peut porter au loin et dans toute son étendue, là où elle est variée, là où elle peut être vue avec plaisir.

Ce qui fait ordinairement une grande pensée, c'est lorsqu'on dit une chose qui en fait voir un grand nombre d'autres, et qu'on nous fait découvrir tout d'un coup ce que nous ne pouvions espérer qu'après une grande lecture.

Florus nous représente en peu de paroles toutes les fautes d'Annibal : « Lorsqu'il pouvoit, dit-il, se servir de la victoire, il aima mieux en jouir : *cum victoria posset uti, frui maluit.* »

Il nous donne une idée de toute la guerre de Macédoine, quand il dit : « Ce fut vaincre que d'y entrer : *introisse victoria fuit.* »

Il nous donne tout le spectacle de la vie de Scipion, quand il dit de sa jeunesse : « C'est le Scipion qui croît pour la destruction de l'Afrique : *hic erit Scipio qui in exitium Africæ crescit.* » Vous croyez voir un enfant qui croît et s'élève comme un géant.

Enfin il nous fait voir le grand caractère d'Annibal, la situation de l'univers, et toute la grandeur du peuple romain, lorsqu'il dit : « Annibal fugitif cherchoit au peuple romain un ennemi par tout l'univers : *qui, profugus ex Africa, hostem populo romano toto orbe quærebat.* »

### DES PLAISIRS DE L'ORDRE.

Il ne suffit pas de montrer à l'ame beaucoup de choses, il faut les lui montrer avec ordre ; car pour lors nous nous ressouvenons de ce que nous

avons vu , et nous commençons à imaginer ce que nous verrons ; notre ame se félicite de son étendue et de sa pénétration : mais dans un ouvrage où il n'y a point d'ordre, l'ame sent à chaque instant troubler celui qu'elle y veut mettre. La suite que l'auteur s'est faite, et celle que nous nous faisons, se confondent ; l'ame ne retient rien, ne prévoit rien ; elle est humiliée par la confusion de ses idées, par l'inanité qui lui reste ; elle est vainement fatiguée, et ne peut goûter aucun plaisir : c'est pour cela que, quand le dessein n'est pas d'exprimer ou de montrer la confusion, on met toujours de l'ordre dans la confusion même. Ainsi les peintres groupent leurs figures ; ainsi ceux qui peignent les batailles mettent-ils sur le devant de leurs tableaux les choses que l'œil doit distinguer, et la confusion dans le fond et le lointain.

### DES PLAISIRS DE LA VARIÉTÉ.

Mais s'il faut de l'ordre dans les choses, il faut aussi de la variété : sans cela l'ame languit ; car les choses semblables lui paroissent les mêmes ; et si une partie d'un tableau qu'on nous découvre ressembloit à une autre que nous aurions vue, cet objet seroit nouveau sans le paroître, et ne feroit aucun plaisir. Et, comme les beautés des ouvrages de l'art, semblables à celles de la nature, ne consistent que dans les plaisirs qu'elles nous font, il faut les rendre propres, le plus que l'on peut, à varier ces plaisirs ; il faut faire voir à l'ame des choses qu'elle n'a pas vues ; il faut que le sentiment qu'on lui donne soit différent de celui qu'elle vient d'avoir.

C'est ainsi que les histoires nous plaisent par la variété des récits, les romans par la variété des prodiges, les pièces de théâtre par la variété des passions ; et que ceux qui savent instruire modifient le plus qu'ils peuvent le ton uniforme de l'instruction.

Une longue uniformité rend tout insupportable ; le même ordre des périodes, long-temps continué, accable dans une harangue ; les mêmes nombres et les mêmes chutes mettent de l'ennui dans un long poème. S'il est vrai que l'on ait fait cette fameuse allée de Moscou à Pétersbourg, le voyageur doit périr d'ennui, renfermé entre les deux rangs de cette allée ; et celui qui aura voyagé long-temps dans les Alpes en descendra dégoûté des situations les plus heureuses et des points de vue les plus charmants.

L'ame aime la variété ; mais elle ne l'aime, avons-nous dit, que parce qu'elle est faite pour connoître et pour voir : il faut donc qu'elle puisse voir, et que la variété le lui permette ; c'est-à-dire, il faut qu'une chose soit assez simple pour être aperçue, et assez variée pour être aperçue avec plaisir.

Il y a des choses qui paroissent variées, et ne le sont point ; d'autres qui paroissent uniformes, et sont très variées.

L'architecture gothique paroît très variée, mais la confusion des ornements fatigue par leur petitesse : ce qui fait qu'il n'y en a aucun que nous puissions distinguer d'un autre, et leur nombre fait qu'il n'y en a aucun sur lequel l'œil puisse s'arrêter : de manière qu'elle déplaît par les endroits mêmes qu'on a choisis pour la rendre agréable.

Un bâtiment d'ordre gothique est une espèce d'énigme pour l'œil qui le voit, et l'ame est embarrassée comme quand on lui présente un poëme obscur.

L'architecture grecque au contraire paroît uniforme ; mais, comme elle a les divisions qu'il faut, et autant qu'il en faut pour que l'ame voie précisément ce qu'elle peut voir sans se fatiguer, mais qu'elle en voie assez pour s'occuper, elle a cette variété qui la fait regarder avec plaisir.

Il faut que les grandes choses aient de grandes parties : les grands hommes ont de grands bras, les grands arbres de grandes branches, et les grandes montagnes sont composées d'autres montagnes qui sont au-dessus et au-dessous ; c'est la nature des choses qui fait cela.

L'architecture grecque, qui a peu de divisions, et de grandes divisions, imite les grandes choses ; l'ame sent une certaine majesté qui y règne partout.

C'est ainsi que la peinture divise en groupes de trois ou quatre figures celles qu'elle représente dans un tableau : elle imite la nature, une nombreuse troupe se divise toujours en pelotons ; et c'est encore ainsi que la peinture divise en grandes masses ses clairs et ses obscurs.

### DES PLAISIRS DE LA SYMÉTRIE.

J'ai dit que l'ame aime la variété ; cependant, dans la plupart des choses, elle aime à voir une espèce de symétrie. Il semble que cela renferme quelque contradiction : voici comment j'explique cela.

Une des principales causes des plaisirs de notre ame lorsqu'elle voit des objets, c'est la facilité qu'elle a à les apercevoir ; et la raison qui fait que la symétrie plaît à l'ame, c'est qu'elle lui épargne de la peine, qu'elle la soulage, et qu'elle coupe pour ainsi dire l'ouvrage par la moitié.

De là suit une règle générale : Partout où la symétrie est utile à l'ame, et peut aider ses fonctions, elle lui est agréable ; mais partout où elle est inutile, elle est fade, parce qu'elle ôte la variété. Or les choses que nous voyons successivement doivent avoir de la variété ; car notre ame n'a aucune difficulté à les voir. Celles au contraire que nous apercevons d'un coup d'œil doivent avoir de la symétrie ; ainsi, comme nous apercevons d'un coup d'œil la façade d'un bâtiment, un parterre, un temple, on y met de la symétrie, qui plaît à l'ame par la facilité qu'elle lui donne d'embrasser d'abord tout l'objet.

Comme il faut que l'objet que l'on doit voir d'un coup d'œil soit simple, il faut qu'il soit unique, et que les parties se rapportent toutes à l'objet principal : c'est pour cela encore qu'on aime la symétrie ; elle fait un tout ensemble.

Il est dans la nature qu'un tout soit achevé, et l'ame qui voit ce tout veut qu'il n'y ait point de partie imparfaite. C'est encore pour cela qu'on aime la symétrie : il faut une espèce de pondération ou de balancement ; et un bâtiment avec une aile, ou une aile plus courte qu'une autre, est aussi peu fini qu'un corps avec un bras, ou avec un bras trop court.

### DES CONTRASTES.

L'ame aime la symétrie, mais elle aime aussi les contrastes. Ceci demande bien des explications.

Par exemple, si la nature demande des peintres et des sculpteurs qu'ils mettent de la symétrie dans les parties de leurs figures, elle veut au contraire qu'ils mettent des contrastes dans les attitudes. Un pied rangé comme un autre, un membre qui va comme un autre, sont insupportables : la raison en est que cette symétrie fait que les attitudes sont presque toujours les mêmes, comme on le voit dans les figures gothiques, qui se ressemblent toutes par-là. Ainsi il n'y a plus de variété dans les productions de l'art. De plus, la nature ne nous a pas situés ainsi ; et, comme elle nous a donné du mouvement, elle ne nous a pas ajustés dans nos actions et dans nos manières comme des pagodes : et, si les hommes gênés et contraints sont insupportables, que sera-ce des productions de l'art ?

Il faut donc mettre des contrastes dans les attitudes, surtout dans les ouvrages de sculpture, qui, naturellement froide, ne peut mettre de feu que par la force du contraste et de la situation.

Mais, comme nous avons dit que la variété que l'on a cherché à mettre dans le gothique lui a donné de l'uniformité, il est souvent arrivé que la variété que l'on a cherché à mettre par le moyen des contrastes est devenue une symétrie et une vicieuse uniformité.

Ceci ne se sent pas seulement dans de certains ouvrages de sculpture et de peinture, mais aussi dans le style de quelques écrivains, qui, dans chaque phrase, mettent toujours le commencement en contraste avec la fin par des antithèses continuelles, tels que saint Augustin et autres auteurs de la basse latinité, et quelques uns de nos modernes, comme Saint-Évremond. Le tour de phrase toujours le même et toujours uniforme déplaît extrêmement ; ce contraste perpétuel devient symétrie, et cette opposition toujours recherchée devient uniformité. L'esprit y trouve si peu de variété que, lorsque vous avez vu une partie de la phrase, vous devinez toujours l'autre ; vous voyez des mots opposés, mais opposés de la même manière ; vous voyez un tour de phrase, mais c'est toujours le même.

Bien des peintres sont tombés dans le défaut de mettre des contrastes partout et sans ménagement ; de sorte que, lorsqu'on voit une figure, on devine d'abord la disposition de celles d'à côté : cette continuelle diversité devient quelque chose de semblable. D'ailleurs la nature, qui jette les choses dans le désordre, ne montre pas l'affectation d'un contraste continuel ; sans compter qu'elle ne met pas tous les corps en mouvement, et dans un mouvement forcé. Elle est plus variée que cela ; elle met les uns en repos, et elle donne aux autres différentes sortes de mouvement.

Si la partie de l'ame qui connoît aime la variété, celle qui sent ne la cherche pas moins ; car l'ame ne peut pas soutenir long-temps les mêmes situations, parce qu'elle est liée à un corps qui ne peut les souffrir. Pour que notre ame soit excitée, il faut que les esprits coulent dans les nerfs : or il y a là deux choses ; une lassitude dans les nerfs, une cessation de la part des esprits, qui ne coulent plus, ou qui se dissipent des lieux où ils ont coulé.

Ainsi tout nous fatigue à la longue, et surtout les grands plaisirs : on les quitte toujours avec la même satisfaction qu'on les a pris ; car les fibres qui en ont été les organes ont besoin de repos : il faut en employer d'autres plus propres à nous servir, et distribuer pour ainsi dire le travail.

Notre ame est lasse de sentir ; mais ne pas sentir, c'est tomber dans un anéantissement qui l'ac-

cable. On remédie à tout, en variant ses modifications ; elle sent, et elle ne se lasse pas.

### DES PLAISIRS DE LA SURPRISE.

Cette disposition de l'ame, qui la porte toujours vers différents objets, fait qu'elle goûte tous les plaisirs qui viennent de la surprise : sentiment qui plaît à l'ame par le spectacle et par la promptitude de l'action ; car elle aperçoit ou sent une chose qu'elle n'attend pas, ou d'une manière qu'elle n'attendoit pas.

Une chose peut nous surprendre comme merveilleuse, mais aussi comme nouvelle, et encore comme inattendue ; et, dans ces derniers cas, le sentiment principal se lie à un sentiment accessoire, fondé sur ce que la chose est nouvelle ou inattendue.

C'est par-là que les jeux de hasard nous piquent : ils nous font voir une suite continuelle d'événements non attendus ; c'est par-là que les jeux de société nous plaisent : ils sont encore une suite d'événements imprévus, qui ont pour cause l'adresse jointe au hasard.

C'est encore par-là que les pièces de théâtre nous plaisent : elles se développent par degrés, cachent les événements jusqu'à ce qu'ils arrivent, nous préparent toujours de nouveaux sujets de surprise, et souvent nous piquent en nous les montrant tels que nous aurions dû les prévoir.

Enfin les ouvrages d'esprit ne sont ordinairement lus que parce qu'ils nous ménagent des surprises agréables, et suppléent à l'insipidité des conversations, presque toujours languissantes, et qui ne font point cet effet.

La surprise peut être produite par la chose, ou par la manière de l'apercevoir : car nous voyons une chose plus grande ou plus petite qu'elle n'est en effet, ou différente de ce qu'elle est ; ou bien nous voyons la chose même, mais avec une idée accessoire qui nous surprend. Telle est dans une chose l'idée accessoire de la difficulté de l'avoir faite, ou de la personne qui l'a faite, ou du temps où elle a été faite, ou de la manière dont elle a été faite, ou de quelque autre circonstance qui s'y joint.

Suétone nous décrit les crimes de Néron avec un sang-froid qui nous surprend, en nous faisant presque croire qu'il ne sent point d'horreur de ce qu'il décrit. Il change de ton tout à coup, et dit : « L'univers ayant souffert ce monstre pendant quatorze ans, enfin il l'abandonna : *tale monstrum per quatuordecim annos perpessus terrarum orbis, tandem destituit.* » Ceci produit dans l'esprit différentes sortes de surprises ; nous sommes surpris du changement de style de l'auteur, de la découverte de sa différente manière de penser, de sa façon de rendre, en aussi peu de mots, une des grandes révolutions qui soit arrivée : ainsi l'ame trouve un très grand nombre de sentiments différents qui concourent à l'ébranler, et à lui composer un plaisir.

### DES DIVERSES CAUSES QUI PEUVENT PRODUIRE UN SENTIMENT.

Il faut bien remarquer qu'un sentiment n'a pas ordinairement dans notre ame une cause unique. C'est, si j'ose me servir de ce terme, une certaine dose qui en produit la force et la variété. L'esprit consiste à savoir frapper plusieurs organes à la fois ; et si l'on examine les divers écrivains, on verra peut-être que les meilleurs, et ceux qui ont plu davantage, sont ceux qui ont excité dans l'ame plus de sensations en même temps.

Voyez, je vous prie, la multiplicité des causes. Nous aimons mieux voir un jardin bien arrangé qu'une confusion d'arbres, 1° parce que notre vue qui seroit arrêtée ne l'est pas ; 2° chaque allée est une, et forme une grande chose, au lieu que dans la confusion chaque arbre est une chose, et une petite chose ; 3° nous voyons un arrangement que nous n'avons pas coutume de voir ; 4° nous savons bon gré de la peine que l'on a prise ; 5° nous admirons le soin que l'on a de combattre sans cesse la nature, qui, par des productions qu'on ne lui demande pas, cherche à tout confondre ; ce qui est si vrai qu'un jardin négligé nous est insupportable. Quelquefois la difficulté de l'ouvrage nous plaît, quelquefois c'est la facilité ; et, comme dans un jardin magnifique nous admirons la grandeur et la dépense du maître, nous voyons quelquefois avec plaisir qu'on a eu l'art de nous plaire avec peu de dépense et de travail. Le jeu nous plaît, parce qu'il satisfait notre avarice, c'est-à-dire l'espérance d'avoir plus : il flatte notre vanité par l'idée de la préférence que la fortune nous donne, et de l'attention que les autres ont sur notre bonheur ; il satisfait notre curiosité en nous donnant un spectacle ; enfin il nous donne les différents plaisirs de la surprise.

La danse nous plaît par la légèreté, par une certaine grace, par la beauté et la variété des attitudes, par sa liaison avec la musique, la personne qui danse étant comme un instrument qui accompagne ; mais surtout elle plaît par une disposition de notre cerveau, qui est telle qu'elle ramène en secret l'idée de tous les mouvements

à de certains mouvements, la plupart des attitudes à de certaines attitudes.

### DE LA LIAISON ACCIDENTELLE DE CERTAINES IDÉES.

Presque toujours les choses nous plaisent et déplaisent à différents égards : par exemple, les castrats d'Italie nous doivent faire peu de plaisir, 1° parce qu'il n'est pas étonnant qu'accommodés comme ils sont, ils chantent bien : ils sont comme un instrument dont l'ouvrier a retranché du bois pour lui faire produire des sons ; 2° parce que les passions qu'ils jouent sont trop suspectes de fausseté ; 5° parce qu'ils ne sont ni du sexe que nous aimons ni de celui que nous estimons. D'un autre côté ils peuvent nous plaire, parce qu'ils conservent long-temps un air de jeunesse, et de plus qu'ils ont une voix flexible, et qui leur est particulière. Ainsi chaque chose nous donne un sentiment qui est composé de beaucoup d'autres, lesquels s'affoiblissent et se choquent quelquefois.

Souvent notre ame se compose elle-même des raisons de plaisir, et elle y réussit surtout par les liaisons qu'elle met aux choses. Ainsi une chose qui nous a plu nous plaît encore, par la seule raison qu'elle nous a plu, parce que nous joignons l'ancienne idée à la nouvelle. Ainsi une actrice qui nous a plu sur le théâtre nous plaît encore dans la chambre ; sa voix, sa déclamation, le souvenir de l'avoir vu admirer, que dis-je ? l'idée de la princesse, jointe à la sienne, tout cela fait une espèce de mélange qui forme et produit un plaisir.

Nous sommes tous pleins d'idées accessoires. Une femme qui aura une grande réputation et un léger défaut pourra le mettre en crédit, et le faire regarder comme une grace. La plupart des femmes que nous aimons n'ont pour elles que la prévention sur leur naissance ou leurs biens, les honneurs ou l'estime de certaines gens.

### AUTRE EFFET DES LIAISONS QUE L'AME MET AUX CHOSES.

Nous devons à la vie champêtre que l'homme menoit dans les premiers temps cet air riant répandu dans toute la Fable ; nous lui devons ces descriptions heureuses, ces aventures naïves, ces divinités gracieuses, ce spectacle d'un état assez différent du nôtre pour le desirer, et qui n'en est pas assez éloigné pour choquer la vraisemblance ; enfin ce mélange de passions et de tranquillité. Notre imagination rit à Diane, à Pan, à Apollon, aux nymphes, aux bois, aux prés, aux fontaines.

Si les premiers hommes avoient vécu comme nous dans les villes, les poëtes n'auroient pu nous décrire que ce que nous voyons tous les jours avec inquiétude, ou que nous sentons avec dégoût ; tout respireroit l'avarice, l'ambition, et les passions qui tourmentent.

Les poëtes qui nous décrivent la vie champêtre nous parlent de l'âge d'or qu'ils regrettent, c'est-à-dire nous parlent d'un temps encore plus heureux et plus tranquille.

### DE LA DÉLICATESSE.

Les gens délicats sont ceux qui à chaque idée ou à chaque goût joignent beaucoup d'idées ou beaucoup de goûts accessoires. Les gens grossiers n'ont qu'une sensation ; leur ame ne sait composer ni décomposer ; ils ne joignent ni n'ôtent rien à ce que la nature donne : au lieu que les gens délicats dans l'amour se composent la plupart des plaisirs de l'amour. Polixène et Apicius portoient à la table bien des sensations inconnues à nous autres mangeurs vulgaires ; et ceux qui jugent avec goût des ouvrages d'esprit ont et se font une infinité de sensations que les autres hommes n'ont pas.

### DU *Je ne sais quoi.*

Il y a quelquefois dans les personnes ou dans les choses un charme invisible, une grace naturelle, qu'on n'a pu définir, et qu'on a été forcé d'appeler le *je ne sais quoi*. Il me semble que c'est un effet principalement fondé sur la surprise. Nous sommes touchés de ce qu'une personne nous plait plus qu'elle ne nous a paru d'abord devoir nous plaire, et nous sommes agréablement surpris de ce qu'elle a su vaincre des défauts que nos yeux nous montrent, et que le cœur ne croit plus. Voilà pourquoi les femmes laides ont très souvent des graces, et qu'il est rare que les belles en aient. Car une belle personne fait ordinairement le contraire de ce que nous avions attendu ; elle parvient à nous paroître moins aimable ; après nous avoir surpris en bien, elle nous surprend en mal ; mais l'impression du bien est ancienne, celle du mal nouvelle : aussi les belles personnes font-elles rarement les grandes passions, presque toujours réservées à celles qui ont des graces, c'est-à-dire des agréments que nous n'attendions point, et que nous n'avions pas sujet d'attendre. Les grandes parures ont rarement de la grace, et souvent l'habillement des bergères en a. Nous admirons la majesté des draperies de Paul Véronèse ; mais nous sommes touchés de la simplicité de Raphaël

et de la pureté du Corrège. Paul Véronèse promet beaucoup, et paie ce qu'il promet. Raphaël et le Corrège promettent peu, et paient beaucoup; et cela nous plaît davantage.

Les graces se trouvent plus ordinairement dans l'esprit que dans le visage; car un beau visage paroît d'abord, et ne cache presque rien; mais l'esprit ne se montre que peu à peu, que quand il veut, et autant qu'il veut; il peut se cacher pour paroître, et donner cette espèce de surprise qui fait les graces.

Les graces se trouvent moins dans les traits du visage que dans les manières; car les manières naissent à chaque instant, et peuvent à tous les moments créer des surprises : en un mot, une femme ne peut guère être belle que d'une façon; mais elle est jolie de cent mille.

La loi des deux sexes a établi, parmi les nations policées et sauvages, que les hommes demanderoient, et que les femmes ne feroient qu'accorder : de là il arrive que les graces sont plus particulièrement attachées aux femmes. Comme elles ont tout à défendre, elles ont tout à cacher; la moindre parole, le moindre geste, tout ce qui, sans choquer le premier devoir, se montre en elles, tout ce qui se met en liberté, devient une grace; et telle est la sagesse de la nature, que ce qui ne seroit rien sans la loi de la pudeur devient d'un prix infini depuis cette heureuse loi, qui fait le bonheur de l'univers.

Comme la gêne et l'affectation ne sauroient nous surprendre, les graces ne se trouvent ni dans les manières gênées ni dans les manières affectées, mais dans une certaine liberté ou facilité qui est entre les deux extrémités; et l'ame est agréablement surprise de voir que l'on a évité les deux écueils. Il sembleroit que les manières naturelles devroient être les plus aisées : ce sont celles qui le sont le moins; car l'éducation, qui nous gêne, nous fait toujours perdre du naturel : or, nous sommes charmés de le voir revenir.

Rien ne nous plaît tant dans une parure que lorsqu'elle est dans cette négligence ou même dans ce désordre qui nous cache tous les soins que la propreté n'a pas exigés, et que la seule vanité auroit fait prendre; et l'on n'a jamais de grace dans l'esprit que lorsque ce que l'on dit est trouvé, et non pas recherché.

Lorsque vous dites des choses qui vous ont coûté, vous pouvez bien faire voir que vous avez de l'esprit, et non pas des graces dans l'esprit. Pour le faire voir, il faut que vous ne le voyiez pas vous-même, et que les autres, à qui d'ailleurs quelque chose de naïf et de simple en vous ne promettoit rien de cela, soient doucement surpris de s'en apercevoir.

Ainsi les graces ne s'acquièrent point : pour en avoir, il faut être naïf. Mais comment peut-on travailler à être naïf?

Une des plus belles fictions d'Homère, c'est celle de cette ceinture qui donnoit à Vénus l'art de plaire. Rien n'est plus propre à faire sentir cette magie et ce pouvoir des graces, qui semblent être données à une personne par un pouvoir invisible, et qui sont distinguées de la beauté même. Or cette ceinture ne pouvoit être donnée qu'à Vénus. Elle ne pouvoit convenir à la beauté majestueuse de Junon; car la majesté demande une certaine gravité, c'est-à-dire une gêne opposée à l'ingénuité des graces. Elle ne pouvoit bien convenir à la beauté fière de Pallas; car la fierté est opposée à la douceur des graces, et d'ailleurs peut souvent être soupçonnée d'affectation.

### PROGRESSION DE LA SURPRISE.

Ce qui fait les grandes beautés, c'est lorsqu'une chose est telle que la surprise est d'abord médiocre, qu'elle se soutient, augmente, et nous mène ensuite à l'admiration. Les ouvrages de Raphaël frappent peu au premier coup d'œil : il imite si bien la nature, que l'on n'en est d'abord pas plus étonné que si l'on voyoit l'objet même, lequel ne causeroit point de surprise. Mais une expression extraordinaire, un coloris plus fort, une attitude bizarre d'un peintre moins bon nous saisit du premier coup d'œil, parce qu'on n'a pas coutume de la voir ailleurs. On peut comparer Raphaël à Virgile, et les peintres de Venise, avec leurs attitudes forcées, à Lucain : Virgile, plus naturel, frappe d'abord moins, pour frapper ensuite plus; Lucain frappe d'abord plus, pour frapper ensuite moins.

L'exacte proportion de la fameuse église de Saint-Pierre fait qu'elle ne paroît pas d'abord aussi grande qu'elle l'est; car nous ne savons d'abord où nous prendre pour juger de sa grandeur. Si elle étoit moins large, nous serions frappés de sa longueur; si elle étoit moins longue, nous le serions de sa largeur. Mais à mesure que l'on examine, l'œil la voit s'agrandir, l'étonnement augmente. On peut la comparer aux Pyrénées, où l'œil, qui croyoit d'abord les mesurer, découvre des montagnes derrière les montagnes, et se perd toujours davantage.

Il arrive souvent que notre ame sent du plaisir lorsqu'elle a un sentiment qu'elle ne peut pas dé-

mêler elle-même, et qu'elle voit une chose absolument différente de ce qu'elle sait être ; ce qui lui donne un sentiment de surprise dont elle ne peut pas sortir. En voici un exemple. Le dôme de Saint-Pierre est immense. On sait que Michel-Ange voyant le Panthéon, qui étoit le plus grand temple de Rome, dit qu'il en vouloit faire un pareil, mais qu'il vouloit le mettre en l'air. Il fit donc sur ce modèle le dôme de Saint-Pierre; mais il fit les piliers si massifs, que ce dôme, qui est comme une montagne que l'on a sur la tête, paroît léger à l'œil qui le considère. L'ame reste donc incertaine entre ce qu'elle voit et ce qu'elle sait, et elle reste surprise de voir une masse en même temps si énorme et si légère.

### DES BEAUTÉS QUI RÉSULTENT D'UN CERTAIN EMBARRAS DE L'AME.

Souvent la surprise vient à l'ame de ce qu'elle ne peut pas concilier ce qu'elle voit avec ce qu'elle a vu. Il y a en Italie un grand lac qu'on appelle le lac Majeur, *il lago Maggiore;* c'est une petite mer dont les bords ne montrent rien que de sauvage. A quinze milles dans le lac sont deux îles d'un quart de lieue de tour, qu'on appelle *les Borromées,* qui sont, à mon avis, le séjour du monde le plus enchanté. L'ame est étonnée de ce contraste romanesque, de rappeler avec plaisir les merveilles des romans, où, après avoir passé par des rochers et des pays arides, on se trouve dans un lieu fait par les fées.

Tous les contrastes nous frappent, parce que les choses en opposition se relèvent toutes les deux : ainsi lorsqu'un petit homme est auprès d'un grand, le petit fait paroître l'autre plus grand, et le grand fait paroître l'autre plus petit.

Ces sortes de surprises font le plaisir que l'on trouve dans toutes les beautés d'opposition, dans toutes les antithèses et figures pareilles. Quand Florus dit : « Sore et Algide ( qui le croiroit ? ) nous ont été formidables; Satrique et Cornicule étoient des provinces; nous rougissons des Boriliens et des Véruliens, mais nous en avons triomphé; enfin Tibur, notre faubourg; Préneste, où sont nos maisons de plaisance, étoient les sujets des vœux que nous allions faire au Capitole; » cet auteur, dis-je, nous montre en même temps la grandeur de Rome et la petitesse de ses commencements ; et l'étonnement porte sur ces deux choses.

On peut remarquer ici combien est grande la différence des antithèses d'idées d'avec les antithèses d'expression. L'antithèse d'expression n'est pas cachée ; celle d'idées l'est : l'une a toujours le même habit, l'autre en change comme on veut ; l'une est variée, l'autre non.

Le même Florus, en parlant des Samnites, dit que leurs villes furent tellement détruites, qu'il est difficile de trouver à présent le sujet de vingt-quatre triomphes : *et non facile appareat materia quatuor et viginti triumphorum.* Et, par les mêmes paroles qui marquent la destruction de ce peuple, il fait voir la grandeur de son courage et de son opiniâtreté.

Lorsque nous voulons nous empêcher de rire, notre rire redouble à cause du contraste qui est entre la situation où nous sommes et celle où nous devrions être. De même, lorsque nous voyons dans un visage un grand défaut, comme, par exemple, un très grand nez, nous rions à cause que nous voyons que ce contraste avec les autres traits du visage ne doit pas être. Ainsi les contrastes sont cause des défauts aussi bien que des beautés. Lorsque nous voyons qu'ils sont sans raison, qu'ils relèvent ou éclairent un autre défaut, ils sont les grands instruments de la laideur, laquelle, lorsqu'elle nous frappe subitement, peut exciter une certaine joie dans notre ame, et nous faire rire. Si notre ame la regarde comme un malheur dans la personne qui la possède, elle peut exciter la *pitié;* si elle la regarde avec l'idée de ce qui peut nous nuire, et avec une idée de comparaison avec ce qui a coutume de nous émouvoir et d'exciter nos desirs, elle la regarde avec un sentiment d'*aversion.*

De même dans nos pensées, lorsqu'elles contiennent une opposition qui est contre le bon sens, lorsque cette opposition est commune et aisée à trouver, elles ne plaisent point et sont un défaut, parce qu'elles ne causent point de surprise; et si au contraire elles sont trop recherchées, elles ne plaisent pas non plus. Il faut que dans un ouvrage on les sente parce qu'elles y sont, et non pas parce qu'on a voulu les montrer ; car pour lors la surprise ne tombe que sur la sottise de l'auteur.

Une des choses qui nous plaît le plus, c'est le naïf, mais c'est aussi le style le plus difficile à attraper : la raison en est qu'il est précisément entre le noble et le bas, et est si près du bas, qu'il est très difficile de le côtoyer toujours sans y tomber.

Les musiciens ont reconnu que la musique qui se chante le plus facilement est la plus difficile à composer : preuve certaine que nos plaisirs et l'art qui nous les donne sont entre certaines limites.

A voir les vers de Corneille si pompeux et ceux de Racine si naturels, on ne devineroit pas que

Corneille travailloit facilement, et Racine avec peine.

Le bas est le sublime du peuple, qui aime à voir une chose faite pour lui, et qui est à sa portée.

Les idées qui se présentent aux gens qui sont bien élevés, et qui ont un grand esprit, sont ou naïves, ou nobles, ou sublimes.

Lorsqu'une chose nous est montrée avec des circonstances ou des accessoires qui l'agrandissent, cela nous paroît noble : cela se sent surtout dans les comparaisons, où l'esprit doit toujours gagner et jamais perdre; car elles doivent toujours ajouter quelque chose, faire voir la chose plus grande, ou, s'il ne s'agit pas de grandeur, plus fine et plus délicate : mais il faut bien se donner de garde de montrer à l'ame un rapport dans le bas, car elle se le seroit caché si elle l'avoit découvert.

Lorsqu'il s'agit de montrer des choses fines, l'ame aime mieux voir comparer une manière à une manière, une action à une action, qu'une chose à une chose. Comparer en général un homme courageux à un lion, une femme à un astre, un homme léger à un cerf, cela est aisé; mais lorsque La Fontaine commence ainsi une de ses fables,

> Entre les pattes d'un lion
> Un rat sortit de terre assez à l'étourdie.
> Le roi des animaux, en cette occasion,
> Montra ce qu'il étoit, et lui donna la vie,

il compare les modifications de l'ame du roi des animaux avec les modifications de l'ame d'un véritable roi.

Michel-Ange est le maître pour donner de la noblesse à tous ses sujets. Dans son fameux Bacchus, il ne fait point comme les peintres de Flandre, qui nous montrent une figure tombante, et qui est, pour ainsi dire, en l'air : cela seroit indigne de la majesté d'un dieu. Il le peint ferme sur ses jambes; mais il lui donne si bien la gaieté de l'ivresse, et le plaisir à voir couler la liqueur qu'il verse dans sa coupe, qu'il n'y a rien de si admirable.

Dans la Passion qui est dans la galerie de Florence, il a peint la Vierge debout, qui regarde son fils crucifié, sans douleur, sans pitié, sans regret, sans larmes. Il la suppose instruite de ce grand mystère, et par-là lui fait soutenir avec grandeur le spectacle de cette mort.

Il n'y a point d'ouvrage de Michel-Ange où il n'ait mis quelque chose de noble : on trouve du grand dans ses ébauches mêmes, comme dans ces vers que Virgile n'a point finis.

Jules Romain, dans sa chambre des géants, à Mantoue, où il a représenté Jupiter qui les foudroie, fait voir tous les dieux effrayés : mais Junon est auprès de Jupiter; elle lui montre, d'un air assuré, un géant sur lequel il faut qu'il lance la foudre : par-là il lui donne un air de grandeur que n'ont pas les autres dieux : plus ils sont près de Jupiter, plus ils sont rassurés; et cela est bien naturel; car, dans une bataille, la frayeur cesse auprès de celui qui a de l'avantage.

### DES RÈGLES.

Tous les ouvrages de l'art ont des règles générales, qui sont des guides qu'il ne faut jamais perdre de vue. Mais comme les lois sont toujours justes dans leur être général, mais presque toujours injustes dans l'application, de même les règles, toujours vraies dans la théorie, peuvent devenir fausses dans l'hypothèse. Les peintres et les sculpteurs ont établi les proportions qu'il faut donner au corps humain, et ont pris pour mesure commune la longueur de la face; mais il faut qu'ils violent à chaque instant les proportions, à cause des différentes attitudes dans lesquelles il faut qu'ils mettent les corps : par exemple, un bras tendu est bien plus long que celui qui ne l'est pas. Personne n'a jamais plus connu l'art que Michel-Ange; personne ne s'en est joué davantage. Il y a peu de ses ouvrages d'architecture où les proportions soient exactement gardées; mais, avec une connoissance exacte de tout ce qui peut faire plaisir, il sembloit qu'il eût un art à part pour chaque ouvrage.

Quoique chaque effet dépende d'une cause générale, il s'y mêle tant d'autres causes particulières, que chaque effet a, en quelque façon, une cause à part. Ainsi l'art donne les règles, et le goût les exceptions; le goût nous découvre en quelles occasions l'art doit soumettre, et en quelles occasions il doit être soumis.

### PLAISIR FONDÉ SUR LA RAISON.

J'ai dit souvent que ce qui nous fait plaisir doit être fondé sur la raison; et ce qui ne l'est pas à certains égards, mais parvient à nous plaire par d'autres, doit s'en écarter le moins qu'il est possible.

Et je ne sais comme il arrive que la sottise de l'ouvrier, bien marquée, fait que l'on ne peut plus se plaire à son ouvrage; car, dans les ouvrages de goût, il faut, pour qu'ils plaisent, avoir une certaine confiance à l'ouvrier, que l'on perd d'abord lorsque l'on voit, pour première chose, qu'il pèche contre le bon sens.

Ainsi lorsque j'étois à Pise, je n'eus aucun plai-

sir lorsque je vis le fleuve Arno peint dans le ciel avec son urne qui roule des eaux. Je n'eus aucun plaisir à Gênes de voir des saints dans le ciel, qui souffroient le martyre. Ces choses sont si grossières qu'on ne peut plus les regarder.

Lorsqu'on entend dans le second acte de *Thyeste*, de Sénèque, des vieillards d'Argos qui, comme des citoyens de Rome du temps de Sénèque, parlent des Parthes et des Quirites, et distinguent les sénateurs des plébéiens, méprisent les blés de la Libye, les Sarmates qui ferment la mer Caspienne, et les rois qui ont subjugué les Daces, une pareille ignorance fait rire dans un sujet sérieux. C'est comme si, sur le théâtre de Londres, on introduisoit Marius disant que, pourvu qu'il ait la faveur de la chambre basse, il ne craint point l'inimitié de celle des pairs, ou qu'il aime mieux la vertu que tout ce que les grandes familles de Rome font venir du Potose.

Lorsqu'une chose est, à certains égards, contre la raison, et que, nous plaisant par d'autres, l'usage ou l'intérêt même de nos plaisirs la fait regarder comme raisonnable, comme nos opéra, il faut faire en sorte qu'elle s'en écarte le moins possible. Je ne pouvois souffrir en Italie de voir Caton et César chanter des ariettes sur le théâtre; les Italiens, qui ont tiré de l'histoire les sujets de leur opéra, ont montré moins de goût que nous, qui les avons tirés de la Fable ou des romans. A force de merveilleux, l'inconvénient du chant diminue, parce que ce qui est si extraordinaire paroît mieux pouvoir s'exprimer par une manière plus éloignée du naturel; d'ailleurs, il semble qu'il est établi que le chant peut avoir dans les enchantements et dans le commerce des dieux une force que les paroles n'ont pas; il est donc là plus raisonnable, et nous avons bien fait de l'y employer.

### DE LA CONSIDÉRATION DE LA SITUATION MEILLEURE.

Dans la plupart des jeux folâtres, la source la plus commune de nos plaisirs vient de ce que, par de certains petits accidents, nous voyons quelqu'un dans un embarras où nous ne sommes pas, comme si quelqu'un tombe, s'il ne peut échapper, s'il ne peut suivre;... de même, dans les comédies, nous avons du plaisir de voir un homme dans une erreur où nous ne sommes pas.

Lorsque nous voyons faire une chute à quelqu'un, nous nous persuadons qu'il a plus de peur qu'il n'en doit avoir, et cela nous divertit de

même, dans les comédies, nous prenons plaisir à voir un homme plus embarrassé qu'il ne devroit l'être. Comme lorsqu'un homme grave fait quelque chose de ridicule, ou se trouve dans une position que nous sentons n'être pas d'accord avec sa gravité, cela nous divertit; de même, dans nos comédies, quand un vieillard est trompé, nous avons du plaisir à voir que sa prudence et son expérience sont les dupes de son amour et de son avarice.

Mais lorsqu'un enfant tombe, au lieu d'en rire, nous en avons pitié, parce que ce n'est pas proprement sa faute, mais celle de sa foiblesse : de même lorsqu'un jeune homme, aveuglé par sa passion, a fait la folie d'épouser une personne qu'il aime, et en est puni par son père, nous sommes affligés de le voir devenir malheureux pour avoir suivi un penchant naturel, et avoir plié à la foiblesse de la condition humaine.

Enfin comme, lorsqu'une femme tombe, toutes les circonstances qui peuvent augmenter son embarras augmentent notre plaisir; de même, dans les comédies, nous nous divertissons de tout ce qui peut augmenter l'embarras de certains personnages.

Tous ces plaisirs sont fondés, ou sur notre malignité naturelle, ou sur l'aversion que nous donne pour certains personnages l'intérêt que nous prenons pour d'autres.

Le grand art de la comédie consiste donc à bien ménager et cette affection et cette aversion, de façon que nous ne nous démentions pas d'un bout de la pièce à l'autre, et que nous n'ayons point du dégoût ou du regret d'avoir aimé ou haï. Car on ne peut guère souffrir qu'un caractère odieux devienne intéressant, que lorsqu'il y a raison pour cela dans le caractère même, et qu'il s'agit de quelque grande action qui nous surprend, et qui peut servir au dénouement de la pièce.

### PLAISIR CAUSÉ PAR LES JEUX, CHUTES, CONTRASTES.

Comme dans le jeu de piquet nous avons le plaisir de démêler ce que nous ne connoissons pas par ce que nous connoissons, et que la beauté de ce jeu consiste à paroître nous montrer tout et cependant nous cacher beaucoup, ce qui excite notre curiosité; ainsi, dans les pièces de théâtre, notre ame est piquée de curiosité, parce qu'on lui montre de certaines choses et qu'on lui en cache d'autres; elle tombe dans la surprise, parce qu'elle croyoit que les choses qu'on lui cache arriveroient

d'une certaine façon, qu'elles arrivent d'une autre, et qu'elle a fait, pour ainsi dire, de fausses prédictions sur ce qu'elle a vu.

Comme le plaisir du jeu de l'hombre consiste dans une certaine suspension mêlée de curiosité des trois événements qui peuvent arriver, la partie pouvant être gagnée, remise, ou perdue codille; ainsi, dans nos pièces de théâtre, nous sommes tellement suspendus et incertains, que nous ne savons ce qui arrivera; et tel est l'effet de notre imagination, que lorsque nous avons vu la pièce mille fois, si elle est belle, notre suspension et, si je l'ose dire, notre ignorance restent encore; car pour lors nous sommes si fort touchés de ce que nous entendons actuellement, que nous ne sentons plus que ce qu'on nous dit : et ce qui paroît devoir suivre de ce qu'on nous dit, ce que nous connoissons d'ailleurs, et seulement par mémoire, ne nous fait plus aucune impression.

◄◄◄◄◦◦◦►►

# ARSACE ET ISMÉNIE,

### HISTOIRE ORIENTALE [1].

Sur la fin du règne d'Artamène, la Bactriane fut agitée par des discordes civiles. Ce prince mourut accablé d'ennuis, et laissa son trône à sa fille Isménie. Aspar, premier eunuque du palais, eut la principale direction des affaires. Il desiroit beaucoup le bien de l'état, et il desiroit fort peu le pouvoir. Il connoissoit les hommes, et jugeoit bien des événements. Son esprit étoit naturellement conciliateur, et son ame sembloit s'approcher de toutes les autres. La paix, qu'on n'osoit plus espérer, fut rétablie. Tel fut le prestige d'Aspar; chacun rentra dans le devoir, et ignora presque qu'il en fût sorti. Sans effort et sans bruit, il savoit faire les grandes choses.

La paix fut troublée par le roi d'Hircanie. Il envoya des ambassadeurs pour demander Isménie en mariage; et sur ses refus, il entra dans la Bactriane. Cette entrée fut singulière. Tantôt il paroissoit armé de toutes pièces, et prêt à combattre ses ennemis; tantôt on le voyoit vêtu comme un amant que l'amour conduit auprès de sa maî-

tresse. Il menoit avec lui tout ce qui étoit propre à un appareil de noces; des danseurs, des joueurs d'instruments, des farceurs, des cuisiniers, des eunuques, des femmes; et il menoit avec lui une formidable armée. Il écrivoit à la reine les lettres du monde les plus tendres, et d'un autre côté il ravageoit tout le pays : un jour étoit employé à des festins, un autre à des expéditions militaires. Jamais on n'a vu une si parfaite image de la guerre et de la paix, et jamais il n'y eut tant de dissolution et tant de discipline. Un village fuyoit là cruauté du vainqueur; un autre étoit dans la joie, les danses, et les festins; et, par un étrange caprice, il cherchoit deux choses incompatibles, de se faire craindre, et de se faire aimer : il ne fut ni craint, ni aimé. On opposa une armée à la sienne; et une seule bataille finit la guerre. Un soldat nouvellement arrivé dans l'armée des Bactriens fit des prodiges de valeur; il perça jusqu'au lieu où combattoit vaillamment le roi d'Hircanie, et le fit prisonnier. Il remit ce prince à un officier; et, sans dire son nom, il alloit rentrer dans la foule : mais, suivi par les acclamations, il fut mené comme en triomphe à la tente du général. Il parut devant lui avec une noble assurance; il parla modestement de son action. Le général lui offrit des récompenses; il s'y montra insensible : il voulut le combler d'honneurs; il y parut accoutumé.

Aspar jugea qu'un tel homme n'étoit pas d'une naissance ordinaire. Il le fit venir à la cour; et quand il le vit, il se confirma encore plus dans cette pensée. Sa présence lui donna de l'admiration; la tristesse même qui paroissoit sur son visage lui inspira du respect; il loua sa valeur, et lui dit les choses les plus flatteuses. « Seigneur, lui dit l'étranger, excusez un malheureux que l'horreur de sa situation rend presque incapable de sentir vos bontés, et encore plus d'y répondre. » Ses yeux se remplirent de larmes, et l'eunuque en fut attendri. « Soyez mon ami, lui dit-il, puisque vous êtes malheureux. Il y a un moment que je vous admirois, à présent je vous aime; je voudrois vous consoler, et que vous fissiez usage de ma raison et de la vôtre. Venez prendre un appartement dans mon palais; celui qui l'habite aime la vertu, et vous n'y serez point étranger. »

Le lendemain fut un jour de fête pour tous les Bactriens. La reine sortit de son palais, suivie de toute sa cour. Elle paroissoit sur son char, au milieu d'un peuple immense. Un voile qui couvroit son visage laissoit voir une taille charmante; ses

---

[1] Ce petit roman parut pour la première fois en 1783, dans les *Œuvres posthumes* de l'auteur. Montesquieu craignoit qu'il ne fût trop éloigné de nos mœurs pour être bien reçu en France. Voyez sa lettre à l'abbé de Guasco, en date du 15 décembre 1734.

traits étoient cachés, et l'amour des peuples sembloit les leur montrer.

Elle descendit de son char, et entra dans le temple. Les grands de Bactriane étoient autour d'elle. Elle se prosterna, et adora les dieux dans le silence; puis elle leva son voile, se recueillit, et dit à haute voix :

« Dieux immortels ! la reine de Bactriane vient vous rendre graces de la victoire que vous lui avez donnée. Mettez le comble à vos faveurs, en ne permettant jamais qu'elle en abuse. Faites qu'elle n'ait ni passions, ni foiblesses, ni caprices; que ses craintes soient de faire le mal, ses espérances de faire le bien; et puisqu'elle ne peut être heureuse…, dit-elle d'une voix que les sanglots parurent arrêter, faites du moins que son peuple le soit. »

Les prêtres finirent les cérémonies prescrites pour le culte des dieux; la reine sortit du temple, remonta sur son char, et le peuple la suivit jusqu'au palais.

Quelques moments après, Aspar rentra chez lui : il cherchoit l'étranger, et il le trouva dans une affreuse tristesse. Il s'assit auprès de lui, et ayant fait retirer tout le monde, il lui dit : « Je vous conjure de vous ouvrir à moi. Croyez-vous qu'un cœur agité ne trouve point de douceur à confier ses peines ? C'est comme si l'on se reposoit dans un lieu plus tranquille. — Il faudroit, lui dit l'étranger, vous raconter tous les événements de ma vie. — C'est ce que je vous demande, reprit Aspar; vous parlerez à un homme sensible : ne me cachez rien; tout est important devant l'amitié. »

Ce n'étoit pas seulement la tendresse et un sentiment de pitié qui donnoit cette curiosité à Aspar. Il vouloit attacher cet homme extraordinaire à la cour de Bactriane; il désiroit de connoître à fond un homme qui étoit déja dans l'ordre de ses desseins, et qu'il destinoit dans sa pensée aux plus grandes choses.

L'étranger se recueillit un moment, et commença ainsi :

« L'amour a fait tout le bonheur et tout le malheur de ma vie. D'abord il l'avoit semée de peines et de plaisirs; il n'y a laissé dans la suite que les pleurs, les plaintes, et les regrets.

» Je suis né dans la Médie, et je puis compter d'illustres aïeux. Mon père remporta de grandes victoires à la tête des armées des Mèdes. Je le perdis dans mon enfance, et ceux qui m'élevèrent me firent regarder ses vertus comme la plus belle partie de mon héritage.

» A l'âge de quinze ans on m'établit. On ne me donna point ce nombre prodigieux de femmes dont on accable en Médie les gens de ma naissance. On voulut suivre la nature, et m'apprendre que si les besoins des sens étoient bornés, ceux du cœur l'étoient encore davantage.

» Ardasire n'étoit pas plus distinguée de mes autres femmes par son rang que par mon amour. Elle avoit une fierté mêlée de quelque chose de si tendre, ses sentiments étoient si nobles, si différents de ceux qu'une complaisance éternelle met dans le cœur des femmes d'Asie; elle avoit d'ailleurs tant de beauté, que mes yeux ne virent qu'elle, et mon cœur ignora les autres.

» Sa physionomie étoit ravissante; sa taille, son air, ses graces, le son de sa voix, le charme de ses discours, tout m'enchantoit. Je voulois toujours l'entendre; je ne me lassois jamais de la voir. Il n'y avoit rien pour moi de si parfait dans la nature; mon imagination ne pouvoit me dire que ce que je trouvois en elle; et quand je pensois au bonheur dont les humains peuvent être capables, je voyois toujours le mien.

» Ma naissance, mes richesses, mon âge, et quelques avantages personnels, déterminèrent le roi à me donner sa fille. C'est une coutume inviolable des Mèdes, que ceux qui reçoivent un pareil honneur renvoient toutes leurs femmes. Je ne vis dans cette grande alliance que la perte de ce que j'avois dans le monde de plus cher; mais il me fallut dévorer mes larmes, et montrer de là gaieté. Pendant que toute la cour me félicitoit d'une faveur dont elle est toujours enivrée, Ardasire ne demandoit point à me voir; et moi je craignois sa présence, et je la cherchois. J'allai dans son appartement; j'étois désolé. « Ardasire, lui dis-je, je vous perds… » Mais, sans me faire ni caresses ni reproches, sans lever les yeux, sans verser de larmes, elle garda un profond silence; une pâleur mortelle paroissoit sur son visage, et j'y voyois une certaine indignation mêlée de désespoir.

» Je voulus l'embrasser; elle me parut glacée, et je ne lui sentis de mouvement que pour échapper de mes bras.

» Ce ne fut point la crainte de mourir qui me fit accepter la princesse, et, si je n'avois tremblé pour Ardasire, je me serois sans doute exposé à la plus affreuse vengeance. Mais quand je me représentois que mon refus seroit infailliblement suivi de sa mort, mon esprit se confondoit, et je m'abandonnois à mon malheur.

» Je fus conduit dans le palais du roi, et il ne

me fut plus permis d'en sortir. Je vis ce lieu fait pour l'abattement de tous, et les délices d'un seul ; ce lieu où, malgré le silence, les soupirs de l'amour sont à peine entendus ; ce lieu où règnent la tristesse et la magnificence, où tout ce qui est inanimé est riant, et tout ce qui a de la vie est sombre, où tout se meut avec le maître, et tout s'engourdit avec lui.

» Je fus présenté le même jour à la princesse ; elle pouvoit m'accabler de ses regards, et il ne me fut pas permis de lever les miens. Étrange effet de la grandeur ! Si ses yeux pouvoient parler, les miens ne pouvoient répondre. Deux eunuques avoient un poignard à la main, prêts à expier dans mon sang l'affront de la regarder.

» Quel état pour un cœur comme le mien, d'aller porter dans mon lit l'esclavage de la cour, suspendu entre les caprices et les dédains superbes ; de ne sentir plus que le respect, et de perdre pour jamais ce qui peut faire la consolation de la servitude même, la douceur d'aimer et d'être aimé !

» Mais quelle fut ma situation lorsqu'un eunuque de la princesse vint me faire signer l'ordre de faire sortir de mon palais toutes mes femmes ! « Signez, me dit-il ; sentez la douceur de ce commandement : je rendrai compte à la princesse de votre promptitude à obéir. » Mon visage se couvrit de larmes ; j'avois commencé d'écrire, et je m'arrêtai. « De grace, dis-je à l'eunuque, attendez ; je me meurs... — Seigneur, me dit-il, il y va de votre tête et de la mienne ; signez : nous commençons à devenir coupables : on compte les moments ; je devrois être de retour. » Ma main tremblante ou rapide ( car mon esprit étoit perdu ) traça les caractères les plus funestes que je pusse former.

» Mes femmes furent enlevées la veille de mon mariage ; mais Ardasire, qui avoit gagné un de mes eunuques, mit une esclave de sa taille et de son air sous ses voiles et ses habits, et se cacha dans un lieu secret. Elle avoit fait entendre à l'eunuque qu'elle vouloit se retirer parmi les prêtresses des dieux.

» Ardasire avoit l'ame trop haute pour qu'une loi qui, sans aucun sujet, privoit de leur état des femmes légitimes, pût lui paroître faite pour elle. L'abus du pouvoir ne lui faisoit point respecter le pouvoir. Elle appeloit de cette tyrannie à la nature, et de son impuissance à son désespoir.

» La cérémonie du mariage se fit dans le palais. Je menai la princesse dans ma maison. Là, les concerts, les danses, les festins, tout parut exprimer une joie que mon cœur étoit bien éloigné de sentir.

» La nuit étant venue, toute la cour nous quitta. Les eunuques conduisirent la princesse dans son appartement : hélas ! c'étoit celui où j'avois fait tant de serments à Ardasire. Je me retirai dans le mien, plein de rage et de désespoir.

» Le moment fixé pour l'hymen arriva. J'entrai dans ce corridor, presque inconnu dans ma maison même, par où l'amour m'avoit conduit tant de fois. Je marchois dans les ténèbres, seul, triste, pensif, quand tout-à-coup un flambeau fut découvert. Ardasire, un poignard à la main, parut devant moi. « Arsace, dit-elle, allez dire à votre nouvelle épouse que je meurs ici ; dites-lui que j'ai disputé votre cœur jusqu'au dernier soupir. » Elle alloit se frapper ; j'arrêtai sa main. « Ardasire, m'écriai-je, quel affreux spectacle veux-tu me donner !... » et lui ouvrant mes bras : « Commence par frapper celui qui a cédé le premier à une loi barbare. » Je la vis pâlir, et le poignard lui tomba des mains. Je l'embrassai, et je ne sais par quel charme mon ame sembla se calmer. Je tenois ce cher objet ; je me livrai tout entier au plaisir d'aimer. Tout, jusqu'à l'idée de mon malheur, fuyoit de ma pensée. Je croyois posséder Ardasire, et il me sembloit que je ne pouvois plus la perdre. Étrange effet de l'amour ! mon cœur s'échauffoit, et mon ame devenoit tranquille.

» Les paroles d'Ardasire me rappelèrent à moi-même. « Arsace, me dit-elle, quittons ces lieux infortunés ; fuyons. Que craignons-nous ? nous savons aimer et mourir... — Ardasire, lui dis-je, je jure que vous serez toujours à moi ; vous y serez comme si vous ne sortiez jamais de ces bras : je ne me séparerai jamais de vous. J'atteste les dieux que vous seule ferez le bonheur de ma vie... Vous me proposez un généreux dessein : l'amour me l'avoit inspiré : il me l'inspire encore par vous ; vous allez voir si je vous aime. »

» Je la quittai ; et, plein d'impatience et d'amour, j'allai partout donner mes ordres. La porte de l'appartement de la princesse fut fermée. Je pris tout ce que je pus emporter d'or et de pierreries. Je fis prendre à mes esclaves divers chemins, et partis seul avec Ardasire dans l'horreur de la nuit ; espérant tout, craignant tout, perdant quelquefois mon audace naturelle, saisi par toutes les passions, quelquefois par les remords mêmes, ne sachant si je suivois mon devoir, ou l'amour, qui le fait oublier.

» Je ne vous dirai point les périls infinis que

nous courûmes. Ardasire, malgré la foiblesse de son sexe, m'encourageoit; elle étoit mourante, et elle me suivoit toujours. Je fuyois la présence des hommes, car tous les hommes étoient devenus mes ennemis : je ne cherchois que les déserts. J'arrivai dans ces montagnes qui sont remplies de tigres et de lions. La présence de ces animaux me rassuroit. « Ce n'est point ici, disois-je à Ardasire, que » les eunuques de la princesse et les gardes du roi » de Médie viendront nous chercher. » Mais enfin les bêtes féroces se multiplièrent tellement, que je commençai à craindre. Je faisois tomber à coups de flèches celles qui s'approchoient trop près de nous; car, au lieu de me charger des choses nécessaires à la vie, je m'étois muni d'armes qui pouvoient partout me les procurer. Pressé de toutes parts, je fis du feu avec des cailloux, j'allumai du bois sec; je passois la nuit auprès de ces feux, et faisois du bruit avec mes armes. Quelquefois je mettois le feu aux forêts, et je chassois devant moi ces bêtes intimidées. J'entrai dans un pays plus ouvert, et j'admirai ce vaste silence de la nature. Il me représentoit ce temps où les dieux naquirent, et où la beauté parut la première; l'amour l'échauffa, et tout fut animé.

» Enfin nous sortîmes de la Médie. Ce fut dans une cabane de pasteurs que je me crus le maître du monde, et que je pus dire que j'étois à Ardasire, et qu'Ardasire étoit à moi.

» Nous arrivâmes dans la Margiane; nos esclaves nous y rejoignirent. Là, nous vécûmes à la campagne, loin du monde et du bruit. Charmés l'un de l'autre, nous nous entretenions de nos plaisirs présents et de nos peines passées.

» Ardasire me racontoit quels avoient été ses sentiments dans tout le temps qu'on nous avoit arrachés l'un à l'autre, ses jalousies pendant qu'elle crut que je ne l'aimois plus, sa douleur quand elle vit que je l'aimois encore, sa fureur contre une loi barbare, sa colère contre moi qui m'y soumettois. Elle avoit d'abord formé le dessein d'immoler la princesse; elle avoit rejeté cette idée : elle auroit trouvé du plaisir à mourir à mes yeux; elle n'avoit point douté que je ne fusse attendri. Quand j'étois dans ses bras, disoit-elle, quand elle me proposa de quitter ma patrie, elle étoit déja sûre de moi.

» Ardasire n'avoit jamais été si heureuse; elle étoit charmée. Nous ne vivions point dans le faste de la Médie; mais nos mœurs étoient plus douces. Elle voyoit dans tout ce que nous avions perdu les grands sacrifices que je lui avois faits. Elle étoit seule avec moi. Dans les sérails, dans ces lieux de délices, on trouve toujours l'idée d'une rivale, et lorsqu'on y jouit de ce qu'on aime, plus on aime, et plus on est alarmé.

» Mais Ardasire n'avoit aucune défiance; le cœur étoit assuré du cœur. Il semble qu'un tel amour donne un air riant à tout ce qui nous entoure, et que, parce qu'un objet nous plaît, il ordonne à toute la nature de nous plaire; il semble qu'un tel amour soit cette enfance aimable devant qui tout se joue, et qui sourit toujours.

» Je sens une espèce de douceur à vous parler de cet heureux temps de notre vie. Quelquefois je perdois Ardasire dans les bois, et je la retrouvois aux accents de sa voix charmante. Elle se paroit des fleurs que je cueillois; je me parois de celles qu'elle avoit cueillies. Le chant des oiseaux, le murmure des fontaines, les danses et les concerts de nos jeunes esclaves, une douceur partout répandue, étoient des témoignages continuels de notre bonheur.

» Tantôt Ardasire étoit une bergère qui, sans parure et sans ornement, se montroit à moi avec sa naïveté naturelle; tantôt je la voyois telle qu'elle étoit lorsque j'étois enchanté dans le sérail de Médie.

» Ardasire occupoit ses femmes à des ouvrages charmants : elles filoient la laine d'Hircanie; elles employoient la pourpre de Tyr. Toute la maison goûtoit une joie naïve. Nous descendions avec plaisir à l'égalité de la nature; nous étions heureux, et nous voulions vivre avec des gens qui le fussent. Le bonheur faux rend les hommes durs et superbes, et ce bonheur ne se communique point : le vrai bonheur les rend doux et sensibles, et ce bonheur se partage toujours.

» Je me souviens qu'Ardasire fit le mariage d'une de ses favorites avec un de mes affranchis. L'amour et la jeunesse avoient formé cet hymen. La favorite dit à Ardasire : « Ce jour est aussi le premier jour de votre hyménée. — Tous les jours de ma vie, répondit-elle, seront ce premier jour. »

» Vous serez peut-être surpris qu'exilé et proscrit de la Médie, n'ayant eu qu'un moment pour me préparer à partir, ne pouvant emporter que l'argent et les pierreries qui se trouvoient sous ma main, je pusse avoir assez de richesses dans la Margiane pour y avoir un palais, un grand nombre de domestiques, et toutes sortes de commodités pour la vie. J'en fus surpris moi-même, et je le suis encore. Par une fatalité que je ne saurois vous expliquer, je ne voyois aucune ressource, et j'en trouvois partout. L'or, les pierreries, les bijoux, sembloient se présenter à moi,

C'étoient des hasards, me direz-vous. Mais des hasards si réitérés, et perpétuellement les mêmes, ne pouvoient guère être des hasards. Ardasire crut d'abord que je voulois la surprendre, et que j'avois porté des richesses qu'elle ne connoissoit pas. Je crus à mon tour qu'elle en avoit qui m'étoient inconnues. Mais nous vîmes bien l'un et l'autre que nous étions dans l'erreur. Je trouvai plusieurs fois dans ma chambre des rouleaux où il y avoit plusieurs centaines de dariques; Ardasire trouvoit dans la sienne des boîtes pleines de pierreries. Un jour que je me promenois dans mon jardin, un petit coffre plein de pièces d'or parut à mes yeux, et j'en aperçus un autre dans le creux d'un chêne sous lequel j'allois ordinairement me reposer. Je passe le reste. J'étois sûr qu'il n'y avoit pas un seul homme dans la Médie qui eût quelque connoissance du lieu où je m'étois retiré; et d'ailleurs je savois que je n'avois aucun secours à attendre de ce côté-là. Je me creusois la tête pour pénétrer d'où me venoient ces secours; toutes les conjectures que je faisois se détruisoient les unes les autres. »

« On fait, dit Aspar en interrompant Arsace, des contes merveilleux de certains génies puissants qui s'attachent aux hommes, et leur font de grands biens. Rien de ce que j'ai ouï dire là-dessus n'a fait impression sur mon esprit; mais ce que j'entends m'étonne davantage: vous dites ce que vous avez éprouvé, et non pas ce que vous avez ouï dire. »

« Soit que ces secours, reprit Arsace, fussent humains ou surnaturels, il est certain qu'ils ne me manquèrent jamais, et que, de la même manière qu'une infinité de gens trouvent par-tout la misère, je trouvai partout les richesses; et, ce qui vous surprendra, elles venoient toujours à point nommé: je n'ai jamais vu mon trésor prêt à finir qu'un nouveau n'ait d'abord reparu, tant l'intelligence qui veilloit sur nous étoit attentive. Il y a plus; ce n'étoit pas seulement nos besoins qui étoient prévenus, mais souvent nos fantaisies. Je n'aime guère, ajouta-t-il, à dire des choses merveilleuses: je vous dis ce que je suis forcé de croire, et non pas ce qu'il faut que vous croyiez.

» La veille du mariage de la favorite, un jeune homme beau comme l'Amour vint me porter un panier de très-beau fruit. Je lui donnai quelques pièces d'argent; il les prit, laissa le panier, et ne parut plus. Je portai le panier à Ardasire; je le trouvai plus pesant que je ne pensois. Nous mangeâmes le fruit, et nous trouvâmes que le fond étoit plein de dariques. « C'est le génie, dit-» on dans toute la maison, qui a apporté un trésor » ici pour les dépenses des noces. »

« Je suis convaincue, disoit Ardasire, que c'est » un génie qui fait ces prodiges en notre faveur. » Aux intelligences supérieures à nous, rien ne » doit être plus agréable que l'amour: l'amour » seul a une perfection qui peut nous élever jus-» qu'à elles. Arsace, c'est un génie qui connoît » mon cœur, et qui voit à quel point je vous » aime. Je voudrois le voir, et qu'il pût me dire » à quel point vous m'aimez. »

« Je reprends ma narration.

» La passion d'Ardasire et la mienne prirent des impressions de notre différente éducation et de nos différents caractères. Ardasire ne respiroit que pour aimer; sa passion étoit sa vie; toute son ame étoit de l'amour. Il n'étoit pas en elle de m'aimer moins; elle ne pouvoit non plus m'aimer davantage. Moi, je parus aimer avec plus d'emportement, parce qu'il sembloit que je n'aimois pas toujours de même. Ardasire seule étoit capable de m'occuper; mais il y eut des choses qui purent me distraire. Je suivois les cerfs dans les forêts, et j'allois combattre les bêtes féroces.

» Bientôt je m'imaginai que je menois une vie trop obscure. Je me trouve, disois-je, dans les états du roi de Margiane: pourquoi n'irois-je point à la cour? La gloire de mon père venoit s'offrir à mon esprit. C'est un poids bien pesant qu'un grand nom à soutenir, quand les vertus des hommes ordinaires sont moins le terme où il faut s'arrêter que celui dont on doit partir! Il semble que les engagements que les autres prennent pour nous soient plus forts que ceux que nous prenons nous-mêmes. Quand j'étois en Médie, disois-je, il falloit que je m'abaissasse, et que je cachasse avec plus de soin mes vertus que mes vices. Si je n'étois pas esclave de la cour, je l'étois de sa jalousie. Mais à présent que je me vois maître de moi, que je suis indépendant parce que je suis sans patrie, libre au milieu des forêts comme les lions, je commencerai à avoir une ame commune si je reste un homme commun.

» Je m'accoutumai peu à peu à ces idées. Il est attaché à la nature qu'à mesure que nous sommes heureux nous voulons l'être davantage. Dans la félicité même il y a des impatiences. C'est que, comme notre esprit est une suite d'idées, notre cœur est une suite de desirs. Quand nous sentons que notre bonheur ne peut plus s'augmenter, nous voulons lui donner une modification nouvelle. Quelquefois mon ambition étoit irritée par mon

amour même : j'espérois que je serois plus digne d'Ardasire, et malgré ses prières, malgré ses larmes, je la quittai.

» Je ne vous dirai point l'affreuse violence que je me fis. Je fus cent fois sur le point de revenir. Je voulois m'aller jeter aux genoux d'Ardasire; mais la honte de me démentir, la certitude que je n'aurois plus la force de me séparer d'elle, l'habitude que j'avois prise de commander à mon cœur des choses difficiles, tout cela me fit continuer mon chemin.

» Je fus reçu du roi avec toutes sortes de distinctions. A peine eus-je le temps de m'apercevoir que je fusse étranger. J'étois de toutes les parties de plaisirs; il me préféra à tous ceux de mon âge, et il n'y eut point de rang ni de dignité que je ne pusse espérer dans la Margiane.

» J'eus bientôt une occasion de justifier sa faveur. La cour de Margiane vivoit depuis long-temps dans une profonde paix. Elle apprit qu'une multitude infinie de barbares s'étoit présentée sur la frontière, qu'elle avait taillé en pièces l'armée qu'on lui avoit opposée, et qu'elle marchoit à grands pas vers la capitale. Quand la ville auroit été prise d'assaut, la cour ne seroit pas tombée dans une plus affreuse consternation. Ces gens-là n'avoient jamais connu que la prospérité, ils ne savoient pas distinguer les malheurs d'avec les malheurs, et ce qui peut se rétablir d'avec ce qui est irréparable. On assembla à la hâte un conseil; et, comme j'étois auprès du roi, je fus de ce conseil. Le roi étoit perdu, et ses conseillers n'avoient plus de sens. Il étoit clair qu'il étoit impossible de les sauver, si on ne leur rendoit le courage. Le premier ministre ouvrit les avis. Il proposa de faire sauver le roi, et d'envoyer au général ennemi les clefs de la ville. Il alloit dire ses raisons, et tout le conseil alloit les suivre. Je me levai pendant qu'il parloit, et je lui tins ce discours : « Si » tu dis encore un mot, je te tue. Il ne faut pas » qu'un roi magnanime et tous les braves gens qui » sont ici perdent un temps précieux à écouter » tes lâches conseils. » Et me tournant vers le roi : « Seigneur, un grand état ne tombe pas d'un seul » coup. Vous avez une infinité de ressources; et » quand vous n'en aurez plus, vous délibérerez » avec cet homme si vous devez mourir, ou suivre » de lâches conseils. Amis, je jure avec vous que » nous défendrons le roi jusqu'au dernier soupir. » Suivons-le, armons le peuple, et faisons-lui part » de notre courage. »

» On se mit en défense dans la ville, et je me saisis d'un poste au dehors avec une troupe de gens d'élite, composée de Margiens et de quelques braves gens qui étoient à moi. Nous battîmes plusieurs de leurs partis. Un corps de cavalerie empêchoit qu'on ne leur envoyât des vivres. Ils n'avoient point de machines pour faire le siége de la ville. Notre corps d'armée grossissoit tous les jours. Ils se retirèrent, et la Margiane fut délivrée.

» Dans le bruit et le tumulte de cette cour, je ne goûtois que de fausses joies. Ardasire me manquoit partout, et toujours mon cœur se tournoit vers elle. J'avois connu mon bonheur, et je l'avois fui; j'avois quitté des plaisirs réels, pour chercher des erreurs.

» Ardasire, depuis mon départ, n'avoit point eu de sentiment qui n'eût d'abord été combattu par un autre. Elle avoit toutes les passions; elle n'étoit contente d'aucune. Elle vouloit se taire; elle vouloit se plaindre; elle prenoit la plume pour m'écrire ; le dépit lui faisoit changer de pensées, elle ne pouvoit se résoudre à me marquer de la sensibilité, encore moins de l'indifférence; mais enfin la douleur de son ame fixa ses résolutions, et elle m'écrivit cette lettre :

« Si vous aviez gardé dans votre cœur le moin- » dre sentiment de pitié, vous ne m'auriez jamais » quittée ; vous auriez répondu à un amour si » tendre, et respecté nos malheurs; vous m'au- » riez sacrifié des idées vaines : cruel ! vous croi- » riez perdre quelque chose en perdant un cœur » qui ne brûle que pour vous. Comment pouvez- » vous savoir si, ne vous voyant plus, j'aurai le » courage de soutenir la vie ? Et si je meurs, » barbare, pouvez-vous douter que ce ne soit par » vous ? O dieux, par vous, Arsace ! Mon amour, » si industrieux à s'affliger, ne m'avoit jamais fait » craindre ce genre de supplice. Je croyois que » je n'aurois jamais à pleurer que vos malheurs, » et que je serois toute ma vie insensible sur les » miens.... »

» Je ne pus lire cette lettre sans verser des larmes. Mon cœur fut saisi de tristesse; et au sentiment de pitié se joignit un cruel remords de faire le malheur de ce que j'aimois plus que ma vie.

» Il me vint dans l'esprit d'engager Ardasire à venir à la cour : je ne restai sur cette idée qu'un moment.

» La cour de Margiane est presque la seule d'Asie où les femmes ne sont point séparées du commerce des hommes. Le roi étoit jeune : je pensai qu'il pouvoit tout, et je pensai qu'il pou-

voit aimer. Ardasire auroit pu lui plaire, et cette idée étoit pour moi plus effrayante que mille morts.

» Je n'avois d'autre parti à prendre que de retourner auprès d'elle. Vous serez étonné quand vous saurez ce qui m'arrêta.

» J'attendois à tout moment des marques brillantes de la reconnoissance du roi. Je m'imaginai que, paroissant aux yeux d'Ardasire avec un nouvel éclat, je me justifierois plus aisément auprès d'elle. Je pensai qu'elle m'en aimeroit plus, et je goûtois d'avance le plaisir d'aller porter ma nouvelle fortune à ses pieds.

» Je lui appris la raison qui me faisoit différer mon départ; et ce fut cela même qui la mit au désespoir.

» Ma faveur auprès du roi avoit été si rapide qu'on l'attribua au goût que la princesse, sœur du roi, avoit paru avoir pour moi. C'est une de ces choses que l'on croit toujours lorsqu'elles ont été dites une fois. Un esclave qu'Ardasire avoit mis auprès de moi lui écrivit ce qu'il avoit entendu dire. L'idée d'une rivale fut désolante pour elle. Ce fut bien pis lorsqu'elle apprit les actions que je venois de faire. Elle ne douta point que tant de gloire ne dût augmenter l'amour. « Je ne suis » point princesse, disoit-elle dans son indigna- » tion; mais je sens bien qu'il n'y en a aucune » sur la terre que je croie mériter que je lui cède » un cœur qui doit être à moi; et, si je l'ai fait » voir en Médie, je le ferai voir en Margiane. »

» Après mille pensées, elle se fixa, et prit cette résolution :

» Elle se défit de la plupart de ses esclaves, en choisit de nouveaux, envoya meubler un palais dans le pays des Sogdiens, se déguisa, prit avec elle des eunuques qui ne m'étoient pas connus, vint secrètement à la cour. Elle s'aboucha avec l'esclave qui lui étoit affidé, et prit avec lui des mesures pour m'enlever dès le lendemain. Je devois aller me baigner dans la rivière. L'esclave me mena dans un endroit du rivage où Ardasire m'attendoit. J'étois à peine déshabillé, qu'on me saisit; on jeta sur moi une robe de femme; on me fit entrer dans une litière fermée : on marcha jour et nuit. Nous eûmes bientôt quitté la Margiane, et nous arrivâmes dans le pays des Sogdiens. On m'enferma dans un vaste palais : on me faisoit entendre que la princesse, qu'on disoit avoir du goût pour moi, m'avoit fait enlever, et conduire secrètement dans une terre de son apanage.

» Ardasire ne vouloit point être connue, ni que je fusse connu : elle cherchoit à jouir de mon erreur. Tous ceux qui n'étoient pas du secret la prenoient pour la princesse. Mais un homme enfermé dans son palais auroit démenti son caractère. On me laissa donc mes habits de femme, et on crut que j'étois une fille nouvellement achetée, et destinée à la servir.

» J'étois dans ma dix-septième année. On disoit que j'avois toute la fraîcheur de la jeunesse, et on me louoit sur ma beauté, comme si j'eusse été une fille du palais.

» Ardasire, qui savoit que la passion pour la gloire m'avoit déterminé à la quitter, songea à amollir mon courage par toutes sortes de moyens. Je fus mis entre les mains de deux eunuques. On passoit les journées à me parer; on composoit mon teint; on me baignoit; on versoit sur moi les essences les plus délicieuses. Je ne sortois jamais de la maison; on m'apprenoit à travailler moi-même à ma parure; et surtout on vouloit m'accoutumer à cette obéissance sous laquelle les femmes sont abattues dans les grands sérails d'Orient.

» J'étois indigné de me voir traité ainsi. Il n'y a rien que je n'eusse osé pour rompre mes chaînes; mais, me voyant sans armes, entouré de gens qui avoient toujours les yeux sur moi, je ne craignois pas d'entreprendre, mais de manquer mon entreprise. J'espérois que dans la suite je serois moins soigneusement gardé, que je pourrois corrompre quelque esclave, et sortir de ce séjour, où mourir.

» Je l'avouerai même; une espèce de curiosité de voir le dénouement de tout ceci sembloit ralentir mes pensées. Dans la honte, la douleur, et la confusion, j'étois surpris de n'en avoir pas davantage. Mon ame formoit des projets; ils finissoient tous par un certain trouble; un charme secret, une force inconnue, me retenoient dans ce palais.

» La feinte princesse étoit toujours voilée, et je n'entendois jamais sa voix. Elle passoit presque toute la journée à me regarder par une jalousie pratiquée à ma chambre. Quelquefois elle me faisoit venir à son appartement. Là, ses filles chantoient les airs les plus tendres : il me sembloit que tout exprimoit son amour. Je n'étois jamais assez près d'elle; elle n'étoit occupée que de moi; il y avoit toujours quelque chose à raccommoder à ma parure : elle défaisoit mes cheveux pour les arranger encore; elle n'étoit jamais contente de ce qu'elle avoit fait.

» Un jour on vint me dire qu'elle me permet-

toit de venir la voir. Je la trouvai sur un sofa de pourpre : ses voiles la couvroient encore ; sa tête étoit mollement penchée, et elle sembloit être dans une douce langueur. J'approchai, et une de ses femmes me parla ainsi : « L'amour vous favorise ; c'est lui qui sous ce déguisement vous a » fait venir ici. La princesse vous aime : tous les » cœurs lui seroient soumis, et elle ne veut que le » vôtre. »

« Comment, dis-je en soupirant, pourrois-je » donner un cœur qui n'est pas à moi ? Ma chère » Ardasire en est la maîtresse ; elle la sera tou- » jours. »

» Je ne vis point qu'Ardasire marquât d'émotion à ces paroles ; mais elle m'a dit depuis qu'elle n'a jamais senti une si grande joie.

« Téméraire ! me dit cette femme, la princesse » doit être offensée comme les dieux lorsqu'on est » assez malheureux pour ne pas les aimer. »

« Je lui rendrai, répondis-je, toutes sortes » d'hommages ; mon respect, ma reconnoissance, » ne finiront jamais : mais le destin, le cruel des- » tin ne me permet point de l'aimer. Grande » princesse, ajoutai-je en me jetant à ses genoux, » je vous conjure par votre gloire d'oublier un » homme qui, par un amour éternel pour une » autre, ne sera jamais digne de vous. »

» J'entendis qu'elle jeta un profond soupir : je crus m'apercevoir que son visage étoit couvert de larmes. Je me reprochois mon insensibilité ; j'aurois voulu (ce que je ne trouvois pas possible) être fidèle à mon amour, et ne pas désespérer le sien.

» On me ramena dans mon appartement ; et, quelques jours après, je reçus ce billet, écrit d'une main qui m'étoit inconnue :

« L'amour de la princesse est violent, mais il » n'est pas tyrannique : elle ne se plaindra pas » même de vos refus, si vous lui faites voir qu'ils » sont légitimes. Venez donc lui apprendre les » raisons que vous avez pour être si fidèle à cette » Ardasire. »

» Je fus reconduit auprès d'elle. Je lui racontai toute l'histoire de ma vie. Lorsque je lui parlois de mon amour, je l'entendois soupirer. Elle tenoit ma main dans la sienne, et dans ces moments touchants elle la serroit malgré elle.

« Recommencez, me disoit une de ses femmes, » à cet endroit où vous fûtes si désespéré, lorsque » le roi de Médie vous donna sa fille. Redites-nous » les craintes que vous eûtes pour Ardasire dans » votre fuite. Parlez à la princesse des plaisirs que

» vous goûtiez lorsque vous étiez dans votre soli- » tude chez les Margiens. »

» Je n'avois jamais dit toutes les circonstances : je répétois, et elle croyoit apprendre ; je finissois, et elle s'imaginoit que j'allois commencer.

»' Le lendemain je reçus ce billet :

« Je comprends bien votre amour, et je n'exige » point que vous me le sacrifiiez. Mais êtes-vous » sûr que cette Ardasire vous aime encore ? Peut- » être refusez-vous pour une ingrate le cœur d'une » princesse qui vous adore. »

» Je fis cette réponse :

« Ardasire m'aime à un tel point que je ne sau- » rois demander aux dieux qu'ils augmentent son » amour. Hélas ! peut-être qu'elle m'a trop aimé. » Je me souviens d'une lettre qu'elle m'écrivit » quelque temps après que je l'eus quittée. Si » vous aviez vu les expressions terribles et tendres » de sa douleur, vous en auriez été touchée. Je » crains que, pendant que je suis retenu dans ces » lieux, le désespoir de m'avoir perdu, et son » dégoût pour la vie, ne lui fassent prendre une » résolution qui me mettroit au tombeau. »

» Elle me fit cette réponse :

« Soyez heureux, Arsace, et donnez tout votre » amour à la beauté qui vous aime : pour moi, je » ne veux que votre amitié. »

» Le lendemain je fus reconduit dans son appartement. Là, je sentis tout ce qui peut porter à la volupté. On avoit répandu dans la chambre les parfums les plus agréables. Elle étoit sur un lit qui n'étoit fermé que par des guirlandes de fleurs : elle y paroissoit languissamment couchée. Elle me tendit la main, et me fit asseoir auprès d'elle. Tout, jusqu'au voile qui lui couvroit le visage, avoit de la grace. Je voyois la forme de son beau corps. Une simple toile qui se mouvoit sur elle me faisoit tour à tour perdre et trouver des beautés ravissantes. Elle remarqua que mes yeux étoient occupés, et, quand elle les vit s'enflammer, la toile sembla s'ouvrir d'elle-même : je vis tous les trésors d'une beauté divine. Dans ce moment elle me serra la main ; mes yeux errèrent partout. « Il n'y a, m'écriai-je, que ma chère Ardasire qui » soit aussi belle ; mais j'atteste les dieux que ma » fidélité... » Elle se jeta à mon cou, et me serra dans ses bras. Tout d'un coup la chambre s'obscurcit, son voile s'ouvrit ; elle me donna un baiser. Je fus tout hors de moi. Une flamme subite

coula dans mes veines, et échauffa tous mes sens. L'idée d'Ardasire s'éloigna de moi. Un reste de souvenir... mais il ne me paroissoit qu'un songe... J'allois... j'allois la préférer à elle-même. Déja j'avois porté mes mains sur son sein; elles couroient rapidement partout, l'amour ne se montroit que par sa fureur : il se précipitoit à la victoire; un moment de plus, et Ardasire ne pouvoit pas se défendre : lorsque tout-à-coup elle fit un effort; elle fut secourue, elle se déroba de moi, et je la perdis.

» Je retournai dans mon appartement, surpris moi-même de mon inconstance. Le lendemain on entra dans ma chambre, on me rendit les habits de mon sexe, et le soir on me mena chez celle dont l'idée m'enchantoit encore. J'approchai d'elle, je me mis à ses genoux; et, transporté d'amour, je parlai de mon bonheur, je me plaignis de mes propres refus, je demandai, je promis, j'exigeai, j'osai tout dire, je voulus tout voir, j'allois tout entreprendre. Mais je trouvai un changement étrange : elle me parut glacée; et lorsqu'elle m'eut assez découragé, qu'elle eut joui de tout mon embarras, elle me parla, et j'entendis sa voix pour la première fois : « Ne voulez-vous point voir le » visage de celle que vous aimez?... » Ce son de voix me frappa : je restai immobile; j'espérai que ce seroit Ardasire, et je le craignis : « Découvrez » ce bandeau, » me dit-elle. Je le fis, et je vis le visage d'Ardasire. Je voulus parler, et ma voix s'arrêta. L'amour, la surprise, la joie, la honte, toutes les passions me saisirent tour à tour. «Vous » êtes Ardasire? lui dis-je.—Oui, perfide, répon-» dit-elle, je la suis.—Ardasire, lui dis-je, d'une » voix entrecoupée, pourquoi vous jouez-vous » ainsi d'un malheureux amour? » Je voulus l'embrasser. « Seigneur, dit-elle, je suis à vous. Hé-» las! j'avois espéré de vous revoir plus fidèle. » Contentez-vous de commander ici. Punissez-» moi, si vous voulez, de ce que j'ai fait... Ar-» sace, ajouta-t-elle en pleurant, vous ne le mé-» ritez pas. »

« Ma chère Ardasire, lui dis-je, pourquoi me » désespérez-vous? Auriez-vous voulu que j'eusse » été insensible à des charmes que j'ai toujours » adorés? Comptez que vous n'êtes pas d'accord » avec vous-même. N'étoit-ce pas vous que j'ai-» mois? Ne sont-ce pas ces beautés qui m'ont tou-» jours charmé?—Ah! dit-elle, vous auriez aimé » une autre que moi.—Je n'aurois point, lui dis-» je, aimé une autre que vous. Tout ce qui n'au-» roit point été vous m'auroit déplu. Qu'eût-ce » été, lorsque je n'aurois point vu cet adorable

» visage, que je n'aurois pas entendu cette voix, » que je n'aurois pas trouvé ces yeux? Mais, de » grace, ne me désespérez pas; songez que, de » toutes les infidélités que l'on peut faire, j'ai sans » doute commis la moindre. »

» Je connus à la langueur de ses yeux qu'elle n'étoit plus irritée; je le connus à sa voix mourante. Je la tins dans mes bras. Qu'on est heureux quand on tient dans ses bras ce que l'on aime! Comment exprimer ce bonheur, dont l'excès n'est que pour les vrais amants? lorsque l'amour renaît après lui-même, lorsque tout promet, que tout demande, que tout obéit; lorsqu'on sent qu'on a tout, et que l'on sent que l'on n'en a pas assez; lorsque l'ame semble s'abandonner, et se porter au-delà de la nature même?

» Ardasire, revenue à elle, me dit : «Mon cher » Arsace, l'amour que j'ai eu pour vous m'a fait » faire des choses bien extraordinaires. Mais un » amour bien violent n'a de règle ni de loi. On ne » le connoît guère, si l'on ne met ses caprices au » nombre de ses plus grands plaisirs. Au nom des » dieux, ne me quitte plus. Que peut-il te man-» quer? Tu es heureux si tu m'aimes. Tu es sûr » que jamais mortel n'a été tant aimé. Dis-moi, » promets-moi, jure-moi que tu resteras ici. »

» Je lui fis mille serments : ils ne furent interrompus que par mes embrassements; et elle les crut.

» Heureux l'amour lors même qu'il s'apaise, lorsqu'après qu'il a cherché à se faire sentir, il aime à se faire connoître; lorsqu'après avoir joui des beautés, il ne se sent plus touché que par les graces !

» Nous vécûmes dans la Sogdiane dans une félicité que je ne saurois vous exprimer. Je n'avois resté que quelques mois dans la Margiane, et ce séjour m'avoit déja guéri de l'ambition. J'avois eu la faveur du roi; mais je m'aperçus bientôt qu'il ne pouvoit me pardonner mon courage et sa frayeur. Ma présence le mettoit dans l'embarras; il ne pouvoit donc pas m'aimer. Ses courtisans s'en aperçurent, et dès-lors ils se donnèrent bien de garde de me trop estimer; et, pour que je n'eusse pas sauvé l'état du péril, tout le monde convenoit à la cour qu'il n'y avoit pas eu de péril.

» Ainsi, également dégoûté de l'esclavage et des esclaves, je ne connus plus d'autre passion que mon amour pour Ardasire; et je m'estimai cent fois plus heureux de rester dans la seule dépendance que j'aimois, que de rentrer dans une autre que je ne pouvois que haïr.

» Il nous parut que le génie nous avoit suivis :

nous nous retrouvâmes dans la même abondance, et nous vîmes toujours de nouveaux prodiges.

» Un pêcheur vint nous vendre un poisson : on m'apporta une bague fort riche qu'on avoit trouvée dans son gosier.

» Un jour, manquant d'argent, j'envoyai vendre quelques pierreries à la ville prochaine : on m'en apporta le prix, et quelques jours après je vis sur ma table les pierreries.

» Grands dieux ! dis-je en moi-même, il m'est donc impossible de m'appauvrir !

» Nous voulûmes tenter le génie, et nous lui demandâmes une somme immense. Il nous fit bien voir que nos vœux étoient indiscrets. Nous trouvâmes quelques jours après sur la table la plus petite somme que nous eussions encore reçue. Nous ne pûmes, en la voyant, nous empêcher de rire. « Le génie nous joue, dit Ardasire. Ah ! m'é- » criai-je, les dieux sont de bons dispensateurs : » la médiocrité qu'ils nous accordent vaut bien » mieux que les trésors qu'ils nous refusent. »

» Nous n'avions aucune des passions tristes. L'aveugle ambition, la soif d'acquérir, l'envie de dominer, sembloient s'éloigner de nous, et être les passions d'un autre univers. Ces sortes de biens ne sont faits que pour entrer dans le vide des ames que la nature n'a point remplies. Ils n'ont été imaginés que par ceux qui se sont trouvés incapables de bien sentir les autres.

» Je vous ai déja dit que nous étions adorés de cette petite nation qui formoit notre maison. Nous nous aimions, Ardasire et moi ; et sans doute que l'effet naturel de l'amour est de rendre heureux ceux qui s'aiment. Mais cette bienveillance générale que nous trouvons dans tous ceux qui sont autour de nous peut rendre plus heureux que l'amour même. Il est impossible que ceux qui ont le cœur bien fait ne se plaisent au milieu de cette bienveillance générale. Étrange effet de la nature ! l'homme n'est jamais si peu à lui que lorsqu'il paroît l'être davantage. Le cœur n'est jamais le cœur que quand il se donne, parce que ses jouissances sont hors de lui.

» C'est ce qui fait que ces idées de grandeur qui retirent toujours le cœur vers lui-même trompent ceux qui en sont enivrés ; c'est ce qui fait qu'ils s'étonnent de n'être point heureux au milieu de ce qu'ils croient être le bonheur ; que, ne le trouvant point dans la grandeur, ils cherchent plus de grandeur encore. S'ils n'y peuvent atteindre, ils se croient plus malheureux ; s'ils y atteignent, ils ne trouvent pas encore le bonheur.

» C'est l'orgueil qui, à force de nous posséder,

nous empêche de nous posséder, et qui, nous concentrant dans nous-mêmes, y porte toujours la tristesse. Cette tristesse vient de la solitude du cœur, qui se sent toujours fait pour jouir, et qui ne jouit pas ; qui se sent toujours fait pour les autres, et qui ne les trouve pas.

» Ainsi nous aurions goûté des plaisirs que donne la nature toutes les fois qu'on ne la fuit pas ; nous aurions passé notre vie dans la joie, l'innocence, et la paix ; nous aurions compté nos années par le renouvellement des fleurs et des fruits ; nous aurions perdu nos années dans la rapidité d'une vie heureuse ; j'aurois vu tous les jours Ardasire, et je lui aurois dit que je l'aimois ; la même terre auroit repris son ame et la mienne. Mais tout-à-coup mon bonheur s'évanouit, et j'éprouvai le revers du monde le plus affreux.

Le prince du pays étoit un tyran capable de tous les crimes, mais rien ne le rendoit si odieux que les outrages continuels qu'il faisoit à un sexe sur lequel il n'est pas seulement permis de lever les yeux. Il apprit, par une esclave sortie du sérail d'Ardasire, qu'elle étoit la plus belle personne de l'Orient. Il n'en fallut pas davantage pour le déterminer à me l'enlever. Une nuit, une grosse troupe de gens armés entoura ma maison, et, le matin, je reçus un ordre du tyran de lui envoyer Ardasire. Je vis l'impossibilité de la faire sauver. Ma première idée fut de lui aller donner la mort dans le sommeil où elle étoit ensevelie. Je pris mon épée, je courus, j'entrai dans sa chambre, j'ouvris les rideaux ; je reculai d'horreur, et tous mes sens se glacèrent. Une nouvelle rage me saisit. Je voulus aller me jeter au milieu de ces satellites, et immoler tout ce qui se présenteroit à moi. Mon esprit s'ouvrit pour un dessein plus suivi, et je me calmai. Je résolus de prendre les habits que j'avois eus il y avoit quelques mois, de monter, sous le nom d'Ardasire, dans la litière que le tyran lui avoit destinée, de me faire mener à lui. Outre que je ne voyois point d'autre ressource, je sentois en moi-même du plaisir à faire une action de courage sous les mêmes habits avec lesquels l'aveugle amour avoit auparavant avili mon sexe.

» J'exécutai tout de sang-froid. J'ordonnai que l'on cachât à Ardasire le péril que je courois, et que, sitôt que je serois parti, on la fît sauver dans un autre pays. Je pris avec moi un esclave dont je connoissois le courage, et je me livrai aux femmes et aux cunuques que le tyran avoit envoyés. Je ne restai pas deux jours en chemin ; et, quand j'arrivai, la nuit étoit déja avancée. Le tyran don-

noit un festin à ses femmes et à ses courtisans, dans une salle de ses jardins. Il étoit dans cette gaieté stupide que donne la débauche lorsqu'elle a été portée à l'excès. Il ordonna que l'on me fit venir. J'entrai dans la salle du festin : il me fit mettre auprès de lui, et je sus cacher ma fureur et le désordre de mon ame. J'étois comme incertain dans mes souhaits. Je voulois attirer les regards du tyran, et quand il les tournoit vers moi, je sentois redoubler ma rage. Parce qu'il me croit Ardasire, disois-je en moi-même, il ose m'aimer. Il me sembloit que je voyois multiplier ses outrages, et qu'il avoit trouvé mille manières d'offenser mon amour. Cependant j'étois prêt à jouir de la plus affreuse vengeance. Il s'enflammoit, et je le voyois insensiblement approcher de son malheur. Il sortit de la salle du festin, et me mena dans un appartement plus reculé de ses jardins, suivi d'un seul eunuque et de mon esclave. Déja sa fureur brutale alloit l'éclaircir sur mon sexe. « Ce fer, » m'écriai-je, t'apprendra mieux que je suis un » homme. Meurs, et qu'on dise aux enfers que » l'époux d'Ardasire a puni tes crimes! » Il tomba à mes pieds, et dans ce moment la porte de l'appartement s'ouvrit; car sitôt que mon esclave avoit entendu ma voix, il avoit tué l'eunuque qui la gardoit, et s'en étoit saisi. Nous fuîmes; nous errions dans les jardins; nous rencontrâmes un homme; je le saisis : « Je te plongerai, lui dis-je, ce poi- » gnard dans le sein, si tu ne me fais sortir d'ici. » C'étoit un jardinier, qui, tout tremblant de peur, me mena à une porte qu'il ouvrit; je la lui fis refermer, et lui ordonnai de me suivre.

» Je jetai mes habits, et pris un manteau d'esclave. Nous errâmes dans les bois; et, par un bonheur inespéré, lorsque nous étions accablés de lassitude, nous trouvâmes un marchand qui faisoit paître ses chameaux; nous l'obligeâmes de nous mener hors de ce funeste pays.

» A mesure que j'évitois tant de dangers, mon cœur devenoit moins tranquille. Il falloit revoir Ardasire, et tout me faisoit craindre pour elle. Ses femmes et ses eunuques lui avoient caché l'horreur de notre situation; mais, ne me voyant plus auprès d'elle, elle me croyoit coupable; elle s'imaginoit que j'avois manqué à tant de serments que je lui avois faits. Elle ne pouvoit concevoir cette barbarie de l'avoir fait enlever sans lui rien dire. L'amour voit tout ce qu'il craint. La vie lui devint insupportable; elle prit du poison; il ne fit pas son effet violemment. J'arrivai, et je la trouvai mourante. « Ardasire, lui dis-je, je vous perds! » vous mourez, cruelle Ardasire! Hélas! qu'a-

» vois-je fait... » Elle versa quelques larmes. « Arsace, me dit-elle, il n'y a qu'un moment que » la mort me sembloit délicieuse; elle me paroit » terrible depuis que je vous vois. Je sens que je » voudrois revivre pour vous, et que mon ame me » quitte malgré elle. Conservez mon souvenir; et, » si j'apprends qu'il vous est cher, comptez que je » ne serai point tourmentée chez les ombres. J'ai » du moins cette consolation, mon cher Arsace, » de mourir dans vos bras. »

» Elle expira. Il me seroit impossible de dire comment je n'expirai pas aussi. On m'arracha d'Ardasire, et je crus qu'on me séparoit de moi-même. Je fixai mes yeux sur elle, et je restai immobile; j'étois devenu stupide. On m'ôta ce terrible spectacle, et je sentis mon ame reprendre toute sa sensibilité. On m'entraîna : je tournois les yeux vers ce fatal objet de ma douleur; j'aurois donné mille vies pour le voir encore un moment, J'entrai en fureur, je pris mon épée; j'allois me percer le sein; on m'arrêta. Je sortis de ce palais funeste, et je n'y rentrai plus. Mon esprit s'aliéna; je courois dans les bois; je remplissois l'air de mes cris. Quand je devenois plus tranquille, toutes les forces de mon ame la fixoient à ma douleur. Il me sembla qu'il ne me restoit plus rien dans le monde que ma tristesse et le nom d'Ardasire. Ce nom, je le prononçai d'une voix terrible, et je rentrois dans le silence. Je résolus de m'ôter la vie, et tout-à-coup j'entrai en fureur. « Tu veux mourir, » me dis-je à moi-même, et Ardasire n'est pas » vengée! Tu veux mourir, et le fils du tyran est » en Hircanie, qui se baigne dans les délices! Il » vit, et tu veux mourir! »

» Je me suis mis en chemin pour l'aller chercher. J'ai appris qu'il vous avoit déclaré la guerre; j'ai volé à vous. Je suis arrivé trois jours avant la bataille, et j'ai fait l'action que vous connoissez. J'aurois percé le fils du tyran; j'ai mieux aimé le faire prisonnier. Je veux qu'il traîne dans la honte et dans les fers une vie aussi malheureuse que la mienne. J'espère que quelque jour il apprendra que j'aurai fait mourir le dernier des siens. J'avoue pourtant que, depuis que je suis vengé, je ne me trouve pas plus heureux; et je sens bien que l'espoir de la vengeance flatte plus que la vengeance même. Ma rage que j'ai satisfaite, l'action que vous avez vue, les acclamations du peuple, seigneur, votre amitié même, ne me rendent point ce que j'ai perdu. »

La surprise d'Aspar avoit commencé presque avec le récit qu'il avoit entendu. Sitôt qu'il avoit

ouï le nom d'Arsace, il avoit reconnu le mari de la reine. Des raisons d'état l'avoient obligé d'envoyer chez les Mèdes Isménie, la plus jeune des filles du dernier roi, et il l'avoit fait élever en secret sous le nom d'Ardasire. Il l'avoit mariée à Arsace; il avoit toujours eu des gens affidés dans le sérail d'Arsace; il étoit le génie qui, par ces mêmes gens, avoit répandu tant de richesses dans la maison d'Arsace, et qui, par des voies très simples, avoit fait imaginer tant de prodiges.

Il avoit eu de très grandes raisons pour cacher à Arsace la naissance d'Ardasire. Arsace, qui avoit beaucoup de courage, auroit pu faire valoir les droits de sa femme sur la Bactriane, et la troubler.

Mais ces raisons ne subsistoient plus; et quand il entendit le récit d'Arsace, il eut mille fois envie de l'interrompre; mais il crut qu'il n'étoit pas encore temps de lui apprendre son sort. Un ministre accoutumé à arrêter ses mouvements revenoit toujours à la prudence; il pensoit à préparer un grand événement, et non pas à le hâter.

Deux jours après, le bruit se répandit que l'eunuque avoit mis sur le trône une fausse Isménie. On passa des murmures à la sédition. Le peuple furieux entoura le palais; il demanda à haute voix la tête d'Aspar. L'eunuque fit ouvrir une des portes, et, monté sur un éléphant, il s'avança dans la foule. « Bactriens, dit-il, écoutez-moi. » Et comme on murmuroit encore; « Écoutez-moi, vous dis-je. Si vous pouvez me faire mourir à présent, vous pourrez dans un moment me faire mourir tout de même. Voici un papier écrit et scellé de la main du feu roi : prosternez-vous, adorez-le; je vais le lire.

Il le lut :

« Le ciel m'a donné deux filles qui se ressemblent au point que tous les yeux peuvent s'y tromper. Je crains que cela ne donne occasion à de plus grands troubles et à des guerres plus funestes. Vous donc, Aspar, lumière de l'empire, prenez la plus jeune des deux; envoyez-la secrètement dans la Médie, et faites-en prendre soin. Qu'elle y reste sous un nom supposé, tandis que le bien de l'état le demandera. »

Il porta cet écrit au-dessus de sa tête, et il s'inclina. Puis reprenant la parole :

« Isménie est morte, n'en doutez pas; mais sa sœur la jeune Isménie est sur le trône. Voudriez-vous vous plaindre de ce que, voyant la mort de la reine approcher, j'ai fait venir sa sœur du fond de l'Asie? Me reprocheriez-vous d'avoir été assez heureux pour vous la rendre, et la placer sur un trône qui, depuis la mort de la reine sa sœur, lui appartient? Si j'ai tu la mort de la reine, l'état des affaires ne l'a-t-il pas demandé? me blâmez-vous d'avoir fait une action de fidélité avec prudence? Posez donc les armes. Jusqu'ici vous n'êtes point coupables; dès ce moment vous le seriez. »

Aspar expliqua ensuite comment il avoit confié la jeune Isménie à deux vieux eunuques; comment on l'avoit transportée en Médie sous un nom supposé; comment il l'avoit mariée à un grand seigneur du pays; comment il l'avoit fait suivre dans tous les lieux où la fortune l'avoit conduite; comment la maladie de la reine l'avoit déterminé à la faire enlever pour être gardée en secret dans le sérail; comment, après la mort de la reine, il l'avoit placée sur le trône.

Comme les flots de la mer agitée s'apaisent par les zéphyrs, le peuple se calma par les paroles d'Aspar. On n'entendit plus que des acclamations de joie; tous les temples retentirent du nom de la jeune Isménie.

Aspar inspira à Isménie de voir l'étranger qui avoit rendu un si grand service à la Bactriane; il lui inspira de lui donner une audience éclatante. Il fut résolu que les grands et les peuples seroient assemblés; que là il seroit déclaré général des armées de l'état, et que la reine lui ceindroit l'épée. Les principaux de la nation étoient rangés autour d'une grande salle, et une foule de peuple en occupoit le milieu et l'entrée. La reine étoit sur son trône, vêtue d'un habit superbe. Elle avoit la tête couverte de pierreries; elle avoit, selon l'usage de ces solennités, levé son voile et l'on voyoit le visage de la beauté même. Arsace parut, et le peuple commença ses acclamations. Arsace, les yeux baissés par respect, resta un moment dans le silence; et adressant la parole à la reine :

« Madame, lui dit-il d'une voix basse et entrecoupée, si quelque chose pouvoit rendre à mon ame quelque tranquillité, et me consoler de mes malheurs... »

La reine ne le laissa pas achever; elle crut d'abord reconnoître le visage, elle reconnut encore la voix d'Arsace. Toute hors d'elle-même, et ne se connoissant plus, elle se précipita de son trône, et se jeta aux genoux d'Arsace.

« Mes malheurs ont été plus grands que les

tiens, dit-elle, mon cher Arsace. Hélas! je croyois ne te revoir jamais depuis le fatal moment qui nous a séparés. Mes douleurs ont été mortelles. »

Et, comme si elle avoit passé tout-à-coup d'une manière d'aimer à une autre manière d'aimer, ou qu'elle se trouvât incertaine sur l'impétuosité de l'action qu'elle venoit de faire, elle se releva tout-à-coup, et une rougeur modeste parut sur son visage.

« Bactriens, dit-elle, c'est aux genoux de mon époux que vous m'avez vue. C'est ma félicité d'avoir pu faire paroître devant vous mon amour. J'ai descendu de mon trône, parce que je n'y étois pas avec lui, et j'atteste les dieux que je n'y remonterai pas sans lui. Je goûte ce plaisir que la plus belle action de mon règne, c'est par lui qu'elle a été faite, et que c'est pour moi qu'il l'a faite. Grands, peuples, et citoyens, croyez-vous que celui qui règne sur moi soit digne de régner sur vous? Approuvez-vous mon choix? Élisez-vous Arsace? Dites-le-moi, parlez. »

A peine les dernières paroles de la reine furent-elles entendues, que tout le palais retentit d'acclamations : on n'entendit plus que le nom d'Arsace et celui d'Isménie.

Pendant tout ce temps, Arsace étoit comme stupide. Il voulut parler, sa voix s'arrêta; il voulut se mouvoir, et il resta sans action. Il ne voyoit pas la reine; il ne voyoit pas le peuple; à peine entendoit-il les acclamations : la joie le troubloit tellement que son ame ne put sentir toute sa félicité.

Mais quand Aspar eut fait retirer le peuple, Arsace pencha la tête sur la main de la reine.

« Ardasire, vous vivez! vous vivez, ma chère Ardasire! Je mourois tous les jours de douleur. Comment les dieux vous ont-ils rendue à la vie? »

Elle se hâta de lui raconter comment une de ses femmes avoit substitué au poison une liqueur enivrante. Elle avoit été trois jours sans mouvement; on l'avoit rendue à la vie : sa première parole avoit été le nom d'Arsace; ses yeux ne s'étoient ouverts que pour le voir; elle l'avoit fait chercher, elle l'avoit cherché elle-même. Aspar l'avoit fait enlever, et, après la mort de sa sœur, il l'avoit placée sur le trône.

Aspar avoit rendu éclatante l'entrevue d'Arsace et d'Isménie. Il se ressouvenoit de la dernière sédition. Il croyoit qu'après avoir pris sur lui de mettre Isménie sur le trône, il n'étoit pas à propos qu'il parût encore avoir contribué à y placer Arsace. Il avoit pour maxime de ne faire jamais lui-même ce que les autres pouvoient faire, et d'aimer le bien, de quelque main qu'il pût venir. D'ailleurs, connoissant la beauté du caractère d'Arsace et d'Isménie, il desiroit de les faire paroître dans leur jour. Il vouloit leur concilier ce respect que s'attirent toujours les grandes ames dans toutes les occasions où elles peuvent se montrer. Il cherchoit à leur attirer cet amour que l'on porte à ceux qui ont éprouvé de grands malheurs. Il vouloit faire naître cette admiration que l'on a pour tous ceux qui sont capables de sentir les belles passions. Enfin il croyoit que rien n'étoit plus propre à faire perdre à Arsace le titre d'étranger, et à lui faire trouver celui de Bactrien dans tous les cœurs des peuples de la Bactriane.

Arsace jouissoit d'un bonheur qui lui paroissoit inconcevable. Ardasire, qu'il croyoit morte, lui étoit rendue; Ardasire étoit Isménie; Ardasire étoit reine de Bactriane, Ardasire l'en avoit fait roi. Il passoit du sentiment de sa grandeur au sentiment de son amour. Il aimoit ce diadème qui, bien loin d'être un signe d'indépendance, l'avertissoit sans cesse qu'il étoit à elle; il aimoit ce trône, parce qu'il voyoit la main qui l'y avoit fait monter.

Isménie goûtoit pour la première fois le plaisir de voir qu'elle étoit une grande reine. Avant l'arrivée d'Arsace, elle avoit une grande fortune, mais il lui manquoit un cœur capable de la sentir : au milieu de sa cour, elle se trouvoit seule; dix millions d'hommes étoient à ses pieds, et elle se croyoit abandonnée.

Arsace fit d'abord venir le prince d'Hircanie.

« Vous avez, lui dit-il, paru devant moi, et les fers ont tombé de vos mains; il ne faut point qu'il y ait d'infortuné dans l'empire du plus heureux des mortels.

» Quoique je vous aie vaincu, je ne crois pas que vous m'ayez cédé en courage : je vous prie de consentir que vous me cédiez en générosité. »

Le caractère de la reine étoit la douceur, et sa fierté naturelle disparoissoit toujours toutes les fois qu'elle devoit disparoître.

« Pardonnez-moi, dit-elle au prince d'Hircanie, si je n'ai pas répondu à des feux qui n'étoient pas légitimes. L'épouse d'Arsace ne pouvoit pas être la vôtre : vous ne devez vous plaindre que du destin.

» Si l'Hircanie et la Bactriane ne forment pas un même empire, ce sont des états faits pour être

alliés. Isménie peut promettre de l'amitié, si elle n'a pu promettre de l'amour. »

« Je suis, répondit le prince, accablé de tant de malheurs et comblé de tant de bienfaits, que je ne sais si je suis un exemple de la bonne ou de la mauvaise fortune.

» J'ai pris les armes contre vous pour me venger d'un mépris que vous n'aviez pas. Ni vous ni moi ne méritions que le Ciel favorisât mes projets. Je vais retourner dans l'Hircanie; et j'y oublierois bientôt mes malheurs, si je ne comptois parmi mes malheurs celui de vous avoir vue, et celui de ne plus vous voir.

» Votre beauté sera chantée dans tout l'Orient; elle rendra le siècle où vous vivez plus célèbre que tous les autres; et, dans les races futures, les noms d'Arsace et d'Isménie seront les titres les plus flatteurs pour les belles et les amants. »

Un événement imprévu demanda la présence d'Arsace dans une province du royaume : il quitta Isménie. Quels tendres adieux! quelles douces larmes! C'étoit moins un sujet de s'affliger, qu'une occasion de s'attendrir. La peine de se quitter se joignit à l'idée de la douceur de se revoir.

Pendant l'absence du roi tout fut par ses soins disposé de manière que le temps, le lieu, les personnes, chaque événement, offroit à Isménie des marques de son souvenir. Il étoit éloigné, et ses actions disoient qu'il étoit auprès d'elle; tout étoit d'intelligence pour lui rappeler Arsace : elle ne trouvoit point Arsace, mais elle trouvoit son amant.

Arsace écrivoit continuellement à Isménie. Elle lisoit :

« J'ai vu les superbes villes qui conduisent à vos frontières; j'ai vu des peuples innombrables tomber à mes genoux. Tout me disoit que je régnois dans la Bactriane : je ne voyois point celle qui m'en avoit fait roi, et je ne l'étois plus. »

Il lui disoit :

« Si le Ciel vouloit m'accorder le breuvage d'immortalité tant cherché dans l'Orient, vous boiriez dans la même coupe, ou je n'en approcherois pas mes lèvres; vous seriez immortelle avec moi, ou je mourrois avec vous. »

Il lui mandoit :

« J'ai donné votre nom à la ville que j'ai fait bâtir; il me semble qu'elle sera habitée par nos sujets les plus heureux. »

Dans une autre lettre, après ce que l'amour pouvoit dire de plus tendre sur les charmes de sa personne, il ajoutoit :

« Je vous dis ces choses sans même chercher à vous plaire; je voudrois calmer mes ennuis; je sens que mon ame s'apaise en vous parlant de vous. »

Enfin elle reçut cette lettre :

« Je comptois les jours, je ne compte plus que les moments, et ces moments sont plus longs que les jours. Belle reine, mon cœur est moins tranquille à mesure que j'approche de vous. »

Après le retour d'Arsace, il lui vint des ambassades de toutes parts; il y en eut qui parurent singulières. Arsace étoit sur un trône qu'on avoit élevé dans la cour du palais. L'ambassadeur des Parthes entra d'abord; il étoit monté sur un superbe coursier; il ne descendit point à terre, et il parla ainsi :

« Un tigre d'Hircanie désoloit la contrée, un éléphant l'étouffa sous ses pieds. Un jeune tigre restoit, et il étoit déja aussi cruel que son père; l'éléphant en délivra encore le pays. Tous les animaux qui craignoient les bêtes féroces venoient paître autour de lui. Il se plaisoit à voir qu'il étoit leur asile, et il disoit en lui-même : On dit que le tigre est le roi des animaux; il n'en est que le tyran, et j'en suis le roi. »

L'ambassadeur des Perses parla ainsi :

« Au commencement du monde, la lune fut mariée avec le soleil. Tous les astres du firmament vouloient l'épouser. Elle leur dit : Regardez le soleil, et regardez-vous; vous n'avez pas tous ensemble autant de lumière que lui. »

L'ambassadeur d'Égypte vint ensuite, et dit :

« Lorsqu'Isis épousa le grand Osiris, ce mariage fut la cause de la prospérité de l'Égypte, et le type de sa fécondité. Telle sera la Bactriane; elle deviendra heureuse par le mariage de ses dieux. »

Arsace faisoit mettre sur les murailles de tous ses palais son nom avec celui d'Isménie. On voyoit leurs chiffres partout entrelacés. Il étoit défendu de peindre Arsace qu'avec Isménie.

Toutes les actions qui demandoient quelque sévérité, il vouloit paroître les faire seul; il voulut que les graces fussent faites sous son nom et celui d'Isménie.

« Je vous aime, lui disoit-il, à cause de votre beauté divine et de vos graces toujours nouvelles. Je vous aime encore, parce que, quand j'ai fait quelque action digne d'un grand roi, il me semble que je vous plais davantage.

» Vous avez voulu que je fusse votre roi, quand je ne pensois qu'au bonheur d'être votre époux; et ces plaisirs dont je m'enivrois avec vous, vous m'avez appris à les fuir lorsqu'il s'agissoit de ma gloire.

» Vous avez accoutumé mon ame à la clémence; et lorsque vous avez demandé des choses qu'il n'étoit pas permis d'accorder, vous m'avez toujours fait respecter ce cœur qui les avoit demandées.

» Les femmes de votre palais ne sont point entrées dans les intrigues de la cour; elles ont cherché la modestie et l'oubli de tout ce qu'elles ne doivent point aimer.

» Je crois que le Ciel a voulu faire de moi un grand prince, puisqu'il m'a fait trouver, dans les écueils ordinaires des rois, des secours pour devenir vertueux. »

Jamais les Bactriens ne virent des temps si heureux. Arsace et Isménie disoient qu'ils régnoient sur le meilleur peuple de l'univers; les Bactriens disoient qu'ils vivoient sous les meilleurs de tous les princes.

Il disoit qu'étant né sujet, il avoit souhaité mille fois de vivre sous un bon prince, et que ses sujets faisoient sans doute les mêmes vœux que lui.

Il ajoutoit qu'ayant le cœur d'Isménie, il devoit lui offrir tous les cœurs de l'univers : il ne pouvoit lui apporter un trône, mais des vertus capables de le remplir.

Il croyoit que son amour devoit passer à la postérité, et qu'il n'y passeroit jamais mieux qu'avec sa gloire. Il vouloit qu'on écrivît ces paroles sur son tombeau : *Isménie a eu pour époux un roi chéri des mortels.*

Il disoit qu'il aimoit Aspar son premier ministre, parce qu'il parloit toujours des sujets, plus rarement du roi, et jamais de lui-même.

« Il a, disoit-il, trois grandes choses : l'esprit juste, le cœur sensible, et l'ame sincère. »

Arsace parloit souvent de l'innocence de son administration. Il disoit qu'il conservoit ses mains pures, parce que le premier crime qu'il commettroit décideroit de toute sa vie, et que là commenceroit la chaîne d'une infinité d'autres.

« Je punirois, disoit-il, un homme sur des soupçons. Je croirois en rester là ; non : de nouveaux soupçons me viendroient en foule contre les parents et les amis de celui que j'aurois fait mourir. Voilà le germe d'un second crime. Ces actions violentes me feroient penser que je serois haï de mes sujets : je commencerois à les craindre. Ce seroit le sujet de nouvelles exécutions, qui deviendroient elles-mêmes le sujet de nouvelles frayeurs.

» Que si ma vie étoit une fois marquée de ces sortes de taches, le désespoir d'acquérir une bonne réputation viendroit me saisir ; et, voyant que je n'effacerois jamais le passé, j'abandonnerois l'avenir. »

Arsace aimoit si fort à conserver les lois et les anciennes coutumes des Bactriens, qu'il trembloit toujours au mot de la réformation des abus, parce qu'il avoit souvent remarqué que chacun appeloit loi ce qui étoit conforme à ses vues, et appeloit abus tout ce qui choquoit ses intérêts ;

Que, de corrections en corrections d'abus, au lieu de rectifier les choses, on parvenoit à les anéantir.

Il étoit persuadé que le bien ne devoit couler dans un état que par le canal des lois ; que le moyen de faire un bien permanent, c'étoit, en faisant le bien, de les suivre ; que le moyen de faire un mal permanent, c'étoit, en faisant le mal, de les choquer ;

Que les devoirs des princes ne consistoient pas moins dans la défense des lois contre les passions des autres que contre leurs propres passions ;

Que le desir général de rendre les hommes heureux étoit naturel aux princes ; mais que ce desir n'aboutissoit à rien, s'ils ne se procuroient continuellement des connoissances particulières pour y parvenir ;

Que, par un grand bonheur, le grand art de régner demandoit plus de sens que de génie, plus de desir d'acquérir des lumières que de grandes lumières, plutôt des connoissances pratiques que des connoissances abstraites, plutôt un certain discernement pour connoître les hommes que la capacité de les former ;

Qu'on apprenoit à connoître les hommes en se communiquant à eux, comme on apprend toute autre chose ; qu'il est très incommode pour les défauts et pour les vices de se cacher toujours ; que la plupart des hommes ont une enveloppe ; mais qu'elle tient et serre si peu, qu'il est très difficile que quelque côté ne vienne à se découvrir.

Arsace ne parloit jamais des affaires qu'il pouvoit avoir avec les étrangers ; mais il aimoit à s'entretenir de celles de l'intérieur de son royaume, parce que c'étoit le seul moyen de le bien connoître ; et là-dessus il disoit qu'un bon prince devoit être secret, mais qu'il pouvoit quelquefois l'être trop.

Il disoit qu'il sentoit en lui-même qu'il étoit un bon roi ; qu'il étoit doux, affable, humain ; qu'il aimoit la gloire, qu'il aimoit ses sujets ; que cependant, si, avec ces belles qualités, il ne s'étoit gravé dans l'esprit les grands principes de gouvernement, il seroit arrivé la chose du monde la plus triste, que ses sujets auroient eu un bon roi, et qu'ils auroient peu joui de ce bonheur ; et que ce beau présent de la Providence auroit été en quelque sorte inutile pour eux.

« Celui qui croit trouver le bonheur sur le trône se trompe, disoit Arsace : on n'y a que le bonheur qu'on y a porté, et souvent même on y risque ce bonheur que l'on a porté. Si donc les dieux, ajoutoit-il, n'ont pas fait le commandement pour le bonheur de ceux qui commandent, il faut qu'ils l'aient fait pour le bonheur de ceux qui obéissent. »

Arsace savoit donner, parce qu'il savoit refuser.

« Souvent, disoit-il, quatre villages ne suffisent pas pour faire un don à un grand seigneur prêt à devenir misérable, ou à un misérable prêt à devenir grand seigneur. Je puis bien enrichir la pauvreté d'état ; mais il m'est impossible d'enrichir la pauvreté de luxe. »

Arsace étoit plus curieux d'entrer dans les chaumières que dans les palais de ses grands.

« C'est là que je trouve mes vrais conseillers. Là je me ressouviens de ce que mon palais me fait oublier. Ils me disent leurs besoins. Ce sont les petits malheurs de chacun qui composent le malheur général. Je m'instruis de tous ces malheurs, qui tous ensemble pourroient former le mien.

» C'est dans ces chaumières que je vois ces objets tristes qui font toujours les délices de ceux qui peuvent les faire changer, et qui me font connoître que je puis devenir un plus grand prince que je ne le suis. J'y vois la joie succéder aux larmes ; au lieu que dans mon palais je ne puis guère voir que les larmes succéder à la joie. »

On lui dit un jour que, dans quelques réjouissances publiques, des farceurs avoient chanté ses louanges.

« Savez-vous bien, dit-il, pourquoi je permets à ces gens-là de me louer ? C'est afin de me faire mépriser la flatterie, et de la rendre vile à tous les gens de bien. J'ai un si grand pouvoir, qu'il sera toujours naturel de chercher à me plaire. J'espère bien que les dieux ne permettront point que la flatterie me plaise jamais. Pour vous, mes amis, dites-moi la vérité ; c'est la seule chose du monde que je desire, parce que c'est la seule chose du monde qui puisse me manquer. »

Ce qui avoit troublé la fin du règne d'Artamène, c'est que dans sa jeunesse il avoit conquis quelques petits peuples voisins, situés entre la Médie et la Bactriane. Ils étoient ses alliés ; il voulut les avoir pour sujets, il les eut pour ennemis ; et, comme ils habitoient les montagnes, ils ne furent jamais bien assujettis ; au contraire, les Mèdes se servoient d'eux pour troubler le royaume : de sorte que le conquérant avoit beaucoup affoibli le monarque, et que, lorsqu'Arsace monta sur le trône, ces peuples étoient encore peu affectionnés. Bientôt les Mèdes les firent révolter. Arsace vola, et les soumit. Il fit assembler la nation, et parla ainsi :

« Je sais que vous souffrez impatiemment la domination des Bactriens : je n'en suis point surpris. Vous aimez vos anciens rois, qui vous ont comblés de bienfaits. C'est à moi à faire en sorte, par ma modération et par ma justice, que vous me regardiez comme le vrai successeur de ceux que vous avez tant aimés. »

Il fit venir les deux chefs les plus dangereux de la révolte, et dit au peuple :

« Je les fais mener devant vous pour que vous les jugiez vous-mêmes. »

Chacun, en les condamnant, chercha à se justifier.

« Connoissez, leur dit-il, le bonheur que vous avez de vivre sous un roi qui n'a point de passion lorsqu'il punit, et qui n'en met que quand il récompense ; qui croit que la gloire de vaincre n'est que l'effet du sort, et qu'il ne tient qu'à lui-même celle de pardonner.

» Vous vivrez heureux sous mon empire, et vous garderez vos usages et vos lois. Oubliez que je vous ai vaincus par les armes, et ne le soyez que par mon affection. »

Toute la nation vint rendre grace à Arsace de sa clémence et de la paix. Des vieillards portoient la parole. Le premier parla ainsi :

« Je crois voir ces grands arbres qui font l'ornement de notre contrée. Tu en es la tige, et nous

en sommes les feuilles ; elles couvriront les racines des ardeurs du soleil. »

Le second lui dit :

« Tu avois à demander aux dieux que nos montagnes s'abaissassent, pour qu'elles ne pussent pas nous défendre contre toi. Demande-leur aujourd'hui qu'elles s'élèvent jusques aux nues pour qu'elles puissent mieux te défendre contre tes ennemis. »

Le troisième dit ensuite :

« Regarde le fleuve qui traverse notre contrée ; là où il est impétueux et rapide, après avoir tout renversé, il se dissipe et se divise au point que les femmes le traversent à pied. Mais si tu le regardes dans les lieux où il est doux et tranquille, il grossit lentement ses eaux, il est respecté des nations, et il arrête les armées. »

Depuis ce temps ces peuples furent les plus fidèles sujets de la Bactriane.

Cependant le roi de Médie apprit qu'Arsace régnoit dans la Bactriane. Le souvenir de l'affront qu'il avoit reçu se réveilla dans son cœur. Il avoit résolu de lui faire la guerre. Il demanda le secours du roi d'Hircanie.

« Joignez-vous à moi, lui écrivit-il ; poursuivons une vengeance commune. Le Ciel vous destinoit la reine de Bactriane ; un de mes sujets vous l'a ravie : venez la conquérir. »

Le roi d'Hircanie lui fit cette réponse :

« Je serois aujourd'hui en servitude chez les Bactriens, si je n'avois trouvé des ennemis généreux. Je rends graces au Ciel de ce qu'il a voulu que mon règne commençât par des malheurs. L'adversité est notre mère ; la prospérité n'est que notre marâtre. Vous me proposez des querelles qui ne sont pas celles des rois. Laissons jouir le roi et la reine de Bactriane du bonheur de se plaire et de s'aimer. »

FIN D'ARSACE ET ISMÉNIE.

ÉBAUCHE

DE

# L'ÉLOGE HISTORIQUE

DU MARÉCHAL DE BERWICK.

Il naquit le 21 d'août 1670 ; il étoit fils de Jacques, duc d'York, depuis roi d'Angleterre, et de la demoiselle Arabella Churchill ; et telle fut l'étoile de cette maison de Churchill, qu'il en sortit deux hommes, dont l'un, dans le même temps, fut destiné à ébranler, et l'autre à soutenir les deux plus grandes monarchies de l'Europe.

Dès l'âge de sept ans, il fut envoyé en France pour y faire ses études et ses exercices. Le duc d'York étant parvenu à la couronne le 6 février 1685, il l'envoya l'année suivante en Hongrie ; il se trouva au siége de Bude.

Il alla passer l'hiver en Angleterre, et le roi le créa duc de Berwick. Il retourna au printemps en Hongrie, où l'empereur lui donna une commission de colonel pour commander le régiment de cuirassiers de Taaff. Il fit la campagne de 1687, où le duc de Lorraine remporta la victoire de Mohatz ; et à son retour à Vienne, l'empereur le fit sergent-général de bataille.

Ainsi c'est sous le grand-duc de Lorraine que le duc de Berwick commença à se former ; et, depuis, sa vie fut en quelque façon toute militaire.

Il revint en Angleterre, et le roi lui donna le gouvernement de Portsmouth et de la province de Southampton. Il avoit déja un régiment d'infanterie : on lui donna encore le régiment des gardes à cheval du comte d'Oxford. Ainsi, à l'âge de dix-sept ans, il se trouva dans cette situation si flatteuse pour un homme qui a l'ame élevée, de voir le chemin de la gloire tout ouvert, et la possibilité de faire de grandes choses.

En 1688, la révolution d'Angleterre arriva : et, dans ce cercle de malheurs qui environnèrent le roi tout-à-coup, le duc de Berwick fut chargé des affaires qui demandoient la plus grande confiance. Le roi ayant jeté les yeux sur lui pour rassembler l'armée, ce fut une des trahisons des ministres de lui en envoyer les ordres trop tard, afin qu'un autre pût emmener l'armée au prince d'Orange. Le hasard lui fit rencontrer quatre régiments qu'on avoit voulu mener au prince d'Orange, et qu'il

ramena à son poste. Il n'y eut point de mouvements qu'il ne se donnât pour sauver Portsmouth, bloqué par mer et par terre, sans autres provisions que ce que les ennemis lui fournissoient chaque jour, et que le roi lui ordonna de rendre. Le roi ayant pris le parti de se sauver en France, il fut du nombre des cinq personnes à qui il se confia, et qui le suivirent; et dès que le roi fut débarqué, il l'envoya à Versailles pour demander un asile. Il avoit à peine dix-huit ans.

Presque toute l'Irlande ayant resté fidèle au roi Jacques, ce prince y passa au mois de mars 1689; et l'on vit une malheureuse guerre où la valeur ne manqua jamais, et la conduite toujours. On peut dire de cette guerre d'Irlande qu'on la regarda à Londres comme l'œuvre du jour, et comme l'affaire capitale de l'Angleterre; et en France, comme une guerre d'affection particulière et de bienséance. Les Anglois, qui ne vouloient point avoir de guerre civile chez eux, assommèrent l'Irlande. Il paroît même que les officiers françois qu'on y envoya pensèrent comme ceux qui les y envoyoient : ils n'eurent que trois choses dans la tête, d'arriver, de se battre, et de s'en retourner. Le temps a fait voir que les Anglois avoient mieux pensé que nous.

Le duc de Berwick se distingua dans quelques occasions particulières, et fut fait lieutenant général.

Mylord Tyrconel, ayant passé en France en 1690, laissa le commandement général du royaume au duc de Berwick. Il n'avoit que vingt ans, et sa conduite fit voir qu'il étoit l'homme de son siècle à qui le Ciel avoit accordé de meilleure heure la prudence. La perte de la bataille de la Boyne avoit abattu les forces irlandoises; le roi Guillaume avoit levé le siége de Limerick, et étoit retourné en Angleterre : mais on n'en étoit guère mieux. Mylord Churchill[1] débarqua tout-à-coup en Irlande avec huit mille hommes. Il falloit en même temps rendre ses progrès moins rapides, rétablir l'armée, dissiper les factions, réunir les esprits des Irlandois : le duc de Berwick fit tout cela.

En 1691, le duc de Tyrconel étant revenu en Irlande, le duc de Berwick repassa en France, et suivit Louis XIV, comme volontaire, au siége de Mons. Il fit dans la même qualité la campagne de 1692, sous le maréchal de Luxembourg, et se trouva à la bataille de Steinkerque. Il fut fait lieutenant général en France l'année suivante, et il acquit beaucoup d'honneur à la bataille de Nerwinde, où il fut pris.

[1] Depuis duc de Marlborough.

Les choses qui se dirent dans le monde à l'occasion de sa prise n'ont pu avoir été imaginées que par des gens qui avoient la plus haute opinion de sa fermeté et de son courage. Il continua de servir en Flandre sous M. de Luxembourg, et ensuite sous M. le maréchal de Villeroi.

En 1696, il fut envoyé secrètement en Angleterre pour conférer avec des seigneurs anglois qui avoient résolu de rétablir le roi. Il avoit une assez mauvaise commission, qui étoit de déterminer ces seigneurs à agir contre le bon sens. Il ne réussit pas. Il hâta son retour, parce qu'il apprit qu'il y avoit une conjuration formée contre la personne du roi Guillaume, et il ne vouloit point être mêlé dans cette entreprise. Je me souviens de lui avoir ouï dire qu'un homme l'avoit reconnu sur un certain air de famille, et surtout par la longueur de ses doigts; que par bonheur cet homme étoit jacobite, et lui avoit dit : *Dieu vous bénisse dans toutes vos entreprises!* ce qui l'avoit remis de son embarras.

Le duc de Berwick perdit sa première femme au mois de juin 1698. Il l'avoit épousée en 1695. Elle étoit fille du comte de Clanricard. Il en eut un fils, qui naquit le 21 d'octobre 1696.

En 1699, il fit un voyage en Italie, et à son retour il épousa mademoiselle de Bulkeley, fille de madame de Bulkeley, dame d'honneur de la reine d'Angleterre, et de M. de Bulkeley, frère de mylord Bulkeley.

Après la mort de Charles II, roi d'Espagne, le roi Jacques envoya à Rome le duc de Berwick pour complimenter le pape sur son élection, et lui offrir sa personne pour commander l'armée que la France le pressoit de lever pour maintenir la neutralité en Italie; et la cour de Saint-Germain offroit d'envoyer des troupes irlandoises. Le pape jugea la besogne un peu trop forte pour lui, et le duc de Berwick s'en revint.

En 1701, il perdit le roi son père; et en 1702, il servit en Flandre sous le duc de Bourgogne et le maréchal de Boufflers. En 1703, au retour de la campagne, il se fit naturaliser François, du consentement de la cour de Saint-Germain.

En 1704, le roi l'envoya en Espagne avec dix-huit bataillons et dix-neuf escadrons qu'il devoit commander; et à son arrivée, le roi d'Espagne le déclara capitaine général de ses armées, et le fit couvrir.

La cour d'Espagne étoit infestée par l'intrigue. Le gouvernement alloit très mal, parce que tout le monde vouloit gouverner. Tout dégénéroit en tracasseries, et un des principaux articles de sa

mission étoit de les éclaircir. Tous les partis vouloient le gagner : il n'entra dans aucun , et , s'attachant uniquement au succès des affaires , il ne regarda les intérêts particuliers que comme des intérêts particuliers; il ne pensa ni à madame des Ursins, ni à Orry, ni à l'abbé d'Estrées, ni au goût de la reine, ni au penchant du roi; il ne pensa qu'à la monarchie.

Le duc de Berwick eut ordre de travailler au renvoi de madame des Ursins. Le roi lui écrivit : « Dites au roi mon petit-fils qu'il me doit cette complaisance. Servez-vous de toutes les raisons que vous pourrez imaginer pour le persuader ; mais ne lui dites pas que je l'abandonnerai , car il ne le croiroit jamais. » Le roi d'Espagne consentit au renvoi.

Cette année 1704, le duc de Berwick sauva l'Espagne; il empêcha l'armée portugaise d'aller à Madrid. Son armée étoit plus foible des deux tiers ; les ordres de la cour venoient coup sur coup de se retirer et de ne rien hasarder. Le duc de Berwick, qui vit l'Espagne perdue s'il obéissoit, hasarda sans cesse, et disputa tout. L'armée portugaise se retira ; M. le duc de Berwick en fit de même. A la fin de la campagne, le duc de Berwick reçut ordre de retourner en France. C'étoit une intrigue de cour; et il éprouva ce que tant d'autres avoient éprouvé avant lui, que de plaire à la cour est le plus grand service que l'on puisse rendre à la cour, sans quoi toutes les œuvres, pour me servir du langage des théologiens, ne sont que des œuvres mortes.

En 1705, le duc de Berwick fut envoyé commander en Languedoc : cette même année il fit le siége de Nice, et la prit.

En 1706, il fut fait maréchal de France, et fut envoyé en Espagne pour commander l'armée contre le Portugal. Le roi d'Espagne avoit levé le siége de Barcelone , et avoit été obligé de repasser par la France, et de rentrer en Espagne par la Navarre.

J'ai dit qu'avant de quitter l'Espagne, la première fois qu'il y servit, il l'avoit sauvée ; il la sauva encore cette fois-ci. Je passe rapidement sur les choses que l'histoire est chargée de raconter ; je dirai seulement que tout étoit perdu au commencement de la campagne, et que tout étoit sauvé à la fin. On peut voir, dans les lettres de madame de Maintenon à la princesse des Ursins , ce que l'on pensoit pour lors dans les deux cours. On formoit des souhaits, et on n'avoit pas même d'espérances. M. le maréchal de Berwick vouloit que la reine se retirât à son armée : des conseils

timides l'en avoient empêchée. On vouloit qu'elle se retirât à Pampelune. M. le maréchal de Berwick fit voir que, si l'on prenoit ce parti, tout étoit perdu , parce que les Castillans se croiroient abandonnés. La reine se retira donc à Burgos avec les conseils, et le roi arriva à la petite armée. Les Portugais vont à Madrid; et le maréchal par sa sagesse, sans livrer une seule bataille, fit vider la Castille aux ennemis, et rencogna leur armée dans le royaume de Valence et d'Aragon. Il les y conduisit marche par marche, comme un pasteur conduit des troupeaux. On peut dire que cette campagne fut plus glorieuse pour lui qu'aucune de celles qu'il a faites, parce que les avantages n'ayant point dépendu d'une bataille, sa capacité y parut tous les jours. Il fit plus de dix mille prisonniers ; et par cette campagne il prépara la seconde, plus célèbre encore par la bataille d'Almanza, la conquête du royaume de Valence, de l'Aragon, et la prise de Lérida.

Ce fut en cette année 1707 que le roi d'Espagne donna au maréchal de Berwick les villes de Liria et de Xerica, avec la grandesse de la première classe ; ce qui lui procura un établissement plus grand encore pour son fils du premier lit, par le mariage avec dona Catharina de Portugal, héritière de la maison de Veraguas. M. le maréchal lui céda tout ce qu'il avoit en Espagne.

Dans le même temps, Louis XIV lui donna le gouvernement du Limousin, de son propre et pur mouvement, sans qu'il le lui eût demandé.

Il faut que je parle de M. le duc d'Orléans ; et je le ferai avec d'autant plus de plaisir , que ce que je dirai ne peut servir qu'à combler de gloire l'un et l'autre.

M. le duc d'Orléans vint pour commander l'armée. Sa mauvaise destinée lui fit croire qu'il auroit le temps de passer par Madrid. M. le maréchal de Berwick lui envoya courrier sur courrier pour lui dire qu'il seroit bientôt forcé à livrer la bataille; M. le duc d'Orléans se mit en chemin , vola, et n'arriva pas. Il y eut assez de courtisans qui voulurent persuader à ce prince que le maréchal de Berwick avoit été ravi de donner la bataille sans lui, et de lui en ravir la gloire : mais M. le duc d'Orléans connoissoit qu'il avoit une justice à rendre, et c'est une chose qu'il savoit très bien faire : il ne se plaignit que de son malheur.

M. le duc d'Orléans, désespéré , désolé de retourner sans avoir rien fait, propose le siége de Lérida. M. le maréchal de Berwick , qui n'en

étoit point du tout d'avis, exposa à M. le duc d'Orléans ses raisons avec force ; il proposa même de consulter la cour. Le siége de Lérida fut résolu. Dès ce moment M. le duc de Berwick ne vit plus d'obstacles : il savoit que, si la prudence est la première de toutes les vertus avant que d'entreprendre, elle n'est que la seconde après que l'on a entrepris. Peut-être que s'il eût lui-même résolu ce siége, il auroit moins craint de le lever. M. le duc d'Orléans finit la campagne avec gloire. Et ce qui auroit infailliblement brouillé deux hommes communs ne fit qu'unir ces deux-ci ; et je me souviens d'avoir entendu dire au maréchal que l'origine de la faveur qu'il avoit eue auprès de M. le duc d'Orléans étoit la campagne de 1707.

En 1708, M. le maréchal de Berwick, d'abord destiné à commander l'armée du Dauphiné, fut envoyé sur le Rhin pour commander sous l'électeur de Bavière. Il avoit fait tomber un projet de M. de Chamillard, dont l'incapacité consistoit surtout à ne point connoître son incapacité. Le prince Eugène ayant quitté l'Allemagne pour aller en Flandre, M. le maréchal de Berwick l'y suivit. Après la perte de la bataille d'Oudenarde, les ennemis firent le siége de Lille ; et pour lors M. le maréchal de Berwick joignit son armée à celle de M. de Vendôme. Il fallut des miracles sans nombre pour nous faire perdre Lille. M. le duc de Vendôme étoit irrité contre M. le maréchal de Berwick, qui avoit fait difficulté de servir sous lui. Depuis ce moment aucun avis de M. le maréchal de Berwick ne fut accepté par M. le duc de Vendôme; et son ame, si grande d'ailleurs, ne conserva plus qu'un ressentiment vif de l'espèce d'affront qu'il croyoit avoir reçu. M. le duc de Bourgogne et le roi, toujours partagés entre des propositions contradictoires, ne savoient prendre d'autre parti que de déférer au sentiment de M. de Vendôme. Il fallut que le roi envoyât à l'armée, pour concilier les généraux, un ministre qui n'avoit point d'yeux : il fallut que cette maladie de la nature humaine, de ne pouvoir souffrir le bien lorsqu'il est fait par des gens que l'on n'aime pas, infestât pendant toute cette campagne le cœur et l'esprit de M. le duc de Vendôme : il fallut qu'un lieutenant général eût assez de faveur à la cour pour pouvoir faire à l'armée deux sottises l'une après l'autre, qui seront mémorables dans tous les temps, sa défaite et sa capitulation : il fallut que le siége de Bruxelles eût été rejeté d'abord, et qu'il eût été entrepris depuis ; que l'on résolût de garder en même temps

l'Escaut et le canal, c'est-à-dire de ne garder rien. Enfin le procès entre ces deux grands hommes existe ; les lettres écrites par le roi, par M. le duc de Bourgogne, par M. le duc de Vendôme, par M. le duc de Berwick, par M. de Chamillard, existent aussi : on verra qui des deux manqua de sang-froid, et j'oserois peut-être même dire de raison. A Dieu ne plaise que je veuille mettre en question les qualités éminentes de M. le duc de Vendôme ! si M. le maréchal de Berwick revenoit au monde, il en seroit fâché. Mais je dirai dans cette occasion ce qu'Homère dit de Glaucus : « Jupiter ôta la prudence à Glaucus, et il changea un bouclier d'or contre un bouclier d'airain. » Ce bouclier d'or, M. de Vendôme avant cette campagne l'avoit toujours conservé, et il le retrouva depuis.

En 1709, M. le maréchal de Berwick fut envoyé pour couvrir les frontières de la Provence et du Dauphiné : et quoique M. de Chamillard, qui affamoit tout, eût été déplacé, il n'y avoit ni argent, ni provisions de guerre et de bouche ; il fit si bien, qu'il en trouva. Je me souviens de lui avoir ouï dire que dans sa détresse il enleva une voiture d'argent qui alloit de Lyon au trésor royal ; et il disoit à M. d'Angervilliers, qui étoit son intendant dans ce temps, que dans la règle ils auroient mérité tous deux qu'on leur fît leur procès. M. Desmaretz cria : il répondit qu'il falloit faire subsister une armée qui avoit le royaume à sauver.

M. le maréchal de Berwick imagina un plan de défense tel, qu'il étoit impossible de pénétrer en France de quelque côté que ce fût, parce qu'il faisoit la corde, et que le duc de Savoie étoit obligé de faire l'arc. Je me souviens qu'étant en Piémont, les officiers qui avoient servi dans ce temps-là donnoient cette raison comme les ayant toujours empêchés de pénétrer en France; ils faisoient l'éloge du maréchal de Berwick, et je ne le savois pas.

M. le maréchal de Berwick, par ce plan de défense, se trouva en état de n'avoir besoin que d'une petite armée, et d'envoyer au roi vingt bataillons : c'étoit un grand présent dans ce temps-là.

Il y auroit bien de la sottise à moi de juger de sa capacité pour la guerre, c'est-à-dire pour une chose que je ne puis entendre. Cependant, s'il m'étoit permis de me hasarder, je dirois que, comme chaque grand homme, outre sa capacité générale, a encore un talent particulier dans lequel il excelle, et qui fait sa vertu distinctive ; je

dirois que le talent particulier de M. le maréchal de Berwick étoit de faire une guerre défensive, de relever des choses désespérées, et de bien connoître toutes les ressources que l'on peut avoir dans les malheurs. Il falloit bien qu'il sentît ses forces à cet égard : je lui ai souvent entendu dire que la chose qu'il avoit toute sa vie le plus souhaitée, c'étoit d'avoir une bonne place à défendre.

La paix fut signée à Utrecht en 1713. Le roi mourut le 1er de septembre 1715 : M. le duc d'Orléans fut régent du royaume. M. le maréchal de Berwick fut envoyé commander en Guienne. Me permettra-t-on de dire que ce fut un grand bonheur pour moi, puisque c'est là où je l'ai connu?

Les tracasseries du cardinal Alberoni firent naître la guerre que M. le maréchal de Berwick fit sur les frontières d'Espagne. Le ministère ayant changé par la mort de M. le duc d'Orléans, on lui ôta le commandement de Guienne. Il partagea son temps entre la cour, Paris, et sa maison de Fitz-James. Cela me donnera lieu de parler de l'homme privé, et de donner, le plus courtement que je pourrai, son caractère.

Il n'a guère obtenu de graces sur lesquelles il n'ait été prévenu. Quand il s'agissoit de ses intérêts, il falloit tout lui dire... Son air froid, un peu sec, et même quelquefois un peu sévère, faisoit que quelquefois il auroit semblé un peu déplacé dans notre nation, si les grandes ames et le mérite personnel avoient un pays.

Il ne savoit jamais dire de ces choses qu'on appelle de jolies choses. Il étoit surtout exempt de ces fautes sans nombre que commettent continuellement ceux qui s'aiment trop eux-mêmes... Il prenoit presque toujours son parti de lui-même : s'il n'avoit pas trop bonne opinion de lui, il n'avoit pas non plus de méfiance ; il se regardoit et se connoissoit, avec le même bon sens qu'il voyoit toutes les autres choses... Jamais personne n'a su mieux éviter les excès, ou, si j'ose me servir de ce terme, les pièges des vertus : par exemple, il aimoit les ecclésiastiques ; il s'accommodoit assez de la modestie de leur état ; il ne pouvoit souffrir d'en être gouverné, surtout s'ils passoient dans la moindre chose la ligne de leurs devoirs : il exigeoit plus d'eux qu'ils n'auroient exigé de lui... Il étoit impossible de le voir et de ne pas aimer la vertu, tant on voyoit de tranquillité et de félicité dans son ame, surtout quand on la comparoit aux passions qui agitoient ses semblables... J'ai vu de loin, dans les livres de Plutarque, ce qu'étoient

les grands hommes ; j'ai vu en lui de plus près ce qu'ils sont. Je ne connois que sa vie privée : je n'ai point vu le héros, mais l'homme dont le héros est parti... Il aimoit ses amis : sa manière étoit de rendre des services sans vous rien dire ; c'étoit une main invisible qui vous servoit... Il avoit un grand fonds de religion. Jamais homme n'a mieux suivi ces lois de l'Évangile qui coûtent le plus aux gens du monde : enfin jamais homme n'a tant pratiqué la religion, et n'en a si peu parlé... Il ne disoit jamais de mal de personne : aussi ne louoit-il jamais les gens qu'il ne croyoit pas dignes d'être loués .. Il haïssoit ces disputes qui, sous prétexte de la gloire de Dieu, ne sont que des disputes personnelles. Les malheurs du roi son père lui avoient appris qu'on s'expose à faire de grandes fautes lorsqu'on a trop de crédulité pour les gens même dont le caractère est le plus respectable... Lorsqu'il fut nommé commandant en Guienne, la réputation de son sérieux nous effraya ; mais à peine y fut-il arrivé, qu'il y fut aimé de tout le monde ; et il n'y a pas de lieu où ses grandes qualités aient été plus admirées...

Personne n'a donné un plus grand exemple du mépris que l'on doit faire de l'argent... Il avoit une modestie dans toutes ses dépenses qui auroit dû le rendre très à son aise ; car il ne dépensoit en aucune chose frivole : cependant il étoit toujours arriéré, parce que, malgré sa frugalité naturelle, il dépensoit beaucoup. Dans ses commandements, toutes les familles angloises ou irlandoises pauvres, qui avoient quelque relation avec quelqu'un de sa maison, avoient une espèce de droit de s'introduire chez lui ; et il est singulier que cet homme, qui savoit mettre un si grand ordre dans son armée, qui avoit tant de justesse dans ses projets, perdît tout cela quand il s'agissoit de ses intérêts particuliers.

Il n'étoit point du nombre de ceux qui tantôt se plaignent des auteurs d'une disgrace, tantôt cherchent à les flatter ; il alloit à celui dont il avoit sujet de se plaindre, lui disoit les sentiments de son cœur, après quoi il ne disoit rien...

...................................................

...................................................

Jamais rien n'a mieux représenté cet état où l'on sait que se trouva la France à la mort de M. de Turenne. Je me souviens du moment où cette nouvelle arriva : la consternation fut générale. Tous deux ils avoient laissé des desseins interrompus ; tous les deux une armée en péril : tous les deux finirent d'une mort qui intéresse plus que les morts communes : tous les deux avoient ce mérite

modeste pour lequel on aime à s'attendrir, et que l'on aime à regretter...

Il laissa une femme tendre, qui a passé le reste de sa vie dans les regrets, et des enfants qui par leur vertu font mieux que moi l'éloge de leur père.

M. le maréchal de Berwick a écrit ses *Mémoires*; et, à cet égard, ce que j'ai dit dans l'*Esprit des Lois* sur la relation d'Hannon, je puis le redire ici : « C'est un beau morceau de l'antiquité que la relation d'Hannon : le même homme qui a exécuté a écrit. Il ne met aucune ostentation dans ses récits : les grands capitaines écrivent leurs actions avec simplicité, parce qu'ils sont plus glorieux de ce qu'ils ont fait que de ce qu'ils ont dit. »

Les grands hommes sont plus soumis que les autres à un examen rigoureux de leur conduite : chacun aime à les appeler devant son petit tribunal. Les soldats romains ne faisoient-ils pas de sanglantes railleries autour du char de la victoire? Ils croyoient triompher même des triomphateurs. Mais c'est une belle chose pour le maréchal de Berwick, que les deux objections qu'on lui a faites ne soient uniquement fondées que sur son amour pour ses devoirs.

L'objection qu'on lui a faite de ce qu'il n'avoit pas été de l'expédition d'Écosse en 1715, n'est fondée que sur ce qu'on veut toujours regarder le maréchal de Berwick comme un homme sans patrie, et qu'on ne veut pas se mettre dans l'esprit qu'il étoit François. Devenu François du consentement de ses premiers maîtres, il suivit les ordres de Louis XIV, et ensuite ceux du régent de France. Il fallut faire taire son cœur, et suivre les grands principes : il vit qu'il n'étoit plus à lui; il vit qu'il n'étoit plus question de se déterminer sur ce qui étoit le bien convenable, mais sur ce qui étoit le bien nécessaire : il sut qu'il seroit jugé, il méprisa les jugements injustes; ni la faveur populaire, ni la manière de penser de ceux qui pensent peu, ne le déterminèrent.

Les anciens qui ont traité des devoirs ne trouvent pas que la grande difficulté soit de les connoître, mais de choisir entre deux devoirs. Il suivit le devoir le plus fort, comme le destin. Ce sont des matières qu'on ne traite jamais que lorsqu'on est obligé de les traiter, parce qu'il n'y a rien dans le monde de plus respectable qu'un prince malheureux. Dépouillons la question : elle consiste à savoir si le prince, même rétabli, auroit été en droit de le rappeler. Tout ce que l'on peut dire de plus fort, c'est que la patrie n'a-

bandonne jamais : mais cela même n'étoit pas le cas; il étoit proscrit par sa patrie lorsqu'il se fit naturaliser. Grotius, Puffendorf, toutes les voix par lesquelles l'Europe a parlé, décidoient la question, et lui déclaroient qu'il étoit François, et soumis aux lois de la France. La France avoit mis pour lors la paix pour fondement de son système politique. Quelle contradiction, si un pair du royaume, un maréchal de France, un gouverneur de province, avoit désobéi à la défense de sortir du royaume, c'est-à-dire avoit désobéi réellement, pour paroître, aux yeux des Anglois seuls, n'avoir pas désobéi! En effet, le maréchal de Berwick étoit, par ses dignités mêmes, dans des circonstances particulières; et on ne pouvoit guère distinguer sa présence en Écosse d'avec une déclaration de guerre avec l'Angleterre. La France jugeoit qu'il n'étoit point de son intérêt que cette guerre se fît; qu'il en résulteroit une guerre qui embraseroit toute l'Europe. Comment pouvoit-il prendre sur lui le poids immense d'une démarche pareille? On peut dire même que, s'il n'eût consulté que l'ambition, quelle plus grande ambition pouvoit-il avoir que le rétablissement de la maison de Stuart sur le trône d'Angleterre? On sait combien il aimoit ses enfants. Quelles délices pour son cœur, s'il avoit pu prévoir un troisième établissement en Angleterre!

S'il avoit été consulté pour l'entreprise même dans les circonstances d'alors, il n'en auroit pas été d'avis : il croyoit que ces sortes d'entreprises étoient de la nature de toutes les autres, qui doivent être réglées par la prudence, et qu'en ce cas une entreprise manquée a deux sortes de mauvais succès : le malheur présent, et une plus grande difficulté pour entreprendre de réussir à l'avenir.

---

# PENSÉES DIVERSES[1].

Mon fils, vous êtes assez heureux pour n'avoir ni à rougir ni à vous enorgueillir de votre nais-

[1] Il ne faut pas confondre ces *Pensées* avec un petit extrait intitulé *le Génie de Montesquieu*, qui parut en 1758. Ce grand homme écrivoit le soir ses observations de tous les jours; ces pensées solitaires étoient le premier jet de l'esprit, elles ont la sève de l'originalité. Ces anneaux préparés pour une grande chaîne, quoique détachés, sont des anneaux d'or. On ne peut lire sans attendrissement ces entretiens muets avec son fils : ces pensées étoient une espèce de legs paternel; il a son prix aux yeux des hommes sensibles et éclairés. (*Note des éditeurs des Œuvres posthumes de Montesquieu*, Paris, 1798, in-12.)

sance : la mienne est tellement proportionnée à ma fortune, que je serois fâché que l'une ou l'autre fussent plus grandes.

Vous serez homme de robe ou d'épée. Comme vous devez rendre compte de votre état, c'est à vous de le choisir : dans la robe, vous trouverez plus d'indépendance; dans le parti de l'épée, de plus grandes espérances.

Il vous est permis de souhaiter de monter à des postes plus éminents, parce qu'il est permis à chaque citoyen de souhaiter d'être en état de rendre de plus grands services à sa patrie : d'ailleurs une noble ambition est un sentiment utile à la société lorsqu'il se dirige bien. Comme le monde physique ne subsiste que parce que chaque partie de la matière tend à s'éloigner du centre, aussi le monde politique se soutient-il par le desir intérieur et inquiet que chacun a de sortir du lieu où il est placé. C'est en vain qu'une morale austère veut effacer les traits que le plus grand des ouvriers a gravés dans nos ames : c'est à la morale qui veut travailler sur le cœur de l'homme à régler ses sentiments, et non pas à les détruire. Nos auteurs moraux sont presque tous outrés : ils parlent à l'entendement, et non pas à cette ame.

## PORTRAIT DE MONTESQUIEU,

### PAR LUI-MÊME.

Une personne de ma connoissance disoit : « Je vais faire une assez sotte chose, c'est mon portrait : je me connois assez bien. »

Je n'ai presque jamais eu de chagrin, encore moins d'ennui.

Ma machine est si heureusement construite, que je suis frappé par tous les objets assez vivement pour qu'ils puissent me donner du plaisir, pas assez pour qu'ils puissent me donner de la peine.

J'ai l'ambition qu'il faut pour me faire prendre part aux choses de cette vie; je n'ai point celle qui pourroit me faire trouver du dégoût dans le poste où la nature m'a mis.

Lorsque je goûte un plaisir, je suis affecté; et je suis toujours étonné de l'avoir recherché avec tant d'indifférence.

J'ai été dans ma jeunesse assez heureux pour m'attacher à des femmes que j'ai cru qui m'aimoient; dès que j'ai cessé de le croire, je m'en suis détaché soudain.

L'étude a été pour moi le souverain remède contre les dégoûts de la vie, n'ayant jamais eu de chagrin qu'une heure de lecture n'ait dissipé.

Je m'éveille le matin avec une joie secrète de voir la lumière; je vois la lumière avec une espèce de ravissement; et tout le reste du jour je suis content. Je passe la nuit sans m'éveiller; et le soir, quand je vais au lit, une espèce d'engourdissement m'empêche de faire des réflexions.

Je suis presque aussi content avec des sots qu'avec des gens d'esprit : car il y a peu d'hommes si ennuyeux qui ne m'aient amusé; très souvent il n'y a rien de si amusant qu'un homme ridicule.

Je ne hais pas de me divertir en moi-même des hommes que je vois, sauf à eux à me prendre à leur tour pour ce qu'ils veulent.

J'ai eu d'abord pour la plupart des grands une crainte puérile; dès que j'ai eu fait connoissance, j'ai passé presque sans milieu jusqu'au mépris.

J'ai assez aimé à dire aux femmes des fadeurs, et à leur rendre des services qui coûtent si peu.

J'ai eu naturellement de l'amour pour le bien et l'honneur de ma patrie, et peu pour ce qu'on appelle la gloire; j'ai toujours senti une joie secrète lorsqu'on a fait quelque réglement qui alloit au bien commun.

Quand j'ai voyagé dans les pays étrangers, je m'y suis attaché comme au mien propre, j'ai pris part à leur fortune, et j'aurois souhaité qu'ils fussent dans un état florissant.

J'ai cru trouver de l'esprit à des gens qui passoient pour n'en point avoir.

Je n'ai pas été fâché de passer pour distrait; cela m'a fait hasarder bien des négligences qui m'auroient embarrassé.

J'aime les maisons où je puis me tirer d'affaire avec mon esprit de tous les jours.

Dans les conversations et à table, j'ai toujours été ravi de trouver un homme qui voulût prendre la peine de briller : un homme de cette espèce présente toujours le flanc, et tous les autres sont sous le bouclier.

Rien ne m'amuse plus que de voir un conteur ennuyeux faire une histoire circonstanciée sans quartier : je ne suis pas attentif à l'histoire, mais à la manière de la faire.

Pour la plupart des gens, j'aime mieux les approuver que de les écouter.

Je n'ai jamais voulu souffrir qu'un homme d'esprit s'avisât de me railler deux fois de suite.

J'ai assez aimé ma famille pour faire ce qui alloit au bien dans les choses essentielles; mais je me suis affranchi des menus détails.

Quoique mon nom ne soit ni bon ni mauvais,

n'ayant guère que deux cent cinquante ans de no-
blesse prouvée, cependant j'y suis attaché, et je
serois homme à faire des substitutions[1].

Quand je me lie à quelqu'un, je le fais sans ré-
serve; mais je me fie à très peu de personnes.

Ce qui m'a toujours donné une assez mauvaise
opinion de moi, c'est qu'il y a fort peu d'états
dans la république auxquels j'eusse été véritable-
ment propre. Quant à mon métier de président,
j'ai le cœur très droit : je comprenois assez les
questions en elles-mêmes; mais quant à la procé-
dure, je n'y entendois rien. Je m'y suis pourtant
appliqué; mais ce qui m'en dégoûtoit le plus,
c'est que je voyois à des bêtes le même talent qui
me fuyoit, pour ainsi dire.

Ma machine est tellement composée, que j'ai
besoin de me recueillir dans toutes les matières un
peu abstraites; sans cela mes idées se confondent:
et, si je sens que je suis écouté, il me semble
dès-lors que toute la question s'évanouit devant
moi; plusieurs traces se réveillent à la fois, il ré-
sulte de là qu'aucune trace n'est réveillée. Quant
aux conversations de raisonnement où les sujets
sont toujours coupés et recoupés, je m'en tire as-
sez bien.

Je n'ai jamais vu couler de larmes sans en être
attendri.

Je suis amoureux de l'amitié.

Je pardonne aisément, par la raison que je ne
suis pas haineux : il me semble que la haine est
douloureuse. Lorsque quelqu'un a voulu se ré-
concilier avec moi, j'ai senti ma vanité flattée, et
j'ai cessé de regarder comme ennemi un homme
qui me rendoit le service de me donner bonne
opinion de moi.

Dans mes terres, avec mes vassaux, je n'ai ja-
mais voulu que l'on m'aigrît sur le compte de
quelqu'un. Quand on m'a dit : « Si vous saviez les
discours qui ont été tenus !...—Je ne veux pas les
savoir, » ai-je répondu. Si ce qu'on vouloit rap-
porter étoit faux, je ne voulois pas courir le risque
de le croire; si c'étoit vrai, je ne voulois pas
prendre la peine de haïr un faquin.

A l'âge de trente-cinq ans j'aimois encore.

Il m'est aussi impossible d'aller chez quelqu'un
dans des vues d'intérêt, qu'il m'est impossible de
rester dans les airs.

Quand j'ai été dans le monde, je l'ai aimé
comme si je ne pouvois souffrir la retraite; quand
j'ai été dans mes terres, je n'ai plus songé au
monde.

[1] Il l'a fait. (*Note du manuscrit.*)

Quand je vois un homme de mérite, je ne le
décompose jamais; un homme médiocre qui a
quelques bonnes qualités, je le décompose.

Je suis, je crois, le seul homme qui ait mis
des livres au jour sans être touché de la réputa-
tion de bel-esprit. Ceux qui m'ont connu savent
que, dans mes conversations, je ne cherchois
pas trop à le paroître, et que j'avois assez le ta-
lent de prendre la langue de ceux avec lesquels je
vivois.

J'ai eu le malheur de me dégoûter très souvent
des gens dont j'avois le plus desiré la bienveil-
lance.

Pour mes amis, à l'exception d'un seul, je les
ai tous conservés.

Avec mes enfants, j'ai vécu comme avec mes
amis.

J'ai eu pour principe de ne jamais faire par
autrui ce que je pouvois par moi-même : c'est ce
qui m'a porté à faire ma fortune par les moyens
que j'avois dans mes mains, la modération et la
frugalité, et non par des moyens étrangers, tou-
jours bas ou injustes.

Quand on s'est attendu que je brillerois dans
une conversation, je ne l'ai jamais fait : j'aimois
mieux avoir un homme d'esprit pour m'appuyer,
que des sots pour m'approuver.

Il n'y a point de gens que j'aie plus méprisés
que les petits beaux-esprits, et les grands qui sont
sans probité.

Je n'ai jamais été tenté de faire un couplet de
chanson contre qui que ce soit. J'ai fait en ma vie
bien des sottises, et jamais de méchancetés.

Je n'ai point paru dépenser, mais je n'ai jamais
été avare; et je ne sache pas de chose assez peu
difficile pour que je l'eusse faite pour gagner de
l'argent.

Ce qui m'a toujours beaucoup nui, c'est que
j'ai toujours méprisé ceux que je n'estimois pas.

Je n'ai pas laissé, je crois, d'augmenter mon
bien; j'ai fait de grandes améliorations à mes ter-
res : mais je sentois que c'étoit plutôt pour une
certaine idée d'habileté que cela me donnoit, que
pour l'idée de devenir plus riche.

En entrant dans le monde, on m'annonça
comme un homme d'esprit, et je reçus un accueil
assez favorable des gens en place : mais lorsque
par le succès des *Lettres persanes* j'eus peut-être
prouvé que j'en avois, et que j'eus obtenu quel-
que estime de la part du public, celle des gens en
place se refroidit; j'essuyai mille dégoûts. Comp-
tez qu'intérieurement blessés de la réputation
d'un homme célèbre, c'est pour s'en venger qu'ils

l'humilient, et qu'il faut soi-même mériter beaucoup d'éloges pour supporter patiémment l'éloge d'autrui.

Je ne sache pas encore avoir dépensé quatre louis par air, ni fait une visite par intérêt. Dans ce que j'entreprenois, je n'employois que la prudence commune, et j'agissois moins pour ne pas manquer les affaires que pour ne pas manquer aux affaires.

Je ne me consolerois point de n'avoir pas fait fortune, si j'étois né en Angleterre; je ne suis point fâché de ne l'avoir pas faite en France.

J'avoue que j'ai trop de vanité pour souhaiter que mes enfants fassent un jour une grande fortune : ce ne seroit qu'à force de raison qu'ils pourroient soutenir l'idée de moi; ils auroient besoin de toute leur vertu pour m'avouer, ils regarderoient mon tombeau comme le monument de leur honte. Je puis croire qu'ils ne le détruiroient pas de leurs propres mains; mais ils ne le relèveroient pas sans doute, s'il étoit à terre. Je serois l'achoppement éternel de la flatterie, et je les mettrois dans l'embarras vingt fois par jour; ma mémoire seroit incommode, et mon ombre malheureuse tourmenteroit sans cesse les vivants.

La timidité a été le fléau de toute ma vie; elle sembloit obscurcir jusqu'à mes organes, lier ma langue, mettre un nuage sur mes pensées, déranger mes expressions. J'étois moins sujet à ces abattements devant des gens d'esprit que devant des sots : c'est que j'espérois qu'ils m'entendroient, cela me donnoit de la confiance. Dans les occasions, mon esprit, comme s'il avoit fait un effort, s'en tiroit assez bien. Étant à Luxembourg dans la salle où dînoit l'empereur, le prince Kinski me dit : « Vous, Monsieur, qui venez de France, vous êtes bien étonné de voir l'empereur si mal logé. — Monsieur, lui dis-je, je ne suis pas fâché de voir un pays où les sujets sont mieux logés que le maître. » Étant en Piémont, le roi Victor me dit : « Monsieur, vous êtes parent de M. l'abbé de Montesquieu, que j'ai vu ici avec M. l'abbé d'Estrades? — Sire, lui dis-je, votre majesté est comme César, qui n'avoit jamais oublié aucun nom... » Je dînois en Angleterre chez le duc de Richemond : le gentilhomme ordinaire La Boine, qui étoit un fat, quoique envoyé de France en Angleterre, soutint que l'Angleterre n'étoit pas plus grande que la Guienne. Je tançai mon envoyé. Le soir, la reine me dit : « Je sais que vous nous avez défendus contre votre M. de La Boine.—Madame, je n'ai pu m'imaginer qu'un pays où vous régnez ne fût pas un grand pays. »

J'ai la maladie de faire des livres, et d'en être honteux quand je les ai faits.

Je n'ai pas aimé à faire ma fortune par le moyen de la cour; j'ai songé à la faire en faisant valoir mes terres, et à tenir toute ma fortune immédiatement de la main des dieux.

N...., qui avoit de certaines fins, me fit entendre qu'on me donneroit une pension; je dis que n'ayant point fait de bassesses, je n'avois pas besoin d'être consolé par des graces.

Je suis un bon citoyen; mais, dans quelque pays que je fusse né, je l'aurois été tout de même. Je suis un bon citoyen, parce que j'ai toujours été content de l'état où je suis, que j'ai toujours approuvé ma fortune, que je n'ai jamais rougi d'elle, ni envié celle des autres. Je suis un bon citoyen, parce que j'aime le gouvernement où je suis né, sans le craindre, et que je n'en attends de faveur que ce bien inestimable que je partage avec tous mes compatriotes; et je rends graces au Ciel de ce qu'ayant mis en moi de la médiocrité en tout, il a bien voulu mettre un peu de modération dans mon ame.

S'il m'est permis de prédire la fortune de mon ouvrage [1], il sera plus approuvé que lu : de pareilles lectures peuvent être un plaisir, elles ne sont jamais un amusement. J'avois conçu le dessein de donner plus d'étendue et de profondeur à quelques endroits de mon *Esprit*; j'en suis devenu incapable : mes lectures m'ont affoibli les yeux; et il me semble que ce qu'il me reste encore de lumière n'est que l'aurore du jour où ils se fermeront pour jamais.

Si je savois quelque chose qui me fût utile et qui fût préjudiciable à ma famille, je le rejetterois de mon esprit. Si je savois quelque chose qui fût utile à ma famille, et qui ne le fût pas à ma patrie, je chercherois à l'oublier. Si je savois quelque chose utile à ma patrie et qui fût préjudiciable à l'Europe et au genre humain, je le regarderois comme un crime.

Je souhaite avoir des manières simples, recevoir des services le moins que je puis, et en rendre le plus qu'il m'est possible.

Je n'ai jamais aimé à jouir du ridicule des autres. J'ai été peu difficile sur l'esprit des autres. J'étois ami de presque tous les esprits, et ennemi de presque tous les cœurs.

J'aime mieux être tourmenté par mon cœur que par mon esprit.

Je fais faire une assez sotte chose c'est ma généalogie.

[1] *L'Esprit des Lois.*

## DES ANCIENS.

J'avoue mon goût pour les anciens; cette antiquité m'enchante, et je suis toujours prêt à dire avec Pline : « C'est à Athènes que vous allez; respectez les dieux. »

L'ouvrage divin de ce siècle, *Télémaque*, dans lequel Homère semble respirer, est une preuve sans réplique de l'excellence de cet ancien poëte. Pope seul a senti la grandeur d'Homère.

Sophocle, Euripide, Eschyle, ont d'abord porté le genre d'invention au point que nous n'avons rien changé depuis aux règles qu'ils nous ont laissées, ce qu'ils n'ont pu faire sans une connoissance parfaite de la nature et des passions.

J'ai eu toute ma vie un goût décidé pour les ouvrages des anciens : j'ai admiré plusieurs critiques faites contre eux, mais j'ai toujours admiré les anciens. J'ai étudié mon goût, et j'ai examiné si ce n'étoit point un de ces goûts malades sur lesquels on ne doit faire aucun fond; mais plus j'ai examiné, plus j'ai senti que j'avois raison d'avoir senti comme j'ai senti.

Les livres anciens sont pour les auteurs, les nouveaux pour les lecteurs.

Plutarque me charme toujours : il y a des circonstances attachées aux personnes, qui font grand plaisir.

Qu'Aristote ait été précepteur d'Alexandre, ou que Platon ait été à la cour de Syracuse, cela n'est rien pour leur gloire : la réputation de leur philosophie a absorbé tout.

Cicéron, selon moi, est un des plus grands esprits qui aient jamais été : l'ame toujours belle lorsqu'elle n'étoit pas foible.

Deux chefs-d'œuvre : la mort de César dans Plutarque, et celle de Néron dans Suétone. Dans l'une, on commence par avoir pitié des conjurés qu'on voit en péril, et ensuite de César qu'on voit assassiné. Dans celle de Néron, on est étonné de le voir obligé par degrés de se tuer, sans aucune cause qui l'y contraigne, et cependant de façon à ne pouvoir l'éviter.

Virgile, inférieur à Homère par la grandeur et la variété des caractères, par l'invention admirable, l'égale par la beauté de la poésie.

Belle parole de Sénèque : *Sic præsentibus utaris voluptatibus, ut futuris non noceas.*

La même erreur des Grecs inondoit toute leur philosophie; mauvaise physique, mauvaise morale, mauvaise métaphysique. C'est qu'ils ne sentoient pas la différence qu'il y a entre les qualités positives et les qualités relatives. Comme Aristote s'est trompé avec son sec, son humide, son chaud, son froid, Platon et Socrate se sont trompés avec leur beau, leur bon, leur sage : grande découverte qu'il n'y avoit pas de qualité positive.

Les termes de beau, de bon, de noble, de grand, de parfait, sont des attributs des objets, lesquels sont relatifs aux êtres qui les considèrent. Il faut bien se mettre ce principe dans la tête; il est l'éponge de presque tous les préjugés : c'est le fléau de la philosophie ancienne, de la physique d'Aristote, de la métaphysique de Platon : et si on lit les dialogues de ce philosophe, on trouvera qu'ils ne sont qu'un tissu de sophismes faits par l'ignorance de ce principe. Malebranche est tombé dans mille sophismes pour l'avoir ignoré.

Jamais philosophe n'a mieux fait sentir aux hommes les douceurs de la vertu et la dignité de leur être que Marc-Antonin : le cœur est touché, l'ame agrandie, l'esprit élevé.

Plagiat : avec très peu d'esprit on peut faire cette objection-là. Il n'y a plus d'originaux, grace aux petits génies. Il n'y a pas de poëte qui n'ait tiré toute sa philosophie des anciens. Que deviendroient les commentateurs sans ce privilége? Ils ne pourroient pas dire : « Horace a dit ceci... Ce passage se rapporte à tel autre de Théocrite, où il est dit... » Je m'engage de trouver dans Cardan les pensées de quelque auteur que ce soit, le moins subtil.

On aime à lire les ouvrages des anciens pour voir d'autres préjugés.

Il faut réfléchir sur la *Politique* d'Aristote et sur les *deux Républiques* de Platon, si l'on veut avoir une juste idée des lois et des mœurs des anciens Grecs.

Les chercher dans leurs historiens, c'est comme si nous voulions trouver les nôtres en lisant les guerres de Louis XIV.

République de Platon, pas plus idéale que celle de Sparte.

Pour juger les hommes, il faut leur passer les préjugés de leur temps.

## DES MODERNES.

Nous n'avons pas d'auteur tragique qui donne à l'ame de plus grands mouvements que Crébillon, qui nous arrache plus à nous-mêmes, qui nous remplisse plus de la vapeur du dieu qui l'agite : il vous fait entrer dans le transport des bacchantes. On ne sauroit juger son ouvrage, parce qu'il commence par troubler cette partie de l'ame qui réfléchit. C'est le véritable tragique de nos jours,

le seul qui sache bien exciter la véritable passion de la tragédie, *la terreur*.

Un ouvrage original en fait toujours construire cinq ou six cents autres : les derniers se servent des premiers à peu près comme les géomètres se servent de formules.

J'ai entendu la première représentation d'*Inès de Castro* de M. de La Motte. J'ai bien vu qu'elle n'a réussi qu'à force d'être belle, et qu'elle a plu aux spectateurs malgré eux. On peut dire que la grandeur de la tragédie, le sublime et le beau, y règnent partout. Il y a un second acte qui, à mon goût, est plus beau que tous les autres : j'y ai trouvé un art souvent caché qui ne se dévoile pas à la première représentation, et je me suis senti plus touché la dernière fois que la première.

Je me souviens qu'en sortant d'une pièce intitulée *Ésope à la cour*, je fus si pénétré du désir d'être plus honnête homme, que je ne sache pas avoir formé une résolution plus forte ; bien différent de cet ancien qui disoit qu'il n'étoit jamais sorti des spectacles aussi vertueux qu'il y étoit entré. C'est qu'ils ne sont plus la même chose.

Dans la plupart des auteurs, je vois l'homme qui écrit ; dans Montaigne, l'homme qui pense.

Les maximes de La Rochefoucauld sont les proverbes des gens d'esprit.

Ce qui commence à gâter notre comique, c'est que nous voulons chercher le ridicule des passions, au lieu de chercher le ridicule des manières. Or les passions ne sont pas des ridicules par elles-mêmes. Quand on dit qu'il n'y a point de qualités absolues, cela ne veut pas dire qu'il n'y en a point réellement, mais que notre esprit ne peut pas les déterminer.

Quel siècle que le nôtre, où il y a tant de critiques et de juges, et si peu de lecteurs !

Voltaire n'est pas beau, il n'est que joli : il seroit honteux pour l'académie que Voltaire en fût, et il lui sera quelque jour honteux qu'il n'en ait pas été.

Les ouvrages de Voltaire sont comme les visages mal proportionnés qui brillent de jeunesse.

Voltaire n'écrira jamais une bonne histoire. Il est comme les moines, qui n'écrivent pas pour le sujet qu'ils traitent, mais pour la gloire de leur ordre. Voltaire écrit pour son couvent.

Charles XII, toujours dans le prodige, étonne, et n'est pas grand. Dans cette histoire, il y a un morceau admirable, la retraite de Schulembourg, morceau écrit aussi vivement qu'il y en ait. L'auteur manque quelquefois de sens.

Plus le poëme de *la Ligue* paroît être l'*Énéide*, moins il l'est.

Toutes les épithètes de J.-B. Rousseau disent beaucoup ; mais elles disent toujours trop, et expriment toujours au-delà.

Parmi les auteurs qui ont écrit sur l'histoire de France, les uns avoient peut-être trop d'érudition pour avoir assez de génie, et les autres trop de génie pour avoir assez d'érudition.

S'il faut donner le caractère de nos poëtes, je compare Corneille à Michel-Ange, Racine à Raphaël, Marot au Corrège, La Fontaine au Titien, Despréaux au Dominiquin, Crébillon au Guerchin, Voltaire au Guide, Fontenelle au Berniu ; Chapelle, La Fare, Chaulieu, au Parmesan ; Reguier au Georgion, La Motte à Rembrandt ; Chapelain est au-dessous d'Albert Durer. Si nous avions un Milton, je le comparerois à Jules Romain ; si nous avions le Tasse, nous le comparerions au Carrache ; si nous avions l'Arioste, nous ne le comparerions à personne, parce que personne ne peut lui être comparé.

Un honnête homme (M. Rollin) a, par ses ouvrages d'histoire, enchanté le public. C'est le cœur qui parle au cœur ; on sent une secrète satisfaction d'entendre parler la vertu : c'est l'abeille de la France.

Je n'ai guère donné mon jugement que sur les auteurs que j'estimois, n'ayant guère lu, autant qu'il m'a été possible, que ceux que j'ai crus les meilleurs.

### DES GRANDS HOMMES DE FRANCE.

Nous n'avons pas laissé d'avoir en France de ces hommes rares qui auroient été avoués des Romains.

La foi, la justice, et la grandeur d'ame montèrent sur le trône avec Louis IX.

Tanneguy du Châtel abandonna les emplois dès que la voix publique s'éleva contre lui ; il quitta sa patrie sans se plaindre, pour lui épargner ses murmures.

Louis XI ne vit dans le commencement de son règne que le commencement de sa vengeance.

Il lui sembloit que, pour qu'il vécût, il falloit qu'il fit violence à tous les gens de bien.

Le chancelier Olivier introduisit la justice jusque dans le conseil des rois, et la politique plia devant elle.

La France n'a jamais eu de meilleur citoyen que Louis XII.

Le cardinal d'Amboise trouva les intérêts du

peuple dans ceux du roi, et les intérêts du roi dans ceux du peuple.

Charles VIII connut, dans la première jeunesse même, toutes les vanités de la jeunesse.

Le chancelier de L'Hospital, tel que les lois, fut sage comme elles dans une cour qui n'étoit calmée que par les plus profondes dissimulations, ou agitée que par les passions les plus violentes.

On vit dans La Noue un grand citoyen au milieu des discordes civiles.

L'amiral de Coligny fut assassiné, n'ayant dans le cœur que la gloire de l'état; et son sort fut tel, qu'après tant de rebellions il ne put être puni que par un grand crime.

Les Guises furent extrêmes dans le bien et dans le mal qu'ils firent à l'état. Heureuse la France, s'ils n'avoient pas senti couler dans leurs veines le sang de Charlemagne!

Il semble que l'ame de Miron, prevôt des marchands, fût celle de tout le peuple.

César auroit été comparé à M. le Prince, s'il étoit venu après lui.

Henri IV... Je n'en dirai rien, je parle à des François.

Molé montra de l'héroïsme dans une condition qui ne s'appuie ordinairement que sur d'autres vertus.

Richelieu fit jouer à son monarque le second rang dans la monarchie, et le premier dans l'Europe; il avilit le roi, mais illustra le règne.

Turenne n'avoit point de vices; et peut-être que, s'il en avoit eu, il auroit porté certaines vertus plus loin. Sa vie est un hymne à la louange de l'humanité.

Le caractère de Montausier a quelque chose des anciens philosophes, et de cet excès de leur raison.

Le maréchal de Catinat a soutenu la victoire avec modestie, et la disgrace avec majesté, grand encore après la perte de sa réputation même.

Vendôme n'a jamais eu rien à lui que sa gloire.

Fontenelle, autant au-dessus des autres hommes par son cœur, qu'au-dessus des hommes de lettres par son esprit.

Louis XIV, ni pacifique, ni guerrier : il avoit les formes de la justice, de la politique, de la dévotion, et l'air d'un grand roi. Doux avec ses domestiques, libéral avec ses courtisans, avide avec ses peuples, inquiet avec ses ennemis, despotique dans sa famille, roi dans sa cour, dur dans ses conseils, enfant dans celui de conscience, dupe de tout ce qui joue le prince, les ministres, les femmes et les dévots; toujours gouvernant et tou-

jours gouverné; malheureux dans ses choix, aimant les sots, souffrant les talents, craignant l'esprit; sérieux dans ses amours, et, dans son dernier attachement, foible à faire pitié; aucune force d'esprit dans les succès; de la sécurité dans les revers, du courage dans sa mort. Il aima la gloire et la religion, et on l'empêcha toute sa vie de connoître ni l'une ni l'autre. Il n'auroit eu presque aucun de ces défauts, s'il avoit été un peu mieux élevé, et s'il avoit eu un peu plus d'esprit.

Il avoit l'ame plus grande que l'esprit. Madame de Maintenon abaissoit sans cesse cette ame pour la mettre à son point.

Les plus méchants citoyens de France furent Richelieu et Louvois. J'en nommerois un troisième [1]; mais épargnons-le dans sa disgrace.

### DE LA RELIGION.

Dieu est comme ce monarque qui a plusieurs nations dans son empire; elles viennent toutes lui porter un tribut, et chacune lui parle sa langue, religions diverses.

Quand l'immortalité de l'ame seroit une erreur, je serois fâché de ne pas la croire : j'avoue que je ne suis pas si humble que les athées. Je ne sais comment ils pensent; mais pour moi je ne veux pas troquer l'idée de mon immortalité contre celle de la béatitude d'un jour. Je suis charmé de me croire immortel comme Dieu même. Indépendamment des idées révélées, les idées métaphysiques me donnent une très forte espérance de mon bonheur éternel, à laquelle je ne voudrois pas renoncer.

La dévotion est une croyance qu'on vaut mieux qu'un autre.

Il n'y a pas de nation qui ait plus besoin de religion que les Anglois. Ceux qui n'ont pas peur de se pendre doivent avoir la peur d'être damnés.

La dévotion trouve, pour faire de mauvaises actions, des raisons qu'un simple honnête homme ne sauroit trouver.

Ce que c'est que d'être modéré dans ses principes! Je passe en France pour avoir peu de religion, en Angleterre pour en avoir trop.

Ecclésiastiques : flatteurs des princes, quand ils ne peuvent être leurs tyrans.

Les ecclésiastiques sont intéressés à maintenir les peuples dans l'ignorance; sans cela, comme l'Évangile est simple, on leur diroit : « Nous savons tout cela comme vous. »

[1] M. de Maurepas (*Note des éditeurs des Œuvres posthumes.*

J'appelle la dévotion une maladie du cœur, qui donne à l'ame une folie dont le caractère est le plus immuable de tous.

L'idée des faux miracles vient de notre orgueil, qui nous fait croire que nous sommes un objet assez important pour que l'Être suprême renverse pour nous toute la nature ; c'est ce qui nous fait regarder notre nation, notre ville, notre armée, comme plus chères à la Divinité. Ainsi nous voulons que Dieu soit un être partial qui se déclare sans cesse pour une créature contre l'autre, et qui se plait à cette espèce de guerre. Nous voulons qu'il entre dans nos querelles aussi vivement que nous, et qu'il fasse à tout moment des choses dont la plus petite mettroit toute la nature en engourdissement.

Trois choses incroyables parmi les choses incroyables : le pur mécanisme des bêtes, l'obéissance passive, et l'infaillibilité du pape.

### DES JÉSUITES.

Si les jésuites étoient venus avant Luther et Calvin, ils auroient été les maîtres du monde. Beau livre que celui d'un ancien cité par Athénée, *De iis quæ falso creduntur.*

J'ai peur des jésuites. Si j'offense quelque grand, il m'oubliera, je l'oublierai ; je passerai dans une autre province, dans un autre royaume : mais si j'offense les jésuites à Rome, je les trouverai à Paris, partout ils m'environnent ; la coutume qu'ils ont de s'écrire sans cesse entretient leurs inimitiés.

Pour exprimer une grande imposture, les Anglois disent : « Cela est jésuitiquement faux. »

### DES ANGLOIS ET DES FRANÇOIS.

Les Anglois sont occupés ; ils n'ont pas le temps d'être polis.

Les François sont agréables ; ils se communiquent, sont variés, se livrent dans leurs discours, se promènent, marchent, courent, et vont toujours jusqu'à ce qu'ils soient tombés.

Les Anglois sont des génies singuliers ; ils n'imiteront pas même les anciens, qu'ils admirent ; leurs pièces ressemblent bien moins à des productions régulières de la nature, qu'à ces jeux dans lesquels elle a suivi des hasards heureux.

A Paris on est étourdi par le monde ; on ne connoît que les manières, et on n'a pas le temps de connoître les vices et les vertus.

Si l'on me demande quels préjugés ont les Anglois, en vérité je ne saurois dire lequel, ni la guerre, ni la naissance, ni les dignités, ni les hommes à bonnes fortunes, ni le délire de la faveur des ministres : ils veulent que les hommes soient hommes ; ils n'estiment que deux choses, les richesses et le mérite.

J'appelle génie d'une nation les mœurs et le caractère d'esprit des différents peuples, dirigés par l'influence d'une même cour et d'une même capitale. Un Anglois, un François, un Italien, trois esprits.

### VARIÉTÉS.

Je ne puis comprendre comment les princes croient si aisément qu'ils sont tout, et comment les peuples sont si prêts à croire qu'ils ne sont rien.

Aimer à lire, c'est faire un échange des heures d'ennui que l'on doit avoir en sa vie, contre des heures délicieuses.

Malheureuse condition des hommes ! à peine l'esprit est-il parvenu à sa maturité, que le corps commence à s'affoiblir.

On demandoit à Chirac (médecin) si le commerce des femmes étoit malsain. « Non, disoit-il, pourvu qu'on ne prenne pas de drogues ; mais je préviens que le changement est une drogue. »

C'est l'effet d'un mérite extraordinaire d'être dans tout son jour auprès d'un mérite aussi grand.

Un homme qui écrit bien n'écrit pas comme on écrit, mais comme il écrit : et c'est souvent en parlant mal qu'il parle bien.

Voici comme je définis le talent : un don que Dieu nous a fait en secret, et que nous révélons sans le savoir.

Les grands seigneurs ont des plaisirs, le peuple a de la joie.

Outre le plaisir que le vin nous fait, nous devons encore à la joie des vendanges le plaisir des comédies et des tragédies.

Je disois à un homme : « Fi donc ! vous avez les sentiments aussi bas qu'un homme de qualité. »

M... est si doux, qu'il me semble voir un ver qui file de la soie.

Quand on court après l'esprit, on attrape la sottise.

Quand on a été femme à Paris, on ne peut pas être femme ailleurs.

Ma fille disoit très bien : « Les mauvaises manières ne sont dures que la première fois. »

La France se perdra par les gens de guerre.

Je disois à madame du Châtelet : « Vous vous empêchez de dormir pour apprendre la philosophie ; il faudroit au contraire étudier la philosophie pour apprendre à dormir. »

Si un Persan ou un Indien venoit à Paris, il

faudroit six mois pour lui faire comprendre ce que c'est qu'un abbé commendataire qui bat le pavé de Paris.

L'attente est une chaîne qui lie tous nos plaisirs.

Par malheur, trop peu d'intervalle entre le temps où l'on est trop jeune, et celui où l'on est trop vieux.

Il faut avoir beaucoup étudié pour savoir peu.

J'aime les paysans ; ils ne sont pas assez savants pour raisonner de travers.

Sur ceux qui vivent avec leurs laquais, j'ai dit : « Les vices ont bien leur pénitence. »

Les quatre grands poëtes, Platon, Malebranche, Shaftesbury, Montaigne !

Les gens d'esprit sont gouvernés par des valets, et les sots par des gens d'esprit.

On auroit dû mettre l'oisiveté continuelle parmi les peines de l'enfer ; il me semble au contraire qu'on l'a mise parmi les joies du paradis.

Ce qui manque aux orateurs en profondeur, ils vous le donnent en longueur.

Je n'aime pas les discours oratoires, ce sont des ouvrages d'ostentation.

Les médecins dont parle M. Freind dans son *Histoire de la Médecine* sont parvenus à une grande vieillesse. Raisons physiques : 1° les médecins sont portés à avoir de la tempérance ; 2° ils préviennent les maladies dans les commencements ; 3° par leur état, ils font beaucoup d'exercice ; 4° en voyant beaucoup de malades, leur tempérament se fait à tous les airs, et ils deviennent moins susceptibles de dérangement ; 5° ils connoissent mieux le péril ; 6° ceux dont la réputation est venue jusqu'à nous étoient habiles ; ils ont donc été conduits par des gens habiles, c'est-à-dire eux-mêmes.

Sur les nouvelles découvertes, nous avons été bien loin pour des hommes.

Je disois sur les amis tyranniques et avantageux : « L'amour a des dédommagements que l'amitié n'a pas. »

A quoi bon faire des livres pour cette petite terre, qui n'est guère plus grande qu'un point ?

Coutades, bas courtisan, même à la mort, n'écrivit-il pas au cardinal de Richelieu qu'il étoit content de mourir pour ne pas voir la fin d'un ministre comme lui ? Il étoit courtisan par la force de la nature, et il croyoit en réchapper.

M..., parlant des beaux génies perdus dans le nombre des hommes, disoit : « Comme des marchands, ils sont morts sans déplier. »

Deux beautés communes se défont ; deux grandes beautés se font valoir.

Presque toutes les vertus sont un rapport particulier d'un certain homme à un autre : par exemple, l'amitié, l'amour de la patrie, la pitié, sont des rapports particuliers ; mais la justice est un rapport général. Or toutes les vertus qui détruisent ce rapport ne sont point des vertus.

La plupart des princes et des ministres ont bonne volonté ; ils ne savent comment s'y prendre.

Le succès de la plupart des choses dépend de savoir combien il faut de temps pour réussir.

Le prince doit avoir l'œil sur l'honnêteté publique, jamais sur les particuliers.

Il ne faut point faire par les lois ce qu'on peut faire par les mœurs.

Les préambules des édits de Louis XIV furent plus insupportables aux peuples que les édits mêmes.

Les princes ne devroient jamais faire d'apologies : ils sont toujours trop forts quand ils décident, et foibles quand ils disputent. Il faut qu'ils fassent toujours des choses raisonnables, et qu'ils raisonnent fort peu.

J'ai toujours vu que, pour réussir dans le monde, il falloit avoir l'air fou, et être sage.

En fait de parure, il faut toujours rester au-dessous de ce qu'on peut.

Je disois à Chantilly que je faisois maigre, par politesse ; M. le duc étoit dévot.

Le souper tue la moitié de Paris, le dîner l'autre.

Je hais Versailles, parce que tout le monde y est petit ; j'aime Paris, parce que tout le monde y est grand.

Si on ne vouloit qu'être heureux, cela seroit bientôt fait : mais on veut être plus heureux que les autres ; et cela est presque toujours difficile, parce que nous croyons les autres plus heureux qu'ils ne sont.

Les gens qui ont beaucoup d'esprit tombent souvent dans le dédain de tout.

Je vois des gens qui s'effarouchent des digressions : je crois que ceux qui savent en faire sont comme les gens qui ont de grands bras, ils atteignent plus loin.

Deux espèces d'hommes : ceux qui pensent, et ceux qui amusent.

Une belle action est celle qui a de la bonté, et qui demande de la force pour la faire.

La plupart des hommes sont plus capables de grandes actions que de bonnes.

Le peuple est honnête dans ses goûts, sans l'être dans ses mœurs.

Nous voulons trouver des honnêtes gens, parce

que nous voudrions qu'on le fût à notre égard.

La vanité des gueux est aussi bien fondée que celle que je prendrois sur une aventure arrivée aujourd'hui chez le cardinal de Polignac, où je dînois. Il a pris la main de l'aîné de la maison de Lorraine, le duc d'Elbœuf; et après le dîner, quand le prince n'y a plus été, il me l'a donnée. Il me la donne à moi, c'est un acte de mépris : il l'a prise au prince, c'est une marque d'estime. C'est pour cela que les princes sont si familiers avec leurs domestiques : ils croient que c'est une faveur, c'est un mépris.

Les histoires sont des faits faux composés sur des faits vrais, ou bien à l'occasion des vrais.

D'abord les ouvrages donnent de la réputation à l'ouvrier, et ensuite l'ouvrier aux ouvrages.

Il faut toujours quitter les lieux un moment, avant d'y attraper des ridicules. C'est l'usage du monde qui donne cela.

Dans les livres, on trouve les hommes meilleurs qu'ils ne sont : amour-propre de l'auteur, qui veut toujours passer pour plus honnête homme en jugeant en faveur de la vertu. Les auteurs sont des personnages de théâtre.

Il faut regarder son bien comme son esclave, mais il ne faut pas perdre son esclave.

On ne sauroit croire jusqu'où a été dans ce siècle la décadence de l'admiration.

Un certain esprit de gloire et de valeur se perd peu à peu parmi nous. La philosophie a gagné du terrain; les idées anciennes d'héroïsme et de bravoure, et les nouvelles de chevalerie, se sont perdues. Les places civiles sont remplies par des gens qui ont de la fortune, et les militaires décrédités par des gens qui n'ont rien. Enfin, c'est presque partout indifférent pour le bonheur d'être à un maître ou à un autre : au lieu qu'autrefois une défaite ou la prise de sa ville étoit jointe à la destruction; il étoit question de perdre sa ville, sa femme, et ses enfants. L'établissement du commerce des fonds publics, les dons immenses des princes, qui font qu'une infinité de gens vivent dans l'oisiveté, et obtiennent la considération même par leur oisiveté, c'est-à-dire par leurs agréments; l'indifférence pour l'autre vie, qui entraîne dans la mollesse pour celle-ci, et nous rend insensibles et incapables de tout ce qui suppose un effort; moins d'occasions de se distinguer; une certaine façon méthodique de prendre des villes et de donner des batailles, la question n'étant que de faire une brèche, et de se rendre quand elle est faite; toute la guerre consistant plus dans l'art que dans les qualités personnelles

de ceux qui se battent; l'on sait à chaque siége le nombre de soldats qu'on y laissera; la noblesse ne combat plus en corps.

Nous ne pouvons jamais avoir de règles dans nos finances, parce que nous savons toujours que nous ferons quelque chose, et jamais ce que nous ferons.

On n'appelle plus un grand ministre un sage dispensateur des revenus publics, mais celui qui a de l'industrie, et de ce qu'on appelle des expédients.

L'on aime mieux ses petits-enfants que ses fils : c'est qu'on sait à peu près au juste ce qu'on tire de ses fils, la fortune et le mérite qu'ils ont; mais on espère et l'on se flatte sur ses petits-fils.

Je n'aime pas les petits honneurs. On ne savoit pas auparavant ce que vous méritiez; mais ils vous fixent, et décident au juste ce qui est fait pour vous.

Quand, dans un royaume, il y a plus d'avantage à faire sa cour qu'à faire son devoir, tout est perdu.

La raison pour laquelle les sots réussissent toujours dans leurs entreprises, c'est que, ne sachant pas et ne voyant pas quand ils sont impétueux, ils ne s'arrêtent jamais.

Remarquez bien que la plupart des choses qui nous font plaisir sont déraisonnables.

Les vieillards qui ont étudié dans leur jeunesse n'ont besoin que de se ressouvenir, et non d'apprendre. Cela est bien heureux.

On pourroit, par des changements imperceptibles dans la jurisprudence, retrancher bien des procès.

Le mérite console de tout.

J'ai ouï dire au cardinal Imperiali : « Il n'y a point d'homme que la fortune ne vienne visiter une fois dans sa vie; mais lorsqu'elle ne le trouve pas prêt à la recevoir, elle entre par la porte et sort par la fenêtre. »

Les disproportions qu'il y a entre les hommes sont bien minces pour être si vains : les uns ont la goutte, d'autres la pierre : les uns meurent, d'autres vont mourir; ils ont une même ame pendant l'éternité, et elles ne sont différentes que pendant un quart d'heure, et c'est pendant qu'elles sont jointes à un corps.

Le style enflé et emphatique est si bien le plus aisé, que, si vous voyez une nation sortir de la barbarie, vous verrez que son style donnera d'abord dans le sublime, et ensuite descendra au naïf. La difficulté du naïf est que le bas le côtoie : mais il y a une différence immense du sublime au naïf et du sublime au galimatias.

40.

Il y a bien peu de vanité à croire qu'on a besoin des affaires pour avoir quelque mérite dans le monde, et de ne se juger plus rien lorsqu'on ne peut plus se cacher sous le personnage d'homme public.

Les ouvrages qui ne sont point de génie ne prouvent que la mémoire ou la patience de l'auteur.

Partout où je trouve l'envie, je me fais un plaisir de la désespérer ; je loue toujours devant un envieux ceux qui le font pâlir.

L'héroïsme que la morale avoue ne touche que peu de gens : c'est l'héroïsme qui détruit la morale, qui nous frappe et cause notre admiration.

Remarquez que tous les pays qui ont été beaucoup habités sont très malsains : apparemment que les grands ouvrages des hommes, qui s'enfoncent dans la terre, canaux, caves, souterrains, reçoivent les eaux qui y croupissent.

Il y a certains défauts qu'il faut voir pour les sentir, tels que les habituels.

Horace et Aristote nous ont déjà parlé des vertus de leurs pères et des vices de leur temps, et les auteurs de siècle en siècle nous en ont parlé de même. S'ils avoient dit vrai, les hommes seroient à présent des ours. Il me semble que ce qui fait ainsi raisonner tous les hommes, c'est que nous avons vu nos pères et nos maîtres qui nous corrigeoient. Ce n'est pas tout : les hommes ont si mauvaise opinion d'eux, qu'ils ont cru non-seulement que leur esprit et leur âme avoient dégénéré, mais aussi leur corps, et qu'ils étoient devenus moins grands ; et non-seulement eux, mais les animaux. On trouve dans les histoires les hommes peints en beau, et on ne les trouve pas tels qu'on les voit.

La raillerie est un discours en faveur de son esprit contre son bon naturel.

Les gens qui ont peu d'affaires sont de très grands parleurs. Moins on pense, plus on parle : ainsi les femmes parlent plus que les hommes ; à force d'oisiveté, elles n'ont point à penser. Une nation où les femmes donnent le ton est une nation parleuse.

Je trouve que la plupart des gens ne travaillent à faire une grande fortune que pour être au désespoir, quand ils l'ont faite, de ce qu'ils ne sont pas d'une illustre naissance.

Il y a autant de vices qui viennent de ce qu'on ne s'estime pas assez, que de ce que l'on s'estime trop.

Dans le cours de ma vie, je n'ai trouvé de gens communément méprisés que ceux qui vivoient en mauvaise compagnie.

Les observations sont l'histoire de la physique ; les systèmes en sont la fable.

Plaire dans une conversation vaine et frivole est aujourd'hui le seul mérite : pour cela le magistrat abandonne l'étude des lois ; le médecin croit être décrédité par l'étude de la médecine ; on fuit comme pernicieuse toute étude qui pourroit ôter le badinage.

Rire pour rien, et porter d'une maison dans l'autre une chose frivole, s'appelle science du monde. On craindroit de perdre celle-là, si l'on s'appliquoit à d'autres.

Tout homme doit être poli, mais aussi il doit être libre.

La pudeur sied bien à tout le monde ; mais il faut savoir la vaincre, et jamais la perdre.

Il faut que la singularité consiste dans une manière fixe de penser qui échappe aux autres ; car un homme qui ne sauroit se distinguer que par une chaussure particulière seroit un sot par tout pays.

On doit rendre aux auteurs qui nous ont paru originaux dans plusieurs endroits de leurs ouvrages, cette justice, qu'ils ne se sont point abaissés à descendre jusqu'à la qualité de copistes.

Il y a trois tribunaux qui ne sont presque jamais d'accord : celui des lois, celui de l'honneur, celui de la religion.

Rien ne raccourcit plus les grands hommes que leur attention à de certains procédés personnels. J'en connois deux qui y ont été absolument insensibles, César et le duc d'Orléans régent.

Je me souviens que j'eus autrefois la curiosité de compter combien de fois j'entendrois faire une petite histoire qui ne méritoit certainement pas d'être dite ni retenue : pendant trois semaines qu'elle occupa le monde poli, je l'entendis faire deux cent vingt-cinq fois, dont je fus très content.

Un fonds de modestie rapporte un très grand fonds d'intérêt.

Ce sont toujours les aventuriers qui font de grandes choses, et non pas les souverains des grands empires.

L'art de la politique rend-il nos histoires plus belles que celles des Romains et des Grecs ?

Quand on veut abaisser un général, on dit qu'il est heureux ; mais il est beau que sa fortune fasse la fortune publique.

J'ai vu les galères de Livourne et de Venise ; n'y ai pas vu un seul homme triste. Cherchez à présent à vous mettre au cou un morceau de ruban bleu pour être heureux !

Un flatteur est un esclave qui n'est bon pour aucun maître.

⸻⸻

## NOTES

## L'ANGLETERRE.

Je partis le dernier octobre 1729 de La Haye ; je fis le voyage avec mylord Chesterfield, qui voulut bien me proposer une place dans son yacht.

Le peuple de Londres mange beaucoup de viande ; cela le rend très robuste ; mais à l'âge de quarante à quarante-cinq ans, il crève.

Il n'y a rien de si affreux que les rues de Londres ; elles sont très malpropres ; le pavé y est si mal entretenu, qu'il est presque impossible d'y aller en carrosse, et qu'il faut faire son testament lorsqu'on va en fiacre, qui sont des voitures hautes comme un théâtre, où le cocher est plus haut encore, son siège étant de niveau à l'impériale. Ces fiacres s'enfoncent dans des trous, et il se fait un cahotement qui fait perdre la tête.

Les jeunes seigneurs anglois sont divisés en deux classes : les uns savent beaucoup, parce qu'ils ont été long-temps dans les universités ; ce qui leur a donné un air gêné, avec une mauvaise honte. Les autres ne savent absolument rien, et ceux-là ne sont rien moins que honteux, et ce sont les petits-maîtres de la nation. En général, les Anglois sont modestes.

Le 5 octobre 1730 (n. s.) [1], je fus présenté au prince, au roi, et à la reine, à Kensington. La reine, après m'avoir parlé de mes voyages, parla du théâtre anglois ; elle demanda à mylord Chesterfield d'où vient que Shakspeare, qui vivoit du temps de la reine Élisabeth, avoit si mal fait parler les femmes, et les avoit fait si sottes. Mylord Chesterfield répondit fort bien que, dans ces temps-là, les femmes ne paroissoient pas sur le théâtre, et que c'étoit de mauvais acteurs qui jouoient ces rôles ; ce qui faisoit que Shakspeare ne prenoit pas tant de peine à les faire bien parler. J'en dirois une autre raison : c'est que pour faire parler les femmes, il faut avoir l'usage du monde et des bienséances. Pour faire bien parler les héros, il ne faut qu'avoir l'usage des livres. La reine me demanda s'il n'étoit pas vrai que, parmi

[1] Nouveau style.

nous, Corneille fût plus estimé que Racine. Je lui répondis que l'on regardoit ordinairement Corneille comme un plus grand esprit, et Racine comme un plus grand auteur.

Il me semble que Paris est une belle ville, où il y a des choses plus laides ; Londres, une vilaine ville, où il y a de très belles choses.

A Londres, liberté et égalité. La liberté de Londres est la liberté des honnêtes gens, en quoi elle diffère de celle de Venise, qui est la liberté de vivre obscurément et avec des p......, et de les épouser : l'égalité de Londres est aussi l'égalité des honnêtes gens, en quoi elle diffère de la liberté de la Hollande, qui est la liberté de la canaille.

Le *Craftsman* [1] est fait par Bolingbroke et par M. Pulteney. On le fait conseiller [2] par trois avocats avant de l'imprimer, pour savoir s'il y a quelque chose qui blesse la loi.

C'est une chose lamentable que les plaintes des étrangers, surtout des François, qui sont à Londres. Ils disent qu'ils ne peuvent y faire un ami ; que plus ils y restent, moins ils en ont ; que leurs politesses sont reçues comme des injures. Kinski, les Broglie, La Villette, qui appeloit à Paris mylord Essex son fils, qui donnoit de petits remèdes à tout le monde, et demandoit à toutes les femmes des nouvelles de leur santé ; ces gens-là veulent que les Anglois soient faits comme eux. Comment les Anglois aimeroient-ils les étrangers ? ils ne s'aiment pas eux-mêmes. Comment nous donneroient-ils à dîner ? ils ne se donnent pas à dîner entre eux. « Mais on vient dans un pays pour y être aimé et honoré. » Cela n'est pas une chose nécessaire ; il faut donc faire comme eux, vivre pour soi ; comme eux, ne se soucier de personne, n'aimer personne, et ne compter sur personne. Enfin il faut prendre les pays comme ils sont : quand je suis en France, je fais amitié avec tout le monde ; en Angleterre, je n'en fais à personne ; en Italie, je fais des compliments à tout le monde ; en Allemagne, je bois avec tout le monde.

On dit : « En Angleterre, on ne me fait point amitié. » Est-il nécessaire que l'on vous fasse des amitiés ?

Il faut à l'Anglois un bon dîner, une fille, de l'aisance : comme il n'est pas répandu, et qu'il est borné à cela, dès que sa fortune se délabre, et qu'il ne peut plus avoir cela, il se tue ou se fait voleur.

[1] Le *craftsman* étoit un journal ; *craftsman* signifie *artisan.*
[2] *Conseiller* est là pour examiner.

Ce 15 mars (v. s.) [1]. Il n'y a guère de jour que quelqu'un ne perde le respect au roi d'Angleterre. Il y a quelques jours que milady Bell Molineux, maîtresse fille, envoya arracher des arbres d'une petite pièce de terre que la reine avoit achetée pour Kensington, et lui fit procès sans avoir jamais voulu, sous quelque prétexte, s'accommoder avec elle, et fit attendre le secrétaire de la reine trois heures, lequel lui venoit dire que la reine n'avoit pas cru qu'elle eût un droit de propriété seigneuriale sur cette pièce, l'autre l'ayant pour trois vies, mais avec défense de la vendre.

Il me semble que la plupart des princes sont plus honnêtes gens que nous, parce qu'ils ont plus à perdre de leur réputation, étant regardés.

La corruption s'est mise dans toutes les conditions. Il y a trente ans qu'on n'entendoit pas parler d'un voleur dans Londres; à présent il n'y a que cela. Le livre de Whiston contre les miracles du Sauveur, qui est lu du peuple, ne réformera pas les mœurs. Mais, comme on veut que l'on écrive contre les ministres d'état, on veut laisser la liberté de la presse.

Pour les ministres, ils n'ont point de projet fixe. A chaque jour suffit sa peine. Ils gouvernent jour par jour.

Du reste, une grande liberté extérieure. Milady Denham, étant masquée, dit au roi : « A propos, quand viendra donc le prince de Galles ? Est-ce qu'on craint de le montrer ? Seroit-il aussi sot que son père et son grand-père ? » Le roi sut qui elle étoit, parce qu'il voulut le savoir de sa compagnie. Depuis ce temps, quand elle alloit à la cour, elle étoit pâle comme la mort.

L'argent est ici souverainement estimé ; l'honneur et la vertu, peu.

On ne sauroit envoyer ici des gens qui aient trop d'esprit. On se trompera toujours sans cela avec le peuple, et on ne le connoîtra point. Si on se livre à un parti, on y tient. Or, il y a cent millions de petits partis, comme de passions. D'Hiberville, qui ne voyoit que des jacobites, se laissa entraîner à faire croire à la cour de France qu'on pourroit faire un parlement tory : il fut whig, après beaucoup d'argent jeté, et cela fut cause, dit-on, de sa disgrâce. Les ministres de mon temps ne connoissoient pas plus l'Angleterre qu'un enfant de six mois. Kinski se trompoit toujours sur les mémoires des torys. Comme on voit

le diable dans les papiers périodiques, on croit que le peuple va se révolter demain ; mais il faut seulement se mettre dans l'esprit qu'en Angleterre, comme ailleurs, le peuple est mécontent des ministres, et que le peuple y écrit ce que l'on pense ailleurs.

Je regarde le roi d'Angleterre comme un homme qui a une belle femme, cent domestiques, de beaux équipages, une bonne table ; on le croit heureux. Tout cela est au dehors. Quand tout le monde est retiré, que la porte est fermée, il faut qu'il se querelle avec sa femme, avec ses domestiques, qu'il jure contre son maître-d'hôtel ; il n'est plus si heureux.

Quand je vais dans un pays, je n'examine pas s'il y a de bonnes lois, mais si on exécute celles qui y sont, car il y a de bonnes lois partout.

Comme les Anglois ont de l'esprit, sitôt qu'un ministre étranger en a peu, ils le méprisent d'abord, et soudain son affaire est faite ; car ils ne reviennent pas du mépris.

Le roi a un droit sur les papiers qui courent, et qui sont au nombre d'une cinquantaine, de façon qu'il est payé pour les injures qu'on lui dit.

Comme on ne s'aime point ici, à force de craindre d'être dupe, on devient dur.

Un couvreur se faisoit apporter la gazette sur les toits pour la lire.

Hier, 28 janvier 1730 (v. s.), M. Chipin parla dans la chambre des communes au sujet des troupes nationales ; il dit qu'il n'y avoit qu'un tyran ou un usurpateur qui eût besoin de troupes pour se maintenir, et qu'ainsi c'étoient des moyens que le droit incontestable de S. M. ne pouvoit pas exiger. Sur les mots de tyran et d'usurpateur, toute la chambre fut étonnée, et lui les répéta une seconde fois ; il dit ensuite qu'il n'aimoit pas les maximes hanovriennes... Cela étoit si vif que la chambre eut peur de quelque débat, de façon que tout le monde cria *aux voix*, afin d'arrêter le débat.

Lorsque le roi de Prusse voulut faire la guerre à Hanovre, on demanda pourquoi le roi de Prusse avoit soudain assemblé ses troupes avant d'avoir demandé satisfaction. Le roi de Prusse répondoit qu'il l'avoit fait demander deux ou trois fois ; mais que le sieur de Reichtembach, son ministre, avoit toujours été rabroué et non écouté par le sieur Debouche, premier ministre, lequel avoit de l'aversion pour la couleur bleue. Or, il se trouva

[1] Vieux style.

que le plus riche habit de Reichtembach que je lui ai vu étoit bleu ; ce qui faisoit que ledit ministre ne pouvoit avoir un moment d'audience.

Il y a des membres écossois qui n'ont que deux cents livres sterling pour leur voix, et la vendent à ce prix.

Les Anglois ne sont plus dignes de leur liberté. Ils la vendent au roi ; et si le roi la leur redonnoit, ils la lui vendroient encore.

Un ministre ne songe qu'à triompher de son adversaire dans la chambre basse ; et pourvu qu'il en vienne à bout, il vendroit l'Angleterre et toutes les puissances du monde.

Un gentilhomme nommé...., qui a quinze écus sterling de rente, avoit donné, à plusieurs temps, cent guinées, une guinée à lui en rendre dix, lorsqu'il joueroit sur le théâtre. Jouer une pièce pour attraper mille guinées, et cette action infâme n'est pas regardée avec horreur ! Il me semble qu'il se fait bien des actions extraordinaires en Angleterre ; mais elles se font toutes pour avoir de l'argent. Il n'y a pas seulement d'honneur et de vertu ici ; mais il n'y en a pas seulement d'idée ; les actions extraordinaires en France, c'est pour dépenser de l'argent ; ici c'est pour en acquérir.

Je ne juge pas de l'Angleterre par ces hommes ; mais je juge de l'Angleterre par l'approbation qu'elle leur donne ; et si ces hommes y étoient regardés comme ils le seroient en France, ils n'auroient jamais osé cela.

J'ai ouï dire à d'habiles gens que l'Angleterre, dans le temps où elle fait des efforts, n'est capable, sans se ruiner, de porter que cinq millions sterling de taxe ; mais à présent, en temps de paix, elle en paie six.

J'allai avant-hier au parlement à la chambre basse ; on y traita de l'affaire de Dunkerque. Je n'ai jamais vu un si grand feu. La séance dura depuis une heure après midi jusqu'à trois heures après minuit. Là, les François furent bien malmenés ; je remarquai jusqu'où va l'affreuse jalousie qui est entre les deux nations. M. Walpole attaqua Bolingbroke de la façon la plus cruelle, et disoit qu'il avoit mené toute cette intrigue. Le chevalier Windham le défendit. M. Walpole raconta en faveur de Bolingbroke l'histoire du paysan qui, passant avec sa femme sous un arbre, trouva qu'un homme pendu respiroit encore. Il

le détacha, et le porta chez lui ; il revint. Ils trouvèrent le lendemain que cet homme leur avoit volé leurs fourchettes ; ils dirent : « Il ne faut pas s'opposer au cours de la justice : il le faut rapporter où nous l'avons pris. »

C'étoit de tout temps la coutume que les communes envoyoient deux bills aux seigneurs : l'un contre les mutins et les déserteurs, que les seigneurs passoient toujours ; l'autre contre la corruption, qu'ils rejetoient toujours. Dans la dernière séance [1], mylord Townshend dit : « Pourquoi nous chargeons-nous toujours de cette haine publique de rejeter toujours le bill ? il faut augmenter les peines, et faire le bill de manière que les communes le rejettent elles-mêmes : » de façon que, par ces belles idées, les seigneurs augmentèrent la peine tant contre le corrupteur que le corrompu, de dix à cinq cents livres, et mirent que ce seroient les juges ordinaires qui jugeroient les élections, et non la chambre ; qu'on suivroit toujours le dernier préjugé dans chaque cour. Mais les communes, qui sentoient peut-être l'artifice ou voulurent s'en prévaloir, le passèrent aussi, et la cour fut contrainte de faire de même. Depuis ce temps, la cour a perdu, dans les nouvelles élections qui ont été faites, plusieurs membres, lesquels ont été choisis parmi les gros propriétaires de fonds de terres ; et il sera difficile de faire un nouveau parlement au gré de la cour ; de façon que l'on voit que le plus corrompu des parlements est celui qui a le plus assuré la liberté publique.

Ce bill est miraculeux, car il a passé contre la volonté des communes, des pairs, et du roi.

Autrefois le roi avoit en Angleterre le quart des biens, les seigneurs un autre quart, le clergé un autre quart ; ce qui faisoit que, les seigneurs et le clergé se joignant, le roi étoit toujours battu. Henri VII permit aux seigneurs d'aliéner, et le peuple acquit ; ce qui éleva les communes. Il me semble que le peuple a eu, sous Henri VII, les biens de la noblesse ; et, sous Henri VIII, la noblesse a eu les biens du clergé. Le clergé, sous le ministère de la reine Anne, a repris des forces, et il s'enrichit tous les ans de beaucoup. Le ministère anglois, qui vouloit avoir le clergé, obtint de la piété de la reine Anne qu'elle lui laisseroit de certains biens royaux, comme la première année du revenu de chaque évêché, et quelque autre chose, montant à quatorze mille livres sterling

[1] En 1729.

par an, pour suppléer aux pauvres bénéfices, avec cette clause que les ecclésiastiques y ont fait mettre : « que tout bénéficier qui demanderoit l'application de partie de cette somme seroit obligé d'en mettre autant de son bien pour augmenter le revenu du bénéfice; » et de plus il a passé qu'on pourroit donner à l'Église, même par testament; ce qui a abrogé l'ancienne loi, et fait que le clergé ne laisse pas de s'enrichir, malgré le peu de religion de l'Angleterre. Le ministère wigh n'auroit pas fait cela; mais il n'a pas osé le changer, car il a toujours besoin du clergé.

Je crois qu'il est de l'intérêt de la France de maintenir le roi en Angleterre; car une république seroit bien plus fatale : elle agiroit par toutes ses forces, au lieu qu'avec un roi elle agit avec des forces divisées. Cependant les choses ne peuvent pas rester long-temps comme cela.

Là où est le bien est le pouvoir. La noblesse et le clergé avoient autrefois le bien, ils l'ont perdu de deux manières : 1° par l'augmentation des livres au marc (le marc de trois livres, sous saint Louis, étant peu à peu parvenu à 49, où il est à présent); 2° par la découverte des Indes, qui a rendu l'argent très commun, ce qui fait que les rentes des seigneurs étant presque toutes en argent, ont péri. Le roi a surchargé les communes à proportion de ce que les seigneurs ont perdu sur elles; et le roi est parvenu à être un prince redoutable à ses voisins, avec une noblesse qui n'avoit plus d'autres ressources que de servir, et des roturiers qu'il a fait payer à sa fantaisie : les Anglois sont la cause de notre servitude.

Il y a dans cet ouvrage [1] un défaut qui me semble celui du génie de la nation pour laquelle il a été fait, qui est moins occupée de sa prospérité que de son envie de la prospérité des autres; ce qui est son esprit dominant, comme toutes les lois d'Angleterre sur le commerce et la navigation le font assez voir.

Je ne sais pas ce qui arrivera de tant d'habitants que l'on envoie d'Europe et d'Afrique dans les Indes occidentales; mais je crois que si quelque nation est abandonnée de ses colonies, cela commencera par la nation angloise.

Il n'est point de mot anglois pour exprimer *valet de chambre*, parce qu'ils n'en ont point, et point de différence de masculin et de féminin. Au lieu que l'on dit en France, *manger son bien*;

[1] On ne sait de quel ouvrage Montesquieu veut parler.

le peuple dit en Angleterre, *manger et boire son bien*.

Les Anglois vous font peu de politesses, mais jamais d'impolitesses.

Les femmes y sont réservées; parce que les Anglois les voient peu; elles s'imaginent qu'un étranger qui leur parle veut les chevaucher. « Je ne veux point, disent-elles : *give to him encouragement*. »

Point de religion en Angleterre; quatre ou cinq de la chambre des communes vont à la messe ou au sermon de la chambre, excepté dans les grandes occasions, où l'on arrive de bonne heure. Si quelqu'un parle de religion, tout le monde se met à rire. Un homme ayant dit, de mon temps : « Je crois cela *comme article de foi,* » tout le monde se mit à rire. Il y a un comité pour considérer l'état de la religion; cela est regardé comme ridicule.

L'Angleterre est à présent le plus libre pays qui soit au monde, je n'en excepte aucune république : j'appelle libre, parce que le prince n'a le pouvoir de faire aucun tort imaginable à qui que ce soit, par la raison que son pouvoir est contrôlé et borné par un acte; mais, si la chambre basse devenoit maîtresse, son pouvoir seroit illimité, parce qu'elle auroit en même temps la puissance exécutive; au lieu qu'à présent le pouvoir illimité est dans le parlement et le roi, et la puissance exécutive dans le roi, dont le pouvoir est borné.

Il faut donc qu'un bon Anglois cherche à défendre la liberté également contre les attentats de la couronne et ceux de la chambre.

Quand un homme en Angleterre auroit autant d'ennemis qu'il a de cheveux sur la tête, il ne lui en arriveroit rien : c'est beaucoup, car la santé de l'ame est aussi nécessaire que celle du corps.

Lorsqu'on saisit le cordon bleu de M. de Broglie [1], un homme dit : « Voyez cette nation, ils ont chassé le Père, renié le Fils, et confisqué le Saint-Esprit. »

[1] En 1734.

# POÉSIES.

---

## PORTRAIT

### DE MADAME

### LA DUCHESSE DE MIREPOIX.

La beauté que je chante ignore ses appas.
Mortels qui la voyez, dites-lui qu'elle est belle,
    Naïve, simple, naturelle,
    Et timide sans embarras.
    Telle est la jacinthe nouvelle ;
    Sa tête ne s'élève pas
    Sur les fleurs qui sont autour d'elle :
    Sans se montrer, sans se cacher,
    Elle se plaît dans la prairie ;
    Elle y pourroit finir sa vie,
    Si l'œil ne venoit l'y chercher.

    Mirepoix reçut en partage
    La candeur, la douceur, la paix ;
    Et ce sont, entre mille attraits,
    Ceux dont elle veut faire usage,
Pour altérer la douceur de ses traits.
    Le fier dédain n'osa jamais
    Se faire voir sur son visage.
    Son esprit a cette chaleur
    Du soleil qui commence à naître :
    L'Hymen peut parler de son cœur ;
    L'Amour pourroit le méconnoître.

---

## ADIEUX A GÊNES[1],

### EN 1728.

Adieu, Gênes détestable ;
Adieu, séjour de Plutus :
Si le Ciel m'est favorable,
Je ne vous reverrai plus.

Adieu, bourgeois, et noblesse
Qui n'as pour toutes vertus
Qu'une inutile richesse :
Je ne vous reverrai plus.

Adieu, superbes palais
Où l'ennui, par préférence,
A choisi sa résidence :
Je vous quitte pour jamais.

[1] Cette pièce avoit été donnée par Montesquieu à un de ses amis, à condition de ne la point faire voir, disant que c'étoit une plaisanterie faite dans un moment d'humeur, d'autant qu'il ne s'étoit jamais piqué d'être poète. Il la fit étant embarqué pour partir de Gênes, où il disoit s'être beaucoup ennuyé, parce qu'il n'y avoit formé aucune liaison, ni trouvé aucun de ces empressements qu'on lui avoit marqués partout ailleurs en Italie.

Là le magistrat querelle
Et veut chasser les amants,
Et se plaint que sa chandelle
Brûle depuis trop long-temps.

Le vieux noble (quel délice !)
Voit son page à demi nu,
Et jouit d'une avarice
Qui lui fait montrer le cul.

Vous entendez d'un jocrisse
Qui ne dort ni nuit ni jour,
Qu'il a gagné la jaunisse
Par l'excès de son amour.

Mais un vent plus favorable
A mes vœux vient se prêter.
Il n'est rien de comparable
Au plaisir de vous quitter.

---

## CHANSON.

Nous n'avons pour philosophie
Que l'amour de la liberté.
Plaisir , douceurs sans flatterie,
        Volupté,
Portez dans cette compagnie
        La gaieté.

Le nocher qui prévoit l'orage
Craint encor, quand le port est bon.
Éternisons du badinage
        La saison :
On manque, à force d'être sage,
        De raison.

Le fier Caton , quand il se perce,
Se livre à ses noires fureurs :
Anacréon , qui fait commerce
        De douceurs,
Attend le trépas et se berce
        Sur des fleurs.

Que chacun boive à sa conquête.
Ne vous en fâchez pas, époux ;
Le sort que la nuit vous apprête
        Est plus doux :
Mais vos femmes, dans cette fête,
        Sont à nous.

---

## CHANSON.

Amour, après mainte victoire,
Croyant régner seul dans les cieux,
Alloit bravant les autres dieux,
Vantant son triomphe et sa gloire.

Eux, à la fin, qui se lassèrent
De voir l'insolente façon
De ce tant superbe garçon,
Du ciel, par dépit, le chassèrent.

Banni du ciel, il vole en terre,
Bien résolu de se venger.
Dans vos yeux il vint se loger,
Pour de là faire aux dieux la guerre.

Mais ces yeux d'étrange nature
L'ont si doucement retenu,
Qu'il ne s'est depuis souvenu
Du ciel, des dieux, ni de l'injure.

## MADRIGAL

A DEUX SOEURS QUI LUI DEMANDOIENT UNE CHANSON.

Vous êtes belle, et votre sœur est belle;
Si j'eusse été Pâris, mon choix eût été doux :
La pomme auroit été pour vous,
Mais mon cœur eût été pour elle.

## DISTIQUE

SUR LA MAISON DE M. GENDRON, A AUTEUIL, POSSÉDÉE
AUTREFOIS PAR BOILEAU.

Apollon, dans ces lieux, prêt à nous secourir,
Quitte l'art de rimer pour celui de guérir.

## LETTRES.

### 1. — A M. L'ABBÉ D'OLIVET.

Je vous écris, monsieur mon cher et illustre abbé, et je voudrois fort que ce fût un moyen de me conserver votre amitié, que je conserverai toute ma vie autant qu'il me sera possible, parce qu'elle est pour moi d'un prix infini. Je suis assez content du séjour de Vienne : les connoissances y sont très aisées à faire, les grands seigneurs et les ministres très accessibles : la cour y est mêlée avec la ville; le nombre des étrangers y est si grand, qu'on y est en même temps étranger et citoyen; notre langue y est si universelle qu'elle y est presque la seule chez les honnêtes gens, et l'italien y est presque inutile. Je suis persuadé que le françois gagnera tous les jours dans les pays étrangers.

La communication des peuples y est si grande qu'ils ont absolument besoin d'une langue commune, et on choisira toujours notre françois; il seroit aisé de deviner, si on interceptoit cette lettre, que c'est un académicien qui parle à un académicien.

M. de Richelieu est parti d'ici adoré des femmes, et très estimé des gens sensés. Les deux plus grands hommes de lettres qu'il y ait à Vienne sont le prince Eugène et le général Stahremberg. Si vous pouvez m'envoyer deux exemplaires des *Conseils* de madame de Lambert, et deux autres des *Éloges* du Czar et de M. Newton, vous me ferez plaisir. Je voudrois leur faire voir ces ouvrages, et je serois bien aise de leur donner bonne opinion de notre France. Il faudra les remettre à M. Robinson, qui aura, j'espère, la bonté de les envoyer par le premier courrier d'Angleterre à Vienne.

Je vous demande pardon si je vous prie de faire pour moi cette petite avance; mais vous aurez peut-être besoin que j'en fasse pour vous, et que je vous achète quelque chose en Allemagne et en Italie. Vous ne sauriez croire dans quelle vénération M. le cardinal [1] est dans le pays étranger. Agréez, de plus, que je vous demande une grace. Il y a quelques jours que j'écrivois à M. le cardinal et à M. de Chauvelin, que je serois bien aise d'être employé dans les cours étrangères, et que j'avois beaucoup travaillé pour m'en rendre capable. Vous me feriez bien plaisir de voir, là-dessus, M. de Chauvelin; de tâcher de pénétrer dans quels sentiments il est à mon égard. Je n'ai jamais eu occasion de le connoître pendant qu'il a été particulier, et, depuis, je n'ai pas voulu lui donner assez mauvaise opinion de moi, pour qu'il pût croire que je cherchois la fortune. Cependant, je voudrois savoir si je suis un sujet agréable, ou si je dois m'ôter cette idée de la tête, ce qui sera bientôt fait. Les raisons pour qu'on jette les yeux sur moi sont que je ne suis pas plus bête qu'un autre; que j'ai ma fortune faite, et que je travaille pour l'honneur, et non pas pour vivre; que je suis assez sociable et assez curieux pour être instruit dans quelque pays que j'aille. Adieu, mon cher abbé; je suis plus à vous qu'à moi-même.

A Vienne, ce 10 mai 1728.

Je crois que ceci doit être secret.

[1] André-Hercule de Fleury.

## 2. — AU PÈRE CERATI [1],

<small>DE LA CONGRÉGATION DE L'ORATOIRE DE SAINT-PHILIPPE,
A ROME.</small>

J'eus l'honneur de vous écrire par le courrier passé, mon révérend père ; je vous écris encore par celui-ci. Je prends du plaisir à faire tout ce qui peut vous rappeler une amitié qui m'est si chère. J'ajoute à ce que je vous mandois sur l'affaire..... que, si monseigneur Fouquet [2] exige au-delà de la somme que j'ai paru vous fixer, vous pouvez vous étendre et donner plus, et faire, par rapport aux autres conditions, tout ce qui ne sera pas visiblement déraisonnable. Je connois ici le chevalier Lambert, banquier fameux, qui m'a dit être en correspondance avec Belloni. Je ferai remettre sur-le-champ par lui l'argent dont vous serez convenu ; car il me paroît que les volontés de M. Fouquet sont ambulatoires [3], qu'il ne vaut pas la peine de rien faire avant qu'elles ne soient fixées.

Je suis ici dans un pays qui ne ressemble guère au reste de l'Europe. Nous n'avons pas encore su le contenu du traité d'Espagne : on croit simplement qu'il ne change rien à la quadruple alliance, si ce n'est que les six mille hommes qui iront en Italie pour faire leur cour à don Carlos seront Espagnols, et non pas neutres. Il court ici tous les jours, comme vous savez, toutes sortes de papiers très libres et très indiscrets. Il y en avoit un, il y a deux ou trois semaines, dont j'ai été très en colère. Il disoit que M. le cardinal de Rohan avoit fait venir d'Allemagne avec grand soin, pour l'usage de ses diocésains, une machine tellement faite, que l'on pouvoit jouer aux dés, les mêler, les pousser, sans qu'ils reçussent aucune impression de la main du joueur, lequel pouvoit auparavant, par un art illicite, flatter ou brusquer les dés selon l'occasion :

ce qui établissoit la friponnerie dans des choses qui ne sont établies que pour récréer l'esprit. Je vous avoue qu'il faut être bien hérétique et janséniste [1] pour faire de ces mauvaises plaisanteries-là. S'il s'imprime dans l'Italie quelque ouvrage qui mérite d'être lu, je vous prie de me le faire savoir. J'ai l'honneur d'être avec toute sorte de tendresse et d'amitié.

De Londres, le 21 décembre 1729.

## 5. — AU MÊME.

Père Cerati, vous êtes mon bienfaiteur ; vous êtes comme Orphée : vous faites suivre les rochers. Je mande à l'abbé Duval [2] que je n'entends pas qu'il abuse de l'honnêteté de M. Fouquet, mais qu'il poursuive, et que ce qui reviendra soit partagé à l'amiable entre monseigneur et lui.

Enfin Rome est délivrée de la basse tyrannie de Bénévent ; et les rênes du pontificat ne sont plus tenues par ces viles mains. Tous ces faquins, Sainte-Marie à leur tête, sont retournés, dans les chaumières où ils sont nés, entretenir leurs parents de leur ancienne insolence. Coscia n'aura plus pour lui que son argent et sa goutte. On pendra tous les Bénéventins qui ont volé, afin que la prophétie s'accomplisse sur Bénévent : *Vox in Rama audita est ; Rachel plorans filios suos noluit consolari, quia non sunt.* (MATT., II, 18.)

Donnez-nous un pape qui ait un glaive comme saint Paul, non pas un rosaire comme saint Dominique, ou une besace comme saint François. Sortez de votre léthargie : *Exoriare aliquis.* N'avez-vous point de honte de nous montrer cette vieille chaire de saint Pierre avec le dos rompu, et pleine de vermoulure ? Voulez-vous qu'on regarde votre coffre, où sont tant de richesses spirituelles, comme une boîte d'orviétan ou de mithridate ? En vérité, vous faites un bel usage de votre infaillibilité : vous vous en servez pour prouver que le livre de Quesnel ne vaut rien, et vous ne vous en servez pas pour décider que les prétentions de

---

[1] Montesquieu s'étoit lié avec lui dans la maison de M. le cardinal de Polignac, ambassadeur de France à Rome, lors de son voyage en Italie. M. Cerati, né d'une famille noble de Parme, étoit fort aimé du cardinal, qui le regardoit comme un des hommes les plus éclairés d'Italie. Jean Gaston, dernier grand-duc de Toscane, l'attira auprès de lui, et le nomma de l'ordre de Saint-Étienne de Toscane, et provéditeur de l'université de Pise.

[2] Jésuite revenu de la Chine avec M. Mezzabarba. Ce missionnaire s'étoit déclaré contre les rites chinois, et en avoit parlé au pape selon sa conscience. Comme, après cette déclaration, il fit sentir à sa sainteté que l'air du collège ne lui convenoit plus, Benoît XIII le fit évêque *in partibus*, et le logea en *Propaganda*. Montesquieu l'avoit connu chez le cardinal de Polignac, et eut depuis avec lui une négociation pour la résignation en faveur de l'abbé Duval, son secrétaire, d'un bénéfice que le prélat avoit en Bretagne.

[3] Les difficultés que M. Fouquet faisoit naître coup sur coup, au sujet de la pension ou de la somme d'argent qui devoit être stipulée, faisoient dire à Montesquieu que l'on voyoit bien que *monseigneur n'avoit pas encore secoué la poussière.*

---

[1] Ce qui avoit donné lieu à cette mauvaise plaisanterie des Anglois étoit de voir autant d'empressement dans le cardinal de Rohan à se procurer tous les amusements imaginables pendant qu'il résidoit dans son diocèse à Saverne, où il figuroit comme prince, que de zèle pour la religion à Paris, où il se piquoit de figurer comme chef des antijansénistes et défenseur de la bonne doctrine.

[2] Il avoit été secrétaire de Montesquieu. Ce fut lui qui porta le manuscrit des *Lettres Persanes* en Hollande, et l'y fit imprimer ; ce qui coûta à leur auteur beaucoup de frais sans aucun profit. Il obtint en sa faveur la résignation du bénéfice que M. Fouquet avoit obtenu de la cour de Rome, en Bretagne ; et il s'agissoit ici de l'argent ou de la pension que M. Duval devoit payer à ce prélat.

l'empereur sur Parme et Plaisance sont mauvaises. Votre triple couronne ressemble à cette couronne de laurier que mettoit César, pour empêcher qu'on ne vit qu'il étoit chauve. Mes adorations à M. le cardinal de Polignac. Je fus reçu il y a trois jours membre de la société royale de Londres. On y parla d'une lettre de M. Thomas Dhisam à son frère, qui demandoit le sentiment de la société sur les découvertes astronomiques de M. Bianchini. Embrassez, s'il vous plaît, de ma part, l'abbé, le cher abbé Niccolini. Je vous salue, cher père, de tout mon cœur.

De Londres, le 1er mars 1730.

### 4. — A MONCRIF,

#### DE L'ACADÉMIE FRANÇOISE [1].

J'oubliai d'avoir l'honneur de vous dire, monsieur, que si le sieur Preau [2], dans l'édition de ce petit roman [3], alloit mettre quelque chose qui, directement ou indirectement, pût faire penser que j'en suis l'auteur, il me désobligeroit beaucoup. Je suis, à l'égard des ouvrages qu'on m'a attribués, comme la Fontaine-Martel [4] étoit pour les ridicules ; on me les donne, mais je ne les prends point. Mille excuses, monsieur, et faites-moi l'honneur de me croire, monsieur, plus que je ne saurois vous dire, votre très humble et très obéissant serviteur.

Ce 26 avril 1738.

### 5. — A L'ABBÉ VENUTI [5].

#### A Clérac.

J'ai reçu, monsieur, la lettre que vous m'avez fait l'honneur de m'écrire, avec beaucoup plus de joie que je n'aurois cru, parce que je ne savois pas que M. l'abbé de Clérac, que j'honorois déjà

beaucoup, fût le frère de M. le chevalier Venuti [1] avec qui j'ai eu le plaisir de contracter amitié à Florence, et qui m'a procuré l'honneur d'une place dans l'académie de Cortone. Je vous supplie, monsieur, d'avoir pour moi les mêmes bontés qu'a eues monsieur votre frère. M. Campagne m'a écrit le beau présent que vous lui avez remis pour moi, dont je vous suis infiniment obligé. M. Baritaut m'avoit déjà fait lire une partie de cet ouvrage ; et ce qui m'a touché dans vos dissertations, c'est qu'on y voit un savant qui a de l'esprit : ce qui ne se trouve pas toujours.

Vous êtes cause, monsieur, que l'académie de Bordeaux [2] me presse l'épée dans les reins pour obtenir un arrêt du conseil pour la création de vingt associés au lieu de vingt élèves. L'envie qu'elle a de vous avoir, et la difficulté d'autre part que toutes les places d'associés sont remplies, fait qu'elle désire de voir de nouvelles places créées. Les affaires de M. le cardinal de Polignac et d'autres font que cet arrêté n'est pas encore obtenu. J'écris à nos messieurs que cela ne doit pas empêcher ; et que vous méritez, si la porte est fermée, que l'on fasse une brèche pour vous faire entrer. J'espère, monsieur, que l'année prochaine, si je vais en province, j'aurai l'honneur de vous voir à Clérac, et de vous inviter à venir à Bordeaux. Je chérirai tout ce qui pourra faire et augmenter notre connoissance. Personne n'est au monde plus que moi et avec plus de respect, etc.

P. S. Quand vous écrirez à M. le chevalier Venuti, ayez la bonté, monsieur, de lui dire mille choses de ma part ; ses belles qualités me sont encore présentes.

De Paris, le 17 mars 1739.

### 6. — A L'ABBÉ NICCOLINI.

#### A Florence.

J'ai reçu, cher et illustre abbé [3], avec une véritable joie la lettre que vous m'avez fait l'hon-

---

[1] Cette lettre est conservée manuscrite dans *Ashridge Collection* ; Mss. Francis Henry Egerton.

[2] Prault, imprimeur-libraire.

[3] *Le Temple de Gnide.*

[4] Madame la comtesse de Fontaine-Martel, fille du président Desbordeaux.

[5] Ce savant Italien, d'une famille noble de Cortone, avoit été envoyé en France par le chapitre de Saint-Jean-de-Latran, comme vicaire général de l'abbaye de Clérac, que Henri IV conféra à ce chapitre après son absolution. Pendant son séjour en France, il travailla à plusieurs dissertations sur l'histoire du pays pour l'académie de Bordeaux, à laquelle il fut agrégé, et à des poésies ; entre autres, au *Triomphe de la France littéraire*, et à la traduction du poëme de *la Religion*, de L. Racine. Il mérita par-là une gratification du roi en quittant la France pour passer à la prevôté de Livourne, que l'empereur lui conféra, comme grand-duc de Toscane.

[1] Il fut le premier qui nous donna une relation de la découverte d'Herculanum, avec un détail des antiquités qu'on avoit trouvées de son temps. Il a eu aussi la plus grande part à l'établissement de l'académie étrusque de Cortone, qui a publié sept volumes in-4° d'excellents mémoires sur des sujets d'histoire et d'antiquité.

[2] Dans la première édition de ces lettres, on lit toujours *Bourdeaux*. Il est probable que Montesquieu l'écrivoit ainsi.

[3] L'abbé Niccolini, un des plus illustres amis que l'auteur ait eus en Italie, se lia avec lui à Florence. Après avoir demeuré long-temps à Rome sous le pontificat du pape Corsini, dont il étoit parent, il s'est retiré dans sa patrie, uniquement occupé des lettres, de la philosophie, et des vues du bien public. Il a voyagé dans les pays étrangers, et y a été lié avec les plus grands hommes. Lorsque, sous le ministère lorrain, dont il étoit mé-

neur de m'écrire. Vous êtes un de ces hommes que l'on n'oublie point, et qui frappez une cervelle de votre souvenir. Mon cœur, mon esprit, sont tout à vous, mon cher abbé.

Vous m'apprenez deux choses bien agréables : l'une, que nous verrons monseigneur Cerati en France ; l'autre, que madame la marquise Ferroni se souvient encore de moi. Je vous prie de cimenter auprès de l'un et de l'autre cette amitié que je voudrois tant mériter. Une des choses dont je prétends me vanter, c'est que moi, habitant d'au-delà des Alpes, aie été aussi enchanté d'elle [1] que vous tous.

Je suis à Bordeaux depuis un mois, et j'y dois rester trois ou quatre mois encore. Je serois inconsolable si cela me faisoit perdre le plaisir de voir le cher Cerati. Si cela étoit, je prétendrois bien qu'il vînt me voir à Bordeaux. Il verroit son ami ; mais il verroit mieux la France, où il n'y a que Paris et les provinces éloignées qui soient quelque chose, parce que Paris n'a pas pu encore les dévorer. Il feroit les deux côtés du carré au lieu de faire la diagonale, et verroit les belles provinces qui sont voisines de l'Océan, et celles qui le sont de la Méditerranée.

Que dites-vous des Anglois ? voyez comme ils couvrent toutes les mers. C'est une grande baleine : *Et latum sub pectore possidet œquor.* La reine d'Espagne a appris à l'Europe un grand secret : c'est que les Indes, qu'on croyoit attachées à l'Espagne par cent mille chaînes, ne tiennent qu'à un fil. Adieu, mon cher et illustre abbé ; accordez-moi les sentiments que j'ai pour vous. Je suis avec toute sorte de respect.

De Bordeaux, le 6 mars 1740.

### 7. — A Mgr CERATI.

#### A Pise.

J'ai reçu votre lettre bien tard, monseigneur ; car elle est datée du 10 janvier, et je ne l'ai reçue que le 5 de mai à Bordeaux, où je suis depuis un mois, et où je resterai trois ou quatre autres. Promettez-moi et jurez-moi que, si je ne suis pas à Paris quand vous y passerez, vous viendrez me voir à Bordeaux, et vous prendrez cette route en

retournant en Italie. Je l'ai mandé à Niccolini ; il ne s'agit que de faire les deux côtés du parallélogramme, au lieu de la diagonale, et vous verrez la France ; au lieu que, si vous traversez par le milieu du royaume, vous ne verrez que Paris, et vous ne verrez pas votre ami. Mais je dis tout cela eu cas que je ne sois pas à Paris. Quand vous y serez, je vous en ferai les honneurs, soit que j'y sois ou que je n'y sois pas, et je vous introduirai sur le mont Parnasse. Si vous passez en Angleterre, mandez-le-moi, afin que je vous donne des lettres pour mes amis. Enfin, j'espère que vous voudrez bien m'écrire pendant votre voyage, et me donner des nouvelles de votre marche. Mon adresse est à Bordeaux, ou à Paris, rue Saint-Dominique. Vous allez faire le voyage le plus agréable que l'on puisse faire. A l'égard des finances, si je suis à Paris, je serai votre Mentor. Vous y trouverez à pied une infinité de gens de mérite, et la plupart des carrosses pleins de faquins. M. le cardinal de Polignac a fort bien fait de n'aller pas au conclave, et de laisser cette affaire à d'autres. Il se porte très bien, et c'est la plus grande de ses affaires. Vous le verrez aussi aimable, quoiqu'il ne soit pas à la mode. Adieu, monseigneur ; j'ai et j'aurai pour vous toute ma vie les sentiments du monde les plus tendres : autant que tout le monde vous estime, autant moi je vous aime ; et, en quelque lieu du monde que vous soyez, vous serez toujours présent à mon esprit : J'ai l'honneur d'être avec toute sorte de respect et de tendresse, etc.

. . . . . . . . .

### 8. A L'ABBÉ VENUTI.

#### A Clérac.

Je n'ai que le temps de vous écrire un mot, monsieur. Quelques uns de vos amis m'ont demandé de parler à madame de Tencin sur des lettres que l'on écrit contre vous [1]. Comme je ne sais rien de tout ceci, et que j'ignore si ce sont les premières lettres ou de nouvelles, je vous prie de m'éclaircir sur ce que je dois dire au cardinal qui va arriver, et de croire que personne ne prend

---

diocre admirateur, il eut ordre de ne point rentrer en Toscane, Montesquieu s'écria, en apprenant cette nouvelle : « Oh ! il faut » que mon ami Niccolini ait dit quelque grande vérité. »
[1] C'étoit la dame de Florence qui brilloit le plus par son esprit et sa beauté ; la meilleure compagnie s'assembloit chez elle. Montesquieu lui fut fort attaché pendant son séjour à Florence.

[1] A peine l'abbé Venuti eut-il pris l'administration de l'abbaye de Clérac, qu'il s'éleva à Rome un parti contre lui dans le chapitre qui l'avoit envoyé. Il n'étoit pas regardé de bon œil par les missionnaires jésuites, chargés, dès le temps de Henri IV, de prêcher toutes les fêtes et dimanches dans l'église abbatiale de cette ville, qui, malgré cela, a continué d'être presque entièrement habitée par des protestants, sans qu'on puisse citer d'exemple de la conversion d'un seul huguenot.

plus la liberté de vous aimer, ni d'être avec plus
de respect.

<div style="text-align:right">De Paris, le 17 avril 1742.</div>

### 9. — A L'ABBÉ DE GUASCO.

#### A Turin.

Je suis fort aise, mon cher ami, que la lettre
que je vous ai donnée pour notre ambassadeur
vous ait procuré quelques agréments à Turin, et
un peu dédommagé des duretés [1] du marquis
d'Orméa. J'étois bien sûr que monsieur et madame
de Senectère se feroient un plaisir de vous con-
noître, et, dès qu'ils vous connoîtroient, qu'ils
vous recevroient à bras ouverts. Je vous charge de
leur témoigner combien je suis sensible aux égards
qu'ils ont eus à ma recommandation. Je vous
félicite du plaisir que vous avez eu de faire le
voyage avec M. le comte d'Egmont : il est effec-
tivement de mes amis, et un des seigneurs pour
lesquels j'ai le plus d'estime. J'accepte l'appointe-
ment de souper chez lui avec vous à son retour
de Naples ; mais je crains bien que, si la guerre
continue, je ne sois forcé d'aller planter des choux
à La Brède. Notre commerce de Guienne sera
bientôt aux abois ; nos vins nous resteront sur les
bras ; et vous savez que c'est toute notre richesse.
Je prévois que le traité provisionnel de la cour de
Turin avec celle de Vienne nous enlèvera le com-
mandeur de Solar ; et, en ce cas, je regretterai
moins Paris. Dites mille choses pour moi à M. le
marquis de Breil. L'humanité lui devra beaucoup
pour la bonne éducation qu'il a donnée à M. le
duc de Savoie, dont j'entends dire de très belles
choses. J'avoue que je me sens un peu de vanité
de voir que je me formai une juste idée de ce
grand homme lorsque j'eus l'honneur de le con-
noître à Vienne. Je voudrois bien que vous fussiez
de retour à Paris avant que j'en parte ; et je me
réserve de vous dire alors le secret du *Temple de
Gnide* [2]. Tâchez d'arranger vos intérêts domesti-

ques le mieux que vous pourrez ; et abandonnez
à un avenir plus favorable la réparation des torts
du ministère contre votre maison. C'est dans vos
principes, vos occupations, et votre conduite, que
vous devez chercher, quant à présent, des armes,
des consolations, et des ressources. Le marquis
d'Orméa n'est pas un homme à reculer ; et, dans
les circonstances où l'on se trouve à votre cour, on
fera peu d'attention à vos représentations. L'am-
bassadeur vous salue. Il commence à ouvrir les
yeux sur son amie : j'y ai un peu contribué, et je
m'en félicite, parce qu'elle lui faisoit faire mau-
vaise figure. Adieu.

<div style="text-align:right">De Paris, . . . . 1742.</div>

### 10. — AU COMTE DE GUASCO [1],

#### COLONEL D'INFANTERIE.

J'ai été enchanté, monsieur le comte, de rece-
voir une marque de votre souvenir par la let-
tre que m'a envoyée monsieur votre frère. Ma-
dame de Tencin [2] et les autres personnes auxquelles
j'ai fait vos compliments me chargent de vous
témoigner aussi leur sensibilité et leur reconnois-
sance. Je suis fâché de ne pouvoir satisfaire votre
curiosité touchant les ouvrages de notre amie :
c'est un secret [3] que j'ai promis de ne point ré-
véler.

La confiance dont vous m'honorez exige que je
vous parle à cœur ouvert sur ce qui fait le sujet

---

[1] Cet ami de Montesquieu avoit passé quelques années à Paris.
Obligé de retourner à Turin pour ses affaires domestiques, et
ayant besoin de l'intervention du ministre, il ne put jamais ob-
tenir audience de M. le marquis d'Orméa, par suite d'une an-
cienne inimitié de ce ministre contre son père. Après un an de
séjour à Turin, il revint à Paris, et se livra uniquement à la
culture des lettres et à la société des savants, dans la vue d'ob-
tenir une place à l'académie royale des inscriptions, où il fut
reçu depuis en qualité de membre honoraire étranger.

[2] Il lui avoit fait présent de cet ouvrage lorsqu'il prit congé de
lui en partant de Turin, sans lui dire qu'il en étoit l'auteur. Il le
lui apprit depuis, en lui disant que c'étoit une idée à laquelle la
société de mademoiselle de Clermont, princesse du sang, qu'il
avoit l'honneur de fréquenter, avoit donné occasion, sans d'au-
tre but que de faire une peinture poétique de la volupté.

[1] Montesquieu s'étoit fort lié avec le comte de Guasco dans le
voyage que celui-ci fit à Paris en 1742, à son retour de Russie.

[2] Madame de Tencin, sœur du célèbre cardinal de Tencin, qui
lui devoit sa fortune et son chapeau, figura beaucoup dans Paris
par les charmes de sa beauté et de son esprit. Elle fut pendant
cinq ans religieuse dans le couvent de Montfleury, en Dauphiné;
mais elle rentra dans le monde, en réclamant contre ses vœux.
Elle parvint, sans être jamais fort riche, à avoir dans Paris une
maison de la meilleure compagnie. Il étoit du bon ton d'être ad-
mis dans sa société : les seigneurs de la cour, les gens de lettres,
et les étrangers les plus distingués, briguoient également pour y
être introduits. Comme ceux qui faisoient le fond ordinaire de
cette société étoient les beaux-esprits et les savants les plus con-
nus en France, madame de Tencin les appeloit, par ironie, *ses
bêtes*. Elle étoit souvent consultée par eux sur les ouvrages d'a-
grément qu'on vouloit publier, et s'intéressoit avec chaleur pour
ses amis. Montesquieu, qui étoit un de ceux qu'elle considéroit
le plus, en avoit procuré la connoissance au comte de Guasco,
frère de l'abbé de ce nom.

[3] Le jour de la mort de madame de Tencin, en sortant de son
antichambre, Montesquieu dit à l'abbé de Guasco, qui étoit avec
lui : « A présent vous pouvez mander à monsieur votre frère
» que madame de Tencin est l'auteur du *Comte de Comminges*
» et du *Siège de Calais*, ouvrages qu'elle a faits en société avec
» M. de Pont-de-Veyle (son neveu). Je crois qu'il n'y a que M. de
» Fontenelle et moi qui sachions ce secret. »
Elle comptoit parmi ses amis Fontenelle, Benoît XIV, et Mon-
tesquieu. Elle avoit fait les *Malheurs de l'Amour*, et les *Anec-
dotes d'Édouard II*.

intéressant de votre lettre. Je ne dois point vous cacher que je l'ai communiquée à M. le commandeur de Solar, qui est de vos amis ; et nous nous sommes trouvés d'accord que les offres que vous fait M. de Belle-Isle pour vous attacher, vous et monsieur votre frère, au service de France, ne sont point acceptables. Après tout le bien que les lettres de M. de La Chétardie lui ont dit de vous, il est inconcevable qu'il ait pu se flatter de vous retenir en vous proposant des grades au-dessous de ceux que vous avez. Je ne sais sur quoi il fonde que l'on ne considère pas tout-à-fait en France les grades du service étranger comme ceux de nos troupes. Cette maxime ne seroit ni juste ni obligeante, et nous priveroit de fort bons officiers. Je pense que vous avez très bien fait de ne point vous engager dans son expédition avant que d'avoir de bonnes assurances de la cour sur les conditions qui vous conviennent ; mais, puisqu'il paroît que vous êtes déja décidé pour le refus, il est inutile de vous présenter ici d'autres réflexions.

Les propositions du ministre de Prusse pour la levée d'un régiment étranger méritent sans doute plus d'attention dès qu'elles peuvent se combiner avec vos finances. Mais il faut calculer pour l'avenir : quelle assurance qu'à la paix le régiment ne soit point réformé ? et, en ce cas, quel dédommagement pour les avances que vous seriez obligé de faire ? En matière d'intérêt, il faut bien stipuler avec cette cour. Je doute d'ailleurs que le génie italien s'accommode avec l'esprit du service prussien : j'aurois bien des choses à vous dire làdessus ; mais vous êtes trop clairvoyant.

À l'égard des avantages que l'on vous fait entrevoir au service du nouvel empereur, vous êtes plus à portée que moi de juger de leur solidité, et trop sage pour vous laisser éblouir. Pour moi, qui ne suis pas encore bien persuadé de la stabilité du nouveau système politique d'Allemagne, je ne fonderois pas mes espérances sur une fortune précaire et peut-être passagère. Par ce que j'ai l'honneur de vous dire, vous sentez que je ne puis qu'approuver la préférence que vous donneriez aux engagemens pour le service d'Autriche. Outre que c'est là votre première inclination, l'exemple de nombre de vos compatriotes vous prouve que c'est le service naturel de votre nation. Quels que soient les revers actuels de la cour de Vienne, je ne les regarde que comme des disgraces passagères : car une grande et ancienne puissance qui a des forces naturelles et intrinsèques ne sauroit tomber tout-à-coup. En supposant même quelques échecs, le service y sera toujours plus solide que celui d'une puissance naissante. Il y a tout à parier que la cour de Turin, dans la guerre présente, fera cause commune avec celle de Vienne ; par conséquent les raisons qui vous détournèrent, en quittant le Piémont, de passer au service autrichien, cessent dans les circonstances présentes. Je ne vois pas même de meilleur moyen de vous moquer de l'inimitié du marquis d'Orméa que de servir une cour alliée, dans laquelle, en considérant ce qui s'est passé autrefois, il ne doit pas avoir beaucoup de crédit. Vous êtes prudent et sage ; ainsi je soumets à votre jugement des conjectures auxquelles le desir sincère de vos avantages a peut-être autant de part que la raison. J'apprendrai avec bien du plaisir le parti que vous aurez pris, et j'ai l'honneur de vous assurer de mon respect.

À Francfort, . . . . 1742.

### 11. — A L'ABBÉ DE GUASCO.

L'abbé Venuti m'a fait part, mon cher abbé, de l'affliction que vous a causée la mort de votre ami le prince Cantemir, et du projet que vous avez formé de faire un voyage dans nos provinces méridionales pour rétablir votre santé. Vous trouverez partout des amis pour remplacer celui que vous avez perdu ; mais la Russie ne remplacera pas si aisément un ambassadeur du mérite du prince Cantemir. Or je me joins à l'abbé Venuti pour vous presser d'exécuter votre projet : l'air, les raisins, le vin des bords de la Garonne, et l'humeur des Gascons, sont d'excellens antidotes contre la mélancolie. Je me fais une fête de vous mener à ma campagne de La Brède, où vous trouverez un château, gothique à la vérité, mais orné de dehors charmans, dont j'ai pris l'idée en Angleterre. Comme vous avez du goût, je vous consulterai sur les choses que j'entends ajouter à ce qui est déja fait ; mais je vous consulterai surtout sur mon grand ouvrage[1], qui avance à pas de géant depuis que je ne suis plus dissipé par les dîners et les soupers de Paris. Mon estomac s'en trouve aussi mieux ; et j'espère que la sobriété avec laquelle vous vivrez chez moi sera le meilleur spécifique contre vos incommodités. Je vous attends donc cet automne, très empressé de vous embrasser.

De Bordeaux, le 1er août 1744.

[1] L'Esprit des Lois.

## 12. — AU MÊME.

Nous partirons lundi, docte abbé, et je compte sur vous. Je ne pourrai pas vous donner une place dans ma chaise de poste, parce que je mène madame de Montesquieu; mais je vous donnerai des chevaux. Vous en aurez un qui sera comme un bateau sur un canal tranquille, et comme une gondole de Venise, et comme un oiseau qui plane dans les airs. La voiture du cheval est très bonne pour la poitrine; M. Sidenham la conseille surtout; et nous avons eu un grand médecin qui prétendoit que c'étoit un si bon remède, qu'il est mort à cheval. Nous séjournerons à La Brède jusqu'à la Saint-Martin; nous y étudierons, nous nous promènerons, nous planterons des bois, et ferons des prairies. Adieu, mon cher abbé; je vous embrasse de tout mon cœur.

De Bordeaux, le 50 septembre 1744.

## 15. — AU MÊME.

Je serai en ville après-demain. Ne vous engagez pas à dîner, mon cher abbé, pour vendredi; vous êtes invité chez le président Barbot. Il faudra y être arrivé à dix heures précises du matin, pour commencer la lecture du grand ouvrage que vous savez [1]; on lira aussi après dîner: il n'y aura que vous, avec le président et mon fils; vous y aurez pleine liberté de juger et de critiquer.

Je viens d'envoyer votre anacréontique [2] à ma fille; c'est une pièce charmante, dont elle sera fort flattée. J'ai aussi lu votre étrenne ou épître pétrarquesque à madame de Pontac; elle est pleine d'idées agréables. L'abbé, vous êtes poëte, et on diroit que vous ne vous en doutez pas. Adieu.

De La Brède, le 10 février 1745.

## 14. — A Mᵐᵉ LA COMTESSE DE PONTAC[3].

### De Clérac, à Bordeaux.

Vous êtes bien aimable, madame, de m'avoir écrit sur le mariage de ma fille [4]; elle et moi vous

sommes très dévoués; et nous vous demandons tous deux l'honneur de vos bontés. J'apprends que les jurats [1] ont envoyé une bourse de jetons, de velours brodé, à l'abbé Venuti: je croyois qu'ils ne sauroient pas faire cela même. Le présent n'est pas important; mais c'est le présent d'une grande cité; et ce régal auroit encore très bon air en Italie: mais là il n'a pas besoin de bon air, parce que l'abbé y est si connu, qu'on ne peut rien ajouter à sa considération. Dites, je vous prie, à l'abbé de Guasco que je ne puis comprendre comment les échos ont pu porter à monsieur le *Mercure* de Paris des vers [2] faits dans le bois de La Brède. Je suis fort fâché de ne l'avoir pas su plus tôt, parce que j'aurois donné le sonnet en dot à ma fille. J'ai l'honneur d'être, madame, avec toute sorte de respect.

## 15. — A Mᵍʳ CERATI.

J'apprends, monseigneur, par votre lettre, que vous êtes arrivé heureusement à Pise. Comme vous ne me dites rien de vos yeux, j'espère qu'ils se seront fortifiés. Je le souhaite bien, et que vous puissiez jouir agréablement de la vie pour vous et pour les délices de vos amis. Vous m'exhortez à publier... Je vous exhorte fort vous-même à nous donner une relation des belles réflexions que vous avez faites dans les divers pays que vous avez vus. Il y a beaucoup de gens qui paient les chevaux de poste; mais il y a peu de voyageurs, et il n'y en a aucun comme vous. Dites à l'abbé Niccolini qu'il nous doit un voyage en France; et je vous prie de l'assurer de l'amitié la plus tendre.

Je voudrois bien pouvoir vous tenir tous deux dans la terre de La Brède, et là y avoir de ces conversations que l'ineptie ou la folie de Paris rendent rares. J'ai dit à M. l'abbé Venuti que ses médailles étoient vendues. Nous avons ici l'abbé de Guasco, qui me tient fidèle compagnie à La Brède. Il me charge de vous faire bien des compliments.

---

[1] *L'Esprit des Lois.*

[2] Il s'agit ici d'une petite pièce de poésie envoyée pour étrennes de la nouvelle année à mademoiselle de Montesquieu. Cette pièce a été imprimée dans le *Mercure* de 1745, avec la traduction en françois, par M. Le Franc de Pompignan.

[3] Madame la comtesse de Pontac se fit autant remarquer par son esprit et par ses liaisons avec les gens de lettres qu'elle brilla par sa beauté.

[4] Il venoit de la marier à M. de Secondat d'Agen, gentilhomme d'une autre branche de sa maison, dans la vue de conserver ses terres dans sa famille, au cas que son fils, qui étoit marié depuis plusieurs années, continuât de n'avoir point d'enfants. Mademoi-

selle de Montesquieu fut d'un grand secours à son père dans la composition de l'*Esprit des Lois*, par les lectures journalières qu'elle lui faisoit pour soulager son lecteur ordinaire. Les livres même les plus ingrats à lire, tels que Beaumanoir, Joinville, et autres de cette espèce, ne la rebutoient point; elle s'en divertissoit même, et égayoit fort ces lectures en répétant les mots qui lui paroissoient risibles.

[1] Titre des premiers magistrats de la ville de Bordeaux. Ils firent ce présent à l'abbé Venuti, pour lui marquer la reconnoissance de la ville pour les inscriptions et autres compositions qu'il avoit faites à l'occasion des fêtes données à Bordeaux au passage de madame la dauphine, fille du roi d'Espagne.

[2] Ce sont les mêmes dont il est parlé dans la lettre précédente.

Il faut avouer que l'Italie est une belle chose, car tout le monde veut l'avoir. Voilà cinq armées qui vont se la disputer. Pour notre Guienne, ce ne sont que des armées de gens d'affaires qui en veulent faire la conquête, et ils la font plus sûrement que le comte de Gages. Je crois qu'à présent il se fait bien des réflexions sous la grande perruque du marquis d'Orméa. Je n'irai à Paris d'un an tout au plus tôt. Je n'ai pas un sou pour aller dans cette ville, qui dévore les provinces, et que l'on prétend donner des plaisirs, parce qu'elle fait oublier la vie. Depuis deux ans que je suis ici, j'ai continuellement travaillé à la chose dont vous me parlez[1]; mais ma vie avance, et l'ouvrage recule à cause de son immensité : vous pouvez être bien sûr que vous en aurez d'abord des nouvelles. On m'avertit que mon papier finit. Je vous embrasse mille fois.

<div style="text-align:right">De Bordeaux, le 16 juin 1745.</div>

### 16. — A L'ABBÉ DE GUASCO.

#### A Clérac.

Vous avez bien deviné, et depuis trois jours j'ai fait l'ouvrage de trois mois ; de sorte que, si vous êtes ici au mois d'avril, je pourrai vous donner la commission dont vous voulez bien vous charger pour la Hollande, suivant le plan que nous avons fait. Je sais à cette heure tout ce que j'ai à faire. De trente points je vous en donnerai vingt-six : or, pendant que vous travaillerez de votre côté, je vous enverrai les quatre autres. Le P. Desmolets m'a dit qu'il avait trouvé un libraire pour votre manuscrit des *Satires*[2], mais que personne ne veut de votre savante dissertation, parce qu'on est sûr du débit de ce qui porte le nom de satires, et très peu des dissertations savantes. Votre censeur est mort; mais je m'en console, puisque l'auteur est encore en vie. Vous avez bien tort de me reprocher de ne pas vous écrire des nouvelles, vous qui ne m'avez rien dit sur le mariage de mademoiselle Mimi[3], ni sur mes vendanges de Clérac, qui ne seront sûrement pas si bonnes qu'elles l'auroient été par la consommation de raisins que vous avez faite dans mes vignes. On ne croit pas que les affaires de mylord Morthon[4] soient aussi mauvaises qu'on l'a cru dans le public,

aigri par la guerre contre les Anglois. Le P. Desmolets n'a point eu de tracasseries dans sa congrégation, d'autant plus qu'il ne porte point de perruque[1]; mais il dit que vous lui donnez trop de commissions. Je vous donne la devise du porcépic, *Cominus eminus*. Le P. Desmolets dit que vous avez plus d'affaires que si vous alliez faire la conquête de la Provence.... : remarquez que c'est le P. Desmolets qui dit cela. Pendant que vous serez à Clérac, prenez bien garde à trois choses : à vos yeux, aux galanteries de M. de La Mire, et aux citations de saint Augustin dans vos disputes de controverse. J'envie à madame de Montesquieu le plaisir qu'elle aura de vous revoir. Adieu ; je vous embrasse.

<div style="text-align:right">De Paris, ... 1743.</div>

### 17. — AU MÊME.

Je ne sais quel tour a fait la lettre que vous m'avez écrite de Barèges ; elle ne m'est parvenue que depuis peu de jours. J'ai été très scandalisé de la tracasserie de M. le chevalier d'...... C'est un plaisant homme que ce prétendu gouverneur de Barèges : il faut que le cordon bleu lui ait tourné la tête. Quand je le verrai à Paris, je ne manquerai pas de lui demander si vous avez fait bien des progrès en politique par la lecture de ses gazettes. J'ai conté ici la querelle d'Allemand qu'il vous a faite, faisant bien remarquer qu'il est fort singulier qu'un homme né dans les états du roi de Sardaigne soit inquiet de la petite-vérole de ce monarque; et que, tenant par deux frères à la cour de Vienne, il montre d'être fâché de ses échecs. Sachez, mon cher ami, qu'il y a des seigneurs avec qui il ne faut jamais disputer après dîner. Vous avez agi très prudemment en lui écrivant après son réveil. Votre lettre est digne de vous, et je suis enchanté qu'elle l'ait désarmé. Vous devez être glorieux d'avoir triomphé, le jour de Saint-Louis, d'un de nos lieutenants généraux, sans que personne vous ait aidé.

Mandez-moi si vous accompagnerez madame de Montesquieu à Clérac : car mon ouvrage avance[2]; et si vous prenez la route opposée, il faut que je sache où vous faire tenir la partie qui va être prête. Je souhaite que votre voyage sur le

---

[1] *L'Esprit des Lois.*

[2] L'abbé de Guasco a traduit en françois les *Satires russes* du prince Cantemir, ambassadeur de Russie à la cour de France.

[3] C'étoit le nom de mademoiselle de Montesquieu.

[4] Ce seigneur, étant venu à Paris durant la guerre, avoit été mis à la Bastille.

[1] Dans le chapitre général tenu par la congrégation de l'Oratoire, on déclara la guerre à l'appel de la bulle *Unigenitus*, et aux perruques de poil de chèvre, dont quelques uns se servoient au lieu de grandes calottes. Plusieurs membres quittèrent plutôt que de se soumettre à ces duretés. Le P. Desmolets étoit bibliothécaire de la maison de Saint-Honoré, et un des plus anciens amis de l'auteur.

[2] *L'Esprit des Lois*

pic du midi soit plus heureux que la chasse d'a-
miante et la pêche des truites du lac des Pyrénées.
Mon ami, je vois que les choses difficiles ont de
grands attraits pour vous, et que vous suivez
plus votre curiosité que vous ne consultez vos
forces. Souvenez-vous que vos yeux ne valent
guère mieux que les miens : laissez que mon fils,
qui en a de bons, grimpe sur les montagnes, et y
aille faire des recherches sur l'histoire naturelle ;
mais gardez les vôtres pour les choses nécessaires.
Si l'on vous a regardé comme un politique dan-
gereux, parce que vous aimez à lire les gazettes,
vous courez risque que l'on vous fasse passer pour
un sorcier, si vous allez grimpant sur des rochers
escarpés. Adieu.

<div align="right">De Paris, . . . août 1746.</div>

### 48. — AU MÊME.

J'ai lu, docte abbé, votre dissertation avec
plaisir ; et je suis sûr que je vous mettrai sur la
tête un second laurier[1] de mon jardin, si vous
êtes à La Brède, comme je l'espère, lorsqu'il vous
aura été décerné par l'académie. Le sujet est beau,
vaste, intéressant, et vous l'avez fort bien traité.
Je suis bien aise de vous voir, vous, chasser sur
mes terres. Il y a deux choses dans votre disser-
tation que je voudrois que vous éclaircissiez : la
première, c'est qu'on pourroit croire que vous
mettez Carthage, après la seconde guerre puni-
que, au rang des villes *autonomes* soumises à l'em-
pire romain ; vous savez qu'elle continua d'être
un état libre et absolument indépendant ; la se-
conde remarque regarde ce que vous dites du titre
d'*éleuthérie*. Vous n'indiquez point de différence
entre les villes qui prenoient ce titre et celles qui
prenoient celui d'*autonomes*. Vous n'avez fait que
toucher ce point, et il mériteroit d'être éclairci.
Vous savez qu'on dispute là-dessus, et que des
savants prétendent que l'*éleuthérie* disoit quelque
chose de plus que l'*autonomie*. Je vous conseille
d'examiner un peu la chose, et de faire à ce sujet
une addition à votre dissertation.

J'ai fait faire une berline, afin que je vous
mène plus commodément à Clérac, que vous ai-
mez tant. Nous ne disputerons plus sur l'usure[2],

et vous gagnerez deux heures par jour. Mes prés
ont besoin de vous. L'Éveillé[1] ne cesse de dire :
« Oh ! si M. l'abbat étoit ici ! » Je vous promets
qu'il sera docile à vos instructions : il fera tant de
rigoles que vous voudrez[2]. Mandez-moi si je puis
me flatter que vous prendrez la route de la Ga-
ronne, parce qu'en ce cas je profiterai d'une oc-
casion qui se présente pour envoyer directement
mon manuscrit[3] à l'imprimeur. Pour vous avoir,
je vous dégage de votre parole ; aussi bien l'im-
pression ne doit point être faite en Hollande, en-
core moins en Angleterre, qui est une ennemie
avec laquelle il ne faut avoir de commerce qu'à
coups de canon. Il n'en est pas de même des Pié-
montois, car il s'en faut bien que nous soyons en
guerre avec eux ; ce n'est que par manière d'ac-
quit que nous assiégeons leurs places, et qu'ils
prennent prisonniers tant de nos bataillons[4]. Vous
n'avez donc point de raisons de nous quitter ; vous
serez toujours reçu comme ami en Guienne.
Nous nous piquerons de ne pas céder au Langue-
doc et à la Provence. Je vous remercie d'avoir
parlé de moi *al serenissimo*, très flatté qu'il se
soit souvenu que j'ai eu l'honneur de lui faire ma
cour à Modène. Je vous enverrai mon livre que
vous me demandez pour lui. Vous trouverez ci-
joints les éclaircissements[5] peu éclaircissants que
vous envoie le chapitre de Comminges. L'abbé,
vous êtes bien simple de vous figurer que des
gens de chapitre se donnent la peine de faire des
recherches littéraires ; ce n'est pas moi, c'est mon
frère, qui est doyen d'un chapitre, qui vous dit
de vous mieux adresser. Que cela ne vous fasse
cependant pas suspendre votre histoire de Clé-
ment V : vous l'avez promise à notre académie.
Revenez, et vous y travaillerez plus à l'aise sur le
tombeau[6] de ce pape. Je prétends que vous ne lais-
siez pas l'article de Brunissende, car je crains
que vous ne soyez trop timoré pour nous en par-

---

[1] Chef des manœuvres de la campagne de Montesquieu.

[2] Il avoit eu bien de la peine à persuader à ces paysans de
faire aller l'eau dans un pré attenant au château de La Brède,
qu'il avoit entrepris d'améliorer ; les paysans s'y opposant par
la grande raison banale que ce n'étoit pas la coutume dans
leur pays.

[3] *L'Esprit des Lois*.

[4] Il s'agit ici de l'affaire d'Asti, où neuf bataillons françois
furent faits prisonniers par le roi de Sardaigne.

[5] Ils étoient relatifs à l'histoire de Clément Goût, qui fut
évêque de Comminges, archevêque de Bordeaux, et ensuite
pape sous le nom de Clément V. C'est ce pontife qui établit à
Avignon le siège de la cour de Rome, et qui travailla, de con-
cert avec Philippe-le-Bel, à l'abolition de l'ordre des templiers.

[6] Le tombeau de ce pape est dans la collégiale d'Useste, près
de Bazas, où il fut enterré dans une seigneurie de la maison de
Goût.

---

[1] Ayant appris de Paris que l'académie avoit décerné le prix à
la dissertation de l'abbé de Guasco, Montesquieu fit faire une
couronne de laurier ; et, pendant qu'on étoit à table, il la fit
mettre par sa fille sur la tête du vainqueur, qui ne s'attendoit
point à cette surprise.

[2] L'abbé de Guasco avoit composé autrefois un traité sur
l'usure, suivant le système des théologiens, système contraire à
celui de l'auteur de l'*Esprit des Lois*, et impraticable dans les
pays de commerce.

ler [1] ; je ne vous demande que de mettre une note. Vos recherches vous feront lire des savants; et un trait de galanterie vous fera lire de ceux qui ne le sont pas. J'ai envoyé votre médaille à Bordeaux, avec ordre de la remettre à M. de Tourni, pour la remettre à M. l'intendant de Languedoc. Mon cher abbé, il y a deux choses difficiles, d'attraper la médaille, et que la médaille vous attrape. Adieu ; je vous attends, je vous desire, et vous embrasse de tout mon cœur.

De Paris, . . . 1746.

## 19. — A MAUPERTUIS.

MONSIEUR MON TRÈS CHER ET TRÈS ILLUSTRE CONFRÈRE,

Vous aurez reçu une lettre de moi, datée de Paris. J'en reçois une de vous, datée de Potsdam ; comme vous l'aviez adressée à Bordeaux, elle a resté plus d'un mois en chemin, ce qui m'a privé très long-temps du véritable plaisir que je ressens toujours lorsque je reçois des marques de votre souvenir. Je ne me console point encore de ne vous avoir point trouvé ici, et mon cœur et mon esprit vous y cherchent toujours. Je ne saurois vous dire avec quel respect, avec quels sentiments de reconnoissance, et, si j'ose le dire, avec quelle joie j'apprends par votre lettre la nouvelle que l'académie m'a fait l'honneur de me nommer un de ses membres : il n'y a que votre amitié qui ait pu lui persuader que je pourrois aspirer à cette place. Cela va me donner de l'émulation pour valoir mieux que je ne vaux ; et il y a long-temps que vous auriez vu mon ambition, si je n'avois craint de tourmenter votre amitié en la faisant paroître. Il faut à présent que vous acheviez votre ouvrage, et que vous me marquiez ce que je dois faire en cette occasion, à qui et comment il faut que j'aie l'honneur d'écrire, et comment il faut que je fasse mes remerciements. Conduisez-moi, et je serai bien conduit. Si vous pouvez dans quelque conversation parler au roi de ma reconnoissance, et que cela soit à propos, je vous prie de le faire. Je ne puis offrir à ce grand prince que de l'admiration, et en cela même je n'ai rien qui puisse presque me distinguer des autres hommes.

Je suis bien fâché de voir par votre lettre que vous n'êtes pas encore consolé de la mort de monsieur votre père. J'en suis vivement touché moi-

même ; c'est une raison de moins pour nous pour espérer de vous revoir. Pour moi, je ne sais si c'est une chose que je dois à mon être physique ou à mon être moral ; mais mon ame se prend à tout. Je me trouvois heureux dans mes terres, où je ne voyois que des arbres ; et je me trouve heureux à Paris, au milieu de ce nombre d'hommes qui égalent les sables de la mer : je ne demande autre chose à la terre que de continuer à tourner sur son centre ; je ne voudrois pourtant pas faire avec elle d'aussi petits cercles que ceux que vous faisiez quand vous étiez à Tornéo. Adieu, mon cher et illustre ami ; je vous embrasse un million de fois.

A Paris, ce 25 novembre 1746.

## 20. — A L'ABBÉ DE GUASCO.

Mon cher abbé, je vous ai dit jusqu'ici des choses vagues, et en voici de précises. Je desire de donner mon ouvrage le plus tôt qu'il se pourra. Je commencerai demain à donner la dernière main au premier volume, c'est-à-dire aux treize premiers livres ; et je compte que vous pourrez les recevoir dans cinq à six semaines. Comme j'ai des raisons très fortes pour ne point tâter de la Hollande, et encore moins de l'Angleterre, je vous prie de me dire si vous comptez toujours de faire le tour de la Suisse avant le voyage des deux autres pays. En ce cas, il faut que vous quittiez sur-le-champ les délices du Languedoc : et j'en verrai le paquet à Lyon, où vous le trouverez à votre passage. Je vous laisse le choix entre Genève, Soleure et Bâle. Pendant que vous feriez le voyage, et que l'on commenceroit à travailler sur le premier volume, je travaillerai au second, et j'aurai soin de vous le faire tenir aussitôt que vous me le marquerez ; celui-ci sera de dix livres, et le troisième de sept : ce seront des volumes in-4°. J'attends votre réponse là-dessus ; et, si je puis compter que vous partirez sur-le-champ, sans vous arrêter ni à droite ni à gauche, je souhaite ardemment que mon ouvrage ait un parrain tel que vous. Adieu, mon cher ami ; je vous embrasse.

De Paris, le 6 décembre 1746.

## 21. — AU MÊME.

Ma lettre, à laquelle vous venez de répondre, a fait un effet bien différent que je n'attendois : elle vous a fait partir ; et moi je comptois qu'elle vous feroit rester jusqu'à ce que vous eussiez reçu des nouvelles du départ de mon manuscrit ; au moins étoit-ce le sens littéral et spirituel de ma

---

[1] Quelques historiens ont avancé que Brunissende, comtesse de Périgord, possédoit l'affection de Clément lorsqu'il étoit archevêque de Bordeaux, et qu'il continua de la distinguer pendant son pontificat.

lettre. Depuis ce temps, ayant appris le passage du Var, je fis réflexion que vous étiez Piémontois, et qu'il étoit désagréable pour un homme qui ne songe qu'à ses études et à ses livres, et point aux affaires des princes, de se trouver dans un pays étranger dans des conjonctures pareilles à celles-ci : de sorte que vous prendriez peut-être le parti de retourner dans votre pays; surtout s'il est vrai que votre bon ami le marquis d'Orméa est mort ou n'a plus de crédit [1], comme le bruit en court. Je parlai à notre ami Gendron de la situation désagréable dans laquelle cela vous mettoit, et il pense comme moi. Mais nous espérons qu'à la paix vous pourrez jouir tranquillement de l'aménité de la France, que vous aimez, et où l'on vous aime. Peut-être, mon cher ami, ai-je porté mes scrupules trop loin ; sur cela vous êtes prudent et sage.

Du reste, dans la situation présente, je ne crois pas qu'il me convienne d'envoyer mon livre pour le faire imprimer, d'autant moins que je suis incertain du parti que vous prendrez. Si vous croyez devoir rester en France, je ne doute pas que vous ne revoyiez la Garonne, et que vous ne travailliez à une autre dissertation, pour remporter encore un prix à l'académie des inscriptions. Vous imiterez en cela l'abbé Le Beuf [2] ; mais vous ne serez pas si bœuf que lui. Adieu ; je vous embrasse de tout mon cœur.

De Paris, le 26 décembre 1746.

## 22. — AU MÊME.

Vous m'avez bien envoyé l'extrait de ma lettre ; mais il y a des points qui ne valent rien. Je vous avois mandé que je vous enverrois une partie de mon ouvrage, mais que, quand vous l'auriez reçue, vous ne vous amuseriez plus à autre chose ; là-dessus vous êtes parti pour faire toutes vos courses, au lieu d'attendre mon manuscrit. Mon cher ami, quand il y aura une métempsycose, vous renaîtrez pour faire la profession de voyageur, je vous conseille de commencer à vous faire dérater. Mais venons au fait.

Dans trois mois d'ici vous recevrez quinze ou vingt livres, qui n'ont besoin que d'être relus et recopiés ; c'est-à-dire de cinq parties vous en recevrez trois, qui feront le premier volume ; et après cela je travaillerai au second, que vous recevrez deux ou trois mois après. S'il ne vous reste plus de courses littéraires ou galantes à faire dans le Languedoc, vous ferez bien d'aller reprendre votre poste de confesseur de mademoiselle de Montesquieu, ou celui de pénitent de M. l'évêque d'Agen.

Quoi qu'il en soit, en quelque endroit que vous me marquiez, je vous enverrai à la fin d'avril le premier volume. Si vous croyez avoir besoin d'un passe-port de la cour, je serai votre pis-aller : croyant qu'il vaut mieux que vous employiez pour cela M. Le Nain ou M. de Tourni ; ce que je ne dis point du tout pour me dispenser de faire la chose, mais parce que les intendants ont plus de crédit qu'un ex-président. Je vous embrasse de tout mon cœur.

De Paris, le 20 février 1747.

## 23. — AU MÊME.

J'ai parlé à M. de Boze : il m'a renvoyé assez rudement et assez maussadement, et m'a dit qu'il ne se mêloit pas de ces choses-là ; qu'il falloit s'adresser à M. Fréret [1] et à M. le comte de Maurepas ; que c'étoit la chimère de ceux qui avoient gagné un prix de croire qu'on les recevroit d'abord à l'académie. Je ne sais pas s'il n'auroit pas quelque autre en vue. Je parlai le même jour à M. Duclos, qui me paroît d'assez bonne volonté ; mais c'est un des derniers. Or vous ne pouvez avoir M. de Maurepas que par la duchesse d'Aiguillon, votre muse [2] favorite. Vous savez que je suis brouillé avec M. Fréret ; vous ferez donc bien d'écrire à madame d'Aiguillon : si je le lui propose, il est sûr et très sûr qu'elle n'en fera rien ; mais, si vous écrivez, elle m'en parlera : et je lui dirai des choses qui pourront l'engager. Si vous gagnez encore un prix, cela aplanira les difficultés. Le P. Desmolets m'a dit que vous travailliez : moi je travaille de mon côté ; mais mon travail s'appesantit.

Le chevalier Caldwell m'a écrit que vous étiez tenté d'aller avec lui en Égypte ; je lui ai mandé que c'étoit pour aller voir vos confrères les momies. Son aventure [3] de Toulouse est bien risible ;

---

[1] L'un et l'autre étoit vrai. Ce ministre, s'apercevant que son crédit étoit fort baissé, tomba dans une maladie lente, et mourut au milieu des douleurs et des rugissements.

[2] L'abbé Le Beuf, chanoine d'Auxerre, et depuis membre de l'académie des inscriptions et belles-lettres, remporta deux ou trois prix à cette académie. Ses dissertations sont pleines d'utiles recherches.

[1] Alors secrétaire perpétuel de l'académie.

[2] C'est à elle qu'il avoit dédié la traduction des *Satires russes* du prince Cantemir, sous le nom de Mad...., parce qu'elle étoit fort liée avec le prince Cantemir, soit que c'est à sa réquisition que l'on avoit fait la traduction françoise de ses satires.

[3] Le chevalier Caldwell, Irlandois, s'étant arrêté à Toulouse,

il paroît que dans cette ville-là on est aussi fana-
tique en fait de politique qu'en fait de religion.

Faites, je vous prie, mes respectueux compli-
ments à M. le premier président Bon [1] : la pre-
mière chose physique que j'aie vue en ma vie,
c'est un écrit sur les araignées, fait par lui. Je l'ai
toujours regardé comme un des plus savants per-
sonnages de France ; il m'a toujours donné de
l'émulation quand j'ai vu qu'il joignoit tant de
connoissances de son métier avec tant de lumières
sur le métier des autres : remerciez-le bien des
bontés qu'il me fait l'honneur de me marquer.

J'ai eu aussi l'honneur de connoître M. Le
Nain [2] à La Rochelle, où j'étois allé voir M. le
comte de Matignon. Je vous prie de vouloir bien
lui rafraîchir la mémoire de mon respect. On dit
ici qu'il a chassé les ennemis de Provence par ses
bonnes dispositions économiques, et que nous lui
devons l'huile de Provence. Votre lettre de change
n'est point encore arrivée, mais un avis seule-
ment. Vous voyez bien que vous êtes vif, et que
vous avez envoyé M. Jude à perte d'haleine pour
une chose qu'il pouvoit faire avec toute sa gra-
vité. Adieu ; je vous embrasse de tout mon cœur.

De Paris, le 1er mars 1747.

## 24. — A MGR CERATI.

J'ai reçu, monsieur mon illustre ami, étant à
Paris, la lettre que je dois à votre amitié. Vous
ne me parlez pas de votre santé, et je voudrois en
avoir pour garant quelque chose de mieux que
des preuves négatives. Vous avez mis dans votre
lettre un article que j'ai relu bien des fois, qui est
que vous desireriez venir passer deux ans à Paris,
et que vous pourriez de là aller jusqu'à Bordeaux ;

s'amusoit à aller prendre des oiseaux hors de la ville. Comme on
le voyoit sortir tous les matins de bonne heure, et rôder autour
de la ville avec un petit garçon, tenant souvent du papier et un
crayon en main, les capitouls soupçonnèrent qu'il pourroit bien
s'occuper à en lever le plan [*], dans un temps où l'on étoit en
guerre avec l'Angleterre. On l'arrêta en conséquence ; et comme
en fouillant dans ses poches on lui trouva un dessin qui étoit
celui de la machine avec laquelle il apprenoit à prendre les
oiseaux, et plusieurs cartes avec un catalogue de mots qui
étoient les noms des oiseaux, mais parce qu'ils
étoient écrits en anglois, on ne douta pas que tout cela n'eût
rapport à l'entreprise supposée ; et on le mit aux arrêts jusqu'à
ce qu'il eût fait connoître son innocence, et jusqu'à ce que quel-
qu'un eût répondu de lui.

[1] Premier président de la cour des aides de Montpellier, con-
seiller d'état, et de l'académie des sciences, qui trouva le secret
de faire filer des toiles d'araignée, d'en faire des bas, et d'en ex-
traire des gouttes égales à celles d'Angleterre contre l'apoplexie.
Il découvrit aussi le moyen de rendre utiles les marrons d'Inde,
pour en nourrir les pourceaux et en faire de la poudre. Il avoit
un cabinet d'antiquités fort curieux.

[2] Intendant du Languedoc.

[*] La ville de Toulouse n'est point fortifiée.

voilà des idées bien agréables : et moi je forme le
projet d'aller quelque jour à Pise, pour corriger
chez vous mon ouvrage ; car qui pourroit le mieux
faire que vous ? et où pourrois-je trouver des ju-
gements plus sains ? La guerre m'a tellement in-
commodé, que j'ai été obligé de passer trois ans
et demi dans mes terres ; de là je suis venu à Pa-
ris ; et, si la guerre continue, j'irai me remettre
dans ma coquille jusqu'à la paix. Il me semble que
tous les princes de l'Europe demandent cette paix :
ils sont donc pacifiques ? non, car il n'y a de
princes pacifiques que ceux qui font des sacrifices
pour avoir la paix, comme il n'y a d'homme
généreux que celui qui cède de ses intérêts, ni
d'homme charitable que celui qui sait donner.
Discuter ses intérêts avec une très grande rigidité
est l'éponge de toutes les vertus. Vous ne me par-
lez pas de vos yeux ; les miens sont précisément
dans la situation où vous les avez laissés : enfin
j'ai découvert qu'une cataracte s'est formée sur le
bon œil ; et mon Fabius Maximus, M. Gendron,
me dit qu'elle est de bonne qualité, et qu'on ou-
vrira le volet de la fenêtre. J'ai remis cette opéra-
tion au printemps prochain, pour raison de quoi
je passerai ici tout l'hiver. Du reste, notre excel-
lent homme M. Gendron se porte bien. Avez-vous
reçu des nouvelles de M. Cerati ? disons-nous tou-
jours. Il est aussi gai que vous l'avez vu, et fait
d'aussi bons raisonnements. A propos, je trouvai,
en arrivant, Paris délivré de la présence du fou
le plus incommode, et du fléau le plus terrible que
j'aie vu de ma vie. Son voyage d'Angleterre m'a-
voit permis quatre ou cinq mois de respirer à
Paris, et je ne le vis que la veille de mon départ,
pour ne le revoir jamais. Vous entendez bien que
c'est du marquis de Loc-Maria dont je veux par-
ler, qui ennuie et excède à présent ceux qui sont
en enfer, en purgatoire ou en paradis.

L'ouvrage va paroître en cinq volumes. Il y en
aura quelque jour un sixième de supplément ; dès
qu'il en sera question, vous en aurez des nou-
velles. Je suis accablé de lassitude : je compte de
me reposer le reste de mes jours. Adieu, mon-
sieur ; je vous prie de me conserver toujours votre
souvenir : je vous garde l'amitié la plus tendre.
J'ai l'honneur d'être, monseigneur, avec tout le
respect possible.

De Paris, ce 31 mars 1747.

### 25. — A L'ABBÉ DE GUASCO.

#### A Aix.

Je vous donne avis, victorieux abbé, que vous avez remporté un second triomphe[1] à l'académie. Je n'ai point parlé de votre affaire à madame d'Aiguillon, parce qu'elle est partie pour Bordeaux comme un éclair : elle n'est occupée que du *franc-alleu* : tout doit céder à cela, *même* ses amis.

Je vous donne aussi avis qu'au commencement du mois prochain l'ouvrage en question sera fini de copier. Je suis quasi d'avis de le mettre in-12 : ce que je vous enverrai formera cinq volumes, distingués dans la copie. Ayez la bonté de me mander où il faut que je vous adresse le paquet. Je compte recevoir votre réponse avant que l'on ait fini ; ainsi vous ne devez pas perdre de temps à m'écrire, et à me mander où vous serez tout le mois de juin. Je suis bien aise que votre santé soit meilleure ; votre esquinancie m'a alarmé. Adieu, mon cher ami.

De Paris, le 4 mai 1747.

### 26. — AU MÊME.

Étant aussi en l'air que vous, mon cher ami, et prêt à partir pour la Lorraine avec madame de Mirepoix, j'adresse ma lettre à M. Le Nain. Je ne me suis pas bien expliqué sans doute dans ma lettre. Je lui ai dit qu'il y avoit toutes les apparences que vous seriez de l'académie, et non pas que vous en étiez. Je ne doute pas que l'on ne vous en accorde la place en vous présentant à Paris après cette seconde victoire. Je crois vous avoir déjà mandé que j'avois remis votre seconde médaille à M. Dalnet de Bordeaux. Comme M. Dalnet a deux ou trois millions de bien, j'ai cru ne pouvoir pas choisir mieux pour confier votre trésor. Votre lettre m'ayant totalement désorienté, vous voyant des entreprises pour un siècle, et ne sachant d'ailleurs où vous prendre parmi dix ou douze villes que vous me citiez, voyant de plus que dans les lieux où j'étois obligé de m'adresser pour l'impression, à cause de la guerre, vous ne trouveriez pas vos convenances ; je me suis servi d'une occasion[2] que j'ai trouvée sous ma main, et j'ai cru

que cela vous convenoit plus que de déranger la suite de vos voyages.

Je souhaite plutôt que vous preniez la route de Bordeaux : si vous y êtes l'automne prochaine ou le printemps prochain, je vous y verrai avec un grand plaisir, et j'entends que vous preniez une chambre dans mon hôtel ; mais je ne traiterai pas si familièrement un homme qui a remporté deux triomphes à l'académie. Adieu, mon cher abbé, je vous embrasse mille fois.

De Paris, ce 30 mai 1747.

### 27. — AU MÊME.

J'ai eu l'honneur de vous mander, mon cher abbé, que votre lettre ne me disant rien que de très vrai, et ne me parlant que des difficultés que vous trouveriez dans cette affaire, et d'un nombre infini de voyages commencés, projetés ou à achever, j'ai pris le parti d'une occasion très favorable qui s'est offerte, et qui vous délivre d'une grande peine.

Je vous dirai que j'ai jugé à propos de retrancher, quant à présent, le chapitre sur le stathoudérat ; dans les circonstances présentes il auroit peut-être été mal reçu en France[1], et je veux éviter toute occasion de chicane : cela n'empêchera pas que je ne vous donne dans la suite ce chapitre pour la traduction italienne que vous avez entreprise. Dès que mon livre sera imprimé, j'aurai soin que vous en ayez un des premiers exemplaires ; et vous traduirez plus commodément sur l'imprimé que sur le manuscrit.

J'ai été comblé de bontés et d'honneurs à la cour de Lorraine, et j'ai passé des moments délicieux avec le roi Stanislas. Il y a grande apparence que je serai à Bordeaux avant la fin du mois d'août. En attendant mon retour, vous devriez bien aller trouver madame de Montesquieu à Clérac. Je ne manquerai pas de vous envoyer les deux exemplaires de la nouvelle édition de mes romans que je vous ai promis pour S. A. S., et pour M. Le Nain. Adieu ; je vous embrasse de tout mon cœur.

De Paris, le 17 juillet 1747.

---

[1] Le sujet du prix proposé par l'académie étoit celui-ci : « En quoi consistent la nature et l'étendue de l'*autonomie* dont jouissoient les villes soumises à une puissance étrangère ? »

[2] M. Sarasin, résident de Genève, s'en retournoit dans son pays ; et l'auteur profita de son retour pour envoyer le manuscrit de l'*Esprit des Lois* au sieur Barillot, imprimeur de cette

ville. M. le professeur Vernet fut chargé de présider à l'édition, dans laquelle il se crut permis de changer quelques mots : ce dont l'auteur fut fort piqué, et il les fit corriger dans l'édition de Paris.

[1] Il faisoit voir dans ce chapitre la nécessité d'un stathouder, comme partie intégrale de la constitution de la république. L'Angleterre venoit de faire nommer le prince d'Orange, ce qui ne plaisoit point à la France, alors en guerre, parce qu'elle profitoit de la foiblesse du gouvernement acéphale des Hollandois pour pousser ses conquêtes en Flandre.

## 28. — AU MÊME.

Je vous demande pardon de vous avoir donné de fausses espérances de mon retour ; des affaires que j'ai ici m'ont empêché de partir comme je l'avois projeté. Je suis aussi en l'air que vous. Je serai pourtant au commencement de mars à Bordeaux. Faites, en attendant, bien ma cour à la charmante comtesse de Pontac, chez qui je crois que vous êtes à présent, et d'où j'espère que vous descendrez à Bordeaux, où nous disputerons politique et théologie. J'enverrai le livre à M. Le Nain. Je peux bien envoyer un roman[1] à un conseiller d'état : à vous, il faut les *Pensées* de M. Pascal ; quoique dix-huit ou vingt dames que le prince de Wurtemberg m'a dit que vous avez sur votre compte en Languedoc et en Provence vous auront sans doute beaucoup changé, et rendu plus croyant touchant les aventures galantes. Vous ferez comme cet ermite que le diable damna en lui montrant un petit soulier ; car je vous ai toujours vu enclin aux belles passions, et je suis persuadé que dans votre dévotion vous enragiez de bon cœur ; mais il faudra vous divertir à Bordeaux, et je chargerai ma belle-fille d'avoir soin de vous. Je vis l'autre jour M. de Boze, avec qui je parlai beaucoup de vous. Quand vous serez ici, vous entrerez à l'académie par la porte cochère ; mais je vous conseille d'écrire encore sur le sujet du prix proposé pour l'année prochaine. Comme ce sujet tient à celui que vous avez traité[2], et que vous tenez le fil des règnes précédents, vous trouverez moins de difficultés dans vos nouvelles recherches. Si les Mémoires sur lesquels je travaillai l'*Histoire de Louis XI* n'avoient point été brûlés[3], j'aurois pu vous fournir quelque chose sur ce sujet.

Si vous remportez ce troisième prix, vous n'aurez besoin de personne, et votre réception n'en sera que plus glorieuse. Vous aurez tant de loisir que vous voudrez à Clérac et à La Brède, où les voyages[1] et les dames ne vous distrairont plus. Vous êtes en haleine dans cette carrière, et vous y trouverez plus de facilité qu'un autre. Adieu ; je vous embrasse mille fois.

De Paris, le 19 octobre 1747.

## 29. — A MAUPERTUIS.

L'*Anti-Lucrèce* du cardinal de Polignac paroît, et il a un grand succès. C'est un enfant qui ressemble à son père. Il décrit agréablement et avec grace ; mais il décrit tout, et s'amuse partout. J'aurois voulu qu'on en eût retranché environ deux mille vers. Mais ces deux mille vers étoient l'objet du culte de.... comme les autres ; et on a mis à la tête de cela des gens qui connoissoient le latin de l'*Énéide*, mais qui ne connoissoient point l'*Énéide*. N*** est admirable : il m'a expliqué tout l'*Anti-Lucrèce*, et je m'en trouve fort bien. Pour vous, je vous trouve encore plus extraordinaire : vous me dites de vous aimer, et vous savez que je ne puis faire autre chose.

. . . . 1747.

## 50. — A L'ABBÉ DE GUASCO.

Tout ce que je puis vous dire, c'est que je pars au premier jour pour Bordeaux, et que là j'espère avoir le plaisir de vous voir. Je sais que je vous dois des remerciements pour les deux petits chiens de Bengale, de la race de l'infant don Philippe, que vous me menez ; mais, comme les remerciements doivent être proportionnés à la beauté des chiens, j'attends de les avoir vus pour former les expressions de mon compliment. Ce ne seront point deux aveugles comme vous et moi qui les formeront, mais mon chasseur, qui est très habile, comme vous savez.

J'ai envoyé mon roman[2] à M. Le Nain, et je trouve fort extraordinaire que ce soit un théologien qui soit le propagateur d'un ouvrage si frivole. Je vais aussi envoyer un exemplaire de la nouvelle édition de la *Décadence des Romains* au prince Édouard, qui, en m'envoyant son manifeste, me dit qu'il falloit de la correspondance

[1] *Le Temple de Gnide*, qu'il lui avoit fait demander.
[2] Le sujet proposé étoit l'*État des lettres en France sous le règne de Louis XI*. Le conseil de Montesquieu ayant été suivi, son correspondant remporta un troisième prix à l'académie.
[3] A mesure qu'il composoit, il jetoit au feu les mémoires dont il avoit fait usage. Mais son secrétaire fit un sacrifice plus cruel aux flammes : ayant mal compris ce que Montesquieu lui dit, de jeter au feu le brouillon de son *Histoire de Louis XI*, dont il venoit de terminer la lecture de la copie tirée au net, il jeta celle-ci au feu ; et l'auteur, ayant trouvé en se levant le brouillon sur sa table, crut que le secrétaire avoit oublié de le brûler, et le jeta aussi au feu : ce qui nous a privés de l'histoire d'un règne des plus intéressants de la monarchie françoise, écrite par la plume la plus capable de le faire connoître. Le malheur n'est point arrivé dans sa dernière maladie, comme l'a avancé Fréron

dans ses feuilles périodiques, mais en l'année 1759 ou 1740, puisque Montesquieu conta l'accident qui lui étoit arrivé à un de ses amis, à l'occasion de l'*Histoire de Louis XI* par Duclos, qui parut quelque temps après, l'an 1740.

[1] Étant à Bordeaux, l'abbé de Guasco avoit profité de l'absence de Montesquieu pour parcourir en détail les provinces méridionales de France d'une mer à l'autre, et jusqu'au centre des Pyrénées, pour y connoître les savants, les académies, les bibliothèques, les antiquités, les ports de mer, les productions propres à chaque province, et l'état du commerce et des fabriques.

[2] *Le Temple de Gnide.*

entre les auteurs, et me demandoit mes ouvrages.

Je fais bien ici vos affaires, car j'ai parlé de vous à madame la comtesse de Sénectère, qui se dit fort de vos amies. Je n'ai pas daigné parler pour vous à la mère, car ce n'est pas des mères dont vous vous souciez. Bien des compliments à madame la comtesse de Pontac : quoi que vous puissiez dire de sa fille, je tiens pour la mère ; je ne suis pas comme vous.

Dites à l'abbé Venuti que j'ai parlé à l'abbé de Saint-Cyr, et qu'il fera une nouvelle tentative auprès de M. l'évêque de Mirepoix. Je n'ai jamais vu un homme qui fasse tant de cas de ceux qui administrent la religion, et si peu de ceux qui la prouvent.

M. Lomelini m'a conté comme, pendant votre séjour en Languedoc, vous étiez devenu citoyen de Saint-Marin [1], et un des plus illustres sénateurs de cette république : je m'en suis beaucoup diverti. Ce n'est pas cette qualité sans doute qui donnoit envie au maréchal de Belle-Isle de vous avoir sur les bords du Var : c'est qu'il vous savoit bien d'un autre pays ; et je crois que vous avez bien fait de ne point accepter son invitation. Dieu sait comment on auroit interprété ce voyage dans votre pays.

Je souhaite ardemment de vous trouver de retour à Bordeaux quand j'y arriverai, d'autant plus que je veux que me disiez votre avis sur quelque chose qui me regarde personnellement. Mon fils ne veut point de la charge de président à mortier que je comptois lui donner. Il ne me reste donc que de la vendre, ou de la reprendre moi-même. C'est sur cette alternative que nous conférerons avant que je me décide ; vous me direz ce que vous pensez, après que je vous aurai expliqué le pour et le contre des deux partis à prendre : tâchez donc de ne vous pas faire attendre long-temps. Adieu.

De Paris, ce 28 mars 1748.

## 54. — A MᴳᴿCERATI.

J'ai reçu, monseigneur, non seulement avec du plaisir, mais avec de la joie, votre lettre par la voie de M. le prince de Craon.

---

[1] Plaisanterie fondée sur ce que ce voyageur, étant arrivé en Languedoc précisément dans le temps que les Autrichiens et les Piémontois avoient passé le Var, à la question que quelqu'un lui fit de quelle partie de l'Italie il étoit, répondit en plaisantant : « De la république de Saint-Marin, qui n'a rien à démêler avec » les puissances belligérantes. » Cette réponse avoit été prise au sérieux par quelques personnes, conjecturant qu'il étoit venu sans doute en France pour négocier en faveur des intérêts de sa république.

Comme vous ne me parlez point du tout de votre santé, et que vous écrivez, cela me fait penser qu'elle est bonne, et c'est un grand bien pour moi. M. Gendron [1] n'est pas mort, et je compte que vous le reverrez encore à Paris, se promenant dans son jardin avec sa petite canne, très modeste admirateur des jésuites et des médecins. Pour parler sérieusement, c'est un grand bonheur que cet excellent homme vive encore, et nous aurions perdu beaucoup avec lui et moi. Il commence toujours avec moi ses conversations par ces mots : « Avez-vous des nouvelles de M. Cerati ? » L'abbé de Guasco est de retour de son voyage de Languedoc ou de Provence : vous l'avez vu un homme de bien ; il s'est perdu comme David et Salomon. Le prince de Wurtemberg m'a dit qu'il avoit vingt et une femmes sur son compte : il dit qu'il aime mieux qu'on lui en donne vingt et une qu'une ; et il pourroit bien avoir raison. Au milieu de sa galanterie vagabonde, il ne laisse pas de remporter des prix à l'académie de Paris : il a gagné le prix de l'année passée, et il vient de gagner celui de cette année.

Je dois quitter Paris dans une quinzaine de jours, et passer quatre ou cinq mois dans ma province ; et je mènerai l'abbé de Guasco à La Brède [2], faire pénitence de ses déréglements. Madame Geoffrin [3] a toujours très bonne compagnie chez

---

[1] Ancien médecin du régent, et le meilleur oculiste qu'il y eût en France. Il s'étoit retiré à Auteuil, dans la maison de Despréaux son ami, qu'il avoit achetée après sa mort. C'est par allusion à ces deux hôtes que Montesquieu, se promenant un jour avec M. Gendron, fit ces deux vers, qu'il faudroit mettre, dit-il en badinant, sur la porte :

Apollon, dans ces lieux, prêt à nous secourir,
Quitte l'art de rimer pour celui de nous guérir.

Voltaire avoit fait quatre vers sur le même sujet [4]. Ce médecin n'exerçoit plus sa profession que pour quelques amis. Il n'aimoit pas à parler de médecine, et il avoit une très médiocre idée des médecins en général. Il vivoit d'une honnête rente viagère, faisant beaucoup d'aumônes aux pauvres, aux malades indigents, qu'il voyoit tous les jours, et aux persécutés pour cause de jansénisme.

[2] Il étoit allé à Bordeaux pour y passer un hiver, et la compagnie de Montesquieu l'y retint trois ans, l'un et l'autre s'occupant beaucoup à l'étude et s'amusant à l'agriculture.

[3] Femme de M. Geoffrin, entrepreneur des glaces, qui, par le caractère de son esprit et par l'état de sa fortune, étoit parvenue à attirer chez elle une société de beaux-esprits, de gens de lettres, et d'artistes, auxquels elle donnoit à dîner deux fois par semaine, s'arrogeant par-là une sorte de dictature sur l'esprit, les talents, le mérite, et la bonne compagnie. Sa maison étoit aussi le rendez-vous de plusieurs seigneurs et dames, qui s'arrangeoient pour aller souper chez elle. La société que l'on trouvoit dans

---

[4] Voici ces quatre vers, qui, du reste, ont été désavoués par Voltaire :

C'est ici le vrai Parnasse
Des vrais enfants d'Apollon :
Sous le nom de Boileau, ces lieux virent Horace ;
Esculape y paroît sous le nom de Gendron.

elle, et elle voudroit fort bien que vous augmentassiez le cercle, et moi aussi. Vous me feriez un grand plaisir si vous vouliez faire un peu ma cour à M. le prince de Craon, et lui dire combien je serois content de la fortune si elle m'avoit par hasard, dans quelque moment de ma vie, approché de lui : en attendant, je fais ma cour à un homme qui le représentera bien; c'est M. le prince de Beauvau : soyez sûr qu'il y a en lui plus d'étoffe qu'il n'en faut pour faire un grand homme. Je me pique de savoir deviner les gens qui iront à la gloire; et je ne me suis pas beaucoup trompé.

A l'égard de mon ouvrage, je vous dirai mon secret : on l'imprime dans les pays étrangers. Je continue à vous dire ceci dans un grand secret : il aura deux volumes in-4°, dont il y en a un d'imprimé; mais on ne le débitera que lorsque l'autre sera fait; sitôt qu'on le débitera, vous en aurez un, que je mettrai entre vos mains comme l'hommage que je vous fais de mes terres. J'ai pensé me tuer depuis trois mois, afin d'achever un morceau que je veux y mettre, qui sera un livre de l'origine et des révolutions de nos lois civiles de France. Cela formera trois heures de lecture; mais je vous assure que cela m'a coûté tant de travail, que mes cheveux en sont blanchis. Il faudroit, pour que mon ouvrage fût complet, que je pusse achever deux livres sur les lois féodales. Je crois avoir fait des découvertes sur une matière la plus obscure que nous ayons, qui est pourtant une magnifique matière. Si je puis être en repos à ma campagne pendant trois mois, je compte que je donnerai la dernière main à ces deux livres, sinon mon ouvrage s'en passera. La faveur que votre ami M. Hein me fait de venir souvent passer les matinées chez moi fait un grand tort à mon ouvrage, tant par la corruption de son françois que par la longueur de ses détails : il vient me demander de vos nouvelles; il se plaint beaucoup d'une ancienne dysurie que M. Le Dran a beaucoup de peine à vaincre, et il ne me paroît guère plus content du stathouder. Je vous prie de me conserver toujours un peu de part dans votre

cette maison faisoit que les étrangers cherchoient à y être introduits. La maîtresse du logis ne négligeoit pas d'attirer ceux qui pouvoient lui donner du relief. Elle étoit très officieuse pour ceux qui lui convenoient, et sans miséricorde pour ceux qui ne lui plaisoient pas. Elle disoit qu'elle tenoit toujours sur sa table une aune pour mesurer ceux qui se présentoient chez elle pour la première fois; et c'étoit par cette aune qu'elle jugeoit, disoit-elle, à l'œil, s'ils pouvoient devenir des meubles qui convinssent à sa maison. On prétend néanmoins que cette aune étoit quelquefois fautive. Tout cela lui mérita de jouer, dans la comédie des *Philosophes*, un rôle dont on dit qu'elle ne fut pas fort flattée.

amitié, et de ne pas oublier celui qui vous aime et vous respecte.

De Paris, ce 18 mars 1748.

## 52. — A DUCLOS.

La lettre, monsieur mon illustre confrère, que vous m'avez écrite en réponse au sujet de l'abbé de Guasco, est si obligeante[1], que je ne peux m'empêcher de vous en faire un remerciement. J'ai une grande envie de vous revoir; mais Helvétius et Saurin vous reverront plus tôt que moi. J'ai pourtant, depuis quelques jours, brisé bien des chaînes qui me retenoient ici. Les soirées de l'hôtel de Brancas reviennent toujours à ma pensée, et ces soupers qui n'en avoient pas le titre, et où nous nous crevions. Dites, je vous prie, à madame de Rochefort, et à monsieur et madame de Forcalquier, d'avoir quelques bontés pour un homme qui les adore. Vous devriez bien me procurer quelques unes de ces badineries charmantes de M. de Forcalquier, que nous voyions quelquefois à Paris, et qui sortoient de son esprit comme un éclair. Je suis devenu bien sage depuis que je ne vous ai vu : je ne fais et ne ferai absolument rien; et j'ai pris mon parti de n'avoir plus d'esprit à moi, et de me livrer entièrement à l'agrément de celui des autres. Ne dois-je pas desirer de commencer par M. de Forcalquier? Adieu, mon très cher confrère; agréez, je vous prie, mes sentiments pleins d'estime, etc.

De Bordeaux, le 13 août 1748.

## 53. — AU PRINCE CHARLES-ÉDOUARD.

Monseigneur, j'ai d'abord craint qu'on ne me trouvât de la vanité dans la liberté que j'ai prise de vous faire part de mon ouvrage; mais à qui présenter les héros romains qu'à celui qui les fait revivre[2]? J'ai l'honneur d'être avec un respect infini.

. . . . . . . . .

## 54. — AU CHEVALIER-D'AYDIES.

Dites-moi, mon cher chevalier, si vous voulez aller mardi à Lisle-Belle, et si vous voulez que nous y allions ensemble; si cela est, je serai enchanté du séjour et du chemin.

Vous êtes adorable, mon cher chevalier; votre amitié est précieuse comme l'or; je vais m'arran-

[1] Voyez ci-devant la lettre n° 25.
[2] Allusion aux avantages que ce prince avoit remportés sur l'armée angloise dans son expédition d'Écosse.

ger pour profiter de votre avis, et être à Paris avant le départ de cet homme qui distribue la lumière. Mais, mon Dieu, vous serez à Plombières, et je serai bien malheureux de jouer aux barres! Vous ne me mandez point la raison qui vous détermine; je m'imagine que c'est votre asthme, et j'espère que cela n'est que précaution, et que vous n'en êtes pas plus fatigué qu'à l'ordinaire. Je ne compte pas trouver non plus madame de Mirepoix à Paris; on me dit qu'elle est sur son départ. Mon cher chevalier, je vous prie d'avoir de l'amitié pour moi; je vous la demande comme si je ne pouvois pas me vanter que vous me l'avez accordée; et, quant à la mienne, il me semble que je vous la donne à chaque instant. Je quitte ce pays-ci sans dégoût, mais aussi sans regret. Je vous prie de vous souvenir de moi, et d'agréer les sentiments du monde les plus respectueux et les plus tendres.

Bordeaux, ce 11 janvier 1749.

### 55. — AU MÊME.

Je suis bien charmé de la conversation que vous avez eue; je ne crains jamais rien là où vous êtes : M. de Fontenelle a toujours eu cette qualité bien excellente pour un homme tel que lui; il loue les autres sans peine...

Donc, si j'avois fait l'*Esprit des Lois*, j'aurois acquis l'estime de mon cher chevalier; il m'en aimeroit davantage : pourquoi donc ne pas faire l'*Esprit des Lois?* J'ai toute ma vie desiré de lui plaire; c'est pour cela que je lui ai donné une permission générale de faire les honneurs de mon imbécillité. Je vois que l'auteur de cet ouvrage doit prendre son parti, et consentir à perdre l'estime de M. Daube. Votre lettre, mon cher chevalier, est une lettre charmante; je croyois, en la lisant, vous entendre parler. Je suis bien aise que madame de Mirepoix aille en Angleterre; elle y sera adorée; et, j'en suis bien sûr, elle peut plaire même à ceux qui ne se soucient pas qu'on leur plaise. Je vous avertis que, lorsque le duc de Richemond sera à Paris, vous devez être de ses amis; il a tant de bonnes qualités, qu'il est nécessaire que vous l'aimiez; et je vous dis la raison qui fait qu'il est nécessaire qu'on vous aime. Adieu, mon cher chevalier; je vous aimerai et vous respecterai jusqu'à la fin de mes jours.

Bordeaux, ce 27 janvier 1749.

### 56. — AU MÊME.

Je vous prie de parler de moi à monsieur et madame de Mirepoix, à M. de Forcalquier, à mesdames de Rochefort et de Forcalquier, à madame du Deffand, à monsieur et madame du Châtel, à M. de Bermestorf; sachez, je vous prie, s'ils ont quelque souvenir de moi. N'oubliez pas le président.

Ce que j'ai le plus vu dans votre lettre, mon cher chevalier, c'est votre amitié; et il me semble qu'en la lisant je faisois plus d'usage de mon cœur que de mon esprit. Je suis bien rassuré par vous sur le bon succès de l'*Esprit des Lois* à Paris. On me mande des choses fort agréables d'Italie; je ne sais rien des autres pays.

Mon cher chevalier, pourquoi les gens d'affaires se croient-ils attaqués? J'ai dit que les chevaliers, à Rome, qui faisoient beaucoup mieux leurs affaires que vous autres chevaliers ne faites ici les vôtres, avoient perdu cette république; et je ne l'ai pas dit, mais je l'ai démontré. Pourquoi prennent-ils là-dedans une part que je ne leur donne pas?

J'aurois grande envie de revenir; mais je serai encore ici quelques mois, occupé à rétablir une fortune honnête : il m'en coûte le plaisir de vous voir, et il me faudroit de grands dédommagements. Je n'en sais point, mon cher chevalier, parce qu'il n'y a rien de comparable au bonheur de vivre avec vous.

Bordeaux, ce 24 février 1749.

Parlez, je vous prie, de moi à tous nos amis.

### 57. — A M. LE GRAND-PRIEUR SOLAR,
#### AMBASSADEUR DE MALTE A ROME.

Monsieur mon illustre commandeur, votre lettre a mis la paix dans mon ame, qui étoit embarbouillée d'une infinité de petites affaires que j'ai ici. Si j'étois à Rome avec vous, je n'aurois que des plaisirs et des douceurs, et je mettrois même au nombre des douceurs toutes les persécutions que vous me feriez. Je vous assure bien que si le destin me fait entreprendre de nouveaux voyages, j'irai à Rome; je vous sommerai de votre parole, et je vous demanderai une petite chambre chez vous. Rome *antica e moderna* m'a toujours enchanté : et quel plaisir que celui de trouver ses amis à Rome! Je vous dirai que le marquis de Breil s'est souvenu de moi; il s'est trouvé à Nice avec M. de Sérilly; ils m'ont écrit tous deux une lettre charmante. Jugez quel plaisir j'ai eu de recevoir des marques d'amitié d'un homme que vous

savez que j'adore. Je lui mande que, si j'habitois le Rhône comme la Garonne, j'aurois été le voir à Nice. Je ne suis pas surpris de voir que vous aimiez Rome; et si j'avois des yeux, j'aimerois autant habiter Rome que Paris. Mais comme Rome est tout extérieure, on sent continuellement des privations lorsqu'on n'a pas des yeux. Le départ de M. de Mirepoix et de M. le duc de Richemond est retardé. On a dit, à Paris, que cela venoit de ce que le roi d'Angleterre ne vouloit pas envoyer un homme titré si on ne lui en envoyoit un. Ce n'est pas cela : la haute naissance de M. de Mirepoix le dispense du titre [1] ; et le feu empereur Charles VI, qui avoit pour ambassadeur M. le prince de Lichtenstein, n'eut point cette délicatesse sur M. de Mirepoix. La vraie raison est que le duc de Richemond n'est pas content de l'argent qu'on veut lui donner pour son ambassade : de plus, la duchesse de Richemond est malade; et le duc, qui l'adore, ne voudroit pas la quitter, et passer la mer sans elle. Nos négociants disent ici que les négociations entre l'Espagne et l'Angleterre vont fort mal; on n'est pas même convenu du point principal qui occasiona la guerre : je veux dire la manière de commercer en Amérique, et les 90,000 livres sterling pour le dédommagement des prises faites. De plus, on dit qu'en Espagne on fait aux vaisseaux anglois nouvellement arrivés difficultés sur difficultés. Remarquez que je vous dis de belles nouvelles pour un homme de province, et que vous aurez beaucoup de peine à me payer cela en préconisations et en congrégations. Le commerce de Bordeaux se rétablit un peu, et les Anglois ont eu même l'ambition de boire de mon vin cette année; mais nous ne pouvons nous bien rétablir qu'avec les îles de l'Amérique, avec lesquelles nous faisons notre principal commerce. Je suis bien aise que vous soyez content de l'*Esprit des Lois*. Les éloges que la plupart des gens pourroient me donner là-dessus flatteroient ma vanité ; les vôtres augmenteront mon orgueil, parce qu'ils sont donnés par un homme dont les jugements sont toujours justes [2] et jamais téméraires. Il est vrai que le sujet est beau et grand : je dois bien craindre qu'il n'eût été beaucoup plus grand que moi; je puis dire que j'y ai travaillé toute ma vie. Au sortir du collége, on me mit dans les mains des livres de droit; j'en cherchai l'es-

prit, j'ai travaillé, je ne faisois rien qui vaille. Il y a vingt ans que je découvris mes principes; ils sont très simples : un autre qui auroit autant travaillé que moi auroit fait mieux que moi. Mais j'avoue que cet ouvrage a pensé me tuer : je vais me reposer ; je ne travaillerai plus. Je vous trouve fort heureux d'avoir à Rome M. le duc de Nivernois [1] ; il avoit autrefois de la bonté pour moi; il n'étoit pour lors qu'aimable : ce qui doit me piquer, c'est que j'ai perdu auprès de lui à mesure qu'il est devenu plus raisonnable. M. le duc de Nivernois a auprès de lui un homme qui a beaucoup de mérite et de talents; c'est M. de La Bruère [2]. Je lui dois un remerciement : si vous le voyez chez M. le duc de Nivernois, je vous prie de vouloir bien le lui faire pour moi.

Vous voyez bien qu'il n'est point question de *votre excellence*, et que vous n'aurez pas à me dire : « Que diable! avec votre excellence! » J'ai l'honneur de vous embrasser mille fois.

De Paris, le 7 mars 1749.

## 58. — A L'ABBÉ DE GUASCO.

### A Paris.

Pour vous prouver, illustre abbé, combien vous avez eu tort de me quitter, et combien peu je puis être sans vous, je vous donne avis que je pars pour vous aller joindre à Paris : car, depuis que vous êtes parti, il me semble que je n'ai plus rien à faire ici. Vous êtes un imbécile de n'avoir point été voir l'archevêque [3], puisque vous vous êtes arrêté quelques jours à Tours; c'étoit peut-être la seule personne que vous aviez à voir, et il vous auroit très bien reçu. Vous auriez aussi dû faire un demi-tour à gauche à Verret : monsieur et madame d'Aiguillon vous en auroient loué. Cela valoit bien mieux que votre abbaye de Marmoutier, où vous n'aurez vu que des choses gothiques, et de vieilles paperasses qui vous gâtent les yeux. Votre Irlandois de Nantes m'a beaucoup diverti. Un banquier a raison de se figurer qu'un homme qui s'adresse à lui pour chercher des académies parle de celles de jeu, et non des académies littéraires,

[1] Il étoit alors marquis, et fut fait duc et pair après son ambassade d'Angleterre.
[2] Lorsque le grand-prieur eut lu la première fois l'*Esprit des Lois*, il dit : « Voilà un livre qui opérera une révolution dans les esprits en France. »

[1] Auteur de fables ingénieuses et de quelques mélanges littéraires.
[2] Auteur de la *Vie de Charlemagne*, et de plusieurs pièces de théâtre, telles que la comédie des *Mécontents*, et divers opéra intitulés les *Voyages de l'Amour*, *Dardanus*, *Érigone*, et le *Prince de Noisy*. Il mourut en 1755, de la petite-vérole, à Rome, où il étoit chargé des affaires de France, et fut extrêmement regretté de tout le monde. Il avoit le privilège du *Mercure de France*, qui a passé après lui à M. de Boissy.
[3] M. de Rastignac, un des plus illustres prélats de France de son temps.

où il n'y a rien à gagner pour lui. Le curé voit en songe son clocher, et sa servante y voit la culotte. Je savois bien que vous aviez fait vos preuves de coureur, mais je n'aurois pas cru que vous pussiez faire celles de courrier. M. Stuart dit que vous l'avez mis sur les dents. Quand vous vous embarquerez une autre fois, embarquez votre chaise avec vous, car on ne remonte pas les rivières comme on les descend. J'espère que vous ne vous presserez pas de partir pour l'Angleterre : il seroit bien mal à vous de ne pas attendre quelqu'un qui fait cent cinquante lieues pour vous aller trouver. Je compte d'être à Paris vers le 17 : vous avez le temps, comme vous voyez, de vous transporter dans la rue des Rosiers ; car il ne faut pas que vous vous éloigniez trop de moi. Adieu ; je vous embrasse de tout mon cœur.

De Bordeaux, le 2 juillet 1749.

### 59. — AU MÊME.

M. d'Estouteville[1], mon cher abbé, me persécute pour que je vous engage de lui accorder une heure fixe tous les soirs pour achever la lecture et la correction de sa traduction de *Dante*. Il promet s'en rapporter à vous pour tous les changements[2] que vous jugerez à propos qu'il fasse ; et il ne vous demande grace que pour sa préface[3]. Vous savez qu'il a son style particulier, auquel il ne renonce pas, même quand il parle aux ministres[4]. Mar-

[1] Le comte Colbert d'Estouteville, petit-fils du grand Colbert, homme d'esprit, mais tourné à la singularité, conçut le projet de traduire le *Dante* en françois. Il avoit depuis long-temps exécuté ce projet par une traduction en prose, sur laquelle il se réservoit de consulter quelque Italien. Cette traduction a été imprimée en 1796. C'est la première traduction complète de ce poëme du Dante : Moutonnet et Rivarol n'avoient traduit que la première partie.

[2] Ce traducteur avoit inséré beaucoup de pensées et de choses tirées des commentaires de ce poëte dans le texte qu'il traduisit; et il n'étoit pas toujours docile dans les corrections à faire : ce qui avoit fait abandonner cette lecture.

[3] Elle est fort singulière et fort courte : il dit que , dans son enfance, sa mie lui a souvent parlé de paradis, d'enfer et de purgatoire , sans lui en donner aucune idée; qu'avancé en âge, ses précepteurs lui ont souvent répété les mêmes choses, sans l'éclairer davantage; que , dans l'âge mûr, il a consulté différents théologiens, et qu'ils l'ont laissé dans la même obscurité ; mais qu'ayant fait un voyage en Italie, il a trouvé que le premier poëte de cette nation étoit le seul qui l'eût satisfait sur la nature de ces trois demeures dans l'autre monde : ce qui l'avoit déterminé de le traduire en françois, pour être utile à ses concitoyens.

[4] Il demandoit un jour quelque chose à M. de Chauvelin, alors garde des sceaux, touchant le procès qu'il avoit pour le duché d'Estouteville , qu'on lui contestoit ; ce ministre s'étoit servi de ces termes en lui parlant : « Monsieur, je dois vous dire que ni le » roi, ni monsieur le cardinal, ni moi, n'y consentirons jamais. » A quoi M. d'Estouteville répliqua sur-le-champ : « Ma foi, » monsieur, voilà deux beaux pendants que vous donnez au roi, » monsieur le cardinal et vous! Je suis fils et petit-fils de minis-

quez-moi ce que je dois lui répondre ; il viendra chez vous tous les soirs , jusqu'à ce que la lecture soit terminée. Bonsoir.

De Paris, . . . 1749.

### 40. — A Mᵍʳ CERATI.

J'ai trouvé, en passant à la campagne, MM. de Sainte-Palaye, qui m'ont parlé de monseigneur Cerati : je les ai perpétuellement interrogés sur monseigneur Cerati. Quelque chose me déplaisoit, c'étoit de n'être point à Rome avec le grand homme dont ils me parloient. Ils m'ont dit que vous vous portiez bien : j'en rends graces à l'air de Rome, et je m'en félicite avec tous vos amis.

M. de Buffon vient de publier trois volumes qui seront suivis de douze autres ; les trois premiers contiennent des idées générales : les douze autres contiendront une description des curiosités du Jardin du Roi. M. de Buffon a parmi les savants de ce pays-ci un très grand nombre d'ennemis ; et la voix prépondérante des savants emportera, à ce que je crois, la balance pour bien du temps : pour moi, qui y trouve de belles choses, j'attendrai avec tranquillité et modestie la décision des savants étrangers ; je n'ai pourtant vu personne à qui je n'aie entendu dire qu'il y avoit beaucoup d'utilité à le lire.

M. de Maupertuis, qui a cru toute sa vie, et qui peut-être a prouvé qu'il n'étoit point heureux, vient de publier un ouvrage sur le bonheur. C'est l'ouvrage d'un homme d'esprit ; et on y trouve du raisonnement et des graces. Quant à mon livre de l'*Esprit des Lois*, j'entends quelques frelons qui bourdonnent autour de moi ; mais si les abeilles y cueillent un peu de miel, cela me suffit ; ce que vous m'en dites me fait un plaisir infini : il est bien agréable d'être approuvé des personnes que l'on aime. Agréez, je vous prie, monseigneur, mes sentiments les plus respectueux.

De Paris, le 24 novembre 1749.

### 41. — AU CHEVALIER D'AYDIES.

Mon cher chevalier, que prétendez-vous faire ? Ne voulez-vous point revenir de votre Périgord ? On ne peut aller là que pour manger des truffes. Vous nous laissez ici ; nous vous aimons : vous êtes un philosophe insupportable. Je reçois quelquefois des nouvelles de madame de Mirepoix, qui me dit toujours de vous faire ses compliments.

» tres ; mais , si mon père ou mon grand-père eussent tenu un » pareil propos, on les eût mis aux Petites-Maisons. » Et il se retira.

Il y a ici une grande stérilité en fait de nouvelles. Je ne puis vous dire autre chose, si ce n'est que les opéra et les comédies de madame de Pompadour vont commencer, et qu'ainsi M. le duc de La Vallière va être un des premiers hommes de son siècle; et, comme on ne parle ici que de comédies ou de bals, Voltaire jouit d'une faveur particulière : on prétend que le jour qu'il doit donner son *Catilina*, il donnera une *Électre*; j'y consens. Les du Châtel sont ici. M. de Forcalquier se porte en général très bien. Je vous prie de me conserver toujours votre amitié que j'adore, et d'agréer mon respect infini.

De Paris, le 24 novembre 1749.

### 42. — A L'ABBÉ VENUTI.

Je dois vous remercier, mon cher abbé, du beau livre [1] dont M. le marquis de Venuti m'a fait présent. Je ne l'ai pas encore lu, parce qu'il est chez mon relieur; mais je ne doute pas qu'il ne soit digne du nom qu'il porte. Je vous souhaite une très bonne année; et, si vous n'êtes pas à Bordeaux quand j'y reviendrai, je serai bien fâché, et je croirai que l'académie [2] aura perdu son esprit et son savoir. Faites bien mes compliments très humbles à la comtesse [3]; je lui demande la permission de l'embrasser; et je vous embrasse aussi, vous qui n'êtes pas si aimable.

De Paris, le 17 janvier 1750.

### 43. — A L'ABBÉ DE GUASCO.

A Londres.

J'avois déja appris par mylord Albemarle, mon cher comte, que vous ne vous étiez point noyé en traversant de Calais à Douvres, et la bonne réception qu'on vous a faite à Londres. Vous serez toujours plus content de vos liaisons avec le duc de Richemond, mylord Chesterfield, et milord Granville. Je suis sûr que, de leur côté, ils chercheront de vous avoir le plus qu'ils pourront. Parlez-leur beaucoup de moi; mais je n'exige point que vous *tostiez* si souvent quand vous dînerez chez le duc de Richemond. Dites à mylord Chesterfield que rien ne me flatte tant que son approbation; mais que, puisqu'il me lit pour la troisième fois, il ne sera que plus en état de me dire

[1] C'étoit le premier ouvrage qui eût été fait sur les découvertes d'Herculanum.
[2] C'étoit, des académiciens de Bordeaux, celui qui fournissoit le plus fréquemment de Mémoires.
[3] Madame de Pontac.

ce qu'il y a à corriger et à rectifier dans mon ouvrage. Rien ne m'instruiroit mieux que ses observations et sa critique.

Vous devez être bien glorieux d'avoir été lu par le roi, et qu'il ait approuvé ce que vous avez dit sur l'Angleterre. Moi, je ne suis pas sûr de si hauts suffrages; et les rois seront peut-être les derniers qui me liront, peut-être même ne me liront-ils point du tout. Je sais cependant qu'il en est un [1] dans le monde qui m'a lu; et M. de Maupertuis m'a mandé qu'il avoit trouvé des choses où il n'étoit pas de mon avis. Je lui ai répondu que je parierois bien que je mettrois le doigt sur ces choses. Je vous dirai aussi que le duc de Savoie a commencé une seconde lecture de mon livre. Je suis très flatté de tout ce que vous me dites de l'approbation des Anglois; et je me flatte que le traducteur de l'*Esprit des Lois* me rendra aussi bien que le traducteur des *Lettres Persanes*. Vous avez bien fait, malgré le conseil de mademoiselle Pitt, de rendre les lettres de recommandation de mylord Bath. Vous n'avez que faire d'entrer dans les querelles du parti : on sait bien qu'un étranger n'en prend aucun, et voit tout le monde. Je ne suis point surpris des amitiés que vous recevez de ceux que vous avez connus à Paris, et suis sûr que plus vous resterez à Londres, plus vous en recevrez; mais j'espère que les amitiés des Anglois ne vous feront point négliger vos amis de France, à la tête desquels vous savez que je suis. Pour vous faire bien recevoir à votre retour, j'aurai soin de faire voir l'article de votre lettre où vous dites qu'en Angleterre les hommes sont plus hommes et les femmes moins femmes qu'ailleurs. Puisque le prince de Galles me fait l'honneur de se souvenir de moi, je vous prie de me mettre à ses pieds. Je vous embrasse.

De Paris, le 12 mars 1750.

### 44. — A L'ABBÉ VENUTI.

A Bordeaux.

Je suis bien fâché, mon cher abbé, que vous partiez pour l'Italie, et encore plus que vous ne soyez pas content de nous. Je vois pourtant, sur ce qui m'est revenu, qu'on n'a pas pensé à manquer à la considération qui vous est due si légitimement. Je souhaite bien que vous ayez satisfaction dans votre voyage d'Italie, et je souhaiterois bien qu'après ce temps de pélerinage vous passassiez dans une plus heureuse transmigration, et

[1] L'auteur veut parler ici de Frédéric, roi de Prusse.

telle que votre mérite personnel la demande. Si vous pouvez retirer votre dissertation de chez le président Barbot [1], qui la garde comme des livres sibyllins, j'en ferai usage ici à votre profit; mais votre lettre ne le fait pas espérer. Faites, je vous prie, mes compliments à notre comtesse et à madame Duplessis [2]. Si vous faites votre voyage entièrement par terre, vous verrez à Turin le commandeur de Solar, qui y viendra de Rome. Adieu, mon cher abbé; conservez-moi de l'amitié, et croyez qu'en quelque lieu du monde que je sois, vous aurez un ami fidèle.

De Paris, le 18 mai 1750.

### 45. — AU MARQUIS DE STAINVILLE,

MINISTRE PLÉNIPOTENTIAIRE DE L'EMPEREUR D'ALLEMAGNE
A PARIS.

Les bontés dont votre excellence m'a toujours honoré font que je prends la liberté de m'ouvrir à elle sur une chose qui m'intéresse beaucoup. Je viens d'apprendre que les jésuites sont parvenus à faire défendre, à Vienne, le débit du livre de l'*Esprit des Lois*. Votre excellence sait que j'ai déjà ici des querelles à soutenir, tant contre les jansénistes que contre les jésuites; voici ce qui y a donné lieu. Au chap. vi du liv. IV de mon livre, j'ai parlé de l'établissement des jésuites au Paraguay, et j'ai dit que, quelques mauvaises couleurs qu'on ait voulu y donner, leur conduite à cet égard étoit très louable; et les jansénistes ont trouvé très mauvais que j'aie par-là défendu ce qu'ils avoient attaqué, et approuvé la conduite des jésuites; ce qui les a mis de très mauvaise humeur. D'un autre côté, les jésuites ont trouvé que dans cet endroit même je ne parlois pas d'eux avec assez de respect, et que je les accusois de manquer d'humilité. Ainsi j'ai eu le destin de tous les gens modérés, et je me trouve être comme les gens neutres que le grand Cosme de Médicis comparoit à ceux qui habitent le second étage des maisons, et qui sont incommodés par le bruit d'en haut et par la fumée d'en bas. Aussi, dès que mon ouvrage parut, les jésuites l'attaquèrent dans leur *Journal de Trévoux*, et les jansénistes en firent de même dans leurs *Nouvelles ecclésiastiques*; et, quoique le public ne fît que rire des choses peu sensées qu'ils disoient, je ne crus pas devoir en

rire moi-même, et je fis imprimer ma défense, que votre excellence connoit, et que j'ai l'honneur de vous envoyer : et comme les uns et les autres me faisoient à peu près les mêmes impressions, je me suis contenté de répondre aux jansénistes, à un seul article près, qui regarde en particulier le *Journal de Trévoux*.

Votre excellence est instruite du succès qu'a eu ma défense, et qu'il y a eu ici un cri général contre mes adversaires. Je croyois être tranquille, lorsque j'ai appris que les jésuites ont été porter à Vienne les querelles qu'ils se sont faites à Paris, et qu'ils y ont eu le crédit de faire défendre mon livre, sachant bien que je n'y étois pas pour dire mes raisons, tout cela dans l'objet de pouvoir dire à Paris que ce livre est bien pernicieux puisqu'il a été défendu à Vienne, de se prévaloir de l'autorité d'une aussi grande cour, et de faire usage du respect et de cette espèce de culte que toute l'Europe rend à l'impératrice. Je ne veux point prévenir les réflexions de votre excellence. Mais peut-être pensera-t-elle qu'un ouvrage dont on a fait dans un an et demi vingt-deux éditions, qui est traduit dans presque toutes les langues, et qui d'ailleurs contient des choses utiles, ne mérite pas d'être proscrit par le gouvernement.

J'ai l'honneur d'être, avec un respect infini, etc.

De Paris, le 27 mai 1750.

### 46. — A M. VERNET,

PASTEUR SUISSE.

Si je ne suis point trop présomptueux, monsieur, pour répondre à une question qui n'est que très incidemment de mon ressort, je vous dirai que je suis très fortement de votre avis, et qu'il ne faut point, dans une traduction de la Bible, employer le terme de *vous* au singulier. Vos raisons me paroissent extrêmement solides. Je pense qu'une version de l'Écriture n'est point une affaire de mode, ni même une affaire d'urbanité.

1° Il me semble que l'esprit de la religion protestante a toujours été de ramener les traductions de l'Écriture à l'original. Il ne faut donc point, en traduisant, faire attention aux délicatesses modernes. Ces délicatesses mêmes ne sont point tant des délicatesses, puisqu'elles nous viennent de la barbarie.

2° Le style de l'Écriture est plus ordinairement poétique, et nous avons très souvent gardé le *toi* pour la poésie :

---

[1] Secrétaire perpétuel de l'académie de Bordeaux, homme d'un esprit très aimable, et d'une vaste littérature.
[2] Dame de Bordeaux, qui aimoit les lettres, et surtout l'histoire naturelle.

Grand roi, cesse de vaincre, ou je cesse d'écrire [1].

ce qui est bien autrement noble que si Despréaux avoit dit :

Grand roi, cessez de vaincre.

5° Dans votre religion protestante, quoique vous ayez voulu lire votre Bible en langue vulgaire, vous avez eu pourtant l'idée d'en conserver le caractère original, et vous vous êtes éloignés des façons de parler vulgaires. Une preuve de cela, c'est que vous avez traduit la poésie par la poésie.

4° Notre *vous* étant un défaut des langues modernes, il ne faut point choquer la nature en général, et l'esprit de l'ouvrage en particulier, pour suivre ce défaut. Je crois que ces remarques auroient lieu dans quelque livre sacré de quelque religion quelconque, comme l'*Alcoran*, les livres religieux des *Guèbres*, etc. Comme la nature de ces livres est de devoir être respectés, il sera toujours bon de leur faire garder leur caractère original, et de ne leur donner jamais des tours d'expressions populaires. L'exemple de nos traducteurs, qui ont affecté le plus beau langage, ne doit pas plus être suivi que celui du prédicateur du *Spectateur anglois*, qui disoit que, s'il ne craignoit pas de manquer à la politesse et aux égards qu'il devoit avoir pour ses auditeurs, il prendroit la liberté de leur dire que leurs déportements les mèneroient tout droit en enfer. Ainsi je crois, monsieur, que si l'on veut faire à Genève une traduction de l'Écriture, qui soit mâle et forte, il faut s'éloigner, autant qu'on pourra, des nouvelles affectations. Elles déplurent même parmi nous dès le commencement ; et l'on sait combien le P. Bouhours se rendit là-dessus ridicule, lorsqu'il voulut traduire le Nouveau Testament. Conservez-y l'air et l'habit antiques ; peignez comme Michel-Ange peignoit ; et quand vous descendrez aux choses moins grandes, peignez comme Raphaël a peint dans les *loges du Vatican* les héros de l'Ancien Testament, avec sa simplicité et sa pureté. J'ai l'honneur d'être, etc.

26 juin 1750.

47. — AU DUC DE NIVERNOIS,

AMBASSADEUR DE FRANCE A ROME.

« J'ai reçu la lettre dont votre excellence m'a honoré, et je la supplie d'agréer que je la remercie

[1] BOILEAU, Épit. VIII, I.

encore de ses bontés infinies, qui seront dans mon cœur toute ma vie.

Il me semble que l'affaire prend un mauvais train. M. le cardinal de Tencin m'a dit, il y a quelque temps, que lorsqu'un livre étoit dénoncé à la congrégation de l'Index, cela n'étoit rien ; mais que lorsqu'il y étoit porté, il étoit comme condamné : or il me paroît, par la lettre de votre excellence, que mon livre y a été porté, puisque l'on a jugé, à la pluralité des voix, d'accorder un délai pour en parler. De plus, votre excellence me fait l'honneur de me marquer que, selon toutes les apparences, la congrégation de l'Index condamnera les premières éditions ; ainsi je n'ai fait jusqu'ici que travailler contre moi. Sur ce pied-là, je vois que les gens qui, se déterminant par la bonté de leur cœur, desirent de plaire à tout le monde, et de ne déplaire à personne, ne font guère fortune dans ce monde. Sur la nouvelle qui me vint que quelques gens avoient dénoncé mon livre à la congrégation de l'Index, je pensai que, quand cette congrégation connoîtroit le sens dans lequel j'ai dit des choses qu'on me reproche, quand elle verroit que ceux qui ont attaqué mon livre en France ne se sont attiré que de l'indignation et du mépris, on me laisseroit en repos à Rome, et que moi, de mon côté, dans les éditions que je ferois, je changerois les expressions qui ont pu faire quelque peine aux gens simples ; ce qui est une chose à laquelle je suis naturellement porté ; de sorte que quand monseigneur Bottari m'a envoyé des objections, j'y ai toujours aveuglément adhéré, et ai mis sous mes pieds toute sorte d'amour-propre à cet égard ; or à présent je vois qu'on se sert de ma déférence même pour opérer une condamnation. Votre excellence remarquera que si mes premières éditions contenoient quelques hérésies, j'avoue que des explications dans une édition suivante ne devroient pas empêcher la condamnation des premières ; mais ici ce n'est point du tout le cas : il est question de quelques termes qui, dans de certains pays, ne paroissent pas assez modérés, ou que des gens simples regardent comme équivoques ; dans ce cas, je dis que des modifications ou éclaircissements dans une édition suivante, et dans une apologie déja faite, suffisent. Ainsi votre excellence voit que, par le tour que cette affaire prend, je me fais plus de mal que l'on ne peut m'en faire, et que le mal même qu'on peut me faire cessera d'en être un sitôt que moi, jurisconsulte françois, je le regarderai avec cette indifférence que mes confrères les jurisconsultes fran-

çois ont regardé les procédés de la congrégation dans tous les temps.

L'on a dénoncé mon livre à l'assemblée du clergé : cette assemblée a regardé cette dénonciation comme vaine.

Que les théologiens épluchent mon livre, ils n'y trouveront rien d'hérétique que ce qu'ils n'entendront pas ; et ce que je dis même de l'inquisition n'est qu'une affaire de police, dans quelques pays, qui diffère selon les pays ; qui peut avoir de la modération dans les uns, et dans les autres de l'excès ; et moi qui ai écrit pour tous les pays du monde, j'ai pu remarquer ce qu'il y avoit de modéré dans cette pratique et ce qu'il y avoit d'excès.

Je crois qu'il n'est point de l'intérêt de la cour de Rome de flétrir un livre de droit que toute l'Europe a déjà adopté : ce n'est rien de le condamner, il faut le détruire. On y a fait des objections en France ; ces objections ont été jugées puériles, et ce sont les objections de l'auteur des feuilles ecclésiastiques qui ont scandalisé le public, et non pas le livre.

Quant à la véhémente sortie qu'a faite contre moi le P. Concina, je croirois que cet événement ne seroit pas si défavorable à l'affaire qu'il paroît d'abord, parce que ce père m'ayant attaqué il me met en droit de lui répondre, d'expliquer au public l'état des choses, et de rendre le public juge entre le P. Concina et moi ; mais comme je ne vois les choses que de très loin, et que je ne sais pas si une bonne réponse au P. Concina me seroit utile ou nuisible, je supplie votre excellence de vouloir bien m'éclairer là-dessus, et me marquer s'il est à propos que je réponde, ou non ; et, en cas qu'il soit à propos de répondre, d'avoir la bonté de me dire si je pourrois avoir une copie des passages du livre du P. Concina, qui me concernent. Si je savois de quel ordre religieux est ce père, ceux de son ordre pourroient peut être me faire voir son livre, qu'ils auront peut-être reçu.

A l'égard de l'édition et traduction de Naples, je suis bien sûr que votre excellence l'aura arrêtée de manière qu'il ne paroisse pas que ce soit le ministère de France ou de Naples qui l'ait arrêtée ; sans quoi, pour éviter un petit mal, je tomberois dans un pire, et je travaillerois pour la congrégation de l'Index, et non pas pour moi ; mais je suis sûr que votre excellence, par sa lettre, n'aura laissé aucune équivoque là-dessus ; et je crois même que si elle voit que mon livre sera condamné et les premières éditions défendues, elle laissera faire à ceux de Naples ce qu'ils

voudront. Je lui demande pardon si je lui romps si long-temps la tête de cette affaire : ce sont ses bontés qui en sont la cause, et je jouis de ces bontés.

J'ai l'honneur d'être, avec un respect infini, de votre excellence le très humble et très obéissant serviteur.

Je demande encore pardon à votre excellence, si j'ajoute ce mot : il me paroit que le parti qu'elle a pris de tirer l'affaire en longueur est, sans difficulté, le meilleur, et peut conduire beaucoup à faire traiter l'affaire par voie d'*impegno*, et je vais avoir l'honneur de lui dire deux choses qui lui paroîtront peut-être dignes d'attention. On a dénoncé mon livre à la dernière assemblée du clergé ; elle n'en a point tenu compte : c'étoit mon confrère, M. l'archevêque de Sens, qui avoit fait de grandes écritures sur ce sujet, qui rouloient principalement sur ce que je n'avois pas parlé de la révélation, en quoi il erroit et dans le raisonnement et dans le fait ; depuis on a porté cette affaire en Sorbonne ; et il y a toutes les apparences du monde que le livre n'y sera point condamné, chose que je ne dis point encore, pour ne pas augmenter l'activité de mes ennemis ; or, s'il arrive que l'affaire ait tombé dans ces tribunaux, cela ne fournit-il pas une bonne raison pour arrêter la congrégation de l'Index ? Je supplie votre excellence de ne mettre à cette lettre que le degré d'attention qu'elle pourra mériter ; car je l'écris comme un enfant, n'ayant presque aucune connoissance de la manière de penser ou d'agir de là-bas. Quoi qu'il en soit, sitôt que la Sorbonne aura fini son opération, j'aurai l'honneur d'en instruire votre excellence, qui verra à quoi cet événement peut être bon. Je me souviens d'un endroit d'une de ses lettres auquel j'ai bien fait attention depuis : qu'il ne falloit pas mettre trop d'importance aux choses qu'on demandoit dans ce pays-là. Je la supplie de me permettre de lui présenter encore mes respects.

De Paris, le 8 octobre 1750.

## 48. — A M. THOMAS NUGENT.

### A Londres.

Je ne puis m'empêcher, monsieur, de vous faire mes remerciements. Je vous les avois déja faits, parce que vous m'aviez traduit. Je vous les fais à présent, parce que vous m'avez si bien traduit. Votre traduction n'a d'autres défauts que ceux de l'original ; et je dois vous être bien

obligé de ce que vous empêchez si bien de les voir. Il semble que vous ayez voulu traduire aussi mon style, et vous y avez mis cette ressemblance, *qualem decet esse sororum.* Quand vous verrez M. Domville, je vous prie de vouloir bien lui faire mes compliments. J'ai l'honneur d'être, monsieur, avec une parfaite reconnoissance, votre très humble et très obéissant serviteur.

De Paris, le 18 octobre 1750.

### 49. — A M<sup>GR</sup> CERATI.

Je vous supplie, monseigneur, d'agréer que j'aie l'honneur de vous recommander M. Forthis, professeur à l'université d'Édimbourg, qui est extrêmement recommandable par son savoir et ses beaux ouvrages, entre autres par celui qu'il a donné sur l'éducation. M. le professeur a beaucoup de bontés pour moi, et m'honore de son amitié; ainsi je vous prie d'agréer que je le recommande à la vôtre. Je vous prie de faire connoître cet habile homme à l'abbé Niccolini, que j'embrasse. Nous avons perdu cet excellent homme, M. Gendron; j'en suis très affligé, et je suis sûr que vous le serez aussi : c'étoit une bonne tête physique et morale; et je me souviens que nous trouvions qu'il en sortoit de très bonnes choses. Je vous supplie de m'aimer autant que je vous aime, et, s'il se peut, autant que je vous honore et vous admire. Notre ami l'abbé de Guasco, devenu célèbre voyageur, est dans ma chambre, et me charge de vous faire mille compliments : il arrive d'Angleterre.

De Paris, le 23 octobre 1750.

### 50. — AU GRAND-PRIEUR SOLAR.

A Turin.

Votre excellence a beau dire, je ne trouve pas les excuses que vous m'apportez de la rareté de vos lettres assez bonnes pour vous la pardonner; et c'est parce que je ne trouve pas vos raisons assez bonnes, que je vous écris en cérémonie pour me venger.

Je vous dirai pour nouvelle que l'on vient d'exiler un conseiller de notre parlement, parce qu'il a prêté sa plume à coucher les remontrances que le corps a cru devoir faire au roi; et ce qu'il y a de plus incroyable encore est que l'exil a été ordonné sans qu'on ait même lu les remontrances.

L'abbé de Guasco est de retour de son voyage de Londres, dont il est fort content. Il se loue

beaucoup de monsieur et de madame de Mirepoix, à qui vous l'aviez recommandé : il dit qu'ils sont fort aimés dans ce pays-là. Notre abbé, enthousiasmé des succès de l'inoculation, dont il s'est donné la peine de faire un cours à Londres, s'est avisé de la prôner un jour en présence de madame la duchesse du Maine à Sceaux; mais il en a été traité comme les apôtres qui prêchent des vérités inconnues. Madame la duchesse se mit en fureur, et lui dit qu'on voyoit bien qu'il avoit contracté la férocité des Anglois, et qu'il étoit honteux qu'un homme de son caractère soutînt une thèse aussi contraire à l'humanité. Je crois que son apostolat ne fera pas fortune à Paris [1]. En effet, comment se persuader qu'un usage asiatique qui a passé en Europe par les mains des Anglois, et nous est prêché par un étranger, puisse être cru bon chez nous, qui avons le droit exclusif du ton et des modes? L'abbé compte de faire un voyage en Italie au printemps prochain : il me charge de vous dire qu'il se fait d'avance un grand plaisir de vous trouver à Turin. Je voudrois bien pouvoir me flatter de le partager avec lui; mais je crois que mon vieux château et mon cuvier me rappelleront bientôt dans ma province; car depuis la paix mon vin fait encore plus de fortune en Angleterre qu'en a fait mon livre. Je vous prie de dire les choses les plus tendres de ma part à M. le marquis de Breil, et de me donner bientôt des nouvelles des deux personnes que j'aime et que je respecte le plus à Turin.

De Paris, ce . . . .

### 51. — A L'ABBÉ VENUTI.

Mon cher abbé, je ne vous ai point encore remercié de la place distinguée que vous m'avez donnée dans votre *Triomphe* [2]. Vous êtes Pétrarque, et moi pas grand'chose. M. Tercier [3] m'a écrit pour me prier de vous remercier de sa part de l'exemplaire que je lui ai envoyé, et de vous

[1] Ce ne fut en effet qu'après le voyage que M. de La Condamine fit à Londres peu d'années après, qu'on vit à Paris les premiers essais de l'inoculation.

[2] L'ouvrage de l'abbé Venuti est intitulé *Il Trionfo letterario della Francia.* On y trouve cet éloge de Montesquieu : « Si » une ame aussi grande se fût trouvée dans le sénat latin, la » liberté romaine vivroit encore, à la honte des tyrans. Son nom » surpassera la durée du roc Tarpéien; et sa gloire ne périra » point tant que Thémis dictera ses oracles sur les bancs fran- » çois, et que les dieux conserveront à l'homme le don de la » pensée. »

[3] Premier commis du bureau des affaires étrangères, et membre de l'académie des belles-lettres. C'est lui qui essuya depuis tant de mortifications, pour avoir, en qualité de censeur royal, donné son approbation à l'impression du live *de l'Esprit.*

dire que M. de Puysieux avoit reçu le sien avec toute sorte de satisfaction [1]. Comme il n'en est venu ici que très peu d'exemplaires, je ne pourrai pas encore vous marquer le succès de l'ouvrage ; mais j'en ai ouï dire du bien, et il me paroît que c'est de la belle poésie.

> . . . . . . Et te fecere poetam
> Pierides [2]. . . . . . . . .

Je ne puis pas m'accoutumer, mon cher abbé, à penser que vous n'êtes plus à Bordeaux : vous y avez laissé bien des amis qui vous regrettent beaucoup ; je vous assure que je suis bien de ce nombre. Écrivez-moi quelquefois. J'exécuterai vos ordres à l'égard d'Huart, et du recueil de vos dissertations : vous vous mettez très fort à la raison, et il doit sentir votre générosité. Je verrai M. de La Curne ; je ferai parler à l'abbé Le Bœuf ; et, s'il n'est point un bœuf, il verra qu'il y a très peu à corriger à votre dissertation. Le président Barbot devroit bien vous trouver la dissertation perdue comme une épingle dans la botte de foin de son cabinet. Effectivement il est bien ridicule d'avoir fait une incivilité à madame de Pontac, en faisant tant valoir une augmentation de loyer que nous ne toucherons point, et d'avoir si mal fait les affaires de l'académie [3]. Envoyez-moi ce que vous voulez ajouter aux dissertations que j'ai. Adieu, mon cher abbé ; je vous salue et embrasse de tout mon cœur.

De Paris, le 30 octobre 1750.

## 52. — A L'ABBÉ DE GUASCO.

Mon cher abbé, il est bon d'avoir l'esprit bien fait, mais il ne faut pas être la dupe de l'esprit des autres. M. l'intendant peut dire ce qu'il lui plaît : il ne sauroit se justifier d'avoir manqué de parole à l'académie, et de l'avoir induite en erreur par de fausses promesses. Je ne suis pas surpris que, sentant ses torts, il cherche à se justifier ; mais vous, qui avez été témoin de tout, ne devez point vous laisser surprendre pas des excuses qui ne valent pas mieux que ses promesses. Je me trouve trop bien de lui avoir rendu son amitié, pour en vouloir encore. A quoi bon l'amitié d'un homme en place qui est toujours dans la méfiance, qui ne trouve juste que ce qui est dans son sys-

tème, qui ne sait jamais faire le plus petit plaisir, ni rendre aucun service? Je me trouverai mieux d'être hors de portée de lui en demander, ni pour les autres ni pour moi, car je serai délivré par-là de bien des importunités.

> Dulcis inexpertis cultura potentis amici :
> Expertus metuit [1].

Il faut éviter une coquette qui n'est que coquette, et ne donne que de fausses espérances. Voilà mon dernier mot. Je me flatte que notre duchesse entrera dans mes raisons ; son franc-alleu n'en sera ni plus ni moins.

Je suis très flatté du souvenir de M. l'abbé Oliva [2]. Je me rappelle toujours avec délices les moments que je passai dans la société littéraire de cet Italien éclairé, qui a su s'élever au-dessus des préjugés de sa nation. Il ne fallut pas moins que le despotisme et les tracasseries d'un P. Tournemine pour me faire quitter une société dont j'aurois voulu profiter. C'est une vraie perte pour les gens de lettres que la dissolution de ces sortes de petites académies libres, et il est fâcheux pour vous que celle du P. Desmolets [3] soit aussi culbutée. J'exige que vous m'écriviez encore avant votre départ pour Turin, et je vous somme d'une lettre dès que vous y serez arrivé. Adieu.

De Paris, le 5 décembre 1750.

## 55. — A L'ABBÉ VENUTI.

### A Bordeaux.

Il ne faut point vous flatter, mon cher abbé, que l'abbé de Guasco vous écrive de sa main triomphante : mais si vous étiez ex-ministre des affaires étrangères, il iroit dîner chez vous pour

---

[1] Le poème de l'abbé Venuti est dédié à M. de Puysieux, alors ministre des affaires étrangères.
[2] Virg., Ecl. ix, 54.
[3] Il entend parler des affaires littéraires : ce secrétaire de l'académie n'avoit jamais voulu se donner la peine de rédiger ses Mémoires, et en faire part au public.

---

[1] Horat., Epist., lib. I, ep. xviii, 86.
[2] Bibliothécaire du cardinal de Rohan à l'hôtel de Soubise, chez qui s'assembloient, un jour de la semaine, plusieurs gens de lettres, pour converser sur des sujets littéraires. Montesquieu, dans le premier voyage qu'il fit à Paris, fréquentoit cette société; mais, trouvant que le P. Tournemine vouloit y dominer, et obliger tout le monde à se plier à ses opinions, il s'en retira peu à peu, et n'en cacha pas la raison. Depuis lors le P. Tournemine commença à lui faire des tracasseries dans l'esprit du cardinal de Fleury, au sujet des Lettres Persanes. On a entendu conter à Montesquieu que, pour s'en venger, il ne fit jamais autre chose que de demander à ceux qui lui en parloient : « Qui est-ce que » ce P. Tournemine? Je n'en ai jamais entendu parler. » Ce qui piquoit beaucoup ce jésuite, qui aimoit passionnément la célébrité.
[3] On a plusieurs volumes de fort bons Mémoires littéraires lus dans cette société, recueillis par ce bibliothécaire de l'Oratoire, chez qui s'assembloient ceux qui en sont les auteurs. Les jésuites, ennemis des PP. de l'Oratoire, ayant peint ces assemblées quoique simplement littéraires, comme dangereuses, à cause des disputes théologiques du temps, elles furent dissoutes, non sans un préjudice réel pour les progrès de la littérature.

vous consoler [1]. Le pauvre homme promène son œil sur toutes les brochures, prodigue son mauvais estomac pour toutes les invitations de dîners d'ambassadeurs, et ruine sa poitrine au service de son Cantemir et de son Clément V ; ce qui n'empêche pas qu'on ne trouve son Cantemir très froid ; mais c'est la faute de feu son excellence.

Il n'y a aucune apparence que j'aille en Angleterre : il y en a une beaucoup plus grande que j'irai à La Brède. J'écris une lettre de félicitation au président de La Lane sur sa réception à l'académie. Bonardi, le président de cette académie, qui est venu me raconter tous les dîners qu'il a faits depuis son retour chez tous les beaux-esprits qui dînent, avec la généalogie [2] des dîneurs, m'a dit qu'il adressoit sa première lettre à notre nouvel associé ; et je pense que vous trouverez que cela est dans les règles. Je vois que notre académie se change en société de francs-maçons, excepté qu'on n'y boit ni qu'on n'y chante : mais on y bâtit, et M. de Tourni est notre roi Hiram qui nous fournira les ouvriers ; mais je doute qu'il nous fournisse les cèdres.

Je crois que le prince de Craon est actuellement à Vienne ; mais il va arriver en Lorraine ; et si vous m'envoyez votre lettre, je la lui ferai tenir. Il faut bien que je vous donne des nouvelles d'Italie sur l'*Esprit des Lois* ; M. le duc de Nivernois en écrivit il y a trois semaines à M. de Forcalquier, d'une manière que je ne saurois vous répéter sans rougir. Il y a deux jours qu'il en reçut une autre, dans laquelle il marque que, dès qu'il parut à Turin, le roi de Sardaigne le lut. Il ne m'est pas non plus permis de répéter ce qu'il en dit ; je vous dirai seulement le fait ; c'est qu'il le donna pour le lire à son fils le duc de Savoie, qui l'a lu deux fois : le marquis de Breil me mande qu'il lui a dit qu'il vouloit le lire toute sa vie. Il y a bien de la fatuité à moi de vous mander ceci ; mais comme c'est un fait public, il vaut autant que je le dise qu'un autre ; et vous concevez bien que je dois aveuglément approuver le jugement des princes d'Italie. Le marquis de Breil me mande que S. A. R. le duc de Savoie a un génie prodigieux, une conception et un bon sens admirables.

Huart, libraire, voudroit fort avoir la traduction en vers latins du docteur Clansy [1], du commencement du *Temple de Gnide*, pour en faire un corps avec la traduction italienne [2] et l'original : voyez lequel des deux vous pourriez faire, ou de me faire copier ces vers, ou d'obtenir de l'académie de m'envoyer l'imprimé, que je vous renverrois ensuite.

A propos, le portrait [3] de madame de Mirepoix a fait à Paris et à Versailles une très grande fortune : je n'y ai point contribué pour la ville de Bordeaux, car j'avois détaché l'abbé de Guasco pour en dire du mal. Vous, qui êtes l'esprit de tous les esprits, vous devriez le traduire, et j'enverrois votre traduction à madame de Mirepoix à Londres ; je n'en ai point de copie, mais le président Barbot l'a, ou bien M. Dupin. Vous savez que tout ceci est une badinerie qui fut faite à Lunéville pour amuser une minute le roi de Pologne.

J'oubliois de vous dire que tout est compensé dans ce monde. Je vous ai parlé des jugements de l'Italie sur l'*Esprit des Lois*. Il va paroître à Paris une ample critique faite par M. Dupin, fermier général. Ainsi me voilà cité au tribunal de la maltôte, comme j'ai été cité à celui du *Journal de Trévoux*. Adieu, mon cher abbé. Voilà une épître à la Bonardi [4]. Je vous salue et embrasse de tout mon cœur.

Ne soyez point la dupe de la traduction ; car si l'esprit ne vous en dit rien, il ne vaut pas la peine que vous y rêviez un quart d'heure.

De Paris, le . . . .

### 54. — A DUCLOS.

Je n'ai lu que la moitié de votre ouvrage [5], mon cher Duclos ; et vous avez bien de l'esprit et dites

---

[1] Le marquis d'Argenson, après avoir quitté le ministère des affaires étrangères, donnoit à dîner à ses confrères tous les jours d'assemblée d'académie, se dédommageant ainsi de son désœuvrement avec les gens de lettres ; et l'abbé de Guasco, qui venoit d'être reçu à l'académie des inscriptions, avoit été admis au nombre des convives.

[2] Allusion à l'étude particulière qu'un gentilhomme de Languedoc a faite de la généalogie de toutes les familles, et qu'il prend ordinairement pour texte des entretiens qu'il a avec les gens de lettres. L'abbé Bonardi, dans sa tournée, étoit allé visiter ce gentilhomme dans son château, et s'étoit fort enrichi d'érudition généalogique, dont il ne manquoit pas de faire étalage à son retour à Paris ; il alloit quelquefois en favoriser Montesquieu : ce qui l'ennuyoit beaucoup, et lui faisoit perdre des heures précieuses.

[1] Savant Anglois qui, pendant le séjour qu'il fit à Paris, entreprit la traduction du *Temple de Gnide* en vers latins ; mais il n'en donna que le premier chant. Il étoit entièrement aveugle.

[2] Ouvrage de l'abbé Venuti. Il a été fait une autre traduction en italien du *Temple de Gnide*, par M. Vespasiano ; celle-ci a été imprimée, avec le texte original en regard, à Paris, en 1766, in-12, chez Prault.

[3] Voyez, ci-dessus, la première des Poésies de Montesquieu.

[4] Cet écrivain, versé dans l'histoire de la littérature moderne de France, étoit fort prolixe dans ses écrits et dans ses lettres. Il a laissé des manuscrits sur les auteurs anonymes et pseudonymes.

[5] Les *Considérations sur les mœurs de ce siècle*.

42.

de bien belles choses. On dira que La Bruyère et vous connoissiez bien votre siècle ; que vous êtes plus philosophe que lui, et que votre siècle est plus philosophe que le sien. Quoi qu'il en soit, vous êtes agréable à lire, et vous faites penser. Permettez des embrassements de félicitation.

De Paris, le 4 mars 1751.

## 55. — FRAGMENT
### D'UNE LETTRE AU ROI DE POLOGNE,
#### DUC DE LORRAINE.

Sire, il faudra que votre majesté ait la bonté de répondre elle-même à son académie du mérite que je puis avoir. Sur son témoignage, il n'y aura personne qui ne m'en croie beaucoup. Votre majesté voit que je ne perds aucune des occasions qui peuvent un peu m'approcher d'elle; et quand je pense aux grandes qualités de votre majesté, mon admiration demande toujours de moi ce que le respect veut me défendre.

. . . . . . . . .

## 56. — FRAGMENT
### DE LA RÉPONSE DU ROI DE POLOGNE
#### A LA LETTRE PRÉCÉDENTE.

Monsieur, je ne puis que bien augurer de ma société littéraire, du moment qu'elle vous inspire le désir d'y être reçu. Un nom aussi distingué que le vôtre dans la république des lettres, un mérite plus grand encore que votre nom, doivent la flatter sans doute, et tout ce qui la flatte me touche sensiblement. Je viens d'assister à une de ses séances particulières. Votre lettre, que j'ai fait lire, a excité une joie qu'elle s'est chargée elle-même de vous exprimer. Elle seroit bien plus grande cette joie, si la société pouvoit se promettre de vous posséder de temps en temps. Ce bonheur, dont elle connoîtroit le prix, en seroit un pour moi, qui serois véritablement ravi de vous revoir à ma cour. Mes sentiments pour vous sont toujours les mêmes ; et jamais je ne cesserai d'être bien sincèrement, monsieur, votre bien affectionné,

STANISLAS, ROI [1].

. . . . . . .

[1] Cette lettre fut envoyée à Montesquieu en même temps que celle du secrétaire perpétuel, écrite au nom de l'académie. Le secrétaire lui marquoit que la société avoit vu avec joie la lettre qu'il avoit écrite à majesté : « Vous lui demandez, monsieur, » disoit-il, une grace que nous aurions été empressés de vous de- » mander à vous-même, si l'usage nous l'avoit permis. Nous » nous estimons heureux que vous préveniez nos desirs. Vous

## 57. — A M. DE SOLIGNAC,
### SECRÉTAIRE DE LA SOCIÉTÉ LITTÉRAIRE DE NANCY.

Monsieur, je crois ne pouvoir mieux faire mes remerciements à la société littéraire qu'en payant le tribut que je lui dois, avant même qu'elle me le demande, et en faisant mon devoir d'académicien au moment de ma nomination; et comme je fais parler un monarque que ses grandes qualités élevèrent au trône de l'Asie, et à qui ces mêmes qualités firent éprouver de grands revers, je le peins comme le père de la patrie, l'amour et les délices de ses sujets; j'ai cru que cet ouvrage convenoit mieux à votre société qu'à toute autre. Je vous supplie d'ailleurs de vouloir bien lui marquer mon extrême reconnoissance ; etc.

De Paris, le 4 avril 1751.

## 58. — AU CHEVALIER D'AYDIES.

Vous êtes, mon cher chevalier, mes éternelles amours ; et il n'y a en moi d'inconstance que parce que j'aime tantôt votre esprit, tantôt votre cœur. Quant à ce pays-ci, nous sommes tous....; le riche fait pitié, le pauvre fait verser des larmes, et tout cela avec le découragement que l'on a dans une ville assiégée : pour moi, qui ne me connois d'autre bien que l'épaisseur des murs de mon château, j'y reste, je rêve à la Suisse, et je vous aime.

La Brède, ce 1er juin 1751.

Mes respects, je vous prie, à l'hôtel de Forcalquier, à madame du Châtel, à madame du Deffand, et à nos amis.

## 59. — A Mme LA MARQUISE DU DEFFAND.

Je vous avois promis, madame, de vous écrire ; mais que vous manderai-je dont vous puissiez vous soucier? Je vous offre tous les regrets que j'ai de ne plus vous voir. A présent que je n'ai que des objets tristes, je m'occupe à lire des romans; quand je serai plus heureux, je lirai de vieilles

» pouvez plus qu'un autre nous faire entrer dans l'esprit de nos » lois, et nous apprendre à remplir les vues du monarque que » vous aimez, et que nous voulons tâcher de satisfaire. C'en est » déja un moyen que de vous donner une place parmi nous; et » nous vous l'accordons avec d'autant plus de plaisir que nous » pouvons par-là nous acquitter envers sa majesté d'une partie » de notre reconnoissance, etc. » La satisfaction qu'avoit l'académie de répondre aux desirs de M. de Montesquieu fut bientôt augmentée par l'envoi que ce nouveau confrère lui fit d'un écrit qui a pour titre Lysimaque : il étoit accompagné de la lettre suivante, adressée au secrétaire de la société. On y verra quelle étoit la raison qui engageoit Montesquieu à préférer à tout autre su et celui qu'il traite dans cet ouvrage.

chroniques pour tempérer les biens et les maux : mais je sens qu'il n'y a pas de lectures qui puissent remplacer un quart d'heure de ces soupers qui faisoient mes délices. Je vous prie de parler de moi à madame du Châtel. J'apprends que les requêtes du palais n'ont pas été favorables à madame de Stainville ; dites-lui combien je suis sensible à tout ce qui la touche, et cette personne charmante, qui n'aura jamais de rivale aux yeux de personne que madame sa mère. Parlez aussi de moi à ce président qui me touche comme les Graces et m'instruit comme Machiavel, qui ne se soucie point de moi, parce qu'il se soucie de tout le monde, et dont j'espère toujours d'acquérir l'estime, sans jamais pouvoir espérer les sentiments. Je n'aurois jamais fini, si je voulois suivre cette phrase ; mais c'est assez le désobliger pour le mal que je lui veux.

Je n'entends ici parler que de vignes, de misère et de procès, et je suis heureusement assez sot pour m'accuser de tout cela, c'est-à-dire pour m'y intéresser. Mais je ne songe pas que je vous ennuie à la mort, et que la chose du monde qui vous fait le plus de mal, c'est l'ennui ; et je ne dois pas vous tuer, comme font les Italiens, par une lettre.

Je vous supplie, madame, d'agréer mon respect.

De La Brède, 15 juin 1751.

### 60. — A LA MÊME.

Vous vous moquez de moi ; ce n'est pas le premier président que je crains, c'est le président ; ce n'est pas celui qui croit dire tout ce que vous voulez, c'est celui qui dit tout ce qu'il veut. J'aime bien ce que vous dites, que vous n'avez suivi vos compagnes que pour tuer le temps, et que vous n'avez jamais tant trouvé qu'il mérite de l'être. Hé bien ! soit, tuons-le ; mais je le connois, il reviendra nous faire enrager. Je suis enchanté que vous ayez fait mon apologie ; vous me couvrirez de votre égide, et, ce qui sera singulier, les Graces y seront peintes. Je vous demande en grace de me l'envoyer par le premier courrier, avec une lettre de vous, s'il se peut.

Le chevalier d'Aydies m'a mandé qu'il avoit gagné son procès. Le père bénédictin dont je savois si bien le nom, et que j'ai oublié, n'avoit donc évité des coups de pied dans le ventre que pour tomber dans l'infamie de perdre un procès avec lequel il tuoit le temps et le chevalier. Je vous prie, madame, de vouloir bien parler de moi :

c'est au chevalier. Je vous prie de parler aussi de moi à madame du Châtel. Je lui sais bon gré de vous avoir inspiré de me communiquer le secret. Mais pourquoi dis-je que je lui sais bon gré de cela ? je lui sais bon gré de tout. L'abbé de Guasco me barbouille toute cette histoire : il me dit que c'est M. de Révol, conseiller au parlement, qui a donné le manuscrit, qui est, dit-il, très savant. C'est depuis qu'il a une dignité dans le chapitre de Tournay qu'il ne sait ce qu'il dit. Je vous prie, madame, de vouloir bien remercier M. Dalembert de la mention qu'il a faite de moi dans sa préface. Je lui dois encore un remerciement pour avoir fait cette préface si belle : je la lirai à mon arrivée à Bordeaux. Agréez, je vous prie, etc.

De Clérac, 15 juillet 1751.

### 61. — A LA MÊME.

Vous dites, madame, que rien n'est heureux, depuis l'ange jusqu'à l'huître : il faut distinguer. Les séraphins ne sont point heureux, ils sont trop sublimes : ils sont comme Voltaire et Maupertuis, et je suis persuadé qu'ils se font là-haut de mauvaises affaires ; mais vous ne pouvez douter que les chérubins ne soient très heureux. L'huître n'est pas si malheureuse que nous, on l'avale sans qu'elle s'en doute ; mais pour nous, on vient nous dire que nous allons être avalés, et on nous fait toucher au doigt et à l'œil que nous serons digérés éternellement. Je pourrois parler à vous, qui êtes gourmande, de ces créatures qui ont trois estomacs : ce seroit bien le diable si dans ces trois il n'y en avoit pas de bons. Je reviens à l'huître : elle est malheureuse quand quelque longue maladie fait qu'elle devient perle ; c'est précisément le bonheur de l'ambition. On n'est pas mieux quand on est huître verte ; ce n'est pas seulement un mauvais fond de teint, c'est un corps mal constitué.

Vous dites que je n'ai point écrit à madame la duchesse de Mirepoix ; j'en ai découvert deux raisons : c'est qu'elle est malade, et qu'elle est dans les embarras de la cour. A l'égard de Dalembert, j'ai plus d'envie que lui, et autant d'envie que vous, de le voir de l'académie ; car je suis le chevalier de l'ordre du mérite. Il est vrai qu'à la dernière élection il y eut quelque espèce de composition faite, qui barbouille un peu l'élection prochaine ; mais je vous parlerai de tout cela à mon retour, qui sera vers le 15 ou la fin de novembre. Je suis pourtant bien ici ; mais les hommes ne quittent-ils pas sans cesse les lieux où ils savent

qu'ils sont bien, pour ceux où ils espèrent d'être mieux? J'irai vous marquer ma reconnoissance des choses charmantes que vous nous dites toujours, et qui nous plaisent toujours plus qu'à vous. Je vous félicite d'être chez madame de Betz. Nous sommes dans des maisons de même goût; car je me trouve au milieu des bois que j'ai semés, et de ceux que j'ai envoyés aux airs. Je vous prie de vouloir bien faire mes compliments aux maîtres de la maison, et d'agréer, madame, le respect et l'amitié la plus tendre.

De La Brède, le 12 septembre 1731.

## 62. — A L'ABBÉ DE GUASCO.

J'ai reçu, monsieur le comte, à La Brède, où je suis et où je voudrois bien que vous fussiez, votre lettre datée de Turin. M. le marquis de Saint-Germain [1], qui s'intéresse vivement à ce qui vous regarde, m'avoit déja appris la manière distinguée dont vous avez été reçu à votre cour, et la justice qu'on vous y a rendue. Il est consolant de voir un roi réparer les torts que son ministre a fait essuyer; et je vois avec joie qu'avec le temps le mérite est toujours reconnu par les princes éclairés qui se donnent la peine de voir les choses par eux-mêmes. Les bons offices que M. le marquis de Saint-Germain vous a rendus par ses lettres augmentent la bonne opinion que j'avois de lui. Je vous fais bien mes compliments sur l'investiture de votre comté; et si j'avois appris que vous aviez été investi d'une abbaye, ma satisfaction seroit aussi complète qu'eût été la réparation. Au reste, mon cher ami, je ne voudrois point qu'il vous vînt la tentation de nous quitter : vous savez que nous vous rendons justice en France, et que vous y avez des amis. Ce seroit une ingratitude à vous d'y renoncer pour un peu de faveur de cour : permettez-moi de me reposer à cet égard sur la maxime qu'on n'est pas prophète dans sa patrie.

J'ai eu ici mylord Hyde [2], qui est allé de Paris à Veret chez notre duchesse, de là à Richelieu chez M. le maréchal, de là à Bordeaux et à La Brède, de là à Aiguillon, où M. le duc a mandé qu'on lui fît les honneurs de son château; de sorte qu'il trouve partout les empressements qui sont dus à sa naissance, et ceux qui sont dus à son mérite personnel. Mylord Hyde vous aime beaucoup, et auroit bien voulu aussi vous trouver à La Brède.

Vous avez touché la vanité qui se réveille dans mon cœur dans l'endroit le plus sensible, lorsque vous m'avez dit que S. A. R. avoit la bonté de se ressouvenir de moi : présentez, je vous prie, mes adorations à ce grand prince; ses vertus et ses belles qualités forment pour moi un spectacle bien agréable. Aujourd'hui l'Europe est si mêlée, et il y a une telle communication de ses parties, qu'il est vrai de dire que celui qui fait la félicité de l'une fait encore la félicité de l'autre; de sorte que le bonheur va de proche en proche; et quand je fais des châteaux en Espagne, il me semble toujours qu'il m'arrivera de pouvoir encore aller faire ma cour à votre aimable prince. Dites au marquis de Breil et à M. le grand-prieur que, tant que je vivrai, je serai à eux : la première idée qui me vint, lorsque je les vis à Vienne, ce fut de chercher à obtenir leur amitié, et je l'ai obtenue. Madame de Saint-Maur me mande que vous êtes en Piémont dans une nouvelle Herculée [1], où après avoir gratté huit jours la terre, vous avez trouvé une sauterelle d'airain. Vous avez donc fait deux cents lieues pour trouver une sauterelle! Vous êtes tous des charlatans, messieurs les antiquaires. Je n'ai point de nouvelles ni de lettres de l'abbé Venuti depuis son départ de Bordeaux : il avoit quelque bonté pour moi avant que d'être prêtre et prevôt. Mandez-moi si vous retournerez à Paris : pour moi, je passerai ici l'hiver et une partie du printemps. La province est ruinée; et dans ce cas tout le monde a besoin d'être chez soi. On me mande qu'à Paris le luxe est affreux : nous avons perdu ici le nôtre, et nous n'avons pas perdu grand'chose. Si vous voyiez l'état où est à présent La Brède, je crois que vous en seriez content. Vos conseils ont été suivis, et les changements que j'ai faits ont tout développé; c'est un papillon qui s'est dépouillé de ses nymphes. Adieu, mon ami, je vous salue et embrasse mille fois.

De La Brède, le 9 novembre 1731.

[1] Ancienne ville d'*Industria*, dont on a découvert des ruines près des bords du Pô en Piémont, mais dont la découverte n'a pas produit beaucoup de richesses antiques ; les morceaux les plus précieux qu'on ait trouvés sont un beau trépied de bronze, quelques médailles, et quelques inscriptions.

[1] Ambassadeur de Sardaigne à Paris.
[2] Ou de Cornbury, dernier descendant du célèbre chancelier Hyde, fort aimé en France, où il demeuroit depuis quelques années, et où il mourut de consomption, très regretté de tous ceux qui connoissoient son excellent caractère et son esprit.

### 63. — AU MÊME.

#### A Fontainebleau.

Ce que vous me mandez par votre billet d'hier ne sauroit me déterminer à renoncer au principe que je me suis fait [1]. Depuis le futile de La Porte [2] jusqu'au pesant Dupin [3], je ne vois rien qui ait assez de poids pour mériter que je réponde aux critiques : il me semble même que le public me venge assez, et par le mépris de celles du premier, et par l'indignation contre celles du second. Par le détail que vous me ferez à votre retour de ce que vous avez entendu des deux conseillers au parlement en question, je verrai s'il vaut la peine que je donne quelques éclaircissements sur les points qui ont paru les choquer. Je m'imagine qu'ils ne parlent que d'après le nouvelliste ecclésiastique, dont les déclamations et les fureurs ne devroient jamais faire impression sur les bons esprits. A l'égard du plan que le petit ministre de Wurtemberg voudroit que j'eusse suivi dans un ouvrage qui porte le titre d'*Esprit des Lois*, répondez-lui que mon intention a été de faire mon ouvrage, et non pas le sien. Adieu.

De Paris, le . . . .

### 64. — AU CHEVALIER D'AYDIES.

Mon cher chevalier, si vous venez cet été à La Brède, vous prendrez le seul moyen que vous avez d'augmenter la passion que j'ai pour vous; et quant à ce que vous me dites, de passer par Mayac lorsque j'irai à Paris, je le ferai, et je garde votre lettre pour savoir le chemin; mais vous n'avez pas dit aux dames vos nièces à quel point celui que vous leur proposez est délabré, et peu propre à remplir les grandes vues que vous avez. Je me souviens d'une pièce de vers où il y avoit :

J'ai soixante ans, c'est trop peu pour vos charmes.

[1] De ne point répondre aux critiques de l'*Esprit des Lois*.
[2] L'abbé de La Porte fut le premier qui osa critiquer l'*Esprit des Lois* dans ses feuilles périodiques. On disoit dans le public qu'il y avoit été induit par M. Dupin, fermier général, qui commençoit à escarmoucher par des troupes légères envoyées en avant.
[3] Ce fermier général fit ensuite imprimer à ses frais une critique presque aussi étendue que l'*Esprit des Lois*, qu'il distribua à ses connoissances, à condition de ne point la prêter. On ne manqua pas cependant de faire passer un exemplaire de cette critique entre les mains de M. de Montesquieu; et, dès qu'il en eut parcouru quelques parties, il dit qu'il ne valoit pas la peine de lire le reste, se reposant sur le public. En effet, la mauvaise foi qu'on découvrit dans les citations des passages mutilés, à dessein de rendre l'auteur de l'*Esprit des Lois* odieux au gouvernement, ainsi que les mauvais raisonnements, l'indignèrent au point que M. Dupin crut devoir retirer les exemplaires distribués, sous prétexte d'en faire une nouvelle édition, pour corriger des fautes qui s'étoient glissées dans la première.

Sylva disoit fort bien : il n'y a rien de si difficile que de faire l'amour avec de l'esprit; moi je dis qu'il est encore plus difficile de faire l'amour avec le cœur et avec l'esprit : mais ceci est trop relevé pour un pauvre chasseur devant Dieu; ainsi je ne vous parlerai que de notre misère, qui est extrême, et telle qu'il me semble qu'il vaut mieux s'ennuyer que de se divertir devant des misérables. Je ne sais, ma foi, à quoi tout cela aboutira; mais je sais que tous les lendemains sont pires, et que cela vise à la dépopulation. Nous serons *dépopulés*, mon cher chevalier, et peut-être passerons-nous devant les autres.

Vous chassez, et je plante des arbres, et je défriche des landes; il faut s'amuser comme on peut. La ville de Bordeaux est fort triste, et je ne tâte guère de ce séjour.

On dit que le charmant mylord est malade à Toulouse. Agréez, je vous prie, mes sentiments les plus tendres.

Bordeaux, ce 2 janvier 1752.

### 65. — A L'ABBÉ DE GUASCO.

Mon cher ami, vous volez dans les vastes régions de l'air; je ne fais que marcher, et nous ne nous rencontrons pas. Dès que j'ai été libre de quitter Paris, je n'ai pas manqué de venir ici, où j'avois des affaires considérables. Je pars dans ce moment pour Clérac, et j'ai avancé mon voyage d'un mois pour trouver M. le duc d'Aiguillon, et finir avec lui [1], parce que ses gens d'affaires barbouillent plus qu'ils n'ont jamais fait. J'ai envoyé le tonneau de vin à mylord Éliban, que vous m'avez demandé pour lui. Mylord me le paiera ce qu'il voudra; et s'il veut ajouter à l'amitié ce qu'il voudra retrancher du prix, il me fera un présent immense : vous pouvez lui mander qu'il pourra le garder tant de temps qu'il voudra, même quinze ans s'il veut; mais il ne faut pas qu'il le mêle avec d'autres vins, et il peut être sûr qu'il l'a immédiatement comme je l'ai reçu de Dieu; il n'est pas passé par les mains des marchands.

Mon cher abbé, à votre retour d'Italie, pourquoi ne passeriez-vous pas par Bordeaux, et ne voudriez-vous pas voir vos amis, et le château de La Brède, que j'ai si fort embelli depuis que vous ne l'avez vu? c'est le plus beau lieu champêtre que je connoisse :

*Sunt mihi cœlicolœ; sunt cœtera numina Fauni!*

[1] Il s'agit ici d'un procès qui duroit depuis long-temps, et qu'il avoit à cœur de terminer, ne voulant pas se brouiller avec madame la duchesse d'Aiguillon, son ancienne amie.

Enfin je jouis de mes prés, pour lesquels vous m'avez tant tourmenté : vos prophéties sont vérifiées ; le succès est beaucoup au-delà de mon attente ; et l'Éveillé dit : « *Boudri ben que M. l'ab-* » *bat de Guasco bis aco.* »

J'ai vu la comtesse : elle a fait un mariage déplorable, et je la plains beaucoup. La grande envie d'avoir de l'argent fait qu'on n'en a point. Le chevalier Citran a aussi fait un grand mariage dans le même goût[1] aux îles, qui lui a porté en dot sept barriques de sucre une fois payées. Il est vrai qu'il a fait un voyage aux îles, et qu'il a pensé apparemment crever. Adieu ; je vous embrasse de tout mon cœur.

*De La Brède, le 16 mars 1752.*

### 66. — AU MÊME.

#### A Bruxelles.

Vous êtes admirable, mon cher comte, vous réunissez trois amis qui ne se sont vus depuis plusieurs années, séparés par des mers, et vous ouvrez un commerce entre eux. M. Michel[2] et moi ne nous étions pas perdus de vue ; mais M. d'Ayrolles, que j'ai eu l'honneur de voir à Hanovre, m'avoit entièrement oublié. Je n'ai plus de vin de l'année passée ; mais je garderai un tonneau de cette année pour l'un et pour l'autre. Je vous ai déjà mandé que je comptois être à Paris au mois de septembre ; et comme vous devez y être en même temps, je vous porterai la réponse du négociant à l'abbé de La Porte[3], qui m'a critiqué sans m'entendre : ce n'est pas un négociant soi-disant, comme vous croyez ; c'en est un bien réel, et un jeune homme de notre ville, qui est l'auteur de cet écrit.

Je vous dirai, mon cher abbé, que j'ai reçu des commissions considérables d'Angleterre pour du vin de cette année ; et j'espère que notre province

[1] On voyoit souvent à Bordeaux des gentilshommes chercher à épouser des Américaines, dans l'espérance d'en avoir beaucoup de biens. Montesquieu désapprouvoit ces sortes de mariages faits pour de l'argent, qu'il disoit abâtardir les sentiments de la noblesse, et sur lesquels on étoit souvent trompé, parce que les fortunes prétendues des îles se réalisoient rarement.

[2] Alors commissaire d'Angleterre pour les affaires de la barrière à Bruxelles, et depuis ministre plénipotentiaire à Berlin, homme de beaucoup d'esprit, et d'un caractère fort aimable. M. d'Ayrolles étoit ministre de la même cour à Bruxelles.

[3] Cette réponse est de M. Risteau, alors jeune négociant de Bordeaux, et depuis un des directeurs de la compagnie des Indes. Elle fut imprimée dans quelques éditions des *Lettres familières*. On n'en tira qu'un petit nombre d'exemplaires. Montesquieu en faisoit un très grand cas, et n'y eut aucune part. Il avoua même qu'il eût été fort embarrassé de répondre à certaines objections que son jeune défenseur avoit réfutées de manière à ne laisser aucun lieu à la réplique.

se relèvera un peu de ses malheurs. Je plains bien les pauvres Flamands, qui ne mangeront plus que des huîtres, et point de beurre.

Je crois que le système a changé à l'égard des places de la barrière, et que l'Angleterre a senti qu'elles ne pouvoient servir qu'à déterminer les Hollandois à se tenir en paix pendant que les autres seront en guerre. Les Anglois pensent aussi que les Pays-Bas sont plus forts, en y ajoutant douze cent mille florins[1] de revenu, qu'ils ne le seroient par les garnisons des Hollandois qui les défendent si mal ; de plus, la reine de Hongrie a éprouvé qu'on ne lui donnoit la paix en Flandre que pour porter la guerre ailleurs. Je ne serois pas étonné non plus que le système de l'équilibre et des alliances changeât à la première occasion. Il y a bien des raisons de ceci : nous en parlerons à notre aise au mois de septembre ou d'octobre. J'ai reçu une belle lettre de l'abbé Venuti, qui, après m'avoir gardé un silence continuel pendant deux ans sans raison, l'a rompu aussi sans raison.

*De La Brède, le 27 juin 1752.*

### 67. — AU MÊME.

Soyez le bien arrivé, mon cher comte. Je regrette beaucoup de n'avoir pas été à Paris pour vous recevoir. On dit que ma concierge, mademoiselle Betti, vous a pris pour un revenant, et a fait un si grand cri en vous voyant, que tous les voisins en ont été éveillés. Je vous remercie de la manière dont vous avez reçu mon protégé. Je serai à Paris au mois de septembre. Si vous êtes de retour de votre résidence avant que je sois arrivé, vous me ferez honneur de porter votre bréviaire dans mon appartement ; je compte pourtant y être arrivé avant vous. Vous êtes un homme extraordinaire : à peine avez-vous bu de l'eau des citernes de Tournay, que Tournay vous envoie en députation. Jamais cela n'est arrivé à aucun chanoine.

Je vous dirai que la Sorbonne, peu contente des applaudissements qu'elle recevoit sur l'ouvrage de ses députés, en a nommé d'autres pour réexaminer l'affaire[2]. Je suis là-dessus extrêmement tranquille : ils ne peuvent dire que ce que le nouvelliste ecclésiastique a dit ; et je leur dirai ce que j'ai dit au nouvelliste ecclésiastique ; ils ne sont pas plus forts avec ce nouvelliste, et ce nou-

[1] Subside que la cour de Vienne s'étoit engagée de payer aux Hollandois pour les garnisons des places de la barrière.

[2] Après avoir tenu long-temps l'*Esprit des Lois* sur les fonts, la Sorbonne jugea à propos de suspendre sa censure. C'est une des plus sages démarches qu'elle eût faites depuis long-temps.

velliste n'est pas plus fort avec eux. Il faut toujours en revenir à la raison : mon livre est un livre de politique, et non pas un livre de théologie ; et leurs objections sont dans leurs têtes, et non pas dans mon livre.

Quant à Voltaire, il a trop d'esprit pour m'entendre : tous les livres qu'il lit, il les fait, après quoi il approuve ou critique ce qu'il a fait. Je vous remercie de la critique du P. Gerdil [1] : elle est faite par un homme qui mériteroit de m'entendre, et puis de me critiquer. Je serois bien aise, mon cher ami, de vous revoir à Paris : vous me parleriez de toute l'Europe ; moi je vous parlerois de mon village de La Brède, et de mon château, qui est à présent digne de recevoir celui qui a parcouru tous les pays :

*Te maris et terræ, numeroque carentis arenæ,*
*Mensorem* [2]......

Madame de Montesquieu, M. le doyen de Saint-Surin, et moi, sommes actuellement à Baron, qui est une maison entre deux mers, que vous n'avez point vue. Mon fils est à Clérac, que je lui ai donné pour son domaine avec Montesquieu. Je pars dans quelques jours pour Nisor, abbaye de mon frère : nous passerons par Toulouse, où je rendrai mes respects à Clémence Isaure [3], que vous connoissez si bien. Si vous y gagnez le prix, mandez-le-moi ; je prendrai votre médaille en passant : aussi bien n'avez-vous plus la ressource des intendants. Il vous faudroit un homme uniquement occupé à recueillir les médailles que vous remportez. Si vous voulez, je ferai aussi à Toulouse une visite de votre part à votre muse, madame Montégu [4], pourvu que je ne sois pas obligé de lui parler, comme vous faites, en langage poétique.

Je vous dirai pour nouvelle que les jurats comblent dans ce moment les excavations qu'ils avoient faites devant l'académie. Si les Hollandois avoient aussi bien défendu Berg-op-Zoom que monsieur notre intendant [5] a défendu ses fossés, nous n'aurions pas aujourd'hui la paix. C'est une terrible chose que de plaider contre un intendant ; mais c'est une chose bien douce que de gagner un procès contre un intendant. Si vous avez quelque relation avec M. de Larrey, à La Haye, parlez-lui, je vous prie, de notre tendre amitié. Je suis bien aise d'apprendre son crédit à la cour du stathouder : il mérite la confiance qu'on a en lui. Je vous embrasse, mon cher ami, de tout mon cœur.

De Raymond en Gascogne, le 8 août 1752.

## 68. — A Mme LA MARQUISE DU DEFFAND.

Bon cela : le chevalier de Laurency, je l'adorerois s'il ne venoit pas de si bonne heure ; mais je vois que vous êtes arrivée à un point de perfection que cela ne vous fait rien. Je suis ravi, madame, d'apprendre que vous avez de la gaieté : vous en aviez assez pour nous. J'ai, je vous assure, un grand desir de vous revoir. Voilà bien des changements de place : ce sont les quatre coins.

J'ai reçu une lettre de madame la duchesse de Mirepoix. J'ai cru quelque temps qu'elle me querelleroit de ce qu'elle ne m'avoit pas fait réponse. Madame, je voudrois être à Paris, être votre philosophe et ne l'être point, vous chercher, marcher à votre suite, et vous voir beaucoup. J'ai l'honneur, madame, de vous présenter mes respects.

De La Brède, le 12 août 1752.

## 69. — A LA MÊME.

Je commence par votre apostille. Vous dites que vous êtes aveugle ! Ne voyez-vous pas que nous étions autrefois, vous et moi, de petits esprits rebelles qui furent condamnés aux ténèbres ? Ce qui doit nous consoler, c'est que ceux qui voient clair ne sont pas pour cela lumineux. Je suis bien aise que vous vous accommodiez du savant Bailly : si vous pouvez gagner ce point, que vous ne l'amusiez pas trop, vous êtes bien ; et quand cela ira trop loin, vous pourrez l'envoyer à Chaulnes.

Je ferai sur la place de l'académie ce que voudront madame de Mirepoix, Dalembert, et vous ; mais je ne vous réponds pas de M. de Saint-Maur : car jamais homme n'a tant été à lui que lui. Je suis bien aise que ma défense ait plu à M. Le Monnier. Je sens que ce qui y plaît est de voir, non pas mettre les vénérables théologiens à terre, mais de les y voir couler doucement.

---

[1] Barnabite, alors professeur à l'université de Turin, et depuis précepteur du prince de Piémont, homme de mérite, et qui s'est évertué à critiquer Locke, Montesquieu et J.-J. Rousseau.

[2] HORAT., Lyric., l. xxviii, 1.

[3] Tout le monde sait qu'elle fonda le premier prix des jeux floraux dans le quatorzième siècle. On conserve sa statue avec honneur à l'hôtel-de-ville, et on la couronne de fleurs tous les ans.

[4] Femme d'un trésorier de France, qui cultivoit la poésie.

[5] M. de Tourni, intendant de Guienne, à qui Bordeaux doit ses embellissements, pour suivre le plan des édifices qu'il entreprit, et faire un alignement, venoit de masquer le bel hôtel de l'académie ; elle s'y opposa, et obtint de la cour gain de cause contre l'intendant.

Il est très singulier qu'une dame qui a un mercredi n'ait point de nouvelles. Je m'en passerai. Je suis ici accablé d'affaires : mon frère est mort. Je ne lis pas un livre, je me promène beaucoup, je pense souvent à vous, je vous aime. Je vous présente mes respects.

De La Brède, le 15 septembre 1752.

## 70. — A L'ABBÉ DE GUASCO.

Votre lettre, mon cher comte, m'apprend que vous êtes à Paris; et je suis étonné moi-même de ce que je n'y suis point. Le voyage que j'ai été obligé de faire à l'abbaye de Nisor avec mon frère, qui a duré près d'un mois, a rompu toutes mes mesures, et je n'y serai qu'à la fin de ce mois ou au commencement de l'autre ; car je veux absolument vous voir, et passer quelques semaines avec vous avant votre départ. Mais, mon cher abbé, vous êtes un innocent, puisque vous avez deviné que je n'arriverois point si tôt, de ne pas vous mettre dans mon appartement d'en bas; et je donne ordre à la demoiselle Betti de vous y recevoir, quoiqu'elle n'ait pas besoin d'ordre pour cela : ainsi je vous prie de vous y camper. Vous allez à Vienne : je crois que j'y ai perdu, depuis vingt-deux ans, toutes mes connoissances. Le prince Eugène vivoit alors, et ce grand homme me fit passer des moments délicieux [1]. MM. les comtes Kinski, M. le prince de Lichtenstein, M. le marquis de Prié, M. le comte d'Harak et toute sa famille, que j'eus l'honneur de voir à Naples où il étoit vice-roi, m'ont honoré de leurs bontés : tout le reste est mort, et moi je mourrai bientôt; si vous pouvez me rappeler dans leur souvenir, vous me ferez beaucoup de plaisir. Vous allez paroître sur un nouveau théâtre, et je suis sûr que vous y figurerez aussi bien que vous avez fait ailleurs. Les Allemands sont bons, mais un peu soupçonneux. Prenez garde, ils se méfient des Italiens comme trop fins pour eux; mais ils savent qu'ils ne leur sont point inutiles, et sont trop sages pour s'en passer.

Vous avez grand tort de n'avoir point passé par La Brède quand vous revîntes d'Italie. Je puis dire que c'est à présent un des lieux aussi agréables qu'il y ait en France, au château près [1], tant la nature s'y trouve dans sa robe de chambre et au lever de son lit. J'ai reçu d'Angleterre la réponse pour le vin que vous m'avez fait envoyer à mylord Éliban ; il a été trouvé extrêmement bon. On me demande une commission pour quinze tonneaux ; ce qui fera que je serai en état de finir ma maison rustique. Le succès que mon livre a eu dans ce pays-là contribue, à ce qu'il paroît, au succès de mon vin. Mon fils ne manquera pas d'exécuter votre commission. A l'égard de l'homme en question, il multiplie avec moi ses torts à mesure qu'il les reconnoît ; il s'aigrit tous les jours, et moi je deviens sur son sujet plus tranquille : il est mort pour moi. M. le doyen, qui est dans ma chambre, vous fait mille compliments, et vous êtes un des chanoines du monde qu'il honore le plus : lui, moi, ma femme et mes enfants, nous regardons et chérissons tous comme de notre famille. Je serai bien charmé de faire connoissance avec M. le comte de Sartirane [2] quand je serai à Paris : c'est à vous à lui donner une bonne opinion de moi. Je vous prie de faire bien des tendres compliments à tous ceux de mes amis que vous verrez; mais si vous allez à Montigny, c'est là qu'il faut une effusion de mon coeur. Vous autres Italiens êtes pathétiques : employez-y tous les dons que la nature vous a donnés; faites-en aussi surtout usage auprès de la duchesse d'Aiguillon et de madame Dupré de Saint-Maur; dites surtout à celle-ci combien je lui suis attaché [3]. Je suis de l'avis de mylord Éliban, sur la vérité du portrait que vous avez fait d'elle [4].

Il faut que je vous consulte sur une chose, car je me suis toujours bien trouvé de vous consulter. L'auteur des Nouvelles ecclésiastiques m'a attribué, dans une feuille du 4 juin, que je n'ai vue que fort tard, une brochure intitulée Suite de

---

[1] Dans un petit écrit que Montesquieu avoit fait sur la Considération, en parlant du prince Eugène, il avoit dit qu'on n'est pas plus jaloux des grandes richesses de ce prince qu'on ne l'est de celles qui brillent dans les temples des dieux. Le prince, flatté de ces expressions, fit un accueil très distingué à Montesquieu à son arrivée à Vienne, et l'admit dans sa société la plus intime.

[1] La singularité de ce château, dont la forme n'a point changé, est assez remarquable. C'est un bâtiment hexagone, à pont-levis, entouré de doubles fossés d'eau vive, revêtu de pierres de taille. Il fut bâti sous Charles VII, pour servir de château fort ; et il appartenoit alors à la famille de La Laude, dont la dernière héritière épousa un des ancêtres de Montesquieu. L'intérieur de ce château n'est effectivement pas fort agréable par la nature de sa construction ; mais Montesquieu en a fort embelli les dehors par des plantations qu'il y a faites.

[2] Ambassadeur de Sardaigne à Paris, homme de beaucoup d'esprit, et plus véridique qu'on ne souhaite dans les sociétés.

[3] Il disoit d'elle qu'on seroit également heureux de l'avoir pour maîtresse, pour femme, ou pour amie.

[4] Cette dame étant un jour en habit d'amazone à la campagne, à Montigny, l'abbé de Guasco en avoit fait le portrait dans un sonnet. Ce sonnet fut lu à mylord Éliban, qui, ne la connoissant pas, dit que ce ne pouvoit être qu'un portrait flatté ; mais, depuis ayant fait connoissance avec elle, il reprochoit à l'auteur de n'en avoir pas dit assez.

la *Défense de l'Esprit des Lois*, faite par un pro-
testant, écrivain[1] habile, et qui a infiniment d'es-
prit. L'ecclésiastique me l'attribue, pour en pren-
dre le sujet de me dire des injures atroces. Je n'ai
pas jugé à propos de rien dire : 1° par mépris ;
2° parce que ceux qui sont au fait de ces choses
savent que je ne suis point auteur de cet ouvrage ;
de sorte que toute cette manœuvre tourne contre
le calomniateur. Je ne connois point l'air actuel
du bureau de Paris ; et si ces feuilles ont pu faire
impression sur quelqu'un, c'est-à-dire si quelqu'un
a cru que je fusse l'auteur de cet ouvrage, que
sûrement un catholique ne peut avoir fait, seroit-
il à propos que je donnasse une petite réponse en
une page, *cum aliquo grano salis?* Si cela n'est
pas absolument nécessaire, j'y renonce, haïssant
à la mort de faire encore parler de moi. Il faudroit
que je susse aussi si cela a quelque relation avec la
Sorbonne. Je suis ici dans l'ignorance de tout, et
cette ignorance me plaît assez. Tout ceci entre
nous, et sans qu'il paroisse que je vous en aie écrit.
Mon principe a été de ne point me remettre sur
les rangs avec des gens méprisables. Comme je
me suis bien trouvé d'avoir fait ce que vous vou-
lûtes quand vous me poussâtes, l'épée dans les
reins, à composer ma défense[2], je n'entrepren-
drai rien qu'en conséquence de votre réponse.
Huart veut faire une nouvelle édition des *Lettres
persanes* ; mais il y a quelques *juvenilia*[3] que je
voudrois auparavant retoucher, quoiqu'il faut
qu'un Turc voie, pense et parle en Turc, et
non en chrétien : c'est à quoi bien des gens
ne font point attention en lisant les *Lettres per-
sanes*.

Je vois que le pauvre Clément V retombera dans
l'oubli, et que vous allez quitter les affaires de
Philippe-le-Bel pour celles de ce siècle-ci. L'his-
toire de mon pays y perdra, aussi bien que la ré-
publique des lettres ; mais le monde politique y
gagnera. Ne manquez pas de m'écrire de Vienne,
et n'oubliez point de me ménager la continuation
de l'amitié de monsieur votre frère[4] : c'est un des

militaires que je regarde comme destinés à faire
les plus grandes choses. Adieu, mon cher ami, je
vous embrasse de tout mon cœur.

De La Brède, le 4 octobre 1752.

### 71. — FRAGMENT

#### D'UNE LETTRE

### A MADAME LA MARQUISE DE POMPADOUR.

Piron est assez puni, madame, pour les mauvais
vers qu'on dit qu'il a faits ; d'un autre côté, il en a
fait de très bons. Il est aveugle, infirme, pauvre,
marié, vieux. Le roi ne pourroit-il pas lui accor-
der quelque pension ? Il est beau de l'obtenir.
C'est ainsi que vous employez le crédit que vos
belles qualités vous donnent ; et, parce que vous
êtes heureuse, vous voudriez qu'il n'y eût point
de malheureux. Le feu roi exclut La Fontaine
d'une place à l'académie, à cause de ses contes :
il la lui rendit, six mois après à cause de ses
fables[1].

. . . . . . 1752.

### 72. — A L'ABBÉ DE GUASCO.

#### A Vienne.

J'ai reçu, mon cher comte, votre lettre de
Vienne du 28 décembre. Je suis fâché d'avoir per-
du ceux qui m'avoient fait l'honneur d'avoir de
l'amitié pour moi. Il me reste le prince de Lich
tenstein, et je vous prie de lui faire bien ma cour.
J'ai reçu des marques d'amitié de M. Duval, biblio-
thécaire de l'empereur[2], qui fait beaucoup d'hon-
neur à la Lorraine, sa patrie. Dites aussi, je vous
prie, quelque chose de ma part à M. Van-Swieten :
je suis un véritable admirateur de cet illustre Es
culape[3]. Je vis hier monsieur et madame de Sé-

---

[1] L'auteur de cet écrit étoit La Beaumelle. On l'attribua faus-
sement à Montesquieu.

[2] Ce fut lui qui, à force de sollicitations, lui arracha comme
malgré lui l'unique réponse qu'il a faite à ses ennemis, sous le
titre de *Défense de l'Esprit des Lois*, que le public a reçue
comme un chef-d'œuvre de critique et un modèle de bon goût.

[3] Montesquieu, mûri par l'âge, disoit que, si les *Lettres
Persanes* étoient à imprimer, il en auroit retranché quelques
unes, dans lesquelles le feu de la jeunesse l'avoit transporté ;
qu'obligé par son père de passer toute la journée sur le code, il
s'en trouvoit le soir si fatigué, que, pour s'amuser, il se mettoit
à composer une lettre persane, et que cela couloit de sa plume
sans étude.

[4] Il étoit, à cette époque, général-major au service d'Au-
triche.

---

[1] En 1752, Piron essaya inutilement de se faire recevoir à l'a-
cadémie françoise : le roi lui refusoit son agrément. Montesquieu
qui étoit alors directeur de cette compagnie, écrivit aussitôt à
madame de Pompadour la lettre ci-dessus, et cette démarche
ne fut pas sans succès : Louis XV accorda une pension de mille
livres à l'auteur de *la Métromanie*.

[2] C'est-à-dire de sa bibliothèque particulière ; homme d'autant
plus estimable, que, né dans un état peu compatible avec la cul-
ture des lettres, il est parvenu à les cultiver sans secours, par la
seule force du talent.

[3] C'étoit à lui que les libraires de Vienne devoient la liberté de
pouvoir vendre l'*Esprit des Lois*, dont la censure des jésuites
empêchoit l'introduction à Vienne : M. le baron de Van-Swieten
n'étoit pas seulement l'Esculape de cette ville impériale par sa
qualité de premier médecin de la cour, il étoit encore l'Apollon
qui présidoit aux muses autrichiennes, tant par sa qualité de
bibliothécaire impérial, charge qui, par un usage particulier à
cette cour, est unie à celle de premier médecin, que par celle
de président de la censure des livres et des études du pays ; de

nectère : vous savez que je ne vois plus que les pères et les mères dans toutes les familles. Nous parlâmes beaucoup de vous ; ils vous aiment beaucoup. J'ai fait connoissance avec.... [1]. Tout ce que je puis vous en dire, c'est que c'est un seigneur magnifique, et fort persuadé de ses lumières ; mais il n'est pas notre marquis de Saint-Germain : aussi n'est-il pas un ambassadeur piémontois [2]. Bien de ces têtes diplomatiques se pressent trop de nous juger ; il faudroit nous étudier un peu plus. Je serois bien curieux de voir les relations que certains ambassadeurs font à leurs cours sur nos affaires internes. J'ai appris ici que vous relevâtes fort à propos l'équivoque touchant la qualification de mauvais citoyen. Il faut pardonner à des ministres, souvent imbus des principes du pouvoir arbitraire, de n'avoir pas des notions bien justes sur certains points, et de hasarder des apophthegmes [3].

La Sorbonne cherche toujours à m'attaquer : il y a deux ans qu'elle travaille sans savoir guère comment s'y prendre. Si elle me fait mettre à ses trousses, je crois que j'achèverai de l'ensevelir [4]. J'en serois bien fâché, car j'aime la paix par-dessus toutes choses. Il y a quinze jours que l'abbé Bonardi m'a envoyé un gros paquet pour mettre dans ma lettre pour vous. Comme je sais qu'il n'y a dedans que de vieilles rapsodies que vous ne liriez point, j'ai voulu vous épargner un port considérable : ainsi je garde la lettre jusqu'à votre retour, ou jusqu'à ce que vous me mandiez de vous l'envoyer, en cas qu'il y ait autre chose que des nouvelles des rues. J'ai appris avec bien du plaisir tout ce que vous me mandez sur votre sujet. Les choses obligeantes que vous a dites l'impératrice font honneur à son discernement, et les effets de la bonne opinion qu'elle vous a marquée lui feront encore plus d'honneur. Nous lisons ici la réponse du roi d'Angleterre au roi de Prusse, et elle passe dans ce pays-ci pour une réponse sans

réplique. Vous, qui êtes docteur dans le droit des gens, vous jugerez cette question dans votre particulier.

Vous avez très bien fait de passer par Lunéville : je juge, par la satisfaction que j'eus moi-même dans ce voyage, de celle que vous avez éprouvée par la gracieuse réception du roi Stanislas. Il exigea de moi que je lui promisse de faire un autre voyage en Lorraine. Je souhaiterois bien que nous nous y rencontrassions à votre retour d'Allemagne ; l'instance que le roi vient de vous faire par sa gracieuse lettre d'y repasser doit vous engager à reprendre cette route. Nous voilà donc encore une fois confrères en Apollon [1] ; en cette qualité, recevez l'accolade.

De Paris, le 5 mars 1753.

## 73. — AU MÊME.

Je trouve, mon cher comte, vos raisons assez bonnes pour ne point vous engager légèrement ; mais je crois que celles qu'on a pour vous retenir sont encore meilleures, et j'espère que votre esprit patriotique s'y rendra. Je vois par-là avec bien de la joie que ce que l'on m'a dit des soins qu'on prend de l'éducation des archiducs est très réel. Il ne suffit pas de mettre auprès d'eux des gens savants, il leur faut des gens qui aient des vues élevées et qui connoissent le monde ; et je crois, sans blesser votre modestie, qu'à ces titres vous devriez avoir des préférences. Le département de l'étude de l'histoire est un de ceux qui importent le plus à un prince ; mais il faut lui faire considérer l'histoire en philosophe ; et il est bien difficile qu'un régulier, ordinairement pédant, et livré par état à des préjugés, la lui développe dans ce point de vue, lors surtout qu'il s'agira de temps critiques et intéressants pour l'empire. Si l'on délivre de cette épine le département que l'on vous propose, j'aime trop le bien des hommes pour ne pas vous conseiller de passer par-dessus les autres difficultés qui s'opposent à la réussite de cette affaire. Avec quelques précautions, le climat de Vienne ne nuira pas plus à vos yeux que celui de Flandre, à moins que vous ne préfériez la bière au vin de Tokay. Quant aux convenances d'étiquette de cour, je suis persuadé qu'on pense assez juste pour ne pas perdre un homme utile pour de si petites choses [2]. Je me re-

---

sorte qu'il pouvoit être en même temps le médecin des esprits et des corps.

[1] Ce nom n'a pas pu se lire ; l'écriture est effacée.

[2] Il avoit été intimement lié avec le marquis de Breil, le commandeur de Solar son frère, et le marquis de Saint-Germain, tous trois ambassadeurs de Sardaigne : le premier à Vienne, les deux autres à Paris ; tous trois hommes du premier mérite.

[3] On parloit de l'*Esprit des Lois* au dîner d'un ambassadeur ; son excellence prononça qu'elle le regardoit comme l'ouvrage d'un mauvais citoyen. « Montesquieu mauvais citoyen ! s'écria » son ami : pour moi, je regarde l'*Esprit des Lois* même comme » l'ouvrage d'un bon sujet ; car on ne sauroit donner une plus » grande preuve d'amour et de fidélité à ses maîtres que de les » éclairer et de les instruire. »

[4] Il venoit de paroître un ouvrage intitulé le *Tombeau de la Sorbonne*, fait sous le nom de l'abbé de Prades.

[1] Le roi Stanislas les avoit agrégés à son académie de Nancy.

[2] L'usage de la cour de Vienne est de ne point donner, comme dans plusieurs autres, un précepteur en chef aux princes de la maison, mais seulement des instructeurs, dont chacun est chargé

pose là-dessus sur les vues supérieures de Marie-Thérèse. Vous voyez que je ne vous dis pas un mot des vues de fortune, parce que je sais que ce n'est pas ce qui vous touche le plus. Je vous prie de ne me pas laisser ignorer votre résolution, ou la décision de la cour : elle m'intéresse autant pour elle que pour vous.

Si vous continuez d'être libre, je vous conseille l'entreprise dont vous me parlez. Un chanoine doit être bien plus en état qu'un profane de traiter de l'esprit des lois ecclésiastiques. Votre plan seroit fort bon; mais je trouve le repos encore meilleur, et j'abandonne ce champ de gloire à votre zèle infatigable. Adieu.

..... 1753.

### 74. — AU MÊME.

#### A Vérone.

Mon cher ami, vos titres se multiplient tellement que je ne puis plus les retenir; voyons..... comte de Clavières, chanoine de Tournay, chevalier d'une croix impériale, membre de l'académie des inscriptions, de celles de Londres, de Berlin, et de tant d'autres, jusqu'à celle de Bordeaux : vous méritez bien tous ces honneurs, et bien d'autres encore.

Je suis bien aise que vous ayez eu du succès dans la négociation pour votre chapitre. Il est heureux de vous avoir, et fait bien de vous députer à la cour pour ses affaires, plutôt que de vous retenir pour chanter et pour boire; car je suis sûr que vous négociez aussi bien que vous chantez mal et buvez peu. Je suis fâché que l'affaire qui vous regardoit personnellement ait manqué. Vous n'êtes pas le seul qui y perdiez; et il vous reste votre liberté, qui n'est pas une petite chose : mais l'étiquette ne dédommagera pas de l'avantage dont on s'est privé; quoique je soupçonne qu'il pourroit bien y avoir d'autres raisons que l'étiquette, que l'exemple des autres cours auroit pu faire abandonner. Quand certaines gens ont pris racine, ils savent bien trouver des moyens pour écarter les hommes éclairés : d'ailleurs, vous n'êtes point un bel-esprit du pays de Liége ou de Luxembourg. Je me réserve là-dessus mes pensées.

Votre lettre m'a été rendue à La Brède, où je suis. Je me promène du matin au soir en véritable campagnard, et je fais ici de fort belles choses en-dehors.

Vous voilà donc parti pour la belle Italie. Je suppose que la galerie de Florence vous arrêtera long-temps. Indépendamment de cela, de mon temps, cette ville étoit un séjour charmant; et ce qui fut pour moi un objet des plus agréables fut de voir le premier ministre du grand-duc sur une petite chaise de bois, en casaquin et chapeau de paille, devant sa porte. Heureux pays, m'écriai-je, où le premier ministre vit dans une si grande simplicité et dans un pareil désœuvrement! Vous verrez madame la marquise Ferroni et l'abbé Niccolini : parlez-leur de moi. Embrassez bien de ma part monseigneur Cerati, à Pise; et pour Turin, vous connoissez mon cœur, notre grand-prieur, MM. les marquis de Breil et de Saint-Germain. Si l'occasion se présente, vous ferez ma cour à son altesse sérénissime. Si vous écrivez à M. le comte de Cobentzel, à Bruxelles, je vous prie de le remercier pour moi, et marquez-lui combien je me sens honoré par le jugement qu'il porte sur ce qui me regarde. Quand il y aura des ministres comme lui, on pourra espérer que le goût des lettres se ranimera dans les états autrichiens; et alors vous n'entendrez plus de ces propositions erronées et malsonnantes qui vous ont scandalisé.

Je crois bien que je serai à Paris dans le temps que vous y viendrez. J'écrirai à madame la duchesse d'Aiguillon combien vous êtes sensible à son oubli; mais, mon cher abbé, les dames ne se souviennent pas de tous les chevaliers : il faut qu'ils soient paladins. Au reste, je voudrois bien vous tenir huit jours à La Brède, à votre retour de Rome; nous parlerions de la belle Italie et de la forte Allemagne.

Voilà donc Voltaire qui paroît ne savoir où reposer sa tête [1] : *Ut eadem tellus, quæ modo victori defuerat, deesset ad sepulturam.* Le bon esprit vaut mieux que le bel esprit.

A l'égard de M. le duc de Nivernois, ayez la bonté de lui faire ma cour quand vous le verrez à Rome, et je ne crois pas que vous ayez besoin d'une lettre particulière pour lui. Vous êtes son confrère à l'académie, et il vous connoît; cependant, si vous croyez que cela soit nécessaire, mandez-le-moi. Adieu.

De La Brède, ce 28 septembre 1753.

### 75. — AU CHEVALIER D'AYDIES.

Je bus hier, mon cher chevalier, trois verres de vin à la confusion du P. de Palène : c'est une

---

d'enseigner la partie de littérature qu'on leur fait apprendre; et dans le choix de ceux qu'on nomme pour ces différents départements, on ne consulte que la capacité, sans avoir égard à la condition des personnes.

[1] Ceci est relatif à son départ de Berlin, et à sa fâcheuse aventure de Francfort.

santé angloise. Le pauvre homme auroit bien mieux aimé que vous lui eussiez donné une douzaine de coups de bâton que de signer une transaction qui met le couvent si fort à l'étroit; mais vous n'avez pas suivi son goût. Le P. de Palène est le diable de l'abbé de Grécourt, à qui l'on donne une flaquée d'eau bénite. Mon cher chevalier, je vous aime, je vous honore, et vous embrasse.

La Brède, ce 8 novembre 1753.

### 76. — A DALEMBERT.

Vous prenez le bon parti; en fait d'huître, on ne peut faire mieux. Dites, je vous prie, à madame du Deffand, que si je continue à écrire sur la philosophie, elle sera ma *marquise*. Vous avez beau vous défendre de l'académie, nous avons des matérialistes aussi : témoin l'abbé d'Olivet, qui pèse au centre et à la circonférence; au lieu que vous, vous ne pesez point du tout. Vous m'avez donné de grands plaisirs. J'ai lu et relu votre discours préliminaire : c'est une chose forte, c'est une chose charmante, c'est une chose précise, plus de pensées que de mots, du sentiment comme des pensées, et je ne finirois point.

Quant à mon introduction dans l'*Encyclopédie*, c'est un beau palais où je serois bien glorieux de mettre les pieds; mais pour les deux articles *Démocratie* et *Despotisme,* je ne voudrois pas prendre ceux-là; j'ai tiré, sur ces articles, de mon cerveau tout ce qui y étoit. L'esprit que j'ai est un moule, on n'en tire jamais que les mêmes portraits : ainsi je ne vous dirois que ce que j'ai dit, et peut-être plus mal que je ne l'ai dit. Ainsi, si vous voulez de moi, laissez à mon esprit le choix de quelques articles; et si vous voulez ce choix, ce sera chez madame du Deffand avec du marasquin. Le P. Castel dit qu'il ne peut pas se corriger, parcequ'en corrigeant son ouvrage, il en fait un autre; et moi je ne puis pas me corriger, parce que je chante toujours la même chose. Il me vient dans l'esprit que je pourrois prendre peut-être l'article *Goût*, et je prouverai bien que *difficile est proprie communia dicere* [1].

Adieu, monsieur; agréez, je vous prie, les sentiments de la plus tendre amitié.

De Bordeaux, le 16 novembre 1753.

[1] HORAT., *de Arte poetica*, v. 128.

### 77. — A M<sup>me</sup> LA DUCHESSE D'AIGUILLON.

J'ai, madame, reçu l'obligeante lettre que vous m'avez fait l'honneur de m'écrire dans le temps que je quittois La Brède pour partir pour Paris. Je resterai pourtant sept ou huit jours à Bordeaux pour mettre en ordre un vieux procès que j'ai. Je pars donc, et vous pouvez être sûre que ce n'est pas pour la Sorbonne que je pars, mais pour vous. Je quitte La Brède avec regret, d'autant mieux que tout le monde me mande que Paris est fort triste. Je reçus, il y a deux ou trois jours, une lettre assez originale : elle est d'un bourgeois de Paris qui me doit de l'argent, et qui me prie de l'attendre jusqu'au retour du parlement; et je lui mande qu'il feroit bien de prendre un terme un peu plus fixe. C'est un grand fléau que cette petite vérole : c'est une nouvelle mort à ajouter à celle à laquelle nous sommes tous destinés. Les peintures riantes qu'Homère fait de ceux qui meurent, de cette fleur qui tombe sous la faux du moissonneur, ne peuvent pas s'appliquer à cette mort-là.

J'aurois eu l'honneur de vous envoyer les chapitres que vous voulez bien me demander, si vous ne m'aviez appris que vous n'étiez plus dans le lieu où vous voulez les faire voir. Mais je vous les apporterai; vous les corrigerez, et vous me direz : Je n'aime pas cela. Et vous ajouterez : Il falloit dire ainsi. Je vous prie, madame, d'avoir la bonté d'agréer les sentiments du monde les plus respectueux.

De La Brède, le 3 décembre 1753.

### 78. — A L'ABBÉ DE GUASCO.

J'arrivai avant hier au soir de Bordeaux : je n'ai encore vu personne, et je suis plus pressé de vous écrire que de voir qui que ce soit. Je verrai Huart [1]; et s'il n'a pas rempli vos ordres, je les lui ferai exécuter : vous avez pourtant plus de crédit que moi auprès de lui; je ne lui donne que des phrases, et vous lui donnez de l'argent.

Je suis bien glorieux de ce que M. l'auditeur Bertolini a trouvé mon livre [2] assez bon pour le rendre meilleur, et a goûté mes principes. Je vous prierai dans le temps de me procurer un exemplaire de l'ouvrage de M. Bertolini : j'ai trouvé sa préface extrêmement bien; tout ce qu'il dit est juste, excepté les louanges. Mille choses bien tendres pour moi à M. l'abbé Niccolini. J'espère, mon

[1] Imprimeur de ses ouvrages à Paris.
[2] *L'Esprit des Lois.*

cher abbé, que vous viendrez nous voir à Paris cet hiver, et que vous viendrez joindre les titres d'Allemagne et d'Italie à ceux de France. Si vous passez par Turin, vous savez les illustres amis que j'y ai. Je vous embrasse de tout mon cœur.

De Paris, le 25 décembre 1763.

## 79. — AU CHEVALIER D'AYDIES.

Mon cher chevalier, madame du Deffand m'a fait part d'une lettre de vous qui m'a comblé de joie, parce qu'elle me fait voir que vous m'aimez beaucoup, et que vous m'estimez un peu. Or, l'amitié et l'estime de mon cher chevalier, c'est mon trésor. Je voudrois bien que vous fussiez ici, et vous nous manquez tous les jours; à présent que je vieilli, à vue d'œil, je me retire, pour ainsi dire, dans mes amis.

Bulkelay est au comble de ses vœux : son fils, pour lequel il est aussi sot que tous les pères, vient d'avoir le régiment; j'en suis en vérité bien aise : voilà sa fortune faite. M. Pelham, qui étoit à peu près le premier ministre d'Angleterre, est mort. C'est un ministre honnête homme, de l'aveu de tout le monde; il étoit désintéressé et pacifique; il vouloit payer les dettes de la nation; mais il n'avoit qu'une vie, et il en faut plusieurs pour ces entreprises-là.

Je suis allé voir hier une tragédie nouvelle, intitulée *les Troyennes*[1] : la pièce est assez mal faite; le sujet en est beau, comme vous savez : c'est à peu près celui qu'avoit traité Sénèque. Il y a d'excellents morceaux, un quatrième acte très beau, et le commencement d'un cinquième aussi. Ulysse dit d'un ami de Priam, qui avoit sauvé Astyanax :

Les rois seroient des dieux sur le trône affermis,
S'ils ne donnoient leurs cœurs qu'à de pareils amis[2].

M. d'Argenson se porte mieux, mais on craint qu'il ne lui reste une plus grande foiblesse aux jambes. Je ne vous dirai point quand finira l'affaire du parlement, ou plutôt l'affaire des parlements; tout cela s'embrouille, et ne se dénoue pas. Mon cher chevalier, pourquoi n'êtes vous point ici? pourquoi ne voulez-vous pas faire les délices de vos amis? pourquoi vous cachez-vous lorsque tout le monde vous demande? Revenez, nos mercredis languissent. Madame de Mirepoix, madame du Châtel, madame du Deffand.... Entendez-vous ces noms, et tant d'au-

tres? J'arrive avec madame d'Aiguillon, de Pontchartrain, où j'ai passé huit jours très agréables. Le maître de la maison a une gaieté, une fécondité qui n'a point de pareille. Il voit tout, il lit tout, il rit de tout, il est content de tout, il s'occupe de tout : c'est l'homme du monde que j'envie davantage; c'est un caractère unique. Adieu, mon cher chevalier; je vous écrirai quelquefois, et je serai votre Julien, qui est plus en état de vous envoyer de bons almanachs que de bonnes nouvelles. Permettez-moi de vous embrasser mille fois.

Le 12 mars 1754.

## 80. — A L'ABBÉ DE GUASCO.

### A Naples.

Je suis à Paris depuis quelque temps, mon cher comte. Je commence par vous dire que notre libraire Huart sort de chez moi, et il m'a dit de très bonnes raisons qu'il a eues pour vous faire enrager; mais vous recevrez au premier jour votre compte et votre mémoire.

Vous avez une boîte pleine de fleurs d'érudition, que vous répandez à pleines mains dans tous les pays que vous parcourez. Il est heureux pour vous d'avoir paru avec honneur devant le pape; c'est le pape des savants : or, les savants ne peuvent rien faire de mieux que d'avoir pour leur chef celui qui l'est de l'Église. Les offres qu'il vous a faites seroient tentantes pour tout autre que pour vous, qui ne vous laissez pas tenter, même par les apparences de la fortune, et qui avez les sentiments d'un homme qui l'auroit déjà faite. Les belles choses que vous me dites de M. le comte de Firmian[1] ne sont point entièrement nouvelles pour moi. Il est de votre devoir de me procurer l'honneur de sa connoissance, et c'est à vous à y travailler, sans quoi vous avez très mal fait de me dire de si belles choses. Je ne me souviens point d'avoir connu à Rome le P. Contucci[2]. Le seul jésuite que je voyois étoit le P. Vitry, qui venoit souvent dîner chez le cardinal de Polignac : c'étoit un homme fort important[3], qui faisoit des médailles antiques et des articles de foi.

J'ai droit de m'attendre, mon cher ami, que

---

[1] Châteaubrun, qui en étoit l'auteur, l'avoit gardée, dit-on, rente ans en portefeuille.
[2] Acte IV, sc. x.

[1] Alors ministre impérial à Naples, et depuis ministre plénipotentiaire des états de Lombardie à Milan, admirateur des ouvrages de Montesquieu, et ami des gens de lettres de tous les pays.
[2] Bibliothécaire du collège romain, et garde du cabinet des antiquités que le P. Kircher laissa à ce collège.
[3] Ce jésuite avoit à Rome beaucoup de part dans les affaires de la constitution *Unigenitus*, et brocantoit des médailles. On connoissoit son projet d'un nouveau *Saint-Augustin*, pour l'opposer à l'*Augustin* de Jansénius.

vous m'écriviez bientôt une lettre datée d'Hercu-
lée, où je vous vois parcourant déja tous les sou-
terrains. On nous en dit beaucoup de choses,
celles que vous m'en direz, je les regarderai com-
me les relations d'un auteur grave . ne craignez
point de me rebuter par les détails.

Je suis de votre avis sur les querelles de Malte[1],
que l'on traite de Turc à Maure : c'est cependant
l'ordre peut-être le plus respectable qu'il y ait
dans l'univers, et celui qui contribue le plus à
entretenir l'honneur et la bravoure dans toutes les
nations où il est répandu. Vous êtes bien hardi
de m'adresser votre révérend capucin : ne crai-
gnez-vous pas que je ne lui fasse lire la lettre per-
sane sur les capucins ?

Je serai au mois d'août à La Brède : *O rus,
quando te aspiciam*[2] *?* Je ne suis plus fait pour
ce pays-ci, ou bien il faut renoncer à être citoyen.
Vous devriez bien revenir par la France méridio-
nale : vous trouverez votre ancien laboratoire,
et vous me donnerez des nouvelles idées sur mes
bois et mes prairies. La grande étendue de mes
landes[3] vous offre de quoi exercer votre zèle pour
l'agriculture ; d'ailleurs j'espère que vous n'ou-
bliez point que vous êtes propriétaire de cent ar-
pents de ces landes, où vous pourrez remuer la
terre, planter et semer tant que vous voudrez.
Adieu ; je vous embrasse de tout mon cœur.

De Paris, le 9 avril 1774.

## 81. — A M. WARBURTON.

### A Londres.

J'ai reçu, monsieur, avec une reconnoissance
très grande, les deux magnifiques ouvrages que
vous avez eu la bonté de m'envoyer, et la lettre
que vous m'avez fait l'honneur de m'écrire sur les
*OEuvres posthumes de mylord Bolingbroke* ; et
comme cette lettre me paroît être plus à moi que
les deux ouvrages qui l'accompagnent, auxquels
tous ceux qui ont de la raison ont part, il me

---

¹ Il s'étoit alors élevé une dispute entre la cour de Naples et
l'ordre de Malte au sujet des droits de la monarchie de Sicile,
qu'on prétendoit s'étendre sur cette île.
² HORAT., Serm. II, sat. VI, v. 60.
³ Montesquieu gagna un procès contre la ville de Bordeaux,
qui lui rendit onze cents arpents de landes incultes, où il se mit
à faire des plantations de bois et des métairies, l'agriculture fai-
sant sa principale occupation dans les moments de relâche. Il
avoit fait présent de cent arpents de ses terres incultes à son
ami, pour qu'il pût exécuter librement ses projets d'agriculture;
mais son départ et ses engagements ailleurs ont fait rester ce
terrain en friche.
⁴ Auteur du *Coup d'œil sur la Philosophie du lord Boling-
broke*. Cette lettre fut insérée dans une gazette angloise du 16
août 1734.

---

semble que cette lettre m'a fait un plaisir part
culier. J'ai lu quelques ouvrages de mylord Boling
broke ; et, s'il m'est permis de dire comme
j'en ai été affecté, certainement il a beaucoup d
chaleur ; mais il me semble qu'il l'emploie ord
nairement contre. les choses : et il ne faudr
l'employer qu'à peindre les choses. Or, monsieu
dans cet ouvrage posthume dont vous me donne
une idée, il me semble qu'il vous prépare un
matière continuelle de triomphes. Celui qui atta
que la *religion révélée* n'attaque que la religio
révélée ; mais celui qui attaque la *religion natu*
*relle* attaque toutes les religions du monde. Si l'o
enseigne aux hommes qu'ils n'ont pas ce frein-c
ils peuvent penser qu'ils en ont un autre ; ma
il est bien plus pernicieux de leur enseigner qu'il
n'en ont pas du tout.

Il n'est pas impossible d'attaquer une religion ré
vélée, parce qu'elle existe par des faits particuliers
et que les faits, par leur nature, peuvent êtr
matière de dispute : mais il n'en est pas de mêm
de la *religion naturelle* ; elle est tirée de la natur
de l'homme, dont on ne peut pas disputer, et d
sentiment intérieur de l'homme, dont on ne peu
pas disputer encore. J'ajoute à ceci : Quel peu
être le motif d'attaquer la religion révélée e
Angleterre ? on l'y a tellement purgée de tout pré
jugé destructeur, qu'elle n'y peut faire de mal
et qu'elle y peut faire au contraire une infinité d
biens. Je sais qu'un homme, en Espagne ou e
Portugal, que l'on va brûler, ou qui craint d'êtr
brûlé parce qu'il ne croit point de certains article
dépendants ou non de la religion révélée, a u
juste sujet de l'attaquer, parcequ'il peut avoi
quelque espérance de pourvoir à sa défense natu
relle ; mais il n'en est pas de même en Angleterre
où tout homme qui attaque la religion révélée l'at
taque sans intérêt, et où cet homme, quand i
réussiroit, quand même il auroit raison dans l
fond, ne feroit que détruire une infinité de bien
pratiques pour établir une vérité purement spécu
lative.

J'ai été ravi, etc.

De Paris, le 16 mai 1734.

## 82. — AU PRÉSIDENT HÉNAULT.

Je voudrois bien, monsieur mon illustre con-
frère, donner trois ou quatre livres de l'*Esprit des
Lois* pour savoir écrire une lettre comme la vôtre;
et pour vos sentiments d'estime, je vous en rends
bien d'admiration. Vous donnez la vie à mon ame,
qui est languissante et morte, et qui ne sait plus

que se reposer. Avoir pu vous amuser à Compiègne, c'est pour moi la vraie gloire. Mon cher président, permettez-moi de vous aimer, permettez-moi de me souvenir des charmes de votre société, comme on se souvient des lieux que l'on a vus dans sa jeunesse, et dont on dit : J'étois heureux alors! Vous faites des lectures sérieuses à la cour, et la cour ne perd rien de vos agréments; et moi, qui n'ai rien à faire, je ne puis me résoudre à faire quelque chose. J'ai toujours senti cela : moins on travaille, moins on a de force pour travailler. Vous êtes dans le pays des changements; ici, autour de nous, tout est immobile. La marine, les affaires étrangères, les finances, tout nous semble la même chose : il est vrai que nous n'avons point une grande finesse dans le tact. J'apprends que nous avons eu à Bordeaux plusieurs conseillers au parlement de Paris, qui, depuis le rappel, sont venus admirer les beautés de notre ville ; outre qu'une ville où l'on n'est point exilé est plus belle qu'une autre. Mon cher président, je vous aimerai toute ma vie.

De La Brède, le 11 août 1754.

### 85. — A L'ABBÉ DE GUASCO.

Mon cher abbé, vous devez avoir reçu la lettre que je vous ai écrite à Naples, et celle que j'adressai depuis à Rome. Je ne sais plus en quel endroit de la terre vous êtes; mais comme une de vos lettres du 15 août 1754 est datée de Bologne, et m'annonce votre prochain retour à Paris, j'adresse celle-ci à Turin, chez votre ami le marquis de Barol.

Je commence par vous remercier de votre souvenir pour le vin de Roche-Maurin, vous assurant que je ferai avec la plus grande attention la commission de mylord Pembrock. C'est à mes amis, et surtout à vous, qui en valez dix autres, que je dois la réputation où s'est mis mon vin dans l'Europe depuis trois ou quatre ans : à l'égard de l'argent, c'est une chose dont je ne suis jamais pressé, Dieu merci. Vous ne me dites point si mylord Pembrock, qui vous parle de mon vin, se souvient de ma personne : je l'ai quitté il y a deux ans, plein d'estime et d'admiration pour ses belles qualités. Vous ne me parlez point de M. de Cloire, qui étoit avec lui, et qui est un homme d'un très grand mérite, très éclairé, et que je voudrois fort revoir. Je voudrois bien que vos affaires vous permissent de passer de Turin à Bordeaux. Vous qui voyez tout, pourquoi ne voudriez-vous point voir vos amis, et La Brède, toute prête à vous recevoir

avec des Io? Mais peut-être vous verrai-je à Paris, où vous ne devez point chercher d'autre logement que chez moi, d'autant plus que la dame Boyer, votre ancienne hôtesse, n'est plus : dès que je vous saurai arrivé, je hâterai mon départ.

Ce que vous a dit le pape de la lettre [1] de Louis XIV à Clément XI est une anecdote assez curieuse. Le confesseur n'eut pas sans doute plus de difficulté d'engager le roi à promettre qu'il feroit rétracter les quatre propositions du clergé, qu'il en eut à faire promettre que sa bulle seroit reçue sans contradiction; mais les rois ne peuvent pas tenir tout ce qu'ils promettent, parce qu'ils promettent quelquefois sur la foi de ceux qui les conseillent suivant leurs intérêts. Adieu, mon cher comte; je vous salue et embrasse mille fois.

De La Brède, le 3 novembre 1754.

### 84. — A Mᵍʳ CERATI.

Je commence par vous embrasser bras dessus et bras dessous. J'ai l'honneur de vous présenter M. de La Condamine, de l'académie des sciences de Paris. Vous connoissez sa célébrité : il vaut mieux que vous connoissiez sa personne; et je vous la présente parce que vous êtes toute l'Italie pour moi. Souvenez-vous, je vous prie, de celui qui vous aime, vous honore et vous estime plus que personne dans le monde.

De Bordeaux, le 1ᵉʳ décembre 1754.

### 85. — A L'ABBÉ NICCOLINI.

Permettez, mon cher abbé, que je me rappelle à votre amitié : je vous recommande M. de La Condamine. Je ne vous dirai rien, sinon qu'il est de mes amis : sa grande célébrité vous dira d'autres choses, et sa présence dira le reste. Mon cher abbé, je vous aimerai jusqu'à la mort.

De Bordeaux, le 1ᵉʳ décembre 1754.

---

[1] Sa sainteté lui avoit dit avoir entre ses mains une lettre par laquelle ce monarque promettoit à Clément XI de faire rétracter son clergé de la délibération touchant les quatre propositions du clergé de France, de 1682 ; que cette lettre lui avoit été si fort à cœur, que, pour la tirer des mains du cardinal Annibal Albani, camerlingue, qui faisoit difficulté de la livrer, il avoit été obligé de lui accorder, non sans quelque scrupule, disoit-il, certaines dispenses que ce cardinal exigeoit.

Le cardinal de Polignac a conté à quelqu'un une anecdote qui a rapport à ceci, et qui est digne d'être rapportée. Le P. Le Tellier alla un jour le trouver, et lui dit que, le roi étant déterminé à faire soutenir dans toute la France l'infaillibilité, il prioit son éminence d'y donner la main. A quoi le cardinal répondit : « Mon père, si vous entreprenez une pareille chose, vous ferez » mourir le roi bientôt. » Ce qui fit suspendre les démarches et les intrigues du confesseur à ce sujet.

### 86. — A L'ABBÉ DE GUASCO.

Soyez le bienvenu, mon cher comte : je ne doute pas que ma concierge n'ait fait bien échauffer votre lit. Fatigué comme vous deviez l'être d'avoir couru la poste jour et nuit, et des courses faites à Fontainebleau, vous aviez besoin de ces petits soins pour vous remettre. Vous ne devez point partir de ma chambre ni de Paris que je n'arrive, à moins que vous ne vouliez venir à Paris pour me dire que je ne vous verrai pas. Je vois que vous allez en Flandre. Je voudrois bien que vous eussiez d'assez bonnes raisons de rester avec nous, outre celle de l'amitié ; mais je vois qu'il ne faudra bientôt plus à nos prélats pour coopérateurs que des Doyenart [1]. Eussiez-vous cru que ce laquais, métamorphosé en prêtre fanatique, conservant les sentiments de son premier état, parvînt à obtenir une dignité dans un chapitre ? J'aurai bien des choses à vous dire, si je vous trouve à Paris, comme je l'espère ; car vous ne brûlerez pas un ami qui abandonne ses foyers pour vous courir, dès qu'il sait où vous prendre.

Je suis fort aise que S. A. R. monseigneur le duc de Savoie agrée la dédicace de votre traduction italienne, et très flatté que mon ouvrage paroisse en Italie sous de si grands auspices. J'ai achevé de lire cette traduction, et j'ai trouvé partout mes pensées rendues aussi clairement que fidèlement. Votre épître dédicatoire est aussi très bien ; mais je ne suis pas assez fort dans la langue italienne pour juger de la diction.

Je trouve le projet et le plan de votre traité sur les statues [2] intéressant et beau, et je suis bien curieux de le voir. Adieu.

De La Brède, le 2 décembre 1754.

[1] Pierre Doyenart fut laquais du fils de Montesquieu pendant qu'il étoit au collège de Louis le Grand. Ayant appris un peu de latin, il se sentit appelé à l'état ecclésiastique ; et, par l'intercession d'une dame, il obtint de l'évêque de Bayonne, dont il étoit diocésain, la permission d'en prendre l'habit. Devenu prêtre et bénéficier dans l'église, il vint à Paris demander à Montesquieu sa protection auprès du comte de Maurepas, pour avoir un meilleur bénéfice qui vaquoit, le priant à cet effet de se charger d'une requête pour le ministre. Elle débutoit par ces mots : « Pierre Doyenart, prêtre du diocèse de Bayonne, ci-devant » employé par feu monsieur l'évêque à découvrir les complots » des jansénistes, ces perfides qui ne connoissent ni pape, ni » roi, etc. » Montesquieu, ayant lu ce début, plia la requête, la rendit au suppliant, et lui dit : « Allez, monsieur, la présenter » vous-même ; elle vous fera honneur, et aura plus d'effet : mais » auparavant passez dans ma cuisine, pour déjeuner avec mes » valets. » Ce que M. Doyenart n'oublioit jamais dans les visites fréquentes qu'il faisoit à son ancien maître. Il parvint, quelque temps après, à la dignité de trésorier dans un chapitre d'une cathédrale en Bretagne.

[2] Cet ouvrage, qui n'étoit alors que commencé, a été continué ; mais les incommodités survenues à l'auteur l'ont empêché pendant quelques années d'y donner la dernière main.

### 87. — AU MÊME.

Dans l'incertitude où je suis que vous m'attendiez, je vous écrirai encore une lettre avant de partir. Vous êtes chanoine de Tournay ; et moi je fais des prairies. J'aurois besoin de cinquante livres de graine de trèfle de Flandre, que l'on pourroit m'envoyer par Dunkerque à Bordeaux. Je vous prie donc de charger quelqu'un de vos amis à Tournay de me faire cette commission, et je vous paierai comme un gentilhomme, ou, pour mieux dire, comme un marchand ; et quand vous viendrez à La Brède, vous verrez votre trèfle dans toute sa gloire. Considérez que mes prés sont de votre création : ce sont des enfants à qui vous devez continuer l'éducation. Je compte que vous aurez vu nos amis, et que vous leur aurez un peu parlé de moi. Je vous verrai certainement bientôt ; mais cela ne doit point vous empêcher de faire des histoires du prétendant à mademoiselle Betti [1] : vous n'en serez que mieux soigné. Je vous marquerai, par une lettre particulière, le jour de mon arrivée, que je ne sais point ; et quand je ne vous écrirois pas, en cas que j'apparusse devant vous sans vous avoir prévenu, vous aurez bientôt transporté votre pelisse, votre bréviaire et vos médailles dans l'appartement de mon fils. Quand vous verrez madame Dupré de Saint-Maur, demandez-lui si elle a reçu une lettre de moi. Présentez-lui, je vous prie, mes respects, et à M. de Trudaine, notre respectable ami. L'abbé, encore une fois, attendez-moi.

Puisque vous êtes d'avis que j'écrive à M. l'auditeur Bertolini, je vous adresse la lettre pour la lui faire tenir. Je vous embrasse de tout mon cœur.

De La Brède, le 8 décembre 1754.

### 88. — A M. L'AUDITEUR BERTOLINI.

#### A Florence.

Je finis la lecture des deux morceaux de votre préface [2], monsieur, et je prends la plume pour vous dire que j'en ai été enchanté ; et quoique je ne l'aie vue qu'au travers de mon amour-propre, parce que je m'y trouve paré comme dans un jour de fête, je ne crois pas que j'eusse pu y trouver tant de beautés si elles n'y étoient pas. Il y a un endroit que je vous supplie de retrancher : c'est

[1] Irlandoise, concierge de l'hôtel de Montesquieu, à Paris, fort zélée pour le prétendant.

[2] Ce magistrat éclairé, de Florence, a fait un ouvrage dans lequel il prouve que les principes de l'Esprit des Lois sont ceux des meilleurs écrivains de l'antiquité.

l'article qui concerne les Anglois [1]; et où vous dites que j'ai fait mieux sentir la beauté de leur gouvernement que leurs auteurs mêmes. Si les Anglois trouvent que cela soit ainsi, eux qui connoissent mieux leurs livres que nous, on peut être sûr qu'ils auront la générosité de le dire; ainsi renvoyons-leur cette question. Je ne puis m'empêcher, monsieur, de vous dire combien j'ai été étonné de voir un étranger posséder si bien notre langue; et j'ai encore des remerciements à vous faire sur mon apologie que vous faites, vous qui m'entendez si bien, contre des gens qui m'ont si mal entendu, qu'on pourroit gager qu'ils ne m'ont pas seulement lu. D'ailleurs je dois me féliciter de ce que quelques endroits de mon livre vous ont fourni une occasion de faire l'éloge de la grande reine [2]. J'ai, monsieur, l'honneur d'être, avec des sentiments remplis de respect et de considération.......

De La Brède, le 5 décembre 1754.

## 89. — A L'ABBÉ DE GUASCO.

Je suis bien étonné, mon cher ami, du procédé de la Geoffrin; je ne m'attendois pas à ce trait malhonnête de sa part contre un ami que j'estime, que je chéris, et dont elle me doit la connoissance. Je me reproche de ne vous avoir pas prévenu de ne plus aller chez elle. Où est l'hospitalité? où est la morale? Quels sont les gens de lettres qui seront en sûreté dans cette maison, si l'on y dépend ainsi d'un caprice? Elle n'a rien à vous reprocher, j'en suis sûr; ce qu'elle a dit de vous ne sont que des sottises [3] qu'il

ne vaut pas la peine de vous rendre. Après tout, qu'est-ce que tout cela vous fait? Elle ne donne pas le ton dans Paris, et il ne peut y avoir que quelques esprits rampants et subalternes et quelques caillettes qui daignent modeler leur façon de penser sur la sienne. Vous êtes connu dans la bonne compagnie; vous y avez fait vos preuves depuis long-temps; vous tomberez toujours sur vos pieds : voyez la duchesse d'Aiguillon, elle ne pense pas d'après les autres; voyez nos amis du Marais [1], et je suis persuadé que vous ne trouverez point de changement dans leur façon de penser et d'agir à votre égard. Nous nous verrons bientôt, et nous parlerons de cette affaire; elle ne vaut pas la peine que vous vous chagriniez.

Tout bien pesé, je ne puis encore me déterminer à livrer mon roman d'*Arsace* à l'imprimeur. Le triomphe de l'amour conjugal de l'Orient est peut-être trop éloigné de nos mœurs pour croire qu'il seroit bien reçu en France. Je vous apporterai ce manuscrit; nous le lirons ensemble, et je le donnerai à lire à quelques amis. A l'égard de mes voyages, je vous promets que je les mettrai en ordre dès que j'aurai un peu de loisir, et nous deviserons à Paris sur la forme [2] que je leur donnerai. Il y a encore trop de personnes, dont je parle, vivantes pour publier cet ouvrage; et je ne suis pas dans le système de ceux qui conseillèrent à M. de Fontenelle de *vider le sac* [3] avant que de mourir. L'impression de ses comédies n'a rien ajouté à sa réputation.

Puisque vous vous piquez d'être quelquefois antiquaire, je ne vois point d'inconvénient de donner à votre collection le titre de *Galerie de portraits politiques de ce siècle*; et pour moi, qui ne suis point antiquaire, je la préférerai à une galerie de statues. Vous songez sans doute qu'un pareil ouvrage ne doit être que pour le siècle à venir, auquel

---

[1] Cet article fut retranché.

[2] L'impératrice Marie-Thérèse, reine de Hongrie.

[3] Comme cette tracasserie courut tout Paris dans le temps, il ne sera pas indifférent d'en dire quelque chose. Les raisons que madame Geoffrin disoit avoir pour rompre avec cet étranger, qui avoit été de sa société, étoient, 1° que, lui ayant donné une commission d'un service de faïence pendant qu'il étoit en Angleterre, il le lui avoit fait rembourser, en trois paiements différents, des fonds qu'il avoit à Paris, au lieu de lui envoyer une lettre de change du total; 2° qu'il avoit manqué au ton de la bonne compagnie en parlant un jour chez elle, dans le moment qu'on alloit dîner, d'une colique dont il étoit tourmenté, et qui l'obligea de se retirer; 3° qu'il tenoit à trop de sociétés; 4° qu'elle le soupçonnoit d'être un espion des cours de Vienne ou de Turin, puisqu'il étoit tant lié avec les ministres étrangers. Mais à ces raisons, sans doute véritables, des gens ont ajouté malicieusement, 1° que cet étranger ayant contracté plus de liaisons dans Paris qu'il n'en eut d'abord, et n'allant plus journellement chez elle, elle se crut négligée; 2° qu'ayant fait la vie du prince Cantemir, et parlé des personnes avec qui il étoit en liaisons, il ne l'avoit pas nommée; 3° que, lui ayant fait espérer la connoissance de M. le marquis de Saint-Germain, ambassadeur de Sardaigne, homme très estimé, qu'elle ambitionnoit beaucoup de voir chez elle, la chose n'eut pas lieu, parce que cet ambassadeur ne s'en soucioit pas, et que ce fut là l'époque

du refroidissement. Quoi qu'il en soit, une avanie qu'elle lui fit un jour chez elle décida la rupture totale : elle chercha ensuite à la justifier par bien des voies, jusqu'à tâcher d'indisposer Montesquieu contre lui; mais leur amitié étoit à toute épreuve.

[1] M. de Trudaine et sa société.

[2] Montesquieu balançoit s'il écriroit ses voyages en forme de lettres, ou s'il les mettroit en simple récit : la mort le prévint, et nous sommes privés de l'ouvrage d'un voyageur philosophe qui savoit voir là où les autres ne font que regarder.

[3] En 1749, Fontenelle, désirant publier ses comédies, en donna lecture dans la société de madame de Tencin, pour savoir s'il devoit les faire paroître. Elles furent jugées au-dessous de la grande réputation de leur auteur; et madame de Tencin fut chargée de le détourner de les faire imprimer, ce à quoi Fontenelle déféra. Quelque temps après, l'amour paternel s'étant réveillé, il voulut avoir l'avis d'une autre société, qui lui persuada de *vider le sac* de tous ses manuscrits, et cet avis l'emporta; mais le public ne fut pas si indulgent pour ses comédies.

on peut être utile sans danger ; car, comme vous le remarquez, le caractère et les qualités personnelles des négociateurs et des ministres ayant une grande influence sur les affaires publiques et les événements politiques, l'entrée de ce sanctuaire est dangereuse aux profanes. Adieu.

<div style="text-align:right">De La Brède, le 15 décembre 1754.</div>

## 90. — AU MÊME.

Que voulez-vous que je vous dise, mon cher ami ? je ne veux pas vous porter à la vengeance ; mais vous êtes dans le cas de la défense naturelle. Je suis véritablement indigné contre le trait malhonnête de cette femme ; mais rien ne m'étonne. Si vous saviez les tours que j'ai essuyés moi-même plus d'une fois, vous seriez moins surpris et peut-être moins piqué. Votre réputation est faite ; les honnêtes gens ne vous la contesteront jamais. Tout le monde n'a pas fait ses preuves comme vous ; vous ne devez votre place à l'académie qu'à des triomphes réitérés. Une femme capricieuse ne sauroit vous ravir tout ce que les gens de mérite de Paris, tout ce que les autres nations vous accordent. Ne vous faites point des chimères ; vos observations sur la prétendue différence du traitement sont peut-être l'effet de votre découragement. Que vous soyez encore ou que vous ne soyez plus des nôtres, les honnêtes gens, les gens de lettres, sont de toutes les nations, et tous les honnêtes gens de toutes les nations sont leurs compatriotes. Vous étiez bien reçu et aimé de nous lorsque nous étions en guerre contre votre pays ; pourquoi fausserions-nous la paix à votre égard ? Allez votre train : vous nous connoissez, et savez qu'il y a souvent plus d'étourderie ou de précipitation de jugement que de méchanceté dans notre fait ; vous connoissez aussi ceux sur qui vous pouvez compter. Ne vous souciez pas d'une femme acariâtre, des caillettes et des âmes basses. Je vous défends bien positivement à présent d'aller chanter matines à Tournay avant que j'arrive à Paris : il ne faut point avoir le cœur plein d'amertume pour louer Dieu. Quand je serai à Paris, j'espère que nous éclaircirons toute cette affaire, et que nous connoîtrons la source de cette tracasserie. Vous êtes un pyrrhonien, si vous doutez de mon voyage : nous nous verrons plus tôt que vous ne croyez. Mon fils [1], qui est à Clérac, a bien mal aux yeux ; nous serons peut-être trois aveugles, vous, lui et moi. Nous

[1] Le baron de Secondat, mort à Bordeaux en 1795

renouvellerons *la danse des aveugles* [1] pour nous consoler.

Adieu ; je vous embrasse de tout mon cœur.

<div style="text-align:right">De Bordeaux, le 25 décembre 1754.</div>

## 91. — AU MÊME.

<div style="text-align:center">A Tournay.</div>

Je n'ai rien négligé, mon cher ami, pour découvrir d'où est partie la bêtise qu'on a fait courir sur votre compte ; mais je n'ai réussi qu'à vérifier qu'on l'a dite, sans en déterrer la source. Je ne jurerois pas que vous ayez eu tort de le soupçonner sorti de la boutique près de l'Assomption. Quand on a un grand tort, il n'est pas étonnant qu'on cherche à l'excuser par toutes sortes de voies : des tracasseries on va jusqu'aux horreurs. Madame Geoffrin est venue chez moi, à ce qu'il m'a paru, pour me sonder ; elle n'a pas manqué de vous mettre sur le tapis d'un air moqueur ; mais j'ai coupé court en lui faisant sentir combien j'étois choqué de son procédé à l'égard d'un ami qu'elle sait bien que j'aime et que j'estime. Elle a été un peu surprise : notre conversation n'a pas été longue, et je me propose bien de rompre avec elle [2]. Je ne la croyois pas capable de tant de méchanceté et de noirceur. Madame d'Aiguillon est aussi choquée que moi de tout ceci : elle a péroré, avec la vivacité que vous lui connoissez, contre la futilité du soupçon de l'espionnage politique, et le ridicule de cette prétendue découverte ; elle n'a pas manqué de relever que vous aviez vécu parmi nous pendant toute la guerre, sans avoir jamais donné lieu de vous soupçonner, et qu'il n'y a nulle occasion de le faire dans le temps que nous sommes en pleine paix avec les pays auxquels vous tenez. Une conjecture jetée en passant, à l'occasion de votre voyage à Vienne et de vos engagements en Flandre, a pu aisément prendre corps en passant d'une bouche à une autre ; et la malignité en a sans doute profité. Ce qui m'a le plus scandalisé en tout cela, c'est la conduite de quelques uns de vos confrères. Mais, mon cher abbé, il y a de petits esprits et des âmes viles partout, même parmi les gens de lettres, même dans les sociétés littéraires. Mais enfin vous ne devez votre place qu'à vos succès.

Au reste, puisque vous voilà en repos, profitez

[1] Pièce de vers de Michaut, poëte contemporain de Louis XI.
[2] Cette rupture eût été en même temps l'apologie et la vengeance la plus complète de son ami ; mais la mort ne laissa pas à Montesquieu le temps de réaliser ses intentions.

de votre loisir pour mettre vos dissertations en état de paroître, ainsi que votre *Histoire de Clément V*, que nous attendons toujours à Bordeaux avec empressement. Le plaisir de chanter au chœur ne doit pas vous faire perdre le goût des plaisirs littéraires.

Quelques mois d'absence feront tomber tous les bruits ridicules, et vous serez à Paris aussi bien que vous y étiez avant cette tracasserie de femmelette. Je vous somme de votre parole pour le voyage de La Brède après votre résidence ; je calcule que ce sera pour le mois d'août. Votre départ me laisse un grand vide ; et je sens combien vous me manquez. N'oubliez pas mon trèfle, vos prairies et vos mûriers de Gascogne. Je vous embrasse de tout mon cœur.

De Paris, le . . . janvier 1753.

### 92. — AU MÊME.

Vous fûtes hier de la dispute avec M. de Mairan[1] sur la Chine. Je crains d'y avoir mis trop de vivacité, et je serois au désespoir d'avoir fâché cet excellent homme. Si vous allez dîner aujourd'hui chez M. de Trudaine[2], vous l'y trouverez peut-être : en ce cas, je vous prie de sonder un peu s'il a mal pris ce que j'ai dit ; et sur ce que vous me rendrez, j'agirai de façon avec lui qu'il soit convaincu du cas que je fais de son mérite et de son amitié.

Paris, . . . . 1753.

### 93. — A HELVÉTIUS.

Mon cher, l'affaire s'est faite, et de la meilleure grace du monde. Je crains que vous n'ayez eu quelque peine là-dessus, et je ne voudrois donner aucune peine à mon cher Helvétius ; mais je suis bien aise de vous remercier des marques de votre amitié. Je vous déclare de plus que je ne vous ferai plus de compliments ; et au lieu de compliments qui cachent ordinairement les sentiments

qui ne sont pas, mes sentiments cacheront toujours mes compliments. Faites mes compliments, non compliments, à notre ami Saurin. J'ai usurpé sur lui, je ne sais comment, le titre d'ami, et me suis venu fourrer en tiers. Si vous autres me chassez, je reviendrai : *tamen usque recurret*[1]. A l'égard de ce qu'on peut reprocher, il en est comme des vers de Crébillon : tout cela a été fait quinze ou vingt ans auparavant. Je suis admirateur sincère de *Catilina*, et je ne sais comment cette pièce m'inspire du respect. La lecture m'a tellement ravi que j'ai été jusqu'au cinquième acte sans y trouver un seul défaut, ou du moins sans le sentir. Je crois bien qu'il y en a beaucoup, puisque le public y en trouve beaucoup ; et de plus, je n'ai pas de grandes connoissances sur les choses du théâtre. De plus, il y a des cœurs qui sont faits pour certains genres de dramatique : le mien, en particulier, est fait pour celui de Crébillon ; et comme dans ma jeunesse je devins fou de *Rhadamiste*, j'irai aux Petites-Maisons pour *Catilina*. Jugez si j'ai eu du plaisir quand je vous ai entendu dire que vous trouviez le caractère de Catilina peut-être le plus beau qu'il y eût au théâtre. En un mot, je ne prétends point donner mon opinion pour les autres. Quand un sultan est dans son sérail, va-t-il choisir la plus belle ? Non. Il dit : Je l'aime, je la prends. Voilà comme décide ce grand personnage. Mon cher Helvétius, je ne sais point si vous êtes autant au-dessus des autres que je le sens ; mais je sens que vous êtes au-dessus des autres, et moi je suis au-dessus de vous pour l'amitié.

### 94. — LETTRE

#### DE M<sup>me</sup> LA DUCHESSE D'AIGUILLON

##### A L'ABBÉ DE GUASCO.

Je n'ai pas eu le courage, monsieur l'abbé, de vous apprendre la maladie, encore moins la mort de M. de Montesquieu. Ni le secours des médecins, ni la conduite de ses amis, n'ont pu sauver une tête si chère. Je juge de vos regrets par les miens. *Quis desiderio sit pudor tam cari capitis*[2] ? L'intérêt que le public a témoigné pendant sa maladie, le regret universel, ce que le roi en a dit[3] publiquement : que c'étoit un homme impossible à remplacer, sont des ornements à sa mémoire,

---

[1] Membre de l'académie des sciences et de l'académie françoise, connu par des ouvrages excellents, et par l'honnêteté et la douceur de son caractère. Ces deux savants n'étoient pas du même avis sur quelques points relatifs aux Chinois, pour lesquels M. de Mairan étoit prévenu par les lettres du P. Parennin, jésuite, dont Montesquieu se méfioit. Lorsque le *Voyage de l'amiral Anson* parut, il s'écria : « Ah ! je l'ai toujours dit, que les Chinois n'étoient pas si honnêtes gens qu'ont voulu le faire croire les *Lettres édifiantes*. »

[2] Conseiller d'état et intendant des finances, qui vivoit beaucoup avec les hommes de lettres les plus distingués, et s'occupoit avec zèle de l'encouragement des arts. Il étoit un des amis les plus intimes de Montesquieu.

[1] HORAT., *Epist.*, lib. I, x, 24.

[2] HORAT., *Lyric.*, lib. I, xxiv, 1.

[3] Louis XV envoya, outre cela, chez lui un seigneur de la cour le duc de Nivernois ), pour avoir des nouvelles de son état.

mais ne consolent point ses amis. Je l'éprouve; l'impression du spectacle, l'attendrissement, s'effaceront avec le temps; mais la privation d'un tel homme dans la société sera sentie à jamais par ceux qui en ont joui. Je ne l'ai pas quitté [1] jusqu'au moment qu'il a perdu toute connoissance, dix-huit heures avant la mort; madame Dupré lui a rendu les mêmes soins; et le chevalier de Jaucourt [2] ne l'a quitté qu'au dernier moment. Je vous suis, monsieur l'abbé, toujours aussi dévouée.

De Pontchartrain, le 17 février 1755.

## 95. — FRAGMENT D'UNE LETTRE

### DU BARON SECONDAT DE MONTESQUIEU

#### A L'ABBÉ DE GUASCO.

Je n'ai pu lire votre lettre de Florence, du 8 février, sans le plaisir le plus sensible et la plus tendre reconnoissance. Je connois depuis long-temps de réputation M. l'abbé marquis Niccolini et monseigneur Cerati. J'en ai cent fois entendu parler à mon père dans les termes les plus affectueux, et qui peignoient le mieux la sympathie qui étoit entre leurs ames et la sienne. J'accepte vos offres [1] et les leurs; elles sont trop honorables à la mémoire de mon père pour n'être pas reçues avec tout le respect et toute la tendresse possible. Quelques académiciens contribueront avec plaisir à la dépense; mais nous ne pouvons pas faire beaucoup de fond sur ces secours. Je ne puis même vous dire à présent jusqu'où s'étendroit leur générosité. Je ne sais si les François sont trop vains; mais nous croyons avoir à présent en France des sculpteurs aussi habiles que ceux d'Italie. On étoit même convenu du prix avec M. Lemoine. C'est l'homme du monde le plus généreux et le plus désintéressé. L'académie françoise ayant désiré d'avoir un portrait [2] de mon père, et les peintres fameux de Paris ayant refusé de s'en charger, vu la difficulté de réussir avec le seul secours de la médaille frappée par les Anglois, M. Lemoine se prêta de la meilleure grace du monde à aider un jeune peintre, par un médaillon en grand, qu'il eut la bonté de faire très ressemblant à la petite médaille. Or M. Lemoine ayant eu une fois dans sa tête la figure de mon père, sera plus en état qu'un autre de la rendre dans un buste de marbre; et comme il a gardé le modèle de ce qu'il a fait, et qu'il l'a fait voir à plusieurs personnes qui ont connu mon père, et lui ont fait remarquer les défauts qui étoient restés dans ces essais, c'est encore une raison de plus pour le faire réussir dans un ouvrage de conséquence.

De Bordeaux, le 25 mars 1756.

## 96. — LE MÊME AU MÊME.

Je vois que vous n'avez point reçu la lettre que j'eus l'honneur de vous écrire de Paris, dans laquelle je vous parlois amplement du buste de l'auteur de l'*Esprit des Lois*. M. le prince de Beauvau ayant été nommé commandant de la Guienne en 1763, parut desirer une place à l'académie de Bordeaux; sur-le-champ elle lui fut offerte, et il

---

[1] Cette assistance ne fut pas inutile au repos du malade; et on lui devra peut-être un jour quelque nouvelle richesse littéraire de cet homme illustre, dont le public auroit été probablement privé; car on a appris qu'un jour, pendant que madame la duchesse d'Aiguillon étoit allée dîner, le P. Routh, jésuite irlandois, qui l'avoit confessé, étant venu, et ayant trouvé le malade seul avec son secrétaire, fit sortir celui-ci de la chambre, et s'y enferma sous clef. Madame d'Aiguillon, revenue d'abord après dîner, trouva le secrétaire dans l'antichambre, qui lui dit que le P. Routh l'avoit fait sortir, voulant parler en particulier à Montesquieu. Comme, en approchant de la porte, elle entendit la voix du malade qui parloit avec émotion, elle frappa; le jésuite ouvrit : « Pourquoi tourmenter cet homme mourant? » lui dit-elle. Alors Montesquieu, reprenant lui-même la parole, dit : « Voilà, madame, le P. Routh, qui voudroit m'obliger de lui » livrer la clef de mon armoire pour enlever mes papiers. » Madame d'Aiguillon fit des reproches de cette violence au confesseur, qui s'excusa en disant : « Madame, il faut que j'obéisse » à mes supérieurs; » et il fut renvoyé sans rien obtenir. Ce fut ce jésuite qui publia, après la mort de Montesquieu, une lettre supposée, adressée à M. Gaultier, alors nonce à Paris, dans laquelle on fait dire à cet illustre écrivain « que c'étoit le goût » du neuf et du singulier, le desir de passer pour un génie su» périeur aux préjugés et aux maximes communes, l'envie de » plaire et de mériter les applaudissemens de ces personnes qui » donnent le ton à l'estime publique, et qui n'accordent jamais » plus sûrement la leur que quand on semble les autoriser à se» couer le joug de toute dépendance et de toute contrainte, qui » lui avoient mis les armes à la main contre la religion. » Le P. Routh eut l'impudence de faire mettre un aveu aussi peu assorti au caractère de sincérité de cet écrivain, dans la *Gazette d'U-trecht*, d'abord après sa mort.

[2] Ce gentilhomme, fort ami de Montesquieu, avoit fait une étude particulière de la médecine, et l'exerçoit simplement par goût et par amitié. C'est celui qui a fourni le plus d'articles à l'*Encyclopédie*.

[1] Ils vouloient s'associer à l'offre que l'abbé de Guasco avoit déjà faite lui-même de contribuer à la dépense d'un buste en marbre de Montesquieu, qu'il feroit exécuter en Italie par un des plus habiles sculpteurs, pour être placé dans la salle de l'académie de Bordeaux; et cela pour faciliter l'effet de la délibération que cette académie avoit prise d'ériger un pareil monument, mais qui étoit arrêtée, faute de fonds.

[2] Montesquieu ne s'étoit jamais soucié de se faire peindre; et ce ne fut qu'après des difficultés infinies qu'il céda aux instances de l'abbé de Guasco, qui étoit à Bordeaux avec lui. Le peintre assuroit n'avoir jamais vu un homme dont la physionomie changeât tant d'un moment à l'autre, et qui eût si peu de patience à prêter son visage.

l'accepta : il pria l'académie d'agréer qu'il fît faire un buste en marbre de l'auteur de l'*Esprit des Lois*, pour être placé dans la salle de ses assemblées ; cela fut agréé avec beaucoup de reconnoissance. M. Lemoine travaille à ce buste ; et il sera bientôt achevé. Si monseigneur Cerati et M. le marquis Niccolini pouvoient desirer d'être associés étrangers de l'académie de Bordeaux, je me ferois gloire de les proposer, par principe d'estime et de reconnoissance. Je sais qu'il y a mille choses à en dire ; mon père ne me parloit d'eux qu'avec des sentiments les plus vifs de respect et d'amitié ; mais comme je n'ai pas bien retenu tout ce qu'il m'en disoit, je parlerai mieux d'après ce que vous m'en écrirez ; et comme ancien membre de notre académie, vous devez vous intéresser à sa gloire.

De Bordeaux, le . . . . .

FIN DES ŒUVRES DE MONTESQUIEU.

# TABLE ANALYTIQUE
## DES MATIÈRES

CONTENUES DANS LES ŒUVRES DE MONTESQUIEU.

# H.

## K.

## L.

## Q.

## R.

# TABLE ANALYTIQUE.

# U.

FIN DE LA TABLE ANALYTIQUE.

# TABLE DES OUVRAGES

## CONTENUS DANS CETTE ÉDITION.

## DE L'ESPRIT DES LOIS.

### LIVRE I.

Des lois en général.

### LIVRE II.

Des lois qui dérivent directement de la nature du gouvernement.

### LIVRE III.

Des principes des trois gouvernements.

### LIVRE IV.

Les lois de l'éducation doivent être relatives au principe du gouvernement.

### LIVRE V.

Les lois que le législateur donne doivent être relatives au principe du gouvernement.

FIN DE LA TABLE.